藏書

珍藏版

中國通史

赵文博 主编

壹

辽海出版社

图书在版编目（CIP）数据

中国通史：全8卷／赵文博主编．—沈阳 ：辽海出版社，2016.4
ISBN 978－7－5451－3682－1

Ⅰ．①中… Ⅱ．①赵… Ⅲ．①中国历史 Ⅳ．①K20

中国版本图书馆 CIP 数据核字（2016）第048736号

中国通史

责任编辑：柳海松　冷厚诚
责任校对：顾　季
装帧设计：马寄萍
出 版 者：辽海出版社
地　　址：沈阳市和平区十一纬路25号
邮政编码：110003
电　　话：024－23284473
E－mail：dyh550912@163.com
印 刷 者：三河市天润建兴印务有限公司
发 行 者：辽海出版社
开　　本：787mm×1092mm　1/16
印　　张：144
字　　数：2100千字
出版时间：2016年5月第1版
印刷时间：2016年5月第1次印刷
定　　价：1380.00元

《中国通史》编委会

前　言

中国是一个拥有五千年灿烂文明史、又充满着生机与活力的泱泱大国。中华民族以其先辉的历史屹立于世界的东方。

在中华民族的历史长河中，曾创造了无数的文明奇迹谱写了许多不朽的篇章。

自公元前3000至前21世纪，是中国文明初起的时代，也就是历史上三皇五帝时期。“三皇”是伏羲、女娲与神农。“五帝”为黄帝、颛顼、帝喾、唐尧与虞舜。后来黄帝统一各部，所以中华民族素自承为“黄帝后裔”，又因炎、黄两部落融合成华夏民族，故也称为“炎黄子孙”。

公元前21世纪至公元前16世纪，是中国第一个王朝——夏王朝时期。夏朝的建立标志着中国若干万年的原始社会基本结束，数千年的阶级社会从此开始，它的诞生成为中华文明史上的一个重要里程碑。夏朝总共传了14代，17个王，延续近500年。

商汤灭夏，是历史的进步。新建立的商王朝，虽然在社会型态上与夏王朝并无区别，但是它的诞生，毕竟给古代社会内部注入了新的活力，健全了古代阶级社会的机制。所以古书对商汤伐桀灭夏一事作了充分的肯定，认为“汤武革命，顺乎天而应乎人”。

商朝共历30主、17世。

西周从武王灭商建国，到幽王亡国，以共历300多年，是中华帝国的一个重要时期，也是中华古典文明的全盛时期，它的物质、精神文明对后世历史的发展产生了深远的影响。

周朝经历了37代天子，800多年。

春秋时期，是中国历史上社会经济急剧变化、政治局面错综复杂、军事斗争层出不穷、学术文化异彩纷呈的一个变革时期，是中华古代文明逐渐递嬗为中世纪文明的过渡时期。

据史书记载，春秋242年间，有36名君主被杀，52个诸侯国被灭，有大小战事480多起，诸侯的朝聘和盟会450余次。

战国时期，战争愈来愈多，愈打愈大。据统计，从周元王元年（前475年）至秦王政二十六年（前221年）的255年中，有大小战争230次。

公元前221年，秦王嬴政灭六国，终于建立了中国历史上第一个统一的多民族的中央集权的国家秦，历史从此翻开了新的一页。

为了加强全国之大一统，使秦帝国长治久安、万世不移，秦始皇在政治、军事、经济、交通、文化及对外开拓诸方面，采取了一系列新的政策。

西汉是中华帝国的黄金时代中的黄金时代，在国力上达到空前的强盛，疆域也是扩张到空前的辽阔，势力也伸展至中亚。

东汉皇统屡绝，外蕃入侵，母后与天子多无骨肉之亲，所以多凭外戚专政。及至天子年壮，欲收回大权，必然和外戚发生冲突，于是天子引宦官密谋除掉外戚。此一时期，外戚、宦官明争暗斗，此起彼伏。

公元581年2月，北周相国杨坚接受北周静帝的“禅让”称帝，国号“隋”，建元“开皇”。

隋继承了北周的强大，等内部安定后，随即在589年灭南方的陈帝国，结束了270余年的大混战，统一了中国。

唐代把中国封建时期的繁荣昌盛推向了顶峰：有发达的农业、手工业和商业，纺织、染色、陶瓷、冶炼、造船等技术也都有了进一步的发展。

宋朝时，中华文化继续发展，是中华文化的鼎盛期，唐代最突出的成就是诗歌，而宋代在教育、经学、史学、科技、词等方面都超越了唐代。

南宋的历史都与抗击北方外族的战争而相关，从1127年开始，南宋王朝对金王朝进行了五次战争，最后被蒙古人所灭。

1271年，蒙古大汗忽必烈把原来属西夏帝国、金帝国、宋帝国、大理帝国和蒙古本土合并成一个帝国，国号“大元”。不断的征战和元政府的歧视汉人政策，在汉人不断地反抗下，终被逐出中国本土，回到蒙古故地，元帝国也随之灭亡。

朱元璋建立的大明王朝，使中华民族从一个厄运又走进另一个黑暗的长夜。

明末，“辽饷”、“剿饷”、“练饷”给百姓加深负担，政治腐朽，为官贪污成风，是明末的一大痼疾。明王朝终于在内忧外患之下，走向灭亡。

清王朝是中华帝国的最后一个王朝。明王朝的腐败，再加上李自成的暴动，加速了汉族最后一个王朝的灭亡。举而代之的是中国北方的满清王朝。清朝前期它带领中华帝国进入了另一段强盛时代。

19世纪初，清王朝迅速衰败。鸦片战争之后，英、美、法、俄、日等国家不断强迫清政府签订各种不平等条约。自此，中国逐渐沦为半殖民地半封建社会。

1911年孙中山领导的辛亥革命，推翻了清王朝2000多年的统治，同时也结束了延续2000多年的封建君主制，建立了中华民国，这是中国近代史上最伟大的事件之一。

但随后中国又陷入了新的混乱之中，新旧、大小军阀连年混战，日本侵略者大举入侵。以毛泽东等为代表的中国共产党人，经过48年艰苦卓绝的斗争，终于在1949年10月1日建立了崭新的中华人民共和国，中国人民自此走向新生。

《中国通史》是一部全景式再现中国历史的大型图书，它在吸收国内史学研究成果的基础上，将中华文明悠久历史沉淀下来的丰富的图文资料，按历史编年的形式进行编排，直观的介绍中国历史发展进程，全书共分上、中、下卷，以1000多幅珍贵图片，配以200多万字的文字叙述，全方位介绍中国历史的荣辱兴衰，内容涵盖政治、军事、经济、文化、外交、科技、法律、宗教、艺术、民俗等各个领域。

因编写时间仓促，编者水平所限书中难免存在疏虞之处，敬请广大读者与专家学者批评指正。

《中国通史》编委会

目　录

远古文明
（公元前 800 万年～公元前 21 世纪）

夏朝
（公元前 21 世纪～公元前 17 世纪）

商朝
（约公元前 17 世纪～约公元前 11 世纪）

西周
（约公元前 11 世纪～公元前 771 年）

春秋战国

(公元前770～公元前221年)

秦朝

（公元前 221～公元前 206 年）

西汉

（公元前 205～公元 24 年）

东汉

(公元 25～公元 220 年)

三国两晋南北朝

(公元 220～公元 581 年)

隋朝

(公元 581～公元 618 年)

唐朝

(公元 618～公元 907 年)

五代十国

(公元 907～公元 960 年)

宋辽夏金

(公元916～公元1279年)

元朝

（公元 1271～公元 1368 年）

明朝

（公元 1368～公元 1644 年）

清朝

(公元 1644～公元 1848 年)

近代史

(公元 1912～公元 1949 年)

远　古　文　明

（公元前 800 万年～公元前 21 世纪）

元谋人

元谋人牙齿化石，这是属于同一成年人的两枚上内侧门齿。

公元1965年中国冰川学家进行考察时，在云南元谋县上那蚌村发现了“元谋猿人”。主要发现有猿人的左、右上内侧门齿两颗，用古地磁测定法检测，这两枚牙齿化石属同一青年男性个体。后来在元谋猿人化石所在的褐色粘土层里，发现用石英岩打制的刮削器四件，在这个地区还采集到其他的石制品十几件。在厚约3米的三个地层中零星散布着炭屑，还并存有烧骨，是否人工用火的遗迹，现在尚不能断定。和元谋猿人化石并存的有多种哺乳类动物化石。这些动物有许多是食草类动物。经鉴定，元谋人距今大约为一百七十万年左右，是在我国已发现的最早的人类。它确证了中国人的历史起源和存在。

根据化石，我们可以推测出：一百七十万年以前，云南元谋一带，榛莽丛生，森森郁郁，是一片亚热带的草原和森林，原始麆，爪蹄兽、最后枝角鹿等第三纪残存动物在这里出没。再晚一些，则是桑氏鬣狗、云南马、山西轴鹿等早更新世的动物。它们大多数都是食草类野兽。元谋人使用原始的石器捕猎它们，以获得自己的生存。元谋人制造和使用这些石器，后来中国人的文明就这样开始萌动。

蓝田人

“蓝田猿人”
复原头骨

1963年，考古学家在陕西蓝田县发现了中更新世时代的猿人化石，被称为蓝田人，距今约有八十万至六十万年了。所发现的化石有头盖骨一具、上颌骨和下颌骨各一具，还有牙齿十余枚。头盖骨骨壁极厚，额骨很宽，向后倾斜，眉脊粗壮，脑容量小，估计约为780毫升。此外，还发现有打制石器和一些动物化石。

但更重要的是他们已经是完全的直立人，而且是亚洲北部最早的直立人。

直立起来，这是成为人的重要标志。

北京人

北京人的发现是本世纪考古学和古人类学的重大收获。

1923年，有人偶然在北京周口店附近龙骨山上的一个天然山洞里发现两颗古人类牙齿化石。这洞东西长140余米，南北最宽达40余米，最狭处仅2米，高40余米。后来，考古工作者从这里发掘出六个完整的头盖骨、一百五十三颗牙齿等代表着四十余位男女老幼个体的骨化石及一万多件石器工具。根据第十一号头骨化石复原的北京人头像，是人类学头像复原的首例。据研究测定，周口店北京人的脑容量为1059毫升，比现代人的平均脑容量1400毫升还有较大距离，但从脑膜上语言区部位隆起的现象分析，他们已经有了简单的思想和语言。

北京人背鹿像

那时，周口店一带三面有青山环绕，北京人为了在极为艰难的环境中生存，为了对付各种凶残的禽兽侵袭，经常二三十人在一起，过着群居生活。一个山洞就是一个群体的“家”，“家”内的人们过着没有婚姻禁约的血缘群婚生活。他们之间也没有明显的劳动分工，只是按照习惯，年迈体弱的留在家中照顾幼儿，或者干一些轻微的活儿，不过，他们还有一项十分重要而神圣的任务——看护火种。因为那时的北京人尚未学会人工取火，只能将雷击引起的天然火种引到洞内，安排在一个固定的地方看护，使之不致熄灭。当需要烧烤食物、取暖或照明时，就添加柴火，使火旺盛起来。

在希腊神话里，普罗米修斯为人类从天神宙斯那里偷火，而中国的古史传说则是燧人氏“钻木取火，炮生为熟”，火是人自己发明创造的；从地下的史料发掘看，欧洲人是在四万年前旧石器时代的摩斯特里安期，才有人使用火的确凿证据，而周口店北京人的遗址里，有成堆的灰烬，紫、红、白、黑、黄，五色缤纷，却是五十万年以前人使用火的实在遗迹。

人掌握了火，不仅能驱寒取暖，还能用作与野兽搏斗的武器，更重要的是，火使人从生食到熟食，体力和脑力都得到大幅度提高改善。可以看出在火光中，人的生活方式变得更积极，走向文明的步伐也大大加快了。

北京猿人有较多的原始性状，头骨低矮，其最宽大的位置在颅骨基部，前额低平并且明显向后倾斜，眉脊骨粗壮并向前突出，颅骨很厚，平均厚度几乎为现代人的一倍，面骨粗大，眼眶深而宽阔，鼻骨很宽，鼻梁较平扁，颧骨高而向前，上颌明显突出，下颌宽大并向下后方倾斜。牙齿的齿冠和齿根都比较粗大，咬合面有复杂的纹理。北京猿人的肢骨仍然带有一些原始性质，如股骨稍稍向前弯曲、因管壁厚而使髓腔较小、股骨主干上部平扁等，但是其总体特征则与现代人相近。北京猿人遗址所发现的各种石器有一万七千多件，此外还有大量石片和石器。据研究，北京猿人采用砸击、锤击、碰钻等方法制造石核。据考证，北京猿人生活在距今约五十余万年到四十余万年之间。

丁村人

从元谋猿人到北京猿人的这一段历史时期，在远古史上被称旧石器时代前期。这一时期人类的文化成就很多，最突出的恐怕要算用火了。人类在尚不知用火以前，在大自然面前还只能是奴仆，只有到这时，人类才第一次取得了支配一种自然力的能力，开始了人类改造世界的历史。北京猿人已知用火，这是他们在历史上建立的殊勋。可是，从人类取得物质生活资料

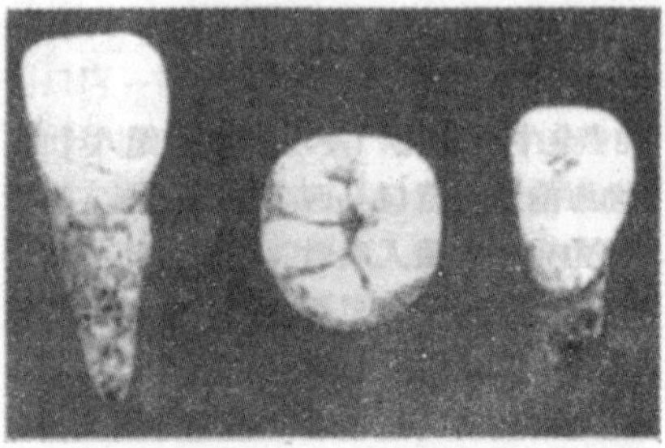
“丁村人”牙齿化石

的主要手段看，元谋猿人与北京猿人都还不过是一群群采集者。平时主要靠采集野果，挖掘植物的块根填充饥肠，偶然猎获些小的或温驯的动物，吃顿烧烤野味，那就是难得的美餐了。因此，他们也就未能跨越原始人群的历史阶段。

又过了几十万年，到了旧石器时代的时期，一批批的采集者先后成长为勇敢的猎人了。这在考古发掘方面得到了充分的证实。

“丁村人”是20世纪50年代初期在山西襄汾丁村一带发现的。这里有旧石器时代早期直至晚期的丰富文化遗存，其晚期文化距今约七万年左右。这里发现了属于一个十二三岁儿童的两颗门齿和一颗臼齿化石，其臼齿咬合面结构形态在猿人和现代人之间，齿冠舌面中部低陷呈铲形，与现代黄种人较为接近。另外一个大约两岁小孩的右顶骨化石，它比北京猿人小孩的顶骨薄，显示了人类体质的进步。发现的石制品有两千多件，石片和石器一般都比较粗大，类型有单边或多边砍砸器、石球、三棱大尖状器、鹤嘴形厚尖状器、刮削器等，其中以三棱大尖状器最具特色。从石器类型的多样性和制造技术看，丁村人的石器已经有了较明显的专业分工。

丁村人用角页岩、燧石和石灰岩制造砍器、斫器、手斧、石球、厚尖状器、小尖状器和多边形石器。最具特色的是大三棱尖状器——三面棱角使其威力大增。

丁村文化与西侯渡文化、蓝田文化有密切关系，在类型上更接近于山西省芮城县风陵渡六十万年前的匿河文化，是华北旧石器文化的典型代表。

河套文化

水洞沟石器

河套文化是约五万年前至三万年前的旧石器时代留下的遗址，在内蒙古萨拉乌苏河六湾沟一带的峡谷峭壁上。在河、湖生成的细沙、淤泥和风成的沙丘底层，发现了丰富的动物化石。其中有晚期智人化石二十三件，包括额骨、枕骨、肩胛骨、胫骨和牙齿等。还有用石英和燧石打制的刮削器、尖形器、楔形石器、钻具和雕刻器等共五百余件。这些石器的特点是器形小巧，因而被命名为“细小石器”。这里的动物化石被称为“萨拉乌苏动物群”，有最晚鬣狗、诺琪驼、河套大角鹿、披毛犀、原始牛、王氏水牛、赤鹿、蒙古野马等三十多种，虽然我们已不能亲眼目睹，可是凭想象，我们也能感觉到，那是一个多么壮观的原始草原动物园！

与河套文化基本同时，宁夏灵武县水洞沟文化遗址出土了一千多件石器，它们包括用硅质石灰岩、石英岩、砂岩、燧石等作原料打制的刮削器，以及柱状石核和长石片。

河套文化和水洞沟文化的遗址里都有人工使用火的痕迹，这代表人类的文明已开始持续发展。

安阳小南海文化

1960年，在河南省安阳市小南海附近的岩洞中，发现了大量石器和十八种动物的化石，时间约在距今二万三千年以前。遗址堆积厚达 8 米，从上到下分为七层，器物主要在第五层和第六层中。

根据动物化石考证，这个岩洞先是斑鬣狗的巢穴，掌握了火的人类强占为自己的居所。

小南海文化石器的制造技术已经比较进步。和石锤打击燧石石料，制作固定类型的石器。细小石核和长条石叶，已经是雏形的细石器。

动物化石表明，洞熊、安氏鸵鸟、披毛犀等，都成了愈来愈强有力的人类的俘获物，人类在自然界中已居于主宰地位。

山顶洞人

山顶洞人是母系氏族公社的早期阶段。

他们是接近现代人的“北京人”。这些公元前 19000～公元前 10000 年的化石发现于北京周口店北京人遗址的山顶洞。这是一个洞穴堆积，洞口朝北，里面分上室、下室和地窖。东南部是上室，东西长 16 米，南北宽 8 米，是山顶洞人起居坐卧的地方。洞西北部是下室，深达 8 米，保存着三具完整的人骨化石，可能是葬地。地窖里则有大量的动物化石，看来是贮藏食物等生活用品的仓库。

“山顶洞人“复原像

山顶洞发现的人类化石，属于八个不同的个体，男女老少都有。检测表明，男性身高 1.74 米，女性身高 1.59 米，平均脑容量已经有 1,300到 1,500 毫升。无论身体外形还是智力，山顶洞人都已经和现代人没有太大的差别。对头骨、面骨等作考古测量和分析，发现山顶洞人与蒙古人种比较接近，但也有个别其他人种的特征。

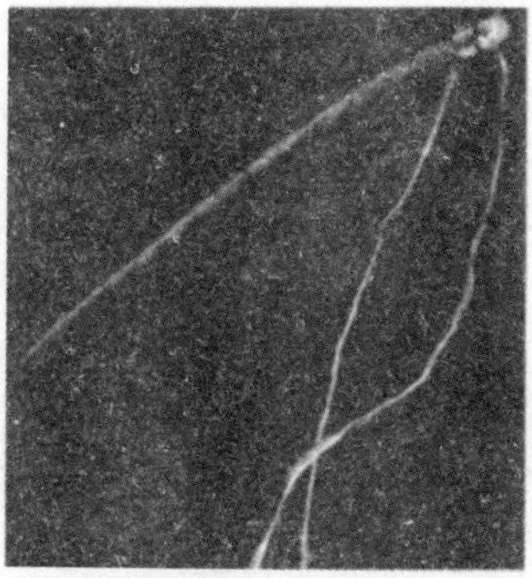

“山顶洞人”
使用的骨针

在山洞遗址中发现了一枚骨针，这枚骨针长 82 毫米，只有火柴棍那样粗，针身微弯，刮磨得很光滑，针眼细小，针尖锐利。山顶洞人要制作这样一枚精致的骨针，是很不简单的。必须经过切割、刮削、挖眼、磨制等一整套复杂技术。这枚骨针的发明，意味着山顶洞人已经有了相当的缝纫能力，能够制作原始的服装了。他们将猎取到的赤鹿、斑鹿、野牛、羚羊、狐狸、獾、兔等野兽皮毛剥下，然后用鹿的韧带作线，拼合缝制成色彩斑斓的衣服，以防御风霜寒流的侵袭。

山顶洞人还使用打制石器，但是已经开始采取磨制和钻孔技术来制造石器、骨器。他们把砾石、兽骨、鱼骨和海蚶壳串起来，并且赤铁矿粉染在小孔中，作为佩带在脖子上的装饰品。可见当时人们已经有爱美的观念，生活也丰富起来了。更引人注目的是，山顶洞人在死者的身体上撒上含赤铁矿的红色粉末。红色的赤铁矿粉末象征鲜红的血液，他们显然认为血液就是生命的来源。死者被头朝东、脚朝西放置，可能认为灵魂在东方产生而归于西方。撮铁粉大概也伴随一些简单的仪式，祈祷死者的亡灵在另一个世界永生或再度投胎复活。

有了葬礼，也就有了审美观念和灵魂观念。原始的宗教萌芽了。

山顶洞人的种种文化成就，反映着当时的社会组织已有长足的进步。就说山顶洞人那充满对死者怀念之情的埋葬习俗，就显然是在氏族制度的长期生活中逐渐形成的。这种人和人的关系表明，那时的氏族制度经过几万年的发展已逐步形成。

仰韶文化

公元 1920 年，在河南省西北部的渑池县仰韶村发现了一种原始文化。其中最引人注目的是画有花纹的彩色陶器。依照考古学上的惯例，往往是以最先发现的遗址所在地来命名，这种文化就被称作“仰韶文化”。

仰韶文化的中心
半坡遗址鱼纹彩陶盆

仰韶文化是目前所知黄河流域新石器时代较早的一种文化。它的年代约是公元前 5000 年到公元前 3000 年。仰韶文化主要分布于黄河中游一带，包括陕西的关中、山西南部和河南大部分地区。它西面可到达甘肃洮河流域，东面到河北中部，北面到内蒙南端，南面到汉水上游。遗址一般都在靠近河流的黄土台地上。

仰韶文化是母系氏族公社兴盛繁荣的时代，已经有发达的定居农耕文化。在各遗址的发掘中就发现了粟、黍、高粱和芥菜、白菜籽等。氏族中人聚族而居，有公共的墓地，村落里的居室大小、内部陈设，墓地的安葬仪式和随葬品，各遗址都大致相同。

仰韶文化·龙虎图

仰韶文化内涵丰富，有大量磨制的石器工具发掘出来，在临潼姜寨遗址还发现了黄铜片，是已发现的中国最早的铜质用品。但最能集中表现仰韶文化特征的是彩色陶器，发掘出的主要的陶器类型是手工制作的泥质红陶和夹砂红陶。泥质陶上有绘彩，一般是在陶器外壁上部用黑彩绘出几何图案或者植物和动物花纹。夹砂陶器上则大都拍印着粗的或细的绳纹。陶器的形制也多种多样，有盆、钵、斜沿罐、细颈瓶、深腹瓮、平底碗、小口尖底瓶等，还有少量的釜、鼎和灶。以彩陶为特征，仰韶文化又叫彩陶文化，陶器上的纹彩颜色标志着人的生命愈来愈色彩缤纷了。

半坡遗址

约公元前 5000 年到公元前 4500 年间的陕西省西安半坡遗址，是仰韶文化的早期代表。遗址出土了丰富的陶器，形状多姿多彩：直口弧形平底或圆底钵、卷唇斜弧腹或折腹圜底盆、平唇浅腹平底盆、直口尖底瓶、蒜头细颈壶、侈口鼓腹平底罐、短唇钦口直腰或鼓腹小平底瓮，等等。这些陶器上绘画着简单朴素而颇有意趣的纹饰，有本色的绳纹、弦纹、线纹、指甲纹、锥刺纹等，也有彩陶上的红底黑彩和红彩的动物纹、植物枝叶纹以及几何图案纹。鱼、羊、鹿、蛙、人的脸，栩栩如生；三角、圆点、折波……耐人寻味。特别是双人鱼面纹，更是优美奇特，已经富有抽象和象征的倾向。是半坡文化中独特的审美特征。

人面鱼纹彩陶盆

半坡出土的陶器中有一种陶甑，分上下两层，中间有气孔相通，下边起釜的作用，上边起蒸屉的作用。这说明半坡人已懂得利用蒸气了。半坡人制作的尖底瓶，小口、大腹、尖底、打水时可自行歪倒灌满，巧妙地利用了重心的原理。陶器上的纹饰告诉人们，半坡人已懂得计数，并有了等边三角形和平行四边形的知识，人类向文明又前进了一大步。

半坡遗址中出土了许多磨制的石斧、石镰，以及蚌镰和陶镰，还发现有窑藏的粟（即谷子），在一个小陶罐中还存放着一些菜籽。这些东西是在一个可以居住四五百人的村庄遗址上发现的。这座居住区的中心有一座大型房子，大房子四周分布有几十座中小型房子，小房屋之外有一条深宽五六米的壕沟围绕着，形成一个完整的氏族村落。村庄遗址中除屋室外还有窖穴和栅栏，屋中还放置有许多盆盆罐罐。这种种迹象表明，半坡的原始居民们已在这里长期定居了，人口已比较兴旺了，有计划的种植经济早已成为他们生活的主要来源。这种状况还可以用考古学家的一个统计数字来表明：经历了一百六七十万年的旧石器时代的原始人类遗址，目前被发现的只有六十多处；而只经历了几千年的新石器时代的先民遗址，目前被发现的多达六千多处。不言而喻，新石器时代氏族公社已进入繁荣发展的时期了。

半坡遗址的房屋窑穴等，也都很有特点。半坡的房屋，居住面和墙壁都是用草泥抹成，有一个方形门槛，两侧围起小墙，横在门道和屋室间，屋中有一到六根柱子，屋当中则有一个灶坑。在房子中间，则夹杂分布着窑穴，窑穴的直径一般在 1 米左右。

河姆渡文化

公元 1976 年，考古学家在浙江省余姚县河姆发现了一种新的原始文化——河姆渡文化。它是中国长江流域下游地区古老而灿烂的新石器文化，因首先发现于浙江余姚河姆渡而命名，主要分布在杭州湾南岸的宁绍平原及舟山岛，其年代为公元前 5000 年～公元前 3300 年。河姆渡文化遗址共分四层：第三四层和一二层分别代表其发展的早、晚期。早期：约公元前 5000 年～公元前 4000 年，陶器以夹炭黑陶为主，器形有敛口或敞口肩脊釜、直口筒式釜、颈部双耳大口罐、宽沿浅盘等。晚期：约公元前 4000 年～公元前 3300 年，夹砂红陶和红灰陶占绝对优势，器形有鼎、落地式两足异形规、垂囊式等。

河姆渡文化的农业以种植水稻为主。在其遗址第四层较大范围内，普遍发现稻谷遗存，有的地方堆积着 0.2 米～0.5 米厚交互混杂的稻谷、稻壳、稻秆和稻叶，稻类遗存数量之多，保存之完整，是中国新石器时代考古史上绝无仅有的，经过科学鉴定，主要属于稻粬亚种晚稻型水稻，它与马家浜文化桐乡罗家角遗址出土的稻谷，年代均在公元前 5000 年，是迄今中国最早的稻谷实物，也是世界上目前最古老的人工栽培水稻，河姆渡文化的农具除石斧等石质工具外，最有特色的是大量使用骨耜。骨耜是一种翻土工具，它们用水牛等大型哺乳动物的肩胛骨制成。此外，遗址中出土成堆的橡子、菱角、酸枣、菌类、藻类、葫芦等植物遗存，反映了当时采集业较发达。

河姆渡文化的骨器制作比较发达，有耜、镞、鱼镖、哨、锥、匕、锯形器等器物，磨制精细，一些有柄骨匕、骨笄上雕刻图案花纹或双头连体鸟纹，堪称精美绝伦的实用工艺品。发达的木作工艺是河姆渡文化手工业的又一特色，已出土的许多建筑木构件上凿卯带榫，尤其是发明了较先进的燕尾榫、带销钉孔的榫和企口板。在第三层出土的一件木质漆碗，瓜棱形圈足，外表涂有红色涂料，微显光泽，经鉴定与马王堆汉墓出土漆皮相似，为生漆，这是迄今中国最早的漆器。

河姆渡出土大量野生动物遗骨，有哺乳类、爬行类、鸟类、鱼类和软体动物共四十多件，其中鹿科动物最多，仅鹿角即有四百多件，其他像淡水鱼在遗址中到处可见，生活在沼泽地的鸟、鱼等动物骸骨亦较常见，这些东西是当时主要的猎狩、捕捞对象，使用的渔猎工具有骨镞、木矛、骨哨、石丸、陶球等。

河姆渡文化
代表农具骨耜

河姆渡文化的主要建筑形式是栽桩架板高于地面的干栏式建筑。在遗址各层都发现了与这种建筑有关的圆桩、方桩、板桩、梁、柱、木板等木构件，共达数千件。干栏式建筑是中国长江以南新石器时代以来的重要建筑形式之一，目前以河姆渡发现的为最早，与北方地区同时期的半地穴式房屋有着明显区别。

河姆渡文化的早期遗存与马家浜文化罗家角类型，年代相当，陶器中的六角形口沿的盘盆类和弧敛口双耳钵等制形相接近，表明两者之间存在一定的联系。而河姆渡文化晚期则分别与马家浜文化马家浜类型和崧泽文化大体同时，马家浜类型的素面腰沿釜，在河姆渡文化晚期偶有所见，而河姆渡文化晚期富有特征的垂囊式，在马家浜类型中也有个别发现。河姆渡文化晚期可能受到马家浜文化、崧泽文化的强烈影响。以河姆渡文化为代表的长江下游发达的新石器文化，比同时期的黄河流域毫不逊色，其中某些文化因素，如夹炭黑陶中的鼎、豆、壶为代表的礼器组合，水稻的栽培，为以后的商、周文化所吸收，成为当时最具代表性的特征。因此长江下游地区的新石器文化也是中华文明的重要渊薮，代表中国古代文明发展趋势的另一条主线，与中原地区的仰韶文化截然不同。

大汶口文化

大汶口文化是黄河下游地区的新石器时代文化，因 1959 年发掘的山东省泰安县大汶口遗址而得名。主要分布在山东省泰山周围地区，延及山东中南部和江苏淮北一带。年代约始自公元前 4300 年，到公元前 2500 年，发展成山东龙山文化。大汶口文化分为三个发展阶段。早期约在公元前 4300 年～公元前 3500 年之间，以刘林、王因遗址为代表。中期约在公元前 3500 年～公元前 2800 年之间，以大汶口墓地早、中期墓为代表。晚期约在公元前 2800 年～公元前 2500 年之间，以大汶口晚期墓为代表。

大汶口文化彩陶器座

大汶口文化以农业经济为主，种植适合黄河流域的耐旱作物粟。农业生产工具有石铲、鹿角锄等，木质农具如耒、耜等已经出现。三里河遗址中发现了贮藏的窖穴，表明当时已有较多的剩余粮食，农业经济达到较高水平。

大汶口文化百陶双层口鬶

大汶口文化的饲养业比较发达，饲养猪、狗、牛、羊、鸡等动物，渔猎经济仍然占有一定的比重，骨镞、角质鱼镖、网坠等遗物表明当时居民在进行狩猎和捕鱼。当时还出现了一种大汶口文化特有的獐牙刃勾状器，鹿角为柄，可用来捕鱼和切割，为多用途复合工具，是大汶口文化的代表之一。

大汶口文化的陶器制作工艺在不断发展。早期以红陶为主，形状简单，还有火候不足造成的一器多色的现象。中期盛行灰陶，陶制品的种类明显增加。晚期则以黑皮陶为主，陶胎为棕红色，少量为纯黑陶。轮制技术的广泛使用使陶器制作获得长足的进展。晚期出现了快轮制陶工艺，用一种新的制陶原料，产生了一种质地坚硬、胎薄而均匀，色泽明快的白色、黄色、粉红色陶器，统称为“白陶”。大汶口文化制陶工艺最高水平的代表为薄胎高柄杯，造型优美，色泽鲜亮，集实用性和观赏性为一体，成为龙山时代蛋壳黑陶的祖先。制石、制玉、制骨等手工业在大汶口文化中也已经比较发达。

大汶口文化的房屋有圆形半地穴式，屋顶为木质的原始梁架结构，屋顶呈圆锥形。还有方形平地起建式，墙基挖沟槽，沟内填黄土立木柱砌建而成。当时的房屋大多结构简单，面积不大，小家庭式住屋。

大汶口文化早期已是母系氏族制度的尾声，而中期和晚期，则已是父系氏族社会了。这时私有制已在氏族公社经济中萌芽，出现了富有家族与贫困家族。这种社会状况可以从大汶口的葬仪中得到证实。

在大汶口墓葬中，明显地分成大墓和小墓群。大墓中，死者往往使用几十根原木横竖咬合，叠成“井”字形棺椁，随葬有大批财物。其他大汶口文化墓葬中也是这样。有的随葬陶器多达一百二十多件，远远超过了死者生前的实际生活需要。有的还随葬有镂花象牙筒、鳄鱼鳞板、玉铲、宝贝、龟甲等珍奇物品，以显示其生前的富有。可是其他许多小墓却只挖有才容得下尸体的小坑，除一具白骨之外，别无他物这表明，大汶口文化晚期已经出现了严重的贫富分化，原始社会已经逐渐走向解体。

龙山文化

山东龙山文化是在大汶口文化的基础上发展而来的。主要分布在山东省中部、东部和江苏省的淮北地区，时间在公元前2500年到公元前2000年之间。

黑陶是山东龙山文化的典型象征。这些陶器采用轮制技术，造型中规中矩，壁很薄，同时很均匀，陶器表面多素面磨光，有各种花纹和附饰，最常见的有画纹、弦纹、竹节纹、镂孔、盲鼻和乳钉等。器型则以袋足器、三足器和圈足器等最发达。最珍贵的陶器是蛋壳黑陶和灰陶制品，器壁仅仅厚0.5厘米，还有镂孔和纤细画纹的美丽装饰。这种陶器达到了中国古代制陶史的峰巅。

最典型的山东龙山文化遗址是章丘龙山镇城子崖遗址。在这里出土的陶器有碗、杯、豆、罐、瓮、三足盘等，都是精良的黑陶和灰陶制品。其中的蛋壳陶，是用摄氏1000度左右的高温烧成，像上了一层黑漆，又光又亮，是稀世珍品。

蛋壳黑陶
高柄杯

而河南陕县三里桥遗址则是河南龙山文化的重要类型，也是仰韶文化王湾三期类型中的一个重要类型。该遗址出土的陶器表现了不同类型文化的彼此过渡和互相影响。王湾遗址从下到上，地层分为三期：王湾一期是仰韶文化，王湾二期是仰韶文化和龙山文化的过渡时期，王湾三期是河南龙山文化王湾三期类型。

河南龙山文化的白营遗址中有早、中、晚三期的房基。早期是九座半地穴房基，中期是八座房基，分半地穴和地面建筑两种，晚期四十六座地面建筑房基，已经是中国早期的土坯房屋。从出土的各种工具看，那时人们已经对房屋涂抹和打磨白灰。遗址上还发现了一口深达11米的水井，口大底小，圆角方形，井壁上有四十六层用木棍凿榫交叉扣合成的井字型木架。这是迄今为止中原地区发现的年代最早、结构最复杂的水井。白营遗址出土的陶器，早、中、晚三期都有，其中晚期的一件高圈足盘，上面刻着两个裸体人像，圆圆的脸盘，伸着臂，露着乳，是原始线刻的珍贵艺术品，体现着原始先民的丰富智慧。

能够取代仰韶文化的是在大约公元前2600年以后，晋陕一带龙山文化，山西龙山文化以约公元前2500年～公元前1900年的陶寺遗址为代表，陕西龙山文化则以约公元前2300年～公元前2000年的客省庄遗址为代表。

陶寺遗址位于山西省襄汾陶寺林南，于1978年至1983年由中国社会科学院考古所进行发掘。遗址面积有六千平方米，发现了小型地面、半地穴式和窑洞三种形式的住房和一千多座氏族墓葬，出土了大量陶器、玉器、木器和生产工具。生产工具有很发达的磨制石器，如三象犁形器、石铲、石斧、石刀、石镰等，此外还有骨铲、双齿木耒等工具，说明当时的农业生产较为发达。陶器多数是黑陶，器表多有彩绘，纹饰有龙纹、变纹、动物纹、圆点纹、涡纹等。陶器中以彩绘蟠龙图形盘最具特色，是目前中原地区发现最早的蟠龙图案。彩绘陶器和彩绘木器构成了陶寺龙山文化的两大特色。出土的一件小铜铃，这是迄今所知中国最早的金属乐器，也是最早一件用复合范铸造的金属器，标志着生产领域中冶炼金属业的重大进步。

陶寺墓地说明了陶寺龙山文化时期社会已经分化。在陶寺墓地发掘的一千多座墓葬中，大型墓仅有九座，墓主都是男性，使用木棺，内撒朱砂，随葬品多达一百至二百件，有彩绘陶器、彩绘木（漆）器、成套玉器和石器等，还有整只猪骨架。中型墓较多，也使用木棺，随葬品有成组陶器、玉器和少量彩绘木器，或者有几付至几十付不等的猪下颚骨。小型墓最多，墓坑窄小，除少数有骨笄等小件随葬品外，绝大多数没有任何器物。由此可见，极少数首领人物执掌大权，独占龙盘、石磬、鼍鼓等重要礼器，私有财产十分丰富，此外，陶寺人已经使用了木器和玉器，具有较高的工艺水平和审美意识。在陶寺遗址上发掘的龙山文化的一千多座墓葬中，出土了大量的朽木和成套玉器。根据朽木的痕迹复原了数十件木器标本，主要有家具和饮厨用具，其中一件仓形器高24厘米，底径15厘米，上面有蘑菇形盖，下部为圆柱体。制造木器的方法多种多样，如枋木挖凿、榫卯插合、板材拼接等。木器上面多数施彩绘或喷漆，以红色为主，也辅有其他颜色，图案有条带纹、几何形纹回纹、云纹等。彩纹木器和彩绘陶器一样，都是陶寺型龙山文化的一大特色。

根据古史传说，晋西南有“夏墟”之称。从遗址显示出的年代、生产力水平以及龙盘提供的族属信息诸方面。有人认为，陶寺遗址很可能就是夏人遗存，不过，由于没有文字材料可资佐证，这还只是一种推测。但陶寺遗址所代表的这支具有鲜明特色的文化遗存，无疑是探索“夏文化”的重要研究对象之一。

在陕西省西安市客省庄发现的龙山文化遗址，它的时间可以追溯到公元前2300年到公元前2000年间。客省庄遗址上发现了十座房屋遗址，都是半地穴式的建筑。建筑的典型结构是一间内室和一间外屋，内外室之间是过道，外室挖有一个龛形壁炉，内室中部有一个炊爨取暖的灶面，有的房屋还在外室挖一个窖，并修一节台阶式的门道或斜坡，一直通到室外。

这里出土的陶器主要是泥质灰陶，黑陶很少。陶器表面的花纹以篮纹和绳纹最为普遍。有一种折肩小平底瓮，是陕西龙山文化独有的陶器。用内模制造陶器袋足的制陶工艺，也是其他地方没有发现，龙山文化为陕西龙山文化所独具的山东寿光县边线王村北于20世纪80年代中期发现有龙山文化时期的城堡遗址，面积达五万七千平方米，为迄今所见龙山文化城堡之最大者。山东龙山文化的房屋建筑普遍采用挖槽筑墙和原始夯筑的技术，多有长方形土台式建筑，居室地面往往分层筑成。农业已经成为龙山文化氏族公社的主要经济部门，渔猎经济的比重比仰韶文化已经显著地下降了。更重要的是，在龙山文化遗址里，还发现了一些为仰韶文化所没有的新型农具。例如，半月形的双孔石刀，有柄的石镰、蚌镰，和双齿木耒，等等。

这些新型农具的发现，充分说明了龙山文化的农业生产技术已达到了很高的水平。

二里头文化

从前21世纪一直延续到前十七世纪的二里头文化，遗留在河南中、西部的郑州和伊、洛、汝、颍诸水流域一带，山西南部的汾水下游也有所分布。它得名于河南偃师二里头遗址，属于青铜时代文化。

当时居民以农业为主，农具有石器、骨器、玉器以及青铜制品。二里头文化时期，青铜器不论是数量还是种类都较多，当时已有爵、铃、戈、镞、戚、刀、锥、钩等。其中铜爵的合金成分为铜百分之九十二、锡百分之七。二里头文化显然已经进入了青铜时代，这和青铜器大量出现的二里冈商文化比较接近。

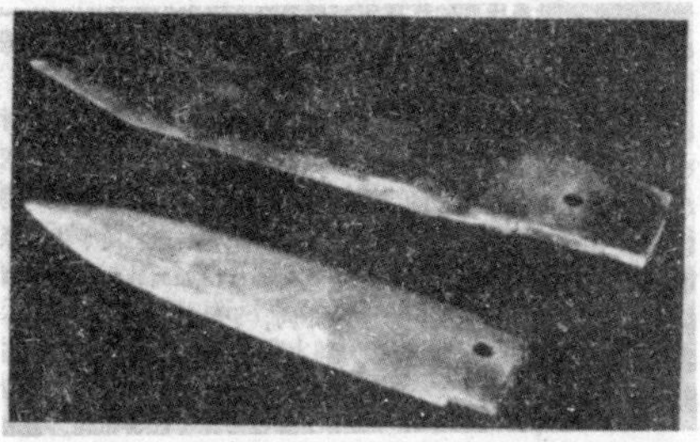

河南偃师二里头出土的玉戈

在这一文化时期，制陶业发展迅速，遗留的器物群突出表现了二里头文化的特征。以陶器为参照物，二里头文化可以分成四期：第一期以褐陶为主，磨光黑陶占一定比例，纹饰以篮纹为主，有少量方格纹、细绳纹。第二期陶器中黑陶数量减少，以细绳纹为主，篮纹和方格纹明显减少。这两期的器形多折沿、鼓腹、小平底，基本上保持有龙山文化时期的陶器特征。第三四期的陶器颜色普遍变为浅灰，以绳纹为主，出现粗强纹，蓝纹和方格纹几乎绝迹。早期常见的鼎、深腹盆、甑等一直沿用，到晚期，新出现了鬲、大口尊、小口高瓮等器物：已和二里冈商代文化陶器有着更多的相似之处，显示着人类的发展渊源。

二里头文化的居址有半地穴式、平地起建筑和窑洞式等几种，做成圆形、方形圆角和长方形状，适合几口之家居住。同时出现了大型宫殿的建筑，普遍使用的夯土筑台基技术和二里冈商文化前期基本一致。整个宫殿由堂，庑、庭、门等单位组成，布局严谨、主次分明，是迄今为止所知的中国最早的宫殿建筑。宫殿的出现，表明奴隶主和奴隶、贵族和平民之间明显的阶级对立，也预示着新的社会——奴隶制社会已经到来。

二里头文化从时间上说晚于龙山文化，而早于二里冈期商文化。有学者认为，二里头文化的一二期遗存是夏文化，而第三期遗存中出现了一组与二里冈期商文化有相同或相近的代表性器物，而且数量越来越多，这正好表明第三期遗存已进入商代纪年，三四期遗存应是商代早期的遗存，其遗址应是商汤都城西亳。因此，二里冈期商文化是由二里头文化发展而来，商朝的文明渊源于二里头文化。

三皇的传说

我国的历史自盘古代开天辟地起，其后传说我国的远古和上古时期出现过伟大的三皇五帝，他们大智大勇，无所不能，做了很多造福于人类的事。由此往下世代相传，才有了我们中华民族的亿万众生。因此后来就有了“自从盘古开天地，三皇五帝到如今”这句话。但是，距今相当遥远的三皇五帝是谁？由于古籍记载各异，直至今天也难以确定。

唐代伏羲女娲帛画

最早提出“三皇”这一统称的是《吕氏春秋》，最早具体指出三皇为何人，是《史记·秦始皇本纪》中的李斯奏议。李斯奏称：“古有天皇，有地皇，有泰皇，泰皇最贵。”此后关于三皇是谁的不同记载便陆续出现，如《三五历记》记载，是天皇、地皇、人皇；《春秋纬·运斗枢》则记载是伏羲、女娲、神农；《白虎通义》说，是伏羲、神农、祝融；《通鉴外记》却说，是伏羲、神农、共工；《礼纬·含文嘉》又说，是燧人、伏羲、神农。由此看来，即使天、地、人、泰四者尚不十分具体，暂不计算在内，可称三皇者仍有六人之多。

为什么上述古籍的不同记载皆以“三皇”为限呢？这是因为我们的祖先极为崇尚“三”这个字，认为它具有增加和发展的含意，即“一生二、二生三，三生万物”。而“皇”字又是一个神圣而高尚，权威无比，主宰万物的称号，所以尽管对三皇的解释不尽相同，但三皇的总称却一直未加更动。那么，究竟谁配称三皇呢？我们发现，伏羲、神农二氏为上述诸说所共有，由此二者先入为主，应无问题。

剩下的几位原始英雄各有功德。先看女娲，这位女英雄乃是神话中人类的始祖，传说人类由她和伏羲兄妹相婚而产生，后来他们禁止兄妹通婚，制定了婚礼，反映了我国原始时代由血缘婚进步到族外婚的情况。还传说她曾用黄土造人，并炼五色石补天，折断鳌足支撑四极，治平洪水，杀死猛兽，使人民得以安居等等。这位女英雄果然劳苦功高，列为三皇是当之无愧的。次看燧人，他是传说中人工取火的发明者，相传远古人民原本过着

“茹毛饮血”的生活，是他钻木取火，教人熟食，促进了人类的进化，他的这一宏伟业绩正反映了中国原始时代的人，从利用自然火进步到人工取火的情况。燧人氏于人类有如此大功，进入三皇之序应该是理所当然的。再看共工，此人是古代传说中的天神，据《淮南子·天文》记载，他曾与颛顼争夺帝位，“怒而触不周之山，天柱折，地维绝，天倾西北，故日月星辰移焉；地不满东南，故水潦尘埃归焉。”共工改变了人类的生存环境，功绩显赫，自然也当列为三皇之一。最后看祝融，据《山海经》记载说：他是一位“绝地天通”使人神分界的英雄，身手不凡，功劳也不小，进入三皇之序也是合情合理的。

由于女娲、燧人、共工、祝融四位各有各的丰功伟绩，谁也不比谁逊色，因而我们论功定位的做法也是徒劳无功。那么，有没有言之成理的见解呢？有人认为由燧人、伏羲、神农并称三皇为好。理由是，燧人的名字，反映了原始人的学会用火，而伏羲和神农，一个反映了原始人的肉食屠宰；一个反映了原始人的庄稼采撷，他们三者统称三皇正是当时生活的写照，客观地反映了那时的社会经济状况。此外按《尚书·大传》的解释：燧人用火，“火，太阳也。阳尊”，所以燧人便是天皇。伏羲在人间活动，是人皇。神农掌握并开发地力，是地皇。这样解释与上文所引《三五历记》中“天皇、地皇、人皇”的说法也能沟通。这种看法是否合适？由于缺乏确凿的史料记载，今天我们只能凭推断来下定义。还有待于日后的证明。

五帝的传说

三皇无定说，自古如此。那么五帝的情况又怎样呢？五帝说大概形成于周、秦之际，“五”字的应用也是很有讲究的，如：东、南、西、北、中为“五方”，金、木、水、火、土为“五行”。以“五”来根据自然和社会，与“三”同样具有特殊的地位。古人把“五方”、“五行”之说应用于社会，便产生了“五帝”的概念。五帝是谁？这个问题也是其说不一，难以定论。《史记·五帝本纪》的记载是黄帝、颛顼、帝喾。唐尧、虞舜；《礼记·月令》的记载是太皞、炎帝、皇帝、少皞、颛顼；《帝王世纪》的记载是少昊、颛顼、高辛、唐尧、虞舜；等等。这些不同说法中哪种说法的理由比较充分呢？《史记·五帝本纪》立说的根据是，黄为中和之色，象征万世不易，黄帝制作了不容更易的制度；颛等于专，顼代表正，颛顼之名是专政天下之道的意思；喾，极也，其意为能穷极道德，是最讲德行的；尧等于亮，有清妙高远之意，人们认为他能博衍众圣之长；舜，意味着绵延下去，是能继承并推行尧道的含意。看来这种认识是从当时的实际出发的，反映传说中的五帝时代已出现了制度和实行某种专制的统治者，已开始向阶级社会迈进了。所以这样解释还是比较可信的。《礼记·月令的解释是以五方说，五行说为根据，如：“东方木也，其帝太皞……；南方火也，其帝炎帝……；中央土也，其帝黄帝……；西方金也，其帝少皞……；北方水也，其帝颛顼……。”这样认识虽难免有臆断成分，但还符合当时人

黄帝

的认识水平。今天我们常说中华民族是炎黄子孙，《札记·月令》的解释恰好包括炎、黄二帝在内，从这个角度看，也是有可信的成分的。至于哪一种是正确的，只能让后人去证明了。

黄帝，是稍后于炎帝出现的一个大帝。在三皇五帝中，他的名声最响，业绩累累，被推为中华民族的老祖宗。我们称炎黄子孙，就是把黄帝和炎帝作为祖先崇奉的最好证明。

传说在约五六千年以前，中国大地上已是一片兴旺的景象。北方住着狄人，西方住着羌人，南方住着苗人，东方住着夷人，等等。

东方夷人的首领叫蚩尤。兽身人言，吃砂石，以金作兵。还会作雾，打起仗来很厉害。黄河中游居住的羌人中，也有位了不起的英雄叫共工。羌人“振滔洪水”，危害了下游夷人的利益，双方开了战争。结果，蚩尤把共工氏打败，共工一怒之下，竟以头触不周之山，直撞得“天柱折，地维绝”。从此就天倾西北，地陷东南了。

接着，打了胜仗的蚩尤又同北方氏族部落的首领黄帝动干戈。开始蚩尤占了优势，直追到黄帝的后方涿鹿（今河北涿鹿东南）。这时，黄帝和羌人的首领炎帝结成联盟，在涿鹿同蚩尤进行决战。蚩尤又造了大雾来使黄帝的士兵迷失方向，可黄帝发明了“指南车”，在大雾中士兵们也能准确地辨别方向。后来，黄炎联盟取得了大胜，蚩尤被捉到杀死了。他是历史传说中的第一个负面人物。

黄炎联盟在打败蚩尤以后也走向破裂。起因据说是“炎帝欲侵凌诸侯”，想争夺盟主的地位。可是，“诸侯咸归轩辕”，都被黄帝争取过去了。结果，双方诉诸武力，在阪泉摆开了战场。双方打得很艰苦，黄帝“三战，然后得其志”。炎帝一败涂地，黄帝声威大震。四方首领公推黄帝做了“天子”成为中原盟主。

相传黄帝做了“天子”以后，发明了许多东西，如衣裳、舟车、宫室。又命臣子伶伦制乐器，大挠作干支，仓颉造文字。黄帝的妻子嫘祖还教人们养蚕。从此，天下大治，人民安乐。黄帝是战争中的胜利者。长期的大规模的战争打破了氏族的狭窄界限，推动了各族人民的融合，逐渐形成了古老的华夏族，即汉族的前身。因而，后人又尊黄帝为华夏族的始祖，把一切文物制度的创立都归功于黄帝，称黄帝为“人文初祖”。

传说黄帝陵就是黄帝之墓，黄帝陵所在的县治就叫黄陵县。黄帝陵是国家重点保护的文物单位之一。那里有陵墓、殿宇、碑石、还有数万株苍松古柏，雄姿勃勃，郁郁苍苍，看守着华夏民族先祖的故灵。

颛顼相传是黄帝子昌意的后裔（《山海经》、《国语·楚语》有此说），居帝丘（河南濮阳县），号高阳氏。被黄帝征服的九黎族，到颛顼时，仍奉巫教，杂拜鬼神。颛顼禁绝巫教、逼令九黎族顺从黄帝族的教化。当时南方苗族又逐渐向北发展，自颛顼到禹，传说中常见苗族、黎族与黄帝族的不断冲突。

帝喾相传是黄帝子玄嚣的后裔，居西亳（河南偃师县），号高辛氏。传说帝喾有四妻、生四子。姜嫄生弃（周祖先），简狄生契（商祖先），庆都生尧，常仪生挚。《左传》文公十八年，季文子说，高阳氏有才子八人，号称八恺，高辛氏有才子八人，号称八元。这十六族世世有声名，尧没有任用，舜举用八恺，使主管后土，地平天成；又举用八元，使主管教化。

尧传说是帝喾少子。尧姓伊耆，名放勋，号陶唐氏，史称帝尧、唐尧。传说他办事公正，体恤人民，严于律己，勤俭朴素，被视为仁君的典范。尧曾设官治理国政，命羲、和二人掌管时令，制定历法，教人民按时农作。传说尧在位时洪水泛滥，曾任用鲧治水。晚年征询四岳（四方部落首领）意见，推荐舜为其继承人，并经三年考绩，让位于舜。史称“禅让”。尧此举恐长子丹朱不服，将其放逐于南方。后丹朱举兵反叛，尧亲自率兵平叛，处死丹朱，让位给舜。另一种传说是尧晚年德衰，舜夺尧位，并将尧放逐于平阳。

舜，名重华，号有虞氏，又称虞舜。相传为上古帝王。生于妫汭（今山西永济），二十岁时以孝闻名。尧年老，征询“四岳”意见将其荐举，使其摄政。舜巡行四方，除去鲧、共工、驩兜和三苗“四凶”。尧死后正式登帝位，建都于蒲坂（今山西永济西）。以禹、后稷、契、皋陶、倕、益等分掌政事。

舜年老后，荐举治理洪水有功的禹为嗣。后南巡狩，死于苍梧之野（今湖南宁远南），葬于九疑（宁远东南）。或说“舜生于诸冯（今山东菏泽南），迁于负夏（今山东兖州北），卒于鸣条（今河南封丘东），东夷之人也”（《孟子·离娄下》）。一说禹非经舜禅让，而是逼舜让位（《韩非子·说疑》）。

黄帝、颛顼、帝喾、唐尧、虞舜并称五帝，五帝时期，中国社会已由母系氏族社会进入父系氏族社会，部落间的争战反映了这一时期氏族社会已开始向解体发展了。

夏　朝

（公元前 21 世纪～公元前 17 世纪）

夏王朝概况

夏王朝的奠基人是治水英雄大禹。尧、舜时期，黄河中下游洪水泛滥成灾。尧曾经任命禹的父亲鲧治水，没有成功。舜继尧以后，又任命禹治水。禹率领中原各部落人民辛勤劳动十三年，终于疏通了河道，排除了水患，安定了民生。禹又曾奉舜的命令，率领华夏族各部落打败了三苗族各部落，把他们驱往边远地区，从而稳固了华夏族各部落在中原的地位。舜死以后，禹受禅继位，曾会诸侯（原先的各部落首领）于涂山，据说与会者有“万国”。又会诸侯于会稽，并处死了迟到的诸侯。禹命令各地诸侯进贡方物和铜，由铜铸成九鼎。鼎上刻着各州应贡的产物，这些都表示夏王是位在诸侯之上的“天子”。禹死后，其子启夺得王位，“世袭制”代替了禅让制，约在公元前21世纪，建立夏朝。中国开始进入阶级社会。

夏后启夺得王位以后，以为自己的政治统治已经牢固，因此，整日沉醉于骄奢淫侈、田猎无度的生活中。在启死了以后，他的儿子太康即位。太康比启更为荒淫无道，整日游玩田猎，时间一长，又嫌在都城附近打猎游玩已不能尽兴，于是“畋于有洛之表，十旬弗反”（《尚书·五子之歌》）。也就是打猎的地方已跨过洛水以南，而且越玩越远，一直去了一百天都没有返回都城。

本来在太康即位以后，整天只知“盘游”又“不恤民事”，人民就有怨恨之言，诸侯、方国也开始产生离心。当他这次跨过洛水去打猎，而且长时间不返国都，就给地处黄河以北有穷国的方伯后羿造成了进攻的机会。有穷氏部落首领后羿趁此良机把自己的部落从钽迁到穷石（今河南境内洛阳附近），利用夏民对太康的不满，夺取了太康的政权。太康在洛水南边打猎尽兴归来时，已不能还朝，只得率领打猎的少数兵员，暂住洛水南岸，大约十年后在夏阳死去，史称“太康失政”。

夏 禹

太康死后，仲康继位，政权掌握在羿的手中，仲康当了一个时期傀儡。仲康死，羿赶跑了仲康之子相，自己正式当了国王。这就是“后羿代夏”。

相被赶跑后，逃到同姓斟灌氏那里，依靠斟灌氏和斟寻氏的力量，在那里避居起来。

羿担任国王后，统治并不稳固，内部矛盾重重。

羿死后，寒浞取而代之，担任了国王。寒浞有二子，长子名浇，次子名豷。这时，相还避居在外，这对寒浞政权是很大威胁。为免除后患，寒浞派其子浇灭掉了斟灌氏和斟寻氏，杀死了相。相妻后缗为有仍氏之女，这时已怀孕，在紧急中从小洞逃跑。

后缗逃至其母家有仍氏处，生子少康，少康长成后，任有仍氏牧正。

这时寒浞的政权为浇所掌握。浇又欲杀少康，少康逃奔有虞氏，任有虞氏庖正，并娶有虞氏女为妻。少康在这里积极积蓄力量，作复国的准备。

夏的遗臣靡，在羿死后逃奔有鬲氏。少康和靡以及有鬲氏

后羿射日

联合起来，并聚集了夏的势力，经过长期准备，最后消灭了浇和豷，恢复了夏王朝的统治。少康继任夏的国王。太康失去帝位，经过几十年，又被少康恢复，被称为“少康中兴”。

经过这场动荡之后，夏王朝又重新建立起来了。自此，夏朝的统治得到了巩固。

夏王少康从小就经历过一段流离的生活，接触过平民和奴隶，深知要保住祖业就必须得到人民的拥护，因此太康即位后，由于关心生产，治理水患，使社会生产有了较快的发展，王朝的统治也得到巩固，但东夷诸部落、方国时服时叛，少康欲对东夷征伐，未及而死。

少康死，其子杼继位为夏王，杼为了扩大夏王朝的统治范围，即位不久就将王都由斟寻（即太康所居之地今河南巩义布）迁到黄河北岸的原（今河南济源市西北）。当其完成征伐东夷的准备以后，为了战争的需要，又迁都于老丘（今河南开封县陈留镇北），然后出兵征伐东夷。

杼率兵征伐东夷的过程中，得到沿途各地诸侯、方国的支持，所以较顺利地征服了分布在今河南东部、山东和江苏北部一带的夷人部落，而且一直打到大海之滨。这样，夏政权的统治继续稳固下来。经过杼征东夷的胜利，夏王朝的威望在各地诸侯、方国中大大增高，此后，夏王朝政权经历了长期的发展。到了后期，自孔甲开始，由于统治阶级日趋淫乱腐化，使夏王朝逐渐走向衰落。孔甲喜好鬼神，淫乱无度，原来臣服于夏后氏的部落便开始脱离夏的统治。

启母石

孔甲传四世是履癸，履癸即夏代最后一个国王夏桀。桀是中国历史上著名的暴君之一。在桀即位以后，夏王朝的统治已经摇摇欲坠，王畿以内的民众怨声载道，那些原来与夏后氏结盟的部落也纷纷叛离。面对这样的情形，夏桀不但不修明政治，施恩于民众，相反，却赋敛无度，竭尽民力物力，修筑宫室台榭，劳民伤财。现存的汉代武梁祠石刻就有夏桀把人当坐骑的浮雕，象征了夏桀对人民暴虐的事实。不仅如此，夏桀还频繁地对周边部落用兵。桀兴兵讨伐有施氏，获得了有施氏的女子妺喜，桀对妺喜极其宠爱，生活也愈益荒淫无道。桀为了加强对各部落的控制，召集各部落首领在仍会盟。居住在山东一带的有缗氏公然反叛，于是桀又发动了讨伐有缗氏的战争，这一举动更加剧了各部落的不满和反抗。夏桀的残暴统治，也使王畿以内的民众更加离心离德。人民咒骂桀说："时日曷丧？予及汝偕亡。"夏桀的统治再也无法维持下去了。

就在这个时期，临近夏王朝东部边界的商族，已经兴盛起来。商族是个古老的民族，经过长期的发展，这时候，在商汤的领导下，逐渐强盛起来，积极作灭夏的准备。

商的兴起对周围各小国的影响很大，一些不满夏王朝统治的部落和方国，都聚集在商的周围，商族成为东方反对夏政权的一面旗帜。甚至夏政权内部的一些臣僚，由于对夏桀不满，也纷纷投奔商汤。

夏桀的忠臣关龙逢因进谏被杀，此事在统治阶级内部引起很大不满，以致"众庶泯泯，皆有远志，莫敢直言"。

助汤灭夏的伊尹，原来也是夏桀的臣属。这时，他也弃夏奔商，后来成为商汤的重要辅佐。

夏族的起源

我国历史上最早相继的三个王朝——夏、商、周，目前关于这三个朝代的存在，被史学界和考古学界所公认。而三代之首的夏代，人们只能从保存在先秦典籍中极少的、零散的甚至相互矛盾的关于夏代历史的记载中对夏代有一个大体的认识。夏代，对人们来说始终是一个解不开的谜。关于先夏族的起源，就是一个聚讼千年的历史疑案。春秋战国时的人在回顾历史的时候，对夏族就觉得茫然。自汉代以来，今古文学派之争大盛，各家从自己的学术立场出发，自抒己见。形成了诸多不同的说法，一直影响到今天。迄今为止，关于先夏族的起源意见不一主要有以下三种意见：

中原说

有学者认为先夏族居住河南嵩山为中心的黄河中游地区，主要是伊洛汝颖流域。《国语·周语上》曰：“昔夏之兴，融降于崇。”史书常把夏的始祖称为“崇伯鲧”、“崇禹”，在古代崇、嵩通假，崇即嵩。又因为夏人“禘黄帝而祖颛顼，效鲧而宗禹”，就是说夏人与黄帝、颛顼有着直接的血缘关系。据《帝王世纪》和《吕氏春秋》载黄帝世居“河南新郑”，颛顼生自汝水，所以先夏族亦不出这个范围。也有人提出禹因封在夏地而称夏国。至于夏地的地望虽有不同说法，如有认为夏是指“夏水”，有认为是指山西的夏墟，也有人考证是古代的雅山、阳翟，但这些地方都在今河南的嵩山附近。另有人提出了“发展”的中原说，他们认为夏后氏这一部落联盟的活动区域首先在较西的陕、晋一带，逐渐向东发展最后到达河南。在洛阳西南的甘泽与有扈氏部落发生战争，得胜以后便在今郑州西南登封县定居下来，都阳城。

西羌说

持西羌说的本身也有两种意见：一种认为先夏族与西羌有密切的关系。相传禹出在于西羌的茂州汶川县石纽乡。《史记·六国年表》说“禹兴于西羌”。《集解》和《正义》都说“伯禹夏后氏，姒姓、生于石纽、长于西羌，西羌夷人也”。另一种意见则以为夏族本身就是羌人的一支。鲧与西方羌人集团有莘氏妇女修已结婚，生禹于羌地，文献中常见“戎禹”“戎夏”并称。有人考证夏人与羌人都奉“白石”作为本族的崇拜对象。从周族与夏族的关系来看，周族祖先弃为西羌人姜嫄所生，故周人常称“我有夏”。据近人考究，周与夏可能是西羌族下的两派分支。

东夷说

东夷说源于《山海经》、《竹书记年》等上古文献的记载，据说夏后氏与东方夷人部族密切关系，提出了夏为东夷说。据史载，鲧、禹曾“教乎九夷”，鲧因治水而无功，被流放到东方的羽山，“以变东夷”。在先夏历史上一些重大事件都发生在东部地区。如大禹治水在今山东境内，禹在会稽山即今浙江省境内会诸侯，“执玉者万国”，而且与夏族有交往的部落涂山氏、有扈氏、有羿等都属于东夷族，所以夏应起源于东方。至于夏人为西羌说，依据的材料都是晚出的，不可靠。

大禹治水

相传在尧作华夏部落联盟领袖的时候，发生过一次延续时间很长的特大洪水。滔滔的洪水咆哮着四处横流，田地被淹没，庄稼被冲毁，房屋倒塌，牲畜死亡。洪水泛滥，逼得人们逃上高丘或山上去找洞穴避难。居住在平原地区的人民，不少人就在大树上搭起木架巢居。洪水时涨时退，人们根本无法耕种。这就是《孟子》书中所说的：“当尧之时，天下犹未平，洪水横流，泛滥于天下。草木畅茂，禽兽繁殖，五谷不登，禽兽逼人，兽蹄鸟迹之道交于中国。”（《滕文公上》）。这里所谓的中国，并不是如后来指统一后的全中国。而是战国时期的人们认为中原地区处于四方之中，把它叫中国。

相传有一个黄帝族的后裔，名鲧，号若阳。其祖先由西北方戎人居住地区，迁到伊水和洛水流域（今河南西部）定居。尧时鲧为夏部落酋长，尧封他于崇（今河南登封崇山附近），为崇伯，赐姓姒。故又称为崇伯鲧。鲧是一个很能干的人，为人有些恃才自负。与其他氏族酋长们关系处得不好，因此常被其他氏族、部落酋长们指责，说他品德不好。在以尧为首的部落联盟里，他也是其中的成员。

大禹像

尧为滔滔洪水漫患了中原地区，影响人们的生活而万分心急。于是在一次联盟议事会上，向到会的各氏族、部落酋长们说：“如今洪水滔天，为患很大，已快淹到山顶，百姓们很担心，这样下去怎么能生活，你们想想有谁能来治理洪水?”酋长们都说：“鲧可以治理。”尧说：“鲧这个人很自负，不大听教命，容易把事情办坏，不可以用!”四岳（主管四方事务的酋长）说：“如今没有比鲧能干的人了，不妨让鲧试试。”尧说：“既然如此，就让鲧试试吧。”尧执行了大家的决定，命鲧去负责治理洪水。

鲧接受了尧的任命以后，就采用从前共工治水的“堕高堙庳”的办法。而当年共工是“欲壅防百川，堕高堙庳，以害天下”（《国语·周语下》）。意思就是要防治泛滥的流水（百川），将高的地方铲低（堕高），把低的地方填高（堙庳），也即是用土把水填堵起来。但这是一个失败的方法。鲧认为共工之所以失败是因填堵得太低，未能阻住流水。因此他继续采用这种筑堤围堵的方法，来使洪水归流。

但是，鲧用筑堤围堵的方法，不但没有把洪水堵住，反而使被堤围堵的水越积越多，最后把堤冲溃，大水更加横流泛滥。鲧虽然也辛辛苦苦地奔波了九年，修筑了许多大大小小的堤防，但是堵了东边西边溃堤，围了南边北边泛滥，始终没有把洪水制服。这时期华夏部落联盟的首领袖尧，由于年老而让位给舜。舜见鲧治水九年，不但未成功，反而使人民不能安居而继续遭受损失。就在部落联盟议事会上指责鲧“治水无状”（《史记·夏本纪》）。“违背了天帝的命令，危害了同族”（《尚书·尧典》）。于是将鲧流放到羽山（今江苏赣榆县西南），后来又将他诛杀。

舜主持的议事会商量治水问题，人们又一致举荐禹领导治水。禹是鲧的儿子，从小跟先人治水，积累了许多实践经验，也深知鲧失败的教训。禹为人勤劳、俭朴，又很谦虚。他再三推荐贤者以自代，

大禹陵

大家还是把这项重任委托给了他。

禹遂毅然奉命，不敢稍有懈怠。他背着干粮袋，拿着工具，勘察山川地势，足迹遍及九州。禹在亲自调查研究的基础上改变了各氏族部落分散治水的办法，动员九州的力量统一划分治水区域，并把边界上的大树剥掉皮，刻上表记，以作标志。禹借鉴鲧治水失败的经验教训，就改用“疏导”的方针，先导大河之水入于湖海，再导沟壑之水入于大河。禹用了十三年的时间，终于把洪水驯服，治理得地平天升了。

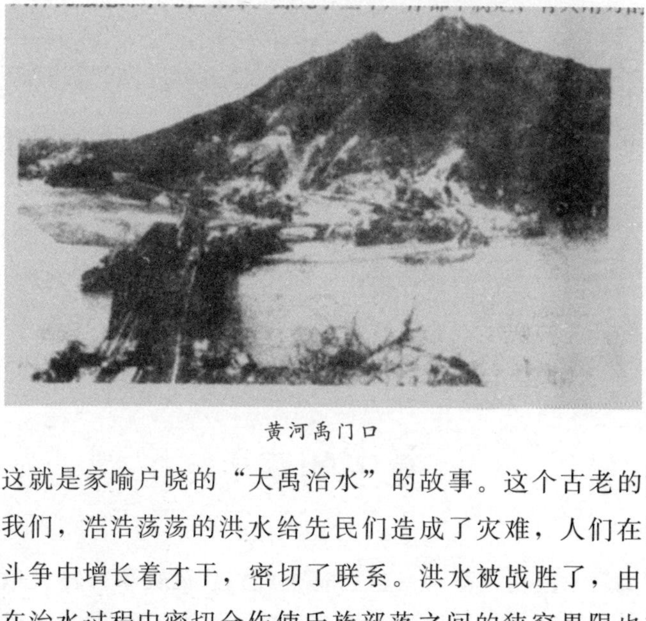

黄河禹门口

这就是家喻户晓的“大禹治水”的故事。这个古老的故事告诉我们，浩浩荡荡的洪水给先民们造成了灾难，人们在同灾难的斗争中增长着才干，密切了联系。洪水被战胜了，由于各部落在治水过程中密切合作使氏族部落之间的狭窄界限也在同洪水斗争中被突破了。这种在同自然斗争中引起的组织形式的变革，不久就反映到社会政治生活中来了。

禹为中华民族做出了不可磨灭的贡献，因而受到人们的崇拜，因此关于他的神话传说也很多。

关于禹的出生有一个美丽的传说，据说鲧偷窃了天帝的宝物“息壤”以治洪水，天帝发怒，命火神祝融把鲧杀死在羽郊。鲧死了三年尸体都不腐烂，有人用刀剖开他的肚子，里面就出来禹，而鲧自己则变化成一头黄熊（一说黄龙）隐入山中。

禹忙于治水，到了30岁还没有结婚。这时来了一只九尾白狐，变化成一个叫涂山氏的美丽姑娘，向禹唱歌表示爱情，禹就和她结了婚。可是禹婚后仍然忙于治水，很少回家，涂山姑娘想念禹，去治水工地找他，却正好看见禹变成一头熊在挖山洞。涂山氏觉得嫁了熊很羞耻，回头就跑。禹在后面追，匆忙间也忘了变回人形。涂山氏见还是一头熊追来，就变成了一块石头。禹对着石头大声说：“还我儿子来!”石头就裂开了口生出一个小孩，所以小孩的名字就叫启或开。

此外，还传说他得到了许多神灵的帮助，如有黄龙替他曳尾疏导河川，有鱼身人脸的河精送给他河图帮助他治水，又有蛇身人面的神送给他长一尺二寸的玉简来量度天地，平定水土，等等。同时，禹在治水过程中也杀死了一些水怪、山妖、木魅等危害人类的妖怪，他曾擒杀水妖无支祁。

夏王朝诞生

禹治水成功，征讨三苗大获全胜，这两项事件极大地增加了他的权势和威望。于是，上了年纪的舜就按照部落联盟中的传统，让位于大禹。舜死后，禹按照华夏部落联盟的传统，为他举行了祭奠，办理丧事，守孝三年。虽然禹的势力已经很大，还是按照部落联盟的传统，表示让位给舜的儿子商均，自己住到老根据地阳城去。但是这时的形势已和以前大不一样了，所谓“天下诸侯皆去商钧而朝禹。”（《史记·夏本纪》）也就是四方拥护禹的氏族、部落的酋长们，都不去朝见商钧，而去朝见禹，表示拥护禹作领袖。这是社会发展的必然趋势。“禹于是即天子位，南面朝天下，国号曰夏后，姓姒氏。”（《史记·夏本纪》）我国历史上的第一王朝——夏王朝就这样诞生了。从时间上来推算，这是在公元前2100年至公元前2000年之间的某一年。夏后即夏王，古书中称的夏后氏，就是指以禹为首的姒姓夏族。

禹建都何地，古书中有不同的记载，历来的史学家也有不同的说法。见于记载的有阳城、阳翟、平阳、安邑和晋阳。阳城在今河南登封告城镇，阳翟在今河南禹县，平阳在今山西临汾西南，安邑在今山西夏县西北，晋阳在今山西太原市南的晋源镇。在五个地方除晋阳外，都在今河南西部和山西西南部。从考古工作对夏文化的发掘考察来看，一部分学者认为在河南西部的可能性较大。

禹建立的夏王朝，以原华夏部落联盟为基础，统治地区由原来的中原地区扩大到黄河上下，及长江流域。当时在这些地区是小邦林立，社会发展阶段也各不相同，虽然，禹伐三苗的胜利迫使这些氏族、部落统一在禹的领导下，但仍是一种联盟的形式。

夏启继位

禹代舜为华夏部落联盟领袖以后，因皋陶贤能，曾推荐皋陶为自己的接班人，可是皋陶在禹代舜没有多久就病死了。禹建国以后，又选定了益（即伯益）作为自己的继承人，并且将夏王朝的政事也委益掌管，有意培养益。这说明禹虽建立国家，做了国王，但这样一个国家制度还不健全最早的国家，还保留着部落联盟中军事民主制的传统。所以在禹死后，益仍然按照部落联盟的传统，为禹举行丧葬，挂孝、守孝三年。三年的丧礼完毕之后，益没有能继承夏王朝的王位。原因是夏后氏的势力已不允许益来继王位。于是发生了“益之佐禹日浅，天下未洽。故诸侯皆去益而朝启”的情况。（《史记，夏本纪》）也就是说益虽然助禹治水，但时间短，资格不够，诸侯们都不拥护他，而拥护禹的儿子启。益助禹治水的时间确实是不如契、后稷、皋陶长。但这并非主要原因，主要的是这时期禅让制已经过时，氏族社会那种“天下为公选贤与能”的“大同”世界已经结束，这是历史发展的必然结果。

益也深知自己不孚众望，无力对抗夏后氏的势力，才在“三年之丧毕，益让帝禹之子启，而辟居箕山之阳。”（《史记·夏本纪》）益为了让启，避到箕山（在今河南登封东西）的南面去。益是一个识时务的而头脑清醒的人，因为这时期的情况是：“朝觐，讼狱者，不之益而之启，曰：吾君之子也。讴歌者，不讴歌益而讴歌启，曰：吾君之子也。”（《孟子·万章上》）前面

夏启

已说了，诸侯们不去朝益而朝启，这里还可以看出，不但不去朝见，人们打官司都不找益而找启，唱歌的歌词也只歌颂启，其理由就是："启是我们君王大禹的儿子。"这反映了历史发展到阶级社会以后，所建立起的奴隶制国家，氏族时期的禅让制必然被世袭制取代。

启继承夏王朝王位的情况，还有另外一些传说。如"益干启位，启杀之"。"禹选定益为王位继承人时宣布说：启只能为人臣。但到年老时，又宣布：启不胜任作天子，要将王位传给益了。于是启与同党用武力攻打益，结果夺得了王位。天下的人都说禹虽说名为传位给益，实际上是在暗中让启培植同党（支党）用武力夺取王位。"（《战国策·燕策一》）、《史记·燕召公世家》）又说："启代益作后。"（《楚辞·天问》）启做了夏王朝的国王后，将国都定在阳翟（今河南禹县）。

古代的"禅让"制度遭到了破坏，父子、兄弟相传的王位世袭制度确立了。这是古代中国历史上的一个重大变革。

少康中兴

后羿将太康逼得向东流亡以后，取太康而代之掌握了夏的政权。但因夏族自大禹以来，在众多方国、诸侯之中有很高的威望，后羿并没有完全得到他们的拥护。后羿掌管了夏朝的政事后，没有作巩固政权的打算，而是自恃射术过人，武力强大，不理民事也整日沉溺于田猎游乐之中。把政事交给寒浞处理。寒浞便诱使后羿以打猎为乐，不理国事，且乘机挑拨离间，制造混乱，培植自己的势力。几年后，寒浞趁一次后羿外出行猎，煽动族众将后羿杀死，寒浞夺取了大权，并且占有后羿的妻妾，生浇和殪，霸占了后羿的财产，自称为王。

后羿驱逐了太康，取代了夏后氏以后，对夏后氏家族并未诛杀或驱逐，以防后患，夏王朝中一部分贵族和臣僚们仍在后羿政权中供职。后羿对太康的弟弟们的行动也未加限制。太康之弟仲康见哥哥久而不归，在部分贵族、臣僚们的保护下，在斟鄩建立了一个小朝廷做了夏王。而且也得到了部分诸侯、方伯暗中拥护。仲康是一个无大作为的人物，不但无力复国，而且不到二十岁就死了。当时属于夏的有穹国的势力很大，后羿以为从此可以统治天下，没有将仲康的小朝廷放在心上，只受寒浞的引诱而一心打猎玩乐。

仲康死后，在斟鄩存在的夏族小朝廷，由仲康年幼之子相继位为王。此时夏王室势力有所发展，引起了后羿和寒浞的注意，于是后羿以武力威逼相及其夏王室。年幼的夏王相，在王室贵族们的保护下，迁居到帝丘（今河南濮阳）。到帝丘以后，得到了同姓的斟灌氏和斟鄩氏两个诸侯的帮助，使夏王室的势力又开始重新壮大。

斟灌氏和斟鄩氏是夏王朝所封的两个姒姓诸侯国。斟灌氏封国在今山东寿光，斟鄩氏封在太康建都的地方（今河南巩县）。后羿取代夏政以后，斟鄩氏被迫迁去与斟灌氏为邻（今山东潍县）。由于相迁居帝丘，得到斟灌氏和斟鄩氏的帮助势力壮大也影响了一些原来忠实于夏王朝的诸侯和方国，他们都对相表示拥护，这就引起了寒浞的恐惧。

寒浞霸占了后羿的妻妾之后，生了两个儿子，大的取名叫浇，小的取名叫豷，长大后皆勇力过人。而寒浞"恃其谗慝诈伪而不德于民。"（《左传·襄公四年》）即是仗恃着自己的奸诈，善于用作伪缺德的手段欺骗人民，而不是对人民真正的施以恩德。为了扩大有穹国的势力，统治天下。把大儿子浇封在过

（今山东掖县北），小儿子豷封在戈（今河南杞县与太康一带）。虽然如此，但对相的存在，总觉得不放心，因为相自从迁到帝丘以后，也在斟灌、斟鄩两个诸侯的协助下，尽力的扩充实力，准备消灭寒浞，夺回失去的政权。

夏王朝建立以后，分布在祖国东部地区的是一些古夷人氏族、部落，都先后臣服于夏。但是自"夏后氏太康失德，夷人始叛。"（《后汉书·东夷传》）也就是太康的所作所为丧失了人心，东夷的各氏族、部落就开始叛夏。有穹国的后羿本来就是东夷中的一个氏族，在夷人中有很大的影响。后羿夺取夏王朝的政权以后，东夷中的一些部落就拥护有穹国。相被逼迁至帝丘，斟灌、斟鄩二国又与夷人为邻相处。相在二斟的协助下扩充实力，首先就与夷人发生了矛盾。相传在夏相到帝丘以后的初期，就发生过"征淮夷"和"征风夷及黄夷"的战争。（《竹书纪年》）

淮夷是族居在淮河流域一个较大的部落。风夷和黄夷都是族居在现在山东和江苏北部的所谓"九夷"中的两种，这两个靠近海边的部落，就其力量来说，当然敌不过斟灌和斟鄩的联合军队。由于对风夷和黄夷的战争的胜利。有的夷人又重新臣服夏，所以又有"后相七年，于夷来宾"的情况（《后汉书·东夷传》注引《纪年》）。于夷也是九种夷人之一。到了商代，于夷被称为盂方，其族居地在今河南睢县一带。"来宾"就是来向夏相致礼朝贺，表示臣服。

由于在相初期对东夷的征伐取得一些胜利，引起寒浞的恐惧，于是寒浞命他的大儿子浇"帅师灭斟灌。"第二年浇又帅师伐斟鄩氏。斟鄩氏虽势孤力薄，但还是和浇"大战于潍"。斟鄩氏凭借着潍水之险与浇大战。因浇兵多而勇猛，结果被浇"覆其舟，灭之"。（今本《竹书纪年》）

浇灭了斟灌氏和斟鄩之后，即挥师直抵帝丘。相因“二斟”被灭，势孤无援，结果被浇杀死。相自迁居帝丘到被杀约二十多年。此后有穷国的势力又有所壮大，寒浞愈加骄横。但各方诸侯、方国灭寒浞恢复夏王朝统治的势力也同时在壮大。

在后羿逐太康代夏政时，夏王朝中有不少臣僚，服事后羿为有穷国的臣僚。其中有一个叫伯靡的臣子，见后羿被家众杀了以后，寒浞夺取了有穷国王位，就弃官逃走，逃到一个叫有鬲的诸侯国（今山东德州北），依附于有鬲氏。并且得到了有鬲氏的支持，也在积蓄力量，准备灭寒浞，恢复夏王朝的统治。

寒浞命浇杀相时，相的妃子后缗已怀孕在身，见相被杀，就从城墙一个洞中逃了出来。后缗是夏王朝诸侯有仍氏之女，所以逃出来后就直奔有仍（今山东济宁）。后缗回到娘家不久便生了个儿子，这个相的遗腹子就是少康。有仍氏因少康是夏后氏之遗孤，对他特别爱护。少康长大后，有仍氏便命他做了牧正，也就是主管畜牧的官。少康长大以后，知道了自己的身世，对寒浞和浇满怀仇恨。同时又随时警惕着，怕浇知道他是相之子而加害于他。

因为有仍是一个较小的诸侯，少康在那里做牧正之事，没过多久就被浇得知。派了一个叫椒的人前往有仍寻找少康。椒还没有到有仍，少康得到了消息，就从有仍逃奔到有虞（今河南虞城）。有虞的诸侯叫虞思，是有虞氏之后，世代与夏后氏亲善，得知少康是夏相之子，就热情接纳。命少康做有虞国的庖正，也就是掌管膳食的官。这样安排少康是为了避免浇来杀害。“虞思于是妻之以二姚，而邑诸纶，有田一成，有众一旅。”（《左传·哀公元年》）

虞思把自己两个女儿（二姚）嫁给少康，又把纶（今河南虞城东）这个地方分给他住。在此地，少康有十里见方（一成）

的土地，有五百个（一旅）人供其使用。少康广泛施恩布德，团结群众，准备复国，并且暗中收集夏王朝的人，又安抚在夏王朝中做过官的人，还派了自己身边一个叫女艾的人混到过城中去打探情况。派自己的儿子季杼（有的史书中又称作予、伃或伯杼）到戈城去诱惑豷。

就在少康准备灭浇、豷的同时，依附于有鬲的伯靡也在积极的准备行动。所谓“靡自有鬲氏，收二国之烬。”（《左传·襄公四年》）就是将斟灌、斟鄩二国的残余部队招抚到有鬲，重新武装起来。此二国流散的人，与浇有亡国之仇，不但易于招抚集中，而还十分勇敢。伯靡得知在有虞的少康是相的遗子，夏后氏之根苗尚存，就以禹之功德来鼓动人们参加灭寒浞的队伍。因此很快就组织了一支很有战斗力的武装。他率领这支队伍一路未受什么阻力就攻入有穹国都穹石，寒浞未及防避就被众军所杀。伯靡又帅师直奔有虞迎少康回到夏邑。少康又命伯靡助女艾在过城诛杀了浇，灭了过国。浇一死，在戈的豷也就孤立无援。季杼见时机已到，就乘机杀了豷，灭了戈国。有穹国也就被灭亡了。

伯靡和夏后氏的贵族们拥少康继位为夏王“复禹之迹，祀夏配天，不失旧物。”（《左传·哀公元年》）各地的诸侯、方伯得知少康回到了夏都，恢复了夏禹的业绩，奉祀夏的祖先和天帝，维护了夏朝原有的统治，又都纷纷带着贡物前来朝贺以前旧朝的天子。

夏王朝自太康时被后羿夺取政权，失去了对全国的统治以后，经过了三代人、约四十年的斗争，又重新夺回政权，恢复了夏后氏奴隶主贵族的统治。自此夏王朝对全国的统治才最后巩固，所以后世史家们称少康灭有穹重建夏王朝的统治为“少康中兴”。

夏桀亡国

关龙逢像

履癸又名桀，是夏王朝最后一个国王。是我国古代史上有名的暴君。夏朝自禹建国以来，共传了十四代，十七王。到了夏桀时，我国奴隶制社会经过四百多年的时间，已由局部地区发展到全国大多数地区，夏王朝的统治中心也扩大到“左河济、右太华，伊阙在其南，羊肠在其北。”（《史记·孙吴列传》）即是东面到达黄河下游和济水流域（今河北东南部和山东），西面到华山（今陕西东南部），南面到伊水流域（今河南西部），北到羊阳（今山西晋城一带）。但是其统治势力所及，还远不只于这样一带地区。夏王朝就是从这个统治中心把势力伸展到全国，并在全国建立起了大大小小的氏族、部落，或方国、诸侯的贡纳关系。自孔甲继位以后，各种社会矛盾日益尖锐化。统治阶级内部的矛盾也开始激化，诸侯、方国中的奴隶主贵族，有不少开始反叛。桀即位以后，面对这种江河日下、众叛亲离的统治局面，力图加强控制，以巩固他的统治，所以才不惜以残暴的手段来对付一切反抗他的人。

相传桀是一个有才智又有勇力的人，他能够一人生擒兕（野牛）、虎，折断钩索，其力之大，无人可比。但是性情很暴躁，又很残忍，动辄杀人。他酷好声色，又好喝酒。即位以后，为了控制局势，又将王都迁回斟鄩旧都（今河南巩县）。地处东方的有施氏（今山东滕县）在桀当夏王前，就反叛不臣服。桀因有施是一个小方国，首先就出兵东进，伐有施。为了杀一儆百，桀调集了上万的军力开向有施氏的族居地。有施氏国小力薄，看见夏王朝大兵压境，首先表示请罪，愿意臣服纳贡。桀开始不准有施氏投降，一定灭掉有施氏。有施氏得知桀是一个好色之徒，就选了一名叫妺喜的美女进献请降。桀见妺喜生的美貌，大为高兴。于是不再说要灭有施氏，就罢兵带了妺喜回到王都。妺喜见王都斟鄩的宫殿陈旧，很不高兴。桀为了讨妺喜的欢心，就下令在河南（今洛阳附近）“作倾宫、瑶台，殚百姓之财”（《文选·东京赋》注引《汲冢古文》）。修好了以后，桀就和妺喜迁往河南。当桀登上这座高大的倾宫时，十分高兴，他和妺喜日夜在此饮宴作乐。俯视其下，感到他是在天上，就将自己比作是太阳，居天下之上，永远存在。人民在桀统治时期，实在不堪其苦，就天天指着太阳咒骂：“时日曷丧，予及汝偕亡。”这是借着骂太阳来咒桀，意思就是：“这个太阳为何不快灭亡，我们愿与你一同灭亡。”

就在这个时期，临近夏王朝东部边界的商族，在商汤的领导下，经过长期的发展，已经兴起来了。商族是个古老的民族。这时候，逐渐强盛起来，积极作灭夏的准备。

商的兴起影响了周围各小国，一些不满夏王朝统治的部落和方国，纷纷聚集在商的周围，商族成为东方反对夏政权的一面旗帜。甚至夏政权内部的一些臣僚，由于对夏桀不满，也纷纷投奔商汤。

夏桀的忠臣关龙逢因进谏被杀，此事在统治阶级内部引起很大不满，以致“众庶泯泯，皆有远志，莫敢直言”。

助汤灭夏的伊尹，原来也是夏桀的臣属。这时，他也弃夏奔商，后来成为商汤的重要辅佐。

就在夏桀处于众叛亲离的情况下，商汤起兵灭夏。夏桀毫无准备，商军到后，仓皇逃去被围于鸣条。商军全歼夏军于鸣条，夏桀逃奔，死于南巢。夏王朝灭亡，时间大约在公元前17世纪。

商　朝

（约公元前 17 世纪～约公元前 11 世纪）

商族的起源

商族是黄河下游一个古老的部落，在灭夏以前，已经经历了很长时间的发展。关于商族的起源，有数种说法，一说认为在北方辽河流域，一说认为在东方黄河下游的齐鲁地区，一说认为在中原今冀南、豫北地区的漳水流域。

契是商部族的始祖。契的母亲是简狄氏，又作简易，因是有娀氏（今在山西永济西）之女，又称娀简。相传她随本氏族的两个姊妹偶出行浴于玄丘水，有玄鸟（即燕子）飞来，生下一只鸟卵，简狄误取鸟卵吞食，因有身孕而生下了契。这就是所谓“天命玄鸟，降而生商”的神话。契长大后，因帮助大禹治水有功，被舜帝任为司徒，掌管教化，封于商地，赐姓子氏。

以神话传说来叙述本民族起源的，乃是一种常见的现象。中国及世界上其他国家均有这种情况。简狄误吞了玄鸟（燕子）卵，因此降生了商的始祖契，虽属神话传说，但也说明两种事实。

殷的始祖契

首先，商族原是东夷旁支，氏族的图腾是玄鸟。所谓“天命玄鸟，降而生商”，是由夷族鸟图腾推衍而来。图腾崇拜是产生于原始氏族社会的一种古老的宗教形式，这种宗教迷信是将本氏族的产生，同某一种动物或植物联系起来，认为自己的氏族与它之间存在着血缘关系，进而将它当作自己氏族的祖先、保护神或标记。由商代甲骨文中可以找到鸟图腾的证据，卜辞上记载了商王对高祖王亥的询问、祷告或是祭祀，甲骨文写王亥之“亥”字，上面均加一鸟形。王亥是商人的“高祖”，固将氏族图腾符号“玄鸟”加其名字之上。除加鸟形之外，更有的旁加手形者，由《山海经·大荒东经》“有人曰王亥，两手操鸟方食其头。”进一步印证王亥——商的高祖与鸟有密切关系，说明商族确以玄鸟作为氏族的图腾。在东方夷族中不少氏族即以鸟作图腾，如少昊氏“以鸟名官”之传说，可见商族也是起源于东方的夷人氏族。

其次，商人的始祖是契，契母简狄是有娀氏之女，为商喾次妃，帝喾应是契的父亲。帝喾为传说中的“五帝”之一，他生下来之后，能自言其名曰嫄，所以帝喾又叫帝嫄。帝喾有四个妃，元妃有邰氏女曰姜嫄生后稷，次妃有娀氏女曰简狄生契，次妃陈丰氏女曰庆都，生放勋（尧），次妃娶訾氏女曰常仪，生帝挚。若依此说，各族始祖的母亲都是商喾之妃，帝喾也就不仅是帝族的祖先，而是古代几个族的共同祖先。而帝喾与颛顼——夏族、秦族及舜的远祖又有较近的亲缘关系，均为黄帝之后。司马迁作《史记》载，黄帝正妃是嫘祖，嫘祖生二子，一曰玄嚣，一曰昌意，昌意之子便是颛顼，玄嚣之子是娇极，娇极之子便是帝喾。颛顼和帝喾又都是几个族的祖先，依此排列，则尧、舜、夏、商、周、秦乃至南方的楚，统统由黄帝与嫘祖繁衍下来，各族均是“黄帝之子孙”，黄帝也就成为始祖了。我们今天所说的“炎黄子孙”，就是从这里来的。

商王朝的巩固

为了能够有效地控制四方的诸侯、部落和夏王朝的遗民，巩固新建立起来的商王朝，汤和伊尹将王都迁到西亳。汤从夏桀灭亡中吸取了经验教训，要使国家巩固和兴旺，必须得到人民的拥护；要使人民拥护自己，就不能对人民施暴政。汤在伐桀灭夏过程中，对人民就是施德来争取人民的拥护。他曾对伊尹说："人视水见形，视民知治不。"（《史记·殷本纪》）意思就是说：人往水中看，就能看出自己的形象，看见人民的态度，就知道自己能不能治理好国家。由于汤能看到人民是国家的根本，没有人民的拥护，就不能灭夏建商。所以建立商朝以后，就废除夏桀时伤害人民的繁重徭役，横征暴敛，与民一个休养生息的时期。

我国古代任何一个国家的王都有一个"社稷"，从夏朝开始一直延续到清朝时的社稷坛。夏禹建国后，建立的社稷叫做社，社就是土地神。相传发明社的人是共工的儿子句龙。共工是世代的"水正"，治水的氏族。当洪水泛滥时期，人们都逃到高地上居住，没有高地的地方，句龙就叫人们挖土堆成土丘，使大家在上面居住。每一土丘住 25 家，称为一社，所以社最初是居民点，是聚落。后来句龙死后，人们就尊他为社神，给他盖了一个房屋供奉他的神位，称为后土。后土就是土地神，这就是后世土地庙、土地神的始祖。

夏禹建国，占有四方土地，夏王是居中央之土地。五方土地皆为夏王所有。因此立社以祭祀土地神。稷为五谷神，相传烈山氏的儿子柱作过稷正（掌播种五谷的官），后来被人们尊为农神。“人非土不立，非谷不食，土地广博，不可遍教也；五谷众多，不可一一祭也。故封土立社，示有土地；稷，五谷之长，故立稷而祭之也。”（《白虎通义·社稷》）夏王朝每年都要举行祭社的仪式，祈求后土农神福佑风调雨顺，五谷丰登。我国自古以来是以农立国，因此祭祀社稷就成为国家大事，社稷的存亡也就象征着国家的存亡。国家被灭亡，社稷也随之而毁掉，若不毁掉就要迁走。汤灭夏以后，想将夏社迁走，被伊尹阻止住，要汤留下来告诫后人，作为暴虐而亡国的见证。因为社坛是一露天的土坛，上面植有不同的树，汤就下令砍掉树盖一房屋把夏社封起来，永不使用。商的社另建在商王都，这就是所谓的“屋夏社”。

汤除了“屋夏社”外，还实行一些改朝换代的措施。“汤乃改正朔，易服色，尚白，朝会以昼。”（《史记·殷本纪》）也就是改变夏王朝的每年开始的一天（正朔）。夏称一年为一岁，夏正建寅，即以夏历正月为岁首，正月初一为一岁的开始。汤改称一年为一祀，商正建丑，即以夏历的十二月为岁首，每年十二月初一为一祀的开始。把衣服的颜色也由夏的“尚黑”（尊崇黑色）改为“尚白”，把朝见改在白天来举行。商人不光是衣服以白色为主，就是旗帜、器物，驾车的马，祭祀用的牛、羊、猪、狗也以白的为主。在商代遗址的考古发掘中，就出土了不少白色陶器。甲骨卜辞中有不少祭祀是用白牛、白羊、白犬、白豕作牺牲。在田猎卜辞中，凡是猎获白色野兽都使用了白字，如“获白兕”，“获白狐一”，“获白鹿一，狐三”等等。

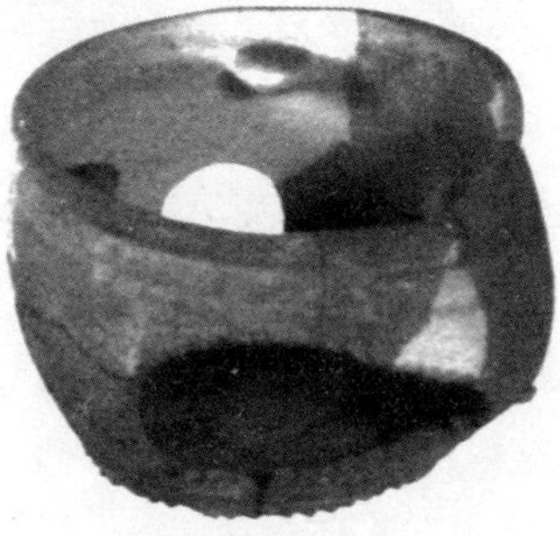

灰陶灶

汤祷桑林

汤建国不久，商王畿内发生了一场旱灾，延续了七年，在后五年中旱情很严重，烈日暴晒，河干井涸，草木枯焦，禾苗不生，庄稼无所收，人民困苦异常。虽然旱灾刚发生时，伊尹也教民打井开沟，引水灌溉农田，但是旱情愈来愈严重。

天旱这是一种自然现象，商代统治者们把这看成是上帝所为。卜辞就有“贞（问）：不雨，帝侍莫（旱）我”（《龟》1.25.13）。意思是：不下雨，是上帝给我的旱灾。还有“戊申卜，争贞：帝其降我莫（旱），一月，戊申卜，争贞：帝不我降莫”（《丙》63）。这也是商王武丁时期正反两问的卜辞，意思是：一月戊申这天占卜，史官争问道：上帝会降旱灾给我吗？上帝不会降旱灾给我吗？因此自从天旱发生后，汤就在郊外设立祭坛，天天派人举行祭祀，祈求上帝除旱下雨。古代在郊外祭天叫做“郊祀”。最初的郊祀仪式是燃烧木柴，用牛羊猪狗这些家畜作上供的牺牲，这种烧柴祀天的祭名叫做“尞”。汤命使官们在郊外尞祭上帝，史官手捧三足鼎，鼎内盛有牛、羊等肉作供品向天地山川祷告说：“是不是因我们的政事无节制法度？是不是使人民受了疾苦？是不是因官吏受贿贪污？是不是因小人谗言流行？是不是有女人干扰政事？是不是宫室修得太大太美？为何还不快快下雨呢？”这是史官受汤之命，说了六条责备自己的事以求上帝鬼神赐福降雨。尽管汤命使官天天祭祀，苦苦哀求，上帝仍然没有赐福降雨。

大旱延续到第七年的时候，汤见郊祀也不见下雨，就命史官们在一座林木茂盛的山上，选了一个叫桑林的地方设了祭坛，他亲自率领伊尹等大臣举行祭祀求雨。但祭了以后也未见下雨，后来就占卜为什么不下雨。史官们占卜后说：尞祭时除了要用牛羊作牺牲外，还要用人牲。就是将活人放在柴上焚烧后让被烧的人上天去祈求上帝降雨。汤听了以后说："我祭祀占卜求雨，本是为民，怎能用人去焚烧？用我来代替吧！"于是命把祭祀的柴架起来，汤将头发和指甲剪掉，沐浴洁身，向上天祷告说："我一人有罪，不能惩罚万民，万民有罪，都在我一人，不要以我一人的没有才能，使上帝鬼神伤害人民的性命。"祷告毕便坐到柴上去（有说是用发和指甲来代替其身），还没有焚柴时，正好就下起了大雨。这是一种巧合，久旱必有大雨是自然界的现象，但汤的这种勇于牺牲的精神，受到了人民的敬佩和颂扬。因为在迷信思想的统治下，人民还不能完全认识自然现象，下了雨，旱灾解除，人民就用歌唱来颂扬汤的德行。汤就命伊尹将人民这些歌词收集起来编了乐曲，取名为《桑林》，也叫《大濩》，这就是后世人们称作的"汤乐"。不过汤乐很早就失传了。

自汤"祷于桑林"求雨以后，商王们遇天旱求雨，就使用了这种焚烧人的祭祀，这种祭名叫做"烄"。甲骨文中烄是个象形字，原形就像一个人站在火上被焚烧。卜辞有"其烄大有雨"的记载。还有很多用烄祭来求雨的卜辞。当然商王不会为了祈求下雨而焚烧自己，而是用奴隶来作牺牲品，甲骨文中反映出这种被用来焚烧求雨的人，大多是女奴隶。商代以后，烄祭发展成为焚烧巫（女神婆）来求雨。

旱灾解除以后，汤更加受到四方诸侯、方伯的拥护。他仿照夏朝的制度，帝王六年一巡狩，开始了第一次巡狩。在巡狩过程中、诸侯、方伯们都向他进献贡品方物。回到商王都以后，汤对伊尹说："我想下一道令，根据各方所出产的物品，规定四方诸侯朝贡进献的种类。这样四方诸侯也容易备办，而王朝中就会样样都有。"伊尹就受命制定了每年四方进贡物品种类的规定，并向四方诸侯、方伯们做了宣布：正东方地区各国离海近，主要进献鱼皮制的器物、乌鲗鱼的酱、锐利的剑。正南方地区各国出产丰富，犀牛、大象产得多，主要进献犀牛角、角牙、珠玑、玳瑁、翠羽之类。正西方地区各国地广山多，主要进献丹青、赤色、白色的颜料，以及龙角、神龟之类。正北方地区各国地广野物多，主要进献骆驼、野马、各种良马和良弓。此令下后，四方诸侯、方伯都欣然应承。

汤和伊尹将商王朝的内外政事治理了以后，就将夏禹建国时在涂山大会诸侯后铸成的九个铜鼎，夏王朝的镇国之宝，搬到了商王都。这九个象征着国家政权的铜鼎搬到了商王都后，也就意味着夏王朝彻底灭亡，商王朝开始发展。所以古书中说："桀有昏德，鼎迁于商，载祀六百。"（《左传·宣公三年》）也就是说夏桀暴虐无德，才被商汤灭亡，将夏的铜鼎迁到商，自此以后商就延续了六百祀（年）。

"鼎迁于商"的第三年，作了约十三年商王的汤就病死在王都。汤是商王朝的开国之君，所以"商人祖契而宗汤"（《礼记·祭法》），也就是在商王的祖庙中是以契为始祖，以汤为继宗。

商汤灭夏

商族是居住在黄河下游的一个历史悠久的部落，为东夷的一支。《史记·殷本纪》记载：有娀氏之女名简狄，吞玄鸟之卵，而生契。《诗·商颂·玄鸟》曰："天命玄鸟，降而生商。"与《史记》的记载一致。简狄时，大约尚处于母系氏族制时期，所以她是商族的始祖母。至契时，已过渡到父系氏族制时期，所以契是商族的始祖。这个传说正反映了这一过渡时期。

契之孙相土在位时，商的势力进一步发展，把附近的许多部落或征服，或纳在它的控制之下。《诗・商颂・长发》曰："相土烈烈，海外有截。"可能这时商族的势力已达到渤海沿岸，或已到了辽东半岛。

汤，殷墟卜辞作"唐"，也称"成"，后世连称"成汤"，又叫做太乙。汤自号武王。汤继位后，商族已进入奴隶社会。但当时商族的力量还比较弱小，仍臣服于夏朝。汤是一位有才干的君主。他目睹夏桀统治下的夏王朝日趋腐朽，便积极准备力量灭夏。

公元前 16 世纪商汤联合同盟部落和方国，举兵讨伐夏桀，并发表了著名的《汤誓》，揭露了夏桀的残暴，声称"夏氏有罪，予畏上帝，不敢不正"。双方战于鸣条（今河南封丘县东），夏桀失败东窜，又在三朡（今山东定陶）大战，商军击败夏桀残军，杀三朡伯。夏桀南逃，死于南巢（今安徽巢县），夏亡。汤灭夏，正式建立商朝，都于亳。

商族起源

商族，历史教科书上都说是活动于黄河中下游的一个古老部落，似乎已成定论。但是，商族到底起源于何地，则是史学界一个长期聚讼未决的问题。

解放后研治商史的专家学者，用文献资料与地下考古发掘相印证，已弄清商族在灭夏后，即商王成汤建国以后最初阶段的活动地域，主

商　汤

要是在今河南的洛阳、郑州和安阳一带，也就是今日之黄河中游。但对先商时期商族在灭夏之前是从何方进入河南中部而统治中原的，历代学者均有考证与猜测，形成了商族起源西方、东方、北方与山西诸家说，众说纷起，悬而未决。

诸说之中，以“西方说”为先。以汉、晋为例就有司马迁、许慎、郑玄、皇甫谧、徐广等人，无一不说商族的发祥地在我国之西土。司马迁在《史记·六国表序》中说：“东方物所始生，西方物之成熟，夫作事者必先于东南，收攻实者常于西北。故禹兴于西羌，汤起于亳，周之王也，以丰镐伐殷。”论定夏、商、周都是以西北为其发祥地。《史记·殷本纪》中说商汤“始居亳，从先王居”。此后，有人对“亳”的地点给予定位：许慎《说文》曰：“亳，京兆杜陵亭也。”《史记·六国表》“集解”引徐广说：“京兆杜县有亳亭”，将“亳”定在西方。《史记·殷本纪》又有商族始祖契被封于“商”一说。郑玄说：“商，在太华之阳”；晋代皇甫谧谓即“上洛，商是也”。无论是“商”，还是“亳”，他们所定的位，今日的地点，就是陕西省，亦即关中平原。这就是商族起源“西方说”。

近代以来，又有众多学者一反旧说，提出商族起源于东方。王国维论证商族早期居留地“商”与“亳”绝非古时关中，而是河南的商丘和山东的曹县（见《观堂集林》卷12）；丁山认为商人发祥地在今日的永定河与滱之间，也就是今河北省东部至渤海湾一带（见《商周史料考证》）。丁山说与王国维说略有出入，但都是“东方说”的坚持者。此后，徐中舒、傅斯年在上世纪30年代都对商族起源于东方撰文论证，提出自己的看法。近年来，又有学者对此说进行补充论证。王玉哲在《历史研究》上发表了《商族的来源地望试探》，从图腾信仰上，“商”、“亳”地望上等五个方面，并结合大汶口文化、龙山文化等考古资料详尽地论证了商族起源于东方：最远的祖居地可能是山东，后来才向西北转移，达到河北省的中部，到夏的末叶才把主力定居于河北省南部和山东省西部，卒能西向灭夏，建立商王朝。

金景芳则撰文，摈弃他说，提出商人起源于北方。他主要征引《荀子·成相》与《世本》的说法，并详加考证发挥。《荀子·成相》曰“契玄王，生昭明，后居于砥石迁于商。十有四世，乃有天乙是成汤”；《世本》载“契居番”、“昭明居砥石”。这里出现了“番”、“砥石”两个与东西说所不同的地名。经金景芳考证，“番”为史书中屡见之“亳”，虽无法确定今地，但属北方之域，即古之燕地；而契之子昭明所居之砥石则在辽水发源地，即今内蒙古昭乌达盟克什克腾旗的白岔山。据此，他提出成汤灭夏以前，商人的势力并没有到达今河南中部，因此，在今河南中部不可能有“商代先公时代的文化”或“商代早期以前的商文化”。另外尚有邹衡的“商族源于山西”一说。此说虽与金景芳之“北方说”略有不同，但从地域上看，仍属“北方说”。

综观上述种种起源说，难以定论。这个问题的症结在于文献上可以征信的史实确实贫乏，又加上商族常徙，有“前八后五”之说，即其建国前曾徙八次，立国后又迁五都。关于前八徙，皇甫谧就说过“史失其传，故不得详”。所以，关于商族的来源问题，我们只能根据有限的历史传说和近年来的田野考古收获综合分析研究，各家可以凭借这些仅有的史料，加以论述、论证。由此看来，产生商族起源诸家说是自然的事，无怪乎商族起源问题长期聚讼不决。

仲虺和伊尹

在商汤灭夏桀和建立商王朝的过程中，他的左相仲虺和右相伊尹起了重要的作用。这是两个身世和经历完全不相同的人。仲虺是个奴隶主，从他先祖起就世代在夏王朝做官。伊尹是个奴隶，从他少年时代起就过着流浪生活，长大后当了厨子。他们都很有才干，看见夏桀的暴虐，残害人民，不关心生产，只知淫乐，引起了人民的咒骂，诸侯的叛离，深知夏王朝的灭亡已为时不远。他们想解救人民的痛苦，只有扶持一个有力的诸侯，推翻夏桀的统治才能办得到。他们看见商的势力在东方地区诸侯国中是最强大的一个，认为商汤是一个理想的诸侯，于是先后通过不同的途径来到了商汤身边。汤也是个识才之君，果然任用了二人为左右相，委以灭夏的重任。仲虺和伊尹也就全力协助汤灭了夏桀，又协助汤建立起了商王朝。

相传仲虺的祖先叫奚仲，是夏禹时候的车正，就是管理制造车子的长官。奚仲原来是族居在薛（今山东滕县南）地的一个氏族酋长，善于制造车子。当了夏禹时的车正以后，就迁居邳（今江苏邳县西南）。自奚仲以后，子孙都在夏王朝做官，为夏监制车子。到了仲虺时又迁回薛去居住，是夏王朝东方地区的一个诸侯。他看见夏桀暴虐，人民怨恨，诸侯叛离，就从薛带了个族人来到了商。汤也早就听说仲虺是个有才干的人，正想前去相请，可是又顾

牛骨刻辞

虑，仲虺的祖辈们都是夏王朝的臣子，恐仲虺不愿归商助他灭夏。没有料到夏桀自诛灭了有缗氏以后，引起了各地一些诸侯的恐惧，不仅与夏异姓的诸侯，就是与夏后氏同姓的诸侯也先后叛离夏桀。仲虺就是在这种形势下来到了商。汤见到仲虺以后非常高兴，向仲虺请教了治国之道。仲虺根据当时天下的形势，分析了夏桀如此下去，必然会自取灭亡，人心所向是商。他鼓动商汤蓄积力量，先伐与商为敌的诸侯，剪除夏桀的势力，然后灭夏建商。汤见仲虺是有用的人才，就任命为左相，参预国政。

伊尹，在甲骨文中又称伊（有的学者认为甲骨文中的伊奭、黄尹、黄奭都是指的伊尹），金文中称为“伊小臣”，小臣是指伊尹的身份和地位，不是名字。伊尹原名伊挚，尹是官名。有的古书中还说伊尹名阿衡（又称保衡），是不对的。阿衡是官名，商代称当权的大官为阿衡。伊尹作了商汤的右相，执掌商的大权，故称为阿衡。伊尹辅佐商汤灭夏，建立起了商朝，后来又扶立外丙和仲壬，教诲太甲改过，不仅是一代的开国元勋，还是三代功臣。所以得到了后代商王隆重的祭祀。在甲骨文中，伊尹是列为“旧老臣”的第一位，卜辞中有“侑伊尹五示”的记载，就是侑祭以伊尹为首的五位老臣。还有“十立伊又九”的记载，就是祭祀伊尹和其他九个老臣。卜辞中除了合祭旧老臣是以伊尹为首外，伊尹还单独享祀。或与先王大乙（汤）同祭。

相传伊尹是出生在伊水边（有说在今河南伊川），长大后流落到有莘氏（一说在河南开封县陈留镇，一说在今山东曹县北）。有莘氏姓姒，是夏禹后裔建立的一个诸侯国。伊尹到了有莘氏以后，在郊外耕种田地以自食。他是一个有抱负的人，虽然处身在田亩中，还是时时关心着形势的变化。他想找到一个有作为的诸侯，消灭夏桀。他听说有莘国君是一个比较好的诸侯，对平民和奴隶不像夏桀那样暴虐，就想去劝说。但他觉得不能贸然去接近有莘国君，于是就说他会烹饪，愿为有莘国君效力。按照当时的制度，只有作了有莘氏的奴隶，才能为有莘国君所用。伊尹自愿沦为奴隶，来到了有莘国君身边当了一名厨子。不久有莘国君发现他很有才干，就升他为管理膳食的小头目。他本想劝说有莘国君起来灭夏，但是一来有莘是个小国，二来有莘氏是和夏桀同姓，都是夏禹之后，因而又不便劝说。

伊尹在有莘国作管理膳食的小头目过程中，商与有莘氏经常往来。伊尹见汤是一个有德行、有作为的人，就想去投奔商。可是做了奴隶以后，自己就没有行动的自由，即使是偷跑出去也会被抓回来，轻则处罚，重则处死。正在这时，商汤要娶有莘氏的姑娘为妃。伊尹看见机会来到，就向有莘国君请求，愿作陪嫁跟随至商。有莘国君就派伊尹为“媵臣”跟随有莘女嫁到商，所以古书中称伊尹为“有莘氏媵臣”（《史记·殷本纪》）。在夏商时期的臣，有各种不同的身份。古书中称伊尹为“小臣”（《楚辞·天问》、《墨子·尚贤篇》、《吕氏春秋·尊师篇》），金文中称伊尹为“伊小臣”（《叔尸镈》），甲骨文中“小臣”的身份是奴隶，但又区别于一般的奴隶，是管理奴隶的小头目。“媵臣”就是陪嫁奴隶，这与商代以后的诸侯嫁女，派大夫陪送所称的“媵臣”不同。

伊尹跟随有莘氏女来到商汤身边以后，仍然给汤作厨子，他就利用每天侍奉汤进食的机会，分析天下的形势，数说夏桀的暴政，劝汤蓄积力量灭夏桀。汤发现伊尹的想法正合自己的主张，是一个有才干的人，就破格免去伊尹的奴隶身份，任命为右相。左相仲虺也见伊尹是一个贤才，两人的政治主张也相同，也就一心和伊尹合作共同辅佐汤蓄积力量，准备灭夏。

商汤有了仲虺和伊尹的辅佐，首先是治理好内部，鼓励商统治区的人民安心农耕，饲养牲畜。同时团结与商友善的诸侯、方伯。在仲虺和伊尹的鼓动下，一些诸侯陆续叛夏而归顺商。汤经常率领仲虺和伊尹出外巡视四周的农耕、畜牧。有一次汤走到郊外山林中，看见在一个树木茂盛的林子里，一个农夫正在张挂捕捉飞鸟的网，是东南西北四面都张挂。待网挂好后，这个农夫对天拜了几拜，然后跪在地上祷告说："求上天保佑，网已挂好，愿天上飞下来的，地下跑出来的，从四方来的鸟兽都进入我的网中来。"汤听见了以后，非常感慨说："只有夏桀才能如此网尽矣！要是如此的张网，就会完全都捉尽啊！这样做实在太残忍了"。就叫从人把张挂的网撤掉三面，只留下一面，也跪下去对网祷告说："天上飞的，地下走的，要往左面，就从左吧，要往右面，就从右面吧，要高就高飞吧，要下来就下来吧，就到我的网中来吧！"说完起来对那个农夫和从人们说：对待禽兽也要有仁德之心，不能捕尽捉绝，不听天命的，还是少数，我们要捕捉的就是那些不听天命的。仲虺和伊尹听了以后，都称颂说：真是一个有德之君。那个农夫也深受感动，就照汤的做法，收去三面的网，只留下一面。这就是流传到后世的"网开一面"的成语故事。

商汤"网开一面"的事在诸侯中很快就传扬开了。"诸侯闻之，曰：'汤德至矣，及禽兽'。"（《史记·殷本纪》）也就是诸侯们听说以后，都齐声称颂说："汤是极其仁德的人，对禽兽都是仁慈的。"大家都认为汤是有德之君，可以信赖，归商的诸侯很快地就增加到四十个。商汤的势力也愈来愈大。

伐昆吾灭夏

昆吾的夏伯自恃其能，率军向商进攻。伊尹见昆吾死心塌地效忠于夏桀，一心与商为敌，就请汤率军迎战昆吾。一战而大败昆吾军，再战而杀夏伯灭昆吾，并昆吾土地、人民入商。伊尹又出谋说："今年本应向桀入贡，且先不入贡以观桀的动静。"汤用其谋不再向夏桀入贡。当夏桀得知商汤又灭了昆吾，而不再入贡，又下令"起九夷之师。九夷之师不起，伊尹曰：可矣。汤乃兴师"（《说苑·权谋篇》）。夏桀下令调东夷的军队征伐商汤，但因桀反复无常，昆吾又是助桀为虐，与商为敌，东夷的首领们也看出夏桀不会长久，就不听调遣。伊尹看见九夷之师不起，灭夏的时机成熟了，就请汤率军伐桀。

汤和仲虺、伊尹率领由七十辆战车和五千步卒组成的军队西进伐夏桀。夏桀调集了夏王朝的军队，开出王都。夏商两军在鸣条（今河南封丘东，或说在今山西城安邑镇北）之野相遇，展开了大会战。会战开始之前，汤为了鼓动士气，召集了参加会战的商军和前来助商伐夏的诸侯、方国的军队，宣读了一篇伐夏的誓词，汤说：

> 你们大家听我说，并不是我小子敢于随便的以臣伐君，犯上作乱。乃是由于夏王桀有许多罪恶，上帝命我去诛伐他。你们大家都知道桀的罪在于他不顾我们稼穑之事，侵夺人民农事生产的成果，伤害了夏朝传统的政事。正如我听见大家所说的，桀之罪还不仅是和他的一些奸谀臣子侵夺人民的农事生产成果。为了他们淫逸享乐，还聚敛诸侯的财物，供他们挥霍。害得夏朝的人都不得安居。大家都一致的不与桀一条心，还指着太阳来咒骂他，何日灭亡，大家都愿同他一起亡。这已经是天怒人怨。桀的罪如此之多，上帝命我征伐，我怕上帝惩罚我，不敢不率领大家征伐他。大家辅助我征伐，如果上帝要惩罚，由我一人去领

受，而我将给大家很大的赏赐。你们不要不相信我的话，我决不食言。如果你们有不听我誓言的，我就要杀戮不赦，希望你们不要受罚。

这就是《尚书》中的《汤誓》，是一篇汤在鸣条会战前的动员令。

商军经汤动员以后，士气大振，都表示愿意与夏军决一死战。夏军士气低落，人有怨心。两军交战的那一天，正赶上大雷雨的天气，商军不避雷雨，勇敢奋战，夏军败退不止。夏桀见兵败不可收拾，就带领五百残兵向东逃到了三朡（今山东定陶北）。三朡是夏王朝的一个方国，三朡伯见夏桀兵败逃来，立即陈兵布阵以保夏桀，并扬言要与汤决一死战。汤和伊尹见夏桀投奔三朡，即麾师东进。商军和三朡军在郕（今山东汶上北）交战，结果商军打败三朡军，杀了三朡伯，夺取了三朡伯的宝玉和财产。夏桀见三朡又被汤所灭，仍旧带了那五百残部向南逃走。汤和伊尹率军紧追不放，夏桀逃到了南巢（今安徽寿县东南），商军追至南巢，夏桀又想从南巢逃跑，但是刚走到城门口就被商军捉住。汤将夏桀流放（监禁）在南巢的亭山，“桀谓人曰：‘吾悔不遂杀汤于夏台，使至此’。”（《史记·夏本纪》）也就是夏桀被监禁在南巢后非常气愤，对看管他的人说：“我很后悔，没有将汤在夏台杀掉，才落得如此下场。”商朝建立后的第三年，夏桀就忧愤病死在亭山。

汤和伊尹为了彻底消灭夏王朝的残余势力，又率军西进。因为韦、顾、昆吾和三朡这样一些较有势力而又忠于夏的方国都被商汤所灭，商军在西进的路上未遇到大的抵抗，很快就占领了夏都斟鄩。夏朝的亲贵大臣们都表示愿意臣服于汤。汤和伊尹安抚了夏朝的臣民后，就在斟鄩举行了祭天的仪式，向夏朝的臣民们表示他们是按上天的意志来诛伐有罪的桀，夏后氏的“历数”（帝王相继的世数）已终。这就正式地宣告了夏王朝的灭亡。我国历史上的第一个奴隶制王朝至此宣告结束。商代后人歌颂他们开国之君商汤的功绩时说：“韦顾既伐，昆吾夏桀。”（《诗经·商颂·长发》）就是说，汤是先征伐韦、顾两国，然后才灭昆吾和夏桀。

汤和伊尹在夏王都告祭天地以后就率军回到了亳。这时期商的声威已达于四方，各地的诸侯、方伯以及大大小小的氏族、部落的酋长们都纷纷携带方物、贡品到亳来朝贺，表示臣服于汤。就连远居西方地区的氐人和羌人部落也都前来朝见。数月之间，就有“三千诸侯”大会于亳（《逸周书·殷祝》）。四百多年前夏禹建国时在涂山大会诸侯时，“执玉帛者万国”。经过四百多年的发展，这些上万的“诸侯”由于兼并、融合，到汤建国时，只有“三千诸侯”。但是这时商汤统治的地域远比夏禹时大。汤对前来朝贺的诸侯皆以礼相待，汤自己也只居于诸侯之位，表示谦逊。“于是诸侯毕服，汤乃践天子位”（《史记·殷本纪》）。也就是在“三千诸侯”的拥护下，汤作了天子，告祭于天，宣告了商王朝的建立。

古书中把汤伐桀灭夏称做“汤武革命，顺乎天而应乎人”（《周易·革》）。“革”的本意是指皮革，兽皮去其毛而变更之意。“汤武革命”是说商汤变革夏王桀之命。“顺乎天”是商讲究迷信，凡做一事都说是上天的意志，所以是顺天命。“应乎人”就是得人心的行动。商汤革命是我国奴隶社会中一个奴隶主的总代表革去另一个奴隶主总代表的命，虽革除了夏桀的暴虐，但仍然是奴隶主阶级的统治。所以后世人们又称为“贵族革命”。我国历史上的第二个奴隶制王朝，也就是在汤革了夏桀之命后建立起来的。

汤经过二十年的征伐战争，最后灭了夏王朝，统一了自夏朝末年以来纷乱的中原，控制了黄河中下游地区，其势力所及，远远超过了夏王朝。所以商代的后人称颂说："昔有成汤，自彼氐羌，莫敢不来享，莫敢不来王，曰商是常。"（《诗经·商颂·殷武》）意思是说从前商汤的时候，连远在西方地区的氐人和羌人都不敢不来进贡和朝见，都说商汤是他们的君主。

汤灭夏后奠定了商王朝疆域的基础。为了控制四方诸侯，防止夏遗民尤其是夏后氏的奴隶主贵族的反抗。汤和伊尹决定将处于东方地区的亳放弃，把王都迁到距原夏王都斟鄩相近的西亳，西亳在现在的什么地方？学者各说不一，或说是在今河南偃师。也就是古书中所说的"尸乡"。

1983 年夏天，考古工作者在河南偃师城西的尸乡沟一带，发现一座古城遗址，呈长方形，东西宽为 1200 多米，南北长为 1700 多米。城墙全部用夯土筑成，截至 1984 年初，已经探到七座城门和若干条纵横交错的大道。同时在城中发现大型建筑基址三处，其中有一座大型的宫殿基址。发掘这遗址的考古工作者认为，可能这就是商汤所建的王都西亳。

夏桀灭亡

履癸又名桀，是夏王朝最后一个国王。是我国古代史上有名的暴君。夏朝自禹建国以来，共传了十四代，一共十七位夏王。到了夏桀时，我国奴隶制社会经过四百多年的时间，已由局部地区发展到全国大多数地区，夏王朝的统治中心也扩大到"左河济、右太华，伊阙在其南，羊肠在其北"（《史记·孙吴列传》）。即是东面到达黄河下游和济水流域（今河北东南部和山东），西面到华山（今陕西东南部），南面到伊水流域（今河南西部），北到羊阳（今山西晋城一带）。但是其统治势力所及，还远不只于这样一带地区。夏王朝就是从这个统治中心把势力伸展到全国，并在全国建立起了大大小小的氏族、部落，或方国、诸侯的贡纳关系。自孔甲继位以后，各种社会矛盾日益尖锐化。统治阶级内部的矛盾也开始激化，诸侯、方国中的奴隶主贵族，有不少开始反叛。桀即位以后，面对这种江河日下、众叛亲离的统治局面，力图加强控制，以巩固他的统治，所以才不惜以残暴的手段来对付一切反抗他的人。

相传桀是一个有才智又有勇力的人，他能够一人生擒兕（野牛）、虎，折断钩索，其力之大，无人可比。但是性情很暴躁，又很残忍，动辄杀人。他酷好声色，又好喝酒。即位以后，为了控制局势，又将王都迁回斟鄩旧都（今河南巩义市）。地处东方的有施氏（今山东滕县）在桀当夏王前，就反叛不臣服。桀因有施是一个小方国，首先就出兵东进，伐有施。为了杀一儆百，桀调集了上万的军力开向有施氏的族居地。有施氏国小力薄，看见夏王朝大兵压境，首先表示请罪，愿意臣服纳贡。桀开始不准有施氏投降，一定灭掉有施氏。有施氏得知桀是一个好色之徒，就选了一名叫妹喜的美女进献请降。桀见妹喜生的美貌，大为高兴。于是不再说要灭有施氏，就罢兵带了妹喜回到王都。妹喜见王都斟鄩的宫殿陈旧，很不高兴。桀为了讨妹喜的欢心，就下令在河南（今洛阳附近）“作倾宫、瑶台，殚百姓之财”（《文选·东京赋》注引《汲冢古文》）。为了修建倾宫、瑶台，首先是搜刮人民的财物，然后征派民夫，调集奴隶动工修筑。因为这座宫殿修得很高大，从地面往上看，有将倾倒的感觉，所以取名为倾宫。在倾宫里又用玉和石头来建造了很漂亮的琼室瑶台。修好了以后，桀就和妹喜迁往河南这个离宫中去居住。当桀登上这座高大的倾宫时，十分高兴，他和妹喜日夜在此饮宴作乐。俯视其下，感到他是在天上，就将自己比作是太阳，居天下之上，永远存在。当然，修建这座离宫“殚百姓之财”，就是说把平民百姓之财都搜括殆净。人民在桀统治时期，实在不堪其苦，就天天指着太阳咒骂：“时日曷丧，予及汝偕亡。”（《尚书·汤誓》）这是借着骂太阳来咒桀，意思就是：“这个太阳为何不快灭亡，我们愿与你一同灭亡。”

桀劳民伤财，残害人民，在诸侯、方伯中也引起了不满和反抗。他为了控制这种形势，就下令在有仍这地方（今山东济宁）会见诸侯、方伯。虽然许多诸侯、方伯慑于桀的武力，不得不前去赴会，但各自都怀有戒心。而桀召集有仍之会，一方面要显示他是天子，仍有威力，另一方面要向诸侯、方伯们敛财，征收贡物，供他挥霍。但是“夏桀为仍之会，有缗叛之”（《左传·昭公四年》）。

有缗是夏王朝东部（今山东金乡）的一个方国，有缗首领见桀是一个暴虐贪婪的国王，不等会散就先回国。有缗氏的这一行动，激怒了桀。桀便率领参加“有仍之会”的各诸侯、方国出兵征伐有缗。有缗国小力弱，当然无法抵御。灭了有缗之后，将其财物、美女、人口尽数掳掠到王都。但是桀所作所为被各诸侯、方伯们看在眼里，更加和夏王朝离心离德，叛夏的更多了。所以古书中说：“桀克有缗，以丧其国。”（《左传·昭公十一年》）

相传夏桀命令一个叫扁的武将率兵去征伐岷山。岷山之君进献两个美女请降，这两个美女一个叫琬，另一个叫琰。经学者考证，岷山即峄山，就是有缗。有的古书中又作民山或蒙山，指的都是一回事。总之，桀暴虐无道，不惜用武力来灭亡一族一国来满足自己的淫逸奢欲。

自桀灭有缗之后，统治阶级内部的矛盾更加激化，桀的无道引起了众叛亲离，最后终于被商汤灭亡。

相传夏王朝有个太史叫终古，是掌记事兼天象、历法的官。见桀暴虐，又贪乐纵欲不理朝政，便多次向桀进言，劝谏要爱惜民力，不能这样奢侈。桀根本听不进，反而征发平民和奴隶在倾宫中修建一个很大的池子，里面灌满了酒，称为“酒池”。还做了一只彩船放在池中，使歌女们在船中演奏“靡靡之乐”（《新序》）。又使许多青年男女奴隶在池边载歌载舞地饮池中的酒，有所谓“一鼓而牛饮者三千人”之说（《韩诗外传》卷四）。然后，使男女奴隶相戏。桀与妹喜以及一些谀臣们通宵达旦地在此观看和饮酒取乐，一个月都不出宫办理朝政。终古又哭着苦苦劝谏，桀不但不听，反而责骂终古是多事。终古眼看桀如此下去，不久便会亡国，于是就逃出投奔商汤。

夏王朝有一个大夫叫关龙逄，他见终古劝谏桀无效，就手捧“皇图”来到倾宫求见桀。“皇图”也称作“黄图”，是古代王朝绘制有帝王祖先们功绩的图，给后代帝王们看，以便效法祖先们治理国家。关龙逄捧去的“皇图”绘有大禹治水和涂山大会等图像，他是要桀效法先王，像始祖大禹一样节俭爱民、薄衣食、惜民力，才能得天下诸侯的拥戴，才能长久享国。若是像如今这样挥霍无度，任意杀人，亡国的日子就不远了。桀对这样忠言很感逆耳，不仅不听，反而将关龙逄杀害，下令将皇图焚毁。还警告朝臣们说，今后再有像关龙逄这样的人来进言，一律杀头。于是贤臣绝迹，言路断塞，桀愈加骄横暴虐。

商朝带铐奴隶图

夏朝末年，活动在东方地区的商国，逐渐强大起来。大约在公元前 1700 年间，商汤起兵伐桀灭亡夏朝。夏朝从禹建国起，到夏桀灭亡，共有四百七十一年左右的历史。有的史书中说是四百三十二年。

盘庚迁殷

迁都概况

商朝自汤建国以来，前十个王都都在亳（今河南商丘附近），但自第十一代仲丁起到盘庚前的第十九王阳甲止的九个王朝，竟五次迁都，其中十一王仲丁迁縛（今河南荥阳东北）；十三王河亶甲迁相（今河南内黄东南）；十四王祖乙迁邢（今河南温县东）；十五王祖辛迁庇（今山东郓城北）；十八王南庚迁奄。迁都为何如此频繁呢？

原来亳、隞、相、邢、庇、奄六个王都，均在黄河两岸，显然是为了用水的便利。但黄河又是一条常出问题的河流，大雨一来泛滥成灾，汛季一到，水害更大，如邢就曾被水淹没。黄河泛滥时，大水冲毁良田，人民无所收获，而商人中的贵族豪富，大发国难财，这就更加剧了国家的财政恐慌，甚至造成王室穷、贵族富的局面，许多大户因此无视王权。故摆脱黄河水害，成了商政权、也是新当政的商王盘庚的重大问题。

另外，商朝王位继续采取“夫终弟及”法，即兄死由弟继位，直至少弟死后，再由长兄之子继位。兄终弟及这个王位继承法与父死子继法相比，使有权当商王的家族、人选相应增加了。十一王仲丁的父亲太戊是少弟，传说他继位后出现了一件

郑州商城宫殿遗址

奇事：亳都的宗庙生出一棵妖树，一半是桑，一半是谷。一夜妖树长得又高又粗，而且两部分互相斗争起来，太戊十分恐惧，后经相辅伊陟的提醒，太戊大修德政，以德克妖，终于使桑树自行枯死。

这个传说其实是太戊时期王位继承斗争尖锐化的反映，是王位传自己的儿子，还是传给长兄儿子两种不同势力的斗争。由于太戊安抚政策奏效，传子派暂时得势，但反对派的力量还相当强大。太戊为了转移本族的矛盾，大肆兴兵伐方国取胜，出现了所谓“中兴”的局面，太戊也就成了商王中地位显赫的“中宗”。

但“盛世”随着太戊的去世而消失，两派斗争再度激化，取得王位的太戊之子仲丁无力应付势力较大的反对派，只能迁都于隞，首创了商王迁都的纪录。从仲丁到阳甲的九个王朝，两种势力交替占上风，王都五度迁移，造成“九世之乱”。内乱必引起外患，商王朝西方、北方的方国如周、土方、吕方趁机崛起，又不来朝贡商王。盘庚正是为了上述种种考虑，决定迁殷。

盘庚迁殷在商代历史上有着重要的意义，在盘庚后第三王武丁时期，商王朝的统治达到极盛阶段，在盘庚迁殷后至商灭亡经八代、十二王、二百七十三年，再也没迁过王都，因此商朝在历史上又被称为殷或殷商。

巩固殷都

在商王朝约六百年的历史中，盘庚将王都由奄（今山东曲阜）迁到殷（今河南安阳）是一个转折点。“自盘庚徙殷，至纣之灭二百七十三年，更不徙都。”也就是说自从盘庚迁都到殷，一直到纣（帝辛）灭亡的二百七十三年，再也没有迁过王都。自盘庚迁殷以后，商代奴隶制国家得到了复兴，巩固了商王朝的统治，对发展社会生产起到了推动作用，为青铜文化向高度发展创造了条件，促使我国奴隶制社会的发展进入一个更高的阶段。历史学家为了研究问题的方便，将商王朝划分为两段时期：从汤建国至盘庚迁殷以前称为前半期；自盘庚迁殷至商纣灭亡称为后半期。

盘庚在奄都连哄带吓地说服了反对迁都的臣民以后，大约在公元前1300年间将王都迁至殷。盘庚营建新王都比较节俭，这样又引起了王室贵族们的不满。这些人原来就反对迁都，现在看见新王都一切都很简陋，虽然勉强可以居住，总不如在奄都时那么舒服，于是，又开始散布不满的流言。因为这些王室贵族中有许多人是在朝廷中担任职务的老臣，他们的言行对人民有很大的影响。而且自盘庚迁到殷以后，不少臣服于商王朝的诸侯、方国和部落酋长都前来进贡朝贺。

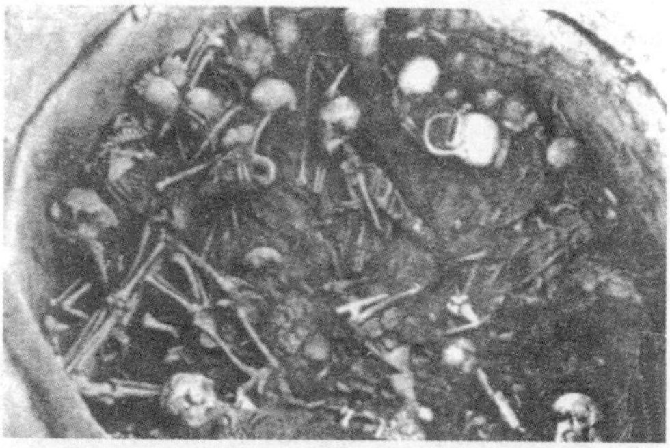

后岗祭祀坑

为了制止这批王室贵族们继续散布不满的言论，盘庚仍然求助于上帝祖先，举行了一次隆重的祭祀，还用龟甲进行占卜。祭祀时满朝文武和一些诸侯、方伯都参加。祭祀以后，盘庚又很严肃地对这些臣僚、诸侯、方伯们训了一次话。盘庚告诫道：

> 你们不要贪图安乐享受，要勤奋地把从上帝那里得来的大命很好地建树起来。我现在掏出心肠来同你们百官讲话：我心中不责怪你们；你们也不要再存以前的怨怒，勾结在一起说我的坏话。
>
> 在从前我们的先王要发扬前人的功业，迁到高地免除灾害，在我们都邑里遵循着前人美好的业绩。
>
> 如今我们的人民遭受水患的荡析离居之苦，没有止境。你们问我："为何震动万民来迁徙！"你们不知，这是上帝要恢复我们商祖的美绩到我们这一代王朝，故我急于敬奉上帝的旨意来拯救民命，以获永远定居于新都邑。
>
> 我不是不理会人们的意见，是由于上帝的神灵使我们得到好处。我是不敢违反占卜，现在便发扬了这神龟的吉示了。
>
> 唉！各位方伯、军事长官和各级官吏们，你们都要服从这灵验的占卜，我要加强观察和选取你们，看谁能经常想到重视我的众民。我不屑于那种贪财货的行为，那种敢于孜孜从事自己家业的行为，只对那些能养育人民和为人民谋安居有成绩的，才任用，敬重他。如今我已向你们说清楚了对我的意志，不论同意与否，你们都必须服从。

盘庚对王室贵族、朝中官吏和诸侯、方伯们作了告诫训话以后，又发现在人民中也吵吵嚷嚷，闹着住不惯这新都邑。盘庚就暗自作了调查，结果发现这些吵嚷都是由于贵族和一些官吏在煽动。经过再三考虑，决定用旧有的典制去矫正法纪。如果不用法纪来整顿，这个新王都就保不住。说不定连他自己这个商王也作不成。于是就下令，在一天的上午将朝中大小官吏召到朝廷中来，先是对他们说明：他原来派一些官员去向迁来新王都的人民讲明，为什么要由奄都迁来这里的道理，人民都能听从王命。有的朝臣和下属官员又在人民中散布不满，煽动人民，不使他们安居。他很严厉地对这些大大小小的官吏们说：

青铜方鼎

你们不把我的好话向百姓们宣布，这是你们自取其祸，以致做出许多坏事来害了自身。你们既然带头引导人民做坏事，那就得由你们自己来承受其痛苦，要后悔也来不及！你们看，这些小民还知道听从规劝，唯恐说出引起祸患的错话，何况我是操着你们生杀大权的人，你们为何倒不畏惧呢？你们有话为何不来告诉我，竟敢擅自用谣言来煽动人心，恐吓大众。你们要知道，即使你们像野火一样在大地上焚烧，使人近前不得，但我就能有力量来扑灭。如果一定要弄到这种情况，那是你们自己惹出的祸患，就不要怪我错待你们了！

盘庚讲了这番话后，又劝诫他们要像他们的先祖先父们一样，和商先王们什么事都同心协力，因此在祭祀先王的时候，才把他们的先祖先父也一同祭祀。最后又说道：

你们应该把我的话广为宣传告诫：从今天以至将来，各自忠于你们的职务，整饬你们的阶位，说话要谨慎。如果不是这样，到时候罚到你们身上，就不要懊悔呵！

盘庚迁殷以后，对于不安居于新王都的贵族、百官和人民作了耐心的说服，借助于上帝的神灵、龟卜的吉示，最后发出了警告，如果这些人再不安心维护王命，仍旧散布谣言，煽动人民，则要以罚惩处，收到了安居于殷的效果。王都巩固，纷乱局面扭转，克服了商王朝统治的危机。

盘庚迁都的借口是在奄有水患，大家过着“荡析离居”的生活。对这句话学者们有不同的解释，不管是指水患，贵族和百官们本身的生活，还是方国、部落的侵扰不得安宁，盘庚总是看到不迁都无法改变商王朝那种“九世乱”后所造成的衰弱和混乱的局面，尤其是对王室亲贵、朝中大臣这些地位高、权势大、贪婪好逸的特权们的告诫，是看准了商王朝危机问题的所在。为了维护奴隶主阶级的利益，巩固商族的统治地位，采取迁都，改变统治阶级内部的一些不利的风气，便于集中力量发展生产，对付一些反叛方国、部落的侵扰，盘庚迁殷的决定是很有远见的。他是“行汤之政，然后百姓由宁，殷道复兴，诸侯来朝”（《史记·殷本纪》）。

经过盘庚的迁都、整治，衰弱的商王朝又开始复兴，这为他的侄儿武丁时集中力量征伐诸方国，振兴商王朝奠定了基础。

武丁中兴

经过盘庚的迁都、整治，衰弱的商王朝又开始出现复兴局面。这为他的侄儿武丁时集中力量征伐诸方国，振兴商王朝奠定了基础。盘庚在位二十八年死去，由他的弟弟小辛继王位。

小辛名颂，甲骨文中也称小辛，武丁时期的卜辞中称为“父辛”。祭祀小辛的卜辞很少，武丁祭祀父亲的卜辞较多一些，但祀典很一般。这可能是小辛在位时间短，又是旁系先王的缘故。

武丁像

小辛死后由他的弟弟小乙继王位。小乙就是武丁的父亲。小乙为了调查人民对商王朝的态度、观察诸侯、方伯们的动向，同时也能使武丁能学到更多的本领，成为一个安邦治国的统治者，在他死后能继位做商王，便将武丁由大邑商（殷都）派到正都以外的地方上去。先是隐居在黄河岸边，后来武丁经常在黄河两岸许多地方去观察人民的生活情况，接触了不少的平民和从事农业生产的奴隶。有时武丁还和这些所谓“小人”一起参加农业劳动，使他了解到这些“小人”们生活的艰辛和劳动的辛苦。

这些就是古书中说的：“命世子武丁居于河”（今本《竹书纪年》）“其在高宗（武丁）时，旧劳于外，爰暨小人”（《尚书·无逸》的注释说：“武丁，其父小乙使之久居民间，劳是稼穑，与小人出入同事。”）。自武丁和祖甲两个商王以后情况就有变化，其原因是以后的商王没有在民间居住过。所以《无逸》中接着又说：“自时厥后，立王生则逸。生则逸，不知稼穑之艰难，不闻小人之劳，惟耽乐之从。”

武丁继位前，很留心访求贤才。一次，他来到傅险，见一批犯刑后罚做苦工的奴隶正在修路。武丁与一位名叫傅说的奴隶交谈，发现他对国事及治国计划说得头头是道，了如指掌，十分惊服，便有心以后请他帮助自己治理国家。

武丁即位为商王后，按照古代的传统，父亲死后儿子要守孝三年，叫做“三年之丧”。为了表示是一心守孝，在这三年内的商王不得过问朝中政事，凡是国政大事皆委托于朝中的执政大臣来处理。武丁在这三年中也是照此古礼执行。他只住在守丧的房子里，这个房子叫做“凶庐”，古书中说：“高宗谅阴，三年不言。”（《论语·宪问篇》又《尚书·无逸》）

武丁在守孝的三年里，虽不能直接过问朝中大事，但他仍在“思复兴殷”，“以观国风”（《史记·殷本纪》），考虑怎样复兴商王朝和观察形势的变化，他考虑的是如何把傅说请到朝中来辅佐他治国，如果直接采取赦免傅说胥靡，任命为相的办法，王室中的亲贵大臣和百官们一定不会同意，甚至引起反对，制造混乱。他看见这些亲贵大臣们迷信鬼神，就决定利用这种手段来

傅说像

达到获得傅说的目的。

三年守孝期满，武丁告祭天地、祖宗后，来到朝廷接受百官的朝贺。在朝贺的臣僚中也有许多臣服商王朝的诸侯、方伯和部落酋长武丁决定借此机会获得傅说，任其为相。武丁等大家颂扬之后，说道："我夜得一梦，梦见上帝赐与朕一个圣人，叫傅说，上帝对朕言道，得到此人，我朝将会兴盛起来。"并把傅说的相貌叙述了一番。然后在群臣百官中一一核对相貌。对完了后，没有一个是和傅说一样的。武丁就问群臣应该怎样办？这批新贵大臣们只好说只有到民间去访查，武丁就下令派使臣在百工中去寻找。没有多久就在虞山山岩修筑工地上把傅说给找了来，于是武丁召集群臣百官传梦中圣人相见。当傅说走进朝廷以后，武丁一见就以礼相待。群臣百官们见与武丁所说相貌完全一样，也都问声相贺，祝武丁梦得圣人，武丁当时就任命傅说为相，辅佐治理朝政。傅说当然是早就心中有数，也只等这一天，面对群臣百官，誓言要尽心辅佐武丁，治理朝政。

武丁得到傅说，"举以为相，殷国大治"（《史己·殷本纪》）。傅说是个很有才能的人，他做了执政大臣以后，和甘盘、祖己这样一些贤臣一起，兴利除弊，很快地就改变了商王朝那种衰弱的局面，数年之间，使商王朝的统治得到巩固，而且逐渐地兴旺起来。在此基础上，武丁对其周围的方国进行了一系列的斗争。

𢀛方居住在今山西、陕西北部直至内蒙河套以北，是西北地区的游牧邪落，武丁时𢀛方非常猖獗，屡次侵犯商界，进行抢夺。商王经常接到址君的紧急军情报告。武丁曾多次亲自率兵征伐，所用兵力达三、五千人。甲骨文中有"登人（征兵）五千"，及很多"王往伐𢀛方"的记载，足见战争激烈规模。

土方居住今山西北部一带，武丁时土方曾与𢀛方相互联合侵犯商的属国沚，土方在沚的东面，进犯沚的东鄙，𢀛方在沚的西面，进犯沚的西鄙。甲骨文有“沚盛告曰：土方征于我东鄙……”对付这支强悍的部落，武丁也要亲自征伐，甲骨文有“王伐土方”。用兵人数，最多亦达五千，可见土方之强，似不在𢀛方之下。

鬼方居住今陕北、内蒙及其以北的辽阔地区，是强大的游牧部落。武丁曾调动西部属国的兵力命震率军讨伐鬼方，花了三年的时间，平定了鬼方，其一部落被迫西移。

羌方居住今晋南、陕西一带，也是商时用兵的主要进攻目标。甲骨文中有关羌方的记载很多，武丁时伐羌方所用兵力最多，远超伐𢀛方、土方的人数，最多一次是一万三千人往征羌方。在战争中俘虏的羌人，被商人用作人殉人祭的牺牲。甲骨文记载了很多这类材料，其数字是惊人的。

商朝西北之敌尚有䒤方，䒤人善于养马，“多马䒤”在商朝的战争和商王的田猎中都起着重要作用。武丁为掠夺其财富，对䒤人曾大举用兵，所征调的兵力，亦竟达一万多人。

商朝在南方无劲敌，武丁曾经南征，“奋伐荆楚”，此后，商朝的势力延伸至长江以南地区。其他被武丁征伐过的方国还有缶、蜀、湔方、基方以及江淮流域的虎方等。从而征服了商朝西北至南方的广大地区。如《诗经》所云：“武丁孙子，武王靡不胜。龙旂十乘，大糦是承，邦畿千里，维民所止，肇域彼四海。四海来假，来假祁祁、景员维河，殷受命咸宜，百禄是何。”通过对周边部落的征伐，商的势力范围急剧扩大。

武丁在位五十九年，商朝的政治、经济、文化部得到了空前的发展，达到了极盛时期。史称“武丁中兴”。

商纣暴政

纣征伐东夷已经是大耗资财和人力，征服东夷以后本应安定民心，发展社会生产。可是纣只顾纵情声色，花天酒地。妲己喜欢观看歌舞，纣命乐师延创作了靡靡之乐，怪诞之舞。为了玩乐，“弃田以为园囿，使民不得衣食”（《孟子·滕文公下》）。每个商王都喜欢打猎，这是从卜辞中得以证实。但纣还更进一层，干脆把商都附近的一些农田荒废，让禽兽自然生长，成为天然动物园，供他玩乐。人民无田可耕种，衣食无着，民不聊生，十分不满，激化了阶级矛盾。

而纣王自以为英雄盖世，便领着兵马，到处炫耀武力，强逼各诸侯与属国增加贡赋，稍不如意，就兴兵问罪。诸侯们心中虽是叫苦不迭，但因惧怕纣王威势，都敢怒不敢言，只得勉强搜索国中珍宝，以投其好。

纣王用兵连年得胜，愈加志满意骄起来。他大兴土木，筑了一个方圆三里，高过千尺的鹿台，专门收藏战争勒索来的或诸侯进贡的各种珠宝钱财。又修了一叫钜桥的巨大仓库，里面装满了搜刮来的粮食。并扩建原来的宫殿，搜罗天下狗马奇物充实其中。自己则领着一群妃子宠臣整日在那里游嬉，过着花天酒地、奢靡无度的生活。纣王还十分贪恋酒色，经常和他最宠爱的女人妲己在一起，整日整夜喝着醇酒，听着靡靡之音，连朝政也无心过问。

纣王还驱使大量奴隶和民工，在南连朝歌（今河南淇县），北到沙丘（今河北广宗西北）、邯郸的广大区域内修筑了许多巍峨壮美的离宫别馆，并在这些御苑中，放养了许多珍禽异兽。

甚至别出心裁，在沙丘一带的离宫里，建立“酒池”和“肉林”，供他享用玩乐。

“酒池”，即是在人工挖成的池子里灌满了酒。据说这个酒池大得可以划船，池中的酒可供三千人狂饮不竭；“肉林”，是在许多树上挂满了肉，以便随手取食。每当聚乐的时候，纣王便命成群赤身裸体的男女在酒池肉林间追逐，通宵胡闹，搅得一片乌烟瘴气。从此以后，“以酒为池，悬肉为林”便被作为历史上剥削阶级最奢侈的典型而载入史册，遗臭万年。

纣王的穷奢极侈，耗费了大量民脂民膏，他不断用兵，屡兴大役，不仅使得民怨沸腾，连一些诸侯也纷纷叛离。纣王看到这种情况，非但不思改悔，反而大为震怒，决意用加重刑罚来维持其统治。他制作了一系列极其野蛮的刑罚来对付各种有不满情绪的人。比如“炮烙”之刑，用时在一个大铜柱上涂满油，下以炭火烧炙，让“罪人”光着脚在烧红的铜柱上走，把人活活烤死，可谓残忍至极。

对于那些不称心的诸侯，纣王也随意杀戮，毫不顾惜。如西伯昌（即周文王）、九侯、鄂侯在各渚侯中素孚众望，曾被商封为“三公”。纣王眼看“三公”的势力越来越大，决心要除掉他们。九侯是他开刀的第一个对象。九侯有个美丽贤惠的女儿，被纣王看中选入宫中，后因不愿迎合他的胡作非为而被杀。纣王怕九侯怨恨在心，把九侯也剁为肉酱。鄂侯看不过去，心生不满，也被杀死，做成肉脯，西伯昌得知二人惨死，伤心地叹了口气，被纣王的心腹崇侯虎偷听到了，立即向纣王告密，纣王大怒，把西伯昌也抓了起来，投入监狱。“三公”的悲惨结局，使朝廷大臣和各路诸侯大为寒心，人人自危，于是日益与商王朝离心离德。与此同时，由于纣王重用费仲、恶来等阿谀好利之徒，大肆搜刮百姓，在国内也渐渐失去民心。

比干像

纣王的倒行逆施，使一些较有远见的商朝贵族十分不满，一再向他进行劝谏。可纣王哪里听得进去。纣王的兄长微子启见劝谏无效，不忍心看着商朝灭亡，想一死了事，后来听了太师、少师的劝阻，便暂时逃了出去。只有纣王的叔父王子比干素称忠直，屡次向他犯颜直谏。有一天，纣王正在宫里饮酒取乐，比干又到纣王面前强谏，请他以商朝天下为重，不要再胡闹下去了。纣王听了，心下已十分不快，但还不好马上发作，只得敷衍说：“叔父不必多虑，眼下商朝国运方隆，凭着我东征西讨，诸侯谁敢不服？那些小民自然更翻不了天。请叔父放心回去，有事改日再议。”比干见他如此昏庸，不禁又气又急。心想，今日就是冒死也要说个明白，于是当着纣王面把他的种种昏庸暴虐数落一番，末了说：“大王若不改过归正，恐怕祖先艰难经营得来的商朝六百年天下就要亡在你的手里了！”纣王闻言勃然大怒，拍着桌子叫道：“你这糟老头子，几次三番危言耸听，扰乱人心，我念你身为长辈，不与你计较。不料你胆大妄为，竟敢辱骂起我来。你说我是暴君，难道你是圣人？听说圣人心有七窍，我今天倒要看看你究竟是否圣人？”说罢，喝令左右将比干推出，剖心而观。可怜比干一片忠心，竟遭如此酷刑而死。

比干惨死的消息，震动了朝野。贵族箕子深恐祸及己身，便假装疯傻，与奴隶混在一起，但纣王还是不放心，派人把他关了起来。太师、少师眼见纣王已不可救药，便带着宗庙里的祭器和各种乐器，悄悄投奔岐周去了。其余的大臣见此状况，也纷纷另谋出路。总之商纣王将商朝的政治腐败推向了极至。

广大奴隶以及平民的强烈不满与反抗，诸侯们的纷纷叛离，商朝统治集团内部的矛盾重重和互相倾轧，这一切都表明：商王朝的灭亡已经为期不远了。

殷商灭亡

商的政治腐败导致商统治力量的削弱，许多小国便纷纷从商的控制下摆脱出来。曾长时期屈从于商的周，这时乘机拉拢一些小国，以壮大自己的力量。《左传》说周文王“帅殷之叛国以事纣”，出现了三分天下周人有其二的局面。商要被周灭掉已成定局。

公元前1227年周武王发布讨纣檄文，率领戎车三百乘、虎贲（敢死队）三千人，甲士四万五千人，东进伐纣。武王的军队来到孟津，会合了讨纣的各路人马，并争取到庸、蜀、羌、微、卢、彭、濮等方国的军队的支持。周武王在孟津举行了誓师大会，随后即率众渡黄河北上进攻。

纣王闻讯，慌忙集中商军南下，与周军会战于牧野（今河南汲县）。战前，周武王再次宣布了纣的罪行，誓死灭纣，周军士气大振，而“纣师虽众，皆无战之心”。纣王将临时编成的奴隶兵队放在头阵，奴隶们一接触到周军，即掉转戈头，向商军杀去。周军在倒戈的商军的协助下，直抵朝歌城下。纣王眼看大势已去，便登上鹿台，自焚而死。结束了自己暴虐的一生。

这就是历史上著名的“牧野之战”。而后，周武王率领诸侯们进入朝歌，命人将纣王的尸体抬出，割下头颅挂在大白旗上示众，并于次日举行了隆重的礼仪，宣告天下：“周朝灭掉了商朝，我受天命管理天下。”随后，周武王迅速分兵四出，征讨商朝各地的诸侯，基本上控制了商朝原来的统治地区。

纣死后，其子武庚受封于周。周初三监叛乱被平定之后，周以微子代武庚。尽管“殷祀”还保存了很长时间，但作为一个朝代而言，纣王之死则是商朝寿终正寝的标志。

纣王的亡国，是内外交困的结果。纣王之前，武丁的四方征战已使殷商的国力大损，而祖甲的政治改革则使殷商内部的统治上层内讧不断。而纣王的个性，又不是那种以慢功见长的人。当他的急功政策受到朝野内外的反对时，不是采取说服的手段，而是不断高压，甚至不惜滥用杀戮，以至于怨声载道，臣民对他离心离德。为了转移国内的一片反对声，纣王又开始了对外征战。特别是在对东方各部落的攻伐中，耗时损财，国力大减。这些因素结合起来，终于导致了商的灭亡。

甲骨文

殷商时代的历史，已被确认是中国信史的开始，这是由于甲骨文的发现与殷墟发掘的结果，使我国古代有关殷商史事的文献记载，得到了地下直接材料的印证。所以甲骨文的发现与殷墟发掘，是近代学术上的大事，我们要认识殷商时代的史事，必须先把这两件大事做一个了解。

清末，河南省安阳县小屯村附近农田中，时有龟甲兽骨出土，村人视为药材，渭之“龙骨”。村民李成，以剃头为业，空闲时常把“龙骨”磨成粉末，用做刀伤药，并整批收购，转售药店，每斤制钱六文，因药店不喜有字的“龙骨”，所以有字者常被刮去，或丢弃枯井中。

“古贞般有祸”全形卜甲

光绪二十五年（公元 1899 年），国子监祭酒王懿荣患病，在北京达仁堂所购之药材中，发现龟板上有契刻文字，知为有价值之古物，先后向潍县古董商范维卿、赵执齐等收购，共得千余片，王氏可说是鉴定及收藏甲骨之第一人。

大型牛骨刻辞

甲骨文是殷商时代的一种古文字，是用利器契刻或书写在龟甲（多为腹甲）和兽骨（多为牛胛骨）上的。商代是所谓“鬼文化”的时代，外在的神秘力量笼罩着人们的思想，使得越是有权势的帝王及上层社会人物，越是遇事多疑，喜用占卜，解决国事或家事中的重大难题。占卜的方法简单而又复杂。通常是先在甲骨上钻孔，在这种孔洞将透未透之时，对它们进行烧灼。根据烧灼后出现的裂纹（卜兆），由专业的卜师进行解释，并把所问之事及卜兆的结果刻写在甲骨上，有时还把日后的应验也刻写上去，并用朱墨涂写这些刻字，有时也用朱墨直接写在上面。这就是我们今天所能看到的绝大多数甲骨文的模样。甲骨

“众人协田”牛骨刻辞

文内容主要是占卜，但也有一些记事的。这些记事的内容，主要是帝王的事务，比如祭祀、征伐、田猎等，也就是说，不可能是平民百姓的事情。这说明，文字的起源，主要是来自社会上层的需要。而中国的汉字，发展到甲骨文的时代，已经到了相当的成熟时期。后来的学者曾总结汉字有六大特征，即所谓“六书”：指事、象形、形声、会意、转注和假借，在甲骨文中都有其表现。从甲骨文往上推断，中国文字的起源无疑是相当悠远的。所以，甲骨文的发现和研究，其意义也是相当深远的。

但是，由于甲骨文字记载的是一些与占卜有关的特殊的事件和场合，事实上它本身并不是殷商的历史记载。而且，甲骨文的形式，也大多是简单的字句，并没有完整的篇章，所以，很大程度上还要依靠后人的推断和想象才能概括出一些历史的遗迹。迄今为止，我们可以确定的是，甲骨文是殷商时代的文字，也是至今发现的中国最早的成系统的文字。从这些文字中，

我们可以发现殷商的社会，在社会生活和精神观念诸方面，已经达到了相当成熟的水平。从甲骨文来看，殷商社会是个高度发达的文明国家。

西　周

（约公元前 11 世纪～公元前 771 年）

周朝的建立和发展

周是中国西部渭水中游黄土高原上的一个古老部落，姬姓。相传其始祖名弃，生活在陶唐、虞、夏之际，其母为有邰氏女，曰姜嫄。“姜嫄出野，见巨人迹，……践之而身动如孕者。居期而生子，以为不祥，弃之隘巷，马牛过者皆辟不践，徙置之林中，适会山林多人，迁之；而弃渠中冰上，飞鸟以其翼覆荐之。姜嫄以为神，遂收养长之，初欲弃之因名曰弃。”弃好耕农，尧举为农师，舜封弃于邰，号曰后稷，被尊为农业神。弃诞生的传说，说明周族从弃开始，才由母系氏族社会转化到父系氏族社会。

自后稷几世传至公刘，自公刘九传至古公亶父，这时被称为戎狄的西北诸游牧部落，也向渭水流域移动，周人受到他们的压迫，古公亶父率周人去豳，而迁居岐山下的周原（今陕西岐山）。和周人同时迁徙的还有其他邻近的部落。迁居岐山后，周人的社会起了重大的变化，他们开始营城郭，建室屋，设官司，并把各部落的人民分别组织在很多被称为“邑”的地域性组织之中，即所谓“以邑别居之”。看来周至古公亶父时，已初具国家雏形，所以后来的周人称古公亶父为太王，尊奉他为周王朝的奠基人。

古公亶父死后，幼子季历继位，周人称为王季。王季对西北诸戎狄部发动进攻，取得了很大胜利，商王文丁任命王季为牧师，承认他是西方的霸主，号称西伯。王季又与商王联姻，势力日益强大。商王文丁为抑制周族的势力，便借故杀死了季历。自此，商周之间的矛盾日益激化。季历死后，其子姬昌继

《史记·周本纪》书影

位为西伯，即著名的周文王。他在位时礼贤下士，广罗人才，如任用吕尚（又名姜尚，俗称姜太公）为军师，吕尚在灭商中起了重大作用；文王又整顿政治，制订了“有亡荒阅”的法律，得到了奴隶主贵族的拥护；并实行“怀保小民”的政策，缓和了阶级矛盾。文王还积极发展农业生产，亲自督促众人从事农耕，增强了经济实力。商纣王感到了周的威胁，便将文王囚禁于羑里（今河南汤阴县）。后来纣王虽释放了文王，但是商周关系更加紧张了。

周 公

文王被放回后，决心与商对抗，于是除修治内政外，又对外扩张以发展自己的势力。首先北逐猃狁，先后征服了西北的西戎等国，又向西南伐蜀，扩大了疆土，解除了东进的后顾之忧，巩固了后方；然后全力向东扩张，灭掉了邘（今河南沁阳）、黎（今山西黎城）、崇（今陕西户县东）等商的盟国，商失去了西部屏障；为了继续向东发展，乃“作邑于丰，自岐下而徙都丰”（今陕西沣水西岸），占有了富庶的关中平原，周日益强盛了。至周文王晚年，形成了“三分天下有其二”的局面。但是，周文王没有来得及灭商就死去了。

周文王死后，文王之子姬发（周武王）继位，以“太公望为师，周公旦为辅，召公毕公之徒左右王，师脩文王绪业”，又营建镐京，积极准备推翻商朝统治。约到公元前1027年，各方面的条件已经成熟，加之殷纣王杀王子比干，微子出走、箕子被囚以后，周武王找到了进攻的口实，遍告诸侯说：“殷有重罪，不可以不伐”，于是开始向殷发动进攻。周联合起微、纑、彭、濮、羌、庸、蜀、髳等部族，武王亲率戎车300乘，虎贲3000人，甲士4.5万人，沿渭水、黄河向东进发，十二月大会诸侯于孟津。全军渡过黄河后，即向殷商都城朝歌推进。二月癸亥，周军进至距朝歌约70里的牧野附近时，与殷纣王的军队相遇。

殷纣王三十三年（公元前1027年）二月甲子日凌晨，殷周两军于牧野附近展开交战。周武王亲自指挥大军，“以大卒驰帝纣师”，就是以戎车与虎贲甲士向纣军冲击。

纣军纷纷倒戈，配合周军攻打商军，因而商军在周军的冲击之下，迅即崩溃。殷纣王见大势已去，返回朝歌，登上鹿台，自焚身亡。周经过牧野决战，终于灭亡了有六百多年统治根基的殷商政权。

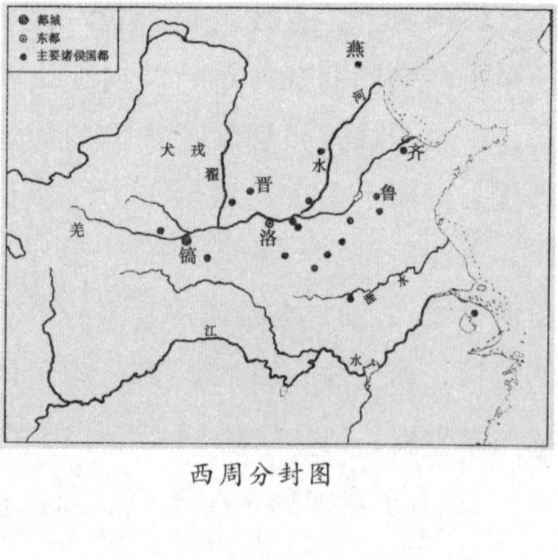

西周分封图

周王朝建立两年，武王就死了，子成王诵年幼，不能管理这个新建立的国家，于是武王弟周公旦“履天子之籍，听天下之断”。管叔、蔡叔对此不满，放出流言，说周公将不利于成王。由于王位继承问题，周统治阶级内部发生了矛盾。以武庚为首的商代残余的奴隶主贵族便利用这个机会和管、蔡勾结，发动徐、奄、熊、盈等东方诸部落，举行大规模的武装叛乱，企图推翻周的统治，恢复商王朝。

据《书·大诰》说，武庚叛乱，声势浩大，致使周人的根据地“西土”也出现了骚动和不安。周公主张用武力讨伐叛乱，有些周贵族不同意，周公作《大诰》，就是为了说服那些在叛乱面前动摇和畏缩的贵族。据《逸周书·作雒篇》说，周公、召公“内弭父兄，外抚诸侯”，终于协调了统治阶级内部的分歧，出兵东征。

周公东征，遇到了商代残余奴隶主贵族顽强的反抗。经过三年的残酷战争，周公削平了商代残余的奴隶主贵族的叛乱，并压服了以奄为首的东夷诸部落，杀武庚、管叔，流蔡叔、霍叔。在这次战争中，周人才真正遇到商代奴隶主贵族的反抗，也才真正征服了商代奴隶主阶级，把自己的势力伸展到黄河下游，南及淮河流域。

西周前中期，政治情况较好，社会经济发展也较快。至后期，统治集团内部的矛盾日益严重，自西北方向来的戎、狄等族一再侵扰，国力日益衰弱。周厉王在位时，任荣夷公为卿士，为了增加财政收入，就下令把山林川泽收归国家控制，这就侵夺了有关的中小奴隶主贵族的利益；又不许劳动人民进入山林川泽中樵采捕捞，也侵夺了广大劳动人民的利益。厉王专制，引起了中小奴隶主和劳动人民的普遍不满。《史记·周本纪》记载：“王行暴虐侈傲，国人谤王。”当时，召公劝厉王不要这样做，说这样，“民不堪命”。厉王不但不听，反而愤怒。命卫巫主持监视诽谤厉王的人。只要发现有“谤王”者，一旦报告，

牧野之战

被告者就会被杀掉。于是“国人莫敢言，道路以目”。

这种道路以目的恐怖局面，延续了三年之久，劳动人民再也忍受不下去了，便在公元前 841 年，发动武装暴动。这次国人暴动，首先在京城爆发，迅即传至“四周”，平民和奴隶们冲到镐京，杀进王宫，周厉王出奔，逃至彘（今山西霍县）。

厉王逃跑后，首都一片混乱，由共伯和（共国在今河南）代行天子事。史称“共和行政”。共和元年（公元前 841 年），是中国历史上有确切纪年的开始。

国人暴动对西周统治集团的打击十分沉重，动摇了西周王朝的统治基础，加速了它的崩溃。

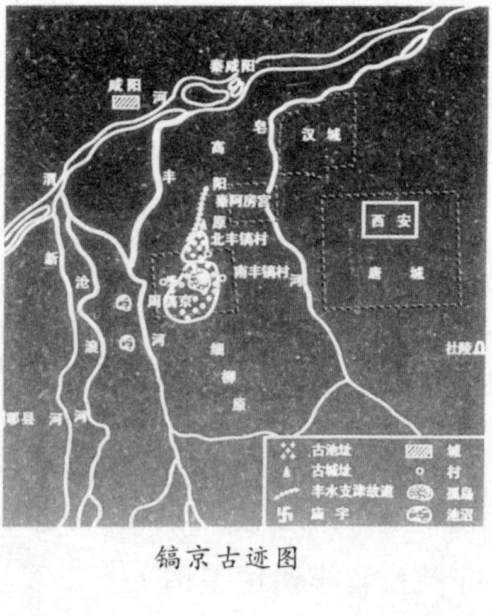

镐京古迹图

厉王逃跑后，“厉王太子静匿召公之家，国人闻之，乃围攻之”，要召公交出王太子，召公以其子代王太子被国人杀死，太子静保得了性命。共和十四年（公元前 828 年），厉王死于彘，共伯使诸侯奉太子静为宣王，而共伯复归国于共。

宣王即位后，革新内政、外攘夷狄，使周朝一度复兴。但宣王中兴，在历史上仅是短暂的一瞬。

公元前 782 年宣王死，幽王宫涅继位，他是一个昏暴之君，从而加深和扩大了社会危机。他任用善谀的虢石父为卿士，使“国人皆怨”。那时，又发生长期干旱和地震，“三川（渭、泾、洛）竭，岐山崩”，“高山为谷，深谷为陵”，饥荒严重，人民大量流亡，纷纷南迁，社会动荡不安，王室史官伯阳父一再预言，“周将灭矣”。周幽王不仅没有采取应急措施，而嬖爱褒姒，使朝政更加混乱。“褒姒不好笑，幽王欲其笑万方，故不笑。幽王为烽燧大鼓，有寇至则举烽火。诸侯悉至，至而无寇，褒姒乃大笑。”这就是“烽火戏诸侯”的闹剧。这使周王室的威信扫地，诸侯叛离。周幽王又废申后及太子宜臼，立褒姒为后和其子伯服为太子，宜臼逃奔外舅申国，引起诸侯不满。周王室内部这场嫡庶之争成为西周灭亡的直接导火线。

幽王时边境空虚，犬戎东侵，周师大败。但幽王竟不顾犬戎的进犯，却于幽王十年（公元前 772 年）与诸侯会盟兴兵讨伐申国，企图杀害宜臼。申后的父亲申侯于幽王十一年（公元前 771 年）联合犬戎、吕（今河南南阳）、缯（今河南方城）等国举兵攻周。周幽王急“举烽火征兵”，诸侯不至。犬戎攻破镐京，杀幽王于骊山下，西周灭亡。

周朝的政治经济和文化

周初为巩固统治，在全国大规模分封诸侯，即所谓“封邦建国”。据记载，武王、周公、成王曾先后封建 71 国。其中，武王、周公的兄弟15人，同姓40人。周王子弟一般都得到了封地，成了大小诸侯。异姓诸侯中以姜姓贵族居多，也有归附周朝的传统贵族如神农、黄帝、尧、舜、禹的后裔。分封的目的是“封建亲戚，以蕃屏周”。每个诸侯国既是统治各地的据点，又起着拱卫周王的作用。

在当时的封国中，重要的有卫、鲁、齐、宋、晋、燕等国。

周王室与卫、鲁、齐、晋、燕等诸侯大国互为犄角、遥相呼应，在大国之间还分封了许多小的诸侯国。这样，由点到线再连接为面就构成了一个控制全国的网络。

诸侯在各地建国都要举行册封仪式，由司土授疆土，司徒授民。诸侯掌握着封国内的政治、经济、军事大权；但是他们的权力是周王赐予的，必须承认周王是他们的共主。周王要定期巡视各封国，称为“巡狩”。各诸侯国要严格执行对周王的定期朝聘纳贡制度，据《礼记·王制》规定：“诸侯之于天子也，比年一小聘，三年一大聘，五年一朝。”如诸侯破坏朝聘制度，要受惩罚，“一不朝见贬其爵，再不朝见削其土，三不朝见则六师移之”。诸侯还要承担出兵勤王、戍守和服劳役等义务。

诸侯国内也实行分封，诸侯将土地分给卿大夫，封地称为“采邑”。卿大夫再分封给士，封地称“食地”。士是贵族最低层。这样就形成了上自周天子下至士的宝塔式的奴隶主统治机构，而诸侯国就是西周在各地建立的统治奴隶的据点，这些据点都包括“国”与“野”两部分。从行政区域看，“国”就是指王城（包括周王和诸侯的国都）以及相连的“四郊”之地。“野”是指处于郊外的境内之地。从居民身份上看，住在国中的叫“国人”。国人是统治阶层，包括贵族和平民。工商奴隶因为直接服务于贵族，也住在“国中”。住在野的叫“野人”，“野人”是被统治阶层，主要是直接从事农业生产的宗族奴隶——

庶人。国与野的区别，实质上反映了阶级的对立。

兽面纹鼎

西周推行分封制的同时，又建立了以姬姓为中心的宗法制度，两者是密切结合又相辅相成的。宗法制度的主要特点是以血缘为基础的嫡长子继承制和余子分封制。在宗法制度下，宗族分为大宗和小宗。周天子一般由嫡长子世袭，为天下的大宗，政治上的共主。其余诸子称为“别子”，被分封为诸侯和公卿，是为小宗。诸侯对天子虽为小宗，但在国内则为大宗。诸侯以下大夫等各级贵族也都依次分别以长子为大宗，余子为小宗。宗法制也适用于异姓诸侯。姬姓王族与异姓诸侯之间通过婚姻结成甥舅关系，成为宗法制的重要组成部分。

西周宗法制度下的大宗和小宗是一种等级从属关系，它体现在“尊祖”和“敬宗”的关系上。按宗法制的规定，大宗才有祭始祖的特权，而且是“百世不迁祖”。小宗即“庶子不祭祖者，明其宗也”，只从敬宗来表示尊祖，为此小宗对大宗必须绝对服从。宗法制从表面看是以血缘为主，但其实质是要通过血缘的亲疏来确定财产、权位的继承权。所以宗法制既是贵族间解决财产、权位继承或分配的一种制度，又是团结同姓贵族和异姓贵族、加强王室与封国关系的手段，它巧妙地将政权与族权结合起来，成为巩固分封制和加强奴隶主贵族专政的工具。

西周的宗法制度确立了社会上的等级制，一般分为天子、卿大夫、士、庶人、工、商六等。这种等级制十分森严，不可逾越。

周王是封建领主的最高首领，又称“天子”，并且是天之元子。周王的权力很大，是诸侯的共主，是全国军队的统帅，对许多事情都拥有最后决定权。

在周王之下，辅佐他进行统治的有“三公”，亦称“师保”。即“太师、太傅、太保”。三公居于统治诸侯百官以奉侍周王的地位，实际上是中央国家机构的中枢决策机构的雏形。

属于周王室的军队有周六师和虎贲。周六师是由周人组成的，驻在周京所在的西土地区，所以铜器铭文中称它为西六师。六师是周的主力军，昭王、穆王曾率六师出外远征。殷八师是殷遗民编成的，将帅则由周人充任。周人对南方各族多次的征战，往往是六师八师并用。虎贲是周王的禁卫军，武王伐纣，即以虎贲为先锋。

《书·吕刑》说周代有墨、劓、剕、宫、大辟五刑，而且五刑之属多至三千，当时刑罚既苛且滥的状况是可以想见的。铜器铭文中有关于官吏对其下级施用鞭刑和墨（黥面）刑的事。西周时是“礼不下庶人，刑不上大夫”。即使贵族、官吏犯法，他们也完全可以按“金作赎刑”的规定而交纳金货以免罪。用铜几百爰赎罪的事，在铜器铭文中是有例可寻的。

井田制是西周奴隶制国家的基本土地制度。井田的所有权属于国家，亦即属于周王。《诗·小雅·北山》曰：“溥天之下，莫非王土；率土之滨，莫非王臣。”周王把土地和奴隶分赐给各级贵族，让

象尊

他们世代享用。因为土地是属于周王的，他们只有享用权而无所有权，所以不准转让和自由买卖，并规定了定期“换土易居”的分配制度。农业有了进一步的发展。当时的主要农具是木制的耒耜。此外，还有骨铲、石铲、石犁、石刀、蚌镰等。耒耜是用青铜斧、锛制作的硬木工具，很便于挖土耕地之作。刀、镰用于收割庄稼。此外，在考古发掘中还有少量铜铲、铜镈、铜镐、铜锄出土，这不是普遍使用的工具。奴隶们已积累了较丰富的农业知识，很注意选育良种、施肥、除草、除病虫害及灌田或排水等。一般田地多修有排灌系统。农作物的种类不断增多，主要的有黍、稷，此外还有稻、粱、麦、菽及蔬菜、瓜果等。经济作物有桑、麻和染料作物等，种植也较普遍。

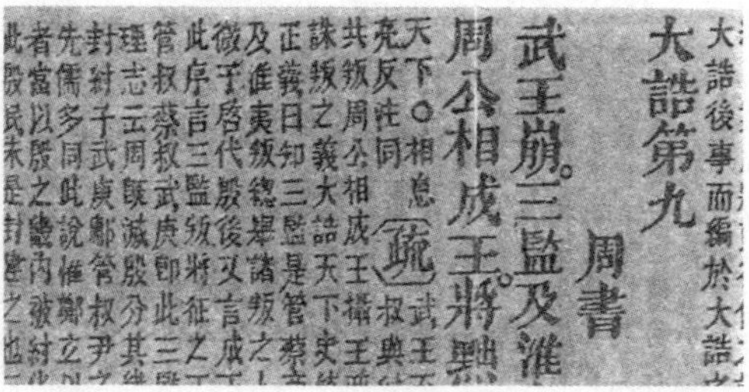
大誥第九　周書

武王崩。三監及淮

周公相成王。將黜

《尚书·大诰》书影

西周的手工业集中于官府。官府设立“百工”。百工就是具有各种技艺的工匠。当时的手工业主要有青铜铸造、制陶、制骨、制玉器、制革，还有木工、竹工、漆工、丝织等等。

周族的兴盛

姜嫄生弃

周部族的始祖是后稷，姬姓，名弃，意思就是被丢弃的孩子。弃的母亲叫姜嫄，是有邰氏（今在陕西武功西）的女儿。相传姜嫄一天与同伴们到野外去游玩，忽然见到路上有一个非常奇怪的大脚印，同去的伙伴们纷纷议论，认为这一定是个大脚的怪物。姜嫄却从内心产生了爱慕之情，她看着大脚印，心中暗暗勾画着这个高大人物的形象：一定是个身材高大而魁梧的巨人，浑身充满力量。想到这里，姜嫄身不由已地将自己的脚踩到了这个大人的脚印里，她要与幻想中的高大人物比一比脚，比比个头。当她的脚踩上去后，感到肚子里有了什么东西似的，结果是怀孕了。孩子生下来以后，姜嫄认为这个没有父亲的小孩会给自己带来灾祸，便将他丢弃，让他自己慢慢地死去。初时，她把孩子丢在狭窄的小巷子里，好让经过的成群牛马把他踩死。但是众多的牛马穿过小巷子时，都小心地躲开了孩子，没有一只牲畜踩他碰他一下。于是姜嫄抱回孩子，又丢到了荒无人烟的深山密林中，正巧遇到密林中来了很多人。姜嫄又将孩子抱出山林，丢在河面的冰块上，好让他冻死，这一次又从天上飞过来许多鸟落在孩子周围，用毛茸茸、暖烘烘的翅膀覆盖在孩子身上，为其驱寒。三番五次，姜嫄看到孩子大难不死，认为他一定有神保佑，也就改变了初衷，将这个孩子抚养下来。因为曾经想把他丢弃，所以就给他起名

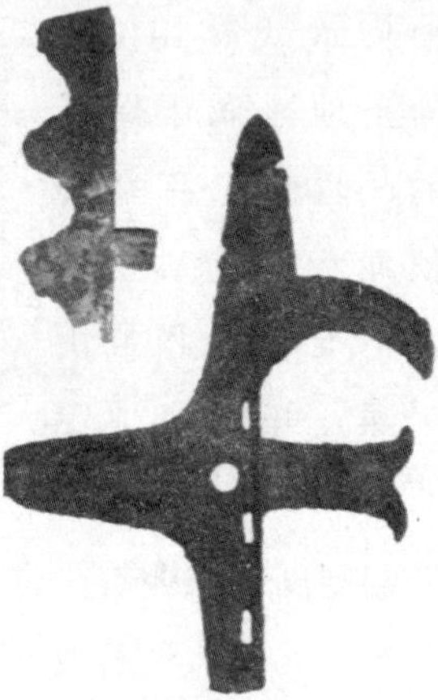

周朝兵器

周禮卷第一

天官冢宰第一

《周礼》书影

字叫做“弃”。

弃从孩提时起，就喜爱种植麻、豆等农作物，经常给这些小苗浇水、培土、除草、施肥，因而他所栽种的麻类、豆类作物长得非常好。弃长大成人之后，由于少年时就养成的种植农作的习惯，所以很喜欢钻研种庄稼的学问。他能够分辨土质的优良，能在适合各种不同农作物生长的土地上种植各种不同的庄稼，收获的时候总能获得很好的收成。周族的百姓们看到弃特别善于种庄稼，也纷纷学着他的样子去耕作，个个效果显著，都增加了产量。所以周族以善经营农作而著称于天下。

弃种植庄稼很有学问这件事就传开了，后来一下子传到了部落联盟首领尧的耳朵里。尧便让人把弃请来，任命他为管理农业的农官，教人民种田耕作，弃便将他种植庄稼的一套好办法向各地区推广，果然，取得了一个大丰收，弃受到尧的奖励。舜时，天降大雨，弃又参加协助大禹治理洪水的事业。大水退去后，赤地千里，颗粒无收，弃又受舜之命帮助百姓种植百谷。刚参加了治水工程的弃，又踏上了广阔的田野，教百姓耕种庄稼。

弃为管理种植黍稷的农官，所以人们又称他“后稷”，我国以农立国，后世人们将他作为农神而长期奉祀。

公刘居豳

周族自后稷时期就进入了父系氏族社会。后稷在周人中享有很高的威望，他对周族的最重要的贡献是使农业得到很大的发展。后稷利用周人对他的敬重，逐步地把姬姓部落划归为周族。因此，他可以不经过全部落的选举，把王位传给自己的儿子不窋。

不窋末年，是夏王朝走向衰败的阶段。当时夏朝统治者太康政治腐败、生活奢侈，国内诸侯间矛盾尖锐，社会秩序动荡不安。不窋继承父亲后稷的职务，做主管农业的官，但夏朝统治阶层无心过问农事，以致后来干脆把这个官给罢免了。不窋被罢官后，率领姬姓部落迁移到戎狄地区放牧去了。不窋死后，君位便传给了他的儿子鞠。鞠死后，又传给儿子公刘。

公刘身处戎狄，以放牧为业，但始终对畜牧业不感兴趣，时刻想念着高祖后稷重视农业，发展生产的传统。公刘为了能恢复农业生产，整天在田间劳作，带领部落里的人平整土地，春种秋收。一年下来，部落里的粮食获得大丰收，各系家族也有自己足够的积蓄。

铜 人

公刘不满足于这种现状，他要把农业更大地发展，他在巡视的时候，发现渭河对面豳地是个种植庄稼的好地方。为了能得到这块土地，公刘率领着部落里的人，手持弓、矢、斧、钺在武装男子的护卫下到了豳地。部落里的人来到豳地后，看见这里有山有水，土地肥沃，远远比戎狄富庶，便都安心定居下来。公刘看大家辛勤建造房屋，命令杀猪、宰羊，一起痛快地欢庆胜利。

当村民们安定下来后，公刘又率领大家去伐树除草，开垦荒地，为种庄稼做准备工作。公刘登上山顶，利用太阳的影子测量土地，观察土地的变化情况。后来，他将土地分给父系氏族的家庭，并按照每个家庭的土地多少交税。从此，豳地逐渐被开发，百姓也一天天地富有了。

与公刘一起到达豳地的部落成员都有了一定积蓄，而留在戎狄地区的人们，也因公刘在时，学会了种植农作物，也有了存粮。豳地的人民和戎狄地区的人无不称颂公刘做的好事。留在戎狄地区的人由于怀念公刘的恩情，不少的人也随之迁入了豳地，与公刘一起过着幸福的生活。

公刘在豳地居住时，开发荒地、种植庄稼，使周族的生产力有了长足的发展，据说此时的人们已学会了使用天然的陨铁制作农业生产工具了。这样更促进了姬姓部落的向前发展。由于部落的不少家庭有了剩余的粮食、牛羊，因而私有财产就产生了，氏族社会开始向高一阶段前进。

由于公刘继承了后稷的传统，重视农业的开发，为后代周族的强盛打下了良好的基础。周族的后代铭记公刘的伟大功绩，这在《诗经·大雅·公刘》中有记载。

武周灭商的背景

商纣伐东夷

商王帝乙的长子叫启，因不是王后所生，叫做“庶出”，没有被立为太子，只叫做“庶子”。小儿子叫受，是王后所生，叫做“嫡子”。帝乙本想立启为太子，但王朝的太史官极为劝阻，认为这是嫡庶不分，应当立受为太子，帝乙只好立受为太子。这说明以嫡庶为核心的宗法制度在商代的已经形成。因为太史是商王朝中专门掌管朝廷执行各种制度记录的官，王室中各种大事他都要记录在案保存起来。凡是商王有不执行制度的大事，他都有权劝谏、阻止。而这些制度都是商王的先祖们一代代的创立、发展，最后形成、后代必须遵守的。帝乙虽然很喜欢启，可是也没有办法，只好遵制立受。封长子启于微（今山西潞城东北），后世称做“微子启”或“微子”。

帝辛是庙号，古书中又称为纣，或受辛。受、纣二字古音相同，所以又称为纣王、商纣王或殷纣王。纣很聪明，灵敏多才，身材高大，勇力过人，能赤手和猛兽搏斗。又能言善辩，遇事自以为是，不听臣僚们的劝谏。嗜酒，常作长夜之饮。爱玩乐，喜美女歌姬。好大喜功，性情残忍，对反对他的臣僚，往往加以酷刑，轻者致残，重则丧命。

帝乙两次征伐人方，虽然没彻底征服，但东南部得以暂时安宁，征服盂方，使东部地区的矛盾有所缓和。纣继位以后，贪图享乐，挥霍无度。一些王室贵族见纣都如此，也就恣意奢靡，有的谀臣为了讨纣的欢心，还常向他出谋划策，想出各种玩乐方法。纣嫌商都（今河南安阳小屯村一带）玩的地方太少，而且有历代祖先的宗庙和盘庚以后各王的陵墓，经常还要举行祭祀，妨碍他的玩乐，于是下令在商都以南的朝歌（今河南淇县）修建了离宫别馆（有学者称做别都）。在商部以北的邯郸（今河北邯郸市）、沙丘（今河北平乡东北）也修建离宫别馆，建有林苑亭台。这个南北长200多里的地区都算作商都的范围。纣经常带着美女歌姬和一些近臣们往来于朝歌和沙丘。在沙丘修建了一个很大的苑囿。古代的苑囿是种植果树和畜养禽兽的场所，也就像现在的动物园，在沙丘的苑囿中饲养了许多珍禽异兽。因大兴土木，修建离宫别馆，消耗了大量的资财。为了弥补费用的不足，纣想出了加重赋税的办法，把这些负担转嫁在人民身上，下令在全国增加赋税，规定属国进贡的方物由每年一次增加到两次。此时期能够按时进贡的属国已逐渐减少，纣见此情景，便下令召集各诸侯前来黎地（今山西黎城）相会。

黎地距商都很近，纣便点齐了亲军卫队，先在黎地布置了一个威武的会场。到了相会之期，纣率领全副武装的商军来到会场，各地诸侯陆续来到以后，看见刀枪林立，戒备森严，便知纣要举行“大蒐”。古代的“大蒐”就是阅兵的典礼，是一次军事大检阅。商代的正规军自武丁征伐四方以来，算是训练有素的。平常不出征时，经常要随商王去田猎，一次田猎，也就是一次练兵活动。而纣布置的这次在黎地的大蒐，是有意在各诸侯面前示威，当然就更加壮观。阅兵过后，纣便向各诸侯、方国宣布，各地要根据各地的特点加倍按期进贡赋税、方物。在强大的武力威逼下，各诸侯只好同意照办。不想东夷的首领未等会散就逃了回去，拒贡赋叛商。这就是古书中说的“商纣为黎之蒐，东夷叛之”（《左传·昭公四年》）。

东夷叛商，纣很恼怒，决定征伐东夷，于是加紧准备出兵，这当然又要增加一大笔军费开支。这除了压榨人民外，对一些诸侯国，就用武力威逼进贡，从粮食、牛、羊、猪、鸡到珠宝、玉器无所不要。在商王朝的沁阳（即衣）田猎区附近有一个小小的属国有苏（在今河南武陟东），因地小人稀，出产不富，无力给纣进交年年增加的贡赋，纣认为有苏氏是有意对抗，便派兵前去征讨。有苏氏无力抗御，得知纣喜欢美女，便从族人中挑出一个叫妲己的美女献给纣以求和。纣见妲己生得很美，便撤兵免贡，班师回朝。

纣伐有苏氏以后，各属国不敢再抗命不交贡赋。于是纣率领了上万的商军向东南进发去伐东夷。人方是东夷中的一方国，是纣所征伐的主要目标，但纣所征伐的东夷还不只是人方一个。纣又下令东方各诸侯国也出兵协助征伐，所以伐东夷的战争规模是很大的。尤其引起东夷恐惧的是在商军中出现一支用象组成的“象队”，这些象是生长在中原地区，被捉住以后饲养驯服，用作驮运工具，后来又被商军调驯来作进攻敌人的“武

器”。古书中说：“商人服象为虐于东夷。”（《吕氏春秋·古乐》）

东夷各部落当然经不起商的大军压境，经过几次战斗以后，俘虏了不少的夷人，东夷只好投降。纣为了防止东夷再叛，将商军留在东夷地区戍守，然后带着俘虏班师回朝。此后东夷未再叛商，朝聘往来经常不断。因有大批商军在东夷地区长年驻守，加上经济和文化交流，商文化传播到东夷，加速了东南地区的开化，东南地区的一些生产技术，如农作物中一些品种的种植，手工业生产中的一些制作技术也传到中原地区。有的学者认为商朝末年帝乙、帝辛父子两代经营东南地区，尤其是帝辛在开发东南地区方面是有贡献的。也正因为纣将军队大批的调去征伐东夷和戍守在东南地区，放松了对西部周人的警惕，才被周武王乘机袭其后路，结果弄得家破国亡。

纣王暴虐淫乱

商纣是我国历史上有名的暴君。他的暴虐统治，使他大失民心。纣的暴虐主要表现在两方面，一是“好酒淫乐，嬖于妇人，爱妲己，妲己之言是从。”（《史记·殷本纪》）；二是“重刑辟（罪），有炮烙之法。”诛杀大臣，醢九侯，脯鄂侯，剖比干，囚箕子（《史记·殷本纪》）。

纣征伐东夷已经是大耗资财和人力，征服东夷以后本应安定民心，发展社会生产。可是纣只顾淫乐，宠妲己。妲己喜欢观看歌舞，纣命乐师延创作了靡靡之乐，怪诞之舞。为了玩乐，“弃田以为园囿，使民不得衣食”（《孟子·滕文公下》）。每个商王都喜欢打猎，这是从卜辞中得以证实。但纣还更进一层，干脆把商都附近的一些农田荒废，让禽兽自然生长，成为天然动物园，供他玩乐。人民无田可耕种，衣食无着，十分不满，更加深了社会矛盾。

为了满足淫乐，纣不惜一切压榨人民，尽力指使谀臣们搜刮人民的钱财、粮食，修建了一个很大的仓库，取名巨桥（在今河北曲周），贮备了大量的粮食。在朝歌修建了一个又大又高的台，在台楼上面可以眺望四方。取名为鹿台，又叫“南单之台”。又“以酒为池，悬肉为林（在树上挂上熟肉），使男女倮（光着身子）相逐其间，为长夜之饮”（《史记·殷本纪》）。夏代的暴君夏桀也是作酒池（见前夏代部分），而且还可以“运舟”。根据古书的记载，夏商两代的亡国之君，其暴行都基本相同。早有史学家指出过，这可能是后世史家为了数夏桀、商纣罪恶，将两人不同的事各自都附会上，未必完全可信，同时也很难分清各有多少。

在纣的身边有几个助纣为虐的谀臣，一个是“善谀（谄媚）好利”的费仲，另一个是“善走”的蜚廉，再一个是力大而“善毁谗（造谣）”的恶来，蜚廉和恶来是父子，也就是后来秦国的祖先。还有一个诸侯叫崇侯虎，他个是纣在西部地区诸侯中的耳目。他们都是当政的大臣，又善于向纣进谗言，陷害贤臣。因为他们深得纣和妲己的信任，于是仗势欺榨人民，从中渔利。在人民中间，朝廷内外，没有不恨他们的。凡是“百姓怨望而诸侯有叛者”（《史记·殷本纪》），纣就处以重刑，“用炮烙之法”。炮烙之刑，就是用青铜铸造一根中间空的铜柱，把人绑于柱上，下面烧火，将人活活烙死。

纣的暴行引起了诸侯们的反对，有一个在朝的诸侯梅伯，多次劝谏纣不要任意对臣民施加重刑。纣杀了他以后，还将他醢了，即剁成肉酱后分赏给诸侯们吃，并宣布：如再有劝谏王者，以此为例。被列为商王朝三公（西伯、九侯、鄂侯）之一的九侯（封地在今河北临漳），有一女儿长得很美，被纣得知选入宫去，因看不惯妲己的淫荡而被纣杀死，并将九侯醢了分送诸侯。三公的另一个鄂侯（封地在今河南沁阳西北）为此而指责纣，也被纣杀了以后制成干尸以示众。西伯姬昌当时在商都，见两侯连遭杀害，甚是叹惜，只说了一句“太过分了”，不巧被崇侯虎听见，很快就向纣报告。纣慑于周在西部地区有很大的势力，不敢贸然杀姬昌。只下令将西伯囚在羑里（即牖里，在今河南汤阴北）。

纣囚西伯的消息传至周以后，周的大臣闳夭、散宜生等人，商议救西伯的办法，他们想起费仲是个好利的谀臣，纣又是个好色之徒，于是就在莘国（今陕西合阳东南）选了有莘氏的一个美女；在西戎选了些骏马和许多美玉、宝器、奇异玩物，通过费仲的手，向纣说情。纣见了有莘氏美女后，非常高兴地说：“此一物（指美女）足以释西伯，况其多乎？”（《史记·周本纪》）就下命放了西伯，还赐给西伯弓矢斧钺等兵器，表示授命西伯有征伐诸侯的兵权，还说：“谮西伯者，崇侯虎也。”（《史记·周本纪》）。西伯献出洛水以西的地方，请求纣废除炮烙之刑，纣也都同意，这样西伯就回到了周。

西伯回到周以后，为了表示是新受王命有征伐大权的诸侯，效忠商王朝，就首先到周所建立的商代祖先的庙中去祭祀。1977年在周原出土的西周早期甲骨文中，就有周文王时期被商纣授命为西伯以后，在帝乙宗庙中祭祀的记载。如有这样一条卜辞：

对于商王朝来说姬昌是“周方伯”，是一个有专征伐大权的诸侯。对周来说，他已自称王，周文王是他死后的尊称。

周方伯虽自称周王，但并没有准备伐商。他仍然在尽他有征伐大权诸侯的使命。他先后调解过虞（今山西平陆北）、芮（今陕西大荔东）矛盾。征伐过犬戎（西戎的一支）、密须（今甘肃灵台西）、黎（今山西长治西南）、邘（今河南沁阳西北）

等国，都取得了胜利。这样周的势力就深入到了商王朝的腹地。加以周文王敬老、慈少、礼贤下士，和商纣的暴虐形成鲜明的对比。于是就招来四方的人才，有时前来投奔他的人，多到他从早晨到中午又直到晚上都在接待，连吃饭的时间都没有。甚至像商的老臣鬻子、辛甲大夫等都投奔了周，尤其是辛甲大夫劝谏了纣 75 次，而纣都不听，才一气之下弃纣奔周。还有两个历史上有名的人物——伯夷、叔齐也投奔了周。伯夷、叔齐虽然不是因纣暴虐被逼奔周的，但也是周文王礼贤下士招来的。二人是亲兄弟，是商诸侯孤竹君（今河北卢龙）之子，孤竹君临死时遗命立次子叔齐继位。孤竹君死后，叔齐让位给伯夷，伯夷要遵父命不接受，叔齐先投奔了周，后来伯夷也来了。武王伐纣时，兄弟二人跪在武王的马前阻挡，灭商后二人逃到首阳山（在今山西永济南），“义不食周粟”而饿死，这就是“不食周粟”的典故。所以古书中说：“文王率殷之叛国以事纣”（《左传·襄公四年》），也就是说周文王是率领一批反商的诸侯和人民在作商臣。

崇侯虎是崇国（今陕西户县东）的侯，也是商诸侯中最坏的一个，他是纣在西部地区的一个耳目。因为他“谮（诬陷）西伯”方使周文王被囚禁。周文王受命专征伐以后，也就利用手中这个大权去征伐，最后把崇也灭掉。灭崇以后便在沣水西岸修建了一个城邑，叫丰（今陕西长安西北），把周的都城由周原迁到丰。迁丰后叛商归周的人更加多了，不过周文王仍然表面对纣称臣，没有出兵伐商。古书中说：三分天有其二，以服事殷”（《论语·泰伯》），就是说按其势力、人心归向来说周文王已占了优势，足以伐商，但他没有这样作，仍以臣的身份事商。也正是如此，没有引起商纣的警惕，才为他的儿子姬发伐纣灭商奠定基础。迁丰后第二年这个在位五十年的周方伯姬昌便病死了，他的儿子姬发继位，姬发便是后来所称的周武王。

当周在发展势力、争取人心时，纣却在加重压榨、盘剥人民和“淫乱不止”（《史记·殷本纪》）。此时在商王朝中是众叛亲离，怨声四起。朝中大臣们都担心西伯坐大，将不利于商。纣的叔父比干、哥哥微子多次劝谏，纣根本不听。掌管朝廷祭祀、宴会等奏乐的典乐官商容有贤名，深得臣民的爱戴。但纣嫌商容凡事都要按典章制度办，有碍他的淫乐，将商容罢官逐出朝廷。众官员见纣愈来愈乱其祖制国法，不理朝政，和妲己、嫔妃以及几个谀臣或在沙丘、鹿台日夜玩乐，都为商王朝的前途担忧。当周文王征服了黎国以后，更加引起朝臣们的忧心，便请大臣祖伊（武丁时贤臣祖己之后）前去鹿台见纣奏闻。祖伊见纣以后，先是告诉西伯征黎，招抚流亡，然后才说“现在人心不安，甚至希望朝廷早日灭亡。请大王想想，如今如何办？”纣很不愿听大臣们说这些劝谏的话，就说：“我生来的命就是由天来管的，你说这些有何用？”祖伊看见用此社稷安危的话都不能动纣的心，只得回来，众朝臣都前往探问，祖伊叹着说：“纣不可谏矣！”

微子见纣不听劝谏，做计终有一天会亡国，想自杀，又想逃走，不能决定，便和太师、少师两乐官商议，太师说：“死不是办法，不如逃走”，于是微子就逃到民间隐藏起来。纣的另一个叔父箕子也是多次劝谏纣，看见微子已逃走，有人劝他也逃走，箕子说：“我还不忍心离开。”于是装成个疯子混在奴隶中。纣知道后便命武士把箕子囚禁起来。比干见箕子被囚，就冒死去劝谏纣，并指责纣囚箕子是不对的。纣恼羞成怒，下令杀了比干，还剖比干，挖其心。众朝臣见纣对自己的亲人都如此残暴，更加恐惧，于是商王朝中两个管理祭祀的乐官，太师庇和少师疆抢了宗庙中祭祀时使用的乐器逃出商都，投奔了周。

武王伐纣

周武王即位后，在太公望（即姜子牙，又叫吕尚）、周公旦（文王子）、召公奭（文王子）、毕公高（文王子）等人的辅佐下，开始积蓄力量，准备伐商。当时纣虽荒淫暴虐，但商终究是一个有很长历史的大国。它不仅有雄厚的物质基础，而且还有很大的武装力量。自纣伐东夷以后，将大批的商军留驻东部地区，长期以来东夷各方国有时也小叛，但再没有发生大战争。纣之所以能稳固地统治达二十年以上（有的古书中记载为五十多年。根据甲骨卜辞和金文所记来推算，不可能有五十多年），是与他父子两代把东南部经营为比较巩固统治区域有关。周武王即位后九年（或说十一年）才开始伐纣。可是这一次还不是正式进兵商都，而是“东观兵，至于孟津”。是用车载着文王的神王牌，“言奉文王以伐”（《史记·周本纪》）。所谓的“东观兵，至于孟津”也就是率兵到孟津（今河南孟津），这是一次率兵示威。孟津在黄河渡口以南，距商都还较远，只是试探性的一次军事行动。这次武王收到一次聚众的效果，即“是时，诸侯不期而会孟津者，八百诸侯”（《史记·周本纪》）。武王没有事先约会诸侯，到了那时就有八百个诸侯到孟津会合。所谓“八百诸侯”，也就是大大小小的几百个氏族、方国的首领。这些可能都是商王朝西部地区的，都是主张伐纣的。周武王一看不行，其他地区的还未来，尤其是一些大的、有势力的方国还没有发动起来，就说，“时期还未到。不可以伐”，“乃还师归”率兵回去了。

当周武王观兵孟津后，纣根本不作任何准备，仍在淫乐，而且暴行还愈来愈厉害，发展到六亲不认，囚箕子、剖比干，甚至连乐官把宗庙中的乐器都抱了逃走都不闻不问。周武王又准备了两年，才向全国诸侯发表伐纣檄文说：“纣有重大罪恶，不可不消灭他”又率领戎车（兵车）300乘，虎贲（敢死队）3000人，甲士（披甲的士兵）45000人东进伐纣。

周武王率领周军来到了孟津，会合了伐纣的诸侯。这一次周不但争取到更多的诸侯，还争取到了分布在西北、西南和长江、汉水流域的一些氏族、方国的人，如庸、蜀、羌、髳、微、卢、彭、濮等前来助战。各路人马到齐以后，周武王在孟津举了誓师大会。誓词说：“各位友邦君长，各位将士，你们听我说：天地是万物的父母，人是万物之灵，只有聪明才干特别比人强的人才能做天子。天子好比是人民的父母，要爱护人民。现在商王纣不敬上天，祸害下民，沉湎酒色，实行暴虐，残害百姓；他听信妇人之言，不敬天地，不祭祖宗；他遗弃同祖弟兄不用，而任用有罪的逃犯；他乱杀忠良，囚禁正直的人，耗竭民力，大修宫苑亭台，像这样暴虐无道之人，一定是要灭亡。大家必须同心同德来消灭他！”誓师以后，周武王率领大家向东进发，渡过黄河北上伐纣。

纣还沉浸在鹿台的酒宴歌舞时，得知周武王率兵前来征伐，已至孟津会合诸侯，忙命人前往东夷各地调驻防商军，同时将分发在王畿内从事各种劳役的奴隶集中起来，编为军队，发给戈、矛等武器。又调集了商都、朝歌、沙丘等处的亲军、卫队，一共得了7万人。纣一看，人数还不少，只是正规军不多，他本想等待驻守东夷的商军回来以后再开去和周军作战。但他没料到周武王率领的伐纣联合大军一路没有遇到任何抵抗就迅速地来到，纣只得驱军南下，刚走到朝歌的南郊牧野（在今河南淇县南70里），就得知周军已先到。远远望去，周军虽然不如商军多，可是队形严整，旌旗鲜明，士气很高，战鼓齐鸣，呈现出“前歌后舞”的旺盛景象。而“纣师虽众，皆无战之心”（《史记·周本纪》）。

商周两军在牧野布阵对峙，周武王为了进一步鼓动伐纣的联合大军，再次宣布了纣的罪行，誓以灭纣。周军士气大振，决心与商军拼一死战。周武王十一年（一说是十三年）正月甲子日昧爽（拂晓），商周两军在牧野展开了一场大战，就是我国古代史上有名的牧野之战。周的后人用史诗来歌颂了这次战斗的情况：

殷商之旅，（殷纣王的商军）
其会如林。（会合起来多如林）
矢于牧野，（布满牧野这地方）
维予侯兴。（我将获得大胜）
上帝临女，（上帝亲临助你们）
无贰尔心。（大家坚信不要有二心）
牧野洋洋，（在牧野这广阔的战场）
檀车煌煌，（檀木战车多么漂亮）
驷騵彭彭，（驾车的骏马多么强壮）
惟师尚父，（看那勇敢的太公望）
时维鹰扬，（如同雄鹰在飞扬）
凉彼武王。（辅佐的那位就是武王）
肆伐大商，（努力去征伐大国商）
会朝清明。（到早晨就宣告天下明亮）

（《诗经·大雅·大明》）

纣将临时编成的奴隶兵放在头阵，充作先锋队，而以亲军、卫队为后队，驱赶着奴隶兵去冲锋陷阵。这些奴隶们，平日在以纣为首的奴隶主贵族们的压榨下，就曾以各种形式来反抗，现在又被驱赶着去送死，就更加激起了他们反抗决心。因此当头阵商军和周军接触开战时，就被周军师太公望训练出来的周军击溃，这样“纣军皆倒兵以战”（《史记·周本纪》伪古文《尚书·武成》有：“前徒倒戈，攻于后以北”之语）。这些奴隶兵们掉转了戈、枪回杀商军，为周军向北开路。这就是“前徒倒戈”成语来源。

周军有了倒戈的商军助战开路，直抵朝歌城下。纣见大势已去，深知自己罪恶多端，苦被擒获，必被处死。就登上了鹿台，穿好衣服，将多年搜刮来的美玉宝器堆在身边，命人放火焚烧鹿台，自焚而死，结束了他的一生。

周武王率军在朝歌城下得知商纣在鹿台以火自焚，则亲手举起了大白旗，将伐纣的诸侯们召到面前，以兴奋的心情向诸侯们宣布了纣自焚而死的消息。诸侯们都向周武王拜贺，然后，周武王率领诸侯进入朝歌，来到鹿台之前，不由得怒从心起，亲自对着鹿台射了三支箭，然后才从车上下来用剑对着鹿台挥舞了三下，表示自己将纣诛杀。又命人将纣的尸体抬出，虽然已烧得不成形，周武王还是用黄钺（用黄铜制作，为天子专用的一种兵器）斩下商纣的头挂在大白旗上，昭示商纣已被诛杀。妲己和有莘氏的美女都已自杀，周武王也斩其头挂在小白旗上。第二日，周武王在朝歌郊外设立了祭坛，举行了隆重的祭祀，宣告天下：“周革了殷的命，商朝灭亡。我受天命来管理天下。”自此开始了西周王朝的历史。

周武王灭商以后，面临着一大问题，就是如何处置商的遗民。武王能以一个“小邦周”而迅速地灭亡了“大邑商”，本来就是有些出乎意外，若是商军主力不放在东夷地区，则周灭商也不会这样快。所以古书中说：“纣克东夷，而陨其身。”（《左传·昭公十一年》）也就是说纣将东夷征服，结果造成自己身亡。商王朝自成汤开国至纣王灭亡，共经历了十七代三十一王，前后六百年左右。大批的商遗民痛恨暴君商纣，但灭其国，就会引起民族仇恨。在如何处置大批的商遗民上，周武王和周公旦也确实是用了一番心思。结果还是周公旦给武王建议不能杀戮，只能用安抚的办法，首先由武王宣布封纣的儿子武庚（名叫禄父）为商侯，继续留在商都管理商遗民。后来为了防止商遗民反叛，又封自己的弟弟姬鲜（即管叔鲜）于管地（今河南郑州），封姬度（即蔡叔度）于蔡（今河南上蔡西南），封姬处（即霍叔处）于霍（今山西霍县西南），叫做“三监”。同时将纣囚禁的箕子和一些百姓放了出来，命人给比干修了坟墓，在商容的乡里立碑表彰，将纣搜刮来的钱财和粮食散给老弱贫民，商遗民才安定下来。于是武王返回周，并将商都中保存的象征国家政权的镇国之宝，夏禹时所铸的青铜九鼎迁到了周。这就是古书中说的“商纣暴虐，鼎迁于周”（《左传·宣公三年》）。商王朝约六百年的历史至此结束。

“国人”暴动

西周奴隶制国家的发展，是建立在奴隶劳动基础上的。西周也存在人祭、人殉。在陕西沣水西岸西周早期墓葬里，有四人殉或二人殉的。武王伐商得胜，就以“殷俘”百人祭。《诗经》所反映的当时奴隶的生活是住茅棚、吃野草、衣不蔽体、常有冻死或饿死。奴隶们不屈服于奴隶主的暴力统治，以各种方式进行斗争，如怠工、逃亡、起义等。奴隶主统治集团，为了镇压奴隶和平民的反抗，更加紧了对人民的控制和剥削。与奴隶同处于社会底层的还有国人。所谓国人，主要是以城市平民和百工为主体的中下层，他们是城市里主要劳动者和纳税人，而国家要想增加收入，必然首先从他们身上开刀。

周厉王在位期间对外连年发动战争，对内实行“专利”政策，他又企图堵塞言路，施行恐怖统治，任用卫巫严密监视，不准人民议论政事，凡被举发者，立即处死。人们为了免遭迫害，表面不敢讲话，但都怒目而视，表示沉默的反抗。这种路上见面只以目相对的恐怖局面，延续了三年之久，劳动人民再也忍受不下去了，便在公元前 841 年，发动武装暴动。这次国人暴动，首先在京城爆发，迅即传至“四周”，平民和奴隶们冲到镐京，杀进王宫，周厉王出奔，逃至彘（今山西霍县）。

厉王逃跑后，首都一片混乱，由共伯和（共国在今河南）代行天子事。共和元年（公元前 841 年），是我国历史上有确切纪年的开始。

国人暴动对西周统治集团的打击十分沉重，动摇了西周王朝的统治基础，加速了它的崩溃。

共和执政

公元前 841 年以共伯和为首的贵族联合“国人”，包括王宫所属的工匠、卫兵全都参加暴动。周厉王仓皇出逃，渡过黄河，奔匿到彘，后来就在这个地方死去。他的儿子姬静躲藏到召公家里。“国人”包围了召公的住宅，要杀死周厉王的儿子。召公无可奈何，把自己的儿子交出来，冒充太子姬静，才算了事。国人推举共伯和代行天子事，由周、召二公共掌握实权，史称“共和执政”。

“共和执政”十四年，厉王去世，召公把太子静奉为天子，是为周宣王，共伯和又回到他自己的封地去了。这时的周、召二公，是周朝初年周、召二公的后代。因为周朝实行的是世卿世禄的世袭制度，周、召两家的后人在名分上一直是周朝的卿相。但是，在专制政治的时代，职位和权力有时并不一致。在厉王之前的几朝，周、召二家的权力不太明显。所以，这两家才组织了对周厉王的宫廷政变，并开始共同执掌权力。这种共同掌权，不同于周成王年少时周公旦的个人专权，因此，在周、吕共和的十四年里，国家并没有出现大的动荡。不过，如果有人说中国社会由此可能转向民主的政治制度，比如希腊、罗马时代的贵族民主政治，就有些过分天真了。因为周召共和的基础是厉王有名而失权，周召有权而无名。在国人的暴动中，据说召公用自己的儿子保护了厉王太子静的性命，并由召公抚养成人。当厉王死去，王位确实空出来之后，太子才正式继位，成为周宣王。

镐京之役

周的北方和西北方，分布着大大小小的游牧部落。他们长于乘骑，流动性大。在殷商时代，他们就不断向东南发展，其中以鬼方和猃狁部最为强大。文王时，曾于击破西戎后建国。武王灭商，定都镐京，接近戎狄。

犬戎盘踞凤翔以北山地，占有乘骑快速突击的优势。岐山之起伏山峦，汧陇之丘陵地带，渭河之水深流速，都限制不了戎骑驰突。镐京西北，周朝没有建立强有力的防御屏障，这就形成了犬戎以汧陇地区为基地，通过易于徒涉的渭河，作为侵入镐京的进军路线，向镐京进行突然袭击。

申后是周王朝一个诸侯国申侯的女儿，申侯见幽王废了申后和太子宜臼，自己也由侯爵降为伯爵，私人利益受到损害，决心设法夺回外甥的王位继承权。可他知道凭自己的实力做不到这一点，就把希望寄托在争取外力之上。为此，他串通缯侯，共同联合犬戎，企图通过犬戎入侵镐京，扶植宜臼上台。犬戎正等待有这样的机会，于是双方一拍即合，发动了对镐京的进攻。

幽王十一年（公元前 771 年），申侯、缯侯联合戎兵大举入侵，矛头直指周统治中心镐京。镐京西北方向没有坚固的防御设施，王室直接统率的主力“西六师”也未进行力战，致使戎兵长驱直入，迅速抵达京郊地区，镐京被围。幽王坐拥愁城，只好把解围的希望寄托于众诸侯的勤王部队。按理说，如果各路勤王之师前来援救，镐京解围还是充满希望的，可是周幽王当年“烽火戏诸侯”的恶作剧，此时显示出严重的后果。

等到镐京失陷，幽王被杀的消息传来，诸侯们才明白这一回举烽火已不再是游戏，于是就纷纷组织勤王之师。其中卫、晋、郑、秦诸国部队成为勤王联军中的主力，它们开抵到镐京城下，对戎兵发起反击。经过激烈残酷的战斗，勤王联军终于击败戎兵，将其驱逐出城，收复了饱受兵燹之祸的镐京。

周幽王死后，诸侯和申侯一起拥立以前被周幽王废掉的太子宜臼，即平王，以供奉周朝的祭祀。

周平王即位时，周朝都城镐京（今陕西长安西北）已残破不堪，戎人遍布王畿各地，周王朝常受其滋扰。因此，周平王元年（公元前 770 年），周平王在各诸侯的护卫下迁都到洛邑（今洛阳）。由于洛邑在镐京的东部，所以历史上称为“平王东迁”。迁都后的周王朝便称为东周。

春 秋 战 国

(公元前 770～公元前 221 年)

春秋战国

周幽王死后，周平王即位。由于镐京遭受战争破坏，加上受到犬戎的威胁，公元前770年（周平王元年），平王把都城从镐京迁到洛邑（今河南洛阳）。至此，西周结束，东周建立。从这一年起到公元前476年（周敬王四十四年），为春秋时期。春秋得名于孔子所著鲁国的编年史《春秋》，这部史书上起公元前722年（鲁隐公元年），下迄公元前481年（鲁哀公十四年），与春秋时期上下限大致相同。春秋时代，为中国有史以来第一个多姿多彩的时代。王室衰微、五霸迭兴，诸侯竟敢问“鼎”之轻重，大夫的“僭越”行为层出不穷。“礼崩乐坏”的局面标志着奴隶制已到末日。

《史记》将周平王元年（公元前476年）定为战国七雄历史的开端，从这年开始到公元前221年秦灭六国，是中国历史上的战国时期。战国时期，七雄角逐，变法运动此伏彼起，诸子百家蜂拥而动，著书立言；新兴的政治势力日益活跃，“战国四公子”以“养士”闻名，但也挽救不了自身的颓势。秦国经商鞅变法，势力日增，终致扫六合归一统，秦始皇实现了一统中国的壮志雄心。战国时期是中国封建社会的确立时期。

春秋时期的诸侯争霸和大夫兼并

春秋时期，中国南方和北方的少数民族不断对中原发起进攻，对各诸侯国构成了巨大威胁。由于周天子已名存实亡，无法起到组织领导各诸侯国抵御外侵的作用；另外，一些强大的诸侯国为了争夺土地、人口以及对其他国家的支配权，纷纷“挟天子以令诸侯”，开始了春秋时期频繁的争霸战争。

齐桓公是春秋时期的第一位霸主。齐襄公死后，逃亡在外的公子纠和公子小白都急于回国，继承王位。公子纠在鲁国的护送下向齐国进发，并派自己的老师管仲去路上截杀小白，管仲射中了小白的衣服带钩，小白遂将计就计假装死去，于是公子纠和鲁国军队放慢了行进速度。与此同时，公子小白和其师鲍叔牙却兼程领先回到齐国都城临淄，公元前 685 年，公子小白继承王位，即齐桓公。

齐桓公即位后，立即发兵攻鲁，迫使鲁国杀死了公子纠，并囚送管仲回齐国。管仲是春秋时期著名的政治家，齐桓公即位后，在鲍叔牙的劝说下，不计前嫌，任用管仲为相。管仲在齐国进行了一系列改革：第一，按土地好坏分等征税，打破了井田制的限制，肯定了土地私有权，调动了生产者的积极性，增加了税收，增强了国力。第二，改革行政机构，推行“叁其国而伍其鄙”制度，形成了严密的行政机构，加强了对国内的控制和管理。第三，改革兵制，实行“作内政以寄军令”的军政合一制度，士兵平时生产、训练，战时出征，增强了战斗力。第四，设“轻重九府”，由官府铸造货币，调剂物价，并设置盐铁官，发展盐铁和渔业，以增加财政收入。

孙 武

经过一系列改革措施的实行，齐国国内政局稳定，经济实力增强，军队也具有较强的战斗力。这些为齐国称霸诸侯奠定了基础。公元前679年，齐与宋、陈、卫、郑会于鄄（今山东鄄城），开始称霸。齐桓公以“尊王攘夷”为旗帜，联合诸侯，抗击夷狄，并提高自己的威望，发展自己的力量。

公元前651年，齐桓公又在葵丘（今河南兰考）大会诸侯，参加的有鲁、宋、郑、卫等国，周天子也派代表参加。这次盟会规定：“凡我同盟之人，既盟之后，言归于好。”通过这次盟会，齐桓公最终取得了中原霸主的地位。齐桓公死后，诸子争立，齐国从此失去了霸主之位，走向衰落。不久，晋文公登上霸主地位。

公元前636年，晋国公子重耳登位，就是春秋的著名霸主晋文公（公元前636年～前628年）。

晋文公任用很有才能的赵衰、狐偃等人为大臣，对晋国内政进行整顿：一是实行“轻关易道，通商宽农”，“弃债薄敛”，发展经济，增加财政收入；二是安抚旧臣，选拔人才，稳定政局；三是作三军，扩大军队，加强实力；四是整顿吏治，厘清政治。从而为晋国称霸创造了条件。这时周王室发生了“王子带之乱”。公元，前636年，王子带联络狄族“同伐京师，入王城，焚东门”发动叛乱，赶跑了周襄王。晋文公利用这个机会，以“尊王攘夷”为号召，会合诸侯，出兵“伐戎救周”，打败王子带，护送周襄王回雒邑。周襄王将南阳的温、原等八邑赏给晋，大大提高了晋文公在诸侯中的威望。公元前633年冬，楚成王率领陈、蔡、郑、许之师围宋，宋向晋文公告急。公元前632年，晋文公联合齐、秦两国救宋，决心与楚国争霸中原。晋文公采取诱敌深入，集中兵力，各个击破的方针，令晋军“退避三舍”，从曹陶丘退至城濮，占据了有利位置。随后晋大败楚军。这就是历史上著名的“城濮之战”。战后，晋文公和齐、鲁、宋、卫等七国之君盟于践土（今河南荥泽），并得到周王的策命。这年冬天，晋又会诸侯于温（今河南温县），周王也被召赴会，晋于是继齐成为中原霸主。

此时，在西方是秦穆公霸西戎。秦国地处渭水流域，于西戎、北狄之间。周宣王时封非子的曾孙秦仲为大夫，秦仲在攻伐戎、狄的战争中战死。其子庄公继续攻伐西戎，被周宣王封为“西陲大夫”。西周灭亡，秦襄公因护送平王东迁有功，被封为诸侯，占据了以岐、沣为中心的广大地区，建都于雍（今陕西凤翔），势力逐渐发展起来。经过一百多年，到秦穆公（公元前 659 年～前 621 年）时，秦国发展成为强盛的奴隶制国家。秦穆公招贤任能，秦由是强盛。百里奚是当时著名的政治家，他协助秦穆公改革内政，发展生产，秦国力渐强。在晋称霸时，秦也很想向东发展自己的势力。公元前 627 年，秦穆公乘晋文公去世之机，派军偷袭郑国，后因郑国已有准备，便灭滑国而回师。当秦军路过殽山（今河南渑池西），遭到晋军的伏击，秦全军覆没，这就是著名的“秦晋殽之战”。秦向东扩张的道路被晋所阻。于是，秦穆公采用谋臣由余的计谋转而向西发展，“益国十二，开地千里，遂霸西戎”，“天子使召公过贺穆公以金鼓”，秦成为西方的大国。

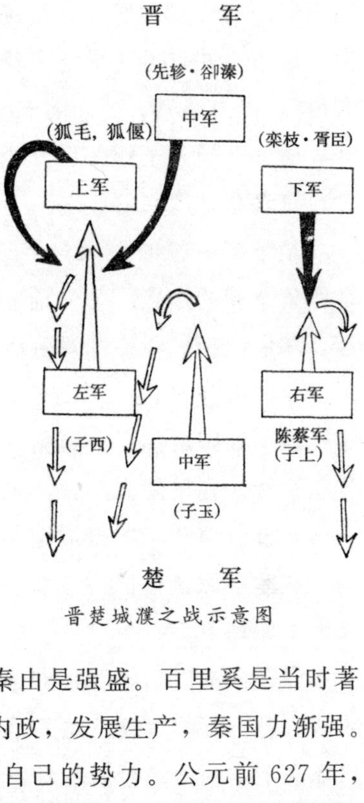

晋楚城濮之战示意图

春秋时期楚国日益强大。楚成王时“楚地千里”，又向北扩张。但先被齐桓公遏制于召陵之盟，被迫向周纳贡，后又被晋文公败于城濮，楚北进被阻。公元前613年楚庄王继位，继位三年后发愤图强，罢斥奸臣，选用贤材，治理了内政。然后又注意经济的恢复和发展，特别是注重水利的兴修，使国力迅速发展起来。并且迅速平定了若敖氏的叛乱，稳定了政局，“国人大悦”，国力强盛。公元前606年，楚庄王借伐陆浑之戎，北上陈兵周郊，周天子派王孙满慰劳楚师，楚庄王竟询问“九鼎”之轻重，意在取周而代之。

楚争霸中原的强大对手是晋国，而宋、郑诸国夹在中间，是晋楚争霸的焦点。公元前597年楚伐郑，围郑都三月，破郑都，郑伯肉袒乞降。晋闻讯后，派大兵救郑。晋楚两军大战于邲（今河南郑州北），由于晋内部政令不行，将帅不和，晋军为楚所败而狼狈逃归。公元前594年，楚庄王率军围攻宋，宋人告急于晋，晋畏楚而不救，宋人坚守都城达一年多。最后宋大夫华元夜入楚营，挥刃迫楚帅子反撤围，楚宋议和，宋依附楚国。从此中原诸国除齐、秦、鲁等国外，皆背晋向楚，楚庄王成为中原霸主。

春秋中期以后，晋楚双方势均力敌，互有胜负。但连年的攻战，各国都很疲乏，尤其是小国普遍厌战。同时，争霸战争也加速了本国阶级矛盾和新旧势力之间斗争的发展，使各国无力外顾，都想暂时休战，于是便出现了“弭兵”运动。它是由受战祸最深的宋国发起的，先后召开两次“弭兵”之会。公元前579年，宋大夫华元倡议晋楚两国在宋西门之外订立盟约，规定双方“无相加戎，好恶同之”。但不过几年，盟约被撕毁，晋楚战争再起。鄢陵之战后，楚衰落，晋亦开始衰微，于是，公元前546年，宋大夫向戌继华元倡议召开“弭兵”之会，晋、楚、齐、秦、宋、郑、卫、鲁等十四个诸侯国会盟于宋。会上规定，晋、楚之从国必须交相见。也就是说两国的仆从国必须既朝晋又朝楚，承认晋、楚为共同的霸主。这样，中原大国争霸就以晋楚两国平分霸权而基本告一段落。

弭兵运动之后，春秋历史进入晚期。这时，地处长江下游新崛起的吴国和越国却企图向中原争夺霸权。

吴王夫差矛

吴国在春秋中叶后得晋助而强大。公元前 515 年，吴公子光杀王僚自立为王，即吴王阖闾，他重用伍员（子胥）和孙武等人，改革政治和军事，建造城郭，设立守备，充实仓廪，整治库兵。吴国力渐强，在晋的支持下连年攻楚。公元前 506 年，吴王阖闾以大军事家孙武为大将，伍子胥为副将，联合唐、蔡两国，大举伐楚。吴楚两军在柏举（今湖北麻城）会战，楚军大败。吴军又五战五胜，攻入楚都郢。楚昭王逃亡云梦泽，受“盗”攻击，后逃奔到随，楚几乎亡国。楚大臣申包胥求救于秦。公元前 505 年，秦襄公派兵援楚，击败吴军，收复郢都。楚由于这次失败而失去了它强大的霸主地位。就在吴攻陷楚都时，与吴相邻的越国乘机袭击吴国。公元前 496 年，吴伐越，战于槜李（今浙江嘉兴），吴军战败，吴王阖闾受伤而死。公元前 494 年吴王夫差为报父仇而伐越，在夫椒（今江苏吴县太湖椒山）打败越军，又乘胜而攻入越都。越王勾践被迫求和，臣服于吴。吴自从灭越后，自以为从此无后顾之忧，故一心欲争霸中原。

越王勾践被打败后，不甘心屈服，暗中准备复仇。他“卧薪尝胆”，“身自耕作，夫人自织，食不加肉，衣不重采，折节下贤人，厚迁宾客，振贫吊死，与百姓同其劳”，因而，得到人民的拥护。又任用文种、范蠡等人，整顿内政，发展生产，训练军队。同时在外交上采取“结齐、亲楚、附晋”的方针，孤立吴国。经过“十年生聚”、“十年教训”，越国的力量很快恢复起来。越王勾践看到吴国争霸黄池，主力北上，“惟独老弱与太子留守”，便于公元前 482 年向吴国进攻，大败吴军，杀吴太子。夫差闻讯引兵回国与越议和。过了几年，越再次伐吴，大败吴军。公元前 473 年，夫差被迫自杀，吴亡。越王勾践继而率师北上争霸中原，与诸侯会盟于徐（山东滕县）。周元王使人赐勾践胙，命为伯。“当是时，越兵横行于江淮东，诸侯毕贺，号称霸王”。至战国时，越为楚灭。

春秋时期长期的争霸战争，虽然给人民带来了巨大的痛苦和灾难，但也打破了各民族间的隔阂局面，促进了以华夏族为主的民族大融合。为后来统一的多民族国家的形成奠定了基础。

春秋时期，随着井田制的瓦解和土地私有制的产生，在政治上也引起很大变动。这主要是许多诸侯长期陷于争战之中，经济困难，政治权力日益削弱；而且不少卿大夫拥有大量的土地；掌握了强大的政治、军事权力。这些卿大夫在经济上损公济私，在政治上干预朝政，甚至影响操纵君位继承，把国君置于他们的控制之下，直至最后篡夺君位。

晋国的新兴势力代表是韩、赵、魏、范、中行、智六家，称“六卿”，又称“六将军”。春秋中叶，晋国的大权逐渐为一些新崛起的异姓贵族所掌握，而旧公族势力日弱，仅有栾氏、羊舌氏和祁氏等几家。晋厉公即位后，被栾氏所杀，拥立晋悼公。公元前 550 年，以范氏为首的新兴势力联合起来，打败栾氏，以后又镇压了祁氏、羊舌氏的叛乱，一部分旧贵族“降在皂隶”，成为奴隶和平民。从此，“六卿”登上了政治舞台。晋六卿进行了封建性的政治改革，各自废除了“步百为亩”的井田制，实行了封建的田亩制和地税制。此后，“六卿”内部展开了激烈的斗争，范氏和中行氏联合郑国和齐国，攻伐赵氏。公元前 493 年，赵鞅为争取胜利宣布：“克敌者，上大夫受县，下大夫受郡，士田十万，庶人工商遂，人臣隶圉免”，意思是说，立了军功的人，无论其地位如何，皆可得到赏赐和改善地位。通过这种方式，发展了封建关系，争取了支持者，打败了范氏和中行氏。智、赵、韩、魏四家共同瓜分了范、中行二氏的地盘，而智氏势力最强，智伯掌握了晋国的国政。公元前 453 年，韩、赵、魏三家联合攻灭智氏，分别建立了三个封建政权，赵氏占据晋的北部地区，以晋阳（今山西太原）为都城；韩氏占据晋的中部地区，以平阳（今山西临汾）为都城；魏氏占据晋的南部地区，以安邑（今山西夏县）为都城。史称“三家分晋”，晋公室名存实亡。公元前 403 年，周威烈王正式承认韩、赵、魏为诸侯。公元前 377 年，韩、赵、魏灭晋侯，三分其地，晋亡。

在齐国，新兴的地主阶级代表是田氏。田氏本是陈国贵族，春秋初期，陈国发生内乱，公子完奔齐。改姓田，齐桓公命其为“工正”，齐景公时，公室日益腐朽没落，阶级矛盾十分尖锐。这时，陈完的四世孙田桓子已做了齐国大夫，他为取得人民的支持，在向贫苦民众放贷时，用大斗借出，小斗收入，其山海所产树木鱼盐到市场上出卖，价格同产地一样。因此大批民众都逃往田氏门下。公元前 490 年，齐景公死，国、高两氏立齐景公的儿子荼为君。田乞（田桓子之子）乘机发动武装政变，杀死荼，打败了高氏、国氏、弦民、晏氏四大贵族，拥立阳生为君，为齐悼公，田乞自立为相。公元前 485 年，齐悼公被杀，齐简公立。公元前 481 年，田常（田乞之子）与贵族监止分别担任左、右相。田常继续采取大斗出租小斗收租的办法来笼络平民，实力大增。5月，田常再次发动政变，击败贵族监止的军队，杀齐简公，另立齐平公，内修政治，外结同盟，五年之后，“齐国之政皆归田常”。公元前391年，田常的曾孙田和将国君齐康公放逐到海上，田和成了事实上的齐国国君。公元前386年，田和被周安王封为诸侯，并沿用齐国的国号，史称“田氏代齐”。

春秋时期经过连年战争，以及各国新兴地主阶级的夺权斗争，许多诸侯国灭亡了，大部分诸侯国中的新兴地主阶级取得了政权，中国进入了封建社会。

周王室的衰落

西周末年，周天子地位衰微，强大起来的诸侯逐渐不听从王室的指挥。到春秋前期，这种状况愈演愈烈，以致在周桓王十三年（公元前707年），爆发了周、郑繻葛（今河南长葛东北）之战，郑国的祝聃竟敢以箭去射天子周桓王。

春秋初年，郑国同王室的关系最为密切。郑武公以大军保护周平王东迁，其后成为王室卿士。郑庄公继位后，仰仗祖先的功劳，在王朝内专横跋扈。庄公在国内与其弟公叔段不和，经常不理王室之政，于是周平王就打算让虢公与庄公为左右卿士共同掌管王事。郑庄公得知这个消息后，即责问平王。平王矢口否认，并提出君臣交质，以示信任。周平王五十一年（公元前720年），平王去世，太子林继位，是为桓王。桓王上台后便准备授虢公政以分庄公之权，庄公得知，想给新即位的天子一个下马威，派祭足带领人马把王室在温地（今河南温县）的麦子割掉，在成周（今洛阳东）的禾割走。至此，周、郑交恶。

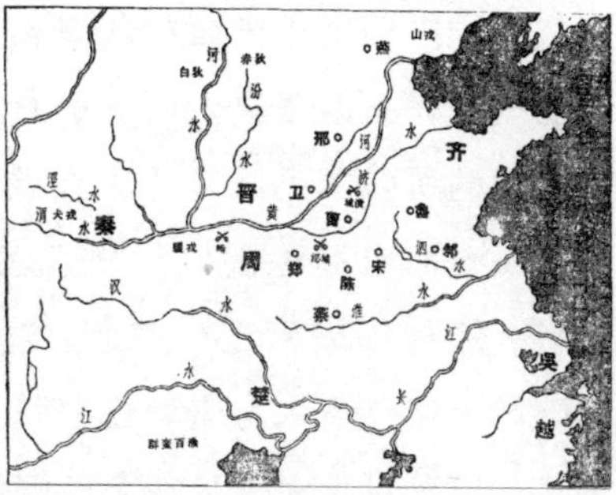

诸侯争霸

桓王毫不示弱，郑庄公意识到失去同周天子的密切关系，对自己在诸侯中争雄不利，于是便采取了怀柔策略，于周桓王三年（公元前 717 年）亲自到王都朝见桓王，桓王却不加礼遇，不久又任命虢公忌父为王室右卿，与郑庄公共理朝政。郑庄公的退让，使得周桓王得寸进尺。周桓王八年（公元前 712 年），桓王把本来不属于王室的十二个邑作为空头支票，换取郑国四邑，使郑国白白丢了四个邑；到周桓王十三年（公元前 707 年），桓王又干脆罢免了庄公的左卿士之职，因而庄公也就不去朝见他。这样，桓王便率领王师及蔡、卫、陈之师讨伐郑国，郑国也出兵抵抗，两军在繻葛摆开阵势。

王师方面的部署是：桓王亲率中军，虢公林父将右军，周公黑肩将左军；蔡、卫两国军队属右军，陈国的军队属左军，呈“鸟阵雁行”的阵势，突出中军。郑国方面针对王师的部署，采取“鱼网之阵”的阵法，把主力放在左右两方阵上，中军摆在两方阵中间靠后，郑庄公率中军，祭仲将左方阵，曼伯将右方阵，左右方阵中把战车排列在前面，步卒配置于战车之后，填补车与车之间的空隙，构成密集队形。开战时让左右方阵先接敌，打垮对方力量较弱的左、右军，然后三军呈鱼网状合围对方中军主力。

两军交战，郑庄公在原繁、高渠弥护卫下坐镇中军，并与祭仲、曼伯约定中军大旗挥动时，左右两方阵同时发起攻击。

开战后，陈国由于内政处于动乱之中，士气不高，遇到郑军方阵的攻击，立即溃逃，周王室的左军士卒跟着也败下阵来；蔡、卫两国的军队本无战斗力，在受到攻击后，抵挡不住，转身而逃，王室的右军也随之溃败。然后，郑国三军合围周王中军，祝聃一箭射中周桓王的肩膀。桓公忍着箭痛，指挥军队退却。祝聃请求庄公下令追击，庄公认为君子对一般人尚且不能逼之太甚，何况对于天子！如果能够使国家免于危亡，这就足够了。因此，按兵不动。当天晚上，郑庄公派遣祭仲去慰问周天子及其随从，表示郑国只是不得已应战，愿同王室和好。繻葛之战是诸侯强大、王室衰微的一个标志，祝聃“射王中肩”，王师惨败于诸侯军队名下，这使周天子的威风扫地，事实上等同于诸侯。同时这一仗也拉开了列国争雄的序幕。

泓水之战

这次战争发生在公元前 638 年，交战的双方是宋国（今河南商丘一带）和楚国（长江中游和汉水流域一带）。战争的发动者是宋国的国君宋襄公。

宋襄公在历史上以标榜“仁义”著称。他以“仁义”起家，也以“仁义”覆败。泓水之战就是他以“仁义”指挥战争遭到彻底失败的一次战例。

讲“仁义”的宋襄公

宋襄公的名字叫兹甫，是宋国国君桓公的嫡子，很早就被立为太子。公元前 651 年，宋桓公病得快死了。兹甫一再请求垂危的父亲把君位让给庶兄目夷。他说："目夷年长，而且仁义，请您改立他为太子吧。"目夷听到了，当然不敢担当，也向宋桓公说："兹甫连君位都要让出来，这是最大的仁义了。我哪里及得上他。况且，他本来就是太子，君位理应由他来继承。"第二年春天，宋桓公死了。兹甫又推让一番，然后当上了国君。他，就是宋襄公（公元前650～前637年在位）。

在剥削阶级的社会里，统治者争权夺利，你欺我诈；尤其是为了争夺最高的权位，往往演出流血的惨剧。宋襄公居然一再推让君位，这在当时看来，是件"仁义"的事。因此，大家称他是个讲"仁义"的国君。宋襄公名利双收，尝到了讲"仁义"的甜头。

宋襄公认为目夷不肯接受君位，也很有"仁义"，就任用目夷做他的助手，帮助他治理国家。

宋襄公即位后的第八年（公元前643年），齐国国君齐桓公病死，他的五个儿子争夺君位，齐国发生内乱。太子昭逃到宋国，请求宋襄公做主。宋襄公觉得支持太子昭复国，是件"仁义"的事。他立刻会合了几国诸侯，共同出兵护送太子昭回齐国，帮他平定了内乱，立他为国君。太子昭就是齐孝公。

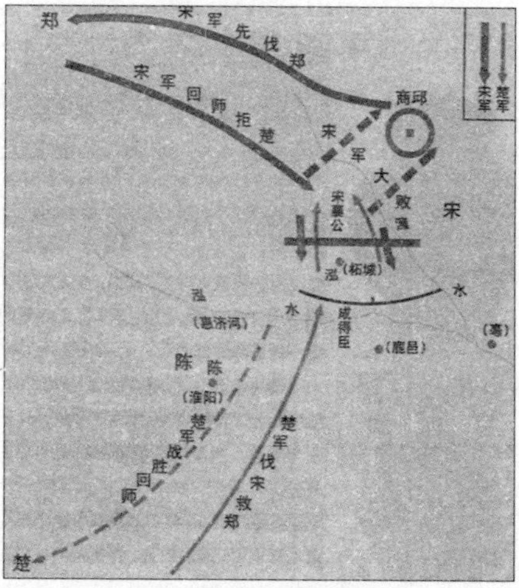

泓水之战作战图

齐国是东方的大国。齐桓公的时候，他曾多次召集诸侯，主持盟会。黄河流域的许多诸侯都奉他为头儿。他成为春秋时期第一个霸主。那时候，齐国的威望高到极点。霸主的地位也特别惹人眼红。现在，宋襄公平定了齐国的内乱，代它立了国君。这样，在无形中，宋国的地位就在齐国之上了。宋襄公自然“当仁不让”，准备出场当霸主了。

但是，霸主的头衔是不能自封的，须要取得一些诸侯的拥护才行。于是，宋襄公仿效齐桓公的做法，准备召集一些诸侯举行会议，借以抬高自己的声望。他恐怕大国诸侯不听他的号令，就约请几个小国诸侯来开会。但是，就连那些小国诸侯也没有按时到齐。滕国（今山东滕县西南）诸侯迟到了，鄫国（今山东峄县东）诸侯干脆不到。会还没有开完，曹国（今山东定陶西北）诸侯又偷跑回国了。

这下子，宋襄公被激怒了。看来，“仁义”是不适用于对待小国诸侯的，还得诉诸武力。他把滕侯关押起来，把鄫侯杀了祭睢水神，又出兵压服了曹国。

接着，宋襄公准备同大国打交道，以便确定他的霸主地位。

宋楚争霸

当时的大诸侯国，有齐、秦（今甘肃天水一带）、晋（今山西太原一带）、楚等。齐国自从发生内乱以后，国力已经衰弱下去。秦和晋，一个在西边，一个在西北，离中原还远，它们暂时并不妨碍宋襄公去称霸。只有楚国，才是宋襄公称霸的唯一对手。

楚国占有长江中游和汉水流域的广大地区，疆域很辽阔。黄河流域的各诸侯国一向瞧不起它，称它为“蛮子国”。这个“蛮子国”不断向北方扩张势力，同那里的各国经常发生冲突。那时候，楚成王在位（公元前 671～前 626 年），国力很强大。鲁、陈（今河南开封一带）、蔡（今河南上蔡一带）、郑（今河南新郑一带）等中小诸侯国，都被迫同楚国订立了盟约，接受它的节制。

对于这样一个强敌，宋襄公打算采取联络它的办法。他的如意算盘是：只要把楚国拉过来，那么，那些同楚国订立盟约的诸侯国自然也会随着一起过来了，他的霸主地位也就可以确定了。

他把这步高着告诉了目夷。目夷却另有看法：第一，宋国称霸的条件还没有成熟，如果急于去称霸，恐怕会惹出祸事来；第二，楚成王野心很大，能力也很强，恐怕宋襄公斗不过他。宋襄公却认为目夷的顾虑太多，仍旧坚持自己的意见。拉拢楚国的方针就这样草草地决定了。

公元前 639 年春天，宋襄公约请楚成王、齐孝公在鹿上（今安徽阜南南）开了个小会。会上，宋襄公要求楚成王约请他的盟国出席下一次诸侯大会。高傲的楚成王居然答应了。

那年秋天，宋襄公带了目夷和其他一些文官兴高采烈地到盂（今河南睢县）地去大会诸侯。楚成王也带了一帮人如期到达。此外，郑、蔡等五国诸侯也都出席了会议。

宋襄公满以为这次会议既然是由他召开的，当然得由他来担任盟主。因此，他就大模大样地登上了盟主的座位。哪里料到，他还没有坐稳，楚成王一声号令，楚兵一拥而上，就把这位“盟主”从宝座上揪了下来。顷刻间，“盟主”变成囚犯。会场上秩序大乱。在混乱之中，目夷逃回本国，准备应付事变。

楚成王押着宋襄公，带领楚军一直打到宋国的都城商丘（今河南商丘）。幸亏目夷早做准备，楚军一时攻不破城。

楚军这次攻打宋国，本来是临时采取的措施。楚成王只是看到有机可乘，才用军事行动试探一下。现在，强攻的一手一时不易奏效，他就试用讹诈的一手。他向宋军说：“你们再不投降，我就要杀掉你们的国君了。”宋军回答说：“我们已另立国君。随你怎么办，我们决不投降。”

楚成王觉得在宋襄公身上已经榨不出什么油水，与其把他杀了，还不如卖个人情把他放了。这样，宋襄公才获得了自由。楚成王带着军队凯旋而回。

宋襄公泓水大败

碰了钉子的宋襄公怀着满腹委屈被目夷等一帮大臣迎回宋国。他越想越生气，楚成王如此不讲信义，这个仇非报不可。

但是，对标榜“仁义”的宋襄公说来，要报仇，总得找一个冠冕堂皇的理由才行。凑巧，公元前638年，郑国的国君去朝见楚成王。这给宋襄公带来了兴师问罪的“理由”。在宋襄公看来，郑国国君祖祖辈辈都受到周王的信任，而那个没出息的后代竟然不去朝见周王，却拜倒在“蛮子”的脚下，这简直是忘恩负义，有失体统。单凭这一点，他就有责任去惩罚郑国。何况，宋襄公十分清楚，郑国的兵力不强，打起仗来，宋国赢得胜利是十拿九稳的。郑是楚的盟国，把郑国打败了，好歹可以出一出这口窝囊气。

提不同意见的，还是那个目夷。他认为攻打郑国可能引起楚国出兵干涉，会闯出乱子，劝宋襄公忍耐一下。但是，宋襄公仍旧不听。那年夏天，他就出兵去攻打郑国。

郑国打不赢宋国，果然向楚国求援。楚成王立刻发兵，矛头直接指向宋国。宋襄公得到消息，急忙带领军队往回赶。宋军赶到泓水（故道在今河南柘县北）北岸，楚军也已到达泓水南岸了。

两军隔河相对，大战一触即发。

目夷对宋襄公说：“算了吧！楚强我弱，乘现在还没有打起来，同楚军讲和吧。”宋襄公不答应。

宋军列好了阵。楚军正在乱哄哄地渡河。

目夷对宋襄公说：“敌军多，我军少。乘他们刚渡河的时机，给他们来个迎头痛击，或许能够打败他们。”宋襄公还是不同意。他说：“不行，讲仁义的人不能乘别人困难的时候去攻打人家。”

过了一会儿，楚军全部渡过了河，但是还没有摆开阵势。

目夷又建议道：“乘他们还没有站稳脚跟，我们即刻发动进攻，还可以打赢。”宋襄公仍旧不同意。他说：“不行，讲仁义的人不去攻击不成阵势的队伍。”

不一会儿，楚军摆好了阵势，千军万马冲杀过来了。到了这个时候，宋襄公才下令还击。但是，已经迟了。宋军抵挡不住，一个个地倒了下去。宋襄公的卫队全部被楚军歼灭，宋襄公的大腿上也挨了一箭，受了重伤。在目夷等的拼死保护下，宋襄公狼狈地逃了回去。

泓水之战以宋襄公的彻底失败而告终。宋襄公争霸的“理想”由此破灭。

回到宋国，大臣们都埋怨宋襄公丧失战机。宋襄公却理由十足地争辩说：“讲仁义的人不去伤害已经受伤的人，这叫做‘君子不重伤’；也不去捉拿头发已经花白的老人，这叫做‘不擒二毛’。我怎能忍心向没有摆好阵势的敌军发动进攻呢？”

宋襄公的伤势很重。泓水之战以后不到几个月，他就死去了。

城濮之战

周襄王十九年（公元前633年），楚成王准备围攻宋国，派前令尹子文在睽地演习练兵，派令尹子玉在蔿地作战前演习。子文一早就完事，没有惩罚一个人；子玉整整一天才结束，鞭打7人，箭穿3人之耳。子文设宴，元老们都表示祝贺，年轻大夫蔿贾却不祝贺，认为子文把楚国政权让给子玉，而子玉刚愎自用，内不能治理百姓，对外率领兵车超过300乘，恐怕就要吃败仗。子玉如果失败，那是由于子文的推荐，等到子玉胜利归来再祝贺，也不算迟。不久，楚成王便会同陈侯、蔡侯、郑伯，许男围宋。

宋国的公孙固急忙到晋国报急求救。晋国名将先轸认为，报答宋襄公在晋君流亡时的施舍，救援宋国被围之难，成就晋国的霸业，都在这一次了。晋文公之舅狐偃认为，楚国刚刚得到曹国，又新近同卫国结成婚姻，如果攻打曹、卫，楚国一定会救援，那么宋国和齐国就可以免遭楚军的进攻了。于是，晋国就在被庐举行大规模的阅兵式，组建上、中、下三军，晋文公委派郤谷统率中军，郤溱辅佐他；委派狐偃率领上军，狐偃把上军之帅让给狐毛，自己做副帅；又派栾枝率领下军，先轸辅佐他。荀林父为晋文公驾驭戎车，魏犨为车右。

郑伯盘

周襄王二十年（公元前632年）春，晋文公打算攻伐曹国，向卫国借路，卫国不答应。晋军回师，从南河渡过黄河，袭击曹国，攻打卫国。正月，晋军占领了卫国的五鹿；二月，晋中军元帅郤谷死，先轸继任中军之帅，胥臣补先轸的空缺辅佐下军。晋侯与齐侯在卫国的敛盂结盟，卫成公向晋请求订立和约，晋国不答应。于是卫成公想投靠楚国，卫国的贵族不同意，就赶走他们的国君，以此来向晋国讨好。卫成公只好离开国都居住在襄牛。鲁国大夫公子买率鲁军助卫防守，楚军救援卫国，不能取胜。鲁僖公害怕晋国伐鲁，就杀了公子买来讨好晋国，对楚国人却说，公子买没有完成戍守的任务，所以杀了他。

晋军在打败卫国后，又包围了曹国国都，攻打城门，战死许多人。曹国的士卒把晋军的尸体陈列在城墙上，以此打击晋军士气。晋侯很为此事担忧，士卒们献策说：让军队在曹人的墓地扎营，示意掘他们祖先的坟。文公采纳了士卒们的意见，曹人果然非常恐惧，就把晋军的尸体用棺材装好送出城来，晋军乘机发起进攻，攻破曹都，俘获曹共公。晋文公当年流亡在曹，曹共公无礼地观看他洗澡，文公一直耿耿于怀，现在俘获了他，于是文公列举曹共公罪状，责备他不用贤臣僖负羁，却大封亲戚故旧，使曹这样一个小小的国家，秦飧尸位的大夫就多达 300 余人。为了报答僖负羁当年赠飧置璧的恩惠，文公下令不许晋军进入僖负羁的住宅，同时赦免了他的族人。当年跟他流亡的魏犨、颠颉很生气，认为文公不考虑有功之臣，却去报答那些小恩小惠。于是两人带兵就放火烧了僖负羁的住宅，僖负羁被烧死，魏犨

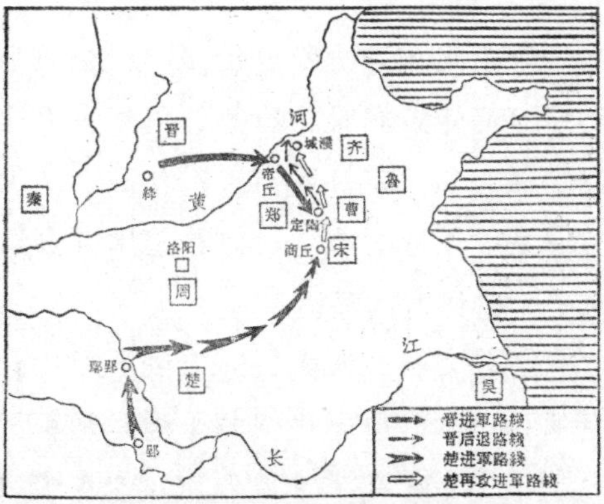

城濮之战示意图

放火时伤了前胸。文公很恼怒，打算杀死他，但又爱惜他的勇武，就派人去察看伤情，如果伤势严重，就准备杀他。魏犨伤得不重，文公于是饶恕了他，杀颠颉在军中示众，又命舟之侨为兵车右卫。

晋军袭卫攻曹，愿意解宋围。但楚见此二国已失，并不前来相救，反率陈国、蔡国的军队加紧围攻宋国。于是宋国派大夫门尹般向晋君告急求救。晋文公十分为难，因为舍弃不管，宋国就会与晋绝交；请楚国退兵，楚国肯定不会答应；如果与楚国作战，齐国和秦国不会支持。进退两难之际，中军元帅先轸献上一计：让宋国用财物去贿赂齐、秦两国，请他们出面求楚国退兵，晋国扣留曹共公，然后分曹国、卫国的土地给宋国。楚国同曹、卫两国友好，其国土被分，必定不会答应齐、秦的调解，而齐、秦二国接受了宋国的贿赂、又恼恨楚国不给面子，就必然出兵伐楚。晋文公同意了先轸的离间计，实施“喜贿怒顽”的外交策略。果然，齐、秦与晋联合了起来。

楚成王见形势不利，退回申地（今河南南阳）驻扎，防备秦国的袭击，又命令戍守齐国谷邑的申公叔时和围攻宋国的子玉率部撤退，避免与晋军交战。他认为晋文公在外流亡了十九年，险阻艰难，全都经历了：民情真假，他都知道了，上天使他享有高年，同时除掉他的祸患。天所予、不可败。但是子玉却骄傲自负，坚持要与晋军作战，他说：虽不敢保证一定能建立什么了不起的战功，但希望用胜利堵住奸邪小人（指楚大夫艻贾）进谗言的嘴。

于是，子玉派大夫宛春到晋军中谈判，条件是：恢复卫侯的君位，同时退还曹国的土地，楚军解除对宋国的包围。狐偃认为子玉太无礼了，晋君（文公）只得到释宋之围一项好处，而楚臣（子玉）却得到恢复曹、卫两项好处。不能失掉这个战机。先轸不同意，他认为楚国一句话就使曹、卫复国、宋解围，三个国家都安全，晋国如果不同意，这三国就均被灭亡，这就是晋国无礼。不如暗中答应恢复曹、卫两国，使他们叛离楚国；再用扣留楚军使者宛春的办法来激怒楚国，等打完仗再考虑曹、卫的问题。晋文公很高兴，就采纳了先轸的意见。曹、卫两国果然派人到子玉营中同楚断交。

子玉十分气怒，立即率军北上与晋军作战。文公见楚军逼近，下令退避三舍（古时一日行军 30 里为一舍）。将士们对后退很不理解，认为晋君躲避楚臣是极大的耻辱，何况楚军攻宋不下，在外转战多时，已经疲惫不振。狐偃向他们解释这样做是为了报答文公当年逃亡时楚君给予的恩惠，兑现文公当年所许的“两国若交兵，退避三舍相报”的诺言。于是晋文公、宋成公、齐国大夫国归父、崔夭、秦穆公之子小子慭率军退后 90 里，在卫国的城濮（今山东濮县南）驻扎下来。楚军随即逼了上来，在城濮附近的险要地带扎营。

晋文公既害怕别人议论自己忘恩，又担心士卒不愿尽力作战，所以在与楚交战的问题上犹豫不决。三军将领都劝他下决心打。狐偃认为，这一仗若打胜，就可以得到诸侯国的拥戴，取得霸主的地位；即便打不胜，晋国外有黄河之阻，内有太行之险，没什么可担忧的。栾枝也说，汉水北面的姬姓国都被楚国吞并，思念小恩小惠而忘记大耻大辱，于国不利，应当与楚国交战！文公这才坚定了决心。

子玉误把晋军战略性的后撤误认为是害怕楚军，于是刚扎下营盘便派大夫斗勃向晋文公挑战道：“请和您的部下游戏一番，您可以扶着车前横木观赏，我也陪您来开开眼界。”文公让栾枝回答说：我们国君领教命令了。楚王的恩惠不敢忘记。既然得不到谅解，那就烦请大夫告诉你们的将帅：准备好你们的战车，敬奉你们的君命，明天早晨战场上相见!

晋楚城濮大战前，晋军方面，有战车700乘，兵员3、7千人，另有齐、秦、宋的支援。中军元帅是先轸，郤溱为副；上军主将是狐毛，狐偃为副；下军主将是栾枝，胥臣为副。楚军方面，子玉为中军主帅，指挥警卫王室的西广、东宫及若敖六卒，共有战车180乘；子上为右军主将，指挥陈、蔡两国的军队；子西为左军主将，指挥申、息两地的地方部队。晋军的上军对楚军的左军，下军对右军，临战，子玉夸下海口说："今天晋军必定覆没!"

战争开始，晋下军副将胥臣命令士卒把驾车的马蒙上虎皮，首先向楚右军发起攻击，陈、蔡的军队从楚本是不得已，遭到这一突然进攻，立即溃不成军，蔡国公子印也被杀死，晋上军主将狐毛另设前军两队，出击楚军的逃兵，楚军右翼被彻底打垮；晋下军主将栾枝让士卒砍伐木柴拖在车后，扬起尘土，伪装败逃，楚中军立即发起追击，左军主将子西求胜心切，以为晋军主力溃逃，带部率先追赶，造成楚军侧翼空虚。晋见楚中计，元帅先轸率领中军精锐拦腰截击，狐毛、狐偃反转回头杀来，前后夹击，楚国的左军也被打垮。子玉见左右两军全垮，急忙收兵，这才不至于全军覆灭。

鲁侯鼎

城濮之战以晋胜楚败而告结束。晋军在楚营内歇兵三天，班师而归。向周天子献上俘获的战车100辆和俘虏的步兵1000人。周天子设享礼款待晋文公，命令大臣尹氏、王子虎和内史叔兴父用策书颁命晋文公为诸侯之长，并赏赐了文公许多财物。

楚成王本不愿与晋交战，听说子玉大败而回，就派人对子玉说："你若是活着回来，有何面目见申、息两地的父老呢?"逼子玉自杀谢罪。但在打发走使者后，成王又后悔起来，忙派人收回成命，这时子玉在连谷（今河南西华县南一带）已自杀了。

城濮之战使晋国国威大振，以前与楚国结盟的国家纷纷投靠晋国。文公在践土（今河南原阳县西南）建造王宫，与诸侯会盟，占据了霸主的地位。而楚国北上的战略在这一战中受到沉重的打击，此后一段时间只好转向南方经营。

弭兵大会

公元前546年七月的一天，宋国西城外旌旗林立，战车壁垒，晋、楚、齐、鲁、陈、卫、郑、滕、曹、许、宋、蔡、秦等十四个诸侯国代表在此举行弭兵大会并缔结盟约仪式。盟坛左侧是晋及其属国的队伍，右侧是楚及其属国的队伍。宋国左师官向戌是大会的倡导者与主持人，晋国执政的正卿、晋平公的全权代表赵武和楚国执政的令尹、楚康王的全权代表屈建两人是大会的主宰。

盟会仪式开始了，晋楚争先登坛歃血主盟。

"晋从来就是盟主，理应我们先登坛!"赵武认真地说。

"不是你自己说晋楚地位相等吗?"屈建反唇相讥："如一直晋人在先，还有什么相等可言?! 况且八十多年来，晋楚交替为诸侯盟主，怎么说从来是你们为盟主?"

赵武正要反驳，叔向扯了扯赵武，悄声说："诸侯归晋在德不在先。弭兵使天下大利，难道要为争先而失信于诸侯吗? 况且从来就有小国主盟的，楚弱于晋，让他们去嘛。"

这样，赵武就让楚国先歃血，十四国正式订立了弭兵盟约。盟约规定：与盟各国彼此不得诉诸武力，违者盟国共讨之。晋的属国鲁、卫、宋、郑等，楚的属国蔡、陈、许等须同时向晋楚两国贡献财礼，齐、秦两国是大国，不在其例、邾、滕分别是齐、宋的属国，也不在例。

弭兵大会宣告了晋楚两强平分霸权，晋楚争霸战争从此基本结束。

晋楚争霸长达八十余年，被卷进的争战国家多达数十个，大大小小战争数以百计，其中几多恩怨，为什么经一个中等国左师官的倡导竟一旦达成和议呢？大会前晋强于楚，为什么晋国不但同意平分霸权，甚至还对楚国避让三分呢？

弭兵的原因有四。其一是弭兵为当时绝大多数国家和人民的共同要求。

向戌倡导弭兵，首先征求当时实力最强的晋国的意见，赵武与诸大夫商议时，地位仅次于赵武的韩宣子说："战争，是人民的残害者，国家财政的蛀虫，小国的大灾难。虽然完全停止战争是不可能的，但也必须同意向戌的倡议，否则小国必然倒向楚国，我们将丧失霸主的地位。"韩宣子的分析可说是入木三分，当时中小国家早已吃尽战争的苦头，出现"民死亡者，非其父兄，即其子弟，夫人愁痛，不知所庇"的状况。尤其是地处晋楚之间，被两者视为必争之地的郑国，服楚则晋讨之，服晋则楚讨之，战祸不息，有时郑君还要光着膀子，牵着羊去迎接讨伐者，屈辱至极，所以弭兵对于诸如郑国这样的中小国家，是求之不得的。

其二是晋楚两大国谁也不能臣服谁。

晋楚争霸八十多年，双方交替为盟主，公元前 632 年城濮之战晋胜而占上风；公元前 597 年邲之战楚胜反占上风；公元前575年鄢陵之战晋胜又占上风，直至弭兵大会前。因此楚认为难与晋争霸；晋也认为自己“不能御楚，又不能庇郑”。既然晋、楚双方谁也不能彻底战胜对手，那么停战平分霸权是唯一理智的出路。

其三是晋楚两国为应付内乱，迫切需要一个相对缓和的外部环境。

晋国卿大夫擅权，自鄢陵之战以来内乱不已。公元前574年晋厉公重用宠臣胥童等，利用卿士栾书，族灭了威逼公室、擅杀大夫伯宗的郤氏。接着胥童又拘留了栾书与中行偃，但厉公不忍“一朝而尸三卿”。第二年栾书、中行偃杀厉公。晋悼公即位，对外虽能九合诸侯，但对内不敢讨伐杀君者，只是采取平衡政策，重用魏、范、赵、韩等卿族，以牵制横行的栾氏与中行氏。晋平公即位，先用范宣子为正卿，范宣子利用赵、韩、中行氏与栾氏的新旧矛盾，于公元前550年灭大族栾氏，但范氏与中行氏又相勾结横行于晋国。范宣子死后，晋平公在公元前548年起用赵武为正卿，以牵制范氏、中行氏。弭兵大会前晋内政如此混乱，也无心对外了。

楚国康王软弱，兄弟横行。当年楚共王立太子似儿戏，他派巴姬在宗庙里埋一玉璧，让五子进宗庙拜祖先，康王正踏着玉璧，因此立了康王。对此，有野心有才干的公子围很不服气，发誓要夺取王位。所以屈建早就预言“楚必多乱”，为延缓内部危机的爆发，康王与屈建也急需弭兵，以与晋国平分霸主地位为满足。

其四是赵武为复兴赵氏宗族，在弭兵问题上起了重要作用。

弭兵的关键是晋楚两强，然而弭兵前的形势是晋强楚弱，因此晋国对弭兵的态度是关键，向戌首先征求晋国的意见，也正因为此。晋国正卿执政，因此赵武实是弭兵问题上举足轻重的人物。

赵武推行弭兵在晋国遭到一些人的反对，大夫祁午曾当众指责他使晋国的霸权与自己的成功毁于一旦。难道赵武真这样乐于牺牲自己，成全别人吗？不！赵武所以要弭兵，除了他看到了弭兵是大势所趋外，更主要的是他要结好诸侯，以便集中精力于内政，使几乎族灭的赵氏宗族复兴。晋平公对此就说赵武结党营私。吴国延陵季子也断言晋之政将归赵、魏、韩三家。果然，赵武、韩宣子、魏献子相继任晋国正卿。弭兵大会后不到百年，赵、魏、韩便三家分晋了。

弭兵大会标志着春秋历史进入了尾声阶段。

齐鲁长勺之战

周庄王十一年（公元前 686 年），齐襄公被叔伯兄弟公子无知杀死，不久，无知又被大夫雍禀杀掉。齐国无君，在国内的大夫高傒与公子小白（即后来的齐桓公）关系甚好，就派人前往莒国迎接他回国作国君。鲁国也派军队护送在鲁的公子纠回国夺位，同时派管仲率兵拦截从莒归国的公子小白。管仲在途中遇上小白一行，未及正式交战，就先向小白前胸射出一箭，小白中箭后倒在车中。管仲以为射死了小白，派人报知公子纠，公子纠得知对手已死，就慢悠悠地在旅程行走。其实，管仲的箭正好射在小白腰间的带钩上，小白为麻痹对方，就顺势倒下，然后抢先回国，做了国君。等公子纠六天后到达齐都临淄，小白已经即位。鲁国不肯罢休，就将军队驻扎在临淄以东的乾时（今山东桓台县南）。两军相战，鲁军大败，鲁庄公弃车而逃，秦子、梁子两名武士打着庄公的旗号引开齐军，成为齐军的俘虏；鲁庄公坐轻车逃归鲁国。

齐桓公在乾时败鲁后，又派鲍叔牙带领军队逼着鲁国杀死公子纠、交出管仲和召忽。召忽自杀而死，管仲被囚入齐。鲍叔牙回到齐国，立即推荐管仲为相，主持齐国大政。

周庄王十三年（公元前 684 年）春，齐国又派大军进攻鲁国。鲁国积极准备迎战。这时，有个叫曹刿的人请求进见。他的同乡人相劝说，有权势的人自会谋划这件事，你又何必掺和呢？曹刿认为有权势的人见识浅陋，不能深谋远虑。于是入宫进见。他问鲁庄公凭借什么来作战，庄公回答，暖衣饱食这些用来养生的东西，不敢独自享受，一定把它分给别人。曹刿认为，小恩小惠不能遍施民众，所以民众是不会跟从的。庄公说，祭祀用的牛羊玉帛不敢虚报，祝史祷告一定诚实。曹刿认为，小的信用不足以取信于神，神灵不会保佑。庄公又说，大大小小的案件，虽然不能一一明察，但必定按照实情来审判处理。曹刿说，这才是忠于职守，为民众尽力，可以凭此去战。若战，请允许我跟从您去。

齐、鲁两军在鲁国的长勺相遇交战。鲁庄公与曹刿同乘一辆兵车。庄公要击鼓进击齐军，曹刿劝阻道："还不到时候。"等齐军三通鼓罢，曹刿才让庄公击鼓反击齐军。齐军经三次冲锋已疲惫不堪，遭到鲁军的猛烈反击，马上大败而逃。庄公又要下令追击，曹刿阻拦住，他下车察看齐军逃跑时的车轨确实很乱，又登车瞭望到在逃齐军的旗帜东倒西歪，确知齐军真败，就请庄公下令发起追击，一举把齐军赶出国境。

长勺之战是我国古代以弱胜强、以少胜多的著名战例。齐国在长勺大战之后，战略重点转入征服周围的小国和整顿内政上。

葵丘之会

周惠王二十一年（公元前656年），齐桓公率领八国军队逼近楚境，在召陵与楚国结盟修好，暂时挡住了楚国北上的势头。当时，周天子欲废太子郑，改立宠妃所生的公子带为太子，为了安定王室，齐桓公于周惠王二十二年（公元前655年）会宋、鲁、陈、卫、郑、许、曹诸君在首止（今河南睢县东）与太子郑相盟，以定太子之位。周天子派周公宰孔召郑文公，告诉他天子打算立公子带为太子，要他约同楚国，辅佐王室。郑文公借口国内有事，逃盟而去。其余七国歃血为盟，约定：凡我同盟，共辅太子，佐助王室，谁违盟约，即受天罚。周惠王二十三年（公元前654年），齐国以郑文公逃盟为理由，率鲁、宋、陈、卫、曹等国军队讨伐郑国，楚成王出兵围许以救郑，诸侯解郑围救许，楚亦释围回军。周惠王二十五年（公元前652年），周天子去世，太子郑继位，是为襄王。襄王担心其弟带争位，秘不发丧而求助于齐。这一年，齐国又出兵攻打郑国。周襄王元年（公元前651年），齐桓公率鲁、宋、卫、许、曹的国君及陈世子与周襄王的大夫在洮地（今山东鄄城西南）会盟，以巩固襄王的王位，襄王定位而后发丧，郑文公也去乞盟。

为了巩固已取得的成果，齐桓公于周襄王元年（公元前651年）与宋、鲁、卫、郑、许、曹等国的国君及周襄王的使者宰孔在蔡丘（今河南兰考县境）相会，齐桓公把公子昭托付给宋襄公，周襄王为了感谢桓公对他的支持，让宰孔把天子祭祀祖先的祭肉赏赐给桓公。按照当时的礼制，天下祭祖的礼物只分给同姓国家，齐是姜姓，没有分享祭品的权利，周襄王赏赐桓公祭肉，是表示对桓公的特别敬重。桓公听从管仲的意见，下堂行跪拜礼，宰孔又说襄王命令加赐爵位一等，不必下拜。桓公表示谦虚，跪拜受赐。

然后，齐桓公率诸侯盟誓，盟辞初命道："诛不孝，无易树子（不能随便废立太子），无以妾为妻。"再命道："尊贤育才，以彰有德。"三命道："敬老慈幼，无忘宾、旅。"四命道："士无世官，官事无摄（公家职务不要兼摄），取士必得（贤才），无专杀大夫。"五命道："无曲防（不要堵塞河流），无遏籴（不要自己囤积粮食而禁止邻国的购买），无有封而不告（不要分封而不报告盟主）。"盟辞还声称：凡是参加我同盟的国家，结盟之后要言归于好，不许再互相攻伐。盟誓完毕，周襄王的使者及诸侯相继散去。此后一段时间，齐桓公的霸业主要放在平戎攘夷之上。

秦晋韩原之战

夷吾能够归国为君，主要靠的是秦穆公的支持。夷吾在将要即位时，其姐秦穆夫人嘱咐他照料嫡长嫂贾君，并要他把逃亡在外的公子们都接纳回国。但夷吾归国后，既不接纳各位公子，又与贾君私通。他曾答应赏赐大夫里克汾水以北土地百万亩，赏赐丕郑负蔡地方土地七十万亩，后来也都不给；他曾许愿奉送秦穆公黄河以西、以南的五座城，还有黄河以北的解梁城（今山西永济县境），后来也背弃了诺言。周襄王五年（公元前 647 年），晋国发生灾荒，请求秦国卖给粮食，秦穆公不计较惠公的失信，把大批粮食运到晋都绛城（今山西翼城县东）；第二年秦国发生饥荒，晋国收成不错，秦向晋求援，晋国却一颗粮食不卖给秦国。这样便激怒了秦穆公。周襄王七年（公元前645年），秦国起兵伐晋。

晋惠公亲自率兵迎战，结果屡战屡败，一直退到韩地。晋惠公问大夫庆郑：“敌军深入，怎么办?”庆郑回答说：“实在是君王使他们深入，能够怎么样呢?”晋惠公责备他放肆无礼；又占卜兵车右卫人选，庆郑得吉卦，但惠公不用庆郑，让步扬驾战车，家仆徒为车右，并以从郑国得来的小驷马驾车。庆郑相劝，惠公根本不听。

九月，晋惠公准备迎战秦军。派韩简去探察情况。韩简回报说，秦军少于我们，但请战人员却倍于我军。惠公问是什么原因，韩简说：君王出亡期间是依靠秦国的资助，回国为君是由于秦国的宠信，晋国发生饥荒又吃的是秦国的粮食，三次给予我们的恩惠而无所报答。现在又要迎击秦军，我方懈怠，秦军振奋，这样，斗志相差还不止一倍！惠公认为，一个普通人尚且不能轻侮，何况是国家?便派韩简去请战道：寡人不才，能集合部下但不能让他们离散，秦军如果不回去，晋军是没有地方逃避命令的。秦派公孙枝回话，表示答应请战，韩简退下去说：“我如果能被秦军囚禁就是幸运的了。”

九月十四日，秦、晋两军在韩原交战，晋惠公的小驷马陷在烂泥之中盘旋不出，惠公向庆郑呼喊相救，庆郑说：“不纳忠谏，违背占卜，本来就是自找失败，现在又为什么要逃走呢?”于是就离开了。梁由靡驾驭韩简的战车，虢射作为兵车右卫，遇上了秦穆公，将要俘虏他，庆郑招呼营救惠公，因而失掉了俘获穆公的机会，而此时秦军却俘虏了晋惠公，然后班师回军。晋国的大夫们披头散发，拔了帐篷要跟随被俘的惠公西行。秦穆公派人辞谢说：“诸位何必如此忧伤，寡人跟随惠公西行，怎么敢做得太过分了！”晋国的大夫三拜叩头，说：“您脚踩后土，头顶皇天，皇天后土都听到了您的话，我等谨在下风处听候吩咐。”

秦穆夫人是晋惠公的姐姐，听说秦军俘虏惠公将要来到，便领着太子罃、公子弘和女儿简璧登上高台，踩着柴草，准备自焚。她派人免冠束发、穿着丧服去迎接秦穆公，并捎话说，上天降灾，使秦、晋两国国君不以正常的礼节相见，而是兴动甲兵，如果晋国国君早上进入国都，那么婢子就晚上自焚；晚上进入，那么就翌日清晨自焚，请君王裁夺！秦穆公只好把惠公安置在国都外的灵台。

秦国的大夫请求把晋侯带入国都。穆公认为：俘获晋侯，本是带着丰厚的收获回来的，但一回来就要发生丧事，那么这种收获也就没有益处了。再说晋国大夫以忧伤感动自己、用天地约束自己，如果不考虑晋国人的哀痛，就会加重他们的怨恨；不履行自己的诺言，就是违背天地。加重怨恨，难于承当；违背上天，不会吉利。因此，打算放惠公回国。公子挚认为，不要再积聚邪恶，应当杀掉他。子桑则认为，放惠公回国而把他的太子作为人质，这样会收到好的效果，杀了惠公而不能灭亡晋国，只会增加仇恨。于是秦穆公就允许与晋国媾和。

十月，晋国的阴饴甥与秦穆公在王城（今陕西大荔县东）相会，订立盟约。秦穆公询问晋国内部是否和睦，阴饴甥巧妙地回答说：不和睦。小人以惠公被俘为耻，又哀悼他们战死的亲属，不惜征收税赋，修治兵甲以立圉为国君，并表示一定要报仇，否则宁肯因此而事奉戎狄。君子则爱护他的国君，也知道他的罪过，征收税赋、修治甲兵以听候秦国的命令，表示一定要报答秦国的恩德，至死也无二心。因此，晋国内部不和睦。秦穆公又询问晋国人对惠公的结果怎么看，阴饴甥回答说：“小人忧伤，说惠公不会被释放；君子宽恕，认为他一定会回来。

小人说我们损害过秦国，秦国岂能让晋君回来？君子说我们已经知罪，秦国一定会让晋君回来。惠公当初对秦有二心，就拘囚他；服了罪，就释放他，没有比这再宽厚的德行，也没有比这更威严的刑罚了。服罪的人怀念德行，有二心的人畏惧刑罚，韩原这一仗，秦国可以称霸诸侯了。秦穆公表示，这正是他的心意。便重新安排了惠公的住处，并馈赠给他七牢的礼品。

晋惠公将归国，晋大夫蛾析对庆郑说："你还不赶紧逃走？"庆郑认为，使国君陷入败境而自己不以身死难，又使国君不能惩罚自己，这就不合人臣之道了。为人臣不尽作臣的职责，即使逃亡，又投奔哪里呢？于是留下。十一月，晋惠公回国，二十九日这天，杀庆郑然后进入国都。

这一年，晋国又发生饥荒，秦穆公又馈赠给晋国谷物，并说："我怨恨晋君而怜悯晋国的百姓。晋国还是很有希望的，我姑且树立德行，来等待晋国有才能人的出现。"从此，秦国开始在晋国黄河东部征收赋税，同时设置官员。

韩原之战，使秦国在各诸侯国中的威信更高。不久，惠公去世，在秦作人质的太子圉扔下妻子，逃回即位，是为怀公。秦穆公很生气，把曾嫁给太子圉为妻的女儿怀嬴改嫁给晋公子重耳，并护送重耳回国杀怀公，即位为文公。从此晋国展开了图霸的大业。

秦晋殽之战

周襄王二十二年（公元前630年），秦、郑结盟，杞子、逢孙、杨孙等大夫被派往郑国戍守。二年后，杞子从郑国派人向秦穆公报告说：他已经掌管了郑国都城北门的钥匙，如果秘密发兵前来，里应外合，郑国肯定会到手。秦穆公召集大臣商量出兵之事，蹇叔不赞同，认为军队劳苦跋涉去袭击远方的国家，将卒辛劳、精疲力尽，郑国又有防备。再说千里行军，谁人不知？劳苦而无所得，将士也不会满意。秦穆公不听蹇叔的劝告，召见孟明视、西乞术、白乙丙三员大将，率领大军从国都东门处出发。蹇叔哭着对孟明视说，我只能看见军队开出去，却看不到他们回来了！秦穆公派人对他说：你知道什么？如果你六七十岁死了，你坟上的树现在也该有两手合抱那么粗了？蹇叔的儿子参加了出征的队伍，蹇叔哭着送他说："晋国必定在殽山（今河南济宁西北）一带阻击秦军。殽山有两座大的山陵，南面的山陵，是夏后皋的坟墓；北面的山陵，是周文王避过风雨的地方。你们必将死于两座山陵之间，我在那里为你们收尸吧！"

秦军向东进发。周襄王二十五年（公元前627年）春天，秦军经过周王都洛邑的北门，兵车的左右卫脱去头盔，下车步行，以表示对周王的敬意，但是随即就跳上车，战车有300多辆。周共王的玄孙王孙满年纪还小，看到秦军的这种举动，认为秦国的军队轻佻而无礼，必然打败仗。

秦军到达滑国（今河南巩义西北），遇上了准备到周王都做买卖的郑国商人弦高。弦高见秦军突然而来，郑国毫无准备，急中生计，先致送4张熟牛皮，然后又奉送12头牛犒劳秦军，并假称受国君的委托来犒赏秦军，对秦穆公说：敝国并不富厚，为了您的随从能够在这里生活方便，住下就提供一天的食物，离开就准备一夜的守卫。同时，派人火速向郑国报告。

郑穆公得到消息后，派人去馆舍探视杞子等人的动静，发现他们已经装束完毕，磨利兵器、喂饱战马了，于是派皇武子下逐客令。杞子逃跑到齐国，逢孙、杨孙二人逃到宋国。秦军得到报告，主将孟明视认为郑国已有准备，没有得到郑国的希望了。攻郑不能取胜，围郑又无后续，建议早日回军。因此，秦军回师，顺路灭掉滑国。

就在这时，晋文公刚刚去世，晋国大臣认为秦国此举严重威胁晋国的霸业。晋国大夫先轸认为机不可失，放走秦军要生后患，一定要阻止秦军。栾枝则认为，先君复国，靠的是秦国的支持，未报恩就攻打人家，对不起死去的先君。先轸反驳说：秦国不因我们的丧事而悲伤，反而攻打我们的同姓国，这是秦国无礼。一旦放走敌人，几辈子要受祸患，为子孙后代着想，这可以对去世的国君说！于是就发布命令，紧急动员姜戎的军队，晋襄公染黑丧服，领兵出征，梁弘驾御车，莱驹做保镖。

同年夏四月，晋军在殽山击败秦军，俘虏了孟明视，西乞术、白乙丙，胜利而回，然后身着黑色的丧服安葬了晋文公。晋文公的夫人（秦穆公的女儿、晋襄公的母亲）文嬴请求释放秦国的三位将帅，说是他们三人挑拨晋、秦两国国君的关系，如果父王（秦穆公）得到这三人，就是吃了他们的肉也不满足，何必屈尊晋君去惩罚他们！莫如让三人归秦接受刑戮，也使父王快意。于是，晋襄公就答应了她的请求。

先轸入朝进见晋襄公，问起秦国的囚犯。襄公说："母亲代他们求情，我把他们放了。"先轸大怒，认为将士们拼力把他们从战场擒获，一个妇人说几句谎话就把他们从国都释放，毁伤自己的战果、助长敌人的气焰，亡国没几天了！说着说着对着晋君就往地下吐唾沫。晋襄公十分后悔，立即派阳处父去追赶孟明视等人，追到黄河岸边，孟明视等已经上船离岸了。阳处父解下车左的骖马，说是晋襄公要赠送他们，请他们上岸。孟明视等在船上叩头辞谢道：蒙晋君的恩惠，不用我等的血涂军鼓，使我们回归秦国接受刑戮。秦君如杀了我等，死而不朽；如托晋君的恩惠得到赦免，三年之后，必将拜谢晋君的恩赐。

这实际上是说三年之后必来报仇。

秦穆公衣着素服，在郊外对着释放归国的将士号哭，说：“我不听蹇叔的忠告，致使你们几位蒙遭耻辱，这是我的罪过!”继续任用孟明视等人。

殽之战以及其后的秦晋彭衙之战，使秦国向东扩张的战略连连受挫，无法东进。于是，秦穆公就把战略重点转向西，展开了称霸西戎的大业。

齐晋韩原之战

周定王十五年（公元前 592 年）春，晋侯派遣郤克作为使臣到齐国，召请齐侯参加在晋国断道（今山西沁县东北）举行的盟会。齐侯的母亲萧夫人听说郤克是个跛子，想看看，齐顷公设帷幕遮住，让她躲在帐幕内偷看。郤克一跛一跛登上台阶，萧夫人禁不住笑出声来。郤克非常气愤，出来发誓说，不报复这种耻辱，就不再渡过黄河。这次一同出使到齐国的鲁国使者季孙行父是秃子，卫国使者孙良夫是斜眼，曹国使者公子首是驼背，齐国为了奚落这些使臣，就让在生理上有同种缺陷的人来接待。齐顷公如此轻侮各国使臣，引起了诸国使者的强烈愤怒。郤克回到晋国，就请求晋景公允许他带兵伐齐，景公不同意；他又要求用郤氏家族的兵力去攻齐，景公也不答应。

周定王十八年（公元前 589 年）春天，齐国出兵攻打鲁国的北部边境，包围了龙邑（今山东泰安县东南）。齐顷公的宠臣卢蒲就魁在攻打城内时被俘，顷公对龙邑守将说，不要杀死他，我同你们订立盟约，军队不再进入鲁国的境内。龙邑守将不理睬，杀卢蒲就魁，并陈尸于城墙上。齐顷公很生气，亲自击鼓攻城，经过三天的战斗，攻克龙邑，随即向南进军，到达巢丘（今山东泰安县境）。在齐国攻打鲁国的同时，卫穆公派孙良夫、石稷、向禽将、宁相率兵攻打齐国。两军相遇，石稷打算回军，孙良夫认为率领部队作战，遇上敌军就撤回，无法向国君交代。如果了解到不能作战，当初就不应出兵。现在既然和敌军相遇，不如一战。这样，卫、齐两军在新筑展开战斗，结果卫军大败，统帅孙良夫多亏新筑的邑大夫仲叔于奚援救，才免于当俘虏。孙良夫感到丧师辱国十分惭恨，急于报仇雪恨，没回卫国就到晋国请求救兵。

这时，鲁国也派臧宣叔到晋国乞师，两人都找到晋国执政者郤克门下。郤克早想出兵攻齐，于是告知晋景公。景公见齐国接连攻打自己的盟国，再不能坐视，答应出战车700辆，派郤克作中军元帅。郤克说，这是城濮之战的战车数，当时有先君文公的明察和先大夫们的敏捷，所以获胜。我比起先大夫们，连他们的仆役都不配，请出800辆战车。景公答应了他的请求，又派士燮辅佐上军，栾书指挥下军，韩厥做司马，使臧宣叔做向导，同时让鲁大夫季文子也率领人马与晋军会合攻齐。

部队行进到卫国境内，韩厥要杀人，郤克驱车赶去，本想劝阻韩厥，但人已被杀，郤克马上让人把尸体抬到军中示众，意在分担人们对韩厥的指责。晋军在卫国的莘地（今山东莘县北）追上齐军，六月十六日，军队到达靡笄山下（今山东济南城南）。齐顷公派使者到晋军请战，说：贵军光临，敝国将以为数不多的疲惫士卒，明天早上和贵军相见。郤克回答说：晋和鲁、卫是兄弟国家，他们来告诉说，齐国不分昼夜到他们的国土上发泄气愤。晋君不忍心，派下臣们前来向贵国请求，不要和鲁、卫两国作对，并且不让我军久留在贵国境内。对于您的命令，我们是会照办的。齐顷公说：晋军的许诺，正是我们的愿望，即使不答应，也要和他们见个上下！齐国大夫高固冲入晋军中，举起石块，掷向晋军，并擒住被打者，返回自己的军营，他把战车拴在桑树根上，向齐军将士们炫耀道：想做勇士的人快来买我多余的勇气！

周定王十八年（公元前589年）六月十七日，两军在鞌地（今山东济南市西）摆开阵势。邴夏为齐顷公驾车，逢丑父做车右护卫；晋国解张为郤克驾车，郑丘缓作车右。临战，齐顷公轻浮地对将领们说，我先消灭了这些晋军再吃早饭！马不披甲就驰向晋军。

战争刚开始，晋军主帅郤克就被箭射伤，鲜血一直流到鞋上，仍然击鼓不止。他对驾车的解张说自己受伤了。解张说，从一开始交战，箭就射穿我的手和肘，我把箭折断继续驾车，战车的左轮都被血染红了，哪敢说受伤，您忍着点吧！车右郑丘缓也说：交战开始，有危险的路，我都下去推车，您难道了解吗？解张又激励郤克道：全军所听所看，在于我们的旗帜和鼓声，是进是退都以它为标志。这辆车只要有一人镇守，就可以成就大事，怎么能因为受伤而坏国君的大事呢？身披铠甲、手持武器，本来就是去死的，伤还没重到死亡的程度，您要尽力坚持！说着，解张把缰绳并在左手，右手操起鼓槌击鼓，帅车向前奔驰不止，晋军都紧随它冲了上去。齐军大败而逃，被晋军追赶，围着华不注山绕了三圈。

韩厥站在中间驾车追赶齐顷公。顷公的御者邴夏说，射那个驾车人，他是君子。顷公说，认为他是君子反而去射，这不合于礼义！于是，连续射死韩厥左右的两人。晋大夫綦毋张失掉自己的战车，搭乘韩厥的车。韩厥用肘推他，让他站在自己的身后，又俯身放稳车右的尸体，这时，逢丑父与齐侯在车上乘机交换了位置。危急中，齐侯所乘车的骖马被树木绊住而不能行走，逢丑父因日前小臂被蛇咬伤不能推车，所以被韩厥追及。韩厥拿着马缰走到齐侯的车前，想俘虏齐侯，逢丑父伪装齐君，指使齐侯下车去找水，齐侯乘机坐上副车逃走。韩厥向主帅献上战俘逢丑父，郤克打算杀掉他，逢丑父喊叫着说，截止现在还没有代替他的君主承受祸患的人，如今有一个在这里，还要被杀死吗？郤克认为，一个人不惜以死来使他的君主免于祸患，杀死他，不吉利，不如饶了他，以此来勉励那些事奉国君的人。于是就赦免了逢丑父。

齐顷公免于被俘，又重整旗鼓，三次冲入晋军，三次杀出重围，寻找逢丑父。然后率残部从徐关（今山东临淄县西）回到齐都。晋军尾追齐军，从丘舆（今山东益都县西南）进入齐国，攻打马陉邑。齐侯被迫向晋国求和，派大夫宾媚人奉送上灭纪国时得到的甗、玉磬和土地。晋国不接受，提出要把当年嘲笑郤克的齐侯母亲萧夫人作人质和将齐国田垄一律改为东西向作为条件，宾媚人对晋人的苛刻条件一一反驳，据理力争，最后表示，如果晋国硬是坚持这些无理要求，齐国只有请求决一死战！曹、卫两国也极力劝说，晋国方面才同意与齐国讲和。七月，晋军将帅和齐国使者宾媚人在爰娄（今山东临淄西）缔结盟约，齐国归还鲁国汶阳（今山东宁阳县北）一带的土地和侵占的卫国领土，晋国得到齐国的大量财物。

韩原之战，晋国大获全胜，齐侯几乎成为晋国的阶下囚，齐国在诸侯中的地位大为削弱，而晋国的霸主地位得到巩固和增强。

勾践灭吴

公元前496年，吴越两国在槜李（今浙江嘉兴西南）发生了一场大战。

吴国的军队由吴王阖庐亲自统帅，他们久经沙场，屡挫强敌，军容壮盛。相形之下，越国的军队虽也挺精神，却总不免势单力薄点。阖庐看着两军阵势，暗自得意，心想，以吴兵之强，加之越国国君刚死，勾践新立，人心未安，此战必可一鼓成功，败越在此一举。

正当他要下令进攻时，越军阵前忽然走出一排士兵，手执利刃，边走边齐声高呼道："越国不幸，得罪于吴，致使两国兵戎相见。我们愿以死向吴王谢罪！"说罢，一齐举刀自刎。一排刚倒，越军中又接连走出第二、第三排士兵，以同样的方式，齐齐呼喊自刎而死。一霎时，刀光闪处，鲜血四溅，呼声动地！

吴军虽然能征惯战，却从未见过这等惨忍奇特的场面，一时都看得呆了。正在惊疑之际，冷不防越军战鼓齐擂，杀声大作，向吴军猛地掩杀过来。吴军不备，被越兵冲动阵脚，纷纷败退。慌乱中，吴王阖庐也被越国的大夫灵姑浮击伤。

阖庐兵败后，羞愤交集，很快便因伤势过重而亡。临死时，还恨恨不已地对儿子夫差说："千万别忘了向越国报仇！"

夫差即吴王位后，日夜操演兵马，筹划攻越之事。为了自勉，还命一人每日上朝和下朝时在宫门边提醒他："夫差！你忘了越国杀父之仇吗？"他随即应道："不，不敢忘！"

过了两年，越王勾践听说吴国在伍子胥等人治理下日益强大，心下十分着急。他知道夫差早晚必兴兵来报仇，便想先发制人，不顾大夫范蠡的劝阻，率兵去攻打吴国。吴王夫差闻讯，立即出动大军迎击。夫椒（在今太湖一带）一战，勾践大败，仅带着5000残兵退守会稽山（今浙江绍兴东南）。吴军乘胜追击，直逼会稽，将其围困起来。

这时勾践才后悔不听范蠡的话而轻动干戈，羞愧地对范蠡说："我因不听你的忠告，才落到今天的地步，现在该怎么办！"

范蠡进言道："战至如此地步，唯一的办法就是送上丰厚的礼物，谦恭的哀求，讨得吴王的哀怜和同情。若其不允，君王只好自辱其身，去做吴王的奴仆，寻求时机，以图再举。"勾践令文种以范蠡之言前往，言卑情切地向吴王请求，且答应交出越国，越王和王妃供吴王驱使。吴王见此情景，本想允诺，而在侧的伍子胥，列举史例，劝阻吴王，且说若不趁此良机灭越，后患无穷。吴王以为其言有理，拒绝文种。

勾践得知夫差拒绝，万念俱灰。文种又进一策：以财色贿赂嫉贤妒能而又贪财好色的吴王宠臣伯嚭，投其所好，定能请和成功。勾践即令文种来办。文种火速带上 8 名美女、20 双白璧，入吴军军营进献给伯嚭，果然顿时生效。次日伯嚭就领着文种叩见吴王。吴王仍持前议，决心彻底灭越，以慰父王在天之灵。伯嚭摇动如簧之舌，说什么允越求和，既可得越财富增强吴国实力，又可博得仁义美名，号召诸侯，名实俱获。否则，越国余兵，困兽犹斗，吴国虽不至于失败，但消耗人力物力，并非上策；倘有疏漏，还会贻笑于诸侯。吴王夫差为之心动，转而问文种，越王是否愿入吴侍奉。文种立即叩头，答称越王甘心情愿侍奉大王。夫差便应允越国讲和投降，伍子胥予以谏阻，吴王不听。文种回报越王，勾践立即挑选珍宝，又选 330 名美女，装载上车，分送吴王和伯嚭，遂签订盟约。吴王十分满足，凯旋而归。

公元前 492 年年中，勾践怀着极其伤感和屈辱的心情，带着妻子在范蠡的陪同下入吴为奴仆。离开越都时，朝臣少不了一番劝慰，忍辱负重，以图来日东山再起。勾践心怀远图，认为暂时的坎坷，命中注定。入见吴王，跪拜俯首，感恩戴德之情，溢于言表，说得夫差也觉于心不忍。伍子胥得知勾践入事吴宫，其意不言自明，急速进谏吴王趁机诛杀勾践，以绝后患。吴王以“诛降杀服，祸及三世”为辞，回绝伍子胥。伯嚭在旁劝吴王勿食前言，夫差便饶恕勾践不死，在宫中为奴养马。

成大事者，必经磨难。勾践自辱其身，目的在于复国。因此，他与妻子、范蠡在吴宫中小心翼翼，不愠不怒。夫差派人去观察勾践的行动，只见他们穿的是破衣烂衫，吃的是粗糠野菜，勾践看马喂草，范蠡砍柴打草，勾践夫人做饭洗衣，个个安分守己，一副心甘情愿模样。吴王得知此情，也认为他们意志消磨殆尽，再无尊严可言。从而放松了对败国之君应有的警惕。

不觉一晃三年过去了，夫差反倒觉得勾践君臣十分可怜，生出恻隐怜悯之心，加上伯嚭的讲情，打算放他们回国。伍子胥赶来劝阻说：“夏桀、殷纣囚成汤、文王而不杀，留有后患，结果夏被汤灭，纣被周亡。现在大王不仅不杀勾践，反令其回国，岂不是放虎归山，将重蹈夏桀和殷纣的覆辙吗！若不早除勾践，必悔恨终生！”夫差采纳其言，将勾践夫妇及范蠡重新囚禁石室。

文种在越国得到伯嚭传来信息，越王等不久将获赦免回国，接着又得知事有逆转，急忙派人携带珠宝美女贿赂伯嚭。伯嚭入见吴王，引经据典，对说吴王以仁德为重，方能成功霸业。夫差也觉其言不无道理，答应病愈之后，再议赦还勾践之事。

范蠡通医，知吴王疾病将很快好转，便建议勾践前往探病，要表现出对吴王的无限忠诚和谦恭，以便博得吴王的好感和信任。次日，勾践即通过伯嚭叩见吴王，显得十分忧虑，跪拜询问病情，恰在此时，吴王要大便，勾践便请饮溲尝便，判断病情。待尝过之后，高兴地对吴王说：“大王的病很快就会痊愈。”吴王为之感动，当即答应勾践搬出石室，养马驾车，待病痊愈，赦其回国。

事也凑巧，不几日，吴王的病真的好了，临朝理事。一日，大摆宴席，待勾践以宾客之礼。伍子胥见此礼遇，挥袖而去。接受越国金贿的伯嚭为防止伍子胥再生枝节，使勾践顺利回国，便趁机在吴王面前大肆攻击伍子胥。第二天，伍子胥果然面见吴王，苦言相劝，一针见血地指出："越王入臣于吴，其谋深不可测；虚府库而不露愠色，是欺瞒我王；饮溲尝便，是食王之心肝。入吴为奴，是为灭吴！若不省悟，将大祸临头！"可是，吴王不悟，斥令伍子胥住口退下。就这样，因吴王一叶障目，不纳忠言，专信谀词，才使勾践及妻子、范蠡提心吊胆地回到越国京都，勾践感慨万端，复仇之志，坚定不移。

勾践回国后，千方百计地侍奉吴王夫差，发动男女采葛，织成十万细布进献给吴王，以满足他的嗜好，讨得他的欢心和信任。吴王高兴了，返还越国的八百里国土。而勾践暗暗地实施其复仇的计划，且以身作则。"目卧则攻之以蓼，足寒则渍之以水，冬常抱冰，夏还握火，愁心苦志，悬胆于户，出入尝之，不绝于口。"平日，勾践耕种，夫人织布，节衣缩食，出不敢荐，入不敢传，苦身劳心，取得百姓拥戴。同时对诸侯国的士民以礼相待。不久时间，越国人口增加，生产发展，民气日涨，实力日强。

经过七年休养生息，勾践自以为国家已强，上下听命，便想出兵攻吴。一个叫逢同的大夫劝道："国家刚刚医治了战争创伤，力量还不够，如轻举妄动，必然引起吴国警觉，反而不利。不如暂且忍耐，与齐、楚、晋等与吴国有矛盾的大国搞好关系，等待时机。"勾践想起上次失败的惨痛教训，便冷静下来。

不久，吴王夫差自恃兵强马壮，要去攻打齐国。伍子胥劝道："我听说勾践卧薪尝胆，与百姓同苦乐，把国家治理得日渐兴盛，看样子一定是想报吴国的仇。此人不除，后患无穷，愿大王先去灭了越国。”

夫差不听，仍然出兵攻齐。结果得胜归来，臣下都向他道贺，唯独伍子胥不以为然，说：“这并不值得庆贺，打败齐国，不过是得小利而招大怨。不灭越国，那才是心腹之患。”夫差正在兴头上，哪里听得进这话，反认为伍子胥仗着是先朝老臣，有功于国，处处和他为难，心下十分恼怒，渐渐地与伍子胥矛盾越来越大。

当吴国伐齐凯旋的消息传到越国，文种向勾践进谋说：“古人云高飞之鸟死于美食，深渊之鱼死于芳饵。大王若想伐吴复仇，仍要投其所好，参其所愿。”勾践精神为之一振，请文种详细说来。文种侃侃而谈，提出九术之策：尊天地事鬼神以求其祸；重财帛以遗其君，多货贿以喜其臣；贵籴粟麦以虚其国，利所欲以疲其民；遗美女以惑其心而乱其谋；遗之巧工良材，使其起宫室以尽其财；遗之谀臣，使之易伐；强其谏臣，使之自杀；君王国富而修利器；利甲兵以承其弊。文种最后说：“大王用此九术，破吴灭敌，报怨复仇，易如反掌。”勾践连连点头称妙，认真研究九术且逐步付诸实施。

说来也巧，吴王正在修建姑苏台，勾践立即命令搜集巧匠良材，送给吴王。吴王看到勾践送来的又长又大的木料，喜出望外，便根据良材的尺寸，重新设计宫殿规模，增派百姓服役，费时八年，才予完工，因而浪费人力、物力、财力，可谓劳民伤财。

接着又令文种和范蠡挑选越国最漂亮的女子西施和郑旦，送给吴王，投其淫而好色之癖。吴王见西施美如天仙，能歌善舞，多才多艺，顿时入迷。又为其建馆娃宫，铜构玉栏，珠玉装饰，富丽无比。馆娃宫外，又有鸭城、鸡城、鹅城、酒城之筑，耗资不计其数。此后，遂与西施在宫中淫乐，将朝政交给伯嚭。伍子胥多次劝谏，均遭斥责。

吴王西施挥金如土，致使百姓疲惫，国力日衰，勾践趁机派文种请籴吴国，伍子胥知文种用心，谏阻吴王说："虎狼不得委以食，蝮蛇不可恣其意。"伯嚭却以德义反驳伍子胥。吴王夫差正以勾践臣服得意，批准借给越国粟麦万石。次年，越国将粟麦蒸煮后还给吴国，夫差见颗粒硕大饱满，十分高兴，不仅由此认为勾践讲信用，还要臣下将归还的粟麦留作来年的种子。结果，种子入土，没有发芽出苗，一年耕耘，颗粒无收，百姓饥困。夫差不知危难，仍骄横无羁，依恃勇武，准备兴兵伐齐，伍子胥再谏，惹恼吴王，令其往齐劝降。伍子胥知吴亡只在时日，便与儿子一起赴齐，托友人照顾，然后返回吴国。伯嚭趁机进谗言，把伍子胥赴齐托子之事大肆渲染一通，吴王听信不疑，令伍子胥自杀。伍子胥含泪从命，临死前对家人说："我死后，请把我的眼睛剜下来挂在东门城墙上，我要看看越国灭吴的大军。"吴王夫差得知此言，怒不可遏，即令侍卫用马革将伍子胥尸首包裹，抛入江中，诤诤良臣，了却一生，吴王再也听不到逆耳忠言。伯嚭遂晋升为相国，朝政更加腐败。

公元前 482 年，勾践从西施传来的情报得知，吴王率精兵强将往黄池会诸侯，谋取盟主。只留太子及老将弱兵在国内把守。于是，勾践派兵遣将，讨伐吴国，吴军大败，吴王得知，惊得哑口无言，面如土色。赶紧与诸侯签订盟约，急忙赶回。见兵疲民困，只好向越国求和。勾践审时度势，慨然应允。由于吴王不从此一事件中吸取教训，在内仍重用伯嚭，宠爱西施，诛杀太子；在外又与齐、晋、楚以武力相对峙，兵力日渐消损。四年之后，勾践再次派兵攻打吴国，笠泽一战，吴军大败而逃，夫差奔至阳山，越军四面围困，伯嚭已经投降。夫差不得已，只好再次向勾践求和。范蠡与文种对勾践说："大王卧薪尝胆，奋发图强，熬了二十二年，今日定要除掉夫差，以避后患!"勾践还记会稽之败，夫差不杀的恩德，派人告知夫差，给他甬东之地、300 仆役，以终其养。夫差羞愧难言，自杀而死。

数年后，勾践消灭了吴国，杀死伯嚭、扶同；范蠡多谋远虑，携西施远走高飞。只有文种，不听范蠡规劝，以为有功，终被勾践赐死。

地处东南的小小越国，经过勾践"卧薪尝胆"，苦心经营几十年，终于强大起来，成了横行江淮一带的霸主。

战国时期的变法运动

经过春秋时期的连年兼并，到战国时期，100 多个诸侯国只剩下 20 多个，而其中又以齐、楚、燕、韩、赵、魏、秦七国最为强大。它们为了能够在兼并战争中占有有利地位；同时由于封建领主经济向地主经济的转化，上层建筑也势必调整，因而各国都在国内展开了以政治改革为主的变法运动，以达到富国强兵的目的。

这些变法运动，著名的有魏国的李悝变法、楚国的吴起变法，秦国的商鞅变法、赵国武灵王的"军事改国"、韩国的申不害改革、齐国的威王和邹忌的改革、燕国的乐毅改革，其中最有影响的是秦国的商鞅变法。

秦在战国初年，社会经济也在发生剧烈的变化。公元前 408 年"初租禾"，即从力役地租转化为实物地租；公元前 378 年"初行为市"，表明商业交换也正在活跃起来。秦的这种发展，比起关东各国仍要落后一步，主要原因是封建领主势力十分强大。秦孝公时，秦国是“君臣废法而服私，是以国乱、兵弱而主卑”，受到楚、魏两国的侵迫。秦在外交上地位颇低，不能参与中原各国之盟会，各国都以“夷狄遇之”。

公元前361年，秦献公的儿子秦孝公即位，他是一个很有作为的国君，为改变“诸侯卑秦”的落后局面，使秦国富强起来，决心下令求贤变法。商鞅（公元前390年—前338年）应召自魏入秦。他是卫国的贵族后裔，姓公孙，叫卫鞅或公孙鞅，入秦后，因变法有功封于商，号商君，史称商鞅。他好刑名之学，是当时著名法家代表人物之一。商鞅在秦孝公三年（公元前359年）和秦孝公十二年（公元前350年），先后两次变法，主要内容如下：

商鞅

第一，废井田，开阡陌。废除奴隶社会的土地国有制，承认土地私有制和允许土地买卖，土地税由国家统一征收。从此，地主占有土地，剥削农民，得到了封建法律的保障。与此同时，也使相当多的奴隶制下的国有土地转变为封建国家所有，促使了封建土地所有制的进一步发展。

第二，废除世卿世禄制，建立军功爵制。规定宗室贵戚中凡是没有立军功的人，不得列入宗室的属籍。又根据军功大小制定了尊卑爵秩的等级，秦国的爵位为20级。规定“能得甲首一者，赏爵一级，益田一顷，益宅九亩”，军功越大，授爵位越高，赐田宅也越多。大夫以上是高爵，每一级还赐给一个“庶子”，平时每月要为地主提供无偿劳役六天，忙时不计。军功爵的建立，打击了旧贵族，形成了封建等级制，培植了一批新的军功地主。

第三，重农抑商，奖励耕织。规定“僇力本业、耕织致粟帛多者，复其身；事末利而怠而贫者，举以为收孥”。又规定“民有二男以上不分异者，倍其赋”，以促进封建小农经济的发展。

第四，推广县制和什伍连坐。秦孝公以前秦国已设立县，商鞅普遍推广县制，把秦国划分为31个县（一作41县），每县设县令和县丞，县令是全县最高地方长官，掌管一县的政务，县丞是他的助手。他们均由国君任免，必须对国君负责。这与奴隶社会世卿世禄制不同，是封建社会的行政机构。同时又将全国人民都编入户籍，规定5家为一伍，10家为一什，互相连坐告奸。告奸者，与斩敌同赏；不告发者腰斩；藏匿“奸人”的以降敌论处，什伍同罪，这就是什伍连坐法。这些措施都加强了中央集权，巩固了地主阶级专政。

第五，统一度量衡。制造统一的标准量衡器，发至全国各地，标准尺约合今0.23公尺，标准升约合今0.2公斤。

第六，“明法令”。商鞅制定了秦国法律，申明“刑无等级”，并公布于众。

第七，迁都咸阳，以适应向东发展的需要。

此外，还严禁私家请托，或私通外国，焚烧诗书，禁止游说，禁止私斗，以及改革戎狄旧俗，禁止父子兄弟同室居住等。

春秋战国时期社会经济的变化

东周初年和春秋战国时期，生产力有了显著变化，生产关系发生了变革，这是奴隶社会向封建社会过渡的时期。

铁器的使用和推广，是东周初年和春秋战国时期社会生产力新发展的标志。铁的发现和开始使用是在商代。西周晚期，铁已成为常见的东西。春秋战国时期，人们找矿、采矿的知识已较丰富。有记载说，山上发现赭色，下面有铁。还说，出铁的山有3609零九个。在今山东省临淄县的当时冶铁遗址，广达十数万平方米。在今湖北省大冶县铜绿山的当时采矿遗址，有井巷支架，相当完整，还有运输、通风、排水等设施。采了的矿石在矿井下初选后，用辘轳逐级提升。

春秋时的冶铁技术已有所发展。冶铁炉装着鼓风的“橐”。“橐”是一种皮囊，一面有一个陶质把手，一面有管子接通冶铁炉。鼓动把手，皮囊里的空气就通过管子送进冶铁炉。这样，就加强了炭火的燃烧，提高了炉的温度。春秋晚期，吴国的剑匠干将能够炼铁铸成利剑。晋国铸了一个铁鼎，鼎上铸着刑书的条文。铸鼎的铁是作为军赋向民间征收的。这说明在冶铁技术经过相当时期发展以后，铁器在晋国民间的使用已比较普遍了。

战国时期的铁兵器，有甲、杖、剑、锥、戟、刀、匕首等。今河北省易县燕下都遗址出土的钢剑、钢戟，经检验，是用块炼经渗碳后锻打而成，有的还在高温下淬火，硬度很高。另外，当时已发现磁石吸铁及其指南北的性能，并有用磁石制作的指向器具叫做“司南”。

铁制的农具，在春秋中期，齐国已在使用。战国时期，常用的铁制农具有犁、镢、锄、铲、镰等。常用的铁制手工业工具有斧、削、锯、锥、凿、锤等。妇女用的铁制工具有针、刀、锥等。燕国已用铁范大量铸造农业、手工业工具和车具。

铁制农具的应用，使在农业上比较广泛地使用牲畜成为必要。春秋时期用牛耕田，已经是人们习见的事。战国时期还有用马耕的。铁耕和牛耕，是深耕细作的有利条件，对发展农业生产力起重要的作用。

春秋战国时期，跟发展农业生产力有密切关系的，还有水利工程的兴修。吴王夫差为了北上争霸，于公元前486年掘邗沟，自今江苏省江都县至今江苏省淮安县，沟通了江淮。后又续掘深沟，北连沂水，西接济水，贯通了淮河和黄河。这是一个很大的水利工程，但主要的是用于水运。战国时期，魏国西门豹引漳河水灌溉邺（今河北省临漳县）田，使大片盐碱地变成良田，显示了水利工程对增加农产的重要作用。秦国李冰在今四川灌县修建了都江堰，把岷江分成内外两支，消除了水患，便利了航运，并灌溉田地，使成都平原成为沃野。秦又用韩国水工郑国修渠沟通泾水和北洛水，长300多里，引含有大量淤泥的水灌溉田地，把渠道两岸四万多顷卤地变成良田，使关中成为沃野。战国时期又使用桔槔灌田，利用杠杆原理，把低处的水比较省力地提到高处。

战国时期的农民已能识别土壤，改造土壤。他们把土壤分为九种，挑选适合的农作物种植。他们懂得较广泛地使用肥料。除粪肥外，还用草木灰或沤制绿肥。他们知道用动物骨头、麻子煮汁拌种，称为“粪种”。在种植及管理上，他们讲究不疏、不密、行正、通风、选苗、培根、除草及扑灭蝗、螟等害虫。当时已有“农家之学”。现存的《吕氏春秋》等书都有专讲农业的篇章。

煮盐业、漆器工艺和青铜制造业，在战国时期都有发展。齐、燕的海盐，魏国安邑一带的池盐和巴蜀地区的井盐都很有名。漆器工艺在战国中期以后，广泛地应用于乐器、武器、棺椁，以至于日常生活用具。青铜铸造业出现了镂刻、金银错、镶嵌、鎏金等新技术。

东周初年和春秋战国时期农业上社会生产力的提高，逐渐改变了生产力的性质。除了生产工具的变化外，原来在农业中集体劳动的奴隶逐渐为个体农民所代替，原来在村社中劳动的农民也逐渐为个体农民所代替。作为劳动力的个体农民的特点有两个。第一，是劳动者依附于土地。这既不同于奴隶跟土地间的关系，也不同于村社农民跟土地的关系。第二，是以耕织结合的一夫一妻的个体家庭作为一个生产单位，通常被称作“户”。这种特点，更加强了农民对土地的依附关系。

社会生产力的变革，必然会引起生产关系的变革。这种新的生产力，已不是奴隶制生产关系所能适合的生产力，而是封建制生产关系才能适合的生产力。这种生产力的体现者必须是有一定的人身自由和占有私有经济的人，而不是“会说话的工具”。因而，在这种新生产力出现的同时，必然伴随着新的生产关系的出现而对旧的生产关系起破坏作用。当剥削者以个体农民作为主要剥削对象的时候，他已不能像对奴隶那样去占有生产者，而只能不完全占有生产者。在这种条件下，他已经转化为地主了。个体农民和地主间对抗的出现，就是封建制生产关系的出现。

在春秋中期以后，特别在战国时期，有些王侯由奴隶主转化为地主。大量的地主，是因军功而得到土地，成为地主的。个体农民中，也有可能分化出一些地主。在土地可以买卖的地方，商人也可以成为地主。

封建的土地所有制，是地主土地所有制。地主之间有不同的政治身份或社会身份，这反映在土地所有权上，也就有不同的等级。自从春秋战国时期出现封建所有制以后，可以说这种所有制一直是等级所有制。

商鞅变法，鼓励成年男子们分家，优待粟帛生产得多的人家，编制民户，压制商业，都是推动男耕女织的个体家庭的发展，要把劳动力紧紧地束缚在土地上。商鞅变法，设立二十级军功爵，依军功大小给以不同的爵位和田宅，并贬抑没有军功的宗室贵戚，都是要以行政的力量促进奴隶主阶级和地主阶级间的消失，并促进新的生产力和封建等级土地所有制的发展。

东周初年和春秋战国时期的工商业，在社会经济中不像农业那样占有支配地位。记载中所见当时工商业者，大都是活动能力相当的大人物。春秋时期有两件关于商人的故事。公元前627年，郑国商人弦高，到周去做生意，路遇偷袭郑的秦军。他用4张熟皮子和12条牛，假托君命，犒劳秦军。秦人认为偷袭的消息已经泄漏了，便把军队撤回。公元前597年，晋、楚间的邲之战，晋国大夫荀䓨被楚俘虏。郑国的商人打算把他藏在货车里，运出楚境。但这个计划还没有实行，楚国把他释放了。这两个故事，都是郑国商人的故事。他们不像普通的商人，恐怕都是有政治身份的。孔子的弟子子贡，很能做生意，但他不是商人。他的商业活动，往往是跟他的政治活动相联系的。战国晚期的吕不韦，是一个善于经营的大商人，也是一个政治投机家。他曾策划、资助在赵国作人质的秦公子异人回国做了王，就是庄襄王，吕不韦因此做了秦国的丞相。

战国时期的商品，是以农副产品为主，如粮食和丝、麻、帛、葛。还有土特产和统治阶级享用的奢侈品。魏国的大商人白圭，是以囤积居奇致富的人。年成好的时候，他买进谷物，卖出丝、漆；而荒年就卖出粮食，买进帛、絮。冶铁、煮盐，是当时很能赚钱的行业。赵的郭纵和卓氏，齐的程郑，梁的孔氏，曹的邴氏，都以冶铁致富。鲁的猗顿和齐的刁间以煮盐或兼营渔盐而发了财。这几个大商人都进行商品生产，并在生产过程中使用了奴隶。奴隶制在盐铁生产中，在后来还继续存在着一个相当长的时期。

商鞅变法

春秋战国之际，秦国与中原各国一样，内部产生了一些新的封建因素，不过，秦国的旧势力很强大，贵族侵凌公室，干涉君位，使秦国政权分散，国势日衰。中原各国都看不起秦国，魏国任用吴起为将，曾一举连拔秦国五城，夺去了秦国河西的大片土地。周定王十八年（公元前384年），秦献公即位，力图改变秦国内忧外患的局面，于是采取了迁都、清理户籍，整顿卒伍、废除人殉和开辟市场交易等项措施，使秦国的国势有所好转。

周显王八年（公元前361年），秦孝公即位，下决心改革图强，恢复春秋时代秦穆公的霸业。他采取的一项重要措施，就是广泛地招揽人才，下令求贤。于是，原为卫国贵族子弟的卫鞅，便从魏国来到秦国。

卫鞅入秦，住在孝公的亲信景监家里，并通过他先后三次与秦孝公相见。头两次，卫鞅游说孝公学尧舜禹汤的仁义，行帝王之道。秦孝公听不进去，直打瞌睡，还生气地对景监说，你的客人简直太迂腐了，我怎么能用他呢？卫鞅请求第三次见孝公，以富国图霸之术说孝公，孝公听得津津有味，一连和卫鞅谈了好几天，并决定重用卫鞅，变法图强。

但是变法并不是一件简单的事，从一开始就遭到保守势力的坚决反对。甘龙认为：圣贤之人不用改变民众的习俗来推行教化，明智的人不改变原来的制度来治理国家，依据原有的制度来治理国家，官吏民众都熟悉，不会引起混乱，如果不按老规矩办事，随意变动旧法，天下的人就要议论。杜挚也反对变法，认为：没有百倍的好处，不必改变旧有的法制；没有十倍的功效，就不必更换原有的规矩。遵守古法不会错，按照传统规矩办事不会差。卫鞅针锋相对，批驳道：三代礼不同而各成王业，五霸法不同也都各成霸业；贤明的人根据形势变更礼俗，不贤之人只能按照旧的规矩行事；恪守老一套的人，不配与他们商讨大事。再说，前代的政教各有不同，该效法哪一代？过去的帝王并不是走同一条路，该仿效哪个帝王？成汤与周武王，他们并没遵循古代的制度，也兴旺发达起来；夏桀和殷纣王，也没有改变旧的制度，却照样灭亡了。卫鞅的观点得到了秦孝公的赞同，使孝公坚定了变法的决心。于是，他任用卫鞅为左庶长，掌握军政大权，开始进行一系列重大改革。

卫鞅变法分为两次。第一次是在周显王十三年（公元前356年）施行的。主要内容是：编定户籍，实行“连坐”法。全国按照5家为“伍”、10家为“什”编定户籍，互相监督。一家犯法，别家若不告发，则10家连坐，处以腰斩；告发的人赐爵一级，藏匿坏人者，按投敌者论处。旅店不能收留没有官府凭证的人住宿，否则店主连坐。废除世卿世禄制，实行军功爵。国君亲属没有军功的不能列入宗室的属籍，按照军功大小分为20级，然后按等级不同确定爵位、田宅，奴婢以及车骑、衣服等等的占有，不许僭越；有功就显贵，无功虽有爵也不能尊贵。奖励军功，禁止私斗。规定凡为国家立有军功的，按功劳大小授予爵位和田宅；在战争中杀敌1人，赐爵一级或授予50石俸禄的官；杀敌军官1人，赏爵一级，田1顷，宅地9亩。私斗按情节轻重，受不同的刑罚。奖励耕织。凡努力从事农业生产，使粮食和布帛超过一般产量的，免除本人的劳役和赋税；凡不安心务农而弃农从事工商业或游手好闲而贫穷的，全家罚做官奴。同时招徕韩、赵、魏无地的农民到秦垦荒、为他们提供方便。鼓励个体小农经济。新法规定：凡是一家有两个以上的成年男子就必须分家，各立户头，否则要加倍交纳赋税。

为了表示推行新法的决心，他还采取立木赏金的办法取信于民。新法公布之后，很多人议论纷纷，旧贵族极为不满，而太子则明知故犯。卫鞅认为：推行新法之所以困难，主要原因在于那些自恃势力位高、以为别人不敢动的大贵族不遵守。于是，卫鞅决定依法处理太子。由于太子是国君的继承人，不能施刑，因而“刑其傅公子虔，黥其师公孙贾”。这样一来，就没有谁再敢不遵守新法了。

新法推行十年，成效显著。人民丰衣足食，“勇于公战，怯于私斗”，出现了“道不拾遗、山无盗贼”的大治局面。于是秦孝公提拔卫鞅为“大良造”，总揽军政大权。周显王十九年（公元前350年），秦迁都咸阳，卫鞅推行第二次变法。主要内容为：推行县制。全国统一规划，合并乡村城镇为县，设立31县，县设令、丞，由国君直接任免。废井田，开阡陌。把从前施行的“井田制”那种纵横疆界消除掉，鼓励开辟荒地，承认土地私有，允许买卖土地，按照土地多寡征收赋税。统一度量衡，即“平斗桶、权衡、丈尺”，方便交换与税收。焚诗书、禁游说。制定秦律。

新法的推行使秦国从一个贫穷落后的国家一跃而为战国七雄中最为强盛的国家。秦孝公因卫鞅功著于秦，封给他商地15邑，号为商君，所以后人称之为商鞅。但是，商鞅变法遭到旧贵族的疯狂反对。周显王三十一年（公元前338年），支持变法的秦孝公死后，旧贵族乘机报复，诬告他谋反。商鞅外逃，途中被抓，旧贵族对他施以车裂的极刑。

商鞅虽然被杀，但他推行的新法并没有全部废止。新法的推行为秦国能够最后消灭六国，统一整个中国，打下了良好的基础。商鞅变法的历史作用是巨大的，从此法家思想在秦国成为占统治地位的思想。当然，法家的严刑峻法以及“焚诗书、禁游说”的高压政策，也在中国历史上留下了深远地影响。

战国七雄

齐

西周、春秋时姜姓诸侯国，战国时为田（陈）氏所取代，是为七雄之一。

姜齐是周初重臣太公吕望（亦称师尚父）之后所立。吕望为周文王所举用，并从武王伐商，有功。周公平定三临之叛，伐灭商奄、蒲姑（今山东博兴东南），吕望被封于营丘（今山东淄博东北），占有蒲姑旧地，齐立国始于此。

齐的疆域最初在今山东偏北。齐桓公称霸后，领土有所扩大，北至黄可与燕接界；西至济水与卫接界；南至泰山与鲁接界；东至今山东寿光一带，与杞、莱接界。齐灵公灭莱后，领土更扩大到今山东半岛。

西周后期，周夷王听纪侯之谮烹齐哀公，立其弟静为胡公，胡公曾迁都蒲姑（即蒲姑）。哀公弟山率营丘人杀胡公自立，为献公，献公又将都城迁回营丘，称为临淄。从此，齐的国都一直在临淄。

春秋早期，齐与主要竞争对手鲁国之间经常发生战争。公元前 689 年，齐襄公灭鲁的与国纪，扫除东面障碍。公元前

686年，公孙无知杀襄公自立，公子纠奔鲁，公子小白奔莒。次年，无知被杀。鲁伐齐，欲纳公子纠，而齐高氏、国氏已召小白先入，击败鲁师，立为齐桓公。桓公在位期间，任用管仲为辅佐，实行一系列改革，齐国日益强大。公元前684年，齐灭掉西面小国谭，向鲁推进。公元前681年，又与宋、陈、蔡、邾会于北杏，南下灭掉逼近鲁的小国遂，迫使鲁与齐言和，盟于柯。次年，齐假王命合陈、曹伐宋，迫使宋国屈服，并与宋、卫、郑会于鄄，又次年，齐与宋、陈、卫、郑复会于鄄，开始称霸诸侯。

春秋中期，齐桓公以“尊王攘夷”为号召，联合中原诸夏，讨伐戎、狄、徐、楚，安定周室。公元前664年，齐北伐山戎，救燕；又逐狄，存邢救卫；公元前656年，齐合诸侯之师侵蔡伐楚，与楚盟于召陵。此后，齐多次大会诸侯。公元前651年，齐会鲁、宋、卫、郑、许、曹于葵丘，周天子赐齐侯胙，齐霸业达于顶峰。公元前643年，齐桓公卒，齐从此失去霸主地位，但仍想和晋抗衡。公元前589年，齐、晋大战于鞍（今山东济南西北），齐师大败。到灵公、景公时，虽无法胜晋，却依然是仅次于晋的中原强国。

春秋晚期，齐国公室衰落，卿大夫相互兼并。公元前548年，崔杼杀齐庄公，立景公，与庆封共同执政。公元前546年，庆封灭崔氏之族，崔杼自杀。庆封专齐政。次年，庆舍与栾、高（齐惠公之后）、陈（田）、鲍四族攻庆封，庆封奔吴。齐景公时，陈桓子施惠于民，民归陈氏，陈氏因而强大。公元前532年，陈桓子联合鲍氏攻栾氏、高氏（齐惠公之后），栾施、高疆奔鲁。公元前489年，景公卒，国氏、高氏（齐文公之后）立晏孺子，次年，陈僖子联合鲍氏攻国氏、高氏，国夏、高张奔鲁，遂杀晏孺子，立公子阳生为齐悼公。悼公在位四年，被杀，齐人立悼公子壬为简公，阚止为政。公元前 481 年，陈成子杀阚止，追执简公子舒州，杀简公，立简公子敬为平公，专齐政。

带翼神兽

公元前 386 年，陈成子玄孙太公和立为诸侯，迁齐康公于海上。公元前 379 年，康公卒，姜齐绝祀。

田齐是妫姓国家，出于陈厉公之子陈完。陈与田古音相近，故古书往往作田。公元前 672 年，陈完入齐，事齐桓公。陈完传五世至陈桓子，陈氏开始强大。以后陈氏逐渐兼并齐国的栾、高（齐惠公之后）和国、高（齐文公之后）以及鲍、阚等族，专齐政。田齐的国都仍在临淄，疆域亦袭姜齐之旧。

田齐立国时，已经进入战国中期。太公和是第一代齐侯。太公和之孙桓公午在国都临淄的稷下置学官，“设大夫之号”，招聚天下贤士。到威王、宣王时，稷下人才济济，成为东方学术文化的中心。齐威王任用邹忌为相，改革政治，齐国遂强大。公元前 353 年，齐大败魏军于桂陵。公元前 341 年，齐又大败魏军于马陵。公元前 334 年，齐威王与魏惠王“会徐州相王”，正式称王。威王晚年，相邦邹忌与将军田忌争政。公元前 322 年，田忌攻临淄，求邹忌，不胜，逃亡楚国。齐宣王时燕国发生“子之之乱”。公元前 314 年，在孟轲劝说下，宣王命匡章率“五都之兵”、“北地之众”伐燕，五旬克之，一度占领燕国。

战国晚期，齐仍保持着强盛的地位。公元前 301 年，齐联合韩、魏攻楚，大败楚军于垂沙。公元前 298—前 296 年，齐联合韩、魏连年攻秦，入函谷关，迫秦求和。公元前288年，齐、秦并称东、西帝，旋皆放弃帝号。次年，苏秦、李兑合赵、齐、楚、魏、韩攻秦，置于成皋。又次年，齐灭宋。公元前284年，燕以乐毅为上将军，合燕、秦、韩、赵、魏攻齐，攻入临淄，连下70余城。齐城不下者只有莒和即墨。齐湣王逃入莒，被淖齿杀死。王孙贾与莒人杀淖齿，立湣王子法章为齐襄王，距守。燕引兵东围即墨，即墨大夫战死，城中推举田忌为将。双方相持达五年。公元前279年，田单组织反攻，用“火牛阵”大败燕军，收复失地。齐虽复国，但元气大伤，无力再与秦抗衡。公元前221年，秦灭韩、魏、楚、燕、赵后，使将军王贲从燕地南攻国齐国，俘虏齐王建，齐国灭亡。

火牛阵

楚

先秦芈姓（芈本作嬭）诸侯国，战国七雄之一。亦称荆。芈姓是所谓“祝融八姓”之一，始祖为季连。季连的后世子孙鬻熊为周文王师。古书记载，鬻熊以下楚君皆以熊为氏，但据出土战国晚期楚国铜器铭文，楚君名号皆以酓为氏。鬻熊曾孙熊绎僻处荆山（在今湖北南漳、保康一带），跋涉山林，以事周成王，被封以子男之田，居丹阳（今湖北秭归），从此立为国家。

楚的疆域最初主要在今湖北西部山区和江汉平原一带，后逐渐向西溯江而上扩展到今四川东端，向北溯汉水而上扩展到今河南西南的南阳盆地和丹江流域，向南扩展到今湖南北部的洞庭湖平原，向东沿淮水和江水扩展到今河南东南、安徽北部、江西北部和山东南部、江苏、浙江一带。

西周时期，楚对西周保持相对独立，往往叛服无定。周昭王曾两次率师伐楚。一次在昭王十六年，周师有较多俘获；一次在十九年，周师还济汉水，全军覆没，昭王本人也死在汉水中。这是西周历史上的著名事件。夷王时，王室衰微，熊绎的后代熊渠乘机出兵攻打庸和扬粤（即扬越），至于鄂，分其土，封长子毋康为句亶王，中子挚红为鄂王，少子执疵为越章王。厉王时，熊渠畏周伐楚，去其王号。周宣王时，楚一度内乱。熊严有子四人，长子熊霜先立。熊霜卒，三弟争立：仲雪死，叔堪亡濮，而少弟季徇立，是为熊徇。熊徇之孙熊仪为若敖（楚君无谥称敖，冠以葬地名），其庶支称为若敖氏，是后来楚国的显族。若敖二十年（公元前771），西周结束。

春秋早期，若敖之孙熊眴（蚡冒）开启濮地。熊眴卒，其弟子熊通杀其子代立，迁都郢（今湖北江陵纪南城）。公元前740年，熊通自立为王，是为楚武王。武王多次进攻汉以东的强国随（在今湖北随州）。文王时，楚更为强大，凌江汉间小国，并北上伐灭申（在今河南南阳）、息（在今河南息县）、邓（在今湖北襄樊）等国。

春秋中期，楚成王屡次北上伐郑，引起北方各国的联合干预。公元前656年，齐桓公合诸侯之师伐楚，与楚盟于召陵（今湖南郾城东）。齐桓公卒，宋襄公乘机图霸。公元前638年，楚败宋于泓（今河南柘城一带）。宋襄公伤股，病创而死，楚势益张。公元前632年，晋文公败楚于城濮（今山东鄄城西南），楚北上之势暂时受挫。楚并先后灭亡弦（在今河南息县）、黄（在今河南潢川）等小国以及楚的同姓国夔（在今湖北秭归）。

穆王时，楚又先后灭亡江（在今河南息县）、六（在今安徽六安）两国。庄王时，楚的势力达到顶峰。公元前606年，楚伐陆浑戎，观兵周郊，问鼎大小。公元前597年，楚大败晋师于邲（今河南郑州西北）。公元前594上，楚围宋五月。楚并先后灭亡庸（在今湖北竹山）、舒蓼（在今安徽舒城）、萧（在今江苏徐州）等小国，终于称霸诸侯。共王时，楚的势力有所衰落，公元前575年，晋败楚于鄢陵（今河南鄢陵西北）。次年，楚灭舒庸（在今安徽舒城）。

春秋晚期，楚长期内乱。共王有子5人，子康王先立。康王卒，子郏敖立。康王弟于围、子比、子皙、弃疾争位。子围杀郏敖先立，是为灵王。灵王先后灭亡赖（在今湖北随州东北）、陈、蔡。公元前529年，弃疾、子比、子皙乘灵王外出，攻入郢都，杀灵王太子禄，立子比为王，子皙为令尹，弃疾为司马。灵王饿死申亥家。后弃疾又杀子比、子皙而自立，为平王。平王暴虐，夺太子建妇，杀伍奢及伍奢子伍尚。伍奢子伍子胥出奔吴。楚昭王时，伍子胥劝说吴王阖闾伐楚。

公元前506年，吴败楚于柏举（今湖北麻城），五战及郢，攻入楚都。昭王逃入随，使申包胥请救于秦。次年，秦、楚败吴于稷（今河南桐柏），吴引兵去。昭王灭唐（在今湖北随州），还归郢，迁都鄀（今湖北宜城东南）。昭王复国后，又灭顿（在今河南商水）、胡（在今安徽阜阳）等小国。昭王卒，子惠王立。公元前481年，平王太子建之子胜，为白公，袭杀令尹子西和司马子期于朝，劫惠王。叶公子高出兵，平定白公之乱，再度灭陈。

战国早期，楚惠王再度灭蔡，占领淮水流域；公元前431年，简王北上灭莒（在今山东莒县）。简王卒，声王立，立仅六年，“盗”杀声王。声王子悼王晚年任用吴起变法，南收扬越，占领洞庭、苍梧，楚复强大。

战国中期，楚威王败越，占领吴故地，越从此破散。楚怀王时，楚与齐纵亲。公元前318年，魏、赵、韩、燕、楚等国合纵攻秦，以楚怀王为纵长，不胜而归。秦使张仪入楚，离间齐、楚，许与商（今陕西商县）、于（今河南西峡一带）之地600里，已而背约不与，楚因伐秦。公元前312年，秦败楚于丹阳（今河南西峡一带），取楚汉中。楚反攻，秦又败于蓝田（今陕西蓝田）。楚服秦，但仍与齐、韩合纵。公元前306年，楚灭越（其后裔退居闽越），设郡江东。

战国晚期，楚背齐合秦。公元前301年，齐联合韩、魏攻楚，大败楚于垂沙。次年，秦亦攻楚，取襄城。又次年，楚怀王入秦被执，后三年死于秦，楚从此一蹶不振。顷襄王时，秦继续攻楚。公元前278年，秦将白起破楚拔郢，楚迁都于陈（今河南淮阳）。顷襄王卒，考烈王立，以黄歇（封为春申君）为相。公元前257年，黄歇与魏信陵君救赵败秦。次年，楚灭鲁。公元前253年，楚迁都巨阳（今安徽太和东南）。公元前241年，楚迁都寿春（亦称郢，今安徽寿县西南）。考烈王卒，李园杀黄歇，立幽王。幽王卒，同母弟犹代立为哀王。哀王立仅二月余，为庶兄负刍之徒袭杀，负刍立为王。公元前223年，秦将王翦、蒙武破楚，虏王负刍，楚国灭亡。

燕

先秦姬姓诸侯国。战国七雄之一。燕本作匽，又称北燕，以区别于姞姓的南燕（今河南延津东北）。周公东征后，周太保召公奭被封于燕，他自己留辅王室，而令其子就封，成为第一代燕侯。

西周、春秋时期，燕的疆域主要包括今北京地区和辽宁西部的大凌河流域，都城在蓟（今北京）。其周围分布着许多戎、狄和涉貊部族，仅东南与齐邻接，同中原各国来往较少，国力一直不强。

关于西周时期的燕国，史书记载很少，只知当时共有十一代燕侯，第一至八代名号不详，最后三代为惠侯、嫠侯和顷侯。

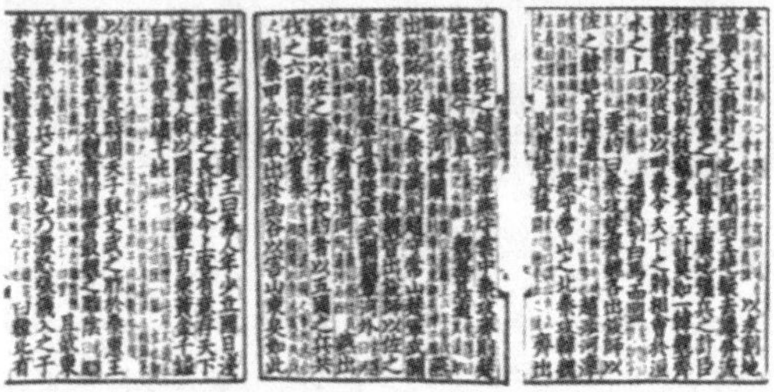

《史记·苏秦列传》书影

春秋时期的燕国，史书记载也较少，《春秋》经传和《国语》都很少提及。《世本》、《竹书纪年》和《史记·燕世家》记录了这一时期的燕世系，但彼此龃龉不合。春秋早期，承西周晚期夷狄交侵的局面。燕国常常受到北方山戎的侵扰。据《世本》记载，燕桓侯曾一度把都城南迁到临易（今河北雄县西北，或疑为今易县）。公元前664年，山戎侵燕，齐桓公出兵相救，恢复了燕的疆界及其与中原周王室的联系，阻止了山戎南下。此后（或更早），燕的都城又北迁到蓟。

战国时期，燕在各大国中实力最弱，但在当时的列国兼并战争中也起过重要作用。燕与齐、赵、中山相邻，四国经常发生冲突，到战国中晚期，争战愈演愈烈。公元前323年，燕易王称王。易王卒，子燕王哙即位，相邦子之深受重用。公元前316年，燕王哙把王位禅让给子之，又收回秩禄300石以上官吏的官玺，让子之重新任命，并由他决断国事，实行政治改革。公元前314年，子之行新政三年，将军市被与太子平聚众作乱，围攻子之。子之反攻，杀死市被与太子平。双方激战数月，死伤甚众。在孟轲的劝说下，齐宣王出兵伐燕，五旬将燕攻下。燕王哙死难，子之出亡，被齐擒获而醢其身。中山也乘机攻占燕大片土地。各国见齐国无意退兵，打算吞并燕国，遂谋伐齐救燕。公元前312年，秦、魏、韩出兵救燕，败齐于濮水之上。次年，赵武灵王召燕公子职于韩，派兵护送回燕，立为燕昭王。昭王即位于燕破之后，立志报仇雪耻，卑身厚币招聚天下贤士，得乐毅等人，励精图治，燕从此强大。这一时期，燕国设有两个都城，上都为蓟，下都为武阳（今河北易县东南），但也有一说认为汉良乡县为燕的中都。燕将秦开破东胡后，将领土扩大到辽东，设上谷、渔阳、右北平、辽西、辽东五郡，有今滹沱河以北的河北北部及辽宁之大部。公元前284年，燕以乐毅为上将军，联合秦、楚、赵、魏、韩五国伐齐，攻入齐都临淄，连下70余城，齐城不下者只有莒和即墨。齐滑王逃入莒，被齐相淖齿杀死。齐人立滑王子法章为齐襄王，距守。燕引兵东围即墨，即墨大夫战死，城中推举田单为将。双方相持长达五年。公元前279年，燕昭王死，惠王即位，惠王猜忌乐毅，改用骑劫为将。田单进行反攻，收复丧失的70余城，燕从此国势不振。到燕王喜时，又屡败于赵。公元前251年，燕派栗腹、庆秦攻赵，为赵将廉颇所败。公元前243年，赵派李牧攻取燕的武遂、方城。次年，燕派剧辛攻赵，又为赵将庞煖所败。公元前236年，庞煖攻取燕的狸、阳城。秦乘燕、赵之间发生大规模战争，也不断攻取三晋之地。公元前228年，秦破赵，虏赵王迁，兵临易水，直接威胁到燕国。次年，燕太子丹派荆轲入秦刺杀秦王，没有成功。秦派王翦、辛胜击溃燕、代联军于易水以西。又次年，王翦拔取燕都蓟，燕王喜迁都辽东。公元前222年，秦将王贲攻取辽东，俘虏燕王喜，燕国灭亡。

韩

战国七雄之一。姬姓，出于晋公族。祖先韩武子名万，为晋曲沃桓叔之子，封于韩原（今陕西韩城东北，一说在今晋南），因以韩为氏。公元前588年，晋作六军，武子玄孙献子（名厥）列为晋卿。公元前458年，韩宣子与智氏和赵、魏共灭范氏和中行氏，而尽分其土地。公元前453年，韩康子与赵襄子、魏桓子又共灭智氏，三分晋国。公元前403年，韩景侯与赵烈侯、魏文侯被周天子正式策命为诸侯。

韩的疆域最初在今山西东南部，后逐渐扩大到今河南中部。春秋晚期，韩宣子徙居州（今河南温县东北），韩贞子又徙居平阳（今山西临汾西南）。当时韩的疆域大体在今山西临汾地区及其以东的沁河流域和沁河下游的河南温县一带。战国早、中期，韩武子徙居宜阳（今河南宜阳西）。韩景侯时又迁都阳翟（今河南禹县）。公元前375年，韩哀侯灭郑，将国都迁到郑（今河南新郑），重心遂移到今河南新郑一带和洛阳周围地区。

韩所处地理位置正当所谓“四战之地”的中原地区，东有魏，南有楚，西有秦，北有赵，因受各大国威胁，势力一直未能发展起来。公元前355年，韩昭侯任用申不害为相，实行政治改革，一时“国内以治，诸侯不来侵伐”。但申不害死后，韩仍不能摆脱困境，来自秦的威胁尤为严重。公元前335～前301年，秦曾多次败韩，先后攻取韩的宜阳、鄢、石章、武遂、穰等地。公元前296年，齐、韩、魏联军攻入秦函谷关，秦归还韩河外及武遂。公元前293年，秦大败韩、魏联军于伊阙，后又攻取韩的宛、邓，韩不得不献上武遂之地方200里。自公元前286～前263年，秦又大败韩，并连续攻取韩的少曲、高平、陉城、南阳。公元前262年，又取韩的野王，切断上党通往韩都新郑的道路，韩上党郡守以郡降赵。次年，秦攻取韩的缑氏、纶。数年后，攻取阳城、负黍。公元前249年，秦灭东周，又取得韩的成皋、荥阳，后全部占领上党郡，并攻取韩的13城。

公元前233年，韩派韩非入秦，劝秦存韩伐赵，但不久韩非被迫自杀。公元前230年，秦派内史腾攻韩，虏韩王安，以韩地设颍川郡。韩国遂亡。

赵

战国七雄之一。嬴姓，与秦同出于蜚廉之后。祖先造父，为周穆王御，有功，封于赵城（今山西洪洞北），因以赵为氏。赵氏的后代赵夙事晋献公，献公封赵夙于耿（今山西河津南）。赵夙子赵衰（赵成子）事晋文公，徙居原（今河南济源西北）。赵衰的后代赵盾（赵宣子）、赵朔（赵庄子）、赵武（赵文子）、赵鞅（赵简子）皆为晋卿。公元前453年，赵襄子与韩康子、魏桓子三分晋国。公元前403年，赵烈侯与魏文侯、韩景侯被周天子正式策命为诸侯。赵的疆域最初主要在今山西中部。赵简子居晋阳（今山西太原西南），公元前475年，赵襄子灭代，将领土扩大到今山西东北部及河北蔚县一带。公元前425年，赵献子即位，徙居中牟（今河南鹤壁西）。公元前386年，赵敬侯迁都邯郸（今河北邯郸）。其活动中心逐渐移到今河北东南和河南北部。

战国初期，赵经常与韩、魏联合进攻别国，并向北方各少数民族地区（林胡、楼烦、代、中山等）扩展。它首先灭代，后又助魏进攻中山，取得过一些胜利。战国中期，赵与齐、魏争夺卫，连年大战。赵求救于楚，转败为胜。此后不久，被魏灭亡的中山复国。赵又与中山战于房子、中人。公元前354年，魏围赵都邯郸。次年，齐救赵，败魏于桂陵。公元前333年，赵为御北敌修筑长城。其间，中山强大起来，一度围攻赵的鄗地，对赵形成严重威胁。公元前325年，赵武灵王即位，他发奋图强，重新开启“胡、翟之乡”。公元前307年，赵武灵王与老臣肥义不顾天下之议，实行军事改革，教民“胡服骑射”，图灭中山和北略胡地。是年，赵攻中山到房子，次年，到宁葭，攻略胡地到榆中。又次年，攻取中山的丹丘、华阳等七邑，中山献邑求和。公元前300～前296年，赵连续进攻中山，中山灭亡。

公元前299年，赵武灵王立太子何为王，是为惠文王，令其守国，而自号主父，率军西北攻略胡地。公元前295年，公子章与田不礼乘赵主父、惠文王出游沙丘之机发动叛乱。公子成、李兑起四邑兵平定叛乱，公子章逃入主父所住沙丘宫。公子成、李兑围沙丘宫，主父饿死。赵惠文王时，赵国实力比较强大。公元前287年，苏秦、李兑合赵、齐、楚、魏、韩五国攻秦，罢于成皋，秦归还部分赵、魏失地求和。其后，赵还不断进攻齐、魏，取得过一些土地。公元前273年，秦大败赵、魏于华阳，史载斩首十五万。公元前269年，赵大败秦于阏与。公元前260年，秦、赵激战于长平，秦军大破赵军，史载坑降卒四十余万，进围赵都邯郸。公元前257年，魏信陵君、楚春申君救赵败秦，解除邯郸之围。公元前251年，燕派栗腹、卿秦攻赵，为赵将廉颇、乐乘所败。公元前241年，赵庞煖率赵、楚、魏、燕、韩五国兵攻秦，至蕞。公元前236年，赵攻燕，秦乘机攻取赵的阏与、撩阳、邺、安阳等城，后又大举攻赵，遭到顽强抵抗。赵虽两次打败秦军，但兵力耗损殆尽。公元前228年，秦将王翦、辛胜破赵，虏赵王迁。赵公子嘉出奔代，自立为代王。公元前222年，秦将王贲攻取代，虏代王嘉，赵国灭亡。

魏

北魏王朝创建者。硅亦作涉注，庙号太祖。鲜卑族。在位二十四年。西晋时鲜卑拓跋部首领猗卢受封为代公，进称代王，此后拓跋部势力日趋强大，到拓跋硅祖父什翼犍时，曾击败漠北的柔然与漠南的匈奴刘卫辰部。定都盛乐（今内蒙古和林格尔北），正式建立代国。376年，前秦大举来攻，什翼犍死，部众离散。苻坚令刘库仁和刘卫辰分别控制代国东西两部，什翼犍幼子窟咄被俘到长安，拓跋硅随母辗转流徙于独孤部与贺兰部。

383年肥水之战后，苻秦势力瓦解，被役属的各族纷纷起兵独立。386年，拓跋硅为各部大人所推，即代王位，建元登国。同年称魏王，改国号为魏。拓跋部处在原始社会解体，奴隶制不甚成熟阶段，拓跋洼建国后，该部出现向封建制发展趋势。

拓跋洼即位后五年之间，北面击败高车与柔然，东北面击败库莫奚，扫除了后顾之忧。南面先联合同属鲜卑族，又与他有姻亲的慕容垂所建后燕，占领了心腹之患的刘库仁、刘卫辰后裔所蟠踞的地区，平定河套以南诸部，获得马三十余万匹，牛羊四百余万头。离石的山胡酋长也率三千余家降附。魏国兵力强盛，财力富饶，再要发展，就必然与据有中原地带的后燕相争夺。391年，拓跋硅以慕容垂扣留其弟为借口，与后燕绝交。

拓跋洼幼年时国亡家破，饱经忧患，几乎被苻坚作为俘虏遣送长安。成人以后沉勇有智谋。395年，后燕太子慕容宝大举进攻，拓跋挂乘夜袭击燕军，在参合陂（在今山西阳高境）大胜。燕军死者万数，降者四五万，文武将吏被杀数千人。北魏获得器甲辎重、军资杂财无数。燕臣有才识者，拓跋硅皆加录用。396年，拓跋硅始建天子旌旗，同年，率四十万大军攻伐后燕，夺取并州（今山西），开始仿汉人制度建立台省，设置朝廷百官和地方的刺史、太守。尚书郎以下官皆用儒生担任，汉族士大夫稍有才用者都加以擢拔，为夺取中原作准备。397年，在钜鹿柏肆坞，慕容宝乘夜进攻，魏军惊散，拓跋珪不及衣冠，仓猝指挥，终于设奇阵转败为胜。同年，进军后燕都城中山（今河北定县），适值甲子日，太史令说商纣王以甲子日亡，谓之疾日，兵家所忌。拓跋珪说："纣以甲子亡，周武不以甲子胜乎？"终于攻占了中山。398年取邺城。除山东半岛的南燕与东北的北燕外，太行山以东的中原地区基本上归入北魏版图。

这年拓跋珪即皇帝位，追尊远祖以下二十七人皆为皇帝，制礼乐，定律令。先徙太行山以东六州民吏及徒何鲜卑、高丽杂夷三十六万人，百工伎巧十余万口以实代国，并对内徙新民赐给耕牛，计口受田。是年从盛乐迁都平城（今山西大同东北），又徙东方六州二十二郡守宰、豪杰、吏民两千家于平城。平城畿内之外，四方四维称为八国或八部，为鲜卑诸部所居，各置大人。八国各有大师小师，郡也立师，宗室有宗师，职能为品举人才，有如中正。399年，令郡县大索书籍，悉送平城。

拓跋珪理解必须依靠汉族儒士，采用汉族典章制度，来统治广大地区的汉人。但是他缺乏汉文化教养，又有浓厚的民族情绪，所以对汉人非常疑忌畏惧。曾为拓跋氏立功的崔逞说到飞鸦食桑椹而声音变好，拓跋珪怀疑他有意侮慢进入中原的北人，因而赐死。封懿以应对疏慢坐废于家。鲜卑人贺狄干因久被姚氏幽闭于长安，习读经史，举止有似儒生。还朝以后，拓跋洼认为他有意摹仿汉人，兄弟二人皆被杀。拓跋眭末年服寒食散，药性使他暴躁不安，喜怒失常。左右动辄得咎，多被他手刃而死。平定中原立过大功的常山王遵、司空庾岳、卫王仪先后被杀。拓跋珪自己也在409年被他次子清河王绍谋害而死。

秦

先秦嬴姓诸侯国，战国七雄之一。秦是古代嬴姓部族中的一支，奉祀少皞。嬴姓祖先大费，传为女脩吞玄鸟卵而生，佐禹治水。商代末年，嬴姓有叫中潏的一支住在西戎之地，其子蜚廉、孙恶来均事商王纣。西周中期，中潏的后代大骆居西犬丘（今甘肃天水西南、礼县东北），生子成与非子。成为嫡子，继承大骆，住在西犬丘。非子为周孝王养马有功，被孝王封于“汧渭之会”（汧、渭二水交会处）的秦（一说在今甘肃清水一带，一说在今陕西宝鸡县境内），从此非子这一支遂以秦为氏。周厉王时，西戎攻灭西犬丘的大骆之族。周宣王即位，以非子曾孙秦仲为大夫，伐戎不胜，死于戎。秦仲于秦庄公始破西戎，收复西犬丘而居之。庄公子襄公护送周平王东迁有功，被平王封为诸侯，秦立国始于此。当时秦的国都在西犬丘，襄公为第一代国君，立国后追称庄公为公。

秦的疆域最初主要在今甘肃东南和陕西西部的渭水流域，后逐渐并灭今陕、甘境内的西戎各部，沿渭水东进，逾黄河和崤函之塞，进攻三晋；逾今陕西商洛地区进攻楚；逾今陕西汉中地区，进入巴蜀，并从巴蜀进攻楚。

春秋早期，周人退出今陕西境内后，秦致力于东略伐戎，收复周故地。公元前 762 年，秦文公收复“汧渭之会”，又迁都于秦。公元前 753 年，秦“初有史记事”。公元前 750 年，秦文公扩地至岐（今陕西扶风、岐山一带），收周余民。公元前 677 年，秦德公迁都雍（今陕西凤翔东南）。

春秋中期，秦继续向东扩展。秦穆公利用晋国发生的“骊姬之乱”，曾夺取晋的河西之地。但晋文公即位，晋逐渐恢复强大。公元前 627 年，晋于殽大败秦军，遏制了秦东进的势头。

秦遂用由余之谋伐戎，“益国十二，开地千里”，称霸西戎。穆公之后，秦、晋长期争夺河西之地，秦胜少败多，逐渐处于劣势。秦哀公时，晋公室衰落而六卿强大，两国之间的争夺暂时有所缓和。

战国早期，厉共公至出子七世，秦长期处于内乱之中，无暇外顾，魏乘机夺取秦的河西之地，迫使秦退守洛水以西。在这种情况下，秦国内矛盾有所缓和，并进行了一系列改革。公元前409年，秦简公“令吏初带剑”。次年，“初租禾”。

战国中期，秦献公迁都栎阳（今陕西临潼北渭水北岸）。公元前384年，献公下令“止从死”。公元前378年，秦“初行为市”。公元前375年，秦“为户籍相伍”。公元前364年，秦大败魏军于石门。秦孝公即位，下令求贤，商鞅自魏入秦。公元前356年，孝公任用商鞅变法，实行什伍连坐之法和民户分异制度，制定按军功大小给予爵位等级的二十等爵制，奖励耕织，生产多的可免徭役。秦变得更为强大，连续击败魏，并于公元前350年迁都咸阳（今陕西咸阳东北），并小邑为三十一县（一说四十县），又“为田开阡陌”。公元前348年，“初为赋”。公元前338年，孝公卒，惠文君即位，车裂商鞅。但秦的变法并未废止，国力不断增强。公元前324年，惠文君称王改元。在此前后击破东方六国的连横进攻，灭巴、蜀，疆域迅速扩展。

战国晚期，秦更进一步向东扩展，不断取地于韩、魏和楚。公元前288年，齐、秦并称东、西帝，旋皆放弃帝号。次年，苏秦、李兑合赵、齐、楚、魏、韩五国攻秦，罢于成皋，秦归还部分赵、魏失地求和，东进企图暂时受挫。但其后六国之间矛盾迭起，齐、燕皆一蹶不振。秦乘机继续向东扩展，于公元前260年在长平大败强敌赵。公元前256年，灭西周。公元前249年，灭东周。公元前247年，魏信陵君合五国兵攻秦，败秦于河外。公元前241年，赵庞煖率赵、楚、魏、燕、韩五国兵攻秦，但并未扭转秦国强盛、六国衰落的大势。公元前230年，秦灭韩。公元前228年，秦破赵，俘虏赵王迁，赵公子嘉奔代，自立为代王。公元前226年，秦破燕拔蓟，燕王喜迁都辽东。公元前225年，秦灭魏。公元前223年，秦灭楚。公元前222年，秦灭燕、代。公元前221年，秦灭齐。列国均被兼并，于是秦王政称始皇帝。

桂陵之战

韩、赵、魏三家分晋，标志着历史上新的一页又打开了。魏、韩、赵、齐、秦、楚、燕七个大国占据了历史舞台的中心位置，上演了一幕幕纵横捭阖、干戈不休、争雄兼并、你死我活的精彩话剧。人们根据这一时代特色，将这一历史阶段命名为“战国”，是名副其实的。

在战国七雄之中，最先崛起的是地处天下之中的魏国。周定王二十四年（公元前445年）魏文侯即位，任用李悝、吴起、西门豹、段干木等贤能之士，进行各方面的改革。在政治上，基本废除了世袭的禄位制度，推行因功授禄的政策，建立起比较清明、健全的官僚体制。在经济上，改变不适应生产力发展的井田旧制，“尽地力之教”，抽“什一之税”，创制“平籴法”，兴修水利，鼓励开荒，促进了社会秩序的稳定和农业生产的发展。在军事上，加强军队建设，推行“武卒”选拔制度，重视军事训练，提高部队的战斗力。通过这些改革，魏国一跃而成为战国初期最为强盛的国家。魏惠王继位以后，继承文侯、武侯的霸业，继续积极向外扩张，更使魏国君临天下，不可一世。

但是魏国本身也存在着先天性的不足。它地处中原腹心，被称为“天下之胸腹”，四周大国环列，西有秦，东临齐，北接赵，南邻楚，是典型的“四战之地”，很容易陷入多面作战的不利境地，战略地理环境较为恶劣。可是魏国几代统治者对这一点缺乏清醒的认识，反而采取了战略上“四面出击”的错误方针，这不但分散了力量，消耗了实力，而且也容易四面树敌，陷于被动。所以在魏国最为兴盛的同时，也埋下了其日后衰落的根子。

魏国的勃兴和称霸，直接威胁和损害了楚、齐、秦等国的利益，引起这些国家的普遍恐惧和忌恨，其中尤以齐、魏之间的矛盾最为尖锐。

齐国自西周以来一直是东方地区的大国。公元前 356 年齐威王即位后，使贤任能，改革吏治，强化中央集权，进行国防建设，国势日渐壮大。面临魏国向东扩张的严重威胁，它就积极利用韩、赵诸国和魏国之间的矛盾冲突，趁魏国深深地陷入数面受敌的内线作战之际，展开了对魏的激烈斗争。

战争是政治的继续，齐、魏间的矛盾冲突在当时只能通过战争的手段来加以解决。就在这样的背景下，公元前 353 年爆发了桂陵之战。

当时赵成侯为了摆脱魏国霸权的控制，进而达到兼并土地，扩张势力的目的，于公元前 356 年在平陆（今山东汶上）和齐威王、宋桓侯相会结好，同时又和燕文公在阿（今河北境内）相会。赵国的举动引起魏惠王的极大不满。适逢公元前 354 年，赵国向依附于魏国的卫国动武，迫使卫国屈服称臣。于是魏国便借口保护卫国，出兵攻赵，包围了其国都邯郸。赵与齐有同盟关系，这时见局势危急，遂于公元前 353 年遣使向齐国求援。

齐威王闻报赵国告急，就召集文武大臣进行商议。丞相邹忌反对出兵救赵。齐将段干朋则认为不救赵既会失去对赵国的信用，又会给齐国争雄造成困难，因而主张救赵。但他同时又指出，从战略全局来考虑，如果立即出兵前赴邯郸，赵国既不会遭到损失，魏军也不会消耗实力，对于齐国长远的战略利益来说是弊大于利。因此他主张实施使魏与赵相互削弱，而后“承魏之弊”的战略方针。具体地说，是先派少量兵力南攻襄陵，以牵制和疲惫魏国。待魏军攻破邯郸，魏、赵双方均师劳兵疲之际，再予以正面的攻击。段干朋这一谋略显然有一石三鸟的用意。第一，南攻襄陵，牵制魏军，使其陷于两面作战的窘境。第二，向赵表示信守盟约、提供援助的姿态，帮助赵国坚定其抗击魏国的决心。第三，让魏、赵继续互相攻伐，最后导致赵国遭受重创、魏国实力削弱的结果，从而为齐国战胜魏国和日后控制赵国创造有利的条件。

段干朋的计谋，完全符合齐国统治者的根本利益，因此为齐威王所欣然采纳。他决定以部分军队联合宋、卫南攻襄陵，主力暂时按兵不动，静观事态的发展，准备伺机出动，以求一举成功。

当时魏国的扩张，也引起楚国的敌视。因此，楚宣王便乘魏国出兵攻赵、后方空虚之际，派遣将军景舍率领部队向魏国南部的睢、涉地区进攻。而西边的秦国也不甘寂寞，发兵先后攻打魏国的少梁、安邑等要地。这样，魏国实际上已处于四面作战的困难境地。幸亏它实力相当雄厚，主将庞涓又决心破赵，不为其他战场的局势所动摇，因而一直勉励维持着邯郸方面的主攻局面。

魏国以主力攻赵，两军相持近一年。当邯郸形势危在旦夕、赵、魏两国均已非常疲惫之时，齐威王认为出兵与魏军决战的时机业已成熟，于是就任命田忌为主将，孙膑为军师，统率齐军主力救援赵国。

田忌打算直奔邯郸，同魏军主力交锋，以解救赵围。孙膑不赞成这种硬碰硬的战法，提出了“批亢捣虚”、“疾走大梁”的正确建议。他说：要解开乱成一团的丝线，不能用手硬拉硬扯；要排解别人的聚殴，自己不能直接参加进去打。派兵解围的道理也是一样，不能以硬碰硬，而应该采取“批亢捣虚”的办法，就是撇开强点，攻击弱点，避实击虚，冲其要害，使敌人感到形势不利，出现后顾之忧，自然也就解围了。孙膑进一步分析说：现在魏、赵相攻多时，魏军的精锐部队全在赵国，留在自己国内的是一些老弱之卒。根据这一情况，他建议田忌迅速向魏国的都城大梁（今河南开封）进军，切断魏国的交通要道，攻击它防备空虚的地方。他认为一旦这么做，魏军必然被迫回师自救，齐军可以一举而解赵国之围，同时又能使魏军疲惫于路，便于最终战胜它。

田忌虚心采纳了孙膑这一作战建议，统率齐军主力迅速向大梁方向挺进。大梁是魏国政治、经济、文化中心，此时处于危急之中，魏军不得不以少数兵力控制历尽艰辛刚刚攻克的邯郸，而由庞涓率主力急忙回救大梁。这时候，齐军已把桂陵（今山东菏泽东北一带）作为预定的作战区域，迎击魏军于归途之中。魏军由于长期攻赵，兵力消耗很大，加上长途跋涉急行军，士卒疲惫不堪，面对占有先机之利、休整良好、士气旺盛的齐军的截击，顿时陷入了被动挨打的困境，终于遭受到一次沉重的失败。它所攻占的邯郸等地，至此也就得而复失了。

战国前中期，魏国的实力要胜过齐国，其军队也比齐军精锐善战，所以荀子曾说“齐之技击不可以遇魏氏之武卒”，然而齐军终于在桂陵之战中重创了魏军。其主要原因，就是齐国战略方针的正确和孙膑作战指挥艺术的高明。在战略上，齐国适宜地表示了救赵的意向，从而使赵国坚定了抵抗魏军的决心，拖住了魏军；及时对次要的襄陵方向实施佯攻，使魏军陷入多线作战的被动处境；正确把握住魏、赵双方精疲力竭的有利时机，果断出击。在作战指导方面，孙膑能够正确分析敌我情势，选择适宜的作战方向，进攻敌人既是要害又呈空虚的国都大梁，迫使魏军回师援救，然后以逸待劳，乘敌之隙打了一个漂亮的阻击战，一举而克，自始至终都牢牢掌握住主动权。另外，主将田忌虚怀若谷，从善如流，也为孙膑实施高明作战指导，夺取胜利提供了必要的前提。至于魏军的失败，也在于战略上未能掌握诸侯列国的动向，长期屯兵坚城之下，造成将士疲敝，后方空虚，加上作战指导上消极被动，让对手牵着自己的鼻子走，最终遭到惨败的命运。

马陵之战

争雄的战国时代，虽说是齐、楚、燕、赵、韩、魏、秦七雄并立，可是具有左右全局的力量，先后起而争雄的主要是魏、齐、秦三国。其中，最先变法的是魏国，首先强大起来的也是魏国。

魏自公元前 5 世纪中叶开始，在一百年左右的时间里逐渐强大，称雄中原。它曾西却强秦，兼并了黄河以西的大片土地，使秦东进屡屡受挫；东攻齐国夺城掠野，使其不敢西顾；北与赵国开衅，一举陷落赵都邯郸（今河北邯郸市西南）；南败楚国，夺得了黄河以南的大片土地。当其时，小国朝魏的伞盖沿途相望，大国听命，“令行于天下”。

魏侯莹凭借国势强大，建造了高大华美的王宫，穿上了朱

马陵道

红色的王服，坐着君王才坐的车子，打着七星的旗子，摆出了俨然天子的场面，自称魏王，即魏惠王（公元前 400～前 319）。魏都大梁（今河南开封市西北），故又称梁惠王。

正当魏惠王在得意地称孤道寡的时候，邻近国家因其强大而不安起来，相与谋划弱魏的策略。

魏称王两年后，齐、魏争雄的一场大战发生了。公元前 341 年，魏攻韩。第二年，韩求救于齐，齐派田忌为将，孙膑为军师，出兵往救。魏王也派出太子申和大将庞涓，率 10 万大军迎战。孙膑深知魏兵强悍而又轻敌，于是就因势利导，佯作退兵，诱其深入。齐退兵第一天扎营时，造了 10 万个锅灶，第二天减少到 5 万个，第三天又减少到 3 万个。庞涓每追一天就

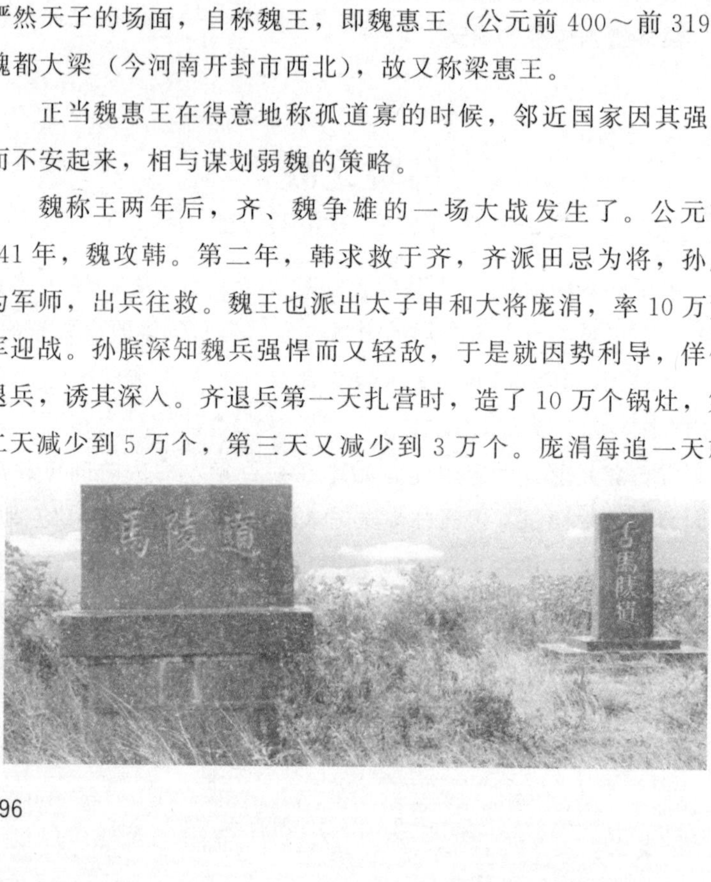

察看齐军锅灶。追了三天，以为齐兵已逃亡过半，大为高兴，于是丢下步兵辎重，只带轻锐兼程追赶。孙膑计算魏军行程，夜晚当到马陵（今河北大名东南）。马陵路陕，两旁多阻隘，齐军就夹道伏兵。并剥下一块大树皮，在树上写道："庞涓死于此树下。"又命令射手们但见树下火举，就万箭齐发。庞涓果然夜晚赶到那棵树下，举火观看，未及读完，箭如雨下。魏军大乱，自相践踏。庞涓自知大势已去，就自杀了。太子申也做了俘虏。

马陵之战的运筹者孙膑是战国时著名的兵法家，曾著兵书留传于世。可是，自汉以后失传了一千几百年。直到1972年才在山东省银雀山发现，现已整理成书印行，名《孙膑兵法》。它同孙膑的先人春秋时兵法家孙武所著的《孙子兵法》，都是中国古兵书的精华。

马陵之战造成了齐国与魏国在东方的均势。从此，齐势渐起，魏势转衰了。

合纵与连横

战国中期的秦国，自秦孝公任用商鞅实行变法以后，国力迅速强大起来。而山东诸侯国中，魏国的力量这时已经衰落，最东端的齐国力量和秦国相当。由于领土的互相接壤，各大国之间的冲突更加剧烈。秦、齐两个大国彼此展开争取与国，孤立敌国的斗争。而赵、魏、韩等国国内，由此分成联秦抗齐和联齐抗秦两大派，从而展开了合纵连横活动。

所谓合纵连横，从地域上说，原是以韩、赵、魏为主，北连燕，南连楚为纵；东连齐或西连秦，东西相连为横。从策力上讲，合纵是"合众弱以攻一强"，是阻止强国进行兼并的策略；连横是“事一强以攻众弱”，是强国迫使弱国帮助它进行兼并的策略。起初，合纵既可以对秦，也可以对齐，连横既可以连秦，也可以连齐。直到秦赵长平之战后，才凝固成合纵是六国合力抵抗强秦，连横是六国分别投降秦国之意。适应这种需要，当时产生了一些在诸侯国之间四处活动，凭借三寸不烂之舌打动诸侯王，或取合纵，或采连横，而自己借机谋取高官厚禄的人。后来把这些人称之为“纵横家”。其中最有名的，是苏秦和张仪。

苏秦是东周洛阳（今河南洛阳）人，习纵横游说之术于齐鬼谷先生。出游数年，无所遇，大困而归。苏秦之兄弟嫂妹妻妾都在背后耻笑他不事产业、力工商，弃本务而事口舌。苏秦听说后，既自感惭愧，又感悲伤，乃杜门不出，寻书遍读。一年后，觉得自己可以说当世之君，便出而求说周显王。周显王不信其言。苏秦又西至秦国，欲说秦惠王。恰巧秦国刚杀了商鞅，嫉辩士，不用苏秦之言。苏秦被迫又北至燕国，一年多后，才见到燕文公。苏秦对燕文公说：“燕国之所以不被诸侯国侵扰，是因为赵国在燕国之南而为之障蔽。而且，秦若攻燕，需战于千里之外；赵若攻燕，只须战于百里之内。不忧百里之患而重千里之外，燕国没有比这更错误的政策了。愿大王与赵国纵亲，天下为一，则燕国必无后患。”燕文公从其计，资给苏秦车马，让他到赵国去。苏秦到了赵国，对赵肃侯说：“当今之世，山东诸侯国没有比赵国更强大的。秦国之所嫉恨的，亦莫如赵国。然而秦国之所以不敢举兵伐赵，是害怕韩、魏攻其后背。秦国若进攻韩、魏，二国无名山大川之险可守，必然地尽而后止。韩、魏不能抵挡，必然入臣于秦。秦国无魏之忧，便必然加兵于赵国。臣研究了天下的地图，诸侯国之地五倍于秦，诸侯之兵卒十倍于秦。六国为一，并力而西向攻秦，则必然击败秦国。搞连横的人，都想割诸侯之地给秦国，秦国成功，则其身荣华富贵，自己的国家被秦国进攻却从不放在心上。所以他们日夜以秦国的威权来恐吓诸侯，以求割地。愿大王认真考虑这一点！为大王计，莫如图结韩、魏、齐、楚、燕、赵为纵亲以抗秦国，合天下之将相会于洹水（流经今河南安阳境）之上，定下盟约，相互救援，则秦兵必不敢出函谷关（今河南灵宝北）以为害山东。”赵肃侯大悦，隆重招待苏秦，让他纵约诸侯。

长平大战

苏秦到韩国，劝韩宣惠王说：“韩国之地方圆九百余里，带甲战士数十万，天下之利剑、强弓、劲弩皆从韩出。以韩国士兵之勇，被坚甲，带利剑，以一当百，不足与言。大王如果臣事秦国，秦国必求韩之宜阳（今河南宜阳西）、成皋（今河南荥阳西北）。今天给了它，明年又来要求割地，与之则无地可给，不与则必受后患。大王之地有限而秦国之求无已，只能市怨结祸，不战而地已削减了，俗话说：‘宁为鸡口，无为牛后’。以大王之贤，挟强韩之兵，而有牛后之名，臣窃为大王感到羞耻。”韩王听从了苏秦的话。

苏秦到魏国劝魏王说：“大王之地方圆千里，地方虽不大，却人口稠密，繁荣富庶。大王之国不下于楚国。大王之士兵，武士 20 万，苍头 20 万，奋击 20 万，厮徒 10 万，战车 600 乘，骑兵 5000 人，却听从群臣之说，而想臣事于秦。所以，赵王让臣来效愚计，奉明约，只要听大王您一句话就行。”魏王也听从了苏秦之言。

苏秦又到齐国劝齐王说："齐国四塞之国，方圆2000多里，带甲数十万，粮食堆积如山。军队之精锐，进入锋矢，战如雷霆，解散如风雨。都城临淄有7万户，每户3个男子，不用到远县发兵，即可得到21万士兵。临淄又十分富实，居民无不斗鸡、走狗、六博、蹴鞠。临淄的大街上，车毂相击，人肩相摩，连衽可成帷幕，挥汗如同下雨。韩、魏所以畏惧秦国，是因为与秦国接壤。两军交战，不出十天，胜败就决定了。韩、魏即使能战胜秦国，军队也要损失一半，而无余力守卫四境；如果不能战胜，随之而来的便是国家的危亡。故韩、魏宁愿向秦国称臣而不轻易和秦国作战。秦若攻齐则不然，必须经韩、魏之地，过亢父（今山东金乡东北）之险，车不得方轨，骑不得并列，百人守险，千人不敢过。秦虽相深入，却要担心韩、魏从背后袭击。所以，只能虚张声势而不敢进。所以，秦国不能为害齐国是明显的。而群臣却劝您西向事秦，这是错误的。今天臣事秦国之名而有强国之实，愿大王少留意计之！"齐王也答应了。

苏秦之南到楚国，劝楚威王说："楚国是天下之强国，地方6000余里，带甲百万，战车千辆骑兵万匹，粮食可以支持十年，这是称霸天下的资本。秦国之所担忧的莫如楚国，楚强则秦弱，楚弱则秦强，其势不两立。所以，为大王计，莫如合纵以孤立秦国。臣请令山东之诸侯承大王之明诏；委社稷，奉宗庙，练士厉兵，唯大王所用而已。所以，合纵则诸侯割地以事楚；连横则楚国割地以事秦。这两者相去甚远，大王您站在哪一边呢？"楚王也答应了。

于是，苏秦成为合纵的纵约长，同时当山东六国的相国，身佩六国相印。苏秦完成任务，回赵国报告之时，跟在后面的车骑辎重排成长队，俨如王者出游一般。这一年是周显王三十六年（公元前 333 年）。

苏秦之后的著名纵横家是张仪。

张仪是魏国人，曾和苏秦一起师事鬼谷先生。当苏秦在山东六国搞合纵的时候，张仪西入秦国，取得了秦王的信任。周慎靓王五年（公元前 317 年），张仪成为秦国的相国。

当时，山东诸侯的合纵活动仍在进行。特别是齐、楚两个大国结为联盟，对秦国非常不利。所以，张仪首先把力量放在了破坏齐、楚联盟上。他取得了成功，并使楚国蒙受巨大损失。周赧王四年（公元前 311 年），秦惠王使人告诉楚怀王，请以武关以外的秦地换楚国的黔中地（今湖南西部）。楚怀王正恨上了张仪的当，说："不愿换地，愿得张仪而献黔中地给秦。"张仪听说后，请求前往秦国。秦惠王说："楚王必杀你而后甘心，你为何要去呢？"张仪说："秦强楚弱，有大王在，谅楚国也不敢杀我。而且，我和楚王之嬖臣靳尚关系很好，靳尚深得楚王宠姬郑袖信任。郑袖之言，楚王无不听从。"张仪遂前往楚国。楚怀王将他抓起来，准备杀他。靳尚对郑袖说："秦王十分喜爱张仪，准备以上庸六县和美女来赎回他。"郑袖怕秦女夺其宠爱，便在楚怀王面前日夜哭泣。昏庸的楚怀王便释放了张仪，并隆重地对待他。张仪乘机劝楚怀王说："搞合纵无异于驱群羊而攻猛虎，明摆着不行。大王若不臣事秦国，秦国胁迫韩、魏攻楚，楚国就危险了。秦之西有巴、蜀（今四川），打造船只，积聚粮食，顺江而下，一日夜行五百里，不出十天便可达扞关（今湖北宜昌西）。扞关动则扞关以东之楚地尽皆城守，黔中和巫郡（今湖北西南部）便不再为楚国所有。秦军出武关，则楚国北部就完了。秦军攻楚，三个月内即可定胜负，而楚待诸侯之救兵要在半年以上。待弱国之救而忘强秦之祸，我为大王感到担忧。大王诚能听我之言，我可使秦、楚长为兄弟之国，不相攻伐。"

楚怀王答应了。

张仪随后到韩国，劝韩王说："韩国地势险恶，山居野处，粮食不过支持二年，士卒不过20万。秦国披甲百万。山东诸国以兵攻秦，秦兵应战，左手提人头，右手挈俘虏，如虎入羊群。用孟贲、乌获那样的勇士之军以攻弱国，就像在鸟卵之上垂千钧之重，必然没有好结果。大王不臣事秦国，秦军据宜阳，塞成皋，大王之国便被切为两段。鸿台之宫殿，桑林之花，必非大王所有。为大王计，莫如事秦以攻楚，将祸害转到楚国而讨秦国的欢心，没有比这更好的计算了。"韩王听从了。

张仪归报，秦以六邑封之，号武信君。张仪又向东到齐国劝齐王说："搞合纵的人劝说大王，必定说：'齐国西散三晋，地广民众，兵强士勇，就是有一百个秦国，也无可奈何。'大王只知道好听而不算计一下是否真实。如今秦、楚两国嫁女娶妇，为兄弟之国、韩国献宜阳，魏国献河外（指黄河以西原属魏国的上郡地区），赵王入朝秦国，割地以事秦。大王若不事秦，秦驱韩、魏以攻齐国南部，派赵军进攻临淄。那时虽想臣事秦国，已经晚了。"齐王答应了。

张仪到赵国劝赵王说："今秦与楚为兄弟之国，韩、魏称东藩之臣，齐献鱼盐之地，这是断了赵国之右臂。秦派三将军，一军塞午道（在齐之西），一军军成皋，率韩、魏之军以攻赵之西境，一军军渑池（今河南渑池），约四国为一以攻赵国，赵国就危险了。为大王计，莫如与秦王当面相约，常为兄弟之国。"赵王答应了。

张仪又北到燕国，劝燕王说："现在赵王已入朝秦国。王若不事秦，秦军下云中，过九原，又率赵军攻燕，则易水和长城非大王所有。如今齐、赵和秦国相比，如郡县一般。若王能事秦，则长无齐、赵之患。"燕王许之。

张仪回秦国报告，未到咸阳，而秦惠王死，秦武王立。秦武王为太子时就讨厌张仪。诸侯听说此事后，都背叛连横，重新合纵。但张仪凭着自己能言善辩，又取得了秦武王的信任。后来，张仪又当了魏国的相国。

苏秦和张仪皆以纵横之术游说诸侯而致富贵，引得天下之士竞相仿效。当时有名的纵横家，还有魏国人公孙衍。此外如苏秦的弟弟苏代、周最、楼缓等也都十分有名。而纵横游说之士，遍于天下，不可胜纪。

赵武灵王胡服骑射

周威烈王二十三年（公元前 403 年），韩、魏、赵三家分晋，建立起三个封建诸侯国家。当时赵国的疆界东与中山和齐相接，东北与东胡部落和燕相邻，北与林胡、楼烦两部落相交，西南与魏、韩、卫相邻。赵武灵王为赵国第六代国君，是一个有作为的社会改革家和军事家。在他为君期间（周显王四十四年，公元前 325 年至周赧王十六年，公元前 299 年），正处于剧烈兼并战争时期。

赵国的北部多是胡人部落，这些游牧民族虽然没有与赵国发生大的战争，但小的掠夺冲突是常有的。胡人身穿短衣、长裤，往来迅速，弯弓射箭自如，上下马方便，而赵人穿的衣服，袖长腰肥，领宽摆大，加上繁琐的结扎、笨重的盔甲，行动十分不便。这种情况，同样存在于当时各诸侯国的军队，且军队的组成又是以长袍大褂的带甲兵士和兵车为主，很少骑兵。赵武灵王有感于此，就准备采用胡人的服装，让军队学习骑马射箭，以利于作战。

周赧王八年（公元前307年），赵武灵王召见群臣，商议教百姓胡服骑射一事，许多大臣想不通，认为改变衣着习惯，牵涉到自古以来中原的礼教习俗，不能轻易改变。大臣肥义支持赵武灵王的主张，认为办任何一件事，顾虑太多就不能成功，若要学习胡服骑射，就不必顾忌旧习惯势力的议论，而且自古以来，风俗习惯不是不能改变的，舜、禹就曾向苗、倮等部落学习和改变过习俗，赵武灵王听了肥义的话，坚定了决心，带头胡服。

实行胡服首先遭到以王叔公子成为首的王族中一些人的极力反对，赵武灵王亲自到公子成家说服，整整一天的辩论终于使公子成接受了赵武灵王的主张，并表示也愿意带头胡服。但王族公子赵文、赵造、赵俊和大臣周造等人仍然坚决反对这项改革，指责赵武灵王变更古法，是一大罪过。赵武灵王又与他们展开一场论辩，用大量的事实说明胡服的益处，赵文等人理屈词穷，只好同意胡服。这项改革推行全国，很快得到百姓的拥护。公族赵燕迟迟不改胡服，赵王准备对他处以极刑以示天下，赵燕吓得连连称罪，立即胡服。

胡服改革成功，赵武灵王立即组建骑兵，学习骑马射箭。并很快使骑兵成为赵军的主力。从胡服骑射的第二年（周赧王九年，公元前306年）起，赵国军队的战斗力得到很大的增强。凭借着骑兵主力，赵国攻取胡地到榆中（今内蒙古鄂尔多斯），“辟地千里”；周赧王十年（公元前305年），赵武灵王率军大举进攻原来经常侵扰赵国的中山国，攻取丹丘、华阳、邸、鄗、石邑、封龙、东垣等地，迫使中山国献四邑求和；周赧王十五年（公元前300年），又攻中山，扩地北至燕、代，西至云中（今内蒙古托克托东北）、九原（今内蒙包头市西）。到周赧王十六年（公元前299年）赵武灵王让位给儿子赵惠文王时，赵国已是“七雄”中的强国之一了。

赵武灵王胡服骑射极大地增强了军队的战斗力，使得赵国一跃而为实力雄厚的强国。同时，从胡人那里学习来的这种短衣长裤服装形式，以后就成为汉民族服装形式的一部分，极大地便利了人们的生活与劳动，两千多年一直沿用了下来。

长平之战

《孟子·离娄》描绘战国时期的战争场景是：“争地以战，杀人盈野；争城以战，杀人盈城。”纵观烽火连天、刀光剑影的二百七十余年战国历史，可知孟老夫子的这一番话并没虚饰夸张的成分。当然，就战争规模之庞大，杀伤程度之惨烈而言，在当时的众多战争中，没有比秦、赵长平之战更为惊心动魄的了。

长平之战发生在公元前 260 年，是秦、赵之间的一次战略决战。在战争中，秦军贯彻正确的战略指导，采用灵活多变的战术，一举歼灭赵军 45 万人，开创了我国历史上时间最早、规模最大的包围歼灭战先例。

秦国自孝公任用商鞅实行变法以来，制定正确兼并战略：奖励耕战，富国强兵，国势如日中天；连横破纵，远交近攻，外交连连得手；旌旗麾指，铁骑驰骋，军事捷报频传。百余年间，蚕食缓进，重创急攻，破三晋，败强楚，弱东齐，构成了对山东六国的战略进攻态势。在秦国的咄咄兵锋跟前，韩、魏屈意奉承；南楚自顾不暇；东齐力有不逮；北燕无足轻重。只有赵国，自公元前 302 年赵武灵王推行“胡服骑射”军事改革以来，国力较雄厚，军队较强大，对外战争胜多负少，而且拥有廉颇、赵奢、李牧等一批能征惯战的将领，还可以同强秦进行一番周旋。

形势非常清楚，秦国要完成兼并六国、统一天下的殊世伟业，一定得拔去赵国这颗钉子；自然，赵国也不是温顺的羔羊，岂肯任他人宰割？双方之间不是你死，便是我活，一场战略决战势所难免。

秦昭王根据丞相范雎“远交近攻”的战略构想，从周赧王四十七年（公元前 268 年）起，先后出兵攻占了魏国的怀（今河南武陟西）、邢丘（今河南温县附近），迫使魏国亲附于己，接着又大举攻韩，先后攻取了陉（今河南济源西北）、高平（今河南济源西南）、少曲（今河南济源西）等重要战略据点。并于公元前 261 年攻克野王（今河南沁阳），将狭长的韩国拦腰截为两段。消息传来，韩国朝廷上下一片惊恐，急忙派遣使者入秦，以献上党郡（今山西长治一带）为屈辱条件，向秦国求和。

然而，韩国的上党太守冯亭却不愿献地入秦，他将朝廷的指令放置在一边，做出了献上党之地给赵国的抉择。他的用意当然很清楚：转移秦国的锋芒，促成赵、韩携手，共同抵御秦国，挽救被灭亡的命运。

赵王目光短浅，见天上掉下馅饼，欣喜若枉，在不计后果的情况下，将上党郡并入自己的版图。赵国的这一举动，无异于虎口夺食，秦国方面岂肯善罢甘休，秦、赵之间的矛盾因此而全面激化了。范雎于是建议秦昭王乘机出兵攻赵。昭王便于周赧王五十四年（公元前 261 年）命令秦军一部进攻韩国缑氏（今河南偃师西南），直趋荥阳，威慑韩国，使其不敢增援赵国；同时命令左庶长王龁率领雄师扑向赵国，攻打上党。上党赵军力不能支，退守长平（今山西高平西北）。

赵王闻报秦军长驱东进，急出一身冷汗，得地的喜悦早就去了一大半，只好兴师应战，委派宿将廉颇率赵军主力开往长平，企图以武力重新夺回上党。廉颇抵达长平前线后，即向秦军发起攻击。遗憾的是，秦强赵弱，赵国数战不利，白白地损失了一些人马。廉颇不愧为一名明智的将帅，见进攻遭受挫折，便及时调整战术，转取守势，依托有利地形，筑垒固守，以逸待劳，疲惫秦军，静候其变。廉颇的这一招颇为奏效，秦军的速决势头被抑制住了，两军在长平一带相持不决。

但是秦国的战争指导者毕竟老谋深算，棋高一着，他们运用谋略来打开缺口，使局势朝着有利于己的方向发展，为尔后的战略进攻创造条件。一方面他们借赵国使者郑朱到秦国议和的机会，故意大鱼大肉殷勤款待郑朱，向各国制造秦、赵关系和解的假象，使赵国在外交上和列强“合纵”抗秦的机会失之交臂，陷于被动和孤立。另一方面，又采用离间计，派人携带财宝前赴邯郸，收买赵王左右见利忘义的权臣，让其四处散布流言蜚语，挑拨离间赵王与廉颇的关系，说什么廉颇不足畏惧，他固守防御，乃是出于要投降秦军的目的，秦军最害怕的是让马服君赵奢的儿子赵括为将。终于借赵王之手，将廉颇从赵军主帅的位置上拉了下来，并使赵王不顾贤臣蔺相如和赵括母亲的反对谏阻，任命赵括为赵军主帅。

牺背立人擎盘

赵括是一个缺乏实战经验，只会“纸上谈兵”的庸人。他走马上任后，一反廉颇所为，更换将佐，改变军中制度，搞得赵军上下离心离德，斗志消沉。他还改变了廉颇制定的行之有效的战略防御方针，积极筹划战略进攻，企图一举而胜，夺回上党。

秦国在搞乱赵国的同时，也适时调整了自己的军事部署：立即增加军队，起用骁勇善战的武安君白起为上将军，替代王龁统率秦军。为了避免此事引起赵军的注意，秦王下令军中严守这一机密："有敢泄武安君为将者，斩。"白起，他是战国时期最杰出的军事将领，智勇双全，久经沙场，曾经大战伊阙，阵斩韩、魏联军 24 万，杀得两国肝胆俱裂；南破楚国，攻入鄢、郢，焚毁夷陵，打得楚人丧魂落魄。只会背吟几句兵书的赵括哪里是他的对手。

白起到任后，针对赵括没有实战经验，求胜心切，鲁莽轻敌等弱点，采取了诱敌入伏、分割包围而予以聚歼的正确作战方针，对兵力作了周密细致的部署，造成了"以石击卵"的强大态势。

白起的具体作战部署是：以原先的第一线部队为诱敌之兵，等待赵军出击后，即向预设的主阵地长壁方向撤退，诱敌深入；其次，巧妙利用长壁构筑袋形阵地，以主力守卫营垒，抵挡阻遏赵军的攻势，并组织一支轻装精锐的突击部队，待赵军被围之后，主动出击，以消耗赵军的有生力量；其三，动用奇兵 25000 人埋伏在两边侧翼，待赵军出击后，及时穿插到赵军的后方，切断赵军的退路，协同主阵地长壁上的秦军主力，完成对出击赵军的包围；其四，派出一支骑兵部队，牵制和监视赵军营垒中的留守部队。

战局的发展果然按着白起所预定的方向进行。周赧王五十五年（公元前 260 年）八月，对秦军战略动态茫然无知的赵括统率赵军主力，向秦军发起了大规模的出击。两军交锋没有几个回合，秦军的诱敌部队就佯败后撤。愚妄鲁莽的赵括不问虚实，以为秦军不堪一击，立即率军追击。但当赵军进抵秦军的预设阵地——长壁时，却遭到了秦军主力的坚决阻击，攻势顿时受挫，被阻于坚壁之下。赵括见情势不妙，急忙想退兵，可惜为时已晚，预先埋伏在两翼的秦 25000 奇兵迅速出击，及时穿插到赵军进攻部队的侧后，抢占了西壁垒（今山西高平北的韩王山高地），截断了出击赵军与其大营之间的联系，构成了对出击赵军的重重包围。另外的秦军 5000 精骑也迅猛地插到了赵军的营垒之间，牵制、监视留守营垒的那小部分赵军，并切断赵军的后勤运输线。与此同时，白起又下令突击部队不断出击被围困的赵军主力。赵军左冲右突，都无法逾越秦军铜墙铁壁一般的阵地，情况日益危急，不得不就地构筑营垒，转攻为守，等待救援。

秦昭王在都城咸阳听到赵军被围，就歼在即的消息，便亲赴河内（今河南沁阳及其附近地区），将当地十五岁以上的男子全部编组成军，及时增援长平战场。这支部队开进到长平以北的今丹朱岭及其以东一带高地，进一步断绝了赵国的援军和后勤补给，从而确保了白起得以彻底地歼灭被围的赵军。

到了九月，赵军断粮已长达四十六天，内部互相残杀以食，军心动摇，士气涣散，死亡的阴影笼罩着整个部队，局势万分危急。赵括困兽犹斗，负隅顽抗，组织了四支突围部队轮番冲击秦军阵地，希望能杀开一条血路，逃脱性命，但是都无功而返，徒然增大伤亡而已。绝望之中，赵括孤注一掷，亲率赵军精锐强行突围，结果败得更惨，连他本人也丧身在秦军如蝗般的箭镞之下。赵军失去主将，斗志全无，彻底放弃了抵抗，40 余万饥疲之师全部向秦军卸甲投降。白起杀心大起，只放过其中年幼的 240 人的性命，将赵军降卒残忍坑杀。秦军终于取得了空前激烈残酷的长平之战的彻底胜利。

长平之战秦胜赵败的结局并非偶然。除了总体力量上秦对赵占有相对的优势外，双方战略上的得失和具体作战艺术运用上的高低也是其中重要的因素。秦军之所以一举全歼赵军，在于：第一是分化瓦解了关东六国的战略同盟；第二是巧妙使用离间计，诱使赵王犯下临阵易将、起用庸人的严重错误；第三是择人得当，起用深富韬略、骁勇善战的白起为主将；第四是白起善察战机，用兵如神，诱敌出击，然后用出奇制胜战法分割包围赵军，痛加聚歼；第五是在战斗的关键时刻，秦国上下一体动员，及时增援，协调配合，断敌之援，为白起实施正确的作战指导提供了必要的保证。

赵军惨败的主要原因，一是不顾敌强我弱的态势，贸然开战，一味追求进攻。二是临阵易将，让毫无实战经验的赵括替代执行正确防御战略的廉颇统帅赵军，中了秦人的离间之计。三是在外交上不善于利用各国仇视秦国的心理，积极争取同盟国，引为己助。四是赵括不知“奇正”变化、灵活用兵的要旨，既无正确的作战方针，又不知敌之虚实，更未能随机制宜摆脱困境，始终处于被动之中。五是具体作战中，屡铸大错。决战刚刚开始，就贸然出击，致使被围。被围之后，又只知道消极强行突围，未能进行内外配合，打通粮道。终于导致全军覆没的悲惨下场。

在长平之战中，秦军前后共歼灭赵军约45万人左右，从根本上削弱了当时关东六国中最为强劲的对手赵国；同时，也给其他关东诸侯国以极大的震慑。从此以后，除了极个别的情况（如邯郸之战）外，关东六国再也不能对秦国进行像模像样的抵抗，秦国兼并六国、混同天下的道路基本上畅通无阻了。

信陵君窃符救赵

信陵君是魏昭王的少子，当时在位的魏安厘王的异母弟。为人仁而下士，士无论贤与不肖皆谦恭而以礼交之，并不因自己贵为王侯而骄士。所以，当时之士人不远千里争往归附于信陵君，信陵君有食客三千。因为信陵君贤，多客，诸侯有十余年不敢加兵于魏。信陵君之礼贤下士，可以他与侯嬴的交往为典型。

当时，魏国有隐士叫侯嬴，年已七十，家境贫寒。在魏都大梁的夷门当监者（看门人）。信陵君闻其贤，前去请见侯嬴，想赠给侯嬴一些财物。侯嬴却不肯接受。信陵君乃置酒大会宾客。等宾客坐定后，信陵君亲自坐车去迎侯嬴赴宴。侯嬴也不客气，摄敝衣冠而直上公子之车，想以此观察信陵君是否是真心。信陵君仍是非常谦恭，侯嬴又对信陵君说："臣有客在市屠中，请您枉车骑过之。"信陵君让车子赶到大梁的市场上，侯嬴下车，去见其客朱亥，故意在那儿说了半天话，并暗中观察信陵君，信陵君脸色愈和，毫无怒意。当时，魏国将相宗室，宾客满堂，都在等待信陵君回去举酒开饮。市场上的人都围观信陵君为侯嬴赶车。信陵君之从骑皆窃骂侯嬴。侯嬴见信陵君颜色始终不变，乃谢客就车。回到家中，信陵君引侯嬴坐上座，并引侯嬴遍赞宾客，宾客都大吃一惊。酒酣，信陵君起而为侯嬴上寿，侯嬴："今日侯嬴之为公子亦足矣。侯嬴不过为夷门之抱关者，而公子亲枉车骑，自迎嬴于众人广坐之中。嬴欲成公子之名，故让公子车骑久立于市中，过客以观公子，公子愈恭。市人皆以嬴为小人，而以公子为长者能下士也。"于是，侯嬴遂成为信陵君之上客。侯嬴又向信陵君推荐了朱亥。信陵君当时并未想到，这二人以后对他的事业起了巨大作用。

周赧王五十五年（公元前 260 年），秦国和赵国在长平（今山西高平北）发生大战。赵军统帅赵括只会纸上谈兵，率领赵军轻易出击，被秦军切断后路，断粮四十六日。主力 40 万人全部被秦军歼灭。第二年（周赧王五十六年，公元前 259 年），秦国复派王陵为将，率秦军主力从上党地区（今山西东南部长治地区）突破井陉关，进围赵国都城邯郸。赵国精锐尽失，不得不困守孤城。秦军日夜急攻，意在灭赵，形势十分危急。赵王之弟、赵相平原君在率军力战的同时，派使者四处求救。因为平原君的妻子是信陵君的姐姐，当此危急之时，平原君发使至魏，请平原君让魏王发兵救赵。

魏安厘王接到求救书之后，便命晋鄙率 10 万魏军救赵。秦昭王听说后，便派使者到魏国去威胁魏王说："吾攻赵旦暮且下，而诸侯谁敢救之，拔赵之后，必先移兵击之。"魏安厘王怕秦军来攻，便命人让晋鄙停止前进，驻扎在邺（今河北临漳西南），筑垒固守。名为救赵，实持两端。平原君苦等救兵不至，使者冠盖相属于魏国，移书责让信陵君。信陵君几次向魏王请求，并让宾客辩士万般劝说，魏安厘王畏秦，终不听从。信陵君自度达不到目的，又不愿自己独生而令赵国灭亡，便召集宾客，约车百余辆，准备往赴秦军，与赵国共亡。行过夷门，见了侯嬴，将自己的想法告诉了侯嬴，并与侯嬴诀别。侯嬴对信陵君说："公子喜士，名闻天下，今有难，无端而欲赴秦军，譬若以肉投饿虎，何功之有？嬴闻晋鄙之军的兵符常在王君的卧室之内，而如姬最得王君宠幸，经常出入于王君卧室，有机会得到这兵符。嬴闻公子曾为如姬报仇，如姬愿为公子去死，只是没有机会罢了。公子诚一开口请如姬，如姬必定答应，窃得虎符而夺晋鄙之军。北救赵而西却秦，有何不可！”信陵君从其计，往请如姬，如姬果然将兵符盗出给了信陵君。

得到兵符后，信陵君准备出发。侯嬴对他说：“将在外，君命有所不受，以便国家。公子去合了兵符，而晋鄙不愿交出兵权，事情必定难办。臣客屠者朱亥可与您一起去。朱亥是一个力士。晋鄙听命自然好；如不听命，便可让朱亥击杀他。臣本应跟您前去，只是老了，走不动了。请数公子行日，以至公子至晋鄙军之日，北向自刭，以送公子。”信陵君便出发了。

信陵君到达邺之后，矫魏王之命，要晋鄙交出兵权。晋鄙合过兵符之后，又起了疑心，不想交权。朱亥用40斤重的铁椎椎杀了晋鄙，信陵君便统帅了晋鄙所率的魏军。信陵君下令军中：“父子俱在军中者父归；兄弟俱在军中者兄归，独子无兄弟者归养双亲。”最后得选兵8万人，进兵向秦军攻击。因魏军人人皆抱必死之心，故一个冲锋，便逼得秦军向后撤退。这时，赵平原君散掉家财，得敢死之士3000人为先，冲击秦军，秦军抵敌不住，后退30里。信陵君率领的魏军和楚国的救兵正好赶到，内外夹击秦军。秦军大败，向西撤退。秦军后部郑安平所率25000人被切断归路，向赵军投降。邯郸之围遂解，赵国也转危为安。

信陵君之救赵，是战国时期的“士”阶层活跃于社会政治舞台的一个典型。所谓“得士者昌，失士者亡”。

六国合纵对秦战争

六国合纵对秦战争，主要的有五次：

第一次合纵战争为楚、燕、韩、赵、魏五国合纵攻秦。发生于周慎靓王三年，楚怀王十一年，魏襄王元年，赵武灵王八年，韩宣惠王十五年，燕王哙三年，秦惠文王七年（公元前318年）。合纵军很快被秦军击败。

第二次合纵战争为齐、韩、魏合纵攻秦、赵、宋。发生于周赧王十七年，齐湣王三年，韩襄王十四年，魏襄王二十一年，赵惠文王元年，秦昭王九年（公元前298年）。三国合纵军经三年苦战至公元前296年，战胜秦军。

第三次合纵战争为燕、齐、魏、韩、赵合纵攻秦。发生于周赧王二十七年，燕昭王二十四年，齐湣王十三年，魏昭王八年，韩厘王八年，赵惠文王十一年，秦昭王十九年（公元前288年）。最后于公元前287年以秦退还所占魏、赵的土地而罢兵。

第四次合纵战争为赵、楚、韩、燕、魏合纵伐秦。发生于秦庄襄王三年，赵孝成王十九年，楚考烈王十六年，韩桓惠王二十六年，燕王喜八年，魏安厘王三十年（公元前247年）。秦军初期被五国联军战败，退守函谷关后，双方休战。

第五次合纵战争为赵、燕、楚、韩、魏合纵攻秦。发生于秦王政六年，赵悼襄王四年，燕王喜十四年，楚考烈王二十二年，韩桓惠王三十二年，魏景湣王二年（公元前241年）。五国联军攻至今临潼东北，各自收兵。

赵魏燕韩楚五国联合攻秦

秦相张仪来魏，向惠王提出秦、韩与魏联合伐齐的建议，被惠王接受，起用张仪为相。张仪当上魏相后，就积极实现他的“欲令魏失事秦而诸侯效之”的所谓“连横”策略，压迫东方各国。在这种形势下，齐、楚、燕、韩、赵五国又联合支持主持“合纵”策略的公孙衍。魏惠王为了巩固与五国的政治关系，改任公孙衍为相国，把张仪赶回秦国。公孙衍这位素见重于六国的新相国，展开“合纵”策略，联合各国，组织第一次“五国伐秦之战”。实际参加作战的有燕、韩、赵、魏四国军队，公举楚怀王为联合军的“纵约长”，于周慎靓王三年，声势浩大的四国联军，排除秦军的抵抗，打到秦东方战略要隘函谷关。但由于秦军的奋力抵抗，联军最终被秦军击败。四国联军的进攻，虽然没有达到战略目的，但对秦震动极大，纵、横双方的斗争，更加激烈化。

齐魏韩三国联合攻秦

继五国联合攻秦之后，六国间虽也知道应以对秦作战为主，但在此期间，由于秦国极力破坏六国的合纵，挑动各国之间互相攻伐，以削弱六国的实力，所以各国之间也发生过一些战争。周赧王十四年（公元前 301 年），韩、魏受秦军事压力，向东方大国齐靠拢。齐相孟尝君田文，加紧对韩、魏的联合工作，终于促成齐、魏、韩三国合兵对楚进攻。齐将匡章、魏将公孙喜、韩将暴鸢统率的联合军，进攻楚的方城，经过六个月交战，击破楚军于小泚水上的垂沙，宛叶以北地区被韩、魏所占有。齐、韩、魏联合作战的胜利，不仅使楚军屈服，秦也惶恐不安。秦为了拆散这三国的合纵联盟，提出由秦王之弟泾阳君至齐为质，与齐修好。到秦王政十八年，魏景湣王十四年，韩王安十年，楚幽王九年，赵王迁七年（公元前 229 年），秦又邀请孟尝君田文入秦，担任秦相。表面上对齐友好，实际是把田文控制于咸阳，以破坏他的“合纵”战略。这一行动立即引起赵国严重不安，秦，齐两大国联合的战略形势，使赵陷于两面受敌的危险，于是赵国发动政治攻势，策动秦贵族樗里疾借口田文“外借秦权，阴为齐谋”，促使秦免去孟尝君相位，改任楼缓为相。

周赧王十七年，齐、韩、魏三国联合对秦进攻。战争开始后，赵、宋两国并未真正协助秦国作战，而是利用大国间的矛盾冲突，乘三国与秦作战之机，兼并邻近其他小国，以扩充自己的领土。三国进攻秦国的战争，连续三年之久，最后攻进函谷关，迫使秦国承认战败，退还侵占魏的河外、封陵和韩的河外、武隧等地区，缔结了和约，停止了战争。

楚燕韩赵魏五国联合攻秦

秦为着拆散六国“合纵”战略，解除关东压力，继续推行“连横”。丞相魏冉实施“联齐”政策，积极拉拢东方大国齐国。以便秦、齐联合，对付敢于反抗的楚、燕、韩、赵、魏，还与齐相约，并称为帝。秦王称西帝，统治西方；齐王称东帝，统治东方。周赧王二十七年（公元前288年）十月，秦昭王在宜阳自称西帝，遥尊齐王为东帝。订立“约伐赵”盟约，议定了共同行动与出兵日期，中原各国面临受到夹击的危险局面。周赧王二十七年（公元前288年），魏昭王通过奉阳君李兑的策划，与赵惠王相会，商量如何联合对秦。

赵楚燕韩魏五国联合攻秦

秦王政六年，赵将庞暖组成第五次联军，推举楚王为联军统帅“纵约长”，由楚相春申君黄歇代行纵约长指挥权。庞暖向黄歇和其他国的将领说明过去关东诸侯对秦作战，主要战略是攻取函谷关，以为只要攻克此关，就能顺利向秦国腹地推进，但终因关隘险要攻而不克，多次受挫，遭到失败。这次应经蒲关渡河直冲渭南。于是五国军队声势汹涌的经河东由蒲关渡河，伸进关中腹地，排除秦军抵抗，进抵距咸阳不远的蕞城。企图攻克蕞城，长驱直入，进攻咸阳。但由于蕞城秦兵顽强坚守，屹立不动，联军久攻不克，出现胶着状态。联军攻城不克，只得停止西进，这给了秦军调动、整顿的时间，重整阵容。后来联军改变战略，攻进关中，打了秦军一个措手不及，首都咸阳形势紧张，国相吕不韦，亲自担任统帅，指挥秦军，进驻灞桥，迎击关东五国军队。汇集于灞桥附近秦军的兵力有王翦、李信、桓齮军等约 10 多万人。

秦军认为，“以五国精锐，攻一城而不克，其无能可知”，“晋习秦战，楚兵久未经过战争”进而决定“集中兵力攻楚，击破楚军，其他各国军队会闻风崩溃”。于是除留下部分军队与赵、魏保持对峙状态外，于五军中各抽出精兵 1 万，进攻楚军，并规定夜间开始行动。由于李信军的一个军官，运粮误期，受到斥责，暗地叛逃于楚军，把秦军作战计划完全泄露给楚军。而黄歇这位庸愚无能的联合军统帅，闻讯后竟惊慌失措，没有通知友军，只率楚军仓促撤退，离开战场，返回楚国。当秦军按预定计划，对楚军实施大规模夜袭，进入楚军兵营，才发现楚营无人，扑了个空。王翦当即回军转攻联合军队的主力赵军。王翦、蒙骜、李信等率领将士猛攻赵营。赵军统帅庞暖遭秦军突然猛袭，一方面严令所属，不得妄动，沉着应战，一方面自己亲临营门镇静指挥。双方展开激战，秦军攻势虽猛，赵兵岿然不动，两军激战到天明，韩、魏、燕军闻赵军被攻，前来救援，秦军才停止攻击，收兵回营。秦、赵两军经过这次激战，王翦等将领，称赞赵军战斗力强，并赞扬赵将庞暖遇到夜袭，临危不惊，从容镇静和韩、魏、燕各军将领，在秦军收兵后，再了解到楚军放弃友军，不战而走的原因，深感痛惜。并一致认为这次“合纵”对秦作战，已失去取胜的希望。于是各自收兵回国。庞暖既不满楚军的不战而走，又痛恨齐国的拒不参加联合行动，于返国途中，联合燕军，东攻齐属饶安，攻克了饶安城，以示泄愤。自此第五次联合对秦进攻后，六国再没有组成过“合纵”阵线。形势的发展对秦极为有利，为秦将六国各个击破创造了条件。

百家争鸣

春秋战国的社会动荡、政治分裂为中国最早的知识阶层——士的兴起创造了条件。士人从贵族跌落为庶民，反而得到了思想意识自由发展的广大空间，他们以办“私学”的形式纷纷创立学派，促进了中国学术文化的大发展。

在西周宗法分封制中，士是最下层贵族。士隶属于上一级贵族，行为不自由；经济上可以不劳而“食田”；文化上“士竞于教”，享有受教育的权利，他们身通“六艺”，怀有文韬武略。春秋以前的士“大抵皆有职之人”，既有武士又有文士。

春秋时期，社会动荡、变革，作为政治结构的宗法制逐渐瓦解，首当其冲的贵族成员显然是处于贵族最低层的“士”，而其中社会地位最为动摇的又是文士。因为当时社会政治动荡的一个主要表现是所谓“礼崩乐坏”，“礼崩乐坏”的直接受害者则必然是那些蚁附于礼乐制度的文士。他们当中的许多成员在这次历史大动荡中跌入庶民的世界，在失去封土、爵位、职官的窘况下，他们虽不如平民胼手胝足可维持生计，但是可以把出卖智力作为新的谋生手段。于是，这些原本在宫廷中专掌典册、身通六艺之士纷然出走，流落民间；他们所掌握的文化也被传播、普及，把原来集中于周王室和宋、鲁的文化逐渐扩散。在他们的教育之中，庶民中又产生出新一代文士，与他们一同构成了一个新的士阶层，他们即中国最早的知识阶层。

《武经七书》书影

西周时代，文化教育为贵族所垄断。无论中央国学还是地方乡学，均由官府开设，而且学校就设在官府中，教育的特点也是“政教合一”，因而叫做“学在官府”，亦称“官学”。

秋时代，官学瓦解，文士从士贵族中分离而游散于民间。官学的衰落，学术文化的下移，使民间逐渐兴起私人教育，出现“私学”。孔子办私学，在他的学生面前既不是贵族，也不是教官，确是真正意义上的教师了。春秋战国时期在私学中，著名的教师几乎都是思想家，他们不拘泥于传统，根据自己的学识、意愿自由安排教育的内容、方式，自由发表对各种自然和社会现象的不同观点，从而形成了儒、墨、道、法、阴阳、名、纵横、杂各种学派。各学派为了探索客观世界的奥妙，相互竞争，自由论战，以空前的规模和速度，把人们的认识推向新的高度，终于迎来了春秋战国诸子百家的灿烂文化局面。

春秋战国时期，官学的没落和私学的兴起推动了“诸子蜂起”、“百家争鸣”的思想大解放。所谓诸子百家之中，最重要的学派有道家、儒家、墨家、法家、阴阳家、名家和杂家。他们掀起了中国历史上空前绝后的广泛思潮。

春秋时期由于社会经济的发展和科学水平的提高，以及奴隶制的没落，封建制的兴起，引起了社会思想的激烈变化。因而在这一时期，产生了不同的哲学思想和不同的社会理论。并且出现了朴素唯物主义与唯心主义的冲突论争。这时期有代表性的人物包括老子、孔子、孙子等，他们著书立说，为后代留下了宝贵的精神财富。

老子及其思想

老子姓李，名耳，又称老聃。春秋末期楚国人。他曾做过周朝的史官，晚年回楚隐居。老子著有《老子》一书，亦称《道德经》，全书分为上下两篇，共五千言，系统阐述了老子的哲学观点和政治思想。

老子的哲学思想的核心是“道”。《道德经》一开篇就说：“道可道，非常道”，所以后人把老子尊为道家的创始人。老子所说的道，与现在所说的客观规律有其相似之处。老子认为自然界有一个“道”，这个“道”先于物质世界而存在，“独立而不改，周行而不殆”，是天地万物的本源，道的特征是“惟恍惟惚，玄之又玄”，因为他不知道怎样给其命名，所以称之为“道”。老子的哲学是客观唯心主义的，他认为世界不是统一于物质，而统一于他所说的类似于“绝对精神”的道。

老　子

老子的哲学思想中还包含有朴素的辩证法思想。他指出各种事物都有对立面，如祸与福、刚与柔、强与弱、多与少、上与下、先与后、美与丑、难与易、进与退、兴与废、阴与阳、曲与全、有与无等等，而且矛盾着的两个对立面，互相依存，相反相成，“有无相生，难易相成，长短相形，高下相倾，声音相和，前后相随”，都是对立的统一。老子还看到对立面是可以互相转化的，“祸兮，福之所依，福兮，祸之所伏”，“弱之胜强，柔之胜刚”，“物壮则老”，“正复为奇，善复为妖”，“反者道之动”等等。老子正确地认识到了矛盾对立的事物向相反的方向转化这一规律，这样的认识有一定的合理性。但是，在事物如何向其对立面转化这一点上，老子却忽视了事物向其对立面转化的必要条件，所以，老子有些时候甚至把辩证法运用到了荒谬的程度。

老子的政治思想的核心是“无为”。他认为社会上产生“有争”、“有欲”等，都是统治者有为造成的，所以，只要“无为”、“好静”，一切顺其自然，不干涉人民的生活，社会自然安静，人民生活自然会好。为达到无为而治，老子主张“常使人无知无欲”。他说：“古之善为道者，非以明民，将以愚之。民之难治以其智多。故以智治国，国之贼，不以智治国，国之福”，要“绝圣弃智，民利百倍，绝仁弃义，民复孝慈，绝巧弃利，盗贼无有”。老子“无为而治”的理想社会是“小国寡民”。这个社会“使民有什百之器而不用，使民重死而不远徙。虽有舟舆无所乘之，虽有甲兵，无所阵之。使人复结绳而用之。甘其食，美其服，安其居，乐其俗，邻国相望，鸡犬之声相闻，民至老死，不相往来。”由此可见，老子的政治思想是保守和倒退的，是奴隶主贵族没落情绪的反映。

孔子及其思想

孔子（公元前 551 年～前 479 年）名丘，字仲尼，鲁国陬邑（今山东曲阜）人。他是中国古代的伟大思想家、教育家和儒家学派创始人。

孔子的先祖是宋国贵族，因避乱迁居鲁国，其父叔梁纥做过鲁国陬邑大夫。孔子幼年丧父，家道中落，为谋生而学会了许多技艺，所以他自称：“吾少也贱，故多能鄙事”，“吾不试，故艺”。“及长，尝为委吏”和“司职吏”，后升为“司空”，五十多岁时，任三个月的鲁国“司寇”，掌管司法。去职后，周游列国，向各国国君宣传自己的政治主张，但未能实现自己的愿望。晚年又回到鲁国，从事教育和讲学。孔子主张“述而不作”。他的言论，由其弟子整理成《论语》一书，共20篇，是研究孔子思想的主要依据。

孔子

孔子生活在春秋后期，正是社会大变革时期。他对“礼崩乐坏”的局面十分不满，认为是“天下无道”，便提出了恢复“礼治”的政治主张，所谓“礼”，就是周礼，即是西周奴隶制的礼乐制度。为实现礼治，孔子要求人们“克己复礼”，做到“非礼勿听，非礼勿视，非礼勿言，非礼勿动”。他认为“礼治”必须从“正名”开始，“正名”就是要严格遵守周礼规定的“君君、臣臣、父父、子子”的等级秩序，决不允许任何人有犯上作乱的行为。

孔子又认为实现“礼治”必须提倡“仁”，“仁”的内容很广泛。孔子强调的是内心修养的功夫，是一种道德标准，用它来调整人与人之间的关系。这种标准和“礼”是一致的，所以说，“克己复为仁”。这样就把“礼”和“仁”结合起来了。“仁”和“礼”是孔子思想体系的核心。“正名”以“复礼”，“克己复礼为仁”是孔子的基本政治主张，由此可见，孔子的政治态度是保守的。孔子的仁，还有另一方面的内容，就是“爱人”，“己所不欲，勿施于人”。孔子要人们互爱互助，不要彼此损害。为此，他反对残酷的人殉制度，反对苛政，主张举贤才，行德政。这是孔子政治思想中的进步因素，是应当肯定的。

在天道观方面，孔子是信神和畏天命的，表明他未能摆脱西周以来天命鬼神的影响。另一方面，他对天命鬼神又持怀疑态度。他是“敬鬼神而远之”，并认为“未能事人，焉能事鬼”。把探讨和解决社会问题放在优先地位，树立起儒家重视人事的一贯传统。

孔子在历史上第一个打破了学在官府的局面，创立私学，招收学生，以六科教之。办学中，孔子提出了“有教无类”的原则。据说他先后共有学生3000名，来自社会各个阶层，其中著名的有72人，像我们所熟知的颜回、仲由、曾参、冉有、端木赐、子贡等都很有才干。孔子在长期的教育实践中，积累了丰富的教育经验。要求学生“博学于文”，“博学而笃志”，将学与志相统一。在教育方法上，他“因材施教”，“诲人不倦”，“循循然善诱人”，并重视启发学生学习的自觉性、主动性，强调“知之者不如好之者，好之者不如乐之者”。学习上提倡实事求是的态度，“知之为知之，不知为不知”，“毋意、毋必、毋固、毋我”。又强调复习的重要

孔庙大成殿

性，“学而时习之”，“温故而知新”。还要求学生把学习和思考结合起来，“学而不思则罔，思而不学则殆”，“三人同行，必有我师焉，择其善者而从之，其不善者而改之”，“不愤不启，不悱不发，举一隅，不以三隅反，则不复也。”孔子的这些教育经验在今天仍然有借鉴作用。他本着“有教无类”的精神，使得许多出身并非高贵的人也可获得文化知识。战国时期学术文化和教育的发达，孔子起到了开风气之先的作用。

孔子又是一位整理古籍的专家。他编订了《诗》、《书》、《礼》、《易》、《乐》、《春秋》六种文献典籍，后被儒家奉为经典，称为《六经》。这些经典不仅是儒家的经典，也是指导后来中国封建时代政治生活和精神生活的经典。这些经典有的是孔子编订的，有的则是后人编订和补充的。《易》又称《周易》，后世称《易经》，是一部古代占卜用书，具有朴素唯物论和辩证法思想，孔子晚年喜欢读《易》，对《易》有钻研和解释，并用于教授门人。《诗》又称《诗经》，据说原有三千多篇，经孔子删削，后剩 305 篇。《书》后称《尚书》、《书经》，是一部古代历史文献绘编，上起《尧典》，下迄《秦誓》，共 29 篇，有很高的史料价值。《礼》是指周代宗法、政治典章制度及有关的各种仪式，流传下来的有《周礼》、《仪礼》、《礼记》。《乐》已失传。《春秋》是孔子编订的我国最早的一部编年史，《春秋》原是鲁史的名称，春秋纪事“上至隐公，下讫哀公十四年，十二公。据鲁，亲周，故殷，远

孔子讲学图

之三代，约其文辞而指博”，全书仅 18000 字。孔子作《春秋》的目的，是要实现大一统和正名分。书中“为尊者讳”，“为贤者讳”，如晋文公召见周襄王，写成“天王狩于河阳”等；还反对和抨击僭越、擅权、犯上作乱的，并使这些“乱臣贼子惧”。因此，孟子说：“世道衰微，邪说暴行有作，臣弑其君者有之，子弑其父者有之，孔子惧作春秋”。由此可见，孔子作《春秋》是与其“复礼”的政治主张相一致的。后人解释《春秋》的书有《左传》、《公羊传》、《谷梁传》，合称《三传》，其中由左丘明所著的《左传》最为知名，流传也最广。孔子整理古籍对古代文化的保存和发展，起了积极作用。

孔子还创立了中国历史上第一个大学派——儒家学派。所谓儒，就是以教育和相礼为业的。孔子就是从事儒职业的，但他提出了以礼和仁为思想核心的理论，政治上主张恢复礼治等，这样使儒发展成为理论学派。孔子死后，儒家学派进一步发展，形成了许多派别，据韩非在《显学》中说：“自孔子之死也，有子张儒，有子思之儒，有颜氏之儒，有孟氏之儒，有漆雕氏之儒，有仲良之儒，有孙氏之儒，有乐正氏之儒。”但各派都宗师孙子，崇尚礼义，以六艺为法。儒家学说对中国后世思想文化、政治、教育等方面，都产生了巨大的影响。

孙子及《孙子兵法》

除孔子与老子外，孙子及其所著的《孙子兵法》也对后世产生了广泛而深远的影响。孙子是齐国人，生卒年月已不可考，大致与孔子相同。

《孙子兵法》共 13 篇，6000 余字。是春秋以前战争历史的高度概括，总结了战争进程中的一般规律，提出了诸多战略与战术原则，并指出了决定战争的各种因素。《孙子兵法》对历代兵家产生了巨大的影响，被尊为“兵圣”、“兵学宝典”，它不仅在中国军事史上占有极其重要的地位，在世界军事史上也享有极高的声誉。

孙武像

《孙子兵法》论述了战争的普遍规律，具有朴素的辩证法思想。《孙子兵法》分析军事形势常常从彼、己两方面着手，尤其注意总结双方对立关系，如治与乱，勇与怯，强与弱，众与寡，生与死等，而且认为双方形势会发生变化的，“投之亡地然后存，陷之死地然后生”，“乱生于治，怯生于勇，弱生于强，治乱数也，勇怯势也，强弱形也”等。《孙子兵法》是中国古代人民智慧的结晶，它将永远闪耀着睿智的光辉。

《孙子兵法》书影

墨子和墨家思想

墨家的创始人是墨子。墨子名翟，战国初期鲁国人。墨家是一个学派，又是一个有严密纪律的团体，其首领是墨子，墨子死后则称“钜子”。墨者多半来自社会下层，不仅学文，而且习武，生活俭朴，崇尚吃苦耐劳。《墨子》一书，是墨子的弟子或再传弟子记述墨子的言行集录。

面对当时的社会实际，墨家提出了尚贤、尚同、节用、节葬、非乐、非命、天志、明鬼、兼爱、非攻十种主张。尚贤是

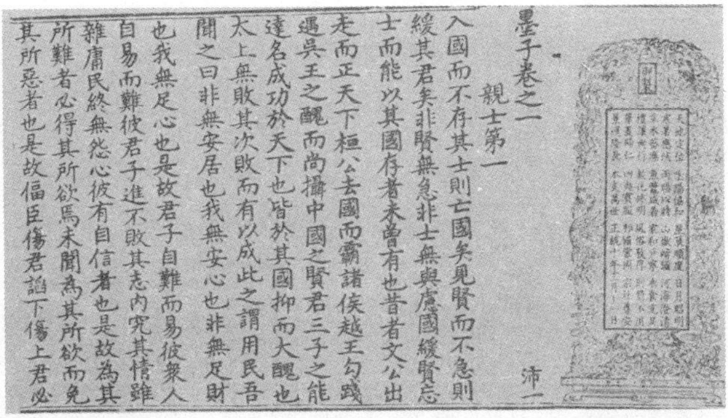
墨子卷之一
親士第一
入國而不存其士則亡國矣見賢而不急則緩其君矣非賢無急非士無與慮國緩賢忘士而能以其國存者未曾有也昔者文公出走而正天下桓公去國而霸諸侯越王勾踐遇吳王之醜而尚攝中國之賢君三子之能達名成功於天下也皆於其國抑而大醜也太上無敗其次敗而有以成此之謂用民吾聞之曰非無安居也我無安心也非無足財也我無足心也是故君子自難而易彼衆人自易而難彼君子進不敗其志內究其情雖雜庸民終無怨心彼有自信者也是故為其所難者必得其所欲焉未聞為其所欲而免其所惡者也是故偪臣傷君諂下傷上君必

《墨子》书影

要求做到“官无常贵，民无终贱”，就是说出身低贱的人只要有才能，封建君主也应擢用他们，以此来反对贵族的世官制。墨家又提倡节用来反对当时君主和贵族的奢侈无度，以“去无用之费”。又提出非乐、节葬来反对贵族久丧厚葬和对钟鼓之乐的沉溺。墨家竭力宣扬天下“兼相爱则治，交相恶则乱”。阶级社会中不可能不分阶级而兼相爱，这只是一种空想。从兼爱的观点出发，墨家提出非攻以反对当时以强欺弱的残酷战争。

墨家尊天事鬼，相信天有意志，能降祸福于人，认为君主如违背兼爱、非攻或节用、尚贤，就将受到天和鬼神的谴罚，反之，则能受到福佑。墨家想假借迷信作为实现他们政治理想的一种工具，但实际上，天志明鬼对封建主起不到约束的作用，反而为他们提供了欺骗人民的工具。墨家思想代表了小生产者的愿望，既有反对贵族特权的进步思想，又有阶级调和的幻想和对天鬼的迷信。其改造社会的方案暴露了小生产者在政治上的软弱无力。墨家思想在当时影响很大，与儒学并称“显学”。

庄子和道家思想

战国时期道家学派的代表人物是庄子。庄子名周，宋国人，大约生于公元前369年—前286年之间，出身于没落贵族，曾作过“漆园吏”，生活困苦，有时以打草鞋为业。他消极避世，隐居从事著述，著有《庄子》一书，共33篇。后人把老子和庄子合称“老庄”。

庄子认为“道”先于客观事物而存在，是一种超感觉的精神性的东西，是产生世界万物的本源。又认为人通过修养可得“道”，得了“道”，就进入“真人境地”，可以解脱人生的苦恼、烦闷、无聊，以至生死。显然，这是一种主观唯心主义。

《六韬》书影

把世间事物都看作是相对的，这是庄子哲学的一个特点。他说：“天下莫大于秋毫之末，而太山为小；莫寿于殇子，而彭祖为夭。”庄子从不同的角度、标准去衡量事物，那么有时就可以把大小、寿夭颠倒过来。他又说儒墨两家各以对方所是为非，所非为是，最后争辩不出一个结果。在庄子看来，认识事物的客观是非标准是没有的，他在认识论上必然走向相对主义。

相对主义也被运用到人生和处世这方面。庄子要求人们对于诸如寿夭、生死、祸福等现象不必计较。根据相对主义，人们判断社会政治的是非善恶的标准是没有的。庄子认为讨论尧和桀的是非是没有意义的。所以庄子对待生活的态度是，“依乎天理，因其固然”，要“安时而处顺”，“知其不可奈何而安之若命，德之至也。”斗争是无必要的，一切都顺从命运、安于现状就可以了。这充分反映了没落阶级的悲观失望的精神状态。但庄子却极端反对富贵利禄，痛恨“窃钩者诛，窃国者为诸侯”

的不公平现象。由于老庄思想适应了一部分失意人士的心境，因而对后世也产生了很大的影响。

孟子、荀子和儒家思想

儒学是战国时期的显学。孟子和荀子是战国时期儒家的代表人物。孟子主性善之说，认为人的本性是善的，而仁、义、礼、智这四知品质是先天固有的。他要求人们通过存心养性，使这些品质扩而大之，以达到改造客观世界的目的。孟子这种唯心主义理论对后来儒家思想的发展有很大的影响。

在性善论的基础上，孟子又导引出关于仁政的学说。仁政的具体内容包括：一是恢复井田，二是“省刑罚薄赋敛”，三是行“王道”，即行先王以德行仁的治国方略，反对霸道。

《尉缭子》书影

与此相应，孟子提出“民为贵，社稷次之，君为轻”的重民思想。他认为统治者得天下，是“得其民，得其心”，而不是靠武力得天下。

孟子是地主阶级的思想家，他的思想体系是唯心主义的，但是其中有些思想和主张在限制统治阶级过分剥削和压迫人民方面也起过一些作用。有些言论如“富贵不能淫，贫贱不能移，威武不能屈”，也是应当肯定和发扬的。

孟子继承和发挥了孔子的学说，对后世影响很大，孟子被尊为“亚圣”，儒家学说则称为“孔孟之道”。

荀子名况，字卿，战国末赵人。他的学识异常渊博。他批判各家，又吸取各家之长。他曾在齐的稷下讲过学，并取得稷下首领的地位。荀子是战国末儒家中最有影响的人物。

道家的自然观被荀子所接受。他把天看作是自然界，“天能生物，不能辨物”，断言天是没有意志的。天有变化和运动的规律，但和人间的治乱并无关系，他说：“天行有常，不为尧存，不为桀亡。”至于生产上的歉收和社会上出现动乱，主要是“楛耕伤稼”和封建君主“政险失民”所造成的。道家虽承认天具有物质属性，但觉得人在自然面前是无能为力的。荀子则比道家前进了一大步，他认为人定胜天，提出了“制天命而用之”的著名论点。是古代唯物论中宝贵的思想财富。

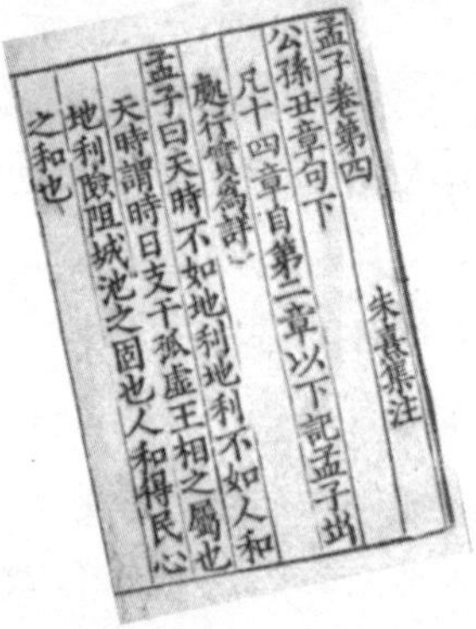
孟子卷第四　朱熹集注
公孫丑章句下
凡十四章自第二章以下記孟子出
處行實爲詳
孟子曰天時不如地利地利不如人和
天時謂時日支干孤虛王相之屬也
地利險阻城池之固也人和得民心
之和也

《孟子集注》书影

荀子主张“礼治”，这是其政治思想的核心，但他的礼治，同孔孟所讲的礼有很大的不同。他主张“礼法兼用”，既隆礼又重法。在“礼”与“法”的关系上，认为礼是用来维护“贵贱有等，长幼有序，贫富轻重，皆有称者”的封建等级制度的，而法是为封建等级制度提供合法的法律依据。“礼”是根本原则，法是具体措施。两者不是对立的，而是相辅相成的。同时，他要求统治者“爱民”，主张“节用以礼，裕民以政”，又进一步论述君主和人民关系为“君者舟也，庶人者水也。水则载舟，水则覆舟”。

荀子提出“法后王”，即注重现实的进步的历史观。在学习上提倡“锲而不舍，金石可镂”的精神，并认为后来者可以居上，“青，取之于蓝，而青（胜）于蓝”，相信一代更比一代强。

韩非和法家思想

战国时各地主阶级先后夺取了政权，建立了封建统治，需要与之相适应的统治理论，法家思想应运而生。法家思想主要特征是以法治国，一切断于法，执法上主张赏罚严明，提倡耕战，强化君主专制，主张中央集权等。战国时期法家人物较多，前期法家主要代表是李悝、吴起、商鞅、申不害等人，后期法家的主要代表是韩非、李斯。他们都是荀子的学生。韩非是先秦法家学说集大成者，著有《韩非子》一书。

韩非把人类历史看作是发展变化的。他说从上古的有巢氏、燧人氏到夏禹，人的物质生活逐步有所改善。如果有人在夏禹时再去钻木取火，构木为巢，那就势必被鲧、禹所讥笑。同样道理，今天若有人还想颂扬尧、舜、汤、武，那也必定被今天的君主耻笑。所以他认为应该根据今天的实际来制订政策，即所谓“论世之事，因为之备”。他说：“上古竞于道德”，“当今争于气力”，因此仁义只适用于古代，而当今就必须依靠法治和暴力。

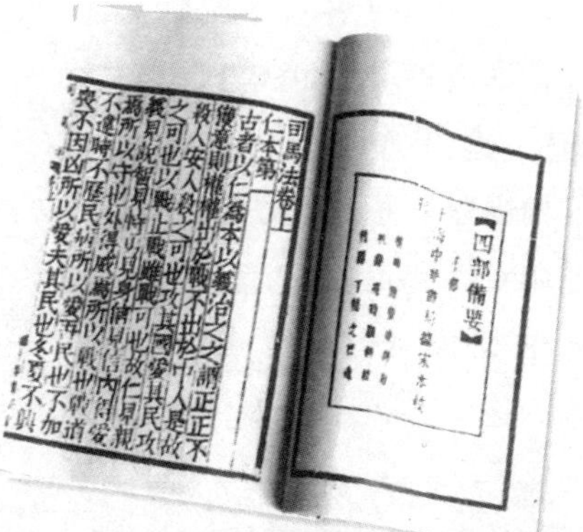

《司马法》书影

韩非主张“法治”，首先是加强中央集权，而实行君主专制则是加强中央集权的要害。为此，他认为君主必须掌握“法”、“术”、“势”这三种“帝王工具”。所谓“法”是指君主制定的成文法令；“术”是君主控制臣下的权术，“术者藏之胸中，以偶众端，而潜御群臣者也”；“势”是指君主的至高无上的权力。这三者是不可分离的，有“法”无“术”，会削弱君主的权力；有“术”无“法”，则不能稳定君主的权，但“法”和“术”都必须以“势”为前提，而三者又都是“以法为本”的。所以他认为法律要向全国公布，臣民必须严格遵守，并强调用严刑峻法来镇压人民的反抗，巩固封建统治。

韩非的中央集权君主专制的政治思想，为秦始皇统一中国，建立专制主义中央集权的封建国家奠定了理论基础。

其他学派

名家是研究名实问题的学派。名实问题，就是概念与事物的关系问题。春秋战国是社会制度发生重大变革时期，新旧事物交替，出现了名实不符的情况。名家提出要根据新的“实”来慎重地重新定名，这实际上反映了新兴地主阶级肯定社会变革的要求。其主要代表人物有惠施和公孙龙。

惠施又称惠子，战国中期宋人。他主张合同异，认为事物存在着对立的两极，如今和昔、大和小、生和死等，它们都有共同之处，又各自有其特性，即所谓“万物毕同毕异”。这个观点包含有辩证的因素。但他依据同异的相对性，又得出了万物完全相同（毕同）的结论。这又陷入了相对主义的错误。

《孙子兵法》书影

公孙龙，赵国人，其著作有《公孙龙子》，他写的《白马论》提出了“白马非马”的命题，“马者所以命形也，白者所以命色也，故曰白马非马”。其中包括的一般与个别、共性与个性的辩证法因素。但他只看到个别与一般的差别，并将这种差异绝对化，从而得出“白马非马”的错误结论，陷入了诡辩论。

战国末以齐国人邹衍为代表的阴阳五行学派对后世思想的影响也不可忽视。邹衍把具有朴素唯物思想的阴阳说与五行说结合起来，把阴阳消长与五行相胜配合，提出五德始终说，认为土、木、金、火、水五行就是五德，历史上每个朝代代表一德，按五行相胜次序互相更替，周而复始。而主宰历史循环的则是人格神天。这一循环论的唯心主义历史观为后来两汉谶纬神学的发展提供了一个思想基础。

兵家是专门研究军事学说的派别，主要代表人物是孙膑，另外还有吴起，司马穰苴、魏无忌等。孙膑是战国中期齐国人，孙武的后代。齐威王时任军师，著有《孙膑兵法》，后世失传。1972年在山东临沂银雀山汉墓中发现了此书。已整理出版的《孙膑兵法》，共30篇，11000多字。孙膑主张用战争手段解决统一问题。他强调进攻战略，但又注重战术的灵活，并主张在运动中消灭敌人等。《孙膑兵法》是一部杰出的古代兵书。

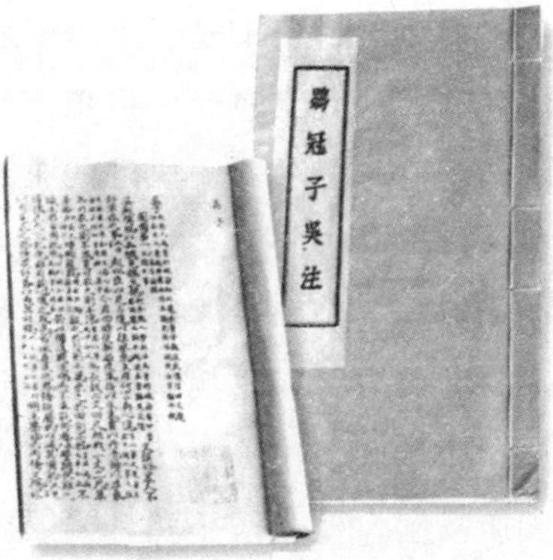

《鹖冠子》书影

农家，创始者是许行，他主张人人劳动，自食其力，国君也要“与民并耕而食”，反对不劳而获。这是朴素的农民思想反映。

战国末年，随着社会经济的发展和统一局面的来临，又出现了杂家。秦相吕不韦在秦王政八年令门人辑成《吕氏春秋》一书，公布于众。这部书力图综合先秦诸子，被称为杂家，对各家兼收并蓄，主要是对儒家、道家采取尽量吸收的态度。这部书有重要的政治意义和文化价值，对后世的影响不容忽视。

古代东方第一战略家孙武

孙武字长卿，他的祖先本是陈国的公族，姓妫。后迁居齐国，改姓田。齐景公时（公元前547年～前490年在位），他祖父田书因功封于乐安（今山东惠民），赐姓孙氏，父亲孙冯亦位居齐卿。孙武年轻时，很想有一番作为，但看到齐国统治集团内部矛盾十分激烈，执政的贵族间不断互相倾轧残杀，颇为失望，遂离开齐国，来到南方新兴的吴国。

孙武到吴国后，居于都城姑苏（今苏州）附近的乡间，潜心研究军事，写作兵法，并结识了楚人伍子胥，两人经常在一起切磋学问，讨论天下强弱大势和吴国政治动向。不久，吴王阖庐当国，任命伍子胥为吴国行人（掌管朝觐聘问之官），参与计议军国大事。伍子胥深知孙武的军事才能，竭力向吴王推荐他。吴王开始不以为然，后来读了孙武写的13篇兵法，不觉大为叹赏，很想起用他为将军，但又担心孙武从未打过仗，会不会是个纸上谈兵的角色，便决定先试他一试。

一天，吴王把孙武召来，对他说："先生的兵法果然十分高明，但不知实用起来如何，能否小规模演试一下，让寡人开开眼界？"孙武答道："当然可以。"吴王见他如此自信，有心要难他一难，便问道："妇女也可以操演吗？"孙武知道吴王的用意，稍稍迟疑一下，说道："可以。不过，用兵是严肃之事，来不得半点游嬉，请大王放手让臣操演，万勿中途干涉，方有成效。"吴王点头同意。

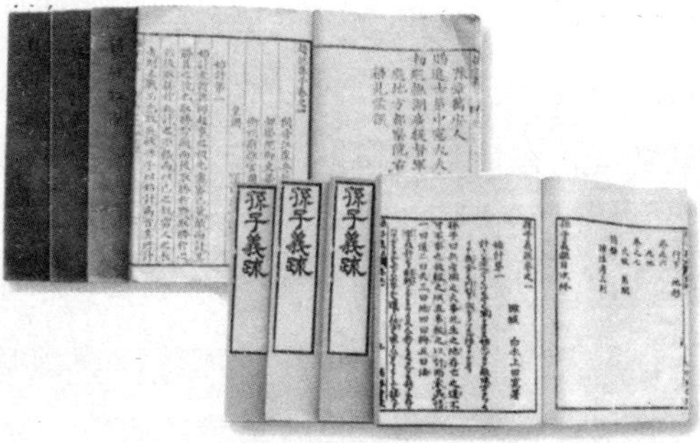

《孙子兵法》书影

就这样，孙武以练女兵开始了他的军事实践。他把吴王从宫中挑选来的180名宫女分为2队，指定吴王最宠爱的两位美姬为领操队长。然后向她们耐心讲解操练要领。他问道："你们都知道自己的前心、左右手和背后吗？"众宫女七嘴八舌地答道："知道。"孙武点点头，又大声说："操演时，一切行动以鼓声为号，向前，即视前心；向左，视左手；向右，视右手；向后，则视后背。懂了吗？"懂了。"宫女们依然边说边嘻嘻边笑着。

布置已毕，孙武命军吏扛来执法的大斧，竖在练兵场的一侧，并指着大斧反复申明军法。接着，下令操练开始。

一阵"咚咚"的鼓声响起，命令"士卒"向右前进。但宫女们闻鼓，谁也没有按号令行动，反觉得十分好玩，纷纷掩口而笑。孙武见了，先严肃地自我检讨说："军士不熟号令，是为将的规定不明之故，过失在我。"又把操练要领和军令军法细细交代一遍，同时特别关照两位队长要带头听令，领好队伍。然后，亲自击鼓，令"士卒"向左前进。谁知宫女们这回笑得更乐了，一个个前俯后仰，你推我拥，挤做一团，弄得队伍大乱。孙武见状大怒，厉声说道："操演要领和军令我已再三讲明，你们却明知故犯，这就不能怪军法无情了。”说罢，喝令军吏将两个队长推出斩首。

坐在高台上观操的吴王，本想看点笑话，见孙式竟认起真来，知道事情严重了，急忙派人对孙式说：“寡人已知将军能用兵了。但少了这两个美人侍候，寡人寝食不安，请将军宽恕她们。”孙武说：“臣既已受命为将，将在军，君命有所不受。治军之道，在信赏明罚，不然，则何以练成劲卒？”坚持把两个违令的美姬杀了。并另外指定两个队长，下令继续操演。

众宫女见了这种场面，莫不悚然，哪里还敢有半点怠慢，个个屏息静气，全神贯注，随着鼓声前后左右，旋转跪起，操练起来，不一会儿，便练得步法渐熟，动作整齐。

于是孙武派人报告吴王说：“女兵已训练就绪，请大王前来检阅。”吴王正为两个宠姬被杀而心痛，气恼之下，便说：“寡人不愿去看，让孙武先回家休息罢。”孙武听后，叹道：“看来吴王喜欢的只是兵法上的词句，而不想去真正实行。”伍子胥知道此事后，急忙劝吴王消除杀姬之怨。以大局为重。过了好几天，吴王才稍稍回心，正式拜孙武为将军，负责训练吴军。

在孙武的主持下，吴军经过几年训练，日益强盛。公元前512年，吴王派孙武、伍子胥率兵讨伐庇护吴国叛臣的徐和钟吾国。钟吾国小民贫，很快被吴军击灭。吴军乘胜移兵攻徐。徐国君臣一面死命守城，一面火速向楚国求援。孙武见一时难以取胜，怕旷日持久，楚军来援，于己不利，便提议堵截山水，灌淹徐国。结果楚国救兵未到，徐国已被攻破。

吴王见吴军初战告捷，十分得意，便想乘势伐楚。孙武分析了敌我形势，认为不妥，劝阻说：“我军已连灭二国，人马疲惫，军资消耗，如立即与楚军开战，必然不利，不如暂且收兵，养精蓄锐，再图进取。”吴王点头称是，遂下令班师。

吴军回国后，为了削弱劲敌楚国，一面采用伍子胥提出的“疲楚误楚”法，不断分兵轮流骚扰楚境，使楚军疲于奔命；一面加紧争取盟友，孤立楚国。经过五六年时间，终于使楚国劳师丧财，附庸离心，渐渐陷入被动局面。

吴王见伐楚时机已成熟，便拜孙武为将军，伍子胥、伯嚭为副将，倾全国兵力，并联合唐、蔡等国，大举出兵攻楚。

《孙子兵法》书影

吴军在孙武的指挥下，北上溯淮而西，行至维汭，忽舍舟登陆，昼夜兼程，直扑楚国东北境。楚国得到吴军来犯，急忙派令尹子常（即囊瓦）率领20万人马，星夜赶赴汉水南岸立营相拒、孙武见楚军大规模出动，便下令吴军在豫章地区安营扎寨，休整待命。他已通过伍子胥等人了解到楚国政出多门，行事无定见，决定以静制动，相机行事。

楚将子常原来以为吴军千里远袭，军资接济困难，必求速战。如今见吴军忽然按兵不动，反倒困惑起来，不知对方葫芦里卖什么药。正在狐疑之际，手下的左司马戌进来献计说：“兵法云：千里馈粮，士有饥色。吴军远征，利在速战。今孙武按兵不动，正犯兵家大忌。将军可在此与吴军相持，待某分兵绕出敌后，断其粮道，然后与将军夹击吴军，如此必获全胜。”子常听后，连称好计。左司马戌当即领兵而去。

左司马戌走后，手下的武城大夫黑和部将史皇也来见子常，都主张乘楚军兵多势众，速战速决。甚至对子常说，如拖延不决，使左司马戌此去独得头功，恐怕于他的威望有损。子常听后，不觉心动，便不顾与左司马戌的前约，下令强渡汉水，在大小别山一带连营数十里，摆开了与吴军决战的架势。

孙武正在静观形势，见楚军行动露出破绽，心中大喜，立即乘其立足未稳，发起攻击，与楚军大战三次。吴军因深入敌境，处境险恶，无不欲死里求生，个个奋勇冲杀，终于击败楚军。

楚军退到柏举（今湖北麻城以东），重新集结兵力，欲与吴军决战。但经不起吴军先锋夫概 5000 劲卒的冲击，便阵势大乱，连连败退。楚军主将子常弃军而逃，部将史皇死于乱军之中。吴军乘胜追击，在清发水（今湖北安陆西之涢水）、雍澨（今湖北京山县西南）等地又连败楚军，赶来救援的左司马戌也因兵败自杀。至此，楚军全线崩溃。孙武抓住战机，迅速抢渡汉水，直捣郢都（楚国都城，在今湖北江陵北），楚昭王带着一些大臣慌慌张张地逃了出去。

在这场战争中，孙武指挥数万吴兵，以少击众，大破楚军 20 万，五战克郢，表现了高超的军事指挥艺术。经此一战，吴国声威大震，楚国受到了立国以来最大的打击。

孙武不仅用兵如神，还写下了中国第一部军事理论著作《孙子兵法》，对后世军事学的发展产生了巨大而深远的影响。

《孙子兵法》的问世，是世界军事史上具有划时代意义的大事，它比色诺芬（公元前 403 年～前 355 年左右）的号称古希腊第一部军事理论专著《长征记》，以及古罗马弗龙廷（约公元 35 年～103 年）的《谋略例说》、韦格蒂乌斯（公元 4 世纪末）的《军事简述》，不仅成书早，学术性强，而且有其独特的思想体系，因而在国际上也享有盛誉。公元 7 世纪时，《孙子兵法》便传到日本。18 世纪以后，又被译为法、英、德、俄等多种文字，受到各国军事理论家的高度赞扬，他们公认“孙子是古代第一个形成战略思想的伟大人物”。

秦　朝

（公元前 221～公元前 206 年）

秦灭六国

秦始皇，名嬴政。其父子楚为秦国太子安国君之子，早年被送入赵国作为人质。逃回秦国后不久即登上王位，是为秦庄襄王。在位仅三年，公元前 247 年，子楚死，嬴政从十三岁继位。秦国大权操纵在丞相吕不韦手中。吕不韦是当时颇有政治才能的人物，他利用秦国传统优势，积极推进蚕食六国的统一活动，对秦国的发展曾作出贡献。但吕不韦与太后及宦官嫪毐等相勾结，专权用事，引起秦王政的不满。

公元前 238 年，秦王政以二十二岁亲政。随即诛杀嫪毐，幽囚太后，次年罢免相国吕不韦，令其迁居蜀郡，吕不韦畏罪自杀。从此秦王独揽全国大权。他重用尉缭和李斯，任用王翦、王贲父子和蒙武、蒙恬父子为将，重新部署了对付六国的战略和策略，开始了消灭六国的统一战争。

公元前 230 年，秦派内使腾率兵攻韩，俘韩王安，韩亡。

公元前 229 年，秦派王翦领兵攻赵，第二年，攻入邯郸，俘虏了赵王迁。赵公子嘉率其宗族数百人逃到代郡，自立为代王。公元前 222 年，秦将王贲俘代王，赵亡。

公元前 227 年，燕太子丹为挽救燕国灭亡，派荆轲刺杀秦王，未遂，荆轲被处死。秦王政立即派王翦领兵攻燕。第二年，秦军攻下燕都蓟（今北京大兴县西南）。燕王喜逃到辽东（今辽宁辽阳市西北）。公元前 222 年，秦将王贲攻占辽东，俘燕王喜，燕亡。

公元前 225 年，秦将王贲攻魏，魏王假投降，魏亡。

公元前 224 年，秦王政派王翦率军 60 万大举伐楚，次年大

蒙　恬

败楚军，杀楚将项燕，俘楚王负刍。楚亡。

公元前221年，秦派王贲攻齐，俘齐王建，齐亡。至此，秦终于完成了全国的统一，建立起中国历史上第一个统一的封建专制主义的中央集权制国家。

唐代伟大诗人李白《古风之三》诗中有言："秦王扫六合，虎视何雄哉！挥剑决浮云，诸侯尽西来。明断自天启，大略驾群才。收兵铸金人，函谷正东开。铭功会稽岭，骋望琅邪台"。这里所讴歌的，就是战国末年秦国运用战争这一暴力手段，完成兼并六国、实现统一大业的重大历史事件。

且说天下大势，合久必分，分久必合。西周的统一，由骊山峰烟而告终结，历史进入了春秋、战国的大分裂、大动荡阶段；经过数百年的冲突整合，到战国末年又呈现重新走向统一的趋势。当然这种统一，较之于殷商、西周的统一，自有质的不同、质的飞跃，这其实正是历史运动否定之否定过程的客观体现。秦国统治者顺应这一历史潮流，果断坚决地发动了兼并六国之战，从公元前230年到公元前221年，仅仅用了十年的时间，就相继灭掉了北方的燕、赵，中原的韩、魏，东方的齐和南方的楚六个诸侯大国，结束了春秋以来长达五百余年的诸侯割据纷争的战乱局面，建立了中国历史上第一个中央专制集权的统一国家，实现了伟大的历史性进步。

战国七雄并峙局面的形成，既是春秋以来争霸兼并战争的结果，又是统一天下的前奏。早在战国前中期，孟子就明确预言：天下“定于一”。为增强国力，统一全国，七雄相继展开了富国强兵的变法活动。其中魏国任用李悝变法，楚国起用吴起变法，赵国有赵武灵王推行“胡服骑射”军事改革，另外，齐、韩、燕诸国也有规模不同、收效不一的变法改革。但最有成效的则要数秦国的商鞅变法。

公元前359年，秦孝公任用商鞅实行变法改革，国力逐步强盛。从秦孝公到秦王嬴政的一百余年时间中，秦国的发展日新月异，令人瞩目。在军事制度方面，它实行按郡县征兵，完善军队组织，“尚首功”，重训练，严军纪，大大提高了军队的战斗力，士卒勇猛，车骑雄壮，远非其他六国可比，故荀子说：“齐之技击不可以遇魏氏之武卒，魏氏之武卒不可以遇秦之锐士”（《荀子·议兵篇》）。在军事战略上，它改变了劳师远征而收利甚微的做法，采取范雎远交近攻的策略，逐渐蚕食并巩固其占领地区，实行有效控制，相继吞并巴蜀，灭掉西周、东周，攻占韩国的黄河以东和以南地区，设置太原、上党、三川三郡，其领土包括今陕西大部、山西中南部、河南西部、湖北西部、湖南西北部以及四川东北部的广大地区。史书记载秦国“西有巴蜀、汉中之利，北有胡貉、代马之用，南有巫山、黔中之限，东有崤函之固”，在战略地理上处于“进可以攻，退可以守”的有利形势。“战国千乘，骑万匹，奋击百万”，军事综合实力远胜于关东六国。这种优越的战略形势为秦统一六国奠定了坚实的基础。

与此同时，关东六国统治集团内部相互倾轧，尔虞我诈，争权夺利，政局动荡不宁。各国之间长期战争，实力消耗，弄得几败俱伤，国势衰微。六国统治者鼠目寸光，昧于形势，面对强秦的威胁，虽然屡次合纵抗秦，但是各怀私利，只想别国为自己火中取栗，在秦国连横策略下先后瓦解而失败，无法形成稳固统一的抗秦力量，给秦国各个击破提供了可乘之机。当时的有识之士已经看出秦灭六国的必然趋势，如子顺就曾经这么说：当今崤山以东的六国衰弱不振，韩、赵、魏三国向秦割地求安，二周已被秦所灭亡，燕、齐、楚等大国也纷纷向秦国屈服，照此发展下去，不出二十年，天下必然属于秦一国独有。

公元前238年，秦王政铲除了丞相吕不韦和长信侯嫪毐的势力，开始亲政，独揽大权。他“奋六世之余烈，振长策于宇内”，在李斯、尉缭等人的辅佐下，周密制定了统一六国的战略策略。这一战略的中心内容有两项，一是采纳尉缭破六国合纵之策：“毋爱财物，赂其豪臣，以乱其谋”，从内部分化瓦解敌国。使秦国“灭诸侯，成帝业，为天下一统”。二是按照远交近攻的基本原则，确定先弱后强、先近后远的具体军事行动步骤，先攻韩、赵，做到笼络燕、齐，稳住楚、魏，消灭韩、赵，然后各个击破，循序渐进，统一天下。在这一战略方针指导下，一场伟大的统一战争全面展开了。

公元前236年，秦国趁赵攻燕、国内空虚之际，分兵两路大举攻赵，揭开了统一战争的序幕。经过连年进攻，秦国极大地削弱了赵国的实力，但一时还不能加以灭亡，于是就转攻六国中最弱的韩国，公元前231年，攻克韩国的南阳。第二年，秦内史腾统兵攻陷韩都阳翟（今河南禹州市），生擒韩王安，在韩地设置颍川郡，灭亡了韩国。

公元前229年，秦军将进攻矛头指向赵国，大将王翦统兵由上党（今山西长治）出井陉（今河北井陉），端和出河内，对赵都邯郸实施夹攻。赵国派名将李牧迎战，双方互有胜负，陷于战略相持，时达一年之久。秦国及时行施反间计，借赵王之手除掉劲敌李牧。赵军遭此变故，士气严重受挫，丧失了战斗力。公元前 228 年，王翦向赵国发动总攻击，很快攻占了邯郸，俘虏了赵王迁。赵残部逃窜代地，赵国灭亡。

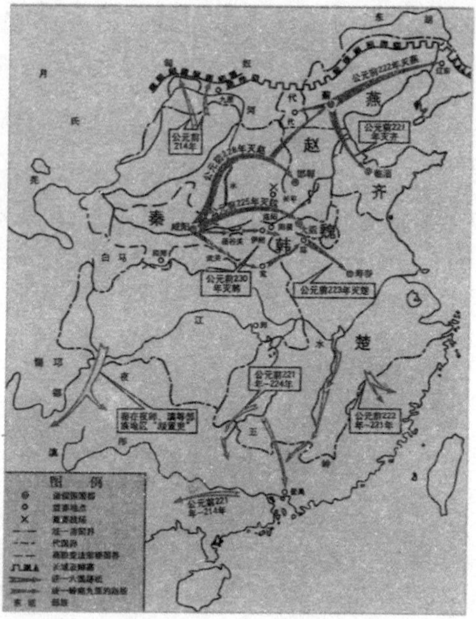

秦统一六国示意图

秦在攻赵的同时，兵临燕境。燕国无力抵抗，太子丹负隅顽抗，企图以刺杀秦王的办法来逃脱灭亡的命运。公元前 227 年，太子丹派荆轲以进献燕国督亢地图为名，“图穷匕首见”，行刺秦王政，结果功亏一篑，遭到失败。秦王政以此为借口，派王翦在灭赵后统兵攻打燕国。秦军进展顺利，在易水（今河北易县境内）大破燕军主力。第二年初冬，秦军攻陷燕都蓟城（今北京市），燕王喜率残部逃窜到辽东（今辽宁辽阳一带），苟延残喘，燕国名存实亡。

秦国灭掉赵、韩，重创燕国以后，已经控制了黄河南北的大部分地区。黄河中下游只剩下一个魏国，在那里苦苦支撑，勉力维持，可是它国势衰微，加上孤立无援，灭亡指日可待。公元前 225 年，秦国抽出一部分兵力，派遣将军王贲从关中出发，东进攻魏，很快就包围了魏都大梁（今河南开封）。大梁城坚，强攻不克，秦军便引黄河、鸿沟之水灌淹大梁城。三月，大梁城垣被水冲坏，秦军乘势发起攻击，占领大梁，魏王假束手就擒，魏国也步了韩、赵等国的后尘。

攻灭楚国是秦统一六国之战中较为艰巨的一役。早在秦军攻取燕都时，秦国就把进攻的目标转向了楚国。为此，公元前 226 年秦王政曾召集一次军事会议，向诸将询问攻楚需要动用多少兵力。宿将王翦认为楚国地广兵强，必须有 60 万军队伐楚才可达到目的。而年轻气盛的勇将李信则表示，只要用 20 万兵力就能够攻下楚国。秦王政认为王翦老朽怯战，没有采纳王翦的意见，派遣李信和蒙恬率军 20 万，乘楚国发生内讧之机，于公元前 225 年分两路大举进攻楚国。楚国闻报秦师骤至，派大将项燕率军进行抵抗。秦军开始进军顺利，分别在平舆（今河南平舆北）和寝（今安徽临泉）等地击败楚军。接着两支秦军向西推进，在城父（今河南襄城西）会合。项燕率军反击，尾随秦军，追击三天三夜，大败李信军，攻破秦军两个壁垒，杀死 7 个都尉，李信仓皇逃回秦国。第二年，秦王政起用告老还乡的老将王翦，答允其需动用 60 万人伐楚的条件，“空国中之甲士”，由王翦率领再次攻楚。楚国闻讯，又派项燕统兵抵御，双方在陈（今河南淮阳）相遇。王翦采取养精蓄锐，以逸待劳的作战方针，“坚壁不与战”，按兵不动。楚军屡次挑战，秦军都不予理睬，不作交锋。项燕无奈，只得率师向东转移。王翦乘楚军师老兵疲、向后撤退之机，挥师追击，杀死楚军统帅项燕，并乘胜攻占楚国的众多城邑。公元前 223 年，秦国又命王翦、蒙武率军继续进击楚军余部，攻占楚都郢城（今湖北江陵），俘虏楚王负刍，在楚地改设郢郡，灭亡了楚国。

秦军灭楚之后，只剩下东方的齐国和燕、赵残余势力有待扫荡。公元前 222 年，秦又派将军王贲率军进攻辽东燕国残部，很快歼灭了辽东燕军，俘虏了燕王喜；秦军回师途中又在代北（今山西代县）击败赵国余部，生擒代王嘉，代亡。至此，赵、燕的残余势力被完全消灭。

这时候，齐国面临着彻底覆灭的命运，统治集团内部乱成一团，民心涣散，兵无斗志。当时虽有人提出与其坐以待毙，不如主动出击秦军的方案，但已纯属是纸上谈兵，空中楼阁，根本无济于事。齐王建在秦军旦夕将至的情况下，慌忙在西线集结军队，企图进行最后的抵抗。公元前221年，秦军避开西线齐军主力，把主攻方向选择在齐国防御薄弱的北面，从燕经南部进军，兵锋直插齐都临淄（今山东淄博市）。秦国又允许给以封地，引诱齐王建。在秦国的军事压力和政治利诱之下，齐王建完全丧失抵抗意志，不战而降，关东六国中的最后一个堡垒——齐国也终于被秦国铁骑踏平了。

秦获得统一六国之战的胜利，是由于其战略指导正确，作战指挥高明。秦王政在位时期，群雄兼并战争业已进入最后的阶段，秦国具有得天独厚的优势，国富民众，兵强马壮，有足够的人力物力确保统一战争的顺利进行，在战略上处于最有利的进攻态势，所以能够势如破竹，摧枯拉朽，相继灭亡六国。在战争指导上，秦国执行了由近及远、先弱后强、各个击破的正确方针，首先灭掉相毗邻的弱国韩、赵，然后趁热打铁，中央突破，攻燕灭魏，占领整个中原腹心地区；最后再接再厉，消灭两翼的强敌齐、楚。这一战争指导的运用是符合实际情况的，也是卓有成效的。在具体的战役指挥中，秦军同样高明正确，如在灭韩、赵的战争中，善于根据具体情况，做到机动灵活，赵有机可乘则先攻赵，韩呈败相则坚决灭韩。又如在灭楚之战中，能够虚心汲取首战失利的教训，及时调整作战部署，集中优势兵力对敌，不同楚军正面硬拼，而乘其反击失利后撤之际，发起追击，予以聚歼。再如在攻齐之役中，避实就虚，出奇制胜，政治诱降与军事攻击双管齐下，一举而定。所有这一切，都是值得后人借鉴的优秀军事指挥艺术瑰宝。

秦灭六国，统一天下，在战争的废墟上建立起了中国历史上第一个统一的封建大帝国——秦王朝，这标志着一个历史新纪元的开端，也意味着波澜壮阔、震撼人心的先秦战争的终结。

统一之战

秦统一六国主要的战争有：并韩灭赵战争。灭赵之战始于秦始皇十一年，赵悼襄王九年（公元前236年），大战3次。共历九年。至秦始皇十九年，赵代王嘉六年（公元前228年），秦灭亡赵。灭韩战争发生于秦始皇十七年，韩王安九年（公元前230年）。并魏战争发生于秦始皇二十二年，魏王假三年（公元前225年），魏被秦并灭。灭楚战争始于秦始皇二十二年，楚王负刍三年（公元前225年），经过两次大战，历时近三年，秦先败后胜，于秦始皇二十四年，楚王负刍五年（公元前223年），楚被秦灭亡。灭燕战争发生于秦始皇二十年，燕王喜二十八年（公元前227年）。秦军一举攻占燕都蓟，至秦始皇二十五年，燕王喜三十三年（公元前222年），燕为秦灭亡。灭齐战争发生于秦始皇二十六年（公元前221年）。在秦灭燕后，以突然袭击的行动，将齐一举灭亡。

秦统一六国前各国之形势

经过春秋和战国长期的兼并战乱，中国社会逐渐向全国统一的趋势发展。到公元前246年，也即秦始皇即位的初年，随着秦灭六国统一战争的开始，我国历史上第一个强大统一的封建大帝国——秦国，即将在刀光剑影中诞生。六国日渐没落、秦国蒸蒸日上已成不可逆转之势。

齐　向为东方之强。但到秦始皇初年，齐政权传至齐王建时，齐威王时期建立起来的霸业早已成为历史的陈迹，齐国实已徒具东方强国的虚名。它政治落后，经济发展缓慢，国无贤臣良将，军无奋进战斗之志，面对强秦即将发动的并灭六国的战争，竟毫无准备，坐以待毙。

韩　本来就是三晋中最弱的一方。到韩桓惠王时，韩就已臣服于秦国。秦始皇初年，韩国的疆域更加缩小，只剩下都城阳翟与其周围10多个中小城邑，基本上已是名存实亡之国了。

魏　虽然也曾经历过战国初期最强盛的时期，它据有河东、河西、河内、河外广大地区，疆域之内山河纵横，形势险要，但由于它阻扼秦东出函谷之咽喉，多年均为秦之首要对手，特别是自魏惠王以来，不断被秦战败，疆域日渐缩小，秦始皇初年，正当魏安厘王晚期，国势更加衰弱。但信陵君窃符救赵，尤其是联合各诸侯国合纵抗秦，取得河外大捷，大大提高了魏的威望，本应乘胜恢复魏之疆域，然而安厘王昏聩无能，不但不借机复国，反而听信秦国离间挑拨，罢黜信陵君，失去了东山再起的可贵时机。

赵　地处中原之北方，方圆2000里，也是北方之强国。在赵武灵王时，倡导胡服骑射，革新政治，富国强兵，国势为之一振。赵国北拒匈奴，南抗强秦，成为唯一可与秦相抗衡之国。但赵武灵王死后，赵屡被秦兵攻伐，对本国良将廉颇、李牧等不予任用，竟听信谗言妄加诛黜，赵王的这种昏庸无能，使赵终于为秦所破。

燕　春秋初期尚属极弱小之国，到燕昭王时，励精图治，疆域扩大，国力日强，曾北至辽东，西至上谷，南与齐、赵接壤。到燕王喜当政时期，非但不与近邻赵、齐修好，且常常发动混战，劳民伤财，国力损耗巨大，成为六国之中略强于韩的弱小之国。

楚　自春秋至战国始终未失其南方大国之地位，领有疆域5000里，带甲100万，地大物博，粟支十年，为诸侯国中具有相当实力的大国。但自秦将白起攻陷楚都后，楚国势力大大减弱，国都被迫迁于陈地，以后又再迁于巨阳与寿春。都城多次被迫迁移，大大挫伤了楚国的士气。楚考烈王当政的前后，楚国实际上已徒具强楚之名，远远无法与秦相匹敌。

秦　地处西陲，原为关中地区的一个戎狄小国，春秋时期远较中原地区各诸侯国落后，春秋各国称霸中原盟会争雄时，秦常被排斥于外。但自秦孝公起励精图治，任用商鞅变法革新，废除旧奴隶主贵族特权和世卿世禄制度，逐渐建立起中央集权的封建统治政权。对内实行“奖军功、教耕战”，对外则连横而战诸侯。司马错又南并汉中、巴蜀，北灭义渠、陇西，巴蜀广大地区先后为秦所有。后白起率军攻拔楚都郢，又击溃赵魏联军于华阳，歼灭赵军于长平，中原地区的大片河山几乎都在秦国的控制之下。

秦灭六国的基本战略与策略

秦始皇统一六国的战争，经过了详细策划，基本的战略是以强大的政治外交攻势，拆散六国的“合纵”联盟，集中优势兵力，各个击破，逐一并灭六国。根据六国当时的强弱态势和山川地理形势，决定先由北路对赵进攻。赵国被攻灭后，再转向灭燕，继而攻灭韩、魏，最后再进攻齐、楚两国。秦国向六国进攻，占有重要的地理优势，几条战略通道均在秦国的控制之下，这些通道为：

成皋道路　这条通道由成皋到函谷关，中原各国每次合纵攻秦或秦东出中原均多经由此线进军。秦灭六国的战争，首先控制了这条通道。

夏路要道　这条通道经伏牛山脉、南阳盆地隘口，向东南可达下蔡、居巢，楚都由陈迁往寿春后，这条重要通道即为秦军控制。

井陉、孟门通道　这条通道为通燕、赵、齐之要道，他渐为秦所据有。

秦占有了天时、地利、人和诸多方面的优势地位之后，即开始了消灭六国的战争。

中国第一个封建王朝——秦

概况

秦朝是中国第一个封建王朝，传二代，二帝，共十五年。时间是约公元前 221 至前 207 年。秦朝虽短命，但却为中国历史的发展作出了许多创造性的贡献。

首先是修筑了举世闻名的万里长城。而长城的修建最初是为了抵御北方匈奴族的内进的。匈奴据说也是夏王朝的后裔。他们以游牧为生，食肉衣皮，随水草迁徙，没有农业和城邑，注重骑马和射猎。他们没有文字，尊重强健武勇的青壮年而轻

秦始皇陵

视文弱老人。这些生活习俗、社会风尚同中原华夏族差异很大，与原住北方的戎狄族也不相同。匈奴人生性剽悍，崇尚勇敢，富有集体主义和献身精神，只要首领单于一声号令，人们都会纵体披发，引弓控弦飞驰而来。这支食兽肉、衣皮革，人人能弯弓，个个善骑术并习战攻、侵伐的民族，把以农业生产为主，物产丰富的中原作为他们侵伐的对象。战国后期，匈奴乘中原各国战事正酣、无暇他顾之机，竟长驱直入，占领了河套地区（今内蒙和宁夏境内贺兰山以东、狼山和大青山南的黄河沿岸地区）。秦统一后，匈奴所占领的河套地区就像一把尖刀插在背上，成为秦的心腹之患；同时，当时社会上也流传说："最终致使秦灭亡的是胡。"因此匈奴一直是秦的心腹之患。

始皇三十二年（公元前 215 年），秦始皇亲自到北部边境巡视，布置反击匈奴的行动。回到咸阳后，就以长子扶苏为监军，派大将蒙恬率领 30 万大军出击匈奴。蒙恬的 30 万大军以破竹之势，一举收复了河套地区。第二年，又渡过黄河，夺回了被匈奴控制的高阙（今内蒙古杭锦后旗东北）、阳山（今内蒙古狼山）、北假（今内蒙古河套以北，阴山以南、大青山以西地区）。这一系列的胜利，使蒙恬威震匈奴。这些地区被收复后，秦在这一地区设置了 44 个县，重新设置了九原郡（郡治在今内蒙古包头西)。秦始皇三十六年(公元前211年),秦又迁徙内地3万多户到北河、榆中一带屯垦。这次大规模的移民不仅有利于防御匈奴的再次侵扰,而且促进了边境地区的开发和民族间的融合。

为了更进一步有效地防御匈奴的侵袭,秦王朝修筑了举世闻名的万里长城。

长城的修建,可追溯到战国时期。当时秦、赵、燕三国经常受到匈奴、东胡、林胡等游牧民族的侵扰。这些游牧民族精于骑射,来去飘忽,战斗的运动性很大,再加上三国忙于兼并战争,无力去对付这些来去无踪、飘忽不定的游牧民族,遂在自己的北部边境修筑长城,派军队戍守,以抵御游牧民族的掠夺。

秦王嬴政在原来秦、赵、燕三国旧长城的基础上,修筑了一条西起甘肃临洮,东到辽东郡碣石,绵延5000余公里的举世闻名的万里长城。

秦的长城大多为土筑或石砌而成。整个工程由关隘、城墙、城台、烽燧四部分组成。关隘,往往设于高山隘谷等险要处,扼守要冲;城墙为长城的主体,大都随地势而筑;城台凸出于墙外,或用来放哨,或用来藏兵;烽燧,大多建于山顶或长城转折处,主要是用来传递军情,白天燃烟,晚上烧火。秦长城由蒙恬率士兵、戍卒和罪犯修建,在当时工具简陋、交通不便的条件下,修筑如此浩大的工程,其艰难程度是不难想见的。

秦长城的修筑在当时和相当长的一段时间里对阻止北方游牧民族的侵扰,对保护中原地区的社会经济和人民生活的安定,是起着积极的作用的。

万里长城奠定了此后相当长的一段时间内中国北方的疆域,

而强秦时代的疆域大抵东至海，南至五岭（大庾、骑田、都庞、萌渚、越城）。自西北临洮（今甘肃岷县）起，大体循秦、赵、燕旧长城至东北辽东止，筑长城万余里，防匈奴等游牧族内侵。这是当时确定了的中国疆域，疆域内的居民基本上是汉族。秦以后的中国就在这个基础上逐渐向外扩展。

秦始皇的第二个贡献是建立皇帝独裁制度。秦统一中国后，秦帝国空前强大。秦王的称号显然已不足以显示其威力。

秦王政于是召集大臣、百官、博士征集名号。最后决定把传说中三皇五帝尊称合而为一，号称皇帝。他是第一代皇帝，所以叫始皇帝，希望“二世、三世至于万世，传之无穷”。皇帝是封建国家的最高统治者，拥有至高无上的权力。从秦始皇以后，历代的封建统治者都沿用了皇帝这个称号。秦始皇为了显示自己独一无二的至尊地位，自称为“朕”，“命为制，令为诏”，“印”称“玺”。又废除子议父、臣议君的“谥法”，制定了尊君抑臣的朝仪和等级森严的舆服制度。

坑儒谷遗址

秦始皇创造了“皇帝”这一新名词，秦朝的皇帝虽然二世而亡，但“皇帝”这一名号却为历代封建王朝袭用，从此就成了专制主义中央集权的封建国家中最高首脑专用的尊称。

为了宣扬皇帝的声威，扩大政治影响，镇抚六国旧贵族残余势力，巩固新建的秦王朝，秦始皇在统一中国后，曾相继五次大规模巡游天下，主要是到华中、华东、华北等六国旧地。沿途他以皇帝的名义祭祀名山大川，表示自己是山河的主人，受命于天，代表神权，理应统治全中国。他还在六处地方建立纪念碑式的刻石，在上面刻写颂词，大肆吹嘘皇帝的武功文治，夸耀帝国的空前强大，努力制造巩固专制主义中央集权国家的舆论。实际上这支庞大的巡游队伍本身，就是最形象最有力的宣传队。它把皇帝的威严，官府的声势，帝国的雄伟气魄，朝廷的政令制度，最生动鲜明地带到沿途各地，给各处地方官吏以至广大民众留下最深刻的印象。在幅员辽阔，交通不便，文盲众多的古代中国，这是贯彻中央集权的有力措施，其作用远远超过若干道诏书和刻石。秦始皇巡游时还把他主要的文武官员也都带上，沿途照常批阅公文，处理政务。

秦始皇五次巡游，其中公元前219年的东巡，尤为史家所乐道，这就是著名的泰山封禅。泰山，海拔1500多米，在古代人眼中，是东方的第一高山、第一名山，故称之为东岳。人们认为帝王如真正受命于天，必到泰山顶上亲眼目睹上天降给的符瑞。因此，帝王们都把到泰山上筑土为坛祭天，根天之功，即“封”，然后到泰山下的梁父山祭地，报地之功，即“禅”，作为终生向往的一件大事。但从周以来，帝王们虽都向而往之，都终慑于天威，未敢随意从事。秦始皇统一六国，认为自己功高五帝，因此来泰山脚下，欲行封禅之礼，当在情理之中。

于是秦始皇亲登泰山之巅，隆重地举行了封山大典，其仪式采用的是秦国大祀，在雍都祭祀上帝的礼仪形式。封山大典后，秦始皇又令随从在山顶刻石留念，其内容是对秦始皇歌功颂德，表示秦要申明法令，用法律的权威来保护刚刚建立起来的秦王朝的各项制度。泰山刻石共144个字，相传为李斯所书，现仅残存9字。封山刻石后，秦始皇一行从山后下山，来到梁父山举行了禅礼。表示自己受命于天，以神化皇权。为了防止六国贵族和人民反抗，秦始皇下令迁全国各地富豪12万户到都城咸阳，置于中央政府的直接控制之下。还将一部分贵族富豪调离本土，如把楚国贵族迁到河北，赵国富豪迁到四川。又下令收缴全国的兵器，运到咸阳，加以销毁，铸成12个大铜人，各重24万斤，放置宫中，以壮威势。

李　斯

秦始皇的第三个贡献是废封建置郡县，这是中国政治制度史上的一大变革。秦始皇确立自己的名号以后，即着手改革官僚机构，改革以后的中央官僚机构实行将、相分职，政务和政事分离。具体来说，就是在中央设立负责政务的丞相、太尉、御史大夫。丞相为百官之长，其职责是协助天子处理全国的政务和事务，丞相使用的相印为玉石所制，上面的印钮为金制，所以称“金印”。官员上朝时官印要放在袋中用一丝带系于腰际，丞相用的丝带为紫色，所以称之为“金印紫绶”；秦朝的丞相为左、右两位，左丞相的地位高于右丞相。太尉是辅助皇帝以参理武事，同样也是“金印紫绶”。御史大夫是负责监察工作，同时又要辅助丞相处理政务，为“银印紫绶”。

丞相、太尉、御史大夫，在习惯上称为“三公”。三公虽然有分职，但相互牵制。如：丞相虽有百官之长，但其仅负责民事，军事由太尉管理；太尉虽管军事，但并不直接掌握军队，也没有发兵权，发兵权归皇帝；御史大夫虽然地位比丞相和太尉低，但由于他负责监察百官，同时又负责协助丞相处理政务，所以对丞相和太尉都有所牵制。三公互相牵制的结果，使军政大权都掌握在皇帝一人手中。

在三公之下，设有一些分受具体事务的官员，一般称之为“九卿”，其实不止此数，其中主要有：负责宗庙礼仪的奉常，负责皇帝禁卫的郎中令，负责皇宫守卫的卫尉，负责京城防卫的中尉，负责皇室车马的太仆，负责皇室财政的少府，负责宫室修葺的将作少府，负责宗室亲属事务的宗正，负责全国司法的廷尉，负责全国财政的治粟内史，负责民族事务的典属国等等，九卿都分别有自己的办事机构和属僚。

三公和九卿都可以参加商议国家大政和决策。商议中，群臣各言其是，最后由皇帝裁决，颁布诏令，分头执行。

此外，秦还在中央设立了由那些博学强志，通古达今，有理论学说为基础，又辅以渊博见闻的人担任的博士官，充当皇帝的参谋或顾问，也参加议政。秦始皇时有博士 70 人。秦的博士官是诸家并立，以儒家为主。

在地方设置郡县，这是秦的首创。秦最初分天下为 36 郡。后又征服百越，增设闽中（治冶县——福建福州市）、南海（治番禺——广东广州市）、桂林（广西）、象郡（北部包括广东雷州半岛等地）4 郡。全国共 40 郡。

秦始皇兵马俑

这样从中央到地方，封建专制主义中央集权制建立起来了，以后汉承秦制，这一制度进一步巩固。另外，还制订法律，称秦律。

秦始皇统一六国后，对商鞅变法以来的法律法令加以补充和修订，颁布全国，对六国原有的法律法令，除吸收有用的条文外，其余都予废除。湖北云梦出土的秦律竹简中，不仅有对商鞅制订的秦律的解释和案例，还有从商鞅变法以来先后修订的各方面的律令，如田律、厩苑律、仓律、金布律、关市律、工律、徭律、司空律、军爵律、置吏律、效律、游士律、牛羊律、傅律、捕盗律等等，不下数十种。虽远非秦律的全部，却可以看出从农业到手工业，从徭役到交换，从经济到政治等多方面的内容。说明封建地主阶级为了维护自己的政治统治和经济剥削，极为广泛地使用刑罚手段对劳动人民进行压榨。秦律是加在农民身上的沉重的枷锁。

秦始皇的第四个贡献是思想文化上的一些变革。这就是书同文、车同轨、行同伦，即三同政策。

秦统一以前，“文字异形”，给政令的推行和经济、文化的交流带来诸多不便。因此秦始皇在统一全国的当年便下令“书同文字”，即用简化的秦文“小篆”作为标准文字，废除西周以来的“大篆”和东方六国通行的“古文”以及其他异体文字。并由丞相李斯和赵高等人领衔编写小篆字书，规定作为学童必读的课本，想入仕的人要通过考试及格才能担任初级官吏。另一方面由于战国以来王权加强，官府事务纷繁，公文数量大增。虽是经过初步简化的小篆也还嫌难于书写而不太适应需要，这样后来在实践中又产生了更为简化的字体即所谓“秦隶”。这种书体在民间流行甚早，1975 年湖北云梦出土的一批秦统一前夕的竹简，字体就是用墨笔书写的秦隶。据说在秦统一后，有一个因犯罪被监禁的官吏程邈总结了群众的创造，向秦始皇奏上“隶书”这一新字体，得到秦始皇的赞许，被作为秦书八体之一。到汉代，隶书大为盛行，这就是我们今天通用的楷书的前身。中国幅员广阔，人口众多，各地区的方言出入很大。有了这种统一的文字作为书面语言，对于加强各地联系，巩固祖国统一，具有极为重要的意义。

文字统一以后，秦始皇废止战国时各国形制和轻重大小各不相同的货币，改以黄金为上币，以镒（20 两）为单位；以秦国旧行的圆形方孔铜钱为下币，文曰半两。重如其文。

秦始皇又用商鞅时制定的度量衡标准器，来统一全国的度量衡。他规定 6 尺为步，240 步为亩。不过 240 步为亩的制度实际上只行于旧秦，可能还有旧赵境内，东方许多地区仍以百步为亩，直到汉武帝时期为止。

文字、货币、度量衡的统一，为经济、文化的发展提供了便利条件，促进了统一国家的发展。

“车同轨”即交通方面的改革，实行的结果是促进了经济的发展。“车同轨”的工作主要集中于“驰道”的修筑和水路的疏浚。秦朝的驰道以京都咸阳为中心，东至燕齐，南达吴楚，北极九原，可谓四通八达。驰道统一为宽 50 步（6 尺为步），用铁椎筑土坚实。驰道中央宽 3 丈，是皇帝独用的专路，种松树标明路线。专路两旁人民得自由行走。驰道的修成，对陆路交通有很大便利。水路工程最著名的当数分湘江为南北二渠。北渠向北流通湘江，南渠经过兴安县城，向西流与桂江上游大溶江合流。南渠所经都是高地，是用人工开凿的渠道，长 60 里，渠中设若干个斗门，南北来往船只可以逐斗上进和下降。载重大船自湘江上溯，通过北渠，进入南渠，安然过山，运输上大省人力。这是开发岭南的重要航路，如此灵巧的工程，称灵渠确是名副其实了。这样，陆上驰道和水上河渠，构成了相当发达的交通网，大大有助于经济的往来和发展。

“行同伦”是秦始皇整齐人伦关系的措施，这贯穿于他的五次出巡上。

五次出巡，与颁布统一的各种制度、订定文字、大规模移民、经济上各种措施结合起来，在荀派儒学和法家刑名之学的思想基础上，促进了全国范围内“行同伦”的巨大变革。

在巩固统一的过程中，秦始皇也实行了野蛮的文化政系，即公元前 212 年，秦始皇大宴群臣，博士齐人淳于越倡议，主张学古法，分封皇子功臣为诸侯。丞相李斯斥儒生不师今而学古，各尊私学，诽谤朝政，惑乱民心，建议禁私学。办法是除了史官所藏秦国史记以外，别国史记一概烧毁；除了博士官所藏图书，私人所藏儒家经典和诸子书一概送官府烧毁。下令后三十天不送所藏私书到官府，罚筑长城四年。聚谈诗书的人斩首，是古非今的人灭族，只有医药、卜筮、农作书不禁。民间求学以吏为师。秦始皇从李斯议，实行了焚书法令。公元前

211年，方士求神仙不得，畏罪逃走，秦始皇大怒，活埋儒生460余人。这个焚书坑儒的野蛮行为，反映出当时统治阶级内部斗争的极端尖锐。

藏書

珍藏版

中國通史

赵文博 主编

贰

辽海出版社

秦朝专制主义中央集权制度的建立

公元前221年，秦王政（公元前246—前210年在位）统一六国，结束了长期的诸侯割据局面，建立了一个以咸阳为首都的幅员辽阔的国家。这个国家的疆域，东至海，西至陇西，南至岭南，北至河套、阴山、辽东。秦王政兼采传说中三皇五帝的尊号，宣布自己为这个国家的第一个皇帝，即始皇帝，后世子孙代代相承，递称二世、三世皇帝。他认为帝王死后以其行为为谥的制度，是“子议父，臣议君”，有损于帝王的尊严，所以宣布取消。他规定皇帝自称曰“朕”，并制定了一套尊君抑臣的朝仪和文书制度。这些都是为了显示皇帝的无上权威，表示秦的统治将万世一系，长治久安。

周代以来封国建藩的制度，与专制皇权和统一国家是不相容的，所以必须加以改变。始皇二十六年（公元前221年），丞相王绾请封诸皇子为燕、齐、楚王，得到群臣的赞同。廷尉李斯力排众议，主张废除分封诸侯的制度，全面推行郡县制度。秦始皇接受了李斯的建议，把全国分成36郡，以后又陆续增设至40余郡。这些郡完全由中央和皇帝控制，是中央政府辖下的地方行政单位。中央集权的制度从此确立。始皇二十八年的峄山刻石辞说：“追念乱世，分土建邦，以开争理”；“乃今皇家，壹家天下，兵不复起”。这说明秦始皇认为废分封行郡县是消除各地兵争所必须的。

秦始皇以战国时期秦国官制为基础，把官制加以调整和扩充，建成一套适应统一国家需要的新的政府机构。在这个机构中，中央设丞相、太尉、御史大夫。丞相有左右二员，掌政事。

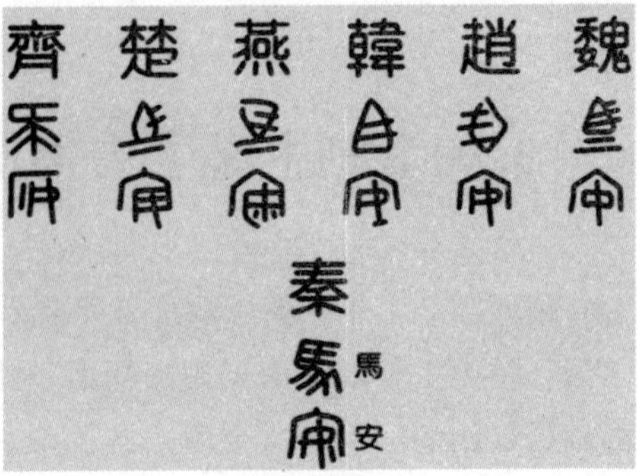

秦统一文字表

太尉掌军事，不常置。御史大夫是丞相的副贰，掌图籍秘书，监察百官。丞相、太尉、御史大夫以下，是分掌具体政务的诸卿，其中有掌宫殿掖门户的郎中令，掌宫门卫屯兵的卫尉，掌京畿警卫的中尉，掌刑狱的廷尉，掌谷贷的治粟内史，掌山海池泽之税和官府手工业制造以供应皇室的少府，掌治宫室的将作少府，掌国内民族事务和外事的典客。掌宗庙礼仪的奉常，掌皇室属籍的宗正，掌舆马的太仆等。丞相、人尉、御史大大与诸卿议论政务，皇帝作裁决。

地方行政机构分郡、县两级。郡设守、尉、监（监御史）。郡守掌治其邢。郡尉辅佐郡守，并典兵事。郡监司监察。县，万户以上者设令，万户以下者设长。县令、长领有丞、尉及其他属员。郡、县主要官吏由中央任免。县以下有乡，乡设三老掌教化，啬夫掌诉讼和赋税，游徼掌治安。乡下有里，是最基层的行政单位。里有里典，后代称里正、里魁，以“豪帅”即强有力者为之。此外还有司治安、禁盗贼的专门机构，叫做亭，亭有长。两亭之间，相距大约十里。

早在秦献公十年（公元前 375 年），秦国就建立了以“告奸”为目的的“户籍相伍”制度。后来商鞅规定，不论男女，出生后都要列名户籍，死后除名；还“令民为什伍”，有罪连坐。秦律载明迁徙者当谒吏转移户籍，叫做“更籍”。秦王政统治时期，户籍制度趋于完备。秦王政十六年（公元前 231 年）

令男子申报年龄，叫做“书年”。据云梦秦简推定，秦制男年十五（另一推算是十七）载明户籍，以给公家徭役，叫做“傅籍”。书年、傅籍，是国家征发力役的依据。始皇三十一年“使黔首自实田”，即令百姓自己申报土地。上地载于户籍，使国家征发租税有了主要依据。户籍中有年纪、土地等项内容，户籍制度也就远远超过“告奸”的需要，成为国家统治人民的一项根本制度。秦置20级爵，以赏军功。国家按人们的爵级赐给田宅，高爵者还可以得到食邑和其他特权。爵级载在户籍，所以户籍也是人们身份的凭证。

统治一个大国，需要全国一致而又比较完备的法律制度。出土的云梦秦简提供了自秦孝公至秦始皇时期陆续修成的秦律的部分内容，其中有刑律的律文和解释，有名目繁多的其他律文，还有案例和关于治狱的法律文书。秦始皇统一六国以后，以秦律为基础，参照六国律，制定了全境通行的法律。秦律经过汉朝的损益，成为唐以前历代法律的蓝本。

维持一个大国的统一，还需要强大的军队。秦军以灭六国的余威，驻守全国，南北边塞，是屯兵的重点地区。秦制以铜虎符发兵，虎符剖半，右半由皇帝掌握，左半在领兵者之手，左右合符，才能调动军队。这是保证兵权在皇帝手中的重要制度。秦军是一支前所未有的巨大的震慑力量。近年发掘的秦皇陵侧的兵马俑坑，估计其中两坑有武士俑七千件，战车百乘，战骑百匹。武士俑同真人一样高大，所持武器都是实物而非明器。这种车、步、骑兵混合编组的大型军阵，其规模之大，军容之盛，是秦军强大的表征。

秦始皇不但建立了一套专制主义中央集权的统治机构和制度，而且还采用了战国时期阴阳家的终始五德说，以辩护秦朝的法统。终始五德说认为，各个相袭的朝代以土、木、金、火、水等五德的顺序进行统治，周而复始。秦得水德，水德尚黑，所以秦的礼服旌旗等都用黑色；与水德相应的数是六，所以符传长度、法冠高度各为六寸，车轨宽六尺；水德主刑杀，所以政治统治力求严酷，不讲究“仁恩和义”；与水德相应，历法以亥月即十月为岁首，等等。秦始皇还确定了一套与皇帝地位相适应的复杂的祭典以及封禅大典，择时进行活动。秦始皇在咸阳附近仿照关东诸国宫殿式样营建了许多宫殿，并于渭水之南修造富丽宏伟的阿房宫。咸阳宫殿布局取法于天上的紫微宫，俨然是人间上帝的居处，天下一统的象征。秦始皇还在骊山预建陵寝，墓室中以水银为百川、江河、大海，机相灌输，上具天文，下具地理。他采取这些措施，和他采用皇帝的名号一样，是要表示他在人间的权力与上帝在天上的权力相当，从而向臣民灌输皇权神秘的观念。皇权神秘观念，是专制主义中央集权制度的思想基础。

皇权的加强和神化，郡县制的全面推行，体现专制皇权的官僚机构和各种制度的建立，法律的完备和统一，皇帝对军队控制的加强等，这些就是专制主义中央集权制度的主要内容。专制主义中央集权制度，在当时的条件下是维持封建统一所不可少的条件。但是这种政治制度对百姓的束缚极大；而且它对经济文化发展的促进作用也可以转变为阻滞作用，这在封建社会后期更为显著。

修筑万里长城

公元前 221 年，秦统一中国，主要的外来威胁已转为北方匈奴的骚扰和岭南少数民族的叛乱。始皇三十年（公元前 217

年）秦始皇巡游前往碣石时，曾派燕人卢生访求仙人，卢生回来后，为了向秦始皇说明鬼神之事，就奏上了一份谶纬图书。秦始皇看到书中有“灭秦者胡”的言语，对匈奴问题更加重视，于始皇三十二年（公元前 215 年）派将军蒙恬率军 30 万北击匈奴，由长公子扶苏做监军，收复了沿黄河以东直至阴山的大片土地（原属赵国后被匈奴占据），设立了 44 座县城，并在黄河险近筑城作为要塞。随后，秦始皇一方面命令蒙恬渡河攻取高阙、陶山等地，一方面又迁徙犯了罪的人进驻新设的 44 县。并于始皇三十四年（公元前 213 年）下令焚书的同时，又令发 50 万逋人、商人、赘婿之人修筑长城，戍守五岭。

长城本是秦统一以前许多诸侯国家就有的沿着国界修筑的防御性工事。尤其是位居北方的秦国、赵国和燕国，还都分别修筑了防御匈奴进袭的北长城。其中燕国有两条长城，一条是西起造阳（今河北省独石口）、东至辽东，为防胡人而修筑的北长城，另外一条是用以防备齐国和赵国的南长城。赵国也有两条长城，北长城西起高阙（今内蒙古临河）东至代地（今河北省蔚县），用以防御匈奴的骚扰，而南长城则是为防备齐国和魏国而沿着漳河修筑的。秦国也有一条西起临洮（今甘肃省岷县）向东北经固原（今宁夏自治区境内）直至黄河的北长城，和与赵国魏国临界的两条南长城。除此以外，当时还有一条沿着洛水修筑的，魏国防备秦国的长城，以及齐国、韩国、楚国等几个国家之间的长城。秦、赵、燕三个国家的北长城本是三条彼此互不衔接的长城，秦始皇下令重新修筑长城，就是要将诸侯国之间的那些已失去使用价值且又妨碍交通、妨碍统一集权的长城拆除，而将北面的三段长城衔接在一起，以建成一条完整的防御工事。

秦国最早的长城始建于简公七年（公元前 408 年）。是为了防备魏国而沿洛河修筑的，称为“堑洛”。到了惠文王元年（公元前324年）为防备赵国，又修建了位于洛河中上游沿岸的一条长城，称为“筑上都塞”。秦国的北长城修筑于昭襄王时期，当时有个叫义渠的戎族人国家，其戎王曾与昭襄王的母亲宣太后私通淫乱，还生了两个私生子。后来宣太后在甘泉宫中用计杀掉了义渠戎王，又起兵攻破了义渠国。从此，秦国的疆域包括了陇西、北地、上郡等地，便在北面修筑长城以御胡人。秦国的这条北长城从临洮起直向东北伸延，到达了今陕西省安塞境内则分为两支，一支止于秦上郡（今陕西省榆林）的肤施附近，另一支一直到达了今内蒙古自治区托克托县十二连城附近的黄河岸旁。秦始皇下令修筑的长城，就是以原有的燕、赵、秦三国的北长城为基础的，不仅要把这三段长城连成一线，而且还要扩大加固，使之成为一座完善的防御体系。这在当时而言，其人力与物力的投入必然是庞大的。为此，秦始皇不断强制性征调民夫百姓和派驻军队，并把有过失的官吏和违反焚书令的获罪者都罚去修筑长城。这对于战乱定息未久，生产力尚未恢复，人民生活尚未安定、尚未得到喘息之机的国家来说，实在是很困难了，但从后来汉初中匈奴对中原地区的破坏情况而言，此举谓势在必行。

秦始皇为抵御匈奴而下令修筑的长城，在工程建筑上主要由关隘、城墙、城台、烽燧四部分组成。关隘又叫关城，一般设立于高山峡谷等险要之处，或扼守交通要塞，可以少数兵士抵御众多敌兵，起到“一夫当关，万夫莫开”的作用。墙身内部的一面，每隔不远就有一个券门，是用石砖砌成的拱顶门，有石阶通向墙顶供守城兵士上下。城台又分为墙台、敌台和战台三种，相隔半里左右而设，凸出墙外。有的不设敌楼，只是外砌垛口，内开铺房供兵士巡逻放哨。有的设双层敌楼，楼下砌筑屋室供小队兵士驻守。烽燧也叫烟墩或烽火台。或设于高山之巅，或设于平地转折之处，或设于敌楼之顶，专供传递军情而建，如遇敌情，白天燃烟，夜间举火。秦始皇在下令修筑长城的同时，不仅派大军沿长城驻守屯防，而且还在长城附近一带，设立了陇西（今甘肃省东南部）、北地（今甘肃省东北部）、上郡（今陕西省西北部）、九原（今内蒙古乌拉特旗一带）、云中（今内蒙古托克托县东北）、雁门（今山西省西北部）、代郡（今山西省东北部及河北省蔚县一带）、上谷（今河北省西北部）、渔阳（今北京市东北部）、右北平（今河北省喜峰口至内蒙古喀喇沁旗以南）、辽西（今辽宁省东南部）等十二个郡。以管辖和开发长城沿线的地方，并大量移民前往开垦，以保证边防供应。还开辟了驰道、直道以加强边关与中央的联系。

长城的建成，在保护中原地区的政治稳定、经济发展、人民生活诸方面起到了一定的作用，也为建筑艺术留下宏伟的篇章。

焚书坑儒

秦始皇二十六年（公元前221年），秦王政统一六国，结束了长期的封建诸侯割据的局面，确立了专制主义中央集权的封建行政体制。这种专制皇权与自周代以来形成的封国建藩制度并不相容。许多人仍认为应沿袭周代的分封制度。当时的一些儒生、方士，抱着《诗》、《书》、百家语不放，以古非今。新旧两种制度的维护者意见分歧很大。

秦朝统一的当年，在有关国家的行政体制上即发生一场争论。以丞相王绾为首的一部分官吏，认为诸侯初破，燕、齐、楚等国离国都较远，主张立诸子为王，封国建藩。朝中不少大臣随声附和。廷尉李斯坚决反对，他认为战国时期之所以诸侯纷争，完全是西周实行分封诸侯造成的，只有废除分封制，才可能免除诸侯争立天下的战乱。秦始皇采纳了李斯的主张，在全国确立并推行郡县制。

秦始皇三十四年（公元前213年），秦始皇在宫中设宴款待群臣。宴会上，博士仆射周青臣称颂秦始皇灭诸侯、立郡县、统一中国的功德，认为这是前无古人的事业。博士淳于越反对，认为周青臣对始皇阿谀奉承，主张重新实行分封制。他认为，殷、周两代都分封子弟功臣，让他们辅助王室。现在始皇统一天下，而诸子都是平民，他们无法辅助始皇。一旦发生变故，无法互相帮助。凡事不师法古人而能够长久的，从来没有听说过。丞相李斯对淳于越以古非今的论调进行驳斥。他认为五帝不相重复，三代不相因袭。各代采用自己的方法去治理国家，并不意味着一定要和前代相悖，而是时代有所变迁。现皇帝创建万世功勋，那些愚蠢儒生们根本不可能理解，再照搬三代之法，毫无道理。因此他指出：现在天下安定，政令归于皇帝，百姓应致力于生产，读书之士应认真学习政府法令。但是现在的儒生置法令于不顾，不学习当代的东西，一味地模仿古制。他们标榜私学，攻击政府，入则心非，出则巷议，诽谤朝政，惑乱人心。政府如果不加以禁止，必有损于皇帝的权威，下臣结成惑乱朝政的私党，危及中央统治。李斯建议秦始皇焚书，把秦记以外的各诸侯国史书和私人收藏的《诗》、《书》、百家语通通烧掉。以后敢有议论《诗》、《书》的，处以死刑。以古非今的，杀掉全家。官吏知情不报的，与犯人同罪。命令下达30天不烧的，脸上刺字，发配边疆，罚筑城劳役四年。又规定，国家藏书及医药、卜筮、农业方面的书不在此列。同时禁止私学，提倡法治，以吏为师。秦始皇采纳了李斯的建议，并下了焚书令。大批书籍被付之一炬，古代文化典籍遭到严重破坏，并使“经书缺失而不明，篇章弃散而不具。”这一事件，历史上称之为“焚书”。

秦始皇晚年，笃信方术。希求长生不老。秦始皇二十八年（公元前219年），在东巡途中，齐国方士徐市上书说，东海之中有蓬莱、方丈、瀛洲三座神山，可觅到仙人和长生不老药。始皇信以为真，派徐市率童男童女千余人乘船入海，求寻仙药。徐市出海后找到一座大岛屿，便就地称王，不再回来。秦始皇三十二年（公元前215年），始皇东巡到碣石，又派方士侯生、卢生再次入海觅求仙药。三十五年（公元前211年），卢生等求不到仙药，怕遭诛杀，认为始皇刚愎自用，野蛮专横，贪于权势，只任用酷吏治理朝政。声称对这样无德行的人不能为他去觅求仙人仙药。随后便逃亡了。秦始皇得知后，下诏指责方士、儒生用妖言蛊惑天下百姓，并责派御史查讯他们的罪状。方士和儒生们为推脱责任，相互牵连告发，结果查出460余人。秦始皇下令将这些人全部在咸阳附近活埋。史称坑儒。

焚书坑儒是秦朝在建立国家行政体制上激烈斗争的表现。在当时的历史条件下，为巩固统一，禁止以古非今，采取统一的思想是很必要的。但是，焚书坑儒的手段却是愚蠢而又残酷的，特别是焚书，毁灭了许多古代文化典籍，使战国纪年至今无法搞清楚，造成了文化上的重大损失。焚书坑儒加速了秦朝的灭亡。

废分封，立郡县

全国统一之后，面对这空前的广土众民的大帝国，秦始皇应当采用何种政府形式来进行统治呢？这是一个刻不容缓的现实课题。所以，就在统一的当年，丞相王绾等人便提出，燕、齐、楚等地离首都太远了，若不分封始皇的儿子们去当国王，恐怕不便于统治。秦始皇把这个建议交给大臣们讨论，大臣们都认为这个办法好。只有廷尉李斯独排众议，他说：西周初年分封国王的子弟亲属很多，但传到后世亲戚关系就疏远了，相互攻击如同仇敌，兼并战争不断发生，周王也无法制止，到现在好不容易才统一起来。始皇的儿子们和大功臣，可以立为“封君”（享有“侯”、“君”等名誉爵位，但不实际领受封国），用国家征收的赋税重赏他们。这样，他们既很富足尊贵，国家又便于控制，天下没有二心，这才是巩固统治的好办法。分封诸侯的意见不对。秦始皇采纳了李斯的建议，作出决定说：天下都深感兼并战争连绵不断的痛苦，原因就在于分封诸侯王。现在天下刚刚统一安定，又去建立诸侯王国，那就是培植战乱的根子，这样来谋求天下安宁，岂不是非常困难吗！廷尉的意见才是对的。

以丞相王绾为首的满朝文武大臣主张恢复分封制，代表着封建贵族割据势力。他们公开讲的是请求分封始皇的儿子们为大国国王，没说出口的则是援例分封他们中的头面人物为小国诸侯。因为这些人是所谓开国元勋，论功行赏封侯是有望的。其实质就是想恢复诸侯割据称雄的封建国家。秦始皇和李斯所坚持推行的郡县制，则是代表新兴地主阶级的利益，要求削弱

万里长城

封建贵族，维护中央集权统一，消除分裂割据的混乱现象。这无疑是代表历史发展趋势的重大措施，是有助于社会进步，有利于人民生活的，但是，我们也应看到，这种统一既然是封建地主阶级专制皇权的统一，它就不能是很彻底的，必定“在某种程度上仍旧保留着封建割据的状态”。比如就在这场辩论前后，秦帝国也有封侯的，就是那些在统一战争中立有大功的将军王翦、王贲等人。不过这种“侯”只是享受租税收入的封君，并不能真正领有土地和人民，也即是李斯所说的用国家征收的赋税重赏他们的办法。但他们对这种地位是不甘心的，所以王翦在领兵伐楚时就当面对秦始皇说，给你当将军，立了大功也终归不得封侯。王翦所指望的封侯，就是那种领有土地和人民、掌握实际统治权、得以割据独立的诸侯。秦始皇的进步作用，就在于他能摆脱传统思想的束缚，不顾将相大臣的反对，毅然支持以李斯为代表的新兴地主阶级的要求，创立和巩固了专制主义中央集权的封建国家，促进了祖国历史的前进步伐。从此以后，这种地主阶级掌握政权的体制就基本上固定下来，虽然在某些特殊历史条件下有点反复，分封制偶尔死灰复燃（如西汉初年），但总是带来分裂割据以至战乱，阻碍历史前进，所以都被迅速否定，只成为历史上一个短暂的插曲而已。

郡县制在我国春秋时就有了萌芽，战国时代的各国已经普遍建立了郡县，管理新获得的地区。秦国在商鞅变法时，就曾把全国划分为31县。其后在兼并战争中夺得的土地，也陆续设置郡县。

秦始皇采纳了李斯的建议以后，便把全国划分为36郡，每郡下设若干县。其后秦始皇开拓边区，又不断增设了一些郡县，据统计先后共设置46郡。所以，郡县制的建立，是春秋战国数百年军事政治斗争的产物。它的基础则在于个体小农已成为社会经济主体，这些直接隶属于国家的编户齐民提供的赋税徭役，使国君有可能组织军队、豢养官僚，并通过这两大支柱直接控制广土众民。不必再将土地人民划成封国采邑、依靠封建贵族去分散治理了。所以，这种封建官僚体制是适合于封建地主经济制的发展的。

为了管理这种专制主义中央集权的国家机器，秦始皇参考六国制度，设置了一整套官僚机构。中央有以丞相、太尉、御史大夫为首的百官，丞相辅佐皇帝总管一切行政事务，太尉主管军事，御史大夫协助丞相并负责监察，这便是所谓“三公”，是中央机关的首脑。他们各有分工，互相钳制，改变了这以前执政大臣平时治民，战时带兵，出将入相，军政大权统由一人掌握的传统。这样就可以从体制上防止权臣专横，而只有皇帝才能总揽大权。三公的下一级是负责各部门具体事务的“九卿”，主要有掌管礼仪制度议论政事的“奉常”，有负责侍从警卫的“郎中令”，有主管司法侦察审讯的“廷尉”，有管理国家财政经济的“治粟内史”，有管理皇室财务和官营手工业的“少府”等。地方行政机构分为郡县两级，郡有相当于中央三公职务的守、尉、监御史，郡守总管全郡行政事务，郡尉协助郡守兼管军事，监御史监察郡务（从汉代情况看，主要是考察地方主官执行中央政令的情况和是否奉公守法）。县又根据人口多少分为大小两类，大县设县令，小县称县长，并有辅佐的尉和丞。县以下的基层组织是乡和亭，大约十里一亭，亭有亭长。十亭一乡，乡设三老、啬夫、游徼，三老负责宣讲法令教化民众，啬夫负责征收赋税审理诉讼，游徼负责巡逻治安。

这些官吏很多也是战国时代就有了的。但是组织成为这样从中央到地方最基层一整套完备的官僚机构，却是秦始皇开创并为其后历代封建王朝所沿袭发展。这些官吏都由政府任免并从国库领取俸禄，他们都得执行中央统一规定的法律制度，他们的任职情况经常受到考察，到了年终，下级还要派人逐级向上直到向中央报告工作，称为“上计”。这套机构保证了皇帝个人独裁，使得中央的政令可以逐级下达基层直接统治全国人民，消除了封国采邑制度下贵族世袭官职，分别统治一部分土地和人民的割据状态。

对于军权，秦始皇更注意严格控制。军队由国家征发服兵役的民众组成，军官由皇帝随时委派或罢免，废除了封国采邑制度下以贵族为核心，以职业武士为骨干，只承认统领他的贵族而不承认上级主帅的私家武装。只有这种国家军队才是保证君主直接掌握政权的重要支柱。这种军队的调动完全根据中央命令，比如秦王朝统一前夕的兵符铭文称：凡是50人以上的军队调动，都要接到国王的命令才能执行；除非是遇到烽火告警的特殊情况，才可以不等待命令就行动。比这稍早的“杜虎符”也有同样内容的规定，而“阳陵虎符”铭文称：“甲兵之符，右在皇帝，左在阳陵”。可见统一以后军队调动制度也还是这样的。

中央集权统一国家的建立，是秦始皇非常自负的一件大事。在当时群臣歌功颂德的各处刻石中，差不多都要强调他吞灭六国、统一天下、消除兼并战争的灾祸、使民众享受安宁这些方面，认为这是秦始皇最大的贡献。比如峄山刻石写道：回想从前混乱的时代，分封土地建立许多国家，种下了争夺的根源。兼并战争天天发生，血流遍野，从遥远的古代就已经开始了，经过许多年直到五帝三王都没能禁止。到今天皇帝统一天下，兼并战争不再兴起，消除了战祸，民众才得长久享受安宁幸福。应当承认，这些说法还是有一定历史依据的，但不能说全是秦始皇个人的功劳，关键还在于战国以来社会经济的发展提供了物质基础。

秦国从商鞅变法确立了地主所有制，奖励富裕农民，免除他们的徭役负担，鼓励他们自由开垦土地不限数量。对于作战立功的人，还赏赐以土地和依附农民。这样就为封建地主经济的发展提供了条件，帮助了新兴地主阶级的成长壮大。秦始皇统一中国后，封建地主经济得到了进一步的发展。秦始皇三十一年（公元前 216 年），曾下令“使黔首自实田”，即是叫民众向官府报告自己占有多少田地。这当然是为了征收租税，但同时这也是国家对地主的土地所有权给予法律上的承认并加以保护的重要措施，显然是大大有利于封建地主制的发展和巩固的。在当时群臣歌颂秦始皇的功德时也写道：“皇帝之功，勤劳本事，上农除末，黔首是富”。就是夸耀秦始皇鼓励发展农业，使得民众富裕。不言而喻，这里所谓的民众，主要是指地主阶级而言。从西汉初的董仲舒到东汉末的崔实，两汉有不少学者纷纷指出，秦王朝的政策是“尊奖并兼之人”，即是鼓励大地主肆无忌惮地剥削压榨农民。从而使他们拥有数不清的亿万家财，侵占成千上万亩连成一大片的田地，结交官府，扰乱法令，豢养打手，胁迫平民，成了县里的土皇帝，乡里的小霸王。相应的作为其对立面的广大农民，就穷得无处立足，只好租佃地主的田地，交纳 5/10 的地租，全家老小整年为地主服役。这样一来，有钱有势的地主剥削所得年年有余，越过越富裕。贫苦无权的农民受尽压榨生活困难，越来越贫穷，穿的牛马衣，吃的猪狗食，活着终生劳苦，死去无处安埋。遇到灾荒年月，更是离乡背井，逃荒要饭，嫁妻卖子，生活悲惨痛苦。

秦始皇宣扬的是“上农除末”，即奖励重视农业，压制打击工商业，这也是商鞅变法以来秦国的传统政策。但是，经济力量的发展却不是简单的行政手段所能禁止的。就在秦国，随着封建地主经济的发展，工商业也迅速繁荣起来。富裕的大工商业者有了钱也就会得势，从吕不韦的发迹便可充分证明。所谓“除末”，只不过是指小工商业者而已，它并不曾妨碍大工商业的发展。而秦始皇的统一事业，在客观上更为工商业的发展创造了空前有利的条件。在统一中国的当年，秦始皇就命令全国的度量衡制都改用商鞅为秦国所定的制度，并且颁发了标准器，上面还刻印了皇帝关于统一度量衡的诏书，指定由丞相隗状、王绾领衔办理这件事。秦始皇又废除各国混乱的货币，规定两种通货，黄金为上币，以“镒”为单位（20 两为一镒），圆形铜钱为下币，每枚重半两。这样一来就大大方便了商品交换活动，在统一政权之下，开放关卡，四海一家，许多大商人贩运货物周流天下，各行各业都出现了繁荣兴旺景象。这些富商大贾也是秦王朝统治的社会基础，他们当中的头面人物象以畜牧起家的乌氏倮、以开采丹砂致富的巴寡妇清，都曾受到秦始皇本人的礼遇，和贵族封君平起平坐。

秦始皇的三大统一

秦始皇的三大统一，是指统一货币，统一度量衡和统一文字（也有加上统一车轨，合称四大统一的说法）。

统一货币的时间，一般认为在秦始皇三十七年（公元前210年）也就是秦始皇临死的那一年。秦统一中国以前，各国的货币十分复杂，由于各国的政府、法令都是独立的，又由于官、民都有铸造货币的权力，所以货币的发行和流通情况相当复杂，种类繁多，形状各异、其轻重大小都不一致。特别是计算单位的差异，使货币的换算、流通，以及赋税的征收，商品的交换，都受到很大的妨碍。当时使用的货币主要有齐、燕等国使用的铜铸刀形货币、称“刀货”；魏、韩、赵等国，则以铜铸铲形货币为主，称“镈币”（或“布币”）；楚国用的是两端凹入呈长方形的金铸货币，因其正面用铜印钤成小方格，格内多印有“郢爰”币文，所以称“郢爰”，以及被称为“鼻蚁钱”的形如海贝的铜铸货币；再就是秦、魏、赵等黄河两岸地区使用的铜铸圆“钱”，但这些圆“钱”的大小、轻重、形状也仍然是不尽相同的。尤其是有的国家在不同地区也使用不同的货币。最典型的像赵国，刀货、币和圆钱都可以同时流通。所以，当时完全是一种换算复杂、货币混乱的状态。秦统一全国以后，必须改变这种现象。于是始皇下令废除原来在秦以外通行的六国货币，在全国范围内，一律只准通行秦国的货币。这一行动《史记》上称为“始皇三十七年，复行钱”，而《史记》同样还有“惠王二年初行钱”的记载。但是，从“初行钱”到“复行钱”却绝不是简单的继承，而是一种货币制度的改革。这种改

秦始皇

革包括如下几个方面：1. 重新改铸新版的圆钱，使货币有一个统一、规范的标准版，新版钱就是秦“半两钱”。为了使用方便，半两钱采用仿自璧瑗的圆钱，外呈圆形内开方孔（或有天圆地方之说），直径1.2寸，铜铸，重半两（合12株）钱面分左右铸有钱文“半两”二字。2. 规定统一的换算制律，分货币为三等，以黄金为上币，镒为单位，每镒重24两。以铜半两钱为下币，一万铜钱折合一镒黄金。据考中币为布，并规定：珠玉、龟、贝、银、锡之类，作为装饰品和宝藏，不得当作货币流通，可见秦的基本货币的货币换算基准，都是以半两钱为法定标准的。3. 规定货币铸造权为国家所有，私人不得铸币，由国家将过去重量不一的旧铜钱全部重新改铸成半两钱。地方政府铸币，必须按国家规定的标准版设计铸造。并印上铸造地方的名称。4. 在法律上定明私铸货币者有罪，并对其严加制裁。秦始皇铸半两钱的改革行为，实现了中国的第一次货币统一，也为经济发展开辟了道路，在经济史上，是一个不可忽视的开创。

中国度量衡的首次统一，是在秦始皇二十六年（公元前221年），也就是秦统一全国的当年。是年始皇下诏，诏曰“廿六年，皇帝尽并兼天下诸侯，黔首大安，立号为皇帝。乃诏丞相状、绾（两位丞相的名字），法度量则不一，歉疑者，皆明一之。”秦始皇的这一诏令被刻在所有的官府制作的标准度量器上。从此天下度量衡器，实现了标准上的统一。在此以前，中国度量衡的情况也和货币一样，呈原始状态，有着各种不同的计数单位和各种不同的计算进制。以量制为例：一是单位名称不一样，秦国以升、斗、捔（斛）为单位；魏国以半斤、斗、钟为单位，赵国以升、斗（镒）为单位，齐国以升、豆、区、釜、钟为单位；二是单位置质不一样，秦、魏、赵都有斗，但秦斗约合今 2021 毫升，赵斗约合今 2114 毫升，而魏斗约合今 7140 毫升。三是各国的进制不一样，秦国用十进位，齐国在升、豆、区、釜之间用五进制，而釜、钟之间都是用的十进位。这种复杂多样的度量衡只能适合政治割据社会的需要，大一统封建中央集权的出现使它不适合时代的弱点更暴露了，为了不使其影响秦王朝的经济交流和发展，秦始皇命令由丞相隗状、王绾负责，废除六国旧制，把度量衔从混乱不清的状况，明确统一起来。统一后的度量衡包括：度制以寸、尺、丈、引为单位，采用十进制计数，10 寸 1 尺，10 尺 1 丈，10 丈 1 引；量制以合、升、斗、桶（斛）为单位，也采用十进制计数，10 合 1 升，10 升 1 斗，10 斗 1 桶（斛）；衡制以铢、两、斤、钧、石为单位，24 铢为 1 两。15 两为斤、20 斤为钧，3 钩为 1 石。这种度量衡制实际上是商鞅变法时所定度量衡制的推广和发展。早在秦孝公十八年（公元前 344 年）商鞅变法时就曾着力统一过秦国的度量街制，改变了度量衡标准，铸造了标准度量衡器。当时 1 升合今 0.2 升，1 尺约合今 0.23 米。所以，秦始皇统一度量衡，实际上是以法令形式肯定了秦国原有的制度，并向全国推行。为了有效地统一制式，划一器具，秦始皇一方面铸造大量标准量器以为模范，一方面大力宣传度量街统一的优越性，同时从制度和法律上也采取了有效的措施。秦朝规定了定期检查度量衡的制度，规定每年“仲春之月，一度量，平权衡，齐斗桶”以保障新度量衡的精确与实施。秦朝还在法律上明确了对度量衡不正者的处罚条例。在今出土的《秦律》中，有许多具体详实的有关规定。通过这些有力的措施，秦始皇统一度量衡的行动收到了很大的成果。并且影响了以后几千年的计量制度。

文字的统一，更是秦统一全国后的一项迫在眉睫的事业。中国的文字，从半坡村新石器时代的彩陶刻画文字萌芽，经殷商甲骨文和西周金文（钟鼎文）成长到春秋、战国时期，已经历了漫长的演变和发展。但由于长期的割据，混战和社会秩序之不稳定，文字也缺乏管理，各诸侯国的文字有很大分歧。有不同方音产生的假借字，不同字形造就的简笔字和异形文字。这样的混乱和分歧，不但妨碍秦王朝政令的推行，而且不利于经济、文化的交流和发展。于是，全国统一的当年，丞相李斯就向秦始皇提出了“书同文字”的建议，秦始皇接受了这一建议，命令全国禁用各诸侯国留下的古文字，而一律以秦篆为统一书体。由李斯、赵高和胡毋敬三人，分别编写了《仓颉篇》、《爰历篇》、《博学篇》三书，作为推行秦篆的典范。秦篆又叫小篆，是从大篆（包括钟鼎文、石鼓文、籀文等在内的一切古篆的总称）中演化而来的。小篆与大篆的区别主要是：有固定的偏旁符号、有固定的部首位置和有确定的笔画数量。小篆的形体也比大篆更为整齐和定形化，线条笔画均匀，比起大篆来更便于读写。这些特点都是大篆本身所不具备的，又是后来汉字发展所遵守的基本原则。可见其进步意义是不可抹杀的。秦始皇为了实现文字的

秦始皇封禅处无尽头

统一，身体力行推行小篆，在他东巡时所刻写的碑文，都是由他的丞相李斯亲手所写的标准的小篆。李斯是至今为止最著名的篆书家之一，又是小篆的创始人，著名的《琅玡刻石》、《泰山刻石》等都是出自他的手笔。秦始皇在推行小篆统一文字的同时，还倡导了另一个书体“隶书”。隶书原本也是从篆书中演化出来的，它改篆书的曲笔为直笔，结构平稳，书写方便，为民间所乐用。到了秦始皇统一文字时，秦下杜（今陕西西安市）人程邈将其搜集整理，呈报给了秦始皇。还有一位叫王次仲的隐士，也曾上书给秦始皇，请求他准许使用民间流行的隶书体，秦始皇看到了隶书较之小篆的优越之处，很高兴地接受了他们的意见，并奖励了程邈，还三次派人请王次仲入朝，王次仲坚持推辞不往。后来，秦始皇下令根据王次仲的隶书进行整理，到了程邈的收集整理完成后，隶书这种书体便在全国广泛应用了。由于隶书特有的更好写更通俗的长处，致使实际上秦朝所使用的字包括官方也是以它为主的，除去一些庄重、重要的诏书必须使用正规秦篆之外，连一般的公文都使用隶书来写。秦始皇以小篆和隶书为统一文字，对中国的文化、政治、经济发展，都产生了深远的影响。他的文字改革不仅是一种统一，而且还是古体文字向今体文字转变的先行。

秦始皇的三大统一，都是依靠政治统一中央集权才得以施行的。这虽然反映了秦始皇本人好大喜功的个性，却也同时反映出秦始皇的个性特征在一定程度上，迎合了社会发展的实际需要。

秦驱逐匈奴之战

秦统一六国，据有了燕、赵北部地区的全部疆域，这样秦、燕、赵北部就连为一体并与东胡和匈奴接壤。在秦统一六国作战时，无力北顾，燕、赵两国也倾全力与秦交战，对北方的防御力量大为减弱，匈奴此时即乘虚南下，其兵锋已达阴山、九原、云中。秦之上郡、陇西等地边境也常遭匈奴袭掠，严重威胁关中和都城咸阳的安全。秦既已灭亡六国，对北部边疆的安全自然引起了充分的重视。

生活于中国北方与秦王朝接壤的少数民族，至秦统一六国前后，已逐渐融合为东胡、匈奴、月氏三大民族，并以匈奴最为强大。匈奴部族主要居住于蒙古高原地区。匈奴单于头曼为一世之雄主，他雄心勃勃，常以武力征服周围弱小部族，多年来，与赵、燕、秦交兵于三国北部长城内外，成为三国之大患。它已占有了现今之辽宁西北部、山西北部、内蒙、宁夏等一带地区。匈奴已将东胡部族全部逐赶于燕山以东，将月氏部族逐赶至祁连山以西地区，并进占河套水草丰茂地区，人强马壮，经济繁荣，且男女老少长于乘骑，勇猛凶悍，具有相当强的野战机动作战能力，成为北方各国最难对付的敌手。

秦在统一六国之前，秦、赵、燕三国北部地区长期受到匈奴等部族的袭掠，边境地区烽火连绵不断，人民生命财产经常处于朝不保夕的状态之中。当时除原赵将李牧防守代郡期间堪与匹敌之外，各国既无征战匈奴的精兵勇将，也无对匈奴作战长期有效的战略，多以筑长城单纯防御为主，战略上始终处于消极被动的局面。秦始皇在统一六国之后，为消除来自匈奴的侵袭，寻求对匈奴作战的策略，于秦王政三十二年（公元前215年）亲自沿边境地带巡视，进而确定了对匈奴作战的战略：（一）从内地移民充实边境地区，开发边境地区的经济，以增加战争的人力和物力资源；（二）修筑从内地通往边境的道路，为调兵运粮提供可靠的保障；（三）连接秦、赵、燕之长城，使之成为绵亘不断的防护屏障；（四）加紧战争准备，收复失地，彻底战胜匈奴，永保边疆巩固。

秦军按以上战争策划，在完成战争准备的基础上，确定了以下具体作战计划：先将侵占陇西河套之匈奴赶到贺兰山脉与狼山山脉以西，将侵占赵边境地区之匈奴驱赶至赵筑长城以北。秦以大部兵力进击河套北部，似一部兵力由北地郡，进击河套南部，收复河套地区后，主力由河套北部地区渡过黄河，向高阙、狼山山脉进军，一部兵力由河套西南地区渡河，向贺兰山方向进军。

秦始皇三十二年，秦始皇命将军蒙恬率领30万大军开始了对匈奴的作战。蒙恬自率主力，经过现在的陕西榆林向河套北部地区进发，一部兵力出萧蒹关直趋河套南部地区。秦军由于进攻突然，来势迅猛，加之匈奴在河套地区兵力有限，匈奴难以形成有组织的抵抗，秦军遂将河套地区的匈奴部落扫除，顺利进占河套地区黄河南岸尽为秦收复。秦始皇三十三年（公元前214年）春，秦军主力由五原渡过黄河后，迅速进至狼山山脉，一部兵力渡河后攻占贺兰山地区。秦军兵威势猛，匈奴在秦军的打击下，深为恐惧，向北方逃走。至此，秦、赵原边境地区全被秦收复。秦驱逐匈奴之战胜利结束。

蒙恬收复原被匈奴所占地区后，设立九原郡，郡治在今内蒙古之五原。该郡共辖44个县。为巩固后方领土，秦始皇命蒙恬率军加修由高阙沿阴山山脉至云中原赵国之长城，并新修由高阙沿狼山至榆中之长城，同时责令云中、代上谷、渔阳、右北平等郡组织人力加修与连接燕赵原长城，经过多年修筑，长城逐渐连接成为秦北方一道绵延巍峨的防御屏障。

秦末农民起义

秦始皇的事业，是在残酷地剥削压迫人民的条件下，在短短的十几年中完成的，这使秦的统治具有急政暴虐的特征。

同时，秦始皇又好神仙方术，追求长生不老，为此也耗费了大量人、财、物力。秦始皇想在自己活着的时候，做完一切要做的事，好让子孙世守，二世三世以至于千万世，传之无穷。所谓“常职既定，后嗣循业”，就是他的唯一愿望。他知道死到底是不可避免的，因而在骊山大造坟墓；他又希望或者可以不死，因而召集方士求神仙，浪费大量财物，寻求长生不死的奇药。派徐市率千名童男童女下海求仙即为一例。方士妖妄，劝他隐藏，不让臣下知道住处。多造宫室，建筑长城（方士奏图书说“亡秦者胡也”，秦始皇发大军击匈奴，并筑长城），大都是受方士的欺骗。

秦始皇又大造宫室和坟墓，规模宏大，空前未有。秦始皇灭六国后即图绘各国宫室，在咸阳北照样建筑，共有宫室145处，藏美女1万人以上。他还以为小，在长安西南造阿房宫前殿，东西500步，南北50丈，庭中可以坐1万人，殿中可以建立5丈高的大旗。宫前立12个铜人，重各24万斤，这是初并天下时，收集民间兵器，销毁改铸的。又用磁石作大门，防有人藏铁兵器入宫。征发所谓罪人70余万人，分工营造，北山的石料，楚蜀的木材，都运输到关中。计关中共有宫室300所，关外400余所。这样巨大的工程还没有完毕，秦始皇就死了，秦二世继续兴修。后来项羽入关，烧秦宫室，火三月不息，阿房宫全部被烧掉。

秦始皇在大修宫殿的同时，又为自己大造坟墓。他刚即位就在骊山造自己的坟墓。并六国后，征发所谓罪人70余万人到骊山服役。坟墓高50余丈，周围5里余，掘地极深，灌入铜液。坟墓中有宫殿及百官位次，珠玉珍宝，不可计数。用水银造江河大海，机械转动，水银流注。又用人鱼膏（据说是一种四脚鱼，生东海中）做烛，在墓中燃烧。令工匠特制弓弩，有人穿坟入内，弓弩自动放射。秦始皇尸体入墓，没有生子的宫女，全数殉葬。不待工匠出来，封闭墓门，工匠都被活埋在里面。

秦时全中国人口约200千万左右，被征发造宫室坟墓共150万人，守五岭50万人，蒙恬所率防卫匈奴兵30万人，筑长城假定50万人，再加其他杂役，总数不下300万人，占总人口15%。使用民力如此巨大急促，实非民力所能胜任。虽然形式上不发闾左，但刑法苛暴，很多农民被称为罪人去服各种劳役，农民苦不堪言。

除了繁重的赋税徭役之外，广大人民还受到严刑峻法的摧残。秦的法律十分残酷，刑法的名称很多。人民摇手触禁，动辄陷刑，轻则判徒刑，重则处死。还有所谓族诛、连坐等法，一人犯法，罪及三族；一家犯法，邻里连坐。秦朝的官吏大都是穷凶极恶的刽子手，如一个小小的范阳令“杀人之父，孤人之子，断人之足，黥人之首，不可胜数”。当时犯罪的人很多，有人统计不下200万，牢狱皆满。被押解的囚徒，甚至堵塞了道路。

秦始皇的残暴统治，加剧了阶级矛盾。秦始皇三十七年

（公元前 210 年）七月丙寅，秦始皇病死在沙丘平台。宦官赵高和丞相李斯发动政变，拥立公子胡亥继位是为秦二世。秦二世统治更加残暴，终于在公元前 209 年爆发了中国历史上第一次农民战争——陈胜吴广起义。后来陈胜、吴广相继牺牲。但反秦斗争并没有结束，项羽和刘邦领导的起义军逐步壮大起来。公元前 207 年八月刘邦率义军入关。此时，秦二世被赵高杀死，取消皇帝称号，另立二世之侄子婴为秦王。公元前 206 年十月，刘邦进军灞上，子婴投降，秦朝灭亡。又经过四年的楚汉之争，刘邦最终战胜项羽，公元前 202 年刘邦即皇帝位，汉朝建立。汉朝定都长安，后来被称为西汉或前汉。

陈胜、吴广起义

秦二世即位以后，秦朝的政治达到了极其黑暗的程度，人民已无法生活下去，只好铤而走险。农民大起义终于爆发了。

陈胜是阳城（今河南登封东南）人，字涉。吴广是阳夏（今河南太康）人，字叔。陈涉少时即有大志。曾给人打短工在田里耕地。干活休息的时候，陈胜怅恨久之，对同伴们说："苟富贵，勿相忘。"同伴们都笑着说："你为别人打短工，哪里来的富贵?"陈涉叹了一口气，说："唉，燕雀哪里知道鸿鹄的志向呢?"

秦二世元年（公元前 209 年）七月，秦政府调发闾左（指贫民）到渔阳（今北京密云西南）戍边。陈胜和吴广皆被征发而编在这个行列之中，并被指定为屯长（领队）。当他们一行 900 人行至大泽乡（今安徽蕲县东北）时，遇上了大雨，洪水泛滥，淹没了道路，估计已经不能按期到达渔阳。而按秦朝的法律，失期皆斩。陈胜和吴广商讨说：“如今逃亡是死，发动起义也是死。同样是死，为国而死可以吗?”陈胜又说：“天下人受苦于暴秦的统治已经很久了。我听说秦二世是秦始皇的小儿子，不当立为皇帝，应当立为皇帝的乃是公子扶苏。扶苏因为几次劝谏秦始皇，秦始皇派他出外带兵。他本无罪过，而二世杀害了他。百姓多听说他的贤能，却不知他已经死了。项燕当楚国大将，立下许多大功，又爱护士卒，楚国人很爱戴他。有的说他死了，有的说他还活着。现在要是以我们带的这些人诈自称奉了公子扶苏和项燕之命倡导天下，肯定有许多人响应我们。”吴广认为有理。他们去占卜吉凶，卜者猜到了他们的意图，说：“足下事皆成，有大功。但足下还应向鬼神问卜。”陈胜、吴广一听，马上明白了卜者的意思，说：“这是教我们先借鬼神在众人中取得威望。”便找来一块帛，在上面写上三个红字“陈胜王”，然后将帛塞到别人打来的鱼肚子里。戍卒买鱼烹食，得到鱼腹中的帛书，都觉得很奇怪。陈胜又让吴广夜里溜到戍卒驻地旁树丛中的一个神祠里，点燃一堆篝火，并学着狐狸的声音叫“大楚兴，陈胜王”。戍卒们在夜里听到这个声音，都十分惊恐。第二天，戍卒中谈论纷纷，都注目于陈胜。

陈胜

吴广平素十分爱护别人，因而戍卒们都很爱戴他，愿意听他的话。这一天，押他们到渔阳的两个将尉喝醉了酒，吴广便故意在他们面前说想要逃走，使将尉发怒而侮辱自己，以激怒戍卒们。将尉果然用棍子揍吴广，并拔出剑要砍。吴广乘起一把夺过剑来把一个将尉杀死，陈胜帮助他杀了另一个将尉。之后，陈胜把900个戍卒召集到一起说："诸位遇上大雨，都已误了期限。而按秦朝之法，误了期限是要斩首的。即使不被斩首，而当戍卒十个就有六七个会死。身为男子汉，不死则已，死就要死得壮烈。王侯将相难道是天生的吗?"戍卒们齐声高呼："我们听您的指挥。"他们便诈称公子扶苏、项燕，以从民望，袒右（光着右膀），称"大楚"。

起义军很快地占领了大泽乡，接着又攻下了蕲县县城（在现在安徽宿县南面）。从蕲县分兵两路，一路由符离县（现在安徽宿县符离集）的一个农民葛婴率领，向蕲县以东各县发展。主力部队在陈胜、吴广亲自指挥之下，接连攻取了蕲县西北面的五个县城。各地农民自己带了粮草，来参加起义军。不到一个月，他们便有战车六七百辆、骑兵1000多、步兵好几万，成为一支力量强大的队伍。

起义军乘胜向西推进，打到了陈县（现在河南淮阳县）城下。陈县的县令已经逃跑，只有县丞（县令的助理）在守城。起义军杀死了县丞，占领了陈县。

陈县在战国时期，一度做过楚国的国都，是当时的一个大地方。从地理位置上看，它更显得重要。古时候有一条出名的运河叫做鸿沟（就是现在的贾鲁河），就在陈县境内和淮河的支流颍水会合。这条鸿沟是贯串黄河和淮水的重要交通线，秦朝靠着它转运江淮地区的粮食和物资到关中（指现在的陕西省）去。起义军夺取了陈县，截断了秦朝这一重要交通线，沉重地打击了敌人；同时也使自己便于取得物资，并且在军事上处于优越的地位。这是起义军的重大胜利。

这时起义军的声势浩大，为了加强领导，为了更有力地对秦朝展开攻势，有了组织政府的必要。陈胜便召集当地的三老（相当于后来的乡长）和各阶层人士来开会商量。大家在会上一致推举陈胜做王。于是起义军的政府便在陈县建立了，国号叫张楚，是“张大楚国”的意思。因为这一带原是旧楚国的地方，楚国灭亡后，流传着“楚虽三户，亡秦必楚”的话。（意思是说楚国虽然只剩三户人家，但是灭亡秦国的必定是楚国）。这里的“三户”是指三家贵族，不过这话也反映了人民怨恨秦朝统治、怀念过去国家的情绪。陈胜便提出讨伐暴秦、张大楚国的口号，号召人民一齐起来反抗秦朝政权。在陈胜的号召下，各地人民纷纷杀了秦朝的官吏，打起张楚的旗帜。当时自动结合的上千人的起义队伍，多到数不清，他们都把陈胜当做领导人。

起义军的政治中心陈县，这时聚集了各色各样的人物。这里面有旧六国的残余贵族和游士（游士是战国时期政治上的活动分子。因为他们到处活动，如果今天在这一国处得不合适，明天就到另一国去，所以叫做游士），有称为儒生的地主阶级知识分子，他们对秦朝政权都是不满的，甚至是仇视的。六国的旧贵族曾经遭到秦始皇的严厉镇压，当然是秦朝统治者的对头，他们也时刻在图谋复辟。游士在战国时期，依靠各国贵族，取得功名和富贵。秦朝灭掉六国以后，他们不得不隐姓埋名，社会地位显著地降落下去，还要受到秦朝政权迫害，一有机会，他们便想出头露面，因而参加了革命斗争。至于儒生的投奔起义军，是为反对“焚书坑儒”的措施，——秦始皇为了推行新制度，曾经烧了许多古书，活埋一批引用古书来批评秦朝法令的儒生。各阶层人士纷纷依附陈胜，说明农民起义的影响扩大了，但是起义军的组成分子也复杂了。

张楚政府成立以后，在军事上作了一番布置。起义军的骨干被派到各地去，对秦朝发动全面的攻势。起义军的军事部署和作战计划是这样的：

一、由假王（“假”是代理的意思）吴广监督田臧等将领向西进兵，进攻目标是荥阳。荥阳在战略上有非常重要的地位。它是黄河和济水的会合处，又是鸿沟的起点，占领了荥阳就可以阻挡住秦兵的东下。而且当时关东的粮食，运到这里后就储藏在荥阳西北的敖仓里，敖仓是关东最大的粮食仓库，夺取了敖仓又可以解决起义军的粮食问题。所以攻取荥阳起义军首要的也是严重的军事任务。

二、由陈胜的老友陈县人武臣担任将军，游士张耳、陈余担任左、右校尉（校尉是比将军低一级的武官），率领3000起义军北渡黄河，进攻旧赵国的地区，以扩大起义军的活动范围。

三、由汝阴（现在安徽阜阳县）人邓宗领兵进攻九江郡（郡城在寿春，就是现在安徽寿县），深入淮南地区，以巩固后方。

在这时候，起义军的东路军主帅葛婴，已经进兵到东城（现在安徽定远县东南），立了一个叫襄彊的旧楚国贵族做“楚王”。不久听说张楚政府已经成立（当时交通不便，张楚政府成立的消息传到车城比较迟），便杀掉襄彊，回到陈县报告陈胜，陈胜怪葛婴自作主张，杀了葛婴。葛婴受了朴素的小生产者意识的限制，以为只有贵族才能做王，所以拥立了襄彊，对革命斗争来说，这是要产生不良影响的，葛婴是犯了过错的。不过他是立有大功的、独当一面的大将，而且已经纠正了自己的错误行动，陈胜却给予最严厉的惩处，这就太过分，伤害了将士中间的和睦。

另一方面，假王吴广统领的西征军，遇到荥阳秦军的坚强抵抗，一时攻不下荥阳。陈胜又派陈县人周文带兵西征。这个周文是游士出身，曾经在以前楚国大将项燕的军队里担任过差使，懂得兵法。陈胜便任命他做将军。周文从陈县出发，绕过荥阳，直攻咸阳。他的军队进展很快，沿路不断地有农民参加，人数越来越多，到了函谷关的时候，已经有兵车千辆、兵士好几十万人，这是起义军的主力部队。他们胜利地进了函谷关，一直打到距离咸阳只有几十里的戏（在现在陕西临潼县东南）才驻扎下来，起义军的声势便达到了最高潮。这是公元前209年八九月间的事，距离初起义的时间不过两个月。

秦朝政府到这时候才发现情况的严重，但是已经来不及征发军队，二世皇帝非常惊慌。少府（管理皇家财产的财务长官）章邯便建议赦免在骊山做苦工的刑徒，把他们武装起来，去迎击起义军。秦二世就叫章邯指挥着这支几十万人的军队，对周文进行反击。周文所率领的起义军是新发展起来的，缺乏战斗经验，又缺乏武器，加上处在孤军深入的境地，因而被秦军战败，退到了关外，等待后援。

起义军的这一不利局面本来是可以扭转的。当时全国性的大起义已经形成，起义的队伍风起云涌，从四面八方袭击秦朝政权。其中力量比较大的，有占领沛县（在现在江苏沛县东面）的刘邦领导的起义军，在吴县（现在江苏苏州）发动的项梁、项羽叔侄领导的起义军，他们的力量都在继续壮大中。秦朝政权到了风雨飘摇的地步。而且陈胜派出去配合周文西征的军队，由将军宋留带领，走南路打进南阳（在现在河南省），将要从武关（在现在陕西丹凤县东南）攻入关中；武臣一路起义军又在黄河以北地区获得很大的发展，可以从西北面进攻关中。因此起义军的形势仍然是良好的。可是武臣一路在胜利进军中，领导权落到起义农民的异己分子张耳、陈余手里，这一变化牵动了大局，搅乱了农民革命的阵营。

原来张耳、陈余都参加起义，是想利用农民群众的力量，来恢复以前的分裂局面，以发展个人的权势。当陈胜得到群众的拥护，将要称王时，两人便提出不同意见，要陈胜选择六国旧贵族做王，陈胜没有同意。张楚政府成立后，两人又图谋夺取武装，向陈胜要了3000人马，名义上是去开辟新地区，实际上是去打自己的天下。由于借着陈胜的名义，打着张楚的旗帜，所以兵势很盛，一渡过黄河就连续占领了30多座县城，军队也发展到好几万人。就在公元前209年八月，这路军队进占旧赵国都城邯郸的时候，张耳和陈余正式背叛了张楚政府。他们拿陈胜杀死葛婴做借口，劝陈胜所派遣的将军武臣脱离陈胜，以免由于功劳大反而遭杀身之祸。武臣听了他们的话，自立为赵王；陈余做大将军，张耳做右丞相。陈张两人掌握了军事、行政实权，武臣成了傀儡。陈胜命令武臣急速出兵接应西征大军，张耳、陈余却教武臣向东北方旧燕国地区扩张势力。武臣部将韩广，领兵到了旧燕国地区，也在当地旧贵族分子怂恿下，自立为燕王。

差不多在同一时候，旧齐国贵族田儋，趁农民大起义的机会，在狄县（现在山东高青县）自立为齐王。陈胜部将周市领兵攻下旧魏国地区，迎立在陈胜身边的旧魏国贵族魏咎做魏王。

旧贵族复辟的局面出现了，农民起义军的力量分散了。

周文率领的西征部队得不到支援，在现在河南西北边境艰苦地战斗了两三个月，牺牲很重。周文在渑池县境内壮烈地自杀，部队也失散了。

章邯指挥秦军继续东进，下一个打击对象是围攻荥阳的起义军。在这个紧要关头，围攻荥阳的起义军却发生了内讧。由于吴广缺乏军事指挥经验和知识，在成为起义军的副首领以后又骄傲自大起来，在荥阳城下屯兵四个月，没有什么进展。将军田臧等见秦朝主力军就要开到，恐怕遭到秦军的里外夹攻，招致失败，便假托奉陈胜的命令，杀害了吴广。这支起义军分为两部分，将军李归等率领一部分人马，继续驻在荥阳城下；精锐部队由田臧亲自率领，往西北面去争夺敖仓。结果在敖仓附近和章邯的大军相遇，起义军大败，田臧战死。章邯迅速进兵荥阳城下，李归等也兵败身死。

这是一个非常不幸的事件。从战略上看，田臧等想把起义军从被动的地位转变到主动的地位，从劣势转化为优势，他们的决策是正确的。不过他们在强敌当前的情况下，用私自杀害统帅的办法来改变战略，却是错误的。这支起义军在荥阳城下停留了好几个月，士气原来不高，剧烈的内部斗争更使得军纪松懈、军心涣散，所以一和强大的敌人接触，便全军覆没了。

起义军的两支西征部队差不多损失光了，陈县便暴露在秦军的进攻矛头之下。秦二世又增派军队镇压起义军，几十万秦军在章邯统领下，猛烈地从荥阳向东南方面推进。当时陈县兵力很单薄。黄河以北的起义军已经被旧贵族利用了去，作为他们割地称王的工具，没有一支兵渡河来救援；陈胜派到淮南和南阳方面去的起义军，一时又赶不回来。情势十分危急。陈胜采取了紧急措施，一面处死了从前线逃回来的败将邓说，整肃军纪；一面派上柱国（当时最高官号，相当于宰相）蔡赐率领一部分起义军，阻击章邯的大军；另外派将军张贺率领一部分起义军驻扎在陈县西门外，以便策应。章邯的军队打败蔡赐的军队，并且杀死了蔡赐，随即向张贺的兵营发动攻击。陈胜亲自到张贺营里，领导起义军作战。因为敌人力量太强大，张贺战死，陈胜不得不放弃陈县，向东南退却。他经过汝阴，到了下城父（在现在安徽蒙城县西北）地方。车夫庄贾杀害了陈胜，投降了秦军。

宋留带领的一支西征军，正在从南阳往武关的路上行进中，得到陈胜牺牲的消息，撤退到新蔡，遇到秦军，宋留竟投降了秦军。这个投降将军被解送到咸阳，受到“车裂”的刑罚。

陈胜、吴广领导的起义军失败了。这时是公元前 209 年十二月，陈胜从领导起义到失败牺牲，一共经过六个月时间。

项梁起兵

项梁是秦代下相（今江苏宿迁）人。他的父亲就是原楚国著名的大将、被王翦所打败的项燕。项家在楚国世代为将，有着很久的尚武传统。因战功显赫，被封于项（今河南沈丘），成为楚国的贵族。

秦始皇二十六年（公元前 223 年），楚国被秦军攻灭。项燕战死。项家随即成为秦朝政府的打击对象。项梁万不得已，带着自己的侄子项羽逃到栎阳（今陕西临潼北）。这里距秦都咸阳很近，反而比较安全。可项梁在栎阳出了事，被栎阳县官抓起来，关进了栎阳狱，后被救出。但没过多久，项梁又杀了人，因而不得不带着项羽离开关中，逃到了几千里外的吴中（今江苏南部）。当时，六国诸侯虽然被秦吞灭，但六国贵族的后代时刻都在寻找时机，准备恢复自己昔日的割据局面，项梁也不例外。到达吴中后，项梁表面上和吴中的士大夫阶层处得非常好，暗中却交结豪杰，利用给别人主办徭役和丧事的机会，用兵法“部勒宾客及子弟”，还要项羽学习兵法。而“吴中贤士大夫皆出项梁下”，由此，项梁集结了一定的力量，为起兵反秦打下了基础。

秦二世元年（公元前 209 年）七月，陈胜在大泽乡起义，天下纷起响应。秦会稽郡守殷通见天下义军蜂起，秦亡势成必然，也想乘机捞点利益。他素知项梁之能，便把项梁找来商议，欲以项梁和另一个豪杰桓楚为将。但项梁有自己的打算。他向殷通谎称，只有他一个人知道当时逃亡在外的桓楚的下落，然后以商议军情为名，让项羽持剑闯入，杀了殷通，夺取了印绶。“乃召故所知豪吏”，告诉他们，自己要起兵反秦。“遂举吴中兵。使人收下县，得精兵8000人”。公开打起了起义的大旗。很快占领了吴中地区。

是年腊月，陈胜被章邯军击败。广陵（今江苏扬州）人召平奉陈胜之命徇广陵，未能下。听说陈胜败走，不知下落，秦军很快就要打来，局势严重。他当机立断，渡江到吴中，“矫陈王命”，拜项梁与楚王上柱国，并令他“急引兵西击秦”。项梁乃受命，以8个人渡江而西。一路上，他陆续收编了陈婴、黥市和蒲将军等人领导的几支义军。等到下邳（今江苏睢宁北）时，兵力已达六七万人。

项梁军下邳时，广陵人秦嘉已经立景驹为楚王，驻扎在彭城（今江苏徐州）东。他听说项梁接受陈胜的指挥，便欲进兵攻击项梁。项梁大怒，谓军吏曰：“陈王先举事，战不利，未闻所在。今秦嘉背叛陈王而立景驹，逆无道。”随即挥军进击，击败秦嘉，追击至胡陵，杀死了他。

项梁消灭秦嘉后，准备挥兵向西。这时，章邯率领的秦军攻了过来。项梁派别将朱离石和余樊君二人率兵迎战。但二人被秦军打败，余樊君战死，朱离石逃了回来。项梁大怒，杀掉了朱离石，引兵入薛（山东滕县）。这时，陈胜牺牲的消息传来。项梁感到有必要重新树立一面反秦的大旗，便召集各路将领至薛商议大事。刘邦此时已在沛起兵，也参加了这次会议。会上，居鄛人范增劝项梁立原楚国王室之后，认为“秦灭六国，楚最无罪。自怀王入秦不反，楚人怜之至今，故楚南公曰：‘楚虽三户，亡秦必楚’”。立楚王之后，具有更大的号召力。项梁听从了范增的意见，乃求楚怀王的孙子、在民间为人牧羊的心立为楚王，仍号楚怀王，以从民望，而项梁自号为武信君。

在薛休整数月之后，项梁引兵西攻，在东阿（今山东东阿）大败秦军。他又派刘邦和项羽二人率军进攻定陶（今山东曹县），向西攻至雍丘（今河南杞县），在这里大败秦军，杀死了秦丞相李斯的儿子、三川郡守李由。

接连获得几次胜利之后，项梁对秦军轻视起来，认为秦军不足惧。部下宋义劝项梁提高警惕，认为秦军在几次失败之后，必然要增加兵力，寻机反扑。但项梁听不进去，并派宋义出使齐国。

秦军在几次失利之后，见项梁指挥的义军如此强大，便把进攻的重点对准了项梁。秦朝政府调集了所有的精锐部队，由章邯指挥，开始向义军反扑。这时，项梁还沉浸在胜利的欢乐中，对敌军的动向注意不够。章邯在作了充分准备之后，在一天晚上，趁着夜色急行军，令人马皆“衔枚”，向项梁的义军发起突然袭击。毫无准备的义军被打得大败，项梁也在混战中牺牲。

项梁虽然死了，但他领导的义军主力并未被消灭。项羽和刘邦当时正率军在外，逃过了这场大难。以后，他们成为反秦、灭秦的主力。项梁的功绩是不可磨灭的。

钜鹿之战

秦二世二年（公元前 208 年）九月，秦将章邯率军突袭定陶，项梁战死。破项梁之后，章邯认为楚地兵不足忧，乃率秦军主力北渡黄河攻赵，大破赵军。当时，赵歇为赵王，陈余为将，张耳为相，张耳保护着赵王走保钜鹿（今河北平乡西南）。章邯命大将王离和涉间率秦军包围钜鹿，而自率秦军主力军于钜鹿城之南，在两军之间筑起一条甬道以保证王离军的粮草供应。陈余收恒山（治今河北石家庄东北）之兵得数万人，驻扎在钜鹿城之北，和城中遥相呼应。因兵力弱小，陈余不敢向秦军进攻，遂一面坚壁固守，一面派人向楚国和齐、燕等国求援。

项梁战死后，楚怀王和项羽、刘邦等人率余部退保彭城（今江苏徐州），又将项羽和吕臣等人所率之军统归自己直辖。接到赵国告急，便将全部兵力拨出，遣以救赵。因为在定陶（今山东定陶）之战前，宋义曾准确地预料项梁必败，楚怀王便召见宋义，和宋义交谈，认为宋义知道兵机，便以宋义为上将军，项羽为鲁公，为次将，范增为末将，率军救赵。诸别将为桓楚、英布、蒲将军等人，皆由宋义统辖，并号宋义为卿子冠军，以示尊宠。一面分遣刘邦向西略地，以袭扰秦军后方。

钜鹿之战

宋义率军出发，行至安阳（今山东曹县东），便停军不进，屯驻安阳达四十六日之久。项羽会见宋义说：“秦军攻赵很急，应赶快引兵渡河，楚军击其外，赵军应其内，定能击败秦军。”宋义却认为秦军方强，不敢进击，并回答说：若牛虻在牛背之上，自然可以一下把它打死。若牛虻深藏在牛毛之内，就要运用智谋才能达到目的。如今秦军攻赵，若战胜赵国，士卒必然疲惫，我军可乘其弊。如果秦军战败，则我军可鼓行而西，一举攻破秦国。说到披坚执锐，冲锋陷阵，我宋义不如你；说到运用智谋，你不如我。”遂不采纳项羽的建议。宋义又觉得项羽意气凌人，骄横难制，便下令军中说：“有猛如虎，贪如狼，强而不可使者，皆斩之！”宋义又派他的儿子宋襄到齐国为齐相，自己把儿子送到无盐（今山东东平），一面置酒高会。这时已是十月，天气转冷，又不断下起大雨，楚军士卒冻饥。项羽心中愤恨，便向军中宣称说：“我们出来齐心协力攻秦，却久留于此，不往前进。如今粮食歉收，人民贫困，士卒只能吃个半饱，军中无现成的粮食，却每天置酒高会，不引兵渡河因赵地之粮，和赵军并力攻秦，还说什么承敌之弊。以强大的秦军进攻刚刚重建的赵国，其势必定击败赵国。击败赵国，秦军会更加强大，我们去承什么弊？而且，我军刚打了败仗，怀王坐不安席，扫尽境内所有军队而交给宋将军，国家安危，在此一举。如今，宋将军却不恤士卒而徇其私情，图其私利，非社稷之臣。”十一月初，宋义回到安阳。第二天清晨，项羽借朝见宋义之机，就帐中杀死宋义，并号令军中说：“宋义和齐国图谋反楚。楚王暗中命我杀掉他！”当是时，楚军诸将皆慑服，无人敢出异言，都说：“带头复立楚国的是将军一家。如今将军是诛杀乱贼。”他们因而相与立项羽为假上将军。项羽又派人到齐国追上宋义的儿子宋襄，将他杀死。又派桓楚向楚怀王报告此事。楚怀王无奈，因使项羽为上将军，当阳君、蒲将军等皆属项羽。项羽乃巡视部曲，抚慰士卒，准备渡河救赵。

这时，王离所率秦军急攻钜鹿。城中兵少食尽，张耳几次派人催促陈余，让他率军击秦。陈余自度力弱不敌，一直不敢进攻。经过了三个月。张耳大怒，派张黡和陈泽二人去责备陈余，陈余仍然坚持说不行。张黡和陈泽表示要战死秦军。陈余迫不得已，交给二人5000人马，让他们先攻击秦军，二人至则尽为秦军所歼灭。

秦二世三年（公元前208年）十二月，项羽杀掉卿子冠军宋义之后，威震楚国，名闻诸侯。楚军军心也大振。于是，项羽决心渡河攻击秦军，乃派当阳君英布和蒲将军先率楚军20000人渡过黄河，向秦军进击。英布和蒲将军二军渡河后，先破坏了秦军补给线的甬道，使王离军乏食。恰在此时，陈余派来求救的使者又到达军中，项羽便率全军渡河，并令在渡过漳河之后，凿沉渡船，击破釜甑，烧掉庐舍，持三日粮，以示士卒必死，无一还心。渡过漳河后，项羽大军向北挺进，与秦军相遇，大战九次，彻底断绝秦军甬道，大败秦军，杀死秦将苏角，俘虏了王离。涉间不愿降楚，投火自杀。当时，诸侯之军救赵者十几批，皆畏秦军之强，不敢向秦军进击。等楚军向秦军进击时，诸侯军将士都站在壁垒上观望，见楚军战士无不以一当十，喊杀之声震天动地。诸侯军之将士无不人人惶恐，战栗不已。于是楚军勇冠诸侯。击败秦军之后，项羽召见诸侯军将领。诸侯军将领入辕门之后，无不膝行而前，莫敢仰视。项羽因此遂为诸侯上将军，各国诸侯都统属项羽指挥。钜鹿之围解除后，赵王歇和张耳出城谢诸侯，犒劳将士。

秦章邯军在钜鹿城南战败后，败退至棘原（今河北大名北）。此时秦军兵力尚有20多万，但士气低落，不堪再战。项羽和诸侯国之军驻扎在漳水北岸，休整士卒。秦二世以章邯军数次战败，遣人责让章邯。章邯恐惧，派其长史司马欣到咸阳请罪。司马欣到咸阳后，在司马门守候三日，不得见赵高，又听说赵高有不信任之心，心下惊慌，便从他道逃回章邯军中。赵高果然派人追，没有追上。司马欣回到军中之后，对章邯说："赵高用事于中，下无可为者。战而能胜，赵高必妒忌我们的功劳；战而不能胜，我等必不免于被杀。愿您仔细考虑。"陈余也派人给章邯送信，历举秦将白起、蒙恬之死，及投降之利害。章邯此时外受强敌压迫，内受赵高之迫害，狐疑而不能决，便暗中派人去见项羽，想投降，项羽不答应。至秦二世三年（公元前 207 年）六月，两军相持已经六个月。项羽知章邯内心已经动摇，但秦军尚众，想乘机彻底击败秦军，便遣蒲将军先率军向南日夜急驰，渡过三户津（今河北临漳故城之西的漳水北岸），屯于漳水南岸，以切断秦军南退之路。恰好秦军一部退至此地，当即被蒲将军击败。章邯见局势不利，便率全军向南撤退，项羽遂引全军渡河，向南追击，追击洹水之上，又大败秦军。章邯在连败之下，又派人见项羽，重申愿意投降。项羽因为楚军粮食所剩不多，便同意接受章邯投降，并和章邯在洹水南岸的殷墟（即今河南安阳西北小屯村一带）相会，签订降约。章邯投降后，项羽立章邯为雍王，置之楚军之中。然后率全军向西进入关中。

秦军主力就这样被消灭了。

约法三章

刘邦又叫刘季，沛县（今属江苏）人。他的父兄都是普通农民，他却不愿意从事生产劳动，而且嗜酒好色，疏财乐施，性格开朗，度量宽宏，平易近人。所以他父亲认为他不能发家致富，是个无赖。长大后他当了本县的泗水亭长，与县衙的官吏混得很熟，经常同他们开玩笑。有一次县令的好朋友吕公因避仇家迁来居住，县上的官吏们都去恭贺。由萧何收受贺礼，规定礼品不够千钱的，只能坐在堂下。刘邦走来递进礼单，上写“贺钱万”，实际上一文钱也没带。吕公看到礼单觉得奇怪，亲自出门迎接。他一见刘邦的相貌神态，十分敬重，便邀请入席。熟知刘邦为人的萧何嘲笑说：刘季只会吹牛，办不成什么事。刘邦却满不在乎地坐了首席，嘲弄座客，谈笑风生。饮酒当中吕公递眼色留他久坐，客散之后，吕公对他说：我生平喜欢观察人，见过不少的人，没有谁有你这样的仪表风度，希望你珍重。我有一个女儿，愿意许配给你。席散后吕婆抱怨说：平常总夸女儿好，要嫁给贵人，县令对你那么好，想求婚都没有答应，怎么许给刘季呢？吕公却说，这不是你们懂得的。终于坚持把女儿嫁给了刘邦，她就是后来大名鼎鼎的吕后。

其后秦王朝征发各地刑徒到咸阳修筑骊山陵墓，沛县就派亭长刘邦押送本县刑徒到骊山去服役。一路上刑徒不断逃亡，刘邦防不胜防，合计一下恐怕走到咸阳时都会跑光。到达丰邑（今江苏丰县）西边一个地方，他停下来喝酒。到了晚上，便把所押送的刑徒全部释放，说：你们各奔前程吧，我自己也打算逃亡了。刑徒中有十多名壮士愿意跟随刘邦，他们就隐藏在芒、砀（今河南永城、夏邑附近）山林水泊之间活动，沛县青年听到这个消息也纷纷前来参加。

陈胜起义后，很多郡县民众都杀掉长官响应。沛县县令十分惊慌，也打算反秦自保。县吏萧何、曹参劝他说：您是秦王朝的官员，现在想率领沛县人民起来反秦，恐怕人们不会听从。希望您召回从前由于反秦而逃亡的人，他们大约有好几百，有了这批人支持，就不怕人们抗拒了。县令于是叫樊哙去找刘邦，这时刘邦手下已聚合上百人了。当刘邦樊哙等率众来到时，县令又反悔了，他怕控制不住，便闭门守城并打算杀死萧何、曹参。萧何等翻城跑出来投靠刘邦，他们写了封信射进城中，号召城里父老子弟不要为县令卖命，只有杀掉县令、响应起义军才是出路。城中民众果然起来杀死县令，开城迎接刘邦，并推举他为沛公，宣布起义。这时是秦二世元年（公元前209年）九月。刘邦和萧何、曹参、樊哙等聚合沛县一带青年两三千人，活动在今苏、鲁、豫、皖交界地区，在转战中得遇韩国旧贵族张良。张良的祖父和父亲曾相继担任韩昭侯以下五世韩王的丞相，秦灭韩后，张良尽散家财图谋报仇。秦始皇二十九年巡游东方时，张良物色到一位勇士携带一把120斤重的大铁椎，在博浪沙（今河南郑州东北）行刺秦始皇，不料误中副车，只把秦始皇吓了一跳，便下令全国大搜捕。张良逃到下邳隐藏起来，有一天在桥上碰见一位老人，赠送张良一部《太公兵法》，从此他便经常用心研读。陈胜起义后，张良也结合百多名青年人起兵。他们原打算去投奔景驹，在路上碰到刘邦的队伍便参加到刘邦军中。张良常和刘邦谈论《太公兵法》，刘邦很欣赏，经常采用他的计策。张良和旁人谈起《太公兵法》，人们都不理解。因此张良非常钦佩刘邦，下决心辅佐刘邦。

刘邦在这一带转战半年多，胜败无常，发展不大。秦二世二年四月，项梁击破秦嘉、景驹，有众10余万，成为楚地反秦的主力。刘邦便去见项梁，项梁拨给他5000士兵和10名小军官，于是刘邦就参加到这支大军中隶属于项梁麾下。此后刘邦经常同项羽一道配合作战，屡立军功，逐步发展为楚军主力之一。九月，项梁在定陶战死后，项羽、刘邦等退保彭城。楚怀王封刘邦为武安侯，在派遣宋义、项羽等北上救赵时，命令刘邦另带一支队伍往西进攻关中。同时他还宣布，诸将谁先进占关中就在关中当王。这时秦军还相当强大，经常主动进攻击破各地义军，所以，诸将都认为这个任务异常艰巨而不愿去。只有项羽因为秦军杀死了项梁，决心报仇，愿意同刘邦一道进攻关中。可是楚怀王部下一些老将却说：项羽为人果断勇悍，他的军队常常残暴地屠城，破坏经过的地方。现在秦地民众也深受秦皇帝的迫害，如果派一位忠厚长者前去抚慰，可能更容易成功。项羽去了反倒不好，还是刘邦去合适。于是楚怀王只派刘邦西进，叫他沿途收罗陈胜、项梁西征时流散的士兵，却让项羽北上去同秦军主力决战。

刘邦率领的西征军兵力异常薄弱，尽管并未遭遇秦军主力，开始四五个月也只能在今山东、河南交界处徘徊，进展不得。到秦二世三年（公元前 207 年）二月进至高阳（今河南杞县西南），有个叫郦食其的“狂生”替刘邦策划时指出：你带领乌合之众散乱之兵不满万人，却想直入关中，简直是自投虎口。郦食其建议进攻高阳附近拥有丰富储粮的文通要冲陈留（今河南开封南），并表示愿意先去说服他所熟悉的陈留县令归顺。刘邦采纳了这个意见，果然顺利占领陈留，这才得到整顿发展的机会。郦食其的弟弟郦商也纠合数千人跟随刘邦西征。接着就在开封（今河南开封西南）附近打了第一个大胜仗，大破秦将杨熊，杨熊虽然逃脱却被秦二世问罪处死。先是张良向项梁建议立韩国公子成为韩王，由张良辅佐他带领千多人经营韩国旧地，在颍川郡（今河南中部新郑许昌一带）流动袭击秦军。这时便同刘邦会合，攻占十余城。刘邦派韩王成留守阳翟（颍川郡治，今河南禹县），自己率领张良等从轘辕进攻洛阳（三川郡治，今河南洛阳东）。由于进展不利，便改道南下进攻南阳（今属河南）。

秦南阳郡守出战失败，便退回城内坚守，刘邦就越过南阳西进。张良反对，说：您虽然急着想入关，但秦兵还很多，又凭借着险要的地势。如果不先占领南阳，被他们前后夹攻，那就危险了。刘邦便连夜绕道转回南阳，换了一套旗帜，黎明时又把南阳包围起来。南阳守派人翻城出来会见刘邦，对他说：南阳是一个大郡，人民众，蓄积多。官员们自以为投降了也难免一死，所以登城坚守。您如果留下来攻城，伤亡必大，影响您入关。要是放弃不攻，又觉得后路准保。您最好的办法是设法招降南阳郡守，封他一个官爵，让他替您留守，您却抽走他部下的精兵带着去西征。这样不仅地广兵多，前面的秦王朝地方官吏也一定会闻风归顺，您就会一路通行无阻了。刘邦听了点头称好，于是接受投降，封南阳守为殷侯。这时是秦二世三年七月。由此西至武关（今陕西商南县东南），沿途秦王朝地方官吏果然纷纷迎降。对武关以西的秦守军，刘邦也采用贿赂招降军官的办法，使其上下猜疑军心懈怠，然后伺机袭取。这样经过两三月，便在汉元年（公元前 206 年）十月（汉初沿袭秦制，也以十月为岁首，汉元年十月紧接秦二世三年九月），顺利地进到咸阳。这时，秦王朝内部也已经发生了巨大变化。

三年来，赵高施展种种阴谋手段，玩秦二世于掌中，最后控制了秦王朝，独揽大政，登上了权力的顶峰。他自以为聪明得计，其实这样的倒行逆施恰好是自掘坟墓。正是他的胡作非为，瓦解了秦王朝的统治机构，促成了章邯等秦军统帅的投降，葬送了秦军主力。从刘邦入关的进展情况也可以看出，秦王朝的覆灭完全由于政治上解体。单从军事力量上较量，刘邦连夺取一座中等城市也很困难，根本谈不上远征关中。但是，他进军沿途的秦王朝地方长官却是人人自危，各怀鬼胎，只求如何保住性命，无心抵抗。所以当刘邦一采取招抚为主的方针，发动政治攻势，局面顿时改观，各地大都望风归顺，进展十分迅速。不妨说赵高的所作所为，客观上有利于农民起义军推翻秦王朝。

等到秦二世三年八月，以刘邦、项羽为主力的农民起义军进逼关中时，赵高哄骗秦二世的“关东盗无能为”的说法，就不攻自破了。他只好请病假不去朝见秦二世，二世派人责问赵高，赵高害怕被杀，便把他的女婿咸阳令阎乐和弟弟郎中令（皇宫警卫队长）赵成找来策划政变。他们借口捕贼，让阎乐领兵千多人来到皇宫，通过赵成为内应驱散宫廷警卫，抓住了秦二世。死到临头的秦二世竟然提出什么“愿得一郡为王”、“愿为万户侯”直到“愿与妻子为黔首比诸公子”种种愚蠢可笑的要求，当然全都落空，被迫自杀。赵高于是召集朝臣宣布秦二世罪状，并说：秦本来是王国，始皇统一天下改称皇帝。现在六国都恢复了，秦只保有关中一隅，还是恢复称王为好。于是打算拥立公子婴为秦王。但是赵高是靠秦二世而上台的，他这样把秦二世当作替罪羊抛了出来，岂能遮掩得过？几天工夫，公子婴便设法诱杀赵高并夷其三族，野心家阴谋家终归搬起石头打了自己的脚，遭到应得的惩罚。不过，风雨飘摇的秦王朝经过这一番折腾更是完全丧失了抵抗能力。

公子婴只当了四十六天秦王，刘邦的军队便首先到达霸上（今陕西西安东南），子婴请求投降。有人建议把他杀掉，刘邦说：楚怀王所以派我攻关中，就是认为我能宽大处理问题。现在敌人已服罪投降，杀掉不好。于是接受其投降，把子婴交官吏看守起来等候处理。刘邦进入咸阳，看到秦宫中华美的陈设，漂亮的妇女，以至金银珠宝猎狗骏马等等享乐的东西成千上万，就想住下来快活一番。樊哙批评他说：您是想夺取天下，还是想当个富翁？我看这些奢华的东西正是秦王朝灭亡的祸根。希望您赶快回军灞上，不要在秦宫停留。刘邦恋恋不舍，哪里肯听。张良也说：正因为秦朝皇帝这样胡搞，您才能来到这里。如果您一来又喜欢这一套，那就是帮着坏人干坏事了。“忠言逆耳利于行，良药苦口利于病。”您应当听从樊哙的意见。刘邦这才把官室府库一一查封，回到灞上军营中。

回营后，刘邦又召集父老集会，公开宣布：诸位受秦王朝严酷的法令迫害多年了！我国诸侯有协议，先进关中的就在关中称王，我应当为关中王。我同诸位只约定法律三条：“杀人者死，伤人及盗抵罪。”其他苛酷的秦法全部废除。我这次来是为父老们除害的，决不会“侵暴”，请大家不用害怕。我现在驻军灞上，是等待诸侯联军到达后共同商定善后处理办法。这就是著名的“约法三章”。于是他派遣使者配合秦王朝原有地方官吏把这些意思通告各地，秦地民众听了非常高兴，争先恐后地奉献牛羊酒食劳军。刘邦又推辞不接受，说是仓库储积很多，军队不缺供应，不要破费大家。民众更加喜欢，唯恐刘邦不能留在关中当王。这些正确的政策措施产生了巨大的政治影响。同时，有远见的萧何在进入咸阳后，又先把秦丞相府的律令图书收集起来，这些做法，对以后楚汉相争的胜败都有重要意义。但是，也有人向刘邦建议：关中是最富庶的地区。现在章邯投降后，听说项羽已封他为雍王（关中古代一称雍州），他们若来，恐怕您就站不住了。请赶快派兵把守函谷关，不让诸侯联军进来，同时征发关中人民入伍以扩大军队，准备抵抗。这个错误意见刘邦也听从了，遂使他与诸侯联军尤其是同项羽的关系出现裂痕，惹起了大麻烦，差一点搞得全军覆没不可收拾。又多亏张良和樊哙的忠诚机智勇敢，才得渡过难关。

楚汉争雄

继秦末农民大起义之后，项羽和刘邦之间为争夺封建统治权力而进行的战争。自汉元年（公元前206）初至高帝五年（公元前202年）十二月，历时四年余。

在秦末农民大起义过程中，陈胜牺牲后，刘邦集团和项羽集团成为反秦武装的两支主力。秦二世三年（公元前207年），刘邦、项羽相继率兵入关，推翻秦王朝。按照原来楚怀王的约言“先入定关中者王之”，刘邦先入咸阳，理应王关中，但项羽自恃功高，企图独霸天下。正月，项羽阳尊怀王为义帝，徙于郴。二月，分天下王诸将，自立为西楚霸王，王梁楚地九郡，都彭城，分封十八路诸侯，即以刘邦为汉王，王巴、蜀、汉中，都南郑；章邯为雍王，都废丘；司马欣为塞王，都栎阳；董翳为翟王，都高奴；魏豹为西魏王，都平阳；申阳为河南王，都洛阳；韩成为韩王，都阳翟；司马卬为殷王，都朝歌；赵歇为代王，都代；张耳为常山王，都襄国；英布为九江王，都六；吴芮为衡山王，都邾；共敖为临江王，都江陵；韩广为辽东王，都无终；臧荼为燕王，都蓟；田市为胶东王，都即墨；田都为齐王，都临淄；田安为济北王，都博阳。另封陈余三县之地，梅鋗为10万户侯。

项羽进入咸阳后大肆烧杀抢掠，加上封章邯等秦降将为王，使他失去了关中秦民的支持；不都关中而都彭城，也使他失去了战略上的有利地势；特别是关东屡经战乱，经济残破，使他日后不可能建立一个巩固的后方；至于分封诸侯王，更是项羽在政治上所犯的一个严重错误；他贬义帝于江南，迁刘邦于巴

拜将台

蜀，徙故王于恶地，王亲信诸将于善地，挑动和加剧了各路诸侯之间的权力纷争，并且迅速激化了他与刘邦之间的矛盾。

刘邦被徙封汉王后，本想立即发兵攻楚，但萧何等人从楚汉双方的实力出发，主张以汉中为基地，养民招贤，安定巴蜀，然后收复三秦。刘邦采纳了这一建议，于汉元年夏四月经栈道往南郑，又听从张良的计策，烧绝所过栈道，表示没有东向争夺天下之意，以此迷惑项羽。但是，三个月后，刘邦乘田荣起兵反楚的有利时机，决策东向，终于爆发了楚汉战争。

项羽分封诸侯后即罢兵回归彭城。不久，田荣起兵反楚，于汉元年五月迎击田都，杀田市，自立为齐王，并且以彭城为将军。彭越于七月击杀济北王田安。田荣并王三齐之地，命彭越击楚，并以兵援助陈余袭击常山王张耳，迎故赵王于代复为赵王。齐、赵和彭越的起兵，对西楚构成直接威胁。为了制止事态的扩大，项羽先派萧公角将兵迎击彭越，结果大败，不得不调遣主力击齐，以稳定局势。当时僻处巴蜀的刘邦乘项羽无暇西顾之际，听从韩信等人的计议，于八月出故道，击降章邯、司马欣和董翳，迅速还定三秦，继续东进。

楚汉战争之始，项羽即在战略上陷于两线作战的不利处境。他认定齐地的田荣为心腹之患，而张良也致书项羽说：

“汉王失职，欲得关中，如约即止，不敢东。”又以齐、梁的反书移交项羽说：“齐欲与赵并灭楚。”以致项羽无意西向，专注东方，在战略上作出了错误的判断。后来，项羽虽然击杀田荣，复立田假为齐王，但由于他在齐地烧夷城郭室屋，掳掠老弱妇女，激起齐民的反抗，使田荣弟田横得以收散卒数万人，据城阳；并于汉二年夏四月立荣子田广为齐王，号令齐民抗击楚军。楚军主力困于齐地，无法脱身。刘邦乘隙降魏王豹，虏殷王。是年冬十月，项羽密使九江王英布等击杀义帝。刘邦在进驻洛阳后，为义帝发丧，并遣使告诸侯，指责项羽放杀义帝，号召诸侯王击“楚之杀义帝者”。之后，率诸侯兵凡56万人进据楚都彭城。

项羽得知彭城失陷的消息后，立即部署诸将击齐，亲自率精兵3万人回师彭城。由于刘邦为轻易取得的大捷所陶醉，进入彭城后，收其宝货、美人，逐日置酒高会，因此，在楚军突然袭击下，汉军50余万乌合之众一败涂地，士卒死伤过半，刘邦仅得与数十骑突围。

彭城之战后，楚汉之间的形势发生了重大变化。刘邦败退荥阳，诸侯皆背汉向楚。由于萧何及时调发关中老弱未成年者补充兵力和韩信的增援，汉军才得以重整旗鼓。项羽虽将战略重点移至西线，但他始终未能摆脱两线作战的困境，无法越过荥阳、成皋一线西进。从此，楚汉便进入了双方相持的阶段。但是，从刘邦方面说，这种相持是积极的。相持阶段一开始，刘邦就组建了骑兵部队，有效地阻挡了楚军的进攻；与此同时，汉军重新调整了战略部署，一方面坚守荥阳、成皋一线，一方面积极在楚的后方和侧翼开辟新战场。这一部署打击了项羽在战略上的致命弱点，很快收到了成效。汉二年八月至次年十月，韩信接连平定魏、代、赵、燕，矛头直指齐地，逐渐形成包围西楚的态势。当时项羽主力虽然在汉三年夏四月、六月再度攻克荥阳、成皋，但由于刘邦采取了“高垒深堑勿与战”的战术，不仅保存了汉军的实力，而且牵制了楚军的主力。使项羽更进一步陷入两线作战，首尾不能相顾的困境。特别是项羽不能用人，不但韩信、陈平等人弃楚投汉，连他的重要谋士范增也得不到信用，这更使他在政治上、军事上连连失策，使刘邦得以调兵遣将完成对项羽的战略包围。汉三年五月，刘邦命彭越率兵渡过睢水，袭杀楚将薛公，直接威胁彭城。八月，刘贾、卢绾将卒两万渡河，进入楚地。彭越在汉军的协助下攻徇梁地，连克睢阳、外黄等 17 城，完全截断了荥阳、成皋一线楚军主力的后勤补给线。于是，项羽不得不于九月命大司马曹咎固守成皋，亲自回帅救援，夺回陈留、睢阳、外黄等十余城。但是，汉四年十月，刘邦乘机诱使曹咎出击，大破楚军，收复成皋。与此同时，韩信也袭破齐历下军，进据临淄，并于十一月在潍水消灭了楚将龙且率领援齐、号称 20 万的楚军，尽定齐地。项羽在正面和侧翼战场上接连遭到重大失败，有生力量丧失殆尽，腹背受敌，进退失据，陷于汉军的战略包围之中。

成皋之战后，楚汉战争进入了最后阶段，项羽日益孤立，粮秣得不到补充，韩信又继续进兵西楚，汉四年八月，项羽向刘邦提出议和，楚汉约定以鸿沟为界中分天下，鸿沟以西为汉，以东为楚。九月，项羽率兵东归，而刘邦则采纳张良、陈平的计策，乘机追击楚军于固陵；并且调令韩信、彭越等人率兵围歼项羽，命刘贾渡淮包围寿春，诱使楚大司马周殷叛楚。次年十二月，项羽被围困于垓下，汉军四面唱起楚歌，楚军士无斗志；项羽率少数骑兵突围至乌江，自刎而死。楚汉战争最后以刘邦夺取天下，建立汉王朝而告终。

楚汉战争前后进行了四年，虽然对经济生产和广大人民的生活带来了不利的影响，但它换来了国家的统一和社会的安定，因而是有积极意义的。

西　汉

（公元前 205～公元 24 年）

汉初盛世

西汉建立之前，中原已历秦朝十五年的残暴统治和秦末以来历时八年多的战乱，经济凋敝，民心思定。有非凡政治才能的刘邦，顺应民心，实行与民休息政策。当然，这种与民休息政策，是与汉初尊崇黄老之学，崇尚无为而治分不开的。

刘邦当了皇帝之后，对于秦的“二世而亡”是很警惕的。他要士人陆贾总结一下包括秦朝在内的历代兴亡的经验教训，为他提供借鉴。陆贾根据儒家和黄老学说，又结合当时国家残破、经济凋敝的情况，写论文 12 篇。主要观点有，“事逾烦，天下逾乱；法逾滋，而奸逾炽；兵马益设，而敌人逾多。秦非不欲为治，然失之者乃举措暴众，而用刑太极故也。”他主张不要“极武”，不要“用刑太极”，而要“文武并用”。说这是“长久之术”。这就是所谓的“无为而治”。刘邦很赞赏陆贾的意见。陆贾的 12 篇论文合为一书，刘邦命之为《新语》。《新语》的理论观点在一定程度上反映了秦朝后期的政治和社会实际，基本上符合当时刘邦的建国思想。这一思想在西汉初年，是最高统治集团的主导思想。从这样的思想出发，刘邦陆续采取了一些重要措施。

一是建立制度，招贤纳士。汉建立后，高帝刘邦命萧何定律令，韩信定军法及度量衡程式，叔孙通定礼仪，汉朝制度很快建立起来，秦制度基本上变成汉制，这就是所谓“汉承秦制”。萧何做相国，提倡俭朴，处理政事，完全按照律令。他制定的九章律，较秦法缓和简明，代替了原来临时颁行的“杀人者死，伤人及盗抵罪”的约法三章。民间歌颂他说，“萧何为

萧 何

法，较（明）若画一”。秦项大乱以后，人民饱受战祸，穷苦已极，得在一定的律令下生活，自然感到宁静，人人自安，难动摇了。

二是劝民归乡务农，减轻田赋。号召在战乱中流亡山泽的人归还故乡本土，“复故爵田宅”。下令解放因生活困难而自卖为奴婢的人，恢复庶民身份。农民可以按人力多少开垦荒地，对新开垦的田地给予头几年完全免赋的优待。特别是实行了按粮食产量“十五而税一”的田赋征收制度，调动了农民从事生产的积极性。

三是实行压抑商贾的政策。刘邦亲眼看到秦时徭役繁兴，商贾乘机重利盘剥，夺人田产子女，加重了社会危机。所以他即位后，“令商人不得衣丝乘车，重税租以困辱之”。规定商贾及其子女不得为官吏，不得携带兵器，不得有私田，加倍征收商贾的算赋（每人两算，一算120钱）。这些措施迫使一些小商人弃商务农，限制了商人对农民的兼并，有利于人民休养生息。

四是复员军队，罢兵归田。汉初刘邦即令“兵皆罢归家”，“以有功劳行田宅”，给予复员官兵以较好的土地住宅。入关灭秦的关东人愿留在关中为民的，免徭役十二年，回关东的免徭役六年。这些从军归田者，很快就成为中小地主或自耕农。他们不仅成为恢复农业生产的一支重要力量，也是汉代进行统治的阶级基础。

汉高祖在位凡七年，他倡导和推行的与民休息政策，使社会经济大大恢复了，同时也使汉朝地主阶级的统治重新得到稳定。

刘邦建国之初，对中央机构，完全继承了秦朝的制度，在皇帝之下，设置三公和九卿等，组成中央政府。但对地方的统治方式，略有改变。虽然在名义上亦实行“郡县制”，但实际是“郡国并行制”。这表现在刘邦大肆铲除异姓诸王、分封同姓王上。

刘邦早在楚汉战争期间，为了争取项羽封立的18诸侯中的某些举足轻重的人物，以分化项羽的阵营，壮大自己的力量；又为了鼓励本集团的某些拥有强大兵力的将帅，与他合力打败项羽或巩固他的统治，曾封立了若干人为王。如韩信为齐王，后为楚王，英布为淮南王，彭越为梁王，张耳为赵王，旧贵族信为韩王，臧荼与卢绾先后为燕王，吴芮为长沙王。这些人因与刘邦不同姓，史称“异姓王”。异姓诸王都非刘邦的嫡系，多拥有强大的兵力，“有震主之威”，这是刘邦的大忌。有些人的兵力虽不强大，但跨州连郡、雄踞一方，成了西汉政权的一大威胁。因此，在消灭项羽后的数年中，刘邦相继铲平了除长沙王吴芮以外的其他7位异姓王。

刘邦在诛除异姓诸王的同时，又大封他的子弟为王，称为“诸侯王”，高于列侯，不在二十级爵中，史称“同姓王”。当时封立的“同姓王”共有9国，自北而南，为燕、代、赵、齐、梁、楚、淮阳、淮南、吴。唯一幸存的长沙王吴芮原是秦朝的鄱阳令，因在反秦斗争中有功，被项羽立为衡山王。后降刘邦，改为长沙王。这些封国几乎占去了旧时燕、赵、齐、魏、楚等国的全部疆土；而且他们的地位、权力不同于列侯。在封国内是国君，权力很大。封国的政权机构和中央基本相同，除太傅和丞相由中央任命外，自御史大夫以下的各级官吏，都由诸侯王自己任命。诸侯王还有一定的军权，有财政权可在国内征收赋税。王国的疆土广大，人口众多，多数王国很富庶。如齐王刘肥有6郡，计73县。吴王刘濞有3郡，计53县。王国在政治上处于半独立状态。分封之时，又有约定，“非刘氏而王者”，“天下共诛之”。汉朝分封同姓王，与秦代相比，是一种倒退行为，后来酿成七国之乱，说明刘邦缺乏政治远见。

刘邦还继承了秦朝的20级爵的制度，封功臣和亲属、外戚140多人为列侯。汉朝政治制度和秦朝基本是一脉相承的。只是汉初刘邦命萧何废除秦的严苛峻法，制订汉律，更有利于汉王朝的长治久安。

公元前195年，刘邦病死在长乐宫，同年，其子刘盈即位，是为汉惠帝。惠帝即位时，年仅十七岁，加之生性仁弱，朝中大权被操纵在太后吕雉手中。

吕后在政治上的发迹，应当说是始于诛杀异姓王。史载吕后“为人刚毅，佐高祖定天下，所诛大臣多吕氏力”。高祖出征异姓王时，吕后居京师，开始参与朝政。她策划阻止刘邦废太子，左右讨伐黥布的军事部署，干预刘邦身后将相人选的安排，并逐渐培植亲信党羽，形成一股势力。

吕后临朝，极图削除刘家势力，培植吕家势力，乃“杀高祖子赵幽王友，共王恢，及燕灵王建。遂立周吕侯子台为吕王，台弟产为梁王，建城侯释之子禄为赵王，台子通为燕王”。（《汉书·外戚传》）吕台、吕产、吕禄、吕通都封了王，吕家势力坐大，“非刘不王”的限制被打破，这算是刘家的大不幸。

公元前180年，吕氏集团被一网打尽后，陈平、周勃等商定，迎立刘邦的儿子代王刘恒为帝，此为汉文帝。汉朝政权自惠帝以来，几经易主，内依朝臣，外靠宗室，至此稳定下来了。汉朝也由此进入中国封建社会的第一个盛世——文景之治。

文景之治

惠帝、吕后时期（公元前194年—前180年），无为思想在政治上起着显著作用。丞相曹参沿袭萧何辅佐汉高祖的成规，所谓“萧规曹随”，举事无所变更。在这十五年中，很少兴动大役。惠帝时几次发农民修筑长安城，每次为期不过一月，而且都在冬闲的时候进行。惠帝四年（公元前191年）又“省法令妨吏民者，除挟书律”，吕后元年（公元前187年）“除三族罪、妖言令”。边境戍卒一岁一更的制度，也在这时重新确定了。

文帝、景帝统治时期（公元前179—前141年），继续“与民休息”，社会经济逐渐发展，史称“文景之治”。

文帝十三年（公元前167年），文帝下诏全免田租；景帝元年（公元前156年）复收田租之半，即三十税一，并成为汉朝定制。文帝时，丁男徭役减为“三年而一事”，算赋也由每年120钱减为40钱。长期减免田租徭赋，对地主有利，但也促进了广泛存在的自耕农民阶层的发展。西汉初年“大侯不过万家，小者五六百户”；到了文景之世，“流民既归，户口亦息，列侯大者至三四万户，小国自倍，富厚如之”。户口繁息的迅速，就是自耕农民阶层得到发展的具体说明。

农业的发展，使粮价大大降低。商业也日益活跃起来。文帝十二年（公元前168年）又取消过关用传制度，有利于行旅来往和商品流通。文帝弛山泽之禁，促进了盐铁业的发展，对农民的副业生产，也有一些好处。

随着粮价的降落和商业的活跃，致使大商人势力膨胀，囤积居奇，侵蚀农民，使广大农民破产流亡。文帝、景帝都曾重申商人不得为吏的禁令，企图限制商人的发展。为了提高谷价，缓和谷贱伤农的现象，文帝接受晁错“入粟拜爵”的建议，准许富人（主要是商人）买粟输边，按所输多少授予爵位。输粟达600石者爵上造，达4000石者爵五大夫，达12000石者爵大庶长。晁错又建议，入粟拜爵办法实行后，边境积粟足以支五年，可令入粟者输于郡县，使郡县也有积粟；边境和郡县都已充实，就可以免除天下田租。入粟拜爵办法的实行，使农民的处境暂时有所改善。

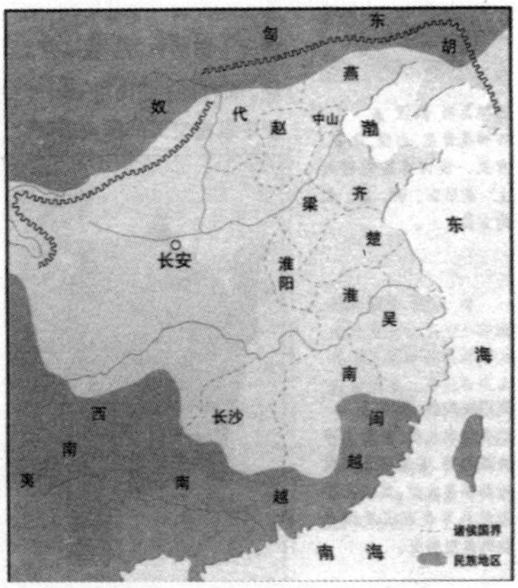

西汉初同姓诸侯分布图

文景二帝提倡节俭。在他统治的二十三年中，“宫室苑囿，车骑，服饰，无所增益”。皇帝尚节俭，对地主、商人中正在兴起的侈靡之风，多少会起一些制约作用。此外，文景时期，对待匈奴和周边少数民族尽量避免诉诸武力，以和为贵；对强敌匈奴仍采取“和亲”政策。

文景时期，在法律方面也有一些改革。文帝废除了汉律中沿袭秦律而来的收孥相坐律令，缩小了农民奴隶化的范围。文帝、景帝又相继废除了黥、劓等刑，减轻了笞刑。这个时期许多官吏断狱从轻，但责不指，不求细苛，所以有“刑罚大省，至于断狱四百，有刑错之风”之说。

文景时期的“与民休息”政策，对恢复和发展生产起了一定的作用。据史书记载，那时国家无事，非遇水旱灾害，则人们人给家足，都市乡间粮仓都满，新谷压旧谷，府库余钱多不胜数，由于长期存放，穿钱的绳子都烂了。一般的乡间街巷都有好马，那时人们出门参加聚会，骑母马的人会受到耻笑。一个强盛而富庶的西汉帝国在亚洲大陆出现。

可以说，这是中国封建社会的第一个盛世，它和后来的“贞观之治”、“康乾盛世”一样，由于政治清明，社会安定，经济发展，而历来为史家所称道。

晁错建言

晁错是汉初颍川（在今河南禹县）人。幼学申、商、刑名之术，为人削直刻深。汉文帝曾命晁错从济南伏生受《尚书》后为太子家令。以其善辩而得太子（即后来的汉景帝）的宠信，号曰“智囊”。

晁错是汉代著名的政论家，文笔削直健拔，议论深刻，入木三分。其论多能中当时要害，故为文帝、景帝所重。其文章涉及兵事、徙民实边、重农等方面。

当时，匈奴数为边患，晁错向文帝上书言兵事，说：“《兵法》说：‘有必胜之将，无必胜之民。’由此看来，安边境，立功名，在于良将，不可不加以选择。臣又听说，用兵作战白刃相交，最要紧的有三条：一是得地形，二是士卒训练有素，三是器用便利。按照兵法，步兵、车骑、弓弩、长戟、矛铤、剑楯等各有所长。不能发挥其长处则十不当一。士不选练，卒不服习，起居不精，动静不集，趋利弗及，避难不毕，前击后懈，与金鼓之指挥相失，这是不训练士卒之过，一百个当不了十个。兵器不完利，与空手同；甲不坚密，与袒露同；弩不能射得远，与短兵同；射不能中，与无箭同；中而不能入，与无箭头同，这是将领不检视兵器之过，五不当一。所以《兵法》说：‘器械不利，等于把士卒送给敌人；卒不可用，是把将领送给敌人；将领不懂行军打仗，是将其君主送给敌人；君不择将，是将其国家送给敌人’。这四者是用兵之要。臣又听说：小大异形，强弱异势，险易异备。卑身以事强是小国之形；合小以攻大是敌国之形；以蛮夷攻蛮夷是中国之形。如今匈奴人地形、技艺与中国不同；上下山阪，出入溪涧，中国的马比不上匈奴马；险道倾仄，边驰边射，中国的骑兵不如匈奴之骑兵；风雨疲劳，饥渴不困，中国人比不上匈奴人；这些都是匈奴人的长处。至于平原、易地、轻车、实骑，则匈奴之众容易被打乱；劲弩、长戟、射疏、及远，匈奴的弓比不上中国的弓；坚甲利刃，长短相杂，游弩往来，什伍俱前，则匈奴之兵挡不住中国之兵；步兵箭发，万箭同的，匈奴人的皮铠木楯不能抵挡；下马步战，剑戟相接，则匈奴兵跟不上中国兵。这些是中国的长处。由此看来，匈奴的长有三，中国的长处有五，陛下又兴数十万之众以击仅数万之众的匈奴，则必胜无疑。”

玉辟邪

汉文帝读后，赐晁错书策以示嘉奖。晁错又上书建议徙民实边，说：“胡人衣食之业不著于地，其势容易扰乱边境，往来迁徙，时来时去；这是胡人的生业，而中国人所以离开田亩而严加防范的原因。如今，胡人经常在塞下放牧、射猎，见边防士卒少便侵入，陛下不救，则边民绝望而有降敌之心；救之，少发则不足，多发则千里而至，胡人早已跑个干净。若聚而不罢，又耗费钱财；撤走，则胡人又来。如此连年，中国贫苦而百姓不安。远方之卒守边塞，一年更换一次，不知胡人之能。不如让人民常居边地，一边耕田种作，一边防备胡人。可以在要害之处，通川之道，建立城邑，每邑不少于一千家。先盖房子，备田器，然后招募百姓，或免去罪人之罪，拜以爵位，减免赋税，分给他们冬夏之衣，能自给而后止。使邑里相救，以御胡兵。”

汉文帝听从了晁错的建议，下诏募民徙实边塞，加强边疆防卫。晁错又上书劝文帝重视农业，说：“圣王在上而百姓不受冻挨饿，不是能耕田养活他们，织布让他们穿衣，而是为民开生财之道。所以，尧时有九年之水，汤时有七年之旱，而百姓无死者，因为他们蓄积多而准备足。如今海内为一，土地人民之众不比汤、禹的时候少，加上没有水旱天灾，但蓄积都比不上，为什么？地有遗利，民有余力；能生长谷物的土地未全部开垦，山泽之利没有尽出，而游食之民未尽归于农业。寒之于衣，不待轻暖；饥之于食，不待甘旨，饥寒至身，人便不顾廉耻。人情一天不吃两顿饭便要饥饿，一年不添衣便要寒冷。饥饿不得食，寒冷不得衣，虽慈父不能保其子，君王哪里还能保有其人民呢？明主懂得这个道理，所以务民于农桑，薄赋敛，广蓄积，以充实仓廪，备御水旱，所以人民可以保有。百姓全在为上者如何指挥，百姓之趋利，便像水往低处流，不择方向。珠玉金银，饥不可食，寒不可衣，然而众人珍贵它们，这是因为在上者用它们；这些东西轻微易藏，拿在手里，可以走遍四

银重炉

海而无饥寒之患。粟、米、布、帛，生于地，长于时，聚于力，非一日可成，不为奸邪所利，一日不得而饥寒至身。所以明君贵五谷而贱金玉。

“如今，农夫 5 口之家，其中服公事之役的不下 2 人；他们所能耕种的田地不过百亩，过百亩的收成不过百石。春耕、夏耘、秋获、冬藏、伐薪樵、修治官府、服徭役，春不得避风尘，夏不得避暑热，秋不得避阴雨，冬不得避寒冻，四时之间无日休息，还有送往迎来，吊死问疾，养孤长幼在其中。勤劳辛苦如此，还要遭遇水旱之为，急政暴赋，赋敛不时，朝令而暮改，有的半价而卖，没有的付翻倍的利息，以此来偿还债务。而那些商贾们，大的囤积居奇，牟取暴利，小的列坐贩卖，日游于都市，乘国家之所急，所卖必定翻倍。所以，他们男不耕耘，女不纺织，却衣必文采，食必粱肉，不受农夫的苦痛，却有成千上成万的收入。又依仗其富有，交通王侯，势压官吏，千里游遨，冠盖相望。这便是为何商人所以兼并农人，农人所以流亡的缘故。

“当今之务，莫急于使民务农。想让百姓务农，在于提高粮食的价值；提高粮食价值的办法，在于使百姓以粮食为赏罚。现在，可以下令天下，有向政府交纳粮食的，可以拜爵，可以除罪。这样，富民有爵，农民有钱，粮食有所流通，损有余以补不足，令出而百姓得利。爵者是上之所专擅，出于口而无穷；粮食是民之所种，生于地而不乏。得高爵和免罪都是人们所希望的。让天下的人向边郡交纳粮食而得以受爵、免罪，不出三年，边防上的粮食储备必然丰富。”

汉文帝采纳了晁错的建议，下令全国百姓可以入粟拜爵，各有等差。

七国之乱

概况

汉初七十年的历史，是社会经济从凋敝走向恢复和发展的历史，也是中央集权逐步战胜地方割据的历史。高祖刘邦统治时期，为巩固刘氏天下，大肆铲除异姓王，又大封同姓王。当时，同姓王国辖地共达39郡，而中央直辖的土地只有15郡，其中还夹杂了不少列侯的封国和公主的“汤沐邑”。这依旧是干弱枝强的局面。王国“大者跨州兼郡，连城数十”，例如齐国辖地6郡73县，代、吴各辖地3郡53县，楚国辖地3郡36县。又经过几十年的休养生息，王国经济力量有很大发展。

吕后统治时期，大封诸吕为王、侯。吕后死，刘氏诸王与西汉大臣合力消灭了诸吕的势力，迎立代王刘恒为帝，是为文帝，同姓王的势力更加发展。他们拥兵自重，专制一方，成为统一的隐患。贾谊在《治安策》中陈诉当时中央和王国形势说：“天下之势，方病大瘇，一胫之大几如腰，一指之大几如股”；而且“病非徙瘇也，又苦蹠戾”，这就是说“亲者或亡分地以安天下，疏者或制大权以偪天子”。贾谊认为“欲天下之治安，莫若众建诸侯而少其力。力少则易使以义，国小则亡邪心。”贾谊的建议，在当时没有引起文帝的重视。但是贾谊死后四年，即文帝十六年（公元前164年），文帝分齐国之地为六国，分淮南国之地为三国，实际上就是贾谊“众建诸侯”之议的实现。

继贾谊之后，晁错屡次向文帝建议削夺诸王的封土。景帝时，吴国跋扈，晁错又上“削藩策”。他说诸王“削之亦反，不削亦反。削之，其反亟，祸小；不削之，其反迟，祸大”。景帝三年（公元前 154 年），用晁错之策，削楚王东海郡，削赵王常山郡，削胶西王 6 县，以次削夺，将及吴国。这时吴王濞就联合其他六国，向中央政权发难，这就是七国之乱。

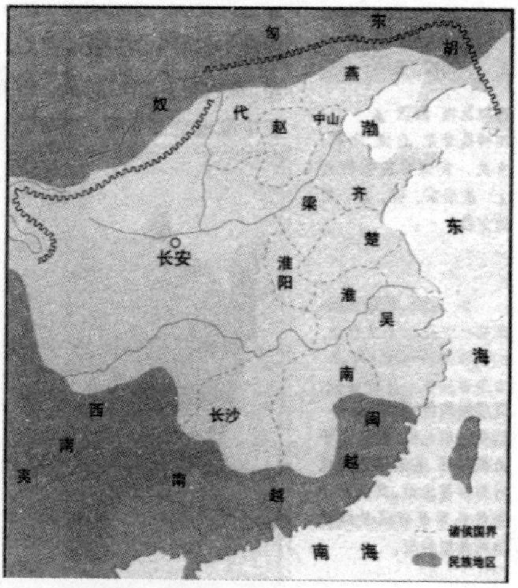

西汉初同姓诸侯分布图

刘濞是刘邦哥哥刘喜之子，于高帝十一年（公元前 196 年）被封为吴王。吴国占有 3 郡 53 城之地，为王国中的第二大国。刘濞就封后，利用本国丰富的自然资源，冶铜、铸钱、煮盐，积聚了大量的财富。为扩大自己的势力，他招天下亡命之徒，窝藏天下逃犯。同时还用减免赋税等方法笼络人心，使经济实力和政治实力日益壮大。文帝时，刘濞就已显出对皇帝的不敬。并在王国内准备谋反，到景帝接受晁错建议、开始削藩之时，刘濞眼见其所属的会稽镇和豫章镇也保不住了，便带头以“诛晁错、清君侧”为名发动叛乱，参与叛乱的有胶西王刘印、楚王刘戊、赵王刘遂、济南王刘辟光、菑川王刘贤、胶东王刘雄渠等。

七国叛乱的消息传到朝廷后，景帝一面斩杀晁错，一面任命周亚夫为太尉，率大军迎击叛军。七国叛军虽来势汹汹，但并不堪一击。仅三个月，叛乱就被平定，吴王刘濞兵败逃跑途中被人所杀，其余诸王或自杀，或被诛。

七国之乱，是汉中央集权和地方割据势力之间矛盾的一次总爆发。七国之乱的平定也是地方割据势力所遭到的一次毁灭性的打击。七国之乱平定后，景帝把这些诸侯王国，分割成几个小国。同时规定诸侯王不得亲自治国，剥夺了诸侯王的一切军政权力，削减王国的官属。从此诸侯王强大难制的局面大为缓和，中央集权走向巩固，国家统一显著加强了。

七国作乱

刘邦分封子弟造成郡国并立的政策是时代的错误，就从巩固刘家天下来看，它虽然能收到暂时的效益，却种下了长远的祸根。文帝时贾谊就指出，当时齐楚等国已各传子孙二三代，与皇家亲属关系日益疏远，感情淡薄。半独立的王国同集权的皇朝在各方面存在许多矛盾，相互猜忌，各怀疑惧，叛乱仅只是时间问题而已。他认为王国太强大就好比人患了肿病，一条小腿粗如腰，一根指头粗如腿，怎么能够指挥屈伸呢？所以他提出“众建诸侯而少其力”，主张尽封诸王子弟，使大国分为尽可能多的小国，“令海内之势如身之使臂，臂之使指，莫不制从”，中央才容易控制。另方面他又建议文帝把自己的亲儿子安排到要害地区建立大国以便拱卫皇室，说明他还是没有从根本体制上认清问题实质。但是文帝却采纳了贾谊的意见，把太子的同母弟刘武封为梁王，都于战略要地睢阳（今河南商丘），拥有40多县富庶地区。又尽封齐悼惠王子6人为王，分齐国为济北、菑川、胶东、胶西、济南、齐等六国。

当年刘邦在击灭英布后，封其侄刘濞为吴王，都吴（今江苏苏州），拥有江东53县，盛产铜、盐，国富民强。文帝时，吴太子入朝与皇太子发生冲突被误伤致死，刘濞从此怨恨不朝，图谋叛乱。由于文帝优容礼遇，暂时没有发作。景帝即位，晁错用事。晁错认为，诸王国太强大威胁皇室，应当绳之以法，抓住他们的过失以削夺国土作为惩罚，逐步减弱其势力，才能提高皇权，安定国家。尤其是吴国蓄谋叛乱多年，更应当严惩。他也估计到这样作可能激起变故，但是他说："今削之亦反，不削亦反。削之其反亟，祸小；不削之其反迟，祸大。"既然是祸，迟发作不如早发作。景帝采纳他的意见，先后削夺赵国的常山郡，楚国的东海郡以及胶西国的六个县。最后在下令削夺吴国的会稽郡和豫章郡时，景帝三年（公元前 154 年）正月，吴王刘濞带头发兵叛乱。他纠合楚、赵、胶西、胶东、菑川、济南等六国，以诛晁错"清君侧"为借口，亲率吴楚联军 20 多万人西征。胶西、胶东、济南、菑川等国合兵围攻仍然忠于汉王朝的齐国，赵国也暗中勾结匈奴，起兵反叛。一时黑云压城，长安城中的高利贷者认为东方战事胜败难知，竟不肯贷款给从军东征的列侯封君，好像汉中央政权已经命在旦夕了。

在吴楚七国气势汹汹的进攻面前，景帝也动摇了。他听信晁错政敌袁盎的谗言，以为牺牲晁错、退还削地可以换来和平，便授意丞相庄青翟等诬告晁错不忠，把他骗到长安东市腰斩，还残暴地杀害其全家老小。当然这种手法不可能解决诸王国同皇室的矛盾，只不过暴露了景帝的张皇失措，"内杜忠臣之口，外为诸侯报仇"，真正是亲痛仇快的一件蠢事。所以当袁盎等以接受条件杀了晁错而去吴国谈判求和时，刘濞却自称"我已为东帝"，拒不接见而把袁盎扣押起来。正如当时人指出的，刘濞处心积虑几十年筹备叛乱，哪里只是为了一个晁错？晁错主张削地不过给他提供一个借口而已。景帝不得已，只好决心讨伐。他派太尉周亚夫率主力反击吴楚联军，并派郦寄领兵攻赵，栾布领兵攻齐，大将军窦婴驻守荥阳接应。

吴楚联军西进，首先碰到坚决拥护汉王朝的梁国。梁王刘武是景帝亲弟，所以他虽然也是由于分封制而产生的诸侯王，却并不支持代表割据势力的吴楚七国，而是站到代表中央集权的汉王朝一边。吴楚联军猛攻梁都睢阳，周亚夫统领大军坚守昌邑（今山东金乡西），让吴楚军在睢阳坚城下消耗实力，却派出小部队袭扰其后勤供应线。梁王刘武在吴楚军主力围攻下很感吃力，多次向周亚夫求援，周亚夫都按兵不动。梁王转向景帝告状，景帝也命周亚夫援梁，周亚夫仍以根据实际情况可以灵活处置的理由拒绝接受诏命。梁王只好充分发挥自己的力量拼死坚守，吴楚军始终无法取胜。于是回过头来又攻击周亚夫率领的汉军，周亚夫仍然据险固守，不急于应战。吴楚军连战无功，士气低落，供应短缺，不得不退走。周亚夫这才挥兵猛追，吴王濞一败涂地，士兵饥死叛散，溃不成军，他只带上残兵千余人逃奔东越。在汉王朝重赏引诱下，东越人将他杀死向汉王朝请赏。楚王刘戊也兵败自杀。胶西等四国攻齐不克，汉兵到达，诸国各自溃退，国王们都自杀或被杀。赵王在汉军围攻下，最后城破自杀。声势浩大的吴楚七国之乱，前后仅三个月时间就全都失败了。这充分证明人民是拥护统一反对分裂的，所以野心家苦心准备了几十年，到头来几个月就统统垮台了。

平定吴楚七国之乱以后，汉王朝的威望大为提高，景帝趁势加强集权，严格控制王国。他规定诸王不得治理国事，仅能衣食租税。又减少王国官员，降低其品级，并统统由皇帝任命。此后皇朝的力量得以逐渐渗入王国内部，使它的独立地位日益动摇。到武帝时继续加强控制，诸王国名存实亡，由于分封而引起的割据叛乱问题这才终于解决。

昌邑之战

这次战争发生于汉景帝三年（公元前 154 年）正月，止于同年三月。汉景帝以周亚夫为帅，进行了昌邑战役的全面准备工作，一举平定了七国之乱。

汉文帝于后元七年（公元前 157 年）病故，由太子刘启继承帝位，称汉景帝。景帝即位后，任用其“智囊”晁错为御史大夫。晁错由于才华出众，识广见博，忠于汉景帝，遂深得景帝宠信，言听而计从，是景帝首屈一指的决策人物。晁错力促景帝继续削弱王国的势力，加强中央集权。当时有人发现吴王刘濞谋反准备已久，晁错便向景帝建议说，吴王以前就想谋反，依照古来的法律，就当斩首，当时文帝仁慈，只让打了他几杖，但他现在仍不思改过自新。他“即山铸钱，煮海水为盐，诱天下亡人，谋作乱。今削之亦反，不削之亦反。削之，其反亟，祸小；不削，反迟，祸大”。景帝采纳了晁错的削弱王国的建议，开始剥夺他们的一些封地。汉景帝三年削去吴之豫章郡、会稽郡。楚王来朝，以其以往犯罪，削去其东海郡。在此之前，已削去赵王的河间郡，胶西王刘印的 6 个县。吴王刘濞听说要削去吴国两郡的消息，十分气愤，因之想立即起兵。他听说胶西王勇猛、好斗，便派使者中大夫应高前去约胶西王起兵反汉。应高对胶西王许愿说，将来夺取天下之后，“两主分割”。胶西王答应后，吴王刘濞尚不太放心，又亲去胶西，当面与之结盟。随后吴王又派使者联络胶东、菑川、济南、济北、楚、赵等国，各国均答应共同起兵反汉。

晁错削弱诸侯王国的主张，引起了众多割据势力的怨恨，晁错父亲闻知此事，便当面责备晁错不该建议削弱诸侯势力，并质问他为什么要这样做。晁错对他父亲说：“不如此，天子不尊，宗庙不安”。错父说：“刘氏安矣，而晁氏危矣，吾去公归矣”！“吾不忍见祸及吾身”，遂饮毒药而死。

吴王为了夺取攻汉的胜利，动员了自己国内从十四岁至六十二岁的人统统入伍参战。吴王下令全国说：“寡人年六十二，身自将。少子年十四，亦为士卒先。诸年上与寡人比，下与少子等者，皆发。”除国内出动20万大军外，并使闽越、东越也发兵相助。吴王召集诸将领商讨进兵计划，大将军田禄伯建议说：“兵屯聚而西，无它奇道，难以就功。臣愿得5万人，别循江淮而上，收淮南、长沙，入武关，与大王会，此亦一奇也。”但吴王太子却不同意田禄伯单独行动，怕别有变故，因而便对吴王说：“王以反为名，此兵难以藉人，藉人亦且反王，奈何？且擅兵而别，多它利害，未知可也，徒自损耳。”吴王遂不用其计。吴另一少年桓将军也建议说：“吴军多步兵，步兵利于在险要的地势条件下作战，汉军多车骑，车骑利于在平坦的地形下行动，吴军不应在所过城邑停留，急速占据洛阳的武库和敖仓之粟，夺占山河险要关隘以令诸侯，即使不入函谷关，天下也会基本稳固。如果行动迟缓，汉军车骑至，驰入梁楚之地，我们就会失败。”但吴王等又以他年少无知，而拒绝他的建议。遂决定以一路大军向西北先攻梁地，然后再节节向前发展。

周亚夫奉命率30万大军东征，深知楚军历来剽悍矫捷，战斗力强，很难轻易将其打败。因而向汉景帝建议说：楚国之兵剽悍勇捷，难以很快战胜它，我们应该舍弃梁国，尽量以梁地拖住敌人，并切断敌人运送粮草的道路。这样就可以使敌兵疲粮尽，战而胜之。汉景帝同意周亚夫的策划，以大将军窦婴驻军于荥阳，控制荥阳一带战略要地，阻止吴楚联军西进。周亚夫自率主力向吴楚联军进击，并以另一部兵力向齐、赵等地进攻。

吴王刘濞在作战准备完毕后，即于汉景帝三年（公元前154年）正月，打着“请诛晁错，以清君侧”的旗号，起兵叛乱。先将汉朝所任命的2000石以下的官吏统统杀掉，然后他即亲率大军从广陵北上，西渡淮水，与楚军合兵，继续前进。吴王刘濞为壮大其起兵的声势，制造叛乱的舆论根据，在起兵后即派遣使者，致书胶西王、胶东王、菑川王、济南王、赵王、楚王、淮南王、衡山王、庐江王、故长沙王子，历数汉朝廷任用“奸臣”，削夺诸王侯封地，危及汉宗室安全的“罪状”，然后宣称：“吴国虽然不大，但地方3000里；人虽然不算多，但可出精兵50万。而且我一向与南越友好相处三十多年，越君王愿意出兵以帮助吴国，又可得精兵30万。吴国虽然不富，但节衣缩食，积金钱，备兵革，屯聚粮食，夜以继日，三十余年。”刘濞为了鼓舞将士的作战积极性，还宣布：凡抓住汉军大将者，赐赏金5000斤，封万户；抓住列将者，赐金3000斤，封5000户；抓住裨将者，赐金2000斤，封2000户。以下也皆有赏赐。对降城略地者，也给予重赏。

汉景帝听说吴王刘濞等已起兵叛乱，想派人劝说吴王罢兵。这时原吴相袁盎，曾因晁错欲治他的贪污受贿罪，对晁错恨之入骨，即向景帝建议说，诸王起兵，完全是因为晁错，只要杀了晁错，吴楚即可退兵。汉景帝遂杀了晁错，并立即以袁盎为太常，派往吴国，向吴王说明晁错已斩，请吴王退兵。吴王回答说，他已称东帝，拒绝退兵。这时正好谒者仆射邓公为校尉，曾随军征讨吴楚军，返回京师，谒见景帝，景帝问他说：“晁错已死，吴楚能不能退兵？”邓公回答说：“吴王准备叛乱已经数十年，他是发怒于削地，以让朝廷诛杀晁错为名，其用意远不是杀晁错而已。”邓公接着说：“晁错深怕诸侯强大难制，所以建议削地，以加强朝廷的力量，这本来是有利于万世江山的良策，但刚刚实行，晁错便被诛杀，这样，忠臣就无人敢再说话了。”景帝这时才省悟。

吴楚联军首先向西北进攻梁地，攻破梁之棘壁，斩杀梁军数万人，乘胜继续向梁地推进。梁孝王十分惊恐，派遣6位将军率军再与吴军战，梁军溃败。梁孝王数次派人去向周亚夫求救，周亚夫均不救援。吴楚联军又进而包围梁都城，由于梁都坚固，无法攻下梁都，吴楚联军被阻。这时，吴将周丘通过威胁诈谋，劝降下邳，一夜之间得3万兵马，遂向北继续略地，到了城阳，已拥有近10万之众。

太尉周亚夫率军东走，当进至灞上时，赵涉对周亚夫说："吴王刘濞一向豪富，长期以来搜罗亡命之徒，现在他知道将军即将东出函谷关的动向，必定会在崤山、渑池之间的险要处设置间谍伏兵。用兵贵在神速秘密，将军何不从这里向右进军，经蓝田、出武关，迂回而至洛阳，这样只不过多用一两天的时间，便可直入洛阳的武库，到后敲击战鼓，诸侯发现汉军到达，一定会以为将军是从天而降。"周亚夫遂按照赵涉的建议，率领部将安全到达了洛阳。周亚夫这时高兴地说："七国叛乱战起，我坐驿车到达这里，没想到会这样安全。现在我控制了荥阳，荥阳以东就没有什么危险了。"周亚夫进至洛阳后，便立即派兵搜索崤山、渑池之间地区，果然抓到了吴王派出的伏兵。于是，便请赵涉当护军。

周亚夫军至淮阳，周亚夫的父亲周勃的故客邓都尉向周亚夫建议说："吴兵锐甚，难与争锋。楚兵轻，不能久。方今为将军计，莫若引兵东北壁昌邑，以梁委吴，吴必尽锐攻之。将军深沟高垒，使轻兵绝淮泗口，塞吴饷道。彼吴梁相敝而粮食竭，乃以全强制其罢极，破吴必矣。"周亚夫很高兴地采纳了邓都尉的建议。周亚夫遂率主力军向东北进军，进占了昌邑，并在昌邑筑垒坚守。这时吴楚军加强围攻梁国，由于周亚夫拒绝派兵支援梁王，梁王便派人上诉于汉景帝。汉景帝诏命周亚夫救援梁王，亚夫仍坚壁不出，只派弓高侯韩颓当等率轻装部队按照预定计划，出淮泗口，切断吴楚联军的后路，绝其粮道。梁王命中大夫韩安国和张羽为将军，以韩安国坚守城池，张羽出战，使吴军受到一些挫折和损失。吴军欲向西进军，但无法突破梁军的防守，吴楚联军胶着于坚城之下，往日的锐气大失，为求速战速决，便转而进攻周亚夫军，两军相遇于下邑，吴楚联军企图寻找汉军主力决战，但是周亚夫仍坚持坚壁不战。吴楚联军由于粮食供应断绝，士卒饥疲不堪，吴王刘濞多次组织部队向周亚夫军挑战，周军拒不应战，吴楚军采取佯攻汉军阵地东南角，实际主攻西北角的战术。周亚夫识破了吴楚军的企图，便加强了西北角的防御，当吴楚军猛攻西北角时，周亚夫军已严阵以待，吴楚军最后的攻击失败，加上士卒疲劳饥饿，于是开始溃乱，吴王刘濞决定率部队撤走。二日，周亚夫率军追击，大破吴楚联军。吴王刘濞丢弃部队，仅率数千人乘夜逃窜。楚王刘戊见大势已去，被迫自杀。周丘自感吴楚联军无力向西北发展攻势，遂退往下邳，途中病死。吴王率军渡江，退守丹徒，再退走东越，以东越兵万余人，并收聚其残兵，企图重振军威。汉军派人买通了东越，使东越以劳军的名义诱骗吴王刘濞出营，将吴王斩杀。至此，声势浩大的七王之乱的主力军吴楚联军，即告全部失败。

济南、胶东、胶西、菑川等诸王和赵王，按照与吴王刘濞的协议，也同时起兵于齐地和赵地。济南、胶东、胶西、菑川等四王起兵后，首先进攻齐王刘将闾军于临淄。齐王本来也预定要参加七王之乱，可能后来觉得事情不妙，退出七王反叛的行列，畏罪而自杀。临淄被围困三个月未被攻破。这时进击齐地的汉军在将军栾布的统率下，与弓高侯韩颓当的援军合兵一处，向围攻临淄四国之军进攻，将四国之军击破，各败退回本国。

在胶西王阴谋叛乱之前，诸大臣即劝阻胶西王不要起兵叛乱，他们认为在胶西为王已经很不错了，吴王虽然与胶西约定，事成之后，平分天下，但那也是后患无穷。胶西王不听。待兵败退回胶西后，始知后悔已晚。胶西王太子刘德还想再战，打算战败之后，逃入东海。但胶西王刘印觉得已无任何取胜的希望，遂自请向汉军韩颓当军投降，韩颓当向刘印展示景帝的诏书："王其自图"。刘印看后，自叹说："如印等死有余罪。"即自杀身死，太后、太子也皆死。胶东王渠、济南等王兵败后也自杀。郦寄率军进攻赵地，进展也比较顺利，赵王之军节节败退，最后退守都城邯郸，郦寄军包围邯郸城近十个月，后城破兵败，赵王刘遂自杀。这样，七王之乱遂全部被平定，汉军胜利地结束了昌邑战役。

独尊儒术

概况

汉武帝时期，儒家的正统地位开始确立。

武帝建元元年（公元前 140 年）十月，刚刚即位不久的武帝便下诏征求"贤良方正"和"直言极谏"的人才，并亲自主持考试，题目为"古今治国之道"。在百余人的对策中，广川（今河北枣强）人董仲舒的对策深得汉武帝的赞赏。

西汉初年，汉高祖刘邦仍然奉行秦代的"挟书律"，禁止私人收藏《诗》、《书》、《百家语》等，违者处以族刑，并蔑视儒学和儒生。在此情况下，儒家的学术活动几乎断绝。惠帝四年

(公元的 191 年)，宣布废除“挟书律”，诸子百家学说开始复苏，民间比较活跃的有阴阳、儒、墨、名、法、道六家，其中儒、道两家影响比较大。博士制度在汉初依然存在，高祖曾以叔孙通为博士，文帝曾以申公、韩婴、公孙臣等人为博士，但是，人数不多，不过具官备员、待问而已，不受封建统治集团的重视，在传授文化方面起到的作用并不大。

由于社会经济遭到长期战乱的严重破坏，汉初的统治阶级所面临的紧迫任务是恢复、发展生产，稳定封建统治秩序，所以在政治上主张“无为而治”，提倡统治者少有作为的办法，来缓和与农民的阶级矛盾、与匈奴、南越的民族矛盾以及统治集团内部的矛盾斗争，这样，在思想上，主张清虚自守、卑弱自持的道家黄老学说受到重视，在意识形态领域占据了支配地位。

武帝即位时，社会生产经过几十年的休养生息，得到了很大程度的发展；地主阶级和封建国家积累了巨大的财富，其力量已很强大；对农民的压迫、剥削也逐渐加重，促使阶级矛盾日益激化；地方上诸侯王等割据势力恃怙权势，企图与中央分庭抗礼；豪族，商人日甚一日地兼并农民；匈奴对汉朝的侵扰欺侮肆无止境。因此，从政治和经济上进一步强化专制主义中央集权制度已经成为封建统治者的迫切需要。在这种情况下，主张清静无为的黄老道家思想已不能满足地主国家的现实要求了，而儒家的春秋大一统思想、神化皇权的君臣伦理观念以及仁义学说都和当时封建统治集团所面临的形势与任务比较适应，儒家思想开始取代了道家黄老之言在思想领域中的支配地位。

汉武帝建元六年，董仲舒在举贤良对策中提出，现在官学和民间流行的诸子百家学说遵循的理论不同，以致影响到国家不能保持一贯的政策，法令制度常常改变，下边的民众不知所守，这种情况不利于封建专制政治，建议官府只任用讲儒学的

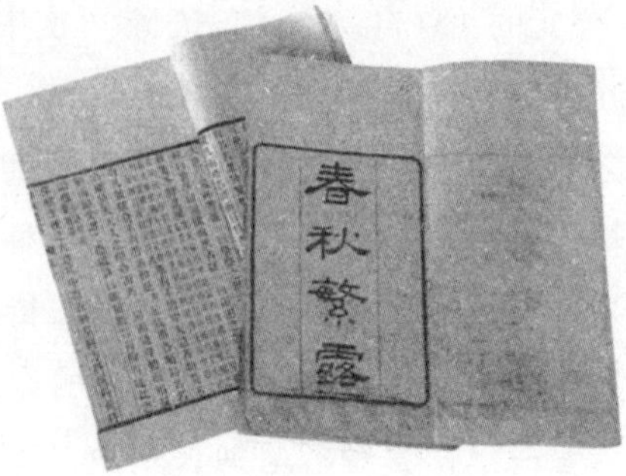
董仲舒《春秋繁露》书影

人，“诸不在六艺之科、孔子之术者，皆绝其道，勿使并进”。得到汉武帝的赞许，并同意丞相卫绾的奏言，罢黜各地荐举的治申（不害）、商（鞅）、韩非、苏秦、张仪之言的贤良之士。武帝后又起用好儒的窦婴、田蚡为丞相、太尉，任儒生赵绾为御史大夫、王臧为郎中令，以此褒扬儒学，贬斥道家。赵绾等鼓动武帝改革政治，但此时掌握实权的窦太后崇黄老之学，不满赵绾等人的行为，于是借故将赵绾、王臧逮捕入狱，二人自杀；又逼迫武帝将窦婴、田蚡免职，儒家势力再次受到打击。

建元六年，窦太后去世，武帝拜田纷为丞相，将官府里不治儒学五经的太常博士一律罢免，黄老、刑名等诸子百家之言都被排斥在官学之外，并且优礼延揽儒生数百人，在官办的太学和郡县学校里任职，只教授儒家的《诗》、《书》、《礼》、《易》、《春秋》五种经典，这就是著名的“罢黜百家，独尊儒术”。自此以后，官吏主要出于儒生，儒学逐步发展，成为两千年来地主阶级统治人民的封建正统思想。

儒学独尊

秦始皇统一六国，接着又统一文字，为文化学术的发展传播提供了有利的条件。但是不到十年，秦始皇颁令焚书，禁绝私学，只允许以法为教，以吏为师，又使文化学术受到严重摧残。以后，项羽入咸阳，焚秦宫室，连国家典藏的图书也荡然无存，文化学术再次受到破坏。

秦朝置博士官，多至70员，诸子百家，包括儒家在内，都可以立为博士。博士的职掌是通古今，备顾问，议礼议政，并教授弟子。坑儒事件使博士、儒生受到打击。有些博士、儒生后来投奔陈胜，参加了反秦活动。

西汉初年，汉高祖刘邦不废秦代挟书之律，蔑视儒学和儒生。在这种情况下，儒家学术源流几乎完全断绝，除了叔孙通略定礼仪的事例以外，不见儒家有什么活动。博士制度在汉初依然存在，高祖曾以叔孙通为博士，文帝曾以申公、韩婴、公孙臣等人为博士，但是博士人数不多，不过具官待问而已，不受当世的重视，在传授文化方面也没有起多大的作用。

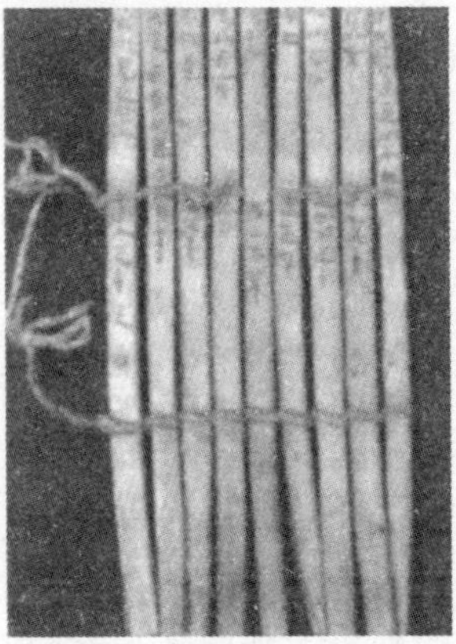
西汉竹简

在学术思想发展的低潮中，道家的黄老无为思想为汉初统治者所提倡，居于支配地位。道家重视成败存亡的历史经验，主张清虚自守，卑弱自持，所以它适应农民战争后的政治形势，适合恢复生产、稳定封建秩序的需要。胶西盖公好黄老之言，惠帝初年应齐丞相曹参之请仕于齐国。盖公认为治道贵清静而民自定，这个见解比齐国儒生的议论切合实际，在帮助曹参安集百姓方面起了重要作用。道家奉老子的《道德经》，有可考的传授源流，但是世无师说，学术内容可以在很大的程度上随时损益、使之切合当时统治者的具体要求。所以汉初统治者把黄老之言当作“君人南面之术”加以利用，而各种不同流派的思想家也都乐于称说黄老之言。

西汉初年陆贾的《新语》，包含了黄老的政治思想。陆贾针对汉初的政治经济形势，探讨了“以寡服众，以弱制强”的统

董仲舒

治方法，认为“道莫大于无为，行莫大于谨敬”。马王堆出土汉文帝时墓葬中的《经法》等多种帛书，是当时流行的黄老著作。系统地阐明道家哲学思想的著作《淮南鸿烈》，也叫《淮南子》，是武帝时淮南王刘安集宾客写成的。《淮南子》问世时，黄老思想在政治上已不占支配地位了。

在汉初特定的社会条件下，统治者无为而治，使农民生活比较安定。社会生产较易恢复，也使汉朝的统治秩序渐形巩固。但是到了文、景时期，无为而治又产生了新的问题：王国势力凌驾朝廷，商人豪强日甚一日地兼并农民，匈奴对汉无止尽地谩侮侵掠。因此，无为而治已不再适应经济、政治的需要了。贾谊大声疾呼，提出变无为为有为的要求，他在《治安策》里说：“夫俗至大不敬也，至亡（无）等也，也冒上也，进计者犹曰毋（无）为，可为长太息者此也。”

文、景时期，出现了由无为到有为、由道家到儒家的嬗变的趋势。那时候，挟书令已被禁止，留存于民间的一些古籍陆续为世人所知。旧秦博士伏生出其壁藏《尚书》20余篇，文帝曾使晁错从他受业。博士之数达到70余人，百家杂陈而儒家独多。儒家的《书》、《诗经》、《春秋》以及《论语》、《孝经》、《孟子》、《尔雅》，都有博士，其中《诗》博士有齐、鲁、韩三家，《春秋》博士有胡毋生、董仲舒两家。这种情形，为汉武帝刘彻独尊儒术提供了有利的条件。

武帝建元元年（公元前140年），武帝采纳丞相卫绾之议，罢黜治申、商、韩非、苏秦、张仪之言的贤良。好黄老的窦太后（武帝祖母）力加反对，借故把鼓吹儒学的御史大夫赵绾和郎中令王臧系狱。儒家势力虽然暂时受到打击，可是建元五年，武帝设置五经博士，儒家经学在官府中反而更加齐备。建元六年窦太后死，武帝起用好儒术的田蚡为相。田蚡把不治儒家五经的太常博士一律罢黜，排斥黄老刑名百家之言于官学之外，并且优礼延揽儒生数百人。这就是有名的罢黜百家，独尊儒术。独尊儒术以后，官吏主要出自儒生，儒家逐步发展，成为此后两千年间的正统思想。这种情况对于学术文化的发展是不利的，但是在当时却有利于专制制度的加强和国家的统一。

取得独尊地位的儒家，在先秦儒家仁义学说之外，吸取了阴阳家神化君权的学说，极力鼓吹封禅和改制。元封元年（公元前 110 年），武帝举行封禅大典。太初元年（公元前 104 年），武帝颁令改制，以汉为土德，色上黄，数用五，定官名，协音律，并采用以正月为岁首的《太初历》，代替沿用了百余年的以十月为岁首的《颛顼历》。新的儒家也吸取了法家尊君抑臣的思想，并力图用刑法加强统治。所以汉武帝一方面“外施仁义”，一方面又条定刑法，重用酷吏。董仲舒把儒学引入法律，以《春秋》经义定疑狱，为判例二百余则，称为《春秋决狱》，亦称《春秋决事比》。以后，汉宣帝刘询宣称汉家制度是霸道（法）王道（儒）杂而用之，不主张纯用儒家的德教。

儒家的独尊，有董仲舒倡议其间，而且新儒学的思想内容，也由他奠立基石。董仲舒，广川（今河北枣强境）人，习《公羊春秋》，景帝时为博士。武帝时，他上《天人三策》，系统地阐明了他的哲学思想和政治思想。他著有《春秋繁露》一书。

董仲舒认为人君受命于天，进行统治，所以应当“屈民而伸君，屈君而伸天”。如果人君无道，天即降灾异来谴告和威慑。如果人君面对灾异而不思改悔，就会出现“伤败”。因此人君必须"强勉行道"。这就是他的具有神秘色彩的"天人感应"学说。他认为《春秋》一书著录了长时期的天象资料，集中了天人相与之际的许多解释，所以后世言灾异要以《春秋》为根据。

董仲舒主张"道之大原出于天，天不变道亦不变"。这是他的形而上学的宇宙观和历史观。同时他又认为朝代改换，有举偏补弊的问题。他认为秦朝是乱世，像"朽木粪墙"一样，无可修治，继起的汉朝必须改弦更张，才能"善治"，这叫做"更化"。更化不但应表现为改正朔，易服色，制礼乐，而且还应表现为去秦弊政。这就是他提出限民名田、禁止专杀奴婢等要求的理论根据。不过在他看来，"王者有改制之名，无易道之实"，所以改制并不影响天道不变的理论，不影响封建统治的基础。

董仲舒据《公羊春秋》立说，主张一统，认为《春秋》大一统是天地之常经，古今之通谊。他的所谓一统，就是损抑诸侯，一统乎天子，并使四海"来臣"，但是如果师异道，人异论，百家殊方，旨意不同，人君就无以持一统。因此他要求罢黜百家，独尊儒术。

对于人君应当如何实行统治的问题，他主张效法天道。在他看来，天道之大者在阴阳，阳为德，阴为刑，所以人君的统治必须阴阳相兼，德刑并用。天道以阳为主，以阴佐阳，因此人君的统治也应当以德为主，以刑辅德。他的所谓德，主要是指仁义礼乐，人伦纲常。他以君臣、夫妻、父子为王道之三纲，并认为三纲可求于天，与天地、阴阳、冬夏相当，不能改变。他主张设学校以广教化，因为这是巩固封建统治的最可靠的堤防。

董仲舒的新的儒家学说，主旨是维护封建秩序。它适应文、景以来政治、经济发展的要求，对于巩固国家统一，防止暴政，缓和对农民的剥削压迫，有其积极作用。

武帝以来，儒学传授出现了一个昌盛的局面。博士官学中不但经学完备，而且由于经学师承的不同，一经兼有数家，各家屡有分合兴废。甘露三年（公元前51年），宣帝召集萧望之、刘向、韦玄成等儒生，在石渠阁会议讲论五经异同，由他自己称制临决。宣帝末年，《易》有施、孟、梁丘，《书》有欧阳、夏侯胜、夏侯建（大、小夏侯），《诗》有齐、鲁、韩，《礼》有后氏，《春秋》有公羊、谷梁，共12博士。其中梁丘《易》、夏侯《尚书》、谷梁《春秋》等博士是新增加的。博士就是经师，他们的任务是记诵和解释儒家经典。他们解经繁密驳杂，有时一经的解释达百余万言。博士有弟子，武帝时博士弟子50人，以后递增，成帝时多至3000人，东汉顺帝时甚至达到3万人。经学昌盛和博士弟子众多，主要是由于经学从理论上辩护汉朝的统治，因此统治者对儒生广开“禄利之路”的缘故。

在儒学发展的同时，也出现了搜集与整理图书的热潮。汉武帝敕丞相公孙弘广开献书之路，还设写书官抄写书籍。当时集中的图书数量颇多，外廷有太常、太史、博士之藏，宫内有延阁、广内、秘室之府。以后成帝命陈农访求天下遗书，又命刘向总校诸书。刘向校经传、诸子、诗赋，任宏校兵书，尹咸校数术（占卜之书），李柱国校方技（医药之书）。每一书校毕，都由刘向条成篇目，写出提要。刘向子刘歆继承父业，完成了这一工作，并且写出了《七略》一书。《七略》包括《辑略》（诸书总要）、《六艺略》、《诸子略》、《诗赋略》、《兵书略》、《数术略》、《方技略》，总共著录图书13269卷。它是中国第一部目录书，它著录的书目，大致都保存在《汉书·艺文志》中。

刘歆在校书的过程中，发现了一些经书的不同底本。原来西汉博士所用经书，是根据老儒口授，用当时通行的隶书写成的，而民间却仍有用秦以前由古文字写成的经书。刘歆宣称他发现了古文《春秋左氏传》，他还说发现了《礼》39篇（《逸礼》），《尚书》16篇（《古文尚书》），这两种书是鲁共王坏孔子旧宅而得到，由孔子十二世孙孔安国献入秘府的。刘歆要求把这些书立于学官，并与反对此议的博士进行激烈辩论，之后，经学中出现了今文和古文两个流派，各持不同的底本，各有不同的经解。王莽当政时，为了托古改制的需要，曾为《古文尚书》、《毛诗》、《逸礼》等古文经立博士。王莽还命甄丰是正经典文字。东汉初年，取消古文经博士，复立今文经博士，共14博士。东汉时期民间立馆传经之风很盛，某些名学者世代传授某经，形成了经书的“家法”，著录生徒成千上万人。在民间传播的经学，有很多是古文经。

秦汉以来，出现了一种谶纬之学。谶是以诡语托为天命的预言，常附有图，故称图谶。据说秦始皇时卢生入海得图书，写有“亡秦者胡也”，这是关于图谶的最早记载。纬是与经相对而得名的，是托名孔子以诡语解经的书。当时的儒生以纬为内学，以经为外学。成、哀之际，谶纬流行。东汉初年，谶纬主要有81篇。儒生为了利禄，都兼习谶纬。谶纬的内容有的解经，有的述史，有的论天文、历数、地理，更多的则是宣扬神灵怪异，其中充斥阴阳五行思想。这些内容，除包含一部分有用的自然科学知识和古史传说以外，绝大部分都荒诞不经，极便于人们穿凿附会，作任意的解释。王莽、刘秀称帝，都曾利用过谶纬。汉光武帝刘秀把谶纬作为一种重要的统治工具，甚至发诏颁令，施政用人，也要引用谶纬，

汉武帝

谶纬实际上超过了经书的地位。中元元年（公元 56 年），光武帝颁布图谶于天下，更使图谶成为法定的经典。汉章帝会群儒于白虎观，讨论经义，由班固写成《白虎通德论》（又称《白虎通义》、《白虎通》）一书，这部书系统地吸收了阴阳五行和谶纬之学，使之与今文经学糅为一体。《白虎通》的出现，是董仲舒以来儒家神秘主义哲学的进一步发展。

谶纬的流行，今文经的谶纬化，使经学的内容更为空疏荒诞，一些较有见识的人如桓谭、尹敏、郑兴、张衡等，都表示反对谶纬。桓谭力言谶不合经，表示自己不读谶书。桓谭提出精神居于形体，就像火在烛上燃烧这样一个唯物主义见解。这个见解虽有重大缺陷，但在哲学史上还是很可贵的。

在反谶纬思潮的影响下，许多儒生专攻或兼攻古文经。古文经学治学重在训诂，解经举其大义，不像今文经学那样重章句推衍。东汉古文经大师贾逵、服虔、马融等人，在经学上都有过一定贡献。古文经学家许慎为了反对今文经派根据隶定的古书穿凿附会而曲解经文，于是编成一部《说文解字》，共收小篆文字 9353 个，其他古文字重文 1163 个，按部首编排，逐字注释其形体音义。郑玄兼通今古文经而以古文经为主，他网罗众家之说，为《毛诗》、《三礼》等书作出注解。许慎、郑玄的著作，除起了抑制今文经和谶纬发展的作用外，对于古史和古文字、古文献的研究，也有贡献。熹平四年（175 年），蔡邕参校诸体文字的经书，用隶书书写五经（或云六经）经文，镌刻石碑，立于太学，这是中国最早的官定经本，后世称为“熹平石经”。这对于纠正今文经学家臆造别字，对于维护文字的统一，起了积极作用。

在反谶纬的思潮中，思想家王充在哲学问题上跳出了经学的圈子，以唯物主义思想有力地攻击了谶纬的虚妄，批判了经学的唯心主义体系。

王充，会稽上虞人，生于建武三年（公元 27 年），死于和帝永元年间。王充出身于“细族孤门”，早年曾在太学受业，在洛阳书肆中博览百家之言。后来，他作过短时期的州郡吏，其余的岁月，都是“贫无一亩庇身”，“贱无斗石之秩”，居家教授，专力著述，写成了《论衡》85 篇（今存 84 篇）20 余万言。

王充自称其思想违背儒家之说，符合黄老之义。他以道家自然之说立论，而对自然作了唯物主义的解释。他反对儒者的“天地故生人”之说，主张“天地合气，人偶自生”。他认为儒家天人感应说是虚妄的，因为天道自然无为，如谴告人，是有为，非自然。在他看来，天之所以无为，可以从天无口目，不会有嗜欲得到证明。他认为六经中常说到天，不过是为了教化无道，警诫愚者。

王充认为精神依存于形体，形须气而成，气须形而知。根据这种道理，他反对人死为鬼之说。他说，人靠精气生存，精气靠血脉形成。人死后血脉枯竭，精气消灭，形体腐朽而成灰土，哪有什么鬼呢？他从无鬼论出发，反对厚葬，提倡薄葬。

王充对于传统的学术和思想甚至对孔、孟和儒家经典，敢于独立思考，提出怀疑。他在《论衡·问孔》中反对世俗儒者信师而是古，因而对孔子的言论反复提出问难。他在《论衡》的其他部分，还分别对孟尹、墨子、韩非、邹衍等人进行了批判，其中所涉及的问题，有许多与汉朝的政治、文化“设施有直接关系。

王充受当时生产水平和知识水平的限制，对于他自己引为论据的某些自然现象，有时理解错误，他无法透彻阐明唯物主义思想并把它贯彻到社会历史分析中去。他无法了解社会的阶级构成，不能正确说明人的主观作用。所以他不得不用天命来解释社会事物变化的终极原因，用骨相来解释个人的贵贱夭寿，因而陷入了宿命论。这是王充思想的重大缺陷。

由于《论衡》对汉代占统治地位的思想进行了无情的打击，所以这部卓越的著作在很长时间内无法公诸于世，直到东汉末年才流传开来。

北击匈奴

汉武帝统汉时期，开疆拓土，尤为史家所称道。汉朝建立以后，一直受着北方强大的匈奴族的威胁。武帝以前各代皇帝均采取“和亲”政策。武帝时由于国力空前强盛，反击匈奴条件成熟了，遂于公元前 133 年至公元前 119 年对匈奴展开了大规模的反击。元光二年（公元前 133 年），汉与匈奴关系破裂，匈奴频频大举进攻汉朝北方边郡，汉军也屡屡发动反击，其中影响较大、带有决定性的是汉朝将军卫青、霍去病领兵攻击匈奴的三次战役。

第一次是在元朔二年（公元前 127 年）春，匈奴军队袭扰上谷、渔阳，杀掠吏民数千人。当时匈奴右贤王及白羊王、楼烦王占据河南地（即阴山、河套地区），并以此作为袭扰关中的出发基地，对汉京师长安构成很大的威胁。武帝不受匈奴军队袭扰上谷、渔阳的牵制，决定收复河南地，以彻底解除匈奴威胁长安的隐患。于是采取胡骑东进、汉军西击的作战方针，派车骑将军卫青、将军李息率兵出云中（今内蒙古自治区托克托旗），沿黄河北岸西进，用避实击虚的战略，迂回到陇西，对河套及其以南的匈奴军队进行大包围，发动突然袭击，歼敌数千人，获牛羊百余万头，匈奴白羊王领残部逃走，西汉完全收复了秦末以来被匈奴占领的河套地区。武帝采纳了谋臣主父偃的建议，在当地设置了朔方郡（今内蒙古自治区杭锦旗北）和五原郡（今内蒙古自治区包头市西），又派苏建督率十余万人兴建了朔方城，重修秦代所筑的旧长城，从内地移民10万在朔方定居，充实边防力量，建立了反击匈奴的前沿基地，消除了首都长安所受的威胁。汉得河南地后，匈奴贵族不甘心失败，连年入侵上谷、代郡、雁门、定襄、云中、上郡、朔方，企图夺回失地。汉军在卫青指挥下数度出击，在漠南多次战败匈奴，确保了朔方地区的巩固，使匈奴主力退往漠北。

霍去病

第二次是在公元前121年。河西郡在今甘肃的武威、张掖、酒泉等地，因位于黄河之西，自古称为河西，是内地至西域的通道。匈奴驱逐大月氏占领河西后，将酒泉地区封给浑邪王，武威地区封给休屠王，借以西控西域各国，南与羌族联合，致使内地与西域的通道被阻断。为了打开通往西域的道路，保卫西部边境的安全，汉朝在元狩二年（公元前121年）三月，命将军霍去病率骑兵万人出征，发动了河西战役。

霍去病领兵出陇西，经金城（今甘肃兰州西北）、令居（今甘肃永登西），越乌鞘岭，穿过匈奴所属的五个王国，连战连捷，然后越过焉支山，涉千余里，和匈奴军队短兵相搏，大获全胜，杀其卢胡王、折兰王，俘虏浑邪王子及相国、都尉等，歼敌8960余人，缴获休屠王的祭天金人。匈奴浑邪王、休屠王等率败军逃走，汉兵在作战中亦伤亡7000余人。

同年夏天，霍去病再次西征，与合骑侯公孙敖领数万骑兵，从北地（今甘肃庆阳西北）出发，越贺兰山，绕居延泽，在祁连山与合黎山之间的黑河（今弱水上游）流域大破匈奴浑邪王、休屠王的军队，俘虏其五王及王母、单于阏氏、王子59人，相国、将军、当户、都尉等63人，匈奴单桓王、酋涂王及相国、都尉等2500人投降，共斩敌3万余人。这次战役沉重地打击了匈奴右部，单于对接连失败的浑邪王、休屠王十分恼恨，要严加惩处，引起内讧。同年秋天，浑邪王杀休屠王，率众4万余人投降汉朝，武帝将他们安置在陇西、北地、上郡、朔方、云中五郡黄河以南的故塞之外，为五属国；又在河西陆续设置酒泉、武威、张掖、敦煌四郡，组织移民到那里定居。这次战役的胜利，沟通了内地与西域的直接交往，加强了中国与西方各国的经济、文化交流。匈奴失去了水草丰美的河西地区，经济上亦受到很大损失。

第三次是公元前119年。匈奴贵族在屡次失败之后，改变了作战的策略，其首领伊稚斜单于接受了汉朝降将赵信的建议，认为“汉兵不能度幕（沙漠）轻留”，所以把军队主力和人畜转移到蒙古大沙漠以北，仅派遣少数部队袭扰汉朝边境。元狩三年，匈奴骑兵数万人攻入右北平、定襄、杀掠吏民数千人。为了彻底战胜匈奴，汉武帝召集诸将商议，决定利用赵信等人的错误判断，因势利导，乘其不备，集中骑兵10万人深入漠北，寻歼匈奴主力。

元狩四年，大将军卫青率前将军李广、左将军公孙贺、右将军赵食其、后将军曹襄等，领骑兵5万出定襄、骠骑将军霍去病率从票侯赵破奴、昌武侯安稽、北地都尉卫山、校尉李敢及匈奴降将复陆支、伊即靬等，领骑兵5万东出代郡。

卫青出塞后，捕获俘虏，得知单于驻地，便率主力北进千余里，越过大漠，发现单于军队后，便下令用兵车环绕为营，以防突袭；又派出5000骑兵与敌人交战。至黄昏时，大风忽起，沙砾扑面，卫青乘机派部队从两侧迂回，包围了单于的营阵，激战至深夜，单于见汉军势众，自料不能取胜，率精骑数百突围，余众溃散。汉军歼敌19000人，获胜后遣轻骑追赶单于至天明，到窴颜山（今蒙古杭爱山南端）赵信城，缴获匈奴大批屯粮，补充军需，尽焚其城与余粮而还。

霍去病率军出代郡，北进2000余里，渡过大漠，同匈奴左贤王军队交战，大获全胜，俘屯头王、韩王以下70400余人。左贤王及部将弃军逃走，汉军追至狼居胥山（今蒙古乌兰巴托东），凯旋而归。

漠北之战是汉匈奴战争中规模最大的一役，汉军损失数万人、马11万匹，而匈奴军队的损失更为惨重，两路被歼达9万余人，其力量大为削弱，一时无力南渡大漠侵扰，造成了“是后匈奴远遁，而幕（漠）南无王庭”的局面。此后直到武帝去世（公元前87年），汉匈之间虽然不断有零星的交战，互有胜负，但匈奴总的趋势是日渐衰落，再也不能对汉朝构成严重的威胁了。

汉武帝击败匈奴后，西汉与匈奴仍维持着“和亲”关系。不过，这时的“和亲”与汉初已大不相同。汉元帝于竟宁元年（公元前33年）将宫女王昭君嫁给呼韩邪单于，加强了汉与匈奴的友好关系，“昭君出塞”的故事，至今传为佳话。

南北匈奴对峙

更始二年（公元24年）冬，更始帝刘玄为了弥合被王莽彻底破坏的汉匈关系，遣中郎将归德侯王飒与大司马护军陈遵出使匈奴，授予单于汉旧制印玺及王侯以下印绶，送还当年随须卜当、云至长安的亲属、贵人及随从中的幸存者，希望与匈奴重修往日的友好关系。然而，趁着新莽年间兵连祸结之机，重新控制西域，势力再次转盛的匈奴单于舆十分狂傲，声称：“匈奴与汉本是兄弟，只因匈奴内乱，宣帝辅立呼韩邪单于，所以匈奴称臣尊汉。如今汉朝也大乱，被王莽篡夺了皇位，匈奴出兵反击之，引起天下骚动，人心向汉。王莽败亡与汉室重兴，是匈奴有功于汉，汉理应尊我。”单于舆骄横的态度，显示出匈奴内部与汉敌对的强硬势力的重新抬头，致使更始政权试图与匈奴重新和好的努力归于失败。

建武初年，汉匈关系不仅没有好转的迹象，单于舆反而趁着东汉政权初建未稳，经济凋敝，人口锐减，百废待兴之时，联合北边的割据势力以及乌桓和新兴的鲜卑族，大规模侵扰北境。当时在北边的割据势力中，受到匈奴支持，不断骚扰中原的主要有彭宠、卢芳、张晔、李兴等人，其中以彭宠与卢芳势力最强，对北境的危害也最大。彭宠原本是更始帝刘玄的部将，后归附刘秀，屡立战功，封建忠侯，赐号大将军，因与幽州牧朱浮不和，起兵反叛，占据右北平及上谷数县后，与匈奴兵联合，攻拔蓟城，自立为燕王。但在建武五年（29 年），彭宠被其苍头（奴仆）子密人所杀，匈奴利用其侵扰东北诸郡的企图随之破灭。彭宠虽死，但卢芳仍旧与匈奴联合侵扰，北境局势依然十分严峻。卢芳是安定三水（今宁夏同心东）人，新莽末年起兵反莽。东汉初年，被三水豪杰拥为西平王，遣使与匈奴、羌人联络，被单于舆立为“汉帝”，在匈奴的支持下，占据五原、朔方、云中、定襄、雁门五郡，不断与匈奴及乌桓联合出兵侵略北边。建武六年，光武帝见卢芳与匈奴侵扰不息，遣展德侯王飒出使匈奴，以通旧好。匈奴虽然遣使回报，但单于舆以冒顿自比，态度倨傲，与卢芳联合侵扰北边如故。建武九年，光武帝因遣使修好无效，派大司马吴汉等率5万余人击卢芳，匈奴出动骑兵增援，汉军因作战不利退兵。此后，汉军虽连年在北境防御作战，但功效不著，依然无法遏制卢芳与匈奴日益猖獗的侵扰势头。虽然后来卢芳势穷投降，被光武帝封为代王，匈奴并没有因此而停止入侵。当时辽东、渔阳、上谷、中山、代郡、上党、天水、扶风（长安，今陕西西安）等郡国（大体相当于今辽宁、河北、山西、陕西、甘肃北部一带），都曾饱受匈奴的侵扰杀掠之苦，连年不得安息。因无法阻挡匈奴的入侵，东汉政府曾于建武十五年（39年）徙雁门、代郡、上谷边民6万多人至居庸关（今北京昌平西北）、常山关（今河北涞源南）以东，以躲避匈奴。左部匈奴甚至进入塞内居住，朝廷深为忧患，只得增兵防范，但收效甚微。

建武二十四年（48年），匈奴内部发生重大变化，正式分裂为南北二部，匈奴与汉朝的关系也随之发生根本性转变。

早在呼韩邪单于北迁单于庭之后，在漠南地区就形成了一个以八部大人为中心的政治集团，后归右谷蠡王伊屠知牙师（《汉书》作伊屠智牙师）统率。知牙师是王昭君与呼韩邪之子，单于舆之弟，后晋升为左贤王。依单于继承惯例，知牙师当继舆为单于。东汉初年，单于舆与汉朝为敌，不愿意单于之位落入与汉有较深渊源的知牙师之手，欲传位于子，因此杀知牙师，立子为左贤王，漠南八部大人及乌桓均归右奥鞬日逐王比统辖。比见单于舆冤杀知牙师，口出怨言："单于继位，以兄弟言之，右谷蠡王（指知牙师）当立；以子言之，我乃前单于（指乌珠留单于）长子，当立。"比心怀怨恨，同时惧怕被杀，因此很少参加龙庭会议。单于舆也察觉比有异志，于是遣两骨都侯至漠南，监护比所部兵。

建武二十二年（46 年），单于舆死，子左贤王乌达鞮侯继立，不久亦死，弟左贤王蒲奴继位。其时匈奴因连年旱蝗成灾，赤地千里，草木尽枯，饥疫流行，人民牲畜大批死亡。蒲奴单于害怕汉乘其疲敝之时袭击，于是遣使至渔阳郡（治今北京密云县）请求和亲，试图缓和与汉的紧张关系，光武帝也遣中郎将李茂回报。乌桓见匈奴势衰，不愿再依附匈奴，于是出兵攻击匈奴，蒲奴单于不敌，率部众向北迁徙，对漠南实际上失去了控制。统率漠南的右奥鞬日逐王比见继单于之位无望，愈益愤恨，于是在建武二十三年（47 年）密遣汉人郭衡奉匈奴地图至西河太守处请求内附。监护比部兵的两骨都侯发觉比有异志，遂于赴五月龙庭大会时密报单于，建议诛比。不意消息走漏，比集合 8 部四五万人自卫，蒲奴单于发万骑攻之，见比兵力强盛，不敢进兵而还，双方关系彻底决裂。

建武二十四年（48 年）正月，漠南 8 部大人共议立比为呼韩邪单于。以比祖父呼韩邪单于附汉得安，故而沿袭其号，以示与汉和好之意。比亲至五原塞外，表示要“永为蕃蔽，捍御北虏（指北匈奴）”。自东汉初年以来，匈奴连年入侵，朝廷穷于应付，耗费甚巨；而今匈奴分裂，南匈奴自愿为汉保卫边塞，于汉无疑是有利之举。当时朝内一些大臣不相信南匈奴附汉的诚意，坚持利用匈奴分裂之机出兵攻灭匈奴，光武帝为安境息民，决不允许挑起战端，于是采纳五官中郎将耿国的建议，应允了南匈奴通好的请求，从而确定下扶持南匈奴，抗击北匈奴的基本策略。事后汉匈关系的发展进程，证明了光武帝这一决策是正确的。

同年冬十月，在东汉政府的支持下，比自立为呼韩邪单于，即醢落尸逐鞮单于。从此，匈奴正式分为南北二部。由于南单于归附汉朝，北境再无侵扰之患；位于匈奴东北的乌桓、鲜卑，过去常追随匈奴入塞侵扰，见南匈奴附汉后，也遣使至洛阳朝贡，北境愈加平静。第二年春正月，南单于比为了扩展势力，同时也为争取朝廷更有力的支持，遣其递左贤王莫率兵攻击北匈奴，大获全胜，俘虏万余人，马7000多匹。北单于蒲奴为避南匈奴兵锋，退却近千里。三月，南单于遣使至洛阳，请求朝廷派使者监护，愿遣侍子入朝，复修呼韩匈奴邪单于故约。建武二十六年（50年）春，光武帝遣中郎将段彬等使南匈奴，于五原（治今内蒙包头西）西部塞设南单于庭，始置“使匈奴中郎将”，率兵护卫南单于。同年秋天，南单于比遣子入侍，光武帝依诸侯王之制，授南单于比黄金质玺绶，另赐衣裳、冠带、车马、黄金、锦绣、缯布等财物珍宝，又从河东郡转输粮食2.5万多斛，牛羊3.6万2000多头赈济南匈奴部众。不久，因南单于与北匈奴交战不利，光武帝命将南单于庭徙至西河郡美稷（今内蒙准格尔西北），设置官府，命中郎将段彬等驻居西河郡，由西河长史率二千骑兵、驰刑（被赦免的囚徒）500人，协助段彬等护卫南单于。随着北境战事的停止，东汉政府将以前因战乱内徙的边民迁回故地；同时，为了使南匈奴担负起护卫北境的任务，光武帝允许北地、朔方、五原、云中、定襄、雁门、代郡、上谷等八郡由南匈奴部众放牧居住，南匈奴诸部王也率领其部众协助诸郡县戍守，侦察北匈奴动静。嗣后，东汉政府几乎每年都要给予南匈奴巨大的财政支持。据袁宏《后汉纪·和帝纪》记载，用于南匈奴的费用每年竟高达钱1.9亿之巨。

在东汉政府的全力支持下，南单于的统治趋于稳定，势力不断增强。在这种形势下，北单于十分惶恐，归还了一些以往被掠的汉民，以通善意；发兵击南匈奴时，骑兵每经过汉边塞亭障，总是声称是追击亡虏右奥鞬日逐王（指南单于比），绝非敢侵犯汉民。确实，此时在漠北的北匈奴处境十分困难，南匈奴的自立不仅使其丧失了漠南一大片水草丰润的土地，经济上陷入窘境，势力大衰，而且还时常受到北面丁令、东面乌桓、鲜卑、南面南匈奴的夹击，迫使北匈奴的势力逐渐向西部转移，以加强对西域诸国的控制。为了摆脱困境，北匈奴于建武二十七年（51 年）首次遣使至武威郡请求和亲。光武帝命群臣廷议，一时争论不休，皇太子（即明帝刘庄）认为南匈奴新附，如接纳北匈奴，恐南匈奴生疑，反生事端。光武帝采纳太子之议，命令武威太守拒绝其使。其后，建武二十八年、三十一年，北匈奴二次遣使使入朝贡献，复请和亲，要求与汉互市。光武帝考虑到与南匈奴的友好关系，只是颇加赏赐，善言回报，不遣使者，拒议和亲与互市之事。

明帝即位之后，北匈奴因和亲与互市不成，发兵攻掠边塞，均被南匈奴与汉军击退。永平七年（64 年），北匈奴似乎对和亲之事已经绝望，所以遣使入汉后，仅请求与汉互市。明帝不希望因拒绝互市而重起边衅，于是遣使回报，允许互市交易。互市虽然对匈奴与汉民均有益处，但汉与北匈奴通使，引起了南匈奴上层一些人的猜疑，须卜骨都侯等人准备借机叛乱，于是暗中与北匈奴联络，请求北匈奴出兵援助，这一图谋被朝廷及时发觉，于是在永平八年设置“度辽营”，以中郎将吴棠行度辽将军事，将兵屯于南单于庭西北的曼柏（今内蒙东胜东北），又调骑都尉秦彭将兵屯南单于庭，以防须卜骨都侯的叛众与北匈奴交通。同年秋天，北匈奴果然发兵 2000 骑，携带马革船，准备从朔方渡过黄河迎须卜骨都侯的叛众，因见汉军防范严密，无隙可乘，失望而归。迎叛不成，北匈奴单于蒲奴恼羞成怒，屡次发兵大肆攻掠诸边郡，焚烧城邑，杀掠吏民，河西郡县城门连白天也得紧闭设防。

北匈奴不断侵扰边郡，终于迫使明帝下决心进行反击。永平十五年（72年），奉车都尉窦固等将兵出屯凉州（今甘肃张家川），预示着与北匈奴的最后决战即将爆发。

东汉王朝再次统一西域

汉安帝延光二年（公元123年）夏，北匈奴不断与车师联系，进袭河西地区，朝中关闭玉门关和阳关，放弃西域的论调又起。敦煌太守张珰上书说："臣在京师时，也以为西域应当放弃，现在亲到这里，才看到一旦放弃西域，则河西将不能保存。"为此，他进而向朝廷提出上中下三策确保西域的建议。大臣陈忠也上书陈述西域统一于汉的重大意义，他指出："西域归属汉朝已久，诸国均心向大汉。今匈奴已破车师，势在必南攻鄯善。假如弃之不救，则诸国必然灰心而归顺匈奴。这样，匈奴之财势日增，气焰日盛。南面再联合南羌，那么，河西四郡当危在旦夕，河西既危，朝廷不能不救，必发重兵出征，耗费的资财将无法估计。主张放弃西域之人，只看到西域的绝远，怕消耗一点资财，却没有看到汉武帝苦心经略西域的巨大意义。现今敦煌孤危，远来告急，如不救助，对内则无以慰劳戍边屯守之吏民，对外则又不能向诸蛮显威，且要丧失大片国土，放弃西域绝非良策。"陈忠并建议应在敦煌设置校尉，按以往的制度增加四郡的屯兵，以镇抚西域诸国。汉安帝采纳了陈忠等的建议，遂于延光二年四月，以班勇为西域长史，将兵500人出屯柳中。延光三年（公元124年）正月，班勇至楼兰，鄯善归服于汉，龟兹王白英当时犹豫不决，班勇施以恩信劝其归顺，白英率姑墨、温宿王自缚而降于班勇。班勇在诸国归顺之后，便调集诸国之军 1 万多人进攻车师前王国，将北匈奴伊吾王击走，车师前王国又复降于汉。

延光四年（公元 125 年）七月，西域长史班勇，调发敦煌、张掖、酒泉 6000 骑兵及鄯善、疏勒、车师前王国等诸国之军，进攻车师后王军就，一举将车师后王国击败，歼灭后王国军 8000 多人。俘获军就和匈奴派驻后王国的使者，把他们押至杀害索班之地处死，将其首级传至京师。

永建元年十月，更立车师后王国加特奴为王。同时，派出兵马击杀了东且弥王，另立新王，于是，车师六国全部被汉军平定。接着，班勇又调集诸国军进击北匈奴呼衍王部，呼衍王败逃，其部众 2 万多人皆降于班勇军。班勇为使车师与北匈奴结仇，命加特奴亲自斩了单于之从兄。北单于率万余骑兵突袭车师后部，班勇命假司马曹俊率军救援，单于引军退走，曹俊率军追斩其贵人骨都侯。呼衍王由于彻底战败，迁至枯梧河上游一带。自此，车师诸国已无匈奴踪迹，城郭安定。北道诸国仅有焉耆王元孟尚未降服。

永建二年（公元 127 年）三月，班勇上书请求批准进攻焉耆王元孟。于是，东汉王朝命敦煌太守张朗率河西四郡兵 3000 多人配属班勇，班勇另调集诸国 4 万多人，兵分两路前往进击。班勇率军从南道入焉耆，太守张朗从北道率军而进，约期会攻焉耆。张朗因以前曾被治罪，欲争先立功赎罪，于是便兼程急进。进入焉耆后，不等班勇之军到达，便急派司马率军与焉耆军交战，歼灭敌军 2000 多人。元孟因怕抗击汉军被诛灭，遂遣使迎降于张朗军。张朗顺利进入焉耆受降而还，张朗因而免罪，但班勇却以后期之罪被下狱。这位继承父志，一心为统一祖国西域的战将，竟被罢官，含恨而终。

汉顺帝阳嘉三年（公元 134 年）四月，车师后部司马率后王加特奴等 1500 人，掩击北匈奴部众于阊吾陆谷，捣毁匈奴庐落，斩数百人，俘获单于母、季母等数百人，牛羊 10 多万头，车 1000 多辆，兵器物资众多。

阳嘉四年（公元 135 年）正月，北匈奴呼衍王率兵袭击车师后部，汉顺帝遂命敦煌太守，调集西域诸国兵及玉门关侯、伊吾司马，率 6300 多骑兵驰往救援，与北匈奴军交战于勒山，汉军战败。当年秋，呼衍王又率 2000 人进攻车师后部。

汉桓帝元嘉元年（公元 151 年）四月，北匈奴呼衍王率 3000 多骑兵进袭伊吾，伊吾司马恺遣 500 吏卒，于蒲类海东与呼衍王军交战，汉军兵少势弱，被北匈奴军全歼，呼衍王乘战胜之军威，转兵进攻伊吾屯城。当年夏，汉王朝命敦煌太守司马达率敦煌、酒泉、张掖属国兵 4000 多人，前往伊吾屯城增援，行至蒲类海地区时，呼衍王得知汉大军到，引军而退。

东汉征北匈奴第二次战役

东汉征北匈奴的第二次战役发生于汉和帝永元元年（公元 89 年）六月，止于永元三年（公元 91 年）二月。汉军统帅窦宪统率汉与南匈奴联军，经三个阶段作战，终于彻底打败了北匈奴。

汉章帝于章和二年（公元 88 年）二月病故，由太子刘肇即位，称汉和帝。和帝只有十岁，便由其母窦皇太后执政。窦太后精明干练，东汉政权至汉和帝时虽已开始呈现退坡迹象，但窦太后为首的东汉统治集团，仍有乘光武中兴以来的余威，恢复汉武帝时期强盛局面的雄心。此时，一些有利的外因条件也为东汉征匈奴提供了良好的战机。其一是班超在西域地区已节节取胜；其二是北匈奴统治集团内部发生了争立单于的斗争，内部四分五裂。南匈奴屯屠何单于，见北匈奴内部大乱，且连遭灾荒，遂想借机出兵并灭北单于，统一匈奴全境。于是，便上书请求汉朝也同时出兵协助。屯屠何单于同时建议：发南匈奴国中之精兵，以左谷蠡王师子、右呼衍日逐王须訾率骑兵1万出朔方；左贤王安国、右大且渠王交勒苏率骑兵1万出居延塞；屯屠何自率骑兵万余人屯五原、朔方塞以为拒守。并请求天子派执金吾耿秉、度辽将军邓鸿及西河、云中、五原、朔方、上郡诸太守同时率军北进。请北地、安定太守率兵各屯守要塞，以防不测。屯屠何奏告汉朝说，其各部兵马将于九月调集河上，请天子准其所请。

东汉王朝接到南匈奴屯屠何单于的奏章之后，窦太后便以单于之书令耿秉阅读。耿秉看罢进言说："过去汉武帝统一天下，欲使匈奴臣服，可惜天下不作美，未能如愿。宣帝时期，呼韩邪单于降服，边境安定，全国统一，吏民休养生息60余年。至王莽篡位，变更单于称号，引起动乱，单于遂叛离汉朝。乌桓、鲜卑归顺汉朝后，威镇四夷，其效如此。现在天赐良机，北匈奴内部纷争；南匈奴主动请求倾国出动，征伐北虏，以夷制夷，国家之利，应予准奏"。耿秉并表示愿为国家效命。

窦太后赞同耿秉之义，但尚书宋意却反对耿秉的建议。认为夷狄反复无常，在其力量强时即侵凌弱者。自汉兴以来，国家数度征伐匈奴，耗费了大量人力物力。但自鲜卑归顺以后，斩获匈奴万数，夷虏相攻，汉坐享大功，且未费一兵一卒。如若听信南匈奴之策，让其吞并北匈奴，则鲜卑人必然受到限制。鲜卑外不能侵掠匈奴，内不能向汉朝请功，必然侵掠汉边境。

窦太后经过抉择，决意按耿秉议，发兵进击北匈奴，但同时也采纳宋意之议，不使南北匈奴合并为一国，以利分而治之。

东汉三公九卿得知太后决意进兵，一齐向太后进谏，力图阻止此次征战，被窦太后回绝，决心以窦宪为车骑将军统率汉匈联军出征。

汉军第二次征匈奴战役，从部队的编成到作战目标，都进行了详尽的策划和周密准备。汉军决定发北军五校之军：步兵、长水、射声、屯骑、越骑，出动黎阳营、雍营之军；调发缘边12郡的精骑（云中、定襄、雁门、代郡、朔方、五原、上郡、西河、安定、北地、渔阳、上谷郡）；选拔边境郡县的鲜卑、乌桓等羌胡骑兵；此外还有南匈奴之精锐骑兵。东汉将这些骑兵编组为三路大军，分别向北匈奴进军，约期会师于涿邪山（阿尔泰山东脉及约今蒙古戈壁阿尔泰山西部地区），以期歼灭北单于之军。

第一阶段

汉和帝永元元年（公元89年）六月，汉军统帅车骑将军窦宪开始率三路大军出发。窦宪与执金吾耿秉各率精骑4000，会同南匈奴左谷蠡王师子的1万骑兵，共1.8万骑，由朔方郡的鸡鹿塞（今内蒙古杭锦后旗境）北进；南匈奴单于屯屠何，率匈奴万余骑兵出满夷谷（今内蒙古固阳县境）；度辽将军邓鸿及缘边义从羌胡8000骑，会同南匈奴左贤王安国所率之1万骑兵出稒阳塞（今内蒙古包头地区）。三路大军向涿邪山进发。为保障主力的安全。窦宪派出副校尉阎盘、司马耿夔、耿谭率左谷蠡王师子和右呼衍王须訾等1万精骑为先锋。当汉军进至稽落山（今蒙古吉尔连察汗岭西北）地区时，与北单于统率的主力展开激战，大败北匈奴军。北匈奴军溃散，北单于遁走。汉军猛烈追杀，一直追至私渠比鞮海（今蒙古拜察干湖），斩杀匈奴名王以下1.3万人，获马牛羊等百万多头。温犊须、日逐、温吾、夫渠王柳鞮等81部率众归降者，前后达20多万人。窦宪、耿秉等登上燕然山（今蒙古杭爱山），令中护军班固刻石作铭，记述汉军的威德和丰功。窦宪派出了军司马吴讯、梁讽，携带金帛去招降北单于，然后班师回朝。吴汎、梁讽在追赶单于的途中，又接受了1万多人的投降，进至西海（今蒙古杜尔格湖）才追及单于。吴汎等向北单于宣明汉朝的威德，赐单于以金帛等物，单于表示降服，愿意仿效呼韩邪单于，做汉的藩属，保国安民，于是，便随吴汎等率众东返。

第二阶段

北匈奴单于弟入侍后，汉以北单于未能亲自入朝，认为北单于不是真心诚服，窦宪遂准备第二次征讨北匈奴。汉和帝永元二年（公元90年）正月，窦宪派副校尉阎盘率2000骑兵进击屯驻于伊吾卢地区的北匈奴军，旋即将匈奴军击破，占领了伊吾卢地区，车师前后王均遣子入侍。

永元二年七月，窦宪率军出屯凉州，并以侍中邓叠为征西将军，做自己的副手。窦宪统辖陇西、汉阳、武都、金城、安定、北地、武威、张掖、敦煌、酒泉等郡兵马。

北单于见汉送回其弟右温禺鞮王，知道汉王朝责怪，于是便准备亲自入朝，并派出使者入塞通告。窦宪派班固、梁讽前往迎接。这时，南匈奴又上书请求出兵击灭北匈奴，接着便命左谷蠡王师子等率领左右两部8000骑兵出鸡鹿塞（今内蒙古杭锦后旗境）。南匈奴军出塞后，顺利进至涿邪山，留下辎重，轻兵疾进奔袭北单于庭。左部兵从北面越过西海（今蒙古杜尔格湖和哈腊湖以北），进至河云（今蒙古乌布苏诺尔省沃勒吉附近）地区；右部兵从匈奴河水（今蒙古拜达里格河）以西，绕过天山（今蒙古杭爱山东脉），南渡甘微河（今蒙古札布汗河）。

两军会合后，乘夜包围了北单于本部。北单于大惊，率精兵千余人与南匈奴军激战。北单于负伤落马，又慌忙爬上马去，仅率轻骑数 10 人而逃。南匈奴军缴获了北单于的玉玺、俘获阏氏及儿女 5 人，斩首 8000 人，俘虏数千人。这时，南匈奴已相当强盛，拥有人口 3.4 万户，共 23 万多人，胜兵 5 万多人。

第三阶段

永元三年（公元 91 年），大将军窦宪鉴于北匈奴遭南匈奴打击后，已极度衰弱，遂想彻底将北匈奴击灭。便于二月，派左校尉耿夔、司马任尚，率军出居延塞，将北单于部包围于金微山（即今阿尔泰山似在今新疆阿勒泰附近地区），大破北匈奴军，俘获北单于母，斩名王以下 5000 多人。北单于逃走，不知所向。耿夔等率军出塞 5000 多里而还，这是自汉代出兵以来，最远的一次进军。朝廷为表彰耿夔的功勋，封其为粟邑侯。

北单于弟右谷蠡王于除鞬、骨都候以下数知人，驻于蒲类海（今新疆巴里坤湖）地区，遣使者入塞。大将军窦宪上书，请立于除鞬为北单于。朝廷允诺，并于永元四年（公元 92 年），命耿夔出使北匈奴授北单于玺绶，与南单于同等对待。至此，实现了窦太后既征服北匈奴，又与南匈奴分而治之的战略企图。

出使西域

概况

在同匈奴进行斗争的同时，西汉积极加强同西域的联系。

为联系西域夹击匈奴，公元前 138 年，汉武帝募人出使西域，张骞应募，率众 100 余人首次出使西域。他们进入匈奴控制的河西地区时被俘获，押送到单于王庭（约在今内蒙古呼和浩特一带）。匈奴诱迫张骞投降，而他保持汉节，严词拒绝，被拘留了十年左右。后趁匈奴看守不严而逃脱，西行数十日，翻过葱岭，到达大宛。大宛国王旧闻汉明富饶，想和汉朝通好，便派人向导，将张骞一行送往康居，转程到大月氏。当时大月氏已从伊犁河流域西迁，占据大夏故地。他们认为新居之地肥饶安宁，而汉朝距离太远，不愿与汉结盟，向匈奴报仇，归还故地。张骞在当地居留了一年，不得要领，无奈只得回国。途中他们又被匈奴截获，扣留了岁余。元朔三年（公元前 126 年），匈奴首领军臣单于病死，国内贵族争位，发生战乱，张骞与他的胡妻及随从堂邑父乘机逃走，返回长安，张骞首次出使西域，前后历时十三年，历尽艰险，百余人的使团仅有二人生还。根据张骞的报告，武帝了解了西域各国的情况，决心加强双方的联系。元狩二年（公元前 121 年），汉军击败匈奴，夺取了河西走廊，从此，自盐泽以东，空无匈奴，汉朝与西域之间开辟了一条安全的通道。

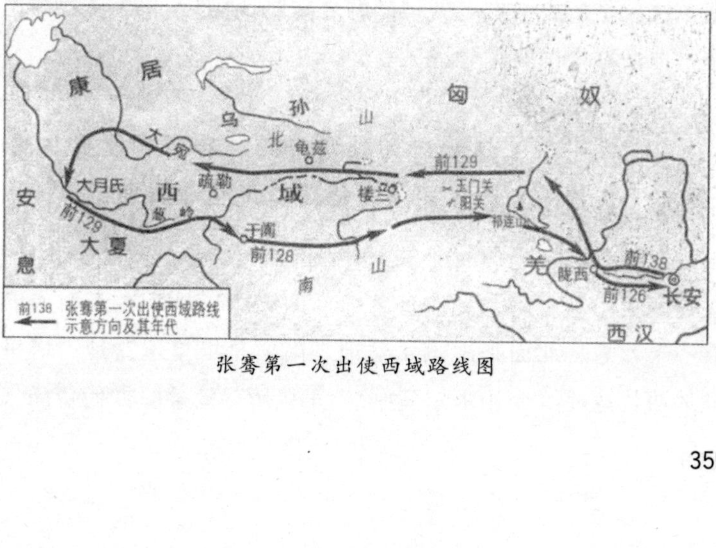

张骞第一次出使西域路线图

元狩四年（公元前 119 年），张骞以中郎将奉命再次出使西域，目的是联络大国乌孙，请其返回故地河西，共同打击匈奴；并招引西域各国臣属于汉。汉朝的使团有 300 余人，每人马各 2 匹，并携带牛羊万头，价值亿万的金帛，顺利到达乌孙。乌孙国王猎骄靡年老，不能做主；大臣们都惧怕匈奴，认为汉朝太远，不愿迁回故地；但答应使者数十人随张骞入朝，献良马数十匹答谢。张骞又派遣副使分赴大宛、康居、大月氏、安息、身毒、于阗及诸旁国，进行外交活动。元鼎二年（公元前 115 年）夏，张骞同乌孙使者回国，其副使也带了西域各国的使者陆续还朝。从此，汉朝与西域葱岭内外诸国首次建立了外交关系，相互间的交往日益频繁起来，而乌孙后来也和汉朝通婚和好，共同击破匈奴。

汉朝通西域以后，中国和中亚、西亚、北非、欧洲的通商关系也开始发展起来。那时候，中国的丝和丝织品自长安西运，经河西走廊，然后分南北两路。南路由玉门关西行，沿昆仑山北麓至莎车（今新疆莎车县）。越葱岭，出大月氏，到安息（今伊朗）；北路由玉门关西行，沿天山南麓，越葱岭，到大宛、康居，再往西南到安息。再从安息转运到西亚，北非和欧洲的大秦，这就是历史上有名的“丝绸之路”。欧洲人非常喜欢中国丝绸，他们称中国为“丝国”。

出使西域

一提到西域，读者就会想到位于我国西陲的新疆地区。那里，北面是蜿蜒延伸的阿尔泰山，南面是巍峨高峻的莽莽昆仑；在这两大山脉之间，又横亘着绵延的天山山脉。在天山南北各有一个盆地：北面是准噶尔盆地，南面是塔里木盆地。塔里木盆地西枕葱岭（今帕米尔高原），东接历尽沧桑的古代盐泽（又叫蒲昌海，今罗布泊）。在塔里木盆地的中央，是浩瀚如海、一望无际的塔克拉玛干沙漠；著名的塔里木河贯穿沙漠、从西向东缓缓流过。在这河山壮丽，景色迷人的山山水水之间，又点缀着许许多多丰美的草地和绿洲。那里有流水环绕的田舍，绿树掩映的村庄，自由奔驰的马匹和牛羊。

但是，在西汉时期，西域的范围不仅包括现在的新疆地区，而且还包括跟这一地区山水相连的葱岭以西，一直到前苏联的巴尔喀什湖一带。甚至对更西、更远的地区，当时也泛称西域。

当时，西域各族建立了许多“行邦”和“城邦”。早在两千多年以前，西汉时期的杰出外交家张骞和他的随从，就肩负着汉武帝的政治使命，两次出使西域，开辟了至今誉满中外的古代“丝绸之路”。

张骞通西域，在中国史、亚洲史，尤其是在东西交通史上，都有着深远的意义和影响。中外学者有的把它跟哥伦布“发现”美洲相提并论，有的把张骞称为“中国的利文斯敦”。尽管这种类比未必恰当，但是它说明张骞在历史上的杰出贡献，是人们所公认的。

勇当重任

张骞，汉中成固（今陕西城固）人。关于他的出生年月，史书上没有记载；对他早期的生活经历，我们也知道得很少。但是，从张骞出使和去世的时间来看，他大约生于汉文帝（公元前 179—前 157 年在位）的中后期；到汉景帝（公元前 156—前 141 年在位）时，他已经进入青年时代了。

汉文帝、汉景帝时，是汉朝社会经济恢复和发展卓有成效的时期，历史上称为“文景之治”。在这期间，西汉统治者为了巩固中央政权，一面打击和削弱地方割据势力，一面又不得不采取“轻徭薄赋”的政策，实行所谓“与民休息”，逐渐扭转了汉朝初年经济凋敝、农田荒芜、人口大量减少的局面。张骞正是在这样的社会环境里成长起来的。

到汉武帝（公元前140—前87年在位）即位时，距汉高祖刘邦建立汉朝（公元前206年）已经六十多年了。

汉朝已开始跨入了它的全盛时期。据记载，当时封建国家的各种物资堆如山积。长安仓库里的钱币成千上万，有的连穿钱的绳子都烂断了，以至于无法计算。粮库里也是新粮压着陈粮，层层堆积，一直堆到露天地里，有些竟腐烂不可食。在街头巷尾，田野阡陌之间，膘肥体壮的马匹在嘶鸣奔驰，一些达官贵人连骑乘母马都觉得有失体面。商业、手工业也发展起来。长安的市场上，店铺林立，各种货物，花色繁多。一些富商大贾更是家财万贯，富似王侯；他们世代经商，周游天下，无所不至。

这时，张骞在汉武帝手下担任“郎”的职务。“郎”就是皇帝的侍从，平时负责守卫宫殿门户，皇帝外出时侍候皇帝的车骑。当时，“郎”没有固定的名额，待遇也比较微薄，俸禄（薪水）每年不过300石至600石，是一种地位较低的官。但是，“郎”又是地主阶级子弟追求仕进的捷径，他们有较务的机会接触最高统治集团，能够较多地了解当时的国家大事；最高统治者也往往从这些郎官里选拔人才。所以，当汉武帝凭借着国家富庶、兵强马壮的有利形势，决心对匈奴实行军事反击的时候，张骞便从一个普通侍从，很快成为历史舞台上的重要人物。

匈奴是我国北部的游牧民族。在楚汉战争期间（公元前206—前202年），项羽和刘邦争夺中原，匈奴冒顿单于乘机扩充势力，陆续征服了周围许多部落，控制了我国东北部、北部和西部的广大地区。匈奴往往“南下牧马”，匈奴贵族也乘机到中原地区掠夺人畜和财物，对汉朝威胁很大。公元前 200 年（汉高祖 7 年）冬，匈奴冒顿单于率领骑兵围攻晋阳（今山西太原），汉高祖率领 30 万大军亲自迎战，结果在平城白登山（今山西大同东南）被匈奴精锐骑兵围困了七天七夜，援绝粮尽，险些丧命。面对强大的匈奴，汉朝初年还没有足够的力量进行大规模的军事反击，只能消极防御。匈奴贵族却不断向汉朝进攻。公元前 166 年（汉文帝前元十四年），匈奴老上单于率领 14 万骑兵攻入朝那、萧关（均在今宁夏固原东南），杀死汉朝都尉，掠夺大批人畜财物，并进至彭阳（今甘肃镇原东南），烧毁汉朝的回中宫（在今陕西陇县西北）；匈奴的侦察骑兵甚至逼近了甘泉宫（在今陕西淳化西北），战争的气氛一时笼罩着长安。

为了解除这一威胁，汉武帝一即位，就积极准备军事反击，并筹划对付匈奴贵族的策略。恰在这时，汉武帝从匈奴俘虏那里得到了有关大月氏人的一个重要情报。

月氏本来是我国甘肃西北的一个相当强大的游牧部落，素来轻视匈奴。匈奴冒顿单于小时候就曾经在月氏做“人质”。后来，冒顿单于击败了月氏。到冒顿单于死后，老上单于又杀死月氏王，并把月氏王的头颅做成酒器。汉文帝时，月氏人忍受不了匈奴贵族的奴役和凌辱，被迫离开世代放牧的居住地，向西长途跋涉，迁徙到天山北麓的伊犁河流域，并在那里重建家园，这就是我国历史上所说的大月氏。大约在公元前 139 年至公元前 129 年之间（汉武帝时），大月氏又受到乌孙（在今伊犁河、伊塞克湖一带）的攻击，再次向西南迁到妫水（今阿姆河）流域。

汉武帝从匈奴降人的口供中获悉，大月氏西迁以后，月氏王想报杀父之仇，常常“怨恨匈奴”，只愁没有人援助他，跟他联合起来，打击匈奴。这个消息使汉武帝非常高兴。他决定立即派人去联合大月氏。因为如果联合了大月氏，就等于切断了匈奴的“右臂”，匈奴就处于两面受敌的被动局面。这样，汉朝对匈奴的战争就有了胜利的把握。

但是，要联合大月氏，出使西域，这在当时是很不容易的事。我们打开地图就可以看到，如果从长安出发，溯渭河西行，越过秦岭，然后再折向西北，渡过黄河，好不容易才到了甘肃境内的河西地区。那里河流纵横，山岭连绵，在西北部的祁连山以北，合黎山和龙首山以南，乌峭岭以西，有一条狭长的绿色地带，这就是著名的河西走廊。这是当时通往西域的唯一交通要道。那里遍布着沙漠、豁谷和山地，在水草茂密的天然绿洲上，可以看到匈奴人的稀稀落落的帐幕和畜群。匈奴浑邪王和休屠王控制着这个咽喉地带。

穿过河西走廊，继续前进，便进入了西域。当时，匈奴势力已经伸张到那里，天山一带和塔里木盆地东北部处于匈奴贵族的统治之下。匈奴日逐王还设置了僮仆都尉（奴隶总管），经常率领几千骑兵，往来于焉耆（今新疆焉耆）、危须（今新疆焉耆东北）、尉犁（今新疆尉犁北）一带，监视西域各族，征收繁重的赋税并经常掠夺财物。由于西域地广人稀，兵力分散，形不成统一力量，西域各族多数被迫屈服于匈奴。在这种情况下，要横贯举目荒旷、长达三千里的塔里木盆地，要翻越冰雪覆盖、岩崖险绝的葱岭，就更加艰难了。

然而，汉武帝毕竟是我国历史上“雄才大略”的封建皇帝，汉武帝时代又是我国封建社会人才辈出的时代。当汉武帝下令选拔人才的时候，地位低微的张骞，便勇敢地站出来，主动要求承担通西域的历史重任。

出使月氏

建元二年（公元前139年），张骞受汉武帝的派遣，肩负着联合大月氏，共同抗击匈奴的政治使命，带同随从一百多人，踏上了漫长的征途，向西进发。这是张骞第一次出使西域，也是我国历史上有确凿记载的最早的一次探险和旅行。

张骞一行，由奴隶出身的匈奴人甘父做向导，从陇西（郡治在今甘肃临洮南）出发，很快进入河西走廊。

但是，正当他们风尘仆仆匆忙赶路的时候，遇到了匈奴骑兵。张骞一行全部被俘。匈奴骑兵把他们辗转押送至匈奴王庭（约在今内蒙古呼和浩特一带）。匈奴单于不准他们经过匈奴控制区前往西域，一直把他们拘留了十年光景。

在这十年里，张骞经受了严峻的考验。匈奴单于为了软化、拉拢张骞、给他娶了匈奴老婆。他虽然在匈奴有了妻和子，但是，这并没有动摇他完成使命的坚强意志。他在匈奴贵族的威逼利诱下，坚贞不屈；在困难和曲折面前，也没有灰心丧气。著名的史学家司马迁赞扬他“持汉节不失”，这说明张骞对自己的事业满怀信心，对汉朝始终忠诚不渝。

有志者事竟成。元光六年（公元前129年），张骞一行趁匈奴的监视有所放松，便毅然逃出匈奴地区，继续向西进发。他们首先取道位于天山南麓的车师（在今新疆吐鲁番盆地），从那里穿过沟通天山南北的重要交通孔道，进入焉耆，再从焉耆溯塔里木河西行，经过龟兹（今新疆库车东）、疏勒（今新疆喀什）等地，翻越葱岭，到达大宛（今前苏联费尔干纳盆地）。一路上，张骞一行跋山涉水，备尝艰辛，加之又是匆匆逃出，经常缺粮断水，有时一连几天见不到人烟，只好靠甘父沿途射猎禽兽充饥。所以，从匈奴西部到大宛这段路程，他们一连奔波了几十天。

张骞到大宛后，看到大宛农业发达，盛产稻、麦和葡萄酒。富人藏酒多至万余石，能保存几十年不坏。大宛的良马也非常著名。大宛王早就听说汉朝富饶，想跟汉朝交往，只是“欲通不得”。汉朝使者的到来，使大宛王喜出望外。他热诚地询问张骞出使的目的，张骞说明要前往大月氏，不幸中途遇阻，好容易才逃出匈奴地区，希望大宛王送他们去大月氏。大宛王高兴地答应了，特意派遣译员和向导，把张骞一行专程送到康居（约在今咸海以东、费尔干纳西北，前苏联乌滋别克和塔吉克境内）。康居人又把张骞一行送到大月氏。

但是，大月氏的情况已经发生了变化。大月氏迁到妫水以后，征服了大夏（在今阿姆河和兴都库什山之间，今阿富汗北部）。这一带土地肥沃，物产丰富，又很少受到外敌的侵扰，人民安居乐业。大月氏人也由游牧生活开始转为定居，已不愿再跟匈奴打仗。所以，汉朝在大月氏联合抗击匈奴的事，没有谈出结果。不久，张骞渡过妫水，到达大夏的蓝氏城（今阿富汗瓦齐拉巴德）；在那里了解到许多情况。经过一年多的考察，张骞决定回汉。

元朔元年（公元前128年），张骞一行踏上了归途。为了避开匈奴的势力，张骞决定改变路线，由来时的“北道”，改走“南道”。他们从大月氏出发，翻过葱岭，沿昆仑山北麓向东行进，经过莎车（今新疆莎车）、于阗（今新疆和田）、鄯善（今新疆若羌）等地，在进入羌人居住地时，再次被匈奴骑兵俘获，又被扣留了一年多。

到元朔三年（公元前126年）初，匈奴军臣单于死后，军臣单于的弟弟伊稚斜自立为单于，并打败了军臣单于的太子于单，匈奴贵族发生了内讧。同年春，匈奴太子于单逃到汉朝避难，被汉武帝封为陟安侯。大约与此同时，张骞也乘匈奴内乱的机会，带着他的妻子和甘父，一起回到汉朝。这就是张骞第一次出使西域的经过。

张骞这次出使西域，从公元前139年出发，到公元前126年回到汉朝，历时十三年之久；出发时一百多人，回来时只剩下张骞和甘父两个。在这次出使过程中，汉朝付出了相当大的代价。

这次出使，张骞虽然没有完成联合大月氏的政治使命，但是，张骞此行的意义却远远超出他的直接使命之外。它在我国历史和东西交通史上，产生了深远的影响。

早在先秦时代，我国汉族人民和西域各族人民之间就在经济文化上有所往来；我国对西域就有所了解，我国古代典籍中也曾有过不少关于西域的记载和传说。但是，作为官方的正式使节，张骞和他的随从却是第一次“凿空”（开通）西域，实地勘察了东西交通的要道，开辟了那条闻名于世的“丝绸之路”。张骞亲自访问了大宛、康居、大月氏和大夏等许多地方，并从传闻中了解了乌孙、奄蔡（在今天海、咸海北）、安息（即波斯，今伊朗）、条支（也叫大食，在今伊拉克）、身〔yuán 元〕毒（今印度）等地的许多情况。

张骞回到汉朝，曾就这次出使的见闻，向汉武帝提供了一个翔实而具体的报告，详细记载了上述地区的山川形势、地理位置、人口兵力、经济物产以及风俗习惯等。例如，我们从他的报告中知道，安息早在两千多年以前，就已经是“大小数百城，地方数千里”的大国；它不仅农业发达、盛产稻、麦和葡萄酒，而且商业也很兴隆。安息商人用车船把货物运销邻国，经商范围远至数千里，并广泛采用了铸有国王头像的银币。安息还出现了在皮革上横写的文字。这是我国对伊朗古代史的最早、最珍贵的记载。

由此可见，张骞第一次通西域以后，带来了有关我国新疆和广大西南亚地区的丰富知识和大量见闻，大大地开阔了我们古人的地理视野，改变了汉朝以前的地域观念，使人们知道了新的天地。这就为进一步发展我国汉族人民和西域各族人民之间的密切关系，为沟通国际间的友好往来，促进经济文化的进一步交流，谱写了新的有历史意义的一页。在今天，张骞报告的内容，不仅成为研究东西交通史的极为珍贵的史料，而且是我国和伊朗、阿富汗、印度等国，早在两千多年以前就已经存在的传统友谊和友好往来的历史见证。

汉武帝对这次通西域的成果十分满意。为了表彰张骞的功绩，汉武帝封他为太中大夫。匈奴人甘父，也因担任向导、佐助张骞有功，得到了奉使君的称号。

随军出征

早在张骞第一次通西域时，汉武帝便决定改变对匈奴的政策，由汉初的消极防御，转为积极自卫反击。

元光二年（公元前133年），汉朝在马邑（今山西朔县）附近山谷埋伏下30万大军，准备引诱匈奴主力深入，一举歼灭；后被匈奴单于察觉，没有成功。从此，汉和匈奴进入长期的战争状态。

元光六年（公元前129年），匈奴骑兵进攻上谷（郡治在今河北怀来东南）杀掠汉朝官民。汉武帝派年轻将领卫青（？—前106年）、李广（？—前119年），各率骑兵一万，分四路出击匈奴。结果，汉军损失很大，一路毫无战绩，一路遭到惨败，名将李广也负伤被俘。后来，李广乘匈奴骑兵疏于防备，逃回汉营。只有卫青一路战功较著。这样，汉武帝不得不继续组织大规模的战役。

就在张骞回到汉朝的前一年，即元朔二年（公元127年），匈奴再次进攻上谷和渔阳（郡治在今北京密云西南），杀掠上千人。卫青等率领汉军从云中（郡治在今内蒙古托克托东北）出发，然后向西迂回，直插陇西，在黄河南岸打败了匈奴白羊王和楼烦王。汉朝收复了河南地。这是汉朝对匈奴的第一次大战役。

这次战役胜利以后，汉朝在河南地设置了朔方郡（郡治在今内蒙古杭锦旗北），并招募10万人口迁居朔方，修建城池，屯田积谷。这就加强了河南地的防御力量，大大减轻了匈奴对长安的威胁。

公元前126年张骞回到汉朝时，汉朝对匈奴的战争已经取得了第一次战役的胜利，但整个战局仍然吃紧。匈奴数万骑兵连续进攻代郡（郡治在今河北蔚县东北）、定襄（郡治在今内蒙古和林格尔西北）和上郡（郡治在今陕西榆林东南）等地，并杀死代郡太守，杀掠数千人。

元朔五年（公元前124年），匈奴右贤王又多次攻扰朔方郡。汉武帝派卫青等人共率领十几万骑兵，分路出发，出击匈奴。卫青一路约3万人，从高阙（今内蒙古杭锦后旗东北）出发，挺进六、七百里。匈奴右贤王自以为离汉军尚远，竟喝得酩酊大醉；卫青在夜幕降临的时候，出其不意地把他包围。右贤王仅率领几百名精壮骑兵，突围逃走，匈奴损失1.5万余人，牲畜近百万头。第二年，张骞以校尉的军职，跟随卫青再次出击匈奴。

张骞在匈奴呆了很久，对匈奴的情况比较熟悉，再加上他有惊人的记忆力和丰富的地理知识，所以，在这次出征中，张骞担任了汉军的向导。他不仅为汉军指点行军路线，而且能够判断水草、河道的分布，使汉军及时找到水源和草地，不致过于疲劳和饥渴，顺利推进数百里。

这年春，汉武帝因张骞屡建军功，又曾出使西域，封他为“博望侯”。

试通身毒

由于汉朝和匈奴的战争紧张激烈，旷日持久，匈奴仍然控制着汉朝到西域的交通要道，张骞便试图由我国西南地区，经过现在的印度，前往西域。

事情的经过是这样的：

张骞在大夏时，曾看到我国的蜀布和邛竹杖，并向大夏人询问这些东西的来历。大夏人告诉他，是大夏商人从身毒贩运来的；身毒国在大夏东南数千里，风俗跟大夏相同，只是气候低湿炎热。身毒人骑着大象打仗。他们的国土靠近大海。

这个发现，使张骞很感兴趣。他想：大夏在汉朝西南1.2万里，身毒又在大夏东南数千里，身毒又有蜀地的特产，可见蜀地离身毒不会太远。于是，张骞断定，要到大夏去，除了被匈奴控制着的那条道路以外，一定还有一条通往身毒，再从身毒转道大夏的道路。他认为，这后一条道路既近又安全，是从汉朝通往西方的一条捷径。但是，要探通这条道路，就必须经过我国西南地区，也就是当时所说的“西南夷”。

“西南夷”是汉朝统治者对散居在我国西南地区（今四川西部、南部和云南、贵州一带）各少数民族的总称。这些少数民族语言不同，风俗习惯不同，社会发展的水平也有很大差异。它们有的还处于原始社会，有的已进入阶级社会；有的已经定居，以农业为主，有的则随着牛羊迁徙，过着游牧生活。这些少数民族中比较大的有：夜郎（今贵州西南部）、滇（今云南昆明一带)、邛都(今四川西昌)以及徙(今四川天全)、莋(今四川汉源)、冉駹(今四川茂汶羌族自治县)、白马(今甘肃成县西)等。

西南各族跟巴蜀地区的汉族人民有着长期的经济往来和友好关系。早在战国时楚国设置的黔中郡就包括了现在的黔江流域和贵州东北一部分。楚国将领庄跻还从黔中向西征服了滇池(今云南昆明)附近的千里沃野。由于秦国占领了黔中等地,断绝了庄跻的归路,庄跻乃改变习谷、服装自称滇王,建立滇国。秦时曾开辟五尺道,进一步沟通了蜀滇,密切了同内地的联系。秦末汉初,封建统治者同西南各族的关系虽已中断,但是各族人民之间的经济交流从未停止。巴蜀商人经常贩运西南各族的马匹、旄牛等特产。

汉武帝即位后,也曾努力恢复同西南各族的关系,沟通西南地区。建元六年(公元前 135 年)张骞出使西域后不久,汉武帝曾派唐蒙招服了夜郎及其邻近部落,并在那里设置了犍为郡(郡治在今四川宜宾)。接着,汉武帝又派司马相如通使邛、莋一带,并架桥筑路,设置十余县,隶属蜀郡(郡治在今四川成都)。后因经营西南地区费用浩繁,汉朝又忙于对匈奴的战争,夜郎、邛、莋等地同汉朝的关系也一度中断。

张骞回到汉朝以后,汉武帝听到了许多关于西方的"海外奇谈",对异方奇物十分向往。这就促使汉武帝下定决心,尽快沟通东西交通,加强同西域的联系。为此,汉武帝曾多次向张骞询问大夏的情况。

元狩元年(公元前 122 年),张骞向汉武帝建议,通过"西南夷",前往身毒,再转道大夏,以寻求通往西方的途径。汉武帝采纳了张骞的建议。于是,张骞在汉武帝的支持下,从蜀郡和犍为郡派出使者,分成几路,经冉駹、莋都、徙、邛等地,向西南进发。

各路汉使分别前进一两千里，便中途遇阻，南路使者只到昆明（在今云南大理）为止，没有能够通身毒。当汉使到达滇国时，滇王当羌问："汉跟滇相比，谁大!"汉使到夜郎时，夜郎侯也这样问。我们平常所说的"夜郎自大"这个成语，就是由此而来的。

汉朝先后派出使者十余起，进一步考察并了解了西南地区，恢复了同西南地区的交通，密切了汉族同西南各族之间的关系。同时，汉使还得知，从当时的昆明继续西行1000余里，有一个"乘象国"，名叫滇越（约在今云南腾冲、龙陵一带），蜀地的商人经常带着货物去滇越进行贸易。这就是说，蜀地的商人跟滇越的交往由来已久，而张骞在大夏见到的蜀布和邛竹杖也是通过这里运往身毒，然后才转到大夏去的。张骞所要寻找的那条通往身毒的捷径，也就是从我国四川、云南，经过今天的缅甸和印度，通往西亚的交通要道。早在著名的"丝绸之路"正式开辟以前，我国和东南亚的交通要道就已经畅通，这是中缅、中印人民友好关系史上的一段佳话。

由此可见，当时的汉朝使者尽管没有能够到达印度，但是，张骞的判断是大胆的，准确的。这充分表现了张骞作为古代探险家、旅行家的杰出才能。

过了十几年，元鼎六年（到公元前111年），当汉朝打败了匈奴，同西域的交通畅通之后，汉武帝又继续经营西南地区，并在邛都设置越嶲郡，在莋都设置了沈黎郡，在冉駹设置了汶山郡，在白马设置了牂牁郡。元封二年（公元前109年），滇王归服汉朝，汉武帝赐给滇王印绶，并设置了益州郡。这样，不仅西南地区归入汉朝管辖，汉族和西南各族关系更为密切，而且对进一步发展我国同东南亚的经济文化交流有着重要意义。

到东汉时，益州郡又改为永昌郡（郡治在今云南保山），继续成为对外通商的要地。

收复河西

早在张骞出使西域归来后，就向汉武帝汇报了河西地区的形势，指出匈奴右翼控制着陇西长城以西，直到盐泽以东，堵住了汉朝向西的通道。鉴于张骞西南探险没有成功，汉武帝决定调整对匈奴战争的具体部署，把主攻的方向移到河西（黄河以西的甘肃一带）。

元狩二年（公元前 121 年），汉武帝组织了对匈奴的第二次大战役。目的就是打通通往西域的道路。在这次战役中，张骞以卫尉从征。

这年春，汉武帝派霍去病（公元前 140—前 117 年）率领骑兵一万人，从陇西出发，然后向西北迂回，横扫匈奴五属国，一直攻过河西走廊的焉支出（今甘肃山丹东南），进击一千多里。杀掉了匈奴折兰王和卢侯王，活捉了匈奴浑邪王的儿子，缴获了匈奴休屠王的祭天金人（佛像）。匈奴损失近万人。

同年夏，汉武帝又派出两路大军：一路由霍去病等率领，从北地（郡治在今甘肃庆阳西北）出发；另一路由李广、张骞率领，从右北平（郡治在今辽宁凌源西南）出发。每路又分为两支，异道而行。

张骞和李广一路是负责策应霍去病攻势的。李广率 4000 骑先行，张骞率 1 万骑为后援，两军相距数百里。不料，李广一支被匈奴左贤王的 4 万骑兵包围。经过一天激战，汉军伤亡惨重，但李广像往常一样，谈笑风生，意气自如。次日，汉军重整旗鼓，再同匈奴作战，正在危急关头，张骞率领的后续部队终于赶到。匈奴左贤王乘机撤退，汉军也人困马乏，无力追击。

这次，张骞由于贻误军机，被废为庶人。

张骞、李广一路虽然失利，主攻河西的霍去病却大获全胜。霍去病也和他的另一支友军失去联系，但是这位出色的将领仍然大胆深入，向西挺进 2000 里，渡过居延泽（在今内蒙古额济纳旗），直逼祁连山下，歼灭匈奴数万人。

这次战役的胜利，促使匈奴贵族内部发生了分化。长期控制河西走廊的匈奴浑邪王和休屠王，因为在战斗中遭到惨败，引起了匈奴单于的猜忌和不满。匈奴单于准备把他们招到王庭处死。在这种情况下，匈奴浑邪王和休屠王决定归服汉朝，并派人同汉朝联系。这年秋，浑邪王杀掉中途变卦的休屠王，率领 4 万人投奔汉朝。汉武帝动员了 200 辆车去迎接他们，并把他们安置在陇西、北地、上郡、朔方、云中五郡的塞外。浑邪王还被封为漯阴侯，他的部下也各有封赏。

此后，从金城（今甘肃兰州西北）、黄河以西，沿着祁连山，一直到盐泽，匈奴的势力几乎绝迹。汉朝陆续在河西走廊设置了武威、酒泉、张掖、敦煌，史称“河西四镇”，以保护西域交通。

元狩四年（公元前 119 年），汉武帝又发动了对匈奴的第三次大战役。卫青、霍去病分别从定襄、代郡出发，长驱直入，挺进到今蒙古大沙漠以北，大败匈奴单于和左贤王，消灭了匈奴的主力。从此，匈奴远遁，匈奴王庭也被迫迁到大沙漠以北，匈奴的势力逐渐衰落。

汉朝和匈奴贵族之间，经过了长达十几年的大规模的战争，汉朝终于赢得了决定性的胜利。匈奴对汉朝的长期威胁基本解除，汉朝和西域之间的交通也基本畅通了。为了进一步发展汉朝同西域各族的密切关系，广泛联系中亚、西亚各国，孤立和打击匈奴在西域的势力，汉武帝又派张骞第二次出使西域，联合乌孙。

联合乌孙

乌孙也是一个逐水草迁徙的游牧部落。最初，乌孙和月氏都住在甘肃西部、敦煌和祁连山之间。后来，乌孙被月氏打败，乌孙王也被月氏人杀死。乌孙人不得已归服了匈奴。乌孙王的儿子腊骄靡被匈奴单于收养。腊骄靡长大以后，才智过人，屡有战功，匈奴单于便把乌孙旧部交给他，腊骄靡做了乌孙王。这时，月氏人已经向西迁到伊犁河流域。腊骄靡为了报杀父之仇。在匈奴的援助下，把月氏人赶出伊犁河流域，并在那里从事放牧和狩猎，重建家园。乌孙盛产马匹，富户养马多至四五千匹，成为西域地区的一个拥有骑兵十余万的强大民族。汉武帝时，乌孙跟匈奴的关系已经疏远，乌孙王不想再继续依附匈奴。为此，匈奴曾派兵攻打乌孙，结果反为乌孙所败。

在汉朝对匈奴的第三次战役胜利结束以后，张骞就向汉武帝建议联合乌孙。他说："现在匈奴已被汉朝打败，乌孙过去居住的地方也因赶走了匈奴而空闲着，听说乌孙人对他们的旧居十分留恋，又很喜欢汉朝出产的物品，如果我们多送他们一些礼物，请他们重新迁到原来的地方，再把汉公主嫁给乌孙王做夫人，双方约为兄弟，乌孙王肯定会答应的。这样就切断了匈奴的'右臂'。"张骞认为，只有联合了乌孙，乌孙以西的大夏等国，都可以应招而至，向汉朝称臣。

雄心勃勃的汉武帝，采纳了张骞的建议，并拜他为中郎将，再次派他出使西域。张骞率领随从 300 人，每人各备两匹马，并携带着价值数千上万的金币丝绸等贵重物品和 1 万多头牛羊，浩浩荡荡地出发了。

张骞这次出使跟第一次出使相比，已经不大一样了。这次出使不仅随员、物资成倍增加，而且还带着许多“持节”副使同行，以便沿途派往各地。同时，形势也发生了变化，汉朝已经赢得了对匈战争的胜利，通往西域的咽喉要地——河西走廊，已经在汉朝的统治之下。张骞和他的随从人员可以跃马扬鞭，奋力前进，不必再过多的担心匈奴骑兵的袭击了。所以，这次出使西域，张骞所率领的既是一个规格很高的“外交使团”，又是一支规模庞大的商队。

张骞一行顺利地到达乌孙。但是，乌孙正闹着内部纠纷。那位能征善战的乌孙王腊骄靡，这时已经年过花甲，老态龙钟。他以长子早死，便想把王位传给长孙军须靡。这件事引起了他的次子翁归靡的不满。翁归靡率领一万骑兵发动叛乱，要攻打军须靡；乌孙王和军须靡，也各率骑兵万余人以自保。由于这场叔侄之间争夺王位继承权的斗争，几乎使乌孙一分为三。

张骞见了乌孙王，转达了汉武帝的旨意，劝他东迁故地，跟汉朝结为兄弟，共同抗击匈奴。年迈的乌孙王认为，乌孙离汉朝太远，并且曾长期依附匈奴，大臣们也都不想东迁；又鉴于乌孙近于分裂状态，自己不便过于专断。所以，同汉朝联合共击匈奴的事，一直定不下来。

于是，张骞把副使分别派往大宛、康居、大月氏、大夏、安息和身毒等地，自己决定回汉。乌孙王特意派遣使者数十人，带着良马数十匹，还有译员、向导等，跟张骞一起到汉朝答谢，同时也为了进一步了解汉朝的情况。

元鼎二年（公元前 115 年），张骞回到汉朝。汉武帝拜他为大行。第二年，张骞便去世了。

张骞死后一年多，他派往大月氏、大夏、安息等地的副使，分别在对方使者的陪同下，陆续回到汉朝。从此，汉朝同西域、西亚各国建立了友好关系。随同张骞一起来到汉朝的乌孙使者，亲眼看到汉朝地广人多，国家富强。他们回去以后，传达了这些情况。乌孙由此更加重视同汉朝的友谊。

元封六年（公元前 105 年），乌孙王腊骄靡派使者来到长安，并以良马千匹作聘礼，主动要求同汉朝和亲。汉武帝把江都公主细君嫁给年逾古稀的腊骄靡，并送她大批物资，带去大批随员。汉武帝还指示细君："从其国俗，欲与乌孙共灭胡（指匈奴）。"腊骄靡死后，细君公主便按照乌孙的风俗，嫁给了腊骄靡的继承人军须靡。细君死后，汉朝又把解忧公主嫁给乌孙王军须靡。以后，军须靡的叔叔翁归靡做了乌孙王，又娶了解忧公主做夫人。汉朝和乌孙长期保持着十分亲密的关系。

由于西域各族人民的共同努力，以及汉武帝对西域的经营，到汉宣帝（公元前 73—前 49 年在位）时，西域的形势已经发生了根本变化。当时，匈奴准备进攻乌孙，乌孙王翁归靡和解忧公主向汉朝求援。汉宣帝派出十几万骑兵配合乌孙骑兵，共同夹击匈奴。在声势浩大的联合反击下，匈奴损失数万人，牲畜 70 万头。

宣帝神爵二年（公元前 60 年），匈奴贵族又发生内讧。曾经直接控制西域的匈奴日逐王归服汉朝。匈奴对西域的控制趋于瓦解。同年，汉宣帝在地处西域中心的乌垒城（今新疆轮台东）设置西域都护府，并任命郑吉（？—前 49 年）为西域都护，统辖乌孙、康居等 36 国。这是汉朝在巴尔喀什湖以东、以南的广大地区正式设置行政机构的开始。从此，"汉之号令班西域矣"。

这就是说，在张骞死后五十多年，不仅仅汉朝和乌孙结成同盟，汉族和西域各族亲密友好，张骞的未竟使命业已完成；而且，早在两千多年以前，我国汉朝就在上述地区行使了有效管辖。据记载，自汉宣帝至新莽时期，先后任西域都护的有 18

人；其姓名见于史书的就有郑吉、韩宣、甘延寿、段会宗、李崇等十人。《汉书·西域传》记载，西域地区下自译长、城长，上至侯、王，佩戴汉朝印绶的就有376人。由此可见，张骞通西域在我国统一的多民族的封建国家的形成过程中，在我们中华民族史上，有着重要的意义和深远的影响。

青史留名

我们伟大的祖国，从秦朝起就是一个统一的多民族的封建国家；到汉武帝时，更以一个富强辽阔的封建帝国屹立在世界的东方。

张骞是汉武帝时期的杰出人物，是古代伟大的探险家、旅行家和外交家。他顺应历史潮流，在历史上做出了卓越的贡献。

从祖国的北部沙漠到西南山区，从天山南北到葱岭内外，到处留下了张骞的足迹。张骞以顽强的意志和坚忍不拔的精神，翻过了千年冰封的崇山峻岭，渡过了无数的激流和险滩，跨过了荒凉的谿谷和低洼的盆地，走遍了祖国的许多绿洲和草原。张骞游踪之广，见闻之富，在两千多年以前是举世罕见的。

张骞两次出使西域，不仅在汉族和西域各族之间加深了友谊，增进了相互了解，为进一步密切关系创造了条件；而且，考察和开辟了著名的“丝绸之路”，沟通了经过我国新疆地区，到达西亚的交通要道。张骞亲自到达现在的阿富汗等地，此后，他的副使和其他使节又陆续到达印度、伊朗以及阿拉伯半岛和里海之滨，使汉朝和西亚、南亚许多国家和地区正式建立了友好关系。到西汉末年，除了“南道”和“北道”之外，又开辟了一条新道。也就是从敦煌出发后，向北走，避开坎坷难行的白龙堆沙漠，取道伊吾（今新疆哈密），越过博格达山，经车师后国（今新疆吉木萨尔），然后沿天山北麓西行，到达乌孙，称为新北道。此后，各条路线也继续向西延伸。到东汉时，甘英已经到达了西海（今波斯湾）沿岸，并知道了通往罗马的路线。

张骞不仅以“凿空西域”的不朽功绩而享有盛名，而且还以刚毅坚强的性格和胸襟开阔、待人诚恳的宝贵品质，深受爱戴。张骞死后，汉朝派出的使者“皆称博望侯”；汉使所到之处，都因此受到信任和欢迎。张骞的封号，竟成了汉朝使者的美称。史称张骞“为了强力，宽大信人，蛮夷爱之”，这是很中肯的评价，绝不是过誉之词。

在张骞通西域，特别是在汉武帝收复河西，张骞出使乌孙之后，揭开了东西交通的序幕，东西人员的往来和经济文化的交流出现了新局面。在我国历史上，又翻开了新的有意义的一页。

当时，汉朝派出的使节，每批多者数百人，少者百余人；一年之中，多则十余起，少则五六起；路程远的往返要八、九年，路程近的也要三、五年。西域的使者和商人，也跋山涉水，披星戴月，云集汉朝边塞。所谓“驰命走驿，不绝于时月；商胡贩客，日款于塞下”，就是指这种情况而言。在使者相望于道，络绎不绝的频繁往来中，欧洲人也开始来到了中国。

这些客人，跟着汉武帝到处观光游览。汉武帝让西方的“眩人”当众表演杂技，吞刀吐火，自缚自解，以至于方圆300里的人都赶来围观，盛况空前。汉武帝还设盛宴招待四方宾客，并赏赐他们大量丝绸等物。汉宣帝亲自在平乐观接见、宴请匈奴贵族和使者，并把汉朝官属侍御上百人集中在上林苑，专门学习乌孙语言。汉朝派往中亚、西亚等地的使者也受到欢迎和款待。安息王曾派两万骑兵到远离京城的东部边界迎接汉朝客人。

在东西往来的人员中，除了负有各种使命但在客观上又起到了物资文化交流作用的正式使节之外，更多的是打着使者旗号的商人。此外还有为数众多的汉族士兵、田卒，以及西域各族派到汉朝学习参观的贵族子弟。至于不见史籍记载的民间往来，更是难以数计。随着人员往来的增加，经济文化交流也日趋频繁。

我国是发明丝绸和冶铁术最早的国家。早在公元前5世纪，丝绸就开始西传。西方曾把中国称为“丝国”，把中国古代的首都称为“丝城”。我国生产的铁器也素享盛名。据记载，大宛以西至安息国，“其地皆无丝、漆，不知铸铁器”，是汉朝的逃亡士卒教会了他们铸造兵器，并传去了“黄白金”（铜锡合金）。在张骞通西域之后，丝绸大量西传。波斯既是丝绸的消费地，又是向罗马贩运的中转站。其他如养蚕术、漆器、铁器和冶铁术以及其他工艺品和桃、杏、梨等农产品，也相继传到波斯、印度等地。汉朝的先进生产技术，如井渠法，也传到大宛，并在西域地区被广为采用。

同时，汉朝的先进文化，也对西域各族发生了相当大的影响。据记载，汉宣帝时，乌孙解忧公主曾派她的长女弟史到长安学习鼓琴。在归途中，莎车王绛宾把弟史留作夫人。以后他们夫妇俩又多次到汉朝朝聘，汉宣帝赏赐他们车骑旗鼓，歌吹数十人，以及各种丝织品、珍宝等多至数千万。由于他们“乐汉家衣服制度”，回到莎车后，在宫室建造、警卫配置、出入传呼、鸣钟击鼓等许多方面，进行学习和模仿，一切“如汉家仪”。这个故事可以说明汉族文化在西域各族的传播情况。

另一方面，汉朝使节从大宛引进了葡萄和苜蓿，汉武帝不仅在离宫别观附近大量种植，而且大力推广。其他如胡桃（核桃）、石榴、胡麻（芝麻）、胡豆（蚕虫）、胡瓜（黄瓜）、胡蒜（大蒜）、胡萝卜等，也移到我国中原地区安家落户，成为我国人民的生活必需品。西方的毛皮、毛织品，也成为长安市场的名贵商品。至于名马、骆驼、狮子、安息雀（鸵鸟）等异兽珍禽，也陆续东来。西方的音乐、舞蹈、绘画、雕塑、杂技等，也对我国古代的文化艺术产生了积极的影响。

总之，这种“殊方异物，四面而至”的盛况，反映了东西交通开辟后，东西经济文化交流出现的新局面。

王莽新政

元寿二年（公元前 1 年）哀帝死，王莽在其姑母元帝皇后王政君的支持下，拥立年仅九岁的刘衎为平帝，自任大司马、安汉公，掌握政权。后来王莽毒杀平帝，又废孺子婴，自立为皇帝，改国号为“新”。

王莽出身于元、成两帝之际望族，在官僚、外戚之中地位显赫。王莽本人谦恭俭约，礼贤下士，有“当世名士”之誉。平帝以九岁继位，王莽以大司马领尚书事辅政。王莽大权在握，立即把专横一时的外戚董贤铲除，把董贤和外戚丁氏、傅氏的亲属都免官爵，徙远方。改善了当时的政治状况。王莽还重视荒政，为救济灾民曾一次捐献钱百万，田 30 顷。在他的带动下，有官僚、豪富 230 余人捐献田宅，用以救灾。他又废呼池苑（今甘肃华亭）为安民县，以安置灾民。灾民可分得田宅、器具、耕牛、谷种、粮食等。他还扩大太学，广招太学生：网罗学有专长的士人有数千之多，安置在长安，给予优待。对汉宗室和功臣的后裔以及年老致仕（退休）的高官，都给予照顾。于是在他掌权不久，就得到多数贵族、官僚、地主和儒生们的爱戴，希望他能有一番作为，以稳定社会秩序，保住封建地主阶级的统治。广大劳动人民希望社会安定，能够生活下去，对他也产生过一些幻想。

“大泉五十”铜范

王莽对当时的社会问题比较重视，是贵族、官僚集团中的一个比较有见识的人物，也有改善社会、政治状况的要求。但他又有强烈的树立自己的权威的要求。这虽有为了改革需要的一面，但其不择手段的做法，也暴露了他个人的野心。他辅政之后，以周公辅成王的故事比附自己。平帝元始元年（公元元年），他称“安汉公”。四年，称“宰衡”。五年，毒杀平帝，另立一个两岁小儿刘婴为帝，号“孺子”，史称孺子婴；自为“假皇帝”，实际和真皇帝一样。过了三年，他又废掉孺子婴，正式当了皇帝，改国号“新”，改元“始建国”。

新朝始建国元年（公元 9 年），王莽宣布改制。其主要内容是：第一，“更名天下田曰王田……皆不得买卖”。“其男口不盈八，而田过一井者，分余田予九族邻里乡党”。原先无地的，按一夫一妻授田百亩。改“奴婢曰私属”，不得买卖。王田奴婢令目的是解决土地和奴婢问题。但是贵族、官僚和大地主占有大量的土地和奴婢，他们反对这个法令，无地的农民实际上分不到土地，也都非常不满。土地、奴婢买卖照旧进行。三年后，王莽只得废除这个法令。第二，实行五均，赊贷和六筦，五均是在长安和全国五大城市洛阳、邯郸、临淄、宛、成都设立“五均司市师”，各郡县设司市，大都由地方官兼任。五均官的职责是平均物价，抑制商贾囤积居奇，收取租税及办理赊贷等。六筦是官卖盐、铁、酒，收取山泽出产税，官铸铜钱，五均赊贷。这个政策基本上是武帝实行过的办法，只是多了一个赊贷。

目的是抑制兼并，扶助贫弱，实际上成了地主和官僚商人掠夺人民财富的一种手段。第三，改变币制，禁止私铸钱币，国家垄断铸币权。王莽多次改变币制，货币繁杂，而比价又极端不合理，例如他发行的大钱，每个还不到五铢钱两个半重，却要当五十个五铢钱使用。这实际上也是掠夺财富的一种手段，很多人因此倾家破产。此外，王莽还无端挑起对匈奴和东北、西南境内少数民族的战争，造成人民大批死亡，更加深了人民的痛苦。

王莽改制是地主阶级在严重危机下的一次自救运动，企图通过改制，强迫大地主、大商人放弃一部分利益，限制土地兼并和农民奴隶化的继续发展，使封建经济得到适当调整，缓和当时已经激化的阶级矛盾，以巩固新莽政权。但由于大地主、大官僚、大商人的顽强反抗，而王莽又未能坚持到底，中途放弃改革。再加上王莽用人不当，吏治腐败，贪官污吏利用改革“侵渔百姓”，以致“农商失业，食货俱废”，造成社会经济更大混乱，人民生活更加悲惨。随着王莽改制的破产，一场酝酿已久的农民大起义终于爆发了。

天凤四年（公元 17 年），长江中游的荆州地区连年灾荒，饥民们在新市人（今湖北京山）王匡、王凤兄弟领导下发动起义。几个月就发展到七八千人。因为这支起义军最初驻扎在绿林山（今湖北大洪山）中，故称为“绿林军”。绿林军到处攻打地主武装，夺取地主的粮食财物，赈济贫民，深受群众欢迎，很快发展到 5 万人。地皇三年（公元 22 年），绿林山地区瘟疫蔓延，绿林军死亡过半，乃离开绿林山，分散活动。一路由王常、成丹等率领，西入南郡，叫做“下江兵”；一路由王匡、王凤等率领北向南阳，叫做“新市兵”。这时平林（今湖北随县）人陈牧、廖湛也聚众千余人起义，号“平林兵”。七月，新市兵进攻随县，与平林兵汇合。绿林军的战斗沉重地打击了王莽在南方的统治。

天凤元年（公元14年），琅玡郡海曲县（今山东日照）吕母率领一百多人首举义旗，自称将军，占领海曲县城，杀县令，起义军发展到数千人。天凤五年（公元18年），琅玡（今山东诸城）人樊崇率领100多人，在莒县（今山东莒县）起义。这一年，山东大饥，贫苦和饥饿的农民纷纷前来参加，起义军很快发展到几万人。吕母死后，她的军队加入了樊崇的队伍。他们活动于泰山、沂蒙山区。这是一支贫苦农民组成的起义军，作风淳朴，“无文书，旌旗、部曲、号令”，但组织纪律却很严明，他们相约“杀人者死，伤人者偿伤”，保护人民的生命安全。他们在作战时，为了同敌军相区别，每人都用赤色涂眉，故史称“赤眉军”。赤眉军在东方的发展，引起了王莽的惊恐。地皇三年（公元22年），王莽派更始将军廉丹、太师王匡率军向赤眉军发动进攻。王莽军队所到之处，烧杀抢掠，无恶不作。当时流传着这样一首歌谣：“宁逢赤眉，不逢太师；太师尚可，更始杀我。”起义军与莽军在成昌（今山东东平西）展开激战，莽军大败，廉丹被杀，王匡逃走。起义军乘胜追击，一直打到无盐（今山东东平东），杀敌万余。这次战役后，赤眉军势力大增，人数发展到十几万人。他们转战于山东、河北、河南、安徽等省交界的广大地区，瓦解了王莽在东方的统治。

在绿林、赤眉起义的同时，黄河从北广大地区的农民也纷纷起义，其中比较著名的有“铜马、大彤、高湖、重连、铁胫、大抢、尤来、上江、青犊、五校、檀乡、五幡、五楼、富平、获索等，各领部曲、众合数百万人。”他们到处捕杀官吏，镇压豪强，动摇了王莽在北方的统治。

正当各地起义风起云涌的时候，一些豪强地主和刘姓贵族，也乘机举兵反对王莽，以图“复高祖之业”。他们之中有加入平林兵的西汉宗室、破落贵族刘玄；有组织“春陵兵”的南阳著名地主兼商人刘缜、刘秀兄弟。这支春陵兵后来与平林、新市农民军联合了。到地皇四年（公元 23 年），绿林军已发展到 10 万人。为了更好地联合各路起义军共同推翻王莽政权，绿林军的领袖决定建立自己的政权。这一年的二月，刘玄在王匡、王凤等人的支持下在淯阳称帝。建号更始。不久，起义军内部分裂，刘玄杀死刘缜。刘秀则北上图谋发展。同年，刘玄派王匡等兵分两路进攻洛阳、长安。十月，长安城破，王莽被杀，新莽政权宣告垮台。

绿林、赤眉、铜马起义图

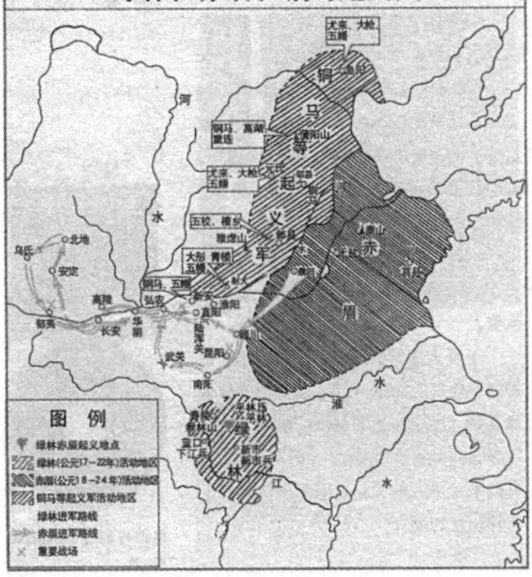

公元 24 年春，刘玄由洛阳迁都长安，随后大封宗室，日夜饮酒作乐。义军将领对此大为不满。于是绿林军部分将领与赤眉军联合，大败刘玄军，赤眉军拥立刘盆子为皇帝，建立了另一政权。公元 25 年秋，绿林军、赤眉军联合攻入长安杀死刘玄，更始政权灭亡。但由于关中豪强地主隐匿粮食，城中缺粮，加上刘秀进攻，义军被迫撤出长安。公元 27 年，赤眉军在宜阳被刘秀绞杀。

刘缜被杀后，刘秀极力克制自己，避免与刘玄冲突。公元 23 年，刘玄派刘秀到黄河以北招抚义军。刘秀到河北后，得到当地地主阶级的支持，并利用分化、利诱等手段，收编了河北义军，壮大了自己的势力，在河北站稳了脚跟。之后，刘秀便派军南下镇压义军，并着手建立政权。公元 25 年，刘秀在鄗称帝，建元建武，不久移都洛阳。史称东汉，此后，又经过十余年的时间，消灭了各地的割据势力，完成了全国的统一。

西汉阶级矛盾的发展

汉武帝末年的农民暴动

西汉的社会经济发展过程，同时是愈来愈严重的土地兼并过程，也是农民重新走上流亡道路的过程。还在所谓文景之治的升平时期，就隐伏着深刻的阶级矛盾。贾谊为此警告文帝说："饥寒切于民之肌肤，欲其无为奸邪，不可得也。国已屈矣，盗贼直须时耳！"贾谊笔下的"盗贼"，指的就是行将出现的农民暴动。

汉武帝统治时期，一方面社会经济发展到颇高的水平，非遇水旱，则农民大致可以勉强自给；另一方面，豪强之徒兼并土地，武断乡曲的现象，比以前更为严重。官僚地主无不追逐田宅、产业和牛羊、奴婢，交相压榨农民。武帝外事四夷，内兴功利，在完成了辉煌事业的同时，也耗尽了文、景以来府库的积蓄，加重了农民的困苦。贫困破产的农民，多沦为豪强地主的佃客、佣工，受地主的残酷剥削。农民卖妻鬻子，屡见不鲜。针对这种情形，董仲舒曾建议"限民名田"，"去奴婢，除专杀之威"，和"薄赋敛，省徭役"。他认为，如果富者足以表现尊贵而不至于骄奢，贫者足以维持生活而不至于忧苦，那么，财富不匮，上下相安，维持统治就容易了。显然，董仲舒的思想和建议，着眼于地主阶级的长远利益而不符合其眼前利益，所以无法实行。从此以后，农民的困苦更是有加无已。

武帝前期，东郡（治今河南濮阳）一带有农民暴动发生。以后流民愈来愈多。元封四年（公元前107），关东流民达到200万口，无户籍者40万口，天汉二年（公元前99）以后，南阳、楚、齐、燕、赵之间，农民起义不时发生，南阳有梅免、百政，楚有段中、杜少，齐有徐勃，燕赵之间有坚卢、范主之属，大群至数千人。在关中，也有所谓"暴徒"阻险。起义农民建立名号，攻打城邑，夺取武库兵器，释放死罪囚徒，诛杀郡守、都尉。至于数百为群的农民，在乡里抢夺地主的粮食财物，更是不可胜数。汉武帝派"直指绣衣使者"分区镇压，大肆屠杀，但是农民军散而复聚，据险反抗，不屈不挠。汉武帝又作《沉命法》，并规定太守以下官吏如果不能及时发觉并镇压暴动，罪至于死。

在农民反抗斗争逐渐兴起的时候，汉武帝刘彻认识到要稳定统治，光靠镇压是不行的，还要在施政上有所转变，使农民得以喘息。他寄希望于"仁恕温谨"的"守文之主"卫太子（即以后所称的戾太子）。他曾对卫太子之舅、大将军卫青说："汉家庶事草创，加四夷侵凌中国，朕不变更制度，后世无法，不出师征伐，天下不安。为此者不得不劳民。若后世又如朕所为，是袭亡秦之迹也。太子敦重好静，必能安天下，不使朕忧。"但是此时汉武帝还没有实现这一转变的决心。在他迟疑不决的时候，征和二年（公元前91）直指绣衣使者江充以穷治宫中巫蛊的名义逼迫卫太子，激起卫太子在长安的兵变。结果，江充被杀，卫太子也兵败自缢而死。经过这一段曲折过程以后，武帝追悔往事，决心"与民休息"。他在征和四年断然罢逐为他求仙药而伤民靡费的方士，拒绝在轮台（今新疆轮台）屯田远戍，停止向西修筑亭障，并且下诏自责，申明此后务在禁苛暴，止擅赋，力本农，修马复令（养马者得免徭役）以补缺，只求不乏武备而已。同时，他还命赵过推行代田法，改进农具，以示鼓励农业生产。这样，农民暴动暂时平息了。

昭、宣时期社会经济的恢复和发展

武帝死后，霍光辅佐八岁的昭帝，继续实行武帝晚年的政策，“与民休息”。短短的几年内，流民稍还，田野益辟，政府颇有蓄积，西汉统治相对稳定。

昭帝始元六年（公元前 81），御史大夫桑弘羊等与郡国所举贤良、文学六十余人辩论施政问题。贤良、文学力主罢盐铁、酒榷、均输官，以示节俭，并进而对于内外政策提出许多主张。这就是有名的盐铁之议，桓宽的《盐铁论》一书，即根据这次辩论写成。贤良、文学之议，对于“休养生息”政策的继续实行，对于安定局面的继续维持，起了促进作用。但是他们关于盐铁等方面的具体要求，多未被西汉政府采纳。始元六年七月，诏罢郡国榷酤和关内铁官，其余盐铁等政策，仍遵武帝之旧。

汉宣帝刘询是戾太子之孙，起自民间。他继位后慎择刺史守相，平理刑狱，并继承昭帝遗法，把都城和各郡国的苑囿、公田假给贫民耕种，减免田赋，降低盐价。这些政治经济措施，使阶级矛盾继续得到缓和，农业生产开始上升。由于连年丰稔，谷价下降到每石 5 钱，边远的金城、湟中地区，每石也不过 8 钱，这是西汉以来最低的谷价记录。过去，每年需要从关东漕运粮食 600 万斛，以供京师所需，宣武五凤年间（公元前 57—前 54 年）大司农从三辅、弘农、河东、上党、太原各郡籴粟运京，关东漕卒因此罢省半数以上。这是三辅、河东等地农业有了发展的具体说明。沿边许多地方这时都设立了常平仓，谷贱则籴，谷贵则粜，以调剂边地的需要。更值得注意的是，沿边的西河郡（今内蒙古东胜附近）以西共11郡以及二农都尉，都因长期的屯田积蓄，到了元帝初年，有了可供大司农调拨的钱谷。

官府手工业继续得到发展。齐三服官，蜀、广汉以及其他各郡工官，东西织室，生产规模都很庞大。铜器及铁器制造等手工业呈现繁荣景象。所以班固称赞宣帝时技巧工匠器械，元、成间很难赶上。

汉宣帝被封建时期的历史学家称为“中兴之主”，刘向赞扬他政教明，法令行，边境安，四夷清，单于款塞，天下殷富，百姓康乐，其治过于太宗（文帝）之时。但从另一方面看来，当时西汉统治集团积弊已深，豪强的发展和农民的流亡，都已难于遏止，所以阶级斗争的形势外弛内张，实际上比文帝时要严重得多。胶东、渤海等地，农民进行暴动，早已发展到攻打官府、抢夺囚徒、搜索朝市、劫掠列侯的程度，连宣帝自己也承认当时民多贫困，“盗贼”不止。

西汉末年阶级矛盾的尖锐化

元帝时，西汉社会险象丛生。农民由于受乡部胥吏无端勒索，尽管由政府赐给土地，也不得不贱卖从商，实在穷困已极，就只有起为“盗贼”。元帝为了怀柔关东豪强，消除他们对西汉王朝的“动摇之心”，甚至把汉初以来迁徙关东豪强充实关中陵寝地区的制度也放弃了。儒生京房曾问元帝当今是不是治世，元帝莫可奈何地回答：“亦极乱耳，尚何道!”

成帝时，西汉王朝走上了崩溃的道路。成帝大兴徭役，加重赋敛。假民公田的事不再见于记载。外戚王氏逐步控制了西汉政权，帝舅王凤、王商、王音、王根等兄弟4人和王凤弟王曼之子王莽相继为大司马大将军，王氏封侯者前后共达9人之

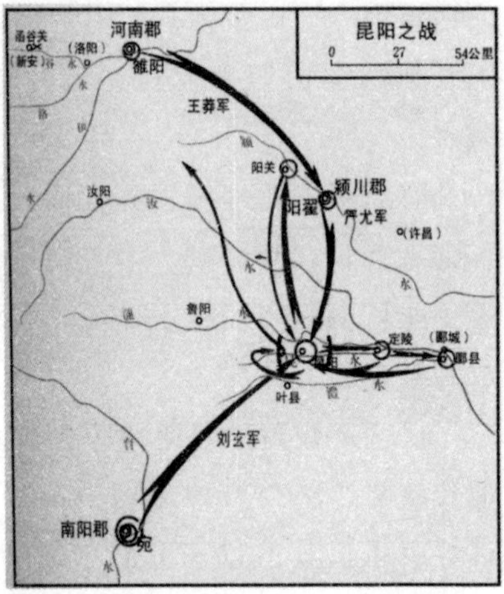

多，朝廷中重要官吏和许多刺史郡守，都出于王氏门下。外戚贪贿掠夺最为惊人。红阳侯王立在南郡占垦草田至几百顷之多，连贫民开辟的熟田也在占夺之列。王立把这些土地高价卖给国家，得到的报偿超过时价1万万钱。外戚在元帝时势力还不很大，资产千万者不多；他们后来家财成亿，膏田满野，宅第拟于帝王，都是在成、哀的短期内暴敛的结果。其他的官僚也依恃权势，大占良田，丞相张禹买田至四百顷，都有泾渭渠道灌溉，地价极贵。土地以外，他们的其他财物也极多。哀帝庞臣董贤得赐田2000余顷，贤死后家财被斥卖，得钱竟达43万万之巨。

商人的势力，这时又大为抬头。长安、洛阳等地多有资财数千万的大商人。成都大商人罗裒垄断巴蜀盐井之利，还厚赂外戚王根、倖臣淳于长，依仗他们的势力，在各郡国大放高利贷，没有人敢于拖欠。

成帝即位不久，今山东、河南、四川等地相继爆发了农民和铁官徒的暴动。建始四年（公元前29年），有东郡茌平（今山东茌平）侯毋辟领导的暴动。阳朔三年（公元前22），有颍川（今河南禹县）铁官徒申屠圣等的暴动。鸿嘉三年（公元前18年），有自称“山君”的广汉（今四川金堂）郑躬所领导的暴动。永始三年（公元前14），有尉氏（今河南尉氏）儒生樊并等和山阳（今山东金乡）铁官徒苏令等的暴动，苏令暴动经历19郡国，诛杀长吏，夺取库兵，声势最为浩大。

哀帝时，西汉王朝的危机更加严重。师丹建议限田、限奴婢。孔光、何武等人拟定了一个办法，规定诸王、列侯以至吏民占田以30顷为限；占奴婢则诸王最多不超过200人，列侯、公主100人，以下至吏民30人；商人不得占田，不得为吏。这个办法受到当权的外戚官僚们的反对，被搁置起来了。

农民处境如当时的鲍宣所说，“有七亡而无一得”，“有七死而无一生”。哀帝采纳阴阳灾异论者的主张，企图用“再受命”的办法来解脱西汉统治的危机。他自己改称“陈圣刘太平皇帝”，改元“太初元将”。这充分暴露了西汉统治者空虚绝望的心情。

王莽代汉和改制

在农民战争迫在眉睫，西汉王朝摇摇欲坠，“再受命”说风靡一时的时候，王莽继诸叔之后出任大司马大将军。辅政一年多。哀帝即位后，王莽失势。当丁、傅等外戚和其他达官贵人激烈反对限田之议时，太皇太后王氏（即原来的元帝王皇后）表示，愿意把王氏家族除冢茔以外的田地全部分给贫民。平帝时，王莽复任大司马，屡次损钱献地，收揽民心。在政治上，他一方面排除异己，穷治与平帝外家卫氏有关的吕宽之狱，连引不附王氏的郡国豪杰，死者以百数；另一方面，他又极力树立党羽，笼络儒生，让他们支持自己夺取政权的活动。在这种情况下，各地上书颂扬王莽功德者，以及献祥瑞、呈符命者，络绎于途。这些人都力图证明汉祚已尽，王莽当为天子。

平帝死，孺子婴立，王莽继续辅政，称摄皇帝。汉宗室刘崇和东郡太守翟义相继起兵反对王莽，关中23县民10余万群起响应，一度震动长安，但都被压平了。居摄三年（初始元年，公元8年），王莽自立为帝，改国号曰新。为了解决西汉遗留的社会矛盾，王莽陆续颁布法令，附会《周礼》，托古改制。

始建国元年（公元 9 年），王莽下诏，历数西汉社会兼并之弊，其中最主要的是土地问题和奴婢问题。诏令说到权势之家占田无数，而贫弱之人连立锥之地都没有；又置奴婢市场，把奴婢同牛马关在一起，专断奴婢性命。针对这种情况，诏令宣布：天下的土地，一律改称王田；天下的奴婢，一律改称私属，都不许买卖。男口不足八人而土地超过一井（900 亩）的人家，把多出的土地分给九族、邻里、乡党。无田者按一夫百亩的制度受田。有敢表示违抗者，流放四裔。

王　莽

王莽颁布这个诏令的目的，不是也不可能是真正改变私人的封建土地所有权和奴婢的社会地位，而是冻结土地和奴婢的买卖，以图缓和土地兼并和农民奴隶化的过程。在此以后，地主官僚继续买卖土地和奴婢，以此获罪的不可胜数，因此他们强烈反对这个诏令。始建国四年，王莽不得不改变这个诏令，宣布王田皆得买卖；犯买卖奴婢罪者也不处治。这样，王莽解决当前最主要的社会矛盾的尝试，很快就失败了。不过王莽所定王田、私属之制和山泽六筦之禁，名义上还存在，直到地皇三年（公元 22 年），即王莽政权彻底崩溃前夕，才正式宣告废止。

始建国二年，王莽下诏实行五均六筦，企图以此节制商人对农民的过度盘剥，制止高利贷者的猖獗活动，并且使封建国家获得经济利益。五均是在长安以及洛阳、邯郸、临淄、宛、成都等大都市设立五均司市师，管理市场。每季的中月，司市师评定本地物价，叫做市平。物价高过市平，司市师照市平出售；低于市平，则听民买卖；五谷布帛丝绵等生活必需品滞销时，由司市师按本价收买。民因祭祀或丧葬需钱，可向钱府借贷，不取利息；欲经营生计而缺乏本钱的，也可低利借贷。

六筦是由国家掌握盐、铁、酒、铸钱、五均赊贷等五项事业，不许私人经营；同时控制名山大泽，向在名山大泽中采取众物的人课税。六筦中除五均赊贷一项是平准法的新发展以外，其余五项都在汉武帝时实行过。王莽用来推行五均六筦的，多是一些大商贾，这也同武帝以贾人为盐铁官一样。但是武帝凭借强大的国家力量，能够基本上控制为国家服务的商人；而王莽则没有这样的力量可以凭借，所以对这些人也无能为力。这些人趁着巡行，与郡县通同作弊，盘剥人民，损公肥私。所以王莽实行五均六筦，同武帝实行同类措施相比，其结果也就各异了。

居摄二年，王莽加铸错刀、契刀、大钱等三种钱币，规定错刀一值五千，契刀一值500，大钱一值50，与原有的五铢钱共为四品，同时流通。始建国元年，王莽废错刀、契刀与五铢钱，另作小钱，与大钱一值50者并行，并且颁令禁挟铜炭，以防盗铸。始建国二年，王莽改作金、银、龟、贝、钱、布，名曰宝货，凡五物（钱、布皆用铜，共为一物）、六名、二十八品。人民对王莽钱币毫无信任，都私用五铢钱，王莽又加严禁，人民反抗不已。王莽迫于民愤，暂废龟、贝等物，只行大、小钱，同时加重盗铸的禁令，一家铸钱，五家连坐，没入为奴婢。地皇元年，王莽又尽废旧币，改行货布、货泉二品。

货币不合理的变革，引起了经济混乱，加速了王莽财政的崩溃和人民的破产。他滥行五家连坐的盗铸法，实际上恢复了残酷的收孥相坐律。犯法的人没为官奴婢，铁索系颈，传诣钟官，以 10 万数。到达钟官以后，还要易其夫妇，以至愁苦而死者十之六七。这项法令增加了汉末以来奴隶问题的严重性，使人民受苦最深，人民的愤恨最大。

王 莽

在政治制度方面，王莽也大事更张。他把中央和地方的官名、郡县名和行政区划，都大大加以改变。他还恢复五等爵，滥加封赏。官吏俸禄无着，就想方设法扰民。

王莽改制所引起的混乱愈来愈大。他为了挽回威信，拯救危亡，一面继续玩弄符命的把戏，一面发动对匈奴和对东北、西南边境各族的不义战争。沉重的赋役征发，战争的骚扰，残酷的刑法，使农民完全丧失了生路。据官吏报告，人民苦于法禁烦苛，手足无措；尽力耕耘，不足以给贡税；闭门自守，又受邻伍铸钱挟铜的株连。奸吏烦扰人民，人民无路可走，不得不起为“盗贼”。严重的天灾也不断袭击农村，米价高达 5000 钱、万钱一石，甚至黄金 1 斤只能易豆 5 升。这种情况更促使农民暴动风起云涌。西汉宗室旧臣反对王莽的斗争也不断发生，而且逐渐与农民的斗争发生联系。在西汉统治的穷途末路中登上历史舞台的王莽，不能解脱社会危机。更始元年（公元 23 年），王莽政权终于在起义农民的打击下彻底崩溃。

昆阳之战

汉更始元年（23 年）春，刘缜等所率起义军败严尤、陈茂等部之后，兵力增至10几万人，遂进围宛城（今河南南阳）。当时据守宛城的是王莽枣阳守长岑彭，及前队副将严说二人。正当围攻宛城之际，绿林军内部突然分成两派。以李通兄弟及新市、下江、平林诸军的多数派，想拥立刘玄为帝，以号召天下；以刘縯为首的所谓南阳豪杰是少数派，则想先联合赤眉军攻王莽，然后再称尊号。实际上这一派想拥立刘縯。但少数派终究势弱，争之不得，刘玄遂于是年二月初一被拥为更始皇帝，即位于淯水岸边的沙坝。随后，刘玄封其族父刘良为国三老，新市兵帅王匡为定国上公，王凤为成国上公，朱鲔为大司马，平林兵帅陈牧为大司空，刘縯为大司徒，其余诸将皆封为九卿，将军。从此，两派开始暗中争斗。

刘玄被立为更始皇帝之后，遂以灭新复汉为号召，一面以主力约10万人围攻宛城，另派平林兵之一部攻新野；一面于是年遣约2万人，由王凤率领，以及廷尉大将军王常、五威将军李轶、太常偏将军刘秀等人，向颍川（今河南禹县）、洛阳等地进击。是月，王凤等人即连克昆阳（今河南叶县）、定陵（今河南偃城西北）、偃（今河南偃城）等地。此时，青州、徐州方面的赤眉军，听说刘玄称皇帝号，也纷纷自称将军，声势益壮。王莽听说后，大为恐惧，一面遣其太师王匡、国将哀章等率军进讨青、徐；一面派司空邑、司徒王寻等人赶赴洛阳，征发各州郡精兵，成立讨伐军，进讨绿林军。除了由各州郡牧守自己率军之外，还征用了自称懂得兵法之人36家，以备军吏。又以长人（巨人）巨无霸为垒尉，并带了许多猛兽，像猛虎、豹、犀牛和大象之类，以助军威，企图一举消灭绿林军。到夏初，各州郡到达洛阳集中的精兵已达43万人，号称百万，并立即开始南进。其余在道者，旌旗、辎重，千里不绝，声势浩大，自古出兵之所未有。五月，王邑、王寻军进抵颍川，与严尤、陈茂军会合。此时，汉军王凤所部刘秀所率数千人也已进抵阳关（今河南禹县西北），欲进窥洛阳。及闻王邑大军南下，便闻风而退。二日后，王莽军先头部队已进抵昆阳城郊。王凤等诸将见王莽军声势浩大，都向后撤退，急忙入据昆阳城，惶怖不安，怀念妻子，并想散归诸城。刘秀说："如今兵谷既少，而外寇强大，只有并力作战，方可希望成功。如果分散据守，势无俱全。而且宛城还未攻破，其势不能相救。昆阳若被攻破，一日之间，我军各部便会被消灭。如今不同心共胆，共举功名，反而想守保妻子财物吗？"诸将大怒，说："刘将军何敢如是？"刘秀笑着站到了一边去。这时，探马来报："王莽大军快要到达城北，军阵数百里，不见其尾。"诸将平时很轻视刘秀，此时形势危急，手足无措，只好说："再请刘将军谈谈怎么办？"刘秀便又为他们图画成败，诸将听后，皆许诺听从。当时，城中汉军只有八九千人，刘秀让王凤和廷尉大将军王常坚守昆阳，自己乘夜和五威将军李轶等 13 骑从南门冲出，到外面去调集援兵。当时已有一部分王莽军进至城下，刘秀他们几乎出不去。

王寻和王邑率军进至昆阳城下，立即挥兵将昆阳城包围起来。严尤劝王邑说："昆阳城小而坚，如今假号称帝者在宛。若我军大军急进，他们抵敌不住，必然败走。宛败，昆阳城可不战自下。"王邑说："我过去围困翟义，因未能活捉他，让皇上责备我。如今率百万之众，遇城而不能下，非所以示威也。当先屠此城，喋血而进，前歌后舞，这样难道不快活吗？"便未听严尤的建议，挥兵将昆阳城包围了数十层，列营以百数，钲鼓之声闻数十里。挖地道，或用冲车撞城；积弩乱发，矢下如雨，城中人皆负门板而行走。王凤等人恐惧，请求投降，王寻和王邑则不允许，自以为功在漏刻之间，不并以军事为忧。严尤又建议说："兵法云：'围城要留一个缺口'。应让他们逃出一部分，以恐惧宛下之军。”王邑又不听。

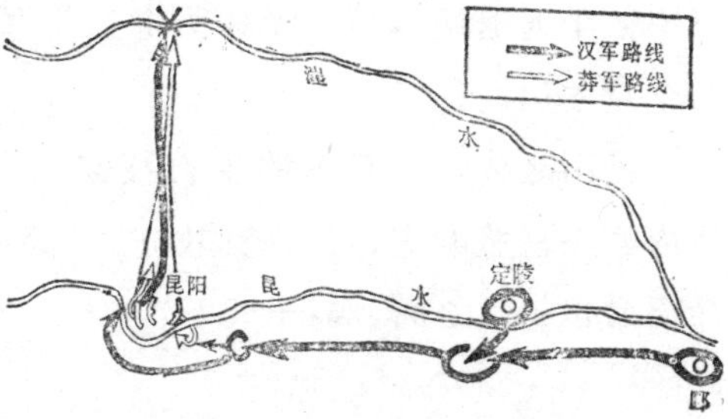

昆阳之战形势图

这时，王莽棘阳守长岑彭和前队将军严说共守宛城数月，内无粮草，外无救兵，不得已而向汉军投降。但这个消息尚未传到昆阳前线。刘秀等人到偃、定陵等县将在那里的绿林军全部调出，得到1万余人。六月，刘秀与诸将连营而进，刘秀自率步骑千余为前锋，进至距王莽大军四五里的地方摆开阵势。王寻、王邑见状，也派出数千人迎战。刘秀单骑率先突入敌阵，斩杀数十人。诸将高兴地说：“刘将军平时见到小股敌人十分胆怯，如今遇到大敌，反而勇敢起来，真是奇怪!”刘秀继续向前突进，诸将率军紧随其后，大败王莽军，杀敌1000余人。初战小胜，绿林军士气大振，无不以一当百。刘秀便率敢死士3000人从城西水上高处居高临下，冲击王莽军的中坚。这时，王寻和王邑仍然十分轻敌，自率万余人出营列阵，而下令军中各部没有命令不得妄动。及两军交战，绿林军奋勇向前，王邑所率莽军被打得大败，而莽军其他各营眼见王邑军败，却不敢擅自发兵相救。汉军乘锐冲击，遂将王寻杀死。城中王凤、王常等将领见状，也率军打开城门，鼓噪而出，内外夹击，喊杀声震天动地。拥挤在昆阳城外狭小地区的王莽数十万大军因而陷于大乱，自相惊扰践踏，伏尸百余里，死伤不计其数。恰在此时，天色大变，狂风骤起，雷声震天，屋瓦皆飞，雨下如注。昆阳城外的滍川水（今之沙河）暴涨，虎豹皆股战不已。王莽军入溃水中被淹死者以万计。王邑、陈茂、严尤等见大势已去，率一部分骑兵踏着遍地的死尸渡河逃跑。余下的王莽军士卒各自奔还本郡。王邑只率数千人退还洛阳。绿林军将王莽军的辎重全部缴获，运了几个月才运完。

昆阳之战，王莽军的主力被彻底击溃，关中震恐。于是，海内豪杰翕然响应，皆杀其牧守，自称将军，用汉之年号以待命诏命，旬月之间，遍于天下。

更始政权

当昆阳决战前夕，更始元年五月，刘玄等已攻克南阳并建为都城。刘缜的部将刘稷对刘缜未当上皇帝不满，公开攻击刘玄并拒不服从调动，刘玄等抓住刘稷准备惩办，又遭到刘缜的极力反对，于是刘玄便将刘缜、刘稷一并处死。刘秀听到这一消息，考虑到自己处境危险，立即从前线赶回南阳请罪。他既不同刘缜的部属交往，也不谈昆阳的战功，对刘缜的被杀也毫无悼念表示，饮食言笑一如平常。刘玄觉得不便再加株连，便给他一个破虏大将军武信侯的官职，实际上被剥夺了军权。

陶范和铜钱

昆阳大捷的消息一传开，全国闻风振奋。各地豪杰纷纷起来响应更始政权，杀掉王莽的地方官吏，自称“将军”，用更始年号，等待着刘玄的诏命。不过十天半月之间，王莽政权便号令不出都门了。更始元年八月，刘玄命王匡领兵北攻洛阳，命申屠建、李松领兵西取武关（今河南西峡西）进攻长安。这时，析县（今河南西峡）人邓晔、于匡领导百多人在南乡起兵，而王莽政权的县宰正带兵数千在守备武关。邓晔派人去招降说：刘家的皇帝已经登基，你还看不清形势吗？县宰请降，邓晔便接管了这支军队，自称辅汉左将军，向武关进攻，王莽政权的都尉也投降了。邓晔挥军北上，攻杀王莽的右队大夫（即弘农太守），占领湖县（今河南灵宝西），关中震动。王莽无计可施，大司空崔发建议说：古书上讲国家遇到大灾，就痛哭流涕来加以抵制，现在也应当哭告上天以求救助。王莽果然率领群臣到南郊祭天的地方，大讲自己历来所得到的祥瑞符命，最后仰天大呼：皇天既然授命于我，就应当显灵消灭众贼；假如是我不对，愿天降雷霆劈死我。于是捶胸顿足大哭，直哭得上气不接下气，又连连叩头。他还把自己的功劳写成告天的文书，让京城的儒生百姓聚会，早晚痛哭祷告，政府准备食品招待。凡是悲痛异常和能背诵告天文书的，都给官当，竟然有5000多人入选。

另一方面，王莽当然也还要组织武力进行顽抗。他任命了九名将军，率领近卫军精兵数万人往东迎敌，却先把他们的家属集中到宫内作为人质，赏赐也很菲薄，军队更无斗志。开到华阴（今属陕西），便被邓晔击败，六军溃散，剩下三军退保京师仓。邓晔迎入刘玄派来的李松，联合进攻京师仓未得手，便在华阴休整。弘农小吏王宪经邓晔任命为都尉，率领数百人北渡渭河绕向长安进攻。这支小队伍却得到沿途民众热烈响应，长安周围属县各组织起数千人，自称汉将，包围了长安城。王莽此时已无兵可派，更赦免诸狱囚徒，分给武器，让他们饮猪血立誓效忠，叫史谌带领出城去抵挡。但这支军队刚走过渭桥便一哄而散，史谌只得空手回城。九月初，起义民众入城，王邑等虽然还在顽抗，各官府的人却都跑光了。城中少年朱弟等也起来参战，他们拿起武器冲向宫廷，放火焚烧殿门。王莽在部分侍卫簇拥下逃到渐台，追来的群众把他包围了数百重，最后王莽被商人杜吴杀死。王宪便自称大将军，统管进城的各路义军。三天之后，李松、邓晔等进入长安，申屠建也赶到了。他们认为王宪得到皇帝玺绶没有及时上交，又掳掠了很多宫廷妇女，使用皇帝仪仗，便把他抓来杀了。申屠建还宣称：长安周围的民众狡猾，共同杀害了自己的君主（指王莽）。这就使得附近属县人心惶惶，纷纷武装割据自保。申屠建等攻不下来，只好向刘玄报告，后来还是刘玄来到长安宣布大赦，才逐渐平定下来。

当王莽的脑袋传送到南阳时，王匡等已攻克了洛阳。更始元年十月，刘玄到洛阳，随即派遣使者到全国各地进行招降安抚。东方农民起义军主力赤眉得到消息，主帅樊崇崇率将领 20 余人随使者到了洛阳。刘玄虽然封他们为列侯，但没有确定具体封国，特别是不懂得抓兵权的重要，对广大的赤眉军缺乏妥善安置，发生了逃散现象。樊崇等便迅速回到军中掌握住部队，并恢复独立行动，这一失策对更始政权造成了眼前的直接威胁。当时黄河以北有成百万分散活动的农民起义队伍，还有不少地方割据势力，需要慎重对待。经过磋商，刘玄决定派刘秀以代理大司马的名义渡河去镇慰州郡。虽然刘秀实际上是赤手空拳凭一个“钦差大臣”的名义去闯开局面，但在政治上却给他宝贵资本，后来得以发展为取代更始政权的强大力量。不过这两点当时显然并未引起陶醉在胜利中的刘玄及其大臣们的注意，他正忙于派人去长安整修宫殿。更始二年二月，刘玄自洛阳迁都长安，随后大封宗室功臣刘祉、刘赐、刘嘉、王匡、王凤、王常、成丹、陈牧、廖湛、申屠建、李通、李轶等 10 余人为王，以李松为丞相，赵萌为大司马执政。刘玄威信不高，赵萌专权于内，李轶擅命于外，诸王又各自掌管赏罚大权，随意封官赐爵，使得地方上无所适从。这样就不能形成一个集中统一的领导核心以恢复正常的统治秩序，逐渐丧失了政治威望。

东　汉

（公元 25～公元 220 年）

东汉概况

东汉的开国皇帝刘秀，字文叔，南阳蔡阳（今湖北省枣阳县境）人。他起兵反莽后，立即打出了光复汉业的旗帜，不到三年就当了皇帝，后来被称为汉世祖、光武皇帝。从公元 25 年他即位以后，到三十六年，先后平定了地方割据势力，完全占有了西汉时期统治的地区。

刘秀建立了一个比西汉还要专制的政权。他给功臣们以爵位和封地，但不给他们政治权力。他把原来在内廷处理文书的机构提高为皇帝直接指挥下的决策和发号施令的机构。他撤销了西汉设立的丞相，而代之以没有多大实权的三公（司徒、司空、太尉）。他又提高了刺史的地位，使刺史对郡国的参劾，可以随时派员入奏，不经由三公的案验而直接由皇帝作出决定。另外，他又利用当时流行的“图谶”，给自己的统治披上一件神秘的外衣。

刘秀在连年战争之后，不得不重视跟国家收入有密切关系的土地占有和劳动力的状况。公元 39 年，他下诏检核各地垦田和户口的情况。但地方官包庇豪强，侵夺农民，该多报的少报，该少报的多报。刘秀把陈报不实的高级地方官处死了十几个，问题还是不能解决。受侵夺的农民和隐瞒土地的大地主，从不同的立场出发，纷纷进行暴力反抗。刘秀对这个问题，也只好不了了之。刘秀又多次下诏解放部分奴婢和改善奴婢的法律地位，主要也是从增加劳动力的角度着眼的。

公元 57 年，刘秀死，明帝和章帝相继即位，都还能继承刘秀的帝业，并有所作为。同时，他们也都继续尊奉图谶并大力

汉宫春晓图（仇英绘）

宣传早经神学化的儒家学说，把自己打扮成教主的形象以欺骗人民群众。59年，明帝在太学讲经，使群儒执经问难，据说现场听讲和观看的，上10万人。79年，章帝诏诸儒大会白虎观，议论五经异同，并亲自作出结论，还命史臣把结论著为《白虎通义》一书，使之成为神化皇权、巩固皇权的思想武器。

在对外关系方面，公元57年，倭国（今日本）派友好使者来，刘秀给了他一颗刻有称号的印。后来，不断有铁器、铜器、丝织品等由汉输入倭国。67年，天竺僧人迦叶摩腾和竺法兰应汉使者的邀请，来到洛阳。明帝为他们建筑白马寺，请他们翻译经典，开始了佛教在中国的传播。后来，安息僧人安世高来洛阳，在148年以后的二十余年间翻译了佛经95部、115卷，成为著名的翻译家。丝织品向西方的输出，在东汉时期显然是趋向繁盛的。安息为了垄断丝织品的贸易，总是设法阻止汉与大秦（罗马帝国东部）的往来。公元97年，甘英出使大秦，到了西亚的不少地方，带回来许多关于这些地方的知识，是张骞以后的第一个大旅行家。当他到达波斯湾的时候，也是被告知渡过海湾有不可克服的困难，所以没有能到大秦去。但中国丝绸一直在罗马社会受到欢迎。当公元2世纪时，甚至远在伦敦，中国丝绸也颇为风行。166年，“大秦王安敦”的使者终于到了中国，把带来的象牙、犀角、玳瑁等作为对汉帝的献礼。“安敦”，被认为，就是罗马皇帝马可·奥勒留·安敦尼。

刘秀和明帝、章帝在位的六十多年（公元25—88年），是东汉建立和相对稳定的时期，是东汉历史的前期。公元 88 年，和帝即位，东汉历史进入中期。这时，匈奴又一次分裂为南北两部。北匈奴在汉和南匈奴的连续打击下，伤亡很多，于 91 年灭亡，其余部除降汉者外，逐渐向西远徙。对北匈奴的胜利，是和帝初年的大事。但统帅汉军的窦宪，依靠了外戚的身份，又加上了军功，就得到了侵夺朝廷权力的机会。从此，皇权处于长期动荡之中。

光武中兴

刘秀建立东汉王朝，以“中兴”汉家相标榜。在他即位之初，就废除了王莽制定的一切制度和政策，基本上恢复了西汉时期的制度和政策。

由于战乱，社会经济凋敝，社会动荡不安。在这样的情况之下，刘秀为了较快地稳定社会秩序，以巩固统治，于是和刘邦初建西汉时一样，也以“黄老无为”作为他的政治指导思想。

“虽置三公，事归台阁”

刘秀削弱三公的权力，加强尚书台的权力，东汉初年，中央最高的官职是三公，就是司徒、司空和太尉。司徒是由丞相改称的，管民政，权力比丞相小的多。司空是由御史大夫改称的，不再管监察，而是改管重大水土工程。太尉管军事。太尉一职应改称司马，因刘秀曾任刘玄的“行大司马事”，为避讳而未改。三公的职位虽高，徒有虚名，并无实权。权力集中于尚书台，尚书台则直接听命于皇帝。尚书台下分六曹，每曹有尚

农事画像砖

书一人，秩600石。

每曹置侍郎6人，称尚书侍郎或尚书郎，秩400石；置令史3人，称尚书令史，秩200石，各有职掌。这是一个组织完善的、具体而微的中央政府，尚书令的权力在日益加强。章帝以后，已有“尚书出纳王命，赋政四海，权尊执重，责之所归”之说。至此时，尚书台已是决策和发号施令的中枢机关。三公、九卿只受成事。

“退功臣，进文吏”

东汉初年，功臣众多，封侯者百余人，其中功绩较大，在明帝时得以图像于云台的共28人。列侯封地大者四县，超过汉高祖对功臣侯的封赏。但是在政治上，光武帝则一反汉高祖以功臣任丞相执政的办法，不给功臣实权实职，剥夺他们的兵权。功臣除了任边将的以外，多在京城以列侯奉朝请，只有邓禹、李通、贾复等少数人，得与公卿参议大政。鉴于王莽代汉，光武帝不让外戚干预政事，不给他们尊贵地位。马援功勋虽大，但以身为外戚，甚至不得列入云台28将数中。

所谓“进文吏”，是指选择任用懂得文法吏事的人为官吏。刘秀很重视隐居山林，不仕王莽的士人。他认为这些人既熟悉封建制度，懂得治国安民之术；又情操高尚，有较好的声誉。刘秀在东汉初年即因采取了这项措施而“总揽权纲”。

加强监察制度

为了强化官僚机构，以适应中央集权的需要，东汉王朝进一步加强了中央和地方的监察制度。中央的主要监察机构是御史台，自从御史大夫转官司空之后，其属官御史中丞便成了御史台的长官。御史台职司察举百官“非法违失之事”，权限极大。司隶校尉也主“察举百官”，并纠察京师附近各郡，权力也很大。在公卿朝见时，尚书令、御史中丞、司隶校尉专席同坐，号称“三独坐”。各州刺史则负责对地方官吏的监察。东汉分全国为 13 州，各州设刺史一人。刺史有固定治所，有庞大的僚属，可以直接向皇帝奏事，其职权比西汉刺史大得多，事实上成了地方上的最高长官。

集军权于中央

为了削弱地方军权，加强中央对军队和地方的直接控制，东汉初裁省了内地各郡管理地方兵的都尉，由太守兼管。后来又废除了地方兵的更戍制度，原来的戍卒改由招募而来的中央职业军担任。中央职业军兼负保卫京师和征伐之责。各主要城市的关隘、河津也由中央派兵驻守。

解放奴婢

奴婢是破产农民转化来的。奴婢的大量存在，标志着大量的劳动人手被迫离开了社会生产，转向于贵族、官僚、地主、商人的家内杂役。这对封建国家来说，是很不利的。奴婢问题是西汉中后期的重要社会问题之一，汉哀帝和王莽时期都没有解决。

刘秀称帝的次年，就下令解放奴婢。从建武二年（公元 26 年）至十四年（公元 38 年），共下令六道。解放奴婢的范围，包括了因贫穷而“嫁妻卖子”者，王莽时没入官者，被略者等。

有违抗命令而不解放奴婢者，以“略人法从事”。刘秀还在建武十一年的二、八、十月中，三次下令禁止残害奴婢。如二月的诏令曰：“天地之性人为贵，其杀奴婢，不得减罪。”

刘秀前后六次发布解放奴婢、三次发布禁止残害奴婢的诏令，对稳定社会秩序，恢复发展社会经济，都起了巨大作用。

精兵简政

刘秀在进行统一战争时期，国家的财政十分困难，他采取了“开源节流”的政策。开源主要是向人民征收“十一之税”，又组织兵士屯田，以积储军粮。节流主要是精兵简政。他于建武六年六月下令曰：“夫张官置吏，所以为人也。今百姓遭难，户口耗少，而县吏职所置尚繁，其令司隶、州牧（刺史）各实所部，省减吏员。县、国不足置长吏可并合者，上大司徒、大司空二府。”就在这年，裁并了四百多个县，约占刘秀当时实际控制县数的1/3。又“吏职减损，十置其一。”大约减少了官员数万人。至这年十二月，国家财政好转，又恢复田租三十税一之制。

第二年二月，刘秀又大量地复员军队，大批劳动力回到农业生产上来。还鼓励流民回归故乡，要官府关心他们的生活和生产。又把荒地、公田赐给贫民。这样，社会秩序逐渐恢复。在他统治十几年后，全国出现了较为安定的局面。历史上称作“光武中兴”。

度田令

东汉初年，在农民大起义之后，土地问题稍有缓和。当时刘秀亦未想对这一问题做进一步解决。他于建武十五年（公元

39年）下令各州、郡，清查人们占有田地数量和户口、年纪。这样做有两个目的：一、限制豪强大家兼并土地和奴役人口的数量；二、便于封建国家征收赋税和征发徭役。当时，许多大地主拥有武装，号称“大姓、兵长”，他们隐瞒的田地和依附于他们人口很多，反对清查。地方官吏惧怕他们，有的贪于贿赂，就互相勾结，任凭地主谎报；而对农民，不仅丈量田地，还把房舍、里落都作为田地进行丈量，以上报充数。一些“郡国大姓”甚至公开反对度田。青、徐、幽、冀为尤甚。光武帝以度田不实的罪名，处死了曾任汝南太守的大司徒欧阳歙、河南尹张伋以及其他郡守十余人。接着，“郡国大姓及兵长群盗处处并起，攻劫在所，害杀长吏，郡县追讨，到则解散，去复屯结”。显然，这是大姓兵长对度田的抗拒。光武帝发兵威胁他们，把捕获的大姓兵长迁徙他郡，赋田授廪，割断他们与乡土的联系。经过这次斗争后，豪强武装转为隐蔽状态，割据形势相对缓和了。度田与按比户口的制度，在形式上也成为东汉的定制。

度田虽然取得了一些成就，但是豪强势力并没有被根本削弱，土地兼并仍在继续发展，广大农民生活仍然很痛苦。在这种情形下，光武帝忧心忡忡，甚至不敢贸然举行封禅，他说：“即位三十年，百姓怨气满腹，吾谁欺，欺天乎！”

东汉初年社会经济的发展

刘秀统一中国后，在社会经济方面采取的一系列措施，促进了农业和手工业的发展。

东汉时的农业生产比西汉时有了提高。北方出土的东汉铁农具镬、锸、锄、镰、铧等，数量之多，大大超过西汉。犁的铁刃加宽，尖部角度缩小，较过去的犁铧坚固耐用，便于深耕。大型铧比较普遍，其他农具，一般也比过去宽大。东汉出土的曲柄锄和大镰，便于中耕、收获。回转不便的耦犁在某些地方已被比较轻便的一牛挽犁所代替。比较落后的淮河流域和边远地区，也在推广牛耕和铁铧犁。南方的一些地方还发展了蚕桑业。

黄河的修治，是促进东汉前期北方农业恢复和发展的一件大事。平帝时黄河决口，河水大量灌入汴渠，泛滥数十县。东汉初年，国家无力修治；河北的官僚地主为了使自己的田园免除河患，乐于以邻为壑，又力阻修治汴渠。因此黄河以南的兖、豫等地人民，受灾达六十年之久。明帝时，以治水见长的王景和王吴，用堰流法修作浚仪渠。永平十二年（公元 69 年），王景与王吴又率卒几十万修治黄河、汴渠。王景、王吴在从荥阳东到千乘（今山东利津）海口的地段内勘察地势，开凿山阜，直截沟涧，疏决壅积；还在汴河堤上海十里立一水门，控制水流。他们用这个办法终于使河汴分流，消除了水患，使黄泛地区广大土地重新得到耕种。河工告成后，明帝还把“滨渠下田赋与贫人，无令豪右得固其利”。

关东地区以至于长江以南，陂池灌溉工程也陆续兴建起来。汝南太守邓晨修复了鸿郤陂，以后鲍昱继续修整，用石闸蓄水，水量充足。南阳太守杜诗修治陂池，广拓土田。渔阳太守张堪在狐奴（今北京顺义县境）引水溉田，开辟稻田八千多顷。章帝时，王景为庐江太守，修复芍陂（在今安徽寿县），境内得以丰稔。近年来，在芍陂旧址发现了一处东汉水利工程，可能就是王景修筑芍陂闸坝的遗存。这项工程采用夹草的泥土修筑闸坝，是我国水利技术史上的一项重要成就。江南的会稽郡在稍晚的时候修起了镜湖，周围筑塘 300 多里，溉田 9000 多顷。巴蜀地区的东汉墓葬中，有许多池塘、水田的陶制模型出土，池塘和水田之间，连以渠道，这是巴蜀地区水利灌溉发达的实证。

此外，各地兴复或修建的陂湖渠道还有不少。

最晚到两汉之际，我国出现了水碓，它在谷物加工方面的功效，比用足践碓高十倍，比杵臼高百倍。东汉末年，出现了提水工具翻车、渴乌，翻车“设机车以引水”，渴乌“为曲筒以气引水”。

生产工具和生产技术的改进，使农产品的亩产量显著提高。据《东观汉记》记载，章帝时张禹在徐县开蒲阳旧陂，垦田4000余顷，得谷百万余斛，每亩产量在两三斛之间。这比《汉书·食货志》所记西汉的亩产量高出一倍以上。史籍记载东汉户口数和垦田数都比西汉的最高数字略少，这是由于东汉地主隐匿的土地和人口大大超过西汉，不能据以判断东汉农业水平。

东汉时期，手工业也在发展，冶铁业取得了飞跃的进步。铁制农具需要量愈来愈大，促进了冶铸技术的改进和提高。光武帝时，南阳太守杜诗在劳动人民实践的基础上创制水排（即水力鼓风炉），能够加大风量，提高风压，增加风力在炉子里的穿透能力。这样不仅增高炉温，提高冶炼效率，而且可以扩大冶炉的有效容积，大大增加了生产，为制造廉价的铁农具创造了条件。这项技术的开始应用，比欧洲早了一千一百年。“百炼钢”是我国一种古老的炼钢工艺，东汉时这项技术又有发展。1974年山东苍山出土一把公元112年制造的钢刀，上有错金铭文“州湅大刀”等字。它是用炒钢反复叠折锻打而成的“百炼钢”制成的，跟时间稍早的西汉中期刘胜墓的刀剑相比，钢的质量有了明显提高。

由于冶炼业工艺的提高，在中原地区，剑刀等青铜兵器已为铁制兵器所取代。日用的铁制品，如铁灯、锅、剪、钉、顶针、家用刀等已广泛作用。

东汉时期有著名纺织品，据记载有蜀锦、越布以及齐的冰纨和方格縠等。从发掘的材料中也可以看到纺织业的进步。1969年在新疆民丰县东汉墓中出土的红色杯罗纹，织造匀细，花纹规整，表明了纺绸、结花术和机织术的熟练程度。1974年，在江苏泗洪县曹庄发现的一块东汉画像石，画面是纺织图，图上所织机挂有经线，踏木横置，前面有幅掌装置。从上述二例可看出，当时纺织技术已达到了相当高的水平。

东汉时不仅使用煤，而且已经使用石油作燃料。巴蜀地区更利用天然气“火井”煮盐，一斛水可得盐四五斗，比用木炭煮盐要增产一倍。四川成都羊子山东汉墓出土的盐井图画像砖，画面反映了制盐作坊的整个生产过程。

东汉时期，北方的通都大邑，商业仍然发达。豪强富室操纵了大商业，他们“船车贾贩，周于四方，废居积贮，满于都城”。他们还大放高利贷，“收税（利息）与封君比入”。这个时期，“天下百郡千县，市邑万数”，都卷了商品流通范围。官僚贵戚凭借权势，从事西域贸易和国外贸易。窦宪曾寄人钱80万，从西域市得杂罽10余张；又令人载杂綵700匹，以市月氏马、苏合香和毾㲪。

上述东汉经济情况中，值得注意的是南方经济水平的显著提高，这在农耕、蚕桑、水利、铜铁冶炼、铜器制造等方面都有表现。与此同时，南方人口也大量增加，扬州人口从西汉时的321万增加到东汉时的434万，荆州从374万增加到627万，益州从455万增加到724万。南方人口增加，除了生产水平提高和北人南移的原因以外，还由于南方各族人民大量成为东汉的编户。史籍表明今云南地区人口增加五倍之多，主要即东汉时“徼外蛮夷内附”的直接结果。丹阳、豫章、长沙、零陵等郡人口增长率也非常大，这自然与越人、蛮人成为东汉编户有关。桓帝时抗徐“试守宣城长，悉移深林远薮椎髻鸟语之人置于县下”，就是一例。南方社会生产力的提高，人口的增长，也是南方各民族社会进步和封建经济领域在南方逐渐扩大的表现。

佛教东传

概况

佛教发源于古印度，由迦毗罗卫国的王子悉达多·乔达摩（释迦牟尼）创立后，开始向印度各地和一些亚洲地区传播。汉武帝时，西域的交通得以开辟，西域诸国与汉内地的政治、经济、文化往来日渐频繁，这为佛教的传入提供了条件。

西汉元寿元年（公元前2年），博士弟子景庐接受大月氏国使者尹存口授《浮屠经》，这是佛教传入的最早记载。东汉初年，在统治者上层人士中已出现佛教信奉者。楚王刘英年青时好游侠，结交宾客，晚年则倾心于黄老与佛教，为王斋戒祭祀。东汉永平八年（65年），刘英派郎中令奉黄缣白纨30匹送到国相处，说：“我托在蕃辅，过错与罪恶积得很多，感激皇上的大恩，奉送这些缣帛，以便可赎曾有之罪。”明帝知后，下诏令说：“楚王诵黄老之微言，尚浮屠之仁词，洁身斋戒三月，与神为誓。有什么可以嫌疑，而有悔过的？还予赎罪之物，以助那些伊蒲塞（即居士）、桑门（沙门）吧！”当时人们是将佛教

北魏像碑

看作是各种神仙方术的一种，将佛陀依附于黄老进行祭祠的，以求福祥，楚王所聚汇的大批方士中，有的便是信奉佛教的沙门和居士。与此同时，汉明帝也派使者去过西域寻求佛经，并抄回了佛经《四十二章经》，存放在皇室图书档案馆兰台石屋中。此后，外来的僧者也日益增多，佛教流播更广。并在洛阳城西雍门外建起了佛寺，绘千乘万骑壁画绕塔三匝，并于南宫清凉台及开阳城门上绘制佛像。

建和元年（147 年），大月氏僧支谶来到洛阳，建和二年（148 年），原安息国太子安世高，游历传教也至洛阳，两人在那里开始了大规模的译经生涯。先是由安世高译出《安般守意经》、《阴持入经》、《阿毗昙五法经》等佛经 34 部 40 卷，接着由支谶译出《道行品经》、《首楞严经》、《般舟三昧经》等佛经 15 部 30 卷。安息居士安玄也差不多同时在洛阳经商，他通汉语，常给沙门讲论佛法，并与汉族沙门严佛调一起翻译了《法镜经》。严佛调是汉地第一个出家者，他除与安玄合译佛经外，还著《沙弥十慧章句》，是第一部汉僧佛教著作。这些活动，大大推动了佛教在内地的深入。受此影响，桓帝本人也尚于佛教，延熹九年（166 年），桓帝在洛阳濯龙宫“设华盖以浮图（浮屠）老子”，将佛老置于一块加以祭祠，以求得延年益寿与长治久安。

中平五年（188 年），青、徐二州爆发黄巾起义，被镇压下去后，朝廷任命陶谦为徐州刺史。此后一短时期内，境内较为安定，北方洛阳、关中一带的流民纷纷逃到此地。丹阳人笮融与谦同乡，也聚众百人投奔陶谦。陶谦任命他督管广陵（今扬州）、下邳（今江苏宿迁西北）、彭城（今徐州）三郡的粮运。笮融信佛，于是利用职权把三郡的钱粮用来大建佛寺。佛寺十分宏伟豪华，以铜为像，黄金涂身，披上锦采裳，垂铜盘九重，

千佛洞

下为重楼阁道，可容纳3000多人，让人在此课读佛经。这是中国正史上首次明确记载兴建佛寺佛像的事。笮融而且下令凡愿信奉佛教的人，都可以免除徭役，以此来吸收百姓。这样招致的民户达到5000多。他还举行盛大的浴佛法会，在80里的范围内铺席设酒饭招待前来参加法会的人，据说："民人来观及就食者万人，费以巨亿计。"

东汉末年，译经活动也很盛行，佛经中的一些内容开始成为人们著述、说理、言谈中的材料。另外，在桓帝、灵帝时来汉地的译经僧，也在译经的同时配合讲解。如安世高在洛阳"宣敷三宝，光于京师"；"于是俊岨归宗，释华崇实者，若禽兽之从麟凤，鳞介之赴蔡矣。"为了传教方便，还从大量佛经中摘出要点，做成"经抄"本。还有的外国沙门按佛经大意撰成"义指"，以此而广视听。这种不同形式的传教方法，最终则使西来的佛教在中国扎下了根，并经由魏晋时期的进一步推波助澜，遂成为影响中国文化的三教之一。

东传历程

佛教是世界三大宗教之一。它是公元前6—前5世纪时由古印度迦毗罗卫国（在今尼泊尔境内）的王子悉达多·乔答摩所创立。佛教徒后来尊称悉达多·乔答摩为释迦牟尼，意为释迦族的圣人。到公元前3世纪，在阿育王的扶植下，佛教开始广为传播。其后不久，西域诸国就有不少皈依佛教的。佛教正式传入我国，正是经过西域这条路线，而时间则要晚一些。

汉武帝派张骞通使西域，应能听到或见到过关于佛教的活动。西汉末年哀帝时，西域佛教国大月氏派使臣伊存到汉朝来通音问，他曾向博士弟子景卢“口授浮屠经”。（浮屠，或译浮图、佛陀，都是“佛”的音译）这是佛教思想开始传入我国的正式记录。但当时还没有宗教性活动。到东汉明帝永平八年（公元65年），楚王刘英（刘秀的儿子）曾为“浮屠”斋戒祭祀，供养“伊蒲塞”（佛教信徒）和“桑门”（一译“沙门”即和尚），受到汉明帝的褒奖。这是封建政权和统治集团正式承认佛教地位的明确记载。永平十年，汉朝派使臣蔡愔到大月氏，邀请天竺“沙门”摄摩腾和竺法兰二人，以白马驮载佛经及释迦像，到达东汉都城洛阳。东汉政府为此专门修建了一座白马寺。现在洛阳东郊的白马寺，已经被列为国务院重点保护文物单位之一，这些都说明东汉初年佛教已正式传入中国。

东汉时期，人们对佛教还没有多少认识，当时只是当作神仙方术家宣传的一种道术来信奉，而且信奉的人不多，影响甚少。到了魏晋，尤其是南北朝时期，佛教得到很大发展。天竺的各种佛教流派，大都已传入中土。佛教典籍，也被大量翻译过来。仅魏晋时期即先后译经702部，1493卷。南北各地，广修佛寺，佛教信徒人数大增。南朝梁武帝时，仅建康一地就有寺院五百多所，僧尼10多万人。北朝的北魏末年，全境所建寺庙，竟达3万多所；从人数说“略而计之，僧尼大众，200万矣。”南北朝佛教的空前兴旺景象，于此可见一斑。

那么，为什么南北朝时期，佛教会得到这么大的发展呢?这是有着深刻的社会原因的。

整个魏晋南北朝时期，民族关系十分尖锐，封建割据战争连绵不断，形成长期的混乱局面。同时，南北的豪族地主势力不断膨胀，他们封山占泽，兼并土地，尽力地扩大占有和加重奴役佃客和奴婢。因此当时的社会矛盾非常尖锐，以致“人人厌苦，家家思乱”，不时地爆发农民起义。东晋末年的孙恩、卢循起义，更是声势浩大，沉重打击了封建统治，留下深刻影响。在这种形势下，封建统治阶级除去加紧血腥镇压之外，也迫切需要利用精神武器，来瓦解和涣散人民的反抗意志。佛教正是适应这一要求，应运而盛的。

佛教有很大的欺骗性。这是佛教在魏晋南北朝得以迅速发展的重要原因。儒家“生死有命，富贵在天”那一套陈腐的谰言，已经受到普遍的怀疑。道教宣传“羽化成仙”，谁也没有亲眼见过；又求取“长生不老”，也根本做不到，骗术不太灵了。佛教则从“神不灭论”出发，宣扬“生死轮回”、“因果报应”的思想，把人们的眼光从痛苦的现实，转移到无法验证的来生的幸福。列宁说过：“被剥削阶级由于没有力量同剥削者进行斗争，必然会产生对死后的幸福生活的‘憧憬’”。有的佛教流派，还虚伪地提出“人皆可成佛”、“顿悟成佛”的说法，对隔世的幸福作出廉价的许诺，似乎人人都能如愿。这就更容易欺骗和麻痹广大劳动人民。封建统治者正需要这样的宗教来帮忙。南朝宋文帝曾经说：佛教广大无边，是最高的真理，可以开通人们的心灵，如果普天下百姓都皈依佛法，“则吾坐致太平，夫复何事！”一语道破了封建统治者所以看中佛教，以致佛教急剧发展的原因。

魏晋南北朝佛教的兴盛，确实与封建统治者的大力提倡分不开。如北朝前秦的苻坚，后秦的姚兴，北魏的文成帝，南朝的宋明帝、梁武帝、陈后主等，莫不崇敬佛法，尊礼高僧，对于佛教，从政治上保护，从经济上支持。南齐宰相竟陵王萧子良，为僧众设斋，亲自给他们端水送饭。梁武帝时定佛教为国教。他本人几次到同泰寺舍身去作“寺奴”。然后每次又由群臣筹集 1 万万钱或 2 万万钱的巨款把他赎回来。他们这些虚假丑恶的表演，无非是要扩大佛教的影响，抬高佛教的地位。

在封建统治者的扶植下，佛教的影响空前扩大，其政治势力和经济力量也就随着恶性膨胀起来。较大的寺庙，往往“侵夺佃民，广占田宅”，北齐统治的地区，甚至达到凡是良田沃土，都为寺院所有的地步。寺院有享受免役、免税的特权。于是很多农民被诱投靠佛寺充当佃户。有人说萧梁时期的寺院，使“天下户口，几去其半”，可见寺院占夺劳动人口的严重程度。这就构成了独立的寺院经济，出现了实力强大的寺院地主阶层。这种现象，还是历史上前所未见的。寺院地主力量的壮大，既是佛教空前发展的产物，也反过来为佛教的进一步的发展，提供了雄厚的物质基础。

佛教寺院，占田夺人，经济力量越来越大，会与封建国家以及世俗地主发生一定的矛盾，有时激化起来还会引起激烈的斗争。南朝、北朝都曾有过大举“灭佛”行动，如北魏太武帝、北周武帝，就曾亲自出马，下令拆庙毁像，田产设官，勒令僧尼还俗。但是不久以后，也都会有另外的统治者出面“兴佛”，恢复佛教的声势。“灭佛”而后又“兴佛”，反映了封建统治者与佛教之间，既有矛盾，也有勾结，而互相利用则是其基本的方面。这就决定了，佛教在魏晋南北朝时期，尽管遭到过一些冷遇，它的迅速扩张是无可避免的了。

“南朝四百八十寺，多少楼台烟雨中”。唐人杜牧的名句，勾画出佛寺兴旺。不少封建统治者以大量的人力物力建筑佛寺。北魏在天宫寺铸造佛像，耗铜 10 万斤，黄金用去 600 斤。又开凿洛阳龙门石窟，历时二十三年，费工 80 多万。南方的寺院建筑，往往“费竭财产，务存高广”，有的还是“层宇奢侈，博敞宏丽”，连诸王的宫殿比起来都相形逊色。这些宏大建筑，归根到底，“皆是卖儿贴妇钱”，无一不是吮吸劳动人民血汗而来。

封建统治者“兴佛”，原要借助于劝善说教，遮掩日益尖锐的阶级矛盾。不料佛教的发展，却刺激了社会矛盾更加紧张。既有压迫，必有反抗。在新的形势下，受寺院地主和世俗地主压榨的人民，处在底层受压的低级僧侣，干脆直接利用佛教的形式，组织起来，进行反抗斗争。北魏末年，和尚法庆领导大乘起义军揭竿而起，得到农民的广泛支持。他们宣传“新佛出世，除去旧魔”，不但攻占官府，惩杀贪官污吏，而且把斗争矛头指向罪恶累累的寺院地主。大乘起义军所到之处“所在屠灭寺舍，斩戮僧尼，焚烧经像”，沉重打击了寺院地主和封建统治。人民群众起来“以佛攻佛”，历史辩证法的这一精彩演出，恐怕是当时封建统治者始料难及的吧。

党锢之祸

外戚、宦官干政

东汉时期，外戚、宦官专权成为汉王朝政治一大恶毒。外戚、宦官交替乱政始于章帝。

光武帝刘秀统治时，鉴于王莽代汉的教训，不让外戚干预政事，明帝令外戚阴、邓等家互相纠察；梁松、窦穆虽尚公主，但是都由于请托郡县、干乱政事而受到屠戮。章帝后兄窦宪以贱价强买明帝女沁水公主园田，章帝甚至切责窦宪，还说：“国家弃宪如孤鸮腐鼠耳!”对于宗室诸王，光武帝申明旧制“阿附蕃王之法”，不让他们蓄养羽翼。建武二十八年（公元52年），光武帝命郡县收捕诸王宾客，牵连而死的以千数。明帝兄弟楚王英被告结交方士，作符瑞图书，楚王被迫自杀。永平十四年（公元71年），明帝又穷治楚王之狱，被株连而致死徙的外戚、诸侯、豪强、官吏又以千计，系狱的还有数千人。

汉章帝以前，皇帝还能掌握自己的权力，外戚、宦官不能干预政治。章帝以后，皇帝多幼年继位，“主少国疑”，而由皇太后临朝称制。太后执政，往往依靠娘家人，于是外戚便粉墨登场，挟持幼帝，执掌朝政，形成外戚专权的局面。皇帝长大后，不甘心当傀儡，于是就与外戚发生种种矛盾。皇帝要夺回皇权，往往依靠自己身边的宦官。有的宦官帮助皇帝夺取权力后，又把权力掌握在手中不肯放，从而又形成宦官擅权的局面。皇帝死后，另一外戚集团又拥立幼帝，皇帝长大时又依靠宦官夺权。如此往复循环，导致了东汉外戚宦官交替专政的混乱局面；当时的社会危机遂日渐加深。

公元88年，汉章帝死，年仅十岁的和帝继位。养母窦太后临朝称制，母舅窦宪总揽朝政。“一人得道，鸡犬升天”，窦氏外戚集团得势，其子弟亲戚骄纵不法，胡作非为。特别是在窦宪击破北匈奴后，窦氏更是势焰熏天，刘家朝廷实际成了窦氏天下。公元92年，汉和帝在宦官郑众等的帮助下，消灭了窦氏势力。郑众因功封侯，参与政事，从此宦官势力开始增长起来。

公元105年，和帝死，邓皇后废和帝长子，立出生仅百日的婴儿为帝，即殇帝，临朝称制，把持政权。不久殇帝死，邓太后又立十三岁的安帝，由其兄邓骘辅政。邓太后吸取窦氏失败的教训，抑制其子弟的权力，更多地依靠宦官控制政权。安帝亲政后与宦官李闰、江京等合谋，消灭了邓氏势力。由国舅阎显和帝舅耿宝并为校卿，典掌禁兵，宦官李闰等掌机要，形成外戚、宦官共同把持朝政的局面。外戚、宦官狼狈为奸，政治败坏，百姓深受其害。公元125年，安帝死后，阎显恃其妹为皇太后，独揽朝政，排斥宦官。不久，宦官孙程等得势，设法消灭了阎氏势力，迎立被废的皇太子刘保为顺帝。顺帝即位年仅十一岁，其生母李氏，前已被阎氏所害。所以顺帝即位之初，没有外戚控制朝权，而宦官因拥立有功而被封侯，势力大长。顺帝长大后对居功自傲的宦官给予严厉打击，宦官在顺帝朝未酿成大害。

郑立

公元135年梁商为大将军，朝政逐渐为梁氏外戚集团所把持，梁商死后，其子梁冀继任大将军，外戚专权达到登峰造极的地步。公元144年，顺帝死，梁太后抱着他二岁的儿子置之宝座之上，是为冲帝。冲帝在位一年，夭死。为了利用幼弱，梁太后与梁冀会商的结果，又从皇族中选定一个八岁的孩子，作为政权的象征，是为质帝。但是质帝幼而聪明，他在八岁的时候，便认识到梁冀是一个“跋扈将军”，因而不合傀儡的条件，所以不到一年，遂被“跋扈将军”毒死。接着而来的，就是十五岁的桓帝。

桓帝即位以后第一道诏令，便是大封外戚。他增加梁冀的封邑13000户；又增加梁冀所领大将军府的官属，倍于三公；又封梁冀的兄弟和儿子皆为万户侯。隔了三年，再增封梁冀1万户，合以前所封，共为3万户。并封梁冀妻孙寿为襄城君，兼食阳翟租，岁入5000万。加赐赤绂，和长公主同等待遇。第二年，又增梁冀之封为四县，赏赐梁冀金钱、奴婢、彩帛、车马、衣服和甲第，并且特许梁冀“入朝不趋，剑履上殿，谒赞不名”。朝会时，不与三公站在同一席子上，十天到尚书台办公一次。从此以后，事无大小，都要经过梁冀决定，才能执行。不但文武百官的升迁要先到梁府去谢恩，就是皇帝的近侍，也都由梁冀派遣，皇帝的一举一动，都要报告梁冀。又隔了两年，梁冀的孙子和姪孙也封了侯。总计“冀一门，前后七封侯，三皇后，六贵人，二大将军，夫人、女食邑称君者七人，尚公主三人，其余卿、将、尹、校五十七人。在位二十余年，穷极满盛，威行内外，百僚侧目，莫敢违命，天子恭己而不得有所亲豫”。

外戚的权势高张，宦官的威风就相形见绌。因而形成了外戚与宦官之间的矛盾。这种矛盾到延熹二年，跟着梁后死，裙带断，便决裂了。当时皇帝与宦官同盟，发动了政变，把梁氏一门无分长少，都斩尽杀绝了。但是从外戚手中接受政权的，不是皇帝，而是宦官。

当时主谋诛梁冀的宦官，中常侍单超、徐璜、具瑗、左悺、唐衡五人，同日封侯，世称之曰五侯。又小黄门刘普、赵忠等八人亦封为乡侯。此外，以冒诛梁冀之功而封侯者，尚有侯览。宦官又登台以后，其威风亦不减于外戚。单超之丧，皇帝除追封为车骑将军，又赐东园秘器，棺中玉具，赠侯将军印绶，赐国葬。葬后，又派王营骑士、将军、侍御史护丧。由其死并可想见其生。从此以后，四侯骄横，天下为之语曰：“左回天，具独坐，徐卧虎，唐两堕。”

梁氏被灭后，外戚势力衰落，宦官势力却大大加强，从而进入宦官专权乱政的阶段。

公元167年，桓帝死，十二岁的灵帝即位。窦太后临朝，其父窦武以大将军辅政。窦武欲尽诛宦官，因事不密，结果反遭其害，太后被囚，窦武被杀。宦官从此独霸朝政，成为皇帝的衣食父母，为所欲为，一直到东汉末年为止。

清议和党锢

在宦官、外戚的反复争斗中，另有一种政治力量在崛起。这就是官僚、士大夫结成的政治集团。

东汉时期，士人通过察举、征辟出仕。郡国察举时，“率取年少能报恩者”，这在明帝时已是如此。征辟的情形也是一样。被举、被辟的人，成为举主、府主的门生、故吏，门生、故吏为了利禄，不惜以君臣、父子之礼对待举主、府主，甚至“怀丈夫之容而袭婢妾之态，或奉货而行赂，以自固结”。举主、府主死后，门生、故吏服三年之丧。大官僚与自己的门生、故吏结成集团，因而也增加了自己的政治力量。

东汉后期的士大夫中，出现了一些累世专攻一经的家族，他们的弟子动辄数百人甚至数千人。通过经学入仕，又形成了一些累世公卿的家族，例如世传欧阳《尚书》之学的弘农杨氏，自杨震以后，四世皆为三公；世传孟氏《易》学的汝南袁氏，自袁安以后，四世中居三公之位者多至五人。这些人都是最大的地主，他们由于世居高位，门生、故吏遍于天下，因而又是士大夫的领袖。所谓门阀大族，就是在经济、政治、意识形态上具有这种种特征的家族。东汉时期选士唯“论族姓阀阅”，所以门阀大族的子弟，在察举、征辟中照例得到优先。

门阀大族是大地主中长期发展起来的一个特殊阶层。由于他们在政治、经济以及意识形态方面所具有的特殊地位，所以当政的外戚往往要同他们联结，甚至当政的宦官也不能不同他们周旋。门阀大族在本州、本郡的势力，更具有垄断性质，太守蓰郡，往往要辟本地的门阀大族为掾属，委政于他们。宗资（南阳人）为汝南太守，委政于本郡的范滂，成瑨（弘农人）为南阳太守，委政于本郡的岑晊，因而当时出现了这样的歌谣："汝南'太守'范孟博（滂），南阳宗资主画诺；南阳'太守'岑公孝（晊），弘农成瑨但坐啸。"操纵了本州本郡政治的门阀大族，实际上统治了这些州郡。

东汉后期，官僚士大夫中出现了一种品评人物的风气，称为"清议"。善于清议的人，被视为天下名士，他们对人物的褒贬，在很大的程度上左右乡闾舆论，因而影响到士大夫的仕途进退。郭泰就是这样一个"清谈闾阎"的名士，据谢承云"泰之所名，人品乃定，先言后验，众皆服之"。汝南名士许劭与从兄许靖，"好共核论乡党人物，每月辄更其品题，故汝南俗有月旦评焉"。大官僚和门阀大族为了操纵选举，进退人物，对于这种清议也大肆提倡。在当时政治极端腐败的情况下，这种清议在士大夫中间，多少起着一些激浊扬清的作用。

士大夫评议汉朝政，往往矛头直指宦官，因此宦官对之恨之入骨。党锢事件可以说是东汉时期反宦官斗争的一个高潮。

安帝、顺帝相继扩充太学，笼络儒生，顺帝时太学生多至3万余人。太学生同官僚士大夫有着密切的联系，太学成为清议的中心。太学生为安帝以来风起云涌的农民起义所震动，深感东汉王朝有崩溃的危险。他们认为宦官外戚的黑暗统治是引起农民起义，导致东汉衰败的主要原因，所以力图通过清议，反对宦官外戚特别是当权的宦官，挽救东汉统治。

在宦官外戚统治下，州郡牧守在察举征辟中望风行事，不附权贵的士人受到排斥。顺帝初年，河南尹田歆察举六名孝廉，当权的贵人勋戚交相请托，占据名额，名士入选的只有一人。桓帝以后，察举制度更为腐败，时人语曰："举秀才，不知书。

察孝廉，父别居。寒素清白浊如泥，高第良将怯如鸡。”在士大夫中，有一部分人趋炎附势，交游于富贵之门，助长了宦官外戚的声势。这种情形，使太学清议在攻击腐败朝政和罪恶权贵的同时，赞扬敢于干犯权贵的人。桓帝永兴元年（公元153年），冀州刺史朱穆奏劾贪污的守令，打击横行州郡的宦官党羽，被桓帝罚往左校服劳役。太学生刘陶等数千人诣阙上书，表示愿意代替朱穆服刑劳作，因此桓帝不得不赦免朱穆。延熹五年（公元162年），皇甫规得罪宦官，论输左校，太学生张凤等300余人，跟大官僚一起诣阙陈诉，使皇甫规获得赦免。官僚、太学生的这些活动，对当政的宦官是一种巨大的压力。郡国学的诸生，也同太学清议呼应。

太学诸生，特别尊崇李膺、陈蕃、王畅等人，太学中流行着对他们的评语：“天下模楷李元礼（膺），不畏强御陈仲举（蕃），天下俊秀王叔茂（畅）。”李膺的名望最高，士人与他交游，被誉为“登龙门”，可以身价十倍。李膺为司隶校尉时惩办不法宦官，宦官们只好小心谨慎，连休假日也不敢走出宫门。延熹九年，李膺杀术士张成，张成生前与宦官关系密切，所以他的弟子牢修诬告李膺与太学生及诸郡生徒结为朋党，诽讪朝廷，疑乱风俗。在宦官怂恿下，桓帝收系李膺，并下令郡国大捕“党人”，词语相及，共达200多名。第二年，李膺及其他党人被赦归田里，禁锢终身，这就是有名的“党锢”事件。

党锢事件发生后，士大夫闻风而动。他们把那些不畏宦官势力，被认为正直的士大夫，分别加上三君、八俊、八顾、八及、八厨等美称，清议的浪潮更为高涨。度辽将军皇甫规没有被当作名士列入党锢，甚至自陈与党人关系，请求连坐。

灵帝建宁元年（公元168年），名士陈蕃为太傅，与大将军窦武（窦太后之父）共同执政。他们起用李膺和被禁锢的其他名士，并密谋诛杀宦官。宦官矫诏捕窦武等人，双方陈兵对阵，结果陈蕃、窦武皆死，他们的宗室宾客姻属都被收杀，门生、故吏免官禁锢。建宁二年，曾经打击过宦官势力的张俭被诬告“共为部党，图危社稷”，受到追捕，党人横死狱中的共百余人，被牵连而死、徙、废、禁的又达六七百人。熹平五年（公元176年)，州郡受命禁锢党人的门生、故吏和父子兄弟。直到黄巾起义发生后，党人才被赦免。

官僚士大夫和太学生的反宦官斗争，在当时具有一定的正义性，博得社会的同情，因此张俭在被追捕时，许多人破家相容，使他得以逃亡出塞。官僚士大夫和太学生的反宦官斗争，只是为了缓和阶级矛盾，维护东汉王朝的正常统治秩序。但是农民起义不但没有因此偃旗息鼓，而且还发展到从根本上危及东汉统治。这时候，被禁锢的党人获得赦免，他们也就立刻同当权的宦官联合，集中力量来镇压起义农民。官僚士大夫与门阀大族息息相通，根深蒂固，总的说来力量比宦官强大。所以在农民起义被镇压下去后，他们重整旗鼓，发动了对宦官的最后一击，终于彻底消灭了东汉盘根错节的宦官势力。

黄巾起义

东汉后期的阶级斗争

和帝、安帝以后，东汉统治集团腐朽，豪强势力扩张，轮流当政的宦官外戚竞相压榨农民，农民境况日益恶劣。长期战争加重了农民的苦难。水旱虫蝗风雹和疫病连年不断，地震有时成为一种严重灾害。沉重的赋役和疠疫、饥馑严重地破坏了农村经济，逼使农民到处流亡。东汉王朝屡颁诏令，用赐爵的办法鼓励流民向郡县著籍，但这不过是画饼充饥，对流民毫无作用。流民数量越来越多，桓帝永兴元年（153年）竟达数十万户。地方官吏为了考绩的需要，常常隐瞒灾情，虚报户口和垦田数字，这又大大增加了农民的赋税负担，促使更多的农民逃亡异乡。

灵帝时，宦官支配朝政，政治腐败达于极点。光和元年（178年），灵帝开西邸公开卖官，2000石官2000万，400石官400万，县令长按县土丰瘠各有定价，富者先入钱，贫者到官后加倍缴纳。灵帝又私卖公卿等官，公千万，卿500万。州郡地方也多是豺狼当道。

流亡的农民到处暴动。早在安帝永初三年（109年），就有张伯路领导流民几千人，活动于沿海九郡。顺帝阳嘉元年（132年），章河领导流民在扬州六郡暴动，纵横49县。汉安元年（142年），广陵人张婴领导流民，在徐、扬一带举行暴动，时起时伏，前后达十余年之久。桓帝、灵帝时，从幽燕到岭南，从凉州到东海，到处都有流民暴动发生，关东和滨海地区最为突出。流民暴动的规模也越来越大，从几百人、几千人扩展到几万人、十几万人。一些流民队伍，还与羌人、蛮人反对东汉王朝的斗争相呼应。从安帝到灵帝的八十余年中，见于记载的农民暴动，大小合计将近百次，至于散在各处的所谓“春饥草窃之寇”、“穷厄寒冻之寇”，活动于大田庄的周围，更是不可胜数。那时，农民中流传着一首豪迈的歌谣：“小民发如韭，翦复生；头如鸡，割复鸣。吏不必可畏，民不必可轻！”这首歌谣，生动地表现了农民前赴后继地进行斗争的英雄气概。

东汉时期，起义农民首领或称将军、皇帝，或称“黄帝”、

"黑帝"、"真人"。前者表示他们无须假托当权集团人物来发号施令；后者表示他们懂得利用宗教组织农民。桓、灵之间流传的"汉行气尽，黄家当头"的谶语，是起义农民政治要求的一种表达形式。

分散的农民暴动，虽然在东汉军队和豪强武装的镇压下一次又一次地失败了，但是继起的暴动规模越来越大，终于形成了全国性的黄巾起义。

起义概况

顺帝以后，以至于桓、灵时期，道教的一支——太平道，在流民中广泛地传布开来。钜鹿人张角是太平道的首领。张角称大贤良师，为徒众画符治病，并派遣弟子分赴四方传道，得到农民的信任，归附的人络绎于途。张角还和洛阳的一部分宦官联系，利用他们作为内应。据说张角自己还曾潜伏京师，观察朝政。

张角的活动，引起了东汉统治集团的注目。东汉王朝企图以赦令瓦解流民群。但是流民群在张角影响下，仍然日益壮大。东汉王朝又准备用州郡武力大肆"捕讨"。司徒杨赐深恐单纯的镇压会加速农民起义的发动，因此主张责令郡国守相甄别流民，送归本郡，以削弱流民群的力量，然后诛杀流民领袖。稍后，侍御史刘陶等人建言，要求汉朝下诏重募张角等人，赏以国土。东汉统治者所有这些策划，都没有达到破坏农民起义的目的。

张角的道徒，迅速发展到几十万，遍布在青、徐、幽、冀、荆、扬、兖、豫八州。张角部署道徒为36方，大方万余人，小方六七千，各立首领，由他统一指挥；并传播"苍天已死，黄天当立，岁在甲子，天下大吉"的谶语，向人民宣告东汉崩溃在即，新的朝代将要代起。太平道徒广为散布"黄天太平"的

黄巾起义形势图

口号，并在各处府署门上用白土涂写“甲子”字样。经过这些酝酿和部署以后，大规模农民起义的形势，在城乡各地完全成熟了。

中平元年（184年，甲子年）初，大方马元义调发荆、扬等地徒众数万人向邺城集中，又与洛阳的道徒相约，在三月初五日同时发动起义。但是，起义计划由于叛徒告密而完全泄露，东汉王朝逮捕马元义，诛杀洛阳信道的宫廷禁卫和百姓千余人，并令冀州逐捕张角。张角得知计划泄露，立即通知36方提前起义。中平元年二月，以黄巾为标志的农民起义军，在7州28郡同时俱起，中国历史上第一次组织、准备比较严密的农民战争，就这样爆发了。

势力强大的黄巾军，有如下几个部分：波才领导的颍川黄巾；张曼成、赵弘、韩忠、孙夏等人相继领导的南阳黄巾；彭脱等人领导的汝南、陈国黄巾；卜己领导的东郡黄巾；张角、张宝、张梁兄弟领导的钜鹿黄巾；戴风等人领导的扬州黄巾；今北京地区的广阳黄巾，等等。黄巾人众极多，声势浩大，东汉统治者诬称为“蚁贼”。南阳黄巾杀太守褚贡，汝南黄巾败太守赵谦，广阳黄巾杀幽州刺史郭勋和太守刘卫。钜鹿附近的农民也俘虏安平王刘续和甘陵王刘忠，响应黄巾。黄巾军攻占城邑，焚烧官府，赶走官吏，震动京师。同年七月，汉中爆发了五斗米道首领巴郡人张修领导的起义，被统治者诬称为“米贼”。此外，湟中义从胡（小月氏）和羌人，也在陇西、金城诸郡起兵，反对东汉统治。

东汉外戚何进受命为大将军，将兵屯驻洛阳都亭，部署守备。洛阳附近增设了八关都尉。为了统一力量，东汉王朝宣布赦免党人，解除禁锢。东汉还诏敕州郡修理守备，简练器械，并调集大军，包括羌胡兵在内，对各部黄巾陆续发动进攻。

"苍天乃死"字砖

皇甫嵩、朱儁率军4万，进攻颍川波才的黄巾。波才打败了朱儁军，并在长社（今河南长葛境）把皇甫嵩军围住。波才缺乏战斗经验，依草结营，在汉军火攻下受挫，又被皇甫嵩、朱儁军与曹操的援军追击，陷于失败。汉军接着向东进攻。击败了汝南、陈国黄巾。皇甫嵩又北上东郡，东郡黄巾领袖卜己不幸被俘。

南阳黄巾领袖张曼成战死后，赵弘率10余万众继起，据守宛城。朱儁军转击南阳，围宛城三月，战斗非常激烈，赵弘战死。十一月宛城陷落，这支义军也失败了。

钜鹿黄巾领袖张角称天公将军，弟张宝、张梁分别称地公将军、人公将军，号召力很大，是黄巾的主力。东汉先后以涿郡大姓卢植和率领羌胡军队的董卓进击张角。张角坚守广宗（今河北威县）。八月，东汉以皇甫嵩代董卓进攻钜鹿黄巾。那时张角病死，义军由张梁统率应战。十月，汉军偷袭张梁军营，张梁阵亡；又攻张宝于下曲阳（今河北晋县），张宝败死。东汉统治者对农民进行血腥的报复，对张角剖棺戮尸，又大量屠杀农民，在下曲阳积尸封土，筑为京观。

黄巾起义爆发以后，黄河以北的农民纷纷保据山谷，自立名号，反对东汉统治。他们是博陵张牛角（青牛角）、常山褚飞燕（张燕）以及黄龙、左校、郭大贤、于氐根、张白骑、刘石、左髭、丈八、平汉、大洪、司隶、缘城、罗市、雷公、浮云、白雀、杨凤、于毒、五鹿、李大目、白绕、眭固、苦蝤等部，大者二三万，小者六七千。张燕联络太行山东西各郡农民军，众至百万，号黑山军，势力最为强大。中平五年，各地农民又相继以黄巾为号，起兵于西河、汝南、青州、徐州、益州和江南等地区。

黄巾起义发动的广泛，计划的周密，阶级对立的鲜明，在中国历史上是空前的；但是黄巾起义发生在封建割据倾向迅速发展，豪强地主拥有强大武装的年代，这种地主武装同官军联合，处处阻截和镇压农民军，迫使农民军不能集中力量发动大规模的进攻。起义高潮过去以后，黄巾余部和黑山军各部人数虽然很多，但是缺乏攻击力量，在四面八方的敌人夹攻中相继失败。

黄巾起义取得了瓦解东汉王朝的伟大成果。极端黑暗的宦官、外戚集团失去了东汉王朝的凭借，经过短暂反复以后也就从历史上消失了。

36 方一时俱起

黄巾军的领袖张角是钜鹿人，他和他的弟弟张宝、张梁在群众中宣传黄老道（太平道），医治疾病，招收门徒，四方民众扶老携幼前往投奔，信从的人非常多。张角于是派遣他的八名大弟子四出传道，辗转发展信徒，十多年间，徒众达到数十万，遍布青、徐、幽、冀、荆、扬、兖、豫等八州（今长江中下游以北直到黄河中下游广大地区），声势浩大，官府也有所风闻。灵帝光和四年（公元 181 年），司徒杨赐曾经指出：张角等遭逢大赦也不悔改，势力越更发展。现在如果下令州郡逮捕，恐怕增添骚扰，反会加速祸患的爆发。最好是严令地方长官选择区分流民，分别遣送回原籍。这样分散削弱了他们的党羽，然后再捕杀其首领就省力了。这说明太平道的基本群众乃是破产流亡的农民，狡猾的杨赐是打算釜底抽薪。然而造成农民背井离乡流亡四方寻求生路的根源，正在于腐朽残暴的东汉王朝那暗无天日的罪恶统治。这个政权只会制造出更多的流民，怎么能指望它来解决安置流民呢？所以杨赐这个主意在当时并没有实现的可能。两年后又有人惊呼：张角的党羽已经不计其数，风闻他们还曾潜入首都察看朝政，图谋不轨。地方官害怕追究责任，都不肯报告实际情况。应当公开下诏，以封侯重赏劝募捉拿张角等首领，地方官员敢于回避则与张角同罪。这就是妄图乞灵于重赏与严刑来武力对付，其实不过是统治阶级惯用的两手，未必有什么效用。加之昏庸糊涂的灵帝当时根本没有在意，这一建议也同样搁置起来了。

与此同时，张角却在积极部署准备组织起义。他把数十万信徒编组为36方，“方”等于是一支独立的部队，大方有一万多人，小方六七千人，各有其首领。他们提出“苍天已死，黄天当立，岁在甲子，天下大吉”的口号，宣传汉王朝天命已终，太平盛世即将建立，甲子年（中平元年，公元184年）天下就太平了。他们计划由大方马元义先调集荆州、扬州的信徒到邺县（今河北磁县南）集中，并联络首都洛阳的信徒，约定中平元年三月五日同时发动起义。正当起义按计划部署执行过程中，叛徒唐周向汉王朝上书告发，马元义被捕，在洛阳惨遭车裂。官府根据告密清查宫廷警卫以及洛阳民众，屠杀了太平道信徒千多人，并且通令冀州追捕张角等首领。在计划泄漏的紧急关头，张角当机立断，派人日夜兼程通知各方，在中平元年二月，7州28郡36万多人同时提前起义，这是中国农民战争史上空前绝后的壮举，其组织性纪律性是无与伦比的。起义军头戴黄巾作为标志，所以被称为“黄巾军”。由于他们人多势众，铺天盖地而来，像蚂蚁一样数不清有多少，所以又被诬蔑为“蚁贼”。他们到处焚烧官府，攻占城邑，吓得地方官纷纷逃跑，十天半月之间全国响应，首都震动。

但是，淳朴的农民军在开始时毕竟缺乏政治军事斗争经验。起义发动之后，张角却未能控制全局，本来很有组织的太平道信徒，反而变成了分散活动的若干支队伍，各自孤军奋战，缺乏联系配合。当时，张角称“天公将军”，张宝称“地公将军”，张梁称“人公将军”，率众兴起于钜鹿。附近的安平国（治信都，今河北冀县）、甘陵国（治甘陵，今山东临清附近）人民捕捉国王刘续和刘忠响应起义，冀州震动。广阳郡（治蓟县，今北京）黄巾军一举攻杀地方长官幽州刺史郭勋和广阳太守刘卫，雄踞幽州。在南方，波才领导的黄巾军活动在颍川郡（治阳翟，今河南禹县）。彭脱领导的黄巾军活动在陈国（治陈县，今河南淮阳）和汝南郡（治平舆，今河南平舆北）。卜己领导的黄巾军活动于东郡（治濮阳，今河南濮阳南）。张曼成号称“神上使”，与赵弘等率领数万人起义于南阳郡（治宛县，今河南南阳）。扬州的黄巾军曾攻打庐江郡治舒县（今安徽庐江南），与太守羊续激战；戴风领导的黄巾军也在安风（今安徽霍邱南）活动。在各地黄巾军奋起战斗时，还有“五斗米道”首领张修在巴郡（治江州，今四川重庆）发动起义。北宫伯玉等领导羌胡汉各族人民在金城郡（治允吾，今甘肃永靖西北）起义，攻杀护羌校尉和金城太守。郃阳（今陕西合阳东南）人郭家等也在当地发动起义，焚烧官府，威胁附近三郡。这些起义和黄巾军互相呼应，掀起了全国性的武装斗争高潮。

在农民起义威胁到东汉政权的生存时，整个地主阶级暂时统一起来了，宦官、外戚、官僚士大夫立即捐弃前嫌，共同对付革命农民。中平元年三月，何皇后的哥哥何进被任命为大将军，统率近卫军官兵镇守洛阳，在洛阳周围函谷、伊阙等八关设置都尉，加强防卫。灵帝听从宦官吕强的建议，大赦天下党人，解除禁锢。通令全国各地修治城防，选择制造兵器，准备战守。灵帝还拿出宫中一些私财和马匹分赐将士，并号召公卿大臣捐献马匹弓弩。同时选派卢植北攻钜鹿张角，皇甫嵩、朱儁南征颍川波才。四月，波才击败朱儁，进围皇甫嵩于长社（今河南长葛东），官军人少，在强大的黄巾军包围下惊恐万分。皇甫嵩看出波才缺乏作战经验，营房扎在草木丛中，于是乘夜晚风大纵火烧营，波才失利。接着，曹操率领官军援兵赶到。五月，皇甫嵩、朱儁、曹操联合进兵，大破波才军，屠杀数万人。六月，官军追击波才于阳翟（今河南禹县），又乘胜攻击汝南彭脱于西华（今河南商水西），都取得胜利。这就使黄巾军丧失了进捣汉王朝心脏首都洛阳的有利地位。接着皇甫嵩被派去进攻东郡卜己。八月，在仓亭（今山东阳谷北）大战，黄巾军牺牲 7000 多人，卜己被俘。然后皇甫嵩又奉调北上进攻钜鹿张角亲率的黄巾主力。

原来卢植在三月领兵北进，张角初战失利，于是退保广宗（今河北威县东），卢植围攻数月不克，被撤职查办。灵帝改派董卓率精锐边兵进攻，却又在下曲阳（今河北晋县西）被张宝打得大败。约在此时，不幸张角病故，张梁领导这一部分黄巾军继续战斗。十月，皇甫嵩同张梁在广宗大战，黄巾军兵精将勇，官军无法取胜，皇甫嵩宣布闭营休战，等待时机。他看出黄巾军有些懈怠，便连夜部署军队，鸡鸣时发动突袭，激战整天，到黄昏时打败黄巾军，张梁牺牲，义军士兵被屠杀 3 万多，投河自杀的也有 5 万多人，焚毁辎重车辆 3 万多辆，妇女儿童全被掳掠，缴获不计其数。皇甫嵩还挖开张角的坟墓，剖棺戮尸，传送其头到洛阳。十一月，官军又在下曲阳围攻张宝，屠杀俘虏黄巾军10多万人，张宝也牺牲了。

南阳黄巾军在张曼成领导下，三月就击杀太守褚贡，围攻郡治宛县百多天。六月，张曼成战死。赵弘继起领导，队伍发展到10多万人，攻占了宛县。灵帝急忙派朱儁前来镇压，朱儁同荆州刺史、南阳太守等合兵反攻宛县三个多月，赵弘战死。韩忠继任统帅，他思想动摇，战败投降被杀。黄巾军余部推孙夏为统帅继续抵抗，十一月，朱儁攻占宛县，杀死孙夏。统一起义的大股黄巾军就这样各自困守一隅，坐等官军逐个击破。东汉政权随即疯狂反扑，在各地大肆屠杀太平道徒党，一郡多至数千人。

但是，血腥的屠杀并不能吓倒革命人民。汉献帝初年（公元二世纪末），陶谦就指出：黄巾军人数众多，“殊不畏死，父兄歼殪，子弟群起，治屯连兵，至今为患”。可见在黄巾大起义的鼓舞下，各地人民前仆后继纷纷奋起反抗的英雄气概。主要的如中平二年（185年），张角率众起于博陵（今河北蠡县南），褚燕率众万余人起于真定（今河北正定南），他们曾联合进攻钜鹿郡治瘿陶，战斗在张角的故乡。同时还有黑山、白波、黄龙、雷公、张白骑、李大目等十多支队伍，大股二三万人，小股六七千人，在这一带转战，后来联合为成百万人的大队伍黑山军，“渐寇河内，逼近京师”，一度威胁到汉城权的巢穴，前后经历了二十多年才被朱儁、袁绍、曹操等陆续击败。中平五年二月，黄巾军余部郭大等在西河白波谷（今山西襄汾西）重举义旗，进攻太原、河东（今山西中南部）。四月，汝南葛陂（今河南平舆东）黄巾军攻占郡县。六月，马相在绵竹（今四川绵阳县）聚合数千人起义，杀死县令，自称黄巾军。他们迅速攻克广汉郡治雒县（今四川广汉），杀死益州刺史郗俭。旬月之间，进破蜀郡（治成都，今属四川）、犍为郡（治武阳，今四川彭山），发展到10多万人，马相自称“天子”。还派兵攻破巴郡，杀死太守赵部。十月，青州徐州（今山东东部）黄巾军又起，攻占郡县。献帝初平三年（公元192年），青州黄巾军也发展到上百万人，他们转攻兖州（今山东西南部），在东平（今山东东平东）击毙刺史刘岱，后来被曹操打败收编。直到建安十二年（公元207年），还有黄巾军杀死济南国（治东平陵，今山东章丘西）国王刘赟的记载，说明黄巾起义至少延续了二十多年，给了东汉王朝致命的打击。

三国两晋南北朝

（公元 220～公元 581 年）

董卓之乱

刘秀统一中国，建立了东汉政权以后，吸取了王莽篡位的教训，采取了一系列的措施来加强王权。可是，东汉的皇帝只有早期的几位能够政从己出。其余的皇帝大多因宫廷生活的奢靡等原因而成了短命之人。继位的皇帝年纪都很幼小，因此政权便落在母后及其父兄（即外戚）手里。等到皇帝长大以后，想要收回政权，只有和自己身边的宦官商量，于是皇帝在宦官的协助下，推倒了外戚。宦官因为推倒外戚有功，并且又能包围和愚弄皇帝，所以实权便落在宦官手里，不久，这个皇帝又短命死了。于是再来一次外戚专权以至宦官擅势的过程。东汉中后期一百余年的历史，可以说是外戚和宦官争夺统治权的历史。在外戚和宦官的斗争中，宦官越来越占上风。

宦官势力的膨胀，逐渐形成了“群辈相党”的政治集团。在政治上，他们把持朝政“权势专归宦官”，“兄弟姻戚，皆宰州临郡，辜较百姓，与盗贼无异。”“举动回山海，呼吸变霜露，阿旨曲求，则光宠三族，直情忤意。则参夷五宗，汉之纲纪大乱矣。……子弟支附，过半于州郡……皆剥割萌黎，竞恣奢欲，构害明贤，专树党类……同敝相济，故其徒有繁，败国蠹政之事，不可单书。所以海内嗟毒，志士穷栖。”（范晔《后汉书·宦者列传》）

当时地方官吏贪污成风，“官非其人，政以贿成”。各种类型的地主包括贵族、世家大族、地方豪强、富商等，无不广占田地，役使农民，敲诈勒索，奢侈踰制。…因而，广大人民生活极度贫苦，终于在公元184年爆发了以张角弟兄为首的黄巾大起义。

统治者为了维护其统治，便动员所有的地主武装对农民起义进行镇压，并于公元188年，接受太常刘焉的建议，改刺史为州牧，并给予州牧领兵治民的权力。这些州牧有了领兵权之后，便乘乱纷纷扩张自己的武装力量，形成一个个割据一方的土皇帝，中央政府对其难以控制，东汉政府想借改制而加强统治的梦想破灭了，地方割据势力得以发展，为以后的军阀混战埋下了祸根。

当农民起义来临时，这种矛盾相对缓和，一旦外来压力解除，这种矛盾便再度激化。

公元189年汉灵帝死，长子刘辩继立为帝，其生母何太后临朝听政。于是外戚同宦官的斗争又重新激烈起来，太后兄大将军何进为了一举杀尽宦官，彻底消灭自己的对手，将世代官僚地主出身，并有一定声望、一定势力的袁绍、袁术兄弟拉到自己一边，并且接受袁绍的建议，召并州牧董卓带兵入京。董卓还没有赶到，何进已为宦官所诱杀，官僚世族袁绍等又大杀宦官。

宦官们被彻底清除以后，长期以来交替执政的外戚和宦官集团的斗争结束了。宦官、外戚退出了历史舞台，而官僚地主武装集团却纷纷粉墨登场，从此，大规模的军阀混战开始了。此时，东汉政权已是名存实亡了。

官渡遗址

当袁绍大杀宦官的时候，董卓接到何进的密召后率军来到

了京都洛阳。董卓（？—192年），字仲颖，陇西临洮（今甘肃岷县）人。性情豪放而又残忍，喜与人结交，由于他居住的地方接近西北少数民族，他便同这些少数民族的贵族势力交往，培植自己的力量，在陇西颇有名望。东汉末年因镇压少数民族起义，屡立战功，连晋官职，做到并州刺史、河东太守。后来，镇压黄巾起义，并击退韩遂、马腾对京都地区的进攻，这使他赢得了极高的声望和地位，并藉此而使他的军事力量日益壮大。董卓的军队由汉族和少数民族组成，能征善战，凶暴残忍，董卓以此作资本，时刻准备争夺天下。正值他野心勃勃之时，恰逢何进召他进京。这对于董卓来说，无异于久旱逢甘霖，他接到何进的密召后，立刻便率领3000人马，直奔洛阳，这为他独霸天下创造了良机。

董卓进入洛阳时，步骑不过3000。当时京师官兵很盛。司隶校尉袁绍拥有禁军的指挥权；当时曹操任典军校尉；后将军袁术控制了大将军何进的部曲；济北相鲍信又募来一支山东兵；执金吾丁原有骁将吕布，这些力量合起来超过董卓军十倍还多。但是，由于董卓有三十多年的军队生涯，具有丰富的作战经验，当时东汉朝廷里没有一个人是他的对手。董卓知道自己的势力弱小，于是，他成功地运用了虚张声势的计谋。他过四五天就带部众在夜里悄悄出营，天明“乃大陈旌鼓而还，以为西兵复至，洛中无知者”。董卓这一手居然镇住了当时众杰袁绍、袁术、曹操等人，他们纷纷逃离洛阳，禁军及何进部曲尽都落入董卓手中。董卓又使用离间之计，使吕布与丁原不和，于是，心骄气盛的吕布杀掉了丁原，董卓又收吕布作义子，并收服了丁原部众，于是董卓的势力更加强大。

董卓进入洛阳要做的第一件事就是废掉旧帝再立新主，以此控制皇权，于是，董卓废少帝刘辩为弘农王，随后又杀弘农王及何太后，拔掉了朝官和名士所凭借的旗帜。董卓立灵帝少子陈留王刘协为帝，这就是汉献帝，汉献帝当时刚九岁，被董卓玩弄于股掌之中，董卓挟天子以令诸侯，自称太师，迁相国，封郿侯，带剑上殿，位在百官之上，俨然一个摄政王。

政治上，董卓为了收买人心，他外示宽柔，起用党人名士做朝官，外放大臣为牧伯太守，平反党人冤狱，以示不负众望。用周珌、伍琼、郑公业为尚书，让何颙作长史，荀爽作司空，陈纪、韩融等都成为列卿。外放尚书韩馥作冀州刺史，侍中刘岱作兖州刺史，孔伷作豫州刺史，张咨作南阳太守，张邈作陈留太守。甚至还任用逃亡在外的袁绍、袁术为后将军。

军事上，董卓深固根本，牢牢地控制关西。董卓招抚了凉州的马腾、韩遂，又征召关中潜在的政敌皇甫嵩和京兆尹盖勋。皇甫嵩时为左将军，有雄兵 3 万屯驻扶风。盖勋鼓动皇甫嵩与自己联兵反董卓。

但是，皇甫嵩雄略不敌董卓而听征，交出了兵权，到洛阳去做城门校尉。盖勋孤掌难鸣，也只好听征，到洛阳去就任越骑校尉。皇甫嵩到了洛阳，董卓将他逮捕下狱，迫使皇甫嵩屈服后又用为御史中丞。董卓控制了关中，所以关东兵起，他能西移长安。

董卓是个非常残暴的家伙，他和他的部队到处烧杀抢掠，为所欲为。当时洛阳城中的王公贵族非常富有，高屋大厦，金银财宝不计其数，董卓便令其军队冲进庐舍，奸淫妇女，抢掠财物，并美其名曰“搜牢”。弄得朝廷上下，人心惶惶。

董卓的专横暴行，引起了社会上各个阶层的强烈反对，公元190年，勃海太守袁绍、后将军袁术、冀州牧韩馥、豫州刺史孔伷、兖州刺史刘岱，河内太守王匡、陈留太守张邈、东郡太守桥瑁、济北相鲍信及逃到陈留的曹操联合起兵，共推袁绍为盟主，反对董卓。这支联军，历史上称为“关东军”。

关东兵起，董卓被迫退出洛阳，胁迫献帝西迁长安，他发掘了诸帝陵寝及公卿墓冢，收其珍宝。董卓还把洛阳及其附近200里内居民，几百万人口驱赶入关中，将房屋烧光，鸡犬杀尽。被驱赶的人民，沿途缺粮，更遭到军队的践踏和抢掠，死亡无算，积尸满路。史称“旧京空虚，数百里中无烟火”。东汉二百年来政治、经济、文化中心的巍峨帝京，成了一片瓦砾场。

接着董卓又把关中弄得残破不堪。他大肆搜刮，敲剥黎民，筑坞于郿县，高厚7丈，与长安城等，号曰“万岁坞”，积贮了30年的军粮，珍藏黄金二三万斤，银八九万斤，绵绮缋縠纨素奇玩，积如丘山。董卓得意洋洋自称：“事成，雄踞天下；不成，守此足以毕老。”并且铸小钱，致使物价腾贵，一斛谷价值数十万，使百姓又蒙受一层灾难。

公元192年，司徒王允用计收买了吕布，使其杀死董卓。

董卓死后，王允掌握了政权，不久，董卓旧部李傕、郭汜等以为董卓报仇为名，率10万大军攻入长安，杀死王允等人，赶走吕布，又对长安城进行新一轮的烧杀抢掠。而后，李、郭两人之间又发生大规模的火并，长安与其附近地区，成了他们相互厮杀的战场，长安城变成废墟，居民离乡背井，关中地区继洛阳之后，又成无人居住之地。大诗人王粲《七哀》诗中说：“出门无所见，白骨蔽平原”。即是对当时景况的真实描述。

董卓之乱使两汉灿烂文化蒙受了无法弥补的损失，给社会带来了一场浩劫，它是东汉腐朽政治的必然产物。

经过数年混战，关西军阀彻底垮台，退出了历史舞台。而规模更大的军阀混战却在关东军阀中展开。

王允吕布谋杀董卓

初平二年（191 年），董卓败于孙坚退出洛阳，迁入长安后，诛杀异己，无恶不作，激起天怨人怒。各地豪强借讨董卓争战不休。董卓身边的一些亲信目睹董卓的所作所为及混战趋势，也私下商议除掉董卓，攫取兵权，称霸天下。这些人中有董早最为信任的司徒王允和中郎将吕布。

王允字子师。中平六年（189 年），汉灵帝死后，大将军何进为诛宦官曾召王允密谋，并命他为从事中郎，继而作河南尹。献帝即位后，王允为太仆，后升迁守尚书令。初平元年（190 年）正月，在关东军讨伐下，董卓挟迫汉献帝西迁长安，自己仍留洛阳主持战事，命王允随献帝一同前往，朝廷事无巨细均托于王允。实则长安之时，王允主持朝廷大政。只是因军事大权尚在董卓之手，王允自知力所不及，不敢轻举妄动。他“矫情屈意，每相承附”，为此，董卓对王允十分放心，没有猜忌。但随着董卓残暴骄淫日甚，地主集团和人民群众群起攻之，王允认为董卓势力不趋，正是自己夺权的好时机，便同司隶校尉黄琬、尚书郑公业等人密谋借机除掉董卓。于是他以校尉杨瓒为左将军，以执金吾士孙瑞为南阳太守，带兵东进，名为讨伐袁术，实则进攻董卓，事成之后，挟献帝回洛阳，自己控制朝政。此举因引起董卓的怀疑，没有成功。初平二年（191 年）

四月，董卓被孙坚战败，退出洛阳入长安后，为感谢王允入关“扶持王室于危乱之中”的功劳，封他为温侯，食邑5000户。王允“自谦”不受。最后在士孙瑞劝说下，他才接受了二千户。翌年，初平三年（192年）春天，数月连绵阴雨，王允自忖干掉董卓已是天意，又与士孙瑞、杨瓒等人密谋，并暗中和董卓的保镖中郎将吕布取得联系。

吕布，字奉先，五原人。他原在骑都尉丁原手下做主簿，俩人关系非常亲密。何进诛宦官召丁原发兵赴洛阳，命丁原为执金吾。何进被宦官杀死后，董卓趁机挑拨丁原与吕布，吕布干掉丁原，带兵投奔了董卓。董卓非常喜欢和信任吕布，俩人誓为父子，形影不离。吕布连续提升为骑都尉、中郎将，被封为都亭侯，成了董卓的贴身保镖。然而，一次，吕布因一件小事未合董卓之意，惹怒董卓。董卓拔戟刺向吕布。吕布拳捷，避之，方幸免于难。由此，吕布忌恨在心。他见到王允，向其述说了险遭董卓之害的经过，王允趁机将自己同士孙瑞、杨瓒等人的谋划告诉吕布，要吕布也参加，作为内应。吕布感念他与董卓的父子之情，尚有顾忌。王允说：“你姓吕，你们并非骨肉，他投剑刺你时，哪是有父子之情。”吕布觉得言之有理，答应与王允等人诛董卓。

同年四月，汉献帝大病初愈，会群臣于未央宫。王允吕布等商定趁此时机行刺，除掉董卓。他们派李肃等10几名亲信装扮成卫士守住宫门。董卓刚入宫门，李肃箭步上前刺之内甲。董卓胳膊受伤，坠落车下。慌乱中，他大声叫喊：“吕布在哪儿?”盼其前来相救。吕布应声喝道：“有诏令讨贼臣”。随即举矛刺死董卓。长安城中的百姓听说董卓被杀，“歌舞于道”，许多人卖掉珠宝衣物，买来酒肉痛饮庆贺。

曹操统一北方

在群雄纷争中，宦官家庭出身的曹操犹如一匹黑马，脱颖而出。

曹操（155—220 年）字孟德，小名阿瞒。沛国谯（今安徽亳县）人。汉灵帝中平五年（188 年）为典军校尉，后因刺杀董卓不成而外逃至陈留，在陈留太守张邈和他的好友卫兹的帮助下，招兵 5000 人，组成自己的军队，并参加关东联盟，讨伐董卓。献帝初平二年（191 年），当酸枣等地的讨伐董卓的联军已经离散的时候，曹操还只是带着千余人的部队在河内寄居，没有固定地盘。是年夏，青州黄巾军号称百万，进入兖州，杀死刺史刘岱。济北相鲍信等迎接曹操做兖州牧。曹操设计屡败黄巾军，后黄巾军被迫投降。“受降卒 30 余万，男女百余万口，收其精锐者，号为青州兵。”从此，曹操据有兖州，并借此作为争霸的资本，开始逐步实现他统一天下的政治抱负。

在李、郭之乱中，献帝在杨奉、董承等的保护下，逃离关西，于公元 196 年，重回洛阳。此时，袁绍手下谋臣沮授建议袁绍迎献帝到邺，挟天子而伐不从。而袁绍有自立为帝之意，且又自恃强大，因此不出兵迎接献帝。曹操当时驻兵于许，听说献帝回到洛阳，有意迎帝。

曹操接受荀彧的建议，亲自率军到洛阳去迎献帝。不久便将汉献帝转移到自己的势力范围许昌（今河南许昌），改年号为建安元年，即公元 196 年，迁都许昌。献帝任曹操为大将军，封武平侯。于是，曹操总揽朝政，开始“挟天子以令诸侯”。

曹操将皇帝控制在手中之后，便开始发展经济。于公元

196 年接受曹祇的建议颁布“屯田令”，实行屯田。所谓的屯田就是将农民以军事组织的形式编制起来，组成屯田客，来开垦和耕种国家拥有的土地。

屯田的实施在战乱的年代，其作用是巨大的。它不仅使大量流民安定下来，重归土地，生活有了着落，而且，使残破的经济得以恢复和发展。曹操借此也解决了军粮问题，为其争霸天下奠定了物质基础。

曹操在政治上控制了皇帝，取得了主动权；经济上在统治区内实行了屯田，得到了充足的军粮。有了比较坚强的后盾，他开始实行统一天下的宏伟计划。当时，曹操势力范围主要在黄河以南兖州地区，他的北边是拥有青、冀、幽、并四州之地的袁绍；南边是拥有淮南扬州的袁术；东边是拥有徐州的吕布；西边是拥有荆州南阳的张绣。面对群雄环绕的形势，曹操采取北和袁绍，先弱后强，由近及远，分化拉拢，各个击破的战略方针。

公元 197 年，曹操进攻占据在南阳的张绣，公元 198 年，张绣投降曹操。

公元 197 年在袁术攻吕布兵败后，曹操出兵攻打袁术，袁术退居淮南，淮北之地尽落曹操手中。

公元 198 年，曹操东征吕布，夺得下邳，将吕布绞死。

公元 200 年，曹操又赶走新据徐州的刘备，控制了黄河以南和长江以北大片地区，开始与占据黄河以北的袁绍争锋，爆发了历史上有名的官渡之战。

在曹操迎接汉献帝到许以前，曹操和袁绍分别在黄河南北发展自己的势力，双方还一直保持着友好的关系。但随着双方势力的扩张，利害冲突也跟踪而来。曹操打着“天子”招牌，纵封赏大权，自为大将军，以袁绍为太尉。袁绍素来骄贵，声望和地位一向在曹操之上，这时，绍耻位在曹操下，不肯接受太尉官职。由于袁绍势力很大，曹操不得不把大将军让给他，而自为司空、行车骑将军。

建安三年（198 年）十二月曹操擒杀吕布，取得徐州，次年三月，袁绍消灭公孙瓒，兼并幽州，于是袁、曹两大势力之间的对立显得更加突出，便不能不以战争相见了。

公元 200 年二月，袁绍命沮授为监军，亲率 10 万大军，从邺城（今河南省安阳市北）出发，进攻曹操的都城许昌。袁绍大军开进黎阳（今河南浚县东北），安营扎寨，将这里作为指挥部，派大将郭图、颜良进攻白马（今河南滑县东）。当时驻守白马的是曹操的东郡太守刘延，守军死伤惨重。而曹操集结在官渡（今河南中牟县东北）的军队也只不过三四万人。对敌力量悬殊，白马告急。

连环计绘画

四月，曹操北上解白马之围，用荀攸计，屯兵延津伪装渡河，好像要攻击袁绍的后方，迷惑袁绍大军渡河，使其分兵西向。目的达到后，曹操自引轻骑，集中徐晃、张辽、关羽等骁将，出其不意奔袭白马。关羽斩颜良，袁军溃败。曹操拔白马之军，迁徙白马百姓沿黄河撤退，丢弃辎重军械，诱袁绍大军渡河来追。

五至六月，袁军渡河至延津。袁绍大将文丑与刘备追击曹军，在延津南白马山中计被斩。颜良、文丑为河北名将，连战皆输，绍军夺气。

与延津之战同时，于禁、乐进又率步骑 5000，从延津西渡河奇袭袁军后方，至汲、获嘉二县，焚其堡聚20余屯。

七至九月。袁绍虽然连战皆北，仍凭其兵力优势，密集推进，与曹操相持于官渡。八月，袁军逼近曹寨，依沙埍为屯，东西数十里，曹军亦分营对垒相持。

袁绍逼近官渡的同时，于七月派刘备迂回曹军后方，与汝南黄巾军联合开辟第二战线。袁军派出的劫粮之军也连连得手。

九月，袁曹两军在官渡展开阵地战，曹军寡不敌众，还营坚守。袁军起土山地道强攻，激战异常。两军“相持百余日，河南人疲困，多畔应绍”。当时曹军粮少，曹操致书荀彧，打算撤军。荀彧回信曹操，以楚汉相争为喻劝曹操坐持战斗，谋士贾诩支持荀彧的意见，于是曹操派曹仁率领徐晃、史涣等攻破刘备在汝南的策应，还消灭了袁绍断粮道的游击军，使其运输畅通。曹操又用荀攸计，派徐晃等扰乱袁绍后方，烧了袁绍运粮车及其辎重，杀其将韩猛。

十月，两军主力决战。袁绍再次派出淳于琼等带兵万余人押运粮车，屯放在袁绍大营北40里的乌巢。沮授与许攸向袁绍建议保护粮草之计，不被袁绍采纳。

许攸见他的计谋不被采纳，心中很是不平。正在这时，留守邺城的审配收捕了许攸家属。许攸一怒之下，投奔曹操，告知袁军储粮虚实，劝曹操轻骑烧粮。当时曹军只有一个月的军粮，为打破僵局，曹操决定出奇制胜。他亲率5000骑兵，冒用袁军旗号，月夜偷袭乌巢。天亮时，曹操抵达淳于琼粮营。淳于琼见曹操兵少，欲邀功利，不护粮草，出营迎战。曹军殊死战，淳于琼战败，粮草被焚。

袁绍闻听乌巢军粮被烧，他不派兵援救淳于琼，反而自作主张认为曹操偷袭乌巢，将计就计，袭击曹操的大本营，以断曹操的归路，遂命大将张郃、高览前去攻打曹军大营。张郃认为这样做是在冒险，建议袁绍不可如此。袁绍不听，张郃等只好攻打官渡曹营。袁军到达官渡，前面遇到曹洪大军的顽强抵抗，后面又受到从乌巢得胜回来的曹操的猛攻，腹背受敌。张郃见袁绍成不了大事，便与高览率军投降了曹操。

粮草被烧，张郃等大军投降，袁军不打自乱，曹军乘胜全面出击。消灭袁军7万多人，袁绍慌忙带着儿子袁谭和800骑兵，渡过黄河北逃。曹操消灭北方最大军阀袁绍的主力，取得了官渡之战的绝对胜利。袁绍从此一蹶不振，建安七年（202年），袁绍在邺城病死。

官渡之战，曹操以少胜众，以弱胜强，击败了一代枭雄袁绍。袁绍之死，成就了曹操的事业，加速了他统一北方的步伐。河北智士名将田丰、沮授、颜良、文丑，成了袁绍的殉葬品。张郃、许攸等一批人杰，投附了曹操，壮大了他的势力。官渡之战，还巩固了曹操的政治地位，以及在汉官、曹氏阵营中的声望。曹操走上了他事业的巅峰。经过几年征战，曹操攻下了冀、青、幽、并四州之地，基本上统一了北方。

建安十二年（207年），曹操为了彻底消灭袁氏残余势力，并解除辽东少数民族乌桓的骚扰，曹操亲自率兵远征乌桓，杀死乌桓王蹋顿，将乌桓掠去和逃亡乌桓地区的10多万汉族人带回内地，并从乌桓军队中挑选一些骑兵编入自己队伍，成为“天下名骑”。经过二十多年的角逐，中原大地重归安宁，军阀们在相互混战中死伤殆尽。

到这时，中国北方，除辽东的公孙康和关西的马腾、韩遂尚仅是名义上的服从汉朝外，其他州郡都直接隶属于曹操的管辖之下了。已完成北方统一大业的曹操仍雄心勃勃，时刻做好准备，重新统一全国。

官渡决战

经过白马、延津两仗以后，袁、曹双方进入了一个暂时相持阶段。袁绍虽然连败两仗，但是仍旧保持着优势力量：从军队数量说，袁绍的军队将近 10 万人，曹操最多不过三四万人。从后方的经济力量说，曹操占领的兖、豫二州，是汉末以来破坏得最严重的地区之一，远不如袁绍占领的河北地区那样富庶。曹操虽然在进入许都的那一年，就开始屯田积谷，但是毕竟只有四、五年的光景，还不能根本改变占领区的残破面貌。军用粮饷，也远远不及袁绍充足。

曹操是一个有才干的政治家、军事家。他虽然在物质条件方面还比不上袁绍，但是他很懂得从政治上争取人心。他一方面严令各地方官加紧催收租税，以便供应前线；另一方面，也采取了一些笼络人心的政治措施。例如：他采纳了朗陵（今河南确山西南）令越俨的建议，把阳安郡（治所在朗陵）界内所征收的绵绢，发还给百姓，减轻一些人民的负担。又如：他下令部队行军，不许马踏麦田，违者处死。所以能在一定程度上得到人民的支持，为自己在军事上战胜敌人创造了有利的条件。

袁绍没有能从失败中吸取教训，仍旧仗着他在军队数量、装备和物资储备上的优势，盲目冒进。七月，袁绍把大军集结到官渡北面的阳武，准备继续发动进攻。沮授再一次向他分析战争形势说："我方军队虽然人数多，却比不上曹军勇敢善战；曹军的弱点是军粮少，物资储备没有我方充足。"根据这个客观情况，他建议袁绍，用持久战来消耗曹军的力量，以便最后战胜曹操。袁绍仍旧不听从沮授的意见。他命令主力部队进到官渡前线，安营下寨，军营东西长达几十里。曹操也针锋相对，摆好阵势，同袁军对峙。

公元200年九月，曹操向袁军发动了一次进攻，没有获胜。他就改变方针，深沟高垒，固守阵地，以等待有利时机。袁绍见曹军坚守不出，命令士兵在曹营外面堆起土山，砌起高高的壁楼，在那里用箭射击曹军。箭密得像下雨一般。曹营士兵来往行动都得用盾牌遮住身体。曹操命工匠连夜赶造了一种炮车，发射石块，把袁军的壁楼击破。炮车发射石块的时候，声响如雷，因此，当时人们都管这种车叫“霹雳车”。袁军这一着没有成功，又暗凿地道，直通曹营，打算由地道里打过去。曹操针对这种地道战术，命人在营墙内挖掘长沟，进行防御。双方就这样在官渡相持了三个多月。

当时，曹操方面军队数量既少，军粮也不充足。在这种不利的处境下，曹操统治区内的很多军民都对战争前途抱怀疑，有些郡县叛变了。曹操也很忧虑。他曾经写信同留守许都的荀彧或商量，打算退守许都。荀彧给曹操写回信，向他分析战争的前途。信里说明，当前是战败袁绍、取得最后胜利的重要关头；曹军粮食虽然不足，但是还不至于毫无办法，只要坚持下去，战局一定会很快发生变化。他劝曹操要努力争取最后胜利，千万不要退兵，失却机会。曹操认为荀彧的见解很正确，就坚定了同袁绍周旋到底的决心。他一面命令部队继续固守官渡，一面密切注视敌人动态，以便寻找有利时机，进行最后的决战。

在两军相持阶段，军粮的补给是关系战争胜败的一个重要因素。曹操看到袁军粮草虽然比较充足，但是因为军队多，消耗也大，如果军粮发生问题，就会不战自败。曹操一方面严令后方催办粮草，接济军需；一方面，决定派人去烧毁袁军的粮草。恰巧袁绍派韩猛监押粮车几千辆，前来官渡途中。韩猛是袁绍手下的一员战将，但是他有勇无谋，而且轻敌少备。荀攸了解到这个情况，就向曹操建议派兵去劫夺袁绍的粮车。曹操派部将徐晃和史涣带兵前往打跑了韩猛，烧掉了他押送的全部粮车和军用物资。到了十月，袁绍又派人从河北运来 1 万多车军粮，囤积在大营以北 40 里的故市、乌巢（都在今河南延津县境），还特派大将淳于琼带领 1 万人驻扎在那里保护。由于上次粮车被烧，一度造成袁军给养的困难，因此沮授特别提醒袁绍，要他另派一员战将率领一部分部队驻防在淳于琼的外侧，以防曹军抄袭。袁绍没有采纳。

袁绍的另一个谋士许攸，认为曹操兵少，而且主力部队都集中在官渡，后方必定空虚。因此，他建议袁绍派出一支轻骑部队，去偷袭许都。但是，盲目自大而又顾虑多端的袁绍，并不重视许攸的意见，反而骄傲地说："不必，我一定可以在这里擒住曹操！"许攸感到袁绍这样骄傲轻敌，最后一定要失败。因此，他的思想发生动摇。正在这个当儿，许攸的家族有人犯了法，被留守邺城的审配拘捕起来。许攸在气愤之下，竟然背弃袁绍，去投奔曹操。

曹操听说许攸前来投靠，高兴得连鞋子都没有来得及穿，就光着脚跑出去迎接，并且拍手说："子元（许攸的字）远道而来，我的大事一定可以成功了。"许攸见了曹操，开口就问道："袁绍军势很盛，您打算怎样对付他？目前还有多少存粮？"曹操说："可以支持一年。"许攸知道这是假话，就说："没有这么多吧！"曹操又回答说："可以支持半年。"许攸直截了当地说："您不想打败袁绍吗？为什么不说实话呢！"曹操才对许攸说："其实军粮只够维持十多天了。你看这该怎么办呢？"许攸这才把袁绍在乌巢堆积军粮的情况完全告诉了他，并劝他率轻骑前往偷袭，把袁绍的粮食和辎重全部烧掉。

许攸的情报，真使曹操喜出望外。当天夜里，曹操留下曹洪、荀攸防守官渡大营，亲自率领步骑兵5000人，打着袁军旗号，每人手里拿着一把干柴，口里衔着枚，把所有的马嘴都束起来，从小路奔向乌巢。在行军途中，曹军忽然遇到一队袁军，盘问他们是何处兵马，曹操让士兵回答说："袁将军恐怕曹操包抄我军粮屯，特地派我们前去增援。"曹操的部队骗过了敌人的耳目，顺利地通过了袁军的防线，直奔乌巢，把袁绍的粮屯团团围住，然后放起火来。在黑夜中，只见粮屯周围，浓烟四起，火光冲天。袁军从梦中惊醒，慌作一团，不知如何是好。天亮以后，袁军守将淳于琼发现曹操兵马并不多，就把军队调出营门，攻击曹军。结果，被曹军打得大败，淳于琼只得退守营屯。

袁绍听说曹操进攻乌巢粮屯，仍旧没有引起严重的注意，反而认为这是攻下官渡、歼灭曹军主力的最好机会。他对袁谭说："只要我们攻下曹操的大营，即使他打败了淳于琼，也没有退路了。"于是，他命令大将张郃、高览率兵加紧攻打曹操的官渡大营。张郃看到曹操亲领精兵围攻乌巢，恐怕淳于琼支持不住。他认为乌巢如果有失，大事也就完了。因此，他一再请求袁绍先派兵去救淳于琼。但是，袁绍在郭图的迎合下，仍旧坚持以主力进攻曹操的官渡大营，只派少数骑兵去救乌巢。由于曹操在官渡的营垒很是坚固，战士死守，袁军久攻不下，主力部队反而被吸引住了。这就给曹操拿下乌巢创造了有利条件。当袁绍的增援骑兵临近乌巢的时候，曹操的部下慌忙向他报告说："敌人援军就要到了，我们快分一部分军队去抵挡吧！"当时，正是能否攻下乌巢，决定胜负大局的紧要关头。因此，曹操严厉命令部下说："等敌人到了我们背后，再来报告！"在曹操坚决果断的指挥下，不但击溃了袁军的增援部队，而且攻下了袁军营屯，杀死了淳于琼。袁军的1万多车粮谷也被烧得一干二净。

淳于琼战败被杀的消息传到官渡前线，张郃看到大势已去，失去了斗志。他同高览把全部攻城器械烧掉，一道到曹营去投降了。袁军粮屯被烧，军心已经动摇。这回又传来了主将投降的消息，更加慌乱，袁军一下子全都溃散了。曹操乘势领兵出击，袁军大败。袁绍和袁谭只率领着 800 名亲兵逃回黄河以北。曹操缴获了袁军丢下的全部军用物资和珍宝财物，并坑杀了投降过来的许多袁军士兵。在这一次战争里，袁绍的主力差不多全部被歼灭了。

袁绍经不起这样的惨败。他又气又急，得了重病。公元 202 年五月，袁绍病死了。他的几个儿子争权夺位，最后竟至互相攻杀起来，结果都被曹操各个击破。公元 206 年，曹操彻底消灭了袁氏的残余力量，全部控制了过去为袁绍所占据的地盘。

曹魏的建立

曹魏的开国者是曹丕，实际创始人却是曹操。

随着曹操统一战争的逐步胜利，曹操的政治地位也越来越高。建安十七年（212 年）正月，汉献帝下诏，今后曹操赞拜皇帝不称名字，入朝不趋，可佩剑上殿，一如汉初丞相萧何旧例。这年十月，大臣董昭对曹操说：“自古以来，人臣匡世，未有您今日之功者；即使有您今日之功者，也未有久处人臣之位者。现在您虽愿保守名节，但是您在大臣之位，容易使人怀疑您，您不可不认真考虑。”曹操以为此话言之有理，乃与列侯诸将计议，以为丞相应当晋爵为国公，配备九锡，以表彰殊勋。

荀彧却从维护汉室出发，反对这样做，使曹操极不高兴。后曹操借故将荀彧扣押在军中，荀彧知他与曹操的矛盾不会消除，于是饮毒药自杀。

建安十八年（213 年）五月，汉献帝以冀州 10 郡封曹操为魏公，仍旧以丞相兼职冀州牧，加赐九锡等殊礼。不久，曹操开始建造魏社稷、宗庙。十一月，曹操又在自己的封国初置尚书、侍中和六卿等官职，以荀攸为尚书令，凉茂为仆射，毛玠、崔琰、常林、徐弈、何夔为尚书，王粲、杜袭、卫觊、和洽为侍中，钟繇为大理，王修为大司农，袁涣为郎中令，行御史大夫事，陈群为御史中丞，初步建起魏氏政权。次年，汉献帝又下诏：曹操位在诸侯王之上，改授金玺等物。又过了两年，汉献帝下诏，把曹操爵位由魏公升封魏王。曹操成为魏王后第二年，汉献帝又下诏，魏王曹操设天子旌旗，出入称警跸。又以曹操世子五宫中郎将曹丕为太子。至此，虽然曹操名为魏王，表面上低于汉帝一级，实际上已是真皇帝，汉献帝徒有虚名，早成为傀儡和曹操的政治工具，国家的政治、军事、经济等权力，全操在曹操父子手里。

陆逊

从曹操迎汉献帝都许，控制了朝廷时起，一些忠于汉室的大臣，曾几次想谋杀曹操，从他手中夺回实权。建安五年（200 年），车骑将军董承等人就想谋杀曹操，不料事情泄露，董承等人全被曹操诛杀。建安十九年（214 年），伏皇后也写信给父亲伏完，陈述曹操残忍威逼汉献帝，令伏完密杀曹操，结果伏完不敢下手，反被曹操得知。曹操令御史大夫郗虑收回伏皇后的玺绶，将伏皇后和她生的两个皇子，以及室宗一百多人杀戮。次年，曹操又逼汉献帝立他的女儿为皇后。建安二十三年（218 年），太医令吉本与少府耿纪、司直韦晃等人反，火烧丞相长史王必的军营，欲抢走汉献帝投降刘备，最后也兵败被杀。建安二十四年（219 年），魏相国西曹掾魏讽，勾结长乐卫尉陈祎密谋袭击邺城，陈祎恐惧告发，曹丕下令捕捉魏讽，这次牵连被杀者达数千人，魏相国钟繇也由此而被免官。通过一次次斗争，拥护刘氏宗室的势力全部被清除，曹氏取代刘氏为帝的条件已经完全具备，但曹操却不想由自己来取代刘氏。这年十二月，孙权袭杀关羽，曹操任命孙权为骠骑将军，封南昌侯。孙权遣使者来致谢，并上书向曹操称臣，劝曹操顺应天命，早即帝位。曹操把来信传示诸将，说："这小子是想把我架上火炉去烧烤我呵！"大臣陈群、大将夏侯惇等人也劝曹操不要犹豫，早正大位，曹操见部下都拥护他称帝，才吐露了真心话，说："如果我真有天命，那我当周文王吧。"表示他愿极力为儿子当皇帝创造条件，他自己却不愿称帝。

魏黄初元年（220 年）正月，曹操病死在洛阳，太子曹丕即魏王、丞相、冀州牧之位。这年七月，左中郎将李伏、太史丞许芝上表，奏称"魏当代汉，见于图纬，其事甚众。"群臣也纷纷上表，劝曹丕顺应天人之望，禅代刘氏。十月，汉献帝被迫遣御史大夫张者奉皇帝玺绶诏册，禅位于魏。曹丕假意推让一番，乃令在繁阳筑坛。坛建成后，曹丕登坛，由公卿、列侯、诸将、匈奴单于、四夷使者数万人陪同，接受皇帝玺绶，正式即皇帝位，是为魏文帝，改元黄初。十一月，魏文帝曹丕下诏，改汉献帝为山阳公，追尊父亲武王曹操为魏武皇帝，正式建立了曹氏政权，中国历史也随之进入三国时期。

吴的统治

当中原大地群雄争霸、混战不已的时候，长江以南江东地区也有一股势力正在不断壮大，那就是孙氏父子。

孙坚（156—192 年），字文台，吴郡富春（今浙江富阳）人。自称是春秋兵法家孙武的后代。黄巾起义时，孙坚见天下大乱，便率领乡里少年和招募的兵丁 1000 多人，参加镇压起义军，因军功后累升官至长沙太守，并参加关东联军，讨伐董卓，势力不断壮大。后投靠袁术，袁术表孙坚为破虏将军、豫州刺史。初平三年（192 年），袁术同刘表争夺荆州时，孙坚为先锋，连败刘表大将黄祖。在围攻襄阳时，被黄祖的士兵暗箭射死，年仅三十七岁。

孙坚死后，他的儿子，年仅十七岁的孙策继承父亲的遗志，来完成其父未竟的事业。孙策（176—200 年），字伯符，人长得英俊，并且才华横溢。他率领父亲的旧部，继续投靠袁术。

袁术虽然很赏识孙策的才华，但袁术对孙策并不重用，他所重用的只是他的故吏，使年轻的孙策才华无处施展。

公元 194 年，扬州刺史刘繇率兵攻打袁术所置的丹阳太守吴景。孙策借机向袁术请命，攻打刘繇。

袁术放虎归山，孙策如鱼得水。孙策出寿春时只有千余人马，他沿途招募军队，由于纪律严明，行至历阳（今安徽和县），已拥众五六千人。这时周瑜领兵来迎，孙策力量更为壮大，开始向东南进军，攻击扬州刺史刘繇。

刘繇，东莱人，汉宗室后代，兖州刺史刘岱之弟。刘繇任扬州刺史，遭到袁术的逼迫，治所寿春被袁术占领。刘繇就攻占曲阿（今江苏丹阳），赶走袁术任命的太守吴景。刘繇同郡太史慈来投奔他，太史慈出身寒微，虽勇猛有才，但不被重用。刘繇迂腐，不用人才，军队又缺乏训练，因此战斗力不强。而孙策作战英勇，“所向皆破，莫敢当其锋”，又善识人用人。刘繇哪是孙策对手，手下大将张英、樊能战死，太史慈投了孙策，刘繇只好弃军而逃。孙策很快占据了曲阿，夺了丹阳郡，在江南站稳了脚跟。

当时江东各地，豪强林立，地方宗族部伍，各不统属，主要有吴郡太守许贡，会稽太守王朗，以及地方豪强如乌程邹他、钱铜，吴郡严白虎，前合浦太守王晟及自称吴郡太守驻屯海西的陈瑀等。孙策采取先打弱敌，后打强敌的策略，首先扫荡地方豪强，即先打小敌邹他、钱铜、王晟等，然后拔掉严白虎、陈瑀。三四年间，东灭吴郡太守许贡，降服会稽太守王朗、豫章太守华歆，聚众 3 万余人，将领除孙坚旧部程普、黄盖、韩当外，又收聚了周瑜、蒋钦、周泰、董袭、凌操等人。谋士有张昭、张纮、秦松等，俨然大家气象。

公元 196 年，曹操迎献帝都许昌，袁术却在淮南自称皇帝。孙策写信给袁术决裂，上表献帝联络曹操。曹操表孙策为讨逆将军、吴侯。孙策讨袁，独力发展，智谋远略超过了父亲孙坚。

孙策为了获得江东人民的支持，他下令士兵不许抢劫百姓财物，扰乱民生。对刘繇部下实行宽大政策，既往不咎，来去自由，所以孙策军队很得人心。另外，孙策作战勇敢，在战斗中总是一马当先，敌军闻孙策无不心惊。经过几年的努力，孙策占据了会稽、丹阳、吴郡、豫章（今江西南昌）、庐陵（今吉水东北）、庐江（今安徽庐江西南）六郡之地，基本上控制了扬州地区。政治上也摆脱了袁术的控制，开始称霸江东。

建安五年（200 年），孙策打猎时，被吴郡太守许贡的门客用毒箭射死。孙策有勇有谋，又善识人用人，他的早逝，是孙吴政权的重大损失。孙策临终，把印绶交给了十九岁的弟弟孙权。

孙权继位后，采取各种措施巩固了吴国的政权，为吴国在三国鼎立中站稳脚跟奠定了基础。

首先，孙权尊礼重臣，团结旧部。东吴将帅程普、吕范、朱然、蒋钦、周泰、陈武、董袭等人，都是孙策聚集留给孙权的宝贵财富。但孙权与旧将“未有君臣之固”，能否威众，将取决于他的措置是否得宜。张昭为文臣领袖，周瑜为武将之魁。孙权待张昭以师傅之礼，而兄事周瑜，又以程普、吕范等为腹心将帅。张昭、周瑜等人认为孙权可以共成大业，真心事奉。张、周心服，这就稳定了全军。

其次，“招延俊秀，聘求名士”。以鲁肃、诸葛瑾等为宾客，众士归附，人心悦服。

在孙权“亲贤贵士，纳奇录异”（《三国志·鲁肃传》）的推诚用人政策下，远近奇士，争相效命。使得孙吴人才济济，虽逊于曹魏，却远远超过了蜀汉。虞翻，曹操征之不去。甘宁，蜀将，冒难来投。由孙权举拔的文武大臣如银汉星光，灿烂夺目。顾雍、诸葛瑾、步骘、严畯、阚泽、薛综、士燮、鲁肃、吕蒙、周泰、凌统、徐盛、潘璋、丁奉、朱然、吕范、朱桓、陆逊、陆抗、吕岱、周鲂、钟离牧、潘濬、陆凯、胡综、陆绩、诸葛恪等，都得到了效命的机会，各尽其能。纵观江东才俊。近 3/4 为孙权所简拔。“蜀汉之义正，魏之势强，吴介其间，皆不敌也，而角立不相下；吴有人焉，足与诸葛颉颃，魏得士虽多，无有及之者也。”

孙权治国，除上述用人之策外，还有另外两项基本国策：一是扶植部曲，二是镇抚山越。这里先说扶植部曲，具体措施如下：

其一，抚纳豪右，扩大立国基础。东汉末年，“天下大乱，豪杰并起”，当此时，“家家欲为帝王，人人欲为公侯”，地方豪强组织的私兵部曲，遍地林立。要站稳脚跟，须取得地方豪强的支持。在战乱之中，江东大族也希望有一个强大的军事集团来保护他们的利益，孙氏势力在江东的迅速发展成了他们的理想人物。此外江北外籍部曲希望在江东建立根基，一方面竭诚拥护孙氏，另一方面也希望与江东土著豪强和平共处。孙氏一方面要保护土著豪强，一方面要发展外来部曲在江东立足，扩大统治基础，这样扶植部曲就成为必然的施政措施了。

为了共同的政治经济利益，江东大族与江北世族、孙氏部曲联合起来组成了江东政权，外御强敌，内抚山越。

其二，授兵奉邑制与复客制。授兵、奉邑、复客是孙吴部曲领兵制的三个环节，这是新形势下的宗族领主制。孙权统事，命张昭与孙邵、滕胤、郑礼等人，“采周、汉，撰定朝仪”。周代分封诸侯，汉代中央集权郡县制。江东林立的豪强宗部，是事实上半割据状态的封建部曲，宗主与部曲之间有很强的人身依附关系。孙权承认这一现实，给予诸将授兵、奉邑、赐复客，既不同于周代的分封，又不是汉代的中央集权，是杂糅周汉制度的混合体，姑名之宗族领主制。也可以说是孙氏政权结纳豪右在政治经济上的一种分利。

其三，联姻结缘。授兵制、奉邑制、复客制，在政治经济上保护了豪右的利益，孙权认为还不够，还在思想感情上建立密切的关系，就是用联姻手段来巩固世族的联盟。这种以婚姻关系的拉拢，用血缘为纽带，有力地把江东、江北、皇权之间的利益与关系焊接起来，有利于孙吴政权的巩固，也有利于世家部曲势力的发展。江南世族发展方兴未艾，江东大族也可以说是在孙权扶植下才壮大起来的。孙氏政权施行的封授领兵制度，使江南部曲人数迅速膨胀，发展成为一个且耕且战的兵户阶层，为两晋南北朝江南世族庄园的发展铺平了道路，对历史产生了深远的影响。

镇抚山越，是一个民族政策问题。孙吴全盛时据有荆、扬、交三州之地。少数民族，荆州西部有武陵蛮，交州有南越，扬州有山越。武陵蛮和南越处在孙吴的边远地区，山越处在腹心地带，即孙吴统治中心扬州。山越遍布于扬州各郡山岭地区，人口居扬州之半，因此，山越割据，成为孙权的心腹大患，又欲驱略其民补兵垦田，所以自始至终贯彻了一条强征压服的路线，而不是招抚。高压征服的具体措施，主要有以下几项。

其一，分割郡县。孙吴不断设置新郡，目的就是“立郡县以镇山越”。分割郡县，用能征惯战的高级将领担任郡守县令，将山越分割征讨。

其二，分部诸将镇抚。孙权趁北方多事之秋，于公元200年到公元207年，集中全力镇抚山越，能征惯战之将，下到郡县作太守、县令，分别负责剿抚。孙吴征讨山越，斩杀2万余人，俘获、诱纳的强者，被编作部曲为兵的有十五六万人。以一兵一户计，山越人被编为兵户的前后有10余万户。诸将征讨所得，孙权就承认征讨者据为部曲。

其三，围困山越，驱赶下山。孙吴镇抚山越采取高压政策，前期与后期手段略有不同。前期以贺齐为代表，主要用驱赶、杀掳的办法，“拣其精健为兵，次为县户”。后期以诸葛恪为代表，主要用围困、招诱，威恩并施的办法，驱赶山越人下山。

孙吴的高压掠夺政策，给山越人民带来深重的苦难，激起山越人民不断反抗。他们凭借深山险阻，经常揭竿而起，攻没郡县，杀掠官吏豪强。但另一方面，孙吴的民族政策将汉越人强制统一编户给大融合奠定了政治基础。山越人从山上被驱赶到平地，宣告了他们原先分散、闭塞、隔绝于世、老死林莽这一落后保守生活习俗的结束，客观上有利于山越民族的进步、进化。山越人强者为兵，弱者补户，使社会组织与汉族一体化，十分有利于语言习俗的交流，不仅加速了民族融合，而且两族混一杂居，有利于生产技术交流，共同推进了对江南地区的经济开发。

曹植在文学上的成就

曹植，字子建，曹丕之弟，是建安时期最负盛名的作家，为三曹之冠，《诗品》称为“建安之杰”。曹植留下的诗歌有七十余首，五言居多，奠定了五言古诗的基础。

曹植的文学创作以公元220年曹丕称帝为界限，明显分为前后两个时期。曹植“生乎乱，长乎军”，早年随曹操南征北战，培植了强烈的功名事业心，所以前期诗歌主要表现他的壮志，如《白马篇》、《名都篇》就是代表作，抒发了建功立业的雄心壮志，雄健刚劲，意气风发，乐观豪迈的激情。曹植曾与曹丕争太子位，政治斗争失败后备受迫害和压抑。后期诗歌以抒发个人的主观愤懑感情为主，而在客观上深刻地暴露了统治阶级内部的残酷斗争，具有深刻的思想意义。如《赠白马王彪》、《呼嗟篇》、《野王黄雀行》。曹植诗中也有反映人民生活疾苦的篇章，如《泰山梁甫行》就描绘了一幅边海人民贫困生活的画面。

在曹氏父子中，文学成就最大的要数曹植，他是建安时代最杰出、最有代表性，对后世影响最大的一位作家。曹植现存的作品，不仅数量多，而且形式繁富，除诗、赋、章、表、书、论等外，还有颂、碑、赞、铭、咏和哀辞等各种文体。

曹植诗歌在艺术创作上有突出的成就。他学习汉乐府民歌，创作五言诗，对中国古代五言诗体的发展作出了积极的贡献。他尤善于运用比兴手法，借助于其他事物来进行譬喻和象征巧妙地加以表达。如《野田黄雀行》：

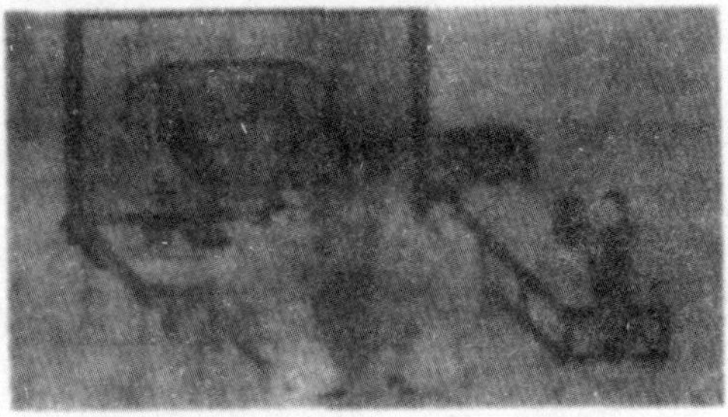
对弈

在修辞手法上，曹植也超脱乐府古辞中句与句之间的“顶真”手法，发展为章与章之间的“顶真”，如《赠白马王彪》一诗，全诗共七章，除第一章外，其余六章的后一章首句必和前一章末句相呼应。后一章用前一章的结尾来起头。这样，不仅使全诗的音节更加合拍，匀称，增加读者的兴趣，而且由于各个章节之间的上递下接，层层相因，使这首长达七章的诗篇在结构上联成一个整体，在思想感情上一层深一层，而读者的感情也随之起伏，深深地被诗歌所吸引。诗品有评：“骨气奇高，词采华茂。”

三国时的绘画艺术

三国时期，绘画取得了一定成就，出现了一批著名画家和许多著名作品。

三国时最著名的画家当推曹不兴。不兴或名弗兴，吴吴兴人。以善画，名冠一时，长于人物及衣着。曾在长达五十尺的大幅绢上画人物，因心灵手快，须臾即成。所绘人物，头面手足，胸臆肩背，不失尺度，衣纹皱折，尤别开新样。《三国志·赵达传》（卷六三）注引《吴录》言：孙权使不兴“画屏风，误落笔点素，因就以作蝇。既进御，权以为生蝇，举手弹之。”足见曹不兴写生之妙，已达到以假乱真的程度。曹不兴特擅长画龙。唐人朱景玄《唐朝名画录》记载曹子兴之佛画，后人称其为画史上的“佛画之祖”。

马钧的发明创造

马钧，扶风（今陕西兴平县）人，三国时代著名的机械革新家，发明家。他出身贫苦，很注意观察生活实际，尤其是对于生产工具，再加上他的勤奋研究，努力发明，在机械方面作出了极大贡献。

在纺织机上，马钧注意改革，他把六十蹑、五十蹑减为十二蹑，使织绫机提高了五倍的效率，促进了丝织业的生产。经过这么一改，织绫机很快就推广开了，马钧也从此出了名。

后来，马钧在曹魏政权做给事中（官名），住在洛阳。在他的住处附近有一片坡地，可以用来作菜园子，就是引水灌溉不方便。马钧在前人创造的用来吸水洒路的翻车（即水车）的基础上，设法加以改进，制成了既轻巧又便于操作，连小孩子都能使用的翻车，叫龙骨水车。这种水车，利用了齿轮和链唧筒的原理。车身是用木板作槽，当中用小木条和木板做成链子，连成一圈，套在木槽里，而在板槽的另一头连着一个有两个曲板的轮轴。这样，只要把板槽的另一头放进水里，人在上面不断地踏动曲板，水就能从板槽间连续地推刮上来。这种水车比原来的水车功率提高了很多倍，所以很快便流传到民间，促进了农业生产的发展。

马钧得到魏明帝的同意，便造起指南车来。但是，史书上只提到过黄帝曾靠指南车辨别方向打败蚩尤，并没有传下实物，就连图样也没有。马钧只能靠自己的想象重新设计制造。由于他平时肯钻研，又掌握了机械运动的原理，不久便制成了。马钧用他的劳动创造，赢得了满朝官员的称赞和敬佩。

可惜，马钧制造的指南车也没有能留传下来。但马钧是创造指南车的先导者，这是可以肯定的。《三国志·魏书》的《方技传》和《明帝纪》、《宋史·舆服志》均有明确记载。我们现在所看到的古代指南车模型，则是仿宋朝燕肃、吴德仁所造的。据《宋史·舆服志》记载，这种指南车主要是利用齿轮原理。车的结构是一辆独辕的两轮车，在车厢中央有一个平放的大齿轮，连接有一些小齿轮，上面竖立一个木人。当车子走动时，先把小木人的手指向南方（或指别的方向均可），如果车子向左转，右边车轮带动小齿轮，再牵动大齿轮，便使大齿轮向相反方向转动。所以不论车子往哪方转，木人指向都不会改变，因而能起到指示方向的作用。

马钧还曾利用水力推动齿轮使物体转动的原理，制造了一种叫“百戏”的玩具。它能让小木头人在木盘上作各种动作，包括唱歌、跳舞、击鼓、吹箫、跳丸、掷剑、缘（攀缘）垣、倒立等，这种构造精巧的玩具，很能看出马钧的匠心。

马钧对武器的革新也很关心。

马钧的发明创造是多方面的。他制造的织棱机、龙骨水车、指南车等，都给后继者开辟了道路，提供了经验。他在龙骨水车、指南车中所运用的机械原理，外国要迟上一千七八百年才开始应用。这是很值得称道的。马钧的刻苦钻研，大胆革新，勇于实践的精神，值得我们学习和继承。

裴秀的科技成就

裴秀，字秀彦，河东闻喜（即今山西今县）人，出身于官僚世家，曾担任过司空等职，掌管土地、制图等工作。在制作地图方面作出了很大贡献。

他的最大成就是制成“制图六体”，即制图所应遵循的方法和规律，共有六条。它们是：一、“分率”，即比例尺；二，“准望”，即方位；三，“道里”，即距离；四，“高下”；五，“方邪”；六，“迂直”。其中后三条说明各地间由于地势起伏、倾斜缓急、山川走向而产生的问题。裴秀认为以上六条是相互关联、相互制约的。如果地图上没有比例尺的标记，则不能确定距离的远近。如果只有比例尺的标记，而无方位，则某地的方向虽然从某一方向看是对的，但从其他方向看就不对了。如果只有方位的确定，而无道路的实际路线和距离的表示，那么在有山水相隔的地方就不知该怎样通行了。如果只有路线和距离的标记，而无地面高低起伏和路线曲直的形状，则道路的远近必定与其距离不符，方向也弄不清。所以六条准则必然综合运用，相互印证，才能确定一个地方的位置、距离和地势情况。因此可以说，现代地图学所需要的主要因素，除经纬线和投影以外，裴秀都已谈及了。我国绘制地图的方法基本上都依据裴秀所规定的“六体”。

其次，裴秀编绘了《禹贡地域图》十八篇，重新勘察，绘制了当时地图。

另外，裴秀又将原有粗重的用八十疋缣制作的《天下大图》，加以改造，以“一分为十里、一寸为百里”的比例进行缩制，使之成为容易省览的小而明确的《方丈图》。这种缩小了的《方丈图》就是现在所说的小比例尺（1：1，800，000）地图。到刘宋时，文学家谢庄（公元421年～公元466年）制造出一个方丈大的木质地形模特，后来北宋沈括、南宋黄裳与朱熹，都用木材、面糊、木屑、胶泥及蜡等制造地形模型。这些都是裴秀方丈图的继续演进，说明裴秀对后代地图学的发展具有深远影响。他是我国古代一位杰出的地理学家。

西晋赋税制度

西晋政府在占田制基础上，又规定赋税制。

户调法即按户征收赋税的制度，如丁男作户主，每户每年纳绢三匹，绵三斤。如户主是妇人或次丁男，绢绵减半。有些边郡纳三分之二，远郡纳三分之一。边地非汉族人，按住地远近，每户纳賨（赋）布一匹或一丈。

青釉小猪圈薰

田租——西晋田租每亩八升，朝廷按下列田亩数收税。户主占田七十亩，户主妻三十亩，一户共纳占田租一百亩（八斛）。一户内正丁男纳课田租五十亩，正丁女纳二十亩。次丁男纳课田租二十五亩，次丁女不课。边地非汉族人不课田，按住地远近，每户纳义米三斛或五斗。住地极远，纳米不便，改纳钱每人二十八文。田租的规定及以钱代物的制度促进了政府的财政收入和国家势力的雄厚。

两汉户赋用钱。曹操改为每户纳绢二匹绵二斤。晋户调比魏制加一匹绢一斤绵。曹操定户调在东汉末大乱时，晋初社会经济已经恢复了一些，按州郡远近有所增减，应是一种合理的制度。两汉有口赋钱算赋钱和三十税一的田租。曹操废两汉租赋制，户调以外，不取口赋算赋，田租改为每亩收租四升。晋斟酌汉魏旧制，改田租为每亩八升。并规定十六岁以上至六十六岁的男女为正丁，十五岁以下至三十岁，六十一岁以上至六十五岁的男女为次丁，十二岁以下、六十六岁以上的男女为老小。除户主夫妇纳占田租，次丁女和老小不纳田租，其余正丁男女和次丁男都得纳课田租。所谓课田租，如果纳租者并无实田，那就等于纳口赋算赋。晋武帝时齐王司马攸说，现在土地有余，务农的人却嫌少，附业（种课田）多有虚假。晋惠帝时束晳说，占田课田，往往有名无实。这都说明占田制课田制，只是一种意在督促农户加辟耕地的赋税制。它比魏重，比汉轻，对当时农户说来，还不算是过重的负担。它的又一特征是立户赋税重，附业较轻，因之，西晋虽增收课田租，但一户所包容的人口，比汉魏仍有增长的趋势。在土地有余、人力不足的情况下，农户内人口增加，是有利于生产的。户调式制度的实施，是晋代独具的一个特色，晋武帝司马炎通过制定这些措施增强了国力。

文学上的“太康中兴”

西晋文学最为繁荣的时期是太康（公元 280 年～公元 289 年）、元康（公元 291 年～公元 299 年）年间。钟嵘称：“太康中，三张、二陆、两潘、一左，勃尔复兴，踵武前王，风流未沬，亦文章之中兴也。”（《诗品序》）太康间最活跃的诗人正是张载、张协、张亢和陆机、陆云、潘岳、潘尼与左思。宋人严羽《沧浪诗话·诗体》根据这时作家作品的风格，称之为“太康体”。太康诗风，大致如刘勰所说，“采缛于正始，力柔于建安”（《文心雕龙·明诗》）“体情之制日疏，逐文之篇愈盛”（《文心雕龙·情采》），即诗歌创作多追求形式华美，而内容则比建安、正始时期较为贫弱，显得骨气不足，而形式过于华丽和严整，有本末倒置之感。出现这种情况是由于社会暂时呈繁荣安定景象，许多文人为之欢欣鼓舞，禁不住攀龙附凤，歌功颂德，这就使他们的诗歌内容受到局限。也正是由于社会暂时稳定，文人们才有时间和精力来深入研究文学创作问题。如陆机作《文赋》专论为文之道，对形式技巧问题加以探讨；左思花了十年时间制作《三都赋》，考证名物不遗余力。同时，从曹丕的时代起，文学已开始逐渐从经学的附庸地位中独立出来，进入自觉发展的轨道。建安文人如曹植就已相当重视词采的华茂，讲究形式技巧，太康诗人沿着这一轨迹加以发展，也是文学发展的趋势使然。太康诗人追求形式华美，从积极的角度说，可以说是文学更加自觉的一种表现。其缺点是未能正确地处理好文学形式与内容的关系，这种倾向一直延续到南北朝之末，其教训是值得总结的。尽管如此，这一时期的诗歌创作还是有成就的。就作家而言，陆机、潘岳、张协及左思的成就较高。尤其左思，其“三都赋”名噪当时为传颂。

西晋词赋的发展

辞赋产生于汉代，经过汉末以来的发展，到晋时成为一个极盛时期。

从晋武帝泰始元年（公元 265 年）到晋恭帝元熙二年（公元 420 年）刘裕代晋，共一百五十五年。这是魏晋南北朝辞赋最发达的时期。这时有作品存留至今的辞赋作家有一百一十九人，今存辞赋作品（包括残缺）五百二十一篇，占魏晋南北朝辞赋总数的将近一半。这时辞赋的发展又可分为西晋和东晋两段。西晋时期，大赋的数量有所增加，如左思《三都赋》、成公绥《啸赋》、木华《海赋》、郭璞《江赋》，都属于这一类。这些赋，虽各有一定可取之处，但未能脱出汉大赋的规模。西晋的词赋形式过于华丽，善于堆砌词藻、典故，作品数量庞大。这时有成就的赋仍然是咏物抒情之作。而且词采华美，骈偶已成为主要倾向。如同骈文在这时正式形成一样，骈赋也在这时正式形成。陆机、潘岳、左思是西晋著名诗人，也是著名辞赋作家。

潭柘寺

陆机赋今存二十九篇，其中较著名的是《叹逝赋》、《豪士赋》与《文赋》。

潘岳赋今存二十九篇（包括《哀永逝文》与《吊孟尝君文》等赋体文），其赋以长于抒情见称，《秋兴赋》、《西征赋》、《闲居赋》是其颇负盛名的代表作。

左思赋今存者不多，完整的仅《三都赋》、《白发赋》。

左思少年时曾学书法鼓琴不成，后发奋读书。虽出身庶门，其貌不扬，木讷口吃，但其文章华丽，文采飞扬，于西晋太康前后，撰成《三都赋》。

《三都赋》在文学史上被称为千古绝唱。是由蜀都赋、吴都赋、魏都赋等三篇独立而又相联结的赋组成。记述三国时期，成都、建业、邺三名都的山水物产、风俗人情，因左思写作态度严谨精审，所记风俗博物，都以方志、地图等资料作参考，故能详实地反映当时的社会生活状况。书成后，一方面文辞富丽、语言华实，另一方面书中内容涉及许多时人关注之焦点，如平吴、统一大江南北等，于是引起人们极大的兴趣，张华称其可与班固《两都赋》、张衡《两京赋》相媲美。皇甫谧为之作序，张载等作注，卫权作略解。当时洛阳富室传抄《三都赋》，致使城内纸价飞涨，“洛阳纸贵”成为千古佳话。

玄学清谈之风

整个魏晋南北朝时期，民族矛盾、阶级矛盾交织，晋武帝司马炎死后，惠帝即位，朝政由贾后之党把持，紧随着是八王之乱的发生，北方少数民族乘乱进入中原，形成五胡乱华的局面，经过几十年的大动乱，西晋灭亡，西晋社会政治极端黑暗腐败，士族各集团间互相残酷屠戮，使士大夫知识分子朝不保夕，随时有杀身灭门之祸。这是玄言清谈得以在西晋发展的社会原因。《文心雕龙·时序》说：“自中朝贵玄，江左称盛，因谈余气，流成文体。”此所指中朝，即惠帝以后时期。《诗品序》亦说：“永嘉时，贵黄老，稍尚虚谈，于时篇什，理过其辞，淡乎寡味。”

另外从思想发展来看，魏晋时期，黄巾起义的革命风暴刚过，曹氏和司马氏不同豪族集团的权利之争又激烈展开。地主阶级需要防范农民革命再起，又要适应政治舞台上攘夺纷争的局面，极力寻求一种新的思想工具。东汉风行一时的“谶纬之学”，以神学来解释儒学，经过王充等人的批判，已经失去原来的迷惑作用。朝廷提倡的经学，也已经发展成为僵化的章句之学。有时五字之文，注说要定二三万言。不少学者，“幼童而守一艺，白首而后能言”。这种繁琐经学，很难再适应魏晋时期的动荡形势。于是，坐谈玄理的“玄学”便应运而兴了。

所谓“玄学”，即玄虚之学，风行于魏晋时期的一种唯心主义哲学，这种哲学思想，开始于曹魏正始年间（公元 240 年～公元 249 年），创始人是何晏、王弼；发展于西晋元康年间（公元 291 年～公元 299 年），代表人物是嵇康、阮籍；最后完成于永嘉年间（公元 307 年～公元 312 年），代表人物是向秀、郭象。这些人生活于魏晋之间，他们的思想代表着当时的主要思潮，因而“玄学”又往往称为“魏晋玄学”。

它是以精神性的“无”，作为思想体系的核心，强调“以无为本”。玄学家们认为，万事万物这些实际存在的“有”，都产生于“无”。这个“无”很神秘，看不见也摸不着，“道之而无语，名之而无名，视之而无形，听之而无声”。可见，这是精神性的东西。但是“无”又神通广大，能“开（创造）物成（就）务（事业）”，能产生一切，又主宰一切。很明显，这种“贵无”论，是一种客观唯心主义的哲学。

“贵无”论体现在政治上，便主张“无为”，或曰“自然”。玄学家们认为，统治者要无为而治，老百姓也要无为而处，一句话，不要打乱门阀士族的现成统治秩序。汉初黄老思想也讲“无为”，着重讲统治术。此时玄学所说的“无为”，重点却在讲处世术，玄学家们想要寻求一条顺时应变的处世之道，在乱世之中。保全自己，当然也要保全门阀地主的腐朽统治。对老百姓，则要求他们放弃一切欲望，“顺天知命”，安于受剥削受压迫的地位，不要再起来造反。玄学家的这种说教，对于防止黄巾再起，解除人民革命思想武装，反倒能有所“为”。

玄学家们又从“无为”出发，为维护封建的纲常名教进行辩解。他们说“名教出于自然”，或“名教即自然”。就是说，封建的尊卑、上下关系，合乎自然，生而固有，不能否定。这个论点，把儒家“名教”与道家“自然”结合一体，反映出魏晋玄学的特点，正是揉名儒道而形成的一种新的唯心主义思想体系。

玄学家推重“三玄”，指的是道家名著《老子》、《庄子》和儒家经典《周易》，也是儒道之说并蓄。正因有此特点，玄学比起两汉时期的单纯儒家说教，要具有更大的欺骗性。

玄学的一个重要特点是清谈。清谈又称“清言”或“玄谈”，始于东汉末年的人物品题。曹魏政权建立以后，为了适应其打击豪强地主的政治需要，推行“九品中正制”，以此吸纳庶族士人入仕，使之成了识别人物，选拔官员的“才性之学”，从而清谈从单纯品题的人物变为抽象的才性问题的讨论。刘邵的《人物志》就是关于才性问题的代表作。正始以后，司马氏把持朝纲并进而篡立。政治进入了中国历史的最黑暗朝代，为了逃避罗网，文士们绞尽了脑汁，他们认为，躲避政治陷害的最好办法是少讲话，不讲话，或者讲一些无关痛痒的废话和模棱两可的“玄言”。司马昭称阮籍为天下第一谨慎之人，他每次谈话，都言语玄远，从不评论时事，臧否人物。嵇康讲话也意在言中但不留下任何把柄，以此作为全身之道。尽管如此，也难免被猜疑，因而名士们还以酒和药作为护身符，服寒食散和借酒浇愁成为一种时尚。这种怪诞放达行为的思想和理论依据乃是来源于老庄的自然无为思想。在这一时期，清谈融入了《老子》、《庄子》、《周易》，所谓“三玄”的思想，使之玄学化。

永嘉之后，为西晋清谈盛行时期。西晋中期清谈名士首推王衍和乐广。

王衍信奉玄学“贵无”思想，《晋书·王衍传》说：“魏正始中，何晏、王弼等祖述《老》《庄》，立论以为‘天地万物皆以无为本。无为者，开物成务，无往不存者也。阴阳恃以化生，万物恃以成形，贤者恃以成德，不肖恃以免身。故无之为用，无爵而贵矣。’衍甚重之。”这段话解说了王弼、何晏玄学之核心思想，即“以无为本”。这成为王衍清谈之理论依据。《王衍传》还说：“衍既有盛才美貌，明悟若神，常自比子贡。兼声名籍甚，倾动当世。妙善玄言，惟谈《老》《庄》为事。”王衍自比子贡，具有调和玄、儒之倾向。

《晋书·乐广传》说：“广与王衍俱宅心事外，名重于时。故天下言风流者，谓王、乐为称首焉。”这说明乐广与王衍为当时清谈首领。

乐广谈理较王衍为高。当时清谈，要以简练的言辞表达精深的义理，所谓“言约旨远”、“清辞简旨”，王衍与乐广谈，便觉己之烦，说明他于义理尚有不通畅，而不如乐广玄学修养深。夏侯玄、裴楷、王戎、卫瓘、王衍等，皆为著名清谈名士，他们称美乐广，固然由于乐广善言名理，而乐广亦因之获致高名。

乐广为清谈名流，反对放诞不羁。当时放荡不羁已成风气，乐广以“名教内自有乐地”加以非难，是调和自然和名教主张，是为旷达不必越礼。

中朝清谈名士还有裴楷、庾敳、谢鲲、卫玠等人，但直到郭象才成为玄学的集大成者，在他的《庄子注》中玄学的范式最后完成。在郭象的著作中，除强调“独化”“无为”外玄学的辨言析理的方法也得到了完成，其表现就是言意之辨。这一方法与品鉴风格同样是得意忘言：找到对象形质背后的神韵、意义，这是玄学使人感到玄的本质，他的庄子注也不是语言注解，而是进行逍遥游。因此郭象哲学取消了本体论，也取消了对象：他肯定的有不是事物自身作为存在，而是它们的独化（与意一样），事物的生化和变化。郭象完成的玄学体系抛弃了存在和其本性，而使存在物的化（其实是意即神韵的一种）成为哲学对象，这是理学的本质路线。

玄学和清谈，是一定历史条件的产物，它风行于魏晋时代而不衰，和门阀地主阶级占统治地位有密切关系。当门阀地主逐渐走下舞台时，玄学也必然要跟着衰落下去了。

陈寿与《三国志》

《三国志》是唯一保存至今同时又是兼记魏、蜀、吴三国史事的优秀著作，这是中国史学上的一大幸事。

陈寿，字承祚，蜀汉巴西安汉（今四川南充）人，为经学大师谯周的学生。勤奋博学，为人质直，有良史之才。晋平蜀后，陈寿经张华推荐，官至佐著作郎。公元280年（太康元年）开始编写《三国志》，以王沈的《魏书》、韦昭的《吴书》、鱼豢的《魏略》等书为参考，并自己搜集蜀汉故事，经五年笔耕，于公元285年撰成史学不朽之作《三国志》。《三国志》由魏、蜀、吴三志六十五卷组成，（其中《魏志》三十卷、《蜀志》十五卷、《吴志》二十卷）为纪传体通史，但只有纪传，没有表志。书以取材精良、文笔简约、言辞质直而受好评。

《三国志》书成时“时人称其善叙事，有良史之才”；司空张华“深善之，谓寿曰：‘当以晋书相付耳。’”（《晋书·陈寿传》（卷八十二）中讲：陈寿撰《三国志》与司马彪撰《续汉书》）大致同时，但他比司马彪早卒约十年。他们是西晋最有成就的两位史家。

《三国志》记事，起于东汉灵帝光和末年（公元184年）黄巾起义，迄于西晋灭吴（公元280年），不仅仅限于三国时期（公元220年～公元280年）的史事，故与《后汉书》在内容上颇有交叉。从《三国志》看陈寿的史才，首先是他对三国时期的历史有一个认识上的全局考虑和编撰上的恰当处置。三国鼎立局面的形成，三国之间和战的展开，以及蜀灭于魏、魏之为晋所取代和吴灭于晋的斗争结局，都是在纷乱复杂中从容不迫地叙述出来。在编撰的体例上，陈寿以魏主为帝纪，总揽三国全局史事；以蜀、吴二主史事传名而纪实，既与全书协调，又显示出鼎立三分的格局。这种体例上的统一和区别，也反映在著者对三国创立者的称谓上：对曹操，在《魏书》中称太祖（曹操迎献帝至许昌后称公、魏公、魏王），在《蜀书》、《吴书》中称曹公；对刘备，在《蜀书》中称先主，在《魏书》、《吴书》中均称名；对孙权，在全书中一概称名。此外，在纪年上，著者虽在魏、蜀、吴三书中各以本国年号纪年，但也注意到以魏国纪年贯串三书，如记蜀后主刘禅继位、改元时书曰“是岁魏黄初四年也”（《蜀书·后主传》），记孙亮继位、改元时书曰“是岁于魏嘉平四年也”（《吴书·三嗣主传》）。这些都表明陈寿对于三国史事的总揽全局的器识和在表述上的精心安排。他以一部纪传体史书兼记同时存在的三个皇朝的历史，这是“正史”撰述中的新创造。

陈寿的史才，还在于他善于通过委婉、隐晦的表达方法以贯彻史家的实录精神。他先后作为蜀臣和蜀之敌国魏的取代者晋的史臣，对于汉与曹氏的关系、蜀魏关系、魏与司马氏的关系，在正统观念极盛的历史条件下，都是在历史撰述中很难处理的大问题，但陈寿却于曲折中写出真情。

陈寿的史才还突出表现在叙事简洁。全书以《魏书》三十卷叙魏事兼叙三国时期历史全貌，以《蜀收》十五卷、《吴书》二十卷分叙蜀、吴史事兼三国之间的复杂关系，而无冗杂之感，反映出陈寿对史事取舍的谨慎和文字表述的凝练。有人评论《三国志》“练核事情，每下一字一句，极有斤两。”但记载又过于简洁，对一些重要的历史事件和人物事迹，语而不详，甚至遗漏，由是南朝宋文帝命裴松之作补注。

陈寿在撰述旨趣上推重“清流雅望”之士，“宝身全家”之行的士族风气，所以他对制订“九品官人法”的陈群赞美备至，对太原晋阳王昶长达千余字的戒子侄书全文收录。

陈寿在历史观上有浓厚的神秘色彩和天命思想，他用符瑞图谶、预言童谣来渲染魏、蜀、吴三国君主的称帝，用“天禄永终，历数在晋”《魏书·三少帝纪》来说明晋之代魏的合理性，他断言“神明不可虚要，天命不可妄冀，必然之验也”（《蜀书·刘二牧传》）。这种推重“清流雅望”和宣扬天人感应的政治观点和历史观点，是陈寿史学中的消极因素，也在一定程度上局限了《三国志》的史学价值。后人以《三国志》、《史记》、《汉书》、《后汉书》合称“前四史”，认为是《二十四史》中的代表性著作，这是充分肯定了《三国志》在史学上的地位。

古文经学与今文经学

自西汉末今古文经学发生斗争，至东汉末，郑玄混合今古文，今文失去统治地位而告一结束。魏晋时期，王肃（纯古文），郑玄两学派发生斗争，以新注行世（王弼注《周易》、何晏注《论语》、杜预注《左传》），王肃学派失败而告一结束。西汉以来博士所传今文章句之学，和汉儒贾（逵）马（融）等人的古文经学，都在晋怀帝永嘉之乱中归于消灭。以前的两次结束正为全部消灭做了必要的准备。原始儒学（秦以前）变为两汉经学（今文古文两派），两汉经学变为魏晋经学，至此，经学本身也就无可再变，只等唐人替它作《正义》，保存汉魏各学派的一些残余。

原始儒学含有朴素的唯物论思想，宗教成分很稀薄，不能完全适合统治阶级的需要。两汉今文经学派（以董仲舒为首）力图变儒学为宗教，奉孔子为教主，造谶纬来神化孔子，遭古文经学派（以王充为首）的反对，终于无所成就。老子《道德经》本来也属于唯物论方面，魏晋士人把它解释为唯心论，结合庄子的诡辩论，创立玄学。玄学盛行，经学衰退到次等位置上去了。不过，玄学也不是宗教，而统治阶级迫切需要的却是宗教，玄学必然要继经学而衰退。在经学玄学相继衰退中，佛教逐步兴盛起来，自魏晋起至隋唐止，经学在思想领域的统治地位，逐渐被佛教夺去，玄学和道教也夺得一部分，经学仅能保持传统的崇高名义而没有实在的领导地位。

古文经学只讲训诂名物，并无思想性，但唯物论倾向一般是存在着的。曹操禁内学（谶纬），晋武帝禁星气谶纬之学。这种禁令多少受古文经学的影响，当然，主要的还是政治上原因。

西汉景帝时，在挖掘孔子旧宅时发现孔子宅墙壁中所藏《古文尚书》，比伏生所传《今文尚书》二十九篇（注家分为三十四篇）多出十六篇（分成二十四篇）。孔安国传《古文尚书》，司马迁是孔安国的学生，但《史记》所录《尚书》诸篇，仅《殷本经》载《汤诰》百余字，《周本纪》、《齐世家》载《泰誓》

若干语，或是《孔壁尚书》遗文，其余不出《今文尚书》范围。十六篇大抵是些断篇残简，因之汉世不曾流传。魏晋时出现伪《古文尚书》，托名孔安国作传（注），并新添二十五篇。《孔传》和新篇或疑是王肃所造，或说是郑冲（与王肃同时人）所传。按王肃专造伪书（如《孔丛子》、《孔子家语》），郑冲是无耻官僚（晋太傅），为了求宠，很可能传授王肃的伪书。晋武帝置十九博士，其中有《古文尚书》孔氏，足见东晋梅赜只是献伪书，不是自造伪书。自梅赜献伪书，一直被认为真孔壁古文而流传下来，到清初阎若璩，作《古文尚书疏证》，才完全证明它是伪书。从而确定了传统经学的正统地位。

两汉今文经师，一般是抱残守缺，穿凿附会的陋儒。古文经师比今文经师学问广博很多，但仍不能解脱传统的束缚。最显著的是《易》学，古文经师拘泥于像数卜筮，支离琐碎，可厌之处不比今文《易》学少些。王弼开始以玄理说《易》，推翻两汉今古文《易》学，标志着经学从两汉家法师法的束缚下解脱出来，思想活动比较自由一些了。魏晋经学以博采众说，不守一家之法一师之说为特征，就是思想比较自由一些的表现。

中国文化东传日本

三世纪下半叶到六世纪，中国的先进文化大规模传入日本，促成了日本古坟文化的兴起，并最终代替弥生文化，推进了日本历史文化的进程。在此期间，代表古坟文化的大和政权开始形成，并逐渐成为日本列岛的中心，在四世纪下半叶基本统一日本，使日本进入古代文明的繁盛阶段。这一时期，日本通过朝鲜半岛继续吸收大陆先进文化，不断从朝鲜的弁辰得获铁矿和铁制工具、兵器，并开始交结百济。同时日本也同中国直接联系，经常派遣使者，先后和曹魏、东晋、刘宋、南齐、萧梁等政权建立邦交，以获得册封，加强文化的交流，壮大自己的国力。公元 238 年以后的八九年间，日本倭女王卑弥呼就向曹魏派出四次使节，并献赠男生口、女生口、斑布等礼品，不久魏也 2 次派使者到日本，并带去大量中国锦绢、珠宝等。应神天皇（公元 270 年～公元 309 年）时代，大批汉人从朝鲜移居日本，他们从中国带来了先进的养蚕织丝技术，更进了织机，改良了蚕种，为日本的丝织业开创了一个新的局面。除佛教东渡外，中国对日本在精神文化上的影响还表现在文教、儒学等方面。例如应神天皇时，汉字正式传入日本宫廷。约在公元 405 年，百济博士王仁向应神天皇献《论语》十卷、《千字文》一卷，使汉字和儒家经典正式传入日本，结束了日本无文字的历史。此后，日本的文字逐步从汉字中借音、借形产生出来，开始了记录本民族语言的文字历史时代。可见，中国古代的文明具有很大的先进性。

王叔和的《脉经》

西晋太医王叔和曾编辑张仲景的《金匮要略》、《伤寒论》等书，并集中了秦汉以来医家切脉的经验，于公元 266 年至公元 282 年间写成一部《脉经》，它是我国现存最早的一部系统论述脉学的专著。

脉学是中医诊断学的重要组成部分。《内经》中记载的诊脉方法，主要是“三部九侯”遍身诊法和“人迎寸口”法。《难经》论脉诊较《内经》有所发展，推崇诊脉“独取寸口”，并把寸口脉划分为寸脉和尺脉二部，以分别诊察阳分、浅表病证和阴分、内里病证。由于独取寸口的诊脉方法简便易行，因而逐渐代替了《内经》的脉法而为临床医家所采用。《难经》之后，有不少医家对脉学深有研究，并撰有一些专门著述，可惜均已失传。西晋时期的名医王叔和，摘录《内经》、《难经》、《脉法》及扁鹊、华佗、张仲景等人关于脉学的著述，结合自己的临证诊脉经验，编撰了《脉经》一书。

王叔和，名熙，高平人，约生活于公元三世纪前半期，曾任三国魏太医令。他除撰《脉经》一书外，还对当时已经散乱的张仲景《伤寒杂病论》进行了搜集和整理，使之完整地保存流传下来，为医学的发展作出了重要贡献。他所撰《脉经》共十卷，九十八篇。

《脉经》对各种脉象的诊断意义作了大量的论述，除指出迟则为寒、濇则少血、缓则为虚、洪则为热等等单一脉象的主病之外，还对多种兼脉的主病作了说明，如“脉来细而微者，血气俱虚；沉细滑疾者，热；迟紧为寒”等等。

《脉经》书影

《脉经》首次把脉象归纳为浮、芤、洪、滑、数、促、弦、紧、沉、伏、革、实、微、涩、细、软、弱、虚、散、缓、迟、结、代、动等二十四种，对每种脉象的形象，指下感觉等作了具体的描述，并指出了一些相拟脉象的区别，分八组进行了排列比较，初步肯定了左手寸部脉主心与小肠、关部脉主肝与胆，右手寸部脉主脉与大肠、关部脉主脾与胃，两手尺部主肾与膀胱等寸关尺三部的定位诊断。更可贵的是《脉经》并非单纯根据脉象机械地诊断疾病，而是将脉象同其他临床表现及具体病种结合起来，灵活地用于疾病的诊断，指导疾病的治疗，因而同一种脉象，在不同的具体情况下则具有不同的诊断意义，医生必须脉症合参才能认识疾病的本质。这对正确评估脉诊在中医诊断学中的地位而防止对脉诊的神秘化具有重要意义。

王叔和以“脉经”命名其书，是因为脉学是书中的主要内容，而严格说来，《脉经》并不是一部脉学专著，因为该书卷六论五脏六腑病证；卷七论汗、吐、下、刺、灸，水、火等法可用与不可用之证；卷八论内科杂病；卷九论妇科病和小儿杂证，虽然有时十分强调脉象的诊断意义，但也多有只谈诊治、不及脉象之处。即使从诊断学角度而言，书中也不仅论述脉诊一法，而是涉及了望诊、闻诊、问诊多方面的内容。如卷五载有“扁鹊华佗察声色要诀”一篇，着重论述了面、目、耳、唇、甲、齿、脐、发等部位的色泽或形态变化的诊断意义，反映了丰富的望诊知识。闻诊方面，则提到“病人尸臭者不可治”；问诊则涉及汗、大便、疼痛、视力、既往病史等内容，其中提到“病人头目久痛，卒视无所见者，死。”临床上有不少颅内占位性病变的患者，大多先有头痛症状，随着颅内压力的逐渐增高，导致视神经乳头水肿而突然视力丧失，此类危重病证在古代一般没有妙法可施，所以书中断为死证是符合实际的。《脉经》一书从望、闻、问、切多个方面，反映了魏晋时期诊断技术的进步，对后世诊断学的发展起到了重要的奠基作用。为后世中医脉学的发展作出贡献。

南北对峙时代背景

两汉以至魏晋，为了便于控制，也为了补充兵源和劳动人手，朝廷经常通过强制和招引，使边远地区的少数民族人相继内迁。西晋时，西自今青海、甘肃，东经宁夏、内蒙古、陕西、山西、河北以至辽宁，南到河南，都有少数族人与汉人错居杂处。其中除辽河流域的鲜卑和青海、甘肃的氐、羌外，大都由原住地迁来。早在晋初，由于晋政权和地主豪强的压迫和剥削，也由于少数民族的权贵谋求恢复他们在本族中已失去的权位和满足他们的掠夺贪欲，以民族形式组织起来的暴动甚至战争已不断发生。到惠帝时（290—306 年）皇室间的夺权斗争由宫廷扩散到地方，混战使人民饱受痛苦，也削弱了晋政权的统治力量。惠帝晚年，阶级矛盾和民族矛盾一齐激化，西晋皇朝崩溃。从 304 年巴賨李雄和匈奴刘渊分别建立政权开始，到 439 年魏灭北凉止，136 年间，在中国北部和四川先后建立了习惯上称之为十六国（其实不止 16 国）的各族割据政权。其中除 4 个汉族政权（西凉、北燕、前凉、冉魏）外，建立这些政权的统治者为匈奴（包括匈奴卢水胡和匈奴铁弗部）、羯、鲜卑、氐、羌五族，史称“五胡”。

以 383 年东晋和前秦的淝水之战为界，十六国的建立可分前后二期：前期的政权有：①成汉、②汉和前赵、③后赵、④前燕、⑤前秦、⑥前凉，还有鲜卑拓跋部的代和冉闵的魏不在十六国内。后期的政权有：⑦后秦、⑧后燕、⑨南燕、⑩北燕、⑪后凉、⑫南凉、⑬西凉、⑭北凉、⑮西秦、⑯夏，此外还有西燕不在十六国内。

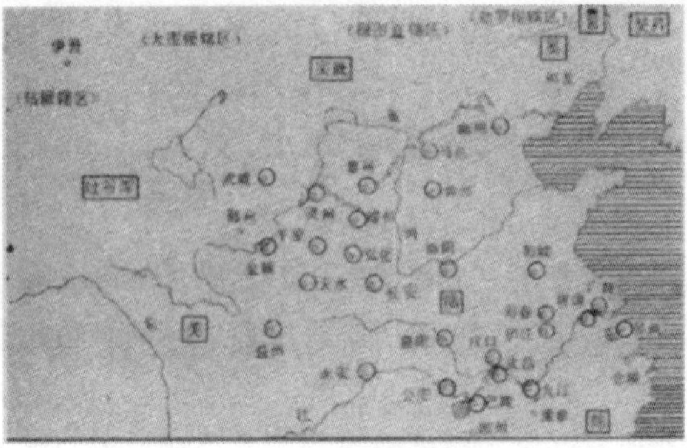

南北朝末期形势图

人民的生产与生活

在这个历史时期里，各族之间征服与被征服，统治与被统治的关系经常变换，民族压迫与反压迫的斗争反复进行。长期的动乱，统治者的狂暴屠杀和劫掠，漫无限止的劳役，给各族人民带来巨大灾祸。在战乱中生产极其困难，有时人民需要背着盾，带着弓箭到地里劳动，为了生活与生产，大量的劳动人民不得不投身坞壁主或在部落贵族的武装庇护下成为荫附户口。各族政权为了便于奴役，常常通过军事征服把各族人民迁到自己国都周围；一个政权消灭，另一个政权建立，随着统治中心的转移，又进行另一次的迁移。这种频繁的迁来迁去，使人民的生活与生产更加不能安定。

总的看来，这一时期中国北部的社会经济遭到严重破坏，但是不同区域、不同时期，情况也不尽相同。经过流民起义建立起来的成汉政权地处西南，李雄统治的三十年内（304—334年）“事少役稀，百姓富实”，益州成为全国最安定的地区。在北方，前凉统治的河西走廊和前燕统治下的辽河流域，都比较安定。西晋末年乱时，中原人民纷纷避难，大致黄河以南的人民南下江南；关中秦、雍地区人民小部分南流巴蜀、荆州，大部分西迁河西走廊；河北人民北入辽东、辽西。前凉、前燕地处边远，地广人稀，大量人民的流入提供了开发荒地的劳动力。前燕慕容皝统治时（333—348年）开放供贵族游猎的官地，仿照曹魏分成办法，使流人佃种，显然有利于荒地的开发。前凉的农业、畜牧业都有所发展，特别是六十年（317—376年）较稳定的政局，保证了自古以来著称的丝绸之路畅通，凉州州城姑臧成为国际、国内东西使节、商旅往来的枢纽。

黄河南北与关中地区是遭受战祸最剧，社会经济破坏最严重的地区，但在战事间歇期间，有的统治者为了巩固其政权，不得不推行一些有利于生产的措施，使被破坏的社会经济有所恢复。后赵石勒经过一番杀掠，在占领河北后颁布的租调征收额却比西晋轻减，还曾派使者出去劝课农桑；石虎统治之初（335年左右），征集的大量租谷，下令每年输送100万斛到京都，其余储藏在水道旁的粮仓。大量租谷当然为剥削农民所得，但也表明后赵境内农业有所恢复。曾经一度统一北方的前秦，政治比较清明，苻坚信任汉人王猛，抑制氐族权贵，奖励关心农业生产的清廉官吏，史籍称赞当时"豪右屏气，路不拾遗"，平定前燕后，据说"关陇清晏，百姓丰乐"，从国都长安到境内各地商贩在驿道上往来不绝。这些话虽不能尽信，也反映了继前、后赵破坏之后，关中的农业、手工业和商业在这时获得恢复和发展。继前秦的后秦姚兴统治时（394—416年）虽然兵戈不息，也还注意政治，曾下令解放百姓由于饥荒而自卖的奴婢，并注重刑罚，惩治贪污，这些措施直接间接有利于前秦末年大乱后关中经济的恢复。其他如西凉李暠（400—417年在位）在玉门、阳关扩大耕地，注意农业，史籍记载"年谷频登，百姓乐业"；北燕冯跋曾减轻赋役；南凉秃发乌孤也注意农桑，他们统治的一隅之地也曾为生产提供了较有利的条件。

各族所建政权的性质

建立政权的诸少数民族原先处于不同的历史发展阶段。有的早已解散部落，人民已成为州郡编户，他们早就和汉人一同生活在封建社会里，部分秦、雍氐羌就是这样；多数还保留部落组织形式，其中有的可能已进入封建社会，但还带有浓厚的氏族社会残余，并州的匈奴可能处于这种情况；有的似乎还逗留在家长奴役制阶段，比如鲜卑。不论诸族原先的发展阶段怎样有差异，由于他们置身于一个成熟了的封建社会中，在封建经济的基础上建立政权，因此基本上都是封建政权。

编户与荫附户口

当时大量人民成为坞壁主和部落贵族的荫附户口。坞壁主不少是大姓豪强，坞壁随着军事形势的变化兴废无常，大姓豪强却一直存在，也一直占有多少不等的荫附户。前燕、后燕的部落贵族都拥有大量军营荫户，后秦贵族也领有营户，他们都成为军事封建贵族，占有今山东的南燕，荫附之家“百室合户，千丁共籍”（包括汉族大姓和鲜卑贵族）。据说这种荫附之风是因袭前秦、东晋之弊。荫户是贵族豪强的私属，有的丧失土地，在主人田地上佃作，有的带着土地以求庇护，他们不承担国家赋役，只对主人负有义务。这种义务从贡纳、力役以至分成制地租有很多差别，但都是封建性剥削。还有许多登记上州郡户籍的所谓编户，他们是封建国家赋役剥削的对象。和历朝一样，为了保证国库收入和劳役来源，各族君主往往进行户口检查，

匈奴骑兵金饰牌

使荫户复归于编户。一次检查也可能收得效果，但从来也没有能够防止百姓继续流入私门。上述荫户基本上都是汉人，关于少数族人的封建化过程，记载缺略，但可以断言，他们也终于和汉人一样，或者成为州郡编户，或者成为私属。

少数民族政权与汉族士庶的关系

各少数民族政权是在众多汉人居住的地域上建立的，为了巩固其政权，各族统治者无例外地都力图取得固有封建势力的合作。后赵石勒颁布法令，不准侮辱“衣冠华族（即士族）”，并恢复为士族服务的九品官人法，派遣专职官员掌管士族定品和参加选拔。对于汉族人民，石虎是个非常残暴的异族君主，蓄意“苦役晋人”，作为消除反抗力量的措施；另方面他也尊重传统的士族特权，不仅继续承用九品官人法，并且下令被征服的前赵境内（雍、秦二州）士族也给予免役和优先选任官吏的权利。辽河流域涌入大量流人，因此前燕政权之始就任用作为流人首领的中原士族参加统治，有的甚至领兵征伐。以后前燕分支后燕、南燕也都承用这一以汉制汉政策。后燕慕容宝曾“定士族旧籍”，前秦苻坚也恢复“魏晋士籍”，其目的都在于区别士庶，一面承认士族的免役特权，又一面清除挤入士族行列的庶族，以免减少劳役征发对象。以上举的只是一些明显事例，其他各少数民族政权在不同程度上都有迹象表明他们对于士族特权的尊重，也都吸收士族豪门参加统治。

教育与文化

为了获得统治者需要的人才，加强与固有封建势力的合作，有些少数民族统治者还设置学校。前赵刘曜设置太学、小学，选拔百姓25岁以下、13岁以上资质可教的1500人为学生，太学生后来通过考试，授予官职。所谓“百姓”实际上应是士族豪门子弟。后赵设置太学、四门学、郡国学，学生是将佐和豪右的子弟，将佐可能也包括部分少数族人。前燕慕容皝设置“官学”，入学的是大臣子弟，称为“高门生”，达千余人，他还自著开蒙读物《太上章》和《典诫》十五篇作为教材。南燕慕容德南渡称帝，坐席未暖，就设置太学，选公卿、士族子弟200人为太学生。后秦姚兴时，来自各地的一些老儒生在长安开馆授徒，聚集生徒一万几千人。姚兴经常接见这些老儒，还鼓励诸生游学洛阳。特别是他设置律学，召集地方上没有专职的“散吏”入学，其中学得好的便派回原来郡县主管刑狱。律学的设置开唐代的先声。那时甚至在不太安定的南凉，秃发利鹿孤当政时也曾设立学校，置博士祭酒，教导贵族大臣子弟。设学授经，固然为了统治者的需要，但客观上有利于遭到严重破坏的传统文化的保存与传播，而且促使部落上层分子加快接受汉文化，对于民族融合具有积极意义。前燕王慕容皝能够著书作教材，前秦苻坚弟苻融、从子苻朗都读书能文，通晓佛学、玄淡。苻朗的著作《符子》，至今还有片断流传。姚兴能讲佛教经典，又通晓佛学。他们接受传统文化，表明少数族上层分子汉化的深度。

前凉政权抗拒了刘曜、石虎的入侵，凉州（今甘肃武威）是北方最安定的地区，传统的汉魏制度和文化在那里受到尊重。前凉政权建立前，张轨任凉州刺史，到任后建立学校，征集管内九郡士族官僚子弟500人入学。西凉李暠也曾立学，增置高门生至500人。根据吐鲁番出土文书和石刻，西凉和北凉都曾在境内策试秀才。由于凉州没有遭到严重破坏，保留汉魏旧籍较多。314年，晋愍帝定都长安时，前凉张寔曾进献经史图籍。437年北凉沮渠牧犍向南朝刘宋进献各类书籍154卷，其中多数是凉州人的著作。

佛教的传播与发展

在这个动乱的时代里，佛教获得巨大的发展。历尽苦难的人民对于现实世界感到无能为力，佛教乘虚而入，引导人们把希望寄托在佛天保佑与来生福报上。统治者也需要从佛教教义里得到精神上的支持，因而积极提倡佛教。石勒、石虎尊崇来自西域、善于法术的大和尚佛图澄，据说曾立寺800余所。石虎“苦役晋人”，不少人民削发为僧，在寺院的庇护下逃避劳役。汉代以来不准汉人为僧，石虎说我是“戎”人，理当尊奉“戎神（即佛）”，下令不论华夷贵贱，都可以出家。佛图澄收了许多徒弟，其中不少名僧，特别是释道安。道安是冀州常山（今河北石家庄元氏西北）人，俗姓卫，先后在黄河南北、襄阳、长安宣扬佛法，获得东晋、前秦统治者的尊崇。他在整理和翻译佛经，编制佛经目录，制订仪轨、戒律，特别在宣传佛法方面，对于当时佛教的兴盛起了很大的作用。和道安同时稍后，原籍天竺的鸠摩罗什是个博学多闻，通晓汉语的僧人。那时罗什在龟兹，379年道安由襄阳到长安，劝苻坚迎罗什东来。382年苻坚命大坚吕光西征，要求吕光平龟兹后，迎接罗什到长安。但吕光还军，前秦业已大乱，吕光随即割据凉州，罗什也留居凉州十七年。直到401年，后秦姚兴才把罗什迎至长安。姚兴十分尊敬罗什，待以国师之礼，在他主持下译出佛教经论近300卷。当时僧人群聚长安，参加译经的数以千计。前、后秦时，长安是北方的佛教中心，关中佛学达到十六国时期的最高峰。佛图澄的法术，释道安的传教，鸠摩罗什的译经，为佛教奠定了大发展的基础。前凉自张轨以来一向信仰佛教，早就有译出的佛经流传内地。北凉沮渠蒙逊尊崇中天竺僧人昙无忏，他也深通汉语，在姑臧译出佛教经论多种。当时凉州继长安之后成为北方译经中心，凉州所属的高昌郡也是个译经场所，沮渠蒙逊从弟京声曾到于阗求经，东还到高昌译出其中一部分。

东西交通

当时常有僧人西行求经，留下东西交通最可靠的记录。其中最值得称道的是法显。399 年他从长安出发，经历十分艰苦的行程，越过葱岭，渡印度河，以达北天竺，又从海道回国，几经危难，412 年才到达刘宋所属的青州长广郡（今山东青岛北）。他所著的《佛国记》记载国内西域各族和今印度、巴基斯坦的历史传说和地理，是研究东西交通的要籍。

河西走廊是通往西域的要道，建立于此地的政权除后凉外，都自认为是凉州地方政权。他们接待来自国内外的使节、僧人、商旅，并继续管理国内西域各族事务。前凉于 327 年将原由戊己校尉管理的高昌屯田区改为高昌郡；后凉吕光派其子吕复为西域大都护，镇守高昌；西凉李暠也命儿子为西夷校尉，管理西域。北凉沮渠蒙逊、牧犍父子受拓跋魏任命为“西域羌戎诸军事、凉州牧”，受刘宋任命为“西夷校尉、凉州牧”，蒙逊灭西凉后，曾接见鄯善国王，并受西域各国的贡献。通过河西走廊和西域，通往天竺、波斯、大秦等国的通道在这个动乱时期仍然通行。当时除出玉门经鄯善，沿南山北坡西行的南道和出玉门经伊吾、高昌、龟兹西行的北道外，有时因为战乱，绕过河西走廊由西平（今青海西宁）入吐谷浑境，通过柴达木盆地至鄯善，也是一条道路，此路又是西域经益州和江南交往的通道。经由这些道路，西域和内地、中国和西方各国间的经济、文化交流继续进行，中国的丝和纺织物以及蚕桑丝织技术这时传到高昌、焉耆、龟兹等地，并有可能传到波斯、大秦。随着佛教东来，西方雕塑艺术传入，世界著称的艺术宝库——敦煌石窟，就是在这时开凿的。

分裂与融合

十六国时期是一个民族分裂时期，同时又是各族大融合的时期。由于各族统治者的暴行和暴政，给人民带来严重灾祸。社会经济和文化遭到严重破坏，但被破坏的经济在不同时期有所恢复，西南、西北、东北几个地区在不同程度上还有所发展。被破坏的传统文化终于保存下来，而且在一定程度上吸收了西部和北部各族文化，甚至还吸收了外来文化。经由这场动乱，内迁各族的社会形态发生了很大变化，有的进一步接受汉族成熟了的封建制度，有的由家长奴役制进入封建社会。各族成员都按照各自的阶级成分逐渐分别与汉族地主和农民两大阶级融合。在136年中，有的种族名称基本上已经消失，例如匈奴、羯、巴氐、河西鲜卑，都已成为汉族的组成部分。

十六国概况

前　凉

十六国之一。汉族张寔所建。都姑臧。盛时疆域有今甘肃、新疆及内蒙古、青海各一部分。历八主，共六十年。

晋惠帝时，张轨为凉州刺史，治姑臧。延用当地有才干的人共同治理凉州，课农桑、立学校，阻击入侵的鲜卑部，保境安民，多所建树。自洛阳沦陷（311 年）后，中原和关中地区人民流入凉州的很多。他于姑臧西北置武兴郡，分西平（今青海西宁）郡界置晋兴郡，以处流民。又铸五铢钱，通行境内。314 年病死，长子张寔继任，晋愍帝司马邺任命寔为都督凉州诸军事，凉州刺史，西平公。西晋亡后，自 317 年起，张氏世守凉州，长期使用晋愍帝的建兴年号，虽名晋臣，实为割据政权，史称前凉。

张骏、张重华父子统治时，前凉达于极盛，境内分置凉、沙、河三州，设西域长史于海头，在今吐鲁番地区设置高昌郡，其疆域“南逾河、湟，东至秦、陇，西包葱岭，北暨居延”。353 年张重华死后，张氏宗室内乱不绝，凉州大姓也起兵反抗。十年争权夺位的斗争，使国势大衰，到张天锡时已失去今甘肃南部。376 年，前秦主苻坚以步骑 13 万大举进攻，张天锡被迫出降，前凉亡。

张氏的前凉政权依靠凉州大姓，并始终对东晋表示忠诚，借以维系人心。各代统治者除张祚外，都自居晋朝的刺史或州牧，接受晋的封号。张骏为了和东晋通使命，甚至不惜向成汉李雄称臣，以求假道。前凉先后与前赵、后赵发生过战争，多次击败刘曜、石虎的进攻，但慑于对方军事力量的强大，也曾向前赵、后赵称臣纳贡。

张氏子孙世代保守的凉州，是当时中国北部较为安定的地区，都城姑臧是西北地区政治、经济和文化中心。河西走廊原是通往西方的陆路交通要道，商业繁荣，农业和畜牧业生产也较发达。西晋灭亡后，内地流亡人民相继到来，劳动力增加，生产经验传播，凉州的社会经济更有发展。当时的凉州还是中国北部保存汉族传统文化最多和接受西域文化最早的一个重要地区。

成　汉

十六国之一。巴賨贵族李雄所建。都成都，盛时有今四川东部和云南、贵州的各一部分。历六主，共四十四年。

西晋末年，秦、雍二州连年荒旱，略阳、天水等六郡賨人和汉人等不得不流徙至梁、益地区就食。他们入蜀后，由于地方官吏的贪暴和政府限期迫令流民还乡，流民领袖、略阳賨人李特等利用流民的怨怒，于301年在绵竹（今四川德阳北）聚众起义。303年义军攻成都，晋益州刺史罗尚联络诸堡坞的地方大族，袭杀李特。特弟李流继续领兵作战，不久病死。特子李雄继领部众，于同年攻下成都，逐走罗尚，据有益州。304年李雄称成都王，306年改称皇帝，国号大成，都成都。334年雄病死，兄子李班继位。同年雄子李期杀班自立。338年特弟李骧之子李寿杀期自立，改国号为汉，史称成汉。343年寿死，子李势继位。347年东晋桓温伐蜀，李势兵败出降，成汉亡。

秦雍六郡流民起义在巴賨李氏和六郡大姓领导下，演变成为外来大族与土著大族的斗争。外来大族一度势危，由于涪陵大族徐举和青城范长生的归附，才转危为安，建立起成汉政权。范长生是世领部曲的大姓，又是天师道教教主，在成汉建国过程中起过重要作用。李雄称王后，拜范长生为丞相。尊称“范贤”；称帝后，加为天地大师，封西山侯，免除其数千家部曲的课役，令其自收租税。通过对范长生的优待尊重和对部曲制的承认，两类大族相互妥协，形成联合统治，同时，巴賨贵族间也推行了部曲制。

李雄统治时，战事稀少，政刑宽和。赋税也较轻，男丁每年纳谷三斛，女丁半之；户调绢数丈，绵数两。这是成汉全盛时期。李雄死后，宗室间为争夺帝位不断发生内乱，安定局面破坏。李寿父子统治时务为奢侈，大兴土木，滥施淫威，致使上下离心，百姓不满，在东晋进攻下迅速灭亡。

汉

十六国时匈奴贵族刘渊所建政权。先后都左国城（今山西离石北）、蒲子（今山西隰县）、平阳（今山西临汾西）。历三主共十四年。

西晋八王之乱中，成都王颖结纳刘渊为外援，遣渊回并州调发匈奴五部之众以助攻战，拜渊为北单于。渊至左国城，被匈奴贵族刘宣等推为大单于，建庭离石，拥有 5 万之众。刘渊等为恢复匈奴贵族以往的权势，利用匈奴族人民对西晋统治者的反抗情绪和西晋统治阶级内部混战的有利形势，起兵反晋。304 年十月，刘渊于左国城即王位，建国号曰汉。随即向晋展开军事进攻。马牧帅汲桑、上郡四部鲜卑陆逐延、氐酋长单徵、东莱人王弥及石勒等均归附于渊，受汉官爵。308 年，刘渊徙都蒲子。十月，渊改称皇帝，迁都平阳。此后，石勒在河北各地屡败晋军。部众发展到 10 余万之多。刘渊遣将败晋军于延津，沉杀男女 3 万余口于黄河。310 年七月，刘渊病死，太子刘和继位，渊第四子刘聪杀和自立。十月，聪遣刘曜、王弥率大军攻掠河南诸州郡。次年六月，破洛阳，俘晋怀帝司马炽。316 年，聪遣刘曜等攻关中，十一月破长安，晋愍帝司马邺被俘，西晋亡。至此，中原广大地区都纳入汉的版图，是其全盛时期。但石勒的势力也在发展，形成割据，汉政权直接控制的地区只限于山西和陕西各一部。刘聪在其直接控制地区实行胡汉分治政策：设左、右司隶，各领户20余万，万户置一内史，构成统治汉族人民的组织系统；又继承刘渊时制度设大单于，其下设单于左、右辅，各主六夷10万落，万落置一都尉，以统治各少数民族人民。在非直接控制地区则设置州牧、郡守。刘聪穷兵黩武，荒淫残暴，不断激起各族人民的反抗，加以饥荒，国势渐衰。318年，刘聪病死，太子刘粲继位，旋即为匈奴贵族靳準所杀，汉亡。

前　赵

十六国之一。匈奴贵族刘曜所建，实为汉政权的继续。都长安（今陕西西安）。历一主，十一年。318年七月，汉主刘聪死，子粲继立，为匈奴贵族靳準所杀。镇守长安的刘聪族弟刘曜闻变，发兵攻靳準。十月，曜自立为皇帝。与此同时，石勒亦以讨伐靳準为名，率军攻破汉都平阳，于是，自平阳、洛阳以东之地尽入勒手。319年，曜徙都长安，改国号为赵，史称前赵。此后刘曜、石勒常相攻伐。328年，两军大战于洛阳城西，刘曜饮酒过量，兵败被擒，前赵主力被消灭。石勒军乘胜西进，曜太子刘熙弃长安，逃奔上邽（今甘肃天水）。329年九月，勒军攻占上邽，杀刘熙，前赵亡。

刘曜继承刘汉政权胡、汉分治的政策。一方面以子刘胤为大司马、大单于，置单于台于渭城（今陕西咸阳），自左、右贤王以下皆用少数族豪酋充当。另一方面又大体沿用魏晋九品官人法，设立学校，肯定士族特权，与汉族的豪门望族相勾结，以维护其统治。此外，还仿效刘渊、刘聪徙民都城地区的办法，将被征服的各族人民大量徙置长安一带，以便直接控制。前赵全盛时，拥兵28万余人，据地有今陕西、山西、河南、甘肃各一部，当时，关陇氐、羌，莫不降附。前凉张茂，亦遣使贡献。

后 赵

十六国之一。羯族石勒所建。都襄国（今河北邢台），后迁邺。盛时疆域有今河北、山西、陕西、河南、山东及江苏、安徽、甘肃、辽宁的一部分。历七主，共三十二年。

石勒从 305 年起兵后，辗转归于汉刘渊，为渊部将。311 年石勒军全歼西晋主力，并会同刘曜、王弥之众攻破洛阳。312 年以后，石勒以襄国为基地，发展成为今河北、山东地区的割据势力。318 年，汉内乱，他率军攻破汉都平阳（今山西临汾

骑步兵交战图

西）。319 年，刘曜自立为帝，建前赵，迁都长安。石勒脱离前赵，自称大单于、赵正，定都襄国，史称后赵。石勒攻灭鲜卑段氏，又进据河南、皖北、鲁北。329 年攻破长安、上邽，灭前赵，并有关陇。至此，北方除辽东慕容氏和河西张氏外，皆为石勒所统一。以淮水与东晋为界，初步形成南北对峙局面。330 年石勒改称大赵天王、行皇帝事，同年称帝。

333 年七月石勒病死，太子弘继位，以勒侄石虎为丞相、魏王、大单于，总摄朝政。

334年十一月，石虎废石弘，自称居摄赵天王。以后，石虎诛杀弘及勒诸子，迁都于邺。337年改称大赵天王。349年称帝。

石勒初起时，往往对攻下的坞堡壁垒征收义谷，有时也以掠夺方式获取军粮。约在313年始采用租调剥削方式。314年下令州郡检查户口，征收田租户调，规定户赀出帛二匹、租谷二斛。称赵王后，较留意于农业生产，常遣使者循行州郡，劝课农桑。故当石虎统治之初，租入殷广，邺都的中仓每年有百万斛的租谷输入，沿水次诸仓也储积了不少粮食。

后赵采用胡、汉分治政策，设置大单于统治各少数族人，又设置专门的官职管理胡人辞讼和出入，甚至强行规定称汉人为“赵人”，胡人为“国人”，并严禁呼羯为胡。

石勒、石虎均沿用刘汉的徙民办法，将被征服地区的各族人民迁往其统治中心襄国、邺及其周围地区，以便控制。对人民的统治，除以州、郡行政系统管理外，同时存有以军事组织形式管理并占有人口的制度。

石勒初起时，对西晋王公卿士、坞堡主及士大夫多加杀戮。以后则在俘虏中区分士庶，将士族集为“君子营”，以示优待。并选用某些士族为官。称赵王后，石勒对一些士族委以要职，明令不准侮易衣冠华族。恢复魏晋以来的九品官人制度，使士族取得了特权。石勒两次清定九品，又设立太学、小学和郡国学，培养将佐和豪族子弟。石虎即位后，也肯定士族特权，并将对关东士族的优待扩大到关中的望族。

石虎是十六国时期有名的暴君。在其统治期间，军旅不息，众役繁兴，征调频仍，刑罚严酷。他有意“苦役晋人”，严重地破坏了农业生产，使阶级矛盾和民族矛盾日益激化，起义不断发生。其中，梁犊起义规模最大。348年石虎杀太子石宣，把无辜的东宫卫士10余万人谪戍凉州，其中万余人于次年到达雍城（今陕西凤翔南）时，在高力督（石宣挑选身强力壮者守卫东宫，号“高力”，设置督将率领，称高力督）梁犊领导下发动起义，各族人民纷纷参加。义军所向披靡，及至长安，众已10万，击败石苞，东出潼关，两次大败大司马李农。石虎继续派兵镇压，又利用氐族贵族苻洪和羌族贵族姚弋仲的武装力量合兵进攻，梁犊兵败牺牲。这次起义虽然失败，但动摇了后赵统治的根基。349年石虎病死，后赵内乱，诸子争立，互相残杀。305年，石虎养孙汉人冉闵（即石闵）乘政局混乱，杀石鉴，灭后赵，政权落入冉闵之手。次年，称帝于襄国的石祗也被冉闵消灭。

前　燕

十六国之一。鲜卑贵族慕容皝所建。都邺城。盛时有今河北、山东和山西、河南、安徽、江苏、辽宁的一部分，西接前秦，与东晋以淮水为界。有户245万余，人口998万余。历三主，共三十四年。

魏晋之际，鲜卑慕容氏自辽西迁于辽东北。294年，其酋长慕容廆徙居大棘城（今辽宁义县西北），开始了定居的农业生活。307年前后，慕容廆自称鲜卑大单于。西晋亡后，慕容廆得汉族士人辅佐，以大棘城为中心据有辽水流域，受东晋官爵。子慕容皝继立。于337年称燕王，建燕国，史称前燕，皝继续尊奉东晋，并用兵扩展领地。342年迁都龙城（今辽宁朝阳），东破高句丽，攻灭鲜卑宇文部及夫余，成为东北地区强大国家。348年皝死，子儁继立，349年进攻后赵，夺得幽州，迁都于蓟（今北京西南）。352年击灭冉魏，占有河北，儁乃抛弃东晋旗号，自称燕皇帝。357年迁都邺城。儁自恃强盛，检括人口，欲使步卒满 150 万，以攻灭东晋和前秦。360 年儁病死，十一岁的太子暐继位，儁弟慕容恪辅政，前后七年，前燕王朝政治稳定，恪还率兵攻占东晋的河南、淮北土地。369 年东晋桓温北伐，燕军连败失地，后慕容垂在襄邑大败晋军，桓温退走。370 年前秦苻坚命王猛率六军攻燕，破邺城，俘慕容暐，前燕亡。

胡人俑

慕容廆时即招徕流民，在辽水流域设置侨郡（皝时改郡为县），许多山东、河北一带的汉族世家大族纷纷迁徙辽西，投靠慕容氏。又将被征服地区的各族人民大批迁徙到自己的统治区内。除以州郡县管理编户外，还用军事化方式占有大量称为营户、军封或荫户的人口，也有被榨取高额地租的屯田民户。慕容氏自慕容廆起即与汉族士大夫合作，共同统治。前燕政权循魏晋九品官人法，肯定士族特权，承认坞主壁帅努力。境内大族势力有所发展。368 年，一次就搜括出荫户 20 余万户。又兴立学校，培养统治人才。慕容皝时能留意农桑，兴修水利，国势日盛。到慕容暐时政治腐败，矛盾交错，终至亡国。

冉　魏

十六国时期汉族冉闵所建政权。都邺城。历一主三年。

冉闵，字永曾，魏郡内黄人（今河南内黄西北），父瞻原属乞活军，闵为石虎养孙。改姓名石闵，是石赵统治集团中较重要的将领，以勇敢善战著称。349 年石虎死，诸子争立，互相残杀，闵乘后赵政局混乱，又得大司马李农之助，于 350 年正月杀石鉴，自称皇帝，国号大魏。复姓冉氏，仍都邺城，史称冉魏。石鉴死后，石祗（石虎子）据襄国称帝，联合羌酋姚弋仲和鲜卑族前燕慕容儁，与冉闵常相攻伐。351年石祗为其部将刘显所杀。352年闵攻破襄国，杀刘显，消灭了后赵的残余势力。其时，慕容儁势力渐盛，南下冀州，冉闵率军抵抗，兵败被俘，前燕军攻入邺城，冉魏亡。

冉闵在建立魏国的过程中煽动民族仇恨，对胡羯不论贵贱、男女、老少一律诛杀，共死20余万人，以致汉人高鼻多须者多滥死。这一民族报复政策导致了自己的孤立。冉魏建立后，立即与东晋政府联系，请求派兵共同讨伐胡人；又清定九流，实行九品官人法，以争取汉族地主阶级的支持。在经济上，开仓散粮，以求得百姓的拥护。在军事上，竭力与后赵残余势力石祗、羌酋姚弋仲、前燕慕容儁争衡。由于残酷的民族仇杀和连绵的战争，加之饥馑，先前被迁到冀州、司州的胡汉各族人民数百余万各还本土，路上互相杀掠，饥疫死亡甚众。冉魏辖地渐小，人口锐减，农业生产陷于停顿，于352年终为前燕所灭。

前　秦

十六国之一。氐族苻健所建。都长安（今陕西西安）。盛时疆域东至海，西抵葱岭，南控越嶲，北极大漠，东南以淮、汉与东晋为界。历六主，共四十四年。

333年，后赵主石虎徙关中豪杰及氐、羌于关东，以氐族酋长苻洪为流民都督，率氐、汉各族百姓徙居枋头（今河南汲县东北）。石虎死，苻洪遣使降晋，接受东晋官爵。350年，冉闵诛胡羯，关陇流民相率西归。此时苻洪拥众十余万，自称大都督、大将军、大单于、三秦王，欲率众还关中，尚未成行，被人毒死。洪子苻健继领其众，称晋征西大将军，自枋头西入潼关。关中氐人纷起响应，苻健遂攻占长安，据有关陇。351

年自称大秦天王、大单于，国号大秦，史称前秦。352 年改称皇帝，都长安。

354 年，东晋桓温率军攻秦，苻健坚壁清野，晋军攻入潼关后，因粮食不继而退兵。355 年苻健死，子苻生继位。357 年苻生堂兄苻坚杀苻生自立。苻坚即位后的十几年内，前秦国内相对安定，在十六国云扰时代，呈现一派“小康”气象。在此基础上，前秦势力渐强大，他集中氐族武装力量，开始了统一黄河流域的征战。370 年灭前燕，371 年灭仇池（今甘肃威县西北）氐族杨氏，373 年攻取东晋的梁、益二州，376 年灭前凉，同年乘鲜卑拓跋氏衰乱灭代，382 年苻坚命吕光率军进驻西域。至此，前秦统一整个北方，与东晋形成南北对峙局面。

苻坚自恃强盛，不断对东晋发动进攻，战事主要在东线徐州一带和西线襄阳一带进行。379 年前秦攻占东晋战略重镇襄阳，而进攻淮南的行动受阻，进攻江陵的军队也被击退。苻坚遂决定重新部署，全力发动对东晋的进攻。382 年十月，召集群臣，提出亲率百万大军一举灭晋。臣僚多不赞成，有的还极力谏阻，但他执意不从。383 年下诏进攻，八月以苻融为前锋都督，率步骑 25 万先行，九月苻坚亲统步兵 60 余万、骑兵 27 万为后继。益州、凉州、河北等地的秦军也纷纷出动。东晋谢安当国，命谢石为征讨大都督、谢玄为前锋都督，率水陆 8 万迎敌。十月，两军会战于淝水，秦军大败。溃散的秦军饥饿寒冻，死亡十之七八。苻坚中箭，仓皇逃至淮北，沿途收集残兵，到洛阳时有众 10 余万。年底，回到长安。

淝水之战后，前秦帝国四分五裂，被前秦征服的丁零、鲜卑、羌等各族贵族纷纷起兵反秦。丁零翟斌起兵河南，鲜卑慕容垂起兵河北，鲜卑慕容泓起兵陕西华阴，羌姚苌起兵渭北。慕容泓不久为部下所杀，其弟慕容冲被拥为主。冲率军进围长安，苻坚于 385 年五月留太子苻宏守城，自率数百骑出奔五将山（今陕西岐山东北），后为姚苌擒杀。六月，苻宏率数千骑弃城出逃，辗转投奔东晋，长安遂为慕容冲攻占。至此，前秦已名存实亡，但它在各地的残余势力则延续了近十年之久。

苻坚死后，镇守邺城的苻丕遭慕容垂长期围攻，于 385 年八月弃城，率男女 6 万余口退至晋阳（今山西太原西南），自立为帝，386 年十月，苻丕与西燕慕容永军在山西激战，秦军大败，丕逃奔河南，为东晋军所杀。其后，关陇氐人拥立苻坚族孙苻登称帝于枹罕（今甘肃临夏）。苻登与后秦姚苌连年争战。394 年七月，苻登与姚苌子姚兴作战，兵败被杀，前秦灭亡。

苻坚统治时，重用汉人王猛，实行抑制氐族贵族豪强、扩大皇权的政策。在政治、经济等方面采取了一系列巩固统治的措施。他恢复魏晋士籍，承认士族特权，吸收汉族士人参加政权，扩大胡汉联合统治的阶级基础。提倡儒学，兴立学校，培养统治人才。注重农桑，兴修水利，修立亭驿，发展工商。消灭前燕后实行徙民政策，将关东被征服的鲜卑、乌桓、丁零等族 10 万户徙至关中，充实近畿，便于控制；又将关中的氐族 15 万户移至关东，分置于各要镇，用以加强控制新征服地区的人民。前秦此时，政治较为清明，社会相对安定，国力达于鼎盛。但自淝水战败后，迅速走向衰落和瓦解，北部中国再度陷于分裂。

后　秦

十六国之一。羌族姚苌所建。都长安（今陕西西安）。盛时控有今陕西、甘肃、宁夏及山西、河南的一部分。历三主，共三十四年。

西晋永嘉（307—312 年）年间，羌部落的一支由豪酋姚弋仲率领从赤停（今甘肃陇西西）迁徙到隃麋（今陕西千阳东）一带居住。后赵时石虎徙关中豪杰及氐、羌于关东，333 年，以姚弋仲为西羌大都督，率羌众数万迁于清河之滠头（今河北枣强东北）。石虎死后，弋仲遣使降晋，受东晋官爵。352 年弋仲病死，子姚襄继领部众，与东晋关系破裂。姚襄欲率众还关中，357 年与前秦军战于三原，兵败被杀。襄弟姚苌率众降于前秦，为苻坚将领，累建战功。淝水战后苻坚回长安不久，鲜卑贵族慕容泓起兵反秦，姚苌参与讨泓战败，逃奔渭北，得羌人及西州豪族尹详等的支持，也起兵反秦。384 年苌自称大将军、大单于、万年秦王，史称后秦。姚苌率军进屯北地（今陕西耀县），渭北羌胡 10 万余户归附，势力发展很快，385 年擒杀苻坚。及至慕容永率鲜卑 30 余万离关中东归，姚苌于 386 年入据长安称帝，国号大秦。

393 年姚苌病死，太子姚兴继立，次年，打败前秦的残余势力苻登，灭前秦，据有关陇。并乘西燕败亡，取得河东。随后又相继攻占东晋的洛阳，臣服西秦，攻灭后凉。416 年姚兴病死，太子姚泓继位，东晋刘裕北伐，进攻后秦，收复洛阳。后秦宗室骨肉相残，自相削弱。417 年刘裕进取潼关，攻占长安，八月姚泓兵败出降，后秦亡。

后秦统治者为了补充劳动力和兵源，常将被征服地区的各族人民大批迁徙到都城长安及各军事要地，以便控制。对于境内各族人民的统治，后秦除以州郡系统进行管理外，还实行以营领户，以户出兵吏的制度。营户不隶州郡，而由姚氏宗室和达官贵人分领。一般营户既要当兵作战，又要提供军粮；但由后秦皇帝亲领的大营营户则受到优复，仅从征战。后秦又有不属州郡而由军镇管理的镇户。

在十六国后期的帝王中，姚兴是较有作为者。他为了巩固统治，初期注意选才纳谏，又相继采取了一些有利于社会经济、文化发展的措施。如：百姓因荒乱自卖为奴婢者，下令一律放免为良人；简省法令，慎断刑狱，奖励清廉，惩治贪污；设置律学，调集郡县散吏学习法律，郡县疑狱可上送廷尉审理；提倡儒学，允许收徒讲授，长安儒生达一万数千人。此外，又大兴佛教，奉名僧鸠摩罗什为国师，译出经论300余卷，境内佛教大行。姚兴晚年，因国用不足，增收关市之税，盐竹山木，无不有赋，加重了人民的负担。

后 燕

十六国之一。鲜卑族慕容垂所建。都中山（今河北定县）。盛时有今河北、山东及辽宁、山西、河南大部。历七主，共二十六年。十六国后期中原地区最强盛的一个王国。

前燕慕容暐在位时，慕容垂因宗室内部矛盾投奔前秦，为苻坚将领。淝水之战后，垂至邺拜谒先人陵墓。时丁零族翟斌于河南起兵反秦，镇守邺城的苻丕（苻坚庶长子）命垂及宗室苻飞龙前往镇压。途中垂袭杀飞龙，与前秦决裂。384年，垂自称大将军、大都督、燕王，建元立国，史称后燕。有众20余万，进围邺城。385年苻丕自邺城撤往晋阳（今山西太原西南），河北之地尽属后燕。386年，垂自立为帝，定都中山。392年消灭割据河南的丁零族翟魏政权，394年灭西燕，基本上恢复了前燕版图。

395年垂命太子宝率军8万进攻北魏，在参合陂（在今山西阳高境）大败。396年垂亲率大军往攻，一度取得平城（今山西大同东北）。同年四月垂病死，子宝继位。北魏拓跋珪以步骑40万来攻，夺取晋阳，进围中山。397年宝突围北奔龙城（今辽宁朝阳），开封公详、赵王麟先后据中山称帝，十月北魏攻下中山，河北郡县尽为魏有，后燕被分截为两部分。

398年鲜卑贵族兰汗杀宝，宝子盛又杀汗自立。401年盛为臣下所杀，垂少子熙立。407年汉人冯跋等杀熙，拥立宝养子慕容云（高句丽人，本姓高氏）为主。409年，云为其宠臣离班等杀死，后燕亡。

后燕大体承袭前燕制度，除州郡县治理的编户之外，还有不隶郡县而属军营的人口。后燕慕容氏以坞堡主为守宰，与汉族豪强大族合作，共同统治。慕容宝时核定士族旧籍，分辨清浊，尊重士族特权，大族势力得以发展。他又下令校阅户口，罢除军营封荫之户，分属郡县，招致怨恨和反对。后燕原不采用胡、汉分治政策，但慕容垂时已由太子宝领大单于，置留台于龙城。慕容盛时曾立燕台于龙城，以统诸部杂夷。慕容熙即位，将北燕台改为大单于台，置左右辅。后来在龙城实行了胡、汉分治。

西　秦

十六国之一。陇西鲜卑族（一说属赀虏）酋长乞伏国仁所建。都苑川（今甘肃榆中东北）。盛时有今甘肃西南部和青海一部。历四主，共四十七年。

鲜卑乞伏氏在汉魏时自漠北南出大阴山，迁往陇西并定居于此。前秦主苻坚在位时，乞伏鲜卑酋长、国仁父乞伏司繁被命为镇西将军，镇勇士川（今甘肃榆中东北）。司繁死，国仁代镇。淝水之战，苻坚败亡，国仁招集诸部众至10余万。385年，国仁自称大将军、大单于、领秦河二州牧，筑勇士城为都（在勇士川内，后即苑川郡城），史称西秦。388年六月国仁死，弟乾归继位，称河南王，迁都金城（今甘肃兰州西北）。394年前秦主苻登败死，乾归尽有陇西之地，改称秦王。400年迁都苑川。同年败于姚兴，遂降附后秦，为其属国。407年乾归被姚兴留居长安，两年后回到苑川，复称秦王。412年乾归死，子乞伏炽磐继位，称河南王，迁都枹罕（今甘肃临夏）。414年攻灭南凉，十月改称秦王。428年六月炽磐死，子乞伏暮末继位，政刑酷滥，民多叛亡；又屡为北凉主沮渠蒙逊所侵逼。430年暮末欲东趋上邽（今甘肃天水），归附北魏，途中遭夏主赫连定阻击，退保南安（今甘肃陇西东南）。431年一月夏军攻围南安，暮末出降，西秦亡。

西秦的统治者为巩固和扩大其统治区域，连年与后秦、南凉、北凉、大夏等国进行战争，并将被征服地区的各族人民强制迁徙于其统治中心或军事要地。

后凉

十六国之一。氐族吕光所建。都姑臧。盛时有今甘肃西部和宁夏、青海、新疆各一部。历四主，共十八年。

前秦主苻坚统一北方后，于382年命吕光率兵7万、铁骑5000，进军西域。光下焉耆，破龟兹，西域30余国陆续归附。淝水之战后，前秦趋于瓦解。吕光于385年率兵载物东归。前秦凉州刺史梁熙以兵5万拒于酒泉，吕光击败梁熙军，入据姑臧，自称凉州刺史。386年，光自称凉州牧、酒泉公，都姑臧，史称后凉。389年改称三河王，396年自称天王，国号大凉。399年光病死，太子吕绍继位，光庶长子吕纂旋杀绍自立。401年，光弟吕宝之子吕隆又杀纂自立。吕隆以南凉、北凉不断侵逼，内外交困，于403年七月请降于后秦主姚兴。后凉遂亡。后凉初建时，国势颇盛。但立国不久，境内各族便纷纷割据，建立政权。后凉与四周各族政权频繁交战，势力渐弱。吕光死后，诸子争立，互相杀夺，百姓饥馑流亡，死亡大半。至灭亡前夕，姑臧城谷价斗值5000文，民人相食，饿死10余万人；国境除姑臧而外，仅存昌松（今甘肃武威南）、番禾（今甘肃永昌）二郡之地。

北　凉

十六国之一。卢水胡（或作匈奴族）酋长沮渠蒙逊所建。都张掖（今属甘肃）。盛时有今甘肃西部及青海、宁夏、新疆各一部，西域各国均遣使贡献。历二主，共三十九年。397年后凉进攻西秦战败，吕光杀死从征的部下沮渠罗仇兄弟，罗仇侄蒙逊以会葬为名，与诸部结盟起兵反抗吕光，并与从兄男成推后凉建康（今甘肃高台西北）太守段业为凉州牧、建康公。399年段业入据张掖，自称凉王。401年段业杀男成，蒙逊以此起兵，攻破张掖，杀段业，自称大都督、大将军、凉州牧、张掖公，建国北凉。后屡次出兵击败南凉，并几次进围姑臧。410年南凉秃发傉檀被迫放弃姑臧，退回乐都。412年十月蒙逊迁都姑臧，称河西王。421年蒙逊灭西凉，取得酒泉、敦煌，据有河西走廊。433年四月，蒙逊死，子牧犍（亦作茂虔）继位。439年北魏大军围攻姑臧，牧犍出降，北凉亡。蒙逊弟无讳等率残余势力西走，后立国于高昌，460年为柔然所灭。

北凉沮渠氏联合境内汉族大姓势力，以郡县方式管理人民，征发赋役。又大兴佛教，译经造像。还不时与刘宋互通使节，使河西与江南的文化交流得以继续保持。北魏灭北凉，徙凉州民3万余户至平城（今山西大同）一带，其中一批东迁的学者，对北魏的文化有重大影响。

北　燕

十六国之一。汉人冯跋所建。都龙城（今辽宁朝阳）。盛时有今辽宁西南部和河北东北部。历二主，共二十八年。

冯跋（？—430年），字文起，长乐信都（今河北冀县）人。父冯安，慕容永时仕西燕为将军。西燕亡，冯跋东徙龙城，为后燕禁卫军将领。慕容熙荒淫无道，407年四月，冯跋等杀慕容熙，拥立后燕主慕容宝养子慕容云（即高云）为主。云称天王，以跋为使持节，都督中外诸军事、录尚书事，掌军国大权。409年十月，云被其宠臣离班等所杀，冯跋又杀离班等，自称燕天王，仍以燕为国号，都龙城，史称北燕。430年九月，跋病死，其弟冯弘杀跋诸子自立。冯弘之世，北魏连年进攻，掠徙北燕民户。435年，弘遣使请高句丽出兵迎弘。436年四月，北魏大军又攻龙城。五月，冯弘在高句丽军保护下率龙城百姓东渡辽水，奔高句丽。北魏军入占龙城，北燕亡。

冯跋统治时，能留心政事，革除后燕苛政，简省赋役，奖励农桑，惩治贪污，社会较为安定，有利于农业生产的恢复和发展。又建立太学，选派2000石以下子弟入学读书，培养统治人才。除以州郡治民之外，还以太子冯永领大单于，置前后左右四辅，推行胡、汉分治政策。冯跋、冯弘都曾派遣使者到江南，当时南朝称北燕为黄龙国。

夏

十六国之一。匈奴铁弗部赫连勃勃所建。都统万（今内蒙古乌审旗南白城子）。盛时有今陕西北部、内蒙古南部和甘肃一部。历三主，共二十五年。

391年勃勃父刘卫辰被北魏攻杀，勃勃投奔后秦。后秦主姚兴以勃勃为安北将军、五原公，配以五部鲜卑及杂虏两万余落，镇朔方（今陕西延安）。407年勃勃袭杀后秦高平公没奕于，众至数万；六月，自称大夏天王、大单于，国号大夏。夏国初建，不立都城，流动袭击，消灭后秦有生力量；413年始发民十万筑统万城为都。417年东晋大将刘裕北伐灭后秦，留子义真守长安。次年，勃勃攻下长安，即皇帝位，并追歼义真所率晋军。425年八月，勃勃死，子昌继位。426年北魏攻占长安，次年又攻统万，昌战败逃往上邽（今甘肃天水）。428年四月北魏攻克上邽，俘赫连昌；昌弟赫连定率余众数万至平凉（今甘肃平凉西南）称帝，继续与北魏作战。431年定击灭西秦，掳其民10余万口欲渡黄河西去，六月渡河时遭北魏属国吐谷浑袭击，定被俘，夏亡。

夏国的统治者凭借武力，经常强徙被征服地区的各族人民于统万及各军事重镇。境内不立郡县，只设城堡、军镇，实行军营统户制，城镇所属户口即是军营所统户口。赫连勃勃以残暴著名，为筑统万城和制造兵器，杀死无数民工和数千工匠。对外连年战争，穷兵黩武，以掠夺人口和财富。

南　　朝

5世纪初至6世纪末南北朝时期，在中国南方与北朝对峙而立的宋、齐、梁、陈四个朝代。宋（420—479年）由刘裕建立，传八帝；齐（479—502年）由萧道成建立，传七帝；梁（502—557年）由萧衍建立，传四帝；陈（557—589年）由陈霸先建立，传五帝。581年，隋灭北周，是为开皇元年。九年，隋灭陈，南北统一。

南朝四朝都建都于建康。其疆土以刘宋时最广，黄河以南，淮水以北以及汉水上游大片地区皆属于宋。大明八年（464年）计有扬、南徐、南兖、南豫、徐、青、冀、兖、豫、东扬、江、郢、荆、湘、雍、梁、南秦、益、宁、广、交 21 州。宋明帝时，淮北的徐、兖、青、冀四州和豫州的淮西诸郡被北魏占领，南朝疆土从此压缩到淮水以南。齐对刘宋的州郡进行了部分调整，据《南齐书·州郡志》，齐世计有 23 州。梁设州转多，最多时达 107 州。陈朝时，雍州、益州归北周，荆州归后梁，北面与北齐划江为界，疆域最为狭小，全境初分为 42 州，后来又多设新州，史称数倍于前。政区划分的加细，反映土地的开发和生产的发展，同时也是对人民加重剥削的表现。南朝还有双头州或双头郡（即两州或两郡同治一地），大都设在军事要地或边荒区域。

宋齐梁的政治

刘裕，彭城郡人，侨居京口。萧道成和萧衍是兰陵郡人，侨居武进，都出身于侨人中的低级士族。他们建立军功后，主要依靠侨人及土著中出身寒门的谋士与武将，分别以军事重镇京口、淮阴、襄阳为根据，形成政治军事势力。然后乘前朝皇帝或昏庸暴虐，或年幼无能，进入首都建康，以禅让方式夺取了政权。

加强皇权

宋武帝刘裕从东晋“王与马共天下”的政治局势汲取教训，努力加强皇权，以巩固统治。晋宋以来，皇室多与高门联姻，外戚易有权势。所以刘裕临终遗诫：“后世若有幼主，朝事一委宰相，母后不烦临朝。”宋齐梁朝较有作为的皇帝，大都继承了刘裕的传统。南朝 170 年间，没有出现母后听政，因而也杜绝了外戚专权。南朝世家大族虽然社会上经济上的优越地位未变，实际政治权力主要已不掌握在他们手里。

南朝的中央官制，基本沿袭东晋，又有其特点。尚书、中书、门下三省的长官位高望重，而实权不大，但往往仍由宗室诸王任尚书令和中书令。吏部尚书及所属的吏部郎，掌握官职的任命，在南朝还一直受重视。宋孝武帝置两名吏部尚书，以分其权。但宋齐两代皇帝主要倚靠中书通事舍人（四名）处理政务。通事意为呈递文书，凡臣下陈奏和皇帝诏令，都通过他们，实际上成为最接近也最能左右最高决策者皇帝的人。刘宋时，江夏王刘义恭任录尚书事，而尚书省无论大小事，都由中书通事舍人戴法兴专断，义恭畏服而已。齐时中书通舍人茹法亮威权甚盛，位至三公、出身琅玡王氏的王俭只得慨叹："我虽有大位，权寄岂及茹公！"齐武帝曾说，"学士辈不堪经国，唯大读书耳。经国一刘系宗（宋齐两代都任中书通事舍人）足矣！沈约王融数百人，于事何用?"齐明帝时，诏命专出舍人之手，天下文簿版籍的副本，也归他们掌管，俨然兼中书省与尚书省的长官于一身。"宁拒至尊敕，不可违舍人命"，成为当时朝廷官僚中的信条。梁武帝时，仍选拔有才干者任中书通事舍人，或以他官兼领此职。但他主要依靠的不在寒庶，而是明习吏事的低级士族，如范云、徐勉任吏部尚书，周舍、朱异任中书通事舍人。宋齐以来，中央的军事统帅权和武器的控制权，也由中领军、中护军转移到寒人操纵的外监与制局监手中。有时制局监也由中书舍人兼任。但南朝中央朝廷所能支配的兵力，远不如地方兵力强大。

地方官制如都督、刺史、太守等，亦同东晋。刺史多带将军开府，而州与府各置僚属。州之佐吏别驾、治中等治民，府之佐吏长史、司马等治兵。但军府的佐吏地位一般较州僚属为高，府官长史常兼首郡太守或代行州事。郡太守如带将军，军府佐吏亦高于郡佐。皇子年幼为方镇，则行事、长史以至出身寒庶、地位低下的典签主持一州事务。刘裕在地方行政方面巩固皇权、抑压世家大族的措施，是只命皇子或宗室诸王担任重要方镇。齐梁亦遵此惯例。如扬、南徐、江、荆、雍等军事、经济、政治要害诸州的刺史、都督，宋齐梁三朝几乎都是刘萧两姓，与东晋王、庾等大族雄踞上游、控制京畿的局面迥不相同。一般州的刺史与郡的太守，有时任命地方土著豪强担任。府州机构中官员人数，常由州府长官决定。州郡俸秩供给，往往随土所出，无有定准。郡县长吏任期六年，后减为三年。

统治阶级的内部矛盾

南朝中央与地方势力之间亦即建康与上游诸州之间的矛盾，由东晋皇室与大族之间转化成皇室内部的矛盾。宋孝武帝时，南郡王刘义宣、臧质从荆州起兵。明帝时，晋安王子勋、邓琬从江州起兵，当时袁颛在雍州，临海王刘子顼在荆州，都与江州联盟，以三州为中心，东扬、湘、益、广等州也都响应，形成“普天同叛”的局面。苍梧王时，桂阳王刘休范亦从江州起兵。南朝时，异姓举兵反对建康朝廷的，不是来自任何高门士族，萧道成、萧衍之外，齐时有王敬则、陈显达、裴叔业、崔慧景，都是寒庶或晚渡北人出身的武将。在政治和军事上，世家大族已经没有实力，所以南朝皇帝的防闲猜忌，也转向了在中央或地方掌握权势的宗室诸王。宋文帝由于疑忌而加害诸王，几个兄弟都未幸免。孝武帝时，对诸王车服器用乐舞制度作了苛严限制，达 24 条之多。还规定王国境内各官对诸王只称下官，不得称臣，罢官以后对诸王不再致敬，以防止诸王与其臣属的关系过于亲密。刘宋六十年中，皇族被杀者 100 余人，南齐宗室也多被皇帝诛翦，宋齐两朝皇室内部的矛盾斗争异常激烈。

元嘉之治

元嘉是宋文帝统治时期（424—453 年）所用的年号。在这一时期，由于文帝君臣竭心尽力，使得政治清明、经济发展、文化昌盛，呈现出一派欣欣向荣的气象，这种局面是两晋南北朝中极为少见的，后人赞誉，称之为“元嘉之治”。

宋文帝先后任用徐羡之、傅亮、王弘、王昙首、王华、刘义康、殷景仁、刘湛、刘义恭、谢纪微、范晔、沈演之、庚炳之、江湛、徐湛之、何尚之、王僧绰等有才干的人担任宰相或其他要职，他们大都竭心尽职，为统治秩序的正常运转作出贡献，如刘义康，精于吏治，引用贤人。最高统治集团虽然有过矛盾和裂痕，并未形成大的动乱，没有影响统治的稳固和社会的安定。

文帝君臣都很关心吏治和狱讼，以确保整个统治机构能正常而有效的运转。文帝在元嘉三年（426 年）派使臣到地方上检查吏治，观省风俗，访求民隐，听取下层意见，然后予以奖惩。单在这一年，文帝三次亲临延贤堂听讼，以使刑狱公允。元嘉五年（428 年），文帝又下令臣属不要隐讳，指出得失，以便改正。元嘉九年（432 年），又针对益、梁、交、广等偏远地区（今四川、两广等地），专门派人了解民众地方官为治的情况，以考察官吏。元嘉时期，吏治算是相当清明的。有一次，担任司徒左长史要职的颜延之以强凌弱，请求罢其官，文帝就把颜延之免官。

文帝君臣大都很关心民间疾苦，尤其对突发的疾疫、旱涝等灾害都能及时采取措施，予以补救，以保持整个社会机器的正常运行。文帝即位之初，就下令免去民众拖欠的租谷和旧债，元嘉四年（427 年），国都疾疫，派使慰问，分发医药，若有死亡而无家属的人，给予棺材埋葬。次年，国都地区发生水灾，派使赈济救助。元嘉八年（431 年），扬州（今苏南、浙江一带）大旱，命减息徭役。元嘉十年（433 年），赐给孤老、六病等无生活能力的人每人五斛谷。元嘉十二年（435 年），国都和三吴等地发生大水灾，立即从其他地区调粮米几百万斛救济，免去遭灾郡县欠债。这种记载是很多的。一直到元嘉三十年（453 年），国家每每减免百姓欠债、租布，赐孤老谷帛，使得百姓生活基本上安定，无背井离乡，流离失所之苦。

宋文帝对农业非常重视，多次下令劝课农桑。元嘉八年（431 年），宋文帝指出：近来农桑停滞，无所事事的人增加，荒地也得不到开垦，官吏也无督促。一遇水旱灾情，就有人缺衣少吃。命令各级地方官员要高度重视采取得力措施，要奖励训导农民，使人尽其力，地尽其利。政府还贷给贫穷百姓田粮种子。元嘉二十年（443 年），文帝再一次发布命令，强调各级官吏要切实采取措施，劝课农桑。宋文帝还下令准备籍田，要亲自种地以为天下表率。元嘉二十一年（444 年），文帝还亲自对一些农业种植品种问题发出指导性意见，下令南徐、兖、豫等地今后应督促种麦，以解决粮食缺乏。立即从彭城（今江苏徐州）等地调集粮种，委派刺史贷给百姓。而徐、豫等州土地适宜种稻，而百姓多种植陆地作物，命令该地官员要主持重修水利，尽快修整旧陂，加以改造；如原为稻田而改为陆作的，应恢复种稻。文帝又一次强调各地官员要劝课农桑。想从事农业而粮种匮乏的人，可从政府那里借贷。元嘉二十九年（452 年），下令遭战乱的地区要及时种地，需要粮种的由政府随宜给之。

为了发展农业，各级政府特别重视兴修水利，元嘉五年

(428年)，张邵出为雍州刺史，到襄阳（今湖北省襄樊）后，修筑长围，修立堤堰，开垦田地好几千顷，当地民众因而富裕。元嘉七年（430年），宋豫州刺史刘义欣命部属殷肃修治芍陂（今安徽寿县）。芍陂本有良田1万多顷，因堤堰久坏，秋天夏天常常受旱灾。以前本有旧沟可引啤水入陂，但长时无人治理，被树木堵塞。殷肃令人伐木开榛，疏通水路，从此万余顷良田不遭旱灾。元嘉二十一年（444年），宋武陵王、雍州刺史刘骏命刘秀之修治襄阳六门堰，因为六门堰坏了很长时间，使数千顷良田无水灌溉，国家和个人都受很大损失。刘秀之修复以后，整个雍州屡获大丰收。元嘉二十二年（445年），宋疏浚淮水，开垦湖塾废田1000多顷。排涝也是兴建水利工程的重要目的。刘宋为疏导吴兴一带水道壅塞，以解决该地区频繁发生的水患，在进行大量实地考查的基础上，制订出了周详的施工计划，可惜却因政治性原因，这项重要的水利工程未能进行，但已足证刘宋政权对水利的重视。

两晋时政府不铸钱，建国之初因钱贷缺少，国用不足，一些大臣纷纷建议铸钱，因群起反对未能实行。元嘉七年（430年），文帝下令设立钱署，铸四铢钱。元嘉二十四年（447年），下令铸大钱。铸钱的效果虽然不是很好，但它反映了刘宋统治集团对经济问题的高度重视。

宋文帝的这些措施稳定了正在趋于没落的自耕农阶层，使他们的情形能比较的稳定，农村经济也在不断发展。史家称赞这一时期，民不外劳，役宽务简，氓庶繁息，余粮栖亩，夜不闭户。百户之乡，有市之邑，歌谣舞蹈，触处成群。

宋文帝时期，文化方面的发展也是引人注目的。元嘉十五年（438年），宋文帝立玄、史、文、儒四学。玄学以何尚之、史学以何承天、文学以谢元、儒学以雷次宗教授。许多人都聚集他们门下学习，如后来的南齐创始人兰陵萧道成就曾在雷次宗门下攻读。元嘉十九年（442年），文帝始设国子学，后又于元嘉二十四年（447年）亲临国子学，策试学生，下令表彰奖励。元嘉十九年（442年），文帝下令鲁郡（今山东曲阜）重造孔子庙、孔子墓、重修学舍，召集生徒。并迁孔景等五户到孔墓旁，免去他们的租赋，专门看管孔墓。他们种植了600多棵松树，表达了对这位圣先师的仰慕。

宋文帝对军事问题也很重视，元嘉期间是曾三次北伐，试图统一中国，但都失败了。原因一是北方无机可乘，出兵时机不好；二是文帝用将非才，只用其亲信而不用真正的军事人才，如檀道济；三是文帝不善军旅武略，却每每遥制兵略，搞瞎指挥。军事问题是“元嘉之治”的败政，尤其是元嘉二十七年（450年）北伐失败，使北魏饮马长江，撤退时掳掠兖、徐、兖、豫、青、冀六州，宋朝由此转衰。

彭城王专政

彭城王刘义康是刘裕第四子、文帝弟，宋永初元年（420年）封王。后来任都督荆湘等八州诸军事、使持节、荆州刺史，把荆州管理得有条有理。元嘉六年（429年），文帝征刘义康为侍中，都督扬、南徐、兖三州诸军事、司徒、录尚书事，领南徐州刺史，与王弘并置辅佐领兵，共辅朝政。而王弘出身门阀士族琅玡王氏，不愿久任宰相，以避免引祸烧身，以前就屡次表示要让位于义康。至此，常称病不理事，以示不恋权位，远离朝权，有事就推给义康，义康因此得以独揽宰相大权。义康还汲汲追求于更多的权力，与王弘兼管朝政，心中还不是很满足，要求兼任由王弘担任的扬州刺史，还因为文帝亲信任用王弘之弟王昙首，更不高兴。王弘也屡次表示既老又病，要求退休。王昙首也屡求外出担任地方官，都未被文帝批准。刘义康对其他人说，王弘长时间生病，治理国家怎么能躺在床上。王昙首劝王弘把府中半数文武拨给刘义康，文帝只批准给其二千，义康才高兴。元嘉九年（432年），王弘病故，文帝才让刘义康兼任扬州刺史。文帝提高能干的刘义康的地位作为维护皇权抗衡高门士族的根本措施，但同时也限制宗室刘义康权力的过分发展，以免威胁到皇权的稳固，文帝不许王弘退职并以殷景仁掌握禁军兵权。王弘等人死后，文帝一方面赋予殷景仁更大权力；另一方面，接受殷景仁的推荐，任命刘湛为领军将军，以抗衡刘义康权势的增加。而刘湛、殷景仁两人关系本来很好，刘湛以为景仁原来地位不如己而现在比自己高，很不服气，嫌隙逐渐产生，刘湛知道文帝很信任殷景仁，没办法改变。而刘湛原曾为义康府佐，现义康专擅朝政，就投入义康门下，想借宰相之力搞掉殷景仁。迫于刘义康、刘湛，殷景仁称病在家，请求辞职，文帝不许，令在家养病。刘湛还想派人装成劫盗杀掉殷景仁，而自己有刘义康做后台，文帝也不会把他怎么样。文帝知道后，把景仁官府迁到皇宫附近，挫败了刘湛的密谋，刘义康的僚属和谀附刘湛的人彼比相约不敢登殷景仁的家门。而刘义康主簿刘敬文的父亲不明白其中的缘故，到景仁家请求帮忙任为郡太守。吓得刘敬文赶快去找刘湛道歉。

文帝身体一直不好，好几次都险些丧命。刘义康尽心侍奉，药和饭都要亲口尝尝才给文帝服用，有时几天不睡。内外许多事务由义康处理，不再奏请文帝。性好吏职、检查文牍，十分在行。文帝也因此让他掌管日常事务，义康的奏请文帝没有不批准的，州刺史以下的职位，全让义康决定用谁，连生杀大事，也常由义康决定。势倾天下，朝野争相讨好义康。义康门口常有几百辆车，即使是地位低下的小人物，义康都倾身引接，不曾懈怠疲倦。义康记忆力还特别好，一次见面终身不忘，许多人都很佩服。有能力的士人，多被义康引入自己府中。能力不强的和违忤皇帝的多作为台官。这就严重危害了文帝的皇权，当然不能被文帝长期容忍。而义康不识大体，自认为兄弟最亲，不很注意君臣次序、礼仪、自己私置奴仆 6000 人也不请示文帝。地方所献物品，都把最好的献给义康，把次好的送给文帝用。义康权势如此之大，现在刘湛又站在义康一边极力推崇他，义康更无人臣的样子，文帝暗暗不平，殷景仁也提醒文帝义康权力太重，应该加以限制，文帝心里很赞成这个建议，开始直接扼制刘义康及其党徒势力的扩张，刘义康想以党徒刘斌为丹阳尹，文帝不许。而且以后又屡次断然拒绝了刘义康类似的要求。

元嘉十九年（436 年），文帝久病不愈，刘湛向刘义康建议，认为文帝一旦死去，威名赫赫的江州刺史檀道济很难驾御，应早日除掉。檀道济为宋朝名将，从刘裕起就屡立战功，是宋王朝难得的军事统帅，左右很多心腹也都经历许多战斗，几个儿子也颇有才气，朝廷既怀疑又害怕。这时文帝病危，刘义康奏请皇帝召檀道济入朝，羁留好几月。文帝病好后，遣其还州。人未走之时，文帝病情又重，十分危险，义康假称圣旨将其拘捕，檀道济并其子及左右腹心被朝廷杀害，还加以种种罪名诬陷。敌对的北魏举国上下都十分高兴。

元嘉十六年（439 年），司徒义康进位大将军，上升到他个人权力的顶点。刘湛、刘斌，大将军从事中郎王履及主簿刘敬文、祭酒孔胤秀，都是义康宠爱的亲信。见文帝多病，都认为文帝一旦病故，应立年纪大的刘义康为君主。有一次文帝病危，令刘义康草拟顾命诏书，义康回府哭着告诉刘湛和殷景仁。刘湛声称天下艰难，怎么能是幼主可以驾御的。义康、景仁都不答腔，而孔胤秀等人马上到档案库，调阅东晋咸康末年成帝死立其弟康帝的经过及仪注。但文帝病却好了，听说这件事，一直不动声色。刘湛、刘斌等一直密谋想使刘义康当皇帝，邀结朋党。有不同意见的人，他们就百方诬构。从此，文帝和义康两个集团形势就很清楚地分开了，导致了统治集团内部的分裂，损害了刘宋的统治。这年秋，文帝也不再到义康主管的东府去了。文帝与义康矛盾已达白热化程度，担心酿成大祸。在殷景仁等人的策划下，于元嘉十七年（440 年）底，采取断然措施，乘刘义康入宫之机，强留中书省，以青州刺史杜骥率兵护卫，以防备非常事件发生。大举逮捕刘义康的党徒、将刘湛、刘斌、刘敬文、孔邵秀、孔胤秀等人诛杀，刘湛弟刘素等多人流放。派人把刘湛等罪状宣告给刘义康，刘义康只得请求辞职退位。文帝以义康为江州刺史，出镇豫章。以萧斌为义康谘议参军，领豫章太守掌管大小事务，令龙骧将军萧承之率军监视。还允许义康亲信跟随，待其钱财丰厚，书信赏赐不断，朝廷大事还让他知道。文帝征南兖州刺史义恭为司徒、录尚书事。此时刘义恭因刘义康刚被处理，不怎么管事。彭城王刘义康的专政结束了，它带来的影响是很深远的。其后，义康及其党徒仍在频繁活动，妄图东山再起。前龙骧参军、巴东扶令育到国都上书皇帝，力劝文帝召刘义康还朝，使兄弟协和，君臣辑睦。文帝看过奏章，杀扶令育。鲁国孔熙先，博学文史，多才多艺，为官不得志。其父孔默之为广州刺史时，曾犯贪污罪，因刘义康讲情，免于处罚。孔熙先因而想报效义康，他根据观察天文，研究图谶，得出文帝肯定不会善终，还肯定是由骨肉相残，而且江州要出天子。他知道深为文帝信任的大臣范晔不满足于现在的地位，就通过范晔外甥谢综结识了范晔，极力讨其欢心，极力鼓动他反对文帝。范晔在义康府中多年，义康待他很好。

后因范晔在义康母亲死不久，喝酒唱歌，被义康降职，撵出府中。义康通过其记室参军范晔外甥谢综求释前嫌，和好如初。孔熙先等人通过种种关系，联络了许多人，其中包括丹阳尹徐湛之等。元嘉二十二年（445 年）十月，孔熙先、范晔、徐湛之等人欲乘文帝宴送荆州刺史刘义季等人时令护卫领队许耀刺杀文帝，范晔临场胆怯，没有发出命令，图谋不成。徐湛之担心举事无成，就向文帝报告了范晔等人的图谋。文帝让徐湛之搞清其来龙去脉，拿到证据。然后派人将孔熙先、范晔等人全部抓获，并予以处死。文帝免义康全家为庶人，徙安成郡（今属江西省），派兵监视。元嘉二十四年（447 年），豫章胡诞世（其兄遵世参与孔熙先谋反被杀）等人杀豫章太隆桓守之，据郡反抗，想奉刘义康为主，被迅速平定。元嘉二十八年（451 年），北魏兵临长江，举国震动。文帝担心居心不良的人可能奉义康制造动乱，派人杀掉刘义康以绝后患。

文帝轻率杀掉刘义康，实开宋王室骨肉残杀之先河。

刘劭政变

刘劭，字休远，是文帝嫡长子。六岁时，被立为皇太子。十二岁出居东宫，娶殷淳女为妃。十三岁，加元服。刘劭好读史书，喜欢武事。亲自管理东宫，喜欢接待宾客，想干什么，文帝就让他干。宋文帝与执政的彭城王刘义康矛盾很深，担心刘劭的安全，就大大增加了东宫卫戍部队，和卫戍皇宫的羽林一样多。

文帝末年重视农业，劝课耕桑，还让宫内带头作榜样。有女道士严道育，本为吴兴人，自吹通灵，可以役使鬼神，因丈夫劫人财物被没入宫。因刘劭妹妹东阳公主奴婢王鹦鹉得以出入公主家，道育自吹能辟谷服食，赢得公主、刘劭、刘濬等人的信赖。刘濬是文帝宠妃潘氏生的儿子，因刘劭母袁皇后性妒而含恨死去，刘劭很恨潘妃和刘濬，刘濬害怕将来刘劭当皇帝他会受罪，就特别讨好刘劭，两人关系变得十分亲密。刘劭、刘濬犯过许多过失，文帝训斥了他们好几次。现在他们让严道育祈请上天，想不再让文帝知道他们的过失，严道育满口答应，刘劭等对她十分尊敬，称为“天师”。后来，刘劭、刘濬就和严道育、王鹦鹉、东阳主奴陈天兴、黄门陈庆国共为巫蛊，在玉石上雕刻文帝像，把他埋到含章殿前，妄图用这种宗教法术来让文帝早日死亡，刘劭提升陈天兴任队主。东阳公主死后，王鹦鹉应该出嫁，但刘劭兄弟担心密谋外泄，将其嫁给刘濬心腹吴兴沈怀远为妾，文帝后来听说天兴是奴而得领队，训斥刘劭，刘劭把事告诉刘濬，濬回信说不行就干掉他。鹦鹉原曾与陈天兴私通，既嫁怀远，害怕内情外露，就让刘劭秘密杀掉天兴。同党陈庆国害怕遭受同样的命运，就把巫蛊的事报告给文帝。文帝大惊，派人逮捕王鹦鹉，抄家时得到刘劭兄弟来往书信，都是诅咒巫蛊的话，又起出所埋玉像，文帝严厉责备刘劭兄弟，刘劭兄弟也只有谢罪。严道育逃跑未被抓获，文帝很生气，派了很多人到处搜捕。道育却换上尼姑衣，先藏东宫，又跟随刘濬到京口（今江苏镇江），住在百姓张昨家。刘濬改镇江陵（今湖北江陵），带道育到东宫，还想带她到江陵。这时有人报告严道育在京口张昨家，文帝派人抓捕，只抓到她的两个奴婢，供出严道育已随刘濬还都，文帝认为刘劭、刘濬已和严道育断绝来往，这时才知他俩还与其来往，既震惊又痛心，下令让京口把严道育押解回京，然后审断，治刘劭、刘濬之罪。刘濬闻讯大惊，赶快告诉刘劭。文帝想废掉太子刘劭，赐刘濬死。先和侍中王僧绰商量，让他寻找汉魏以后废太子诸王典故，送给宰相徐湛之和吏部尚书江湛参阅。然后与王僧绰、徐湛之和江湛共商另立太子事宜，第三子刘骏不为文帝喜爱，文帝一直让他在外地为官，不能留在建康。四子刘铄，七子刘宏同为文帝喜爱，但铄妃是江湛之妹，江湛劝帝立刘铄。宰相徐湛之之女是文帝第六子刘诞的妃子，所以徐湛之劝帝立刘诞，王僧绰认为无论立谁都只能速速决断，不然的话，就应对刘劭刘濬像当初一样，不再疑惑，否则将后悔无及，贻笑千载。文帝却仍犹犹豫豫，想立七子刘宏又嫌他排行不好，每夜都与湛之谈话，还常让徐湛之端着蜡烛，在房间周围检查巡视，以防有人偷听。君臣很长时间也确定不了立谁为太子，文帝却把商议的内情告诉给潘妃，潘妃又告诉刘濬，刘濬又赶快告诉刘劭，刘劭就秘密与其心腹队主陈叙儿、詹叔儿、斋帅张超之等人商量发动政变。

刘劭性格狡黠而刚猛，文帝也很依赖他。作乱前，每天晚上慰劳将士，有时还亲自行酒。王僧绰密告文帝戒备。元嘉三十年（453 年）三月十五日夜，刘劭谎称帝诏令其在天明时分率部守卫宫城，又令其私养勇士 2000 多人全副武装准备战斗。召集萧斌、袁淑、殷仲素、王正见等人，刘劭哭着对他们说他被父皇冤枉，行将被废，已决定于次日起事，希望大家齐心协力。然后挨个拜求，大家都大吃一惊，袁淑反对，在刘劭胁迫下众人纷纷表示同意。次日凌晨，刘劭外穿朝服内着军装，和萧斌同车，侍从像往常入朝礼仪的样子。呼喊袁淑，不服被杀。进入万春门。按照旧例，东宫部队不准入城，刘劭骗门卫说奉皇帝命令讨逆贼，命令后队跟上，张超之等冲入云龙门和斋阁，直接登上合殿。文帝晚上一直与徐湛之密谋，这时蜡烛还没灭。卫兵们晚上睡觉还没醒。文帝见超之进来，举起茶几抵挡，五指被砍掉，遇害身亡。徐湛之、江湛等人相继被叛兵杀害。经过短暂交锋，刘劭部队击败了文帝卫队的抵抗，又杀潘妃和太祖亲信数十人。召刘濬让他率众屯驻中堂，刘劭以太祖名义召大将军刘义恭、尚书令何尚之及其他百官，然后即皇帝位，下诏称徐湛之、江湛等人弑逆被平定，但文帝身亡，大赦，改元太初。署置百官，杀掉一些异己分子和不为刘劭喜欢的宗室如长沙王刘瑾、临川王刘烨等。收回原给诸王和各处的武器，封赏有功人员，刘劭还博访公卿，询问治国之道，开放可以开放的田苑山峰，贷给贫民，政变获得成功。

太子刘劭弑逆的消息传开后，普天同愤。文帝第三子武陵王、江州刺史刘骏王正带领江、豫、荆、雍四州军队讨伐西阳（今湖北黄冈）的蛮族，他与沈庆之定议举兵，只花几天时间，内外整肃。荆州刺史南郡王刘义宣与司州刺史鲁爽等人举兵响应。讨伐军东下，传檄四方，使共讨刘劭，州郡纷纷响应。刘劭闻知四方起兵，宣布戒严，把诸王和大臣移到城内以便于监视。元嘉三十年（453年）四月底，讨伐军大将柳元景，率军从溢口出发，刘骏沈庆之等率大军随后东下讨伐，刘劭拒绝了萧斌率水军西上决战或保据梁山的正确建议，反而采纳刘义恭固守京城的错误提议。讨伐军抵南洲，出降者接连不断，讨伐军进至新亭，刘劭令萧斌率步兵，褚湛之率水军，与鲁秀、王罗汉等率兵共万人，围新亭，刘劭将士都受重赏，士气很高，拼死战斗，讨伐军虽然水陆受敌，士气更旺。刘劭部队快要攻克新亭垒时，鲁秀却击鼓退兵，讨伐军乘机反攻，大败刘劭兵，死伤很多。刘劭亲自带领部队来攻新亭，讨伐军又大败之。刘劭退还朱雀门，胆颤心惊，逃回台城，部属如鲁秀、刘义恭也投降讨伐军。刘劭迎接蒋侯神像、苏侯神像到宫内，乞求保佑，让刘铄写祝文。诅骂刘骏。五月，刘骏即皇帝位于新亭，给文武加官晋爵。讨伐军随即攻下建康，活捉刘劭、刘濬，获得彻底的胜利。

刘劭杀父自立，后又杀宗室长沙王瑾、临川王烨，及刘楷、刘颢、刘玠等，还遣使安成郡杀刘义康六子，又因刘义恭出逃，刘骏杀其十二子。刘骏胜利后又杀刘劭及四子，刘濬及三子，又因刘铄素不相下，以毒杀之。从此，刘宋宗室自相残杀愈演愈烈，宋王朝也因而灭亡。

与北魏的战争

宋文帝元嘉年间和梁武帝统治前期天监、普通年间，南朝政治比较稳定，经济比较繁荣。这两个时期，南朝具有对北方进行战争的较强实力。当时广大北方统一于鲜卑族建立的北魏，它在南朝人心目中，已不是刘、石那样“乱华”的外族，而更具有对立的封建政权性质。

宋武帝永初三年（422），魏夺得滑台（今河南滑县）。宋少帝景平元年（423），又克洛阳、虎牢（今河南荥阳西），占领司、兖、豫州。元嘉七年（430），宋北与赫连夏结盟，向北魏进兵。魏以兵少撤退，一度宋获得河南四镇滑台、洛阳、虎牢、碻磝（今山东茌平南），沿河置守。半年余以后，又先后失四镇。二十七年，宋军大举北进，江夏王刘义恭驻彭城（今江苏徐州）为总指挥。宋军夺取碻磝，围攻滑台与虎牢之后撤退。柳元景从襄阳向北进军，到潼关后也退回。魏太武帝拓跋焘率大军南攻，经过彭城，南下至瓜步（今江苏六合），声言将要渡江，建康震动。魏军留住了18天，二十八年正月北撤。魏军杀伤掠夺，南兖、徐、兖、豫、青、冀六州备遭残破。魏军士马也死伤过半。二十九年，宋军又攻占碻磝、虎牢，无功而还。宋明帝泰始三年（467）至五年，曾响应晋安王子勋起兵反对明帝的徐州刺史薛安都、兖州刺史毕众敬、青州刺史沈文秀、冀州刺史崔道固，先后投降北魏，从此南朝失去四州与豫州的淮西之地。

梁天监三年（504 年），魏取梁司州。四年，又取梁汉中地带，并有乘势夺蜀之议。十月梁临川王萧宏统军北伐，“器械精新，军容甚盛，北人以为百数十年所未之有”。但由于萧宏怯懦，指挥无方，竟于次年九月大败而回。六年，梁军进攻北魏，在钟离（今安徽凤阳）获得大胜。十年，梁将马仙琕又在朐山（今江苏连云港）大捷。齐末南朝失去寿春，梁武帝力图收复，筑浮山堰堰淮水以攻寿春，服役的人“死者相枕”。因淮水暴涨，堰成后数月全部崩坏，缘淮城戍村落 10 余万口漂流入海。大通元年（527 年），陈庆之在涡阳（今安徽蒙城）大败魏军。中大通元年（529 年），陈庆之乘北魏阶级矛盾与统治阶级内部矛盾激化之机，率军送魏宗室元颢入洛阳，由于孤军深入，后援不继，为魏军所败而归。当时南北双方都不处于绝对优势或劣势，因而多次交战终无决定性结果。

北魏太子校射图

侯景之乱与南朝的衰败

侯景之乱是对梁朝后期腐朽统治的沉重一击，南朝从此衰落不振。侯景出身怀朔镇兵，随尔朱荣镇压六镇起义。后归高欢，官至河南道行台。高欢死后，因与其子高澄不和，投降西魏，被高澄击败。太清元年（547 年），又拥十三州请降于梁。梁武帝以为侯景归附和他夜梦中原牧守皆以地来降之兆，不顾朝臣反对，接受侯景，封为河南王、使持节督河南河北诸军事、大行台。武帝晚年迷信佛教，政治腐败，“政散民流”，“人人厌苦，家家思乱”。二年，侯景自寿春南下，只有兵8000人，马数百匹，就渡过长江，包围台城130余日。侯景免北人奴隶为良民，编入军中，人人感恩，为之致死。梁诸道援军之数十万人集建康。但将帅各有打算，相互猜忌，彼此观望，不能通力合作抗击侯景。三年，侯景终于攻破台城，梁武帝被囚，病饿忧愤而死。傀儡简文帝萧纲继位，不久被侯景杀害。大宝二年(551年)，侯景自立为帝，国号汉。他西进攻荆州刺史湘东王萧绎，承圣元年（552年）为萧绎将王僧辩和自广州北上的陈霸先所败，被杀。侯景攻占建康三年，称帝120天。建康和三吴富庶之区无事日久，遭战乱后人口凋敝，城邑残破。公侯富人在会稽者多南渡岭南，世家大族遭受沉重打击。

侯景败亡后，益州刺史武陵王萧纪称帝于蜀。萧绎也称帝，定都江陵，是为元帝。元帝攻灭萧纪，而西魏乘机夺取了益州。他又和侄儿湘州刺史河东王萧誉、雍州刺史岳阳王萧詧内讧，攻杀萧誉，萧詧乞援于西魏。承圣三年，魏军攻下江陵，杀元帝，俘“衣冠士族”男女数万口，驱入长安为奴婢。这是对南朝门阀士族又一次大打击。西魏立萧詧于江陵，是为后梁，实际仍西魏傀儡，而襄阳入于西魏。侯景乱后，萧氏诸王兄弟叔侄自相屠杀，使南朝进一步大伤元气，上游失去屏障，西境急遽收缩，陈朝初年形成“文轨所同，千里而近，人户著籍，不盈三万”的衰败局面。

宋

南朝第一个王朝。刘裕创建。都建康，宋初疆域北以秦岭、黄河与北魏为界，西至今四川，西南至今云南，南至今越南横山，东和东南直抵海滨，是东晋南朝时期疆域最大的王朝。历八帝，共五十九年。

刘裕，京口人，寒门出身。早年曾为北府兵将刘牢之参军。桓玄篡晋后，刘裕联合部分北府旧人举兵攻灭桓玄，从此掌握晋室军政实权。义熙六年（410 年），刘裕灭南燕，取得今山东大部地方。镇压卢循起义后，又消灭割据益州（今四川）的谯纵，十三年灭后秦，取得潼关以东、黄河以南大片土地。元熙二年（420 年），刘裕代晋称帝，改元永初，国号宋，历史上又称刘宋。

刘裕鉴于东晋门阀专政、王权弱小、方镇割据的积弊，在中央任用寒人掌典机要，地方则多由宗室出任方镇，以求加强专制皇权。宋世士族门阀虽然位遇很高，但军政实权却大为削弱，从而使国内的统一程度和中央权力都大为增强。刘裕还采取了一系列抑制豪强兼并，减轻人民负担和恢复农业生产的措施，使农民的境遇有所改善。

永初三年（422 年）刘裕死，长子刘义符继位。两年后，大臣徐羡之等废杀义符，立其三弟刘义隆为帝（宋文帝）。刘义隆继续执行刘裕的政策，在东晋义熙土断的基础上，清理户籍，下令减轻或免除人民积欠政府的“逋租宿债”。劝农、兴学、招贤，开炉铸钱。人民得以休养生息，社会生产有所发展，经济文化日趋繁荣。宋文帝元嘉之世（424—453 年）是东晋南朝最强盛的时期，史称“元嘉之治”。

刘宋时，黄河以北的北魏日益强大。早在刘裕统治末年（422—423 年），北魏已陆续夺去滑台（今河南滑县东）、虎牢（今河南荥阳汜水镇）和洛阳等重镇。北魏统一北方后，又调集 60 万大军南下。元嘉二十七年（450 年），魏太武帝拓跋焘亲率 10 万大军进攻悬瓠（今河南汝南），被宋军击败。朱军又分数路北进。其中柳元景一路自户氏（今属河南）出发，在当地汉族人民积极支持下，连克弘农、陕县和潼关。但由于宋军主力王玄谟部久攻滑台不下，为北魏主力击溃，宋文帝只得令柳元景部亦撤退。同年冬，拓跋焘率兵号称百万，南下直抵瓜步（今安徽六合东南），准备渡江进攻建康。由于江淮人民坚壁清野，魏军抄掠无所获，人马饥乏；加之宋军在沿江数百里内建立起坚固的防线，魏军只得北撤。魏军这次南侵，对江、淮、青、济广大地区进行了前所未有的野蛮破坏；所至之处，一片焦土，宋朝国力从此大为削弱。

元嘉三十年，太子刘劭杀文帝自立。同年，文帝第三子江州刺史武陵王刘骏起兵诛劭，即帝位，是为孝武帝。他为了加强对地方军政的控制，无论“长王临藩”或“素族（指皇族以外的士族）出镇”，都派典签分掌实权，严加监视。诸王和镇将因遭疑忌，先后起兵作乱，于是皇室内部，君臣之间，相互残杀，愈演愈烈。孝武帝在位时，杀叔父刘义宣，并杀四个亲弟。宋明帝刘彧时，又杀尽孝武帝诸子，还把尚存的五个亲弟杀掉四个。被疑忌的文臣武将，有的被杀，有的叛国投敌。如幽州刺史刘休宾、兖州刺史毕众敬、徐州刺史薛安都、冀州刺史崔道固、青州刺史沈文秀等，先后投降北魏，刘宋失去了淮河以北大片土地，南朝疆域再次缩小。

东晋以来，门阀士族地主大量占山固泽，政府虽一再禁止，但效果不大。大明年间（457—464 年），孝武帝企图改禁为限，规定：地主原占山泽一律归地方所有；此后占山护泽以官品为准，数量由一顷至三顷，原占已足此数的不得再占；在此规定以外擅占山水者，按强盗律治罪。从此，占山护泽合法化，而数量的限制仍无法实行。

元嘉以后，宋王朝对人民的剥削亦日益加重。当时实行计资分等纳调，地方官为了提高户等以增加税收，桑长一尺，田进一亩都计在资产之内，甚至连屋上加瓦都要计税，使得农民不敢种树垦荒、泥补房舍，更无意发展生产。沉重的徭役，甚至连儿童也不放过，以致造成“田野百县，路无男人；耕田载租，皆驱女弱”。阶级矛盾十分尖锐，小规模的农民起义不断发生。泰豫元年（472 年）明帝死，子刘昱（后废帝）继位，内乱更加炽热。这时实权已落入中领军萧道成手中。元徽五年（477 年）萧道成杀刘昱，立昱弟刘凖为帝（即顺帝）。升明三年（479 年），萧道成废刘凖，称帝建齐朝，宋亡。

齐

南朝第二个王朝。萧道成创建。都建康。疆域北至大巴山脉和淮南，西至四川，西南至云南，南至今越南横山，东南直抵海滨。历七帝，共二十四年（479—502 年）。

萧道成，低级士族出身。领兵 30 多年，他利用刘宋末年皇室内部、君臣之间相互残杀的混乱局面，以中领军掌握实权，于升明三年（479 年）代宋称帝，国号齐，年号建元，历史上又称南齐、萧齐。齐初虽对宋末暴政作过一些改革，注意劝课农桑和学校教育，但人民的负担并未减轻，濒于破产的农民纷纷沦为豪强大族的隐户。齐世寒人兴起的趋势继续发展，中央以寒人掌典机要，地方则重用典签，对皇室和方镇严加控制、监视，门阀士族的实权进一步削弱。齐初，鉴于宋末统治阶级内部相互残杀而失天下的教训，终齐武帝萧赜之世，虽然爆发过唐寓之暴动，尚能维持政局的稳定。齐明帝萧鸾在位五年，皇室间的相互残杀更甚于宋末。高、武子孙，几乎被萧鸾杀绝。萧鸾死后，继位的萧宝卷（东昏侯）更是专事杀戮的暴君，人人自危，众叛亲离，政局混乱达于极点。永元三年（501 年），宗室雍州刺史萧衍自襄阳起兵攻占建康，尽杀明帝后裔，次年称帝，建立梁朝，齐亡。

梁

南朝第三个王朝。萧衍创建。都建康。历四帝，共五十六年（502～557）。

萧衍（464—549年），字叔达，小字练儿，南兰陵中都里（今江苏常州西北）人，南齐宗室，官至雍州刺史，镇襄阳。永元二年（500年），萧衍之兄萧懿被齐东昏侯萧宝卷杀害，三年，萧衍乘南齐君臣互相残杀，政局极端混乱之际，自襄阳举兵东下，攻占建康，并于次年称帝。国号梁，建元天监，历史上又称萧梁。

梁朝五十六年中，萧衍在位长达四十八年。其统治具有如下特点：①优容士族。如专设谱局，改订士族百家谱；下诏州、郡、县，置州望、郡宗、乡豪各一人，专掌搜荐人物，特别是东晋以来湮没不显的旧族；增设官职，满足士族入仕要求。但梁世士族业已全面腐朽，在实际政务中仍须使用寒人。②宽纵皇族。如削弱典签权势，给诸王以实权，对他们的横征暴敛甚至公开抢掠也不闻不问。结果到了萧衍晚年，皇室间的相互残杀较之宋、齐两代更为残酷。③萧衍博学能文，重视思想意识上的统治。如大力提倡佛教，不顾劳民伤财，大规模兴建佛寺。创立三教同源说，调和释、儒、道三者矛盾。三次舍身同泰寺，公卿等以成亿的钱奉赎。④以虚伪的勤俭、仁慈掩盖其残暴腐朽的统治。梁世徭役较以往更为繁重，甚至役及女丁。赋税由过去的计资改为计丁。规定每年丁男之调，布、绢各二丈，丝三两，绵八两；禄绢八尺，禄绵三两二分；租米五石，禄米二石。丁女减半。此外每亩田还要收税米二升。他责令地方官“上献”，因而莫不竞相聚敛。梁世用法，对皇室、士族分外宽容，对劳苦大众极其严酷。民众犯法连坐，老幼不免；一人逃亡，举家罚作苦役。人民纷纷逃亡或奋起反抗，各种规模的农民起义接连不断。侯景之乱前夕，更是达到“人人厌苦，家家思乱”的严重地步。

梁初疆域与齐末略同，北以淮河与北魏为界。此时北魏虽日趋衰落，但由于萧衍昏庸无能，故几次对魏战争均未取得成果，反而给人民带来很大灾难。如天监四年（505年）北伐，梁军装备精良，但萧衍舍良将韦叡不用，以其贪残昏懦的六弟萧宏为主帅。五年，军至洛口（今安徽怀远内），一夜风雨骤起，萧宏弃师潜逃。大军溃退，损失5万多人。十三年，萧衍不顾水工关于淮河沙土不坚，不可筑堰的警告，役使20万军民修筑浮山堰（在今安徽凤阳境内），企图蓄淮水淹没北魏军。浮山堰果为洪水冲塌，沿淮军民10余万被吞没。当北魏在各族人民起义打击下摇摇欲坠之时，萧衍把希望寄托在南逃的北魏宗室元颢身上，命陈庆之于大通二年（528）率7000人送他北归。元颢阴谋叛梁，陈庆之孤立无援而全军覆灭。

太清元年（547年），东魏大将侯景降梁，萧衍不顾朝臣反对，认为“得景则塞北可清，机会难得”，以侯景为大将军、河南王、都督河南北诸军事、大行台，并派萧渊明率军五万前往支援。结果梁军在寒山堰（今江苏徐州市外）被东魏军击败，渊明被俘。不久，侯景军亦被消灭，仅得800人进据寿春。二年八月，侯景自寿春举兵叛梁。十月，叛军在萧衍侄萧正德接应下顺利渡江，占领建康。台城（宫城）被围期间，萧衍的子孙们虽据重镇，拥强兵，均不积极驰援，反而伺机夺取帝位。三年三月，叛军攻占台城，萧衍饿死。四年，侯景立萧纲为帝（简文帝）。大宝二年（551年），侯景杀萧纲，自称汉皇帝。首都建康和三吴地区遭到空前破坏。这时盘踞郢州（镇夏口，今湖北武昌）的萧纶（萧衍第六子）附北齐，盘踞襄阳的萧詧（萧衍之孙、萧统之子）附西魏，盘踞荆州的萧绎（萧衍第七子）则反复于北齐和西魏之间，此外还有盘踞益州的萧纪（萧衍第八子），他们之间展开了殊死的皇位争夺战。同年，萧绎勾结西魏灭萧纶。三年，萧绎攻灭侯景，在江陵称帝（梁元帝）。承圣二年（553 年）萧纪举兵东下攻江陵，西魏乘机夺取益州，萧纪亦旋被萧绎消灭。三年，萧詧勾结西魏攻破江陵，杀萧绎。西魏复占有襄阳，并将江陵被俘王公以下男女数万口分给将士作奴婢，仅留一座空城让萧詧作傀儡皇帝，史称后梁。至此，梁朝疆土已丧失大半：长江下游以北沦于北齐，益州、汉中、襄阳沦于西魏，江陵实际亦为西魏控制。次年，王僧辩、陈霸先在建康立萧方智（萧绎之子）为梁王。时北齐派兵送萧渊明至建康，王僧辩畏齐，立萧渊明为帝。陈霸先袭杀王僧辩，复立萧方智为帝（梁敬帝）。太平二年（557 年），陈霸先称帝，建立陈朝，梁亡。

陈

南朝最后一个王朝。陈霸先创建。都建康。仅控制江陵以东、长江以南的狭小地区。历五帝，共三十三年（557—589 年）。

陈霸先，出身寒门。以平侯景之乱功，官至司空。太平二年（557 年），霸先代梁称帝，建元永定，国号陈。在位三年死。其侄陈蒨即位（陈文帝），清除尚存的萧梁残余势力，削平长江中游的割据势力王琳，击退北齐、北周的军队。宣帝陈顼时，陈朝政权已比较稳固，社会经济也有所恢复，而北齐政局正极度混乱。太建五年（573 年），陈宣帝命吴明彻为主帅大举北伐，连战皆捷，尽复淮南失地。九年，北周灭北齐，统一北方。陈宣帝欲夺取徐、兖，再次出兵北伐。十年，吴明彻率水军猛攻彭城（今江苏徐州），但后路被周军截断。陈军撤退到清口（古泗水入淮之口，今江苏淮阴西），被周军击溃，吴明彻和三万将士被俘。淮南之地复为北周占领。十四年，宣帝病死。继位的陈叔宝是历史上有名的荒淫皇帝。在他的统治下，政治腐败不堪，人民生活极为穷困。此时，北方的北周已为隋朝所代。祯明二年（588 年），强大的隋朝派大军 50 余万分八路南下。次年，隋军攻下建康，陈叔宝被俘，陈亡。分裂了 200 多年的中国再次统一。

北　　朝

北朝与南朝相峙并存。一般以魏太武帝拓跋焘统一北方（439 年）算起，至杨坚建隋代周（581 年）为止，包括北魏、东魏、西魏、北齐、北周五个王朝，历时 142 年。另一说，起于拓跋珪建国称魏（386 年），止于 589 年隋文帝杨坚灭陈、统一全国。

北方五个王朝的统治者出自塞北的鲜卑族或与鲜卑族有着密切的关系。北魏统治者是鲜卑拓跋部的贵族。东、西魏本来就是从北魏皇室中分裂出来的，它们的实际掌权者高欢、宇文泰，同时又是北齐、北周政权的真正创建人。高欢是生长在北镇的鲜卑化汉人，宇文泰也是徙居代北的鲜卑宇文部酋豪的后裔（一说为役属于鲜卑的南匈奴后裔）。因此，一方面在北朝时期，除了编户、田客、牧子、隶户、奴隶与官府、大族豪强、牧王、奴隶主之间的阶级矛盾，士与客、士与庶、地方势力与中央政权之间的统治阶级内部矛盾外，还始终存在着程度不同的鲜卑文化与汉文化之间的矛盾与融合问题。另一方面，鲜卑族的文化传统对北朝的政治、军事、经济以及典章制度都有深刻影响，从而形成了自己的特点，出现了均田制、府兵制和朴素粗犷的民间文学。

周武帝

北朝时期，统治时间最长、疆域最广的是北魏，其全盛时（太和二十一年，497 年），西至焉耆，东到海，北界六镇与柔然接壤，南临淮、沔与南齐为邻。东、西魏时期，其南、北疆界稍有内缩，除西魏之建、泰、义、南汾四州在河东外，大抵以黄河为界划分东、西魏。齐、周时期，北朝的疆界有扩展：北齐南并淮水流域，濒长江与陈对峙；北周占有梁、益，控制江陵，长江上游、汉水流域全归周有。周武帝建德六年（577 年）灭北齐，疆域之大，超过北魏。武帝去世，宣、静相继，大权旁落，杨坚专政，五年即建隋代周，再八年渡江灭陈，统一了全国。

北　魏

北朝之一，继十六国分裂局面之后在中国北部重建统一的封建王朝。鲜卑族拓跋珪所建。历十二帝、二王，共 149 年（386—534 年）。

东汉末年鲜卑族的檀石槐政权瓦解后，许多鲜卑及号称鲜卑的部落、氏族在今内蒙古和山西北部一带活动，拓跋部就是其中之一，又称“索头鲜卑”，游牧为生。310 年，西晋封拓跋猗卢为代公，314 年，进封为代王。338 年拓跋什翼犍在繁畤

（今山西浑源西南）北即代王位，建立代国。376 年，代国为前秦所灭。淝水之战后，拓跋珪于 386 年重建代国，称王。同年改国号为魏，建元登国，史称北魏，亦称拓跋魏、元魏、后魏。天兴元年（398 年），拓跋珪即皇帝位（道武帝），定都平城（今山西大同东北）。

魏道武帝拓跋珪建国时，拓跋部正处于原始公社组织续继解体，奴隶制还极不成熟的阶段。拓跋珪解散部落组织，使鲜卑部民分土定居，由氏族组织转变为地域组织，从游牧经济转向农业经济。皇始元年（396 年），拓跋珪攻占后燕的并州（今山西太原西南）后，始建台省，置百官，封拜公侯将军；中央官尚书郎以下和地方官刺史、太守以下一般都任用儒生。天赐三年（406 年）下令诸州置三刺史，郡置三太守，县置三令长，其中一人为拓跋宗室，其余为非宗室的鲜卑人或汉人。北魏政府面对汉族地区宗族强盛、坞堡甚多的局面，依靠那些宗族主作为统治的支柱，建立了宗主督护之制，由各地宗主来督护地方，负责征收租课和征发兵役徭役，实际上起着地方基层政权的作用。

拓跋珪推行劝课农耕，发展生产的政策。登国九年（394 年）打败匈奴别部刘库仁和刘卫辰两部，占领五原（今内蒙古包头西北）至稒阳塞（今内蒙古包头东）外以后，在此实行大规模屯田，效果很好。拓跋珪破后燕，于天兴元年强迫后燕境内数十万汉族和其他各族劳动人民迁往平城附近，计口授田，分给他们耕牛农具，发展农业生产，使经济力量不断增强。

前期政治

天赐六年拓跋珪死，子拓跋嗣（明元帝）继位。明元帝在位时对南朝刘宋发动进攻，夺取了黄河以南的司、兖、豫等州的大部分地区。泰常八年（423 年），明元帝死，其子拓跋焘（即魏太武帝拓跋焘）继位，他先后灭夏、北燕，于延和元年（439 年）灭北凉，完成黄河流域的统一，结束了一百多年北方十六国分裂割据的局面，北朝从此开始。太平真君十年（449 年），太武帝又亲率大军击败北方的柔然，使其北徙，消除了长期以来对北魏的严重威胁。接着挥师南下，兵锋直抵瓜步（今江苏六合东南）。此时北魏疆域北至大漠，西至今新疆东部，东北至辽河，南至江淮。

北魏建国后，其社会跃入封建制，生产力逐步发展。但在统治方式上，北魏前期仍然保留着浓厚的奴隶制残余，特别是在统一北方以前，继续将战争中掳掠的人口没为奴婢，赏赐给诸王贵族和有战功者，从事农业和手工业的生产劳动。赋税方面，在推行宗主督护制的地区，平均每户每年的户调是帛 2 匹，絮 2 斤，丝 1 斤，粟 20 石，外加地方征收的调外之费帛一匹二丈。且任意增加临时征调，动辄每户要交 30、50 石粟当时官吏没有正式的俸禄，贪污、贿赂、高利贷公行。太武帝统治期间，大将公孙轨到上党（今山西长治北），去时单马执鞭，回来则从车百辆。拓跋统治者推行民族歧视政策。在战争中，被驱迫当兵的各族人民在前冲锋，鲜卑骑兵在后驱逼。十二年，太武帝围攻盱眙（今安徽盱眙东北）时，写信给刘宋守将臧质说，攻城的都不是我鲜卑人，你杀了他们，免得他们将来造反。北魏为了镇压其他民族的反抗，在氐、羌、卢水胡等族聚居的地区设置军镇，严厉统治。魏律规定犯谋反大逆者，亲族男女不论少长全部处死。甚至还在实行原始的车裂法。

北魏前期落后的统治，引起各族人民连绵不断的反抗斗争。其中规模最大的，是太平真君六年九月，杂居在今陕西、山西等地的汉、氐、羌、屠各等族人民在卢水胡人盖吴领导下于杏城（今陕西黄陵西南）爆发的起义。诸少数族和汉族被压迫人民争相响应，起义军很快发展到10余万人，东起潼关，西至汧陇（今陕西、甘肃交界处）。盖吴派使者要求刘宋出兵声援。一年后，起义军虽被太武帝亲自率军镇压而失败，但各族人民的共同斗争促进了民族的融合。

冯太后、孝文帝改革

为了缓和阶级矛盾，北魏统治者力求限制地方豪强势力，加强中央集权，使鲜卑贵族进一步封建化，并与汉族地主紧密结合，更有效地共同统治各族人民。因此冯太后和魏孝文帝元宏进行了一系列的改革：①首先整顿吏治。延兴二年（472年），政府规定，地方牧守治绩好的可以久任，满一年升迁一级；治绩不好的即使就任不久，也要受到处罚，甚至降级。②延兴五年，为改变过去州、郡、县争收租调的混乱局面，政府确定只能由县一级征收，征收时禁止使用大斗、长尺、重秤。③太和八年（484年）颁布俸禄制，申明俸禄以外贪赃满一匹绢布的处死。次年颁行的均田令中，又规定地方守宰可以按官职高低给一定数量的俸田。所授公田不准买卖，离职时移交下任。④九年十月，颁布了均田令，对不同性别的成年百姓和奴婢、耕牛都作了详尽的受田规定。授田有露田、桑田之别。露田种植谷物，不得买卖，70岁时交还国家，桑田种植桑、榆、枣树，不须交还国家，可以出卖多余的部分，买进不足的部分。还授土地时对老少残疾鳏寡都给予适当的照顾。⑤九年或十年初，以三长制取代宗主督护制，采用邻、里、党的乡官组织，抑制地方豪强荫庇大量户口。⑥十年，孝文帝对租调制度也进行了相应的改革。新租调规定以一夫一妇为征收单位，每年交纳帛一匹，粟2石。十五岁以上的未婚男女，从事耕织的奴婢每8人，耕牛每20头的租调，分别相当于一夫一妇的数量。⑦十八年，孝文帝排除穆泰、元丕及太子恂等鲜卑旧贵族和保守势力的反对，把都城从平城迁至洛阳。⑧孝文帝改革鲜卑旧俗，主要是禁着胡服，改穿汉人服装；朝廷上禁鲜卑语，改说汉话；规定鲜卑贵族在洛阳死后，不得归葬平城，并改他们的籍贯为河南洛阳，改鲜卑姓为汉姓；鲜卑贵族门阀化，提倡他们与汉族高门通婚。⑨太和中，议定百官秩品，分九品，每品又分正、从。从品为北魏之首创。十九年，又按照家世、官爵等标准，将代北以来的鲜卑贵族定为姓、族，姓为高，族次之，其中穆、陆、贺、刘、楼、于、嵇、尉八姓，“皆太祖已降，勋著当世，位尽王公，灼然可知者，且下司州、吏部，勿充猥言，一同四姓。”所谓四姓，一说为中原汉族高门崔、卢、李、郑，一说为汉族甲、乙、丙、丁四种郡姓，后者似为确。班定姓族，使鲜卑贵族与汉士族得以进一步结合。

社会经济的发展

在北魏王朝一个半世纪的历史发展过程中，社会生产力逐步得到恢复和发展，中国北方自西晋永嘉之乱（310年）以后，经过十六国时期的战争破坏，百姓死于兵革，毙于饥馑，幸存的人口不足50%。中原地区一派凋敝景象。北魏统一北方后，经过各族人民长期的辛勤劳动和共同斗争，生产关系得到了调整，生产有明显的发展。特别是孝文帝改革后，自耕农民显著增加，孝明帝正光以前，全国户数已达500余万，比西晋太康年间增加一倍多。农业、手工业都有显著的发展。《洛阳伽蓝记》称北魏后期百姓殷富，年登俗乐，衣食粗得保障。在手工业方面，北魏后期炼钢技术有新的成就，相州牵口冶（在今河南安阳）制成锐利的钢刀。商业也逐渐活跃起来，太和以前，北方商业几乎处于停顿状态，钱货无所周流。孝文帝时，元淑为河东太守，当地许多百姓弃农经商。随着商业的发展，货币恢复流通，太和十九年，又重新铸造“太和五铢”钱，规定此钱在京师及全国诸州镇都可通行。宣武帝时，洛阳的商业相当繁荣，成为国际性的商业大城市。

北魏的衰亡

随着生产的发展和鲜卑贵族汉化的加深，北魏统治者日趋腐化，吏治逐步败坏。高阳王元雍富兼山海，其住宅、园圃像皇宫一样豪华，僮仆多达6000，妓女500，一餐费数万钱。他与河间王元琛斗富，奢侈豪华程度超过西晋的石崇、王恺。被称为饿虎将军的元晖作吏部尚书时，卖官鬻职都有定价，人们称吏部为卖官的市场，称这些官吏为白昼的劫贼。地方州郡的刺史、太守也聚敛无已。他们征收租调时，恢复长尺、大斗、重秤。繁重的兵役和徭役使大批农民家破人亡。破产农民纷纷投靠豪强，重新沦为依附农民，或逃避赋役，入寺为僧尼。

北魏控制的编户日益减少，影响了政府的收入。北魏统治者除加重剥削未逃亡的农民外，多次检括逃户，搜捕逃亡的农民。因而引起农民的反抗。延昌四年（515年）冀州僧人法庆领导的大乘教起义，公开宣称“新佛出世，除去旧魔”。北魏政府动员了10万军队才镇压下去。

北魏初年，为了阻止柔然南下的威胁，东起赤城（今属河北），西至五原修筑长城；在沿边要害处设置军事据点，即沃野等六镇。六镇镇将由鲜卑贵族担任，镇兵多是拓跋族成员或中原的强宗子弟。他们被视为“国之肺腑”，享有特殊地位。但迁都洛阳后，北方防务逐渐不被重视，镇将地位大大下降，被排斥在“清流”之外，升迁困难。因而他们对北魏政府严重不满，镇兵的地位更是日趋低贱，与谪配的罪犯和俘虏为伍，受到镇将、豪强残酷的奴役和剥削，名为府户。镇兵对镇将、豪强和北魏政府怀有强烈的阶级仇恨。加之塞外的柔然不时进扰掠夺，也加深了士卒生活的困难。正光四年（523年），终于爆发了六镇起义。关陇、河北等地各族人民也陆续起义。激烈的阶级斗争使北魏政权摇摇欲坠。边镇豪强集团利用当时的混乱局面，各自发展势力。肆州秀容（山西朔县北）的尔朱荣，聚集了北镇豪强和流民，势力发展最快。武泰元年（528年），胡太后毒死孝明帝，自居摄政，尔朱荣以给孝明帝报仇为借口，进军洛阳，在河阴将胡太后及大臣两千余人杀死，控制朝政。此后，内乱不止。永熙三年（534年），北魏分裂成由高欢控制的东魏和宇文泰掌握的西魏。

科技文化的发展

北魏时期，科学文化取得了新的成就。北魏末年贾思勰所著《齐民要术》，是中国现存最古、最完整的农书，包括农艺、园艺、林木、畜牧、养鱼和农产品加工等许多方面。它对从西周以来古代农业、手工业等方面取得的知识技术，都作了总结性的叙述。

魏末郦道元以《水经》为纲，写成地理名著《水经注》，分量二十倍于原书。它详尽地介绍了中国1252条河流，阐明了水道的变迁，疆域的沿革，又以优美的文字记叙了各地的自然风光和民间故事，还记录了矿藏、盐井、温泉、火山等情况，有重要的史料价值。

文学方面，北朝民歌充分体现了北方民族大融合的特征，风格刚健，语言质朴，感情真挚。《敕勒歌》、《折杨柳歌》、《木兰诗》就是当时民歌的代表，杨衒之的《洛阳伽蓝记》，既是一部地理名著，又是一部文学作品，《水经注》从文学角度看，也不愧为一本文字优美的游记。

北魏雕塑艺术，集中表现在当时的石窟寺中。它继承了秦汉以来中国的艺术传统，也受到国外，特别是古代印度艺术的影响。摩崖石窟分布很广，西起今甘肃，东至今辽宁，保存至今的著名的有大同云冈石窟，河南洛阳龙门石窟，甘肃敦煌石窟，以及甘肃天水的麦积山石窟、永靖的炳灵寺石窟，山西太原的天龙山万佛洞，河南巩县的石窟寺等。在这些石窟寺中有古代艺术工匠所塑造出来的数以万计的佛像，代表了当时中国雕塑艺术的最高水平，至今仍是驰名世界的艺术宝库。

东　魏

北朝之一，从北魏分裂出来的割据政权。都邺，有今河南汝南、江苏徐州以北，河南洛阳以东的原北魏统治的东部地区。历一帝，约十七年（534—550 年）。北魏政权在魏末各族人民大起义打击下摇摇欲坠，统治阶级内部展开了激烈的权利争夺。尔朱荣发动河阴之变，控制了北魏中央政权。

永安三年（530 年），孝庄帝利用朝见机会杀尔朱荣。荣侄尔朱兆起兵赴洛阳，杀死孝庄帝，立元恭为帝（节闵帝）。太昌元年（532 年），原尔朱荣部将高欢在河北大族的支持下，消灭潼关以东的尔朱氏势力，杀节闵帝，立元修为帝，即孝武帝。北魏政权落入高欢手中。

永熙三年（534 年），孝武帝不愿作高欢控制的傀儡皇帝，逃往长安，投靠宇文泰。高欢随即立元善见为帝（孝静帝），从洛阳迁都于邺，史称东魏。次年，宇文泰在长安立元宝炬为西魏文帝，北魏正式分裂为东、西魏。高欢以原六镇流民为主，建立强大武装，自己住在晋阳（今山西太原西南），使之成为东魏政治中心。

高欢所控制的东魏政权，实质上是北魏将领和河北大族相结合的产物。他为了获得鲜卑贵族的支持，竭力推行鲜卑化的政策。为了得到汉族豪强地主的拥护，听任他们贪污聚敛，为非作歹，吏治日趋腐化。

东魏与西魏相较，东魏地域广、人口多，经济发达。高欢屡次发兵进攻西魏，企图吞并对方。天平四年（537年），东魏军西征，在潼关左边的小关遭西魏军袭击大败，大都督窦泰自杀，高欢被迫撤军。此后，在沙苑之战（537年）、河桥之战（538年）、邙山之战（543年）中双方互有胜负。武定四年（546年），高欢亲率大军10余万人围攻西魏据守的玉壁（今山西稷山西南），苦战50余天，他病倒军中被迫退兵，次年年初，死在晋阳。其子高澄、高洋相继掌握东魏政权。武定八年，高洋废孝静帝，代东魏自立，建立北齐。

西　魏

北朝之一，由北魏分裂出来的割据政权。历三帝，共二十二年（535—557年）。都长安。管辖今湖北襄樊以北、河南洛阳以西，原北魏统治的西部地区。北魏永熙三年（534年），孝武帝元修脱离高欢，从洛阳逃至长安，投靠北魏将领、鲜卑化的匈奴人宇文泰。次年宇文泰杀孝武帝，立元宝炬为帝（文帝），史称西魏，政权实由宇文泰掌握。

西魏政权建立后，宇文泰于大统元年（535年），颁布24条新制，后又增加至36条，称为“中兴永式”。其主要内容是：严禁贪污、裁减官员、置立正长（正即闾正、族正，长指保长。保、闾、族为地方基层组织名称）、实行屯田、制定计账（预计次年赋役的概数）和户籍等制度。七年，关中大族出身的苏绰把汉族封建统治的经验总结为六条：①清心，②敦教化，③尽地利，④擢贤良，⑤恤狱讼，⑥均赋役。宇文泰对这些统治经验非常重视，颁行为“六条诏书”，作为施政纲领。并专门组织中下级官吏学习，规定不通晓这六条及计账的人，不能当官。十六年，又正式建立由八柱国分掌禁旅的府兵制。府兵共有兵力约5万，除宇文泰和宗室元欣外，分别由六个柱国大将军统领。此制的建立，对军队进行统一指挥和训练，有利于中央政权的加强。继续推行均田制。根据敦煌文书《西魏大统十三年计账》可知，均田制下的授受虽已实行，但授田不足额却是普遍的现象。当时最普遍的一种力役为“六丁兵”，即每个丁男在六个月内为政府服役一个月，一年内要服役两个月。

西魏期间，社会较为安定，国力日趋强盛，有效地抗击了东魏的多次进攻，而且于废帝二年（553年）取得南朝梁的蜀地，次年又夺得江陵。557年初，宇文觉废西魏恭帝自立为帝，即孝闵帝，建立北周。

北　齐

北朝之一。高洋所建。历六帝，共二十八年（550—577年）。武定五年（547年），实际掌握东魏政权的高欢死后，长子高澄继续掌政。不久高澄遇刺身亡，弟高洋继承。八年，高洋代东魏称帝（即齐文宣帝高洋），国号齐，建元天保，建都于邺，史称北齐。

北齐继承东魏所控制的地盘，占有今黄河下游流域的河北、河南、山东、山西及苏北、皖北的广阔地区。有户300万、人口2000万。天保三年（552年）以后，齐文宣帝高洋北击库莫奚、东北逐契丹、西北破柔然，西平山胡（属匈奴族），南取淮南，势力一直伸展到长江边。他在位期间是北齐国力鼎盛的时期。当时，农业、盐铁业、瓷器制造业都相当发达，是同陈、北周鼎立的三个国家中最富庶者。

北齐继续推行均田制。按照北齐武成帝河清三年（564 年）令的规定：京师邺城周围 30 里内的土地，全部作为公田，按照级别授给“代迁户”（北魏迁都洛阳时，原代京旧户随之迁入洛阳，称代迁户）中的各级官吏和羽林虎贲；30 里外百里以内的公田，则授给与“代迁户”相应级别的汉族官吏和汉人充当的羽林虎贲；百里以外的州郡推行均田制。北齐的均田制大体与北魏相同而略有变化：北齐取消了受倍田的规定，但一夫一妇的实际受田数，仍相当于倍田；北魏奴婢受田没有限制，北齐则按官品限制在 300 人至 60 人之间。还规定了赋税：田租、户调以床（一夫一妇为一床）为计算单位。一床调绢 1 匹，绵 8 两；凡 10 斤绵中，折 1 斤作丝；垦租 2 石，义租 5 斗。奴婢准良人的一半；牛调 2 尺，垦租 1 斗，义租 5 升。未娶妻者，输半床租调。百姓为了减轻负担，多报未娶，如阳翟（今河南禹县）一郡有户数万，户籍册上多无妻子。

北齐特别是其后期的统治者，自皇帝至各级官吏，多昏庸残暴，狗马鹰亦得加封官号。齐后主高纬不理政事，整天弹唱作乐，挥霍浪费，不惜民力。政治腐败，贪污成风。后主甚至把地方官职分赐宠臣，让他们出卖。赋敛日重，徭役日繁，造成人力竭尽，府库空虚。广大农民在苛重的赋役下，逃亡者十之六七。阶级矛盾日趋尖锐，小规模的农民反抗斗争不断发生，统治阶级内部矛盾更加表面化。当北齐政权日趋腐朽之时，关中的北周政权通过一系列的改革措施，国力日益强盛。承光元年（577 年），北齐为北周所灭。

北　周

北朝之一。宇文觉创建。历五帝，共二十五年（557—581年）。西魏恭帝三年（556年），实际掌握西魏政权的宇文泰死后，子宇文觉继任大冢宰，自称周公。次年初，他废西魏恭帝自立（孝闵帝），国号周，都长安（今西安），史称北周。

孝闵帝年幼，大权掌握在堂兄宇文护手中。九月，宇文护杀孝闵帝，立宇文毓为帝（明帝）。武成二年（560年），宇文护又毒死明帝，立宇文邕为帝，是为北周武帝。建德元年（572年），周武帝宇文邕杀宇文护，亲掌朝政，进行了多方面的改革。

在兵制方面，周武帝于建德三年，改称府兵制下的“军士”为“侍官”，表示府兵是从属于皇帝的侍从，由皇帝亲自领带。在长安设置统领府兵宿卫的机构，原来的六柱国、十二大将军，除被任命带兵出征或充当宿卫将军外，不再直接掌握兵权，从而松弛了军士对主将的从属关系，削弱了过去府兵部落化的倾向。同时，进一步将府兵征募范围扩大到汉人，打破鲜卑人当兵、汉人种地的胡汉分治界限。此举符合民族融合、国家统一的趋势，也为吞灭北齐，统一北中国提供了军事力量。

在经济方面，周武帝修改均田和租调等制度，规定已娶妻的男子受田140亩，未娶的男子受田100亩。自十八岁至六十四岁的百姓都要交纳租调，已娶妻的男子每年纳绢一匹、绵八两、粟五斛，未娶妻的丁男减半。十八岁至五十九岁的百姓都要服役，丰年服役30天，中等年景20天，下等年景10天，凶年可免力役。并注意兴修水利，增辟农田。如保定二年（562年），在蒲州（今山西永济西）开河渠，在同州（今陕西大荔）开龙首渠，以广灌溉，增辟农田。还数次下诏，把西魏时江陵俘虏沦为官私奴婢的人放免为民或部曲。自己也比较注意节俭，停修华丽的宫殿，以省民力。

周武帝下令禁断佛、道二教，销毁佛经、佛像，勒令僧道还俗。建德三年五月，下诏废佛，把关、陇、梁、益、荆、襄等地区几百年来僧侣地主的寺庙、土地、铜像、资产全部没收，使近百万僧侣和僧祇户、佛图户还俗，编入国家户籍，以增加国家直接控制的劳动力，从而相应减轻了一般劳动人民的赋役负担。

四年，周武帝亲率六军，向北齐发起大规模的进攻，攻下河阴外城后，又围攻金墉城，后因病班师。次年攻下汾北重镇晋州平阳（今山西临汾），齐后主全军溃败，逃回晋阳（今山西太原西南），又从晋阳逃到邺。周军乘胜追击，攻破晋阳，再向邺城进发。六年，齐后主让位给八岁的儿子（幼主恒），自己企图经山东投奔陈朝，中途被俘。周军顺利进入邺城，消灭了北齐政权，统一了中国北方。

灭北齐后，周武帝继续进行改革。建德六年先后下诏：黄河以南诸州凡在齐武平三年（572 年）以后被齐掠为奴婢的一律免为平民。永熙三年（534 年）以来东魏、北齐人民被掠为奴婢及江陵百姓没为奴婢者放免为平民，如果旧主人要求共居，听留为部曲或客女；并宣布放免杂户。在原北齐统治地区，继续禁断佛、道。他还颁布《刑书要制》，严惩贪污，规定全国实行统一的度量衡。

宣政元年（578 年）武帝死，子宇文赟（宣帝）继位，在位二年，荒淫而死。宇文阐（静帝）继位，外戚杨坚辅政，宣布恢复奉行佛、道。大定元年（581 年）二月，杨坚迫周静帝禅位，自立为帝，北周灭亡。

藏書

珍藏版

中國通史

赵文博 主编

叁

辽海出版社

北魏统一北方

409年，拓跋嗣杀死拓跋绍，做了北魏的皇帝，历史上称魏明元帝。423年，拓跋嗣死去，年三十二岁。这一年，他的十六岁的儿子拓跋焘继承了帝位。

拓跋焘，字佛狸（佛，读弼音），是北魏杰出的君主，历史上称魏太武帝。从拓跋嗣做皇帝到拓跋焘统一北方，恰好三十年。

409年，北方还分裂为许多割据政权。和北魏接壤的有北燕、北凉、后秦、南燕和夏等，北魏的北面还有一个正在强大起来的柔然。

夏和柔然，是北魏的两个劲敌。

415年，平城附近连年霜旱，不少人饿死。有人主张迁都邺城（现在河南安阳市北）。当时，谋士崔浩对魏明元帝讲了很多不能迁都的道理，重要的一个理由，便是迁都之后，平城的防守力量弱了，夏和柔然必然乘机进犯。417年，刘裕攻打后秦，后秦向北魏求救。北魏讨论了这件事，崔浩又以为要防备柔然进犯，不可出兵。刘裕打进了长安，拓跋嗣打算派一支精锐骑兵，直捣彭城（现在江苏徐州市）和寿春（现在安徽寿县），又向崔浩问计。崔浩对他分析了当时形势，以为“西有屈丐（即夏，屈丐的意思是卑下，北魏称赫连氏为屈丐以示侮辱），北有柔然”，出师对北魏不利。崔浩当时谋略无双，担心的就是夏和柔然，可见他们对北魏的威胁是很大的。

柔然是鲜卑的一支，又叫蠕蠕或叫芮芮，长期游牧在拓跋部的北边，冬天从漠北迁向漠南，夏天又回到漠北，每年向拓跋部贡献“马畜貂豽皮”。拓跋珪攻打过柔然，把这个部落迁到了云中。394年，柔然首领社崘逃走。402年，社崘征服高车诸部，雄踞漠北，自称豆伐可汗，建立了一个很大的游牧政权，东到朝鲜故地之西，西到焉耆（现在新疆焉耆回族自治县），北到贝加尔湖，南面和北魏隔着一片广大的牧地，时常攻掠北魏的边境。但这时，柔然还很落后，实际上，不过是一个巨大的军事行政的联合体。

拓跋嗣即位不久，柔然侵犯北魏边境。410年，北魏大将长孙嵩被柔然围在牛川（现在内蒙古呼和浩特市东），拓跋嗣亲自出征，社崘才率众退走。423年，南朝的刘宋和北魏交战，正在争夺河南，柔然又进犯北魏边境。拓跋嗣从赤城（现在河北赤城县）到五原筑了一道长城，设了一些镇戍，防止柔然南下，拱卫平城。这时，北魏对柔然还是处于防御的地位。

魏太武帝拓跋焘主动出击柔然，规模最大的一次，发生在429年。这一年，柔然被打败，原来臣服于它的一些高车部落乘机摆脱了羁绊，被北魏降服的柔然有30多万家，掳获的马牛羊达到几百万头，敕勒（高车部）也有几十万人向北魏投降。这些降附的部落被魏太武帝迁到漠南几千里的边境上，在军事镇压下，从事农耕和畜牧。另一部分柔然人，往漠北退走，遇有机会，便像一阵风暴，袭击北魏的北方边境。

429年这一战，对北魏的影响很大。历史书上说，北魏自从降服这些柔然、高车部落之后，畜产和毡皮的价钱都跌落了。北魏统一黄河流域的战争，也是在打退柔然之后，达到一个高潮。429年这一战之后两年，便消灭了夏的残余势力。

夏是匈奴族铁弗部建立的政权。夏的皇帝赫连勃勃的父亲刘卫辰，是拓跋部的仇人。当拓跋珪打败了铁弗部，刘卫辰死后，勃勃就逃到后秦依靠姚兴。勃勃弃去原来的姓——铁弗，改姓赫连。407 年，勃勃脱离后秦独立，称大夏天王；418 年，赶走刘裕留驻在长安的军队，占有关中（现在陕甘地区），自称皇帝。魏太武帝即位的第二年（425 年），赫连勃勃死去，夏发生内乱。426 年，魏太武帝分两路攻夏，一路攻长安，一路攻统万（夏的都城，现在陕西榆林县西南）。这一年，攻下长安，第二年，攻下统万。

统万城高 6 丈多，城上宽 10 步，城基宽 30 步，城里宫城 3 丈多高。城是特制过的土筑的，坚硬得和石头一般。宫城内建筑壮丽，有高大的殿阁和楼台，雕镂得穷极工巧。筑这座城，征发了 10 多万民工。魏军进入统万，魏太武帝对左右说："小小国家，滥用民力到这种地步，怎能不灭亡啊!"

攻下统万以后四年多，夏的残余势力才最后被消灭。

灭夏不久，割据辽东、辽西（现在辽宁）的北燕和割据河西（现在甘肃）的北凉也先后被北魏打败，灭亡了。

西晋之末，中原不少学者到凉州避难，从此以后，凉州成为汉族文化在西北的一个中心。北魏灭北凉，居住在凉州的汉族士人，不少到北魏都城平城去做官，或者当教授。索敞、常爽是当时最有名的两位教授。常爽有学生 700 人。索敞的学生，有几十人担任了北魏的重要官职。凉州士人，对于北魏的"文治"，作出了贡献。

魏太武帝是结束中国北方长期分裂局面的重要人物。这个人的特点是果断、镇定，善于用兵。424 年，和柔然交战，他在云中被围，围骑多至五十重，还神色自若。进攻统万，值大风雨，飞沙扑面，有人劝他暂时退兵，他却乘风雨飞沙，转到敌军侧面，奋勇进击，取得胜利。他又很得军心，作战时，亲犯矢石，将士为他出死力。

陶渊明

陶渊明辞去彭泽县令归隐后，不再出仕，生活陷入窘迫境地。而且越到晚年，生活愈来愈贫困。当收成转好时，他尚能维持着“欢言酌春酒，摘我园中蔬”的俭朴的自给自足生活；但遇到天灾时，他就不免断炊挨饿了。因借贷，他还受过侮辱。他的朋友们亦有时主动周济他。文学家颜延年，于宋少帝景平元年（公元 423 年）出任始安郡太守，赴任途中，特地来看陶渊明，亲眼目睹陶渊明赊酒宴客的窘境，临走时，就留下二万钱，给陶渊明作为酒资。

贫困与饥饿并没有改变陶渊明高尚的节操。归隐后，他从不为统治者高官厚禄的利诱所动。宋文帝元嘉元年（公元 424 年），檀道济任江州刺史，到任后，他来看陶渊明。这时，正值“旧谷既没，新谷未登”的青黄不接的季季，陶渊明家已数日不举炊烟，他饿得起床都甚为困难了。檀道济进屋后，四下打量，只见家徒四壁，一无所有，陶渊明一脸菜色，于是劝陶渊明出来做官，被陶渊明正色拒绝了。

檀道济见话不投机，就告辞而去，临走前，赠送一批粮食和肉给陶渊明。因为田地遭水灾，陶渊明不仅有燃眉之急，而且有秋收无望的远忧，所以亟为需要食物，但他不齿檀道济这类利欲熏心者的为人，坚决拒收。他表示：宁肯挨饿，也不卑躬屈节地向权贵们低首乞食。

宋文帝元嘉四年（公元 427 年）秋天，在贫困与饥饿的煎熬下，陶渊明病倒了。他自知不起，为自己写了《挽歌诗》，诗中说：“死去何所道，托体同山阿，”以通达、平静的心情，迎接死亡的到来。他还写了一篇《自祭文》，肯定自己后半生隐居田园，艰苦自励的生活道路。同年十一月，他离开了人间，享年六十三岁。

陶渊明归隐田园，生活上是艰苦的，但诗歌创作上却异常丰富，他创造了中国田园诗的新形式，为中国古代诗歌发展做出了巨大的贡献。

干宝《搜神记》

东晋年间，根据历代神话传说，干宝编撰了中国第一部志怪小说集《搜神记》。《搜神记》所记多为神怪灵异，但也保存了不少民间传说，如《韩凭夫妇》、《李寄》、《干将莫邪》等篇。《干将莫邪》写楚人干将莫邪为楚王铸剑，三年剑成，却被楚王盛怒杀死。其子子赤立志报仇，不惜自刎，托头于山中客，山中客持头往见楚王。“王大喜，客曰：‘此勇士头也，当于汤镬煮之。’王如其言煮头，三日三夕不烂，头踔出汤出，瞋目大怒。客曰：‘此儿头不烂，愿王自往临视之，是必烂也。’王即临之，客以剑拟王，王头随堕汤中。客亦自刎己头，头复堕汤中。三首俱烂。”惊心动魄，壮气淋漓。《韩凭夫妇》写宋康王见韩凭的妻子何氏美丽，强加抢夺，并迫令韩凭服劳役，逼得二人先后殉情自尽。何氏留下遗言，请求与韩凭合葬一处。而宋康王却说：“尔夫妇相爱不已，若能使冢合，则吾弗阻也。”一宿之间，两棵梓木从两冢中长出来，树干相交，根于地下缠绕，树枝也牵连在一起，人称之为“相思树”，树上又有鸳鸯一对，晨夕不肯离去，交颈悲鸣，音声感人。本书篇幅较大，所收内容多有价值，在六朝志怪小说中占重要地位，被当时人刘惔称为“鬼之董狐”。开了我国志怪小说的先河。

刘义庆《世说新语》

刘义庆，宋宗室，袭临川王，曾任丹阳府尹及荆、江、南兖等州刺史。喜欢搜集典故旧闻，并记述下来，《世说新语》为轶事小说，是刘义庆召集鲍照、何长瑜等文士根据东林《语林》、《郭子》等笔记小说增衍而成的。

《世说新语》分语言、政事、文学等三十六篇，全面地记载了上起汉末，下迄东晋这一时期士大夫的言行，揭示了这些人物的内心世界。

魏（曹魏）晋以来，士大夫崇尚老（子）、庄（子），饮酒吃药（五石散），生活上不修边幅；平时品评人物，玩弄抽象的名词（“淡玄”），十分讲究语言的艺术，提倡用很少的话表达丰富的意思，往往说得意在言外，“言有尽而意无穷”。这便是当时人所说的“清谈”。西晋时，清谈的领袖王戎向阮瞻问孔子和老庄的异同，阮瞻只答了三个字：“将无同。”王戎却非常佩服，马上给阮瞻做官。“将”、“无”二字是助词，没有什么意义。对于王戎所提的问题，阮瞻实际上只答了个“同”字，可是在王戎看来，却答得言简而意赅，是清谈的上品。《世说新语》就是这一时期“清谈”的记录，它的文笔也就以简洁著称。其艺术性较高，常通过细节描写展示人物的性格与内心，用对比手法，突出人物的性格；又善于将记言记事结合。语言精炼含蓄，发人深省。《世说新语》为记叙轶闻趣事的笔记小说的先驱，对后世影响深远。

刘勰《文心雕龙》

刘勰（xié 协），字彦和，东莞莒（今山东莒县）人，生活在南朝宋、齐、梁三朝，具体生卒年已不可确考。刘勰早年时，因家境贫寒，投依著名的佛僧僧佑，在定林寺整理、编排佛经。十多年的寺庙生活，刘勰不但研读了大量佛经，而且还博览儒书，因此，佛教和儒家的思想对他都有较深的影响。到了梁武帝时，他曾做步兵校尉兼东宫舍人的小官，深受昭明太子萧统的喜爱。晚年，刘勰出家做了和尚，改名慧地，不久死去。《文心雕龙》是他留下来的主要著作。

刘勰是一个学者，精通儒家的经典和佛学，在文学方面有很卓越的见解，超过了前人，他同时的人也没有一个能比得上他的。公元501年，他开始撰写《文心雕龙》，后于梁代成书，成书时不过三十三四岁。

金铜释迦立佛像

《文心雕龙》是一部总结性的文学评论著作。此书为一部优秀的文学批评专著，全书共五十篇。《原道》、《征圣》、

《宗经》、《正纬》、《骚辩》等前五篇为全书总纲领，主要阐述文学创作应该宣扬圣道、禅益风化原则。《明诗》至《书记》等二十篇，主要论述各种文体的源流、演变及其作品的特征、优劣。《神思》、《体性》等二十四篇，主要探讨创作方法及文学批评标准。最后附有《序志》总结全书。

《文心雕龙》几乎涉及了文学中所有的问题，其主要内容有总论、文体论、创作论和批评论，是我国自西周以来文学的大总结。

当佛学和玄学盛行的时候，刘勰坚持了唯物主义的倾向。他强调文学的社会政治作用，认为文学的变化是由于时代的不同，指出建安文学的“雅好慷慨”，是由于“世积乱离，风衰欲怨”，初步建立了用历史眼光来分析、评价文学的观念。在文学上形式主义风靡的时代，他赞成“为情造文”，反对“为文造情”，主张内容决定形式，而不是相反。他不承认有抽象的文学天才，认为一切好作品，莫不是对事物作了仔细的观察，在表现方法上下了苦功的缘故。

《文心雕龙》针对当时片面追求华丽辞藻，不管内容的形式主义文风，提出了自己对文章形式和内容相互关系的正确认识。它认为，文章的好坏，最重要的还是它的内容。它说“夫铅黛（化妆用品）所以饰容，而盼倩分于淑姿；文采所以饰言，而辩丽本乎性情”。翻译成白话就是，铅粉、黛（黑）色（女子描眉用的）能够装饰美容，是因为她原来就长的美丽；文采所以能修饰文章，是因为文章的内容、情感本来很美。所以他认为，只追求辞藻而缺乏内容、情调的文章，是乏味的文章，人们是不会愿意看的。但是同时，刘勰也并不忽视辞藻和形式对文章的重要作用。他说：“虎豹无文（纹饰）则鞹同犬羊，犀兕有皮而色资丹漆”，老虎豹子要是没有花纹美丽的皮毛，就和狗羊一样了，犀牛因为有厚厚的皮才会现出独特的外表。所以他又说："质待文也。"肯定了内容还要有好的形式和辞藻才能够表现出来。这是很正确的意见。

刘勰在《文心雕龙》里提出了自己对于文学评论的看法。他反对以"贵古贱今"的标准去批评文艺作品，也反对以"文人相轻""会己则嗟讽，异我则沮弃"的单凭主观之见和个人爱好的态度评价文章；而是主张：评论者必须"无私于轻重，不偏于憎爱，然后能平理若衡，照辞如镜也。"为此，他提出了正确观察和批评文章的六个方面，即"六观。这就是："一观品位（看作品的思想、主题）；二观置辞（看作品的修辞技巧和用词是否得当）；三观通变（看作品的内容、形式是否推陈出新、独具一格）；四观奇正（看作品的布局是否合乎规格、有无出奇制胜的地方）；五观事义（看作品的取材用典是否确切）；六观宫商（看作品的声律是否和谐优美）。"六个方面，既包括了作品的内容、思想立意，又注意了形式和艺术风格。这在当时来说，确是提出了一个比较全面的文艺评论准则。为后世提供了文学批评标准。

此外，刘勰还提出："凡持千曲而后晓声，观千剑而后识器"。认为文艺批评者必须具有广博的学识，深厚的修养，才能够鉴别作品的好坏。这些看法也都是很有见地的。

《文心雕龙》以前，已有一些人做过文学评论方面的文章，如曹丕的《典论·论文》、陆机的《文赋》，挚虞的《文章流别论》等，但是都不完整，只有《文心雕龙》才第一次比较系统、深入地讨论了文学的各个方面，全面地总结了西周以来的文学，确实是一部文学评论的巨著。

刘勰之后，在封建社会，文论的著作很多，但没有一个作家像刘勰那样严肃而系统地探索过那么多的问题。在我国古代文学理论和批评的著作中，《文心雕龙》不愧为一部体大思精的巨著。

《文心雕龙》对后世的文学创作和文学批评产生了很大影响。唐时的文人，以刘勰的文学主张为武器，一扫六朝时颓废萎靡的文风，使文坛出现了一个空前繁荣昌盛的局面。直到今天，《文心雕龙》和《文选》都还是我们研究先秦至六朝时期文学发展的重要参考资料。

颜之推《颜氏家训》

颜之推写的《颜氏家训》，篇幅不多，只有二十篇。它对于当时各种知识，都有所论述；不少地方，还讲得切实、精到。

颜之推原来在梁朝做官，侯景之乱，逃往江陵；西魏占领江陵后，回到北方，在北齐担任官职；后来北齐又灭亡了，一生历尽离乱。因此，对南北情况，很是熟悉，而且作了比较研究，发的议论都有事实作根据。

对于北方鲜卑贵族的民族统治，他是很不满的。对于那些对北齐统治者奴颜卑膝，阿谀奉承的汉族士大夫，颜之推表示了极大的轻蔑，他对自己的儿子说：“你们要是这样，即使做到卿相，我也不乐意。”

南北士族，这时候已经腐朽不堪。颜之推在书中讽刺了他们脱离实际的可憎的作用，揭露了他们的虚伪无耻，梁朝不少士大夫，在他的笔下，是一批养尊处优、不学无术、人不像人、鬼不像鬼的废物；有个官吏，看见了马，竟畏之如虎，吓得连脸色都变了。

颜之推对两汉“盛世”，十分欣羡尊敬，有着无限的缅怀之情。他不知道，也不可能知道，他自己所目击的一切，正在消逝，他所处的时代快要结束了。在北周统一之后，他很哀伤，很郁抑。但是他的《颜氏家训》，却成为后来地主阶级教子的课本，广泛地流传在士大夫当中。当然，这部书的全部观点，都是属于封建时代的。但在当时具有一定的社会作用。

书圣王羲之父子

王羲之（公元 303 年～公元 361 年），字逸少，祖籍琅琊（今山东临沂），会稽（今浙江绍兴）人。他是晋司徒王导从子，曾任右军将军会稽内史，故后人称他为“王右军”。王羲之一生喜好游山玩水和结交朋友。相传王羲之七岁学书，十二岁开始通读前人笔论。他的主要贡献也集中表现在书法的成就上，与其子献之并称“二王”。他先拜卫夫人为师学习书法，后博采众长，书精诸体，尤其擅长楷书和行草书，风格妍美流畅，一改汉魏以来质朴书风，把书法推向全新的境界，创出流便逸美的新体，人称其字“矫若飞龙，飘若惊鸿”，集前人之大成，开一代新风，为中国书坛之冠，故后人誉其为“书圣”。

王羲之兰亭序

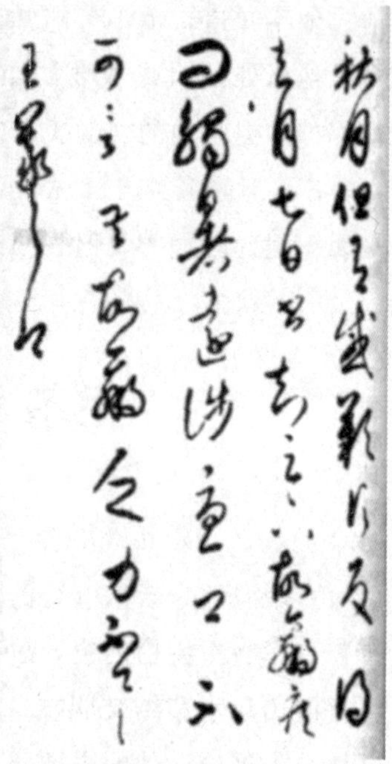

王羲之七月都下贴

“书圣”，少时沉默寡言，不拘一格，也没什么特异的天才。早期的书法，与其朋辈相较，不但无杰出之处，且还略逊一筹。但是，他那刻苦学书，坚韧不拔的精神，却是朋辈们无人可以企及的。

相传王羲之学书十分刻苦。他学习、吃饭、走路，无时无刻不在揣摩字体的间架、结构以及笔法，边想就用手在身上边划，久而久之，衣服都被划破了。

羲之学书往往全神贯注，以致达到忘情的程度。一次，他正在埋头练字，饭也顾不上吃。家人把饭给他送到书房，他不加思索地用馍馍蘸着墨就吃了起来，还说好香好香。当家人发现时，他已弄得满嘴墨黑，自己还不知道呢。

羲之经常临池书写，就池洗砚，时间一长，池水尽黑，故称“墨池”。现浙江的永嘉西谷山、绍兴兰亭，江西的临川新城山、庐山归宗寺等地，都有被称作王羲之“墨池”的名胜。这“墨池”传说的可靠性姑且不论，右军学书曾经下过一番苦功夫，那是确真无疑的。

王羲之以锲而不舍的精神，积数十年之功，终于“暮年方妙”，达到了超逸绝伦的书法艺术高峰。

右军书成，朝野视为墨宝。

右军墨迹很多，最著名的当推《兰亭序》。兰亭，是会稽山阴的一处古老名胜，那里有崇山峻岭，茂林修竹，兰亭左右有弯弯的曲水，自古游人颇多。东晋永和九年（公元353年）三月初三，正值“禊节”。这天，王羲之邀集谢安（即后来淝水之战东晋一方的决策者）等四十一人，到兰亭过禊节，饮酒赋诗。彼此相约，以觞盛酒，置于潺潺的曲水之上，任其顺势漂流，各人分列曲水之旁，依石而坐，觞流至谁面前，谁就当即赋诗一首，若作不出，则罚酒三觞。那天，曲水流觞，“一觞一饮”，共得佳作四十余篇，编为一集，王羲之为之作序并书，故称《兰亭序》，又叫《兰亭集序》，或《临河序》、禊序》、《禊帖》。该序共二十八行，三百二十四字。这序，王羲之本是信手写来，字体潇洒流畅，气象万千，成为中国行书的绝代佳作。对后者影响极大，被称为“天下第一行书”，王羲之的其他作品还有《丧乱帖》、《快雪时晴帖》等，草书有《初目帖》等。王羲之在书法史上启前承后，是位意义重大的书法家。

王羲之少子王献之，自幼聪颖，受父传法，亦工于书法，并兼备各体，尤其擅长行、草，其草继父书风，又常一气呵成、一泻千里，风格豪迈奔放。因其在书法艺术中的杰出成就，后人将他与父亲并称为“二王”。王献之存世墨迹有《鸭头丸帖》等。

后世，唐太宗李世民珍爱右军书法，从王氏后人手中访得《兰亭序》墨迹，视若神品，当即令书法名手赵模、冯承素等人勾摹数本，分赐亲贵近臣。他生前对《兰亭序》玩之不倦，曾多次题跋，死后又将其随葬。后昭陵被盗，《兰亭序》真迹也就从此失传。

王羲之的行书代表作被李世民毁掉了，但在初唐由于李世民的大力提倡、推崇，遂形成争相临仿王书之风。这样，原只是江南书体正宗的王羲之真书，遂一跃而成为全国书体的正宗，并影响中国书坛一千余年。

清朝康熙至乾隆年间，先后发现晋人王羲之、王献之（羲之子）及王恂的三纸墨迹。王羲之的为《快雪时晴帖》，王献之的为《中秋贴》，王恂的为《伯远贴》。这三纸墨迹被视为稀世之珍，独辟阁室，藏于内府，所藏之室，亦被命名为“三希堂”（今北京故宫西路养心殿）。

浙江省绍兴市的兰亭，现已成为浏览名胜。那里的游人络绎不绝，在兰亭之侧的曲水之滨，鹅池碑前，墨池之畔，人们在讲说着这位“书圣”的故事，纪念着他对民族艺术的杰出贡献。

祖冲之的《大明历》

祖冲之，字文远，范阳遒县（今河北涞水北）人，祖先侨居江南。祖冲之博学多思，曾造指南车、千里船、水碓磨及木牛流马，十分精妙。在数学方面，他在刘徵的基础上，推求出圆周率为 3.1415926 至 3.1415927 间，提出圆周率的约率为 22/7，密率为 355/113，密值的提出比欧洲早了一千多年。

祖冲之像

祖冲之在何承天的《元嘉

历》颁行后不久，就发现它不够精密。于是在公元 462 年他编了一部《大明历》，本年成书。祖冲之接受北凉赵歐的影响，修改了闰法，提出了 391 年 144 闰月的新闰周。首次运用东晋虞喜发现的“岁差”原理，测定冬至日在斗十五度，并统计得岁差约四十五年差一度。更进一步测定出岁实（回归）的日数为 365.24281481，朔策的日数为 29.530591，均非常精确。

《大明历》的科学性明显优于《元嘉历》，但上奏皇帝后，孝武帝曾命令群臣讨论，其中戴法兴极力反对，并提出责难，祖冲之据理力争，一一驳斥，并写成著名的《驳义》一书。但《大明历》在宋、齐两朝没有施行。到梁天监九年（公元 510 年）才正式使用，至隋开皇九年（公元 589 年）废，前后共用八十年。

《木兰辞》

西晋太康时期昌盛的文学，经永嘉大乱，随着士族流迁到长江流域，在北方，文学几乎灭迹。当然，这并不是说，民间创造的文学也灭迹了。民间文学很少被保存，但从《木兰诗》看来，可信民间是有创作的。

《木兰辞》是北朝长篇叙事民歌，收集在乐府诗集“梁鼓角横吹曲”里，是北朝民歌中最杰出的作品。木兰辞记述了木兰女扮男装，代父从军的故事。木兰为了保全老父，毅然代他担负起出征的艰巨任务，表现了自我牺牲的精神。她身经百战，历时十年，胜利地完成使命，表现了坚强和勇敢。而凯旋归来，不受官爵，只愿意恢复普通妇女的生活，又表现了淳朴高洁的

木兰从军图

胸襟。《木兰辞》是人民的集体创作，不是一人，一时写成的，它是民间叙事诗，富有民间色彩，风格也比较刚健古朴，表现了民歌的艺术特点。连续运用复叠和排比的句调，造成姿致和音乐性；用拟问作答来刻画心理活动，细致入微；对偶句子简练工整，包含了丰富的含义；而语言的精练，更增强叙事气氛。《木兰辞》代表了北朝乐府民歌杰出的成就。木兰辞的艺术特色和思想内容对后世产生很大的影响。杜甫在《草堂诗》中就有意模仿了《木兰辞》中描述全家欢迎木兰时的表现手法。直到现在，木兰仍然是舞台银幕上塑造的女英雄形象。

《木兰诗》和东汉末古诗《为焦仲卿妻作》，是古代人民群众自己创造的两篇伟大诗篇。北朝有《木兰诗》一篇，足够压倒南北两朝的全部士族诗人。

北朝《敕勒歌》

《敕勒歌》是首优美的牧歌，它奔放、雄健、质朴，歌中唱道："敕勒川，阴山下，天似穹庐，笼盖四野。天苍苍，野茫茫，风吹草低见牛羊。”短短的二十七个字，不是把我们带到一幅广阔无边充满了生活气息的图画中去了么！北方民族生活的面貌，被那么富有音乐性的有魅力的语言，简洁而丰富地表现出来了。这是具有深厚生活基础的诗人，对于养育着他的土地无比深情的流露，绝不是在书斋、在锦绣丛中讨生活的文人所能达到的。有人说，这是一首用汉语翻译出来的鲜卑诗。纵然是这样，翻译本身也表现了译者对于鲜卑语和汉语的精通，对于塞北风光的熟悉和热爱；否则，是不会这样质朴自然和这样富于语言的魅力的。

数百年来，我国北方各族的融合，为诗歌开辟了一个新的世界。诗的风格是刚健的，语言是质朴的，感情是真挚的。

总之，北朝民歌表现了更广阔的社会生活动态，不像南方山水诗那样狭隘地只是流连于山水风光，表现气候变化而引起士族文人心情的流动。《木兰辞》和《敕勒歌》可以说是北朝民歌的“双璧”。

龙门石窟

公元 494 年，北魏孝文帝迁都洛阳以后，就在这个新的统治中心，依照云冈的雕造，开凿新的石窟，即龙门石窟，龙门石窟位于洛阳市南二十五里的伊阙，这里山河秀丽、风景宜人。龙门山、香山双峰对峙，中间伊水北流，犹如开然门阙，古称“伊阙”。又因伊水在两山下像条矫健的游龙，所以又称龙门，石窟主要分布在西岸的峭壁上，长达一公里。

龙门石窟现存佛洞一千三百五十二个，造像近十万尊。佛龛七千八百五十五，数量之多，超过了云岗其中北魏所凿的佛洞石龛约古三分之一。

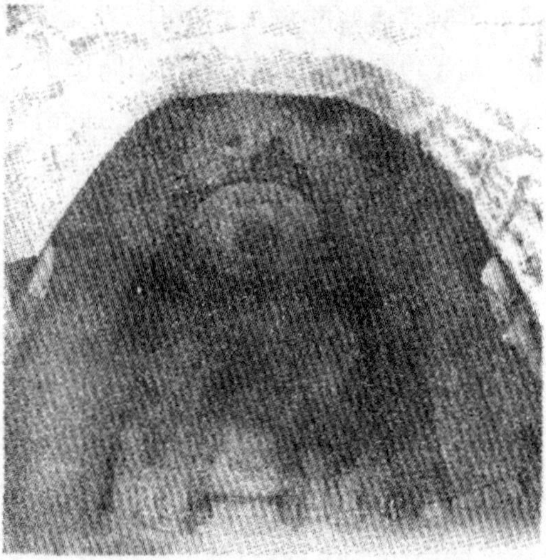

龙门石窟造像

龙门石窟中的代表作有占阳洞、宾阳洞等。古阳洞开凿于迁都前后，是开凿最早、规模宏大、内容丰富的一个洞窟。也是北魏王室、贵族发愿造像最集中的洞窟。洞高十一米一，宽六米九，深十四米五。洞内小龛琳琅满目，两壁井然有序地雕凿成三列佛龛。这些小龛都十分精美华丽。龛额装饰细致灵巧，图案花纹丰富多彩，在龙门石窟中堪称集北魏雕刻、绘画、书法、建筑、图案艺术之大成。

宾阳中洞高八米四，进深和宽各十一米，正面是以释迦牟尼像为中心的五尊雕像。释迦牟尼两足交结坐着，身穿褒衣博带式袈裟，通高八米四。双目垂视，大耳长鼻，相貌庄严。左右侍立二弟子、二菩萨。二菩萨含睇若笑，温雅敦厚。南北二壁各有一佛二菩萨，面相清瘦略长，着褒衣博带袈裟，立于覆莲座上。窟顶做穹隆形，雕有莲花宝盖，周围是八个伎乐天和二个供养天人，洞口两面原有大型浮雕《皇帝礼佛图》、《太后礼佛图》，表现孝文帝与文昭太后及君臣妃嫔们典雅华丽的礼佛场面龙门石窟。

艺术风格和云冈的很相似，有明显的西方佛教艺术的痕迹和北魏的特征。所刻佛像，唇厚、鼻高、目长、颊丰、肩宽、胸部平直，用的都是平刀法，衣服褶纹见棱见角。立型造像，身躯挺直，显得庄严稳重，刚劲有力。宾阳洞中窟的顶部莲花藻井的周围，有一组“飞天”浮雕，手执乐器，翩然飞升，衣带飘扬，姿态非常优美动人。此洞壁上原有两组浮雕，即著名的“帝后礼佛图”，刻画的可能是魏孝文帝和皇后礼拜佛祖的场面。可恨的是，这一无价的艺术瑰宝，在公元 1934 年被帝国主义分子勾结奸商盗挖走了。如今剩下的两个凹坑，已成为帝国主义侵略罪行的历史见证。龙门最大的石雕在奉先寺。这是武则天时期开凿的，也是唐代石雕艺术的重要代表作。奉天寺的雕作，不但吸收了北魏的艺术精华，而且能与汉族固有艺术传统更好地融为一体，创造出唐代佛教艺术的新意境。奉先寺中间的一尊坐佛，高有五十一尺多，气势十分雄伟。从造像上看，既宁静庄严，又很慈祥自然，这与北魏佛像一般都很威严，在形象上已有明显的变化。大佛两旁侍立有迦叶、阿难（都是佛弟子）、菩萨、天王、力士的大型群立像，它们的站立姿态，也更趋向自然，有的微倾稍斜，有的呈 S 形，显得比较舒展。雕刻时是用圆刀法，衣纹像微风吹拂的波纹，真实感更强了，说明了唐代艺术水平的提高。

龙门石窟还保存了历代造像题记和碑刻三千六百余件，是我国传统的书法艺术珍品。流传已久的“龙门二十品”（十九品在古阳洞中），字形端正大方，气势刚健质朴，结体、用笔在隶、楷之间，是隶书向楷书过渡中一种比较成熟的独特字体，是魏碑体的代表作，是北魏书法艺术的精华。

云冈石窟和龙门石窟，是南北朝和隋唐时佛教兴盛的产物。石窟的开凿，都曾消耗大量人力、物力，龙门古阳洞和宾阳洞中窟，费工八十万以上，历时二十三年。所以，它是劳动人民血汗和智慧的结晶。这两个石窟，本身就是我国的艺术宝库，已被国务院列为全国重点文物保护单位。

郦道元《水经注》

《水经注》是我国古代一部地理名著。

我国地理学的发展，历史悠久。战国秦汉以来，由于生产的发展，政治上的趋向统一，交通的发达和各地经济联系的加强，地理知识大大扩展，于是产生了象《尚书·禹贡》及《汉书·地理志》这样一些重要的地理著作。它们或以名川大山作为自然区划来描述祖国的地理概貌，或以疆域政区为纲来叙述祖国各地的地理情况。形成各种体制和风格。

大约在三国的时候，我国又出现了一部以全国水道为纲的地理著作——《水经》。关于《水经）的作者，旧说是汉朝桑饮，但据清朝学者的考证，认为这部书不是西汉桑饮作的，大概是三国时候的人写的。

《水经》这部书共记述了河道一百三十七条，并简明地叙述了河道经过的郡县都会的名称，但《水经》内容过于简单，随着社会经济的发展，需要一部新的地理学著作，能比较全面、系统地反映历史上河道的变迁、地名的更换、城市的兴亡等，让当时和后代都能清楚了解，便于应用，于是一些人开始为《水经》做注。从晋朝以来，为《水经》作注的有两家：一是晋朝郭璞注三卷，已失传；一是北魏郦道元的《水经注》四十卷，一直流传到现在。

郦道元（公元？～572 年）字善长，范阳涿鹿（今河北涿县）人，是我国南北朝时期的著名地理学家。他少年时代，曾随父亲郦范宦游山东，经常和朋友们一道访求名胜古迹，初步培养了“访读搜集”的兴趣。以后他历任河南、冀州鲁阳郡等地的地方官吏。由于职务关系，他的足迹遍于今山东、河北、山西、河南、陕西、内蒙、江苏、安徽、湖北等地。这就为他亲自了解祖国各地情况，特别是北部中国的情况，提供了方便。为他写《水经注》奠定了基础。

郦道元十分热爱祖国的山川河流一草一木，也十分关心我们中华民族的先辈在这块土地上的一切建树。他读过许多古代的地理书籍，如《山海经》、《禹贡》、《周礼·职方》、《汉书·地理志》以及描述名都的辞赋，记载河道的《水经》等。

《水经注》以全国水道为纲，把我国辽阔疆域内的山川河流一一加以介绍；同时还描绘了各地的风土人情、历史古迹；记述了各地的地形矿藏、农田水利设施；考订了城镇的兴废沿革、河道的变迁、名称的改易等。对古书记载有歧异的地方，也加上自己的按语结论。他涉猎的书籍非常广泛。仅注中所引的就有四百多种。他还摘录了不少魏时期的碑刻，这些古籍碑刻大都已经失传，幸赖《水经注》才得以保存下来一部分。此外，他还亲自跋山涉水，追溯源流，寻访古迹，因此在这部书里有许多生动具体、绘形绘色的描写和一些十分难得的第一手资料。例如：他游渭水兹泉时，访问过姜太公的居室和垂钓的地方；在鲍邱水条下记了刘靖开渠引水工程；在易水条下记了燕下都的地址；在谷水条中记了东汉太学的旧址等等。凡是他亲自涉历过的地方，都记得格外详细生动。

《水经注》不仅是一部严密的科学著作，而且在文学上也很地位，它以生动细腻的笔墨，形象地描绘了祖国的壮丽山川，对以后苏东坡、柳宗元、李白等人的游记诗文都产生了影响。

《水经注》的重大成就，使后代许多学者对它进行专门的研究，甚至形成了专门的学问——“郦学”。

隋　　朝

（公元 581～公元 618 年）

杨坚受禅建隋

隋室代周，是以禅让方式实现的新旧更替。隋以前的北周，是鲜卑贵族宇文氏统治的政权。宇文氏汉化较深，武帝宇文邕统治时期相继采取了一些汉化措施。北周国力日渐强大，同时汉人势力在北方也在扩大。武帝灭北齐，中国北部基本统一。

公元578年，周武帝死。他的继位者周宣帝是个荒淫狂乱的人。公元579年，周宣帝传位给儿子周静帝，自称天元皇帝。此时的静帝，年龄还不满六岁。宣政元年（578年），北周军政大权逐步落到外戚杨坚手中。杨坚是宣帝的岳丈，静帝的外祖。周宣帝时，杨坚以国丈资格拜为上柱国大司马。静帝时，辅佐朝政。大象二年（580年）杨坚自居大丞相总知中外兵马事，部署力量，作灭周的准备。尉迟迥、司马消难、王谦等人相继发动声势浩大的兵变，反对杨坚，但是很快都被杨坚镇压了。

隋朝战船

杨坚以皇帝的名义讨伐兵变，也是自己势力更加壮大的过程。尉迟迥原为代人。其先属魏之别种，号尉迟部，因以为姓。尉迟迥从西魏到北周，历仕两朝，很有军功。孝闵帝及周宣帝两朝，他的官职很大。直到宣帝死了，静帝幼弱，杨坚辅政，有篡夺之意，尉迟迥才开始结合各方面的势力向中央进逼。但结果反为杨坚所击破，尉迟迥终于被迫自杀。

王谦的讨杨运动和尉迟迥的讨杨运动一样，没有成功。王谦字勑万，其父名雄，颇有军功，为周讨齐，死于军中，谦以父功，为柱国大将军。后闻杨坚把持政权，宇文氏的政权将为杨家夺去，乃合益、潼等十八州之师，进讨杨氏。结果被杨坚击败。后被杀。司马消难举兵勤王，也没能成功。消难出身官宦之家。其父名子如，齐神武（北齐）时，曾为尚书令。消难官亦至光禄卿，初为北豫州刺史。后附北周，入朝，授大将军荥阳公，迁大后丞，纳女为周静帝后。当时中央的政权，快要被杨坚夺去了，尉迟迥正因此发难讨杨。消难闻之，也举兵发难，与迥一致行动。其势力遍布于今之河南、湖北等地。但很快为杨坚的兵击败，投奔南陈，隋灭陈后，仅免一死。

杨坚先后灭掉北周各讨杨运动。此后，杨坚又乘静帝年幼，大肆杀戮周宗室子孙。大象三年（581 年）二月，杨坚迫使周静帝下了一道禅让诏书，至此杨坚基本上以和平的方式获得帝位。

隋统一全国

杨坚建立隋朝之后，又接连平定氐族各部和宇文氏诸王的反抗，接着便把目标指向南陈。这时南方的陈朝衰朽没落，荒淫无道的陈后主（陈叔宝）专门跟妃嫔文臣游宴赋诗，任用施文庆、沈客卿等刻剥百姓，把长江当作不可逾越的天堑，在建康（今江苏南京）过着醉生梦死的生活。

开皇七年（587 年），隋文帝派兵灭掉建都江陵的后梁后，于次年派次子晋王杨广为统帅，率兵 51 万，发动对陈的总进攻。公元 589 年，大将韩擒虎从横江（今安徽和县东南）夜渡采石；大将贺若弼从广陵渡京口（今江苏镇江）。两路并进，直逼金陵城下。当时“江南父老，来谒军门，昼夜不绝”。隋军在江南人民的配合和支持下，轻而易举地攻下金陵，荒淫无度的陈后主和张贵妃、孔贵嫔被俘，陈亡。

隋灭陈统一中国，使得中国长达400年的分裂局面结束了。这是隋朝对历史做出的一大贡献。

隋文帝巩固统一的措施

隋文帝感到自己得国太容易，怕人心不服，常存警戒心，寻求保国之法。他得出两条保国法，主要的一条是节俭。他教训太子杨勇说：从古帝王没有好奢侈而能久长的。你当太子，应该首先崇尚节俭。其次的一条是诛杀。他假托年幼时，相面人赵昭曾秘密告诉他说：你将来该做皇帝，必须大诛杀才得稳定。他实行节俭，因而对民众的剥削大为减轻。他实行诛杀，因而豪强官吏不敢过分作恶，也就有助于节俭政治的施行。隋文帝在位二十四年，这两条贯穿着他的全部行政。《隋书》说他“躬节俭，平徭赋，仓廪实，法令行，君子咸乐其生，小人各安其业，强无凌弱，众不暴寡，人物殷阜，朝野欢娱，二十年间天下无事，区宇之内宴如也”。

皇帝躬行节俭，是改善政治的一个根本条件，隋文帝具备这个条件，在行政上得以有力地推行下列三个政策：

奖励良吏。公元581年，隋文帝下诏褒扬岐州刺史梁彦光。后来又褒扬相州刺史樊叔略，新丰令房恭懿。公元591年，临颍令刘旷考绩为天下第一，擢升莒州刺史。公元596年，汴州刺史令狐熙考绩第一，赐帛300匹，布告天下。公元594年，下诏公卿以下各官按品级分给职田，停止放债扰民（旧制，京内外长官都有公廨钱，放债取利息）。州县官直接治民，隋文帝采取奖励良吏，给田养廉等措施，虽然官吏未必就此向善称职，但朝廷既明示改善吏治的方向，对民众还是有益的。

严惩不法官吏。隋文帝对待臣下极严，经常派人侦察京内外百官，发现罪状便加以重罚。他痛恨官吏的贪污行为，甚至秘密使人给官吏送贿赂，一受贿赂，立即处死刑。他的儿子秦王杨俊，因生活奢侈，多造宫室，被他发觉，勒令归第（禁闭）。大臣杨素劝谏，说罚得过重。他说，天子犯法，与民同罪，照你说来，为什么不别造皇子律？任何人犯罪，都得按法律惩罚。公元 600 年，他发觉太子杨勇奢侈好色，废黜杨勇，立杨广（隋炀帝）为太子。他依靠一些左右亲信，当作发觉臣下罪过的耳目，这就使得他不能不信谗言、受蒙蔽。杨广奢侈好色，至少同杨勇一样，只因善于伪装，独孤皇后、杨素都替杨广说好话，终于夺得了太子的地位。杨素广营资产，京城和京外大都会，到处有他的邸店、磨坊、田宅，家里有成千的上等妓妾，又有成千的奴仆，住宅华侈，式样模拟皇宫，隋文帝还以为杨素诚孝，信任有加。隋文帝凭个人权术，以暗察为名，功臣旧人，多因罪小罚重，杀逐略尽，剩下一个最凶狡的杨素。吏部尚书韦世康请求退休，对子弟说，禄不可太多，多就得早退，年不待衰老，有病就得辞官。这说明当时朝官，有些不愿冒险做官，有些不敢进忠言怕招祸，能做大官并取得信任的人自然只能是杨素一类的奸人。隋文帝考核官吏，严惩贪污是必要的，但考核流为猜忌，严惩流为苛刻，那就无益而反有害了。不过，由于他执法严明，一般的官吏有所畏惧，贪污行为确是减少些，对民众还是有益的。

改良统治术。隋文帝对待民众比较宽平。公元 581 年，制定隋律，废除前朝酷刑。民众有枉屈，本县官不理，允许向州郡上告，最后可上告到朝廷。穷苦人虽未必能到朝廷上告，但在对待官吏极严的当时，也多少起些保护民众的作用。公元583年，又删削刑条，务求简要。公元592年，下诏：诸州死罪囚，不得在当地处决，须送大理寺（最高司法机关）复按，按毕，送尚书省奏请皇帝裁定。公元596年，下诏：死罪囚要经过三次奏请才行刑。《隋书》说他留意民间疾苦。公元594年，关中饥荒，他派人去看百姓所用食品，是豆粉拌糠。他拿食品给群臣看，流涕责备自己无德，命撤消常膳，不吃酒肉。他率领饥民到洛阳就食，令卫士不得驱迫民人，遇见扶老携幼的人群，自己引马避路，好言抚慰。道路难走处，令左右扶助挑担的人。他这些表现，在帝王中确是罕见，因为他深知要巩固政权，首先必须取得民众对自己的好感。

隋征高丽

隋第一次征高丽之战发生于隋大业八年（612年）正月，止于同年九月。隋炀帝亲率100多万大军，分成左右24军，水陆并进，直逼高丽王都平壤。高丽军以诈降之计，诱使隋军东进，于萨水对隋军半渡而击，隋军惨败。

据传说高丽原为周朝初年殷宗室箕子的封地，当时即称作朝鲜。由于自春秋战国以来燕齐地区不断移居朝鲜，朝鲜及朝鲜半岛南部的真番均臣服于燕。西汉初期，燕人卫满率众攻灭了朝鲜，占据了王险城（今朝鲜平壤），接着降服了真番等小国，但仍称臣于汉。汉武帝时，朝鲜阻止附近小国向汉王朝进贡，欲与汉分庭抗礼，汉武帝派水陆两路大军征讨，朝鲜复降于汉，汉将朝鲜等地，划分为乐浪、玄菟、真番、临屯四郡。

汉元帝时，扶余人朱蒙率众南下，占据朝鲜旧地，建立高句丽国，不断侵占汉王朝边境郡县，以后，其势力逐渐扩展至辽河沿岸地区。西晋时高句丽为前燕征服。南北朝时期，高句丽乘诸国纷争战乱之机，再次复国。

隋开皇十八年（598 年）二月，高丽王高元率靺鞨士卒 1 万多人，入侵辽西，被隋营州总管韦冲击退。隋文帝恼恨高丽的侵袭，遂任命汉王杨谅、大将王世积同为行军元帅，率水陆两军 30 万人征伐高丽。并以尚书左朴射为汉王长史，以周罗睺为水军总管。

六月，隋文帝下诏废黜高丽王高元的官爵。与此同时，杨广的军队已从临渝关（今河北山海关）出动，但恰遇水灾，军粮运输中断，军中缺粮，且又流行疾疫。周罗睺所率之水军，从东来（今山东茎县、来阳以东地区）起渡后，遭遇大风，许多舰只被吹散沉没，人员损失十之八九。九月，只好退回。此时，高丽王高元已得知隋大军进击的消息，十分惶恐，急派使者入朝谢罪，称自己是“辽东粪土臣元”。隋文帝见此，遂下诏罢征高丽之军。这样，隋王朝于第一次征高丽之战前的初次进军，便半途而废。

隋大业八年正月初二，隋炀帝已将征高丽诸路兵马除一部分水军之外，均调集于涿郡，于是下诏，令左右 24 军开始向高丽进军。从初三起，每日出动 1 军，各军相隔 40 里，“连营渐进，终四十日，发乃尽。首尾相继，鼓角相闻，旌旗亘 960 里。”各军准备会师于平壤城（今朝鲜平壤）。

隋大军刚刚进发不久，兵部尚书左侯卫大将军段文振便身患重病，病死军中。隋军未曾交战，便损失一员大将，炀帝甚为痛惜。

三月十四日，隋炀帝进至辽水（今辽宁辽阳东北），隋大军齐集辽水岸边列阵，高丽兵隔岸防守，隋军难以渡河。此时，左屯卫大将军麦铁杖自请为前锋，并告诉他三个儿子说："我蒙受国家的恩惠，今天正是报效而死的机会，我死的有意义，你们就能永享富贵。"说罢便率部渡河进攻。由于隋军所架桥梁距对岸尚差1丈多远，使隋军无法直接登岸，只能跳入水中，涉水上岸，高丽兵居高临了，斩杀了众多隋军。麦铁杖跃上河岸后，与虎贲郎将钱士雄、孟叉等皆战死。两天后，隋军将桥梁架通，诸军才相继过河，大战于河东岸，高丽兵惨败，死者以万计，隋军乘胜进围辽东城（今辽宁辽阳市老城区），隋炀帝随之渡河。

五月，隋炀帝下诏告诫诸将说："各军不得暗中偷袭敌人。凡向敌进攻，应兵分三路，要三路互相联系，不可孤军深入，以免招致失败。凡进攻和停止进攻均须奏报，不得擅自自动。"辽东城在隋军的攻击之下，危急万分，几次要求投降，但诸将不敢擅自做主，而派人奏报隋主，待奏报的人返回，高丽军又获得喘息机会，重新加固守备，又与隋军交战，如此反复几次，辽东城仍未攻克。隋炀帝对此非但不改变自己上述规定，反而责备众将怕死，扬言要诛杀他们。然而，高丽各城仍屡攻不下。

隋右翊卫大将军来护儿统率的江、淮水军舰船于海中首尾相接数百里。六月，从浿水驶进离平壤60里时，与高丽兵相遇，将高丽兵大败。副总管周法尚建议待各军齐集后再攻平壤城，来护儿不听，挑选了4万锐卒，进达平壤城下。高丽军出兵与来护儿军交战，佯装败退，来护儿率军追入城内，被高丽兵大败，来护儿只率数千人逃回，高丽军追至隋军停泊舰船处，周法尚已严阵以待，高丽兵才未敢攻击，撤军而回。

左翊卫大将军宇文述从扶余道进兵，右翊卫大将军于仲文从乐浪道进兵，左骁卫大将军荆元恒从辽东道进兵，右翊卫将军薛世雄从沃沮道进兵，左屯卫将军薛世雄从玄菟道进兵，右御卫将军张谨从襄平道进兵，右武侯将军赵孝才从碣石道进兵，左武卫将军崔弘昇从遂城道进兵，左御卫虎贲郎将卫文升从增地道进兵，各军都进至鸭绿水（今鸭绿江）西岸。

宇文述等军，人马都分给100天的粮食，并携带排甲、抢稍以及衣物、战具、帐幕、炊具等等，士卒不堪重负。但宇文述却下令："士卒有遗弃米粟者斩!"士卒虽不敢明里丢弃，暗中则把米粟埋于宿营地下。这样，宇文述等军行至中途，便已断粮。

高丽王派大臣乙支文德至宇文述军宫诈降，以观宇文述军的虚实。右翊卫大将军于仲文原先曾奉隋主的密旨，令其凡遇高丽王及文德来使，一律擒获。于是，于仲文欲下令捕获乙支文德。尚书右承刘土龙为慰抚使，坚决反对，于仲文动摇，放文德回归。于仲文与宇文述放走了文德这个合法的"间谍"之后，追悔莫及，宇文述便以军中粮尽为由，欲率军退回。于仲文欲派精锐追捕乙支文德，宇文述坚决阻止。于仲文怒道："将军统10万之众，不能打败小小贼兵，有何面目去见皇上?"宇文述等人不得已而听从了于仲文的意见，率领部将去追赶乙支文德。乙支文德早已看到宇文述士卒面带饥饿之色，为进一步疲惫隋军，他每次一与隋军交战，便佯装败退。这样，宇文述等军一日之内，七战皆胜。宇文述既受这些胜利的鼓舞，又迫于于仲文等的压力，只得勉强率军继续东进，渡过萨水（今朝鲜清川江），进至距平壤30里处，依山扎营。此时，乙支文德又派使者假装投降，并向宇文述请求说："如果隋军撤回，高丽王便去朝见隋帝。"宇文述等见士卒疲惫，不宜再战，加之平壤城险固，难以在短期内攻拔，遂利用敌诈降之计，撤军而还。

宇文述等军结成方阵而走，高丽军从四面包抄攻击，宇文述军且战且走。七月二十四日，到达萨水，全军渡过萨水一半时，高丽军从后面攻击隋军的后军，右屯卫将军辛世雄战败身亡，各军随之溃败，无法制止，一天一夜急退450里，退至鸭绿水。将军王仁恭率部担任殿后，奋力抗击高丽军，才将高丽军击退。宇文述等九军当初渡过辽水东进时，共30.5万人；回至辽东城，仅剩2700人。数以亿计的军资器具也丢弃殆尽。隋右翊卫大将军来护儿等所统江、淮等地水军，听到宇文述等兵败，也带兵退回。隋军唯有将军卫文昇所统之军全军而归。隋炀帝对宇文述等军的战败十分恼怒，欲将宇文述等治罪。但由于隋炀帝平时宠信宇文述，并将自己的女儿南阳公主嫁与了宇文述之子，不忍心诛杀，将宇文述、于仲文等除去爵位，贬为平民。杀刘士龙，以向天下谢罪。

隋末农民大起义

炀帝三次东征，给人民造成一场非常严重的灾祸。大业八年云集涿郡的兵士和民夫大致为350万人，如果再加上造船之类的就地征役、或逃或死的兵民，数字就更大了。以后连年东征，都是在全国征发，人数也不会少。除了劳役以外，军需的征发也非常严重，常规租调已预支数年。这样扰动全国，弄得盛强的隋王朝“黄河之北则千里无烟，江淮之间则鞠为茂草”(杨玄感的檄文)，社会生产力遭到严重的破坏，人民受到无边的苦难。

河北、山东是筹备东征的基地，兵役、力役最为严重。大业七年，这一地区遭到特大水灾，次年又发生旱灾，人民走投无路，起义的战鼓首先就在这里敲响。最早见于记载的是大业七年邹平县民王薄于长白山（在今山东邹平南）起义，自称“知世郎”，作《毋向辽东浪死歌》号召反抗。这一年还有刘霸道起义于平原东豆航（今山东商河、惠民间），孙安祖、窦建德起义于高鸡泊（今河北故城西），鄃县（今山东夏津）人张金称、蓨县（今河北景县）人高士达各在境内起义。后来发展壮大的翟让领导的瓦岗（在今河南滑县南）军和以后南渡长江由杜伏威、辅公祏领导的起义军，也都在这一二年间组织起来。从此直到隋亡，见于史籍的武装反隋力量北至今山西、河北北部，南达岭南，东至山东、江浙、福建沿海，西达河西走廊，大大小小数以百计，其中在今河北、山东、河南的约占半数，起义时间也较早。这些起义队伍经过激烈的搏斗，分并离合，最后大致形成三大起义力量：一是威震全国、据有河南的李密领导的瓦岗军；二是雄踞河北的窦建德领导的夏军；三是自淮南转移到江南由杜伏威领导的吴军。

隋炀帝的穷途末路

自大业七年农民起义爆发时起，隋炀帝就力图用严刑酷法镇压人民的反抗怒火。文帝时就经常超越法律、任意加刑，这时更甚。大业七年，炀帝命令窃盗以上，不分轻重，随获随杀。九年又下诏凡为盗者抄没全家。杨玄感被镇压后，朝廷追究党羽胁从，死者达 3 万多人，凡取过黎阳仓粟者，不管多少，一律处死。秉承炀帝意旨，统兵镇压起义军的将领任意屠杀人民。如樊子盖镇压汾、晋间起义军时，大肆烧杀；王世充镇压刘元进领导的起义军时，一次坑杀 3 万人。但是屠杀只能激起人民更大的愤怒，起义队伍愈加壮大。大业九年以后，隋军只能据守一些城镇，已不能控制广大农村。炀帝命令百姓尽数迁入城内，就近给田，就反映了这一事实。大业十二年炀帝第三次到江都。面对着土崩瓦解的形势，他已经感到处境的危险。但为了逃避现实，他整天饮酒作乐，不准人说“盗贼”众多，如有人这样报告，轻则免官，重则处死。那时炀帝所能控制的地域已非常狭小，粮仓被占，租调不入，江都粮食供应越发感到困难。一些江南出身的官僚建议炀帝南渡。炀帝便在十三年下令修筑丹阳宫，准备渡江。

隋炀帝巡游江都

大业九年第二次征辽时，炀帝为了扩充军队，除征发府兵外，又曾募人从军，称为骁果。这次到江都，天下大乱，府兵上番宿卫制度难以维持，只能以骁果代替。骁果中多数是关中人，一向不愿久留南方，往往逃亡。为了安定骁果，炀帝竟然搜括江都寡妇和未嫁女子强配给他们。此举并没有收到什么效果。当骁果们知道炀帝方谋南渡，就决定劫掠马匹财物，集体西返。十四年三月，在炀帝宠臣宇文述之子宇文智及的鼓动下，骁果发动兵变，杀死炀帝，立炀帝侄孙秦王浩为帝，推宇文智及兄化及为大丞相掌握大权，率众自运河西返，他们来到徐州时，路已不通，就又掠夺百姓的车牛，改从陆道进向东都。

炀帝死讯到达东都，群臣立炀帝的又一个孙儿越王侗为帝，改元皇泰，史称皇泰主。这年六月宇文化及兵到黎阳，黎阳早由瓦岗军占领。那时，李密已接受东都官爵，便与化及在黎阳的仓城相拒。化及粮尽北走魏县（今河北大名西），九月杀秦王浩，称帝，国号许。唐武德二年（619 年）宇文化及于聊城为窦建德所擒杀。李密击走宇文化及后，想应命到东都去“辅政”。当时，东都发生内讧，反对召李密的王世充专政，发兵攻李密。武德元年九月，李密于偃师战败，降唐。王世充击败李密后，声势很大，遂于次年四月，废皇泰主，称帝，国号郑，改元开明。到此，三个象征性的隋政权残余全部灭亡。

王薄起义

暴君隋炀帝即位以来，进行无休止的横征暴敛，早已叫百姓透不过气来。三次征高丽的战争，全国规模的大征调，更使永济渠沿岸的村落，几乎找不到男丁。劳力缺乏，田园荒芜，再加上一场洪水，粮价涨了几百倍，人民靠树皮野菜充饥。他们忍受不了兵役、徭役和饥饿的折磨，纷纷揭竿而起。

大业七年（611 年），齐郡邹平（今山东邹平）人王薄，首先在长白山（今山东章邱）起义。这座山在邹平、长山、淄川诸县交界，山势险峻，周围六十里，号称第二泰山。这个地方历来是起义农民隐身的场所，早在北魏时期，就“多有盗贼”（《魏书》卷 45《辛绍先传》）。由于山里产铁，过去有人在山里制造兵器。传说王薄是个铁匠，很会打造枪头。正因为长白山具有各种优越条件，因此隋末农民起义的领袖，不少人都在这里首义。

王薄自称“知世郎”，他以先知先觉自居，借以树立自己的威望。他作了《无向辽东浪死歌》，号召人民起来反对隋炀帝，从而得到人民的拥护。歌辞道：

“长白山前知世郎，纯着红罗锦背裆。长矟侵天半，轮刀耀日光。上山吃獐鹿，下山吃牛羊。忽闻官军至，提刀向前荡。譬如辽东死，斩头何所伤！”（《类说》卷621《河洛记知世郎》条）

王薄起义好像星星之火，点燃了全国农民战争的序幕，农民大起义的熊熊烈火，便在全国各地燃烧起来。

同年，孙安祖、窦建德在高鸡泊（今山东恩县）、张金称在鄃县（今山东夏津）、高士达在蓨县（今河北景县）、刘霸道在豆子䴚（今山东惠民）等处起义。翟让与单雄信、徐世勣据瓦岗，外黄王当仁、济阳王伯当、雍丘李公逸、韦城周文举及不知名者纷纷起义。

大业九年（613年），孟海公据济阳周桥（今山东曹县）、孟让在齐郡（今山东济南）、郭方预在北海（今山东益都）、郝孝德在平原（今山东德县）相继起义。

大业九年（613年）六月，礼部尚书杨玄感，乘炀帝第二次东征高丽之机，在黎阳（今河南濬县）起兵。在刘元进、朱粲、管崇等人的领导下，江南农民在余杭（今浙江杭州）、吴郡（今江苏苏州）一带发动了起义；在白瑜娑等人的领导下，西北农民在灵武（今宁夏宁武）等地起义。十二月，章丘杜伏威、临济辅公祏起义，与下邳苗海潮、海稜赵破陈等部会合。这时仅见于记载的起义军就达百余支，参加人数数百万。起义军“大则跨州连郡，称帝称王，小则千百为郡，攻剽城邑”（《隋书·炀帝纪》）。大业十年以后，各地起义队伍切断了长安、洛阳、江都隋朝三大据点的联系，隋统治集团陷入农民起义的大包围中。大业十二年，农民军经过五年多的奋战，由分散到集中，逐渐形成了以窦建德为首的河北起义军，翟让、李密领导的瓦岗军，杜伏威、辅公祏领导的江淮起义军等几支强大的农民起义队伍。

瓦岗寨

风起云涌、星罗棋布的隋末农民大起义，自大业七年到大业十二年（616年），经过五年的奋战，逐渐形成三大支队伍，一支是窦建德领导的河北起义军，一支是杜伏威、辅公祏领导的江淮起义军，一支就是翟让、李密的瓦岗军。

大业七年，东都法曹翟让犯了死罪，狱吏黄君汉惊佩翟让骁勇，以为他能拯救百姓，就暗中打死牢门，将他放了。在东郡（治所今河南南滑县）边界，有一处山势持别险要，峰回坡陡，莽林环抱。山上结着一个寨子，栅高垒固，称瓦岗寨，寨中正聚集着起义的农民。翟让亡命到瓦岗，被拥戴做了寨主。翟让的同乡单雄信骁健勇猛，善用马槊，还有年仅十七的徐世勣，先后率部投奔翟让，队伍很快发展到万余人。因为聚义瓦岗，所以称为瓦岗军。

杨玄感兵败，谋主李密被捕，和其余十多名钦犯一起被押送东都。途中，李密把身上带的金子全部交给押解他们的使者，并请求为他们代办棺柩，使押解使者放松了戒备。当押解到魏郡石梁驿时，李密等十余钦犯乘防守的人醉卧梦乡之机，凿墙穿洞，逃了出去。李密脱险后，为了躲避官府缉捕，变姓易名，转辗山村，四处亡命。后来他往来于外黄王当仁、济阴王伯当、韦城周文举、雍丘李公逸等结寨聚义的群雄之间，鼓动他们下山取天下。

李密经过观察，认为翟让最强，就在大业十二年约了王伯当，投奔瓦岗寨。李密上山初，翟让因听说他是杨玄感的亡命将军而不信任他，把他软禁在营外。李密靠了王伯当的帮助，去见翟让献策说："如今昏君巡游江都，精兵集于辽东，这个形势如同过去项羽、刘邦奋起夺取天下的时机一样。足下雄才大略，瓦岗士马精勇，正可以席卷二京（长安、洛阳），诛灭暴虐，成就灭隋大业。"翟让因此对李密刮目相看。

李密见瓦岗人马愈来愈多，而粮草不敷供应，感到如果旷日持久，势必人马困疲，一旦强敌降临，就会涣然离散，于是向翟让又献一计，劝翟让下山夺取荥阳，养精蓄锐，然后大干一场。翟让称好。

十月，秋高马肥，瓦岗军浩浩荡荡下山，神速进军，攻破金隄关，攻克荥阳诸县。荥阳历来是兵家必争之地，要隘虎牢关在郡境内。因此隋炀帝特派河南道讨捕大使张须陁为荥阳通守，全力对付瓦岗军。张须陁是镇压义军的老手，带着两万精兵，杀气腾腾从东南方扑来。

翟让曾多次被张须陁战败，心有余悸，想避其锋芒，退回瓦岗。李密阻止说："张须陁有勇无谋，骄傲轻敌，一战可擒。翟公只要列阵以待，密保能大胜。"部署翟让率兵从正面迎战诱敌，李密率精兵千余埋伏在荥阳北面的大海寺北密林中。张须陁一向藐视翟让，翟让且战且退，往北退了十多里，把张须陁的两万人马引到大海寺。瓦岗伏兵杀出，翟让回马杀回，和李密、徐世勣、王伯当一起围杀隋军。张须陁战死，隋军被歼1.5万余人。

大海寺一仗，瓦岗军大获全胜，初振军威。河南郡县闻风丧胆，登封（今河南临汝）、密县（今河南密县）等地，未动一刀一枪都被瓦岗军占领。翟让高兴得让李密建立军旗，别统所部，号蒲山公营。李密加以整顿，严格训练，使它很快成为瓦岗军中一支生气勃勃的劲旅。

紧接着，瓦岗军部署新战役。李密对翟让说："洛口仓大米囤积。翟公亲去，定能攻克。然后开仓济贫，招兵买马，号召四方。"翟让说："这需雄才大略，我不行，还是请你指挥吧，我殿后。"于是决定夺取洛口仓。洛口仓又名兴洛仓，在巩义（今河南荥阳西）东北部，伊、洛两水会合处。仓城周围有二十多里，是当时最大的粮仓。二月的一天，李密、翟让带领7000轻骑，兼程疾驰，一举攻克了洛口仓。进城后，立即打开粮仓，赈济百姓。消息传开，瓦岗义军声誉传四方。以文辞著名海内的祖君彦也来投奔李密，李密把军中书檄全委托了他。

瓦岗军夺取洛口仓的消息传到江都以后，隋炀帝吓得魂飞魄散，不敢再回东都。驻守东都的越王杨侗，任命裴仁基为河南讨捕大使，与虎贲郎刘长恭各自领兵，夹击瓦岗军。刘长恭领的是少爷兵，拖拖拉拉，走了十一天，渡过洛水，在巩义东南石沙子河西岸列阵，南北长达十余里。李密、翟让早有部署、陈兵于石子河东岸，另有一部埋伏横岭下。翟让先接战，不利。李密即指挥后队蒲山公营横冲官兵队阵，隋兵大败，刘长恭在混乱中换上士兵衣服，逃回了东都。裴仁基失期未到，等听到刘长恭失败，吓得不敢前进，屯兵于巩义东南的百花谷，固垒自守。后来还屯虎牢关。

瓦岗军威震中原，翟让感到自己能力已不足继续领导，就让位给李密，奉李密为魏公。李密设坛场，即位，组织行军元帅府，改元永平；拜翟让为上柱国、司徒、东郡公，单雄信为左武卫大将军，徐世勣为右武卫大将军，其余都拜授官职，令他们各领本部，李密建立了独立政权，号令天下。孟让、郝孝德、秦叔宝、程咬金等各路英雄都络绎不绝地投奔瓦岗。隋朝的官员裴仁基、柴孝和、郑颋等也闻风纷纷献城投降。著名骁将罗士信等也率众归顺了李密。因裴仁基献出虎牢关，李密封他为上柱国、河东公。当时“道路降者不绝如流，众至数十万”。瓦岗军声威大张，成为隋末农民起义中最大的一支义军。

为了巩固基地，李密令护田茂广筑洛口城，方四十里，同时派房彦藻向东扩展，攻克了安陆（今湖北安陆）、汝南（今河南汝南）、淮安（今河南泌阳）、济阳（今山东曹县）。李密又从瓦岗军中选出骁勇善战的8000精兵建立骠骑营，号内军，拨归秦叔宝、程咬金两人统带。

经过几次反复的激烈的战斗，瓦岗军又夺隋朝另一大粮仓回洛仓，大修营堑，部署攻打东都。李密召集元帅府幕僚，命记室祖君彦草就了一篇讨伐昏君檄文，传檄天下。檄文中声讨炀帝有十大罪状，并说：“罄南山之竹，书罪未穷；决东海之波，流恶难尽。”这后来成了千古传诵的名句。

这时李渊还未入关，炀帝命监门将军庞玉，虎贲郎将霍世举率关内兵救援东都。柴孝和劝李密避其锋芒，自率精锐，乘虚入关，西取长安。李密认为这是他当年为杨玄感所出的上策，但顾虑到他的部下将士都是山东人，见洛阳还未攻下，就没人愿随从西进，未能依从柴孝和的计策。柴孝和非常惋惜，只得另献一计说，大军既然不能西进，就由他先入关中联络群雄，看机会吧。李密同意了。柴孝和率数十骑入关，说动了关中群雄万余人，准备响应李密。不久，李密在作战中，中流矢负伤。官兵气焰大张，庞玉、段达乘胜夜袭瓦岗军大营。李密箭伤未愈，与裴仁基仓促应战，大败，弃了回洛仓，撤奔洛口。柴孝和联络的关中群雄听到李密兵败，统统变卦散去了。柴孝和只得轻骑归返瓦岗军。

可李密这时却自以为兵强，想做天下盟主起来，叫祖君彦写了封信给李渊说明此意。李渊这时正一心经略关中，倒不图虚名，写了封回信假意表示拥戴。李密把李渊的信展示给诸将看，说："唐公拥戴我，天下肯定是我的了。"从此他不再考虑西进了。

八月，武阳郡丞元宝藏派门客魏征见李密上降表。魏征字玄成，落拓有大志，出家做道士，学识丰富，很有文名。李密高兴得立即召魏征为元帅府参军，掌记室，并任元宝藏为魏州总管。

这时，河南、山东发大水，饿殍遍野。炀帝诏命开黎阳仓（今河南浚县西南）赈济灾民，吏不按时赈给，结果每天饿死的达数万人。徐世勣向李密建议说："天下大乱，本是由于饥饿。如今若能夺得黎阳仓，大事就可成功了。"李密当即就派徐世勣领本部5000人马，会合元宝藏、郝孝德、李文相等一举攻破了黎阳仓，开仓济贫，远近农民纷纷投奔瓦岗军，十多天时间就得兵20余万。武安（今河南涉县）、永安（今山西霍县）、义阳（今河南桐柏）、弋阳（今河南横川）相继投降。窦建德、朱粲也派使者来表示拥护。

自七月炀帝派江都通守王世充率江淮劲旅北上，同时命将军王隆、河北大使韦霁、河南大使王辩等同赴卫东都，讨捕瓦岗军。这时他们多已在东都会合，与庞玉、刘长恭合兵10余万，与瓦岗军夹洛水相持。十月末，王世充仗着兵多势众，摸黑渡过洛水，抢占黑石关，然后兵分两路，准备夹攻瓦岗军。李密发觉后，率精骑渡到洛水北岸去抄袭王世充的后路，被打败。柴孝和落水而亡。李密又返回洛水之南，分兵。一路东走月城，王世充尾随而至，包围了月城。另一路直奔黑石关，官兵连举六座烽火告急。王世充赶快从月城撤兵，援救黑石关。在途中遭到李密迎头痛击，杀得大败。李密反败为胜，消灭敌人3000多。

王世充大败后，坚壁不出。越王派使者慰劳他，叫他继续出战。王世充又是惭愧，又是害怕，再次率军到石子河与李密对阵。几天后，瓦岗军大军出动，王世充大败，向西逃回东都。瓦岗军重新振作起来，但东都始终未能攻取。

虽然这时李渊已经取了长安，但群雄中，瓦岗军仍最具备与李渊逐鹿中原的力量。可瓦岗军没有一鼓作气去攻洛阳，却发生了内讧。

石子河一仗刚结束，翟让的司马王儒信就劝翟让自任大冢宰，总领众务，夺李密的权，翟让没听从。话传到李密耳中，李密心生厌恶。总管崔世枢亲近李密，翟让无端将他私禁。翟让又以细故杖了元帅府记室邢义期。李、翟关系日渐恶化。翟让还作色责备房彦藻说："你得了宝货，只给魏公，全不给我！要晓得，魏公是我立的。"

房彦藻回到元帅府，把翟让所说的话告诉了李密，并与左司马郑颋一起煽动说："翟让贪愎不仁，心中无君，应该早作打算。"李密心存顾虑，说："如今安危未定，就自相残杀，岂不被天下人耻笑。"郑颋说："先发制人的，制人；后发制人的，制于人。毒蛇螫手，壮士解腕。忍痛割臂，为了存全大局。一旦他先动手，就只有后悔的份了。"于是李密决定除掉翟让。

第二天，李密在元帅府宴请翟让，请翟让和他的儿子摩侯及王儒信，还有王伯当、裴仁基、徐世勣、郝孝德等作陪，单雄信等立侍，房彦藻、郑颋往来张罗。李密说："今天欢饮，不需多人，留下几个听使唤行了。"于是李密左右的侍卫都离开子宴会厅。房彦藻对李密说："天气很冷，翟司徒的左右该赏赐酒食。"李密说："听司徒的吩咐。"翟让说："很好。"于是翟让的卫队也离开了宴会厅，厅上只剩下李密帐下蔡建德一个卫士。

还未进食，李密先取出一张良弓，请翟让习射。翟让刚刚把弓拉满，蔡建德突然跃身，从背后斫倒了翟让。接着，伏兵四出，翟让、摩侯、王儒信都被杀害。徐世勣想夺门逃走，被守门卫士斫伤头颈，幸王伯当及时呵止，才免丧命。单雄信叩头求饶，李密才放了他。裴仁基等惊得不知所措。李密大声说："与大家同起义兵，本为扫除暴乱。翟司徒专行暴虐，凌辱群僚，图谋不轨，我才忍痛除去。今只除他一家，与旁人无关。"又命人将徐世勣扶进内室，亲自为他敷药，竭力抚慰。

接着，李密怕事态扩大，命单雄信、王伯当等，随后又独骑，赶到司徒营一一安抚，反复说明杀翟让的道理，并让徐世勣、王伯当、单雄信分统其众，防止了一场大乱。但火并翟让以后，瓦岗军的不少将士心存疑惧，怕做翟让第二，军心逐渐涣散，势力逐渐衰落了。

武德元年（618 年）春，王世充集结兵力 7 万余人，正月十五命令各军在洛水造浮桥，渡过洛水与瓦岗军决战。虎贲郎将王辩最先登岸，攻破李密外围营栅。王世充不知这时李密大营惊慌，忽然鸣金收兵，于是李密率敢死队乘机追杀。官兵大败，几万人抢渡浮桥，落水而死的 1 万多人。王辩当场阵亡。这夜疾风寒雨，军士涉水时衣裤湿透，因此冻死在道路上又有万余人。王世充逃走，自己向越王侗请罪，越王遣使赦了他，把他召还东都。王世充屯兵东都城北的含嘉城，但不敢出战瓦岗军。

李密乘胜占领金墉城，扎营北邙山，浩浩荡荡逼近东都上春门。战鼓声一阵阵传入东都城内。十九日，段达、韦津领兵出战，望见密密麻麻的瓦岗军，不战自慌，返身而逃。段达在后逃进了城。韦津冲在前面，被瓦岗军杀了。

东都城门四闭，拒不出战。瓦岗军打了四五个月，毫无进展。这时宇文化及弑了炀帝，以皇后令立秦王浩为帝，自称大丞相，率领10万官兵，离江都北上，要踏平瓦岗寨。瓦岗军处于宇文化及与王世充的东西夹攻之中，形势险恶。房彦藻为另支义军王德仁所杀，瓦岗大将王君廓又投降唐朝，李渊称帝长安，一个又一个的坏消息打击着李密。

六月，宇文化及率军直扑黎阳，企图夺仓抢粮。瓦岗守将徐世勣在黎阳西新筑仓城，集中精兵把守。宇文化及赶到，受壕堑所阻。李密率步骑2万增援，抄宇文化及的后路。徐世勣挖地道出奇兵袭击，宇文化及大败，溃逃而去。

这时已经接了帝位的杨侗想利用瓦岗军来抵挡宇文化及，决定招安瓦岗军，派使者盖琮去见李密。李密虽然黎阳胜利，但仍担忧腹背受敌，见盖琮来招安，大喜，以为可解除西顾之忧，避免作战了。他向隋皇泰主上了降表，被册拜为太尉、尚书令、东南道大行台行军元帅、魏国公，奉令先平宇文化及，然后入朝。

七月，李密因已无西顾之虑，率全部精兵东击宇文化及，大获全胜，斩敌4万。宇文化及元气大伤，无力西进，带着两万多残兵败将，逃往河北去了。李密准备入朝，走到半途，获报东都兵变，王世充杀了主张招安的大臣，选了两万精兵来攻瓦岗军。李密因为久战，损失了很多劲兵良马，士卒疲病，只得放弃了进占东都的计划。

九月，李密留王伯当守金墉，邴元真守洛口仓，自率精兵，到偃师北邙山驻营。他召集诸将会议。裴仁基建议分兵扼守各交通要道，阻堵王世充东进，再选3万精兵，绕道河西，直趋东都，让王世充来回奔命，然后一战决胜。李密认为说得有理，避其锋芒，以逸待劳，养精蓄锐，确是上策。单雄信等武将们不服从，纷纷要求大战一场。李密又改变了主意。裴仁基苦争没用，顿脚叹息说："魏公将来一定要后悔的！"

接着在偃师大战，结果失利，裴仁基等十余大将重伤。但李密却并不在意，夜不设防。不料这夜王世充遣 200 多轻骑携带火种，潜伏在北邙山谿谷中。天一亮，王世充率江淮劲兵攻袭北邙山瓦岗军大营。李密来不及列队布阵，仓促应战。这时，王世充的伏兵乘虚爬上山顶，居高下冲，纵火烧营。王世充命士兵把预先绳捆索绑的貌似李密的人牵过阵前，连声鼓噪："捉到李密了！"声音传遍北邙山。瓦岗军以为李密真的被俘，失了斗志，向山下溃败。在溃败中，一些将领相继倒戈。李密集拢了 1 万多瓦岗军，驰奔洛口仓。

途中，获报镇守洛口仓的邴元真叛变。邴元真是翟让的老部下，翟让被杀，他一直怨恨在心，听说李密兵败，不等王世充来攻，就投降了。接着，单雄信叛变。偃师失陷，裴仁基、郑颋、祖君彦被俘。于是，李密投奔王伯当。

王伯当这时已放弃金墉，退保河阳。李密赶到河阳，召集诸将商议，想再图进取。可自从下山以来，瓦岗军从未遭受过如此惨败，因此诸将情绪低落，都说难以成功。李密沮丧极了，说："我举大事，依靠的，就是众家弟兄，如今众家弟兄不愿再干，我没法了。"拔剑想自杀。王伯当急忙抱住李密，号咷相劝，大家都伤感悲泣。李密说："大伙儿如不相弃，请一共投归关中。"并对王伯当说："将军家室重大地，不必与我同行了。"王伯当慨然说："我难道是顾利忘义的人吗？愿终身相随，死也甘心！"说得大家感奋起来，表示愿同进关。

冬十月，李密带着 2 万瓦岗军残部与魏征等文官，进长安投降了唐朝。唐高祖李渊封他为光禄卿、上柱国，赐爵邢国公。消息传开，徐世勣、贾润甫等将领也相继降唐，秦叔宝、程咬金等多数将领投降了隋朝。瓦岗军瓦解了！

不久，李密感到在唐朝只有虚位，郁郁不乐。他和王伯当两人密议离唐出关，招集瓦岗旧部，重举义旗，东山再起。接着，李密假意向李渊献策，愿亲往山东招收旧部，讨灭王世充。李渊同意。李密又要求贾润甫、王伯当同去，李渊也准许了。

十一月，李密与王伯当、贾润甫三人出了长安城，马不停蹄，直奔黎阳。三人到稠桑时，李渊反悔，敕追李密返回。李密估计返回必无生理，决意反叛。贾润甫哭谏说："自翟让被杀，天下都说明公忘恩负义，如今归唐复叛，还有谁肯相助！"李密大怒，要杀贾润甫，被王伯当劝住。贾润甫不别而行。李密撕毁敕书，杀了使者，和王伯当两人继续东驰。

一路上，两人招集到几十名旧部，把他们装扮成妇女，裙下藏刀，进入桃林县（今河南灵宝），突然变服，抢占了县城。他们夺取粮械后，聚集了1000多人，直趋南山，乘险东行，准备去襄城依归瓦岗旧将张善相。

不料走进熊耳山，唐朝行军总管盛彦师的伏兵齐起。李密、王伯当等1000多人被冲作两截，首尾不能相顾，全部遭害。鲜血溅染熊耳山，瓦岗寨起义至此彻底失败了。

唐 朝

（公元 618～公元 907 年）

李渊建唐

大业十三年（617 年），农民军进入全盛时期，以瓦岗军为中坚，河北和江淮起义军为两翼，对隋王朝展开了毁灭性的攻击。农民军在河北、河南、山东和江淮地区，取得了决定性的胜利，从根本上动摇了隋王朝的统治。大业十三年（617 年）底，隋所控制的地区，在北方只有东都洛阳以及其他几座孤城，在东南只有江都一隅之地，而这些地区都被起义军切断了联系，成为几个孤立的城市据点。

这时，一些官僚和豪强，看到隋朝的大势已去，为了保存自己的势力，或拥兵割据，或起兵反隋。其中著名的有涿郡的罗艺，朔方（今内蒙杭锦旗北）的梁师都，马邑（今山西朔县）的刘武周，金城（今甘肃兰州）的薛举，武威的李轨，先在巴陵（今湖南岳阳），后迁江陵的肖铣，太原的李渊等。其中以李渊集团实力最强，影响最大。公元 617 年秋，李渊打着尊隋的旗号，从太原起兵，进军关中。沿途收编了一些地主官僚的武装，队伍由 3 万人迅速发展到 20 余万。十一月，李渊攻克长安，控制了关中地区。

三支农民起义军的胜利发展，使隋王朝受到沉重打击，隋炀帝在扬州已预感到自己末日的来临，但他仍在城内寻欢作乐，昼夜昏醉。在农民起义的冲击下，隋统治集团的核心已发生分裂。

大业十四年（618 年）三月，禁军头目司马德勘和贵族宇文化及在江都发动兵变，缢杀了隋炀帝，立秦王浩为傀儡皇帝。接着，王世充拥立留守东都的越王侗为帝，称为皇泰帝。但秦王浩不久就被宇文化及杀掉，皇泰帝也被王世充杀死。李渊在隋炀帝被杀后，正式称帝，建立唐朝。从此，唐王朝取代了隋朝。

唐朝的建立和平定全国

李渊是唐朝的开国皇帝。隋朝末年，农民起义遍及全国各地，隋炀帝杨广于大业十一年（615 年）以李渊为山西河东慰抚大使，不久又拜太原留守，以北备突厥，并镇压今山西省境内的农民起义。当时，隋政权已呈土崩瓦解之势，统治阶级一再发生大分裂，地主武装和义军星罗棋布于各地。李渊素有大志，移官太原后，看到隋朝即将败亡，萌动了取而代之的念头。他左右的裴寂、刘文静及次子李世民亦纷纷建议起兵以举大事。到大业十二年，农民起义在全国已居优势，隋朝再也无法集中兵力有效地打击各个武装集团，李渊觉得时机成熟，遂于次年五月在太原杀死副留守王威和高君雅，正式宣布起事。

杨 广

七月，李渊与长子建成、次子世民挥师南下，先后破霍邑（今山西霍县），渡黄河，向西南挺进。当时，隋炀帝远在江都（今江苏扬州），关内隋军力量薄弱；中原瓦岗军与王世充激战方酣，均无暇西顾。因此李氏父子进军神速，十一月间攻入长安。李渊进入长安不久，就宣布遥尊隋炀帝为太上皇，拥立炀帝孙代王杨侑为帝，改元义宁，是为隋恭帝。李渊任大丞相，进封唐王。大业十四年三月隋炀帝在江都被杀，五月，李渊逼恭帝禅让，自己称帝，国号唐，是为唐高祖。改元武德，仍都长安。

唐朝建立后，唐高祖面临的首要任务是以关中为根据地统一全国。为此，他派李世民攻打据有金城（今甘肃兰州）等地的薛举。经过反复较量，唐军于武德元年（618 年）十一月俘杀薛举子薛仁杲，平定了西北广大地区。同年冬，幽州罗艺降唐。武德二年，唐朝出使凉州（今甘肃武威）胡商安兴贵、安修仁兄弟计擒李轨，平定了河西走廊。同年，刘武周、宋金刚勾结突厥大举南攻，占领了今山西省大部分地区。唐高祖派李世民率军征讨，于武德三年收复并州（今山西太原西南），刘武周北走突厥，不久被突厥所杀。这时，黄河流域形成窦建德的夏政权、王世充的郑政权与唐政权鼎足而立的形势。李渊派李世民东征王世充，郑、夏结成联盟抗唐。次年，窦建德被李世民所俘，王世充被迫出降。窦氏余部受唐迫害，因而在刘黑闼的领导下两次起事，并联合突厥兵南攻。李渊先后派秦王李世民及太子建成率军东讨。建成于武德六年俘斩刘黑闼，平定了河北地区。在江淮方面，李世民东征时，占有丹阳的杜伏威受唐朝册封为吴王，不久，又亲赴长安朝见唐高祖。武德六年，杜氏的江淮余部在辅公祏策动下再度起事反唐，据丹阳，称宋帝。七年公祏被执杀，江南平。武德四年唐大将李靖围江陵，南朝梁代后裔萧铣降，其于隋末所建的萧政权被消灭。五年，岭南（今广东、广西一带）冯盎降，唐以其地置八州。同年，据有虔州（今江西赣州）的林士弘死，其地为唐所有。

武德九年六月初四，秦王李世民伏兵玄武门发动宫廷政变，杀死其兄太子建成及四弟齐王元吉，逼高祖立自己为太子。不久，世民即位，是为唐太宗。李渊退位为太上皇。次年改元贞观。

唐太宗即位不久，于贞观二年（628年）发大军征讨据有夏州（今内蒙古白城子）的梁师都，师都为其下所杀，夏州归唐所有，至此全国统一。

唐朝的政治制度

唐高祖武德七年（624年）是朝廷宣布国家大政的一个重要年代，很多制度和法令都在这一年正式颁行，厘定官制也是其中的主要内容之一。到唐太宗、唐高宗和武则天时期，这些制度和法令又有所发展。

唐因隋旧，中央仍实行三省六部制。唐朝的三省为中书省、门下省和尚书省。中书省的正副长官是中书令和侍郎，下设中书舍人，负责起草诏制。门下省的正副长官是侍中和侍郎，下设给事中，负责审核中书省起草的诏旨，驳正违失，并审批尚书省的奏钞。尚书省的正副长官是尚书令和左右仆射，下设左右丞；该省统辖吏、户、礼、兵、刑、工六部，负责贯彻执行中央拟定的政令。因唐太宗曾任尚书令，以后臣下避居该职，形同虚设，故左右仆射实际上成为尚书省的最高长官。唐初，三省的最高长官都是宰相。当时在门下省还设政事堂，为三省宰相共议军国大事的场所。后来，凡参加政事堂会议的其他官员也是宰相，他们均加有“参知机务”、“参知政事”等衔；再后逐渐确定为“同中书门下三品”或“同中书门下平章事”。六部的正副长官是尚书和侍郎，左右仆射与六部尚书合称“八座”。每部分设四司，各司的正副长官是郎中和员外郎，合称“郎官”。

秉承六部政令加以贯彻执行的事务机构有九寺五监。九寺是：太常寺、光禄寺、卫尉寺、宗正寺、太仆寺、大理寺、鸿胪寺、司农寺和太府寺。五监是：国子监、少府监、将作监、军器监和都水监。九寺五监也是中央的重要机构。

中央的监察机构是御史台，以御史大夫、御史中丞为长官，主要掌纠察百官和监督府库出纳，可以说是“天子耳目”。御史大夫下分设台院、殿院和察院。台院置侍御史，掌弹劾中央的百官；殿院置殿中侍御史，掌纠察朝仪、朝会、郊祀及巡视京师，以维护皇帝的尊严；察院置监察御史，掌监察地方官吏。

中央的司法机构有：大理寺，是最高的审判机构；刑部，是司法行政机构；御史台，负责监督大理寺和刑部的司法审判活动。每遇重大案件，大理寺卿会同刑部尚书和御史中丞共同审理，称“三司推事”，即后世“三法司”的前身。

地方行政亦沿袭隋制，为州县二级。州设刺史；有时称郡，则设郡守。县设县令。刺史（郡守）、县令掌本级地方政府的政令。县以下在农村实行乡里制，百户为里，设里正；五里为乡，设耆老（贞观九年，每乡置乡长，后废）。城市的居民区以坊为单位，设坊正。乡、里、坊是最基层的政权，对城乡人民进行直接统治，催督课役，镇压反抗。在沿边及内地紧要之处，州（郡）之上还设有都督府，长官是都督，原来只管军事，因都督例兼所在州刺史，故亦兼管该州民政。

唐太宗李世民

武德九年（626 年）六月初四，唐高祖李渊次子秦王李世民伏兵玄武门，诛杀其兄太子建成、弟齐王元吉。李世民即皇帝位，是为唐太宗，尊李渊为太上皇。

李渊原配窦后生四子，长子建成，次子世民，三子元霸(早夭)，四子元吉。晋阳起兵主要是世民之谋，唐朝建立后，世民先后平定王世充、窦建德割据势力，为全国统一奠定基础，从而功名日盛。李建成的地位受到威胁，遂与四弟齐王李元吉密谋倾覆李世民。

在李建成、李元吉和李世民周围各形成一个政治集团。在宰相中，裴寂、封德彝支持李建成；萧瑀、陈督达则倾向李世民。在文臣、武将中，如长孙无忌、房玄龄、杜如晦、温大雅、尉迟敬德、秦叔宝等人都拥戴李世民。两个集团都拥有武装，太子有东宫兵，秦、齐二王各有王府兵。除了这些合法武装力量，各自还招募私人拥有的卫士、勇士数百以至上千人。

大明寺文成公主像

武德七年（624 年），双方斗争激化。李元吉企图刺杀李世民未遂，彼此揭发，斗争表面化。武德九年（626 年），突厥进犯北边，建成向高祖推荐元吉为帅，企图乘机把秦王府兵和骁将尉迟敬德、程知节、段志玄、秦叔宝等拢到自己手中，以孤立秦王，然后一举灭掉李世民。这一机密消息，被太子率更丞王晊透露给李世民。因此，李世民便同长孙无忌等人密谋策划，为防意外，便先发制人，阴谋伏杀李建成。六月初四，常何当值玄武门。此前一天，李世民曾告密李建成、李元吉淫乱后宫。李渊决定次日召见、鞫问。李建成以为常何是自己人，控制了玄武门，所以这天早晨放心入朝。而李世民已在常何的协助下，伏兵玄武门。李建成、李元吉入宫行至临湖殿觉变，便拨马归东宫，李世民大呼追赶，射死李建成，李元吉张弓射李世民不中，这时尉迟敬德率70骑助战，李元吉兵力不支，结果被杀。史称“玄武门之变”。随后，李世民逼李渊让位，自己登上王位。

李世民即位后，次年（627年）改年号为贞观。李世民在位的二十三年（627—649年）中，不断总结历代王朝兴衰的经验教训，虚心听取臣下意见，减轻赋税和徭役，减轻刑罚，使百姓在战乱后能够休养生息，从而使社会经济得以恢复和发展，为唐朝的繁荣昌盛奠定了基础。人们把唐太宗在位时的斐然治绩，誉之为“贞观之治”。

唐太宗亲眼看到，强盛富庶的隋王朝，仅是粮食储备就可供全国50年之用，但隋炀帝继位后不到十三年便分崩离析，短命而亡，这给他留下极其深刻的印象。因此他时时注意以隋朝的灭亡为诫，重视人民的力量。他常说：“人君好比舟，人民好比水，水能载舟，也能覆舟”。他采取了许多轻徭薄赋，与民休养生息的政策，促进农业生产的迅速恢复和发展。

唐太宗还大力提倡节俭，并以身作则，以减轻国家和人民的负担。他即位以后，没有大兴土木，建造新的宫殿，而是住在隋朝时建造的且已破旧的宫殿。为了减少宫中的费用，唐太宗下诏释放宫女，其中一次就释放3000人。唐太宗还严厉禁止厚葬，规定五品以上的官员和勋亲贵族都要严格遵照执行。他在安排自己的陵寝时，亲自制定规格：以山为陵，能放得下棺木就行。对于官员们的奢侈行为，唐太宗也明令禁止。

为了保证国家的长治久安，唐太宗很重视抓好政治建设，任贤和纳谏是他的两项重要政绩，历来为后人所称道。

唐太宗以“求贤若渴”，“知人善任”著称。他认为，“致安之本，惟在得人”，“为政之要，惟在得人”，很重视选官用人。

李世民《晋祠铭》

主张“为官择人，唯才是与，苟或不才，虽亲不用”。所以，在唐太宗周围，有出身士族的长孙无忌、房玄龄和杜如晦，有参与谋害自己的东宫旧臣魏征、王珪，有出身寒微的马周、张亮和刘洎，还有少数民族的首领。他对这些人，都能“量才授职”，“各取所长”，委以重任。由于唐太宗善于举贤任能，多方面精选人才，所以，贞观时期人才济济，一批有才干的文臣武将，尽为其所用。

唐太宗任用贤才，还能够不计较个人恩怨，不讲究资历地位兼收并用，充分发挥他们的才能。

李靖，隋朝末年在马邑当副长官，他发觉李渊有反隋的可疑迹象，亲自前往江都向炀帝告密。后来在长安，他被李渊抓住，判了斩刑。李靖能文能武，有很高的志向和非凡的军事才能。李世民知道李靖的才干，几次向李渊请求，免除李靖的死罪，结果释放了他，还把他安排在自己指挥的军队里当官，李靖后来成了唐太宗的宰相，是唐太宗时期最有才干的军事统帅。

玄武门之变前后，李建成的东宫集团中出谋划策和动用武力想谋害唐太宗的人很多，李建成失败后，唐太宗能不计恩怨，对他们量才重用。魏征，原来是李建成属下的官员，他看到李世民的功劳和势力越来越大，常常给李建成出谋划策，劝他尽量培植自己的势力，及早除掉李世民。玄武门之变后，李世民不计前嫌，对他加以提拔重用，把他作为自己的重要助手。王珪，原来也是李建成手下的官员，积极为李建成献策反对李世民，李世民不咎既往，王硅后来官至宰相。薛万彻，原是李建成手下的一员骁将，在玄武门之变时，曾带兵攻打李世民的秦王府，失败后逃亡终南山，唐太宗派人将他请回来，任命他为自己手下的大将。

对于自己的亲属、旧部下和亲信，唐太宗也不滥加任用，而是坚持任人唯贤的原则，量才授官。由于唐太宗重视选拔贤才，因此，他手下人才济济。贞观年代人才之盛，为历朝所少见。唐太宗在位期间，共用宰相 27 人，绝大多数都是当时的杰出人才，这就为改善吏治，促进政治的清明提供了保证。

魏　征

由于太宗虚心求谏，纳谏，当时朝廷中敢于犯颜直谏的大臣很多，如魏征、王珪、马周、刘洎等人，其中最突出的是魏征。

魏征为人正直，敢于直言，很得太宗的重用，先后担任谏议大夫、给事中、尚书右丞、秘书监等要职，位列宰相，他前后共向太宗进谏了 200 多件事，大多数都被太宗采纳。太宗誉魏征为“知得失”的“人鉴”，在他死后，痛心地说：“以铜为镜，可以正衣冠；以古为镜，可以知兴替；以人为镜，可以知得失。魏征没，朕亡一镜矣！”唐太宗还任用敢于直言的房玄龄和杜如晦为宰相。房玄龄有谋，杜如晦敢决断，史称“房谋杜断”。贞观时期，由于一大批大臣“直言极谏”，太宗“从谏如流”，开拓了君臣共商国是的开明政局，使一些流弊得到及时纠正，使一些好的政令措施，得以贯彻。谏诤之风是“贞观之治”的重要体现。

贞观之治

唐太宗在位二十三年，他的作为奠定了新的统一王朝强大昌盛的基础。这个成就是在隋末农民战争的推动下取得的。

隋末农民战争的威力迫使唐初君臣时时刻刻要考虑一个问题：怎样才能不蹈亡隋的覆辙？他们的答案是：剥削须有节制，特别是徭役不可太重。

太宗曾说："往昔初平京师，宫中美女珍玩，无院不满。炀帝意犹不足，征求无已；兼东西征讨，穷兵黩武，百姓不堪，遂致亡灭。此皆朕所目见，故夙夜孜孜，惟欲清静，使天下无事，遂得徭役不兴，年谷丰稔，百姓安乐。"历史上没有过不兴徭役的皇帝，但是唐太宗毕竟懂得徭役不可太重，太重了，农民一起来，地主阶级的统治就会垮台。

魏征对他说：君主似舟，人民似水，水能载舟，也能覆舟。这个比喻，唐太宗记得很牢，曾用以训诫太子。他听得进这话，因为它完全符合自己的生活经验。从隋末的事实，他深深感觉到人民反抗的烈火是可怕的，不是武力镇压得了的。

于是他决心不采取"竭泽而渔"的政策。这有利于社会经济的恢复发展，但是它完完全全是地主阶级的政策，是根据地主阶级的阶级利益制定的，不是从好心肠产生的。

唐太宗懂得：要执行这条政策，必须注意"纳谏"，否则一不小心，就会反其道而行之。这也是从隋亡得来的教训。隋炀帝不愿意听到农民起义的消息，虞世基投其所好，隐匿军报，结果国破家亡，君臣俱死。魏征举此为例，告诉唐太宗一条重要的道理，叫做"兼听则明，偏信则暗"。唐太宗很赞赏他的意见，始终比较注意纳谏，这是他能够成为一个杰出封建帝王的重要原因。

唐太宗注意纳谏，注意节制徭役，都是事实，然而封建地主阶级对“贞观之治”的美化，却完全是着意的夸大。

《旧唐书·太宗本纪》、《资治通鉴》都说贞观四年（630年）天下判死刑的只有29人，东至于海，南至五岭，都夜不闭户，出门的人不必带粮食，可以“取给于道路”。《贞观政要》说得更具体，“商旅野次，无复盗贼，囹圄常空，马牛布野，外户不闭”，至于旅行者的粮食问题，“入山东村落，行客经过者，必厚加供待，或发时有赠遗，此皆古昔未有也”。这真是好得不能再好的乌托邦了！

其实历史上根本没有过这样的事实。

贞观元年（627年），关中饥荒；二年天下蝗灾；三年又发了大水。这几年中间，老百姓穷得卖儿卖女，流亡道路。贞观四年，天下大熟，流亡的农民才得还家。这是喘息方定的时候，怎么会一下子便富庶得不得了呢？

唐太宗

两年之后，魏征还描绘过中原萧条的景象。他说：从伊水、洛水往东，直到泰山、黄海，烟火零落，极目望去，到处都是荒原野草。贞观六年是这副样子，四年的情形就可想而知了。

我们还需要注意，唐太宗的节制徭役，是勉强地去做的，因此他常常会有违反这条政策的举动。这里按照年代次序，举几个例。武德九年（626年）初即位时，要点身材壮大的未成年人当兵，经魏征力争而止。贞观四年，修洛阳宫，张玄素谏阻，说："今日财力，何如隋世？陛下役疮痍之人，袭亡隋之弊，恐又甚于炀帝矣！"当时，他听了不免心惊，暂时停役。然而到了明年，不仅修了洛阳宫，还修了仁寿宫（九成宫）。六年，魏征指出："比来营缮渐多"，可知那时的徭役并不算轻。十一年，马周上疏，说当时多营不急之务，百姓怨嗟，批评太宗不像贞观初年那样"俭以息人"了。贞观十三年，魏征上《十渐不克终疏》，引太宗本人的话，"百姓无事则骄逸，劳役则易使"，并指出"顷年以来轻用民力"。十六年，太宗下令：今后有自己伤残手脚以避劳役的，"据法加罪，仍从赋役"。据说此风起自隋末，贞观中遗习尚存，所以下令禁止。以上两条，一言一行，最能暴露唐太宗的阶级本性，并且说明常有徭役较重的情况，不过不像隋末那样严重而已。

贞观末年，人民赋役负担，还有继续加重的趋势。二十二年（648年）修玉华宫，"所费以巨亿计"。充容徐惠见连年用兵，营缮相继，宫廷习俗也颇奢华，上疏谏劝，说"人劳乃易乱之源"，尽管雇人做工，也"不无烦扰之弊"。至于剑南（四川）百姓，因为造侵略高丽用的船只，负担沉重，那年已经发展到无法忍受的地步了。

唐太宗昭陵

从以上的叙述，我们可以知道，贞观时的实际情况是：农民的赋役特别是徭役负担，有时比较轻，有时比较重，但重的时候也没有达到使再生产无从进行的程度；唐太宗怕农民造反，执行不竭泽而渔的政策，但由于封建统治者的本性，有时不免要加重剥削，他的好处是肯接受意见，注意改正。

封建时代能够这样，就算是政治清明的“治世”了；肯这样做的皇帝就算是“明君”了。历史上有过许多这类的皇帝，唐太宗是比较突出的一个。我们肯定他是有所作为的封建统治者，但不必歌颂他，因为他终究只是地主阶级的政治代表人物。

没有隋末农民群众轰轰烈烈的斗争，就不会产生这样一个局面，不会产生具有太宗、魏征等的观点的人物。

太宗处理政事之余，对学术文化也很注意。他使颜师古、孔颖达等编撰《九经正义》，对过去的经学作了总结。他关心史书的修订，设立史馆，命群臣编撰晋、梁、陈、北齐、周、隋六部史书。《晋书》、《隋书》的编撰都发挥了专家的特长，让星历专家李淳风写天文、律历、五行等志，让博通古今的颜师古、孔颖达等担任纪、传。政府开史馆、集合众手编写前代史书的制度，就是这时开始的。

太宗见书心喜，自己动手写了晋宣帝纪、武帝纪、陆机传、王羲之传的后论。他选择王羲之，是因为他热爱书法，视王氏《兰亭序》的墨迹如珍宝，他自己也写得一手好字，特别会写“飞白”。

武后称制

概况

武则天名曌，并州文水（今属山西）人，唐工部尚书武士蒦之女，十四岁时被唐太宗选入宫，为才人。太宗死后，入感业寺为尼。高宗李治继位，于感业寺见之，复召入宫，拜为昭仪。武则天素多智计，兼涉文史，巧慧多权数，遂得高宗宠爱。永徽六年（655年），在庶族出身的官僚李义府、许敬宗等支持下，被立为皇后，王皇后被废为庶人，武则天开始参与朝政。武则天参预朝政后，王皇后以图谋毒死高宗罪被武则天残杀。反对立武的贞观老臣褚遂良、长孙无忌被贬官流放，长孙无忌自杀。支持武则天的李义府、许敬宗等人皆升任高官。显庆（656—661年）以后，高宗多苦风疾，脑昏头重，目不能视，故百司表奏，多委武则天处理。初预国事，武则天尚能屈身忍辱，奉顺上意。及其得志，武断专权，高宗颇有怨恨。麟德元年（664年），高宗密召西台侍郎、同东西台三品上官仪写好诏书，欲废武后。但当武则天到高宗面前申诉之时，高宗却反悔初衷．将上官仪等处死，待武则天如初。史称此次事变为“麟德之变”。此后，高宗每视朝事，武则天垂帘于后，参与一切政务。时并称武后与高宗为二圣。

武后性明敏，涉猎文史，外事得兼，高宗时实际已手操人主之权。上元二年（675年）四月，年仅二十四岁的皇太子李弘病死，武则天所生次子李贤继为皇太子。上元三年，病重在身的高宗欲传帝位于则天，被宰相郝处俊谏后作罢。武则天以李贤企图造反的莫须有“罪名”，将其废为庶人，遭幽禁，后被武则天派人暗杀。其后，武则天立其第三子李显为皇太子。

弘道元年（683年）十二月，高宗病死。太子李显继位，即唐中宗，尊武则天为皇太后。中宗年轻气盛，欲让其岳父韦玄贞当宰相，武则天诬陷中宗想把天下交给韦玄贞。遂立其第四子李旦为皇帝，是为唐睿宗，但一切大政均由她以太后身分裁决，独断专行，使“宗室人人自危，众人愤惋”。

率先起来反叛武则天的是李敬业（？—648年），即徐敬业，曹州离狐（山东东明东南）人，参与反叛的还有李敬猷、骆宾王等。光宅元年（684年）九月，他们在扬州起兵，有众10万人。武则天迅速调集30万大军，派李孝逸统率，仅用44天，就压平了叛乱，李敬业、李敬猷、骆宾王等被部下杀死，余党皆平。垂拱四年（688年），唐宗室又起兵反对武则天，亦很快被武则天发兵平定。

武则天在压平扬州、宗室起兵的同时，还采取了其他一些政治措施。公元684年，改东都洛阳为神都，改唐百官名，如尚书省改称为文昌台，左、右仆射为左、右相；门下省改称鸾台，侍中改称纳言；中书省改称凤阁，中书令改称内史。宰相称同凤阁鸾台三品。御史台分为左肃政、右肃政两台，左台纠察朝廷，右台纠察郡县。公元690年，僧法明等十人献《大云经》四卷，说武则天是弥勒佛转生，当代唐作天子。武则天颁布《大云经》，令诸州都建大云寺。

接着唐睿宗等六万余人上表请改国号，武则天算是顺从众议，宣布改唐为周，立称号为圣神皇帝。经过三十六年的经营，武则天终于得到皇帝的称号。武周天授元年（690年）九月初九，武则天宣布改国号为周，改年号为天绶，自称圣神皇帝，正式建立大周王朝。

武则天从公元690年当皇帝，到公元705年病重退位，一共当了十五年的女皇。

如果从公元655年她以皇后身份参预朝政算起，到705年病逝为止，前后执政50年。在这半个世纪中，武则天的统治措施，对唐代封建社会经济、政治、文化的发展，产生了很大的影响。

武则天称帝后，厉行残酷的镇压来防止唐臣的继续反抗。

她在朝堂放四个铜匦，其中一个收受告密文书。有些告密人，她还亲自召见。她用索元礼、周兴、来俊臣为首的23个酷吏，先后杀唐宗室贵戚数百人，大臣数百家，刺史、郎将以下官不计其数。索元礼、周兴、来俊臣所杀各数千人，其余诸人所杀人数多少不等。酷吏滥杀无辜，到了群情激愤的时候，她也陆续杀一些酷吏来缓和形势，最大的酷吏也不得免。公元690年，她达到称帝的目的，次年，杀索元礼，流放周兴到岭南，表示滥杀之罪在二人。公元697年，杀来俊臣。她能控制好亲信，使这些小人的恶行还有一定的限度，基本上不甚损坏当时的政治。

《通鉴》说武则天“虽滥以禄位收天下人心，然不称职者，寻亦黜之，或加刑诛。挟刑赏之柄以驾御天下，政由己出，明察善断，故当时英贤亦竞为之用”。《通鉴》这个评语是恰当的。武则天的长处，就在于善于选拔人才，委以重任。在她的统治时期，朝中有才能的文武大臣，几乎不比贞观时少，她能听谏，也多少有一些唐太宗的风度。她前后任用的主要宰相，如李昭德、魏元忠、杜景俭、狄仁杰、姚崇、张柬之等，边将如唐休璟、娄师德、郭元振等，都是一时人杰。这些人用作将相，使得国家能够保持正常状态，免于内乱外患。她经常留心人才，如张循宪为河东采访使，有疑难事不能解决，请当地一个免了职的小官张嘉贞办理。张循宪回朝，保荐张嘉贞。她召见张嘉贞，任用为监察御史。凭她的明察善断，朝廷上便拥有一批愿为她效力的能臣，所以成为成功的皇帝。

武则天统治时期，封建经济得到一定的发展，政治上能重视提拔一些有才干的人，广泛扩大封建统治阶级的社会基础，国防也得到加强。唐太宗贞观年间所取得的统一与强盛的成就，在武则天统治的半个世纪里，得到切实的巩固。

但是，武则天在当政时期，用人太滥。她放手招官，固然可以发现、提拔一些人才，但也使官僚机构急剧膨胀，增加了国家和人民的负担。她重用武氏家族和一些谄媚小人，让他们长期担任宰相、尚书、总管等要职，这些人不学无术，贪赃枉法，鱼肉百姓，影响极坏。

武则天崇信佛教，大造佛寺佛像，度人做和尚尼姑，浪费了大量钱财。她造一个“明堂”，高 294 尺。又兴建天枢，高 105 尺，基地周围 170 尺，用铜铁 200 万斤。铜铁不够用，竟征调民间农具充用，这些巨大的浪费，加重了人民的负担。她曾命天下断屠、禁止捕捉鱼虾。禁令实行了七八年，很多百姓的生计断绝。

武则天晚年放纵武氏亲族集团。侄儿梁王武三思把持朝政，和武则天的男宠张易之、张昌宗等勾结，把朝政搞得混浊不堪。神龙元年（705 年）正月二十二日，宰相张柬之、崔玄暐，中台御史敬晖、司刑少卿桓彦范、相王府司马袁恕己，五人合谋，诛灭二张，逼武则天交出政权，让中宗复位。正月二十五日，武则天徙居洛阳宫城西南的上阳宫。翌日，唐中宗亲率百官至上阳宫问安，为其母帝上尊号“则天大圣皇帝”。当年十一月初二，即公元 705 年 12 月 11 日，虚岁八十二的武则天死于上阳宫的仙居殿。

武则天死后，灵柩在唐中宗李显护送下运回长安，与唐高宗合葬在乾陵。临终遗嘱儿子李显为她立一块大石碑，上面不书一字。一生功过，让后人评说。如今这块“无字碑”仍巍然耸立在陕西乾陵，留给后人许多遐想。

称制历程

永徽（650 年）初期，君臣兢兢业业，朝廷大体上相安无事，就是后宫王皇后与萧淑妃相互争宠，高宗两面为难。

原来，太宗生前曾有一小宠姬，生得妩媚艳丽，十四岁进宫，被封为才人。她就是武则天，名曌。高宗做太子时，乘入侍太宗之机，与她偷过情。太宗去世，武才人和许多太宗嫔御一起被安置在感业寺中为尼。高宗到感业寺等烧过了香，便携了武氏进云房叙旧，两人久别重逢，悲喜交集，不由情不自禁，相对哭泣。

这事给王皇后知道了。但王皇后正因妒忌萧淑妃，一想正好可给萧淑妃树一敌手，所以非但不责怪，反而劝高宗把武才人接回宫来，还暗中叫武氏蓄发。武氏蓄发不久，又是一头乌云，便随了内侍回到唐宫。这时她二十六岁。武氏十分乖觉，见了王皇后，就恭恭敬敬地叩下头去，还说了许多恭维话，王皇后十分高兴。以后，武氏极力巴结王皇后，把王皇后哄得喜欢不尽。王皇后也就常在高宗面前说武氏的好话。不久，高宗封武氏为昭仪。

从此，萧淑妃和王皇后都日益失宠。王皇后见弄巧成拙，十分懊悔，就与萧淑妃联手，与武昭仪争宠。可高宗根本不理她们，只相信武昭仪的话。武昭仪见自己名位已定，又愈来愈受高宗宠爱，就开始了陷害王皇后、争夺后位的阴谋。

武昭仪先百般笼络宫女、女官，每次得到赏赐就全分给她们。这些宫人因为王皇后平时脾气大，不尊重她们，对王皇后素有怨言，如今见武昭仪对她们倾心相交，自然很感激，都乐意为她所用。然后，武昭仪就命受她笼络的宫人暗中监视王皇后，把王皇后的一举一动报告给她。她再添油加醋说给高宗听。可谁知高宗虽然不常与王皇后同房，却也没有废后之意。武昭仪只好另想良计。

机会终于来了。永徽五年（654）十月，武昭仪生了个女孩，王皇后很喜欢，到昭仪宫中看玩。武昭仪心中盘算定当，等王皇后一走，就残忍无情，扼死了亲生女儿，然后再给死婴盖上被子。高宗来了，武昭仪承欢言笑了一会，就揭开被子，装作突然发现死婴，假意啼哭起来，并问左右有谁来过。左右都说："皇后刚刚来过。"高宗听了，勃然大怒，说："皇后杀了我的女儿!"武昭仪乘机大进谗言，于是高宗决意废王皇后。

废立皇后，在中国王朝代，可是国家大事，必须通过大臣。高宗感到首先要取得执政的舅舅长孙无忌的支持，当夜就带了武昭仪，御驾来到太尉府。君臣在厅上畅饮，饮到高兴处，高宗忽然授长孙无忌的三个儿子为朝散大夫。长孙无忌推辞不过，接受了。这时高宗装作随便的样子，说皇后无子还要妒忌别人。长孙无忌方知高宗此来用意，但他假痴假呆，不接口，旁顾左右而言他。高宗与武昭仪见长孙无忌有意回避，心中不悦，罢席而归。

但高宗还不死心，暗中派内侍送去金银宝器各一车，绫锦十车，讨好长孙无忌。武昭仪又多次支使母亲杨氏到太尉府，祈请长孙无忌立武昭仪为后，长孙无忌不应许。卫尉卿许敬宗也屡去见长孙无忌，劝长孙无忌依允，给长孙无忌狠狠训了一顿。

这时武昭仪又生了个儿子。叫李弘。她得意非凡，非要取王皇后而代之。她命心腹宫女准备了一个木偶，上写高宗姓名与年庚八字，悄悄埋在王皇后宫中，然后便去报告高宗，高宗气冲冲来到王皇后宫中，命内侍挖掘，果然得一木偶，不由大骂王皇后。他不听王皇后分辩，也不顾大臣反对，准备一意孤行，要废王皇后。永徽六年（655 年）六月，高宗在武昭仪撺掇下，下敕禁止皇后母柳氏入宫，把吏部尚书柳奭贬到外州去做刺史。武昭仪又引许敬宗、御史大夫崔义玄、中丞袁公瑜、中书侍郎李义府为腹心，在朝臣中为她活动。瓦岗名将裴仁基之子长安令裴行俭获知高宗执意要立武昭仪为后，认为国家之祸将从开始，十分焦虑，与长孙无忌、褚遂良商议怎么办。此事被袁公瑜侦知，告发，裴行俭也被贬为外任。

就这样，废立皇后事被长孙无忌等大臣顶了半年多，君臣冲突终于爆发了。

九月，高宗升许敬宗为礼部尚书，表明了要立武昭仪为后的意向。退朝后，召长孙无忌、李世勣、于志宁、褚遂良入内殿议事。褚遂良看出了高宗的意向，说："今日召我们，多半为了中宫的事。皇上心意已决。太尉是元舅，司空（李世勣）是功臣，不能让皇上背上杀元舅功臣的恶名。我起自草莽，无汗马功劳，得居高位，又受先帝顾托，不以死争，有什么面孔去见先帝！"表示由他去力争，阻止高宗废王皇后。于是李世勣称病不入。

长孙无忌、褚遂良、于志宁三人进了内殿，高宗劈面就问："皇后不生儿子，武昭仪有儿子，今朕欲立武昭仪为皇后，怎么样？"褚遂良挺身反对，说："皇后出身名门，是先帝为陛下所娶。先帝临崩时，拉着臣手说：'朕佳儿佳妇，托付给卿。'这话陛下也听到。如今言犹在耳。皇后没有过失，岂可轻废！臣不敢曲从陛下，违背先帝遗命！"君臣不欢而散。

第二天，高宗临朝，正式提废立皇后的事。褚遂良跪奏说："陛下一定要另立皇后，也应慎重从名族中选择，何必立武氏？武氏侍奉过先帝，天下人都知道，实在不妥，后世也要议论陛下！"说完，把朝笏放在殿阶上，脱帽叩头，说："笏还给陛下，放臣归田里。"血都叩了出来。这番话无疑是揭了高宗的丑，高宗恼羞成怒，命令左右将褚遂良撵出去。武昭仪在簾内火上浇油，大声尖叫："何不扑杀此獠！"长孙无忌闻言，急忙出班保奏："遂良是顾命大臣，就是有罪，也不可加刑。"褚遂良才得免难。侍中、太子宾客韩瑗和中书令、检校吏部尚书来济也都涕泣谏阻废王皇后，弄得高宗无法可想。

可就在这时，李世勣背叛了长孙无忌、褚遂良，在另一天，单独去见高宗。高宗向他问计："朕想立武昭仪为后，褚遂良坚持反对，他又是顾命大臣。难道这事就这样算了吗？"李世勣说："这是陛下家事，何必还去问外人。"为高宗解决了难题，高宗主意打定了。许敬宗受到讽示，就在朝房中，肆无忌惮地宣扬："田舍翁多收了十斛麦子，还想换个老婆，何况天子呢！天子要另立皇后，关别人什么事，要妄生异议！"

于是，高宗放开了手脚，贬褚遂良到离长安2400多里的潭州（治所今湖南长沙）做都督，来儆戒反对另立皇后的朝臣。韩瑗悲泣不已，上疏再谏，说褚遂良是社稷忠臣、大唐的微子，不能远放。影射武昭仪是亡殷的妲己，一旦立为皇后，大唐易姓就不远了。高宗根本听不进去。

十月，高宗下诏说：王皇后，萧淑妃谋行鸩毒，废为庶人。她们的母亲及其兄弟都除名，流放岭南。第七天诏立武昭仪为皇后。十一月初一，举行册立仪式，由李世勣把皇后玺绶授武后，百官在肃仪门朝见新皇后。武后从此走向了中国的历史舞台。

武后生性凶悍残虐，有一个故事很能说明她的这种性格。那还是太宗朝时，她还在做才人。太宗有一匹马名叫狮子骢，性情暴烈，没人能制服它。武才人说："我只要有三件东西，就能制服它。"太宗问："哪三件东西？"武才人说："一条铁鞭，一把铁锤，一支匕首。马不听话，我就用铁鞭抽它；再不听说，就用铁锤锤它；还不听话，就用匕首刺死它。"她是要用这种凶悍残虐的方法来治御臣下，首先遭殃的是废后王氏和废妃萧氏。

高宗内外政事，多与武后商议。武后原有政治野心，又有政治才干，渐渐地骄恣自擅，跟高宗争起权来。高宗被弄得很不高兴，转而想起废后王氏和废妃萧氏的好处来。王皇后、淑妃被废后，囚在冷宫别院。高宗找了一个机会，瞒着武后，去看望王皇后和萧淑妃。只见囚室严密封闭，只留一个壁洞供递送食物，高宗不觉恻然伤心，在室外呼喊："皇后、淑妃在哪儿?"听得高宗声音，王皇后哭泣起来，回答说："妾等得罪，贬为宫婢，哪能还有尊称!"又哀求说："陛下如果还念旧情，使妾等重见天日，乞求名此院为回心院。"高宗应允说："朕自有处置。"

谁知消息走漏，武后知道了，勃然大怒，跟高宗大吵一场，还想了一个狠毒残忍的惩罚王、萧两人的办法，说："叫这两个婆子骨醉!"她矫旨派人将王、萧两人各杖100，然后斩断了两人手足，叫做"人彘"，塞进了酒甕。王、萧两人晓得是武后之谋，萧淑妃大骂："阿武妖猾，到这个地步！我愿下世投生做猫，叫阿武做鼠，扼她的喉!"浸了数日，两人就死了。

来人把萧淑妃的话回了武后。武后又恨又怕，命将已死的王、萧两人的首级割下泄恨，又下令宫中不许养猫。可是她仍经常梦见王、萧两人披发沥血来找她算账，吓得她一再迁居，最后不敢再住在长安，徙居到洛阳。

杀害了王皇后、萧淑妃，武后巩固了在后宫的地位，进一步挟持高宗。高宗昏庸，政事多听她取决，重用武后心腹许敬宗、李义府。许、李两人是唐初出名的奸臣，都在立武后中立了大功。许敬宗出身江东士族，隋末投奔李密。他为人无行，但写得一手好文章，被秦王召补秦府学士。高宗即位，就重用他，代于志宁为礼部尚书；后因嫁女纳贿，被弹劾降职，但很快召入为卫尉卿、加弘文馆学士，兼修国史，不久复职礼部尚书。许敬宗修国史，歪曲事实，凡恨的人，就写得坏，谁贿赂他，就隐去恶事。处理政事更是顺风阿旨，阴附武后。李义府也以善文章著名，也为人阴险奸猾，平时逢人先笑，但一肚皮坏水，只要稍有嫌隙就要暗中陷害。当时人都说他笑中有刀，因他阴柔而能害人，背后给他起了绰号，叫“李猫”。高宗拜他为中书侍郎、同中书门下三品，监修国史。

许敬宗为了进一步投靠武后，就在王皇后被害后，立即上奏说太子李忠是庶出的，应废庶立嫡。也就是要改立武后的儿子为太子。李忠是高宗长子，永徽三年立为太子，但是后宫刘氏所生，没有坚强的靠山，他很知趣地主动提出让位。显庆元年（656年），高宗改封李忠为梁王，立武后的长子李弘为太子。从此，武后没有了后宫之忧，集中心思，用驯马法，来对付不合己意的元老勋臣，控制朝臣了。许敬宗、李义府是她的最好帮手。

李义府是个好色之徒。显庆元年，大理寺狱中关进了一个女犯人淳于氏，李义府听说淳于氏很美，就嘱使大理寺丞毕正义枉法放了她，被他收作了小妾。大理卿察觉此事可疑，上奏高宗。高宗诏令给事中刘仁轨覆查。李义府怕毕正义供出他来，就逼毕正义在狱中上吊自杀。侍御史王义方查出了李义府的奸事，就整理了李义府拍马屁发迹史和奸事，详细报告给高宗。高宗竟大怒，说王义方毁辱大臣，言辞不逊，把王义方撵出京城，贬到莱州做小宫，对李义府的罪则不闻不问。如此忠奸不分的高宗正好做了武后剪除异己，揽权专擅的驯服工具。

武后撺掇高宗，升许敬宗为侍中，李义府参加政事兼中书令。许、李两人就迎合武后旨意，诬奏侍中韩瑗、中书令来济勾结褚遂良潜谋不轨。高宗准奏，将褚遂良一贬再贬，韩瑗、来济也被贬为外州刺史。不久，褚遂良、韩瑗忧愤而死。武后在通向执政的道路上，又清除了一个重要障碍。

接着，武后指使许敬宗伺隙构陷长孙无忌。恰巧这时有人告发太子洗马韦季方结党，高宗命许敬宗审理。许敬宗严刑逼讯，要韦季方攀诬长孙无忌。韦季方被逼不过，自杀，没有死成。

许敬宗竟抓住这个机会，诬奏韦季方想与长孙无忌勾结，陷害忠良，伺机谋反，如今事情败露，畏罪自杀。高宗不信，说："舅舅怎么会谋反！"许敬宗说："臣审得详细，反状已清楚，陛下还要怀疑，恐非社稷之福。"高宗不禁哭泣起来，说："我家不幸，亲戚间屡有异志，往年高阳公主与房遗爱谋反，如今我舅舅又是这样！如果事情真是这样，该怎么办啊？"许敬宗说："房遗爱是个乳臭小儿，成得了什么气候。可无忌与先帝谋取天下，做了三十年宰相，如果一旦谋发，谁能当得了他。请陛下速作决定。"

高宗仍下不了决心，命许敬宗再去详细审问。次日，许敬宗奏说："昨夜季方已承认与无忌同反。季方供说柳奭曾劝无忌立梁王为大子，如今梁王被废，无忌忧恐，为自安之计，才日夜与季方商议谋反。"高宗相信了，又哭泣起来，说："舅舅果真如此，朕决不忍杀他。杀了他，天下人一定要骂朕，后世一定要骂朕！"许敬宗催促说："古人说：'当断不断，反受其乱。'安危之机，间不容发。陛下若不早决，臣恐变生肘腋，后悔无及！"

高宗于是不再犹豫，也不召问长孙无忌核实，就下诏削去长孙无忌官职及封邑，押送到黔州安置。又废梁王为庶人，贬柳奭到象州，贬于志宁到荣州。不久，又派人到黔州逼长孙无忌自杀，到象州杀死柳奭。长孙无忌的子孙近亲也被杀的被杀，流放的流放。大唐一代勋臣，在君主专制制度和武后驯马精神下，就这样落得个身死家破的下场。

杀了长孙无忌，还有谁敢违忤武后的旨意。于是武后肆无忌惮，揽权行威。显庆五年（660年）十月，高宗可能患了次小中风，头痛，目不能视，百官奏事，只得都委武后批决。武后人聪明敏锐，涉猎文史，因此所处理的事都能符合高宗意思。于是政权渐渐移归武后，威势与皇帝一样。高宗称天皇，武后称天后，中外称之为“二圣”。

可是武后因此愈来愈骄横，不再奉顺高宗旨意，渐渐不把高宗放在眼里。高宗一举一动都受制于武后，不能自做一点事，他对此愤愤不平，偷偷地召来西台侍郎上官仪商议对策。上官仪说：“皇后专恣，天下人都不赞成，废了她。”高宗认为不错，就命上官仪起草了废后诏。

谁知宫中早就布满武后心腹，奔告武后。武后急忙赶来，大吵大闹，吓得高宗畏首畏尾，不敢发出诏书，还说：“我初无此心，都是上官仪教我的。”于是武后立即唆使许敬宗诬告上官仪一状，说他串通废太子李忠，阴谋叛逆。高宗这时已毫无主意，一切听任武后。结果，李忠赐死，上官仪处死，凡平时与上官仪有过来往的朝臣士大夫统统贬官流放。

从此，高宗临朝，武后垂帘听政。政事不论大小，官员要升要降，要斩要杀，都由她说了算。天下大权，全归中宫，高宗不过傀儡一个，拱手而已。武后正式登上了中国的历史舞台。

可武后意犹未足，想进一步独揽朝政。上元元年（674年），她引用了一批文学之士，随侍左右。平时，命他们撰写《列女传》、《臣轨》、《百僚新戒》等书，藉以从思想上控制和督责臣民；朝廷奏议、百官奏疏，就命他们阅议参决，以分宰相之权。这些学士不经设在皇城的朝官衙门（“南衙”），出入宫城北门，时人称他们为“北门学士”。

武后正在得意逞志时，与亲生儿子发生了冲突。武后生了四个儿子，长子李弘，次子李贤，三子李哲，四子李旦。太子李弘与母亲性情迥异，仁孝谦谨，敬礼大臣朝士，所以很得人心。他多次奏请，违忤武后意旨。武后对他很恼火。李弘有两位异母姐姐义阳、宣城二公主，都是萧淑妃所生，被武后长期幽禁在掖庭，年过三十，还未能出嫁。一次，李弘在掖庭见到了二公主，又惊，又可怜，立即奏请高宗，让她们出嫁。高宗应允了。武后得知后，怀恨在心。

当时高宗病发得很厉害，一班逢迎钻营的朝臣提议让武后摄知国政。可高宗接受了中书侍郎郝处俊、李义琰的谏议，要让太子监国。这样，武后要独揽朝政，李弘就成了她的障碍，她再也容不得这个亲子了。

上元二年（675 年）四月，武后在合璧宫鸩杀了李弘。高宗正想禅让给太子，得了凶讯，很悲痛，下诏谥李弘为孝敬皇帝。帝子谥皇帝，这是中国史上的第一次。

六月，立李贤为太子，随即又命他监国。不料李贤也与武后性情不合。正议大夫明崇俨以符咒奇术得武后宠信，他揣知武后不喜李贤，就经常密告武后，说李贤长相不好，不能继位，还是英王李哲貌像太宗，相王李旦相贵。宫中还有人议论，说太子是皇后姊韩国夫人生的。这些话传到李贤耳中，李贤心中又疑又怕。武后又命北门学士撰写了《少阳正范》和《孝子传》等书，不断送给李贤，暗寓训斥，还多次自写书信责备李贤。李贤愈加不安，日益消沉下去，沉湎酒色。

高宗调露元年（679 年）五月，明崇俨奉武后命到长安办事，途中逢盗被杀。武后怀疑是李贤指使的，只是一时查不出证据。永隆元年（680 年）八月，东宫司仪郎韦承庆向武后报告，说太子与户奴赵道生等狎戏。武后正苦于找不到太子的岔子，这下就抓住机会召李贤到洛阳训斥，又遣中书令薛元超，裴炎和御史大夫高智周三人负责案查东宫。临行时，又向三人面授旨意。三人带人在东宫搜来搜去，竟在马坊里搜出了数百件黑色甲胄，取为谋反的证据。他们又抓了赵道生，逼他招供受太子指使杀了明崇俨。

三人大功告成，回报武后。武后说："做儿子的心怀逆谋，天地不容，罪不可赦！"要"大义灭亲"，处死李贤。幸亏高宗代子求情，废为庶人，得免一死。第二天，立英王李哲为太子。

次年（681年）十一月，李贤被流放到巴州（今重庆）。李贤在徙所，郁郁不欢，写了一首《黄台瓜词》："种瓜黄台下，瓜熟子离离。一摘使瓜好，再摘使瓜稀，三摘犹为可，四摘抱蔓归。"后来有人把这词抄给了武后。武后越看越觉这是在讽怨自己，就暗中派左金吾将军丘神勣潜往巴州，逼李贤自杀而死，死时只有三十二岁。李贤处事明审，很有才干。他曾招集很多学者集体注范晔《后汉书》，在史学史上很有价值。

徐敬业讨武失败

就在武则天一步一步走近皇位的时候，英国公徐敬业在江南起兵反武。

诸武用事，原唐室官吏多受排挤，因此唐宗室人人自危，人情愤怨。不久，在扬州聚集了一批贬官，其中有李勣孙英国公敬业，唐初四杰之一的骆宾王等。他们在扬州碰聚，同病相怜，怨恨大发。大家共推敬业为统帅，称匡复府上将，领扬州大都督；故御史魏思温为军师，骆宾王为记室，以匡复庐陵王为名，杀了扬州长史陈敬之，起兵反武。不过十天，聚兵十余万。

接着，由骆宾王起草了《讨武曌檄》。檄文列数武则天"秽乱春宫”、“残害忠良”等罪状，揭示她“窃窥神器”的野心。

这是篇千古名檄，精彩生动，气韵盎然。武则天边读边微笑，读到“一抔之土未干”，不由惊叹，问侍臣：“这是谁写的？”侍臣答：“是骆宾王。”武则天说：“让这样的人才，流落在外，真是宰相的过失。”

武则天召裴炎问计。裴炎因匡复军右司马薛仲璋是他的外甥，不希望兴兵征讨，就对武则天说：“皇帝年长，不亲主政事，所以敬业这小子才有了借口。如果太后返政给皇帝，叛众便可不讨自平。”

武则天听了很不高兴，等裴炎走后，又召武承嗣商议。武承嗣认为叛军都是乌合之众，一扫就平。武则天将裴炎的意见告诉武承嗣。武承嗣说：“裴炎的外甥薛仲璋参加叛党，所以才说这个话。监察御史崔察说裴炎也参与谋反。”武则天马上召崔察讯问。崔察早受了武承嗣的密嘱，添油加醋说裴炎如果不反，为什么要太后返政呢。武则天深信了，立即逮捕了裴炎。不久，便斩了裴炎，把为裴炎说话的几位朝臣凤阁舍人刘景先、侍郎胡元范、太仆寺丞仙先全都流放到边州。

武后行从图

与此同时，武则天命削去敬业祖、父官爵，劈坟斫棺，复本姓徐；并命左钤卫大将军李孝逸为扬州道大总管，侍御史魏元忠为监军，统率10万大军，日夜兼程，开赴江淮前线，征讨徐敬业。

徐敬业起兵后，犯了方向性错误，被武则天赢得了时间。

起先，魏思温建议："明公以匡复为名，应该率领大军鼓行进，直捣洛阳，这样天下义士都知道明公是志在勤王，自然四面响应。"薛仲璋反对，主张南取金陵，说："金陵有王气，又有长江天险可凭，不如先取常、润州，作为基地。然后北图中原，进无不利，退有所归，这才是良策！"魏思温坚持说："山东豪杰都因为武氏专制，愤愤不平，听说明公举事，都自蒸麦饭为粮，举锄作兵器，等待南军北进。不乘这个情势建立大功，反而畏缩，自谋巢穴，远近闻知，谁不解体！"但徐敬业采取薛仲璋的意见，派左长史唐之奇守江都，自率主力南渡长江，攻占了润州（今江苏镇江）。兵发时，魏思温对右长史杜求仁说："兵势合则强，分则弱。敬业不并力渡淮，收聚山东之众以取洛阳，失败就在眼前了。"等攻破润州、捉住润州刺史李思文，魏思温提议将李思文斩首示众，可徐敬业因思文是他的叔父，不肯听从，只将思文改姓武，关在狱中。魏思温叹说："不顾大义，专徇私情，哪有不失败的，我辈死无葬身之地了！"

就在这时，李孝逸率军进抵泗州（今安徽盱眙对岸）。徐敬业闻报回师北上，暂屯高邮境内的下阿溪，派弟敬猷北上据守淮阴，别将韦超、尉迟恭屯兵都梁山（今盱眙南）。

官军前锋发动进攻，被南军杀得大败。李孝逸首战失利，不敢前进。魏元忠说："天下安危，在此一举。如今大军逗留不进，万一朝廷另派大将军替代将军，将军怎么办？"于是李孝逸引军向前，与南军再战，阵斩尉迟恭。

支度使薛克杨建议一举攻下都梁，说："都梁地形虽险，但兵少，一举攻下，淮阴、高邮必望风瓦解。"行军司马罗艺认为还是改道直趋江都，活捉徐敬业，那时树倒猢狲散，定获全胜。诸将纷纷附和。魏元忠力排众议，说："贼的精兵，都在下阿，这里都是乌合之众，利在一决。敬猷是赌徒出身，不懂军事，一攻即克。乘胜前进，就是韩信、白起再生，也抵挡不住。”

李孝逸听从魏元忠之计，进击都梁。韦超星夜逃窜，不战自溃。官军进攻淮阴，徐敬猷望风而逃。李孝逸沿运河南下，直扑下阿溪，徐敬业沿溪列营迎战，连战连胜，连斩数将。李孝逸害怕了，想退兵。魏元忠不同意，建议火攻。正好这时南军疲弊，顾望不振。李孝逸因风纵火，大败南军，斩首7000余，溺死者不可胜计。

徐敬业兄弟两人，轻骑逃进江都，带了妻子，奔到润州，弃马登舟，顺流出海，准备去高丽避难。船行到海陵（今江苏泰州），被风所阻。部将王那相突然叛变，杀了徐敬业、敬猷、骆宾王，及敬业妻子等25人，携首级投降了李孝逸。其余魏思温、唐之奇等余党也全被肃清。徐敬业讨武，只因为有了点私心，希求金陵王气，不过50多天，就失败了。

则天皇帝

武则天利用酷吏苛刑，大开杀戒，有部署地剪除李唐宗室，准备最后登上皇位，垂拱四年四月，武承嗣暗中指使人在一块白石上凿了“圣母临人，永为帝业”八个字，又指使雍州人唐同泰奉表贡献，说是在洛水中得到的。武则天大喜，把这块白石命名为“宝图”。五月，她亲拜洛水，接受“宝图”。又在南郊，告谢昊天，登明堂，受百官朝贺，自称“圣母神皇”。七月，更名“宝图”为“天授圣图”，洛水为永昌洛水，洛水神为显圣侯。吹吹打打，兴致勃勃，要做她的“真命天子”。

唐宗室诸王对此很不安，感到武则天要尽诛宗室，要把李家社稷移授武氏，都内怀匡复之志。八月，琅邪王冲起兵。原来约定同时响应，结果只有冲父越王贞响应，其余诸王不敢发动。武则天派左金吾将军丘神勣率兵征讨。不过七日，消灭李

武则天

冲。接着，平定越王，李贞自杀。武则天命周兴逮捕了韩王、鲁王、常乐公主等，逼他们自杀，还牵连了许多大臣遭贬，连魏元忠也被流放。

永昌元年（689年）十一月，武则天诏改用周历，就是以十一月为正月。十一月八日，自名为曌，改诏为制。一月，升武承嗣为文昌左相，武攸宁为纳言。通向皇位的道路已经铺平，一个武氏皇朝呼之欲出。

八月，又大杀唐宗室，连二个亲孙子也没放过，诛杀他们的亲党数百家，把宗室几乎全部杀光，幼弱的流放岭南。

同时，武则天组织朝野，为她制造登基舆论。和尚法明等编了一部《大云经疏》，宣称太后是弥勒佛下世，应该替代唐朝做人主。武则天下令全国各州都要建立大云寺，藏一部《大云经》，由高僧向百姓宣讲，为她夺取皇位大造舆论。酷吏傅游艺承旨纠合关中900多人，请愿“劝进”，改国号，赐皇帝姓武。武则天假意不许，但提升傅游艺为给事中。于是，太后之意，路人皆知。文武百官、远近百姓、和尚、道士等6万多人按傅游艺请愿内容上书。声势浩大，连皇帝李旦也吃不住压力，上表自请赐姓武。喧喧嚷嚷，闹了一个多月。

九月九日，武则天登则天楼，宣布大赦天下，改国号为周，改元天授，自称圣神皇帝，做了中国历史上第一个女皇帝。后来，中宗复位，尊她为则天大圣皇帝。但是，武则天宠佞臣，信谗言，朝廷气氛日益败坏。

广延人才

武则天镇压了旧朝廷的势力，同时急需培植新朝廷的势力，因此，不拘一格，放手招官，广延人才。

武则天很重视科举。科举的考生，一是来自学馆，叫“生徒”，一是来自州县的推荐，叫乡贡，或贡生。以往，州县的奏呈，总是把贡物开列在前面，而贡生则写在后边。武则天把贡物与人才的关系倒置过来，把贡生放在首位，以示朝廷更重视人才。她做了皇帝，亲自考问举人，破格录用，称为“殿试”。原来，只开文科选士，武则天又增开武科，扩大选官的范围。武则天广开科举，仍恐埋没人才，又诏令臣民皆可“自举”，有所专长，均可录用。这样还不放心，又派出使者四出网罗，致使确有才能的一些落第举子、有能之士，也被选拔来做官了。

当时，朝廷上下，人才济济。武则天，凭借自己的明察善断，在大批贤才志士中遴选出许多出色的将相，委以国任。如宰相李昭德、魏元忠、杜景俭、狄仁杰、姚崇、宋璟、张柬之，以及边将唐休景、娄师德、郭元振等，都是一时的人选。故而即使在群奸、酷吏出入宫廷的不正常情况下，整个国家仍然保持正常状态，不但免于内忧外患，而且经济、文化都有较大发展。这同武则天的政略不是没有关系的。

武则天重视和发掘人才的故事很多。

相传，武则天看到一篇叛乱者的文告，叫《讨武曌檄》。曌，音照，是武则天造的十九个怪字之一。曌是会意字，意为日月当空。武则天取以为名，喻意自己称帝，犹如日月经天。檄文气势磅礴，文词犀利，数其罪行，揭其隐私，淋漓尽致。武则天从容悦色地读着，当读到“一抔之土未干，六尺之孤安在”（意指高宗新死，中宗即被废黜幽禁），“试看今日之域中，竟是谁家之天下!”她问道:“何人所为?”左右答曰:“骆宾王。”骆宾王是位难得的才子,时与王勃、杨炯、卢照邻以诗文齐名,同为初唐四杰。他一生仕途坎坷,郁郁不得志。其诗文亦多悲愤之词。武则天感慨地说:“这样的人才,怎能使之流为叛逆!这是宰相的过错啊!”

武则天广延人才,不分贤愚,均予位置,故正员数额不足,又广置员外官,以致出现了这样的政治笑话:

御史台(府),有个令史骑着毛驴到府里去办公。令史是个地位低下的小吏。府门内正中几位御史聚立着,他没有下驴,就一冲而过。御史们大怒,齐声喝着要打他。令史忙说:“各位大人息怒,今日的过错都怪这愚蠢的驴子。且先让我责备它的过错,然后大人们再打我也不迟。”御史们答应了。令史就责骂那驴子说:“蠢驴!蠢驴!你有何能?你有何技?你神志昏昏,你行动迟迟,如此伎俩,怎敢混入御史行里!”这些御史们本来都是滥竽充数的,遂羞愧而散。

开元盛世概况

自神龙元年(705年)唐中宗即位至先天二年(713年)唐玄宗初即位的八年中,更替了四个皇帝,政局紊乱。这八年是从武则天退位至唐玄宗“开元之治”的过渡阶段。

唐中宗名显(656—710年),是武则天第三子。长安四年(704年)武则天被迫退位,李显重新即位,韦氏再为皇后,干预朝政,如同武则天为皇后时的作为。中宗每次临朝,韦后都垂帘听政。桓彦范上表劝阻,被中宗拒绝。韦后为扩大权势,以她为首形成了一个韦武集团。韦武集团的骨干分子是上官婉儿和武三思。中宗复位后，晋封上官婉儿为昭容（女官名），叫她负责起草诏书，参预朝政。武三思，武则天之侄，被拔擢为春官尚书。韦武集团是由武氏集团和韦后的亲属、亲信构成。他们掌握大权，中宗被韦武集团包围。韦武集团将发动政变逼迫武则天退位的张柬之、敬晖、桓彦范等人视为仇敌。

簪花仕女图

神龙元年（705 年），武三思与韦后反复对中宗进谗言，以敬晖为平阳王，桓颜范为扶阳王，张柬之为汉阳王，袁恕己为南阳王，崔玄玮为博陵王。翌年五月，又将五人的王位削除，分别贬为崖州司马、泷州司马、新州司马、窦州司马、白州司马。当年八月，又削除五人之官位，分别流放至琼州、瀼州、泷州、环州、古州。五人之子弟凡年十六岁以上者，皆流岭外。接着武三思又派人至贬所杀害他们。其时，张柬之、崔玄玮已死，其他三人惨遭折磨致死。安乐公主为中宗、韦后所宠爱，她凭借这点卖官鬻狱，无所不为。为了卖官和为罪犯开脱，甚至自己写好皇帝的诏旨，将文字掩盖，让中宗在上签署，中宗“笑而从之，竟不视也”。

皇太子李重俊，中宗第三子，是后宫宫人所生，韦后恶之，阴谋废黜太子。景龙元年（707 年）七月太子李重俊与左羽林大将军李多祚和将军李思冲、李承况、独孤祎之、沙吒忠义等，冒皇帝命发羽林军骑兵 300 余人，杀死武三思、武崇训及其党羽十余人。接着，攻入太极宫，中宗、韦后、安乐公主、上官婉儿登上玄武门楼，令右羽林大将军刘景仁率飞骑百余人屯于楼下护卫。中宗在门楼上对李多祚所率羽林军说：汝辈皆朕宿卫之士，何为从多祚反，若能斩反者，勿患不富贵。于是，李多祚的部下斩李多祚、李承况、独孤祎之、沙吒忠义等。太子李重俊逃往终南山，至户县西，被其左右杀死。

景龙四年（710年）六月，散骑常侍马秦客、光禄少卿杨均与韦后、安乐公主合谋毒死中宗。中宗死后，韦后封锁消息，总管朝政；调集各地士兵5万人守卫京城，命令自己的亲属韦捷、韦灌、韦璿、韦锜、韦播等分别统领；任命亲信张嘉福、岑羲、崔湜任宰相。太平公主（唐高宗女）和上官婉儿起草遗诏，立中宗第四子李重茂为皇太子，韦后临朝称制。准备效法她的婆婆武则天做历史上的第二个女皇。这时，武则天的第四子李旦还有一定的势力。李旦的第三子李隆基英武多谋，十分痛恨韦党专权，暗中招集智勇之士，广结左右羽林军将士，图谋除韦，振兴唐室。李隆基联合姑母太平公主发动政变，率羽林军万骑，抢在韦后准备对自己动手之前，攻入皇宫，将韦后及其党羽一网打尽。接着，由太平公主出面，恢复了睿宗李旦的帝位，李隆基也因功被立为太子。

公元712年，睿宗让位给太子，李隆基即帝位，这就是唐玄宗。改元先天，尊睿宗为太上皇。但三品以上官员的任命以及重大军国行政仍由睿宗决定。当时，太平公主的势力十分强大，可以左右朝政。宰相7人，有5人是她的亲信，文武大臣，大半依附她。太平公主对李隆基占据皇位非常不满，便同宰相窦怀贞、萧至忠等人密谋策划，另立新君。

唐先天二年（713年）七月三日，玄宗得知太平公主及其党羽将于第二天发动政变的密报，马上采取紧急对策，派兵杀太平公主及党羽数十人，依附太平公主的官吏尽被黜逐。至此，唐朝政局才稳定下来，唐玄宗掌握了全部权力。十二月，改元开元。

唐玄宗在位四十四年，分前后两个时期，前期为先天（712—713 年）和开元（713—741 年），后期指天宝（742—755 年）时期。在武则天统治的晚年和唐中宗、唐睿宗时期，政治昏暗，弊端丛生。针对这种情况，唐玄宗在开元年间任用改革家姚崇、宋璟等人，进行了整顿和改革，并取得了显著的效果。

首先是裁汰冗官，整顿吏治。武则天以来，放手招官，唐中宗、韦后、安乐公主等更是公开卖官，滥置的员外、同正、摄、检校、判、知等官，多达数千人，这大大增加了国家开支，加重了人民负担，使吏治败坏。玄宗即位，"大革奸滥，十去其九"。裁减冗官数千人，停废闲散诸司、监、署十余所，精简了庞大的官僚机构，节省了开支，提高了行政效率、澄清了吏治。在此基础上，唐玄宗注重职官的铨选，强调以功、以才授官。他尤其重视直接监民的县令的选任，开元四年（716 年），唐玄宗对吏部选用的县令，亲加复试，有 45 人因不合格而被淘汰。唐玄宗还加强了对官吏的考核，规定每年十月，各道按察使对地方官吏循名责实，进行政绩考核，作为黜逐的根据。这些做法，对澄清吏治起到了很好的作用。

姚　崇

其次，抑制食封贵族。唐初，规定食实封的贵族，国家按食实封的户数将课户拨给封家，租调由食实封贵族派人征收。唐初食实封的贵族不过 20 家至 30 家，封户多的也不过千余户。但是，到唐中宗时，封家增至 140

家以上，封户多的达万户。国家大部分租调为封家所侵吞。而且，封家的官吏、奴仆到地方征收租调，往往对封户进行勒索、多取财物，有的以租调做买卖、放高利贷，增加剥削量。这又大大加重了封户的负担，使许多封户破产逃亡。唐玄宗于开元三年（715年）规定，封家租调由政府统一征收，送于京师，封家在京城领取，禁止封家直接到封户催索，禁止放高利贷。这缓和了社会矛盾，增加了国家收入。以后，唐玄宗又规定，凡子孙承袭实封的，户数减2/10，这项规定与由政府征收封户租调，对食实封贵族的势力起了抑制作用。

第三，压抑佛教。武则天统治时期、大力提倡佛教，兴建了众多佛寺，不少人削发出家。唐中宗、唐睿宗时，佛教势力继续发展，使僧尼人数大增，全国约有10万人。僧尼不服役纳税，建寺造像耗费巨大，影响了国家财政收入，也给人民造成很大痛苦。开元二年（714年），唐玄宗接受姚崇建议，“命有司沙汰天下僧尼，以伪亡还俗者万二千余人”。并下令“自今所在毋得创建佛寺”。禁止民间铸佛像、抄写佛经。还没收各地寺观法外多占田地，给欠田农户耕种。

第四，发展农业生产。唐玄宗开元年间在发展农业生产方面采取了一些措施，首先，针对三辅地区“诸王公权要之家，皆缘渠立硙，以害水田”的情况，唐玄宗“诏令（李）元纮便“令吏人一切毁之，百姓大获其利”。其次，灭蝗止灾。在开元三年、四年，山东、河南、河北等地连年发生蝗灾，而一些官吏认为杀蝗有祸，“民或于田旁焚香、膜拜，设祭而不敢”。唐玄宗接受了姚崇的建议“遣御史督州县搏而瘗之”大大减轻了蝗灾。再次，为发展农业生产，又在河东道、关内道、河南道、河西道、陇右道、河北道、剑南道等地，大兴屯田，是时全国有992屯军屯，垦田面积有500万亩左右。从武则天以来，均田制逐渐被破坏，土地兼并、农民逃亡现象日益严重，为此，唐玄宗于开元九年（721 年）派宇文融为劝农使到全国各地检括逃户和隐田，括出 80 余万客户和不少田地。唐政府对这些客户每丁税钱一千五百，免六年租调徭役，由各州安插于均田土地上。这多少改变了占田不均的情况，有缓和阶级矛盾、促进农业生产发展的积极作用。

法门寺

第五，整顿财政，提倡节俭。自唐高宗以后，官僚机构日益膨胀，军队增多，统治者生活奢侈，使国用日益不足。唐玄宗即位后，三令五申，提倡节俭。他销毁金银器玩，规定后妃不许服珠玉锦绣。在节用的同时，唐玄宗十分重视开源，增加财政收入。括田括户，增加了国家的财赋收入。开元初年，规定地税每亩纳粟二升，并使户税成为定制，这增加了富户的税额。至开元中，将部分编户负担的杂徭，普遍改为纳钱代役，这不仅使劳动者的人身依附进一步松弛，而且也增加了国家的收入。

经过开元年间的改革，唐玄宗统治下的唐王朝进入了全盛的时期。

唐玄宗开元年间，出现了经济繁荣，社会比较安定，文化昌盛，国力强大的局面，达到了唐朝繁荣的高峰。

社会生产经过从唐高祖、唐太宗至唐玄宗 100 多年的恢复发展，达到了新的高峰，粮食布帛产量丰多，是时“四方丰稔，百姓殷富”，国家仓储盈满，以至“左右藏库，财物山积，不可胜较”。诗人杜甫在《忆昔》诗中描写开元时期繁盛情况说道：忆昔开元全盛日，小邑犹藏万家室。稻米流脂粟米白，公私仓廪俱丰实。九州道路无豺虎，远行不劳吉日出。齐纨鲁缟车班班，男耕女桑不相失”。此诗虽有些夸张，但它在一定程度上反映了当时的社会状况。

在生产恢复发展的基础上，开元年间物价较为低廉平稳。开元十三年（725 年）“东都斗米十五钱，青、齐五钱，粟三钱”。此后，直至天宝末年，物价长期稳定，“两京斗米不至二十文，面三十二文，绢一匹二百一十二文”。物价低廉平衡对社会的安定有着积极的作用。

唐朝户口亦逐渐增长。在武德年间，全国有户 200 万，贞观时增至 30 万，唐高宗永徽三年（652 年）上升至 380 万户，武则天末年神龙元年（705 年），全国有户 615 万，有口 3714 万。而到开元、天宝年间，人口增加更快，在天宝十四年（755 年），全国户增至 891 万，口达 5291 万，这是唐朝人口统计的最高数字，由于有相当数量的逃户不在簿籍，所以政府统计的户口数比实际户口数要低。据杜佑估计，天宝年间全国实际户数至少有 1300 万至 1400 万，按一户五口计算，唐朝全国约有 6000 万至 7000 万人。垦田面积据其估计约有 800 万至 850 万顷左右，稍多于西流的最高垦田数字。

开元年间，一大批文学家、史学家、艺术家、科学家涌现出来了，著名的有诗人李白、杜甫、王维、孟浩然、崔颢、王昌龄，书法家颜真卿，画家吴道子、李思训，音乐家李龟年，史学家刘知几、吴兢，科学家一行。使开元年间文化呈现出空前繁荣昌盛的景况。

开元年间，唐朝国势强盛。开元五年（717 年），唐朝从契丹手中收复辽西二十一州，重置营州都督府，漠北拔也古、新罗、回纥等都重新归顺唐朝。在西北，唐朝收复了碎叶城；并打败了吐蕃、小勃律，通往中亚的道路重新打开了，唐朝对西域的主权恢复了，唐朝的声威远播西亚。日本、朝鲜半岛同唐朝的联系频繁。

法门寺舍利棺

“开元盛世”，是唐朝百余年社会经济发展的结果，是广大劳动人民辛勤劳动所创造的。它的出现，与唐皇朝统治者有关，但是随着唐玄宗的统治趋向腐败，各种社会危机也就进一步暴露山来了。

安史之乱

概况

唐朝前期，军事方面上承隋及北周，实行府兵之制。为了保卫唐朝中央政府所在地的长治久安，府兵的军府多数设于关中，“举天下兵不敌关中”，形成了居重驭轻的形势。府兵由百姓中简点，轮番服役，担任宿卫及征防。有事出兵则由朝廷命将统率征行，战争结束则兵散于府，将归于朝，这样，就不会有边将拥兵自重的情况。睿宗时期，始于边境设置节度使，统领边防军镇，逐渐成为常设的地方军事长官。玄宗时期，边烽日警，为控制和防御周边少数民族，节度使数目增加到十人。此时府兵制已逐渐瓦解，朝廷宿卫不给，用招募的“彍骑”（长从宿卫）以代替番上的府兵。边军也由自愿长留戍边的“长征健儿”充当，不再由内地调发。节度使统领“健儿”组成的长驻边军，对外作战，对内镇抚，军权越来越重。不仅如此，节度使还往往兼管区内的支度、营田等使，集军、政、财等大权于一身。此外，节度使最初的胡族将领来担任。天宝中，宰相李林甫为了巩固自己的地位职权，“志欲杜出将入相之源”，进一步造成胡族武人长期专兵的情况。天宝后期，朝廷政治日益腐败，中央军备日益松弛，外重内轻、尾大不掉的局面也因此形成。安禄山便在这样的形势下起兵叛唐。

安禄山和史思明都是营州（治今辽宁朝阳）一带的杂种胡人。均通晓边境少数民族语言，而且骁勇多机智。做过互市牙郎，后都成为幽州节度张守张珪手下的捉生将。安禄山升任平卢兵马使时，以贿赂结交唐廷派往河北的使臣，博得玄宗的称许。以后又因善于谄媚逢迎，骗得玄宗和杨贵妃等人对他的信任支持。唐朝河朔一带由于贞观以后东突厥的败亡迁徙，在开元天宝年间逐渐成为一个诸种民族杂居的复杂“胡化”区域。出身胡人，熟悉民族风俗习惯而又多权术智计的安禄山，便被唐朝廷看作羁縻统治这一复杂地区和抚绥周围少数民族，安顿边境的最合适人选。为此安禄山于天宝元年（742年）从营州都督被升为平卢（今辽宁朝阳）节度使；天宝三载，兼范阳（今北京）节度使，河北采访使；十载，又兼河东（今山西太原西南）节度使。一人而身兼三镇，掌握了今河北、辽宁西部、山西一带的军事、民政及财政大权。天宝十一载，史思明也由于他的推荐被任命为平卢兵马使。

李光弼

安禄山利用唐朝廷对他的信任，不断扩充实力。他曾利用征战和欺诈的手法镇压契丹、奚等少数民族，并借北机会将同罗、奚、契丹降人八千收至麾下，养为假子，称“曳落河”（胡语，意为壮士），皆骁勇善战。又贮备战以数万匹，多聚兵仗，分遣胡商至各处经商致财。天宝十四载，又请以蕃将32人代汉将，组成一个以少数族武人为骨干有汉族失意文人参加，并为其出谋划策的武装军事集团。

安禄山在经过长期的准备之后，兵力雄厚。他深知长安朝廷腐朽、兵力虚弱的内情，又因与宰相杨国忠争权，于是在天宝十四载（755年）十一月，以讨杨国忠为借口，发所部兵汉、同罗、奚、契丹、室韦共15万众，号称20万人，在范阳起兵。

安禄山起兵后，河北州县，望风瓦解，守令或逃或降，或被擒杀，没有敢抵抗的。叛军军锋迅速指向洛阳（今河南洛阳东）。消息传到朝廷，唐玄宗相信杨国忠的话，以为叛乱很快就会平息。于是派大将封常清至洛阳，开府库募兵，旬日间即募得六万人。但常清所募兵皆市井白徒，没经过训练，在与安禄山的军队激战中，很快就被打败，洛阳失陷。安禄山纵兵杀掠，封常清与驻屯陕州（今河南三门峡西）的大将高仙芝一起退守潼关（今陕西潼关东北）。玄宗听信监军宦官边令诚的诬告，杀死高、封两人，起用病废在家的大将哥舒翰统兵赴潼关。第二年（756年）正月，安禄山在洛阳称大燕皇帝，命令部将史思明经略河北。

洛阳失陷后，常山（今河北正定）太守颜杲卿与平原（今山东陵县）太守颜真卿起兵征讨安禄山，并号召诸郡响应。河北人民不堪忍受叛军的残暴行为。纷纷自发组织队伍，多则二万，少则万人，抗敌自保。这时玄宗已下诏欲亲征，令朔方、河西、陇石等镇节度使率兵勤王。于是唐朝大将郭子仪、李光弼率朔方军步骑一万东征河北。李光弼分兵先出井陉（今河北陉北），与史思明的军队在常山相持不下常山。后与郭子仪合兵，趁史思明军疲惫懈怠之机，大破之于嘉山（在常山郡东），斩首4万级，捕虏千余人，史思明狼狈逃奔于博陵（今河北高阳西南）。战争的胜利鼓舞了唐军的士气，河北民众也参加到郭、李军中，河北十余郡多杀叛军守将，重归朝廷，切断了安禄山军队前后方的联络，使家在范阳的叛军将士军心动摇，安禄山甚至想放弃洛阳逃还老巢，唐朝很有讨平叛乱的希望。但杨国忠疑心驻防潼关的哥舒翰，不采纳他据险坚守以待敌内变和由郭子仪、李光弼引兵北取范阳，覆敌巢穴的建议，怂恿玄宗促令哥舒翰出兵收复陕洛。是年六月，哥舒翰被迫出兵，与敌将崔乾佑战于灵宝（在今河南省西部）西原，结果被打得大败，唐20万大军一战覆没，潼关失守，哥舒翰也被擒，投降了安禄山。

潼关陷落后，长安震动，玄宗仓皇逃往成都，行至马嵬驿（今陕西兴平西），军士兵变，杀杨国忠，玄宗被迫缢杀宠幸的杨贵妃。马嵬民众遮道留玄宗，玄宗不没答应。太子李亨留下，遂即奔往朔方节度使所在的灵武（今宁夏灵武西南），依倚朔方军。同年七月，太子即皇帝位于灵武，这就是灵宗，入元至德，遥遵在成都的玄宗为上皇天帝。

安禄山派部将孙孝哲进入长安自己仍留洛阳。叛军在长安，搜捕、屠杀皇亲国戚，百官扈从都的家属及安禄山的政敌等，对投降的官僚则授以官爵，送至洛阳。又大肆搜括坊市民财，搞得民间怨愤不安。百姓日夜盼望唐军的到来。他们时常杀叛军官吏，使叛军穷于应付，连长安西门以外都控制不住。叛军此时声势虽炽，“西胁河陇，南侵江汉，北割河东这半”几乎占领了北半部中国。但安史将领都粗猛没有远略。只知道日夜饮酒，且专以声色财贿为事，已无再进取之意，使唐军得到了重新整备、调集兵力的机会。

在此前后，唐将领鲁炅守南阳，与叛军相持一年之久（至德元载五月到二载五月），后退守襄阳，阻挡了叛军向江汉地区侵扰的道路。填源（今河南鹿邑）县令张巡在吏民支持下，转到雍丘（今河南杞县）坚守十个月，最后到睢阳与太守许远合兵，在矢尽粮绝与朝廷音讯不通的情况下仍苦守十个月（至德元载十二月到二载十月），保卫了江淮地区。睢阳失陷后，张巡等壮烈牺牲。鲁炅、张巡等的抗敌斗争，牵制了安史的兵力，使他们无法向南方发展，也使唐军赢得了时间，并保障了江南财赋对唐朝廷的源源不断的补给。

长安失陷后，郭子仪、李光弼奉命率步骑 5 万自河北至灵武，壮大了朝廷的声势。河西、北庭、安西等道的兵也前来会合。唐廷又得到回纥、于阗及西域各族的援助。至德二载（757）正月，安禄山被他的儿子安庆绪杀死。李光弼坚守太原（今山西太原），史思明攻之不克，屡为所败。郭子仪也收复了河东（今山西记济蒲州镇）郡。这时大臣李泌提出了先取范阳，覆叛军巢穴，以免叛军势焰复帜的建议。但肃宗急于收复两京，未能接受他的意见。这年九月，肃宗使广平王李俶（后为唐代宗）与郭子仪统朔方军及借来的回纥、西域兵共 15 万自凤翔（今陕西凤翔）出发，攻克长安，十月收复洛阳，安庆绪逃往邺郡（相州，今河南安阳）。留在范阳的史思明收复残兵，为安庆绪所忌，率领所统十三郡及兵八万降唐，唐封他为归义王，任范阳节度使。但唐廷对他不放心，策划消灭他。事泄，史思明遂反，与安庆绪遥相呼应，战事又起。

乾元元年（758年）九月，唐朝派郭子仪，李光弼等九节度使统兵20余万（后增至60万）讨伐安庆绪，声势虽大，但无统一指挥，肃宗以宦寂鱼朝恩为观军容宣慰处置使以统辖之。初期还有进展，包围了邺城，次年三月，史思明率兵来援，焚夺唐军粮草，唐军缺乏粮草。不久接战，唐军60万众溃于城下，各归还本镇。史思明杀安庆绪，因到范阳，称大燕皇帝，九朋复攻占洛阳，上元二年（761年）二月，李光弼攻洛阳失败，三月，史思明为其子史朝义所杀，叛将士离心，多次为唐军所败。宝应元年（762年）十月，唐使仆固怀思再借回纥兵收复洛阳，并乘胜追击。史朝义奔莫州（今河北任丘北），次年正月，史朝义想亲自到幽州发兵救援，至范阳，为部下所拒，欲北奔奚、契丹，为部将李怀仙追及，穷迫自杀，历时七年零两个月的安史之乱，此时才宣告结束。

军用水注

安史之乱是唐朝由盛而衰的转折点。在这次动乱中，中国北方地区的人民遭受了一场空前浩劫，社会经济也受到严重破坏。同时战乱虽然平定，但安史降将田承嗣、薛嵩、李怀仙等却均被朝廷安置于河朔一带任节度使，藩镇割据的局面开始形成。此后内地也相继设立节度使，与中央相抗衡，造成中央与藩镇及藩镇及藩镇之间连绵不断的战争。此外由于战乱中，朝廷曾内调河西、陇右的边防军队以讨安史，因此边备空虚，吐蕃趁机入侵，唐朝不仅丧失了西域的势力，连关中也不能保证安全，使唐朝中央政府日益陷入困境。

战乱背景及过程

唐玄宗后期政治的腐败，导致了安史之乱的爆发。

开元后期，玄宗陶醉于已经取得的成就和经济的表面繁荣，不思进取，怠于国事。他委政于口蜜腹剑的李林甫和贪权纳贿的杨国忠，自己迷恋于声色，过着安逸淫乐的生活。

李林甫是历史上有名的奸相，他任宰相十九年（734～752年），忌贤妒能，玩弄权术，他通过勾结玄宗宠爱的武惠妃和大宦官高力士，刺探玄宗的动静而投其所好，取得宠信。他为了防止文臣“出将入相”，威胁自己的权势，向玄宗建议用胡人蕃族为节度使。所以，安禄山、高仙芝、哥舒翰等均相继被提拔为节度使，使他们掌握兵权，为安史之乱埋下了隐患。

武惠妃死后，唐玄宗将其子寿王李瑁的妃子杨玉环召入宫中，封为贵妃，宠爱无比。从此，玄宗更加沉溺于酒色之中，过着奢侈糜烂的生活。宫中有七百织锦刺绣的工匠和数百雕刻熔造的工匠专为杨贵妃制作异服奇器，并为她在骊山华清池专辟温泉浴池。天宝十一年（752年）李林甫病死，杨国忠继任为相。他是杨贵妃的堂兄，系流氓无赖出身，依裙带关系起家。他与李林甫一样，最大的本事是献媚唐玄宗。他身兼40余职，专横跋扈，贿赂公行。为了供唐玄宗享乐挥霍，他大肆搜括全国钱财，把各地征调的粟帛，统统运到京师，积储于中央的左藏库。当唐玄宗率领百官看到堆积如山的粟帛时，以为王朝富庶无比，已经到了取之不尽、用之不竭的程度，更加视金帛如粪土，赏赐无限度。曾把全国一年的贡物全部赏给李林甫，杨氏家族得的赏赐也不计其数，仅杨贵妃的三个姐姐每年得到的脂粉钱就有上百万。

唐玄宗天宝十四年（公元755年）兼领范阳、平卢、河东三镇节度使的胡人安禄山，与其部将史思明发动叛乱，一度攻陷洛阳、长安。这次动乱，史称“安史之乱”。经过八年，叛乱才被平息。安史之乱标志着唐朝在政治、军事上由盛转衰。

安禄山是营州柳城（今辽宁锦州）杂胡，曾为幽州节度使张守珪的捉生将。安禄山“性巧黠”，善揣人意。由于残酷镇压奚、丹等族的反抗斗争，受到唐玄宗的赏识。天宝元年（724年）擢为平卢节度使，天宝三年（744年）兼范阳节度使，至天宝十年（751年）又兼河东节度使。他身兼三镇，“赏刑已出，日益骄恣”，又见唐朝“武备堕弛，有轻中国之心”。便招兵买马，笼络众心，阴谋起兵推翻唐朝的统治。

安禄山的同伙史思明，也是杂胡，早与安禄山为密友，安禄山起兵时，史思明已官至平卢兵马使。

天宝十四年十一月，安禄山以诛杨国忠为名，率兵15万从范阳南下。是时，唐朝军备废弛，叛军所过州县，官兵望风瓦解。安禄山军迅速渡过黄河，又连败唐军，攻陷陈留、荥阳；十二月陷洛阳，直叩潼关。天宝十五年（756年）正月，安禄山在洛阳即皇帝位，国号大燕。

叛军过河北之后，常山（今河北正定）太守颜杲卿、平原（今山东德州）太守颜真卿等17郡地方官起而讨伐叛军，兵力达20万人，使安禄山在河北控制地只剩下6郡。马嵬之变后，史思明率叛军攻破常山，杀颜杲卿，许多州县，又被攻陷。不久，唐朝大将郭子仪、李光弼率军由山西出井陉，在河北大败史思明，河北10余郡复归唐朝，断绝了叛军返回范阳的道路。但是，腐败的唐朝廷，逼迫防守潼关的哥舒翰出战，结果大败。六月，潼关失守，哥舒翰被俘，叛军西攻长安。在长安失陷之前，唐玄宗仓皇出逃。至马嵬驿（今陕西兴平西），将士兵变，杀杨国忠，逼唐玄宗缢杀杨贵妃。马嵬之变后，唐玄宗逃至成都，太子李亨则去朔方，在灵武即皇帝位，尊唐玄宗为太上皇，改元至德，是为唐肃宗。郭子仪、李光弼在潼关失守后，收兵退入井陉，河北郡县又尽为史思明所占。

叛军取得了军事上的胜利，但并未得到人民的拥护，内部又矛盾重重。坐镇洛阳的安禄山及其部将，“日夜纵酒，专以声色，宝贿为事，无复西出之意”。安禄山恣行暴虐，导致众叛亲离。至德二年（755 年）正月，安禄山之子安庆绪杀父自立，屯驻范阳的史思明拥重兵不听调遣，叛乱集团分裂了。趁此机会，郭子仪率唐军在回纥军的帮助下，于九月收复了长安，十月攻下洛阳，安庆绪败守邺城（今河南安阳），十二月，史思明迫于形势，以所部 13 郡及 8 万兵降唐，叛军势力进一步削弱。

乾元元年（758 年），唐肃宗和李光弼怕史思明再反，密谋杀死史思明，事泄。十月，史思明起兵再反，并与安庆绪遥为声援。郭子仪、李光弼等九节度使率 20 万唐军围攻邺城，史思明将精兵 5 万救援，大败唐军。乾元二年（759 年）三月，史思明杀安庆绪，四月，史思明在范阳称大燕皇帝。上元元年（公元 760 年）叛军再次攻陷洛阳，并企图西入潼关，内部又发生分裂，史思明被其子史朝义杀死。

宝应元年（762 年），唐肃宗死，太子李豫即位，是为唐代宗，他再次借兵回纥，讨伐史朝义。唐军收复了洛阳、郑州等地，史朝义节节败退，逃往河北。河北叛将见大势已去，不听史朝义指挥，纷纷降唐。广德元年（763 年）正月，穷途末路的史朝义自缢而死。这样，历时八年之久的安史叛乱终于平息。

安史之乱对唐朝影响极大。持续八年的叛乱，使社会经济遭到了严重的破坏，户口大减。战斗最激烈的河南地区，“人烟断绝，千里萧条”，“洛阳四面数百村县，皆为丘墟”。“汝、郑等州，比屋荡尽，人悉以纸为衣”。唐玄宗天宝末年，全国有户约 900 万，至唐肃宗上元元年（公元 760 年），仅剩 130 万，唐朝元气大伤。

安史之乱，破坏了唐朝的统一局面，中央集权遭到削弱。安、史降将被任命为节度使，内地军将、地方长官亦被委任为节度使，形成了地方的藩镇割据。安史之乱，不仅暴露了唐朝衰弱的国力，同时又进一步削弱了唐朝的力量，使唐朝在以后的民族冲突中，处于被动局面。唐朝中央政权再也无力改变和扭转地方分裂趋势了。

安史之乱，激化了唐朝社会的各种矛盾，成为唐朝社会生产由发展到停滞、进而衰落的转折点，是唐朝国家从中央集权、统一到地方分裂割据的转折点，它也是唐朝社会阶级矛盾从比较缓和到逐渐激化的转折点，它还是唐朝在民族关系中从主动到被动、退守的转折点。总之，以安史之乱为分界线，唐朝从前期进入了后期，它由盛转衰了。

唐朝自安史之乱后，河朔三镇形成半独立状态，内地节度使亦多仿效。宪宗时一度打败藩镇的反抗，但并没有真正统一。穆宗时卢龙镇朱克融之乱，河朔三镇故态复萌。黄巢起义后，唐廷为了镇压起义，利用各地藩镇的兵力，致使各地藩镇的力量日益加强。黄巢起义虽然被镇压下去，唐朝的力量也大为削弱。旧藩镇未去，在镇压黄巢起义过程中壮大起来的武将，又成为新藩镇。这些新藩镇分布在南北各地：李昌符据凤翔府（今陕西凤翔）；李茂贞据兴元府（今陕西汉中）；李克用据太原府（今山西太原）、上党；王重荣据蒲州（今山西永济）、陕州；孟方立据邢州（今河北邢台）、洺州；诸葛爽据河阳（今河南孟县）、洛阳；朱温据汴州（今河南开封）、滑州；秦宗权据许州

（今河南许昌）、蔡州；朱瑄据郓州（今山东郓城）、曹州、濮州、齐州；王敬武据淄州（今山东淄博）、青州；杨行密据庐州（今安徽合肥）；秦彦据宣州（今安徽宣城）、歙州；时溥据徐州（今江苏徐州）、泗州；高骈据淮南（今江苏扬州）；刘汉宏、钱镠先后据浙东（今浙江绍兴）。这些新藩镇加上旧藩镇，唐朝境内，已经四分五裂。新、老藩镇不仅自擅一方，职贡不入，赏罚由己，而且叠相吞噬，朝廷不能制。在四分五裂的局面下，唐王朝王室日卑，号令不出国门。唐朝小朝廷只能收取京畿、同、华、凤翔府等数州租税。

这些新、老藩镇都怀有更大的野心，藉甲兵雄盛，凌弱王室，颇有问鼎之志。在这种情况下，藩镇间混战不已，互相吞噬，形成若干特别强大的藩镇。这些藩镇，从北至南，分别为：卢龙镇（今河北蓟县），刘仁恭所据。镇冀镇（今河北正定），王镕所据。魏博镇（今河北大名以北），罗绍威所据。宣武镇（今河南开封），朱全忠所据。河东镇（今山西太原），李克用所据。凤翔镇（今陕西凤翔），李茂贞所据。西川镇（今四川成都），王建所据。淮南镇（今江苏扬州），杨行密所据。湖南武安军（今湖南长沙），马殷所据。镇海、镇东镇（今浙江绍兴），钱镠所据。福建威武军（今福建福州），王审知所据。岭南镇（今广东广州），刘隐所据。及至朱全忠建立后梁，这些藩镇节度使，也纷纷称王称帝，形成了五代十国分裂的局面。这种分裂局面的形成，实即唐末藩镇割据的继续和进一步的发展。

德宗即位之初，建中二年（781 年）正月，成德节度使李宝臣死，子李惟岳向朝廷请求袭其父位，魏博节度使田悦亦代为之请。唐德宗坚决拒绝这种无理要求，李、田遂联络淄青节度使李正己、山南东道节度使梁崇义等起兵反唐。七月李正己死，八月子李纳亦请袭父位，德宗不允，李纳遂反。战事日益扩大，卷进来的藩镇越来越多，其中有四人称王，两人称帝，即朱滔称冀王，王武俊称赵王，田悦称魏王，李纳称齐王，朱泚称秦帝，李希烈称楚帝。德宗一度逃往奉天（今陕西乾县），后又奔梁州（今陕西汉中）。是为“二帝四王”之乱。这次战争持续了五年之久，朱泚和李希烈等虽先后败死，唐朝却与其余藩镇妥协，条件是藩帅取消王号，朝廷承认他们在当地的统治权。德宗对藩镇的态度由坚决讨伐转变为姑息妥协。从此，有些节度使父死子继、兄终弟立成为惯例，割据局面进一步深化。

唐朝后期，藩镇战争连年不断，朝廷每次镇压藩镇的战争都意味着一批新的割据势力又在酝酿之中。藩帅割据不能消除的重要原因之一，是他们得到本镇骄兵的支持。这种兵士全家老小随身，兵饷衣粮只供本人消费，家属妻子多赖赏赉为生。节度使对他们厚赏丰赐，他们就拥护爱戴，成为其进行割据叛乱的工具；节度使对他们刻薄衣粮，骄兵就起而逐帅杀将，因而形成了“兵骄则逐帅，帅强则叛上”的现象。

连绵不断的、此起彼伏的藩镇战争给社会经济和人民生活带来了严重的后果。一次大的战乱之后，黄河流域往往出现人烟断绝、千里萧条的惨状。唐代后期朝廷与藩镇各自扩大自己的兵力。唐宪宗元和中，朝廷直接控制的地区平均以两户资一兵，大大加重了人民的负担。节度使在本镇勾结豪强地主对人民进行横暴的统治，战争和重敛使生产遭到了严重破坏。

天宝十节度

天宝十节度，是天宝年间于边境设立的十大军区的军政长官。唐初沿北周及隋旧制，于沿边及重要地区的州治设置总管府，以州刺史兼任，总揽周围数州军事。武德七年（624 年）改称都督府。贞观中，有征伐行军则置大总管。督统所征道的军事，戍守本州则仍称都督。节度使本为都督带使持节之意，睿宗景云中，以薛讷为幽州镇守经略大使，贺拔延嗣为凉州都督充河西节度使，始有正式的经略使及节度使称号。节度使有一定辖区。并“得以军事专杀，行则建节，府树六纛”，成为常设的地方军事长官。开元中，唐边烽日警。为了镇戍边防、对外作战及抚绥周边少数民族的需要，遂遍设节度使于边区。至天宝初，沿边共设九节度使、一经略使，合称为十节度使或十节度。其名称、布防及兵力设置如下：

安西节度使，又称四镇节度使，安西四镇节度使。开元六年（718 年）始设。职务是抚宁西域。治龟兹城（今新疆库车）。统辖龟兹、焉耆、于阗、疏勒四镇，统兵 2.4 万人。天宝时节度使为夫蒙灵詧、高仙芝、王正见、封常清。

北庭节度使，开元十五年（727 年）自伊西节度使分置，或合称伊西、北庭节度使。职务中防御游牧在北方的突骑施和坚昆。治北庭都护府（治庭州，今新疆吉木萨尔北破城子）。统辖瀚海军、天山军、伊吾军，屯伊州（今新疆哈密）、西州（今新疆吐鲁番东南），统兵 2 万人。天宝时节度使为来曜、王安见、程千里、封常清。

以上两镇内外相连，主要防御对象是西域天山南北两路的诸国。

河西节度使，景云二年（711 年）始设，是设立最早的节度使。职务是隔绝吐蕃与突厥的交通。治凉州（武威郡，今甘肃武威）。统辖赤水军、大斗军、建康军、宁寇军、玉门军、墨离军、豆贞军、新泉军（后改守捉）、张掖守捉、交城守捉、白亭守捉（后改为军）统兵 7.3 万人。天宝时节度使为王缍、皇甫惟明、王忠嗣、安思顺、哥舒翰。

以上一镇兼顾西方与北方两强敌，主要是防御吐蕃，守护河西走廊。

朔方节度使，开元九年（721年）始改朔方行军大总管为之。职务是防御突厥。治灵州（灵武郡，今宁夏灵武西南）。统辖经略军、定远军、丰安军、东中西三受降城、安北单于两都护府，乃至丰、胜、灵、夏、银、匡、长等州均受其节度。统兵6.4万人。天宝时节度为王忠嗣、张齐邱、安思顺。

河东节度使，开元十一年（723年）以前称天兵军节并使，其年改为太原已北诸军节度使，开元十八年，又改称河东节度使。职务是御突厥。治太原府（今山西太原西南晋源镇）。统辖天兵军、大同军、横野军、苛岚军、清塞军及忻、代、岚三州郡兵，管兵5.5万人。天宝时节度使为田仁琬、王忠嗣、韩休琳、安禄山。

以上两镇相互应援，专备突厥。

范阳节度使，先天二年（713年）始置，称幽州节度经略镇守使。天宝元年（742年）改名范阳节度使。主要是压制奚、契丹。治幽州（范阳郡，今北京）。统辖经略军、静塞军、威武军、清姨军、横海军、高阳军、北平军、唐兴军、怀柔军、恒阳军、怀远军、镇安军，统兵9.14万人。天宝时节度使为裴宽、安禄山。

平贞节度使，开元七年（719年）始置。职务是招抚室韦、靺鞨，治营州（柳城郡，今辽宁朝阳），统辖平卢军、卢龙军、榆关守捉、安东都护府，统兵3.75万人。天宝时节度使为安禄山。

以上两镇专门备御、镇抚东北诸国，主要是对付奚、契丹。

陇右节度使，开元元年（713年）始置。职务是防御吐蕃。治鄯州（西平郡，今青海东都）。统辖临洮军、河源军、白水军、安人军、积石军、英门军、振武军（后改神武军）、威戎军、镇西军、绥和守捉、合川守捉、平夷守捉，管兵7.5万人。天宝十三载（754年）又于鄯、廓、洮河四州两境增置宁边、神策等八军。天宝时节度使为皇甫惟明、王忠嗣、哥舒翰。

剑南节度使，开元五年（717年）始置，职务为西备吐蕃，南抚蛮僚。治益州（蜀郡，今四川成都）。统辖天宝军、昆明军、洪源军、宁远军、南江军、澄川守捉及翼、茂、维、柘、松、当、雅、黎、姚、悉等州州郡兵，统兵3.09万人，天宝时节度使为章仇兼琼、郭虚已、鲜于仲通、杨国忠。

以上两镇主要为备御吐蕃，防范西南。

岭南五府经略使。开元中置，以兼领广、桂、容邕、镇南（亦称安南）五管经略府而得名。职务为抚绥境内各少数民族。治广州（南海郡，今广东广州）。统辖经略军、清海军、直辖广管诸州，并兼其余四管诸州郡兵，统兵1.54万人。天宝时裴敦复为五府经略使。至德元载（756年），改为节度使。

十节度相继设立之后，统领常驻边军，对外作战，对内镇抚，代替以前的府兵，成为主要的军事力量。与此同时作为坐镇边陲的统兵官，他们的权力也日益扩大。开元天宝时期，节度使往往不仅拥有军权，亦且兼及统辖区内的民政、财政。如幽州（后称范阳）节度使于开元十五年（727年）兼河北支度营田使，二十年兼河北采访处置使，二十七年又增领河北海运使。河西节度使开元二年兼陇右群牧都使、赤水九隆本道支度营田等使，十二年又加长行转运使。朔方节度使的职务中也有“兼关内道支度兼管内营田、盐池、押诸蕃部落副大使、兼采访处置使”等众多名目，至天宝年间，节度使已大都完全兼领边州军、政、财及监察大权。不仅如此，节度使由于联防的需要，还常常一人兼摄数镇。如天宝中王忠嗣兼领河西、陇右、朔方、河东四节度使，“控制万里，天下劲兵重镇，皆在掌握。”天宝末安禄山也以身兼范阳、卢龙、河东三镇而起兵反唐。

唐代在最初任命节度使时，多用名臣，而且不久任，不遥领，不兼统，功名卓著者往往入知政事，升任宰相。开元中，张嘉贞、王晙、张说、萧嵩、杜暹都以节度使而入朝为宰，但天宝以后，一方面由于科举制兴盛，宰相逐渐多用进士出身的文臣，而将帅中，勇敢善战的胡族武人愈来愈多；另一方面，朝廷出于蕃族内附、羁縻统治的需要，兼之李林甫为宰相，欲巩固自己的地位，“志欲杜出将入相之源”，奏言“文臣为将，怯当矢石”，不如用“寒族蕃人”，为玄宗所接受，故节度使多用胡人，安禄山、史思明、哥舒翰、高仙芝等人，都以胡人相继任节度使。由于节度使的权势日重，而中央军备空虚，故逐渐形成外重内轻、尾大不掉之势。

至德以后（756 年），天下用兵，故内地也逐渐遍设节度使，他们往往拥兵自重，不奉朝命，成为与中央相抗衡的藩镇。

安史之乱发生

天宝元年（742 年）正月，玄宗任命安禄山为平卢节度使，种下了“安史之乱”的祸根，标志着开元盛世的结束。

安禄山是营州（治所今辽宁朝阳）杂胡，原是幽州节度使张守珪帐下捉生将，骁勇好战，屡立战功。开元末，他巴结御史中丞张守贞，被破格为营州都督，充平卢军使。唐建国以来，边帅都用忠厚名臣，而且不久任，不遥领，不兼任；功名卓著，往往入朝为相。如是“蕃将”，即使忠勇双全，功劳很大，也不能专一方军政。李林甫专权，想杜绝边帅入相之路。他认为胡人不知书，不会入相，就向玄宗建议用胡人为将，镇守边域。

玄宗晚年，日渐昏聩，特别是夺了儿子寿王李瑁之妃杨太真，宠为贵妃后，更是沉湎酒色。为了能专事游乐，他把宫事交给高力士，把政事交给李林甫，对李林甫言听计从，于是打破唐朝成例，用安禄山镇边。天宝三年（744 年）又任安禄山兼范阳节度使，天宝九年（750 年）爵东平郡王，天宝十年（751 年）兼领河东节度使，拥兵 18.3 万，超过中央禁卫军（12 万），超过全国镇兵（45.1 万）的 1/3。一人兼领三镇，有军政，有财政，能行政，赏罚自专，威权日重，声势显赫，实力雄厚，逐渐滋生了取唐朝而代之的政治野心。安禄山有同乡史窣干，从小要好，也是张守珪麾下，以骁勇闻名，以功累迁将军，玄宗赐名思明。安禄山为三镇节度使，史思明也升为平卢兵马使兼北平太守、充卢龙军使。两人狼狈为奸，终于酿成了延续八年的“安史之乱”。

安禄山奸诈狡猾，善于揣度别人的心思，却装得很憨直。一次入朝，玄宗叫太子李亨与他相见，安禄山故意不拜。殿前侍监责问他为何不拜太子，他却假装糊涂，问：“臣不失朝廷礼仪，不知皇太子是什么官?”玄宗还真以为他不懂，爱他愚直，在勤政殿设宴招待，并要杨贵妃一同参加。席间，安禄山凑趣，亲自跳了一个胡旋舞，惹得玄宗连声叫好。散席以后，玄宗独留安禄山跟随入宫，并一口一声呼他为禄儿。安禄山趁势走到杨贵妃面前，跪下便拜：“儿臣愿母妃千岁!”玄宗笑问：“禄儿，天下哪有先母后父的道理!”安禄山说：“胡人的礼节是先母后父，我只照习惯，却把天朝的礼节忘记了。”玄宗不以为怪，反而对杨贵妃夸赞不止。

安禄山在朝中耳闻目睹，知玄宗年老昏庸，朝政腐败，军备松弛，就有轻视中原之心。孔目官严庄、掌书记高尚，多次怂恿他造反。于是安禄山便以高尚、严庄、张通儒及孙孝哲为腹心，史思明、安守忠、李归仁、崔乾佑、尹子奇、田承嗣、阿史那承庆为爪牙，秣马厉兵，积聚力量，伺机叛乱。

李林甫活着时，安禄山以为李林甫狡猾胜过自己，尚有畏惧。杨国忠继任宰相，安禄山根本不把他放在眼里。杨国忠因此怀恨在心，屡次奏请玄宗要提防安禄山，玄宗正宠着安禄山，哪里听得进去。

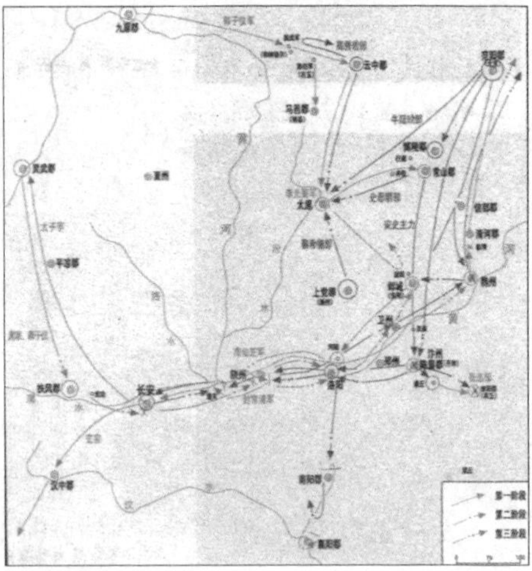

唐军平定安史之乱示意图

杨国忠为了排挤安禄山，便拉拢哥舒翰，奏请任哥舒翰为河西节度使，晋爵西平郡王，并拉哥舒翰一同向玄宗进言：“安禄山必反，陛下如果不相信，不妨试召安禄山入朝，看他来与不来？”玄宗果然下敕，征安禄山入朝。

杨国忠为了要取信玄宗，证实安禄山必反，日夜收集安禄山谋反的事实，指使京兆尹围住安禄山在京城的府第，逮捕了安禄山的门客李超等，交御史台审讯，接着又把他们都秘密处死。安禄山的儿子安庆宗娶的是唐宗室女荣义郡主，一直住在京师，马上把这消息密报给安禄山。安禄山虽野心勃勃，因玄宗待他甚厚，本打算等玄宗死后再举反旗，现在被杨国忠一逼，便顾不得这许多了，立即与严庄、高尚、阿史那承庆密谋起兵。

洛阳陷落

这时，正好有一个派往京师的奏事官员回到范阳。安禄山便伪称接到玄宗手敕，令他入朝诛杨国忠，还装模作样，取出伪造的御敕给众将看。

天宝十四年（755 年）十一月初九，安禄山发所部兵，及同罗、奚、契丹、室韦等部兵 15 万，号称 20 万，以讨杨国忠为名，引兵南下，浩浩荡荡，杀向京城。

当时，天下太平日久，武备松弛，百姓都不懂战争，突然听到范阳起兵，远近震惊。河北原是安禄山统治的地方，安军所过，势如破竹，各地官吏，望风瓦解，不是开门迎接，就是弃城逃窜。

这时，安禄山已渡过黄河，长驱直入，连陷灵昌（今河南开封以北）、陈留（开封以南）、荥阳，其前锋田承嗣、安忠志、张孝忠等已领兵到武牢，与封常清率领的官军对垒。封常清部下多是新募士卒，未经战阵，被叛军骑兵一冲，立即溃退，逃进洛阳。封常清收拾残部，连战皆败，最后只好凿坏城墙，逃往陕州。于是，洛阳陷落。

封常清到了陕州，对高仙芝说："贼势锐不可当，陕州已不可守，不如引兵先据潼关，以保长安。"于是高仙芝急忙率所部兵西退潼关，据险固守。

高仙芝领军出镇陕州时，监军边令诚有事请托，高仙芝没有给他办。边令诚一直记恨在心，趁入朝奏事，便加油添醋地奏说高仙芝、封常清撤离陕州时的狼狈情状，又说："常清以贼势动摇军心，而仙芝无故弃地数百里，又克扣军士口粮和赏赐给他们的东西。"玄宗听了一面之词，也不调查，立即写了一道手敕，命边令诚往军中将封常清、高仙芝就地正法。

边令诚到了潼关，先向封常清宣敕，将他斩首。接着向高仙芝说："大夫也有恩命。"宣敕已罢，高仙芝说："我遇敌而退，该当死罪！但说我克扣军粮，上有天，下有地，这是毫无根据的事情！"一旁的将士们也帮着高仙芝喊冤，边令诚只当没有听见，命刀斧手将高仙芝斩了。

玄宗杀了封、高二将，但派谁代替他们领兵守潼关呢？恰好河西、陇右节度使哥舒翰因病在京休养，玄宗想借重他的威名，且他一向与安禄山不和，便拜他为副元帅，领兵征讨安禄山。哥舒翰因病固辞，不肯受职，玄宗不许。以田良丘为御史中丞，充行司马，起居郎肖听为判官，蕃将火拔归仁等部兵8万，加上高仙芝的兵马，号称20万，出镇潼关。一面传檄四方，命各道进兵，会攻洛阳。

哥舒翰到了潼关，因病不能理事，把军政大事都委托给田良丘。田良丘一个人不敢做主，便请王思礼主管骑兵，李承光主管步兵。王、李二人又互不服气，争长论短，内部不能统一，士卒懈怠，纪律松弛，缺乏斗志。幸亏安禄山进洛阳，忙着筹备称帝，而且他的后方河北，常山太守颜杲卿和平原太守颜真卿连兵讨伐安禄山，诸郡纷纷响应，拖住了安禄山，使他不能乘势西进，潼关暂无激烈的战斗。

常山太守颜杲卿，当安禄山引兵南下抵达藁城时，估计自己无力抵拒，便与长史袁履谦出城迎接，安禄山很高兴，仍命他守常山，只派了一个部将李钦凑领兵数千守井陉口，以防河东。

颜杲卿回到城中，便与长史袁履谦、参军冯虔、前真定令贾深、藁城尉崔安石、内丘丞张通幽等密谋起兵，以拒安军，并遣人与太原尹王承业联系，要他接应。正在这时，杲卿族弟、平原太守颜真卿派外甥卢逖来常山，说真卿在平原联络附近州郡，招募勇士，修城浚濠，积草屯粮，杀了安禄山的海运使刘道玄，夺得甲丈50余船，要与杲卿连兵合力断安禄山的归路，拖住安军，阻止他西进。

至德元年（756年）正月初一，安禄山在洛阳自称大燕皇帝，以达奚珣为侍中，张通儒为中书令，严庄、高尚为中书侍郎，其余文武都有升赏。颜杲卿就以安禄山的名义，召驻守井陉的安将李钦凑领兵来常山领赏。第二天黄昏时分，李钦凑带了人冒冒失失地来了，杲卿派袁履谦、冯虔等带了酒肉妓乐去慰劳，把他们灌醉了，杀了李钦凑，遣散了守井陉的安军。

次日，有探马来报：安禄山派往幽州征兵的金吾将军高邈，从幽州回洛阳，快要到藁城了。杲卿立刻叫冯虔带兵去捉了高邈。接着，南边又来探报，安禄山的大将何千年从东京去范阳，已经入境。杲卿派崔安石和翟万德赶往醴泉驿，装作迎接，把何千年也捉了。

崔安石、翟万德押何千年到常山，何千年向杲卿献计说："太守欲为朝廷出力，只宜深沟高垒，坚守城池，待等朔方军到，方可合力齐进。今应传檄赵、魏，只说李光弼引步骑1万，已出井陉，以解饶阳之围。"杲卿试用其计，围困饶阳的安禄山部将张献诚果然解围而去。

颜杲卿派人入饶阳，慰劳将士，又命崔安石等到各郡宣传，说官军已经攻克井陉，朝夕将至，号召河北诸郡驱杀安禄山派来的官吏，举郡反正。诸郡纷纷响应，河北24郡，有17郡宣布效忠朝廷，只有范阳、卢龙、密云、渔阳、汲、邺六郡仍依附于安禄山。

颜杲卿又派人去范阳，招降范阳节度副使贾循。贾循犹疑不决，郏城（今河南郏县）人马燧劝贾循说："禄山负恩悖逆，必然失败，公若以范阳归国，倾其巢穴，此不世之大功！"贾循心里活动了，便与马燧商议具体行动，不料被安禄山亲信将领牛润容听到了，急忙报告安禄山。安禄山立刻派他的亲信党羽韩朝阳去范阳杀了范循，一面命史思明、蔡希德领兵袭击博陵、常山。

颜杲卿昼夜守城，粮尽矢竭，终于被敌攻破。史思明、蔡希德挥兵入城，捉住了颜杲卿和袁履谦等，把他们押送洛阳，交安禄山发落。

颜杲卿被解了洛阳，安禄山见了，大骂颜杲卿："你本是范阳户曹，我保荐你为判官，不过几年，便升任太守，我有什么地方亏待了你，你竟敢反对我?"杲卿瞪着双眼大骂："你本是营州牧羊羯奴，天子任你为三镇节度使，恩幸无比，何负于你，而你竟反！我世为唐臣，虽经你保举，岂肯跟你造反！我为国讨贼，恨不能斩了你，臊羯狗，要杀便杀，不必多言!"安禄山大怒，命人将颜杲卿、袁履谦等绑在洛阳中桥柱上，一同剐死。杲卿、履谦一直到死，骂不绝口。颜氏一门死难的，有30余人。

玄宗西逃

潼关失守，京城内外，一片惊慌。六月初十，玄宗召宰相议事。杨国忠因兼领剑南节度使，当安禄山起兵时，便命副使崔圆做好准备，一旦危急，可以奔蜀，当下便建议玄宗暂往蜀中避难。玄宗认为是个办法。

十一日，杨国忠召集百官，问他们有何妙策可解眼前之危，百官"嗯嗯""啊啊"都说不出一个办法。杨国忠便说："安禄山谋反事，我们已经提了十年了，无奈皇上只是不信。今日之事，不是我做宰相的过失。"散会后，杨国忠便叫韩、虢二夫人进宫去劝玄宗入蜀。

六月十二日，玄宗登勤政楼，声言要御驾亲征，听到的人都不大相信。果然到了这天晚上，玄宗便命龙武大将军陈玄礼整顿大军，挑选良马900匹，待到十三日黎明，便带了贵妃姐妹、皇子、皇孙、公主、妃嫔以及杨国忠、韦见素、魏方进、陈玄礼和亲信宦官、宫人，偷偷地出了禁苑西门，逃出长安。

匆匆中连住在宫外的诸王、公主都没有去通知。

这天清晨，仍有一些官员来上朝。他们到了宫门外，只见侍卫仪仗依旧，宫中的更漏声依然清晰地传到大家的耳朵里，但到宫门开后，只见宫女们到处乱跑，说是不知皇上跑到哪里去了。于是王公大臣，士民百姓四出逃窜，有些人就趁机闯进宫来，抢夺金宝，也无人干涉，有的竟赶着毛驴到金銮殿上来装金银财物，一片混乱。

玄宗一行一路西行，派宦官王洛卿打前站，以便通知沿途各郡县准备接驾。走到中午过后，到了咸阳，县令早已逃走了，寻王洛卿时，也不见了。玄宗等走了大半天，还没有吃到一点东西，杨国忠亲自去买了胡饼献给玄宗。大家都没有吃饭，地方官又找不到，玄宗只好命百姓献食。百姓送来了糙米做的饭，中间还掺了许多麦片和黑豆，皇子皇孙早已饿坏了，也不论好坏，抓来就吃，不一会就吃光了。玄宗吩咐按值给价，好言抚慰。

玄宗一行餐风宿露，忍饥挨饿，一路西行。六月十四日，队伍到马嵬坡，暂息在马嵬驿（在今陕西兴平西）。这时，将士们都憋着一肚子火，陈玄礼认为，这次祸乱都是杨国忠造成的，要想杀了他出气，便叫东宫宦官李辅国去请示太子李亨，李亨不敢做主。刚巧有吐蕃使者20余人拦住杨国忠的马头，向他要饮食，杨国忠还来不及回答，军士们忽然大叫起来："杨国忠与胡虏谋反！"一箭向杨国忠射去，没有射中。

杨国忠一看苗头不对，急忙拍马逃进西门，军士们追上去把他杀了，屠割肢解了他的尸体，把他的头挑在枪尖上，来到驿门外，又杀了他的儿子户部侍郎杨暄及韩国、秦国夫人。

玄宗听到驿外喧哗，问发生了什么事，左右说是杨国忠谋反。玄宗拄杖走到驿门外，慰劳军士，叫大家散开，军士不睬。

玄宗叫高力士去问，陈玄礼说："杨国忠谋反，贵妃不宜再留，请陛下割恩正法。"玄宗听说，退入驿门，倚杖低头，暗暗流泪。京兆司录韦谔提醒玄宗："众怒难犯，安危就在顷刻，愿陛下从速决断!"说罢，叩头不止。玄宗说："贵妃住在深宫，怎么会知道杨国忠谋反?"高力士从旁劝道："贵妃果真无罪，但将士们已杀了杨国忠，而贵妃仍在陛下左右，叫他们怎么能安心呢?请陛下仔细想想这个道理，目前只有使将士安心，陛下才可没有危险。"于是，玄宗命高力士把贵妃带进佛堂，用帛勒死。

高力士把贵妃尸体抬到庭院中，叫陈玄礼等进来验看。陈玄礼等一看贵妃真的死了，这才脱去甲胄，向玄宗叩头请罪，玄宗抚慰了几句，叫他们晓谕军士。陈玄礼等高呼万岁，再拜而去。整顿队伍，准备出发。

六月十五日，玄宗将从马嵬驿出发，将士们都说："杨国忠的将吏都在蜀，不可去蜀。"玄宗本意想入蜀，但恐违众心，不敢说出来，只好问众人去哪里是好?韦谔说："不如先去扶风，慢慢再商议去处。"众人以为有理。

安禄山没有料到玄宗会急急忙忙西逃，派人叫崔乾佑暂住潼关，不要前进。过了十多天，才遣孙孝哲领兵进驻长安，以张通儒为西京留守，崔光远为京兆尹；命安守忠领兵进驻苑中，镇守长安。

孙孝哲是安禄山的亲信爪牙，常与严庄争权，安禄山命他监督关中诸将。他骄横跋扈，嗜杀成性，他到长安后，一面纵兵烧杀抢掠，一面屠杀唐朝宗室，凡王侯、将、相跟了玄宗跑的，在长安的家属都被杀尽，连怀里的婴儿也不放过。

安禄山下令搜捕百官、太监、宫女，每捉到几百人，便押送洛阳。陈希烈因晚年失宠，怨恨玄宗，便与张珀、张均等都投降了安禄山。安禄山封陈希烈、张珀为宰相，其余唐朝官吏都授原职。于是安禄山的势焰更盛，西面威胁汧、陇，南侵江、汉，北割河东之半。不过安禄山部下的将领，虽然勇猛，但都是些没有远见的粗人，自从进入长安，只知掳掠财宝美女，日夜纵酒，再没有西进的心思，所以使玄宗得以从从容容去成都，太子李亨也能在没有追兵的情况下从容北上。

肃宗灵武即位

太子李亨被留下以后，想到自己名义上曾担任过朔方节度使，也知道几个朔方将士的姓名，便决定去朔方节度使的治所灵武（今宁夏灵武以西）。他们经由新平（今陕西彬县）、安定（今陕西宁县）、平凉（今甘肃平凉），七月初九，到达灵武。河西行军司马裴冕、朔方留后杜鸿渐上书太子，请即皇帝位，太子起先不同意，后经一再劝说，方才应允。

七月十二日，太子在灵武城南楼即位，史称肃宗。尊玄宗为上皇天帝，改这一年为至德元年。以杜鸿渐、崔漪为中书舍人，裴冕为中书侍郎、同平章事。一面遣使入蜀，向玄宗报告即位经过，一面派人去召请故人李泌入朝辅政。

肃宗即位的消息传到敌后，颜真卿写了一份祝贺的奏表，藏在蜡丸内，派人送到灵武。肃宗大喜，授颜真卿为工部尚书兼御史大夫，仍为河北招讨使，并致敕书，也藏在蜡丸中带去。颜真卿将敕书颁发河北、河南、江淮各郡，各道都知道肃宗即位，大受鼓舞。

郭子仪留河东节度使李光弼守井陉，自己领兵 5 万，赶往灵武，于是灵武军威稍振，大家对恢复唐室有了信心。八月初一，肃宗以郭子仪为兵部尚书、灵武长史，以李光弼为户部尚书、北都（太原）留守，并同平章事。

肃宗听了李泌的意见，任命广平王李俶为天下兵马元帅；又委任李泌为元帅府行军长史，李泌固辞，肃宗说：“朕本不敢相屈，只因天下艰难，全仗大才匡济，一待乱事平定，当听从尊便。”李泌无奈，只得接受任命。

九月二十五日，玄宗从成都派了韦见素、房琯等来到灵武，奉上宝册，正式传位。肃宗久闻房琯之名，对他特别器重。房琯专好清谈，言词慷慨，自以为除他以外，没人能担当平定天下的重任，因此上疏肃宗，愿领兵恢复两京。肃宗同意了，房琯自选将佐，以户部侍郎李揖为行军司马，给事中刘秩为参谋。李揖、刘秩都是书生，不懂军事，房琯却把军务都委托二人。

十月二十一日，中军、北军到达咸阳以东的陈涛斜，与叛将安守忠的部队相遇。房琯要效法古代的车战，以牛车2000乘，两旁配以步骑，一声令下，驱车冲向敌阵。哪知这些牛没有经过训练，叛军顺风鼓噪，纵火焚烧，便四散奔逃，反而冲倒了步军，一霎时，人喊马嘶，乱作一团。叛军趁机掩杀过来，官军大败，死伤十之八九。杨希文、刘贵哲都投降了叛军。

肃宗听到房琯败报，不禁大怒，要惩处他，亏得李泌一力营救，才赦免了他。

这时，河北也传来败报，河间、景城、平原、饶阳诸郡，相继陷落。肃宗急坏了，对李泌说：“今敌强如此，何时可定！”李泌设想了一个避其锋，乘其疲，不攻城，不遏路，分三路轮番出击，拖垮敌人的战斗计划。肃宗转忧为喜，立即任命建宁王李倓为范阳节度使，只待来春与郭子仪、李光弼分三路东征范阳。

郭李出兵

史思明攻下常山，复引兵进击诸郡，诸郡都不能守，独有饶阳太守卢全诚据城固守，屡挫叛军。史思明见一时难破饶阳，便将饶阳团团围困，只待饶阳粮尽矢绝，一举破城。河间司法李奂领 7000 人、景城（今河北沧州市以西）长史李晧派儿子领兵 8000 往救，都被史思明杀败。

这时，朔方节度使郭子仪正围攻云中，玄宗命他进军东京，并选一良将，分兵出井陉，略定河北。郭子仪荐举李光弼有大将之才，于是玄宗授李光弼为河东节度使，加魏郡太守、河北道采访使，率蕃、汉步骑万余，太原弩手 3000 出井陉，进军河北。

李光弼兵到常山，常山团练兵捉了安军守将安思义出降。李光弼向安思义问计，安思义说："大夫远来，兵马疲劳，不如趁早入城，据城固守。安军虽锐，但不能持久，稍一失利，就气馁心离，那时便可图了。思明在饶阳，距此不过 200 里，明晨其前锋必到，不可大意。"光弼听他说得有理，亲解其缚，随即移军入城。

李光弼

史思明听到常山失守，立刻放弃围困饶阳，亲率 2 万余骑，果然于第二天早上到达常山，马上指挥攻城。李光弼据城拒敌，待敌军少懈，遣兵出击，屡有斩获。过了几天，有村民来报告，说有贼兵 5000，自饶阳来到九门（今河北藁城以西），光弼即遣步骑各 2000，偃旗息鼓，趁敌不备，掩杀过去，杀得贼兵一个不留。史思明闻讯失色，退入九门。

李光弼与史思明在常山相拒 40 余日，城中粮食渐乏，遣人向郭子仪告急。郭子仪引兵出井陉至常山与李光弼合兵，蕃、汉步骑共十余万，会攻九门。史思明出城迎战，被郭、李军杀得大败，大将李立节也被官军中郎将浑瑊射死。史思明收拾余众，逃往赵郡，蔡希德奔钜鹿。于是河北各郡纷纷杀了安军守将向官军投诚。

安禄山在洛阳接到河北败报，又急又怕，大骂严庄、高尚："都是你们劝我造反，如今潼关未破，进不能进，退路又断，官军从四面合拢过来，我所有的不过汴、郑几州而已。你们从今以后不要再来见我了！"严庄、高尚害怕了，好几天不敢去见安禄山。

潼关失守

正当安禄山处境困难的时候，朝廷内部将相间又发生了新的摩擦，使安禄山摆脱了困境。原来对于安禄山的叛乱，朝廷内外都一致认为是杨国忠一手造成的。而安禄山又是打着清除杨国忠的旗号，潼关守将王思礼，秘密建议哥舒翰，请他上表玄宗，请诛杨国忠，哥舒翰没有回答。王思礼又请哥舒翰准许他带 30 骑到长安，把杨国忠捉来潼关除掉，哥舒翰连忙摇头："这样做，倒不是安禄山造反，而是我哥舒翰造反了！"

这次密议，不久便传到杨国忠的耳中，他又怕又恨。恰巧有探马来报，说叛将崔乾佑在陕州兵不满 4000，而且都是老弱残兵，杨国忠趁机奏请玄宗，下令促哥舒翰速进兵恢复陕州和洛阳。哥舒翰上表奏称："安禄山久习用兵，岂肯无备！他这是诱兵之计，如果前往，必落入他的圈套。况贼军远来，利在速战；官军据险，利在固守。且贼兵残虐，已失人心，兵势日衰，将有内变，那时乘机出击，可不战而擒。只要灭贼有期，何必急于求成！"郭子仪、李光弼也送来奏表："请引兵北取范阳，直捣贼巢，捉住贼党妻子，招降叛将，贼必内乱。潼关大军，只宜固守，不可轻出。”杨国忠怀疑是哥舒翰要谋害自己，又奏玄宗，说什么贼军现在无备，正是机会，哥舒翰逗留不进，坐失良机。于是玄宗便一个接一个派中使去潼关，促哥舒翰急速出兵，不得有误。哥舒翰迫不得已，只好领兵出关。

至德元年（756 年）六月初七，官军于灵宝西原与崔乾佑军相遇。崔乾佑据险以待，南依山，北控河，道路狭窄，延绵 70 里。哥舒翰不敢轻进，下令部队暂停前进。初八，哥舒翰与田良丘登舟至中流观察敌阵，见崔乾佑兵少，急令诸军进兵。王思礼等领精兵 5 万在前，庞忠等将领兵 10 万随后，哥舒翰亲自领兵 3 万登河北岸观阵，擂鼓助威。

不一会，崔乾佑领兵出来，大约不过万人。敌兵东一群，西一伙，零零落落，忽前忽后，毫无纪律。官军看了，不禁发笑。既交兵，叛军便偃旗息鼓，望后便退，官军更无戒备，随后紧追。忽听一声炮响，两边山上，擂木滚石，从空而下，官军一下子被打死打伤了许多。道路又狭，士卒拥挤着，刀枪施展不开。哥舒翰用毡车驾马为前驱，企图冲开敌阵。崔乾佑用数十乘草车来堵毡车，纵火焚烧，顷刻间浓烟滚滚，烈焰腾腾。官军被烟焰迷住眼睛，自相厮杀，只道贼军在烟中，又聚集弓弩手来射，直到黄昏矢尽，方才知道里面根本没有敌军。

这时，崔乾佑遣同罗精骑绕过南山，来到官军背后，出其不意地发起攻击，官军首尾不能相顾，于是大败，有的弃甲丢盔逃进山谷躲藏，有的被挤入河中淹死，哭喊声震天动地。

后军见前军已败，不战自溃，驻在河北的官军看见了，也望风而逃。哥舒翰只带了麾下数百骑，自首阳山渡过黄河，逃进潼关，检点士卒，18 万大军，只有 8000 余人逃进关来，不禁仰天大哭。

六月初九，崔乾佑率军进攻潼关，官军已亡魂丧胆，哪里还有斗志，潼关很快就被攻破了。哥舒翰逃到关西驿，招集逃散的士卒，想要收复潼关。蕃将火拔归仁等百余骑围住关西驿，对哥舒翰说："贼兵到了，请公快上马。"哥舒翰出驿上马，火拔归仁领着众人跪在地下叩头说："公率20万众出征，一战覆没，还有什么面目去见天子！且公不见高仙芝、封常清吗？为今之计，只有东投安禄山，尚可自全。"哥舒翰不答应，要想下马，火拔归仁忙用绳索把哥舒翰的两只脚绑在马腹上，簇拥着往东而去。

哥舒翰被押送到洛阳，安禄山说："你平时一直看不起我，如今怎样？"哥舒翰拜伏在地上说："臣肉眼不识圣人。天下未定，李光弼在常山，李祗在东平，鲁炅在南阳，陛下留臣性命，臣即军信去招降他们，不日便可来归。"安禄山大喜，授哥舒翰为司空、同平章事。又对火拔归仁说："你卖主求荣，不忠不义。"叫左右绑出去杀了。

哥舒翰果然写了几封信招降诸将，诸将复信都斥责他投降叛军。安禄山知道不会有什么效果，便把哥舒翰囚禁在洛阳内苑中，后来被安庆绪杀害。

安庆绪弑父

新春到来之际，意外的事变打乱了肃宗与李泌商定的东征计划。原来安禄山盘踞洛阳以后，纵情酒色，荒淫无度，弄得满身病痛，双目失明，性情更加暴戾，大臣、侍从稍不如意，重则杀头，轻则鞭打。侍监李猪儿经常被打得死去活来。

安禄山的宠妾段氏，估计安禄山活不长了，要想让自己的亲生儿子安庆恩代安庆绪为嗣。安庆绪听到风声，惊恐万状，求严庄给他想个办法。严庄也受过安禄山的鞭打，一直怀恨在心，便劝安庆绪杀了安禄山自立，并要他赶快行动，免得错过时机。安庆绪欣然同意，只是派谁去行刺呢，严庄说可以找李猪儿。

安庆绪马上把李猪儿秘密叫来，严庄先问："你前后挨打，还记得清次数吗?"李猪儿回答："已记不清了。"严庄又说："照你这么说，不死还是侥幸的。"李猪儿连连点头。严庄见火候已到，便把自己的计划告诉了他，并说："不行大事，死期就不远了!"李猪儿满口应承。

这一天夜里，严庄和安庆绪手执刀剑来到安禄山的寝所，侍卫见安庆绪、严庄满脸杀气，不敢阻挡。李猪儿手持利刃，直入帐中，先把安禄山枕边的宝刀抽出来，狠命朝安禄山肚皮上砍去。安禄山伸手摸枕边的宝刀，没有摸到，摇着帐竿说："一定是家贼谋逆!"话刚说完，肚肠已经流出来，就在床上滚了几滚，气绝身亡。严庄命左右抬开卧床，掘地数尺，用毡把安禄山的尸体裹好，埋在床下，告诫宫中不准泄漏。

次日早晨，严庄向百官宣布，安禄山病危，立安庆绪为太子；隔了几天，又宣布安禄山把帝位传给安庆绪，自己做了太上皇；再过几天，又宣布安禄山死了，然后发丧。从地下掘出来的尸体，已经腐烂，只好草草成殓了事。

血战睢阳

至德二年（757 年）正月二十五日，尹子奇率妫、檀及同罗、奚兵 13 万攻睢阳（今河南商丘），以便南取江、淮。睢阳太守许远向河南节度副使张巡告急，张巡自宁陵引兵入睢阳。

张巡，进士出身，博览群书，精通战阵，在守雍丘时，以千余兵力与敌数万作战，常常出其不意袭击敌人，几个月中歼敌万余，因功授为河南节度副使。

张巡带到睢阳的兵马，只有3000人，与睢阳原有守军加在一起，也不过6800人。这一点人马要敌13万叛军，在数量上处于绝对劣势，但因他指挥得当，经过十六昼夜苦战，擒敌将90余人，杀敌2万余。许远对张巡的指挥才能非常钦佩，便请张巡负责指挥作战，自己愿作后备，张巡爽快地答应了。

三月，尹子奇又调集大军再攻睢阳。张巡激励将士们说："我受国恩，为国守城，是完全应该的。但诸君为国捐躯，我却不能加赏你们，深感痛心。"将士们很受感动，纷纷请求出战。张巡便杀牛宰羊，大飨士卒。食毕，尽数出城作战。张巡亲执大旗，身先士卒，直冲敌阵。敌军毫无准备，望后溃退，官军奋勇厮杀，斩叛30余，杀敌3000余，叛军溃退数十里。

张巡守睢阳，将近十个月，城中食尽，众议弃城东走，张巡与许远商议，以为睢阳是江淮保障，若弃之而去，贼必乘胜而进，且士卒都饥疲羸弱，也冲不出去，不如坐守待援。这时，城里连茶纸也吃尽了，便杀马吃；马吃尽了，又捉鸟雀和老鼠吃；鼠雀没有了，张巡将爱妾杀了给士卒吃，许远也杀了家奴给士卒吃。城中人自知必死，但没有一个叛变投降的。

至德二年十月初九，贼军登城，将士们都饥饿病弱得动也不能动了，张巡与许远等都被叛军捉住。尹子奇问张巡："听说你每战皆裂齿碎，是什么原因？"张巡说："我志吞逆贼，但恨力不从心！"尹子奇被张巡的气节所感动，不想杀他，部下都说："他是个守节之士，终不为我用。且他深得人心，还是杀了的好，免得后患。"于是把张巡与南霁云、雷万春等三十六人都杀害了。张巡临刑，颜色不变，神情如常。

收复两京

在张巡苦战的同时，肃宗接受李泌的意见，在至德二年

(757 年) 二月，移驾凤翔（旧址在今陕西雍县），以示进取。肃宗到了凤翔，果然前方士气大振，陇右、河西、安西、西域之兵都陆续到达凤翔，江淮漕运也经汉水通到洋州（今陕西西乡）、汉中（今汉中），长安人听说肃宗到凤翔，纷纷逃来，昼夜不绝。

李泌请派安西及西域之兵按原定计划取范阳，肃宗坚持要先收复两京。于是各路兵马奉命进战，结果几路人马出战都不顺利，郭子仪派子郭旰攻潼关，得而复失，败退河东；王思礼出战不利，退守扶风（今陕西扶风），叛军乘胜追击，前锋抵达太和关（今陕西岐山西北），离凤翔只有 50 里。

败报一日三传，凤翔震骇，全城戒严。肃宗传令，命郭子仪速来凤翔护驾。郭子仪一到凤翔，肃宗任命他为副元帅，令兵再攻长安。郭子仪请向回纥借兵，肃宗同意，一面命元帅广平王李俶调集朔方、西域等军，一面遣使去回纥。

回纥怀仁可汗有心与唐和好，立刻遣子叶护率精兵 4000 余至凤翔，肃宗当即召见，厚礼相待，并当面与叶护约定："克城之日，土地人民归唐，金帛子女归回纥。"又令广平王李俶与叶护结为兄弟。

至德二年（757 年）九月十二日，李俶率朔方军及回纥、西域等军 15 万，号称 20 万，从凤翔出发，十七日，至长安西香积寺北沣水东摆开阵势：李嗣业为前锋，郭子仪为中军，王思礼为后军。叛军 10 万布阵于沣水之北，叛将李归仁出阵挑战，李嗣业执长刀，身先士卒，大呼奋击，杀敌数十人。诸军齐进，奋勇杀贼。

李归仁事先在阵东埋伏一支精骑，准备袭击官军后背，被朔方左厢兵马使仆固怀恩发觉，引回纥精骑出击消灭，叛军由此气馁。李嗣业又要回纥骑兵会合，出敌阵后，与大军夹击，自午时战到酉时，斩敌 6 万余，叛军大败，逃进城去。

到了夜里，只听城内喧嚣之声不绝，仆固怀恩马上去见李俶，说："贼必弃城走了，请允许我率 200 骑追击，必能捉住安守忠、李归仁等。"李俶说："将军疲劳了，先休息，等明天再说。"怀恩说："战事贵在神速，何必等到明天。"李俶不听，叫怀恩回营。待到天明，有探马来报，安守忠、李归仁与张通儒、田乾真都连夜逃走了。怀恩听说，叹息不已。

九月二十八日，官军进入长安。回纥叶护来见李俶，请履行前约，准予掳掠金帛子女。李俶跪在叶护马前，再拜说："今刚克西京，便行掳掠，则东京人民必助贼死战，请到东京后再遵前约。"叶护爽快地同意了，即与怀恩引回纥、西域之兵绕城而过，扎营浐水之东。李俶整军入城，百姓携老扶幼，夹道欢呼。李俶留长安三日，引大军东进，留太子少傅虢王李巨为西京留守。

三十日，捷报传到凤翔，百官向肃宗祝贺。肃宗一面遣人入蜀奏禀玄宗，请他回京；一面命左仆射裴冕去京师祭祀宗庙和安抚百姓。

东进官军，在郭子仪率领下，追击叛军到潼关，宰敌 5000 余，连克华阴、弘农二郡，兵锋所向，直指陕州。盘踞在洛阳的安庆绪，尽发洛阳兵 15 万，由严庄率领着往救陕州，与张通儒等共拒官军。十月十五日，郭子仪等抵达新店，遇叛军依山布阵，郭子仪等初战不利，正危急时，回纥精骑突然从南山击敌后背，叛军大惊，高呼："回纥兵来了！"立即溃退。官军与回纥兵两面夹击，叛军大败。严庄、张通儒连陕州也不敢进，逃回洛阳。

安庆绪见严庄败回，惊慌不安，十六日夜，杀唐将哥舒翰、程千里等 30 余人，率领党徒，偷偷地出了苑门，逃往河北。

回纥兵争先拥进洛阳，大肆抢掠，可怜洛阳百姓，前番已遭叛军蹂躏，这次又遇回纥兵逞凶，家家儿啼女哭，家财尽空。回纥兵足足骚扰了两昼夜，还不满足，后来由城中父老募集了罗锦万匹送给他们，方才罢休。

洛阳既复，李泌再次请求回山。在收复长安后，李泌就请求回山，肃宗问他为什么要走，李泌说："臣遇陛下太早，陛下宠臣太深，臣权太重，功太高，迹太奇，所以不可留。"肃宗说："夜深了，先睡觉，以后再商量。"李泌说："今陛下与臣同榻而眠，臣尚不敢尽言，何况他日宠衰。"肃宗问他还有什么话不敢说，李泌就说是关于建宁王李倓的事情。原来李倓因得罪了肃宗宠妃张良娣，被张良娣和宦官李辅国进谗，肃宗一怒，命李倓自裁。李泌说了李倓冤死的真相后，又举武则天杀太子李弘和雍王李贤的故事，劝肃宗不可再犯这样的错误。李泌说这番话的用意，是因为广平王李俶功高，引起张良娣的妒恨，暗中散布流言，又想暗害李俶，所以特意提醒肃宗。李泌坚决要求归山，肃宗也没有办法，只好让他回衡山。

胶战邺城

十月二十一日，郭子仪遣左兵马使张用济等率兵取河阳及河内；严庄走投无路，向官军投诚；陈留人杀了尹子奇，举郡出降。安庆绪败走邺郡，兵马不过1300人。过了几天，阿史那承庆、蔡希德、田承嗣等将各率所部来归，又聚众至6万。安庆绪忌史思明势强，遣阿史那承庆和安守忠率劲骑5000，以征兵为名，企图杀了史思明。

史思明得到消息，忙召部将商议，好几个人都劝他率兵投唐，史思明觉得有理，设计捉了安守忠和阿史那承庆，遣使奉表降唐。肃宗大喜，封史思明为归义王、范阳节度使，遣内侍李思敬与乌承恩前往慰抚，命他领所部兵讨安庆绪。

乾元元年（758年）六月，李光弼上表肃宗，认为史思明降唐，只是迫于形势，终将为乱，劝肃宗授乌承恩范阳节度使，叫他与阿史那承庆共图思明，肃宗同意了。

乌承恩接到密令，多次穿了女人的衣服到诸将营中诱说，赂以金帛，收买诸将。有人把这事告诉了史思明，史思明便捉了乌承恩，搜他的行李，查到了授予阿史那承庆的铁券和李光弼的信。史思明责问乌承恩："我有什么地方对不住你，你要害我？"乌承恩无言答对，只说是李光弼指使他做的。史思明马上召集将佐吏民，西向而哭："臣以13万之众降朝廷，何负陛下，而要杀我。"将乌承恩杀了，牵连被杀的有200余人。

史思明又捉了李思敬，上表要求肃宗诛李光弼。肃宗遣使抚慰，把事情都推在乌承恩身上，说都是他自作主张，不是朝廷和李光弼的意思。史思明当然不会相信，于是举旗复叛。

九月二十一日，肃宗命郭子仪、李光弼、李嗣业、王思礼等九节度使各统所部大军共20万，征讨盘踞在邺城（今河南安阳）的安庆绪。肃宗因郭子仪、李光弼都是元勋，不宜互相统属，因此没有任命元帅，却叫一个毫不知军事的宦官鱼朝恩为观军容宣慰处置使，以协调各军。

郭子仪引兵自杏园渡过黄河，在获嘉（今河南获嘉）击败安太清。安太清退保卫州（今河南汲县），郭子仪进兵包围了卫州。接着，鲁灵、崔光远与李嗣业等各领所部来会。

安庆绪发邺郡兵7万来救卫州，以崔乾祐领上军，田承嗣率下军，安庆绪自统中军。郭子仪集射手3000人，埋伏在军营四周的矮墙内，下令说："我退，贼必追我，你们便登墙鼓噪而射。"说罢，率军纵马来战安庆绪。战不多时，子仪佯退，安军便追，追至矮墙下，伏兵齐起，矢如雨滴，喊杀连天，安军急退，子仪紧追，安军大败，逃往邺郡。

郭子仪率军追到邺郡，这时，许叔冀、董秦、王思礼等相继引兵而来。安庆绪收拾余军与官军战于愁思冈（安阳西）又大败，损失兵马3万余，只好退入邺城，据城固守。郭子仪等领兵围住邺城，安庆绪窘急无计，只好遣薛嵩向史思明求救，并请将皇位让给他。史思明答应了，便发范阳兵13万救邺，但到了魏州（今河北大名）便观望不再前进，只遣李归仁领步骑一万屯于滏阳（今河北磁县），与安庆绪遥相呼应，自己于乾元二年正月初一，于城北筑坛，自称大燕皇帝。

在邺城的官军得悉史思明称帝，在一次军事会议上，李光弼建议分兵进迫魏州，牵制住史思明，使官军有较充裕的时间攻邺城，先解决邺城的安庆绪，然后再解决史思明。鱼朝恩坚决反对，只好罢休。

郭子仪等围攻邺城，筑堤两重，引漳河水灌入城中，城中井泉皆溢，安军只好构栈而居。史思明见邺城危急，令诸将各至离邺城50里扎营，鸣锣擂鼓，威胁官军，命每营各选精骑五百，去城下骚扰，官军出击，便四散奔回；官军回营，又聚集前来，闹得官军日夜不宁。史思明还选了几队精兵，扮做官军，四出拦截官军粮运，看到运粮的车船，纵火便烧，官军粮食渐乏，人心浮动，都想撤军回去。

史思明看时机已到，引大军直抵城下。当时官军步骑60万列阵于安阳河北，史思明亲率精骑5万来战，李光弼、王思礼等先与交战，杀伤各半。郭子仪领军继进，还没来得及布阵，忽然乌云四合，狂飙骤起，拔木吹沙，天昏地暗，咫尺不能相辨。两军大惊，官军南逃，史军北奔，丢弃的甲仗辎重塞满道路。郭子仪以朔方军断河阳桥（今河南孟县境）保东京，东京士民惊骇，散奔山谷；各镇节度使率军各归本镇。败兵过处，沿途抢掠，将士无法禁止，只有李光弼、王思礼的部队仍整齐严明，全军而归。郭子仪退到河阳，诸将陆续赶来，合兵数万，一面布置守城，一面上表朝廷请罪，肃宗还要用他，因此没有加罪。

河阳之战

史思明探知官军溃走，没有追击，屯兵邺城。安庆绪见官军败退了，又得了官军遗弃的六七万粮食，便与孙孝哲、崔乾祐商议，撕毁前约，拒绝史军入城。史思明派人来责问，安庆绪只好遣安太清上表称臣。史思明表示不必如此，愿与安庆绪约为兄弟，互相援应，与唐鼎足而立。安庆绪大喜，请与史思明歃血为盟，史思明同意了。

安庆绪率300骑到史思明营中，向史思明说："我失两京，久陷重围，幸亏大王来救，才得复生。"史思明忽然变了脸，说："你失两京，还是小事。你杀父夺位，天地不容。我为太上皇讨贼，难道是要你奉承吗？"即命左右把安庆绪并其四弟，还有高尚、孙孝哲、崔乾祐等都杀了。史思明本想西进，因顾虑根本不牢，便留儿子史朝义守相州，自己引兵回范阳。

观军容使鱼朝恩借邺城失利，屡进谗言，诋毁郭子仪，肃宗召郭子仪回来，以李光弼代为朔方节度使、兵马元帅。李光弼刚到范阳，就接到史思明大军分四路南下的消息，便急忙赶往汴州，要汴滑节度使许叔冀守住汴，他即刻回东京发兵来救，许叔冀一口答应。哪知史思明兵到，许叔冀便与濮州刺史董秦及部将刘从谏等投降了史思明，史思明以许叔冀为中书令，仍守汴州。

史思明乘胜西攻郑州。李光弼与洛阳留守韦涉商议，决定放弃洛阳，移军河阳，命韦涉率百官退入潼关，河南尹李若幽率吏民出城避敌。

李光弼到了河阳，不久，史思明也引兵到了，令骁将刘龙仙到城下挑战。刘龙仙自恃勇悍，谩骂光弼。李光弼问诸将："谁敢出马？"仆固怀恩愿往，光弼说："此非大将所为。"裨将白孝德请去，光弼问他要带多少人？白孝德说一个也不要，手持两支长矛，跃马出城，从容向刘龙仙驰去。刘龙仙见只有一个人出城，毫不在意，依旧谩骂，等白孝德走近了，正要动手，只见白孝德向他摇了摇手，刘龙仙不知是什么意思，不敢动手。白孝德走到离刘龙仙还有十步，睁眼问道："贼将认得我吗？"刘龙仙说："什么狗彘！"白孝德大吼一声，举矛把刘龙仙挑下马来，割了首级回城。

史思明有良马千匹，每日放在河南岸洗刷，光弼命索军中牝马500匹，将马驹留在城中，待思明马到水边，都赶出城。母马离开马驹，嘶叫不已，史军牡马看见母马，立即蜂拥渡过河来，官军将它们尽数赶入城中。

史思明大怒，派了一支部队到河清，要想阻绝官军粮道，光弼屯军于野水渡防他。到天黑，光弼回河阳，留兵千人，派部将雍希颢守栅，吩咐说："贼将高庭晖、李日越，都有万夫不当之勇，今夜必来劫寨，他若投降，你便引他来河阳。"果然到天近黎明，李日越领500骑来劫寨，见雍希颢整军站在栅门前，便问："司空（李光弼）在吗？"雍希颢说："昨夜已经走了。"李日越默然良久，对部下说："今失李光弼，我必死了，不如投降吧！"雍希颢便领他去见李光弼，李光弼厚礼相待，当作心腹。高庭晖听到后，也来向李光弼请降。

诸将问李光弼："降两将为何这样容易？"李光弼说："史思明常恨不得野战，听说我在外，必以为可取。日越捉不到我，必不敢回。庭晖才勇胜过日越，听到日越被宠任，也就来归了。”众人都叹服。

史思明领军再攻河阳，光弼登城观敌，对左右说：“贼兵虽众，但部伍不整，不足畏。不过日中，保证破贼。”命诸将出战。

到了日中，双方仍杀得难解难分，光弼召诸将来问：“敌阵何处最坚？”答：“西北方。”又问：“其次何处？”答：“东南隅。”光弼遂命部将郝廷玉率精骑300攻敌西北隅，又命论惟贞率精骑200攻敌东南方，并对诸将说：“你们看我令旗而战，我挥旗缓，任你们择利而战；我挥旗急，则万众一心，杀入敌阵，有进无退，违者立斩！”于是挥动令旗，命诸将出城再战。

战不多时，忽见郝廷玉回马奔逃，李光弼大怒，急遣人去取他首级。郝廷玉报告说因马中箭，否则怎敢后退，李光弼命回马再战。又过了一会，大将仆固怀恩父子倒退下来，光弼又遣人去取他父子首级，怀恩看到使者提刀奔来，慌忙和儿子拨转马头，硬着头皮冲向敌阵。李光弼连连挥动令旗，诸将一齐拼死向前，喊杀声震天动地。叛军支持不住，向后溃退。这一仗斩首千余级，俘虏500，溺死者千余人，擒敌大将徐璜玉、李秦授，董秦率部投降官军。

史思明河阳兵败，退守洛阳，此后双方相持，互有胜负。史思明残忍好杀，部下稍不如意，便命族诛，人人不能自保。史朝义是史思明的长子，常跟史思明在外打仗，很谦恭，爱士卒，将士多愿依附于他。但史思明不喜欢朝义，而爱小儿子朝清，留他守范阳，并且常想杀了朝义，立朝清为太子。左右将士知道了他的心思，暗中告诉了史朝义。

有天晚上，史思明宿于鹿桥驿，令心腹曹将军领兵宿卫。史朝义住在旅店里，其部将骆悦、蔡文景对朝义说：“悦等与王死日快到了！请召曹将军来商议行大事。王若不许，悦等即刻投唐，王亦不能保全自己。”史朝义只是不响。

骆悦等把曹将军召来，与他商议行刺史思明。曹将军知道诸将都怨恨史思明，由不得他不答应。当天夜里，骆悦等带了300人到鹿桥驿，宿卫兵士虽感到奇怪，但害怕曹将军，都不敢阻挡。骆悦等进入史思明卧室，却不见史思明，喝问左右，左右早吓呆了，骆悦挥刀砍了几个，才有人说到厕所去了。骆悦等赶到厕所，仍找不到史思明，忽听墙外有马铃声，登墙一看，见史思明正要骑马逃走，忙一箭射去，正中思明，翻身落马，把他捆绑了，带到柳泉驿，用绳子勒死。

骆悦等返报史朝义，用毡裹了史思明尸体，送归洛阳。史朝义即皇帝位，秘密派人去范阳，命张通儒等杀了史朝清及朝清母辛氏，以自己的部将李怀仙为范阳尹，燕京留守。

史朝义自杀

宝应元年（762年）四月初五，太上皇玄宗病死，享年七十八岁。当时肃宗也患了重病，到了十八日，也两脚一伸，跟着玄宗走了。

四月二十日，广平王李俶即位，是为代宗。九月，代宗因仆固怀恩之女是回纥登里可汗的可敦，便遣怀恩出使回纥，重修旧好，并向回纥征兵讨史朝义。登里可汗开始时不答应，经怀恩再三劝说，才同意派兵。

十月，以雍王李适为天下兵马元帅，约期诸道兵及回纥兵马在陕州会合，进讨史朝义。代宗想命郭子仪为副元帅，宦官鱼朝恩和程元振坚决反对，只好任命仆固怀恩为副元帅。

战事告捷，怀恩进克东京和河阳城，捉住史朝义的中书令许叔冀、王伷等。怀恩留回纥军于河阳，遣子仆固玚及朔方兵马使高辅成率步骑万余乘胜追击史朝义，到郑州，两战皆捷。

史朝义逃到汴州，其陈留节度使关了城门不让他进去；朝义自濮州北渡黄河，其睢阳节度使田承嗣等领兵4万来与他会合，又被仆固玚击败了，长驱进到昌乐（今河南南乐）东，朝义又率魏州兵来战，又被仆固玚击败。于是敌邺节度使薛嵩向唐泽潞节度使李抱玉投降，敌恒阳节度使张忠老投降了唐河东节度使辛云京。

史朝义逃到莫州（治所在今河北文安县以西的鄚州），官军很快赶到。史朝义屡次出战，都吃了败仗，田承嗣要史朝义亲往范阳发兵来救，哪知史朝义前脚刚走，田承嗣便开门投降了官军。

这时史朝义的范阳节度使李怀仙也已投降了朝廷，并遣兵马使李抱忠领兵3000镇守。史朝义逃到范阳，李抱忠关了城门不让他进城。史朝义派人去责问李抱忠，李抱忠说："天不保佑燕，今既归唐，岂可反复。"史朝义要求让他饱餐一顿。李抱忠答应了，命人在城东设食供应，结果家在范阳的将士都要求回家，史朝义一点办法也没有，只好让他们走了。史朝义吃饱了，带着数百胡骑东奔广阳（今北京市杨柳青），走到温泉栅，李怀仙派兵追来了，史朝义穷蹙无计，在树林中自缢而死，被李怀仙取了首级献给朝廷。历时八年的"安史之乱"到这时总算结束了。

唐末农民起义

时代背景

唐朝晚期，皇帝多半昏庸腐朽，不理朝政，军政大权全落宦官之手。唐懿宗委政于宦官田令孜，自己则音乐宴游。每次游幸，前呼后拥，扈从十几万人。其女同昌公主出嫁，懿宗“倾宫中珍玩以为资送，赐第于广化里”，同昌公主死时，他又为她大办丧事，仅殉葬物品，就陈列了30里长。懿宗笃信佛教，为了迎佛骨，以禁军为仪仗，迎佛骨的香车和盛佛骨的浮屠，都以金玉、锦绣、珠翠装饰，挥霍大量钱财。

僖宗的奢侈更盛于懿宗，他尊田令孜为“阿父”，听其专权胡为，终日“斗鸡”、“赌鹅”、“击球”，把国库积蓄耗费一空。

唐末，官吏贪贿成风。“自咸通以后，上自宰辅以及藩镇，下至牧伯县令，皆以贿取”。懿宗时，宰相路岩公开贪赃纳贿，仅他的一个家吏贪污来的家产，就可供全国两年军资。当时宦官掌握禁军大权，有些禁军将领，以成倍的利息向长安巨富贷款，贿赂宦官，以谋取节度使的职位。担任节度使以后，通过吃空额、克军饷等方法，搜刮钱财，偿还贷款而外，又积蓄巨万财富。至于官吏抢占民田，兼并土地更是司空见惯。统治阶级集团已到了极其腐朽的地步。

由于统治阶级腐败，官僚机构的膨胀，战争的频繁，国家财政开支无限制地扩大。为了解决这个困难，便一再增加两税税额。两税法实行后，只过了二年，税额就每千钱“增二百”；加上钱重物轻，两税初期万钱折绢三匹，十五年后折绢六匹。人民负担实际增加了一倍。穆宗时，实际税额已增至三倍。除了两税以外，还有各种苛捐杂税，诸如盐、酒、茶、竹木、果蔬、牲畜税，名目繁多，几乎无物不征。尤以盐税影响最大。唐天宝时斗盐十文。乾元元年（758年），第五琦改变盐法，实行榷盐，即国家专买，盐价一下提到每斗110文。此后即不断上涨，至有“以谷数斗，易盐一升”者。政府每年盐税收入猛增到600万贯。百姓吃不起官盐，只好淡食或买私盐。政府为了禁止贩卖私盐，设立了巡院缉私，以酷刑镇压私盐贩，“盗鬻两池盐一石者死”，还采用了连坐法。结果，迫使私盐贩武装起来，结成帮伙，进行反抗。有些人后来成了唐末农民起义军的骨干和领袖。

黄巢

唐末土地兼并盛行。河南长葛县一个小小的县令严郜，退职以后竟兼并了“良田万顷”。大官僚更不用说。有人形容那时土地问题严重的情况是“富者有连阡之田，贫者无立锥之地”。大地主占有的田地，十分才税二三，负担都转嫁给农民。农民失去土地，被迫逃亡。政府却还要实行摊逃，把逃户的赋税分摊到未逃的农户身上，结果是促使更多的农民逃亡。渭南县长源乡400户仅剩100户，阌乡县（今河南灵宝）3000户只剩1000户。人民无法继续生活下去，只有起来反抗，“所在群盗，半是逃户”，破产农民成为起义的中坚力量。

各地起义概况

大中十三年（859年）底，浙东爆发了裘甫领导的农民起义，揭开了大起义的序幕。裘甫领导的起义队伍，以不可遏阻之势，攻下了浙东象山（今浙江象山），进逼剡县（今浙东嵊县），浙东震动。次年正月，起义军攻下剡县。起义军人数激增至3万多人，裘甫以剡县为根据地，自称“天下都知兵马使”，建元“罗平”，铸印“天平”，建立农民政权。三月，裘甫领导义军连续攻下上虞、奉化、余姚、宁海等地，一时声震中原。唐朝急派安南都护王式带领河南和淮南的军队，并招募发配在江淮间的回纥和吐蕃人，编成骑兵，前来镇压。六月，起义军退守剡县，和唐军展开血战，终因兵力悬殊，剡县失守，裘甫被俘牺牲。这次起义前后历时八个月。

裘甫领导的起义军失败后，不久又爆发了桂林戍兵起义。咸通四年（863年），唐朝为了防御南诏，招募徐、泗士兵800人戍守桂林，定期三年换防。到咸通九年（868年）已戍守六年，仍不准归回故乡，加以军官暴虐，士兵不堪忍耐。七月，众杀都将王仲甫，举庞勋为首，取兵甲自动结队北归。队伍经湖南沿江东下，过浙西，入淮南，九月抵达徐州境内。当时正逢淮北大水，灾民纷纷参加庞勋的队伍，义军很快发展到五六万人。这样，这次兵变就转变成农民起义。他们一举攻下徐州，杀死了徐州观察使崔彦曾等残暴官员，并且占领了淮南、淮北广大地区，控制了江淮通往长安的漕运线，队伍发展到20多万人。咸通十年（869年）唐政府急忙调用沙陀、吐谷浑、契丹的骑兵约10万，在右金吾大将军康承训率领下，前往镇压。徐州失陷。起义军失去据点，东西转战，连告失利，不幸在蕲县（今安徽宿县南）被围。

裘甫、庞勋领导的起义虽然失败，但他们的余部分散在山东、江淮一带，坚持斗争。

咸通十四年（873年），河南、山东一带，水旱灾害严重，粮食颗粒无收，但官府仍然催逼租税，从而激起民变。乾符元年（874年）底，私盐贩濮州（今河南范县南）人王仙芝领导农民几千人，在长垣（今河南长垣）起义，自称“天补均平大将军兼海内诸豪都统”，公元875年六月，王仙芝率领起义军，攻下濮州，郓州（今山东东平西北），曹州（今山东曹县北）等地。这时黄巢聚众数千人，在家乡冤句（今山东菏泽市西南）起义，响应王仙芝。黄巢也是私盐贩，喜击剑骑射，读过书，粗通诗文，曾数次至长安应试不第。他曾同王仙芝同贩私盐，目睹唐统治的腐败和百姓生活的痛苦，愤世不平，便带领兄弟子侄等人，走上了反抗唐王朝的道路。两军会合后，队伍迅速发展到几万人。

起义军的迅速发展，严重威胁着唐王朝。唐朝急忙调集淮南、忠武、义成、宣武、天平五个节度使的兵力，前往镇压。任命平卢节度使宋威为统帅，统一指挥，围攻起义军。

起义爆发后，王仙芝和黄巢两支起义军并肩作战，从山东转战到河南、安徽、湖北一带，屡败唐军。唐政府以授给王仙芝左神策押牙兼监察御史的官职进行诱降，王仙芝动摇，但因黄巢等将领坚决反对，诱降未成。此后，黄巢回山东战斗，王仙芝留在湖北。乾符五年（878 年）二月，王仙芝兵败被杀。其余部由尚让率领北上与黄巢会合。黄巢称“冲天太保均平将军”。

乾符五年（878 年）起义军渡江南下。黄巢鉴于唐军大多集中北方，南方空虚，便避实就虚，于公元 878 年夏横渡长江，南下安徽、江西、浙江，并在当地人民支持下，用一个时间，开山路七百多里，翻越仙霞岭，从浙江进入福建。第二年，攻占广州，发布文告，揭露唐朝弊政，宣布要推翻唐朝统治。同年十月率军北伐。广明元年（880 年）七月在采石（今安徽当涂）渡过长江，又过淮河，队伍扩大到 60 万人。义军顺利占领洛阳后，于广明元年（880 年）十二月进入长安，唐僖宗逃往四川。尚让向市民宣告：“黄王起兵，本为百姓，非如李氏不爱汝曹，汝曹但安居无恐。”

起义军在长安正式建立政权，国号大齐。黄巢称皇帝，年号金统。以尚让等为宰相，朱温等为诸卫大将军，皮日休等为翰林学士。规定唐官三品以上的停职，四品以下的留用。大齐政权还镇压了豆卢瓒、张直方等一批隐匿不降和假投降的官僚、地主，但严禁随便杀人。大官僚、大地主被剥夺了田宅和货财，扫地出门，“富家皆跣而驱”。对一般百姓，则“见贫者，往往施与之”。这些措施，表现了农民的革命性，也反映了大齐政权和代表地主阶级利益的唐政权的显著区别。

起义军建立大齐政权后，以黄巢为首的领导集团，满足于既得的胜利，既没有乘胜肃清唐朝残余势力，又没有集中兵力消灭关中唐朝禁军的主力和周围藩镇势力。因此，以僖宗为首的唐中央在四川站稳脚跟后，得以重新组织力量，向起义军进行反扑。由于起义军北上过江后，没有重视根据地的建设，一味流动作战，特别是渡淮之后，队伍已发展到60万人，一路势如破竹，直取两京，然所经之地，甚至包括洛阳这样的重要城市，都不派兵驻守。而攻入长安后，也没有利用唐军溃散的机会，巩固和扩大以长安为中心的根据地。这样，大齐政权势力范围只局限于东起华州，西至兴平，南抵商州的地区内，兵源、军资和粮食供应都很困难。

中和元年（881年）三月，唐僖宗在四川发布命令，号召各藩镇进击起义军，唐朝的军队汇集了沙陀贵族李克用的骑兵，从四面包围长安，双方展开殊死战斗，长安几度失而复得，战斗十分激烈。这时，被唐重兵围困在城内的起义军，粮食极为缺乏，只得以树皮等物充饥，处境日益困难。唐政府为配合军事围剿，又加紧对起义军的分化诱降活动。九月，起义军的同州防御使朱温叛变降唐，削弱了起义

仙霞岭

力量。

由于朱温的叛变，起义军处于外无援兵、内无粮草的险恶境地。中和三年（883 年）五月，黄巢被迫退出长安，向河南转移，在陈州与唐军胶着近 300 天。失去了及时向有利地区转移的机会，进一步陷入被动的局面。这时，唐朝从各地调兵增援陈州，李克用领沙陀骑兵 5 万，从太原南下河南。黄巢只得放弃陈州，向山东退却。中和四年（884 年）五月，起义军在中牟县王满渡北渡汴河时，遭李克用骑兵突击，伤亡惨重。在这关键时刻，尚让等叛变，局势急转直下。最后黄巢败退至山东，又遭唐军追击。六月，起义军在瑕丘（今山东兖州西）被唐军李师悦包围，因力量悬殊，部众丧亡殆尽。黄巢率残部退至泰山狼虎谷，自刎而亡。

黄巢领导的农民起义军，英勇奋战 10 年，转战大江南北，行程万里，席卷大半个中国。起义军由几千人发展到 60 余万，攻占长安，建立政权，时间之长，规模之大，在农民战争史上是空前的，这次起义打击了藩镇割据势力，镇压了贪官污吏，瓦解了唐王朝的统治，也沉重地打击了整个地主阶级，特别是荡涤了魏晋以来残存的世族地主势力。在政治上，促使门阀观念的消除，五代以后“取士不问家世，婚姻不问阀阅”。在经济上，削弱了大土地所有制，使土地高度集中的情况有所缓和，佃农的地位有所变化。

经过藩镇混战、宦官乱政和农民起义的打击，唐王朝已虚弱不堪。而靠镇压农民起义起家的新旧军阀却乘机扩大势力。他们互相进攻吞并，最后只剩下十几个藩镇。

势力较强的，在北方有：河南的宣武节度使朱全忠（即朱温），山西的河东节度使李克用，陕西的凤翔节度使节茂贞，河北的卢龙节度使刘仁恭。南方有：浙江的镇海节度使钱镠，江苏的淮南节度副大使杨行密，四川的西川节度使王建。这些节度使中，又以朱全忠、李克用最强。

龙纪元年（889年），朱全忠打败河南的秦宗权后，势力大增，光化三年（900年）又打败刘仁恭，“河北诸镇皆服于全忠”。朱全忠与李克用为扩大地盘、控制唐朝皇帝，连年攻战，天复二年（902年），朱全忠打败李克用，一时称雄北方。

唐朝小朝廷，宦官与朝官的斗争不息，天复元年（901年），宦官韩全海勾结凤翔节度使李茂贞，宰相崔胤勾结朱全忠，互相斗争。天复三年（903年），朱全忠打败李茂贞，控制了唐昭宗，崔胤引朱全忠入京，杀宦官数百人，只留下品低幼弱者30人以备洒扫，宦官势力被根除。

天祐元年（904年），朱全忠又杀宰相崔胤，逼唐昭宗迁都洛阳。这年八月，杀唐昭宗，立其十三岁的第九子李柷为傀儡皇帝，即哀帝。第二年，朱全忠又杀宰相崔枢、崔远等朝士30余人，投尸黄河，以减少他代唐称帝的阻力。天祐四年（907年），朱全忠废唐哀帝，自立为帝，国号梁（史称后梁）。至此，经21帝，历时290年的唐朝灭亡了，历史进入了五代时期。

王仙芝黄巢起义

唐朝后期，统治阶级内部矛盾日趋尖锐，宦官专权，朋党相争，朝政腐败，地方割据势力膨胀。统治阶级与被统治阶级之间的矛盾，以及民族矛盾也日趋尖锐。在严重的社会危机和自然灾害面前，广大农民无以为生，反抗力量遂遍及各地。在裘甫起义、庞勋起义失败之后，终于酿成了更大规模的以王仙芝、黄巢领导的农民大起义。

唐朝镇压了裘甫、庞勋起义，并没能缓和社会矛盾和阶级矛盾，反而埋伏了更大的不稳定。懿宗又不思励精图治，而是骄奢政荒，宠信谀臣，贬窜忠良。咸通十一年（870年），庞勋起义的余部就相聚闾里，散在兖、郓、青、徐之间，进行反对朝廷的活动。这个地区成了唐末社会矛盾和阶级矛盾的热点，终懿宗朝，都没能消除这个热点。咸通十四年（873年）七月十八日，懿宗死，年四十一。大宦官刘行深、韩文约杀长立幼，立懿宗第五子普王李俨即位，改名儇，是为僖宗，时年十二。这个小皇帝专事游戏，斗鸡打镠，把政事全委托给从普王府带进宫来的左神策中尉田令孜。

这年秋，自虢州（今河南灵宝）直到海边，发生了大旱灾，小麦只收了一半，秋粮几乎颗粒不收，老百姓只能以草为面，磨叶成粉充饥，无数百姓饿死。官府还要催缴钱粮，逼得百姓撤屋伐木，卖妻鬻子。整个关东地区燃烧起来了，一股一股贫民揭竿而起。僖宗乾符元年（874年）十一月，濮州（今河南范县）盐贩子王仙芝率众数千，在长垣（今河南长垣）起义。乾符二年（875年）正月三日，他自称“天补平均大将军兼海内诸豪都统”，传檄诸道，抨击唐朝廷官吏贪婪，赋税繁重，赏罚不平，同裘甫起义一样，要建立一个以公平为原则的社会。六月，王仙芝与大将尚君长一起攻克濮州、曹州（今山东曹县），队伍迅速壮大到数万人。

王仙芝贩私盐有个老搭档，就是历史上大名鼎鼎的黄巢。黄巢是曹州冤句（今曹县西北）人，能文能武，善骑能射，任侠好义，曾经多次考科举落第。王仙芝起义，黄巢毅然投笔，与弟黄揆等聚众数千响应。

七月，关东又发生大蝗灾，赤地千里，民不聊生，饿殍遍野。于是更多的农民纷纷聚义，多的千余人，少的数百人，投入王仙芝、黄巢起义。数月之间，黄巢所部也发展到数万，攻州略县，横行山东。

唐朝廷诏调淮南、忠武、宣武、义成、天平五镇军急速集结曹濮地区镇压。十二月，以平卢节度使宋威为诸道行营招讨草贼使，统一指挥各道。乾符三年（876年）七月，宋威率军在沂州城下，与王仙芝大战，获胜。王仙芝、黄巢突然踪迹全无。宋威表奏王仙芝、黄巢已被消灭，就遣散诸道兵，自己也回青州（治所今山东益都）去了。百官入朝僖宗，庆贺天下太平。

谁知过了三日，各州县纷纷上表报告说，发现了王仙芝。朝廷只得又诏调诸道兵，惹得被征调兵士怨怒思乱，战斗力大为削弱。八月，王仙芝、黄巢乘虚挥师西进，攻克阳翟（今河南禹县）、郏城（今河南郏县）。九月，攻克汝州（今河南临汝）、阳武（今河南登封东南），兵锋直逼洛阳，东都大震。朝廷急命宋威统率本镇及平卢、宣武等四镇兵进驻亳州（今安徽亳县），诏忠武节度使崔安潜发兵迎击，又调昭义节度使曹翔率步骑5000守卫东都，任命左散骑常侍曾元裕为招讨副使守卫东都，山南东道节度使李福扼守汝、邓（今河南邓县）要路，邠宁节度使李侃、凤翔节度使令狐绹守陕州、潼关以防义军入关。

王仙芝西攻郑州、中牟后，突然翻过伏牛山，疾驱600余里，攻打唐、邓二州。再长驱南下600多里，攻克郢（今湖北钟祥）、复（今湖北天门县西北）二州。十二月，回师攻申（今河南信阳）、光（今河南潢川）、庐、寿（今安徽寿县）、舒（今安徽潜山）州，又南攻蕲（今湖北蕲州）等州。黄巢也率部穿过嵖岈山（今河南遂平县西），与王仙芝部平行南下，在蕲州会合。

这时两支义军只剩下5000人马，王仙芝想受朝廷招安求官，派降官王镣送书信给蕲州刺史裴偓。裴偓正中下怀，与王仙芝约定，双方收兵不战，由他向朝廷为王仙芝求官。裴偓是宰相王铎的门生，他开城门延纳王仙芝、黄巢等义军将领30多人，设宴置酒，还送了义军很多财货，当场具表给朝廷为王仙芝请求委任状。

不久，宦官专程从长安到蕲州，送来告身，委任王仙芝为左神策押牙兼监察御史。王仙芝拿到告身很高兴，王镣、裴偓等人都去向他祝贺。黄巢闻讯赶来反对，大发雷霆，大骂王仙芝："当初大家共立大誓，横行天下，如今你一人想去左军当官，叫5000弟兄到哪里去!"说完，痛打王仙芝，义军将领齐声反对不已。

王仙芝怕触犯众怒，就没有受命，烧了官舍，在城中驱杀，裴偓逃奔鄂州去了。但黄巢与王仙芝从此分裂，王仙芝与尚君长带了3000余人，黄巢带了2000余人，在蕲州分道而去。

黄巢率部北上，行军1500里，乾符四年（877年）春攻克郓州（今山东郓城）、沂州，杀天平节度使薛崇。然后突然再下嵖岈山，与据山留守的尚让会合，休整。七月，回兵中原，进攻宋州，与宋威所率忠武、平卢、宣武三镇兵大战，打得宋威躲进城不敢出战。朝廷派左威卫大将军张自勉率兵7000赶来增援，黄巢怕受夹击，避其锋芒，不得不撤围，南下攻克安州，略地蕲、黄（今湖北黄冈北），又突然北上，攻克匡城（今河南扶沟西南）、濮州，打得唐朝廷晕头转向。

与此同时，长江以南也活跃着一支由柳彦章率领的起义军，他们攻占江州（今江西九江）。俘刺史陶祥，在江州建立水寨水军，拥有百余艘战船。

王仙芝与黄巢分裂后，一直在湖北辗转作战。八月，攻克随州（今湖北随县），活捉刺史崔休征，略地复、郢，连续打了几次胜仗。但唐朝廷已知王仙芝有投降之心，十一月，招讨副使、都监杨复光派判官吴彦宏招降王仙芝。王仙芝回派尚君长等三员大将去见杨复光议降，三人在途中被宋威劫取。宋威上奏冒功，说他在战斗中俘获了尚君长等。杨复光得知后，上表揭露说尚君长是主动来投降的。朝廷派侍御史来审讯，审不明白，结果宋威杀了尚君长等三人。王仙芝白白牺牲了三员大将。

消息传到王仙芝军中，王仙芝大怒，率军自郢州直扑江陵（今湖北江陵）。荆南节度使杨知温不懂军事，不设防备。乾符五年（878 年）元旦，大雪纷飞，王仙芝渡过汉水，攻陷罗（大）城。城中将士退守子（小）城。杨知温若无其事，穿戴着文官袍帽上城抚慰士卒，还在城上赋诗给幕僚们看。山南东道节度使李福和驻扎襄阳的沙陀骑兵闻讯连夜赶来援救，在荆门（今湖北荆门）与义军遭遇，沙陀骑兵横冲直撞，义军战败。王仙芝得报，焚掠了江陵大城，往北向申州转移。

正月初五，王仙芝在申州遭到唐招讨副使曾元裕的袭击，死降散 2 万人。王仙芝被迫南返，穿过大别山区。二月，进入黄梅（今湖北黄梅）。不料曾元裕在此布置了伏兵，当王仙芝退入黄梅山时，官兵四起，王仙芝牺牲，5 万余义军大部战死，鲜血飞溅，染红了黄梅山峦。

黄巢大举北伐克长安

黄巢在岭南积极准备下一步的军事行动，把矛头直接指向唐朝的中央政府。他发表文告，自称义军百万都统兼韶广等州观察处置等使，历数宦官专权、官吏贪污残暴、考选不公、埋没人才等弊病；宣称禁止刺史添置私产，县令贪赃者灭族；明白表示引军北上，入潼关克长安的决心。这篇文告博得了人民的欢迎，把斗争引向一个更高的阶段。

这年十月，黄巢大军从桂州（今广西桂林）出发，编了几千只大木排，乘着水涨，浩浩荡荡，沿湘江而下，经永、衡二州（今湖南零陵、衡阳），直抵潭州（今长沙），猛攻一天，便打下了这座10万大军防守的城市。

这时担负镇压义军责任的是荆南节度使、南面行营招讨都统王铎。他原任宰相，是个典型的老官僚。他带着一批"旧族子弟"的幕僚，在江陵纵情声色，逍遥自在，把前方的军事交部将李系负责。李系是名将李晟的曾孙，其实不懂军事。战国时赵国名将赵奢的儿子赵括虽然没有本领，多少还有点勇气，这个李系连勇气也没有，只会在没事时说大话。王铎却以为李氏家世良将，必然可用，使他去守潭州。不料黄巢兵临城下，他便急急忙忙地溜掉，把城池丢了。

尚让领得胜之师，进逼江陵。王铎平日只是和姬妾们胡闹。他的老妻知道了，要到江陵去问罪。王铎知道了，向幕僚们说："黄巢北上，夫人南来，如何是好？"有人打趣说："不如投降黄巢！"这个指挥部里全是一批腐朽的货色，当然只会用"三十六计"的"上策"，逃走了事。尚让还没有到，他们已逃往440里以北的襄阳去了。

十一月初六，黄巢大军进入江陵。这时江陵已被王铎的部将大肆焚掠，变为一座空城了。

从当时的交通线来看，由江陵出襄阳，北入河南，距离最近，取径最直。黄巢本来也准备走这条路，但是到了距襄阳270余里的荆门时，中了唐将刘巨容、曹全晸的埋伏，前队败了一阵。黄巢一向惯用避实击虚的战法，他见正面唐军力量较强，便改变方向，于十二月初七放弃江陵，由水路沿江东下，攻破鄂州的外郭。在广明元年（880年）的上半年中，转战江南，先后攻下过饶、信、池（今安徽贵池）、歙、衢、婺（今浙江金华)、睦（今浙江建德）等州，西起江西，东至浙东，声势非常浩大。

唐政府用淮南节度使高骈做诸道行营都统，对付义军。高骈是个老军阀，颇有作战经验，这时驻屯扬州，兵精粮广，都统有调动各处兵马的权力，力量更是雄厚。他确是义军最强大的敌人。他不仅守淮南，而且派部将张璘，深入江南，进攻义军。五月间，黄巢在信州一战歼灭张璘的全军，大大地打击了高骈的气焰。这一仗为渡江北上打开了道路。

六月底，大军攻克宣州。七月间，从采石（今安徽当涂西北）渡江，攻下和、滁二州（今和县、滁县)，挥戈东指，直逼天长、六合，进至离扬州 50 里的地方，看那个诸道行营都统有什么能耐。

自命为一世之雄的高骈吓破了胆，只想保全实力，不敢出战，诈称得了疯癫病，躲在扬州城里不动。黄巢知后顾无忧，在天长屯扎了 40 多天，在九月间全军渡淮，进驻今皖北豫东一带。

于是黄巢自称天补大将军（一作率土大将军)，向各地唐军将领，发出通牒，叫他们各守本境，不要听从政府调遣，前来抗拒；又声明吊民伐罪的宗旨，表示入京问罪，与众人无干。这样一来，唐军士气更加低落，藩镇只图自保，观望形势，因而朝廷陷于孤立，河南郡县纷纷陷落。只有泰宁节度使齐克让一军，勉强抵敌，然兵不满万，节节败退，连招架之功也没有了。

十一月十七日，黄巢率领 60 万大军，不战而下东都洛阳。留守刘允章与百官迎降。黄巢入城，慰问居民，秩序井然。

唐政府手里的武力只有神策军了。这支队伍多年来粮饷优厚，是宦官用以专制朝政、废立君主的工具。说起战斗力来，却是一点都没有的。军士多半是富家子弟，出了贿赂，取得军籍，仗着身份横行市井。一旦听说要打仗，连忙雇些病坊里的穷人做替身。这些人连兵器也不晓得怎么拿，哪里会打仗，更重要的是哪里肯打，自然一接触便溃散了。

十二月初一（881年1月4日），义军进至潼关，漫山遍野，一片白旗，连尽头也望不见。黄巢亲临前线的时候，全军欢呼，山河都好像为之震动，声威之盛，真是惊人。唐军都是惊弓之鸟，那里见得这般阵势。齐克让军在关外抵挡了一下，便烧营溃退。潼关旁边有个山谷，平日防商贩逃税，禁止通行，叫做“禁坑”，里面灌木寿藤长得异常茂密。溃兵夺路乱奔的时候，往“禁坑”里钻，一夜工夫，踏成了一条平坦的道路。

初二，义军填平关外的天堑，进兵攻关。尚让和黄巢的外甥林言，分兵从“禁坑”绕到关后，前后夹攻，于初三天明时完全攻克潼关。

长安得讯，顿时大乱。十二月初五，僖宗和宦官田令孜带了几个亲王、妃嫔，率神策军500人，偷偷地出金光门，昼夜不停地飞跑，逃往西川去了。百官没有预料到局势变得这样快，早晨还去上朝，退朝之后，听得败兵进城，才惊慌逃窜。“忽看门外起红尘，已见街中擂金鼓。居人走出半仓皇，朝士归来尚疑误。”一会儿，消息证实，皇帝已逃，义军将到，“须臾主父乘奔至，下马入门痴似醉。适逢紫盖去蒙尘，已见白旗来匝地。”韦庄《秦妇吟》攻击农民起义，内容是反动的，但也反映了某些历史情况。从这些诗句，可以想见当时统治阶级分子惊慌失措的情况。

这是天翻地覆的时刻。溃兵、恶少乘机打劫，长安城中闹得乱糟糟的，幸而义军赶到，很快制止了这场骚乱。

当天午后，前锋将柴存进入长安。唐朝金吾大将军张直方带了数十名文武官员，到霸上迎接黄巢。黄巢乘一辆金装肩舆，左右随从，披着长发，发上扎了红绸，手执兵刃，身披锦绣，团团簇拥着他。军队人强马壮，轻重车辆充塞道路，千里不绝，浩浩荡荡地进入京城。

大齐金统皇帝

广明元年十二月十三日（881 年 1 月 16 日），含元殿上战鼓咚咚，这是黄巢即位的乐声。接着，他登丹凤楼，宣布赦书。新政权国号大齐，改元金统，任尚让为太尉兼中书令，赵璋为侍中，孟楷、盖洪为左右仆射兼知左右军事，崔璆、杨希古为同平章事。

新政府严厉地镇压了一批罪大恶极的唐朝皇族和大官僚地主，及一些顽固的反动分子。宰相豆卢瑑、崔沆等隐匿不出，被义军搜获杀死。张直方表面上带头迎降，实则包庇亡命之徒，阴谋复辟，也被查出处死。对长安一般朝官，规定三品以上停职，四品以下留任，参加义军的诗人皮日休也充当了翰林学士的职务。

金统二年（唐中和元年，881 年），凤翔节度使郑畋纠合西北各镇，反攻长安。四月初五，义军主动退出长安，宿营霸上。唐军先头部队进了城，大肆掳掠。城中的反动分子也活跃起来，有的帮唐军作战，有的浑水摸鱼，跟着官兵抢劫。义军乘此机会，由孟楷统兵，重入长安，杀死唐将程宗楚、唐弘夫等，把入城部队消灭了八九成。四月初十，黄巢回到长安，对城里的反动分子进行了一次镇压。

大齐金统政权建立了，郑畋指挥的反攻被击退了。黄巢领导的义军取得了伟大的胜利，然而他没有料到，胜利正在偷偷地从他手里溜走。

黄巢进了首都，没有乘胜追击，彻底消灭唐朝中央政府；组织新政府以后，又没有进一步考虑应该实行哪些措施，来巩固斗争的成果，实现原先的远大意图。从当时的情况看，他是把攻占长安、组织政权看作大功告成，可以坐待各方面的归顺。在巨大的胜利面前，他眼花缭乱了，有些陶醉了。

反动势力乘此机会整顿改组了它的阵线。唐僖宗到了兴元(今陕西汉中)，便发布诏令，号召天下藩镇出兵镇压义军。他到了成都，情势安稳了，更可以在那儿发号施令。这个政府尽管腐朽，它的存在总表明唐朝并没有被消灭，使一切反动力量有重新组合的核心。

长安刚陷落的时候，许多地方军政长官惊慌失措，确有一些人表示愿意降齐，连那个郑畋也用诈降为缓兵之计。黄巢真的缓了兵，过了三个多月，形势大变，郑畋便联合各镇，反扑过来了。各地方的节度使，由于阶级的对立，在反黄巢这一点上，态度一致。分散的反动力量逐渐联合起来，向长安采取围攻的姿态。

在义军这一面，军事地位由主动变成被动了。这是“流寇主义”造成的恶果。

多年以来，黄巢转战南北，避实击虚，使唐军防不胜防，取得辉煌的胜利。天下各地，多的是受苦难的农民阶级兄弟，义军不愁兵力得不到补充。地主阶级中一些找不到出路的人才，见义军强大了，也会前来投效。流动作战正像滚雪球，愈滚愈大。在这个地区因“气候”不利而缩小了，滚到另一个地区去，又会迅速地扩大。至于给养粮饷，因为到处都有府库仓廪和豪富的资产可以没收，加上人民的输纳，决不会感到缺乏。这些是流动作战的好处，应该承认。但是进入长安以后，情况变了，这些有利条件统统消失了。

起义军一向没有注意巩固占领的地区，军队前进，就把占领的城市乡村都放弃了。这在初期，力量不足，无法固守，是不足为奇的。到了南方，由于要北上推翻唐政府，势难留兵岭南，这也合情合理。但是到渡江北上之后，取而代之的时机已经成熟，还不考虑这个问题，实在是个致命的错误。黄巢进了长安，所有不过关中的小部分，连东都洛阳也不在手里。于是一系列的问题都出现了。

首先是变成了挨打的目标。以前唐军处处设防，黄巢以全军击其一点，常占优势。如今坐守长安，遭受围攻，陷入了被动地位。

其次，兵源、饷源都没有了来源，出现了严重的粮荒。义军守着长安，失掉了与广大农民群众的联系，休说没有土地来满足士兵和农民对土地的要求，连兵源也丧失了。关中地区，由于长期受唐朝统治者残酷的榨取和剥削，生产凋敝，向来苦于粮食不足。义军数十万之众云集于此，粮食问题实难解决。加以唐朝军队在长安外围肆行掳掠，使这一带人口流散，土地荒芜。长安孤城，益发难以维持，粮价曾涨到 3 万文一斗，数百倍于晚唐的正常价格。在这样的情况之下，义军的力量就大大地削弱了。

另外，情况困难了，义军内部的裂痕也出现了。黄巢部下将领，能够不屈不挠，坚持斗争到底的，很难举出什么人来；反之，在危急之际，投到敌人阵营中去的，却很不少。这很可能是因为闯荡江湖的人多，真正从贫苦农民出身的少；顺利时一同打天下容易一致，艰难时肯力战牺牲的就不多了。我们对于许多人的早期情况不清楚，不好具体分析。但是朱温的经历，文献上比较清楚，他可以算做一个代表人物。此人出身贫苦家庭，却从小不肯劳动，游手好闲，是个泼皮无赖。他会有一定的反抗性，但更富于投机冒险的习性。这种人以参加起义始，以叛变投降终，一点也不奇怪。

金统三年（唐中和二年，882）九月，朱温叛变，在军事上给敌人打开了缺口。当时朱温驻兵同州（今陕西大荔），独当一面，负屏障长安的重责。不料他见义军声势渐衰，又与孟楷有点矛盾，竟降了唐朝。唐僖宗知道了，喜出望外，赐了一个名字，从此改叫朱全忠。

此后，唐军加紧了围攻，并调沙陀贵族李克用统领的4万名穿黑衣的“鸦军”，投入战斗。李克用本姓朱邪，李是赐姓。他是镇压庞勋的朱邪赤心的儿子，父子两代都是农民起义军的死敌。

金统四年（唐中和三年，883年）的春天，义军陷入了苦战的局面。同州梁田坡一役，伤亡数万，大将赵璋战死。接着华州等据点失守，长安屏障尽失，坐守危城，势必覆没。黄巢不得已于四月初八晚上，撤出长安，由蓝田关入商山，望东而去。

黄巢进长安，弃长安，都没有什么破坏行动。唐军进了长安，烧杀抢劫，无所不为，宫室民居，绝大部分都遭破坏，壮丽的长安城几乎变成了一片瓦砾场。后来唐僖宗虽力加修缮，然而旧日的面目，一直没有完全恢复。

退出长安

黄巢没有继续进取，打下的城池也大部放弃了，因此大齐政权局促在东起潼关，西到龙尾坡，北自同州（今陕西大荔），东南到商、邓的狭小区域内，长安处在官兵的四面包围之中，粮源非常困难。

黄巢不断遣使到河中（治所今山西永济蒲州镇）征调粮食，

当地吏民不胜负担，降将原唐河中节度使王重荣乘机叛变，杀了大齐使者。黄巢命驻防同州的大将朱温和驻守潼关的兄弟黄思邺合兵击河中，没能取胜。王重荣与举军入援关中的义武节度使王处存结盟，在渭水北岸安营扎寨，虎视长安。西面的唐凤翔节度使郑畋一面由幕僚修表表示归顺大齐，一面加紧挖城堑，筑工事，修兵器，训练士卒，收集数万禁兵，密约邻道合兵凤翔，准备反扑。中和元年（881 年）三月僖宗在成都任郑畋为京城四面诸军行营都统，命他传檄天下藩镇合兵勤王，围剿大齐。

黄巢派大将尚让、王播率 5 万主力西攻郑畋。可尚让以为郑畋是个书生，轻敌大意，队伍不整，鼓行而西，结果在龙尾坡中了官兵埋伏，被杀 2 万多，伏尸数十里。郑畋乘胜部署各道兵进逼长安。唐弘夫率泾原镇兵屯渭北，王重荣率河中镇兵屯沙苑（今陕西大荔南），王处存率易定镇兵屯渭桥（今西安西北），拓跋思恭率鄜延镇兵屯武功（今陕西武功），郑畋自屯盩至（今陕西周至），缩小了对长安的包围圈。

四月五日，官兵发起进攻。黄巢见官兵来势汹汹，兵多将广，主动率军撤出长安，露营霸上。唐将程宗楚、唐弘夫、王处存相继突入长安城。他们怕他镇得知赶来分功抢利，所以不报告郑畋，在城中纵兵出入民宅，大抢大杀，奸淫妇女。城中恶少流氓也乘机扮成官兵，浑水摸鱼，打家劫舍。城中一片乱糟糟。

黄巢得到情报，立即组织反攻。大将孟楷率兵从各门攻入，在城中与官兵展开激烈巷战。官兵都背负着抢来的财物，行动大受影响，被杀得片甲不留，十成中死了八九成，程宗楚、唐弘夫战死，只有王处存率残兵逃出。十日，黄巢第二次进入长安，忙着接受诸将所上尊号“承天应运启圣睿文宣武皇帝”。这次，他还犯了偏执的错误，他恨长安居民帮助官兵，为了报复，纵兵屠杀，流血成河。这注定了他最后在长安城待不下去。自此，大齐形势日益险恶。

中和二年（882 年）九月，同州防御使朱温叛变。朱温是宋州砀山人，出身孤贫，随母兄依人，成年后凶悍无赖，好吃懒做。黄巢起义，他立即参加，屡立战功，是黄巢心爱的大将之一。他驻防的同州处在最前线，但兵力不足，多次请求增兵，都被知右军事的孟楷扣压不报，早就心怀不满。这时，见黄巢兵势日蹙，诸将离心，晓得依靠黄巢再也没有出路，就杀了监军，举州投降了王重荣。于是长安东北门户大开。唐僖宗得报大喜，任命朱温为右金吾大将军、充河中行营招讨副使，赐名朱全忠。

年底，李克用率 4 万沙陀兵到达同州。沙陀兵骁勇好战，一到即战，中和三年（883 年）初在沙苑大败黄巢弟揆。二月，沙陀兵会同河中、易定、忠武镇兵，在梁田坡与尚让所率 15 万大齐军激战，整整打了一个下午，大齐军被打败，伤亡数万，伏尸 30 里。

李克用乘胜不断推进，连连得胜，进屯渭北。四月三日，李克用与黄巢一日三战，黄巢没有后援，官兵却源源不断增援，黄巢大败。八日，李克用打进长安。黄巢力战，抵挡不住潮水般涌进来的官兵，烧了宫室，弃城撤走。黄巢走兰田道入商山，沿路边撤边故意把金银财宝丢撒在路上，追赶的官兵见了，争先恐后抢拾，无心紧追。于是黄巢摆脱了追军，平安退入河南。

丧身狼虎谷

黄巢退出长安时，有兵 18 万人，战斗力仍很强劲。如果他能认真总结经验教训，用己之长，击敌之短，仍旧可以大有作为。可惜他到了河南，就犯一个战略错误，硬打陈州（今河南淮阳）300天之久，结果遭到重大的挫折，并且导致了失败的结局。

事情是这样的。孟楷率领先头部队先遭陈州刺史赵犨袭击，被俘牺牲。黄巢大怒，集结主力，围攻陈州。在感情冲动之下，他忘了利害，犯兵家大忌，屯兵坚城之下，不顾一切地猛攻。

日子一久，兵力疲乏，河南连年饥荒，粮食也非常缺乏。唐乘机集结援军，准备在陈州附近打一次歼灭战。金统五年（唐中和四年，884年）五月初，黄巢被迫解围，引兵北上，在中牟（今属河南，在郑州、开封间）被李克用袭败。尚让带了一部分队伍，投到徐州节度使时溥那里；另外一些旧将，逃往汴州（今河南开封），投奔朱温，后来都成为朱温部下的大将。这些人都是农民起义军中的败类。

黄巢率余部东走，连遭追兵掩击。六月十七日，黄巢和兄弟黄邺、黄揆、外甥林言等，退到泰山狼虎谷（在今山东莱芜境），力竭自杀（一说使林言代杀）。林言持黄巢弟兄的首级，带了黄巢的家属，投往时溥，也为追兵所杀。轰轰烈烈的持续十一年之久的农民大起义至此结束了。

朱温篡唐

镇压了黄巢起义，并没有能挽转唐朝急剧衰落的命运。在镇压黄巢起义中，各路诸侯都乘机拥兵自重，割据称雄，不受朝廷制命，相互攻并。汴州刺史朱温与河东节度使李克用的战争刚刚停下来，朱温又同蔡州节度使秦宗权打了起来；沧德节度使王铎在漳南高鸡泊被魏博节度使子乐从训杀了，淮南、江南军将也在相互攻打，混战、军乱此起彼伏。

光启元年（885年）正月，在这一片纷扰混乱中，僖宗从成都出发，三月十一日，返回长安。只见城中建筑十焚六七，宫阙破残，荆棘满城，狐兔纵横，破败不堪。十三日，僖宗御宣政殿，宣布大赦，改元光启。可这时李昌符割据凤翔，王重荣割据蒲、陕，诸葛爽割据河阳、洛阳，孟方立割据邢、洺，李克用割据太原、上党，朱温割据汴、滑，秦宗权割据许、蔡，时溥割据徐、泗，朱瑄割据郓、齐、曹、濮，王敬武割据淄、青，高骈割据淮南八州，刘汉宏割据浙东，都自擅兵赋，叠相吞噬，废置不由朝廷。江淮转运路绝，两河、江淮赋税都不输供长安。朝廷号令，只行于河西、山南、剑南、岭南数十州，"王业于是荡然"。

起初，最厉害的是秦宗权。黄巢起义被镇压不久，他就称帝，设官分署，派部将四出攻略，秦彦掠江淮，秦贤掠江南，秦诰攻陷襄阳，孙儒攻陷孟、洛、陕、虢，张晊攻陷汝、郑，卢塘攻打汴州，攻陷附近20余州，所过屠残人物，燔烧城邑，使得西至关内、东到青、齐，南至江淮，北至卫、滑，鱼烂鸟散，人烟断绝，荆榛蔽野。光启元年六月，孙儒攻占东都，烧杀抢掠，东都变成一片废墟，鸡犬不留。

秦宗权的凶势在汴州、陈州遭到了阻遏。陈州刺史赵犨和朱温是儿女亲家，为了保住自己的地盘，顶住了秦宗权的进攻。秦宗权越过陈州，把战场推进到汴州大梁城（今河南开封）城外，与朱温进行了旷日持久的兼并战争。光启元年十月，在城外八角镇，秦宗权大败朱温。光启二年（886年）五月，朱温在尉氏（今河南尉氏）南战败秦将秦贤。秦宗权自以为兵力是朱温的十倍，竟然被他战败，就在光启三年（888年）正月，倾全力来攻汴州。秦宗权部署张晊屯兵汴州北郊，秦贤屯兵城西板桥，各有兵力数万，列 36 寨，连延 20 余里；卢塘屯兵万胜（今河南中牟县境），夹汴水筑营，断绝汴州粮路，要一举吞灭朱温。

朱温因汴州兵少，派大将诸军都指挥使朱珍为淄州刺史，去淄青招兵万余，买马千匹。四月，朱珍还大梁，朱温大喜说："吾事成功了！"他召集诸将说："敌人不知朱珍已到，一定还以为我们兵少畏敌。我们正好出其不意，先发制人。"于是他自引兵攻袭秦贤寨，士兵们鼓勇而进，踊跃争先，连拔四寨，斩万余级，秦兵大惊。这时，朱温派遣到河阳、陕、虢的部将郭言也募兵万余赶到。朱温兵力大增，乘着漫天大雾，挟胜袭击万胜秦兵，掩杀殆尽。秦兵都徙到张晊的营寨，朱温乘胜追击，斩杀 2 万余。五月，再次出击，大败张晊。

听说围城秦兵大败，秦宗权率精兵从郑州赶回，会合张晊，进攻汴州。朱温不敌，向朱瑄求救。朱瑄、朱瑾弟兄率兖、郓兵赴救，义成军也同时赶到。朱温合四镇兵反攻，在汴州北郊边孝村大败秦宗权，斩首 2 万余级，一直追击秦宗权到汴州西北 90 里的郑州阳武桥才奏凯还师。秦宗权弃了郑州，逃回蔡州。其余占据东都、河阳、许、汝、怀、虢的秦将也弃城焚舍而去。朝廷任命扈驾都头杨守宗为许州事，朱温以其将孙从益知郑州事。

从此，秦宗权势力日益衰落，朱温崛起中原，举足轻重。他野心勃勃，常想外掠，扩展地盘，吞并邻道，因感兵力不足，而四境又都是割据的藩镇，时常郁然不快。馆驿巡官敬翔探知他的心事，向他献计说："明公想图大事，可一有举动必为四境乘机入侵。如今只要指使麾下将士假叛逃到邻道，然后明公奏告朝廷，传告四邻，以自伐叛徒为名就可出兵并吞邻道了。"朱温大喜说："真是天降奇人来帮助我了。"从此，他就依计而行，不断攻袭邻道，攻城夺池，在兼并战争中，朱温势力日益发展。

僖宗文德元年（888年）二月，僖宗以朱温为蔡州四面行营都统，诸镇兵都受他节度，实际上赋予了朱温征伐吞并邻道的合法权力。三月六日，僖宗暴死，年二十七。大宦官杨复恭拥立皇太弟寿王杰即皇帝位，改名敏，是为昭宗。五月，昭宗加朱温兼侍中。这时襄阳守将赵德湮估计秦宗权必败，举山南东道投降了朱温。朱温大举进攻蔡州，在城南大败秦宗权，又攻克北关门。秦宗权退守蔡州中城。朱温部署诸将环城筑28寨，围困蔡州。八月，攻克蔡州南城。九月，朱温因粮草没有及时运到，又见秦宗权已是强弩之末，引兵还汴州。十二月，蔡州将领申丛斫了秦宗权的足，把他囚了，投降朱温。昭宗龙纪元年（889年）正月，蔡州将领郭璠又杀了申丛，槛送秦宗权到汴州。二月，朱温献秦宗权到长安处斩。三月，昭宗加朱温兼中书令，晋爵东平郡王。朱温军势大盛，取代了秦宗权而成为中原最大的割据势力、唐朝廷最大的威胁。

昭宗在位期间，朱温在朝廷中有奸相崔胤做他的内应，专事东吞西并。到乾宁四年（897）二月，朱温灭朱瑄，于是天平（郓、齐、曹、棣）、秦宁（兖、沂、密）、感化（徐、宿）、忠武（陈、许）、宣义（郑、滑、濮）五镇十四州全归朱温。到昭宗光化三年（900年）十月，朱温自率军攻定州（今河北定县），于是河北诸镇都表示服从朱温。举目天下，已无人能独力抗衡朱温了。

进封梁王

这年十一月六日，长安发生宫廷政变。神策军左右中尉刘季述、王仲先等率禁兵千人把昭宗禁闭在少阳院，矫诏称昭宗为上皇。十日，拥立太子。宰相崔胤向在定州行营的朱温告难，要他发兵问罪。朱温还师大梁，正好刘季述派养子希度和供奉官李奉先送到矫诏，还许诺把大唐社稷送给朱温。朱温犹豫不决，召将佐商议。有人认为："朝廷大事，不是藩镇所应当参预的。"天平节度副使李振主张出兵靖难，说："王室有难，这实在是建立霸业的最好机会。一个宦官小子敢废天子，公不能讨伐，怎么还能号令诸侯。而且幼主位定，天下之权就尽归宦官了。不靖王室，是把太阿之柄授予他人。"朱温正想挟天子以令诸侯，于是大悟，囚了使者，派亲吏蒋玄晖到长安与崔胤共谋平乱。

右神策中尉王仲先治军很严，查出贪污舞弊的军校都痛打不恕，还要追出赃款，禁兵一向对他不满。昭宗被禁，左神策指挥使孙德昭尤愤愤不平。崔胤侦知，命判官石戬笼络孙德昭，传示崔胤的衣带书，要他杀刘季述、王仲先二人，迎上皇复位。孙德昭一口答应，又去联络了禁兵将领董彦弼、周承海。十二月二十五日，孙德昭伏兵安福门，杀了王仲先。天复元年（901年）正月初一，昭宗复位，在长乐门楼接受百官朝贺，董彦弼、周承海捉了刘季述等大宦官，押到楼前受审，乱杖打死。昭宗论功行赏，任孙德昭同平章事、充静海节度使，崔胤进司徒，进封朱温东平王。

朱温野心更大了，存心要篡代唐室，积极谋划。他收服了河北，命大将张存敬率兵3万进军河中，剪除最大的敌手李克用的羽翼。河中节度使王珂是李克用的女婿，遣书向李克用告急。李克用还书说他众寡不敌，不如弃城举族归太原。王珂又遣书向凤翔、昭义节度使李茂贞求救，李茂贞连回音也不给。二月，张存敬兵围河中，城中守兵都无斗志，于是王珂请降。朱温得报，从洛阳赶到河中受降，将王珂举族迁往大梁，派人在途中杀王珂。

李克用派使者送重金给朱温修好，朱温怪李写的信言辞不逊，派大将氏叔琮统兵5万合魏博等镇兵大举进攻河东。氏叔琮连克泌州、泽州、潞州，直抵晋阳。李克用日夜抵御，挡住了氏叔琮的攻势。后因粮草供应不上，又逢连日大雨滂沱，士卒疟疾痢泻不止，朱温才命氏叔琮撤围还兵。但在篡唐的道路上，已不必再担心李克用与他角逐了。昭宗又以朱温为宣武、宣义、天平、护国（河中）四镇节度使。于是，自蒲、陕东到海滨，南起淮水直到黄河诸镇都为朱温所有。

当时凤翔、昭义节度使李茂贞也有挟天子以令诸侯之意。李茂贞镇处关中，侧近长安，又和左神策中尉韩全海勾结，政治地理形势较为有利。宰相崔胤是朱温的死党，建议昭宗尽诛宦官。韩全海侦知了崔胤的密谋，指使禁兵对昭宗喧噪控诉崔胤减损禁兵冬衣。昭宗不得已，解除了崔胤的盐铁使，夺了崔的财政大权。这时，李茂贞又请求昭宗迁居凤翔。崔胤自知密谋泄露，急忙报告朱温，伪称昭宗诏他以兵来迎驾。

朱温得书，于十月二十日率四镇兵7万清君侧。二十九日，兵到河中，上表请昭宗迁东都。京城大恐，士民逃窜山谷，百官都不入朝，阙前寂无一人。

四日冬至，韩全海与凤翔护驾都将李继海陈兵殿前，纵火烧了后宫院，挟持昭宗与皇后、妃嫔、诸王百余人，直趋凤翔。朱温南渡渭水，直抵长安。崔胤率文武百官迎接，劝促朱温西迎昭宗。朱温挥师西进，直抵凤翔，屯兵城东。李茂贞挟天子命朱温还镇。又诏河东李克用发兵进攻河中。朱温移兵邠州（治所今陕西彬县）。十二月，攻克盩厔，令崔胤率百官及长安居民迁往华州。天复二年（902年），朱温移军武功。二月初一，李克用在平阳（今山西临汾）取胜的消息报到，朱温还军河中，调兵遣将迎击李克用，取慈、隰、汾三州。从此，李克用连续多年不敢与朱温相争。

四月，崔胤怕李茂贞劫持昭宗到四川，从华州赶到河中，泣诉朱温，力劝他及时迎接昭宗。五月，朱温自率精兵 5 万从河中进军凤翔。凤翔人畏之如虎，都逃入城中。朱温在虢县大败李茂贞，重抵凤翔城下。九月，因为久雨不止，士卒多病，朱温又召诸将商议还兵河中。部将高季昌、刘知俊说：“天下英雄，观战已有一年了。如今茂贞已困，为什么要舍此而去！”朱温担心李茂贞坚壁不出，高季昌献了诱兵计。

秣马饱士后，朱温按计命一支骑队诈逃。李茂贞果然中计、倾巢而出，攻击朱温大营。朱温在中军擂鼓，鼓声一作，百营俱出，纵兵大杀，凤翔兵被杀伤殆尽。朱温又遣轻骑数百占据凤翔城门，断了李茂贞退路。李茂贞进退无路，被迫与朱温议和，答应送昭宗还京。

可李茂贞进城就反悔。十月，保大节度使李茂勋率兵万余来救凤翔，被朱温击退，遣使投降。到十二月，关中州镇都被朱温占领，凤翔成了孤城，城中又粮食缺乏，连诸王妃嫔也只能一日食粥一日食汤饼。李茂贞只好谋诛宦官，以向朱温求和。

光复三年（903 年）正月，李茂贞请昭宗诛宦官。昭宗喜从部署凤翔兵捕杀了韩全海等 20 余首谋西迁的宦官，把他们的首级送到朱温营中。二十二日，昭宗亲自到朱温大营，朱温素服待罪，顿首流涕。昭宗也不禁哭泣，说：“宗庙社稷，赖卿再安；朕与宗族，赖卿再生。”亲解玉节带赐朱温。二十七日，朱温杀了数百宦官，只留下 30 名小黄门在宫中服杂役，并以崔胤兼判六军十二卫事，典掌禁军。二月，以昭宗幼子辉王祚为诸道兵马元帅，加朱温守太尉、充副元帅，晋爵梁王，进崔胤为司徒兼侍中。从此唐朝的军政大权全归朱温掌握，昭宗成了朱温手中的傀儡。

追弑昭宗

朱温并吞关中，威震天下。这年，四川王建遣使与朱温修好，平卢节度使王师范举青州投降朱温。朱温加快了篡夺唐室的步伐。他想让昭宗到洛阳，怕崔胤持异议，元祐元年（904年）正月，上表密奏崔胤专权敌国，离间君臣。九日，昭宗贬崔胤为太子少傅，次日下诏数崔胤罪状。十二日，朱温密令他安插在京师的宿卫都指挥使朱友谅包围崔府，杀了这个多年与他狼狈为奸的老伙计崔胤及其亲信数人。接着，挟余威请昭宗迁都洛阳。

正月二十一日，朱温荐任的宰相裴枢收到朱温书，催促百官东行。第二天，长安士民被驱赶上路，号哭满途。边哭边骂："都是贼臣崔胤召朱温来倾覆社稷，害得我们流离失所！"二月十六日，昭宗离开长安。朱温命亲将宫苑使张廷范毁坏长安宫室百司及百姓庐舍，拆取了木材，浮渭河而下。长安从此成了一片废墟。

闰四月，朱温尽杀宦官，把内廷的小黄门200多人也全杀了，统统用汴州兵代替。于是，昭宗左右都是朱温的人。十日，昭宗被强迁入洛阳。

昭宗被朱温劫持，天下大惊。李克用、李茂贞等天下藩镇相互移檄联络，要兴复唐室。朱温认为昭宗有英气，担心朝中生变，谋划另立幼君，以便禅位给自己。他派遣判官李振到洛阳，与枢密使蒋玄晖、左龙武统军朱友恭、右龙武统军氏叔琮商议，伺机下手。

天祐元年（904年）八月十日夜，昭宗酒后宿在皇后的椒殿。蒋玄晖派龙武牙官史太等百人叩宫，称有急事要面奏。夫人裴贞一开门见黑压压兵临宫门，大惊说："急奏为什么要带兵?"史太二话不说，挥刀杀了她。蒋玄晖带兵冲入，大声问："至尊在哪里?"昭仪李渐荣临轩高呼："宁杀我们，勿伤大家(皇帝)!"昭宗闻声急起，披了件单衣，绕柱而逃。史太紧追不放。李昭仪以身掩护昭宗，也被史太一刀杀了。昭宗终于被史太追上，杀害，年三十八。

第二天一早，蒋玄晖矮矫诏，声称李渐荣、裴贞弑逆，被诛，立辉王祚为皇太子，更名柷。李柷在柩前即位，年十三，改元天祐，是为昭宣帝，又称哀帝。

均田制

唐代仍然实行"均田制"，是北魏以来均田制的继续，从武德年间起到开元末年止，曾三次颁行诏令，根据新情况对前代"均田制"略加调整。成为唐前期的基本土地制度。

唐初，在多年战乱之后，社会经济破坏严重，人民流离失所，政府财政困难。整顿田制和赋税制度，成为安抚流亡，恢复经济保证财政收入，巩固政权的当务之急。

唐高祖在武德元年（公元 618 年）十二月下令实行给内外官职分田制度：京官一品十二顷，二品十顷，三品九顷，四品七顷，六品四顷，七品三顷五十亩，八品二顷五十亩，九品二顷；雍州牧及外州官二品二十顷，三品十顷，四品八顷，五品五顷，七品四顷，八品三顷，九品二顷五十亩。

武德二年（公元 619 年）二月十四日，高祖下令征收租税：每丁租二石，绢二丈，绵三两。

武德七年（公元 624 年）三月二十九日，唐政府首次颁行均田及赋税制度，其内容是："凡天下丁男给田一顷，笃疾废疾给四十亩，寡妻妾三十亩（若为户者二十亩）。”老男亦给田四十亩。所受田以二十亩为永业田，其余为口分田。受田人亡故，他名下的永业田转授给他的承户人，而口分田则由官府收回另行授给他人。是为均田之制。赋税制度是：“每丁岁八粟二石；调则随乡土所产：绫绢䌷各二丈，布加五分之一；输绫绢䌷者兼调绵三两，输布者麻三斤。凡丁岁役二旬，若不役则收其庸，每日三尺。有事而加役者，旬有五日免其调，三旬则租调俱免。通正役不过五十日。若夷獠之户皆从半税。凡水旱虫伤为灾，十分损四以上免租，损六以上免（租）调，损七以上课役俱免。但武德田令中没有一般妇女受田的内容，这在现存可见的均田制资料中是最早的。

武德七年（公元624年）田令还包括给官永业田和给道士田的内容。受官永业田的限额是：亲王百顷，职事官一品六十亩，郡王及职事官从一品五十顷，国公及职事官正二品四十亩，郡公及职事官从二品三十五顷，县公及职事官正三品二十五顷，职事官从三品二十顷，侯及职事官正四品十二顷，伯及职事官从四品十顷，子及职事官正五品八顷，男及积事官从五品五顷，职事官六品七品二顷五十亩，八品九品二顷；勋官上柱国三十顷，柱国二十五顷，上护军二十顷，扩军十五顷，上轻骑都尉十顷，轻骑都尉七顷，上骑都尉六顷，骑都尉四顷，骁骑尉飞骑尉八十亩，云骑尉武骑尉六十亩；散官五品以上受田限额与职事官相同。五品以上各类官须在宽乡受官永业田，六品以下的则在本乡受之。道士给田三十亩，女官、僧尼可能与少相同。

武德田令以本地耕地可以满足给田定额的地方为宽乡，反之则为狭乡。在宽乡可以按照全额受田，在狭乡则要减半。同时，对于耕种一年休耕一年的瘠薄耕地加倍给授，对于宽乡的耕种一年休耕二年的耕地则再加一倍给授。

由上可以总结出唐代均田制的特点：第一，扩大了授田的种类和范围，凡属老、小、笃疾、废疾、寡妻妾、工商户和僧尼道都分给一定的土地。由于寺院经济的不断发展和商贾占有大量土地，所以在均田令中把这一事实合法化，保证僧侣地主和商人地主的既得利益；第二，“杂户”授田同于百姓，“官户”半给，奴婢、部曲和一般妇女不给田。这种情况，反映了隋末农民战争后社会阶级关系的变化，“杂户”身份有所提高，待遇同于百姓。大量奴婢、部曲获得解放，数量日益减少，已无受田必要。官僚地主通过“均田”普遍获得大量土地，用前代通过奴婢或牛来受田的办法，也尤必要；第三，均田令中规定：“凡授田，先课后不课，先贫后富，先无后少”的原则。对缓和社会阶级矛盾有一定作用，既能维持唐朝财政收入，又有可能防止无地农民逃亡，将农民固定于土地之上，维持社会生产；第四，唐令规定：“谓永业田家贫卖供葬，及口分田卖充宅及碾硙邸店之类，狭乡乐迁就宽乡者，准令并许卖之。”允许买卖永业田或口分田，这是我国封建社会土地私有制的发展和均田制即将崩溃的反映，它给土地兼并开了方便之门。

鎏金鸳鸯花纹双耳银盒

均田制以关东地区最高，关中地区最低，长江流域居中。均田制的实施，把自耕农束缚在土地上，使政府有了较为稳定的财政收入和力役，兵役的来源。

和前代相比，在唐代的授田对象中，增加了杂户、官户、工商业者和僧道。这是因为自南北朝后期，杂户、官户以及工商业者的身份都在逐渐上升，唐代统治者不得不多少改变过去对他们的歧视政策，对他们也进行授田。南北朝以后，寺观经济获得了很大发展，唐政府对僧道进行授田，是为了肯定寺观对土地的所有权。唐代取消对妇女的授田，反映了妇女地位的进一步低落，也说明那时大量土地日益集中于各类地主手中，国家掌握的均田土地越来越少，因而取消了对妇女的授田。至于取消对奴婢、部曲的授田，这是与他们的大量解放以及士族地主的没落相适应的。

唐代的均田制调动了农民的积极性，促进了农业生产的发展和恢复，在唐初期起了积极作用。但是唐朝推行的均田制和从前一样，并没有触动地主官僚的私有土地，对农民的授田只限于无主荒地。不仅如此，唐代对贵族官僚进行授田的规定比以前更完备，而且授田的数额也很高。唐代对土地买卖的限制也比较松弛，法令上允许买卖口分田是以前所没有的。这都给大土地所有制的发展提供了方便。

租庸调制

均田制是唐前期的基本土地制度，而与之伴行的租庸调制则是该期的基本赋税制度。均田的目的是要向得受田者收取赋税劳役。从武德时起的百余年中，唐政府的主要财政收入来自租庸调。

武德二年（公元 619 年）二月，唐王朝规定：丁男，每年缴租粟二石、绢二丈、绵三两。武德七年三月，颁布《田令》，实行均田制度。与此同时，颁布《赋役令》，规定：丁男，岁入粟 2 石，谓之租。桑蚕产地，缴绢（或绫、絁）二丈、绵三两；麻产地，缴麻布二丈五尺、麻三斤，谓之调。丁男每年服徭役二十日；若不出役，则每日缴绢三尺，布则三尺七寸五分，谓之庸。总括谓之租庸调制。租庸调是国家对均田农民的三项主要剥削。它的内容是：丁男每年向国家缴纳粟二石，称作租。缴纳绢二丈、绵三两或布二丈五尺，麻三斤，称作调。每丁每年服徭役二十天，如不服役，每天输绢三尺或布三尺七寸五分，称作庸，也叫“输庸代役”。官僚贵族享有蠲免租庸调的特权。租庸调剥削是以均田制的推行为前提的，均田制规定每个成丁的农民都受田一百亩，因此国家征收租庸调就只问丁身，不问财产。唐代的租庸调制承袭隋代而来，不过有些变动。唐代租庸调的征收只以成年男子对对象，妇女、老小、残疾并不征收。贵族和九品以上官员有免课役的特权。

金花鹦鹉纹提梁银罐

唐代的剥削制度不同于前代的是“输庸代役”的出现。庸始于隋，到唐代成为一项普遍的制度。输庸代役制度的推行，使农民有较多的时间来进行生产，具有积极意义。

唐前期除租庸调以外，还有户税和地税两种税收。户税是根据财产多少而确定的户等进行征收。唐初民户按资产分为三等，不久又改为九等，户等高则多征，低则少征。王公、百官之家都要征收。唐玄宗开元年间，户税征收进入了主要阶段，当时规定：凡天下诸州税钱，各有准常。三年一大税，其率一百五十万贯；每年一小税，其率四十万贯，以供军国、传驿及邮递之用。每年又别税八十万贯，以供外官月料及公廨之用。这说明至开元年间，户税已制度化，而户税又区分为大税、小税和别税。由于唐初百姓授田较多，所承担的赋役尚能承受，加之“以庸代役”普遍实行，农民有较多的时间进行生产，因而有利于唐初农业的恢复和发展。

租庸调制在唐长期占统治地位，直到均田制末期的天宝年间（八世纪中期）租庸调的收入仍占唐政府全部财政收入的百分之六十左右，对巩固中央集权国家作用巨大。是唐代重要的财政来源之一。但随着地主经济的逐渐成熟和唐朝统治集团的不断腐败，土地兼并日益加剧。到了开元初年（八世纪二十年代），土地兼并使大量均田农民破产逃亡，唐政府不得不一方面实行括户以防止租庸调收入过快下滑，另一方面则反复强调官僚贵族的占田限额以减缓土地兼并的速度。但这些都非治本之计。从高宗朝起，政府就日益重视户税和地税，使之由补充租庸调发展到与之并行。天宝年间，均田制迅速弛坏，租庸调制随之下落。安史之乱及随后的河北藩镇割据终于使实行了三百年的均田制、租调制退出了历史舞台，让位给租佃制和以户税地税为先导的、按财产田亩计征的两税法税法。

刘晏改革财政

唐朝后期藩镇战争连绵不断，社会经济只能缓慢地恢复和发展，始终未能重现开元年间的全盛景象。安史之乱结束之初，中央所能掌握的户口仅三百万户左右，相当天天宝年间的三分之一。建中元年（公元 780 年）实行两税时客户落籍，经过整顿，增加至三百八十余万户。到唐武宗会昌（公元 841 年～846

年）间，国家掌握的也不过四百九十余万户。户数大减于盛唐，固然与强藩巨镇不申户籍和逃户大量存在有关，但也确实能在一定程度上说明经济状况今非昔比。不过，在这样的不利条件下，劳动人民仍然在生产上取得了不小的成就。

刘晏是唐朝著名的理财家，宝应元年，代宗以刘晏为户部侍郎兼河南道水陆转运都使。广德二年（公元764年），又以刘晏为河南、江淮以南转运使，以后又兼盐铁使、常平使等职。铸钱、盐铁、转运、常平都是敛钱的手段，不过，得钱最多的还是盐税，刘晏理财主要就是增加盐税收入。刘在整理财政方面的主要成就是：改革漕运、改进盐政和行常平法。

安史之乱使汴河堙废，运河沿线户口流散，漕运不能畅通，刘晏为整顿漕运采取了以下几项有效的措施：①规定江船不入汴，汴船不入河，河船不入渭，以方便运船短途往返，并把漕粮分段运往太仓；②根据各段运路水流情况的不同，在扬子（今江苏扬州南）制造适合于各河水流的坚固耐用的船只；③改变过去州县取富人督挽漕及沿途人民服役牵挽粮船的办法，以盐利充漕佣，雇船工、水手进行运输；④大力疏浚运河河道，畅通漕运。经此整顿，运量大增，运河沿线的社会经济亦得到恢复。广德二年（公元764年）刘晏刚主办江淮遭运时，唐政府全年收入（现钱）不过四百万缗，大历末年即大历十四年（公元779年）就增加到一千二百多万缗。所增加的收入中，百分之七十来自江淮盐利，而不是从加重农民的负担得来的。相反地，倒由于他采取了各种适当的措施，老百姓的生活还得到相

三彩牵马俑

对的稳定。

刘晏在肃宗上元元年（公元760年）任盐铁使后，根据“因民所急而税之则国用足”的原则，改革盐法，其主要办法是：①国家在产地统购亭户（制盐户）生产的食盐，然后加价卖给特许的盐商，任其自运自销；②鼓励商人以绢代钱籴盐，国家用所得的绢制做将士春服；③离盐乡很远的地方，转盐官在那里储备食盐，等商绝盐贵时减价出卖，称作“常平盐”。经过整顿，盐利由每年四十余万缗增加到六百余万缗，占国家总收入的一半左右。刘晏改革税法，到大历末年，他所管的各地的总收入一年多至一千二百万缗，其中盐利占大部分，比初创时增十倍以上。

他在诸道置巡院，选择勤廉干练的士人作知院官，管理诸巡院。诸巡院收集本道各州县雨雪多少庄稼好坏的情形，每旬每月，都申报转运使司刘晏所在处。又招募能走的人，将各地物价迅速申报。刘晏掌握全国市场动态，在丰收地区用较高价钱籴入谷物，在歉收地区用较低价钱粜出，或用谷物换进杂货供官用，有多余再运到丰收地区出去卖。这样调剂的结果，物价大体上可免太贵太贱的危害，社会得以比较安稳，税收也就比较有着落，增加财政收入，这就是常平法。

上述改革对唐朝的财政状况尽管有所改善，但还没有触及主要的赋税制度，而且岁入的增加最终是来源于对人民的剥削，故具有一定的局限性。

由于刘晏在进行财政整顿时，照顾到百姓的利益，对大贵族地主利益有所侵犯，致使他们千方百计地陷害刘晏。公元780年，德宗听信杨炎的谗言，杀刘晏。此后理财的官员多走刘晏的旧路，但没人能比得上刘晏。

杨炎和两税法

唐代自安史之乱后，“王赋所入无几”。为了维持唐王朝的赋税收入，朝廷不得不推行新的赋税办法来代替名存实亡的租庸调制。于是就有了杨炎的两税法。

杨炎是唐中期著名的政治家，宰相。公元780年，他看到“租庸之法，期弊久矣，”于是向德宗建议实行两税法。玄宗末年，版籍渐坏，至德兵起，赋敛无常。下户旬输月送，不胜困弊，率皆逃徙为浮户，其土著者百无四五。正月，宰相杨炎建议作两税法：先计州县每岁所应费用及上供之数而赋于人，量出以制入，户无主客，以现居为簿，人无丁中，以贫富为差。其田亩之税，以去年垦田之数为准，而均征之。为行商者，所在州县税三十之一。居人之税，秋夏两征之，夏税无过六月，秋税无过十一月。其租、庸、调杂徭悉省，皆总于度支。诏行之。

唐代舞会八棱金怀

两税法的主要内容“户无主客”，“人无中丁”都要在现居住地建立户籍，按财产多少确定纳税等级。没有固定居住地的行商，一律在所在的州县，缴纳资产的三十分之一（后改为十分之一）的税收，废去以前的租庸调和杂税，统一于夏、秋两季征收。这是中国土地制度史和赋税制度史上的一大变化，反映出封建国家由不同程度地控制土地占有变为不干预或少干预的原则。从此以后，再没有一个由国家规定的土地兼并限额，

高士宴乐纹嵌螺钿铜镜

同时征收对象也不再以人丁为主，而是以财产、土地为主，而且愈来愈以土地为主。

两税的具体办法是：将建中（公元780年～公元783年）以前正税、杂税及杂徭合并为一个总额，称之“两税元额”。将这个元额摊派到每户，分别按垦田面积和户等高下摊分。以后不管有何变化，各州、县的元额都不准减少。每年分夏、秋两次征收，夏税不过六月，秋税不过十一月。租、庸、杂徭悉省，但丁额不废。无固定居处的商人，所在州县依照其收入的三十分之一征税。两税法把中唐极端紊乱的税制统一起来，短期内曾在一定程度上减轻了人民的负担。两税法颁行以后，唐王朝的财政状况曾经一度得到改善。按照规定，自王公百官到普通百姓都要交税；流散他乡的浮户、荫庇于豪家的客户、往来经商的人，以前不纳租调的，这时也都要交税，从而扩大了纳税面。施行两税的头一年，唐王朝的岁入大增。但是实行中的弊病也确实不少：首先，长期不调整户等，这样就不能贯彻贫富分等负担的原则；而且两税中户税部分的税额是以钱计算的，而市面上的钱币流通量不足，不久就产生钱重物轻现象，农民要贱卖绢帛、谷物或其他产品以交纳税钱，无形中增加了负担，到后来比之定税时竟多出三四倍；其三是两税制下土地合法买卖，土地兼并更加盛行。由于这些弊病，两税法遭到当时有影响的一些人物的反对。但是他们又拿不出更好的办法来替代它，因此这种税制仍然成为后来封建统治者所奉行的基本税制。两税法的实施是改税丁为税产，这符合土地集中和贫富升降的社会现实。两税法代替租庸调，是土地制度变化、地主土地所有制高度发展的结果。这次税制改革是中国财政史上具有重大意义的一件大事，对此后历代的赋税制度产生了深远的影响。在推行两税法时，由于租庸调及各项杂税都已并入了户税和地税，所以唐政府归定“今后除两税外，辄率一钱以枉法论”。但这种局面很短暂。不久，腐朽的统治者又开始搜刮百姓，增加苛捐杂税，再加上钱重物轻等原因，人民的负担成倍增加，生活比以前更加困苦。

韩愈与《原道》

韩愈（公元768年～824年）字退之，河阳（今河南孟县西）人，郡望昌黎，人称韩昌黎。韩愈三岁而孤，随长兄会播迁韶岭。会卒，由嫂郑氏鞠养。七岁读书，十三能文，刻苦自砺，日记数千百言，遂通《六经》、百家学。大历、贞元间，受独孤及、梁肃崇尚古学风影响，锐意钻仰，欲自振于一代。贞元八年擢进士第。同榜及第者多才俊之士，故称龙虎榜。韩愈任监察御史时，曾因关中旱饥，上疏请免徭役赋税，指斥朝政，被贬为阳山令。长庆四年十二月二日韩愈卒，世称韩吏部或韩文公。他是唐代著名的文学家，古文运动的领导者，又是宋明理学的先驱者。

韩愈位于唐宋八大家之首，其著作编为《韩昌黎全集》他在政治上反对藩镇割据，从思想上尊儒抑佛，他在《原道》和《论佛骨表》中，从三个方面对佛教进行了尖锐的打击。一是指责佛教大建寺院，不事生产，耗费大量的财富，加重百姓的负担，是使百姓“穷且盗”的根源。二是指责佛教来自夷狄，让佛教凌驾于儒学之上，有被夷狄同化的危险。三也是最重要的一点，指责佛教自外于天下国家，灭弃封建伦常，使得“子焉而不父其父，臣焉而不君其君，民焉而不事其事。”（《原道》）为此韩愈主张止塞佛道，勒令僧道还俗，烧掉佛经道书，把寺观改为民房，发扬儒家之道以取代佛道的宗教理论。他反佛的目的就是要以儒家的伦理纲常，代替佛教的所谓灭情见性的出世观点。佛教主张出家为僧应摆脱君臣、父子、夫妻的关系，否则会为情所累，而影响见性成佛。韩愈则认为只有在封建伦理关系内，才能使情“动而处其中”，因情见性，因此他提出了恢复孔孟以来中断了的道统观的主张，而“道统”就是封建的纲常伦理关系。他把封建社会的秩序称为“道”，认为“道”由尧舜传下至孟子而中断，儒学因此未得发展，而他的任务，就是接替道统，发扬儒学反对佛教。

鎏金鱼龙纹银盘

元和十四年（公元 819 年），唐宪宗把凤翔法门寺的一块佛骨迎入长安，掀起了一场迎佛骨的崇佛热潮。当时，韩愈冒杀身之祸向皇帝上表极谏。他说历史上信佛的皇帝都活不长久或不得好死。他要求把佛骨“投诸水火，永绝根本，断天下之疑，绝后代之惑。”宪宗见表大怒，要杀韩愈，后经群臣的解救，才免一死，贬为潮州刺史。但是他的反佛斗志并没有消沉。不过他不是以唯物主义作批判佛教的武器，而是以儒家的唯心主义批判佛教的唯心主义。因而不可能从根本上打击佛教。在宇宙观方面，韩愈认为天可以对人间进行赏罚；在人性论方面，他以儒家的伦理道德为标准，把性划分为上、中、下三品，而且认为每个人的性是与生俱来的。这些都是唯心主义观点。

韩愈的学生李翱（约公元772年～842年）在继承和发展其师的“性三品说”的基础上，提出了恢复人性的“复性说”。李翱认为，人的本性，都是先天的符合封建道德标准的，是善的。这个本性是做圣人的基础。为什么有人做不到圣人，不能体现本性呢？李翱认为，这是由于受到情欲的干扰，使得人性昏而不明，迷失了本性。因此，他提出了灭情欲复本性的主张。李翱仿效佛教的修行来改造儒学，教人从“弗思弗虑”中，去掉思虑，排除情欲，使心神达到一种清明“至诚”的境界，这就恢复了本性。李翱的“复性说”，实质上是要恢复封建社会的秩序，恢复封建道德对人们约束，这是和佛教要摆脱封建道德的约束，破坏封建伦理关系的人性论相对立的。所以，李翱的“复性说”也是反对佛教的，这种观点也完全是唯心主义。

韩愈、李翱的唯心主义思想，经过宋代周敦颐、程颢、程颐等人的继承和发展，逐步形成了唯心主义理学，是宋明理学的先声，韩愈的客观唯心主义思想是程、朱学派思想到萌芽，李翱则是陆王学派思想的先导。成为中国封建社会时期，占统治地位的官方哲学。

唯物思想家柳宗元

针对各种唯心主义思想，唐代先后产生了一些唯物主义思想家。唐初反对唯心主义的思想家有傅奕和吕才。傅奕主要批驳佛教的观点，而且上书唐高祖，建议废佛。吕才主要反对中国传统的宿命论，并揭露阴阳吉凶之说的虚妄。但两人都缺乏理论的高度，对唯心主义的批判不够有力。而柳宗元则从唯物主义的角度对佛教进行批判。

柳宗元（公元 773 年～819 年），唐大臣、诗人。字子厚，唐河东解县（今山西运城西南）人，世称柳河东。父镇，安史乱时，徙家吴兴（今浙江湖州），官终侍御史。

贞元二十一年正月，顺宗即位，宗元擢为礼部员外郎，协助王叔文等力革弊政，为宦官、藩镇及守旧派朝臣所反对。八月，顺宗内禅，宪宗即位，改元永贞。翌月，贬宗元为邵州刺史，未到任，于十一月再贬永州司马。同日遭贬者尚有同政见者韩泰、韩晔、刘禹锡等七人，史称“八司马”。

中唐壁画

元和十四年十一月八日（韩《志》作十月五日），宗元卒于任所，人称“柳柳州”，民为立祀。柳宗元为唐代古文大家，与韩愈齐名，世称“韩柳”。思想上反对天命论，认为“阴阳”、“元气”生育万物而不能赏功罚恶。他批判鬼神怪异的邪说，反对以符瑞贞祥、天人感应论史，否定神造天地说。

柳宗元著述甚富。著作如《天说》、《非国语》、《断刑论》、《贞符》等均具朴素唯物论倾向。

柳宗元认为宇宙是由混沌的运动着的元气构成的。昼夜交替，寒来暑往，山崩地震，都是元气运动的结果。元气像瓜果、

青釉褐彩句瓷壶

草木一样是自然物质。他认为，天是没有意志的，不能赏功罚罪。他指出，万物的生息和灾荒是自然现象，社会的治乱则是人事，“其事各行不相预”。柳宗元的天和人“各不相预”的观点，有力地批判了韩愈等人的“天命论”的唯心主义思想。

柳宗元还进一步揭露了天命论的社会根源。他指出：“古之所以言天者，盖以愚蚩蚩者耳”，所以，他说：“力足者取乎于人，力不足者取乎神”。这是对有神论者的严厉的批判。柳宗元在对有神论的斗争中，还批判了神学的历史观和君权神授说。他认为整个社会历史是一个自然发展的过程，它有着自己固有的、不以人们主观意志为转移的客观必然趋势。这种趋势称之为“势”。他说，帝王“受命不于天，于其人”，“封建，非圣人意也，势也”。柳宗元从历史的“势”的观点，企图寻找历史发展的规律，在当时的历史条件下，是有进步意义的。主张儒佛融合。认为郡县制取代封建制是“势”所必然。文学上提倡文以明道，主张为文当“有益于世”（《读韩愈所著〈毛颖传〉后题》），反对“贵辞而矜书，粉泽以为工，遒密以为能”等片面追求形式美倾向。其所作大抵可分为论说、寓言、传记、游记、骚赋五类。散文创作以山水游记著名，如《永州八记》。也有揭露、讽刺时弊之作，如《捕蛇者说》、《三戒》等。诗作高旷深隽。与韩愈共倡古文运动，被后世列入唐宋八大家。

刘知几和《史通》

唐代史学上最大的成就是刘知几撰成《史通》和杜佑撰成的《通典》。

莲花汤

《史通》是我国第一部系统的史学理论专著。作者刘知几，字子玄，彭城人，是我国封建社会杰出的史学家。他用自己毕生的精力研究历史，在景公二年（公元 711 年）写成《史通》。《史通》二十卷，四十九篇。在这部书中，刘知几对过去史书的编纂体例、史料选择、人物评价、史事叙述及语言运用等方面都提出了自己总结性、独创性的看法。他强调史学家应当秉笔直书，无所阿容，并反对记叙怪诞不经的事。《史通》中有《疑古》、《惑经》二篇，对古代典籍和传统经书中有关历史的记载提出了大胆的质疑。刘知几认为史家必备的三个条件是：才、学、识。他特别强调“识”的重要性，即史家最可贵之处在于自己的独到见解。他对于迎合权势或从个人恩怨出发进行讳饰的史书，进行了严厉的批判。特别对被奉为儒家经典的《尚书》《春秋》等书进行抨击，指责它们讳恶虚美，爱憎由己，歪曲历史真相。这都是具有一定进行意义的卓越见识。《史通》是中国历史上第一部历史学理论著作，对后世发生了深远的影响。

杜佑和《通典》

杜佑长于吏治和理财，他总结历代的典章制度以服务于现实政治。在先前，刘秩已撰成《政典》三十五卷，按《周礼》六官所职分门编撰。杜佑得其书，认为条目未尽，乃以三十多年的时间广其所缺，参益新礼，于德宗贞元十七年（公元801年）撰成《通典》二百卷。全书共分九门：“食货”、“选举”、“职官”、“礼”、“乐”、“兵”、“刑”、“州郡”及“边防”。记载了从上古直到唐代的各种典章制度的沿革，对唐朝（天宝以前）的记载尤其详细。杜佑特别重视财政经济，故将“食货”门列于全书之首。过去也有关于典章制度的记载，均是附载于正史之“书”、“志”，未有专书；《通典》则发展以往的“书”、“志”而创典志体，且系纵贯古今之通史，在中国史学史上创建了新的史书体例，为后代政书的撰述开了先河。

青黄釉绘兰草瓷盘

杜佑研究历代典章制度的沿革是为了吸取历史经验，解决当时的政治经济问题。反对“非今是古”，主张“随时立制，遇事通变。”《通典》把食货列为九门之首，反映了杜佑对社会经济的重视。但《通典》大讲礼教，《礼门》占了全书分量的一半，这说明他写史的根本目的还是为了维护封建礼教，巩固封建统治。

唐代诗歌

唐代文学在中国历史上占有突出地位，诗歌创作、古文运动、民间文学等方面均有辉煌成就。诗歌尤为光彩夺目。

唐代的诗歌，在我国文学史上有着突出的地位。仅就清人编的《全唐诗》统计，诗人有二千三百余人，诗歌近四万八千九百余首，其数量之多，内容之丰富，题材之新颖，风格流派之多样是前代无法比拟的，远远地超过了过去任何一个朝代。

古典诗歌在唐空前发展的原因很多，其主要的有三个方面。一是唐代经济的昌盛繁荣，为诗歌发展奠定了良好的物质基础。二是庶族地主登上政治舞台，他们的革新精神，突破了六朝以来的浮靡文风，把诗歌创作推向新的发展阶段。三是唐代科举的诗赋取士，封建帝王对诗歌的提倡，刺激了士人对诗歌的创作。除此之外，如国内各民族的融合，中外经济文化的交流，也都为诗歌增添新的营养。

唐诗的发展，大致可分：初唐、盛唐、中唐和晚唐四个时期。分别出现了“唐初四杰”浪漫主义诗人李白及“诗圣”杜甫、白居易、李商隐、杜牧等一批著名的诗人，他们把唐代诗歌推向繁荣，奠定发展了格律诗。

“初唐四杰”

“初唐四杰”指的是唐初期的王勃、杨炯、卢照邻、骆宾王四个诗人。他们创造了一批新鲜活泼的优秀作品，对摆脱旧诗风作出了很大贡献，奠定了律诗的形式。

王勃（公元 650 年～676 年）字子安，绛州龙门（今山西河津）人，郡望太原祁县（今属山西）。隋末大儒王通孙。早慧好学，九岁读颜师古注《汉书》。撰《指瑕》十卷以究其失，誉为神童。麟德元年上书刘祥道，刘表荐于朝，三年应幽素科举，对策高第，授朝散郎。后因戏为《檄英王鸡文》，被高宗怒逐出府。遂南游巴蜀。友人凌季友时为虢州司法，盛称弘农药物，乃求补虢州参军。

王勃恃才傲物，为同僚所嫉。咸亨五年，因匿杀官奴曹达事，犯死罪，遇赦革职。其父王福畤时为雍州司户参军，亦受累贬为交趾令。

王勃在文学上主张崇尚实用创作。“壮而不虚，刚而能润，雕而不碎，按而弥坚，的诗文，批评以上官仪为代表的宫廷诗风“争构纤微，竞为雕刻，骨气都尽，刚健不闻”，开始自觉革除齐、梁诗风的余绪，对转变风气起了很大作用。王勃属文，初不精思，先磨墨数升，引被覆面而卧，及寐，挥笔成篇，不易一字，时人谓之腹稿。王勃的诗流传下来的有八十多首，多为五言律诗和绝句，拓展了题材领域，表现出激越浑厚的情调。其中写离别怀乡之作较为著名。王勃的赋和序、表、碑、颂等文，流传后世的有九十多篇。上元二年，王勃赴交趾探亲途经南昌作《滕王阁序》。《滕王阁序》在唐代已脍炙人口，被认为“当垂不朽”的“天才”之作。王勃与杨炯、卢照邻、骆宾王的诗文齐名，并称“初唐四杰”，《四库全书总目》亦称“勃文为四杰之冠”。

王勃自交趾探亲返回时，渡海溺水而卒。

杨炯（公元 650 年？～692 年后），唐代著名诗人与王勃、卢照邻、骆宾王以文词齐名海内，并称“初唐四杰”。华州华阴人（今陕西）。幼年聪明博学，善属文，显庆四年（公元659年）年，被举荐为神童，当时只有10岁。上元三年（公元676年）参加制举及第，后补授校书郎，提升为詹事司直。垂拱元年（公元685年）因徐敬业武装讨伐武则天事件的株连，贬出詹事府，远充梓州司法参军。杨炯的诗作以边塞征战诗最为著名，《从军行》中的“烽火照西京，心中自不平”、“宁为百夫长，胜作一书生”等充满爱国激情的诗句，一扫宫廷诗矫揉造作的情态，给人一种气势磅礴的感觉。《出塞》、《战城南》、《紫骝马》也都表现了为国立功的精神，风格豪放。他另存有赋、序、表碑、铭、志、状等五十篇。其中最著名的是《王勃集序》。《王勃集序》以高昂的战斗激情、捭阖自如的文笔，成为千古传诵的名文。《王勃集序》论及龙朔间“上官体”泛滥情况及彼等与之斗争业迹叙述较详，具有重要的史料价值。原文集30卷，已佚。杨炯的作品具有复杂性，既带有宫廷诗的烙印，又与之抗衡，从中可以看出他由宫廷诗走向革新文风的道路。

杨炯擅长五律。闻“王、杨、卢、骆”之称，说：“吾愧在卢前，耻居王后。”张说以为“盈川文思如悬河注水，酌之不竭，既伏于卢，亦不减王”（两唐书本传）。但从现存作品分析，杨炯的诗文成就不及卢王。

卢照邻（约公元637年～686年后）字升之，自号幽忧子，幽州范阳人（今河北涿县），卢照邻十余岁从曹宪、王义言授《苍》、《雅》及经史，博学善文。二十岁时为邓王李元裕府典鉴，总揽书记，甚受爱重。元裕为寿州、襄州刺史，照邻皆随至任所。其间曾出使至益州及庭州。

照邻工骈文、诗歌，诗之题材“从宫廷起到市井”（闻一多《唐诗杂论·四杰》）。尤长于七言歌行，对推动七言古诗发展多有贡献，《行路难》、《长安古意》为其代表作。他的诗多忧怨愁苦，或揭露当时黑暗的社会。著有文集二十卷，已佚失。后人重辑其作成《幽忧子集》。

武则天时，卢照邻曾聘为贤士，但在仕途上坎坷不得志，后又染“风痹症”投颍水自杀身亡。

骆宾王（公元 640 年～684 年后）字观光，浙江义乌人，七岁能诗，有神童之名。但这位神童的命运并不佳，一生书剑飘零，沉沦下僚，为人作幕，当过主簿一类小官。他“十年不调为贫贱，百日屡迁随倚伏”，曾官游西北西南，自诉“剑动三军气，衣飘万里尘”。唐高宗仪凤四年（公元 679 年），擢迁侍御史，这是他一生中得到的最高官职，但为时不长，终因好向武则天上书言事，而被诬下狱。在狱中，他忧心如焚，愤而作《萤火赋》、《在狱咏蝉》以明志。获释后任临海（今属浙江省）丞，故后人亦称之为骆临海。骆宾王对武氏政权不满，公元 684 年，参加了徐敬业的幕府，他曾以慷慨淋漓的笔致，为徐敬业草写《讨武氏檄》。檄文历数武则天的秽行劣迹，阴谋祸心，申明大义，备述起兵目的，以“试看今日之域中，竟是谁家之天下”作结，写得气势不凡，极富煽动性。相传武则天看到此处时，赫然变色，连忙打听檄文是谁所作，左右答说是骆宾王。她听了后，十分惋惜地说：“宰相之过也，人有如是才，而使之流落不偶乎?”但是纵然骆宾王才高八斗，无奈徐敬业武略不济，起义仅经历了三个月就失败了。嗣后，关于骆宾王的下落种种说法为兵败被杀，一种说逃亡后落发为僧。

骆宾王擅长写七言歌行。《帝京篇》在当时就被称为绝唱；《畴昔篇》五七言间用，洒洒洋洋，于以后歌行颇有影响。五言律诗亦时有佳作，如《在狱咏蝉》托物咏怀，犹为后人传诵。吴之器称其“五言气象雄杰，构思精沉，含初包盛。卓然鲜俪。

七言缀锦贯珠，《汪洋洪肆》；《灵妃》、《艳情》尤极凄靡。虽本体间有离合，抑亦六代之遗则也。”（《骆丞列传》）

骆宾王文集毁于战火，后中宗令郗云卿集之，名《骆宾王集》共十卷，赋一卷，诗四卷，文五卷。

“初唐四杰”对唐代诗歌的发展和繁荣奠定了基础，对后世影响也很大，杜甫在《戏为六绝句》中对四杰评价云：“王杨卢骆当时体，轻薄为文哂未休。尔曹身与名俱灭，不废江河万古流。”

盛唐诗歌

盛唐（开元初至代宗大历初）时期，唐诗发展到繁荣的顶峰。诗歌体裁众多，风格各异。有高适、岑参为代表的边塞诗派，有以王维、孟浩然为代表的山水田园派，并产生出伟大的浪漫主义诗人、“诗仙”李白和伟大的现实主义的诗人、“诗圣”杜甫。以他们的丰富创作为中心，盛唐诗坛呈现出昌盛繁荣的局面。

①高适（公元 702 年～765 年）盛唐时期边塞诗人的主要代表之一。高适的代表作《燕歌序》，描写了塞外的雄奇风光和艰苦生活，抒发了将士乐观豪迈的开拓精神，同时也揭露了统治者的安逸生活，具有很高的思想性和艺术性。

②岑参（公元 715 年～770 年）盛唐时期边塞诗人的又一主要代表。岑参曾几度出塞，对塞外风光和边地生活的描写尤为真切动人，丰富多彩，他的《白雪歌送武判官归京》、《走马川行奉送出师西征》等都是脍炙人口的名篇。他与高适并称“高岑，所著有《岑嘉州诗集》八卷流传后世。

江干雪霁图卷（唐·王维）

③王维（公元701年～761年），唐代田园山水诗的主要代表人之一。画家。字摩诘。祖籍太原祁县（今山西太原）。父处廉，终汾州司马，徙家于蒲，遂为河东（今山西永济）人。

开元九年，王维进士及第，授太乐丞，旋因坐伶人舞黄狮子事，贬为济州司仓参军。二十三年，张九龄执政，擢为右拾遗。二十五年，近监察御史，秋，出使凉州慰问，留任河西节度判官。二十八年冬，以殿中侍御史知南选。十五年，安史乱军陷长安，维扈从不及，为乱军所获，送至洛阳，拘于菩提寺，被迫受伪职。至德二载冬，陷贼官以六等定罪，维因《菩提寺口号》诗，为肃宗所称许，又以其弟缙恳请削己官职以赎兄罪，获免。

乾元元年二月，王维责授太子中允，加集贤殿学士。不久，又迁太子左庶子、中书舍人，复拜给事中。上元元年，转尚书右丞，世称“王右丞”。

王维以诗名盛于开元，天宝间，尤长于五言诗，多以山水田园为内容。

王维多才艺，精诗文、书画、音乐，其诗清新秀雅，兼善各体，尤擅长山水田园诗，为盛唐山水田园诗派代表作家，与孟浩然齐名，世称“王孟”。王维聚其田园诗，称《辋川集》。著有《王右丞集》。存世的《雪溪图》和《写济南伏生像》，传为维作，恐非真迹。殷璠评其诗云："维诗词秀调雅，意新理惬，在泉为珠，着壁成绘。一字一句，皆出常境。"（《河岳英灵集》）苏轼云："诗中有画，画中有诗。"（《书摩诘蓝田烟雨图》）清代神韵派奉为圭臬，有"天下文宗"之称。

李白

王维晚年笃志奉佛，退朝之余，焚香独坐，以禅诵为事，晚年长期素食，得宋之问蓝田别墅，在辋口，沿辋水，环境幽美。上元二年卒，享年六十二。

④孟浩然（公元689年～740年）是唐代第一个大量写作山水诗的诗人。他和王维使唐代的田园山水诗达到了新的境界。

孟浩然字浩然，襄州襄阳人。他的五言诗享有盛誉，名篇有《临洞庭》，气势磅礴，《夏日南京怀辛大》《春秋》等，他的诗含蓄、清丽，情景交融，耐人寻味。

孟浩然的诗与王维齐名，称为"王孟"。有《孟浩然集》。

⑤李白（公元701年～762年），唐诗人，字太白，号青莲居士。祖籍陇西成纪（今甘肃秦安东），隋末其先人流寓碎叶（唐时属安西都护府，在今吉尔吉斯北部托克马克附近），他即出生于此。五岁时随父迁居绵州昌隆（今四川江油）青莲乡。

李白少年即显露才华，吟诗作赋，博学广览，并好行侠。曾受到过儒、道、纵横各家的影响。二十五岁时离川，"南穷苍梧，东涉溟海"。后来寓居安陆，后十年又北上太原，西入长安，东至鲁郡，交游颇广。

李白的诗风格雄奇豪放，想象丰富。语言流畅自然，音律和谐多变，是继屈原而后我国最伟大的浪漫主义诗人。表现出蔑视封建权贵的傲岸精神，对当时政治的腐败作了尖锐的批判；对人民的疾苦表示同情；对安史叛乱势力予以斥责，讴歌维护国家统一的正义战争；又善于描绘壮丽的自然景色，表达对祖国山河的热爱，善于从民歌、神话中汲取营养和素材，构成其特有的瑰玮绚丽的色彩。

李白的作品有《李太白全集》三十卷行世。他创造了浪漫主义和现实主义相结合的诗风，开拓了唐诗的新境界。现存九百多首，他的诗歌内容广泛，想象丰富，语言生动，热情奔放，反映了盛唐时的社会现实和精神面貌，具有强烈的艺术魅力，对后世影响极为深远。

李白对豪门权贵的弄权和腐朽，给以极度蔑视，他说："安能摧眉折腰事权贵，使我不得开心颜！他极端蔑视邪恶势力，有许多诗是直接揭露腐败的统治阶级的。如《古风》五十一：

"殷后乱天纪，楚怀亦已昏，夷羊满中野，菉葹盈高门。比干谏而死，屈平窜湘源，虑口何婉娈，女嬃空婵娟。彭咸久沦没，此意与谁论。"

李白诗意图

在这首诗里，诗人把后期的唐玄宗比作残暴昏庸的殷纣王和楚怀王，而且把整个社会都和殷纣楚怀时期相比，对昏庸的皇帝和依势的佞臣进行了无情的抨击。

李白的诗歌还热情歌颂了祖国的美好河山。在李白的诗中，有浩浩荡荡的长江，有奔腾怒吼的黄河，有峥嵘的剑阁，有喷射百丈的瀑布，有恬静幽寂碧波荡漾的洞庭湖，有孤直的松柏，有清涟水面的芙蓉，有茫茫的柳絮，有摧崩百川的大鹏，有能使人垂泪的猿啼，有悲哀的杜鹃，有翻飞万里的苍鹰，有引入深思的月光，更有闪电雷鸣……所有这些，都为人民所喜爱，成为脍炙人口的杰作。李白笔下的大自然，是具有民族特色的。从李白的诗里，可以听到中国大自然的音响，可以看到中国山河的美丽图画。如李白著名的诗篇《将进酒》、《望庐山瀑布》、《早发白帝城》、《蜀道难》等，以夸张的手法，豪迈奔放的热情，生动轻快的语言，描绘了祖国壮丽的山河景色。

李白的诗歌还注意反映各阶层人民的苦难生活，为人民鸣不平。在李白的诗歌中，人物形象非常多，其中却很少有达官贵人，绝大多数是村女、征人、宫女、弃妇、歌妓、卖酒的老叟等社会下层人民。李白很了解这些人，对他们具有真实的感情。在《丁都护歌》里，描写了纤夫的劳动场面：

“云阳上征去，两岸饶商贾。吴牛喘月时，拖船一何苦。水浊不可饮，壶浆半成土。一唱《都护歌》，心摧泪如雨。万人系盘石，无由达江浒。君看石芒砀，掩泪悲千古。”

这首诗是在长江下游写的。当地政府在山上采取大石，用拖船搬运，天旱水浅，千万个劳动者用力牵拉，也很难到达江边。但是监督的官员（都护）却限令极严，使劳动者无时喘息。李白想到这些石头使人民长期从事苦役，不禁感叹说：“君看石芒砀，掩泪非千古!”《丁都护歌》是乐府旧曲，相传是“其声哀切”，李白用以歌咏新事，就更加悲恻感人了。从这里可以看出诗人对于劳动人民的态度和人道主义精神。他在《秋浦歌》

中描写了冶炼场景，歌颂了冶炼工人的形象，这在古典诗歌中较为罕见。

李白诗歌的艺术特点主要表现在他所塑造的形象上。在李白的诗里，我们往往感触到一种超越现实的艺术形象，这种形象是由作者运用丰富的想象和大力夸张创造出来的。例如：他极言侠客的重义，便写出“三杯吐然诺，五岳倒为轻，捧土塞黄河”等名句；本来是根本不可能的事，而诗人却写出“黄河捧土尚可塞，北风雨雪恨难裁”，以反衬战死者妻子悲恨的深重；要肯定文章的有力，则写“兴酣落笔摇五岳”；为了否定功名的价值，则写“功名富贵若常在，汉水亦应西北流”；为了表现自己的才能，则写“为君谈笑静胡沙”；形容安禄山叛军势焰之盛，则写“呼吸走百川，燕然可摧倾”。在这些诗句当中，李白用夸张比喻的手法。把两种轻重显然极不相称的事物对举起来，以突出显示所要表达的意义，因此它所体现的感情及所发出的感人力量特别强烈。毫无疑问，假如诗人没有不可抑遏的激情和异乎常人的想象力，这是不可能的。

李白诗篇另一个艺术特点，就是它的艺术形象所概括的生活现象具有极大的广阔性。他形象地抓住许多难于直接联系着的事物，构成一副完整的形象。例如《行路难》，诗人的笔从酒肴案前忽然跃到黄河、太行、碧溪，以至沧海。再如《将进酒》，这首诗的中心思想是要及时行乐以消除胸中郁积的惆怅。为了强调要及时，首先指出人生时光之易逝而不可复返。但对这一概念，诗人并不是抽象地叙述出来，而是以壮阔的自然界现象——黄河奔流的形象来比喻大量时光之如逝水，一去不复返，并把人生相当漫长的岁月转变缩短到朝暮之间，这样给人的时光消逝迅速之感便特别强烈。

李白的诗是我国古代优秀的文化遗产，在文学史上起了很大作用，李白被后人推崇为“诗仙”。成为后人学习的楷模。成为盛唐最杰出的诗人之一。当然李白的诗歌也有一些消极成分，他的诗中常流露出一种人生若梦，及时行乐的消极颓废情绪。

李白很自负，自认为有政治管理才能，但仕途不得志。天宝元年（公元742年），因吴筠等荐举，李白被召供奉翰林，受到唐玄宗的特殊礼遇。由于在政治上不受重视，又为权贵谗毁，仅一年余即离去，但对宫廷内幕及上层统治集团的荒淫腐朽，有了较深认识。以后长期漂泊流浪，足迹遍及梁宋、齐鲁、幽冀，并多次往返于东越、金陵、宣城间。

天宝三年（公元744年），李白在洛阳与杜甫结交。后因永王璘事件被牵累，流放夜郎。行至巫山，遇赦东还。六十一岁时，李光弼东镇临淮，李白闻讯前往请缨，中途因病返回，次年死于当涂。

⑥杜甫（公元712年～770年），唐诗人。字子美，诗中尝自称少陵野老。其先原籍襄阳（今属湖北），后迁居巩县（今属河南）。诗人杜审言之孙。自幼好学，知识渊博，有政治抱负。

开元后期，杜甫举进士不第，遂漫游各地，过着“裘马清狂”的生活。天宝三年（公元744年）杜甫在洛阳与李白相识。后寓居长安，曾任右卫率府胄曹参军。安史乱前，寓居长安将近十年，未能有所施展，生活贫困。

杜甫

杜甫生平有志于“致君尧舜上，再使风俗淳”。但现实政治的黑暗和仕途上不断遭受的挫折，以及安史之乱前后的社会变化，使他既对现实有所认识，又有机会接近人民，因而创作出许多光辉的现实主义的诗篇，反映了唐王朝由盛而衰的社会面貌，大胆揭露当时统治集团的横征暴敛、奢侈腐化，批判藩镇割据、宦官专权，真实地再现了他所处的时代，因被称为“诗史”。

杜甫是唐代伟大的现实主义诗人。杜甫出生在河南巩县一个衰落的世族家庭里。他在文学上用过苦功，“读书破万卷，下笔如有神”是他的经验之谈。他有一番抱负，希望“致君尧舜上，再使风俗淳”（同上）。然而唐朝政治正在走下坡路，杜甫受权臣排挤，找不到出路，在愁苦的生活中，他的眼光越来越注意社会政治生活中的不合理现象，安史之乱之前他就开始写出一批反映现实比较深刻的作品，如诉说农民沉重的兵役负担的《兵车行》；批判天宝年间一些不义战争的《前出塞》；斥责杨家豪门奢侈荒淫的《丽人行》；而在《自京赴奉先县咏怀五百字》中，更直率地指出“彤庭所分帛，本自寒女出。鞭挞其夫家，聚敛贡城阙”，批评豪门贵族随便耗费农民的血汗，写出了传诵了一千二百余年的名句“朱门酒肉臭，路有冻死骨。”由此可见，在安史之乱以前，杜甫已经在写诗史了。揭露了统治阶级骄奢淫逸的腐朽生活，抨击了统治阶级黩武开边的不义战争，表达了他对人民的同情。

安史之乱后，他在长期漂泊的生活中写出了著名的组诗“三吏”（《新安吏》、《石壕吏》、《潼关吏》）、“三别”（《新婚别》、《垂老别》、《无家别》），深刻地揭露了统治阶级的腐朽残暴，描述了人民的苦难。《新婚别》说：“暮婚晨告别，无乃太匆忙”，拉走的是刚结婚的新郎。新安县是“县小更无丁”了，官府却把未成年的“中男”拉去当兵。“白水暮东流，青山犹哭声”，这就是诗人在新安道上的感受。”子孙阵亡尽”（《垂老

成都杜甫草堂

别》，老头子只得挺身去上战场，“老妻卧路啼，岁暮衣裳单；孰知是死别，且复伤其寒；此去必不归，还闻劝加餐”，还是什么情景！甚至一个打了败仗的散兵，还到故乡，刚想“荷锄灌畦”，县吏已经来征发他入伍了。他的家属一个也没有了，“存者无消息，死者为尘泥”，无家可别，然而内心的沉痛，更甚于有家可别的人。在《石壕吏》中，诗人写的县吏半夜捉人的情景。这户人家，三个儿子都在军中，其中两个已在相州阵亡，家中除两老之外，只有个带着乳婴的媳妇。县吏不顾这些，只要抓人当差。老头跳墙逃走，老妇只得跟着县吏，到军队里去烧饭，第二天只好“独与老翁别”了。杜甫的诗，沉郁浑厚，感情真挚，语言精炼，叙事严谨，真实地反映了唐代由极盛走向衰落的历史转折时期的种种社会现象，故有“诗史”之称，在中国文学史上占有重要的地位。

杜甫的代表作有《丽人行》《春望》《茅屋为秋风所破歌》和“三吏”、“三别”等，皆为人所传诵，有《杜工部集》传世。后人称之为“诗圣”。

当然杜甫的思想有时代和阶级的局限。他同情人民，但仍旧劝人民忍受。“况乃王师顺，抚养甚分明。送行勿泣血，仆射如父兄。”（《新安吏》）封建王朝的军队中的将帅和士兵怎会如此和谐呢？然而我们也不能因此过分责备杜甫，因为一个古代地主阶级的诗人能够像他那样深刻地反映社会实际，毕竟是难能可贵的。

杜甫一度为剑南节度使严武幕中参谋，武表为检校尚书工部员外郎，故世称杜工部。晚年携家出蜀，漂泊鄂、湘一带，病死于赴郴州途中。

白居易与《新乐府》

白居易（公元772年～846年）字乐天，晚年自号香山居士，祖籍太原，白家世代倡儒。白居易幼聪慧，五六岁学做诗，九岁解声韵。建中三年，随父至徐州别驾任所，寄家苻离。次年避乱至越中。贞元十六年登进士第。十八年登书判拔萃科。次年授秘书省校书郎。元和元年中“才识兼茂、明于体用科”，授盩厔尉。二年十一月任翰林学士。后历左拾遗、京兆府户曹参军等职，仍兼翰林学士。

白居易墨迹

白居易是继李白、杜甫之后最杰出的现实主义诗人，其诗今存三千多首，前期以讽喻诗为主，后期多闲适诗。白居易积极倡导新乐府运成，成为新乐府运动的主要代表之一。

白居易主张文学应反映现实，“文章合为时而著，歌诗合为事而作”，与李绅、张籍、元稹共倡新乐府运动。与诗人元稹、刘禹锡友善，多所唱和，时人并称“元白”、“刘白”他反对那种追求艳丽文字而言之无物的空洞文章，这是他从事创作的基本观点。白居易生活在唐朝走向衰败的时期，在青少年时代，因逃避军阀混战，长期过着贫困流浪的生活，使他能更多地接触社会现实，了解人民的疾苦。因此，其诗多有对人民的同情。

白居易草堂

他的《新乐府》五十首和《秦中吟》十首，就是这类诗歌的代表作。

元和二年（公元 806 年）白居易在《观刈麦》中写道：

“田家少闲月，五月人倍忙。夜来南风起，小麦覆垄黄。妇姑荷箪食，童稚携壶浆；相随饷田去，丁壮在南岗。足蒸暑土气，背灼炎天光；力尽不知热，但惜夏日长。复有贫妇人，抱子在其傍；右手秉遗穗，左臂悬弊筐；听其相顾言，闻者为悲伤；家田输税尽，拾此充饥肠。今我何功德，曾不事农桑；吏禄三百石，岁晏有余粮。念此私自愧，尽日不能忘!”

这首诗反映农民在炎夏从事繁重体力劳动的情景。看！一个劳动着的农民，顶着烈日，在拼命地干着。他忘记了疲劳，忘记了炎热，只知道珍惜夏日白天时间友，在他旁边有一个贫妇人，她一手抱着孩子，一手提着破筐，艰难地拾地上丢掉的麦穗。因为她家里剩下的麦子，已经拿去交税，现在为了活命，只能靠拾一点麦穗度日。诗的最后一段，诗人把农民的饥饿生活和自己的优裕生活作了对比而感到不安，并谴责自己。

白居易的作品，不仅通过个别历史现象揭露封建统治者的荒淫无耻生活，而且还能抓住当时社会的主要矛盾，从根本上戳穿唐朝后期阻碍历史发展的主要症结，进行控诉和批判。他在《重赋》一诗中写道：

“厚地植桑麻，所要济生民。生民理布帛，所求活一身。身外克征赋，上以奉君亲。国家定两税，本意在忧人。厥初防其

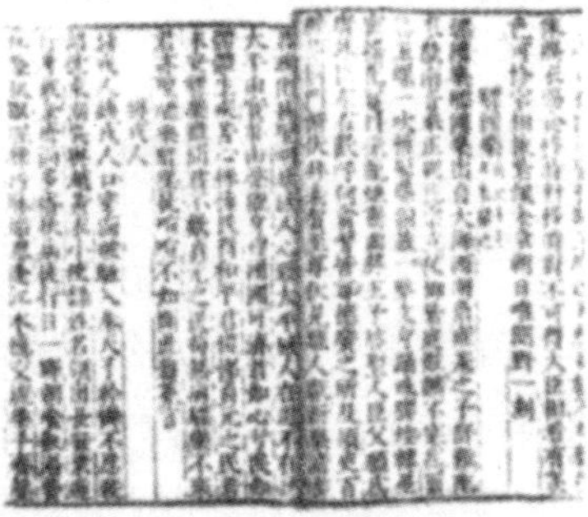

《骠国乐》选自明刊本《白氏长庆集》

淫，明敕内外臣：税外加一物，皆以枉法论。奈何岁月久，贪吏得因循；浚我以求宠，敛索无冬春，织绢未成匹，缫丝未盈斤；里胥迫我纳，不许暂逡巡。岁暮天地闭，阴风生破村；夜深烟火尽，霰雪白纷纷。幼者形不蔽，老者体无温；悲端与寒气，并入鼻中辛。昨日输残税，因窥官库门：缯帛如山积，丝絮似云屯；号为'羡余'物，随月献至尊。夺我身上暖，买尔眼前恩；进入琼林库，岁久化为尘。”

他的长篇叙事诗《长恨歌》和《琵琶行》，既有丰富的社会内容，又有很高的艺术成就。他的作品集有《白氏长庆集》五十卷传世及《白氏书帖》。白居易诗歌的特点是通俗易懂，清新明快，自然流畅，即使妇女儿童也会吟唱，因此白诗的流传很广，影响很大。

白居易的诗不仅有很高的思想性，而且有很高的艺术性。他掌握了现实主义的创作方法，描写了无数典型形象。白居易的现实主义创作是自觉的，具有鲜明的目的性，他力求高度地概括纷繁复杂的社会现象，选取最典型的事件人物，运用一系列方法来创造多种典型形象，全面地反映社会本质。

另一方面，诗人善于利用细节刻画，用对比抒情和叙事相结合等一系列艺术手法来塑造典型形象，使之鲜明突出。他无论写一个人物和一件事，都能感动读者，痛苦的令人流泪，愤怒的令人发指。读了白居易的诗，使我们感到文学作品的艺术魅力。

颜真卿与《多宝塔碑》

颜真卿（公元 709 年～784 年）唐代书法家。字清臣，祖籍琅玡临沂（今属山东），京兆长安（今陕西西安）人。

颜真卿曾任监察御史，迁殿中侍御史。杨国忠怒其不附己，出真卿为平原太守。安史乱起，真卿举义旗起兵抵抗，附近十七州同时响应，聚众二十万，被推为盟主。至德元载，弃郡渡河，至凤翔，授宪部尚书、御史大夫。

颜真卿富于学，工于文词，书法精绝，尤擅楷书，殷亮《颜鲁公行状》云“楷书绝妙”。世称“颜体”。颜真卿把篆、隶、行、楷四种笔法结合起来，具有方正敦厚、沉着雄浑的特点。颜书碑帖流传至今的有七十多种，近年还有新的发现。颜体楷书的代表作有《千福寺多宝塔碑》、《东立朔画像赞碑》、《麻姑仙坛记》、《颜帷贞家庙碑》等等。行书名作有《祭侄季明文稿》、《争座位帖》、《刘中使帖》等等。这些都是千余年来学书者争相临摹的范本。

谈及颜书在中国书法史上的地位，清人王文治有诗曰：“曾闻碧海掣鲸鱼，神力苍茫运太虚，间气古今三鼎足，杜诗韩笔与颜书。”作者认为，古往今来，其作品犹如大海搏鲸，神力冲天的，只有三家：杜诗、韩文、颜书。宋初书法家学颜体，正如唐初争学王体一样，故宋人有“学书当学颜的诗句”。

“草圣”张旭

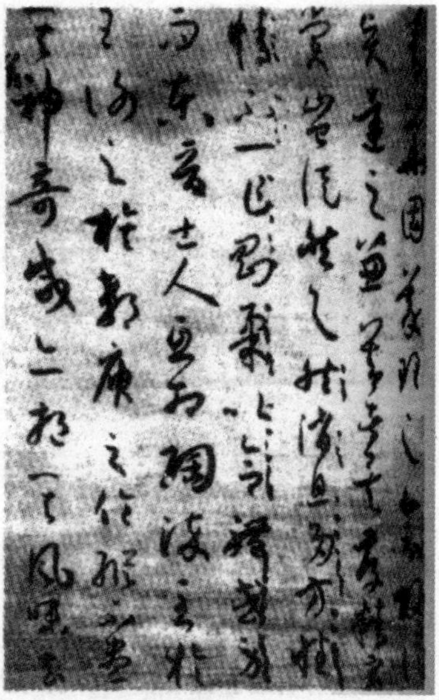
《书谱》(局部)

张旭也是唐代一位著名的书法家，字伯高，吴郡（江苏苏州人），工书，精通楷法，草书最为知名，逸势奇状，连绵回绕，具有新风格。继二王今草血脉，初唐草书一直处在酝酿蓄积阶段，欧、虞、褚、薛诸家虽以楷书名世，同时也有行草佳作，孙过庭师法二王，所著《书谱》亲笔草书文稿，笔势坚劲流畅，墨法清润，所谓“千字一类，一字万同”，已表现出唐草新意。活动于开元年间的大书法家张旭在今草基础上发展而为狂草，怪怪奇奇，超出王氏畦畴，与张芝、王羲之同为后世草书楷模。相传张旭每嗜酒大醉，呼叫狂走，下笔愈奇，人称“张颠”。诗人杜甫在《饮中八仙歌》称“张旭三怀草圣传，脱帽露顶王公前，挥毫落纸如云烟”。张旭遂以“草圣”名世。上海博物馆藏拓本《郎官石记序》是张旭传世的楷书孤本，原石久佚，全篇楷书疏朗淳雅凝重舒合，风格近似虞、褚。张氏书法，一人而二面，楷书“至严”，草书“至纵”。

狂草怀素

怀素是又一位以草书闻名的书法家。怀素是一名僧人，俗姓钱，字藏真，长沙（今湖南长沙）人。怀素的书法以“狂草”著称。他继承和发展了张旭的风格，二人并称为“颠张醉素”。怀素的书法以体势连绵，风神潇洒，刚劲有力，奔放流畅，世称“草圣”。怀素喜欢饮酒，喝到兴头上，运笔书写，写出的字如同飞动圆转，好似骤雨旋风，虽然有许多变化，却不失一定的法度。怀素的书法开了一代新风，对后世有巨大的影响。他的存世书迹有《自叙》、《苦笋》等帖。另外（四分律开宗记》也是他所著。

雕版印刷术和《金刚经》

我国古代四大发明之一的印刷术，始于隋唐时期。唐中晚期时，雕版印刷则在全国推广。大约七世纪中期，已有了雕版印刷的佛像。八世纪八十年代，有了作为纳税凭据用的“印纸”。长庆四年（公元824年），诗人元稹为白居易的《长庆集》写的序文也说，有人拿着印刷的白居易诗在街头叫卖和换取酒茶。大和年间，民间每年版印日历在市场出售，已极普遍。

唐贞观年间，雕版印刷开始出现。当时，唐太宗皇后长孙氏去世后，宫中撰写《女则》十篇，太宗看后大为赞叹，以为应该以此书垂戒后世，“令梓行之”，要求将这部《女则》雕版印行。唐代玄奘法师自贞观十九年（公元645年）西游印度回国到麟德元年（公元664年）圆寂期间，散发纸印的普贤菩萨像，每年多达五驮的数量。唐代刻书地点，今天可以考证的就有京城长安、东都洛阳、越州、扬州、江东、江西，尤其是益州成都最为发达。《女则》和玄奘印施的佛像都是京师印刷的。雕版印刷最初是在民间流行，至五代后唐明宗长兴三年（公元932年），官府开始采用雕版印刷，自此，政府刊刻书籍日渐增多，政府命国子监主持书籍刊刻工作，书版也藏于国子监，称为“监本”。

敦煌千佛洞发现的公元868年（咸通九年）印的《金刚经》，卷首有版画，文字刻印精美。可见唐后期雕版印刷已相当发达。

火药发明与西传

唐朝科学技术上有很多发明创造，雕版印刷以外，还有火药。

火药的发明和方士炼丹药有密切关系，它的产生，也经过了漫长的岁月。远在战国秦汉时期，历代帝王总想长生，于是就有一些人投其所好，自称能炼出长生不老的药来。这些炼丹家在崇山峻岭采花草，探金石，在深山古洞里炼黄金，制造长生药。由于这些人的大胆探索和辛勤劳动，往往发明和发现了新的物质。

封建统治者一直幻想炼制长生不老的仙丹，发明“点铁成金”或“点石成金”的法门。从战国以下，许多“方士”耗尽心力，对丹砂、水银、黄金等物，作了无数次烧炼熔解的试验。

这种迷信的炼丹术正是化学的原始形式。他们炼成的丹，吃了只会死人；炼成的金只是貌似金子的某种合金，火药也是炼丹中的副产品之一。它可能是在两种情况下产生的：或者，直接用类似火药的药料制造某种药时，这种药发生了火药的作用，从而发明了火药；或者，间接用类似火药的药料变化某种药时，意外地发生了火药的作用，因此，发明了火药。

总而言之，唐朝实际已经发明了火药，因为他们已经知道把硫磺和硝石混合起来能发火焰，把硝石和木炭混合也产生类似火药的作用。过去所以未能发生较大的爆炸力，是因为药料不纯和几种药料不够标准的缘故。

到了唐朝末期，火药已经从炼丹家手里转移到军队中。没有炼丹家的启发，军事家决不会从难懂的方士著作里去找火药。

最初用火药制造的武器叫做“火箭”，唐朝咸通九年十月，宠勋起义进攻宿州时，在一个大风天里，“以火箭射城外茅屋，延及官军营，死亡多人。”（《资治通鉴》卷二百五十一）这种“火箭”也叫“飞火”。宋朝路振的《九国志》记载，在五代时期，有一个叫郑璠的攻打豫章，曾“发机飞火”，烧毁了豫章的龙沙门。郑璠率众突破龙沙门，被烧伤了皮肤。可见火药在晚唐和五代战争中已经发挥了威力。

火药是我国古代四大发明之一。中国的炼丹术先在唐时经海道传入阿拉伯国家，阿拉伯人叫硝做“中国雪”，波斯人叫“中国盐”。十三世纪时，火药从中国经过印度传给阿拉伯人。欧洲人的炼丹术和火药都是从阿拉伯人学习的。

唐朝发明的火药从阿拉伯传入欧洲，对整个世界文明发生了巨大的推进作用。恩格斯说：火药“不仅对作战方法本身，而且对统治和奴役的政治关系起了变革作用。”以前一直攻不破的贵族城堡的石墙抵不住市民的大炮；市民的枪弹射穿了骑士的盔甲。贵族的统治跟身披铠甲的贵族骑兵队同归于尽了。”

直到今天，火药仍然在工农业生产、科学技术和国防建设上起着巨大的作用。

天文学家僧一行

唐代天文学也有了迅速发展，取得了一系列成就。其中最著名的天文家为一行和尚。

一行和尚（公元683年～727年）姓张，名遂，魏州乐昌（今河南南乐）人。唐代高僧、天文学家和大地观测量学家。

僧一行

他是开元时期的人，曾奉玄宗的命令，制定《大衍历》。这是一部先进的历法，分成七篇，包括平朔望和平气，七十二候，太阳和月球每天的位置和运动，每天见到的星象和昼夜时刻，日食、月食和五大行星的位置。这个历法吸收了实际观测的成果，使节气的划分更加精确，在当时是最先进的，它一直沿用到明末。数学也有贡献。首创等间距二次内插公式（一种求函数值的方法)，用来计算日月的运行。

测量子午线的长短，是一行在天文学上另一项成就。开元十二年（公元 725 年），他还倡议在全国 13 个地点进行天文观测，通过实测，算出地球子午线（经度）的长度为 351 里 80 步（合今 129.22 公里）。比阿拉伯天文学家阿次花刺子密于公元 814 午进行的实测早九十年。它与现代测量的子午线长度 111.2 公里相比，虽还有不少误差，但在当时是世界上第一次用科学方法进行的实测。一行观测天象，发现了恒星的移动，比公元 1712 年英国人哈雷的发现，几乎早了一千年。

一行和技工梁令瓒等制造了黄道游仪、水运浑仪等天文仪器。其中的水运浑仪不仅是天文仪器，还是世界上第一只用机械转动的钟。

水运浑仪上面有星宿赤道和周天度数，用水力推动轮子转动。一日一夜，天体旋转一周。另有两个轮子，缀有日月，也能转动。二十九转有余而日月交会，三百六十五转而日周天。他用木柜做地平，使仪器一半在地下。地平上有两个木人，面前放着钟鼓，每刻击鼓，每个时辰（两小时）撞钟，都由柜中的轮轴操纵。

我国古代的计时器，叫做刻漏，是让水以均衡的速度滴出，看水量的多少，就可以知道时间的早晚。这种计时器不靠机械转动，不是真正的钟。一行和梁令瓒制造的水运浑仪才是一具惊人的天文钟。恩格斯在《自然辩证法》中，列举历史上的重大发明，把时计列为一项，可见意义十分重大。这架仪器是用铜铁做的，后因保管不善，生了锈，便不会转动了。

一行不仅有高深的科学知识，品格也很高尚，坚决拒绝与权贵武三思结交。

药王孙思邈

隋唐时期医学有很大发展。隋朝太医博士巢元方，编了《诸病源候论》五十卷，是我国第一部论述疾病分类和病源的医学专著。唐显庆四年（公元659年）苏敬等人编的《唐新本草》五十卷，收集八百四十四种药物，是世界上第一部由国家编定和颁布的药典。天宝十一年（公元752年）王焘编成的《外台秘要》四十卷，收药方六千九百多个，至今对临床治疗仍有参考价值。

唐代最著名的医学家为京兆华原（今陕西耀县）人孙思邈（公元581～682年）。孙思邈在几十年的医学临床实践中，发现古代医学浩博杂乱，不易查检，因而他博采众长，精心删减，结合自己的实践经验，于公元652年撰成医书《急备千金要方》，总结了唐代以前的医学成就。《千金要方》共三十卷，儿科一卷，五官科一卷，内科十五卷，外科三卷；另有解毒急救二卷，食治养生二卷，三十年后，他又在总结半生医学经验的基础上，集成《急备千金要方》的姊妹篇《千金翼方》。该书对药物学和《伤寒论》作了重点介绍和论述，是唐代最最有代表性的医学著作，被誉为第一部临床医学百科全书。两书合称《千金方》如“羽翼高飞”，相辅相成，是孙思邈对传统医学成就进行的一次全面系统的总结。

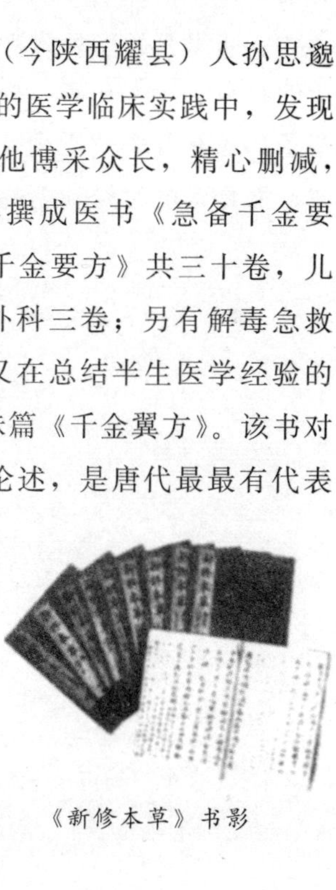

《新修本草》书影

孙思邈对妇科和儿科特别重视，主张独立设科。孙思邈在医学上的贡献，除了上述的一些以外，在针灸方面，他绘制了《明堂针灸图》，对针灸的孔穴加以统一。他并且强调针药应该并用。他说：针而不灸和灸而不针，不是好医生；针灸而不药，或药而不针灸，也不是好医生，针药并用，才是良医。这种用综合治疗方法来提高医疗效果的思想，扁鹊和华佗都很重视，孙思邈特别加以提倡。

永淳元年（公元 682 年）孙思邈卒。终年一百零一岁，孙思邈也与扁鹊和华佗一样，受到人民的崇敬和深切的怀念。因为他是一个杰出的药物学家，后人尊称他为“药王”，而且把他曾经隐居过的五台山称做“药王山”。在他的故乡建有纪念孙思邈的祠堂，祠里有孙思邈和他父母的塑像。药王山上也建有药王庙，庙里有相传是唐朝人拜孙思邈的“拜真台”和孙思邈隐居的石室——太玄洞，洞里还有他的塑像。太玄洞旁边的一个亭子，还有八块“千金宝要碑”，刻着《千金方》的一部分药方，那是宋朝时候刊立的。

五　代　十　国

（公元 907～公元 960 年）

梁朝

朱全忠建立梁朝

朱温，宋州砀山（今属安徽）人。父亲为乡下穷苦教书先生，早年去世。朱温自幼随母亲到萧县（今江苏萧县西北）刘崇家当佣工。后参加黄巢起义军，随军入长安。唐中和二年（882年）正月，黄巢以朱温为同州（今陕西大荔）防御使。同年九月，朱温见农民起义军处境困难，又与黄巢心腹大将孟楷不和，就叛变投唐。当时正逃难在成都的唐朝皇帝唐僖宗听到这消息后，喜出望外，立即下诏授朱温为左金吾卫大将军、河中行营副招讨使，并赐名全忠。

唐中和三年（883年）二月，朱温因作战有功，被唐政府任命为宣武节度使（治汴州，今河南开封）。朱温初到汴州的时候，手下兵微将寡，没有多少实力。第二年，黄巢被沙陀军李克用打败后，部众溃散，将领葛从周、霍存、张归霸等多人投奔汴州，朱温的羽毛才渐见丰满。以后十余年间，朱温凭借汴州优越的地理条件，逐步吞并割据中原和河北地区的藩镇。到公元905年，拥有关中和关东广大地区，成为唯一强大的军阀。朱全忠消灭许多割据者，初步统一了黄河流域，这可以说是不小的成就，建立起梁朝，也就算是合理的事情了。907年，朱温用禅让形式即皇帝位（梁太祖），国号梁，建都汴州城，改称为开封府（东都），改唐东都洛阳为西都。

梁太祖改革唐朝积弊

梁是短促的小朝廷，但也改革了一些唐朝的积弊。唐时枢密使二人与左右神策军中尉合称四贵，是执掌军政大权的宦官首领。梁太祖废枢密院，别立崇政院，任敬翔为院使。院使备皇帝顾问，参与谋议，宣皇帝意旨，地位比宰相亲近，权力比唐枢密使低，实际只是一个被信任的幕僚。唐昭宗大杀宦官，有些宦官逃避到藩镇处藏匿。公元 910 年，吴越国王钱镠上表称，本境有避死宦官 25 人，请求朝廷录用。梁太祖答称，正在革弊，宫中不要这种人。唐礼部尚书苏循自以为办禅让有功，希望做梁宰相。敬翔说，苏循是唐朝的鸱枭，卖国求荣，不可立足在新朝。梁太祖下诏，勒令苏循等 15 个唐大官致仕。苏循被斥逐出朝，投靠河中节度使朱友谦（912 年，朱友谦降晋，仍任河中节度使）。梁朝不容纳宦官和高级士族两个腐朽阶层，显得比唐朝有些新气象。

朱温在称帝之后，也比较重视农业生产。梁开平三年（909 年），他下令除两税之外不许再征杂税，禁止州县猾吏广敛贪求。后梁的赋税征收比起五代的其他各朝和十国都是比较轻的。朱温还常常到乡村民舍观看百姓从事农业生产，令司天监随时向天下预告风雨旱涝状况。有一年，宋州一带大水泛滥成灾，可是，宋州节度使朱友谅却献来某县令进贡的瑞麦。所谓瑞麦，就是一株茎上生出三个麦穗。朱温看后很不高兴。下诏罢免这位县令，并派人责备朱友谅。

朱温在即位之初，也能注意实行一些比较宽松的政策，废除过去严苛的军法“跋队斩”。所谓“跋队斩”，就是在行军作战时，若将校战死而士卒生还，就将所部士卒全部斩首。同时规定新的行军纪律，不许焚烧庐舍，开发丘陇，毁废农桑，驱掠士女。朱温注意限制武将的权力，制止他们的骄横跋扈，下令天下镇将无论官爵高低，一律在县令之下，改变了过去各地镇将在县令之上的习惯。对于功臣宿将的违法行为，也不一味姑息迁就。即使是宠将也不例外，这在一定程度上抑制了一些兵将的骄悍行为。

梁与诸藩镇的战争与梁的灭亡

梁固然改革了一些唐朝的积弊，但从开国到灭亡，大小战争始终不曾停止过，减轻租赋的意义，对民众说来，也就很有限了，因为每次战争都要损失大量的民命和财物。

公元 902 年以后，李克用被压制在河东一隅，不敢出兵与梁争锋。公元 908 年，李克用死，子李存勖继晋王位。李存勖是十分好战的武人，喜欢亲身冲锋陷阵。他训练士卒，令骑兵不见敌不得骑马；部署既定，谁也不许违背；分路行军，不许过期迟到。凡违军令，一定斩首。以沙陀人为骨干的一大群劫贼，经李存勖整顿，组织成精整的军队，李存勖也就成为梁的劲敌。

公元 910 年，梁太祖要消灭成德镇，使杜廷隐率魏博镇兵夺取成德镇的深、冀二州城，成德节度使王熔向李存勖告急，李存勖率大军来救。公元 911 年，两军在高邑（今河北高邑县）决战，梁军大败。晋兵杀梁兵 2 万人，夺得粮食、资财、器械不可计数。在大屠杀中，成德兵恨杜廷隐杀尽深、冀二州守兵，杀梁降兵极为惨毒。杜廷隐听到败信，弃深、冀二州城，城中老弱全被活埋，丁壮全被掳去当奴婢，只剩下一些破墙。经这次大战，梁非常怕晋，优势从梁方转到晋方。

梁太祖听说晋兵南下，911 年自洛阳亲率大军到魏县（今河北大名县西）抵挡晋兵。但梁军动摇，兵士多逃走，严刑不能禁。又有人报称不见敌兵，才平静下来。梁太祖看到颓势已成，只好退兵回洛阳。公元 912 年，李存勖攻幽州，梁太祖率大兵号称 50 万，昼夜行军到观津冢（今河北武邑县东南），想乘虚攻成德镇。成德镇巡逻兵数百骑前来，有人说，晋兵来了。梁太祖连帐幕也顾不得收起，急忙引兵往枣强（今河北枣强县），与攻城的梁将李师厚合军。晋将李存审与先锋史建塘等率数百骑黄昏时冲入梁军乱杀，梁太祖烧营连夜逃走，急奔 150 里，第二天早晨逃到冀州，损失军资、器械无数。后退回洛阳。

朱温一向荒淫好色，到了晚年，更是放纵淫乐，纵情声色，常常诏几位儿子的夫人入宫服侍，视作妃嫔。养子朱友文的妻子王氏容貌出众，尤受朱温宠爱，因此，朱温想立朱友文为太子。

后梁乾化二年六月（912 年），朱温的二儿子朱友垚得到妻子在宫中了解的情况，知道朱友文被立为太子，便勾结禁军将士杀了朱温。第二年二月，朱温的三儿子朱友贞以讨逆为名，杀友垚自立。朱友贞是后梁的末帝。

梁末帝时统治集团内部斗争更加剧烈，政治黑暗。生产受到更严重的破坏，在军事上与河东李存勖的战争也一再失利。

公元 923 年，李存勖在魏州自立为皇帝（唐庄宗），国号唐。唐庄宗使李嗣源袭破郓州（今山东东平县），梁末帝大惧，罢免戴思远，任王彦章为大将，段凝为监军，谋夺回郓州。王彦章攻破德胜南城，声势大振。唐庄宗放弃德胜北城，自率大兵坚守杨刘城，与梁军 10 万日夜苦战。王彦章解围退保杨村，唐军也回据德胜。王彦章憎恶赵岩、张汉杰等人，扬言要杀尽这批奸臣。赵、张等唯恐王彦章得胜，任同党段凝为大将，召还王彦章。段凝在滑州酸刺县（河南延津县）决黄河口水灌曹、濮、郓等州，阻止东面唐军的活动，自率大军抵御澶州唐主力军。梁末帝使王彦章率兵一万去攻郓州。唐庄宗采纳郭崇韬的计谋，留兵坚守杨刘，自率轻骑从郓州袭取开封，一举消灭梁国。唐庄宗率精兵从郓州出发，命李嗣源为先锋，路上擒获王彦章，经过曹州，直向开封。梁末帝自杀。李嗣源、唐庄宗先后入开封城，梁国文武百官降唐，段凝率全军投降，梁亡。

后唐

李克用父子建后唐

李存勖，沙陀人。其父李克用，唐末因为镇压黄巢起义有功，被封为晋王。李克用与朱温为争霸，展开长期的激烈战争。后梁开平二年（908年），李克用死，存勖继晋王位。唐乾化元年（911年），李存勖在柏乡（今属河北）决战中，大败后梁兵。接着攻占幽（今北京）、魏（今河北大名北）等州，取得河北。后梁龙德三年（923年）四月，李存勖称帝于魏州，是为庄宗，改元同光，国号唐，史称后唐。同年十月，灭后梁，十二月，迁都洛阳。

后唐消灭了河北三镇，又迫使割据凤翔的李茂贞臣服于己，比后梁更进一步地统一了黄河流域。后唐同光三年（925年），庄宗发兵攻灭了前蜀，势力扩展至长江上游。

唐明宗整顿政治

唐明宗比唐庄宗有知识，知道怎样巩固自己的地位。他针对着唐庄宗的弊政作出一些改正。做监国时，首先宣布孔谦刻剥百姓、军民穷困的罪状，下令斩孔谦。凡孔谦所立苛敛法，一概废除。又令诸镇杀监军使。监军宦官与节度使争权，诸镇极为愤恨，这一措施，自然得到诸镇的欢心。即帝位后，禁止中外诸臣献珍玩等物。宫内只留老成宫女 100 人，宦官 30 人，教坊（乐队）100 人，鹰坊（养鹰供畋猎）20 人，御厨 50 人。宫廷组织如此简单，是任何帝王不能相比的。宦官数百人或窜匿山林间，或落发为僧，有 70 余人逃到晋阳，唐明宗下令全部杀死。宰相任圜管财政，颇能建立制度，取得成绩，不过一年，唐明宗的地位稳定下来了。

唐明宗关心农事，公元 931 年，令诸道均平民间田税，又许民间自铸农具及杂铁器，每田二亩，夏秋纳农具税钱三文。在他称帝的七年里，战事稀少，屡有丰年，民众获得短期的喘息，应该说是一个好皇帝。

后唐的灭亡

任圜作宰相，安重诲作枢密使，都是唐明宗的忠臣，也都有些才能足以辅佐朝廷。安重诲恃宠骄横，任圜刚愎自用，二人往往争辩以至怒骂。唐明宗出身行伍，以为宰相看轻自己，很不满意。安重诲进谗言，公元 927 年，杀任圜。安重诲也渐被疑忌，公元 931 年，杀安重诲。先后杀两个重臣，说明唐明宗不能知人也不能用人，群臣离心，奸佞得势，败亡不可免了。骄兵悍将作乱，是唐中期以来相沿一百几十年的积习，唐明宗年老多病，知道兵乱难免，公元933年，赐在京诸军钱物，接着又赐在京及诸道将士钱物。一月间两次赏赐，是想让兵士感恩，不像唐庄宗那样吝啬招怨恨。结果却相反，兵将愈益骄横。儿子李从荣见唐明宗病危，急于夺得继承权，率兵攻宫门。宫中兵出击，杀李从荣。唐明宗受惊死去，子李从厚继位（唐愍帝）。

唐愍帝猜忌凤翔节度使李从珂和河东节度使石敬瑭。公元934年，令李从珂为河东节度使，石敬瑭为成德节度使。李从珂怕离镇赴新任。在路上被杀，起兵反抗。李从珂到陕州，唐愍帝的亲信大臣，或逃或降，唐愍帝自领卫士50骑逃到河北，在卫州遇见石敬瑭，要求相助。刘知远杀50骑，只留下唐愍帝一人。李从珂使人杀唐愍帝。接着，李从珂入洛阳，即皇帝位，即唐废帝。

唐废帝与河东节度使石敬瑭两人都勇健好斗，向来彼此互忌。还有赵德钧赵延寿父子二人，赵德钧任卢龙节度使，赵延寿任宣武节度使，据有幽州、汴州两个重镇，也是唐废帝的劲敌。公元935年，唐废帝调赵延寿为枢密使，又使张敬达将兵屯代州，牵制石敬瑭。公元936年，调石敬瑭为天平节度使。石敬瑭被猜忌，早就准备反叛，当然拒绝调任。刘知远劝起兵夺帝位，谋士桑维翰劝勾结契丹，作为后援。石敬瑭在非反即死的形势下，与唐废帝公开破裂。唐废帝使张敬达率兵数万围攻晋阳城。石敬瑭遣使向契丹求救，条件是认契丹主耶律德光为父亲，得胜后献卢龙一道及雁门关以北诸州给契丹。这个无耻已极的卖国贼，靠这些条件得到了契丹的援助。契丹主自将5万骑，号称30万，到晋阳城下击败张敬达军。唐废帝兵力还很强，但志气消沉，昼夜饮酒悲歌，坐待死亡，不敢领兵亲自出战。张敬达率残部守晋安寨（在晋阳城南）待援，被部将杀死，残部将士投降契丹。契丹主命大将迪离毕率5千骑兵和张敬达旧部为先锋，石敬瑭在后面追随，自晋阳向洛阳进军。唐将领纷纷投降石敬瑭，唐废帝只好率本家老幼登楼自焚。唐亡。

唐先后凡十四年。

晋 朝

儿皇帝石敬瑭

石敬瑭是沙陀人，后唐明宗的女婿。后唐长兴三年（932年），任北京（太原）留守、河东节度使。明宗去世前后，屡次发生争皇位的乱事。石敬瑭看到后梁、后唐皆自藩镇得国，早就觊觎帝位。清泰三年（936年）夏，石敬瑭与桑维翰勾结契丹，认契丹主耶律德光为父，并将幽蓟十六州拱手献给契丹，另加岁贡帛30万匹。十一月，契丹主在太原册立石敬瑭为大晋皇帝，改元天福，国号晋，史称后晋。后晋大致与南唐、吴越、闽、楚、南汉、南平、后蜀等政权并存。天福元年闰十一月二十六日（937年1月11日），石敬瑭攻入洛阳，后唐末帝李从珂自焚死。二年，石敬瑭迁都汴州，三年升为东京开封府。

他靠契丹得帝位，奉事辽（937年，契丹改国号为辽）尽恭竭敬，上表称臣，称辽主为父皇帝，贡岁币30万以外，加送辽主及述律太后以至辽相韩延徽、枢密使赵延寿等人大批财物。有些事辽方感到不如意，就派人来责备，他总卑辞谢罪，请求原谅。

公元 942 年，辽主使人来问招纳吐谷浑的罪名，他不敢得罪刘知远，更不敢得罪父皇帝，逼得无路可走，忧郁成病，不几天就死了。

晋辽战争与晋的灭亡

石敬瑭死后，石重贵继位（晋出帝），任景延广为宰相。景延广掌握大权，以反辽自任。晋出帝向辽主告丧，称孙不称臣，辽主大怒。辽主于是驱兵南下。晋军士兵奋勇作战，开运元年（944 年）和二年两次击退契丹军。

公元 946 年，晋出帝任杜威为元帅，李守贞为副帅，率宋彦筠等诸军击辽。杜威早存乘机卖国的奸心，要求禁军都随大军出发。晋出帝一心以为出击必胜，允许杜威的要求，因此，开封守卫空虚，只等杜威的出卖。

杜威派密使去见辽主，要求重赏。辽主对密使说，赵延寿资望欠高，怕不够做皇帝，杜威来降，该让杜威做。杜威大喜，决计投降。

辽主引兵南下，使杜威率已被解除武装的降军随从，另使张彦泽率骑兵 2000 先取开封。张彦泽长驱入开封，晋出帝上降表，自称“孙男臣重贵”，太后李氏也上降表，自称“新妇李氏妾”。晋亡。

公元 947 年，辽主到开封，遣骑兵 300 押石重贵一家男女到辽国。这个亡国奴被安置在建州（今辽宁朝阳县境），忍受无限耻辱，苟活了十八年，到公元 964 年才死去。

辽主耶律德光进开封城，辽兵大杀大掠，开封、洛阳附近数百里间，成为白地，又以犒军为名，严令晋官括钱，不论将相士民，都得献出钱帛，所得财物，并不分给辽军，准备运回辽国。当时刘知远在晋阳称帝，诸镇和晋旧将多起兵响应。广大民众也群起反抗，大部多至数万人，小部不下千百人，攻破州县城，杀辽所任官吏。辽主只得带着晋降官数千人，宫女、宦官数百人以及晋府库所有财物，离开封北行。

汉　朝

刘知远建汉朝

刘知远于天福十二年（947 年）二月在晋阳即皇帝位。六月入大梁城（今开封），改国号为汉，仍用后晋天福年号。以汴州（治所大梁城）为东京（即国都）。史称“后汉”。后汉广顺元年正月为后周所灭，仅存在四年。

刘知远（895—948 年），沙陀部人。其先世居沙陀，后移居太原。刘知远与石敬瑭均为李存勖之偏将。李存勖建后唐，石敬瑭为太原节度使（治所在晋阳），刘知远为其部将。石敬瑭建后晋，刘知远任陕州节度使。天福六年（941 年）刘知远改任北京（今太原）留守、河东节度使。七年六月，石敬瑭死，其子石重贵即位，是为晋出帝。晋出帝加刘知远“检校太师”，寻又晋其位中书令。

后晋开运元年（944 年）年正月，契丹耶律德光攻后晋。天福十二年（947 年），耶律德光攻入后晋都城大梁，迁晋出帝至黄龙府。二月，耶律德光御崇元殿受朝，改晋国为大辽国。刘知远自晋阳遣牙将王峻奉表于耶律德光。耶律德光赐诏褒美，呼刘知远为儿，又赐木枴（契丹贵臣方得此物）。及王峻归晋阳，刘知远得知契丹政乱，而中原无主，乃议建国。十五日，刘知远于太原宫（今晋阳）即皇帝位，即后汉高祖。

三月，耶律德光以萧翰为宣武军节度使，留守大梁，自率军北还，耶律德光在北归路上，病死于栾城，耶律德光侄兀欲即位，是为辽世宗。

五月，刘知远以舅刘崇为北京留守，自率军从太原南下，辽宣武节度使萧翰弃城北归。六月，刘知远至大梁城，后晋文武百僚相次奉迎。十五日，后汉高祖下诏："凡契丹所除节度使，下至将吏，各安职任，不复变更。"改国号曰汉。仍用后晋天福年号。以汴州（治所大梁城）为东京（即国都）。乾祐元年（948 年）正月，刘知远自更名曰暠。二十七日刘知远病死，庙号高祖。二月，子刘承祐即帝位，即后汉隐帝，时年十八岁。

后汉的灭亡

隐帝继位后，没有什么善政，而且统治集团的内部矛盾十分剧烈。原后晋将领李守负等几个藩镇相继叛乱，尽管都被平定，但皇帝和大臣、将领之间的关系搞得十分紧张。后汉乾祐三年（950 年），汉隐帝忌杀功臣，枢密使杨邠、侍卫都指挥使史弘肇，三司使王章同日被杀。接着又屠杀他们的亲戚党羽。大将郭威领兵在外，因史弘肇的关系，在大梁的家属全部被害。郭威统兵回京，夺取了政权。后汉隐帝被乱兵所杀。后汉亡。后汉历二帝，共计四年。

周 朝

郭威建立周朝

公元951年，后汉权臣郭威灭后汉而建立周朝。郭威出身贫寒，后应募从军，先后随石敬瑭、刘知远征战，屡建功绩，官至后汉枢密使、邺都（今河北大名）留守兼天雄军节度使。后汉末年，吏治败坏，将相之间互相倾轧，内部矛盾十分尖锐。乾祐三年（950年）底，隐帝刘承祐一日之间即剪除权臣杨邠、史弘肇、王章等三人，尽灭其族，又密遣使臣赴邺都，欲杀禁军大将王殷和郭威。郭威等被迫起兵反叛，率军南下，攻克开封，隐帝为乱军所杀。郭威请李太后（后汉高祖刘知远妻）临朝听政，议立刘知远之侄、武宁节度使刘赟为帝。后郭威诓称契丹南侵，遂受命率禁军北上抵御。军至澶州（今河南濮阳），将士哗变，拥郭威为帝，返回汴京。刘赟行至宋州（今河南商丘），被杀。次年（951年）正月，郭威即帝位，改元广顺，国号周，史称后周。郭威即后周太祖。

周世宗柴荣改革

郭威在位期间，已在政治、经济诸方面进行了局部改革，国力大为增强。郭威在位四年死去，其养子柴荣即位，是为周世宗。周世宗统治时期又进一步将改革引向深入。在经济方面，他奖励耕织，招抚流亡，规定逃户庄田处理法，把中原无主荒地分配给逃户耕种；颁布均田图，均定河南六十州的租赋，虽显贵亦不能免，取消两税外的苛捐杂税；抑制寺院经济，废寺院三万多所，勒令大批僧尼还俗为国家编户，限制剃度出家，悉毁铜佛以铸钱；兴修水利，治理黄河，整顿漕运。在政治方面，继续提倡文治，重用文臣主持朝政；整顿科举，再开制举，广搜人才；进一步澄清吏治，严惩贪官污吏，严治弄虚作假；将地方机构中判官一职的任免权收归朝廷，加强中央集权；广采群言，令朝官撰写《为君难为臣不易论》及《平边策》一篇，以供参考；制定法典，修定《大周刑统》，一改过去法制紊乱、刑法滥酷的状态。在军事方面，提出“凡兵务精不务多”的原则，裁汰老弱，选择精壮，武艺精湛者选为“殿前诸班”，即皇帝禁军。柴荣的各项改革，进一步打击了悍夫武将的势力，加强了封建中央政治、经济和军事实力，遂进行统一全国的战争：西取后蜀秦（今甘肃天水）、凤（今陕西凤县）、阶（今甘肃武都）、成（今甘肃成县）四州，南收南唐长江以北 14 州 64 县之地，北复契丹所占淤口、益津、瓦桥三关及莫（今河北雄县南）、瀛（今河北河间）、易（今河北易县）三州。疆域较前四代为大。

宋取代周

显德六年（公元 959 年），柴荣病死，年仅七岁的恭帝继位。次年，为禁军大将赵匡胤取代。后周亡。历三帝，十年。

十国概况

吴　国（892—937 年）

吴国是由杨行密建立的。杨行密，庐州合肥（今安徽合肥）人，出身普通农民家庭，身材魁梧，能举 300 斤重，又智勇双全，善于争取人心。早年应募为州兵，因受上司欺压，带头起事，自称八营都知兵马使。淮南节度使高骈以他为淮南押牙。不久，杨行密率兵占据庐州，高骈即封他为庐州刺史。

唐光启三年（887 年），高骈部将毕师铎反叛，攻陷扬州，幽禁高骈，杨行密就以讨伐叛军为名，进攻扬州，夺取地盘。

这次扬州争夺战两军相持长达半年之久，扬州成为一座孤岛，内外交困。城中无粮，一斗米值 50 缗，树皮草木都被吃光，居民只好以观音土充饥，后来竟出现人吃人的现象。军士抓到人卖给肉店，屠户就把活人宰割出售，甚至有的夫妻、父子被互相捆系在一起送到屠门任人宰割，扬州城内仅因饥饿致死者过半。杨行密攻破扬州城的时候，城中只剩居民数百家，都饿得不像人样了。

杨行密率军进驻扬州，自称淮南留后，以后又攻破孙儒军队。唐景福元年（892 年）八月，唐昭宗任杨行密为淮南节度使、同平章事（宰相衔）；以田頵为“知宣州留后”；以安仁义为润州刺史。

景福二年（893 年）八月，杨行密占歙州。十月，又得舒州。唐乾宁元年（894 年）至三年，杨行密先后占领黄、濠、寿、蕲、光州，据有淮南大部地区。

乾宁三年（896年）七月，凤翔节度使李茂贞逼京师。此时，杨行密上表昭宗，请迁都江淮。而朱温则请昭宗迁都洛阳；王建请迁都成都。史称三人“皆欲迎天子，挟之，以令诸侯”。由此可知，此时杨行密已与朱温、王建分庭抗礼。

乾宁四年（897年）九月，朱温大举进攻杨行密。朱温遣部将庞师古率7万兵屯清口（楚州），以攻取扬州；葛从周屯安丰县（在寿春东南60里），以攻取寿州（治寿春）；朱温自率兵屯宿州（符离）。淮南震恐。杨行密与部将朱瑾率兵3万至楚州。十一月初二，朱瑾与侯瓒率5000骑渡淮水，从清口之北向南攻；杨行密亲率大军从清口之南向北攻。在淮南军南北夹击之下，大败朱温军，斩其大将庞师古及将士万余人，余众皆溃。葛从周闻庞师古败，遂逃奔淮北。杨行密击退朱温的大举进攻，“由是，遂保据江、淮之间，（朱温）不能与之争”，唐天复二年（902年）三月，唐昭宗拜杨行密为吴王，杨行密建立吴政权，国都为扬州。

唐天复三年（903年）八月，杨行密部将田頵在宣州叛变；而杨行密部将、润州团练使安仁义也在润州举兵反杨行密。杨行密于当年十一月收复宣州，斩田頵。唐天祐二年（905年）正月，杨行密收复润州，斩安仁义。吴国复有宣、润二州。当年二月，吴攻占鄂州。十一月，杨行密病死，庙号太祖。

杨行密死后，长子杨渥即位。后梁开平二年（908年）渥死，其弟隆演立。后梁贞明五年（919年）四月，杨隆演即吴王位，“建宗庙、社稷，设百官如天子之制”，改年号为武义元年。六年，隆演死，其弟杨溥即吴国王位。后晋天福二年（937年）九月，吴国灭亡。

南　唐（937—976年）

南唐是徐温的养子徐知诰建立的。后晋天福二年（937年）十月，徐知诰篡夺吴国政权，于金陵（今南京市）即皇帝位，改国号为唐，即南唐。北宋开宝九年（976年）正月，南唐为宋所灭。

徐知诰原名李昪（888—943年），徐州彭城（今江苏徐州）人，出身低贱。唐乾宁二年（895年），被杨行密收为养子，但为杨行密诸子所不容，杨行密遂使大将徐温收养，冒姓徐，名知诰。

后梁开平二年（908年），杨渥死，杨隆演继为吴王，大将徐温专政。徐温自镇广陵（扬州）；以徐知诰为升州（治今南京）防遏使。不久，徐知诰任升州刺史，治理金陵。修建金陵“治城市府舍甚盛”。

后梁贞明三年（917年），徐温至金陵，见城市府舍甚盛，爱其繁富，遂留金陵，迁徐知诰为润州团练使。贞明四年六月，徐温子徐知训，在扬州被平卢节度使朱瑾杀死。朱瑾怒知训暴虐，故杀死他。而吴王杨隆演因畏惧徐温，故拒绝承担责任，迫使朱瑾自杀。徐知诰闻扬州乱，从润州引兵渡长江至扬州。徐温“乃以知诰代知训执吴政”，徐温自己“总吴朝大纲”而已。

后梁贞明五年（919年）四月，在徐温劝进之下，杨隆演即吴国王位，“建宗庙、社稷，置百官，宫殿、文物皆用天子礼”。加徐温“大丞相、都督中外诸军事”等官爵。八月，徐温以吴国王隆演名义遣使与吴越王钱镠通好，“自是，吴国休兵息民，三十余州民乐业者二十余年。”贞明六年五月，杨隆演死，其弟杨溥即吴国王位。后唐天成二年（927年）徐温死。徐知诰将徐温另一子徐知询从金陵召入扬州，并将金陵兵征调扬州，徐知诰“自是始专吴政”。

后唐长兴三年（932年），徐知诰扩建金陵城，扩建后的金陵城周围20里。又以其子景通镇守金陵。后唐清泰元年（934年），徐知诰又在金陵大建私人住宅，并从扬州移居金陵私宅。徐知诰的这些举措，皆为其篡夺政权、迁都做准备。迫于形势，吴国王杨溥于后晋天福二年（937年）二月，遣使至金陵，册封徐知诰为齐王。徐知诰更名“诰”，去“知”字，以示不与徐氏兄弟排名。九月，吴国王杨溥命江夏王杨璘奉玺绶至金陵（不久，杨溥被迁至润州丹阳宫）。十月初五，齐王徐诰即皇帝位于金陵，改元“升元”，改国号为唐，复姓李氏。

李昪当皇帝后，不忘根本，他穿着朴素，平时穿蒲履鞋，夏天在寝殿穿麻布衫。他不用金银玉器，平时用的是一个铁脸盆，宫殿没有扩建，侍候他的宫女也不多，而且经常裁减其中的老丑者。由于他本人以身作则，南唐的宫廷在当时的各国中是没有奢侈风的。

在政治上，李昪也注意澄清吏治，不让外戚、宦官干政。有一次，他派宦官去祭庐山，这位宦官一路上吃鱼吃肉，不遵守斋戒的规定，回到金陵后，这位宦官还自称一路上素食，酒肉不沾。其实，李昪早已派人监视，当场揭穿他说：“你在某处买鱼吃，某处买肉吃，怎么能说素食至今？”吓得那个宦官面如土色，服罪认错。李昪妃种氏，想让自己的儿子为继承人，对李昪说：“江王景逿（种氏所生）的才能超过齐王景通（即长子李璟，宋氏所生）。”李昪认为她非法干政，将她幽禁别室，又令她削发为尼。由于李昪治国有道，南唐的政治比较清明，国势也日益强盛，文化事业也逐渐发展起来，成为当时中国经济文化相当发达的先进地区。

征平南唐

后周显德三年（956 年），周世宗亲征淮南。此后至显德五年，后周夺得南唐江北 10 州。当年二月，李璟遣使献江北尚未被后周占领的 4 州。至此，南唐淮南、江北所有 14 州土地皆入后周。五月，李璟去帝号，改称“国主”，“凡天子仪制皆从降损”。

北宋建隆元年（960 年）三月，南唐国主李璟遣使向宋朝进贡绢 2 万匹、银万两，贺宋太祖赵匡胤即皇帝位。建隆二年二月，宋太祖迁李璟于洪州（南昌），以李璟子李从嘉为太子，留金陵监国。六月，李璟死，李从嘉继为国主，更名为“煜”。开宝八年（975 年）三月，吴越攻占常州。六月，宋师及吴越兵联军围润州，南唐守将刘澄以城降。十一月，宋师及吴越军攻陷金陵。开宝九年正月，南唐后主李煜至宋朝汴京（开封）。宋太祖御明德楼，李煜以下“白衣纱帽至楼下待罪”，南唐灭亡。太平兴国三年（978年）七月，李煜死。

前蜀国（891—925年）

前蜀国为王建所建。王建在据有西川、东川、山南西道，即今四川广大地区以后，于后梁开平元年（公元907年）即皇帝位，建立蜀国，即中国历史上的“前蜀”地方政权。后唐同光三年（923年）灭于后唐。

王建（847—918年），许州舞阳县（今属河南）人，少时以贩私盐为生，后应募为兵，升为军将。黄巢起义时，他为监军杨复光部下八都将之一，镇压起义军。唐大顺二年（891年），攻占成都，自称西川留后。唐天复三年（903年），唐封王建为蜀王。后梁开平元年（907年），朱温篡唐，王建也就在四川称帝，国号蜀。据有整个四川以及汉中等地。

王建自己不识字，但他却很重视文士，厚待唐朝的名臣世族。王建称帝后，以唐末著名文人韦庄为宰相，又任命张格、王锴为翰林学士。唐末中原丧乱，到蜀地避难的文人学士、世家子弟很多，王建对他们照顾得十分周到，经常与他们交谈，让他们参与国家典章制度的拟定。有人说他过于优待文士，王建回答说：“我做神策军将官的时候，晚上在宫中宿卫，经常看到皇帝召见学士，态度恳切，好像是同僚朋友一般。现在我对文士的礼遇，还不及当时的百分之一，怎么能说过头呢?”这些文人学士，有丰富的文化知识，对发展蜀中文化，起了积极的作用。

后梁贞明四年（918年），王建死，太子王衍继位。王衍耽于游乐，不理国政。中书令王宗弼与内枢密使宋光嗣内外擅权，选拔官吏不看才干，而是根据行贿的多少。皇太后、皇太妃也各以教令干政，直接下教令出卖刺史、县令等官职。王衍的亲信吏部侍郎文思殿大学士韩昭等人也作威弄权，根据亲旧关系选拔官吏。一时，政出多门，混乱不堪。王衍平时不是在宫中宴饮，就是到外面游乐。有一年，他声称要亲征凤翔，率领妃嫔随从由成都往汉中，王衍身着金甲，头戴珠帽，装束古怪，人不像人，神不像神，随从队伍连亘百余里。百姓们远远望见，以为是灌口妖神下凡，急忙各自躲入房中持香叩头。王衍还命人沿途搜寻美女，阆州百姓何康有一女儿长得十分美丽，已受聘待嫁，王衍得知后命人强行抢来，结果此女的丈夫因过度悲伤而死去。

王衍的奢侈腐化，倒行逆施，使得前蜀朝政不举，士庶离心，后唐同光三年（925年），后唐庄宗李存勖发兵攻蜀，王衍降，前蜀亡。前蜀共传二主，存二十三年。

后蜀国（923—965年）

孟知祥（874—934年），邢州龙冈（河北邢台西南）人。其父孟道是晋王李克用部将，孟知祥任“亲卫军使”。李克用死后，李存勖即皇帝位，建立后唐。李存勖庙号庄宗。庄宗以太原府（晋阳）为北京，以孟知祥为太原尹、北京留守。

公元925年，后唐灭蜀，后唐庄宗就以孟知祥为剑南西川节度使。公元933年，后唐封孟知祥为蜀王，第二年，孟知祥称帝，国号蜀，史称后蜀。同年，孟知祥死，儿子孟昶继位。

在孟知祥、孟昶统治时期，后蜀境内很少发生战乱，维持了几十年的安定局面，统治者在国政治理上也能实行一些发展经济、改良政治的措施，后蜀的社会经济有所发展。孟昶又亲自写了一篇《官箴》，颁发郡县，告诉地方官吏们说，你们的官俸官禄，都是民脂民膏，不要作为百姓的父母官，还做出侵夺百姓、虐待民众的坏事。其中有“无令侵削，无使疮痍，下民易虐，上天难欺”四句，后来被宋太祖选出作为座右铭，令各地郡县刻石置于公座前。

为了避免武将专横跋扈，改善地方吏治，后蜀统治者曾罢免武将们兼领的节度使职务，改由文臣担任。对于贪官污吏，也能从重惩处。眉州刺史申贵在任职期间贪赃枉法，残害百姓，他指使狱中盗贼诬连平民百姓为同党，百姓如果贿赂他就没事，如果不贿赂则会遭到迫害。他常指着监狱的大门对左右的人说：“这是我家的钱窟。”孟昶得知后，即贬申贵为维州司户，尚未到达任所，又在途中将他赐死，眉州百姓得知后，非常高兴，奔走相告。

但是，后蜀统治者生活奢侈腐化，做了不少劳民伤财的事，孟昶曾建筑新宫，下令大选民女入宫，凡年在十三岁以上二十岁以下的美貌女子都要选入宫中，一时举国骚动，百姓们纷纷将女儿嫁出，当时叫做“惊婚”。尽管有人劝谏，孟昶仍选美不止，使后宫人满为患。孟昶的生活起居，极为豪奢，连所使用的溺器，也用七宝做装饰。更为严重的是，孟昶在一批宿将旧臣退出政治舞台之后，重用一些误国害民的奸佞之臣，专擅朝政，搞得后蜀国政日衰。宋乾德三年（965 年），终于为宋所灭。后蜀共传二主，三十三年。

吴越国（902—978 年）

唐天复二年（902 年），钱镠建立吴越地方政权，都城在杭州，控制了太湖和浙江地区。北宋太平兴国三年（978 年）灭亡，存在七十六年。在吴越时期，太湖和浙江地区社会经济有显著的发展。

后梁开平四年（910 年）八月，于杭州城外濒浙江筑捍海石塘。上起六和塔，下抵艮山门外。塘外植“滉柱”（即在水坝外栽植数尺高的方形石柱）十余行，用以缓和海浪对堤坝的冲击。

同年，又于吴越北部置龙山、浙江两闸。浙江“江源自歙州界东北流经界石山，又东北经州治（钱塘县）北，又东北流入于海。江涛每日昼、夜再上，……小则水渐涨不过数尺；大则涛涌高至数丈”。筑两闸，用以控制江潮入海。

后梁乾化五年（915 年），在苏州设置“都台营使”主管水利。招募士卒曰“撩清军”，在太湖旁设“撩清军”四部，共七八千人，治河筑堤，疏通太湖至海的水路。一路自太湖东经吴淞江入海；一路自太湖北向“急水港”，下“淀山湖”入海。旱则引水种田；涝则引水出田。又在越州会稽县疏浚鉴湖（南湖）。

后汉乾祐二年（949 年），钱弘俶在位，募民能垦荒者，听其垦荒，免其赋税，“由是，境内无弃田”。又置营田卒数千人，在淞江“辟地面耕”。

继唐景福二年筑杭州罗城之后，又于后梁开平四年（910 年），扩建杭州城，“大修台馆”；又筑子城。开二门，南曰“通越门”；北曰：“只门”。史称，在杭州的水利工程和扩建城市之后，“钱塘富庶由是盛于东南”。

由于吴越的北面与西面邻吴，南面邻闽，三面受敌，因而钱镠一直向中原王朝称臣纳贡。钱镠临终嘱咐其子元瓘：“子孙善事中国（指中原王朝），勿以易姓，废事大之礼。”因而，吴越国始终向中原王朝称臣纳贡。

从后唐至北宋开宝年的50余年中，吴越国向中原王朝进贡的物品，除了茶和干姜以外，均属手工业产品。其中以各种精美丝织品尤为突出。秘色瓷器，是当时重要的新产品。细纸、精制木橱、藤箱也反映了吴越地区手工业生产水平的提高。吴越地区贡品数量之大是隋唐五代史书中仅见的。尤其值得注意的是，愈到后来数量愈大。以金银而论，后唐同光年间贡白金5000两，而至北宋开宝年间贡白金10万两；后晋天福年间贡金器500两，至北宋开宝年间则贡金银器物6000两。天福以前贡绫绢数千匹，而至后周、北宋初年，动辄数万匹。这都说明：吴越国在其存在的70余年中，太湖、浙江地区的社会经济，特别是手工业有了长足的发展。

楚　国（907—951年）

楚国为马殷所建。楚国据有湖南以及广西、广东部分地区。

马殷（852—930年），许州鄢陵县（今属河南）人。唐僖宗中和年间为忠武军（忠武军节度使为秦宗权，治所在蔡州）士卒。马殷在忠武军指挥使孙儒、刘建锋麾下以勇敢闻名。孙儒战死淮南，刘建锋、马殷等乃收余众7000人加以整编，以刘建锋为帅、马殷为先锋指挥使。此后转战江西道之豫章（今南昌）、虔、吉等州，队伍不断壮大，有众至10万人。唐昭宗乾宁元年（894年），进军湖南，攻占潭州（今长沙），刘建锋自为“留后”。刘建锋乃庸人，“不能帅其下”，军士杀刘建锋拥马殷为帅。乾宁三年九月，唐廷授马殷潭州刺史、判湖南军府事。唐光化元年（898年）唐昭宗任马殷为武安军节度使（治所在长沙）。

是时，湖南管内有7州，除潭州以外，“皆以州人聚兵据都”。杨思远据衡州，唐世旻据永州，蔡结据道州，陈彦谦据郴州，鲁景仁据连州。马殷虽为“判湖南军府事”。只据有潭州（今湖南长沙）、邵州（今湖南邵阳）二州而已。自光化三年（899年）五月至二年十一月，马殷先后攻占衡、永、郴、连、道等5州，“湖南悉平”。

同年十月马殷派遣部将李琼、秦彦晖率兵攻占桂、宜、岩、柳、象（皆属广西）5州。

开平元年（907年）四月，后梁太祖朱温封马殷为楚王。六月，楚王马殷派遣部将秦彦晖攻占岳州。二年五月，秦彦晖又攻占朗州。澧州刺史来降。至此，洞庭湖以东、以西地区亦归马殷占有。

九月，楚王马殷遣步军都指挥使吕师周伐岭南，与清海节度使刘隐多次激战，取其昭、贺、梧、蒙、龚、富（皆属广东）6州。楚王马殷“土地既广，息民礼士，湖南遂安”。

马殷晚年纵情享乐，不理政事，十个儿子也多已成年，眼盯着马殷死后的位置。后唐长兴元年（930年），马殷死，时年七十九岁。遗命次子希声继立，并命希声之后，诸兄弟依次继立，有违命者斩之，这就打开了马氏诸子内讧、争夺王位的大门。马希声、希范、希广相继当王以后，马希萼不服，从朗州发兵，下岳州、入长沙，杀希广，自立为楚王。马希萼将军政大权交给马希崇掌管，马希崇却勾结宿将徐威等人发动兵变，缚希萼，也自立为楚王。另一位宿将彭师嵩在奉命囚禁马希萼时，却反戈一击，在衡山奉希萼为衡山王，向南唐李璟称臣。马希崇害怕李璟干涉，也请命于南唐。李璟趁此机会，于后周广顺元年（951年）派边镐等统兵入湖南，楚为南唐所灭，楚共传六主，四十五年。

马氏亡后，其部将刘言打败南唐守将边镐，赶走唐军，继续据有湖南，但不久为部下所杀。马氏旧将周行逢继位，周行逢注意选择廉洁的官吏，与民休息，湖南才又逐渐得到恢复。传到他的儿子周保权时，为北宋所灭。

闽　国（909—945年）

闽国为王潮、王审知兄弟所建。王潮，原是光州固始（今属河南）县佐，父祖世为农民。黄巢起义时，曾参加到王绪的起义军中。唐光启元年（885年），王潮兄弟随王绪转战江西、福建。王绪不善用人，忌贤妒能，王潮利用众心不服王绪的机会，设计囚禁王绪，夺得义军的领导权。

王潮带兵，纪律严明，深得军心、民心。泉州刺史廖彦若贪暴凶残，人民苦不堪言。耆老百姓在泉州人张延鲁率领下携带牛酒迎进王潮。唐光启二年（886年），王潮攻下泉州城，就以这里为根据地，招抚流散的农民，发展生产，减轻赋税，训练士兵，很得民众拥护。唐景福二年（893年），王潮攻占福州，接着占领了福建全境。唐昭宗任命王潮为福建观察使、威武军节度使。唐乾宁四年（公元898年）初，王潮病逝，王审知接替了他的官职。后梁开平三年（909年），后梁朱温封王审知为闽王。

王氏兄弟出身贫苦，对民间疾苦比较了解，自己的生活也较为俭朴。他们注意保境安民，减轻赋役，与民休息。在他们两人在位的30多年中，福建境内基本上保持安定的局面，这有利于生产的发展，王氏兄弟特别重视利用福建濒海的优势，发展沿海商业和海外贸易。他们免除繁重的商税，奖励通商，招徕外国商贾。泉州、福州两地，船舶出入频繁，逐渐成为我国重要的商港。当时海外进口商品，主要是香料珍宝等贵重货物。王审知的侄儿王延彬，在泉州30年，发展海上贸易，被人称为“招宝侍郎”。王审知还广泛搜罗人才，厚待唐末流寓福建的士人，设立学校，对福建文化的发展，起了一定的促进作用。

后唐同光三年（925年），王审知死之后20年间，闽国换了5个国王。兄弟子侄争权夺利，相继死于自相残杀的宫廷事变之中。先是王审知的二儿子王延钧杀死继位的兄长王延翰，自立为国王，九年后，却被儿子王昶谋杀了。接着，王审知少子王延羲杀死侄儿王昶，夺了他的王位，但是，王延羲又与兄弟建州节度使王延政发生混战，后延羲被部将所杀。正当王延政即将占有福建全境的时候，南唐军开始进攻福建，后晋开运二年（945年），南唐兵破建州，俘王延政，闽国亡，闽国共历六主，三十七年。

南汉国（917—971年）

刘隐、刘岩兄弟所建。刘隐，原籍上蔡（今属河南），后迁居闽中泉州（今属福建）。刘隐的祖上世代为商贾，自河南移家福建，又因做生意搬迁到南海。刘隐的父亲刘谦，唐末为封州（今广东封开县）刺史，拥有上万人的军队和成百的战舰。刘谦死，刘隐继任封州刺史。后因广州兵变，刘隐率兵前来平息。唐天祐二年（905年），唐任刘隐为清海军（岭南东道）节度使。后梁开平三年（909年），朱温封刘隐为南平王。刘隐死，刘岩继立，先后改名为涉、龚、龑。后梁贞明三年（917年），刘岩称帝于番禺，国号大越，次年改国号为汉，史称南汉。

南汉皇帝，都极其奢侈。刘岩继位以后，骄奢淫逸，经常携带爱妃幸臣四出巡游，各处的地方官竞相进奉，大肆铺张，以求升迁。刘岩醉心于搜集珍宝，他对国内富商和手下将校所拥有的珍宝情况都了如指掌，一打听到谁有新的宝物，马上千方百计地设法搞到。宫中库房珍奇异宝堆积如山，他一入库内，便流连忘返，十分得意。一有外地富商到南汉来，他便经常要招入宫中，展示库中所藏珍宝，以夸耀自己的富有。他连年大修宫殿，极尽奢华。后唐应顺元年（934 年）所修昭阳殿，以金为顶，以银铺地，殿中开设水渠，渠底遍布珍珠，又将水晶琥珀琢成日月形状，镶嵌到东、西两玉柱之顶，穷极奢丽。晚年所修南薰殿，也极尽豪华。

刘岩对国内的统治，极其残酷，他设置了灌鼻、割舌、肢解、炮炙、烹蒸等酷刑。甚至把人推入养满毒蛇的水牢里，叫做下水狱。有时将人先投入热水中，再取出日晒，敷上盐酒，一直弄到肌体腐烂，慢慢死去。刽子手在施行酷刑时，刘岩还喜欢亲自观看，有时甚至把犯人拉到宫殿中施刑，专门供他作乐。岭南百姓对他又惧又恨。后晋天福七年（942 年）七月，张遇贤领导的农民起义在岭南的循州（今广东龙川西南）爆发，起义军多次打败南汉宫军，给南汉统治者的残暴统治以有力打击。

刘岩死后，他的几个儿子相互争夺权位，到了刘鋹即位后，政治更加腐败。刘鋹对于官吏的任用，凡是有才干的大臣、进士状元及僧道，在任用之前要先下蚕室（指阉割下身）。为什么呢？因为他认为大臣们都是有家室，顾及子孙，也就都有私心，不会精忠报国，只有宦者、宫人无牵无挂、肯忠心为皇帝效力。刘鋹委政于宦官龚澄枢、陈延寿和宫婢卢琼仙、巫师樊胡子。龚澄枢号内太师，卢琼仙称女侍中，南汉的军国大政，全由宦官和宫人处理，朝中大臣根本无法参预朝政，只是一种摆设。

不仅如此，以龚澄枢为首的宦官集团还对文臣武将动不动就大行杀戮，宰相钟允章主张严明法纪，宦官对他恨之入骨，诬蔑他谋反，允章竟被斩首。一些趋炎附势的文臣甚至不惜变为阉宦。南汉政治败坏，武力废弛，宋开宝四年（971 年），为宋将潘美所灭。南汉共传四主，五十五年。

南平国（924—963 年）

南平国为高季兴所建。

高季兴（858—928 年）（原名季昌，后为避后唐祖讳，乃更名。），陕州峡石县（今河南三门峡南）人。少为汴州富人朱友让家僮。朱温为宣武节度使（治汴州）时，高季兴经朱友让推荐，被任命为毅勇指挥使。天复三年（903 年）因军功，唐昭宗命高季兴为宋州团练使。不久改为颍州防御使。天佑三年（906 年）十月，梁王朱温以高季兴代“荆南节度观察留后”贺瓌，从此，高季兴据有荆南。开平元年（907 年）四月，朱温即皇帝位，建后梁。五月，梁太祖朱温任高季兴为荆南节度使。荆南节度使原统领江陵府、澧、朗、峡、夔、忠、万、施、归等 8 府州。自唐僖宗、昭宗以来，为诸道蚕食，高季兴为荆南节度使时，只有江陵一城而已。由于兵火之后，井邑凋零，高季兴至任，“招辑抚绥，民皆复业”。

后梁乾化二年（912 年），高季兴“有据荆南之志”。扩建江陵外城，在西北面，复建“雄楚楼”（杜甫有“西北楼成雄‘楚’都”之句，因以为楼名。）和“望江楼”。“执畚锸者十数万人，将校、宾友皆负土相助”，可见其规模。高季兴造战舰 500 艘，赶造兵器、扩建军队。翌年八月，后梁封高季兴为渤海王。

由于原隶属于荆南节度使统辖的夔、万、忠、涪四州，被前蜀攻占。高季兴遂于乾化四年（914 年）正月，兴兵攻蜀，但被蜀兵击退。

同光二年（924 年）三月，后唐庄宗封高季兴为南平王。翌年九月，后唐伐蜀，后唐庄宗命高季兴为“西川东南面行营招讨使”，以配合伐蜀、并允许在其攻占夔、忠、万、归、峡五州后，将此五州隶属于荆南。然而，由于高季兴不敢出军，因此，此五州仍由后唐占领。十一月，后唐灭前蜀。同光四年（926 年），高季兴上表庄宗，求领夔、忠等五州，后唐庄宗不得已而许之。后唐明宗天成二年（927 年）二月，高季兴进一步向明宗要求：后唐朝廷不要任命此五州刺史，而由高季兴子弟充任，遭到拒绝。在这情况下，高季兴遣兵突入夔州州城，杀戍兵而强行占领。此时，适值后唐运蜀珍宝金帛 40 万，浮江而下，往京师。高季兴发兵在峡口拦截，杀押运者 10 余人，尽掠其珍宝金帛。后唐明宗大怒，发兵数万，从三面进攻江陵。后唐军队虽未攻下江陵，但却收取夔、忠、万三州。高季兴只有荆州（江陵府）、归州、峡州之地。

由于与后唐关系破裂，高季兴遂于天成三年（928 年）六月，以荆、归、峡三州之地，向吴国王杨溥称臣。吴国王封高季兴为秦王。十二月，高季兴死，子高从诲即位。吴国王改任高从诲为荆南节度使。高从诲惧后唐再次进攻，遂于天成四年七月，请求楚王马殷为其向后唐明宗疏通，后唐明宗应允，遂任命高从诲为荆南节度使。长兴三年（932 年）二月，后唐明宗赐高季兴爵为渤海王，应顺元年（934 年）后唐闵帝改封高从诲为南平王。

后晋天福六年（941 年），高从诲向后晋进贡金器、绫绢；

天福十二年（947年），高从诲向后汉进贡金银器、锦罗。

这时，荆南地狭兵弱，夹在吴、楚之间。南汉、闽皆臣服中原王朝，每年向中原王朝进贡物品，多路经荆南。自高季兴，至高从诲，经常邀留其贡使，乘机掠取其贡物。如遇南汉、闽为此而兴兵，即将贡物退还，“而无惭色”。其后，南汉与闽先后称帝，只有荆南高氏，“所向称臣”，从而能获得赐物。“故诸国贱之，皆曰为‘高赖子’，又曰‘高无赖’。”

后汉乾祐元年（948年）十一月，高从诲死，子高保融即位。十二月，后汉授高保融“荆南节度、荆归峡观察使”。

广顺元年（951年）正月，后周太祖郭威即帝位，建后周。高保融贡白金、法锦。周太祖封高保融为渤海郡王。

建隆元年（960年）正月，宋太祖赵匡胤称帝，建宋朝。高保融惧，“一岁三入贡于宋”。八月，高保融死，弟高保勖即位。建隆三年十一月，高保勖死，高保融长子高继冲即位。宋太祖授高继冲荆南节度使。乾德元年（公元963年）二月，宋太祖派遣枢密副使李处耘平荆南。李处耘率轻骑数千至江陵，高继冲降于宋朝。北宋平荆南，得3州府（江陵府、归、峡二州）、17县、143300户。

北　汉（951—979年）

北汉由刘崇所建。刘崇，又名刘旻，后汉高祖刘知远的弟弟。刘崇年少时号称无赖，爱好赌博，嗜酒如命，曾因犯罪被黥刺为士卒，后随兄长刘知远四处征战。后晋时，刘知远为河东节度使，任他作马步都指挥使。刘知远当皇帝，建立后汉，任命他为太原尹。后周广顺元年（951年），郭威代汉称帝，建立后周。刘崇眼看着自家的政权被人抢去，恼羞成怒，于是就在太原称帝，占据河东一带，仍用后汉乾祐年号，国号汉，史称北汉。

河东地狭民少，只拥有并、汾、代、圻等11州土地，国力微弱。面对这种局面，刘崇决定效法石敬瑭，借助契丹力量与后周抗衡，而契丹也想利用汉与周的矛盾，从中渔利。刘崇即位不久，即向契丹求援，表示愿意按照晋与契丹的先例。这时的契丹已改为辽，辽主要与刘崇约为父子之国，刘崇感到石敬瑭的儿皇帝名声太臭，提出要约为叔侄之国，对辽国王的复函也称“侄皇帝致书于叔天授皇帝”。这是中国第一个儿皇帝石敬瑭出现之后，在中国出现的第一个“侄皇帝”，其实两者并无本质的区别，都是依附在契丹（辽）的卵翼之下，屈膝投降，苟且偷安。

有了辽的支持，刘崇马上准备对后周用兵。刘崇引狼入室，联合契丹，进攻后周的晋州（今山西临汾），但这时的后周，在郭威的统治下，已经气象一新。北汉和辽占不到什么便宜，结果兵士死伤过半，大败而归。

北汉建立后，战事频繁，兵役繁重，统治者强征十七岁以上男子为兵，又滥征赋税以输巨额贡奉给辽，人民被迫逃亡以避战乱和苛敛。宋太平兴国四年（公元979年），宋太宗率军亲征北汉，宋先击溃辽援军，而后攻下太原，北汉主刘继元出降，北汉亡。北汉从刘崇传至刘继元，共历四主，二十九年。

十国中只有北汉在北方，其他九国都在南方。十国与五代并存，但各国存在时间长短不一，最终都为北宋所统一。

宋 辽 夏 金

（公元 916～公元 1279 年）

赵匡胤建立北宋

从五代十国的分裂割据转化为北宋的统一，这是历史发展的必然趋势。赵匡胤一生对历史的主要贡献，就是他的所作所为顺应了这个历史发展的总趋势。

赵匡胤（927—976年）是涿州（今河北涿州）人。在后周时，随周世宗作战有功，任殿前都点检，统领精锐的禁军。公元959年，周世宗死，七岁的幼子宗训（恭帝）即位，赵匡胤又兼任宋州归德军节度使，防守京师（开封）。建隆元年（960年），镇、定二州谎报辽朝和北汉兵南下，后周宰相范质、王溥等派遣赵匡胤领禁军出城抵御。京师城里在传播着“点检作天子”的舆论。当行抵汴京以北20里的陈桥驿时，赵匡胤的弟弟赵光义、归德军掌书记赵普和军中一班将领，就扮演了一出“黄袍加身”的闹剧。军士们在深夜五鼓，一齐聚集在陈桥驿门，宣言要请殿前都点检赵匡胤为天子。到了天刚亮时，军士们拥到赵匡胤的寝所，由赵光义入内传达军士们的请求。诸将露刃于庭，赵匡胤的爱将罗彦瓌叫嚷说：“我辈无主，今日须得天子！”于是他们就把预先准备好的皇帝的黄袍，披在赵匡胤的身上，大家高呼万岁，并把赵匡胤扶上马，准备返回京城，登上皇帝宝座。

陈桥兵变遗址

赵匡胤通过“陈桥兵变”，用和平的手段，避免了一场流血的战斗，夺得了皇位，使北方正在好转的社会生产力没有遭到破坏。赵匡胤把周恭帝降为郑王，对拥立有功的将帅，都一一加以奖赏和提拔，如石守信就做了侍卫马步军副都指挥使，顺利地解决了统治集团内部的矛盾。至于个别领兵在外的节度使如李筠、李重进（周太祖郭威的外甥）等人，不肯降服。结果，在赵匡胤强大兵力的冲击下，顷刻瓦解。二李都在无可奈何的情况下以“自杀”而告终。

辽朝的兴衰

契丹部落的发展

早在公元4世纪，即西晋、南北朝时期，在我国北方的潢河（西拉木伦河）和土河（老哈河）一带，居住着契丹族，这时的契丹人，主要还是经营渔猎。稍后，契丹人也经营畜牧。他们住在帐篷里，“逐寒暑，随水草畜牧”，在各处往来迁徙。

契丹族最初有八个部落，部落之间是以血缘关系为纽带的。

在北魏统治时期，曾攻打过契丹，契丹也曾不断对北魏边塞进行侵扰。但这时期，契丹八个部落仍是各自行动，不相统属，没有形成部落间的联盟，没有一个统一的首领。他们各自与周边相邻部落、民族及中原地区进行物品交换，发生着政治的和经济的联系。随着生产的发展和氏族部落的繁衍，契丹人游牧的范围不断扩大，日益要求开拓领地，赶走邻人，建立起自己的相对稳定的活动区域。这使他们与周围部落及中原政权之间的矛盾冲突不断发生。北齐天保四年（553年），契丹攻扰北齐边境，齐文宣帝亲自到营州（今辽宁朝阳）指挥军队，分兵两路攻打契丹，契丹大败，丧失了大批的人口和牲畜，一部分契丹人被北齐俘虏后安置在各州。北齐天保七年（556年），契丹又被强邻突厥族侵袭，不得不东徙依附于高丽（今朝鲜）。隋朝建立后，大量的契丹人纷纷内附，回迁故地。他们也不时侵扰隋的边境，大业元年（605年），契丹入侵营州，隋大将韦云起发兵迎击，大败契丹，并掳走了契丹的大量人口和牲畜，此次冲突，契丹族损失惨重。

契丹武士像

由于自卫的需要，契丹各部逐渐在军事上联合在一起。唐初，契丹各部推举共同的军事首领，称为“夷离堇”。每遇战斗，就召集各部首领共同商议，协同作战。契丹族开始出现了部落联盟的组织。

大贺氏部落联盟

唐贞观二年（628年），契丹酋长大贺氏摩会率领各部落依附于唐朝。唐太宗把在北方诸族中象征着部落联盟酋长的旗鼓赐给了摩会，表示承认了摩会的部落联盟酋长的地位。

公元648年，唐朝在契丹人居住的地区设置行政管理机构，叫做“松漠都督府”，以契丹部落联盟的首领窟哥为都督，并赐姓“李”，下设10个州，都用契丹各部落的首领担任各州的刺史。从此，契丹和中原汉族人民的关系也就更加密切。唐太宗又在奚人居住的地区，设置饶乐都督府，也任用奚族首领为都督。以上两个都督府，都受营州都督府节制。

唐朝武则天统治时期，契丹族部落联盟有了较快的发展。

契丹和唐朝之间，时常发生矛盾。唐朝曾派28将，率领大军袭击契丹，大败而归，说明契丹已有足够的力量保卫他们自己。但是契丹族还没有形成一个统一的共同体。唐玄宗开元三年(715年)，契丹部落联盟首领失活统率各部归于唐朝。当时唐朝的国势强大，北边突厥的势力已经日衰。唐玄宗依照先例，封失活为松漠都督。开元五年（717年），失活到长安朝见唐玄宗，唐朝把永乐公主嫁给失活。

公元718年六月，失活死，弟娑固继任联盟长，承袭唐官职为松漠都督、静析军大使。这时，契丹部落联盟军事首领，静析军副大使可突于想与之争权。十一月，娑固与唐公主入朝长安，受到玄宗赏赐，返回契丹后即被可突于发兵围攻。娑固投依唐营州都督许钦澹。许钦澹令薛泰领州兵与奚部落长李大酺及娑固合兵攻可突于。娑固及大酺战败被杀。可突于另立娑固从弟郁于为大贺氏联盟长。

郁于死后，弟吐于继任联盟长，又遭到可突于的威胁。开元十三年（725年），吐于携公主奔唐不返，可突于另立李尽忠弟邵固为联盟长。三年后，可突于杀邵固，另立别部屈烈为联盟长，并胁迫奚族一起背叛唐朝，投附于突厥。从此，大贺氏联盟时代结束，契丹中衰。

遥辇氏部落的重建

当大贺氏联盟在与唐朝的激烈对抗战争和内部纷争中力量衰落，难以振作的时期，联盟以外的乙室活部落逐渐壮大起来。部落长郁捷已拥有了强大的军事力量，并且得到唐玄宗的认可，封他为契丹知兵马官。公元734年，唐幽州节度使张守珪联合乙室活部攻打契丹可突于部，杀其部落长屈烈和军事首领可突于。唐玄宗加封郁捷为北平郡王、松漠都督。次年，由于郁捷残暴被部落贵族涅里杀死，玄宗遂以涅里为松漠都督。

公元736年，唐将张守珪派平卢讨击使安禄山出兵攻契丹涅里部，大败而回。次年二月，张守珪再次出兵，大败契丹，涅里出走松漠，重建契丹部落联盟。

涅里以其所属的乙室活部落为基础，收集、联合了大贺氏联盟溃散后的余部以及联盟以外的分散的氏族部落，推选遥辇氏阻午为联盟长，重新建立起遥辇氏部落联盟。

天宝四年（745年）回纥族攻杀突厥白眉可汗，推翻了突厥的统治。突厥毗伽可敦率众归唐。契丹联盟长阻午亦率部降唐，唐拜阻午为松漠都督，封崇顺王，赐其姓名李怀秀。不久，李怀秀杀唐赐公主而叛。

公元751年，唐将安禄山领兵出击契丹，安禄山大败，率20骑逃走。从此，契丹与唐朝处于敌对状态。

从氏族部落到奴隶社会

公元755年，唐朝爆发了安史之乱，此后，河北地区藩镇割据，道路不通，契丹与唐很少往来，只保持着“朝贡”关系，不再有政治上的联系。这期间，契丹族处于回纥汗国统治之下。回纥在契丹族、奚族地区都派有使臣监督，每年要征收赋税，发展缓慢，一直到公元840年回纥汗国被推翻之后，契丹部落联盟才重新归附于唐朝。此后的60年间，契丹族由于摆脱了回纥的统治，使他们在与中原联系的不断加强中，得到较为顺利的发展。唐末，由于中原地区的封建割据斗争，北方汉族军民为了逃避战乱，成群结队移居到契丹人生活的地区，每次迁移，多达几千人。汉人把中原地区的生产工具、生产技术带到北方和东北边疆，与契丹人民共同进行艰苦的生产劳动。到了契丹迭刺部耶律阿保机的祖父匀德实担任夷离堇时，已经开始“教民稼穑，养畜牧，国以殷富。”契丹人民除了畜牧以外，已从事农业生产。匀德实的儿子撒剌的担任夷离堇时，契丹人民已学会冶铁，铸造铁器。撒剌的的兄弟述澜，引导契丹人民栽种桑麻，从事纺织；并修造房舍，建筑城邑。这些情况表明，在耶律阿保机的祖父和父亲一辈，契丹人民在生产方面，不但开始有农业，还有冶铁和纺织等手工业，有房舍和城寨。契丹社会从公元四世纪到十世纪初，经过几百年的时间，才从氏族制进入奴隶占有制，契丹社会有了新的飞跃。

铁 簇

阿保机建国

唐末五代时期，契丹逐渐强大起来。

契丹八部之一的迭剌部接近中原地区，汉族人民流入契丹地区的，多数也是进入迭剌部，使迭剌部成为契丹部落联盟中生产最先进的一部。公元九世纪时，契丹各部还在氏族制阶段，迭剌部已经出现阶级分化。加上汉族的影响，使迭剌部最先产生奴隶占有制。部落联盟长和军事首长由世选制（三年一选）而逐渐成为事实上的世袭制。遥辇氏部落联盟的夷离堇由迭剌部涅里的后裔耶律氏家族世选，自阿保机四代祖耨里思以下，阿保机一家任夷离堇职位共 13 人，二十四任。家族地位仅次于遥辇氏，具有强大的势力，是部落内部其他家族觊觎的目标。自鲜质可汗以来，联盟内部先后爆发了三次较大规模争夺夷离堇权位的斗争，而且都是在迭剌部内部家族中进行的，阿保机就是在这样的环境下出生、成长、建立国家的。耶律阿保机生于公元 872 年，是撒剌的儿子。当时迭剌部是契丹部落联盟中最强大的一部，部落联盟的军事首领夷离堇，都是从迭剌部中选出的。

公元901年，耶律阿保机被推选为夷离堇，掌握了军事大权。在新的历史条件下，他统一了契丹，并以武力威服邻近各部，连破室韦、奚、女真等族，俘获了大量的人口；又南下攻入中原地区，俘虏大批汉人。连年的俘掠，使契丹部落联盟内部增添了大批汉人、室韦人、奚人、女真人。外来各族力量的加入，自然地引起契丹族内部的变化。耶律阿保机的威信越来越高了，他掌握了军事大权。契丹各部首领也从对外战争中得到大批财富、牲畜和俘户。他们变成了新的贵族，对外掠夺被当作“光荣”的职业。

公元907年，耶律阿保机终于得到各部落首领的承认，成为契丹族新的部落联盟的首领。

阿保机为了进一步加强个人的权力，在继续对外掠夺征战中，对部落联盟组织也进行了一系列的改革。首先是限制于越的权力。其次，设立惕隐官。惕隐的职务是调节迭剌部落贵族集团的内部事务，以确保他们对阿保机的服从。第三，设立宿卫军。这是阿保机的侍卫亲军，主要是为了加强联盟首领的力量，扈从和保卫部落联盟的首领。

部落联盟组织的改革，实际是维护、巩固个人权力的改革，是由氏族社会向阶级、国家过渡的一个重要环节和步骤。

阿保机在强化个人权力的同时，也同部落联盟中一些贵族反对势力展开了斗争。在联盟中，原来世选联盟长的遥辇氏贵族虽然不满于权力旁落他人，但是他们没有军事力量与阿保机抗衡。遥辇氏八部之一的小部落涅剌部曾起兵反抗，但由于他们力量弱小，很快被讨平。

公元911年，即阿保机任联盟长的第五年，阿保机之弟剌葛、迭剌、寅底石、安端等人共同策划谋反。阿保机立即采取措施，制止了叛乱，随后改任剌葛为迭剌部夷离堇。公元912年十月，剌葛奉命分兵攻破平州（河北卢龙）后返回途中，再一次与迭剌、寅底石、安端等发动叛乱，又被阿保机平息下去。

公元913年三月，剌葛一面派想当奚王的迭剌与安端一起领兵千余骑以入觐为名谋杀阿保机，一面亲自率领部众进入迭剌部兄弟部落乙室堇淀，准备旗鼓，图谋自立。阿保机发现了这个密谋，拘捕了前来的迭剌、安端，又亲自率大军击讨剌葛。这次，阿保机依靠他的腹心部侍卫军和被征服的邻族室韦、吐浑的兵力，联合作战，终于击溃了剌葛的叛军。

这次叛乱持续达两个月之久，造成了巨大的物质财产的损失。百姓财产被剽掠，生命遭残害，大批物资被丢弃，物价上涨了十倍。这是阿保机任联盟长以来，社会动荡、经济损失最严重的一次。同时，这次叛乱对阿保机个人权力直接构成了巨大的威胁。这不得不使阿保机在平叛后进一步采取措施，加强和巩固自己的权力，防范他人对自己权力构成的威胁。

阿保机对外连年征战，对内平定叛乱，把契丹诸部已经完全置于自己的控制之下。后梁贞明二年、辽神册元年（916年）二月一日，阿保机在龙化州（内蒙古昭盟八仙筒）金铃冈筑坛称帝。阿保机称“天皇帝”，妻称“地皇后”。建年号为“神册”。至此，阿保机正式建立了契丹国。阿保机是为辽太祖。

神册三年（918年），辽太祖在黄河沿岸建立皇都。都城的建筑是在汉族知识分子康默记等人的主持下完成的。都城的结构完全仿照汉族的城邑。

胡人门吏图

天显元年（926年），在汉族知识分子贾去疑的帮助下，扩建了皇都，增加了宫殿庙宇。耶律阿保机还建立孔子庙，命皇太子春秋设奠，传播汉族封建文化。

阿保机称帝以后，形成了以南府和北府为核心的行政统治。南府宰相由皇族贵族担任，北府宰相由后族贵族充任。

契丹族原来没有文字。政权建立以后不久，于公元920年仿照汉字偏旁，制造了契丹文字。现在已经发现的契丹字，大约有一千二百多个。公元921年，阿保机又制订了法律。除统治区内的汉人仍旧使用唐朝的法律外，契丹和其他各族都要受新法律的管束。

辽对邻族的侵略

建国后，阿保机继续不断地向周围邻族和地区展开了大规模的掠夺和扩张。

以武力压服了邻近的奚、室韦等部族，取得了一部分突厥故地。阿保机还以武力西征突厥、吐谷浑、党项、沙陀等部，俘获无数的人口和驼马牛羊。契丹政权的领地，西达甘州（甘肃张掖），西北至鄂尔浑河。阿保机又南下侵入中原地区。当时中原正处于混乱时期。公元921年，阿保机率大军冲入居庸关（今北京市昌平西北云台），攻陷了檀州（今北京市密云）、顺州（今北京市顺义）等十多个城市。阿保机还亲自率领皇后述律氏、太子耶律倍、次子耶律德光等东征。汉族知识分子韩知古、唐默记、韩延徽等人，成为辽太祖的重要帮手，随军出征，终于在公元926年正月占领扶余城（吉林农安），吞灭了辽东的渤海政权。阿保机改渤海为“东丹”，即东契丹的意思，并封太子耶律倍为东丹王，统治具有较高封建文明的渤海故地。渤海故地出产粟米、布、马匹等，是农业生产比较兴旺的地区。耶律倍采用“权法”建立各项制度。这一年（926年）的七月，耶律阿保机死于扶余府。

阿保机死后，皇后述律氏月理朵称制，权决军国大事。天显二年（927 年）十一月，掌握兵马大权的大元帅耶律倍被迁往东平（辽阳），受到疑忌和监视，后来，耶律倍偕妻子高氏逃奔到后唐，唐明宗赐姓李名赞华。

太宗耶律德光即位后，继承太祖阿保机的事业，继续进兵汉族地区，一再率大军南下，深入中原，大规模掠夺财富和奴隶，抢占中原土地。使契丹族由奴隶制迅速转入封建制。

公元 928 年，唐定州守将王都降契丹，唐派兵讨伐。辽太宗命奚兵统帅铁剌去救定州，败唐将王晏球。唐兵又大举攻定州。辽惕隐涅里衮等出兵增援。七月，唐兵破定州，铁剌战死，涅里衮等被俘。十一月，太宗准备亲自领兵攻唐。唐停止进攻，遣使臣来辽。太宗班师。公元 929 年十月，辽太宗检阅诸军，命皇弟李胡领兵攻掠云中诸郡。李胡攻下寰州。次年二月，还军。太宗以李胡为天下兵马大元帅。

公元 936 年，后唐河东节度使石敬瑭反后唐自立，向契丹求援。八月，太宗亲率大兵南下救石敬瑭。九月，入雁门，进驻太原，大败后唐张敬达军。十一月，太宗与石敬瑭约为父子，册封石敬瑭为“大晋皇帝”。唐将赵德钧、赵延寿父子投降。十二月，石敬瑭进驻河阳。唐废帝李从珂兵败，杀死投奔后唐的耶律倍，然后自焚而死。太宗自太原领兵北还。公元 937 年，石敬瑭遣使臣来，愿以幽、蓟、瀛、莫、涿、檀、顺、妫、儒、新、武、云、应、朔、寰、蔚等十

庆陵墓室

六州土地“奉献”给契丹。公元938年，燕云十六州归入契丹的统治领域。辽太宗把皇都建于上京，称临潢府。幽州称南京，原南京东平府改称东京。又改年号为会同。这时，契丹政权已有三个统治中心：上京统治草原地区；南京统治十六州之地；东京统治渤海故地。

公元942年，晋石敬瑭死，石重贵（晋出帝）继位，向契丹称孙，拒不称臣。公元943年冬，太宗到南京，以晋降将赵延寿为先锋，统兵五万，大举伐晋。公元944年，晋贝州守将开城投降。太宗采赵延寿议，大兵直趋澶州，石重贵也亲至澶州督战。两军在澶州北戚城交锋，互有胜负。契丹不能胜，沿路掳掠大批财物和民户北还。这年冬季，太宗再度领兵南侵，进围恒州，晋兵退守相州。

公元945年，契丹分兵在邢、洺、磁三州大肆杀掠，进入磁、洺之间的邺都。晋石重贵下诏亲征，至澶州。并攻下契丹所占泰州。

泰州战后，契丹受挫，准备再度大举南侵。晋兵获胜，却以为从此太平无事。公元946年八月，太宗再次领大兵南侵直至恒州。杜重威领后晋兵迎敌，两军夹滹沱河对阵。

开封龙亭

晋杜重威怯懦不敢战，置酒作乐。契丹别部由萧翰（太宗妻兄）率领，出晋军之后，切断晋军粮道和归路。萧翰至栾城，晋守城军投降。

太宗率领契丹兵自相州南下，杜重威率领晋降兵从行。太宗命皇甫遇作前锋攻打晋都城开封，皇甫遇拒命自杀。后晋降将张彦泽领先锋军攻开封。晋石重贵奉表投降。

会同十年（947 年）正月，太宗进入晋都开封，改穿汉族皇帝的服装，受百官朝贺。二月，建国号大辽，改年号为大同。

辽太宗并没有在汉地建立统治，而是按照奴隶制的传统，把晋国的宫女、宦官、百工等作为奴隶掳走，连同晋宫的财宝，运回上京临潢府。辽兵灭晋过程中，四处掳掠人口和财物，称为“打草谷”。各地人民纷起反抗，辽兵遭到沉重打击。辽太宗慨叹说：“不知中原的人，难治如此!”在返回上京的路上，病死在栾城（今属河北）。晋河东节度使刘知远在晋阳（今山西太原西南）称帝，建立后汉，进驻开封。

辽朝的统治制度在太祖阿保机和太宗耶律德光统治时期，逐步建立起来，重要的有以下几项：

斡鲁朵宫帐制

皇帝宫帐称斡鲁朵。斡鲁朵有其直属的军队、民户、奴隶和州县，构成一个独立的军事、经济单位。皇后也可有自己的斡鲁朵。

阿保机宫帐称算斡鲁朵。侍卫亲军，称腹心部。另在地方要地设提辖司。各地蕃汉民户抽丁充军，归提辖司统辖，称提辖司人户，直属斡鲁朵。太宗宫帐直属军称皮室军。述律后也有宫帐直属军称“属珊”。

宫帐设有著帐诸局，契丹奴隶编入“瓦里”，为皇室制造各种器物，由著帐郎君统辖。后妃也各有自己的著帐局。又有“著帐户”，是为皇室宫帐服役的契丹奴隶。服役奴隶首领称“小底”，统由承应小底局统领。宫帐的祗从、伶官也属著帐户。著帐户隶属宫帐，又称“宫户”。辽朝皇帝有时也把宫户赐给臣下贵族，成为他们的私奴。

斡鲁朵所有的奴隶财产，为皇帝所私有。皇帝死后，他的斡鲁朵依然存在，由帝后家族所继承，以奉陵寝。

投下州县制

阿保机南侵汉地，俘虏大批汉族居民做奴隶。被俘掠的渤海人也掳到契丹故地建置州县统治，或与汉人俘户杂居。在阿保机和辽太宗时代，先后建置了许多这样的州县。

俘户州县起初当是属于契丹最大奴隶主阿保机所有，或者说，其实只是他私有的奴隶，隶属于宫帐斡鲁朵。皇后另有自己的州县。述律皇后以西征的俘奴建仪坤州广义县（本回鹘牧地），当是属于述律后的“私奴”。

皇帝、皇后以下的契丹贵族，也各自占有这样的寨堡，称“投下”或“头下”。

辽灭渤海后，东丹国内基本上仍保持原有的封建制度和文化，只是以汉人和渤海俘户新建了一些州城。燕云十六州汉族居住地区，仍然实行原来的封建社会制度。这样，辽朝境内，便以上京、南京（幽州）和东丹国为中心，形成为社会状况互不相同的三大区域。

北南面官制

皇帝宫帐设在西方，所以官职都分为北南，和汉族官职的分为左右相似。辽太宗占领燕云十六州后，建立起两套政治制度，一面根据唐朝的制度，扩大了旧日管理汉人的事务部门，在汉族地区维持原来的封建统治，州设刺史，县置县令，成为“南面官”；对待契丹本部，采取适应契丹部落传统的统治方式，称为“北面官”。北面官运用契丹部族习惯法为基础的成文法，管理契丹及各族人民。这种“以汉制待汉人”，“以国制治契丹”的统治方式，既有利于封建制的巩固和发展，又促进了契丹本族的繁荣。历史的总趋势已经表明：在辽太宗统治时期，封建制已占了优势。

抗宋战争

公元969年二月，世宗第二子耶律贤（景宗）率领侍中萧思温、飞龙使女里和南院枢密使高勋等领甲兵千人，赶到穆宗柩前即皇帝位，改年号为保宁。太宗次子罨撒葛逃入沙陀。辽朝皇权由此又转到耶律倍、世宗一系。

景宗即位后，将拥立他的萧思温和高勋分别任北院和南院枢密使。萧思温封魏王，高勋封秦王，又任命他早已交结的汉人韩匡嗣（中书令韩知古之子）为上京留守。亲信贵族耶律贤适封检校太保。景宗由此组成了他的统治集团。

叠胜金牌

但是，这个统治集团的内部，又很快地出现了相互倾轧的争斗。公元970年，统领汉军的南院枢密使高勋和飞龙使女里合谋，指使萧海只、海里等刺杀了北院枢密使萧思温。景宗处死了萧海只、海里等凶手。随即任命耶律贤适为北院枢密使，并且把即位前的侍卫组成为挞马部，以加强皇权的统治。高勋、女里到公元978年才被处死。

公元969年景宗即位后，宋

太祖赵匡胤即领兵攻打北汉，辽出兵援汉，宋兵退走。公元974年，辽宋议和。

公元976年九月，宋太祖统一江南后，分道向北汉都城太原进军。景帝命南府宰相耶律沙、冀王敌烈领兵出援，宋兵败退。十一月，宋太祖病死，宋太宗赵光义即位。公元979年，宋太宗亲领大兵攻太原。耶律沙、敌烈与宋兵战于白马岭，敌烈战死，辽兵大败。六月，北汉帝刘继元降宋。北汉是辽朝的属国，宋灭北汉，是辽朝一个惨重的失败。宋太宗乘胜向辽南京进攻。驻在南京的北院大王奚底与南京留守韩德让（韩匡嗣子）合力防守。奚底出战，南京城被宋兵围困，韩德让登城坚守，辽景宗命惕隐耶律休哥代奚底领兵。

七月，耶律沙自太原退兵来援，与宋军战于高梁河（今北京外城一带），耶律休哥与南院大王耶律斜轸从后面分兵合击，宋兵大败，太宗乘驴车仓皇逃走，韩德让乘胜出击，此次战役被称为高梁河之战或幽州之战。宋军损伤惨重，而辽兵则转败为胜。九月，景帝以燕王、摄枢密使韩匡嗣为都统，反攻南伐。十月，韩匡嗣与耶律休哥等与宋兵战于满城。韩匡嗣指挥失误，辽兵大败。耶律休哥力战退敌。景宗下诏责备韩匡嗣，赏赐耶律休哥，任命他为北院大王，总领南面戍兵。

公元980年十月，辽景宗到南京，领兵攻宋，围瓦桥关。耶律休哥斩宋守将张师，追击宋兵，至莫州还军。

辽景宗击败了宋朝收复燕云的企图，巩固了对这些地区的统治。

汉人势力的增长

蓟州玉田韩知古在阿保机平蓟时降契丹，总管汉人事务。其子韩匡嗣在景宗时任上京留守、南京留守，摄枢密使。韩德让代父韩匡嗣守南京，败宋兵，以功任辽兴军节度使，进为南院枢密使，权势超过高勋，蓟州韩氏日益成为辽朝汉人官员中最有权势的一个家族。

公元982年九月，辽景宗在云州出猎时病死于焦山。韩德让与耶律斜轸受景宗遗命，立皇子隆绪（圣宗）继皇帝位。圣宗年十二，军国大事都由承天太后（景宗后）裁治。韩德让与耶律斜轸分任南北院枢密使。韩德让得承天后宠幸，又以汉人总知宿卫，加开府仪同三司，兼政事令。公元999年，耶律斜轸病死，韩德让以南院枢密使兼北院枢密使，总管契丹、汉人两院事，进封大丞相。韩德让总揽辽朝军政大权，进而赐姓耶律（先后赐名德昌、隆运），封晋王，列于皇族横帐，权位仅次于帝后。韩德让是辽朝汉人地主势力的一个代表。韩氏掌权，标志着汉人地主的势力大为增长了。

辽圣宗、承天太后以韩德让等汉人官僚为辅佐。在他们的统治下，辽朝制度发生了如下的一些变革。

宫帐奴隶置部：原处在宫帐奴隶地位的俘户改为部民，分统于北府和南府。新征服的民户，也不再编为宫帐奴隶，而分别设部统治。

投下州县赋税：奴隶不再属奴隶主所有，而成为向朝廷纳税的编民，鼓励农耕，西北沿边各地设置屯田垦耕，在屯民户“力耕公田，不输税赋”，即不再向朝廷输税，积粟供给当地军饷。在屯户实际上是为朝廷服力役的农奴。

刑法：将汉人与契丹人斗殴至死、治罪轻重不同的旧律，改为同等治罪。契丹人犯十恶大罪，也按照汉人法律制裁。

捺钵：辽朝建国后，皇帝游猎设行帐称“捺钵”（《辽史》释“行营”，宋人释“行在”）。辽帝去捺钵时，契丹大小内外臣僚随从出行，汉人枢密院、中书省也有少数官员扈从。夏冬并在捺钵“与北南大臣会议国事”。夏冬捺钵因此又是辽朝决定军政大事的中心。

至圣宗时，汉族的封建文明已有了越来越广泛的影响。圣宗喜读《贞观政要》，又善吟诗作曲，后族萧合卓以善属文，为圣宗诗友，充南面林牙（翰林）。四时捺钵制，使契丹贵族在接受汉文明的同时，仍能不废鞍马射猎，保持勇健的武风。契丹不像前世北魏的拓跋、后世金朝的女真那样由汉化而趋于文弱，四时捺钵制是有一定作用的。

辽圣宗时，先后出现的多方面的变革，显示契丹族的历史正在跨入一个新时期，此后的辽朝，虽然仍保留着严重的奴隶制的残余（对外作战俘掠和宫户、私奴），但封建制已经逐步确立起来。辽朝由此形成它的全盛时代。

宋辽澶渊之盟

圣宗即位后，公元986年三月，宋太宗分三路进兵，再取燕云。曹彬等军出雄州道，田重进出飞狐道，潘美、杨业出雁门道。宋军连克歧沟、涿州、固安、新城。辽兵败于田重进，飞狐关辽军降宋。潘美连克寰、朔、应、云等州。承天太后与圣宗至南京（幽州）督战，调集各地重兵反攻。四月，耶律休哥军复涿州、固安。五月，辽军在歧沟关大败曹彬，宋军奔高阳又被辽师截击，死者数万。六月，耶律斜轸军复朔州，擒宋将杨业。云州等地宋兵都弃城而走。辽军获得全胜。

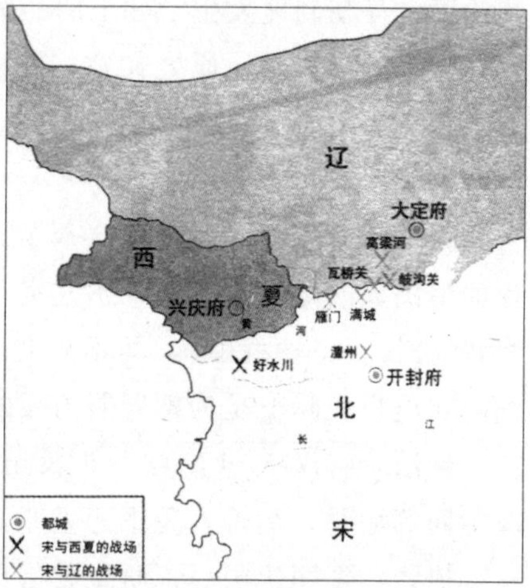

北宋与辽的主要战场

公元999年，圣宗再次亲率大兵南下。十月，在瀛州大败宋军，擒宋将唐昭裔，进踞乐寿县。攻遂城，又败宋军。次年正月，还师南京。公元1002年，再度南侵。南京统军使萧挞凛破宋军于泰州。公元1004年闰九月，圣宗大举亲征，先在唐兴大破宋军，又在遂城、祁州、洺州获胜。十一月，攻破宋德清军。辽军进至澶渊，宋遣使请和。十二月，辽宋在澶渊议成。宋以辽承天太后为叔母，每年向辽输纳银十万两、绢二十万匹。两朝各守旧界。澶渊盟后，辽宋不再发生大的战事。

对鞑靼和回鹘的战争

辽朝西境的鞑靼，这时有了较快的发展，已开始形成部落联盟。辽圣宗在古可敦城设镇州（今蒙古鄂尔浑河上游哈达桑东北古回鹘城），镇压北方诸部。统和二十九年，对鞑靼采取分部统治的办法，辽向各部落分别派遣节度使统治。鞑靼诸部杀辽节度使，起兵反抗。辽发大兵镇压，鞑靼兵败降辽，每年向辽进贡马驼和皮张。

甘州回鹘，在阿保机时曾被契丹所征服，但此后与辽朝并无从属或朝贡关系，而与宋朝通贡使。公元1008年，萧图玉进讨甘州回鹘，直抵肃州，俘掠大批生口。公元1026年，萧惠再统兵攻甘州，不能取胜，被迫还军。

沙州回鹘在敦煌郡王曹顺统治下，也曾一度向辽纳贡。西州回鹘世居高昌，可汗号“阿厮兰汉（汗）”。

辽圣宗时，阿萨兰回鹘连年有贡使来辽。公元996年，阿萨兰回鹘王遣使来为子求婚，辽朝不许。大抵至辽兴宗时，许嫁公主，加强了联系。

西联大食、东侵高丽

阿保机时，大食曾遣使来契丹。此后，不见再有往还。公元 1020 年，大食遣使来辽，进象及土产，并为王子册割请婚。次年，再遣使来，辽以皇族女可老封公主许嫁。

高丽王建（太祖）在公元 918 年建高丽国。公元 935 年、936 年先后灭新罗、百济，统一了朝鲜半岛，成为海东强国。辽太祖、太宗时与高丽曾有聘使往来。公元 934 年，渤海世子大光显率众数万投高丽，赐姓王氏。此后，高丽与辽绝交，互相敌视。统和十年（992 年）十二月，辽以东京留守萧恒德统兵东侵高丽。次年，辽兵攻破高丽蓬山郡，高丽请和。辽册封高丽成宗王治为高丽国王，并以萧恒德女许嫁。公元 1010 年，高丽穆宗（成宗子）被贵族康兆谋杀，显宗继位。辽圣宗亲率大兵四十万出征，高丽康兆率兵三十万迎击。辽兵连陷郭州、肃州，直抵高丽都城开京。高丽显宗弃城而逃。辽圣宗入开京，大肆焚烧而去。

公元 1013 年，辽圣宗遣耶律资忠使高丽，强索兴化、通州等六城。高丽拒绝，扣留资忠。公元 1016 年，辽耶律世良统兵再侵高丽，破郭州。高丽死者数万人。公元 1017 年，辽萧合卓攻兴化，失败。公元 1018 年，辽萧排押等以兵 10 万入侵高丽，高丽姜邯赞大败辽兵，辽军死伤甚众。公元 1019 年，辽集结大军，准备再侵高丽，高丽显宗遣使议和，送还耶律资忠。辽朝强索高丽六州被挫败，此后，高丽仍依成宗时旧制，对辽“纳贡如故”。

契丹贵族之间的倾轧

承天皇太后死于统和二十七年。此后，辽圣宗亲自执政，至景福元年（1031 年）六月病死，子耶律宗真（兴宗）即位。清宁元年（1055 年）兴宗死，子耶律洪基（道宗）继位。辽道宗统治时期长达四十五年，辽朝进入衰乱时期。

辽兴宗、道宗朝，契丹贵族之间不断相互倾轧。兴宗为圣宗元妃萧耨斤所生，由圣宗齐天后收养。兴宗十六岁即位，元妃谋夺政权，自立为皇太后，迫使齐天后自杀，又密谋废兴宗，另立少子耶律重元。耶律重元密告兴宗。兴宗将皇太后废黜。

辽道宗即位，尊耶律重元为皇太督，加号天下兵马大元帅。清宁九年七月，耶律重元与子耶律涅鲁古等谋反，道宗平宿卫军乱，耶律重元兵败自杀。南院枢密使耶律乙辛平乱有功，权势显赫，与汉人官员北府宰相张孝杰勾结，专擅朝政。太康元年（1075年），太子耶律濬十八岁，参预朝政，兼领北、南院枢密使事。耶律乙辛与张孝杰诬陷太子生母宣懿皇后与伶人私通。宣懿后受诬自尽。三年，又诬告太子阴谋废帝。太子被囚禁在上京，耶律乙辛派人将太子暗杀，耶律乙辛借此兴起大狱，贵族官员多人因此被处死或流放。七年，道宗发觉耶律乙辛、张孝杰等人的奸谋，将他们免官。辽朝贵族和官员长期陷入相互攻讦倾轧之中。统治集团日益削弱。

辽圣宗末年以来，处在封建压迫下的各族人民不断举行武装起义。辽圣宗时，把汉地的封建租税制推行于渤海地区，引起了渤海人民的反抗。太平九年（1029年）八月，渤海居民以东京舍利军详稳大延琳为首举行起义，杀辽户部使，囚禁辽留守。自建国号兴辽，年号天庆。兴辽军西攻沈州，不下，退守东京辽阳府（今辽宁辽阳）。次年，大延琳被擒，起义失败。天庆五年（1115年）二月，饶州（今内蒙古巴林右旗）的渤海居民在古欲领导下起义，有步骑三万余人。六月间，起义失败，古欲被擒，这一时期，燕云地区的汉族农民也不断起义，天庆三年，有以“李弘”为号的农民起义。史称“李弘以左道聚众为乱，支解，分示五京”，“李弘”可能是利用道教符谶的称号。七年，易州涞水县民董庞儿起义。被辽军战败，投附宋朝。八年，辽东诸路爆发了安生儿、张高儿等领导的起义，发展到20万人。这些起义虽然先后被辽兵镇压下去，但给予辽朝统治以沉重的打击。

女真族的侵扰

黑龙江和松花江一带的女真族，自阿保机建国以来，即受到辽朝的控制，向辽朝贡纳海东青和各种土产。辽兴宗时，女真向外掳掠，但还只是各部落单独行动。道宗时，形成部落间的联盟，联盟长称都勃极烈（大部长），日渐强盛。公元1101年，在辽天祚帝即位的同年，女真完颜部长阿骨打为都勃极烈。此后连所侵掠周邻各部。公元1114年，阿骨打统领女真渚部兵攻陷混同江东的宁江州。天祚帝遣后兄萧嗣先和萧兀纳统契丹、奚及诸路兵7000出击，大败于出河店。女真渡混同江进击，萧嗣先军望风奔溃。家属资财，都被女真掠获。女真收编辽俘虏入军中，军势更盛。辽天庆五年（1115年），阿骨打建立国家，称皇帝（金太祖），国号金，年号收国。

金撒土浑谋克印

辽朝后期，契丹贵族日趋腐化。辽军两败，天祚帝起用汉人张琳、吴庸等领兵东征。张琳军在涞流河大败。数月间，金兵接连攻陷州城，大肆杀掠，公元1115年秋，辽天祚帝下诏亲征，率契丹、汉军号称十余万，以精兵二万为先锋，期以必灭女真。十一月，天祚帝与女真兵遇，接战不久，辽军败溃，天祚帝一日夜逃奔500里，退保长春。金兵乘胜侵占辽阳等54州。

辽政权西迁

耶律章奴见辽军溃败，谋废天祚帝，另立燕王、南京留守耶律淳。章奴与同谋者二千骑奔上京迎位，遣淳妃弟萧敌里去南京报淳。耶律淳斩敌里，往见天祚帝。章奴事败，投女真，中途被捕获腰斩。

公元1116年，渤海人高永昌据东京反，称大渤海皇帝。占据辽东五十余州，只沈州未下。天祚帝命张琳往讨。高永昌向金兵求援，金兵大举来侵辽兵，败逃入沈州城，金兵入城。

天祚帝命耶律淳为都元帅抗金。耶律淳招募辽东饥民得二万余，另募燕云民兵数千。耶律淳攻沈州不下，还军。金兵斩高永昌，据有其地。公元1117年，耶律淳统领的“怨军”有两营起义反辽。耶律淳往讨起义的“怨军”，在徽州东与金兵遇，大溃败。金兵占领新州。成、懿、壕、惠等州均降。金兵又攻耶律淳于显州蒺藜山，辽兵又大败。

公元1117年，阿骨打建号大圣皇帝，改元天辅，遣使与辽议和。金对辽提出的条件，大体近似澶渊之盟时辽对宋的条件：辽册金帝为大金大圣大明皇帝，称兄，岁输银绢二十五万两、匹，割辽东、长春两路地。辽朝册阿骨打为东怀国皇帝，不称兄，其余一切照办。阿骨打不允。公元1120年，阿骨打亲攻辽上京，上京留守降。天祚帝去西京。辽朝郡县至此已失去半数。

辽朝灭亡在即，贵族之间仍在相互诛杀。公元1121年，文妃与统兵副都监耶律余睹（文妃妹夫）、驸马萧昱，贵族耶律挞曷里（文妃姐夫）等谋立晋王敖鲁斡。天祚帝元后兄、北院枢密使萧奉先派人告发，文妃赐死，萧昱、耶律挞曷里都被处死。晋王因没有参预此事，免罪。萧昱、耶律余睹在军中叛变投金。公元1122年，金兵攻陷辽中京，进陷泽州。天祚帝出居庸关，至鸳鸯泊（辽捺钵）。余睹引金兵来攻。萧奉先向天祚帝献策说：余睹此来不过为了晋王。杀了晋王，余睹自回。晋王敖鲁斡由此无罪而被处死，满朝贵族更加解体。余睹引金兵直逼天祚帝行帐，天祚帝率卫兵5000逃往云中。三月，金兵进陷云中，天祚帝逃入夹山。

汉人宰相李处温与皇族耶律大石等，在南京拥立耶律淳称帝，号为“北辽”。三个月后，耶律淳病死。宋军两次大举攻辽。均遭失败。金兵攻陷辽南京。耶律大石在居庸关被金兵捕获，公元1123年九月领兵逃出，去夹山见天祚帝。天祚帝责他擅立耶律淳为帝。耶律大石不自安，又见辽将亡，于是率骑兵200人北走，自立为王。保大四年，天祚帝自夹山出兵，败溃。次年二月被金兵俘虏。在金朝被囚一年多后病死。契丹自公元916年太祖阿保机建国至天祚帝被俘，凡二百零九年。太宗于公元947年灭晋，建国号大辽。圣宗时一度改国号大契丹，道宗时复号为辽。自阿保机至天祚帝，习惯上都称为辽朝。

辽皇族耶律大石率部西北，重建辽朝，史称西辽。西辽存在于我国西北约90余年。正像南迁后的南宋是北宋的继续一样，西迁后的西辽也是辽朝的继续。

公元1124年，大石率二百铁骑向西北方行进。西北边地是诸游牧族的地区，在金朝南侵过程中，仍然是辽朝的统治范围，局势是稳定的。

耶律大石领兵至镇州（今蒙古鄂尔浑河上游，哈达桑东北古回鹘城），召集西北地区十八个部落，征兵万人，设置官员，重新组成统治机构。延庆七年（1130年），耶律大石率部经回鹘西行，至叶密立（今新疆塔城一带），征服突厥各部落。耶律大石建号称帝，号天祐皇帝，又号古儿汗，耶律大石仍用辽国号，史称西辽，又称哈喇契丹（黑契丹）。康国元年（1134年），耶律大石在楚河南岸八剌沙衮建都，号为虎思斡鲁朵。

耶律大石建都后，出兵东征喀什噶尔，进至和阗。向西征服撒马尔罕和花剌子模。康国十年，耶律大石病死，依汉制立庙号德宗。

西辽德宗耶律大石死后，由皇后塔不烟执政七年，以后传子耶律夷列（仁宗）。崇福元年，西辽仁宗死，妹普速完摄政，号承天皇太后，普速完与夫弟萧朴古只私通，谋杀夫萧朵鲁不。萧朵鲁不父萧斡里剌为西辽元帅，领兵杀普速完及萧朴古只。天禧元年（1178年），西辽仁宗子耶律直鲁古继帝位。

天禧二十七年，蒙古成吉思汗灭乃蛮部，乃蛮部长塔阳汗败死，子屈出律西逃。年初，屈出律逃奔西辽。耶律直鲁古将女儿嫁给屈出律。屈出律又离西辽东去收集乃蛮残部，与花剌子模相约，夹攻西辽。三十四年，耶律直鲁古被迫退位。屈出律篡夺了西辽王位，奉耶律直鲁古为太上皇。公元1218年，蒙古军灭其国，屈出律被捕处死。

宋太宗收复燕云战争的失利

太平兴国四年（979年），宋太宗乘灭北汉之势，移师辽南京幽都府（今北京），企图一举收复为石敬瑭割让契丹的燕云地区。

宋军初战获胜，连下易（今河北易县）、涿（今河北涿县）等州，嗣即因辽军的苦守待援，不得不屯兵于坚城之下。宋太宗率军于高梁河（今北京西直门外）与辽援军展开激战。在耶律休哥、耶律斜轸等军夹击之下，宋军大败，宋太宗中箭，急乘驴车逃走，从此不再亲临战场。雍熙三年（986年），宋军再次发动了大规模的攻势战。东路主力由曹彬率领，自雄州（今河北雄县）北上，攻涿州；中路田重进军出飞狐（今河北涞源），攻蔚州（今河北蔚县）；西路军由潘美、杨业率领出雁门

（今山西代县），攻山后诸州。宋方的战略意图是以东路军牵制住辽的主力，使西、中两路乘隙攻取山后诸州，然后三路大军合击幽都府。

宋西路军进展迅速，连下寰（今山西朔县东）、朔（今山西朔县）、应（今山西应县）、云（今山西大同）四州，中路军亦攻占了蔚州。东路宋军主力连续受耶律休哥军的阻击和骚扰，虽然攻占了涿州，而粮道被切断。在辽承天皇太后亲率援军和耶律休哥军攻击下，宋东路军于歧沟关（今河北涞水东）大败溃散，伤亡惨重。西、中两路军因此被迫撤军。西路军杨业由于得不到主帅潘美的支援，在陈家谷口（今山西宁武东北）战伤被俘，绝食三日而死。

宋太宗两次攻辽失败，便放弃收复燕云的打算，只在河北平原上疏浚、沟通沿边河道，使西起沉远泊（今河北保定北）、东达泥沽海口（今天津塘沽南）的屈曲九百里之地，遍布塘泊，筑堤贮水，沉远泊以四则依靠种植榆柳林木，设置寨、铺，派兵戍守，以与辽朝相对峙。

在宋取守势后，辽朝对宋却展开攻势。就在宋军第二次收复燕云战争失利的冬天，辽数万骑逾燕山南下，宋军刘廷让率军阻击，分精兵与李继隆，令其支援，而李继隆逃至乐寿（今河北献县），坐视刘廷让军数万人被歼于君子馆（今河北河间北）。自此，辽利用其骑兵优势不时进扰。咸平二年（999年），辽承天皇太后，辽圣宗耶律隆绪率兵南下，宋将傅潜率大军驻定州（今河北定县），闭门自守，不敢出战。次年正月，辽兵到瀛州（今河北河间），大败宋军，擒宋将康保裔。咸平六年，望都（今属河北）之战，宋将王继忠兵败降辽。景德元年（1004年），辽承天皇太后、圣宗又以收复瓦桥关（今河北雄县旧南关）以南地区为名，发兵南下，回避不少城市的攻坚战，直趋黄河边的澶州（今河南濮阳附近），对宋的都城开封构成严重威胁。

宋朝大臣王钦若主张放弃东京逃跑，迁都昇州（今江苏南京），陈尧叟主张迁都益州（今四川成都），只有新任宰相寇准等少数人力请宋真宗赵恒亲往澶州前线督师，以振作士气。这时寇准倚重的将领，是在历次抗辽战斗中屡立战功的杨嗣和杨延朗（杨业之子，后改名延昭）。杨延朗上疏，建议“饬诸军，扼其要路，众可歼焉，即幽、易数州可袭而取”，但未被采纳。宋军在澶州前线射杀辽南京统军使萧挞览，辽军士气大挫。宋真宗进入澶州后，两军处于相持局面。

辽军的南侵，原是以掠夺财物和进行政治讹诈为目的，及侵入宋境后，因屡受挫败，就示意愿与宋朝议和。这恰好符合了宋真宗的意愿。他只盼辽军能够尽快北撤，不惜代价。十二月，宋、辽商定和议，交换誓书，约定：①宋朝每年交给辽期绢二十万匹、银十万两；②沿边州军各守疆界，两地人户不得交侵，不得收容对方逃亡“盗贼”；③双方不得创筑城堡、改移河道。此外，还约定辽帝称宋帝为兄，宋帝称辽帝为弟。这就是所谓澶渊之盟。澶渊之盟后，王钦若转而在宋真宗面前攻击寇准，说寇准把宋真宗当作“孤注”一掷，订立“城下之盟”是大耻辱。宋真宗罢免寇准，改任王旦作相。此后，宋朝裁减河北戍兵一半、沿边戍兵1/3。

杨家将的抗辽斗争

契丹地方政权建立以后，不断南侵，与宋朝发生军事冲突。宋、辽之间曾经先后发生过三次较大规模的战争。

第一次战争发生在公元979年，即宋太宗太平兴国四年，辽景宗乾亨元年。这一年，宋太宗赵匡义消灭了北汉政权，准备乘胜收复幽、云等十六州，对辽发动了反击战。战争开始阶段，宋军进展十分顺利，很快逼近幽州。但是，由于宋军长期连续作战，兵将没有好好地得到休整，战斗力已经十分疲乏；而辽朝以强大的兵力援救幽州，终于在高梁河打败了宋军。七月里，高梁河之战刚刚停了下来，九月间辽军又向镇州（河北正定）进攻，后来被宋军赶走。第二年（980年）的三月，辽兵10万又向雁门关（山西代县北）进攻，气势汹汹。宋朝杨业一军，在雁门关战中，发挥了巨大的作用。

北宋巢车

杨业的祖先是麟州（陕西神木北）人，到杨业时已迁往太原。他原名重贵，原是北汉的将领。由于他勇敢善战，人称“杨无敌”。北汉统治者替他改名刘继业。

杨业的妻子折氏，也是一个很有军事才能的人，出自云州（山西大同）的大族。她的祖父折从阮，五代后唐时担任府州（陕西神木东北）的防务。她的父亲折德扆、兄弟折御勋、折御卿，在五代后周和北宋初年，先后镇守过府州，多次与契丹交战，保护北方的边防门户。今山西保德折富村还有杨业妻子折太君墓。在元曲和传统戏里面，都作“佘太君”，大概是由于“折”、“佘”读音相近的关系。她善骑射，曾帮助丈夫屡建奇功。

在北汉统治时期，杨业做过建雄军节度使，镇守今山西代县。由于契丹的干扰，经常发生武装冲突。北宋政权建立后，杨业一度劝说北汉统治者刘继元归附宋朝，共同抵抗契丹。刘继元没有这样做。979年，宋太宗转攻太原，消灭了北汉政权，杨业恢复原姓，单名“业”，成为北宋王朝的一名将军。这时，他已经是五十岁左右的人了。宋太宗知道他熟悉北方边疆情况，派他做代州（山西代县）刺史，隶属大将潘美部下。

980 年三月，辽军进犯雁门关的紧急战报传到代州时，杨业手下只有几千名骑兵，没有办法同 10 万辽兵硬拼。他带领数百名轻骑兵，从雁门关西侧的羊肠小道绕到雁门关以北，从辽兵的背后杀出，杀死了辽朝驸马萧咄李，活捉了将军李重海，打乱了辽军的攻势，取得了胜利。

经过雁门关这次出奇制胜的袭击，北方形势暂时稳定下来。宋太宗给杨业升了官。但是身为主将的潘美并不高兴，因为杨业赢得了战功，使杨家将的声誉越来越高了。

公元 982 年，年仅十二岁的耶律隆绪坐上辽朝皇帝的宝座。宋太宗想利用辽政权大变动的时机，出兵收复十六州失地。

战斗终于在 986 年（雍熙三年）开始了。

这一次军事行动，是宋太宗亲自指挥的。他派遣军队从山西、河北分三路出兵：曹彬、崔彦进、米信率领的东路军是主力，从雄州（河北雄县）出击，采取缓行军的战术，虚张声势，向幽州进，牵制辽兵的主力；中路军由田重进带领，出飞狐（河北涞源北）；由潘美和杨业带领的西路军，急速出雁门关，收复关北的广大地区。

北宋的反击战，得到了北方人民的支持和响应。杨业的部队出了雁门关，在不到两个月的时间内，就收复了云州（山西大同）、应州（山西应县）、寰州（山西朔县东北马邑镇）、朔州（山西朔县）等四州。在攻打应州和朔州时，杨业的儿子杨延昭当先锋，把强悍的辽兵打得惊慌溃败。

北宋西路军连战连胜，中路军也收复了一些失地，战争的形势本来是很好的。但由于东路军的大将曹彬贪功冒进，急速攻打涿州。由于行军速度比原定作战计划加快了，军粮的运输一时间跟不上，大部队又中途退回雄州（河北雄县），终于在离涿州西南40里的歧沟关地方，被辽军打得大败，损失惨重。当部队夜渡拒马河时，无数的士兵溺死了。部队退到易州（河北易县）后，在沙河附近又死亡过半。

赵光义得悉东路主力部队惨败的消息，心里发慌，连忙下令全线撤兵。辽军乘胜追击，以10万人马进攻寰州。宋太宗下令潘美和杨业的部队，放弃四州土地，退守雁门关以南的代州，并保护四州的百姓后撤。

杨业知道辽军已经占了主动地位，只能分散他们的兵力，予以个别击破。杨业提出了切实可行的保卫云、朔、应州人民南撤的作战方案，但没有被潘美及监军王侁、刘文裕等人所采纳。

之后，杨业又同潘美约定，由潘美带领精壮步兵埋伏在朔州以南的陈家谷口，等待杨业把辽兵引到这边时，前后夹攻，痛歼敌人。

杨业率领他的儿子杨延玉和七十三岁的老将王贵等，从拂晓出击。战士们斗志昂扬，战斗进行得十分顺利。潘美和王侁等人在陈家谷口等了多时，不见杨业部队，以为前方已经打了胜仗。为了争功，他们迫不及待地发动进攻。当潘美的部队向前推进20多里，听说杨业战斗失利，又慌忙掉头逃跑。杨业部队在辽兵包围下，浴血苦战，一直打到天黑，仅剩下战士100多人。他们奋不顾身，突出重围，退向陈家谷口，指望潘美的部队前来接应，谁知他们早已逃之夭夭。杨业知道大势已去，吩咐他的部下，赶快另找生路。但战士们谁也不愿丢下老将杨业而独自逃生。结果，王贵壮烈牺牲，杨延玉也死在乱军中。杨业身上受伤数十处。他的战马因受重伤，不能继续奔驰杀敌，终于被俘，被俘地点是朔州西南18里的狼牙村。在敌人的威胁利诱下，他坚贞不屈，绝食三天，壮烈而死，传说里称他杨老令公。

在抗辽斗争中，杨家将表现了临危不惧、视死如归的英雄气概。杨业牺牲后，他的妻子折太君向宋朝政府提出了控诉。在正义的呼声面前，宋太宗只得把潘美降级，把王侁和刘文裕革职，并给杨业的六个儿子以官职。

杨家祖孙四代，都是优秀的爱国军事将领。

杨业的父亲名叫杨信，是五代时抗辽的著名将领。公元944—946年间，正是五代后晋和辽太宗执政时期，辽军曾一度冲入后晋的都城东京（河南开封），北方人民举起了抗辽的旗帜。杨信在火山（山西河曲）领导人民抗辽。现在山西河曲和保德一带地方，还有“杨家寨”的地名，相传是当年杨信活动的地方。

由于杨信在抗辽斗争中表现了英勇坚强的精神，刘知远建立后汉政权时，派他在麟州带领军队，保卫边防。现在陕西神木县还有杨家城的遗址。

杨业在他父亲的熏陶下，具有慷慨好义的精神。根据历史记载，他有七个孩子。长子名叫延朗，后改名为延昭。延昭在北方坚守边疆达20多年，是一位杰出的军事将领。辽军很害怕他，称他为“杨六郎”，并不是他排行第六。其余六个儿子，除延玉阵亡外，还有延浦、延训、延瓌、延贵、延彬。

杨延昭在二十多岁的时候，曾在他父亲手下守备宁武关沿线。现在山西省的平鲁、朔县、崞县的六郎寨，就是他当年抗辽斗争的活动地方。杨业死后，杨延昭仍然是宋朝守卫北方的一员名将。宋真宗曾经召见过他，说他不愧是名将的后代。当时他担任莫州（河北任丘）刺史。他很能团结部下，与将士们同甘共苦，保持良好的军队纪律。

宋、辽的第三次大规模战争，发生在1004年。

宋初两次战斗失败之后，契丹贵族的骑兵经常扬鞭南下。

虽然从公元988年（端拱元年）起，宋朝在北方边区开辟了水田，由18000多名战士进行屯种，来阻止契丹的骑兵。但是这种消极的防御，并不能有效地抵御辽兵的袭击。公元1004年，也就是宋真宗景德元年，辽圣宗统和二十二年，辽朝萧太后和耶律隆绪带领20万人马南下。辽兵绕道保州（河南保定）、定州（河北定县），长驱直至澶州北城（河南濮阳），准备渡河南进，一直打到北宋的都城汴京。

杨业

在辽军攻击的危急情况下，北宋朝廷惊慌失措。宰相王钦若是江南人，主张迁都金陵；宰相陈尧叟是四川人，主张逃往成都。这些都是自私自利、不顾国家民族利益的人。独有宰相寇准等少数大臣主张积极抵抗，要求皇帝亲自上前线，反击来犯之敌。寇准严正地指出："敌骑迫近，四方危心"，"只可进尺，不可退寸"。

寇准的主张深得广大军民的拥护。宋真宗并非真心赞成抵抗。但在紧急关头，不得不考虑民心的向背；而且逃跑已不可能，敌兵早已迫近眼前。

在寇准领导下的抗辽斗争，极大地鼓舞了北宋军民的斗志。集结在澶州周围的宋军就有几十万人。辽朝先锋萧达兰到澶州城下察看地形，当即被宋军射死。敌人的凶焰一下子就被打了下去。杨延昭的部队在广信军（河北徐水东）拦截南下的辽兵，并上书要求北宋朝廷团结军民，打击敌人，收复失地。他认为辽朝孤军深入澶州，抢去的财物都留在马上。军队虽多，而人马困乏。只要宋军合力反击，是完全可以打败敌军的。只要打了胜仗，收复幽州等地也就不难了。但宋真宗缺乏这样的勇气和决心。

在北宋军民的合力反击下，辽兵处处被动，处于不利的地位，终于签订了和议。和议规定：辽朝皇帝称北宋皇帝为兄，但哥哥每年要送给弟弟二十万匹绸缎和十万两银子。寇准和许多将领都不愿意。宋真宗为了乞求和平，根本不把这些银绢放在眼里。和议充分暴露了宋朝皇帝的昏庸与无能。

澶州盟后，宋朝于1005年（景德二年）派杨延昭防守保州（河北保定），后又调到高阳关（河北高阳东）。这是宋朝的边防重镇。

杨延昭的儿子杨文广，跟他的祖父、父亲一样，是一位爱国将领。他把收复失地的军事计划，连同作战的阵图送给宋朝政府。可惜一直到杨文广去世时，并没有听到朝廷的反响。杨文广的一片爱国心，像大石沉入了海底。

杨家将父子三代杨业、杨延昭、杨文广三人均是北宋名将。他们的故事在民间广泛流传。后来戏曲、小说等文学作品中塑造的杨宗保、穆桂英则是虚构的人物，历史上并无其人。

宋辽幽州之战

宋太平兴国四年（辽乾亨元年，979年）至宋雍熙三年（辽统和四年，986年），宋与辽在幽州（今北京）展开了两次大规模攻防战。

辽是雄踞于宋朝北方的契丹族建立的政权。其疆域东临黄海，西抵阿尔泰山，北至西伯利亚，南至今河北中部及山西北部。五代后唐末，辽太宗耶律德光通过扶植石敬瑭为后晋皇帝，割取了燕云十六州（今北京至山西大同地区），并以此为基地，不断遣兵南袭。后汉灭亡后，辽在河东（治太原府，今太原南晋源镇）北部扶植北汉，作为燕云地区的屏障。后周显德七年（960 年），赵匡胤代周称帝后，即有先取北汉，再复燕云的企图，多次遣军攻北汉。辽亦不遗余力地给北汉以军事支援。宋辽之间争端迭起，矛盾日深。开宝元年（968 年），宋攻北汉，败北汉军于团柏谷（今山西祁县东南），进抵太原城下。后因辽军援太原，不果而退。二年及九年，宋太祖两度亲征北汉，均遭辽援军阻挠，未获成功。宋太宗赵光义即位后，于太平兴国四年（979 年），亲率大军攻北汉，击败辽援军，破太原，迫使北汉投降，为进取燕云创造了条件。

宋太平兴国四年（辽景宗乾亨元年，979 年）五月，北宋消灭北汉后，宋辽直接对峙。双方接触线大体东起泥沽口（今天津大沽口），西沿巨马河流域的信安军（治所在今河北霸县东）、霸州、容城（今河北定兴东南），然后折向西北至飞孤（今河北涞源北）及灵丘（今山西灵丘）以南，直达代州雁门（今山西代县北）。此界线以北为辽控制的燕云地区，以南为北宋控制区。当时把位于太行山北支东南的檀、顺、蓟、幽、涿、莫、瀛 7 州称为“山前”，把太行山西北的儒、妫、武、新、云、朔、寰、应、代 9 州称为“山后”。辽军进攻，可从山前诸州沿河北平原直冲河、洛；退守，又可从山后出兵应援。地理形势处于可进可退，可攻可守的有利地位。

辽在幽州，除有大丞相、南京留守韩德让和大将耶律叙轸率兵防守外，并在宋军进攻北汉时增派北院大王耶律希达、统军使肖托古和伊实王萨哈加强防务。在此以前辽统治者曾在隋唐蓟城的基础上对幽州进行过大规模的扩建。幽州城方圆 36 里，城墙高 3 丈，宽 1.5 丈，共有 8 门，人口 30 万，成为辽的陪都和军事政治重镇。

太平兴国四年（979 年）五月初六，宋军消灭北汉时，在太原集结了数十万部队。赵光义在当月即企图乘胜继续出击，一举夺取燕云地区。但是，宋军“攻围太原累月，馈饷粮尽，军士疲乏”，需要休整。同时“人人有希赏意”，需要论功行赏以利再战。因此，大多数将领不赞成立即向辽进军，但无人敢直言谏阻。而殿前都虞候崔翰却怂恿赵光义说：收复燕云的事，不需要另作准备再进行，现在乘胜攻取十分容易，机不可失。这就更加坚定了赵光义的决心。于是，赵光义立即命令枢密使曹彬负责部署军队行动；命令潘美负责幽州行府，组织粮运，管理后勤；命原屯驻雁门的巡检郭进继续监视雁门以北辽军的行动，保障侧后的安全。从赵光义的作战部署和尔后的作战过程中看，其战略方针是：以幽州为主要作战目标，迅速自太原转移兵力东进，越过山丘重迭、沟壑纵横的太行山，乘辽无备，实施突然袭击，一举夺占幽州；只要幽州得手，其余诸州就会全局震动，然后乘胜收复全部燕云地区。

赵光义决策既定，宋军便于五月二十二日，从太原分路东进，翻越太行山，二十九日抵镇州（今河北正定），进入河北平原。六月初七，赵光义遣使调发京东、河北诸州的武器装备和粮秣运往前线。十三日，赵光义亲自率10万大军从镇州出发，同时还有许多宫嫔随军行动。十九日宋军进入辽境，占领金台（今河北易县东南的黄金台），二十日进至歧沟关（今河北涿县西南巨马河北）。由于宋军每天以百里的速度迅速开进，暴露在宋军侧后的辽东易州（治歧沟关）守军孤立无援，刺史刘禹（一作刘宇）举州投降。这时，辽北院大王耶律希达、统军使肖托古和伊实王萨哈迎战宋军于沙河（今河北易县东南之易水），企图阻止宋军向幽州推进。宋军前锋东西班指挥使傅潜、孔守正率部先到，立即向辽军进攻。接着，宋军主力赶到，投入战斗，击败辽军，俘获5000余人。二十一日，宋军进至涿州，辽涿州判官刘厚德开城投降。二十三日黎明，宋军进抵幽州城南。

辽南院大王耶律叙轸看到宋军兵锋甚锐，不敢正面交锋。他鉴于耶律希达被宋军击败，为宋军所轻视，便换上耶律希达军的旗帜，驻屯得胜口（今北京昌平北）诱敌。宋军挥兵进击，歼辽军千余。耶律斜轸率兵一部袭击宋军之背，宋军后撤，停止进攻。

由于赵光义未能全力夺取得胜口这一要点，反使幽州与得胜口、清沙河结成掎角之势，并保持幽州与山后的联系，因而提高了幽州辽军坚守的决心。赵光义认为耶律叙轸军仅能凭险据守，便以一部牵制其军，部署主力围攻幽州。六月二十五日对幽州展开围攻：定国节度使宋渥所部攻南面，河阳节度使崔彦进所部攻北面，彰信节度使刘遇所部攻东面，定武节度使孟玄所部攻西面。在宋军的四面围攻下，辽大丞相、南京留守韩德让惊恐万状。宋军对城内辽军进行招降，城内军民人怀二心。辽铁林都指挥使李札勒灿出降后，人心更加动摇。辽御盏郎君耶律学古得知幽州被围的消息后，急率所部从山后增援。由于宋军四面合围幽州，耶律学古协同韩德让一面加强守备，一面安定人心。宋军在转攻中，曾有300余人乘夜架梯登上城垣，但被辽军击退。

六月三十日，辽景宗耶律贤得到宋军合围幽州的消息，北院大王耶律休哥（一作休格）请求率兵10万救援。耶律贤接受了他的建议，命他与南京宰相耶律沙统率“五院”之兵越过燕山增援幽州。

七月初三和初五，辽建雄节度使刘延素和蓟州知州刘守恩相继投降。可是，宋军围攻幽州坚城不下，“将士多怠”。七月初六，正当赵光义督军攻城时，耶律沙的援军到达幽州城外，同宋军激战于高梁河（今北京西直门外之河）畔。战至黄昏，耶律沙部不支，向后撤退，宋军乘势追击。这时，耶律休哥的骑兵从捷径赶到，数万人各手持两个火把，宋国不知辽军援兵究竟有多少，不敢再进，于高梁河畔布阵抵御。耶律休哥与原屯清河的耶律斜轸会合后，乘夜由两翼向宋军发起反击，城内守军闻援兵至，亦开城出击，城中呐喊助威。宋军三面受敌，陷入重围，顿时大乱，全军溃退，死者万余人，宋太宗乘驴车南逃。耶律休哥受伤，仍率军追击至涿州，获兵器、粮秣不可胜计。

初七黎明，宋太宗赵光义乘驴车南逃。赵光义到达金台驿，令殿前都虞候崔翰前往整饬，部队才稳定住。崔翰待赵光义及前卫部队退出辽境之后才开始撤军。初九，宋军退至金台驿。十一日，再退至定州。辽军耶律休哥因三处负伤，不能骑马，乃乘轻车指挥部队追击至涿州，但未能追及。赵光义令崔翰及定武节度使孟玄等留屯定州，彰德节度使李汉琼屯镇州，河阳节度使崔彦进等屯关南（高阳关之南）并赋以便宜行事之权，防备辽军袭击。九月初三，辽景宗耶律贤灭宋刚败，任命燕王韩匡嗣为都统，南府宰相耶律水秋监军，率兵数万出南京（即幽州，今北京），分兵两路南进。东路由韩匡嗣、耶律休哥、南院大王耶律斜轸等率领，西路由南京统军使耶律善补率领，企图会攻镇州。三十日，辽军进抵满城西集结。时刘廷翰已率部列阵于满城北徐河，崔彦进亦率所部自关南北上出黑芦堤（今河北容城西南）北西进，沿长城口（今徐水西北）潜师辽军侧后，对辽军形成夹击之势。未几，崔翰、李汉琼抵徐河，按太宗所授阵图布八阵，兵力分散。右龙武将军赵延进登高远望，见辽军势众，冒违诏改阵之罪，力主集中兵力对敌。监军李继隆附议，崔翰乃改八阵为前后二阵。及辽军列阵，宋遣使入辽营诈降。耶律休哥识破宋军企图，劝韩匡嗣严阵以待，不可轻信，韩匡嗣不听，放松戒备，果遭宋军突袭。辽军仓促应战，指挥失措，大败。韩匡嗣引军向西溃逃，又遭崔彦进伏兵袭击。宋军俘辽兵万余人，获战马千余匹。宋太平兴国五年（辽乾亨二年，980年）三月，辽帝耶律贤发动其大同之军南侵并州（今山西太原市），以分宋军之势，继而命大同节度使萧咄李率大军10万进攻雁门关（今山西省代县北）。此时，宋军在山西境内的戍兵不过5万人，代州刺史杨业的守军仅数千人。杨业侦知辽军大举南侵，报请驻守并州的潘美发兵来援。潘美认为雁门等地只能迟滞敌人，而不能作为长期拒止敌人之地，故欲坚守并州，不肯发兵入援雁门。杨业无奈，亲率精骑数百，自雁门关北口绕到辽军背后，突然由北向南突击辽军中军，萧咄李正准备攻关，不期杨业突自背后来袭，顿时乱了阵脚，被斩于乱军之中。辽军失去统帅，纷纷溃散，奔还大同。是年冬，辽景宗耶律贤亲率大军进攻瓦桥关（今河北雄县）获胜。宋遂以南易水为防线，大修边备。七年四—五月，辽军三路出兵，攻宋满城、雁门、府州（今陕西府谷），被宋军击败。后辽景宗病死，圣宗耶律隆绪即位，用兵高丽、女真，无暇南顾。宋则致力于休士养马，广积军储，以图再举。宋辽边境暂趋平静。第一次幽州之战结束。

雍熙三年（986年），宋太宗认为辽（契丹）帝幼弱，太后萧绰摄政，内部不稳，决心分兵三路，大举攻辽。东路以幽州道行营马步水陆都部署曹彬、幽州西北道行营前军马步军都部署米信军率主力10万人出雄州（今河北雄县）；中路以定州路都部署田重进等率军出飞狐（今涞源）；西路以云、应路行营马步军都部署潘美、副都部署杨业率军出雁门。企图以东路牵制辽军主力，中、西路乘虚夺取山后诸州，尔后转兵东向，三路会攻幽州。

宋军各路自当年正月二十一日相继出动后，辽迟至三月初六才得知宋军大规模发动进攻的消息。萧绰针对宋军情况，以一部兵力先对西线宋军进行牵制性作战，而以主力对幽州威胁最大的东路宋军主力寻求决战，尔后再向山后转移兵力，击破西路宋军。其部署是：命南京留守耶律休哥率部阻止曹彬军北上，东京（今辽宁辽阳）留守耶律抹只率军继进；同时下令征诸道兵赴援幽州。以耶律叙轸为山西兵马都统进援山后，阻击田重进、潘美军；以耶律勤德守备平州（今河北卢龙）海岸，巩固后方，防备宋水师从海上进击辽东。萧后与辽圣宗耶律隆绪率军进驻驼罗口（今北京南口附近）策应。

宋军发起进攻后，开始各路进展比较顺利。

飞狐方向：中路田重进军自定州沿水（今河北唐河）河谷北上后，于三月初九进至飞狐北。辽冀州防御使大鹏翼，康州刺史马军、指挥使何万通率军前往增援。田重进先命前锋出战，乘辽军不支，将后续兵力投入战场，生俘辽军骁将大鹏翼等，全歼援军。二十三日辽飞狐守将吕行德投降。二十八日辽灵丘（今山西灵丘）守将穆超也举城降。四月十七日宋军进攻蔚州，辽将李存璋杀其主将，以应宋军。

云应方向：西路潘美军自出雁门关后，三月初九在寰州击败辽军。十三日、十九日，朔州、应州的辽军守将先后投降。四月十三日宋军又攻克云州。

幽州方向：东路是宋军主力。米信率军一部自雄州出发后，渡过巨马河，于四月初四击破辽军于新城。

曹彬所率东路主力约10万人，三月初五攻克固安（今河北固安）后，十三日即攻占涿州，全歼守军。十七日，部将李继宣率轻骑东渡涿水（从涿州城北流过），败辽军于涿州城南，歼敌千余人，杀奚部宰相贺斯。当曹彬进占涿州后，辽南京留守耶律休哥因兵力不足，采取避免决战，疲惫消耗宋军的方针。夜间用轻骑袭击，白天用精兵虚张声势，以迷惑宋军，同时派兵绕至宋军后方，截断其粮道。

曹彬军在涿州10多天，因粮尽不得已退回雄州。曹彬军的后退使本已有利的战局发生很大变化。

赵光义得知曹彬军后退就食，甚为惊愕。他认为大敌当前而退军就食，甚为失策。遂急令曹彬率军沿白沟河（即巨马河）向米信军靠近，会攻幽州。这时，曹彬部下诸将听说中、西两路军连克州县，屡战屡胜，耻于东路握重兵不能有所攻取，都主张出战。曹彬不能制止，遂听信诸将意见，补充粮食后，又向涿州进攻。耶律休哥以一部兵力对曹军进行阻击，使之且行且战，行动迟缓。这时正值夏天，大军行进途中缺水，曹军士卒困乏不堪。到达涿州后曹彬得知萧绰和耶律隆绪率援军从驼罗口南进，有会同耶律休哥军钳击宋东路之势。于是，命部将卢斌携带城中民众先行向西南撤退，曹彬亲率主力断后。但撤退中宋军非常混乱，耶律休哥遂以全力追击。五月初三，大败曹彬军于歧沟关。曹军溃退，夜间涉渡巨马河时，被辽军追上，溺死者甚多；余部继续向高阳（今河北高阳）溃退，途中又被耶律休哥追上，死伤数万人。曹军遗弃兵器、军资甚多，残部退到高阳。

赵光义得知歧沟关战败的消息，即令宋军中路田重进率军退驻定州，西路潘美部退驻代州（今山西代县），以避免中西两路军再遭失败。同时增兵北境，阻止辽军南进。

辽军在歧沟关取得胜利后，又于七月初以10余万兵力向西转移，先后攻占蔚州、飞狐、应州、寰州等地。赵光义令潘美等派兵掩护云、朔、寰、应4州居民南迁。但是，宋西路军主将潘美在兵力对比悬殊的情况下，令杨业出击。杨业根据辽军攻占寰州后兵势正盛的情况，不同意出击。他认为可领兵出大石路（今山西代县崞阳石峡口）配合云、朔两州守将率民众伺机撤退。监军刺史王侁谴责杨业“见敌逗挠不战”。杨业不得已率兵出战，并与潘美等约定在陈家谷口（今山西朔县南）派兵接应。杨业孤军北进，遭到辽军伏击而大败。杨业退至陈家谷口时，接应兵已撤退，以致全军被歼。杨业受重伤被俘，不屈而死。宋王朝对辽发动的第2次幽州之战，又遭到惨重的失败，仅中路田重进的部队顺利退回。从此，宋朝君臣再也不敢发动对辽的进攻。

辽在两次击败宋军对幽州的进攻之后，时常派遣骑兵向南进攻。宋端拱元年（辽圣宗统和六年，988年）辽军大举南下，曾攻占了宋的涿州、祁州（今河北安国）、新乐（今河北新乐）等地。后来，在真宗景德元年（统和二十二年，1004年）闰九月，辽圣宗和萧绰集中全力南下，但刚入宋境，就遭到北宋军民的坚决抵抗。辽军攻威虏（今河北徐水西）、顺安（今河北高阳），作战不利；攻北平寨（今河北完县东北），又受挫。接着，绕道攻保州（今河北清宛县）、定州仍不克，又东攻瀛州（今河北河间），死伤3万多人。以后，辽军虽乘隙进到澶州（今河南濮阳），但辽的主帅兰陵郡王萧达兰战死，士气受到挫折，加之辽军的重要城镇保州、定州等，仍在宋军手中，辽军有后顾之忧，因而屯兵澶州城下，不敢南渡黄河。宋真宗赵恒在辽军的进逼下，惊慌失措，准备南逃。宰相寇准等坚决主战，并促使赵恒亲征，督战澶州。由于宋辽双方都没有取胜的把握，两军相持中议和。赵恒只希望辽军尽快撤走，就答应了每年送给辽银10万两，绢20万匹，于澶州（又名澶渊郡）订立了“澶渊之盟”。

“澶渊之盟”以后，辽由于内部统治不稳，加之看到中原地区军民的奋勇抗战情况，再未大举南下。

澶渊之盟

公元1004年闰九月，契丹发兵南犯，号称20万大军，浩浩荡荡，直逼黄河北岸。

宋真宗闻报色变，忙问计于宰臣。

副相王钦若、陈尧叟，都主张南迁都城，以避敌锋。王钦若是江南人，主张迁往金陵；陈尧叟是四川人，主张迁往成都。

宋真宗举棋莫著，又以迁都之议问计于宰相寇准。寇准明知端底，却佯作不知，故意当着两位副相的面说：“谁为陛下划此败亡之策，罪当斩首！”寇准接着分析了形势，指明了利害，提出了车驾亲征以挫强敌的决策。

十月，宋真宗终在寇准等催促下，起驾北征。出得汴京，还未到达黄河南岸，这位怯懦的皇帝就动摇不进，又想迁都。寇准再次指出：“今寇已近，四方危心，陛下只能进尺，不可退寸。进则士气百倍，敌闻丧胆；退则万众瓦解，敌乘我势，汴京失驭，金陵亦不可得！”真宗无奈，又勉强起驾北行。行至黄河南岸，又驻跸河边，畏葸不前。寇准等又固请，车驾方渡河抵达北岸。

当宋旗在澶州（今河南濮阳南）城上高高升起时，兵民欢呼，声闻十里，气势百倍。

契丹闻讯，派骑兵数千来骚扰，以探虚实，当即被宋军杀伤过半，败逃而去。

真宗临敌，住在行宫亦惴惴不安，于是，派人去察看寇准的动静。当听说寇准正与部将喝酒搏戏，诙谐如常，才放心说：“寇准如是，吾有何忧呢！”

可是，正坐镇军中的契丹萧太后不能不忧。出师未捷，统帅萧达兰已被宋兵射死，契丹锐气大挫；各路援宋大军正向澶州方向集结，数量甚众，远远超过契丹军；而契丹孤军深入，千里退路上宋民蜂起抗击，怎能使其不忧呢？于是，她不得不派出使臣致书大宋，以求和议。

宋接辽书，寇准即提出，辽欲求和亦可。但必须还我燕云故地（即五代时后晋石敬瑭割让给辽的十六州），否则，兵戎相见，以决雌雄。但是，宋真宗却唯恐失去和议时机，不顾寇准之议，急派大臣曹利用使辽。临行，真宗特嘱曹利用，契丹如索岁币（即年年贡纳的银绢财物），虽百万亦可允诺。寇准得知后，立即召曹利用至军帐，说："圣上虽有敕旨，但你许给辽人的岁币不得过30万，否则，我就砍掉你的脑袋！"

1005年一月，和议告成。双方议定，宋辽为兄弟，辽帝称宋帝为兄，但是，"哥哥"每年送给"弟弟"岁币30万（即20万匹绸缎和10万两银子）。这次宋辽和盟是在澶州签订的，澶州为古澶渊郡，故史称"澶渊之盟"。

曹利用成约而还，真宗正在用饭，未及召见，即派侍者去问许辽岁币几何，利用不肯先告侍者。侍者见利用以三个手指支着脸颊，回报时遂说，曹利用以三指支着脸颊，大概是300万吧！真宗失声道："太多了！"既而又说："姑且了却此事，300万也可吧！"300万虽属讹传，但可见宋真宗为苟且偷安。是不惜百姓的巨额脂膏的。

和议之后，妥协派王钦若等弹冠相庆，反诬主战的寇准以胁迫君王的罪名，说寇准挟君王作孤注，幸兵以自取重，结果与敌国签订城下之盟，有辱君王。是非黑白就这样全被颠倒了。功臣寇准反遭贬斥，后死雷州，契丹退兵了，宋朝又继续推行其"守内虚外"的国策。守内，即竭尽全力防范人民起义；虚外，即不修边防，理由是勿令敌国起疑。

然而，事有乖巧。宋室虽虚外而不为备。辽却因内争日剧，自顾不暇，注意力内向。宋辽关系因之基本呈现稳定状态，彼此相安达一百二十年之久。

女真族的兴起和发展

建立金朝的女真族，原来居住在黑龙江流域。在古代文献上，曾出现过“肃慎”的译名，作为这一带各族的泛称。辽人和宋人称他们为“女直”或“女真”，包括了黑龙江流域和松花江流域属于同一族系的各部落。他们使用大体相同的语言。生活在辽阳一带的女真部落，逐渐接受辽文化，被编入辽朝户籍，称为“熟女真”。松花江以北宁江以东的女真诸部落，保持本族的习俗和制度，被称为“生女真”，生女真散居在山河之间，从事农业和狩猎。当时，生女真正处在父权制的氏族部落时期。氏族部落小者千户，大者数千户，各有首领。他们向辽朝交纳贡品，并以马匹皮毛等与辽人交换货物。

大约在辽兴宗时，活动在安出虎水一带的女真完颜部发展为强大的部落。联合白山部、耶悔部、统门部、耶懒部、土骨论部和辽朝称为“五国部”的薄聂（蒲奴里）、铁骊、越里笃、奥里米、剖阿里等五部，组成部落联盟。斡泯水蒲察部、泰神忒保水完颜部、统门水温迪痕部、神隐水完颜部等相继加入了联盟，完颜部长乌古迺为联盟长，接受辽朝加给的节度使称号。又设有“国相”管理联盟事务，由完颜部的雅达充任。

辽道宗时，乌古迺死去，子劾里钵继任联盟长，以弟颇刺淑为国相，免去了雅达的职任。雅达子桓赧、散达等起而反抗，部落贵族间展开激烈的战斗。颇刺淑被桓赧、散达军战败。劾里钵与族弟辞不失击败桓赧军。桓赧、散达率部降。以锻铁驰名的温都部部长乌春，曾与桓赧等联兵反抗，也被完颜部欢都战败。劾里钵与弟盈歌又战胜活刺浑水的纥石烈部，巩固了部落联盟。

岳飞墓

辽道宗大安八年（1092 年），劾里钵病死。颇剌淑继任联盟长，命劾里钵长子乌雅束、次子阿骨打等讨平纥石烈部。辽朝加给完颜曼（阿骨打）“详稳”称号。大安十年，颇剌淑死，盈歌继任联盟长，以兄子撒改为国相。这时，女真族的徒单部另组成 14 部的联盟，乌古论部也组成 14 部联盟，蒲察部组成七部联盟。三个联盟联合攻打完颜部为首的 12 部联盟，展开激战。盈歌、撒改与完颜阿骨打击败三联盟，组成统一的部落联盟，通告各部今后不得另组联盟，称“都部长”（联盟长）。辽乾统三年（1103 年），盈歌死，乌雅束继任。天庆三年（1113 年）乌雅束死，弟完颜阿骨打继任联盟长，称“都勃极烈”。次年六月，辽天祚帝耶律延禧加给完颜阿骨打节度使称号。

阿骨打建立金国

女真受到契丹的欺压敲榨，引起女真族的不满与反抗。阿骨打于公元 1114 年任部落联盟长，开始了抗辽的斗争。阿骨打拼力奋战获胜，“辽军大奔，蹂践死者，十七八。”十月破宁江州（今吉林扶余东南小城子）城，辽出兵镇压。十一月，女真与辽在出河店（今黑龙江肇源西南）大战，阿骨打亲举火把夜战，乘着大风奋击，大败辽军，乘胜占辽的宾州（今吉林农安东北、红石垒）、咸州（今辽宁开原老城镇）等地。

公元 1115 年，阿骨打称帝，建立大金国，年号收国，是为金太祖。金太祖立谙版、勃极烈等辅佐国政。谙版在女真语中是“大”的意思，勃极烈意为“官长”。另有三勃极烈。军队仍由“猛安”与“谋克”率领。猛安，在女真语中的意思是军事酋长；谋克，是氏族长的意思。此时，猛安与谋克成为军事的组织，管理率领女真的士兵及其家口民户。

金攻占辽都黄龙府

阿骨打建国以后，继续向外扩张，公元1115年九月，占领黄龙府（今吉林农安）。辽的天祚帝率领号称70万的大军，进攻金人。阿骨打率2万精兵，大破辽军。第二年，占辽的东京辽阳府（今辽宁辽阳）。以后的几年，相继攻占辽的上京临潢府（今内蒙古巴林左旗南），中京大定府（今内蒙古宁城西大名城），西京大同府（今山西大同）。到公元1122年，金军攻下南京析津府（今北京）。公元1123年，阿骨打去世。金太祖死后，弟谙版勃极烈完颜晟（金太宗）即位，联合西夏，追击辽天祚帝。天会三年（公元1125年）二月，擒天祚帝，辽亡。后辽皇族耶律大石（西辽德宗）西迁，在中亚建西辽。

大金得胜陀颂碑

女真族的南侵和北宋的覆亡

辽亡之后，金兵乘胜南下攻宋。西路军被阻于太原城下，东路军长驱直入，包围北宋首都开封，宋徽宗仓皇出逃，传位给儿子赵桓，是为钦宗。北宋政府内部分裂为两派，以张邦昌为代表的投降派主张赔款割地，屈辱求和；以李纲、宗泽为代表的主战派主张保卫东京，坚决抗战。这时河北、山东人民纷纷组织义军，前来救援首都，宋钦宗被迫任命李纲为亲征行营使，负责守卫开封。李纲领导军民多次击退金兵的进攻。正当形势开始对宋有利的时候，宋钦宗却听从了投降派的意见，向金求和，并罢免了李纲。当即激起以陈东为首的太学生上书，要求恢复李纲职务，首都十余万军民也起来响应，钦宗被迫重新起用李纲。金兵见不能取胜，只得退兵。

金兵一退，投降派再次得势，李纲被贬斥，义军被遣散，徽宗返回开封，北宋君臣依然过着荒淫腐朽的生活。

靖康元年（1126 年）秋，金兵再次分两路南下，攻占开封。大肆搜括勒索以后，于靖康二年（1127 年）二月废徽、钦二宗，北宋灭亡。三月，金人扶植傀儡张邦昌建立伪楚政权。四月初一撤兵北去，掳走宋徽、钦二帝和后妃、宗室、大臣等三千余人，开封城内的珍宝、图籍及百工、倡优等等，也被劫掠一空。史称“靖康之难”。

金朝政治制度的改革和统治集团内的派别斗争

天会十三年（1135 年），金太宗病死。在此以前，已立太祖孙完颜亶为皇位继承人，加号谙版勃极烈。十三岁的完颜亶（金熙宗）即帝位。

为了巩固金朝的统治，金熙宗时适应新形势的要求，对统治制度一再进行改革。在朝廷中枢，废除传统的谙版勃极烈等辅政制。依辽、宋制度设太师、太傅、太保，称三师，朝中设尚书、中书、门下三省，由领三省事综理政务，下设左、右丞相及左、右丞（副相）。天会十五年金熙宗又废除属邦齐国，在汴京（今河南开封）设行台尚书省。天眷元年（1138 年），又改燕京枢密院为行台尚书省。两行台尚书省负责对华北地区的统治。同年，又进一步改定官制，史称“天眷新制”。新制实际上是全面实行汉族官制。女真官员予以“换官”，即将原来的女真官职换授为相应的汉称的新职。又在尚书省设平章政事和参知政事，在左、右丞之下，以加强尚书省的权力。金熙宗又在会宁府（今黑龙江阿城南白城子）仿汉制修建都城和宫殿，建号上京（辽上京则改称临潢府）。制定百官朝见的礼仪和有关制度。当年又颁布一种笔画简省的新文字，称为女真小字以供行用。

金熙宗时，金朝统治集团内部发生激烈的纷争，完颜宗翰一派的势力，不断受到削弱。天会十五年，太师、领三省事完颜宗磐以贪赃罪逮捕完颜宗翰的亲信尚书左丞高庆裔，庆裔死于狱中，完颜宗翰抑郁而死，完颜希尹也被罢相。天眷元年，完颜昌、完颜宗磐等坚持主张将河南、陕西地归还宋朝，以换取宋向金称臣纳币，并将汴京行台移治大名府（今河北大名东），又移治祁州（今河北安国）。这时，金朝的统治仍以女真族的“内地”为中心。二年，完颜希尹复任左丞相，与完颜宗幹、完颜宗弼等劾奏完颜宗磐私通宋朝。郎君吴矢（吴十）谋反被处死，也涉及完颜宗磐。金熙宗诏完颜宗幹、完颜希尹等逮捕完颜宗磐和完颜宗隽（太祖子）处死。完颜宗幹升任太师，宗颜宗弼为都元帅。三年，金熙宗采宗幹、宗弼议，再次出兵夺回陕西、河南地。金行台尚书省又移治汴京，以燕京路直属中央尚书省，从而撤销燕京行台尚书省的建置。完颜宗弼进军至淮南，掳掠而还。完颜宗弼劾奏完颜希尹曾窃议皇位继承，金熙宗杀希尹。

皇统元年（1141年），完颜宗弼领兵南下侵宋，南宋请和。金宋议定以淮水为界，宋向金纳币称臣。这年，完颜宗幹病死。完颜宗弼进拜太傅，仍为尚书左丞相、都元帅，并领行台尚书省，掌握了军政大权，七年，进为太师，领三省事，都元帅，领行台尚书省。次年，病死。完颜宗弼死后，熙宗无力控驭朝政，皇后裴满氏结纳朝臣干预政事，帝后之间与贵族朝臣之间相互倾轧。熙宗一再杀逐大臣，朝政日益混乱。皇统九年初，完颜宗幹次子完颜亮为都元帅；三月，拜太保，领三省事，五月，被逐出朝，领行台尚书省事，中途又召还，为平章政事。十二月，完颜亮与左丞相完颜秉德等杀熙宗。完颜亮篡夺帝位，改年号为天德。

海陵王统一中国的努力

完颜亮（金海陵王）即位后，杀完颜秉德等同谋者，又诛杀金太宗子孙七十余人。以弟完颜兖领三省事，不任宗室。又任用渤海人大臭、张浩、汉人张通古、奚人萧裕等入尚书省执政。海陵王削弱女真皇室贵族势力，组成多民族的集团，以巩固其统治。

天德二年（1150 年），废除汴京行台尚书省，政令统一于朝廷。正隆元年（1156 年），又废除附于尚书省形同虚设的中书、门下两省，由尚书省专理政务，直属于金帝。金朝军事原统于都元帅府，设都元帅及左、右副元帅等。海陵王废都元帅府，改依汉制设枢密院，由枢密使、副使统军。尚书省与枢密院成为政治和军事最高机构，形似北宋旧制，但枢密院仍由尚书省节制。海陵王改订的官制，成为此后金朝的定制。

海陵王又命渤海人张浩在燕京营建都城。贞元元年（1153 年），自上京会宁府迁都燕京，定为中都。金太祖、太宗的陵寝也自上京迁至中都附近的大房山。海陵王的统治巩固后，随即策划进兵江南，消灭南宋。正隆六年六月，海陵王至南京开封府（今河南开封），作为京都。绍兴三十一年（1161 年），完颜亮发动对南宋的进攻。

完颜亮督兵由采石（今安徽马鞍山市）渡长江，虞允文领导宋军，在采石重创金军。这就是有名的采石之战。

海陵王统治残暴，加之南侵，金朝内部矛盾进一步发展，皇室发生争斗。公元 1161 年十月，随从海陵王南下的女真猛安完颜福寿，率领辽东征调的兵士万余人，返回辽阳，举行政变，拥立完颜雍为帝（金世宗）。金世宗下诏废黜海陵王。同年十月，苏保衡水军在胶西附近海面（今山东青岛附近）被宋海军歼灭。十一月，海陵王亲率军渡江受挫，在扬州被部将杀死。

封建统治的巩固

金世宗在混乱中夺得帝位，他是一个有作为的帝王。金世宗有很好的汉文化素养，注意学习儒学典籍，吸收历代帝王的统治经验，崇尚仁政王道。即位以后，他采取措施稳定了统治，任用海陵王时的臣僚，保持政治制度的相对稳定。争取女真贵族的支持；吸收汉人契丹人以及其他各族的上层人士参加政治统治；在这同时，他镇压了汉族、契丹族和其他各族人民的起义。金军在符离大败宋军，公元 1165 年，宋金订立了隆兴和议。宋金之间维持 40 年相对稳定的局面，双方没有发生大的战争。

在政治上，世宗对前代的制度作了一些增减，宰相增设平章政事二人。进一步加强了皇权的统治。在经济上，世宗积极恢复发展农业生产，采取措施减轻农民的负担，招收流亡农民，开垦土地。世宗即位时，金朝有户 300 多万，20 年后，增加到 670 多万。嘉定和议之前，已经增加到 768 万多户，为金朝户口最盛的时期。恢复、增加了边境的榷场，发展贸易；鼓励百姓开采矿产，取消金银矿税。纺织、矿冶、造纸、印刷、制瓷业等手工业发展得较快。火器制造上有重要的发展，如“震天雷”、“飞火枪”这些在战争中得到了应用。世宗在位时期，金朝的封建生产方式得到了发展。世宗大定年间，政治局面稳定，财政充足，有“小尧舜”的称号。但世宗还是保留了固有的旧俗，实行民族压迫的政策。女真贵族地主强占、兼并土地。赋税实行两税制，正税和各种杂税相当重。

公元1190年，世宗卒，完颜璟（章宗）继位。章宗进一步推行汉化的政策，提倡学习汉族文化，鼓励女真族和汉族之间的通婚，促进了民族之间的融合。

金朝的军事制度与法律制度

女真族在氏族部落制时期，原无独立的军事编制，部落氏族成员对外作战，即由猛安、谋克统领。谋克的副职蒲里衍也随同领兵。兵士从军作战带领随从一名，称为阿里喜。作战获胜，兵士即可获得财物和奴隶。初期收降外族兵士，也被编入猛安、谋克统率。金太祖对辽朝的契丹、奚、渤海等族降军，依辽制设都统司管领。攻掠燕云地区收降的汉军，仍依原来建置。金太宗任辽降将刘彦宗为枢密院事兼领汉军都统。对北宋降将，也仍官旧职。天会三年（1125年），金太宗大举侵宋，始设元帅府，由都元帅，左、右副元帅等指挥作战。金海陵王时，因军帅势力强大，改设枢密院主官军事，其长官有枢密使、枢密副使等，受尚书省节制。此后平时设枢密院，战时改元帅府。金朝后期则两套机构并置。作战时对领兵将领加给称号，战后即撤销。常驻各地的镇防军，分驻各州，向各地猛安谋克户签发兵士。猛安谋克户多由奴婢替代从军。金世宗时曾下令禁止。

金朝建国初期，皇帝有合札谋克，即亲军护卫。金海陵王时以太祖及宗王的亲军编为合札猛安。依宋制称侍卫亲军。选年轻步兵及骑兵1600人备宿卫。金世宗时置亲军4000人。金章宗时增至6000。北边地区置东北路、西北路、西南路三招讨司，设招讨使、副招讨使统领，镇抚边地诸族。各族降人编为乣军守卫边堡。河南、山西、陕西、山东诸路设统军司，统领军马，镇守边陲。

女真族在部落联盟时期，开始有原始的“条教”，主要是保护私有财产和确立秩序。杀人及盗劫者击脑处死，没收家产，并以家属为奴隶。犯重罪者可用牲畜财物赎罪，但要削去耳、鼻，以示不同于平民。金太祖建国前后，没有颁布正式的法律，只是宣布：①贫民负债需卖妻子为奴者，三年内不催督债务。②由平民沦为奴隶者，可以两奴隶赎一人为平民。这些规定旨在减少平民和奴隶的反抗，以巩固金国奴隶制的统治。金太宗占领辽、宋地区，沿用旧制。金熙宗皇统间制定法令，称为《皇统制》，是金朝的第一部法典。皇统制是“以本朝旧制，兼采隋唐之制，参辽宋法类以成书”，今已不存。海陵王颁布《续降制书》，作为皇统制的补充，增加了限制女真贵族奴隶主特权的内容。金世宗大定五年（1165 年），命有司删定条理，与前制书兼用。大定二十年前后，修成《大定重修制条》，将前朝的条制加以整理补充，共得例、律、条格 1190 条，编为 12 卷。金章宗明昌五年（1194 年），制定《明昌律义》。泰和元年（1201 年），正式制定法律总集并加疏解，称为《泰和律义》，凡 563 条，编为 30 卷，依《唐律疏义》体例，分为 12 篇。这次制定法典，将律、令、敕、格式分别编纂，另编律令 20 卷，新定敕条 3 卷、六部格式 30 卷。金朝法律基本上沿袭辽宋旧法，同时，也保有金朝的特点。辽代刑名有杖、徒、流、死四刑。金朝因南有南宋，北有蒙古，不宜流放边地。因而只有杖、徒、死三刑。徒刑也可以杖刑代替。女真旧制击脑处死、没为奴隶等已不复存在。金朝女真族自熙宗至世宗时逐步封建化，但仍保有奴隶制的残余。金律一方面对女真奴隶主贵族的特权有所限制，另一方面也对驱奴与良民的不同地位作了法律上的规定。

金的衰落

金世宗死后，金章宗即位。在章宗统治的 20 年间，北方和南方又都爆发了战争。北边的鞑靼和蒙古合底斤、山只昆等部一再起兵反抗金朝的控制。金右丞相完颜襄连年出兵，攻打北边各族，在北边修筑长达千余里的壕堑，以防游牧骑兵南下。临潢府路的契丹人和被统治的各族分子（诸乣）也相继起兵，威胁着金朝在边疆的统治。

泰和六年（1206 年）四月，南宋宁宗、韩侂胄发动了对金朝的进攻。五月，宋宁宗下诏北征，各路宋军相继失败，金军乘胜分路南下，攻占宋京西、淮南部分地区。南宋兵败求和。金右副元帅仆散揆、都元帅完颜宗浩等相继死于军中。泰和八年，宋金双方重新订立和约。金朝在这次作战中也损失惨重，金章宗也于当年病死。金世宗第七子完颜允济（卫绍王）即位。

在战乱频仍的年代，自大定二十九年（1189 年）至明昌五年（1194 年），黄河三次决口，泛滥成灾，黄河两岸农村遭到严重破坏，大批农民死于水患或被迫逃亡。金朝赋税收入急剧减少，对外作战的军费却与日俱增。财政入不敷出，大量发行交钞（纸币），又造成社会经济秩序的紊乱。当金朝矛盾重重的年代，北边的蒙古族兴起，开始了灭金的过程。

蒙古侵金

公元 1206 年，蒙古成吉思汗建立大蒙古国，占据漠北。大安二年（1211 年）二月，开始南侵金朝。金卫绍王命平章政事独吉思忠领兵抵御，在乌沙堡战败退兵。七月，蒙古军攻占乌月营，进而攻入抚州（今内蒙古兴和境）。八月，卫绍王罢独吉思忠，命参知政事完颜承裕领大兵据野狐岭，又大败于蒙古军，退守宣德州宣平县（今河北旧怀安东北），成吉思汗领兵追击，在浍河堡（今河北怀安东）大败金军。完颜承裕逃往归德。蒙古的另一路大军，由西路占领金净州（今内蒙古四子王旗西北），进攻西京大同府（今山西大同）。金守将纥石烈执中弃城逃跑。十月，蒙古由者别率领的先锋军直抵中都，久攻不下。十二月，撤军。

崇庆元年（1212年）秋，成吉思汗再次大举南侵，掠昌州（今内蒙古锡林郭勒盟太仆寺旗白城子）、桓州（今内蒙古正蓝旗西北）、抚州，再攻金西京。金西京留守抹燃尽忠坚守，蒙古军退回。又攻金东京辽阳府，掳掠而去。贞祐元年（1213年）秋，成吉思汗自阴山进军，经宣德州至怀来（今河北怀来东），大败金完颜纲军。乘胜进攻居庸关，威胁中都。蒙古军兵分三路攻掠黄河以北的山东、河东、河北路州县，直抵登州（今山东蓬莱）、莱州（今山东掖县）海滨。二年春，掳掠大批财物后又返回居庸关一带，围攻中都。

宣宗南迁及金的灭亡

金军败退，朝中混乱。驻守中都城北的右副元帅纥石烈执中在贞祐元年八月杀卫绍王允济，迎立金世宗孙完颜珣即帝位（宣宗）。九月金宣宗遣使向蒙古军求和。次年三月，中都被围，金宣宗献纳人口财物，并将卫绍王女岐国公主献给成吉思汗。成吉思汗许和，退军。

蒙古军退后，金宣宗深恐蒙古军再来，朝廷不保，五月间率领皇室，载运宫中珍宝，逃离中都，迁都南京开封府。留尚书右丞相完颜承晖留守中都。宣宗南迁后，驻守中都以南的金乣军起兵反金，遣使与蒙古联络。成吉思汗随即派兵南下，贞祐三年五月攻占中都，完颜承晖自杀。

金朝末期，北方各族人民的对金起义斗争也进入高潮。山东河北的人民不堪金人的残酷统治和沉重的压榨，纷纷起义，起义者身穿红袄，因此称之为红袄军。起义的领袖中主要有益都的杨安儿，潍州的李全等。起义的形势发展很快，杨安儿牺牲后，其妹杨妙真领导起义军继续进行斗争。杨妙真与李全结为夫妇合为一支势力很大的队伍。李全后来投宋，削弱了起义的力量。公元 1225 年，另一支起义军的领袖彭义斌牺牲。义军余部在各地继续斗争，由于受到金和蒙古军的镇压，先后失败。红袄军最后虽然失败了，但却给腐败的金朝以沉重的打击，加速了金朝的灭亡。

金宣宗死后，太子完颜守绪即帝位（哀宗）。金哀宗停止南线的侵宋战争，集中兵力抵抗蒙古。正大三年（1226 年）至四年秋，金兵进军河东，连续收复绛州（今山西新绛）、平阳、太原府。正大四年，成吉思汗军又占领德顺州（今甘肃静宁），破临洮府等地。六月，灭西夏。金哀宗遣使向蒙古求和，被拒绝。七月，蒙古军进攻凤翔府和京兆府（今陕西西安），关中大震。成吉思汗病死，延缓了金朝的灭亡日程。正大五年，陕西蒙古军经泾州（今甘肃泾州北）进入大昌原（今甘肃宁县东南）。金平章完颜合达命忠孝军提控完颜陈和尚击败蒙古军，取得重大胜利。

正大六年，蒙古窝阔台即汗位，继续出兵侵金。攻庆阳府（今甘肃庆阳），不下。次年，攻破代州（今山西代县）、石州（今山西离石），在卫州（今河南汲县）被完颜陈和尚军击退。正大八年二月，蒙古军攻破凤翔府。九月，蒙古军分三路，窝阔台亲率中军攻河中府，转攻河南府（今河南洛阳）。斡陈那颜率左军进攻济南府。成吉思汗幼子拖雷率右军自凤翔府过宝鸡，沿汉水而下，穿行宋境趋均州（今湖北均县西北），企图转攻南京，一举灭金。窝阔台攻下河中府，拖雷进军邓州（今河南邓县）。哀宗诏枢密副使完颜合达与副使移剌蒲阿自潼关东移兵邓州。拖雷部蒙古兵不满 4 万人，与一部分由窝阔台派来的军队会合，进至禹山（今河南邓县西南）。天兴元年（1232 年）正月，完颜合达与移剌蒲阿率骑兵 2 万、步兵 13 万自邓州进军钧州（今河南禹县），至三峰山（今河南禹县南），遭到蒙古大军袭击，金军全部溃败，完颜合达败死，移剌蒲阿、完颜陈和尚等被俘处死。钧州三峰山之战，金军主力全部溃灭，决定了金朝的灭亡。

蒙古军乘胜进围南京开封府。城内空虚，军民制造名为“震天雷”的火炮反击，激战 16 昼夜。金哀宗求和，蒙古军暂退。南京粮食断绝，援兵不至。十二月，哀宗率群臣自南京逃往汝州（今河南临汝），中途改道逃往归德府（今河南商丘）。天兴二年正月，南京守将崔立降蒙。六月，哀宗又自归德府逃往蔡州（今河南汝南）。蒙古联宋，夹攻金朝。十一月，宋孟珙率兵两万至蔡州。十二月，蒙古军攻破蔡州外城。蔡州被蒙古军及宋军围困三月。天兴三年正月，哀宗将帝位传给完颜承麟，自缢而死。蒙古军入城，杀金末帝完颜承麟，金亡。

金朝的历史大体是：太祖、太宗时期，是开拓时期；熙宗、海陵王时期，是巩固和发展时期；世宗、章宗时期是兴盛和繁荣时期；章宗以后是衰亡时期。它的兴衰，除自身原因外，又是和宋、蒙古力量的变化紧密相联系的。

宋政权南迁，南宋初抗金斗争

金军从开封撤退之前，册立了原北宋宰相张邦昌为楚帝，企图建立一个完全听命于女真贵族的傀儡政权，统治黄河以南地区。金军撤退后，宋廷旧臣不再拥戴张邦昌，张邦昌只好避位。五月，康正赵构即位于南京应天府（今河南商丘），改元建炎元年（1127 年），是为宋高宗。

宋高宗赵构即位之初，起用当时深孚众望的抗战派李纲为相。这时河北、河东地区都有忠义民兵抗击入侵的金军。李纲要把这些力量加以组织、领导和使用，使其发挥更大的作用，便推荐宗泽任东京留守，张所任河北西路招抚使，王瓊为河东经制使，傅亮任经制副使，并提出改革军制，整顿军纪，募兵买马等一系列建策，部署收复河东和河北失地。但赵构、黄潜善、汪伯彦等人，却只想用割让土地和缴纳岁币的办法，以求金人不再进军，决不敢作以武力进行抵抗的打算，因而对李纲的谋划百般阻挠和破坏。李纲任相仅 75 天，即被罢免，张所等抗战派也相继被罢免。上书言事、力主抗金的太学生陈东和进士欧阳澈也被杀害。

女真贵族的烧杀掳掠，在北方强制推行奴隶制等行径，激起北方人民的武装反抗。河东地区的人民用红巾作标志，组织武装，到处袭击金军。泽州（今山西晋城）和潞州（今山西长治）一带的忠义民军，曾猛攻金军大寨，金左副元帅完颜宗翰几乎被俘。女真贵族痛恨红巾军，逐捕最急，每每妄杀平民以泄愤，而红巾军却愈益壮大。河北庆源府（今河北赵县）五马山（在今河北赞皇）上，有官员赵邦杰和马扩领导一支抗金队

宋孝宗

伍，他们拥立自称信王赵榛的人作号召，人数达10万以上，各地的许多抗金武装闻风响应。张所河北西路招抚司都统制王彦，率军渡河，攻占了新乡县城，后被金军打败，王彦率部转移到共城（今河南辉县）西山。他的部属都在面部刺上“赤心报国，誓杀金贼”八字，以表示与金军斗争到底的决心，这支军队从此便以“八字军”著称。两河忠义民兵纷纷接受王彦的领导，队伍扩大到10万以上，屡次打败金军。此外，如幽燕地区的刘立芸、杨浩和智和禅师、刘里忙等人也分别组织抗金队伍。张荣领导的梁山泊水军，陕西邵兴（后改名邵隆）和邵翼组织的义兵，也都各自为战，奋勇抗金。

赵构和黄潜善、汪伯彦对北方人民的抗金斗争，实际上采取敌视态度。他们将“行在”迁往扬州，以求苟安享乐。只有留守开封的宗泽，把那些归附在他的旗帜下的各地农民起义军加以组合，并和黄河以北的忠义民兵取得密切联系，整顿防御，以加强作战实力，建炎元年冬和二年春，宗泽率军击退金军的大举进攻。但是，他收复失地的计划一直得不到赵构的批准，几次吁请赵构返回东京，也未被采纳，积愤成疾，与世长辞。接任东京留守的杜充，一反宗泽所为。北方人民抗金武装也遭受挫折，先后为金军击破。

建炎二年秋至三年春，金军又发动攻势，前锋直指扬州，赵构仓皇逃往江南。抵达杭州不久，苗傅和刘正彦发动政变，逼迫赵构退位。吕颐浩和张浚联络韩世忠、刘光世和张俊起兵

“勤王”，政变宣告失败。东京留守杜充放弃开封，率军退往江南的建康府（今江苏南京）。当年冬，金将完颜宗弼率大军渡江，占领建康府，杜充投降，赵构又自杭州出奔，漂泊于海上。金军追至明州（今浙江宁波），沿途遭受南宋军民的不断袭击，遂于建炎四年春在大肆掳掠后北撤。韩世忠在黄天荡一带拦截金军，相持四十天之后，金军以火攻破韩世忠军，才得回到建康。岳飞率部克复了建康府，金军退至长江以北。绍兴元年（1131年），张荣的梁山泊水军在泰州（今属江苏）缩头湖击败金将完颜昌，俘获完颜昌之婿蒲察鹘拔鲁。金军又被迫放弃淮东。

金朝在建炎四年九月册立刘豫为“大齐皇帝”，建立傀儡政权，与南宋对峙，并集结重兵、攻打川陕。同月，宋川陕宣抚处置使张浚命都统制刘锡率五路军马，与金完颜宗辅（讹里朵）、完颜宗弼、完颜娄室所部在富平（今属陕西）举行大规模会战，宋军溃败，陕西五路大部丧失。都统吴玠率军扼守大散关附近的和尚原（今陕西宝鸡附近），屏蔽西川。绍兴元年十月，完颜宗弼大军猛攻和尚原，吴玠率军顽强抵御，重创金军，完颜宗弼身中两箭，金军遭受自灭辽破宋以来的首次惨败。三年正月，金军攻下金州（今陕西安康）。吴玠领兵至饶风关（今陕西石泉西）抵敌，战败。四年二月至三月，吴玠军又在仙人关（今甘肃徽县南），再次大破完颜宗弼的重兵。金军退守凤翔，暂时不敢窥伺四川。

大散关

绍兴四年五月至七月，岳飞出师反击伪齐，连克郢州（今湖北钟祥)、随州(今湖北随县)和襄阳府(今湖北襄樊),并于襄阳府附近击败伪齐悍将李成的反扑。岳飞派遣部将王贵和张宪进兵邓州(今河南邓县),击败金、齐联军几万人,又攻占唐州(今河南唐河)和信阳军(今河南信阳)。屯兵鄂州(今湖北武昌)。岳飞按照预定计划胜利地收复襄阳六郡,这是南宋建立政权以来第一次收复大片失地。

绍兴四年九月,金、齐联军自泗州(今江苏盱眙)和楚州(今江苏淮安)两地渡淮,大举南侵。十月,金军一支前锋在扬州大仪镇(今江苏扬州西北)遭遇韩世忠军伏击。金与伪齐联军进攻庐州城(今安徽合肥),岳飞奉命领军救援,在庐州城下又破敌军。

经过抗金将士四五年的艰苦奋战,南宋的统治才得以稳定下来。绍兴六年,宰相兼都督张浚部署韩世忠进攻淮阳军(今江苏邳县西),不克。岳飞率军连破镇汝军、虢州(今河南卢氏)、商州(今陕西商县)和顺州(今河南嵩县西南),兵临蔡州(今河南汝南)。伪齐向金朝求援,遭到回绝,不惜孤注一掷,分兵进犯两淮。伪齐军在藕塘(今安徽定远东南)等地分别遭到杨沂中等军拦击,大败而逃。岳飞军又在唐、邓等州击破金与伪齐联军的分路进攻,再次兵临蔡州,打退了敌人的追兵。

绍兴七年,宋廷罢免畏敌怯战的淮西军主将刘光世,但由于处置失策,副都统制郦琼裹胁大部分淮西军叛变、投降伪齐,一时朝野震惊。宰相张浚引咎辞职。赵构遂取消岳飞的北伐计划。金完颜昌等人得势,废除刘豫的伪齐政权,向赵构诱降。绍兴八年三月,赵构任用秦桧为相,决意求和。赵构和秦桧进行极其屈辱的乞和活动,招致广大人民和很多士大夫的强烈反对,群情激愤。李纲、张浚、韩世忠、岳飞等人纷纷反对"议和”，枢密院编修官胡铨上奏，要求斩秦桧之流，以谢天下，赵构罢免主张抗战的官员，放逐胡铨，起用主和派，控制舆论，接受称臣纳贡的和议条件，派秦桧代表自己跪受金朝诏书。金朝将陕西、河南归还宋朝。

完颜宗弼在金朝政治斗争中得势，杀完颜昌等人，于绍兴十年撕毁和约，分兵四路，大举南侵，迅速夺取陕西、河南之地，进逼两淮。赵构被迫命令各军抵抗。新任东京副留守刘锜率领王彦旧部八字军进驻顺昌府（今安徽阜阳），以少击众，大败完颜宗弼的金军主力。完颜宗弼退守汴京，宋军分路出击。韩世忠军夺据海州（今江苏连云港）等地。陕西吴璘、杨政、郭浩等军屡败金兵，后因田晟在泾州（今甘肃泾川北）战败，宋军退守川口要隘。金军也因伤亡较多，退守凤翔府，不再出战。岳飞早先已制定了“连接河朔”的战略方针，积极与北方忠义民兵保持密切联系。他派梁兴、赵云、董荣等人深入黄河以北地区，组织游击军，广泛出击，袭扰金军，亲率主力北上，连克蔡州（今河南汝南）、颍昌府（今河南许昌）、淮宁府（今河南淮阳）、郑州（今属河南）、河南府（今河南洛阳东）等地，宋将张浚拥兵自重，玩敌怯战，到达宿州（今安徽宿县）、亳州（今安徽亳县）后，旋即退师，使岳飞处于孤军深入、兵力分散的境地。金帅完颜宗弼乘机大举反扑。郾城之战，岳飞军以少击众，迎头痛击，大败金朝主力骑兵。接着，王贵、岳云等又在颍昌大败金兵，形势对宋朝极为有利。岳飞上书赵构，要求各路宋军乘胜进军，收复失地。黄河以北的广大人民也闻风响应，不少州县已为忠义军所攻占。赵构和秦桧却急令各路大军停止进击，撤回原来驻地，岳飞被迫班师，金朝重占河南之地。韩世忠、刘锜等军也纷纷从前线撤回。刚开到前线的杨沂中军也在宿州溃败。

郾城大捷

绍兴十一年春，金军攻打淮西。在柘皋镇（今安徽巢县北）被杨沂中、刘锜、王德等军击败，宋军收复庐州。金军回兵攻下濠州（今安徽凤阳），又分别打败韩世忠、张浚、杨沂中等援军，岳飞的援军赶来，金军退回淮北。九月，吴璘等军随后攻取秦州（今甘肃天水）、陇州（今陕西陇县）等地，并在剡家湾战役中屡获胜捷。尽管如此，也未能改变宋廷妥协苟安的决策。

赵构和秦桧采用阴谋手段，解除岳飞、韩世忠等大将的兵柄，并且设置冤狱，以“莫须有”的罪名，杀害力主抗金的岳飞和战将张宪、岳云，迫令抗战振韩世忠等人退闲。

当年十一月，以赵构和秦桧为首的投降派和金朝议定屈辱的和约，其主要条款是：①南宋称臣于金，并且要“世世子孙，谨守臣节”。②宋金两国，东起淮水中流，西至大散关（今陕西宝鸡西南）为界，中间唐州（今河南唐河）、邓州（今河南邓县）、商州（今陕西商县）和秦州之大半皆属金朝。③南宋每年向金朝输纳银 35 万两、绢 25 万匹。这就是所谓的“绍兴和议”。

镇江之战

建炎四年（1130 年）初，金军在宗弼率领下渡江南侵，深入江浙，追赶宋高宗。宋军著名将领韩世忠退保江阴（今属江苏），欲等待敌军北归，进行邀击。二月，宗弼追高宗不及，宣称搜山检海已毕，引兵北还，因掳掠物品甚多，陆行不便，乃沿运河，取道秀州（今浙江嘉兴）、平江（今江苏苏州），向镇江进发。世忠闻知，即移师镇江待之，以 8000 人屯守焦山寺，阻止敌军渡江。

三月十五日，金军返抵镇江，宋军已占据有利地形，做好一切拦截的准备。金将李选见退路断绝，首先向宋军投降。宗弼为欲渡江，派使者前来通问，且请战期，世忠许之，约日会战于金山附近的大江之中。

会战之前，宗弼亲带四骑登银山观察地形。银山在镇江城西二里江口，山形壁立，俗名坚土山，临江耸立，上有龙王庙。韩世忠既许金人约日会战，对诸将说："此间观察形势，最好的地方是金山对岸银山上的龙王庙，我估计敌人必定到那里去，观察我们的虚实。"便派兵埋伏在庙中和岸边，约定闻江中鼓声，则岸兵进入，庙兵继出。不久果然发现金兵五骑前往龙王庙，庙中伏兵大喜，先鼓而出，敌骑大惊，飞驰而去，庙兵紧追，仅得二骑，询知宗弼侥幸逃脱，宋军后悔不止。

两军按约定日期在金山附近江中接战。世忠以海舟扼守大江，乘风使蓬，往来如飞。宗弼望见甚惧，对诸将说："宋军使船如使马，何以破之？"韩常说："海舟虽快，不如车船，见车船则自遁矣！"宗弼令常以车船出战，宋军英勇奋击，世忠夫人梁红玉亲自击鼓助战，士气倍增，打得金军狼狈不堪。宗弼无奈，愿尽还所掠的财帛和人口，借道北归，遭到世忠严词拒绝，乃自镇江溯流西上，金军沿南岸，宋军沿北岸，且战且行，终不得渡，金兵遂入距建康（今南京）80 里的黄天荡。荡阔 30 余里，仅一口通大江，金人不知其为死水，既入，宋军堵口，不复能出。

远在山东的金帅挞懒闻讯，派太一孛堇引兵来援，阵于长江北岸，但碍于江中的宋军，无法与宗弼会师。至四月十二日，宗弼在被困黄天荡28天后，再出长江，谋与宋军决一死战。世忠分海舟为两道堵截敌舟，用铁索贯以大钩曳之，金人舟小力弱，不能得脱，多被击沉。宗弼无计可施，再求世忠借道，其词甚哀。世忠说："这也不难，只要还我疆土，还我二帝，就可放行。"宗弼无言答对，只得退回荡中。当晚，宗弼收买奸细，获知有老鹳河故道，稍加疏浚，即可复通大江。乃奋全力，一夜功成，潜师而去，逃往建康。次日，世忠发觉金人逃去，紧紧追赶，驻军建康北之江中，金军仍然无法北渡。

两军在建康相持多日，数次交战，金军多败。宗弼再次揭榜立赏，募人献策。果然有人建议从白鹭洲开新河，可出大江，占据宋军之上游。又有人建议于舟中载土，以平板铺之，保持小舟的稳定，等无风时出战，宋军海舟无风不能动，以火箭射其篷，可不攻自破。宗弼按计而行。一夜河战。四月二十五日，恰值天晴无风，宗弼即命小舟出江，果占宋军上游。世忠大惊，命于中流击之，但海舟体大，无风不动。金人以火箭射蓬火起，人乱而呼，马惊而嘶，被焚坠江死者不可胜计，宋军大溃，世忠引军奔还镇江。宗弼遂渡江，回归北方。

此役，世忠以8000人拒宗弼10万之众，困金人于黄天荡达二十八日之久，前后四十天，大小数十战。金军损失惨重，虽最终挫败宋军，回师北方，但宗弼再也不敢进军江南了。

宋金仙人关之战

南宋绍兴四年（金天会十二年，1134年），宋军在仙人关

（今甘肃徽县东南）击退金军进攻的要隘守卫战。

北宋灭亡后，金朝为进一步夺取中原及陕西等地，于南宋建炎元年（金天会五年，1127 年）开始，至建炎四年，先后三次南下，向南宋大举进攻。金统治者对南宋的全面进攻未能达到灭亡南宋的预期目的，便改变战略部署，将全面进攻改为东守西攻，集中力量进攻川陕，企图控制长江上游，为从西北迂回包围南宋创造条件。金军在这一战略指导下，在陕西方面发动了数次大规模进攻。富平之战，宋军损失惨重，陕西落入金军手中，宋军在西北战场陷入困难境地，只得退守和尚原（今陕西宝鸡西南）等州，凭险设防，以阻金军入川。绍兴二年冬，宋川陕宣抚司都统制吴玠，鉴于和尚原距后方路途遥远，恐粮运不继，难于久守，便以其弟吴璘驻守和尚原，自己率守军主力退屯仙人关，并在仙人关右依山据险筑垒，特称之谓“杀金坪”，与仙人关互为依托，控扼入蜀隘口。

宋代武士复原图

翌年冬，金元帅左都监完颜宗弼率军攻占和尚原，吴璘引军退屯阶州（今甘肃武都东南）。吴玠为实施纵深防御，又于“杀金坪”后边险峻之处设置第 2 道防线。

绍兴四年（金天会十二年，1134 年）二月，金将完颜宗弼与陕西经略使完颇杲（撒离喝）、伪齐四川招抚使刘夔，在凤翔府（今陕西凤翔）、宝鸡等地，集结步骑 10 余万，进攻仙人关，决心破关入蜀。二十一日，金军自仙人关以北铁山凿崖开道，循岭东下进至“杀金坪”，扎营40余座与宋军对垒。吴璘闻讯，率部自七方关（今甘肃康县东北）入援，转战七昼夜，突破重围与吴玠军会师。二十七日，金军开始进攻，吴玠军以万人据险抗砲击，经反复激战，将金军击退。二十九日，金军立砲数十座攻击宋军，吴玠命将士以弓矢，砲石并力捍御。翌日，完颜宗弼命金军架了300余座云梯猛攻宋军营垒，宋军则以砲石、撞竿击毁其云梯，以长枪刺杀金军。宗弼久攻不下，遂将全军分为二阵，自率精兵阵于东，命骁将韩常阵于西，轮番进击企图夹攻宋军。吴玠命吴璘等率军于金军两阵之间往复冲杀，在大量杀伤金军之后，因宋军久战疲惫，乃退守第2道防线。金军接踵而至，人披重甲铁钩相连，前仆后继，鱼贯而上。宋军依托险隘坚垒，以劲弓强弩轮番发射，打退金军多次进攻。三月初一，完颜杲集兵攻宋军营垒西北楼，并焚烧楼柱。吴璘命部将杨政等督励部下持长刀、大斧，左右冲杀，将其击退，是夜，吴玠乘金军久战兵疲，实施反击，宋军在四面山上点燃火把，鼓震天地，又以王喜、王武等将率精锐，分2队冲入金营。金大将韩常中箭左目受伤，金军惊溃，死伤数以万计。初二，金军企图改道由七方关、白水关（今徽县西南）入川，吴玠暗遣精兵迂回至金军寨后，袭破宗弼及完颜杲大寨，金军死伤万余，连夜逃走。吴玠又命部将王俊率军疾驰至河池（今徽县）设伏，扼其归路，斩俘千余人。宋军乘金军溃退之势，挥师追袭，迫使金军退回凤翔府。自此以后，金军暂时放弃了进入四川的企图。吴玠乘胜于绍兴四年四月收复了凤州（今陕西凤县）、秦州、陇州。南宋川陕的防务趋于巩固，金军的重点进攻又遭失败。

富平之战

1129年五月，宋高宗与朝臣共商中兴大计。知枢密院事张浚认为："中兴当自关陕始，若金人入陕窥蜀，则东南不可保。请身任陕蜀之事，置幕府于秦州（今甘肃天水）。别遣韩世忠镇淮东，吕颐浩驻武昌，复以张浚、刘光世与秦州首尾相接，则恢复可望。"监登闻检院汪若海也认为："天下形势好比常山蛇，秦蜀为首，东南为尾，中原为脊。今以东南为首，安能起天下之脊。今图恢复，必在川陕。"高宗遂以张浚为川陕宣抚处置使。

七月，张浚发建康（今江苏南京），十月抵兴元（今陕西汉中）。上疏说："汉中实形势之地，前控六路之师，后据两川之粟，左通荆襄之财，右出秦陇之马，号令中原，必基于此。"遂在此大力经营，作为抗金的基地。

至次年（1130年）七月，张浚闻金人聚兵于淮上，惧其复扰东南，乃想方设法牵制其行动，决定在西北战场发起进攻，以捣金之虚，缓解东南的战火。浚分兵四出，命赵哲复鄜州（今陕西富县），吴玠复永兴军（今陕西西安），其余州县亦多迎降。

金将娄室抵不住张浚的反攻，向金太宗请求增兵。金帅宗翰也认为陕西宋兵强劲，娄室难以抵御。关陕重地，不能有失，应飞调宗弼来援，方可保无虞。宗弼在六合接到命令后，立即引兵趋至陕西。

九月初，张浚闻宗弼将至，檄召熙河刘锡、秦凤孙偓、泾原刘锜、环庆赵哲四经略使及吴玠兵，合40万人，马7万匹，以刘锡为统帅，迎敌决战。浚又贷民赋五年，诸路运送钱帛刍粮之车，不绝于道，所在山积。张浚还恐布置不周，又亲临邠州（今陕西彬县）督战。

当时，也有人对张浚的部署表示异议。王彦说："陕西兵将，上下之情未通，指挥不灵，若有不利则五路俱失。不若分屯各战略要地，以固根本，敌人入境则调五路之兵来援，万一不利，损失也不会太大。"吴玠、郭浩也认为："敌锋方锐，宜各守要害，待其疲弊，乘机进攻。"浚不肯从。刘子羽则认为准备不够充分，不应仓促出师。张浚回答说："我难道不知道这一点吗！但东南形势方急，高宗也有命令进兵，我不得不出兵呵！"

于是，宋军按预订的计划继续前进，约在九月中旬到达富平。同时，金兵已屯下邽（今陕西渭南）。两军相去 80 里。宋军数倍于金人，颇轻视之。约日会战，金人不报。多次遣使，金方许之。至期却又不应约，习以为常。宋军以为敌人胆怯，更加轻敌。统帅刘锡召集诸将议战。吴玠说："兵以利动，地势不利，不可以战。富平地处渭水流域的平原，宋军以步兵为主，难以守御。宜徙据高山峻谷，使敌马不能驰突，方可与战。"郭浩也认为："敌骑甚强，未可争锋，当分地守之，以待其弊，然后击之，可获全胜。"然而，其他将领却认为："我师数倍于敌，又前阻苇泽，敌人骑兵无法驰驱，何必徙往他处呢！"

不料金人于九月二十四日早晨，突然发起进攻，先用土擭填平沼泽，再以骑兵突入运粮乡民的小寨，乡民不习战，四散奔走，引起宋军一阵混乱。刘锜身先士卒，极力御之，杀获颇众。宗弼率领的左翼金军一度陷入宋军的重围，大将韩常中流矢，尤奋呼搏战，方与宗弼突围而出。娄室率领的右翼金军竭力死战，终于突破了环庆军赵哲的防线。宋军各路人马乃临时凑集，配合不好，一路被击，他路不能及时援助。赵哲胆怯，临阵先逃，将校望见尘起，亦皆惊遁。一路溃散，全军瓦解。宋军一直退到邠州，方才稳定下来。金军虽然得胜，但无力追歼，只获得了大批军需物资。

战后，张浚追究责任，斩了赵哲，率大军退保兴元（汉中）——和尚原（大散关东）一线，以固蜀口。金军乘势尽取关中之地。

襄阳六郡的收复

岳飞自建炎四年以后取得一系列胜利，张俊说江、淮平，岳飞功第一。绍兴三年，高宗手书“精忠岳飞”字制旗以赐之。

绍兴四年（1134 年）春，岳飞上书南宋王朝，主张出兵收复沦于伪齐政权之手的襄阳六郡，即襄阳府、唐州、邓州、随州、郢州和信阳军。他指出：“襄阳六郡，地为险要，恢复中原，此为基本。”为陈襄阳六郡的重要战略意义，并主动请缨出师以收复该地区。宋高宗与朝廷大臣们就此事进行了详细的讨论，结果采纳了岳飞的建议，决定由他担任前线统帅，率军收复襄阳六郡。南宋王朝还命令韩世忠以万人屯泗上为疑兵，刘光世选精兵出陈、蔡，相为犄角，以作声援。

四月十九日，岳飞率所部约 35000 人由江州出发，兴师北伐。岳飞一再严令全军，在进军途中一定要遵守纪律，不准骚扰百姓，不得践踏庄稼，务必做到秋毫无犯。将士们都认真地执行了这一命令。

五月初五，岳家军兵临郢州（治长寿，今湖北钟祥县）城下。郢州是伪齐最南端的要塞，伪齐负责郢州防务的，是新近被破格提拔为郢州知府的荆超。荆超骁勇强悍，号称“万人敌”。为防守郢州城，他配置了1万多名士兵，其中大多数是伪齐军，也有少量的金兵，并作了必要的守城准备，自以为固若金汤。岳飞策马环城一周，对敌人的防守情况作了大致的了解，他充满信心地对众将士说：准备庆贺胜利吧。岳飞首先派人向荆超劝降，希望他与伪齐傀儡政权决裂，弃暗投明。荆超拒不投降，还遣其谋主、长寿县伪知县刘楫登城辱骂。于是，岳飞下令攻城，并亲自指挥战斗。敌人凭借高大、坚固的城墙，负隅顽抗，岳家军将士则“累肩而升”，奋不顾身地攀登上城头，英勇杀敌，斩杀敌人7000余人，敌尸堆积如山，终于攻占了郢州城。荆超见大势已去，投崖自杀，刘楫则为岳家军生擒，受到了应得的严厉惩罚。

克复郢州后，岳家军兵分两路，一路由张宪、徐庆率领东取随州（治随县，今湖北随县）；另一路由岳飞亲率直趋襄阳府（治襄阳，今湖北襄樊市）。襄阳是伪齐准备大举南下的大本营，由主将李成亲自驻守。他以前曾多次被岳飞击败过，当他听到郢州失守的消息，面临着凯歌猛进的岳家军即将发动的攻城战役时，他丧失了应战的勇气，于是弃城而逃。五月十七日，岳家军便兵不血刃地克复了襄阳重镇。张宪、徐庆率军攻打随州城，伪齐知州王嵩据险固守，连攻数日未克。将领牛皋闻讯后，自告奋勇地请求率兵增援张、徐军。出发时，他只带三天的口粮，以示短期内必克随州的信心。五月十八日，牛皋援军与张宪、徐庆的部队合力攻城，岳飞长子岳云一马当先登上城头，岳家军蜂拥而上，与守敌展开搏斗，歼灭敌人5000名，活捉了王嵩，克复了随州城。

这时，宋高宗赵构亲笔给岳飞写了一道《御札》，《御札》中流露出宋高宗的一种忧虑，即担心岳家军新收复的郢、随州和襄阳难以长期固守，可能“前功遂废”，而只字不提原作战计划中包括的唐、邓州和信阳军的收复问题。接到这道《御札》之后，岳飞立即写了一封奏章，他一方面具体地提出了襄阳等地的防守方案，以消除赵构的疑虑，另一方面，则重申了他要继续战斗，克复唐、邓、信阳三地的决心。

岳飞

在岳家军咄咄逼人的攻势下，伪齐政权胆战心惊，急忙向金朝求援。金朝遂派将领刘合孛堇纠合起一支数万人的金、齐联军，驻屯在邓州（今河南邓县）的西北，又营寨三十多处，企图与岳家军决一胜负。岳飞为了迎接这一场恶战，进行了一个多月的准备工作。他派遣王贵取道于光化，张宪取道于横林，分路进发，由两面夹攻。七月十五日，岳家军在邓州城外30里的地方与数万敌军相遇，展开激战。王万、董先两员将领出奇兵猛烈地攻击敌人，金、齐联军降营大乱、全军溃散，刘合孛堇只身逃窜。岳家军乘胜追击，俘获敌将杨德胜等200多人，斩杀无数，缴获敌人兵器、战旗数以万计。伪齐将领高仲率残部退回邓州城，企图据城固守。七月十七日，岳家军发动了攻城战役，岳云又冲锋在前，战士们奋不顾身，冒着如雨般的矢石，“蚁附而上”，一举攻破了邓州城，生擒了守将高仲。

邓州决战的胜利，更坚定了岳家军将士们必胜的信心，他们以破竹之势，很快就进逼唐州（今河南唐河县）城下。七月二十三日，王贵和张宪在唐州以北30里，击败金、齐联军，掩护攻城战斗，同日，岳家军攻占唐州城。不久，岳家军又攻克了信阳军（今河南信阳市）。至此，襄阳六郡全部被宋军收复。这是南宋立国八年来进行局部反攻的一次重大胜利。

宋金郾城、颍昌之战

南宋绍兴十年（金天眷三年，1140 年），宋将岳飞率军收复中原时，于郾城（今属河南）、颍昌（今河南许昌）击败金军反击的作战。

宋靖康二年（1127 年）金灭北宋后，为进一步扩张领土，夺取中原，多次遣军大举进攻南宋。直到南宋绍兴年间，宋金双方力量对比开始发生变化。金军南侵接连失败，战斗力明显削弱。南宋抗战派领导的军队在抗金斗争中不断壮大，已经出现了几支战斗力较强的部队。宋金战争开始向有利于南宋的方向发展。然而南宋朝廷并没有抓住这一有利时机收复失地，反而不断向金献媚求和。绍兴九年（1139 年）正月初一，宋金双方达成和议，宋向金称臣纳贡、金将河南、陕西归还给宋。正当宋朝君臣庆幸屈辱和议成功之际，金国内部发生动乱。绍兴九年七月，金太祖第四子完颜宗弼发动政变，杀掉了主张同南宋议和的挞懒一派，掌握了金朝的兵权。绍兴十年（1140 年）五月，金军以完颜宗弼为统帅，分兵四路向陕西、河南、山东等地发起进攻。不到一个月，金归还给南宋的土地又全部被金夺去。面对险峻的形势，宋高宗被迫下诏，命各路抗金将领率军进行抵抗。当时新任东京副留守刘锜率八字军从水路北上赴任。行至顺昌（今安徽阜阳）时，得知金军背约南下。刘锜考虑到顺昌是金军南下必经之地，便于五月十八日率军全部开进顺昌城，准备迎击南下金军。六月初十，金军10余万越过颍河浮桥，包围顺昌。刘锜以顺昌城为依托，利用金军不惯炎热的弱点及天气的有利条件，采用以逸待劳乘机反击的战术，以5000之众大破10万金兵。顺昌之战后，宋军乘胜大举反攻。

顺昌之战后，金都元帅完颜宗弼率军退回东京（今河南开封）。南宋湖北、京西宣抚使岳飞亲率大军自鄂州（今湖北武昌）出发，准备乘胜收复中原。岳飞命王贵、牛皋、董先、杨再兴等将分别经略河南诸州郡，又命梁兴、董荣等将潜渡黄河、联络河北、河东的抗金义兵，夺取西河州县，袭扰金军后方。北征先头部队连连告捷。绍兴十年闰六月二十日，岳家军采取分进合击的战法，先后收复颍昌、陈州（今河南淮阳）、郑州、洛阳等重镇，切断金军东西联系，对东京金军形成威逼之势。完颜宗弼为了扭转局势，利用宋军分兵攻占州县、宋淮南东路之张俊、王德军已由亳州（今属安徽）退回庐州（今合肥）、岳飞军孤军深入之机，亲率昭武大将军韩常、龙虎大王突合速、盖天大王赛里等部1.5万精骑，奔袭岳飞宣抚司驻地郾城，企图一举摧毁岳家军的统帅机构，打破岳飞反攻计划。七月初八，金军进至郾城北面20里处列阵。当时，岳飞已将重兵派驻颍昌府城，其他部将也率兵分路与敌作战。岳飞探明了金军情况，知道来军是完颜宗弼精锐部队，便针对金军作战特点，令其儿子岳云率背嵬（背嵬一词为西夏语，意为亲随、骁勇。绍兴二年，韩世忠创背嵬军，后成为南宋许多将领设置的亲军的名称）、游奕马军与金骑鏖战。骁将杨再兴为生擒宗弼单骑突进，击杀金军近百人，多处受伤，仍拼死力战。正当两军激战之时，岳飞亲率40骑驰入阵中，射杀金军多人。岳家军士气倍增，奋勇杀敌。完颜宗弼见势难以取胜，遂将头戴铁盔、身披重甲的“铁浮图”和号称“拐子马”的精骑投入交战。“铁浮图”一字排阵，从正面推进；“拐子马”自两翼迂回包抄，对岳家军形成很大威胁。岳飞灵机应变，待金军进至阵前，令步卒持麻扎刀、提刀、大斧入阵，专砍马足，“铁浮图”大乱。同时令背嵬、游奕马军专门对付金军的“拐子马”军，以灵活机动的战术，忽攻其前，忽击其侧，致金军于被动。岳家军步骑密切配合，从午后战到天黑，鏖战数十回合，金军死亡惨重。完颜宗弼率余部仓皇溃逃。

郾城之战后，完颜宗弼不甘失败，为扭转危局，率军攻取郾城与颍昌之间的临颍（今属河南），企图切断南宋湖北、京西宣抚使岳飞与部将王贵军的联系，尔后各个击破。岳飞识破金军企图，料其必攻颍昌，遂重新调整部署，遣其子岳云率部分背嵬军绕道驰援颍昌；同时令统制张宪率背嵬、游奕等军向临颍挺进，寻求与金军主力决战。七月十三日，岳飞军部将杨再兴率 300 骑兵，到临颍以南的小商桥侦察军情，与金军遭遇，击杀金军 2000 余人，后因寡不敌众全部战死。完颜宗弼为了避免与张宪军决战，遂将各路金军集结一起，除留部分兵力守临颍外，亲自率主力北攻颍昌，十四日，张宪进攻临颍，击溃金军，收复临颍县城。同时，完颜宗弼率昭武大将军韩常等部，以 3 万余骑兵列于颍昌城西，以 10 万步兵列于舞阳桥以南，连阵 10 余里。驻守颍昌的宋军有 3 万，由王贵、董先、岳云、胡清等统领，是岳家军的主力部队。王贵将守城任务交给董先、胡清，自己统帅中军和游奕军，会同岳云率领的背嵬军，出城迎击金军。宋军以岳云的 800 骑兵居中，正面冲击，猛冲金步兵；又以步兵为左右翼，攻击金两翼骑兵。岳云身先士卒，先后出入金阵 10 余次，裹伤奋战。从早晨战到中午，血战几十回合，双方胜负难分。负责守城的董先，胡清二人见状，立即率军出城增援。顿时，宋军士气倍增。董先、胡清与王贵、岳云合兵奋击，战局迅速扭转。激战中，宋军杀死完颜宗弼女婿统军上将夏金吾及副统军粘罕索孛堇，还先后杀死金千户 5 人，大小首领 78 人，歼灭金军 5000 余人，俘获金军 2000 余人，战马 3000 余匹。完颜宗弼退回东京。岳飞率军乘胜追到距东京仅 45 里的朱仙镇。完颜宗弼集结 10 万金兵迎战。岳飞一面同金军对阵，一面派兵向黄河渡口进逼，侧击金军。金军溃逃，撤回东京，准备北逃。岳飞反攻中原的战争，取得了重大胜利。

绍兴和议

南宋军民在开展积极抗金斗争中不断取得胜利的时候，也是秦桧加紧向金乞和的时刻。所谓“朝廷遣使通问，冠盖相望于道”。王伦等不断至金议和。

与此同时，秦桧进一步打击那些反对议和的人。绍兴九年（1139 年）五月，张焘等自河南回来，上疏给高宗，要求“不可恃和盟而忘复仇之大事”，立即遭到秦桧的打击，张焘立即被贬。大臣李光起初对议和事并不完全反对，后来，秦桧要撤淮南守备，夺抗金将领的兵权，李光才极言金人有野心，“和不可恃，备不可撤”。李光在高宗面前指责秦桧是“盗弄国权，怀奸误国，不可不察”。这触犯秦桧，李光离开朝廷，日后秦桧以所谓“私史”案，迫害李光。

解除抗金将领的兵权，是高宗、秦桧为与金人议和扫除障碍的步骤。绍兴十一年（1141 年）召回韩世忠、岳飞、张俊三大将，拜韩世忠，张俊为枢密使，岳飞为枢密副使，这实际上夺了他们的兵权。三大将中张俊又是主和派，枢密院大权实际为张俊所把持。接着刘锜的兵权又被解除。不久，岳飞入狱。

十月，金人占泗州（今江苏盱眙北）、楚州（今江苏淮安），逼迫宋高宗、秦桧加紧投降议和。宋以魏良臣为金国禀议使。十一月，魏良臣至金卑躬屈膝。金宗弼以肖毅、邢具瞻为审议使，同魏良臣同至宋，议定要以淮水为金、宋的分界，要求割唐（今河南唐河）、邓（今河南邓县）二州和陕西的一些地方，每年给金人以银25万两、绢25万匹。高宗全部接受金人的条件。并且派何铸带高宗的誓表去金。誓表上说明宋接受金人提的条件，要“世世子孙谨守臣节，每年（金）皇帝生辰并正旦，遣使称贺不绝”。申明如果自己背盟，则“明神是殛，坠命亡氏，踣其国家”，真是厚颜无耻已极。

十二月，何铸至汴，见到金宗弼，又至会宁。金人不断增加新的要求。最后签订和约，其内容是：（一）宋向金称臣，金册封宋高宗赵构为皇帝。（二）确定宋、金疆界。东以淮河中流为界，西以大散关为界，以南归宋，以北属金。割唐、邓二州及商、秦二州大半土地予金。这样一来，宋仅有两浙、两淮、江东西等十五路，而京西南路只有襄阳一府，陕西路只有阶、成、和、凤四州。宋的疆域大大缩小了，而金人画界后，建五京，置14总管府，共19路，还有其他散府一些地方。（三）宋每年向金人贡纳银25万两，绢25万匹。这个和议称之为“绍兴和议”。

南渡的宋廷大官僚和北方大地主，他们和南方的地主一道兼并土地，高宗、秦桧为代表的大地主阶级其基本方针是秦桧所说的“南自南，北自北”，求偏安一隅。依靠南宋军民的斗争，阻止金人吞并南方的野心；而偏安局面形成过程，却是南宋抗金军民受打击的过程。绍兴和约签订，岳飞被害。

绍兴和约签订后，形成宋、金南北对峙的局面。宋、金的战争暂时告一段落。在相对稳定的局面下，金人更多接受汉族文化，金熙宗统治下建立了一套集权的机构，生活各个方面渐染华风。

绍兴十二年，四月，金人遣使以衮冕圭册，册封宋高宗为大宋皇帝，七月，金人送回高宗母韦后及徽宗灵柩。九月高宗给投降有功的秦桧加封，加秦桧太师，封魏国公。此后，秦桧又专擅朝政十三年。

秦桧专权

南宋初年，女真贵族不断对南逃的宋高宗发起追击，北方和南方忠于宋室的军民进行了英勇的抗金斗争，迫使金兵退回北方。女真贵族乃改变策略，于建炎四年（1130年）十一月立汉奸刘豫为傀儡皇帝，建立伪齐政权；同时，又派另一个汉奸秦桧潜回南宋，从内部破坏南宋的抗战。

秦桧，字会之，江宁（今江苏南京）人。北宋末年，考中进士，历官太学学正，御史中丞。北宋亡，被金军驱掳北去，旋即变节，颇受女真贵族的信任。这时，女真统治者为了实现“以和议佐攻战，以潜逆诱叛党”的策略，决定放秦桧南归。宋高宗这九年被金兵赶得到处逃跑，多次派人乞和求降，而不可得，听到秦桧回来了，知道他与女真贵族的关系密切，了解不少内幕，便立即亲自接见他。秦桧向高宗报告了徽钦二帝及母后的近况甚好，又呈上自己起草的给金将挞懒的求和书，暗示金人可以媾和。结束会见后，高宗高兴地对大臣们说：“秦桧朴忠过人，真佳士也，朕得之喜而不寐。”立即任命他为礼部尚书。三个月后，又提升为参在政事（副宰相）。但他还嫌权力不大，暗中捣鬼，对宰相范宗尹进行排挤。平时范宗尹找他商量朝政大事，他虽明知某些事不能那样处理，但却不指明纠正，而暗中向高宗报告，以至高宗对范产生恶感，罢了范的相位。秦桧见相位出缺，便大造舆论，“我有二策，可耸动天下”，“今无相，不可行也”。高宗求和心切，知道他的想法，便于绍兴元年（1131年）八月任他为右相兼枢密院事，把军政大权都交给了他。

秦桧任右相后，觉得左相吕浩与他共掌朝政，不能独揽大权，便向高宗建议“二相宜分任内外”，把吕排挤出朝。接着，又设置修政局，自任提举，美其名曰“更张法度”，实际上是“欲夺同列之权”。副相翟汝文分管修政局的工作，不了解秦桧的意图，真以为要对吏治进行整顿，便考核官吏政绩，违者惩之。秦桧见他没有按照自己的意图办，便奏称他“擅治吏”，讽人弹劾他“与宰相不协”。翟汝文便被迫求去，离开了副相之位。秦桧这种党同伐异，专权营私的行为，大失众望，不仅引起朝臣的不满，高宗也“颇觉之”，便下诏告诫臣下，以后如有“朋比阿附，以害吾政者”，定要“严置典刑”。特别是秦桧在对金媾和问题上，不仅没有迅速达成协议，而且还提出什么“以河北人还金国，以中原人还刘豫”的主张。此论一举，群情大哗，“天下之人，无贤愚，无贵贱，交口合词，以为不可”。朝臣纷纷上章弹劾，说他“专主和议，沮止恢复”，“植党专权，威福在已”，“上不畏陛下，中不畏大臣，下不畏天下之议”，犯了“欺君私己”的大罪，高宗迫于臣民的群起反对，不

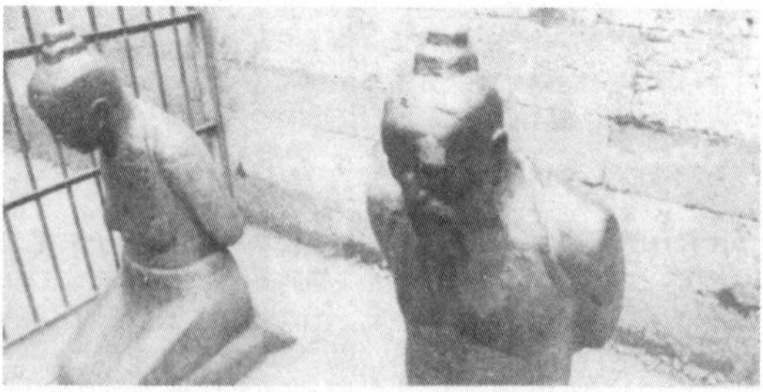

杭州岳庙秦桧夫妇铁像

得不在绍兴二年（1132 年）八月罢了秦桧的宰相职位。

秦桧罢相后，金人和伪齐又多次发动对南宋的进攻，爱国军民英勇奋战，西北战场取得了仙人关之捷，中原战场收复了襄阳六郡，东部战场取得了大仪镇之捷，金兵的军事优势已开始丧失，众将纷纷要求一鼓作气，直捣中原。但宋高宗仍想妥协求和，偏安江南，于绍兴四年（1134 年）秋，派魏良臣往金将挞懒处求和。魏所到之处，金将无不称赞秦桧，说他是大好人，南朝不应对他有所怀疑，更不应罢相。魏回到南宋后，转达了金人的意见，高宗当然非常重视，立即任秦桧为资政殿学士，不久又知温州、知绍兴府，至绍兴元年（1136 年）八月亲加召见，命坐赐荣，任为侍读，行宫留守，参决尚书省枢密院事。从此，秦桧又得以参预朝政了。他利用手中掌握的权力，拨弄是非，倾轧同僚，先后迫使张浚、赵鼎离开了相位，他自己却步步高升，绍兴十年（1137 年）正月任枢密使，次年三月迁为右相，不久便独揽相权，把南宋的历史带入了丧权辱国、黑暗统治的时期。

秦桧复相后，把主要精力都放在对金媾和上。绍兴八年（1138 年）五月，王伦使金回朝，金使乌陵思谋一同前来，许还徽宗梓宫及河南地，群臣纷纷反对，认为是骗局，但高宗和秦桧竟以孝道为由，“不惮屈己”，派王伦再次使金，迎接梓宫，继续和谈。金方要求南宋君臣对金熙宗的《诏书》要“具礼迎接”，“再拜亲受”。群臣愤怒地揭露这是对南宋的侮辱，再次掀起反对和议的高潮。秦桧秉承高宗的旨意，对反对派进行了残酷的迫害。为了蒙骗军民，缓和舆论，向金使请求高宗正在居丧守孝，不得行礼，可由宰相代为跪拜受降。金使知道群情激愤的情况，只好同意。于是，秦桧便以宰相之尊，代表皇帝亲往金使馆中，进行跪拜，接受诏书，完成了一幕“致亏国体”

的丑剧。绍兴九年（1139年）正月，正式公布和议内容：金归宋河南地及徽宗梓宫，宋对金称臣，每年贡纳银绢五十万两匹。广大军民得知此情，更感受骗痛心，上书反对签约者甚多，皆言金人叵测，和约不可恃，宜加戒备，以防异时意外之患。然而高宗和秦桧方且庆贺太平，大赦天下，怎会倾听这些意见呢！

果然不久，金人便撕毁和议，于绍兴十年（1140年）五月再次发动南侵。幸有刘锜、吴璘、岳飞等抗战将领在东、西、中三路战场组织军民英勇抵抗，不仅稳定了战局，而且及时反攻，大举北伐，屡败金兵，进逼开封，形势对南宋十分有利。可是，秦桧仍然坚持和议，破坏抗战，怂恿高宗迫令诸将班师。绍兴十一年（1141年），高宗和秦桧解除了岳飞、韩世忠等大将的兵权，诬构谋反罪状，杀害岳飞，与金人再次签订了屈辱的《绍兴和议》。宋向金称臣、纳贡割地。金朝并规定宋高宗不得以无罪去首相。

秦桧以议和有功，加太师，封魏国公。在此后的十多年中，独揽相权，顺我者昌，逆我者亡，仅任其副职，当其助手，而被撤换者，即达28人之多。为了讨好金人，不惜搜刮民脂民膏，媚奉敌国。他还依仗权势，敲诈勒索，横行霸道，贿赂公行，积累了大量家财。但国之府库，无旬月之储，千村万落，生理萧然。他生杀废置，惟己所欲。朝臣畏秦桧，甚于畏高宗。还派侦探巡游市井，闻人言桧奸，即捕入狱。有议朝政者，即贬之万里外。为欺世盗名，又千方百计篡改史籍；还大兴文字狱，对稍涉疑忌者加以迫害。晚年，更颇有异志，不把高宗放在眼里，阴谋取而代之。高宗亦颇有察觉，不得不经常靴里藏刀，以防不测。

至绍兴十五年（1155年），两次任相，长达十九年的秦桧病倒在床，自知不久于人世，便欲举其子秦熺代相。高宗已察其奸，未表同意。他又图谋把异己政敌一网打尽，诬称张浚、李光、胡寅等 53 人“谋大逆”，欲判以重罪，但未及签字，他便死了，狱事方解。秦桧死讯传出，四方士民无不欢庆，皆以为国贼，死有余辜。

岳飞和岳家军

岳飞（1103—1142 年）是在人民中间成长起来的南宋军事将领，在抗金斗争中是维护汉族人民利益的民族英雄。

岳飞出身于一个贫农的家庭。他的家亲岳和、母亲姚氏，都是世代务农的。他的家乡相州汤阴（河南汤阳）曾经遭受金兵的摧残。金兵所到之处，“杀戮生灵，劫掠财物，驱虏妇人，焚毁屋舍产业”，引起汉族人民的无比仇恨。岳飞从二十岁起入伍参军。1126 年起，就投身于抗金的战场。他是一个有志气、有远大理想的青年。贫穷砥砺了他的雄心壮志；刻苦学习使他增长了知识和才能。他爱读兵书，拜周同为师，学习射箭，深得要领。在穷苦的佃农家庭里，他从小就参加劳动，养成勤俭耐劳、忠诚朴实的个性。他很刚直，能文能武，有一身强健的体魄。有一次，他带领 100 多名骑兵，中途碰上大队的金兵。他对战士们说，敌兵虽多，不知我方虚实，要趁对方摸不清情况时，迎头予以痛击。岳飞勇敢而机智地带头冲进敌阵，大破金兵。后来他归宗泽指挥，宗泽看到岳飞是智勇超群的将才，心中多么高兴。他亲自教给岳飞作战的阵法。岳飞学到了阵法之后对宗泽说：按阵图作战，这是兵家常事。但能否取胜，全靠指挥官的巧妙运用。宗泽很赞赏他懂得从实战出发的独到见解。

公元 1127 年，赵构登上皇位。岳飞原是护送皇帝的侍卫人员。他敢于越级上书，要求收复失地，盼望宋高宋亲自率军北上，不要听信黄潜善和汪伯彦们的求和论调。岳飞的这一正义行动，竟被认为是“妄论天下事”而受到革职的处分。岳飞被革职后，本来打算还家。后来由于朋友赵九龄的介绍，才被留在张所的部下。

公元 1128 年的秋季，岳飞领兵北渡黄河，在胙城（河南延津北）击溃了金兵。十月里，金兵长驱深入江南，一路从和州（安徽和县）附近渡江攻打江浙；一路从黄州（湖北黄冈）附近渡江攻打江西。岳飞的部队活跃于太湖流域的广德（安徽广德）、溧阳、宜兴、常州一带，在战斗中不断取得胜利。这一年的十二月，当金兵取道广德，向浙江进犯时，岳飞拦腰截击，歼敌 1000 多名，活捉金兵将领 20 多名。兵飞驻军广德钟村时，一时间粮草十分缺乏，战士们宁愿忍住饥饿，不随便拿走民间的粮食。当金兵进犯常州时，岳飞带一支兵马予以阻击，大量的金兵坠河而死，并活捉金兵大小头目十多人。

金太宗天会七年（1129 年），女真统治者下令禁止人民穿着汉服，强迫汉族人民按照女真的生活习惯剃发结辫。金兵把俘虏来的大批汉人当作奴隶来买卖，强迫他们从军。这就加深了女真贵族和汉族人民的矛盾。

岳家军是在抗金斗争中不断吸收各方面的武装力量壮大起来的。其中有太行山一带的民兵，如河东忠义军首领赵云，于 1134 年带着队伍来归岳飞。梁兴是太行山民兵的主要首领之一，深受人民的爱截，人们亲热地叫他“梁小哥”。他带领了 100 多名勇士，投奔到岳飞军中来。李宝是山东人，人们唤他“李泼三”。他会合山东壮士 1000 多人投奔岳飞。后来梁兴、李宝等人，被岳飞派到河北、山东地区，广结抗金力量。于是两河一带的抗金武装，都打起“岳”字旗，与岳家军取得密切的配合。

岳飞又把洞庭湖一带的农民起义军五六万人转移到抗金战线上来，成为岳家军中水军的强大力量。

岳飞还招引分散在各地山林的武装。这些武装的基本队伍都是淳朴的劳动人民。岳飞收服了张用（号称“张莽荡”）和他的妻子“一丈青”，得兵力5万；又招引马进的余部，安顿其中的老弱，保留1万多名强壮的战士。岳飞又招收了杨再兴。他原是曹成手下的勇将，曾杀死岳飞的弟弟岳翻。岳飞并不记杀弟之仇，把他引导到抗金的路上来，成为岳家军中一员得力的猛将。杨再兴曾多次要活捉金将宗弼，在抗金前线打得英勇顽强，屡建殊勋。最后终于献出了自己的生命。

岳家军还包括南宋王朝拨给的官兵和将领。牛皋、张宪、徐庆，赵秉渊等，都是久经战阵的好将领，他们成为兵家军的骨干。

岳家军的成分虽然复杂，但是他们在抗金卫国的共同目标下，紧紧地团结在岳飞的周围。在平时，岳飞教育自己的部队要勇敢、要守法、要廉洁。他对将士们说：文官不能爱钱，武将不能怕死。平日军事训练，冲山坡、跳战壕，都同实战时一样。岳飞跟将士们生活在一起，还替患病的将士们调理汤药。凡有赏赐，全都分给士兵。岳家军的一条纪律是：“冻死不拆屋，饿死不掳掠。”佃农出身的岳飞，虽然已经成为封建王朝的将领，但他没有忘记自己的过去。每逢战斗，他召集将领们一起商量作战的方案。在抗金斗争中，岳家军保护人民的利益，得到人民的支持。岳家军每次出兵杀敌，附近百姓们头顶香盘，挑运粮草，迎接战士。岳家军成长为一支战无不胜的英勇部队，是同人民群众的支持分不开的。

岳家军之所以有很强的战斗力，跟统帅岳飞在将士当中有崇高的威望，也有很大的关系。岳飞在对人对己、待人接物等方面，保持高尚的风格。他非常疼爱自己的儿子岳云，但是始终对他采取严格的要求。每次战斗令下，岳云总是冲锋在前，军中称他为“赢官人”，就是说岳云是一个常胜不败的好男儿。《宋史》里记载，岳云“数立奇功，（岳）飞即隐之”。岳飞对自己儿子的战功，既不声张，也不上报。南宋有一些大小将领，把自己的儿子混在立功将士的名单里上报朝廷，冒功领赏，这是司空见惯的。但岳飞对待自己的儿子，有功不赏，有过必罚。朝廷知道岳云的累累战果，几次要给他加官，岳飞总是“力辞不受”。有一次，朝廷要给岳云连升三级，岳飞上书恳辞。他说：战士们冒着矢石立奇功，才升一级，我的儿子越级提拔，“何以服众”？岳飞还为此事多次上表，坚决不肯接受。他如此严格对待自己的儿子，是由于他坚持一条信念，就是：“正己然后可以正物；自治然后可以治人”。将帅不能以身作则，管好自己，又不能与士卒同甘共苦，怎么能带好军队，又怎么能要求战士们同心协力，抗击敌人？

绍兴四年（1134年），岳家军收复了襄阳府、唐州（河南唐河）、邓州（河南邓县）、随州（河北随县）、郢州（湖北钟祥）和信阳军（河南信阳）。岳家军痛恨那些甘心投敌的民族败类。随州知州王嵩为虎作伥，顽抗一个多月。岳飞的名将张宪攻打随州，迟迟不能下。后来派熟悉京西一带地形的牛皋前往增援，只带三天军粮，一举攻下了随州，活捉了奸贼王嵩，当即加以处决。岳飞十分重视六州的善后工作，除了战士们大搞屯田外，招抚流亡的百姓，免去人民的公私债务，为人民解决粮食、种子、耕牛，使生产得到恢复。

襄阳等六郡，西连川、陕，南接湘、赣，东邻两淮，北通豫、鲁，是反攻中原的重要基地。三十二岁的岳飞，此刻被晋封为武昌开国侯，从一个普通军官升为一军的统帅，屯兵于鄂州（湖北武昌）。面对着如此大好形势，他主张大举北伐。他在鄂州写的《黄鹤楼》词中，有“何日请缨提劲旅？一鞭直渡清河洛”的豪言壮语。他向宋高宗呼吁，北渡黄河，“直捣中原，恢复故疆。”宋高宗为了实现既定的和议决策，竟不许岳飞讲“提兵北伐”、“收复汴京”之类的誓言，害怕激怒女真统治者。

绍兴六年（1136 年），岳飞进驻襄阳。一部分岳家军从襄阳出发，打到了洛阳西南的长水县境，收复洛阳附近的一些州县，军锋逼近黄河。黄河北岸的民兵，兴高采烈地日夜盼望着岳家军的到来。岳飞满怀信心地对将士们说，总有一天要打到敌人的老家。那时候，“直抵黄龙（吉林农安），与诸君痛饮！”

岳家军的抗金意志越是坚定，跟宋高宗的求和方针越是发生冲突。岳家军不但不能北上，反而奉命退守鄂州。这时，岳飞百感交集，在鄂州写了一首表明自己一生志愿的《满江红》词：

怒发冲冠，凭阑处，潇潇雨歇。
抬望眼，仰天长啸，壮怀激烈。
三十功名尘与土，八千里路云和月。
莫等闲、白了少年头，空悲切！
靖康耻，犹未雪；
臣子恨，何时灭？
驾长车，踏破贺兰山缺。
壮志饥餐胡虏肉，笑谈渴饮匈奴血。
待从头，收拾旧山河，朝天阙。

岳飞作为封建王朝的一名抗金将领，在大汉族主义思想支配下，当时还不可能分清女真贵族和女真人民的界限。但是他反对民族压迫的思想感情和“还我河山”的抗金意志，是与人民的愿望息息相通的。

绍兴七年（1137年），宋高宗从平江到了建康，岳飞陪着赵构同行。一路上，岳飞谈论北上收复失地的军事打算，认为必须抓紧时机，在军事节节胜利的时刻，一鼓作气，奋勇杀敌。岳飞说：北方人民正在引颈相望，时机是不能再失的。但是宋高宗都把这些话当作耳边风。

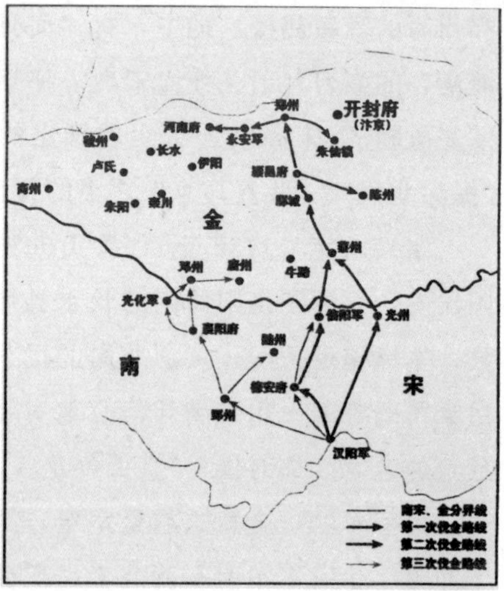

岳飞北伐示意图

南宋初，岳飞所领导的反抗民族压迫的斗争，是深得人心的正义斗争。岳飞的军队是得到人民支持的抗金队伍。岳家军以农民为主力，也包括各阶级各阶层的爱国志士。南宋初，凡是在抗金斗争中作出巨大贡献的人物如李纲、宗泽、岳飞、韩世忠等许多人，都不愧为民族英雄。他们是在反抗民族压迫的斗争实践中涌现出来的历史人物。特别是岳飞，他以毕生的精力，阻击金兵的烧杀掳掠，保卫了大江南北各族人民免受女真贵族的奴役，并且联络北方的抗金力量，准备收复失地。岳飞自始至终反对宋高宗集团的投降国策，狠狠打击在金人卵翼下扶植起来的刘豫“大齐”傀儡政权。刘豫充当了八年（1130—1137年）的“儿皇帝”，终于落得一个可耻的下场。

在南宋初期的十几年中，岳家军打得敌人闻风丧胆。金朝将帅不得不承认："撼山易，撼岳家军难"。

抗战在黄河南北

对于金军的进攻，以宋高宗为首的最高统治集团继续采取妥协投降的方针。这一小撮投降派，总是夸大敌人的强大，害怕人民的力量。前线的将士和黄河南北两岸的人民正在拼死抗击金军，宋高宗等投降派却在打算往东南逃跑。

岳飞对这种逃跑行为非常不满。他不顾自己职位的低下，勇敢地上书给宋高宗，要求他回到汴京，主持北伐。这个建议触怒了投降派，他们给岳飞加上越级上书的罪名，削夺了他的军职。宋高宗带领一批投降派分子索性离开烽火连天的北方，逃到繁华的扬州（今江苏扬州）去了。

那时候，一个爱国将领张所正在招募黄河两岸的义勇民兵，准备反攻。张所的威信很高，很受军民的拥护。岳飞经友人的介绍，投奔到张所那里。张所早就知道岳飞勇武，见到岳飞，就向他问道："你作战那样勇敢，你自己料想能对付多少敌人?"岳飞回答道："光凭勇敢是靠不住的。用兵首先要有谋略，有谋略才能打胜仗。"接着，岳飞同张所谈起当前的形势。他正确地指出：只有收复黄河以北的失地，才能保卫汴京。不这样，敌人就会得寸进尺，黄河以南的险要地方都将被敌人占领，甚至江、淮一带也要受到严重的破坏。

张所很赏识岳飞的才能和见解，把他编制在部将王彦的军队里，当一名军官。

建炎元年（1127 年）秋天，王彦和岳飞带领一支 7000 人的队伍，渡过黄河，向新乡（今河南新乡）进发。在那里，岳飞指挥一部分军队同金军展开了激烈的战斗。岳飞夺取了金军的大旗，高高地挥舞着。兵士们一鼓作气，猛打猛杀过去，终于攻下了新乡。

第二天，岳飞又同金军大战于侯兆川（今河南辉县西北）。

战前，岳飞鼓励部下说：“我们已经打败过敌人。这次，敌人一定要拼命反击。我们人数少，应当加倍努力，争取胜利。贪生怕死的，一律斩首。”

部下受到鼓励，个个振奋，人人勇敢。在激烈的战斗里，岳飞的兵士伤亡很大，岳飞自己也受伤十多处，但还是打赢了这一仗。

这支队伍乘胜挺进，一直打到太行山下。

但是，由于孤军深入，这支队伍没有了固定的后方，粮食和军用品都供应不上，很难长期支持下去了。二十五岁的岳飞刚强好胜，不服从王彦的领导。他们两人之间发生了裂痕，这支队伍也因此分裂了。王彦带领一部分队伍退到共城（今河南辉县）的西山去了。他在那里站住了脚，队伍有了扩充。岳飞脱离主力以后，更加势孤力弱。这一小支队伍一面战斗，一面向南转移。那年冬天，岳飞转战到汴京，投奔到守卫汴京的著名爱国将领宗泽那里去了。

第二年的春天，岳飞奉宗泽的命令，带兵渡河，接连同金军打了几仗，都获得胜利。夏天，岳飞的军队又在汜水关（今河南汜水县）打败金军，同金军相持在竹芦渡（今汜水县东）。岳飞眼看粮食快要完了，不能再拖下去。他就挑选精兵300人，每人准备两束柴草，交叉缚成十字形，埋伏在前山下面。到了半夜，那些伏兵点燃着柴草的四端，大声呼喊，向金营猛冲过去。金军从睡梦中惊起，以为有大队兵马杀到了，大家到处乱窜。岳飞带领精兵乘势掩杀，打了一次大胜仗。

那时候，战争的形势对南宋很有利。

为了保卫家乡，保卫国土，各地人民纷纷组织义军，打击金国。退守在共城西山的王彦，已经在太行山发展了一万多人的武装力量。他们每个人的面部都刺上“赤心报国，誓杀金贼”八个字。因此，这支队伍号称“八字军”。此外，在山西、河北、陕西一带，还有“红巾军”。这些义军给金军严重的打击，牵制了金军向南进攻的力量。

宗泽认为这是举行反攻的大好时机。他一心一意地准备渡河北伐。他接连给宋高宗上书 24 次，要求宋高宗回到汴京，恢复原有的疆土。但是，每次上书都不能使投降派回心转意；每次上书，换回来的只是一些敷衍的空话。

七十岁的宗泽，眼看自己的理想一次次地破灭了。他又气愤，又伤心，终于病死了。他停止呼吸的最后一刻，宗泽还连喊三声：“过河!”

抗战在江南

接替宗泽守卫汴京的是一个懦怯愚昧的杜充。岳飞归他指挥。

汴京一带是抗金斗争的最前钱。对于这样一道重要的防线，杜充不是鼓励部下积极防御，而是不顾人民的死活，决开黄河隄防，企图让泛滥的河水来阻挡金军。

河水淹没了汴京周围的地区，淹没了那里的庄稼，淹没了人民的生命财产，却阻挡不住金军的铁骑。建炎三年（1129年）夏季，金军由统帅兀术带领，大规模地向南进攻。金军渡过潢河，杜充就急忙放弃汴京，带领部下，紧跟着投降派的脚印，退到建康（今江苏南京）。

宋高宗把防守建康的责任交给杜充，他自己又在投降派的保护下逃到临安（今浙江杭州）去了。

金军紧跟着杜充的脚印，在十月间，到达长江北岸。杜充还是一点不备战。十一月，金军渡过长江。杜充这才慌乱起来，派陈淬、岳飞等17名将领带着2万人前去堵击。正当战斗十分激烈的时候，宋军军官王瓊带领一部分军队后撤了。这就影响了全部战局，跟着走的又有不少人。岳飞的一支部队一直坚持到太阳落山，兵士又气又饿，才不得已退到锤山（今南京紫金山）上宿营。天一亮，这支队伍又继续出战，在大量杀伤敌人以后，才从建康撤出，逐渐转移到广德（今安徽广德）去。

金军占领了建康，杜充向金军投降了。宋高宗听到金军渡过长江，立刻放弃临安，逃到明州（今浙江宁波），又从明州乘船，逃到海上。

兀术带领金军紧紧追赶。在他们经广德向临安进发的时候，岳飞的部队早在那里等候着他们。乘金军没有防备，岳飞带领部下突然出击，把金军拦腰截成两段，打了一场漂亮的伏击战。那年年底，岳飞的军队同金军连战六次，都获得辉煌的战绩。

那时候，岳飞的军队已经同南宋政府失去联系，成为一支孤军，给养的补充十分困难。但是，军队的纪律仍旧很好。岳飞严格地约束部下，不准随便拿老百姓的东西，不准侵占民房。岳飞自己同兵士过一样的艰苦生活，得到部下的拥护。建炎四年（1130年）春天，这支部队开到宜兴（今江苏宜兴）驻扎下来，在那里维持了良好的秩序，同当地人民相处得很好。这支军队人数虽然不多，但是正在逐渐成长为一股坚强的抗金力量。

金军追赶宋高宗，一直追到浙江沿海，没有受到南宋官兵的抵抗。由于战线拉得太长，背后又有岳飞的军队和长江南北广大的人民武装在不断地打击他们，因此金军不敢在东南沿海长期停留。他们野蛮地破坏了明州和临安，带着抢来的大批财物，开始向北撤退了。

金军撤退到宜兴，受到岳飞的迎头痛击，打四仗，败四仗，伤亡很大。金军撤退到镇江（今江苏镇江）又受到宋将韩世忠的打击，被围在黄天荡（今镇江附近），双方相持48天，兀术几乎被活捉。后来，兀术和他的军队侥幸逃脱，又在牛头山（今南京市南）下，被岳飞的军队杀得大败。

那年五月，岳飞乘胜收复了建康。

后来，岳飞在楚州（今江苏淮安）、承州（今江苏高邮）等地好几次打败金军，又在江西、湖南一带先后平定了以李成、曹成等为首的两股叛乱武装。由于节节胜利，岳飞的队伍逐渐扩大成为一支4万人左右的劲旅。“岳家军”的威名传播四方。三十岁的岳飞已经成为独当一面的大将了。

东南的局面得到暂时的稳定，宋高宗先从海上回到越州（今浙江绍兴），又从越州回到临安。他又安安稳稳地做起半壁江山的皇帝来了。为了奖励岳飞保卫南宋政权的功劳，宋高宗赐给岳飞一面军旗，上面绣着“精忠岳飞”四个大字。

收复六州

金朝统治者虽然占领了黄河流域的广大地区，但是征服不了那里的人心。黄河两岸的汉族人民从来没有停止过对金朝统治者的反抗。这种情况使金朝统治者十分为难。用武力镇压吧，镇压了这里，那里又起来反抗了；放弃占领吧，又不甘心。于是，他们想出一个花招：在河南、山东一带建立一个傀儡政权，供他们利用、操纵。这样，他们就可以集中力量加强对黄河以北的统治了。建炎四年（1130年）九月，金朝统治者在南宋的降官中挑选了一个叫刘豫的人，指定他做傀儡皇帝，国号齐，定都在汴京。历史上把那个政权叫做伪齐。

绍兴三年（1133年）冬季，金军向西北发动大规模的进攻。为了配合金军的这次行动，伪齐的军队也从河北出发，连续攻占了邓州（今河南邓县）、襄州（今湖北襄阳）等地。

岳飞得到这个消息，就向宋高宗上书，建议及时反攻，从湖北北上，打击伪齐。那时候，从西北到东南的各个战场上，宋军都获得了大小不等的胜利。宋高宗看到士气高涨，可以利用，因此同意了岳飞的建议。

第二年五月，岳飞的大军从江州（今江西九江）出发，沿江西上。“精忠岳飞”的大旗在空中飘扬，一直指向郢州（今湖北锤祥）。

郢州的伪齐守将荆超，勇猛善战，一向有“万人敌”的称号。他拥有兵士 1 万多人，军势很盛。岳飞派人劝告荆超，希望他顾全民族气节，归降南宋。荆超恃勇不听，反而派人把岳飞辱骂了一顿。那时候，岳飞军队的粮食只够烧一餐饭。岳飞仍旧充满信心，部署进攻。第二天黎明，总攻开始了。将士一鼓作气登上城楼，攻下了郢州。在混战中，荆超跳崖自杀了。

岳飞分兵两路，继续前进。一路由部将张宪、徐庆指挥，攻打随州（今湖北随县）；一路由岳飞亲自带领，攻打襄州。

襄州的伪齐守将就是以前在江西发动叛乱的李成，他是岳飞手下的败将。李成听说岳飞兵到，慌忙引军出城四十里，靠着襄江，摆开阵势，准备迎战。

岳飞的部将王贵、牛皋正要冲杀过去。岳飞笑着止住他们道：“这家伙好几次败在我的手里，我原以为他总会吸取一些教训的。现在看来，他还是同过去一样愚蠢。要知道，步兵应该布置在险阻的地方，骑兵应该布置在平广的地方。而李成却把骑兵摆在江岸的狭窄地带，把步兵摆在开阔地带。这样的军队虽有十万之众，又有什么用呢？”于是，岳飞命令王贵带领步兵，手持长枪，攻打李成的骑兵；牛皋带领骑兵，冲击李成的步兵。果然，这一仗把李成的军队杀得大败。李成狼狈地逃跑了。岳飞顺利地收复了襄州。

攻打随州的部队却没有那么顺利。他们攻打了好几天，还是攻不下来。岳飞派牛皋前去支援，才攻下了随州，俘获了伪齐守将王嵩。岳飞的儿子岳云也参加了这次战斗。他手拿大锤，第一个登上随州城楼，因此得到“勇冠三军”的称号。

七月，岳飞带领大军接连攻下了邓州、唐州（今河南唐河县）和信阳府（今河南信阳）。到此，伪齐在河南的六个州府被岳飞的军队攻下了。伪齐的主力部队完全被击溃了。

岳飞本来可以乘胜北进，收复更多的土地。但是，宋高宗担心这样会引起金朝统治者的不满，害怕金军大举南下。因此，他在命令里告诫岳飞只能攻取以上六州，不准远追；而且不许岳飞提出“提兵北伐”、“收复汴京”等口号。岳飞在收复六州以后，安排了地方长官，安顿了流亡百姓，只得下令回师，驻军鄂州（今湖北武昌）。

岳飞这次主动出击，不仅保卫了长江中下游，使南宋的东南和西北连成一片；而且增强了军民抗敌的勇气和信心。在连年的战斗中，也有几支南宋军队得到锻炼，增强了战斗力；但是，他们大多只是在各自的防区内被迫应战。像岳飞那样，主动出击，三个月以内，连克六州，这还是南宋抗金战争中第一次重大的胜利。

伪齐不甘心这次重大的失败，那年冬天，又勾结金军，南下进攻。他们避开岳飞的防区，矛头指向安徽、江苏。南宋政府一面慌慌张张地在江、淮一带调兵遣将，布置防御；一面急急忙忙地命令岳飞东下支援。

这一回，金、齐联军又碰了钉子。他们在大仪（今江苏扬州西）、承州遇到韩世忠的军队，受到严重的打击。他们攻打庐州（今安徽合肥），又碰上岳飞的先遣部队——牛皋和徐庆的军队。牛皋高举岳家军的大旗，追杀过去。金、齐兵士知道岳飞军队赶到，不敢应战，纷纷败退。

在北风的怒吼下，金齐联军踏着冰冻的土地，垂头丧气地北撤了。

大会战

绍兴九年（1139 年），金朝统治集团内部发生了变乱。军事统帅兀术掌握了金朝的大权。他极力主张用武力统一中国。在经过充分的军事准备以后，兀术一手撕毁了和约，于绍兴十年（1140 年），向南宋发动大规模的进攻。

宋高宗投降不成，为了保全他的统治地位和身家性命，才不得已被迫应战。

岳飞接到出击的命令，立刻行动起来。他一方面调兵遣将，积极布置进攻。一方面，他又派梁兴、李宝偷渡黄河，去联络河北的义军，从背后打击金军。在梁兴、李宝出发的时候，岳飞充满信心地说道："希望你们好好努力，让咱们在黄河以北胜利会师吧！"

那年六月，岳飞的大军开到河南中部。军旗在天空中迎风飞舞，刀枪在日光下闪闪发光，兵士们个个磨肩擦掌。胜利进军的号角吹响了。

头一仗，在颍昌（今河南许昌）附近爆发了。先锋张宪的部队同金军搏斗了一整天，攻下了颍昌。张宪立刻挥师东下，又在四天以内，收复了陈州（今河南淮阳）。

岳家军齐头并进，不到一个月，先后收复了郑州（今河南郑州）、中牟（今河南中牟）、西京（今河南洛阳）。岳飞亲自进驻郾城（今河南郾城）。这样，形成了一个口袋形的战线，从东、西、南三面包围了汴京。

兀术不甘心失败，把主力布置在汴京周围，企图在那里吃掉岳飞的军队。

岳飞识破了兀术的意图。他故意分散兵力，装出郾城的防御力量十分满弱的样子；又派一支军队向兀术挑战，目的是引诱金军的主力开出来，以便选择适当时机消灭他们。

兀术果然落进了这个圈套。七月上旬，他会合所谓龙虎大王、盖天大王和韩常的军队，进迫郾城。

兀术有一支特殊训练的骑兵队叫“铁浮图”。这支骑兵队以三骑为一小组，人和马都披上厚重的铠甲，看起来好像铁塔一般。“塔”，又叫做“浮图”。因此，这支骑兵队叫做铁浮图，它担任正面冲锋的作战任务。另外，还有“拐子马”，这是骑兵队的左右两翼。这支骑兵队共有 15000 人，全由金人组成。在以往的战斗里，铁浮图和拐子马很少被打败过。兀术妄想以此来一举打垮岳家军。

岳家军面临着严重的考验。

在郾城以北 20 里的地方，双方的主力会战了。岳家军用绳子把刀或斧捆在长柄上，伏入阵地。铁浮图掩杀过来了。岳家军弯着身子，埋着头，用刀斧专砍马足。马一倒，人也跟着摔下来了。

那是一场短兵相接的格斗。从午后一直杀到昏黑，铁浮图崩溃了，拐子马也倒下了。兀术的精锐骑兵受到致命的打击。岳家军以钢铁般的纪律和意志，赢得了这次战斗的胜利。

隔了四天，兀术又重整队伍反扑过来。那天，岳飞部下的勇将杨再兴带领 300 人出郾城巡逻。在小商桥碰上大队金军。金军的人数比他们多几十倍。但是，杨再兴一点也不害怕，奋勇迎战。300 健儿被金军重重围住。他们拼命冲杀，杀死金军两千多人。他们也一个个倒下去了，没有一个人投降，没有一个人后退。杨再兴也壮烈牺牲了。后来，张宪带领队伍赶到，才把金军杀退。岳家军从战场上找到杨再兴的尸体，他身上中满了箭，仿佛是个箭靶子。可见这场战斗是多么激烈，也可想见杨再兴至死不屈、斗争到底的英雄形象。

郾城战役刚结束，岳飞就命令岳云带兵前往颍昌，支援那里的守将王贵。

果然不出岳飞所料，岳云刚到颍昌，兀术带领的大军也开到了。王贵和岳云分头出战，直杀得金鼓震天，大地动摇，人成了血人，马成了血马。结果，兀术狼狈逃去，金军的副统帅邪也孛堇身受重伤，抬到汴京就死去了。

在郾城和颍昌两次战役里，岳家军表现了英勇顽强、不可战胜的战斗力量，连金军也承认："撼山易，撼岳家军难!"

那时候，潜入黄河以北的梁兴、李宝也已经联络了山西、河北的人民武装，到处打击金军，收复了不少城池。岳家军胜利的喜讯传过去，更给他们极大的鼓舞。各地义军纷纷约定日期起兵。他们的旗帜上面，都有"岳"字。黄河以北的人民都在等待着岳家军的到来。金朝贵族在那里的统治，眼看就要垮台了。

这正是振奋人心的大好时光。岳飞更是兴奋，准备发动更大的进军，渡过黄河，争取最后胜利。他鼓励部下说："让我们一直打到黄龙府。到那时候，我要同大家痛饮一场!"

宋金采石之战

南宋绍兴三十一年（金正隆六年，1161 年），南宋文臣虞允文率领军民于采石（今安徽马鞍山西南）阻遏金军渡江南进的江河防御战。

南宋政权建立后，宋高宗面对全军的多次入侵，采取了力求议和的态度，以保黄河以南的半壁江山。但金军从未放弃对南宋的进攻。绍兴十一年（1141年）十一月宋金在多次激战之后，南宋政权和金国签订了丧权、割地、纳贡的屈辱和约《绍兴和议》。宋向金称臣；每年向金纳贡银25万两、绢25万匹；两国领土东以淮河，西以大散关（今陕西宝鸡市西南）为界，淮河上的唐邓2州及西方的商、秦2州的一半割给金国。此后，双方在力量相当的情况下，维持了一个较长时期的相对稳定的局面。金皇统九年（1149年）十二月，金发生政变。金大祖之孙平章政事海陵王完颜亮杀死金熙宗，自立为帝。完颜亮即位后，一心想灭亡南宋。金正隆五年（1160年），完颜亮撕毁和约，训练军队，准备南侵。金正隆六年（1161年）九月，金军分四路南下，水陆并进，企图一举灭宋。一路从海上直取临安；一路从宿（今安徽宿县）、亳州（今安徽亳县）取淮泗；一路从唐（今河南唐河）、邓（今河南邓县）取荆襄；一路出凤翔取四川。

金正隆六年（1161年）十月，完颜亮率金军进攻寿春（今安徽寿县），逼近淮河北岸。宋高宗起用老将刘锜为淮浙西制置使，领兵抵御。刘锜当时身患重病，副帅王权怯懦畏敌，刘锜命他引兵迎击敌人，他贪生怕死，不愿从命，并借口劳军，用官船把自己的家私全部运走。刘锜命他进驻淮西重镇寿春（今安徽省寿县），他却龟缩在和州（今安徽省和县）城内，死也不肯前往。经刘锜一再催促，他出于无奈，才每隔3天派一支军队到距淮河前线较远的庐州（今安徽合肥市）探听一番。十月初九，完颜亮率大军抢渡淮河。王权一兵不发，深夜丢了庐州城，逃至昭关（在安徽含山县西北）；接着，又自昭关撤退到和州。由于王权不战自退，金军就追踪而至。二十一日，王权假称“奉旨弃城守江”，又放弃了和州城。在弃城逃跑时，王权竟命令他的部将韩霖纵火焚城。王权不战自退，完颜亮的大军如入无人之境，不到半个月时间便顺利地夺取了真（今江苏仪征）、庐、扬、和等州，直抵长江北岸，准备大举渡江。全军盘踞在西采石一带；溃散下来的王权余都流散在东采石镇附近。两军隔江相持。刘锜的军队原在淮东一带和金军隔河相持，由于淮西方面的牵制，又因连奉退守大江的指示，也不得不一步步地往后退。他先后退出淮阴（今江苏清江）、扬州，撤至长江南岸的镇江。

宋廷为了挽救危局，解除了王权职务，以李显忠为建康府驻扎御前诸军都统制，并派中书舍人虞允文为参谋军事，到采石犒军。虞允文（1110—1174 年），字彬甫，隆州仁寿县（今四川省仁寿县）人。绍兴二十四年（1154 年）他考中进士。虞允文虽然身为文官，却也很注意边防武备。早在完颜亮大举进攻的前一年，他就曾上书皇帝，指出金国一定要撕毁盟约；并且预料金军如果南犯，必以全方出淮西，用奇兵出海道。但是，这些正确的估计，并未能引起宋高宗的注意。这次虞允文以中书舍人参谋军事的身份，奉命到芜湖催促武将李显忠尽速到东采石接管王权的军队，并代表政府慰劳采石的驻军。十一月初六虞允文到达采石。这时候采石一带由于无人负责，秩序非常混乱，散兵游勇到处都是，士气低落，人心惶惶，人们的心中交织着愤恨苦恼、茫然无主种种复杂的心情。虞允文决定从振奋士气着手。他立刻召集将士讲话，要大家立功报国，虞允文慨然以国事为己任的精神，深深地打动了将士们的心，激发了他们的斗志。虞允文马上又和将官时俊、盛新等人共同研究了沿江的军事部署问题。他们根据双方兵力的悬殊，以及金军士气低落，不明地形、不善水战等条件，决定以逸待劳，用后发制人的办法来对付金军。虞允文命步兵和骑兵列好阵势隐蔽在岸边滩头高地的后面。又命江面水军分成5队，各队由海鳅船和战船组成：一队停泊大江中流，作为主力；两队分做东西两翼配合主力；另外两从隐蔽在附近的小港汊内，做袭击敌船和援助前阵之用。

十一月初八，完颜亮亲自指挥大军抢渡长江。他先派出一部分水军做试探性的进攻。宋军不急于反击，江面上没有什么动静。完颜亮以为可以像当年兀术过江那样长驱直入了，于是亲自挥动小红旗，冒着江上的大风，率领几百艘战船从杨林渡口出发。他站在船上志满意得，自以为稳操胜算。金军的船只向对岸冲去，快到岸边时，才发现岸头高地的后面，隐伏着队伍齐整的宋军。金军异常震惊，欲退不得。走在前面的70余只战船勉强靠岸，部分金兵登陆；但是大部分船只，由于船底宽平，行动不便，又不熟悉水道，在江中飘摆不定，无法前进。已登陆的金军被宋军全都消灭，停于长江中的金军战船也被宋水师截断，金军大败，只得退往杨林河口。虞允文预料敌经重创之后，必将卷土重来，于是连夜布阵。第二天虞允文亲率战船，将杨林渡口封锁起来。不久，金军果然来了。他立刻命令部将盛新带领一批优秀的射手用“克敌神臂弓”射杀金军。同时，他又派人到杨林渡口上渡处放火袭击敌人，焚毁金军战船300艘。十二日，金军被迫转向淮东，欲与扬州（今属江苏）、瓜州（今扬州南）军会合南渡。虞允文识破其谋，率师驰援镇江（今属江苏），于江岸布阵设防。金将见宋军有备，不愿再战，建策收军北还。

进攻川陕的西路金军遭到宋将吴璘的痛击，进攻荆襄的中路金军也被宋军张超击退，完颜亮南侵的四路大军均告失败。

这时，燕京又发生了一次政变，金东京留守完颜雍（即金世宗，1123—1189年）乘海陵南下，夺取了皇位，并宣布废除完颜亮。完颜亮后退无路，只好孤注一掷，企图渡江占领江南。行至扬州，部将完颜宜元率将士袭击海陵营帐，完颜亮被乱箭射死。完颜亮点燃南侵战火，而自己却在这场战火中自焚。

隆兴和议

绍兴三十二年（1162年）六月，宋高宗传位于太子赵昚，太子即位，是为宋孝宗。

孝宗即位初，宋廷表现出一番振作气象。加张浚少傅魏国公，宣抚江淮。张浚劝孝宗恢复国土的意志要坚决，主张由海道攻山东，命诸将帅出师，为掎角之势，直指中原。但主张妥协的史浩与张浚意见不合，处处作梗。

隆兴元年（1163年），宋孝宗以张浚为枢密使，都督江淮东西路军马、开府建康。张浚推荐陈俊卿为江淮宣抚判官，追复岳飞官爵，起用坚决抗金的胡铨。二月，金军军帅纥石烈志宁要求宋朝的海、泗、唐、邓、商州土地和岁币。在这之前，金军10万人驻屯河南，扬言要取两淮。张浚则请宋军屯驻盱眙，泗、濠、庐州以准备战斗。金纥石烈志宁又威胁张浚，为南下攻宋作准备。孝宗召见张浚，张浚请求孝宗幸建康。史浩则称主张抗金的人是“浅谋之士”，对金人作战是“时兴不教之师”。但孝宗在一番朝臣争议后，倾向“出师渡淮”的主张，派李显忠出濠州（今安徽凤阳东）趋灵璧（今属安徽），邵宏渊出泗州（今江苏盱眙北）趋虹县（今安徽泗县）。

五月，李显忠自濠梁渡淮水至陡沟，打败金右翼都统肖琦的拐子马军，收复灵璧。李显忠部入城不杀一人，宣布朝廷的恩德。于是中原归附者相继不断。邵宏渊部在虹县城下受阻。邵、李二将不协作，当李显忠率兵攻宿州（今属安徽）城时，邵宏渊等不从。李部士卒奋战，渡濠登城，入城后展开巷战，收复宿州。宿州大捷，鼓舞将士和百姓，孝宗手书慰劳，下诏迁升李显忠为淮南京东河北招讨使，邵宏渊为副。

金纥石烈志宁自睢阳引兵攻宿州，为李显忠击退。金孛撒又自汴率步骑数十万再夺宿州。李显忠要邵宏渊合力抗击金军，而邵宏渊却是按兵不动。李显忠拼力作战，击退金人。邵宏渊等人散布悲观厌战言论，并且带领部队逃走。金人乘虚而入，李显忠竭力苦斗，杀伤金人甚多，但看到邵宏渊诸部离去，自己孤立作战难以支撑，只好乘夜引兵回走，至符离（今属安徽）。金追兵至符离，宋军大败。宿州又为金人占领。从宿州之战到符离兵败，宋孝宗的北伐告一段落。

张浚以自己对战事有责任，向朝廷请罪，朝中主和臣僚也议论张浚的罪责，但宋孝宗没有处罚，希望张浚要有始有终进行抗金斗争。张浚以魏胜守海州、陈敏守泗州、戚方守濠州、郭振守六合，聚水军于淮阴、聚马军于寿春，以抵御金军的进攻。孝宗一方面作了一番防御布置，另一方面又议讲和之事，起用主和派汤思退为右相兼枢密使，张浚被降职，邵宏渊降官阶、贬李显忠官、筠州安置。

八月，陈俊卿上书孝宗，言当用张浚。张浚复为都督江淮军马。主战派张浚、胡铨、虞允文等反对议和。但朝中主和派势力上升，汤思退积极主张议和，陈康伯等也称议和是为“万全之计”。孝宗本来就摇摆不定，这时更倾向议和。

宋隆兴二年（1164 年）孝宗时而主和，时而主战。金人无礼和苛刻条件，逼使孝宗有时不能不作出抗金的决定。但在形势紧迫下，在汤思退主和派压力下，他又倾向主和，打击主战派。四月，张浚被罢。七月朝廷命撤去两淮边备，汤思退急于求和，自撤边备，停止筑寿春城，解散万弩营兵，停修海船，撤海、泗、唐、邓各州的防线。八月胡铨上书，说自靖康以来40年间，三遭大变，其害皆在和议。但这并没有改变朝廷加紧求和活动的趋向。不久，张浚病死，虞允文由于拒绝执行放弃唐、邓二州的行动，而被罢职。

十月，金军南侵，魏胜牺牲，楚州陷，金人入濠、滁州。朝廷议论要“舍淮保江”，杨存中竭力反对。在金人再度兵临长江情况下，孝宗罢汤思退。太学生张观等72人上书谓奸人误国，乞斩汤思退、王之望、尹穑三人之首以谢天下、汤思退忧悸而死于信州，陈康伯、虞允文再次被起用。李宝在淮东也击败金人进攻。但是宋朝军事上准备不足，杨存中等人也不是坚决抗战的将帅，宋孝宗在关键时刻往往是左右摇摆。金统治者内部矛盾也很严重。这一年十二月，宋金议和成。条约主要内容是：一、宋对金不称臣，而是“正皇帝之称，为叔侄之国”；二、银绢各减五万；三、地界如绍兴之时等。隆兴二年和议称之为“隆兴和议”。

宋孝宗对和约中歧视性内容的条文愤慨，金人遣使至南宋的无礼行动与要求，使孝宗难以忍受。宋孝宗在乾道年间重用虞允文积极准备雪恨、收复失地。宋金之间关系一度紧张，战争一触即发，但随着虞允文的去世，孝宗信心又动摇了。淳熙十六年，即公元1189年，孝宗又传位给光宗，这又是一次内禅。此后，宋金之间保持一段时间相对的稳定。

嘉定和议

开禧二年（1206年）十二月，南宋开禧北伐全面失败，金军一直打到长江北岸。指挥北伐的韩侂胄面对金军攻势，非常惶恐，一方面输家财20万以助军饷，另一方面则暗中决定罢战议和。金章宗（完颜璟）因北有蒙古各部的反抗，内部问题严重，也无力再战，便上谕金主帅布萨揆，通和罢兵。督视江淮军马的丘崈在韩侂胄指使下，派陈璧持书帛前往讲和。布萨揆提出必须称臣割地，献首谋北伐之人于金，方可息兵。丘崈又派王文前往，布萨揆依然不改条件。丘崈又多次遣使，答应归还金淮北流移人及本年岁币，布萨揆才自和州（今安徽和县）退屯下蔡（今安徽凤台），只留一统军驻守濠州（今安徽凤阳东）。

开禧三年（1207年）二月，金主帅布萨揆卒于下蔡。与此同时，宋监兴州合江仓益昌杨巨源与军士李贵杀掉叛宋降金、被金封为“蜀王”的吴曦，并趁势收复了大散关，宋军威大振。但由于没能把握好战机，四月，金军又破大散关。韩侂胄遂以方信孺为国信所参议官使金。方信孺在濠州见到金将赫舍里子仁，赫舍里子仁将方投入监牢，并威逼方答应金的议和条件，方不屈，被送到汴京面见完颜宗浩。方信孺据理力争，驳斥了完颜宗浩的议和条件，宗浩无奈，遣信孺归宋，和战待再来使决定。于是宋又以林拱振为通谢使，与方信孺再次使金，金正式提出议和的五项条件：一、割两淮，二、增岁币，三、索归正人，四、犒军银，五、缚送首谋用兵之人。韩侂胄对金的五项条件极为愤怒，九月，贬方信孺临江军（今江西清江西）居住，任用王柟为假右司郎中持书使金。由于金国坚持索要韩侂胄等人的人头，韩便决定放弃议和，罢去丘崈，以赵淳为江淮制置使。准备继续用兵。

开禧北伐使南宋国力消耗甚大，朝中大臣多致不满，主和派势力逐渐抬头。开禧三年（1207 年）十一月，礼部侍郎史弥远上奏宁宗（赵扩），指出北伐所造成的损失，请求诛杀罪魁韩侂胄，与金议和。皇后杨氏素与韩侂胄有怨，这时也劝宁宗诛杀韩侂胄，宁宗起初不许，杨皇后请求命令其兄杨次山在群臣中挑选可以除掉韩侂胄的人，宁宗才默许除韩。杨次山得密旨后，遂告知史弥远。史弥远又告知曾受韩侂胄排挤的钱象祖，钱又与礼部尚书李壁密谋，指派主管殿前司公事夏震统兵 300，伏于路边，待韩侂胄入朝时，在太庙前呵住，拥至玉津园侧杀死。宋宗对此举无可奈何，遂下诏历数韩侂胄罪恶，昭示天下。丞相陈自强被贬永州（今湖南零陵）居住，苏师旦被贬，不几日被杀。论功，迁史弥远礼部尚书，加夏震为福州观察使。诏改明年为嘉定元年（1208—1224 年）。

嘉定元年（1208 年）正月，宋以史弥远知枢密院事。三月，史弥远请复秦桧王爵。不久，出使金国议和的王柟自金归还。王柟在金时向金将完颜匡请求依靖康故事，宋金世为伯侄之国，增岁币 30 万，犒军钱 300 万贯，苏师旦等人待主议定后，函首以献。完颜匡俱以王柟之言奏章宗，金章宗提出要南宋以韩侂胄赎淮南地，改犒军钱为银 300 万两。韩被杀以后，钱象祖就移书金帅府，向完颜匡晓以诛韩之事，完颜匡遂与王柟正式达成议和：宋金为伯侄之国；宋增岁币绢、银各为 30 万匹、两，犒军钱 300 万两；双方疆界如旧；函韩侂胄首至金。王柟返宋后，宁宗诏百官集议，有人认为献首于金有失国体，更多的大臣则认为奸已死，献首以赎两淮理所应当。于是下令临安府（今浙江杭州）破棺取首，枭于两淮。六月，王柟函韩侂胄、苏师旦首至金。金章宗在应天门备黄麾立仗受之，百官纷纷上表祝贺。章宗令悬韩、苏二首于城中，并画像于通衢，让百姓观看。然后漆其首，置于军器库。紧接着便下令完颜匡罢兵，更元帅府为枢密院，把大散关及濠州归还南宋。九月，金使完颜侃、乔宇入见宁宗。宁宗遂以和议成立，晓谕天下。

宋与蒙古联合灭金

嘉定元年（1208 年），史弥远任丞相，开始长期专擅朝政。韩侂胄擅权于前，史弥远专政于后，统治阶级更加奢移腐朽：结党营私，贿赂公行，很多通过行贿而得的州县官员，都争相搜刮民脂民膏。在开禧用兵之后，因巨额的军费和赔款，南宋又出现财政危机，并长期持续，年年加重。史弥远等人乞灵于滥发纸币。宋孝宗时，曾规定东南会子每界发行 1000 万贯。到宋宁宗庆元时，改为每界发行 3000 万贯。第 11 界发行额为 3632 万余贯，第 12 界为 4758 万余贯，第 13 界为 5548 万贯。宋廷还规定不再以金、银、铜钱等兑换东南会子，而在东南会子兑界之际，以旧会子两贯折换新会子一贯，造成了会子充斥，币值跌落，物价飞涨，民生憔悴的局面。

宋宁宗时，爆发了多次起义反抗事件。广州大奚山岛人民依靠煮盐捕鱼为生，官府借口搜捕私盐，派人上岛骚扰，庆元三年（1197 年），岛民 1000 多人奋起反抗，兵锋直指广州城下。官军进行镇压，全岛 1 万人口，皆遭屠戮。嘉定元年，郴州（今湖南郴县）黑风峒瑶族首领罗世传和汉族举人李元砺领导武装反抗，纵横于荆湖南路、江南西路和广南西路，发展到几万人，屡败官军，但两人先后接受招安，又发生内讧，终于被统治者各个击破。十二年，因官吏克扣军俸，四川爆发军士张福、莫简领导的“红巾队”起义，攻破不少州府，直逼成都，后遭优势的官军包围，红巾队失败，莫简自杀，张福被害。此外，武官罗日愿因痛恨史弥远的降金政策，秘密结约宫廷内外下级官兵、临安府府学生等，企图发动政变，杀掉史弥远等投降派官员。因被告密，罗日愿等人遭捕杀。

宋金议和后，金朝很快遭受新兴蒙古族的军事攻击，迁都南京开封（今河南开封），苟延残喘。嘉定七年，宋朝因真德秀的提议，停止向金朝输纳岁币。十年，金宣宗决定分兵南侵，企图扩充疆土，补偿对蒙古战争的损失。从此，宋金战争又绵延了十多年。在四川战场，金军攻陷皂郊堡（今甘肃天水西南）后，宋利州统制王逸率领官军和忠义民兵收复，继攻秦州。沔州（今陕西略阳）都统制刘昌祖下令退师，并解散抗金忠义民兵，招致宋军大溃败。兴元府（今陕西汉中）都统制吴政奋勇抗击，打败金军，而战死于黄牛堡（今陕西宝鸡西南）。新任沔州都统制张威于大安军（今陕西宁强大安镇）歼灭金军精锐，金军退遁。安丙再任四川宣抚使，联合西夏夹攻金军，夏兵攻巩州（今甘肃陇西）不下，退兵。安丙部署各军分路北伐，也师出无功。在京湖战场，制置使赵方督率扈再兴、孟宗政等力拒金兵，金军屡攻枣阳军（今湖北枣阳）、樊城等地，都以失败告终。宋军反攻唐州（今河南唐河）、邓州（今河南邓县），亦不能下。在山东和两淮战场，金朝统治下的山东地区，爆发杨安儿、杨妙真、李全等领导的起义，以红袄作标志，称红袄军，占据山东绝大部分地区。李全等各支起义军配合宋军，击破金军对两淮地区的大举进犯。由于宋朝军民的坚决抵抗，金宣宗南侵计划宣告破产。金哀宗即位，决定改变战略，结束侵宋战争，宣布“更不南伐”，并派使臣到宋“通好”。

嘉定十七年，宋宁宗病死。宋宁宗原先立宗室子赵竑为皇子，史弥远得知赵竑痛恨他专权祸国，乃拥立另一宗室子赵昀即帝位（宋理宗），废赵竑为济王，出居湖州（今浙江吴兴）。后因湖州人潘壬、潘丙拥立赵竑为帝，史弥远派兵捕杀，又逼令赵竑自缢。宋理宗和史弥远巩固了自己的地位。宋理宗即位后的最初九年，事实上只是权相史弥远的傀儡，朝政昏暗如故。

山东抗金的红袄军，在宋宁宗末年，已发生分化，李全和杨妙真夫妇不再反抗女真统治者，只是发展个人实力，企图并吞红袄军的其他各支队伍，打算占据扬州，然后渡江夺取南宋“行在”临安府。后因兵败，又投降蒙古。另一首领彭义斌则坚持抗金，并与蒙古军进行斗争。他曾向南宋当局建议收拾李全，南北互相配合，克复中原，而只图苟安一隅的宋廷却置之不理。最后，彭义斌在赞皇县（今属河北）五马山与蒙古军激战，壮烈牺牲。李全叛变后，占据楚州，随后又进攻扬州，淮东安抚副使赵范和提点刑狱赵葵兄弟率宋军迎战，绍定四年（1231年），李全战败被杀。

绍定六年，史弥远病死，宋理宗亲政。当年北方形势发生急剧变化，蒙古军包围金朝都城南京开封，金哀宗出逃蔡州。蒙古约宋朝出兵夹击，灭金后河南地归还宋朝。七月，宋将孟珙出兵，歼灭金将武仙重兵，与蒙古军联合包围蔡州，端平元年（1234年）正月，宋军与蒙古军攻破蔡州，金朝灭亡。

西夏的建立

党项族的兴起

宋朝建立以后，我国西北边区的古老民族——党项族，已经进入了半农半牧的经济阶段，封建生产方式正在扩大。党项族的部落首领，从唐朝以来就接受中原汉族王朝的封号，臣属于中原王朝。到了宋朝，西北地区的经济有较大的发展。党项贵族在汉族进步文化和生产技术的影响下，在汉族地主的支持下，建立起封建地方政权。

党项是我国古代羌族的一支。大约在7世纪，生活在今青海一带和四川西北的党项人，还处于氏族社会趋向解体的历史阶段。他们“以姓别为部”，大的部落有万余骑，小的也有几千骑。他们互不统属，每隔几年聚会一次，过着游牧狩猎生活。

公元629年，弃宗弄赞建立吐蕃国家。吐蕃古钵教经典把党项列为吐蕃统治下的“外四族”之一。吐蕃强盛，党项族遭到吐蕃的压迫。8世纪初，吐蕃袭杀党项拓拔首领，党项各部落被迫迁移到今甘肃和陕西北部一带。迁到夏州的部落，被称为平夏部。

唐朝末年，党项平夏部首领拓拔思恭出兵助唐，镇压黄巢，随李克用攻占长安。唐朝以夏州为定难军，加思恭节度使，晋爵夏国公，赐姓李氏。从此，党项族便据有银、夏、绥、静、宥等五州地区。

这时的党项族，还处在氏族社会的父权制时期。党项族的居民组成为大小不等的氏族和部落，最大的部落可达四五千人。各部落散处各地，还没有形成固定的部落间的联盟。接受唐朝封号的拓拔首领在党项族中有着颇大的权威，遇有战事，他可以射箭为号，召集各部落对外作战，但战事过后，即行解散。

唐朝末年以来，一些党项部落进入汉地，入居州城。党项族在不断地发生着分化。

在青甘川故居时，党项人往往“求大麦于他界，酿成为酒”，这是指通过交换取得大麦来酿酒。到东迁至农牧业相兼的

西夏王陵石刻

地区，就无须与他部交换，便可取得像大麦这类酿造的原料了。但不论怎样取得这种酿造的原料，它深刻地反映了这一情况，即：党项人除去必需的基本的生活资料供给之外，已经有了剩余，所以才能够用交换的办法，或生产的办法，以用不了的原料去进行酿造。正因为劳动有了剩余，为阶级、阶级社会的形成提供了一个重要的物质条件。党项东迁以前便具备了这一物质条件，从而为党项人跃进阶级社会奠定基础。

东迁之后，随着财产私有制的发展，党项氏族部落之间的掠夺也逐渐加剧。史料上称其："不事生产，好为盗窃，互相凌劫"；"不事生产，好为盗贼"，便是这一情况的反映。不管是"凌劫"，还是"盗窃"，总之是靠掠夺来扩大私有财产。

进入州城，与汉族杂居的党项部落，逐渐接受汉族的封建文化制度。某些贵族酋长，也购买田地，剥削汉族农民，甚至经营工商业，广置财产。这些党项部落人户，被汉人称为"熟户"。

散处在广阔山野间的广大党项氏族、部落，继续从事游牧，被称为"生户"。各部落还没有共同的首领，也没有法律和赋税。信奉原始的巫教，有疾病由称作"厮"的专职的巫送鬼治病。各部落之间相互争夺，互相复仇。无力复仇者，就集合妇女去焚烧仇家的庐舍。仇解后，双方饮鸡、猪、犬血盟誓。杀人者可出价钱偿命。这些状况说明，党项族中已确立了财产私有制，并为争夺财产和奴隶而展开内部的和对外的争夺。党项的生户部落不断向汉族地区去掳掠“生口”做奴隶。

但是，在唐、五代时期，党项的奴隶制不可能得到迅速的发展。唐朝和吐蕃都是强大的国家。五代时，后梁、后唐仍有足够的力量控制着西北。契丹建国后，国势强大，一直控制到党项的居住区。党项部落的对外掳掠不能不受到极大的限制，也就是奴隶的来源受到限制。宋朝统治时期，党项族才由氏族部落制逐步发展为奴隶占有制，并进而建立了党项奴隶主的国家——西夏。

党项族的对外扩展

公元 982 年，党项贵族内部相互争战。拓跋部首领李继捧率领部落、氏族长二百七十余人，民户五万余帐，投附宋朝，愿留居宋朝的京师东京。宋太宗加封继捧为彰德军节度使。并派使臣到夏州护送继捧家族全部迁居东京。夏州党项贵族李克文、绥州李克宪也相继投宋。宋太宗派出官兵，占领了夏、银、绥、宥等四州。

党项内部由此引起了急剧的分裂。继捧弟继迁年二十，住在银州，不愿内迁。

李继迁与其弟李继冲、亲信张浦商定，决计“走避漠北”，“奔入蕃中地斤泽”（今内蒙古鄂尔多斯市巴彦淖尔盟），抗宋自立。

继迁联络党项部落，公元 982 年进攻葭芦川，又进攻夏州三岔口，都被宋兵击败。张浦献策攻打宋兵力薄弱的宥州，继迁率领党项兵 2 万人攻宥州，又被宋宥州巡检使李询战败。公元 984 年，宋知夏州尹宪与都巡检使曹光实乘势出兵反攻，夜袭地斤泽，焚烧党项部落四百余帐。继迁母、妻被俘。继迁败逃至夏州北黄羊平，与当地野利部通婚，召集各部落复仇。继迁利用祖先在银夏地区的影响，“出其祖彝兴像以示戎人，戎人皆泣拜”。

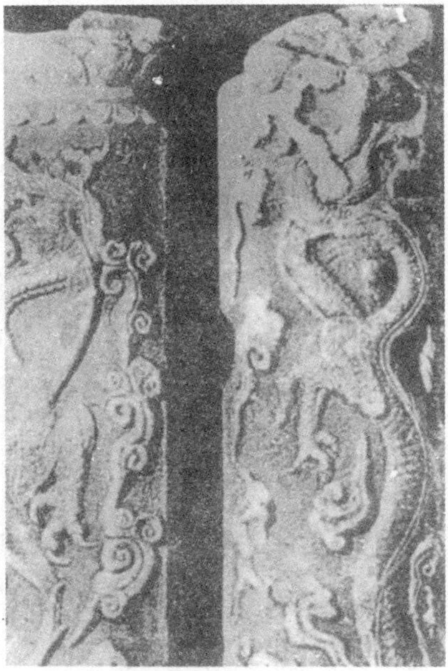
西夏王陵雕龙柱

公元 985 年二月，李继迁派人骗曹光实，约在葭芦州会见。曹光实带领百骑赴会。继迁设伏兵杀曹光实，袭据银州。继迁据银州，自称都知蕃落使、权知定难军留后。三月，继迁进攻会州，焚会州城。宋太宗派知秦州田仁朗与李继隆等出兵讨伐继迁。党项部落长折罗遇及弟乞埋战死，折遇乜被宋朝俘虏处死。四月，继迁放弃银州退走。六月，宋兵乘胜进击，党项部落多败破。继迁见部落败溃，宋兵势盛，于次年，降附辽朝以对抗宋朝。辽圣宗授继迁定难军节度使、都督夏州诸军事，继冲为副，又以宗室女义成公主嫁继迁。公元 990 年，封继迁为夏国王。继迁得到辽朝的支持，又足以与宋朝争胜负了。

公元 987 年，继迁再攻夏州。宋太宗见继迁附辽，利用继捧回夏州抵抗继迁。公元 988 年，宋太宗赐李继捧姓赵，改名保忠，授夏州刺史、定难军节度使及夏、银、绥、宥、静等五州观察处置押蕃落等使，入守夏州。

公元989年四月，继捧出兵击败宥州御泥、布啰树两部。公元990年四月，与继迁战于安庆泽，继迁中流矢败退。十月，继迁派破丑重遇贵至夏州诈降继捧。继迁率领部落攻城，破丑重遇贵在城中接应，继捧大败。公元991年初，继迁再攻夏州，宋朝派兵来援。九月，继迁占领银、绥二州。宋朝被迫授给继迁银州观察使封号，赐姓名赵保吉。

李继迁以毛乌素沙漠为寄托，以弱小之军经常袭击宋军，宋军处于被动不利局面。在此关键时刻，宋政府开始禁止买卖青白盐。青白盐产于盐州乌白二池，党项人以畜牧为业，主要靠青白盐与边民私自贸易。

青白盐不论色和味，都胜过山西解池的食盐。由于制盐的成本低，陕西一带的汉族老百姓，乐于拿出自己的粮食交换党项的食盐。当地的汉族人民不愿购买宋朝政府专卖的高价盐。曾经有一个时期，一斤解池的官盐，要卖30多个铜钱，而党项地区的青白盐，只要15文就能买到一斤。宋朝为了增加国家的财政收入，强制陕西人民购买昂贵的解池盐，不让党项的食盐流入陕西境内。这种强制手段，破坏了各族人民之间自然的经济联系，损害了各族人民的利益。淳化四年（公元993年），转运副使郑文宝向政府献策，只许商人贩运安邑和解池的官盐，不许买卖党项的青白盐。

结果“西人”固然“大困”，“无以为生”，却使一万多帐党项人归附李继迁，大大加强了李继迁的力量。李继迁于是联合43族，会盟于杨家堡，引兵13000多人，进攻环州（今甘肃环县）的石昌镇，劫掠居民，焚烧财物，弄得社会很不安宁。至道二年（996年），又围攻灵州（今宁夏回族自治区灵武），宋军在战斗中都要按照宋太宗的阵图行事，处处被动挨打。加上沙漠地带交通阻滞，军粮运输极度困难，大批士兵和民伕死于饥渴，损失十分惨重。最后不得不撤退。

李继迁击退宋朝五路兵马，“大集蕃部”，采取围困方式，并开屯田以解决军粮，最后攻下灵州，并改名为西平府。灵州是宋代西北交通的据点，也是黄河上游沿岸沙漠地带最肥沃的地区。宋朝政府当然不愿意放弃这个重要据点，双方展开了激烈的战斗。后来李继迁战死，公元1004年由他的儿子德明继承首领。

李继迁死后，他的儿子李德明向辽朝报哀。辽朝封德明为西平王。李继迁临死前，告诉德明，向宋朝进表称臣。公元1005年六月，德明派牙将王旻到宋朝奉表入朝。宋真宗厚加赏赐。宋朝提出七事要德明承允，主要是把灵州归还给宋朝和派子弟入宋宿卫作人质。宋朝开放贸易，许贩青白盐。德明始终不应允宋朝的条件，宋朝只好让步。公元1006年，遣使封授德明定难军节度使、西平王。宋朝又先后开榷场贸易。夏州天旱歉收，榷场不再禁止夏人买粮。德明时，只是边地部落有过小的冲突，一般说来，和宋朝始终保持着和好关系。德明的劲敌主要是西方的吐蕃部落和回鹘。

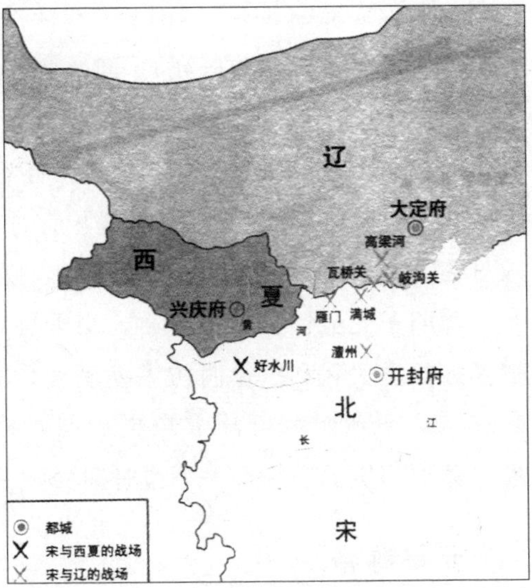

北宋与西夏的主要战场

公元1004年，吐蕃六谷部潘罗支在击败继迁后，又与宋朝联络，愿率领六谷部及回鹘兵乘胜攻打党项。继迁统属的党项部落迷般嘱部及日逋吉罗丹部投附者龙族。继迁出兵攻者龙，潘罗支领兵援助者龙抵抗。迷般嘱部及日逋吉罗丹部乘机杀潘罗支。者龙十三部中，六部归附党项。六谷部落选立潘罗支弟厮铎督为首领附宋，继续与德明为敌。宋朝加号厮铎督为西凉府六谷大首领。

公元1008年十月，德明派夏州万子等四部军主率领党项兵攻打西凉府，见六谷部兵势盛，转而引兵攻打回鹘。回鹘伏兵袭击，万子等败走。公元1009年四月，德明又派张浦率领精兵2万向回鹘复仇，攻打甘州。甘州回鹘夜落纥可汗领兵拒守，乘间出兵袭击，张浦大败而回。公元1011年，德明又派西凉人苏守信袭击凉州样丹部。六谷部厮铎督会集诸部兵迎敌，苏守信败退，据守凉州。公元1016年，甘州回鹘攻占凉州，苏守信子啰麻弃城走（苏守信已死）。回鹘成为德明的一个严重威胁。

公元1020年，德明在灵州怀远镇修建都城，从西平迁到新城，号为兴州。公元1024年，又在怀远西北省嵬山下建省嵬城，作为兴州的屏障。公元1026年，甘州回鹘叛辽，辽萧惠兵攻甘肃，德明出兵助战，不能战胜，随辽朝退兵。公元1028年，德明子元昊领兵攻下甘肃，又乘胜攻下西凉府，取得对回鹘作战的重大胜利。德明仿宋朝制度，立元昊为皇太子。公元1030年，瓜州回鹘可汗贤顺也率部投降。德明、元昊战胜回鹘，党项的历史进入了一个新时期。

元昊称帝

党项族从唐末据有西北五州之地，到11世纪时，人口已有数十万户。由于汉族经济和先进文化的影响，又跟吐蕃人、回鹘人生活在一起，使党项族内部的经济生活和社会制度发生变化。在经济生活方面，从狩猎转为畜牧和农业并举，手工业和商业也有一定程度的进展，党项人已经学会制造铁器。从社会制度的变化来看，部落联盟的首领变成有势力的贵族，控制汉人、党项人和各族人民从事农垦，缴纳赋税，出现了封建剥削制度。德明时代，党项的势力已经扩大到甘州（今甘肃张掖）、凉州（今甘肃武威）一带。这些地区的自然条件都比较好，既有适宜于游牧的水草，又有便于农田灌溉的河流，使党项人民的物质生活得到改善。

公元1032年，德明病死。在对外作战中立有大功的太子元昊，继承德明的职位。宋朝封元昊定难军节度使，袭爵西平王。

元昊继续统率党项部落，向吐蕃、回鹘进攻。公元1033年，元昊战胜吐蕃唃厮罗部，攻破犛牛城。公元1036年，又西攻回鹘，攻下瓜州、沙州和肃州，占领了河西走廊。统治的领域“东尽黄河，西界玉门，南接萧关，北控大漠”，包括夏、宥、银、会、绥、静、灵、盐、胜、威、定、永和甘、凉、瓜、沙、肃等州的广大区域。

领域的扩展，被统治的外族分子的大量涌入和俘掠奴隶的急剧增加，原来以兴州为中心的松散的部落联合，显然已经不够了。历史的发展，迫切需要建立一个适宜的统治机构，以保护党项奴隶主贵族的利益，统治奴隶和各族人民。建立国家的条件，日益成熟了。

唐末宋初以来，拓跋部和被称为平夏部的夏州部落首领，接受唐、宋封授的官职，并且入居州衙通过贡赐的方式，接受了汉族的物质生活和文化。他们以这种特殊的地位，在对外作战时召集各部落形成暂时的联合。宋朝皇室也通过他们来控制党项各部落的对外掳掠。历史形成的这种特殊的状况，不仅越来越不能适应党项奴隶制发展的要求，而且日益成为发展的障碍。

在党项族这样一个历史转变的时期，党项贵族中出现了两种不同的主张。早在德明时，以德明和元昊为代表，便对党项的发展道路展开了争论。德明主张继续维持现状，依附宋朝。他说："我族有三十年不穿皮毛，而能穿着锦绮的衣服，这都是宋朝的好处。"元昊说："穿皮毛，事畜牧，是我们本来的习俗。英雄应当成霸王之业，何必穿锦绮。"党项贵族接受宋朝的赏赐，部落居民穷困，矛盾也日益尖锐。元昊对德明说："我们所得俸赐，只归自己。可是，众多的部落都很穷困。我们失掉了部落，还怎么能自守？不如拒绝朝贡，练习兵事，力量小可以去掳掠，力量大还可夺取疆土，上下都能富裕，何必只顾我们自己。"

元昊继位后，便按照自己的主张，摆脱宋朝的控制，按照党项奴隶制发展的道路，着手建立夏国。公元 1033 年，将兴州改为兴庆府，扩建宫城殿宇，作立国的准备。

元昊建国时，野利部的野利仁荣成为他重要的支持者。野利仁荣通晓党项和汉族的文化。他提出"商鞅变法而国霸，赵武胡服而兵强"，主张按照党项本民族的状况和风俗，"顺其性而教之功利，因其俗而严以刑赏"。以兵马为务，反对讲礼乐诗书。依据这个方针，元昊在建国前采取了一系列的新措施。

元昊继立，首先下令秃发。即推行党项的传统发式，禁止用汉人风俗结发。元昊首先自己秃发，然后下令境内人民三日内必须秃发，不服从命令者杀头。接着废除唐朝和宋朝的赐姓李氏和赵氏，改用党项姓"嵬名"。又废去宋朝西平王的封号，用本族语称"吾祖"（兀卒。青天子）。德明时用宋朝年号纪年。公元 1032 年，元昊自立年号显道。公元 1034 年，改年号开运、广运。公元 1036 年，又改为大庆。公元 1038 年，元昊正式建国号大夏，称“始文英武兴法建礼仁孝皇帝”（景宗）。改年号为“天授礼法延祚”。

封建统治的确立

西夏建国以后，元昊吸收汉族失意的地主阶级知识分子，仿照唐、宋封建制度，以兴州（今宁夏回族自治区银川）为中心，建立起统治机构。官府分为五品，职官分文武班。最高长官是中书令和枢密使。设御史台，由御史大夫司监察。中书、枢密以下有三司、翊卫司、官计司、受纳司、农田司、群牧司、磨勘司、飞龙苑、文思院等机构。公元 1027 年，增至 16 司，管理政务，官员由蕃、汉分别担任。野利仁荣、嵬名守全、张陟、张绛、杨廓、徐敏、张文显等分任中书、枢密、侍中等官。公元 1039 年，又仿宋制，设尚书令，总管 16 司事。专授党项人的官职，有宁令、谟宁令、丁卢、丁弩、素赍、祖儒、吕则、枢铭等。野利仁荣任谟宁令（天大王），在党项官员中，处在极高的地位。

《辽史·西夏外纪》记载，夏有专司曲直的“和断官”。元昊建国前即注意法律，案上常置法律书。后来，还陆续出现了官修的审刑、治狱的专书，夏国的法律和监狱也作为国家的组成部分建立起来了。

随着夏国阶级统治的建立，文字成为必需了。元昊通汉文。建国后与谟宁令野利仁荣，制成西夏文字 12 卷。夏国文书纪事，规定一律用新制的夏国文字。公元 1037 年，设立国字院和汉字院。汉字只用于和宋朝往来的文书，同时以西夏国字并列。对吐蕃部落、回鹘和张掖、交河等地的各民族，一律用西夏国字，同时附列各民族文字。西夏文是依据汉字改制成的方体字。在夏国统治的近 200 年中，一直行用。在夏国亡后，也还长久流传。西夏文字的创制，对夏国统治的确立和经济、文化的发展，起了重要的作用。

元昊创制西夏文字后，又命野利仁荣主持建立“蕃学（党项学）。用西夏文字翻译《孝经》、《尔雅》、《四言杂字》等书，选拔党项和汉族官僚子弟入学学习。学成之后，出题试问。学习精良，书写端正者，酌量授给官职。蕃学的建立实际上是仿照宋朝的科举授官制，并借以推动夏国文化的发展。元昊反对儒学而又译读《孝经》，显然是为了适应氏族部落制的传统习俗的缘故。

元昊建国称帝，不再采用宋朝的衣冠，改穿白色窄衫，戴红里的毡帽，脑顶后垂红结绶。这是采择了吐蕃赞普和回鹘可汗的服制。文武官员的服式也有规定：文官戴幞头，穿靴执笏，穿紫衣、绯衣，基本还是宋朝的样式。武官按照等级戴镂金、镂银和黑漆冠，穿紫衣，系涂金的银束带。平民穿青绿衣，以分别贵贱等级。又参用宋制，改定朝仪。每六日，官员朝见皇帝，称“常参”。九日朝见，称“起居”（问候皇帝起居）。凡吉凶、嘉宾、宗祀、燕享等，改宋九拜礼为三拜。

由于西夏是在战争中诞生的，为与宋辽抗争，元昊筹建了一个庞大的军事系统，与契丹辽国一样，党项夏国所实行的是一种全民兵役制，即达到规定年龄的男子都要承担兵役。

党项部落住帐幕，一家称一帐，小部数百帐，大部千余帐。男子年过十五成丁。每逢发生战争，各部落出丁作战。元昊建立夏国的军队，各部落每二丁取“正军”一人，配备随军服杂役的“负担”一人，合称一“抄”。原来是以四丁为两抄，同住一帐幕，后来改为三丁同住一帐幕，即二正丁合用一“负担”。正军每人给马、骆驼各一，如倒毙需赔偿，称为“长生马驼”。又置十二监军司，委豪右分统其众，自河北至午腊，蒻山7万人，以备契丹；河南洪州、白豹、安盐州、罗落、天都、惟精山等5万人，以备环庆、镇戎、原州，左厢宥州路5万人，以备鄜、延、府；右厢甘州路3万人，以备西蕃、回鹘；贺兰驻兵5万、灵州5万人、兴州兴府7万人为镇守，总50余万。

“五十余万”这个数目也许有些夸大，据估计，当时党项境内全部户口在15～18万户之间，100万人上下。《隆平集》中称“德明时兵十余万而已，曩霄之兵逾十五万”，这个数字应该是比较符合当时的实际数目的。

元昊又设立擒生军，是夏军的精锐，职责是在作战中掳掠生口做奴隶。擒生军每一正军平均有“负担”两人以上，大概装备特别精良。又有炮手200人，称“泼喜迭”，立旋风炮于骆驼鞍上，发拳大的石弹攻击敌人。擒生军的设立是夏国兵制中的一大变革，它使夏景宗元昊为首的皇室贵族拥有强大的兵力，也使夏国拥有众多的国家奴隶，各部落首领无法与之抗衡了。

夏国出兵作战，仍保持着若干原始的风俗制度。出兵前各部落首领要刺血盟誓。元昊率领各部首领在出兵前先外出射猎，猎获野兽，环坐而食，共同议论兵事，择善而从。这实际上是一种贵族议事的制度。

西夏与宋、辽的关系

党项贵族在建立西夏地方政权的过程中，迅速向封建制转化。但是他们本身仍然带着落后民族的掠夺性，掠夺的对象就是社会经济发展较高的中原地区。西夏的骑兵经常向宋朝边境进行骚扰。宋朝的西部边防军虽有三四十万，但分散在五路，各路驻军各自听命于皇帝，不能随机应变，通力合作，有效地进行防御。

当西夏政权强大的时候，宋朝企图从经济上加以牵制，采取禁止物资交流，割断双方经济联系的手段。宋朝一度下令关闭陕西和河东地区的贸易场所，保安军的榷场也取消了。陕西的官兵和汉人，不能自由地和党项人民进行交易，这就人为地加深了民族矛盾，引起党项人对宋朝的不满和怨恨。

宋朝得知元昊建国称帝的消息后，大为震惊，公元 1038 年十二月，宋仁宗命知永兴军夏竦兼泾原、秦凤路安抚使，知延州范雍兼鄜延、环庆路安抚使，准备出兵夏州。天授礼法延祚二年（1039 年）正月，夏景宗向宋朝进表，说明已建国号，称帝改元。但元昊名义上仍向宋称臣，请求宋朝承认夏国，册封帝号。宋朝君臣议论不决。六月间，终于下诏削去元昊的官爵，并在边地揭榜，募人擒捕元昊。又派庞籍为陕西体量安抚使，协同夏竦、范雍备战。十一月，夏军侵宋保安军，被宋部将狄青战败，损失帐 2000 余。公元 1040 年初，元昊侵宋延州，范雍惊惧不敢战。元昊派牙校诈降，范雍不再戒备。夏兵乘势攻保安军，袭击金明寨，生擒宋都监李士彬，乘胜取延州，范雍召部将刘平、石元孙来援。元昊伏兵三川口，生俘刘、石二将，进而攻破宋塞门寨、安远寨，获得大胜利。

宋朝兵败，贬范雍，任命韩琦、范仲淹经略陕西。范仲淹把延州的 18000 名士兵，分配给 6 名将领固定训练，每人带领 3000 名。范仲淹又招集流亡人民，大兴营田，修筑山寨，使无家可归的汉人和党项人，在生活上得到安顿。范仲淹还注意到减轻人民身上的沉重负担，稳定社会秩序。这些措施在一定程度上缓和了北宋政府和各族人民的矛盾，对防御党项贵族的侵犯是很有好处的。

但是范仲淹的“以和好为权宜，以战守为实事”的战略方针，没有得到其他大臣的赞同。韩琦急功近利，主张以攻战为主，速战速决。庆历元年（1041 年），韩琦派任福率 8000 名壮士出击，元昊以 10 万精兵进行对抗。任福等几支军队会合于好水川（今甘肃平凉西北），西夏骑兵有意北遁，引诱宋军深入。任福领兵猛追，人马三日不食，饥疲不堪。宋军一到六盘山下，就被西夏伏兵冲垮。任福力战阵亡，宋军死伤 1 万多名，并有好几名大将阵亡。韩琦和范仲淹因好水川的惨败被贬官。

庆历二年（1042 年）闰九月，西夏兵再次出击。宋将葛怀敏屯驻定川寨。夏兵在夜间围城放火。宋将葛怀敏等 14 名将官战死。夏军俘虏宋将兵 9400 余人，获战马 600 余匹，乘胜直抵渭州，俘掠大批居民而回。

公元 1040—1042 年间的宋、夏短期冲突，使西夏统治者感到得不偿失。元昊虽然多次取胜，掠夺了一批物资和人口，但兵员死伤已达半数，人力和物力感到匮乏。在战争的年代里，就不能像平时那样进行经济交流，使党项人得不到茶叶、丝绸、粮食等必需品。元昊被迫于公元 1043 年派出使臣，跟宋朝和好。夏军连续获胜，腐朽的宋朝连遭惨败后，不得不妥协求苟安。夏、宋往来交涉。公元 1044 年十二月定议，宋朝接受元昊建国时提出的条件，册封元昊为夏国主，夏对宋仍保持名义上称臣。宋朝每年给西夏银 72000 两，绢帛 153000 匹，茶 3 万大斤（约合 18 万小斤）。元昊表示“世世遵守，永为和好”。公元 1046 年，宋朝又恢复保安军和镇戎军两处的交易场所，陕西四路人民和

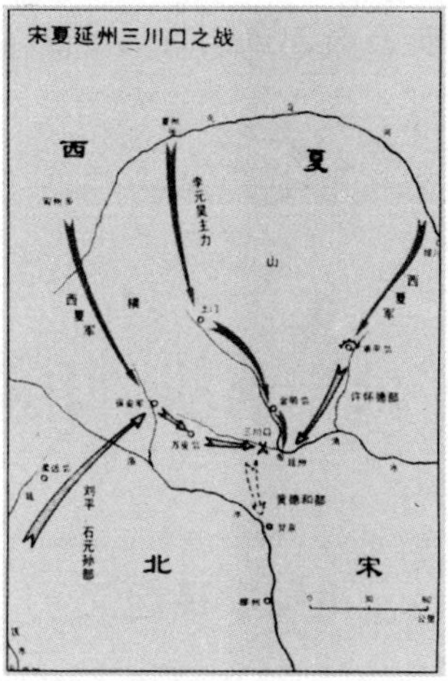

三川口之战

党项人民的物资交流又热闹起来了。

从此以后，宋、夏维持了长时期的和好关系。

元昊即位前，辽兴宗以兴平公主嫁元昊。元昊与兴平公主不睦。公元1038年，兴平公主死。辽兴宗曾遣使诘问。西夏与辽，以大河相隔，无城堡可守。交界处的党项部落原来处于辽朝统治之下，西夏建国后，多叛辽附夏。公元1044年十月，辽兴宗亲率骑兵10万向西夏进攻。皇太弟重元、北院枢密使萧惠、东京留守萧孝友分三路渡河，战于贺兰山北。夏兵败退，拒守贺兰山。元昊向辽上表谢罪。辽将萧惠等以为大兵已集，应该乘胜进击。元昊突围反攻，大败辽兵。俘虏辽将萧胡睹等数十人。辽兴宗败回，与夏谈和。辽朝放回扣留的西夏使臣，元昊放回萧胡睹。西夏在建国前即依附辽朝以抗宋。元昊战胜辽兴宗，显示夏国有足够的力量抗辽自立。由此形成夏与辽、宋相互对峙的鼎立局面。

北宋前期、中期的阶级矛盾和农民起义

川蜀农民起义

宋初，川峡地区保留较为落后的生产关系。土地集中尤其严重，豪强地主役使着几十、几百乃至几千家“旁户”，世代相承，视同奴隶。旁户除向豪户纳租外，还负担官府的赋税和夫役。宋朝消灭后蜀，除向蜀地人民征收两税等“常赋”外，还在成都设置博买务，征调各州农民织作一些精美的丝织品，禁止商人贩卖和农民出售，并“揞取”茶利，使川峡人民的生路

几致断绝。到淳化四年（993 年）二月，广大旁户在王小波领导下，在永康军青城县（今四川灌县南）发动了武装反抗斗争。

王小波宣告："吾疾贫富不均，今为汝均之!"立即获得川蜀人民广泛的响应。起义军攻占青城，转战邛州（今四川邛崃）、蜀州（今四川崇庆）各县，进而攻打眉州彭山县。起义军把贪污害民的彭山县令齐元振处死，并把他搜括所得金帛散发给农民。起义队伍发展到一万多人。王小波在作战中牺牲，起义军推举李顺为领袖。李顺继续贯彻均贫富的主张，凡起义军所到之处，将"乡里富人大姓"家中的财物、粮食，除生活需用外，"一切调发"，分给贫苦农民。

淳化五年正月，起义军攻克成都府，李顺建国号"大蜀"，年号"应运"，占领了剑关以南、巫峡以西的广大地区。宋太宗极为震惊，立即派遣两路大军，分别向剑门（今四川剑阁北）和峡路进军。李顺原想在宋大军入蜀前，先派兵占领剑门栈道，但未获成功。宋军占据栈道，得以长驱直入，李顺也在战斗中壮烈牺牲。起义军余部在张余、王鸬鹚等人领导下，在川南、川东一带坚持斗争，直到至道二年（996 年）最后失败。起义失败后，宋朝取消了成都的博买务，川峡地区的封建生产关系得到了一些调整。

北宋中期的农民和士兵起义

宋真宗初年，益州（今四川成都）戍卒在王均领导下举行起义，占领益州，建立大蜀国。王均起义失败后数年，以陈进为首的宜州（今广西宜山）士兵发动起义，拥立卢成均为南平王，前后坚持斗争三四个月。

宋仁宗、英宗时，小规模的农民起义和士兵斗争在各地陆续爆发。其中声势较盛的有王伦领导的起义，张海、郭邈山等领导的起义，王则领导的起义。庆历三年（1043年）五月，京东路沂州（今山东临沂）“捉贼虎翼卒”100多人在王伦领导下起义，杀死巡检使朱进，起义士兵数量随时扩大，南下淮南路。宋廷极为震惊。七月，宋军围攻，起义军战败，王伦在采石矶被俘牺牲。同年，陕西大旱，商州（今陕西商县）农民1000多人，在张海、郭邈山、党君子、李铁枪等人领导下起义，活跃于“京西十余郡，幅员数千里”，官员纷纷逃窜。驻守光化军（今湖北老河口市北）的宣毅卒500多人在邵兴率领下哗变，与起义军互相配合。邵兴进军至兴元府（今陕西汉中），大败宋军。宋朝以重兵残酷镇压起义军，年底，张海、邵兴等相继在作战中牺牲，起义失败。庆历七年十一月，河北路贝州（今河北清河境）宣毅军小校王则也发动兵变，并且利用弥勒教，与京东路德州（今山东陵县）、齐州（今山东济南）士兵和农民秘密联络。王则占领贝州后，建国号安阳，称东平郡王，改年号为德圣（一作得圣），设置官吏。宋朝调集数路兵力，并派遣参知政事文彦博主持镇压。经过60多天的苦战，起义被残酷地镇压下去。

广大农民和地主阶级及北宋统治集团的矛盾日益尖锐，农民、士兵的反抗斗争“一年多如一年，一火（伙）强如一火”。士兵斗争与农民起义互相结合，是这一时期阶级斗争的显著特点。

北宋中期庞大、腐败的军队和官僚机构

宋太祖时选练禁军，作为正规军，开宝时（968—976年）有禁军19.1万人，厢军18.5万人。宋仁宗时，为对西夏用兵和加强对内镇压，各路广募兵士，禁军激增至80多万人，皇祐元年（1049年），总计达140万人，为宋代的最高数字。宋朝

用来养兵的费用，竟达全国财政收入总数的十分之七八。

宋真宗对辽和议后，兵士平时缺少训练，不识战阵，习于骄惰。禁军领取粮饷，要雇人挑运，陕西沿边的骑兵，不能披甲上马。从南方调来的禁军，自称不会打仗，见到敌人就怕得要死。河北沿边的禁军，“卒骄将惰，粮匮器朽”，将领不是“绮纨少年”，便是“罢职老校”，训练更是有名无实。边郡兵士平时坐食军贮，万一有警，则“手不能安弦，目不能辨帜”。加上将帅频繁更换，兵不识将，将不识兵，以致作战时将领和士兵上下不相附，指挥失灵。宋真宗、仁宗还经常沿用宋太宗制定的“将从中驭”的办法，自定阵图，交由将帅临阵按图指挥战斗，因而屡战屡败。

宋朝官僚机构日益庞大，通过恩荫（任子）、科举、进纳、军功、胥吏出职等途径入仕者不断增加。真宗时，文武百官为9700余员。宋仁宗皇祐（1049—1054年）间，增至17000余员，还不包括未受差遣的京官、使臣和守选的选人在内。宋英宗时，更增至4.2万员。正官之外，等候差遣空缺的人员多到不知其数，“一位未缺，十人竞逐，纡朱满路，袭紫成林”。

在庞大的官僚机构中，一切因循守旧，以袭守成规相标榜。有人对朝政有所建明，即被指为喜功生事；或者不顾时忌，指事陈说，则被指为“沽激”。官员们以“因循懦默者为得计”，遇事唯恐承担责任或招人非议，影响官位，腐朽的官气和暮气笼罩着整个宋朝政府。与此同时，大臣们竞相“广市田宅，争求重利”，文武百官无不仿效。宋仁宗时，“势官富姓，占田无限，兼并冒伪，习以为俗，重禁莫能止焉”，“公卿大臣之占田或千顷而不知止”。土地兼并的发展，使地主与封建国家、农民的矛盾日趋尖锐。

财政危机

冗兵、冗官，加上最高统治集团的大肆挥霍，使宋王朝的消费逐年增加。据《宋史·食货志》载，宋真宗天禧五年（1021年）全国收入1亿5085万余，支出1亿2677万余。宋仁宗皇祐元年（1049年），全国收入1亿2625万余，“而所出无余”。到宋英宗治平二年（1065年），财政已出现赤字。当年，全国收入1亿1613万余，支出1亿2034万余，非常支出1152万余，竟然短缺近1500万（单位均为贯、石、匹、两等）。国家财政年年亏空，不断“发诸宿藏”，以致“百年之积，唯存空簿”宋朝的财政危机日益加深。

从庆历新政到王安石变法

宋朝阶级矛盾和民族矛盾日益严重，统治集团面临危机四伏的局面，士大夫们感到必须采取措施，摆脱困境。早在宋真宗初年，知扬州王禹偁建议对辽和夏州李继迁“谨边防，通盟好”；减少官、兵冗员，减轻税收；严格选举，使入官不滥；淘汰僧尼，减少耗费等。宝元二年（1039），同判礼院宋祁上疏，以为国用不足在于“三冗三费”。“三冗”是全国有定官而无限员，各级官员比前增加五倍；几十万厢军坐耗衣食；僧尼、道士人数日增而没行限额；“三费”是道场斋醮，百司供费无数；京师多建寺观，多设徒卒，增添官府衣粮；大臣罢黜，仍带节度使衔，靡费公用钱。他主张裁减官兵，节省经费。所有这些足以说明，宋朝已经不能只率由旧章而无所作为地统治下去了。

庆历新政

庆历三年（1043年），宋仁宗任用范仲淹为参知政事，富弼、韩琦为枢密副使，责成他们条列当世急务，以“兴致太平”。范仲淹、富弼在《答手诏条陈十事》奏中认为，当时中心问题是整顿吏治。他们提出内外官吏过于冗滥，其中老朽、病患、贪污、无能的人应一律裁汰，宋仁宗采纳了这些意见，连续颁布几道诏令，规定：①改革文官三年一次循资升迁的磨勘法。注重以实际的功、善、才、行提拔官员，淘汰老病愚昧等不称职者和在任犯罪者。②严格“恩荫”制。限制中、上级官员的任子特权，防止权贵子弟亲属垄断官位。③改革贡举制。令州县立学，士子必须在学校学习一定时间方许应举。改变专以诗赋、墨义取士的旧制，着重策论和操行。④慎选各地长官。由中书、枢密院慎选各路、各州的长官，由各种、各州长官慎选各县的长官，择其举主多者尽先差补。⑤改进职田法。重新规定官员按等级给以一定数量的职田，以“责其廉节”，防止贪赃枉法。⑥“减徭役”。将西京河南府（今河南洛阳东）的五县废为镇，又析王屋县（今河南济源西）并入河南府，以精简乡村役人。范仲淹、富弼还提出“厚农桑”、“修武备”等建议，则并未实施。

范仲淹的各项政策，在当年和次年上半年陆续颁行全国，号称庆历新政。由于这些法令侵犯了贵族、官僚的利益，在实施过程中，遭到他们强烈的反对。反对派诬范仲淹等人为朋党。庆历五年初，范仲淹、富弼、韩琦、欧阳修等人相继被罢官出朝，他们的新政只推行了一年零几个月，便宣告夭折。新政失败了，但社会矛盾并未缓和，财政危机更加严重。在这种情况下，士大夫要求改革的呼声日益高涨。

嘉祐四年（1059年），三司度支判官王安石向宋仁宗上《言事书》，要求培植人才，以便改革现行法度。他指出，国家财力困穷，风俗衰坏，在于没有合乎先正之政的法度。然要“改易更革天下之事，合于先王之意”，却又缺乏人才。人才成为当务之急。他主张从教、养、取、任等四个方面“陶冶”人才，使“在位者得其才”，然后“稍视时势之可否，而因人情之患苦，变更天下之弊法，以趋先王之意”。他还指出，汉、唐、五代所以乱亡，晋武帝所以招致祸乱，皆源于人才不足。《言事书》还指出，当时财政的困窘，绝非由于官员之冗滥和官员俸禄之过多，关键在于理财不得其道，不能因世之宜而变通；假若能理财得其道、通其变，即使增加官吏俸禄，也不会影响国家的经费。所以，他主张“因天下之力，以生天下之财，取天下之财，以供天下之费”。《言事书》受到了许多士大夫的赞扬，却未被宋仁宗采纳。

稍后，司马光、苏辙、苏轼等也多次上奏札，提出“斟酌事宜，损益变通”的主张。司马光的改革主张，主要为裁减禁军，精加选择；量材录用官员，使久其任；减损冗费，节省财用；善于理财，保养财源，使“农尽力”，“工尽巧”，“商贾流通”，皆能乐业安富，然后“上下交足”。他还指出：“上下偷安，不为远谋，此最国家之大患也。”苏轼也提出了“课百官”，“安万民”，“厚货财”，“训军旅”等涉及政治、经济、军事各个方面的改革主张。在百姓穷困，官府仓库空虚，社会危机四伏的情况下，士大夫们“争言便宜，以变更旧制”。改弦更张，势所必然。

王安石变法

治平四年（1067年）正月，宋神宗赵顼即位。神宗立志革新，熙宁元年（1068年）四月，召王安石入京，任翰林学士兼侍讲，次年二月升任参知政事。神宗一心依靠王安石来变法立制，富国强兵，改变积贫积弱的现状。当时，王安石已成为众望所归的人物，士大夫们大都以为只要王安石登台执政，“太平可立致，生民咸被其泽”。

王安石主张，为了改变国贫的局面，必须采取“民不加赋而国用饶”的理财方针。一方面“摧制兼并”，把大商人、官僚、地主的部分剥削收入收归朝廷，另一方面扶植“农民”（地主阶级中下层和自耕农），减轻差役，兴修农田水利，发展生产，预防农民起义的兴起。为此，王安石建立一个指导变法的新机构——制置三司条例司，条例司撤销后，由司农寺主持变法的大部分事务。吕惠卿、曾布等人参与草拟新法，此后陆续制订了均输、青苗、农田水利、募役、市易、免行、方田均税、将兵、保甲、保马等“新法”。各路设提举常平官，督促州县推行新法。这些新法按照内容和作用大致可以分为几个方面：

供应国家需要和限制商人的政策，主要是均输法、市易法和免行法。

均输法　宋初以来，为了供应京城皇室、百官、军队的消费，在江南、两浙、荆湖、淮南等路设置发运使，负责督运各地“上供”物资。发运使只是照章办事，完全按照每年的定额，丰年不敢多运，凶年不能少运，经常支出大笔运费，运来一些过剩物品，只得在京城半价抛售。各司往往隐瞒财富，不肯如实申报朝廷，反而以支移、折变等名目加倍收税，朝廷调用物资时，又多不管产地和时令，一味强征。这些做法给富商大贾囤积居奇、控制市场提供了方便，百姓则被加重赋税负担，朝廷仍然财用窘急。

熙宁二年七月，颁行淮、浙、江、湖六路均输法。以薛向为六路发运使，设置官属，推行此法。朝廷从内藏库拨予钱500万贯，并拨予上供米300万石，以供周转的费用。发运使掌握六路的财赋情况，斟酌六路每年应该上供和京城每年所需物资的品种、数额以及库存情况，然后按照“徙贵就贱，用近易远”的原则，“从便变易蓄买”，贮存备用，借以节省价款和转运的劳费。王安石试图由朝廷“稍收轻重敛散之权”，调节供求关系，做到“国用可足，民财不匮”。均输法从增加宋朝“国用”出发，多少改变了旧制，增加了财政官员的权力，夺取了富商大贾的部分利益，同时也稍稍减轻了纳税户的许多额外负担。

市易法　熙宁五年三月，颁行市易法。在此以前兽同管勾秦凤路经略司机宜文字渭城（后改名通远军，今甘肃陇西）设置市易司，借官钱为本，每年收商利约可一二十万贯。又有平民魏继宗上书建议在开封设置常平市易司，管理京师市场，物价贱则稍增价收购，贵则稍减价出售，以便由官府掌握“开阖敛散之权”，达到“商旅以通”、“国用以足”的目的。中书据此制定市易法，在开封设置市易务，以内藏库等钱187万贯作本，控制商业。市易务根据市场情况，决定价格，收购滞销货物，待至市场上需要时出售，商贩向市易务贷款，以产业作抵押，五人以上互保，出年息二分，半年出息一分。商贩向市易务成批地赊购货物，也出年息二分。后来陆续在杭州、成都、广州、扬州、润州（今江苏镇江）等几十个重要城市设立市易务，又将开封市易务升为都提举市易司，作为市易务的总机构。市易法在限制大商人垄断市场方面发挥了作用，也增加了朝廷的财政收入。

免行法　熙宁六年七月，正式颁行免行法。开封各行商铺原来承担供应官府所需物品的任务，经常被迫用高价收购货物供官，所以“每纠一人入行，辄诉讼不已”。当年，肉行徐中正等首先提出向官府交纳“免行役钱”，“更不以肉供诸处”的要求。宋神宗命提举在京市易务吕嘉问和开封府司录司共同调查各行利害，成立详定行户利害条贯所，制订条法。免行法规定，各行商铺依据赢利的多寡，每月向市易务交纳免行钱，不再轮流以实物或人力供应官府。此后，宫廷买卖物品，都通过杂卖场、杂买务，并设置市司负责估定物价。

调整封建国家、地主和农民关系的政策以及发展农业生产的措施，有青苗法、募役法、方田均税法和农田水利法。

青苗法　熙宁二年九月，制置三司条例司颁布青苗法。宋仁宗时，陕西转运使李参在当地百姓缺少粮、钱时，让他们自己估计当年谷、麦产量，先向官府借钱，谷熟后还官，称“青苗钱”。几年后，军粮经常有余。王安石、吕惠卿等据此经验，制定青苗法。规定以各路常平、广惠仓所积存的1500万贯石以上的钱谷为本，其存粮遇粮价贵，即较市价降低出售，遇价贱，即较市价增贵收购，其所积现钱，依陕西青苗钱法，每年分两期，即在需要播种和夏、秋未熟的正月和五月，按自愿原则，由农民向政府借贷钱物，借贷者，每五户或十户结成一保，由第三等以上户充当“甲头”，客户贷款，须与主户合保。在河北路，贷款的限额是客户与第五等户每户一贯500文，第四等户三贯，第三等户六贯，第二等户十贯，第一等户十五贯。本县如有剩余，允许第三等以上户借贷。如还有剩余，借贷给有物业抵当的坊郭户，贷款以适中的粮价折算，收成后，随夏、秋两税，加息2/10或3/10归还谷物或现钱。凡灾伤达五分以上的地区，允许延期归还。先分派提举官到河北、京东、淮南三路试行，俟其就绪，然后再在各路推行。

实行青苗法的目的，是要使农民在新陈不接之际，不致受

“兼并之家”高利贷的盘剥，使农民能够“赴时趋事”。跟高利贷者的加倍利息相比，青苗法取息二分或三分，应该说是比较轻的。青苗法限制了高利贷者的活动，朝廷也从中获得大量利息。

募役法　熙宁四年正月，司农寺拟定的募役法（免役法）先在开封府界试行。同年十月，颁布全国实施。免役法规定，废除原来按户等轮流充当衙前等州、县官府差役的办法，改为由州、县官府出钱雇人应役。各州县预计每年雇役所需经费，由民户按户等高下分摊。上三等户分八等交纳役钱，随夏、秋两税交纳，称免役钱。原来不承担差役的官户、女户、僧道、未成丁户、坊郭户等，要按定额的半数交纳役钱，称助役钱。州、县官府依当地吏役事务简繁，自定额数，供当地费用；定额之外另加十分之二缴纳，称免役宽剩钱，由各地存留，以备灾荒年份，全部免征“役钱”时，即以此钱充用。募役法使原来轮流充役的农村居民回乡务农，原来享有免役特权的人户不得不交纳役钱，官府也因此增加了一宗收入。

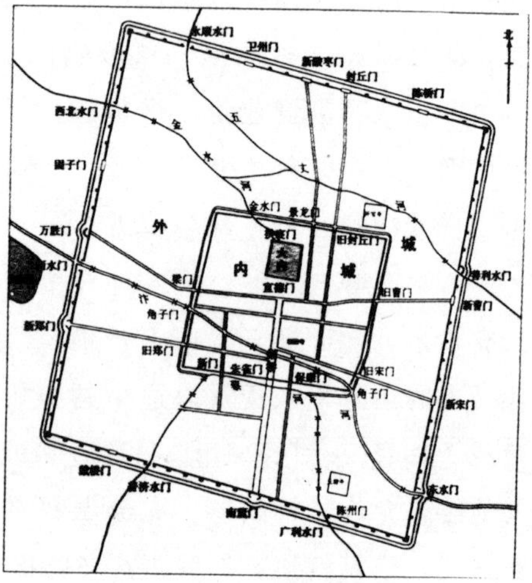

北宋东京平面图

方田均税法　熙宁五年八月，司农寺制定《方田均税条约》和《式》颁行。官僚地主无止境地兼并土地，隐瞒田产和人口，乡村中、下户卖掉土地，却仍负担重税。田产不均、赋税不实，一直是严重问题。方田均税法分为方田和均税两部分，规定每年九月由县官丈量土地，以东南西北各千步为一“方”，计 41 顷 66 亩多。依据方、庄帐籍，检验土地肥瘠，分为五等，规定税额。丈量后，到次年三月向民间公布，分发方账、庄帐、甲帖和户帖四种土地帐帖，作为“地符”。分家析产、典卖割移，都以现在丈量的田亩为准，由官府登记，发给契书。诡名挟佃者，都予合并改正。同时，各县以原有税数为定额，禁止使用合零就整等手段超溢此额。荒地归于耕佃之家，不必追查。瘠卤不毛之地，允许占有佃种：《条约》和《式》颁布后，派济州巨野县尉王曼为指教官，先在京东路实行，再在各路推广。到元丰八年（1085 年），开封府界、京东、陕西、河北、河东五路，“已方而见于籍者”共两百四十八万余顷，约为全国纳税土地的半数以上，从而使赋税的负担与土地占有的实际情况相符合，官府的田赋收入也得到保证。

农田水利法 熙宁二年十一月，制置三司条例司颁布《农田水利利害条约》。这是王安石主张“治水土”以发展农业，增加社会财富的重要措施。条约奖励各地开垦荒田，兴修水利，修筑堤防圩岸，由受益人户按户等高下出资兴修。如工程浩大，民力不足，可依青苗法，由官府贷款，如官钱不足，州县官劝谕富室出钱，依例计息，由官府置簿催还。变法派广泛吸取发展生产的建议，社会地位低下的胥史、商贩、农民、仆隶甚至罪废者，只要能讲求水利、有利农业，都可直接到东京献策。兴修水利有成绩，还要授官嘉奖。在王安石的倡导下，一时形成“四方争言农田水利”的热潮。这项新法推行七年后，据统计，全国共兴修水利工程 10793 处，水利田 36 万余顷，疏浚河汊、湖港之类不计其数。福建莆田木兰陂，在此期间最后建成，溉田 1 万多顷。扬州天长县（今属江苏）的三十六陂、宿州临涣县（今安徽宿县西）的横斜三沟，建成后也溉田九千顷。这

时，北方在治理黄、漳等河的同时，还在几道河渠的沿岸淤灌成大批“淤田”，使贫瘠的土壤变成了良田。

巩固封建统治秩序和整顿、加强军队的措施，有将兵法、保甲法、保马法以及建立军器监等。

将兵法　作为“强兵”的措施，王安石一方面精简军队，裁汰老弱，合并军营，另一方面实行将兵法。自熙宁七年始，在北方各路陆续分设一百多将，每将置正将一人，挑选武艺较高、作战经验较多的武官充任，专掌训练。元丰四年，又在东南的淮东、淮西、浙西、浙东等设十三将。“将”成为军队编制的基本单位，正将以下设副将、部将、队将等。将兵法的实行，使兵知其将，将练其兵，提高了军队的战斗力。

保甲法　熙宁三年，司农寺制定《畿县保甲条制》颁行。各地农村住户，不论主户或客户，每十家（后改为五家）组成一保，五保为一大保，十大保为一都保。凡家有两丁以上的，出一人为保丁。选取主户中“物力最高”和“有材干心力”者充任保长、大保长和都、副保正。农闲时集合保丁，进行军训；夜间轮差巡查，维持治安。保甲法随后推行到全国各路。保甲原属司农寺，熙宁八年改隶兵部。第二年，实行结队法对丁保进行军训，两大保编成50人一队。这年，各路“义勇、保甲民兵”达718万余人，其中保甲民兵693万余人。王安石组织保甲、训练保丁的目的有二：一是使各地壮丁接受军训，与正规军相参为用，军队的缺额不再填补，以节省国家的大量军费。年岁稍久，保甲民兵便可以代替大部分军队。二是建立严密的治安网，把各地人民按照保甲编制起来，以便稳定封建秩序。

此外，王安石等变法派还改革了科举制、整顿了各级学校。王安石变法以“富国强兵”为目标。从新法实施，到守旧派废罢新法，前后将近十五年时间。在此期间，每项新法在推行后，虽然都不免产生了或大或小的弊端，有的是因变法派自己改变了初衷，有的是因执行新法出现偏差，但基本上都部分地收到了预期的效果，使豪强兼并和高利贷者的活动受到了一些限制，使中、上级官员、皇室减少了一些特权，而乡村上户地主和下户自耕农则减轻了部分差役和赋税负担，封建国家也加强了对直接生产者的统治，增加了财政收入。当时朝廷内外的仓库所积存的钱粟“无不充衍”。

各项新法或多或少地触犯了中、上级官员、皇室、豪强和高利贷者的利益，因此，在每一项新法实施的过程中，都无例外地遭到他们的阻挠和反对。他们在朝内外利用一切机会，制造事端，造作谣言，掀起阵阵波澜，使新法不得不在十分艰难的环境下推行。

新法以“富国强兵”为目标，在西北边防线上，对西夏展开了攻势。到熙宁六年为止，由王韶采用“招抚”和镇压的策略，占领了吐蕃部落居住的熙（今甘肃临洮）、河（今甘肃临夏东北）等州。王安石罢相后的元丰四年、五年，宋神宗又对西夏发动了两次进攻，第一次攻西夏西平府（今宁夏灵武西南）之战，宋军无功而返；第二次永乐城（今陕西米脂西北）之战，宋军大败，士兵、民夫损失 20 余万人。

理学开山祖——周敦颐

周敦颐，字茂叔，号濂溪，世称濂溪先生，公认他为宋代理学的开山祖师。他的主要哲学著作有《太极图说》一卷，《通书》四十篇。其思想以《易传》和《中庸》为核心，又接受道教和佛教的影响而构成自己的体系。《太极图说》主要谈天道，

《通书》主要谈人事。

周敦颐

《太极图说》里，他系统地论述了宇宙的本源、万物的演化以及人性善恶等问题。认为宇宙的本源是太极，太极的动和静产生出阴阳，阴阳二气交互作用生成水火木金土五种物质元素（即五行或五气），他明确地指出：“自无极而为太极，太极动而生阳，动极而静，静而成阴，静极复动”，产生出天地万物和人。阴阳五行是万物生成的必然环节，“无极之真，二五之精（二，阴阳；五，五行），妙合而凝。乾道成男，坤道成女。二气交感，化生万物。万物生生，而变化无穷焉”。天地万物均可经由五行、阴阳的环节，归本于太极。“五行一阴阳也，阴阳一太极也，太极本无极也”。周敦颐的“太极——无极”说规划出一个先于天地万物的宇宙本原，在认识上冲破了传统的“天地父子生成图式”，为后学者开辟了一个新型的思维天地。

周敦颐在《通书》中对《中庸》的“诚”作了进一步的发挥，把“诚”解释为人的至善的本性，是仁、义、礼、智、信这些所谓“主常”的根本。为了达到“诚”的最高境界，他提出了“主静”的修养方法。“主静”就是“无欲”。

张载的完整宇宙论

张载（公元 1020 年～1077 年）是宋代又一理学家，他从另一角度探求世界本原，提出“太虚”本原说，建立了以气为本体的宇宙论，奠定了宋时理学的基础。

他认为“太虚者，气之休也，”气是太虚的具体形态，太虚是气的原初形式，所以说：“太虚不能无气，气不能不聚而为万物，万物不能不散而为太虚”。世间万物都是某种存在，既是存在，就有具体形态或形状，而具体的形态（状）都是由气凝聚而成，这就叫“凡可状者皆有也，凡有皆象也，凡象皆气也。”“气”与”太虚”的关系有如水之与冰，“气之聚散于太虚，犹冰凝释于水”。“太虚即气”遂成为天地万物的本原。

张载指出：“盈天地之间者，皆物也”“理不在人皆在物。”这是说，世界是物质的，“理”——规律是存在于“物”，而不取决于人的。张载根据“太虚即气”的唯物主义，对“一切唯心”和“有生于无”等佛老唯心主义哲学，给以深刻批判，发展了朴素的唯物主义。

张载的辩证法思想，是建立在“太虚即气”的唯物主义自然观的基础之上的。他的“一物两体”的矛盾学说和“动必有机”的内因发展观，丰富和发展了古代辩证法。

张载是有宋以来第一个从理论高度全面辟佛、道的儒家学者，他的思想体系是宋明理学发展的雏形，对程朱理学的建立有很大影响。

理学的奠基者——二程

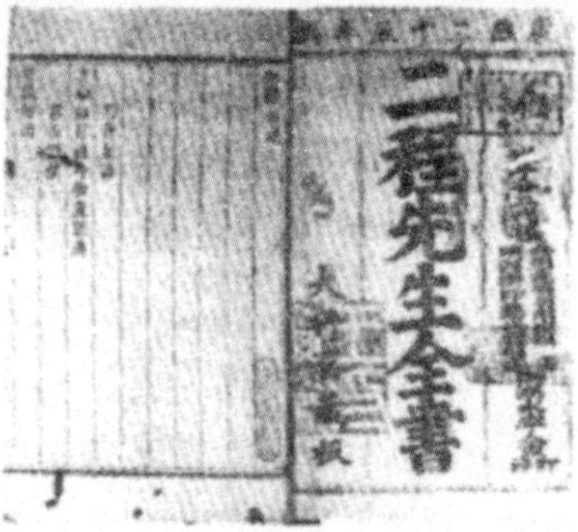

《二程先生全书》书影

程颢（公元 1032 年～1085 年）字伯淳，程颐，字正叔，他们俩人是亲兄弟，都是周敦颐的学生。由于哲学思想的一致，人们称他们为“二程”。周敦颐兴理学之始，但程颢、程颐对理学发展却起了突出作用，是理学的奠基人。二程哲学体系的核心是“理”或“天理”。他们的“理”或“天理”是对周敦颐“太极”说的继承和发展。这个“理”不以人们的意志为转移，不受时间、空间的限制，是天下万物都要遵循的普遍原则，是永恒存在的。理不仅是自然界的，也是社会的最高原则。理是先于气（事物）而存在的，人知物“都自这里山”理是第一性的，气是从属于理的。每一物都由理产生，每一物也就体现了完全的理，理能产生万物，又能统辖万物。程颢说：“天者理也”，认为天就是最高的实体。这个“理”凌驾于万物之上，先于万物而存在，永远不生不灭，不增不减。他又说：“父子君臣，天下之定理”。他所讲的永恒的理，就是君臣、父子的封建等级关系，封建伦理道德，这是唯一的理。所以程颐就说：“天下只有一个理”。二程主张“明天理”，对劳动人民来说，就是不能违反封建伦理道德。

在天人关系上，二程坚持“天人相与”的观点，建立了一

程颢像

种更为精致的“天人合一”说。在认识论方面，二程鼓吹“唯心论”的“先验论”。他们认为，一切知识“皆出于天”，真正的知识、才能并不是在实践中获得的，而是人头脑里固有的。人们只要修身养性，求之于内心，就可以悟出“天理”，认识一切。

二程的学说中，也承认万物变化无穷。程颐说过，“有生便有死，有始便有终”。但是他们特别强调变中有不变的东西，认为不变才是根本的。这个不变的东西就是道，也就是理。万物的变化，都要受道或理的支配。

二程兄弟的思想虽基本一致，但仍表现出不同倾向。程颢重视人的主观精神的作用，提出“心即理”，表现出心学的思想倾向，启发了陆王心学；程颐则表现出理学的思想倾向，他提出“理一分殊”说，这些思想都被朱熹继承和发展，成为朱子学的思想材料。二程思想的不同倾向，导致了后来“洛学”的分化，也为南宋“理学”和“心学”两个独立学派的形成提供了思想因素。

二程所宣扬的理学思想，是同他们的政治保守态度和复古的历史观相联系的。他们都反对王安石变法。王安石提出“新学”，作为实行变法的理论根据。二程对王安石的新学全盘否定。理学家们根据封建的等级制度、法律、伦理道德等，指责王安石变法是“用贱凌贵，以邪妨正”，完全颠倒了是非。王安石为了推行新政，不得不摆脱保守势力，起用一批新人。二程等一班理学家就退居洛阳，洛阳成为理学的根据地。二程的理学被称为洛学学派。

理学集大成者——朱熹

到了南宋时期，封建小朝廷偏安于江南，民族矛盾和农民起义更趋激烈。理学思想在二程学说的基础上又有了发展，代表人物就是朱熹。

朱熹（公元 1130 年～1200 年）早年主张抗金，中年以后转持消极防守。早年除研习儒家经典外，于佛教、禅学、道经、文学、兵法等无所不学。曾受业于胡宪、刘子翠、李侗，得程颢、程颐之传，兼采周敦颐、张载等人学说，集北宋以来各派理学之大成，逐步建立起完整而系统的理学体系。其学派被称为“闽学”或考亭学派、程朱学派。他的著作很多，有《四书集注》、《周易本义》、《太极图说解》等。他的弟子还把他在讲学时发表的言论，编成《朱子语类》。

朱熹哲学体系中的基本范畴是“理”。在宇宙观上，他认为“理”是万物生成的本源，也是人类社会的最高准则。“理一分殊”；万物有万理，万物均源于天理。一理摄万理，万理归为一理。有“理”而后有“气”，“理”“气”不可分，但“理”为本而“气”为末，理为先而气为后。

在认识论上，他主张“格物致知”，认为知识是先天固有的。但由于“利欲所昏”，使“知”有不至。应该用吾心的天理与外物的天理相印证，以推致我先天所固有的知识。

在人性论上他认为“性”是一切生物所据有的天理。他把人性分为天命之性和气质之性，天命之性是“专指理言”，是至善至美的，“理”“气”相杂的“气质之性”则有善有恶。他把传统的纲常学说加以理论化、通俗化，把“三纲五常”当作社会的最高道德标准，人们须“去人欲，存天理”、“正心诚意”、“居敬”“穷理”以“求仁”。

朱熹是有神论者。他说：“帝是理是主”。上帝就是理，就是万物的主宰者。理是统治一切的。他又说：“未有君臣，已先有君臣之理；未有父子，已有父子之理。”不论谁是君，谁是臣；准是父，谁是子，君臣父子虽然有生有死，但君臣父子的理，也就是忠君孝父的伦理道德是永恒不变的。

朱熹还提出复古的历史观点。他同永康学派陈亮从通信中开展了辩论。朱熹认为夏、商、周三代的帝王是按“天理”行事的，因此出现盛世；汉朝和唐朝的皇帝是照“人欲”行事的，因此出现乱世。他主张要恢复三代之治，走历史的回头路。这就暴露出朱熹在政治上倾向保守的一面。

从南宋后期起，朱熹所提出的程朱理学被统治者尊为正统，长期居于统治地位。

除了建立一套哲学理论外，朱熹和他的弟子们，在学术文化上做了大量工作，涉及政治、宗教、教育、文学、艺术和科学技术等各个领域。朱熹为了“致知”，他博览各种图书，接触到许多知识部门，包括自然科学知识。他说地球是由物质的气凝聚而成的。地球是圆形体的。月亮本身没有光，月光是日光的反射。朱熹一生创办书院，收罗门徒，从事教育工作。他的博览精神、治学态度和治学方法，对当时和后世学者，产生较深的影响。

朱熹亲手制订了《白鹿洞书院学规》，规定学习的程序和方法是："博学之，审问之，慎思之，明辨之，笃行之"。他提出了：学、问、思、辨、行这五个字，是他办学的一套比较完整的经验。他是提倡"循序渐进"的学习原则的。这是符合认识发展规律的。他还提倡"熟读精思"的学习方法，认为"大抵读书，先须熟读，使其言皆若出之于我之口；继之精思，使其意皆若出之于我之心，然后可以有得耳。"读书是否有所得，要看能不能把书本知识加以消化，变为自己的东西。朱熹也强调学是为了用。他说："大抵读书须要看那道理是何作用。只读过便休，何必读书。"这些都是作为教育家的朱熹的经验之谈。由于有广博的知识和独到的眼光，朱熹在整理文献、考证文字、注释古书等方面，取得了一定的成就，为发展中国古代文化作出了贡献。

心学学派与陆九渊

南宋另一位有影响的理学家是陆九渊（公元1139年～1193年），他是抚州（江西抚州）人，字子静，号象山。

陆九渊与朱熹齐名，两人私交也较深，但学术见解多有不同。他融合孟子"万物皆备于我及良知"、"良道"说以及佛教禅宗"心生"、"心灭"等论点，提出"心即理"观点，曾言"宇宙便是吾心，吾心即是宇宙"；"心"是天地万物的本源，唯一的实在。陆九渊建立起所谓"心学"体系。提倡内省反求，认为天下万物之理不外吾心，只要用"易简工夫""发明本心"就可以明了万物之理，用不着外求。

在认识论上，陆九渊反对从客观事物中寻求知识，认识真理，他说："此心此理，固有之。"认识宇宙本来面目，只要认识本心。提出"存心去欲"的理论，并且宣扬纲常伦理。

陆九渊曾与朱熹鹅湖论学，作学术论争。陆九渊的心学与程朱之学的主要区别是，程朱把理看作某种相对独立的存在，"不为尧存，不为桀亡"；陆九渊则认为"心即理也"，天理就在人的内心之中。朱熹主道问学，九渊主尊德性，朱熹好注经，九渊则学苟知道，六经皆我注脚，故两宋的理学有朱、陆两派。

陆九渊在世不注重著书立说，身后只留下《语录》及《文集》，其子汇编为《象山先生全集》。其学术思想，后为王守仁所继承发展，成为陆王学派。

鹅湖之会

淳熙二年（公元1175年）4月吕祖谦约请陆九龄、陆九渊兄弟等会朱熹于信州（今江西上饶）之鹅湖寺，讨论治学方法，意图调和朱、陆两家争执。结果却引得陆九渊、朱熹在江西信州（今上饶）鹅湖寺进行了一场大辨沦，这就是中国哲学史上有名的鹅湖之会。

4月下旬，吕祖谦自浙江到福建崇安访问朱熹，留止旬日。他们俩共同读周敦颐、二程和张载的著作，选取其中在他们看来是关于人体而切于日用的记录，总六百二十二条，编成《近思录》十四卷。吕祖谦回浙江，朱熹送吕祖谦至信州鹅湖寺，吕祖谦约陆九渊兄弟与朱熹相见，双方展开了激烈的争论。在鹅湖之会前一年，陆九渊已形成了自己的"心学"观点，与理学代表朱熹的观点相矛盾，而鹅湖之会，是朱、陆两派论争的开始。在第一天中，朱熹与陆九渊的矛盾就已经全部摆出来了。

陆氏兄弟的诗从“道在吾心”出发，主张“发明本心”的“易简功夫”，而反对朱熹的“格物致知”、“读书穷理”。第二天，两人主要就诗中提出的矛盾展开论辩。此外还就一些具体的经学、理学问题进行切磋，很多方面达成了一致，但根本矛盾并没有解决，朱熹主张“道问学”，认为应当泛观博览而后归之约，观察外界事物以启发内心的知识。陆九渊主张“尊德性”，认为应先发明人之本心，而后使之博览，认为心即是理，不必多做读书穷理工夫。陆九渊自命为“易简工夫;”，讥朱熹“格物致治”作法为支离，朱熹则讥陆九渊为禅学，过于简易，不够实在。鹅湖之会在根本方法上并没有达到“会归于一”的预期目的，反而使“理学”与“心学”从本体论到方法论上的差异大为彰显。吕祖谦在这场争辩中的态度是“和会朱陆”。他认为朱、陆二家各有所长，讲贯通绎为百代为学的通法，不能看做“支离”。学者流入“支离泛滥”，责任在自己。学者为学不能犯笼统零碎的毛病，正如他在给友人的信中说的：“大抵论致知则见不可偏，论力行则进当有序。”南宋孝宗乾淳之际，理学有三大流派：朱学、吕学、陆学。鹅湖之会主要是朱陆之争。吕祖谦在鹅湖之会上的表现，也反映他的学风特征，吕祖谦取二家之长。朱陆的分歧是儒学内部的分歧。这种争论对“理学”和“心学”的各自发展均有很大的促

《卢仝烹茶图》

进作用，对明清的思想家于“理学”、“心学”的批判、吸收和改造都有很大的启发作用。

新学

王安石（公元 1021 年～1086 年）不仅是著名的文学家、政治家，还是个著名的思想家。他的学说当时被称为“新学”，与理学家的理论是格格不入的。他的新学自成一个学派，被理学家们视为离经叛道的东西。

王安石生平有三句名言：

天变不足畏，

祖宗不足法，

人言不足恤。

这三句话，最集中地反映出他的世界观是倾向唯物主义的；在政治上是反对抱残守缺，墨守成规，而主张变革现状，除旧迎新的。

王安石认为“尚变者天道也。”作为自然界的天是经常在变的。日蚀、月蚀、飓风、水灾、山崩、地震、雷电等等，都是难以避免的自然现象。自然界的这些变化，同国家的盛衰没有直接联系。王安石说，“天变不足畏”，人们不应当害怕这些自然灾害。正因为有这么多的自然灾害，就要“修人事”，以人力去战胜自然，决不能束手无策。这是人定胜天的思想。

他又认为天地万物是由金、木、水、火，土等五种元素构成的。“行”就是运动、变化的意思。他说五行是“往来乎天地之间而不穷者也。”五行的变化是无穷的。

王安石还认为人类社会是不断前进的，总是新的代替旧的。因此他提出了“新故相除”的思想，也就是新陈代谢的意思。在这一思想引导下，他坚持主张要实行变法，就是“变风俗，立法度”，旧制度不能作为当今立法的依据。所以他说“祖宗不足法”。

王安石“熙宁变法”失败后退居的南京半山园

王安石感到，古今时代不同，当代的知识要比前代更加丰富。要不断取得新的知识。王安石看不起当时那些死守孔孟教条的“儒者”，认为当时“所谓儒者，大抵皆庸人”。对于他们那一套气势汹汹反对变法的论调，用不着去顾虑。所以他又说，“人言不足恤”。王安石明确表示：“祖宗之法，未必尽善”，“可革则革，不足循守。”王安石的新学，就是他在宋神宗时代实行变法的思想基础。

永康学派大师陈亮

南宋时期，在科学技术进步的基础上，哲学思想领域出现了带有唯物主义因素的新兴学派——浙东地区的永康学派和永嘉学派，这两个学派在思想政治、文化、经济、军事方面，都起了推陈出新的作用。

其中永康学派的特点是就是他们讲求“务实”，反对“空谈”。他们是根据事功的实际效果，来检验思想、主张方针、政策的正确或错误。这种事功之学的理论基础，就是道不离物的朴素唯物论。它的代表人物是陈亮。

陈亮

陈亮（公元1143年～1194年）字同甫，号龙川，婺州永康（浙江永康）人。他出身于一个趋于没落的普通地主家庭。少年时，他爱读唐代大诗人李白的作品。李白的“凛凛气节”，深深地感动了他。他又喜读屈原的作品。在人民群众抗金热潮的推动下，他在十八、九岁时就学习《孙子兵法》，并探究历代兵家用兵的得失。《酌古论》是他最早的著作，共有二十一篇，对历史上的著名人物和历代战争进行了分析，提出自己的议论，从中吸取对抗金斗争可以取法或引为鉴戒的东西。陈亮在政治上坚持抗金、同情人民；在思想上反对专讲“正心诚意”的理学；在文学上，迸发出爱国主义的光彩。他是一位很有成就的词人。他同爱国词人辛弃疾在信州鹅湖相会，谈论国家大事，互相赠送词篇，抒发爱国的抱负。

陈亮在哲学思想上，提出“道在物中”的理论。就是说，任何道理或法则，都不能离开具体的事物。因此他主张要“因事作则”，即从客观存在的事物当中，去探索事物的规律或法则。陈亮不满当时理学家们空谈“道德性命”，空谈什么“义理”，而主张从当时社会现实状况出发，讲求“实事实功”。他深深感到南宋王朝需要有一批图抗金之“事”、谋中兴之“功”

的英雄人物，才能挽狂澜于既倒。

绍熙二年（公元 1191 年），陈亮作为一位进步的思想家，遭到了政治陷害，被捕入狱。第二年出狱后，身心受到极大的创伤。但是他对国家的命运，仍然寄予极大的希望。绍熙四年（公元 1193 年），他考中了进士第一名（状元）。像他这样有书本知识和实际知识的人，竟没有受到朝廷的信任和重视，只给他建康军判官厅公事这么一个职务很低的小官。陈亮还来不及上任，就一病不起。绍熙五年（公元 1194 年）他与世长辞，年仅五十二岁。

永嘉学派

与永康学派齐名的是永嘉学派。永嘉学派的著名人物，有薛季宣、陈傅良和叶适，而叶适则是这一学派的代表人物。

叶适（公元 1150 年～1223 年），宋温州永嘉（今浙江温州）人，字正则，世称水心先生。公元 1178 年中进士第二名。孝宗时，奏言大仇未复，不可因循守旧，自为虚弱。历知蕲州、权吏部侍郎、知建康府兼沿江制置使、宝文阁待制兼江淮制置使。韩侂胄开禧北伐，因坚主抗金，为韩侂胄器重。公元 1206 年，在制置使任内，数次派兵袭击江北金军，立有战功。次年，又在江淮一带屯田练兵、修筑坞堡，作积极防御准备。北伐失败，韩侂胄被诛，叶适被夺职奉祠十三年。直到开禧二年（公元 1206 年）金兵直闯淮南，江南为之震动，才让叶适出任建康府知府，兼沿江制置使，负责江防。他在江淮地区组织民兵，加强防御措施，较好地完成了任务。但不久又被求和派赶下了台。

叶适是永嘉学派的代表人物和集大成者。在学术思想方面，他提倡功利，反对空谈性命，认为构成自然界的主要形态是“五行”、“八卦”为标志的各种物质，而“仁”、“义”必须表现于功利。叶适对待一切事物，采取明辨是非的审慎态度。他认为“当代之学，有是有非”。凡是空谈性命，脱离实际的学说，他都加以否定。他说：“道”或“理”都是依存于物的，不能脱离具体的物而空谈什么永恒不变的理。“道”或。“理”是否正确，要通过全面考察事物之后，才能作出判断。在“天下争言性命之学”的时候，叶适挺身而出，和陈亮一起同倡事功之学。对朱熹学说有所批评。后世推为永嘉学振之巨擘。著有《水心文集》及《习学记言序目》等。

永康和永嘉学派的异军突起，是南宋时代东南地区农业和商品经济发展的产物。当时浙东和浙西两路，是南宋的经济中心。这两路十五州的人口，几乎占南宋总人口的一半。陈亮和叶适的学术思想，不仅影响浙东和浙西，而且影响到江西、湖南一带。他们的哲学思想和事功学说，在中国思想史上放射出夺目的光芒。

王霸义利之辩

淳熙九年（公元 1182 年），陈亮至衢州、婺州间访问朱熹，相处十日。以后两人书信往返联系密切。但两人对天理功利的看法黑白判然。陈亮的事功之学，思想的基本要点是“功到成处，便是有德；事到济处，便是有理。”这和朱熹的理学思想大相径庭。

淳熙十一年（公元 1184 年）四月，即甲辰年四月，当时陈亮第二次入狱，尚未脱狱，朱熹致书陈亮，希望陈亮“绌去义利双行，王霸并用之说”，要“粹然以醇儒自律。”同年，朱熹又写了两封信。淳熙十二年（公元 1185 年），即乙巳年，朱熹三次致信陈亮，全面阐明对王霸义利的看法，说明对中国历史过程和对历史上一些主要人物的观点。陈亮对朱熹的思想针锋相对地加以反诘。朱熹、陈亮的王霸义利之争主要是在这两年的书信往返中展开的。

朱熹认为中国历史有两个截然不同阶段，三代以上行的是王道，讲“义”；三代以三行的是霸道，专讲“利”。朱熹是发挥二程的历史观点。陈亮反驳朱熹的说法。陈亮说，从孟子、荀子论义利王霸，一直到汉唐诸儒，都不能阐明这个问题，宋朝伊、洛的理学家诸公作了阐释。但如果把三代和三代以后分成为两个截然不同的阶段，说三代专以天理行，汉唐专以人欲行，这样的说法不熊让人信服。按照这样的观点，三代以后的一千五百年历史“天地亦是架漏过时，而人心亦是牵补度日。”陈亮认为汉、唐之君同样有宏大开阔的本领。朱熹又用“暗合说”解释，历史是由“道”支配的。三代行王道，三代以后的汉、唐君王的行事，可以称赞的只是“暗合”于道；全面地看，还是“利欲”的表现。所以，尧、舜、三代自是尧、舜、三代；汉祖唐宗自是汉祖唐宗，终究是两个不同的阶段，不能合而为一。朱熹坚持认为三代以后，其间虽然有小康之世，但尧、舜、三王、周公、孔子所传的道没有继续下去，这个“道”只能行于天地之间。汉高祖、唐太宗，特别是唐太宗，其心“无一念不出于人欲”，是“假仁借义以行其私”。显然，朱熹对历史的看法是历史退化的观点。

陈亮认为三代以后，“道”仍在流行，因而不能把三代以后的历史说得一无是处。但汉唐之君能否胜过三代之君，汉唐能否度越三代？陈亮没有回答。

陈亮的思想在当时很有影响，朱熹指斥包括陈亮的事功在内的“浙学’，“专是功利。”淳熙十三年（公元 1186 年）即丙午年，陈亮在给朱熹的信中，坚持自己的观点，说：“王霸可以杂用，则天理人欲可以并行”。同时，又称自己的论说同朱熹的观点不是水火不容，也不是好为异说，如果“不深察此心，则今可止矣。”朱熹与陈亮的王霸义利之争，都没使对方折服。

古文运动

宋初骈体文占统治地位，柳开、王禹偁以继承韩愈、柳宗元的古文传统为己任，穆修、苏舜钦等相继而起。宋仁宗时，欧阳修登上文坛，倡导流丽畅达，骈、散结合的散文新风，主张“其道易知而可法，其言甚明而可行”，成为北宋古文运动的领袖。欧阳修从理论上提出“道胜者文不雅而自至，”并根据实践经验有所取舍：就道而言，趋向平实，就文而言，趋向平易。他反对“舍近求远，务高言而鲜事实”的文章，也反对“弃百事而不关于心”的态度，主张为现实、为时事而创作；使古文从高谈道统的理论文变为实用的散文。而且，他还以自己丰富的诗文创作来实践自己的理论，写出许多为时为事的作品。散文有《与高司谏书》、《五代史伶官传序》、《泷冈阡表》、《醉翁亭记》等名篇，诗歌有《食糟民》、《答杨子敬两长句》、《明妃曲》等卓然不群之作。宋嘉祐二年

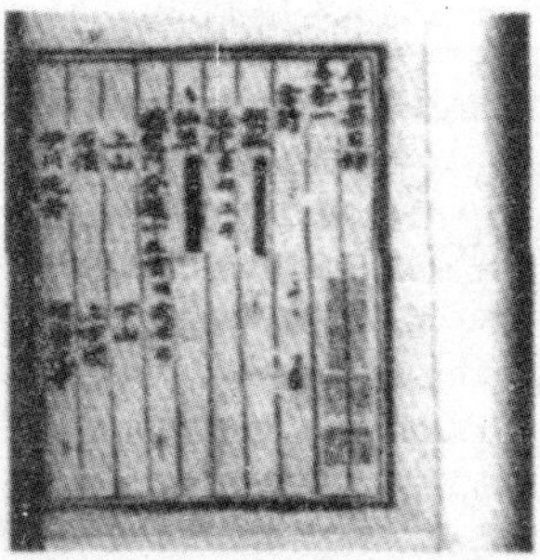
《欧阳文忠公集》书影

(公元 1057 年),欧阳修始任知贡举,于是,便借助行政职权严格禁止考试用华而不实的骈文,而提倡平实朴素的文风,并通过此来选拔诗文革新的后起之秀。苏洵、苏轼、苏辙父子,梅尧臣、王安石、曾巩等人,都是在他的直接或间接的培养和鼓励下成长起来的。在欧阳修的热情努力下,北宋诗文革新运动终于取得了重大胜利。

在欧阳修的弟子中,为诗文革新运动立下大功的是苏轼。他不但勤于创作,提拔青年上也不遗余力。苏轼诗文创作的特点是重视“文”。他论道论文,远异于柳开、石介诸人,亦不同于欧阳修、王安石等。他讲道,不局限于孔孟儒家之道,而是指天地间每一事物背后的“内在物理”。他讲文,是“求物之妙”,“了然于心”和“了然于口与手”的辞达之文。一扫浮艳、用典和艰涩,使诗文革新运动步入新阶段,将西崑体扫人历史的垃圾堆。而出白他名下的黄庭坚、秦观、张来、晁无咎和陈师道、李廌等,后来也都成为文坛著名人物。如果说欧阳修奠定了北宋诗文革新运动胜利的基础,那么,苏轼则是最后完成它的人。

苏门六君子

苏门六君子和苏门四学士指的都是经过苏轼提携的,有才华的青年人。

苏门六君子指苏门四学士及陈师道、李荐。苏门四学士是指北宋文学家黄庭坚(公元 1045 年~1105 年)、秦观(公元 1049 年~1100 年)、晁补之(公元 1053 年~1100 年)和张耒(公元 1054 年~1114 年)。

苏轼是继欧阳修之后主持北宋文坛的领袖人物,在当时的作家中享有盛誉，一时与之交游者或接受其指导者甚多，黄、秦、晁、张、陈、李都得到苏轼的培养、常识、奖掖，除李荐外其余五人皆受苏轼主荐为官。他们皆以诗文为苏轼赏识荐拔，与苏轼友谊笃厚，关系在师友之间。其中，苏轼又最欣赏和重视黄、秦、晁、张。他曾说“如黄庭坚鲁直、晁补之无咎，秦观太虚、张耒文潜之流，皆世未知，而轼独先知之。”“苏门六君子”只是表明他们都得到过苏轼的垂青和指导，接受过他的文学影响，但不是说他们与苏轼可以统称为一个文学流派。实际上六君子风格各异，受苏轼影响的程度有差别，文学风格也不尽相同。如黄庭坚的诗自创江西诗派，与苏轼并称苏黄。秦观的主要成就在词，但他的词都不走苏轼的路子，而专以纤丽婉约见长，为婉约派代表作家。张耒以诗见长，平易浅近。晁补之诗词稍逊，而擅古文。陈师道（公元 1053 年～1102 年）亦为江西诗派代表作家。李荐（公元 1059 年～1109 年）元丰中以文谒苏轼于黄州，其文条畅曲折，辩而中理，为苏轼称赏，后举进士不第，绝意仕途。南宋人曾辑黄、张、晁、秦、陈、李之文为《苏门六君子文粹》。

三苏祠

豪放派领袖——苏轼

苏轼（公元 1037 年～1101 年）在词的发展史上是开一振

先河的大家，他的作品冲破了词坛上的狭隘局限，为词开辟了较为广阔的天地，在北宋词坛上竖起了一座丰碑。

苏轼

苏轼作词不拘一格，挥洒自如。他一方面将写诗的豪迈气势和遒劲笔力贯注词中，一方面尝试用散文的句法写词，在词中发议论，偶尔兼采史传、口语，给人们以清雄之感。他的词结构变化多端，写景、抒情和议论融为一体，有巨大的艺术表现力。

苏轼首先在词的题材上开疆拓土，扩大了词反映社会生活的范围，提高了词的意境，使词成为一种独立发展的新诗体。广至大千世界，深至个人内心，举凡记游、怀古、说理、感旧、田园风光、贬居生涯，苏轼都一一纳入词中，使原先局促黯淡的词境豁然开朗，为宋人开辟了一块可在其上与唐人诗歌方面的成就争雄况胜的天地。[念奴娇]《赤壁怀古》和［水调歌头］《丙辰中秋……兼怀子由》这两首词集中体现了苏词的思想艺术成就。这两首词笔涉天地古今，境界开阔高远，既抒写了个人的失意惆怅，又表现出旷达超脱的情怀，一改词流连于“花间”、“樽前”的旧传统，展示了雄浑豪放的格调和社会人生的广阔领域。苏轼由此被视为豪放派的领袖。

秦观与《淮海词》

秦观（公元1049年～1100年）是苏门四学士之一，词、诗、文皆工，而以词著称，是婉约派的代表作家，其词集名为《淮海词》。

秦观词的内容，局限于描写男女恋情和抒发个人愁怨，以“情韵兼胜”著称，感伤色彩较为浓重。柳永的词在这方面对他颇有影响。秦观词的艺术成就很高。他比较注重晚唐五代以来词体形成的婉约本色，善于通过凄迷的景色、婉转的语调表达感伤的情绪。秦观在这方面继承了柳永的某些表现手法，但又避免了柳永的俚俗和发露无余，而以淡雅含蓄取胜。秦观在北宋以后几百年都被视为词坛第一流的正宗婉约派作家，他的词风对后来的许多著名词家如周邦彦、李清照直到清代的纳兰容若等，都有显著的影响。

女词人李清照

在中国几千年的文学史上，女性文学家寥若晨星，而能够在中国文学史上占有相当重要地位的更是凤毛麟角。李清照正是这样一位千年罕见的女文学家。

李清照（公元 1084 年～1155 年），济南历城（今山东济南）人，自号易安居士。为北宋散文家兼学者李格非女，夫赵明诚，金石考据学家。

李清照幼有才藻，善属文，工诗词。其父被列入元祐党籍，她呈诗赵廷之以救。公元 1101 年结婚后，与赵明诚共同致力于彝器、石刻和书画之收藏研究，收集了大量的金石文物和图书。夫妻诗词唱和，生活优裕。

金人南侵中原，李清照与赵明诚避乱南方。未久，明诚病逝，辗转流离中，文物丧失殆尽。李清照只身漂泊，生活凄苦。晚年整理完成赵明诚所著《金石录》，上呈朝廷。今年去世，终年七十一岁。

南渡，是李清照个人生活的、也是其文学创作的重大转折。这之前，其词的内容多写闺情，风趣活泼；之后，多写思乡离愁，格调沉郁。但其词风，却一贯以委婉蕴藉为特色，是继五代李煜、北宋柳永之后的佼佼者，达到了婉约词的顶巅。这之后，经历国破家亡的遭遇，情绪激昂，词作流露出对中原故土的怀念，渗透了强烈的爱国情感。部分诗词感慨激昂，表现了她对现实的关心，对统治者的揭露和爱国热忱。其文词语言清丽，善白描。论词强调音律和典雅，反对以诗为词。亦能散文、骈文和诗，通书画。有《李易安集》，后人辑有《漱玉集》。

辛弃疾

南宋最杰出的爱国词人辛弃疾（公元 1140 年～1207 年），他不仅是南宋著名的爱国之士，而且是开创一代词风的杰出文学家。现存的《稼轩词》共有六百二十余首，是两宋作品最多的词家。

辛弃疾，宋济南历城（今山东济南）人，原字坦夫，后字幼安，号稼轩居士。辛弃疾生时已在金人统治之下，投效忠义军领袖耿京，并劝其归宋，张安国杀耿京降金，则又入金营擒张安国南返宋朝，时年仅二十三岁，实一民族英雄。一生主张抗金，以恢复为志，功业自许，多次上书，分析抗金形势，提出抗金主张，奏请练民兵以守两淮。后历任数处安抚使。

辛弃疾是南宋第一大词人，他所遗留下来的词有六百二十三首之多。他继苏轼之后，把词的豪放风格加以发扬光大，使它蔚然成为一大流派，成为词坛的主流。他在《永遇乐·京口北固亭怀古》里写道：“想当年，金戈铁马，气吞万里如虎”，慷慨激昂，气魄雄伟。《破阵子》中的“醉里挑灯看剑，梦回吹角连营。八百里分麾下炙，五十弦翻塞外声，沙场秋点兵。……了却君王天下事，赢得生前身后名。可怜白发生!”不仅抒写了抗金部队壮盛的军容，横戈跃马的战斗生活和恢复祖国河山的胜利愿望，同时也发泄了壮志难酬的悲愤心情。由于其词继承并发扬了苏轼豪放派的风格，纵横驰骋，悲壮激烈，与苏轼并称“苏辛”。

辛词抒发了词人满腔爱国激情及南渡以来的无限感慨与义愤，多方面反映了错综复杂、激烈动荡的社会现实，表现了非凡的英雄气概和创造力，在中国文学史上特别是词史上占有很重要的地位。著有《稼轩长短句》，今人辑有《辛稼轩诗文钞存》。

贺铸与《东山词》

贺铸（公元1052年～1125年），字方回，北宋卫州（今河南汲县）人。他才兼文武，愤世嫉俗，不事权贵。一生仕途蹭蹬，沉郁下僚。晚年退居苏州，自号庆湖遗老。今传有《山东词》，存词近300首。

贺铸为北宋著名词人。他的词以抒发个人闲愁为特色，但坎坷身世，落寞情怀，却又富于人生况味。他善用比兴之法。构成新的意象、新的格局和境界，而不落寻常俗套。他善化前人的成句，来加强词的抒情气氛，但华赡有余而真性不足。他精通音律，声歌弦管，自成新调。他喜用密集的韵脚，错综的韵声，造成跌宕回环的节奏和抑扬顿挫的音律。他寄兴无端，风格多变，柔情缠绵于笔端，豪气腾涌于腕底，至有“幽索如屈、宋，悲壮如苏、李”之誉。

白石道人——姜夔

姜夔（公元1155年～1229年），字尧章，号白石道人，南宋后期著名词人、诗人。

他早年孤寒，成年后出游扬州等地，往来于长江中下游及江淮之间，过着四海飘零的生活。他一生未作官，多才多艺，擅长诗词及书法，精通音律，尤以写词著名。姜夔词的艺术特点首先表现在其意境的清幽冷峻，通过这种意境寄托他落寞的心情，这对后世许多功名失意、流落江湖的文人极富吸引力。姜词还以讲究音律和辞藻、语言典雅凝练著称。他还善于在语言上用虚词和单行散句，声律上间用拗句拗调，富于转折和变化，虽刻意求工而不流于轻靡浮艳，适当纠正了婉约派词平熟软媚的作风，给人以简洁醇雅之感。姜夔的词继承了婉约派词人的成就，同时部分融合了辛弃疾词的清健笔调，又适当地吸收了江西派诗人的手法，在词坛上自成一派，对后来词家的影响很大。

江西诗派

江西诗派是北宋以来古文运动的重要成果之一。它的开创者是黄庭坚。黄庭坚（公元1045年～1105年），字鲁直，分宁（江西修水）人，自号山谷道人，又自号涪翁。

黄庭坚的诗歌创作，是在面对着长江大河一般的唐诗和欧阳修、苏轼的宋诗的挑战下开始的。他想新创一条自己的道路。他说："文章最忌随人后"，又说："自成一家始逼真"。要想实现创新的雄心，他走的是与众不同之径。他的社会接触面比杜甫、韩愈小得多，比欧阳修、苏轼也小得多，长期的书斋生活使他无法在反映现实、评论时事、抒写真怀上与前辈诗人争一地之长，只好到书本知识和写作技巧上寻找超人之处。他虽然也说过学诗"要先以识为主"，但他所指的"识"不过是要"潜心"体味古人诗作而已。黄庭坚之所以能自成宗派，并成为当时人和后人学习的典范，与他的做诗主张和做诗方法分不开，其中最突出的有下述几点：

一、夺胎换骨法。黄庭坚说："诗意无穷，而人才有限，以有限之才，追无穷之意，虽渊明、少陵不得工也。不易其意而造其语，谓之换骨法；窥之其意而形容之，谓之夺胎法。"简言之，夺胎法即点窜古人诗句，借用前人诗意，改为自己的作品；换骨法即意同语异，用前人的诗意，而以自己的语言出之。王安石有诗云："祇向贫家促机杼，几家能有一钩丝，"黄庭坚改换五字为："莫作秋虫促机杼，贫家能有几钩丝"。这就是换骨法。

黄庭坚

二、字字有来处。黄庭坚说："自作语最难。老杜作诗，退之作文，无一字无来处。盖后人读书少，故谓韩杜自作此语耳。古之能为文章者，真能陶冶万物，虽取古人之陈言入于翰墨，如灵丹一粒，点铁成金也。”字字有来处，就是要求搬弄典故，使用古语。他的《戏呈孔毅父》诗说：“管城子无食肉相，孔方兄有绝交书”，在短短的两句诗中连用四个典故。

三、拗律。杜甫的七律，已有拗体。韩愈也曾借拗句以推陈出新，胜过旁人。拗律是交换平仄，使诗的音调反常；拗句是句法的组织改变，使文气反常。但杜甫、韩愈，都是偶一为之。到了黄庭坚，这两种方法便被大量地用于诗歌创作之中，成为他的特格。后来又有单拗（将句中平仄二字交换）、双拗（两句中平仄二字对换）、吴体（每对句中的第五字以平声谐转）等名目，在诗坛广泛传播。

四、去陈反俗，好奇尚硬。去陈反俗是黄庭坚做诗的最高信条；好奇尚硬是他做诗的法与格。他说：“宁律不谐，而不使句弱；用字不工，不使语俗。”别人常用的字眼和鄙俗的调子，他一概洗除净尽，专搜求拗律、拗句、险韵、怪典。

黄庭坚有诗歌创作的大量作品，又有一套相对完整的理论和具体的做诗技巧指南，因而，在他周围逐渐形成一个诗歌团体。后人称之为“江西诗派”。

江西诗派因黄庭坚是江四人而得名，而诗派中的其他诗人也并不都是江西人。后来，北宋末、南宋初的吕本中撰写了《江西诗杜宗派图》中提出了“江西诗派”的称呼，并把黄庭坚作为诗派的创始人，又列举了陈师道等二十四人为这一派的成员。然而，别人把他也归入了江西诗派之中。其实，在吕本中所列举的诗人中，其理论主张和创作实践并不完全一致，有的诗人还不承认自己是江西诗派。徐俯对于吕本中列他于宗派中很不满，说：“我乃居行间耳。”韩驹是江西诗派中除黄、陈以外的大诗人，他也不甘于在江西诗派，《后村诗话》说：“子苍蜀人，学山苏氏，与豫章不相通。吕公强之入派，子苍殊不乐。”虽然如此，但作为一个诗歌流派，江西诗派又确实有着黄庭坚影响之下的共同特征。江西诗派对北宋后期诗歌创作有很大的影响。

爱国诗人陆游

陆游（公元 1125 年～1210 年），宋越州山阴（今浙江绍兴）人，字务观，号放翁。南宋著名爱国诗人，词人。

在北宋南迁前两年，他出生在行驶于淮河中的一条船里。他还不懂得世事，淮河就成了宋、金的分界线，中原沦丧了。

陆游在南宋定都临安时即被父母携带返回了家乡。他的少年时代，正是南宋朝廷内抗战与投降两派激烈斗争之时。这期间，乃父友人都是些爱国志士，每当来家聚谈，总以祖国山河的残破，朝廷的腐朽，激昂陈词，疾首痛心。这给陆游以深刻影响，在他小小的心灵里，播下了忠于祖国、忠于民族的种子。既长，陆游就以收复故国河山为己任。

沈园

陆游二十九岁那年，参加省试，考取第一名。同时参加省试的有奸相秦桧的孙子，名列陆游之后。这使秦桧大为不满。第二年，陆游又参加殿试，却被秦桧削了名，并永远剥夺他仕进的资格。加给他的罪名是“喜论恢复”，即主张收复失地，也就是“爱国罪”。秦桧死，始任福州宁德簿，迁大理寺司直兼宗正簿。孝宗赵昚即位，任枢密院编修官，赐进士出身。曾任镇江（今属江苏）、隆兴（今江西南昌）、夔州（今四川奉节）通判。

和大将张浚商讨整顿武备，进取中原，被诬告免职。公元1173年入四川宣抚王炎幕府，曾向王炎提出抗金大计。又在蜀州、嘉州、荣州（今四川崇庆、乐山、荣县）任职，改任置制史范成大参议官。未几，朝廷召回为礼部郎中兼实录院检讨官。

陆游从入川到出川，生活几近十年，这是他一生中至关重要的历史时期。他的诗风，在这时为之一变，气概沉雄、轩昂。他自己编的诗集，取名《剑南诗稿》，就是为了纪念这段川陕生活。

陆游出川后，时仕时闲，六十五岁时再次回到了山阴县鉴湖边上的三山村，度其晚年。

陆游工诗词、散文，亦长于史学。南渡后，与尤袤、杨万里、范成大并称南宋诗坛四大家。其诗多沉郁顿挫，雄浑豪放，内容以恢复中原，统一中国，反对投降为主题，兼有反映人民疾苦，批判时政之作。字字句句闪耀着爱国真情和对多灾多难国家的一片丹心，实为一代人民心声之反映。其诗今存有九千多首，著有《剑南诗稿》、《渭南文集》、《南唐书》、《老学庵笔记》等。

《资治通鉴》

《资治通鉴》简称《通鉴》，共有二百九十四卷，文字简练，记事周详，上起春秋末韩、赵、魏三家分晋（公元前403年），下迄后周亡于宋朝的前夕（公元959年），共记载了我国古代一千三百六十二年的历史。这是一部宏伟的编年体通史著作，是我国史学上的创举。它是由宋代著名政治家，史学家司马光同刘恕、刘攽、范祖禹等有很高史学造诣的学者们一起，花了十九年的时间，编成一部编年体裁的通史巨著——《资治通鉴》。

司马光（公元1019年～1086年）之所以能完成这么一部不朽的通史著作，一方面也是由于他的工作得到北宋朝廷的重视。能充分利用国家的藏书。治平元年（公元1064年），司马光把已经完成的先秦部分史稿，即《通鉴》的前八卷呈送给宋英宗，引起宋英宗的重视，让他在崇文院设局专心编书。崇文院是国家藏书最集中的地方，有图书三万多卷。治平四年（公元1067年），年轻的皇帝赵顼即位，为这部书定了书名，叫做《资治通鉴》，并写了序文，鼓励司马光继续努力，完成这项工作。

《资治通鉴》是众手修书，又体现司马光“一家之言”的成功之作。各个助手承担《通鉴》编修的任务，历来有不同的说法。胡三省、马端临、全祖望及近代学者意见大同小异。范祖禹担任《通鉴》中唐史部分的与修工作。刘攽任汉代部分的内容的编修。刘恕为全局副手，他承担的任务或说是三国两晋南北朝部分，或说是自南北朝至隋的长编，或说专修五代部分。或考订刘恕担任的工作前后有变化。司马光参与全过程的修史工作，全书定稿“其是非予夺之际，一出君实笔削”。司马光对历史的看法和范祖禹、刘恕的观点也有差异，但《资治通鉴》的“臣光曰”完全贯彻司马光的见解。所以说《资治通鉴》是众手修书，又体现了司马光“一家之言”的成功之作。

司马光治史严谨，考辨材料的方法称为考异法，这部史书

《资治通鉴》书影

有很高的史料价值和文学价值。编纂史书是先编“丛目”，将收集的史料，按照年月顺序，标明事目，剪贴排列。第二步编“长编”，整理丛目，考订取舍，重加组织润饰。最后是定稿。这给后人修史留下宝贵的编纂经验。

《资治通鉴》问世后，编年体史书有较大的发展。受到《通鉴》的影响，宋代的编年体史书重要的作品有李焘的《续资治通鉴长编》、李心传的《建炎以来系年要录》等。为《资治通鉴》作注释和考辨的著作，重要的是胡三省《资治通鉴音注》、《释文辩误》等。

欧阳修修史

欧阳修（公元 1007 年～1072 年）不仅在文学上是古文运动的领袖，在宋代史学领域也做出了杰出的贡献，他是《新五代史》《集古录》的作者，新《唐书》的编者。

欧阳修最先开始撰辑的是《五代史记》。欧阳修的撰辑《五代史记》工作，当初是和尹洙（师鲁）分工合作的，欧阳修负责梁、汉、周三代，尹洙负责唐、晋两代，但庆历七年（公元 1047 年）尹洙去世以后，这一工作便不得不由欧阳修一人来完成了，直到皇祐五年（公元 1053 年），他才全部完成了这一工作，前后共用去了十八个春秋。后人为了区别于薛居正的《五代史》，遂称薛《史》为《旧五代史》，欧《史》为《新五代史》。《新五代史》凡七十四卷，其中本纪十二卷，列传四十五卷，考三卷，世家及年谱十一卷，四夷附录三卷，记载了从后梁开平元年至后周显德七年共五十三年的历史。

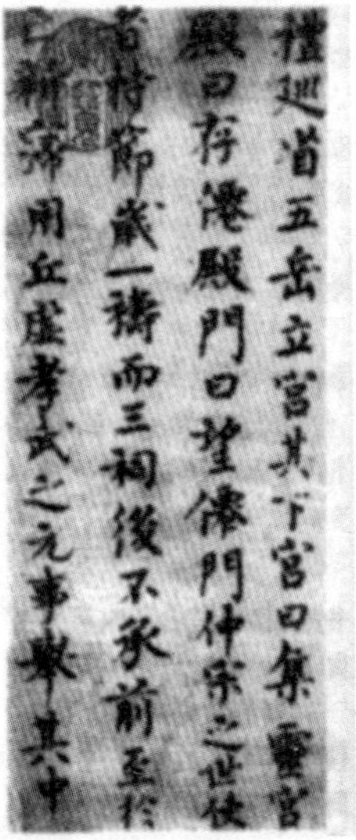
欧阳修书法

从至和元年（公元 1054 年）到嘉祐五年（公元 1060 年），欧阳修又以六年多的时间，主持完成了《新唐书》的修撰。由于宋人不满后晋刘昫所奏进的《唐书》，仁宗庆历四年，枢密使贾昌朝始奏重修《唐书》，第二年，仁宗正式下诏设局修史，以贾昌朝为提举，以王尧臣、宋祁、赵槩、杨察为判馆，以张方子、余靖为修撰，以曾公亮、赵师民、何中立、范镇、邵必、宋敏求为编修。其中不少人任职不久即离开了史馆，始终参与修《唐书》的只有三人，即宋祁、范镇和宋敏求。工作进展缓慢，设局已有十年来，而“纪志俱未有草卷。”为加快撰修《唐书》的进度，至和元年（公元 1054 年）八月，命欧阳修“刊修《唐书》”，负责本纪、志、表的编撰。在范镇、宋敏求、刘羲叟、梅尧区等人的协助下，嘉祐五年（公元 1060 年），《唐书》全部修成。后人为区别于刘昫的《唐书》称刘《书》为《旧唐书》，欧阳修等所修为《新唐书》。《新唐书》共二百二十五卷，其中本纪十卷，志五十卷，表二十二卷，列传一百四十三卷。虽卷数比《旧唐书》多，但字数却比《旧唐书》少了许多，真正做到了曾公亮在《进新唐书表》中所说的：“其事则增于前，其文则省于旧。”

欧阳修所修的两部史书，有下列共同特点：一是在体例上有所创新，如《新唐书》即增加了旧史所没有的《仪卫志》、

《选举志》和《兵志》，《新五代史》则改志为考，学《同天考》和《职方考》，其他典制则从略。欧阳修在两史中还编制了新的谱表，如《新唐书》有《宰相表》、《方镇表》、《宗室世系表》、《宰相世系表》，《新五代史》中有《十国世家谱》等，这虽不是创新，却是继承了司马迁开创的，又几乎被史家摒而不用的史表传统。二是在大力开拓史料来源，吸收丰富的史料。他曾奏请派人专门查阅当时尚存的“唐朝至五代已来奏牍案簿”，不仅系统整理了唐代科举制和兵制的演变资料，写成了《选举志》和《兵志》，而且还整理了唐代不少经济史料，致使《新唐书》之《食货志》比旧志增加了一倍还多的篇幅。特别是《全文志》，更作了大幅度的补充。不值得一提的是《新五代史·司天考》，《旧王代史·历志》载有王朴《钦天历经》，凡四篇，其中一篇亡佚，另三篇也不太完整，欧阳修则访求到了王朴原书，完整地吸收到了《司天考》中，其意义之大是不言自明的。三是欧阳修修史特别注意文词简赅，力求做到刘知几所说的“文约而事丰”，事实上，欧阳修所修的两史都达到了这一要求。清人赵翼说：“不阅《旧唐书》，不知《新唐书》之综核也；不阅薛《史》，不知欧《史》之简严也。”实在是中肯的评价。

醉翁亭

欧阳修的史学成就还有一个重要方面，就是非常注重对古代文物的收集、著录和考辨，他在嘉祐七年（1062 年）编成了《集古录》一千卷，就是这一成就的体现。

朱熹刊印《四书集注》

《四书章句集注》

北宋时期，儒学在理学家的带动下，又开始兴盛起来，在民间掀起了授徒讲学之风。在教材的选定上，理学家们依照自己的理解，特地从关于礼仪制度的典籍《礼记》中抽取出大学》、《中庸》两篇，并为之作注解以教授生徒。

理学大师朱熹祖述程颢、程颐的观点，特别尊崇《孟子》和《礼记》中的《大学》、《中庸》两章，使之与《论语》并列，认为它们代表了儒家经典的根本精神。他对此四书分别作了注解，于绍熙元年（公元 1190 年）和漳州任上，首次一齐刊印，称之为《四子》，亦即后人所称的《四书章句集注》，或简称《四书集注》。刊出后，朱熹自己又反复作过修改，是他最富代表性的著作之一，对后世影响极大。《论语》、《大学》、《中庸》、《孟子》合称为《四书》，从此始。

书画家苏轼

苏轼是继欧阳修后北宋文坛的杰出领导者，在书画上也有独到贡献。他喜好画枯木、怪石、墨竹等，时出新意，形神俱妙。他的《枯木竹石图》一卷，画盘曲枯树一株，顽石一块，石后露出二三小竹和细草，深具意趣，可谓“诗中有画、画中有诗”。他画竹，常常一杆从地直至顶。图中枯木虬屈无端倪，怪石皴硬。自谓“枯肠得酒盘角出，肝肺槎枒生竹石”。枯木题材绘画也正是他心灵的写照。该图运思青拔、风格卓绝，是画中珍品。

东坡题扇图

苏轼《黄州寒食诗》书法

在书法上，他以行书和楷书名著于世。最著名的墨迹代表是《黄州寒食诗》，为行书诗稿。诗的内容，充满着消沉、悲苦、凄凉、绝望的情绪。其书随意命笔，随着诗情的起伏而变化，参差错落，时大时小，忽长忽短，感情随着笔尖自然流出，达到了艺术形式和内容的完美统一，令人感叹不已。

宣和画谱

北宋宣和二年（公元 1120 年），在宋徽宗赵佶授意和主持下，一批精于画史和鉴赏的儒生们集体编撰了一部反映宫廷所藏绘画作品的著录著作——《宣和画谱》。

《墨竹图》文同画

《宣和画谱》共二十卷，收录了魏晋至北宋画家二百三十一人，作品六千三百九十六幅。并按画科分为十门。每门画科前都有短小精悍的叙论，叙述该画科的渊流、发展及代表人物等，然后按时代先后顺序排列画家小传及其作品。

《宣和画谱》虽然是属于著录性质的画史专著，但从每个画科的叙述及画家传记评论来看，更具有绘画史论的性质。因此，此书不但是宋代宫廷藏画的记录，而且还是一部传记体的绘画通史，对于研究北宋及其以前的绘画发展和作品流传，具有重要的史料价值。

《清明上河图》

《清明上河图》的作者是北宋著名画家张择端。张择端，字正道，东武（今山东诸城人）。幼好读书，早年游学汴京（今河南开封），后习绘画，徽宗赵佶在位时供职翰林图画院，专工界画宫室，尤擅舟车、市、肆、桥梁、街衢、城郭，自成一家。有《清明上河图》、《西湖争标图》等作品名于世。《清明上河图》是著名风俗画作品，绢本，长卷，淡设色，卷宽 24.8 厘米，长达 528.7 厘米。“清明”指农历清明节前后，一般认为该图是描写北宋京城汴梁及汴河两岸清明时节的风光。

作品采用了传统的手卷形状，从鸟瞰的角度，以不断推移视点的办法来摄取景物，段落节奏分明，结构严密紧凑。至于笔墨技巧，无论人物、车船、木房屋，都线条遒劲老辣，兼工带写，设色清淡典雅，不同于一般的界画。

全画结构共分三段：首段写市郊风景，寂静的原野，略显寒意，渐而有村落田畴，嫩柳初放，有上坟回城的轿、马和人群，点出了清明时节特定的时间和风俗。中段描写汴河，汴河是当时中国的南北交通干线孔道，同时也是北宋王朝的漕运枢纽，画面上巨大的漕船，或往来于河上，或停泊于码头。横跨汴河有一座规模宏敞的拱桥，其桥无柱，以巨木虚架而成，结构精巧，形制优美，宛如飞虹。桥的两端连着街市，人们往来熙熙攘攘，车水马龙，与桥下繁忙的水运相呼应，是全国的第一个热闹所在。后段描写市区街景，以高大的城楼为中心，街道纵横交错，各种店铺鳞次栉比，有茶坊、酒肆、脚店、寺观、公廨等。有沉檀楝香、罗锦匹帛、香火纸马，有医药门诊、大车修理、看相算命、修面整容，还有许多沿街叫卖的小商小贩。街上行人摩肩接踵，络绎不绝，男女老幼，士农工商，无所不备。

全卷所绘人物五百余位，牲畜五十多只，各种车船二十余辆艘，房屋众多，道具无数，场面巨大，段落分明，结构严密，有条不紊。技法娴熟，用笔细致，线条遒劲，凝重老辣，反映了高度精纯的绘画功力和出色的艺术成就。同时，因为画中所绘为当时社会实景，为后世了解、研究宋朝城市社会生活提供了重要的历史资料。

《梦溪笔谈》

《梦溪笔谈》书影

沈括（公元1031年～1095年），字存中，北宋钱塘（今浙江杭州）人。他博学善文，於天文、方志、律历、音乐、医药、卜算，无所不通，是中国历史上一位伟大的科学家，一生著述颇丰，其中以记平日与宾客言之者言的《梦溪笔谈》最为著名。

现存《梦溪笔谈》二十六卷（分十七日），《补笔谈》三卷，《续笔谈》十一篇。《补笔谈》和《续笔谈》较为后出，最早著录《补笔谈》的是《文渊阁书目》，而不著录《续笔谈》；最早著录《续笔谈》的是《遂初堂书目》，而不著录《补笔谈》。明马元调按《梦溪笔谈》的分类，将《补笔谈》归为十一目，分三卷，连同《梦溪笔谈》、《续笔谈》全书刊行，成为现存较完善的《梦溪笔谈》的祖本。

《梦溪笔谈》记述了沈括多年来观察实践所积累的研究成果，其中包括文学、艺术、历史、政治、科学、技术诸方面的内容，而最可宝贵的是他的学术领域内广泛的见解和见闻，很多有创造性的见解，至今仍为世人所称道。据不完全统计，《梦溪笔谈》中属于科学技术的条文约二百五十五条，约占全书的五分之二强，分属数学、物理、化学、天文、地学、生理医学、工程技术诸科，所涉学科广泛。美国李约瑟说沈括是“中国整部科学史中最卓越的人物”，《梦溪笔谈》是“中国科学史上的里程碑”。

沈括在太行山崖间，看到石壁上密嵌着螺蚌壳和鸟卵式的石子，考虑到这里是太古时代的海滨，这种现象是由海滨的介壳和淤泥堆积而成。他指出河流的侵蚀和沉积作用，推断出太行山地区的海陆变迁。沈括的这一推断较欧洲的达文西提出化石是生物遗迹的看法早四百年，他在地质学、古生物学方面的贡献无疑是伟大的。在延州，河岸崩圮，地下数十尺处，有类似竹笋林的化石，即推测“旷古以前，地卑气湿而宜竹”，这在植物地理学和古生物学方面都是重要的创见。在数学方面，他发展了《九章算术》，创造了新的高等级数——隙积术，解决了累层堆积的甕、缸、瓦盆类物件的总和的求法。天文方面，发展了张衡的学说，明确指出月亮本身不发光，其光缘于日光。医药方面，沈括精于医术，对药用植物很有研究，《梦溪笔谈》有一卷为《药议》，订正了许多生药的性状和名称，对以后的药学家颇有启发。沈括在书中首次指出了地磁场存在磁偏角；最早记载了一种简便的人工磁化法，即“以磁石磨针锋”造指南针；详细论述了指南针的四种装置方法；首创了分层堰法测量地形；最早提出“石油”这个科学的命名，沿用至今；提出了完全按节气来定一年的日历安排的方案等。

《梦溪笔谈》还注意记录当时劳动人民和科学家的杰出发明，充分体现沈括具有一个伟大科学家的坦荡心胸，以及实事求是的严谨学风。布衣（平民）毕发明了活字印刷术，沈括对其创造过程以及设备的使用，做了详细有条理的记述，成为有关这一发明的唯一资料。《梦溪笔谈》记录孙思恭经认真观察和思考，提出彩虹是大气中的折射现象的见解，使这一重要创见得以保存。另外，沈括也重视客观地记述自然现象和生产技术情况，如对陨石和陆龙盖的描写；摘录“匠师”喻皓的《木经》，记录河北锻钢工人所掌握的“团钢”和“灌钢”的制作技巧，从这类记载中不难看出那个时期人民对自然的认识以及生产技术所达到的水平。

沈括作为一个政治活动家，在《梦溪笔谈》中当然要记述人民斗争与民族斗争的情况，由于他又是一个科学家，世俗偏见较少，记载较为客观。对于王小波、李顺所领导的农民起义，他有这样的叙述，“录用材能，存抚良善，号令严明，所至一无所犯。”又如咸平间（公元 998 年～1003 年）契丹犯边，由于张皓出使，将契丹之谋告之守将，大败契丹。而真宗仍与契丹签订了澶渊之盟。正史及多数史籍皆不载张皓事。只有《梦溪笔谈》尊重事实，它的记载揭露了统治者为维护其皇位而向外族屈辱求和的用心。

沈括兴趣广泛，学识精博，对出土文物亦留心搜集，而且把这些文物当作研究历史的资料。沈括爱好音乐、美术、文学，亦有较高的造诣。

宋代佛教

在宋一代，佛教在宗教界可以说一直唱着主角。宋建立后，太祖赵匡胤、太宗赵光义都信奉佛教，北宋一建立，就大力提倡佛教，公元 960 年，赵匡胤刚登位，即令各地保护寺院，公元 971 年，派人前往成都雕刻藏经，按照《开元释教录》所载的藏经，顺次刊行。公元 983 年，刊刻十三万版，近五千卷。

此后继续进行这一工作。太宗时期建寺院，在东京设译经院。佛教势力开始兴盛。

河南府进士李蔼作《灭邪集》反佛，赵匡胤斥他“诽毁佛教，诳惑百姓”，把他流配沙门岛。太宗赵光义时，对佛教的倡导可以说到了一个高峰。在五台山、峨眉山、天台山等处修建寺庙，在开封设译经院翻译佛经。太祖赵匡胤开宝年间，开始在益州雕印大藏经，太宗时雕版完成。这是第一部印行的佛经总集。宋朝建国时，各地僧徒不过六万八千余人，太宗时增加到二十四万。真宗赵恒更加大力提倡佛教，撰写《崇儒术论》的同时，又作《崇释论》，说佛与孔孟“迹异而道同”。赵恒继续建寺译经，并亲自作佛经注释。全国僧徒增加到近四十万，尼姑六万多，所成佛经多至四百一十余卷。真宗统治时期，成为赵宋一朝僧徒最多、佛学最盛的时期。

宋儒虽排斥佛教，但宋儒理学所受佛教思想之影响颇多，士大夫中亦喜闻禅学，至于庶民百姓，尤其是死丧殡葬之时的礼节，亦受佛教的影响。

宋朝佛教有各种宗派，其中以禅宗南宗流传最广泛。南宗中又有各种宗派。在禅宗之外，天台宗等宗派也相当盛行。

北宋道教

北宋提倡道教，特别是在太宗、真宗、徽宗时期，崇道教成了一股思潮。道教的几个代表人物在社会上有很大的影响，他们对学术思想的发展起了重要的作用。陈抟是五代后期的有名道家。宋太宗时，被召到京城，太宗赐号“希夷先生”。宋代的几个重要理学家如周敦颐、邵雍的学术都和他有紧密的关系。

泰山碧霞祠

据说，周敦颐的《太极图》是陈抟传下来的；邵雍的学术思想渊源也来自陈抟，另外一个重要人物是张伯端，但他主张儒、释、道“教虽分三，道乃归一。”这里体现出儒、释、道合流的趋向，但道教在北宋最兴盛时期是徽宗时期。宋徽宗大肆宣扬道教，为提高道教的地位，政和三年（公元1113年）十二月，下诏示道教仙经于天下；政和四年（公元1114年）正月，下令置道阶26级、道官26等；政和六年（公元1116年），下令立道学、修《道史》；政和七年（公元1117年）四月，他还自称是神霄帝君下凡，令道箓院册封他为“教主道君皇帝”，集天神、教主、人君三位于一体。重和元年（公元1118年）八月，颁发《御注道德经》，九月，诏太学置道教各经博士，等等。从此，道教愈发兴盛起来，道教的地位被抬到空前的高度。

《洗冤集录》

《洗冤集录》是中国最早的一部比较完整的法医学专著，也是世界上第一部法医学专著，比意大利人佛图纳图·菲德利（FortunatoFidelis）所著的欧洲第一部法医学著作要早三百五十多年。此书的最早版本是宋理宗淳祐七年（公元1247年）宋

宋慈像

慈于湖南宪治的自刻本。该书一出，皇帝立即命令颁行全国，成为南宋王朝及后世办理刑案官员的必读本，据钱大昕称，该书一直被“自司检验奉为金科玉律”（《十驾斋养新录·洗冤录条》）。该书编撰者宋慈（公元1186年～1249年），宋建宁建阳（今属福建）人，字惠父，嘉定进士。后任广东提刑，雪洗冤狱，除暴安良，扶正祛邪，八个月决辟狱囚二百余，一扫粤吏数年不予详复的积弊。他博采治狱之书以及官府历年所公布的条例和格目，加以订正，补充，又吸取民间医药学知识与官府刑狱检验经验，分检复总说、验尸、四季尸体变化、自缢、溺死、杀伤、服毒以及其他伤死等五十三项，今年著成《洗冤集录》一书，《洗冤集录》中不少内容符合近代法医学原理，有许多具有相当高的科学水平，对法医检验很有价值的条目。它提出了即使在今日法医检验中也须遵循的检验的一般原则，该书所论述的法医检验范围和项目与现代法医学所论述的基本一致。明代以后，朝鲜、日本、法国、英国、德国、荷兰先后翻译出版《洗冤集录》，该书在国际上广为流传，是中华民族对世界文明发展的一大贡献。

元　朝

（公元 1271～公元 1368 年）

蒙古统一概况

蒙古的兴起

蒙古族源于东胡，唐朝称蒙兀室韦，是东胡语系室韦的一支。蒙兀是唐代对蒙古的译名，其后文献中的萌古、盲骨子、鞑靼等名，均指蒙古。世居黑龙江上游额尔古纳河东南地带。8世纪后在鄂嫩河和克鲁伦河流域放牧，属唐朝燕然都护府管辖，两宋时先后隶属辽、金。自突厥、回纥衰亡后，大漠南北散居着众多部落，蒙古部是其中一个部落，后蒙古征服各部，统称蒙古诸部。

草原马场

蒙古诸部大都过着游牧生活，“黑车白帐，随水草放牧”。他们经历了漫长的原始氏族社会阶段。11至12世纪时蒙古族私有制开始发展，向阶级社会过渡。12世纪初成吉思汗的曾祖合不勒始称汗，形成蒙古部集团。随着生产力发展，社会上出现贫富分化，通过大批战俘和人口买卖，奴隶人数大增，从而形成那颜（官人）、哈剌楚（牧民）、孛斡勒（奴隶）等阶级和阶层。当时蒙古草原有近百个部落，其中势力最强的是塔塔儿、蒙古、克烈、篾儿乞、乃蛮诸部。各部落的那颜为了掠夺牧场、牲畜和奴隶，互相展开激烈战争，攻杀不止。金朝统治者也利用各部族间的矛盾制造其内部冲突，让他们在厮杀中削弱，以便分而治之。诸部的混战，以及金统治者对蒙古族残酷的民族压迫（当时金人经常强索或掠取他们的财富，金世宗时每隔三年出兵一次，逢人便杀，称为“减丁”），使得蒙古族人民生活极端困苦，他们迫切要求结束混战状态，以反对金的统治，实现统一和安定。

成吉思汗统一蒙古各部

公元1162年，蒙古尼伦部孛儿只斤氏族的首领也速该把阿秃儿的妻子诃额仑生了一个男孩。恰巧生孩子的那天，也速该擒获了两个塔塔儿人，其中一个名叫铁木真。为了纪念他这次突袭的战功，也速该就把刚生下的儿子取名叫铁木真。铁木真就是后来的成吉思汗。

铁木真的童年和青年时代是在动乱的岁月中度过的。他的父亲也速该继忽图剌汗之后成为蒙古尼伦部的首领，因为长期以来一直与塔塔儿部发生争斗，所以结下了很深的仇恨。后来，塔塔儿部借机杀死了也速该。也速该之死造成了尼伦部的分裂，许多部众都脱离了尼伦部的统治，并且派人去杀铁木真。十三岁的铁木真和三个弟弟随母亲逃往鄂嫩河滨，过着颠沛流离的渔猎生活。

铁木真长大后，积累了丰富的斗争策略和经验。他知道单凭自己几个人的力量是不能打败敌人的，只有利用蒙古各部之间的矛盾，取得一些部落奴隶主的支持，才能壮大自己的力量，打败自己的敌人。于是，他忍痛把妻子的嫁妆黑貂裘献给克烈部的脱斡里勒汗，作为取得他支持的进见物。脱斡里勒汗则愿意帮助铁木真重新召集以前离散的亲属和部众。铁木真还争取了扎答剌部首领札木合薛禅对他的支持。

忽必烈

铁木真为了向蔑儿乞人报仇，就约定脱斡里勒汗和札木合一起出兵攻打蔑儿乞人。三方约定：脱斡里勒汗出兵二万，札木合出兵一万，铁木真带领住在鄂嫩河上的原来属于他的一万军队，共同会师。他们很快就击败了蔑儿乞人，迫使蔑儿乞人从色楞格河方向逃去，大批蔑儿乞人成了俘虏，许多男子遭到屠杀，而妇女则留下来做他们的妻子、奴婢，儿童留下来做奴隶，掠夺来的牲畜成了铁木真的财产。为了报答脱斡里勒汗和札木合的恩德，铁木真把脱斡里勒汗当作自己的父亲，并把掳来的蔑儿乞人送给他当奴隶。铁木真通过这次胜利，实力大大加强了，许多旧时的属民、那可儿、奴隶，也纷纷重新投靠他。

金世宗大定二十九年（1189 年），铁木真被一部分蒙古尼伦部的奴隶主们拥戴为汗。为了加强自己的权力和防止邻部的袭击，他重新整顿了军队，成立了专门警卫他的侍卫队，建立了保护、训练战马以及管理战车等专门机构，使战斗力有了提高，为未来的统一战争作了种种准备。

铁木真的壮大引起了札木合的不快。恰好札木合的弟弟给察儿因掠夺铁木真部下的马群而被杀了。札木合便集合其所属的札答剌的 13 部 3 万之众进攻铁木真，铁木真也将他的 3 万士兵分成十三翼迎战札木合。双方战于答兰巴勒主惕地方（今克鲁伦河畔）。这就是蒙古历史上著名的“十三翼之战”。会战结果，铁木真失败，被迫退到鄂嫩河去。札木合用极其残酷的手段把战俘处死了，引起了札木合部下许多人的不满，他们脱离札木合，投奔了铁木真。因此，铁木真虽然在“十三翼之战”中战败了，但由于札木合部下的许多奴隶主、属民和奴隶成了铁木真新的支持者，铁木真反而更壮大了。

不久，塔塔儿部首领蔑古真反抗金朝，金章宗命丞相完颜襄约克烈部的脱斡里勒汗和铁木真合兵进攻塔塔儿。蔑古真大败并被杀死，塔塔儿的部民和牲畜全部被脱斡里勒汗和铁木真掳获。完颜襄打了胜仗，十分高兴，因而封脱斡里勒汗为“王”，从此脱斡里勒汗就称为“王汗”；封铁木真为“札兀忽里”（前锋司令官），铁木真正式接受了金朝的封职。这样，铁木真在蒙古尼伦各部中的威信更高，权力更大，他惩罚和处死了几个不听指挥与他作对的奴隶主，并收管了他们的部众。后来成为成吉思汗“四杰”之一的木华黎就是在这时由他的父亲送来做奴隶的。

铁木真在漠北高原上崛起后，与其他蒙古各部的矛盾越来越大。公元1201年，合答斤、撒勒只兀、豁罗剌思、朵儿边、塔塔儿、翁吉剌、蔑儿乞、斡亦剌、泰赤乌等十一部的首领在阿鲁灰地方（今内蒙古乌尔虎河）集会，共推札木合为古儿汗（天下之主的意思）。札木合称汗后迅速出兵攻打铁木真。铁木真联合王汗对抗札木合，结果札木合的军队大败。王汗乘胜追击札木合，铁木真乘胜追击泰赤乌部，取得了胜利。

公元1202年，铁木真又发动了对塔塔儿残部的战争。结果，塔塔儿人被全歼，部民都成了铁木真的俘虏，他们或是被杀，或是沦为奴隶。塔塔儿部的消灭标志着东部蒙古各部已被铁木真征服。

这样，铁木真的劲敌就剩下西部蒙古各部了，而西部蒙古各部中最靠近铁木真的就是强大的克烈部。王汗对铁木真的壮大也感到了威胁，加上逃亡的札木合的挑拨，王汗决定先发制人，对铁木真发动袭击。但是，由于王汗部下的两个牧民透露了消息，铁木真已作好了战斗的准备。王汗的攻击没有摧垮铁木真，反使自己的儿子桑昆受了箭伤。然而，王汗毕竟兵多将广，实力雄厚，铁木真是经不起这种消耗战的，因而不得不把部队撤走，并派人向王汗求和。这时，铁木真抓紧时机，继续扩充力量，准备伺机决战。当他发现王汗思想麻痹、失去警惕时，发动了突然袭击，占领了王汗的金帐。王汗败逃，在鄂尔浑河畔被乃蛮人所杀。他的儿子桑昆一直逃到合失合儿（今新疆喀什），也被当地人杀了。从此，强大的克烈部完全瓦解。克烈部的败亡为铁木真统一全蒙古扫除了最大的障碍。所以，对王汗作战的胜利是铁木真取得成功的关键之一。

成吉思汗的战马鞍

攻灭克烈部王汗后，剩下的敌人还有乃蛮人、蔑儿乞人，南方的汪古人以及其他一些小部落。其中蔑儿乞人是世仇，乃蛮人是最有力量的大部落。

克烈部败亡后，到处流窜的札木合只好投奔到乃蛮人那里去栖身了。乃蛮是一个文化发达、建立了政权的大部落，当时的统治者叫塔阳汗。塔阳汗得知克烈部被消灭、铁木真统一了大半个蒙古的消息后非常惶恐，加上札木合的挑拨，决定以铁木真为敌。他采取的对策是：南联汪古，上下夹击。但是汪古人不愿与铁木真结怨，反而把塔阳汗的计谋告诉了铁木真。铁木真知道这个消息后，知道与乃蛮的战争不可避免，于是一面通过中亚的商人摸清乃蛮的军队实力和部署，一面再次整顿自己的军队，以增强战斗力。他把自己的军队按十人、百人、千人组织起来，任命自己的亲信当百夫长和千夫长；设置“扯儿必”（把总）管理辎重；挑选精兵组成“怯薛”（护卫军）；又从精兵中挑选上千名勇士当前锋。这样一支机动灵活、配合协调的军队，是非常适应草原作战的需要的。

公元1204年夏，铁木真率领大军出征乃蛮。铁木真驻军于哈勒哈河畔的建忒该山；塔阳汗则纠集蔑儿乞、克烈、塔塔儿、哈答斤等残部及斡亦剌、朵鲁班、散只兀诸部，声势颇大，扎营于杭爱山。当铁木真与手下众将领商量出征时，有人就认为夏天马瘦，不宜行军，主张缓至秋天时再征。铁木真采纳了其弟别里古台的意见，认为正可利用乃蛮轻敌而不备之机出兵，必获全胜。双方摆好阵容后，恰巧铁木真军营中有一匹瘦马受惊逃入乃蛮营中。塔阳汗一看铁木真的马瘦成这样子，就更加轻敌。他亲自跃马索战，铁木真摆好阵势准备迎战。这时跟随塔阳汗一起上阵的札木合，看到铁木真的军容十分整肃，简直今非昔比，知道交战后凶多吉少，就偷偷地溜走了。这一天，战斗十分激烈、残酷。到下午时，塔阳汗的军队渐渐招架不住，塔阳汗也遭擒被杀。于是形势急转直下，乃蛮军队顿时溃散，在黑夜中到处奔逃，坠崖身死者不计其数。只有少数军队在塔阳汗的儿子古出鲁克率领下逃到西辽境内。这场大战之后，乃蛮的百姓都成了铁木真的俘虏，追随塔阳汗的朵鲁班、塔塔儿、哈答斤、散只兀等部也纷纷投降了。

征服乃蛮战役的胜利，使铁木真统一蒙古的事业前进了一大步。从此，铁木真的威名震动了蒙古高原，余下的一些尚未征服的部落都不是铁木真的对手，他们或被击破，或自动归附。公元1204年秋，铁木真最后击溃了他的宿敌蔑儿乞残部，大败蔑儿乞首领脱黑脱阿，俘获了他的百姓，脱黑脱阿带了他的两个儿子、几个那可儿远远地逃走了。不久，翁吉剌残部、汪古部也归附了铁木真。这时只剩下十分潦倒的札木合了。由于大势所趋，他的几个那可儿知道败局已经不可挽回，便将他绑了送交铁木真，最后被铁木真处死。至此，铁木真统一全蒙古的大业完成了。

蒙古国的建立

公元1206年铁木真会诸部首领于斡难河（鄂嫩河）畔，举行忽里勒台（大聚会），立九足白旄纛，在蒙古各部的拥戴下，告天即“汗”位，尊称为成吉思汗（意为强大无敌），建立了大蒙古国（亦称蒙古汗国）。这是蒙古历史上第一个军事奴隶制国家。自此，“蒙古”便成为各部落的统一名称。

蒙古统一后建立了军政合一的国家体制，定都和林（今蒙古鄂尔浑河上游哈尔和林）。政治上实行领户分封制或称千户制，就是打破以血缘为基础的氏族组织，按等级高低划分封地，封地内的各阶层人民，按十进制方法，编为十、百、千、万户，并设十、百、千、万户长，千、万户长是世袭贵族，以下各户长领有不等的领地和领户。领户包括奴隶、自由牧民和属民，由领主统辖，领户平时从事畜牧业生产，定期向领主纳贡服役，战时随领主出征打仗。这样就把军事、行政和生产结合了起来，是蒙古国家建制的一个特点。军事上实行怯薛制，建立了拥有万人的怯薛（护卫军），为蒙古军的精锐，由成吉思汗直接指挥。另设左、中、右三军。又规定自十五岁至七

成吉思汗

十岁的男子皆为兵，按十、百、千、万户组织，战时各自备鞍马、兵器、粮食，随领主征战，实行军事行政联合体制。司法上设立札鲁忽赤（即断事官）。成吉思汗将许多习惯法固定下来，又把他的训言和命令编成大札撒（法典）颁布实行，并建立司法机构，以札鲁忽赤掌握民户分配和审判诉讼案件。文化上创制蒙古文字。在征服乃蛮部时，命乃蛮部掌印官畏兀儿人塔塔统阿用畏兀儿字母拼写蒙古语言，教蒙古青年读书，从此蒙古族有了自己通行的文字。这些措施巩固了蒙古各部的统一，有利于蒙古经济文化的发展。

畏兀儿归附蒙古

成吉思汗建国后，就开始向邻国发动掠夺吞并战争。畏兀儿是突厥语系中文化比较发达的一个古老民族。唐朝时称回纥、回鹘，曾在蒙古高原建立过回鹘汗国，后被黠戛斯击败，开始西迁。其中有一支迁到今新疆吐鲁番盆地一带，到 10 世纪末期时，地域已扩大到西抵葱岭，东达甘（今甘肃张掖）、肃（今甘肃酒泉）二州，北界天山，南越戈壁，并建立了高昌回鹘政权。其都城在高昌（今新疆吐鲁番东），或称“哈拉和卓”；其首领称“亦都护”。12 世纪初西辽建立后，畏兀儿臣属于西辽，西辽于畏兀儿境内设立了一个专门监管畏兀儿事务的官员——

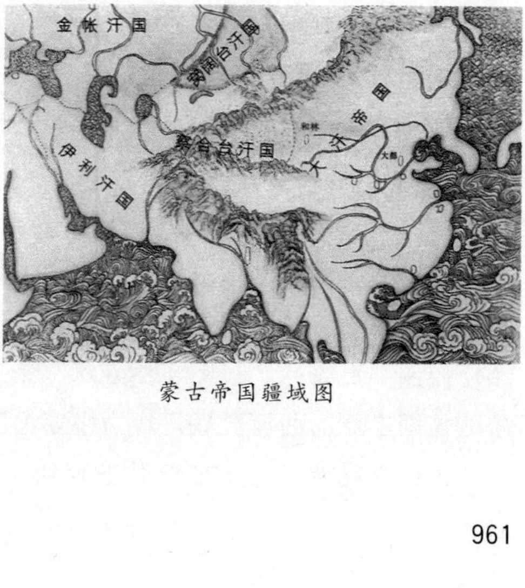

蒙古帝国疆域图

少监。

成吉思汗称汗后，虽然统一了蒙古各部，但是蔑儿乞部的首领脱黑脱阿和他的两个儿子——忽秃、赤佬温，乃蛮部塔阳汗的儿子古出鲁克，依然盘踞在也儿的石河（今额尔齐斯河）。公元1208年，成吉思汗命速不台和者别分别追袭脱黑脱阿和古出鲁克。结果，脱黑脱阿战死，其子率残部逃奔畏兀儿，当时畏兀儿的亦都护叫巴而术阿而忒的斤，没有收容他们，并把他们打败后驱逐走了，又派人向成吉思汗通好。公元1209年，巴而术阿而忒的斤不满西辽少监的横征暴敛，杀了西辽少监，并于公元1210年遣使投顺成吉思汗。这样，蒙古国的统治扩大到畏兀儿。

蒙古灭西辽

元大都土城城墙遗址

西辽是契丹贵族耶律大石建立的。公元1124年契丹族建立的辽王朝在各族人民反抗斗争的冲击下，在女真军队的打击下，正处于灭亡的前夕。这时辽宗室耶律大石自立为王，率其部众西迁，在我国今天的新疆西部及中亚一带建立了政权，历史上称为西辽，也称“黑契丹”、“哈剌契丹”，其都城在虎思斡耳朵（在今吉尔吉斯托克马克以东楚河南岸）。西辽建立后不久便控制了畏兀儿，战败了中亚大国花剌子模，势力扩展到巴尔喀什湖以西的两河流域，成为中亚地区势力强大的政权。

古出鲁克被畏兀儿打败后逃奔到西辽。他利用西辽大汗直鲁古的昏庸无能，夺取了西辽汗位。古出鲁克统治下的西辽，阶级矛盾、民族矛盾、宗教矛盾都十分尖锐，政权是极不稳固的。公元 1218 年，成吉思汗命者别率 2 万人进军西辽，讨伐古出鲁克。者别利用西辽境内的民族矛盾和宗教矛盾，宣布信教自由，并保证对居民不干涉，立即赢得了广大回教徒的支持，他们纷纷起来杀掉住在老百姓家里的古出鲁克的兵士，使蒙古军队很快就占领了西辽都城，古出鲁克仓皇出逃，者别追至撒里黑昆地面（今新疆喀什附近），擒杀了古出鲁克，西辽终于被蒙古军队征服。西辽的灭亡为蒙古军队的西征扫除了障碍。

蒙古灭西夏

成吉思汗建国后，就开始向邻国发动掠夺战争。首先，他利用蒙古族和金人的民族矛盾，决意对金发动战争。为了扫除进兵金国的障碍，成吉思汗先进兵西夏。他以王罕长子逃入西夏为借口，向西夏兴师问罪。公元 1205 年、公元 1207 年、公元 1209 年三次进攻西夏，俘掠西夏人和牲畜，公元 1209 年又包围中兴府（今宁夏银川市），迫使西夏主纳女贡赋，订立城下之盟。西夏既降，蒙古又挥师西进南下，至公元 1226 年秋，成吉思汗以西夏拒绝征调及与金缔结和约为借口再次进攻西夏，

蒙古骑兵押送俘虏

攻陷甘（今张掖）、凉（今武威）、肃（今酒泉）、灵（今灵武）等州，在灵州附近的黄河边歼灭西夏军队主力，进围中兴府（今银川）。公元1227年六月西夏主李睍请降，要求宽限一月献城。成吉思汗未及看到西夏献城，于同年七月病死在六盘山南清水县，享年六十六岁。蒙古军秘不发丧，当西夏主来降时，诸将按成吉思汗遗命将他处死，西夏灭亡。

蒙宋联合灭金

公元1209年西夏投降，蒙古便全力向金朝进攻。从1211年起，先后攻取抚州（今河北张北）、宣德府（今河北宣化）、东京（今辽宁辽阳）和河北、河东（今山西一带）、山东诸州县。公元1214年进围中都燕京，金宣宗完颜珣献公主和金帛求和，成吉思汗接受和议退兵。因燕京残破，金帝便迁都南京汴梁。成吉思汗认为金朝迁都是缓兵之计，企图东山再起，遂再次南征，公元1215年攻下中都，公元1217年占领黄河以北地区，前锋直达开封西12里的杏花营。由于遭到金军的顽强抵抗，又闻西北发生纠纷（即花剌子模杀害蒙古商队和使臣），成吉思汗便命木华黎为太师国王，全权处理燕云新占领区的军政事务，自率大军西征。成吉思汗西征归来后进攻西夏，在灭西夏前病逝，由幼子拖雷监国。公元1229年窝阔台即大汗位，史称太宗。窝阔台曾遵照成吉思汗遗言，遣使入宋，相约夹攻金国，灭金后河南之地归宋。公元1231年窝阔台在官山（今内蒙卓资北）与诸王议定分兵三路南下伐金，公元1232年初蒙古军会师汴京城下，窝阔台和拖雷北还，留速不台领兵围汴，虽久攻不克，但汴京粮尽援绝，金哀宗弃汴京出奔归德（今河南商丘），公元1233年初汴京降蒙。蒙古军追围归德，金哀宗又逃至蔡州（今河南汝南），并急派使臣向南宋求援，但南宋置之不理，反与蒙相约夹攻蔡州，并商定灭金后，由宋收复三京（洛阳、汴京、归德）。冬十月宋将孟珙自襄阳提兵北上，攻取唐、邓二州，十一月与蒙军会师于蔡州。公元1234年一月，宋军攻破蔡州南门，招蒙古军入城，金哀宗自杀，金朝在北方的统治至此结束，历一百五十年。

蒙古进攻南宋和统一吐蕃、大理

蒙宋联合灭金后，蒙古却没有实现将河南地归宋的诺言，反而迫使宋朝将陈州、蔡州西北的大片土地归蒙古占有。蒙宋开始对峙。历史又开始重演了：一百多年前，当女真进攻辽朝时，约北宋联合灭辽，结果辽被灭后女真大举进攻北宋；现在蒙宋联合灭金后，蒙古又大举进攻南宋。

这时的南宋政权已经腐朽到极点。宋理宗赵昀在位达四十年（1225—1264年）之久。他重用丁大全、贾似道等奸臣，面对强大敌人，不仅不加强国防，坚决抵抗，反而过着纸醉金迷的腐朽生活，对蒙古进攻束手无策，和战不定，把希望寄托在委曲求和、敌人自动退兵上。

金朝灭亡后，蒙古主力军北还，河南处于空虚状态下，南宋乘机出兵，企图收复洛阳（南京）、汴京（东京）、归德（南京）三京和河南其他地方。公元1234年六月，宋理宗赵昀命全子才等出兵汴京，汴京蒙古守将杀长官崔立降宋，宋将赵葵自滁州（今安徽滁县）取泗州（今江苏盱眙北），至汴京会师。七月，宋兵入洛阳，洛阳近乎一座空城，宋兵军饷无着，蒙古闻讯后派军南下，包围洛阳，双方交战后宋军虽然未败，却因严重缺粮，只好弃城而归。在汴京的宋军，也因朝廷不供应粮饷，无法坚守，在蒙古军决黄河水淹城后，也只好退走了。

公元1234年底，王檝再次使宋，责怪南宋破坏协议。

公元1235年初，窝阔台大举进攻南宋。蒙古军队分兵三路：西路由窝阔台次子阔端等率领攻取四川；中路由窝阔台第三子阔出等率领，进犯汉水流域和长江中下游；东路由宗王口温不花等率领入侵江淮。

公元1235年十月，阔端率领的西路军到达巩昌（今甘肃陇西），原金守将汪世显投降。又攻下沔州（今甘肃略阳）。公元1236年九月，蒙古军入蜀，大败宋军，占领成都、利州、潼川三路二十余州。阔端大肆掳掠后，于公元1237年初返回陕西。宋军于公元1238年收复成都。

元世祖出猎图

公元1236年三月，阔出率领的中路军，进攻郢州（今湖北钟祥）。四月，襄阳宋将叛降蒙古。十月，阔出在进攻江陵（今湖北江陵）时死去。

口温不花、察罕等率领东路军，先于公元1235年七月攻唐州（今河南唐河），不胜。公元1236年十一月，口温不花入淮西蕲（今湖北蕲春）、舒（今安徽舒城）、光（今河南潢川）三州，进攻黄州（今湖北黄冈）、庐州（今安徽合肥）等地。公元1237年十月，宋命孟珙往援。

公元1238年十月，宋以孟珙为荆湖制置使，收复荆、襄。孟珙连战皆捷，复信阳、光化、襄阳、樊城，荆襄形势扭转。蒙宋双方曾互派使臣，但未达成协议。公元1241年窝阔台死，蒙宋战争暂时休止。

蒙古军退后，南宋开始在四川部署防御。孟珙、余玠等先后主持屯田积粮，立寨筑城等，卓有成效。特别是合州（今四川合川）钓鱼山城的修筑，为日后击退蒙古军的进攻作好了准备。

公元 1251 年，蒙哥即大汗位，开始作进攻南宋的新的部署。由于四川宋军防守严密，蒙古军队不敢轻易进攻。因而采取了绕道吐蕃，进攻云南的大理，然后南北合兵进攻南宋的战略。公元 1252 年蒙哥弟忽必烈、老将速不台子兀良哈台奉命出征。公元 1253 年秋，忽必烈取道吐蕃向大理进发。当时吐蕃正处于四分五裂的状态下。蒙古强大起来后，还在灭西夏之前，有的吐蕃地方势力就已向蒙古表示臣服。后来，窝阔台派阔端和掌握吐蕃地方实权的萨斯迦派宗教首领萨迦班智达在凉州达成协议，吐蕃正式接受蒙古大汗规定的各项制度。忽必烈入藏后，击败了反抗的吐蕃军队，吐蕃归于统一。

公元 1253 年十月，忽必烈和兀良哈台率军进入大理境，在金沙江附近降服了大理以北的么些蛮各部，酋长唆火脱因、塔里马等投降。忽必烈遣使入大理招降，使臣被杀。大理是五代后晋天福二年（937 年）白蛮首领段思平所建，辖今云南全境及四川西南境，当时的国王是段兴智，大权操于高祥、高和兄弟之手，忽必烈的使臣就是被高祥杀死的。公元 1253 年十二月，忽必烈攻占大理城，段兴智逃奔善阐（今云南昆明），高祥逃奔姚州（今云南姚安），蒙古军追至姚州，杀高祥。忽必烈留兀良哈台继续平定大理国境的未征服各部，自己返回蒙古。兀良哈台攻占善阐，获段兴智。自公元 1254 年至公元 1256 年，兀良哈台先后平定了乌蛮、白蛮、罗罗、金齿、白衣等部，大理国八府四郡内附。

公元 1258 年初，蒙哥再次发动三路大军进攻南宋。他自率主力军进入四川；命忽必烈攻打鄂州（今湖北武昌）；又命兀良哈台从云南北上攻潭州（今湖南湘潭），然后在鄂州与忽必烈会师。准备三路军会师后同时东进，直抵临安，灭亡南宋。

蒙哥先派纽璘占领成都，自率大军攻下利州（今四川广元）及其附近地方，然后沿嘉陵江南下，准备进攻重庆。1258 年底，蒙古军到达合州。合州在嘉陵江东岸，地势险要，是重庆的北边门户。合州宋将王坚调集 17 万人增筑钓鱼城御敌，军民抗蒙情绪高涨。公元 1259 年春，蒙宋双方在合州及其周围展开了激烈的攻守战，蒙军始终未能攻破钓鱼城。入夏后，天气炎热，疾病流行，被阻在合州城外的蒙古军病倒很多。随后，蒙哥等率大军攻城，宋军发炮石，蒙哥被击中负重伤，回营后终因伤势严重，死于军中。大汗一死，蒙古军只好撤退。

蒙古军西征作战图

忽必烈一路于公元 1259 年八月渡淮河，入大胜关，抵黄陂（今湖北黄陂北），向鄂州推进。九月，蒙哥死讯传来，忽必烈企图攻下鄂州后再北上夺取汗位，因而攻城更加激烈。由于南宋援兵来到，忽必烈一直未能得手。十二月，在汉阳声援鄂州的南宋右丞相兼枢密使贾似道向忽必烈求和。这时，忽必烈已得知其弟阿里不哥准备在和林（今蒙古人民共和国乌兰巴托西南）即大汗位，于是便采纳谋臣郝经计，匆匆与贾似道签订密约：双方以长江为界，南宋每年献银 20 万两、绢 20 万匹给蒙古。然后，急速撤兵北上争夺汗位。

兀良哈台一支军队到达潭州后，因南宋军民奋战抵抗，未能攻下，兀良哈台便绕道北上与忽必烈会师。

成吉思汗西征

蒙古军队在中国境内展开军事活动的同时，还交替着向西方的三次远征，在欧亚大陆横冲直撞，掠取土地，扩大版图。成吉思汗灭乃蛮部后，乃蛮王子逃奔西辽，成吉思汗于公元 1218 年攻灭西辽，国土与中亚大国花剌子模接壤。公元 1219 年，成吉思汗以花剌子模杀害蒙古使臣和商人为借口，统兵 15 万，进攻花剌子模，开始了第一次西征。

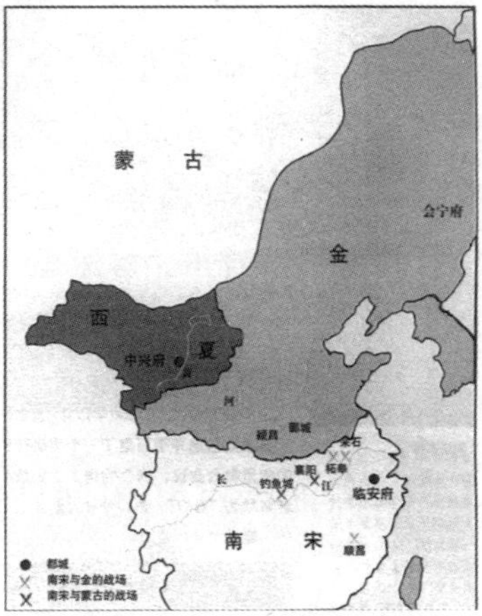

南宋、蒙古、金的主要战场

蒙古军包围了花剌子模的新都撒麻耳尔（今乌兹别克撒马尔罕），国王和王子兵败逃走，成吉思汗命诸将穷追，先后占领今前苏联中亚、伊朗和阿富汗的大片领土。又派大军北越太和山（今高加索岭）进入欧洲，公元 1223 年在今乌克兰境内迦勒迦河大败南俄和钦察人的联军。不久凯旋东归，途中又收降里海、咸海间的康里国。

长子西征和钦察汗国的建立

第二次西征是由俄罗斯诸侯和钦察汗人的反抗引起的。成吉思汗死后，其子窝阔台继位。窝阔台于公元 12 三十五年以拔都（成吉思汗长孙）为统帅，领兵 10 余万再次西征，公元 1236 年至公元 1241 年间，在伏尔加河中游击溃了不里阿耳部

蒙古军西征作战图

（今保加利亚）、平定钦察（今黑海北），占领俄罗斯，分兵进入勃烈儿（今波兰）和马扎儿（今匈牙利）、捷克和奥地利等地，蒙古军在里格尼茨（今波兰西部）一役，大败勃烈儿、捍迷思（今德意志）联军，欧洲震动。西征军在公元 1242 年因窝阔台去世而东返，留驻在也的里河下游。公元 1243 年拔都在钦察草原建钦察汗国。

旭烈兀西征和伊利汗国的建立

第三次西征的主要目标是征服波斯地区。公元 1251 年，蒙哥即位，以其弟旭烈兀为统帅，于公元 1253 年开始西征。公元 1256 年攻灭木剌夷（今伊朗境内），公元 1258 年攻陷报达（今伊拉克巴格达），杀末代哈里发，又灭黑衣大食（阿拉伯帝国阿拔斯王朝）；公元 1259 年分兵进入叙利亚首都大马士革等地。后闻蒙哥卒于四川，旭烈兀退回波斯，建立伊利汗国。

蒙古西征的结果是占领了欧亚大陆大片领土，并逐渐形成地处俄罗斯等地的钦察汗国；从中亚到天山南北路的察合台汗国；阿尔泰山地区的窝阔台汗国；波斯等地的伊利汗国。这四大汗国名义上是元朝的藩属，但伊利汗国和钦察汗国都是独立的，而它们较长时期同元朝关系友好，使节往来频繁，东西驿路畅通，对经济文化交流起了促进作用。

侵略高丽的战争

成吉思汗向外扩张时，高丽由王氏所统治。公元 1216 年契丹人金山，元帅六哥因不满蒙古的统治，率 9 万人进入高丽。公元 1217 年金山等攻占江东城作为据点，金山自称辽东王。不久，统古杀金山，喊舍又杀统古。公元 1218 年，成吉思汗借口讨伐契丹人，遣哈只吉、札剌等侵入高丽，与高丽军合作攻破江东城，喊舍自杀。高丽王王瞰称臣，并纳贡财物。公元 1224 年，由于蒙古使臣被高丽人杀，两国关系开始恶化。

公元 1231 年，窝阔台命撒礼塔率军进攻高丽，华裔高丽人洪福源投降，并协同蒙古军攻克许多州郡。王鈫被迫投降。撒礼塔在高丽安插京、府、县达鲁花赤 72 人实行监督。

公元 1232 年，高丽爆发了大规模的反蒙斗争。王鈫杀蒙古达鲁花赤，倾朝徙居江华岛抗敌。蒙古再派撒礼塔前往镇压，为高丽军击毙，高丽军收复西京（今平壤）等地。从公元 1233—1241 年，蒙古虽多次派军联合洪福源入侵高丽，王鈫却始终没有投降。

公元 1241 年，王鈫派族子王鈫入质。贵曲、蒙哥统治时期，又以“岁贡不入”为由，四次派兵入侵，对高丽人民进行残酷的屠杀，迫使王鈫又派子王鈫入朝。直到忽必烈上台后，两国关系方有好转。当时王鈫已死，子王鈫继位，蒙古以高丽“永为东藩”，令其每岁入贡。两国使臣和商旅往来频繁，经济和文化联系也很密切。

大蒙古国的建立

在诸部争战中，蒙古乞颜氏贵族铁木真的势力逐渐壮大。12 世纪末至 13 世纪初，他无依靠克烈部首领王汗的支持，打败蔑里乞部，又相继消灭了蒙古部内强大的主儿乞氏（jiurkid）

和泰赤乌氏贵族，击溃以札答阑（jakaran）部首领札木合为首的各部贵族联盟，乘胜灭塔塔儿，降服弘吉剌诸部。1203年，又出奇兵攻灭王汗，尽取克烈部众。这时，漠南汪古部首领也遣使献降。1204年，铁木真举兵攻灭乃蛮太阳汗部，又先后兼并了蔑里乞残部和乃蛮不欲鲁汗部，完成了蒙古高原的统一。

1206年，蒙古贵族在斡难河源举行忽里台，奉铁木真为大汗，尊号成吉思汗。成吉思汗将全蒙古游牧民统一编组为数十个千户《元朝秘史》记载最初编组的千户数为95个，但其中包括了一些后来组成的千户，分授共同建国的贵戚、功臣，任命他们为千户那颜，使其世袭管领，并划定其牧地范围。千户既是军事组织单位，又是地方行政单位。成吉思汗又命大将木华黎为左手万户，统领东画直到哈剌温只敦（今大兴安岭）的各千户军队；博尔术为右手万户，统领西面直到按台山的各千户军队；纳牙阿为中军万户。万户是最高统兵官。成吉思汗将原来的护卫军扩充为1万人，包括1000宿卫，1000箭筒士，8000散班，从各千户、百户、十户那颜和白身人子弟中选身体健壮、有技能者充当。护卫军职责是保卫大汗金帐和跟随大汗出征。平时分四队轮番入值，因此总称四怯薛，由“四杰”博尔术、博尔忽、木华黎、赤佬温四家子弟任四怯薛之长。大汗直接掌握这一支最强悍的军队，足以“制轻重之势”，控御在外的诸王和那颜。又设了“治政刑”的札鲁忽赤（断事官）一职，掌管民户分配和审断案件，命养弟失吉忽秃忽担任，这是蒙古国的最高行政官。千户制、怯薛制和断事官的设置，是蒙古国初建时最重要的三项制度。按照传统的分配财产习惯，成吉思汗将一部分蒙古民户分封给其弟、子，各得一分子（忽必），后来又划分了诸弟和诸子的封地。弟搠只哈撒儿封地在也里古纳河（今额尔古纳河）、海剌儿河和阔连海子（今内蒙古呼伦湖）

蒙古骑兵牵马玉雕

地区，合赤温封地在兀鲁灰河（今内蒙古东乌珠穆沁旗乌拉根果勒）南北，铁木哥斡赤斤封地在哈勒哈河以东，别里古台封地在怯绿连河（今古鲁伦河）中游，总称东道诸王；子术赤、察合台、窝阔台封地在按台山以西，总称西道诸王。分民和封地均由受封宗王世代承袭。管辖分民的千户那颜即成为所属宗王的家臣。大部分民户和蒙古中心地区归成吉思汗领有，按照传统的幼子守产习惯，由幼子拖雷继承，蒙古人原来没有文字，蒙古高原西部的乃蛮人使用畏兀儿文。蒙古灭乃蛮后，即借用畏兀儿字母书写蒙古语，从此有了蒙古文，用来发布命令、登记户口、记录所断案件和编集法律文书，使蒙古人的文化大大提高了一步。蒙古人原有许多从古代相传下来的约孙（意为道理、体例），成吉思汗灭克烈部和建国以后，又相继发布了一系列札撒（意为法令）。1219 年，成吉思汗召集大会，重新确定了札撒、约孙和他历年的训言，命用蒙古文记录成卷，名为《大札撒》。其后每代大汗即位或处理重大问题，都必须依例诵读《大札撒》条文，以表示遵行祖制。

成吉思汗建国以后，就开始向邻境发动掠夺性战争。1205 年、1207 年和 1209 年三次攻入西夏，迫使夏国称臣纳贡。西夏既降，接着全力攻打金朝。1211 年，成吉思汗统兵攻入金西北路边墙，取昌州（今内蒙古太仆寺旗九连城）、桓州（今内蒙古正蓝旗北郊）、抚州（今河北张北）等山后诸州，于野狐岭

（在今河北万全西北）北击溃金30万守军，追至浍河堡，歼其大半。1213年，于怀来再灭金军精锐。因居庸关防守坚固，成吉思汗采用迂回战术，率主力从紫荆口入关，进围中都（今北京）。同年，分兵三道南下，破黄河以北数十州县。大肆杀掠。1214年，金宣宗献公主、金帛请和，乃退驻鱼儿泺（今内蒙古克什克腾旗达里诺尔）。金宣宗南迁汴京（今河南开封），驻守中都南的乣军叛金降蒙，蒙古军再入。1215年，攻占中都，置达鲁花赤等官镇守，成吉思汗退回漠北。1217年，封木华黎为太师国王。命统汪古、弘吉剌、亦乞列思、忙兀、兀鲁诸部军以及投降的契丹、女真、乣、汉诸军，专责经略中原汉地。木华黎逐渐改变以前肆行杀掠、得地不守的做法，着重招降和利用汉族地主武装攻城略地。自1217—1229年，除先已归降的永清土豪史秉直父子兄弟等外，易州（今河北易县）张柔、东平严实、济南张荣、益都李全等地方武装头目相继降蒙，两河、山东大部分地区为蒙古所占。蒙古对各地归降的官僚、军阀，多沿用金朝官称，授以元帅、行省等官衔，使世袭其职，在其所献地继续统军管民，称为世侯。

蒙古人攻城图

1217—1218年，蒙古相继征服北境的火里（Qori）、秃麻（Tumat）诸部（在今贝加尔湖地区）、吉利吉思及其他森林部落，攻灭被乃蛮贵族屈出律所篡夺的西辽政权。1219年，以花剌子模（Khwāream）杀害蒙古商队和使臣为理由，成吉思汗亲统大军西征，分兵攻下诸城，进围其新都撒麻耳干（今前苏联乌兹别克撒马尔罕）。花剌子模国王摩诃末先已弃城逃亡，成吉思汗遣哲别、速不台率军追赶，摩诃末避入宽田吉思海（今里海）中岛上，病死。1221年，术赤、察合台、窝阔台攻克花剌子模旧都玉龙杰赤（今前苏联土库曼库尼亚乌尔根奇）；成吉思汗与幼子拖雷分兵攻取呼罗珊（今阿母河以南兴都库什山脉以北地区）诸城，继而会师击溃花剌子模新王札阑丁的军队于印度河上，札阑丁退入印度。1223年，成吉思汗置达鲁花赤等官镇守撒麻耳干，率军回蒙古。哲别、速不台军在抄掠波斯各地后，越过太和岭（今高加索山），攻入钦察（Qib caq），1223年，于阿里吉河（在今乌克兰日丹诺夫市北）战役中击溃斡罗思（Oros＝Ros）诸国王公与钦察汗的联军，进掠斡罗思南境，又转攻也的里河（前苏联伏尔加河的突厥名，又译亦的勒）上的不里阿耳（Rulyar）国，然后东返蒙古。

1226年，成吉思汗又出兵攻西复，连取肃（今甘肃酒泉）、甘（今甘肃张掖）等州，于灵州（今宁夏灵武西南）附近黄河边歼灭西夏主力，进围中兴府（今宁夏银川）。1227年，西夏国主李晛投降。同年七月。成吉思汗病逝军中，幼子拖雷监国。

征夏与伐金

新建的大蒙古国南面邻接两个国家：东为女真族建立的金；西为党项族建立的夏，两个都是多民族国家。金朝建于1115年，1125年灭辽，1126年灭北宋，1153年迁都燕京（今北京），后称中都。金世宗统治时期（1161—1189年）是金的全盛期，当时它领有今天的黑龙江、吉林、辽宁、河北、河南、山东、山西七省之地以及内蒙、陕西、甘肃的一部分，南与南宋隔淮相望，西邻西夏，北抵外兴安岭，东至于海，人口逾五千万，是个文化、经济相当发展的大国。夏国建于公元1038年，本名大夏，宋人称它为西夏，又称唐古、唐兀、河西。其地包括今宁夏回族自治区全部、甘肃省大部、陕西省北部以及青海、内蒙的部分地区。到13世纪初，西夏已立国160余年，先后与宋、辽、金等国并存，与它们时战时和。西夏国家虽小，人口最多时不过300万，但能利用宋辽或宋金的矛盾以自保，经济、文化也有一定的发展。这就是金、夏两国的基本情况，成吉思汗在决定大规模南侵以前，必定对它们作了了解和比较。论关系，金与蒙古有旧仇，在历史上金一直利用塔塔儿部牵制和削弱蒙古高原各部，也直接派兵攻打过他们。成吉思汗的曾祖父杀过金的使臣，金朝杀过俺巴孩汗，成吉思汗的叔祖忽图剌汗曾率军攻金。成吉思汗本人虽在1196年接受了金的封号，其后每年还向金进贡，但祖先的仇恨并未忘记，他也不能长久忍受称臣进贡的地位。可是金是大国，不能轻易侵犯，与金相比，西夏要小得多，故而西夏成了首先掠取的目标。1207年秋，成吉思汗借口西夏不肯纳贡称臣，再次出兵征夏。

公元1205年那次抄略，曾使夏国感到震惊。夏桓宗在蒙军撤出后下令修复遭受破坏的城堡，大赦境内，改都城兴庆府（今宁夏银川市）为中兴府。有的史书记载，这年冬天西夏还主动派兵往击蒙军，行数日，不遇而还。次年，西夏王室内讧，桓宗弟李安全废桓宗自立，是为襄宗。蒙军再侵西夏，破斡罗孩城，四出劫掠，襄宗集右厢诸路兵抵御。蒙军见西夏兵势尚盛，不敢冒进，于第二年春季退还。

公元1209年春，蒙古军在成吉思汗亲自率领下，第三次南征西夏。四月，陷兀剌海城。七月，蒙军进逼中兴府外围克夷

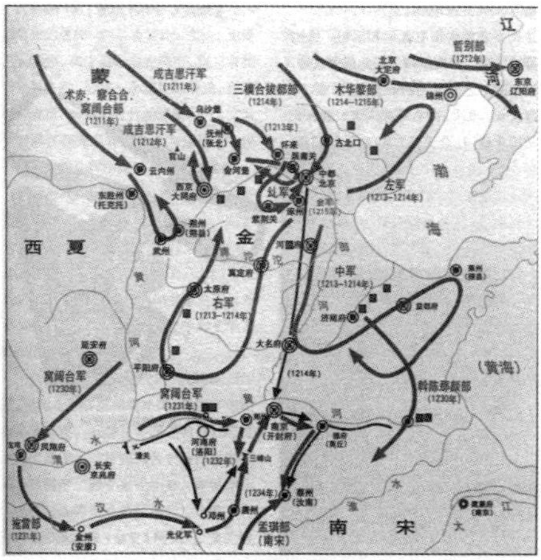

蒙金战争形势图

门，襄宗增派嵬名令公率兵五万抵御。相持两月，夏军防备渐松，蒙军设伏擒嵬名令公，破克夷门，进围中兴府，引河水灌城。襄宗自即位以来一直与金交好，纳贡称臣，受金册封；此刻中兴府危急，一面坚守，一面遣使向金乞援。金朝群臣普遍主张出兵援夏，以为西夏若亡蒙古必来攻金。然而即位不久的卫绍王却说："敌人相攻，吾国之福，何患焉？"拒不出兵。十二月，眼看中兴府城墙行将倒塌，外堤突然决口，河水四溢，淹及蒙古军营，蒙军只好撤围。成吉思汗遣讹答为使入城谈判，迫襄宗纳女称臣。西夏既服，成吉思汗便集中力量准备攻金。

公元1211年春，成吉思汗以替祖先复仇为名，誓师伐金。从这年到1215年，他连续五年亲自率兵南下，取得一系列胜利。

第一年，蒙军兵分两路，越过金的边防。一路由成吉思汗本人统领，者别为先锋，攻破金西北路边墙乌沙堡，进陷昌州（今内蒙古太仆寺旗西南）、桓州（今内蒙古正蓝旗北）、抚州（今河北张北），继续南下。金以30万（一说40万）大军守野狐岭（今河北万全膳房堡北），凭险抵御，被成吉思汗一举击溃，金军精锐丧失殆尽，遗尸蔽野。九月，蒙军前锋突入居庸关，攻中都，金人坚守，不克而还。另一路蒙军由成吉思汗长子术赤、次子察合台、三子窝阔台率领，以汪古部首领阿剌兀思剔吉忽里为向导，入金西南路，攻取净（今内蒙古四子王旗西北）、丰（今内蒙古呼和浩特东白塔镇）、云内（今内蒙古托克托县东北古城）、东胜（今托克托县）、武（今山西五寨县北）、朔（今山西朔县）等州，大肆抄掠后离去。《金史》记载，这一年“德兴府、弘州、昌平、怀来、缙山、丰润、密云、抚宁、集宁，东过平、滦，南至清、沧，由临潢过辽河，西南至忻、代”，一时均陷于蒙军。

第二年，蒙军继续骚扰上年侵掠过的许多地区。成吉思汗攻取山后一些州府，进围西京（今山西大同），因中流矢，撤退。者别攻入东京（今辽宁辽阳），大掠而还。

第三年秋，成吉思汗领大军再越野狐岭，重陷宣德、德兴诸城，在怀来重创金军，追至居庸关北口。金兵坚守居庸，成吉思汗留部分军队继续攻打，自率主力由紫荆口（今河北易县西）入关，败金兵于五回岭，拔涿（今河北涿州市）、易二州。不久，者别攻取居庸关，进逼中都。蒙军兵分三路：术赤、察合台、窝阔台为右军，循太行山而南，掠河东南、北诸州府；成吉思汗弟哈撒儿等为左军，东取蓟（今天津蓟县）、平（今河北卢龙）、滦（今河北滦县）、辽西诸州；成吉思汗与幼子拖雷为中军，取河北东路、大名及山东东、西路诸地。木华黎领一军攻陷密州（今山东诸城），屠其城。《元史·太祖纪》称：“是岁，河北郡县尽拔，唯中都、通、顺、真定、清、沃、大名、东平、德、邳、海州十一城不下。”

公元1214年（金宣宗贞祐二年）春，成吉思汗会诸路军将于中都北郊，以退兵为由，派使臣向金朝索取贡献。金宣宗遣使求和，进献卫绍王女岐国公主（成吉思汗纳为第四妻）及童男女、金帛、马匹，并派丞相完颜福兴送成吉思汗出居庸关。五月，宣宗见河北、山东州府多已残毁，恐蒙军再来，即以完颜福兴和参政抹撚尽忠辅助太子守忠留守中都，自率宗室迁都南京开封府（今河南开封），史称“贞祐南迁”。六月，驻于中都南面的金乣军斫答等哗变，杀其主帅，投降蒙古。成吉思汗得知上述情况，派大将三摸合和金降将、契丹人石抹明安率兵与斫答等共围中都。金太子守忠立即逃往南京。十月，木华黎征辽东，收降高州卢琮、锦州张锦等。

1215 年春，蒙军陆续收降中都附近州县金朝将官，击败前来救援中都的金军。五月，完颜福兴眼看中都解围无望，服毒自杀，抹撚尽忠弃城出逃。蒙军遂入中都。成吉思汗当时在桓州凉泾避暑，闻报后命石抹明安镇守中都，遣失吉忽秃忽等登录中都帑藏，悉载以去。

金由公元 1115 年建国，至 1215 年中都失陷，正好 100 年。它以一个中原大国，竟在五年时间里被建国未久的成吉思汗打得落花流水，必有它自身虚弱的原因。历史学家们举出过许多原因，有民族矛盾、阶级矛盾、统治阶级内部矛盾、猛安谋克丧失战斗力、经济衰敝，等等。这些原因都存在，但仍难解释的是，就在成吉思汗攻金前四五年，金朝还从容打败了南宋韩侂胄的北伐军队，在中都失陷以后又能同蒙古周旋近 20 年，何以在蒙军来侵初期了无招架之功？这个问题尚待做深入细致的研究。

对蒙古将士来试，伐金的五年就是恣意掠夺的五年。他们攻城略地，但没有久驻的念头，至少在前四年里成吉思汗还没有打算把蒙古兀鲁思扩展到中原地区。蒙古军每得一地，都大肆烧杀掳掠。然后把他们掠得的财物、牲畜、人口席卷而走，最终弄到塞北。当时金、夏的统治者已深受汉族儒家文化影响，他们的军队无论进行什么样的战争，都还需要找一些理由，把自己扮成王者之师、仁义之师。成吉思汗的军队根本不管也不懂这些，他们只是赤裸裸地一味抢劫，并且从大汗到士兵各有一份。史籍记载："其国平时无赏，惟用兵战胜，则赏以马或金银牌或纻丝段，陷城则纵其掳掠子女玉帛。掳掠之前后，视其功之等差，前者插箭于门，则后者不敢入"（彭大雅撰、徐霆疏：《黑鞑事略》，《王国维遗书》本）；"凡破城守，有所得，则以分数均之，自上及下，虽多寡每留一分为成吉思皇帝献。余物皆敷表有差。宰相等在于朔漠不临戎者，亦有其数焉"（赵拱：《蒙鞑备录》、《王国维遗书》本）。这样的军队最残暴，造成的破坏最大。"自贞祐元年（公元 1213 年）冬十一月至二年春正月，凡破九十余郡，所至无不残灭，两河、山东数千里，人民杀戮者几尽，所有金帛、子女、牛羊马畜皆席卷而去，其焚毁室庐，而城郭亦丘墟矣"（李心传：《建炎以来朝野杂记》乙集卷二十，《鞑靼款塞》，文津阁《四库全书》本）。汉族理学家刘因记述了保州（今河北保定）被屠的情形："贞祐元年十二月十七日（1214 年 1 月 29 日）保州陷，尽驱居民出。……是夕下令：老者杀。卒闻命，以杀为嬉。……后二日，令再下，无老幼尽杀"（《孝子田君墓表》，《静修先生文集》卷四，《四部丛刊》本）。只有工匠可以免死，因为他们对蒙古军队有用。严格地说，这一时期蒙古军队从事的只是抄掠，还不足称做征服。征服者总要设法守住已征服的地区，而抄掠者总是一走了之，宁可日后再来攻打。只是由于降附蒙古的契丹、女真、西夏和汉族的人物增多了，成吉思汗及其将领通过他们才逐渐懂得征服要比单纯的抄掠更加有利。大约是在攻陷中都以后，成吉思汗开始想到把大蒙古国扩展到中原地区。这年七月，成吉思汗派使臣到开封，晓谕金宣宗献出河北、山东全部地方，放弃帝号，改称河南王。宣宗不从，战争继续下去。据统计，迄至秋末蒙军已攻破城邑 862 处，但许多州县无人留守，随后有的被金收复，有的被趁乱而起的地方豪强或原金朝将官占据。

公元1215年冬，成吉思汗留木华黎攻伐辽东、西诸地，自己率蒙军主力返回塞北。1216年，成吉思汗驻于克鲁伦河行宫，《史集》说“他幸福如愿地驻扎在自己的斡耳朵里”。他一边休整，一边注意着远方的战事。这年秋天，三摸合率兵经西夏趋关中，越潼关，进拔汝州（今河南临汝），一度逼近开封。

公元1217年八月，经过两年的考虑，成吉思汗终于下决心要变金地为大蒙古国的一部分。他封木华黎为太师国王，对木华黎说：“太行之北，朕自经略；太行以南，卿其勉之。”赐给誓券、黄金印，要木华黎“子孙传国，世世不绝”。这就是叫木华黎安心专一经略中原，不要再有北归故土的念头。他命木华黎统领汪古、弘吉剌、亦乞列思、兀鲁、忙兀、札剌亦儿等部军和投降过来的契丹、乣、汉诸军，又把自己树建的九尾大旗赐给木华黎。成吉思汗告谕诸将说：“木华黎建此旗以出号令，如朕亲临也。”

木华黎少年时代就是成吉思汗的那可儿，勇敢善战，受命后全力以赴。金朝自从南迁，重心移到河南，凭借黄河天险，集中诸路军户，加强防御。木华黎避开中坚，先扫外围，前后分别在东、北、西三方面用兵。公元1217年，蒙军自燕南攻拔遂城、蠡州、大名（以上在今河北），东取益都、淄、莱、登、潍、密诸州（以上在今山东）。1218年西入河东，攻克太原、忻、代、泽、潞、汾、霍、平阳等州府（以上在今山西）。1219年，克岢岚、石、隰、绛诸州（以上在今山西）。1220年，收降真定（今河北正定）、滏阳（今河北邯郸南），略卫、怀、孟三州（在今河南），东取济南。1221年夏，克东平（今属山东）。同年八月，木华黎驻兵青冢（在今内蒙古呼和浩特南，俗称昭君墓），由东胜（今内蒙古托克托）经西夏南下，取葭州

（今陕西佳县）、绥德，进围延安，克洛川、鄜州（今陕西富县）。1222年冬，取河中府（今陕西永济），渡河拔同州（今陕西大荔）蒲城。趋长安（今西安），不下；西攻凤翔，又不下。1223年三月，木华黎渡河至闻喜，病卒，年五十四。临终以未能灭金为憾。

木华黎经略中原六年，正值成吉思汗率大军西征，留给他的兵力有限，故而与金形成相持局面。当时河北、山东地主武装颇多，他们依违于蒙、金之间，互争雄长，常有反复，蒙、金都要争取他们，使战事呈现多元状态。木华黎留意招集契丹、女真、汉族地主武装头目，给他们各种职务，并能听取他们的意见，改变了蒙古军队早先一些做法。例如，史籍记载，公元1220年木华黎以史天倪为权知河北西路兵马事，史天倪对木华黎说："今中原已粗定，而所过犹纵抄掠，非王者吊民伐罪意也。且王为天下除暴，岂复效其所为乎！"木华黎称善，"下令敢有擅剽掳者以军法从事，所得老幼咸遣归之，军中肃然"（《元史》卷，一四七《史天倪传》）。这段记载无疑是把事情过于美化了；史天倪究竟是怎样讲的，木华黎能否懂得"王者吊民伐罪"，都是问题。但是，在木华黎时期，蒙军一味杀掠的做法的确有所收敛，并且引起了金朝的注意。1222年（金宣宗元光元年）六月，金晋阳公郭文振向宣宗上奏："河朔受兵有年矣，向皆秋来春去，今已盛暑不回，且不嗜戕杀，恣民耕稼，此殆不可测也"（《金史》卷108《胥鼎传》）。"不嗜戕杀"、"恣民耕稼"和"盛暑不回"，反映出此时中原蒙军不再是单纯的抄掠者，它已按照成吉思汗的意图转化为征服者。这一转化对金朝造成更大的威胁，郭文振所谓"殆不可测"，就是这个意思。

木华黎死后，其子孛鲁继为国王。孛鲁按木华黎的方略经营河北、山东，重点依靠降蒙的原汉族地主武装。公元1226

年，宋将、原红袄军领袖李全攻克益都，俘蒙古军元帅、汉人张林，控制了山东东路大部分地区。秋九月，木华黎弟带孙与严实率兵围益都。冬十二月，孛鲁领兵入齐，派人招降李全。次年四月，益都城中粮尽，李全出降。蒙古一些将领主张杀掉李全，孛鲁则表示应留李全以劝山东未降者，便以李全为山东淮南楚州行省。继而攻克滕州，尽有山东全境。与之同时，成吉思汗率领征西夏大军进入金地，攻破临洮、信都、德顺等府州。金朝眼看两面受敌，形势危急，恰遇成吉思汗病逝，孛鲁北上奔丧，次年病死于漠北，给了金朝喘息的机会。

金宣宗南迁

泰和八年（1208 年），金章宗病死，由世宗第七子允济嗣位，是为卫绍王。此时，成吉思汗领导下的蒙古汗国已对金朝形成了严重的威胁。大安三年（1211 年）二月，成吉思汗聚兵南下，发动了大规模的侵金战争，腐朽的金王朝在蒙古军队的进攻下不堪一击。九月，参知政事完颜承裕所率数十万金军在会河堡（今河北万全南）一役中几乎全被消灭。蒙古军直达中都城下，卫绍王下令中都戒严，朝廷上有人主张弃城逃跑，但多数臣僚认为应该利用中都坚固的城防死守。卫绍王采纳了守城的建议，一面在城内作防御的准备，一面诏令各地金兵入卫中都。蒙古军屡攻不下，只得于当年年底从中都撤围。

至宁元八年（1213 年）八月，金右副元帅纥石烈执发动宫廷政变，杀死卫绍王，迎立世宗孙完颜珣入朝即位，是为宣宗。就在这时，蒙古又一次发动了对金朝的进攻，很快进逼居庸关下，而后绕过中都向南突破紫荆关，乘胜攻占涿州（今河北涿县）和易州（今河北易县），打开了南进中原的大门。从宣宗贞祐元年（1213年）秋到二年（1214年）春，蒙古骑兵几乎踏遍了黄河以北的中原大地，这一地区的金朝州府只有中都、通（今北京通县）、顺（今北京顺义）、真定（今河北正定）、清（今河北清县）、沃（今河北赵县）、大名（今河北大名）、东平（今山东东平）、德（今山东德州东南）、邳（今江苏睢宁西北）、海州（今江苏连云港西南）等十一城未下，其余全被蒙古军队掳掠一空。贞祐二年（1214年）二月，蒙古诸军在横扫中原后，又集中到中都城北，金朝派驻居庸关北口的契丹人论鲁不儿率军投降，蒙古军遂进入居庸关，中都再次被围。三月六日，宣宗派都元帅完颜承晖前去议和，蒙古奴隶主贵族在几年来的对金战争中，一直以掳掠奴隶、财物和牲畜为主，无意于占领金朝的领土，因此成吉思汗同意了金朝的求和，并提出以下要求作为议和条件：金朝向蒙古献纳童男女各500名，绣衣3000件，御马3000匹和大批的金银珠宝，并把卫绍王女岐国公主献给成吉思汗，以表示对蒙古的臣服。金宣宗对这些条件全部接受，和议于是达成，同月，蒙古撤军北退。

蒙古虽然暂时退兵，但还有随时再来的危险，中都两度被围，使得君臣们心有余悸，因此从蒙古撤兵之日起，朝廷内就开始酝酿迁都南京（今河南开封）的意见。元帅左都监完颜弼向宣宗进言说，南京北有黄河可以阻挡蒙古，南有淮水可以抵御宋朝，西有潼关可以对西夏设防，乃是都城的最佳所在。参知政事耿端义也力主南迁，南京留守仆端连上三表，促请宣宗南幸。反对南迁的大臣以左丞相徒单镒和宗室霍王从彝为代表，他们认为，如果放弃中都，河北肯定就守不住了，丢了河北、南京之外再也没有退路。但在四五月间，徒单镒和霍王从彝却突然相继死去，宣宗遂决意南迁。五月十一日，宣宗正式下诏迁都南京，太学生赵昉等400人上书极言利害，反对迁都，宣宗一概不听。十八日，宣宗车驾离开中都。作为金朝都城长达六十一年的中都终于被放弃了。

忽必烈狩猎图

宣宗南迁后，命右丞相兼都元帅完颜承晖、左副元帅抹撚尽忠辅太子守忠留守中都。宣宗刚离离开中都，驻守涿州一带的以契丹人为主的乣军就起兵反金。完颜承晖派兵到卢沟桥设防，却被乱军偷渡掩袭，金兵大败。乣军叛金后就派使者去向蒙古投降请援，成吉思汗派蒙古军与契丹降将石抹明安等部南下与乣军会合，合力包围中都。七月间，宣宗一听说蒙古军再度南下，就把驻守中都的太子守忠召回南京，这表明朝廷已经无意坚守中都，中都守军因此更加人心惶惶。贞祐三年（1215年）正月，蒙古军已经攻到中都外围，驻守通州的金右副元帅蒲察七斤率军投降，中都形势更加危急。完颜承晖派人向朝廷告急，宣宗派元帅左监军完颜永锡等率河北军增援，但援军一遇蒙古兵就被击溃，完颜承晖本想与左副元帅抹撚尽忠合力死守，不想抹撚尽忠却别有打算，他悄悄与元帅府经历官完颜师姑密谋南逃，承晖知道了这个消息后，就将完颜师姑推出斩首。五月二日，承晖作遗表交付尚书省令史师安石，要师持表去奏报朝廷，随即服毒自杀。当日傍晚，抹撚尽忠弃城南逃，中都失陷于蒙古。

统一畏兀儿和西辽

成吉思汗为了使自己的统治范围进一步扩大，让他的弟兄、儿子们“各分土地，共享富贵”，决定继续向外进行军事行动，降服蒙古境外的相邻政权。这些向外扩张的战争，具有很大的掠夺性和破坏性，暴露了蒙古奴隶主阶级的贪婪本质。

13世纪初蒙古周围的形势大体上是这样的：在它的西部有畏兀儿和西辽，在它的南部有西夏和金朝。成吉思汗在征服畏兀儿和西辽的同时，对西夏和金朝进行了骚扰和掠夺。

畏兀儿是突厥语系中文化比较发达的一个古老民族。唐朝时称回纥、回鹘，曾在蒙古高原建立过回鹘汗国，后被黠戛斯击败，开始西迁。其中有一支迁到今新疆吐鲁番盆地一带，到公元10世纪末期时，地域已扩大到西抵葱岭，东达甘（今甘肃张掖）、肃（今甘肃酒泉）二州，北界天山，南越戈壁，并建立了高昌回鹘政权。其都城在高昌（今新疆吐鲁番东），或称“哈拉和卓”；其首领称“亦都护”。公元12世纪初西辽建立后，畏兀儿臣属于西辽，西辽于畏兀儿境内设立了一个专门监管畏兀儿事务的官员——少监，他像太上皇一样，为所欲为，骄恣用权，激起了广大畏兀儿人民的极端不满。所以，自从畏兀儿论为西辽的藩属后，境内的社会矛盾是十分尖锐的，不仅广大畏兀儿人民和西辽统治者之间的矛盾很尖锐，就是畏兀儿统治者与西辽统治者之间的矛盾也很尖锐。

西辽是契丹贵族耶律大石建立的。公元1124年契丹族建立的辽王朝在各族人民反抗斗争的冲击下，在女真军队的打击下，正处于灭亡的前夕。这时辽宗室耶律大石自立为王，率其部众西迁，在我国今天的新疆西部及中亚一带建立了政权，历史上称为西辽，也称“黑契丹”、“哈剌契丹”。其都城在虎思斡耳朵(在今吉尔吉斯托克马克以东楚河南岸)。西辽建立后不久便控制了畏兀儿，战败了中亚大国花剌子模，势力扩展到巴尔喀什湖以西的两河流域，成为中亚地区势力强大的政权。

成吉思汗称汗后，虽然统一了蒙古各部，但是蔑儿乞部的首领脱黑脱阿和他的两个儿子——忽秃、赤佬温，乃蛮部塔阳汗的儿子古出鲁古，依然盘踞在也儿的石河（今额尔齐斯河)。1208年，成吉思汗命速不台和者别分别追袭脱黑脱阿和古出鲁古。结果，脱黑脱阿战死，其子率残部逃奔畏兀儿，当时畏兀儿的亦都护叫巴而术阿而忒的斤，没有收容他们，并把他们打败后驱逐走了，又派人向成吉思汗通好。1209年，巴而术阿而忒的斤不满西辽少监的横征暴敛，杀了西辽少监，并于1210年遣使投顺成吉思汗。这样，蒙古国的统治扩大到畏兀儿。

元大都遗址

古出鲁克被畏兀儿打败后逃奔到西辽。当时西辽的大汗叫直鲁古，他是一个昏庸无能、不理政事的统治者。古出鲁克奔西辽后，直鲁古对他毫无警惕，反而将女儿嫁给他，并供应他费用去招集乃蛮和蔑儿乞残部，使古出鲁克势力渐渐增强起来。古出鲁克为了达到篡夺西辽政权的目的，先是挑起花剌子模与西辽互斗，继而于

1211年抓获直鲁古，夺取西辽大汗位。古出鲁克统治下的西辽，阶级矛盾、民族矛盾、宗教矛盾都十分尖锐，政权是极不稳固的。1218年，成吉思汗命者别率两万人进军西辽，讨伐古出鲁克。者别利用西辽境内的民族矛盾和宗教矛盾，宣布信教自由，并保证对居民不干涉，立即赢得了广大回教徒的支持，他们纷纷起来杀掉住在老百姓家里的古出鲁克的兵士，使蒙古军队很快就占领了西辽都城，古出鲁克仓皇出逃，者别追至撒里黑·昆地面（今新疆喀什附近）擒杀了古出鲁克，西辽终于被蒙古军队征服。西辽的灭亡为蒙古军队的西征扫除了障碍。

成吉思汗西征

成吉思汗为了确定谁当他的继承人，有一天他把四个儿子叫来。当着成吉思汗的面，术赤和察哈台发生了争执。成吉思汗对他们说："世界广大，江河众多。使你们攻占外国，去各自分配，扩大自己的牧地。"这段话，就是以成吉思汗为首的蒙古奴隶主阶级的哲学：要想富贵，就去抢掠；要想称王，就去攻占外国。这也就是成吉思汗和他的继承者为什么连年累月发动对外战争的原因。

成吉思汗及其继承者对西部的战争，在1218年成吉思汗击败乃蛮的古出鲁克灭亡西辽以前属于国内民族战争，从1219年成吉思汗亲自率军侵入花剌子模开始，则属于向国外的侵略扩张战争。蒙古奴隶主早就闻知花剌子模是一个广袤富饶的国家。这个国家原是阿姆河下游的一个古国，到13世纪初花剌子模沙摩诃末时，已控制今天的前苏联中亚部分，阿富汗、伊朗这些地方，都城在玉龙杰赤（今乌兹别克共和国郭耳加纳契），是中亚的一个大国。1218 年，有一队 400—500 个回教人组成的蒙古商队，受成吉思汗委托，带了 500 只骆驼运载的金银、皮毛、纺织品等到西方去经商。行至花剌子模边境的讹答剌城（在今哈萨克共和国境内），该城守将亦纳勒赤黑以为是间谍，将这个商队全部洗劫，商人被杀。成吉思汗得知后即派专使前往交涉，要求交出亦纳勒赤黑，花剌子模沙摩诃末不但拒绝要求，还把成吉思汗的使者杀了。成吉思汗闻讯后，又是震惊，又是愤怒，气得眼泪也淌了下来。他一口气登上附近一座山的山顶上，脱下帽子，跪在地上求老天保佑。不饮不食，祈祷了三天三夜，方始下山。于是便抓住讹答剌事件，发动了对花剌子模的战争。

1219 年秋，成吉思汗率 20 万军队侵入花剌子模。花剌子模虽然拥有 40 万军队，又有精良的武器和充足的财富，但是这个国家民族复杂，人心不齐，加上摩诃末独断独行，战斗力很弱。蒙古军队首先围攻讹答剌城，但久不能下。成吉思汗留下察哈台、窝阔台攻城，另派术赤率一支军队进攻锡尔河下游各城镇，派阿剌黑等进攻别纳客忒和忽毡（今列宁阿巴德），自率主力进攻不花剌（今布哈拉）。

1220 年二月，成吉思汗到达不花剌。经过三天围城后，守城的将领眼看有城破的危险，无心坚守，只想逃跑，他们乘夜率二万士兵突围。蒙古军毫无准备，只得慌忙撤退。可是，这些一心逃跑的花剌子模将领们不但没有乘势进攻，反而溜之大吉。成吉思汗率军回过头来追击，一直追到阿姆河畔终于歼灭了这支军队。次日，不花剌投降。城中内堡尚有 400 士兵坚守，12 天后也被消灭。蒙古军队在不花剌掠取所有财物后，把它付之一炬。与此同时，察哈台、窝阔台攻下了讹称剌，为报复杀回回商人之仇，他们大肆杀戮；术赤和阿剌黑军所攻占的城池，也遭到了大屠杀。

接着，成吉思汗进攻花剌子模的新都撒麻耳干（今撒马尔罕）。尽管摩诃末增修了工程浩大的壁垒，调集了波斯、突厥兵4万，还有20只战象，但是腐败的花剌子模统治者，毫无抵抗的勇气，初战失利后，城中属于突厥人种的康里人士兵纷纷携眷属及辎重出降，法官、僧侣到成吉思汗军营中商洽投降条件，并开城投降。成吉思汗入城后照样屠杀，连康里士兵也不例外。只留下了三万工匠，把他们押到蒙古军营，分送给蒙古贵族当奴隶。

昏庸无能的摩诃末，眼看自己的城池或被攻破，或不战而降，弄得他神志沮丧，一筹莫展，也不知往哪里逃才好。后来决定采取逃奔哥疾宁（今阿富汗加兹尼）以纠集残兵作抵抗的计划。但是，他的儿子札兰丁坚决反对，力主坚守阿姆河以遏止蒙古兵南下，反而受到摩诃末的训斥。成吉思汗为了生擒摩诃末，派者别和速不台追击。摩诃末只好逃到宽田吉思海（今里海）的一个小岛上，1220年十二月病死在这里，札兰丁继承花剌子模沙。

札兰丁是花剌子模统治集团中抗蒙很坚决的统治者，他坚定勇敢，有计谋。摩诃末死后，札兰丁决心以旧都玉龙杰赤为基地，抗蒙复国。这时成吉思汗已命术赤、察哈台、窝阔台等追来。守卫玉龙杰赤的花剌子模将领贴木儿蔑里，指挥三万士兵英勇地击退了术赤的军队。但是，由于花剌子模统治集团发生内讧，一些将领准备谋杀札兰丁，札兰丁只好带着贴木儿蔑里等300人逃奔呼罗珊（今土库曼共和国南部、伊朗东北部和阿富汗的西北部一带），在玉龙杰赤的反札兰丁的势力则拥忽马儿为新沙。札兰丁走后，蒙古军进而围攻玉龙杰赤，忽马儿出城投降。但城中军民继续抗战，蒙古军围城6个月付出了极大的伤亡，至1221年四月破城。城中军民继续巷战，直到最后牺牲为止。蒙古军除将10万工匠遣送蒙古为奴外，居民大部分被杀。最后，蒙古军队引阿姆河水灌城，将玉龙杰赤城变为一片汪洋。与此同时，拖雷的一支蒙古军队攻占了马鲁（今土库曼共和国马里）。

这时，花剌子模的力量只存下札兰丁的残余部队。札兰丁在呼罗珊避开了蒙古军队的追击，进入哥疾宁，收集余部，图谋反攻。成吉思汗决定亲自率军追击。其先锋在八鲁湾（今阿富汗喀布尔东）与札兰丁军相遇，被击败。但每当胜利的时候，花剌子模统治集团就发生内讧，札兰丁的部将们为争夺战利品发生争执，纷纷离去。蒙古军队再次发起进攻，札兰丁被迫于1221年四月逃到忻都（今印度），在申河（今印度河）被蒙古军打败。札兰丁弃家室辎重，跃马投入申河，游至对岸。后来在外高加索一带继续与蒙古军队作战。

1223年春，成吉思汗准备进攻印度然后越过雪山（今喜马拉雅山）从土蕃（今西藏）返回蒙古。由于道路崎岖，气候炎热，改由原路退回蒙古。

1220年摩诃末逃跑时，成吉思汗曾派者别、速不台去追赶。现在再把这支蒙古军队的活动告诉读者。

者别和速不台一直追到宽田吉思海西岸，然后攻破阿哲儿拜占（今阿塞尔拜疆共和国）各地。阿哲儿拜占的都城在帖必力思（今第比里斯），当时的阿塔卑叫月即伯。蒙古大军压境后，年老而嗜酒的月即伯以货币、衣服、马畜等物赠献蒙古，作赎城费，才免遭劫掠。

1222年初，蒙古军侵入谷儿只（今格鲁吉亚），击败谷儿只王阔儿吉·剌沙。随即逾越太和岭（今高加索岭），侵入阿兰部（其驻地在今俄罗斯境内）及钦察草原（波罗夫赤草原），迫使钦察人迁至亦的勒（伏尔加）、涅卜儿（第聂伯）两河之间，与该地之钦察人联合。钦察人也是突厥人种，已经在这里生活了二个世纪之久。

成吉思汗统一漠北

蒙古军队追击至克里木，占领速答黑城（今萨波罗什）。钦察部的忽滩汗向南斡罗思（俄罗斯）的伽里赤大公密赤思老求援，于是密赤思老联合南斡罗思诸大公，推乞瓦（今基辅）大公罗曼诺维赤为盟主，决定迎击蒙古军于斡罗思境外。

斡罗思和钦察联军虽然人数众多，但缺乏统一指挥，步调不一。1223 年五月，联军与蒙古军激战于迦勒迦河（在今乌克兰境内），联军大败，六个斡罗思大公阵亡。罗曼诺维赤乞降，结果斡罗思军全被屠杀。蒙古军长驱直入斡罗思境。这年冬，者别和速不台率军经过现在的哈萨克草原东返，与成吉思汗的主力军会合，经撒马尔罕回到蒙古本土。1225 年成吉思汗西征结束。

西征结束后，术赤尚在中亚，不久病死。成吉思汗在中亚各地置达鲁花赤（镇守官），命回回商人牙剌瓦赤总督一切军政事宜。后来又改命牙剌瓦赤的儿子马思忽惕代其父职。

窝阔台的统治

1229 年蒙古贵族大聚会，遵照成吉思汗遗命推举窝阔台为大汗。窝阔台即位后，决定亲征金朝，遣大将搠里蛮（又译绰儿马罕）往征波斯。时札阑丁已从印度回波斯，花剌子模旧将及各地诸侯奉他为主，据有波斯西部。搠里蛮急速进兵，1230年冬抵阿塞拜疆，札阑丁从都城桃里寺（今伊朗阿塞拜疆大不里士）出奔，次年，为曲儿忒人所杀。搠里蛮军留镇波斯，攻打诸国，谷儿只（格鲁吉亚）、亚美尼亚、鲁迷（小亚细亚的塞尔柱突厥王国）等国先后归附蒙古。搠里蛮死后，由拜住那颜代领其军。

1231年，窝阔台与诸王在官山（今内蒙古卓资北）会议攻金方略，议定分兵三路南下，约次年春会师汴京。窝阔台自统中路军经山西取河中府（今山西永济），由白坡（在今河南孟县西南）渡河，进屯郑州；铁木哥斡赤斤统东路军由济南进兵；拖雷统右翼军，按成吉思汗遗策假道宋汉中地，沿汉水东下，由邓州（今河南邓县）入金镜。1232年初，拖雷于钧州（今河南禹县）南三峰山击溃金军，北上与窝阔台会合，攻汴京。三月，窝阔台、拖雷北还，留速不台统兵围汴，久攻不克。同年底，汴京城中粮尽援绝，金哀宗出奔归德（今河南商丘）。次年初，金元帅崔立杀汴京留守，献城投降。蒙古军追围金哀宗于归德，金哀宗又逃往蔡州（今河南汝南）。都元帅塔察儿率蒙古军及汉军万户史天泽等部进围蔡州，并遣王檝出使南宋，约请出兵共同灭金。宋将孟珙自襄阳提兵北上，攻取唐（今河南唐河）、邓两州，抵蔡州，与蒙古军分攻南、北城。1234年初，城破，金哀宗自杀，金亡。在攻金同时，蒙古还多次发兵入侵高丽。1233年，据有辽东的东真国也为蒙古所灭。

灭金后，蒙古宗王、贵族大会，筹划进兵南宋和远征西域，继续进行征服战争。1235年，窝阔台遣其子阔出统兵攻宋荆襄地区，阔端统兵攻四川，对南宋的战争从此开始。同年，窝阔台又召集大会，定议遣各支宗王长子统兵，出征钦察、斡罗思等国。万户以下各级那颜亦以长子从征；以拔都为西征军统帅，速不台为先锋。1237年，蒙古军灭不里阿耳、钦察，攻入斡罗思。三年之中，蹂躏了大部分斡罗思国土。1241年，拔都分兵两路，侵入孛烈儿（波兰）、马札儿（匈牙利）。蒙古军在思格尼茨（今波兰西部）一役，大败孛烈儿、捏迷思（德意志）联军，欧洲震动。1242年，拔都闻窝阔台死讯，率军东返，留驻也的里河下游，统治所征服的钦察、斡罗思等地区。

窝阔台在位期间，大蒙古国的政治、经济制度逐步完备。1229年，制定了蒙古民户的羊马抽分及其他差发制度，限制诸王、那颜任意科取；进一步健全驿站制度，从各千户签调站户当役，规定使臣往来需经由驿路，以免骚扰沿途百姓，乘驿者需持有牌子文字，方许付给驿马、饮食；又命人在沙漠地区掘井，以扩大牧场。1235年，签调汉族工匠，于斡耳寒河（今蒙古鄂尔浑河）旁建立哈剌和林城廓，作为都城。对所征服的定居农业地区，其统治和剥削方式也作了初步改革。窝阔台即位后，即采纳耶律楚材的建议，在中原汉地实行征税办法，规定“汉民以户计，出赋调”，以耶律楚材主管其事。1230年，设立十路课税所，专掌征收钱谷。1234年灭金后，下令检括中原民户，命失吉忽秃忽为中州断事官，主持括户。次年，各路同时编籍户口，总数110多万户，称为乙未（1235年）户籍。按照蒙古分封制度，窝阔台将一部分中原州县民户分赐给诸王、贵戚、功臣为食邑，计70多万户，其余民

窝阔台

户则作为皇室共有财产，直属大汗政府。又采纳耶律楚材建议，规定受封贵族只在分地置达鲁花赤监临，由朝廷设官征赋，按其应得份额颁给。分民每两户出丝一斤纳于政府，每五户出丝一斤纳于受封者，称为五户丝。同时制定了各类人户的丁税、地税以及商、盐诸税之法。在西域地区，实行征收丁税的办法，以花剌子模人牙老瓦赤主管其事，并先后设立了管理河中和呼罗珊等地的行政机构。窝阔台晚年信用回回商人，任命牙老瓦赤为中州断事官，准许富商奥都剌合蛮扑买中原课税，加倍搜括中原人民。1241 年窝阔台去世，皇后乃马真氏称制，政事愈坏，对人民的剥削更加沉重。

从贵由到蒙哥

1246 年，窝阔台长子贵由立为大汗。拔都与贵由不和，借口患病不参加选汗大会。蒙古皇室的内讧开始激化。次年，贵由任命亲信大臣野里知吉带为西征军统帅，授以统辖波斯及其以西诸地的全权。1248 年，贵由亲率护卫军西行，声言到叶密立养病。拖雷妻唆鲁禾帖尼认为贵由此行当是谋攻拔都，秘密遣人向拔都报信。拔都严兵为备。三月，贵由死于横相乙儿之地（今新疆青河东南），皇后斡兀立海迷失摄政。时拔都驻兵于其封地东境，召集诸王会议，推举拖雷长子蒙哥为大汗。察合台、窝阔台两系诸王拒不参加会议，亦不承认其推选有效。次年，蒙哥又于怯绿连河上游成吉思汗大斡耳朵之地召集大会，察合台、窝阔台两系再次抵制，拖延了两年。1215 年，到会的东西道诸王、诸将始定议奉蒙哥即位。窝阔台孙失烈门、脑忽和脱脱三人率其部属密谋来袭，谋泄被捕。蒙哥开始镇压两系政敌，杀斡兀立海迷失及贵由亲信大臣镇海、野里知吉带等，将失烈门等三王发配军前效力。

自窝阔台去世后，蒙古统治集团内部争夺汗位的斗争愈演愈烈，选汗大会一再推延，以致大汗之位两度虚悬约八年。在这期间诸王贵戚各自为政，滥发牌符，遣使四出，征敛珠宝财物。斡脱商人各持令旨，恃势勒索。蒙哥即位后，极力恢复大汗的权威和政令的统一。他下令整饬民政，尽收旧发牌符；加强汉地、中亚和波斯三大行政区的统治机构（汉文史籍称为燕京、别失八里、阿母河三行尚书省）。又命弟忽必烈总领漠南汉地军国庶事，统兵南征大理、南宋；命弟旭烈兀总领波斯之地，统兵西征未服诸国。1252 年起，在全蒙古国范围内重新进行户口登记，编造籍册，并再次分封诸王贵族。

忽必烈受命后，即南驻金莲川（在滦河上源），建立藩府，继续招聘汉族知识分子为谋士，访问治道。他采纳刘秉忠、张文谦、姚枢、史天泽等人意见，奏系设立邢州安抚司和河南经略司，整顿地方行政，设立屯田。1253 年，统兵征大理，以为迂回包抄南宋之计。分军三路，取道吐蕃之地，过大渡河，抵金沙江，降摩些（纳西族）部。十二月，克大理城，用刘秉忠、姚枢之策，下令禁止杀掠。留兀良合台继续征讨云南诸部，自己班师北归。1254 年，在所受京兆分地设立关中宣抚司加以治理。1256 年，命刘秉忠于滦河上游选地建城，营造宫室，名为开平。

旭烈兀军于 1256 年消灭盘踞波斯北部诸山寨的“木剌夷国”（阿拉伯语 mulahidah 的音译，意为异端者，此指伊斯兰教亦思马因派）；1258 年攻陷报达（今伊拉克巴格达），灭回回哈里发（Khalifat，伊斯兰教领袖的称号，阿拉伯语意为继承者。此外指阿拔斯朝）。次年，旭烈兀分兵三路侵入叙利亚。

元观星台

蒙哥于1257年亲统大军征宋。他自领西路军攻四川，命宗王塔察儿统东路军攻荆襄、两淮。蒙哥见中原诸侯、士人归心忽必烈，关中、河南财赋又多为藩府所得，甚为猜疑，便夺忽必烈兵权，不使领兵出征，并遣大臣阿蓝答儿等到陕西主管政务，钩考关中、河南钱谷，尽罢忽必烈所置宣抚、经略诸司。1258年七月，蒙哥入川，与原在四川掌管军事的蒙古都元帅纽璘、汉军万户刘黑马、巩昌总帅汪德臣等合兵，沿嘉陵江南下。南宋守臣凭险抵抗。1259年二月，蒙哥率军围合州钓鱼山（今四川合川县东），连攻五月不克。

塔察儿所统东路军略地至长江，无功撤回，蒙哥不得已于1258年底改命忽必烈统率。1259年春，忽必烈会尔路诸王、将领于邢州；七月，至汝南，申明军令，戒诸将勿妄杀，并使杨惟中、郝经等宣抚江淮。同月，蒙哥病逝于钓鱼山下。忽必烈得知蒙哥死讯，仍继续渡淮南下，进围鄂州。这时，留镇漠北的阿里不哥力图乘机控制漠南，发诸部兵直趋关陇，并派亲信至燕京掌管汉地政务，签诸道军。忽必烈恐阿里不哥先踞汗位，遂采纳郝经等人建议，与南宋贾似道密订和约，立即回师北归。

1260年春，旭烈兀在叙利亚得到蒙哥死讯，也引军退回波斯，留先锋怯的不花继续征进。九月，怯的不花军在阿音扎鲁特（今耶路撒冷北）被密昔儿（埃及）军击溃，蒙古西征之役至此告一段落。

忽必烈夺取汗位

1259年七月，蒙哥在合州钓鱼城战死后，以阿里不哥为代表的守旧派和以忽必烈为代表的“汉法”派，都积极活动起来，准备夺取汗位。

阿里不哥是拖雷的第七个儿子，蒙哥即汗位后，命阿里不哥留守都城和林。阿里不哥长期在蒙古本土，与外界接触不多，特别对汉地的政治、经济、文化了解甚少。后来，以他为中心，逐渐形成了一个墨守蒙古成规的保守集团，他们主张维持蒙古原来的统治方式，反对采用中原地区原有的封建统治方式。

忽必烈是拖雷第四个儿子，他很早就结识了一批汉族地主知识分子，像信佛崇儒的刘秉忠，熟读孔孟之道的张文谦、王鹗等，都是忽必烈十分信任的。他们把历代封建统治的经验，灌输给忽必烈。蒙哥即位后，以漠南汉地委托给忽必烈来管理，从此忽必烈与各族地主阶级进一步紧密地结合了起来。他一方面继续网罗人才，像杨惟中、姚枢、郝经、王文统等汉族地主知识分子，都纷纷前来投靠。这些人都是忽必烈的谋士，对忽必烈影响很大。刘秉忠对忽必烈说：“今天谁能重用士大夫，又能推行中国原有的治国之道，就能当中国的皇帝！”这对抱有统治全中国愿望的忽必烈无疑是极大的启发。因此，像官吏的任用、对南宋的作战方略、经济政策、屯田措施等事，甚至后来的夺取汗位，建立元朝，几乎都出自这些人的策划。除了汉族地主分子外，忽必烈对其他各族上层人物也是加以争取的，像回回人赛典赤·瞻思丁、思兀儿人廉希宪、西夏人高智耀等接受汉文化很深的一些人也受到忽必烈的重用。另一方面，忽必烈为了扩大自己的军事实力，采取了拉拢、利用北方地主武装的方针。早在蒙古灭金时，北方地主武装头目董俊、严实、史天倪、张柔等就投靠了蒙古。忽必烈总管漠南汉地后，继续对他们加以重用，像董俊的儿子董文炳，在忽必烈进兵西南和灭宋战争中就非常卖力；史天倪的弟弟史天泽在平定阿里不哥和李璮的战斗中出力很多；张柔和他的儿子张弘范也是忽必烈十分信用的，最后灭亡南宋、逼迫赵昺投水而死的就是张弘范；红袄军头目李全的儿子李璮，忽必烈也给他很大的权力，封他为江淮大都督，忽必烈十分信用的王文统，就是李璮的岳丈。忽必烈联合汉族和其他各族地主阶级的目的，就是为了巩固自己的地位，学会统治汉地的方法。因此，在忽必烈夺取汗位之前的十多年间，他已跳出了蒙古“黄金家族”的小圈子，逐渐成为懂得汉法、决心抛弃蒙古旧法的新的封建统治者。忽必烈是蒙汉各族地主阶级利益的总代表。

忽必烈不仅为自己夺取政权奠定了政治基础，而且还奠定了物质基础。在他主持漠南汉地后，十分注意招抚流亡的人民，大搞屯田积粮，并采取整顿财政等措施。早在1252年，忽必烈就已在河南的唐、邓等州实行屯田，后来又在陕西凤翔等地屯田，这样就使他掌握了大量军粮。忽必烈又立钞提举司，印发纸钞。这一系列措施的实施，使忽必烈完全控制了蒙古国的财政大权。

1256年二月，忽必烈命刘秉忠在桓州（今内蒙古正蓝旗北）东北、滦河北岸的龙岗，营建营室、房屋，三年后建成，称开平府。在这里聚集了忽必烈的一批重要谋士，成为忽必烈集团的根据地。

蒙哥死后，阿里不哥和他的支持者立即采取夺位措施。他命令脱里赤为断事官，占据燕京，号令各方面；又命令各地军队听从调度，由阿兰答儿纠集漠北各地军队，脱里赤纠集漠南各地军队，形成对开平的包围势态。阿里不哥企图先发制人，迫使忽必烈就范。

忽必烈这时还在围攻鄂州，蒙哥死讯传来后，他召集诸将、诸谋士研究蒙哥死后的形势和对付阿里不哥的策略。这时郝经提出了如下建议：一面遣军去迎接蒙哥的灵车，接收大汗的宝玺，一面赶快与南宋贾似道议和，签订密约，迅速撤军，派轻骑兵赶到燕京，防止阿里不哥的势力南下。忽必烈采纳了此计。1260 年三月，忽必烈抵达开平，诸王合丹、阿只吉等率西道诸王，塔察儿等率东道诸王，会集开平。他们都是忽必烈的支持者。忽必烈废弃了贵族选汗的旧制，宣布即位。并定当年为中统元年，开始建元纪岁。

同年四月，阿里不哥也在和林召开忽里勒台，宣布为大汗。支持他的除阿兰答儿、脱里赤等外，还有窝阔台后王阿速带、玉龙答失、昔里吉，察哈台后王阿鲁忽，旭烈兀子出木哈赤等。

阿里不哥和忽必烈双方为争夺地盘开始了第一个回合的争斗。阿里不哥命霍鲁海、刘太平等去陕、甘地区任职，忽必烈则命廉希宪为京兆等路宣抚使。双方发生冲突，廉希宪擒霍鲁海，杀刘太平等，忽必烈控制了陕甘地区。阿里不哥又派遣阿兰答儿南下联合浑都海作乱。但两人均被忽必烈的军队所杀。

1260 年冬，忽必烈决定亲征和林。阿里不哥闻讯后不敢抵抗，逃至谦谦州（今叶尼塞河上游南），忽必烈占领和林，命亦孙哥驻守，自回开平。1261 年秋，阿里不哥至和林，伪装愿意归顺，却采取突然袭击的办法，占领和林，并南下骚扰，被忽必烈击败。由于阿里不哥多次战败，支持他的诸王纷纷向忽必烈投降，加上连年饥荒，阿里不哥不得不于 1264 年向忽必烈投降。经过四年的战争，阿里不哥的分裂势力终于被消灭，漠北和中原地区重新恢复统一。忽必烈战败阿里不哥后，取消和林为蒙古国的都城，改设宣慰司都元帅府。

忽必烈夺取汗位的胜利，从本质上来说是蒙古统治集团内部“汉法”派战胜了守旧派，这对于蒙古国最后完成封建化来说是有决定意义的。同时也说明了历史的规律是不可抗拒的，像阿里不哥那样坚持维护旧的统治方式，失败是注定了的；而忽必烈能够顺应历史发展，适应汉族地区生产力发展的需要，采用原有的封建统治方式，因而在历史上作出了自己的贡献。

忽必烈治理中原

蒙哥汗元年（1251 年），蒙哥即位后，任命二弟忽必烈总理漠南汉地军国庶事。忽必烈南下驻于爪忽都（蒙古人对金北边部族的泛称）之地，建藩府于金莲川（今内蒙古正兰旗闪电河），常驻于桓（今内蒙古正兰旗北）、抚（今内蒙古兴和县）二州间。在他身边招纳了一批汉族士人为幕僚，如刘秉忠、姚枢、许衡、郝经等人。通过他们的互相引荐，吸引了更多的中原士人。他们用儒家思想和历代行之有效的治国之道影响忽必烈，促使忽必烈采纳他们的计策，以汉法来治理中原。

蒙哥汗二年（1252 年）正月，谋士姚枢建议改变过去春去秋来，夺城后剽杀掳掠的作战方式，采取以守为主，亦战亦耕，广积粮储，充实边备的灭宋方针。忽必烈采纳了这一建议，首先整治邢州（今河北邢台）。这时，邢州在两个答剌军统治下，民户由 1 万多户锐减为 5700 户。忽必烈任用汉人张耕为邢州安抚使、刘肃为邢州商榷使。他们到邢州后，除去弊政，革去贪暴，召抚流亡，仅几个月时间，邢州大治，户口增加几十倍。于是，忽必烈请设经略司于汴（今河南开封），以汉人史天泽、杨惟中、赵璧等为经略使，整顿河南军政。汉将史天泽等到河南后，打击暴虐贪淫的地方军阀，处死横暴的州官，兴利除害，深得民心。他们还在唐（今河南唐河县）、邓（今河南邓县）屯田。在邓州设屯田万户，范围西起邓州，东连陈州（今河南淮阳）、亳州（今安徽亳县）、清口（今江苏淮阴西）等地。屯田的农民，敌至则战，敌走则耕，不久，河南大治。

成吉思汗

蒙哥汗三年（1253年），蒙哥把关中地区封给忽必烈。次年，忽必烈在京兆（今陕西西安）立宣抚司，以孛兰和儒臣杨惟中为宣抚使并屯田于凤翔（今陕西凤翔）。又奏割河东解州盐池的收入以供军食，募民以盐换粮，支援四川前线。他们改革弊政，努力恢复农业生产，减关中常赋之半；整顿吏治，处死害民的贵族，并进一步严肃军纪，关中情况大为改观。忽必烈还任命许衡为京兆提学，在关中建立学校，释放俘掠的儒士，编入儒籍；又立京兆交钞提举司，所发纸钞，以佐经用。关陇地区的社会经济得以恢复。忽必烈上述措施，得到了汉族地主、儒生的广泛支持，巩固了自己的统治地位。他从中也学到了统治汉地的方法。

蒙哥汗六年（1256年）春，忽必烈命刘秉忠在桓州东、滦河北岸的龙冈（今内蒙古多伦西北）营建宫室、房舍。三年后建成，称开平府（今内蒙古锡林郭勒盟正兰旗东50里），作为藩王府的常驻地。开平府聚集了忽必烈的一批重要谋士，成为他治理汉地的政治中心。汉地社会经济的恢复，也为后来建立元朝奠定了基础。

忽必烈采用汉法治理中原地区，取得了显著成效，改变了过去那种人民逃亡，农田荒芜、典章不立的混乱状况。但是这却招致了蒙古统治集团中一部分贵族的不满。蒙古旧贵族企图用旧的统治方式来统治中原汉地。于是，有人向蒙哥大汗告状，说忽必烈在中原收买人心，财赋尽入王府，恐枝大于本，不利朝廷等，引起了蒙哥的疑忌。蒙哥汗七年（1257年）春，蒙哥以王府诸臣多擅权营奸利事为名，派遣亲信阿兰答儿等到关中主管政务，并在关中设钩考局，查核关中、河南等处钱谷事。阿兰答儿从忽必烈所任命的经略、宣抚司官员中，罗织罪状140余条，企图通过罢免忽必烈所信用的官员来打击他的势力。蒙哥下令解除忽必烈在汉地的军权。忽必烈忧惧不安，谋士姚枢献策说，只有将王府诸妃送往朝廷和林（今蒙古后杭爱省厄尔得尼召北），表示准备久居，才能解除蒙哥的怀疑。忽必烈接受此建议，于冬天亲自送全部家属到和林，并单独朝见蒙哥，才解除了蒙哥对他的猜忌。蒙哥决定不追究忽必烈，同时停止了对关中、河南的钩考。但是，忽必烈所设置的行部、安抚、经略、宣抚、都藩诸司全部被罢除。忽必烈调回自己派出的官员。蒙哥伐南宋时，仍以忽必烈患足疾为名，让他在家养病，不予统兵之权。直到蒙哥汗九年（1259年）十月才不得不改命忽必烈统东路军征南宋。忽必烈以谦恭忍让保全了自己，避免了一场不测之祸。

四等人制

元是蒙古贵族建立的王朝。他们以欧亚大陆的征服者自居，怀有强烈的民族优越感和狭隘的民族偏见，推行民族歧视和民族压迫的政策。

元初，依民族标准和历史因素，将其统治下的民众分为四等：蒙古人，又称为“国族”，包括蒙古贵族和蒙古族民众；色目人，指成吉思汗征服西域时，归顺的西夏、回回、西域人和葱岭东西直到欧洲的一些民族；汉人，指窝阔台汗六年（1234年）灭金之后，将原在金统治下的汉族人和女真、契丹、渤海等人，以及至元十六年（1279年）灭南宋之前归附的云南、四川的居民；南人，指原属南宋统治下的江浙、江西、湖广三省和河南、江北行省襄郢、两淮等地的汉族等各族民众。四等人中蒙古人社会政治地位最高，色目人次之，汉人又次之，南人最低。

四等人制度体现的民族不平等，首先在科举和选官入仕方面。当时选100名中乡试者参加会试。而名额的分配却是四等人中各25人，这从总人口比例上说是很不公平的。而且从乡试、会试到廷试，均分两组：蒙古人和色目人为一组，汉人和南人为一组，两组分卷考试。考中者又分两榜：蒙古人和色目人为右榜，汉人和南人为左榜。据当时的规定，两组考试试题深浅不一，汉人和南人一组难于蒙古人和色目人一组。但所分左、右两榜却是以右榜为上。考选已失公平，任官上更不平等。终元之世，汉人为丞相者，只有史天泽、贺唯一两人；为枢密副使者只有赵壁、史天泽二人；为御史大夫者，只有贺唯一一人。为维护御史台长官不用汉人的惯例，贺唯一在上任前，特将姓名改称蒙古姓名太平，以符合四等人制度。在地方长官的任用方面，元世祖时规定以蒙古人担任各路达鲁花赤，汉人担任总管，回回担任同知。以后多次重申这一规定，要求必须用蒙古人为达鲁花赤。如无蒙古人可用，也可以用回回、畏兀、乃蛮、唐兀等色目人，但决不准用汉人和南人。如果发现汉人冒用蒙古人名字担任达鲁花赤，立即革去官职，永不叙用。

其次，反映在法律地位上。元代司法中严格维护四等人制度。在中央，蒙古人犯法，只能由管理蒙古人的专门机关宗正府决断。一般司法机关无权受理；在地方，司法长官基本上由蒙古人或色目人担任，即汉人犯罪必须由蒙古人决断。在量刑上，元代法律规定蒙古人殴打汉人，汉人不能还手，只能“诉于有司”。蒙古人因争吵、酗酒打死汉人，最重不过罚服兵役和赔“烧埋银”（丧葬费用）。但在同样条件下，汉人打蒙古人或色目人，除赔烧埋银，还要将本人处死。依据四等人制度，蒙古人和色目人享有许多法定的特权。

依据四等人制度，严禁汉人、南人私藏武器、练习武艺、结社集会。甚至连打猎、养马和夜间点灯都一并禁止。如有违犯则从严治罪。规定凡私藏刀枪及弩达十件者，或有弓箭十副者或盔甲一副者，一律处死。

阿合马、桑哥事件

忽必烈统治的三十多年，是从连年不断的战争向全国安定过渡的时代。诸王叛乱、南下灭宋、镇压反元武装起义，迫切需要军饷；百废待兴、恢复封建经济，迫切需要金钱。因此，谁善于理财，谁就受到忽必烈的重用。忽必烈时期主要帮助他管理财政的是花剌子模人阿合马、汉人卢世荣和畏兀儿人桑哥。他们三人在旧史书里是大大有名的奸臣，其实他们做的事未必每件都是坏事，在理财上他们都有一套本领，如果没有足够的金钱，忽必烈是办不成这么许多大事来的。正因为忽必烈宠信他们，他们自以为理财有了功，就居功自傲，专权不法，干了不少坏事，引起了统治集团中其他人的不满，最后遭到杀头的下场。

中统三年（1262 年），阿合马任诸路都转运使，专理财政，他在钧州（今河南省禹县）、徐州（今江苏徐州）兴办了炼铁业，每年产铁 1037000 斤，铸成农器 20 万件，换成官粮 4 万石；又因太原私盐盛行，盐课收入大减，他大大增加了当地赋税，不论僧道军民户，一律不得免税，于是收入大增。这两件事办成后，忽必烈非常高兴，升阿合马为中书平章政事。从此，阿合马深受忽必烈宠爱，日益骄横，连中书右丞相安童也不在他眼里，左丞相史天泽等也常被他弄得很窘。他还让他的儿子忽辛当大都路总管，又不通过中书省，安插自己的亲信任要职。还依仗自己的理财特权，派人经商，从中获得巨额财富。至元十五年（1278 年）中书左丞崔斌上书，揭露阿合马任用亲信，一家身居要职等罪，忽必烈罢免了阿合马子侄们的职务，但仍对阿合马十分信任，并认为他有当宰相的才能。至元十七年（1280 年），阿合马以清理江淮钱谷的名义，打击诬陷异己。当时崔斌已调任江淮行省左丞，阿合马乘机诬陷他与江淮平章阿里伯、右丞燕帖木儿等盗官粮 40 万、擅自更换朝廷任命的官员 800 人，加以杀害。皇太子真金知道这件事后，立即派人去制止，竟来不及了。

阿合马搜括钱财，结党营私，排斥异己，大失人心。至元十九年（1282 年）三月，益都千户王著秘密铸造了一个大铜锤，准备击杀阿合马。这时正好忽必烈和皇太子到上都去了，阿合马留守大都。王著知道皇太子很痛恨阿合马，就伪装皇太子返京作佛事并假传太子命令，命阿合马等中书省臣来见，当阿合马来迎接假太子时，王著对他加以痛斥，并用铜锤把他打死了。王著被捕处死，临刑时高呼：“王著为天下除害，现在虽然死了，日后必有人为我载上史册！”后来忽必烈知道了阿合马的罪恶，下令剖棺戮尸，他的死党和忽辛等四个儿子都被杀。

阿合马死后，朝廷里没有人再敢言及理财的事了。总制院使桑哥推荐卢世荣到朝廷来理财，忽必烈任命卢世荣为中书右丞。卢世荣上任后提出改革钞法、制定市舶条例、将没收来的各地权豪私造的铁器卖去以充实常平仓、官营酿酒、于上都等地收购羊马选蒙古人放牧、选拔阿合马原来任用过的一些理财能手等一系列主张，忽必烈一一采纳。卢世荣得宠后，引起了一批官僚的反对，纷纷上奏弹劾，他干了不到一年，就被杀了。其实卢世荣被杀是有点冤枉的，他的理财措施有不少还是可取的，只是因为触犯了不少富豪、官僚、贵族的利益，在当时统治集团内部矛盾很深的情况下做了牺牲品。

至元二十三年（1286 年）卢世荣死后不久，忽必烈起用桑哥理财，第二年任命为平章政事。他更改钞法，发行至元钞，解决了朝廷的财政危机，于是声名大著，升任尚书右丞相兼总制院使。接着，又清理江南六省钱谷，增加江南赋税和盐酒醋税，大大加重了剥削，引起了天下骚动。他的权势非常大，一些阿谀逢迎之徒，特地为他立了德政碑。桑哥更加跋扈，于是顺我者昌，逆我者亡，任意调动内外官员，官爵刑赏全凭钱买和贿赂，引起了一批朝臣的反对，纷纷上奏弹劾。当时百姓失业，起义烽火连年不断，忽必烈深感事态严重，为缓和社会矛盾，于至元二十八年（1291 年）把桑哥杀了。在抄家时发现桑哥收藏的珍宝至少有宫廷里的一半那么多。

忽必烈统治时期发生的阿合马、卢世荣、桑哥事件，牵涉面很广，持续的时间也很长，它反映了元朝初期统治集团内部争权夺利的斗争是很尖锐的，也是很残酷的。

窝阔台侵宋

窝阔台汗六年（1234 年）年初，蒙、宋联合灭金后，蒙古与南宋仅隔一条淮水。蒙古违约，不肯将河南地归还南宋。南宋不敢坚持原议，反而让蒙古占领了陈州（今河南淮阳）、蔡州（今河南汝南）西北的大片土地。南宋也想乘金国灭亡，河南处于空虚的状态之机，收复洛阳、汴京（今河南开封）、归德（今河南商丘）等地。蒙古和南宋的冲突势所难免。

同年六月，宋朝在各方面都准备不足的情况下，仓促出兵汴京。庐州知州全子才奉命率军万人进至汴，汴京人立即举事响应。汴京军民杀死蒙古所立的长官崔立等人，迎接南宋军队。宋将赵葵率兵五万进入汴京。七月，宋将张迪率兵进攻洛阳，也受到洛阳民众的欢迎。但是，由于河南经历连年战乱，到处是断壁残垣，田野荒芜，粮饷极度缺乏，宋军士气大受影响。蒙古军在都元帅塔察儿的率领下进攻洛阳。洛阳城中缺粮，宋军只得退出。在汴京的赵葵也因无粮饷，再加上蒙古军掘黄河堤放水，不得不退出汴京。昏庸的宋朝君臣又把收复失地的希望寄托于和议。但是，由于南宋曾经接受过将陈、蔡西北之地归属蒙古的要求，窝阔台便以此为理由把这次出兵归罪于南宋先启边衅，召集诸王贵族大会，决定进攻南宋。

窝阔台汗七年（1235 年），蒙古兵分两路进攻南宋。东路由皇子阔出率诸王口温不花、国王塔思、汉将张柔、史天泽等统兵攻宋荆襄和长江中下游；西路由皇子阔端率元海塔海，汉将刘黑马等率兵攻取四川。南宋的防御重点是以襄阳为中心的镇北军。该军全部由招募的中原豪杰组成，骁勇善战。七月，东路口温不花部攻唐州（今河南唐河县）。十月，塔思部攻陷枣阳后南下攻郢州（今湖北钟祥）。宋军坚守，塔思未能破城，掳掠大批人口和牛马数万头而还。同月，西路阔端军进入巩昌（今甘肃陇西）。原金国守将汪世显投降。阔端大喜，命其率兵攻宋，同时要求他约束部队，不要扰民。年底，蒙古军将宋将赵彦呐所部包围在青野原。宋将曹友闻知后说："青野原是入蜀的咽喉要地，决不能丢失。"便率兵星夜前往援救，击退了敌军。解青野原之围后不久，曹友闻率兵援救大安（今陕西宁强北），击退汪世显部，并扼守仙人关，挡住了蒙古军的攻势。

但是，这时镇守襄阳的宋将赵范由于用人不当，军纪废弛，内部矛盾尖锐。窝阔台汗八年（1236 年）三月，王旻、李伯渊等发动兵变，焚毁襄阳城郭，投降了蒙古。荆襄重镇的失守，使东路蒙古军得以长驱直入，攻克了郢州、随州、荆门等地。阔端的西路军由大散关（今陕西宝鸡西南）南下取凤州（今陕西凤县东北）。九月，由于四川宋军主将赵彦呐拒绝了曹友闻凭险据守，伺机伏击敌军的建议，下令曹部守大安军以保蜀中门户，结果，曹友闻全军在大安阳平关全军覆没。阔端长驱入川。一个月之内，攻占了成都、利川（今四川广元）、潼川（今四川三台）等二十余地，宋军只剩下川东的夔州一路和潼川路的顺庆府。蒙古军队在大肆抄掠之后，退回陕西。阔端又派按竿迩攻占金遗臣郭斌据守的会川（今甘肃兰州西北）和南宋的文州（今甘肃文县）。与此同时，东路蒙古军口温不花等部进攻淮西。

蕲（今湖北蕲春）、舒（今安徽安庆）、光（今河南潢川）三州守将望风而逃。蒙古军直逼黄州（今湖北黄冈）。同时，派轻骑自信阳奔袭合肥。蒙古忒木觯率部进攻江陵（今湖北荆州）。宋将孟珙命部下多次改换服色、旗帜，以迷惑敌军，使敌军不敢轻动，接着连破蒙古军24寨，救回被俘的两万多百姓。攻真州（今江苏仪征）的蒙古察罕部也被宋将邱岳击退。

窝阔台汗九年（1237年）十月，东路蒙古军口温不花、史天泽部再度南下攻占光州，在复州（今湖北天门）打败南宋水军，并迫使复州宋军投降。接着又转攻秦春（今安徽寿县）、黄州。宋将阵珙率兵援黄州，击退蒙军。同月，西路蒙古军攻克夔州（今四川奉节）。

窝阔台汗十年（1238年）年初，东路塔思蒙古军队抄掠安庆府（今安徽潜山）后北返。九月，察罕、张柔率80万大军围攻庐州（今安徽合肥），宋将杜杲死守，迫使察罕退兵，然后派水军扼守淮河，派其子杜庶率勇将占文德、聂斌等精兵强将埋伏在要害之地。蒙古军无法前进，只好北撤。两淮得以稳定。宋将孟珙收复了荆襄等地。

窝阔台汗十一年（1239年），蒙古军接连三次败于孟珙手下。南宋收复了襄阳，樊城、光化、信阳等地。同年八月，蒙将塔海等率兵80万入蜀，攻占重庆、万州、夔州等地。但出川时，在归州（今湖北秭归）大垭寨遭到宋将阵珙的阻击，未能顺流而下进入湖湘。孟珙乘胜收复夔州。次年二月，蒙古按竺部再攻万州，在夔门击败宋军。窝阔台汗十三年（1241年）十月，东路蒙古军再围安丰。十一月，达海绀、汪卜显等部进攻成都、汉都（今四川广汉）、遂宁（今四川遂宁）、叙州（今四川宜宾）、泸州（今四川泸州）、资州（今四川资中）等地。同月，窝阔台去世，皇后乃马真称制，继续进攻南宋。

自从窝阔台汗七年（1235 年）蒙古大举进攻南宋以来，荆襄、两淮、四川的许多地区遭到蹂躏。蒙军虽从这些地区掠夺了大量财物，但在各地遭到宋军民的抗击，损失也不少，蒙古贵族一面进攻，一面也派使者来宋议和。南宋也于嘉熙二年（1238 年）和嘉熙四年（1240 年）两次派人到蒙古议和，均未达成和议。

在此期间，双方无大战，而各有胜负。宋朝于淳祐二年（1242 年）曾任命余玠为四川安抚置制使，收复了被蒙古占领的一些州县，改革弊政，安抚遗民，招聘贤才，并想出兵收复汉中地区，但没有成果。而蒙古由于贵族宗室内部矛盾的尖锐化，直到蒙哥即汗位海迷失后二年（1250 年）之前，也未能对南宋发动新的大规模进攻。

元朝的统治

元王朝的建立

1260 年三月，元世祖忽必烈在开平召集忽里台，即大汗位，建元中统，任用汉地士人，建立起中书省、十路宣抚司以及负责中原汉地政务的燕京行中书省等行政机构，巩固了在中原地区的统治地位。阿里不哥也在漠北召开忽里台，称汗，据有漠北地区。驻军六盘山的蒙古军主帅浑都海、奉蒙哥命主管陕西政务的刘太平，以及四川蒙古军的一些将领，拥护阿里不哥为汗，企图以秦蜀之地响应。忽必烈遣廉希宪为京兆等路宣抚使，急驰赴任，杀刘太平、霍鲁海和四川军中附阿里不哥的将领。不久，诸王合丹、汪良臣等合军，击败浑都海和逾漠南下应援的阿蓝答儿，于是完全控制了关陇川蜀地区。同时，忽必烈亲自率师北征，前锋移相哥败阿里不哥军，迫使他退守吉利吉思。次年秋，阿里不哥又移师东还，袭败移相哥，大举南进，与忽必烈激战于昔木土脑儿，双方死伤相当，各自退兵。因忽必烈切断了汉地对漠北的物资供应，阿里不哥陷于窘境，便派阿鲁忽（察合台孙）前往主持察合台兀鲁思。但阿鲁忽取得汗位后，拒绝向阿里不哥提供物资，并扣留其使者，于是阿里不哥举兵西击阿鲁忽，残破亦列河（伊犁河）流域。至元元年（1264 年），阿里不哥众叛亲离，势穷力竭，向忽必烈投降。至此，忽必烈终于控制了岭北局势，并将势力伸入畏兀儿地区。

忽必烈在与阿里不哥争位战争之初，即已承认旭烈兀对阿母河以西土地的统治权，原来由大汗直接领有的波斯诸地遂变为大汗的宗藩伊利汗国。伊利汗国与立国于钦察草原的术赤后王之间又为领土争端爆发了长期战争。大蒙古国分裂了。

中原汉地成为忽必烈政权的重心，他顺应时势，全面推行“汉法”，改革蒙古统治者对汉地的统治方式。1262 年，山东行省大都督李璮趁北边有战事，结宋为外援，占据济南，并企图策动华北各地诸侯响应。忽必烈调集重兵围攻济南，七月城破，李璮被杀。忽必烈因势利导，罢世侯，置牧守，分民、兵之治，废州郡官世袭，行迁转法。由于中原各地数十年专制一方的大小诸侯的势力受到限制和削弱，中央集权获得加强。中统、至元之初，元廷博采汉族士大夫建议，遵循中原传统制度，同时也采取了充分保障蒙古统治者特殊权益的各种措施，大体奠定了元朝一代政制的规模。中统四年（1263 年），以开平为上都。至元元年，升燕京为中都。四年，始于中都旧城东北建造新城。至元八年十一月，诏告天下，正式建国号大元。九年，升中都为大都。

统一全国

北方政局稳定后，忽必烈决定采用南宋降将刘整建议，先拔襄阳，浮汉水入长江，进取南宋。至元五年（1268），命阿术、刘整督师，围困隔汉水相望的襄、樊重镇，襄樊军民拒守孤城六年。至于十年初，元军攻下樊城，襄阳守帅吕文焕出降。次年六月，忽必烈命伯颜督诸军，分两路大举南进。左军由合答节度，以刘整为前锋，由淮西出师。伯颜本人与阿术领右军主力，九月，自襄阳出发，沿汉水入长江；同时，命董文炳自淮西正阳南逼安庆，以为呼应。十二月，元水师入长江，克宋江防要塞阳逻堡。宋汉鄂舟师统帅夏贵遁，汉阳、鄂州宋军降。伯颜分兵留阿里海牙经略荆湖，自领水陆大军顺流而东，以吕文焕为前锋。宋沿江诸帅多为吕氏旧部，皆不战而降。十二年二月，贾似道被迫督诸路精兵，抵御元军之时，他仍企图奉币称臣议和，被伯颜拒绝，只好在池州下游丁家州勉强与元军会战。因宋军内部不和，一触即溃。同年秋，伯颜从建康（今江苏南京）、镇江一线分兵三道趋宋都临安（今浙江杭州）。十三年正月，宋幼帝赵㬎上表降元，宋亡。十六年，完全占领四川，又追灭南宋卫王于崖山，完成了全国的统一。元朝的统一，结束了自唐末藩镇割据以来国内的南北对峙、五六个民族政权长期并存的分裂和战乱局面，推动了多民族统一国家的巩固和发展。

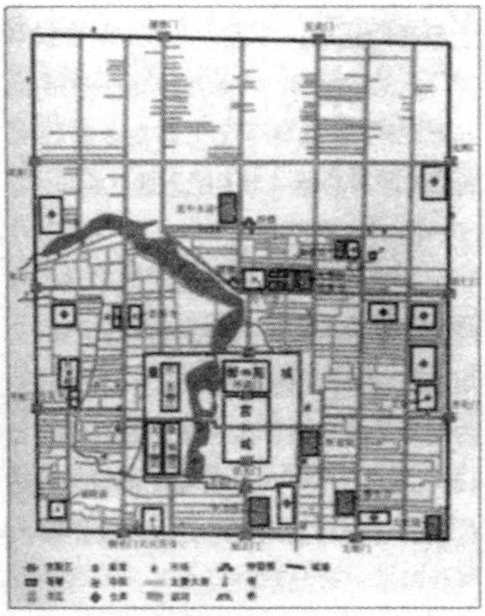

元大都平面

远征海外

灭宋后，忽必烈对邻近诸国发动了一系列的战争。至元十一年，侵日军无功而还。十八年，又分两路进攻日本，由唆都率蒙古、汉军、高丽军从高丽东渡对马海峡，范文虎率新附军（元政府收编的南宋军队）从庆元（今浙江宁波）浮海北进。元军在日本鹰岛遇飓风，战船多坏，将卒溺死者众，又遭日军掩杀，几乎全军覆没。十九年，遣唆都从广州渡海攻占城，连战逾年。二十一年至二十二年，镇南王脱欢（忽必烈子）发兵侵安南，（今越南北部），命唆都从古城北上助战，南北夹攻。安南王撤离都城，其主力走匿山林，避免与元军决战；待元军疲惫，又出而攻扰。五月，脱欢因暑雨不止、瘟疫流行，被迫退师。唆都战死。二十年、二十三年，元兵两次从云南出侵缅国（今缅甸），二十四年，进至蒲甘，迫缅国定岁贡方物后退回。同年再侵安南，次年以粮尽师老北还。二十九年十二月，史弼、亦黑迷失、高兴从泉州起航出侵爪哇（今印尼爪哇岛）。爪哇统治者降元，并请元军助讨其敌国葛郎，打败葛郎王以后复举兵拒元，元军力竭退师。

各族人民的反抗斗争

从攻南宋以来，连年战争，加以宫廷廪禄、宗藩岁赐，都需要巨额经费来支持。忽必烈急于解决国用不足的问题，因而日益信用以“理财助国”邀宠的大臣阿合马、卢世荣、桑哥等人主持国政。至元七年至九年、二十四年至二十八年间，两次设尚书省综理财用。尚书省的理财政策主要包括：增加税收、兴铁冶、铸农器官卖、“括勘”（追还被私人、寺院夺占的南宋公田，起征田赋）、“理算”（追征各地历年积欠的钱粮）、变更钞法等，使国家的收入显著增加。但由于吏治腐败，专注搜刮，流于横征暴敛，成为阻碍社会经济发展的重要原因之一。同时，为了对外战争，打造东征海船，沿海和江南地区徭役征发日益加重。人民不堪沉重的封建剥削与压迫，纷纷起义。至元二十年，江南各族人民起义凡两百余起，二十六年更增至四百余起。在这前后，爆发了广州欧南喜、黎德和福建黄华、钟明亮等人领导的几次规模较大的起义。

与北方诸王之战

至元初年，忽必烈巩固对中原汉地的统治后，立即着手恢复大汗对西道诸王的政治控制。他诏令窝阔台后王海都入觐，把察合台系诸王八剌从朝廷派回察合台兀鲁思，控制当地局势。海都拒不入朝，至元五年，在按台山挑起兵端。返回中亚夺得察合台兀鲁思汗位的八剌也为争夺斡端（新疆和田）与元朝开战。六年，海都、八剌和术赤后王忙哥帖木儿在答剌速河谷举行忽里台，划分各自在中亚草原的势力范围及河中农耕区的财赋收入，联合反对大汗和伊利汗阿八哈。至元八年，忽必烈命皇子北平王那木罕出镇阿力麻里。此后，元政府采取置驿、遣使安抚、设畏兀儿断事官等措施，不断加强对天山南北的统治，企图相机西进。十三年，那木罕所部宗王昔里吉（蒙哥子）等叛，械系那木罕与安童，逾按台山占领吉利吉思，并于次年分道东进。八月，伯颜率元军破昔里吉于鄂尔浑河。战事延续五年之久，元军虽收复岭北，海都在畏兀儿之西的势力却迅速发展起来。二十二年，海都拥立的察合台兀鲁思汗笃哇（八剌子）

围畏兀儿都城火州，大掠后退兵，以后又连续进犯畏兀儿地区。二十四年，东道诸王以斡赤斤后王乃颜为首，又在辽东叛乱。忽必烈亲征，败叛军主力，擒乃颜。次年，诸王合丹等复叛，被元军击溃东逃，数年后败亡。二十五年，海都、笃哇举兵东犯，二十六年春，掠称海，至杭海山，击败镇边宗王那木罕以及甘麻剌（忽必烈孙），进据和林。忽必烈最后一次率军亲征，复和林，留伯颜镇守。至元之末，元政府已明显地收缩了天山南部的防线，而在岭北却顺利地将海都逐过按台山，牢固地掌握了祖宗“肇基之地”。

至元三十一年正月，忽必烈在大都去世，庙号世祖。皇太子真金先死，其子铁穆耳受皇太子宝，抚军于漠北，闻报赶回上都，大会诸王宗亲，四月即位，是为成宗。元贞二年（1296）秋，西北诸王药木忽儿（阿里不哥子）、兀鲁思不花（蒙哥孙）粮匮厌乱，归投元廷。成宗得讯，遣土土哈载粮西迎。从大德九年（1297 年）至四年，元军与海都、笃哇在北边屡次交锋。五年，海都、笃哇东逾按台山，下营于铁坚古山。皇侄海山与大将床兀儿、晋王甘麻剌、太师月赤察儿合力苦战。海都先胜后败，受伤后与笃哇退出岭北，在这年秋冬之间病死。

成宗“守成”

元成宗铁穆耳称帝前长年在北边带兵，即位五年多，对六部官员尚“未知其人为谁”。但他委政于世祖旧臣完泽、不忽木、哈剌哈孙等人，罢征日本、安南之役，内政以奉行忽必烈成规为务，国家相对安定，因而被称为守成之君。这时对诸王宗亲的赐予为数日巨，一年修佛事五百余次，加上战争开支，国用匮乏，岁入不足，一再借支钞本，财政方面始终未摆脱慢性危机。大德五年，元廷派刘深出侵西南八百媳妇（今泰国北部等地）。元军沿途骚扰，道出顺元（今贵州贵阳），向当地少数民族征发丁役、勒索金钱和马匹。土官宋隆济和女土官蛇节举兵围刘深于穷谷，云南行省东部人民皆起而响应。十一月，诏刘国杰往镇。七年春，蛇节、宋隆济先后被俘杀，南征之师亦罢。

大德七年，笃哇和海都之子、窝阔台兀鲁思汗察八儿遣使请息兵，"通一家之好"。八年，元廷与笃哇、察八儿约和，各遣使臣偕往伊利汗朝宣谕和平。大汗虽完整地保有岭北行省，但被迫承认了察合台兀鲁思控制哈密力（哈密）以西地区的事实。此后除延祐年间曾与察合台兀鲁思发生一次战争外，终元之世，西北边地大体上安定无事。

"武仁授受"与南坡之变

成宗晚年连年患病，皇后卜鲁罕掌权。大德十一年初成宗卒，因皇太子早死无后，卜鲁罕与左丞相阿忽台等人相结，图谋立镇守河西、拥兵15万的安西王阿难答为帝，定于三月三日举事。右丞相哈剌哈孙则鹏密遣使北迎出镇朔漠的怀宁王海山，南迎被卜鲁罕排挤出京的海山母弟爱育黎拔力八达。爱育黎拔力八达母子先至大都，立即派李孟与哈剌哈孙秘密定议。三月二日，爱育黎拔力八达率卫士入宫，诱执阿难答，诛阿忽台等，奉御玺北迎海山。五月，海山至上都，大会诸王，处死卜鲁罕、阿难答，即帝位，是为武宗。次月，下诏立爱育黎拔力八达为皇太子。海山长年抚军北方，昧于政事，即位后斥去世祖旧臣哈剌哈孙，对中书省进行大改组，几乎全部改任自己的亲信，政令失当，朝政紊乱。国家的用人制度和财政制度都被破坏。即位仅三个月，近臣获得高官厚禄的约达九百人。为广示恩宠，"遥授"职衔，名爵冒滥，冗员充斥。世祖时枢密大臣6员，这时增至32员。滥赏泛赐和建寺修佛事比前代更加没有节制。残酷的剥削加上连年天灾，农民破产流亡，仅江浙一省流民已达130多万。为弥补国家财政亏空，至大二年（1309年），诏乞台普济、乐实、三宝奴等立尚书省敛财，变更钞法；税课以大德末旧额为率，增收三成以上。

至大四年正月，武宗卒。爱育黎拔力八达由东宫入总大政，罢尚书省，杀乐实、三宝奴。五月，即位于大都，是为仁宗。他受教于名士李孟十余年，受汉文化影响较深，积极采取措施。力图改革朝政和吏治，如：严处近侍擅传圣旨；由朝廷派官任投下份地达达鲁花赤，降诸王投下所任命者为副达鲁花赤；规定吏员入官只能升至从七品，并于皇庆二年（1313年）下诏，恢复自宋亡以后中断了几十年的科举取士制度；延祐初，元廷还派人检括河南、江西、江浙等地漏隐田土，核实税入。但由于官吏奉行过当，延祐经理变成对百姓的巧取豪夺，江西受害尤甚。延祐二年（1315年）四月，宁都蔡五九举众起义。元廷调两省兵力镇压，九月，蔡五九兵溃被杀。仁宗对母后答己奉命惟谨，答己得肆意干预朝政，擢升贪奸不法的私党铁木迭儿为中书省右丞相，势倾朝野。仁宗对宗戚勋旧过于软弱，在诸王压力下不断让步。他还背毁传位给武宗子嗣的誓约，诱逼武宗长子和世㻋出京就藩，在答己和铁木迭儿参与下立己子硕德八剌为皇太子，从而引起海山旧部和一部分反对政治改革的蒙古贵族的不满，也导致仁宗本人对答己及其党羽的妥协。由于这些原因，仁宗后期，改革实际上中止了。

延祐七年正月，仁宗卒。铁木迭儿先已罢职，答己下旨复任为中书右丞相，大肆更换省官，将私党调进中书省，矫命杀害仁宗时参劾过他的前中书平章萧拜住等人。三月，硕德八剌继帝位，即英宗。英宗刚毅而思有作为，答己当初以为他柔懦易制，所以立为皇太子，此时深为后悔。五月，答己幸臣失列门等谋废立事泄，英宗将他们尽加诛杀，以木华黎后裔拜住为中书左丞相。至治二年（1322年）秋，铁木迭儿和答己相继病死。英宗摆脱掣肘，专任拜住，锐意于改革。朝廷召集有治国经验的退职老臣，优其禄秩，使议事中书；行助役法，民田百亩抽三，以岁入助役；正式颁行《大元通制》，督责各级官吏遵循国家的政制法规，改变政令不一、罪同罚异的混乱现象；裁罢冗职，节省浮费，减免赋役，以舒农力。这时，拜住揭发了铁木迭儿生前贪赃巨万的旧案，追夺其官爵封赠，籍其家，时铁木迭儿党羽御史大夫铁失兼典左、右阿速卫亲军，遂与心怀不满的蒙古宗戚密谋，欲刺杀英宗，并与抚军漠北的晋王也孙铁木儿（某麻剌子）联络，相约事成后推他为帝。至治三年八月，英宗自上都南归，驻跸南坡（内蒙古正蓝旗东北）。铁失等以阿速卫为外应，入皇帝行帐，杀拜住，弑英宗，并于当夜驰回大都，收封省部印信，遣使奉玉玺至漠北晋王镇所。九月，也孙铁木儿在漠北即位，次年改元泰定，史称泰定帝。

两都之战和燕铁木儿专权

泰定帝在位五年。在他统治时期，元廷对贵族赐予益奢，兴役造作益多，国家财源已呈枯竭，吏治更加腐败。致和元年（1328年）七月，他病死于上都。八月，留守大都的武宗亲信燕铁木儿（床兀儿子）凭借所掌怯薛发动兵变，控制大都，遣使迎武宗次子图帖睦尔入京。同月，梁王王禅（泰定帝侄）、丞相倒剌沙奉泰定帝年幼的皇太子阿剌吉八即位于上都，改元天顺，分诸道进攻大都。这时，图帖睦尔已从藩所江陵北上，武宗藩邸旧臣、河南平章政事蔑里乞氏伯颜邀截经河南北解的国赋以为军资，亲自带兵护送图帖睦尔至大都。九月，图帖睦尔即位于大都，改元天历，并宣布待长兄和世球归自北边将立即让位。而辽东、关陕、川蜀等地先后起兵响应上都。两都之战发展成为大规模内战。大都政权控制了财赋所从出的南方各省，实力占据优势。十月，大都所部军乘上都守备空虚，从辽东出兵，袭围之。倒剌沙以城降，被诛。阿剌吉八不知去向。王禅兵败被俘后赐死。图帖睦尔遣使迎异母兄和世球于北边。天历二年（1329 年）正月，和世球受朔漠诸王奉戴，在和林北即帝位，是为明宗，随即启程南返。三月，燕铁木儿奉玺北迎明宗。明宗虽宣布凡图帖睦尔所用百官并仍其旧，却擢拔不少亲信入省、院、台供职；他的从官中有些人对燕铁木儿“不为之礼”。这就使一心想专任独署的燕铁木儿深怀怨惧。八月，明宗和自大都出迎的图帖睦尔会于旺忽察都之地（今河北张北）。仅数日，明宗中毒暴死。燕铁木儿立即带着帝玺偕图帖睦尔急驰上都。八月中，图帖睦尔再次即皇帝位于上都，是为文宗。

元文宗图帖睦尔复位后，遍赏天历之初为其效命的阿速军士，以燕铁木儿独任丞相；总裁天下事，甚至亲祭燕铁木儿生祠。元廷严厉地镇压了企图以明宗太子为名发动政变的蒙古贵族，又动用数省兵力，历时一年，平定了驻在云南的蒙古诸王叛乱。这时燕铁木儿的威焰权势远远超出了在他之前的任何一个元朝权相，以致他的儿子唐其势扬言“天下本我家之天下”。文宗受制于燕铁木儿之时，元朝国势日趋衰微，处于迅速腐化之中的统治阶级在政治上已难以振作。尽管文宗本人对中原封建文化比较熟悉和了解，所能做的不过是用“文治”来粉饰危机日益加深的统治。文宗初即位，就建立奎章阁，集儒臣于阁中备顾问，又置艺文监，以蒙古语翻译儒书，刊刻经籍。至顺二年（1331 年），敕编《经世大典》书成。该书由赵世延、虞集先后主持修纂，是记录元朝一代制度故事的珍贵文献。

至顺三年八月，文宗卒，临危遗诏立明宗之子为帝。燕铁木儿利于立幼，于同年十月拥明宗次子懿璘质班为帝，是为宁宗。宁宗逾月而卒，时年七岁。燕铁木儿在文宗后坚持下，被迫把被文宗放逐于静江（治今广西桂林）的明宗长子妥欢贴睦尔迎入京都，但迁延数月不肯立君。直到他因纵欲过度而死，妥欢贴睦尔才得在至顺四年六月即位于上都，史称顺帝。

社会诸矛盾的激化

元朝末年，吏治腐败，财政破产，军备废弛。燕铁木儿死后，伯颜独秉国政，政治势力迅速扩大。中书省、枢密院官员大都出其门下，每罢朝，一拥而退，朝廷为之一空。他一次所受赐田多达五千顷。大批蒙古贵族、官僚通过受赐、占夺等方式转化为大土地所有者，汉族地主也不肆兼并土地。广大农民在沉重的封建负担下丧失土地，破产流亡。伯颜当权时，中原连年灾荒，人口存亡相半，朝廷竟不加救济。官吏勒索、贿赂公行，民间将他们与“贼”一样看待。后至元（1335—1340年）间，广东朱光卿、河南棒胡、四川韩法师、福建李志甫、江西彭莹玉及周子旺等相继举众起义；东北、西北、湖广各族人民也起兵反元。以伯颜为代表的一部分蒙古贵族，企图用加剧民族压迫的政策来镇压以汉族人民为主体的反元斗争。忽必烈在位时，就将全国居民按种族、地域分为四等，对汉人、尤其是南人中的平民加以各种防范压抑。这时，伯颜继废止科举之后进一步下令禁止汉人、南人学蒙古、色目文字，以阻塞他们的仕途；并扬言要杀张、王、刘、李、赵五姓汉人。伯颜还企图废顺帝另立。他的所作所为使当时的社会危机更加深刻。至元六年，伯颜侄脱脱得到顺帝支持，乘伯颜出外行猎，将他贬黜。顺帝起用脱脱当政，次年，改元至正，宣布“更化”，恢复科举取士，开马禁，减盐额，修辽、金、宋三史，政治一度较为清明。至脱脱第二次出任中书右丞相时，国库空虚，灾荒频仍，为解救危机，他变更钞法，勒黄河回故道以整治河患，在京畿附近营田，募人佃种以救北方粮荒。但这些都未能缓和已全面激化的社会矛盾，而开河、变钞直接催发了轰轰烈烈的元末农民大起义。

元征安南

元蒙哥汗三年（1253年）十二月，忽必烈攻占大理，留大将兀良合台镇守。兀良合台平定云南各部之后，于蒙哥汗七年（1257年）秋派使节招降安南陈朝（今越南北部）。安南国王陈日煚扣留使节，拒绝投降。同年十一月，兀良合台率大军沿红河进攻安南。十二月，蒙军大破安南军，进入安南国都升龙（亦名大罗城，今河内），实行屠城。陈日煚逃到海岛。蒙军不服水土，只在升龙停留了九天便班师回国，退兵时再派使节招降陈日煚。次年二月，陈日煚传位于其子光昺。夏，陈光昺派使者晋见兀良合台，表示臣服。

元中统元年十二月（1260年），元世祖忽必烈派礼部郎中孟甲等出使安南，允许安南保持衣冠典礼风俗等本国旧制。作为回报，陈光昺派族人通侍大夫陈奉公等觐见忽必烈，请求三年一贡。忽必烈同意其要求，封陈光昺为安南国王。此后，两国使节往还不绝。至元四年（1267年），忽必烈应陈光昺请求，任命讷剌丁为安南达鲁花赤。不久，又下诏要安南君长亲自来朝，贵族子弟入质，编制户口，出军役，交纳赋税，设置各级达鲁花赤。陈光昺虚与委蛇，不接受这些要求，也不向元使跪拜，反而提出了取消达鲁花赤的要求。这时，元朝忙于灭南宋，无力南顾。

至元十四年（1277 年），陈光昺去世，世子日烜即位。陈日烜坚持光昺的对元方针。至元十六年（1279 年），元朝消灭了南宋残余势力之后，议论对安南用兵，但因南方各地人民不断起义而作罢。至元十八年（1281 年），元朝成立安南宣慰司，以卜颜铁木儿为参知政事、行宣慰使都元帅，进行战争准备。同时，以陈日烜炬不请命而自立，称病不朝为理由，改立陈日烜叔父陈遗爱为安南国王，遭到安南拒绝。至元二十年（1283 年），忽必烈以进攻占城为名，派其子镇南王脱欢率大军南征，要求安南提供军粮，仍遭拒绝。至元二十一年（1284 年）十二月，元军分六路侵入安南。安南兴道王陈峻率兵凭险节节抵抗，陈日烜布防于升龙以北的富良江一线。经过激战，陈日烜等于至元二十二年（1285 年）正月十三日撤离升龙，退往天长府，集结兵力，坚持抵抗。脱欢占领升龙，焚毁王宫，挥师南下。同时命令驻扎在占城（今越南南方）的元将唆都北上，合击安南主力。元军会合后，分水陆两路追击陈日烜。陈日烜屡战屡败，逃往安邦海口，藏匿于山林，后又逃往清化。其弟陈益稷投降。元军虽获胜，但帅老兵疲，不服水土，尤其是骑兵无法在丛林、水网地区发挥特长。再加上安南援兵逐渐集结，不断袭击元军。脱欢被迫于同年夏撤兵。元军撤退途中，在如月江、册江（乾满江）等地一再遭到安南军民的截击，损失惨重，唆都、李恒等元帅战死。安南收复了全部失地。

至元二十三年（1286 年）正月，忽必烈罢征日本，调集军队、粮草，准备大举进攻安南。同时另立陈益稷为安南王。至元二十四年（1287 年）正月，他调集 8 万大军，成立征交趾行省。以奥鲁赤为平章政事；乌马儿、樊楫为参知政事，仍受镇南王脱欢节制。十一月，元军分三路侵入安南境内。程鹏飞、孛罗合答儿由西道攻永平，大小十七战，连破老鼠、陷沙、茨竹三关，直抵万劫。脱欢、奥鲁赤从东道攻女儿关。乌马儿、樊楫从海道攻安邦口。各路元军会合后，矛头直指升龙。十二月，脱欢率诸军渡过富良江，击败守军，进占升龙。陈日烜等逃往敢喃堡。次年正月，脱欢挥师追击至天长海口，不见陈日烜踪迹，只得回师升龙。元军四出侵扰，掠夺粮草，终因军粮匮乏，天气逐渐炎热，不得不于二月初下令班师回朝。元军撤退途中，安南集结了 30 余万大军在女儿关、丘急岭一带布防百余里，准备截击归师。脱欢闻讯下令诸军避开敌军，分道撤回国内。元军水师在白藤江遭安南军阻击，主将樊楫受伤被俘。三月，陈日烜遣使进贡金人以代谢罪。忽必烈虽十分恼怒，仍不得不恢复和好关系。

至元二十七年（1290 年），陈日烜去世，世子日燇即位，仍然对元朝采取不卑不亢的态度。至元三十年（1293 年），元朝第三次调集大军出征安南。次年年初，忽必烈去世，成宗铁穆耳即位，下诏罢征安南，宽宥其抗命之罪。此后，两国边境上虽发生过小规模冲突，但始终维持着安南对元朝的朝贡关系。

元征占城

元世祖至元十五年（1278 年），元朝福建行省参政唆都派使节到达越南南部占城国。使节回报该国国王失里咱牙信合八剌麻哈迭瓦有归顺之意，元世祖忽必烈封其为占城郡王。至元十六年（1279 年）十二月，派兵部侍郎教化的、唆都等出使占城，要求占城国王入朝。占城国王保宝旦拏啰耶邛南诺占把地啰耶遣使进贡，奉表归降。至元十八年（1281 年）十月，元朝设占城行省，以唆都为右丞，刘深为左丞。调集海船百艘、士卒水手万人，准备次年正月出征海外，要求占城郡王供给军食。不久，占城王子补的专权，扣押元朝出使暹国、马八儿国的使节。忽必烈决心兴兵讨伐。

至元十九年（1282 年）六月，忽必烈调集淮、浙、福建、湖广驻军 5000 人、海船 100 艘、战船 250 艘，由唆都统率进攻占城。当年十一月，唆都率军从广州出发，航海至占城港（今越南平定省归仁）登陆。占城国王孛由补剌者吾亲率重兵 10 万，筑木城 20 里，设回回三梢炮百余座，严阵以待，拒绝了元朝的招降。至元二十年（1283 年）正月十五日半夜，元军分三路从北、东、南三面乘船攻击木城。次日早晨两军交战，占城军出动万余人，战象数十只迎击南路元军。中午，元军击溃占城军，攻入木城。占城国王放弃行宫，焚烧仓库，率部逃入山中。接着，元军进兵大州，占城国王闻讯求降。元军开到大州东南，准许占城王投降，赦免其罪。但要求占城国王亲来营中纳降。占城国王一面派国舅宝脱秃花为使节应付唆都，一面在大州西北雅侯山立寨，集结两万余人，并遣使向安南、真腊、阇婆等国借兵。二月十九日，元军进攻雅候山，占城军拼死抵抗，并利用地形切断元军退路。元军苦战，才得以突围。唆都在舒眉莲港建立木城，固定待援。并以此为据点，攻击占城的郡县。至元二十一年（1284 年）三月六日，唆都奉命北上进攻安南，率军撤出占城。等万户忽都虎率援军到达占城舒眉莲港，知道唆都已撤兵。二十七日，占城国王遣使求降。当年，元朝再度策划派兵讨伐占城，因与安南爆发战争，未能成行。元成宗时，与占城恢复了和好关系。

元征缅甸

13 世纪中叶，缅甸蒲甘王朝日益衰落。成为强大元朝的觊觎目标。

元至元八年（1271 年），元大理、鄯阐等路宣慰司都元帅府派遣乞解脱因等出使缅甸，招抚缅王，希望他归顺元朝。缅王那罗提诃波帝派遣价博为使节到达大都。元世祖忽必烈派遣使节回访缅甸。两国建立了初步的联系。至元十年（1273 年），忽必烈派勘马剌失里、乞解脱因等出使缅甸，要求缅王派遣王室子弟或显贵大臣来京朝贡。不料，元使一去不归。据缅甸史籍记载，元使是因为晋见缅王不肯脱靴子而被处死的。过了两年，云南行省见使臣久久不归，缅王毫无表示，便向朝廷建议对缅用兵。忽必烈未予批准。

正当元朝在是否出兵问题上犹豫不决之际，缅甸先发动了战争。至元十四年（1277 年），缅甸出动士卒四、五万、战象 800 头进攻云南镇西路金齿千额总管阿禾的部落，企图在腾越、永昌之间建立营寨。阿禾向上司告急。驻扎在南甸的大理路蒙古千户忽都率 700 人驰援千额。元军与缅军在行进中遭遇，激战两日。元军大破缅军象阵，追击 30 余里，连破十七座缅军营寨，将其驱逐出国境。同年十月，云南诸路宣慰使都元帅纳速剌丁统兵 3848 人出征缅甸。元军进占江头城（今缅甸蛮莫县江新），招降附近的掸族部落 35200 户。后因天热，未敢深入缅境。纳速剌丁回国后，向朝廷上奏说："缅甸国内的地形虚实，完全在我掌握之中，可以大举进攻了。"忽必烈听了十分高兴，于是下决心征伐缅甸。

至元十七年（1280年）二月，纳速剌丁等再次请求征伐缅甸。忽必烈予以批准，下诏调兵遣将，积极筹备，并正式任命诸王相吾答儿为征缅大军的统帅。不久，元军已经攻占了江头城、太公城（今缅甸拉因公县境内）等地，并分兵驻守。过后，缅王的臣属建都王乌蒙、金齿西南夷等十二个部落归顺元朝。但缅王一直坚持到至元二十二年（1285年）十一月才向元朝求降。忽必烈准其悔过自新，但重申要缅甸权贵亲自来京朝贡的要求，并为此派兵护送怯烈出使缅甸。然而，当怯烈尚未到达缅甸首都蒲甘，缅甸就发生了内乱。缅王被其庶子不速速古里所杀，贵族内部斗争激烈。

成吉思汗陵

不久，不速速古里在与诸兄弟争位的斗争中被杀。蒲甘王朝实际上已经解体。各地纷纷拥兵自立的贵族和掸族部落首领为寻求政治上的支持，大多向元朝投降，接受了元朝任命的宣慰司等各种官职名号。大约在至元二十六年（1289年），缅王立普哇拿阿迪提牙也向元朝纳贡称臣，并派自己的儿子信合八到大都朝见元朝皇帝。次年，成宗封立普哇拿阿迪提牙为缅国国王，信合八为缅国世子。

但是，到大德年间，由于缅甸内乱，元朝再一次出兵缅甸。缅甸权臣、木连城（今缅甸叫栖县）长官阿散哥杀害缅王，另立其子邹聂为王。朝中大权尽操于阿散哥之手，缅王形成傀儡。元成宗闻讯，决心派兵惩罚阿散哥。大德四年（1300年）十二月，诸王阔阔率兵进入缅甸，围攻木连城，遭到守军的顽强抵抗。次年二月，由于阿散哥以重金贿赂阔阔以下将校，元军将领以暑热难耐为借口撤兵回国。元军撤退后，阿散哥派弟弟者弟到上都请求宽恕。成宗赦免了他的弑君之罪，下诏停止征缅，默认了缅甸国内的现状。此后，直至元末，缅甸一直保持着对元朝的臣属关系。

元征爪哇

13 世纪下半叶，爪哇杜马班（新柯沙里）王朝国王哈只葛达那加剌称雄南洋，与中国有密切的贸易往来，遂成为元朝觊觎的首要目标。

至元十五年（1278 年）三月，元世祖忽必烈下诏设立福建行省，该行省的主要任务之一就是招抚海外各国。次年，福建行省左丞唆都派赵玉出使爪哇。十二月，忽必烈下令招谕海内海外各国。至元十七年（1280 年）十月，元朝再派使节出使爪哇，爪哇也回派使节通好。但当忽必烈要求爪哇国王亲自来华朝觐，遭到拒绝。虽后又两次遣使爪哇，仍未达到目的。至元二十六年（1289 年），爪哇国王将使臣孟琪黥面，送还元朝。忽必烈以此为借口发动了战争。

至元二十九年（1292 年）二月，忽必烈任命史弼、高兴、亦黑迷失为福建行省平章政事，率兵 2 万人出征爪哇。出征军携带一年的粮食，乘坐海船 1000 艘。十二月，史弼等率军从泉州出发，经七洲洋、万里石塘、安南、占城，于次年二月到达爪哇杜并足（厨闽）。然后分水陆两路进攻八节涧（泗水）。这时，爪哇正在内乱之中，曾被杜马班王朝征服的葛朗国（谏义里）王室后裔哈里葛当（查耶卡班）起兵反抗，杀死爪哇王哈里葛达那加剌。葛达那加剌的女婿土罕必阇耶（拉登·韦查耶）

逃到麻喏八歇，积聚力量，伺机反攻。三月一日，元军会师并攻占了八节涧。土罕必阇耶向元军表示归顺，请求援助。史弼等接受了这一请求，派兵增援麻喏八歇。三月七日，葛朗军兵分三路进攻麻喏八歇。次日，高兴等率兵与之激战一天，击退敌军。十五日，元军分三路进攻葛朗。元军与哈只葛当率领的葛朗军10余万激战于答哈，三战三捷，歼灭其主力，迫使哈只葛当退入内城。当天晚上，哈只葛当投降。四月二日，土罕必阇耶请求离开元军大营，回麻喏八歇取正式的归降表和朝贡礼品。史弼等派200名元军护送。行至中途，土罕必阇耶杀死护送的元兵，集结军队，夹攻元军。元军在葛朗之战后尚未休整补充，疲惫不堪，只得且战且退，于四月二十四日登舟回国。

元成宗元贞元年（1295年），爪哇麻诺八歇王朝派使节来华，主动恢复了友好关系。此后，两国的使臣、僧侣、商人来往不绝，保持了密切的经济、文化交流。

灭亡南宋

忽必烈自鄂州撤围北上夺位后，贾似道以“再造之功”班师回朝。为了掩盖那个见不得人的密约，他把忽必烈的使臣郝经长期拘留在真州（今江苏仪征）。昏庸透顶的宋理宗赵昀竟下诏褒扬贾似道，加封少师、卫国公。贾似道更加飞扬跋扈，将左丞相吴潜逐出朝外，贬到循州（今广东龙川西南），曾在潭州、鄂州等地与蒙古军浴血奋战过的向士璧、曹世雄则以“侵盗官钱”的罪名死于狱中，曾出兵收复三京的赵葵等人也被罢官。守四川的饶将刘整因与主帅俞兴不和，以泸州等15郡，户30万投降蒙古。南宋政权在贾似道等人的把持下，覆亡的命运已经注定了。

至元四年（1267 年），忽必烈在平定了阿里不哥和李璮的叛乱后，以南宋扣留郝经为理由，再次大规模发兵进攻南宋。忽必烈用阿术为主帅，采用南宋降将刘整“先事襄阳，浮汉入江”的建议，把攻击目标直指南宋防御蒙古最重要的据点——襄阳。

襄阳地处汉水中游南岸，与北岸的樊城相对，是扼守长江的屏障。金亡后，宋蒙多次争夺襄阳，但自 1239 年孟珙收复襄阳以来，蒙古军一直未能攻下。襄樊两城城防坚固，兵储足够支持十年，特别是广大守城军民有着决心与来犯之敌决一死战的大无畏英雄气概。这次阿术、刘整等率蒙古军再次来攻后，虽然用了筑堡、封锁、强攻等方法，使襄樊处于孤立无援的境地，但一直未能攻陷。

至元八年（1271 年）五月，蒙古又调四川等地军队，水陆并进，加紧包围襄樊。在形势十分危急的情况下，襄樊城内的广大军民依然斗志高昂。这时，由于两城已被围五年，城里特别缺少盐、柴、布匹等物。至元九年（1272 年），南宋援军李庭芝驻郢州（今湖北钟祥），招募民兵 3000，由张顺、张贵率领，沿清泥河乘船运送物资，强行突破元军封锁去襄阳。张顺号称“竹园张”，张贵号称“矮张”，都是智勇双全的勇将。这 3000 民兵明知此去九死一生，但人人感奋，决不动摇。元军为封锁襄樊，用铁链、木筏填塞江口，简直无隙可通。张顺、张贵率轻舟百艘，顺流而下，元军见张顺、张贵突如其来，夜中不敢交锋，张顺、张贵转战百二十里，黎明抵达襄阳。城中宋军久不见援军，此时欢欣鼓舞，勇气百倍。但这时独不见张顺，数日后张顺尸体在江中浮起，身中四创六箭，手执弓矢，怒气勃勃如生，南宋军民惊叹不已。几天后，张贵又带领能伏水中数日的水手二人，泅水去郢州，约宋将范文虎发兵夹击元军。不幸途中负伤被俘。阿术劝降不成，张贵被害牺牲。张顺、张贵可歌可泣的事迹激励着南宋军民的抗元斗志。

至元十年（1273年）正月，元军采用张弘范计，断襄樊之间水上联络，又用西域“回回炮”攻樊城，樊城陷落。宋将范天顺力战不屈，城破自缢死。宋将牛富率百余人巷战，重伤投火死。二月，襄阳守将吕文焕投降元朝。至此襄阳保卫战结束。

襄樊失守后，等于打开了南宋的大门。至元十一年（1274年）忽必烈命左丞相伯颜率师南下。伯颜分军两道：一路以合答为主帅，刘整为先锋，进犯淮西淮东，直下扬州；一路由伯颜、阿术率领，吕文焕为先锋，沿汉水入长江，沿江而下，直趋南宋都城临安（今浙江杭州）。

伯颜所率领的这支元军，顺汉水南下，包围郢州，南宋守将在汉水中设防坚守，元军被迫绕道，进攻沙洋。沙洋守将王虎臣、王大用坚决抵抗，元军用金汁炮焚毁民舍，突破城防，占领沙洋。再围新城，新城守将居谊拒战，城破后牺牲。元军进入长江，攻下要塞阳逻堡，南宋汉鄂舟师统帅夏贵逃跑，汉阳、鄂州相继降元。伯颜派阿里海牙守鄂，并由鄂进兵湖南，自率大军沿江东下。长江两岸的宋军毫无斗志，纷纷不战而降，黄州（今湖北黄冈）、蕲州、江州（今江西九江）被元军轻取，范文虎亦以安庆降元。

1274年七月，南宋度宗赵禥死，幼子赵显即位，是为恭帝，朝政仍由贾似道控制。十二月，在朝野压力下，贾似道被迫出兵应战。次年二月，贾似道率各路精兵7万驻芜湖，准备迎战元军。同时又派使臣去元兵军营，要求议和，遭伯颜拒绝。元军发起进攻，双方激战于池州下游的丁家洲，元军在长江两岸立炮轰击宋舰，并以划船数千艘乘风冲击宋舟船，宋军大败，杀溺死者不可胜数，军资器械尽为元军所夺。贾似道败逃，朝野对贾似道祸国殃民的罪行怒不可遏，朝廷不得已贬贾似道于循州，押送途中被看管人员杀死。

元军在丁家洲大胜后，沿江太平、和州、无为诸城纷纷降元。1275年三月，元军占领建康（今江苏南京），接着又攻占镇江、常州、无锡等地。元军占领常州后不久，张世杰即遣刘师勇等克复，十一月，元军再破常州，守将姚訔、刘师勇等坚持巷战，全城惨遭屠杀，只刘师道等8人逃出。

元军进逼临安，谢太后（理宗后）下诏勤王。可是，各地官员响应的很少，只有赣州（今江西赣州）知州文天祥和郢州守将张世杰率兵入卫临安。文天祥是庐陵（今江西吉安）人，他以状元当上了赣州知州，勤王诏下后，他招募了3万士兵星夜赶来，却遭到宰相陈宜中的拒绝，派他到平江（今江苏苏州）作知府。元军进攻临安，形势十分危急，文天祥又奉命守余杭附近的独松关，这时元军已先破独松关，而平江亦已失守，文天祥只好去临安。张世杰是北方大地主军阀张柔的部下，张柔投降蒙古，张世杰南下投宋，在抗击蒙元战斗中英勇善战，但陈宜中对他很不信任。临安危急时，文天祥、张世杰都到了临安，他们主张让谢太后、全太后（度宗后）、恭帝入海，留下自己背城一战。但陈宜中不许，他多次与伯颜洽谈投降事宜，但没有成功，竟撒手不管逃到温州去了。谢、全太后只好任命文天祥为右丞相兼枢密使，派他去元营谈判。文天祥到元营后，不顾伯颜的威胁利诱，始终坚持先撤军后谈判的立场，伯颜无可奈何，把他强行扣留在军营中。1276年（元至元十三年，南宋德祐二年）元军进入临安，谢太后率赵显投降，谢、全太后、赵显等被俘送大都。南宋灭亡。

临安失陷后，江浙、江西、湖南等地大部分被元军占领，但各地的抗元斗争仍在继续进行，特别是扬州、潭州、合州等地的抗元斗争更是英勇壮烈。

守卫扬州的是抗元英雄李庭芝。他早年在孟珙部下任职，孟珙死后便一直驻守扬州，襄阳失陷前，蒙古军队在合答、刘整率领下多次进攻扬州，李庭芝坚壁固堡，英勇抗击，打退了敌人的进攻。襄阳危急时，李庭芝奉命率军支援，却遭到范文虎的排挤，但仍为襄樊保卫战作出了很大的贡献。襄阳失陷后，元军攻扬州，他继续坚守。临安被元军占领后，投降元朝的谢太后曾两次命令他投降，谢太后派使臣到扬州城下，送书给李庭芝说："我和皇帝已经臣服了元朝，你还能为谁守城呢?"李庭芝怒不可遏，以射杀来使作为对谢太后无耻投降的回答。1276 年七月，益王赵昰诏李庭芝南下会合，李庭芝命部将来焕守扬州，自率 7000 人经泰州入海。不料朱焕以城降元，李庭芝被困于泰州，被俘牺牲。

1275 年三月，元军阿里海牙攻占岳州（今湖南岳阳）。1276 年正月，阿里海牙攻潭州，守将李芾坚守了三个月，城破，李芾命部将沈忠杀李芾全家，沈忠忍痛杀李芾全家，然后又杀了自己一家，最后自刎身死。

阿里海牙入广西，邕州（今广西南宁）知州马塈率所部及少数民族兵坚守静江（今广西桂林）三个月，前后百余战，宁死不屈。阿里海牙、忽必烈多次诱降，均遭拒绝。外城破，马塈率战士坚守内城，再破，巷战牺牲。其部将娄钤辖又死守月城十余天，最后自焚而死。

四川军民从 1234 年蒙古入境到 1278 年合州失守，进行了四十多年的艰苦斗争。1267 年，蒙古军数万进攻合州，为宋军击退，有力地支援了襄樊保卫战。1275 年，元军在击败了南宋主力后再次大举进攻四川，包围重庆，合州守将张珏率兵支援，重创敌军。但因双方力量悬殊，四川大部州郡失陷。1278年，元军攻陷重庆，张珏率军巷战，不敌，以小舟走涪州（今四川涪陵），不幸被俘，在解送大都途中自缢而亡。

下面再讲南宋最后两个小皇帝被消灭的情况。

临安失守前夕，益王赵昰和他的弟弟广王赵昺（他们都是度宗妃杨氏所生）逃到永嘉。1276年五月，赵昰在福州（今福建福州）被张世杰、陆秀夫拥戴为帝，是为端宗。这时文天祥已从元营逃出，抵达永嘉，又到福州，被赵昰任命为右丞相。他们重新组织残余部队继续抗元。1276年，文天祥到江西，收复宁都（今江西宁都）、雩都（今江西于都）等地，一时军心大振。但是福建方面却节节败退。十一月，赵昰逃到泉州（今福建泉州），又逃到潮州（今广东潮州）。回回大商人蒲寿庚以泉州降元。1277年（至元十四年），文天祥、张世杰在江西、广东继续抗击元军，各地纷纷响应，特别是福建农民起义领袖陈吊眼、许夫人等，率汉、畲各族人民投入了反元斗争，使南宋兵势稍有振作。年底，赵昰逃到香山（今广东中山）。

1278年初，赵昰逃到广州（今广东广州），又逃至硇州（今广东硇州岛）。四月，赵昰病死，弟赵昺即位。六月，逃至广东新会海中的厓山，元将张弘范以水陆师2万来攻。十二月，文天祥被俘于五岭坡（今广东海丰境内），张弘范要文天祥投降，文天祥严词拒绝。他面对珠江口外的零丁洋，抱定必死的决心，写下了悲壮的《过零丁洋》这首著名的诗篇。其中“人生自古谁无死，留取丹心照汗青”之句，表达了他为反对蒙古贵族反动的战争而决心献身的高尚品质，成了几百年来激励人们为正义而献身的名言。后来张弘范不得不把他送到大都，至元二十年，（1283年）正月十七日，文天祥在大都柴市口就义，当时他只有四十七岁。

1279年（元至元十六年，南宋祥兴二年）二月，元朝水军在厓山海面发起总攻势，南宋水军大败，陆秀夫抱赵昺投海死，张世杰突围后遇到大风，水船覆没淹死。南宋的残余力量至此全部被消灭。

元末农民起义

元末阶级矛盾和民族矛盾的极端尖锐化，终于导致了元末农民起义。这次起义规模大、时间久，以红巾军为主力的农民起义军沉重打击了元朝在全国各地的统治，为朱元璋最后推翻元朝创造了条件。

起义的爆发

至正四年（1344）五月，黄河暴溢，北决白茅堤、金堤（今河南兰考东北）。沿河州郡先遇水灾，又遭旱灾、瘟疫，灾区人民死者过半。黄河决堤后，冲坏山东盐场，严重影响元朝政府的国库收入。十一年四月，顺帝命贾鲁为工部尚书、总治河防使，发汴梁（今河南开封）、大名等13路15万民工及庐州（今安徽合肥）等十八翼两万军队，开凿280里新河道，使黄河东去，合淮河入海，时紧工迫，官吏乘机舞弊，人民痛苦更深。十年底，顺帝又决定变更钞法，滥发纸币，造成物价飞腾。“开河”和“变钞”促使元末社会矛盾进一步激化。

贾鲁开河后，北方白莲教首领韩山童及其教友刘福通等决定抓住这一时机，发动武装起义。他们一面加紧宣传“弥勒下生”、“明王出世”，一面又散布民谣“石人一只眼，挑动黄河天下反”，并暗地里凿了一个独眼石人，埋在即将挖掘的黄陵岗附近河道上。独眼石人挖出后，河工们惊诧不已，消息传出，大河南北，人心浮动。

至正十一年五月初，韩山童、刘福通、杜遵道、罗文素、盛文襄、韩咬儿等，聚众3000人于颍州颍上（今安徽颍上），杀黑牛白马，誓告天地，准备起义。刘福通等宣称山童为宋徽宗八世孙，当为中国主，福通自称南宋名将刘光世后代，当辅之。山童发布文告，称：“蕴玉玺于海东，取精兵于日本；贫极江南，富称塞北。”又打出“虎贲三千，直抵幽燕之地；龙飞九五，重开大宋之天”的战旗，表示推翻元朝，恢复大宋的决心。不幸谋泄，遭到地方官镇压，韩山童被捕牺牲，其妻杨氏、子韩林儿逃到武安（今江苏徐州）。刘福通等仓促起兵，于五月初三一举攻克颍州（今安徽阜阳）。起义军头裹红巾为标志，故称红巾军；起义军多为白莲教徒，烧香拜佛，故又称香军。红巾军占领颍州后，元廷遣枢密院同知赫厮、秃赤率阿速军及各路汉军前往镇压，被击败，接着，红巾军占领亳州（今安徽亳县）、项城（今河南项城南）、朱皋（今河南固始北）。九月，克汝宁府，又克息州（今河南息县）、光州（今河南潢川），众至10万。江淮各地纷纷起兵响应。

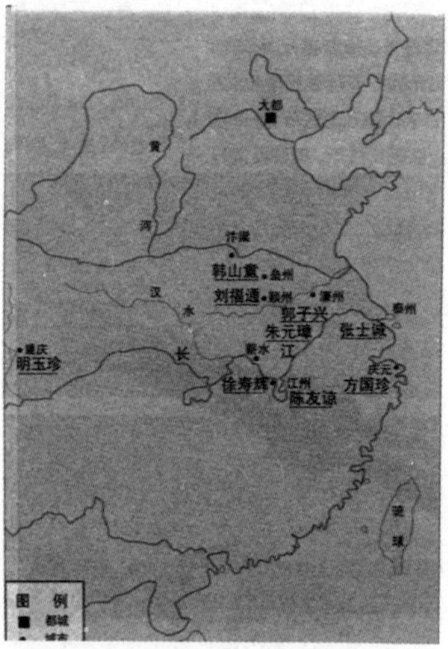

元末农民起义示意图

元廷把刘福通领导的主力红巾军，视为“心腹大患”。至正十一年九月，顺帝令知枢密院事也先帖木儿、卫王宽彻哥率诸卫兵10余万人前住镇压。十月，又派军增援。十二月，元军攻陷上蔡，韩咬儿被俘遇害。十二年三月，元军屯兵汝宁沙河岸，被刘福通击溃。但畏吾儿人察罕帖木儿、罗山人李思齐纠集地主武装，号称“义兵”，与红巾军为敌，对刘福通起义军威胁很大。

刘福通在颍州发动起义成功后，对在江淮一带从事秘密活动的南方白莲教僧人彭莹玉及其门徒鼓舞很大。至正十一年夏，彭莹玉（又名彭翼）及其徒赵普胜等起兵巢湖，八月，麻城（今湖北麻城）铁工邹普胜、罗田布贩徐寿辉等在蕲水（今湖北浠水）发动起义，他们宣传“弥勒佛下生，当为世主”，攻克蕲水、蕲州（今湖北蕲春南）。十月，以蕲水为都，建立政权，国号天完，改元治平，徐寿辉称帝，邹普胜为太师，设中书省（称莲台省）及六部。天完政权建立后，分兵四出，从至正十二年正月开始，先后攻占湖广、江西、福建的许多地区，其中由彭莹玉、项普略（又名项甲、项奴儿）率领的一支东去江州（今江西九江），到安徽，抵浙江，又折回浙西、安徽、江西，转战数千里，影响很大。南方红巾军提出“摧富益贫”的口号，具有很大号召力。至正十三年十二月，元廷集中兵方攻陷天完的都城蕲水，徐寿辉等被迫遁入黄梅山及沔阳湖中。曾转战江浙一带、拥有百万之众的巢湖水师也被迫退守巢湖。江淮的起义军处于不利境地，起义进入低潮。

其他非红巾军系统的起义军，以方国珍、张士诚两支最强大，活动范围最广。盐贩方国珍，早在至正八年春即起义于台州黄岩（今浙江黄岩），聚集数千人，劫夺漕运粮，扣留元海运官员。元廷招降，国珍屡降屡反。盐贩张士诚于至正十三年正月，与其弟士义、士德、士信及李伯升等十八人，招集盐丁，起兵反元，乘胜攻下泰州，连克兴化、高邮。十四年正月，自称诚王，国号大周，改元天祐。九月，脱脱总制诸王各军马、诸省各翼军马，出征高邮，号称百万。高邮正危在旦夕时，脱脱受到中书平章哈麻等弹劾，被免职流放，元廷另以河南行省左丞相太不花等代领其兵。由于临阵易将，元军不战自溃，张士诚则乘机出击，元军解体。从此元军丧失了优势。

起义的发展和失败

高邮之战对整个战局发生了有利于农民起义军的变化。北方红巾军从至正十五年（1355 年）开始主动出击。二月，刘福通将韩林儿从砀山夹河迎至亳州，建立北方红巾军的政权—宋，建元龙凤。韩林儿为帝，又号“小明王”。中央设有中书省、枢密院、御史台和六部，地方设行省。以杜遵道、盛文郁为丞相，罗文素，刘福通为平章，福通弟刘六为知枢密院事。杜遵道擅权，为刘福通所杀，福通为丞相，封太保。从十六年起，福通分兵出击，三路北伐。

至正十六年九月，李武、崔德率领的西路军猛攻潼关。次年初，李武、崔德占领商州（今陕西商县），二月，进逼陕西行省首府奉元（今陕西西安）。元廷令察罕帖木儿、李思齐等解围，红巾军战败。闰九月，白不信、大刀敖、李喜喜等入陕，夺取兴元路（今陕西汉中），又克秦（今甘肃天水）、陇（今陕西陇县），进据巩昌（今甘肃陇西）。十月，红巾军攻凤翔（今陕西凤翔），察罕帖木儿往援，红巾军失利。十八年，一部分西路红巾军在李喜喜等率领下进入四川，称“青巾”，后投奔陈友谅。李武、崔德等向李思齐投降。

东路军由毛贵率领。毛贵原是赵君用的部将，至正十七年二月，从海宁州（今江苏连云港市西南）由海道入山东，连克胶州（今山东胶县）、莱州（今山东掖县）、益都路（今山东益都)、滨州（今山东滨县西北)、莒州（今山东莒县）等地。七月，元镇守黄河义兵万户田丰响应毛贵起义。十八年二月，毛贵攻克济南。至此，山东各地大部分已为毛贵、田丰所占领。宋政权在山东设益都等处行中书省，以毛贵为平章。毛贵设“宾兴院”，选用以前的元官，并派姬宗周等为地方官，又于莱州屯田，以储备粮食。官民田十收二分。在攻克济南后，毛贵进军河北，三月，克蓟州（今天津蓟县)，至漷州枣林、柳林(均在今北京通县境内)，进逼大都。但因孤军深入，败于柳林，遂退师济南。十九年四月，淮安赵君用奔山东，杀毛贵。七月，转战至辽阳的毛贵部将续继祖折回益都，杀赵君用。山东红巾军各部由于自相仇杀，从此一蹶不振。二十一年夏，察罕帖木儿进攻山东，田丰、王士诚等投降。十月，察罕帖木儿进围益都，毛贵原部将陈猱头等坚守。次年六月，田丰、王士诚杀察罕帖木儿。察罕帖木儿养子扩廓帖木儿袭父职，继续围攻益都。十一月，益都陷。田丰、王士诚被杀，陈猱头被俘送大都。山东红巾军被镇压下去。

中路军由关先生（即关铎)、破头潘（即潘诚)、冯长舅、沙刘二等率领。至正十七年九月，越太行山，进入山西。至正十八年二月，毛贵遣其部将王士诚、续继祖等与中路军汇合。由于元军在山西、河北的兵力很强，中路军的主力转向晋北，原拟由山西入河北，与毛贵军会合的计划未能实现。九月，关先生等克完州（今河北完县)，十月，占领大同、兴和（今河北张北）等路。十二月，克上都，破全宁路（今内蒙古翁牛特旗乌丹城)、辽阳路（今辽宁辽阳)。十九年十一月，红巾军进入高丽。二十二年正月，关先生、沙刘二等在高丽战死，余众在破头潘率领下败退辽阳。四月，破头潘在辽阳被俘。

在三路北代的同时，刘福通也开始出击。至正十八年五月，刘福通攻占汴梁，定为宋政权都城。这时，北方红巾军出现了鼎盛局面。但由于三路北伐相继失利，形势逆转。察罕帖木儿和孛罗帖木儿率领的两支元军，对宋政权的包围进一步紧缩。十九年八月，汴梁城破，刘福通保护韩林儿冲出重围，逃奔安丰。

至正二十三年二月，早已占领了濠州的张士诚，趁安丰空虚之机，遣其将吕珍进攻安丰。刘福通等顽强抵抗，小明王遣人向朱元璋求救，朱元璋率军救出小明王等，安置在滁州。二十六年十二月，朱元璋部将廖永忠迎归小明王至应天，途经瓜步，将其沉死。宋亡。

南方红巾军在元军高邮大败后，乘机吸收了一部分元军，壮大了自己的队伍。至正十五年正月，天完将倪文俊率领红巾军占领沔阳。十六年正月，天完政权据汉阳为都，以倪文俊为丞相，改元太平。十七年九月，倪文俊谋杀徐寿辉篡夺帝位没有成功，自汉阳逃奔黄州，被部将陈友谅杀死。陈友谅夺得军权后，把进攻重点放在东南，十八年正月，与巢湖水师赵普胜攻克安庆，乘胜连克江西、福建许多地区。陈友谅为篡夺天完帝位，于十九年九月先杀赵普胜，同年底，又逼徐寿辉徙都江州，伏杀其部属，自称汉王。二十年五月，陈友谅攻占太平，杀害徐寿辉，自称皇帝，国号大汉，改元大义。闰五月，陈友谅出兵集庆，企图一举消灭朱元璋，却在龙湾中伏大败而归。

陈友谅杀徐寿辉后，天完陇蜀省右丞明玉珍在重庆称陇蜀王，脱离陈友谅独立。至正二十二年三月建国大夏，改元天统，自称皇帝，占据全蜀，进兵云、贵，但在进攻盘踞于云南的元梁王时，不利而退。

张士诚在高邮转危为安后，至正十六年二月，攻克平江路（今江苏苏州），改平江路为隆平府。分兵克常州、松江、湖州、杭州。这时朱元璋的军队已克集庆，势力向东伸张，两军发生交战。十七年，朱元璋连克长兴、常州、泰兴、江阴、常熟等地，张士德也在常熟为朱元璋军擒获。张士诚投降元朝，被封为太尉。他在军事上继续与红巾军为敌，在政治经济上支持元朝统治，生活上腐朽堕落。趁宋政权三路北伐的时机，势力扩张到济宁、濠州一带。二十三年春出兵安丰，逐走小明王。九月自称吴王。

方国珍自至正八年至十四年六年间，曾三降元朝。十六年三月，又降元，官至江浙行省参知政事。十八年底，朱元璋的军队已经东下衢州、婺州，逼近方国珍割据的温、台、庆元诸路。次年，方国珍献温、台、庆元三郡之地于朱元璋，被授为福建行省平章政事。不久，又接受元江浙行省平章政事职，并于至正二十年至二十三年，每年派大批海船，运送张士诚的10余万石粮到元大都去。顺帝封他为江浙行省左丞相，赐爵衢国公。

垂死挣扎的元末统治集团

脱脱在高邮前线被贬后，元朝统治集团更加腐朽不堪，内部倾轧，军阀混战，终于到了不可收拾的地步。哈麻因阴荐西番僧“演揲儿”（意为“大喜乐”）法，深爱元顺帝妥欢贴睦尔所宠，继任中书左丞相，弟雪雪拜御史大夫，妹婿秃鲁帖木儿亦受宠。顺帝终日过着荒淫无耻的生活，“怠于政事，荒于游宴”，国家大权尽归哈麻兄弟。哈麻、雪雪阴谋废顺帝，立皇太子爱猷识理达腊，并杀秃鲁帖木儿等。事泄，反被顺帝、秃鲁帖木儿定计杀掉。顺帝命搠思监为右丞相、太平为左丞相。皇太子生母奇皇后与爱猷识理达腊仍谋废立，令宦官朴不花与左丞相太平商议，太平不肯，于是宫廷内分为支持皇太子的搠思监、朴不花一派和支持顺帝的老的沙、秃鲁帖木儿一派。

元末农民起义爆发后，元军在起义军打击下土崩瓦解。但依靠地主武装起家的察罕帖木儿、答失八都鲁、李思齐、张良弼等逐渐崛起，形成了新的军阀集团。答失八都鲁在北方红巾军的打击下兵败病死，其子孛罗帖木儿继之；察罕帖木儿死后，其养子扩廓帖木儿继之。这四家军阀出于争权夺利，长期以来互相攻伐不已，皇太子为了控制朝政，以扩廓帖木儿为外援，老的沙等则依靠孛罗帖木儿对抗。

至正二十四年，右丞相搠思监、朴不花指责孛罗帖木儿图谋不轨，于是就下诏削其官爵，解其兵权。孛罗帖木儿拒不从命，遣秃坚帖木儿出兵大都，顺帝不得已将搠思监、朴不花缚送给他，并复其官爵。皇太子很不甘心，命扩廓帖木儿出兵攻打孛罗帖木儿，孛罗帖木儿又出兵攻大都，皇太子战败，逃奔冀宁。孛罗帖木儿入大都，顺帝命孛罗为中书右丞相，节制天下军马，老的沙为平章政事，秃坚帖木儿为御史大夫。二十五年，皇太子下令扩廓帖木儿讨孛罗帖木儿，孛罗战败。七月，孛罗帖木儿被刺死于宫中，余党被杀。九月，皇太子和扩廓帖木儿入京，命扩廓帖木儿为中书左丞相。奇皇后要扩廓逼顺帝让位，扩廓不从，请求带兵外山。闰十月，顺帝封扩廓为河南王，代皇太子总制关、陕、晋、鲁诸道兵马，出征南方。但李思齐不服。二十七年，李思奇、张良弼、孔兴、脱列伯等结成联盟，与扩廓交战。十月，顺帝罢扩廓兵权，其原统军兵由白琐住、虎林赤、貊高等分别统率。另立抚军院，由皇太子总制天下兵马，专防扩廓。这时朱元璋即将北伐，元朝行将灭亡。

龙凤政权

至正十五年（1355 年）二月，刘福通从砀山清河将原起义军领袖韩山童之子韩林儿迎至亳州（今安徽亳县），立为皇帝，又号“小明王”，国号“宋”，改元龙凤，建都亳州。中央设中书省、枢密院、御史台和六部。地方设行省和府县。任杜遵道、盛文郁为丞相，罗文素、刘富通为平章，刘福通弟刘六为知枢密院事。不久，丞相杜遵道因擅权，被刘福通所杀。刘福通遂为丞相，后又为太保，掌握了龙凤政权的实权，小明王成了徒有其名的傀儡。

元朝统治者视龙凤政权为“心腹大患”。至正十五年（1355 年）六月，答失八都被提升为河南省平章政事，授予“便宜行事”的特权，命他率原属太不花的部队前往镇压。龙凤政权但出师不利，被刘福通击败于许州长葛（今河南长葛东北），其子孛罗帖木儿也被红巾军俘获。刘福通派出的赵明达部连连攻取了嵩（今河南嵩县）、汝（今河南临汝）以及洛阳，北渡孟津至怀庆路（今河南沁阳），河北为之震动。元朝统治者大为恐慌，一面命官员加强曹州（今山东菏泽）、兴元（今陕西汉中）及沂州（山东临沂）、莒州（今山东莒县）等处防务；一面命答失八都鲁迅速调兵攻打龙凤政权的首都亳州。十一月，刘福通败于太康（河南太康），元兵遂围困亳州，韩林儿迁往安丰（今安徽寿县）。至正十六年（1356 年）三月，元朝统治者又派脱欢来亳州督战。答失八都鲁与刘福通交战于亳州，结果大败而逃。

亳州转危为安。为了进一步扩大战果，摆脱被动局面，刘福通决定分兵西、东、中三路进行北伐。

这年九月最先出兵北伐的是以李武、崔德率领的西路军。他们连克潼关、陕州、虢州（今河南灵宝），势不可挡。答失八都鲁急调察罕帖木儿、李思齐对西路军进行追剿。李武、崔德折往晋南，在攻取了平陆（山西平陆东南）、安邑（山西运城东北）后与追兵遭遇，战败后队伍溃散。次年年初，溃散的队伍在李武、崔德的组织下，重整旗鼓，攻占商州（今陕西商县），拿下武关。二月，又夺取七盘，进据蓝田县，直逼陕西行省首府奉元路（今陕西西安）。元朝统治者对此大为震惊和恐慌，于是又急调察罕帖木儿、李思齐、刘哈喇不花等前往援助，红巾军被迫放弃进攻奉元的计划。闰九月，刘福通又派白不信、大刀敖、李喜喜等入陕增援，夺取了兴元路（陕西汉中），遂入凤翔（陕西凤翔）。察罕帖木儿增援，红巾军失利。至正十八年（1358 年）李喜喜率部分红巾军入四川，称“青巾”。后被徐寿辉部将明玉珍追歼，不得不投奔武昌的陈友谅。李武、崔德等在至正二十年（1360 年）五月，向李思齐投降。

东路军由著名将领毛贵率领。毛贵原是淮安平章赵君用的部将，至正十七年（1357 年）二月，率军由海道入山东，接连攻下胶州（山东胶县）、莱州（山东掖县）、益都路（山东益都）、滨州（山东滨县北）、莒州（山东莒县）等地。七月，镇守黄河义兵万户田丰响应毛贵起义，攻陷宁路（山东巨野）。次年正月，攻克南北漕运的枢纽—东平路，使南北漕运中断。二月，毛贵又攻克济南。至此，山东大部地区为毛贵、田丰所占领。龙凤政权在山东设益都等处行中书省，毛贵为平章。为把山东建成北伐的基地，毛贵设立了“宾兴院”，选用以前的元官，并派姬宗周等为地方官，还颁发了铜印。毛贵还十分重视发展生产，在莱州屯田，储备粮食。不久，毛贵开始挥师北伐，亲率红巾军进入河北。三月，攻克蓟州（天津蓟县），至漷州枣林、柳林（均在今北京通县境内），进逼元大都。一时京师震惊，人心惶惶元廷内部甚至有人主张迁都关陕。可惜毛贵因孤军深入，很快就被赶来的元军打败于柳林，不得不退回济南。至正十九年（1359 年）四月，淮安赵君用来山东投奔毛贵，竟将毛贵杀害。七月，转战至辽阳的毛贵部将续继祖回到益都，再杀赵君用。从此义军内部开始自相残杀，东路北伐军一蹶不振。至正二十一年（1361 年）夏，察罕帖木儿进攻山东，田丰、王士诚等投降，济南失陷。十月，元军又进围益都，毛贵原部将陈猱头坚守。次年六月，田丰、王士诚杀察罕帖木儿，重入益都城。察罕帖木儿养子扩廓帖木儿袭父职，继续围攻益都。十一月，益都被攻破，田丰、王士诚被杀，陈猱头被俘送往大都，山东的红巾军被镇压下去。

由关先生、破头潘（潘诚）等率领的中路军，于至正十七年（1357 年）九月，越过太行山，进入山西。但是由于元军的兵力强大，最终未能实现与毛贵会合于河北的计划。次年九月，关先生攻克定州。十月，占领大同、兴合等路。十二月，攻克上都，占领全宁路、辽阳路。至正十九年（1359 年）十一月，红巾军进攻高丽。至正二十年（1360 年）正月，战败于西京（今朝鲜平壤），退走。三月，又从海路进攻高丽西北的沿海诸州，不久又退去。至正二十一年（1361 年）九月，关先生、沙刘二、破头潘率十余万红巾军渡过鸭绿江，进攻朔州。十一月，攻占抚州、安州，并占领了高丽的京城开京（今朝鲜开城）。但不久，高丽军围攻开京，红巾军为其所败。关先生、沙刘二等阵亡，破头潘率余部败退辽阳，不久在辽阳被俘。

北伐的同时，刘福通在至正十九年（1359 年）五月，攻占了汴梁，并定为都城，韩林儿也从安丰迁来，实现了北方红巾军多年的愿望。就在这时，北方红巾军呈现出一片鼎盛局面。但是，随着三路北伐军的相继失利，以察罕帖木儿孛罗帖木儿为首的元兵分兵两路，进一步加紧对汴梁的围攻下，这种繁荣没有持续多久，八月，汴梁城被攻破，刘福通保护韩林儿冲出重围，逃奔安丰。

至正二十三年（1363 年）二月，驻守在濠州的张士诚趁安丰空虚之机，派遣其将领吕珍进攻安丰。孤立无援的刘福通进行了顽强的抵抗最终失败。小明王韩林儿不得不向朱元璋求救，朱元璋率军救出韩林儿和刘福通，把他们安置在徐州。至正二十六年（1366 年）十二月，朱元璋部将廖永忠迎韩林儿、刘福通至应天，途经瓜步，将二人沉入水中溺死。龙凤政权灭亡。

郭子兴和韩林儿

郭子兴的祖先是曹州（今山东曹县）人。其父郭公，年轻时依靠占卦卜筮的法术流荡在定远县（今安徽定远），预言祸福之事很灵验。县城里一个富翁家有一位瞎眼的女儿嫁不出去，郭公就娶了她，家中一天比一天富裕起来。郭公生了三个儿子，郭子兴是老二。子兴刚出生，郭公占卜，大吉。等到长大之后，以抑强扶弱为己任，喜好结交朋友。当时正遇上元朝末年政治混乱，郭子兴分散家财，宰牛滤酒，结交壮士。元末至正十二年（1352 年）春天，郭子兴聚集青年数千人，袭击并占领了濠州。明太祖朱元璋前去投靠郭子兴。守门人怀疑他是间谍，逮捕了他并告知郭子兴。郭子兴认为太祖的长相奇特，为他松绑并同他讲话，收他为部下，任十夫长，屡次跟随作战立下功劳。

郭子兴很喜欢，他的次妻小张夫人也手指并且眼看着太祖说："这是个不寻常的人。"就把她所抚养的马公的女儿嫁给太祖为妻，这就是后来的孝慈高皇后。

起初，跟郭子兴一同起事的孙德崖等四人，和郭子兴共五家，各自称元帅，地位不相上下。这四个人粗鲁而愚直，天天抢劫掠夺，郭子兴有轻视他们的意思。这四个人不高兴，合谋倾轧郭子兴。郭子兴因此经常在家里呆着不管事。朱元璋乘机劝说郭子兴道："他们一天比一天抱得紧，我们愈来愈被疏远，时间长了一定要被他们控制。"郭子兴不听从太祖的劝说。

元军攻破徐州，徐州的主将彭大、赵均用率领残余的部众逃奔到濠州。孙德崖等人因为他们原来是有名的强盗首领，就一起推崇他们，让他们的地位在自己之上。彭大有智谋权术，郭子兴和他交好而冷淡了赵均用。于是孙德崖等人在赵均用面前进谗言，说："郭子兴只知道有彭将军，不知道有你这个将军啊！"赵均用大怒，找了个机会逮捕了郭子兴，关押在孙德崖的家里。朱元璋从别处部队回来，大吃一惊，急忙带领郭子兴的两个儿子上诉到彭大那儿。彭大说："有我在，哪个敢残害你们的父亲！"并且和朱元璋一起前往孙德崖家，打开枷锁救出郭子兴，护送他回来。元军围攻濠州，他们之间就消除旧怨，一起在城中坚守五个多月。解围后，彭大、赵均用都各自称王，郭子兴和孙德崖等人还同原来一样称元帅。没有多久，彭大死了，其子早任率领彭大的部众。赵均用愈来愈专横狠毒，挟持郭子兴攻打盱眙、泗州，并要杀害他。朱元璋已攻下滁州，就派人劝赵均用，说："大王走投无路时，郭（子兴）公开门接纳你们，恩德是非常深厚的。大王没有报答，反而听信小人的话要谋害他，自己除掉辅佐的人，会失去豪杰之心，我以为大王不该如此。况且他的部队还很多，杀了他能不后悔吗？"赵均用闻知朱元璋的兵力很强，心里害怕他，朱元璋又派人贿赂赵均用身边的亲信，郭子兴因此才能免于一死，于是率领自己所统辖的一万多人前往滁州依靠朱元璋。

郭子兴为人勇猛善战，但是性情固执，罕能容人。遇到危急之事，就跟朱元璋策划商量，亲近信任，如同左膀右臂。事情缓解之后，就听信谗言疏远朱元璋；朱元璋身边管事的人都被调走，逐渐削除朱元璋的兵权。但朱元璋服侍郭子兴更加谨慎小心。将士们进献给朱元璋的物品，孝慈皇后（朱元璋妻马氏）就赠送给郭子兴的妻子。郭子兴到了滁州，想占据此地自己称王。朱元璋说："滁州四面都是山，水路船只商人旅客都不好通行，不是短时间内能安生的地方。"郭子兴于是打消了称王的念头。等到攻取了和州，郭子兴命令朱元璋率领诸将领守卫这个地方。孙德崖没粮草了，移军和州境内寻找吃的，要求把部队驻扎在城里，朱元璋收容了他。有人在郭子兴面前说朱元璋的坏话。郭子兴在夜里到达和州，朱元璋来拜见，郭子兴非常生气，不和朱元璋说话。朱元璋说："孙德崖曾使您处于困境，应该有所防备。"郭子兴沉默不语。孙德崖听说郭子兴来了，图谋领兵离开。前队已出发了，孙德崖正留下视察后面的队伍，他的队伍和郭子兴的军队打起来了，死的人很多。郭子兴抓获孙德崖，朱元璋也被孙德崖的部队抓获。郭子兴闻知朱元璋被俘，大惊，马上派徐达前去替换朱元璋，把孙德崖也放回去了。郭子兴非常恨孙德崖，本来打算杀掉他才称心，因为朱元璋的缘故勉强地释放了他，心里忧闷不高兴；没有多久，就生病死了，尸体运回滁州埋葬。

郭子兴有三个儿子。长子先前就战死了，次为郭天叙、郭天爵。郭子兴死后韩林儿下文任命郭天叙为都元帅，张天祐和朱元璋为副元帅。张天祐是郭子兴的妻弟。朱元璋渡过长江，郭天叙和张天祐领兵攻打集庆。陈野先叛变，天叙、天祐都被杀害。韩林儿又任命郭天爵为中书右丞。不久朱元璋任平章政事。郭天爵没能得到要职心怀不满，很久以来图谋危害朱元璋，被处死，郭子兴于是绝了后代。郭子兴有一个女儿，是小张夫人所生，嫁给朱元璋封为惠妃，生了蜀、谷、代三位亲王。

明太祖洪武三年（1370年）追封郭子兴为滁阳王，下诏书命令有关部门建立他的祠庙，用猪羊各一来祭祀，免除他原来邻居宥氏的徭役，世世代代看守滁阳王的陵墓。洪武十六年（1383年），朱元璋亲手书写郭子兴的事迹，命令太常丞张来仪撰成祠庙碑文。滁州有一个叫郭老舍的人，宣德（明宣宗年号，1426—1435年）年间以滁阳王亲属的身份，至京城朝见。弘治（明孝宗年号，1488—1505年）年间，有一个叫郭琥的人自称四世祖先老舍是滁阳王的第四个儿子，朝廷赐予他冠带礼服命他负责敬奉祭祀滁阳王。不久，受到宥氏的揭发。掌管礼仪的官员说："滁阳王祭祀的制度，是太祖定下的，滁阳王没有后代，祠庙的碑文上说得很清楚，郭老舍不是滁阳王的儿子。"不再允许郭琥负责祭祀滁阳王。

韩林儿，栾城（今河北栾城）人，有人说他是李氏的儿子。他的先辈用白莲会烧香活动欺骗群众，被流放到永年。元朝末年，韩林儿的父亲韩山童宣扬妖言，说"天下一定要大乱，弥勒佛要下界了。"黄河以南、长江、淮河之间的愚民大都相信他的话。颍州人刘福通和他的同伙杜遵道、罗文素、盛文郁等人又说："韩山童是宋徽宗的八代孙，该为中原之主。"于是杀白黑牛，对天地宣誓，图谋起兵造反，以红巾为标记。元至正十一年（1351年）五月，事情败露，刘福通等人慌忙进入颍州造反，韩山童被官府差役捕获诛杀。韩林儿和母亲杨氏逃入武安的山城。刘福通占领朱皋，攻破罗山、上蔡、真阳、确山，进犯叶县、舞阳，攻陷汝宁、光州、息州，聚众达10多万人，元军抵挡不了。其时，徐寿辉等人在蕲州、黄州起事；布王三、孟海马等人在湘水、汉水起事；芝麻李在丰县、沛县起事，而且郭子兴又占据了濠州响应刘福通。当时都称他们“红军”，又叫“香军”。

至正十五年（1355年）二月，刘福通访求韩林儿，在砀山的夹河找到了他，接到亳州，称皇帝，又称“小明王”，建国号叫“宋”，建年号“龙凤”。拆下鹿邑太清宫的木材，在亳州建造宫殿。遵奉杨氏为皇太后；任命杜遵道、盛文郁为丞相，刘福通、罗文素为平章政事，刘六为枢密院知事。刘六是刘福通的弟弟。杜遵道得宠当权。刘福通嫉妒他，暗地里命武士击杀杜遵道，自己当了丞相，加太保衔。权力完全归于刘福通。不久元军在太康大败刘福通，进攻、包围亳州，刘福通挟持韩林儿逃往安丰。没过多久，兵力又强大了，派遣他的部下分道夺取地盘。

至正十七年（1357年），李武、崔德攻陷商州，于是攻破武关以谋取关中；毛贵攻陷胶州、莱州、益都、滨州，山东的州县大多攻下。这年六月，刘福通率领部众攻打汴梁，并且分兵三路：关先生、破头潘、冯长舅、沙刘二、王士诚奔赴晋、冀；白不信、大刀敖、李喜喜奔赴关中；毛贵出山东向北方进犯。他们的气势非常凶猛。田丰是元朝镇守黄河的乡兵万户，叛变投降了刘福通，攻陷济宁，不久战败逃跑。这年秋天，刘福通攻陷大名（今河北大名），于是从曹州、濮州攻陷卫辉（今在河南）。白不信、大刀敖、李喜喜攻陷兴元（今陕西汉中），随即进入凤翔，多次被察罕帖木儿、李思齐击败，逃往蜀地。

至正十八年（1358年），田丰又攻陷东平、济宁、东昌、益都、广平、顺德。毛贵也数次打败元军，攻陷清州、沧州，占据长芦镇，不久攻陷济南；又逐步领兵向北，在南皮杀死宣慰使董抟霄，攻陷蓟州，进犯漷州，夺取柳林以逼近大都。元顺帝征召各地军队来守卫大都，商量要迁移首都避开毛贵的锋芒，经大臣们进谏才作罢。毛贵很快就被元军击败，退守济南。刘福通在黄河南北活动，五月攻占汴梁，元守将竹贞逃走，于是奉迎韩林儿到汴梁，以此地为首都。关先生、破头潘等人又把他们的部队分为两路：一路出绛州，一路出汾州。出绛州的一路越过太行山，攻破辽州、潞州，随即攻陷冀宁；出汾州的一路攻打保定不成功，攻陷完州，骚扰大同、兴和等塞外各州，直到攻陷上都，毁坏那里的宫殿，又转而骚扰辽阳，到达高丽。至正十九年（1359）攻陷辽阳，杀死懿州路总管吕震。元顺帝因上都的宫殿完全毁坏，从此不再北巡。李喜喜的余党又攻陷宁夏，占领灵武等边境地方。

当时太平无事的时间长了，地方上都没有设防。地方长官听说起义军来了，总是弃城逃跑，因此起义军所到之处无不一攻即破。可是，韩林儿本是盗贼出身，胸无大志，又听命于刘福通，徒有皇帝的虚名。在外面的将领们全都不听从管束，所过之处烧杀抢掠，甚至把老弱之人当粮食来吃；而且他们过去都是和刘福通地位相等的人，刘福通也管不了他们。兵士虽然很多，但军令不能执行。屡次攻下城池，元军也屡次在其后又收复它们，不能守住。只有毛贵稍微有些智谋策略。他攻取济南后，建立宾兴院，选用元朝的旧官吏姬宗周等人分守各路。又在莱州设立屯田 360 处，每屯之间相距 30 里，造拉运货物的大车 100 辆，所有官田民田收取产量的十分之二作为赋税。毛贵多所策划，因此能占据山东三年。等到察罕帖木儿好几次击败起义军，完全收复关、陇地区，就在这年的五月大批调遣秦、晋地区的军队会合于汴梁城下，驻扎在杏花营，各军围绕汴梁城筑起营垒。韩林儿的军队出战就打败仗，据城自守一百多天，吃的东西都快完了。刘福通想不出什么计策，挟持韩林儿带领百余骑兵打开汴梁东门逃回安丰，后宫的姬妾官员的眷属子女和符玺印章珍宝财物全部被察罕帖木儿吞没。当时毛贵已被他的同伙赵均用杀害，有一个叫续继祖的，又杀了赵均用，各部队自相攻击。只有田丰据守东平，势力略微强些。

至正二十年（1360 年），关先生等人攻陷大宁，又进攻上都。田丰攻陷保定，元朝派遣使者招降他，使者被杀害。王士诚又蹂躏晋、冀地区。元将孛罗在台州击败他，士诚就进入东平和田丰会合。刘福通曾经责备李武、崔德绕道避开敌军、观望不前，准备治他们的罪。至正二十一年（1361 年）夏天，他们两人叛变逃走，投降了李思齐。当时李喜喜、关先生等人，东西转战，大都逃的逃死的死，余众从高丽回来进攻上都，孛罗又击败并招降了他们。察罕帖木儿攻取汴梁之后，就派遣儿子扩廓征讨东平，胁迫田丰、王士诚投降，乘胜平定了山东。只有一个叫陈猱头的，独自据守益都攻不下来，和刘福通遥相声援。

至正二十二年（1362 年）六月，田丰、王士诚趁机会刺死察罕帖木儿，进入益都（今在山东）。元朝廷把军权交给扩廓，扩廓包围益都城好多层，陈猱头等人告急，刘福通从安丰领兵赶去救援，在火星埠与元军相遇，大败逃回。元军加紧攻打益都，挖掘地道进入益都城，杀死田丰、王士诚，把陈猱头押解到京城。韩林儿的情势非常困迫。次年，张士诚的部将吕珍围困安丰，韩林儿向朱元璋告急。朱元璋说："安丰被攻破，张士诚的势力就会更加强大。"于是亲自率领军队前去救援，可是吕珍已攻进城里杀死了刘福通，朱元璋击退吕珍，带韩林儿回来，让他住在滁州。次年，朱元璋称吴王。又过了两年，韩林儿去世。有人说，朱元璋命令廖永忠迎接韩林儿回应天，到达瓜步时，把船弄翻了，林儿淹死在长江中。

先前，朱元璋驻守和阳，郭子兴死后，韩林儿下公文命郭子兴的儿子郭天叙为都元帅，张天祐为右副元帅，朱元璋为左副元帅。当时朱元璋以孤军守住一城。韩林儿建国号“宋”以后，四方响应，朱元璋于是用韩林儿的年号在军队中发布命令。韩林儿死后，才从第二年起定为吴元年（1367 年）。这一年，朱元璋派遣大将军平定中原地区，元顺帝逃往北方，距韩林儿死去只有一年多。韩林儿称帝共十二年。

陈友谅和张士诚

陈友谅是沔阳的一个渔夫的儿子，他本来姓谢，祖父招赘在陈家，因而随着姓陈。年少时念过书稍微懂些文理。有一个会看风水的人观察他家祖先的坟地，说“据风水的模式定当大贵”，陈友谅心里暗自高兴。曾经在县里当小吏，他不喜欢干。徐寿辉的军队起事，陈友谅去投奔他，在他的部将倪文俊那里当掌簿书的佐吏。

徐寿辉，罗田人，又名真一。以贩卖布匹为业。元朝末年盗贼蜂起，袁州的和尚彭莹玉用妖术和麻城的邹普胜聚众起事，以红巾为标记。他们因徐寿辉长相奇特，就推举他为首领。至正十一年（1351 年）九月攻陷蕲水和黄州路，打败元朝的威顺王宽彻不花。于是就以蕲水为都城，立徐寿辉为皇帝，国号“天完”，建年号“治平”，以邹普胜为太师。没有多久，攻陷饶州、信州。次年（1352 年）分兵四处出击，接连攻陷湖广、江西的诸多州县。接着又攻破昱岭关，攻下杭州。别将赵普胜等人攻破太平各路，声势大振。但是，徐寿辉没有远大的抱负，所得之地不能守住，第二年（1353）被元军击败，徐寿辉逃脱。不久又兴盛起来，把都城迁到汉阳，被他的丞相倪文俊所控制。

至正十七年（1357年）九月，倪文俊图谋杀害徐寿辉，没成功，逃往黄州。当时陈友谅隶属于倪文俊，多次立下战功，当上了领兵元帅，就找了个机会杀死倪文俊，吞并了他的部队，自封宣慰使，不久称平章政事。次年（1358年），攻陷安庆，又攻破龙兴、瑞州，分兵攻取邵武、吉安。陈友谅本人率军攻入抚州。不久，又攻破建昌、赣州、汀州、信州、衢州。其时，长江以南只有陈友谅的兵力最强大。朱元璋攻下了太平，和陈友谅相比邻。陈友谅攻陷元朝的池州，朱元璋派遣常遇春攻取了池州，从此多次相互攻击。

有个赵普胜，本是一员猛将，绰号“双刀赵”。当初，他和俞通海等人驻扎在巢湖，一起归顺朱元璋，后又叛离归降徐寿辉。在这时为陈友谅防守安庆，多次领兵争夺池州、太平，在疆界处来回骚扰。朱元璋为此忧虑，以利引诱赵普胜的门客，让他潜入陈友谅的军中离间赵普胜。赵普胜没有发觉，见到陈友谅派来的人就夸说自己的功劳，恼怒地表露出对陈友谅有恩德的神色。陈友谅怀恨在心，怀疑他对自己有二心，以会师为名，从江州突然来到赵普胜处。赵普胜用烧羊在雁汊迎接陈友谅，刚登上船，陈友谅马上杀死赵普胜，吞并了他的部队。于是就用轻装快速的部队袭击池州，被徐达等人击败，军队全部覆没。

当初，陈友谅攻破龙兴，徐寿辉想把都城迁移到这里，陈友谅不同意。没有多久，徐寿辉突然从汉阳出发，停留在江州。江州是陈友谅驻扎的地方，他在城外埋伏下军队，迎接徐寿辉进城，随即紧闭城门，把徐寿辉带来的部队全部杀害。随即以江州为都城，事奉徐寿辉驻守在此地，而自称“汉王”，设置王府属下的官吏。于是陈友谅挟持徐寿辉东下，攻打太平，太平城坚固，攻打不下来，就率领大船停泊在太平城的西南。士兵们沿着船尾攀缘城上的矮墙登上了城，于是攻下太平。陈友谅心气更加骄纵。他进驻采石矶后，派遣部下将领表面上到徐寿辉面前禀告事情，暗中命令壮士带着铁锤击碎徐寿辉的脑袋。徐寿辉死了以后，陈友谅以采石的五通庙为行宫，即皇帝位，国号“汉”，改年号“大义”，太师邹普胜以下都继续担任原来的官职。登基时正好遇上刮大风下大雨，百官依次排列在沙岸上祝贺，未能完成规定的礼仪。

陈友谅性强劲而好猜疑，爱用权术驾驭部下。他称帝后，完全占有江西、湖广的地方，依仗自己兵力强盛，想向东取得应天。朱元璋担心陈友谅和张士诚联合，就设计叫陈友谅的老朋友康茂才写信引诱他，让他快来。陈友谅果然带领水军东下，到达江东桥，呼唤康茂才，无人答应，才知道被欺骗了。在龙湾与朱元璋的军队交战，大败。潮水下落，船只搁浅，死的人不计其数，丧失战船几百艘，陈友谅等人乘小船逃走。张德胜追击到慈湖，又打败陈友谅，烧毁了他的船。冯国胜率五翼军迫近他，陈友谅出黑旗军迎战，又大败。于是陈友谅丢弃太平，逃往江州。朱元璋的军队乘胜攻取安庆，陈友谅的部下将领于光、欧普祥都投降。第二年（1361年），陈友谅派兵再次攻陷安庆。朱元璋亲自领兵征讨他，又收复了安庆，长驱直入到达江州。陈友谅战败，夜里带着妻子儿女逃往武昌。他的将领吴宏献出饶州投降，王溥献出建昌投降，胡廷瑞献出龙兴投降。

陈友谅愤恨疆土一天比一天缩小，就大规模营造楼船几百艘，都高数丈，涂上红漆，每艘船三层，设置走马棚。上下层人说话的声音相互间都听不见，船体都用铁皮包上。船上装载着家属百官。竭其精锐进攻南昌，攻城的长梯和冲击城墙的战车，从各条路上同时前进。朱元璋的侄儿朱文正和邓愈坚守南昌，三个月没能攻下来，朱元璋亲自领兵援救南昌。陈友谅听说朱元璋来了，撤下围城的兵力，向东出鄱阳湖，在康郎山与朱元璋相遇。陈友谅把大船聚集起来，连锁在一起形成战阵，朱元璋的军队不能由下向上进攻，接连交战三天，非常危险。不久，刮起东北风，于是放火烧陈友谅的船，他的弟弟陈友仁等人全被烧死。陈友仁称五王，瞎一眼，有勇有谋，死后，陈友谅的士气低落。这一仗，朱元璋的船虽小，但是行驶轻便，陈友谅部队都是大型的战船，进退不方便，因此战败。

朱元璋所乘坐的船桅杆是白色的，陈友谅与将士们约定明天合力攻打白桅杆船。朱元璋知道这一情况，下令所有船上的桅杆全弄成白色的。明天再战，自辰时打到午时，陈友谅的军队大败。陈友谅想退守鞋山，朱元璋已先把守住湖口，拦截他的归路。相持了好几天，陈友谅和部下商量对策，右金吾将军说："出湖困难，应当烧掉船登陆。直奔湖的南面图谋再起。"左金吾将军说："这是显示软弱，对方以步兵骑兵追踪我们，进和退都失去依靠，大事就完了。"陈友谅拿不定主意。过了一会儿说："右金吾将军的话是对的。"左金吾将军因为自己的意见不被采纳，率领他的部下投降朱元璋。右金吾将军知道这一情况后，也投降了。陈友谅更加窘迫。朱元璋共两次发文书给陈友谅，大意说："我想和您相约联合，各自安抚一方，以等待上天的意旨。您失策了，对我任意加害。我以轻装的部队乘隙出击，据有您龙兴等十一个州郡，您仍不自己追悔所造成的祸害，又挑起战争事端。先是在洪都受窘，又在康郎山打得大败，骨肉兄弟和部下将士一再遭受巨大的灾难。您即使能侥幸活着回去，也应该撤销帝王称号，安分地等候真命天子出来，不然家破族灭，后悔可就来不及了!”陈友谅收到文书后又怒又恨，不给答复。时间长了，军队没有吃的，陈友谅从湖口突围出来。朱元璋的将领们从上游拦击他们，大战泾江口。汉军（陈友谅军）一边打一边逃跑，天黑了还没能摆脱追击。陈友谅从船中把头伸出来，要指挥作战，突然被流箭射中，穿透眼睛进入颅内死去。汉军大乱，太子陈善儿被俘获。太尉张定边夜里带着陈友谅的次子陈理，载着陈友谅的尸体逃回武昌。陈友谅豪华奢侈，曾经制造了一张非常精致的镂金床，宫中的器物用具都类似这样。他死后，江西行省把这张床进献给朱元璋。朱元璋感叹地说：“这和孟昶的七宝便壶有什么两样!”下令有关官吏毁了这张床。陈友谅称帝共四年。

陈友谅的次子陈理回武昌后，继承帝位，改年号为“德寿”。这年冬天，朱元璋亲自征讨武昌。第二年（1364年）二月再次亲自出征。陈理的丞相张必先从岳州前来援救陈理，驻扎在洪山。常遇春击败并活捉了他，押他在武昌城下示众。张必先是一员猛将，在军中绰号“泼张”，陈理特别倚重他。等到他被擒，城里便非常恐慌，因此想投降的人非常多。朱元璋就派遣陈的旧臣罗复仁进城招降陈理。陈理于是投降。他进入营门，趴在地上不敢向上看。朱元璋见陈理年幼弱小，扶他起来，握着他的手说：“我不加罪于你。”武昌官库里的财物听任陈理取用，朱元璋返回应天后，授给他归德侯的爵位。

陈友谅投奔徐寿辉时，他的父亲陈普才曾加以劝阻，陈友谅不听。等到陈友谅显达之后，去迎接陈普才，陈普才说：“你不听我的话，我还不知道死在什么地方呢!”陈普才有五个儿子：长子友富、次子友直、三子友谅，四子、五子友仁和友贵。陈友仁、陈友贵先前已死在鄱阳。朱元璋平定武昌，封陈普才为承恩侯、陈友富为归仁伯、陈友直为怀恩伯，追赠陈友仁为康山王，命令有关主管部门建庙祭祀他，让陈友贵随从受祭。陈理住在京城，忧闷不乐，说一些不满的话。皇帝（太祖）说："这是小孩子的过错，恐怕小人诱惑，不能保全朕给予的恩德，应当把他安置在远方。"洪武五年（1372 年），将陈理和归义侯明升一起迁移到高丽，派遣元朝投降的大臣枢密使延安答理护送。朱元璋赐给高丽王绫罗绸缎，让他好好照应他们。又把陈普才等人迁移到滁阳。

张士诚，小名九四，泰州白驹场的盐丁。有三个弟弟，都以撑船运盐为职业，通过贩卖私盐牟取非法盈利。他为人非常轻视钱财，乐于帮助他人，受到他们一伙人的拥护。他常常卖盐给许多有钱的人家，有钱人家大多欺侮他，有些人欠他的盐钱不还。有个弓手丘义，侮辱张士诚尤其厉害。张士诚愤恨不平，就率领几个弟弟和壮士李伯升等 18 个人杀死丘义，并且杀绝那些有钱的人家，放火烧掉他们的房屋。张士诚等人进入别的州郡的盐场，招募青年起兵造反。盐丁们正为沉重的劳役所苦，就一起推举张士诚为首领，攻陷泰州。高邮太守李齐指示招降了他，但后来又叛变，杀害行省参政赵琏，并且攻陷兴化，在德胜湖安营扎寨，有部众一万多人。元朝廷用"万户"军职委任状招降张士诚，他不接受。张士诚用欺骗的手法杀害了李齐，袭击并占据高邮（今在江苏），自称"诚王"，非法称国号"大周"，立年号"天祐"。这一年是元至正十三年（1353 年）。

第二年（1354 年），元朝右丞相脱脱统领大军出征，几次打败张士诚，围困高邮，毁坏了高邮的外城。城就要攻下了，元顺帝听信谗言，解除了脱脱的军权，削夺了他的官职爵位，用别的将领来替代他。张士诚乘机奋力出击，元军溃败逃走，从此张士诚又兴盛起来。过了一年（1355 年），淮东闹饥荒，张士诚就派自己的弟弟张士德从通州渡过长江侵入常熟。

元至正十六年（1356年）二月，张士诚攻陷平江，并且攻陷湖州、松江和常州各路。改平江为隆平府，张士诚从高邮迁来，以此地为都城。就用承天寺作王府宅第，蹲坐在大殿中间，射三支箭在大梁上以为标志。这年，朱元璋也攻下集庆，派遣杨宪去交好张士诚。太祖的信中说："从前隗嚣在天水称雄，现在足下也在姑苏自己称王，情势相同，我很为足下高兴。比邻和睦相处，各守疆界，是古人所贵重的，我私下非常仰慕。从现在起我们信使往来，不要受谗言的迷惑，从而在边境上生出事端。"张士诚收到信，扣留下杨宪，不予答复。不久，他派遣水军攻打镇江，徐达在龙潭打败他的军队。朱元璋派遣徐达和汤和攻打常州，张士诚的军队来救援，被打得大败，丧失张、汤二将，就写书信求和，请求每年献纳粮食20万石，黄金500两，白银300斤。朱元璋回信，责令他放回杨宪，每年献纳粮50万石，张士诚又不回复。

当初，张士诚攻取平江后，就派兵攻打嘉兴。元朝守将苗人统帅杨完者几次打败他的军队，张士诚于是派遣张士德从小路攻破杭州，杨完者回师救援，张士诚军又被打败回来。翌年（1357年），耿炳文攻下长兴，徐达攻下常州，吴良等人攻下江阴，张士诚的军队四面受阻，不能出动，形势逐渐紧迫。没过多久，徐达的军队占据宜兴，攻打常熟。张士德迎战，打败，被前锋赵德胜活捉。张士德，小名九六，善战有谋略，得到将士们的爱戴。浙西地方都是他攻占平定的。他被活捉后，张士诚非常沮丧。朱元璋想留下张士德来招降张士诚。张士德派人从偏僻小道送给张士诚一封信，让他投降元朝。张士诚于是决定向元朝请求投降。元浙江右丞相达识帖睦迩替张士诚向朝廷报告，朝廷授给张士诚太尉，他手下的将领官吏也都被授予等级不同的官职。张士德在金陵终于绝食而死。张士诚虽然免去伪王称号，据有武装部队和地盘还是和过去一样。达识帖睦迩在杭州与杨完者有矛盾，暗中召来张士诚的军队。张士诚派遣史文炳袭击并杀害了杨完者，于是据有杭州。元顺帝派遣使者征收粮食，赐给张士诚龙衣御酒。张士诚从海路运送粮食 11 万石到大都，每年如此，成为常规。不久，张士诚愈来愈骄纵，命令他的部下颂扬他的功业和德行，希求得到王爵，元朝廷没有应允。

元至正二十三年（1363 年）九月，张士诚又自立为吴王，尊奉他的母亲曹氏为王太妃，设置下属官吏，另外在城中营建王府宅第，以张士信为浙江行省左丞相，将达识帖睦迩囚禁在嘉兴。元朝廷征收粮食不再供给。有个参军俞思齐，字中孚，泰州人，规劝张士诚说："我们从前是贼寇，可以不进贡；现在是臣子，不进贡可以吗！"张士诚大怒，把长桌推倒在地，俞思齐便托病辞官离去。当时，张士诚所占据的地方，南到绍兴，北过徐州，达到济宁的金沟，西到汝州、颖州、濠州、泗州，东临近海，方圆 2000 余里，武装的士兵几十万人。他以张士信和女婿潘元绍为心腹，左丞徐义、李伯升、吕珍为爪牙，参军黄敬夫、蔡彦文、叶德新主管出谋划策，元朝的学士陈基、右丞饶介执掌礼乐法度。他又喜好招揽接纳宾客，赠送给他们的车马、住宅、日用杂物都非常齐全。许多侨居他乡贫困没有户籍的人争着投奔他。

张士诚为人，表面上迟缓凝重，少言寡语，似乎很有器量，但实际上没有远大抱负。占有吴一带地方后，吴地太平安定的时间很长，户口众多，张士诚逐渐奢侈放纵，懒于处理政务。张士信、潘元绍尤其嗜好搜括财物，金玉珍宝和古代名家的书法、绘画，家中都充满了。他们日日夜夜的听歌观舞，只顾自己娱乐。将领们也都傲慢，不出力卖命，每逢要打仗了，就推说有病，求得官爵田地房产以后才出兵。刚到军中，车子装载着婢妾乐器便紧跟着连续不断地到来；有时同游说空谈的人士聚会，赌博踢球，都不把军务放在心上。等到丧师失地打了败仗回来，张士诚一概不问罪。不久，又用他们为领兵的将军。上上下下玩乐享受，以至于灭亡。

朱元璋和张士诚疆土相连接。张士诚多次派兵攻打常州、江阴、建德、长兴诸全，总是失利而返。朱元璋派遣邵荣攻打湖州，胡大海攻打绍兴，常遇春攻打杭州，也都不能攻克。廖永安被士诚俘获，谢再兴叛变投降张士诚，适逢朱元璋和陈友谅相持不下，没有功夫顾及。陈友谅也派使者约张士诚夹攻朱元璋，但张士诚想守住疆土以观变化，口头上答应使者，最终没有行动。朱元璋平定武昌后，大军转回，就命令徐达等人谋划夺取淮东，攻克了泰州、通州，围困高邮。张士诚派水军船只沿长江逆流而上前来救援，朱元璋亲自率军击退他们。徐达等人于是攻克高邮，夺取淮安，完全平定淮北地区。接着下讨伐文书到平江，历数张士诚八条罪状。徐达、常遇春统领军队从太湖直奔湖州，吴地人在毗山迎战，又在七里桥交战，都被打败，于是包围湖州。张士诚派遣朱暹、五太子等人率六万部众前来救援，驻扎在旧馆，修筑五座营寨自守。徐达、常遇春修筑十座营垒以拦阻他们，断绝了他们的运粮道路。张士诚知道事情紧迫，亲自督促军队来交战，在皂林被打败。他的部将徐志坚在东迁被打败，潘元绍在乌镇被打败，升山水上陆路的营寨全被攻破，旧馆的救援断绝，五太子、朱暹、吕珍都投降了。所谓五太子，是张士诚的养子，短小精悍，能在平地上跑起一丈多高，又擅长潜水。吕珍、朱暹都是善于作战的老将，到这时全部投降。徐达等人送他们到湖州城下示众。湖州守将李伯升等人献城投降，嘉兴、松江也相继投降。潘原明也献杭州向李文忠投降。

元至正二十六年（1366年提）十一月，朱元璋大军进攻平江，修筑长长的围子包围平江城。张士诚拒守了几个月。朱元璋致信招降他，说："古代的豪杰，以畏惧天命顺从民意为贤，以保全自己保住家族为智，汉朝的窦融、宋朝的钱俶就是这样的。你应该三思，不要自取灭亡，为天下人耻笑。"张士诚不回复，几次突围决战，都不顺利。李伯升知道张士诚非常窘迫，派遣和张士诚亲善的门客越过城游说张士诚，说："当初您所依靠的，就是湖州、嘉兴、杭州啊！现在都丧失了。孤零零地守着这座城，恐怕变故要从内部发生，那时您即使想死，也不能够啊！不如顺应天命，派遣使者去金陵，表达您能够归从大义拯救百姓的心意，打开城门，脱掉帽子，用绢一幅束发，等候命令，就还不会失去万户侯的爵位。何况您的地盘，就譬如赌博的人，赢得人家的东西而又失去了它，对您有什么损害?"张士诚仰头观看很久，说："我要思考思考。"就辞去门客，但终究没有投降。张士诚本来有勇胜军称作"十条龙"的，都勇猛善战，常穿银铠甲绸缎衣出入于战阵之中，到这时也都战败，淹死在万里桥下。最后，丞相张士信被火炮击中而死，城里喧扰不安，不再有坚守的意志。元至正二十七年（1367年）九月，城被攻破，张士诚收聚残余的部众，在万寿寺东街作战，部众四散逃走。士诚慌慌张张地回到王府宅第，闭门上吊自杀。他原来的部将赵世雄解救了他。大将军徐达几次派遣李伯升、潘元绍等人向他传达朱元璋的旨意，张士诚闭眼不回答。用轿子把他抬出葑门，上了船，他从此不再吃东西。到达金陵，终于上吊自杀身亡，这时他四十七岁。朱元璋下令准备棺材埋葬他。

当张士诚被围困的时候，对他的妻子刘氏说："我失败了将要死了，你们怎么办?”刘氏回答说：“你不要担心，我一定不辜负你。”把柴禾堆积在齐云楼下。城被攻破后，刘氏驱赶群妾登上齐云楼，叫养子张辰保放火烧楼，自己也上吊自杀。有两个年幼的儿子隐藏在民间，不知道下落。先前，黄敬夫等三人掌权，吴地人知道张士诚一定会失败，有“黄菜叶”十七个字的民谣，以后终于应验了。

有个莫天祐，元朝末年聚众保卫无锡州，张士诚招降他，不听从。张士诚派兵攻打无锡，也不能攻克。张士诚接受元朝的官爵后，莫天祐才投降。张士诚屡次上奏章推荐他任同佥枢密院事。到了平江被围困后，其他城池都被攻下，唯有莫天祐坚守无锡。张士诚被消灭，胡廷瑞加紧攻打无锡，莫天祐才投降。朱元璋认为他杀伤将士太多，便杀了他。

李伯升在张士诚处当官，一直当到了司徒，投降后，命他继续任原官，又进封为中书平章同知詹事府事。他曾经领兵讨伐平定湖广慈利蛮人，又任征南右副将军，和吴良一起讨伐靖州蛮人。后来因为牵入胡（惟庸）党案获罪而死。潘元（原）明是以平章的官衔守杭州时候投降的，降后仍旧任行省平章，与李伯升都每年享受俸禄750石，不管事。云南平定，朝廷任潘元（原）明代理布政司事，死在任上。

张士诚从起事到灭亡，共十四年。

方国珍起事

至正八年（1348年）十一月，出生在台州黄岩（今浙江黄岩），以贩运浮海为业的方国珍，被仇家诬告与起义反元的蔡乱头私通，遭到官府追捕。方国珍杀了仇家带其兄弟及邻里逃到海上，聚众数千人，劫夺元朝的漕运粮，扣留海运官员，起事海上。元朝命江浙行省参知事朵儿只班帅兵围剿，方国珍率军打败官军，俘获朵儿只班。以此向元统治者要官，元顺帝恐海运受阻，下诏授方国珍庆元定海尉。

至正十年（1350 年）十二月，方国珍又入海，烧掠沿海州郡。次年二月，元廷命江浙行省左孛罗帖木儿、浙东道宣慰使都元帅泰不华分兵夹击方国珍。六月方国珍打败孛罗帖木儿的军队并将其俘获。七月元廷又命大司农达识帖睦迩等招谕方国珍。方国珍兄弟又接受了招抚。

至正十二年（1352 年）三月，元廷命江浙省臣募舟师守大江，方国珍心怀疑虑，复入海反叛，杀泰不华。八月方国珍率军攻占台州城。十一月元廷命江浙省左丞相帖里帖木儿帅兵讨伐方国珍。次年正月，方国珍又投降元朝，他还派人潜入大都贿赂权贵。于是元廷允许招安，并授方国珍徽州路治中，国璋广德路治中、国瑛信州路治中。但方国珍兄弟仍在海上活动。

至正十六年（1356 年）三月，方国珍又投降元朝，被封为海道运粮漕运万户，兼防御海道运粮万户，其兄方国璋为衢州路总管，兼防御海道事。第二年八月，方国珍又被提升为江浙行省参知政事。并奉命征讨张士诚，两军会战于昆山，张士诚占败投降元。方国珍占据庆元（浙江宁波）温、台等地。拥有水军千艘，控制着丰富的渔盐资源。

至正十八年（1358 年）朱元璋攻下婺州后，与方国珍邻境相望。此时北有张士诚，南有陈友定，方国珍的军队正处在包围之中。十二月，朱元璋派蔡元刚到庆元招降方国珍。第二年初，方国珍派使臣向朱元璋献黄金 50 斤，白银百斤及其他礼品；三月又说愿献出三郡之地给朱元璋。九月，朱元璋授方国珍为福建等处行中书省平章政事，方国璋为行省右丞，方国瑛为行省参政，方国珉为江南行枢密院佥院，并“令奉龙凤正朔”。方国珍接受龙凤官诰，却不肯奉龙凤年号。他说“当初献三郡，为保百姓，请上位多发军马来守，交还城池。若遽奉正朔，张士诚、陈友定来攻打，援兵万一及时赶不到情况就危险了。不如暂且以至正为名，他们也就找不出罪名来攻。若真要我奉龙凤年号，必须多发军马，军马一到，我便以三郡交还。情愿领弟侄到应天听命，只求一身不做官，以报元之恩德。”但事隔一个月他又接受了元朝封的江浙行省平章政事的官职。此后，方国珍一面向朱元璋进贡，一面又替元朝政府运粮。从至正二十年（1360年）至至正二十三年（1363年）他每年都派大批海船运送10余万石粮到元大都，并得到了元顺帝的赞赏，被加封为江浙行省左丞相，赐爵衢国公。至正二十七年（1367年）四月，朱元璋军队攻克湖州、杭州，并围攻平江。方国珍自知难保，一面拥兵坐视，一面北道扩廓帖木儿，南交陈友定。朱元璋写信指责他有十二条罪状。七月，朱元璋又责令方国珍贡粮23万石，同时又写信威胁。方国珍惊恐万状，日夜运珍宝，修治海船，准备随时下海逃跑。九月，朱元璋遣军分两路进攻方国珍。参政朱亮祖一路攻台州，方国珍败逃黄岩。十月，朱亮祖又攻温州，方国珍侄方明善逃遁。十一月，朱亮祖率舟师袭败方明善于乐清之盘屿，追至楚门海口。征南将军汤和一路克庆元，方国珍逃到海上，汤和乘势又下定海、慈溪等县。同时，朱元璋又命廖承忠率舟师从海上进攻。方国珍走投无路，只好归降。这股割据浙东的地方势力终于被平定。明洪武二年（1369年）朱元璋以方国珍既降，不念旧恶，授广西行省左丞之职，留居京师。洪武七年（1374年），方国珍病死。

朱元璋起兵

朱元璋幼时名为重八，又一名为兴宗，字国瑞，出身濠州钟离县一个贫农家里自幼丧父母，因此入皇觉寺为僧。郭子兴领导的农民起义军打败了在濠州的元军，元军撤离濠州时，将皇觉寺焚掠一空。至正十二年（1352 年）闰三月，二十五岁的朱元璋走投无路，无以为生，于是来到濠州城，投奔到郭子兴领导的红巾军中。因他在战场上打仗机智勇敢，很快被提拔为亲兵十夫长，留在郭子兴身边。郭子兴为人“枭悍善斗，而性悻直少容”。每在关键时刻，都让朱元璋出谋划策，故与郭子兴“亲信如左右手”。郭子兴见他年青，有胆略，又有见地，也受到下边战士的拥护，屡立战功，是一个有前途的人才，因此决定将养女马氏嫁给他。

在进军滁州（今安徽滁县）途中，李善长来到军中谒见。朱元璋问李善长：“如今四方战乱，什么时候才能太平呢?”李善长答：“秦末大乱时，汉高祖以布衣起兵，他为人豁达大度，知人善任，不乱杀人，五年而成帝业。”又说：“你是濠州人，离刘邦的家乡沛县不远，只要你认真学习这位老乡的长处，天下是可以平定的。”朱元璋听后，十分高兴，决定把李善长留在自己身边，为他出谋划策。李善长的这一席话，对朱元璋的影响十分深远，一直到建国以后的政治、经济政策，大多数是学习汉高祖刘邦而运用于明代的。

郭子兴的部将朱元璋在至正十四年（1354 年）攻占滁州，势力逐渐壮大，并发展成了一支独立的武装力量。当郭子兴等五帅失和之时，郭子兴乘机从濠州发动进攻。至正十五年

(1355年）正月，郭子兴用朱元璋之计，派张天祐等进攻和州。郭此时命朱元璋统领其军。朱元璋考虑到诸将的势力与自己不相上下，为避免别人不服他，他就将檄文隐藏起来，约好第二天早上在厅中议事。当时入席以右为贵，诸将先入，皆踞右，朱元璋故意后至而就左，“朱比实事，剖决如流，众人皆愕得说不出话来，不能由此稍微有些收敛。讨论分工修城，（限）期三日。”朱元璋负责的工段三天就完成了，诸将都落后。这时说一句话才拿出檄，南面坐曰：“奉命总诸公兵，今甓城皆后期，如军法何?”诸将此刻都非常惊慌唯恐被辞退。三月，郭子兴病死。刘福通占据安丰和颍州之后，派人把逃匿在砀山夹河的韩林儿及其母杨氏，迎回到亳州（今安徽亳县），拥立韩林儿为皇帝，号小明王，建国号为大宋，年号龙凤，都亳州。立韩林儿之母杨氏为皇太后。杜遵道、盛文郁为丞相，刘福通、罗文素为平章。大宋建立后，韩林儿任命郭子兴之子郭天叙为都元帅，部将张天祐、朱元璋为右、左副元帅。不久，张天祐、郭天叙都战死，朱元璋就成为大元帅，郭子兴的旧部全归他指挥。

同年，朱元璋又兼并了巢湖红巾军的水师。早在刘福通、彭莹玉等在颍州发动起义时，巢湖地区彭莹玉的教徒金花小姐和李国胜、赵胜普联络廖永安兄弟、俞廷玉父子等起来响应颍州起义。金花小姐（在起义斗争中）战死，李国胜、赵胜普退居巢湖，拥有水师万余人，船只千余艘，称为彭祖水寨。这年年初年初，廖永安、俞廷玉等投降了朱元璋。李国胜谋杀朱元璋未遂后，反被朱元璋处死，至此巢湖水师全归朱元璋指挥。同年六月，就用巢湖水师乘水涨入江，从牛渚矶强渡长江，攻占采石镇。此时，朱元璋激励自己的将士，只能前进，不许后退，他们乘胜一举攻下了集庆上游的太平，活抓了元朝万户纳哈出。在同元军作战中，朱元璋令幕僚李善长预为戒戢军士榜，

“禁剽掠，有卒违令，斩以徇”纪律严明，军中肃然。

朱元璋按照能力大小任官职，注重招贤纳士。早在江北初起时，就陆续招集了一些随从起义的地主儒士，如上文提到的李善长，还有冯国用、冯国胜，作为参谋。冯国胜劝朱元璋：“金陵龙蟠虎踞，愿定鼎金陵，倡仁义以一天下。”朱元璋对此大加赞赏，对这种类告铭刻在心。攻下太平后，又召用老儒李习为知太平府，陶安参谋幕府事。为了稳固太平的根基或基础，他利用乡兵修城浚濠，加强防固。太平四面出发抓住了，陈埜先水军帅康茂才以数万众（之兵）攻城，朱元璋派徐达等迎战，令派遣将领出其后，以夹击之，派元朝士兵驻守陈埜先并招降了他的部下。接着，朱元璋攻取了溧阳、溧水、句容、芜湖等处。

至正十六年（1356 年）春二月，朱元璋率领大军，在采石大破蛮子海牙舟师。当时，蛮子海牙投奔了张士诚。至此，起义军打破了元军对长江的封锁，农民起义军重新振作起来。此年三月，朱元璋乘胜水陆并进，大举进攻集庆，在江宁镇攻破陈兆先军，生抓陈兆先，招牌其众三万六千人。继而又在蒋山大败元兵，于是朱元璋的诸军齐头并进，拔栅攻城。集庆城破，元朝御史大夫福寿被杀，水塞元帅康茂才投降。朱元璋开进城，城中召官吏父老告诉官吏父老，之曰：“元政渎扰，干戈蜂起，我来为民除乱耳，其各安诸如故。贤士吾礼用之，旧政不便者除之，吏毋贪暴殃吾民。”集庆人民喜不胜收。此时朱元璋又得到了夏煜、孙炎、杨宪等十余位儒士，他们为朱元璋献计献策。

朱元璋攻下集庆后，以它为中心，向四周发展，在此后的一年多时间里，派诸将先后攻克镇江、广德、长兴、常州、宁国、江阴、常熟、徽州、池州、扬州等应天周围的据点。至正十六年（1356 年）七月，诸将尊奉朱元璋为吴国公。并设置了江南行中书省，自己总管此省所有事务，设僚佐，但名义上仍用韩林儿的大宋旗号。朱元璋以集庆为中心后，根据地日益巩固，地盘也更加扩大了，并且有足够的兵力向更远的地方扩展。接着，朱元璋派兵攻取浙西、浙东，消灭了盘踞在这里的元军。至正十八年（1358 年）三月，命邓愈进攻建德路。十二月，命胡大海攻婺州，但久攻不下，朱元璋亲自前往攻取，城立即攻破。入城之后，立即发粟赈济贫民，并改州为宁越府。朱元璋连续占领江左、江右诸郡，并与陈友谅占据的地区相邻。早在至正十七年（1357 年），朱元璋部将常遇春夺取陈友谅占据的池州之后，朱陈两军就开始不断地互相攻伐。

当朱元璋攻下安徽徽州（今安徽歙县）后，他召见名儒朱升，问："今后我该怎么办？"朱升说："高筑墙，广积粮，缓称王。"意思是说，首先要巩固后方基地；其次要在后方发展生产，屯田积谷，增强经济实力；最后，不要急于称王，免得树大招风。朱元璋十分赞同朱升的建议，觉得他既有才华，又有战略远见，于是把他留在自己军中当参谋。后来，朱元璋势力壮大后，就改吴国公为吴王。从投军到称王，仅仅几年的时间，朱元璋就由一名小卒之辈，发展成为了称雄一方的一代霸主，随后他削平群雄，统一中国，改朝建国，成为了中国历史上的一位大皇帝。

鄱阳湖之战

在大宋农民军分三路北上作战之时，元军主力被吸引到了北方战场，徐寿辉的天完农民军和朱元璋领导的农民军，在江淮地区不断扩地获得了很大的发展。由于相互争夺地盘，农民军各部之间也展开了争夺土地的，随着这种矛盾的日益激化和加深，导致了互相厮杀的混战局面。元至正十六年（1356年），天完农民军在汉阳重新建都。丞相倪文俊自恃功高，表面上迎徐寿辉称帝，实际上想图谋杀徐，妄图自当皇帝。至正十七年（1357年）十月，倪文俊谋杀徐寿辉未成之后，率部逃奔黄州。他的部下领兵元帅陈友谅乘机杀死了倪文俊，并控制部众，自称平章政事。陈友谅生身在沔阳渔家，父亲陈普才是普普通通的渔民。至正十八年（1358年），陈友谅率自己的军队攻下安庆，接着又破龙兴、瑞州，派另一支军队攻取邵武，自己亲自率军进入抚州。随后攻下建昌、赣州、汀州、信州、衢州，整个江西几乎都在他的控制之下。

陈友谅攻破龙兴后，徐寿辉打算迁都于龙兴，陈友谅不答应，徐寿辉也不管，亲自从汉阳引兵下了江州。至正十九年（1359年）十二月，陈友谅施计谋企图，只迎徐寿辉入江州城，因此，暗地里埋伏兵将，杀死了徐在城外的所有部众。次年闰五月，陈友谅徐寿辉领兵攻打太平，当时太平为朱元璋的军队控制。在驻军采石矶时，陈友谅乘机杀了徐寿辉，自称皇帝，建号汉国，改元大义。徐寿辉创建的天完政权，最终因内部的相互厮杀而化为乌有。陈友谅建立汉国之后，占据了整个江西，并且开始向湖广推进，随即又向朱元璋的统治中心集庆大地区发动进攻，因此大义政权成为了朱元璋统一中国的首要障碍。

至正二十年（1360年）三月，浙东儒士刘基向朱元璋献能成帝王业绩之策："（张）士诚自守虏，不足虑。（陈）友谅劫主胁下，名号不正，地据上流，其心无日忘我，宜先图之。陈氏灭，张氏势孤，一举可定。然后北向中原，王业可成也。"五月，陈友谅进攻应天，企图与张士诚联合攻打朱元璋。朱元璋施计，引诱陈友谅领兵东来，并到达龙湾。朱元璋却在暗地里设伏兵夹击，陈友谅大败。朱元璋乘机夺回太平。六月，朱部将胡大海攻下信州，改信州为广信府，由大海之子胡德济任同佥守之。

七月，徐寿辉旧将于光、左丞余椿攻取饶州，以城投降朱军。九月，徐寿辉旧将欧普祥以袁州投降朱元璋。

至正二十一年（1361年）八月，朱元璋决心集中力量攻打陈友谅。朱元璋驾着龙骧巨舰，帅舟师乘风逆流而上去攻打安庆，又在半路上攻下江州，陈友谅刚刚知道朱军来到了江州，还以为神兵从天而降，仓促之余来不及抵御，连夜挈妻子逃往武昌。朱军乘胜攻下蕲州、黄州、兴国、黄梅、广济等处。陈部将丁普郎、傅友德自动投降。陈友谅部将又以龙兴路投降朱元璋。朱元璋将龙兴改为洪都府。

第二年正月，朱元璋驻南昌。南昌由江西行中书省参加政事邓愈镇守。二月，祝宗、康泰叛乱，叛兵围攻南昌，知府叶琛被杀，邓愈慌忙逃往建康，朱元璋急命徐达率兵前往援救，才使南昌平定。此时，金华投降之人蒋英杀朱部大将胡大海，并附张士诚。洪都降人也叛变了朱元璋，杀死朱部守将。四月，朱部将李文忠、徐达再次出兵，收复处州和洪都府。

至正二十三年（1363年）三月，朱元璋领兵北上解救安丰之危，击退张士诚将吕珍对安丰的围困。四月，陈友谅鉴于在战场上连连失利，决定大举围攻南昌，下定决心要与朱元璋决一雌雄。于是大造舟舰，高数丈，饰以丹漆，上下三级，级置走马棚，下设板房为蔽，舻数十置于其中，载其家属、百官。“倾国”而来，号称60万大军，大举进攻南昌，直抵城下。时朱元璋诸将分门拒守，邓愈守抚州门，赵德胜守官兵、士步、桥步三门，薛显守章江、新城二门，年海龙守琉璃、澹台二门，朱文正居中总领，亲自控制两千精兵的往来策应。四月二十七日，陈友谅督兵进攻抚州门，邓愈以火铳击退。陈兵极力猛攻，城坏二十余丈，朱文正督诸将拼死作战，一边作战，一边筑城，朱军损兵折将多人。五月，陈兵又攻新城门，薛显开门以锐卒突袭，敌兵被打败，六月，陈友谅增修攻具，想破栅从水关入城，朱文正下令煅铁戟铁钩，不久双方又展开激战。但久攻不下，陈友谅为了吸引朱文正部的注意力，分别派遣饶鼎臣等攻陷吉安、临江，朱文正仍不为所动，坚守南昌城。陈友谅又进攻宫步、士步二门。南昌被围已久、内外阻隔断绝了关系，朱文正遣千户张子明前往建康告急，又诈遣卒要求陈友谅降，以缓和其攻势，等待援兵的到来。朱元璋知道南昌危急情况后，一边命徐达围庐州，一边自己回到建康。后来朱元璋认为仅仅为了庐州而失掉南昌，此非计也，因此在七月七日，亲自领兵20万，急救洪都。并命令徐达等自庐州参战。七月十六日，20万大军驻扎于湖口，先一支军队一军屯于泾江口，一军屯于南湖咀以阻挡陈友谅军的归路，同时又调信州兵守武阳渡口防其逃跑。七月十九日，陈友谅围困南昌八十五天，一听到朱元璋前来解围，立即东出鄱阳湖迎战。朱元璋率诸将由松门入鄱阳湖，陈友谅联结大船为阵，朱军分二十队，用小舟轻驶进行了抵抗。七月二十一日，徐达、常遇春、廖永忠等进兵迎战，徐达身先士卒，击败其前锋，杀了150多人，得一巨舟而返，两军军威大振。激战三日之后仍相持不下。朱元璋采纳郭兴之策，以火攻陈军之巨船方可取胜，此时正值东北风起，朱军放火由湖口而出，直扑陈军，乘风放火，风急火烈，陈船数百艘须臾间燔焰涨天，湖水尽赤，死者大半。陈友谅弟友仁、友贵及平章陈普略等皆被烧死。陈友历程艰难谅突围出湖口，而朱元璋在径江口邀击，陈友谅中流矢而死。余部挟其子陈理逃回武昌。九月六日，班师回城，对诸将论功行赏。朱元璋自己留住建康，徐达守备吴。九月十六日，朱又率诸将亲征陈理。十月至武昌，分兵立栅，围其四门。湖北诸郡皆来投降朱军。十二月，朱元璋回建康，命常遇春等诸将继续围攻武昌。

至正二十三年（1363 年）是元末农民战争中最关键的一年，春季，张士诚部杀刘福通，大宋红巾军灭亡。秋季，朱元璋部杀陈友谅，天完及汉国败亡。

至正二十四年（1364 年）正月元旦，朱元璋在应天称吴王，设置百官，以李善长、徐达为右、左丞相。

二月一日，朱元璋鉴于武昌久围不下，亲往视师。二月十七日，到武昌亲自督兵攻城，久攻未下，乃派人劝降陈理，陈理到军门磕头投降。明师围困武昌六个月，士卒没有敢擅自入城，军纪严明，百姓大悦，于是沔、汉、荆、岳诸郡相继投降朱。设立湖广行中书省，以枢密院刺杨璟为参政守之。八月一日，命常遇春、邓愈围赣州。

九月，命徐达、杨璟等帅师进攻江陵，改江陵为荆州府。徐达分别派遣唐胜攻宗取长沙、下沅陵、醴陵。傅友德攻取夷陵。十二月，徐达攻下辰州和衡州。

至正二十五年（1365 年）正月，围困赣州多日，熊天瑞力不能支，只好出城投降，其所统领的南安、雄州、韶州诸郡也都投降。至此，朱元璋消灭了汉国陈友谅，地盘更加扩大，势力也更加强大。但是，张士诚在助元灭宋后，本想要挟元朝封王爵，但未能如愿。于是，又叛元自立，在平江自称吴王。张士诚吴国（东吴）据地东至海、西括汝、颖、濠、泗诸州，南至绍兴，北越徐州，至于济宁之金沟。这样，江南地区形成了张士诚东吴与朱元璋吴国两吴并立的局面。张士诚成为朱元璋统一中国新的障碍。

元朝农业

(1) 农业生产与土地占有制

元朝初年，北方农民成立了一种“锄社”。“先锄一家之田，本家供其饮食，其余次之，旬日之间，各家田皆锄治”。“间有病患之家，共力助之”，往往“苗无荒秽，岁皆丰熟”。至元七年（公元1270年），元朝政府也下令在汉地立社。规定五十家为一社，以“年高通晓农事有兼丁者”为社长。社长组织本社居民垦荒耕作，修治河渠，经营副业。元朝政府也通过村社组织，监视农民，禁止农民集会结社，向农民宣传要服从蒙古的统治。这种“村社”制度，以后遍行南北各地，与里甲制度并行，成为元朝统治和剥削农民的农村基层组织，但在鼓励农业生产方面也起了一些作用。

元初推行重农政策，促进了农业的发展。元初北方由于长期战争，使农业生产遭到严重的破坏。蒙古贵族又占农田为牧地，强制推行牧区的生产方式，使中原农户大量流向江南，至公元1283年已达十五万户之多，成为当时社会的严重问题。元朝统一前后，蒙古统治者在中原和江南地区的高度发展的农业经济影响下，不得不放弃落后的游牧经济，开始重视农业，进行一些恢复农业生产的措施，同时蒙古的封建领主也逐渐转化为封建地主。

忽必烈即位后，依靠汉族地主的帮助，顺应社会发展的趋势，实行了“以农桑为急务”的政策。他设立劝农司、司农司和营田司等机构，推行屯田及其他鼓励农桑生产的措施，因而使北方农业生产逐步恢复。中原地区“民间垦辟种艺之业，增前数倍”。南方地区战争破坏较北方轻，农业生产在原有基础上缓慢发展，北调的粮食逐年增加，最多时达到三百五十多万石。边疆地区的开发尤为显著。不少汉人被迫戍边，或发配边玩地区屯田积谷。岭北、西北、东北、西南地区因而得到垦辟。

此外，棉花的种植也得到了进一步推广，北道棉已由新疆发展到关中地区；南道棉从海南岛经闽广扩展到江、推和川蜀，后来耕犁的犁更加灵活，镰刀的种类增多，水转连磨等水力机械更趋完备，耘锄、耘荡、镫锄等中耕农具的生产中使用，又创造了开荒用的铋刀、下粪耧耘用的耧车，非常有利于发展农业生产。但由于生产者的贫困和蒙古贵族不关心生产，这些比较先进的工具得不到推广。

元世祖曾多次颁布诸王贵族不得因田猎践踏田亩和不得改田亩为牧场的禁令。他在给南宋降将高达的诏书中指出要“使百姓安业力农”。为了巩固统治，恢复农业生产，元世祖在中统二年（公元 1261 年）设立劝农司，至元七年（公元 1270 年）设立司农司，至元二十六年（公元 1289 年）又于江南设行大司农司及营田司，大力提倡垦殖。至元二十三年（公元 1286 年），元朝政府向所属各州县颁行《农桑辑要》一书，在这部书中，“蚕桑之术，畜孳之方，天时地利之所宜，莫不毕具”。《农桑辑要》颁行后，号称为“利布四方，灼有明效”。元初一度出现“户口增，田野辟”的现象。

公元 1308 年（至大元年）10 月，中书省派人清查全国屯田。

蒙古国时期，为解决军粮供应问题和安抚已被征服的民众，曾在西北地区与蒙、宋交界地区开垦屯田。枢密院所辖各卫和各地万户府的屯田为军屯或军民屯，司农司、宣徽院等所辖屯田为民屯。屯田土地主要是官田，尤以荒田旷土为多，江淮之间因多年战乱而出现的荒废土地和中书省所管腹里地区的屯田最为集中。海南、岭北、云南乃至吐蕃地区，都有屯田的设置。

屯田的大规模铺开，对农业的恢复和发展起了重要的作用。但是管理屯田的官员苛剥屯田军民，玩忽职守，贪污屯田经费，对屯田的破坏极大，再加上自然灾害的侵害，自成宗起，屯田废弛的情况十分严重。11月，中书省派人赴各地巡视一百二十余所屯田的情况，合并了一些屯田，但是没有起到发展屯田的作用。到了元朝后朝，大多数的屯田已经名存实亡。

元朝政府又设都水监和河渠司掌管水利。世祖至元九年（公元1272年）、二十五年（公元1288年）、成宗大德三年（公元1299年）先后修治了黄河，至元二十六年（公元1289年）凿山东会通河，至元二十九年（公元1292年）凿北京通惠河，又治澱山湖"以兴三吴之利"，修经渠"以溉关中之田"，在兴修水利上也取得一定的成绩。

金元时代，在农业技术全面发展的同时，果木栽培技术电获得了长足的进步。

缠枝花果方形金饰件

关于截果树主根法，宋代《桔录》已有记载，元代《农桑衣食撮要·骟诸色果木树》对此进行了更为详细的阐述，说树芽还没生发的时候，就在根旁边挖开土，必须挖得既宽又深，找出主根并把它截断，保护周围的乱根，用土小心地覆盖好，捶打结实，这样，果树就会结出肥大的果实。

在蒙古贵族的征服战争中，受到严重破坏的是北方的农业，江南的农业一直没有遭受大的破坏。元世祖时，北方的农业也日益恢复，“民间垦辟种艺之业，增前数倍”，其他如岭北、云南、回回等地的屯田也有显著的推广。据《元史·食货志》所载垦田数，江浙省官、民田九十九万五千零八十一顷，河南省官、民田已达一百一十八万零七百六十九顷。全国户口徐边远和“山泽溪洞之民”外，共有民户一千一百六十三万三千二百八十一户，五千三百六十五万四千三百三十七人。这都说明当时的社会比较安定，农业生产比以前也有了相对的恢复和发展。

但是，在元代，土地集中的现象非常突出。蒙古贵族都广占田土，“诸赐田者”往往在各地“驰驿征租”。在北方，占地四顷以上的地主有很大数量，“其军、站户富者，至有田亩连阡陌，家资累巨万，丁队列什伍”。在江南，“富户每有田地，其余的百姓每无田地”，富户之中，“一年有收三二十万租子的，占着三二千户佃户”。《元史·武宗纪》也记载：“富室有蔽占王民役使之者，动至百千家，有多至万家者”，而江浙寺院所占佃户竟达五十万家。元朝灭宋时，许多汉族的官僚地主乘势侵占农民的土地，范文虎在湖州、南浔一带强占了大量膏腴的田土，以海运起家的张瑄、朱清更是“田园宅馆遍天下，库藏仓庾相望”，一般在职的官吏也纷纷夺占百姓的田产。

自耕农民的生活很痛苦。元朝政府把所属人户分为民户、站户、军户、冶金户、打捕户、丝线颜色户等等，他们都各自负担特殊的差役。很多人一被签发为军户或站户，在繁重的差役之下，往往破家流亡，成为佃户或流民。

广大的佃户在地主奴役下长期过着贫困的生活。苛重的地租使得元朝政府也不得不屡次下诏嘱地主减免。在某些地区，南宋以来曾经发生过的地主干预佃户婚姻、任意奴役佃户子女，甚至把佃户随田转卖的现象仍然严重存在。

元朝手工业

元代的民间手工业由于封建官府的控制和压制，始终未能充分发展。经营范围主要是纺织、陶瓷、酿酒等。产品从规格、定额到销售，也多受官府限制、控制，甚至因和买、强征遭到摧残。民间手工业多数是自给自足的家庭手工业，一些城镇和纺织等行业中出现了手工作坊，产生了作坊主和雇工。民间手工业设备和生产条件差。但工人生产积极性较高，因而效率高、成本低，有些产品质量和生产技术超过官手工业。

官办手工业分属工部、将作院、武备寺、大都留守司、地方政府。诸王贵族名下也有手工业局院。官手工业有充足的人力、物力，有战争中俘掠来的无数工匠供其驱使，有以和雇和买名义搜刮来的廉价原料，虽然生产效率不高，但规模大，产品多，远远超过宋金时的官手工业。

棉织业。随着植棉的推广，棉纺业开始成为一项新兴手工业。元贞年间，黄道婆自海南岛返回家乡松江乌泥泾后，推广和改进黎族纺织技术。据王祯《农书》记载，元中期已有搅车、弹弓、卷筵、纺车、拨车、轩床、线架、织机等工具。黄道婆又传授错纱、配色、综线、挈花等方法，产品有棉布织成的被、褥、带、帨（手巾），上面有折枝、

内蒙古昭乌达盟出土元全宁路铜祭器

团凤、棋局、字样等。印染技术也大有发展，元末时松江能染青花布，有人物花草，颜色不退。

练丝

江南地区的丝织业主要是农民的家庭副业，也有专门以机织为生的机户。史载湖州有绢庄十座，濮院镇有四大牙行，绢庄和牙行都由大商人出资开设，在其附近乡镇，“收积机产”。杭州城内，已经出现了拥有四五架织机、雇工十余人的丝织业手工作坊。作坊内的雇工除领取工资外还要“衣食于主人”。

元代绣花夹衫

窝阔台统治时，在弘州（今原阳）、荨麻林（今万全西北）两地有三千三百余户西域的回回工匠，他们带来了织造“纳失失”的技术。纳失失是一种金绮，由金线织成，上贴大小明珠。这些回回工匠在传播新的丝织技术方面作出了贡献。

丝织业。从事丝织生产的织染局遍布全国，主要产地在建康（天历二年改集庆，今江苏南京）、平江（今江苏苏州）、杭州、庆元（今浙江宁波）、泉州等地，产品供宫殿王府装饰和皇室、贵族、官僚穿着之用。产量很高，如镇江府岁造缎五千九百零一匹，建康路仅东织造局一处，岁造缎四千五百二十七匹。花色品种繁多，如镇江府岁造丝织品中有纻丝、暗花、丝紬、胸背花、斜纹等品种，有枯竹褐、秆草褐、明绿、鸦青、驼褐等颜色。在宋缂丝基础上发展而成的织金贮丝，其繁华细密超过缂丝；集庆官纱，质轻柔软，诸处所无。丝织业也是民间最普遍的手工业，多为家庭手工业，杭州等地还出现了手工作坊。产品中织金贮丝很普遍，品种很多。如嘉兴路所产丝绸品种有：绡、绫、罗、纱、水棉、克丝、紬、絺、绮、绣、绤等。

毡罽业。蒙古等北方少数民族人居中原后，将他们织造毡罽的技术传布到内地。宫廷、贵族对毡罽的需要量很大。诸凡铺设、屏障、庐帐、毡车、装饰品等均有需求，因而官府、贵族控制的诸司、寺、监都生产毡罽，产量很高。如泰定元年(公元1324年)，随路诸色民匠打捕鹰房都总管府所属茶迭儿(Catir～Cadir，蒙语意为“庐帐”)局，一次送纳入库的就有白厚毡两千七百七十二尺，青毡八千一百一十二尺，四六尺青毡一百七十九斤。品种很多，仅随路诸色人匠总管府所造地毯，就有剪绒花毡、脱罗毡、入药白毡、半入白矾毡、无矾白毡、雀白毡、半青红芽毡、红毡、染青毡、白袜毡、白毡胎、回回剪绒毡等十三种。

麻织业。主要集中在北方。织麻工具较前代有很大提高。如中原地区用水转大纺车纺织，一昼夜可纺织百斤；山西使用的布机有立机子、罗机子、小布卧机子等；织布方法有毛绳布法、铁勒布法、麻铁黎布法。河南陈州、蔡州一带的麻布柔韧洁白。山西的品种有大布、卷布、板布等。

景德镇窑
青瓷狮尊、象尊

制盐业。元代设盐运司（转运司、提举司）管理盐业，全国有两淮、两浙、山东、福建、河间、河东、四川、广东、广海九盐运司。两淮、两浙、山东等处盐运司下设若干分司。各盐运司（或分司）下共辖一百三十七所盐场，场下有团，团下有灶，每灶由若干盐户组成。产盐之地遍于全国，有海盐、池盐、井盐之分。天历年间，总产量达两百六十六万四千余引，每引重四百斤，约合十亿多斤。

元景德镇窑
青花云龙纹盖瓶

兵器业。元初中央由统军司，以后由武备寺制兵器；地方由杂造局制造兵器。除常用的刀枪弓箭外，火器发展尤为显著。金末火炮以纸为筒，可能为燃烧性火器。元代所制铜火铳，系利用火药在金属管内爆炸产生气体压力以发射弹丸，为管状发射火器，使中国火炮技术有了重大进步。现存至顺三年（公元 1332 年）、至正十年（公元 1350 年）两尊铜火铳，制作精细。

元景德镇窑
青白釉镂雕建筑枕

制瓷业。景德镇是元代新兴的制瓷中心。元政府设浮梁瓷局加以监督，令民窑承担御器制作，产品极精。新产品有青花瓷和釉里红，都由釉下彩瓷器。青花瓷色白花青，色彩清新，造型优美；釉里红用铜的氧化物作彩绘原料，花纹红色。元代龙泉窑范围扩大，产品全为青釉。钧窑多花釉、变色釉，窑址数量多、规模小。磁州窑产品多白釉黑花，品种多样，区域扩大，德化窑多白釉，象牙黄釉。元代的青白瓷生产沿袭宋代，产品造型端重雅致，胚体厚实，便于远途销运。

景德镇是元代制瓷业的中心，也是最大的官窑。这里有窑场三百余座，除生产青、白瓷之外，又发明了青花、釉里红、卵白釉、纯红釉等新产品，为明清彩绘瓷器打下良好的基础。现存的卵白釉印文独龙戏珠八宝太禧盘，有泰定三年（公元1326年）款，是瓷器的珍品。元代的民窑也很多，龙泉窑最为著名，能造大型器物，有蓖纹、划花、刻花、贴花、填花等纹饰。产品精致，行销国内外，近年在南朝鲜打捞的一艘沉船，其中载有元朝运往朝鲜的数万件瓷器，说明龙泉窑的产品已超过两宋。

元朝商业

由于农业、手工业和交通运输业的发展，统一的货币在全国流通，元代的商业也很活跃。但国内外贸易主要控制在政府和贵族、官僚、色目商人手里。

元时在全国范围内使用了纸币一钞。全国货币实现统一，促进了经济交流和商业也很发展；但元朝统治者通过滥发纸币弥补财政赤字，对社会经济的发展又起着阻碍作用。

政府对国内许多商品采取专利垄断政策，其形式各不相同，部分金、银、铜、铁、铁器、盐等，由政府直接经营；茶、铝、锡和部分盐等，由政府卖给商人经销；部分金、银、铁等矿业，以及酒、醋、农具、竹木等，由商人、手工业主经营，政府抽分。天历年间，盐课钞年收入达七百六十六万一千余锭，约为全国财政收入之半。民间贸易收商税，大体三十取一。

公元1277年（至元十四年）元开始在各口岸设立市舶司经营海外贸易。市舶司初建时，仍遁南宋旧制治事，其间奸弊丛生。市舶官吏贪赃枉法，直接影响了国家的市舶收入。至元二十八年（公元1291年），元朝政府着手制定市舶法则，公元1293年颁布“整治市舶勾当”。延祐元年（公元1314年），又颁布了新的市舶法则二十二条。市舶法则对市舶司的职责做了明确规定，包括办理船舶出入港的手续、舶货的检验收存、舶货的抽分和纳税等等。市舶司由行省管辖、每司设提举两人。征收舶税和市舶抽分时，往往有行省高级官员前往督察。元朝政府原定市舶抽分额为舶货精品十中取一，一般舶货十五取一，后在抽分之外又规定了三十取一的舶税。

公元1314年（延祐元年），元朝政府提高抽分额，精品十中取二，一般舶货十五取二。市舶抽分和征收舶税。成为元朝政府的重要财源之一。因市舶法则较严密，抽分征税苛刻，所以舶商“漏舶”（不按规定交纳抽分和舶税）之弊十分严重，元朝政府曾一度禁止民间市舶，改为官府出资造船，以期垄断海外贸易，所得利润官府取七成，经办人取三成。但这种方法未能奏效，只好取消市舶之禁。当时与中国建立海道贸易关系的国家和地区数以百计，进口的舶货种类繁多。经市舶司允许出口的商品则主要是纺织品、陶瓷器等日常生活用品。

贵族、官吏和寺院依靠他们的特权也从事经商活动。色目商人资金雄厚，善于经营，因而出现许多大商贾。他们发放的高利贷叫“斡脱钱”。一般民间商人多为小商小贩，他们处境艰难；少数汉族大商人，也有获得巨额利润的。盐商致富者尤多，时人有“人生不愿万户侯，但愿盐利淮西头；人生不愿万金宅，但愿盐商千料船”之说。

与中国有贸易关系的国家和地区很多，据汪大渊《岛夷志略》记载，中国商人到过的东南亚、南亚、西亚、东非各沿海国家和地区达九十七个之多。自庆元到高丽、日本的航线畅通，贸易规模很大。陆上与国外贸易也很发达，主要通过钦察汗国与克里米亚和欧洲各国建立联系，通过伊利汗国与阿拉伯国家建立联系。

中国出口的物资有生丝、花绢、缎绢、金锦、麻布、棉花等纺织品，青白花碗、花瓶、瓦盘、瓦罐等陶瓷器，金、银、铁器、漆盘、席、伞等日用品，水银、硫磺等矿产品，白芷、麝香等药材。从亚非各国进口的商品，以珍宝、珍珠、象牙、犀角、玳瑁、钻石、铜器、豆蔻、檀香、木材、漆器等为主。

国内外贸易的发展，促进了城市经济的繁荣。原有的一些大城市有所发展。内地出现了一批新兴工商业城市。边疆地区也有新兴的城镇。京师大都号称“人烟百万”，是全国的政治、经济、文化中心。马可·波罗说：“应知汗八里（即大都）城内外人户繁多。……郭中所居者，有各地来往之外国人，或来贡方物，或来售货宫中。……外国巨价异物及百物之输入此城者，世界诸城无能与比。……百物输入之众，有如川流之不息，仅丝一项，每日入城者计有千车，……此城为商业繁盛之城也。”大都城内有米市、铁市、皮毛市、马牛市、骆驼市、珠子市、沙剌（珊瑚）市等，商品丰富。

元朝钞法和斡脱钱

我国是世界上使用纸币最早的国家，如汉代白鹿皮币，唐代飞钱，宋代交子、会子、金之交钞、宝钞等。但只限局部地区流通，而真正在全国范围使用纸币，应始于元中统元年（公元 1260 年）。这一年发行统一钞票，代替其他旧币。元代纸币可以分两类：一类为交钞，又称丝钞，以丝为本位，以两为单位，丝钞二两值银一两；一类为中统元宝钞，简称中统宝钞或中统钞，以银为本位，中统钞通行最广，使用最久。至元二十四年（公元 1287 年）又发行至元宝钞，与中统钞并行流通。各路设交钞库为兑换机关，因政府有贮银作本金，准许民间用纸币兑换金银，初期印数有限，元政府对物价的皆理又很严格，故纸币信誉很高，甚至一直流通到今越南、泰国和南洋一带，波斯、印度、高丽、日本还竞相仿效，影响遍于世界。钞法的推行促进了商品交换的发展，稳定了经济，加强了政治统一的局面。武宗初年，至元钞的准备金已动用殆尽，国库空虚。公元 1309 年海山乃让尚书省议决变换钞法。9 月，正式下诏颁行至大银钞。至大银钞与至元钞并行，同时废中统钞。至大银钞钞面以银两为文，自二两至二厘分为十三等。废中统钞后限持中统钞者一百日内到银库换取至大银钞。一两准金一钱、银一两、至元钞五贯。后尚书省又铸大元通宝和至大元通宝两种。文曰至大通宝者，一文准银钞一厘；文曰大元通宝者，一准至大通宝十。变换钞法，以铜钱、纸钱并行，造成轻重失宜，物价飞涨，金涨十五倍左右。仁宗即位后不久，即废止至大银钞和铜钱，重行至元钞与中统钞。但在顺帝至正年间，由于滥发纸币而引起纸币贬值，物价腾贵，由物重钞轻演变到以物易物，到公元 1356 年以后，公私所积之钞都不能使用，人们视钞为废纸。钞法的败坏给人民带来了巨大的灾难。

钞法的推行使货币流通遍及全社会，也使借贷现象日前严重。于是，元统治者利用斡脱从事商业垄断和高利贷剥削。斡脱就是经营高利贷商业的官商。从成吉思汗起，大汗、诸王、公主、后妃都各自设置斡脱，提供本银，委托他们经营商业，发放高利贷，坐收巨利。斡脱放的高利贷称斡脱钱。斡脱钱的年利息为百分之百，第二年则本生息，息转本，年年倍增，十年本利达一千零二十四倍，称“羊羔儿利”。忽必烈统一全国后，政府对斡脱势力既保护又限制，他设立斡脱所保护高利贷，甚至政府公开拨给钞本，让某些政府机构经营取利，作为行政经费，促使高利贷资本不断扩大。高利贷的盛行，加速了元代城乡经济的崩溃。

元朝交通运输

沟通南北大运河的开凿、海远航线的开辟、遍布全国驿站的设置，使元代交通运输业有了新的发展。

元灭南末后，全国实现统一，南北经济交流进一步扩大。北方（主要是大都）所需之粮食及其他物资，多由江南供应，江南物资主要依靠运河北运。由于旧运河曲折绕道，水陆并用，劳民伤财，极其不便，故忽必烈时有重开运河，另辟海运之议。

元代大运河是逐步开凿完成的。其中镇江至杭州的江南运河，淮安经扬州至长江的扬州运河，大抵为隋代旧道；徐州至淮安段系借用黄河下游；自山东东平境内的汶水南下与黄河相连接的济州河，至元十八年（公元 1281 年）开凿；自山东临清经东昌（今山东聊城）到东平路须城县西南安山的会通河，二十年开凿；通州至临清段为御河（今卫河），大都至通州为通惠河，二十八年由郭守敬主持开凿。通惠河自昌平白浮村穿过大都，东至通州，与白河连结，全长一百六十余公里。开工时，忽必烈命令丞相以下的官吏，都要到现场去“亲操畚锸为之倡”。第二年完成。至此，从北京到杭州三千多里的航道完全打通，这对于沟通南北经济，起了积极的作用。

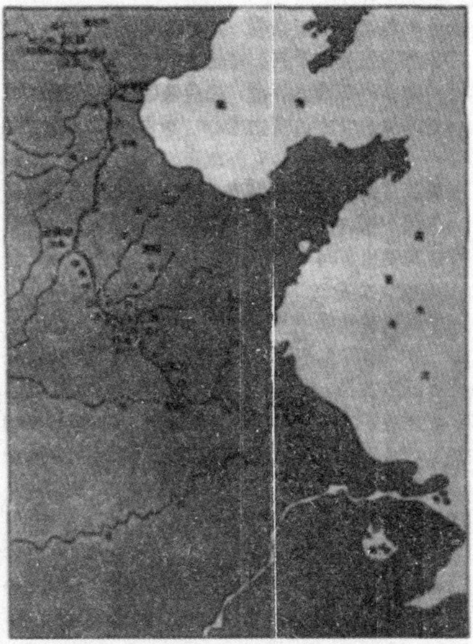

元代京杭大运河

早在春秋战国时，沿海邻近港口之间就已经开始了海上运粮，元代为了控制东南和解决漕运问题，又继续开辟利用海运航道。从至元十九年（公元 1282 年）开始元政府将大批的南粮北运，这年试运计四万六千石，以后逐年增加，一般为四五十万石到百万石，最高为三百五十余万石。为了保证安全，曾改过三次航线，最后确定由平江刘家港（今江苏太仓浏河镇）入海，经崇明三沙、江苏北边的黑水洋、在深水中越过东海（今黄海）、山东半岛的成山角，然后航入直沽（今天津），再经河道运达大都。又在途中危崖险滩上，白天竖旗缨；夜间挂大灯，这是我国航标信号运用的早期记录。因海运量大，又省费用，使许多商品亦兼靠海运，南北货运量大为增加，许多外国海船常到北方贸易。元代经常有庞大的船队航行于东海、黄海、渤海，这是海运史上的壮举。

运河的开凿和海运的开辟，对商业的发展，大都的供给和繁荣，南北交通的畅通，官民造船业的扩大，航海技术的提高，都起了重大作用。运河通航后，岁运米至大都五百万石以上，来自江淮、湖广、四川及海外的各种物资、旅客源源不断地运至大都；海运粮到元代中期时达二三百万石，天历二年（公元1329年）达三百五十二万二千一百六十三石。据估计，河漕比陆运的费用省十之三四，海运比陆运的费用省十之七八。

陆路交通也很发达。全国各地设有驿站一千五百多处，其中包括少数水站。在驿站服役的叫站户。与驿站相辅而行的有急递铺，每十里、十五里或二十里设一急递铺，其任务主要是传送朝廷、郡县的文书。驿道北至吉利吉思，东北至奴儿干，西南至乌思藏、大理，西通钦察、伊利二汗国，所谓“星罗棋布，脉络相通”。站、铺的设立，有利于国内交通的发展和国内各民族、各地区之间的经济、文化联系。

元朝宗教

佛教

元代最盛行的宗教是佛教，尤其是喇嘛教，忽必烈即位前，受戒于吐蕃喇嘛高僧八思巴，即位后即尊八思巴为国师（授以王印，任中原法主，统天下教门），喇嘛教高于其他佛教派别的地位由此确定。至元六年（公元1269年），八思巴制成蒙古新字，忽必烈升其号为帝师、大宝法王。此后遂成定制，元朝皇帝即位，必先受佛戒九次方正大宝。同时，帝师也成为元朝诸帝供奉的最高神职，被尊为皇天下之下，万人之上的神圣职位。元朝帝师共十二人，都来自吐蕃乌思藏萨斯迦派的高僧。其中多半出自八思巴一家，有的年仅十二岁便成为帝师。

帝师不仅在元廷享有极高的地位，而且作为全国佛教的最

《红衣罗汉图》

高领袖备受尊崇。忽必烈曾把乌思藏十三万户封给第一任帝师八思巴作为供养地，使之成为吐蕃地区最高统治者。帝师往来于京城吐蕃，百官均隆重迎送。其在世时接受大量的布施、赠赏，死后赐金亦十分优厚。帝师的子弟、门徒也大多受封官号，享有极大的特权。元朝做佛事之频繁、规模之大、用度之巨都是十分罕见的。

公元1331年（至顺二年）2月，元廷在全国设广教总管府十六所，统一管理佛事。总管府总管由僧人担任，其他官员由宣政院任命世俗官员担任。

这一时期寺院势力增大，出现了强占民田、私隐纳税户和巧夺民财等不法行为，为此，设此机构以对寺院进行限制。但由于该机构并未起到这些作用，所以到公元1334年又废除了，恢复了旧制。

全真教

全真教在金时成立，教主是王重阳。在金国时受到金统治者重视。

成吉思汗十四年（公元1219年），成吉思汗派使节邀请丘处机西行。丘处机率十八名弟子登程，经历十余国，行程万余里，于成吉思汗十六年（公元1221年）到雪山朝见了成吉思汗。成吉思汗问他长生之术，他对以“清心寡欲为要”，并劝告说：“欲一天下者，必在乎不嗜杀人。”希望成吉思汗以敬天爱民为本。这些劝告对减少蒙古军的杀戮多少起了作用。成吉思汗称他为“丘神仙”，下诏由他管领天下道众，赐以虎符，玺书，免除全真道论的赋役。成吉思汗十八年（公元1223年）丘处机在成吉思汗派出的千骑护送下从漠北回到燕京。丘处机在燕京住于大天长观（太极宫，后改名长春宫）。四方招揽徒众，人数大增。全真教达到极盛，成为北方最大的道教教派。

成吉思汗二十二年（公元1227年），丘处机去世。弟子尹志平、李志常、宋德方等嗣其教业。窝阔台汗九年（公元1237年），宋德方秉丘处机遗命整《道藏》，至乃马真皇后称制三年（公元1244年）完成，凡七千八百余卷，名之曰《玄都宝藏》。元世祖忽必烈在位期间，崇信佛教，全真道地位下降。蒙哥汗八年（公元1258年），元世祖忽必烈至元十八年（公元1281年），道教徒两次在大都与佛教徒辩论失败，被迫焚毁部分经书。但总的来说，元朝统治者对全真道还是保护的。元世祖曾封丘处长为长春演道主教真人，刘处玄为长生辅化明德真人，谭处端为长真云水蕴德真人，马钰为彤阳抱一天为真人，郝大通为广宁通玄太古真人，王处一为玉阳体玄广慈普度真君，孙不二为清静渊真玄虚顺化元君。元武宗时（公元1308年～公元1311年），又加封丘处机为长春全道神化明应真君，刘处玄为长生辅化宗玄明德真人，马钰为丹阳抱一无为普化真君，郝大通为广宁通玄太古真君，王处一为玉阳体玄广慈普度真君。直到明清时期，全真道仍然是北方势力强大的道教教派。

卧佛

佛道之争

公元 1287 年（至元二十四年）佛道之争越演越烈。

佛道之争，由来已久，曾有北魏太武帝实行灭佛政策及唐会昌法难。从蒙古国到元朝，先崇道而后佛行擅宠，其间经历了两次大辩论。

元太祖十七年（公元 1222 年）五月，应成吉思汗诏请，道教全真道北七真之一丘处机在大雪山（阿富汗兴都库什山）晋见成吉思汗，极得赏识。成吉思汗命丘处机掌管天下道门，并免除全真道士的差役、赋税，全真道获得了较佛教更为优越的地位，道佛之间由此发生了剧烈的冲突。道教势力发展十分迅速，也引起蒙古统治者的疑忌。宪法五年（公元 1255 年）和七年（公元 1257 年），分别在蒙哥大汗和忽必烈的主持下，进行了两次释道辩论，全真道士两次俱败，蒙哥汗诏令焚毁道藏伪经，并将一些全真道士削发为僧，道教的地位大大下降。

公元 1286 年 4 月，在大都发生了僧道双方聚众斗殴事件，当时正在上都的忽必烈下令杀了两个为头的道士，还有十名道士被割了耳鼻。5 月，忽必烈又命释门诸僧与道教数门掌教及翰林文臣，会集长春宫，考证道藏经真伪，结果除《道德经》外，其余道家经典悉数被判为伪经。忽必烈遂下令焚毁除《道德经》外其余道家诸经。虽此令并未得到完全执行，但道家势力受到了严重打击。

基督教

公元 1324 年（泰定元年）2 月，元廷宣谕“也里可温”各如教具戒。基督教齐思脱里派，传入中国以后称景教。九世纪中叶以后，由于唐朝政府的取缔，在内地趋于灭绝。但在西北的克烈、汪古等部中仍有大量教徒。元代早期文献沿用在中亚流行的波斯语，称齐思脱里教徒为“迭屑”，以后则常用“也里可温”指齐思脱里教及其教士、信徒等身份。元代汪古和唐兀人中，仍有大量的齐思脱里教徒，在内地也散居着一些教徒。

也里可温和佛教僧侣、道士一样，享有免除差役的优惠，可以建立其寺院和进行宗教活动。世祖至元二十六年（公元1289年）建立崇福司，掌也里可温教事务。分布在全国各地的也里可温掌教司，一度达到七十二所。

也里可温在正常条件下受到朝廷保护，但其在元代的地位，还不如佛教、道教显赫，在皇室成员中信徒很少。

公元1342年（至正二年）7月，教皇特使马黎诺里一行至上都。马黎诺里，意大利佛罗伦萨人，圣方济各会教士。

公元1336年（至元二年），妥欢帖睦尔（惠宗）遣法兰克人安德烈一行十六人出使欧洲。使团带了元帝及元天主教徒给教皇的信，报告原大都主教孟特·戈维诺已死八年，请求教皇派新主教来主持教务。教皇伯涅的克十二世钦侍元朝使者，并且派出马黎诺里等三十二人组成使团回访。使团历经钦察汗国、察合台汗国，抵达上郡，向妥欢帖睦尔呈上教皇信件，同时献骏马一匹。在朝文人赋诗作画，周明作《天马图》，揭傒斯作《天马赋》，誉之为天马，轰动一时。

过街塔

刻文——回鹘文

马黎诺里一行在大都留居约三年。然后由海道回国。至正十三年（公元1353年）抵阿维尼翁。后来，马黎诺里奉德皇卡尔四世之命令改修波希米亚编年史，将奉使元朝见闻编入此书中。

元曲

元杂剧

元曲包括散曲和杂剧，散曲是曲诗词发展而来的新诗体；杂剧是一种包括歌唱、音乐、舞蹈和完整故事情节的歌剧。通常所说的元曲，主要是指杂剧。

我国唐朝时已经有了戏剧的雏形。到了宋、金时期又有了进一步发展，宋代的一些城市里已经有许多民间艺人在戏院里进行说唱表演。宋金时期盛行一种“诸宫调”，就是有说有唱而以唱为主的演出形式，唱的部分是把多种宫调联缀在一起。元杂剧就是在这一基础上发展起来的。

元杂剧是一种综合的戏剧艺术，它把歌曲、宾白、舞蹈动作结合在一起，歌曲按一定的宫调和曲牌歌唱，是按规定韵律、富有抒情性的新诗体：宾白包括人物的对白、独白，一般都用当时通俗的口语；动作叫“科”，是角色的动作表情。曲词一般由一个演员（男的称“正末”，女的称“正旦”）演唱，通过它抒发主人公的心情，表现主人公的思想性格，描绘环境，渲染气氛。反面人物和次要人物靠简短的宾白来勾画面目。元杂剧大部分有四折（或加一楔子）演完一个完整的故事。元杂剧的作者大部分是下层知识分子，元朝前期没有科举制度，他们失去了通过科举当官的希望，就从事话本、诸宫调、杂剧的创作和演出。因为他们组织创作的专业团体叫“书会”，这些剧作家也就被称为“书会才人”。他们的社会地位较低，生活在城市市民中，作品中充满了生活气息，广大市民很欢迎。

元杂剧分前后两期。前期从十三世纪五十年代到十四世纪初，这是元杂剧的鼎盛时期。关汉卿、王实甫、白朴、马致远、康进之、高文秀等，都是这一时期的剧作家。当时杂剧的中心在大都，这些作家都是北方人，主要是大都人。十四世纪初以后，戏剧中心南移到杭州，后期的杂剧作家有郑光祖、乔吉、宫天挺、秦简夫等，他们大部分是南方或寄居于南方的作家。元代后期的杂剧不像前期那样富有现实主义，比较追求曲辞的典雅工巧。据记载，元代一共创作了杂剧五百多本，现在保存下来的有一百三十六本。见于记载的剧作家有二百多人，最著名的有关汉卿、马致远、王实甫，白朴、郑光祖等。关、马、郑、白被誉为“元曲四大家”。

白朴是隩州（今山西河曲附近）人。他的作品以爱情喜剧《墙头马上》最著名。它和《西厢记》相似，也是歌颂男女自由恋爱、反对封建礼教的。戏中的主人公李千金敢于和她公公作斗争，最后终于和裴少俊重做夫妇。

王实甫是大都人。《西厢记》是王实甫的代表作。这是一部描写张生和崔莺莺恋爱故事的戏剧。作者歌颂了这一对青年男女为争取婚姻自主，冲破封建礼教束缚的斗争精神，无情揭露和抨击了封建伦理道德的虚伪性。《西厢记》是一部对后世文学有很大影响的优秀作品。

郑光祖是元代后期的杂剧作家，平阳襄陵（今山西临汾西南）人。他的代表作是根据唐人传奇《离魂记》改编的《倩女离魂》。剧本通过张倩女灵魂出壳追随王文举进京的浪漫主义情节，突出地表现了在封建压抑下青年妇女追求爱情婚姻自由的强烈愿望。张倩女既有崔莺莺的温柔深情，又有李千金的勇敢坚定，是独具特色的。这个剧本和关汉卿的《拜月亭》、王实甫的《西厢记》、白朴的《墙头马上》一样，都是元代著名的爱情剧。

关汉卿（约公元120年～公元1300年）原籍山西解州（今山西运城西南），后流寓河北祁州（今河北安国）伍仁村。据传说曾任元太医院尹。还有传说他为金遗民。

他毕生致力于戏剧活动，常自编、自导、甚至亲自参加演出，具有丰富的舞台经检。他善于从民间汲取生活素材和语言词汇，因此，他的戏剧内容充实，艺术技巧运用娴熟。

创作杂剧六十余种，占金、元杂剧现知剧目十分之一强，后人列为元曲四大家之首。其剧作通过现实主义的艺术手法，广泛而又深入地反映出元朝统治下的极端黑暗混乱的历史环境和不合理的社会制度，塑造了众多典型性格的人物形象，反映了人民特别是妇女的苦难生活和思想感情。现存杂剧十三种，其中以《窦娥冤》影响最为广泛。

关汉卿像

他的《窦娥冤》等剧作在公元1838年以前就被译为英文传诵。现存的套曲有十余套，小令五十余首。其剧作对元杂剧和后来的戏曲的发展起了很大的作用。公元1958年被列为世界文化名人之一。他是大都创作剧本和唱本的团体——“玉京书会”里最优秀的元曲作家。由于长期与市民接触，对社会现状很了解，因而他的作品具有深刻的现实主义内容。他不仅是一位多才多艺的作家，而且会下棋、踢球、歌舞、演戏、吹弹、作诗，与艺人往来密切，常常与著名艺人朱帘秀一起粉墨登场。关汉卿共创作了六十三个杂剧，现在保存完全的只有十二个剧本。悲剧《窦娥冤》是他最出色的代表作。

《窦娥冤》的大体故事情节如下：

窦娥七岁时，因父亲窦天章欠高利贷无法偿还，被卖给蔡婆婆家做童养媳。不料窦娥的丈夫早死，她就守了寡。一天，蔡婆婆出外讨账，遇赛卢医谋财害命，张驴儿和他的父亲救了她。张氏父子乘机要强娶她婆媳俩。张驴儿见窦娥不愿，就想药死蔡婆婆来威胁她，不料竟药死了自己贪嘴的父亲。张驴儿却倒打一耙，恶人先告状，贿赂官府，判了窦娥死罪，窦娥死前发了三个毒誓，结果一一应验。数年后，其父做官返乡，窦娥冤魂告状，终于沉冤得雪。

《窦娥冤》书影

元杂剧有大量以水浒故事为题材的作品，至少有三十三部，流传下来的有十部，其思想内容大都是描写水浒英雄凌强扶弱、除暴安民的英勇事迹，歌颂他们主持正义，“替天行道”，为民除害的侠义行为。康进之的《李逵负荆》，以民间流传的故事为素材，描写了李逵主持正义、不怕官府和地痞流氓的英雄本质，又刻画了他粗中有细、知过必改的性格。故事情节曲折，有着自己显著的艺术特色。

元代的散曲包括小令和套数两种。小令主要是民间小典，也有的脱胎于诗词；套数是合一个宫调中的几个曲子而联成的。散曲形式简单，坦率真挚，清新活泼，为一般市民所喜爱。

散曲

散曲又叫“清曲”、“乐府”；包括小令、套曲两种主要形式。它是在金代的俗谣俚曲的基础上又吸收了蒙古等少数民族的乐曲，而形成的一种新型的韵文形式，是不同于传统诗词的一种独特的诗歌样式。开始主要流传在北方，故也称北曲。小令又被称为“叶儿”，原是民间流行的小调，与来词相似。小令是散曲中最早产生的体制，它比套曲更为盛行，作品数量约九倍于套曲。一般地说，小令是单只曲子，句调长短不齐，有一定的腔格，而几乎每句都要押韵。在本调（正字）之外还可以加衬字。在语言的表达上更加活泼生动，小令短小精悍，使用方便，在散曲中居主要地位。套曲也叫套数，是由两者以上同一宫调的曲子联缀而成的组曲，一般都有尾声，并且全套通押一韵。套曲篇幅较长，适于表现比较复杂的内容，既可抒情，亦可叙事。散曲中还有介于小令和套数之间的“带过曲”，通常是三个以下单只曲子的联合，但必须是同一宫调，同押一韵。此外，还有“重头小令”，是由问题、同调，内容相联，首尾句法相同的若干只小令联合而成。每首小令可不同韵，每首可以单独成立。总之，散曲比起传统诗词来，更加灵活多变，对仗形式也比较自由。但它是有严格格律的倚声填词的诗歌形式，所以在某些方面比诗词还有更多的限制。

白朴也是这时期很有才华的作家。他的散曲主要内容是咏唱男欢女爱、感叹人生无常和描写自然景色。他的作品笔调明朗，色彩鲜明，他的那首《天净沙：秋思》，描写秋天景色，别开生面，独具一格。白朴是金代遗民，又终生不仕于元，所以在他的散曲中还充满着对故国衰亡的感叹。在发泄不满、怨愤和牢骚的同时，不免有些消极悲观的情调。

关汉卿的散曲大部分内容是写离愁别恨、男女恋情。他特别长于对女性心理的刻画，形象鲜明、细致入微。其写景作品也很成功。他的代表作是《南吕一枝花：不伏老》，可以看作是他自己思想性格的自我表白，曲辞自然，比喻生动，是他散曲中的优秀篇章。但他创作散曲的成就远不如他的杂剧。

马致远在前期散曲作家中占有重要地位，现存辑本《东篱乐府》一卷就收有散曲作品一百二十多首，比关汉卿、白朴现有散曲的总和还要多。马致远是个政治上很不得意的文人，是“困煞中原一布衣”。他有“九天雕鹗之志”，但“恨无上天梯”，只落得退隐山林，寄情诗酒。他的《北双调夜行船：秋思》是一首充满愤激和厌世之情的套曲，最能反映他的思想感情和生活态度，是他“叹世”题材的代表作。他极端厌恶追名逐利的官场和市侩，骂他们如“蚁排兵”、“蜂酿蜜”、“蝇争血”，自己则满足于“竹篱茅舍”“东篱醉了也”，充满人生如梦及时行乐的消极情绪。这篇套曲，显示了作者在造句用字，声调和谐等方面的功力，苦心锤炼的功夫见于字里行间。马致远描写景物的代表作是《天净沙：秋思》小令：“枯藤老树昏鸦，小桥流水人家。古道西风瘦马，夕阳西下，断肠人在天涯”。以几种具有代表性的景物，写出秋天的萧瑟，形象地表现出天涯游子的凄凉情感。马致远的散曲具有独特的艺术风格，他的作品语言清新俊丽，写景抒情自然逼真，他的散曲艺术成就最高，是元代散曲大家。

散曲兴盛期是一千三百年以前的元代、大德四年后，散曲创作进入一个新的阶段。张可久、齐吉、贯云万、睢舜臣是主要作家。他们当中有些是专攻散曲的专业作家，写出了不少好的作品，在数量上多于前期。有的作品继承和发扬前期散曲通俗直白、生动活泼的特色，像睢舜臣的《高祖还乡》，张养浩的《潼关怀古》和刘时中的《上高监司》等都是些具有进步的思想内容和散发散曲独特艺术魅力的作品。但总的说来，这一时期的散曲作家，多事追求音律格调，撷取诗词名句，艺术上趋于雅正典丽，失去了散曲质朴的本色，也就逐渐丧失了它的生命力。到了元末，南戏音乐融入散曲，出现了南北合套的方式，为以南曲为主的明代散曲准备了条件。

元代书画

元代不设画院，画家逐渐摆脱了南宋画院的形式主义习气，而形成了挥洒淋漓、重视笔墨情趣、追求意境深远的写意派。且在画面上加题跋和篆刻印章，把书法、文学、治印和绘画艺术融为一体，开创了新境界。前期著名画家有赵孟频、钱选和高克恭等。赵孟频擅画山水、人马、花鸟，博采众长，自成一格，绘画、书法、篆刻兼施，书法用笔圆转流美，画面自然有神，开创了元代文人画的新风貌。钱选擅画山水、人物和花鸟蔬果，笔致柔劲，着色清丽，自成风格。高克恭是畏兀儿族人，晚年居钱塘，擅画林峦烟景和墨竹，笔墨苍润，造诣精绝。后期著名画家有黄公望、王蒙、倪瓒、吴镇等，他们经常深入山水之间，领略自然之胜，用水墨或浅绛描绘山水，凭意虚构，峰峦浑厚，气势雄秀，自然生动，形成了宋以后山水画的主流，称元画“四大家”。

“元季四大家”崛起于画坛。他们在赵孟𫖯的影响下，广泛吸收五代、北宋水墨山水画的成就，充分发挥笔墨于绘画中的效用，将笔墨趣味提到一个新的高度，突出了山水画的文学趣味，使诗、书、画有意识地融为一体，开创了一代新风，形成了以文人画为主流的绘画潮流。黄公望，江苏常熟人，过继于浙江永嘉黄氏。曾于做小吏时受累入狱，出后遂隐居不仕，皈依“全真教”，寄情山水之中。常携笔墨于虞山、三泖九峰、富春之间领略江南自然胜景，随时模记，代表作有《富春山居图》、《溪山雨意图》、《快雪时晴图》等，其作品有浅绛和水墨两种面貌，浅绛山水浑厚圆润，水墨山水则萧散苍秀，笔墨洒脱。王蒙，元末弃官归隐浙江杭县黄鹤山，善画山水，也工诗文书法，绘画主题多表现隐居生活，喜用枯笔、干皴，其山水画的突出特点是布局充实，结构复杂，层次繁密，笔法苍秀，而在笔墨工夫上又高出时辈。吴镇，浙江嘉兴人，为人“抗简孤洁”，隐居不仕，以卖卜卖画为生，一生贫困。绘画主题多为渔夫、古木、竹石之属，所作多幅《渔父图》，表现江南名山景色及离尘脱俗的意境。倪瓒，江苏无锡人，家为豪富，雄于资财，喜与名士往来，后遇元末动乱，便卖去田庐，散其家资，浪迹于五朔三泖之间。长于山水、竹石，多以水墨为之，又创“折带皴”。其画好作疏林坡岸、浅水遥岑之景，意

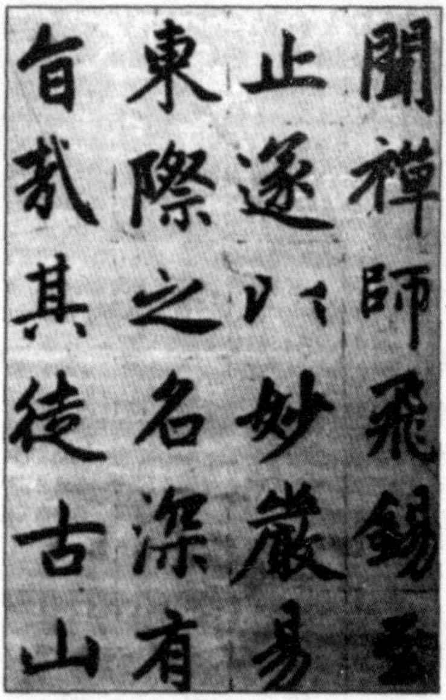

赵孟𫖯《妙严寺欢》

广胜寺明应王殿
壁画《后宫奉食》

境萧散简远，用笔似嫩实苍，给文人水墨山水画以新的发展，有传世名作《水竹居图》、《梧竹秀石图》等，论画主张超于形似之外，重在抒发“胸中逸气”。

元代文入画创作无论就笔法还是境界上，都成就卓著，并最终奠定了文人画在中国画史上的重要地位，极大影响了后代的绘画创作，使该派画风成为中国画的最典范样式。

永乐宫栱眼壁壁画童子

元代壁画在绘画史上占有重要地位。现存的敦煌、安西榆林窟（今万佛峡）的元壁画，西藏日喀则德钦颇章宫的壁画，山西永济县永乐宫壁画，山西洪洞县广胜寺的壁画，都是极其珍贵的文物。著名壁画家有朱玉、李时等。

元代著名书法家有赵孟頫、鲜于枢、虞集、杨维桢等人，他们都善正、行、草书，笔力有劲健之气。而赵孟頫的书法则属一代大师，称雄一时，篆、隶、楷、行、草、无不精湛，自成一家。他的书法落笔奔腾，运笔流美，骨力秀劲，笔势超绝，世称“赵体”。

元朝哲学

理学

理学，始创于北宋，经过程颢、程颐，到了南宋时得到进一步发展，成为我国封建社会中后期儒学的正宗。

理学在北方的广为传播始于赵复被俘到北方以后。赵复，字仁甫，德安（今湖北安陆）人，人称江汉先生，是朱熹门生谢梦先的学生。公元 1235 年窝阔台伐宋，攻破德安，赵复被俘，欲赴水自沉，被姚枢救出留在幕中，后随姚枢至燕京，受到忽必烈召见。忽必烈在燕京立太极书院，请赵复传授程朱理学，培养了一批理学家，姚枢、许衡、刘因等皆出其门。

许衡、刘因、吴澄是元代著名理学家。

许衡（公元 1209 年～公元 1281 年）河内（今河南泌阳）人。早年不满北方落第老儒所授的句读训解，转从姚枢、赵复处闻之理学大义。金朝灭亡的前一年，许衡为元平军所得，渐获忽必烈的赏识和重用，与刘秉忠、郝经、郭守敬等人一起，为元朝行汉法、重儒学、定官制、立朝义。和刘因、吴澄一起并列为元代三大理学家。许衡认为天理在心中，直求本心即得天理，强调本心自悟，自识本心，这些都是后来王阳明之学的类型，成为王学的先声。因此，从理学史的角度看，许衡之学是宋陆九渊之学无法直接过渡到王学。

许衡不是迂腐的理学家，他主张践履力行，他在蒙古族初主中原之时，主持国学，以儒教六艺教授蒙古弟子，对推动汉、蒙文化的融合交流及保存从当时来说比较先进的汉文化发挥了积极作用。

刘因在对理学的态度上，反对舍传注疏释而空论，强调反求六经，以六经为根本，在一定程度上看到了宋代理学凭空意断，自圆其说的疏漏与弊病。

许衡

吴澄一生从事教育，弟子众多，他虽授朱学，但却能调和朱、陆之学。他们的学说继承了朱熹“理在气先”的精华，并提出“以道事君”，即在理论上把推行道学与推行汉法相结合，并广加宣传。许衡曾向忽必烈讲授《资治通鉴》、《贞观政要》，并阐发了孔子“为君难”的思想，指出为君必须做到修德、用贤、爱民。由于理学有利于巩固封建统治，元朝统治者便大加称颂，如武宗加封孔子“大成至圣文宣王”，仁宗还下诏让许衡从祀孔子庙廷，又于公元 1313 年诏令考试和教学以朱熹章句集注为准，把朱熹的《四书集注》称为“圣经章句”。

邓牧的异端

邓牧，字牧心，钱塘（今浙江杭州）人，生于公元 1247 年（宋理宗淳祐七年），死于公元 1306 年（元成宗大德十年）。这是一个激烈的、动荡不安的朝代更替的时代。他出生在一个破落的地主知识分子家庭中，年幼时读过许多古书，对诸子百家钻研很深。元军占领杭州时，他才二十多岁。这时，他怀着南宋灭亡的悲愤心情，对民族压迫的强烈不满，决心放弃名利，拒不和元朝合作，周游名山大川，最后走上了隐居道观的消极道路。公元 1305 年（大德九年），元朝派当时的玄教大师吴全节到他隐居的余杭大涤山洞霄宫，请他出山做官，被他拒绝了。他自号“三教外人”，表示不崇儒，不信佛道，不做元朝的官吏，是一个有民族气节的思想家。

邓牧为我们留下的著作不多，只有一本薄薄的《伯牙琴》。他的诗文为什么定名为《伯牙琴》呢？这是因为他觉得这个时代趋炎附势的人太多，蒙古统治者严密的控制和残暴的压迫，逼得他只能用隐晦曲折的手法来发泄他的不满，而世上能理解他的心情的人太少了。他就借用春秋时伯牙善琴、钟子期知音的故事，取了《伯牙琴》作书名。他是非常希望也有一个“钟子期”懂得他的“琴声”的。

邓牧在《伯牙琴》里所写的《君道》、《吏道》和《二成——学柳河东》各篇；是他反对专制统治最杰出的篇章。

在《君道》篇中，邓牧对君主统治进行了无情的抨击。他说：古代立君，是为了人民。那时的皇帝生活极其俭朴，而且十分关心下民。帝位是没有人争着要做的。尧要让位于隐士许由，许由逃跑了；舜要让位给石户之农，而石户之农入海，一辈子不回来。皇位并不是至高无上的。不幸，秦始皇统一了天下，君主地位尊贵极了，横征暴敛，搜括天下的财富都供他挥霍。这样，他就像怀中揣着黄金的匹夫一样，唯恐人家来夺走它，死死地霸占着皇位不放。唉！老天生长百姓而立君，并不是为了君主呀！怎能以四海之广来供一人专用呢？皇帝并不是四睛两嘴、鳞头羽臂的怪物，是和普通常人一样的人。夺取人们的财富、霸占百姓的劳动果实是不可能“长治久安”的！

在《吏道》篇中，邓牧对那些助豺为虐的官吏进行了控诉。他说：协助皇帝治天下的官吏，由于古代君民之间相安无事，所以人数不多，而且都是选择有才能的贤者来担任的，但是有才能的贤者很不愿意当，当官的都是不得已的。后来那些当官的是怎样统治老百姓的呢？他们怕老百姓作乱，所以防范十分严密，大大小小的官吏布满了天下，取民愈广，害民愈深，有才能的贤者再也不肯当官了。于是天下愈来愈治不好了。现在的情况更加严重了，大官僚的食邑（从地方税收中分得的财富）达数万，小官吏虽无俸禄，但他们搜括资财，几十个农夫辛勤劳动也抵不上。唉！带了虎狼去放牧猪羊，猪羊怎能繁殖呢？夺取了百姓的财产，用尽了百姓的力气，百姓怎能不怒不怨呢？人民造反，就是因为剥夺了他们的生计才造成的。盗贼害民，能够随起随扑，不至于严重到不可收拾的地步，因为盗贼是有顾忌的；官吏是毫无顾忌，大白天也照样横行不法，百姓对他们敢怨而不敢言，敢怒而不敢杀。这种情景难道是在老天爷怂恿之下，让他们像虎豹蛇虺一样都成为民害吗？

在另外两则寓言中，邓牧用讽刺的笔调对当时的统治者进行了揭露。在《越人与狗》中，他把元朝统治者影射为狗，刻划了“狗”的贪婪与凶残；在《楚佞鬼》中，推写了冒充“神”的“楚鬼”和依附于他的“市井亡赖”对“齐民”的欺压，后来“天神”闻知，灭了“楚鬼”，震死“亡赖”，“齐民”得安。从以上几则短文中，我们可以清楚地看出，邓牧对人吃人的君主专制统治极其痛恨，对人民反抗表示同情。这些方面说明了他的思想具有一定的进步性和人民性，确实是与元朝统治者提倡的儒、佛、道三教格格不入的。

但是，在如何解决这种社会矛盾时，邓牧陷入了虚无缥缈、消极倒退的幻想之中去了。他竭力美化尧舜时代的那种原始社会，在《君道》、《吏道》中他勾画了这样的社会情景：那里君民相安无事，都是有才能的贤者来治理天下。在邓牧看来，即使得不到那些有才能的贤者，也宁可废官府，去官吏，让天下听其自然。这种社会理想当然是一种不可实现的空想。

这样，邓牧在如何解决社会矛盾方面，陷入了虚无缥缈，消极倒退的幻想之中。当他找不到出路时，就消极、悲观，只好躲进深山老林中默默死去。

尽管如此，邓牧看到了人民的悲惨遭遇，并对他们表示同情，也看到了封建制度的不合理，并对此进行了揭露，他的反专制统治的思想，是极其可贵的，他的民主思想代表了当时思想界的一定高度。

元朝史学

胡三省《资治通鉴注》

公元 1285 年（至元二十二年）12 月，胡三省积三十年之力完成史学著作《资治通鉴音注》。

胡三省从青年时代起就喜爱《资治通鉴》，游宦在外，书不离人，有异书异人必纠正之。自宋嘉熙元年（公元 1256 年）始，胡三省致力于《资治通鉴音注》的撰著。其间，因临安陷落，所作《资治通鉴音注》九十七卷、论十卷佚失，复购他本为注，隐居不仕，悉力为之。该书撰成共计二百九十四卷，凡纪事之本末，地名之同异，州县之建置离合，制度之尚革损益，悉疏其所以然。全书完稿后，又精心修改，直至临终前。胡三省作为宋元交际的史学大家，不仅治学态度十分严谨，而且在其注文中充满了民族气节和爱国热情。

蒙古秘史

公元1331年（至顺二年）4月，奎章阁学士院以纂修《经世大典》需要，请求拿出翰林国史院所藏《脱卜赤颜》一书，翰林学士承旨押不花、塔失海牙以该书内容“事关秘禁、非可令外人传写”为由严词拒绝请阅。

“脱卜赤颜”蒙文音译，意为《蒙古秘史》，主要记述成吉思汗和窝阔台汗时期的历史。原文是畏兀儿体蒙古文，作者佚名。成书于“鼠儿年”。原文本早已散佚，在罗藏丹津的蒙文史书《黄金史》中还能找到三分之二左右的佚文，但已经过改写，并非原貌。明初翰林译员出于教学蒙语的需要，用汉字音写了该书蒙语原文，逐词旁注汉译，并分段作了节译，题名《元朝秘史》，有十二卷、十五卷两种版本传世，使后人终于能够看到它的全部内容。

除了《脱卜赤颜》之外，元朝宫廷中还藏有其他珍贵的蒙文史书，这些书当然也被列为秘籍，元亡后均散佚。

大元通志

公元1323年（至治三年）2月，《大元通制》于本月成书，英宗下诏颁行。

拜住掌权后，看到元廷内法制不一，各司无所适从，就请奏依照旧法制定通行的法律。英宗批准后，他命枢密院副使完颜纳坦、集贤学士侍御史曹伯根据历朝律书，取其可用之例。2月，书成，共八十八卷，二千五百三十九条，分制诏、条格、断例、别类四部分。定名为《大元通制》。

《大元通制》全书后已不传，仅存有明实本《通制条格》残卷，包括户令、学令、选举、军防、仪制、衣服、禄令、仓库、厩牧、田令、赋役、开市、捕亡、赏令、医药。假宁、杂令、僧道、营缮等十九个篇目，二十二卷。元代条格，相当于唐、金两代法律体系中的令，是民事、行政、财政等方面的重要法规，《通制条格》是研究元朝典章制度和社会经济的珍贵史料。《大元通制》的推行，有助于拜住的改革。

脱脱修三史

至正三年（公元 1343 年）三月，顺帝诏修辽、金、宋三史，总裁官由中书右丞相脱脱担任。纂修人员中有汉族、畏兀儿、蒙古等民族的学者，开创了各族史家合作修史的先例。次年三月，《辽史》编成。《辽史》是记载以契丹族为主体而建立的辽朝的纪传体史书。它包含本纪三十卷，志三十二卷，表八卷，列传四十五卷，国语解一卷，共一百一十六卷。记事起于唐咸通十三年（公元 872 年）耶律阿保机出生，迄于辽天祚帝保大五年（公元 1125 年）辽亡，共二百五十三年史事。《辽史》的志和表最有特色。尤其是《营卫志》，是《辽史》的独创，它记述了辽朝以军事为主，以军事和游牧相结合的社会组织形式。但由于《辽史》成书仓促，因而史料未融通，重复缺谬之处甚多。同年（公元 1344 年）十一月，《金史》也编成，共一百三十五卷。后附《金国语解》一卷。《金史》史实较完备，再加上编写比较得体，是三史中修得最好的一部。《金史》在本纪前设世纪 1 卷，记述女真先祖被追封为帝号之事。本纪之后又设世纪补一卷。《金史》增交聘表，专记金与宋、西夏、高丽等国和战庆吊往来的情况。这些都是修正史的创新。至正五年（公元

1345年）十月，《宋史》编成，计四百九十六卷。因元代尚存了宋代历朝实录、国史及各种已成书的史料，还有许多典章制度、地理书籍、宋人笔记、文集等可资参考，使《宋史》保存的资料较为丰富，但也有粗疏芜杂之讥。书中有关北宋记载较详，南宋则较简略。

元朝科技

郭守敬的科学成就

郭守敬是元代最杰出的科学家。字若思，顺德邢台（今河北邢台）人，他以毕生精力从事天文学的研究和天文仪器的创制，为祖国古代天文学的发展作出了重大贡献，在其他学科上贡献也很大。

郭守敬

郭守敬（公元1231年～公元1316年），字若思，顺德邢台（今河北邢台）人，他以毕生精力从事天文学的研究和天文仪器的创制，为祖国古代天文科学的发展作出了重大贡献。他在其他学科上也有很多贡献。

郭守敬的祖父郭荣是一位精通数学和水利的学者，他的渊博知识对年轻的郭守敬影响很大。还在郭守敬年幼的时候，祖父就把他送到精通天文和地理的老朋友刘秉忠那里去学习了。刘秉忠和他的好友张文谦都是忽必烈非常赏识的学者。

由于郭守敬刻苦学习，十五、六岁时就能弄通石刻的“莲花漏图”（古代的计时器）的原理。到三十二岁时，他的科学知识更加丰富扎实了，张文谦就把他推荐给忽必烈。忽必烈高兴地让他跟随张文谦到西北去视察水利设施，修复古渠。公元1265年（至元二年），他被任命为都水少监，使他得以专心致志地从事水利建设事业。

登封观星台模型

早在元朝统一全国以前，刘秉忠就提出要修改历法，因为辽、金以来沿用的《大明历》使用已经很久了，误差越来越大。至元十三年（公元1276年），忽必烈决定设局改订历法，派许衡、王恂和郭守敬主持这项工作。在这期间，郭守敬通过实测，获得了许多天文方面的科学知识，他深深感到：要制订新历，必须创造精密的仪器。他说：“历之本在于测验，而测验之器莫先于仪表。今司天浑仪，宋皇祐（公元1049年～公元1054年）汴京所造，不与此处（指大都灵台，在今北京市建国门外泡子河北）天度相符。”于是决心自己动手创制和改造天文仪器。

针对浑仪的缺陷，郭守敬研制了新的仪器——简仪。元代以前所用的浑仪越来越复杂，用它测量天体的赤道坐标、黄道坐标和地平坐标的读数，每个系统都需要有专门的环圈，因此大大小小的互相圈套的环圈有八、九个之多，不但转动不便，

铜壶滴露

而且妨碍观测。郭守敬摒弃了把测量三种不同坐标的圈环集中在一起的作法，精简了黄道坐标，而把地平坐标和赤道坐标分为两个独立的装置——赤道装置和地平装置。这两个装置都很简单，使用方便，因此这种仪器叫“简仪”。简仪的设计很精密，刻度最小分格达到 1/36 度，观测结果也就准确多了。当时从尼泊尔来的工艺家阿尼哥，帮助郭守敬制造了简仪。可惜的是，郭守敬的这一重大发明创造，竟在清初被法国传教士纪理安（当时他在饮天监任职）当作废铜销毁了。明朝正德（公元 1506 年～公元 1521 年）年间仿制的一台简仪，也在八国联军侵略中国时被劫走。后来虽然归还了，但已残缺不全，现在保存在南京紫金山天文台。

郭守敬还研制了仰仪。仪器的外形很像一口朝天的大锅。在半球的大圆面上，刻着东、南、西、北和十二时辰；半球面上刻着与观测地纬度相应的横纵线网。大圆平面上用纵横相交的两根杆子架着一块小板，板上有小孔。太阳光线通过小孔，在球面上投下一个倒像，映在格网上，可以观测太阳的位置和日食。

郭守敬还改革了圭表、创制了景符等仪器。圭表是观测日中影长变化以决定春分、秋分、夏至、冬至时刻的天文仪器。古代的圭表一般高八尺，郭守敬把它加高到三十六尺，在表顶又添一根被抬起的横梁，横梁高出表顶四尺，这样表高就达到四十尺，比原来的表高增加五倍，因而影长也增加了五倍，使观测的误差也下降到原来的五分之一。现在河南省登封县元代观星台还完整地保存着当时的高表。景符是定影象的仪器。一块铜片，中有小孔，用一小架子斜撑在圭面上。太阳光经过横梁，再通过小孔，在圭面上形成了一个米粒大小的太阳像，像中间有一根细如丝线的横梁影子，非常清晰。景符与圭表是结合在一起使用的，用来观测太阳、星星和月亮。

有了这些先进的仪器，郭守敬利用当时疆域辽阔的有利条件，在全国范围内开展了实测活动。他在全国各地设立了二十七个测景所，最北的北海测景所，设在大约北纬 64°5 的地方，已在北极圈附近了。他亲临全国各地，收集科学资料。经过他们大规模的实测，他不仅测定了有关地方的纬度与夏至日昼夜长短，还测定了黄赤交角为 29°90′（合今 23°33′5.3″），这个数字虽然与当时的实际交角尚有极小的误差，但这是科学上的一大进步，因为从汉朝以来，一直认为黄赤交角是 24°。我国古代把黄道附近的星分为——二十八宿，每一宿用一个星为代表，称为“距星”。两距星间的距离称为“距度”。古代是用距星来测定星辰的，因此测定二十八宿距是非常重要的。经过郭守敬的实测后，距度的误差减少了，精密度提高了一倍。郭守敬还进行了恒星位置的测定工作，对那些还没有定名的星，也

简仪（模型）

作了观测，编制了星表。

至元十八年（公元 1281 年），经过郭守敬等人多年辛勤的劳动编制出来的《授时历》正式颁行了。郭守敬根据自己多次精密测定的冬至时刻的结果，并利用历史上从祖冲之《大明历》以来的六次冬至时刻的观测资料，证实了一年为 365.2425 日，它比地球绕太阳一周的实际时间只差 26 秒，《授时历》就是采用这一数据的。这在世界的历法史上还是第一次。现在国际上通行的格利哥里历也是采用这一数据的，但格利哥里历比《授时历》晚了整整 300 年。

至元十六年（公元 1279 年）春，在大都东城墙开始兴建大都天文台，郭守敬开始负责仪器与观察，后来担任第二任太史令。天文台分三层，高达七丈，第一层南屋是太史令等天文台负责人的办公室，向东的房间是负责推算的工作人员，向西的房间是负责观测和计时的工作人员，向北的房间为仪器储藏室。仅推算、测验、漏刻三局就有七十人。第二层按离、巽、坤、震、兑、坎、乾、艮八方分成八个房间，它们分别是观测准备室、图书资料室、天球仪和星图室、漏壶计时室、日月行星室、恒星室等专业工作室。最上一层为观测台，北有简仪，中有仰仪，西有主表，东有玲珑仪，南边是印历工作局、堂、神厨和算学的建筑。可见元大都天文台规模宏大，人员众多，组织严密，设备齐全。更令人注目的是该台拥有大量先进的观测仪器。据《元史》记载，有玲珑仪、简仪、浑天象、仰仪、高表、立运仪、证理仪、

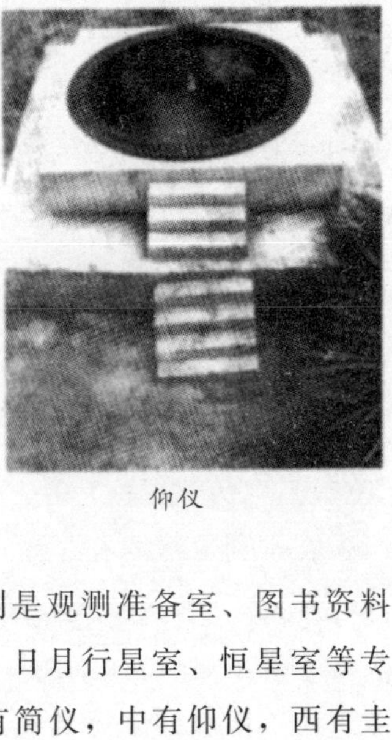

仰仪

景符，窥几、日月食仪、星晷定时仪、候极仪、悬正仪、正方案和座正仪等。其中由郭守敬设计制作的就多达十三件，其中最著名的是简仪，它是对传统浑仪进行重大革新，是一台用一高一低两个支架支撑起极轴的赤道仪，集测赤道坐标和地平坐标于一体，开创了在仪器上同时设置使用附加设备的先河，并一改传统的圆周分割法，将一圆周分成三千六百分，使刻度与读数更加精确和方便。该仪也是首次采用滚柱轴承的机械。仰仪可从仪器上读出太阳的去极度、时角和地方真太阳时，特别是发生日食时，日食全过程以及各阶段的位置和时刻，均可连续记录下来。仰仪解决了以前观测太阳时观测者光芒刺眼的苦恼，使仰视观测变为俯视观测，这些仪器在当时世界上是十分先进的。

方日晷

《授时历》是我国古代的一部优秀的新历法。根据新历法推算出的节气，比较准确，因而对农业生产帮助很大。

郭守敬在天文、数学方面的科学著作很多，有《推步》、《立成》、《历议拟稿》等，可惜现在都已失传了。

在水利工程技术方面，郭守敬也有光辉的成就。公元1291年（至元二十八年）春，他担任都水监长官，负责整修已经荒废的大都至通州的运粮河。他经过实地考察后，决定引白浮泉水解决了河水的来源问题，用了一年多时间疏通了这条运河，定名为通惠河。为了解决由于河床倾斜坡度造成运行的困难，他在这条运河上每隔十里设置一个闸门，在距离闸门半公里的地方又置斗门，使船只得以顺利通过。这样，从杭州到大都的大运河完全通航了，过去每年从南方运来的粮食到通州后就要陆运，驴马死伤不可胜数，现在通行无阻了。

郭守敬在科学技术上取得的成就是多方面的，他一生坚持不懈，亲自从事科学实验，并善于吸取前人的科研成果，因而取得了更大的成就。一直到八十六岁那年他去世时为止，他始终没有中断自己的工作，真可以说把毕生精力献给了科学事业。

王祯和农书

元代农学著作十分丰富，流传至今有名的农书，这就是官方司农司所编的《农桑辑要》、王祯《农书》和鲁明善的《农桑衣食撮要》。这里我们讲的是王祯和他的《农书》。

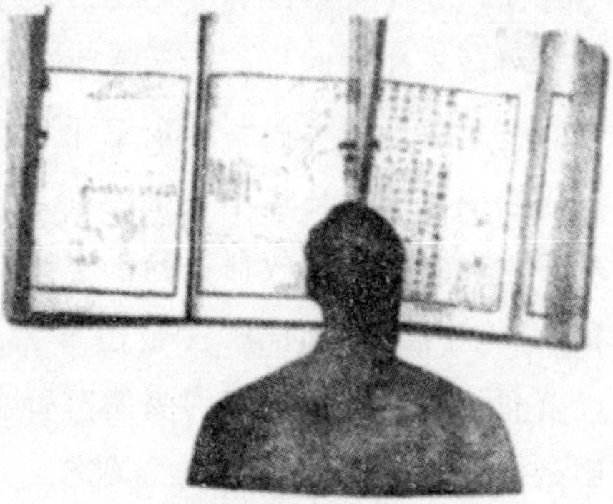

王祯及其《农书》

王祯是山东东平人，由于他的生平活动史料记载很少，我们只知道他曾做过两任县官：公元 1295 年（元贞元年）任安徽旌（jīng）德县的县尹，在职六年；公元 1300 年（大德四年）任江西永丰县尹。据《旌德县志》记载，他当县官时，生活比较俭朴，办学校、修桥梁、施医药，认真劝农，做了不少好事，受到当地人民的称赞，是封建时代的“清官”。

元朝的大统一，为全国各地经济文化的交流创造了条件。山于各族人民辛勤劳动，农业生产的恢复和发展是很迅速的。在这样情况下，人们渴望有一部总结和指导全国农业生产技术经验的农书，这是很自然的。有这样的社会需要，才促使王祯下工夫去研究农业技术，总结农业生产经验，写出这部《农书》

来。他认为：农业是天下的大本。一夫不耕，就要挨饥；一女不织，就要受寒。作为一个地方官，应该熟悉农业生产知识，否则就不能担负起劝导农桑的职责。为了写好《农书》，他平常很注意农事，仔细观察，用心考察和积累农业知识，大约在永丰任职二年后，完成了该书的初稿，后来又花了十年时间进行修改补充，到了公元1313年（皇庆二年）时才正式付印出版。

《农书》的内容主要分三大部分：第一部分是《农桑通诀》，第二部分是《百谷谱》，第三部分是《农器图谱》。《农桑通诀》可以说是农业总论。内容包括农业史、授时、地利、耕垦、耙劳、播种、锄治、粪壤、灌溉、收获，以及植树、畜牧、蚕桑等方面，是非常系统和完整的。关于"授时"和"地利"：王祯很重视"不违农时"，认为播种一定要适合农时，不能错过时机；他对各地的气候、地形、土壤等自然条件作了比较，认为农作物应该根据环境不同而有所不同，提出了选择适宜于环境的作物和工具以及改造自然的主张。关于"播种"：他认为选种很重要，并介绍和推广占城稻等优良品种；他还主张实行多种经营和作物轮种。关于"粪壤"：他列举了大量肥源，并认为施肥是提高地力、改造土壤的关键。关于"灌溉"：他的基本思想是"天时不如地利，地利不如人事。"就是说：依靠兴修水利等人事努力，可以克服天灾而夺得农业丰收，因此他特别强调灌溉的作用，具体介绍了引水的方法、南方围田和圩田的建设。

王祯在这里还主张推广北方的"锄社"来解决农忙时劳动力不足的问题。

《百谷谱》分别叙述各种农作物、菜蔬、瓜果、竹木等种植培养法。这一部分主要是介绍农作物品种，其中最值得我们注意的是棉花的推广。元朝时棉花主要产于南方，后来北方和西北也渐渐种植，但当时有人以"风土不宜"为理由，认为北方不宜种植。王祯觉得这种看法是错误的，他说：种不好棉花是因为种植不认真、不得法造成的，于是他在书中详细介绍了种植的方法，并断言：种植棉花，南北方都可以获利。

《农器图谱》是《农书》中最有创造性的部分。书中绘出各种农具，农业机械图和田制、农舍、灌溉工程、运输工具、纺织机具图共三百零六幅，每幅图后面都有一段文字说明，描写这种工具的构造、来源、演变和用法。其中许多是当时最新式的农具和器具。如出现了用四牛拉的犁，节省施肥工序的下粪耧耘式耧车，割荞麦用的推镰和灌溉用的牛转翻车、高转筒车等。

王祯发明的转轮排字盘

我国古代历来有编写农书的优良传统，但是还没有一部书能从全国范围的角度来总结农业生产经验。后魏贾思勰的《齐民要术》虽然很有价值，但还仅仅限于黄河中下游一带；南宋陈旉的《农书》也只限于江浙一带；元初的《农桑Z辑要》主要也是北方地区的。而且这些农书离开王祯那个时候已经有几十年或者几百年了。王祯这部书兼论南北，对南北农业技术和农具的异同、功能，进行分析比较，这在中国农书编写史上还是第一部。

王祯不仅是一位杰出的农学家，也是一位杰出的机械设计师和印刷技术革新家。东汉杜诗制造的利用水力鼓风来炼铁的

“水排”，到元朝时已经失传，王祯经多方搜访，加以研究、改进，把古人用皮囊鼓风改用木扇（简单的风箱）鼓风，对提高冶炼技术有重大意义。王祯还创制了木活字，并且成功地把它用来印刷。他在旌德县撰写《农书》时，估计到字数很多，雕版有困难，就亲自指导木工花了两年多时间，制造了三万多个木活字，并试印了他自己编写的《旌德县志》，全书有六万多字，只用了一个多月时间就印了一百部，效果很好。王祯把这次造木活字的方法与排版、印刷经验，写成《造活字印书法》附在《农书》后面。他发明的“转轮排字盘”，工人只要坐着推动转盘，就可以拣字，大大节省了印刷工人的劳动强度。

《农桑辑要》书影

当然，由于时代的局限，王祯书中难免一些迷信色彩。但是，王祯的《农书》是通过对劳动人民的接触，通过自己的实践而写出来的。书中流露出对劳动人民的同情和朴素的唯物主义思想。他说：“种田太艰难了！那些高高在上的统治者们却不知道衣食从何处来的，只知道享受，不知道农夫农妇的苦，反而对他们拼命地剥削和压榨！”书中还多次强调了“人定胜天”的思想，《农书》始终是一部杰出的科学著作，王祯也不愧为中国古代杰出的农学家、科学家。

藏書

珍藏版

中國通史

赵文博 主编

陆

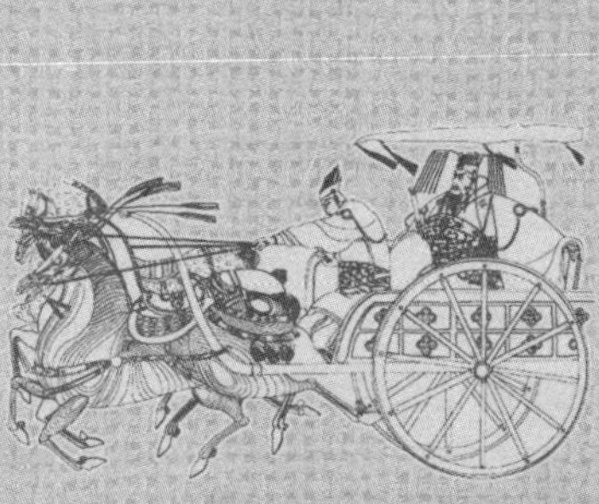

辽海出版社

清代文字狱

封建社会中，因文字著述被罗织罪名、酿成冤案的，称为文字狱。从明代开始，封建中央集权得到加强，文字狱的发生，也走向高潮。清朝取代明朝后，由于满洲贵族以少数民族统治中国，社会矛盾十分尖锐，为了镇压下层人民和知识分子中的反抗，清政府制造的文字狱也达到了顶点。粗略计算，从清顺治二年（1645年）僧人函可作私史被流徒案到清乾隆五十三年（1788年）生员贺国盛上“笃国策”案，共发生有案可查的大小文字狱110余次，因之被杀、被流放者达二百余人之多。这些文字狱，按其性质，大致可分为三个阶段。

从顺治初年到康熙末年，为第一阶段。这个时期的文字狱，主要表现在部分明朝遗民、下层士人对清满洲贵族“以夷凌华”不满，从而在撰述中仍用明朝纪年，甚至诋毁清政权，遭致镇压的几件大案。顺治二年，僧人函可在自撰诗文野史中流露出留恋明朝、攻击清朝的思绪，被人举报，清政权将函可流放东北，禁止刊行其诗作。顺治五年（1648年），安徽人黄毓祺因写反清诗被杀，江南士人钱谦益等也受株连。同年文人毛重倬刊刻《制艺序》不写顺治年号，只用干支纪年，毛等四人被杀。顺治八年（1651年）大学士刚林、祁充格因任实录总裁，撰写清太祖实录，被指控为替已死的摄政王多尔衮隐匿罪行，二人俱斩。顺治十八年（1661年），浙江发生了清初最大的文字狱案——庄廷鑨《明史》案。浙江富户庄廷鑨购到明末文士朱国桢所撰《明史》稿本，窃为己作，并补写了崇祯朝和南明史事。其中奉南明弘光、隆武、永历政权为政朔，又有指斥清朝词句。

被人告发，酿成大狱。已死的庄廷𬄲被剖棺戮尸，其弟庄廷钺等72人被杀，株连下狱的族人邻里达上千人。被害人中还包括江南名士查继佐、潘柽章、陆圻等多人。此案至康熙二年（1663年）才结案。康熙四年（1665年）江南人邹流骑因刊刻其师吴伟业著《鹿樵纪闻》被下狱，焚书。同年山东即墨文士黄培诗集中有怀恋旧明、攻击清朝诗句，黄被处死，200余人下狱，江南名士顾炎武也被株连。康熙六年（1667年）江南民人沈天甫作诗，伪托名士黄尊素等170人名，被指控谋逆处死。康熙二十一年（1682年）湖广术士朱方旦刊刻《中质秘书》，被指控"背叛孔孟"，朱及弟子三人处斩，与其来往密切的清宗室将军、湖广巡抚革职囚禁。康熙五十年（1711年）的戴名世《南山集》案，是当时另一桩大狱。翰林院编修戴名世在明史馆修明史时，把明朝遗老记述收入己作《南山集》，根据安徽桐城文士方孝标《滇黔纪闻》议论南明史事，认为顺治朝不属正统。被御史赵申乔告发，戴名世处斩，江南名士方苞、王源等大族三百余人或下狱，或流放东北为奴。

雍正朝为文字狱的第二阶段。这一时期，由于康熙多位皇子之间发生夺位之事，雍正帝继位后便以文字狱形式剪除敌对势力，许多文字狱表现了统治阶级内部矛盾。雍正三年（1725年）权重一时的大将军年羹尧引起雍正帝猜忌，抓住他奏折中"夕惕朝乾"四字写错，定下数十条大罪将其处死抄家。年氏朋党官员五十余人受株连革职。其中年羹尧门下幕僚汪景祺在所作《西征随笔》中为功臣受贬鸣不平，并有影射攻击雍正帝、诽谤满族的词句。汪景祺被处斩，亲族流放东北为奴。次年，年羹尧的另一幕僚钱名世因曾写诗吹捧年氏，雍正帝将其圈禁，特制"名教罪人"匾额加以羞辱。同年，内阁学士查嗣庭在任江西主考官时，雍正帝以其出试题荒谬，有"百室盈止，妇子宁止”，是把雍正“正”字拆成“一止”；又有依附权臣隆科多，对康熙时《南山集》文字狱不满等罪状，将查氏处死，家人流放。雍正五年（1727 年）太常寺卿邹汝鲁进献《河清颂》，被指控有“悖逆”、“讥讪”之语，遭革职发配。雍正六年（1728 年）发生了雍正朝最大的文字狱曾静、张熙投书案。湖南文人曾静令其弟子张熙投书川陕总督岳钟琪，称他是岳飞后人，劝其起兵反清，并列举雍正有弑父篡位，杀兄屠弟的罪行。岳立即向朝廷举报，将曾、张拘捕。在审理中，查出曾静的思想是读了清初学者吕留良著作后产生的，宫中记述来自被镇压的雍正诸弟胤禩、胤禟手下太监。于是雍正把吕留良的子孙及胤禩、胤禟余党尽行下狱。并发布多次谕旨，批驳对他的攻击，汇成《大义觉迷录》一书，广为刊刻发布。已死的吕留良及其子吕葆中开棺戮尸，其余儿子、弟子多人处死，族人大批流放为奴。曾静、张熙作为自新之人释放，但乾隆时又被处死。雍正七年（1629 年），生员陆生柟作《通鉴论》，被指责“妄言议政”和死。同年御史谢济世因注《大学》，定为“毁谤程朱圣人”，革职充当苦差。

清代文字狱的高潮是在第三阶段，即乾隆朝。这一时期清统治进入相对稳定阶段，民族矛盾、内部矛盾相对缓和，而阶级矛盾、社会矛盾日益尖锐。清朝廷一方面实行文化专制的高压手段，另一方面利用修书来羁縻上层知识分子。文字狱表现的特点是案例繁多，大案却少；无辜受害者多，有意攻击者少。乾隆十六年（1751 年）的一件震动全国的文字狱——伪孙嘉淦奏稿案可算作一个例子。乾隆四年（1739 年），京师曾有传闻，指斥朝中权要张廷玉、鄂尔泰等。至乾隆十六年云南忽然发现一份流传于商人中的工部尚书孙嘉淦奏折底稿，稿中指责乾隆帝犯有“五不解、十大过”，如征金川恣意用兵，南巡费用无度等。乾隆帝下令在全国追查，发现传抄者极广，遍及十几个省内，上至提督，下至贩夫走卒，近至京师官学，远至土司边寨。追查中被株连下狱者达数千人，仍不知首作者下落。两年多以后，只得指控江西千总卢鲁生、刘时达父子为罪魁，处死结案。其后，在乾隆十七年（1752 年）盛京礼部侍郎世臣“诗稿怨望”案；乾隆十八年（1753 年）刘震宇“治平新策案”，丁文彬“逆词”案，王尽性刊刻歌词案；乾隆十九年（1754 年）福建生员李冠春献策案；乾隆二十年（1755 年）扬淮震投献霹雳神策案。乾隆二十年胡中藻《坚磨生诗钞》案是一件影响较大的案件。乾隆前期，雍正帝老臣鄂尔泰、张廷玉两人势力极大，党附颇多，互相攻击排挤，乾隆帝抓住鄂门下弟子胡中藻诗中一些字句捕风捉影，对两派都进行了打击。同年，还有程蛰《秋水诗抄》案，刘裕后《大江谤书》案。乾隆二十年至四十年（1755——1775 年），发案极多，先后有：朱思藻吊时案，段昌绪藏吴三桂檄文案，王自成、张世禄“古圣遗书”案，彭家屏藏明末野史案，陈安光著书案，章知邺献诗册案，刘德照选逆词案，朱尚柄藏逆书案，沈大章刊悖逆书案，张照《白云亭诗卷》案，林志功捏造诸葛碑文案，阎大镛《俣俣集》案，余腾蛟诗词讥讪案，李雍和潜递呈词案，王寂元投词案，蔡显《闲鱼闲闲录》案，齐召南《天台山游记》案，王道定《汗漫游草》案，徐鼎试卷案，李绂诗文案，李浩《孔明碑记图》案，李超海《武生立品集》案，安能敬试卷诗案，钱谦益《初学集》案，陶汝鼐违悖诗集案，冯王孙《五经简咏》案等。乾隆四十年以后，随着《四库全书》的修撰，全国掀起了一场查抄禁书浪潮，发生的文字狱多与此有关。先后有：秦功德刊刻劝化台案，陆显仁《格物广义》案，沈德潜选辑《国朝诗别裁集》案，王锡候删改《康熙字典》案，沈大绶《硕果录》、《介寿辞》案，黄廷桂刻奏疏案，智天豹编造本朝万年书案，石卓槐《芥圃诗抄》案，祝廷铮《续三字经》案，李磷《虬峰集》案，王仲儒《西斋集》版本案，艾家鉴试卷条陈案，刘遴宗谱案，魏塾妄批《徒戎论》案，戴移孝《碧落后人诗集》案，梁三川《奇冤录》案，叶廷推《海澄县志》案，游僧昙亮经卷案，吴碧峰《孝经对问》案，高治清《沧浪乡志》案，屈大均诗文案，卓长龄《忆鸣诗集》案，回民海富润回字经案，吴文世《云世草》案，戴如煌《秋鹤近草》案，冯起炎注《易》、《诗》案，韦玉振刊刻行述案，黎大本《孝资集》案，陶煊《同朝诗的》案，段宝山《刍荛之献》案，徐述夔《一柱楼诗稿》案，王尔扬墓志案，袁继咸《六柳堂集》，龙凤祥《麝香山印存》案等。乾隆朝最后一案是乾隆五十三年（1788 年）生员贺国盛上《笃国策》案。这类案例是前朝较少的。一些下层知识分子或是出于恃才自傲，或是出于谄媚当朝，或是迂腐透顶，往往要上书荐言，犯了干政的大禁。如乾隆四十四年（1779 年），民人智天豹向巡幸中的乾隆帝进献本朝万年书，本想博取欢心，谁知他为乾隆朝预定的年数比康熙朝少，引起乾隆的不快，遭致杀身之祸。在著书立说中，除徐述夔《一柱楼诗稿》有较明显的反清意向外，其余多是牵强附会、捕风捉影的冤案。

乾隆朝以后，由于川陕五省白莲教大起义给统治者以沉重打击，使其无暇顾及文化方面的控制，文字狱急剧减少，惩治也渐渐宽松。如嘉庆四年（1799 年）江苏监生周砎上条陈指责朝政，达几十款之多，嘉庆帝并未如乾隆例予以严惩，仅令送回原籍管束了事。

清朝文字狱是封建社会的必然产物，对中国文化思想的发展产生了巨大的阻碍作用。

屈大均诗文案

屈大均，字翁山，广东番禺人。屈是岭南名士，诗、文俱超绝一时，著有《广东新语》、《翁山易外》、《有明四朝成仁录》、《翁山文外》、《翁山诗外》等。清兵南下广州时，屈大均遁迹为僧，名其所为“死庵”，后奔走大江南北，结交志士、留意山川险阻，企图恢复，康熙35年逝世。

屈大均为富有民族气节的志士，所作诗文当然有不少“不平之气”。但屈大均生前，并未因文字而坐罪，屈氏的文字之罪，却由他的子孙后代来承担，由此可见，清朝文网在雍正、乾隆时期的大发展。

雍正中期，曾静、吕留良案发，文字狱进入了新的阶段，文网日密，雍正编纂了《大义觉迷录》，加强对人民思想的钳制，尤其着重打击反清的思想。

《大义觉迷录》层层下发，引起了新的文字狱。此时，屈大均的儿子屈明洪正任惠来县学教谕，奉到颁赐的《大义觉迷录》，宣读的时候，读到张熙供认屈温山集议论与逆书相合，屈温山不就是父亲屈翁山吗？与吕留良的逆书相合，这还得了！屈明洪深知其中利害，不寒而栗，赶紧到广州省布政司缴印，又到广州府投监，说是：“屈翁山向犯滔天大罪，著作悖逆文词，只因父死时年幼无知，存留诗文及刊版在家，未曾察阅。”读了《大义觉迷录》，回去检查父亲诗文，果然“乱纪悖常”，因此亲自呈首投监，请正典刑。

署广东巡抚傅泰，赶紧向雍正报告，说是在书坊购得屈大均《翁山文外》、《翁山诗外》等，查屈大均书文中“多悖逆之词，隐藏抑郁不平之气，又将前朝称呼之处，俱空抬一字，以示臣民之礼”。屈大均等是：“狗彘居心”，“秉彝尽丧”，“既不知天高地厚之深恩，妄逞狼嗥犬吠之狂词，诋毁圣朝，盗窃微名，此实复载所不容者。”傅泰说他正与布政使王士陵商量拘审屈大均之子屈明洪，屈却来自首了。遂令布政司、按察使严加究审。

不久傅泰审结上报，刑部议请照大逆律将屈大均戮尸枭示，亲属照例缘坐。雍正对傅泰的所为和刑部的议决却大不以为然，降旨说律有自首减等之条，屈明洪自行举首，可减等论处。刑部得此旨意，将屈大均免其锉尸枭示，子孙亲属流放福建，诗文毁禁。

又过了四十四年，到了乾隆三十九年（1774 年），在严查违碍书籍中，广东南海、番禺两县又查出屈氏后人屈稔浈、屈昭泗收藏其族祖屈大均诗文。两广总督李侍尧，广东巡抚德保阅罢屈著，觉得事情非同小可，“屈大均之肆其狂吠，罪恶昭彰，稍有人心，皆知切齿，非寻常字句违碍可比”，应比照大逆子孙及同居之人皆斩律，将屈大均的子孙及收藏逆书的屈稔浈、屈昭泗等斩立决。

屈大均虽然罪恶昭彰，但已死多年，收藏其书的屈稔浈、屈昭泗或粗识几字，或大字不识，不过祖上留下，亦不知什么玩意，见官差到来，查出犯禁的东西，早已魂飞魄散。乾隆动了恻隐之心，止烧毁屈大均诗文，屈稔浈、屈昭泗俱不必治罪。屈氏族人这才出尽冷汗，谢恩而去。

一日，乾隆翻阅屈大均诗文，见文中有“雨花台葬衣冠”之句，不觉大怒，“此等悖逆遗秽，可任其留存？”立即传谕两江总督高晋，确访其处，速为刨毁，毋使逆迹久留。

高晋奉旨，即派江宁藩司闵鹗元密加访问，未得确处，接着又亲赴雨花台，也没有查到，大骂屈大均生前忽而为儒忽而为道忽而还俗，行踪诡秘，居心叵测，死后辄虚营狡窟，冀附游魂，实属天理难容，神人共愤。乾隆见此也只好降旨："既无其事，可以已耳。"

积极的还有广东巡抚德保，他查到屈大均坟在番禺县属之思贤村地方，雍正时原应锉尸枭示，但雍正开恩免了，他主张"仍锉其尸，以快人心，以申国法。"

乾隆此时，已经无兴趣，他懒洋洋地批道：

"亦不必矣。"

"清风"和"明月"

"清风虽细难吹我，明月何尝不照人"。这是吕留良写的诗句。"清风"指的是清朝，"明月"指的是明朝，从这里可以看出作者抵制清朝、眷恋故国的心情。由于汉字的特殊结构，使它具有丰富多彩、精炼巧妙的特点，文人士子往往利用这些特点，借喻讥讽，抒发感情，表现出许多聪明机智。在文字狱案件中，有不少是因为借喻影射而惹祸的，其中有的确是含有反满抗清的思想，有的则未必。

《一柱楼诗》的作者徐述夔是一个举人，因为在文章中写了讽刺朝廷的诗句，被取消了会试的资格，这对于追求功名的人，是一个沉重的打击。从此以后，他牢骚满腹，平时吟诗总是流露出怨恨的情绪。他就老鼠咬坏衣服的事，写了这样的诗句："毁我衣冠真恨事，捣除巢穴在明朝"。实际上这里写的是他自己的心情：不让他参加会试，断送了功名和前程，这当然是"恨事"；至于说要在"明朝""捣除"清朝的"巢穴"，那不过是自我安慰而已，他既没有这样的力量，也没有这样的胆量。他还写了几首诗，其中"大明天子重相见，且把壶儿搁半边"，"明朝期振翮，一举去清都"一类的句子，都包含着反清复明的思想——"大明"、"明朝"显然是指明王朝，"壶儿"（胡儿）、

“清都”暗指着清朝。这个作者在文字上花费心思，讽刺清廷。这些诗写后好几年，都没有发生问题。可是到了乾隆四十三年(1778年)，因为田产纠纷，这些诗却被人当作打官司的本钱，从而造成了大狱。

徐家曾经向蔡某买过几顷土地，后来蔡家要想以较低的价钱赎回。那时徐述夔已经死了，他的孙子不让蔡家占便宜，双方打起官司来了，蔡某企图把徐家置于死地，向地方官员告发说，徐家所刻的《一柱楼诗》，有许多毁谤清朝的诗句。江宁(今南京）布政使陶易叫他的幕客陆琰处理这个案件。陆琰看出蔡某是挟嫌诬控，给他批了“与尔何干”四个字。这一下事情可就闹大了。清朝当局以为地方官员有意包庇大逆不道的罪犯，下令严加查究。徐述夔和他的儿子徐怀祖都被剖棺剉尸。他的两个孙子、两个校对诗集的人、办案的陶易和陆琰，算是“从宽”发落，判以“斩监候，秋后处决”，也就是判处斩刑，先加监禁缓期执行。

为徐述夔写传的是前礼部尚书沈德潜，他是一个著名的诗人，死的时候，乾隆皇帝还“御赐”了祭葬碑文。《一柱楼诗》案发以后，沈德潜受到株连，皇帝下令毁去御赐碑文，革去官爵，将他的木主撤出贤良祠。

其实，类似这样的案件，究竟是有意影射，还是出于无心，那是不容易辨别的。正因为这样，清朝统治者以及一些文痞恶棍，往往牵强附会，捕风捉影，多方推求诗文以外的含意，陷人于文网之中。于是，那时凡是甚至可能令人猜疑的词汇，也要极力回避，以免被人当作有意讥讽而遭到灾祸。

例如，雍正时，原庶吉士徐骏由于写过“明月有情远顾我，清风无意不留人”的诗句，被怨家告发。在刑部审讯时，有的官员认为他是“实出无心”，可是结果还是以“于诗文稿内造为讥讪悖乱之言”的罪名，依照所谓“大不敬律”而被杀了。乾隆时，有一个生员写了一首诗，其中有一句是“桥畔月来清见底”，又在一篇文章中写了“玉盏常明”等字句。有人进行挑剔，说这“清”字“明”字是有所指的，并且寓有褒贬。当地知府派人前去逮捕、抄家，差一点被判了死罪。此外，有人写了“风雨从所好，南北杳难分”，也被认为是以“南北”影射“明清”；有人写道“乱世有身随俗隐，问谁壮志足澄清”，则被看作是蓄谋反清。类似这样吹毛求疵，深文周纳，而造成的冤狱，为数是不少的。这种情况引起人们极大的不安。乾隆年间，有个当过协办大学士的大官僚，名叫梁诗正，胡中藻案件发生时，他在浙江原籍。他当时谈到自己的“经验”，说：笔墨容易惹祸，人心是难测的；所以他在当官的时候，从来不以文字同别人交往，凡是没有用的底稿，都要烧掉，以免后患。有些人是因为已故的祖父、父亲等人写的书上有一些“违碍字句”，他们听说朝廷要查禁书籍，就惊恐地将书籍、板片呈送给官府，进行自首。从这些事例，不难看出封建官僚和文人士子的恐惧心理，这正是文字狱所造成的一种影响。

王肇基献书案

乾隆十六年（1751 年）九月三日，山西巡抚阿思哈亲临法场监刑，蓬头垢面的逆犯王肇基被当众杖毙。这是乾隆皇帝即位以后下令处死的第一个以文字触法的精神病人。

王肇基原籍直隶平乡县，后移居山西介休县。家有老母妻子。幼年时也曾经读过诗书，但后来由于患上了轻微的精神病，也就无法再继续用功，以图科考入仕了。对于一个精神病患者，家里自然不能指望他来糊口度日，没有办法，只好任其四处游荡。

然而大脑机能不甚健全的王肇基却偏偏在昏昏蒙蒙中产生了升官发财的非分之想。当官的前呼后拥，荣华富贵，是何等的威风！何等的惬意！谁能肯定我王肇基就没有这种福气呢？我的墨水可不能白喝，既然无法通过科考飞黄腾达，借献书言事求进用总可以试一试吧。主意下定，王肇基便马上展纸磨墨，挥笔著书。先议论一番国家大政；再指斥一通文武大臣之不能为国为民尽心出力；最后评价一下儒学大圣孔孟程朱。大作完成后，王肇基为了让皇上看着高兴又写一幅恭祝皇太后万寿的对联，附在书前。

事不宜迟，王肇基带着自己的得意之作匆匆赶往汾州府同知图桑阿处呈献，希望能通过他转递皇上御览。图桑阿阅后觉得书中语句"错杂无伦"，且有毁谤圣贤之处，再看献书人神情恍惚，"类似疯癫"，于是赶紧与知府商议如何处理此事。最后，两人决定一面将王押发介休县看管，一面禀明巡抚大人。

巡抚阿思哈接到禀报后，认为此案乃属借名献颂，妄肆狂言，大干法纪，他怕汾州知府等人因案犯有疯癫之状而从轻办理，所以马上派人将王肇基解赴省城审问。

王肇基被押到太原后，阿思哈亲自主持会审。且看下面的审讯记录：

问：案犯王肇基，你出于何意敢献诗联？

供：我献诗恭祝皇太后万寿，不过尽我小民之心，欲讨皇上喜欢的意思，并无别意。

问：你所写书内妄议国家事务，意含讥讪，究竟是何居心？从实招来！

供：如今是尧舜之世，我何敢有一字讪谤，实系我一腔忠心，要求皇上用我，故此将心里想着的事写成一篇来呈献。

问：你书中所论朝廷内外满汉文武大臣各事，从何处得来？

供：我是从京报上看来的，也有说闲话听来的。只求大人代我进了此书，我就有官做了。

问：孔孟乃大圣，你为何要妄加毁谤？

供：论那孔孟程朱的话不过是要显我才学的意思，并非有心毁谤。

问：你作此书可有人指使？有人商议？有人看过？还不从实招来！

供：这个本子做完写完，即行呈献，并未与人看过，也无人指使。

审来审去，阿思哈等人最后终于确信王肇基是个精神不健全者。

审讯结束后，阿思哈立即具折将案情和审问经过详细禀明乾隆帝。乾隆接到奏折和公堂记录后，也认为王肇基“竟是疯人而已”，但是“此等匪徒，无知妄作，毁谤圣贤，捏编时事，病发之时尚复如此行为，其平昔之不安本分，作奸犯科，已可概知，岂可复容于光天化日之下。着传谕该抚阿思哈将该犯立毙杖下，俾愚众知所炯戒。”

阿思哈于9月2日接到上谕，9月3日即将王肇基从大狱中提出，押往刑场。在如潮的围观者面前，王被打得血肉模糊，哭天嚎地，不久便死在棍棒之下。

一度以宽仁著称的乾隆皇帝就这样如此荒唐而残酷地虐杀了一位精神病人。

丁文彬“书词狂悖”案

有些神经病者被抓进监牢，成了文字狱的牺牲品。这是怪事，但却并不罕见。在乾隆年间，这类案件就发生了十几起。

浙江省上虞县平民丁文彬，他的祖上是普通农民，他本人从小失去父亲，跟着母亲当杂工。后来，他哥哥卖烧饼为生，他便住在哥哥家里，靠自学读了一些书，居然成为一个私塾先生。可是，这个家伙神经不正常，弄得连顿饱饭都吃不上。有时摆摊测字，有时给人写对联，或是在茶馆里帮工拉风箱，混得一口饭吃。乾隆十三至十五年（1748—1750 年）间，丁文彬异想天开，竟然写了所谓《文武记》一书，经过修订，改名《洪范春秋》，又题《大夏大明新书》。他说，他小时曾到山东曲阜，面见孔子的后代——衍圣公，衍圣公向他讲了尧舜之道，并答应把两个女儿嫁给他。又说他自己有帝王的福分，上帝要他当皇帝。所以他把自己说的话，加上“天子曰”、“王帝曰”的字眼，并且自称为王，国号“大夏”，又封王封后，俨然以皇帝自居。乾隆十六年五月间，一天，在曲阜衍圣公孔府门前，有个衣衫褴褛、自称是孔家亲戚的人投书求见。孔府立即通知县官逮捕了他。于是，清代又多了一桩名为“丁文彬逆词案”的文字狱。

清政府唯恐这是有组织的谋反行动，把丁文彬严加审问，要他招出同党。丁文彬坚持说，他的所作所为，都是受“上帝之命”；“上帝”经常在他身旁说话，别人却听不见。显然，这是犯了神经病。可是，这个可怜的疯子终于被凌迟处死了。

另一个疯子冯起炎案，被鲁迅称为“最有趣的”“风雅”案件。冯起炎是山西省临汾县的秀才，他听说乾隆皇帝要去拜谒雍正帝的陵墓——泰陵，就带上自己写的呈词，在长辛店一带徘徊逗留，打算当皇帝经过时，在道旁跪呈。有关官员发现他形迹可疑，便把他抓起来了。

冯起炎所写的是从《易经》、《诗经》上东抄西摘下来的，并且乱作注解，不值一看。可是，在呈词的最后一段，却写出他对皇帝的请求，令人看了啼笑皆非。冯起炎当时年已 30，但还没有娶妻。他写道：他有一件事要向陛下诉说。那就是他的张三姨母家也有一个女儿，今年十七岁，他想娶她；他的杜五姨母家也有一个女儿，才十三岁，他也想娶她。可惜自己力量不足，办不成这件好事。他请求皇帝帮他的忙，派一个能干的官员，选一匹快马，立刻赶到临汾县，问一问本县的地方官，有没有张某、杜某二人。这样，事情就可以办妥了，他的心愿也就达到了。

这个秀才既想让皇帝赏识他的“著作”，一举成名，又想依杖皇帝的权力讨到老婆。这是才子佳人的美妙幻想，显然他对皇帝是没有任何恶意的。可是这个疯子却被加上“狂妄”之罪，发往黑龙江为奴。

类似这样莫名其妙的冤狱，为数不少。这里再举个例子：江苏山阳县（今淮安县）有个船工柴世进，因儿子落水淹死，过分伤心，致成疯病。乾隆三十三年（1768年）年初，他手持一份纸帖进入官府，当即被捕。乾隆帝鉴于此人是思子成疯，帖词又都是从旧小说抄来的一些荒诞不经的话，还不算大逆不道，所以认为此案不值得送京师复审。但他又认为这样的疯子还会起蛊惑人心的作用，竟下令将柴世进“即行杖毙，以示惩儆”。

连精神病患者也成了镇压迫害的对象，文字狱的残酷程度于此可见一斑。乾隆统治时期，文字狱达到了高潮，特别是乾隆三十九年至四十八年的十年间，文字狱一年也没有间断过。乾隆帝一再表白，“朕从不以语言文字罪人”，这只能是欲盖弥彰而已。

最高统治者厉行高压政策，各级官员也就上行下效。不少官员唯恐办案不力，被加上“不知大义”、“姑息轻纵”等罪名而受到惩处。他们为了保住自己的乌纱帽或借以邀功，往往不问明案情，只要涉及“悖逆之迹，便一概从严处治，或者随意附会，把一般性的问题也说成是“悖逆”。这种情形在乾隆朝屡见不鲜，有时甚至连乾隆帝也感到太过分了。例如：

江苏赣榆县有个地主家生员韦玉振，在文章中颂扬他父亲在生前曾对贫苦的佃户“赦不加息”。地方官认为只有帝王对臣民才能说“赦”，而韦玉振竟敢妄用此字，应当处以重刑。乾隆帝指责说：擅用赦字固然不对，但“并无悖逆之迹，岂可因一赦字遂坐以大逆重罪乎？”这是乾隆四十三年（1768 年）的事。

浙江义乌县一个乡绅楼德运，在家里的匾额上用了“协坤承乾”、“龙蟠虎踞”的字样，并且自号“河山主人”。此人死后，乾隆四十八年（1783 年），其子监生楼绳向官府自首。在官老爷看来，乾坤指天地，承天协地，口气好大！“龙蟠虎踞”这个成语，则原是形容帝王之居的。河山主人，如大而言之，可以理解为全国的主宰者。地方官一看这些文字，认为是“不法已极”，就作为重罪来办。最后，乾隆帝下旨说：楼德运是有罪的，但其子畏法自首，不应治罪，地方官将他革去监生的衣顶，查封家产，监禁严究，“未免过当”。

乾隆四十七年（1782 年），代理湖南巡抚李世杰奏报一案：龙阳县（今汉寿县）监生高治清刊印的《沧浪乡志》中，有许多“狂悖”字句，已加以逮捕严究。乾隆帝的谕旨指出：此等书籍“不过无识乡愚杂凑成编，并非有心违悖者可比”；例如乡志中摘出的“幕天席地”是晋人刘伶《酒德颂》中的话，“玉盏长明”系指佛灯而言，何得目为悖妄？乾隆认为这案是由于李世杰“文理不通”，以致办理失当，因此下令将案内被捕者一律无罪释放。并且斥责道：“各省查办禁书若俱如此吹毛求疵，谬加指摘，将使人何所措手足耶？”

其实，最惯于吹毛求疵，指摘附会，把文字狱当作强化专制统治的法宝的，正是乾隆帝本人。不过，话得说回来，在文字狱高潮的最后几年，情况的确有了变化。当一些地方官还在神经紧张地从字里行间搜索叛逆的罪证时，他们的主子却不仅在口头上，而且在实际上已开始部分地放宽了对这类案件的处理，这从上引几案就可以看得出来。这表明，乾隆帝已在打算把文字狱这件法宝收起来了。乾隆 48 年之后，只在乾隆五十三年（1788 年）发生过前已述及的《笃国策》案，这个案件就成了乾隆朝文字狱的尾声。

胡中藻之狱

大体说来，文字狱是以文字的缘故而得罪。而观清朝文字各狱，情形又多有不同。胡中藻之狱的形式是以文罹祸，实际上则是因“朋党”而得罪，文字不过是口实而已。欲加之罪，何患无辞？

1. 皇帝剪除朋党的牺牲品

胡中藻，号坚磨生，江西新建人，乾隆元年进士，官内阁学士，兼侍郎衔。胡中藻平日以韩愈自负，自视甚高，又好攀援权贵，自诩为鄂尔泰第一弟子。

鄂尔泰何许人也？鄂尔泰为满洲镶蓝旗人，姓西林觉罗氏，康熙三十八年中举。但在中年以前，鄂尔泰官运未通，不过充任宫廷侍卫、内务府员外郎之类小官。雍正登极后，对鄂尔泰十分欣赏。从此鄂尔泰平步青云，历任封疆大吏，雍正十年又由云贵总督任上内召拜相，并盖过已居内阁首辅的军机大臣张廷玉，一时显赫尊崇已极，无以复加。

其时在朝廷中，地位能与鄂尔泰相抗的，为张廷玉。张氏出身安徽桐城名门望族，早年中进士，点翰林，康熙五十五年官拜礼部侍郎，雍正即位后，张廷玉同样受到殊遇隆恩，只不过身为汉人，在满族贵族统治者的尊满抑汉的政策下，较之满人的鄂尔泰不得不稍逊一筹罢了。

雍正死后留下遗诏，准鄂尔泰、张廷玉身后配享太庙，这是做臣子的最高荣誉了，乾隆即位，鄂、张都被任命为辅政大臣。但是，鄂、张两个却互争高下，互相争斗。两位重臣对立，下属官员也纷纷名投鄂、张门下，形成两大派系。历来皇权的重大威胁，则臣工结为朋党，对此乾隆采取了严厉的措施。首先揪出鄂尔泰的门生、御史仲永檀，打击鄂系势力，接着又抓住张廷玉言行小过，将张廷玉削去伯爵。

乾隆十四年（1749 年）鄂尔泰病故，十五年，张廷玉也灰溜溜地回到桐城老家。但乾隆并未就此罢手，他认为鄂、张两派朋党势力尚存，需要采取进一步的措施，将其彻底剪除，胡中藻诗案正是乾隆打击朋党的借口而已。

胡中藻是鄂尔泰的高足，鄂派官僚中的一位重要人物，同时，胡中藻又与鄂尔泰侄子、甘肃巡抚鄂昌相友善，打击胡中藻，很容易就此将鄂派党人一网打尽，同时给张派党人以极大的震慑。

既为文人，便好舞文弄墨，卖弄风雅。胡中藻诗文更是好用怪僻之语，自炫新奇，他还将诗作结为《坚磨生诗钞》一集印行。胡中藻万没想到自己好攀援、爱标榜和喜卖弄引来了杀身之祸，成为乾隆剪除朋党的第一个牺牲品。

2. 欲加之罪，何患无辞

为罗织胡中藻的罪名，乾隆首先让曾任军机处行走的蒋溥从胡中藻的《坚磨生诗钞》中寻找“罪证”。到乾隆 20 年，乾隆便下手拿胡中藻开刀了。

乾隆二十年二月二十六日，乾清宫侍卫哈清阿和理藩院侍郎富森在江西新建将胡中藻拿获，随即解往京师。

在拿获胡中藻的同时，广西巡抚卫哲治奉谕将胡中藻任广西学政时所出试题及与人唱和诗36首上呈圣鉴；陕甘总督刘统勋奉旨查抄甘肃巡抚鄂昌抚署，搜查鄂昌与胡中藻往来应酬诗文、书信及其他文字；另外，将为胡中藻《坚磨生诗钞》作序和刊刻传播的侍郎张泰开严加讯究。

三月十三日，乾隆从泰陵返京途中驻跸的韩村行宫，召集大学士、九卿、翰林、詹事和科道等，谕示将张泰开革职交刑部，胡中藻、鄂昌候拿解来京后交大学士、九卿、翰林、詹事、科道公同逐节严审。乾隆在其谕示中，给胡中藻《坚磨生诗钞》罗列了一串吓人的罪名，他指斥胡中藻："出身科目，名列清华，而鬼蜮为心，于语言吟咏之间，肆其悖逆和诋讪怨望。"

胡中藻是怎样于语言吟咏之间，肆其悖逆和诋讪怨望的呢？首先，胡中藻以"坚磨生"为号，"是诚何心"?！胡中藻诗文，在乾隆看来，无一不是鸱张狺吠，恶意攻击：

"一世无日月"，"又降一世夏秋冬"，是攻击"本朝"享国。

"一把心肠论浊清"，胡中藻竟然把"浊"字加在国号"清"字上面，"是何肺腑"？

"斯文欲被蛮满洲"，显系诬蔑满人；

"老佛如今无病病，朝门闻说不开开"，这是攻击乾隆不临朝，乾隆说："朕每每听政，召见臣工，何乃有朝门不开之语？

《进呈南巡诗》本是歌功颂德之作，但问题更大，"三才生后生"，三才为天地人，生为三才之后，不是骂为禽兽？真是狗胆包天，罪不胜诛！

"孝贤皇后之丧"一诗内，有"并花已觉单无蒂"，本是赞颂帝后恩爱，乾隆反咬说胡中藻是暗指孝贤皇后干政，"朕亦何尝令其干与朝政，骄纵外家之事？"

拍马屁也拍出大祸。

“记出西林第一门”，西林者，西林觉罗，鄂尔泰姓也。乾隆骂道：“攀援门户，恬不知耻。”骂的是胡中藻，指的则是鄂尔泰及其一党。

乾隆也是好卖弄之人。他说当初初见胡中藻进呈的诗文，语多险僻，就知他“心术不正”，因此在其出任学政时，训示他论文取士，宜崇平正。而胡中藻诗中，竟有“下眼训平夷”之句，乾隆说“下眼”，既为垂照之义，又可为识力卑下之意，因此胡中藻是借双关来骂他。

胡中藻曾出试题：《孝经》又有乾三爻不像龙说。乾隆说，龙与隆同音，胡中藻是借试题诋毁乾隆。

如此罗织，哪一条不成罪名，哪一条罪名不是十恶不赦？

乾隆皇帝绝不是精神过敏，而是用心极深。他的面谕最后说，他见胡中藻诗已著数年，相信必有明大义的人来参奏，但是在廷诸臣及言官中，并无一人参奏，“足见相习成风，牢不可破”，因而不得不由他自己来“申我国法，正尔嚣风”。与胡中藻相关的臣工们，尤其是鄂尔泰一班人马，哪个不悚然而惧？

胡中藻既违天叛道，覆载不容，犯的是大逆之罪，按律应当凌迟处死。但乾隆帝“宽厚”为怀，免胡中藻凌迟，即行处斩。乾隆二十年四月十一日，胡中藻被斩首示众。

3. 广事株连

乾隆杀胡中藻，并不是目的，他要以胡中藻案为突破口，狠狠打击鄂尔泰一派官僚。为此，乾隆借胡中藻诗案大肆株连。

鄂昌为鄂尔泰之侄，他身为满族，却仰慕中原文化，受汉文化影响较深。鄂昌在任广西巡抚时，胡中藻正为广西学政，两人互相赠诗唱和，这些诗文便成了鄂昌的罪证。鄂昌被革去巡抚职，锁解到北京。

鄂昌与胡中藻唱和往来，论门谊，叙杯酒，此即成大罪。

乾隆认为，他们托名读书，无知妄诈，侈口吟咏，剽窃浮华，卖弄文字。在鄂昌诗中，称蒙古为“胡儿”，而蒙古早已在先世倾正归附，与满洲一体，称之为“胡儿”，却是诋毁满洲！鄂昌也落入文字狱中了。

五月十七日，乾隆宣谕，鄂昌为满洲败类，只是未如大肆讪谤的胡中藻，因此从宽处理，赐令自尽。

鄂尔泰死后，鄂派首要人物为大学士史贻直，乾隆以史贻直托鄂昌为其子史奕昂谋官，勒令回籍，闭门家居。

鄂尔泰本人虽已死亡，但生前对胡中藻独加赞赏，不仅如此，鄂派官僚，结为朋党，门户之见，牢不可破。乾隆在谕旨里说：如果鄂尔泰尚在，“必将伊革职，重治其罪。”今已身故，只将其撤出贤良祠，不准入祀。

被胡中藻诗案株连的还有为其刊刻诗稿的张泰开，“纵容”胡中藻的江西按察使范廷楷，胡中藻门生江西石城县令李蕴芳、署永宁县试用知县申发祥等，胡中藻弟弟胡中藩，族侄胡论觉、亲戚张绍衡等等。

不仅如此，胡中藻案还株连整个江西省的士子，大学士九卿等以江西风俗嚣凌，妄诞好事，连年发生所谓“悖逆之案”，主张停止江西会、乡试，并以查嗣庭案为前例，加以惩戒。乾隆皇恩浩荡，未加批准，但警告今后若再有此等之事，不仅停试数科，而且还要“大示义正，以挽颓风。”

如此恩威并重，士人和官僚如何不知忌惮？

经过胡中藻诗案，乾隆有效地剪除了朋党势力，牢牢控制了大权，大小臣工以此为戒再也不敢呼朋引类，互为党援了。乾隆的专制统治，正是由胡中藻等人的血来奠了基。

李雍和之狱

1. 告苦乞怜

江西省吉安府泰和县有位读书人，为了申诉自己数年来的困苦与委屈，乞求官府帮助，于乾隆二十六年（1761年）六月间，趁学政按临吉安府主持科举考试之机，将三纸呈词悄悄放入学政行李内，由此引发了又一起家破人亡的文字狱。

这位儒生名叫李雍和，原名李必亨。读书几十载，连个秀才都没有考中。然而，这位老先生倒也想得开，不但不因此感到难堪，反而在穷极无聊之际常常以读书人自居，口出狂言，毫不在乎亲戚、邻居的白眼。乾隆十七年，李必亨抛妻舍子，出外谋生，飘流于四川各州县算命度日。由于单身往来，又无行李，所以常常受到地方官吏的盘问稽查，他只有一次又一次地忍气吞声、不厌其烦地为自己剖白。

测字算命，终究难于糊口，困苦潦倒之中李必亨想出了一个赚钱的高招：每到一地就访问地方富绅姓名，官府所在，然后撰写呈词，渲染自身的穷困与可怜，请求对方资助他旅费以便回籍。呈词或者递入官府，或者送入士绅家，或者粘贴于街市。就这样，边算命边告苦乞怜，历时一年多，也没有感动一位绅士或者官府。乾隆十九年，李必亨游荡到简州龙泉驿，被当地巡检拿住盘问并解送州府。知州先检查了他携带的字纸，发现均是测字算命的东西或告苦乞怜的呈词，审问。李后又觉得其言语像个疯子，于是留下他所带的字纸，给了些盘费，将他递解回籍。

回到家乡后，李必亨依然想靠告苦乞怜得些钱财度日，所以又跑到吉安府知府王铭宗处求助，王没有接受他的呈词，李便贴之于知府衙门前。数月之后，李仍旧难于安分，再次跑到代理知府庐陵县知县周作哲处叫苦，周把他当成了疯子，在留下其呈词备案后，即命人将他解回泰和县原籍管束。

屡屡告苦求助，却屡屡受到冷遇，甚至被当成疯子，失望与怨恨之余，李必亨不再往官府跑了，而是重操测字算命的旧业，后来又靠在本村祠堂教孩子们认字维持生计。然而，告苦乞怜未得帮助的往事却始终让他耿耿于怀，全没了科考上的大度。乾隆二十五年七月的一天，李必亨不知因为什么事触动了哪根神经，又想起了辛酸的旧事，羞辱与愤怒交织在胸中，他再也按捺不住自己的情绪，挥笔写就一纸冤单，历述自身的困顿与冤屈，发泄久积心头的牢骚和愤慨，行文中有怨天、怨孔子，指责乘舆的话，谈及君父直称“尔”“汝”，这在当时简直是大逆不道。冤单写好后，李必亨无意投递官府，便将之暂时收存起来。

乾隆二十六年六月，吉安府的科考之期来临了，李必亨很清楚自己在官绅心目中形象，为了避免被排除在科场之外，他改名李雍和前去应考。临行前，他又一次萌发了顺便告苦求助的念头，也许学政大人能够可怜他治下的学子。于是，他又写了两纸状词连同去年七月份写的那份冤单一起带往吉安。在应考的几天内，李寻机将呈词偷偷地放入学政的行李内。

2. 立功心切的学政

学政谢溶生回到省城后，发现行李内放着三纸呈词，一纸是冤单，两纸是状词。阅罢内容，谢一则以惊，一则以喜。惊的是竟有人如此大胆，造作逆词，潜投学政；喜的是，这一下可有了向皇上报功请赏的机会。

按照清朝官制，学政发现逆词要案，可以直接拟折上奏，同时也要知会地方督抚合力查办。谢溶生好不容易碰上一件逆词案，生怕被别人抢了功，所以采取了两项措施：一是暂不通知巡抚，直接饬令吉安知府火速搜查李家，捉拿李雍和；二是，在说明李雍和潜递呈词，情词悖谬的同时，将有悖逆文字的冤单牢牢抓在手上，只将告苦乞怜的两纸状词发送吉安知府。

吉安知府王铭宗接到学政的饬令后，立即带人前往李家将李雍和锁拿并起获呈词四纸。接着，王一面及时向学政报告情况，一面又将案情禀明巡抚衙门，并附上抄录的呈词数纸。护理江西巡抚汤聘与同僚反复研阅李的呈状，发现均为告苦乞怜之语，并无悖逆之处。求教学政的结果，得知李还有冤单一纸，内有怨天、怨孔子、指斥乘舆等文字。汤聘要取阅逆词，谢溶生则以此事正在拟折上奏，冤单亦须进呈御览，不便给看为由拒绝拿出。

汤聘心里很清楚，学政是怕别人抢功，他又不好发作，所以便飞饬吉安知府将案犯迅速押至巡抚衙门审问。

大堂之上，李雍和供称，在学政行李内共潜置三纸呈词，其中呈状二纸，冤单一纸。汤聘等随即命其据实默写冤单，结果并无悖逆之语。

第二天，学政谢溶生传令吉安、南昌两知府前往学署会审李雍和，并将李的逆词拿给两知府阅看。两知府发现这份冤单与李昨日默写者迥不相符。学政逐条讯问，李供认不讳。审完后，两知府赶紧前往巡抚衙门禀报。汤聘闻知，随即复审李雍和。这次，李再也蒙混不下去了，只好老实招认，学政所持的冤单系其一时糊涂乱写而成。

至此，李雍和之罪已经昭然，汤聘立刻拟折奏报皇上。学政谢溶生岂能落在汤聘之后，他早已用五百里紧急驰奏的方式递折到京了。

乾隆看到谢溶生的奏折后，连降两道圣谕，对江西、四川等省的地方官吏大加申斥，在他看来，像李雍和这样一个造作逆词的重犯曾在许多州、县屡递呈词，地方官或视之为疯癫，或含混了事，致使其逍遥法外至今，倘若没有谢溶生禀报，李还不知要猖狂到几何。

另一方面，聪明的乾隆也意识到，谢溶生遇逆词重案未与抚臣合折上奏，而是打破常规自行奏闻且动用限行五百里紧急驰奏递折进京，意在抢功，“汲汲据为己有”。如此居心行事，地方官员怎能和衷共济，于是，乾隆又传旨申饬谢溶生。

等乾隆接到汤聘的奏折后，获悉谢溶生为邀功不仅自行拟折土奏，而且在办案过程中竟存掣肘之心，不与抚臣合作，这实在有碍官场风气，因而立刻降旨，说谢溶生“居心行事，任私戾谬”，着交部议处。同时命汤聘严审李雍和，定拟其罪，并查明当年受理过李呈词的地方官为何姑息养奸，不绳之以法。

最后，李雍和被凌迟处死并枭首示众，其弟李大有无辜受累，被判斩监候，秋后处决。李雍和之妻胡氏及其幼子、幼侄给付功臣之家为奴，家产没官。

因此案受到牵连的江西、四川两省的地方官多数免议，因为李雍和当年在各地投递的呈词并无悖逆语言，只是告苦求助而已，惟泰和县知县和吉安府知府因为对李这种被递解回籍、交保管束的人，不加留心，任其改换姓名参加科考，乃属失职，着交部议处。

李雍和潜递呈词案至此方告了结。

王寂元案

1. 夜掷学政书

乾隆二十六年（公元 1761 年）十月初七日，陕西学政钟兰枝在甘肃阶州考试完毕启程返回省城。初九日掌灯时分，一行人行至成县小川子地方，准备到驿馆暂住一夜。当学政的轿舆快到驿馆大门时，忽听“拍”地一声，轿外掷进一物，吓得学政大人慌忙匍匐轿内，大叫“有刺客”。

轿舆被飞快地抬进驿馆，卫兵急忙掀开轿帘，把面无人色、战战兢兢的学政搀扶下轿。又点灯察看，发现掷进轿内的竟是一束书帖。

学政钟兰枝擦了擦额头上的冷汗，定了定神，然后取过书贴审阅，见贴内署名王寂元，且“悖逆之词不可枚举”。他“大为骇异”，当即命令成县知县木金泰迅速捉拿掷书之人。到三更时分，木金泰回禀“尚无踪迹”。

抓不到掷书之人，钟兰枝岂肯善罢甘休。第二天，他继续饬令木金泰严密侦缉，务必拿获。同时，一面具折奏闻，并将“逆词”恭呈御览；一面行文陕甘总督和甘肃巡抚，敦请“严拿深究”。

2. 原是病疯者

甘肃巡抚明德接到学政咨文后，迅速饬委臬司文绶带同河州知州韩极赶赴成县访拿缉查，陕甘总督杨应琚也派员前往协助办理。文绶等人到达成县后，“悬立重赏，多差员役，分路密访踩缉”，终于在成县柴家坝地方抓到一名叫王献璧的和尚，从他身上搜获戒单一张和字帖八张，内中有：“王献璧法名王寂元”字样。经讯问，此人对投掷书贴事直认不讳。

巡抚明德将王献璧提解到省，随即会同总督杨应琚、布政使吴绍诗、按察使文绶严加刑讯。据王献璧供称，他是成县人，因读书未成，便自学医术，与人治病。乾隆十九年染患疯病，久医无效，遂请应付僧赵廷佐念经三日，不想病情竟有好转。王献璧认为这是念经的效果，便拜赵廷佐为师，自愿吃斋念佛，取法名王寂元。后因家境贫穷，就随同僧人念经化缘，得钱糊口。乾隆二十一年，王寂元疯病复发，虽经医治稍愈，但由于时常行事颠倒，再无人请其念经治病了。穷急之下，他便捏造仙佛下界等词，欲图诳骗银钱，但无人相信。乾隆二十六年九月，王寂元听说学政钟兰枝在阶州考试，便带上自己的戒单、字帖赶到阶州，当时因人多拥挤，投递未成而归。十月初九日傍晚，学政一行来到成县小川子地方，王寂元终于如愿以偿，把书帖扔进了学政的轿内。

弄清王寂元投书的缘由经过之后，官府又追问“有无同恶党羽，曾否招集何人？”王寂元供称：“小的书写逆词投递，彼时实系病发糊涂，不由自主，至今回想，小的不能自解。若是明白，岂肯将自己法名写入帖内？总由小的丧心病狂，造作逆词，天理不容，神差鬼使，自取败露，罪该万死。此系小的自己编造，并不同恶党羽，亦无招集之人。”鞫问再三，而且动了刑具，王寂元仍然矢口不移。其地保邻佑也称王寂元并“无交结匪徒，谋为不法情事”。督、抚等人这才放下心来。

3. “速正典刑”

清政府的封疆大吏们对于不幸触上文网的文人士子的处罚从来都是心狠手辣的，即使是那些思想、行为均不能自持的精神病患者也一样。陕甘总督杨应琚在山东巡抚任内就曾处理过一件病疯者的文字狱，乾隆十八年六月，他以“大逆”罪将疯子丁文彬凌迟处死。这一次王寂元又撞到了杨应琚的刀口下，自然不会有什么好的结果。

杨应琚和明德认为：“王寂元胆敢丧心编造逆词，肆行煽惑，且敢将逆书向学院投掷，狂悖已极。”“似此大逆之犯，神人共愤，难容刻缓其死，应即速正典刑，……凌迟处死，”并枭首示众，“俾顽愚共知警戒。”乾隆降旨：“速将该犯正法。”就这样，王寂元因为一时犯病成为文字狱下的又一条冤魂。

不仅如此，此案连坐的严重程度在病疯者一类文字狱中也是极其罕见的。王寂元的长子王勤、次子王寿保、侄王卿、王魁因“不行首告”判处斩立决；未成年的四子王四保、五子王五保，妻王氏、长媳王氏、次媳胡氏、次女以及孙子、孙女皆解部给功臣之家为奴；应付僧赵廷佐被杖责八十。“带枷号两个月示众，勒令还俗”。

柴世进投送逆帖案

关于清代的文字狱，有人曾将康、雍、乾三朝进行过比较研究，得出结论说：乾隆朝没有大规模文字狱，镇压、屠杀也没有康、雍两朝那样严酷，数量多但分量轻。这话有道理，但不全面。像庄氏明史案、《南山集》案和吕留良案那样的大狱乾隆朝确实没有。乾隆在政治上讲究“宽严相济”反映在处理文字狱案时，总是把“不为已甚”挂在嘴边，似乎不想把事情搞过了头。但是透过乾隆朝有记载的130多起文字狱来分析，就会发现一个明显不过的事实：清代的文字狱是雍正甚于康熙，乾隆又甚于雍正，到乾隆朝达到了登峰造极之地步。乾隆朝有个怪现象，精神病患者偶因文字不慎构成罪案的特别多，据不完全统计至少在二十起以上。这些疯子与戴名世、吕留良不同，根本谈不到什么政治见解，病发时终日神游于梦幻之中，随后乱画几个不知所云的文字，结果照大逆律发罪，本人凌迟处死不算，亲属还跟着连坐，或监候待决，或给功臣为奴。从轻处理的也多是斩立决或市曹杖毙。康、雍两朝，尽管文网渐密，却还不曾荒唐到罗织疯汉怪诞不经的文字，而乾隆的残忍则到了疯狂的程度。这里介绍的柴世进投送逆帖案就是一则典型的例证。

1. “闯堂”投呈“逆词”

乾隆三十三年（1768年）正月初三，两淮盐运使赵之璧正在大堂上征收盐税，突然有一个手拿红封的中年人大喊大叫地闯进来，要求投递词帖，面见朝官。赵之璧打开交上来的红封，见里面有三个红帖，每个红帖里又有写着字的白纸三张，共九张。每张上都写有一首词，皆为批评朝廷时政的语句。赵之璧当即命人拿下闯堂者，并开庭审讯。经审讯，闯堂者供称自己是山阳县人，名叫柴世进，又名姜魁，无家无业，浪迹漂游。赵之璧问他曾到过哪里，柴世进说他曾到过扬州康玉家及他弟弟柴世禄的船上。于是赵之璧即通令扬州府率同江都、甘泉二县令到康玉家将康玉拿获，又到扬州抓到了柴世进之弟柴世禄。在康玉家搜出柴世进存放于其处的拜匣一个，里面装有九张纸。又于柴世禄家搜出柴世进寄存的字纸两张。这些纸上都写有辱没朝廷的"逆词"。赵之璧知事非同小可，随即将柴世进等一千犯人押送江苏巡抚明德处，并奏报上闻。

2. "大逆"之举起由疯癫

经过赵之璧、明德等对柴世进一干人犯的反复审讯，所查真相却令人大失所望。

柴世进系江苏山阳县人，时年四十七岁。其父柴朝止生有二子，柴世禄为其胞弟。父亲死后，柴世进、柴世禄随母亲改嫁姜姓，兄弟分别改名为姜魁、姜起龙。柴世进向以驾船为生，娶妻丁氏，并生有一子。但不久丁氏病故，其子亦于乾隆二十五年落河淹死。祸不单行，柴世进想妻念子，遂成疯病，时而清醒，时而糊涂。二十六年病发，曾到扬州府投过禀词，经扬州府知府孔传炣审查，其禀词捏造钱财细事，显系疯癫所为，无悖逆事故，故以交保看管发与江都县结案。此后，柴世进的疯病时发时止。情况略好之时，就短雇于过往船上拉纤摇桨，维持生计。乾隆三十三年疯病复发之时，其家人并未察觉，故对其反常举动没加劝阻遂至案发。

对此，赵之璧、明德并不十分放心。他们怀疑柴世进假装疯癫，或者还有同谋，知情之人。于是又将柴世进严行夹讯，结果柴世进仍然是语词颠倒，“忽而明白，忽而糊涂”，只是呼痛求饶。显然，再审也不会有什么新内容了，只能以疯病失行定案。

3. 杖毙“以示惩儆”

根据审查案由，明德上奏：柴世进投递逆词，虽系疯癫所为，但其“生逢盛世，乃敢造作逆词，实属罪大恶极，神人共忿，自应丞重典，以彰国宪”。依照清代典章条律，柴世进应按大逆罪凌迟处死。其弟柴世禄虽不知柴世进作逆词之情，但按律亦应缘坐拟斩立决。世禄之子志汉，年未及岁，应照律付给功臣之家为奴。康玉受寄拜匣，属不知情，应免置议。乾隆初闻此案，认为：事属悖逆，朱批三法司“核拟速奏”。及详阅江苏巡抚所呈各帖原词，看法有所改变：柴世进“系疯狂丧心，多抄引小说家谬诞不根之语”，不值得像重案一样交法司审理治罪。但又谕批：“此等怙病妄行，实足诬民惑世，其人究不可留”，因此下旨将柴世进“即行杖毙，以示惩儆。”对于其他“所有援引律内应行缘坐各条，概予宽免。”这样，除柴世进杖毙外，到底算是皇上开恩，没有牵连其他人。这便是由一个精神病患者引出的一起文字狱案，以荒谬起，以荒谬结。

徐鼎考场自勒未死案

乾隆三十三年（1778 年）八月九日，浙江省城杭州正在进行三年一度的乡试，应试学子按号坐定，考官开始分发试题。突然，有位应考者拿出一根细绳迅速在自己的脖子上绕了两圈，接着用力自勒，倒在地上。差役见状赶忙跑过来解救，坐镇监督考试的浙江巡抚觉罗永德也闻讯赶往现场，一番忙乱后，自勒者渐渐苏醒过来。经查验，此人名叫徐鼎，系临安县秀才，今年五十岁，从他的怀里发现一张卷子，上书《平缅表》一道，内容是颂扬朝廷荡平缅甸叛匪功绩的。为了搞清事情的来龙去脉，觉罗永德随即命人将徐鼎带往公堂讯问。

据徐鼎供称，考前夜里，他朦胧睡下，忽听得有人说："不许你在考场作文字"。接着看到一个胡子挑起门帘，一闪便不见了。他吃此一惊，心里就恍惚起来，便想寻死，但一转念，如此死去，没有名目，何不留点东西在人间，于是记起今年三月间曾作过《平缅表》一道，表词熟记在心，如今何不将这表文写上，死后也得些名声。一念及此，他便笔走龙蛇写下表文，然后揣入怀中，带进考场，自勒未死。

巡抚等人听罢供词，又就其表文内"黑雾漫空，化作祥云瑞霭；妖云满野，变为赤日行空"二句，诘其何意。

徐供曰："黑雾漫空"，"妖云满野"系指缅甸匪酋，"祥云瑞霭"，"赤日行空"说的是圣朝破除了缅匪。

觉罗永德督率同僚再三研阅表文，实在找不出不法之处，看徐鼎面貌辞色，则确像有瞀迷之状。但出于谨慎，觉罗永德还不敢就此罢手。在他看来，徐鼎既然私自撰写表文，便难免存留不法文字，所以急忙派人前往徐鼎寓寄的客店和原籍家中搜查，结果，除儒家经典、字帖等外，并未发现不法文字，也没有找到《平缅表》底稿。

据徐鼎的儿子徐阿大供称，其父曾在同县人汪文川家教读，有些文章书籍至今还存于汪家。于是，官兵随即又前往汪家书馆搜寻。但同样没有查出不法文字和《平缅表》原稿。汪文川向官差们谈到，徐鼎在他家教书时，语言偶有些恍惚，像是有痰气（即精神不正常之症）。至于《平缅表》，他一无所知。

与徐鼎有交往的秀才汪文斗讲，六月间，徐鼎曾在书房内抄出《平缅表》一文给汪看。他告诉徐，如今科考不用表了，作它何用，然后就放在徐的书桌上了。

《平缅表》原文找不到，只好再讯徐鼎，徐供道：赴省乡试前，收拾书箱，想起汪文斗讲过，如今科考不用表了，遂将表稿烧毁。这稿是自己作的，又为时不久，所以还能熟记在心，默写入卷。

觉罗永德当场令其背诵，发现果然无异，这才放下心来。

虽然，造作逆词之罪是不存在的，但要想一点不受惩处地一走了事却是不可能的。觉罗永德援引“纵横之徒，借以上书，巧言令色，希求进用者，杖一百”的律例，将徐鼎杖责一百，革除生员头衔。胆小怕事，有些痴迷的徐鼎只能默默地忍受着因歌颂圣朝功绩而带来的皮肉之苦。在涉及文字的案件中，比起发配、坐牢甚至杀头来，这点惩罚实在算不上什么。

并非文人士子的文字狱

1. 穷轿夫卖图为生计

乾隆三十三年（1768 年）八月初四，浙江温州府瑞安县百总尤光荣率兵丁协同县役缉拿“剪辫匪犯”时，抓到了一个敲锣卖图之人，从此人身上搜到“卢茂等结盟图”数张，“惩治安良图”一束，“孔明碑记”一束，随即带至县衙审问。

经审讯，此人供称名叫李浩，系福建闽县人，以抬轿为业。本年六月抬轿到泉州，见一不识姓名之人出售“卢茂等结盟图”、“安良图”图版，就以 160 文钱买下带回闽县印刷卖钱。七月，又在闽县遇见一位叫王三哥的人，听他说广东高州府石城县东山寺内二月二十八日狂风暴雨之后出现一块石碑，上有红字，下写“孔明碑记”，说时还拿出抄单来看。于是向他要了一张，携至桐山地方，雇了一位姓傅的刻书匠，以八十文钱将

“孔明碑记”刻了一块版，并添画碑式人像，印刷发卖。不想八月三日刚到瑞安，四日即被抓获。

瑞安知县成兆豫将审讯结果迅速禀报浙江巡抚觉罗永德。觉罗永德审查所缴各图后，得出结论：“结盟图内载有晓谕守法文檄，安良图亦系劝人不可胡行妄作，尚系惩劝语句。其孔明碑记图开载石城东山寺山为之崩，现出石碑等语，已属荒诞不经，”而碑文“五句皆系隐语妖言，多不可解，甚属不法。……必须严加究拟，以重治罪，以惩妖妄。”于是，他决定迅速提解李浩到省亲审，并致函闽浙总督，请即捉拿王三哥及刻字匠傅姓到案，同时具折上报朝廷。

事有凑巧，就在八月初四这一天，闽浙总督崔应阶也接到了一个关于“孔明碑记”的案子。汀漳龙道孙孝愉禀报，诒安县知县孔继炘抓获云霄人刘灶，搜出抄写广东石城县碑记一纸。据刘灶供称，他是在云霄柳鹤家闲坐时，听柳崔说起广东石城县二月内塌了山，现出一块石碑，上有孔明诗句，于是便记在纸上，带在身边当新闻。提审柳崔的结果，得知：有一个潮州人李固，四月份来柳鹤家，说广东石城县有个天竹山，二月内塌了，有个石碑高 2 丈 4 尺、宽 6 尺，上刻孔明诗句。

八月十九日，崔应阶接到温州镇总兵宫永昌禀报，说其下属于本月初四捉到一位敲锣卖“安良图”、“结盟图”及“孔明碑记”的闽县人李浩。同一天，又得悉福鼎县查获刻字匠傅阿有曾代人刊刻“孔明碑记”及“安良图”，并在傅家搜出草纸抄写的“孔明碑记”一份。旬日之内，连续接到几次关于“孔明碑记”的报告，且“碑诗怪诞不经”，所以，崔应阶断定，此“系无知棍徒捏造惑人，不可不严加根究重惩。”

穷轿夫李浩刻图发卖，原本是为了赚几个钱养家糊口，既非有意宣传“异端邪说”，亦不是蓄谋煽动造反。但是，在统治者看来，私自刻卖图画，本身就是不安分的表现，何况又有“荒诞不经”的内容。于是乾隆皇帝在接到地方的奏报后，于九月初二日下诏，令闽浙总督迅速缉拿一千涉嫌人犯，“彻底跟究，以杜妄言”。

2.“孔明碑记”的由来

李浩、刘杜等人的供词，都称广东高州府石城县天竹山东山寺二月二十八日发生山崩，出现一块石碑，上面记有“两两相争不见天”等语，是为“孔明碑记”。此说甚为荒诞，因此，乾隆帝饬令两广总督李侍尧迅速查明此事，据实禀报。

两广总督接旨后，立即令高州府知府率同石城县令，前往城乡各处调查。经查，石城县境内并无天竹山、东山寺地名，只是城东有一东圣山，山上建有东圣禅林，供奉北帝神像，寺内有五块石碑，均系修建寺宇碑记。又讯问寺僧及附近乡民，皆称本年二月间并无现出石碑之事。勘查周围地形，亦无石裂痕迹。李侍尧得报后仍不放心，又亲自查阅了石城县志及该县所报晴雨清折，证实石城县没有天竹山、东山寺，且二月二十八日天气晴朗无雨，不可能发生山崩。

显然，“山崩石裂，现出石碑”之说纯属无稽之谈。但是，社会上又确实流传着关于“孔明碑记”的传说，而且越传越远，从广东传到了福建，又从福建传到了浙江。这不能不引起乾隆皇帝的忧虑和不安。因此，他决心抓住李浩一案，顺藤摸瓜，穷追深究，找出背后“造作谣言”的首犯。

3. 扑朔迷离的供词

浙江巡抚觉罗永德，提拿李浩到省亲自审问。刚一开堂，李浩便推翻在瑞安县初审时的供词。他先是供称“安良图”得自族人李清，“孔明碑记”是在闽县南街听一广东人传说，回家后请胞兄李朝彬代写下来的。继又供称：“安良图”系挑夫培二自漳泉带来，与李清之子李义合伙刊卖。他得知后便向李清索取一张，另请关七刻版，自行刷卖。后来在连江地方出售“安良图”时，遇见一个卖“结盟图”的人，遂以“安良图”与之易换一张。后又到福鼎县桐山附近一小镇饭铺住宿。店主得知他卖的是“安良图”后便拿出一张“孔明碑记”给看。于是请店主别抄了一张，随身带着。到桐山后，请一姓傅的刻字匠将“结盟图”、“孔明碑记”各刻版一块，印刷卖钱。

李浩几次翻供，弄得案情扑朔迷离。不久，在闽抓获的王三哥、培二、李清、李义、李朝彬、关七、傅阿有等一干人犯均押抵浙江。接着，浙江巡抚会同由福建赶来的闽浙总督再度开堂审问。

培二、李清、李义、关七等人对卖给李浩“安良图”及帮同刻版一事供认不讳。但这些人辗转传卖刊刻的只是“安良图”，与“孔明碑记”没有什么关系。

李浩最早供出的王三哥则极口称冤。李浩到堂对质，亦称与此人并不认识，以前在温州府所供，纯系畏刑乱供，实不知有王三哥其人。

李浩胞兄李朝彬在福建时曾供认其弟除“安良图”外还有“孔明碑记”，到浙江后亦翻供否认，说前次供认是因县差对他说漳州也有售卖之人，即使招供了也不碍事，故而屈供。

显然，李浩的所卖“孔明碑记”非得自王三哥、李朝彬。要查清“孔明碑记”的来历，唯有桐山饭铺这一条线索了。

正在这时，福鼎县抓获互相传抄“孔明碑记”的长乐县民陈茂崇、林圣可、张顺应、陈行海等人，使案情有了新的进展。陈茂崇供称，本年七月，在长乐县遇见族兄陈茂相，说起曾在省城抄有“孔明碑记”，因不识字，遂托陈茂相照写了一张。七月初十日以后，到福鼎县十五都地方雇请帮工，遇见熟人林圣可，说起这件新闻，林圣可又托人抄写了一张，转给酒店帮工张顺应。后张顺应遇见卖“安良图”的李浩，就请陈行海抄了一张与李浩的“安良图”兑换。

至此，李浩的“孔明碑记”到底得自何人之手有了答案。案情并不复杂，但由于李浩“畏刑混供”，使此案平添了许多曲折，牵连了若干无辜。而官府借此大兴文字之狱，无非是为了惩罚所谓“造言生事之奸徒”，告诫老百姓，只许安分老实，不许乱说乱动。

4. 乾隆还要深究

李浩一案，经浙江巡抚、闽浙总督多次会审，终于有了一个初步的结果。但乾隆皇帝对此并不满意。因为尽管已查出李浩的“孔明碑记”得自张顺应，张顺应得自林圣可，林圣可得自陈茂崇，陈茂崇得自陈茂相。但是，陈茂相又得自何人？杜撰“碑记”的目的又是什么？到底还有多少人抄有“碑记”？这些问题皆不得而知。如果不彻底查清此案，找出造作“孔明碑记”的首犯，乾隆皇帝是不会心安的。因此，他于十二月初五日发出上谕，令崔应阶“将此案详悉追究，务令水落石出”。因此案“起自福建，其纵线仍当于福建追寻”，又令觉罗永德将在浙人犯“选派妥员，小心管押，解往福建，交崔应阶就近查办。”

对皇帝的上谕，地方督抚当然不敢稍有懈怠。觉罗永德于十二月十三日即遵旨将李浩等人押往福建，还特意饬令沿途文武官员“选拔兵役，加谨护送”。然而，闽浙总督崔应阶继续追究此案有没有找出首犯，现在已无材料可考；李浩等一干人犯是如何处置的，亦不得而知。

此案首犯李浩不是文人士子，涉嫌此案的人也都是些斗大的字识不了几个的山野村夫。这些人居然也因文字而获罪，实在是天大的笑话，而这确确实实又是乾隆朝众多文字狱中荒唐的一幕。它从一个侧面反映了清政府将文字狱之网构织得何等的严密。

王道定之案

1. 姓名之谜

乾隆三十三年（1768年）八月二十四日，浙江省富阳县典史邹宗洪来到县城的一家饭店，盘查有无形迹可疑者，一位姓于名魏号景阳的投宿客人引起了他的注意。这位客人有柄扇子，上书："仆有无价之珍，非有大福量大因缘者不能承受"等语。在他房间里发现船票一张，上写"孙客"。典史疑心顿起：此人口称姓于，船票上为何写姓孙，这里必有文章。接着，邹又查出客人随身携带的书籍一包，其中一部诗稿内有"断缰脱锁入行舟，客路也知成罪放"等语，像是犯罪脱逃者的抒怀之句。问其何处人氏，答曰湖北荆门州人。邹宗洪闻言猛然想起，不久前湖北出过一起叛逆案，为首者名为孙大有，案中的几个要犯如今依然在逃，面前这位可能姓孙的湖北人，说不定就是此案的逃犯。假如我真的抓获了朝廷钦犯，那可就立了大功，奖赏是少不了的，保不准还能升官晋级。想到这里，典史不由分说将投宿客人带往官府问话。

来到官府后，邹宗洪一口咬定，于魏必是孙大有案内的逃犯。这下于魏可傻了眼，因为他知道孙大有叛逆案非同一般，牵入此案非得落个家破人亡的结局不可，于是赶忙辩白，他既不姓于，也不姓孙，实际上姓王，学名王道定，是位秀才，与孙大有等毫无瓜葛。典史不但不信，反而更胸有成竹地断定面前这位花言巧语的湖北人定是逃犯无疑。所以，他一方面声色俱厉地逼其自写供词，另一方面又诱骗说，只要我处问供有案，他处即可免掉讯诘。在典史的一再威逼和诱使下，于魏只好写下一份供词，说他本人因为附近地方发生孙大有叛逆案，怕有牵连，故尔脱逃，但坚不承认自己就是朝廷通缉的案犯。邹宗洪虽然没有完全达到目的，但手握这份供词，便可以报县审理了。严刑之下不怕你不招。

富阳知县听罢邹的汇报，看罢于魏的供词，也认为此人十有八九就是孙大有案内逃犯。开始，于魏还想为自己辩解，后来，知县说要动刑，于心中害怕，只好供认自己本姓孙，孙大有是其族侄。今年孙大有谋为不轨，将他的姓名登记入册。后来官兵追剿，自度簿内有名，不敢回家，乃改名于魏，漂游浙江。

然而，知县阅罢卷宗后，发现楚省通缉的孙大有案内逃犯并无于姓、孙姓或王姓之人；年龄分别为十六岁和三十余岁，而于魏已年近六十；逃犯相貌亦与于魏迥不相符。这到底是怎么回事？知县与典史如坠五里雾中。最后，他们只好将于魏解往省城，听候上司处理。

2. 原是算命炼丹人

浙江巡抚觉罗永德接案后，先查阅了于魏随身携带的书籍，发现其中有黄帝的《阴符经》、老子的《道德经》、魏伯阳的《参同契》、张伯端的《悟真篇》、集古的《诸真录》等道家著作，均言阴阳五行、刚柔克协，去邪存诚，修炼还源等道家理论，另外还有些讲究黄道吉日的杂书，都算不上悖逆文字，唯有一本题为《汗漫游草》的诗稿，字义隐跃，不知所指。扇面上所书的“无价之珍”等语也甚为荒诞。

觉罗永德随即率领同僚会审案犯，一番严鞫，方得悉内中隐情。

原来，案犯真名王道定，系湖北省安陆府荆门州人。雍正十六年（1732 年）考中秀才。如今年已五十九岁，家中有一妻三子六孙。王平素擅长勘察地理、风水，行医筮卜，并喜欢练习道家的修炼之法。近来因家道贫困，欲出外觅食。原想去河南访友谋生，行至樊城适值河道干涸，遂掉头南向，搭便船到了汉口，随后又前往安庆、江宁、苏州、杭州等地，最后行抵富阳。

由于穷途潦倒，靠卖卜为生，怕人耻笑，因而隐匿真名实姓，或捏名于赤川，或捏名于景阳，或捏名于魏。及到雇船起票时又捏称姓孙。旅途无聊之中自做诗稿一本，题曰《汗漫游草》，出于贫苦流落的窘境，字句之间多感慨、牢骚。又由于平时爱读道家著作，喜讲修炼之法，便想凭此骗些银钱度日，所以在扇面上写了“仆有无价之珍”等语，渴望有人请他去讲长生不老之学。

没料到在富阳被典史邹宗洪疑为逃犯，逼写供词，到知县衙门后，又因畏刑屈认为孙大有案内逃犯。实际上他与孙大有毫无关涉。

最后，王道定还为自己辩解说：假如生员是孙大有一族人，船上就不写姓孙了。另外，如果生员与孙大有逆案有牵连，纵使本人逃出家中，妻室子孙 20 余口，岂能漏网。

听完王道定的供词后，觉罗永德等人又就其诗稿种种隐跃诧异之句逐条讯问，如《赠翁秩群诗》内有“奇干偏争制胜兵”一语，是何立意？翁秩群又系何人？王答曰，翁乃是曾经同船而行的一位客人，他很有才学，却不去做官，只愿当个小小的书办，所以借用“制胜奇兵”来赞他。又问《酒肆诗》内“乾坤半输纵横计”系何立意，王供称自己少年读书，费尽苦工，未能出人头地，如今物换星移，日月销磨，年已过半百，故有此慨叹。

王道定对自己所作之诗一一剖辩清楚后，觉罗永德等人又问他，既习炼丹之法，能否试验。这一下可撞到了王道定的话匣子上，不知是为了讨好公堂上的大人们还是为了显示自己的真才实学，他竟忘乎所以，滔滔不绝地讲起道来：修炼之法存在于男女阴阳交合事中，取女子天癸之气，运入丹田，…等等。搞得觉罗永德等人哭笑不得，只好喝令其闭嘴。

公堂讯问结束后，觉罗永德马上咨文湖北查询孙大有案内逃犯有无王道定。得到否定的回答后，王的逆案逃犯嫌疑终于被去除了。

3.“造妖言惑不及众”

王道定虽然不是逆案逃犯，但却不能白白地开释了事，既然进了衙门，就得剥你一层皮。在如何给王道定定罪的问题上，地方大员们着实费了一番脑筋。王所带的道家著作不是悖逆文字，其所作之诗因引喻错谬而显得荒诞、隐跃，虽其中透着牢骚之情，但终究不能算作阴谋不轨。唯一可以做文章的是他假借炼丹修养之术，扇中妄书狂言，远赴外省，图利惑人。然而大清律例内没有惩治此等情事的量刑标准。怎么办呢？想来想去，最后决定“比照造妖言惑不及众”律，将王杖责一百，流放 3000 里。王道定这位素心筮卜的算命先生，却算不出自己作为大清臣民的命运，只好自认学业不精了。

希图以文侥幸的武生之狱

1. 武生的科举梦

乾隆三十四年（1769 年）春，安徽学政德风按临宁国府主持当地的科举考试。四月一日，文场考试正进行中，德风接到一纸呈词，进呈者乃宣城县武生李超海，内容是请求学政考试武生时，将他由武秀才拔取为武举人，并声称他著有《武生立品集》六册，业经缮写清楚，请学政品评。

德风阅过呈词，油然生出警觉之心：李超海如此荒唐，其所著书内会不会有不法文字？于是，命令属下将《武生立品集》取来查阅。

《武生立品集》共有36篇，德风认为其中32篇均属“窗下鄙俚荒词”，“其字句尚无悖逆处”，惟《策论铭》中《文武全材》、《文武并重》、《储材防海》、《酒友铭》四篇内，有“天下武生可用与不获见用者，莫此时为甚”，“重为君重轻为君轻，若何？文重武轻一言而失天下干诚之心”等语句，皆属悖谬不经。

德风随即命人将李超海提来讯问有无指使之人。正满怀希望静候佳音的李超海感到事情有些不妙，急忙回答：书乃自己所作，无人指使。德风接着就《策论铭》中的所谓悖谬之语诘讯李超海是何居心？李这时如梦方醒，断定大祸即将临头，因而支支吾吾，言不成句，口中不断念叨“草野无知，希图侥幸”等语。

德风正言厉色，痛斥李身为武生，理应安分，今竟敢妄为著述，肆发谬论，实属不法。随即喝令将其拿下，移解巡抚衙门审问定罪。同时，德风又委员飞赴李超海寓所和家中搜查，并起获《武生立品集》文稿一束。

安徽巡抚富尼汉接手案件后，为确保无不法文字漏网，再次派人搜查了李家，结果一无所获，无奈，只好等着李超海解抵省城后进行审讯了。

2. 著者与誊抄者的结局

李超海案发后，学政德风和巡抚富尼汉分别拟折上奏。四月二十四日，乾隆降旨：李超海以微末武生“竟敢妄为著作，逞其诞词”，“不可不严加治罪，以惩恶劣”，“毋得稍存姑息”。

富尼汉等人接旨后即会审李超海。大堂之上，李供称他本人乃宁国府武生，粗知文义，自负有才，由于历次考试，屡受挫折，家资耗费几尽，故抑郁无聊之中混写成《武生立品集》。书成后，曾捡出《文武全材》一策进呈前任安徽学政双庆，结果如泥牛入海。今年二月间，听闻学政德风将按临宁国府主持科考，更想进呈所著，以求取科举。为此，他请了胞侄李上青，女婿冯桂馨代誊部分稿子，堂侄李华萼代抄目录。四月一日，他带着誊好的书稿前往学政处投递，结果被锁拿下狱。

李超海一再表白，《武生立品集》是他自己所著，无人指使，亦无人参议。书中悖谬语句，实因愚昧，不知忌讳所致，绝非心怀怨望，讪谤时政。

富尼汉等再三逼鞫，李矢口不移。被牵连入案的誊抄者均称，不晓文义，误为抄录。

最后，富尼汉等人断定：李超海所为与“妄布邪言”无异，应依律斩立决。李上青、冯桂馨听从尊长指使，冒昧代抄，依律杖责八十，枷锁一个月。李华萼仅誊写目录，而目录非诞词，故免置议。前任学政双庆接到李超海的策书并不奏明，宜交部议处。李超海所在府、县学官，平时毫无觉察，殊属溺职，咨请斥革。

乾隆接到富尼汉拟就的判决意见后，朱批刑部核拟速奏。刑部自然不会给李超海等人减刑，因为皇上早有圣旨要“严加治罪”，“毋得姑息”。李超海只有静待引颈受戮，其他被牵连者也只能哀叹自身运命的困蹇了。

安能敬试卷诗文案

乾隆三十四年（1769 年）五月，直隶学政倪承宽按临冀州考试当地的文武生员和童生。在阅看试卷的过程中，倪发现州学生员（即秀才）安能敬的答卷存有问题。安的应试题目是《赋得人文化成天下》。在此题目下，安做了一首诗，诗云："浑庞俗渐远，焕采在此期。满怀皆节义，人世大文垂。恩荣已千日，驱驰只一时。知主多宿忧，能排难者谁。在上昭大观，化神俗自移。万民共瞻日，含哺鼓腹嬉。"倪承宽吟诵再三，断定诗句意含讥谤，尤其是"知主多宿忧，能排难者谁"一句。于是，倪承宽马上饬令冀州知州单功擢密拿安能敬到案，严讯其诗立意，同时搜查安能敬家中存书及安平日所做诗文，调查安从前有无滋事之举。

单功擢遵命亲赴安能敬家中搜查，结果并未发现违禁文字。单又就安能敬平素品行诘问其亲友邻居，被问之人皆称，安平时尚知安分自守，未曾滋事。末了，单只好押着安能敬回衙门审讯。

公堂之上，安能敬再三供称，他平日做诗原本就没有讲究。试卷内的诗本意是想极力称颂，但苦于胸无点墨，故随意填写，以致字句多不妥切，实在没有他意。

最后，单功擢将其调查和审讯的结果，详细呈报倪承宽，倪放心不下，又亲提安能敬鞫问，且看下面的公堂记录：

问：安能敬你住在何处？多大年纪？何年入学？你是生员，入场做诗，应该依题抒写，为何妄肆讥议。况且，这题目怎能说得到这些话上。你把做诗之意一一供来！

供：草生系南宫县青杨寨人。今年三十八岁。二十四岁考入州学为秀才。入学时尚未作过诗。近来因为家道贫寒，荒废久了，入场应考，原要竭力称颂，无奈说不上来。比如"恩荣已千日"一句，是想说圣世恩泽遍及臣子已非一日。"驰驱只一时"意谓如今缅甸匪民不思安分，正是朝廷臣工报效圣恩之际。"知主多宿忧"一句是指皇上因缅匪之事，费了许多心思筹策，难道那些镇守边疆的官员不知道吗？“能排难者谁”是想说朝廷正在用兵之时能尽心出力者是谁。由于我文义不通，忙乱之中，随后写了“排难”两个字，并无别意。

问：你既然说到缺少出力之人，你心里自然有出力的意思，可一一供来！

供：草生不过是信口乱说，凑来便是一句诗，并无别的主见。

问：你是生员，岂不知法度，朝廷之事岂是你讥诮的？

供：这便是草生该死之处。

问：你还有什么别的心事，更有何主见，平日同何人在哪里议论过这些话，今日亲自审你，可从实说来，不然便要动刑了！

供：草生实在没有别的心肠，也实在没有同别人议论过，不过一时想到信手写上，这便是实情，别的话都没有了。

学政大人费了半天工夫，也没有问出个所以然。但他不想就此罢休，在他眼里，安能敬居住乡野，不思安分读书，动辄敢于试卷内肆行讥议，非重治其罪，不足以警戒愚顽，端正士风。于是，他一面命将安能敬移送总督衙门治罪，一面拟折上奏皇帝并附上安能敬的试卷、供单。

乾隆接到奏折和案情材料后，并没有对倪承宽治理属下文人的“一丝不苟”精神表示赞赏，这位苛求文字之责的皇帝也感到倪承宽所办实在有些过分吹毛求疵，因而朱笔批道：阅看安能敬之诗，只是不通，尚无别故，不必究问，亦不必革去其生员资格。

安能敬虚惊一场，总算躲过了一场灾难。倪学政则白费了一番心机，实在遗憾得很。好在讨好皇上的机会多的是，他只要耐心等待就行了。

严谱案

1. 大学士家的不速之客

乾隆四十一年（1776年）七月十七日，大学士舒赫德自内阁办完公事回家后，刚刚坐定，家人就进来报告说，门口来了个人，说是吏部送公文的。舒赫德当即吩咐将公文递进来。不一会儿，家人拿进一个白纸包封，封面上写着“送舒大人宅”字样。拆开来检查，见有给皇帝的奏折一件，严谱烦代奏”禀启一纸。舒赫德立刻明白了，这哪里是什么公文，分明是有人在侥幸求取功名，于是命将“送公文”者唤进讯问。来人自称姓严名谱，山东高平县人，从前曾在都察院当书吏，是个从九品的小官（清朝官吏分为九个品级，每一品级分正、从两等，从九品为第十八级），乾隆二十五年役满回家，现在崇文门外万春杂货号内代人写账谋生。舒赫德随即派人到严谱寓所搜查，又搜出已经誊清的奏折一本，呈四阿哥（乾隆帝的第四子）禀启一个，及自著《瓦石集》一本。舒赫德见事涉四阿哥，奏折、禀启又“狂诞不法，殊堪骇异”，所以丝毫不敢懈怠，一面将严谱密为看守，一面将事情经过写成奏折，连同严谱投递的奏折、禀启等一起恭呈乾隆皇帝御览。

此时，乾隆帝正在热河承德行宫避暑。他看到严谱的奏折里竟敢议论皇上与已故的那皇后之间的私事，说什么“那皇后贤美书烈，多蒙宠爱，见皇上年过五旬，国事纷繁，若仍如前宠幸，恐非善养圣体，是以故加挺触轻生”，不禁勃然大怒。小小庶民竟敢污蔑皇上，真是吃了豹子胆。等冷静下来一想，“严谱乃微贱莠民，何由知宫闱之事，且何由知有那拉氏之姓？其中必有向其传说之人，不可不彻底严究。”另外，递四阿哥启帖一纸，“尤为可异”。四阿哥在诸皇子中虽属居长，但若以办事而论，六阿哥所管事务较多，“何以向四阿哥投启，殊不可解”。于是，乾隆帝命令将此案交大学士舒赫德、协办大学士阿桂、刑部尚书英廉在京秘密审讯。

2. 私议那皇后的由来

严谱在奏折里讲到的那拉皇后之事，据史书记载是这样的：

乾隆三十年（1765 年），皇上第四次南巡。正月从北京出发，闰二月到达杭州。一天深夜乾隆换上便服到外面游玩，随同南巡的皇后乌喇那拉氏极力谏劝，直至泣下，甚至还剪掉了头发。乾隆十分生气，说皇后疯了，命她先回京师。四月，乾隆回到北京，便想以疯病为由将那拉皇后废黜。刑部侍郎觉罗阿永阿想进谏劝阻，但又考虑到老母在堂，如有不测，无人奉养。正踌躇间，他母亲知道了，说：“尽忠不能尽孝，忠孝不能两全。”阿永阿于是洒泪拜别母亲，上疏进谏。乾隆见疏后大怒，召九卿给阿永阿定罪。大臣们都不敢言语，只有刑部尚书钱汝诚替阿永阿说了几句好话。结果，阿永阿被遣戍黑龙江，钱汝诚被削职。但因为有了这一谏，那拉皇后才没有被废掉。到了乾隆三十一年，那拉皇后去世，乾隆命令：“所有丧仪，不得循皇后大事办理，只可照妃例行”。当时有个御史叫李玉明，上疏请行三年丧，结果被遣戍伊犁。

但是，上述这些事属于宫闱秘事，身为役满书吏的严谱是怎么知道的呢？他私拟奏疏、议论正宫的动机又是什么呢？为了审出让皇上满意的口供，京师的问官们动用了各种酷刑，如拧耳朵、长跪、打板子、拶指等等，被折磨得哭爹叫娘、死去活来的严谱，怎么也供不出问官们想要的口供，翻来覆去总是下面这些话：

乾隆三十年皇上南巡，在江南路上先送皇后回京，我那时在山西本籍即闻得有此事，人们都说皇上在江南要立一个妃子，那皇后不依，因此挺触，将头发剪去。这么说的人很多，如今事隔十来年，我哪还记得是谁说的呢？乾隆三十三年我进京，又知道有御史因皇后身故不曾颁诏将礼部参奏，结果被发遣。乾隆三十六年间，我妻子儿女都死了，由此想到人孰无死，若不做些好事，留下名声，就是枉为人了。三十七年进京后，心里妄想若能将皇后的事呈个折子准行颁诏，就可以留名不朽。又想从前御史做的折子一定说得不好，所以得罪。于是我丝毫不提立妃、剪发的传闻，专说皇后贤美节烈，希冀动听颁诏。那年我在进京路上还做过两副对子：一副是“忠孝节义果能行，虽然贫贱，理宜起敬，奸淫邪盗若有犯，即使富贵，法难宽容”；一副是“臣道维艰，利禄条条，焉能事事行公正；乾纲不易，将相济济，那能个个别贤愚”。总是我糊涂好名的想头。至于所说“贤美”二字，就是美而有德之意；“宠幸”二字，就作和好讲；“轻生”二字即是身故，“挺触轻生”就是说皇后节烈之处，并没有别的意思。

问官们无奈，只好将审讯情况如实奏报皇上，乾隆随即降旨：为避免“外间无识之徒”“妄生猜疑议论”，“不必过用重刑以致刑毙”。七月二十五日又降一旨：不必对严谮所供之人穷追不舍，以免“拖累无辜”；严谮“罪大恶极，自作之孽，与其亲属无涉”。乾隆大概已经很清楚了：严谮所为不过是一个爱虚名的小人物的荒唐举动，没有什么政治背景。

最后，九卿、三法司请旨将严谮照大逆律凌迟处死，乾隆帝谕“从宽改为斩决”。就这样，可怜的严谮虽然掉了脑袋，“芳名”却没有挣得。

王锡侯《字贯》案

1. 王锡侯与《字贯》

王锡侯，江西新昌县人，原名王侯，因为怕犯忌讳，遂改名为锡侯。他是封建时代的一位典型的靠著书谋生的知识分子。三十八岁的时候，王锡侯中了举人，以后曾经九次进京参加会试，结果都落了榜。在碌碌风尘，仕途无望的现实面前，他百感交集。但他并没有因此消沉下去，而是振作精神，发奋著书，以图留名于后世，稍慰不能跻身官场，光宗耀祖的遗憾。他先后写过《王氏源流》（考证出周朝列王以至黄帝均是他的远祖）、《经史镜》（讲“庆殃报复”、“酒色财气四戒”一类的内容）等著作十余部，而且全部付梓刊行了。这对王锡侯来讲，是名利双收的事情。因为他儿孙满堂，却没有一垅田地，全靠著书、卖书维持生计。乾隆四十年，日子实在过不下去了，无奈只好将一处旧房典给别人，得了135两银子。这一年王已经六十三了，还亲自跑到吉安，督催其新著《字贯》的刻印工作。

《字贯》是一部按天、地、人、物四大类统字的简明字典，从开始编写到付梓印刷共花费十七年的时间。王锡侯对这部部头可观、体例新颖的字典寄予了莫大的希望，因为它不但能够提高王的声誉，而且刊行以后足能换些银子度过“床头金尽，瓶中粟罄”的窘境。然而，命运却偏偏和王锡侯过不去。《字贯》并没有换来他梦寐以求的名誉和金钱，却招来了杀身破家的惨祸。

2. 挟仇控告

乾隆四十二年（1777年）王锡侯的同族人王泷南来到新昌知县衙门，控告王锡侯编纂的《字贯》“狂妄悖逆”。王泷南是个爱惹是生非的光棍，从前曾因唆讼而问徒发配，后来他偷偷从配所逃回原籍。当时王锡侯血气方刚，好打抱不平，就告到官府，把王泷南拿获再次发配了。事隔多年，王泷南遇赦还乡，旧恨难释，寻机报复。乾隆三十九年，皇帝降旨查办禁书，王泷南感到机会来了。要把王锡侯整个死，最好的办法莫过于检举他撰写、刊行的书中有悖逆之语，而在王锡侯所著各书中，《字贯》的辫子最好抓。《字贯》书前有王锡侯的自序，序文在谈到编撰该字典的意图时，先颂扬了一番《康熙字典》如何如何好，接下来笔锋一转说道：“然而穿贯之难也！今《康熙字典》所收4万6千字有奇，学者查此遗彼，举一漏十，每每苦于终篇掩卷而仍茫然”。这是对《康熙字典》不加掩饰的批评，而这部字典乃是康熙皇帝御制之书，王锡侯如此评论就可以引申为有意贬损康熙皇帝。王泷南就咬住了“穿贯之难”等语，告王锡侯“狂妄悖逆”。

新昌知县见有人告发逆书，不敢懈怠，赶紧禀报上峰江西巡抚海成。海成吊取《字贯》原书，先命巡抚衙门的幕友们检阅。检查到该书序言时，发现确实存在问题。但幕友们向海成解释，王锡侯的论断乃属“狂妄不法”，不能算作“悖逆”。海成据此命人拟具奏折，向乾隆皇帝禀明案情，并建议将王锡侯举人头衔革去，以便审拟定罪，同时又将《字贯》一部40处粘签，恭呈御览。

3. 乾隆动怒

乾隆皇帝收到海成封送的奏折和《字贯》以后，一番“御览”，勃然作色。当他阅看到《字贯》第十页时，见“凡例”内直书康熙、雍正和他本人的名字，于是断定此乃从来未有的大逆不法之事，“罪不容诛，应照大逆律问拟”。乾隆皇帝的怒气，主要是对海成而发的。《字贯》的“悖逆”开卷即见，如此明显，海成竟说它“无悖逆之词”。十月二十一日，乾隆命军机大臣传谕海成，骂他“双眼无珠”，“天良尽昧”，又命他将逆犯王锡侯迅速锁押进京，交刑部严审治罪。就这样，王锡侯《字贯》案由妄行著书的一般案件一下子升级为钦办的特大逆案。

问题是王锡侯一介书生果真值得乾隆大动干戈吗？这就需

要费一番笔墨来分析了。

大清臣民不能直书本朝诸位皇帝的名字，这个“避讳”是存在的。康、雍、乾三帝的名字分别是玄烨、胤禛和弘曆。如果行文中遇到这几个字都不准直书，而要“避讳”，如胤禛写成同音“允正”，“弘曆”则缺笔，写成“弘历”。假若必写皇帝的名字，可以采取变通的方法。如“胤禛”可作如下处理，“讳上一字从曆从肎，下一字从示从真”。麻烦固然有一些，但臣民必须遵守，否则便犯了“讳”。王锡侯并非不懂临文避讳，他是好心，怕年轻的儒生不懂，所以在《字贯》的凡例内将康、雍、乾三帝的名字原字写出，提醒人们不要犯忌讳。这且不论，就是真的不留心没有避讳，也不见得非要治罪，更谈不到什么大逆不法。乾隆即位后曾一再降旨声明：“避名之说，乃文字末节，朕向来不以为然。”《字贯》这部书刷印后在各省售卖两年之久，从未有人指出它在“避讳”上的“大逆不法”；王泷南欲置仇人于死地，却没有去作王锡侯犯讳的文章；海成让“开卷即见”的“悖逆”文字漏掉并非漫不经心，“双眼无珠”的结果。这一切都表明，一个卑微的读书人出于好心而将先皇和乾隆的名字悉行直书本来不是什么大不了的事，犯不上乾隆皇帝大动肝火。但是，乾隆一定要借避讳这个小问题把《字贯》案打成“从来未有”的特大逆案，其中的奥妙需要到当时查办禁书的政治背景中去找寻。

乾隆皇帝特别害怕于清朝统治不利的各种书籍，尤其是明末清初的野史、清初具有民族气节的明朝遗民的诗文集。他总觉得这些书籍会影响臣民的思想，导致产生新的敌视清朝的分子。为此，他曾经着力抓过几起收藏明末野史或逆书案子，也曾下令查禁、销毁过某些人的著述。但这样零敲碎打，毕竟不是个彻底的解决办法，为了大清江山的长治久安，乾隆一直在苦心筹策一条一劳永逸之计。

乾隆三十七年他终于想出了征集图书的高明办法，诏谕全国“搜辑古今群书”，表面上说是为了“嘉惠士林”实际上是要借重视学术文化的幌子，将一切有碍清朝统治的禁书摸清，然后诏令劈板销毁。两年多过去了，书籍确实征集了不少，但乾隆内心想“征集”的却寥若晨星。看来草野愚民精得很，他们似乎窥破了皇上的诡计，一齐来捉迷藏。如意算盘不如意，乾隆干脆撕下伪装，于乾隆三十九年八月降旨，查办一切有碍朝廷统治的禁书，尤其是明末野史。

然而，查办禁书效果亦不见佳。乾隆逐渐意识到这是各省督抚漫不经心，不肯用力所致。进入乾隆四十二年后，皇帝便伺机制造一起大案，借以在封疆大吏们背上猛击一掌，促使他们惊醒起来。江西巡抚海成没有看出王锡侯文字犯讳之处，把一部“大逆不法”的书籍从眼皮底下漏掉，正好拿来当坏典型。至于说王锡侯的犯讳能否算得上“悖逆”，这是次要问题。

4. 查办禁书的牺牲品

乾隆皇帝要借《字贯》案严惩海成，警戒各省督抚，推进禁书的查办，那么王锡侯的命运就可想而知了。乾隆四十二年十一月，王被押解到京，投入刑部大牢。案情很简单，况且皇上已经有了问罪的圣谕，所以没有什么好审理的。没有几天大学士、九卿会同刑部便把这件特大案办完了。他们依照皇上早已定下的调子，请旨照大逆律将王锡侯凌迟处死，他的子孙、弟侄及妻媳 21 人照律缘坐，家产没收入官，王锡侯所著一切书籍通令各省查缴销毁。乾隆帝命将王锡侯从宽改为斩立决，其子孙王霖等 7 人从宽改为斩监候，秋后处决，妻媳及年未岁之子给功臣之家为奴。王锡侯的全部家产，把锅碗瓢盆、小猪母鸡统通计算在内，不过价值六十多两银子。一个无辜的、清寒的知识分子就这样家败人亡了。

既然王锡侯的《字贯》是“从来未有”的“大逆不法”，那么未能发现其悖逆的巡抚海成也就难逃重惩了。如果说王锡侯冤枉，那么海成的冤枉也不在其下。

海成是个旗人，胸无点墨，但对查办禁书向来非常热心。到乾隆四十一年底，江西省已查缴禁书8000余部，列全国榜首。海成的高招很绝，为使查办禁书的诏令家喻户晓，他命令各州县把地保召集起来，训练一番后，再让他们挨家逐户地去宣讲，无论是全书还是残卷，统通呈缴，官府则付给缴书者一倍的书价。乾隆对海成的创造颇为欣赏，曾经通谕各省仿效。但是如今，为了查办禁书的全局，乾隆皇帝不得不将自己刚刚树起的典型打翻。十月二十三日的上谕里指责海成没将《字贯》早日查出，可见其“从前查办应毁书籍原不过空言塞责，并未切实检查”。这无异于告诫各省督抚，像海成这样的查办禁书“模范”尚且“空言塞责”，你们又会怎么样呢？为了让各省督抚吸取教训并因而猛醒，乾隆对海成的处理越来越严厉。在短短两个月内，先是“传旨严行申饬”，随即“交部严加议处”，继而“革职交刑部治罪”，直至刑部拟斩立决，乾隆皇帝才觉得火力差不多了，于是下令从宽改为斩监候，秋后处决。

海成是查办禁书运动以来第一个被判处死刑的封疆大吏，乾隆并不讳言拿他开刀的意图在于“使封疆大臣丧良负恩者戒”！封疆大臣中，首当其冲的是两江总督高晋。因为两江下辖江苏、江西、安徽三省，作为海成的上司，高晋自然难辞失察之咎，况且总督所之地江宁地近江西，所以高晋也遭到乾隆的申饬，最后受到降一级留任的处分。深谙为官之道的督抚大员当然要从《字贯》案的处理中吸取教训，他们谁也不愿意，成为海成第二。

纵观整个《字贯》案的全过程，不难看出它并非一起孤立的文字狱，而是服务于查办禁书这个政治目的的。王锡侯和海成不过是查办禁书这场浩劫的牺牲品。

八十六岁老翁刘翱之狱

乾隆四十三年（1779 年）五月初四日，一耄耋老者来到湖南巡抚衙门投书自呈。巡抚颜希深检视其书，见其中字句“多有悖逆之处”，遂命将此人押下，随即会同在省司、道官员进行审讯。

老者名叫刘翱，湖南省安化县人，家境穷苦，幼时曾读过几年书，粗知文理，后因家贫而辍学，农耕度日。

雍正年间，皇上曾经降旨令大小臣工“条陈利弊”。刘翱得知后，便想将自己平日对时政的看法写下来，呈请地方官员转奏，冀得寸进。于是，他于雍正八九年间，“来本省现办事件，谬参己见，妄议更张”，编成一书，取名《供状》。雍正十三年（1736 年），刘翱来到省城长沙，意欲将书呈给学政，因学政不在，心愿未遂。乾隆四年，他将书呈给安化县知县力暄春，禀请转呈，被知县批饬发还。乾隆十年，他又把书呈给当时的巡抚蒋溥，结果被巡抚“逐条指驳示谕”。屡次呈书皆被驳回，刘翱心灰意冷，此后多年没有再呈。

乾隆四十一年（1777 年），皇帝下诏令各省查缴违碍之书。刘翱呈书之念又起。此时的刘翱已不再有邀恩录用的念头，只是觉得自己为编这本书花费了数年心血，书中记载的虽是些陈年旧事，但其中或有可采之处亦未可知，不甘心被埋没。刘翱还认为，皇帝下诏查缴违碍藏书，必是怀疑士民妄生议论，但“我朝圣圣相承，恩深百姓，纵有昧心狂笔，何忍存留？”实无查缴的必要。因此，他天真地决定把自己的书献出来，“少释圣疑，冀免查缴”。为表示自己甘冒重罪、犯颜直谏的决心，他在书前加上前任巡抚蒋溥的驳语，书后添入“自古国运接续之际，妄生议论者何代无之”、“是非之心人皆有之，不得已之鸣，不揣狂妄，愿发部律拟，重罪甘心”等语，然后请侄子刘维经将全书重新誊抄了一遍。乾隆四十三年，刘翱以赴益阳就医治病为名，辞别家人，前往长沙呈书。

这一年，刘翱已八十六岁，“衰惫龙钟，两耳重听”。但他不顾年老体弱，长途跋涉前去省城献书，足见他对朝廷的一片忠心。然而这一次呈书，等待着他的又会是什么样的结局呢？乾隆不高兴。

湖南巡抚颜希深的警惕性比前任巡抚蒋溥和安化知县力暄春都要高得多，他不但一眼就看出刘翱“形踪诡异”，而且立即从他的书中找出了若干罪证：

查刘翱以一介小民辄敢妄谈国政，已属狂诞，且捏造圣祖仁皇帝（康熙皇帝）谕陈鹏年之谕旨，并妄论世宗宪皇帝（雍正皇帝）由藩夷承继大统之语，毫无忌惮；其指斥吕留良、曾静之处又系从何考据？书尾所称“接续之际妄生议论，何代无之”，又云“是非之心人皆有之”，其居心更不可问。

有了这些罪证，颜希深便决定要重治刘翱“其罪”了。他一面将刘翱收监，严加看管；一面委派长沙府蒋曾炘率同试用知县汪朝銮迅速赶赴安化县归化乡刘翱家中，“逐细搜查，提同犯属、地保一并拿解来省，逐一严审。”

然而，乾隆皇帝对颜希深的处理并不满意。他于五月二十四日和五月二十七日连续两次发出谕旨，批评颜希深“办事不精细”。谕旨指出了颜希深的两点错误：其一，委员未妥。乾隆指出，长沙知府蒋曾炘系苏州吴县人，与前任巡抚蒋溥同府同姓。蒋溥在刘翱呈书时，“不即究治，转为逐条批驳，本属错误。”现在派蒋曾炘去安化县查办，“安知其不为回护，亦岂可不避嫌疑?”应选派别籍不同姓官员前往查办。其二，处置不当。乾隆认为，似刘翱此等狂诞之徒，竟敢妄谈朝政，即使书中没有不法字迹，也应立即流放外地，而不应继续留在内地滋事。因此，必须将刘翱发遣乌鲁木齐等处，不得因其年已八旬而稍为姑息。

面对皇帝的严厉批评，颜希深唯有表示“悚惶无地”、“如梦方觉”，好在此时他已改任兵部侍郎，刘翱一案转由继任巡抚李湖办理了。

乾隆四十三年六月初二日，新任巡抚李湖到任。上任之初，李湖即认为湖南“民俗刁悍”，“士习浇漓，……动辄掉弄笔墨，冒上无等，锢习相沿，恬不为怪。”为了“明刑弼教”、“除莠安良”，李湖决定抓住刘翱一案，重治其罪，“示以创惩”。他一面率同两司提出刘翱，“亲加查验”、“悉心细讯”；一面遵旨另派衡永郴桂道汪新星夜赶赴刘翱家中详细搜查，并“就近讯究有无同著伙党、代为隐匿情弊”。

六月初九日，汪新到达安化，第二天即与县令詹斌前往离县城70里地的刘翱家中彻底搜查，但没有查出“悖逆不法字迹”。传讯其族亲邻人，皆说“刘翱平日性情暴戾，行事乖张，为乡党所共恶，不与往来，并无同编伙党，亦无代隐不法字迹。”

本来，乾隆皇帝并不想要刘翱的老命，而是指示将其流放乌鲁木齐。当然，八十六岁高龄的刘翱是经受不起旅途的折磨的，即算不死在途中，亦必很快埋骨新疆，对刘翱来说，流放与死刑无异。但是，李湖认为：“该犯以一介小民，不知安分守己。从前私编《供状》，妄干朝政，已属狂诞，今又以查缴禁书，妄揣圣意，甘冒重罪，陈词冀免查缴，更属不法。虽查其家别无悖逆书籍，亦无同编之人，似此狂诞不法之徒，若不明正典刑，不足以儆嚣论而惩锢习。”因此，李湖请旨照“妄布邪言为首斩决”例判决刘翱死刑，“即行正法”，并将其犯事经过缘由遍谕通省士民，“以昭炯戒”。至于刘翱的亲属，因“均属乡农，不知文义，审无知情同谋”，概予省释。

曹雪芹和《红楼梦》

曹雪芹名霑，字梦阮，汉军旗人，其祖先为朝廷官员，少年时代，过着贵族的豪华生活，晚年贫困潦倒，写成《红楼梦》。

《红楼梦》是一部伟大的现实主义巨著。全书共一百二十回，前八十回由曹雪芹写成，原名《石头记》；《红楼梦》内容极其丰富，它通过贾宝玉和林黛玉的爱情悲剧，形象的反映了十八世纪中叶中国封建社会的社会矛盾和危机。《红楼梦》通过对贾、史、王、薛四大家族衰亡史的描写，揭露了封建社会晚期各种不可调和的社会矛盾，暴露了地主阶级的罪恶，揭示了封建制度濒于崩溃和必然灭亡的历史趋势。《红楼梦》深刻地揭露了封建统治阶级贪污纳贿，仗势欺人，官官相护，草菅人命，收租放债，残酷的压迫与剥削劳动人民的罪行。“贾不假，白玉为堂金作马；阿房宫，三百里，住不下金陵一个史；东海缺少白玉床，龙王来请金陵王；丰年好大‘雪’，珍珠如土金如铁”就是四大家族财势逼人的形象概括。贾府修造的省亲别墅——大观园，则是统治

曹雪芹像

阶级骄奢淫逸腐朽生活的艺术写照。《红楼梦》作者以极大的同情，热情歌颂了被奴役、被蹂躏的奴婢向封建势力、封建制度挑战的反抗精神，特别是塑造了贾宝玉、林黛玉两个封建贵族叛逆者的形象。他们要求婚姻自由、个性解放，并对封建礼教和整个封建制度进行了猛烈抨击和尖锐的讽刺。《红楼梦》的艺术成就是卓越的，是中国古典小说的高峰。它情节复杂，事件纷繁，人物众多，但是结构紧严，脉络分明，语言洗练，形象动人。由于阶级和历史的局限，《红楼梦》还存在一些伤感、厌世的消极情绪、虚无主义和宿命论思想。但是《红楼梦》不愧为中国古典小说中思想性最强，艺术性最高的一部伟大作品。

黛玉抚琴

相传，《红楼梦》的前八十回为曹雪芹所著，而后四十回则由高鹗和程伟元所著。

公元1791年（乾隆五十六年）经高鹗续补后四十回的《红楼梦》一百二十回本出版。

高鹗（公元1738年～公元1815年），字兰墅，清代文学家；因酷爱《红楼梦》，别号“红楼外史”；祖籍铁岭（今属辽宁），汉军镶黄旗内务府人，寓居北京。高鹗熟谙经史，热衷仕进，但屡试不第。乾隆六十年中了进士，任过内阁侍读、刑科给事中等官职。他通晓诗词、小说、戏曲、绘画及金石之学，著作如林，但唯有续补《红楼梦》得以传世。也有一说是高鹗

《红楼梦》中的大观园

与程伟元共同续成《红楼梦》后四十回。程伟元（？～约公元1818年），字小泉，苏州人氏，科场失意未能入仕，流寓京师时结识高鹗。乾隆五十六年（公元1791年），高、程二人首次以活字排印出版了一百二十回本《红楼梦》。自此《红楼梦》的版本系统大致有二：一为带脂砚斋批语的八十回抄本系统，题名《石头记》，有甲戌本，乙卯本、庚辰本、戚序本等；一为一百二十回印本系统，程、高首次活字排印本称程甲本，次年修订再印的称程乙本。现在通行的是以程乙本为根据的一百十回印本。

《红楼梦》书影

高鹗能根据原书线索，悉心揣摩曹氏的创作意图，在全书的总体构思上一脉相承，把结局处理成悲剧，使《红楼梦》成为一部情节首尾齐全、结构完整的义学巨著。如贾府危机四伏、大祸迭起终至家败人散；黛死钗嫁宝玉出家，爱情婚姻的主线以悲剧告终等等，这些重要情节的发展都能与前八十回相呼应，具有一定的艺术感染力。续作中不乏精彩生动的章节，如黛玉焚稿，袭人改嫁等。而最大的败笔则在于写宝玉中举、贾府复兴、“兰桂齐芳”等等，这显然有违原著精神。

《红楼梦》后四十回虽然在思想意义、艺术价值和审美情趣等方面都与曹雪芹所作的前八十回有着相当的差距，但由于续作能遵循曹氏原著中的隐喻暗示，大体实现了曹氏的悲剧构思，故得以随曹著前八十回广泛流传。高鹗的贡献在于使《红楼梦》成为完璧，促进了这部有巨大社会意义的经典之作的传播。

吴敬梓与《儒林外史》

吴敬梓（公元 1701 年～公元 1754 年）字敏轩，安徽全椒人。他写的《儒林外史》是一部优秀的古典讽刺小说。

《儒林外史》书影

全书共计五十五回，笔锋所指遍及封建社会各个角落，集中揭露了封建科举制度的腐败，讽刺了利欲熏心的封建文人，从一个侧面深刻的反映了封建制度必然灭亡的历史趋势。首先，作品对封建的八股科举制度做了深刻的揭露。作品从一开始就借书中人物之口，反对明太祖制定的八股考试制度，指出这是一代文人的厄难。接着他通过塑造的两个封建文人周进和范进的典型形象，揭露了一心往上爬的封建文人，一旦出仕即为贪官污吏的丑恶，无情抨击了科举制度的虚伪及其所造成的社会罪恶。其次，作品有力的痛击了封建官府和官僚政治的腐败。他形象的描绘了封建官吏的昏聩无能和爱钱如命，他们念念不忘“三年清知府，十万雪花银”。他们满口仁义道德，实际却是男盗女娼。作品在讽刺、揭露儒林群丑的同时，还塑造和歌颂了一批寄托作者理想的正面人物。书中的杜少卿是一个反对科举制度，鄙视功名利禄，蔑视八股文和封建礼教的叛逆者。沈琼枝则是一个敢于向封建势力挑战，自食其力，要求妇女独立，追求个性解放的新型女性。但是《儒林外史》也有其时代的和阶级的局限，在他描写的正面人物身上，仍然不乏孔孟之道的色彩，缺乏进取和朝气。

禁烟运动

鸦片战争前的中国和世界

17 世纪 40 年代，在东方，是清顺治元年（1644 年）清军入关，定都北京，建立了中国封建社会最后的一个王朝——清朝；在西方，是明崇祯十三年（1640 年）英国国王与国会斗争加剧，不久爆发内战，从而开辟了资产阶级世界革命的新时代。

清朝开国之初，在康熙、雍正、乾隆三朝，曾经有过一番兴旺的气象。康熙皇帝（1662—1722 年在位）励精图治，对内重视安定统一，发展社会经济，对外维护国家主权，抵抗侵略，有效地遏制了来自海上和沙皇俄国的殖民扩张。到乾隆皇帝（1736—1795 年在位）初期和中期，国势达于鼎盛。这 100 年，史称“康乾盛世”。到 18 世纪末，西方资本主义国家的武装入侵和外交讹诈，并没有能打开中国市场的大门；沙俄侵占中国领土的野心，也未能得逞。

林则徐

19世纪之后，封建主义的中国和欧美资本主义各国的差距越来越大了。随着生产力发展的一快一慢，国力对比的一升一降，中外关系的格局，产生了巨大而急遽的变化。

乾隆末年，清王朝已明显地由盛转衰。自嘉庆朝（1796—1820年）至鸦片战争前夜，整个封建制度已危机四伏。

以小农业和家庭手工业相结合为基本特征的自给自足的自然经济，一直是中国封建时代的社会经济基础。从明朝中叶开始，中国封建社会母体内商品经济的发展，已经孕育着资本主义的萌芽。到鸦片战争前夜，在丝织、棉纺织、陶瓷、煮盐、采铜冶铜、采铁冶铁、制茶、制糖、造纸、木材加工等行业中，更出现了具有资本主义性质的手工工场。但是，清政府一直推行“重农抑商”政策，把先进的工业技艺视为“奇技淫巧”。根深蒂固的封建势力，阻碍了资本主义因素的发展。

中国封建社会的主要特点之一，是地主阶级、贵族和皇帝拥有最大部分的土地，而农民则很少或者完全没有土地。这种时张时弛的土地兼并、集中现象，到了19世纪初更是惊人。据清嘉庆十七年（1812年）统计：直接间接掌握在皇帝手中的土地，竟达83万顷（每顷100亩）。其他大地主大官僚也占有大量土地，北方的官僚豪富，有的拥地数百万亩，或“膏腴万顷”；江南一带，豪强兼并，土地集中在百分之一二十的人口手里，以致“田主不知耕，耕者多无田”。

保护封建剥削制度的清王朝，是一个君主专制政权，鸦片战争前即已腐朽不堪。外迫强敌，祸在眉睫，清王朝依然昏昏沉沉。道光皇帝（1782—1850年）虚骄自大，封疆大吏闭塞无知，吏治黑暗，贿赂公行，朝廷充斥“除富贵而外不知国计民生为何事，除私党而外不知人材为何物”的老朽官僚；地方官吏，“为大府者，见黄金则喜，为县令者，严刑非法以搜括邑之钱米”。

国家政权的主要成分军队，也逐渐瘫痪。以刀、矛、弓箭、短剑、藤牌、甲胄和少量火绳枪、滑膛炮等老式兵器装备起来的八旗兵、绿营兵，鸦片战争前夕约有90万（内八旗兵为22万）。不仅兵器落后，而且营务废弛，百弊丛生。当时任鸿胪寺卿的黄爵滋奏称：“今日之兵，或册多虚具”，或“粮多冒领”，或“老弱滥充”，或“训练不勤”，或“约束不严”，“凡此诸弊，翻为兵蠹，稍有缓急，其何可恃?”驻防京城的八旗兵，竟三五成群，手提鸟笼雀架，终日闲游，甚而相聚赌博。有些海防要塞，使用的还是300年前的旧炮。至于沿海水师所用战船，大多是以“薄板旧钉”制成，“遇击即破”。

为了维护封建专制统治，镇压和消弭汉族知识分子及其他反抗势力的“排满”思想，清朝统治者从入关之初，就采取怀柔与高压相结合的手段，实行严厉的文化专制政策。封建士大夫被迫面向故纸，背对现实；或沉湎科举考试，猎取功名利禄；或从事繁琐考据，不敢触及政事。他们闭目塞聪，孤陋寡闻，甚而“不读秦汉以后之书，更不考地球各国之事”。

随着封建王朝统治危机的加深，人民再也无法照旧生活下去了。从嘉庆朝开始，到鸦片战争爆发前，广大农民在北方以白莲教为主，在南方以天地会为主，不断揭竿起义，反抗地主阶级残酷的经济剥削和政治压迫。

正当清朝国势江河日下之时，英、法、美等国的资本主义却在迅猛发展。

英国资产阶级掌握政权后，为了争夺海上霸权，扩张和掠夺殖民地，从17世纪50年代至18世纪60年代，先后打败葡萄牙、西班牙、荷兰以及法国，成为显赫一时的“海上霸王”。英国从18世纪60年代起开始工业革命，用机器工业逐渐代替工场手工业。到19世纪三四十年代，这个过程大体完成。据统计：1835年，英国已拥有蒸汽机1953台，纱锭900万枚，年产生铁102万吨，煤3000万吨。这时，英国已成为世界上最强大、最先进的资本主义国家，它的炮舰走遍全球，它的工业占世界总产量的一半，它的贸易额在各国对华商务中居压倒优势。适应炮舰政策和经济掠夺的需要，英国的军事工业也在急速发展。当时，它已经拥有主要靠帆力航行，但也装备了蒸汽机的海军舰船，这种两层或三层的木质装甲舰船，每艘配备几十门精良大炮，陆战部队则使用新式的来复枪和各式大炮。

法国经过1789年资产阶级革命，为资本主义的发展扫清了道路。到19世纪20年代起，工业革命在国内大规模地进行。到1830年，法国拥有蒸汽机625台，1837年生铁产量达59万吨；从1815—1840年，棉织品的产量也增加了3倍。鸦片战争前夕，法国的工业产量在世界上已居第二位，但对东方的商品贸易额仍很小。

美国资产阶级是在1776年独立战争后取得政权的。鸦片战争前，它的对华贸易额仅次于英国而占第二位。美国运来中国的货物，主要是北美的人参、毛皮、棉花，南洋的檀香，从土耳其转卖的鸦片，以

吸食鸦片用具

及从英国贩运的工业制造品；带回去的则是中国的茶叶、生丝和“南京布”（即土布）等。优厚的利润和美国政府的保护与帮助，使美国资产阶级“把中国看成是一个不可限量的销货市场”。

清政府在很长一段时间里，对外实行闭关政策。

1757年，乾隆皇帝下令封闭江、浙、闽三关，只留粤海关广州一口对外通商。1759年，两广总督李侍尧上奏乾隆皇帝，在广东颁布了《防范外夷规条》。其后，清政府又陆续颁发《民夷交易章程》（1809年）、《防范夷人章程》（1831年）等，对外国人的商务活动、居留期限、居住场所、行动范围、华夷交往等，作了苛细而繁杂的规定。构成闭关政策的另一项措施，是1760年在广州恢复的公行制度。公行，是经清政府登记认可，由专营对外贸易的行商（亦称洋行、洋商、洋货行）组成的垄断性组织。它具有亦官亦商的职能：清政府给参加公行的行商以包办一切进出口贸易的独占权，公行商人则对清政府承担一定的义务，如担保外商缴纳税饷、规礼，负责约束外人在广州的起居行动，充当清政府与外商间一切交涉的中间人等。

销烟池旧址

当时中国社会中，小农业和家庭手工业密切结合着的自然经济，有力地抵抗了西方工业品的侵入。清朝限制对外通商的政策，即所谓闭关政策，也起着保护封建经济的作用。英国急于输出的棉、毛纺织品，在中国都缺乏销路。毛织品的滞销是由于不合内地穿着习惯。外来棉布价格既高又不耐久，不能和土布竞争。印花布虽然在19世纪20

年代初叶被认为“愈洗愈鲜”，胜于“一洗即模糊”的内地印花布，但实际销路更有限。棉纱输入值也远不及印度进口的棉花（鸦片战争前夕，印棉进口年约25万包，值100多万英镑）。30年代初叶，英国人已经了解：中国自己植棉很广，但消费棉花数量甚大，在中国市场上容易推销的是棉花而不是纱、布等制成品。从20年代末叶到鸦片战争前夕，英国输华棉布虽然增加了一倍多，棉纱增加了五倍多，但每年总值不及70万英镑，加上其他制造品也不过100万英镑左右。而中国销英茶叶每年约值1000万银元，丝和丝织品约有二、三百万银元，合计在600万英镑以上。正当的贸易平衡有利于中国，这是英国资产阶级认为不利的情况，还要提到的是，在19世纪20年代，中国每年经英、美商人输出土布多至300多万匹，远销美国、南美洲。在30年代输出量减少，但经英商输出的每年也还有几十万匹。

鸦片贸易

1757年，也就是清政府下令闭关的同一年，英国东印度公司占领了鸦片产地孟加拉。工业革命以后，英国对华贸易急剧增长。为了追逐利润，扭转贸易逆差，英国开始公开对华进行鸦片贸易。

鸦片，俗称大烟，是用罂粟汁液熬制而成的麻醉毒品，原产于南欧、小亚细亚，后传于阿拉伯、印度和东南亚等地。因为它有催眠、镇静、止痛等作用，自明代以来一直作为药材征税进口。17世纪，吸食鸦片烟的恶习，从南洋传入中国。

输入中国的鸦片，主要有产于印度的孟加拉鸦片、麻洼鸦片，以及土耳其和波斯鸦片。西方殖民者侵入印度后，葡萄牙人首先从果阿、达曼向中国澳门贩运鸦片，但数量不大，1729年清政府下令禁烟前，每年不超过200箱。1757年英国占领孟加拉后，迅即夺去其他各国商人和印度商人在孟加拉收购鸦片的权利，于1773年从加尔各答向中国试销鸦片成功。从此，英国成为最大的鸦片贩子。

1773年是英国对华鸦片贸易史上极为重要的一年。这一年，华伦·哈斯丁（W. Hastings，1774年第一任印度总督）制定了英属印度政府的鸦片政策，帮助英国东印度公司取得鸦片专卖权。以垄断方式来增加生产，鼓励出口，毒害和掠夺中国人民。哈斯丁在印度总督任内一再强调，“不要干涉鸦片收入”。1797年，东印度公司又取得了制造鸦片的垄断权。

清政府是三令五申禁止贩运和吸食鸦片的。雍正七年（1729年）颁发第一道禁烟诏令，对兴贩鸦片、私开烟馆者治刑，但对吸食者尚未论罪。自乾隆四十五年（1780年）至道光十九年（1839年）的60年间，清政府上自朝廷，下迄督抚衙门，先后发过45道严禁贩运和吸食鸦片的谕旨、文告。但是，由于外国鸦片贩子走私与行贿并用，清朝整个官僚体制腐败，明发禁令，暗受贿赂，因此不管是道光以前采取的“塞源”（禁止鸦片输入）、“遏流”（查禁内地私销），还是道光时期加上的“正本”（禁止官民吸食），都没有能收到禁烟的预期效果。

烟毒在中国的泛滥

从19世纪起，鸦片开始大量流入中国。据不完全统计，19世纪最初的20年中，英国自印度输入中国的鸦片每年平均约为4000余箱（每箱约120斤）。30年代以后，鸦片输入量迅速增加，1838—1839年已达到了35500箱。英国资产阶级利用肮脏的鸦片贸易开辟了中国市场，同时也发展了印度市场。英国在印度大量销售棉纺织品及其他工业品以购买鸦片，然后再用这些鸦片运到中国换取它所需要的丝、茶等物。在英——印——

中即纺织品——鸦片——丝、茶这个三角贸易关系中，英国资产阶级获取了双重的利益。

由于鸦片输入额的激增，中国失去了对外贸易中的长期优势，由原来的出超变为入超，贸易逆差的差额越来越大。从19世纪30年代起，英国输入中国货物的总值中，鸦片已占到了50%以上。英国通过鸦片每年从中国掠走的银元达数百万之多。

同时参与向中国贩卖鸦片的，还有美国和俄国。美国主要是从土耳其贩运鸦片到中国来。为了抗拒中国水师的缉私，美国的鸦片贩子专门制造了一种配有武器装备的“飞剪船”。鸦片战争前，美国输入中国的鸦片总额仅次于英国。从19世纪30年代起，沙皇俄国也从中亚向中国偷运鸦片。

鸦片的大量输入给中国社会带来了无穷祸患。鸦片摧残人的身体健康，损伤人的智力，麻痹人的意志。在道光时代，鸦片的销售已遍于全国。据估计，中国受鸦片毒害的人数约有200万之众。

非法的鸦片走私，使中国蒙受到严重的危害。

首先，鸦片输入的增加，造成中国的白银大量外流，致使清朝的财源日益枯竭。根据不完全统计，1830年由英商运出的就有670余万元。鸦片战争结束前，一年流出1000多万元。十余年中，流出银子总数达一亿数千万元。

其次，大量的白银外流导致了银贵钱贱的后果。18世纪末，一两白银折换铜钱1000文左右。到鸦片战争前的1838年，则增加到一千六七百文。农民完粮纳税是以白银计算，过去卖一石谷可纳税银一两，而今差不多要用两石谷。农民的负担因此而加重，生活日益贫困。

第三，鸦片走私的结果，使清朝的政治更加腐败。鸦片贩子贿买清朝官吏，共享其非法收入。清政府虽多次颁布谕令、文告禁烟，然而鸦片走私却日益猖獗，这与吏治的腐败紧密相关。

第四，清军官兵中吸食鸦片者广泛存在，这使清朝的军队更加丧失战斗力。银荒又引起商业的停滞和物价的上涨。烟毒泛滥的影响波及全国各阶层人民。

虎门销烟

1836年—1838年的几年中，鸦片问题引起清政府的讨论。统治集团出现了主张严禁和主张弛禁两派的争执。1836年，太常寺卿许乃济奏请承认鸦片为合法贸易品，理由是政府可借此增加大笔税收，弥补财政困难。弛禁派这种妥协主张，是当时官僚政治苟且因循病入膏肓的表现，也是统治集团中若干大小官僚不肯放弃从鸦片贸易营私肥己的反映。这种势力以当权派首席军机大臣穆彰阿和大学士直隶总督琦善等为代表。

穆彰阿历任各部尚书、大学士，值军机十余年。琦善任直隶总督也有十年。他们反对一切改革，揽权营私，深得道光帝的信任。其他军机大臣如潘世恩是穆彰阿的阿附者。另一军机大臣王鼎不与穆彰阿等苟合，但也不敢公开支持反对派。弛禁主张已由广东官吏奏准，以内阁学士礼部侍郎朱嶟反对，因而搁置。

1838年6月，鸿胪寺卿黄爵滋上奏，痛陈鸦片祸害，揭发官吏包庇，主张严惩吸烟者以遏制鸦片的输入。严禁派的主张得到舆论的广泛拥护，取得了胜利。道光帝命令负有清望而且办理禁烟有成效的湖广总督林则徐进京讨论查禁事宜。两广总督邓廷桢从依违犹豫转而认真禁烟，12月12日，广州爆发了一万多人的群众示威，反对英、美等国暴徒干涉广东当局在商馆前处绞烟贩。到了年底，道光帝决定派林则徐为钦差大臣前赴广州查禁鸦片，并命令由他节制广东水师。

1839 年 3 月，林则徐到达广州。他出告示晓谕军民绅商，凡吸食鸦片者要立即呈缴烟土烟具，限期戒除，同时还指名捉拿贩烟要犯。林则徐的禁烟行动得到了广州人民的大力支持，城乡各地纷纷呈缴烟膏烟具，揭发检举鸦片贩子。虎门附近的群众自动组织起来，一发现走私鸦片的商船，立即遍吹螺号，集合渔船，前后纵火，将其烧毁。在人民群众的支持与推动下，查禁鸦片的工作进行得极为顺利。这使林则徐禁烟的决心大为增强，向外国烟贩庄严宣告："若鸦片一日未绝，本大臣一日不回，誓与此事相始终。断无中止之理。"在林则徐领导下，禁烟运动迅速趋于高涨。

英国资产阶级阴谋破坏这场禁烟运动。英国驻华商务监督义律指使大鸦片贩子颠地潜逃，并阻英商缴烟。林则徐接到当地群众的禀报后，派人监视洋馆，同时下令停止了中英贸易。义律看到阻挠缴烟的计划无法实现，转而要求英商接受缴烟的命令，同时劝美国商人也一起缴烟，声称烟价统由英国政府付给。义律这样做的目的，是把中国处分鸦片贩子的问题，扩大为中英两国政府之间的争端，为英国发动战争制造借口。

在中国人民禁烟斗争的压力下，英美鸦片贩子被迫缴出鸦片 2 万多箱，约有 230 多万斤。1839 年 6 月 3 日至 25 日，林则徐率领地方官吏，在虎门"就海滩高处，周围树栅，开池漫卤，投以石灰，顷刻汤沸，不爨自燃，夕启涵洞，随潮出海"，将缴获的全部烟土当众销毁。虎门销烟这一伟大行动打击了外国侵略者的气焰，向全世界表明了中国人民反抗外来侵略的坚强决心。

林则徐领导的这场禁烟运动的历史意义，远远超过查禁鸦片的本身。虎门销烟是中国人民反帝斗争的伟大起点。

虎门销烟

广州城外珠江边上，有几座高大的楼房叫“洋馆”。里面住着贩卖鸦片的“洋人”，他们饱吸了中国人民的鲜血，纵欲寻欢。人们走过洋馆一带，无不唾骂：这是吸人血的魔窟，是人间最肮脏最腥臭的地方！

1838年12月12日，广州的群众相互传告着一个不寻常的消息：清政府官员要在洋馆前的广场上处决一个中国烟贩。坚决要求禁烟的人们怀着兴奋的心情不断涌向广场。中午时分，将开始行刑了。但就在这时刻，发生了意外的事情。洋人对处决烟贩竟然横加阻挠，提出“抗议”，胡说什么这块地方是他们的“娱乐场所”，不允许中国人破坏他们的“规程”。他们不容分说，居然动手捣乱刑场。他们把绞架抢过，砸成碎片，把官吏休息用的帐幕拉倒，把桌子椅子连茶壶茶碗一齐推翻。这些侵略者还洋洋自得地叫喊：“我们从没有玩过今天这样的游戏呵！”

好一个“游戏”！

在中国的领土上处决鸦片罪犯，这是天经地义的事情。坚决维护自己祖国的主权，强烈要求禁烟的中国人民，决不能容忍英、美侵略者肆意破坏中国主权的罪恶行径。侵略者捣乱刑场的消息一传开，更多的群众纷纷奔向广场，顷刻间，就聚拢了上万人，他们怒不可遏，立即发动了猛烈的反击。广场沸腾起来了！“不许逞凶！”“揍呀，把番鬼揍下海洋！”愤怒的呼号声在广场上空激荡回响，驱散了妖烟毒雾。人们怒目圆睁，用木棍劈向豺狼的面孔，用石块投向獐鼠般的眼睛。粗壮的手、有力的脚一齐使上了，朝着这批侵略者。被揍得鼻青脸肿，晕头转向的侵略者，终于统统龟缩进洋馆。群众没有就此罢休，他们把洋馆围得水泄不通，大量的砖瓦石块泻进了窗户，平日趾高气扬的英、美侵略者吓得在洋馆里抱头乱窜，丑态百出。斗争进行了一整个下午，使这批横行霸道的侵略者得到了应有的惩罚。

广州是当时中国唯一对外开放的贸易港口，是外国侵略者进行贩卖鸦片活动的中心。中国人民早就发出了反对吸食鸦片和贩卖鸦片的强烈呼声。随着鸦片不断大量输入，广大人民的怒火越烧越旺，纷纷行动起来，坚决要求严禁鸦片。在广大人民的强大压力下，广州的清政府官员采取了一些措施来禁止鸦片。就这样爆发了洋馆前的这场禁烟斗争。这场势如急风骤雨，给外国侵略者带来了极大震恐的斗争，是中国人民对英国鸦片贸易政策最早的群众性抗议，显示了中国人民一贯坚持反侵略、反毒害的光荣传统。这场斗争推动着禁烟运动走向高潮。

对待外国的鸦片侵略和人民群众的禁烟正义要求，清朝统治阶级内部从19世纪30年代初起，逐渐形成了两种不同的意见。有一伙人，从鸦片走私中获得大量贿赂，反对严刑禁烟，悍然对抗广大人民群众正义的禁烟要求。他们代表了统治阶级中受贿集团的利益，实际上也是英、美侵略者在中国的代理人。他们被称为弛禁派，是极端腐朽反动的。这一派头子是道光皇帝最信任的首席军机大臣穆彰阿和大官僚琦善、耆英、伊里布等人。他们用各种借口反对禁烟。有的说白银外流未必都是由于鸦片引起的；而琦善则更露骨地说：一吸鸦片，就算犯法，那犯法的人将多得不得了，监牢也关不下，禁烟是万万不行的。他们在禁烟运动进入高潮时，暂时保持沉默，等到英国侵略者发动战争后，就跳出来公开打击要求严禁鸦片的人们，竭力摧残抗英力量，不惜出卖民族利益，主张向外国侵略者投降，所以弛禁派又被人们叫做投降派。

另一派人，看到了鸦片大量输入对封建统治所造成的严重后果，在人民群众强烈要求禁烟的推动下，主张严厉禁止鸦片。他们被人们称为严禁派。后来英国侵略者入侵，这一派中的不少人，又主张坚决抵抗，所以又称为抵抗派。这一派代表人物是湖广（指湖北、湖南二省）总督林则徐。1838 年 6 月，严禁派提出了以“重治吸食者”来抵制鸦片输入的建议，主张吸鸦片的人，必须在一年内戒绝，过期不戒的，普通人处以重刑，官吏加重治罪。林则徐在湖北、湖南认真禁烟，在人民群众的支持下，取得了不小的成绩。但是各省大官大多数反对“重治吸食者”的建议，这说明在统治阶级的上层中，严禁派的势力是薄弱的。

1838 年 9 月，林则徐给没有决心禁烟的道光帝上了一个奏章，揭露了反对“重治吸食者”正是官吏们包庇鸦片的表现，并向道光帝痛切指出鸦片危害清统治利益的严重性：“如果再马马虎虎下去，只怕几十年后，中国将征不到可以抵抗敌人的兵丁，也将筹不到银子来充军饷了。”道光帝看了这个奏章，感到问题的严重，不免胆战心惊。军队是清王朝镇压人民、维护统治的主要支柱，粮饷是清王朝维持庞大军事官僚机构的财政基础。支柱倒了，基础垮了，皇帝的宝座也将保不牢。正是在人民群众强烈要求禁烟的压力下，道光帝为了摆脱自身的统治危机，终于不得不采纳严禁派的主张。

1839 年（清道光十九年）1 月 8 日下午，刺骨的北风在呼啸。新近被道光帝任命的钦差大臣林则徐离京南下，前往广州查禁鸦片。

从北京到广州，在两个多月陆路、水程的旅途中，林则徐的心情一直很不平静。

几个月前，由于林则徐给道光帝上了关于严禁鸦片的奏章，道光帝把他召到北京，并任命他为钦差大臣，这对汉族官员来说是破例的。道光帝这份特殊恩宠，不能不使忠君的林则徐怀着谢恩的激动心情。

离京前夕，林则徐的好友龚自珍写文章为他送别。龚自珍在文章里恳切提供禁烟建议，热诚支持禁烟的正义事业。他鼓励林则徐坚决禁绝鸦片，决不要犹豫不决，对那些反对禁烟、破坏禁烟的人，要杀一儆百；同时，他还要林则徐带领大军，多造武器，准备抵抗外国的武装入侵。这篇送别文章虽短短不到1000字，但热情洋溢，语重心长，字字句句激励着林则徐，使他在旅途中仍感到十分振奋。

林则徐刚离任湖广总督，对不久前自己在湖北、湖南严禁鸦片得到广大人民群众支持的情况记忆犹新。他相信如今前往广州查禁鸦片，也一定会得到群众的坚决支持。

皇帝的恩宠和好友的激励及群众的支持，使林则徐对前往广州查禁鸦片增添了信心和决心。

一路上，林则徐经过直隶（大体等于今河北省和内蒙古自治区部分地区）、山东、安徽、江西等省。为了打听鸦片走私的消息和征求对禁烟的意见，他热诚地拜会了沿途的地方官员和士绅。路过安徽舒城时，听说当地有位士绅几年前在广东香山县任官期间曾查获鸦片1万余斤，林则徐就向他详细地探询广东方面鸦片走私、烟毒泛滥的情况，并跟他议论禁烟问题。他俩虽是初次面见，但却如同老友，谈得异常合拍。

就这样，林则徐在上任途中已了解不少广东方面鸦片走私的情况。

1839年3月10日，林则徐到达了百花盛放的广州。两广总督邓廷桢怀着极其兴奋的心情率领文武官员前往码头迎接。

广州禁烟形势很好。广大群众通过洋馆前的禁烟斗争后，意气风发，斗志更加昂扬，轰轰烈烈的禁烟运动日益高涨。在林则徐到达广州前，英国最大的一个鸦片贩子查顿就在高涨的禁烟运动中夹着尾巴从广州溜回英国。这使刚到达广州的林则徐的禁烟信心更为加强。在群众的强烈要求下，林则徐立即发布告，限期戒烟，收缴烟土、烟枪，凡贩卖、吸食鸦片烟的，允许人民告发。在充分掌握了广东方面有关鸦片的情况后，林则徐查封了广州所有的烟馆，并会同邓廷桢于3月18日坐堂传讯鸦片商人。林则徐斥责这些商人勾结外商走私鸦片的种种罪行，并命令鸦片商人把中国禁止外商走私鸦片的布告立即带去洋馆，向外商宣读。在这份严正的布告中，林则徐指出外商贩卖鸦片到中国是骗人财、害人命的罪恶行为，命令外商报明所存鸦片的数量，限三天内上缴，不得有丝毫偷藏，并要外商写下“今后来船，永远不敢夹带鸦片，如有带来，一经查出，货物全部没收充公，人即正法”的书面保证，否则停止贸易。林则徐还警告外商：本大臣早已记下了那些一贯贩卖鸦片的外商的姓名。在布告中，林则徐坚决表示：“假如鸦片一日不除绝，本大臣一日不回，誓与此事相始终，决不中途停止。”

中国的禁烟，是完全正义的。但是英国资产阶级为了保持这个可耻的、一本万利的鸦片贸易，英国政府代表、驻中国商务监督查理·义律亲自出面肆意破坏中国禁烟运动。3月21日，林则徐命令外商呈报所存鸦片的三天限期已满，义律就指使外商用搪塞手段敷衍，只报所存鸦片1037箱，并虚伪地表示要让在广东的外国人和鸦片交易割断关系。他们得意地认为这样一来给足了这位钦差大臣的面子，以后只要贿赂一下问题就解决了。

林则徐并没有被英国侵略者所惯用的这种蒙混手法所欺骗。他已了解珠江口外伶仃洋面的英国鸦片趸船有22艘，每艘所装鸦片不少于1000箱。他感到，英国这种做法是欺骗和戏弄中国官员，不能容忍，因此林则徐下令传讯在广东的英国大鸦片贩子颠地。义律是一只很有殖民经验的老狐狸。他见欺蒙不成，便进行恫吓，以为采用强硬态度会使林则徐屈服。3月23日，义律命令伶仃洋面的鸦片趸船逃走，作出战争姿态。第二天傍晚，他从澳门潜入广州洋馆，企图乘夜携带大鸦片贩子颠地逃跑。但是，这时中国人民已提高了警惕，使义律的阴谋没有得逞。伶仃洋面英国的22艘鸦片趸船，被林则徐所派水师在群众协助下截住了，一艘也没有跑掉。当义律头戴扁帽、手持凶器率领颠地等从洋馆逃跑时，洋馆已被愤怒的中国人民所包围，罪恶滔天的颠地等鸦片贩子终于被逮捕。

为了狠狠打击义律破坏禁烟，林则徐下令将所有停泊在黄埔港里的鸦片货船，暂行封舱，停止中英贸易，并派兵严密防守洋馆，不许外商出入往来，撤退洋馆中受外商雇用的全部中国人员，断绝洋馆与趸船的交通。林则徐的正义措施，得到广大人民群众的坚决支持。洋馆周围洋溢着紧张而严肃的气氛，呈现出一派正气昂扬的景象。各个洋馆的前门、后门和附近的屋顶上布满了武装岗哨；扛着刀枪的一队队中国士兵在洋馆四周来回巡逻；一艘艘水师巡船昂首破浪，向洋馆区飞驶而来，封锁了洋馆与趸船交通的要道；通往洋馆的街道全被堵断了，因公往来的人员，先要查验挂在腰间的凭证才能进出。广大群众扬眉吐气投入了包围洋馆的斗争。有的砌墙堵街，有的挑砖送土；满载砖头石块的船只靠岸了，大家争先恐后地奔过去帮着卸船。一条条被群众从水里拖上岸来的英国船，船底朝天躺在洋馆前的广场上。眼见欺蒙和恫吓都已失去效用，洋馆犹如成了大监牢，义律终于在洋馆被封锁的第四天即 3 月 27 日，无可奈何地改换手法，缴出趸船上所有鸦片。

1839 年 4 月 12 日，林则徐会同邓廷桢到达离广州 100 多里的滨海门户——虎门，与驻在虎门的关天培一起收缴英国趸船上的鸦片。22 艘鸦片趸船遵命陆续驶至虎门。收缴鸦片工作顺利地于 5 月 18 日告一段落，共收缴了英、美侵略者的鸦片 20283 箱，又 2000 多麻袋，合计 230 多万斤。坚决要求禁烟的中国人民决不能容忍这些鸦片留在中国的大地上继续害人，林则徐终于下令把这些毒品在虎门海滩当众销毁。

振奋人心的日子来到了！

1839 年 6 月 3 日这一天，晴空万里，虎门海面卷起了怒涛，虎门海滩庄严而热闹，港湾里，数十艘水师战船排成雄威的阵势，海滩上、峡谷里，人山人海，敲着锣、打着鼓、放着鞭炮、舞着五彩缤纷的狮灯和龙灯，像欢度盛大的节日。极目向海滩望去，能看见在辽阔的海滩边上，有两个新挖成的 15 丈见方的销烟池，池子周围树立着木栅。无数精神抖擞的搬运工，川流不息地把长约 3 尺、高宽各约 1 尺 5 寸的鸦片箱背到池边，还运着一担担石灰和一包包海盐。一包包海盐倒入了池子。用生牛皮封裹的十分坚固的鸦片箱，一箱一箱被撬开，全部倒入池子。鸦片在池子里泡透后，抛下石灰，池子立刻沸腾起来，一块块黑色的鸦片在池中上下翻腾，一团团白色的烟雾从池内冲向天空，瞬刻间弥漫了虎门海滩。雾海里，人们不停地挥舞着汗巾、笠帽、农具、刀枪，欢呼跳跃。在南方六月的骄阳下，每个人的脸上都挂满了晶莹的汗珠，显现出胜利的欢笑。不久，池子里停止了沸腾，空中消散了烟雾，打开了池子通海的涵洞，满池子经销毁的鸦片渣沫灌注入海，怒涛冲走了可耻的殖民污垢。

销毁鸦片工作连续进行了23天，从6月3日开始，直到6月25日，把200多万斤鸦片全部销毁。在这不平凡的日子里，虎门海滩变成了闹市。远乡近邻，男男女女，老老少少，欢天喜地不断前来虎门观看销烟，群众激昂的情绪胜过虎门的海涛。外国侵略者原先诬蔑中国人不会焚毁一两鸦片，但是，当他们到现场进行了参观后，被中国人民高涨的销烟情绪和严密不苟的销烟措施而震惊得目瞪口呆，他们不得不承认："我们反复考察烧烟的每一个过程，他们在整个工作进行时的认真和细心，远出于我们的臆想。"

闻名世界的虎门销烟，是中国人民禁烟斗争的伟大胜利，使越来越严重的鸦片毒害，终于局部地暂时地被阻止住了，给外国侵略者的犯罪行为以沉重的打击，大长了中国人民的志气，向全世界表明了中国人民反侵略的无畏斗志。虎门销烟对各省有很大的影响，禁烟运动在各省相继发展起来。

坚决反对外来侵略的英雄们的事迹，人民是永远不会忘却的。在中国人民革命胜利后，虎门销烟的伟大场面被铭刻在北京天安门广场人民英雄纪念碑上。

在虎门销烟的战斗日子里，英国侵略者痛心得捶胸顿足，一再催促英国资产阶级政府发动侵略战争。就在这期间，林则徐同关天培一起，到虎门附近的南山、横档炮台，深入检查防务，仔细考察地形。

虎门海口，突起的大角山与沙角山隔海对峙，滚滚珠江由此流出穿鼻洋，是外洋进入广州的必经之路。这是广州海防的第一道关口。从大角、沙角海峡入口，朝广州水程，航行7里左右，有南山和芦湾山，南北斜峙，横档山岛矗立中流，宽阔的水道，到这儿突然变窄，水深10余丈，水势湍急。这是珠江航道的咽喉，为广州海防的第二道关口。从这里再朝广州航行约一里，有大虎山横伏中流，独当一面，山前水深数丈，也是内外航船必经的险峻之处。这是广州海防的第三道关口。

林则徐料到严禁鸦片，外国侵略者是不会甘心的，难免会用武装挑衅来进行破坏。因此，林则徐在严禁鸦片的同时，立即在军事上积极作准备。他大力整顿军队，号令严明，督促水陆官兵认真加紧进行训练，罢免了包庇鸦片走私军官中的为首分子；在虎门附近新建及修理炮台炮位，增添新式大炮 300 多门，并添造快船；在各水陆要口，增派军队防守，还要官兵随带毒药，以备必要时投入溪泉，使海上敌船无法汲取饮水；根据关天培的建议，在南山、横档山之间，江面最狭的地方，安置了两道各 300 余丈长的粗大铁链，铁链下系着大木排，以备堵截外国侵略者的兵船入侵。当时除广东外，沿海防务空虚，林则徐曾请求道光帝命令沿海各省备战。

林则徐还招募但户（住在船上的城市贫民）、渔民壮丁 5000 人，组成水勇，教他们袭击敌船和刺探敌情的技能，在必要时协助水师作战。

具有强烈爱国主义精神的林则徐，对外国侵略者是极端仇恨的，他站在民族自卫的立场上，坚决主张抵抗外国的侵略，并敢于在一定程度上利用民力，这有别于当时地主阶级内部的投降派，是难能可贵的，是符合民族利益的。但是，林则徐毕竟是封建统治阶级中的成员，在反侵略这一点上，虽和人民有一致的地方，可是他和人民之间的阶级矛盾依然存在。在招募但户、渔民组成水勇时，他又怕他们起来造反，扰乱封建统治秩序，因此提出要严格控制，不把水勇当作是一支重要力量，只是在必要时让水勇协助水师作战。这就表明林则徐虽然是坚决的抵抗派，但阶级的局限性，使他不可能真正发动人民群众来反抗侵略。

为了有效的和外国侵略者作斗争，林则徐一到广州就很注意了解外国情况，用心研究国际形势。他自己不懂外文，就请别人译出外文书报给他看。当时，清政府把宣扬孔孟之道的四书、五经奉为至宝，他们盲目自大，对外国一无所知，他们只知道世界上有个英国，但不知道英国的来历。而林则徐却是清政府第一个开眼看世界的人物，他了解了许多有关西方国家的新知识，这有利于反侵略斗争，是有进步意义的。

面对着林财徐军事上积极设防和坚持严禁鸦片，义律气急败坏地鼓动英国政府发动侵略战争，他把中国的正义禁烟运动，说成是英国发动侵略战争的最好理由和最有希望的机会，叫嚷使用足够的武力，给中国迅速而沉重的打击。同时，义律不甘心失败，继续竭力破坏禁烟，他一面命令当时停泊在虎门口外海面上的英国商船拒绝与中国进行正当贸易，一面继续大搞走私鸦片，武装的三桅大船满载鸦片而来，因海防加强，它们在外洋东晃西游，暗放舢板小船分运鸦片到偏僻口岸，用贱价诱人偷买。

在虎门销烟不久的7月7日，英国水手在九龙尖沙咀地方行凶，打伤中国村民多人，其中林维喜重伤致死。林则徐严令义律交出凶犯抵罪，义律横蛮拒绝，不肯收林则徐的公文，声言遵照（英国）女王的指示，不准交出凶犯，凶犯只能按照英国的法律来审办。真是岂有此理！这是对中国主权的严重破坏。为了维护国家尊严，林则徐于8月15日决定断绝对英国人柴米食物的供应，撤回在他们那里工作的中国人。这一严正的决定得到了广大人民的拥护。但义律竟发动武装挑衅。9月5日，义律率领兵船和武装商船十艘，突然向九龙山口岸中国水师开炮。水师奋勇回击，岸上的炮台也发炮助战。这一仗，交战了10小时，中国水师以少胜多，把英国侵略者打得纷纷落水，尸首随潮漂淌。

资产阶级不可能是铁板一块的。由于林则徐把正当贸易和贩运鸦片区别开来，分化了鸦片贩子和从事正当贸易的商人，因此，使义律没有能够阻挡所有的英国船只和中国进行正当贸易。1839年10月，有一艘英国商船，背着义律进口和中国贸易，接着，另一艘英国商船也申请和中国贸易。英商这种行动，使义律大为恼火。11月3日，当一艘英国商船将要进口，中国水师船正要迎过去领港时，义律派出两艘英国兵舰拉着满帆赶了过来，横加阻拦，并首先发炮攻击中国水师船，挑起了激烈的穿鼻洋海战。关天培手执腰刀挺立桅前，率领水师船英勇抵抗。船上的3000斤铜炮怒吼了！在激战中关天培不幸受伤，但他奋不顾身，仍持刀屹立桅前。奋战了两小时，敌舰被中国水师打得帆斜旗落，逃往外洋，不少侵略军尸沉海底，一顶顶军帽在海面上随波漂流。

死与中国人民为敌的义律，在穿鼻洋挑衅失败后，仍不甘心失败。从11月4日到13日，10天之内，连续六次气势汹汹地在珠江口、官涌一带进行挑衅。在群众有力支持下，中国水师予以侵略者迎头痛击。结果是：敌人手忙脚乱，顾不得装上炮弹放空炮，成为笑柄；敌人的伊哑惨叫声、敌船被轰破的巨响，连成一片，不绝于耳；沙滩上到处是侵略者的尸体和帽鞋刀鞘。英国侵略者的六次挑衅，都以惨败而告终。

狂妄的侵略者曾声称，只要用一个钟头就能打败中国所有的兵船，中国军队要想打败外国军队，那只不过是纸上言语。但是，经过整顿后的中国水师，在广大人民群众积极配合下，终于使号称“船坚炮利”的英国侵略者七战七败。这充分证明中国人民完全有力量能够战胜外国侵略者。

穿鼻、官涌的这七次海战，是中、英之间的前哨战。

海战捷报传到北京，使妄自尊大的道光帝一时虚骄心增强起来，贸然下令：停止英国一切贸易。1840 年 1 月，林则徐遵命在广州正式封港，断绝中英贸易。

清廷宣战

清廷对英军在穿鼻战中攻占大角、沙角极为震怒，于 1841 年 1 月 27 日诏告中外，对英宣战。这是清政府第一次向全世界表明，中国决心用武力对付英国侵略者发动的不义之战，对坚决抗战的将领、官兵和民众，起到了很大的动员和鼓舞作用。

宣战书严正地概述了中国对世界各国友好往来的一贯立场。中国被迫断绝对英贸易，纯系英国抵制中国禁烟所造成的。诏书历数英国政府不顾信义，悍然发动侵华战争，占我领土，滋扰沿海，荼毒定海人民，在广州会谈中，勒索烟价，强要码头；达不到目的，复又攻我大角，占我沙角，逆天悖理。为此，中国政府决定调动部队，痛加剿洗，以苏民困。并警告英国舰队胆敢擅入中国沿海洋面，清军立即还击。

道光帝对英宣战，是在英国政府发动鸦片战争一年多以后才采取的重要步骤。这说明清政府在严酷的现实面前，对英国资产阶级政府扩张主义本质，逐步有所认识，感到妥协忍让只会使侵略者的野心更加膨胀，使清王朝的权益受到更大侵犯，决心用武力对付英国的入侵。在诏书发布以后，道光帝任命奕山为靖逆将军。尚书隆文和提督杨芳为参赞大臣，替代琦善主持广东军务。在后来由奕经组织的浙东反攻中，道光皇帝在兵力调动、后勤保障等方面，也尽了很大努力。

中英《南京条约》

道光十三年（1833 年）十二月，英国政府派律劳卑为驻华商务监督，并以东印度公司前驻广州大班的德庇时、罗宾臣为第二、三商务监督，试图通过地方当局和清政府建立正式外交关系，以达到增加口岸、扩大中英贸易的目的。临行前，英国外相巴麦尊曾给律劳卑训令，要他来华后必须开辟商埠、推销鸦片、获得海军据点，以便适当时机进行武装侵略。

次年七月，律劳卑到达澳门，随即要求清政府与他进行直接联系，为此遭到两广总督卢坤的抵制。九月，律劳卑令两只英国兵船，强行驶入珠江口，轰击虎门炮台，并煽动在广州的英商支持他的行动。在此形势下卢坤下令中止中英贸易。从而使 64 家英商经济利益受到威胁。

道光十六年（1836 年）六月，巴麦尊将原来驻华的三个商务监督，改为一个，并任命义律担任此职，决心用武力支持在华的商务谈判。这时，在鸦片问题上，清朝政府内弛禁派与严禁派斗争激烈。广东邓廷桢坚持禁烟主张，并在广州查禁鸦片，使义律在广州的活动受阻。于是，义律要求英国政府使用武力，得到英国政府同意。道光十八年（1838 年）七月，东印度舰队司令马他仑率领舰船到广州示威。

次年三月，钦差大臣林则徐到广州查禁鸦片。这时，在华的鸦片贩子以英商名义上书巴麦尊，要求英政府过问，采取重大措施，把对华贸易放在“安全和坚固的基础上”。英国国内伦敦等很多地方商会也一致主张对中国使用武力，迫使中国开放口岸、协定关税、赔偿烟价、割让岛屿等等，此为日后南京条约的雏形。

九月，巴麦尊接到义律关于中国禁烟情况的正式报告，当即表示动用武力对付中国。十月，密函通知义律，英国政府决定派海军“远征”中国，届时封锁广州、白河，占领舟山，拘捕中国船只。

道光二十年（1840年）一月，英王维多利亚在议会上发表演说，预示英国政府发动对华战争决心。二月，巴麦尊等任命懿律、义律为对华交涉的全权代表，并具体部署对华作战步骤。同时照会清政府，要求赔偿烟款、割岛屿、偿还商欠等，并声明英国远征军费，全部由中国负担。在给义律训令中详细规定，凡协定关税、领事裁判权、开放五口岸等项，一概包括在内。

“济远号”主炮

三、四月，英国议院通过对华侵略政策。六月，鸦片战争爆发。次年一月，中英签订了《穿鼻草约》，英国政府对此《草约》并不满意，认为勒索鸦片赔款太少，《草约》中对军费、商欠又一字未提，又要过早撤出舟山。于是解除了义律在华职务，以璞鼎查来代替，要以扩大战争来攫取远比《穿鼻草约》更多的利益。在璞鼎查启程来华前，巴麦尊给以详细的训令，规定抵华后的步骤，要求必须使中国全权代表无条件地接受英国所提出的全部要求，英国才停止军事活动。

八月，璞鼎查到达澳门，立即向广东当局递交了一份议和纲要。声明如果中国不派全权代表接受纲要上所列举的全部条款，就要北上进攻中国，并拒绝以广东地方官为谈判对手。接着，便进军北上，攻占了宁波，并声称将中国沿海区域并入英国版图。

道光二十二年（1842 年）四月，道光决意妥协，派钦差大臣耆英、伊里布会和。但英国为迫使清政府接受全部条款，决定不到南京不进行谈判。于是六月进犯长江。八月，英军侵入南京下关江面，牛鉴出面乞降，璞鼎查以其“无权作主”不答应议和。随后英舰佯装进攻，伊里布、牛鉴等连夜派人到英舰，表示钦差大臣耆英即日到省，并出示道光“永定和”谕旨。次日，耆英、伊里布赶到南京。耆英给道光皇帝的奏报中说：“该夷船坚炮猛，初尚得以传闻，今既亲自上船，目睹其炮，益知非兵力所制伏”。就这样，在炮口的威逼下，接受了璞鼎查提出议和的全部条款。八月二十九日，耆英、伊里布在英国军舰“皋华丽”号上，完全按照英方提出的条件，签订了《南京条约》（又称《江宁条约》）。

《南京条约》共十三款。主要内容有：

（1）中国开放广州、福州、厦门、宁波、上海等五处为通商口岸，允许英国携带家眷寄居、贸易通商。英国可以在上述口岸设领事，管理商事；

（2）中国割让香港给英国常远据守主掌，任其立法治理；

（3）中国赔偿英国鸦片烟价 600 万银元；

（4）英国商人在粤贸易，原归商行办理，现规定英国人在通商口岸，与何商交易均听其便，中国赔英商欠款 300 万银元；

（5）中国赔偿英国军费 1200 万银元；

（6）以上三条计赔英款 2100 万银元，广州赎城费在外。分期交清，按期未交足数，以每年百元加息五银元；

（7）英国商人在通商各口应纳进出口货税，均宜秉公议定细则；

（8）中国六百万银元鸦片赔款交足，英军退出南京、白河口等，并不再阻拦中国各省商贾贸易，退出镇江。但舟山、鼓浪屿两岛英军待赔款全部交清，各通商口岸开辟，方撤出；

（9）为英国效劳的奸细全然免罪，被监禁起来的要加恩释放。

《南京条约》签订后，为了议定关税税率及其他有关问题，中英又在广州继续谈判。道光二十三年（1843年）七月，中英《五口通商章程》在香港公布。十月，耆英与璞鼎查在虎门签订《五口通商附粘善后条款》，亦称《虎门条约》。

英国又从这两个条约中取得了如下特权：

（1）领事裁判权。据五口通商章程，英国人在中国犯罪时，由英国领事按照英国法律处理；

（2）据五口通商章程，英商大部分主要进口货物按时价的百分之五交税；

（3）片面的最惠国待遇。据虎门条约，中国将来给予其他国家任何权利时，英国人可一律均沾；

（4）英国可派军舰常驻中国各通商口岸；

（5）英国人可以在通商口岸租赁土地及房屋。

《海关税则》是璞鼎查委派英国怡和洋行职员罗伯聃拟定的。分为出口和进口两大类，前者包括六十一种货物；后者包括四十八种货物。绝大部分出口货和进口货的税率，都比鸦片战争前降低百分之五十左右，有的甚至降低百分之九十。这个税则的签订，使中国海关失去保护本国工农业生产的作用。

《南京条约》是中国近代史上第一个丧权辱国的不平等条约。中国从此开始一步步地坠入半殖民地半封建的深渊。

慈禧用计除肃顺

清咸丰十一年七月十七日（1861 年 8 月 22 日），清帝咸丰在热河承德避暑山庄烟波致爽殿病逝，临终前按照清祖宗家法，建顾命制度，以六岁皇子载淳为皇太子，著怡亲王载垣、郑亲王端华、户部尚书协办大学士领侍卫内大臣肃顺及景寿、穆荫、杜翰、匡源、焦佑赢八人为赞襄政务大臣，辅佐幼子继位。同时为防范顾命八大臣擅权，把“同道堂”“御赏”两枚私章，分赐皇后钮祜禄氏和载淳，规定一切谕旨下发，须以两枚私章为符信。不久，载淳继位，建元年号，定明年为“祺祥”，尊钮祜禄氏为母后皇太后，居烟波致爽殿东暖阁，故称东太后。生母叶赫那拉氏，住烟波致爽殿西暖阁，称西太后。就在肃顺等人为咸丰帝兴办丧礼和嗣皇帝继位的繁忙之中，一场悄悄布置的政变发生了。以留居热河的西太后和留守都城北京的咸丰弟弟恭亲王奕䜣用暗渡陈仓之计，斩杀肃顺，赐死载垣，端华、景寿等五个革职发往新疆等地效力赎罪，这就是晚清历史上有名的辛酉政变。

辛酉政变的祸根自英法联军攻打北京，咸丰帝避难热河开始就已埋下，其爆发则是因为肃顺等顾命八大臣与西太后拉那氏、恭亲王奕䜣之间，相互争夺执政地位，双方矛盾的尖锐化。顾命八大臣中以肃顺最具才干，处领袖地位。肃顺是咸丰帝生前宠信器重的重臣。咸丰帝由北京逃到热河后，肃顺以射猎、声色为诱惑，使咸丰帝乐而忘返。同时极力阻拦留守北京与英法议和的恭亲王奕䜣等王公大臣要求咸丰帝回銮京师，他还假借咸丰名义严责奕䜣等人不得再行渎请。咸丰帝本来就是个荒淫的帝王，顺势推舟把一切政事托付肃顺等人处理，于是肃顺等人成为热河行宫发号施令的实际主人，“挟天子以令诸侯”。在肃顺眼中，奕䜣是王公之中，与皇帝血缘最亲，地位最显，又异常精明果断，具有较高威信的一个劲敌。奕䜣侈娱乐为移，有心专权，将会是自己擅权道路上的拦路石。所以在咸丰帝面前，极力挑拨离间，煽动皇帝对奕䜣的不满，甚至散布谣言称恭亲王将借洋人势力谋夺帝位，结果造成咸丰与奕䜣兄弟之间，感情疏远。当奕䜣得知咸丰病重，奏请到热河问安觐见时，咸丰帝以相见徒增伤悲为由，予以拒绝，致使咸丰至死，兄弟两个也未见上一面。奕䜣知道这都是肃顺从中作梗，弄的诡计，由此，对肃顺痛恨入骨。

西太后虽为旗人，出身并不高贵，父亲只不过是一个安徽宁池太广道的道员，她入宫之后，为咸丰生了皇子载淳，一下显贵起来，被封懿贵妃，地位仅在皇后之下。而皇后钮祜禄氏，忠厚随和，对政治不感兴趣。西太后则是个工于心计的女人，她清楚咸丰身体虚弱，寿命难说，不可太多恃仗。皇子目前年幼，她有心将来帮助儿子操纵国政，于是不惜以娇媚手段，哄骗咸丰皇帝，换来自己代为皇上批答奏折的机会，开始“时时披览各省奏章。”西太后的干政，使肃顺、载垣、端华等人的权力受到了侵犯，在肃顺看来，当时还是懿贵妃的那拉氏，决非一个安分守己的女流之辈，一旦往后以太后名义，挟年幼的皇帝专权，自己的揽权美梦就会破灭。而肃顺等人一直以声色娱乐咸丰帝，使懿贵妃失去后宫专宠地位，早使西太后为之怨恨。尤其到热河以来，一路逃难的路上，自己的饮食供应就屡遭肃顺等人的克扣。肃顺又在咸丰面前，大讲汉武帝赐死钩弋夫人的“钩弋故事”，要求咸丰诛杀懿贵妃，避免日后性烈的那拉氏母以子贵，干预朝政。咸丰帝虽未采纳肃顺的建议，但对懿贵妃倒是日见疏远，甚至死前还给皇后钮祜禄氏立下密诏，如往后那拉氏不能安分守矩，可以出此遗诏令廷臣除害。这一切，被西太后得知后，对肃顺更是恨入骨髓。

咸丰皇帝病死后，围绕着谕旨拟定，恭亲王被排除顾命八大臣之外二事，西太后、奕䜣与肃顺等人矛盾趋向表面化，促使两人联手起来，共同对付肃顺等人。肃顺等人本意想在咸丰病危时，立怡亲王载垣为帝，彻底杜绝那拉氏以子专权的企图，皇后钮钴禄氏不肯表态，那拉氏整日抱着儿子载淳立于咸丰病床之前哭泣，咸丰怜其母子往后流离失所，因而对肃顺的建议不予同意。咸丰帝一死，肃顺等人又想不封太后，把那拉氏排除出政治权力场之外，此计也未得逞。于是公开在殿中宣布：一切谕旨，应由顾命八大臣拟定，太后只能钤印，不得改变谕旨内容，各地章疏也不进呈宫内览阅，面对肃顺等人的跋扈，西太后如何能容忍，就拉着东太后一起，当面廷争，并以不在谕旨上钤印相威胁。结果，双方妥协，各地所奏章疏，均要呈两宫太后呈览；谕旨诏定，则由赞襄八大臣拟进，换取两太后在谕旨上钤上“御赏”“同道堂”两印，这样，热河方面，西太后与肃顺等人以“垂帘”“辅政”两种体制相兼互得暂时维持。

西太后不甘心被肃顺等人抑限在热河，处处被动。大清以来，皇帝年幼，而由先帝临终指定亲信老臣为顾命，辅佐小皇帝执政，直到皇帝长大亲政为止，这类的顾命制度早有先例。另外一种办法，就是汉族皇朝历史上所发生的，由母后帮助年幼的皇帝，垂帘听政。太后要摆脱肃顺等人的限制，就必须以垂帘制度，替代目前的顾命制，而身在热河行宫，肃顺等人完全控制内外形势，要想达到垂帘听政目的，还必须借用外力相助。正在此时，西太后的妹夫、又是恭亲王奕䜣七弟的醇亲王奕䜣提出，与肃顺等人争斗，必须联络在北京主持政局的恭亲王。西太后采纳奕䜣的提议，密写书札，要奕䜣来热河相商。

奕䜣身居恭亲王之职，并非承袭，是父亲道光皇帝，兄弟咸丰帝所亲封，在满清现有诸位亲王中，本来最为显荣尊贵。咸丰死后，怡、郑等亲王居然添居顾命大臣之列，而自己却被排斥在外，肃顺甚至不准其赴热河行宫，处理丧事。奕䜣心中已是大为不满，早就有计划除去肃顺。他暗中安排自己的亲信，如热河行宫任领班军机章京的曹毓英等人，随时向京城密报肃顺等人在热河的行踪举动，这既是避祸所必须，又为日后上台执政作预备。但要除去肃顺等人达到自己执政的目的，奕䜣也清楚，只有推翻现有的顾命制度，尽翻政体，代之以女后垂帘，自己才能较快的爬上辅政之位。虽然奕䜣精明能干，但是要一切由自己单独动手，毕竟孤掌难鸣。别无良策，只有与两宫太后联合。西太后与奕䜣为斗倒肃顺等人，相互需要，于是正式联手起来。奕䜣见到两太后密召热河的传话后，随即以叩谒大行皇帝梓宫的名义，前往热河，肃顺面对奕䜣哭丧的要求，不便阻拦。9月5日，奕䜣赶往热河，先到咸丰梓宫前，伏地大哭，声彻殿陛，两旁人等皆为之感动，无人不信他是专为叩谒梓宫，感念手足情深而来。一番哭奠后，奕䜣进宫，皇太后单独召见，密商之中，奕䜣提出要除肃顺，非还京城才易下手，并以京城一切，由其负责，作出“万无一失”的保证。至此，两宫太后与奕䜣共同作出政变决定，奕䜣离开热河，兼程赶到北京作预先布置。

两宫太后、奕䜣等人政变的第一步是投放垂帘听政的试探气球、从舆论上为政变作准备，同时借机迷惑政敌。9月中旬，与奕䜣同党、大学士周祖培的门生董元醇，最先上奏，要求朝廷以两宫太后垂帘听政，并从亲王之中选出一、二人，用心辅弼一切政务。两宫太后见到奏折后，旋即召见顾命大臣，要肃顺等人按照所奏拟旨实行。八大臣勃然抗论，认为听命太后切切不可，清朝历史上更是没有先例。八大臣之一的杜翰肆言无忌，照直顶撞。西太后气得两手颤抖不已，年幼的皇帝被肃顺等人大声抗言所惊，啼泣不停，甚至溺湿了西太后的衣服。肃顺等人当天退朝后，又拟谕旨斥责董元醇，声称国政大端，非臣下所能妄议。接着又咆哮“搁车”，以不理政务，停止办公威胁两宫太后，最后还是东太后中间劝说，肃顺等人才照常办事。西太近被迫放弃垂帘一说。

西太后、奕䜣发动政变的第二步，是利用输送咸丰皇帝梓宫及新皇帝回京之机，施用暗渡陈仓之计，进行突然袭击，一举捕拿肃顺等人。董元醇的奏折被驳，不过是西太后、奕䜣等人施行佯攻的试探气球，借以吸引肃顺等人的注意力。果然，肃顺等人一看董的奏折被痛驳后，两太后被迫发出“我朝圣圣相承，向无皇太后垂帘之礼”的上谕，一时无人再敢言垂帘听政。他们认为胜利在握，政治危机已经过去，自己的权力地位已经稳固。于是盲目自信，开始对西太后、奕䜣等人疏于防范。西太后、奕䜣则加紧布置，先是乘八大臣忙于大行皇帝及新皇帝回京登位筹备自嫌事多的时候，解除了端华的步兵统领，载垣的銮仪卫、上虞备用处事务，以及肃顺的管理理藩院并向导处事务。西太后外示优礼，实际上肃顺等人的兼差事关皇宫禁军及扈从护卫等多项兵权，随后西太后安排奕䜣等人的亲信接任步兵统领职位，把管理禁卫兵之权基本掌握在自己手中，搬开了发动政变的重要障碍。另外，执掌热河到北京一带兵权的胜保、僧格林沁，又被西太后、奕䜣争取过来，胜保倒向西太后，在承德至北京沿线驻兵严密布置，以防不测。西太后见布置停当，10 月中旬反复催促肃顺等人，要求早日返京回銮，最后明定两宫太后、嗣皇帝载淳随载垣端华等七大臣在行过奠礼后，为避免圣躬劳累，先行启跸回京，而后跪请灵驾，沿途一切事务由倒向西太后的仁寿负责，责令肃顺护送咸丰灵柩一路安全缓行。西太后等人的如此安排，真是妙不可言，肃顺是顾命八大臣之首，如景寿等人，皆忠厚有余，才智不足，八大臣实际是由肃顺控制的势力集团，肃顺与七大臣隔开，七大臣失去了首脑，变成群龙无首，而肃顺单独行动，又失去羽翼相助，变为孤掌难鸣。西太后这一着，削弱了顾命八大臣的整体优势，为自己放手动刀，创造了条件。

11 月 1 日，两宫太后，载淳等人，以快班轿夫由间道急驰入京，抢先肃顺二天。恭亲王奕䜣早早到达城外迎接，再次落实北京政变的措施。早一天，胜保已上折朝廷，首先对顾命八大臣赞襄政务的合法性提出怀疑，指责八大臣不副重托，必须以皇太后亲理万机，召对群臣，通下情，正国体。又提出“亲亲尊贤为断”，另外简任近支亲王佐理庶务，尽心匡弼，否则不足以振纲纪顺人心。11 月 2 日，大学士、管理兵部事务贾桢，大学士、管理户部尚书周祖培，刑部尚书赵光等在奕䜣的暗示下，联名上奏，要求皇太后“敷宫中之德化，操出治之威权，使臣下有所禀承，命令有所咨决，不居垂帘之虚名，而收听政之实效。”贾桢、周祖培等是清廷元老重臣，他们提出要两宫太后垂帘听政，影响巨大。同一天，西太后在召见奕䜣、桂良、周祖培、贾桢等人时，又施以女人眼泪的战术，向众人哭诉肃顺等人如何在热河欺侮他们孤儿寡母。周祖培等人既感动又生愤，随即要求皇太后治罪肃顺等人，西太后接着用激将法，“他们是赞襄大臣，怎能治罪呢？”周祖培对答“可以先降旨解其职，再治其罪。”西太后顺乎其意，拿出早在热河写好的谕旨，随即宣布，解除肃顺、端华、载垣三人赞襄大臣职务，交宗人府会同大学士、九卿、翰林院等严行议罪。一时间，京城缇骑四出，载垣、端华被捕。11 月 3 日晚，肃顺护送灵柩到达京郊密云，尚不知朝中已发生政变，被醇亲王奕䜣、睿亲王仁寿从卧室被窝中拿获，绑送宗人府狱中。同日，奕䜣授议政王大臣、宗人府宗令，在军机处行走。11 月 8 日，肃顺被斩杀于京城菜市口，载垣、端华被赐自尽，景寿、杜翰等被革职，穆荫被革职且发往军台效力。

12 月 2 日，两太后等在紫禁城中举行垂帘大典，奕䜣以议政王总揽全局，新上台的皇帝载淳接受百官朝贺，改年号为“同治”。西太后的计划取得了最后胜利。

中俄《瑷珲条约》

19 世纪 50 年代初，沙皇俄国逐步控制了我国黑龙江口地区的主要据点，并占领了库页岛。此后，沙俄不断派遣侵略军武装“航行”黑龙江。

咸丰四年（1854 年）五月，沙俄派遣穆拉维约夫率领舰船 75 艘，军队 1000 余人，闯入黑龙江。六月，到达黑龙江下游一带，随即屯兵筑垒，实行军事占领。第二年五月，穆拉维约夫率舰船 100 多艘，军队 3000 人，再次在黑龙江上武装航行。这次航行运来近五百名俄国居民，在黑龙江下游占地筑屋，建立移民点，蓄谋永久霸占。

咸丰六年（1856 年）五月，沙俄军队，分乘百余只舰船，第三次在黑龙江上武装航行。他们在黑龙江中、上游建立军事哨所，设置村屯，屯集粮食，并于同年宣布设立以庙街为首府的滨海省，擅自把中国黑龙江下游地区划归为沙俄版图。

同年十月，英国发动第二次鸦片战争后，沙俄趁火打劫，加紧侵略扩张活动。穆拉维约夫指挥侵略军第四次武装航行黑龙江。不断向黑龙江下游和中、上游北岸移民增兵，遍设哨所，并宣布："从明年航期开始，凡留在黑龙江左岸的居民，均属俄国管辖；不愿受俄国管辖的，都须迁到右岸；中国方面要是稍有反抗或集结兵力，俄国就要进兵右岸，收缴他们的武器，占领瑷珲"。这样，沙俄基本上完成了对我国黑龙江上、中游北岸地区的军事占领"。

两年以后，沙俄政府认为从政治上最终解决黑龙江问题的时机已经成熟。于是，乘英法联军攻占大沽、北京之机，再派穆拉维约夫率官兵数百人，在两艘炮艇护送下，闯入瑷珲，与清政府黑龙江将军奕山进行谈判。谈判一开始，穆拉维约夫就重弹沙俄"助华防英"的老调，向奕山勒索大片中国领土。他宣称："中英正在交战，英国很可能表现出占据黑龙江口及其以南沿海地区的欲望；只有我国根据所订条约声明上述地区系归俄国领土时，才能遏止英国的侵犯"。而英国一旦"侵占了方便的沿海港湾，就有可能进攻满洲腹地"，因此，"中国政府当前尤须尽快了结此事"。接着他又抛出了"自卫"论，说"俄国为从海上保卫自己的领土，应当占有滨海地区，而为了建立滨海地区同西伯利亚的联系，应当在黑龙江建立居民点"，"为了双方的利益中俄必须沿黑龙江、乌苏里江划界，因为这是两国之间最合适的天然疆界"！然后，便拿出俄方擅自绘制的沿黑龙江、乌苏里江至海为界的"边界草图"，叫奕山看。对此，奕山据理以争。双方进行了激烈的辩论。会议历时四小时，没有结果。在以后两天的会议上俄方代表，不是无理取闹，就是要弄花招，所以未能达成协议。

穆拉维约夫看到中国方面不肯屈服，便决定亲自出马对奕山施加更大的压力。五月二十六日，他身穿侍从将军的礼服，佩戴沙皇赐予的各种绶带和勋章，带着随员和卫队，来到瑷珲，以“最后通牒的方式”向中国方面提出条约的最后文本，企图逼奕山马上签字。奕山接阅夷（俄）文，看到并未删改，便援引历史事实，再次拒绝俄方的无理要求。

接着，穆拉维约夫把近几年沙俄武装侵占我国黑龙江地区的罪行，说成是为了“保卫”这些地方不受外国人的侵犯。对此奕山加以驳斥，穆拉维约夫大为恼火，又以英国人入侵中国相威胁，硬要奕山签字，并说“这个条约对中国特别需要”，否则，“以后英国人在什么地方滋事，制造麻烦，那时只能责怪中国自己了”！奕山回答说：“要是英国人企图出现在黑龙江”，我们将把他们抛到大海里去”。不等奕山说完，穆拉维约夫便大声叫嚷：“同中国人不能用和平方式进行谈判！我们不能再等了，我给他们限期到明天。”说完便怒冲冲地离开会场。穆拉维约夫回船后，当夜俄军大肆以武力威胁，黑龙江左岸炮声不绝，陆屯水船，号火极明，有意进行挑衅。

在沙俄枪炮声的恫吓下，奕山终于屈服了，被迫于咸丰八年（1858 年）五月二十八日与穆拉维约夫签订了不平等的中俄《瑷珲条约》，其主要内容是：

（一）黑龙江以北，外兴安岭以南的中国领土割给俄国，只有精奇里江以南至额尔莫勒津屯（江东 64 屯）仍由中国人“永远居住”，归中国政府管理；（二）乌苏里江以东，包括吉林省全部海岸线及海参崴海口，划为中俄“共管”；（三）黑龙江、乌苏里江只准中俄两国船舶航行；（四）中俄两国在黑龙江、乌苏里江、松花江一带互相贸易。

清政府感到此条约有失国威，拒绝批准，直到咸丰 10 年（1860 年）中俄订立《北京条约》时才予认可。

此条约的签订，不仅使黑龙江以北、外兴安岭以南 60 多万平方公里的大片领土被俄国侵占，而且俄国还获得了经由黑龙江前往太平洋的通道。

《天津条约》的签订

第二次鸦片战争期间，英法军队攻占广州后，继于咸丰八年（1858年）四月，到达大沽口外，美俄两国公使也随同北上，四国公使分别照会清政府，要求派全权大臣进行谈判。于是清政府派直隶总督谭廷襄前往大沽。英法借口谭廷襄非全权大臣，无便宜行事之权，拒绝谈判。俄美公使假充“调停人”，单独和谭廷襄周旋，麻痹清政府。英、法军队在俄、美掩护下，做好了一切战争准备，于5月20日对大沽炮台突然发动攻击。炮台守军奋起还击，顽强抵抗，但因驻在大沽的文武官员对抵抗毫无决心，纷纷逃跑，致使大沽失陷。英法联军随即溯白河而上，直逼天津城下，扬言要攻打北京。

清政府闻讯后，急忙派大学士桂良，吏部尚书花沙纳赶赴天津议和。在谈判开始时，英国提出公使驻京，“江路一带，至海之源，各处通商，并在各省任凭英国民人，自持执照，随时往来，英国在要紧地方设领事馆，如有不法之徒，就近交领事馆惩办”等要求作为议和草约的基本条件。8月11日，桂良等在英国胁迫下，顾不得咸丰的意旨，对英法完全屈服。但咸丰不同意全部接受英法的要求，他斥责桂良等说：“若必事事皆准，何用大臣会议耶？”命令他们再行交涉，并请普提雅廷出来“说合”，“杜其不情之请”。但是咸丰的愿望又一次落空，英国反而提出更多的要求。英国除更明确地要求公使“长远驻京”以外，还要天津开港、镇江、南京先立码头。到25日，英法逼桂良等接受他们所拟定的全部条款，一字也不予改动，中文约本的译文也完全由他们决定。咸丰无奈终于同意了英法的要求。

在谈判过程中，威妥玛、李泰国的态度特别蛮悍，动辄开口恫吓。桂良等在奏折中一再表示自己所处的屈辱地位。桂良等在淫威慑服下，订立了《天津条约》。

中英、中法《天津条约》分别于6月26日和27日签订。中英《天津条约》共56款，附约一条。中法《天津条约》共42款，附约6条。

美俄两国在“调停人”的名义下，早在中英、中法条约签订以前即6月13日和18日，已诱骗清政府订立了中俄、中美《天津条约》。俄约12款，美约30款，两国不费一兵一卒而从清政府取得许多权利。四国公使还与桂良等商定，第二年与中国互换批准书。

这四个《天津条约》的主要内容有：

（1）外国公使常驻北京。改变了以往只能在香港、上海活动，而不能与清朝中央直接打交道的惯例。

（2）开放牛庄（后改营口）、登州（后改烟台）、台湾（台南）、潮州（后改汕头）、淡水、琼州、汉口、九江、南京、镇江为通商口岸；外国人可在各口岸租房居住，买地建礼拜堂和医院。

（3）外国人可自由进入内地传教、通商、游历，外国商船和军舰皆可驶入长江各口。

（4）扩大领事裁判权，规定外国人之间任何纠纷，犯罪，中国官府都不得过问；中外民人之间的案件，由中外双方官员在外国领事监督下“会审”。

（5）对英赔款400万两，对法赔款200万两。

（6）减低关税。

随后桂良、花沙纳在上海会同两江总督何桂清等，于11月

8日和24日分别与英、法订立《通商章程善后条约》各十款，内容主要是：承认鸦片贸易合法，每百斤征税30两；一般商品抽时价百分之五的关税；洋货运内地只要再抽2.5%的进口税，即可畅行无阻；各海关税务邀外国人帮办。

《天津条约》及《善后条约》，进一步破坏了中国的主权，便利了西方列强对中国的经济侵略。

痛歼滩头之敌

6月25日下午，英法联合舰队已溃不成军，有的战舰沉没，有的搁浅，有的击伤，舰队已难以发挥威力，各舰艇的官兵也死伤枕藉，丧失了战斗力，眼看败局已定，舰队司令贺布不甘心就此罢手，仍按预定计划组织陆战队强行登岸。在零星炮火的掩护下，联军登陆部队分乘吃水浅的艇船和事先搜刮来的一批舢板船，向炮台南岸驶近。声称“中立”的美国军舰也牵引登陆船只，帮助运送联军伤员。联军的登陆部队共有1500余人，他们携带轻武器，在泥泞的海滩上跳下了船。据一名参战的英国军官费舍回忆说：“在小船搁浅时，士兵们立即奋勇地跳出船外，很多人不从吃水浅的船头跳，而从吃水深的船尾跳，以致掉入深水中，弄湿了弹药并把步枪搞得无法使用。一部分部队作为散兵向前推进，而其他人则挣扎搬运云梯和便桥来备作跨过沟濠之用。”由于守军在沿海滩头事先就开挖了濠沟、土墙等防御工事，致使联军一登陆就陷入困境。等联军陆战队已到守军枪炮的射程以内，火炮、抬枪、鸟枪齐发，联军无还击之力，纷纷中弹倒地，有的匍匐在苇丛中和沟岸边，不敢前进。“不久，传来了一个命令，要我们尽可能在隐蔽处停留到天黑，到这时候会涨潮，会有船只来载运我们撤退。”夜幕渐渐笼罩大地，守军发射火弹喷筒，火光闪耀，联军无法藏身。守军狙击手准确地瞄准敌人，几乎弹无虚发，一批批顽敌应声而倒。有五十几名敌军官兵，冒死冲到了离炮台围墙不远的第三道水濠的边缘，“箭笔直地射来，再加射击不断，迫使这支精税部队只得蜷伏在水濠旁，他们在等待着增援”。结果，敌军有的被打死，有的被击伤，海军陆战队的指挥官勒蒙上校也身负重伤。这支陆战队已完全丧失了夺取炮台的能力，只得狼狈退却。“在撤退的时候，损失的人可能比前进的时候还要多。因为中国人放出的焰火就能准确地知道我们这些蹒跚而行、精疲力尽的人究竟在什么地方，所以就像打鸟一样地把他们一个一个地都打倒。”联军陆战队“术穷力尽”，不敢恋战，向船逃窜。我军至天明，始行收队。僧格林沁发往清廷的报告中说：“沿河夷尸堆积，除该夷抬运上船外，尚余一百数十具，并洋枪四十一杆”，生擒联军士兵二名。据俘虏供述，此战登岸的联军官兵共 1500 余人，死者甚众。贺布向英国海军大臣的报告中透露，“在岸上的攻击中，阵亡官兵六十四名，二百五十二名受伤，其中一百六十二人重伤”。连炮战在内，英军共亡 89 人，伤 345 人。法国军队共 60 人参战，死伤也达 14 人之多。侵略者得到了应有的惩罚。咸丰帝生怕影响日后和局，一再告诫僧格林沁：“驾驭外夷，终为议抚，若专意用兵，终非了局。”大沽守军若不是受咸丰帝的约束，顾全谈判大局，英法联军已可全军覆没。被称为中国通的丁韪良，当时任美国公使列维廉的翻译，他在《中国六十年》一书中就此战真相评述说：“战火重起，大家都责难中国人，说是他们的背信弃义挑动了这场战争。然而他们又有什么过错呢？他们不过是阻拦了通往未被开放的城市的去路而已。难道联军公使又有权乘轮船前去天津吗？他们根本没有千方百计地想通过任何条款来获得这一权利，不仅因为他们打了第一枪，所以是侵略者，在整个事件中他们也都是错的。”7月间，英法公使以及他们的残舰败兵，终于灰溜溜地南逃了。

太平天国运动概况

道光二十三年（1843年），洪秀全吸取了《劝世良言》中所宣传的创造天地万物人的“神天上帝”，是独一真神及在上帝面前人人平等的思想，创立“拜上帝会”。最早接受洪秀全拜上帝思想的是他的同学冯云山和族弟洪仁玕。第二年，洪秀全与冯云山同到广西贵县一带进行“拜上帝会”的宣传和组织活动。不久，洪秀全又回到广东花县家乡进行理论创作。洪秀全先后写出了《原道救世歌》、《原道醒世训》和《原道觉世训》三篇著作。《原道救世歌》宣传宇宙间唯一主宰，拯救万物的真神是上帝，“开辟真神惟上帝，无分贵贱拜宜虔”，“天父上帝人人共，何得君王私自专”。又说，普天之下皆兄弟，上帝视之皆赤子。这就否定了封建帝王至高无上的权力。《原道醒世训》中说，天下男人都是兄弟之辈，天下女子都是姊妹之群，不应存在此疆彼界之私，更下应存在你吞我并之念。宣传了经济上的平等思想。《原道觉世训》中明确地把皇帝指作“闫罗妖”，把贪官污吏指作“妖卒鬼徒”，蔑视皇权，号召人民群众起来击灭“闫罗妖”。在同一时间里，冯云山在紫荆山区进行“拜上帝会”的宣传和组织工作。道光二十七年（1847年）上半年，“拜上帝会”会众已达2000多人。是年八月，洪秀全再次到广西，在紫荆山与冯云山会合，共同制定“拜上帝会”的各种宗教仪式和十款天条。并派人四出发展会众，其会众主要是贫苦农民。

第二年七月，杨秀清、萧朝贵、韦昌辉、石达开和洪秀全、冯云山结成异姓兄弟，“拜上帝会”从此有了领导核心。

“拜上帝会”在其发展过程中，同封建势力的斗争逐渐公开化，会众开始捣毁甘王庙及紫荆山区的神庙社坛，与地主团练也展开了斗争。道光三十年（1850年）广西群众的反抗斗争继续增多。同年七月，洪秀全发布“团营”总动员令，各地会众纷纷变卖田产房屋，向“拜上帝会”总机关所在地金田村进发。十一月，各路会众均汇集在金田村，约2万人。在“团营”过程中制备器械，编制营伍，一同拜上帝，广大分散的农民组织成一个严密的武装集团。

道光三十年十二月十日（1851年1月11日），“拜上帝会”会众在广西桂平县金田村正式起义，建国号“太平天国”。随即东进，占领交通要道江口镇。“天地会”罗大纲、苏三娘（女）等率众几千人也投入太平军，声势更加壮大。三月，太平军转而西进，入武宣县境。洪秀全在武宣东乡即位称大王，封杨秀清为中军主将、萧朝贵为前军主将、冯云山为后军主将、韦昌辉为右军主将、石达开为左军主将。此后半年，太平军转战武宣、象州和紫荆山区，设法打破清军的包围堵截。九月，太平军乘胜攻克永安州城（今蒙山县），这是“太平天国”起义以来占领的第一座城池。洪秀全在这里封杨秀清为东王、肖朝贵为西王、冯云山为南王、韦昌辉为北王、石达开为翼王，西王以下，俱受东王节制。又封秦日纲、胡以晃为丞相，罗大纲为总制。其余有功将士，均分别擢拔任职。洪秀全又针对农民起义队伍在战斗过程中产生的实际问题，发布许多诏令：严禁兵将私藏在战斗中缴获的各种财物，巩固圣库制度，告诫全军恪守天条天令，严守纪律，警惕敌人的诱惑；勉励将士团结一致，同心协力，“男将女将尽持刀”，“同心放胆同杀妖”。同时，清除了暗藏的奸细。《太平诏书》、《太平军目》、《太平条规》、《天父下凡诏书》等一批重大文献也先后刊刻公布。这就是著名的“永安建制”。“太平天国”的政治制度从此初具规模。次年四月，太平军从永安突围，北上攻桂林不下，进占全州，入湖南。在全州战斗中，南王冯云山负重伤身亡。入湖南后，太平军连克道州、江华、永明、嘉禾、蓝山、桂阳、郴州等地。这一带的“天地会”群众争相参加太平军，多达五、六万人。九月，太平军猛攻长沙不克，西王萧朝贵中炮牺牲。十一月，撤围长沙，转经益阳、岳州，向湖北挺进。太平军在岳州建成水营，战斗力继续加强。咸丰二年（1853 年）一月，太平军攻克武昌，进城后，太平军宣布：“官兵不留，百姓勿伤”，群众积极参军，队伍猛增至 50 万人。随后顺江东下，水陆并进，旌旗蔽

金田村

日，连克九江、安庆、芜湖，于同年三月十九日占领江南第一重镇南京，随后以南京为都，改称天京，正式建立了一个与清朝政权相对峙的农民政权。不久，又攻下镇江和扬州。

咸丰三年（1853 年）五月，太平军约 2 万人在天官副丞相林凤祥、地官正丞相李开芳、春官副丞相吉文元率领下自扬州

出发，举行北伐。历经江苏、安徽、河南、山西、直隶、山东六省，转战数千里，深入清朝统治的心脏地区，震撼京津。咸丰五年（1885 年）三月，北伐军林凤祥部营地被清军攻破，全军将士，宁死不屈。林凤祥被俘遇害。五月，李开芳部也失败。与北伐同时，太平军又在夏官副丞相赖汉英统率下溯长江西上，进行西征，相继占领安庆、九江、武昌等重镇。到咸丰五年（1855 年）九月，江西八府 50 多个州县均归太平军势力之下。第二年四月和六月，秦日纲率冬官正丞相陈玉成和地官副丞相李秀成分别攻破江北和江南大营，解除了天京的肘腋之患。太平天国在军事上达到了全盛时期。

李秀成

太平天国定都天京后，于咸丰三年（1853 年）冬颁布了纲领性文件《天朝田亩制度》。其核心内容是关于土地制度的规定，即把全部土地平均分配给无地的广大农民；还规定了“太平天国”的乡官制度。《天朝田亩制度》规定的总目标是实现“有田同耕，有饭同食，有衣同穿，有钱同使，无处不均匀，无人不饱暖”的理想社会。

太平天国农民起义，推动了全国各地群众的反封建斗争，天地会、小刀会、捻党等在各地纷纷发动武装起义，响应并配合太平军作战，有力地推动了太平天国农民起义的发展。

咸丰六年（1856 年）八月，太平天国内部发生了杨、韦事件；次年，石达开又分军出走，太平天国的力量受到了削弱。

接着，武汉、镇江、九江又相继失守，天京被围。洪秀全遂于咸丰八年（1858年）恢复五军主将制度，任命蒙穗恩为中军主将，陈玉成为前军主将，李秀成为后军主将，韦俊为右军主将，李世贤为左军主将。洪秀全自己总掌军权，取得浦口和三河大捷。次年四月，洪仁玕到达天京，洪秀全封其为军师、干王，主持朝政。几个月后，洪仁玕向洪秀全提出了《资政新篇》，内容共四部分：一、用人察失，禁止朋党；二、革除腐朽生活方式，移风易俗；三、实行新的社会和经济政策，仿效西方资本主义；四、采用新的刑法制度。第三部分是全篇的中心。咸丰十年（1860年），太平军消灭了江南大营，天京解围。太平军乘胜连克常州、无锡、苏州等地，太平天国的力量再度振兴。

第二次鸦片战争之后，英、法、美、俄等国支持清朝镇压“太平天国”。清廷也确定了“借师助剿”的方针。同治元年（1862年），太平军在上海和宁波与英、法、美军队进行了英勇的战斗。在中外反动势力的联合进攻下，苏州、杭州相继失守。同治三年（1864年）六月，洪秀全病逝，长子洪天贵即位。七月十九日，天京被湘军攻陷。太平天国农民起义失败，余部又继续战斗多天。

太平天国起义坚持了十四年之久，其势力发展到了18省，动摇了清朝的封建统治，打击了外国侵略者。

太平天国革命的发动

太平天国革命前阶级矛盾的激化

鸦片战争以后，国内阶级矛盾迅速发展达到空前尖锐的程度。这一方面是由于外国侵略势力所造成的灾难，另一方面是由于封建社会本身的危机加剧。战前鸦片泛滥和白银外流问题的情况现在更加严重了。纹银和制钱的比价不断上升。总数共达7千万元的战费和“赔款”，又转化为捐税和浮收，重压在农民和其他生产者身上。在太平军到达南京前，十年之中，江浙各地农民抗漕、抗租的斗争已是如火如荼。1846年，昭文县（今常熟）和镇洋县（今太仓）农民先后攻入县署，并拆毁大批豪绅地主的房屋。1849年，松江农民攻入府署。1852年，鄞县（今宁波）农民将知县碎尸。青浦农民将知县倒拖里许，元和（今苏州）、无锡两县农民都拆毁知县衙门。吴江、震泽两县农民迫使地主订约“还租只有五分，否则全欠”。这些在江浙主要农业地区所发生的情况，是全国农村动荡的写照。无论北方南方，农村骚动和群众起义都在不断发生。白莲教系统（主要在北方）和天地会系统（在南方）的民间秘密组织也在积极活动。少数民族在边远地区也不断进行反抗斗争。全国范围内呈现了大风暴即将来临的景象。

洪秀全早期的思想与活动

洪秀全（1814—1864年），原名火秀，谱名仁坤，广东花县客家人。七岁入塾，至十六岁因家贫辍学。“五、六年间，即能熟诵《四书》、《五经》、《孝经》及古文多篇，其后更自读中国历史及奇异书籍，均能一目了然。”“学而优则仕”，是中国封建社会一般读书人所走的道路，洪秀全早年也是沿着这条路走的。

1828年，洪秀全十四岁，初次到广州应考秀才，没有考取。此后，他一面当村塾教师，一面努力读书，以求取功名。到1843年，他又几次去广州应试，也都名落孙山。

1836 年，洪秀全在广州应试时，有人在街头送给他一部基督教的布道书，名叫《劝世良言》。由此他开始从事传教活动，在他的人生道路上进入一个新阶段。

洪秀全劝人敬拜上帝，不拜祖先、邪神，不行恶事。他的同学、塾师冯云山和族弟洪仁玕等首先受洗礼。

1844 年，洪秀全、冯云山离开花县，辗转到广西贵县赐谷村一带传教，农民受洗礼入教者有 100 多人。九月，冯云山转入桂平县紫荆山区活动。十一月，洪秀全返回广东花县，一面教书，一面传教，并撰写诗文来进一步阐发宗教教义。

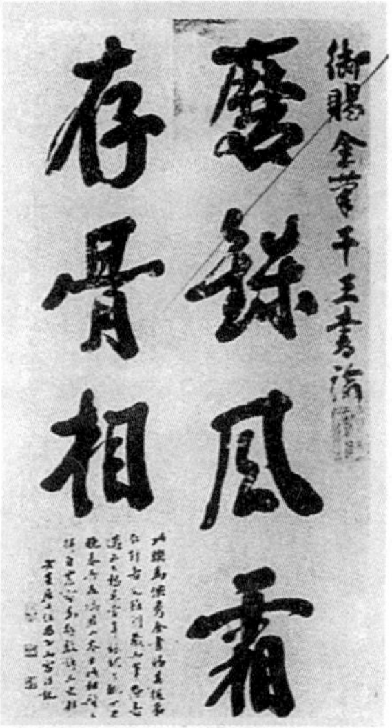
洪仁玕

在乡居期间，洪秀全先后撰写了《原道救世歌》、《原道醒世训》、《原道觉世训》等作品，把基督教教义和儒家思想结合起来。《原道救世歌》宣传天父上帝是中外古今共同的独一真神，主宰万物万事，人间的一丝一缕、一饮一食都是上帝的赐与，因此，人人应该敬拜上帝，不拜菩萨邪神。拜上帝，作正人，强调个人道德修养，这就是洪秀全在这篇长歌中表达出来的救世思想。《原道醒世训》批评了相凌相夺相斗的世道人心，提出天下男女都是上帝生养保佑的兄弟姐妹，不应存此疆彼界之私，起尔吞我并之念，而应实行像唐虞三代那样，“天下有无相恤，患难相救，门不闭户，道不拾遗，男女别途，举选尚德”的“大同”社会。这篇作品不同于《原道救世歌》，它的主题已从强调个人的道德修养转向批判社会的黑暗和混乱，并提出了改造社会的设想。《原道觉世训》最重要的是提出了一个“阎罗妖”，作为各种邪恶丑行的集中代表，让它与代表光明、正义的“皇上帝”相对立，并把世间各种人为的偶像，称之为阎罗妖的“妖徒鬼卒”。上述三文，1852年合编成《太平诏书》，洪秀全创立“拜上帝教”的基本理论，大多已包含其中了。

大约在1848年冬，洪秀全经与冯云山商量后，写了《太平天日》一文（此文迟至1862年经修改后刊印）。《太平天日》记述洪秀全1837年病中异梦及后来两次去广西活动的事迹，它宣称洪秀全是上帝的次子，耶稣之弟，被封为“太平天王大道君王全”，是“真命天子”，赐宝剑和大印，受命下凡“斩邪留正”，表现了洪秀全的反清思想。以上三篇诗文，连同《太平天日》，完成了洪秀全创立“拜上帝教”的过程，也为太平天国起义准备好理论基础。

冯云山创建紫荆山根据地

紫荆山是一个纵横约270平方公里的大山区，四面高山环绕，重峦叠嶂，地势险要。冯云山1844年进入紫荆山区后，以做工、当塾师为生，在贫苦群众中开展活动。经过两年多的努力，在紫荆山区建立起“拜上帝会”的组织、团聚了会众3000多人，其中有种山烧炭的杨秀清和贫农萧朝贵。1847年8月，洪秀全到达紫荆山和冯云山共同筹划，制定了“十款天条”、各种条规和宗教仪式，加强对会众进行思想和纪律教育。

拜上帝会影响越来越大，因而同当地封建势力的矛盾也逐渐尖锐起来，并由开始的反对封建神权发展为政治性的斗争。1848年1月，冯云山被投入监狱。这时，洪秀全正在贵县，闻讯立即赶到紫荆山，随后又赴广州设法营救。

冯云山被捕入狱，洪秀全又回广东，拜上帝会一时失去了主持人，会众发生混乱。在这紧要关头，杨秀清假托“天父上帝”下凡附体，传言群众，安定人心。随后，萧朝贵也以同样方式取得代“天兄耶稣”传言的资格。“天父”是拜上帝会信仰的最高主宰，它的体现者是洪秀全，杨秀清代“天父”传言，虽然对维系拜上帝会组织起了一定作用，但他却从此在宗教地位上取得了凌驾于洪秀全之上的最高权威，给日后太平天国领导集团分裂埋下了一重危机。

1848年冬，冯云山在紫荆山拜上帝会会众的积极营救下出狱。出狱后，即往广东寻找洪秀全。到1849年7月，他们才重返紫荆山。这时，广西到处发生天地会领导的群众反抗斗争。拜上帝会积极开展活动，力量迅速发展起来。以紫荆山为中心，东到平南、藤县，西到贵县，北到武宣、象州，南到陆川、博白，以及广东的信宜、高州、清远等地，都有了拜上帝会的组织。拜上帝会在发展和斗争中，形成了以洪秀全为首的领导核心。参加领导核心的，有冯云山、杨秀清、萧朝贵、韦昌辉和石达开。经过积极的酝酿和准备，起义的条件已经成熟。

太平天国前期的革命形势

洪秀全领导金田起义

1850年7月，洪秀全下达总动员令，命令各地会众到金田村“团营”，整编队伍。在接到总动员令后，各地会众1万多人陆续到金田会合。这支队伍，按军事编制严密地组织起来。

拜上帝会在金田团营，震动了清廷。署理广西巡抚劳崇光急忙调兵1000多人前往桂平，会同当地清军，镇压拜上帝会。12月底，拜上帝会会众在平南县思旺击溃清军。1851年1月1日，拜上帝会会众又同清军在金田附近的蔡村江展开战斗，大败清军，杀副将伊克坦布。这两次胜仗，揭开了太平天国运动的序幕。道光三十年十二月初十日（1月11日），拜上帝会会众在金田地区庆祝洪秀全三十八岁生日和起义胜利实现，建号太平天国。

金田起义后，洪秀全随即颁布遵条命、秋毫莫犯、不得临阵退缩等纪律，以加强太平军的战斗力。为了壮大力量，洪秀全主动争取桂平一带的天地会加入太平军。

清钦差大臣李星沅为了全力镇压太平天国起义，把从广西、广东、云南、贵州、湖北、福建调集的军队1万多人派往桂平，以广西提督向荣为前线指挥。在清军的围攻下，太平军英勇奋战。1851年2月，在牛排岭大败向荣所部。3月间，太平军转进武宣县东乡扎营。洪秀全在东乡登极，称天王。大约同时，以杨秀清为中军主将，萧朝贵为前军主将，冯云山为后军主将，韦昌辉为右军主将，石达开为左军主将，同主军务。

永安封王建制

5月，李星沅在武宣病死。清政府派大学士、军机大臣赛尚阿为钦差大臣，赴广西督办军务，命广州副都统乌兰泰为帮办，对太平军进行围攻。9月，太平军在平南官村同清军的战斗中击溃向荣部队，取得了空前的胜利，扭转了长期面临的被动战局。太平军乘胜前进，一举攻克了永安州（今蒙山县）。这是太平天国金田起义以来占领的第一座城市。

在永安，太平军进行休整补充，并制订各种制度。12月，洪秀全颁布封王诏令，封杨秀清为东王，萧朝贵为西王，冯云山为南王，韦昌辉为北王，石达开为翼王。西王以下各王俱受东王节制，东王实际上掌握着太平天国的军事、政治大权。

太平军在永安停留了半年多的时间。清军三万多人陆续开到永安，包围了州城。太平军因长期困守，城中粮、盐、弹药都很缺乏，便决定放弃这座城池，突围北上。1852 年 4 月 3 日，洪秀全发布了突围令，太平军在突围中，使清军遭受重创，四个总兵全部丧命，乌兰泰也被杀得只剩数十名残兵，躲在深涧内仅免一死。这次胜利更大于平南官村之战，完全打乱了清军围剿的部署。

定都天京

6 月 3 日，太平军攻克全州。在全州战役中，南王冯云山中炮牺牲于水塘湾，这是太平军的重大损失。9 月 11 日太平军进逼湖南省城长沙。12 日，萧朝贵亲自指挥攻城，身先士卒，不幸中炮负伤，随后去世。继冯云山之后，太平天国又失去一位重要领导人。洪秀全、杨秀清闻讯，率领全军自郴州赶赴长沙增援。12 月，攻克益阳，轻取岳州。太平军在益阳、岳州期间，获得大量军火、船只，数千船民、纤夫踊跃加入起义队伍，组成水营。从此，太平军不仅有一支强大的陆军，而且有了一支庞大的水师，这对于后来进军长江中下游起了重要作用。

1852 年底，太平军由岳州出发，分水陆两路，沿江而下，连克湖北重镇汉阳、汉口，围攻武昌。1853 年 1 月 12 日黎明，太平军进占全城，清湖北巡抚常大淳等败死。

1853 年 2 月，洪秀全、杨秀清放弃武昌，统率大军，水陆并进，连克江西九江、安徽安庆。安徽巡抚蒋文庆败死。安庆成为太平军胜利攻克的第二座省城。3 月 8 日，太平军兵临南京城下。3 月 19 日，太平军攻破南京外城，斩两江总督陆建瀛等。20 日，攻克内城，杀江宁将军祥厚等。太平军终于占领南京全城，取得了起义以来最大的胜利。

太平军随即以南京为都城，改称天京，正式建立了与清王朝对峙的政权。

《天朝田亩制度》

太平天国建都南京后，立即颁布了《天朝田亩制度》。这是一个包括政治、经济和社会生活各方面的农民革命纲领。纲领的基本思想在于反对地主占有土地的制度。它提出的办法是：田分九等，“凡分田照人口，不论男妇，算其家口多寡，人多则多分，人寡则寡分”。“凡男妇每一人自十六岁以尚（上）受田，多逾十五岁以下一半”，即十六岁以上受全份，十五岁以下减半。这样分田的主张，首先是从原则上否定了封建土地剥削制度。

《天朝田亩制度》又进一步提出了天下“有田同耕，有饭同食，有衣同穿，有钱同使，无处不均匀，无人不饱暖”的伟大理想。《天朝田亩制度》提出以 25 家为农村中社会组织的基本单位（称为“两”，以“两司马”为领导人），“凡当收成时，两司马督伍长，除足其 25 家每人所食可接新谷外，余则归国库。凡麦、豆、苧麻、布帛、鸡犬各物及银钱亦然。”这种想把个体生产的小农的产品收归公有的平均分配办法，是一种农业社会主义的空想。事实上，《天朝田亩制度》所拟的分田和产品分配的办法都无法施行，地主阶级的土地所有制因而仍被保留下来。但是太平天国没收了许多地主的财物土地，在其支持下，很多农民不向地主交租或交很少的租。使封建剥削关系遭到了巨大的冲击，农民的生活和地位有所提高。

从农民的反封建要求出发，《天朝田亩制度》对于政治、经济、军事、文化教育等方面都提出了新方案，如官员和平民的升贬赏罚以是否“遵命令尽忠报国”和努力生产等为标准。此外还规定实行兵民合一，废除封建教育等等。

北伐和西征

太平天国为了巩固和发展军事斗争的胜利成果，1853 年 5 月又分兵北伐和西征，对清朝统治区实行了大规模的主动出击。

北伐的总目标是直捣清朝的老巢北京。1853 年 5 月 8 日，林凤祥、李开芳等率军 2 万多人，自扬州出发，开始了北伐进军。北伐军在浦口上岸，经安徽北上，仅仅一个月，连破滁州、临淮关、凤阳、怀远、蒙城、亳州等地。6 月入河南，在归德（今商丘）毙伤清军 3000 余人，获得大量铁炮和火药。清政府得报，派御前大臣科尔沁郡王僧格林沁、步军统领左都御史花销纳为督办北京巡防事务，京城戒严。7 月，进围怀庆（今沁阳）。清政府赶快派直隶总督讷尔经额为钦差大臣，调集北方兵力 14000 人防堵。北伐军在这里同清军展开了激烈的争夺战，围攻将近两个月，未能攻克。9 月，北伐军遂撤围，入山西，复折而东向，经河南入直隶，克军事重镇临洺关。10 月，北伐军进占深州，前锋到达距保定 60 里的张登集，清廷震动。咸丰皇帝命惠亲王锦愉为奉命大将军，科尔沁郡王僧格林沁为参赞大臣，率兵出京，会同钦差大臣胜保拼力抗拒北伐军。北伐军乘虚东进，连克献县、交河、沧州、青县、静海，前锋直抵杨柳青，进逼天津。清军决运河堤放水，北伐军进攻天津受阻，屯据静海、独流。时届隆冬，北伐军粮尽衣缺，于 1854 年 2 月南撤，5 月转据东光县连镇待援。1855 年 3 月林凤祥受伤被俘，在北京英勇就义，连镇陷落，扼守高唐州的北伐军在李开芳率领下，突围至茌平县冯官屯。清军引运河水灌冯官屯，北伐军屡次突围都未能成功。5月31日，李开芳被俘，北伐最后失败。

太平军在北伐的同时，还派兵西征。西征的战略目的在于确保天京，夺取安庆、九江、武昌这三大军事据点，控制长江中游，发展在南中国的势力。

1853年6月3日，胡以晃、赖汉英、曾天养等率太平军溯江西上。西征军的进展极为顺利，10日即攻克安庆，24日进围南昌。防守南昌的清江西巡抚张芾、湖北按察使江忠源等集结清军近2万人，拼力抗拒。太平军围南昌历时93天，久攻不下，于9月24日撤围，北走。此后，西征军分为两支。

一支由胡以晃、曾天养率领，以安庆为基地，经略皖北，连克集贤关、桐城、舒城。1854年1月，攻克皖北重镇庐州(今合肥)，安徽巡抚江忠源投水自杀。太平军占领安徽的广大地区，成为西征军的运输要道，也是太平天国的主要给养基地，在军事上、经济上一直是举足轻重的战略要地。

另一支由石祥桢、韦俊等率领，1853年9月攻占九江，随即沿江西上。10月，再克汉口、汉阳，因兵力不足，不久退守黄州。曾天养率部来援，遂于1854年2月在黄州大败清军，湖广总督吴文镕投水而死。西征军乘胜三克汉口、汉阳，6月再克武昌。

西征军在湖北战场获得胜利后，攻入湖南，遇到了曾国藩湘军的顽抗。进入湖南的太平军于4月再占岳州，湘军大败，曾国藩撤回长沙。太平军乘胜南进，攻克靖港等地，进逼长沙。随即决定由石祥祯留守靖港，林绍璋率主力近二万人趋湘潭。4月24日，林绍璋攻占湘潭，威胁长沙。在湘潭，太平军同湘军水陆激战7天，伤亡很大。5月1日，湘潭沦陷，太平军突围走靖港。5月4日退守岳州，从而给曾国藩以喘息的机会。7

月，湘军重新出动，攻陷岳州。8月，曾天养率部在城陵矶痛击湘军水师，打死湘军将领4人，击沉击毁敌船30多艘。随后太平军又同湘军悍将塔齐布所统率的部队发生遭遇战，曾天养单骑冲入敌阵，壮烈牺牲。太平军被迫退出湖南。曾国藩决定出省作战，率湘军水陆并进，直趋武汉。

这年10月，湘军和湖北清军进攻武汉。太平军英勇迎击，激战一整天，汉阳、汉口、武昌相继失守。西征军退守江防要塞湖北广济田家镇。在这里，双方进行了激烈的攻防战，太平军失败，战船被焚烧4000余只，江防被彻底攻破。1855年1月，湘军进逼九江。是时，太平军由石达开为统帅，率大军西援。2月底占汉阳，4月第三次克复武昌，击毙湖北巡抚陶恩培。这年年底，石达开率太平军向江西进军，会合周培春等天地会起义军约数万人，势力大增，连克瑞州、临江、袁州、吉安等府，设立乡官，安抚百姓。至翌年3月间，在短短的3个月中，江西十三府中的八府四十二县，都落入太平军手中。

在江西大捷的同时，太平天国领导集团又在天京外围组织了一场激烈的破围战。6月，太平军回师镇江，大破清营七八十座，江苏巡抚吉尔杭阿自杀。太平军又乘胜进攻江南大营。6月20日，太平军击溃江北、江南大营，解除了威胁天京3年之久的军事压力，取得了又一个辉煌的胜利。

太平天国通过三年多来激烈的军事斗争，在长江中下游取得了重大成就，控制了从武昌到镇江长江沿岸的城镇，安徽、江西、湖北东部以及江苏的部分地区都为太平天国所掌握。

天京变乱

天京内乱是由洪秀全与杨秀清的矛盾引起的。金田起义后，洪秀全先后封杨秀清为左辅正师领中军主将和东王，并规定节制其他各王。杨秀清一人独揽了教、政、军大权，洪秀全只保持名义上最高领袖的地位，从而种下了洪、杨矛盾的祸根。

在冯云山和萧朝贵牺牲后，韦昌辉成了仅次于洪、杨的第三号人物。他对杨秀清表面极其恭顺，实际衔恨极深，时时欲取而代之。这是太平天国领导集团矛盾的又一个基因。定都天京后，太平天国的物质条件，已与在广西起义之初不同了。太平天国领导人感到已有了一个“小天堂”，而到“金陵小天堂”享福，是他们在起义不久即已许诺于众的，因而此时享乐思想很快发展。他们无力抵挡封建意识的侵蚀，为江南的繁华所迷惑，追求声色货利。此外，在服饰、称呼、礼仪等许多方面，太平天国也按照官爵高下，定出了烦琐的等级区别。

随着追求享乐、讲究排场和等级而来的，必然是争权夺利和互相倾轧，致使昔日亲密无间的关系，很快被破坏。

定都以后，洪秀全更加沉溺在宗教和迷信之中。杨秀清则更加专横跋扈。1856 年 8 月中旬，杨秀清借天父下凡，逼洪秀全封其为万岁。洪秀全密诏当时在江西的韦昌辉、在湖北的石达开和在镇江的秦日纲等速回。9 月 1 日深夜，韦昌辉带了三千精兵赶回天京，在先已回京的秦日纲配合下，迅速控制城内要道，包围东王府。9 月 2 日凌晨，韦昌辉、秦日纲带着随从入东王府，杀死杨秀清。接着，他又巧设毒计，残杀留在天京的东王部下各级文武及其家属，历时两个月。前后被杀者达二三万人，太平天国许多骨干罹难。

9 月中旬，石达开从湖北赶回天京，不满韦昌辉滥杀无辜。韦昌辉又起杀心，要杀害石达开。石达开当夜逃出天京。韦昌辉将其留京家室全部杀死，并派秦日纲率兵出城追石达开。石达开跑到安庆，召集 4 万大军，宣布讨伐韦昌辉。于是，洪秀全杀死韦昌辉。

石达开于11月底回到天京。这时，他已是除洪秀全以外首义诸王中唯一的幸存者了。他虽只二十六岁，却极有军事、政治才干，为敌所怕，为己所尊。他回京时，“众人欢悦”，推举他提理政务。洪秀全封他为“电帅通军主将义王”，命他执掌军政大事。洪秀全经过惊心动魄的杨秀清逼封、韦昌辉暴乱以后，对外姓重臣深怀戒心，见到石达开回朝受到众人热烈拥戴，顿生疑虑不悦之心，乃封其长兄洪仁发为安王、次兄洪仁达为福王，明为辅助，实为监视石达开，这便引起石达开强烈不满和不安。

1857年5月底，石达开抛离天京，6月到安庆。他在安庆驻留四月，纠集了20多万精兵良将后，开始远走。1863年春，率军3万人从云南昭通府米粮坝渡金沙江入四川。5月14日到达大渡河边紫打地（今石棉县安顺场），被山险水急的大渡河挡住去路，受清军和当地土司兵包围，几经突围不成，陷于绝境，乃投书清军，愿以自己受“斧钺交加”和“身首分裂”，换取敌人对自己部下“赦免杀戮”。6月13日，他带3名助手和五岁的儿子石定忠，自赴清营。结果，其余部3000多人被杀害，石达开本人于6月25日被带到成都凌迟处死，连石定忠也未能幸免。

韦昌辉暴乱和石达开出走，给太平天国带来极大的损害。成为太平天国失败的一个重要原因。

曾国藩组建湘军

太平天国运动爆发后，清政府调动了全国的绿营主力对太平军尾追堵截，然而屡不奏效，太平军占领南京后，以绿营组成的江南大营、江北大营居守在南京旁边，几年内对太平军无可奈何，任其来往出入。这时，清政府已经意识到不能再指望绿营来战胜太平军，便开始动员各地编练地主武装。为适应这种形势，曾国藩积极活动，在地主团练的基础上开始组建湘军。

曾国藩，字伯涵，道光年间考中进士，做了十多年的京官，后升任到礼部侍郎兼兵部侍郎。咸丰二年（1852 年）因为母亲病故返回老家湖南湘乡。第二年，奉朝廷之命在湖南帮办团练。曾国藩苦思冥想，最后采取了与其他团练大臣完全不同的做法。他把团与练分开，团的招募方法是将居民编成保甲，委派当地豪绅主持；练，是在城乡集中训练乡兵。曾国藩让各地普遍办团，但不许地方绅士办练，而是自己亲自在省城集中募勇办练。不久之后，他乘罗泽南、王鑫等湘勇 1000 多人调省城防守之机，把他们改组、扩编，开始编练湘军。为了加强控制，曾国藩大量任用其亲朋密友、门生故旧担任各级将领。士兵全部来自湖南，其中以湘乡人为多。实行勇丁由将官亲自招募制度，各军各营彼此独立，互不统属，全军皆归曾国藩统帅。经过一番精心周密地经营，湘军已经成为曾国藩的私人军队。

咸丰三年（1853 年）初，湘军组成。次年二月，曾国藩亲自率领湘军，自衡州（今湖南衡阳）启程，会师湘潭。随后他用自己的名义发布《讨粤檄文》，开始与太平军作战。靖港一战，湘军水师被全部歼灭，曾国藩痛不欲生，投水寻死，被随从救起。四月，岳州一战，湘军又遭受败绩。曾国藩率部与太平军又会战湘潭，双方激战数日，伤亡均很大。十月，湘军和湖北清军相互配合，攻陷武昌、汉阳。经过一年多的反复激战，湘军乘天京变乱之机对太平军进行反扑，咸丰四年（1854 年）十二月又攻占了曾被太平军夺去的武汉。两年以后，湘军又进入江西，与太平军争夺九江，激战一年多，终于咸丰八年

(1858年)攻克九江。

湘军在湖南、湖北战场虽然屡遭挫折，但毕竟取得了几场像样的胜利，扼止住太平军西征计划的实施。清政府获悉消息后，不得不承认湘军的战斗力已超过原有的绿营。然而，随着与太平军的战斗不断进行，湘军的势力也随之越来越大，湘军将领的声望也越来越高，这就引起了清廷的疑虑。早在湘军最初组建之时，军机大臣祁寯藻就向皇帝说过："曾国藩一在籍侍郎，犹匹夫也。匹夫居闾里，一呼蹶起，从者万人，恐非国家之福。"正因为如此，清廷对湘军总是放心不下，对湘军将领很少提拔重用，最初几年里，湘军中只有胡林翼当上了湖北巡抚，而曾国藩自己长期以来只是以侍郎的空衔统领湘军，没有任何地方实权。这样，各省总督、巡抚常常在兵饷和后勤方面与曾国藩的湘军为难，致使曾国藩心绪一直不佳，多次向皇帝上奏大发牢骚，甚至产生不想再干下去的念头。咸丰七年(1857年)，曾国藩曾明确提出了权位的要求，但清廷依旧没有给予满足。咸丰十年(1860年)四月，太平军彻底摧毁了清军的江南大营，绿营几乎全部崩溃。与此同时，英、法军队北上的危机又迫在眉睫，清廷为了笼络曾国藩和湘军，便任命曾国藩为署理两江总督。同年六月，实授曾国藩为两江总督，并授钦差大臣督办江南军务，节制大江南北水陆各军。

次年四月，湘军与太平军在安庆展开激战，经过五个月的战斗，湘军以地雷轰塌城墙之法攻入城内。接着曾国藩又命兵分二路攻击太平军。次年，湘军主力由曾国荃率领，由皖北沿长江东下进攻天京；转年，左宗棠率领另一支湘军，由江西进攻浙江；李鸿章率淮军进攻上海附近一带。曾国藩自己则坐镇安庆指挥全局。同治三年(1864年)七月，湘军攻陷天京，太平军失败。八月，曾国藩裁撤兵勇2.5万人，留下1万人镇守南京，又派 1.5 万人为皖南、皖北游击之师。后继续在皖、鄂、豫、鲁等地进攻捻军，又分兵进攻陕甘回民军和贵州苗民军。

在与太平军作战后期，随着曾国藩实权的骤增，其湘军系统的将领多有升迁。其弟曾国荃被赏头品顶戴，任浙江按察使。由曾国藩举荐的李续宜、沈葆桢、李鸿章、左宗棠分任安徽、江西、江苏、浙江巡抚。此外广西巡抚刘长佑、河南巡抚严树森、贵州巡抚江忠义，也都属湘军系统的人。湘军成为清政府中一支重要武装，也是一个占据重要位置的政治集团。

太平军北伐西征

太平天国定都天京（今南京）后，便开始进行北伐和西征。

北伐的总目标是攻占北京，推翻清朝中央政府。咸丰三年（1853 年）五月，林凤祥、李开芳率领太平军精兵约 2 万人，从扬州出发进行北伐。十三日，进至浦口，清军溃走。两天后又攻占浦口，与吉文元、朱锡琨所部会合，先后北上，迅速入安徽。仅仅一个月，连破滁州、临淮关、凤阳、怀远（今蚌埠）蒙城、亳州等地。六月，入河南，在归德（今商丘）大败清河南巡抚陆应谷军。北伐军原计划从归德城西北四十多里刘家口渡黄河，取道山东北上，因清军在黄河渡口严密布防，该处无船可渡，于是沿黄河南岸西进，攻省城开封又不克。北伐军虽遭到一些困难，但终于在汜水、巩县之间渡过黄河，进围怀庆（今沁阳）。清军 6 万人死力防堵，双方争夺激烈，历时近两个月未克。随后北伐军撤离怀庆，自黄河太行山间小道入山西。经垣曲、曲沃、平阳、洪洞，复折东向，经河南入直隶，攻克军事重镇临洺关，清钦差大臣、直隶总督讷尔经额军被击溃。

此后，北伐军又乘胜攻占沙河，长驱直入，连克赵州、栾城、藁坡、晋州，十月进占深州。然后又进抵张登镇，距保定仅六十多里。清廷闻讯后大震，咸丰皇帝逃亡热河行宫。在此之后，北伐军东进，连克献县、交河、沧州、青县、静海、前锋直抵杨柳青，进逼天津。清军联合地主团练，决运河堤放水，北伐军攻天津受阻，于是便退守静海、独流一带。时届隆冬，北伐军弹尽衣缺，加之清军围攻，兵力大受耗损，先后派人回京求援。咸丰四年（1854 年）二月，北伐军南撤，五月，转据东光县连镇待援。此时，天京曾派出援军北上，但到达山东境内时，在临清被清军击败。北伐军听到援军北上的消息后，便由李开芳分兵自连镇而下接应，被清军围于山东高唐州。林凤祥等坚守连镇，与僧格林沁相持；李开芳坚守高唐，与胜保相持。咸丰五年（1855 年）三月，连镇的北伐军粮食用尽，营地被清军攻破。全军将士宁死不屈，林凤祥被俘，解北京英勇就义。扼守高唐州的北伐军在李开芳率领下，突围至茌平县冯官屯，再次被围。清军引运河水灌冯官屯，北伐军屡次突围未成功。李开芳被俘投降，被解北京杀死。

北伐军转战 5000 多里，经历 6 个省，连克数十城，深入清朝的心脏地区，给清政府以沉重打击。

太平军在北伐的同时，还派兵西征。目标在于确保天京，夺取安庆、九江、武昌三大军事据点，控制长江中游。

咸丰三年（1853 年）五月，派胡汉晃、赖汉英、曾天养等率船千余艘，溯长江西上，攻占了安徽和州。转月，又攻占了芜湖、安庆，进围南昌。清军调重兵防守，双方在南昌展开激烈争夺。因久攻不下，太平军九月撤围北上，攻下九江。此后，西征军分兵两路。

一支由胡汉晃、曾天养率领，以安庆为基地，经略皖北，连克集贤关、桐城、舒城。随后又攻克重镇庐州（今合肥），安徽巡抚江忠源投水自杀。太平军占领安徽的广大地区，成为西征军的运输要道和主要给养基地。

另一支由韦俊、石祥率领，自九江沿江而上，攻克汉口、汉阳，因兵力不足，不久退守黄州。曾天养率部来援，于咸丰四年（1854 年）二月在黄州大败清军，湖广总督吴文熔投水而死。西征军乘胜三克汉口、汉阳，六月再克武昌。

西征军在湖北战场获胜后，又攻入湖南，遇到曾国藩湘军的顽强抵抗。四月，太平军攻占岳州，湘军大败，太平军乘胜进入湘潭，钳制长沙。在湘潭，太平军与湘军水陆激战 7 天，伤亡很大。五月湘潭沦陷。太平军突围奔走靖巷。这时，靖巷的太平军已几乎全歼湘军水师，曾国藩羞愤交加，欲投水自杀，被随从捞起。在湘潭、岳州战斗中，太平军不幸失利。老将曾天养单骑冲入敌阵，壮烈牺牲。十月，湘军和湖北清军反扑，武昌、汉阳相继失守。第二年初，湘军进逼九江。石达开为统帅，率大军西援。驻守湖口指挥全局。用诱敌深入，以少胜多的灵活战术，在湖口、九江两次战役中痛歼湘军水师，夺获曾国藩座船，曾国藩水师溃败。与此同时，秦日纲等乘胜从太湖、宿松一带向湖北反攻，在广济（今梅州）大破清军。石达开从湖北移军江西，与来自广东天地会起义军响应。咸丰六年（1856 年）三月，攻克吉安、樟树镇（今清江），曾国藩困守南昌。江西八府五十州县均被太平军所占。后石达开率主力援天京，未能攻下南昌。十月，石达开东援事毕，自天京进军武昌。

太平军长达三年多的西征，取得安徽、江西、湖北东部的大部分地区，控制长江中游安庆、九江、武昌三大重镇，为屏障天京奠定基础，太平军在军事上达到全盛时期。

天京祸起萧墙

天京大屠杀是太平天国由盛而衰的一个转折点。酿成事变的根源不难索解，事变的爆发点却始终是个谜。东王府直到事变前夕还是很平静的，致使韦昌辉的屠刀挥舞得那么如心如意，这明明是在东王毫无防范的条件下的突袭。所谓“逼封万岁”一事，真实性颇多疑问。一则杨秀清要夺权，何必做得如此猴急；二则，大权在握，要个“万岁”何用？三则，既然做了这种必然遭忌的事，为什么竟是毫不警戒地在东王府睡他的大头觉？

论者说，这故事是在惨案发生后对东王的“欲加之罪”，用以平息某些人的困惑、怀疑和愤恨，它是天王府编造出来的。据石达开的回忆说：“达开领众在湖北，闻有内乱之信。韦昌辉请洪秀全诛杨秀清，洪秀全不许，转加杨秀清伪号；韦昌辉不服，便将杨秀清杀死”。杀杨本是极密事件，只有在洪、杨、韦三人心底里最明白；当时李秀成尚未封王，石达开西征在外，他俩说的都算不上第一手材料。但石达开一直是主要当事人之一，他所了解的应该较能接近实际。尽管他说得略而不详，且有某些歧义，但有一点很清楚，是天王主动加了东王封号，与逼封之说恰恰相反。本来，这种争夺权位的肮脏勾当最容易产生政治谣言，后来石达开出走了不是又产生所谓“诛杨密议”的吗？东王被杀，北王受诛，翼王又出走，群情惶惑，人心离散，洪秀全只好给东王平反来平息众议，于是“开诏擅杀”和“诛杨密议”两项新的内幕新闻，相继占领了谣言市场，前者是加重北王罪名的，后者是让翼王分担杀杨责任的。诏书上还说：

“妄为推测有何益，可怜叛爷成臭虫。”出了怪事，怎能禁得住群众的“妄为推测”呢？不论怎样添注涂改，逼封万岁的谣言已经广泛流传，再也收不回来的了。

不管“逼封万岁”有无其事，反正洪、杨矛盾已发展到了不可调和的地步，冰冻三尺，非一日之寒。起义初因军令需要集中，杨秀清做事又极能干，因此洪秀全指定诸王一律“听东王将令”。东王不识字而极聪明，从事判断敌情，决策进退，颇多独到见解。他多次出奇制胜，化险为夷，在军中威望极高，这些原都是正常的事情。可是，由于杨秀清握有假托天父附身传言的特权，他的神权高过了洪秀全的王权，这就成了准备子孙万代相传的洪家王室之大忌。建都以后，东王府权势显赫，威风张扬，杨秀清一切专擅，几乎重要的事都得通过他决定。

1856年杨秀清把他的战功推到了最高点。天京受南、北大营的困扰已久，这次东王下决心全力加以扫除，高度发挥了他的指挥艺术。过程中运筹准确，计日程功，号令严峻，“不奉令者斩”，这是他一贯作风。历时五月，从江北横扫到江南，江苏巡抚吉尔杭阿在高资战败自杀，从孝陵卫东逃的钦差大臣向荣在丹阳自缢身亡。在天京外围纠缠了三年多的一支威慑力量宣告瓦解，清廷大受震动。

太平军第一次打了个大规模的歼灭战，而且打得漂亮，这是值得称道的。东王自以为了不起，志得意满，骄傲了。其实，清廷经此挫折，更识得了太平军的厉害，正在重新部署，准备卷土重来，严重的拼死决战就在眼前，而天国领袖却相反的陶醉了起来。老话说，“兄弟阋于墙，外御其侮”，现在对外打了一个对于消灭清廷实力而言并不具有决定意义的胜仗，竟然祸起萧墙，实在是很可惜的。天京热烈举行祝捷大会，享有最大光荣的当然是班师回朝的东王。东王出门，坐48人抬的大轿，

（天王洪秀全坐 64 人大轿）由 27 节的龙灯开道。龙灯五色洋绉长达数十丈，高丈余，行不见人，鼓乐从其后，谓之“东龙”。东王仪仗次于天王，排场的豪华煊赫，“侯相为之侧目”。自信心特强的东王自我陶醉的热度狂烈地高升了，天王和其他各王怎能看得过去。

仅仅为巩固权力而除掉一个东王，只要不多牵动其他将士，影响自亦不大。可是动手的北王韦昌辉做法极蠢，杀了东王一家后就此大开杀戒。先用计诱集东王部属和关系人，聚歼在东王府；再转到外边，大肆株连屠杀有关士兵和家属，据说总数至少两万余，以致从观音门内漂流出江的“长发尸骸数日不断，江流因血污为之变色”。内讧接着演出第二幕。石达开返京不满韦昌辉所为，韦即图谋杀石；石星夜缒城逃出南京，韦又把石全家老小杀了。第三幕，惩办韦昌辉和秦日纲，由幸存的东王部属来动手了，先杀了几百人，正要按照北王方式继续杀下去，幸经陈玉成及时赶到劝阻。他说：“太平军皆东、北王旧部，如欲株连，非杀尽太平军不可。”一场大火并才算告一段落。

在这场历史上罕见的内讧屠杀中，不少转战万里的起义将士，农民军骨干，不是死在与清军鏖战的沙场，而是倒在自相残杀的血泊之中。石达开惊叹：“自攻自杀，从此元气大伤，十年未可即复。”说得多么痛心！正如后来李秀成所追忆的，从此“人心改变，政事不一，人各一心，……各有散意”。这是上层的反应。下层呢？当时流行起一首歌谣说：“天父杀天兄，总归一场空，打打包裹回家转，还是做长工。”且撇开扑朔迷离的政治谣言不说，反正群众亲眼看到的是一场“天父杀天兄”的不幸惨剧。整个人心与士气遭受到严重挫伤，正是这场惨剧的必然后果。

过去人们都虔诚地相信：上帝是无所不能的，是可以制止一切祸害的，现在为什么失灵了呢？天父的化身为什么不能保卫自己的生命呢？再说，过去人们相信领袖们说的：人人都是亲兄弟，要并力斩邪除妖，建立人间天国，群众也都这样希望着。可如今现实告诉他们，宗教原来是领袖们争权夺位的工具，一些关系微妙的秘密，由洪、杨两个“亲兄弟”（上帝的第二子和第四子）亲手揭开了魔术布，西洋镜全部拆穿。宗教的纽带松解了，宗教的语言丧失了原有的魅力，群众对上帝、对领袖的向往，自然要大大地打了个折扣。

《原道救世训》曾给人们指出希望：“行见天下一家，共享太平。几何乖离浇薄之世，其不一变而为公平正直之世也；几何陵夺斗杀之世，其不一变而为强不犯弱，众不暴寡，智不诈愚，勇不苦怯之世也。”可是现在“陵夺斗杀”从内部发生了，哪一天“共享太平”呢？人们的信念动摇了。

严重的问题在于敌情在起着相反的重大变化：其一，江南、江北大营两支“御林军”的覆灭，逼使清廷在民族歧视上大大让步；其二，清廷与帝国主义者之间，正在曲折地进行着携手合作。敌人在磨刀，磨刀的特点就是扩张反革命的队伍和能量。与此同时，革命阵营的最高领导层却在进行着“自攻自杀”，双方力量对比从此发生了巨大变化。

英王与忠王共撑危局

陈玉成十四岁跟叔父在金田村参军，当上了孩儿兵。二次攻陷武昌之役，久攻不克，十七岁的陈玉成已是骁勇善战的小将了，他先对城内敌情侦察清楚，率领 500 名精兵绕到城东防务薄弱处，出其不意地进行突击。他带头缒登城墙，打开缺口，夺下了武昌城。他从此崭露头角，驰骋长江以北一带，不仅勇敢而且多谋，渐渐地可以独当一面了。

杨、韦事件以后，军事形势已经逆转。被摧毁的江南、江北大营重又建起，曾国藩定下了全力夺取安庆进而合围南京的进军战略。此时天国的开国五王已是一个不剩，重担子落到了陈玉成与李秀成两人身上。

为解救京围召开的枞阳会议，决策横扫长江北岸，再次拔除江北大营。陈玉成军队离开枞阳时，湘军李续宾追踪而来。李续宾是曾国藩办团练的主要得力助手，名位仅次于罗泽南，作战历来以剽悍见称，这次从湖北赶来进犯三河（属肥西）是打算直取庐州（合肥），断陈玉成的后路的。他没有估计到江北大营那么不中用，陈玉成竟已迅速回师。李续宾措手不及，被打得主力全军覆灭，本人落得个自缢而死。曾国藩为之惊叹："三河之挫，歼我湘人殆近六千，不特大局顿坏，而吾邑士气亦为不扬。"湘乡这块名牌牌子砸了，这是最叫曾国藩伤心的。陈玉成以功封英王。又半年，李秀成击溃了浦口大营，击毙湖北提督周天培，晋封忠王。此时天京之围稍解，但就整个形势来看，安庆之围这个"劫"打不赢，天京仍然不得安全。整个棋局中所以出现这个"劫"，是从天国的战略错误产生的。定都南京意味着革命进军的停顿，一切军事行动从此服从于"保卫天京"这一特定任务。这个保卫战派生出两大战场，一是要防备窥伺天京近侧的江北、江南两个大营，二是为了上游不受阻扼，必须保有安庆。造成被动局面后，杨秀清生前对这两个战场一度占有过优势，内讧后就一直处在挨打地位了。

安庆既为双方所必争，展开了一场斗力且是斗智的殊死战。英王与忠王合力再破江南大营，收拾掉了两大头子和春与张图梁，然后由李秀成乘胜下江南，建立苏福省，进军上海。清廷慌了手脚，指示曾国藩："屯兵坚城，即使安庆得手，亦属得不偿失。"要他立即统率所部"径赴苏州，不许稍有迟误"。曾国藩坚持"安庆之得失，关系吾家之气运，即关系天下之安危"，他不顾江南失地千里，一口咬住小小安庆不放。

据清军俘获的陈玉成自南京发出的密件，陈玉成设计的作战部署是："派杨辅清、李世贤、李秀成直取苏常，再攻徽浙，以入江西；又派吴如孝、张乐行由定远、寿、颍、六、霍入湖北，定于秋间四路大举。"这个计划的特点，不是死守天京，而是从外围作战取得胜利来解救天京。但是，不论太平军在别的战场如何声东击西，老练的曾国藩不为所动，紧围安庆不舍。

安庆之围难解，一计不成又生一计，既然安庆关系到南京的安危，上游武昌不也就关系到安庆的安危吗？新的围魏救赵计划产生了，力争上游。李秀成在上海虚晃一枪，大军转向皖南、赣北移动，同时陈玉成大军则在江北由皖入鄂，双方准备在长江上游南北会师。陈玉成进兵神速，直下黄州，下一步就是武昌。这一下可让反动派发了慌，楚军头头胡林翼身处安庆前线，自嗟自叹"笨人下棋，死不顾家"，以至惊忧成疾，不久呕血而死。曾国藩估计到：武昌失陷不仅为下游构成莫大威胁，而且将使中原各省失却屏障。南路也很危急，李秀成大军过祁门，对曾帅大本营发起猛烈攻击。景德镇失守，曾国藩自称"日在惊涛骇浪之中，……自度殆无保全之理"。他曾经写就给妻子的遗嘱，准备自杀。围安庆的曾国荃想要分兵营救，他硬是不准，后来他写信告诉这位九弟说："群贼分路上犯，其意无非援救安庆。无论武汉幸而保全，贼必以全力回扑安庆围师；即不幸而武汉疏失，贼亦必以小支牵掣武昌，而以大支回扑安庆，或竟弃鄂不顾。"陈、李的计谋没有瞒得了曾国藩。过去的经验他还牢记着，他说："去年之弃浙江而解金陵之围，乃贼中得意之笔，今年抄写前文无疑也。”上一年太平军先攻浙江，佯示切断江南大营粮路，引蛇出洞，和春不识得，果然发兵救浙，李秀成却又丢开浙江回过来把出洞的蛇捕歼了。李秀成的打法被曾国藩看得清楚，学得了乖的曾国藩不曾作和春第二。

打乱分进合击湖北计划的主力还是帝国主义者。此时北京英法联军的和议已成，英国使馆参赞巴夏礼来到汉阳，与清廷官吏议定在汉口镇设立英租界；随即亲自到黄州，要求陈玉成停止进军。据巴夏礼给政府的报告说：“至于汉口，英王说他自己可以不攻该城。但其他诸王尚不知道英国在汉口设立租界，也许仍照原定计划进军。他还说，英国占据汉口和武昌，由他占领汉阳，这样英国人和太平军两方面的关系才会融洽。”后来英王并未占领汉阳，因安庆已极危急，即行回师。南路的李秀成，虽进入湖北，始终未能与北路联系上，后来转过头来一路打到浙江去了。从当时交通与通讯的条件看，相隔千里的大部队夹江进军，双方很难保证战略协同。事情虽未成功，但其智谋与胆识是卓绝的。

大局已坏，情势已决定安庆难保。依靠一、二杰出将领的竭尽计谋，几路勇敢弟兄们的浴血苦战，也只能取得暂时的局部的胜利。大火并以后太平军守城主将连兵带马献城投敌的事常有发生，这在前期是从来没有过的。例如韦志俊的叛变，恰在安庆军情紧要关头，不仅在数量上为清军增加了不少筹码，而且这个叛徒还卖出了死力。叛将很多是杨、韦两派相互攻杀的幸存者，他们积有宗派宿怨，投敌后对老弟兄们的残忍狠毒，有时比清方将士还厉害。这尽是内讧留下的后遗症，越到后来越发无可救药。不久安庆就被曾国荃使用新到的西洋火器攻破了，陈玉成因此论罪被革职。他革职后仍为太平军的重振积极筹划，派部将陈得才、赖文光等经略西北，说明他是具有长远目光的。不久庐州失守，不幸被早已暗投清营的捻军叛徒苗沛霖所骗，陈玉成在寿州牺牲，临危不屈，年仅二十六岁。

总起来说，洪秀全从策略到战略都犯了重大错误，内讧后大局已坏，颓势难挽。英王、忠王并不是没有看到这一点，但终于千方百计，竭尽心力，共撑了三数年的危局。他们都为农民革命军鞠躬尽瘁，知其不可为而为之，直到最后一息。

太平军进攻上海

咸丰十年（1860 年）五月，太平军攻破清军江南大营，解除天京之围后，忠王李秀成等率各路太平军开始东征，一路所向披靡，连克丹阳（今江苏丹阳）、常州（今常州）、无锡（今无锡）。六月，又相继攻克苏州、嘉兴（今嘉兴）、太仓（今太仓）、嘉定、常熟（今常州）、青浦、松江（今松江）等地，建立了以苏州为首府的苏福省。当太平军席卷江南、逼近上海的时候，上海的官僚、地主、买办大为恐慌，江苏巡抚薛焕派上海道吴煦向英、法领事请求派兵防守县城。英、法公使宣布将协助清军“弥平一切不法叛乱，保卫上海”。美国人华尔也向江苏粮储道杨坊提出组织一个洋枪队的计划。这个计划得到了薛焕、吴煦的赞成，并由上海的地主、富商提供军械和军费。于是华尔招募外国在华的流氓、海盗和亡命之徒 200 多人组成洋枪队，企图阻止太平军的攻势。在太平军进攻上海之前，干王洪仁玕也来到苏州，同李秀成分别写信给英、美、法公使和领事，向他们宣布了太平天国对外国的平等互惠的通商政策，希望他们不要协助清兵坚守上海。但防守着上海的外国军队对之置之不理，甚至连洪仁玕的信件也没有启封拆开。七月中旬，洋枪队袭取松江，得到3万两海关银重赏。接着又进犯青浦，被李秀成率太平军打得大败，华尔率残部逃回上海。不久之后，清参将李恒嵩和华尔率领刚组成的洋枪队再次进攻青浦。九日，展开大战，太平军重创洋枪队，缴获洋枪2000多支，大小洋炮100多门，船只数百艘。华尔身上五处受伤，只好带着残兵败将逃回上海。而后，美国人白齐文和法尔思德率领的洋枪队以华尔在上海所募之英、法、德、意、希腊人联合起来再攻青浦，又被太平军击败，死者近百，并失去大批枪炮。李秀成率部乘胜于十二日克复松江，并由此引兵进攻上海，十八日抵徐家汇，进逼上海西门和南门。李秀成致书英、法公使，声明太平军到上海后，将保护教堂，只要外国人闭门不出，屋悬黄旗，太平军便决不伤害他们。由于洋枪队的一再失败，英、法决定自行参战，正式宣布要“保持上海秩序”，组成英法联合干涉军，英国的卡思克尼被任命为联军司令，火速从津沽前线分兵数百南下，又搜罗洋行仆役等一千多人协同清军对太平军作战。停泊在黄浦江的两艘黄舰宁乐特号和先锋号也向太平军开火。李秀成还想与“洋兄弟”取得谅解，竟严禁还击，致使太平军遭受重大伤亡。太平军首次进军上海，由于军力不超过3000人，加以英法干涉军拥有优势武器，特别是后方嘉兴又遭清军攻击告急，被迫于八月下旬撤围回援。

咸丰十一年（1862年），太平军第二次进攻上海。这年一月，李秀成派慕王谭绍光等由苏、杭出发，分兵五路，水陆并进，再次进攻上海。李秀成传檄外国军队：“各宜自爱，两不相扰”，倘敢“助逆为恶，相与我师抗敌，则是飞蛾扑火，自取灭亡。”但外国军队仍蛮横不理。于是太平军迅速抵达嘉定（今上海嘉定县）、青浦（今上海青浦县），随即占领奉贤（今上海奉贤县）、南汇、川沙、高桥（今奉贤县南桥镇），前锋直逼吴淞。

法军悍然向太平军开炮阻击，俄国也派兵参加，分区防守上海。太平军暂时撤退。二月，反动势力在上海成立“中外会防公所”，策划防守方案及筹措饷械。在上海的英、法军队增至数千人。华尔洋枪队和英国海军司令贺布、法国海军司令卜罗德率领的英法军队联合向高桥、萧塘反扑；三月，贺布又进攻上海泗泾。太平军与敌巷战，逐屋争夺。敌纵兵抢掠焚杀，并依仗兵多优势，迫使太平军撤离。华尔洋枪队改名为“常胜军”，扩编近5000人，清政府还赏华尔参将衔。二月至三月，英军先后由米歇尔率九十九联队及炮兵一部和陆军司令士迪佛立率全军自天津到上海，于是英军在上海的兵力由不足900人到2824人；计炮22尊，另海军大炮2尊。四月初，贺布率英、法军队和华尔的“常胜军”共2000多人，又“约同新到之俄国兵数十名”，联合清军，向沪西的王家寺、罗家港等太平军阵地进攻。在罗家港的战斗中，太平军打死打伤“常胜军”数十人，击伤贺布。后来，卜罗德用大炮轰毁罗家港太平军营垒后，太平军开始撤走。四月下旬，又在周浦发生战斗，此距上海约29公里。太平军有600人战死，300人被俘，俘虏全被残酷处死。四、五月间，已经认定“华、夷混一，局势已定”的李鸿章，率淮军6000多人从安庆乘坐英国轮船到达上海。清政府授他署理江苏巡抚，不久实授。四月二十七日，英、法军队和李鸿章的淮军联合进攻嘉定。英、法军队包围了三面城门，另外一面城门作为守军唯一退路则交给淮军攻打。其中太平军有一队130人童子兵，为掩护自己军

英法联军占领大沽炮台

队撤退而浴血奋战到最后一人。不久当嘉定陷落的时候，法军奏乐，李鸿章命令淮军把俘虏的太平军官兵的耳朵割下，献首于指挥这次战役的英陆军司令士迪佛立。随后，侵略军英法军队又攻占了青浦。侵略军所到之处，除就地烧、杀、抢、劫之外，还唆使清军卑鄙地残杀俘虏。刽子手们用尽剖腹挖心、割掉妇女的乳房、从孕妇的肚子里掏出胎儿、从俘虏身上割下一块一块的肉开心取乐等一切残酷的、惨无人道的杀人手段；还唯恐分赃不均，规定“攻占之地，不许单独抢掠，应平均分配”。五月中旬，英、法侵略军和华尔“常胜军”5000 多人，与李鸿章的淮军配合，复犯奉贤南而后又联合李鸿章的淮军进攻奉贤南桥镇。太平军击毙法国海军司令卜罗德，但终因伤亡过多，南桥失守。敌军转攻柘林镇，太平军 2000 多人与之激战，全部壮烈牺牲。李秀成得知东线失利消息后，立即从苏州亲率精兵万余人赶到。十七日至十八日，两军激战于太仓城下，太平军取得全胜。击毙了清知府李庆琛并覆其全军 5000 人，破清营 30 多座，缴获大炮洋枪不计其数，敌军全线溃败。接着，又乘胜进围嘉定，英军急忙从上海赶来救援。太平军与驰援英军血战数日，消灭英军 1000 多人。在太平军胜利进攻中，英国驻上海代理领事麦华陀建议贺布和士迪佛立同李鸿章会商如何对付太平军，并达成李调遣 3000 军队进驻南桥、由外国军官训练、双方必须互相提供太平军行动消息等五项协议。与此同时，太平军听王陈炳文及纳王部永宽部进攻青浦，占领泗泾；李秀成率部大败华尔，进围松江；慕王谭绍光攻克湖州府后，又立即移师东征，六月九日，太平军再克青浦，活捉“常胜军”副统领法尔思德。几天之后，太平军数万人挺进法华镇、除家汇、九里桥，直逼租界和上海县城，一直打到上海城下。正在这时，太平军在西战场连连失利，曾国荃率湘军扎营雨花台附近，围攻天京（今江苏南京），天京告急。洪秀全一日连下三道命令催促李秀成火速回援，李不得不暂时放弃攻取上海的计划，忍痛撤松江之围，终止了对上海的第二次进攻。

李秀成率大部回援天京前，在东线布置了严密的防御体系，由其部将谭绍光负责，致使李鸿章和外国军队长期无隙可乘。谭还数次出兵，以攻为守，曾抵达上海西郊之法华镇、北新泾等地，近逼上海。终因势单力薄，不久撤军。

太平军苏南城镇保卫战

到了1863年，在中外反动武装的夹击下，太平军在浙江的基地大部丧失，湘军加紧了对天京的合围，各部太平军转战在外，呼应不灵，难以休整，洪秀全已无力将太平军捏成一个有力的整体。太平天国所能控制的邻近天京的地盘，只是江苏南部的若干城镇，已处于被动防御的不利态势。如果说前几年外国侵略军和“洋枪队”与太平军交战的目的，主要是维护他们在上海、宁波等通商口岸的既得利益。那么，如今他们同清政府进一步勾结，是为了把太平天国彻底打垮，扶持清王朝在全国的统治，以实现其在历次不平等条约中所夺取的种种特权，并进而使清政府屈从于外国侵略者的指挥棒下，他们决不甘心让富庶的苏南地区仍控制在太平军手里，加紧了武力侵犯。这样，在苏南保卫战中，太平军的处境就更为艰难。

1863年的苏南保卫战，是从“洋枪队”伙同清军进犯太平军的重要基地太仓城开始的。“洋枪队”领队华尔在慈溪被太平军击毙后，由英国一名上尉军官奥伦代理。2月14日，奥伦率“洋枪队”2500名，携各种火炮22门，在清军配合下，气势汹汹地进犯太仓。镇守苏州的太平军主将谭绍光获悉后，立即派增援部队前往太仓，配合守军防御。奥伦依仗炮火优势，企图一举摧毁城墙。在密集的炮火下，只见火焰冲天，砖石横飞，城墙上却空无一人，奥伦以为太平军已无力抵抗，遂令“洋枪队”从被炸开的城墙缺口处扑城，当他们接近缺口时，守城太平军枪炮连发，砖石齐下，“洋枪队”避退不及，纷纷倒地，一些从浮桥越过城壕的“洋枪队”员，全部被歼。正当“洋枪队”乱作一团，准备撤退时，守军从城内冲出，奋勇杀敌，先后打死“洋枪队”官兵四百余人，缴获大炮两门，“洋枪队”狼狈回窜。奥伦被撤去代理领队职务，而以英国军官戈登上校接任，并扩军至五千人。

在击退侵犯之敌后，太仓军民在守将蔡元隆的领导下，抢修加固城防工事，在城内挖了地窖以防炮击，在城外筑了两道护城的高墙，随时准备迎击再犯之敌。5月2日，戈登率“洋枪队”2800人再次进犯太仓，步兵在炮火掩护下，逐渐向城垣推进。下午2时，各种火炮齐发，轰塌了城墙多处，打开了一个大缺口。“洋枪队”蜂拥而上，遭太平军炮火的阻拦。守军堵住缺口，坚守城墙，并以密集的火力向“洋枪队”扫射。“洋枪队”难以立足，往后退缩，并再次炮击城墙。太平军经反复战斗，予敌重创后撤离太仓。这一仗击毙“洋枪队”少校班农等20人，打伤“洋枪队”官兵142人。6月1日，侵略军出动炮兵六百人，“洋枪队”

太平军号衣

2500人，侵占了邻近太仓的昆山。7月29日，侵略军攻陷吴江。这样，太平天国苏福省的省会苏州就暴露在敌军面前。

从11月下旬起，揭开了苏州城防战序幕。戈登率“洋枪队”五千余人，伙同清军对苏州城实施包围。太平军凭借城高池深，由谭绍光率部坚守，一时相持不下。戈登决定袭击娄门外土山上的太平军石垒，企图先突破外围防御工事。土山上太平军筑了很多砖砌的炮台，山坡上密密麻麻地钉上竹桩，周围开挖了三道极深的壕沟，堤岸上遍插锋利的竹签和铁钉。越地壕沟后，还有一长列围桩。面对太平军的坚固工事，戈登决定于27日晚进行偷袭。“洋枪队”的士兵都分发白头巾，以便在黑暗中能够互相辨认。午夜1时许，戈登亲率两连士兵，潜近外围的长桩，其余部队也按预定信号前进。这时，四野寂静，他们认为太平军并未发觉，当突击队爬进胸墙时，太平军突然开火，“洋枪队”陷入太平军的火网，顿时一片混乱。戈登见太平军已有防备，急令部队退却，将大批伤亡士兵遗弃在战场，至少有200多官兵被打死打伤。戈登恼羞成怒，于29日晨又以重炮猛轰该地太平军石垒。在这次进攻中，太平军切断了戈登的退路，差点把他捉住。这一天，“洋枪队”又遭惨重伤亡，至少有九名尉级军官被打死。在太平军的打击下，“洋枪队”的进犯一次次被粉碎。孰料正在这紧急关头，太平军内部一些将领却悲观失望，贪生怕死，背着主将谭绍光，秘密和中外反动派勾结，准备献城投降。12月4日，太平军苏州守将部云宽、汪安钧、周文嘉等人在会议厅将谭绍光刺死，向反动派投降。这样，苏州城就不战而陷了。叛徒们满以为可以卖主求荣，结果在两天之后，这八名叛将统统被江苏巡抚李鸿章杀死，落得个身败名裂的可耻下场。

苏州失陷后，广大太平军将士并未放下武器，他们决心破釜沉舟，与侵略军血战到底。1864 年 3 月中旬，戈登率“洋枪队”由溧阳至金坛，准备攻城。太平军在刘官芳率领下，展开了英勇的保卫战。21 日，“洋枪队”炮轰金坛，守军不动声色，等到“洋枪队”越过城壕至城根准备从缺口处登城时，守军忽起，纷纷以刀、矛、砖石、火药包砍击登城之敌，先后击退“洋枪队”的三次冲锋。太平军还乘势从缺口出击，与敌展开肉搏，打死打伤“洋枪队”军官十四人、士兵数百人，连戈登腿上也吃了一枪，晕倒在地，“洋枪队”溃退溧阳。这就是闻名远近的金坛“砖瓦战”。

在太平天国苏南战场节节撤退之时，太平军还深入敌后展开反击作战。坚守常州的太平军主将陈坤书派兵一部，插入常熟、江阴、无锡境内，寻机杀敌，吓得侵略军惊呼“天落长毛”。1864 年 3 月下旬，江阴华墅之战是其中最著名的一役。31 日，戈登率“洋枪队”两个步兵团和一个炮兵连在无锡、江阴地区寻找太平军决战。他发现太平军主力集结于江阴华墅。即率队乘坐船只，分路逼近太平军阵地，却不见太平军踪影。正在彷徨之际，太平军实施突袭，击毁了“洋枪队”的运载船只。太平军还乘“洋枪队”步兵分散出击之机，居高临下，从邻近的山丘上呼啸而下，骑兵也从隐蔽地冲杀出来，手持大刀，左右冲杀，把“洋枪队”团团围住，附近农民也用锄头、木棍协助太平军拦击逃跑之敌。这一仗，800 名“洋枪队”全军覆没。戈登带了少数士卒，仓皇逃窜，才免一死。据外人记载，“这是戈登生平所遭遇到的伤亡最为惨重的一次战役。”经这次惨败，“洋枪队”士气低落，被迫整顿。

1864 年 4、5 月间展开的常州之战是太平军与“洋枪队”最后一次交锋。4 月中旬，戈登统率步兵、炮兵共三千人，作为攻打常州的先锋。太平军守将陈坤书率 8000 子弟坚守常州城。24 日，常州保卫战在隆隆炮声中拉开战幕。“洋枪队”用巨炮轰开了西门缺口，守军前仆后继，一再把缺口堵住。陈坤书身先士卒，指挥若定。子弹打光了，太平军战士就用砖石击敌。“洋枪队”不得其门而入。接着，南门、北门的城墙也炸塌了，守军在缺口处组成人墙，一批倒下了，后一批继续接上。一直坚持到 5 月 11 日，城墙又被炸塌几十丈，守军已难以填补，戈登率“洋枪队”蜂拥而上，攻进城内，展开了逐屋争夺的巷战，一直打到陈坤书衙门口，太平军将士一个个倒下，陈坤书受伤死难。城中的几百名太平军还埋伏在僻巷深院，手持戈矛与“洋枪队”格斗，直到最后一息。在悲壮的常州保卫战中，太平军八千将士浴血苦战，壮怀激烈，可歌可泣，予“洋枪队”以重创。戈登自己也承认：“常州太平军是一支最能拼死作战的队伍”，“洋枪队”的 100 名军官中有 48 人死伤，3500 名兵士伤亡一半。”

至此，太平军在苏南的基地丧失殆尽，天京被湘军四面围住，洪秀全又不愿“让城别走”，太平天国的失败命运就不可避免了。这时，曾国藩兄弟不愿让“洋枪队”分享攻占天京之功，一再向清政府保证，湘军有力量把天京拿下。而戈登鉴于“洋枪队”元气大伤，军纪败坏，已难以振作，遂于 1864 年 5 月底将“洋枪队”解散。7 月，太平天国都城天京终于被湘军攻陷。

太平军与外国侵略军的较量，是继三元里民众武装抗英斗争之后规模最大、历时最久的反侵略作战。在战场上，太平军一再打败曾在第二次鸦片战争期间在京津逞凶的英法联军，阵毙法军头目卜罗德、“洋枪队”领队华尔，活捉副领队法尔思德，沉重打击了外国侵略军和“洋枪队”的嚣张气焰，大长了中国人民的志气，维护了中华民族的尊严。

起义联军的最后一战

农民起义是全国性的。在南方，与拜上帝会在广西兴起的同时，另有一个天地会，历史还要悠久些，是旨在反清复明的民间秘密团体。太平军兴，各地天地会群众纷纷响应，一部分曾经建立“升平天国”于广西，后又成立“大成国”。因组成分子复杂，所奉宗教不同，与太平军彼此若即若离，时合时分，有时甚至互相冲突。占领过上海的小刀会，是天地会分支之一，一度颇想与金陵取得联系，终未实现。历朝农民大起义时无不轰轰烈烈，到处响应，但各路英雄往往自立为王，各唱各的调，这是小农经济条件下的时代局限。

北方的捻军早在嘉庆年间就从皖北活动开了，他们依靠宗族的封建关系结成集团，以反抗兵差、衙役的压迫，地主恶霸的残酷剥削和迫害。太平军进入安徽，捻军受到鼓舞，但不能接受上帝模式的宗教（在早期它与烧香拜弥勒佛的白莲教也未能合作）。太平军北伐部队路过捻区获得许多方便，但未能联合作战。在北伐部队的失败和散亡中，捻军得到了补充，盟主张乐行称王，建五旗军制，屡创清军。这两支农民起义军在强大时各据一方，等到能实行局部合流时，形势已从高潮低落下来，时机错失，是很可惜的。这也说明了洪、杨在南京停顿下来，是个多么大的失着。虽然如此，联合起来的农民武装，天京陷落后在中原还是搞得清廷疲于奔命。

张乐行在陈玉成联络下接受领导封为沃王、征北将军。安庆失守前夕，遵王赖文光提出计议：“北联张苗（张乐行、苗沛霖）以固京左，次出奇兵进取荆襄（江陵、襄樊）之地，不出半年，兵多将广，可图恢复皖省。”陈玉成据以上报天王。隔一年，天王才下谕“广招兵马，实行远征”，陈玉成派赖文光和陈得才率部渡淮北进中原。后又折回，李秀成在天京危急时专程到皖北组织勤王兵力时曾有联系，指示赖文光广招中原战士从上游威胁敌后，策援天京。赖、陈果然出入豫、陕，带领大军打回鄂东，意图东下；无奈天京已陷，计划落空。当时张乐行受叛徒谋害死了，捻军信服赖文光的智勇，奉为领袖。赖文光从团结捻军广大战士出发，不太坚持天国宗教礼制上的种种俗套，并沿用了捻军的名义。他保持着坚韧强劲的士气，继续驰骋中原四年，斩了僧格林沁，随后又挫败了曾国藩。一支孤军能够获得这样的战绩，确是很不容易的。

关于这支孤军的战绩，还得从头说起。且说曾家兄弟破金陵得了头功，不仅淮军吃醋，八旗将领们尤其眼红。所以捻军的警报传来后，这一“功”只能是让给“八旗禁旅”的了。郡王僧格林沁曾同早期捻军交过手，杀张乐行，纳降苗沛霖，都还顺当，何况现在敌手已落孤单，更是不在他的眼下。捻军领袖赖文光和张宗禹（张乐行的儿子）看准对方拥有蒙古骑兵的优势，这番又是倾巢出动，研究对策，首先要在速度上求得均衡。除增加马队外，他们创造了新的战术。有时疾驰狂奔，日行百余里，接连几天不稍停歇；有时盘旋打圈，忽左忽右。所有士兵都能说得出一条规律，叫做“多打几个圈，官军之追者自疲”。走的目的是为了打，“飘忽驰骋”的目的在于“避实就虚”。所以它一停下来就不好打发，正像敌人所嗟叹的：“猛一回噬，立见伤亡。”这番僧王轻率上阵，满心寻求速决，犹如狼奔豕突一般，抓住什么就猛打，就想决战。这边呢，从不固守一城一地，就像张宗禹说的：“官军能战，应不与战，专以走疲之，则可常活。”这样的敌来我走，以待其疲，充分掌握主动，正是高明的游击战术。后来左宗棠对付西捻军时看出来了："遇官军坚不可撼，则望风远引，瞬息数十里，俟官军追及，则又盘折回旋，亟肆以疲我。其欲东也，必先西趋，其欲北也，必先南下，多方以误我。"然而捻军这一战术秘密，当时的僧格林沁对此完全是盲目的。他被赖文光牵着鼻子走，捉主力不着则更加恼火。他穷追到曹州高楼寨，进入了捻军预设阵地，于是这边立即停下来，收缩袋口，实行聚歼，斩杀了凶悍闻名的僧格林沁和好几个大将。经此挫折，只好让湘军再次上场了。

僧王主帅时期，常把湘军撇在一边，不予重视。湘军士气也确已大为低落，因为战胜后靠掳掠发了财的不想打仗，热中升官获赏的因僧多粥少心怀不满，更有一部分开始受到了帮会的影响。曾国藩接到任命，即把两江总督交卸给李鸿章，增调了些亲信部队走上战场，接替僧王。此时捻军气势正盛，他一上来就屡吃败仗，被飘忽战术搞得昏头转向。他于是一反前任的要求速决，实行"划河圈地"之策，利用自然地形设立防线，步步为营，想要把对方分割为一块块互不通气的"死棋"。但是谈何容易。辛苦经营的沙河、贾鲁河防线很快被冲垮，他九弟招集的新湘勇又在湖北大败。清廷着急了，实行走马换将，再把他跟李鸿章对调过来，让手中掌握几座小小军火厂的淮军来对付。又过两年，李鸿章依靠从上海经由海路驰援的法国水师提督卜罗特、英国海军管带帕尔逊斯的配合，陆上又已拥有西式配备的洋枪队和"开花大炮"。经过烟台之役，一向被清廷看做心腹之患的"发捻"联军折损了它的主力，失败了，时在1868年。

很难设想，50年代的各路农民起义军如果真能做到"四海之内皆兄弟也"。将会造成怎样一种局面呢？后来多少历史学家为农民领袖们这样那样设想过，假定他们如此这般就可以取得成功。但是，起义军主力太平军内部也未能突破“此疆彼界之私”和“尔吞我并之念”，要他和其他起义部队结成牢固的同盟军，其难度自然更大了。小农经济的分散性规定了农民起义部队不可能统一行动，这就给封建统治者对他们实行各个击破提供了条件。因此，结束封建统治的任务，有待于先进阶级的成长来完成，太平军和捻军终于相继倒下去了。

天京保卫战

1862年（同治元年）5月底，江苏布政使曾国荃率湘军陆师约2万人进驻天京城南雨花台，兵部侍郎彭玉麟率水师进泊护城河口，从水陆两面完成了对天京围困。曾国藩坐镇安庆指挥，他鉴于江南大营覆灭的教训，决定采取稳扎稳打以求胜的战略。洪秀全急诏在苏南的忠王李秀成等回援。6月，李秀成等高级将领在苏州召开第一次军事会议，议定先以粮食、弹药援京，两年后决战。在洪秀全第四道摧救严诏到后，8月又在苏州召开第二次军事会议，决定联合13个王的部队，约40万人，一起救援天京。北路由李秀成、李世贤率领主力十多万人，进攻天京城外的清军；中路以陈坤书为首，攻芜湖、金柱关，截断清军粮道；南路由杨辅清、黄文金、胡鼎文等率领向宁国推进，以佯攻牵制清军的增援部队。9月，李秀成率大军自苏州西上，取道宜兴，溧阳，到东坝集合，然后分军向秣陵关和雨花台两路进攻。10月13日，太平军开始猛攻雨花台。在东至方山、西至板桥镇约60里的阵地上，太平军把湘军层层围住，以冲锋、挖地道等各种方式猛攻敌营，昼夜不息。在开始的20多天中，至少有八次几乎摧垮湘军整个阵地。湘军伤亡数千，曾国荃负伤，加以瘟疫流行，使曾国藩惶惶不可终日，准备丢掉安徽，退保江西。就在这时，南路太平军10月下旬占领宁国，达到了牵制敌人援军的目的；但中路太平军却为湘军长江水师所败，未能有效截断敌军粮道。湘军依照曾国藩“缩营自保”的办法，凭借深沟高垒，坚守顽抗。尽管太平军在兵力和装备上都占优势，围攻曾国荃部46天不能取胜，损失不及万人，就在11月26日遽然主动退兵。曾国荃及其湘军虽然受到严重打击，但却侥幸免于全军覆灭的命运。太平军主力功亏一篑，未能实现直接解围天京的战略。

李秀成退兵，引起洪秀全大怒，给他以革爵处分，调当殿明责。随后，又命李执行“进北攻南”战略，即从长江北岸进军安徽霍山、英山（今属湖北）和湖北武汉、荆州（今江陵）、襄阳（今襄樊市）等地，攻敌后方，意欲与远征西北的太平军及捻军联合行动，迫使围攻天京的清军回援，以解天京之围。李秀成受命率部自长江北岸进发，李世贤、刘官芳等带领军队从南岸配合攻取皖南赣北。12月，李秀成命林绍章、洪春元、郜永宽等率先头部队，由天京下关渡江至九洑洲，突出浦口，进攻江南提督李世忠大营，占安徽含山、巢县、和州（今和县）。转年1月，太平军常熟守将骆国忠向李鸿章献城投降，太平军久攻常熟不下。2月底，已经转移到东线的李秀成主力再次撤回，渡江入皖北，转战巢湖，庐江、舒城、六安等地。清军采取“专守为稳，以逸待劳”的防御方针，太平军所到之处“攻又不下，战又不成”。所过之处，久被清军和地主团练烧杀扰害，残破不堪，时逢春荒，军粮严重缺乏，太平军因饥疲而死者甚多。五月李秀成从寿州一带回师东返。在江浦渡江时，又遭湘军截击，伤亡惨重。6月中旬，曾国荃率湘军攻陷雨花台，洪秀全急诏李秀成回师援救。待20日回到天京时，十几万大军，只剩下四、五万人，战斗力锐减。太平军以“进北攻南”再解天京之围的战略计划仍未实现。

李秀成回到天京后，洪秀全鉴于太平天国军事形势严重，为统一领导，以应急变，遂封李为真忠军师，节制诸王。李在天京住了一个星期，就赶去苏州部署，天京危急又使他不得不西返主持守城事宜。前后两度往返于东、西战场，终因两面作战，顾此失彼，没有什么建树。12 月 21 日，李在苏州失守随即来天京的次日，向洪秀全提出“让城别走”的建议，洪没有采纳，决定坚守天京。在此前后，洪派洪仁玕出京到江、浙摧兵解围。自从李秀成从江北败回后，一批太平军将领悲观失望，纷纷率部献城降敌。到（1864 年）4、5 月间，局势空前恶化，苏南、浙江、皖南大片根据地全部失去，李世贤部远在江西，陈得才、赖文光部远在湖北，他们都被清军重兵阻隔，无力回援天京。在清军层层围困下，天京内无粮草、外无援兵。在这座孤城里，上自天王、下至士兵只得用野草充饥。6 月 1 日，洪秀全病逝，长子洪福瑱即位，为幼天王。7 月 3 日，保卫天京的最后一个要塞地保城被敌军攻陷。19 日，湘军从地道轰塌城墙 20 多丈，蜂拥而入。当时，守城的太平军及老弱妇幼不足 1 万人，能作战的士兵不过 4000 来人，但是他们同仇敌忾，高呼：“弗留半片烂布与妖享用!”白刃肉搏，拼死巷战，连曾国藩也不得不承认：守城太平军“无一降者，至聚众自焚而不悔”，“实属古今罕见”。血战至黄昏时分，李秀成、林绍璋等少数人拥幼主突围出去，天京失陷，至此太平天国运动失败。

捻军起义

咸丰三年（1853 年），太平军北伐，经过安徽、河南，各地捻首纷纷聚众起事。

咸丰五年（1855 年）秋，各地捻军首领齐集雉河集（今安徽涡阳），推张乐行为首领，以雉河集为中心。建国号“大汉”。张乐行称大汉明命王，分五色旗统领各军。张乐行自统黄旗，龚德树领白旗，侯世维领红旗，苏天福领黑旗，韩万领蓝旗。五旗以下又设五种镶边旗和其他旗号，由孙葵心等许多人分领。还制定《行军条例》19 条。河南夏邑黑旗首领王贯三，亦率部前来参加会议。人数约达十万。

咸丰七年（1857 年）捻军渡淮河南征，与太平军李秀成、陈玉成部会师于霍丘与正阳关等地，并接受太平天国领导，蓄长发，受印信，使用太平天国旗帜，张乐行被封为“征北主将”，五旗各领亦各有封号。但他们“听封而不听调”，不出境远征，并保持自己独立的组织和领导系统。

咸丰八年（1858 年）张乐行等部北上占领安徽怀远、临淮和凤阳等地。次年夏，和太平军合力攻克安远。十一月，怀远失守。一年以后，临淮、凤阳也相继陷落。同时，淮北捻军三万人在张宗禹等率领下，攻占苏北重镇清江浦（今淮阳）。咸丰十一年（1861 年）三月，龚德树率军配合太平军西征武汉时，战死于罗田松子关。九月，安庆失守，张乐行率众北归颍上。于第二年春，与太平天国联合围攻颍州（今阜阳）。不久，苗沛霖叛变，向张乐行的背后突然发动攻击，使张乐行全军溃败。英王陈玉成被俘遇害。同治二年（1863 年）三月，以僧格林沁为首的清军全力猛攻皖北蒙城、亳州，捻军根据地雉河集失守，张乐行被俘遇害。

当天京陷落时，东援天京的西北太平军、捻军联合部队，正与清军胶着于鄂东。天京陷落后，以僧格林沁的蒙古贵族骑兵为主的清军，趁机发动突袭，联军受到很大损失，乃分二路突围。一路陈得才为首东走，另一路赖文光为首北走，两支部队时合时分。赖文光巧妙地避敌主力，在豫南罗山、光等战役中，重创清军。陈得才却仍力图东进，结果于十一月初，在安徽霍山为僧格林沁所败。马融和等趁机以十余万之众，分批叛变。陈得才见大势已去，服毒自杀。其余部邱远才、张宗禹等突围与赖文光会合。推赖文光为首领。赖文光按照太平天国的兵制、纪律，整编捻军，并逐渐易步为骑，使捻军成为10万余人的骑兵武装。捻军还吸收了败散各地的太平军战士，著名的范汝增来归。

同治四年（1865年）初，僧格林沁率骑兵，在山东对捻军大举进攻，被赖文光统率的捻军打败。随后赖文光部从信阳出兵，横扫豫中，接着，进入鲁西，穿过鲁西南，突入苏北，然后又折回鲁西，在曹州县（今菏泽）设埋伏。僧格林沁尾追不舍，向捻军寻机决战。终于陷入捻军埋伏圈，大部被歼，僧格林沁被击毙。

清廷闻讯后大震，急忙派曾国藩督师北剿。曾国藩针对捻军流动作战的特点，提出以静制动的方针，以点和线，来围困捻军，制止捻军的运动。他调集十万重兵，配以新式枪炮，在淮水北、运河西、沙河及贾鲁河以东，沿岸设防，想逐步收缩，把捻军消灭在包围圈中，还成立一支机动部队专供往来游击之用。但赖文光等所率捻军，以机动灵活的运动战术，多次惩创清军，纵横驰骋于豫、鲁、苏、皖之间。

雉河集捻军大联盟

雉河集，像京城，五色帅旗飘天空。
众家兄弟饮血酒，誓同生死共患难。

这是当时安徽蒙城一带人民群众热情赞扬各路捻军在雉河集举行大联盟的民歌。它反映了捻军会盟时，战旗飘扬，兵强马壮，同心协力，誓死杀敌的壮丽景象。

雉河集大联盟是怎么一回事？它对捻军斗争的发展起了什么作用？

原来，捻军起义后，由于地区比较分散，各路队伍也众寡不一；同时，清朝反动军队接二连三地对捻军进行血腥屠杀，在烽火连天，战斗频繁的艰苦环境里，起义军来不及组成一支统一领导、统一指挥的农民革命大军。因此在初期的战斗中，捻军虽然英勇地打退了清朝反动军队的多次进攻，但由于力量分散，各自为战，往往被敌人各个击破，使革命受到损失。严酷的斗争实践，给农民起义军提出了一个重要课题，就是必须把分散的力量组织起来，联合起来，适应新的斗争形势，与敌人进行规模越来越大、斗争越来越严酷的大搏斗。

各路捻军有了联合的强烈愿望，而当时形势的发展，对捻军实现大联盟也十分有利。一方面，1854 年 3 月，安徽张乐行等率领的捻军，和河南苏天福统率的队伍首先实现了局部联合，接着 1855 年捻军领袖龚得带领一支人马向河南胜利挺进，在夏邑与王冠三的起义军又联合起来。这两次局部联合，为捻军的大联盟奠定了基础。另一方面，敌人内部矛盾的加剧，也给捻军大联盟提供了客观有利条件。1855 年 4 月，镇压捻军的刽子手袁甲三，与江南提督和春、安徽巡抚福济，在捻军的沉重打击下，屡受重创，无法向咸丰皇帝交差。他们互相埋怨，狼狗相斗，结果袁甲三被清朝政府撤了职。这样一来，敌人在皖北的防御暂时削弱了，便有利于捻军的迅速发展和联合。

1855 年（咸丰五年），捻军大联盟的时机已成熟。这年七月，安徽的蒙城、亳县和河南的永城、夏邑等地，各路捻军在雉河集会师。整个淮北大地沸腾起来了。大联盟这天，雉河集披上了节日的盛装，到处张灯结彩，锣鼓喧天，各路捻军高举各色旗帜，迈着矫健的步伐，雄姿英武，从四面八方云集雉河集。霎时间，这个小小的北方集镇，旌旗招展，刀枪林立，人欢马叫，热气腾腾，鞭炮声、欢乐声响成一片，劳动人民尽情欢呼捻军大联盟会议的召开。

会议决定的第一件大事，是宣布成立“大汉国”，表达了农民群众要求建立革命政权的强烈愿望，也反映了革命人民誓与清朝政府斗争到底的决心。从此，捻军在淮北大平原上树起了崭新的革命旗帜，统一了组织。会议上，各路捻军领袖推张乐行为盟主。

会议上，初步明确了捻军的斗争目标，指出：清朝反动政府横征暴敛，吸吮人民血汗，凶恶残暴，屠杀起义群众，罪行累累，号召捻军战士起来“拯（zhěng 整）救百姓，除奸诛暴。”清楚地申明了捻军反对清朝反动统治和保护劳动人民利益的鲜明革命主张。

会议还决定，用五种色旗编制军队。盟主之下设总旗，有黄、白、红、蓝、黑五色总旗；此外还有五种镶边旗、水花旗、八卦旗等。张乐行自兼黄旗总领，龚得、侯士维、韩万、苏天福分别统率白、红、蓝、黑旗。总旗之下设有大旗，这是组成捻军的基本单位，可以独立活动；大旗之下设有小旗。总旗、大旗、小旗各级组织，没有固定编制，人数不一。各旗都是步、骑混合编制，联盟初期，步兵多于骑兵，后来骑兵逐渐增多，到1864年（同治三年）以后，骑兵成为主要的兵种。会议还规定，各旗将领都要听从盟主张乐行指挥。至此，捻军初步建立了一整套军队编制和军事制度，把原来互不联系的各支捻军，逐渐联合和组织起来，增强了战斗力。

会议制定了《行军条例》，明确规定每个战士都要严守“号令”，听从指挥；临阵要勇猛杀敌，不得“漏下”（掉队）；禁止抢掠、奸淫，贫民的衣服粮食不准扒运；从敌人手里缴获的武器弹药，一律“分派公用”，不得占为己有。这就充分表明，捻军是一支具有严明纪律的农民革命武装，受到人民群众的热烈拥护和支持，有力地粉碎了反动地主阶级对捻军的诬蔑。

雉河集大联盟，在捻军发展史上写下了新的篇章，它标志着捻军反抗清朝统治的斗争，进入了一个新阶段。通过这次会议，捻军开始有了比较统一的领导，明确了共同的革命宗旨，加强了严明的军事纪律。从此，捻军成为中国北方反帝反封建斗争的一支劲旅。

大联盟虽然使捻军出现了一个新局面，但是联盟会议后，在政治上没有制定达到推翻清王朝这个斗争目标的战略方针和各项具体措施，因此捻军的军事行动，往往是自发的、盲目的，没有明确的战略目的。在组织上各路捻军有事则联合作战，无事则各自独立，并没有完全改变各自为政的局面。这些缺点，到1864年（同治3年）捻军与太平军余部完全联合起来以后，在太平天国的影响下，才得到进一步的克服。

捻军大联盟后，各路捻军鏖战黄河、淮河之间，屡创敌军。一时，安徽、河南、江苏、山东四省交界地区，清朝反动军队已“无能控制”，革命形势一派大好。

太平军余部和捻军的继续斗争

天京陷落后，太平天国虽然已告失败，但是，大江南北还有太平军余部、捻军和少数民族起义，他们英勇不屈，继续坚持战斗。

1864年底，西北太平军和捻军共推赖文光为首领。赖文光按照太平军制度整编捻军，使之有统一的纪律和组织领导。以骑代步，采用“以走致敌”的战术。这支改编过的捻军和西北太平军的联合部分，习称新捻军，有较强的战斗力。

1865年初，新捻军在河南大败僧格林沁，5月18日，在山东曹州（今菏泽）高楼寨设伏，一举全歼僧格林沁军，僧格林沁也被一刀砍死。这支清朝王牌军的覆没，使清廷十分恐慌，急调曾国藩主持“剿捻”军事。由于曾国藩“剿捻不力”，清政府便改派李鸿章主持“剿捻”。

1866年10月20日，赖文光把新捻军改为东、西二支，他和鲁王任化邦、首王范汝增等，率东捻军于同年年底从河南入湖北。1867年6月入山东，他们在突破运河敌人防线时受挫，继而在抢渡六塘河、黄河时又受挫。1867年11月19日，鲁王任化邦在江苏赣榆被部下杀害。24日，东捻军又在山东寿光战败，首王范汝增战死。此时，东捻主力已丧失殆尽。1868 年 1 月 2 日，赖文光率 2000 多人渡过六塘河，5 日，在扬州瓦窑铺被清军俘获，10 日在扬州被杀。至此，东捻军全部覆没。

西捻军由梁王张宗禹等统率，从河南入陕，1866 年底逼近西安，次年初在灞桥附近歼灭湘军 30 多营。清政府调左宗棠入陕。西捻军正在军威大震时，因闻东捻军危急，乃于 12 月过黄河，迅速经山西、河南，入直隶，欲以威胁北京来解东捻军的困境，但这时东捻军已覆亡了。西捻军到此进退失据，被敌人包围，虽突围入山东，但已势孤力单。1868 年 8 月 16 日（太平天国戊辰十八年七月一日，清同治七年六月二十八日），在山东茌平徒骇河边，西捻军全军覆没，张宗禹不知所终。

至此，坚持斗争达十八年之久的太平天国革命，最终失败了。

列强入侵

沙俄武装入侵中国边疆

1865 年初，浩罕（今阿富汗）统治者乘新疆回、维族民众反清斗争之机，派阿古柏带兵先后侵占了南疆各城。1867 年，阿古柏成立“哲德莎尔国”，自立为汗。1869 年，阿古柏又将势力伸展到了北疆。当时，英、俄两国在中亚地区的角逐正趋激烈，俄力图阻止英国势力继续北上，而英则担心俄插手印度。阿古柏侵入新疆后，英、俄两国都争相支持、勾结，力图控制阿古柏，以便把中国的新疆分割出去。1871 年 7 月，沙俄对英国与阿古柏“政权”的亲近不满，借口“安定边境秩序”派俄属突厥斯坦第一任总督考夫曼将军率兵占领了伊犁地区，清政府多次与沙俄交涉，沙俄不仅不撤出伊犁，反而提出在新疆全境通商、重划中俄边界等无理要求。

1876年左宗棠率兵出关，经过两年的艰苦作战，击败阿古柏，收复了除伊犁以外的新疆土地，1878年清政府派盛京将军崇厚为全权大臣前往俄国谈判归还伊犁事宜。第二年10月，崇厚擅自与沙俄签订割地赔款、出卖蒙古、新疆利权的《伊犁条约》，受到国内舆论的普遍反对。清政府迫于舆论，拒绝批准条约，并以“不候谕旨擅自起程回京”为由，将崇厚革职拿问，议处斩监候。1880年，清政府另派曾国藩的长子、驻英法公使毅勇侯曾纪泽赴俄谈判，要求索回崇厚所丧失的领土和一些重要权益。

在谈判中，曾纪泽据理力争，于1881年2月签订中俄《改订条约》及《改订陆路通商章程》，收回伊犁九城，争回了一些领土主权和通商权益，但赔款从500万增加到900万卢布，霍尔果斯河以西地区仍被沙俄割占。此后，根据条约的规定，在1882年至1884年期间，沙俄又迫使清政府签订了《伊犁界约》等5个勘界议定书，割占中国7万多平方公里的土地。

1884年，清政府接受左宗棠的建议，在新疆建省，设置州县，取消吐鲁番王和各城伯克管理民政的权力。任命刘锦棠为第一任巡抚，驻省会乌鲁木齐。

美日侵略台湾

1853年，美国海军舰队司令皮雷率舰队来远东活动，曾派人非法“调查”台湾，便盯上了这一宝岛。1867年，美国以美船“罗佛号”在台湾海面失事，有7名水手被当地高山族人击鯱为借口，派遣海军在台湾南部的琅瑀（今桓春）登陆，试图实行武装占领，受到高山族人的迎头痛击。美国武装侵台的企图受挫后，就转而支持日本进攻台湾。

日本长期以中国为样板来学习，明代还属中国的藩属国，早于中国受到西方的侵略。但是1868年，日本成功地进行了明治维新，便走上了资本主义发展的道路，一开始就制定了一个先征服台湾、琉球、朝鲜、满蒙，然后征服中国和世界的扩张政策。1871年，明治政府派柳原前光来中国，与清政府建立了外交关系。同年11月，一艘琉球船漂到台湾海面，与当地高山族人发生冲突。日本便借机寻衅，硬说琉球船便是日本船，派外务卿副岛种臣来北京交涉，遭到总理衙门的严词驳斥。琉球一直是中国的藩属国，1866年还与中国保持贡使往来。1874年4月，日本在美国的怂恿和支持下，以前美国驻厦门领事李仙得为"策士"，派陆军中将西乡从道率兵3000在琅瑀登陆。台湾各族民众纷起抵抗，使日军败守龟山，进退维谷。日本难以在军事上取胜，转而向清政府施加政治压力，以求外交解决。日本在美国公使的支持下，终于迫使清政府在10月31日签订中日《北京专条》。清政府不仅向日本赔偿50万元，而且承认"中国生番曾将日本属民等妄加杀害"，这就承认了日本对琉球的宗主地位。于是，1878年日本吞并琉球并改其名为冲绳县。

英国入侵西南边疆

1874年，英国组织了一支由陆军上校柏郎率领的近200人的武装"探险队"，探测从缅甸曼德勒经八莫至云南的道路。1852年英国占领下缅甸后，就处心积虑地企图开辟一条从缅甸经云南到中国内地的通道。英驻华使馆为配合这次行动，派二十八岁的副领事马嘉理前往接应。1875年初，马嘉理到达八莫，与柏郎相会。2 月 21 日，马嘉理带领“探险队”进入中国边境到达腾越西南的蛮允村，与当地群众发生武装冲突，马嘉理被杀，柏郎被迫退回八莫。这就是所谓的“马嘉理事件”。

事件发生后，英驻华公使威妥玛奉命向清政府进行讹诈，提出范围极为广泛的侵略要求。总税务司赫德以“调停人”的伪善面孔，诱逼清政府了结“滇案”。以“息事宁人，不与外国失和”为原则的大学士、直隶总督李鸿章，也力促清政府对英妥协，以保和局。1876 年 9 月 13 日，李鸿章与威妥玛签订了《烟台条约》，除赔款、道歉外，中国还增开四个商埠，开放长江通航权。另设专条允许英国连通北京经西藏到印度的路线。

1875 年 8 月 29 日，清廷派郭嵩涛率使团去英国道歉。1878 年，郭嵩涛在伦敦设立中国公使馆，使团变成了中国派驻海外的第一个中国使馆。两年后，中国在巴黎、柏林、西班牙、华盛顿、东京和圣彼得堡相继设立了使馆。

英国利用《烟台条约》的专条允许英人入藏的规定，一再企图派人到西藏活动，都未能得逞。1888 年 2 月，英国借口藏军“越界戍守”，派兵向隆吐山的西藏守军进攻，占领隆吐山和纳汤。西藏爱国军民奋起反击。清政府一向惧外，怕事态扩大，将支持抗英的驻藏大臣文硕撤职，另派升泰为驻藏帮办大臣，罢兵议和。1890 年 3 月，中英签订《藏印条约》，清政府承认哲孟雄（即锡金）归英国“保护”，将一大片领土划归了哲孟雄。随后，中英双方又就通商、游牧等问题进一步谈判，于 1893 年 12 月又签订《藏印续约》，中国开放亚东为商埠，准许英国派员驻扎；开关五年之内，藏、哲、印边境贸易概不纳税。这两个不平等条约使英侵占了西藏部分领土，获得通商贸易等权益，还为日后进一步侵略西藏创造了便利条件。

葡萄牙占领澳门

英法侵夺中国利权得逞，大大鼓舞了其他国家对中国的侵略。葡萄牙也向清政府提出侵略要求，迫使清政府签订条约霸占澳门。澳门自明朝嘉靖时，被葡国占据后，岁输税课两万两，清初改税课为地租，每年令其交租银500两，鸦片战争之后中国开始沦为半殖民地半封建社会，自1849年以后葡人拒绝交租，腐朽的清政府听之任之。1880、1883年中俄、中法关系紧张时，葡人想乘机逼迫清政府承认澳门归葡国所有，均没有成功。中法战后，葡人在澳门地区展边赖界，肆意强占中国领土。中法战后，清政府在各国侵略者威逼下，整顿边防，加强海军建设，筹备修建铁路，以稳固其统治，但深感财政危机，新的办理洋务机关——“海军衙门专待增款”，竭力搜刮财源，赫德建议清政府增加鸦片税，采取税厘并征的办法，每岁可以增加税收上千万两，清政府接受此项建议，令驻英公使曾纪泽与来华贩卖鸦片最多的英国进行谈判。曾纪泽以烟台条约中有关“认真整顿洋药贸易之法尚欠详细”的规定，与英国开始谈判，于1885年7月18日签订《烟台条约续增专条》，规定：（一）鸦片每百斤向海关完纳正税30两，并厘金80两；（二）清政府派员查禁香港至中国偷漏税课，应该立即进行。根据《烟台条约续增专条》，1886年清政府派邵友濂和赫德与英国香港当局谈判香港与广东间征收税金和防止走私办法。但是，英国香港当局表示“这类办法必须以澳门同样接受为前提条件，若澳门不照办，香港亦必不允”。清政府被迫又派人与葡国商谈澳门防止鸦片走私问题，这就为葡国对清政府实行讹诈提供了机会。

赫德派税务司金登干前往葡萄牙，与葡谈判。于1887年3月26日，在里斯本金登干与葡国外交部大臣巴罗果美因签订

《中葡会议草约》四条：(一) 在北京即议互换（1862 年）修好通商条约；(二) 清政府允葡国“永驻管理”澳门；(三) 未经中国允许葡国永不得将澳门让与他国；(四) 葡国允许洋药征税防止偷漏办法，按英国在香港办法办理。《中葡会议草约》签订后，引起地方官吏和人民群众的反对。

但清政府为了增加一些财政收入，同年 12 月，与葡国在北京签订《通商条款》54 款和《缉私条款》3 款，不仅使葡萄牙在中国取得了与其他侵略者相同的特权，而且丧失了中国对澳门的领土主权。

阿古柏入侵新疆

19 世纪 70 年代，中国邻邦缅甸、越南、朝鲜等亚洲国家先后遭到西方殖民者的侵略，英国吞并印度后，继续向北扩张，沙俄也极力向南扩张，使中国边疆不断出现严重的危机。与此同时，清朝驻新疆办事大臣与当地封建伯克相互勾结，不断向当地群众增加新税，他们贿买官位，极度贪污、高利贷十分盛行。同治三年（1864 年），新疆维吾尔族和回族等各族人民相继爆发了大规模武装起义，并迅速占领了天山南北的广大地区，先后出现了几个封建割据政权，其中有：以库车为中心的热西丁和卓即黄和卓神权政权；以乌鲁木齐为中心的妥明（或称妥得璘）封建神权政权；以和阗为中心的依比布拉汗封建神权政权；以喀什噶尔为中心的柯尔克孜族司迪克封建地主政权；以伊犁为中心的塔兰齐苏丹封建君主政权。他们彼此间又发生了割据混战。与此同时俄国为把中亚弄到手，陆续占领了哈萨克平原浩罕汗国属境和布哈尔汗国的全部地区，并设立土耳其斯坦总督统治这一带地区。由于俄国强占中亚，使得英国担心俄国再向印度伸手，因此，英俄两国在新疆问题上产生了矛盾。

同治四年（1865 年）夏季，割据喀什噶尔的柯尔克孜族司迪克久攻疏勒不下，便派回族封建领主金相印赴中亚浩罕汗国，向阿力木库里汗乞求把在浩罕汗国的原中国人张格尔之子布素鲁克和卓遣回作为新疆的汗王。于是，阿力木库里汗就遣派布素鲁克和卓回新疆任汗王，以便复辟“叶尔羌汗国”，并派塔吉克族阿古柏（原名叫穆罕默德·亚库甫）担任他的军队首领入侵南疆。阿古柏和布素鲁克和卓来到喀什噶尔之后，名义上把布素鲁克和卓奉为汗王，但是实际所有的权力都掌握在阿古柏手里。阿古柏让自己带来的亲信担任军政要职，使用贿买当地伯克或派人暗杀的手段，日益巩固了他自己的政权。同时，向来受到英国殖民主义影响的阿古柏又立刻与英国取得联系。随后，阿古柏占领了英吉沙尔，疏勒，叶尔羌。转年又诱杀了依比布拉汗，吞并了以和阗为中心的割据政权，并开始向北进军。这时布素鲁克和卓周围的人虽进行了反阿古柏的秘密活动，但事情很快被暴露了出来，许多人被杀害，阿古柏强迫布素鲁克去圣地朝觐，这样就把他驱逐到麦加。同治六年（1867 年），阿古柏相继攻占了阿克苏，库车等地，兼并了以库车为中心的黄和卓割据政权，继而宣市成立“哲德沙尔国”，即又称“七城汗国”（包括喀什噶尔，阿克苏，库车、莎车、叶尔羌、和阗、吐鲁番），阿古柏自称“毕条勒特汗”（意为“洪福之王”）。同治 9 年（1870 年），阿古柏又攻占乌鲁木齐和吐鲁番盆地，消灭了以乌鲁木齐为中心的妥明割据政权，将势力扩展到玛纳斯。从此，阿古柏占有全部南疆和北疆部分地区，实行军事封建采邑“苏王尔阿利”制度。他们强占土地，勒索财物，征调劳役，严刑厚敛，税及园树，迫使农民变卖土地，牲畜交纳税款，甚至变卖家中锅碗去交纳税款，使社会经济遭到破坏。英俄在19世纪后半期，就竞相争夺新疆，此时，都想借阿古柏之手达到侵略目的。于是英国笼络收买阿古柏，通过各种形式把势力渗透到新疆，还派遣以福尔赛依特·萨伊甫为首的特别使团，携带英国女王维多利亚的亲笔信到达喀什噶尔，承认阿古柏政权，并贿赠大量军火。阿古柏于同治十三年（1874年）与英国订立了《英阿条约》，准许英国人自由出入新疆经商贸易，不久之后，阿古柏在英国的支持下，由南疆向北疆侵犯，先后占领了吐鲁番、乌鲁木齐、玛纳斯等地。俄国看到自己的利益受到侵犯，于是就派军队进行干涉，相继占领了中国伊犁地区九城，并宣布伊犁永远归俄国管辖。清政府闻知消息后，于光绪元年（1875年）任左宗棠为钦差大臣，率部队入新疆平叛，左宗棠在当地各族民众的支持下，运兵神速，致使阿古柏军队很快溃败，光绪三年（1877年）阿古柏自杀。左宗棠收复了除伊犁外的新疆全部领土。

左宗棠首战乌鲁木齐

乌鲁木齐战役从1876年7月21日开始，11月6日结束，历时三个半月。

乌鲁木齐位于天山北麓，是北疆重镇，由阿古柏的傀儡白彦虎和马人得率数千人驻守。清军担任主攻的部队为刘锦棠部和金顺部。清军的作战部署是：刘锦棠部在乌鲁木齐以东300余里的济木萨集结，金顺部在济木萨以东90里的古城一线待命。为防止敌人北窜蒙古，由徐占彪率五营，驻宁巴里坤到古城一钱；令张曜率部十二营，驻守哈密一线；扼敌东窜青海；

派重兵加强对乌鲁木齐以西和玛纳斯以北的沙山子、马桥一带防线，严防敌人经塔城逃窜科布多、乌里雅苏台等地。

1876年7月，左宗棠指示刘锦棠、金顺迅速向乌鲁木齐接近，攻占城北要地古牧地，扫清乌鲁木齐外围。28日，金顺出敌不意，率部占领古牧地北的阜康城，刘锦棠所部开抵阜康城东的九营街。这时白彦虎也率兵加强了古牧地之防御，企图阻止清军攻打乌鲁木齐。

黄田初战告捷

从阜康到古牧地约100华里，有两条路可通：一条是大路，但有50里长的戈壁阻挡，仅在甘泉堡有一口可供百人饮用之水井。从这条路进军，部队饮水无法解决。另一条是小路，途中有充分水源，但敌人在黄田设有卡栅、驻有重兵，易守难攻。敌人企图迫使清军从大道进攻，陷清军于前阻坚城、人马困乏之境地。刘锦棠将计就计，故意布下疑阵，迷惑敌人。8月8日，他调集部队西出阜康，开沟引水，挖掘水井，佯装从大路进攻古牧地。敌人以为西征军已经陷入他们的圈套，放松了对黄田的防御。而刘锦棠却于10日深夜指挥部队，衔枚疾进，从小路潜袭黄田。当清军接近黄田卡栅时，先声夺取山冈，占领制高点，敌人方从梦中惊醒，仓促迎战，陷于被动。金顺率部从右路出击，总兵余虎恩、陶鼎金率骑兵从两翼包围，谭拔萃、谭上连、董福祥指挥步兵从正面攻击。在清军强大攻势下，敌人溃乱，丢弃辎重狼狈逃窜。11月收复黄田，首战获胜，生擒敌21名，缴获战马28匹、枪械数10件。清军阵亡官兵14人，伤38人。

古牧地歼灭战

古牧地是乌鲁木齐外围的重要据点，敌人设防严密，控制了山垒制高点和城关要隘，由头目王治、金钟万率部据守。8月12日，清军兵临古牧地城下。13日，阿古柏派遣数千名骑兵，从红庙子方向增援古牧地。刘锦棠下令余虎恩、黄万鹏率骑兵驰赴打援，并派步兵居后策马。令攻击古牧地的部队，先把敌人团团围住，组织突击队攻打山垒和城关要隘，清军士兵在大炮掩护下，率先抢占了山垒，夺取了制高点，后续部队士气更旺，斩关而入，与敌展开了激烈的战斗，抢占了城隘。这时增援之敌急于同古牧地的守敌会合，猛攻清军打援部队。清军奋勇阻击，拦截兜抄，击毙援军的重要头目，歼援敌350余人。在攻城前，刘锦棠和金顺策马视察敌情，发现守敌固守不懈，决定实施强攻，令围城部队先在古牧地四周筑起墙垒，架设大炮。15日，令谭拔率先用开花大炮，劈山炮猛轰城墙，炸开数处缺口，令谭慎典、谭义和、张俊、董福祥等部，利用夜暗，冲入城内，与敌人展开激烈的巷战。金顺部由城东、城北分进合击，敌人溃乱，全歼古牧地之敌。古牧地之战，历时5天，歼敌5000余人，生擒敌250人，守城头目王治、金钟万被击毙，缴获战马200余匹，阿古柏派来支援古牧地的部队被歼300余人。清军阵亡官兵158人，伤455人。

攻克乌鲁木齐

古牧地歼灭战，打乱了敌人的部署，乌鲁木齐守军十分惊恐。白彦虎、马人得见清军锐不可当，先遣妇孺辎重南逃，留精壮据守乌城。刘锦棠获悉乌鲁木齐兵力空虚、军心动摇，当机立断，令谭和义、唐国华率两营留守古牧地，其余各部于 8 月 18 日拂晓向乌鲁木齐开进，金顺也督率所部跟进。当先头部队抵达乌城外十里处，守敌千余人即行南逃。刘锦棠命令余虎恩、陶生林、陶鼎金等人率马队三个营由左路追击；谭拔萃、席大成、张春发、汤仁和率步兵四个营随后跟进；令黄万鹏、崔伟、毕大才、禹益长、马正国、禹中海率骑兵五旗，从右路包抄追击。谭上连、萧元亨、戴宏胜、陈广发率步兵四个营跟进。刘锦棠亲率罗长祜、袁尧岭和老马队于城北指挥，谭慎典、汤秀斋、张俊率三个营攻击乌城。敌军不战而溃，击毙百余人，俘虏 13 人。刘锦棠在乌城同金顺会合，分兵进入红庙子（即乌鲁木齐汉城）和伪王城。白彦虎、马人得弃城率残部仓皇逃窜，在距离乌鲁木齐十余里处，向追来的清军反扑，展开激烈战斗。清军陶鼎金腮部受伤，不下火线，指挥部队追杀敌人至城南三十里的盐池墩，敌溃散。在乌鲁木齐战斗中，毙敌 500 余人，生擒 26 人，缴获战马 70 余匹。清军牺牲官兵 130 余人，伤 47 人。

玛纳斯南城攻坚战

清军收复乌鲁木齐，使敌人更加慌乱。盘踞在北疆昌吉、呼图壁之敌翻山南兆，玛纳斯南城的伪元帅黑宝财和北城的叛军头目余小虎，也弃城逃跑。伪元帅韩刑农凭险死守南城，妄图顽抗。刘锦棠根据左宗棠尽快挥师南下进军吐鲁番的作战意图，不给敌人喘息之机，由金顺部立即进攻玛纳斯南城，直逼吐鲁番。刘锦棠鉴于大量逃散残敌流窜于东南山谷之中，随时骚扰后方，威胁前方作战，则由他亲自领兵入山进剿。

金顺率部于 9 月 2 日从昌吉驰抵玛纳斯南城，令提督刘宏发驻城南，总兵张大发驻城之东北，副将方春发驻城之东南，营官和振头驻扎城西。金顺亲率提督孔才、参将余致和驻守城北，将玛纳斯南城紧紧围住。经过数日准备，于7日发起攻击。金顺亲率总兵邓增、都司张玉林用后膛开花大炮猛轰城东北的角楼，轰开缺口丈余。刘宏发、方春发在炮火掩护下，向城墙接近，乌鲁木齐领队锡纶率先登上缺口，敌人凭借坚固城墙，拼死抵抗，炮石如雨，总兵李大洪、熊佑林、参将陆辉先，先后中弹阵亡。方春发、张玉林义愤填膺，率队猛扑，身又负伤。张大发、余致和督率士兵继进，轮番仰攻，只因城头狭窄，兵力施展不开，攻城没有成功。19日，提督马玉崑率队再次攻城，潜登西北角楼，斩守城之敌十余人，余敌拼死顽抗，马玉崑负伤，副将游击胡耀群冒着炮火冲杀，以身殉国；余致和面带石伤，犹裹创血战。10月2日的战斗中，毙敌300余名，清军伤亡200多人。敌人极为顽固，以死守玛纳斯城，晚间守敌用绳索捆系柴草，灌油燃烧，光如白昼，以防清军夜袭。被清军轰开之缺口，守敌立即用芦席裹土填砌，在沿城屋顶筑有大量垛口，架设洋枪，抵御清军进攻，派出小部队出城反扑。当刘宏发与营官刘占魁、李大全率队截杀时，守敌立即回城，待清军追到城上，敌人连环施发排枪，清军伤亡70余名。在攻城鏖战中，战斗更为激烈。清军缘梯登城，肉搏而战，攻而复退，退而复攻，双方拉锯交战达十余次。张大发、杜生万在缘梯登城时中弹牺牲。副将司世道、把总邵芝、游击杨占魁冲上城头，也先后阵亡，清军付出重大代价，玛纳斯南城仍未攻克。10月4日，刘锦棠派湘军营务处道员罗长祐、总兵谭拔萃、提督黄万鹏、总兵董福祥各率所部，驰援攻打玛纳斯南城，伊犁将军荣全也率部来援，他们先在城外高筑炮台，挖掘地道，10月17日中午发起攻击。清军大炮猛轰城垛，轰坍城墙二丈余，方春发指挥清军冲进缺口，守敌凭借城内矮墙，用密集火力向清军射击，方春发部被滞阻，谭拔萃部从城南攻打也未得手。翌日晨，清军再攻缺口处，这时敌军已经用木册加裹湿毡挡住了缺口。都司崔伟督队猛攻，手刃数敌，手臂中箭，拔箭再战，后因部队伤亡较大，退出战斗。守敌伪元帅韩刑农被西征军大炮击毙，由海晏接充头目，继续顽抗。清军架大炮，挖地道，埋地雷，于28日，由罗长祐、谭拔萃、董福祥等率部继续攻城，金顺与荣全亲督方春发、马玉崑从北面攻打。天明时，清军埋设的地雷爆炸，轰坍城墙两丈余。提督杨必耀持刀督战而牺牲，孔才被击伤，士兵们继续冲杀，敌终不支，11月6日，海晏率部2000余人，挟护老幼妇女，从西门突围，徐学功上前劝降，伪元帅何碌突然指挥部众向清军开枪。清军早有准备，由徐学功擒何碌斩于阵前，谭拔萃、董福祥等率队围攻，金顺率部由北面截杀，敌大部被歼，伪元帅黑峻自杀，营官汤秀斋生擒伪元帅马有财，海晏也被金顺部活捉。各路清军会师玛纳斯南城，取得了乌鲁木齐战役的全胜。玛纳斯南城攻坚战，历时两个多月，歼敌3000余人。西征军牺牲近千人，仅官弁阵亡的就有115人。

乌鲁木齐战役的胜利，歼灭了盘踞北疆之敌，不仅保证了陕甘、蒙古等地的安宁，而且使西征军有了可靠的基地，为清军越天山，攻打南疆门户吐鲁番，创造了极为有利的条件。

西征军南疆东四城之捷，使敌人成了丧家之犬。刘锦棠原拟从中路进攻叶尔羌，分割西四城之敌，然后东打和阗，西攻英吉沙尔和喀什噶尔。这时，敌军分崩离析，内部一片混乱。和阗的敌军头目呢牙孜向清军投降，伯克·胡里亲率骑兵五千，在叶儿羌同呢牙孜酣战。白彦虎逃到喀什噶尔，被阿里达什拒之门外。投降阿古柏的原绿营守备何步云、旗员英韶率满汉兵民数百人反正，据守喀什噶尔的汉城，阿里达什日夜攻扑，形势危急，何步云乞求刘锦棠派兵援助。刘锦棠抓住这一有利时机，改变原来首攻叶尔羌的作战计划，兵分三路，乘敌不备，迅雷下击，先攻取边城喀什噶尔，裹敌中央，截断敌人向俄境逃窜去路，然后再攻打叶儿羌、英吉沙尔和和阗三城。令提督余虎恩为一路，率步兵三个营、骑兵一个营，总兵桂锡桢率马队一个营，从阿克苏取道巴尔楚克、马纳巴什，直指喀什噶尔，为正兵；令提督黄万鹏率马队六旗，总兵张俊率步兵三个营为第二路，由乌什取道布鲁特边界，迂回至喀什噶尔之西，为奇兵。两路所有部队，由余虎恩指挥，于12月18日前抵达指定位置。刘锦棠亲率马步各营，为第三路，随后进发，一面阻击和阗、叶儿羌方向之敌，一面策应攻击喀什噶尔之清军。余虎恩、黄万鹏部士气高昂，星夜疾驰，提前一天到达指定位置。当夜三更，黄万鹏部从喀什噶尔城北的麻古木，余虎恩从城东的牌素特，同时攻城。两军齐抵城下，城内火光烛天，敌军在城外顽抗。余虎恩在中，提督萧元亨、总兵桂锡桢、副将夏辛酉在左，提督戴宏胜、陈健厚、总兵张宗本在右，三路步兵骑兵，一齐攻击城东。守敌困兽犹斗，组织骑兵千余骑，向清军冲扑过来。西征军将士奋勇阻击，用长矛将敌酋副元帅王元林戳坠马下，清军的步兵压逼而前，骑兵张两翼包围，尽歼该敌。黄万鹏、张俊所率马步各营在喀城西北角，与守敌三四千酣战，敌被击溃，从西门逃窜。伯克·胡里令于小虎率敌眷后行，自己率敌四百先窜。于小虎被萧元亨、戴宏胜前后夹击，由都司余福章、军功马德海擒获，伯克·胡里逃入俄境。余虎恩完成追歼逃敌任务后，又主动从明要路，转师恰哈玛克，奔袭300余里，配合黄万鹏追歼白彦虎。白彦虎残部，在前有拦截，后有追兵的困境中，立即溃乱，伪元帅马元被俘，副元帅白彦龙被斩，白彦虎率一二百骑，携带金银，逃入俄境。

12月19日，刘锦棠抵达玛纳巴什，21日收复叶儿羌，接着赶赴英吉沙尔，令董福祥从叶儿羌进兵和阗。1878年1月2日在和阗战斗中，生擒敌头目达的罕条连、洛巴什俄波和伪元帅常世和、王孝等人，全歼敌人。南疆八城中的最后一个城市，被清军收复。攻打西四城之战，毙俘敌万余人，拿获阿古柏军大小头目1000余人，缴获大炮万余门，战马万余匹，战果辉煌。至此，我国神圣领土新疆，除了伊犁地区尚被沙俄占领外，其余地方重新回到祖国怀抱。

索回伊犁

西征军击败阿古柏侵略军以后，清政府立即着手收回伊犁。

伊犁在北疆西部，是西路第一重镇，包括宁远、惠远、惠宁、绥定、广仁、熙春、拱辰、瞻德、塔勒尔等九城，纵横相连。清政府设伊犁将军，驻宁远城。伊犁地区兼得伊犁河、特克斯河的灌溉之利，农牧相宜，民丰物阜，是新疆富饶的地区之一。沙俄对伊犁垂涎已久。在1871年用武力侵占伊犁后，企图长期霸占，便毁弃大城，在宁远东90里之金顶寺，另修长20里街市，划归俄国阿尔玛图的地方官科尔伯科夫斯基管辖。沙俄政府原以为清政府迫于内忧外患，没有能力把盘踞在天山南北的阿古柏侵略军赶走。俄国驻北京公使倭良嘎哩曾代表沙俄政府向清廷总理衙门表示，只要中国从阿古柏手中收回被占领土，他们就把伊犁还给中国。1876年4月西征军入疆，沙俄政府发觉阿古柏难以抵挡清军的进攻，倭良嘎哩的讲话使沙俄很被动。阿古柏如被击败，清政府将会根据他们曾经许下的“诺言”，向俄国收回伊犁。俄国陆军大臣米留金为此召开了一次特别会议，研究对策。最后确定：如果阿古柏失败，俄国必须获得在中国内地通商的权利，并且从中国边境割取土地以后，才能交还伊犁。西征军进军新疆，沙俄便支持阿古柏对抗清军。1877 年 1 月，俄国派出特别代表团到库尔勒，鼓励阿古柏负隅顽抗。阿古柏军战败，沙俄别有用心地收容了白彦虎和阿古柏的儿子伯克·胡里，并支持他们多次从俄境骚扰南疆。

崇厚签订丧权辱国的《交收伊犁条约》

1878 年西征军歼灭阿古柏侵略军后，清政府向驻北京的俄使布策提出归还伊犁的要求，不得要领，便于 7 月派盛京将军崇厚为全权大臣，赴俄交涉收回伊犁和引渡白彦虎等人。崇厚在彼得堡不顾国家和民族的根本利益，一味讨好俄国，对俄国关于归还伊犁后，清政府必须在商务、界务和赔偿军费等三个问题上作出重大让步的无理要求，不但没有进行斗争，反而为俄国说项开脱。他把俄国为了占我领土提出重新划界的要求，说成俄国索要土地实属无几。对赔偿军费一节，崇厚说所要数目不大，似不必计较，并建议朝廷在俄交还伊犁前，应取消商业禁令，准允俄国商人到新疆各地贸易。清政府坚决不同意，一再电示未可因急于索还伊犁，转贻后患，尤其边境分界，涉及领土，关系重大，“断不可许”。崇厚对朝廷的指示，置若罔闻，于 1879 年 10 月，在《交收伊犁条约》上签了字。条约规定：中国方面收回伊犁，但要把霍尔果斯河以西和特克斯河流域的大片领土割让给俄国，俄国商人在蒙古、新疆贸易享受免税的权利；俄国可以在嘉峪关、哈密、吐鲁番、乌鲁木齐、科布多、乌里雅苏台增设领事；清政府允许伊犁居民迁居俄国；赔偿“代守”伊犁费五百万卢布（合白银 280 万两）。消息传回北京，舆论大哗，全国朝野纷纷指责崇厚擅权卖国。清政府拒绝批准《交收伊犁条约》，于 1880 年 1 月将崇厚革职拿问，判处死罪。改派驻英法公使曾纪泽为钦差大臣，赴俄重开谈判。

左宗棠进驻哈密

收复伊犁，使新疆全部失地统统回归祖国，是左宗棠远征新疆的最终目标。他在同沙俄的长期交道中，对其侵略野心有了深刻的了解。1877 年左宗棠就说，俄国人绝对不会痛痛快快交出伊犁，将来必定要有一番争执。他批评崇厚在谈判中一味妥协，丧权辱国，“譬犹投犬以骨，骨尽而噬仍不止，目前之患既然，异日之忧何极，此可为叹息痛恨者矣！”左宗棠力主用武力把沙俄侵略军从伊犁赶走，上书朝廷说，“就事势次第而言，先之以议论，委婉而用机；次决之阵战，坚忍而求胜。”“所有新疆南北两路军务，臣既身在事中，自当与各将领敬慎图维，以期有济。”可是李鸿章却主张对俄妥协，支持崇厚。他在给总理衙门的信中说，俄国本不愿交还伊犁，亏得崇厚专使，俄廷政府始愿归还。今幸一了百了，已定之约，若再更改，后患不可思议。他攻击左宗棠进兵哈密，实为徒劳，今“军心不固，外强中干，设与俄决裂，深为可虑。”清政府没有同意李鸿章的意见，指示左宗棠统筹战守，积极准备收复伊犁。左宗棠极为鼓舞，他在给友人的信中说，伊犁事，非用兵，不会有结果。今朝廷力持正论，不为异议所惑。当前正是“戒备宜预，绸缪未雨”

左宗棠西征

之大好时机。

左宗棠计划兵分三路，收复伊犁。东路由金顺率部，扼守晶河一带，防止俄军东窜；令金运昌率皖军五营，拨归金顺指挥。令张曜速募兵丁1000名，骑兵数百骑，增拨步兵五营，骑兵两营，加上原有步兵4500人，骑兵500骑，由中路阿克苏沿特克斯河，取道冰岭，直趋伊犁；令刘锦棠率步兵8500余人，骑兵1500余骑，由西路取道乌什，过冰岭西侧，经布鲁特牧区，直指伊犁。并调步兵八营，以补充刘军缺额。左宗棠还加拨民团千余人，加强搭城方面的兵力。1880年5月，左宗棠完成了进军伊犁的准备。全军上下一片欢腾，人人思奋，等待出征。这时左宗棠年近七旬，衰弱多病，杖不离手。但是他老骥伏枥，“壮士长歌，不复以出塞为苦”决心亲临前线，收复伊犁。他从肃州移营到哈密时，叫士兵抬着他的棺木同行。正当左宗棠出兵哈密之际，国际和国内一些反对对俄用兵的势力，诱迫清政府同俄国妥协。李鸿章攻击左宗棠说，“左帅主持倡率一般书生腐官，大言高论，不顾国家安危；即其西路之调度，不过尔尔。把握何在?”英国驻华公使威妥玛和海关总税司英人赫德出面斡旋说，只要中国接受规劝，英国愿意帮助清政府训练军队。镇压过太平天国革命的大刽子手英人戈登，在1880年夏，向总理衙门提出割让伊犁，避免一战的建议，并威胁说，中国若与俄相争，徒费兵饷，得不偿失。清朝政府在国内外妥协势力的诱迫下，动摇了用武力收回伊犁的决心，于1880年8月，以“现在时事孔亟，俄人意在启衅，正需老于兵事之大臣，以备朝廷顾问”为理由，召回左宗棠。左宗棠于11月14日离开哈密，翌年1月25日回到北京。清政府根据左宗棠荐举，任命刘锦棠署理钦差大臣，督办新疆军务，以张曜为帮办。

伊犁回归祖国

曾纪泽于1880年2月出使俄国，抵达彼得堡后，同俄使进行了长达将近一年的艰苦谈判。在谈判中，俄国代表虽然同意交还伊犁，但仍坚持由清政府将伊犁西南莫萨山附近的将近四千多平方公里的战略要地割让给俄国，还要重新勘定喀什噶尔和塔尔巴哈台的边界，企图占我国更多领土。在通商税则和设立领事等问题上，俄方始终坚持《交收伊犁条约》中的条款，索赔军费则由五百万增加到1200万卢布。曾纪泽据理力争，经过反复辩驳，于1881年2月24日签订了《中俄伊犁条约》，废除了《交收伊犁条约》，收回了由崇厚割让给俄国的特克斯河一带的领土，在重新划界、通商等方面对俄国的广泛要求，也作了一些限制，争回了一些权益。清政府在赔款问题上作了让步，由500万卢布增加到900万卢布。中国收回了伊犁地区及特克斯河流域1万9千余平方公里的土地，但是，霍尔果斯河以西地区仍被沙俄霸占。1882年至1884年，沙俄根据《中俄伊犁条约》，又与清政府签订了《伊犁界约》，分段勘定新疆的中俄边界，并吞了中国的7万多平方公里的领土。

江孜保卫战

英国侵略军在堆拉一线战斗中得手后，得寸进尺，积极作进犯江孜的准备。西藏驻军并没有因初战失利而气馁，也作了继续抗击侵略军的打算。

康玛沿线之战

1904 年 4 月 5 日，英国侵略军从古鲁出发，北犯江孜。藏军据险扼守古鲁至江孜间的康玛一带山谷，并不断袭扰英军。当地藏族同胞为捍卫家园，也纷纷拿起武器，加入了反侵略作战的行列。当英军进至康玛以南的雪那寺附近，守卫该寺的 200 藏军以高墙坚屋为凭借，予英军重大杀伤，由于兵力不足，在英军步、骑兵的包围下，被迫转移。尔后，康玛遂为英军所占。9 日，英军从康玛继续北犯，当进至藏姆章一带峻岭时，遭到千余藏军的阻击。藏军依托山地工事，一次又一次打退了英军的进攻。英军又采用正面进攻与侧翼迂回相结合的战法，包围了藏军阵地。藏军在腹背受敌的不利态势下，奋不顾身，英勇搏击，被迫向北突围。11 日，英军迫近江孜。

江孜为相当于内地县一级政府的所在地，西通日喀则，东通拉萨，是西藏的军事要地。由于江孜驻军大部已南调各地，又缺乏预备队，与英军相比，兵力更显薄弱。江孜守军未敢近战而后撤，英军竟不费一枪一弹而占领了江孜城。随后，留少数兵马驻守外，大部分仍由麦克唐纳率领折回春丕，以图伺机再战。

卡罗拉之战

藏军撤出江孜城后，西藏地方政府迅速组织民众武装近万人，分别集结于江孜附近和日喀则一带，并在位于江孜、拉萨、康玛之间的卡罗拉山谷地段筑墙设卡，由 2000 藏军守卫。侵略军担心前进受阻，决定乘藏军立足未稳之际发起进攻。5 月 3 日，英军步骑及工兵一部由江孜出动，向卡罗拉进犯。7 日，英军从正面分路向藏军阵地进攻。藏军和民团依山凭险，奋力抗击，经四小时激战，击毙英军官兵18人，迫使英军蜷缩在峡谷之中。下午，英军投入预备队参战，以求摆脱困境。在炮火支援下，英军突破了卡罗拉守军右翼的一段防御工事。五百藏军闻讯前往增援，也遭英军拦阻而未能实施机动。藏军为改变不利态势，改从左翼发起出击，接连三次都因遭英军机枪封锁而未果。而突破藏军右翼之敌却进入侧后高地，顿成前后夹击之势，藏军为保存实力，遂东撤向浪卡子方向转移。

西藏军民袭击江孜

正当英军向卡罗拉山谷运动之时，集结在日喀则一带的西藏民军获江孜守敌不足二百的重要情报后，民军当机立断，决定乘虚袭击江孜。5月4日，民军1000余人从日喀则方向直奔江孜，迅速占领了地方政府以及附近各要点、寺庙，控制了整个市区，并包围了江孜英军的巢穴江洛林卡。5日拂晓前，民军突然向英军营地发起进攻，向内射击，英军遭此突袭，乱作一团。天明后，民军撤出战斗。9日，侵占卡罗拉之敌闻江孜营地被袭，遂返军回救，但仍未改变被围态势。西藏民军逐步缩小包围圈，先后攻取了英军营地附近的村落，并痛击出击的英军。24日，从春丕出发的英援军一部，抵达江孜，配合守敌，向营地附近帕拉村民军展开反击。26日，英军出动炮兵、工兵，配合步兵进攻，由于该村墙高壁厚，英军炮火袭击和炸药爆破下，屹立未动，西藏军民依托高屋固守，先后毙伤敌数十人，经过一整天的逐屋战斗，民军弹药已尽，不得已后撤至地方政府所在地。英军由于兵力不足，补给困难，已无力进攻江孜地方政府所在地，仍未摆脱被困局面，乃派人回春丕求援。

英军重占江孜

此时，集结于春丕的英侵略军，包括皇家步兵部队在内近四千人。火力有所加强，另外还有近 7000 人、运输车 1000 多辆的庞大后勤保障队伍，于 6 月 13 日，由麦克唐纳率领从春丕出发，经过 10 天行军，于 23 日抵达江孜。为了改变被围局面，英军首先向江孜外围的民军营地发起攻击，占领附近村落。28 日，据守日喀则与江孜之间翟金寺的千余民军，冒着枪林弹雨，进行近距离格斗，民军与侵略军鏖战一整天后撤出战斗，英军切断了日喀则与江孜的联系。7 月 5 日，英侵略军分两路向江孜城和地方政府发起总攻。守卫江孜城的藏军，凭屋据险，奋勇抗击，一直坚持到傍晚。江孜地方政府是民军指挥部所在地，利用峭壁悬崖，修筑了各道防御围墙。6 日，英军在炮火支援下发起冲击，经几个小时激战，抵达民军前沿阵地，并以炮火轰开围墙缺口，英军蜂拥而上，民军弹尽，乃掷巨石击攀登围墙的敌军，砸死砸伤英军数十，最后，在英军优势枪炮连击下，民军被迫向拉萨突围，江孜又沦于敌手。

洋务运动概况

19 世纪 60 至 90 年代，清政府在太平天国和捻军农民起义的打击下，又在第二次鸦片战争中再次被外国侵略者打败，面对这种形势，封建统治阶级营垒中的一些有识之士，如：在中央官吏中以总理衙门大臣奕䜣、大学士桂良、户部侍郎文祥等为代表，在地方官吏中以两江总督曾国藩、闽浙总督左宗棠、直隶总督李鸿章以及后起的湖广总督张之洞等为代表，他们感受到外国的“船坚炮利”，从而意识到无论挽救民族危亡，还是维护自身统治，都不能再固守陈腐的“祖宗之法”，唯一的办法是向西方学习，引进先进的生产方式和物质文明；他们并继承了林则徐、魏源的“师夷长技以制夷”的思想，这就形成了以拯救清王朝封建统治、御侮自强为目的，以引进西方先进的生产技术为主要内容，以“中学为体，西学为用”为宗旨的向西方学习的潮流，史称此为“洋务运动”，旧称“同光新政”（意即同治、光绪年间举办的“新政”，又称“自强新政”）。

洋务运动开始，是在“自强”的口号下筹建近代军事工业和编练新式海军。咸丰十一年（1861 年）底，曾国藩在安庆设立“内军械所”、“制造洋枪洋炮，广储平实”，是洋务派兴办军事工业的起点。同治三年（1864 年）安庆内军械所随军迁到南京。安庆内军械所虽然是以手工业制造为主，但却是当时清军的一大火器供应中心。

同治四年（1865 年）六月，曾国藩、李鸿章在安庆内军械所和上海、苏州洋炮局的物力、人力和技术经验的基础上，收买了美国人在上海虹口地区办的旗记铁厂一座，又将容闳从美国购买的“制器之器”一并归入，正式成立“江南机器制造总局”，简称“江南制造局”、“上海制造局”、“沪局”。该局由原旗记工厂主科尔继续任制造技术指导，其一切事宜最初由上海海关道日昌督察筹划，后又任命湖北补用道沈保靖督办。开办经费约用银 20 余万两。同治六年（1867 年）江南制造局因厂地狭窄，由虹口移至上海城南高昌庙镇，进行扩建，到光绪十九年（1893 年），共建成工厂 15 个，扩方言馆、炮队营、工程处、翻译馆各一个及各种附设机构十多个。建置经费先后用银 200 万两。江南制造局从事军火生产、轮船修造、机器制造、科技书籍的翻译和培养外语人才。所制造的枪炮、弹药，供应南北驻军，“遍及全国，共达七八十个单位”。（主要是湘、淮军）。同治四年（1865 年），李鸿章将由马格里主办的苏州洋炮局移设南京雨花台，扩建为金陵制造局，简称“宁局”。主要生产枪、炮、子弹和军用物资。到 80 年代上半期，已有工厂 10 余座，用银约 50 余万两，所造之枪炮弹药主要供应南北洋驻军。同治五年（1866 年），左宗棠在福州建船政局，后由沈葆桢接办。船政局由铁厂、船厂和学堂三部分组成。初由法国人日意格和德克碑任正副监督，雇用工人 1700 至 2000 人。原计划五年内造船 16 艘，建厂经费约 40 余万两银，每月造船经费 53 两银。同治八年（1869 年）开始生产，到同治十三年（1874 年）共成船 15 艘，这时船政局共有工厂 16 座，船台 3 座，先后用银达 135 万两。光绪元年（1875 年）船政局由艺局学生主持接造。开始仿造旧式木船，从光绪二年（1876 年）起，造 750 匹马力的新式机器铁胁轮船，光绪七年（1881 年）为南洋水师造 3 艘 2400 匹马力、排水量为 2200 吨的巡洋快船。同治六年（1867 年），恭亲王奕䜣奏准，由三口通商大臣崇厚在天津办“天津军火机器局”，同治九年（1870 年）由直隶总督李鸿章接办，改称天津机器制造局，简称“津局”。不久，李鸿章将洋总办密妥士免去，另委沈保靖为总办。天津机器局主要生产火药、枪炮、子弹，供应淮军和直隶练军。到 80 年代上半期，先后共用银 110 余万两。

在同一时期内，各地还设立许多军火工厂，“唯一省仿造，究不能敷各省之用”，到光绪十年（1884 年）为止，清政府先后设厂局 20 所，除江南制造局停办外，其余十九所分布在全国 12 个省区。从 60 到 90 年代的 30 多年中，洋务派办军事工业，共用银 4500 万两，均由国库支出；所有局厂一律归官办；生产的枪炮弹药和轮船均由清政府调拨发给湘、淮军和沿海各省使用；每个厂局均有成群的官吏，机构庞杂，洋务派办洋务首先聘请洋员。

在洋务运动中，洋务派亦筹建新式海军。咸丰十一年（1861年），恭亲王奕䜣请英人“协助购买欧洲造战舰”，同治元年（1862年），两广总督苏崇光与英人议定，向英国购买兵船。同治二年（1863年），一支包括大小船只八艘的舰队，由英国海军军官率领到达上海，由于英国人强夺中国海军的指挥权，清政府拒绝接受，这支舰队被遣散。清政府先后用银160余万两的筹建海军活动流产。同治五年（1866年），清政府批准了左宗棠的“设局监造轮船”的建议，决定江南制造局、福州船政局各以造船为重点，仿照西方，制造兵船，以装备海军。同治十年（1871年），两厂分别造出“惠吉”、“测海”、“操江”、“万年青”、“福星”等兵船数艘。同治十三年（1874年），丁日昌提议建立北洋、东洋、南洋三支水师。

光绪元年（1875年），由两江总督沈葆桢、直隶总督李鸿章等人倡议，经总理衙门核准，拨银四百万两，作为筹办海军军费，准备在十年内建成南、北、粤洋三支海军，后由于财力有限，决定“先就北洋创设水师一军”，沈葆桢死后，海军大权集于李鸿章一身，他在天津设水师营务处，办理海军事务；又于光绪六年（1880年）在天津设立水师学堂，训练北洋系海军军官。同时又用银300万两，从德国购买“定远”、“镇远”两只铁甲舰。光绪七年（1881年），李鸿章派丁汝昌统领北洋海军。光绪十年（1884年），三洋海军初具规模，南洋海军约有军舰19艘、北洋海军约有军舰15艘、福建海军约有军舰11艘。光绪十年（1884年）六月，中法战争爆发，八月，法国远东舰队击毁了福建海军全部舰船，并摧毁福州船政局，南洋海军也受到损失，只有李鸿章的北洋海军保存了实力。李鸿章又向英国订购了“致远”、“靖远”和从德国购进“经远”、“来远”等舰，北洋海军实力加强。在这前后，李鸿章又修建了大沽、旅顺船坞，作为修理铁甲舰之用。光绪十四年（1888 年），北洋海军正式成军，丁汝昌任海军提督，拥有军舰 22 艘。军事训练由英、德国人操纵。光绪二十年（1894 年），北洋海军在中日甲午战争中全军覆灭，结束了北洋海军的历史。

洋务派在开办军事工业的活动中，需要巨额经费，使他们感到“百方罗掘，仍不足用”，认为外国资本主义以工商致富，由富而强，认为“求富”是“求强”的先决条件，因此，洋务派仿照西方，开展了建立民用工业的“求富”活动，借以达到“兴商务，浚饷源，图自强”的目的。

从 70 年代开始，洋务派采取了官办、官督商办和官商合办的形式，举办民用工业，包括采矿、冶炼、纺织、交通运输等等，到 90 年代中期，共办几十个企业。

同治十一年（1872 年），李鸿章派漕运委员朱其昂创办轮船招商局，这是洋务派办民用工业的开端。轮船招商局共招商股 73 万多两银，海关拨官款 190 多万两银，官督商办。总局设在上海，在上海天津等地设码头，代政府运漕米等。光绪二年（1876 年），李鸿章派唐廷枢筹办开平矿务局，光绪三年（1877 年）九月在开平正式建立，招商股 80 多万两银，官督商办。光绪三年（1878 年）开井，次年使用外国机器，按新式方法开采。光绪七年（1881 年），开平矿务局每日出煤“五六百吨之多”，十余年后，开采量增加，每日“可出煤一二千吨”，且“煤质极佳，甲于地处”。光绪五年（1879 年），李鸿章在大沽和北塘海口炮台试架设电报到天津，“号令各营，顷刻响应”。光绪六年（1880 年）九月，李鸿章在天津设电报总局，由盛宣怀任总办。电报线由天津沿运河南下至上海等地，以后又架设了上海至南京及南京至汉口的线路，光绪八年（1882年）四月，电报局改为官督商办，招商股80万元。光绪十年（1884年），电报总局迁往上海，并在各地设电报分局。光绪六年（1890年），即电报总局成立10周年时，电报线已遍布全国各地。光绪七年（1881年）成立黑龙江漠河金矿，商股7万两银，官款13万两银，官督商办，李鸿章派吉林候补知府李金镛办理。光绪十五年（1889年），用新式机器开采，这一年产金18961两。同年两广总督张之洞主持兴办汉阳铁厂，由清政府拨款200万两银作资金，光绪十六年（1890年），在大别山下动工兴建，光绪十九年（1893年）完工，共计10厂。官办无款可筹，后由盛宣怀接手，改为官督商办。光绪二年（1876年），李鸿章和两江总督沈葆桢开始议办上海机器织布局，光绪五年（1879年）派郑观应筹办，光绪八年（1882年）成立。招商股银达50万两，采取官商合办形式。该局享有10年专利，不许民间仿办。光绪十六年（1890年）开工，营业兴隆。光绪十九年（1893年）失火、损失约70多万两银。光绪二十年（1894年）又设华盛纺织总厂，下设10个分厂。光绪十六年，张之洞任湖广总督时，将原设广东织布局移至武昌，建立湖北织布局。光绪十五年（1889年）八月底，张之洞在两广总督任内奏准在广东设织布局，后张奉调湖广总督，织布局随之迁往湖北，由于筹办资金困难，张之洞先后向英国汇丰银行借款16万两银，于光绪十七年（1891年）开始建造厂房，光绪十八年（1892年）底才正式开工，尚有盈余。

洋务派在70年代后的20几年里，先后创办了41个资本主义性质的企业，到光绪二十年（1894年）尚存30个，共有资本约计3900万元。这是中国早期的官僚资本。

此外，洋务派从同治元年（1862年）起，先后设立京师同文馆、上海方言馆、福建船政学堂和天津水师学堂等20多所近代学校，培养外语和近代科技人才。从同治十一年（1872年）至光绪十二年（1886年），清政府还向欧美国家派遣近200名留学生。

随着北洋海军在中日甲午战争中覆灭，洋务运动也遂告破产。

洋务运动的发展及影响

外国侵略者对中国的政治控制

19世纪60年代到70年代初期，经过两次鸦片战争打击的清政府更加屈从外国侵略者，并勾结列强，全力镇压太平天国等国内人民的反抗斗争，企图借助列强的力量挽救摇摇欲坠的封建统治。外国侵略者为了在中国建立半殖民地的统治秩序，一面扶植清政府，以对付中国人民的革命运动；一面乘机加紧控制清政府，向清政府索取种种特权，进一步扩大他们在中国的政治经济势力。

从1861年至1862年，英、法、俄、美等国先后在北京建立了公使馆。外国驻华公使及其他外交人员，直接对清政府施加影响，进行外交讹诈，干涉中国内政，扩大在华侵略势力。1868年，刚卸任的美国公使蒲安臣，竟诱使清政府给他以“办理中外交涉事务大臣”名义，率领一个有英、法等国人参加的“中国代表团”赴欧美等国“访问”，这是清政府第一个外交使团出访欧美。蒲安臣还擅自同美国国务卿订立《中美续增条约》，使美国掠夺华工及在中国设立学堂合法化。外国侵略者还通过他们把持的中国海关，加紧控制中国政治。担任上海税务司的英国人李泰国，首先被清政府任命为中国海关总税务司。1864年，英人赫德继任，他制订并推行了一套由外国侵略者支配的海关制度，规定由总税务司掌握海关一切行政及人事大权，各口税务司及高级职员全由英、美、法、德等国人充任，中国人只能充当一般职员。由于清政府的财政收入越来越依靠海关税收，所以赫德不仅在经济上控制了清政府，而且在政治上也起了很大的作用。赫德担任总税务司长达45年之久，这其间他不仅插手清政府的许多重大外交活动，而且对清政府高级官吏的任免也横加干涉。列强对清政府的要求，往往由赫德用建议或劝告的方式来实现。总税务司赫德及各口岸税务司在名义上是清政府的官员，实际上他们是列强、特别是英国在华侵略利益的重要代理人。

列强对中国经济的侵略

19世纪六七十年代，列强凭借他们从不平等条约中所攫取的种种特权，逐步加强了对中国的经济侵略。这期间，外国资本家继续大肆向中国贩运鸦片，同时加紧向中国倾销他们的商品，掠夺中国的原料。他们向中国推销的一般商品主要有棉纺织品、毛织品、煤油和金属制品等，其中尤以棉纺织品的增加最为迅速。而在棉纺织品中，棉纱的增长速率又超过了棉布。棉纱的进口，1872年为5万担，1881年增至172000担，增长了224%；棉布的进口，1872年为12241000匹，1881年增至14931000匹，增长了22%。他们还把长期以来中国出口货物中最重要的茶、丝两项贸易控制起来，而把适应于外国资本主义工业发展需要的其他农产品和各种原料大量运出，使中国逐步成为外国资本主义的原料供给地。同时，中国的原料生产者还遭到外国商人的压价掠夺，成为外国资本主义直接榨取的对象。这一切正是中国经济半殖民地化的重要表现。其结果是中国农业、手工业日益破产，农民和其他劳动者的生活日益贫困化。

外国资本主义在向中国推销商品和掠夺原料的同时，还在中国开设工厂、经营轮船航运、创办银行等等，进行直接的经济掠夺。早在鸦片战争以后，外国侵略者便擅自在中国通商口岸等地投资设厂。60 年代以后，外资工厂逐渐增多起来，其中大多数是船舶修造业，以及为了掠夺中国原料而经营的各种加工工业，如砖茶、缫丝、轧花、制糖等工厂。1862 年，美国旗昌洋行设立了第一家专业轮船公司，即在上海开设的旗昌轮船公司，垄断我国长江中下游轮船航运达十年之久。七八十年代，英国太古、怡和轮船公司先后建立。外国轮船公司逐渐侵占了中国沿海和内河航运的大部分权益，不仅严重地打击了中国旧式帆船运输业，而且阻碍了中国新式航运企业的发展。外国资本很早就在中国开设银行。1848 年，英国在上海设立了东方银行（又名丽如银行或金宝银行）。1854 年和 1857 年，又先后设立了有利、麦加利两银行的上海分行。60 年代，外国在华设立的银行日益增多，其中 1865 年在香港、上海两地同时开业的英国汇丰银行，实力不断扩充，逐渐发展为外国在华资本最雄厚的金融机构。外国银行在中国吸收存款，发行纸币，经营国内外汇兑，并对清政府进行贷款，成为资本主义各国对中国进行经济侵略的重要工具。

由于外国资本主义在华政治、经济势力的扩大，中国半殖民地化的程度逐步加深了。

洋务派代表人物及其思想

在两次对外战争失败的刺激下，在农民革命战争的打击下，中国地主阶级发生分化，在如何维护清朝统治的问题上存在着不同的政治倾向。

以林则徐的学生冯桂芬为代表的地主阶级改革派，主张向西方学习，改革内政，以达到维护、挽救清朝统治的目的。

冯桂芬亲自经历了两次鸦片战争，在“夷害不已”的感受中，他要求“自强”、“雪耻”。他遵循着林则徐、魏源的方向，看到了中国的不如人，而要求“博采西学”，努力学习资本主义生产技术。冯桂芬的思想系统的反映在他于1852—1861年间完成的著作《校邠庐抗议》之中。为了维护清朝统治，在国内问题上他希望依靠封建政权在政治上、经济上实行一些自上而下的改革；在对外问题上他反对洋务派对外妥协，也不赞成顽固派的盲目排外，而要求对外国侵略者进行有效的抵抗，并学习西方资本主义国家的长处，以图自强。

冯桂芬继承了魏源“师夷之长技以制夷”的思想，并进一步加以发扬。他看到中国不仅武器和军事技术方面落后于西方国家，而且在其他方面也不如他们，“人无弃才不如夷，地无遗利不如夷，君民不隔不如夷，名实不符不如夷”既然有这许多方面不如夷，就必须向他们学习。他比魏源更直率地提出了学习西方的主张，进一步提出具体改革的意见。要“人无弃才”，就须废八股时文，改革科举考试的科目内容，奖励科学技术人才，予以科举出身的待遇，要“地无遗利”，就须大兴水利，采用机器耕作，广植桑茶，允许私人开矿。要“君民不隔”，就须复乡职（扩大绅士的政治权力）、“复呈诗”（允许人民用诗歌表达意见）。要“名实相符”，就须“改赋税”、“汰冗员”。这些改革显然有利于加强地主阶级统治，但具有一定的资本主义倾向，与洋务派只注意学习西方制造军火武器和练兵方法不同。

第二次鸦片战争以后，外国资本主义进一步侵入中国，一部分具有买办倾向的地主、官僚、军阀从顽固派中分化出来，形成洋务派。洋务派代表人物，在中央有主管总理衙门大臣奕䜣、文祥，在地方有湘、淮系军阀曾国藩、李鸿章、左宗棠等人。

奕䜣等在奏请清政府设立总理衙门的奏折中说："臣等就今日之势论之：发捻交乘，心腹之害也；俄国壤地相接，有蚕食上国之志，肘腋之患也；英国志在通商，暴虐无人理，不为限制，则无以自立，肢体之患也。故灭发捻为先，治俄次之，治英又次之。"这与地主阶级改革派冯桂芬的看法显然不同。从这点出发，他们便勾结外国侵略者，与他们一道镇压太平天国。在中外反革命联合镇压太平天国革命过程中，洋务派逐渐认识到要巩固清朝封建统治，必须向西方资本主义国家学习点本领。他们认为："中国文武制度，事事远出西人之上，独火器万不能及……"于是洋务派向西方学习军火制造，以求自强，并未涉及内治改革。这一点与地主阶级改革派也不相同。洋务派学习军火制造，增强清朝统治阶级实力，镇压人民，正符合外国侵略者在中国建立殖民地统治秩序的需要，所以，它们支持洋务派举办的洋务"新政"。洋务运动，是封建势力与外国资本主义侵略者相勾结的产物。

当清朝镇压太平天国革命"得手"之际，洋务派又产生学习西方"机利火器"以对外的思想。奕䜣等人在派京营火器营弁兵赴江苏学习火器制造的奏折中说："现在江浙尚在用兵，托名学制（火器）以剿贼，亦可不露痕迹，此诚不可失之机会也。……洋人乐于见长之时，将外洋各种机利火器实力讲求，期尽窥其之秘，有事可以御侮，无事可以示威”。所以，洋务运动又是封建势力与外国资本主义侵略者相矛盾的产物。

兴办军事工业

洋务运动在初期以“自强”活动为中心，以获得外国新式武器装备和练洋操为主要内容。1864 年后，洋务派加紧创办兵工厂的活动。其主要的兵工厂有：

江南制造总局：这是在曾国藩支持下，由李鸿章筹办，1865 年在上海开办的第一个有相当规模的近代军火工厂。李鸿章曾用白银 4 万两在上海买进一座外商机器铁厂，以此为基础，并入苏州制炮局的部分设备，又曾添了曾国藩委托容闳从美国购回的机器，在虹口创立江南制造总局（又名上海机器局）。1867 年，该局搬到高昌庙镇。厂房面积扩大到 70 多亩，雇用工人 2000 多名，主要制造枪、炮、子弹、水雷、火药等军火。1868 年，还制成命名为惠吉号的火轮。江南制造总局还附设一所机械学校和翻译馆，培养技术人员，翻译与军事及工程有关的书籍，也有少量的史志和政法方面的书籍。

金陵机器局：1865 年，李鸿章就任两江总督时，把马格里主持的苏州制炮局迁到南京雨花台附近，改为金陵机器局，用外国机器制造火药、大炮。此局规模小于江南制造总局，但受淮系集团的控制。后来，李鸿章调到北方，金陵机器局仍然由他管辖。

福州船政局：这是闽浙总督左宗棠于 1866 年 6 月在福建开始筹办的近代第一个造船厂。1867 年左宗棠调任陕甘总督后，由福建船政大臣沈葆桢接办。厂址设在闽江马尾山下，主要制造军用船舰。业务由聘用的法国人日意格（P. Giquel）和德克碑（P. D’ Aiguebelle）主持，局内有工匠两三千，杂工近千，都由湘军弁兵充任。8年间花费白银535万两，建成大船10艘、小船5艘，用以装备福建海军。这些船只实际上是向法国购进破旧机械装配而成，质量低劣。1866年冬，还附设福州船政学堂，分为前、后两部分，前学堂学法文和造船学；后学堂学英文和驾驶术，招收少年入学。

天津机器局：这是清政府特令三口通商大臣崇厚，于1867年在天津创办的机器厂，丹麦驻天津领事英国人密妥士(J. A. T. Meadows)为总管，以制造火药，供给卫戍京师的军队使用。由于管理腐败，毫无成效，1870年李鸿章调任直隶总督后，该局改由李鸿章接办。李鸿章特从香港招聘外国工匠，加以扩充，使之成为仅次于江南制造总局的大型兵工厂，主要制造火药、子弹，以配合江南制造总局生产的枪炮。

此外，其他各省也陆续设厂制造军火，以供各地清军需要。如左宗棠率军进入陕甘时，设西安制造局，后又随军迁往兰州，改称兰州制造局；山东巡抚丁宝桢在济南设立山东机器局，调任四川总督后，又在成都设立四川机器局；还有云南、湖南、广东、吉林、山西、浙江、台湾等地，也都分别筹办过称为机器局的兵工厂，而且皆由各省督抚动用官资设立，一般规模较小，成效不大。

新式陆海军的创建

1862年，经奕䜣等奏准，在天津成立了洋枪队。以英国军官为教官，训练天津兵勇，并选派京营旗兵赴津一同受训。随后，上海、广州、福州等地，也聘用英法教官，以西法练兵。后又陆续推广到武汉、南昌、安庆、济南等处。1866年，奕䜣又在直隶选练六军，共15000人，称为“练军”。

清政府在训练新式陆军的同时，也开始购买外国轮船，筹建新式海军。在这次筹建海军的过程中，清政府白白耗费 160 万两银子，结果却一无所获。

70 年代中期，日本在美国的支持下出兵侵犯台湾，震惊了清朝统治集团，于是开始筹建海防，建设新式海军。1879 年，李鸿章在天津设立水师营务处，总管海军事务。1880 年，李鸿章在天津建立水师学堂，任命留英归来的严复为总教习，训练海军军官。1884 年，三洋海军初具规模。北洋海军有军舰 14 艘，分驻大沽、旅顺、营口、烟台，防卫奉天（辽宁）、直隶、山东海面，由直隶总督兼北洋大臣节制。南洋海军有军舰 17 艘，分驻江宁、吴淞、浙江等地，负责防卫东南沿海一带海面，由两江总督兼南洋大臣节制。福建水师有军舰 11 艘，负责防卫海口，并巡守台湾、厦门及琼廉海面，归闽浙总督节制。海军舰只除由福州船政局和江南制造总局制造外，主要购自英德两国。北洋海军“定远”、“镇远”两艘铁甲舰，就是李鸿章以 300 万两的高价从德国定购的，分别拥有 6000 马力。各舰队的船舰来源及型号庞杂，很不统一。三支海军互不统辖，派系畛域很深。这些海军分别被湘、淮系集团作为自己的势力和资本加以控制。1884 年中法战争期间，福建水师遭法军袭击，几乎全军覆没，南洋水师也受到一定损失，唯北洋水师置身战局之外，对福建沿海的危机坐视不救，得以保全无损。中法战争后，清政府总结这次战争的经验教训。1885 年设立海军衙门，以醇亲王奕譞为总理大臣，奕劻、李鸿章为会办，但实权掌握在李鸿章手中。李鸿章大力扩充一直由他控制的北洋海军，继续以巨款向外国购买战舰。1888 年，北洋海军正式成军，共有船舰 22 艘。其中 17 艘购自外国，5 艘由国内自造。威力较大的船舰是定远（旗舰）、镇远两艘铁甲舰，及致远、靖远、经远、来远、济远五艘巡洋舰。英国人琅威理等为海军教习。淮系将领丁汝昌任海军提督。李鸿章还在旅顺修建了船坞。旅顺口与威海卫成为北洋海军的主要基地。此后，北洋海军再未增添船只。

在甲午战争前，清政府的新法练军只采用部分洋械和操典，建制仍为勇营、绿营的组织形式。所建海军，表面上声势浩大，实际上弊病丛生。由于不少舰船质量低劣，将士缺乏训练，军纪松懈，再加上其内部的腐化作风，中国海防并未得到真正巩固。

创办民用工业

从70年代开始，洋务派将筹办洋务的目标，由“自强”兼及“求富”，在继续筹办军用工业的同时，采用“官督商办”、“官商合办”等形式，着手筹办民用性厂矿企业。企图通过“求富”，达到“兴商务，浚饷源，图自强”，以维护清朝的封建统治。

民用工业从七十年代开始兴办，到19世纪八十年代末，共建成近二十个，其中最重要的有以下几个：

轮船招商局：这是中国第一家近代轮船航运公司，也是洋务派兴办的第一个官督商办的民用性企业。1872年由李鸿章创办。

汉阳铁厂：1889年张之洞在汉阳建立。该厂机器设备从英国订购，用了3年多的时间才建成。全厂包括大小10个分厂，有炼铁的高炉两座，炼钢的转炉两座、平炉一座，还有轧制铁轨的设备等。其生产能力如能全部发挥出来，每年可出精钢、熟铁3万吨，是当时东方的一个最大的钢铁厂。

开平矿务局：这是中国最早用机器采掘的大型煤矿，1877年李鸿章派唐廷枢在滦州筹办。原拟官办，因清政府财政拮据，改为官督商办，计招得商股80万两。1878年开始以进口机器钻探开采，至1881年日产煤达五六百吨，除供应招商局及天津机器局使用外，还有余额可供出售。但好景不长，在1900年，终于被英商夺走。

漠河金矿：这是中国近代以新法采掘金属的重要矿山。1887年由李鸿章和黑龙江将军恭镗筹建，募集官款、商股共20万两，官督商办。1888年12月开工，次年正式产金。开办初期，每年产量约值银12万两。头三年共产金砂值银62000余两。1893年后又增开观音山分矿，每年产值增至十五六万两银。1897年时有工人2000名，年产达银30多万两。这是甲午战争前中国规模最大、成效显著的一个金属矿。

上海机器织布局：这是近代中国第一个机器棉纺织工厂，1882年创设于上海杨树浦。起初，上海的几名官僚绅商，曾集资申请创办新式纺织厂，1880年李鸿章奏准拨给官款，派郑观应主持，官督商办，并请准享有专利10年。规定10年之内，只准本国商人附股搭办，不准另行设局。由于美国技师刁难，封建官吏营私舞弊，抽逃资金，直到1890年才建成投产。1893年不幸失火，厂房设备几乎全被焚毁。李鸿章委派盛宣怀负责重建，更名为华盛纺织总厂，还准备在上海、宁波、镇江等地设立10个分厂。

此外，还有左宗棠于1880年在兰州开办的机器织呢局（纯由官资筹办，产品专供军用）；李鸿章于1880年在天津创办的电报总局（官督商办），等等。

向外国派遣留学生和设立新式学堂

为了办理洋务的需要，洋务派还设立外文学馆，开办新式学堂，选派学生出国留学，以培养人才，奕䜣于1861年奏请设立京师同文馆，1862年正式成立，以培养外语人才为主，兼习天文、历史和数理化等。随后，上海、广州等地也仿效建立。1870年曾国藩、李鸿章在中国近代第一个留学生容闳的建议下，奏请派遣学生出国留学，获得清政府批准。1872年8月，中国首批留美学生从上海出洋赴美国留学。至1875年共选派幼童4批120人赴美，清政府派陈兰彬、容闳为正副监督，负责安排管理留学生。原拟留学15年，学习军政、船政、制造等，后陈兰彬以留学生“荒废中学”为由奏请裁撤，清政府于1881年下令将留美学生撤回。1876年李鸿章又奏请派福州船政学堂学生18名赴法国学习制造轮船，12名赴英国学习驾驶。第一批学生于次年在监督李凤苞的率领下出国。1879年南洋海防大臣沈葆桢奏请船政局续派学生赴英、法学习。1880年第一批学生学习三年期满归国，分配到南洋、北洋海军中当差。洋务派还设立了许多新式军事学堂，如1880年设北洋水师学堂，1885年设天津武备学堂，1886年设广东陆师学堂，1887年设广东水师学堂，1890年设南京水师学堂，1893年设湖北自强学堂等。

设立同文馆

为了学习西学，翻译外国书籍，洋务派还设立了同文馆，其中以北京同文馆较为著名。

设馆之议始于1861年奕䜣等的“统筹全局”奏折。这个奏折说，听说广东、上海商人中，有专门学习过英、法两国语言文字的人，请求敕令各省督抚，挑选诚实可靠者，各派二人携带各国书籍来京，仿照从前创办俄罗斯文馆的先例，谈话授徒；从八旗子弟中挑选“天资聪慧”、年龄在十三四岁以下者入馆学习。1862年7月11日，10名满族学生入馆学习，同文馆正式成立。先开学的是英文馆，以后又增设了法文馆、俄文馆、天文算学馆、德文馆等。

1869年，美国人丁韪良被任命为同文馆总教习，此后直至1894年，其任此职长达25年之久。在他的主持下，同文馆的教学渐有改进，1872年制订了有次第可循的两种教学计划，一种是“由洋文而及诸学”的8年课程表；一种是“借译本而求诸学”的5年课程表。同文馆设有严格的学年制度，每三年举行一次大考，考试优秀者授七八九品衔；七品再考取一等的授为主事；考试不合格的分别降、革、留馆，仍沿用科举制度的办法。译书是同文馆重要的活动之一。1888年以前，同文馆师生辑译书籍约22种，多为教材。

1900年后，同文馆并入京师大学堂。

民族资本主义的产生

这个时期，一部分官僚、地主、商人（包括一些买办商人）投资于洋务派所办的新式企业，他们的资金成为这些企业中的“商股”。除了洋务派官僚集团的成员以及和他们最有关系的一些人外，一般的投资者都是被侵渔的对象。在这些企业中出现了官僚买办资产阶级（即大资产阶级）的前身和民族资产阶级上层的前身。由一般“商股”构成的中下层势力得不到什么发展。

另一部分民族资产阶级的前身是小型新式企业的投资者，他们的资本一般不过数千元，最多也不过数万元。另有一部分旧式手工工场或大作坊采用机器，成为新式小企业如机器缫丝业、小型面粉厂之类，但数量很有限。这些人逐渐形成民族资产阶级的中下层。无论上层和中下层势力在七八十年代都还没有形成为一种阶级力量。

帝国主义对中国社会经济各部门的破坏，是为了把中国半殖民地化和殖民地化，但却不可避免地造成了自己的对立物。

洋务派对民族资本采取压迫侵渔和垄断窒塞的手段。在外国资本主义和封建买办势力的双重压迫下，民族资本只能在罅缝中勉强挤出一条生路，没有广阔的前途。正因为这样，民族资产阶级不能摆脱封建主义和帝国主义的羁绊，而对它们保持着既有矛盾又有依附的双重关系，使自身具有先天的软弱性和两面性。

无产阶级的诞生

中国无产阶级早在中国资产阶级产生以前就已诞生。

19 世纪 40 年代，由于外国资本的侵入，所以通商口岸出现了一批码头工人和在外国轮船上做工的海员，这是中国最早的一批产业工人。随着外国资本主义在中国开设工厂，产业工人队伍也随之扩大。19 世纪 60 年代后，洋务派举办军事工业，随后又举办民用企业，民族资本近代企业也随之勃兴，于是中国产业工人的队伍不断增长。在 70 年代，全国大约不到 10000 人。80 年代增加到 45000 人。到 1894 年约有 90000 多人。其中，在外资经营的近代企业中有 34000 人，在清政府经营的近代军用民用工业中有 36000 人，民族资本经营的近代企业中有 27000 多人。

中国无产阶级的人数不多，但它是中国新的社会生产力的代表者，是近代中国最进步的阶级。

中国工业无产阶级从诞生的时候起，便不断展开了反压迫、反剥削的斗争。早在 1858 年，香港的市政工人和运输工人 2 万多人就举行了罢工，许多人回到广州，参加反对英法联军侵占广州城的斗争。1879 年有上海耶松船厂工人反对工头克扣工资的罢工。同年又有上海祥生船厂工人反对洋人监工殴打工人的罢工。1882 年有开平煤矿一部分工人要求同工同酬的罢工。

1883年和1890年有江南制造总局的工人为了反对延长劳动日的罢工。1884年中法战争期间，有广东一带的工人为反对法国侵华而拒绝替法国船只卸货的罢工，等等。这个时期，中国工人阶级还处于幼年阶段，他们的斗争带有自发的性质，基本上是经济斗争。但这些斗争都给予外国资本主义和中国封建势力以一定的打击，初步显示了中国无产阶级的力量。

人民群众反洋教斗争

早在第一次鸦片战争以前，披着宗教外衣的传教士，就开始了对中国的侵略活动。第一次鸦片战争后，美国通过《望厦条约》取得在通商口岸建立教堂的特权。外国传教士与中国教民狼狈为奸，无恶不作。从60年代开始，中国人反外国教会侵略势力的斗争，成为当时反侵略斗争的重要组成部分。

反对外国教会侵略势力的斗争，首先从偏僻的贵州兴起。1861年，法国天主教主教胡缚理趾高气扬，乘坐紫呢大轿，雇用吹鼓手，盛设仪从，招摇过市。贵州巡抚何冠英、提督田兴恕联合秘密发出一封致全省官吏的公函，号召随时驱逐“天主教”，“倘能借故处之以法，尤为妥善”。7月，团务道赵畏三率众攻打贵阳青岩晁家关教会学堂，逮捕教民4人，不久处死。这一事件发生后，法国公使与两广总督谈判，议定派人将《天津条约》、《北京条约》20份携至贵州按指定地点张贴，并赔偿教会损失，抚恤死者家属。新任贵州巡抚韩超拒绝张贴，将条约还给胡缚理。1862年2月，开州知府戴鹿芝又借群众控告法国传教士文乃耳破坏礼俗之故，逮捕文乃耳及教民4人，并将文乃耳等处死，并派团首周国璋四乡搜寻奉教之人。两国交涉经年，直至1863年在英法公使以战争恫吓下，清政府终于将参预这次反教会斗争的官吏田兴恕等人分别给以革职或发配新疆的处分。

1870 年 6 月间，天津发生了震撼中外的大规模反对外国教会侵略势力的斗争。这年 6 月，天主教育婴堂收养的婴孩死去三四十人，同时又不断有迷拐幼孩的案件发生，拐犯供词，无不牵连教堂。6 月 21 日上午，天津官员带同拐犯前往天主堂查验。午后，天津有上万人包围了教堂，并有人闯入法国领事署。法国领事丰大业要北洋通商大臣崇厚派兵弹压，因为崇厚派的人少，弹压不下去，丰大业立赴崇厚衙门质问，秘书执刀随行。丰大业闯入北洋通商衙门，蛮横无理，大吵大闹，甚至向通商大臣崇厚开枪。丰大业在北洋通商衙门大肆咆哮之后，离署而去，路遇天津知县刘杰，又向刘杰开枪，打伤刘杰的侍从高升。丰大业的野蛮暴行激怒了群众，把丰大业当场打死。随后，又鸣锣集众，抱出育婴堂的幼儿，焚毁法国教堂和东郊“仁慈堂”，杀死法国传教士、修女多人。同时，也杀了几名英、俄、比、意等国人。

在天津人民反对外国教会侵略势力斗争的影响下，直隶、山东、江苏、江西、广东等省都发生了反对外国教会侵略势力的斗争。

天津教案发生后，外国传教士惶惶不可终日，纷纷逃往租界。法、美、比、西、俄和英国驻华公使得知天津教案的消息后，联合向总理衙门发出一份照会，要求“伸张正义”，并保护在华外国人的“生命”，随后，英、美、法、意等国调派军舰到天津、烟台海口，对清政府进行武力恫吓。清政府令直隶总督曾国藩前往天津办理教案，在侵略者的威胁下，曾国藩倒行逆施，“但冀和局之速成，不顾情罪之当否”，竭力讨好外国侵略者，任意判处 20 人死罪，25 人充军，天津知府、知县发配黑龙江，赔款 50 余万两，并派崇厚到法国道歉后，曾国藩称病不出。清政府任命李鸿章为直隶总督，处理津案未完事宜，李鸿章与曾国藩一样，以杀人结案。

19 世纪 60 年代兴起的中国人民反对外国教会侵略势力的斗争，是中国人民反对外国资本主义侵略的斗争，是当时中国人民反对外国资本主义侵略斗争的一种主要形式。它显示了中国人民充沛的爱国热情和中华民族对外来侵略者的顽强反抗精神。

外行兴办新式军工业

清廷为加紧内战急需船舰，签过北京条约就着手这个事。买船的钱全靠海关收入，这笔买卖自然地落到了总税务司李泰国手中。英国得到清廷要建立海军的消息，立即指示李泰国："对于英国，事关重大的在于怎样支配中国的军事力量，特别是支配他的舰队。"李泰国凭借战胜余威，恣肆跋扈，目无总理衙门，扬言要建立一个中英联合舰队。他擅作主张，先斩后奏，回国买好七艘火轮船，配齐军官、士兵和水手全套班子，指派皇家海军上校阿思本为舰队司令，乘风破浪驶向天津。这可惹怒了湘、淮头头们，面子上一时下不了台。曾国藩上书奕䜣，指责李泰国"意气凌厉，以轮船为奇货可居，视总理如堂下之厮役，倚门之贱客"，认为水陆将士都将引为"奇耻大辱"。投降主义者还得顾些颜面，羞辱超过一定程度也会得脸红起来。英国自知理屈，答应把这个所谓"李泰国舰队"解散。

舰队削价拍卖给洋商作运输之用，唯独作为"水上修理厂"的一艘找不到主顾。此时李鸿章的军部设在上海，为组织洋枪队与外国军人搅在一块。英军 99 团有个军医马格里，仅凭些书本知识，依靠中国工匠的灵巧手艺，利用旧式车床搞出来了一些火药和子弹，据说在西塘战争中起到些作用。李鸿章很赏识，就批准马格里在松江城外一个庙宇里建立小小的兵工厂。马格里找几个英国炮手和工程师相帮，把“水上修理厂”的机器拆来布置好，然后请李鸿章参观。据回忆者描写说：“这位统帅到那时为止，除了看过乡下脚蹬的浇田用的挂链水车以外，恐怕还没有见过任何更复杂的机器。如果告诉他这是属于他所感到头痛的李泰国舰队的，劝他购下，那是毫无希望的。现在，这个对机器本来就很陌生的人，看到它忽然灵活地动了起来，发生的惊奇是戏剧性的，一切疑虑和踌躇都消失了。……”

这位外行统帅看了极为满意，对马格里加意信任。兵工厂跟着战争发展，先迁苏州建成西洋炮局，再迁南京雨花台，称“金陵制造局”，在对捻作战中继续起到作用。这个军医后来被调到天津帮同建设海防，并回欧洲采购军火和机械。不幸的是，马格里给大沽炮台装备好的大炮很多成了哑巴。有一次试炮，68 磅重炮弹自行爆炸，当场炸死多人。李鸿章把马格里从金陵叫到天津，让他亲自试验，仍是不灵。这才暴露了这个“利废专家”原来也是个外行。

李鸿章在上海、苏州设立炮局的同时，曾国藩在安庆设立军械所。同治四年李鸿章又在上海向洋人买下一个旧机器厂，建成江南制造局。曾国藩看得眼红，他大权在握，经丁日昌、容闳谋划，迅速向美国订购新式机器装备制造局，把管理权夺了过去。可是不久，曾调往北方对捻作战，李鸿章接任两江总督，又把制造局收回了过来。从此，湘、淮矛盾从争夺战功延伸到抢办军事工业，福州船政局也是这一矛盾的产物。因淮系几乎独占了南方的军工业，湘系不能容忍，所以左宗棠出来急起直追。清廷需要平衡两大外藩的权力，很快批准了他的计划。

当时《北华捷报》有这样的看法："这位清朝官吏被认为多少可以作为李鸿章的敌手，他曾经从北京方面受到怂恿，建立船政局，作为李鸿章控制下的江苏方面工业的对立物。"

有一段时期，湘淮双方虽未能合作，却也一度搞得像煞有介事，有的说：先把舶来品买来，经过演习，然后仿造，只要找到智巧的工匠，不消一两年，大型轮船就可在南北洋到处航行。有的说：开始时不得不延请外国技师工匠，过一阵就可以全由自己制造了。上马以后，江南局的恬吉轮下水，曾国藩吹嘘："皆与外洋所造者堪相匹敌，……与购买外洋者无异。"福州局拼凑装成了几只小船，左宗棠也自夸说："其长（精良）亦差与西人埒。"沈葆桢满意地说：他经营船政局学习洋法，"步亦能步，趋亦能趋"。可是，日子一久，吹牛总要拆穿，管理上的腐败无能，产品质量的窳劣，全部暴露，舆论大哗。于是，湘、淮两系各据一方，相互掏起了臭粪坑。

李鸿章上奏吹嘘自己管辖下的制造局造船较多，费用较省，"以视闽局专任税务司法人日意格，津局专任领事官英人密妥士，将成尾大不掉之势，似稍胜之。"李鸿章讲这个话，忘掉了自己夹袋里的人物：英人马格里。不多久，大沽炮台试炮爆炸事件发生，金陵制造局被送到了被告席上，李鸿章只好停止自吹，请求处分，湘系方面的舆论也就对他不客气了。

朱彭寿奏报："此次派员将该局（指江南制造局）所造之械，整件零件逐细考察，疵累甚多。以如此巨厂，岁縻经费一百四十万金，而各械无一完善者，殊为可惜。至于员司之冗滥，工作之宕延，各物物价之浮开，各厂用料之虚耗，种种积弊，又复不一而足。"这倒不能完全看作派系之争，有些指责是真实的，触到了官僚企业的要害处。

福州船政局怎么样？也不行。据英国海军军官寿尔参观后的记述说："目前船政大臣是一位能干的人。但是他的前任似乎缺少科学知识，因为他曾检阅教练舰扬武号，当人们把经纬仪给他看，告诉他这种仪器不用福州时间的时候，他悲哀地感到迷惘，任何解释都不能使他满意。琢磨了这种仪器一阵，他回到机关更觉得眩惑，认为人们把他当傻瓜糊弄。他还说：他以前所看到的船机关都有一个大轮子，而那里的轮船没有，必是那儿有毛病。"（按：在使用机械以前，大木船装上轮子鼓水前进，以提高速度）。

中法战争

中法战争概况

侵占越南并以越南为基地，打开一条通向中国的道路，建立一个所谓"法兰西东方帝国"，是近代历史上法国资产阶级政府的一贯政策。1873 年，法国侵略者曾一度占领河内，并继续北犯，企图攻占北圻，受到越南军民的坚决抵抗。驻扎在中越边境上的广西天地会余部刘永福的黑旗军，应越南政府的邀请，驰援河内，在红河两岸屡创法军。12 月 21 日大败法军于河内西郊罗池，击毙法军将领安邺，歼敌数百。黑旗军正准备攻河内城时，接越南政府来书，封刘永福为三宣副提督，并要求刘永福撤围退兵。1874 年越南阮氏王朝同法国签订了第二次《西贡条约》，法国取得了很多特权，把整个越南置于自己控制之下。

1882 年，由李维业率领的法国侵略军攻占了红河一带越南领土，并沿红河北上。在大兵压境的关键时刻，刘永福陈兵怀德，和法军针锋相对，并应越南政府再次请求，率部三千攻打河内。1883 年 5 月 19 日，双方决战于河内城西纸桥，法军又一次大败，李维业和法军数百人被击毙。刘永福升为三宣提督。黑旗军的英勇抗法斗争粉碎了法军吞并北圻，打通红河，侵入中国云南的阴谋。这年 8 月，法国茹费理内阁终于迫使越南阮氏王朝签订了《顺化条约》，取得了对越南的“保护权”。

面对法国侵略造成的严重威胁，清政府内部在要不要援助越南抗法问题上发生严重分歧。以左宗棠、曾纪泽为代表的主战派，认为越南与中国有“唇亡齿寒”的关系，理应接受越南之请，进行援越抗法斗争。以奕䜣、李鸿章为代表的主和派，认为“兵单饷匮”、“海防空虚”、“断不可轻于言战”，力保“和好大局”，主张“以剿办土匪为名”派驻军队，但不要“显露助战之迹，致启衅端”。以慈禧太后为首的最高统治者，对“战”、“和”举棋不定，一面向法国提出抗议，派军队进入越南北部的山西和北宁，一面派人和法国谈判，命令军队不得主动进攻。对黑旗军也是既给予一定的接济，又多方加以限制。

但法国侵略者却步步进逼，要清政府承认越南为法国的保护国；要清政府消灭黑旗军；要求给法国从越南任意进入中国云南通商等权利。当这些苛刻条件遭到拒绝后，法国侵略军便于 1883 年 12 月悍然向驻在越南山西的清军发动进攻，中法战争爆发了。

马尾海战

1883 年 12 月 11 日，法国侵略军 6000 人，分路进攻驻守越南山西的清军。守城清军因受“不准衅自我开”的命令束缚，坐失战机，处于被动局面。云南巡抚唐炯指挥无能，作战连遭失败。黑旗军与法军血战三天，毙敌数百，最后山西失陷。法军接着攻北宁，陷太原，于 1884 年 3 月逼近中越边界。

清军的暂时失败，使法国加紧向清政府进行诱和活动，也使清政府内的主和派活跃起来。清政府派李鸿章去天津与法国代表福禄诺谈判，1884 年 5 月 11 日签订了《中法简明条约》。其主要内容是：清政府承认法国对越南的“保护权”；不干预法越之间签订的任何条约；同意在中越边境上开埠通商；中国将驻北圻的部队撤回边界。条约签订后，法军向驻谅山附近北黎的清军发动进攻，还杀死清军派去谈判的代表，清军愤而还击，打败了法军的进攻。第二天，法军又来进攻，再次被打败。法军以这次北黎冲突为借口，向清政府提出赔款二亿五千法郎，立即撤退北圻的清军，遭到清政府拒绝。

1884 年 7 月 14 日，法国海军舰队在海军中将孤拔率领下侵入福建闽江口。8 月 4 日，法海军少将利士比率军舰进犯台湾基隆，遭到负责台湾防务的刘铭传所率军队的坚决抵抗。

1884 年 8 月 23 日，停泊马尾的法军向福建船政大臣何如璋和福建会办大臣张佩纶发出开战最后通牒。但何、张不向福建水师广大官兵透露消息，并派人去法舰要求改变开战日期，遭到拒绝。当天下午一时三刻，法舰开始向福建海军发炮。由于何如璋等人封锁消息，海军事前没有任何准备，仓促应战，还没有来得及起锚，法军第一排炮弹就击沉军舰两艘，重伤四艘。在被动应战的情况下，福建海军的广大官兵英勇抵抗。福建海军旗舰“扬武”号，用尾炮击中法旗舰“伏尔他”号，这时，一艘法国鱼雷艇突然从旁边窜出，向“扬武”号发射鱼雷，“扬武”号被击中下沉。“振威”号在法舰开炮以后，立即砍断锚索，向法军发炮还击，冲出与敌舰奋战，遭到法舰围攻，在激战中负伤，但全体官兵仍坚持战斗，不停地发射炮火，重创法舰，直到最后在烟火弥漫中沉没。“福星”号在开战后立即向法国军舰冲击，对准敌旗舰“伏尔他”号猛击，打得“伏尔他”号团团转，其他法舰赶忙来救。“福星”号恶战群舰，毫无惧色，最后因火药仓中弹爆炸，全舰官兵壮烈牺牲。其余军舰如“飞云”号、“福胜”号，也都坚持奋战到最后。马尾海战的失败，是由于清政府的投降路线造成的。早在7月中旬，法国军舰驶入闽江口，进行军事刺探活动一个多月，可是“张佩纶狃于鸿章之议，谓和约旦夕成，戒士兵勿妄战，听法船入闽口，及法舰大集，何如璋仍亚谕各舰，不得妄动，及法人遽发炮，各舰熸焉。”8月24日法舰轰毁福州船政局。马尾海战的失败，第一次宣告洋务活动的破产。

镇南关大捷和《中法会订越南条约》

清政府对法宣战后，下令在越南的军队主动出击。东路即广西军潘鼎新出动，越过谅山、谷松，屯扎船头、朗甲一带。西路即云南军岑毓英部于10月进抵宣光，与黑旗军配合包围了宣光法军。1885年2月，侵越法军得到增援，向东路清军进攻。潘鼎新战胜不追，战败则退，士气非常低落，谷松、观音桥相继失守。谅山守将苏元春弃城退回边境，法军尾追潘军，一度占领镇南关（今友谊关），把战火烧到中国边境。宣光被围法军得到增援，岑毓英军被迫后撤。3月末，刘永福部黑旗军，在竹春、陶

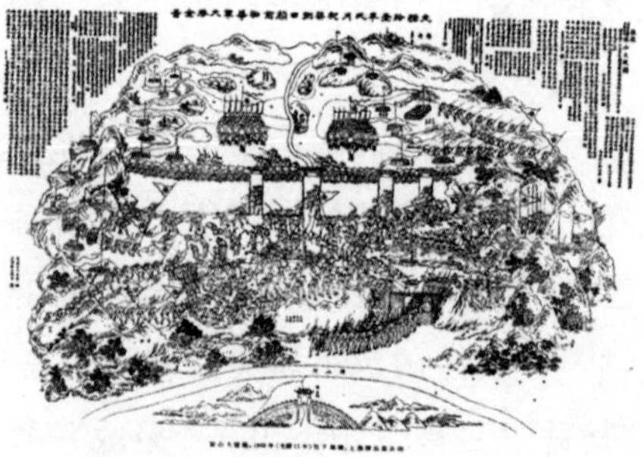
镇南关大捷

美等率领下的云南农民军以及越南人民义军的配合下，大败法军于临洮，乘胜克复十数州县，向越南内地挺进。越南之兴安、宁平、南定、兴北、太原各省义民，闻风响应。同时，帮办广西军务冯子材率领东路清军，在镇南关打垮了法军，打死打伤1000多人，打伤前敌指挥官尼格里。法军溃不成军，狼狈逃窜，清军乘胜收复谅山，向北宁挺进。史称“镇南关大捷”。镇南关大捷扭转了中法战争的局势，但是腐朽的清政府却没有把抗法战争继续下去的决心。主战派与主和派都主张“刻下若能和，中国极体面，稍让也合算”。于是，清政府下令撤军。

1885年6月9日，李鸿章与法国驻华公使巴德诺在天津签订《中法会订越南条约》，规定：（一）中国承认越南是法国的“保护国”；（二）中国边界指定两处通商，一在保胜以北，一在谅山以北，法国商人可以在此居住，法国政府也可以在此设立领事馆；（三）法货进出云南、广西边界时，应减轻税率；（四）以后中国建造铁路时，应向法国人商办；（五）法国撤走基隆和澎湖的军队。

马尾海战

马尾据闽江口的上游，闽江与乌龙江汇合之处，由外海至省城的必经之地。是中国的军、商港口，福建水师的基地，并建有中国最大的造船厂。清政府为了加强福建沿海的防御，派张佩纶为会办福建海疆事宜钦差大臣，并会同福建船政大臣何如璋、福州将军穆图善、闽浙总督何璟、福建巡抚张兆栋等，共同筹划海防和岸防事宜。清军在闽江口的部署上，把陆岸守备的重点放在长门、闽安、马尾和福州，把水师舰船集中于马尾港。法军自进攻基隆失败后，孤拔率舰队主力集中于福建的马尾港。1884年（光绪十年）8月6日，在马尾港已有战舰九艘，长江口内3艘，长江口外马祖澳3至4艘，台湾海峡3艘，完成了陈兵马尾，控制闽江口，威胁福州城的作战部署。8月16日法国议会又通过3800万法郎的侵华军费，茹费理内阁决心作一次最大的征伐。随后不久法军舰一艘接一艘驶进闽江口，进泊马尾军港，包围福建水师，一时间闽江口战云密布。此时张佩纶接连电告清政府，请求迅速明定是和是战。然而清政府却仍在央求列强出面调停，不准福建水师主动向法军进攻。8月22日孤拔得到法国政府进攻福州的命令。次日早八点钟，法国驻福州领事白藻太把作战决定通知给各国驻福州领事和何璟。在这万分危急时刻，何璟等人竟对福建水师封锁作战消息，对要求添发军火和报警的士兵大加训斥。并向张佩纶等人建议：军舰还没有准备好，不能开战。同时派魏瀚向法军乞求改变开战日期。当遭到法军拒绝时才仓促准备应战。23日下午法舰突然向福建水师袭击，火力非常猛烈，福建水师的舰只还没来得及起锚，就被法军炮弹击沉两艘，重伤四艘。清军舰艇一片混乱。在这十分不利的情况下，福建水师的下层官兵仍然英雄抵抗，奋起还击。福建水师扬武号，用尾炮准确地打击法军旗舰伏尔他号，差一点炸死孤拔。这时，一艘法国鱼雷艇突然从旁边窜出，向扬武号发射鱼雷，扬武号被击中下沉。这艘法国鱼雷艇在发射鱼雷后，欲退出火线，却被中国岸防大炮击中，引起锅炉爆炸，失去作战能力。另一艘福建水师军舰振威号在法舰开炮后，立即断锚向法军发炮还击，激战中船舵被打坏，船体击穿。但舰上官兵仍作战有序，不断发炮还击，给法舰以重创，直到被鱼雷击中沉没时，还射出最后一颗炮弹，重伤法舰舰长和两名士兵。福星号在开战时就立即向法舰冲去，盯住旗舰“伏尔他”号猛击，炮弹连续命中。福星号，愈战愈勇，毫无惧色，最后火药仓中弹爆炸，全舰官兵壮烈牺牲。其余军舰如飞云号、福胜号也都奋战不退，直至舰沉。

此次海战，福建水师损失军舰11艘，商船19艘，官兵伤亡700人。当日下午，法舰主力转攻马尾岸炮和船厂，何如璋逃向福州，张佩纶避战马尾北彭团，清军失去指挥，但两岸炮官兵还自行还击。当夜乡民和士兵驾驶炮船和火攻船攻击敌舰。24日上午，法舰又炮击船厂，船厂受到严重破坏。27日法军集中舰艇八艘，由琯头江面向长门，金牌炮台攻击。由长门、金牌炮台的岸炮射向固定，只能外射不能向内还击，兵勇只能用轻武器还击。28日法军舰艇连续攻击，在炮火掩护下，强行登陆，清军士兵和乡民进行了顽强抵抗。次日，法舰炮击一直持续到下午3时，长门、金牌炮台均被毁坏，30日法舰全部驶出闽江口。

马尾海战爆发后，8月22日清政府被迫对法宣战。

临洮大捷

1885年3月9日，岑毓英派王永山率部千余人开赴缅旺，沿途有1600余越南民众加入滇军行列。由于王永山部突至缅旺，法军猝不及防，滇军奋勇攻击，收复缅旺和清水、青山两县。

法军缅旺失守，即分两路由兴化进攻临洮，一路4000人包围山围社的李应珍、韦云青各营；一路2000余人进攻珂岭浮桥。当时驻守在临洮的清军有云南苗、瑶、壮族首领竹春、陶美等率领的民族军，为第一梯队，在临洮以东占领阵地；刘永福的黑旗军为第二梯队，驻守临洮；道员汤聘珍、岑毓宝率领的滇军为第三梯队，在黑旗军之后。各队均构筑壕沟、连环相扣，互为策应。3月23日上午9时，法军1000余人，首先攻击竹春营地。竹春、陶美率领各族战士，英勇打退敌人多次进攻。傍晚，由当地越南人民组成的临洮义勇队，在浮桥边高声呐喊，封锁法军退路，滇军和黑旗军乘势从两侧包抄夹击。法军苦战一天，欲攻不入，欲退无路，丢下武器，狼狈逃命。同一天，法军4000余人在山围社附近包围了李应珍、韦云青部。李应珍督饬兵勇伏地不动，等法军逼近时，拉响地雷。轰毙法军甚多。过一会法军又继续逼近，清军突然开火，枪炮齐鸣，给敌人大量杀伤。24日，覃修纲率3000余援军赶到，从法军后面攻击。越南地方官张文擎、陈春耘的部队亦奋力合击，大败法军，毙敌600余名，给法军以严重杀伤。

法军临洮大败。凶锋受挫，退守鹤江、越池一带。滇军各营在越南军民配合下，乘胜反攻。4月5日，滇军韦高魁部进攻黄岗屯法军。与越南阮绘部协同作战，斩贼数十名，贼力竭，退入兴城。同一天越南张文擎、阮廷合、潘文泊的队伍，乘夜由临洮渡河，次日晨进攻广威府，与法军激战，歼敌百余人，收复广威。8、9日，滇军王玉珠所部出其不意，连克燕毛、凌霜、洞山、安德等法军四座营寨，又协同汤宗政、黄功泳部进攻梅枝关，法军溃败，遂破关，收复不拔。李应珍会同越南山西副领兵阮文如，进攻鹤江、越池。法军弃营撤退，鹤江、越池光复，越南山西布政使阮文甲也率部收复永祥府。

随着缅旺、广威、不拔等府县的收复，通向山西、宁平、南定的道路已经打开，为了乘胜制敌，岑毓英将原包围宣光的滇军重新作了部署："移提督何秀林一军守道岸、安平府各隘，游击张世荣守河阳一面之寒莽、白木、安隆州各隘，提督杨国发、刘兴仍守浪泊、珂岭各隘”，继续监视宣光之敌。其余各营由丁槐率领，出奇兵直插不拔、广威，沿途广招越南兵民参战。奠边府知府刁文撑及三个儿子，各带义军数百，愿随丁军作战。越南黎秀英、黎英明等，自告奋勇，领兵为丁军打先锋。山西、河内、兴安、宁平、南定各省的义军，共举义旗，共迎清军。岑毓英计划以丁槐部为主力，在越南义军的配合下，分兵渡河，先取宁平、南定、兴安，使山西、河内不攻自破，西线形势十分喜人。

冯子材镇南关大败法军

1885 年 2 月 25 日，冯子材率萃军前九营驰赴距镇南关 23 里的扎板山，又亲踏营地，率部移驻距关十里的关前隘。冯子材决心在关前隘地区，依托有利地形，构筑坚固阵地，实行坚守防御，待有利之机，进行反攻，击败敌人。

关前隘据镇南关通往龙州之要冲，地势险要，易守难攻。西面有凤尾山，也叫西岭；东面有大、小青山，也称东岭。两山相峙，中夹一条宽 2、3 里，长 4、5 里之盆谷。两岭均南北走向，北高南低，在关前隘南各伸出一个东西相向的横岗遮断盆谷。两岭横岗连接处，形成一个隘口，南北大道均需经隘口穿盆谷而过。冯子材亲督将士在突起的横岗上，用土石修筑了一条长 3 里、高 7 尺、底厚 1 丈的长墙。墙上开有栅门，墙外挖宽 4 尺之深沟，在长墙北 1 里处，又筑立一条平行的土墙，也有栅门通向后方。两墙之间设有帐篷、仓库、工事和指挥台，构成一座坚固的城堡。在东西两岭上，构筑大量大型堡垒，占据主要山头，居高临下，对守者十分有利。小青山向南延伸到长墙之外，是主阵地的依托，长墙的屏障，是我必守，敌必攻的作战要点。冯子材在相连的五个山头上，各筑一个大型堡垒，和许多小堡垒，以作拱卫。大青山是关前隘地区的制高点，冯子材在这里修筑有更大的方形堡垒，既可坚守，又可屯兵，是主阵地侧后的屏障。凤尾山的主要山头上，也都筑有堡垒，形成对主阵地右翼的保障。从凤尾山向南延伸，地势渐低，到地平面处，为龙门关，有向西斜出的偏道通往扣坡。关前隘的有利的地形，坚固的防御阵地，使清军占天时，得地利，进可攻，退可守，处于主动地位。冯子材在这里同法军展开决战充满胜利信心，他兴奋地说："吾可立于不败矣!"

3月上旬，清军集中90余营，4万余官兵，在镇南关至龙州地区，组织防御，以阻止法军沿镇南关、凭祥向龙州进攻。第一梯队由冯子材萃军10营和总兵王孝祺勤军八营编成，配置在关前隘主要防御阵地上，萃军集中守长墙和东岭，勤军守西岭。冯子材的指挥部设在长墙内东岭半坡上。第二梯队由苏元春毅新军10营和陈嘉镇南军8营编成，配置在关前隘北五里之幕府村。总预备队由记名提督蒋宗汉广武军10营，记名提督方友升抚标亲军四营编成，配置在关前隘北30里的凭祥。在关前隘主阵地左翼由王德榜楚军10营驻守油隘，右翼有游击杨瑞山、都司麦凤标率领的萃军五营固守扣坡，后补道魏刚鄂军4营守艽封。潘鼎新10营、萃军3营留守后方的海村、龙州。唐景崧四营、总兵马盛治6营分守高平和牧马。冯子材集中主要兵力于法军进攻的主要方向上，形成多梯队大纵深的防御体系，并握有强大的预备兵力，使防御具有坚韧性。在主要防御方向的两翼，有较强的兵力掩护，既可防敌向凭祥、龙州迂回，又可随时支援主要方向作战。特别是在高平、牧马驻有6营清军，保障了东线清军与西线黑旗军和滇军联系的通道。经过冯子材的精心谋划和前线军民共同努力，祖国南大门重新建立起来了，给敢于侵犯我国的法国侵略军布下了天罗地网。

企图向我广西龙州进攻的法军第2旅的兵力有：143团第1营，111团第1营，外籍军团第2、3营，23团第1营，萨克雪炮兵队，罗北炮兵队，马丁炮兵队，辎重队等2000余人，大炮10余门。其主力配置在文渊（同登）、谅山地区。法军在武器装备上优于清军，但在兵力上是劣势，且以谅山为后方基地，战线过长，补充供应十分困难。法军第二旅司令尼格里在3月17日给波里也电报中说："我估计有4万至5万人数的中国军驻扎国境上，在龙州与同登之间。谅山与龙州间的距离为100公里。攻取龙州比谅山困难得多。"18日尼格里再次打电报给波里也说，"我认为进攻敌人这样的阵地是艰难的事体"，"在我们现刻所处的地位，我们不应当取攻势"，"如果部长定要威胁龙州，照我的意思，我们是玩一种危险的把戏"。然而，茹费里为了推行其侵略扩张政策，胁迫清朝政府妥协，仍然命令法军进攻龙州。

1885年3月11日，冯子材接到越南人民的密报，法军将出扣波，袭艽封，攻牧马，绕过镇南关，切断唐景崧、马盛治两军归路。冯子材看到了法军这一行动对清军的严重威胁，急调苏元春一部和魏刚军赶赴艽封，又调龙州的萃军五营到扣波迎敌。13日，法军到达艽封，清军有备，法军已失先机而惊走。同日，萃军达扣波，拦击法军，获战象一匹、象兵一名，法军退回文渊。18日，法骑兵进攻扣波，又遭痛击，狼狈逃窜。由于冯子材及时果断地调集兵力，先期占领艽封、扣波，粉碎了法军迂回威胁龙州的企图。

3月19日，冯子材又得到越南人民密报，法军定于22、23日入关攻取龙州。冯子材先发制人，于21日夜率军袭击文渊之敌。冯子材亲率萃军为主攻，从关前隘出发，由北面攻击，王孝祺勤军为后应；王德榜楚军从油隘出发，由东面攻击。驻文渊的法军夜梦中听到枪声，还以为是援军到达，当子弹打到屋顶时，方才明白这是清军的攻击。清军将士奋不顾身冲进街里，与法军展开激战，立破三座敌堡中的两座。法军拼命抵抗，双方均有伤亡，天黑军疲，各暂收兵。22日天亮后，冯子材又调来扣波之萃军一部，从西面进攻，苏元春派兵应援。自晨至午，毙伤法军多人，午后清军各部撤回原地。此战清军主动出击，重创法军精锐，迫使尼格里不等援军到齐，就向清军坚固筑垒地域发起攻击。

23日晨，尼格里率法军第2旅进攻清军关前隘阵地。第1梯队由143团第1营，111团第1营，外籍军团第2营（狄克营），萨克雪炮兵队编成，共1100余人，大炮10门。尼格里亲率143团第1营和狄克营沿东岭向小青山、大青山方向实施主攻；以111团第1营沿大路向长墙助攻，企图在主力夺占大、小青山后两路夹击，攻占关前隘清军阵地。预备队由外籍军团第1营（寿非营）、罗北炮兵队等1000余人编成，由寿非少校指挥，配置在镇南关东南高地，并担任向油隘方向警戒。23团第1营、罗北炮队一部，由哥达少校指挥，驻守文渊，担任扣波方向警戒，并保障其后方交通线。18时30分，大雾消散，法军在大炮的掩护下，向小青山清军阵地发起猛烈攻击，清军殊死力战，经过几小时的争夺，法军占领了小青山三座堡垒。冯子材在危急关头，高呼："法再入关，有何面目见粤民？何以生为！"将士们在冯子材爱国热情激励下，奋不顾身，英勇抗击，阻止了敌人的前进。下午4时，苏元春、陈嘉、蒋宗汉、方友升率部来援，加强东岭的防御。法军集中兵力火力急攻长墙东头的四号堡垒，战斗极为激烈，死伤相当。王德榜楚军由油隘出击法军右翼侧后，牵制了敌预备队的机动。提督张春发率队截击敌人运输队，破坏法军交通线，有力地配合了东岭战斗。入夜，法军暂停进攻，组织运输队紧急抢运弹药。清军乘机调整部署：由苏元春部协助冯军坚守长墙，王孝祺部仍守西岭，陈嘉部守东岭小青山，蒋宗汉、方友升部守大青山顶峰。冯子材派人飞驰扣波调杨瑞山、麦凤标率部抄袭法军左翼，选派三百名敢死士潜伏在长墙外的沟渠草丛之中，当地群众连夜挑水送饭，赶运弹药；士兵们磨刀擦枪，整修工事，严阵以待。前线的中越军民同仇敌忾，决心与侵略者血战到底。

24 日晨，尼格里派爱尔明加中校率法军一部，利用大雾作隐蔽，迂回偷袭大青山顶峰，企图突然夺取大堡，控制东岭制高点，然后前后夹攻，击溃清军。由于地形复杂，无路可行，爱尔明加费了 5 个多小时，毫无结果。尼格里以为偷袭成功，命令炮队掩护 111 团 1 营，正面攻击长墙守军。冯子材传令各部统领：“有退者，无论何将遇何军，皆诛之。”当法军接近长墙时，冯子材手持倭刀，大呼一声，跃出墙外，其子冯相荣、冯相华紧随。将士们随主帅一齐涌出长墙，冲入敌阵，隐蔽在墙外壕沟草丛中的敢死队，从敌群中杀出，杨瑞山、麦凤标率领援军，冲出龙门关，突然攻击法军侧后。当地人民群众和部分零散兵勇，主动前来助战，在长墙前面的盆谷中，展开了一场激烈的肉搏战。清军以己之长，制敌之短，把法军打得晕头转向。这一战斗中险些丧命的法军 111 团第 2 连指挥官威底埃上尉惊恐地说道：“在我们的脚下，敌人从地上的一切缝隙出来，手执短戟，开始了可怖的混战。他们的人数比我们多 10 倍、20 倍。他们从我们的四周一齐跃出。所有官军和士兵都被围住、俘虏，敌人由各方面射杀他们。”经过这一场激烈的战斗，中路法军 111 团第 1 营 300 余人大部被歼。下午 3 时，清军发起反攻，陈嘉、蒋宗汉率部夺回东岭的三座堡垒。王德榜军先击溃敌增援部队，消灭法军运输队，接着从法军右侧后夹击东岭之敌，配合陈嘉、蒋宗汉部全部夺回了被敌占领之堡垒。王孝祺军击退向西岭进攻之敌，由西包抄敌后。冯子材率部从正面出击。法军三面被围，伤亡甚众，后援不及，粮弹将尽，尼格里不得不下令撤退，狼狈逃回文渊，冯子材指挥各军追出镇南关，深夜收军。这一战歼灭了法军精锐近千人，不仅使东线清军反败为胜，而且使整个中法战争的战局，发生了根本性的变化。法军中校爱尔明加惊呼："我从没有想到中国军有这么坚强的组织，打得这么好。"

为了继续扩大战果，不给敌喘息之机，冯子材指挥清军实施反攻，乘胜追击法军。3月26日，亲率萃军和勤军出镇南关，进攻文渊，令王德榜军由小路抄袭敌之右翼。文渊法军倾巢齐出，竭力拒战，清军将士愈战愈勇，法军头目中弹落马，余众溃散，冯子材指挥大队冲入街里，克文渊，又挥军分路追击，27日到界牌，距谅山仅15里。

尼格里企图依靠其4500兵力，坚守谅山，等待援兵，再犯镇南关。他以主力扼守驱驴北面的高地，以一部兵力配置在淇江（今奇穷河）南岸，分守通向谷松、屯梅的交通要道。冯子材决心乘胜攻夺谅山，他认为，"贼之精锐及枪炮等多聚于谅山省城，其焰尚未衰熄；且谅城为越南距边要省，若不急先攻取，实难成破竹之势。"在战术手段上，"与其明攻多损士卒，不如暗取更易见功"。他与苏元春、王孝祺密商，"以正兵明攻驱驴，出奇兵暗取谅山"。27日，冯子材派杨瑞山率部绕道而进，乘夜渡河，由小路抄至谅山，散伏城外。28日，冯子材、苏元春率主力正面进攻，王孝祺部和冯军一部，从西面进攻，王德榜部从东面进攻，三路一齐逼攻驱驴。法军依托有利地形和工事，负隅顽抗，清军正面攻击受阻，尼格里调动兵力向威胁最大的东面楚军反击，王德榜率部抵抗。冯子材乘法军调整部署向东反扑之机，猛攻正面，夺取了驱驴北面的高地，西面王孝祺部也攻占石洞堡。尼格里身负重伤，爱尔明加中校接替指挥，他下令向淇江南岸撤退。清军乘势冲进驱驴。谅山之敌在慌乱中砍断浮桥，未及过河的法军，泗水逃命，溺死者甚多，法军丢弃大批装备物资，于深夜撤出谅山。埋伏在城外的杨瑞山部，乘乱攻入谅山城，法军残部狼狈逃窜。29 日拂晓，清军主力徒涉淇江，胜利入城，谅山宣告克复。28 日晚 11 时 30 分，波里也从河内向法国政府发电报说："我痛苦地报告你，尼格里将军受重伤，我军撤出谅山。中国军人数众多，声势浩大地涌出三个纵队，势不可当地攻击我军在驱驴前面的阵地。爱尔明加中校，在这敌军数量的很大优势面前，又以弹药告尽，通知我，他不得不后退至谷松和屯梅。"

法军总司令波里也对爱尔明加丢失谅山极为不满，命令他停止撤退，坚守屯梅、谷松，爱尔明加仓促转入防御。冯子材占领谅山后，继续挥师南下。3 月 30 日，东路陈嘉、王德榜、魏刚军合力猛攻谷松。同日，西路冯子材、王孝祺军在越南抗法武装的配合下，夜袭屯梅，爱尔明加慌忙率部逃到谷松，与寿非部会合后又撤至船头，法军在屯梅、谷松的防线又被粉碎。31 日，东路各军尾追敌人到船头，西路大军也攻下观音桥，抵近郎甲。这时，西线滇军和黑旗军已取得临洮大捷，正向兴化推进，唐景崧所部桂军准备出牧马攻太原。广东方面派兵出钦州，沿东海岸进攻广安。会办云南军务鲍超所部 30 余营，正向龙州前进。越南抗法义军活动频繁，给法军很大牵制。河内、太原、海阳、西贡等地人民也纷纷酝酿起义，盼望清军早日南下，赶走侵略者。法军在镇南关的惨败，使法国茹费理内阁在一片责骂声中垮了台。为了继续发展大好形势，冯子材决定于4月中旬，亲率大军，乘胜攻击北宁、河内。就在这个重要时候，清廷下达了停战撤兵命令，使冯子材的进军河内的计划未能实现。

镇南关之役，在我国近代反侵略战争史上，是打得最为漂亮的战役之一。这次战役获胜表现了冯子材高超的指挥艺术。他针对清军兵力占优势，装备是劣势这个基本特点，采取以坚守防御的阵地战，粉碎敌人的进攻，尔后转入反攻的作战方针。他充分调动中越广大军民作战的积极性，激励官兵奋勇杀敌，发动民众支援战争，使这次战役的胜利具备了坚实的群众基础。他严格约束部队，团结各军将领，同心协力，密切配合，效力用命，形成了统一集中的指挥。他集中优势兵力，掌握强大的预备兵力，采取主动出击，夜间袭击，阵前伏击，近战歼敌，包围迂回，连续追击等机动灵活的战术手段，始终掌握着战场的主动权。这是冯子材的意志、胆识、才能和献身精神的集中表现。同样的队伍，同样的武器装备，同是原班将领在原来的地区作战，在徐延旭、潘鼎新指挥下，屡战屡败，丧师辱国，而在冯子材指挥下，则连战皆捷，收复失地，威震四方，这就不难看出战役指挥员对战役的胜利所具有的决定性的意义。

甲午中日战争概况

日本军国主义蓄意发动战争

19世纪90年代，世界资本主义列强先后进入帝国主义阶段。随着垄断资本主义的形成，帝国主义列强极力推行殖民扩张政策，分割世界的斗争日益尖锐。那时的中国，已成为帝国主义国家争夺的焦点。

1868年明治维新后的日本，迅速走上了资本主义道路。但日本资本主义的发展，并没有消灭旧有的封建生产方式。在封建势力和大资产阶级相结合的基础上发展起来的日本帝国主义，对外具有极其疯狂的侵略性。明治维新开始后，日本政府就制订了旨在征服中国和世界的“大陆政策”：第一步侵占我国台湾；第二步征服朝鲜；第三步侵占我国东北（满蒙）；第四步征服全中国，最后达到独占亚洲和称霸全世界的目的。

早在1874年，日本就在美国的援助下，派侵略军3000多人侵入我国台湾。1879年并吞了琉球国。1876年，日本用武力强迫朝鲜订立不平等的《江华条约》，加速了朝鲜的半殖民地化。从1885年起，日本进行七年扩军计划。这个计划提前于1892年完成，建立了一支拥有6万名常备军和23万名预备军的新式陆军，还建立了排水量为7万多吨的新式海军舰队。1890年，日本资本主义发生了经济危机，工人大批失业，农业歉收，国内阶级矛盾十分尖锐。日本统治集团为摆脱困境，转移人民的斗争视线，更加迫不及待地想从对外扩张中寻找出路，加紧了发动侵华战争的准备。1893年，日本成立战时大本营。与此同时，日本参谋部不断派遣间谍潜入中国，窃取政治、军事情报，秘密绘制了中国东北和渤海湾的详细地图。

1894年5月，朝鲜爆发了东学党领导的农民起义，朝鲜国王要求清政府派兵协助镇压。日本认为这是发动侵略战争的机会，一面极力劝诱清政府出兵，表示“贵政府何不代戡乱？……我政府必无他意。”日本驻朝代理公使杉村濬亲自去见中国驻韩商务监督袁世凯，催促清政府出兵。一面在国内下达秘密动员令，作了出兵占领朝鲜的充分准备。清政府于6月5日派直隶提督叶志超、太原总兵聂士成率军1500人进入朝鲜牙山，并备文照会日本政府。事实上，早在6月2日清政府还未决定出兵之前，日本内阁就正式作出了出兵朝鲜的决定。6月5日，日本驻朝公使大鸟圭介以保护使馆和侨民为名，率海军陆战队向朝鲜进发，于10日占据汉城。至6月底，日本驻朝军队已达10000人左右，兵力远在中国驻军之上。日军占领了从仁川到汉城一带的战略要地，并逐渐包围了驻守牙山的清军，中日战争一触即发。

清政府避战求和路线

战争迫在眉睫，中国军民呼吁坚决反对日本侵略，解救牙山被围清军。以年轻的光绪帝和他的老师翁同龢为首的一部分帝党官僚，既为国家的前途忧虑，又希望借机加强自己的权力和地位，与慈禧争衡，不断电谕李鸿章“预筹战备”。握有实权的后党官僚李鸿章，为保全北洋军的实力和北洋地盘，不肯轻易一试，主张“避战自保”，乞求列强出面调停，幻想“联俄制日”，希望依靠英、俄等第三国的“调停”和“干涉”，迫使日本从朝鲜撤军。握有最高统治权的慈禧太后，既害怕日本的武力威胁，又忙于准备自己六十岁的“万寿”庆典，希望国无战事，图个“吉庆”，力保“和局”，大力支持李鸿章的求和主张，使其奔走俄、英公使之间。各列强为了各自的利益，先后与日本达成“谅解”，有的怂恿支持日本发动战争，“调停”希望破灭，战争已不可避免。

平壤海战和黄海之战

8月1日，中日两国互相宣战。可是，清政府并没有制定出一项作战的具体方针和策略，只是消极应战。由于李鸿章“志存和局，致诸将观望不前”。陆续增援的卫汝贵等四路清军，迟至8月上旬才进驻平壤。8月下旬叶志超部也到达平壤。各路清军共约2万人。叶志超被任命为各路清军的总指挥。他没有利用险要地形认真布防，保卫平壤，甚至连军纪也不能加以约束。卫汝贵所率的盛军，来到朝鲜后纪律极差，使朝鲜人民大失所望。清军2万人在平壤坐以待敌。8月14日，日本大本营组成以山县有朋为司令官的第一军，大举入侵。叶志超等人却没有主动出击迎战，尽失战机。

9月15日晨，分四路包围平壤的日军发起总攻。左宝贵率部在城北山地与敌激战失利，遂入城坚守玄武门。这时，叶志超恐退路被切断，想弃城再逃。左宝贵立即派亲兵监视，反对逃跑，自己登城指挥，身负数伤后仍高呼杀敌。广大将士拼死奋战。左宝贵中炮牺牲，部将数名也阵亡。玄武门陷落。在此紧急关头，叶志超却一面让部将在城头竖起白旗，意求停战；一面下令各部迅速撤退。当晚，他率将士弃城逃跑。

邓世昌殉难

平壤丢失后，叶志超率军仓皇渡鸭绿江，溃退国境。整个朝鲜半岛落入日本侵略者手中。接着，日军就把战火烧到中国境内。平壤战役后第二天，日本联合舰队又在鸭绿江口的大东沟海面袭击清朝北洋舰队，发动了黄海大战。9月17日上午，北洋舰队完成护送任务后，在提督丁汝昌率领下正准备向旅顺基地返航。日本联合舰队在司令官、海军中将伊东祐亨率领下，以美国旗伪装，驶向北洋舰队。中午时分，日舰突然改挂日本旗，成一字队形鱼贯进袭。丁汝昌立即率舰迎敌。

济远号管带方伯谦临阵逃跑，且于慌乱中撞伤扬威号，致使扬威号被敌炮击沉。提督丁汝昌在开战时即负伤，仍忍痛督战；旗舰定远号官兵一面扑灭军舰中炮引起的烈火，一面操纵重炮轰击敌舰。致远号管带邓世昌沉着机智，果敢巧妙地指挥战斗。该舰被敌舰击中，舰体倾斜，全体官兵仍继续浴血奋战。不久，弹药用尽。这时，恰与日舰吉野号相遇。邓世昌下令全速直冲迎面而来的日舰吉野号，决心撞沉敌舰。不幸途中被鱼雷命中而沉没，官兵 250 多人壮烈殉难。经远号中炮起火，管带林永升和全舰官兵仍坚持战斗，直至牺牲。镇远号全体官兵在管带林泰曾率领下，奋力冲击，以重炮击中敌旗舰松岛号，致其弹药库起火爆炸，死伤 100 多人。来远号中炮起火后，仍配合左翼诸舰向日舰赤城号突进，4 次击中该舰，毙其舰长以下多人。

双方激战到傍晚，以日舰首先撤离战场而结束。这场海战的结果，北洋舰队损失致远、经远、超勇、扬威、广甲五艘军舰，死伤管带以下千余官兵；日本舰队的松岛、赤城、吉野、比睿和西京丸受重伤，死伤舰长以下 600 余官兵。在这场经历五个多小时的海战中，邓世昌等广大爱国官兵，临危不惧，勇猛抗敌，表现了高度的爱国热忱，他们的事迹是可歌可泣的。但是，李鸿章却故意夸大损失，坚持避战，竟下令舰队余部都开进威海卫，不准出海作战。

北洋海军的覆灭

10 月 24 日，陆、海两路日军同时向辽东进攻。陆路方面，由山县有朋指挥第一军渡过鸭绿江。当时，防守沿江的清军有 4 万人，但诸军自平壤溃退后多丧胆，闻警即逃。仅 20 多天，东边道几乎全境沦陷。接着，占据东边道的日军，分东、西两路直入辽东腹地，占据海城，直逼辽阳。

邓世昌

海路方面，以陆军大臣大山岩为司令的第二军分乘 30 多只船，在金州（今金县）东北的花园口登陆，直扑大连北面的重镇金州，南攻辽东半岛。11 月初，金州告急，旅顺守将、正定镇总兵徐邦道率所部前往抗敌。大连守将赵怀业却忙于在大连湾督促兵勇搬运行李什物，准备逃跑。徐邦道率部孤军与敌鏖战两天，伤亡过重，率残部退回旅顺。7 月，赵怀业毫不抵抗，日军兵不血刃地占据了大连这一重要港口。

21 日，日军以大炮猛轰旅顺，分数路发起总攻，徐邦道孤军失利。22 日，日军攻陷旅顺。

当旅顺危急时，北洋舰队广大爱国官兵要求全力赴援，李鸿章却下令舰队坐守威海卫，不准出击。1895 年 1 月下旬，日军以舰艇从正面封锁威海卫港口，2 万人在东南面的荣成湾登陆，从背面包抄。到 2 月 2 日，南北邦炮台相继沦陷，威海卫失守。

港内舰队已处于腹背受敌的绝境，丁汝昌仍积极组织反攻。驻守刘公岛的海陆军叶祖珏、杨用霖、张文宣等爱国将士，也临危不惧，竭力防守，与日军炮战十多天，击沉敌舰艇共 7 艘。在这十多天的战斗中，日军利用港口炮台猛轰困守港内的北洋舰队，从海面封锁港口的日舰，也不断发起攻击。定远、来远、威远、靖远诸舰先后沉没，鱼雷艇突围时全部被俘。牛昶炳等投降派将领，勾结洋员煽动兵勇、水手哗变，逼丁汝昌降敌。丁汝昌拒不投降，服毒殉职。12日，牛昶炳与洋员浩威等人托名丁汝昌，向敌人投降。日军占据了刘公岛，掠去11艘舰只及其他军械，北洋海军就这样全军覆没了。

《马关条约》的签订

1894年9月底，慈禧太后重新起用中法战争时被罢职的奕䜣为总理衙门大臣，寻求外国调停，对日求和。10月，奕䜣亲自出面，乞求英国联合美、俄、德等国进行调停。11月初，当日军侵入辽东后，清政府又转请美国驻京公使田贝出面调停，要求列强干涉。1895年1月，清政府派户部侍郎张荫桓、湖南巡抚邵友濂为全权大臣，赴日求和。这时，正值日军攻打威海卫，日本政府借口清政府求和代表"全权不足"，拒绝谈判。张、邵二人在广岛住了10天，一事无成，被迫回国。威海卫失守后，清政府任命李鸿章为头等全权大臣，赴日求和。3月14日，李鸿章带着伍廷芳、美国顾问科士达，以及儿子李经方前往日本。20日，李鸿章同日本首相伊藤博文、外务相陆奥宗光在马关春帆楼开始谈判。谈判过程中，日本方面态度极为蛮横，所提各项条款，只准李鸿章说"允，不允两句话而已"。并以战争再起和进攻北京相威胁，科士达也从旁催促李鸿章签字。4月17日，李鸿章终于被迫签订了使中国蒙受奇耻大辱的《马关条约》。5月2日，清政府批准《马关条约》。

《马关条约》的主要内容是：（一）中国承认朝鲜的"独立自主"，实际上就是承认日本对朝鲜的控制。（二）中国割让辽东半岛、台湾及所有附属岛屿和澎湖列岛给日本。（三）赔偿日本军费白银2亿两。（四）增开沙市、重庆、苏州、杭州为商埠，日本轮船可沿内河驶入以上各口。（五）允许日本在中国通商口岸设立工厂，产品运销内地时，只纳进口税，并在内地设栈寄存。

黄海海战

《马关条约》签订后第六天，沙俄因日本侵占辽东半岛危及它的利益，纠集法、德两国进行干涉，强迫日本放弃割让辽东半岛，这就是三国干涉还辽事件。日本无力对抗，被迫接受三国条件。结果，中国以3000万两白银“赎回”辽东半岛。

《马关条约》是《南京条约》签订以来最严重的一个卖国条约。条约承认了日本对朝鲜的控制，从此日本便以朝鲜为跳板，加紧侵略中国。条约使日本割去中国台湾等大片领土，并沦为日本的殖民地，不仅便利了日本对中国东南沿海的侵略，而且刺激了列强掠夺中国领土的欲望。条约签订不久，帝国主义争相在中国划分“势力范围”，中国面临着被瓜分的危机。2.3亿两白银的巨额赔款，是清政府全年总收入的三倍，像一条沉重的锁链套在中国人民身上，加重了中国人民的负担。清政府为了支付赔款，不得不大借外债，出卖更多的民族权利；帝国主义列强通过借款，在政治上加紧控制中国，在经济上更加疯狂地对中国进行掠夺。日本从中国掠得巨额赔款，加速了它的资本主义工业化，增强了它的侵略力量。从此，日本更加野心勃勃地走上侵略中国和亚洲的道路。四个通商口岸的开辟，使中国最富庶的长江流域从江浙到四川全部向帝国主义开放。允许日本人在中国设厂，其他列强援引片面最惠国待遇，也取得同样权利，这就适应了帝国主义资本输出的需要，他们利用中国的廉价原料和劳动力，榨取更多的利润，阻碍中国民族工业的发展。

总之，《马关条约》的订立，标志着外国资本主义对中国的侵略进入了一个新的阶段，中国的半殖民地化程度大大加深，中国被列强瓜分的民族危机空前严重了。

丰岛海战

日军决意开战，使驻牙山的清军处于非常危急的局面。1894年7月16日，光绪帝严谕李鸿章速筹战备，“断不可意存畏葸”，如果顾虑不前，徒事延宕，贻误戎机，唯李鸿章是问。

李鸿章乞求列强调停的希望已经破灭，方知非战不可。7月24日，一面电令牙山叶志超和聂士成速备战守；一面派出四支援军，开赴朝鲜北部平壤一带集结，令记名提督总兵卫汝贵统带盛军6000余人为第一路，从天津小站出发，由塘沽乘船，于8月4日到达平壤；由总兵马玉昆统带毅军2100人为第二路，从旅顺出发经义洲于8月4日抵平壤；由记名提督、总兵左宝贵统带奉军3500人为第三路，从奉天出发，经九连城，于8月6日到达平壤；由侍卫丰升阿统带奉天练军盛字营和吉林练军共2000余人为第四路，从奉天出发，于8月9日抵达平壤。为解救牙山之急，李鸿章又从天津抽调吴育仁部仁字营一部及天津练军二个营，共2500余人，曲总兵江自康统带，经海道前往牙山，增援叶志超、聂士成部，“合叶原队共5000人，可挡一面。”清廷调往朝鲜的清军1.7万人，除了由招商局船只赶运外，另雇英轮爱仁、高升和飞鲸应急。为了保护海上运兵安全，李鸿章派北洋舰队副将方伯谦率济远、广乙和威远三舰护航。24日，爱仁和飞鲸两轮共载清军1500人，先后在牙山内岛登陆。

日本大本营通过在天津潜伏多年的日本间谍石川五一，侦知清军从海上赴朝的机密情报。大本营决定在海上袭击清军，破坏清军的增援计划。日本联合舰队司令伊东祐亨接到大本营作战密令，全舰队于23日，从佐世保起航，24日抵达牙山以南的群山湾。伊东命令第一游击舰队司令坪井航三率吉野、浪速和秋津洲三舰在牙山海面搜索前进，“且赋与内命，谓该湾附近如有优势的清国军舰驻泊，可由我方进行攻击。”

7月24日，清舰威远号奉命到仁川送电报，获知日军袭击汉城、劫持国王的消息，并从英国舰长罗哲士处得知日本军舰要袭击中国军舰的情报，济远号管带方伯谦感到事态严重，立即命令广乙号随同济远回国。25日凌晨4时许，济远和广乙两舰由牙山鱼贯出口。是日晴空万里，波平如镜，能见度良好，7点30分，当两舰驶抵丰岛海面，在前方突然出现三只军舰横海而来，审视之下，乃日本的吉野、浪速和秋津洲三舰快速巡洋舰。由于丰岛海面南阔北狭，不便于回旋作战，日舰为了把清军的舰只引诱到丰岛南侧海面宽阔处，再行攻击，故意向右十六度，转舵东驶。济远号和广乙号以为日舰转向东去，不致寻衅，继续向前航行，当驶至丰岛南侧海面时，日舰突然转轮西下，掉头北向，以十五节的速度，成单纵阵向济远和广乙二舰迎面扑来。7时45分，日舰吉野号首先开炮攻击济远号，济远发炮还击。日舰秋津洲和浪速号亦炮击济远。霎时间，炮声震天，硝烟蔽海。日舰吉野号的排水量为4200多吨，载炮34门，速力每小时23节；秋津洲号排水量为3100多吨，载炮22门，速力每小时十九节；波速号排水量为3700余吨，载炮24门，速力每小时十九节。而清军的济远号排水量为2300吨，载炮18门，速力每小时十五节；广乙号的排水量只有1000吨，载炮11门，速力每小时十七节。中日双方的舰只，不仅日军多一艘，而且，在军舰的技术性能和武器装备上，日军也优于清军。但济远和广乙两舰的爱国官兵并没有被吓倒，他们在优势敌人的面前，临危不惧，沉着应战，进行了英勇的自卫还击。战斗一开始，日军集中火力，攻击济远号。7时56分，敌炮击中济远的瞭望台，大副都司沈昌寿脑裂阵亡，二副守备柯建章洞胸牺牲，水手员弁阵亡13人，伤40余人。

这时，广乙号乘敌舰猛攻济远之际，开足马力，驶近日舰，正准备用鱼雷实施攻击时，先被秋津洲一弹击中桅楼，日舰浪速号也向广乙号猛射，又击中舰桥，广乙舰的鱼雷发射管被击毁，死伤20余人。广乙号不支，向右转舵走避，浪速号尾追不舍，广乙号不发炮猛轰，弹穿浪速的左舷，穿透钢甲，炸断了备用锚，击碎锚机。坪井航三以为广乙舰体已毁，不予追击，令吉野等三舰合击济远。济远号虽多处中炮，幸非要害，乃针路不定，或左或右，寻找突围机会。8时10分，济远号出敌不意，巧妙地击中吉野号的舰首，击折前桁索。十分钟后，济远再次击中吉野的右舷，炮弹贯其钢甲，坏其发电机，穿入机器间，但未爆炸，吉野号免于沉没。

8时30分，广乙受伤东驶，远离济远，济远号也以全速向西驶避。当日本舰追击济远时，高升轮和操江号由西而来，日舰浪速号鸣炮令其停航，操江号调头西返，坪井航三命浪速号和秋津洲号分别追赶高升轮和操江号，自己乘坐吉野号继续追击济远。济远号管带方伯谦，贪生怕死，一直躲在舱内铁甲最厚的地方，坚匿不出，放弃指挥，竟下令悬旗投降。官兵们对自己长官的这种丧失民族气节的行为，极为愤怒，开动全舰炮火，向敌舰猛烈还击。

战至11时许。济远号已离吉野号七浬之远，吉野开足马力全速追赶。吉野追至济远2000米左右时，用右舷炮猛击济远号。管带方伯谦更加惊骇，又挂起日本旗，要求投降。水手王国成、李仕茂激于民族义愤，不听方伯谦的命令，协力发尾炮攻击敌舰，连发四炮，命中三炮，击中吉野号要害，船头立即低俯。受创的吉野号，于12时43分，转舵退走。这时，济远号如能转舵，以舰首主炮轰击吉野号，有可能取得更大胜利，也能解救操江、高升两轮之困。然而方伯谦这个懦夫，逃命犹恐不及，不敢乘胜歼敌，竟丢下操江和高升号，匆匆逃奔旅顺而去。

操江号是一艘900余吨的木质大船，行驶迟缓，时速仅九节，有旧式炮五门，无力与敌舰抗衡。秋津洲紧紧追赶，形势危急。管带王永发自度难以脱身，便将船中重要文件焚毁，正准备将20万两饷银投入大海时，秋津洲已接近操江，操江号被迫停轮。日舰官兵28人，乘舢板登上操江轮，将操江号掳至群山湾。28日，管带王永发等83名官兵，被押送到佐世保，投入监狱，备受虐待。

当操江号被掳时，悬挂英旗的高升轮亦被浪速号截住。高升轮被迫抛锚，浪速号舰长东乡平八郎派军官数人，携带武器，乘舢板登上高升轮。当得知船上载运的是赴朝清军时，东乡平八郎命令高升轮按日军指示起锚，拟全部俘获清军。仁字营营务处帮办高善继，面对严峻考验，异常镇静，鼓励将士说：“我辈自请杀敌而来，岂可贪生畏死？今日之事，有死而已！”全船官兵纷纷表示："宁愿死，决不服从日本人的命令。"高升轮船长英人高惠梯向日军转达了清军官兵拒绝当俘虏、坚持退回大沽口的要求，并表示高升轮是英国船只，出发时中日两国并未宣战，应该同意该船官兵意愿，返回出发的海口。但是浪速号舰长东乡平八郎却说，这是"清军有意与我为敌，决定进行炮击，破坏该船"，命令欧洲人立即离船。浪速号迅即驶近高升轮，以右舷前部鱼雷发射管，向高升轮发射鱼雷，未中。东乡平八郎又下令浪速舰以右舷六门大炮一齐开火，猛烈轰击高升轮，高升轮被中多炮，锅炉爆炸，白雾喷射，船尾下沉半小时后，沉没在丰岛西南。

就在日舰发炮轰击高升轮的紧急关头，船上的清军官兵临危不惧，誓死抵抗。他们用来复枪向日舰射击。高善继和二位营官，视死如归，指挥全船将士，奋力与敌人拼搏，坚持到船身沉没。高升轮沉没时，许多清军落入海中，灭绝人性的日本强盗，出动小船，满载武装士兵，向落入海中已经失去抵抗能力的官兵疯狂射击，清军除被英、法、德舰救起的 252 人外，其余 700 余人全部殉难。

在操江号被掳、高升号沉没之前，船舵被击坏的广乙舰，也遭到不幸的结局，在朝鲜西海岸 18 岛触礁搁浅。管带林国祥等将舰上的大炮全部炸毁，凿坏锅炉，然后率官兵 70 余人登岸至牙山。时叶志超已从牙山退守公州，他们被日军扣留，后被释放回国。

丰岛海战，清军的广乙号搁浅自毁，操江号被掳，高升轮被击沉，清军死伤 800 多人，主要原因固然是由于敌强我弱，力量悬殊，参战"日本三舰军舰中的任何一舰，都要远远胜过济远和广乙两艘军舰加在一起的战斗能力。"但更重要的原因是李鸿章的妥协退让和消极避战。当日军步步进逼，蓄意发动战争的严重形势下，身负军事、外交重任的李鸿章，不是积极筹备战守，而把希望寄托在列强的“调停”上。明知日军增兵朝鲜，战争一触即发，不可避免，他却不敢以北洋舰队出黄海，制止日军向朝鲜增兵，又未能以海军必要兵力掩护牙山清军。由海上增援牙山时，只派济远、广乙少数舰只护航。丁汝昌考虑济远和广乙号在中途有遭受日舰袭击的危险，要求李鸿章准令舰队继续接应，7月24日，舰队已升火起锚待发，李鸿章突然复电制止，致使运兵船和护航舰惨遭失败。

在作战中，主要将领方伯谦等人临阵退缩，也是这次海战失败的重要原因。方伯谦明知日舰即将来攻，未能当机立断，带领济远、广乙二舰连夜返航，仍在牙山停泊一夜，使济远和广乙舰陷入险境，铸成大错。25日，吉野被济远号命中三炮，济远本应转舵，以船头大炮轰击，“以收奇捷，或可纾高升之急。”但方伯谦只知逃命，放弃指挥，失去了击沉吉野的大好时机。在海战中，贪生怕死者并非只方伯谦一人，济远号鱼雷大副穆晋书也是一个可耻的逃将。在战斗中，他唯恐丧命，先躲进机舱，后又逃进鱼雷舱。当日舰吉野号逼近时，本可一雷击中，但他心慌意乱，“装气不足，放不出口”，使吉野号又一次逃脱了被歼的厄运。当时，济远号如能拼死一战，掩护高升号停泊蔚岛，使船上士兵登岛，也可免去两营将士葬身海底。

丰岛海战的结果，使日本海军完全控制了朝鲜西海岸水域，日军不仅增兵朝鲜畅通无阻，而且海陆两军得以互相策应。清军则断绝了通往牙山、仁川的海道，使驻牙山清军陷于孤立无援、腹背受敌的境地。

平壤保卫战

日本大本营确定了驱逐清军出朝鲜的冬季作战方案后，立即向朝鲜大举增兵。7月31日，大本营训令第五师团长野津道贯中将，率第五师团余部赴朝。8月14日，大本营又命令第三师团的一半兵力组成第五混成旅团，进驻朝鲜，协助第五师团作战。9月1日，又下令把混成第五旅团与第五师团组成一个军，共约1.5万人，由陆军大将山县有朋任司令官。日本政府决定把大本营由东京迁往广岛。15日，睦仁天皇到达广岛，亲自指挥战争。

9月2日，日军第五师团长野津道贯等议定，采取分进合击，兵分四路，进攻平壤。其部署是：由陆军少将大岛义昌率混成第九旅团步骑约5000，携炮20门，自汉城出发，沿大道从东南进攻平壤；由陆军中将野津道贯率第五师团本部步骑约5000，携炮12门继后，渡大同江，从西南进攻平壤；由陆军少将立见尚文率第10旅团（又称朔宁支队）率步骑2000，携炮6门，自朔宁经新溪、遂安、祥原、江东渡大同江、从东北进攻平壤；由陆军大佐佐藤正率步兵第18联队及骑兵、炮兵、工兵各1部，约步骑3000，携炮12门（又称元山支队），自朝鲜东北的元山登陆，经文川、阳德、成川、顺安，从北面绕攻平壤。9月12日，混成第九旅团到达大同江南岸诱战，牵制清军，元山支队到达顺安，切断清军向义州的退路，与朔宁支队会合，从北面加入对平壤的攻击。朔宁支队于13日，由麦田店渡大同江，14日至大地境洞，由平壤东北方向发动进攻。第五师团本队自黄州西十二浦，渡大同江，出江西，进攻平壤西南。各部于9月15日前完成对平壤的包围。15日凌晨发起总攻，准备一举攻破平壤，将清军驱逐出朝鲜。

清军是在中日两国宣战后，陆续到达平壤的。清军进驻平壤，准备与驻牙山的叶志超、聂士成部相呼应，南北配合，夹击驻汉城一带的日军大岛混成旅团。7月29日，成欢败后，叶志超部北退，夹击汉城日军的计划无法实现。遂按李鸿章“先定守局，再图进取”的方针，暂扎平壤，俟各营到齐，后路布妥，再图前进。尽管光绪帝多次发上谕，催促李鸿章饬令各军“相机进取”，“直接汉城”，但李鸿章“坦然不以为意”，“总以兵力不敷为言”，拒不受命。8月22日，叶志超率牙山败军抵达平壤，矫言沿途累败日军，李鸿章据以入奏，清廷不辨真伪，传令嘉奖，犒赏官兵白银2万两。25日，又命叶志超总统平壤诸军。逃兵受赏，败将升官，消息传出，全军皆惊。

9月5日，叶志超与诸将议定，以一部兵力监视元山方向之敌，以主力南下迎击自黄州北进之日军。部队按计划出发，叶志超得到日军已抵成川的消息，顾虑平壤后路被切断，乃改变决心，急亡将部队调回，防守平壤。

平壤为朝鲜平安道首府，是朝鲜的旧都。北通义州，南达汉城，东临元山，西南扼大同江口，是朝鲜北部水陆交通的重要枢纽。平壤城面江枕山，形势险要，城垣高大坚实，高达10米，基厚7米，南北绵亘10余里。城有6门：南曰朱雀门、北曰玄武门、东曰长庆门、西南曰静海门、西北曰七星门、东南曰大同门。玄武门跨牡丹台修筑，牡丹台紧逼城墙，是守卫平壤的命脉所在。

保卫平壤的清军共有5支：盛军卫汝贵部十五营，6300

人；毅军马玉崑部六营，3000 人；奉军左宝贵部八营，3500 人；奉天、吉林练军丰升阿部六营，约 2500 人；芦榆防军叶志超、聂士成余部，约 3000 人。总计马、步、炮兵约 1.83 万余人，野炮 4 门，山炮 28 门，速射炮 6 门，并贮存了足够全军食用一月的军粮。

清军依城划分了各军防区，立即赶修工事，择险分屯。城北牡丹台筑堡垒一处，牡丹台外侧沿丘陵高地自东北向西北修堡垒四处，由左宝贵所部奉军、丰升阿所部奉天练军盛字营及江自康仁字营防守，山左宝贵指挥；城南外廓筑堡垒及兵营十五处，其南端由大同江北岸修筑长达 2 千米胸墙一道，墙下布雷，为南面第一道防线，由卫汝贵所部盛军及马玉崑所部毅军之一部防守，归卫汝贵指挥；城东南大同江上搭浮桥一座，在江南岸构筑堡垒五处，由马玉崑所部毅军及卫汝贵所部盛军一部防守，由马玉崑指挥；内城至城西七星门一线，由叶志超所部芦榆防军驻守。

9 月 12 日，日军混成第九旅团抵达大同江左岸，开始与毅军开枪遥击。同日，朔宁支队也到达大同江，正拟由麦田店渡江时，与前来探敌的奉军 3 营 800 人相遇，奉军列阵以拒，枪炮互击。叶志超以前路吃紧，急调三个营奉军回平壤，日军遂得以渡江，从北面包围了平壤。13 日，元山支队占领顺安，切断清军归路。14 日，元山支队进占平壤背面坎北山，抢占制高点，并与朔宁支队会合。左宝贵派军攻夺未克，退军入城。至此，日军对平壤完成合围。9 月 15 日，日军对平壤发起总攻，激烈的战斗在三个方向同时展开。

摩天岭阻击战

清廷得知鸭绿江防线被突破，决心组织力量，保卫奉天。令东三省各将军，火速率军在奉天辽阳间集结，以阻止日军占领奉天。其部署为：奉天将军裕禄，率营口新泰军步队五营和铁岭铁字步队十六营开赴辽阳，景字步队五营增援摩天岭，靖边军步队四营、马队一营在奉天福陵集结；吉林将军长顺率靖边军步队十六营、马队二营三哨、炮队四哨向奉天进发，吉字步队八营、马队四营整装待发；黑龙江将军依克唐阿步队军十营、齐字练军步队四营，齐字新军马队三营前来助战。由山海关东进奉天的总兵程之伟率大同军马步八营开赴营口；总兵蒋尚钧率豫军五营开赴旅顺口。另有按察使陈湜之福寿军十营、提督陈文炳乏威靖军步队十营、总兵田在田之靖字军步队六营、提督唐仁廉及吴凤柱之凤字军步队四营、道台李光久之老湘军步队二营，共约70余营，正集结于天津附近待命。

11月1日，宋庆率军撤至摩天岭，组织新的防线，抗击日军。由聂士成、吕本元、孙显寅等部扼守摩天岭、连山关一线，利用摩天岭之险，阻止日军由东路进攻奉天，并派兵游击于草河口一带，相机袭击凤凰城附近日军；依克唐阿镇边军驻守东起叆阳，西至赛马集、草河口一线，与聂士成部相为呼应，从侧后牵制凤凰城日军，支援摩天岭、连山关的防御作战。

摩天岭位于奉天东南，是长白山的支脉，为陆路日军由凤凰城进犯奉天的必经之路。连山关为一小村落，有居民40余户，在摩天岭东侧，地势险峻，是日军进犯奉天的第一关隘。

聂士成派吕本元、孙显寅率盛军驻守。自1894年11月12日，日军进犯连山关开始，到翌年1月底，中日两军为争夺这条重要通道，进行了3个月的激烈战斗。主要作战地区在奉天东南的草河口、连山关、通远堡和赛马集一带。

日军第一军占领大孤山，完成了掩护第二军在花园口登陆的任务，大本营令其在叆河、大洋河一带冬营。为掩护休整，第五旅团长大迫尚敏率马步3000，从大孤山进攻岫岩，由少佐源重雄率一个大队和少量骑兵，从西夹击岫岩；由立见尚文率第十旅团马步4000，从凤凰城北攻赛马集和连山关。

岫岩西通盖平，北接海域、辽阳，东连凤凰城，南达大孤山，是奉天南部的要地。驻守岫岩的清军有丰升阿盛字练军4营，聂桂林奉军步兵八营、马队四营、炮队一营，分兵北扼黄岭子，以御北路日军，南扼土门子岭、洪家堡子，以御南路之敌。17日11时，三原重雄部向黄岭子清军发起攻击，战斗约半小时，清军不支，弃险而走，退守兴隆沟。清军从岫岩城内派出援军千余人，与日军战至午后1时，兴隆沟继失。由南路进犯岫岩的大迫尚敏部进至岫岩南五公里处的洪家堡子，守军退入岫岩，岫岩被日军南北包围。当夜丰升阿放弃岫岩，退往析木城。18日上午，日军占领岫岩。

赛马集东近叆阳，西接连山关，由依克唐阿部镇边军驻守。11月9日，立见尚文派出两支部队，分别向赛马集和连山关进犯。20日，偷袭赛马集的日军一个小队，在南邢家沟附近受到依克唐阿镇边军的截击，击毙日军14人。12日，向连山关进攻的今田唯一大队，攻占连山关。守军吕本元、孙显寅率盛军溃退，日军直趋摩天岭下，聂士成召集部将，晓以大义，动员固守，诸将皆感激奋发。聂士成率部反击，扼隘路，以巨炮当其冲，张旗帜丛林间，鸣鼓角为疑兵，时出截杀，进攻摩天岭的日军受挫，当夜撤回连山关。16日，立见尚文派少佐安满伸爱率一个大队前来增援，命22联队长富冈三造中佐为今田唯一大队和安满伸爱大队的司令。24日午夜，富冈三造为切断赛马集和摩天岭清军间联系，率部至草河口设阵。25日，聂士成收复连山关，依克唐阿率10余营，由赛马集分两路进攻草河口，聂士成和依克唐阿两军东西呼应，夹击日军。青年爱国将领镇边军统领、侍卫永山，表现十分英勇，亲自率部，冲锋陷阵，打死打伤日军多人。这次战斗非常激烈，枪炮互击，声震山谷，终日不止。在清军优势兵力的夹击之下，日军不得不放弃草河口，于12月5日退回凤凰城，清军大胜。

9日，聂士成和依克唐阿两军在通远堡集合二十营，分两路袭取凤凰城。一路由依克唐阿、夏青云率领，由通远堡前进；另一路由镇边军分统寿山和马队统领永山率领，向东北迂回，从叆阳边门绕道凤凰城东北合击日军。这时，立见尚文接到命令，要他向摩天岭进击，配合第三师团进攻海域，12月10日，日军行至樊家台与清军相遇，激战三时许，清军后撤，日军占领樊家台。

12日，寿山、永山兄弟两人率领的清军到达凤凰城东北的长岭子，在夏家堡子一带宿营。14日凌晨，日军分两路潜渡草河来攻，清军疏于戒备，被日军攻入营地，纵火焚房，清军由睡梦中惊起，不知虚实，仓皇应战，死伤甚多。天明，日军分三路猛扑，战至下午，清军北退长岭子，15日，在葱岭又遭日军伏击，永山身先士卒，督军力战，左臂和额颅受伤，犹复亲持枪械，击毙日军数名，督队前进时，洞胸一弹，倒地晕绝，牺牲时年仅二十七岁，寿山等率部撤回赛马集。

聂士成部以摩天岭阵地为中坚，与敌对峙 3 个月，经历大小 10 余次苦战，使日军未能越岭西进，粉碎了日军由东路进犯奉天的图谋。但日军第三师团攻占了海域，辽阳告急。依克唐阿奉命西援辽阳，宋庆会同长顺，率部以固奉天门户。聂士成部担任辽阳以东防务。

金州旅顺之战

辽东半岛自金州斜伸入海，为旅顺后路要险，天然形胜。旅顺口位于辽东半岛的顶端，与山东半岛的威海卫隔海相望，互守京畿，系北洋海军重镇。旅顺北面群山环绕，旅顺港澳位于黄金山与馒头山之间。旅顺口门宽 300 米，水深 11 至 13 米，内澳周约 40 里，可容铁甲巨舰。澳之东岸建有大船坞，为北洋海军的基地。清政府于 1880 年开始经营旅顺港，耗资巨万，设港建坞，在周围山上营造炮台。旅顺口东西海岸有炮台 9 座，在北面山上另有陆路炮台九座。在各炮台之间筑有 2 米高、1 米厚的胸墙，将各炮台连接起来，形成一个大堡垒团。在各堡垒团内，设有弹药库和哨所。甲午战争爆发后，又在海岸及后路增设炮台多座。当时，旅顺口共有海岸炮台 20 余座，架设各式大小火炮 100 数十门，大都是最新式的克虏伯海岸巨炮。

旅顺后路的大连湾是天然良港，1886 年，清廷开始修筑大连湾炮台，至战争爆发尚未完工。

在甲午战争爆发前后，清廷先后从旅大地区抽调宋庆部和刘盛休部增援平壤，旅大防务空虚。李鸿章令毅军分统姜桂题募四营、总兵程允和募三个营，充实旅大地区防务。后又令总兵卫汝成募六营及所部马队二个营，总兵徐邦道募拱卫军三个营并所部马队二个营、炮队一个营，由天津调赴旅顺；以铭军分统赵怀业新募六营接替铭军防守大连湾。在日军进攻旅大前，旅大地区共有姜桂题、张光前、程允和、黄仕林、卫汝成、徐邦道、赵怀业等各军30余营。

黄海海战后日本政府便认为，他们的海军已经控制黄海，为了在来年同清军进行直隶平原决战，必须攻占旅顺，在渤海湾建立根据地。日本于9月21日编成第二军，任命陆军大将大山岩为司令官。10月8日，大本营训令第2军同联合舰队协力占领旅顺。第二军于15日至22日，将第一师团从广岛运至朝鲜大同江口渔隐洞集结待命，准备在第一军发起鸭绿江战役的同时，实施对辽东半岛的登陆作战。

日军在辽东半岛的登陆地点选择在半岛东侧黄海海岸的小港花园口（今大连市庄河县高阳乡），此地西南距大连湾约100公里，距金州约80公里，地位重要，但清军疏于防范，未曾设防。10月23日9时，日第二军第一师团分乘运输船16只，由渔隐洞出发，于次日抵达花园口外。时天未明，在朝雾朦胧中，日军用汽船数十艘牵引舢板，驶向花园口登陆。次日上午，驻扎在貔子窝的捷胜营营官荣安，从捕获的日本间谍钟奇三郎口中得知日军官兵1万余人，已在花园口登陆。荣安立即报告金州副都统连顺，并将日间谍押送金州。26日，连顺急电李鸿章、水陆营务处候补道龚照玙及奉天将军裕禄，要求火速派兵来援，可是，在日军登陆花园口的紧急情况下，清政府没有及时采取有效的应急措施。27日，裕禄电连顺，说东路日军已过鸭绿江，军情吃紧，不能派兵支援金旅。29日，李鸿章电令程之伟部大同军2000人，从营口兼程前往金州。程之伟部到复州，距金州仅 80 公里，停兵不前。连顺七次催促，程之伟仍按兵不动。11 月 1 日，金州指挥官连顺、赵怀业又电告盛宣怀和李鸿章，请拨十数营，火速驰援，分路扼抵。盛宣怀复电“无人可调”。就这样，听任 2 万余名日军和大量军用物资，顺利地在花园口登陆。在十四天中，“我海陆军无过问者”。

早在 10 月 31 日，登陆日军占领貔子窝后不久，总兵徐邦道主张乘日军立脚未稳，主动出击，因赵怀业反对，未能实行。徐邦道以金州为旅大后路咽喉，金州失守，旅顺难保，又提议分兵援金州，以固旅顺后路。但清军“驻旅顺凡六统领，新旧三十余营，莫之应。”徐邦道只得自率拱卫军从旅顺赶赴金州御敌。

金州城位于金州湾东侧辽东半岛蜂腰部，东有大和尚山为之屏障。金州城呈长方形，东西长 600 米，南北宽 760 米。城垣牢固，高 6 米，顶宽 4 米、城外 10 米处有外壕环绕，系辽东半岛重镇。当时驻守金州的清军有：徐邦道拱卫军步队三营、马队二营、炮队一营，约 2000 人；连顺所辖捷胜营步队一营、马队二哨，约 700 余人；周鼎臣怀字营二哨，约 300 人，守军合计有 3000 余人。徐邦道部及周鼎臣二哨在金州东路防守，紧急修筑工事。连顺率部守城，在城墙上安置大炮十余尊，并在北门外埋设地雷。

11 月 4 日，日军先行破坏了金州、复州间清军的电线，切断金州守军与外界联系。5 日，日军第一师团分兵三路进攻金州。第一路由步兵第十五联队长河野通好大佐率本队及先遣大队牵制金州东路的清军；第二路由第一旅团长乃木希典少将指挥第一联队进攻清军东路阵地；第三路由第二、三联队组成的师团本队，由师团长山地元治中将率领，向东北迂回，绕至金州北30里堡，再沿金复大道南下，从背面进攻金州。

5日11时，乃木希典派两个大队，向徐邦道拱卫军阵地发起攻击。清军凭垒据守，进行反击，激战3小时，将日军击退。下午4时，日军再次进攻，又被击退。

6日拂晓，日军在炮兵掩护下，第三次进攻拱卫军。清军伤亡较大，阵地仍在。这时，迂回到金州背后的日本师团本队攻破清军左翼防线，抄袭徐邦道军后路，拱卫军退回城内，据城固守。日军列炮于城外高地，猛轰金州守军。清军殊死抵抗，用架设在城墙上的克虏伯野炮应战。此时，炮声如雷，天地震动，经过半小时的炮战，清军炮火被压制下去，日军乘势攻城，派工兵用炸药连续爆破城门，日军攻入城内，转趋东门，东门被攻破。清军与敌人展开激烈的巷战，许多官兵，壮烈牺牲，连顺部退往大连、旅顺，金州失陷。

日军占领金州的当晚，第一师团长山地元治制定了进攻大连湾的作战计划。由西宽二郎少将率第三联队，向旅顺进击；由乃木希典少将率第一联队进攻和尚岛炮台；由河野通好大佐率步兵第十五联队攻击徐家山及老龙头炮台，其余部队作为预备队，在金州集结待命。

7日凌晨，日军由金州出发进攻大连湾。当日军到达清军阵地时，只有少数清军略做抵抗即行退走，大部清军已于前一天黑夜撤回旅顺，日军轻取大连湾。由于清军匆忙逃跑，许多机密文件也未能处理。日军占领清军水师营后，得到了大连湾水雷敷设图，日本军舰得以顺利驶入港内。三日之内，清军连失金州、大连两处战略要地，旅顺口后路直接暴露，形势岌岌可危。

17日，日军向旅顺发动进攻：由秋山好古少佐率骑兵一个大队为搜索队；以第一师团本队和第十二旅团组成右翼纵队，与骑兵搜索队经30里堡进攻旅顺西北椅子山、案子山一线清军的左翼堡垒团；由第十四联队长益满德次中佐率步兵及部分骑兵、工兵、炮兵为左翼纵队伍，经苏家屯等地，进攻旅顺东北鸡冠山一线清军的右翼堡垒团。当时，驻守旅顺口的清军共有马、步、炮兵三十三营，12700余人，其中约9000人为新募之伍，未经战阵，仓促成军。

在金州失守后，旅大前敌总指挥龚照玙，即乘鱼雷艇逃往烟台，许多官员抢掠财物，纷纷逃走，旅顺军心涣散，人心惶惶，危在旦夕。旅顺诸将共推姜桂题为临时指挥。然而姜桂题拿不出任何对敌良策。当日军攻击时，爱国将领徐邦道率军迎战，于15日拂晓，率拱卫军在旅顺北土城子一带设伏。11时，日军骑兵搜索队进至土城子以南，徐邦道出敌不意，英勇出击，打退日军，首战告捷。18日晨，徐邦道会同姜桂题、程允和等部骑兵5000余人，在土城子附近，将日军骑兵搜索队打退。日军第三联队第一大队在丸井正亚少佐率领下到达双台沟附近，被清军团团围住，战斗十分激烈。清军在长岭子南的高地上架起大炮，猛轰日军，步骑兵同时攻击，日军狼狈溃退，尸体也来不及收拾。清军在土城子反击战中获胜，证明了只要清军指挥员指挥得当，各部互相配合，广大爱国官兵是能够击败敌人的。

20日，天山岩在水师营北李家屯召开会议，部署再次进攻旅顺。以第一师团本队及混成第十二旅团组成右翼纵队，攻击松树山、二龙山炮台；以第十四步兵联队为左翼纵队，攻击鸡冠山一带堡垒；骑兵搜索队以一部担任第一师团右翼警戒，另一部担任混成第十二旅团与左翼纵队之间的联络和搜索活动。

21 日，日军攻击旅顺。凌晨 7 时，日军第二旅团集中 40 门火炮对清军阵地狂轰滥炸，在炮火掩护下，向案子山堡垒发起攻击。当日军进至清军阵地前沿时，清军先用各种火器猛烈射击，然后冲出炮台，与日军展开了激烈的白刃格斗。日军以重大代价，换取了案子山低炮台阵地，清军的许多爱国官兵为保卫祖国的神圣土地献出了宝贵的生命。清军余部在程允和率领下，退守黄金山炮台。接着日军第一联队用大炮轰击松树山炮台，战斗开始不久，炮台附近的火药库被击中引起爆炸，烈火熊熊，弹片四射，清军被迫退守二龙山炮台。日军混成第十二旅团即向二龙山炮台发起进攻。日军两个中队的兵力，由山下蚁附而登，遭到姜桂题所部清军的猛烈射击，伤亡颇重，日军军官督队死攻，日军踏尸前进，当进至清军堡垒前，踹响地雷，炸死日军多人。清军坚守二龙山炮台四个多小时，在日军反复攻击下，守台清军伤亡较大，撤离阵地，二龙山炮台也被日军占领。

日军左翼纵队于 21 日 9 时攻击鸡冠山清军。守卫鸡冠山炮台的是徐邦道的拱卫军。徐邦道英勇沉着，指挥部队顽强奋战。黄金山海岸炮台用 24 公分重炮猛烈轰击日军侧翼，日军步兵第十四联队第一大队长花冈正贞少佐被击毙。11 时许，日军一个大队前来增援。11 时 45 分，日军攻占东鸡冠山炮台、大小坡山炮台和蟠桃山炮台，徐邦道率部退入市区。守卫在白玉山北侧的卫汝成临阵脱逃，部队无人指挥，向海岸炮台溃走，至此，旅顺后路炮台，全部被日军攻占。

当天中午大山岩以少数兵力守卫旅顺后路各炮台，主力继续向市区及海岸炮台推进。当时对日军威胁最大的是黄金山炮台。该炮台位于市区东南，居高临下，俯瞰全城，配有大小火炮20余门，其中有24公分远距离新式克虏伯重炮三门，能作全方位射击。日军派出两个步兵联队攻击该台，守将黄仕林弃台逃走，官兵无人指挥，军心涣散，坚持到下午5时许放弃炮台，日军占领黄金山、东人字墙等旅顺东海岸各炮台。这时，守卫在旅顺西海岸炮台的清军仍坚持战斗，顽强抵抗。当夜，守卫旅顺口的各路清军乘黑夜循西南海边向金州退走，与援军宋庆军会合。次日上午，日军又占领了西海岸各炮台，清政府经营多年耗资百万的旅顺口，沦入敌手。

就在日军进占旅顺的当天，宋庆和刘盛休组织7000余人，反击古领金州的日军。11月初，宋庆、刘盛休奉令驰援金州、旅顺，昼夜兼程，20日抵达金州以北的40里堡。当时留守金州的是日军第十五联队长河野通好大佐率领的两个步兵大队，约1000人。21日11时，清军分两路包抄日军。午后1时，左翼清军奋勇攀上萧金山北面高地，居高临下，射击日军。河野通好从金州城内派出一个中队赶来支援，用大炮轰击清军。右翼清军也在金州城西北与日军展开了激战，但由于清军在鸭绿江战役中屡次败阵，重武器全部遗弃，在进攻作战中，没有炮火支援，仅凭手中步枪拼死一搏，终难克敌，战至下午3时许，宋庆下令退军。徐邦道建议再攻金州，宋庆拒绝。27日到达盖平，金州反击战没有成功。

日寇进入旅顺，兽性大发，对旅顺居民进行了血腥屠杀，制造了骇人听闻的大惨案。大屠杀连续进行了四天，2万余人死在日军屠刀之下。当时目击这一惨案的英国海员阿伦在他的回忆录中说，在一个钱铺里，日军抢掠之后，把铺内所有的人全都杀死，但见满地死尸，有男的，女的，也有小孩子，死尸中“有没头的，亦有开膛破肚的，有的没了手，有的没了脚，亦有手脚都斩去的，亦有斩做两段的，……再看那柜台边上，还有一个大钉，钉着一个几月的小孩。”“在这次屠杀中，能够幸免于难的中国人，全市中只剩三十六人，这三十六个中国人，完全是为驱使他们掩埋其同胞的尸体而被留下的。”连日本外相陆奥宗光也不能不承认：“把俘虏绑上屠杀，杀害平民，甚至妇女也不例外，这些似乎都是事实。”今天，埋葬在旅顺万忠墓中 2 万多殉难同胞的尸骨，便是历史的见证。

中日《马关条约》

1894 年 8 月 1 日，中日两国同时宣战，中日战争正式开始。9 月下旬以后，随着清军的不断失利，清朝廷中的主和派便开始乞求外国调停，由于列强各国或认为时机未到，或态度冷漠，也由于日本确定的媾和条件太苛刻，同时清朝廷中的主战派还拥有一定实力，因此，主和派的几次乞求外国调停活动都未成功。转年 2 月，北洋海军的全军覆灭，湘、淮等军在辽东战场相继失败，这使朝廷中的主战派大为泄气，一时间感到束手无策。2 月 18 日，清政府通知日本，将按照日本的要求派出全权代表，准备接受包括割地在内的屈辱条件。几天后，清政府又进一步明确向日本宣布，任命李鸿章为头等全权大臣，日方提出的割地、赔款、订约等谈判内容，李均能全权处理。至此，日本同意议和。20 日，李鸿章应召到京，他考虑到日本提出的条件，深感此次议和责任重大，于是就先同军机处商议。翁同和希望能做到不割地，而其余大臣则担心不割地就不能议和。李鸿章又先后同美英公使进行商量，但都不得要领。3 月 2

日，恭亲王奕䜣向李鸿章传达光绪面谕，授予李以商让土地之权。同日，李鸿章上折陈述其对议和的看法，认为割地之事，古今中外皆有，“但能力图自强之计，原不嫌暂屈以求伸”，只是地有多寡要次之分，须力与争辩，谈判定有一番周折，朝廷必须密为筹备，防止日军直犯近畿等等。

3 月 14 日，李鸿章率参议李经方，参赞马建忠、伍廷芳、罗丰禄、美国顾问科士达等随员一百多人，前往日本马关议和。20 日，李鸿章与日本首相伊藤博文、外相陆奥宗光在马关春帆楼开始谈判，双方交换全权证书，李鸿章劝日本不要“寻仇不已”，要求先议停战协定。第二天，双方举行第二次谈判，商议停战之事。伊藤提出停战条件：日军占领大沽、天津、山海关，解除上述各地清军武装，日军管理天津至三海关铁路，清政府负担停战期内日本军费。在这种情况下，李鸿章被迫要求先不谈停战，只议议和条款。对此伊藤限定李鸿章于 3 日内答复停战要求。24 日，李鸿章正式备文拒绝日本提出的停战条件，要求先谈议和条款。伊藤允许第二天提出议和条件。当李鸿章在返回寓所的途中，被一早已隐伏的日本浪人小山丰太郎用枪击中左颧、血流不止，顿时晕倒。小山是日本自由党方面的打手，他们认为议和时机未到，不占领北京是日本的耻辱，所以有意来破坏议和，以此扩大对华战争。李鸿章被刺后，伊藤、陆奥感到人心已变，不能再战，如果此时谈判破裂，对日极为不利，

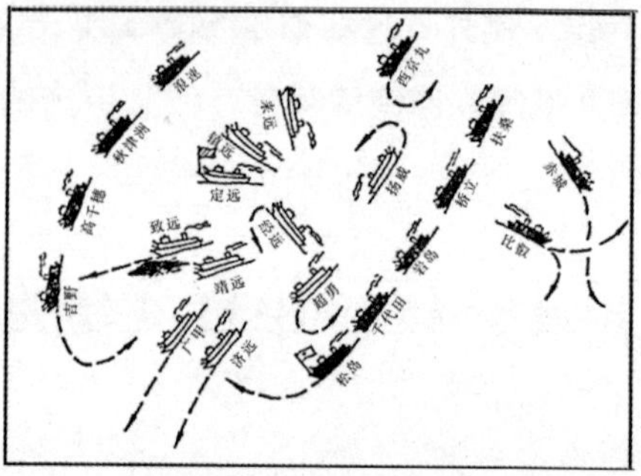

日舰包围清舰图

同时，也担心因此招致列强干涉。于是在28日，陆奥与李鸿章在病榻前议定无条件停战。30日，中日签订为期21天的停战条约，但范围不包括澎湖和台湾。但是，两天后日本首次公布议和条件，提出和约底稿，条件苛刻，并限4日内答复。李鸿章为此进行了多次争辩。先后两次向日本送说帖。逐条请求减让。4月9日，李鸿章提出体面修正案，允割辽南、安东、宽甸、凤凰、岫岩四地与澎湖列岛，赔款一亿两，新订商约“以中国与泰西各国现行约章为本”。次日，李鸿章与伊藤举行第四次谈判，日本提出修改稿，将辽东割地由北纬41°以南缩至营口、海城、凤凰城、安平河以南，将赔款由3万万两减为2万万两，商埠由七处减为四处，声称此为尽头条款，中国只有答应或不答应而已，不能减少。同时又威吓：如果谈判破裂，中国全权大臣一旦离去此地，是否再能安然出入北京城门，亦不以保证。李鸿章急忙请旨应付。清廷闻讯后，答应割台湾一半，但是，一定要争回牛庄、营口。日方得到李鸿章的答复后，继续进行恫吓，并运兵至大连湾加以威胁。4月20日，清政府致电李鸿章：倘无可再商，即与订约。李鸿章连续发回三封电文，催促清政府照日方改款定约。14日，清廷批准李鸿章“遵前旨与之下约”。第二天，中日双方举行最后一次谈判，李鸿章与伊藤博文议定《中日马关新约》（即中日《马关条约》），共十一款，附有《另约》，《议订专条》。

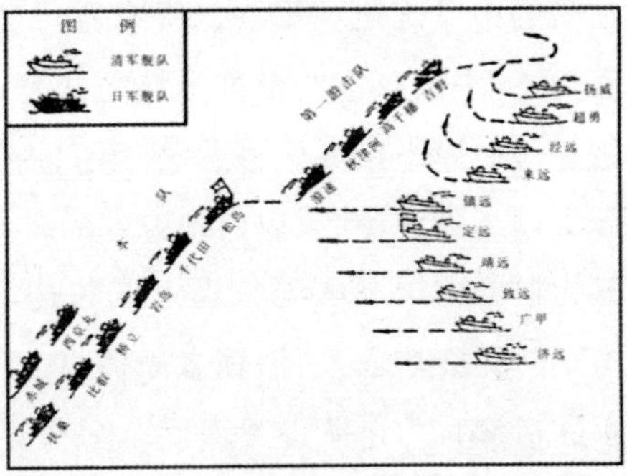

开战队形

《马关条约》主要内容是：（一）中国承认朝鲜完全独立自主。（二）割让辽东半岛、台湾全岛及所有附属各岛屿和澎湖列岛。（三）中国赔偿日本军费二万万两白银，分八次交完，三年之内全数清还。（四）开放沙市、重庆、苏州、杭州为商埠，“以中国与泰西各国现行约章为本，订立两国通商行船条约及陆路通商章程。新订约章未经实行之前，所有日本政府官吏、臣民及商业、工艺、行船船只，陆路通商等，与中国最为优待之国礼遇护视一律无异”。（五）允许日本在中国通商口岸设立工厂，任便从事各项工艺制造；产品远销中国内地时，只按进口货纳税，并准在内地设栈寄存。条约还规定日本于条约批准后三个月内撤退，但为保证中国履行条款，日军暂时占领威海卫。在另约中又规定：第一，所有暂行驻守威海卫的日本军队驻守需费，“中国自本约批准互换之日起，每一周年届满，贴交四分之一——库平银五十万两”。第二，在威海卫，应将刘公岛及威海卫口湾沿岸40里以内地方，为日本国军队伍驻守之区。无论其为何处中国军队不宜逼近或驻扎，以杜生衅之端。第三，日本军队所驻地方，“治理之务仍归中国官员管理；但遇有日本国军队司令官为军队卫养安宁军纪及分布管理等事必须施行之处，一经出示颁行，则于中国官员亦当责守”。

4月22日，光绪皇帝看到李鸿章派专人送来的条约之本，签于割地一事太苛刻，曾拒绝批准，但他毫无实力，顶不住内外压力，延至5月2日，不得不批准《马关条约》。第二天任命伍廷芳、联芳为换约大臣。5月8日，伍廷芳、联芳与日本伊东美久治在烟台换约，《马关条约》开始生效。

反割让台湾斗争

甲午战争后，清政府于 1895 年（光绪二十一年）4 月 17 日与日本签订了《马关条约》，将台湾割让给日本。消息传出后，举国哗然，民众义愤填膺，进而掀起了一场声势浩大的反割让斗争浪潮。在京赶考的台湾举人上书督察院，强烈抗议清政府割让台湾，表示台湾人民“如其生为降虏，不如死为义民”，“台地军民必能舍生忘死”，为反抗日本侵占台湾奋战到底。台湾各界人士也以罢市、发表檄文、通电、上书等形式表示强烈抗议，表示要誓死守御，与山河共存亡。诸多民众拥到台湾巡抚衙门，抗议示威。台湾一带人民出发“桑梓之地，义与存亡”的誓言，每天都有数以千百计的群众参加抗日义军。

6 月 2 日，清政府与日本签订了交割台湾证书。实际上日军却早已于 5 月 29 日由近卫师团从冲绳中城湾出发，分两路进攻台湾。台湾巡抚唐景崧及大小官吏和当地一些地主豪绅，仓皇内渡逃命，使日军不战而胜，于 6 月 7 日入侵台北。

唐景崧逃跑后，台湾人民纷纷组织义军，共同推举当时驻防台湾的刘永福为首领，领导抗战。

6 月中旬，日军近卫师团由台北南犯，先后在新竹、台中、彰化、云林一带遭到台湾军民的激烈抵抗。当日军分三路进攻新竹时，刘永福派分统杨紫云为新竹守将，吴汤兴、姜绍祖率义军协同防御，与日军相持一个多月，多次打退日军进攻。在激战中，杨紫云苦战阵亡，姜绍祖力战不屈，最后壮烈牺牲，新竹沦陷。7 月下旬，徐骧和刘永福联合反攻新竹，在城外三里的十八尖山上激战终日，大小战役 20 余次，但因武器不良，只好退守大甲溪、台中、彰化一带。8月下旬，日军南犯大甲溪，徐骧和刘永福部将吴彭年同守大甲溪。吴彭年伏兵于大甲溪旁，突然出击，日军大败，溃退北渡，徐骧的伏兵又大呼横截，日军纷纷落水，死亡无数。激战数日后，因日军收买汉奸土匪袭击，日军才强取大甲溪。8月底，日军进犯彰化，抗日军民奋勇抵抗，双方在彭化东门外八卦山展开激战，击败日军主力师，日军少将山根信成毙命。后日军收买汉奸，由小路抄袭义军。义军拼死抵抗，吴汤兴率30人冲向敌阵，中炮牺牲，吴彭年率300勇士死守八卦山，全部英勇战死。徐骧率众冲锋肉搏，突出重围，退往台南。台中、彰化失陷后，刘永福急派王德林率军守嘉义城，派杨泗洪率军反攻彰化，高山族人民纷纷起来抗战，派遣七百健儿参加徐骧的义军。义军虽多次反攻彰化，终因补充极度困难，无力克复。

10月上旬，日军近卫师团在不断增援的情况下，倾巢出动海、陆、步、马、炮全力进攻，台湾军民英勇奋战，日军才用很大力气侵占了云林、大莆村。接着大举进犯嘉义。嘉义志士林昆岗号召人民武装起来和守军王德标部合力抗击日军。王德标在城外设地雷诱敌，一举杀死敌人七百余。后来日军用大炮轰塌城墙，窜进城中，义军浴血巷战，逐街逐屋地争夺，杀伤日军无数，日军近卫师团团长中将北白川能久亲王也受重伤而毙命。日军死伤甚重，气急败坏，疯狂进攻。而台湾军民死命苦战，林昆岗发誓说："如果天命绝我台湾，今天一战当先把我打死!"闻者奋战。此时军民已饥困寡不敌众，林昆岗英勇战死，嘉义城破，王德标奋战阵亡。日军用了重大代价夺取了嘉义，接着包围台南。

刘永福黑旗军和徐骧等路义军在嘉义失陷后仍坚持抗战。日军第二师团在台湾南部枋寮和台南以北的布袋口登陆，配合近卫师团夹攻台南。布袋口登陆日军与义军大战于曾文溪，徐骧率义军和高山族勇士死守曾文溪，战至枪弹断绝，仍持短刀迎击敌人。徐骧持刀督战，大呼“此地失守，台湾就完了，我是不愿偷生还大陆的。”于是与从者 50 余人皆战死。10 月中旬，日军夹攻台南府城，刘永福率军驻守安平炮台，城中绝食，守军溃散。19 日刘永福兵败返回大陆。21 日台南沦陷。

台湾人民经过五个多月的激烈战斗，抗击了日本三个近代化师团和一支海军舰队，打死打伤日军 3 万 2 千多人。台湾军民为保卫祖国的神圣领土，写下了悲壮的一页。在此后日本统治台湾的五十年时间里，台湾各族人民一直坚持反抗侵略，要求返回祖国的斗争从未止息。

台中保卫战

从 8 月初到 9 月下旬，台湾义军的抗日斗争进入了更加艰苦的阶段——保卫台中。这一时期的主要战斗有：尖笔山、苗栗、大甲溪、八卦山、彰化等地的争夺战。

1. 尖笔山之战

日军南犯台中，行动的第一步就是要夺取尖笔山。尖笔山位于苗栗镇以北，是义军防线的前哨据点。集结在这一地区的义军有吴汤兴、徐骧、李惟义、杨载云、陈澄波等部 7000 余人。当时日军在前线的兵力约 1 万余人，并有海军配合作战。

8 月 7 日，日军出动两个支队，扫荡活动在新竹和尖笔山之间的义军，在水仙岭与陈澄波所部义军遭遇，经过激战，义军败退。次日黎明，日军分左右两翼，向尖笔山前的枕头山和鸡卵面义军阵地发动进攻。吴汤兴、徐骧所部义军，奋勇抗击，又败退。9 日，日军以三个联队的兵力在军舰配合下，向尖笔山和头份庄发起攻击。日军一个联队在凌晨 5 时进攻头份庄，杨载云率部抵御，大挫敌军，日军正面进攻不能得逞，便抄袭杨部后路，切断杨载云部与其他义军的联系。杨载云部孤军作战，不稍退避。最后，这支新楚军将士大部战死，杨载云也中弹牺牲。

向尖笔山进攻的日军另两个联队，在军舰协同下，以猛烈炮火轰击义军，坚守尖笔山的徐骧部，巧妙地利用地形，抄袭日军，给进攻之敌以较大杀伤。终因力量悬殊，义军被迫转移，尖笔山又陷敌手。

日军于 8 月 13 日进攻苗栗。守军吴彭年部不畏强敌，与日军一个联队展开激战，损失较重，被迫撤退，14 日，苗栗沦陷。

2. 大甲溪伏击战

大甲溪为台湾一条大河，成东西向奔泻于苗栗、台中、彰化间。河两边竹林丛生，山谷险峻，是一道天然屏障。徐骧退守大甲溪后，与吴彭年计议，决定在这里伏击日军。

22 日，日军两个中队南犯大甲溪，埋伏于南岸的吴彭年部，乘日军刚过溪岸不备，发起猛攻，日军猝不及防，急忙回渡。待日军回渡到中流时，伏于北岸竹林中的徐骧率众杀出，给日军以重创，日军大败溃退。

次日，日军集中主力，再度进犯。当时，吴彭年已率部回守彰化，大甲溪一带由黑旗军管带袁锦清与徐骧部民团，共同防守。袁锦清与徐骧谋划，分兵包抄日军，由新楚军统领李惟义为后援。日军收买土匪，伪装义军，由后面袭击新楚军，李惟义部溃逃。在前方作战的义军闻讯被迫后退，袁锦清率兵5000 余人断后，扼守大甲溪阻击日军，敌军迫近时，袁锦清率队出击，全队壮烈牺牲。徐骧率民团与敌死战，冲出重围，退往彰化，日军渡过大甲溪。

日军越溪后，以全力扑犯台中。义军统领陈尚志等部千余人，与日军激战一昼夜，台中又陷入敌手。

3. 争夺八卦山

日军占领台中，进攻彰化。义军在彰化城东八卦山与敌人展开激战，这是台湾人民抗日斗争史上最激烈的一次战斗。

八卦山位于彰化城东一公里处，是彰化城的制高点和天然屏障，形势险要。当时防守彰化的部队，除了从各战场聚集来的各路义军外，还有许多地方武装，共约3600余人。在日军进攻前，义军的防御部署：王德标、刘得胜各率部守中寮庄；徐骧、吴汤兴、汤人贵、罗树勋等率部守八卦山；李惟义守彰化城。

8月27日，日军近卫师团主力分三路向义军进犯。右路两个大队由陆军少将川村率领；左路两个联队由陆军少将山根率领：中路三个大队由北白川宫能久亲王率领。战斗发起后，守卫八卦山的义军奋勇抵抗，激战一天，日军不得进。入夜，日军左路从大竹庄附近山谷僻径，悄悄爬上八卦山，匍匐到山顶。28日晨，当义军发现时，敌军已布满山谷，并接近八卦山东侧高地。义军汤人贵、李士炳、沈福山等立即率部扑向这股日军，与敌人展开了白刃格斗。八卦山上炮火连天，硝烟弥漫，杀声震野，双方为争夺八卦山阵地展开了殊死战斗。义军首领吴汤兴、汤人贵、李士炳、沈福山等壮烈殉国。只有徐骧率部杀出重围，退往台南。

徐骧率部且战且退，突出重围时，吴彭年正率部在大肚溪南岸同日军右翼队激战，遥望八卦山危急，急忙率众回救八卦山。吴彭年身先士卒，率义军奋勇登上山头，与日军白刃相搏，大创日军。吴彭年壮烈牺牲，义军大部战死，八卦山失守。

日军占领八卦山，居高临下，向彰化城实施炮击。城内秩序大乱，日军乘势进攻。城内老弱妇幼奔出西门避难，正与敌军相遇，尽被杀戮。日军入城后，义军与敌人巷战半日，守将李仕高、沈仲安、杨春发战死，义军全部殉难，彰化陷敌。

就在彰化失守的当天，日军乘义军败退之机，迅速抢占了鹿港。此后，日本近卫师团按照桦山资纪的命令，除向台南方向进行搜索、警戒外，暂停向南进军，避免孤军深入，遭受损失。

4. 反攻彰化

彰化失守，嘉义吃紧，台南震动。刘永福“亲赴嘉义前敌诸营，指授兵机。”命令王德标率七星队坚守嘉义，令副将杨泗洪率军五营奔赴前敌，发动当地民众，组织武装，抗日自卫。同时派人联络附近的简精华、黄荣邦、林义成等义军，共同抗敌。

8月30日夜，杨泗洪率部进攻大莆林，简精华、林义成等率义民数千人助战。当时，日军占领大莆林，散居民家，警戒疏忽，给义军以可乘之机。杨泗洪率百余人连夜摸至敌营附近，四处纵火，向敌人发起突然袭击。经过一场激战，日军大溃，仓皇逃窜，义军乘胜追击。退路中的一座桥梁被义军拆毁，日军走投无路，只好拼死抵抗，激战持续到深夜。正当日军精疲力尽之时，义军黄荣邦、林义成等又率众从敌后抄袭过来，前后夹击，日军四散奔逃，义军一举收复大莆林。这场战斗义军歼敌数百，战果显著。副将杨泗洪和管带朱乃昌，在战斗中不幸中炮身亡。

杨泗洪，早年参加抗法斗争，屡立战功，后被台湾巡抚刘铭传聘任到台湾负责教练军队，以副将署台南镇总兵。日军入侵台湾时，杨任刘永福黑旗军协统。在战斗中，他身先士卒，冲杀在前，被誉为“黑虎将军”，最后，为保卫台湾献出了宝贵的生命。

杨泗洪牺牲后，刘永福令萧三发统率其众，令简精华、简成功父子统领民团，令黄荣邦率义民两千五百人、林义成率义民3000人，随简精华大队前进，准备收复失地。

9月1日，王德标率七星营与简精华等义军，合攻云林县城，日军弃城溃逃。王德标会合义军追击，将日军冲为两股：一股窜入山林，被林义成部切断退路，予以全歼；另一股逃回彰化。2日，义军又乘胜收复苗栗，日军也退入彰化。黑旗军和义军反攻云林等地获胜，极大地鼓舞了台湾军民的抗战热情，参军者日众，义军队伍发展很快，准备乘胜收复彰化。

4日，萧三发督率各军包围彰化城。彰化地势险要，日军拼死抵抗，炮火猛烈，义军几次攻击均未得手。只好在彰化城外，择地屯驻，包围封锁。彰化日军连遭打击，士气消沉，无力反击，只有等待增援部队的到来。在包围彰化城期间，义军组织了多次围攻，紧缩了对彰化的包围，打得日军龟缩城内，胆战心惊。台中附近居民也纷纷组织“联庄”，协同抗敌。一时之间，台中抗日形势甚好。

但是，黑旗军、义军经过长时间战斗，人力、物力消耗太大，又得不到外援，弹药将尽。而日本大本营为支援近卫师团，已从辽东半岛抽调了第二师团以及国内的后备部队、要塞炮兵及宪兵队等共2万多人，于11日到达台北。在这种严重形势下，义军决定攻城，希望夺回彰化，以扭转战局。

23日，各路义军向彰化发动总攻。日军负隅顽抗，终不能克。24日，黄荣邦率部猛攻炮台，不幸中弹牺牲。25日，林义成率部再战，亦受重伤。其后，日军大队反攻，萧三发指挥部队力战，受重创。徐骧、简精化率义民往援，由于损失惨重，弹药告竭，实力大减，已无力再攻彰化。从此，义军只得采取守势。

台南之战

日军得彰化，大规模南进，谋取台南。日军在海上集结兵力，配合陆军进攻，水陆并进，夹击台南。

1. 日军南犯

9月16日，日军在台北东瀛书院成立了南进军司令部，统一筹划进攻台南事宜。日军南进军的总兵力约4万人，其作战部署是：以北白川宫能久亲王率近卫师团主力约1万5千人，从彰化南下，经嘉义，由陆路直扑台南。由辽东半岛调来的第二师团主力约2万5千余人，在师团长乃木中将的率领下，由海路进攻台南。第二师团主力兵分两路：其第四混成旅团主力约1万3千余人，在旅团长伏见率领下，于嘉义西部布袋嘴港登陆，沿海边直扑台南前侧；其第三旅团主力约1万3千人，由山口少将率领，在枋寮登陆，经凤山（今高雄县）向台南后背进击。海军配合陆军攻击安平、打狗等要港。

10月1日，日军近卫师团攻击萧三发的队伍。萧三发率众力战，身负重伤。徐骧和简精华率义军鼎力相助，相持数日，最后义军弹尽粮绝，被迫后退。日军遂兵分三路南进。

5日，王德标所部义军在西螺溪、中浮州等处迎击日军，接战不久，即经尧平退至斗六镇。6日晨，日军进犯西螺镇，义军廖三聘在镇内坚持抵抗，与日军展开巷战。日军纵火围攻，义军败退，西螺镇失陷。7日，日军相继占领斗南镇、土库庄，并向斗六镇发起攻击。义军兵单，主动撤退，斗六镇也于当日失陷，义军各部撤至大莆林。8日，日军乘胜攻击大莆林。义军分路御敌，日军付出了很大代价，近卫师团第二旅团长山根少将身负重伤，不久死去。义军力量单薄，日军再次攻陷大莆林，直指嘉义。

2. 嘉义地雷战

8日，日军兵临嘉义城下。早在日军到来之前，守将王德标与徐骧、林义成等商议，日军来势凶猛，无法硬拼，决定巧设地雷阵，以消耗敌人有生力量。他们事先在城外义军营地中埋设众多地雷，并进行伪装。布置停当，义军撤入城内，徐骧、林义成率部分义军埋伏营地两侧。当晚日率到来之时，义军放了一阵枪，佯装败退入城。日军以为义军退走，即占据义军营地宿营。半夜，王德标派人潜至营地，点燃地雷药线，各处地雷连续爆炸，炸死炸伤日军七百余人，能久亲王身受重伤，不久也死去，义军大胜。

9日，被激怒的日军集中炮火猛轰嘉义城，集中兵力向嘉义城发动总攻。徐骧登上城楼，持刀指挥作战。总兵柏正才、守备王德标以及义民领袖简精华父子均率部力战，双方伤亡惨重。义军首领柏正才、刘步升、杨文豹等人壮烈牺牲。午后，日军破西门，涌入城内。城内义军一面奋力抗击，一面夺路冲杀，冒着猛烈的炮火冲出重围，退至城外。嘉义县城失守，王德标和徐骧等退守曾文溪。

3. 保卫台南

正当嘉义保卫战激烈进行时，日本南进军司令官高岛鞆之助由基隆到达澎湖，部署近卫师团和第二师团水陆合攻台南。

10月10日，近卫师团由嘉义向台南进犯，第四旅团在布袋嘴登陆。11日，第三旅团在枋寮登陆，海军同时出动六艘军舰进攻打狗港。

在日军的三面围攻之下，形势对义军越发不利。义军经过4个多月的浴血奋战，伤亡严重，饷弹缺乏，孤军奋战，反割台斗争已处于十分危急时刻。这时，曾严拒日军诱降的刘永福，也感到大势已去，开始动摇，通过英国驻台领事欧思讷向日军求和。日军认为胜利在握，拒绝了刘永福的要求。但是，广大爱国军民决心抗战到底，誓死不向侵略者低头。10月11日，日军近卫师团前锋抵近盐水港附近村落时，遭到义军袭击，伤亡十余人。18日，义军4000余人在李翊安指挥下，与日军第四混成旅团的一个联队，在王爷头附近展开激战。义军以村落、民房和大堤为掩护，坚守阵地毫不退让。许多义军士兵，英勇战死在阵地前沿，就连日军也不得不称赞这些士兵，“其勇敢真值得赏叹，可称为中日战争以来未曾有的勇兵！”

15日，2000多名日军在吉野、秋津洲等六舰掩护下，占领打狗港，立即进犯台南，沿途不断遭到义军的伏击。16日，日军一个骑兵队行至二层溪时，遭到义士郑清部700余人的袭击，被击毙骑兵十余人。20日，由布袋嘴登陆的日军一个联队，渡曾文溪犯东势寮庄。徐骧等率义军及高山族同胞700余人，在溪尾庄附近迎敌。这里距台南府城仅20公里，是府城外围的要地。日军集结大量兵力，义军与敌人展开了最后决战。日军依仗其精良装备和优势兵力，马步并进，义军官兵凭着爱国热情和民族义愤，毫不畏惧，在激烈的炮火中奋勇冲杀，终因力量悬殊而失败。徐骧中弹身亡，王德标、简精华下落不明。

徐骧，苗栗县庠生。甲午战前执教于头份庄。日军入侵台北，徐骧组织义军杀敌报国。先后驰骋在台北、台中、台南各战场。几乎每次重大战斗都有徐骧率领的义军参加，他在反对割让台湾的斗争中，立下不朽功勋，至今犹为人们所怀念。

当义军在曾文溪与日军决战之前，另外两路日军已进逼台南城下。刘永福部柯壬贵率部坚守，与敌血战。18日，刘永福集众会议，商战守计，未得结果。19日，日军大举进攻安平炮台，守军顽强抗击，毙伤敌数十人。入夜，日军攻城益急。刘永福违背自己的誓言，抛下正在与日军殊死搏斗的抗日军民，与随从十人，从安平乘英国商轮多利士号逃回厦门。

刘永福去后，台南城抗日武装失去指挥，顿时大乱。21日，日军攻入台南城。11月，日军占领台湾所有重要城镇，但是，台湾人民，继续坚持游击战争达七年之久。

台湾军民抗击日寇入侵的作战，是甲年战争的继续。边场斗争虽然失败了，但其影响是深远的，意义是重大的。在整个抗战过程中，台湾人民空前广泛地动员起来，踊跃地参加抗日斗争，用鲜血写下了许多可歌可泣的英勇事迹。他们虽然缺少武器，没有外援。但有着宁死不屈的决心，充分利用有利条件，巧妙地打击敌人，将入侵台湾的两个师团日军“困于有全台皆兵之势的猛烈的游击活动和疟疾之中。在四个多月的战斗中，日军付出了近卫师团长北白川宫能久亲王以下4800名死亡和2万7千名负伤的巨大代价，比日军在甲午战争中死伤的人数多了将近一倍。台湾军民用自己浴血奋战的事实，向全世界表明：台湾人民不可欺，中华民族不可侮。

帝国主义瓜分中国的狂潮

列强在华强占租借地和划分势力范围

1895年4月23日，俄、法、德三国干涉还辽成功，为帝国主义列强瓜分中国开了先河。甲午战争后，帝国主义列强在中国掀起了以强占租借地、划分势力范围为最高形式的瓜分狂潮。

最先起浪的就是德国和俄国。

中日战争结束后，德国以“干涉还辽有功”，向清政府提出租借胶州湾的要求，清政府深恐他国援例要索，没有同意。1897年11月1日，德国有2名传教士在山东曹州巨野被杀。德国以此为借口，派兵强占了胶州湾，清政府不敢下令反抗，便成了既成事实。1898年3月6日，李鸿章代表清政府与德国公使海靖签订了《胶澳租界条约》，内容为：德国租借胶州湾，租期99年，胶州湾沿岸100里内为“中立区”，德军可以自由出入等。通过这个条约，山东成了德国的势力范围。

俄国先是默认德国强占它原先驻过的胶州湾，然后武装占领了旅顺和大连，也向清政府提出“租借”等要求。清政府在沙俄威胁利诱下，被迫于1898年3月27日派李鸿章、张荫桓与俄国公使巴希罗福签订了《旅大租地条约》，内容为：俄国租借旅顺口和大连湾，租期25年，租借地及其海面附近的行政权完全由俄国管理，中国军队不得入内；租借地以北设立“中立区”，中国军队非经俄国允许也不得入内；俄国得在中东路某站修一铁路支线通往旅大（后定为哈尔滨至旅大）。这样，整个东北地区成了沙俄的势力范围。1899年俄国还把租界地改为了关东省。

法国更是趁火打劫。

早在1895年，法国就以“还辽有功”为借口，强占我国云南边境上的勐乌、乌得等地，并迫使清政府增开河口、思茅为商埠，攫得云南、两广优先开矿的权益。1897年，法国又迫使清政府声明不割让海南岛及对岸陆地于他国。德占胶州湾、俄占旅大后，1898年4月，法驻华使馆照会总理衙门，逼清政府承认不得将滇、桂、粤三省让与他国，中国邮政管理由法人充当，法国修筑滇越（昆明至越南）铁路，并要求租借广州湾。

1899年11月10日，中法订立《广州湾租界条约》。法国借租广州湾的期限为99年，界内一切全归法国管理，并可修筑炮台，驻扎军队；法国可修筑广州湾赤坎至安铺的铁路。从此，云南及两广的大部分地区成了法国的势力范围。

英、日、美三国也不甘落后。

1898年2月，英国为保证它在长江流域的利益，硬逼清政府承认长江流域为英国的势力范围。同年4月，英国公使窦纳乐又借口北抗沙俄、南拒法国，向清政府提出租借威海卫和展拓九龙界址的要求。1898年6月9日和7月1日，清政府先后同英国签订《展拓香港界址条约》和《订租威海卫专条》。通过这两个条约，英国在广东取得九龙半岛及其附近岛屿包括大鹏湾和深圳湾在内的租借权，为期99年；在山东取得威海卫包括刘公岛及威海卫海湾中之群岛和沿海10英里陆地的租借权，为期二十五年。

日本虽已在中日海战中从中国攫取了大量利权，但仍不满足。1898年4月22日，日本驻华公使矢野向清政府发出照会，逼迫清政府声明不得将福建省内之地让与或租与别国，清政府随即同意。福建便成了日本的势力范围。

美国“门户开放”政策

当德、俄、法、英、日等国在中国以强占租借地为依托，划分势力范围时，美国正与西班牙交战，争夺古巴和菲律宾，一时无力插手中国事务，但仍关注着中国的动态。1898年3月，美驻华公使康格建议美国占领大沽口，以直隶作为本国的势力范围。美国海军部也企图租借三沙湾或舟山群岛，但均未得逞。1898年秋，美国取得美西战争的胜利后，为了在分割中国的争夺中保证美国也享有均等的权利，先后向各国提出所谓

“门户开放”宣言。宣言内称各国在其势力范围内应承认下列原则：

第一，各国在中国的任何所谓“势力范围”或租借地内的任何既得利益，其他国家不得加以干涉。

第二，各国运往“势力范围”内各口岸的货物，均由中国政府按中国现行约定关税率征收税款。

第三，各国在“势力范围”内征收港口税和铁路运费时，不论何国应一律平等。

美国的“门户开放”政策是美国在承认各帝国主义列强在中国划定势力范围和既得利益的前提下，要求中国市场向全世界开放，美国要分享列强在华的一切侵略特权。俄、德、英、法、日六国为了消除彼此间的摩擦，基本上同意了美国的宣言。这样，帝国主义列强便在政治上达成共同侵略中国的协议，而且一直影响到新中国成立。

美国的“门户开放”宣言是以列强“均沾”中国权利为前提的，但美国在向六国发出照会的时候，根本就没有想到要征求清政府的同意，甚至连通知也没有。直到1899年11月，在清政府的询问下，美国国务卿海约翰才交了一封“私人函件”给中国驻美公使伍廷芳，而且警告清政府不得签订任何妨碍美国在华利益的条约。美国无视中国的主权达到了极其蛮横的地步。美国以一个“门户开放”宣言，获得对中国的全面渗透，成为一个大赢家，以致后来的在华势力和影响不断扩大，超过了其他列强。

甲午战后的三四年间，由于帝国主义的疯狂侵略，中国被分割成了一个个国中之国、一块块势力范围，主权遭到肆无忌惮的践踏，清政府仅在外国人的鼻息下苟延残喘，中国人民遭受的剥削和奴役深重，民族危机空前深重了。

列强对华资本输出

帝国主义列强争相在中国划分势力范围的同时，还激烈争夺向清政府进行政治贷款。《马关条约》规定中国对日赔款白银2亿两，以后为赎回辽东又追加3000万两。当时清政府每年财政收入仅8000万两，无力偿还如此巨额赔款，只能采取向外国借款的办法。列强就利用这一机会，争当中国的债主，以攫取更大的政治、经济特权。俄国首先承揽，它与法国合作，挤掉了英国和德国，争得了第一次借款权。1895年7月，《俄法洋款合同》签字，总额为4亿法郎，折银9800余万两，年息4厘，以海关收入为担保，分36年还清。俄、法通过这笔借款，得以插手中国的海关管理。英国见俄、法争先，也急于向清政府贷款，便和德国联合，与俄、法抗衡。经过一场激烈争夺，英、德集团取得第二次贷款权。1896年3月，《英德洋款合同》签字，总额为1600万英镑，折银9700余万两，年息5厘，以海关收入为担保，分36年还清。1898年3月，英、德集团再次压倒俄、法集团，与清政府订立《续借英德洋款合同》，取得第三次贷款权。这次借款总额也是1600万英镑，折银11200余万两，年息4.5厘，分45年还清，以苏州、淞沪、九江、浙东等处货厘及宜昌、鄂岸盐厘为担保。

清政府这三次大借款，债额共计达白银3亿两，加上利息高达7亿两以上。而由于折扣，清政府实收不过2.6亿两，除偿付赔款外，所余3000万两均被贪污、中饱和滥用。这种高利贷剥削，大大加深了清政府对帝国主义的财政依赖。列强不但在经济上剥削中国人民，而且进一步在政治上控制了中国政权。

列强对华输出资本，除政治性贷款外，还争夺铁路投资权。甲午战后几年间，列强在中国夺取了长达9000多公里的铁路投资权和修筑权。

1897 年 7 月至 1898 年 6 月，俄、法集团以比利时银行团出面，取得芦汉铁路的投资、修筑和经营权，使俄国势力得以南下伸展到长江流域。英国为阻止俄、法侵入自己的势力范围，向清政府提出了修筑天津至镇江、山西经河南至长江沿岸、九龙至广州、浦口至信阳、苏州经杭州至宁波五条铁路的要求。由于德国的阻挠，清政府将津镇路问题搁下，其他完全接受。英国与德国在修筑津镇路的问题上经过了争夺和交易，最后达成协议：天津到山东南境的一段由德国修建，山东南境至镇江一段由英国修建，全线竣工后由两国共同经营。1899 年 5 月，英、德两国与清政府签订了《津镇铁路借款草合同》。美国也积极争夺铁路的投资权。1898 年 4 月，它获得了粤汉铁路的借款权和承筑权。

甲午战争后，帝国主义对华输出资本，还表现为在中国投资矿山和开办工厂。《马关条约》规定日本可在通商口岸投资设厂，列强按照“利益均沾”的原则，也都获得这一特权。从此，外国在华开办的工厂数量猛增，到 1900 年已从战前的 80 余家激增到 933 家。由于外资企业得以利用中国廉价的原料和劳动力，并免纳各种苛捐杂税，从而获得巨额利润。这一时期，帝国主义还加紧掠夺中国矿产。1896 年，美国首先与中国“合办”门头沟煤矿。以后，帝国主义在其修筑铁路的沿线也攫取了开矿权。至 1899 年，英国先后夺取了四川全省，山西盂县、平定、泽州、潞安，河南怀庆附近和黄河以北地区的矿产开采权，以及热河朝阳煤矿的开采权；沙俄获得中东铁路及其支路沿线的矿产开采权，还有新疆全省金矿开采权；德国先后取得山东胶济铁路沿线和沂水、沂州、诸城、潍县、烟台等地矿产开采权；法国先后取得四川灌县、犍为、威远、綦江、合州、巴县煤矿的开采权和四川金矿的开采权；美国先后夺取山西平定、盂县煤矿的开采权和四川麻哈金矿的开采权。这样，中国的矿产资源逐渐落入帝国主义列强之手。

与此同时，列强对华商品输出也在增长。中国对外贸易的入超日益严重。1890 年至 1894 年间，每年平均进口总值为 1.4 亿海关两，出口总值为 1 亿多海关两，入超额为 3000 多万海关两。1895 年至 1900 年间，每年平均进口总值为 2.1 亿海关两，出口总值为 1.5 亿海关两，入超额达 6000 多万海关两。在中国的出口货物中，几乎全是农产品和原料，除原来的茶、丝外，毛类、豆类等原料作物大量增加。在进口货物中，以棉布、棉纱、煤油、面粉、钢铁、杂货等日用工业品居多，很少有发展工矿企业生产用的机器设备。从进出口货物的种类上可以看出，帝国主义扩大对华贸易，是在掠夺中国，而不是让中国经济实现工业化。

戊戌变法运动的社会背景

民族资本主义的初步发展

中国民族资本主义工业产生于 19 世纪 70 年代，到了 19 世纪末年和 20 世纪初年，“中国民族资本主义便开始了初步的发展。”

商品市场和劳动力市场的进一步扩大，投资设厂有利可图，是民族资本主义工业初步发展的重要条件。中法、中日两次战争的失败，民族危机严重加深，刺激一些爱国人士把发展民族工业、采行“西法”作为挽救民族危亡的一种手段。同时在帝国主义对华大量输出资本的形势下，要求准许民间设厂的呼声日益强烈。1895年6月，顺天府尹胡燏棻在《变法自强疏》里说：“中国欲借官厂制器，虽百年亦终无起色。必须准各省广开民厂，令民间自为讲求”。康有为在《公车上书》和其后几次《上皇帝书》里，都提出奖励、保护民间兴办企业的要求。此外，清政府面对外国资本大量倾入的压力，也不能不考虑对民族资本作一定的让步。1895年6月5日，清政府以“电旨”方式“饬令招商，多设织布、纺绸等局，广为制造”。这项被迫而采取的新措施，为民族资本主义工业的发展提供了某些条件。

根据不完全统计，1895—1900年间创办的资本万元以上的企业共有104家，资本总额估计为2300多万元。这6年兴办的厂矿家数略等于甲午战前二十多年的总和，从资本总计来看，则超过了甲午战前的累计。其中1896年—1898年3年间投资家数较多，似乎出现了一个兴办企业的小小浪潮。

1895年，在上海设立的私营企业有：裕晋纱厂、大纯纱厂；1895—1896年在上海出现信昌、祥兴、永泰等缫丝厂；在广东顺德陆续出现11个丝厂。1896年宁波有通久源纱厂（由李鸿章幕僚严信厚创办，主要投资者为上海、宁波两地绅商），1897年无锡有业勤纱厂（由杨氏兄弟——杨宗濂、杨宗瀚创办，内有江苏省积谷公款10万两）、苏州有苏纶纱厂、杭州有通益公纱厂、汉口有燮昌火柴厂、上海有商务印书馆。1898年上海有源昌碾米厂、上海自来火厂；天津有北洋硝皮厂。此外，1896年广州机粉厂、1897年芜湖益新面粉厂、1898年广东北海煤矿、1899年南通大生纱厂等也投入生产。大生纱厂创办人张謇，四十二岁考取状元后，转向实业。大生纱厂压价收棉，抬价销纱，又用压低工资等办法剥削来自四乡的工人，发家很快。20世纪初年，张謇为了使大生企业自成系统，互为支持，他陆续办起崇明久隆镇大生二厂，以及其他南通广生油厂、南通复新面粉厂、通海垦牧公司、南通资生铁冶厂、大达轮埠公司、南通大隆蜡皂厂等18个厂、栈、公司。20世纪初年，大生企业在“沪上纺纱各厂无不亏本”的情形下，每年可赚净利30、40万两左右。

这一时期，各地兴办工业的情况，张之洞1897年4月的奏折有所反映：“数年以来，江浙、湖北等省陆续添设纺纱、缫丝、烘茧各厂30家。此外机造之货，苏沪江宁等处，有购机制造洋酒、洋蜡、火柴、碾米、自来火者。江西亦有用西法养蚕缫丝之请，陕西现已集股开设机器纺织局，已遣人来鄂考求工作之法。四川已购机创设煤油，并议立洋蜡公司。山西亦集股兴办煤矿，开设商务公司。至于广东海邦，十年前即有土丝洋纸等机器制造之货，近年新增必更不少。天津、烟台更可类推。湖南、湖北两省，已均有购机造火柴及榨油者，湖北现已学得机器造塞门德士之法，正在督饬税务司劝谕华商兴办。湖南诸绅，现已设立宝善公司，集有多股，筹议各种机器制造工货之法，规模颇盛”。民族工业的发展，主要是在轻工业方面，而它的主流是纺织业。民族工业主要集中在沿海沿江附近，资力薄弱，规模不大，受帝国主义种种压迫和封建势力严重束缚，发展极为困难。进口的洋货照缴7.5%的正税和子口税，就可以到处畅行无阻，而国货则要逢关纳税，过卡抽厘。不少企业开办不久，“有歇业者，有推押与洋商者，”无法摆脱倒闭的命运！

随着民族资本主义的初步发展，民族资产阶级也发展起来了。由官僚、地主、富商转化而来的资本家是民族资产阶级的上层；由普通商人及手工业场主转化而来的资本家是民族资产阶级的下层。民族资产阶级的上层这时发展较快，他们拥有雄厚的资本，社会影响也大，其两面性特点比较显著。但在中国处于被瓜分危机的情况下，他们也感受到帝国主义、封建主义的很大压力。他们在经济上要求发展资本主义工商业，在政治上要求掌握一定的权力，因此迫切希望进行一些有利于他们的社会改革。

甲午战争后，改良主义思想家们受瓜分危机的刺激，要求变法图强，挽救国家危亡的呼声很高。他们在实际活动中逐步形成了一个政治派别。这个政治派别反映了民族资产阶级上层的利益和愿望。他们企图在不推翻封建统治的前提下，自上而下地实行有利于国家独立富强和发展资本主义的措施，所以被称为资产阶级改良派，他们的变法维新活动被称为改良主义政治运动。

民族资本主义初步发展的局限性

从商品市场的状况来看，容易使人了解这时民族工业发展的局限性。以棉纱为例：1894～1898 年长江中上游 7 个口岸（重庆、宜昌、沙市、长沙、岳州、九江、芜湖），洋纱输入量每年平均 21 万担，而国产纱每年平均 3 万余担，占输入净量的 13.6％。同一时期，华北 4 个口岸（天津、芝罘、胶州、秦皇岛），洋纱输入量每年平均 31 万多担，而国产纱每年平均为 2 万担，只占输入净量的 6.3％。这个统计虽不十分准确，但它可以说明华中华北两个市场洋纱占据绝对优势，国产纱的销量较小。

中国民族工业初步发展是艰辛而缓慢的。十九世纪末年，中国民族工业还只是封建经济汪洋大海中的一些小岛。当时，民族资产阶级中较有力量的是刚从商人、地主和官僚转化而来的那部分，他们属于民族资产阶级的上层。民族资产阶级上层同帝国主义和封建主义保持着较多的联系，比起从手工业作坊主、中小商人上升的资产阶级中下层带有更大的软弱性和妥协性，资产阶级维新派就是这部分人在政治上的代表。他们企图采取不流血的和平手段，自上而下改革，通过君主立宪的道路，刷新内政，抵制外侮，把古老中国逐步变成一个资本主义国家。二十世纪初年，原来普通工商业者力量壮大起来，形成民族资产阶级中下层。他们同帝国主义和封建势力的关系比较淡薄，挽救民族危亡和要求推翻清政府的主张比较迫切，建立资产阶级民主共和国成为理想目标。由于民族资产阶级内部阶层的区分，构成君主立宪和民主立宪、维新和革命两个派别的分野。十九世纪末年，民族资产阶级上层比起形成过程中的中下层较有力量，戊戌维新是它在政治上能动作用的明显反映。

早期的维新思想

马建忠对洋务运动的批评

19 世纪 70 年代，在一些官僚和地主阶级知识分子当中，出现一种思想动向。这种思想带有资产阶级维新的性质。到 80 年代，这种思想逐渐引起人们的注意，在社会生活中发生了显著的影响。

这种维新思想是在外国侵略越来越深入的情况下产生和发展起来的。70 年代，具有维新思想的人，多半与洋务派官僚有联系，但是他们认为洋务活动不能使中国富强，要求发展资本主义工商业。

王韬（著有《弢园文录外编》）、薛福成（著有《筹洋刍议》）、马建忠（著有《适可斋记言记行》）是这个时期维新派代表人物。他们看到洋务派搞的洋务活动不能挽救清朝统治，也不能使中国富强起来，对洋务活动进行批评，要求发展民族工商业。他们的思想变化以马建忠最典型。

马建忠（1845—1900 年）江苏丹徒县人，“初学举业，后改习洋务”，在上海学会英文和法文，1876 年随郭嵩焘出使英国充翻译，后来入法国巴黎大学读书，学习勤奋，考得文科、理科、法律、政治、外文各科学位，回国后清廷授予道员虚衔，入李鸿章幕府充幕僚，协助李鸿章办理外交。

马建忠在巴黎学习期间，基于他对英、法等资本主义国家的了解，深感洋务活动不能使中国富强，认为必须改弦更张。1877 年，马建忠写信给李鸿章说：“窃念忠此次来欧一载有余，初到之时，以为欧洲各国富强专在制造之精，兵纪之严；及披其律例，考其文事，而知其讲富者以护商会为本，求强者以得民心为要。护商会而赋税可加，则盖藏自足；得民心则忠爱倍切，而敌忾可期。他如学校建而智士日多，议院立而下情可达，其制造、军旅、水师诸大端，皆其末焉者也。”马建忠不敢对洋务活动明目张胆的批评，只是以汇报思想变化的形式曲折地谈了自己对洋务活动的看法。富强之本在于“护商会”、“得民心”，单讲洋枪、洋炮、新式军队，是本末倒置。这种思想反映了他与洋务派产生了根本分歧。

马建忠还指出不平等条约对中国主权的危害，“查中外交涉以来，西人两次构衅，藉势凭陵，乘我仓猝之时，要我立约，篇帙数十页，条议数十款，无非藉此取益。故领事则优如公使，税则则轻于各国。”更进一步指出不平等条约中有关税则影响国内民族工商业发展，“当时（1860 年）英、法与中国立约，岂非欺我不知，以与我争利！且又续许各口运行土货，止纳半税，并无旗号、口岸各捐各目，是利源尽为所夺矣，数十年吸中国之膏血，官商贫富无不仰屋而嗟。”他针对当时英、法、德国要求清朝督抚对领事行文不得用札文及洋货入“内地科征”（即免内地厘金），提出领事至华得清朝皇帝“批准方可任事”，则督抚行文改用“照会”，领事对督抚仍用“申陈”，而“更定中国增税之章，以与厘金相抵”的对策，并建议清廷“乘其欲免厘金，许我加税之机，仿照各国通商章程，择其可加者加之，以与厘捐相抵，然后将厘卡尽行裁撤，省国家之经费，裕我库储，便商贾之往来，苏其隐困”。加关税，撤厘卡，“便商贾之往来”，反映了发生时期幼弱的民族资产阶级的要求。

1890年马建忠写出《富民说》，标志着他的维新思想正式进入形成时期。他在《富民说》中进一步批评了洋务派的洋务活动，系统地阐述了他的维新思想，及发展民族工商业的主张。他说：“治国以富强为本，而求强以致富为先。……欲中国之富，莫若使出口货多，进口货少。出口货多，则已散之财可复聚；进口货少，则未散之财不复散。其或散而未易聚也，莫若采取矿山自有之财。采取矿山自有之财，则工役之散不出中国，宝藏之聚无待外求，而以权百货进出之盈虚，自无不足矣！”他在进一步阐述他的观点时说，如何使中国货出口多呢？“则在精求中国固有之货，令其畅销也。”主张奖励发展丝茶生产，并采取轻税政策；如何使外国货进口少呢？“则在仿造外洋之货敌其销路也。”主张发展机器织布局。他批评李鸿章于1879年筹设织布局，“乃事隔十年，仍未奏效……今则重为整顿，十年之内不许他人再设织局，而所设织机不过二三百张，每日开织祇五六百匹，岁得18万匹，仅当进口洋布八十分之一耳。则十年之间所夺洋人之利，奚啻九牛之一毛哉！又况织布机器费用浩大，少织则费重而本有所亏，多织则费减而利可稳获。拟请将原设织局扩充资本，或再立新局，务使每年所织之布匹足敌进口十分之一，方足为收回利权之善策。……要使中国多出一分之货，外洋即少获一分之利，而中国工商转多得一分之生计。”如何能使财常聚而不虞其散呢？“则在开矿山自有之财也。”主张发展矿冶业，开采煤铁金银各矿。为了使中国富强，发展民族工商业，他建议清廷略仿西方各国设立商务衙门统筹工商业，“若金矿，若织布，若丝茶，先易后难，次第分办。其办理之法，总以商人纠股设立公司为根本。”最后，他说：“如是数年之间，即可转贫民为富民，民富而国自强。”《富民说》无疑是反映了发展中的民族资产阶级的经济要求。

马建忠的维新思想仅仅谈到发展资本主义工商业问题，未涉及政治改革。另外他虽主张修改不平等条约，但并不坚决，“即所议不洽，亦不过仍守旧章。”

1894 年后马建忠离开北洋，回上海从事著述工作。他参照英、法文文法，用周、秦以后至唐代韩愈以前的诸家文字为例，分析词类，编辑了一本汉文文法——《马氏文通》，是为汉文文法第一本著作，于 1898 年出版。

郑观应等主张君主立宪

中法战争以后，洋务活动初步破产，人们对洋务活动产生怀疑，要寻找新的出路。这时具有这种维新思想的人增多了，这些人不少是中小官僚和地主阶级知识分子，还有投资新式企业的资产阶级分子。他们批评洋务活动，不满意清政府妨碍资本主义发展的政策，并提出政治改革的要求。

这个时期维新派代表人物有郑观应（著有《盛世危言》）、陈虬（著有《救时要议》、《经世博议》）、陈炽（著有《庸书》）、何启、胡礼垣（合著《新政真诠》），他们的思想倾向是一致的，限于篇幅不能一一叙述，这里仅介绍比较完整的郑观应思想，以见一斑。

郑观应（1842—1921 年），广东香山县人，“庚申（1860 年）之变，目击时艰，遂弃举业，学西人语言文学，隐于商。”任过英人宝顺及太古轮船公司买办，后来又与洋人创办公正轮船公司及各口揽载行，还协助过李鸿章办理轮船招商局事务，所以他对西方政教和洋务活动得失有自己的看法。郑观应“涉重洋，日与彼都人士交接，察其习尚，访其政教，考其风俗利病得失盛衰之由，乃知其治乱之源，富强之本，不尽在船坚炮利。而在议院上下同心，教养得法，兴学校，广书院，重技艺，别考课，使人尽其才。讲农学，利水道，化瘠土为良田，使地尽其利。造铁路，设电线，薄税敛，保商务，使货畅其流。”随后他又引用张树声对洋务活动的批评，进一步表达自己对洋务的看法和自己的政治见解。“善夫张靖达公云，西人立国，具有本末，虽礼乐教化，远逊中华，然驯致富强，亦具有体用，育才于学堂，论政于议院，君民一体，上下同心，移实而戒虚，谋定而后动，此其体也。轮船火炮，洋枪水雷，铁路铁线，此其用也。中国遗其体而求其用，无论竭蹶步趋，常不相及，就令铁舰成行，铁路四达，果足恃欤！”他批评洋务派对西方学习“遗其体而求其用”，主张在中国实行议院政治。

郑观应还进一步谈到实行议院政治的必要性，“苟欲安内攘外，君国子民，持公法以保太平之局，其必自设立议院始矣。”

郑观应批评美法等资产阶级民主国家的议院，“或民权过重”，“或不免有叫嚣之风”，而“适中经久者，则莫如英、德两国议院之制”；他认为“君主者权偏于上，民主者权偏于下，君民共主者权得其平。”他热衷于英德两国那样的君主立宪政治，想在封建地主阶级政权的基础上，来谋求地主阶级与资产阶级的妥协，企图不经过革命流血的斗争，使绅商们获得一定的政治权利。这种主张却不自觉的反映资产阶级要求有限度的自由民主的思想，在融解封建专制主义的冰层这一点上自有它的进步意义。但是，君主立宪政体主张，还是要维护清朝的统治。

在经济上，郑观应提出“欲制西人以自强，莫如振兴商务”的主张，建议清廷设立商部，南北洋分设商务局，各地设立商会，习商战，奖励出口，实行保护本国工商业的关税政策；他后来反对“官督商办”，“名为保商实剥商，官督商办势如虎”，要求清廷准许民间或自办，或集股兴办铁路、轮舟、开矿、种植、纺织等企业；他还建议清廷派人出国考察树艺、农桑、养蚕、牧畜、机器耕种等，回国后改进农副业生产。这些无疑是有利于发展民族工商业的。

在外交上，郑观应主张依照国际公法，将中国与帝国主义所签订的不平等条约有关协定关税、领事裁判权、片面最惠国待遇等规定进行修改，或废除，以达到民族独立、国家富强，使中国资本主义获得自由发展的目的。

在文化教育上，郑观应认为八股试贴不切时用，使人“汩没性灵，虚费时日，率天下而入于无用之地”，希望代之以格致科学。他建议清廷实行武科、文科并举，另立一科专试西学；于州县设立小学，省会设立中学，京师设立大学，翻译西方各国有用书籍，“颁行天下各书院，俾人人得而学之。”这些主张有利于培养人才，及资产阶级知识分子参加政权。

郑观应的维新思想较马建忠维新思想完整、系统化，特别是有关议院政治问题，马建忠看到西方议院政治优于君主专制制度，但他缺乏实行议院政治的强烈要求；而郑观应基于本身阶级立场，对西方各国议院政治有区别比较，认为英、德君主立宪政体较好，故希望中国实行君民共主的君主立宪政体。这一变化与国内资本主义发展和阶级力量对比有关系。中法战后，资本主义工商业有了一定的发展，资产阶级有了参加政权的要求。虽然洋务运动开始破产，但封建统治阶级中又分化出来一批人继续搞洋务运动。而在这时张树声提出“采西人之体，以行其用，”向西方学习的建议。郑观应提出“君民共主”问题，比他明确得多。

郑观应的维新思想中仍然含有对封建统治者、帝国主义的依赖和幻想成分。如发展商务和进行商战依靠官权的护持。又如对帝国主义认识不足，幻想得到某些帝国主义支持。

康有为的“公车上书”

19 世纪 90 年代以后，随着民族危机的空前严重和民族资本主义的初步发展，七、八十年代以来在少数先进知识分子中流传着的改良主义思想，在这时逐渐形成了一股改良主义思潮。当时，资产阶级的思想家们看到洋务运动的弊病，感到封建政权的腐朽，因而主张学习西方资本主义，进行社会改革。他们从西方资产阶级革命时代的武器库中，借取了进化论等思想武器，猛烈抨击“恪守祖训”的封建顽固派，也严厉批判了只主张学习西方资本主义皮毛而反对学习西方政治制度的洋务派，大力宣传只有变地主阶级之法，维资产阶级之新，走西方资本主义国家的道路，才能使国家富强起来，以挽救迫在眉睫的瓜分危机。在他们的宣传鼓动下，这种改良主义思想得到了广泛的传播，吸引了许多爱国的知识分子。越来越多的人看清了顽固派和洋务派反对革新、卖国投降的反动嘴脸，举起了“变法维新”的旗帜，向封建制度展开了进攻，并在 1898 年发展成为有理论、有纲领的救亡爱国的政治运动。因为 1898 年是中国农历戊戌年，所以又称之为戊戌变法或戊戌维新。康有为就是这次政治运动的主要领导者。

康有为（1858—1927 年），字广厦，号长素，广东南海县人。出身“三世之为士”的没落官僚地主家庭，早年受过严格的封建传统教育，青年时代去过北京、上海等地，浏览外国书报的译本。他从中国早期改良主义者和外国传教士的译著中，接触了不少西方社会政治学说和自然科学知识，认识到中国封建社会的落后。中法战争的失败，更给他以强烈刺激，由对传统的封建学术、思想发生怀疑，苦闷彷徨，逐渐转到“讲求西学”和要求改革现状方面来。1888 年，他参加顺天府乡试，没有录取。他写了一封五千字的上皇帝书，向清朝封建统治者大声疾呼：“强邻四逼于外，奸民蓄乱于内，一旦有变，其何以支?”他详细陈述了中国变法图强的必要性和紧迫性，指出如果继续因循守旧，不但沙俄等列强会步步进逼，而且象太平天国那样的革命将会再次爆发，要求皇帝赶紧“变成法，通下情，慎左右”，以挽救危局。这次上书虽然还没有涉及到变法的具体方案，但对变法前途却充满了信心。他强调中国如果真能变法维新，十年之内“富强可致”，三十年即可“雪耻”。这是康有为把酝酿已久的变法思想，变为正式建议的开端。

这封上皇帝书，由于顽固派的阻挠没有递上去，但却在一些具有维新思想的爱国人士中辗转传诵，产生了一定的社会影响。康有为也因这次上书渐渐有了名气。他于 1891 年回到广东，在广州设立“万木草堂”学馆，招收学生讲学，培养维新骨干。梁启超、陈千秋、麦孟华、徐勤等人，就在这时拜康有为为师，后来成为变法维新运动的骨干力量。康有为在“万木草堂”讲学的同时，先后写成了《新学伪经考》和《孔子改制考》两部著作，提出了变法维新的理论根据。

梁启超

《新学伪经考》于1891年刊行。在这部著作里，康有为把西汉以来历代皇帝奉为经典的古文经书《周礼》、《诗经》、《书经》、《左传》等，统统宣布为“伪经”，说这些书是刘歆为帮助王莽篡夺汉朝政权、建立新朝而伪造的，不是孔子的真经。康有为的这些论述虽然并不符合历史事实，但是它引导知识分子去怀疑曾被统治阶级认为神圣不可侵犯的古文“经典”，抨击了“恪守祖训”的顽固守旧思想。康有为的言行引起顽固派的痛恨。他们攻击《新学伪经考》“使五经去其四”，使学者几乎无可读之书。该书于1894年被给事中余联沅参劾毁版。康有为又写了《孔子改制考》一书，着重宣传了他的托古改制的思想。他说孔子的《六经》是孔子为了改变当时的社会状况，把自己的主张假托古圣王的言论写出来的。康有为打着孔子的旗帜，力图表明自己所提出的变法维新主张是合乎先王之道的。但“托古改制”说同样触犯了封建势力。顽固派攻击康有为表面推崇孔教，实则自申其改制主义，咒骂他“灭圣经”、“乱成宪”，要求毁他的书，杀他的头。

康有为这时还写了《人类公理》，就是后来《大同书》的初稿。这部书在戊戌变法时期并没有公开发表，但辗转传抄，影响同样很大。康有为在这部书里，描绘出一幅“无私产，无阶级，无家族，无邦国，无帝王，人人相亲，人人平等”的“大同”世界。然而，由于资产阶级的软弱性和妥协性，康有为只是幻想通过改良主义道路来调和阶级矛盾，让各阶级不经过革命流血而携手走向“至善至美”的“大同世界”，这当然是办不到的。

康有为的《新学伪经考》、《孔子改制考》的问世，对当时思想界震动很大。梁启超曾说：如果把《新学伪经考》比为“思想界之一大飓风”，那么《孔子改制考》便如同“火山喷火”。康有为就是通过这两部书，用西方资产阶级的进化论、天赋人权和自由平等的学说作武器，有力地冲击了顽固守旧势力，奠定了资产阶级改良派进行变法维新的理论基础，成为当时向西方寻找真理的先进中国人之一。从此，康有为在资产阶级知识分子和比较开明的封建士大夫中赢得了越来越高的声望，变法维新的宣传和组织活动也迅速展开。

光绪二十一年（1895 年）康有为、梁启超在北京联合应试举人给光绪皇帝上书请愿。汉朝时用地方举孝廉的办法征用士人，凡被举孝，政府用公车接送入京，后人用“公车”作为入京应试举人的代称。正在北京参加会试的各省举人，得知清政府与日本签订《马关条约》的消息义愤填膺。康有为发动广东、湖南举人签名，于 3 月 28 日呈上一封《上皇帝书》，表示坚决反对签约。接着 18 省举人在松筠庵集会，决定联名上书皇帝，推康有为代为起草。康有为连夜起草了一份万余言的上皇帝书。各省举人六百多名在万言书上签名通过。在这份上书中，康有为以极其悲愤的心情，痛陈《马关条约》的严重危害，强烈主张“拒和、迁都、变法”，建议皇帝“下诏鼓天下之气，迁都定天下之本，练兵强天下之势，变法成天下之治”。前三项为“权宜应敌之谋，非立国自强之策”，而变通旧法，才是“自强之策”，于是提出富国之法、养民之法和教民之法三项变法主张。又建议裁撤冗员，紧缩机构，澄清吏治，改革官制。于每十万户举出“博古今、通中外、明政体、方正直言之士为‘议郎’

供皇帝咨询"、"并准其随时请对，上驳诏书，下达民词"，"凡内外兴革大政，筹饷事宜，皆令会议于太和门"，所有人员，岁一更换，"若民心推服"，可继续任用。总之，上书的内容既包括了发展资本主义的经济要求，也包括了实行君主立宪的政治要求。这次上书虽被都察院拒绝，未达光绪皇帝手中，但其全文已辗转传诵，风行一时，上海、广州等地还特地为此刊印《公车上书记》，广事宣传。各省举人回到本省，也多少传播了这种言论，从而扩大了变法维新思想的影响，要求变法的呼声越来越高。

光　绪

康有为组织强学会

"公车上书"后不久，康有为就考中进士，授工部主事。这对于他的政治活动更加有利。同年 5 月和 6 月，他又连续两次上书，作为"公车上书"的补充。其中除删去拒和、迁都的建议并反复强调必须赶紧变法的道理外，还提出了"设议院以通下情"的建议，从正面论证了设立议院的必要性。这是维新派向封建统治阶级明确提出分享政权的首次尝试。他为了避免封建顽固势力的反对，特别是为了消除光绪的顾虑，曾一再解释召开议院并不损害"君上之权"，他说："会议之上，仍取上裁，不过达聪明目，集思广益，稍输下情，以便筹饷。用人之权，本不属是，乃使上德之宣，何有上权之损哉？"这样，就把议院变成了咨询机关，再一次反映了资产阶级改良派在政治上的软

慈禧

弱。第三封上书递到了光绪手里。光绪读后，感到康有为的变法主张，有利于巩固他的统治地位，因此非常重视，命令誊抄四份，分送慈禧、军机处和各省督抚。这是维新派取得光绪支持的开始。

光绪对变法主张的重视，给维新派带来了很大希望。然而，清朝统治阶级内部派系重重，充满矛盾。光绪和他的亲信官僚并不掌握清政府的实权，而把持中央和地方实权的慈禧集团，是一批对外投降、对内反对革新，极力维护旧制度的顽固派和洋务派。光绪不甘心处于无权的傀儡地位，企图利用某些改革，从慈禧集团手中夺取统治大权。尽管光绪他们对维新派的主张并不完全赞同，对“民权”思想尤为反感，但为夺取政治权力，光绪的师傅、协办大学士、户部尚书翁同龢不惜降低身份，去访问小小的工部主事康有为，使康受宠若惊。此后，康、翁接触频繁。维新派开始把光绪的亲信引为靠山，进一步加深了依靠皇帝和王公大臣实现变法维新的幻想，说什么“变法本原，非自京师始，非自王公大臣始不可”。完全脱离广大人民群众。

为了争取更多的士大夫和知识分子参加变法维新运动，康有为等人在上书皇帝和联络王公大臣的同时，还以北京、上海、湖南、广东、天津为中心，创办报刊，组织学会，开办学堂，大力宣传维新思想，大造变法图强舆论。变法维新运动逐渐高涨。

在北京，康有为于1895年7月创办《中外纪闻》，由梁启超等人编辑撰稿，宣传西学，鼓吹变法。《中外纪闻》开始每期印一千份，随当时专载诏书、奏章的《邸报》，附送给北京的官员们看，不收报费。后来印数每期增至三千份，一时在朝廷内外很有影响。8月，在康有为、梁启超等人的奔走和推动下，由翰林院侍读学士文廷式出面组织“强学会”，推陈炽为会长，梁启超为书记员。陈炽是具有维新思想的官吏，当时任户部主事，甲午战前就写过宣传变法维新的著作，有一定的社会影响。强学会每十天集会一次，每次都有人讲“中国自强之学”。康有为还亲自写了《强学会叙》，指出中国形势危急犹如“寝于火薪之上”，“俄北瞰，英西睒，法南瞬，日东眈，处四强邻之中而为中国，岌岌哉！呼吁封建官僚和士大夫们起来挽救民族危亡，团结和影响了不少爱国官吏和知识分子。

在维新声势初步高涨的时刻，一些反动的军阀官僚也混进强学会进行投机。例如在天津小站练兵的袁世凯参加了强学会，洋务派大官僚、署两江总督张之洞也捐款给强学会作经费，甚至连李鸿章也想捐银入会，只因名声太臭而被拒绝。英、美等帝国主义分子也想乘机捞一把，他们打着赞助中国变法维新的幌子，极力对中国资产阶级改良派施加影响。早在1887年，他们就在上海成立文化侵略机构“广学会”，它一方面宣传宗教，一方面宣传“变法”，并迎合当时中国知识分子要求新知识的迫切愿望，有选择地介绍一些西方书籍，力图从思想上影响改良派。甲午战争后，披着宗教外衣的英、美侵略分子李提摩太、李佳白、毕德格、林乐知等人纷纷赶到北京打入强学会，甚至英国当时驻华公使欧格纳也亲自参加，并捐助图书。表面看来，他们对中国的变法运动很热心，李提摩太还在这时向光绪提出了名为《新政策》的长篇意见书。但实际上，他们是要变中国为帝国主义的殖民地。维新派希望通过自上而下的变法维新，参与政权，使中国走上独立富强的资本主义道路；而英、美帝国主义分子却倡导适应帝国主义侵略秩序的某些改革，阴谋把中国推入殖民地的陷阱。维新派反对中国的封建君主专制，要求学习西方资产阶级的民主制度；而英、美帝国主义分子却公开为中国的封建君主专制辩护，反对中国学习西方资产阶级民主，说什么："中国立南北直省，环拱京师，外而督抚将军，内而阁部大臣，俱有专司，以上承天子，意美法良，诚不必如泰西君民共主，政多纷更也。"维新派希望通过变法参与政权，而英、美帝国主义分子却阴谋通过"赞助"变法控制中国。李提摩太在《新政策》最后《目前应办之事》项下，列举九项，其中八项都提出要在政府各部门中任用西人，企图囊括中国国家主权。他还建议设立"新政部"，作为推行"新政"的领导机关。内设总管八人，其中四人要由臭名昭著的赫德、艾迪斯、科士达、德鲁等侵略分子担任。这无疑是要在中国建立它们的殖民统治。李提摩太的阴谋虽然没有得逞，但却助长了维新派对英、美帝国主义的幻想，竟然把这批伪装支持变法的侵略分子"视为同志"，来往密切，还希望同他们合作，共同推动变法维新运动的发展。

维新派在北京的活动，遭到封建顽固势力的无耻迫害。强学会成立不久，慈禧反动集团就暗中破坏，散布流言，准备反扑。同年 11 月，康有为迫于形势，留梁启超在京坚持工作，自己离京南下，在上海成立强学分会，并于 1896 年 1 月出版《强学报》，将东南一带的维新派团结组织起来。强学会由北京发展到上海，虽然其中混进了一些标榜维新的反动人物，但主要力量仍是维新派。变法维新的声势愈来愈大，顽固派再也按捺不住了，李鸿章指使其亲家、御史杨崇伊弹劾强学会"植党营私"，攻击《中外纪闻》鼓吹西学，背叛"圣教"，请求严禁。

北京强学会随即被查封，《中外纪闻》也被禁止发行。这时，署两江总督张之洞见风转舵，跟着查封了上海强学会和《强学报》。不久，李鸿章又授意杨崇伊弹劾强学会发起人文廷式“互相标榜，议论时政”，文廷式亦被革职。从此，顽固派与维新派的斗争更加激烈起来。

强学会被迫解散以后，维新派没有气馁，仍继续宣传自己的政治主张。维新运动在全国各地不断发展。经过翁同龢的活动，在北京强学会的旧址设立官书局，每月经费一千两，任务是翻译外国新书和报刊文章。维新派又在上海创办《时务报》(旬刊)，邀请梁启超来上海担任主编。1896 年 8 月，《时务报》开始发行。

梁启超主办《时务报》

梁启超（1873—1929 年），字卓如，号任公，广东新会人，出身于封建官僚地主家庭，变法维新运动中著名的政论家和宣传鼓动家。他在主编《时务报》期间，以通俗、流畅、新颖而又犀利的文字，写出了《变法通议》、《论中国积弱由于防弊》、《论君政民政相嬗之理》、《说群》等一系列鼓吹变法的论文，较系统地宣传了变法维新的理论，明确提出中国要变法图强，必须学习西方资本主义国家的政治制度和文化教育制度，受到当时知识界的热烈欢迎。特别是他宣传的“民权论”，对当时影响很大。梁启超根据西方资产阶级的议会制度和民权学说，明确指出国家不是“君相之私产”，而是“国民之公器”，有力地驳斥了“唯天子受命于天，天下受命于天子”的儒家信条。他把历代专制帝王斥之为“民贼”，断定“君权日益尊，民权日益衰，为中国致弱之根原”，呼吁“伸民权”，“设议院”，实行君主立宪，并强调这是变法维新中最根本的问题，是医治中国贫弱的灵丹妙药。他满怀信心地说："西人百年以来，民气大伸，遂尔浡兴，中国苟自今日昌明期义，则数十年其强亦与西国同，在此百年内进于文明耳"。梁启超这种对封建专制制度的大胆抨击，对西方资本主义制度的歌颂和向往，对当时的爱国知识分子有很大的感染力。《时务报》成为当时维新派的主要喉舌，几个月之间销数增加到一万多份，"为中国有报以来所未有"。在它的影响下，上海及附近地区出版报刊数十种，维新思想大为活跃。

当北京、上海的变法维新活动进入高潮的时候，湖南也迅速行动起来，并成为当时全国最富有朝气的一省。这是和谭嗣同等人的积极倡导分不开的。

谭嗣同创立南学会

谭嗣同（1865—1898年），字复生，号壮飞，湖南浏阳人，出身官僚地主家庭。少年时代曾随浏阳著名学者欧阳中鹄学习和钻研王夫之的著作。青年时代游历南北各省，远到甘肃、新疆等地，目睹国家和人民的灾难，促使他思想发生巨大变化。梁启超说他"甲午战事后，益发愤提倡新学"。谭嗣同胸襟开阔，对新事物感觉敏锐，阅读过一些翻译的有关自然科学书籍，有助于他批判"俗学陋儒"。1895年，他在湖南听到北京强学会活动的消息，决心投奔京师。

1896年春，他到北京结识了梁启超等知名人士，更加积极地投入到变法救亡的斗争中去。谭嗣同写了不少宣传变法的文章和演讲稿，并于1897年1月完成了他的主要哲学著作《仁学》，系统地阐述了他自己的哲学观点和社会政治思想。就在这本书中，谭嗣同对封建制度作了比较深刻的批判，提出"冲决"纲常名教的封建"网罗"，矛头直指君主专制制度，是当时维新派中最激进的一个。他不顾“非圣无法”的压力，大胆揭露维护封建统治秩序的纲常名教的虚伪性，愤慨地指出：“俗学陋行，动言名教，敬若天命而不敢渝，畏若国宪而不敢议。嗟呼！以名为教，则其教已为实之宾，而绝非实也。又况名者，由人创造，上以制其下，而不能不奉之；则数千年来，三纲五伦之惨祸烈毒，由是酷焉矣。”不仅如此，谭嗣同还代表了民族资产阶级的政治利益，对“三纲”中的“君为臣纲”，进行了激烈的抨击。他说：“二千年来君臣一伦，尤为黑暗否塞，无复人理，沿及今兹，方愈剧矣。”在这里，谭嗣同不但一般地批判二千年来的封建专制，而且把攻击的重点放在“今兹”的清朝反动统治阶级。他认为：清朝的统治不仅如“黑暗地狱”，罪恶重于前朝，而且坐视迫在眉睫的亡国之祸不思变革，顽固地维护旧制度，实在是“滋人愤懑”，无法容忍。谭嗣同这些“冲决网罗”的激烈言论，特别是他敢于批判清朝反动统治者的鲜明态度，正是他比康有为、梁启超等人激进的地方。

谭嗣同在揭露清朝反动统治者恣意屠杀人民和出卖国家领土的种种罪行的同时，还对广大人民不堪压迫奋起反抗，表示了一定程度的同情。他评论太平天国革命时说，“洪、杨之徒，若干君官，铤而走险，其情良足悯焉”；又对镇压太平天国的刽子手曾国藩及其反动湘军，表示痛恨。他大声疾呼：“志士仁人求为陈涉、杨玄感，以供圣人之驱除，死无憾焉”。这些大胆的言论，是当时其他改良主义者所不敢言的。但是，他的思想并没有跳出改良主义的藩篱。他激烈地抨击封建的纲常伦理，但却不敢正面批判它的炮制者孔丘。他尖锐地谴责了清政府的暴虐罪行，却又为光绪而效忠。他对人民在重重“网罗”下的悲惨地位表示过同情，呼吁志士仁人起来改造社会，但又强调必须以“供圣人之驱除”。这些都说明，软弱的中国资产阶级改良主义者，即使像谭嗣同那样的激进分子，也是不可能同旧制度、旧思想真正决裂的。

湖南巡抚陈宝箴是当时地方督抚中唯一倾向变法的实权派。在他周围的一些官吏，如按察使黄遵宪、督学江标及后任徐仁铸也都赞同变法。谭嗣同的密友唐才常、老师欧阳中鹄以及皮锡瑞等人这时也到处奔走，鼓吹变法。在他们的推动下，湖南的变法运动有了越来越大的声势。1897 年 3 月，江标、唐才常等人创办《湘学新报》（后改名《湘学报》），进行宣传鼓动。同年 10 月，陈宝箴在长沙设立时务学堂，邀请梁启超为总教习，唐才常等人为分教习，宣传维新思想，培养维新人才。第二年春，谭嗣同、唐才常又创立南学会，总会设在长沙，各县设分会。长沙南学会每七天集会演讲一次，每次都有近千人听讲。主讲人有谭嗣同、皮锡瑞、黄遵宪等，他们在演讲中宣传世界形势和资产阶级的社会政治学说，阐述变法维新、救亡图存的主张，成为湖南维新运动的重要组成部分。在南学会的推动下，湖南的维新运动进一步开展起来。课吏堂、新政局、保卫局等相继建立。为了适应维新运动发展的需要，谭嗣同、唐才常等人又于 1898 年 3 月创办了《湘报》（日报），作为南学会的机关报，进一步推动了湖南的维新运动，并给南方各省以很大的影响。

在两广，康有为于 1897 年 2 月在澳门创办《知新报》，由他的弟弟康广仁和学生徐勤担任主编，成为中国南部宣传变法维新的重要报刊。同年春，康有为又去广西桂林讲学，发起组织“圣学会”，出版《广仁报》。两广的维新运动也活跃起来。

严复与《天演论》

在天津，著名的资产阶级启蒙思想家严复于 1895 年在天津

《直报》上陆续发表了《原强》、《辟韩》、《救亡决论》、《论世变之亟》等文章，传播了西方资产阶级的学术思想和政治观点，并提出了变法维新的具体主张。1897年冬，严复等人又先后创办《国闻报》（日报）和《国闻汇编》（旬刊），并介绍《天演论》等西方资产阶级的理论著作，影响深远。

严复（1853—1921年），字又陵，又字几道，福建侯官（今福建闽侯）人。他十四岁考入沈葆桢主持的福州造船厂所属的船政学堂学习，24岁被派往英国海军学院留学。三年的留学生活，使他广泛接触了西方的自然科学和社会科学。1879年严复回国，第二年起在天津水师学堂任总教习等职达20年之久。中日甲午战争后，他深感民族危亡迫在眉睫，不满洋务派的“自强新政”，认为要挽救祖国，必须从根本上学习西方。为此，他作了大量的翻译工作，先后翻译了赫胥黎的《天演论》、亚当·斯密的《原富》、孟德斯鸠的《法意》、斯宾塞尔的《群学肄言》等书，比较系统地介绍了西方的政治社会学说和自然科学，其中影响最大的是《天演论》。

《天演论》即进化论，原是赫胥黎的论文集《进化论与伦理学及其他》中的两篇。严复用文言文意译了它的主要内容，并附加了他自己的许多见解，于1897年12月开始在《国闻报》上陆续发表，第二年4月正式出版。在这部书中，严复直接引入达尔文的进化论来说明人类社会的发展，强调人类社会也和生物界一样，都是遵循“物竞”“天择”的自然规律，强者、智者获得生存，弱者、愚者则被淘汰。赫胥黎这种用生物的自然竞争来代替社会阶级斗争的观点，本质上是反动的，它为帝国主义弱肉强食的扩张政策提供了理论根据。但在当时中国即将被列强瓜分这一特殊历史条件下，严复站在挽救民族危亡的反侵略立场上大声疾呼：中国如果再不变法图强，就无法逃脱

“优胜劣败”、“弱者先绝”的亡国厄运，号召学习西方，“与天争胜”，“自强保种”。这对当时许多人来说，确有发聋振聩之感。《天演论》出版后，风行全国。它开拓了人们的眼界，从思想上武装了维新派。康有为读到这部书的译稿以后，称誉严复是中国精通西学的第一人，并在《孔子改制考》中吸收了进化论的观点。梁启超也根据严复介绍的进化论，在《时务报》上大作文章。更多的爱国人士纷纷以进化论为武器，要求改弦更张，另走新路。严复在传播西方资产阶级思想方面做出了杰出的贡献。

严复还通过这一时期所发表的许多文章，大胆地抨击了二千多年来的封建专制制度，提出“重民抑君”的主张。他说“秦以来之君”都是窃国于民的大盗。他批判韩愈的反动尊君思想是“知有一人，而不知有亿兆”，并通过对中国封建专制制度的批判，宣传了西方资产阶级的自由、平等思想。

严复还以勇猛的姿态，向以儒学为代表的封建主义旧文化发动进攻。他批判儒家的政教“少是而多非”，至于汉学、宋学和词章之学更是“无实”、“无用”，“谬种流传，羌无一是”，“其为祸也，始于学术，终于国家”。他揭露洋务派所标榜的“中学为体，西学为用”，是“盗西法之虚声，沿中土之实弊”，完全是骗人的东西。他说儒家吹捧的孔丘“乃假设之平圣人，而非当时之真孔子”，大胆地发出了“何必学孔子”的呼声。严复在批判封建主义旧文化的同时，还将封建主义旧学同资产阶级新学作了一系列对比，指出：前者亲亲，后者尚贤；前者尊主，后者隆民；前者夸多识，后者尊新知；前者委天数，后者恃人力。他不顾顽固派攻击他“溺于异学，蔑古拂经”的压力，坚决主张“大讲西学”，救亡图存。严复对新学的称颂显然包含着一些错误，但他毫不含糊地把新学和旧学对立起来，要求人们学新学，批旧学，其态度之坚定，旗帜之鲜明，是康有为、梁启超、谭嗣同等人所不及的。

除北京，上海、湖南、广东、天津外，其他各地出现的学会、学堂、报刊也如雨后春笋。据1895～1898年不完全的统计，全国各地维新派所设立的学会、学堂、书局、报馆达三百多所，资产阶级改良主义思想得到广泛传播。梁启超、谭嗣同、严复等人继康有为之后，在日益高涨的变法维新运动中，也成为全国注目的维新人士。资产阶级维新派的力量不断加强，他们通过自己的活动，开创了一个热烈要求变法的新局面。

维新派与守旧派的论战

维新运动的高涨，使顽固势力感到震惊和不安。他们群起攻击康有为等是“名教罪人”，是一群“奸党”，咒骂维新思想是“提倡邪说”，“背叛圣教”。张之洞在1898年抛出了个《劝学篇》，攻击维新派“开议院，兴民权”的主张，大弹伦理纲常、中体西用的滥调，对维新思想的传播起了很大的破坏作用。维新派愤怒地揭露张之洞作“劝学篇”是为了“保一官而亡一国”，“倾天下以顾一家”。他们通过学会、学堂、报刊同顽固派展开激烈的论战，论战的中心问题有三个：

第一，要不要变法。顽固派死抱着“天不变，道亦不变”的教条，坚持“祖宗之法不能变”。他们甚至叫嚷“宁可亡国，不可变法”。改良派根据西方资产阶级进化论的观点反驳顽固派的“不变论”。梁启超指出：“凡天地之间，莫不变，昼夜变而成日，寒暑变而成岁……一日千变而成生人”。如果停止变化，“则天地人类并时而息矣”，“变者，天下之公理也”。康有为则指出：任何事物都存在“新则壮，旧则老；新则鲜，旧则腐；新则活，旧则板；新则通，旧则滞”的变化规律，因而得出了

“法既积久，弊必丛生，故无百年不变之法”的结论，说明了“祖宗之法”没有不变的道理。在变与不变的争论上，维新派取得了胜利，但他们主张逐渐进化而反对革命，这就不可能彻底打垮顽固派的不变论。

第二，要不要兴民权，实行君主立宪。这是资产阶级改良派同封建顽固派论战的焦点。改良派极力主张兴民权，设议院，实行君主立宪。顽固派则竭力反对君主立宪，尤其痛恨“民权”说。他们搬出了“君权神授”的反动观点，散布“民权之说一倡，愚民必喜，乱民必作，纪纲不行，大乱四起”，民权制度“无一益而有百害”。

改良派根据西方资本主义国家的民权说，结合中国历史上进步思想家的理论，提出了关于君民关系的新观点。严复在《辟韩》中指出：国家是国民之公器，王侯将相只不过是“通国之公仆隶”，民才是“天下之真主”。谭嗣同在《仁学》里也指出：“有民而后有君，君末也，民本也”，这本是“天下之通义”。他们大胆地提出了原来神圣不可侵犯的“天子”，只不过是老百姓挑选出来为民办事的公仆，这就戳穿了几千年来“君权神授”的谎言。改良派竭力歌颂西方资本主义议会政治，主张在中国设立议会制度。但是，他们提倡的议会政治，不是民主共和，而是“君民共主”。他们所提倡的“民权”，实际上指的是资产阶级的权力。他们诬蔑人民“不足以自治”。所以梁启超说“欲兴民权，宜先兴绅权”，要求统治阶级向资产阶级上层开放政权，这就是改良派“兴民权”的主要目的。

第三，要不要废八股，提倡新学。梁启超说：“变化之本，在育人才，人才之兴，在开学校，学校之立，在变科举”。但是顽固派却死抱着八股取士科举制度不放。他们攻击维新派兴办新式学堂是散布“邪说”，“名为培才，实则丧才”。维新派则针锋相对地揭露八股制的毒害。严复指出了八股的三大罪状："锢智慧"、"坏心术"、"滋游手"，认为八股只能"长人虚骄，昏人神志"。维新派认为科举制"为中国锢蔽文明之一大祸源"，因此，要使国家富强，就必须改革旧教育制度，兴办新式学堂，讲求西学，以开通风气，造就人才。同时他们还大量翻译外国书籍，创办新式学堂、报纸，批判旧的教育制度。维新派对旧思想、旧文化作了一次猛烈的冲击，使许多知识分子开始从封建文化的束缚中挣脱出来。

资产阶级维新派与封建顽固派之间的大论战，是资产阶级思想同封建主义思想的一次激烈的交锋。虽然维新派在论战中不免暴露出这样或那样的缺点，但他们猛烈地冲击了封建主义的纲常名教，在"天不变，道亦不变"的封建思想堡垒上打开了一个缺口。他们宣传的"要救国，只有维新，要维新，只有学外国"的道理，虽不一定正确，但使不少知识分子打开了眼界，言时务、谈西学蔚然成风。通过这次论战，知识分子获得了一次思想大解放，进一步推动了变法维新运动的主张。

公车上书

1894 年 7 月，日本不宣而战，发动了侵略中国的战争。这就是"甲午中日战争"。中国为反侵略而战，战争的正义性在中国。但是，由于清朝统治者的腐败无能和推行妥协投降路线，中国失败了。1895 年 3 月，清朝政府派李鸿章为全权大臣到日本议和，在极其屈辱和苛刻的条件下，接受了日本的侵略要求，订立了《马关条约》。议和期间，日本侵略者气焰嚣张，咄咄逼人，而李鸿章则低声下气，俯首听命。4 月 10 日李鸿章和日本全权办理大臣、内阁总理伊藤博文第四次谈判时，有如下一段对话：

伊藤："停战多日，期限甚促，和款应从速定夺。我已备有改定各款节略，以免彼此辩论。……中堂（指李鸿章）见我此次节略，但有允、不允两句话而已。"

李："难道不准分辩？"

伊藤："只管辩论，但不能减少。"

四月十五日，第五次谈判，又有一段话：

李："又要赔钱，又要割地，双管齐下，出手太狠，使我太过不去。"

……

李："赔款既不肯减，地可稍减乎？"

伊藤："两件皆不能稍减。屡次言明，此系尽头地步，不能少改。"

这是双方最后一次谈判。就这样，过了两天，1895 年 4 月 17 日，所谓的中日和约，即《马关条约》就正式签订了。

《马关条约》，是日本侵略者强加给中国的不平等条约。是清朝政府自 1842 年《南京条约》后，迄此为止所签订的最严重的卖国条约。条约共十一款，另有附约。其中最重要的内容有：割让台湾全岛（包括所有附属岛屿）及辽东半岛。台湾是中国一个行省，割让台湾，等于把一个行省整个出卖了。条约还规定赔款 2 万万两。这也是迄此为止历次不平等条约中赔款最大的数额，相当于清朝政府全年财政收入的三倍。这是多么惊人的勒索。此外，条约还规定允许日本可以在中国"任便从事各种工艺制造，又得将各项机器任便装运进口，只交所定进口税。"这是什么意思呢？简单说，就是准许日本可以随便把机器运到中国来，在中国随便开工厂。这一条很重要。因为在甲午中日战争以前，外国人按法律是不能在中国直接开工厂的。就在甲午战争前夕，1894 年 5 月 3 日，李鸿章为上海机器织布局所上的一个奏折中还谈到，“洋商贩运机器在中国口岸改造土货，本系条约所无”，曾经总理衙门咨行“不准进口”。然而，不过一年的时间，《马关条约》就已经向日本敞开了自由运入机器和任便在中国“从事工艺制造”的大门。既然日本有此特权，其他帝国主义当然也可以援例享有同样特权。这就在实际上通过条约的形式，使帝国主义对华资本输出合法化了。“资本输出”，是资本主义进入帝国主义阶段的主要特征之一。这一条适应了帝国主义的要求。此后，帝国主义列强竞相在中国自由地建厂、开矿、筑路、设立银行，疯狂地向中国输出资本，肆意进行掠夺。中国更深地陷入了半殖民地的深渊。

这样一个出卖国家领土主权的条约，中国人民是不能容忍的。马关议和，割地赔款的消息传出，就像一场大地震，引起全国各阶层的极大惊骇。“堂堂大国”，败于“蕞尔小国”，清政府鼓吹的“中兴”，洋务派搞了 30 多年的“自强新政”，在严酷的现实面前破产。人们悲愤交集，爱国主义的激情无比高涨，曾经经历过戊戌维新、辛亥革命的无产阶级革命家吴玉章回忆说：“我还记得甲午战败的消息传到我家乡（四川荣县）的时候，我和我的二哥（吴永琨）曾经痛哭不止。……我们当时悲痛之深，实非言语所能表述”。台湾人民听到割台的消息时，“若午夜暴闻轰雷，惊骇无人色”。他们“奔走相告，聚哭于市中，夜以继日，哭声达于四野”，还鸣锣罢市，纷纷集会，愤怒抗议清朝政府的卖国行径。他们还发出布告，庄严宣告，全台人民“万众一心，誓同死守”，“愿人人战死而失台，决不愿拱手而让台”。马关条约议定时，日本限定订约后一个月内必须交割台湾，李鸿章哀求说："头绪纷繁，两月方宽，办事较妥。贵国何必急急？台湾已是口中之物"。伊藤博文回答："尚未下咽，饥甚"。请看，一个露出了张开血盆大口的狰狞面目，一个则现出一副低三下四的奴才相。清政府的无耻卖国和台湾人民的爱国精神是多么尖锐的对照啊！

爱国主义的浪潮迅速高涨。4 月 15 日，中日和约即将签字的消息传到北京后，朝野上下，舆论哗然。当时正在北京准备参加会试的各省举人，群情激愤，在康有为的倡议鼓动下，梁启超首先联合广东籍举人 100 余人向朝廷上书拒和，这一行动立即得到湖南籍举人的支持和响应。4 月 22 日，两省举人同日向都察院呈递。从这一天起，到 4 月 30 日，福建、四川、江西、贵州、江苏、湖北、广西，以及山东、河南、云南等省举人，也都分别相继上书。"察院门外，车马阗溢，冠衽杂遝，言论滂积者，殆无虚晷马。"但是这些上书都为顽固大臣所阻，"书上数日不报"，毫无结果。于是，康有为又联合 18 省举人在宣武门外陶然亭松筠庵集会，发动联名上书。康有为用了一天两夜的时间，赶写了上光绪皇帝的万言书，提出"拒和"、"迁都"、"变法"三项主张，要求拒绝和约，迁都再战，变法救亡。在万言书上签名的举人约 1300 人，于 5 月 2 日向都察院呈递，这就是著名的"公车上书"。（汉朝用公车接送被征举的士人进京，后世就将进京会试的举人称"公车"）。"公车上书"反对《马关条约》，特别指出：台湾一割，民心散失，列强必将接踵而至，"外患内讧，祸在旦夕"。因此，向皇帝提出拒签和约、迁都长安、练兵抗战、变法图强四项主张。

第一，"下诏鼓天下之气"。应该先下"罪己诏"，如由皇帝"时下明诏，责躬罪己，深痛切至"，以"激厉天下，同雪国耻"，使"士气耸动，慷慨效死"。其次，应下"明罚诏"，对主和辱国的、作战不力的将帅，大僚尸位、无补时艰者，予以处罚；对将帅、疆吏有功绩者，予以旌赏。最后，应下“求才诏”，使“天下之士”，“既怀国耻，又感知遇，必咸致死力，以报皇上。”

第二，“迁都定天下之本”。主张迁都长安，扼守函谷关、潼关，奠定丰镐。这样，“日本既失胁制之术，即破旧京，不足轻重，必不来攻，都城可保，或俯就驾驭，不必割地，和议亦成；即使不成，可以言战矣。”

第三，“练兵强天下之势”。练兵着重选将和购械。选将“贵新不贵陈，用贱不用贵”；再命各地绅士举办团练，“遇有警迫，坚壁清野”。假使有“忠义沉毅慷慨和兵之士”，要“不拘资格，悉令荐举”。购械则“宜选精于制造操守廉洁之士”，向外国广购枪炮，使“器械精利，有恃无恐”。

上述三项是“权宜应敌之谋”，至于“立国自强之策”则为“变法成天下之治”，应以“开创之势治天下，不当以守成之势治天下”。

关于变法，提出“富国”、“养民”、“教民”之法。其中，富国之法有六：一、钞法；二、铁路；三、机器轮舟；四、开矿；五、铸银；六、邮政。养民之法有四：一、务农；二、劝工；三、惠商；四、恤穷。教民之法主要是讲求西学，改革科举，普及教育；提出“教有及于士，有逮于民，有明其理，有广其智”，强调“乡落咸设学塾，小民童子，人人皆得入学”。“变通新法”，还改革官制，实行“议郎制”（议会制），每十万户中公举一有才能之“士”为“议郎”，供皇帝咨询，上驳诏书，下达民词。凡内外兴革大政皆开会讨论，实现“君民同体”、“共赞富强”。“公车上书”冲破了清朝政府的“士人干政”的禁令，提出了发展资本主义和实行君主立宪制度的资产阶级维新变法的政治纲领。

“公车上书”受到了顽固派阻挠，都察院以《马关条约》“既以用宝，无法挽回”为由，拒绝接受，因而此书没能送到光绪皇帝手中。然而，“公车上书”不胫而走，印发行销数万册，其变法主张得到广泛传播，影响遍及全国。美国公使田贝读后也为之震惊，亲索其稿。一时间，“公车上书”辗转传诵，致使康有为众望所归，维新派名声大噪。“公车上书”是资产阶级改良派正式登上政治舞台的第一幕，标志着近代改良主义思潮开始变为一场社会政治运动。

藏書

珍藏版

中國通史

赵文博 主编

柒

辽海出版社

百日维新

维新变法的纲领——《应诏统筹全局折》

甲午战争期间和战后，清朝统治阶级内部帝、后两党的斗争已很激烈。以那拉氏为首，包括奕䜣、刚毅、荣禄、徐桐在内的贵族官僚结成后党，洋务派李鸿章等人是后党的依附者。年轻的光绪皇帝发愤图强："从中日战争的苦痛经验中他得到了教训，注意到日本的进步，因此引起了取法于日本的决心"。翁同龢等开明官僚不满意那拉氏对光绪的控制，企图与维新派联合，在反对后党斗争中为光绪皇帝争得领导变法的实权地位。这样，力量薄弱的帝党，由于翁同龢等人的推荐，逐渐与维新派康有为等人接近起来。

1897 年 11 月，德国强占胶州湾，引起全国人民的极大震动和愤慨。康有为鉴于情势危急，心怀"胶东之耻"写了《上清帝第五书》。他说："割台之后，……事变之来，日迫一日！""恐自尔之后，皇上与诸臣虽欲苟安旦夕，歌舞湖山而不可得矣，且恐皇上与诸臣求为长安布衣而不可得矣。"他提出即应采择的三策："第一策曰采法俄日以定国是，愿皇上以俄国大彼得之心为心法，以日本明治之政为政法而已。……其第二策曰大集群才而谋变政。……其第三策曰听任疆臣各自变法。凡此三策，能行其上，则可以强；能行其中，则犹可以弱；仅行其下，则不至于尽亡。"表示"不能为亡国之君"的光绪帝，看到这个奏折，很受触动，赞赏康有为的胆识，准备召见，询谋变法。

反对变法的奕䜣坚决阻止召见，借口康有为非四品以上官员，按成例不许召对。光绪帝无可奈何，只能委托总理衙门王大臣传问康有为。1898 年 1 月 24 日（光绪二十四年正月初三）在总署由李鸿章、翁同龢、荣禄、刑部尚书廖寿恒、户部左侍郎张荫桓等五人代载湉召见康有为，“问变法之宜”。康有为当场批驳了荣禄口口不离“祖宗”的守旧谬论，并表示愿将《日本变政考》、《俄罗斯彼得变政记》二书进呈皇帝。第二天，翁同龢把康有为口述转呈光绪帝，1 月 29 日，康有为遵旨递上《应诏统筹全局折》（上清帝第六书）。这次上书系统完整地表达出康有为领导变法的政治纲领，其中主要驳论显然是对顽固派而发的。上书说：“观大地诸国，皆以变法而强，守旧而亡。……夫国之有是，犹船之有舵，方之有针，所以决一国之趋向，而定天下之从违者也。……今朝廷非不稍变法矣，然皇上行之，而大臣挠之，才士言之。而旧僚攻之，不以为用夷变夏，则以为变乱祖制，谣谤并起，水火相攻。”上书建议：“取鉴于日本之维新，……一曰大誓群臣以定国是；二曰立对策所以征贤才；三曰开制度局而定宪法。”他认为中央的军机、部寺、总署、御史等行政耳目机构，“率皆守旧之官，”无法承担推行新政任务，应由“总其纲”的制度局（下建十二支局），通盘筹划新政，每道设民政局、每县设民政分局，妙选通才，督办其事。这种主张，虽然带有很大妥协特色，但是，已经涉及对传统封建政权体制的重要改革，制度局略仿西方资产阶级国家的内阁职责，而皇帝则变成国家元首了。

稍后，康有为在 2 月又呈递《日本明治变政考》、《俄罗斯彼得变政记》，并附上英国传教士李提摩太所著《泰西新史揽要》等书，同时写了《上清帝第七书》。这次上书主要内容建议皇帝以彼得大帝为楷模，出国考察，借鉴外国，以君权变法，接近人民。他说：隋炀帝“畏闻盗贼”；明万历帝“久不视朝”，提供着反面的“倾国”教训。当然，康有为是依据需要而美化彼得大帝，把历史看成帝王将相创造的，这也恰恰暴露了他的唯心主义历史观。

戊戌保国会

在反对德国强占胶州湾的抗议声中，1898 年 1 月康有为联络广东旅京人士组成粤学会。接着，自称“南海先生弟子”的内阁中书林旭主持成立闽学会，御史杨深秀、御史宋伯鲁、总署章京李岳瑞等主持成立陕西、山西联合的关学会，久居京师、熟悉朝局的内阁侍读学士杨锐在旅京四川会馆成立蜀学会，这些分散的地域性的爱国救亡组织的出现，表明维新运动的高涨。这时，在上海就医的梁启超和康有为的弟弟康有溥也赶到北京，协助做联络宣传工作。

1898 年春，时局动荡，各省参加会试的举人来到北京。康有为、梁启超受爱国知识分子的推动，四月发起成立“保国会”。参加这个组织的有维新人士和爱国官僚 200 多人，从公布的《保国会章程》来看，它的活动宗旨是“保国”、“保种”、“保教”。“保国、保种”是指保卫国家和民族生存，“保教”是指保卫托古改制的孔教不失，这个爱国政团的改良性质是异常鲜明的。4 月 12 日保国会正式成立，并在广东会馆召开第一次大会。康有为声气激昂的救亡演讲，轰动京城内外：“吾中国四万万人，无贵无贱，当今日在覆屋之下，漏舟之中，薪火之上，如笼中之鸟，釜底之鱼，牢中之囚!”天津《国闻报》、澳门《知新报》转载康有为的演讲稿，迅速扩大了保国会的社会影响。保国会倡议各省、各府、各县设立分会，响应这个号召，北京出现了保滇会、保浙会、保川会等改良救亡小团体。假如说过去强学会成立，促使报刊宣传有很大发展的话，那么保国会出现，则给后来的百日维新作了直接准备。

4月21日，保国会第二次集会于崧云草堂，梁启超发表演说，呼吁“合群策”、“合群智”、“合群力”，以推动变法救亡。接着，又在贵州会馆集会。每次到会者常在二百人以上，康有为住所宾客盈门，“应接不暇”。

戊戌保国会的活动，引起守旧势力的仇恨。京城谣言四起，荣禄对别人说：“康有为立保国会，……僭越妄为，非杀不可。你们如有相识入会者，令其小心首领可也。”他们鼓动守旧派御史黄桂钧写了《禁止莠言折》诋毁保国会纠合力量，使“民主民权之说日益猖獗”，将造成“会匪闻风而起”的形势。军机大臣刚毅准备查究入会的人，光绪帝阻止说：“会能保国，岂不大善，何可查究耶?”

这是百日维新前新旧势力另一次激烈冲突，它比起强学会成立后的斗争，更具有复杂和公开化的特点。

百日维新

1898年5月29日军机大臣奕䜣死去。那拉氏失去了一个重要的轮摆，康有为感到变法的一个阻力拔除了，立即写信给翁同龢催促他影响光绪帝当机变法。同时，康有为又以翰林院侍读学士徐致靖名义上书光绪帝，请求“明定国是”。这时，仔细看过《日本变政考》的光绪帝，向庆亲王奕劻表示：“我不能为亡国之君，如不与我权，我宁逊位”。形势演变，维新运动高涨，促使光绪皇帝逐渐成为“欲救中国”的主要赞助者。

6月11日，光绪帝颁布新的变法方针，是通过“明定国是”上谕表现出来的。诏书里指责了顽固派，并着重说明举办京师大学堂是改革的第一项步骤，它明显地透露出这场改革的温和性质。从这天起，到9月21日止，历时103天，光绪帝公布了几十道新政诏书，历史上称为百日维新。

这个暂短时期的改革主要有：

（一）废除八股文，作为国家考试的科举改试策论；取消各地旧式书院，改设中、小学堂；7月3日正式创京师大学堂（北京大学前身）；设立译书局，翻译外国新书；允许建立报馆、学会；奖励新发明和科学发现。

（二）裁撤闲散的詹事府、通政司、光禄寺、鸿胪寺、太仆寺、大理寺等衙门，裁撤“督抚同城”的湖北、广东、云南三省巡抚；裁减毫无战斗力的绿营兵，精练陆军；各省军队包括八旗兵一律改习洋枪，用新法练军；广开言路，允许各级官吏士绅上书皇帝。

（三）北京设立农工商总局、铁路矿务总局，各省设立商务局，推动工商、路矿事业的发展；提倡民办新式企业，允许组织商会；改革财政、整顿厘金，编制国家预算、决算，等等。

这些改革措施，虽然具有很大局限性，但是对先进的资本主义经济发展和文化传播，起了积极的促进作用。值得注意的是，这些改革虽然没有改变封建土地所有制，但是伴随改革的深入，8月后，准备开设制度局，审官定职，部分改革上层建筑机构。

百日维新是在和守旧势力激烈斗争中进行的。宣布变法后4天即6月15日，那拉氏根据刚毅荣禄的主意，强迫光绪帝撤去帝党耳目翁同龢军机大臣职务，说他“狂妄任性”，勒令回籍。同一天，那拉氏在颐和园召见荣禄，“密语甚久”后，派署直督，不久，实授直隶总督兼北洋通商大臣，目的是通过他掌握北洋三军，以控制华北地区的军政大权。后来，梁启超认识到这是“西后荣禄，预布网罗”，伺机发动政变。7月11日，那拉氏又任命裕禄在军机大臣上行走。原来自徐用仪、孙毓汶两人被逐出军机处后，帝党在军机处一时竟占上风。百日维新时期，那拉氏的死党领班军机大臣礼亲王世铎因病休假，刚毅势力孤单，那拉氏将爪牙裕禄打入军机处，刺探内情，并牵制帝党。此外，6月15日那拉氏威逼光绪下诏：凡新授二品以上官员都要向西太后谢恩，表明那拉氏操纵人事大权的决心。

部院大臣和地方督抚，对新政诏旨多是推诿敷衍。刚毅一向反对新政，常对光绪帝说："此事重大，愿皇上请懿旨。"康有为感到："上扼于西后，下扼于顽臣，变法之难如此！"被梁启超称为"身兼将相，权倾举朝"的荣禄，竟专折上奏那拉氏，目无皇上，载湉束手无策。两江总督刘坤一、两广总督谭锺麟对"谕令筹办之事，并无一字覆奏。迨经电旨催问，刘坤一则借口部文未到，一电塞责；谭锺麟且并电旨未覆，置若罔闻。"由于守旧势力的顽固阻挠，变法诏书大多成了空文。

6月16日光绪帝赐见康有为，任命他在总理衙门章京上行走，特许"专折奏事"，从此得到参赞新政机会。在颐和园仁寿殿召对时，康有为针对守旧势力"掣肘"皇帝，推行变法难度很大的局面，建议"皇上勿去旧衙门，而惟增置新衙门，勿黜革旧大臣，而惟渐擢小臣。………彼守旧大臣既无办事之劳，复无失位之惧，则怨谤自息矣。"这就是百日维新温和夺权的策略手段。

召见后，围绕着废除八股取士问题，新旧两种势力展开了激烈斗争。前一天，光绪帝亲到颐和园请示那拉氏，次日——端午节那天，才公布《停止八股改试策论》上谕，这是维新变法的一个重大成果。梁启超说："科举一变，则守旧之命脉已断。"7月初，一股恢复八股风从京城刮起，刚毅和礼部尚书、总理各国事务大臣许应骙乘这股妖风，唆使后党御史文悌上了《严参康有为折》，诋毁康有为"欲保中国四万万人，而置我大清国于度外"；"使四民解体，大盗生心"。自称"粗通二十六母拼字之法"的文悌在同一奏折里，同样点名恶毒攻击了积极反对八股取士的帝党御史宋伯鲁、杨深秀二人，说他们"遍结言官，把持国事”。光绪帝看出了文悌“受人唆使”的背景，7月8日将他革去御史职务，支持了维新派。

7月3日，光绪帝召见“布衣”梁启超，赏六品卿衔，办理译书局事务，这表明帝党仍没有多大政治实力。9月4日，光绪帝下令将无理阻挠部员上书、公开反对新政的礼部尚书怀塔布、许应骙等六人全部罢官。第二天，下谕任命谭嗣同、杨锐、刘光第、林旭为军机章京，赏四品卿衔，参预新政事宜。被当时称为四个“小军机”的任用和礼部六堂官的撤职，是百日维新中光绪帝亲自决定的一次人事大变动。接着，9月7日光绪帝又把反对新政的李鸿章、敬信等人从总理衙门除掉，接受维新派的建议准备讨论改革政权机构，逐步实现康有为等人关于“开制度局”的主张。

这时，新旧两党的斗争已达到空前激烈的程度，作为设国会的准备，先开懋勤殿，康有为预计推荐梁启超作顾问。

那拉氏发动政变

那拉氏早就密切关注她及其周围亲信的地位可能发生动摇，反对废除八股的顽固势力和一切守旧官僚都把希望寄托于那拉氏身上。北京西郊颐和园、天津直隶总督衙门成了顽固势力密谋的上下据点。9月7日后，受那拉氏支持的怀塔布、杨崇伊等人赶往天津与荣禄密商对策，世铎、奕劻等人连日聚集颐和园与那拉氏合谋部署政变。杨崇伊以御史身份向那拉氏递折诬陷康梁“紊乱朝局，”9月17日亲至颐和园恳请太后“即日训政”。这是一个即将发生政变的信号。

这时，京津一带盛传太后、皇帝10月赴天津阅兵时机将发生兵变，废掉光绪帝。光绪和维新派深感大祸临头。维新派本身既脱离人民群众，又没有自己的武装力量，拿不出什么切实的对策，便想把拥有新建陆军的袁世凯拉过来对付荣禄。袁世凯，河南项城人，1859年出生于官僚地主家庭，早年投靠过淮军将领吴长庆，后几经钻营，于1895年以道员衔在天津小站训练新军，掌握了一支七千余人的新式武装，为荣禄等顽固派所信任和重视。同年，他又加入强学会进行投机，捞得了维新的假名声。虽然维新派中曾有人怀疑袁世凯不能信任，但在走投无路的情况下，他们把希望寄托在袁世凯身上，于是向光绪推荐了袁世凯。

中南海瀛台

9月中旬，政变已成密云欲雨之势。惊慌失措的光绪，于14日叫杨锐带出密诏，要康有为等人“妥速密筹，设法相救”，但密诏被吓坏了的杨锐搁置起来。16日，光绪召见袁世凯，赏以侍郎衔，专办练兵事宜。第二天，他又叫林旭带出第二道密诏，让康有为赶紧逃离北京。林旭将两道密诏一起带出，康有为、谭嗣同等人读了密诏，相对痛哭，束手无策。最后，他们决定还是继续拉袁，并乞求于英、日等帝国主义的支持，幻想借此来挽救败局。

在此之前，英、日等帝国主义分子为了和沙俄争霸的需要，曾装出一副“慈善”心肠，表示愿意“帮助”中国变法。维新派竟天真地相信了他们这些谎言，称赞英国是“救人之国”，并专折奏请联合英、日，企图以此抵抗顽固派。但此时帝国主义分子看到维新派败局已定，伊藤博文对光绪虚表“同情”，根本无意援助。康有为等人到外国驻华使馆进行活动，也毫无结果。于是，他们便把赌注全部押在袁世凯身上。

9月18日深夜，谭嗣同只身跑到袁世凯的寓所，劝袁世凯拥护光绪，杀掉荣禄，发动政变。这时，袁世凯拍着胸膛表示对光绪的忠诚，并说“诛荣禄如杀一狗耳”，却又表示时机紧迫，得先回天津进行部署。谭嗣同以为拉袁已经成功，满意而去。

9月20日，光绪再次召见袁世凯，袁也再次表达了自己的“忠心”。但当他晚上赶回天津时，却直奔荣禄的总督衙门告密。荣禄大惊失色，连夜专车进京，飞奔颐和园面告慈禧，反动政变发动。

21日凌晨，慈禧携带大批随从，自颐和园赶回皇宫，将光绪囚禁在中南海的瀛台，重新“垂帘听政”，并搜捕和屠杀维新派，派兵包围南海会馆，抓走了康广仁。康有为已于前一日离京赴沪，在英国保护下逃往香港。梁启超则在日人掩护下化装出京，由天津去日本。谭嗣同拒绝了当时人们要他出走日本的劝告，表示：“各国变法，无不从流血而成，今中国未闻有因变法而流血者，此国之所以不昌也。有之，请自嗣同始。”他把自己所著的诗文和书稿交给了准备逃往日本的梁启超，决心一死。28日，谭嗣同、杨锐、林旭、刘光第、康广仁、杨深秀六人，被杀于北京菜市口，时人称之为“戊戌六君子”。其他维新派和大批参与新政及倾向变法的官员，或罢官或放逐。严复因为没有实际参加“百日维新”，未被着实追究。政变后，新政措施除京师大学堂保留外，全部都被取消，那拉氏又升荣禄为军机大臣，怀塔布为左都御史兼内务府大臣，许应骙任闽浙总督，李鸿章出督两广，袁世凯护理北洋大臣等。戊戌变法彻底失败。

那拉氏上台后，命令各地广为张贴《劝善歌》，以遮掩人民耳目。其中美化那拉氏：“太后佛爷真圣人，垂帘听政爱黎民。……圣心犹为天下计，忧国忧民常不眠”。北京等地群众讽刺它是“升官保命歌”，从这里也可以看出戊戌变法促进了人民的觉醒。

维新变法失败的原因

一场短命的戊戌维新的失败，固然由于以那拉氏为代表的顽固势力的阻挠、镇压，但是，维新派本身存在的致命弱点，更值得重视。

十九世纪后半期，改良主义思潮的兴起，曲折地体现了人民群众变革社会的要求，而它的发展是以民族矛盾逐渐激化和资本主义经济微弱成长为前提的。当时，新兴的资产阶级上层的政治代表维新派，不可避免存在着更为严重的软弱性和妥协性。他们在政治上的软弱妥协，以及在思想上的缺乏战斗力是互为里表的，一方面拥立“讲变革图富强”的“今圣”光绪帝；另一方面把时髦的外装罩在“古圣”孔夫子身上，借助人世间的两个权威，即政治权威和思想权威的力量推行新政。

维新派内部的思想政治状况虽然存在分歧；但他们之间有一个共同的软弱特点，主要表现为不敢信赖人民的力量，甚至对人民群众的革命活动采取敌对的态度。他们既不满意清政府的封建暴政和对外屈辱投降；又反对人民群众以革命手段摧毁大清帝国。他们总是企图温和地夺取一部分权力，逐步实现三权分立的君主立宪政体，把中国变成一个独立富强的资本主义国家，这是戊戌变法的基本目标。当百日维新期间，维新派一再以“金田之役”、“法国革命”作为教训，以“乱民蠢动”当作警钟，激烈抨击清政府“夜行无烛，瞎马临池”，恰恰反映了维新派又用变法作为防止革命、抵制革命的一种手段，从而使他们自然站到劳动人民的对立面，得不到具有“回天之力”的劳动群众的支持。没有深厚的群众基础，维新派的力量显得非常脆弱，封建顽固势力猖狂一击，显得毫无招架之力。维新派主张不经过暴力去夺得顽固派的政权，结果反而被顽固派以暴力所绞杀。

维新派的软弱和妥协，也表现为向某些帝国主义国家寻找援助和依靠。甲午战后，帝国主义国家卷入帝后两党政争之中，乘机活动以窃取利益。沙皇俄国支持后党，英、日支持帝党，并利用帝党势力以打击沙皇俄国在中国的势力。甲午战争前，英国传教士李提摩太与美国传教士林乐知、丁韪良等组织广学会，宣传中国殖民地化的道路。甲午战后，李提摩太和康有为、翁同龢发生接触，积极传播奴役中国的《新政策》：八人总管中国，“半用华官，半用西人”——其中“当用英、美二国”这时，英美传教士和驻华公使对中国维新潮流特别感“兴趣”，纷纷提出《上中国政府书》、《新命论》（李佳白）；《中国变新策》（甘霖）；《整顿中国条陈》（福士达）等，阴谋操纵清政府的内务与外交。维新派认不清帝国主义分子言论的目的和背景，康有为时常向李提摩太请教变法大计，又推荐他担任光绪帝的顾问，预定在 9 月 23 日召见。由于政变发动，康有为主张的“合作”，化为泡影。百日维新期间，日本前首相伊藤博文以“游历”为名，来到中国，9 月 14 日到北京。他故作同情的姿态，想乘机控制维新运动。康有为亲自去找伊藤博文，请他利用日本的影响压服那拉氏，这些无济于事的努力，正反映了维新派的极度软弱。那拉氏发动宫廷政变的当天，谭嗣同、梁启超等人齐集李提摩太寓所，决定派容闳往见美国公使；李提摩太往见英国公使；梁启超往见日本公使，请他们出面相救。那时，美英两国公使分别在西山及北戴河避暑，自然未得结果。日本与沙俄的矛盾突出，也并不能采取实际措施。

维新变法的历史意义

戊戌变法这场社会改革运动固然失败了，但它在当时所起的历史作用不能低估。

首先，戊戌变法运动促成了近代中国第一次思想解放热潮。作为中国民主革命准备阶段的一个过程，维新派代表了当时先进中国人的要求。他们办学会、学堂、刊行报纸，公开议论时政，激发了人民的革新思想。他们宣传反对封建君主专制主义的新兴资产阶级民主学说，介绍西方资产阶级的自然科学成就，几年间，“报馆林立，指谪时政，放言无忌，措词多失体要，……危言耸论，警动当世。”

戊戌政变后，翰林院侍读学士恽毓鼎向那拉氏惊呼：“臣常阅近日少年文字及聆其谈论，往往矜奇斗异，肆为大言，诋讥孔孟，称扬叛逆。”这位对新思潮持“忧之愤之”的老顽固，把“民主”看成离经叛道的“邪说”，且感到它有“一唱百和”之力，从反面证实了孔孟之道的传统思想受到严重冲击。“新学”和“新法”，是在上层建筑领域里对顽固守旧势力作斗争的武器，开始冲破了万马齐喑的政治局面，从此，人民的觉悟迅速提高，历史前进的步伐大大加快了。

其次，戊戌变法运动带来了“设厂兴工”的后果，促进了民族资本主义的发展。维新派始终企图冲破封建生产关系的一些束缚，排除帝国主义外来的政治经济压迫，为解放生产力和发展民族文化创造条件。康有为、梁启超在《公车上书》里，直接引用了郑观应的“商战”理论，说：“古之灭国以兵，人皆知之，今之灭国以商，人皆忽之。”他们主张发展新式工业，斗巧争奇；建立商会，国家助之；兴办近代教育事业，促进经济发展等等，都产生了实际的社会效果。推行新政期间，颁布了发展民族工业和科学文化的诏令，民族资产阶级上层人士的社会地位得到一定提高，投资的合法权利受到某些保护，这对中国民族资本主义的初步发展，有着一定程度的刺激作用。

再次，戊戌变法运动的悲惨失败，留下了沉痛的历史教训。

维新派以炽烈的爱国热情，以温和的合法手段，进行自上而下的改革，结果，碰得头破血流。他们不要流血，尝到的却是血腥屠刀。谭嗣同等一代志士把生命献给了维新事业，“缇骑捕党人，黑云散冥冥。”这场社会改革实践证明：在半殖民地的中国，倡行资产阶级的温和改革是要走绝路的。变法失败后，资产阶级维新派随即分化：一部分人从血的教训里醒悟过来，扬弃变法路线，逐步走上了资产阶级民主革命的道路；另一部分人如同康有为、梁启超、严复等，仍然死抱拥帝请愿的路线不放，逐渐堕落成保皇派，逆时代潮流而动，成了新的反清革命路上的绊脚石。辛亥革命后，他们有的公开站到反革命营垒；有的以前朝遗老自命，鼓吹帝制复辟，残星落月，老泪悲吟，完全为历史潮流所淘汰了。

义和团运动概况

18 世纪末到 19 世纪初，兴起于长江以北各省的白莲教大起义和白莲教的支派天理教起义被清廷镇压后，白莲教的各个支系继续斗争，北方几省相继出现了八卦教、红阳教、荣华教等组织，秘密从事反清斗争，其中八卦教影响最大。朝廷规定，传习八卦教者要查拿缉捕，为首者处以死刑，于是八卦教徒便以传习拳术来隐蔽自己。义和团运动便由此萌芽而来。

甲午战争期间，山东沿海民众遭受日军侵略之苦，战争结束后，日军占领了威海卫。三年后，日军撤离，此地又立即被英军强占。不久，德国又占据了胶州湾，并强行把山东划为它的势力范围。光绪二十四年（1898 年），英国强行租借威海卫，随之外国教会也随入大批进入山东各地，修建大小教堂 1100 多座，传教士和教徒发展到八万多人。许多加入教会的地主豪绅，仰仗教会势力，乘多年荒灾之机，囤积居奇，抬高粮价，居众苦不堪言，对之切齿痛恨，多次与教会发生冲突。

当年十月，山东冠义县义和拳在闫书勤带领下，聚众数千人，树起“助清灭洋”的旗帜，占领了梨园屯。第二年，平原县义和拳组织和教会发生冲突，地方官吏派兵镇压，逮捕了数名义和拳成员，于是他们向茌平县义和拳首领朱红灯求救。朱红灯率领几百人的义和拳武装成员赶到平原，与当地义和拳群众会合，使官府十分恐慌。济南知府带兵在平原县与恩县交界的森罗殿与朱红灯的队伍发生争斗。此时，茌平、恩县、长清、高唐等地义和拳纷纷响应，不久，东昌、武定、泰安、济南等地的群众也闻风而动。面对义和拳运动的蓬勃兴起，清朝官吏内大体出现两种倾向，一种是主张立即用武力消灭，一种则主张安抚、收编。山东巡抚张汝梅上奏朝廷，要求采取安抚、收编政策，主张“化私会为公奉，改拳勇为民团”，把拳民编到诸乡团之内。次年二月，毓贤继任山东巡抚，出告示改“拳”为“团”，把参加义和拳的群众称之为“拳民”，允许他们设厂习拳，同时把武装反抗教会的人称为“匪徒”，缉拿惩处，借以安抚义和拳。由此一来，义和拳反倒取得半合法的地位，迅速发展起来，成为一个官方默许的公开团体，“义和团”的名称从光绪二十四年（1898 年）春开始逐渐地广为流传起来。

山东义和团的迅猛发展，引起在华各国势力的恐慌。驻扎胶州湾的德国军队出兵到胶州、高密、日照等地，焚毁村庄、抢劫城镇抢杀居民。英、美、意等国驻华公使也向清政府施加压力，要求清廷下令取缔义和团。光绪二十五年（1899 年）底，美国公使唐格向总理衙门提出了撤换毓贤的要求，清廷迫于压力，申斥毓贤对义和团镇压不力，将之调任山西巡抚，由袁世凯接任山东巡抚。袁世凯上任后，立即发布了《禁示义和拳匪告示》，不承认义和团具有合法性，规定：不仅练拳，就是赞成义和拳的，都要被杀。随后依仗他统带的武卫右军和扩编的武卫军先锋队马步炮队共二十营兵力，对活动于山东黄河北岸的义和团发起进攻。先后斩杀了王玉振、王文玉、孙洛泉等义和团首领，消灭十多部义和团，光绪二十六年（1900 年）春，山东义和团运动告以平息，义和团运动的中心移到了直隶省。

早在两年前，直隶南部威县，曲周、景州、阜城义和拳就已经开始活动，许多村庄建立拳厂、练习拳术，并逐渐向北发展，与教会和官兵多次发生冲突。此时，直隶总督裕禄根据上谕发布《严禁义和团》的告示，宣布“招引徒众，私立会合，演习拳棒，均属违禁犯法”，“再有设厂练习拳棒，射利惑民悖事，即由地方官会营捕拿，从严惩办。”此时总理衙门也对此忧心忡忡，电令裕禄，“此事关系紧要，务须赶紧严密查办，免滋事端。”于是裕禄派出官兵，分路对义和团进行镇压。然而，义和团运动不仅没被镇压下去，反而愈演愈烈，势力扩展到直隶全省，直逼京城附近地区，甚至在京城内和直隶总督所在地天津，也已经有自称义和团的人开始活动，沿街练拳，招收徒弟。

消息传到清廷，有官员主张对义和团用兵讨伐极其危险，应采取安抚政策。是年四月初，监察御史郑炳麟上奏，主张在直隶、山东派道府大员当“团练局总办”，选择乡绅做“团总”，收编义和团，把义团改造为官办的团练。这个建议遭到裕禄和袁世凯的反对。一时间清廷陷入对义和团是“剿”还是“抚”的两难境地。

四月初，涞水、定义、新城、涿州、易县等地的义和团同教会势力发生冲突，焚烧了当地的教堂，随后裕禄派军队前往镇压，遭到义和团的顽强抵抗，淮军副将杨福同被打死。裕禄随即又派提督聂士成所部的武卫前军赶去镇压，又遭到义和团的抵抗。义和团以“反洋”的名义破坏了芦保铁路，阻止前来镇压的清军。继而相继焚毁了高碑店、涿州、琉璃河、长辛店、卢沟桥的火车站，京津铁路上的丰台站和机器制造局也被捣毁。五月初，义和团拥进涿州城。

慈禧太后见形势十分紧迫，就派协办大学士刚毅和刑部尚书赵舒翘、顺天府尹何乃莹到涿州方向去进行招抚，向义和团宣布朝廷的“德意”。刚毅等人到涿州一带后，感到义和团势力极大，不能进行剿杀，于是向朝廷报告，主张撤回聂士成的部队，采用劝导、晓谕的办法解散或收编义和团。

正当刚毅等人在涿州一带活动时，京城内的义和团活动越来越频繁，声势也越来越大。小股外县拳民陆续涌入北京城，城内居民也纷纷加入义和团，出现了以义和团名义出现的反对洋人的揭帖，公开设立坛棚，焚烧外国人的教会房屋，并围攻西什库教堂和东交民巷使馆。朝廷屡次下令解散、严禁、缉拿，均无济于事，到了不能控制的局面。与此同时，天津城内义和团活动也十分频繁，烧毁教堂，进攻紫竹林租界，捣毁监狱，释放犯人。这时裕禄不得不改变手段，由高压转为安抚，以总督名义邀请义和团首领张德成，并用轿将他抬到总督衙门。

这年四月，英、美、德、意已派兵船驶入大沽口，随后，英、美、德、法四国公使先后向总理衙门发出照会，要求清政府采取措施迅速剿灭义和团。不久，十一国公使又以外交使团名义照会清政府，要求严禁团民练拳设堂，传布揭帖，并命令各国的大沽口的海军准备登陆。五月二十八日，驻北京的各国公使举行会议，决定立即以保护使馆的名义调兵来北平，并将此决定通报给总理衙门。经过一番交涉后清政府退步了，经慈禧太后批准，总理衙门同意各国立即派兵入京，要求兵数少一些，随后又通知裕禄，为从塘沽登陆经津入京的外国军队准备火车。几天后，英、俄、德、法、日、美、意、奥等国海军陆

西摩尔

战队四百五十人，分两批到达北京，另一支外国联军六百多人，由塘沽登陆开进天津。六月十日，八国联军二千多人，在英国海军中将西摩尔的率领下，由天津向北京进发。裕禄虽想阻止他们，但联军仍然取得了所需的机车和车厢，开始了八国联军侵华战争。一路上，联军遭到义和团的反抗。义和团拆毁铁路，致使联军四天里才走了一半路，抵达廊坊。一天早晨，义和团在廊坊车站袭击联军，几天后又再次袭击。此时去往北京的铁路已被破坏，联军只好退回天津。

六月十六日起，慈禧太后召集大臣，连续四天举行御前会议，主剿主抚两振争执不下。权衡利弊，慈禧太后决定宣战，“大张挞伐，一决雌雄。”但是，“宣战上谕”内容极其含糊，令有些属下不知所措。同时，慈禧又面谕李鸿章，让他去向各国保证对义和团要“设法相机自惩办。”由此，义和团受到内外夹困。

正在朝廷举行御前会议期间，联军以朝廷当局“并不倾力剿办”义和团为借口，炮轰大沽口炮台，并迅速将其占领。随后又水陆并进，进逼天津，义和团与之顽强作战，双方激战一个月之久，此时聂士成的部队加入了反抗联军的战斗。义和团曾一度占领了紫竹林租界。在激战中，联军投入上万人的兵力，而清军主力却按兵不动，致使义和团力单难支。七月十四日，天津被联军攻破。与此同时，北京义和团向东交民巷使馆发起进攻，相继烧毁了比利时、奥地利、荷兰、意大利四国公使馆，连续围困各使馆五十六天。八国联军攻陷天津后，于八月初向北京进攻，遭到义和团的阻击，但清军却节节败退，致使联军前进速度很快。八月十四日，联军攻占北京，慈禧太后率王公大臣仓皇出逃，义和团被迫退出北京，在八国联军的镇压下，义和团运动终遭失败。

义和团运动的兴起与发展

义和团在山东的兴起

义和团是在义和拳的基础上发展起来的。义和拳是民间反抗清朝封建统治的秘密结社的一种，有的属于白莲教的一个支派。它长期以来在山东、河南、直隶、苏北一带从事反清斗争。由于19世纪初期的白莲教起义曾经沉重打击了清朝的封建统治，因此，它一直被清朝统治者视为“邪教”，严加禁止，嘉庆时还专门发布过残酷镇压白莲教的“上谕”。但是人民群众的反封建斗争并未止熄，义和拳继续进行反清秘密活动。甲午战争以后，随着帝国主义侵略的加紧，帝国主义和中华民族的矛盾日益尖锐激化，义和拳也就从反清的秘密结社，转变为具有广泛群众性的反帝斗争组织。大刀会也很快同义和拳汇合起来，成为山东义和拳的重要组成部分。随着反帝斗争的迅速发展，义和拳的组织也迅速扩大，它的社会基础、组织程度、斗争目标和运动规模，都远远超出了白莲教的范围，它已不再是单纯的反清秘密结社，而成为一个以广大农民为主体的、具有鲜明的反帝斗争目标的革命团体。

义和拳兴起不久，清朝政府和山东的地方官吏，慑于帝国主义的淫威，实行残酷镇压。1899年4月，毓贤升任山东巡抚以后，即先后八次下令不准民间私立大刀会、红拳会诸名目，

义和团拆铁路

不准设厂学习拳勇，并在8月间杀害了活动于济宁、嘉祥、汶口、巨野等地的义和拳首领陈兆举等。但群众的反帝斗争是禁止不住、镇压不了的，义和拳“灭洋人，杀赃官”的吼声响彻大地，反帝斗争的怒火熊熊燃烧，很快形成燎原之势。

1899年初，山东义和拳著名首领朱红灯和心诚和尚，在茌平、高唐一带发动义和拳和当地群众，展开了反对教会侵略的斗争。朱红灯，山东泗水县人，1898年来到长清县大李庄，参加义和拳以后，在长清、茌平等地积极进行革命宣传，扩大义和拳队伍，成为当地义和拳的重要领袖之一。心诚和尚，出家前叫杨天顺，高唐县人，贫苦农民出身，很早就在禹城县丁家寺设厂练拳，也是禹城、高唐、茌平等地义和拳的重要首领。

朱红灯率领的义和拳在茌平、平原英勇斗争，屡败清军，使得帝国主义及其走狗恐慌万状。毓贤又派济东道吉灿升督同游击马金叙，率领大批反动军队到茌平镇压。马金叙以阴谋手段诱捕朱红灯、心诚和尚，并在朱红灯与义和拳的来往书信中，发现“明年四月初八日攻打北京”的计划。1899年12月，朱红灯和心诚和尚惨遭杀害。

朱红灯虽然壮烈牺牲，但是义和拳并没有被吓倒，仍然继续坚持斗争，力量不断壮大。到1900年春，直隶成为义和团运动的中心。

义和团的基本群众是广大贫苦农民，同时也有不少手工业工人、沿海渔民、运输工人等参加。清军中的一些士兵，也有参加义和团的。正是这些广大劳动人民群众，不甘心屈服于帝国主义及其走狗的压迫，他们拿起武器，奋起反抗，向着帝国主义及其走狗发动猛烈的进攻。

义和团的基层组织是“坛”，各支的首领一般称“大师兄”、“二师兄”。参加者以青年为最多，妇女和少年儿童，也是义和团的主要力量。“京城演习义和拳者童子居多”，“其幼稚者，年不过十岁上下”。这些青少年习拳练武最积极，打仗最勇敢。青年妇女参加义和团称为“红灯照”，成年妇女称“蓝灯照”。

义和团有严明的纪律。例如，义和团在从景州向涿州进军途中，只“与奉教人为难，并不伤害行客”，“途中相遇，秋毫无犯”。又如义和团在涿州攻打双柳树村教堂时，“仅伤两教民而逸，室中一物未失”。

各地区的义和团，在反帝斗争的共同目标下，虽然互相联络，互相支援，但是由于在很短的时间里，就迅速发展起来，而且立即投入“灭洋”的战斗，所以并没有形成统一的领导机构，各个地区的义和团始终处于分散作战的状态。

义和团在山东兴起不久，就提出了“扶清灭洋”的口号。由于袁世凯对义和团实行残酷镇压，山东各地的义和团在进行反帝斗争的同时，还要与袁世凯的反动军队作战，因此，这个口号在山东地区实际并不甚流行。随着义和团进入直隶和斗争的迅速发展，“扶清灭洋”的口号也就比较广泛地写在义和团的旗帜之上。

义和团运动的蓬勃发展

早在山东义和团起义时，直隶省南部和临近山东的故城、景州、阜城一些地区也兴起了义和团活动。他们一面广设“拳厂”，练拳习武，扩大组织，一面发动反洋教斗争和抗官斗争，使得一些地方官吏，“欲拿不得”，束手无策。到了 1900 年四、五月间，义和团的组织已经几乎遍及全省所有的州县，形成一股强大的反帝洪流。

直隶的义和团逐渐由南而北，向天津、北京等清朝统治者的心脏地区挺进。义和团的反帝宣传和严明的组织纪律，沿路反洋教、抗官兵的英勇正义行动，给人民以巨大的鼓舞。各地群众响应义和团，纷纷要求拜坛入团，革命的队伍迅速扩大。向北京进发的义和团在人民的声援下，迅速占领了献县、河间、任丘等一批县城。当义和团进入河间府辖内的任丘县时，遇到清军阻击，双方激战，大败清军，清军统带官受重伤，兵士被杀多人，知府也受刀伤，义和团又攻占白洋淀，所向披靡，迅速向北京挺进。

义和团摧毁教堂

义和团向京津进军，使帝国主义惊恐万状。4 月 6 日，英、美、德、法四国公使合伙出面骄横地要求清政府，“限两个月，将义和团剿除净尽，否则四国发水陆各军入东、直两省，自行平乱”。直隶总督奉命一再发出告示，对义和团民要“由地方官会营捕拿，从严惩办”、“就地正法”，还派重兵分赴津南及芦保铁路沿线“随处稽查，随时弹压”。但是，威吓和弹压丝毫不能阻挡义和团的前进。5 月，义和团占领定兴，并以定兴为中心向外扩展，控制了新城、涿州、涞水和易县一带广大地区。义和团又乘势迅速占领了北京南面战略要地涿州。裕禄急忙调全副新式装备的王牌军——聂士成统率的“武卫军前军”，妄图以大规模的围剿镇压义和团，阻止义和团向北京前进。义和团为了粉碎聂士成的围剿，切断清军南北增援部队，在当地群众的配合下，首先扒了芦保线涿州以南到高碑店，以北到琉璃河的铁路，放火烧了高碑店、涿州、琉璃河、长辛店、卢沟桥等车站。接着又乘胜袭击京津铁路，焚毁了丰台车站和洋务派操办的机器制造局，连西太后的“龙车”也付之一炬。义和团大规模的举动，切断了清军南北联系，使之孤军作战。相反，义和团却集中力量，南北驰骋杀敌。六月初，聂士成军被迫撤回天津，直隶总督裕禄已无力控制直隶的形势了。

义和团反围剿取得重大胜利以后，京津已处于兵临城下的形势。

六月上旬开始，义和团主力陆续进入北京。一队队头裹红巾，腰扎红带，鞋镶红边，手持大刀长矛的义和团队伍，三、五十人不等，不分昼夜，一日数十起从京郊各县拥进北京城里，入城后，义和团严格地遵守纪律，始终保持着艰苦朴素的优良作风，得到人民的拥护和支持。

向天津进发的义和团，由于沿途几次遭到清军重兵阻击，损失较大，而改由文安、霸县、静海等地逼近天津。六月中旬，继进入北京之后，义和团又开进天津城。

义和团大队人马进入北京、天津，守城的清军士兵在义和团反帝爱国宣传的影响下，不但不加拦阻，甚至替义和团喝道开路。这时，皇宫的宫门、清政府的衙门、王公贵族的住宅，都有义和团派人监视。大路口以及内外城各门，都有义和团把守，日夜盘查可疑的行人。义和团在北京树立了群众斗争的权威。他们经常在街上列队示威，高呼“杀洋鬼子!”北京的帝国主义分子只好麇集到东交民巷使馆和西什库教堂，准备顽抗。

6 月 14 日，天津团民将城内教堂焚毁。16 日砸毁了一向与帝国主义勾结的海关道署，又趁势进入军械所，缴获无数枪支弹药。北京义和团也焚毁了宣武门内、前门一带的一些教堂。

义和团进入北京，说明它的力量不断壮大，统治者无力镇压；同时说明清廷统治者在帝国主义侵略军步步紧逼下阴谋改造、控制和利用义和团。为了控制义和团组织，那拉氏为首的清政府任命顽固派首领载勋为统率义和团大臣，载澜、刚毅、英年佐之。凡五城散团及新参加义和团的，都要到王府“报名注册”。乾字团归澜公府统率，坎字团仍归庄王府统率。在庄王府挂号的名曰官团，书“奉旨义和神团”字样，没有挂号的叫做私团，无“奉旨”字样。清政府还颁布了《义和团团规》，作为义和团的行动纲领。《团规》强调，义和团要和官军“联成一家”，“各团师兄，应与兵勇彼此和睦”，义和团“如遇调遣出征，当谨遵号令”。这样就把义和团和清军同样看待，形成兵团“遂合为一”的局面。

随着义和团组织被控制，参加义和团成员的成分也发生了深刻的变化。除原来“乡愚务农”的尚能保持“粗食布衣”外，而在北京城内新参加的，有些虽然“打扮相同”，而衣着旗帜“皆多绸绉”。“上自王公卿相，下至倡优隶卒，几乎无人不团。”北京城内一时“上自官吏，下及黎庶，已成义和拳‘匪’世界。”可见北京义和团的成分已相当复杂了，这不能不影响到义和团的行动。

义和团进入京津地区以后，在全国范围引起了强烈的反响，反帝革命风暴席卷全国。其中特别是东北三省、山西、内蒙等地，义和团的斗争较为激烈。

山西省毗连直隶，1900 年 5 月始，以省城太原为中心，义和团运动遍布全省各地。6 月 27 日义和团焚毁了向义和团开枪挑衅的太原东夹巷教堂。7 月 10 日又烧了大北门天主教堂。11 日，太原东南榆次县什贴镇义和团进入太原，迫使山西巡抚毓贤不得不将义和团迎入巡抚衙门。至此，山西义和团活动进入高潮，整个太原已为义和团所控制，全省四五十个州县都展开了义和团的活动，拆毁教堂七八十处，山西成为义和团活动的重要地区之一。

内蒙古地区，六月间，集宁、丰镇、托克托等地都出现了义和团的揭帖，号召人民起来斗争。七、八月间，义和团运动进入高潮，逐渐向整个内蒙古地区扩展，东至察哈尔西四旗、兴和一带，西至拉善三盛公一带，北至乌盟四子王旗，南至伊盟鄂托克旗、乌审旗的最南端城川，反帝斗争的怒火燃遍了整个内蒙古草原。在反对帝国主义的斗争中，蒙、汉、回各族人民团结一致、并肩战斗，给予帝国主义侵略分子以沉重的打击。特别是在围攻托克托西营子、萨拉齐二十四顷地、四子王旗铁疙旦沟、鄂托克城川等教堂时，战斗异常激烈。盘踞在这里的侵略分子，利用坚固的土堡围墙和精锐的武器进行顽抗，但在义和团的猛烈冲击下，顷刻土崩瓦解，并活捉了西南蒙古教区的主教韩默理。

陕西、河南、甘肃以及四川等省，义和团反帝斗争都蓬勃发展起来，有力地打击了帝国主义侵略势力。

南方各省，虽然由于帝国主义和各省督抚相互勾结，采取了联合镇压人民的极端反动措施，但是，南方各省人民在京津一带义和团斗争的鼓舞下，也纷纷组织起来，此伏彼起，进行着反对外国教会侵略势力的斗争，沉重地打击了帝国主义。六、七、八月间，江苏、安徽、湖北、江西、福建、广西等省不少地方，广泛开展了拆毁教堂、打击反动教会势力的运动。仅江西一省就拆毁各国教堂39处。云南拆毁了昆明教堂，个旧矿工聚众七、八万人，准备抵抗法国侵略。四川大邑爆发了反教会斗争，威震川南。崇庆、灌县、郫县也都开展了反对外国教会的斗争。其他南方各省也都掀起了不同规模的反洋教斗争。

在福建厦门地方的义和团的揭帖里，提出了收复台湾的要求，尤为可贵。

在短短的几个月内，北起黑龙江，南到广东，东自江、

反散打鬼图

浙，西至陕、甘、云南，全国二十多个省份，凡是帝国主义势力所到之处，都燃起了人民反帝斗争的怒火，迅速汇合成了以义和团运动为中心的全国反帝风暴。

义和团运动是在帝国主义疯狂地瓜分中国，中华民族危机异常严重的情况下爆发的，因此他们的斗争目标主要是反对帝国主义的侵略。义和团指出："最恨和约，误国殃民"，主张废除不平等的"和约"，维护中国的独立和主权。义和团反对帝国主义瓜分中国，提出把帝国主义侵略者"逐回外国去，免被割据逞奇能"。同时也提出反对帝国主义经济、文化侵略的口号。当然"扶清灭洋"是义和团的基本口号，并广泛地写在义和团的旗帜上。"扶清灭洋"的口号反映了当时中国社会主要矛盾的变化，即帝国主义和中华民族之间的矛盾成为最主要的矛盾。而封建主义和人民大众的矛盾暂时降到了次要和服从的地位。应当指出，这个口号并不是也不可能是义和团在对当时中国社会矛盾进行科学分析的基础上提出来的带有策略性的口号。相反地它带有笼统排外的一面。特别是说明义和团对清王朝的本质认识不清，因而放松对它的警觉，以至受骗上当。此外，义和团对一切洋人、洋务人员、洋教、洋书、洋货，不加分析，一概排斥，说明他们对帝国主义的认识还处于感性阶段。

八国联军的武装进犯

义和团反帝爱国运动在全国的迅猛发展，沉重打击了列强在华的侵略势力，他们决定直接出兵干涉。四月初，义和团运动在直隶开展时，美、英、法、德四国公使联名向清政府发出照会，限期两月把义和团“剿除尽净”，否则将“发水陆各军入东直两省，自行平乱”。五月，义和团逼近京津，各国公使分别电催本国政府急速派兵来华。5 月底到 6 月初，英、美、日、俄、法、德、奥、意等八国侵略军先后乘军舰抵达塘沽和大沽口外，其中 400 名先遣队，以保护使馆为名，乘火车开进北京。6 月 10 日，他们又从八国侵略军中抽调 2000 名官兵组成联军，由英国海军上将西摩尔率领，从天津分别乘火车驶向北京。

义和团听到联军进京的消息，立即奋起抵抗，拆毁天津到北京的铁路、桥梁，逼得敌人边进边修，十分狼狈。11 日，侵略者刚到落垡车站抢修铁路时，手持大刀、长矛的义和团发起冲锋。经过激烈的搏斗，敌人伤亡累累，西摩尔只得留一部分军队守落垡，率领其余部分向廊坊车站逃窜。14 日廊坊又被义和团包围。18 日义和团和董福祥部猛攻廊坊，歼敌 50 多名，西摩尔败退杨村。至此，西摩尔进京之路水陆俱穷，只好逃回天津。在这次廊坊战役中，侵略军被打死打伤 374 名。从天津乘火车到北京本来只需三、四个小时，但是持有新式装备的侵略者用了半个月的时间，也只是迂回在短短 60 公里的铁路线上。

六月中旬，开到大沽口附近的各国军舰已达 30 多艘。6 月 16 日晚 8 时，侵略军向大沽炮台守将罗荣光发出最后通牒，限令中国守军于第二天凌晨交出炮台，罗荣光等爱国官兵毅然拒绝了侵略者的无理要求。17 日凌晨，八国联军悍然向大沽炮台发动进攻。义和团闻讯前来支援，和守军一起顽强抵抗。这时，先行登陆的侵略军从炮台后侧进行夹攻。广大爱国官兵和团民在腹背受敌的情况下，仍坚持激战 6 小时，击沉击伤敌舰 6 艘，打死打伤侵略军 260 多人。但由于力量悬殊，岸上炮台又被敌舰打中，爆炸起火，大沽炮台失陷。云集大沽口外的大批侵略军，纷纷从大沽登陆，进犯天津、北京，扩大侵华战争，八国联军侵略中国的战争开始了。

清政府对外宣战

帝国主义大举进犯的形势使西太后产生了疑忌和畏惧。原来，以西太后为代表的顽固派在戊戌政变后，曾多次策划废掉光绪皇帝，另立端王载漪的儿子溥儁为“大阿哥”，但屡遭帝国主义的阻挠。帝国主义向津、京进犯，顽固派唯恐有暗助光绪皇帝之意，所以一些顽固派主张借义和团的力量达到废立的目的。6 月 16 日，西太后召开御前会议。会后发布的上谕宣布对义和团“姑开一面之网”，同时，命令刚毅、董福祥将义和团中“年力精壮者，即行招募成军”，又命令礼亲王世铎等“细加察验”，“究竟该拳民临敌接仗，有无把握”。这说明西太后已经考虑顽固派所提出的利用义和团抵御外国的建议了。同一天，西太后严令裕禄、聂士成、罗荣光等阻止外国军队进京，并宣布如果外国继续进兵，“则衅自彼开，该督等须相机行事，朝廷不为遥制。万勿任令长驱直入，贻误大局。”这实际上是授予裕禄等在外国继续进兵时可以对外开战之权。西太后这个决定是在接到所谓罗嘉杰送密报之前。6 月 17 日，裕禄奏报：外国侵略军强令清军于 17 日凌晨两点前交出大沽炮台，否则以武力夺取。至此，西太后感到形势更加严重。19日，她在给裕禄等人的命令中说："事机紧迫，兵衅已开，该督须急招义勇，固结民心，帮助官兵节节防护抵御，万不可畏葸瞻顾，任令外兵直入。设大沽炮台有失，定惟该督是问。"这虽然不是公开宣战，但已正式下达作战的命令了。20日，西太后接到裕禄的奏报，得知侵略军已进犯大沽、天津，清军已与义和团合力抵抗之后，遂于21日正式宣战，同时命令清军与义和团"联络一气"，抵御外侮。

西太后在宣战诏书中虽然表面上说："与其苟且图存，贻羞万古，孰若大张挞伐，一决雌雄。"实际上，她根本不敢也不想与侵略者"一决雌雄"，而只想"苟且图存"。所以在宣战后五天，西太后就向反对宣战的洋务派督抚大员李鸿章、刘坤一、张之洞求"谅朝廷万不得已之苦衷"，八天后又向帝国主义乞情求饶，给出使各国大臣的电报中说："朝廷非不欲将此种'乱民'下令痛剿，而肘腋之间，操之太蹙，深恐各使馆保护不及，激成大祸；亦恐直、东各省同时举事，……中国即不自量，亦何至与各国同时开衅，并何至恃'乱民'与各国开衅，此意当为各国所深谅。……现仍严饬带兵官，照前保护使馆，惟力是视；此种'乱民'，设法相机自行惩办。"这正像事后西太后所自供的那样："我本来是执定不同洋人破脸的，中间一段时期，因洋人欺负得太狠了，也不免有些动气。……火气一过，我也就回转头来，处处都留着余地"。

义和团抗击八国联军的斗争

清政府对外宣战前后，义和团群众和部分清军官兵奋起抗击八国联军的进犯，展开了保卫京、津的英勇战斗。

天津保卫战以老龙头火车站和紫竹林租界的战斗最为激烈。

6月17日，帝国主义攻占大沽炮台后，大举侵犯天津。老龙头火车站（今天津东站）是大沽通向津、京的枢纽，它隔海河与紫竹林租界相望，又是租界与外界联系的要道，因此双方争夺激烈。6月13日，俄军强占了这个车站。6月17日，联军400人从这个车站乘火车北上援救西摩尔，路上被义和团和清军打得大败。天津居民纷纷做“得胜饼”和绿豆汤，慰问团民和清军。18日，盘踞在老龙头车站的沙俄侵略军2000人，用大炮轰击邻近的义和团驻地。义和团在曹福田的领导下，与敌军激战10余小时，打死打伤敌军500多名，夺回车站以北的全部据点，联军退回租界。

紫竹林租界是各国领事馆和洋行的所在地，是帝国主义在天津的大本营。大沽失陷时，帝国主义不断增兵紫竹林。6月，侵略军已增至两万人。6月15日以后，义和团不断与驻扎在租界中的联军接仗。张德成率领的“天下第一团”五千多人，从独流赶到天津参加战斗。7月初，张德成设下埋伏，诱敌深入，歼灭偷袭的侵略军大部，又机智地驱赶几十头牛，踏毁租界布雷区，冲进租界，焚毁帝国主义在天津的三井洋行、萨宝实洋行和其他建筑物。同时，在老龙头车站的曹福田部，也配合作战，猛攻车站和法租界，激战两昼夜，毙伤敌军百余人。清军提督聂士成率领的官兵，6月21日后也参加了战斗，他们在7月6日炮轰紫竹林租界，给敌人以很大的威胁。后因天津南门防守空虚，聂士成率军赶回南门外八里台防地。7月9日，一队日本骑兵从城南15里的纪家庄，沿卫津河进攻八里台；另一支联军从紫竹林租界出发，向八里台猛攻。聂士成在腹背受敌的情况下，指挥部队奋勇杀敌。他身中七弹，仍然坚持战斗，最后以身殉职。

这时天津清军尚有一万多人，但新调来的帮办北洋军务宋庆和直隶总督马玉昆，不积极阻击敌军，却把枪口对准义和团，下令“遇团即杀”，义和团被迫撤离天津。7月13日，宋庆保护裕禄逃到杨村，马玉昆退走北仓。联军分三路进攻天津县城。日军从奸细郑殿芳处探得天津守备虚实，夜间伪装团民混入城内。14日炸开城墙，天津陷于敌手。联军占领了县城内外，分区管辖，由英、德、美、日、法、俄等国共同组成一个“都统衙门”，对天津人民进行了两年多殖民统治。

在天津保卫战的同时，北京义和团也发动了对东交民巷和西什库教堂的总攻击。东交民巷是帝国主义使馆所在地，是帝国主义侵略势力在中国的指挥部。义和团众和董福祥的甘军包围和猛攻东交民巷，给侵略者极大打击。

西什库教堂是法国天主教会在直隶北部的总堂，也是帝国主义对中国进行宗教侵略的重要据点，6月15日，万名义和团开始进攻这座教堂，炸得教堂墙倒屋塌，打死打伤敌人大半。

北京陷落

西太后虽然对外宣战，并下令攻打使馆，但她一贯敌视人民和媚外的根本立场没有改变，而且始终存在着对洋人惧怕和谋求妥协的心理。在宣战后第5天，她的态度就发生了变化。6月25日早晨，载漪、载勋率团众闯入皇宫，声言要杀“洋鬼子徒弟”，企图杀死光绪帝，被西太后喝住，并下令杀死团民20人。这时使馆久攻不下，她盘算利用义和团打击洋人这一策略未免过于冒险，深怕利用不成，反而毁了自己，于是又改变主意，当晚令荣禄往使馆表示慰问，并向侵略者表示要“力护使馆”。6月29日，她又给各国驻中国公使发出电报：“中国即不自量，亦何至与各国同时开衅，并何至恃乱民以与各国开衅”，并向帝国主义保证对“此种乱民，设法相机自行惩办”。7月14日天津陷落，接着又得到“归政”照会出自伪造的消息，西太后迫切希望求得洋人的谅解，乃于22日，派主管总理各国事务衙门的庆亲王奕劻到各使馆慰问、求和，又派人送去食物。

清政府的妥协求和，大大助长了帝国主义的侵略气焰。他们为了消灭义和团，并迫使清政府彻底屈服，决定继续派兵进京。

8月4日，八国联军二万余人，由天津分两路沿运河向北京进犯。这时，慈禧太后加紧向侵略者求和，于8月7日正式任命李鸿章为议和全权代表。她禁止南郊义和团继续进城，并把京城内外一部分义和团调往前线，作为前驱，让团民和侵略军互相削弱。8月5日，联军进抵北仓，义和团协同清军奋力阻截，几次打退敌人的进攻，歼敌数百名。联军不断增援，马玉昆率军先逃，北仓失守。6日，联军进攻杨村，宋庆、马玉昆北逃通州，裕禄兵败退驻蔡村，自杀而死。9日，李秉衡率军于河西务迎击敌人，因军心涣散，一战即溃。李秉衡败走张家湾，忿而自尽。13日，联军占领通州，直逼北京城下。

义和团勇士

俄军进攻东便门，日军攻打朝阳门、东直门，遇到义和团和甘军的顽强抵抗。英、法、美军进攻广渠门，武卫军和八旗兵溃逃，侵略军相继入城，北京于14日陷落。15日晨，联军进攻皇城东华门。慈禧太后慌忙换上农妇的衣裳，带着光绪皇帝和亲信臣僚出德胜门仓皇西逃，经过山西太原逃往西安。

八国联军侵占北京后，仍不断增兵京、津。9月中旬，联军已达10万人。为了协调侵略步骤，德皇威廉二世以公使克林德被杀为借口，建议由德国元帅瓦德西任联军总司令。瓦德西一到天津就四处攻掠。他们从天津沿津榆铁路攻占山海关；自北京南窜保定，北侵张家口等地。联军所到之处，无不受到清军的协助。瓦德西说："当联军（向保定）前进之际，常常发现中国军队与拳队相战之遗迹。各个城镇入口之处，多悬已斩拳队领袖之头，以欢迎联军"。而联军在保定一地，所杀的义和团群众也不下 200 人。

轰轰烈烈的义和团反帝爱国运动，在帝国主义和清军的联合绞杀下失败了。

联军占领北京之后，对北京进行了一次空前的洗劫。瓦德西供认："联军占领北京之后，曾特许军队公开抢劫 3 日"。于是，皇宫中的累代宝物皆为日本捆载而去。颐和园的精良器物，被各国强盗用骆驼运往天津，数日不尽。沙俄强盗的抢劫行为尤为凶狠，它拿走了宫中的贵重物品，把拿不走的东西打得粉碎。北京天文台中藏有康熙朝的铜制天文仪器，全被德、法两国伙分。翰林院储存的《永乐大典》，在英法联军入侵时已遭到一次洗劫，这次又失去三百册。其他珍贵图书，被毁被劫的不下四万册。"自元明以来之积蓄，上自典章文物，下至国宝珍奇，扫地遂尽"。瓦德西也无法否认"所有中国此次所受毁损及抢劫之损失，其详数将永远不能查出，但为数必极重大无疑……因抢劫时所发生之强奸妇女，残忍行为，随意杀人，无故放火等事，为数极属不少"。

沙俄侵略东北

沙俄对我国东北垂涎已久，在义和团运动期间，除参加八国联军攻掠津、京外，又乘机单独出兵侵占了我东北三省。1900 年 7 月上旬，沙皇尼古拉二世调集约 17 万军队，以保护东清铁路为名，分兵六路大举进犯东北。东北义和团英勇地抗击沙俄侵略军。可是盛京将军增祺和吉林将军长顺，却奉西太后密令，对义和团严加控制，先后杀害了义和团首领刘喜禄、敬际信以及大批团民，这就为沙俄的侵略铺平了道路。沙俄侵略军自七月强渡黑龙江进犯瑷珲开始，到十月占领沈阳和锦州为止，强占了中国东北全境。尼古拉二世竟得意忘形地宣布："满洲之南南北北都有了我们的军队"，并且开始拟定所谓"黄色俄罗斯"计划，妄图把东北变成它永远霸占的殖民地。

沙俄在大举进犯东北的过程中，犯下了罄竹难书的滔天罪行，制造了血洗海兰泡和强占江东六十四屯的大惨案。

海兰泡位于黑龙江省瑷珲县黑河镇对岸，于1858年《瑷珲条约》签订后，被沙俄侵占。1900年7月16日，沙俄声称中俄要打仗，把中国人民押向黑龙江边，以骑兵向中国人开枪射击、刀劈斧砍，用战马践踏，甚至推入江中活活淹死，致使"伤重者毙岸，伤轻者死江，未受伤者皆投水溺亡，骸骨漂溢，蔽满江岸"。在这次屠杀中，被杀害的中国居民有5000余人，幸免者仅80余人。

紧接海兰泡大惨案后，沙俄强盗又扑向江东六十四屯。江东六十四屯位于黑龙江东岸精奇里江（即结雅河）以南，地势辽阔，居民万余。1858年《瑷珲条约》规定："原住满洲人等，照旧准其各在所住屯中永远居住，仍着满洲国大臣官员管理，俄罗斯人等和好，不得侵犯"。7月17日，沙俄强盗突然冲进六十四屯，并放火烧房，把大批居民赶到屋子里活活烧死，或者推进江中淹死，淹不死的就用枪杀。此次被杀害的六十四屯群众约2000余人。就这样，中国人民世世代代居住的地方，被沙俄殖民者强占了。列宁愤怒地谴责了沙俄强盗的残暴，痛斥他们"杀人放火把村庄烧光，把老百姓驱入江中活活淹死，枪杀和刺死手无寸铁的居民和他们的妻子儿女"，"沙俄政府在中国的政策是一种犯罪的政策”。

沙俄侵占奉天后，为了实现其“黄俄罗斯”计划，用武力迫使盛京将军增祺派出代表，于1900年11月签订了一个《奉天交地暂且章程》，规定：俄国驻兵盛京，并在盛京设“总管”，有权过问盛京将军的公事。这样，盛京将军成为俄国“总管”下的一个傀儡。俄国资产阶级的喉舌《新时报》竟狂妄地把东三省称为“黄俄罗斯”。

《奉天交地暂且章程》传出后，引起中国人民的强烈反对，迫使清政府不敢承认，并将增祺革职，委派驻俄公使杨儒为全权代表与沙俄交涉。1901年2月，沙俄政府提出一个交收东三省约稿二十条，它超出了《奉天交地暂且章程》的特权范围，却蛮横地威胁杨儒不得改一字。消息传来，上海、杭州等地举行了反对沙俄侵占东北及逼签条约的集会。东北各地抗俄起义军提出了“御俄寇，复国土”的战斗口号，奋勇打击侵略军。由于全国人民的反对，杨儒始终坚持拒不签字，加上各帝国主义，特别是日本帝国主义不甘心沙俄独吞东北三省，1902年，沙俄被迫签订中俄《交收东三省条约》，规定俄军分期从东北撤退。

中外反动势力联合镇压义和团运动和《辛丑条约》的订立

八国侵略军进入北京以后，城内义和团遭到镇压，有些走出城外，和北京四周的义和团继续进行反帝斗争。帝国主义侵略军为镇压中国人民的反抗，协调他们之间的军事调动，需要有一个联军总司令。在这以前事实上的总司令是沙俄的将领，几次进攻中国的军事行动计划（如进犯天津和北京）都是在沙俄军事将领主持下制定的。但是沙俄当时的想法是，要有总司令之实，而不图其名，这样既能免遭日英的反对，又能不太得罪中国。以便实现它把我国东北变为“黄俄罗斯”的迷梦。因此，它支持德国要瓦德西元帅作总司令的要求。1900年9月25日，瓦德西到达天津。

八国侵略军对北京分区进行殖民统治，俄国占据皇宫和颐和园。侵略军在9月下旬，继续派兵四出扩大侵略。沙俄侵略军沿京榆线占领北塘，然后扑向山海关。强逼驻守山海关的七千多名清军撤退，英国得知俄国的行动后，由大沽派出军队于9月30日抢先占领了山海关。第二天俄军赶到，几乎与英军发生冲突。后来决定由联军共同占领山海关。10月，英、德、法、意四国侵略军3500人由北京出发，沿芦汉铁路南下，占领保定、正定、井陉等地，危及山西。由天津出发的德、法侵略军南下，直到山东边界。11月，德、意侵略军由北京出发北奔长城，进犯张家口、宣化一带。侵略军每到一处，都遭到义和团的英勇抗击。

慈禧太后从北京出逃后，立即叫嚣对义和团要“严行查办，务净根株”。清政府与帝国主义公开合流，共同镇压义和团。帝国主义侵略军四处侵略时，李鸿章命令清军步步后退，不许抵抗。清政府任命李鸿章和庆亲王奕劻为议和全权大臣，负责向帝国主义投降事宜。

义和团运动是一场轰轰烈烈的以农民为主体的反帝爱国运动。这场运动虽然遭到了失败，但它的历史功绩是不可磨灭的。

义和团运动沉重地打击了帝国主义侵略者，阻止和打乱了帝国主义列强瓜分中国的狂妄计划。帝国主义列强不得不放弃瓜分中国的计划，转而采取“以华治华”的政策。义和团运动突出表明，帝国主义永远不能灭亡中国。

义和团运动还进一步动摇了清朝封建统治，加速了这个腐朽王朝的崩溃。在义和团运动高涨时，清王朝的统治受到很大冲击。它虽然最终与帝国主义一起镇压了义和团运动，但它的卖国嘴脸由此而彻底暴露，使中国人民提高了对其反动本质的认识，迅速掀起了新的革命浪潮。1902年3月，直隶广宗、巨鹿、威县的义和团和广大群众，又发动大规模的反抗斗争，举起了“扫清灭洋”的旗帜，不仅打击帝国主义，也坚决打击清王朝。同时，以孙中山为代表的资产阶级革命派，总结义和团运动的经验教训，也把清政府看作是“洋人的朝廷”、“奴隶总管”，更加自觉、积极地进行民主革命斗争，推动了资产阶级民主革命运动在全国蓬勃发展，终于在义和团运动十年之后推翻了清王朝。因此，义和团的英勇斗争，不愧是五十年后中国人民取得革命伟大胜利的奠基石之一。

1900年12月24日，美、俄、日、英、德、法、意、奥八个帝国主义国家，另加上比利时、西班牙和荷兰，共同提出《议和大纲》十二条，迫使清政府接受。躲在西安唯恐“归政”的西太后见到李鸿章给寄来的《议和大纲》，如同得到赦免书，“喜过望，诏报奕劻、鸿章尽如约”，表示“所有十二条大纲，应即照允”。西太后还厚颜无耻地说，要“量中华之物力，结与国之欢心”，决心以最大限度的卖国，争做帝国主义“欢心”的走狗。1901年9月7日（辛丑年7月25日），《辛丑条约》正式签字。

《辛丑条约》中除规定惩凶、道歉之外，有下列几项主要内容：（一）向中国勒索赔款4亿5千万两，分39年还清，本利共九亿八千多万两。其中沙俄所得最多，沙俄外交大臣拉姆斯道夫供认：“1900年的对华作战，是历史上少有的最够本的战争”。（二）拆毁大沽及北京至海的所有炮台；北京——天津——山海关铁路沿线重要城镇，各国留兵驻守。（三）划定使馆界，并准以驻兵，中国人不准在界内居住。（四）永远禁止中国人成立或加入任何反帝性组织，违者处死。清朝官吏要负责替侵略者“弹压惩办”人民的反抗，镇压不力或不及时者“即行革职，永不叙用”。（五）总理衙门改为外务部，班列六部之前。清政府中为帝国主义服务机构——外务部地位的提高，标志着半殖民地化程度的加深。

《辛丑条约》是清政府在政治、军事、经济等方面主权的一次大拍卖，是帝国主义强加在中国人民头上的又一沉重的枷锁。清政府的财政大为破坏，为了支付巨额赔款，更加紧对中国人民进行残酷的搜刮和勒索，造成人民极端贫困化，社会经济愈益凋敝。帝国主义进一步控制了中国的军事，取得了在使馆界内和一些重要城镇驻兵权，直接镇压中国人民。

《辛丑条约》将帝国主义与清政府的关系完全确定下来，公使团成为清政府的“太上皇”，清政府充当帝国主义统治中国的奴仆，对外国主子负有镇压中国人民反侵略斗争的义务，中外反动派完全勾结起来。清王朝变成了帝国主义在华的统治工具。从此，中国已经完全沦为半殖民地。

廊坊大捷

列强在中国军民的反抗面前，同恶相济，在军事上采取了联合行动，组成以英海军中将西摩尔为首的先遣军，企图用最快的速度进占北京，用武力保护使馆，胁迫清政府改变政策，剿灭义和团。驻守京津铁路沿线的清军和义和团，在廊坊一带，同先遣军展开了激战，取得大捷，挫败了西摩尔先遣军。

列强军事上的联合行动，随着事态的发展逐步形成。英、俄、日、美、德、法、意、奥八国政府，借口协助清廷“剿匪”和保护使馆，于 1900 年 6 月 8 日授权各使馆机断处理。9 日，英国领事窦纳乐向英国东洋舰队司令西摩尔中将发出急电说：

“北京的局势正每时每刻地变得更加严重，必须派出部队登陆，并且为立即对进军北京作出一切安排。”驻天津的各国领事和海军头目，召开了紧急会议，决定从各国进入天津租界的3000多名兵力中抽出2000多人组成先遣军，推举西摩尔中将和美军的麦卡拉上校率领。6月10日9时许，联军先遣军分两批从天津乘火车北上。第一批由西摩尔率领英、美、奥、意军六百人先行，第二批英、德、日、俄、法军六百人跟进。在此后的三天里，其余部队陆续开出天津。在战争爆发之前，直隶和京津地区的清军共有11万3千人。北京地区由直隶总督荣禄亲率的武卫中军30余营1万3千人，驻守南苑；由董福祥率武卫后军20营约6800人，从丰润、玉田调驻北京南部；奕劻率神机营25营约1万4千人，载漪率虎神营14营8640人，分守北京各城门；另有八旗、绿营官兵两万余人，分驻北京城内。天津地区的清军共有2万5千人。武卫前军总统聂士成率34营（队）约1万5千人，驻守芦台、开平一带；总兵罗荣光率淮军10营4750人，驻大沽、天津一带；总兵李安堂率淮军5营约2300人，驻守北塘、圣头沽一带；总兵何永盛率练军6营2500人，驻天津；工部侍郎武力右军总统袁世凯率4000余人（另有3000人调山东）驻小站。山海关地区约有清兵1万4千人。武卫左军总统、四川提督宋庆，会办武卫左军、浙江提督马玉崑，率25营约9800人，总兵吕本元率淮军5营2500人，驻山海关一带。八旗马步千余人，守山海关城。另外，在保定、正定、大名府等地驻有练军16营5500余人；在宣化、永宁、古北口、热河（今承德）一带，驻有练军11个营3200余人。加上抽义和团精壮编组成军的部队，清军在数量上远远超过联军。后来，联军不断增兵，最多时达到12万8千余人：英军2万，法军15600，德军23700，俄军2万余，日军2万2千，美军5800，意军2000余，奥军300。双方有生力量大体相等，在武器装备上也不太悬殊。廊坊地处京津铁路中点，是京津重要走廊。在西摩尔进犯北京之前，义和团已在天津以北扒铁路，拆电线，毁桥梁。6月10日，先遣军边修铁路边前进，当行至北仓与聂士成部相遇。聂决意迎战，裕禄令聂不要启衅。聂士成筹思再三，电令驻保定，高碑店马队统领邢长春和左路统带杨慕时，率部来津，准备一战。12日，先遣军抵落垡站，遭到义和团的阻击。义和团以自己的血肉之躯，滞阻了敌人的北犯行动，粉碎了西摩尔进军前妄称用不了几小时就可以达到北京的狂言。

13日，联军留一支部队驻守落垡，以其大部兵力进犯廊坊车站。义和团严阵以待。当先遣军进至廊坊附近，北昌村坛口大师兄李挺，召集团民祭坛宣誓，决心与侵略者血战到底。各村的团民将廊坊至万庄的铁路拆毁十多处，使联军三列火车被困不得前进。消息传至附近九个村庄，五六千团民纷纷赶到廊坊参战，拥推李挺为总坛口，负责统一指挥。铁路西侧各村的团民，张起名色义旗，吹起号角，随时准备投入战斗。广大民众群情振奋，为参战团民送饭、送水。团民们向抢修铁路的英军和美军发起攻击，迫使他们龟缩在车站。义和团在阻击先遣军北犯中，成了英勇的先锋。聂士成在义和团带头抵抗先遣军的影响下，决心同他们配合起来，共同打击侵略者。当天晚上，聂士成率部进攻落垡，联军受到清军和义和团的南北夹击，进退维谷，一筹莫展。

15日，西摩尔派一列火车强行南下，企图逃回天津，筹措粮食和弹药。当列车行至杨村时，又被义和团堵截，杨村西南的葛渔城、东沽港等村的义和团送来一百多条“大抬杆”和土雷，李挺率领团民顽强阻击敌人，使联军的列车不敢前进。西摩尔在《我的海军战绩》一书中写道，联军在廊坊“陷于孤立，没有运输和前进的工具，并和后方基地隔断。”西摩尔见情势危殆，决定将先遣军分批撤回天津。18日，当先遣军的两列火车尚未撤出廊坊时，驻守北京城南的董福祥令姚旺率武卫后军2000人，迅速南下，在廊坊夹击先遣军。该部乘火车至万庄车站，然后沿铁路东侧徒步行军，经翟各庄再转向西南，在西务村跨越铁路绕到廊坊西北的蔡窦（豆）庄，截住联军，展开激战。在义和团密切配合下，经过两个小时战斗，打死打伤联军百余人。先遣军冲出廊坊，撤至杨村，义和团和清军穷追不舍，于深夜包围了杨村。联军立足未稳，仓促应战，又被打死打伤约40人。

西摩尔在杨村召开各国指挥官会议，讨论如何摆脱困境，逃出杨村。他们孤军无援，缺乏弹药，只有离开铁路，沿北运河，向天津徒步逃跑。20日清晨6时，联军抢夺民船九只运送伤员、军械，其余部队由美、法、意军为前卫，英、俄、德、日、奥军为后卫，沿北运河东岸撤退。9时许，遭到淮军右翼徐得标部、聂士成部及义和团的阻击，双方激战11小时。21日，联军继续撤退，又遭到武卫前军步兵的拦击，武卫前军马队统领邢长春、后路统领胡殿甲，分别率领马队和炮兵赶来，再加上义和团团民的助战，联军受到严重伤亡。

22日，先遣军利用夜暗逃跑，被清军阻击于郎园、曲家湾、赵庄子、北仓等地，他们且战且退，潜行天津近郊西沽，占领了清军设在那里的武器库。23日4时，刚从保定调来的武卫前军左路统领杨慕时率三个营，攻打占领武库的先遣军。义和团从霍家嘴、白庙和教场口赶来助战，双方展开了激烈的争夺战，清军左营营官徐照德、中营帮带吕光烈、哨官王玉山等130余人阵亡。被困在武库中的联军准备突围，派出小分队探路，被埋伏在桥下的清军突然猛击，大多被击毙。联军突围不成，凭借高墙固守。25日，天津租界派出援军两千多人，由俄军希林斯基上校率领，救援西沽武库的联军。26日西摩尔烧毁武库，向租界逃遁。义和团首领曹福田率领团民，埋伏在租界附近，进行袭击，敌人抛械弃枪，窜入租界。

西摩尔率领先遣军从天津向北京长驱直入的失败，证明敌人过高估计了自己，过低估计了中国兵民的力量。清军官兵积极作战，英勇杀敌；义和团不怕艰难，不怕流血，以简陋的武器，配合清军作战，显示了民众的伟力。西摩尔事后回忆说："义和团所用设为西式枪炮，则所率联军，必全军覆灭。"

北京防御战

通州陷落，北京危急，大清王朝面临生死存亡的紧急关头。此时慈禧太后从根本上动摇了抗战的决心，着总理衙门向联军乞求停战议和，联军置之不理。慈禧太后和光绪皇帝仓皇出逃，北京这座历史名城，又一次被列强的铁蹄践踏，遭到惊人的浩劫。

8月13日午夜，俄军先头部队直抵东直门。他们以为清军已成惊弓之鸟，不敢抗战，可以像轻取通州一样攻占北京，便贸然攻城。不料遭张怀芝部顽强抵抗，"在此血战，华兵守护极严，急切未能得手"。进攻齐化门的日军也受阻，被迫停止攻城。

14日上午，日军再攻朝阳门、东直门，武卫军坚决还击。荣禄派孙万林、李金成两统领，率部出安定门，抄袭日军侧翼，日军攻势受挫。北京城墙高大坚固（宽40英尺，高60英尺），日、俄军虽然炮火猛烈，仍不奏效，改用工兵爆破，俄、日军死伤100余人。在东直门、朝阳门激战的两天期间，广渠门方向异常平静，荣禄误认为无联军来攻，遂将广渠门守军董福祥部调往朝阳门、东直门，正巧此时英军赶到广渠门，展开12门野炮，轰击城门，破门而入，直指前门。英军中有许多缠头的印度兵，清军和义和团误认为是清军马安良的回民部队，未加阻截，英军得以顺利占领天坛，迅速抵达使馆区外围，从一个水洞进入东交民巷，美、法军跟踪而入。日、俄军爆破东直门、朝阳门成功，法军也于14日午夜入城，在城内进行了激烈的巷战，清军逐步收缩，联军向紫禁城逼近。

8月14日，慈禧太后紧急召见大学士、六部、九卿议事，急筹补救之策，但无人应召。入值大臣载澜借口无可调之兵，应立即投降，慈禧拒绝。15日晨，联军攻打紫禁城，守卫紫禁城的神机营、虎神营与联军进行了激烈的战斗。天安门遭到联军炮火的猛烈轰击，神机营退守午门。守卫皇宫后门景山的神机营，居高临下，对联军威胁很大。联军为争夺这一制高点，进行了数小时的强攻，神机营誓死鏖战，官兵大部伤亡，景山失守。安定门被联军大炮击毁，守将延茂见大势已去，将自己的住宅焚毁，举家自焚而死。守卫皇宫的清军在困难情况下，与联军血战一天，打退了联军的多次进攻。可是就在清军同联军在东华门苦战之时，慈禧挟光绪帝着青衣素服出逃。他们出西华门、西直门，经颐和园、昌平县、居庸关，转道山西，直奔陕西。劳禄和董福祥也率部分别从西直门、彰仪门撤走。16日晨，日军首先攻进紫禁城，北京陷落。在一片出逃声中，唯有义和团在城内坚持了最后的抵抗。北京之战，联军伤亡450人，清军伤亡4000余人。

北京陷落后，联军纵兵掠城三天。皇宫、官邸、商店和民宅，均遭抢掠，无一幸免。这些外国强盗大发横财，出京时“每人皆数大袋，大抵皆珍异之物，垂橐而来，捆载而往。”他们是一伙屠杀中国人民，掠夺中国财富，破坏中国文化的罪魁祸首。联军为统治北京，经过内部的斗争，由德国瓦德西元帅担任联军司令，成立了所谓北京管理委员会，将北京划成11个区，由各国侵略军分别占领，便于搜刮和弹压。瓦德西于10月27日抵北京，将司令部设在紫禁城的仪銮殿。

在北京即将陷落时，清廷于8月7日派李鸿章与联军和谈。清廷在西撤途中，于8月27日派庆亲王奕劻回京议和，令李鸿章会办。9月7日，清廷颁发上谕说："义和团实为肇祸之由"，"非痛加剿除不可"，要求议和。联军认为"直隶一带，尚有华兵固守之要区，拳匪聚合之党人，设剿灭之未尽，自平安之无期"，拒绝议和，不肯歇手，仍四出攻掠，扩大军事占领。9月8日占独流和良乡，11日从天津占北塘，20日占芦台，22日占领山海关。

保定是直隶的首府，是义和团的活跃地区，芦汉铁路始于此，时铁路正在修筑中，与英、法、日、德有直接利害，故联军打下北京，便急于夺取保定。法军于13日疾足先抵。守军准备迎战，李鸿章不许，令守军撤向山西。直隶布政使廷雍开门迎法军入城，其他国家的军队于20日前后相继进入保定。联军入城后，大肆搜捕义和团，残杀支持义和团的官员。廷藩司、城守尉奎恒被杀死，王占魁被敲死，连开门揖盗的廷雍都未得幸免，被联军处决。联军蔑视我主权，滥杀朝廷官员外，还勒索保定交给白银10万两。新授山西按察使升允愤联军暴行，在直隶紫荆关同联军鏖战，帮带副左营官黄明远、哨官李士彬中炮阵亡，哨官陈心胜、黄印负伤。升允在关上督率左翼分统周玉堂、管带萧世禧，据险回击，毙敌数10人。守军阵亡60余人，受伤28人，因弹竭兵单，先退浮图峪，再转至平型关。

11月12日，德意军2500余人，越南口、居庸关，占宣化，27日占张家口。12日上旬，法军一百人贸然进犯直隶要隘井陉。井陉山峦起伏，地势险要，为兵家必争之地。大同镇总兵刘光才率部20个营约1万人，在此遍筑石壕，密布地雷。法军悍然强攻井陉南的虎头山，被清军打死打伤10余名。李鸿章于1901年1月25日严令停火，要刘光才“退兵晋境，不准一人一骑东出”。刘光才以为井陉外固东天门乃入晋第一关隘，“数月绸缪，精力毕瘁”，所有设妨，“均藉民力，有不能去之势”，没有遵令。4月中旬联军又以此为口实，集结德、法军约7000人，强行挺进，大战在即，李鸿章又急电令刘光才撤退。刘光才无奈，率十五营撤至固关，另五营退守娘子关。

《辛丑条约》的签订

光绪二十六年（1900年）八月十四日，八国联军占据北京后，他们之间的矛盾日趋激化，形成英、俄两国争霸中国的局面。沙俄为求得清政府对它独占东北的承认，首先表示“认皇太后为合例”政府，李鸿章为议和全权代表，主张各国军队撤出北京，开始议和。沙俄独占东北的阴谋，遭到各国的反对。英国不承认李鸿章为议和代表，反对联军从北京撤退，声称要等“中国立有合例政府才可开议”。德国在联军占据北京后继续调兵，企图以武力攻占烟台，进而抢占山东全省，并提出惩办西太后，用以恫吓清政府，以攫取更大的利益。日本是后起的强国，侵略中国时派兵最多，他与俄国争夺中国东北有矛盾，所以支持英国的主张。法国企图吞并云南，对英国在两广的扩张极为不满，所以支持俄国以抑制英国。美国为防止别国趁机强占中国更多的地盘，对自己不利，又第二次提出“门户开放”政策，主张“保持中国的领土和行政的完整”，维持现在的西太后为首的清政府，实际上是要求对中国建立列强共管的局面。这样，经过长期反复斗争、妥协、协商，最后美国“门户开放”政策逐渐被各国所接受。

十月四日，法国提出谈判的六项条件：(一）惩办各国公使提出的罪魁祸首；（二）禁止运入军火；（三）给予各个国家、社团和个人的公平的赔偿；（四）各国在驻北京使馆设立永久性的卫队；（五）拆毁大沽口炮台；（六）在北京至大沽口的道路线上选择两三处据点，实行军事占领。十月十五日议和谈判开始后，奕劻和李鸿章向各国代表发出一份同文照会，提出了一个“我们建议的初步和约”草案五款：第一，中国承认围攻使馆是违反国际公法，它已经认罪，并且保证以后不再发生类似事件。第二，中国承担对各国偿付赔款的责任。第三，中国同意根据各国的要求，重新订立通商条约。第四，联军交还总理衙门机关和中国档案。第五，和议开始后应立即宣布停战。各国公使对中国的议和草案断然拒绝，并蛮横地斥之为“狂妄”，表示在列强之间达成协议之前，不能和中国代表进行谈判。

各国代表在法国提出的六项谈判条件基础上，反复磋商，最后拟定了“议和大纲”十二条。此大纲基本上包括了后来正式和约的内容。十二月二十四日，外交团以照会形式，将“议和大纲”十二条交给清政府议和代表奕劻、李鸿章，转达西安，并声称：所列全部条款，都是“无可更改”的。李鸿章为了保全西太后的地位，在谈判过程中，奔走于列强公使间，特别请沙俄从中斡旋。他和俄国公使格尔思签订了《天津俄租界议定书》，承认俄国强占租界合法，甚至准备以东北主权做交易。在沙俄坚持下，列强终于同意用苛刻的条件换取对西太后的谅解。逃到西安的西太后惧列强以首祸议己，常惊惶不安。当她接阅“议和大纲”之后，如得免罪赦书，说：“今兹议约，不侵我权，不割我土地”，立即以“警念宗庙社稷，关系至重，不得不委曲求全”为词，于十二月二十七日电复奕劻、李鸿章：“所有十二条大纲，应即照允”。此后，各国在强迫清政府惩办祸首和勒索最大限度赔款及保证上，又展开了长达九个月的争论，直至和约内容已经基本确定之后，列强才开始同中国全权代表商谈余下的一些细节问题。

光绪二十七年（1901 年）九月七日，清政府全权代表奕劻、李鸿章与英、美、俄、德、日、奥、法、意、西、荷、比等十一国在北京签订了《辛丑条约》，即《辛丑议定书》或《辛丑各国和约》十二款，附件十九件。

主要内容是：

一、派头等专使到德国谢罪，在德国公使被杀的地方树立纪念碑。

二、惩办支持或协助过义和团运动的官吏，凡义和团战斗过的城镇和农村，一律停止文、武各等考试五年。以后凡民间产生反帝斗争组织，地方官吏必须严加惩办。对镇压不力的官吏要“一概革职，永不叙用。”

三、派官员为专使到日本谢罪。

四、外国人的坟墓被挖掘及损坏的地方，要立“涤垢雪侮”之碑。

五、两年内禁止军火及为制造军火的各种器材进口。

六、赔款四亿五千万两。此款分三十九年付清，本息合计九亿八千万两。英规定以关余、盐余（即每年关税、盐税在分别归还外债后的剩余部分）和常关（即清政府在水陆交通要道和商品集散地设立的税关）三项收入，作为担保。

七、划定外国使馆区，各国可以在使馆区内驻兵。

八、削平大沽炮台及大沽到北京沿线的所有炮台。

九、从北京到山海关沿线的十二个战略要地，由外国人驻兵驻守。

十、不准中国人民建立反对外国列强的组织，违者处斩，各地官员在自己管辖范围内如发现有“伤害”外国人的事件发生，必须立即镇压。否则即行革职，永不叙用。

十一、修改过去所订的各国认为需要修改的条约。

十二、把总理各国事务衙门改为外务部，列六部之首。

《辛丑条约》的签订，将外国列强与清政府的关系完全确定下来，公使团成为清政府的“太上皇”，清政府完全成了“洋人的朝廷”。标志着中国完全沦为半殖民地半封建社会。

鸦片战争前清朝的自然经济状况

以小农业和家庭手工业相结合为基本特征的自给自足的自然经济，一直是中国封建时代的社会经济基础。从明朝中叶开始，中国封建社会母体内商品经济的发展，已经孕育着资本主义的萌芽。到鸦片战争前夜，在丝织、棉纺织、陶瓷、煮盐，采铜冶铜、采铁冶铁、制茶、制糖、造纸、木材加工等行业中，更出现了具有资本主义性质的手工工场。但是，清政府一直推行“重农抑商”政策，把先进的工业技艺视为“奇技淫巧”。根深蒂固的封建势力，阻碍了资本主义因素的发展。因此，在鸦片战争前，中国仍是以自然经济为主导。

小农业和家庭手工业密切结合着的自然经济，对西方工业品的侵入起到了有力的抵抗。清朝限制对外通商的政策，即所谓闭关政策，也起着保护封建经济的作用，英国急于输出的棉、毛纺织品，在中国都缺乏销路。毛织品的滞销是由于不合内地穿着习惯。外来棉布价格既高又不耐久，不能和土布竞争。印花布虽然在19世纪20年代初叶被认为“愈洗愈鲜”，胜于“一洗即模糊”的内地印花布，但实际销路更有限。棉纱输入值也远不及印度进口的棉花（鸦片战争前夕，印棉进口年约25万包，值100多万英镑）。30年代初叶，英国人已经了解：中国自己植棉很广，但消费棉花数量甚大，在中国市场上容易推销的是棉花而不是纱、布等制成品。从 20 年代末叶到鸦片战争前夕，英国输华棉布虽然增加了一倍多，棉纱增加了五倍多，但每年总值不及七十万英镑，加上其他制造品也不过一百万英镑左右。而中国销英茶叶每年约值一千万银元，丝和丝织品约有二、三百万银元，合计在六百万英镑以上。正当的贸易平衡有利于中国，这是英国资产阶级认为不利的情况，还要提到的是，在 19 世纪 20 年代，中国每年经英、美商人输出土布多至三百多万匹，远销美国、南美洲。在三十年代输出量减少，但经英商输出的每年也还有几十万匹。

洋务派创办近代民用企业

洋务运动时期，为了解决军事工业的资金问题，洋务派打出“求富”旗号，创办了一批民用企业。

从 70 年代开始，洋务派采取了官办、官督商办和官商合办的形式，举办民用工业，包括采矿、冶炼、纺织、交通运输等等，到九十年代中期，共办几十个企业。

同治十一年（公元 1872 年），李鸿章派漕运委员朱其昂创办轮船招商局，这是洋务派办民用工业的开端。轮船招商局共招商股七十三万多两银，海关拨官款一百九十多万两银，官督商办。总局设在上海，在上海天津等地设码头，代政府运漕米等。

光绪二年（公元 1876 年），李鸿章派唐廷枢筹办开平矿务局，光绪三年（公元 1877 年）九月在开平正式建立，招商股八十多万两银，官督商办。光绪三年（公元 1878 年）开井，次年使用外国机器，按新式方法开采。光绪七年（公元 1881 年），开平矿务局每日出煤“五六百吨之多”，十余年后，开采量增加，每日“可出煤一二千吨”，且“煤质极佳，甲于地处”。

清代金编钟

光绪五年（公元 1879 年），李鸿章在大沽和北塘海口炮台试架设电报到天津，“号令各营，顷刻响应”。光绪六年（公元 1880 年）九月，李鸿章在天津设电报总局，由盛宣怀任总办。电报线由天津沿运河南下至上海等地，以后又架设了上海至南京及南京至汉口的线路，光绪八年（公元 1882 年）四月，电报局改为官督商办，招商股八十万元。光绪十年（公元 1884 年），电报总局迁往上海，并在各地设电报分局。光绪十六年（公元 1890 年），即电报总局成立十周年时，电报线已遍布全国各地。

光绪七年（公元 1881 年）成立黑龙江漠河金矿，商股七万两银，官款十三万两银，官督商办，李鸿章派吉林候补知府李金镛办理。光绪十五年（公元 1889 年），用新式机器开采，这一年产金一万八千九百六十一两。

同年两广总督张之洞主持兴办汉阳铁厂，由清政府拨款二百万两银作资金，光绪十六年（公元 1890 年），在大别山下动工兴建，光绪十九年（公元 1893 年）完工，共计十厂。官办无款可等，后由盛宣怀接手，改为官督商办。

光绪二年（公元 1876 年），李鸿章和两江总督沈葆桢开始议办上海机器织布局，光绪五年（公元 1879 年）派郑观应筹办。

光绪八年（公元 1882 年），正式成立。招商股银达到五千万两，采用官商合办形式。该局享有十年专利，不许民间仿办。

光绪十六年（公元 1890 年）开工，营业兴隆。光绪十九年（公元 1893 年）失火、损失约七十多万两银。

光绪二十年（公元 1894 年）又设华盛纺织总厂，下设十个分厂。光绪十六年，张之洞任湖广总督时，将原设广东织布局移至武昌，建立湖北织布局。光绪十五年（公元 1889 年）八月底，张之洞在两广总督任内奏准在广东设织布局，后张奉调湖广总督，织布局随之迁往湖北，由于筹办资金困难，张之洞先后向英国汇丰银行借款十六万两银，于光绪十七年（公元 1891 年）开始建造厂房，光绪十八年（公元 1892 年）底才正式开工，尚有盈余。

洋务派在七十年代后的二十几年里，先后创办了四十一个资本主义性质的企业，到光绪二十年（公元 1894 年）尚存三十个，共有资本约计三十九百万元。这是中国早期的官僚资本。

洋务派所办的企业尽管仍带有浓厚的封建性；但已采用资本主义的生产技术和方法，产品主要销售于市场，经营目的是为了利润，基本上是资本主义性质的。

洋务运动时期的商办企业

在洋务派创办官督商办企业的同时，中国社会还出现了一些商办企业。这是近代中国民族资本工商业的发端，也是中国社会经济发生重要变化的一个标志。这些商办企业主要是由一些官僚、地主、买办和商人投资而来的，也还有一些是从原来的旧式手工业工场、作坊开始采用机器生产转化而来的。自公元 1869 年至公元 1894 年，商办企业只有五十多个，资本共有五百余万元。虽然数量很少，实力甚微，但它却是一种新生的社会经济力量。其中比较重要的有：

公元1869年，方举赞在上海采用机床生产，创办了发昌机器厂。它的主要生产业务是为外商船厂制造配修零件。由于沿海和长江航运兴起，它的业务发展也比较迅速，到公元1877年，已能生产轮船机器和车床、汽锤等机器产品。八十年代，它还兼营进口五金，成为当时上海民族机器工业企业中规模最大的一家。

公元1872年，华侨商人陈启源在广东南海县设立第一家继昌隆机器丝厂，以蒸汽机为动力，雇用工人六、七百人，产丝精美，行销国外。两年之后，南海又建立了四家缫丝厂，至八十年代初增至十一家，共有缫车二千四百架，每年产丝一千二百包。到九十年代，顺德县的丝厂也很快发展起来，多达三十五家。

公元1878年，轮船招商局会办朱其昂在天津设立贻来牟机器磨坊，雇用工人十余人，用机器生产面粉，“面色纯白，与用牛磨者迥不相同”，打破了传统手工业磨面的旧式生产方式，效率大增。

公元1879年，汕头的一家豆饼厂开始用机器榨油和压制豆饼，第一年每日生产豆饼二百块，次年增至三百块，公元1881年又增至四百块。公元1883年又增设一厂，日产豆饼六百块，大大提高了生产效率。豆饼所用原料大豆，均从华北购进，制成品则在本地和台湾市场销售。

公元1881年，黄佐卿在上海设立公和永缫丝厂，共投资本十万两，投丝车一百部，次年投产。开始数年，营业不佳。公元1887年后，生产逐渐发展，丝车增至九百部。此后，上海缫丝业日益兴起，至公元1894年已有丝厂五家，其中最大的坤记丝厂资本达到二十万两。

公元1882年，徐鸿复、徐润等在上海设立同文书局，购置石印机二十台，雇用职工五百人，先后翻印《二十四史》、《古今图书集成》等重要古籍。公元1893年，该局不幸失火，损失颇重，但因事先投了火灾保险，得到赔偿，仓库、宿舍亦未殃及。后来由于积压资金过多，遂于公元1893年停办。

公元1886年，官绅杨宗濂、买办吴懋鼎、淮军将领周盛波等在天津合资设立“自来火公司”（火柴厂），资本一万八千两。公元1891年投产不久，即发生火灾，厂房被焚。后来又公开招股，资本增至四万五千两，由吴懋鼎任总办，聘请英、俄商人购办机器，并帮同管理账目，但洋商不参股。火柴多行销于河南等地。

公元1890年，上海商人设立燮昌火柴公司，资本五万两，生产木梗火柴，所需化学原料从欧洲购买，木梗、箱材等使用日货，每日生产硫磺火柴二十余箱，但质量较差。产品多销售于江西、安徽等内地省份。

此外，在上海、广州、北京等地还有少数小规模的商办企业，有些忽开忽停，举步艰难。

从十九世纪六十年代末期到九十年代初，历时二十多年，在中国出现的近代商办企业，可说是小农经济与家庭手工业经济汪洋大海中的若干小岛，不但进程缓慢，而且投资和规模很小，设备简陋，技术落后，产品也主要是日用轻工业商品。但它们毕竟是近代中国第一批民族资本主义工业。

中国民族资本主义工业发展的困难

中国民族资本主义工业是在极其困难的社会历史条件下产生的。当时外国资本主义势力通过不平等条约强迫中国开辟了多处通商口岸，操纵了中国的海关，降低中国进出口税率，控制了中国沿海和内河航运，把中国变成了它们的商品市场和原料供应地。外国资本主义不但不能促进和支持中国资本主义的发展，反而凭借种种特权限制和打击这种发展。中国资本主义企业，无论在产品销售或原料收购方面，都受到外国资本主义的巨大压力。而经常面临巨大困难，当这些初生企业的产品出现于市场的时候，外国侵略势力不惜采取降价倾销的办法，予以打击。中国企业所需的原料，也受到外国洋行抢购的威胁。外国洋行通过中国买办商人，在原料产地广设采购站，力量薄弱的中国民族资本主义企业无法与之竞争。

中国资本主义企业不仅要遭受外国经济势力，经济特权的打击，还受到国内封建势力的压制和摧残。在中日甲午战争以前，商办企业始终没有取得清政府的正式承认，在设厂、经营和产品销售方面，没有任何法律的保障，完全听任地方官吏随意处置摆布。例如，公元 1881 年南海知县徐赓陞以继昌隆丝厂“专利病民”、“夺人生业”、“男女（工人）混杂，易生瓜李之嫌”为由，下令予以封闭，该厂被迫迁往澳门。直到徐赓陞调离后，才又迁回南海。又如公元 1893 午武举出身的李福明在北京东便门设立机器磨坊，被清朝官吏视为“不安本分”的”刁商”，“经都察院奏准，饬令撤去”。而许多地方官吏，还对商办企业横征暴敛，敲诈勒索，大大加重了这些企业的负担。

在外国资本主义和国内封建主义双重压迫困厄之下，中国民族资本主义工商业举步维艰，困难重重。

中国半殖民地半封建的社会历史条件极大阻碍了中国资本主义的发展。

小说界革命

公元1896年，梁启超在他著名的《变法通议》一文中，首次提出了革新小说的主张。他认为通过提倡革新小说内容可以发挥小说的社会教育作用。光绪二十三年（公元1897年），他为（蒙学报》、《演义报》作序，又从外国小说中意识到小说的社会政治作用，认为小说是救国的最有效的工具。一改过去轻视小说的传统观念，改变了中国文学诸品种之间的结构关系。

戊戌政变之后，梁启超逃亡日本。光绪二十四年（公元1898年）10月创刊《清议报》，在该报“规例”中，梁启超第一次提出“政治小说”这一新的概念，并亲自翻译日本柴四郎的小说《佳人奇遇》，标以“政治小说”加以刊布。11月在《清议报》上发表小说论文《译印政治小说序》，这是他提出小说界革命的前奏。文章进一步强调小说与政治的密切关系，认为小说应成为推动政治进步的重要手段，自觉地把革新小说与政治斗争有机地联系在一起。

光绪二十八年（公元1902年），在《新民丛报》创刊号上，梁启超发表了两篇未完剧作（《劫灰梦传奇》、《新罗马传奇》）进一步阐明创作小说戏曲的目的，务在“振国民精神”。经过这长期的理论酝酿和创作实践，于是年冬，在他主编的《新小说》创刊号上发表了著名的小说论文《论小说与群治之关系》，正式开始鼓吹提倡小说界革命。这篇文章就是他发起小说界革命的正式宣言。

文章高呼“改良群治，必自小说界革命始；欲新民，必自新小说始”。抓此关键，就能无往而不立，所以“欲新一国之民，不可不先新一国之小说”。他视“小说为文学之最上乘”。认为小说既有“启迪民智”的知识意义，又有改造人类灵魂的作用。梁启超还针对中国的小说现状和社会现状，抨击了旧小说和当时的小说创作。他认为当时社会上存在很多腐朽思想和黑暗现象，都是受旧小说影响的结果，即旧小说的不良影响是“中国群治腐败之总根源”。他批判了正统派文人不重视小说的错误观点，鼓动把小说的创作权从“华士坊贾”的手中拿过来，创作新小说，以达其为改良主义政治服务的目的。《论小说与群治之关系》一文，从其资产阶级改良主义观点出发，对小说的社会作用、文学地位、艺术特点等都作了较系统地论述，提出了小说必须革新的强烈要求。

小说界革命的号召提出后，立即在文坛上发生了巨大的影响，掀起了一个规模大、声势强的小说改良运动。再加上当时印刷新闻事业的发展，使其传播更容易而且广泛。自此，一向受歧视的小说在清末升价十倍，出现了空前繁荣的局面。首先，以刊登小说为主的小说杂志，自《新小说》后大量出现，为新小说建立了阵地；小说家和新小说作品如雨后春笋。当时最有名的小说家均办有杂志。如李伯之的《绣像小说半月刊》，吴趼人的《月月小说》，曾仆的《小说林》等。小说内容从封建思想束缚下摆脱出来，而以改良群治为主旨。新小说以压倒优势取代了才子佳人、狭邪小说等旧小说的统治地位。新创小说和新译小说以其崭新的内容强烈地吸引着读者，风行于社会。其次，随着新小说创作的繁荣，在小说理论批评、考证、研究方面，也有了空前的发展而极尽一时之盛。第三，由于对小说作用的强调和小说与政治密切关系的认识，则大大提高了小说的地位。小说界革命还有力地促进了清末文学通俗化运动的发展，推动了文言小说向白话小说过渡的进程。总之，小说界革命给文坛带来的积极影响和梁启超所做出的贡献，是应该充分肯定的。

但同时，也产生了一些消极影响。比如在偏重小说的内容时却忽视了小说的艺术性，使许多作品流于政治说教。另外，他们也过分夸大了小说的地位和作用，甚至说小说是“国民之魂”。这种小说至上观贬低了政治斗争的意义。第三，他片面夸大中国传统小说的消极作用，而一概加以否定，带有民族虚无主义色彩。

晚清四大谴责小说

二十世纪初叶的十年间，在资产阶级改良主义思潮的影响下，一批作家企图通过揭露政治腐败，谴责现实黑暗，提倡社会改良，以达到“救亡图存”的目的。他们多以报刊杂志为基地，创作出大量的暴露性小说，以区别于优秀的讽刺小说，鲁迅根据其内容特点，名之为“谴责小说”，并举例称其中的《官场现形记》、《二十年目睹之怪现状》、《老残游记》、《孽海花》四部作品为晚清四大谴责小说。

《官场现形记》六十回，作者李伯元（1867～1907年），名宝嘉，江苏武进人。该书由许多短篇故事集纳而成，以揭露清末官场的黑暗腐败为主旨，用讽刺与夸张的漫画化笔调，描绘形形色色的封建官僚群像，演述了清代官吏“迎合，钻营，蒙混，罗掘，倾轧”的种种故事。为了升官发财，上至军机大臣，下至州县杂役，无不暗使机关，甚至明火执仗。儒家的纲常名教，所谓的“为民做主”的做官之道，不过是他们升官发财的“敲门砖”和遮羞布。小说中所描写的官吏，或爱钱如命，或鱼肉百姓，心狠手辣；而对洋人却奴颜婢膝，丑态百出。作者从改良主义的立场出发，“归罪于官声”，寄希望于整肃，没有也不可能彻底批判揭露封建制度的弊端，集中活画出一幅晚清官场的百丑图，使人们可以从中领悟了解清末的官场形象。

《二十年目睹之怪现状》一百零八回，作者吴趼人（1866～1910年），名沃尧，号我佛山人，广东南海人。小说带有自传性质。叙写署名“九死一生”的“我”在清帝国这个鬼蜮世界里二十年来所见所闻的种种怪现状，揭示出官场的堕落、商场与洋场的肮脏、封建道德的沦丧、社会风气的极度败坏，绘声绘色地描画了一幅帝国行将崩溃的广阔社会图卷。其中贯串了近二百个小故事和繁多的人物，涉及面广，反映了光绪十年（公元1884年）中法战争后到二十世纪初期的现实生活。该书暴露的重点仍是官场，摹画“洋场才子”的丑态甚为逼真；同时，书中也寄寓了作者慨叹现实的感伤情怀。此书在当时影响很大，以至“妇孺能道之”。

《老残游记》二十回，最初发表于光绪二十九年（1903年）。作者刘鹗（1857～1909年），字铁云，江苏丹徒人。该书署名洪都百炼生作。小说描写一个名铁英号老残的江湖医生在游历途中的所见、所闻、所为，比较广泛而深刻地反映了清末的某些社会现实。通过对玉贤、刚弼两个酷吏所施暴政的描写，揭露、批判了封建社会中为人们称颂的所谓“清官”犯下的罪恶，给人以振聋发聩之感。作者站在洋务派的立场，将社会弊病归罪于国家缺少航行的“罗盘”，而认为“驾驶”航船的人（暗指清廷统治集团）并没有错。作者主张办洋务，向西方学习，以此来达到改良社会的目的。第一回的隐喻式描写即是表达这种政治见解。该书在艺术上历来为人称道。一些片段绘景状物传神入化，如诗如画，意境盎然，大大提高了这部小说的吸引力。

《孽海花》三十五回。作者曾朴（1871年～1935年），字孟朴，江苏常熟人。该书成书过程比较复杂，前后经二十多年艰苦创作始成。小说的前十回发表于光绪三十一年（公元 1905 年）。最后一回发表于民国十九年（公元 1930 年）。小说以金雯青和傅彩云的故事为主要线索，串连起封建官僚、文人、名士的许多琐闻轶事，展示了清末同治初年到甲午战争失败这三十年间的政治、经济、外交和社会生活的情况，在一定程度上揭露和批判了封建统治阶级的腐败无能和帝国主义的侵略野心。书中绝大多数人物有所影射（如金雯青影射洪钧，傅彩云影射赛金花），并直接描写了以孙中山为首的资产阶级民主革命运动，肯定并宣扬了“天赋人权，万物平等”的民主主义启蒙思想。缺点在于这本书中存在一些缺少批判的轶闻艳情的描写。该书出版后风靡一时，两三年间再版十五次，行销不下五万部。其评论、考证，续作纷纷出现，影响颇大。

以上四大谴责小说代表了晚清谴责小说的总体特征。其共同点是：暴露社会弊病，提倡改良主义；而又往往张大其词，极度夸张，“辞气浮露，笔无藏锋”，未能达到优秀讽刺小说《儒林外史》那种“秉持公心”、“旨微而语婉”的艺术境界。鲁迅称之为“谴责小说”，恰如其分。谴责小说是清末小说中的主流。但随着辛亥革命的失败，这类小说渐渐失去其曾有的一点思想光彩，演变为专以“揭阴私、翻底细”为指归的“黑幕小说”，甚至成为专门诋毁私敌的“谤书”和介绍作恶手段的“犯罪教科书”。

京师同文馆

咸丰十年（公元 1861 年），清政府设立了总理各国事务衙门（简称总理衙门），负责对外事务。次年，咸丰皇帝应总理衙门大臣奕䜣的奏请，设立京师同文馆，作为附属于总理衙门的一所外国语学校，培养对外人员。公元1862年，京师同文馆在北京正式开办，最初设英文、法文、俄文三馆，只招收十四岁以下的八旗子弟，公元1866年，总理衙门又奏请皇帝，要增设天文、算学科目，聘请洋人来教习，于是陆续增设了算学（包括天文）、化学、格致（包括办学、水学、声学、气学、火学、光学、电学）、医学四馆。录取学生的方法也相应变动。规定由京内外各衙门保举三十岁以下的翰林院庶吉士、编修、检讨及五品以下由进士出身的官员，或举人，贡士等未仕人员，最后由总理衙门考取入学。学生的生活待遇从优，先是每月每人给膏火银三两，后改为每人每月薪水银十两，并供给饭食。

同文馆设立之初遭到清政府内极端守旧派人士的反对。监察御史张盛藻认为强盛中国的办法依旧是尧舜之道，只有通过精读孔孟之书，明体达用，才能使国家规模宏大，所以他极力反对向洋人学习制造轮船、洋枪技术，大学士倭仁也不断提出“立国之道当以礼义人心为本，未有专恃术数而能起衰振弱者。天文、算学只为末议，即不讲习，于国家大计亦无所损。”从此，守旧派与洋务派在同文馆的设立上发生了激烈争论。倭仁在当时声望在学界很高，是理学权威，他的反对应者颇多。这样，京师同文馆虽然设立了讲习天文、算学等自然科学的科目，但投考的人却寥寥无几。

1874年，在李鸿章为首的实力派大肆倡导下，办洋务已成为一种时尚，于是同文馆也随之逐步兴盛起来。在此之前曾增设了德文馆。这以后又增设了东文馆。规定学生增加到一百二十人。后改学制三年为八年，课程包括汉文、外文、天文、算学、物理、化学、世界史地和万国公法等科目。此外设有为教学服务的化学实验室、物理实验室和博物馆、天文台等。在此之前，还于同治十二年（公元1873年）设立了印书处，有中体和罗马体活字四套，手摇机七部，承印同文馆和总理衙门所翻译的数、理、化、医学历史等书籍和文件等。

京师同文馆的总教习多由外国人担任。同文馆的经费、人事等方面多为总税务司英国人赫德所控制。同文馆先后聘请了外国传教士包尔腾、傅兰雅、丁韪良等担任教习或总教习，其中由赫德提名的总教习美国传士丁韪良总管校务近三十年。按规定，同文馆不允许传播西方宗教，但实际上洋教习们总是借机进行传播。

光绪二十七年初（1902 年），京师同文馆并入京师大学堂。

京师大学堂

在戊戌变法之前，就曾有大臣上书给光绪帝，提出在京师设置一个比较“专精”的学堂。1898 年 2 月，御史王鹏运上奏光绪帝再次提出开办京师大学堂。光绪帝下谕：“妥速办理”。6 月 11 日，光绪帝颁“明定国是”诏，实行变法。随后，命军机大臣和总理衙门妥议开办京师大学堂事。决定由梁启超参考日本和西方各国学制起草《京师大学堂章程》，章程分八章五十二条。规定：京师大学堂的办学方针为：“中学为体，西学为用，中西并用，观其会通”。课程分为普通学和专门学两类。以经学、理学、中外掌故学、诸子学、初级算学、格致学、地理学、文学及体操学为普通学科；以各国语言文学、高等算学、格致学、政治学、地理学、农学、矿学、工程学、商学、兵学、卫生学为专门学科。章程还规定“各省学堂皆归大学堂统辖”。同时提出“宽筹经费”、“宏建学舍”、“慎选管学大臣”、“简派总教习”等建议。7 月 3 日，朝廷批准设立京师大学堂。将原设官书局和新设译书局并入大学堂。光绪二十四年（公元1898年）8月9日，京师大学堂正式开学，学员不足百人，多为世家官宦子弟及少数各省中学堂选送的高材生。12月30日，又设立师范斋，规定于前三级学生中选其高材生为师范生，专讲求教学之法，为以后派往各省学堂充当教习之用。次年9月，又设立史学、地理、政治三学堂。改派许景澄为管学大臣，黄绍箕为总办，刘可毅、骆成骧仍为教习。光绪二十六年（公元1900年），义和团运动在京津一带兴起，京师大学堂内师生对此议论纷纷。管学大臣许景澄与京官袁昶等力主镇压。不久许以"极谏"围攻使馆和排外宣战的罪名而被清廷杀戮，教习刘可毅也被杀害。消息传来京师大学堂学生四散离去，校舍封闭，藏书损失殆尽。9月，慈禧太后下令停办京师大学堂。

光绪二十八年（公元1902年）1月7日，慈禧太后从西安返京筹办"新政"。10日，派张百熙为京师大学堂管学大臣，命其修改办学章程，扩办学堂规模。京师大学堂重新恢复。2月13日，张百熙奏陈筹备情况：一、准备设预科，预科分政科和艺科两门；设速成科，分仕学馆、师范馆。二、添建讲舍，在原有一百四十余间的基础上添盖一百二十余间。购西城瓦窑地方土地一千三百亩盖房。落成后除预备、速成两科外，新奏旨送大学堂仕学馆学习肄业的进士，附设医学馆的学生一并迁入。三、附设译局，译局由官书局筹办。四、经费：由华俄银行拨发百万，各省每年拨二万；中省一万；小省五千。又决定任命吴汝纶为大学堂总教习等，慈禧太后批准了以上建议。10月14日，京师大学堂正式举行招生考试。速成科学生考试科目有史论、舆地策、政治策、交涉策、算学策、物理策及外国文论七门。师范馆由各省选送学生若干，考试科目有：修身伦理大义、教育学大义、中外史学、中外地理学、算学、代数、物理化学、浅近英文、日文等。仕学馆由各省推荐，不参加考试。

结果共录取学生九十二名。后来又扩招九十名。12 月 17 日，京师大学堂正式开学。光绪二十九年（1903 年）2 月，又增设了进士馆、译学馆及医学实业馆。毕业生分别授给贡生、举人、进士头衔。一个月之后北京掀起了拒俄运动，4 月 30 日，京师大学堂三百余学生，鸣钟上堂，发起声讨沙俄罪行大会，会后起草《京师大学堂师范、仕学两馆学生上管学大臣请代奏拒俄书》。当晚，部分学生退学参加了拒俄义勇军。

光绪三十四年（1908 年）6 月，京师大学堂又增设满蒙文学，7 月，附设博物品实习科。次年，建立京师大学堂图书馆，清政府将热河文津阁的四库全书拨给京师大学堂图书馆。宣统二年（1910 年）改设分科为经、法、文、格致、农、工、商七科。民国一年（1912 年）5 月 3 日，袁世凯批准京师大学堂改名为北京大学。

画家吴昌硕

吴昌硕（1844～1927 年），是晚清著名的绘画大师，名俊卿，一名俊，字昌硕，一作仓石、号缶庐，吾铁，晚号大聋，浙江安吉人。他自幼受到家庭熏陶，成年后刻意求学，三十岁方从任颐学画。在任颐的指点下，他博采众家之长，终于在绘画史上独树一帜，成为近代最杰出的花卉写意大师。

吴昌硕爱画梅、菊、兰、竹、牡丹、水仙等，寓意清高超逸，章法结构突兀，左右互相穿插交叉，紧密而得对角之势。

吴昌硕作画参悟篆法、草书的笔意，篆刻的行笔、运刀及章法体势，促成大气磅礴、颇具金石味的独特画风。比如画梅即脱胎于篆隶之法，所谓“蝌蚪老苔隶枝干”；写葡萄、紫藤则有狂草的奔放笔致，所谓“草书作葡萄，动笔走蛟龙”。

吴昌硕

敷色方面，吴昌硕打破明清以来文人写意画的陈旧格调，喜用西洋红，有时画花就大胆地把这种红色（或大红）堆上去；画叶子又用很浓的绿、黄及焦墨，这正是吸取了民间画用色的特点，画面上的色彩浑厚复杂，对比强烈，而又显得凝重含蓄，冲突中有和谐。

吴昌硕的存世作品很多，例如《葡萄葫芦图》、《紫藤轴》、《水仙天竹轴》、《秋菊延年图轴》、《桃实图轴》、《墨荷图轴》等等。

光绪三十年（1904 年）吴昌硕与吴隐等在杭州西湖孤山创立西泠印社，由他担任社长。其书画篆刻对近现代画家颇具影响，尤受日本画界推崇。有《缶庐集》、《缶庐印存》等作品集传世。

《大同书》

《大同书》是康有为后期所作的反映其政治思想的一部书。

戊戌变法失败后，康有为流亡国外。先后游历了日本、美洲、欧洲、印度等地，亲眼目睹了西方社会的文明和危机；此外，还接触到空想社会主义思潮。光绪二十七年（公元 1901 年）——光绪二十八年（1902 年）康有为避居印度，他重新操笔对其《人类公理》进行充实、增补、征述了不少游历欧美后的所见所闻，并大量添加了有关印度之事，写成《大同书》草稿，康有为在《大同书题辞》中写道："廿年抱宏愿，卅卷告成书。"可见，此书饱含了他二十余年的艰辛。

《大同书》集中表达了康有为的政治思想。书中糅合了儒学、佛学、西方民主思想，以及某些空想社会主义思潮，描绘了一幅理想社会的因素，认为人类经过进化，可达到一种大同世界。此书揭露了人世间因不平等而产生的各种苦难，主张建立没有私产、没有家族、没有国家、没有帝王，人人相敬相亲，人人平等互爱的理想世界。他认为只有广泛宣传，大同世界就会如江河日下，自然而成。康有为反对通过暴力去实现大同世界，宣扬君主立宪。反映了他改良主义的思想。

《大同书》草稿写成后，梁启超向康有为建议，请他将这书刊布出来。康有为认为"方今为国党之世，"不同意马上把此书公布于世。尔后，他又多次对此书进行修订。宣统三年（1911年），辛亥革命爆发，次年康有为组织孔教会，发起"定孔教为国权"运动。中华民国二年（公元1913年），康有为将《大同书》甲、乙两部分在《不忍杂志》上发表。后来，《不忍杂志》停刊，《大同书》尚有八部分没有继续刊出。民国六年（公元1917年）康有为参加张勋复辟活动，旋即失败。两年后，甲乙两部分合订为单行本问世。民国十六年（公元1927年），康有为去逝，《大同书》其余八部分未及刊出。民国二十四年（公元1935年），康有为弟子钱定安将甲、乙两部和经他整理的丙、丁、戊、己、庚、辛、壬、癸八部汇集起来，由上海中华局正式出版。

诗界革命

“诗界革命”，是一批标榜自由思想的维新派诗人在戊戌变法前后掀起的诗体革新运动，是当时改良主义文化启蒙运动的一个组成部分，以扫荡封建正统文学的“薄今爱古”颓风，推动中国文学复兴为己任，力图以新理想使民开化，而为维新派的君主立宪、变法图存的政治纲领服务。

“诗界革命”的理论前驱与杰出实践者是黄遵宪（1848～1905年）。早在同治七年（1868年），黄遵宪就在《杂感》一诗中提出“我手写我口，古岂能拘牵”的创作原则，成为最早的“诗界革命”的宣言。他认为写诗应该反映现实，反映社会，反映思想，应该蕴含真情。而反对“尊古”、“剽盗”，要求写人间“真意”，自我“心声”。此后，黄遵宪以外交官资格，遍游日本、美、英、新加坡，长达十七年。西方资本主义的产业文明，与卢梭、孟德斯鸠的政治学说，开拓了他的视野，形成了他既批判封建专制，但又“守渐进主义，以立宪为归宿”的改良主义政治观。从而，对其后期文学思想的发展，产生了积极的影响。

光绪十七年（1891年），黄遵宪在伦敦作《〈人境庐诗草〉序》一文，根据“今之世异于古”的进化观点，强调今人应抛弃古人的糟粕，而不为古人所束缚，今诗必须“别创诗界”，而“自立”于古人之后。文中又提出“诗之外有事，诗之中有人”的重要命题，对“新派诗”的创作原则和本质特质做了完整的理论阐释。所谓“诗之外有事”，就是要在现实生活中拓展创作题材，以国内外大事入诗，更以“欧洲诗人”，“鼓吹文明之笔”

为模式。所谓“诗之中有人”，就是要求诗有鲜明的艺术个性，“要不失乎为我之诗”，同时要渗透新的时代精神，塑造新的诗人自我形象。黄遵宪反对拟古，但并不盲目拒绝传统文化遗产。他主张“复古人比兴之体”，“取离骚之神理”，“不名一格，不专一体”，形成独立的艺术风格。在诗歌形式上，要“以单行之神，运排偶之体”，即以古文家之法入诗，使诗散文化，加强诗的表现力。《〈入境庐诗草〉序》，在文学发展论、创作论、风格论诸方面都具有近代的控理论色彩，是“诗界革命”的理论纲领。黄遵宪自称其诗为“新派诗”，梁启超则称黄为“近世诗家三杰”之一。康有为序《入境庐诗草》称“上感国变，中伤仲族，下哀生民，博以寰球之游历，浩渺肆恣，感激豪宕，情兴而意远”。黄诗是晚清诗坛中，继龚自珍后的又一高峰，《悲平壤》、《哀旅顺》、《哭威海》、《台湾行》、《渡辽将军歌》、《聂将军歌》等诗，确实已“弃史籍而采近事”，洋溢着爱国反帝精神，是“诗界革命”的实绩。《今别离》、《登巴黎铁塔》、《樱花歌》、《锡兰岛卧佛》等诗，写域外生活，为晚清诗开一生面。

继黄遵宪之后，夏曾佑、丘逢甲、谭嗣同、蒋智由、金天羽等相继竞为“新诗”，梁启超及一般晚清文学编年，据此认定“诗界革命”的勃兴，就在这一时期。夏曾佑、谭嗣同的诗，被梁启超批评为“操扯新名词以表自异”，并无实绩可言。甲午战后，丘逢甲主张新诗要开拓新视野，寻求新题材。以史学为诗，寓兴亡之感，则是他所追求的理想境界。丘逢甲曾亲率军民，御倭寇于台海，失败后内渡，居广东，与康有为、梁启超有所过从，与黄遵宪则为诗友。丘逢甲感事忧国，对时势之危殆，体认较深，“大禽大兽知何日，目极全球战正酣”。内渡之后，写成一千七百余首诗。其中《愁云》（公元 1895 年）、《春愁》（公元 1896 年）、《元夕无月》（公元 1898 年）、《题兰史〈罗浮纪游图〉》（公元1902年）等名作，抒发台湾沦陷后志士之悲愤，抨击清廷之腐败卖国，指控列强之暴虐无行，不遗余力。而上承杜甫、陆游，慷慨放言，悲凉壮美，遂震动一时，被目为“诗史”。梁启超推为“诗界革命之一钜子”。

梁启超是“诗界革命”的热情鼓动者与权威理论家。在百日维新失败以后，梁启超避地日本，先后创办《清议报》、《新民丛报》、《新小说》、《国风报》等杂志，继续宣传变法主张，并创办“新民体”，推动“文体解放”，梁启超在《新民丛报》发表黄遵宪、康有为、夏曾佑、丘逢甲、蒋智由等人的大量新诗，以及与黄遵宪论诗通讯等文章，耸动国内，“以诗界革命之神魂，为斯道开辟新土”。“诗界革命”步入高潮。

光绪二十八年至三十三年（公元1902年至1907年），梁启超撰《饮冰室诗话》一书，专论“诗界革命”。梁启超的理论贡献可概括如下：

一、以社会进步固“远轶前代”，“并世人物”亦不“让于古”的改良主义进化观，作为指导文学革新运动的指南针，坚持“文学之进化”，反对“薄今爱古”的文学退化论，认为“非有诗界革命，则诗运将绝”。

二、总结“诗界革命”兴起后，新派诗创作的成败得失，批评“以堆积满纸新名词为革命”的幼稚倾向；品评“诗界革命”诸家，以“公度（黄遵宪）、穗卿（夏曾佑）、观云（蒋智由）为近世诗家三杰”，丘逢甲为“天下健者”，“诗界革命一钜子”，黄遵宪“为诗界开一新壁垒”，从而为黄、丘奠定诗界地位，扩大诗界革命在海内外的影响。

三、继黄遵宪之后，对“诗界革命”理论进行了更富于革命性的概括。提出“以旧风格含新意境”，“熔铸新理想以入旧风格”的创作原则，主张“竭力输入欧洲之精神思想，以供来者之诗料”，并”熔铸进化学家（达尔文）言”。虽然，“当革其精神，非革其形式”，“保持旧风格”之说，带有“旧瓶装新酒”的不彻底性，但旗帜鲜明地要求以“新意境”，宣传“新理想”，以诗歌“为精神教育之一要体”，而致“改造国民之品质”的社会效果，都具有进步意义。

四、肯定中国文学史上的“俗语文学”，认为“祖国文学之大进化”，当在俗语文学大发展。在散文创作上主张“言之合”，在诗歌创作上则主张诗与乐合、俗语入诗。“新歌”要斟酌于雅俗之间，以合于“讽诵”。赞扬丘逢甲“以民间流行最俗最不经之语入诗”，推许黄遵宪《出军歌》、《学校歌》等通俗歌词是“中国文学复兴之先河”。

甲骨文面世

十九世纪末，二十世纪初，甲骨文的发现可以说是中国考古学界的一件大事。

甲骨最初被人们认为是“龙骨”，是一种药材，这种药材售价很低，一斤仅值六文钱。光绪二十五年（1898年）年初，国子监祭酒王懿荣首先发现了这种被当作药材的龙骨上面有一些符号，他认为这可能是一种很古老的文字。关于王懿荣发现甲骨文一事，长期以来流传着这样一个故事：王懿荣，字正儒，一字廉生，谥文敏，山东福山人。当时他在北京做官，任国子监祭酒。一次他患了疟疾，便叫手下的人去药铺买药。药买回来后，王懿荣在药中发现有一片龙骨，出于好奇，他便仔细端详，发现骨头上刻有一种符号。王氏是一位金石学家，对古玩颇有癖好，对这种刻有符号的龙骨产生有大兴趣，便派人去四处查访，得知这种龙骨来自于河南等地，是由药材商人贩卖的。王氏便出重金大量收购刻有符号的甲骨。后来，王氏结识了山东古董商人范维卿，从他那里又得到了大约二三百片刻有符号的龙骨。经过考证，王氏发现许多符号记载的是商代帝王的名字，而且形体奇特，于是就断定这符号是一种古老的文字，这种龙骨是殷商遗物。这个传说，有许多不符合史实之处，但是有一点可以确认，王懿荣是第一个认识甲骨文的人。

王懿荣认识了甲骨文后，便开始出重金大量收购刻有文字的甲骨，在一年期间收集了一千五百片甲骨。八国联军攻占北京后，王懿荣投池自尽。当初，王氏大量收购刻有文字的龙骨时，就曾向研究金石、古董的人透漏过，当时的金石学大师吴大澂以及叶昌炽都闻得了这个消息。刘鹗跟吴大澂关系密切，与王懿荣也有过交往，对有字的“龙骨”颇感兴趣。刘鹗，是当时的一位奇人。王懿荣殉难后，王氏后人为了还清夙债，便开始变卖家产，出售家藏古董。刘鹗闻讯后，就出资将王懿荣收藏的一部分甲骨片搜购起来，约有千余片，王氏所藏的另一些甲骨片，赠送给天津新学书院，后由美国人方法敛，编入《甲骨卜辞七集》；另有一小部分由唐兰编为《天壤阁甲骨文存》一书。此外，刘鹗还跟北京琉璃厂的古董商来往甚颇，从他们手中收购了不少甲骨片。赵执斋是位古董商，当年曾受王懿荣之托收购甲骨片，如今又为刘鹗四处奔走，收购了三千余片甲骨。方药雨是刘鹗的朋友，见刘鹗如此热心搜集甲骨，就把自己从古董商范维卿手里购得的三百多片甲骨片，转让给刘鹗。后来刘鹗又派他的第三个儿子刘大绅亲自去河南搜罗，共得甲骨千余片。

罗振玉，字督蕴，一字叔言，号雪堂，晚年又号贞松老人，浙江上虞人。他曾于光绪二十年（1894 年）在刘鹗家做过家庭教师，与刘鹗交往甚密，并把他的长女嫁给了刘大绅为妻。罗振玉也是位精于古董的专家，所见颇广。当他看到刘鹗所藏的甲骨片时，也对甲骨产生了极大的兴趣，便劝刘鹗选择一些带字的甲骨片拓印出来刊行。在他的怂恿下，刘鹗于光绪二十九年（1903年）出版了《铁云藏龟》。这是第一部将甲骨文著录成书的专著，是甲骨学的开山之作。

当甲骨片流传于世时，收集甲骨片的人还有天津的王襄和孟定生。王、孟两人最初搜购到甲骨五六百片，后来王襄在京津两地陆续搜购到四千余片甲骨。此外还有清朝大臣端方。除了中国人以外，西方在华人士也开始搜集甲骨片。光绪二十九年（1903年），美国驻山东潍县传教士方法敛和英国浸礼会驻青州传教士库寿龄在潍县合伙搜购甲骨片，此外德国在华人士威尔茨、日本人西村傅、加拿大人明义士等也都广泛搜集。

在甲骨片流行初期，甲骨片的收藏者和研究者都不知甲骨片出土的确切地点。而知道真相的古董商唯利是图，故意制造玄虚，有时诡称出自河南的汤阴，有时又说出于卫辉，致使当时的学者都受骗上当。刘鹗在《铁云藏龟自序》中说："龟版己亥岁出土在河南汤阴县属之牖里城。"罗振玉在《殷商贞卜文字考自序》中也说："光绪己亥，予闻河南之汤阴发现古龟甲兽骨。"后来，罗振玉经过四处询问，才知道甲骨片并非出自汤阴、卫辉，而是出土于安阳西北五里的小屯村。光绪三十四年（1908年）罗氏从山左估人范某处得知甲骨片出土地是"洹滨之小屯"。于是就派人去安阳搜购甲骨片，民国四年（1915年），他又亲赴安阳做实地考查，确定了小屯村是甲骨的出土地点。后来李济对小屯村做了一番认真考察，更加确定甲骨文出土的确切地点，科学的发掘也就开始了。

《新民丛报》

在资产阶级民主革命思想广泛传播之时，保皇党人也利用自己的阵地，大肆攻击革命，鼓吹改良。这块阵地便是《新民丛报》

戊戌变法失败后，梁启超流亡日本。1902年2月，梁启超联合其他同仁，在日本横滨创办了《新民丛报》。在第一期的《本报告白》中宣布了三条办报宗旨："一、本报取大学新民主义，以为欲维新吾国，当先维新吾民。中国所以不振，由于国民公德缺乏，智慧不开，故本报专对此病而药治之。务采合中西道德以为德育之方针，广罗政学理论以为智育之本原。二、本报以教育为主脑，以政论为附从。但今日世界所趋重在国家主义之教育，故于政治亦不得不译。惟所论务在养吾人国家思想，故于目前一二事之得失，不暇沾沾词费也。三、本报为吾国前途起见，一以国民公利公益为目的，持论务报公平，不偏于一常派；不为灌夫骂座之语，以败坏中国者，咎非专在一人也；不为危险激烈之言，以导中国进步当以渐也。"梁启超为办此报，花费了大量精力，每天写作五千余字，重要的文章，大都出于他的手笔，先后以"中国之新民"，"饮冰子"等笔名，撰写了《新民说》、《新民议》等大量政论文章、知识性文章和时事评论。梁启超十分注重西方思想文化的宣传，报中专门介绍了西方学者培根、笛卡尔、达尔文、孟德斯鸠、卢梭、康德、黑格尔、圣西门等百余人的思想，涉及范围也十分广泛，凡西方政治、经济、军事、哲学、法律、历史、地理、文学及自然科学，无不尽力加以介绍。创刊第一年共发二十四号，属于介绍西方思想文化的就有二十三号。

第一年共开设二十四个栏目，分论说、学说、时局、史传、教育、学术、小说、名家谈丛、国闻短评、海外汇报、海外奇谈、新知识之杂货店等内容，每一号经常保持十至十五种栏目。

丛报的撰稿者所写文章大都语言明白流畅，文笔生动犀利，深受读者欢迎。创刊后不久就发行五千余份，有时达到一万多份。寄售点多达八九十处，除日本外，在国内有江苏、浙江、安徽、湖南、湖北、江西、广东、广西、四川、福建、山东、直隶、上海、天津等省市，国外有朝鲜、越南、暹罗、檀香山、美国、加拿大等地。其销量之多，影响之大，是当时任何报纸都无法相比的，成为备受人们注重的综合杂志期刊。发行一年后，就将借款还清，改为股份经营，分为六股，梁启超居两股，冯紫珊、黄为之、邓荫南、陈侣笙各占一股。实际上的主编是梁启超。

光绪二十九年（公元 1903 年）2 月，梁启超赴美游历，丛报由蒋观云主持编辑。11 月，梁启超由美返日，继续担任主笔。这次游历回来，梁的政治态度和言谈大变，宣称自己“宗旨顿改，标明保皇，且声言当与异己者宣战。”明确将矛头指向革命。相继发表了许多反对革命的言论和主张。光绪三十一年（公元 1905 年）8 月，同盟会成立，并在日本出版机关刊物《民报》，较为系统地宣传革命主张。次年，《民报》和《新民丛刊》就革命与保皇、民主共和与君主立宪及“土地国有”等问题展开了激烈的论战，影响很大，不少报纸杂志也相继加入论战之中。经过一年多的激烈争论，以《新民丛刊》为首的立宪派一方声势骤减已不能按期出版，先后为《新民丛报》撰稿人有：马君武、黄与之、吴仲遥、康有为、章太炎、蒋方震、冯邦干、麦孟华、徐勤、韩文举、欧榘甲、汤启勋、杨度、徐佛苏、熊知白、黄国康以及黄遵宪、严复等百余人。

1906年11月20日，《新民丛报》停刊，至此，一共出了九十六号。

爱国学社

光绪二十八年（1902年）4月，蔡元培、叶瀚、蒋观云等在上海发起成立了中国教育会，蔡元培任事务长（会长）。教育会联络热心于“民族革命”的知识分子，编定教科书，出版书报，改良教育，自办学校。同年冬，教育会主办了爱国学社、爱国女学。

南洋公学（上海交通大学的前身）是盛宣怀为训练洋务人才于光绪二十二年（1896年）在上海创办的学校，学校以“中学为体，西学为用”，重视忠君教育。开设《大清会典》、《圣武记》等课程；禁止新思想传播，阅报室、图书馆陈列新书刊。然而，学生却被主张“自由”、“平等”、“共和”的《国民报》等所吸引，经常于私下传阅、讨论。公学上院（大学部）特班教习（教员）蔡元培提倡新书刊里的新学说，深受学生景仰；中院（中学部）五班的教习郭振瀛宣扬《东华录》中“圣祖”的“武功”，“自尊如天帝，视人如犬马”，遭到学生鄙视，被称为“郭尸”。光绪二十八年（1902年）春，醇亲王载沣为辛丑议和议成而出国赔礼，途经上海时，特意到南洋公学视察，校方组织学生三跪九叩请圣安，引起学生强烈不满，蓄之已久的矛盾尖锐化。同年11月14日，郭振瀛因一件小事便以“不敬师长”为名促使校方开除学生伍正钧、贝寿同和陈承修三人。为此学生十分气愤，开会计议同总办交涉，校方又以“聚众开会，倡行革命”为名将五班五十余名学生全部开除。16日，各班学生以“教习悍然以奴隶待学生，为种种之束缚，总办复顽钝，欲抑压学生言论之自由”为由，相约全体退学。蔡元培亦愤而辞职，率包括邵力子、黄炎培在内的特班生一同退学。这时退学学生二百余人陈书求助于中国教育会，蔡元培和教育会同仁为使其能够继续完成学业，立即创设了爱国学社。

26日，爱国学社在泥城桥福源里开学。蔡元培任学社总理，吴稚晖任学监，章太炎、黄炎培、蒋观云、蒋维乔等担任义务教员。蔡元培、蒋观云又在登贤里创设爱国女学，爱国学社学生家中妇女相继进入女学学习。爱国学社学生分寻常、高等两级，学制均为两年，后又增设蒙学班。寻常级设课有修身、国文、算学、史地、理化、体操；高等级设课有伦理、国文、算学、物理、化学、心理、论理、社会、国家、经济、政治、法理、英文、体操，并进行军事训练。其中，社会、国家、经济、政治、法理、伦理等课程均为上海其他学堂所没设的。学务由学生联合会自治（全部学生分为若干联，每联约二三十人，听学生自行加入某联），“凡有兴革，多由学联开会议决。”光绪二十九年（1903年），先后又有南京陆师、浙江大学党杭州陆师风潮中退学学生章士钊、林懿均等四十余人加入爱国学社。中国教育会与爱国学社同在一处办公，学社学生全部加入了教育会。

爱国学社章程规定：“重精神教育，重军事教育，而所受各科学皆为锻炼精神、激发志气之助。”学社师生“高谈革命，放言无忌”，编刊《学生世界》，“持论尤为激烈”。《苏报》原为陈梦坡主持的较正派的小报，从南洋公学学潮起辟“学界风潮”栏，声价大起，后请章士钊主笔，约定由蔡元培、吴稚晖、章太炎等七人轮流每日写评论一篇刊发，遂成为教育会和爱国学社的机关报，鼓吹爱国运动和反清革命运动，“崇沦横议，震撼一世”。《苏报》馆每月资助爱国学社银一百元。学社学生重在开展宣传活动，以“国民公会”名义，每星期总有一二个下午在张园安恺第（游人休息饮茶的大楼厅）开会学说，畅言革命，到会的人十分踊跃；学社学生还在张园参加发动了上海“拒俄”、“拒法”爱国运动。学社为使学生成为文武双全的爱国者，以便将来从事武装起义，于光绪二十九年（1903年）5月又组织了“军国民教育会”，对学生进行德国式兵操训练，生活军事化。随着学社学生的革命思想日益增强，对章太炎的《驳康有为书》、《逐满歌》和邹容的《革命军》兴趣日浓，视其为爱国救国的基本纲领。记述有孙中山起义的日文书《三十二年落花梦》，在学生中争相传看，孙先生的事迹成为大家课余谈论中心。爱国学社作为一个革命据点，其影响波及全国。新学界名人，如吴江柳亚子、金松岑，嘉兴敖梦姜，广西马君武，四川邹容等，都曾来学社暂居或长宿，从事革命活动。上海的革命声势引起清朝政府的恐惧，是年6月勾结上海租界当局，派巡捕先后闯入《苏报》馆和爱国学社，捕去章太炎等人，邹容激于义愤自动投案，陈梦坡远走日本，蔡元培逃避青岛。至此，爱国学生被迫解散。

数学家李善兰

李善兰（1811～1882年），字正叔，号秋纫，浙江海宁人。从小喜爱数学，1852年到上海参加西方数学、天文学等科学著作的翻译。以后又任曾国藩的幕僚，1868年后任北京同文馆天文学算馆总教习。他在数学方面的成果集中在《则古昔斋算学》

中，包括十三种数学著作。其中关于幂级数展开式方面的有《方圆阐幽》、《弧矢启秘》、《对数探源》。李善兰创造了一种“尖锥术”，即用尖锥的面积来表示 X^n，用求诸锥之和的方式来解决各种数学问题。虽然在此时他还没接触微积分，但实际上已得出了有关定积分公式。在《垛积比类》中，李善兰利用和“开方作法来源图”相类似的数表，列出一系列的高级等差级数求和的公式。这就是国际数学界感兴趣的“李善兰恒等式”。他在数论方面论证了著名的费尔玛定理（见《考数根法》）。而且，沿用至今的不少数学名词，如“代数”、“微积分”、“积分”等都是李善兰所创造的。当时与李善兰一起参加翻译工作的伟烈亚力对李工作评价颇高。所以，就当时中国科学各学科远远落后于西方而言，数学还算是有些成绩的。

化学家徐寿父子

徐寿（1818～1884 年），江苏无锡人。1861 年入曾国藩幕，(跖 7 年人上海江南制造局，参加西方科技书籍的编译工作，时间长达十七年之久。所编译书籍为十三种，大多数是化学方面的，《化学鉴原》是其中比较重要而彰殉较广的一部，它概略地论述了一些基本理论和各种重要元素的性质，对西方近代化学知识在中国的传播起了一定作用。在译书中，徐寿首创以西文第一音节造字的原则（即取西文名字第一音节造新字命名），被后来中国化学界所接受，一直沿用至今。陈译书外，徐寿还与人发起创办了格致书院（1885），并举办一些讲座或科学讨论会，向听讲者作示范的化学试验，可视作中国化学知识普及教育的最初尝试。徐寿不仅是当时国内的著名科学家，而且在国际上也颇有名气。日本曾派柳原前光等人来向其学习。当时主持江南制造局译书事宜的傅兰雅，对其也非常佩服。

徐寿的儿子徐建寅也是一位科学家，译过《化学分原》等多种科学著作。1901年在武汉试验无烟火药时，不幸身亡，为科学研究献出了自己的生命。

建筑师詹天佑与京张铁路

詹天佑（1861～1919年），原籍安徽、生于广东南海，十二岁考取容闳所倡“留美幼童预备班”，赴美国留学。1878年入耶鲁大学土木工程系学习铁路工程专业，1881年回国。1888年到唐津铁路工地工作，此后主持修建了滦河铁路大桥，是为中国工程师主持修建的中国第一座近代铁桥。1894年，詹天佑以其在铁路工程中的杰出成就，被英国工程师学会选为会员。詹天佑最杰出的贡献是主持并建成了联结北京和张家口的京张铁路，这是一条完全由中国人自己筹资，运用中国自己的工程技术力量，自行勘测、设计并利用中国自己的工匠施工建成的铁路。在京张铁路的工作中，充分体现了这位科学家的家国情怀，他曾对参加勘测的工程人员说：“全世界的眼睛都在望着我们，必须成功”，“不论成功或失败，决不是我们自己的成功和失败，而是我们的国家！”

京张铁路通车典礼（公元1909年）

在设计最艰难的关沟路段时，詹天佑经过仔细测量，使隧道长度比原来英国工程师金达设计的方案减少了 2 千米。为了减少线路的坡度和山洞长度，他在青龙桥东沟采取了“人”字形爬坡路线，并且用两台大马力机车调头互相推挽的方法，解决了坡度大机车牵引力不足的问题。这些都是他在设计过程中的独创性。在施工中，詹天佑还因地制宜，就地取材，用自造的水泥和当地的石料建成了一些石桥以代替铁桥，使线路的成本大为降低。这是我国第一条由中国人自己设计的铁路。

近　代　史

（公元 1912～公元 1949 年）

辛亥革命

民族危难的加深

1. 帝国主义争夺中国

1901 年的不平等条约签订后，帝国主义各国加紧了对中国的掠夺和控制。它们除继续在中国遍设各种工厂外，还进一步夺取开矿的权利，用直接投资和高利贷两种方式把持中国铁路。路矿权利的不断丧失，成为 20 世纪初年中国极为严重的问题。

帝国主义列强为了争夺在中国的权益，展开了激烈的斗争。东北是它们争夺的焦点。俄国侵占东北后，妄想建立所谓“黄俄罗斯”，拒不撤兵。日本早有夺取这一地区的野心，并得到美、英的支持。1904 年，日俄两国终于在中国领土上爆发了一场为争夺中国东北而进行的帝国主义战争。这次战争以俄国的失败而结束。日俄双方在美国调停下，于 1905 年缔结分赃条约，其中规定俄国将旅（顺）大（连）租借地、长春至大连的铁路及其他有关的权益，全部“转让”给日本。清廷在战争爆发时，竟然宣布“中立”，把辽河以东地区划作战场；战后承认日俄条约的分赃规定。这样，俄国势力退到东北的北部，日本势力侵入东北的南部。

自 19 世纪下半期以来，英国与俄国对西藏地区进行了激烈的争夺。1903 年底，英国乘俄国的注意力更多集中在东北的时机，发动了一次新的入侵西藏的战争。西藏地方军民坚决抵抗英国侵略军，他们在江孜保卫战中表现得英勇壮烈。1905 年 8

月，英国侵占拉萨，大肆抢掠。1906年，英国迫使清廷签订不平等条约，开放江孜、噶大克为商埠。

武昌起义纪念馆

2. 清政府成为洋人的朝廷

清廷对义和团的出卖和向帝国主义势力的投降，使它的统治面临很大的困难。1901年，清廷宣布“变法”，在几年之内推行了一系列的所谓“新政”。“新政”的一部分措施，如提倡民族工业、废科举、设学校、派留学生等，是为了缓和统治者和民族资产阶级之间的矛盾。“新政”的主要内容是练兵筹饷。1903年，北京设立练兵处，开始改革军制。1905年，拟定了在全国编练新军36镇（师）的庞大计划。同年，又设立巡警部，编练警察。这些都是为了加强对人民的统治。清廷的每项“新政”，都要以加重旧捐税或增添新捐税来充经费。另外，“新政”还具有进一步取得帝国主义势力的欢心的用意。1901年，清廷根据帝国主义各国的要求，改总理衙门为外务部。此后，又依照它们的需要，明文规定保护外国人在中国筑路、开矿等方面的投资。

资产阶级民主革命思想的传播

1. 资产阶级爱国运动的兴起

帝国主义势力的侵略和清廷的对外卖国、对内压榨，使广大劳动人民的生活更加困苦。各地人民的反抗斗争，连绵不断。1902年，直隶省一带的农民起义，鲜明地举起“扫清灭洋”的大旗。规模更大的是同年广西省汉、壮、苗、瑶等族人民的武装起义，烽火燃遍全省，斗争一直持续了三年。全国各阶层人民反对帝国主义势力控制路矿的收回利权运动，从1903年起就逐渐开展起来。

1903年，湖南、湖北和广东的绅商，联合发起收回被美国霸占的粤汉铁路路权运动，得到三省各界人民的支持，经过2年的坚决斗争，于1905年赎回了粤汉铁路和修筑权。1904年，四川人民发起反对清政府出卖川汉铁路路权、筹款自行修筑的运动。1907年，直隶、山东、江苏三省人民发起自办津浦铁路的斗争；江苏、浙江绅商发起收回苏杭甬铁路修筑权的斗争。与此同时，收回矿权的斗争也相继在黑龙江、山西、山东、辽宁、四川、安徽、湖北和云南等地蓬勃发展起来，并取得了一定的胜利，收回了一些煤矿、铁矿的矿权，打击了帝国主义的嚣张气焰。

1903年，为反对沙俄霸占东北，中国人民掀起了声势浩大的拒俄运动。当时，上海爱国人士举行集会，向全国发出通电，抗议沙俄的侵略罪行；北京、武昌等地学生集会抗议，罢课示威；留日学生也在东京召开拒俄大会，组成“拒俄义勇队”（后定名为“学生军”），准备开赴抗俄前线，与沙俄侵略军血战到底。腐朽的清政府却勾结日本政府强行解散“拒俄义勇队”，对人民的爱国运动进行镇压。

1905年，为反对美帝国主义虐待华工，掀起了遍及全国的抵制美货运动。这次运动由民族资产阶级发起，工人、农民、学生及城市居民热烈响应。1905年以后，自发的人民反抗斗争迅速增多。1909年各地人民的反抗斗争，见于记载的有130多起。1910年，增加到290多起。抗捐抗税和抢米的斗争，在各省普遍发生，其中规模大的有湖南省长沙的抢米风潮和山东省莱阳的抗捐斗争。1910 年，长江流域发生水旱灾荒。湖南省的灾民靠吃树皮、草根过活。绅士、地主及中外商人乘机囤积粮食，获取暴利。长沙城乡饥民要求官府减价粜米，遭到镇压，死伤数十人。饥民奋起跟清军搏斗，参加的群众越来越多，发展到几万人。他们捣毁米店、钱庄，烧毁巡抚衙门、税局，还捣毁外国领事住宅、洋行和教堂，斗争的矛头直指封建统治者和帝国主义侵略者，终于迫使清廷允许平粜。同年，莱阳县乡民要求清算被官绅侵吞的备荒积谷，用来度荒和支付捐税。他们的要求被官吏拒绝，代表被拘押。乡民有几万人围困莱阳县城，进行了多次激烈的战斗。人民群众自发的反抗斗争，沉重地打击了清朝的封建统治，推动了资产阶级民主革命的发展。

2. 民主革命思想的广泛传播

中国反对帝国主义封建主义的资产阶级民主革命，从严格的意义上说，是从孙中山开始的。孙中山（1866—1925 年），名文，字逸仙，诞生在广东省香山县翠亨村的一个农民家庭。少年时代曾到檀香山，受西方资本主义教育。1885 年回国后，在广州、香港学医。1892 年起，在澳门、广州行医。这期间，他结识了一些爱国青年和会党人物，经常在一起抨击清廷的黑暗统治。他很倾慕太平天国的反清事业，并以“洪秀全第二”自命。他也受到改良思想的影响。1894 年，曾上书李鸿章，希望施行一些资本主义的改革，但遭到拒绝。不久，中日战争爆发，孙中山感到国家面临的危机严重，认识到依靠清廷不可能使国家得到富强，要救国必须推翻清朝的封建统治，走革命的道路。

1894 年 11 月，孙中山在檀香山联络华侨多人，创立了中国第一个资产阶级革命团体兴中会。第二年，他回到香港，邀集同志，建立兴中会总会。兴中会明确提出了“创立合众政府”

的革命目标。

兴中会成立后，立即筹备武装起义，并决定于1895年10月在广州发动。由于计划泄露，起义还未发动就遭到镇压。孙中山被清廷通缉，逃亡国外。他到了日本、欧美各国，接触了许多资产阶级革命学说，也发展了革命组织，准备再次发动武装起义。义和团运动期间，孙中山领导的兴中会利用这个时机，在广东省惠州发动武装起义。起义军在半个月内曾经发展到两万余人，屡次击败清军。后在清军优势兵力围攻下，弹尽援绝，起义失败。孙中山没有气馁，坚持革命斗争，继续摸索救国的道路。

20世纪初年，中国资本主义有了初步的发展，民族资产阶级中下层的力量有所增长。风行一时的出国留学和国内新式学校的开办，为这个阶级培养出大批的知识分子。他们接受变法维新运动失败的教训，又受到农民反帝爱国运动的启发，也开始感觉到，要摆脱帝国主义和封建主义的压迫，必须走推翻清朝统治的革命道路。他们在国内外组织了许多革命团体，出版了许多报纸刊物，宣传资产阶级的民主革命思想。上海和日本东京是他们革命活动的中心。

孙中山

在宣传工作方面，章太炎的影响很大。章太炎（1869—1936年），名炳麟，浙江省余杭县人。当时，康有为、梁启超等改良派逃亡国外，继续宣扬改良的道路，鼓吹君主立宪，反对革命。章太炎在1903年发表了《驳康有为论革命书》等文章，痛斥康有为散布的“中国只可立宪，不能革命”的谬论，指出只有革命才能得到民主自由，明确表述了资产阶级民主革命的观点。同年，不满二十岁的青年邹容在上海出版了震动一时的《革命军》。邹容（1885—1905年），四川省巴县（今重庆市）人。他提出了建立资产阶级的“中华共和国”的号召，要求永远根绝君主专制政体，反对外国人干涉中国的革命和独立，大声疾呼“革命独立万岁!”《革命军》被章太炎在上海《苏报》上撰文推荐，先后印行20多次，销售上百万册。清廷对此十分恐惧仇视，勾结上海的帝国主义势力，查封《苏报》，逮捕了章太炎和邹容。邹容遭受两年监禁折磨，死于狱中。还有陈天华(1875—1905年)，湖南省新化县人，曾同邹容在日本留学。他在1904年出版了《猛回头》、《警世钟》两书，以通俗的语言揭露帝国主义的侵略罪行，号召大家起来跟帝国主义战斗，并且指出清廷实际上是“洋人的朝廷”，“要想拒洋人，只有讲革命独立”。这两本书在社会上也引起了强烈的反响。

3. 资产阶级革命团体的广泛建立

资产阶级革命派在宣传民主革命思想的同时，进一步展开了建立革命组织的活动。1904年，黄兴和宋教仁、陈天华等人在湖南长沙成立了华兴会。蔡元培、章太炎、陶成章等在上海组织了光复会。湖北省的革命青年也在武昌成立了科学补习所。这些团体曾组织过武装起义，都没有成功。

孙中山领导的兴中会仍在国外进行活动，在华侨中发展组织，宣传革命，跟康有为、梁启超等改良派作了尖锐的斗争。孙中山在1904年发表了《敬告同乡书》，揭露梁启超假革命真保皇的丑恶面目，指出革命与保皇是两条不同的道路，势不两立，有力地打击了改良派的猖狂进攻。他还在《中国问题的真解决》一文中指出：清朝统治“正迅速地走向死亡”，“中国现今正处在一次伟大的民族运动的前夕”，“全国革命的时机现已成熟”，“一旦我们革新中国的伟大目标得以完成，不但在我们的美丽的国家将会出现新纪元的曙光，整个人类也将得以共享更为光明的前景”。

中国同盟会及其革命活动

1. 中国同盟会的成立和初期活动

革命形势的急速发展，需要有一个全国性的统一政党来领导革命运动。于是，孙中山和黄兴等联合兴中会、华兴会和光复会、科学补习所等革命团体的部分成员，于 1905 年 8 月在日本东京成立了中国同盟会，推举了孙中山为总理，建立了领导机构，通过了孙中山提出的革命纲领。

同盟会的纲领是：“驱除鞑虏，恢复中华，创立民国，平均地权。”随后，孙中山在为同盟会的机关刊物《民报》写的发刊词中，把这个纲领阐发为民族、民权、民生三大主义。民族主义的目标是要推翻满族贵族的政府。民权主义是推翻君主专制制度，建立国民的政府。民生主义是对土地核定地价，把革命后因社会经济发展而增长的地价归国家所有，并逐步由国家向地主收买土地。三民主义是中国资产阶级希望建立资产阶级共和国和发展资本主义的政治纲领，对当时资产阶级革命起了巨大的号召和推动作用。

中国同盟会的成立及其纲领的形成，标志着中国资产阶级民主革命运动进入了新的阶段。但是，这个纲领没有明确提出反对帝国主义、封建主义的战斗口号，没有提出彻底的土地纲领。因此，它是一个不彻底的民族民主革命的纲领。这反映了中国民族资产阶级的软弱性和妥协性。

同盟会在孙中山领导下的革命活动，主要有两个方面：一是在政治思想上对改良派的论战，一是发动了一系列武装起义。

同盟会起义烈士墓

康有为、梁启超为首的改良派，以在日本出版的刊物《新民丛报》为据点，竭力歌颂君主立宪，诋毁革命。改良派认为，要使中国富强，不必推翻清廷，只要劝它改良，要求它实行君主立宪就可以了。他们攻击武装革命必将造成内乱，引起外国的干涉，不是爱国而是“祸国”。革命派以《民报》为阵地，针锋相对地指出，清廷一点权力也不肯放弃，根本不可能实行君主立宪。他们还指出清廷已成了帝国主义的走狗，如不推翻这个卖国政府；中国将被它完全断送，因而只有“兴民权，改民主”，中国才有出路。他们认为改良派标榜的“爱国”，实际上是爱充当洋奴的卖国政府；改良派维护君主政体，反对共和，实为“中国之罪人”。经过这场大论战，革命派充分地揭露了改良派站在清廷方面反对革命的实质，在理论战线上击败了改良派，取得了思想领导权，从而使民主革命思想深入人心，促使革命形势蓬勃发展。

同盟会领导的武装起义，首先是1906年江西省萍乡县和湖南省浏阳县、醴陵县一带爆发的农民、矿工的起义。同盟会会员参加了起义活动，并为起义军发布了以同盟会政纲为内容的革命文告，号召群众。起义队伍很快发展到约三万人，并迅速控制了四、五个县，屡次击败清军。清廷调集几省军队，才把起义镇压下去。1907 年到 1908 年，同盟会在广东省、广西省、云南省接连发动了六次武装起义。在广西省镇南关的起义中，孙中山亲自参加战斗，1907 年，光复会会员徐锡麟和女革命家秋瑾也在安徽省、浙江省发动起义。

1911 年 4 月 27 日，孙中山和黄兴等经过半年的筹备，发动了震动全国的广州起义。革命党人分路发动进攻。黄兴率领的一百多人攻破了两广总督衙门，跟前来镇压的大队清军展开激烈的巷战。由于孤军力薄，激战一夜而失败，黄兴等负伤逃脱。战斗中英勇牺牲和被捕后就义的近百人。广州人民不顾生命危险，把殉难烈士中 72 人的遗体营葬于城郊黄花岗。

同盟会领导的多次起义，由于群众基础薄弱，又往往采取突然袭击的单纯军事冒险方式，最后都失败了。但是，每次起义都使清的统治受到打击。革命党人那种以满腔热血为革命奋不顾身的崇高精神，振奋了全国人民的反抗意志，激起更多的人投入反清的斗争。

2. 清政府“预备立宪”的骗局

清廷面临革命形势的日益发展，为了抵制革命，拉拢资产阶级上层的支持，以达到“皇位永固”的企图，于 1906 年宣布“预备立宪”。预备立宪的第一步是改革官制，就是要把政权集中在满族贵族手里，同时减削地方督抚的权力，而把其中最有势力的湖广总督张之洞和直隶总督袁世凯内调，给予军机大臣名义以夺去其实权。

改良派在清廷宣布“预备立宪”后，便在江苏、浙江、湖北、湖南、广东等省组织了筹备立宪的机构，企图用叩头请愿的方式要求清廷实行君主立宪，以阻止革命的发展，并为自己取得参与政权的机会。其代表人物，在国外有康有为、梁启超，在国内有张謇、汤化龙、汤寿潜、谭延闿等人，他们也被称为“立宪派”。

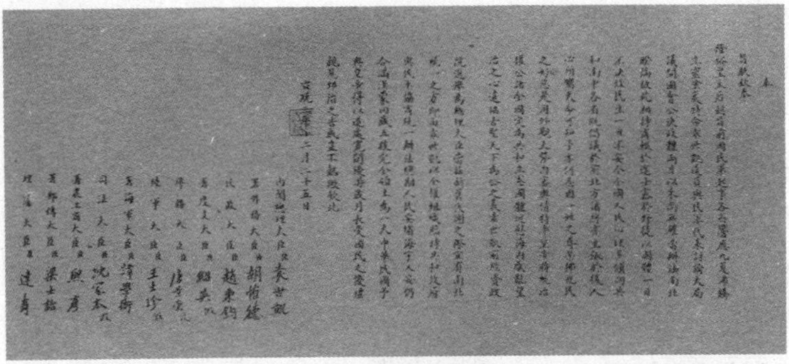

清帝退位诏书

1908年，清廷颁布《钦定宪法大纲》，规定预备立宪期间为9年，暴露了它没有立宪的诚意。不久，光绪皇帝和慈禧太后相继死去，溥仪继承了帝位，年号宣统。宣统皇帝年幼，由他的父亲摄政王载沣掌握军政大权。载沣执政后不久，罢斥了大军阀袁世凯。1909年到1910年，各省谘议局和北京资政院先后成立，而立宪派在其中占有优势。立宪派连续发动多次立宪请愿活动，得到的结果是遭到清廷的严行禁止。1911年5月，清廷成立新内阁，在内阁大臣13人中，满族贵族占了9人，而其中皇族又占5人，军政大权进一步集中到皇族手中。这就暴露了“预备立宪”的骗局，引起了军阀、官员和代表资产阶级上层的立宪派的普遍不满，形成清廷孤立的局面。

武昌起义的胜利和失败

1. 四川保路运动

宣统三年四月（1911年5月）清政府宣布“铁路国有”政策，将已准归商办的川汉、粤汉铁路收归国有，随后又与英、法、德、美四国银行团订立《粤汉川汉铁路借款合同》，将路权出卖给帝国主义。清政府出卖路权的罪行，引起湘、鄂、川、粤四省与铁路有紧密联系的广大群众的愤怒，也直接侵犯了地方绅商资产阶级的利益，因此四省迅速掀起具有广泛群众基础的保路运动。运动开始时是由立宪派领导的，采用开会宣传、进京请愿的方式，要求清政府收回成命，力图将运动限制在“文明争路”的范围内。但清政府悍然拒绝并严禁保路运动。广大群众逐渐突破“文明争路”的束缚，长沙、株洲万余工人举行罢工示威，湖北宜昌数千筑路工人与清军发生武装冲突，湖南学生罢课抗议清政府的卖国行径，留日学生与海外华侨也坚决主张和清政府抗争到底。四川的保路运动尤为激烈，各地纷纷成立保路同志会。8月24日（七月一日）成都召开有万人参加的保路大会，号召罢市、罢课、抗粮、抗捐。四川的革命党人和哥老会力图把保路风潮引向武装起义。

武昌起义用炮

9月17日（七月二十五日）清四川总督赵尔丰诱捕保路同志会代表罗伦、蒲殿俊等，封闭铁路公司，愤怒的群众数万人齐集督署门前要求释放被捕人员，赵尔丰竟下令开枪打死群众几十人，造成流血惨案。消息传出，全省沸腾，各地纷纷组织保路同志军，发动武装斗争，旬日间就有十几万起义军进攻成都。保路运动的猛烈发展使清政府惊恐万状，急忙从湖北调新军入川镇压，湖北新军中的革命党人趁机发动武昌起义。

2. 武昌起义的胜利

1911年10月10日，爆发了武昌起义。起义的发动者是跟同盟会有联系的文学社和共进会。它们在湖北省新军和会党中间，曾经进行了长期的革命宣传和组织工作，吸收了5000多士兵参加组织，占全省新军人数的三分之一左右。在四川省的保路运动发展成为武装斗争的形势鼓舞下，它们决定在10月11日举行武装起义。但10月9日，起义领导机关遭到破坏，起义计划暴露了，革命党人为湖广总督瑞澂大肆捕杀。新军里的革命党人，见事态紧急，决定提前起义。10月10日夜，打响了革命的第一枪，武昌起义开始了。革命军进攻总督衙门，瑞澂等官员仓皇逃走。经过一夜的战斗，革命军占领了武昌。12日，革命军又占领了汉阳、汉口。

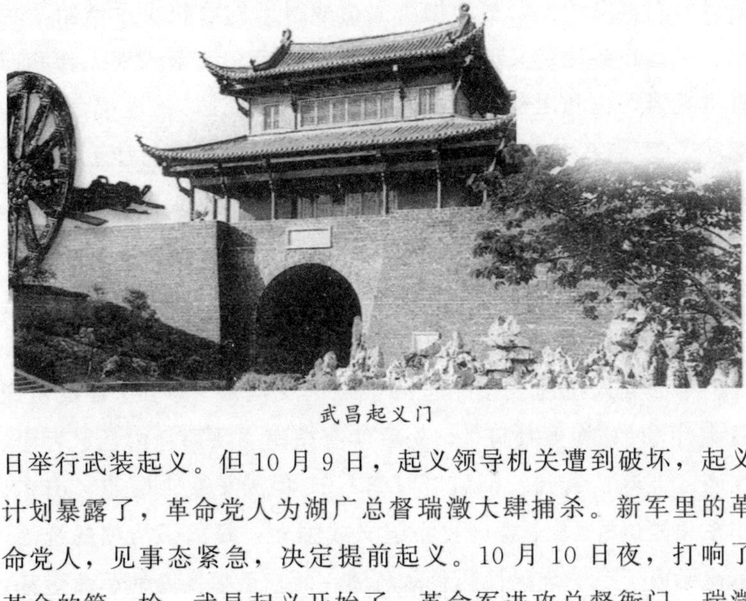

武昌起义门

武昌起义的胜利，迅速推动了全国各地群众革命热情的高涨。革命党人在各省积极发动新军、会党起义，农民、工人、手工业者和城市贫民掀起自发斗争。11月下旬，已有14个省先后宣布脱离清廷独立。清廷反动统治陷于土崩瓦解的局面。

3. 中华民国的成立

革命党在武昌起义的第二天，10 月 11 日，即筹组政府。他们接受立宪派的建议，推举清新军军官黎元洪做都督，成立湖北军政府。12 日，又举立宪派首领汤化龙任民政部长。接着，宣布废除宣统年号，改国号为“中华民国”。革命党人忘记了黎元洪是个极端仇视革命的人，更没有觉悟到应当把政权掌握在自己手里，反而认为需要在社会上有资望的人出来组织政府以号召群众，便轻易地把浴血奋战得来的政权拱手送给了封建官员。在各地起义取得胜利以后，许多立宪派代表人物和旧官员政客，也利用资产阶级革命派的妥协退让，钻进革命政权，篡夺了领导权。江苏巡抚程德全，只是在巡抚衙门挂上军政府招牌，把巡抚改称都督，而对其余一切都无所变更。湖南省宣布脱离清廷后十天，以谘议局议长谭延闿为首的立宪派，竟杀害了革命党人都督焦达峰而篡夺了湖南省的政权。

武昌起义在全国范围内产生了巨大的影响，散布在各个省区的革命党人纷纷发动新军和会党起义响应。从 10 月中旬到 11 月下旬的 50 天时间里，先后就有湖南、陕西、山西、云南、江西、上海、贵州、浙江、江苏、广西、安徽、福建、山东、广东和四川等 15 个省区宣布起义或独立，脱离了清朝的统治，迅速形成了一个全国性的革命高潮。面临迅猛发展的革命形势，同盟会及其主要领导人缺乏足够的思想准备，没有把革命推向前进的全盘计划，因而未能切实地指导各省区的夺权斗争，致使各地新建立的政权大都缺乏稳固的基础。有的省区，如湖北、浙江、福建和陕西等地，本是资产阶级革命派发动起义，但推翻清朝政权后，却把新成立的军政府的领导大权拱手让与旧军官或立宪派。有的省区，如湖南、贵州和上海，资产阶级革命派起义成功后，虽然掌握了军政府的领导权，但很快就被立宪派和旧官僚通过政变或其他方式夺去。湖南是最先响应武昌起义的省份之一。10 月 22 日，同盟会会员焦达峰、陈作新率领会党和新军攻入长沙，杀死清军统领黄忠浩，驱逐湖南巡抚余诚格，当天建立湖南军政府，焦达峰、陈作新分别被推举为正、副都督。湖南军政府立即派兵北上，支援武汉，增强了首义地区的革命实力。以湖南咨议局议长谭延闿为首的立宪派，不甘心处于无权地位，暗中进行阴谋活动。他们先是以防止革命“专制”为名，强迫焦达峰同意成立以谭延闿为首的参议院，与都督府分庭抗礼，并以湖北为先例，使谭延闿当上了民政部长。随后，他们又收买新军第二十五协的反动军官发动兵变，杀害了焦达峰和陈作新，由谭延闿出任都督，篡夺了政权。有的省区，如江苏、广西、安徽和山东，则是由原来的巡抚宣布脱离清政府而“独立”，改称都督，原班人马执政。其中江苏巡抚程德全，一贯善于看风使舵，他得悉武昌起义和上海光复，知道清王朝的统治已无可挽救。11 月 5 日应苏州绅商的要求，宣布江苏“独立”。他把巡抚衙门改为都督府，又派人用竹竿挑去抚衙大堂屋上的几片檐瓦，表示“革命必须破坏”，就算大功告成。山东巡抚孙宝琦在革命形势的逼迫下，于 11 月 13 日同意独立，担任都督，但他却不敢对外正式宣布。到了 24 日，他又宣布取消独立，山东仍然回到清政府的建制之下。有的省区，如四川、山西、广东等省的都督，都是同盟会会员。但他们掌握一省的军政大权以后，很快与立宪派和旧官僚沆瀣一气，积极扩充自己的势力，逐步成为割据一方的军阀。

各省区的独立和起义，在全国造成了巨大的革命声势，使清朝的统治迅速解体，对辛亥革命取得一定的胜利起了积极的促进作用。然而，大多数省区的新当权者并不是真正的革命党人，他们大都维护旧秩序。并对广大人民群众的革命斗争实行镇压，使革命失去了群众基础，无法继续向纵深发展，从而给整个革命运动造成严重后果。

湖北军政府邀请起义各省代表在武汉商议组织中央政府。12 月初，江浙革命联军攻克南京，于是各省代表会议决议以南京为中华民国临时政府所在地。随后，各省代表到南京会集。25 日，孙中山从海外回国。各省代表会议选举他为中华民国临时大总统。1912 年 1 月 1 日，孙中山在南京宣誓就职，宣布“中华民国”成立，改用阳历，称中华民国元年。接着，选举黎元洪为副总统，并在南京成立了临时参议院，作为立法机关。中华民国临时政府的成立，标志着资产阶级共和国的政权建立起来了。

以孙中山为首的南京临时政府是资产阶级民主革命的产物。由于资产阶级革命派的软弱妥协，这个政府实际上是革命派、立宪派和旧官员三派势力组成的临时联合政府。革命派虽然在政府中居于领导地位，但立宪派和旧官员担任内政、实业、交通等部总长，拥有相当大的实力。各省都督多数也为立宪派和旧官员所操纵，而临时政府对他们实际上不能行使中央政府的权力。

南京临时政府曾经颁布许多有关政治、经济和社会改革的法令。主要的，如废除刑讯，禁止贩卖华工，废除奴婢，禁止种植和吸食鸦片，奖励兴办工商业和华侨在国内投资，等等，都有利于民主政治和发展资本主义。但它没有触动半殖民地半封建社会的基础，根本不能解决人民切身的基本要求，特别是广大农民的土地要求，它的群众基础是很薄弱的。

4. 辛亥革命的失败

帝国主义势力对中国的革命感到恐惧和仇视。武昌起义以后，它们大力支持清廷，破坏革命。1911 年 10 月中旬，英、美、日、德、法等国军舰十几艘聚集在武汉江面，日夜升火待命，威胁革命军。由于革命的迅猛发展，帝国主义者被迫伪装"中立"，实际却进行干涉。它们继续把关税送到北京。英、法、德、美四国银行团还贷给清廷白银三百多万两，它们企图借此维持清廷的腐朽统治。俄国也竭力破坏中国革命，妄图乘机分裂中国。它指使一小撮蒙古王公宣布外蒙"独立"，并出兵强占黑龙江省呼伦道（今海拉尔）、满洲里等地。

由于清廷的迅速瓦解，帝国主义势力便另外寻找新的走狗。它们选中了地主、买办势力的代表袁世凯，对清廷施加压力，要清廷重用他。清廷急忙起用袁世凯为湖广总督，使其统兵，镇压革命。袁世凯为了夺取更多的权力，迟迟不出。11 月，清廷被迫任命袁世凯为内阁总理，皇族内阁也就倒台了。袁世凯掌握军政大权后，派兵攻打武汉革命军，夺取了汉阳。帝国主义国家进一步扶植袁世凯，帮助他策划"南北议和"。上海和谈一开始，英、美、俄、日、法、德六国领事就向南北双方的代表提出照会，要他们"尽速成立和解"，以迫使革命派交出政权。混进革命队伍的立宪派也表示拥护袁世凯，极力在革命内部施加压力，制造妥协空气，破坏革命。

革命党人在内外反动力量的压迫下妥协了，同意在清帝退位和袁世凯赞同共和的条件下，把政权让给袁世凯。1912 年 2 月 12 日，清帝溥仪退位，结束了统治中国两千多年的封建君主制度。2 月 13 日，孙中山辞去了临时大总统职务，并由临时参议院选袁世凯为临时大总统。3 月 10 日，袁世凯在北京就任中华民国临时大总统，建立起大地主大买办阶级的反革命政权。革命的胜利果实被帝国主义势力的走狗袁世凯窃夺了，从此开始了北洋军阀对中国的统治。

在袁世凯就职的第二天，孙中山在南京公布了临时参议院匆忙赶制出来的《中华民国临时约法》。《临时约法》规定，“中华民国之主权，属于国民全体”；人民一律享有言论、出版、集会、结社的自由，有请愿、选举和被选举等项权利。它具有资产阶级共和国宪法的性质，带有革命性、民主性。

但是，中华民国作为资产阶级民主共和国，在历史上只是昙花一现。1911 年资产阶级民主革命被中外反动势力绞杀了。这次革命推翻最后一个封建王朝，但没有推翻帝国主义和封建主义的剥削压迫，中国仍然是半殖民地半封建社会。帝国主义和封建势力继续统治着中国，中国人民反对帝国主义、封建主义的民主革命还远远没有完成。

中国同盟会成立

20 世纪初，各种反清的革命小团体在国内纷纷建立起来。这些革命小团体，大多都互不联合，各自为政，缺乏明确而完备的纲领，没有严密的组织。为了便于“召集同志，合成大团，以图早日发动”，完成革命任务，革命党人已经意识到必须将这些分散的、带有地方性的革命力量尽量联合起来，组成一个全国性的统一的革命组织。

光绪三十一年（1905 年）夏，孙中山由欧洲前往日本。这时的日本东京，已成为中国留日学生从事反清斗争的活动中心，华兴会、光复会、科学补习所等革命团体的一些领导和骨干分子，如黄兴、刘揆一、宋教仁、陈天华等，也先后来到这里。

七月十九日，孙中山到达日本后，经日本友人宫崎寅藏介绍，孙中山认识了华兴会领袖黄兴。孙中山建议兴中会与华兴会联合，共同致力革命，对此黄兴欣然应允。孙中山又约华兴会的重要骨干宋教仁、陈天华在《20世纪之支那》杂志社会面。会见时，孙中山着重强调建立统一的革命组织的重要性，指出："现今之主义，总以互相联络为要"，而不相联络，各自起事，单独行动，"各国乘而干涉之，则中国必亡无疑矣"。

经过孙中山的积极活动，他所提出的建立统一革命组织的设想，得到了在日本的各革命小团体中大多数人的同意。

三十日，孙中山和黄兴派人分头邀请各省有志革命的留日学生，到东京赤坂区桧町三番内田良平的住宅，召开建立统一革命组织的筹备会。到会的有孙中山、黄兴、张继、陈天华、宋教仁、冯自由、居正、胡毅生、曹亚伯、朱执信、宫崎寅藏、内田良平等七十余人，包括除甘肃在外的国内十七个省的留学

黄花岗七十二烈士墓

生。会上，孙中山被推为会议主席，并用了大约一个小时的时间演讲革命的道理、革命的形势和革命的方法。接着黄兴等也相继发表演说，说明革命后如何普及教育，如何振兴实业，如何整理内政，如何修睦外交。他们的演讲得到与会者的赞同。在讨论统一后的革命组织的名称时，孙中山提议为"中国革命同盟会"，有人则主张用"对满同盟会"。对此孙中山做了阐述，他认为革命的目的并不专在排满，还要废除封建专制制度，建立共和国。还有人建议，这是个秘密组织，不应明用"革命"二字。经过大家反复讨论，最后定名为"中国同盟会"。在讨论

宗旨时，孙中山提议以“驱除鞑虏，恢复中华，创立民国，平均地权”十六字作为同盟会的革命宗旨。但有人对“平均地权”表示疑议，要求取消。孙中山当即历举世界革命发展的趋势和社会民生问题的重要性，说明平均地权就是解决社会民生的第一步方法，并指出，作为世界最新的革命党，应高瞻远瞩，不仅仅只去解决种族、政治这两大问题，还应将最大困难的社会问题，一起连带解决，才可建设一个世界上最良最善的富强国家。孙中山解释完，众人鼓掌，表示赞同。于是同盟会宗旨获会议通过。接着，黄兴提议，与会者签订盟书。于是，每人抄写一份，由孙中山带着大家举右手宣誓。誓词是：“当天发誓，驱除鞑虏，恢复中华，创建民国，平均地权。矢信矢忠，有始有卒，有渝此盟，任众处罚”。宣誓后，孙中山又到隔壁一屋，分别传授同志相见的握手暗语和三种秘密口号。随后，孙中山与各会员一一握手，并祝贺说：“为君等庆贺，自今日起，君等已非清朝人矣！”会议最后推举黄兴、陈天华、马君武等八人起草同盟会章程，准备召开成立大会。

经过二十天的筹备后，八月二十日下午二时，在东京赤坂区灵南坂阪本金弥住宅内举行了同盟会的正式成立大会。出席会员有一百多人。会上，首先由黄兴宣读了同盟会章程草案三十条。这个章程明确规定：“本会以驱除鞑虏，恢复中华，创立民国，平均地权为宗旨”。设本部在东京。本部机构根据三权分立原则，在总理之下设执行、评议、司法三部。执行部权力最重，由总理直接领导，内分庶务、内务、外务、书记、会议、调查六科。在这六科中，又以庶务科最为重要，如总理不在本部，“庶务”可代行总理职权。另外在评议部里，设有评议长和评议员；在司法部里，设有判事长、判事和检事长。同盟会章程还规定在国内外分设九个支部，接受东京本部的领导。国内有东、南、西、北、中五个支部，国外有南洋支部、美洲支部、欧洲支部、檀岛支部。支部之下还设立各省区的分会。这个章程草案经过讨论修改，被大会通过。接着，在黄兴的倡议下，选举了孙中山为同盟会总理。会上又根据会章选举了同盟会各部职员，黄兴当选为执行部庶务，协助总理处理本部工作；汪精卫被推选为评议长，邓家彦为判事长，宋教仁为检事长。最后，黄兴提议把《20 世纪之支那》杂志作为同盟会的机关报，大家一致鼓掌通过。整个会议过程十分热烈。

中国同盟会的成立，基本上结束了各革命小团体分散斗争的局面，中国革命运动开始有了一个统一的领导机关，将推翻帝制的革命推向一个新阶段。

《民报》出版

戊戌变法失败后，康有为、梁启超等旅留日本，奔走檀香山、南洋、澳洲、美洲各地，建立保皇会，创办了《清议报》和《新民丛报》，鼓吹君主立宪，诋毁革命。梁启超还曾佯称愿与孙中山合作，诱骗许多兴中会员（包括孙眉）转入保皇会。光绪二十九年（1903 年），梁启超从美国回日本后，宣布“宗旨顿改，标明保皇，力批革命，且声言当与异己者宣战”。

孙中山曾为梁启超的“合作到底，至死不渝”的发誓所欺骗，想和康梁派合作。但是到光绪二十九年（1903 年）十月，孙中山到檀香山看到保皇会的严重危害，痛感“非将此毒铲除，断不能做事”。于是相继发表了《敬告同乡书》和《驳保皇报》两文，揭破保皇派的“爱国”是爱虐民媚外的“大清国”，断然指出，“革命、保皇二事决分两途，如黑白之不能混淆，如东西之不能换位。”第二年夏，孙中山到美国几十个城市访问，在华侨中广泛宣传革命，驳斥保皇派谬论。

光绪三十一年（1905 年）六月，宋教仁、程家柽等在东京创办《20 世纪之支那》杂志，宣传反清革命。八月二十日，中国同盟会（简称“同盟会”）在东京召开正式成立大会时，由于《20 世纪之支那》杂志社社员有半数加入同盟会，大会根据黄兴提议通过以这个杂志为同盟会的机关刊物。九月三日，在孙中山监收下，宋教仁、黄兴办完《20 世纪之支那》移交手续，因其第二期载有揭露日本侵华的文章而被全部没收停刊，遂改名为《民报》，另行出版。

是年十一月二十六日，同盟会机关报——《民报》在东京创刊。初定月刊，后为不定期，每期六至八万字。编辑部设在东京新小川町二丁目八番地，发行所设在东京半多摩郡内藤新宿宇番集町三十四番地宫崎寅藏家中。《民报》共发行二十六期，附另外一张、《天讨》增刊一册。先后署名为编辑兼发行人的有张继、章炳麟（太炎）、陶成章、汪精卫等。实际主编人，前五期是胡汉民；第六至二十四期，主要是章太炎（其中几期由汪东、刘师培代编）；最后两期是汪精卫。光绪三十四年（1908 年）十月，出至第二十四期，日本政府受清朝政府请求，下令查禁。宣统二年（1910 年）二月一日，汪精卫任主编再刊，秘密刊行第二十五期，标称法国巴黎濮侣街四号出版，实则仍在日本印刷，出至第二十六期即停刊。《民报》以刊载政论文章为主，分论说、时评、译丛、纪事、撰录、图画等栏，多数稿件由本社成员撰写或编译。主要撰稿人有章太炎、陈天华、胡汉民、汪精卫、汪东、朱执信、廖仲恺、宋教仁、刘师培、黄侃、汤增壁等。

《民报》“以振扬革命理论，阐明三民主义为宗旨。”孙中山在发刊词中，把同盟会的“驱除鞑虏，恢复中华，建立民国，平均地权”十六字纲领阐发为“民族”、“民权”、“民生”三大主义，鲜明地揭示出了三民主义的旗帜。当时，保皇派的《新民丛报》等刊物正在风行，对知识分子有相当大的影响。《民报》的出版，就使得革命派同保皇派的大论战全面展开，推向高潮。《民报》创刊号发表的《论中国宜改创民主政体》、《民族的国民》，点名批判康有为、梁启超的惑众“妖言”和“盛涌夫君主立宪之美”诸种谬论。康、梁立即在《新民丛报》上作出回答，并把他们文章辑成《中国存亡一大问题》小册子，加印万份，散发到社会。两报的大规模论战从光绪三十二年（1906年）四月开始，在《民报》第三期上刊载的《民报之六大主义》，“足为是报详确之宣言”，公开了其基本政治主张；并在长篇政论《希望满洲立宪者曷听诸》中，对《新民丛报》诸论点以逐条批驳。随后又刊行号外，列举《民报》和《新民丛报》根本分歧的十二个问题，表示“自第四期以下，分类辨驳，期与我国民族决此大问题”，论战剧烈展开。《民报》所载的和《新民丛报》论战的文章，集中在第三期到第十七期这十几期上。以革命派的《民报》与保皇派的《新民丛报》为主要阵地，同时有广州、上海、天津、香港以及新加坡、曼谷、仰光、檀香山、旧金山、温哥华等国外各地，双方的二十多种报刊参加论战，直至光绪三十三年（1907年）《新民丛报》停刊，保皇派“气为所摄”、“口为所钳”。这场大论战实际内容主要是三个问题：一、要不要以暴力革命推翻“洋奴”清朝政府；二、要不要实行民主政治，建立共和政权；三、要不要进行社会革命，解决土地问题。《民报》驳斥了保皇、“开明专制”、反对平均地权、向清政府请愿等主张；传播了反对清朝封建专制，建立民主共和国，实行平均地权，武装起义等革命主张。但在论战中，把革命限于“排满”，害怕“自发暴动”会招致“内乱”、“瓜分”，不去触动西方列强在华特权。《民报》还积极介绍了马克思主义、社会主义、无政府主义、光绪三十一年（1905年）俄国革命等。《民报》出版后，风行国内外。创刊号重印七版，发刊达六千册；其余各期也多次重版，销数达四、五万册以上。《民报》扩大了革命影响，为即将到来的辛亥革命做了进一步的舆论准备。

革命派与改良派

以孙中山为代表的革命派同以康有为、梁启超为代表的改良派关于民主革命的论争，在光绪二十九年（1903年）前后已初露端倪。至光绪三十一年（1905年）十一月《民报》创刊而全面展开。

从《民报》创刊开始，革命派就主动向改良派发起进攻。孙中山在创刊号的《发刊词中》从正面阐发了同盟会的革命纲领，其余的大部分文章从不同角度对改良派的“保皇”论调进行了批判。汪精卫著的《民族的国民》，从“民族主义”、“国民主义”方面，驳斥了改良派的“满汉不分，君民同体”的主张。朱执信著的《论满洲政府虽欲立宪而不能》，则从历史经验的角度，驳斥了改良派的“立宪易，革命难”的谬论。陈天华用思黄笔名撰写《论中国宜改创民主政体》，批判改良派的“欧美可以行民主，中国不可以行民主”的谬论。陈天华的另一篇文章《中国革命史论》，则系统地论证了秦末以来革命斗争的史实，批判了改良派的“中国不如泰西，泰西可革命，中国不可革命”的谬论。之后革命派旗帜鲜明地向改良派发起了猛烈的进攻。

论战之初，改良派在舆论界的活动能量非常大，他们对革命派的挑战并不示弱。康有为、梁启超经常在《新民丛报》上标明观点。并把在该报上发表过的阐明他们观点的有代表性的一些文章，辑成一本题为《中国存亡一大问题》的小册子，加印一万多份，在社会上广为散发并对《民报》进行了较为强硬的应战。此时革命派为了与改良派“划清界限，不使混淆”，以便更有力地给改良派当头一棒。光绪三十二年（1906年）四月二十八日出版的《民报》第三期上，首先发表了汪精卫写的长篇政论《希望满洲立宪者曷听诸》，列举《新民丛报》文章中的一些论点，逐条地进行批驳。这篇文章洋洋数万言，分载于《民报》第三、第五两期，发表的时候，还在正题下面增添了一个副题即“附驳《新民丛报》”，是《民报》所刊系统批判《新民丛报》各种观点的第一篇文章。同时，这一期还以号外的形式，单独印行《〈民报〉与〈新民丛报〉辩驳之纲领》。列举了双方在十二个问题的根本分歧：

一、《民报》主共和；《新民丛报》主专制。

二、《民报》望国民以民权立宪；《新民丛报》望政府以开明专制。

三、《民报》以政府恶劣，故望国民之革命；《新民丛报》以国民恶劣，故望政府以专制。

四、《民报》望国民以民权立宪，故鼓吹教育与革命，以求达其目的；《新民丛报》望政府以开明专制，不知如何方副其希望。

五、《民报》主张政治革命，同时主张种族革命；《新民丛报》主张政府开明专制，同时主张政治革命。

六、《民报》以为国民革命自颠覆专制而观则为政治革命，自驱除异族而观则为种族革命；《新民丛报》以为种族革命与政治革命不能相容。

七、《民报》以为政治革命必须实力；《新民丛报》以为政治革命只须要求。

八、《民报》以为革命事业专主实力，不取要求；《新民丛报》以为要求不遂，继以惩警。

九、《新民丛报》以为惩警之法在不纳租税与暗杀；《民报》以为不纳租税与暗杀不过革命实力之一端，革命须有全副事业。

十、《新民丛报》诋毁革命，而鼓吹虚无党；《民报》以为凡虚无党皆以革命为宗旨，非仅以刺客为事。

十一、《民报》以为革命以求共和；《新民丛报》以为革命仅以得专制。

十二、《民报》鉴于世界前途，知社会问题必须解决，故提倡社会主义；《新民丛报》以为社会主义不过煽动乞丐流民之具。

革命派宣告“本报以中国存亡诚一大问题，然使如《新民丛报》所云，则可以立亡中国。故自第四期以下，分类辩驳，欺与我国民解决此大问题。”这样革命派以《民报》为主要阵地，改良派以《新民丛报》为主要喉舌在中国近代史上展开了一场规模空前的思想论战。

在这期间，《民报》发表的要和《新民丛报》辩论的主要文章有《驳新民从报最近之非革命论》、《斥新民丛报之谬妄》、《就伦理学驳新民丛报之论革命》、《驳革命可以召爪分说》、《再驳新民丛报之政治革命论》、《新民丛报之怪状》、《驳革命可以生内乱说》、《答新民难》、《杂驳新民丛报第十二号》、《新民丛报杂说辨》、《杂驳新民丛报》、《斥新民丛报土地国有之谬》等数十篇。而《新民丛报》也先后发表了《开明专制论》、《申论种族革命与政治革命之得失》、《答某报第四号对于本报之驳论》、《暴动与外国干涉》、《杂答某报》、《驳某报之土地国有论》、《再驳某报之土地国有论》等二十多篇。

双方论战主要问题有三：一是，革命还是“保皇”，也就是要不要以暴力推翻清王朝，即关于所谓“种族革命”的论战。二是建立民主共和国还是实行君主立宪制，即关于所谓“政治革命”的论战。三是要不要改变封建土地所有制，实行平均地权，即所谓关于“社会革命”的论战。

革命派与改良派的论战，规模大，时间长，两军对垒、阵线分明。论战不仅全面展开，而且向纵深发展，除《民报》和《新民丛报》在东京的对垒外，在南洋有革命派的《中兴日报》与改良派的《商报》论战；在香港有革命派的《中国日报》与改良派的《香港商报》论战；在旧金山有革命派的《大同日报》与改良派的《文兴报》论战；在温哥华有革命派的《华兴日报》与改良派的《日新报》论战；在檀香山有革命派的《檀香新报》与改良派的《新中国报》论战；在新加坡有革命派的《中兴日报》与改良派的《南洋总汇报》论战；在泰国有革命派的《华暹日报》与改良派的《启南日报》论战；在印尼有革命派的《泗滨日报》与改良派的《鸟岛日报》论战等等。它们各自和《民报》及《新民丛报》保持密切联系，就大体和两报辩驳相同的一些题目，相互间展开了激烈的论战。

在革命派与改良派论战期间，孙中山除曾去南洋一带筹款和为进行武装起义做发动工作外，始终坐镇东京，指挥战斗。他除了出题目组织专人写作批判文章外，还经常用口授大意、提供论点论据的办法，让别人执笔，写成专文，参加论战。《民报》第十二期署名民意的文章《告非艰民生主义者》，第十五、十六期署名县解的《土地国有与财政》等等，就都是用这种方法在他的直接指导下写出来的。在孙中山的领导下《民报》方面参加论战的有汪精卫、胡汉民、朱执信、汪东、廖仲恺、章太炎等，都是同盟会宣传战线上的一时之选。相形之下，《新民丛报》方面力量就显得单薄得多了。编辑部里能够披坚执锐和《民报》诸人进行的只有梁启超一人了。

对革命党人的“其势益张”和革命报刊宣传日益“播种于此间而蔓延于内地”，梁启超自然是不甘心的。他曾经在给康有为的信中表示：“今者我党与政府死战犹是第二义，与革命死战，乃是第一义，有彼则无我，有我则无彼。”大有和革命派及其报刊周旋到底的意思。但是，由于人心向背，论战的形势越来越不利，胜利的希望越来越渺茫，他不得不改变计划，实行退却方针。

光绪三十二年（1906年）七月，《新民丛报》上首先刊出了徐佛苏以佛公笔名写的“来函”《劝告停止驳论意见书》，以第三者的身份出来调停，希望论战双方“逐渐恢复秩序”。这封名为来函的稿件完全是在梁启超的示意下炮制出来的。

次年一月，梁启超又找出徐应奎，通过宋教仁向《民报》要求“调和”。解释说：以前和《民报》论战是出于“不得已”，希望双方“以后和平发言，不互相攻击”。

在此期间，梁启超还亲自出马，“私见汪精卫，欲以乡谊动之”，希望《民报》方面降低温度，停止辩论。

但是《民报》方面却不肯就此善罢甘休。针对《新民丛报》的《劝告停止驳论意见书》，光绪三十二年（1906年）十二月出版的第十期《民报》上刊出了汪东化名“弹佛”写的《驳劝告停止驳论意见书》，揭发号称第三者的“佛公”并不是什么“局外之人”，而是“党於新民者也”，表示论战既已开始，就不能“以一纸息其争”，要求《民报》“犁庭扫穴、不留余种”的干下去，不获全胜，誓不罢休。对梁启超通过徐应奎进行的那次试探，孙中山的回答是明确的，他反对“可以许其调和”的主张，坚持把论战进行到底。汪精卫也以“仆等与《新民丛报》宗旨不同，感情何能相洽”为词，拒绝了停止驳论的建议。因此，在《民报》占很大优势的情况下，论战又持续了一个时期。

次年五月，梁启超在《新民丛报》第九十二期上发表了《论中国现在之党派及将来之政党》一文，哀叹说：“数年以来，革命论盛行于国中，……其旗帜益鲜明，其壁垒益森严，其势力益磅礴而郁积，下至贩夫走卒，莫不口谈革命而身行破坏……革命党政府为集权，詈立宪为卖国，而人士之怀疑不决者，不敢党与立宪。遂致革命党者，公然为事实上之进行，立宪党者，不过为名义上之鼓吹，气为所慑，而口为所钳。”实际上是给论战做了一个小结。梁启超在“凄然”、“泪眼”下无可奈何地承认了自己的失败。

萍浏醴起义

光绪三十年（1904 年）华兴会长沙起义失败后，哥老会首领马福益于次年被杀。他的牺牲，大大地加深了会党对清政府的仇恨。会党群众“誓复仇，益倾向革命，继续图大举”。其旧部肖克昌、李金奇在安源煤矿联络矿工数千人。哥老会另一首领龚春台在浏阳、醴陵、一带继续发动会员，准备再次起义。光绪三十二年（1906 年）春同盟会本部派刘道一、蔡绍南从日本回国返湘，运动军队、联络会党，为起义作准备。刘道一回长沙不久，便约集蒋翊武、龚春台、刘重、刘崧衡等三十多位志士，在长沙水陆洲附近的一条船上秘密集会，讨论起义的策略方针、发动起义的步骤，并就联络会党、运动军队等事项作了具体分工，议定于阴历十二月夜在清朝官署封印时举行起义。会后，刘道一留长沙全盘负责筹备工作，并和同盟会东京本部联系。蔡绍南回萍乡上栗市，同原先一起在那里从事会党工作的魏宗铨会合，同时加紧进行活动。

为了把各派力量联合起来，纳入同盟会的领导下，蔡绍南与龚春台、魏宗铨商量，邀约萍浏醴一带的会党首领共几百人，在萍乡蕉园集会，以延请道士替亡故的友人作冥寿为借口，举行开山堂大教典，以原来于湘、鄂、赣、闽各地的洪江会为基础，将哥老会其他支部和武教师会等并入，歃血为盟，统称“六龙山洪江会”，推举龚春台为“大哥”，以“忠孝仁义堂”为最高机关，下分文案、钱库、总管、训练、执法、交通、武库、巡查、为“内八堂”，各司其职。又设第一、二、三、四、五、六、七、八路码头官，为“外八堂”。再次则设红旗、跑风等职，号召同志入会。统一后的会党组织，“称奉孙中山先生命，组织机关，以备驱策”。其誓词云：“誓遵中华民国宗旨，服从大哥命令，同心同德，灭满兴汉。如渝此盟，人神共殛”。接着开始大力宣传革命。

这年七月，蔡绍南、龚春台等召集各路码头官在萍乡慧历寺商议武装起义的具体问题，决定分头筹集资金，购买军械火药，派人联络哥老会另一大头目冯乃古和洪福会首领姜守旦并邀请他们共同举义。蔡绍南、魏宗铨去上海、广州、香港联络各处革命党人响应，同时去日本向孙中山报告工作，要求接济军械，请示举义日期。

萍浏醴地区会党的反清活动，引起了地主豪绅的警觉与恐慌，他们相继请求官府派兵镇压。十月七日，萍浏醴三县官厅调派兵勇突袭麻石的“洪江会”总机关，李金奇、肖克昌等会党领袖牺牲，总机关也被查封。龚春台急电已到上海的蔡绍南返湘，共同研究对策。

清政府的屠杀政策，大大地激怒了会党群众。萍乡的矿工、浏阳、醴陵的会党纷纷要求提前起义。鉴于此，龚春台、蔡绍南召集各路会党首领在萍乡高家台举行紧急会议，商讨发难日期及其办法。会上，蔡绍南、龚春台、魏宗铨等人“以军械不足主稍缓以待后援”。而各路码头官则出于义愤，主张“乘清军尚未准备之时，急速发动”。双方久持不下。洪江会头目廖叔保不耐再拖延下去于十二月三日独自在麻石集众二、三千人，高举“大汉”白旗，率先发难。事已至此，蔡、龚、魏等人只好改变旧议。第二天，通知各路码头官立即率众起义。

起义军很快占领了麻石、高家头、金刚头、高家台等处。进据上栗市后起义军进行了整编，定名为“中华国民军南军革命先锋队”，由龚春台任都督，蔡绍南为左卫都统兼文案司，魏宗铨为右卫都统兼钱库督粮司，廖叔保为前营统带，沈益古为后营统带。随即发布了《中华国民军起义檄文》。《檄文》列举了清政府的“十大罪状”，宣称要“破除数千年之专制政体”，“建立共和民国”，“与四万万同胞享平等之利益，获自由之幸福”，“使地权与民平均，不致富得愈富，成不平等之社会”。《檄文》还强调，起义军“毫无帝王思想存于其间，非中国历来之草昧英雄以国家为一己之私产者所比”，因而受到广大人民群众的拥护。各地会党纷纷响应，数日间起义军增至三万多人，安源矿工成为战斗的主力。起义军分三路进军：一路据浏、醴进攻长沙；一路以安源矿工为主，以安源路矿为根据地；一路由江西宜春、万载东出瑞昌，攻南昌以进取江西。起义军陆续攻占浏阳、文家市、上栗市、桐木、宜春等地，威震长江流域。

起义军的浩大声势，震动了长江中游各省，严重地威胁着清朝的统治。湘赣两省地方官乱作一团，兵勇倾巢而出，清廷更是忧心如焚，连下“上谕”，急命两江总督张之洞、湖广总督端方、湖南巡抚岑春蓂速派精锐军队，“飞驰会剿”。相继调遣湖北、湖南、江西、江苏四省军队，加上地方驻军及“团勇”等五万人，狼奔豕突，麕集于萍浏醴一带围攻起义军。

起义军在清军的四面夹击下接战二十余次，苦战数月。十二月八日、十一日龚春台部两次进攻浏阳县城，均未得胜。十日，清军攻到上栗，留守的起义军与敌军鏖战半日，终因力量不敌，致使上栗市失陷。十二月，清军猛攻浏阳境内的起义军。龚春台、蔡绍南战败后，往投普迹市冯乃古处。中途蔡被捕、旋遇害，龚在普迹得知冯乃古已被杀害，只好潜往长沙。十四日后，姜守旦的洪福会起义，起义军与清军交战数次，均失利，之后姜逃往江西义宁县境。至此，清政府又颁布清乡章程，进行了长达三个月的清乡活动。萍浏醴及其附近各县惨遭杀害的不下万人。十二月下旬，刘道一在长沙被捕，三十一日英勇就义于浏阳门外。光绪三十三年（1907 年）三月七日，魏宗铨也遭残杀。

当萍、浏、醴起义消息传到日本，同盟会员纷纷请求回国参加。孙中山、黄兴先后派宁调元、胡瑛、朱子龙等回国到各省策应，但他们回国后；起义已经失败，清政府正到处搜捕起义人员。结果，宁调元在岳州被捕，胡瑛、朱子龙、刘静庵、张难先等也先后在汉阳被捕。

保路运动

粤汉、川汉铁路是沟通南北深入内地的两条重要干线。光绪二十四年（1898 年），清政府督办铁路大臣盛宣怀向美国借款四千万美金，将粤汉、川汉铁路的修筑权让给美国。这一行为遭到四省民众的强烈反对。因此，光绪二十九年（1903 年），清政府被迫支付一笔赎金后收归自办，成立了官办的川汉、粤汉铁路公司。由于资金不足，四川工商界决定以广泛征集民股的办法，由商办修筑川汉铁路。宣统元年（1909 年），张之洞任军机大臣并督办粤汉铁路兼鄂境川汉铁路大臣时，认为修筑铁路非依靠外国人力量不可。宣统三年（1911 年）一月，清政府采纳了邮传部大臣盛宣怀“利用外资开发实业”的建议，再次举借外债，五月十一日，宣布铁路“国有”。随后清政府与英、法、德、美四国银行团签订了《粤汉、川汉铁路借款合同》，这个合同不仅把四省几年前争回的路权再次出卖，而且还趁机侵吞各省民众筹集的股金，从而引起了川、鄂、湘、粤四省民众强烈反对，保路运动正式爆发。

五月十四日，湖南长沙举行了三万人集会。会上，各界代表纷纷上台演说，抗议清政府出卖四省路权。提出“路权必争，必争到底！”十六日，长沙至株洲的一万多铁路工人罢工，并号召商人罢市、学生罢课，号召农民拒交租税，以示抗议。接着又成立了湖南的保路团体。在湖北，商民群起抗争，《大江报》发表了革命党人詹大悲的《大乱者救中国之药石也》，鼓吹以暴力斗争手段反对清政府的卖国政策。之后，宜昌的铁路工人组织护路队，与清军展开搏斗，打死清军 20 多人。在广东，各界商民纷纷持币领银，拒用官发纸币，掀起“挤兑风潮”以示抵抗。留日学生纷纷回到广东，开展保路宣传，提出“路存与存，路亡与亡”的口号。四川的反抗斗争最为激烈。五月十八日，当清廷与四国银行借款筑路的签字合同下发后，首先闻讯的川汉铁路公司各法团的代表及谘议局常驻议员们无不愤慨不已，当即决定，采取以前的文字争辩奏文争取的方式已不是办法，只有进行破格的斗争。于是决定通知各地，成立保路同志会。五月二十一日，保路同志会正式成立，参加大会的有五千人以上。会上选举原询问议局议员蒲殿俊、罗伦恒为正、副会长。同志会下设总务、讲演、交涉、文牍四部，许多人自告奋勇担任这四部部长。为扩大宣传还出版了《保路同志会会刊》，初时为三日刊，后改为日刊。成都保路同志会成立后，全省各地积极响应。学生界成立“学界保路同志会”，妇女界成立了“女子保路同志会”，重庆市也成立了保路同志会，各州、县、街、乡、镇都成立了各级保路同志会，参加者在两个月内达十万人左右，保路同志会采取了避免直接攻击清廷，将斗争锋芒指向盛宣怀等人，并追思光绪帝的“文明保路”政策等措施，得到了四川代理都督王人文的支持。八月，保路同志会号召成都全城罢市。不久，发展到全省范围的抗捐抗粮斗争。接着各地贫民举行暴动，捣毁了经征局、自治局、巡警分署及外国教堂，并与警察发生冲突。这时，刚赴任的四川总督赵尔丰不断接到清廷电示，下令对民变进行镇压。九月七日，赵尔丰诱捕保路同志会代表罗伦恒、蒲殿俊等九名代表，封闭川汉铁路公司，命令军队向去总督府请愿的群众开枪，当场打死打伤数百人。第二天，清廷再次电示赵尔丰“切实弹压”。接着，清军开始各处查捕保路同志会各级领导人，解散了各级保路同志会。

四川民众愤怒至极，便自行组织起来，捣毁电线、沿途设卡，绝断官府来往文书。同盟会会员龙鸣剑、王天杰等乘机组织同志军在各县发动武装起义。起义军遍布成都附近十多个县人数达二十万人，包围了成都。清政府急调云、贵、鄂、湘、陕五省军队增援川军，镇压同志军。在龙鸣剑和王天杰领导下，同志军与清军英勇作战。九月二十五日，荣县宣布独立。鼓山、眉州、青神等县相继响应；接着，成都附近各县同志军并起。

川南同志军在下渡口大败清军；川东北的同志军在李绍伊领导下，攻占了邻水、垫江、达县等地，还配合广安义军向川北的南充、岳池等县发展。九月底，川东巫山一带铁路工人举行暴动；川北的江油、锦州等地人民亦普遍组织起来，开展武装斗争，将保路运动推向高潮。

保路运动沉重打击了满清统治，成为辛亥革命的前奏。

武昌起义

武汉素称“九省通衙”，各种矛盾尖锐集中。武昌起义前，武汉地区的革命团体主要是文学社和共进会，其成员大部分是湖北新军中的士兵。宣统三年（1911 年）九月，为镇压四川保路运动，清政府抽调一部分鄂兵入川，造成湖北统治的空虚，为发动武装起义提供了有利条件。

九月十四日，在同盟会的策动下，文学社和共进会两个革命团体召开联合会议，决定联合行动，在武昌发动起义。会上，文学社领导人蒋翊武被推为革命军总指挥，共进会领导人孙武为参谋长，二十四日，文学社和共进会又联合召开会议，详细讨论制定了起义计划并分配了任务，决定利用中秋节（十月六日）休假时间举事，以左臂缠白布为记号。不料，起义的消息被泄漏出去，武汉的街头巷尾传遍了中秋起义杀鞑子的消息。清军为此而加强了防务，起义未能按期举行。同时，上海的同盟会中部总会负责人及在香港的黄兴得到报告后，也不同意马上起义，建议推迟半个月，等待十一省同时发动。

十月九日，孙武等在汉口俄租界宝善里机关部配制炸药，由于不慎引起爆炸，孙武头部受伤，在同伴掩护下逃离现场。

俄国巡捕闻声前来搜查。机关内的旗帜、文告、印信、名册、符号、弹药等，均被搜走。鉴于起义计划被暴露，情况紧急，蒋翊武便以总司令的名义，于下午五时在小朝街85号发出紧急命令十条，决定半夜12点以炮声为令，同时行动。命令被复写20余份，派人分头传送新军各标、营。但是，由于给炮队的命令没有送到，夜里12点，炮声未响。尽管其他标营的新军革命党人都做好了准备，起义仍然未能按时举行。就在这一夜，清政府开始了大搜捕。小朝街的起义总部和其他许多机关，都被破获，蒋翊武逃脱，彭楚藩、刘复基、杨宏胜等30多人被捕。三人当夜受到审问，次日早晨先后英勇就义，史称辛亥三烈士。清政府湖北当局在杀害三烈士后，又下令紧闭城门，封锁营门，禁止士兵出入，并根据所获名册搜捕革命党人。由于起义未能按时举行，当时的武昌形势已是十分危急。这时，革命基础比较雄厚的新军第八镇工程第八营的革命党人总代表熊秉坤，秘密联络三十标和二十九标的革命士兵，相约在十日晚上二道名时，鸣枪为号，发动起义。

十日晚，工程第八营后队二排排长陶启胜在巡查中，看见士兵金兆龙行动有疑，就厉声呵斥，并命令将金兆龙捆绑起来，金兆龙大喊道："今不动手，尚待何时？"士兵程定国举枪托击陶头部，继开一枪，起义的第一枪打响了，参加起义的士兵纷纷持枪，反动军官或被击毙，或闻风而逃。起义士兵四十余人，在熊秉坤的率领下，向楚望台军械所进攻。守卫军械所的士兵也响应起义，军械所很快被工程八营的革命党人占领。在枪声与炮声中，武昌城各处的步兵、炮兵、辎重各营及陆军测绘学堂的学生，也不断奔赴楚望台。午夜，集中起来的起义军拥戴工八营左队队官吴兆麟为临时总指挥。吴兆麟根据当时情况，提出作战方针，并宣布纪律。在他的指挥下，发起了对湖广总督署的三次进攻。清军死力抵抗，起义军步炮工兵合力围攻，举火照明，大炮击中总督衙署，总督瑞徵等挖后墙，逃到停泊在长江的兵舰上，第八镇统领张彪继续负隅顽抗。这时，由革命士兵组成的敢死队冲在前边，占领了湖广总督署。张彪逃往汉阳，后转至汉口日租界。经过一夜的激战，到十一日晨，武昌城里自藩属以下各官署、各城门，全部都由革命军占领。汉口和汉阳的革命军也响应武昌起义。至十二日上午，武汉三镇全部光复，红底十八星大旗飘扬在武汉三镇的上空。

起义胜利后，同盟会的主要领导人都不在武汉，而直接组织这次起义的文学社和共进会的领导者，有的遭杀害，有的受伤，有的被迫逃亡。这样，十一日下午，在谘议局召开的一次会议上，被革命士兵用枪口威胁来参加会议的原新军二十一混成协统领黎元洪，被推为湖北军政府都督。可他直到十六日才正式就职。所以，最初几天里军政府的一切大事是由十一日成立的谋略处来决定的。十二日，由谋略处以黎元洪的名义，通电全国，宣告武昌光复。

武昌起义胜利的消息传出后，得到许多省区的响应。湖南、陕西、江西等省区相继发动起义。至十一月下旬，仅一个月的时间，清政府所统辖的全国二十四省区，就有十五个宣布脱离清政府，没有独立的省区，也积极在行动，清政府面临着最后的崩溃。

辛亥南北议和

宣统三年（1911 年）武昌起义后，清政府急调北洋军“赴鄂剿办”，接着又复请袁世凯出山，袁世凯在向清政府讨价还价后，就下令北洋军向汉口发动猛烈进攻，不久北洋军占领汉口。袁世凯一面奏请停止进攻，一面与黎元洪进行联系，向革命阵营进行试探。他先是让其幕僚刘承恩，以同乡关系给黎元洪写了3封信，希望黎袁之间能和平了结，早息兵争。而后又派刘承恩、蔡廷干为代表，亲赴武昌与黎元洪会晤。11月11日，黎元洪接待了刘、蔡二位，刘、蔡要求暂息兵端，实行君主立宪。黎元洪表示不同意保持清朝皇帝的君主立宪，但希望袁世凯能赞助共和，并说以袁世凯的威望，“将来大功告成，选举总统，当推首选”，经过这次议和试探，袁世凯已经刺探到革命阵营中的虚实。11月13日，他北上组织内阁，清政府的军政大权全部落入他手中。

11月26日，袁世凯在北京和英国公使朱尔典会晤，表示愿意与黎元洪在双方满意的条件下求得停战，并要求英国人将

孙中山办公处

此意转达给黎元洪。朱尔典于当天立即电告英国驻汉口的总领事出面调停。同时，袁世凯向革命军施加军事压力。27日，北洋军攻陷汉阳，并隔江炮轰武昌。这时，袁世凯是想利用南北对峙的局面，“挟北方势力与南方接洽，借南方势方以胁制北方”。

经英国人从中斡旋，南北双方决定从12月3日起在武汉地

区停战 3 天，期满后又顺延 3 日。11 月 30 日至 12 月 7 日，在汉口英租界为商议成立中央临时政府而召开的各省都督府代表会议上，接受了由英国人转达的袁世凯的建议，决定在第 2 个 3 天停战期满后，继续在全国范围内停战 15 天，并同意袁世凯、唐绍仪为代表与黎元洪或其代表讨论时局。12 月 9 日，黎元洪电告伍廷芳为各省一致同意的南方议和代表。

12 月 11 日，唐绍仪到达原定议和地点汉口，但伍廷芳表示不愿离开上海。为此又特求助于英国驻上海总领事周旋，议和地点遂改在上海。17 日，唐绍仪及其随员 48 人由鄂抵沪。18 日，以伍廷芳和唐绍仪为代表的“南北议和”在上海英租界市政厅正式开始。会上，伍廷芳首先提出，在双方约定的停战期内，山西、陕西、安徽、山东等地均遭清军进攻，北方如此违约，和议无法进行，除非得确实停战承诺后，始可开议。并指出，既要停战，就不应有例外的地区。唐绍仪则急于要求南方使停战状态继续保持下去，所以就表示同意。于是，双方通知交战地区各自的军队一律停战。

12 月 20 日，双方举行了第 2 次会议，决定有预备的停战期满后，继续停战 7 天，拟定了停战条文。在这一天的和议中，双方还就国体和召开国民会议进行了磋商。伍廷芳提出，根据当时中国人心皆共和的情形，应使君主逊位，优待满人，实行共和立宪。唐绍仪则表示，他对共和立宪并无反对意向，同时还放出空气，袁世凯也赞成共和，只不过不能说出口，现在的问题只在于“宜筹一善法，使和平解决，免致清廷横生阻力”，也“使清廷易于下台，使袁氏易于转移”。对此，伍廷芳表示，只要北方承认共和，其他一切事情都可商量。最后唐绍仪建议，召开国民大会，以少数服从多数的办法，来决定是实行君主还是共和，伍廷芳表示同意。

会后，唐绍仪致电袁世凯，告知谈判内容。袁世凯得知消息后，便要求召集宗室王公，对国体问题表态。12 月 18 日，清廷经过御前会议讨论后，发布谕旨，同意召开临时国会付之公议。

这样，12 月 29 日，双方又举行了第 3 次会议。会上伍廷芳提出七条议案。双方商讨的主要问题是关于退兵，并达成协议。

第 2 天，又举行第 4 次会议，就伍廷芳的 7 条议案继续进行谈判。双方争论的主要问题是召开国民会议的地点、选举及借外款。关于开会地点，双方各持己见，争执不下。伍廷芳提议在上海或香港，唐绍仪则主张在北京或汉口、威海卫、烟台。对于借外款之事，这次会议也未达成协议，但就召开国民会议如何选派代表作出了规定，决定由南北各省包括内外蒙古、西藏各派三名代表，每人都有表决权，还规定了召集、通知各省代表的办法。

12 月 31 日，双方再一次举行会议。这是伍廷芳与唐绍仪之间举行的最后一次谈判。这次谈判仍是就第 3、第 4 次会议上没有达成协议的借款至开会地点问题进行争讨。双方议定于 1912 年 1 月 8 日在上海召开国民会议。至于借外款一项，双方决定南三北二分成。

从 12 月 18 日到 31 日，在整个和议过程中，双方的公开谈判及报刊刊载的电文只不过是一些表面文章，实质性的问题及私人之电都秘而不宣。双方代表在议场时，神情严肃，打着官腔，但在夜间则到“惜阴堂”赵凤昌寓所再行商洽。

1912 年 1 月 1 日，孙中山在南京宣誓就职中华民国临时大总统。同日，唐绍仪按照袁世凯的旨意，请求辞职。第二天，袁世凯批准，同时电告伍廷芳，宣称唐绍仪超越了只以讨论为范围的权限，签订了他所不能承认的协议。他要求同伍廷芳通过电报继续进行谈判。第二天，袁世凯又指使他的部将冯国璋等 48 名将领联名电告伍廷芳，声称他们反对共和，拥挤君主立宪。这时，西方诸国也对南京政府施加压力，胁迫孙中山让位。

从表面上看南北议和一时陷于停顿状态，但是唐绍仪并未离开上海，而是以袁世凯个人密使的身份继续与伍廷芳秘密联系。实质性的问题还是通过密电来商谈的。这时，双方争议的中心，是如何结束南北两个政权的对立局面。在内外困压下，孙中山于 1 月 15 日致电伍廷芳，再次表示，如果清帝退位，宣布共和，他就让位于袁世凯。袁世凯在得到这个许诺后，马上加紧进行“逼宫”。从 1 月 17 日起，清廷连开几次御前会议，最后万般无奈，2 月 3 日授予袁世凯全权，要他同南京政府磋商退位条件。经过南北双方的多次交涉，确定了优待皇室条件八款、优待皇族条件四款、优待满蒙回藏各族条件七款。2 月 12 日，朝廷接受了这些条件，溥仪退位。第二天，孙中山承守诺言，提出辞职咨文。15 日，临时参议院选举袁世凯为临时大总统。南北议和以袁世凯篡夺政权而告终。

袁世凯的窃国复辟

武昌起义爆发后，清政府的灭亡已不可避免。为了苟延残喘，清政府重新起用袁世凯，任命他为内阁总理大臣。帝国主义为了维护在中国的既得利益，也极力推崇这个新的代理人。

袁世凯（1859—1916 年）是河南项城人。早年他混进军队，替清朝卖力，很快成了大卖国贼李鸿章的“得意门生”。1895 年，袁世凯受清政府的委派，到天津附近的小站训练新建陆军。他凭借这支军队，忠实地为反动统治阶级效劳，血腥地镇压义和团运动。1901 年李鸿章死后，他当上直隶总督兼北洋大臣，成了帝国主义和清王朝的宠儿。因为他把持着清朝的军政大权，逐渐引起清朝贵族的疑忌。1909 年，清朝统治者以袁世凯有“脚病”为理由，撤销了他的职务，让他回河南彰德（今安阳）“养病”。可是北洋军依然控制在袁世凯的亲信冯国璋、段祺瑞等人手里。

武昌起义爆发，清政府不得不利用袁世凯的势力。袁世凯为了捞取政治资本，进一步施展反革命两手：一面在长江北岸用大炮轰击武昌，攻而不占；一面请帝国主义出面调停，搞假“和谈”。以此向清政府讨价还价；强迫革命党人妥协退让。软弱的资产阶级被迫答应；只要袁世凯宣布赞成共和，迫使清朝皇帝退位，就可以把政权让给他。袁世凯得到让权的保证，立即利用革命的声势，逼迫清朝末代皇帝溥仪退位。辛亥革命的成果被袁世凯窃取了。1912 年 3 月，他当了中华民国临时大总统，在北京建立了第一个北洋军阀政府，开始了独裁卖国的反动统治。

袁世凯曾虚伪地宣称：“共和为最良国体，世界所公认”，要“永不使君主政体再行于中国”，表示愿意实行议会政治。但是，当国民党在国会选举中获得多数席位，妨碍他的独裁统治时，竟派人在上海暗杀了国民党领导人宋教仁。宋教仁被害，惊醒了孙中山和一部分国民党人，打破了他们对袁世凯的幻想。他们主张兴师讨袁，发动“二次革命”。但这时的国民党已不是过去的同盟会了。不少官僚、政客和立宪派人士混了进来，内部四分五裂。在“二次革命”中，他们不去发动群众，不能团结对敌，结果不到两个月，南方各省的民主势力就被袁世凯镇压下去。“二次革命”宣告失败。

镇压了“二次革命”后，袁世凯就迫不及待地开始了复辟封建帝制的活动。从临时大总统到正式大总统，是袁世凯复辟帝制的第一步。急于当正式大总统的袁世凯，破坏临时参议院“先定宪法，后选总统”的规定，指使御用党人迫使国会先选总统，后定宪法。1913 年 10 月 6 日，国会在数千便衣军警和地痞流氓包围下，从早 8 时到晚 10 时，议员们忍饥挨饿，被迫投票 3 次，才勉强选袁世凯为正式大总统。

袁世凯

从正式大总统到终身大总统，是袁世凯复辟帝制的第二步。袁世凯当了正式大总统之后，不到一个月就下令解散国民党，接着又取消国会，并将进步党内阁一脚踢开。1914 年 5 月 1 日，他宣布废除孙中山制定的《临时约法》，公布袁记《中华民国约法》，取消了责任内阁制和国会对总统行使权力的一切限制，使大总统独揽政权，抛弃了资产阶级民主共和国最后的一点象征。12 月又抛出《修正大总统选举法》，规定总统任期十年，并可连选连任；必要时可以不选亦连任；总统有权推荐继承人。至此，袁世凯不仅成了终身大总统，而且还可将大总统宝座传子传孙，与封建帝王已经没有什么不同了。

从终身大总统到洪宪皇帝，是袁世凯复辟帝制的第三步。在复辟的道路上越走越远的袁世凯，为了取得帝国主义支持其复辟帝制的活动，竟利令智昏，到处派使团与帝国主义国家秘密谈判订约，出卖国家主权。1915 年 1 月，日本乘机向中国提出“二十一条”要求。二十一条的主要内容是：（1）承认日本享有德国在山东的一切特权，并加以扩大；（2）要求承认日本在南满和蒙古东部享有各种特殊权利；（3）中日合办汉冶萍公司，附近矿山不得让与他人开采；（4）中国沿海港湾和岛屿不得割让或租借给它国；（5）中国政府必须聘用日本人作政治、军事、财政顾问，中日合办中国警政和军火工业，日本享有在江西、浙江、福建等省的筑路、开矿等特权。5月9日，袁世凯几乎全部接受了“二十一条”的要求，仅将第五项改为日后另行协商。在取得日本等帝国主义国家的支持后，袁世凯加快了复辟步伐。1915年8月，他授意他的宪法顾问美国人古德诺发表文章，诬蔑中国人民知识水平太低，“率行共和制，断无善果”，并提出在中国以实行君主制为宜的谬论，为袁世凯复辟帝制鸣锣开道。接着，袁世凯指使杨度、孙毓筠等人以古德诺的谬论为据，发起组织筹安会为袁氏称帝摇旗呐喊；梁士诒出面组织“全国请愿联合团”，召开“国民代表会”，举行“国体投票”，通过了改行君主政体的决议，并向袁世凯献上《推戴书》，拥戴其为“中华帝国皇帝”。1915年12月12日，袁世凯宣布承认帝制，改国号为“中华帝国”。翌日在居仁堂接受百官朝贺，大加封赏，下令改1916年为“洪宪元年”，并决定于元旦登基。

讨袁战争

又称“二次革命”、“癸丑之役”。1913年，以孙中山为首的革命党人领导的反对袁世凯专制统治，维护民主共和制度，在江西、江苏、上海等地进行的革命战争。

袁世凯出任中华民国临时大总统后，建立了北洋军阀政权，破坏民主共和，推行武力统一政策，筹划消灭南方各省革命势力，为建立专制独裁统治，复辟帝制排除障碍。1913 年春孙中山去日本访问，国民党推选宋教仁为代理理事长。宋主张“议会政治”和“政党内阁”，企图以责任内阁制度来削弱袁世凯的权力。当时，国民党在议会选举中获得胜利，成为国会内第一大党。宋立即在南方各省奔走呼号，抨击时政，踌躇满志地启程去京组织责任内阁。袁世凯授意内阁总理赵秉钧派遣特务武士英，于 3 月 20 日在上海火车站枪杀了宋教仁。4 月，袁世凯不顾全国人民的强烈反对，不惜出卖国家权益，以盐税和海关税收做抵押，悍然向美、法、德、日、俄五国银行团借款 2500 万英镑，以扩充军备。5 月 1 日以陆军总长段祺瑞取代赵秉钧任代国务总理，组成战时内阁。3 日，袁世凯公然发布“除暴安良”令，矛头直指孙中山、黄兴等革命派领袖。6 日秘密召开军事会议，制定作战总方针，决定以赣、苏为用兵重点，控制京汉铁路（北京—汉口）、津浦铁路（天津—浦口）两干线；以湖北为攻赣通道；派北洋军主力部队进攻江西、江苏；以广西陆荣廷、龙济光及滇、黔军队从侧背牵制南方革命军队；以海军策应陆军作战。此时，袁军第六师已部署在湖北兴国（今阳新）、蕲春、田家镇一带，前锋抵达武穴，与赣军隔江对峙。6 月，以不服从中央为借口，将通电反对大借款的国民党人江西李烈钧、广东胡汉民、安徽柏文蔚三都督下令免职。7 月初，袁军第六师师长李纯率部由鄂入赣、占据九江外围诸要点，对九江城形成包围态势，宋案发生后，孙中山于 3 月 25 日回到上海，当晚召开党内领导人会议，讨论解决宋案问题。孙中山主张以武力解决，立即兴师讨袁，黄兴等对武力讨袁缺少信心，主张以法律程序推倒袁世凯，在重大策略问题上意见分歧，争执不下，迟疑不决。4～6月，孙中山又曾三次召集军事会议，继续研究讨袁事宜，并敦促南方各省独立，但均无结果。直到7月在袁世凯陆续派兵南下，危及革命党人生存之际，李烈钧接受孙中山指令，12日在江西湖口率先宣告江西独立，组成讨袁军。15日黄兴入南京，迫使江苏都督程德全16日通电独立，兴师讨袁。接着，皖、粤、闽、湘、川等省及上海等地相继宣布独立，加入讨袁行列。

袁军以第一军军长段芝贵指挥第六师全部、第二师一个混成旅共约1.5万人，进攻江西；第二军军长冯国璋率禁卫军一个旅、直隶第一混成旅、第四、第五、第二十师各一部及武卫军（张勋部）共2.5万人，沿津浦铁路南下，进逼苏、皖，攻取南京；海军中将郑汝成率“应瑞”、“肇和”等舰并载运陆军两个团到沪，控制上海和苏南地区；海军次长汤芗铭率“飞鹰”等军舰四艘沿长江赴江西策应第1军进攻九江。江西讨袁军总司令李烈钧以赣军第一师第一旅旅长林虎为左翼军司令，指挥第一、第二、第五团从德安方向进攻九江；以混成旅旅长方声涛为右翼军司令，率所部第九团及独立营从姑塘进攻九江；以水巡总监何子奇为湖口守备司令，指挥第十团守备湖口。企图扼守湖口，夺取九江，伺机跨江北征。江苏讨袁军总司令黄兴以第三师扼守徐州，并派第八师混成旅由南京开赴徐州加强防务，控制津浦铁路，阻止冯国璋部南下；以第一、第二师布防于淮、扬州一带，阻止张勋部进攻。

江西作战

7月11日袁军第六师第二十三团越过沙河一线，不断向赣军开炮挑衅。次日拂晓，讨袁军林虎左翼军由德安向九江沙河镇反击，首战告捷，毙伤袁军第二十三团300余人，占领沙河镇、铜鼓岭、骆驼山等地，迫敌退守瓜子岭。袁军第六师师长李纯惊慌失措，急电袁世凯迅速派兵增援，以救危局。当时，林虎左翼军未乘胜追击，又因方声涛右翼军行动迟缓，当林部与袁军苦战时，方部尚未进入攻击阵地；驻九江城内的讨袁军亦按兵不动，丧失了集中优势兵力歼灭袁军第六师的良好机会。13日两军复激战竟日，不分胜负。14日拂晓，李纯集中三个团向沙河镇苗家湾一线发起进攻，林虎部顽强抵抗，战到下午不支，向蓝桥方向撤退。15日，黎元洪令袁军第二师迅速由鄂开赴九江，攻击湖口，配合第六师进攻德安。16日，讨袁军右翼军向金鸡坡炮台发起进攻，在八里坡一线激战，袁军竭力抵抗，势几不支。李纯急调两个营抄袭方部左侧，战至傍晚，方部失利，被迫退却。方部退却途中，第九团团长被叛徒枪杀，第一、第三营及炮队、机关枪队投敌。右翼军遭此挫折，丧失了进攻能力。李烈钧见左、右两翼军失利，遂将司令部由湖口移往吴城，部署节节抵抗，以待湘、粤援军。由于湘、粤援军迟迟不发，江西战场力量对比发生逆转。17日，袁军第二师开赴九江。23日袁军分三路向湖口一线展开攻击，海军次长汤芗铭率“飞鹰”等舰支援。25日袁军攻陷湖口，次日占领姑塘。此时讨袁军左翼仍扼守瑞昌、蓝桥一线，右翼军退守南康（今星子）、吴城。7月30日，袁军分三路从九江、湖口、姑塘向瑞昌、南康、德安攻击讨袁军，8月1日占瑞昌、南康。李纯率部正面攻击讨袁军左翼军，林虎率部边战边撤，在黄老门作战中，利用有利地形，予袁军以重大杀伤，但终因寡不敌众，放弃黄老门经德安、建昌（今永修）、奉新向赣湘边境转移。袁军8月8日陷吴城，10日占建昌。李烈钧率方声涛余部弃吴城后退往南昌，将所剩两个营及南昌城守军两个营布置在城北乐化、樵舍，组织防御。16日李纯令第十一旅及第二十二团分两路向南昌进攻，讨袁军已无力反击，遂撤离南昌城，18 日南昌陷落。李烈钧、林虎率余部退往湖南、方声涛率余部退上饶。江西讨袁宣告失败。

徐州地区作战

7月 15 日，江苏讨袁军第三师占领利国驿。16 日向韩庄袁军第五师方玉普旅发动进攻，企图一举占领韩庄。方部坚守待援。次日，讨袁军继续猛攻，亦未得手。张勋派武卫前军统领张文生率部驰援，向第三师猛烈反击，讨袁军不支，撤至柳泉。黄兴急令第八师混成旅等部增援，会合第三师反攻制胜，19 日又将袁军击退至韩庄一线。后因混成旅回守六合，前线力量削弱，加上第三师骑兵团团长张宗昌率部投袁，并向撤退途中的讨袁军攻击。第三师腹背受敌，无力抵抗，遂放弃徐州，向蚌埠退却。24 日袁军未遇抵抗，占领徐州，至月底占领淮阴、扬州，直逼镇江。黄兴获悉徐州失守，湖口兵败，28 日夜乘日轮离宁赴沪，因无法上岸，遂前往日本。程德全立即宣布江苏取消独立。黄兴出走后，讨袁军主要将领亦相继离去，南京陷入“三军无主”的局面。8月初冯国璋部攻占蚌埠、临淮关、滁县等地。

南京保卫战

8月 8 日，国民党人何海鸣潜入南京，宣布江苏第二次独立，自任讨袁军总司令，推第八师师长陈之骥为江苏都督。当晚陈拘何于第八师司令部，再次取消独立。11 月何被第一师官兵解救出，第三次宣布江苏独立。何组织第一、第八师等余部分守富贵山、雨花台高地及狮子山、天堡城诸炮台和城门，决心固守南京。14 日，张勋部与徐宝珍师突袭紫金山，守军叛变，袁军不战而克。讨袁军第八师等部发起反击，夺回天堡城，轰击紫金山。16 日后，两军反复争夺天堡城，战斗异常激烈，双方伤亡惨重。天堡城五易其手，至 21 日终被袁军占领，南京失去屏障。27 日，张勋、冯国璋部向太平门、朝阳门（今中山门）、神策门、雨花台进攻，刘冠雄以舰炮配合冯部进攻狮子山。讨袁军固守阵地，大量杀伤袁军，袁军进攻受阻。29 日，袁军完成了对南京城的全面包围。31 日发起总攻。9 月 1 日，张勋部用地雷轰开太平门、朝阳门之间的城垣，蜂拥而入，相继攻占神策门、通济门。讨袁军被迫撤出城外。下关、狮子山炮台亦相继失守。南京守军与袁军在众寡悬殊、孤立无援的条件下，进行了二十多天的顽强奋战，最后终于失陷。南京保卫战是整个讨袁战争中最为悲壮的一幕，守城官兵英勇无畏，誓死抗敌的战斗精神，为讨袁战争谱下了最光荣的一页。袁军入城后大掠三日，肆意抢劫，奸淫掳掠，无所不为。冯国璋部纵火焚烧了下关，烈火数日不熄。南京人民遭到惨重蹂躏。

上海及其他省市的作战

7 月 18 日上海宣布独立，陈其美任讨袁军总司令。23 日指挥第六十一、第三十七团及松军等部向上海军事重地——江南制造局进攻。袁军在海军巨炮支援下，击退讨袁军。当晚，讨袁军再攻，仍未奏效。以后数日连攻不克，伤亡惨重。30 日，讨袁军一部退往闸北被租界英军缴械；一部退往吴淞、宝山一带。8 月 2 日，孙中山见宁、沪战事失利离沪赴粤，后在福州改道台湾，流亡日本。8 月 13 日袁海军占吴淞，讨袁军退往嘉定，随即解体。陈其美逃往日本。

7 月 17 日，安徽宣布独立，柏文蔚任讨袁军总司令，第一师师长胡万泰代理都督。8月初袁军倪嗣冲部攻占凤台、寿州、正阳等地。7日，胡万泰倒戈，宣布取消独立，率部攻打都督府，继攻芜湖，柏文蔚率部坚持战斗数日，后出走南京。安徽讨袁作战遂告失败。广东方面。7月18日，广东都督陈炯明宣布独立，通电讨袁，陈任都督兼讨袁军总司令。22日，袁世凯密令广西都督陆荣廷和巡防营统领龙济光入粤讨陈。龙部即由梧川东下，直趋广州。8月4日，广东讨袁军炮兵团、辎重营等部倒戈拥袁，炮轰都督府，陈炯明逃往香港。第一、第二师师长及第五旅旅长等当即宣布取消独立，广东讨袁也遭失败。

7月25日，湖南都督谭延闿在湖南革命派反袁情绪高涨的形势压力下，被迫宣布独立，响应讨袁，后见赣、皖、苏三省讨袁接连失利，遂于8月13日宣布取消独立。

7月19日，第十四师师长许崇智迫使都督孙道仁宣布独立，孙仍任都督，许任讨袁军总司令。许曾准备派兵援赣，但军队不愿出省作战，难以调动，加之赣、沪等地讨袁军屡遭挫败，许崇智离省逃往香港。8月13日孙道仁宣布取消脱离袁政府。

8月4日，第5师师长熊克武宣布重庆独立。同日，革命党人张百群在川西组织讨袁军。川督胡景伊派川东宣抚使王陵基率部向讨袁军进攻，并派四个师围攻重庆。袁世凯令拿办熊克武，并令鄂、陕、滇、黔四都督派军队会合兜剿。熊部奋战月余，终因寡不敌众，各路战事均告失败。9月8日，王陵基部向重庆北面门户合川发动进攻，熊率数千人与之大战，结果败北，11日熊克武出走，后流亡日本。其他各省也有些小规模的起义，如湖北沙洋驻军第三十二团团长刘铁，广西柳州巡防营统领刘古香，浙江宁波顾乃斌等，一度宣布独立，都旋起旋灭，没有发展成一支较大的势力。

护国战争

又称“云南起义”。1915 年 12 月至 1916 年 6 月，云南等省为反对袁世凯复辟帝制，维护中华民国民主共和制度而组织的护国军，与袁统辖的军队，在四川、湖南等地进行的战争。

讨袁战争失败后，中华民国大总统袁世凯更加有恃无恐，下令取缔国民党，解散国会，图谋复辟帝制。为取得日本政府对复辟的支持，1915 年 5 月与其签订包括承认日本在山东一切权利等内容的卖国“二十一条”。8 月，指使其亲信、幕僚成立进行复辟帝制活动的“筹安会”。12 月 12 日，申令接受国民“推戴”为中华帝国皇帝，旋下令改民国五年为洪宪元年。

在袁准备称帝期间，孙中山领导的中华革命党和梁启超为代表的进步党等组织，曾分别派人赴云南策动武装起义。在反袁各派的策动下，云南部分高、中级军官，多次举行秘密会议，并着手组织武装讨袁。在袁世凯称帝的前几天，即派出步兵第一、第七团（云南独立后，改编为护国军第一军第一梯团第一、第二支队），以剿匪为名，向滇川边境开进，企图配合后续部队夺取四川。12 月 25 日，前云南都督蔡锷与云南将军唐继尧等人，在昆明宣布云南独立，旋即建立云南都督府，并在原有两个师一个旅的基础上，迅速扩编成三十六个团共约两万人的讨袁护国军。蔡锷、李烈钧分任第一、第二军总司令，唐继尧任都督府都督兼第三军总司令。每个军下辖梯团（相当于旅）不等。每个梯团下辖二个支队（相当于团）。计划第一军攻川，第二军出桂，东征粤、浙，第四军留守云南乘机经黔入湘。尔后各军在武汉会师北伐。另由都督府左参赞戴戡率一部兵力入黔，策动贵州独立。

云南独立后，袁世凯急令北洋军和川、湘、粤等省军队共约八万人，从川、湘、桂三路征滇，企图一举歼灭云南护国军。计划由第1路司令马继增率北洋陆军第六、第三、第二十师各一部及部分混成旅，从湘西经贵川由东面攻入云南；第二路司令张敬尧率北洋陆军第七师和第三、第六、第八师各一部，与驻川北洋军和川军会合后，从北面进攻云南；第三路由广东陆军第一师师长、新任云南查办使龙觐光率部出粤经桂入滇，攻击护国军后方。

四川之役

四川是护国军与袁军交战的主要战场，亦为双方必争之地。1915年2月，袁世凯就派其亲信、陆军参谋次长陈宧督理四川军务，并调中央直属第四、第十三、第十六混成旅随陈入川，加强四川防务，连同川军含各地警备部队，共约四万人。1916年1月16日，蔡锷所部刘云峰梯团抵达滇川接壤的新场（盐津县南）一带。17日，向防守川南的第四混成旅旅长、新任川南镇守使伍祥祯部发动进攻，一举攻占燕子坡、黄坡耳、捧印村等地。19日，刘云峰以第一支队在正面实施佯攻，第二支队利用夜暗迂回至安边侧后，突然发起攻击，安边守军不支，向叙州（今宜宾）溃逃。护国军乘胜追击。伍祥祯见安边已失，率部弃城逃走。21日护国军不战而下叙州。袁世凯对叙州失守。大为震怒，下令褫夺伍祥祯川南镇守使职，并令陈宧调整部署，组织四路部队向叙州反攻。护国军依托有利地形，实行积极防御，灵活运用截击、阻击和适时出击等手段，战至2月7日，击败袁军的反攻，赢得叙州保卫战的胜利。后因部分兵力往援纳溪，刘率余部退守横江。

1月24日，戴戡率一部滇军抵达贵阳。27日，贵州护军使刘显世宣布独立，旋即将黔军第五、第六团与戴所部滇军，合编为护国军右翼军（亦称滇黔联军右翼军），归蔡锷节制，以戴任总司令，向川东进攻；以黔军第一～第三团编为右翼军东路军，王文化任司令，率部进击湘西。2月13日，戴部抵达川黔边境松坎（属桐梓）一带，次日分三路向綦江以南的九盘子、青羊寺和东溪发起攻击，与防守綦江地区的川军第一师第部激战一昼夜，15日连克上述要地，俘袁军128人，毙伤一部，后继续向北推进；前锋已抵驱綦城仅10余公里，袁军为改变不利态势，陆续调集第三、第八师等部各一部兵力往援綦江，并多次发动反攻，戴部终因寡不敌众，被迫于3月中旬退守松坎一带，夺取綦江进而占领重庆的计划未能实现。

1月26日，蔡锷所部赵又新梯团第三支队支队长董鸿勋，率部抵达毕节后，奉蔡之命昼夜兼程，赶赴永宁联络川军第二师刘存厚部起义。2月5日，董鸿勋部与起义川军联合向泸州发起攻击。次日占领蓝田坝、月亮岩等要点，与泸州隔江对峙。9日，因防守月亮岩部队疏于戒备，又被袁军夺回。后虽进行多次反击，均未奏效，刘、董两部分别退守江安、纳溪。14日，袁军两万余人，从纳溪两翼向护国军反攻。蔡锷率主力驰抵纳溪后，组织几次较大规模的反击，给袁军以重大杀伤，而护国军亦因弹药不济，人员疲惫，于3月6日，分路撤出纳溪至叙蓬溪（今护国镇）一带有利地形休整。15日，蔡锷乘广西独立，云南解除后顾之忧，以及袁军官兵厌战，物资补给极其困难之机，决定集中主要兵力分三路反攻泸（州）纳（溪）。17日，担任主攻的右翼赵又新梯团从纳溪以东之白节滩发起攻击；中路顾品珍梯团在正面牵制敌军；左翼刘存厚部攻占江安，保障主力侧翼安全。19日，护国军全线突破袁军前沿阵地，歼其一部。22 日，袁世凯迫于内外交困，宣布取消帝制，仍居大总统位。蔡锷坚持迫袁下台，继续指挥所部顽强作战。至 3 月底，连克江安、南溪等地，重新夺回纳溪。袁军伤亡甚大，无力继续作战。陈宧派人向护国军要求停战议和。双方议定从 31 日到 4 月 6 日停战一周，后又派代表商谈，继续休战，反攻泸州计划未能实现。

湘西之战

护国军右翼军东路司令王文华率三个团，于 1 月下旬进抵黔湘边境后，立即分路向湘西袁军发动进攻。2 月 2 日晚，第一团趁晃州（今老晃，属新晃）城袁军欢度旧年除夕，疏于防备之机，借夜幕掩护，以迅猛动作冲入城内，正在饮酒作乐的袁军顿时慌乱一团，稍作抵抗，便向晃州以东的蜈蚣关溃逃。护国军乘胜追击。次日拂晓，袁军第五混成旅和镇远道守备部队各一部在蜈蚣关据险顽抗，护国军奋力猛攻，下午攻克该地，毙敌 80 余名，首战告捷。第三团亦于 2 月 3 日向黔阳袁军发起攻击，当日占领部分据点，5 日克黔阳，6 日占领洪江，共俘敌 250 余名，缴获武器弹药一批。期间，向麻阳进攻的第二团，因城内防守严密，且地势险要，周围多悬崖绝壁，多次攻城不果。加之袁军第 3、第 6 师各以一部兵力，分别从辰溪、沅州（今芷江）增援麻阳，使第 3 团处于被围歼的险恶态势。王文华冷静地分析敌我态势，决心乘辰、沅袁军往援麻阳之机，令第二团改攻为守，就地牵制袁军，令第一、第三团于 13 日联合向沅州发起攻击，袁军弃城逃走，14 日护国军占领沅州。

护国军夺取沅州后，王文华急令第一团以一部兵力迂回至麻阳侧后，协同第 2 团再攻麻阳。15 日晚，民军敢死队攀云梯爬入城内，与护国军内外夹攻，袁军相互失去联络，纷纷向辰溪方向溃逃。16 日，护国军占领麻阳。至 2 月下旬，护国军在当地人民支援下，连克靖县、通道、绥宁等地，击溃袁军约三个混成团兵力。3 月中旬，袁军向麻阳、黔阳等地发动全面反攻。护国黔军顽强抗击，牵制湘西袁军向主要方向四川转移兵力。战至 4 月 6 日，王奉蔡锷之命停战，与袁军形成对峙。

滇桂边境作战

1 月中旬，龙觐光率所部约 4000 人（沿途招募 4000 人）由粤出发，下旬抵达滇桂边境后，以李文富为第 1 路司令，率部由百色进攻云南剥隘；黄恩锡为二路司令率部经西林（今定安）绕攻广南；朱朝瑛、张跃山等各率一部兵力，分别在百色和西隆（今隆林）等地，阻击由黔入桂的护国军和第 1 路龙军的进攻。另由龙体乾潜回云南，在滇南一带组织土匪武装，发动暴乱。从而达成了对即将入桂的护国第 2 军的包围态势。

李烈钧率护国第二军约 2000 人，于 2 月 20 日由昆明出发，向广西开进。途中得知龙军进抵滇桂边境并占领部分据点的情报，一面令张开儒、方声涛两个梯团，迅速在富州（今富宁）、广南地区组织防御，阻击来犯之敌；一面根据湘西战事进展比较顺利，报经唐继尧同意，将企图援湘并已进至贵州境内的第三军赵钟奇梯团（欠一个支队）和黄毓成挺进军折入广西，从外线达成对龙军的反包围态势。

3 月初，护国第二军与袁军在广南、富宁地区展开激战。张开儒梯团于富宁东面之皈朝一带击退龙军李文富部多次进攻，双方成僵持局面。方声涛梯团与黄恩锡部在广南以北龙潭地区激战数日，将黄部击退，并歼其一部，亦呈胶着状态。15 日，广西将军陆荣廷宣布广西独立，护国军士气大振。16 日，方声涛指挥所部向黄恩锡部发起反攻，已进抵西隆的赵钟奇梯团，此时亦由北向南压迫黄部。黄军腹背受击，被歼一部后，仓皇逃窜。与此同时，经潞城向百色机动的黄毓成挺进军，途中击溃朱朝瑛部后，直趋百色，协同桂军包围龙觐光指挥部，迫使龙军缴械投降。在皈朝的李文富见大势已去，亦被迫向张开儒投降。护国军先后共俘龙军2000余人。窜到蒙自、临安（今建水）一带的龙体乾土匪武装，遭第三军刘祖武等部痛击后，部分被歼，部分逃离滇境。

袁世凯三路征滇计划虽告破产，护国军却未放松警惕，坚持迫袁下台。为彻底推翻袁的独裁统治，5月8日，已独立的滇、黔、桂、粤等省，在广东肇庆成立对抗北洋政府的军务院。不久，陕西、四川、湖南等省相继宣布独立。袁益陷窘境，6月6日病死。护国战争结束。

洪宪帝制的覆灭

声势浩大的反袁护国运动使原来支持袁世凯复辟帝制的帝国主义国家纷纷改变态度，也使北洋军阀内部发生分裂，段祺瑞、冯国璋乘机各自进行谋取权力的活动。在内外交困之中，袁世凯被迫于1916年3月22日宣布取消帝制。

帝制撤销后，袁世凯还想保持总统地位。他任命段祺瑞组阁，段上台后步步进逼，迫袁交出政权；西南护国军反对袁世凯任大总统，1916年5月，滇、桂、黔、粤等省组成军务院继续讨袁；袁世凯的心腹四川督军陈宧、湖南督军汤芗铭亦宣布独立。袁世凯陷入四面楚歌的绝境，6月6日，在全国人民的唾骂声中一命呜呼。

袁世凯死后，历时两年的护国运动即告结束。护国运动挫败了袁世凯复辟帝制的阴谋，恢复了资产阶级共和国的形式。以孙中山为首的革命派在护国运动中表现了坚韧的革命精神。但是，护国运动并没有改变中国半殖民地半封建的社会地位。

帝国主义操纵下的军阀割据

北洋军阀的分裂

袁世凯死后，北洋军阀失去了总头子。北洋军阀分裂成几个派系，各自依靠不同帝国主义的支持；另外一些地方军阀在护国战争中借反袁名义纷纷宣布独立，乘机谋取地盘和权力，也以帝国主义为背景，拥兵自重。这样，中国出现了各派军阀割据和相互争斗的局面。

当时全国从中央到地方的各派军阀主要属两大军阀集团：即北洋军阀集团和西南军阀集团。在北洋军阀系统中，势力最大的是以段祺瑞为首的皖系和以冯国璋为首的直系。皖系军阀投靠日本帝国主义，控制安徽、山东、浙江、陕西、福建等省。直系军阀投靠英、美帝国主义，控制江苏、江西、直隶等省。另一个大的派系是张作霖为首的奉系，投靠日本帝国主义，控制东北三省，成为皖、直两系外的一支举足轻重的势力。非北洋系的地方军阀，在北方，主要有割据山西的晋系阎锡山。在南方，北洋军阀的势力尚未达到或尚未完全达到，逐步形成了相对独立的诸多派系的地方军阀，历史上称为西南军阀。皖、直、奉军阀，在帝国主义支持下，割据争雄，曾先后控制北京政权。而皖系军阀段祺瑞，依靠日本帝国主义的支持，凭借他利用陆军总长的职务在北洋军阀中所掌握的实力以及国务总理的地位，首先取得了北京政权。

张勋复辟

袁世凯一死，各派军阀在大总统继任问题上展开了一番激烈争斗后，1916 年 6 月，由黎元洪继任大总统，冯国璋为副总统，段祺瑞为国务总理。段祺瑞把持了北京政府的实权。1917 年，总统与总理在是否参加第一次世界大战的问题上发生分歧。日本帝国主义支持段祺瑞参战，美帝国主义指使黎元洪反对，形成所谓“府院之争”。段祺瑞以武力胁迫黎元洪解散国会，黎元洪则免去段祺瑞国务总理职务。清朝封建余孽“辫帅”张勋以调停双方冲突为名，率兵闯进北京，把废帝溥仪又扶上皇帝的宝座，改民国六年为宣统九年。演出一场复辟闹剧。

段祺瑞“再造共和”与“毁法”

段祺瑞在日本帝国主义支持下，借“保护共和”之名，赶走张勋，取消复辟。此后，段祺瑞以“再造民国”的“功臣”自居，重新控制了北洋军阀政府的实权。段祺瑞继承袁世凯的衣钵，建立起封建专制独裁的政权，实行对外卖国，对内专制的政策。

对外，段祺瑞政府继续实行亲日外交。1917 年 8 月，段祺瑞政府正式对德、奥宣战。1917—1918 年间，段祺瑞不惜出卖东北、内蒙和山东等地的铁路，矿山、森林开采权、经营权，大量向日本借款，总额在 3 亿日元以上。其中仅由段政府的日本顾问西原龟三经办的 8 次借款，即所谓“西原借款”即达 1.45 亿日元，数额远远超过整个袁世凯统治时期向日本借款的总额。1918年，段祺瑞又与日本订立陆、海军的两个所谓“共同防敌”的军事协定，使日本帝国主义得以进一步控制中国东北和内蒙的广大地区，掠夺中国的资源，控制中国的军事。当日本提出霸占山东各项权利的要求时，段政府的代表竟表示：“欣然同意”。段祺瑞的卖国行径，加剧了中华民族和帝国主义特别是与日本帝国主义的矛盾，加剧了人民大众和封建主义尤其是亲日派封建军阀的矛盾。

对内，段祺瑞拒绝恢复被张勋解散的国会，下令毁弃《临时约法》，准备另行组织由各省督军指派的“临时参议院”，作为推行独裁统治的工具。同时，大力搜刮民财，并高唱“武力统一”，企图以内战方式重建袁世凯式的独裁统治。

孙中山“护法”运动的失败

在段祺瑞继承袁世凯衣钵大肆卖国，实行反动统治时，孙中山于1917年7月发起了护法运动，提出了打倒假共和，建设真共和的主张，号召恢复《临时约法》和国会。8月，在广州召开非常国会。9月，成立护法军政府，孙中山任大元帅，唐继尧、陆荣廷为元帅，宣布段祺瑞为民国叛逆，出兵北伐，开始了护法战争。军政府的成立，标志着护法运动的正式开始，也标志着南北分立对峙局面的形成。护法战争开始后不到三个月，北京政府内部发生了分裂。对于南方护法军政府，段祺瑞主张武力讨伐，调直系军队打前锋。

1917年10月，直系军队进入湖南，南方军队也开入湖南与之对抗。直系军阀为了保存实力，排斥段祺瑞，与西南军阀勾结，主张停战息兵，和平解决。11月，段祺瑞被迫辞职。与此同时，南方护法军政府内部也发生了重大分裂。滇、桂军阀赞成孙中山的护法，本意在利用孙中山“护法”的旗号，对抗北洋军阀以图自保。直系主和之议一起，便图谋排挤孙中山，分裂护法军政府。

1918年5月，孙中山愤而辞职，离开了广州去上海。他在辞职通电中愤懑地指出："吾国之大患，莫大于武人之争雄，南与北如一丘之貉。"5月21日，孙中山乘大阪商轮苏州丸号离开了广州，经日本前往上海。护法战争宣告失败。中国资产阶级革命已陷入绝境。

南北对峙和南北议和

段祺瑞辞去国务总理职务后，又被任命为参战督办。他以此名义继续向日本借款，扩充其参战军，并组织了以徐树铮、王揖唐为首的"安福俱乐部"，操纵新国会，进行"合法倒冯"。1918年3月，段祺瑞勾结奉系军阀入关声援，皖系各省督军也要求段祺瑞复职。冯国璋被迫再次任命其为国务总理。直系军阀曹锟、吴佩孚在湖南取得胜利，段祺瑞却任命皖系军阀张敬尧为湖南督军，曹、吴对此极端不满。8月吴佩孚等通电主和，与西南军阀联合，共同对抗皖系。9月，安福国会选举徐世昌为大总统，钱能训为国务总理，把以冯国璋为首的直系势力排挤出中央政府。安福国会是段祺瑞的御用工具，他通过这个工具控制着内阁，利用参战督办的名义实行专制独裁统治。1919年12月，冯国璋死后，曹锟、吴佩孚成为直系的首领，与南方军阀建立了更加密切的联系，并进一步取得英、美的支持，直皖矛盾更加尖锐。1918年10月，第一次世界大战即将结束，全国人民和各界人士都要求消除战争，南北议和。西方帝国主义为了反对日本支持段祺瑞，推行武力统一，以便独霸中国，赞成中国南北议和。10、11月间，美国先后向北京政府和护法军政府提出"劝告"。日本在英、美的压力下被迫同意美国提出的南北议和主张。1919 年 2 月，南北双方在上海举行和平会议。由于英、美和日本争夺激烈，各派军阀矛盾重重，至 5 月谈判宣告破裂。此后，更大规模的军阀混战连年不断。

护法战争

又称“南北战争”。1917 年 8 月至 1918 年 5 月，孙中山为维护与恢复标志共和国体的《中华民国临时约法》和国会，发动和领导的反对北洋军阀的战争。

1917 年 7 月 1 日，张勋拥清废帝溥仪复辟。6 日，孙中山偕廖仲恺、朱执信等人由上海乘“海琛”号军舰启程赴粤，计划以广东为基地，组织武力讨伐张勋。孙中山等尚未抵粤，张勋辫子军已被原国务总理、皖系军阀段祺瑞组织的讨逆军击败，复辟被粉碎。段复任国务总理，重掌北洋政府大权后，通电各省拒绝恢复约法和国会，并派北洋军第 8、第 20 师随皖系前陆军部次长、新任湖南督军傅良佐入湘，镇压南方革命。17 日，孙中山等抵达广州后，电邀国会议员赴粤，并致电和派人联络西南军阀陆荣廷、唐继尧等人，共图推翻以段为首的北洋政府。桂、滇军阀亦企图借护法旗帜，猎取湖南、四川等地盘，以便对抗段的武力统一政策。8、9 月间，在广州召开的国会非常会议，选举孙中山为海陆军大元帅，陆荣廷、唐继尧为元帅，建立中华民国政府，兴师讨伐段祺瑞。计划以滇、黔、桂、粤等省陆军和海军一部，共约 15 万人，分从湘、川和闽浙三路会攻北京。中路由广西督军谭浩明为两广护国联军总司令，率部出湘入鄂；左路由云南督军唐继尧任滇黔靖国联军总司令，指挥所部攻川，得手后与中路会攻武汉；右路由海军总长程璧光等指挥粤军和驻粤滇、桂军及海军，先取闽浙，再图沪、宁，后由海路北上，与中路、左路并进。段祺瑞调集北洋军和湘、粤、闽等省军队近20万人，企图以主要兵力入湘，制服两广，以一部兵力夺取四川，制服滇、黔、进而消灭南方革命势力，实现武力统一全国的计划。

第一次湘战

9月18日，被傅良佐免职的革命党人湖南零陵镇守使刘建藩、湘军第一师第二旅旅长林修梅，联衔宣布湘南自主，参加护法。接着，湖南第一、第二区守备司令吴剑学、周伟等相继宣布独立。傅良佐奉段之命，令湘军第一师代理师长李佑文率第一旅开赴衡山，镇压刘、林护法军。下旬，该旅第一团在衡山七里滩等地与林部交战，第三营官兵反对“以湘治湘”，宣布起义，加入护法军。该团和第二团大部官兵随即响应护法，李逃回长沙。傅急令第八师师长王汝贤为湘南司令，指挥第八师王汝勤旅、第二十师张纪旅进攻衡山；湘军第二师朱泽黄旅往永丰（今双峰）策应王部作战。10月6日，王汝勤不待张纪旅到达，针对护法军防守正面较宽，兵力分散等弱点，采用多路小群率制，集中兵力逐点攻击等手段，向衡山以北地区发起攻击，一举占领白石铺、护湘关等要点，续向衡山外围进攻。11日护法军不支，退守衡山与衡阳间的贺家山一带。14日，由湘潭经株洲沿湘江东岸进攻衡山的张纪旅进抵衡山。15日，王、张两部联合向贺家山发起进攻。湘南护法军总司令程潜（旋任湘军总司令）等人，汲取衡山防御战中兵力过散的教训，指挥护法部队集中火力封锁山下的开阔地带，北军死伤甚众，多次攻击受挫，便改攻为守，与护法军形成对峙。

为打破南北两军在贺家山地区的僵持局面，加之两广护国军陆续入湘，10 月 21 日，程潜与桂军陆裕光等将领商定，以一部兵力就地牵制北军，主力向西转移，进行宝（庆）永（丰）作战。到 11 月 11 日，护法联军攻克宝庆、永丰等地。14 日，直系王汝贤等不愿继续为皖系作战，发出南北议和通电，旋即率部北撤。护法联军乘胜追击，20 日占领长沙，北军向岳阳逃窜。28 日，谭浩明在陆荣廷授意下，擅自发出与北军议和的通电，屯兵不前，与程潜等人发生矛盾，因此迟至 1918 年 1 月 23 日，才开始进攻岳阳，27 日占领该地，俘敌千余人。

四川靖国之役

早在 1917 年 4 月，川军第二师师长刘存厚，因对滇军将领、四川督军罗佩金裁编川军不满，联络其他川军发动“刘罗之战”。后经调停，滇军由成都撤至川南。7 月 1 日，张勋复辟，溥仪委任刘存厚为四川巡抚。中旬，唐继尧即以护法讨逆名义，将滇军改称靖国军，编成第一～第六军，（后又增编第七、第八军）自任总司令，通电讨伐刘存厚，发动靖国之役，旋令罗佩金指挥驻川滇军向成都进攻。滇军在青（神）眉（山）一带同川军激战数日，伤亡甚众，退回川南。8 月初，北洋政府派长江上游总司令吴光新为四川查办使，率二个旅入川支援刘存厚，不久又令陕南镇守使管金聚率 1 混成旅往援川军，企图将滇黔军逐出四川。11 月上旬，依附北洋集团的川军第二师和第一第三十一师各一部，向川南靖国滇军发动全面反攻，下旬占领泸州、叙州（今宜宾）等要地，滇军节节向南败退，情况十分危急。

唐继尧为扭转败局，决心以大部兵力坚守川南，牵制川军主力向川东移动，以第四军李友勋旅、第 1 军何海清旅，分出合江、永川，秘密进入江津，协同在綦江地区的黔军和四川靖国军，向防守比较薄弱的重庆方向进攻，切断北洋军援川的重要通道，孤立川南川军，得手后，再由东向西，与川南靖国军夹击川军主力，进而夺取成都。11月12日，黔川靖国军由綦江分两路向重庆方向发起攻击，一度受挫，后在滇军协同下，夺取重庆外围部分据点。30日，黔、川军由重庆东南，滇军从西南夹击重庆。战到12月3日，又攻克铜罐驿、白市驿等要点，进迫浮图关。吴光新等见大势已去，弃城逃走。4日，滇黔川靖国联军进占重庆。嗣后，联军分三路向成都方向开进，协同川南滇军主力进击成都和反攻泸（州）纳（溪）地区。战至1918年1月底，联军收复纳溪、泸州、永川、荣昌、遂宁等地后，川军主力被压缩在嘉定（今乐山）、简阳、成都之间的狭小地带。川军大部倒戈。刘存厚率残部退往川北。2月20日，联军进占成都。靖国之役至此告一段落。

闽、粤地区作战

1917年9月，北洋政府在派兵入湘的同时，就指使福建督军李厚基和龙济光等人，率部对广东发动进攻，策应湘省作战，不久，又策动广东潮梅镇守使莫擎宇，脱离广东省政府，并派兵攻打惠州。10月23日，莫擎宇宣告独立，反对护法。军政府潮梅军和平潮军旋即进剿莫擎宇部。至12月中旬，攻克汕头、五华等地，莫率残部退往闽境。李厚基派汀漳镇守使臧致平率部支援莫擎宇。军政府令授闽粤军总司令陈炯明率二十营粤军入闽作战。1918年1月下旬，陈率部由广州启程，2月中旬进抵潮汕地区后，忙于招兵索饷，扩充势力，并不热心攻闽。经孙中山几次催促，5月上旬才指挥所部向闽军进攻。战至8月底，连克武平、上杭、漳州等地，李部战败，李逃回福州。

在护国战争中，被护国军战败的前广东将军龙济光逃往琼州（今海南省）后，大肆扩充军队，图卷土重来。护法战争爆发后，北洋政府任命龙为两广巡阅使，并令其出兵攻粤。1917年11月龙率两万余人由琼出动，12月在阳江等地登陆后，即向广州方向推进，并连占数县。广东督军莫荣新即令钦廉镇守使沈鸿英、高雷镇守使林虎，分任讨龙军第一、第二军司令，各率所部在化州、恩平等地阻击龙军。嗣后又编组第三、第四军和讨龙靖国军，加上原有二个军，共约两万余人对龙军作战。双方在阳江及其西南地区激战两月，形成拉锯战。1918年3月7日，护法军政府参谋长李烈钧出任讨龙军总指挥后，决心改变分兵防守的不利态势，集中主力于开平至阳春之线，围歼龙军李嘉品部主力，收复阳江，再进击廉江、化州之敌。16日，在恩平附近待机的第三军，首先向龙军发起反击，一举收复恩平。李烈钧即令第三军从正面牵制敌人，以讨龙靖国军李根源部为主攻，在海军舰艇支援下，插入阳江北部，从侧翼攻击龙军。第二、第四军亦迅速向阳江推进，协同李部围歼阳江地区之敌。李嘉品见数面包围，25日放弃阳江，退守电白。讨龙军乘胜追击，4月12日占领电白。李烈钧即以一部兵力协同第一军向廉江、化州发起攻击，另以一部兵力南渡琼州海峡，袭击在琼的龙军。龙部军心动摇，加之粮弹不济，节节败退。讨龙军战至28日，收复化州、廉江、遂溪。龙济光弃军逃走，所部大部缴械投降。

第二次湘战

湘粤桂护法联军攻占岳阳后，按照孙中山计划，应在湖北靖国军石星川、黎天才等部协同下，加上滇黔川靖国军以一部兵力配合，乘胜攻取武汉，继续向北推进。但由于滇、桂军阀各怀私利，尤其是桂系军阀满足于占领湖南，拥兵不前，与北洋集团媾和，还对军政府进行分裂破坏活动，严重削弱了护法部队战斗力，给北洋政府继续调兵遣将，发动第二次攻湘之战以可乘之机。1918年1月上旬，北洋政府为解决再次攻湘的后顾之忧，令第三师代师长吴佩孚、第十一师师长李奎元等部，向荆（州）襄（阳）地区的石星川、黎天才部发动进攻。湖北靖国军孤立无援，相继战败。月底，代总统、直系首领冯国璋在段祺瑞等皖系势力威逼下，令援湘军第一、第二路司令曹锟和张怀芝，各率所部再度攻湘。2月28日，第一路吴佩孚部向岳阳发起反攻。吴亲率一部兵力向护法军防守比较薄弱的新店、滩头等要点进行突击。防守该要点的湘军第一师一部，在吴军猛烈火力攻击下，被迫后撤，吴军乘胜跟进，3月2日攻占万峰山，突破联军第一道防线。接着，吴指挥所部继续向南推进，至3月15日突破联军第二、第三道防线。17日，吴部会攻岳阳，当晚守城部队退守新墙。18日，吴部进占岳阳城，联军向长沙方向撤退。吴部继续追击。25日，联军总司令谭浩明见岳阳已失，恐惧已极，率桂军撤离长沙。湘军亦退守衡山地区。26日，吴部进占长沙。北军第1路张敬尧部亦于3月11日向平江护法军进攻。防守该地区的湘军刘建藩等部，依托有利地形，顽强抗击北军的进攻。双方战至22日，护法军不敌，北军占领平江。

4月初，北洋政府令第一路吴佩孚部出长沙经湘潭，向衡山方向进攻；张敬尧部经湘步、永丰攻宝庆。第二路军施从滨师和两个混成旅及安武军等部，经醴陵攻取攸县、茶陵。计划旬日内占领全湘，后趋广东。

护法联军弃守长沙后，桂军退至祁阳一带，仅有在衡山的湘军和在安仁的粤军，共约两万人。面对三路南犯的北军，程潜等决定依靠湘军自身力量，联合粤军，以一部兵力牵制湘南地区之敌，集中主力和粤军，歼灭企图进攻攸县的施从滨师。4月21日，赵恒惕等率部对施从滨师进行包围攻击，施部损失过半，余部逃向茶陵。护法军乘胜向北推进，又战败北军张宗昌旅及安武军，27日夺回醴陵等地。30日前锋逼近长沙。张怀芝逃回汉口。吴佩孚、张敬尧闻讯，各调一部兵力驰援第2路军，至5月初，连陷安仁、攸县等地。护法联军分向湘桂边境溃退。

5月初，国会非常会议在西南军阀操纵下，改组护法军政府，将大元帅制改为总裁合议制，进一步排挤孙中山。孙中山愤而辞去大元帅职，战争结束。

五四爱国运动

山东问题和巴黎和会上中国外交的失败

1918年11月，第一次世界大战以德、奥等“同盟国”的失败宣告结束。从1919年1月18日起，美、英、法、日等战胜国在巴黎凡尔赛宫举行所谓“和平会议”，中国作为战胜国之一，也派代表出席了会议，巴黎和会被美、英、法、日、意五个强国操纵，实际上是个分赃会议。中国代表向和会提出取消帝国主义列强在华特权的七项希望条件（即放弃势力范围、撤退外国军警、撤销外国邮政电报机关、取消领事裁判权、归还租借地、归还租界、关税自主）；取消日本与袁世凯订立的“二十一条”；归还在大战期间被日本夺去的德国在山东的各种权利等正当要求。和会置中国人民的正当要求于不顾，除将山东问题列入议程外，其余各项均被拒绝提交会议讨论。4月30日，英、美、法、日等国会议竟无理决定，将德国在山东掠取的权利全部让给日本，并明文写入《协约和参战各国对德和约》（即《凡尔赛和约》）。对此，北洋政府竟准备签字承认。北洋政府的卖国行为和和会上中国外交的失败，引起中国人民的极大愤慨，成为五四爱国运动爆发的导火线。

五四运动的爆发

5月3日晚，北京各校学生代表在北京大学开会，讨论对策。会上群情激愤，决定：通电全国，联络各界一致行动；致电出席巴黎和会的专使，令其拒绝签字；5月4日，在天安门前集会，示威游行；定5月7日为国耻日，举行全国示威游行。

5月4日下午，北京十几所高校的学生3000余人，从四面八方汇集到了天安门。学生们手执标语小旗，高呼口号，要求“取消二十一条”，“拒签和约”，“誓死收回青岛”，“废除中日军事协定”等，宣读了《北京学生界宣言》，强烈要求惩办交通总长（订立“二十一条”时任外交次长）曹汝霖、驻日公使章宗祥和订立“二十一条”时的驻日公使陆宗舆，呼吁社会各界联合一致“外争国权，内惩国贼”。

在简短的演讲集会之后，便开始了浩浩荡荡的示威游行。当游行队伍行至东交民巷西口时，遭到帝国主义和军阀政府军警的无理阻拦，义愤填膺的学生队伍，改向东单，直驱赵家楼曹汝霖寓所，曹汝霖闻讯躲藏，但未及逃离的另一个卖国贼章宗祥却被学生抓获，并将其痛打了一顿，最后放火烧了章宅。不久大批军警赶到，未及撤离的学生被逮捕。

5月5日，北京高校学生总罢课，设法营救被捕同学。6日北京中等以上学生联合会成立，继续领导学生开展各种爱国活动。

爱国学生运动的发展，引起北洋军阀政府的恐惧，它随即开始采取一系列的镇压措施。

5日，教育部严令各校立即开除“闹事”学生，6日，徐世昌总统下令加强“弹压”，对不服弹压者“逮捕惩办”，7日下令禁止召开国民大会，8日又下令警察厅将刚刚释放的被捕学生送交法庭审办，禁止学生集会游行示威，逼走北大校长蔡元培。压迫愈强，反抗愈烈，北京政府的倒行逆施，使矛盾进一步激化。

从19日起，北京学生再次实行总罢课。学生们组织了“救国十人团”，开展讲演活动和抵制日货运动，还组织了护鲁义勇队，进行军事操练，准备掀起更大的斗争。

学生爱国运动的扩大，使帝国主义特别是日本帝国主义大为震惊。他们对北京政府施加压力，要求严厉取缔。北京政府下令禁止学生讲演，各学校一律复课，不准报纸刊登学生爱国活动的消息，并为三个卖国贼辩护。6月3日，北京学生两千多人组织讲演队，进行大规模爱国宣传。北京政府出动大批军警、马队，驱散听众，捕去学生170人。6月4日，讲演的学生人数增加了一倍，又有700多人被捕。但是，爱国学生并没有被军阀政府的高压政策所屈服。

“五四”爱国运动的初步胜利

“五四”爱国运动的开始阶段，主要是青年学生的革命运动，运动的中心在北京。6月3日，北京政府大肆逮捕北京爱国学生，激起了全国人民的义愤。爱国运动发展成为有工人阶级、小资产阶级和民族资产阶级参加的全国范围的革命运动，工人阶级成为运动的主力，运动的中心也转移到上海。

6月5日，上海日商内外棉第三、第四、第五纱厂的中国工人首先举行爱国罢工，接着，上海机器、纺织、市政、船坞、海运、烟草、印刷等行业的工人相继罢工。6月10日，沪杭、沪宁、淞沪铁路工人也参加罢工，使上海罢工总人数达到六七万人。长辛店、唐山、杭州、九江等地的工人也举行了罢工。在群众运动的推动下，上海和其他城市的工商业者也举行了罢市。

工人阶级最初是为同情和支持爱国学生而参加运动的。但是，他们在斗争中提出了自己的政治主张。上海工人表示："吾国民受强权之压制，今日已达极点"，要"牺牲吾辈数十万工人的赤血，与野蛮的强盗战"，"格政府之心，救灭亡之祸"。上海一些资本家罢市以后，害怕坚持爱国斗争会引起国际交涉和军阀政府镇压，很快又酝酿开市，并劝说工人复工。工人们对资本家的妥协态度进行了抵制。他们宣布："即令商界答应开市，工界同胞决不因此终止，誓当再接再厉，继续罢工。"

工人阶级参加战斗，大大增强了爱国力量，对运动的发展起了重要作用。在群众爱国运动的巨大压力下，6月7日，北京政府释放了关押的爱国学生。6月10日，又被迫下令罢免了曹汝霖、章宗祥、陆宗舆的职务。

罢免三个卖国贼的目标实现后，全国人民继续开展拒签对德"和约"的斗争。6月17日，北京政府屈服于帝国主义的压力，曾电令出席巴黎"和会"的代表在"和约"上签字。为了争取收回山东权利，山东、天津、北京等省市都派代表向北京政府请愿，坚决要求拒签"和约"。国内人民、海外华侨和留学生向出席"和会"的中国代表发去电报七千余封，一致要求拒签"和约"。6月28日是对德"和约"签字的日期，这一天巴黎的华工和中国留学生包围了中国出席"和会"代表的寓所，不许他们前往签字。在这种情况下，中国代表终于拒绝在对德

"和约"上签字。至此，"五四"爱国运动取得了初步的胜利。

"五四"爱国运动是一次彻底地反帝反封建的运动。在这次运动中，工人阶级、小资产阶级和民族资产阶级组成了一个广大的革命阵营，向着帝国主义和中国封建势力进行了不屈不挠的斗争，终于迫使北京政府拒绝在帝国主义强加的屈辱条约上签字。这在1840年鸦片战争以来的中国外交史上是前所未有的。

"五四"爱国运动是在第一次世界大战期间中国民族资本主义进一步发展，工人阶级成长壮大的历史条件下发生的。在这次运动中，中国工人阶级不再作为资产阶级的追随者参加斗争，而开始以独立的姿态登上政治舞台，并且表现了伟大的力量。五四运动标志着中国新民主主义革命的伟大开端。

北洋政府

1912～1928年由北洋军阀控制的北京中华民国政府的通称。1912年2月15日，袁世凯取得中华民国临时大总统一职，3月10日在北京就职，又逼南京临时政府迁往北京，这标志着民国史上北洋政府统治的开始。北洋政府对外依靠帝国主义支持，对内主要代表国内封建势力，以北洋军队为统治支柱，镇压人民，排斥异己，在全国建立起军事化的统治。北洋政府与北洋军阀各个派系的兴衰关系很密切，以时间划分，大致可分为袁世凯统治时期、皖系军阀统治时期、直系军阀统治时期、奉系军阀统治时期四个阶段。

袁世凯统治时期（1912～1916年）

袁世凯上台后，临时政府进行改组，唐绍仪首任内阁总理，不少北洋官僚入阁。袁世凯为了清除革命势力，逼迫主张调和南北矛盾的唐绍仪辞职，换其亲信赵秉钧组成御用内阁。《中华民国临时约法》对袁并无约束力。但此时政治形势仍具有明显的过渡色彩，其主要表现是资产阶级民主形式得以保留，国会中同盟会员居多数，南方多数省政权也掌握在同盟会手中，资产阶级革命派还有与北洋派一争高下的实力。1912～1913年上半年，由于两大政治势力的对峙，形成了民国史上一个短暂的特殊时代。政党林立，舆论活跃，全国大小党派团体上百个，报刊几百家，表现出难得的资产阶级民主气氛。众多政党中，最重要的是以同盟会为主体改组的国民党，以前清立宪派旧官僚为支柱的进步党。国民党领导人希望通过和平方法建立资产阶级议会民主制度，发展实业，具有进步意义。但他们在理论上的主张脱离了以土地问题为核心的广大农民的现实需要，行动上组织松散，缺乏强有力的行动手段，对袁的野心也认识不足。相反，袁世凯暗中集聚力量，文武并用，扩军备战，寻求列强财政支持，实力雄厚。1913年初，大选揭晓，国民党获胜，袁立即摘下和平假面具，指使暴徒暗杀国民党领导人宋教仁，挑起战争。革命党人意见纷纭，仓促中在7月发动二次革命，终因不敌早有准备的北洋军而失败。这是在中国建立资产阶级民主制度的一次重大挫折。

二次革命失败后，南北对峙局面宣告结束，袁世凯用武力统一全国，北洋集团由此独占了全国政权。接着，袁通过威胁手段，于10月当选正式大总统。随即解散国会及省议会，用一批官僚政客组织会议、约法会议、参政院等御用机构，建立起个人独裁统治。1914 年 5 月 1 日，袁世凯废除《临时约法》，公布《中华民国约法》，实行总统制，总统独揽一切大权，至此，辛亥革命的成果——资产阶级民主制度被袁破坏殆尽。

袁世凯统治期间，镇压了革命派的活动，北洋派也保持着大体上的一致，因而政局相对稳定，北洋政府的行政、立法、司法各种体制的基础多在这一时期奠定，公布的一些法规、条例对工商业也起了一定作用。但大总统职位仍不能使袁世凯满足，自 1915 年春开始，他在英、日帝国主义支持下，积极准备改行帝制。同年 12 月 12 日宣布恢复帝制。旋下令改 1916 年为洪宪元年，废除民国纪元。但经过辛亥革命，共和国的观念深入人心，加之袁为称帝不惜出卖国家主权，与日本订立“二十一条”以换取支持，遭到全国人民一致反对。袁在北洋派内部排挤手握兵权、对帝制不甚积极的段祺瑞、冯国璋等人，造成北洋派内部的分裂。忙于世界大战的帝国主义列强也不可能给帝制运动以有力支持。因此，袁世凯称帝后彻底动摇了他的统治基础。

以孙中山为代表的革命党人坚持反袁，组织了中华革命党与中华革命军，在沪、鲁、陕等地发动起义，但因孙中山、黄兴有分歧，缺乏实力，又脱离群众，故影响不大。结果，反对袁氏帝制运动的领导权反而被进步党夺走。他们在全国反袁浪潮推动下，联合西南地方势力，打出反袁复辟旗帜，占据了主动地位。1915 年 12 月 25 日，蔡锷在云南首义，护国战争爆发，很快得到全国响应，资产阶级两大派别在反袁基础上联合，北洋派内部却无法一致。在全国反袁的浪潮下，袁世凯被迫于 3 月 22 日宣布取消帝制，恢复中华民国。这场战争反对帝制，维护共和，具有革命性，势不可挡。袁世凯虽然还想挣扎，但已力不从心，于 1916 年 6 月 6 日病死。

皖系军阀统治时期（1916～1920年）

自1916年袁世凯死至1920年直皖战争爆发，北京政府基本上为皖系军阀段祺瑞把持。袁世凯之死，结束了北洋集团的大体统一局面，开始了群雄纷起、兵连祸结的军阀割据年代。北洋内部分裂为直、皖两大系，奉系在东北迅速崛起，各地大小军阀如晋系、滇系、桂系等无不割据一方。中国的小农经济基础与帝国主义列强分而治之的政策为军阀割据创造了条件。北洋集团内部缺乏坚固凝聚力，本身并非统一的军事团体，袁世凯生前尚能维持，袁死后中心既失，兵为将有，政治权力分散在各路军阀手中，不仅中央不能控制各省，甚至省不能控制下属各县。督军团横行无忌，立法、行政、司法机构大多徒具形式，中央政府只能在对外关系上勉强代表着国家。

黎元洪继任大总统，《临时约法》、国会等资产阶级民主形式也已恢复，但实质与袁世凯时代并无二致。段祺瑞以国务总理身份把持北京政府实权，但他不能缓和北洋派与其他派别以及北洋派内部的矛盾。首先引发的是府院之争，手无实权的总统府敢与大权在握的国务院相抗衡是因为得到部分国会议员及对段不满的派别的支持，到1917年春因对德参战案达到高潮。黎元洪解散国会，免占段祺瑞的职务，段立即煽动督军团叛乱，并阴谋在天津另组政府。正值此际，张勋复辟发生，段率兵打败张勋。冯国璋任代理大总统，段祺瑞以“再造共和”的英雄自居，把持中央政权。皖系政府对外以参战为名，签订了中日军事协定，出卖主权，投靠日本，借款编练参战军；对内奉行武力政策，排除异己。为了独霸政权，段废除《临时约法》，由皖系安福俱乐部包办选举，1918年8月成立新的御用国会，选北洋元老徐世昌为大总统，派兵讨伐南方护法运动，皖系势力发展到了最高峰。

段祺瑞破坏民主的行径，遭到资产阶级革命派的反对。1917年7月孙中山南下广州发起护法运动。他没有提出发动民众的切实方案，手头无军队，只能依靠西南军阀唐继尧、陆荣廷等人，而唐、陆等人的目的则是借机扩充势力。孙中山最后被排挤，不到一年即辞职。南北武力对峙演化为争权夺利的议和。

皖系虽然控制了北京政府，但不能控制北洋各派，对非北洋系的西南军阀更是鞭长莫及。皖系军阀扩张的同时，其他大小军阀也在扩充各自的实力，直、奉两系的扩展尤其迅速。直系兵精械足，不甘久居人下，首先在与南方军政府作战问题上与皖系发生矛盾。直军在前线自行停战，其停战主和言论，迎合了全国人民渴望和平的心理；直系极力攻击皖系卖国，一时又赢得了人心。皖系上台后一系列倒行逆施，本已引起人民反感。1919年巴黎和会时，皖系政府的表现导致五四运动的爆发，使它陷于完全孤立的境地。直系在政治、军事上都占据优势，第一次世界大战结束后，西方列强卷土重来，压制日本的扩张，依靠英美支持的直系在与依靠日本支持的皖系的争斗中又多了一重筹码。1920年7月，直皖战争终于爆发。

直系军阀统治时期（1920～1924年）

直皖战争爆发，直系与奉系结盟，未及半月，皖系即败下阵来，直系曹锟、吴佩孚成了北京政府的新主人。

直系是打着反对皖系武力统一的旗号上台的，然而当他们上台后，就以中央政权的名义实行武力统一政策。这一政策遭到一切非直系的反对，纷纷以“民主”、“自治”、“联省自治”以及其他各种名义对抗。首先与之发生矛盾的是昔日倒皖的盟友奉系。双方起先共同控制着北京政府，但因胜利果实分配不均，在组阁等问题上互相指责，矛盾愈演愈烈。1922 年 4 月，爆发了第一次直奉战争，结果直系击败奉系，独占了中央政权。

新胜之后的直系脱下“爱国”、“进步”的伪装，镇压工人运动，造成“二七”惨案，暴露了它的敌视人民的本相。他们先打着“恢复法统”的旗号，恢复国会，逼徐世昌下台，迎黎元洪复任大总统。继之又对黎元洪“逼宫夺印”，接着直系便高价收买国会议员，于 1922 年 10 月通过贿选，收买“猪仔议员”，让曹锟当上了大总统，搞得举国哗然，丧尽民心。反直的一方，奉系败退出关后，宣布“闭关自治”，锐意整军经武，实力大增，皖系不甘寂寞，企图卷土重来；南方的孙中山准备北伐，也在寻找盟友，由此形成了孙、皖、奉“反直三角同盟”。直系内部则因争权夺利而四分五裂，冯玉祥部自成一派，且与反直一方暗通款曲。1924 年 9 月，以江浙战争为前奏，第二次直奉战争爆发，奉军大举进攻，直军作战不利。10 月，冯玉祥发动北京政变，囚禁曹锟，直系腹背受敌，吴佩孚失败南下，直系军阀统治时期告终。

奉系军阀统治时期（1924～1928 年）

直系垮台后，奉系控制了北京政权。他们抬出皖系首领段祺瑞为临时执政，实际则在背后操纵。段祺瑞提出召开“善后会议”，但解决不了任何实际问题。各派军阀之间争权夺利，纵横捭阖，敌与友之间根本无一定之分。北方的奉系与冯玉祥国民军系首先发生矛盾，这一矛盾的激化，又使奉系与吴佩孚重新携手，共同反冯，1926 年初将冯部挤出华北。奉系内部，郭松龄于 1925 年底联合冯玉祥倒奉，由于日本的干涉而失败。同时，东南孙传芳与奉军激战，一跃而为五省霸主。到 1926 年 4

月，段祺瑞下台，其后奉、直两系在围攻倾向革命的国民军的共同目标下“联合”起来，暂时建立了他们在中国中部和北部的统治，并组成直系和奉系军阀势力所控制的北京政府，这个政府由内阁“摄政”。

这时，南方国民革命兴起，经过五卅运动，形成全国性的革命高潮，使广东革命军的北伐时机成熟。1926 年 7 月，北伐开始，北伐军先打吴，再攻孙，最后击奉，各个击破，不到一年，即控制全国半壁江山。

北洋军阀在面临失败的最后关头，仍不愿意自动退出历史舞台。1927 年 6 月，张作霖在北京组织安国军政府，自任大元帅，企图联合各派军阀，进行最后挣扎。蒋介石、汪精卫先后进行“清党”、“分共”，使北伐中途停顿，给北洋军阀以短暂喘息之机。然而为时不久，国民党各派再度联合继续进行所谓后期北伐，张作霖见大势已去，遂于 1928 年 6 月下令退出京津一带，向东北收缩。他本人在回沈阳途中，被日本关东军预埋的炸弹炸死。1928 年 6 月 8 日，国民党军队进入北京，北洋政府在中国的统治最后结束。同年 12 月 29 日，张学良宣布“东北易帜”，全国实现了形式上的统一。

临时执政府

1924 年 11 月至 1926 年 4 月间，段祺瑞在北京组织的临时政府。1924 年 10 月，冯玉祥乘第二次直奉战争的时机，发动北京政变，推倒曹锟政府，组织了黄郛摄政内阁。但为北洋军阀各实力派所忌，各帝国主义为了自身的利益也不断对冯施加压力；同时，长江流域各省的直系军阀，公开反对北京摄政内阁，随时可能挥戈北上。在此情况下，冯玉祥为了防止南方直系势力北上，决定联合奉系、皖系势力对付直系，请避居天津的段祺瑞到北京组织中华民国临时执政府。11 月 24 日段宣布就任临时执政，颁布临时政府条例，任命各部总长。黄郛摄政内阁解职，北京的中华民国临时执政府宣告成立。

临时执政以国家元首的身份兼并行政首长，不设国务院或其类似机关，由执政直接指挥各部。段祺瑞重掌政权后，采取措施消除直系势力，先后免去直隶、河南、安徽、江西等省的直系督军或省长等职。他向各帝国主义国家表明“外崇国信”，宣布尊重不平等条约，以换取各列强的承认。1926 年 2 月 1 日至 4 月 21 日临时执政府在北京召开由部分军阀、官僚、政客等参加的善后会议，先后通过《军事善后委员会条例》、《国民代表会议条例》等议案。其内容在实质上是同孙中山所主张的废除不平等条约和召开国民会议的主张相对抗。

1926 年 3 月 18 日，北京各界代表举行反帝国主义集会，会后两千多人到铁狮子胡同向临时执政府请愿，遭到卫队开枪射击，当场打死群众四十多人，伤两百多人，造成三·一八惨案。由此激起全国人民的激烈反抗，奉系军阀乘机迫令段祺瑞交出政权。4 月 20 日临时执政府宣告结束，北京政权落入张作霖为代表的奉系军阀手中。

江浙战争

1924 年 9 月至 10 月，直系军阀、江苏督军齐燮元和皖系军阀残余、浙江督办卢永祥，在淞沪地区进行的一场大规模战争。又称“齐卢之战”。

1920 年 7 月，直皖战争结束后，英、美帝国主义支持下的直系军阀一直把持着北京的中央政权。但是，日本帝国主义为了夺取在华的独占地位，在第一次世界大战后，又进一步挟持东北的奉系军阀，同时又拉拢皖系的浙江军阀卢永祥，以对抗在英美势力控制下的直系江苏军阀齐燮元。于是，奉直两系之间又开始发生了新的矛盾冲突。

1923年10月12日，浙江督办卢永祥率先通电不承认曹锟贿选的总统地位，并停止与北京政府的公文往来。一时间反直系的政客和未参加贿选的议员麇集于杭州、上海，浙、沪一带成了反直系的中心。这时，浙江的卢永祥和奉天的张作霖、广东的孙中山形成为反直的三角同盟。

直系军阀曹锟、吴佩孚为了击破反直三角同盟，拔除列阵浙江的卢永祥，切断反直三角的南北联系，除了在北方以重兵严防奉军入关外，在南方则派长江上游警备总司令兼第二师师长孙传芳为“援闽军”总司令，率部进入福建，企图与广东军阀陈炯明勾结起来，压制孙中山率兵北上。同时，曹锟、吴佩孚还调动部队从闽、赣、皖包围浙江卢永祥部。江苏督军兼苏皖赣巡阅使齐燮元早有打倒卢永祥，夺取淞沪之意，因此和直系军阀一拍即合。而此时的卢永祥已看出齐燮元联直的企图，因此，也与奉系联手结盟，与齐争夺权势。

1924年5月，北京政府为谋犯广东，任命孙传芳为闽粤边防督办，另以福建军阀周荫人代孙传芳为福建督理。但是，广东革命根据地此时统一不久，以孙中山为首的广东大本营革命力量和群众运动正在巩固和发展之中，孙传芳入粤企图一时难以实现。而福建一省又难以容纳孙、周二军阀同时并存，所以孙传芳开始谋求向浙江方向扩张势力。此案经曹锟、吴佩孚同意后，孙传芳联合苏督齐燮元、皖督马联甲、赣督蔡成勋、闽督周荫人共订图浙计划。此时，卢永祥则联合其部属淞沪镇守使何丰林组织浙沪联军相对抗。江浙双方积极备战，借口则随时可寻。8月24日，江苏军阀齐燮元以浙江军阀卢永祥收纳被直系军阀周荫人击败的福建皖系军阀臧致平、杨化昭为借口，联合安徽、江西、福建的直系军阀逼迫卢永祥解散臧、杨部队，并电请曹锟下令讨伐“招纳叛亡”的卢永祥。9月7日，北京政府发出“褫卢永祥、何丰林官勋，并免本兼各职，令齐燮元督部剿办”的通令。卢永祥起兵反对，于是江浙战争全面爆发。

江浙战争爆发前，江、浙双方的军事部署是：一、江苏军阀方面：孙传芳在建瓯组织了闽浙联军总司令部，派卢香亭为攻浙前敌总指挥，联合安徽、福建、江西各省与直系有关的军队，共八万余人兵分四路攻守。第一路攻上海，由宫邦铎任指挥；第二路驻守宜兴，由陈调元任指挥；第三路攻广德，由王普任指挥。以上三路由齐燮元任总指挥。第四路攻仙霞岭，由孙传芳任总司令。二、浙江军阀方面：以浙、沪和从福建退入浙江的臧致平、杨化照部组成浙沪联军，共9万余人，分三路攻守，由卢永祥任总司充。第一路以何丰林、臧致平为正副司令，率部守上海；第二路以陈乐山、杨化昭为正副司令，率部攻长兴；第三路以张载扬、潘国纲守江山。卢永祥自己准备带兵直冲南京。

江浙战争中卢永祥的胜负，关系着反直三角同盟的共同命运。因此，在战前张作霖派杨毓珣到杭州，表示奉军一定入关相助，并先汇300万接济浙沪联军的军饷。

9月3日晨，江、浙两军正式开战。苏军一路沿沪宁线首先发起进攻，由青阳港进攻黄渡，一路沿太湖西侧由宜兴进攻长兴。同日，卢永祥发表了讨曹（未涉及吴佩孚）通电，并传檄西南各省请其共同出兵讨伐直系。接着张作霖、段祺瑞都有通电予以声援。与此同时，齐燮元一再催促北京政府下令讨卢，可是代理内阁总理顾维钧因是嘉定人，不想迎合奉系军阀出卖故乡，迟迟不下讨伐令。

在此情况下，从9月3日开战以来，双方在黄渡、浏河一带进行了阵地战、壕堑战，每天都是拂晓开炮，中午休息，午后3时再继续开炮，傍晚停止，双方谁也不出兵。双方每天公布的战绩都是“阵地没有变化”，这是历年来军阀混战中打得最“文雅”的一段。后来，浙军首先发起攻击，在黄渡、浏河一带打败了苏军，进展颇为顺利。这时，孙中山因和奉皖两系有反直联盟关系，即决定出师北伐，声援卢永祥，在大本营会议上宣布：“援浙即以存粤”。卢永祥得到孙中山的支援，进攻益烈。但是，由于第二路陈乐山部绕道太湖以西，企图攻占宜兴，进窥武进以击苏军之背的计划遭到失败，使浙军的局势发生变化。齐燮元率部遂趋重于宝山、嘉定、淞江方面，直接威胁卢永祥的后翼。此时，浙军闽边战事又败，孙传芳部的孟昭月旅出击仙霞岭，于9月16日攻占江山，直通杭州。浙军第二师又在此时发生内变，余部由衢州退守仙游，浙军闽边战线由此被攻破。

9月17日，卢永祥被迫放弃浙江，决定将浙沪联军总司令部移驻龙华，并在浙江省署召开紧急会议，决定张载杨辞去浙江省长职务，由浙江警务处长夏超代理省长职务。9月18日，卢永祥发表了“移沪督师”的通电，同日将浙沪联军总司令部移驻龙华，第二路军陈乐山部也由长兴调回沪杭线防守嘉兴。此时，奉天张作霖得知浙江战局变化的消息，即致电卢永祥，表示“誓同生死”，但却迟迟不见发兵。19日，齐燮元率部乘势进攻南翔，上海已可以听到轰轰隆隆的炮声了。

这时，由于浙江代理省长夏超在杭州暗通孙传芳，使孙部得以顺利进驻浙江境内，使浙军战局急剧恶化。卢永祥被迫决定放弃浙江，将所部集中在松江、上海一带继续与齐、孙军作战。当卢永祥决定放弃浙江的时候，派周风岐代理浙军第二师师长，责令其率部为保卫家乡而战。不料，夏超早已通款于周凤歧，使浙军无力再战，孙军长驱直入。9月25日，孙传芳部攻入杭州，随即转赴嘉兴与陈调元部会合，筹划会攻松、沪。

在此期间，北京政府于9月20日任命孙传芳为闽浙巡阅使兼督理浙江善后事宜；22日任命夏超为浙江省长；25日任命齐燮元为暂兼淞沪护军使。卢永祥、何丰林等人已被罢免一切职务。10月初，齐、孙率部连续攻下青浦、嘉定等地。浙军被围在松江、石湖荡一带，已无力再战。10月3日，孙、卢两军在松江、石湖荡一带又开始交战。卢军不支，于9日退出松江，孙军直抵龙华。12日，卢永祥在上海召集军事会议，讨论战守问题，臧致平、杨化昭两人主张战斗到底，陈乐山则认为浙军已元气大伤，军无斗志，腹背受敌，已无法再战下去了。卢永祥见败势已定，即日宣布下野。13日偕同何丰林乘轮东渡日本。

当卢、何两人决定通电下野的时候，皖系“军师”徐树铮在上海公共租界南阳路34号住宅召集浙沪联军残部将领举行紧急会议，与会人员不甘心就此失败，又推举徐树铮为浙沪联军总司令，继续抵抗。徐树铮在上海麦根路收集溃兵，建立最后一道防线，企图固守。15日，当徐树铮回到租界内的住宅时，被上海工部局抓捕，其企图率领残部固守的计划遂告失败。同日，鄂军张允明旅首先开进上海，通电由齐燮元至沪维持地方政务。22日，齐燮元率部至沪。至此，激战2个多月的江浙战争遂告结束。

奉浙战争

1925年10月至11月，奉系军阀和直系军阀孙传芳为争夺在淞沪地区的统治权，在上海、南京、徐州一带进行的一次战争。

第二次直奉战争后，获胜的奉系军阀大举南下，仍企图以武力统一全国。1924年11月皖系的段祺瑞被张作霖和冯玉祥推举为中华民国临时执政后，一切听命于张、冯二人。12月11日，段祺瑞根据张作霖之意下令免去齐燮元的苏、皖、赣三省巡阅使和督办江苏军务善后事宜等职，以江苏省长韩国钧兼任江苏督办；特派卢永祥为苏皖宣抚使。

这时，张作霖为谋求在长江流域扩张势力，又以援助卢永祥为名，派张宗昌率兵偕卢南下。卢永祥也企图趁机解决齐燮元的残余势力，以报在江浙之战中失败之仇，便借以奉军南下之机，再次向齐部发动进攻。齐燮元面对奉军大举南下，感到势孤难敌，不得不于12月14日按照临时执政府的命令办理交卸，自行到沪暗约孙传芳共同抗卢。

1925年1月10日，卢永祥于南京就任宣抚职后，即召集旧部，进兵沪宁线，企图彻底解决齐燮元的残余势力。而此时的齐燮元因得到孙传芳的援助，于1月11日秘密令驻沪苏军旧部驱逐分治上海南、北两地的张允明、宫邦铎部。齐燮元自称为浙沪联军第一路军总司令，孙传芳为第二路军总司令，于14日突然出兵占领苏州，使沪军与集中于镇江的齐燮元旧部联成一气，形成了一股新的军事势力与南下的奉军和卢永祥抗衡。段祺瑞恐怕事态扩大，为了安抚孙传芳，特于16日任命卢永祥兼督办江苏军务善后事宜，孙传芳督办浙江军务善后事宜，周荫人督办福建军务善后事宜，以表示临时执政处事公正，对闽、浙并无侵害之意。17日，又派陆军总长吴光新南下，表面上是去查办齐燮元，实际上是为了调和孙传芳，使其中立。孙因此采取一种观望的态度，与齐的军事联盟出现裂痕。而张宗昌率领的奉军这时则于卢永祥部会合，向沪宁线的齐军步步紧逼。

自1月17日起，张宗昌的奉军会同卢永祥部于齐燮元部大战于丹阳、无锡之间。由于孙齐军事联盟的破裂，齐军势单力孤，在奉军和卢永祥部的大举进攻之下，很快溃败。1月25日，齐燮元败退上海，旋乘船东渡日本。齐军残部元首，一部被孙传芳乘机接管。29日，张宗昌率奉军1万余人抵达上海，又将齐的一部败军缴械收编。至此，齐燮元的苏军不复存在。

张宗昌率奉军抵进上海，引起了孙传芳的惊恐和不安，为接收齐军残部的一些事情，张、孙两部发生了争执。2月3日，在吴光新的居间调停之下，孙传芳与张宗昌签署了江浙二次和平条约："浙军退松江，奉军退昆山，上海永不驻兵，兵工厂交上海总商会保管"。这时，虽然齐、卢二次战争告一段落，但是，由于奉军对段祺瑞和吴光新对上海调停的处置不满意，又开始了奉浙战争的酝酿。

4月24日，段祺瑞应张作霖的要求，特派张宗昌为鲁督；8月3日，因卢永祥辞去江苏督办职务，8月29日，段祺瑞又任命奉系杨宇霆为苏督、姜登选为皖督。在此期间，奉军又以"沪案"之事为名，派兵进驻上海，并建立戒严司令部。孙传芳对此大为不满，对奉系势力的南下感到不安，便暗中联络浙沪旧部和直系政客吴景濂、张英华、刘永谦等人，策划抗奉对策。

9月下旬，杨宇霆、姜登选分别在南京，蚌埠两地就职。此时，由于奉浙之间战争气氛紧张，大有一触即发之势，段祺瑞又派吴光新到长江一带奔走和平，劝告奉、浙两军切勿诉诸武力。但是，由于段的傀儡角色，这一切奔走已无济于事。

10月初，孙传芳在杭州召集直系和有关各省代表举行秘密会议，讨论出兵讨奉的任务。商定由孙传芳率兵首先进攻上海，而后由福建督办周荫人带兵到浙江打接应；江西督办方本仁派部下邓琢如为援浙军前敌总指挥。皖南镇守使王普、江苏第四师师长陈调元以及下台的直系军阀齐燮元、马联甲等也都派代表参加了杭州讨奉军事会议并答应出兵策应。

会议结束后，孙传芳以“国庆”（10月10日）阅兵为名，向松江、长兴两地集结兵力。段祺瑞得到这个情报后，于10月7日又派陆宗舆匆匆到杭州做最后一次调和，孙传芳拒和。此时，张作霖也急召关内四督李景林、张宗昌、杨宇霆、姜登选于双十节前赶回奉天，讨论对付孙传芳兴兵讨奉之事。但是，时间已来不及了，在奉系四督准备回奉之时，孙传芳已分兵五路向驻沪奉军发起了进攻。第一路军以浙军第一师师长陈仪为司令、第二路军以北军第四师师长谢鸿勋为司令，担任由沪杭线进攻上海的任务；第四路军以北军第二师师长卢香亭为司令、第五路军以浙军第二师师长周凤岐为司令，担任由长兴进攻苏州的任务；孙传芳自任第三路军司令，居中策应，另派孟昭月为杭州戒严司令，留守后方。

10月11日，孙传芳发表通电，以奉军在上海欺压百姓、压迫工农运动为名，呼吁各国派员来沪进行调查，骗取人民的同情和支持。并以此为由向奉军发动了进攻。

奉系军阀们没有料到孙军会如此神速发动攻势，一时陷入被动。这时，奉军从榆关到天津、浦口、南京、上海一线，恍如摆下了一字长蛇阵，兵力分散。而此时的冯玉祥部又在后面积有重兵，如趁机出兵加以截击，就会使奉军陷入首尾不能相顾的险境。为此，杨宇霆决定缩短战线，保全实力。10月14日，杨宇霆命令邢士廉旅迅速由上海退出，并且在通电中解释“前因沪案发生，为维持秩序，不得不酌调军队，宣布戒严。现在沪案已解决，应将戒严司令名义取消，将所部军队撤退，并将江苏警务处移驻上海，以资震慑”。15日，杨宇霆又邀请姜登选到南京讨论沪宁、津浦两线撤军的问题，并授意姜向孙传芳保证“苏不犯浙”，请其“念及同窗之雅，毅然止戈”。可是此时的孙传芳不肯再讲老同学的交情了，同日以浙、闽、苏、皖、赣五省联军总司令的名义，通电讨伐奉系。

10月16日，孙军第二路占领上海，第四路占领宜兴，随即又向苏州、无锡开进。在孙军到沪和奉军撤沪，两者之间相距仅一小时左右。

由于奉军对孙军采取了不抵抗的方针，退兵十分迅速。因而，孙军的进展也十分顺利，一路进军几乎兵不血刃。只是18日在丹阳附近陵口时，未及退走的邢士廉部与孙军前锋小有接火，随即奉军则向镇江退走。

18日晚，杨宇霆在南京召集军事会议，得悉奉军败退消息，但已无法脱身。此时，苏军将领陈调元率苏军第四、第十师留守南京已把杨看管起来。杨以洗澡为名，借机逃出南京城，弃下守城奉军，自身渡江乘车逃走。

19日，驻守南京未及撤走的奉军第八师大部被苏军第四、第十师包围缴械，除一部渡江逃走外，师长丁春喜被俘。20日，孙传芳到南京后，即派谢鸿勋师渡江追击奉军，奉军又退往蚌埠。21日，驻防泗县的皖军倪朝荣旅开到淮关，电促姜登选下野，姜见奉军大势已去，无力挽回败局，于23日被迫辞职离开蚌埠，奉军也由蚌埠向徐州方向退却。

奉军虽然退出南京、蚌埠一线，但是并未战败。张宗昌于

10 月 21 日统率援军到达徐州，摆开战场，准备与孙军大战一场。但在此时，孙军却占据蚌埠后不再前进。原来孙传芳在此期间与退据湖北的吴佩孚和北方的冯玉祥已预有密约，迫切希望有吴佩孚鄂军或冯玉祥的国民军接替进攻徐州的任务。不料吴、冯两部未能履约。26 日，张宗昌调兵由陇海路新安镇忽然进攻海州，苏军白宝山部不敌败退。奉军又沿运河南下进攻清江浦，苏军马玉仁部在城外战败，只好困守孤城。此时，孙传芳调动苏军郑俊彦、陈调元两师前去增援，才遏止了奉军在东线的攻势。

11 月 1 日，张宗昌又在津浦路发动进攻，用铁甲车装载白俄军冲锋前进。前线皖军见到“洋兵”助战都很害怕，由任桥一路败退到固镇以东。此时，孙军前敌总指挥卢香亭，一面拆毁铁路阻止奉军前进，一面派陈仪，谢鸿勋二师绕到奉军的后面截断退路。孤军冒进的白俄军和奉军一部，受前后夹击，突围无望，只得举手投降。在这次战斗中，白俄军有 300 余人被杀。张宗昌所派前敌总指挥施从滨，也在新桥站被擒，所部鲁军第四十七旅全部被包围。张宗昌又派褚玉璞率部增援，接应鲁军第四十七旅反攻突围，但未能如愿。11 月 3 日，鲁军第四十七旅被缴械解散，褚玉璞见救援无望，便率部在宿县、夹沟之间布阵，与孙军相峙。

此时，冯、奉两系破裂在即，张作霖自感战局与己不利，便命令张宗昌不要再战，保全实力退守山东。因此，张宗昌于 11 月 7 日下令退却。邢士廉、许琨、毕庶澄等部也由海州、宿迁退回郯城、台儿庄，褚玉璞等部由宿县、徐州退回韩庄、临城。11 月 8 日，孙军占领徐州。20 日，孙传芳通电自徐州返杭。从此，苏、浙、皖、赣、闽五省遂为孙传芳割据。奉、浙战争也宣告结束。

第二次直奉战争

1924年9月至11月，直系军阀吴佩孚和奉系军阀张作霖为争夺北京政府的统治权，在华北地区进行的又一次战争。

奉系军阀在第1次直奉战争失败后，在东北地区积极经营储备武力，以图东山再起。为了壮大声势，并与粤、浙结成同盟，共同对付直系政权。

1924年9月3日，江浙战争爆发，张作霖即以粤、浙同盟关系，于9月4日发表通电，谴责曹、吴政府，并以援助卢永祥为由，组织“镇威军”，向山海关、热河一带增兵。张作霖自任“镇威军”总司令，将所属部队共25万人编为六个军，以姜登选为第一军司令，出兵山海关；以李景林为第二军司令，由锦县攻朝阳；以张学良为第三军司令，会同姜登选部，攻山海关九门口；以张作相为第四军司令、吴俊升为第五军司令，作为援军，部署于锦州、兴城、绥中一带，防止直军从海上登陆，并随时策应两翼作战；以许兰州为第六军司令，由西面的开鲁攻打赤峰，而后向承德开进。

9月13日，京奉线火车停驶。15日，奉军分兵两路向榆关和朝阳出发。同日，张作霖向曹锟发出挑战电称：“日内将派员乘飞机赴京，藉候起居”。

曹锟接到张作霖从奉天发来的挑战书后，便急如星火地电召吴佩孚迅速到京主持作战任务。9月17日，吴佩孚由洛阳赶赴北京时，直系大将冯玉祥、王怀庆等和全体阁员以及北京城的高级文武官吏都到车站排队恭迎。当日，曹锟发布讨伐张作霖电令，任命吴佩孚为“讨逆军总司令”，将所属部队共17万人，分三路出兵。其兵力部署为：以彭寿莘为第一路军司令，出兵山海关；以王怀庆为第二路军司令，出兵赤峰口；以冯玉祥为第三路军司令，出兵古北口。另设十路援军，分别以曹锳、胡景翼、张席珍、杨清臣、靳云鄂、田维勤、张治公、李绍云、潘鸿钧、谭庆林为司令，随时准备投入战事。

在奉军发动进攻之前，直军主力第一路军已开进榆关中立区。吴佩孚派温树德率领渤海舰队两度由秦皇岛进攻葫芦岛。奉军将领沈鸿烈率领东北舰队加强沿海防务，使直军海上进攻计划始终未能得手。奉军的空中力量优于直军，因此，奉军飞机先后在榆关和秦皇岛一带投弹轰炸，破坏直军的阵地。

9月15日，奉军分两路进攻热河。热河都统米振标部和前去增援的王怀庆部第十三师，是三路直军中兵力最弱的一部。自15日至22日，奉军一路进展顺利，接连占领开鲁、朝阳并开始向凌源发起攻势。同时，在榆关中立区，奉直两军主力开始发生战争。20日，张作霖邀请沈阳领事团的教士传话，除表示尽力保护中立区侨民安全外，并称因战争需要将派飞机前往秦皇岛轰炸直军的大本营。因此，请外国侨民先行撤离战区，由榆关到秦皇岛的外国舰队也请先行离开。

这时，直军第三路军的战斗任务是由古北口、喜峰口一线向平泉开进，会同第二路军进攻奉军的侧面。但是，第三路军的行动比较迟缓，9月23日，冯玉祥才与陕军师长胡景翼率部离开北京。走到怀柔时，部队又停顿下来，借口交通不畅，叫士兵一面修路一面开进，因此，行动更加迟缓。此时，热河方向战况十分紧张，奉军已突破直军的东部防线，正向承德开进。吴佩孚连连电催第三路军迅速开赴前线阻敌，并派“讨逆军”副总司令王承斌前往承德指挥第二、第三路军联合作战。

奉、直两军主力在榆关地区相峙数日后，自9月28日起战事转趋激烈。直军处于守势，居高临下，占据地理优势。但是奉军精锐部队第三军在张学良、郭松龄的指挥下，前仆后继，奋勇仰攻，双方死伤惨重。10月7日，在奉军的强烈攻势下，直军力不支敌，九门口被奉军攻破。直军第十三混成旅旅长冯玉荣见守城无望，畏罪自杀。

由于榆关前线形势危急，吴佩孚急调后援部队迅速开赴前方，自己也于10月11日离开北京出发到滦州坐镇。12日，吴佩孚前往榆关巡视战况，亲自督阵，使直军前方的形势得以稳定下来。

榆关激战之时，热河战线的奉军于10月9日占领赤峰，15日，直军第三路军争夺赤峰，不攻而克。原来，这一路的奉军已奉命向榆关秘密移动，攻占赤峰的目的不是占领，而是为了调动直军。

奉军将主力集中在榆关一带，发动全线猛攻，先后又攻占了石门寨、山海关，于10月17日开始进入关内。吴佩孚凭关据守的作战企图失败后，率部退至秦皇岛，又以舰队运兵3万余人，向榆关方向增援，企图挽回直军的颓势。但是，由于此时冯玉祥秘密率部回师北京发动政变，遂使直军士气大伤，吴佩孚原定的作战计划全盘打乱。

事实上，在第二次直奉战争刚刚发动的时候，冯玉祥、王承斌、胡景翼、孙岳等人就设想了两种计划：一种是吴佩孚打胜了，他们就将自己的军队集中到榆关，阻止吴军再回来，同时逼迫曹锟任命吴为东三省的巡阅使，这是排吴不倒曹的计划；另一种是吴佩孚打败了，他们就回师北京，发动政变。这是曹、吴并倒的计划。10月15日，王承斌和冯玉祥在古北口会面时，预见了战争形势的发展将不利于吴。19日，冯玉祥接到总部参谋长张方严的急电，催促冯部按预定作战方案迅速发起攻势，以策应榆关方向的作战，电文中有“大局转危为安在斯一举”的一句话。同时，冯玉祥看到战情报告，得知直军在榆关之战中牺牲惨重，已势衰兵竭。在此情况下，冯玉祥认为回师北京的机会已经到来，便电令孙岳迅速将驻防大名的军队调回南苑，同时下令所属部队将后队改为前队，即刻回师北京。

冯军沿途割断电线，封锁消息，并以昼夜兼程70公里的行军速度，迅速杀回北京。10月22日晚9时，冯军第八旅旅长李鸣钟、第二十二旅旅长鹿钟麟两部率先开回北京。随后，陕军胡景翼师也开进通州，隔断了吴佩孚与京东方向的联系。

10月23日，陆军检阅使兼第十一师师长冯玉祥、陕西陆军第一师师长胡景翼、大名镇守使兼第十五混成旅旅长孙岳联名发出了呼吁和平的通电。在电文中，他们把直奉战争说成是吴、张两人的“私斗”，痛斥吴佩孚“凭战胜之余威，挟元首以自重，揽国柄以掌握，视疆吏若仆从，逞一人之忿，兴孤注之师……，业经电请大总统明令惩警以谢国人，停战言和用苏民困”。冯玉祥在此采用了倒吴而暂不倒曹的办法，还想利用曹锟这个傀儡总统来收束前方的军事，以制止吴佩孚的反抗行为。

由于冯军秘密回师北京，曹锟在23日上午接到通电后才知道冯军回京。随后，孙岳率兵进宫，以保证“总统”的安全，同时，逼迫曹锟表态，给吴佩孚一个适当的名义让他体面下台。24日，内阁通过决议发表四道命令：一、停战言和；二、撤销讨逆军总司令等名义；三、解除吴佩孚的直鲁豫巡阅使及第三师师长等职；四、任命吴佩孚为青海垦务督办。

10月25日，公府卫队曹世杰旅（曹锟的子弟兵）被缴械，从此，曹锟便处于冯军的直接监视之下。同日，冯玉祥、王承斌、胡景翼、孙岳等人在北苑召开会议，决定组织中华民国国民军，冯玉祥为总司令兼第1军军长，胡、孙二人分任副司令兼第二、第三军军长。

另一方面，吴佩孚在榆关前线接到冯玉祥10月23日通电后，当时大吃一惊，但又疑心是张作霖捏造出来的假通电，以迷惑军心。24日，查明情况属实后，吴佩孚又寄希望胡景翼未必加入政变之事，即任胡为第三军总司令取代冯，并派张敬尧到通州传达命令。结果，胡景翼把张敬尧扣留起来。25日，一切真相大白，吴佩孚才心慌意乱地把前方作战任务交给张福来主持，自己率领第三、第二十六师各一部约8千余人乘车回救北京。26日，吴佩孚把司令部设在天津，军队到达杨村布防，对冯军采取守势，以待后援。

此时，吴佩孚唯一的希望就是调动齐燮元、孙传芳的军队由津浦路北上，调李济臣、萧耀南的军队由京汉线北进，两路夹击进攻北京。

北京政变后，津浦路成为直系军阀贯通南北的主要交通线，而山东督理郑士琦，是一个对直系怀有敌意的皖系军阀。在这种情况下，吴佩孚如果放弃榆关停止对奉系的战争，把全部兵力调到津浦路上来，就有可能控制这条交通要道，以便与山东、河南、江苏、浙江各省的直系力量连结起来，使自己战败后转入到一个进可以取、退可以守的机动地位。可是，吴佩孚没有考虑到这一点，仍把主力摆在榆关不动，自己仅抽调少数兵力回救北京。而此时，榆关直军因为北京发生政变而军心动摇，已不可能与声势方张的奉军相抗衡。

在此期间，由于北京政变后情况不明，各省直系军阀对吴佩孚还存有幻想。因此，在10月26、27日，萧耀南、齐燮元、孙传芳、马联甲、周荫人、杜锡珪、蔡成勋、杨树庄等人纷纷发出了助吴讨冯的通电。萧耀南派出陈嘉谟师、寇英杰旅；齐燮元派出陈调元帅；孙传芳派出孟昭月、张允明两旅；马联甲派出田锦章旅等，分别由津浦、京汉两路北上援吴。

但是，各省援直军尚未开动，冯玉祥、胡景翼的军队即已到廊坊，准备进攻天津。此时，在天津做寓公的张绍曾，看到吴佩孚的地位十分危险，便充当中间人，奔走于北京和天津之间，协调冯、吴言和。这种调停仍无效果。

10月28日，榆关战事发生急剧变化，由平泉、冷口入关的奉军张宗昌部，从翼侧占领滦州，截断了榆关直军的归路和榆关与天津之间的交通干线，西此，榆关的直军土崩瓦解一般从榆关溃败下来。31日，奉军占领了榆关和秦皇岛，缴获了直军枪支3万余支，吴佩孚多年经营的直军主力至此也已基本瓦解。

11月2日，冯玉祥的军队由廊坊东进，占领了杨村和北仓，俘获了北京援吴的鲁军旅长潘鸿钧。吴的司令部由天津被迫移至军粮城。这时，奉军张宗昌、吴光新等部又南下攻占唐山、芦台。吴佩孚在军粮城也不敢久留，便打算由津浦路南下另找出路。在此期间，山东督理郑士琦突然宣布“武装中立”，派兵到沧州、马厂一带阻止吴佩孚率部假道通过山东。同时，郑士琦还派兵南下炸毁了韩庄铁路，以阻止江浙援吴军通过山东。与此同时，阎锡山出兵石家庄，截断了京汉路的交通，豫、鄂等省的援吴军，也都被阻止不能前进。这时，吴佩孚所盼望的两路援军都落了空，自己南下津浦路又受阻。正在无路可走的时候，海军部军需司司长刘永谦替他准备好华甲运输舰一艘，劝吴乘车到塘沽登舰南下。11月3日，当奉军与国民军迫近天津时，吴佩孚不得不率残部自塘沽出海南逃。至此，第二次直奉战争从9月15日起到11月3日止，一共打了五十多天，以直军主力的全部覆灭和吴佩孚的狼狈遁逃而告结束。

郭松龄反奉之战

1925年11月至12月，奉系军阀内部发生分裂，郭松龄起兵反对张作霖，率部与奉系部队在辽宁新民一带进行的一次决战。

奉浙战争结束后，奉系军阀内部矛盾进一步激化。奉系军阀原分新旧两派，新派以杨宇霆为首，旧派以张作相为首。在第二次直奉战争中，奉系失败后，新派逐渐得势。在新派中又有士官派和大学派之别，士官派以杨宇霆、姜登选为中坚；大学派以郭松龄、李景林为首领。两派之间互相倾轧，由来已久。特别是郭松龄尤为张学良所倚重，奉为尊师，这更使其他同僚所忌。在第二次直奉战争中，郭松龄率部主攻山海关一线，立有战功。可是奉系获胜，大军入关后，杨宇霆、姜登选、李景林、张宗昌等均居要职，得到各自地盘，唯独郭松龄一无所得，后来欲求热河都统，也因杨宇霆在张作霖面前作梗而未能如愿。于是，郭感到愤愤不平，与杨水火不容。但由于杨受“大帅”倚重，“少帅”也无可奈何。因此，郭便暗中筹谋从奉系中分裂出来，与冯玉祥联合反奉。

1925年3月，冯玉祥所部的国民军占领了河南全省，按照冯、张原定协议，冯玉祥的势力范围可沿京汉线向豫、陕、甘一带发展，但因屡受奉军阻挠，使原定协议成为一纸空文。当奉浙战争爆发时，冯玉祥即准备借机反奉，后因奉军及时收拢至徐州一带，牵制了河南的国民军。同时，北京附近的奉军，也向驻守京城内的国民军采取了三面包围的形势，冯、奉大战又一触即发。冯玉祥自知难敌奉军，便利用奉系内部矛盾，派员与郭松龄联合，达成了反奉的秘密协定。

在奉浙战争期间，张作霖派张宗昌、李景林南下专力对付孙传芳；派张学良为“京榆一带驻军军长”，郭松龄任副职，专力对付冯玉祥。此时，由于冯玉祥派员与郭秘密联系，使张氏父子动了疑心。为了避免两线作战，集中力量对付东南5省的孙传芳反奉联盟，张学良于11月13日突然携带妥协条件到天津，对冯军作了让步。11月20日，冯、郭两人又一次达成密约；由郭率部从榆关正面回师反戈驱张，冯率部进攻热河以作支援。同时，郭松龄又拉拢李景林加入反奉同盟，并代李向冯玉祥提出三个条件：一、划直隶、热河两地为李的势力范围；二、冯军可驻保定，但财政收入仍由李统筹支配；三、黄河以北直隶各县均由李军驻守，但可开放天津海口以供冯军使用。以上三条冯玉祥表示可以接受。

11月22日，张作霖电召郭松龄回奉、郭察觉他的活动已被张氏父子察觉，召他回奉是不怀好意，便决心提前行动。当天，郭向张学良提出“父让子继”的建议，以改造东北政局，他将竭诚予以拥护。这种“反父不反子”的态度，一是由于郭和张学良有着深厚的交情，二是利用张学良的名义起兵，可以减少奉系内部的抵抗。张学良听了郭的建议，不禁为之骇然，但他未动声色，以免打草惊蛇，用“可以考虑”予以搪塞。他们分手后，张学良立即在天津东站上车，用双车头挂着三节专列车厢，加足速率向关外急驰而去。由于锦州铁路被毁，不能通车，张学良途中改往葫芦岛，准备由海上返回沈阳。在这以前，冯玉祥曾建议郭扣留张学良，但郭不忍心下手，否则张学良是没有逃出天津的可能。

11月23日，郭松龄在滦州召开军事会议，决定班师回奉，倡导和平之举。当场扣押了不肯签名附和的第五师师长赵恩臻、第七师师长高维岳、第十师师长齐恩铭、第十二师师长裴春生等30余名军官。正在这时，姜登选的专车开到滦州车站，郭派人把姜迎到司令部后即扣留。24日，郭发出了班师回奉的电报，并通电要求张作霖下野。张作霖接到电报大吃一惊，为稳住郭，马上下令罢免杨宇霆，劝郭切勿意气用事。

李景林因为家眷均在沈阳，根据事前约定暂不举兵响应，只是暗中相助。李在郭的通电之后也用委婉的词句劝告张作霖下野，他的眷属即在沈阳被扣为人质，吓得李景林再也不敢多动了。

同一时期，冯玉祥一面宣布对郭、张的分裂内争保持“中立”，一面把部队迅速调往北京，并派兵出喜峰口直趋热河，威及奉军。

11月25日，郭军由滦州向榆关出发，为了减少沿途奉军的抵抗，以期一鼓而下直达沈阳，郭所下命令都与张学良联合署名。为此，蒙蔽了不少人跟着反戈，使郭的队伍有所扩大。

11月26日，张学良在葫芦岛接到他父亲的命令，叫他迅速设法安抚郭军。因此，张学良当天便乘镇海舰直达秦皇岛，电召郭前去面谈。郭未应召前去，却写了一封回信说：“龄一身所有，皆公之所赐。拼得此身，以效忠于公为职志。现分途前进，清君侧而除宵小，另造三省之新局面。成则公之事业，败则龄之结局”。同一天，姜登选在滦州被郭枪决，所扣押的30余名军官被解往天津交由李景林看管。张作霖派飞机前往滦州、秦皇岛一带散发传单，用张学良的名义召抚所部弃郭来归，但没有效果。23日，张学良从秦皇岛乘船到达大连，与杨宇霆同回沈阳，商讨抗郭反戈之事。

11月27日，郭军占领榆关，29日占领绥中。30日，郭将所部改称东北国民军，自任总司令。至此，张作霖见郭反叛之心已无可挽回，便下令讨伐，并悬赏80万元捉拿郭，提头来见者八万元。同时还将郭的父母扣押起来。

12月3日，郭军与退守兴城的张作相军在大雪之中展开了一场鏖战，张军不支退往锦州。郭军紧追不舍。5日，张军又退守大凌河北岸，并破坏了大凌河铁桥以阻止郭军前进。

此时，奉军主力几乎全部开进关内，关外只留有2个补充旅，面对起兵反戈的郭军主力根本无法阻挡。因此，张作霖大为恐慌，请出沈阳日本总领事内田转达，要求郭军暂缓前进愿意和平交出政权。郭表示张下台后可聘为最高顾问，张学良可出国留学，学成回国后将政权交还给他。同时，段祺瑞拟就命令革去张作霖本兼各职，派郭继任奉天军务督办，只等郭军进城，即予发表。

但是，张作霖用的是缓兵之计，与此同时，他派张学良到兴隆店设立司令部，在辽河左岸建立了最后一道防线。8日，又派张作相回吉林调动援兵，同时又令黑龙江吴俊升率兵迅速来援。就在这个时候，日本政府利用奉系内讧的时机，派关东军司令白川到沈阳，向张作霖提出了关东租借地租期、南满铁路管理权延长九十九年以及日本在满蒙享有种种特权的条件，张作霖都予以接受。因此，日本政府决定帮助张维持政权并予以必要的援助。9日，日本关东军第十师团由辽阳移驻沈阳。12日，张作相率领吉林军回到沈阳。13日，吴俊升率领黑龙江骑兵由洮南经四平开抵沈阳。这样一来，张作霖的地位有了保障，便收回了和平让出政权的宣言。

在此期间，郭松龄率部于12月12日从正面占领白旗堡，右翼占领营口，正待向纵深开进时，同一天，日方突然宣布营口为中立区，不许郭军开入市内，并不得沿辽河两岸作战，不得侵入南满铁路附属地周围20华里内，南满铁路拒绝运送郭军。在这种情况下，郭松龄于13日又率部由营口河北站渡河，又被日军阻止，只得退往田庄台。

而这时，日方却允许张作霖利用铁路从吉、黑两省调动援军。因此，张作霖得以集中全力在正面设防，并利用调动军队之机从侧翼迂回郭军右翼，使郭军两路进攻受阻，并造成左右夹击之势，对郭军构成威胁。

12月14日，郭军由白旗堡进攻新民，由于气候严寒，战斗时打时停，久攻不下。19日，日方加派一混成旅到沈阳代张守城，沈阳兵工厂也由日军驻守。于是，张作霖让自己的卫队也尽数开往前线作战。同一天，郭军第二次进入营口，因日军干涉只好又退出。20日，郭军占领新民，与张军沿巨流河隔岸对峙。

此时，张作霖部的骑兵旅于芷山绕道冷口出关开到兴隆店，接着富双英、刘震东各团也脱离郭军投奔张学良。于是，郭松龄以重兵压城的优势转为分化瓦解之局。

12月23日，张军左翼黑龙江骑兵师5000余人，绕过新民向白旗堡郭军司令部实施突然袭击，同时，飞机也在新民城上空投弹，全城燃起大火，郭军在地面和空中的配合攻势下陷于极大混乱之中。24日，郭逃往新民城，请求日本领事分馆转电沈阳吉田领事，表示可以弃军向张投降，乞免一死。张作霖回答，郭军官兵一概可以不咎既往，只有郭一人为奉军所切齿，不能保障其生命安全。同一天，吴俊升部骑兵冲进新民，郭逃至日领事分馆寻求避难，日方拒绝收容。郭只好偕同眷属和秘书长林长民等退出来，林在路上被流弹打死。郭找到一辆推车，让妻子剪发易服，装扮农妇坐在车上，自己化装成为农夫推车而行。在行至老达房附近时，遇到黑龙江骑兵营长王永清搜索前来，郭急忙躲进当地一农家菜窖内被活捉。

张作霖闻讯后大喜，电令将郭押解沈阳讯办，随后又怕途中逃走，于是又临时下令把郭夫妇从汽车上拉下就地枪决。同一天，郭军参谋长邹作华率残部向张学良投降，巨流河之战到此结束，郭松龄从起兵到身死正好一个月。

中国共产党成立的背景及发展概况

新文化运动的发展

五四爱国运动推动了新文化运动的深入发展。五四前新文化运动是一个反封建的思想运动，主要宣传资产阶级民主主义和科学思想。五四前后，中国的先进分子从巴黎和会所给予的实际教训中，开始看出帝国主义列强联合压迫中国人民的实质，抛弃了对帝国主义的幻想，走上了彻底反帝的道路。这是社会主义思想在中国进一步传播的主要原因。

五四后新文化运动表现出明显的向更深层次发展的趋向。广大知识分子不满足于五四运动具体斗争目标的实现，思想界出现了如何改造中国、改造社会的热烈讨论，各种社团和期刊，各种社会思潮和改造社会的方案纷纷出现，马克思列宁主义得到进一步传播，使新文化运动迅速发展成为马克思主义为主流的思想解放运动，从而揭开了中国革命的新篇章。

马克思主义在中国的广泛传播

李大钊是中国最早的马克思主义者和中国共产主义运动的先驱。在五四运动中及其之后，他在《新青年》、《每周评论》、

《晨报副刊》、《少年中国》、《言志》等刊物上发表了许多宣传马克思主义的文章。1919年5月，李大钊在他主编的《新青年》马克思研究专号上发表了《我的马克思主义观》，第一次向中国人民介绍了马克思主义的唯物史观、政治经济学和科学社会主义，指出这三个部分不可分割的关系。1920年3月，他又在北京大学组织领导了我国第一个马克思学说研究会，翻译、研究马克思列宁主义著作。他还在北京大学、女子高等师范学校分别开设了唯物史观、社会主义社会运动等课程，团结教育大批青年走上革命道路。

陈独秀也是马克思主义的积极宣传者，他发表的《马尔萨斯人口论与中国人口问题》、《劳动者的觉悟》、《上海厚生纱厂的湖南女工问题》、《谈政治》等文章，阐述了马克思主义关于劳动人民创造世界、剩余价值理论、阶级斗争和无产阶级专政学说。在宣传和研究马克思列宁主义的过程中，1920年初陈独秀接受了马克思列宁主义，成为具有初步共产主义思想的知识分子。作为新文化运动的倡导者的陈独秀，对资产阶级民主主义的信仰极为坚定，他能够转变，说明马克思主义在中国的兴起，已成不可抗拒之势。同时，由于陈独秀是思想界有影响的人物，因而他的转变必然在知识分子中间引起很大反响，促使更多的人接受马克思主义。

在李大钊、陈独秀的影响下，毛泽东、周恩来、邓中夏、瞿秋白、蔡和森等一批知识青年坚定了对马克思主义的信仰，成为早期的具有初步共产主义思想的知识分子。毛泽东早在1918年到北京期间就已接触了包括马克思主义在内的新思潮。五四运动爆发后，他领导湖南人民开展反帝反封建爱国运动，主编《湘江评论》，他在该刊发表了著名的《民众大联合》一文，号召工人、农民、小资产阶级各阶层人民，起而仿效俄国。

1919年冬，毛泽东第二次到北京，进一步阅读了一些马克思主义的书籍，1920年夏开始成为马克思主义者。周恩来早在留学日本时已接触到有关十月革命和马克思列宁主义的书籍。1919年6月，他回到天津，积极参加了五四运动，主编《天津学生联合会会报》。1920年1月，他被反动派逮捕入狱，在狱中给难友讲唯物史观、剩余价值学说，宣传马克思主义。

此外，恽代英、邓中夏、赵世炎、张太雷、向警予等，也都积极进行了革命思想的宣传和马克思列宁主义的传播，从而成为五四后新文化运动的主流。这样，到1920年期间，在中国已经形成一支共产主义知识分子队伍，这是马克思主义传播的硕果。

各地共产主义小组的创建

中国共产党的成立，是中国近代社会经济、政治发展和思想演变的必然结果，是马克思列宁主义同中国工人运动相结合的产物。中国工人阶级的成长壮大，是中国共产党诞生的阶级基础。马克思列宁主义的传播，是中国共产党诞生的思想基础。

最早酝酿建立工人阶级政党的是李大钊和陈独秀。1920年初，在陈独秀离京赴沪之际，李大钊与陈独秀即交换过建立共产党的意见，两人相约分别在北京和上海进行筹建活动。1920年4月，经共产国际批准，俄共（布）局派维辛斯基等来华了解中国革命情况。维辛斯基在北京会见了李大钊，并同北京的革命分子讨论过建立共产党的问题；随后，经李大钊介绍，维辛斯基等又到上海会见陈独秀，并在上海具体帮助陈独秀等进行建党的准备工作。

经过筹备，1920年8月陈独秀与俞秀松、李达、李汉俊、陈望道等首先在上海成立共产党的发起组织，推陈独秀为书记，当时名称即叫中国共产党，并立即函约各地共产主义者成立党的支部。同年10月，李大钊与张国焘、邓中夏等成立“中国共产党北京支部”，李大钊被推为书记。1920年秋至1921年春，毛泽东、何叔衡等在长沙，董必武、陈潭秋、包惠僧等在武汉，王尽美、邓恩铭等在济南，谭平山、谭植棠等在广州也先后成立了党的小组；在这同时，张申府、赵世炎、陈公培、刘清扬、周恩来等在法国巴黎，施存统、周佛海在日本东京，先后在中国留学生中也成立了共产党小组。由于这些党的地方组织当时名称并不统一，后来习惯通称为共产主义小组。这些小组以上海发起组为活动中心，开展了多方面的工作。

各地共产主义小组建立后，便有计划地开展马克思主义宣传。1920年9月，上海党的发起组把《新青年》杂志改为自己公开的机关报；10月，又出版了秘密刊物《共产党》月刊，系统宣传马克思主义和介绍国际共产主义运动状况。各地共产主义小组很重视在工人中宣传马克思主义和进行组织工作。1920年8月，上海党的发起组出版了《劳动界》周刊。不久，北京共产主义小组出版了《劳动者》周刊，广州共产主义小组出版了《劳动者》周刊。这些刊物，用通俗易懂的文字向工人宣传马克思主义。1921年初，北京共产主义小组在长辛店举办了劳动补习学校，上海党的发起组在沪西小沙渡举办了劳动补习学校，武汉共产主义小组在汉阳兵工厂等处举办了工人识字班。小组成员们结合文化知识的讲授，把革命道理传播到工人中去。1920年11月，上海党的发起组领导成立了上海机器工会；12月，又领导成立了印刷工会。1921年5月，北京共产主义小组领导成立了长辛店工人俱乐部（工会）。各共产主义小组也很重视在青年中培养党的后备军。1920年8月，上海党的发起组建立了上海社会主义青年团。北京、武汉、长沙的共产主义小组也先后建立了社会主义青年团。各共产主义小组还进行了建党原则问题的研究和讨论。上海党的发起组在《共产党》月刊上登载了许多介绍俄国共产党和其他共产党的文章，吸取它们的建党经验。

各地共产主义小组的出现及其活动，促成了马克思主义与中国工人运动的结合，在组织上、思想上和干部上为中国共产党的诞生准备了条件。

中国共产党“一大”

经过各地共产主义小组的酝酿、准备，成立全国性的统一的中国共产党的条件完全成熟。

1921 年 6 月，共产国际代表马林等来到上海，进一步指导中国的建党工作。经过上海共产主义小组的积极筹备，在共产国际代表的指导和各地共产主义小组的支持下，中国共产党第一次全国代表大会，于 1921 年 7 月 23 日晚 8 时，在上海法租界贝勤里路树德里 3 号（现兴业路 76 号）秘密开幕。出席大会的代表有：毛泽东、何叔衡（湖南），董必武、陈谭秋（湖北），王尽美、邓恩铭（山东），李达、李汉俊（上海），张国焘、刘仁静（北京），陈公博（广东），周佛海（日本东京）12 人，还有陈独秀指派的代表包惠僧。代表全国 50 多名党员。共产国际代表马林、赤色职工国际代表尼柯尔斯基应邀参加了大会。中国共产党的主要发起人陈独秀、李大钊因事均未出席，大会由张国焘主持。大会的中心议题是讨论正式成立中国共产党的问题。大会进行到 7 月 30 日晚上，由于租界密探的突然闯入而临时中止，最后一天会议转移到浙江嘉兴南湖的一条游船上进行。大会通过了党的纲领，正式确定党的名称叫中国共产党，党的奋斗目标是以革命军队与无产阶级一起推翻资本家阶级的政权，建立无产阶级专政，消灭资本家私有制，直至消灭社会的阶级区分；党纲还规定了党的纪律，若干组织原则和吸收党员的条件与手续等等。大会还通过了党的工作的第一个决议，确定党成立后的基本任务是成立产业工会，加强党对工人运动的领导。

大会选举陈独秀、张国焘、李达三人组成党的领导机构中央局，陈独秀任中央局书记，张国焘、李达分别负责组织和宣传工作。

党的第一次全国代表大会的召开，正式宣告了中国共产党的诞生。中国共产党的诞生是中国近现代历史上最重大的事件。鸦片战争以来，中国人民为了推翻帝国主义和封建主义，争取民族解放和政治民主，建设富强的国家，进行了前赴后继、不屈不挠的斗争。这些斗争虽然都在一定程度上打击了帝国主义和封建主义，但是结果都失败了。事实证明，单纯的农民战争和资产阶级的革命运动都不能取得最后胜利。中国革命的任务必须有新的力量来领导，才能完成，中国共产党就是这样的领导力量。“自从有了中国共产党，中国革命的面目就焕然一新了。”

中国共产党民主革命纲领的制定

帝国主义列强争夺中国和军阀混战

五四以来，中国革命进入新的阶段，中国无产阶级及其先锋队开始以崭新的面貌活跃于中国政治舞台之时，中国的政局也因第一次世界大战的结束而发生了新的变动。

时局变化的特点之一，是帝国主义列强共同支配中国的局面重新出现。一次大战期间，西方列强无暇东顾，当时只有日本加紧在中国扩张势力。战后，英、美势力重返中国，英日、美日之间在中国的争夺趋于尖锐。1920 年 10 月，美、英、法、日签订新四国银行团协定，就是西方国家为打破日本包揽对中国政治、经济借款格局的一个举措。1921 年 11 月至次年 2 月，在美国的提议下，美、英、日、法、意、中、荷、比、葡九国在华盛顿举行会议。会议经过激烈争吵，签订了一系列协定。其中美、英、法、日、意《五国公约》规定美、英、日三国海军主力舰吨位为 5∶5∶3，实际上是美英在军事上联合挟制日本的一个措施。会议签订的《九国间关于中国事件应适用各原则及政策之条约》，即《九国公约》，在“尊重中国之主权与独立及领土与行政之完整”的名义下，又规定了各国在华“机会均等”和中国“门户开放”的原则，也是意在打破日本的在华优势。华盛顿会议实际上造成了帝国主义列强协同侵略和共同支配中国的局面，并为尔后美国势力在中国的扩张创造了条件。

时局变化的特点之二，是中国各派军阀的混战加剧。这实际上是列强在中国争夺的一种表现。1920 年 7 月，分别由美、英和日本支持的北洋军阀直系与皖系间爆发了一场直皖大战，结果皖系兵败，段祺瑞政府倒台。1922 年 4 月，直奉两派军阀又为控制北京的中央政府而爆发第一次直奉战争，结果奉系张作霖战败，直系吴佩孚完全控制北京政府。此后，吴佩孚公开提出“武力统一”主张，企图建立直系的专制独裁统治，而各省军阀则以“自治”或“联省自治”相对抗。这期间，各派军阀间的混战频繁，争斗不已，政局动荡，社会极其混乱。

四川军阀是 1902 年新军建立到辛亥革命后逐渐结成的。四川军阀同北洋军阀之间，同西南其他军阀之间，既相互勾结，也相互角逐，对北洋军阀在西南地区的扩张及其发展和消亡，都有很重要的关系。四川军阀的主要特点之一，就是在省内实行封建割据的防区制。所谓“防区”，原是指各军的驻防区域，但四川军阀的“防区”，却远远超出了军事方面的内容，而俨然成了大大小小的独立王国。

资产阶级改良派的政治主张

面对由于帝国主义对中国加紧侵略和封建军阀混战纷争而造成的民族危机与国内政治危机，一些不满现状而又不赞成以暴力手段改造现实社会的资产阶级和上层小资产阶级的改良派，企图通过政治上的改良来谋求中国的出路。当时改良派的言论充满各种报刊。《东方杂志》、《太平洋》、《解放与改造》、《努力周报》等，是发表改良主义言论的主要刊物。提出的主要政治主张有“好人政府”、“省自治”和“联省自治”、“制宪救国”、“废督裁兵”等。

1922年5月，资产阶级改良派代表胡适在《努力》周刊上发表了《我们的主张》，提出了建立“好人政府”和改革中国政治的三条基本原则：要求实现“宪政的政府”、“公开的政府”、“有计划的政府”，幻想这样的“好人政府”会为社会全体谋福利，可以充分容纳个人的自由，保护个性的发展。他否认中国政治腐败的祸根是帝国主义的侵略和封建军阀的统治，认为：“中国所以败坏到这步田地，虽然有种种原因，但‘好人自命清高’确是一个重要原因”。因此，他们深信，“今日政治改革的第一步，在于好人需要有奋斗的精神”。在他们看来，只要有几个“好人”出来组织“好人政府”，实行一步一步的改良，不必进行反帝反封建军阀的斗争，中国的时局就可得救。他们反对孙中山实行北伐的革命行动，却把陈炯明叛变孙中山的行径吹捧成“是一种革命”。

胡适的这种“好人政府”的政治主张，正好适应了直系军阀吴佩孚的需要。1922年9月，吴佩孚为了维护自己的统治，欺骗群众，组织了以王宠惠为内阁总理的“好人内阁”，其实权仍操在直系军阀手中。没过多久，由于内部派系利害冲突，“好人内阁”垮台，“好人政府”的政治主张彻底破产。

这时期，联省自治的主张也颇有声势，资产阶级革命派和改良派都曾主张中国采取联邦式的资产阶级共和国。实行省自治和联省自治，制定省宪法、联省宪法，以完成国家的统一，这是联邦式资产阶级共和国主张的翻版。

早在清朝末年，梁启超等人均提到了学习欧美联邦制，实行地方自治等问题。以后一些人针对军阀独裁政治，提出要使中国强大，必须采用联邦制。1920年下半年至1923年，形成了一个规模颇大的要求省自治和联省自治的浪潮，各地成立了自治运动的团体。主张省自治和联省自治的人认为，中国致乱的原因是军阀权力太大，中央政府无力制裁军阀，民众无权，地方无权。因此，救国治国的办法在于实行“省民自决主义”，各省制定宪法，实行自治，然后在省自治的基础上，建立一个“联省自治的共和国”。

1920年7月，谭延闿首先提出了湖南实行自治的主张。11月，章太炎发表了《联省自治虚置政府议》，赞同这种主张。认为“近世所以致乱者，皆由中央政府权藉过高”，救治的办法应是：各省人民，宜自制省宪法，文武大吏，以及地方军队，并以本省人充之；自县知事以至省长，悉由人民直选；督军则由营长以上各级军官会推举。

湖南省宪自治运动中，不仅包含着人民群众同军阀官僚的矛盾，也掺杂着军阀之间的矛盾。军阀赵恒惕也想当省长。11月23日，在赵的压迫下，谭延闿去职。省议会选举林支宇为临时省长，未几林被迫下台，赵恒惕当上了临时省长。林支宇上台后，1921 年 3 月，聘王正廷、蒋百里、李剑农等 13 人为“省宪起草员”，到 4 月 14 日省宪草案告竣。而后交各县推举的审查员讨论修改。12 月 1 日，付全省公民投票表决，以一千八百余万票通过。翌年元月 1 日，湖南省宪法正式公布。湖南宪法条文虽然表现了资产阶级关于民主自由和反对军阀专制的要求，但无法贯彻执行。宪法公布后，进入选举阶段，赵恒惕无视省宪独断专行，杀害劳工会领袖及大批劳工会员，残酷搜刮，早已引起湘人的不满。但他却利用职权，抛卖公产，贿买议员，同时指使爪牙包办选举。11 月 4 日，赵恒惕正式当上了省长，之后更变本加厉地推行独裁政治。资产阶级改良的这种主张反映了资产阶级共和国方案屡遭失败之后，资产阶级谋求出路的另一种不切实际的幻想。

辛亥革命后，鉴于军阀拥有重兵，连年混战，成为国家极大祸患的事实。在 20 年代初期，资产阶级知识分子，为了寻求中国出路，提出了废督裁兵的主张。当时报刊上连篇累牍发表了许多关于废督裁兵的文章，揭露了军阀的兵是扰乱社会的根源，中国要进步，非去兵不可。兵和督不可分，必须同时裁废，“欲裁兵先废督”。提出了种种裁兵的方案。上海、北京、湖南等地的一些团体发表宣言、通电，召开裁兵大会，举行示威请愿，组织裁兵促进会，要求裁兵，形成了有一定声势的裁兵运动。在一段时间里，孙中山也是“化兵为工”的积极主张者。

上述资产阶级改良主义主张，都否认或忽视帝国主义的侵略和封建军阀的反动统治是中国的根本乱源，是中国社会进步、国家富强的主要障碍，反对或不赞成反帝反封的革命，表现了资产阶级的软弱性。这些主张没有一个能取得实际效果。事实证明，资产阶级改良主义道路在中国是根本行不通的。

中国共产党“二大”

中国共产党正式成立后，在中央局的统一领导下，党进行了大量的卓有成效的工作，为“二大”的召开作了准备。

从“一大”到“二大”的一年里，许多地区建立了党的组织。北方成立中共北京支部委员会，湖南成立了湘区委员会，湖北成立了武汉区委员会，山东成立了山东区委员会。此外，广东、江苏、浙江、安徽、四川和奉天等省，均在这一年里先后建立起地方党组织。各地党的组织，培养和吸收了一批先进分子入党，党的队伍不断壮大。1922 年 6 月底止，党员人数已由党的“一大”时的五十余人发展到 195 人。共产党“一大”只确定了党的奋斗目标是实现共产主义。随着国内外形势的发展，迫切要求中国共产党提出在现阶段的革命纲领，以给全国人民指引前进的方向。在共产国际与列宁的帮助下，中国共产党第二次全国代表大会完成了这一任务。

1922 年 7 月 16 日至 23 日，中国共产党在上海召开第二次全国代表大会。出席会议的代表 12 人，代表全党 195 名党员。会议的中心议题是讨论和制定党在现阶段的革命纲领。会议根据列宁关于民族和殖民地革命的理论，正确地分析了中国社会性质和革命性质，明确指出中国社会性质是半殖民地半封建社会，当前阶段的革命性质是资产阶级民主革命，革命的基本动力是工人、农民和小资产阶级，而民族资产阶级为免除经济上受压迫，也要起来与世界资本主义斗争，因此，无产阶级应同民主主义的势力结成联合战线，促使革命的迅速成功。在此基础上，会议制定了党的最高纲领和最低纲领。最高纲领是“组织无产阶级，用阶级斗争的手段，建立劳农专政的政治，铲除私有财产制度，渐次达到一个共产主义的社会”；最低纲领即党在民主革命阶段的纲领是“消除内乱，打倒军阀，建设国内和平”；“推翻国际帝国主义的压迫，达到中华民族完全独立”；“统一中国本部（东三省在内）为真正民主共和国”。会议还通过了《关于“民主的联合战线”的决议案》等决议，并根据列宁的建党学说，制定了《中国共产党章程》，明确规定党的组织原则是“少数绝对服从多数”，“下级机关须完全执行上级机关之命令”，“全国大会及中央执行委员会之决议，本党党员皆须绝对服从之。”会议选举陈独秀、李大钊、张国焘、蔡和森、高君宇为中央委员。邓中夏、向警予、张太雷为中央候补委员，组成中央执行委员会，陈独秀为委员长。

这样，党的二大正确地分析了中国社会性质和革命性质，实际上明确了中国革命必须分民主革命和社会主义革命两步走，这是党对中国革命问题认识上的一个重大进步；二大在近代中国革命史上第一次提出彻底的反帝反封建的民主革命纲领，为中国革命指明了方向，预示着中国革命的新高潮必将迅速到来。

第一次工人运动高潮和农民运动的兴起

香港海员大罢工

在中国共产党的正确领导和推动下，中国工人阶级掀起了第一次工人运动高潮。这个高潮从 1922 年 1 月开始，到 1923 年 2 月终止，前后持续 13 个月之久，大小罢工斗争达一百多次，参加人数在 30 万人以上。其中影响较大的有香港海员罢工、安源路矿工人罢工、开滦煤矿工人罢工和京汉铁路工人大罢工等。

香港的中国海员，深受外国资本家的剥削和压迫，工资只及白人海员的五分之一，住房简陋，有的甚至无房可住，栖身于道路旁、货堆上和煤堆里，政治上又备受歧视，处境十分恶劣。他们经常航行于欧美各国，受到了世界革命潮流的影响，因此他们革命意识较强，思想觉悟较高，1921 年 3 月就成立了中华海员工人联合会，同外国资本家进行过几次经济斗争。

1922 年 1 月 12 日，香港海员工人要求增加工资遭到资本家的拒绝，于是在中华海员工会领导下举行大罢工。香港英国当局下令封闭海员工会，更加激起了中国工人的反抗。2 月底，香港全市工人举行总同盟罢工，人数多达十万余人。英帝国主义大为恐慌，调集大批军警镇压罢工工人。为了争取罢工的胜利，海员罢工总办事处决定封锁香港，断绝其粮食供应，并动员罢工工人离港回广州。3 月 4 日，大批工人步行回省，当行至九龙附近沙田时，遭到英国军警开枪射击，打死 6 人，伤数百人，造成“沙田惨案”。此后，海员工人的罢工斗争更加激烈。中国劳动组合书记部、广东政府和全国工人给予一致声援，海外华侨也捐款援助。罢工坚持了八个星期，终于迫使香港当局撤销了封闭工会的命令，答应增加工资 20%。这次斗争的胜利，大大鼓舞了中国工人的斗志。

香港海员罢工，是中国工人阶级第一次直接和帝国主义进行针锋相对的斗争，也是第一次工人运动高潮的起点。

安源路矿工人大罢工

为了适应工人运动高涨形势的需要，1922 年 5 月 1 日，由中国劳动组合书记部发起，在广州召开了第一次全国劳动大会。大会接受了中国共产党提出的“打倒帝国主义”、“打倒军阀”的口号；通过了《罢工援助》、《全国总工会组织原则》等决议案；并决定在全国总工会成立以前，以中国劳动组合书记部为全国工会组织的总通讯处。表明中国共产党已成为全国工人运动的领导者。第一次全国劳动大会，促进了中国工人阶级的团结，推动了罢工高潮在全国各地展开。其中安源路矿工人大罢工，就是这次工人运动高潮中南方工人举行的主要罢工之一。

安源路矿是指株萍铁路和安源煤矿。安源路矿共有工人1.7万余人。毛泽东曾于1921年秋到安源调查，随后由李立三等来此建立党团组织，并成立了工人俱乐部。1922年9月初，毛泽东来安源对罢工进行部署。接着，刘少奇也来安源工作。9月14日，一万多名工人冲出矿井、厂房举行大罢工。路矿当局勾结军阀调来大批军警企图镇压，但由于工人们的英勇斗争和社会各界的声援，终于迫使路矿当局于18日接受了工人提出的承认俱乐部有代表工人之权、增加工资等条件，罢工取得了胜利。

开滦煤矿工人大罢工

开滦煤矿工人罢工，是这次工人运动高潮中北方工人举行的主要罢工之一。1922年10月23日开始，开滦煤矿约5万工人，在中国劳动组合书记部特派员彭礼和等指挥下，举行总同盟罢工，要求增加工资、改善待遇、承认工人俱乐部。矿局勾结北京政府，调集军警镇压。罢工斗争坚持了二十五天，终未达到预期目的。工人们在增加少许工资的条件下复工。

京汉铁路工人大罢工和“二七”惨案

京汉铁路工人大罢工是这次工人运动高潮的顶点。1921年以来，在中国劳动组合书记部的帮助下，京汉路各站陆续成立了工会，并成立了全路总工会筹备委员会。经过酝酿，决定于

1923年2月1日在郑州召开京汉铁路总工会成立大会。吴佩孚下令“制止开会”。2月1日，工人代表冲破军警的封锁拥入会场如期召开了大会。当日，反动军警又捣毁了总工会会所。总工会号召全路工人举行大罢工，将总工会南移至汉口江岸办公。2月4日，在长达两千余里的京汉路上三万多名工人在三小时内实现了总同盟罢工。7日，在帝国主义的支持下，吴佩孚在汉口、郑州、长辛店等地对罢工工人进行血腥镇压，致52人惨死，三百多人受伤，四十多人被捕，一千多人被开除。江岸分会委员长、共产党员林祥谦和武汉工团联合会法律顾问、共产党员施洋惨遭杀害，这就是震惊中外的“二七”惨案。“二七”惨案后，各地的工会组织除广东、湖南外都遭封闭，工人情绪一时趋于低沉，全国工人运动暂时转入了低潮。

中国工人运动的第一次高潮，显示了中国工人阶级坚强的组织力和战斗力，提高了中国工人阶级和中国共产党在全国人民中的政治威望。同时，也使他们从血的教训中认识到：中国工人阶级孤军奋战，要战胜强大的敌人是不可能的。必须同其他的革命阶级，特别是占全国人口80%以上的农民联合起来，建立革命统一战线，组织人民武装力量，进行武装斗争，才能取得中国革命的胜利。

广东、湖南农民运动的兴起

广东省的海丰、陆丰，是全国农民运动最先兴起的地区。早在1921年5月，积极从事农民运动的先驱彭湃，就在他的家乡海丰开始从事农民运动。1922年，彭湃在家乡海丰县从事发动和组织农民的工作。1922年7月底成立赤山农会。经过一些斗争，农会威信日益提高，请求加入农会者日渐增多。1923年1月，成立了海丰县总农会，会员达10万人。农会内设有教育、卫生、财政、农业、仲裁等部。1923 年上半年，天灾严重，地主仍强迫农民交租。彭湃发动农民进行减租运动，提出了“减租七成，至多三成交纳”的口号。减租运动得到农民热烈拥护；地主阶级却十分惊恐，他们在县长的支持下，勾结保卫团包围农会，逮捕 25 人，企图扑灭这次运动，但反对派的暴行，更激起农民的斗志，海丰农民运动的影响更加扩大了，广东各地农民运动有组织地开展起来，陆丰、惠阳、紫金、惠安、普宁等县成立农会，会员增到二十余万人，成为地主豪绅十分惧怕的一支革命队伍。1924 年海丰总农会改组成为惠州农民联合会，不久又改称广东农会，彭湃任执行委员长，各县设分会。蓬勃发展的广东农民运动，成为日后广州革命政府扫平军阀、统一广东革命根据地的坚强后盾。

1923 年初，在毛泽东的领导下，湖南省衡山县的岳北、白果一带，农民运动开始兴起。这里是军阀赵恒惕的老家，农民深受其害，剥削压迫很重；同时，这一带许多农民在水口山做工，又受到工人斗争的影响，所以，发动农民和组织农民的工作易于开展。1923 年 9 月，在白果召开了岳北农工会成立大会，到会万余人。会上发表了宣言，揭露帝国主义和封建军阀的罪恶，号召农民“要为自己解除困苦，争谋利益，只有大家联合起来”，与地主进行斗争。农会成立后，会员很快发展到 10 万人以上。农民在农工会的领导下，积极开展了平粜和阻禁地主外运谷米、棉花的斗争。这些斗争，虽然遭受反动武装的镇压，暂时受了挫折，但斗争却在群众中播下了革命的种子，不久以后，湖南农民运动迅猛发展起来，成为全国农民运动的中心。

反曹锟贿选总统运动

直系军阀控制北京政权后，为了加强和巩固自己的政治地位，打起恢复旧国会的旗号，以抵制南方的护法运动，同时又高唱起孙吴合作，虚伪地赞颂孙中山的兵工主义，声称愿为其试验效劳，企图借助孙中山的政治威望，实现其独裁统治。当直系军阀认为自己的统治已趋于“稳定”后，便发动了一次逼宫政变，将黎元洪驱逐。黎元洪下台后，曹锟的党羽们，在美国的大力扶持下，于1923年10月间，演出一幕贿选丑剧；以5000元到10000元不等的价格（选前给支票，选后兑现），贿买议员五百多人，同时指使直系各省军警及将领向国会发出限期选举的通电，还逮捕记者，封锁舆论，限制议员们的自由。10月5日选举的当天，又派出大批军警宪兵警戒，议员进入会场前，经人身搜查，就在这种利诱威逼的情况下，议员们终于把曹锟捧上了总统的宝座。10月10日曹锟就职，同日颁布了《中华民国宪法》。

曹锟为了稳固其统治，便不惜卖国求荣，在其执政期间，媚外残民的罪行比比皆是。媚外必然残民，直系军阀对人民群众的反抗采取残酷的镇压政策。

10月9日，广东的孙中山大元帅府下令讨伐曹锟，通缉贿选议员，孙中山还发出一个致各国政府的宣言，警告各国不得承认这个偷窃的政权。

全国人民反对曹锟贿选的活动，和反对直系军阀媚外卖国、暴虐统治的斗争汇合在一起，猛烈地冲击着军阀的统治，和袁世凯的短命皇帝一样，曹锟也只当了一年零十几天的总统，便结束了总统生涯。

新军阀混战

帝国主义划分势力范围的侵略政策，必然造成在它们支持下的中国各派军阀之间的矛盾，导致国民党内部的派系斗争和连绵不断的军阀混战。

国民党蒋、冯、阎、桂四派军阀原本就各怀野心，在取得对奉作战胜利后，彼此间的矛盾立即尖锐起来，导致派系间连绵不断的军阀混战。

当时，蒋介石虽然是南京中央政府的最高统治者，但实际上只占有江苏、浙江、江西、安徽、福建5省和南京、上海两市。冯玉祥的第二集团军占有河南、陕西、甘肃、宁夏等省。阎锡山第三集团军占有山西、河北、绥远、察哈尔等省和北平、天津两市，桂系李宗仁、黄绍竑、白崇禧的第四集团军占有广西、湖南、湖北，并控制河北一部分地区，支持桂系的李济深率粤军占有广东。

1929年1月，蒋介石在编遣会议流产后3月，又操纵召开国民党“三大”，以中央指派和圈定代表的办法，排斥反对派，树立自己在国民党中的垄断地位。会议代表有406人，其中由中央指派者211人，圈定者122人，两项共占代表总数的82%。同时对汪精卫改组派和已公开反对自己的桂系领导人做了组织处理。蒋同其他各派的矛盾达到不可调和的地步，只能诉诸于战争。

1929年3月，首先爆发了蒋桂争夺两湖的战争。当时，桂系的迅速发展，成为蒋介石的心腹大患。而桂系因对蒋介石运给日益亲蒋的湘省主席鲁涤平大批军火不满，决定先发制人。26日，蒋以南京政府的名义下令讨桂，坐镇九江，亲自督师进攻武汉。在蒋的收买下，桂军一部在前方倒戈，桂军主力从武汉地区后退。4月4日，蒋军进入武汉。随后，蒋派军队由湖、粤、滇三路进攻广西。5月上旬，李宗仁组织南路护党救国军，通电反蒋，并派兵进攻广东。6月下旬，蒋支持粤军打败桂军，任命原桂系军人俞作柏为广西省政府主席，蒋桂战争结束。

1929年10月，爆发蒋冯争夺山东的战争。3月，济南事件解决后，日军撤离。蒋派其嫡系部队进入冯玉祥控制下的山东，致使蒋冯矛盾加剧。5月，蒋收买了冯部韩复榘、石友三，使之叛冯投蒋，冯四面受敌，西北军被迫退守潼关。

11月，在蒋桂战争中被蒋起用为师长的张发奎，与桂系联合，组成“护党救国军”，进攻广东。12月，蒋派何应钦率军援粤，击败张、桂，这是第二次蒋桂战争，或称粤桂战争。与此同时，唐生智与石友三联合，参加护党救国军，举兵拥汪反蒋，不久也为蒋所败。

1930年4月，爆发了规模更大的蒋与冯、阎的大规模军阀混战，即“平原大战”。蒋介石在打败桂冯等军阀之后，把下一个主要目标对准了拥兵自重的阎锡山，各派反蒋的势力为了自身利益，也都与阎锡山联合起来同蒋介石抗衡。3月，阎、冯、李三集团军的50多名将领发出逼蒋下野通电，并推阎锡山为中华民国陆海空军总司令，冯玉祥、李宗仁和张学良为副总司令，领导反蒋。4月1日，阎、冯、李分别通电就职。蒋介石则以国民政府主席名义，下令罢免阎锡山本兼各职，并以总司令名义通电讨伐阎、冯。5月中旬，冯、阎军与蒋军在豫皖鲁苏交界地区展开激战。中原大战正式爆发。战争初期，阎冯部队进展顺利，攻克济南、商丘等地，接着冯玉祥分兵三路，以攻夺徐州为目标，向陇海线发动全线总攻，但未能奏效。阎冯两军处于被动局面。这时，拥兵关外的东北军张学良处于举足轻重的地位。蒋介石与阎、冯都在极力争取张学良。但张一直采取观望态度，9月18日，张学良发表拥蒋通电，东北军入关，占领平津，使整个战局急转直下。11月，反蒋联军失败。至此，历时7个月的平原大战，以蒋介石的胜利宣告结束。

全国各地的军阀混战，从1927年到1930年间，大规模的军阀混战有六七次，战祸遍及大半个国，人民痛苦不堪言状，社会经济遭到极大破坏，此中原大战，双方死伤三四十万军队，耗资无计。经过1929年到1930年的军阀混战，蒋介石打败了同他抗衡的军阀，取得明显的优势。此后，反蒋势力仍然存在，但失去了问鼎中原、与蒋争雄的实力。蒋介石在政治上的统治地位，得到了巩固。

龙云与胡若愚云南之战

1927年6月至1929年底，滇系军阀龙云与胡若愚等人为争夺在云南地区的统治权，在本省内进行的一次长期混战。

1926年下半年，国共合作进行的北伐战争顺利进展，滇、黔、川等西南地区的军阀纷纷易帜，拥护北伐，可是西南地方的军阀头面人物唐继尧，不仅没有与广州国民政府取得联系，反而进一步加紧了与北洋军阀吴佩孚、孙传芳的勾结，加紧反共反革命的活动。在大革命高潮来临之际，逆历史潮流而动的唐继尧，遭到了拥护北伐部属的反对。1927年2月6日，驻守云南的四个镇守使龙云、胡若愚、张汝骥、李选廷，打着拥护北伐旗号，发动了倒唐的“二六政变”。唐继尧倒台以后，虽然成立省务委员会主持云南政务，但难以协调各派的不断纷争，形同虚设，因而，在云南出现了权力的真空。为了争夺权力，滇系军阀之间又展开了激烈的矛盾冲突。

在发动“二六”政变时，龙、胡、张、李四个镇守使，名义上都拥有1个“军”的番号，实际上兵力都不足为“军”。龙云、胡若愚各有二个旅；张汝骥虽然也号称二个旅，实则兵力不足三个团；李选廷则兵力更少，只有一个多团的兵力。唐继尧有近卫军四个旅，计八个团。在“二六”政变后，八个团为龙云、胡若愚平均收编。因此，龙、胡两人又兵力相当，各霸一方。张汝骥虽然也参加倒唐事变，但因听命于龙、胡二人，又因力量稍弱，没有收编唐部，心中感到不快；李选廷自知力弱，虽想投机，又力不从心，甘愿退出，不过其态度倾向胡若愚。结果是龙、胡之间首先展开了权力之争。张汝骥因对龙不满，故与胡联盟，进一步壮大了胡的力量。4 月 18 日，蒋介石建立南京政权后，龙、胡、张均以个人名义派员向蒋介石政权疏通关系。此时的蒋介石尚未插足到滇系军阀之中，为了在滇系军阀中寻找自己的代理人，蒋在表面上似乎没有偏袒任何一方，而是让龙、胡、张 3 人互相制约、争斗，自己则在暗中进行挑动。

1927 年 6 月 14 日凌晨，胡若愚与张汝骥达成协议：许诺驱除龙云后，胡、张二人主持云南军政。遂派出大队人马，突然包围了龙云在昆明翠湖边的私人官邸。龙云尚在梦中，仓皇惊醒，想组织反抗已经来不及了。龙云约 250 人的卫队被胡部解除了武装，龙云见反抗无望，便企图从后门逃走，但是住宅四周已被团团围住，龙云困守在官邸中正在待机求援，胡部的炮兵向龙云住宅开炮，弹片四飞。一块弹片打在玻璃窗上，炸碎的玻璃片恰巧飞进龙云的眼中，结果使龙云这只眼终生失明，成了“独眼将军”。龙云见逃走无望，求援无门，只好投降。胡若愚命令部下做了一个铁笼子，将龙云囚在其中。

龙云的妻子李培莲和其家里的人到法国驻昆明领事馆避难，法国总领事卢希比出面调停，提出 4 项条件：一是龙云自动下野，部队交省府善后；二是龙云暂移法国领事馆，随后携家眷经越南转赴日本考察；三是同去日本的翻译，由省府任选；四是龙云在日本考察期间，省府酌予补助经费。但是，龙云不愿进领事馆做难民，也不愿到日本考察。同时胡也不愿以这样的条件调停。

在6月14日凌晨，胡发动对龙云事变的同时，龙在昆明的部队及其他一些将领也遭到了胡部的突然袭击和围捕。当时，龙在昆明的部队主要驻在北较场。事变发生时，在龙部团长高荫槐带领下突出胡部的包围，向富民方向撤退。龙云的主要将领卢汉、孟坤等人在家中听到枪声后，也急忙逃出昆明，先后到达禄丰、元谋，辗转找到高荫槐。因此，在胡若愚发动的“六·一四”事件中，龙云虽然被囚，但龙部的实力并未受到多大损失，这就为龙云部以后东山再起，留下了资本和基础。

奇怪的是，蒋介石在龙云被囚禁的当天，南京政府又发出命令，任命龙云为三十八军军长；胡若愚为三十九军军长；张汝骥为独立第十八师师长。蒋介石的这一举动，又加剧了滇军内部各派势力之间的权力争夺。

胡虽然囚禁了龙云，但迫于各派滇系势力的声援和强谏，未敢加以杀害。龙云所部乃推出滇军元老胡瑛暂代三十八军军长，指挥部队从滇西向昆明反攻。7月上旬，祥云一战，胡、张部不支败退昆明。龙部乘胜逼近昆明。在龙部重兵压城的逼迫下，胡若愚挟持龙云向昆明以东撤走。胡在撤退时，托部下周钟岳守城处理军政公务，并叮嘱三事：一、尊重省务委员会及地方公意，相机移师滇东，以免扩大战祸，请三十八军尊重和平，勿事追击；二、张汝骥被困禄丰，杨瑞昌（胡部旅长）部驻扎蒙自，请三十八军勿再与为难，胡部亦保龙云的安全；三、俟张、杨两部集中后，略事整顿，即参加北伐，请后方能及时补充饷械。胡若愚挟带龙云退到昆明东郊大板桥后，恐三十八军尾追，乃与龙云签订了“板桥协议”后，礼送龙云返回昆明旧部。

龙云回到昆明后，于8月13日出任代理省务委员会主席，改组了省政府，清除了一帮与胡、张有联系的政客。由于龙云毁约，驱赶胡、张旧部友好，又引起新的矛盾争端。胡、张自感兵力不足，难以向龙云部发起进攻，便与四川的刘文辉、贵州的周西城相联系，重新向昆明反攻。从9月底至10月初，龙与胡、张二部在曲靖地区发生激烈战斗，双方对峙长达四十多天。这时，驻在滇西的唐继尧旧部，又趁昆明城防空虚，曲靖战事紧张，直捣昆明。龙云被迫从曲靖撤军回救，方解昆明之围。

1927年冬，胡、张再求援于川军，向昆明进军。龙云率部据城固守，胡、张二部久攻不下，由于弹药、给养缺乏又缺少攻城重武器，于1928年初便撤离昆明之围，再寻战机。龙云几次与胡、张二人交锋，以谋略和实力取胜，受到了蒋介石的看重。1月17日，蒋又通过南京政府正式任命龙云为云南省政府主席，四天以后，又任命龙云为第十三路总指挥。由于蒋的支持，龙云在云南的实力大增，地位上升，使胡、张二人不再敢轻易起兵反龙。但是龙与胡、张之间的矛盾并没有解决。胡、张二人暗中发展与龙云抗衡的势力，准备与龙云再战。同年秋，贵州局势发生变化，黔系军阀内部李燊和周西城之间发生战争，龙应李求援派出大部兵力，开进贵州。乘机报黔军周西城部支援胡、张二人反龙云之仇。1929年初，蒋桂战争期间，龙云被蒋介石任命为讨逆军第十路总指挥，率兵深入贵州，与李燊联合向与桂系有关联的周西城发动进攻。5月底，周西城战死，李燊入主黔政。正在这时，昆明战事又起。胡若愚、张汝骥二人趁龙云率部在贵州之机，再度率兵逼近昆明。龙云接到昆明战事吃紧的消息后，急忙率部回援，在昆明外围两军又大战一场。龙云采取了诱敌深入的战法，故意以劳师远征，不堪再战，将胡、张部引到碧鸡关附近，依托有利地势，一举大败胡、张部。胡、张二人率残部退往金沙江畔，在华坪、永北一带暂住休整。

龙云为了乘胜解决胡、张势力，以绝后患，一面笼络当地彝族土司，帮助建立武装，拨发弹药，与胡、张部进行武装对抗，一面派军渡过金沙江，绕道江北从后面包抄胡、张部。胡、张部虽经顽强抵抗，但终因兵力不足，缺少援助和给养，于1929年底以失败而告终。胡在战败后化装只身逃走，张汝骥被龙云俘虏后，因不肯合作为龙云所杀。至此，龙云与胡若愚长达三年的云南之战遂告结束。

冯玉祥与张宗昌河南之战

1927年10月至12月，冯玉祥率西北军与奉系军阀张宗昌的直鲁联军在河南的兰封、考城一带地区进行的作战。

1926年8月，冯玉祥的西北军在南口大战失败后，主力部队受到严重损失，重武器丢弃殆尽，尚存10余万人向西北方向退却。1927年夏，冯玉祥占领郑州，开封后，又面临着极其不利的形势。张作霖强大的奉军正虎视于北，号称30万的张宗昌直鲁联军，盘踞在陇海线上随时可西上。此时，冯玉祥的同盟者国民党正在进行混战，李宗仁为争夺两湖地盘与唐生智开战；张发奎回师广东向李济深夺权并与黄绍竑开战。因此，蒋介石、李宗仁都在为各自军事集团的利益整军备战，已无力再出兵北伐。在这种情况下，冯玉祥为摆脱困境，以直隶、京津地盘为饵，争取阎锡山与自己结成同盟，于9月初对奉军开战，以解北方之忧，冯部则可集中兵力对付张宗昌的直鲁联军。

阎部对奉开战后，初期作战进展顺利。张作霖为解除后顾之忧，集中奉军全部兵力于10月中旬开始反攻，阎部抵挡不及，至11月退守雁门、蔚州、井陉几个关隘，奉军直逼山西境内，太原岌岌可危。冯玉祥为援助阎锡山保住山西地盘，迎接国民党军北伐，于10月中旬兵分三路，以第十八军军长鹿钟麟为右路军总指挥，率第十、第十八、第二十、第二十一、第二十七军；以第六军军长韩复榘为中路总指挥，率第五、第六军和骑兵第二军；以第三军军长孙良诚为左路总指挥率第三、第四军和左路军左翼第二十三、第二十六、第二十八军对张宗昌的直鲁联军展开攻击。由于冯部多系入豫后收编的一些杂牌军，战斗力比较弱，因此，在与直鲁联军的作战中，一开始即陷于不利的境地。10月13日，冯玉祥部与张宗昌部在马牧集交战，开火后不久，冯部左路军左翼刘镇华部即有梅发魁、姜明玉、憨玉珍三个师叛投张宗昌。这些叛军截断了陇海交通，使冯部阵线陷于困境，前线各军纷纷溃退至皖北一带。右路军总司令鹿钟麟只好率前卫部队绕道鹿邑、柘城退回开封。直鲁联军在叛军的相助下，连占归德、民权、兰封、考城，前锋直逼开封。冯玉祥为击破当面之敌，重新调整兵力部署，将其主力孙良诚的第三军和马鸿逵的第四军布防于杜良寨、杞县间；将石友三的第五军布于杞县城东；鹿钟麟的第十八军集结于杞县、太康之间；刘镇华剩余的五个师布防于考城，以防御张部刘志陆的第十三军、潘鸿钧的第二十四军和郑大章的骑兵部队，向归德以东迂回袭扰敌人的后路；韩复榘的第六军和孙连仲的两个师集结于开封、郑州一带为总预备队。10月23日，张宗昌部沿陇海铁路西进，与冯部守备部队在正面发生激战。26日起，自黄河南岸至杞县100公里的战线上，冯、张两部主力展开全面决战，战斗异常激烈，短兵相接，昼战夜夺。27日，韩复榘军投入主战场进行作战，30日拂晓与石友三军并力进击，一举攻破直鲁联军在杨固集的阵地防线。11月1日，孙良诚军攻克兰封，铁路正面之敌也被击溃。2日，孙军又进占内黄。3日，分头向归德、考城追击溃敌。5日，韩复榘军和庞炳勋军攻占归德。6日，石友三军追逾马牧集；鹿钟麟军回兵归德。包围考城的刘志陆军、潘鸿均军等，直鲁联军见势不妙，仓皇退走。冯部各路军乘胜截击，俘直鲁联军3万余人，缴枪2万余支，另缴钢甲火车5列、大炮40余门。是役，为冯部出潼关以来俘获最多的一次大胜仗。

兰封之战结束后，张宗昌为避免陷入两面作战的困境，决定在何应钦率领北伐的国民革命军未渡淮河前，集中优势兵力，击破冯玉祥的西北军。张宗昌坐镇徐州，以鲁军首领褚玉璞为前敌总指挥；以第十三军军长刘志陆为右路总指挥，率第十三、第十八、第十九、第二十一、第二十二、第二十四军和第一、第二、第三挺进军，共5万余人由城武、单县进攻考城，直取开封；以第六军军长徐源泉为中路总指挥，率第四、第五、第六、第七、第十五军，共5万余人沿陇海路正面向西推进；以第二军军长张敬尧为左路总指挥，率第二、第八、第二十六、第三十、第三十二军，共约3万余人由夏邑向杞县、太康挺进。

冯玉祥为防御直鲁联军的进攻，在兰封大捷后，即把出击到归德、砀山的部队撤回，以集中兵力，缩短战线；将孙良诚的左路军集结于兰封以东、黄河以南地区；将石友三部防守杞县东北地区；鹿钟麟部除留少数部队守防归德外，主力撤到太康、杞县待命；韩复榘部控制郑州一带；为加强防御力量又调刘汝明部出潼关东进，警备陇海路沿线。

11月16日，张部刘志陆率军首先向驻考城的冯部刘镇华军发动进攻。激战3日，刘镇华军撤退至考城西瓜营一线，刘志陆率部继续西追，攻势甚猛，形成孤军冒进之势。但此时徐源泉、张敬尧两路因在兰封之战中曾受重创，均畏战不敢急进，这就为冯玉祥各个击破直鲁联军提供了有利条件。冯首先严令刘镇华、马鸿逵两部在正面顶住刘志陆右路军的猛烈攻势；然后以孙良诚军的吉鸿昌师，向考城以北迂回攻击；以梁冠英师由定陶切断直鲁联军的后方联络线。24日，孙良诚开始攻击，将刘志陆部包围于考城一带，经五天激战攻克考城，击毙其第二十四军军长潘鸿钧，俘旅长以上军官4人及官兵2万余人，缴获枪万余支。孙军乘胜直追，又攻克菏泽、单县，将直鲁联军第二挺进军围困于曹县。至1928年1月19日，攻克曹县，挺进军军长、原叛军师长姜明玉自杀。

在此期间、韩复榘、石友三、鹿钟麟各部同时向当面之敌发起进攻。至12月1日，韩复榘部占领砀山，3日进迫徐州城下，占领陇海车站，切断了津浦路，将张宗昌、孙传芳部围困于徐州城内。石友三、鹿钟麟、庞炳勋等军也先后到达徐州外围的卧牛山、二十里铺、三堡车站。这时，何应钦率领的国民革命军第一集团军也临近徐州。为迎接沿津浦路北上的何应钦中央军，冯玉祥抽调刘汝明军迅速肃清陇海线的土匪，同时又令各军沿途策应何部入徐作战。12月14日，何部第一集团军第一军团赶到徐州外围，与冯部会合。何、冯即率部分路向孙传芳、张宗昌守徐州的部队进行攻击。激战两昼夜，于16日晚孙、张率残部北逃，徐州克复。至此，冯玉祥与张宗昌的兰封、考城之战遂告结束。

冯玉祥与张宗昌的兰、考之战，是西北军与奉系中的直鲁联军进行的最大一次决战。在这次大战中，冯玉祥以劣胜优，以少胜多，化被动为主动，赢得了作战胜利的主动权，其主要经验有以下几点：一是能够纵观全局，结盟御敌，调动阎锡山从北面与奉军作战，减轻了来自北方的军事威胁，避免了两面受敌作战的困境，转而集中兵力对付张宗昌的直鲁联军，使其较好地掌握了作战的主动权。二是在指挥作战中能够及时总结经验教训，灵活用兵。当马牧集初战失利后，及时调整兵力部署，缩短战线，集中主要兵力与正面战场，采取一路突入、四面围攻的战法，取得了兰封大捷，挫败了敌进攻的锐势并给敌以重创，为以后作战奠定了胜利的基础。三是把握住有利战机，谋形造势，集中兵力，各个击破直鲁联军。在考城之战中，针对敌刘志陆部孤军冒进的情况，采用攻防结合、前后夹击的战法，将敌主力围困于考城一带，为最后夺取作战的胜利创造了有利条件。张宗昌在是役中先胜后败的主要教训就在于战前谋事不足，各路协调不够统一，形成一路孤军冒进，被冯就抓住战机，各个击破，导致最后失败。

宁汉战争

1927年10月至1928年2月，南京国民政府西征讨伐唐生智时双方动用陆、海军，协同行动，在长江中下游流域进行的一场军阀混战。

1927年8月底的龙潭之战，虽然促进了宁汉合流，改组了南京国民政府，组成了国民党中央特别委员会，但是，由于宁汉双方互相争权夺利，不仅没有解决新老军阀之间的矛盾纠纷，反而在龙潭之战胜利后不久，又爆发了宁汉战争。

龙潭之战结束后，唐生智所属的第三十五军何键部、第三十六军刘兴部，根据唐的部署，率部沿江节节东下，进踞安庆、芜湖等地，将原驻防的桂系李宗仁部取而代之，势力范围扩展到坐拥湖南、湖北、安徽三省，唐的声势一时更为显赫。汪精卫为争取与南京政府的抗衡势力，在返回武汉后，根据8月间汉方国民党中央政治委员会主席团作出的决议，于9月21日授意唐生智正式成立“武汉政治分会”，并以此与南京国民政府特别委员会分庭抗礼。中央特别委员会则根据关于取消各地政治分会的决议，以统一为名，命令取消武汉政治分会。唐生智对南京的命令不但置之不理，而且在政治上和军事上向特别委员会作出挑战。9月28日，武汉政治分会通电全国，否认中央特别委员会与中央执委会有同等权力，指责南京特委会代行中央职权，汉方与特委会产生的政府只能是有限的合作。唐生智的所作所为，激怒了南京国民政府，对来自武汉方面政治和军事上的挑战，南京方面也采取了在政治上和军事两面作战的方针。特别是桂系，在安庆、芜湖的势力范围被唐取代后早已心怀不满，便以此为由，于10月19日，在桂系军阀的操纵之下，南京国民政府命令讨伐唐生智，宁汉之间战事又起。南京国民政府在下达讨唐令后，任命程潜为第四路总指挥，率江左军沿长江南岸攻击唐军；李宗仁为第三路总指挥，率江右军由江北入安徽西进；密令朱培德为第五路总指挥，准备在江西策应，夹击唐军；另由何应钦、白崇禧分别率领第一、第二路军在津浦路上对奉系军阀取守势，掩护主力西征讨唐，兵分三路，向武汉进军。

面对南京方面在军事上的强大压力，唐生智打算对抗到底。10月21日，唐以武汉政治分会的名义宣布与南京国民政府断绝关系。22日又以武汉政治分会名义发表宣言，正式否认中央特别委员会，提出武汉政治分会所辖各省党务、政治、军事完全独立。唐虽然在政治上态度很坚决，但在军事上却难以抗御西征军的压力。此时，南京国民政府掌握了海军的主要兵力。根据讨唐战事的需要，海军主要协同江右第六军程潜部和江左第七军李宗仁部向西进攻，沿江而下直捣武汉。程、李两军指挥部分设在招商局的“江顺”、“江裕”两艘商船上，随同海军沿江西进。10月19日在海军出航前，南京军事委员会向海军司令陈绍宽发出如下命令：一、敌第三十六军受我军之压迫，已自17日起，陆续自芜湖向繁昌、大通方向撤退；二、国军以肃清皖境之目的，令第三、第四两路总指挥统率所部，由江北江南分道进兵，以期各个击破敌之第三十五、第三十六两军。

我第三路军本日已到达含山、和县之线，继续前进中。我第四路军已限于22日以前到达三山镇、南陵、泾县之线集结后，即分向大通、贵池、安庆南岸进攻，明日第三十七军进入芜湖；三、贵司令应督率舰队与友军协同动作，且限于明日上驶至芜湖上游，并派遣军舰一、二只，乘黑夜径驶至大通附近，截击由大通渡江北去之敌第三十六军，为我第四路军所各个击破。

陈绍宽接到上述命令后，即率第二舰队“楚有”号旗舰，并“永健”、“永绩”、“楚同”、“江贞”等各大舰编队西进。10月21日上午，先有“楚同”、“永绩”二舰先行向上游巡弋，并侦探两岸唐军情况。下午，旗舰“楚有”号带舰队主力兼程上驶，至东西梁山时，舰队合编，一同向芜湖进发。

驻芜湖的唐部第三十六军原本打算在东西梁山一带江面上敷设水雷，以封锁陈绍宽的舰队西行，见陈的舰队骤至，来不及布雷便仓皇西遁，留下芜湖一座空城，海军当晚不战而下芜湖。10月22日，陈留下“楚同”、“永绩”两舰在芜湖维持治安，其余各舰继续西上。“永健”、“江贞”二舰任前锋，驶至荻港时遇到唐部的水兵正在岸边集结，即开炮轰击，舰上各种火力也一起进行射击，唐部水兵纷纷向内陆逃去，“江顺”号炮舰及“衡源”号火轮弃之岸边被招降。随后，陈又率舰队溯江而上，在顺安镇、刘家渡、大通等处虽遇有唐部的抵抗和火力封锁，但在舰炮火力的打击下，唐部守军不敢出面应战，只好望江兴叹，舰队于23日拂晓顺利逼近大通。

大通是唐军重点守备的江边要塞，该处备有水雷多具布设港内，并在岸边高地架设大炮，并分派“楚振”、“浚蜀”、“江平”、“江通”、“江寿”等舰布防江面，以图抗御西征军的水面进攻。但因唐部第三十五、第三十六军同时遭到李宗仁和程潜所率部队的攻击，正在步步西退。由于唐部连连败北，军心已涣散，因此，刘兴部守大通港的水、陆军见陈绍宽率舰队驶来，未及交锋便逃离而去。陈率海军遂又不战而进大通，俘3000多人，缴枪700余支、铁壳船2艘、木质船11艘。当刘兴部败走大通时，为了装载军队和装备，扣留了招商局的客轮“江华”等船，将乘客尽行驱向岸上并趁机抢掠乘客财物，使3000多名乘客枕藉于途，后由“楚同”舰及“风浦”、“华点”二轮运往芜湖。24日，第二舰队进驻大通；25日占领安庆；27日收复华阳；30日舰队进逼武汉的门户龙坪、武穴一带。唐部在龙坪、武穴，沿岸埋伏炮位，江面敷设水雷，并派“楚振”舰率炮艇数艘由武穴直扑而下，企图诱使第二舰队驶入其水雷地域。11月3日始，双方在江面上鏖战，战事延至6日，第二舰队始下龙坪，7日，时至武穴。“楚振”舰中弹逃遁。

蒋桂战争

1929年3月至6月，国民党南京军阀蒋介石与广西桂系军阀李宗仁、白崇禧等人为争夺在湖南、湖北、广西地区的统治权而进行的一场战争。

1928年间，以李宗仁、白崇禧为首的桂系军阀，在西征唐生智和北伐奉张的过程中，白崇禧部进驻华北，黄绍竑部占据广西，李宗仁率第四集团军驻防武汉。同时，与桂系关系密切的广州政治分会主席李济深又大力支持桂系。桂系势力的急剧发展，对蒋介石的独裁统治是一个重大的威胁，于是，蒋介石决心铲除桂系的势力。

1929年初，蒋介石在全国编遣会议上，采用“削藩”策略，排除异己，削减其他各派军阀势力的企图失败以后，便积极策划使用武力来消灭异己。蒋介石当时心目中的劲敌本是冯玉祥，但因冯的实力较强，割据的西北地盘又连成一片，特别是对冯玉祥部下的收买瓦解工作尚未奏效，因此一时难以下手。而此时的李宗仁部，不仅兵力较小，而且兵力分散，从广东到冀东摆成了一字长蛇阵，大部分部队又是收编的唐生智湘军，蒋介石对桂系内部的策反工作也已见效。因此，蒋介石决定首先对桂系开刀，并作了一系列的部署：首先通过汪精卫拉拢收买在日本的唐生智，给其以巨款使他回国去冀东收回被桂系收编的旧部，扣留白崇禧；其次是拉拢张发奎，使张部从江西西部侧击粤汉路，威胁桂系的后方；三是通过杨永泰拉拢俞作柏，鼓动其表弟李明瑞倒戈；四是通过郑介民收买陈济棠、陈铭枢等反对李济深；五是派黄郛、邵力子贿赂冯玉祥、阎锡山通电讨伐桂系。通过上述一些活动，使桂系孤立起来，为蒋介石下一步兴兵讨桂创造了条件。

1929 年 2 月，蒋、桂为了争夺湖南，展开了激烈的斗争。当时，桂系因蒋介石运给湘省主席鲁涤平大批军火，而深感不满。认为蒋介石插手湖南，扶持鲁涤平，是有牵制桂系之意，决定先发制人。遂以武汉政治分会做出决议，以“潜运军械，阴谋破坏”为由，于 2 月 19 日免去鲁涤平湖南省主席职，以何键继任。并派五十二师叶琪部、十五师夏威部由鄂入湘，赶走了鲁涤平。蒋介石则针锋相对，以军队“编遣”期间，政治分会无权任免有关特定区域内官员为名，下令“彻查桂军侵湘事”。同时调动军队，由南北两路合击武汉，令缪培南、方鼎英师由江西逼取鄂南；夏斗寅、刘峙师自豫皖进击鄂东北。为了迎击蒋军，桂军分别集胡宗铎、陶钧、夏威等师于鄂东北，何键师和张其雄、吴尚两独立旅于湘东北。是年 3 月中旬，李济深率粤方代表出席国民党三中全会到达上海，蒋介石借口调停湘案，电请李济深北上赴京。李于 3 月 13 日抵达南京，21 日即被蒋介石囚于京郊汤山。至此，蒋介石消除了粤桂联合的顾虑，决定出兵讨伐桂系。

3 月 26 日，蒋介石下令讨伐桂系。其以国民政府的名义，在下达的《讨伐令》中称：李宗仁、李济深、白崇禧等“借革命之名义消灭革命”，“实为国民革命之障碍，三民主义之叛徒”，除免去本兼各职，听候查办外，还命令前方各军对桂系所属部队痛加讨伐。28 日，蒋介石命令朱培德为讨逆军第 1 路总指挥，率第三、第五军，从九江、南昌西攻武（昌）长（沙）路，以截断桂军退路；以刘峙为第二路总指挥，率第一、第二军，由皖鄂边界沿长江西取武汉；韩复榘为第三路总指挥率第六、第七军，由南阳、信阳出发南袭武汉；以陈调元为预备队总指挥；蒋介石设讨逆行营于九江，亲自坐镇督师，计划分两期作战：第一期以攻取武汉为目标，第二期肃清湘南、两广之桂军。31 日，蒋介石下达总攻击的命令，各路军迅速攻入鄂境，进逼武汉。同时，蒋介石又采取分化瓦解手段，派员收买了桂军俞作柏、李明瑞、杨腾辉等人。4 月 2 日，当蒋军进至刘家庙时，李明瑞、杨腾辉即率部连夜撤往孝感、花园一带，于 3 日宣布服从“中央”指挥。李、杨两部倒戈归蒋，使桂军防守出现缺口，蒋军不战而入。桂军见大势已去，遂放弃武汉，向荆州、沙市、宜昌一线撤退。4 日，蒋军进入武汉。5 日，蒋介石以鲁涤平为武汉卫戍总司令，刘文岛为武汉市长。接着又令张发奎、朱绍良分任第一、第二路追击司令官，率部对胡宗铎、陶钧、夏威等部实行武力追剿。同时又以金钱、官职进行收买。在蒋介石的软硬兼施逼迫下，胡、陶、夏等人联名通电下野，所部被蒋介石收编，武汉桂军遂全部瓦解。

蒋介石在集中力量，解决武汉桂军的同时，又通过重新起用唐生智，收拾了平津的桂系势力。为了将驻在滦东的白崇禧部赶出平津地区，蒋介石派唐生智携巨款去河北，由天津赴唐山，收买了被白改编的旧部。3 月 20 日，唐的旧部李品仙等人发表通电，宣布讨伐白崇禧。白崇禧见势孤难敌，便弃众逃亡，由天津经海路南下香港，所部重归唐生智指挥。蒋介石旋命唐生智为第五路军总指挥，率第四集团军移驻石家庄。

蒋介石在解决了武汉和平津的桂系实力后，于4月19日、24日先后下达命令，发布了“以根本铲桂逆之目的，拟即由湘、粤、滇三路进攻广西”的作战计划，并由桂投蒋的何键为讨逆军第4路总指挥，率湘军由湘南攻桂林；以陈济棠为第八路总指挥率粤军由广东肇庆、英德一线直取梧州；以龙云为第十路总指挥，率滇军由滇北经贵州攻占柳州。

这时，李宗仁、白崇禧已逃回广州，在蒋介石的紧逼之下，决定争取主动，以攻为守。5月5日，李宗仁在梧州打起“救党救国军”的旗号，自任总司令。由白崇禧、黄绍竑率兵分两路向广东进攻，企图以军事上的胜利来挽救政治上的失败。5月21日，粤、桂军在广东白泥进行一场血战，桂军战败，退回广西。李、黄回师广西后，又经过几次反击作战，把入侵广西的湘军打退，但粤军却从东部深入广西境内。在此期间，蒋介石把李明瑞、杨腾辉部从湖北，经上海运至广东。在路经南京时，蒋介石从陈济棠处拨出80万元给俞作柏、李明瑞、杨腾辉作军费，时行收买，指令李、杨两部与广东粤军合兵作战，消灭李、白，彻底征服广西。

6月2日，李明瑞、杨腾辉的部队到达梧州，然后沿邕江进抵桂平附近。由于粤军与李、杨两部配合作战，龙云部又从贵州方面杀来，白崇禧、黄绍竑无力抵挡，由广西南部的龙州败逃越南，残部交给许宗武、韦云淞率领。当李、杨两部到达桂平附近之后，他们经过谈判协商，认为双方都是广西的部队，不应当在自己的家里打仗，况且不管谁胜谁败都对广西人不利，而对蒋介石和陈济棠有利。于是，双方取得谅解，达成协议：许宗武部让开河防，让李、杨部渡过邕江，李、杨部则允许许部在广西存在，不对他采取军事行动。韦云淞部也与李、杨部达成同样的条件妥协。俞、李、杨这种作法，显然违背了蒋介石“根本铲除”的意愿，保留了李、白残部，为李、白以后的东山再起留下了基础。7月，俞作柏在南宁市任广西省政府主席职，李明瑞任广西编遣分区特派员职，从而组成了以俞作柏为首的广西省政府，第一次蒋桂战争遂告结束。

蒋桂战争揭开了1929年至1931年国民党各派新军阀混战的序幕。在这次战争中，蒋介石集团，针对李宗仁部兵力弱小，战线过长，且内部矛盾重重的弱点，采用了集中兵力，攻占要点，分化瓦解的作战方针，首先攻占了武汉，卡住了南京的上游，如芒在背，从中间割断了桂军南北两端的联系，为各个击破桂军创造了有利态势。其次是拆散了粤桂两派的联盟，扣押了李济深，策动了倒李运动，使广西陷入孤立无援的境地。三是针对桂系内部的矛盾冲突，巧妙的利用矛盾，分化瓦解桂系内部，使其战斗力进一步削弱。而李宗仁集团在这次战争中，则缺少对战争全局的正确分析，战线拉得太长，首尾难顾，不能把有限的兵力集中起来，固守住武汉战略要地，采取了步步退守的作战方针，失去了作战的主动权。在加强内部统一组织指挥方面，缺少强有力的保障形式，导致了粤桂联盟被拆散，出现了内部反叛倒戈，给蒋介石造成了可乘之机。

蒋冯战争

1929年10月至11月，蒋介石和冯玉祥为保存军事实力，扩张统治势力在河南地区进行的一场战争。

北伐战争中，冯玉祥誓师响应北伐，取得了河南地盘，统治势力又得到了进一步扩张。蒋介石看到冯玉祥的军事实力不断增强，统治的地盘又连成一片，感到对自己的独裁统治是一个威胁，便采用拉拢手段，与冯“义结金兰”，企图以此来稳住冯玉祥。但蒋、冯之间互相排斥，暗中扩充势力，矛盾一直不断。在1929年初的编遣会议上，由于蒋介石和阎锡山合伙抛出的编遣方案，明显企图是削弱冯玉祥西北军的军事实力，冯以生病为由拒不出席会议，于1月底秘密由南京返回河南，使蒋、冯之间的矛盾冲突遂表面化。3月28日，中日两国签订解决“济南惨案”的协定，其中规定日军自胶济线撤退，冯系山东省主席孙良诚接防济南。但蒋介石初电令孙良诚勿入济南，后虽同意“按原定计划接防”济南，但又另派陈调元部驻守胶东，牵制孙良诚部。山东这一问题的出现，使冯玉祥更为不满，蒋、冯之间的矛盾更趋激化。

4月初，蒋介石进兵两湖，攻打桂系时，冯玉祥在邵力子的疏通下，表面上虽打出了拥护中央讨桂的通电，暗中却部署重兵于豫东和豫南，其意图是蒋战败即派兵渡江夺取南京，桂系战败则出兵武胜关夺取武汉。桂系在鄂失败后，冯系韩复榘、石友三两军进至鄂北花园。蒋介石为稳住韩、石两部，在武汉召见韩、石，以犒赏军队为名，进行收买。

冯玉祥在蒋桂战争末期，预感到蒋在打败桂系后，将会向西北军开刀。于是他在北联晋军拉阎锡山共同反蒋的同时，大力调整部队。4月24日，冯玉祥在开封召集高级将领军事会议，认为桂系之所以失利，就在于战线拉得过长，李、白对将领失去控制。遂决定缩短战线，撤退山东部队，收缩鲁、豫兵力，集结河南。接着，孙良诚电辞山东省政府主席职，率部撤离山东，移驻陕西。随后，韩复榘、石友三、马鸿逵、庞炳勋等部也率部撤离河南进入陕西。冯部还将武胜关隧道和陇海线上的重要桥梁炸毁，以迟滞蒋军的调动，阻其进攻。5月15

日，冯部将领刘郁芬、孙良诚、韩复榘等通电“护党救国”，推冯为“护党救国军西北路总司令”，请冯率部反蒋。

面对蒋、冯间的紧张局势，蒋介石采取了边用兵，边分化的策略。一方面制定了“集结主力于豫西、鄂西及平汉、陇海沿线一带，俟其发动一举而歼灭之”的作战计划，令朱培德的第1路军集结于徐州、开封之间；刘峙的第二路军在信阳、襄樊一线待命；唐生智的第五路军部署在洛阳、郑州一带。另一方面，蒋介石不惜以重金收买冯玉祥的部下。4月间，蒋在武汉召见韩、石两人，就以巨款收买，使其萌发叛冯投蒋之心。后又继续策动韩、石破坏冯玉祥的西撤计划。5月22日，韩、石通电“维持和平，拥护中央”。蒋介石即委任韩当西北军总指挥，任石为讨逆军第十三路总指挥。在行政上，蒋委任韩为河南省主席，石为安徽省主席。同时，蒋还策动冯部刘镇华、杨虎城、马鸿逵等叛冯投蒋，委任刘镇华为讨逆军第十一路总指挥、马鸿逵为第十五路总指挥，杨虎城为新编第十四师师长。这样，在蒋介石的一手策划下，西北军内部发生了激烈的分化。5月23日，国民党中央决议开除了冯玉祥的党籍；24日，国民党政府下令免去冯玉祥本兼各职，严缉拿办。冯玉祥遭此重大挫折，在出于无奈的情况下，委宋哲元代理总司令，只身去山西说服阎锡山共同反蒋。阎锡山却劝冯玉祥下野出洋，表示愿陪冯一起出国。冯处境困难，决定以退为进，表示愿意下野出国。阎却在6月下旬诡称共商反蒋大计，邀冯入晋，把冯玉祥软禁在五台山，作为与蒋介石谈判的筹码。

蒋介石在打败桂系，分化西北军得手后，为了进一步控制中原局势，又派嫡系将领蒋鼎文率第二军驻扎在武汉地区，南控湘赣，西制川鄂；命顾祝同率第一军驻守徐州，南掩京沪，北控苏鲁；对冯玉祥的西北军，则采取了以毒攻毒的策略，起用唐生智为第五路军总指挥，率其旧部开赴豫西扼制西北军东出潼关，并加紧经济封锁，企图将冯军困毙于西北荒漠地区。

西北军将领对阎锡山背信弃义扣押冯玉祥极为愤慨，再加上陕、甘、宁、青西部地区土地贫瘠，给养极其困难，都愿意投蒋打阎，以打开生路。遂由鹿钟麟出面拉拢韩复榘和石友三，重修旧好。这时，韩、石两部叛冯投蒋不久，仍处在蒋的嫡系部队包围之中，颇为不安，正想摆脱困境。他们在鹿钟麟的劝说之下，表示愿意合力攻阎，以报扣冯之仇。何应钦闻后，当即答应接济军火给养。阎锡山听说此事后，极其恐慌，并意识到西北军仍拥有广大地盘和雄厚实力，仍听从冯玉祥的调遣，于是改变了对冯玉祥的态度，表示愿和冯共同反蒋。冯为防止蒋、阎勾结，决定拆散其联盟，也表示愿意捐弃前嫌。双方约定，由西北军率先发动，晋军随即响应。因此，西北军又由联蒋攻阎变为联阎反蒋了。

10月10日，退驻陕、甘的西北军在代总司令宋哲元的指挥下，发动了反蒋战争。接着，40万大军兵分三路直指河南。第一路由孙良诚指挥，沿陇海线东进潼关，再入豫西；第二路为孙连仲、刘汝明部，由孙连仲指挥，出紫金关，东取南阳；第三路由张维玺、吉鸿昌率领，从汉中、兴安出鄂豫边的老河口，循白河东进，威胁襄樊。后两路得手后，进取武汉，与两广的张桂联军取得联系，共同倒蒋。

10月11日，蒋介石下令讨伐西北军，决计将码军“歼灭于潼关——紫金关——白河以东地区，直驱长安，一鼓而荡平之”，蒋介石亲自指挥，以朱培德为总参谋长；以唐生智率领第五路军的第五、第八、第十军等部，在郑州以西进攻冯军，阻其由潼关东进；以方鼎英所率第一路军的第三、第四军等部，集中于叶县、舞阳、西平、郾城一带，西击冯军；以刘峙所率第二路军的第一、第三军等部，集结于鄂北广水、花园、樊城、老河口一带，相机北进；另调四川杨森部至荆州、沙市一带为后卫。

10月下旬到11月上旬，蒋、冯两军在洛阳东南的临汝、登封、黑石关一线和豫西的淅川、紫金关一带发生激战。冯军三路出动后，初战甚为得手。孙良诚指挥的第一路军从左翼很快打败洛阳守军徐源泉部，进抵登丰、密县；宋哲元指挥第二路军的冯治安军，从中路攻下临汝，孙连仲指挥刘汝明军也进抵西峡；张维玺、吉鸿昌部也从南路进至老河口一带。蒋介石见冯军攻击顺利，战局发展与己不利，便亲至许昌督师指挥作战。11月初，宋哲元、孙良诚两路军在防守陇海线黑石关要隘庞炳勋第二路军的配合下，正待部署军队夺取许昌和郑州时，不料蒋介石又和阎锡山达成协议，蒋给阎拨去月饷军费680万元，并委任阎为陆海空军副总司令。阎在蒋的高官厚禄收买之下，又倒向蒋介石方面，不仅违背了诺言，按兵不动，而且宣布就任南京国民政府陆海空军副司令职，并在北平、太原等地召开“讨逆”大会。阎的这一反叛行为，使冯玉祥及其西北军受到很大打击。左路军孙良诚部在唐生智、方鼎英部的拼命阻击下，放弃密县、登丰一带阵地后撤，因掩护撤退的魏凤楼军过早放弃龙门，孙良诚部在后退时被徐源泉部截击后部，受到很大损失，在蒋军前后夹击之下，孙良诚进退无路，准备接洽投蒋，以保全部下。宋哲元在中路得知这一消息后，恐腹背受敌，遂下令前线的本路军及庞炳勋军向潼关撤退。至11月底，在蒋军的强大攻势之下，西北军孤立无援，军事指挥上又无法统一，冯玉祥令其主力退回陕西。至此，冯玉祥反蒋战争遂告失败。

在蒋冯战争中，蒋介石面对冯、阎两大军事集团联盟，谨慎用兵，巧妙周旋，采取拉一个、打一个，边用兵、边分化的办法，首先以重金收买了冯部的高级军事将领韩复榘、石友三，破坏了冯玉祥部西撤的计划，使其兵力分散，主力未能及时收拢，而后又策反了刘镇华、杨虎城、马鸿逵等西北军将领，使西北军发生激烈的分化，战争未及展开，便使冯的军事力量受到严重挫折。战争展开后，蒋介石又以釜底抽薪的方法，用高官厚禄把阎锡山收买，破坏了冯、阎的军事联盟，使阎反叛讨冯，陷冯玉祥于孤立无援之中，为蒋介石集中兵力消灭冯玉祥的西北军，提供了可乘之机。这不能不说是导致冯玉祥反蒋战争失败的一个重要原因。而冯玉祥在这次战争中，虽然开始分析认识到了要接受蒋桂战争中桂系失败的经验教训，制定了缩短战线，集中兵力的作战方针，但是在战争的具体过程中却没能很好的贯彻落实，兵分三路出击均未能奏效。而对蒋介石惯用的收买、分化、瓦解的策略掉以轻心，缺少统一组织指挥和巩固内部、加强联盟的必要措施，因而重蹈桂系覆辙、导致了反蒋战争的失败。

唐、石联合反蒋之战

1929年12月至1930年1月，唐生智和石友三在以汪精卫为首的国民党改组派的支持下在河南进行反对蒋介石的作战。

自从北伐战争以来，唐生智一直是汪精卫的忠实追随者。武汉政府时期，唐生智因与张发奎支持汪精卫反蒋，被李宗仁、程潜讨伐下台，军队被桂系吞并，唐被迫出走东洋。在蒋桂战争中，蒋介石进兵两湖，讨伐桂系时，经汪向蒋极力建议，唐又从日本回国，从桂系手中收回旧部。国民党三全大会上，汪精卫的改组派没有获得如意好处，汪就派其党徒到处煽动与蒋有矛盾的部队起来反蒋。唐生智在蒋桂战争中，虽然率其湘军主力尽力助蒋讨桂，但蒋获胜后，唐并没有得到蒋的信任却被派驻郑州，唐去南京见蒋陈述己见又几乎被蒋扣留，因此，唐回到郑州以后反蒋之心更加强烈，积极寻找反蒋的势力结成联盟。

石友三则是一个唯利是图的小人，在蒋冯战争中，蒋介石通过高官厚禄的诱惑，使他叛冯投蒋。但蒋获胜后却把他的部队从亳州调到了河北的德州，安徽省主席的职位被蒋留给了亲信陈调元。石为此嫉恨如仇，虽在刚刚投蒋不久，却又起反蒋之心。当时在投靠蒋介石的西北军将领中，韩复榘、马鸿逵、石友三都是寄蒋篱下，不受重用，备受歧视。他们三人同病相怜，互相庇护，秘密结成小集团。

唐生智认为这个小集团可以利用成为他反蒋的同盟者。于是在 1929 年 11 月主动与他们进行联系。在此期间，石、韩也与国民党改组派在上海的总部接上了关系。当唐生智与韩、石串联反蒋时，韩为壮大力量又派员去徐州与石、马秘密会商。马鸿逵看到这是一个卖友求荣的好机会，会后立即到南京向蒋介石告密。蒋由此而信任马鸿逵，对唐、石、韩则采取了严密地防范措施，并准备暗中解决唐、石等人。

就在蒋介石暗中准备解决唐、石的同时，国民党改组派总部也派人到唐、石的部队中进行策划，委任唐生智为“护党救国军”第四路总指挥，石友三为第 5 路总指挥，并约定在适当时机共同起兵反蒋。在改组派的串通下，唐生智除了早已与阎锡山、冯玉祥有联系外，又串通了各地大小反蒋势力，与陕西的宋哲元、湖北的夏斗寅、湖南的何键、河南的杨虎城、四川的刘文辉等都接通了关系。唐生智特别重视联络阎锡山，派大员袁华选专程到太原会晤阎锡山和冯玉祥，进一步策划联合反蒋之事。此时的阎锡山因受到蒋介石的猜疑，有心再度联冯反蒋，唐生智之请正中下怀。袁华选转达唐意，只要阎同意反蒋，唐即拥护阎为领袖。于是，唐、阎达成协议：阎派联络员到唐生智部，并开出50万的支票充作唐部的军费。唐生智在郑州发动反蒋行动后，阎锡山即在太原发表讨蒋通电。经过上述联络活动后，唐生智认为联合反蒋已经成功，石友三也积极做好准备。

这时，蒋介石已侦知唐、石的反蒋活动，便采取分而治之，投其所好，诱其就范，而后聚歼的计谋，针对唐、石的不同情况采取了不同的措施。1929年11月下旬，蒋介石声称要委任石友三为安徽省主席职，令石率部到安徽接任。石并不知是计，于11月26日奉命将部队开到蚌埠，准备接管安徽省政。11月27日，石友三赴南京谒蒋，以为会立即得到高官、地盘和巨额军饷，没想到蒋却要石抽调部分力量去广东支援陈济棠攻打桂系。石立即醒悟这是蒋为拆散他的实力所施的一计。为了保存实力，对抗蒋分而治之的计谋，石提出亲率本部人马，全部赴粤。石原本以为蒋不会同意他的这个要求，没想到蒋却非常痛快，不仅同意石部全体南下，而且还许诺石任广东省主席。蒋指示石将部队带到浦口集结，然后分乘木船到上海，然后再由上海乘轮去广东。本性多疑的石友三，对蒋的这一出人意外的决定感到困惑不解。回到蚌埠大本营后，国民党改组派驻军代表帮助分析认为，这是蒋企图将石部诱上木船，在长江东下途中缴械。石恍然大悟，于是决定将计就计，乘其兵力集中，东下浦口时起兵反蒋。石秘密通知唐生智，约定在12月初到达浦口时同时举兵。为了麻痹蒋，石对蒋则表现的非常顺从，按时把部队带到浦口“待船”。

就在石率部东下浦口时，蒋介石对唐生智部开始实行重兵包围，加强对郑州的封锁，使其孤立，待机围歼。这时，石友三也发觉蒋对唐部的行动，不断把南京方面的军事情报向唐通告，当石电告唐，蒋介石已派何成浚去武汉，转平汉线督师，让唐提防小心时，唐回电请石专一在浦口行动，湖北、河南之事他已有安排，并告知石友三，驻扎在山东的高桂滋部已表示与他们合作反蒋，请石在浦口举兵可无后顾之忧。最后，唐、石二人商定：蒋已有察觉，事不宜迟，石友三部由浦口进攻南京，唐生智部下直取武汉。

12月2日深夜，石友三在浦口东站召开紧急会议，决定立即起兵反蒋。先把蒋介石派到石部的代表、兵站总监卢佐扣押，随后以数十门大炮排列在长江北岸，突然向南京城猛烈开火。同时派便衣队潜入南京城内，乘机扰乱。浦口的公安局、保安队、护路队等地方武装，全部被石部缴械，南京城里也陷于混乱之中。浦口的炮声一响，唐生智即在郑州发表早已拟定好的通电，列名者有75人，宣布联合反蒋。12月3日，唐又在郑州善乐园召集各团体机关开会，作了关于时局的讲话，提出放弃蒋介石颁给唐部的第五路军番号，改称“护党救国军第四路军”等六项政治主张，并发表了《拥汪联张电》，公开进行反蒋之战。

蒋介石虽已有所防，但没想到石，唐会这样快起兵反蒋。这时，两广战事未停，石、唐又起兵，蒋军主力集中在两广地区正与桂系作战，一时难以调回与唐、石部作战。蒋介石为解决肘腋之乱，便急忙于12月3日在南京召集国民党要员开会，谋划对策。商讨结果决定：争取阎锡山、张学良是解决问题的关键。只要拉住阎、张反对改组派，唐、石之乱即成无头之鸟。对唐、石二部，则重点打击唐部，对石部主要利用韩复榘、马鸿逵进行牵制，而不予以重点打击。会议过后，蒋即派吴铁城以劳军为名去东北拉拢张学良；派内政部长赵戴文去山西劝说阎锡山反唐；向马鸿逵发出训令，率部切实维持好徐州秩序；另派新编第二十路军冯铁裴部从浦口向北进击石友三部；另调集蒋系主力进攻唐生智部。

阎锡山与张学良在唐联络起兵反蒋时，已有过来往。阎在拟写反蒋通电时曾征求张的意见，填写了“党事由党人解决，国事由国人解决”之语，意在反对蒋介石的个人独裁统治。但是，阎的通电尚未发出，事情就发生了变化。一是唐起兵后，没有按照原来的约定，在通电中拥护阎为领袖，却发表了《拥汪联张电》。阎认为唐言而无信；二是阎的“军师”赵戴文及时赴晋劝阎反唐起了转化作用，使阎锡山由原来的联唐反蒋变为联蒋反唐；东北的张学良在吴铁成的劝说下，也表示反对改组派，支持蒋介石讨唐。于是，阎、张联合发表通电，表示拥护中央，反对改组派，联合讨唐。阎还在太原召开群众集会张贴标语，大造反对改组派、反对唐生智的声势。结果，允诺给唐部的50万元空头支票还没有来得及兑现又收了回去，完全倒向了蒋介石一边。

蒋、阎、张的关系打通之后，蒋、阎相约：阎锡山从山西、河北向河南出兵；马鸿逵、韩复榘部扼守陇海路东段；蒋系军队从南向北进攻郑州；阎、蒋南北夹击唐部。蒋并允许阎支配河南省政权。阎在垂手可得河南地盘的诱惑下决定出兵讨唐。

阎锡山态度的变化，立刻引起反蒋联盟的变化。原来唐生智在通电上列名的75名将领，纷纷发表声明，否认他们参与唐、石反蒋之事。12月15日，唐生智的老部下何键，不仅否认他曾同意列名反蒋，反而列举揭发唐的罪状，通电声讨唐生智。12月20日，由阎锡山领衔，原在唐生智通电上联名反蒋的将领，如马鸿逵、万选才、刘茂恩、刘镇华、王金钰等人联名通电，拥护中央，反对改组派，反对唐生智。在这种情况下，石友三与韩复榘商定，石投靠阎锡山，韩仍依靠蒋介石。12月21日，石友三在率部移至河南商丘后，发表“主张和平，反对改组派”的通电，投靠了阎锡山，后又率部移驻新乡，以免再遭蒋系军队的追歼。

蒋介石见唐、石联盟已破裂，石已投靠阎锡山，便顺水推舟，命令石友三部归阎指挥，不再追究石反蒋的罪过，但令其率部参加讨唐之役。西北军此时反蒋的态度也发生了变化，宋哲元部在唐生智发出反蒋通电后，曾发表通电声明支持唐军，当各派将领纷纷改变态度时，宋哲元又随众反唐。这样，唐生智就变成了孤家寡人，失去了与蒋较量的力量。

在唐生智集团内部，意见也不统一。五十一师师长龚浩，曾在12月3日的会议上提议，应当先借重于蒋介石发展自己的势力，马上反蒋为时尚早；如果一定要反蒋，也要速战速决，不宜拖延。可是，唐生智听不得不同意见，对龚浩的这一有益的意见没有予以考虑，反蒋之战打响以后，唐生智又贻误战机，不肯迅速南下。12月20日前，汉口空虚，国民党机关纷纷逃往南京。夏斗寅曾从鄂西密电唐生智，请他迅速南下，占领武汉，夏愿为内应。但唐生智迷信于阎、唐联合，待阎起兵，推迟南下。结果阎锡山变友为敌，夏斗寅见势不妙，也参加反唐军的行动，使唐生智四面受敌。

12月9日，蒋介石在国府会议上讲话，指出要坚决以武力平定唐部。随后，调其嫡系刘峙等部队沿平汉线北上，进攻郑州。阎锡山派孙楚、杨爱源部从河北、山西向南推进。12月19日，蒋介石电令“讨逆军”全部归阎锡山指挥。这样，河南境内的王金钰、刘春荣、韩复榘、石友三等都在阎锡山的麾下参加讨唐作战。南京政府为了加强讨唐作战力量，又购买了6架飞机参战。12月20日，蒋系部队在平汉线发起总攻。蒋鼎文、夏斗寅等师，经大小数十战，相继攻占了遂平、汝南；晋军于12月20日从北面抵至郑州，其中徐源泉部从鄂北攻入河南；驻在南阳的杨虎城部于1930年元旦之夜又袭击了唐军的供应站驻马店，给唐部以拦腰截击，加速了唐部的崩溃。唐生智本人已从郑州进至驻马店以南地区，遭此袭击后，唐又率领主力进行反攻，因兵力不足，适这时又天降大雪，平地雪深三尺，人马难以行动。唐率部徘徊在豫南，进退无路。潜伏在河南的情报头子戴笠，将唐部的狼狈情况电告蒋的总部，1月3日，蒋遂命刘峙指挥豫南前线蒋军向唐部发起猛攻；命驻南阳的杨虎城率其陕军向唐生智总部驻马店再次发动袭击；阎锡山亲到郑州督战，委托韩复榘为北路总指挥，督率王金钰、王钧等部渡过黄河，沿京汉路南下。唐生智在两面夹击之下，失去了抵抗力，进退两难。1月6日，唐生智致电阎锡山，请求只身出洋，所部听候改编。随后，唐生智化装潜逃，经开封到天津隐居。1月9日，唐部先后到河南漯河集中。13日，唐残部只好在刘兴、龚浩的率领下投降。所部被蒋、阎两军缴械收编。至此，唐生智、石友三的联合反蒋之战彻底失败，国民党改组派在北方拉起的两支“护党救国军”也土崩瓦解了。

1929年是国民党新军阀混战动乱不止，战祸不断的一年，内战的地域殃及大半个中国。其中接受汪精卫国民党改组派“护党救国大同盟”中央委任的“护党救国军”就有张发奎、俞作柏、唐生智、石友三等部，其各地大小反蒋势力也云集四起。然而，所谓的“护党救国军”却都一个一个被蒋介石打败了。其原因主要在于他们发起的“护党救国”运动，只有其名而无其实，“护党救国”只不过是一张招牌，参加“护党救国”的各派系，都是为了互相利用，为本派系争权夺利，没有统一的斗争目标，不是为了反帝反封建的民族解放运动，而是为了以反共反人民的汪记国民党，取代另一个反共反人民的蒋记国民党。所以，汪记和蒋记的权力之争，导致了新军阀混战不断，给人民群众带来了深重的战争灾难，也得不到人民群众的支持。蒋介石在这次战争中，之所以能战胜各派反蒋势力，主要在于他凭借手中的军事实力，采取了威慑与拉拢相结合的手法，利用护党救国大同盟内部互相戒备，互拆墙脚，都希望别人倒下，自己称霸的混乱状况，竭尽纵横捭阖之能事，把改组派的护党救国军先后予以各个击破，并借机打击了反蒋势力，使蒋介石的军事实力和独裁统治得到了进一步的巩固和加强。而以汪精卫为首的国民党改组派却从此一蹶不振，名存实亡了。

桂粤联军反蒋之战

1929年12月至1930年2月，桂系军阀李宗仁和粤军张发奎部，为保存军事实力，取得对两广地区的统治权，在广东西部地区和广西省境内与蒋介石军事集团进行的一次战争。

蒋桂战争结束后，蒋冯战争又起。国民党改组派首领汪精卫看到内战不息，有机可乘，便在香港召开国民党第二届中央执行会议，号召各地武装力量，反对蒋介石的南京政府。并派人与拥汪派的张发奎、唐生智联系，要他们发动反蒋战争。而蒋介石此时已经注意到张发奎在鄂西收容了桂军残部，势力日益膨胀，因而命令张所统率的第四师，调往陇海路休整，并限于9月20日前乘轮船到达浦口。张估计蒋必在汉口或浦口将其所部包围缴械，时机迫切，不容久待。张与汪精卫取得联系后，于9月17日电告蒋介石，提出三项主张：一是取消违法乱纪的国民党三全大会；二是根本铲除党内腐化、恶化势力；三是敦请革命元勋回国，主持大计。这是张发出反蒋的信号。次日，张即率部由宜昌驻地取道湘西回桂，目的在与广西的俞作柏、李明瑞部会师，一同进取广东，在广州另立政府，拥汪精卫出面，与蒋介石抗衡。

在张发奎率部经湘返桂途中，汪精卫特派薛岳去南宁会晤广西省政府主席俞作柏，请俞起兵倒蒋，与张发奎一同攻粤。俞以到广西主政才三个月，仓促起事，恐给人以可乘之机，考虑再三，犹豫不决。汪精卫以张率部师行途中，不容再缓，逼俞立即表态。俞不得已于9月27日在南宁宣布就任“护党救国军南路总司令”，并以李明瑞为副总司令。同时发表反蒋通电，欢迎张发奎都返桂。

蒋介石闻讯后，于10月2日下令免去俞、李本兼各职，另以吕焕炎为广西省政府主席兼第八路军副总指挥，以杨腾辉为广西编遣分区主任，又用重金收买李明瑞部的第四十四旅旅长黄权任独立第五师师长。10月7日，蒋命陈济棠督率香翰屏、余汉谋、蔡廷锴三个师沿西江而上进入广西，目的给俞、李施加军事压力。同时经黄权转告，允给俞、李10万大洋下野。10月13日，俞、李率张云逸的教导总队和俞作豫部离开南宁，分赴百色、龙州一带。

汪精卫在香港接到薛岳的报告，知悉俞、李率部离开南宁，非常不安，恐怕亲蒋的吕焕炎率桂军堵截张发奎部，便请李宗仁重返广西收拾桂局。李宗仁、白崇禧等人认为这是他们东山再起的好机会，便同意与张发奎合作，共同攻粤反蒋。10月31日，张发奎率部经湘西进至龙胜县城，随即便派员与广西将领接洽，达成默契。11月初，张率部继续向灵州、长安一线前进。11月11日，张接到桂林方面的来电，告知：“接第二届执监委员联席会议命令，任李宗仁为护党救国军第八路总司令兼中央命令主传达所所长，黄绍竑为副总司令，白崇禧为前敌总指挥，相与一致讨蒋靖粤”。张接电后决定率部兼程入粤。17日，张在同安宣布就任“护党救国军第三路总司令”职。24日，张率部到石桥镇与黄绍竑会晤，商讨进军靖粤部署后决定：1. 李宗仁以中央传达所长名义，统一指挥第三、第八路部队入粤讨蒋作战；2. 李宗仁为方便和汪精卫、张发奎的联系，任汪派要员陈翰誉为第八路总司令部参谋长；3. 张发奎的第三路经怀集、广宁到清远；李宗仁的第八路经德庆、肇庆、四会到清远。两路部队定于12月6日在清远会师后发起总攻。

蒋介石对桂、张联合攻粤早已作了充分准备，在张率部返桂的同时，除已命令陈济棠以第八总指挥统率余汉谋、蔡廷锴、蒋光鼎、香翰屏、李杨敬五个师先后进入两广地区外，又派朱绍良的第六路谭道源、陈继承、毛炳文三个师由赣援粤。另外，蒋又令何键的第4路部队由湖南进攻广西，从北部牵制桂系。在粤方面委何应钦为广州行管主任负责指挥入粤部队作战。

桂、张联军入粤作战部队共有五师五旅。其中桂系部队有五师一旅，分为二个纵队，第一纵队以吕焕炎为总指挥，下辖许崇武、梁朝玑两师和封克鲁旅；第二纵队以杨腾辉为总指挥，下辖梁重熙、黄权、蒙志三个师。张发奎的部队共有四个旅，即：邓龙光的第十旅、黄镇球的第十一旅、吴奇伟的第十二旅、陈芝馨的教导旅。两路兵力共有五万余人。

11月24日，第三路在张发奎的带领下经冈寨、下黄冈一线抵达清远、高田、上岳一带；第八路在李宗仁的带领下经都城、下茅墟、肇庆进至清远。

12月6日，李宗仁在清远下达总攻击命令。7日晚，第三路和第八路第一纵队由横石、第二纵队由洲心墟渡过北江，击溃沿江守军一部，继续向粤攻击前进。8日，第三路到达花县外围，张发奎即以吴奇伟、陈芝馨二旅为右翼，进攻花县、两龙墟；以邓龙光、黄镇球两旅为左翼夺取新田、石角。左翼对阵的蒋军为朱绍良、毛炳文、陈继承三个师。9日，邓龙光旅在新田率先破敌，攻占石角。10日，在右翼陈芝馨旅一部协助下，又将石角玉象山一线蒋军击溃。此时，邓旅士气正盛，本应乘胜直追逃军进击广州，但因右翼方面战场吃紧，邓旅追至李溪时，奉命回师增援两龙墟。

此时，右翼吴奇伟旅，8日晚在莲湖击破谭道源部，即占领花县。9日下午，陈芝馨旅进取玉象山，吴旅追敌到两龙墟受敌顽强阻击。10日至11日，战事完全集中在两龙墟战场。蒋军为蒋光鼎、蔡廷锴两师，凭坚固工事与张发奎部作战，将张部阻隔在两龙墟外围。11日中午，黄镇球旅在进攻中严重受挫，旅长黄镇球受伤。张又令邓龙光旅继续进攻。12日，守两龙墟的蒋军在空军的支援下，对张部展开突然反击，张部被分割为数面，收拢不及，损失惨重，又与第8路军接应不上，张发奎不得已于13日下令撤退。14日，张部退至琶江集结。

李宗仁率领的第八路军，此时正在进攻军田。由于第八路军多系新编部队，战斗力较弱，又因无重火力助攻，所以，军田久攻不下。李宗仁接到第三路军在两龙墟进攻受挫，退却琶江的文电后，恐左侧背受到威胁，也下令部队撤出军田。13日，白崇禧致电张发奎："接兄文电，敝军占领芦苞后，决定元晨分由芦苞、白泥渡河，向炭步、新街前进。但主力渡河尚未完毕，迭见贵部军官由花县到军田，谓贵部已向原路退回，故德（李宗仁）季（黄绍竑）两公决心暂撤回北江右岸，以便与兄会商后再定计划……"随后，第三、第八路都经广宁、怀集撤回广西。李宗仁原拟率部撤往梧州，并派一部先行抵梧，但部队尚未到，梧州已被陈济棠部进占，在这种情况下，只好率部退往平乐休整。12月28日，桂、张联军到达平乐。

1930年1月5日，李宗仁在平乐整编部队，决定将第三、第八路军的名义撤销，各自恢复以前的番号。改编后的番号是：张发奎任第四军军长，下辖第四、第十二师；杨腾辉为第七军军长，下辖第五、第八师；黄绍竑兼第十五军军长，下辖第一、第三师和教导师。这三个军仍以李宗仁为总司令、黄绍竑为副总司令，白崇禧任前敌总指挥。

此时，粤军分兵向平乐、荔浦进逼，而留守后方的吕焕炎又公开宣布反李拥蒋，并在玉林就任广西省政府主席职。吕的倒戈，使桂、张联军前后受敌，形势至为严重。李、黄、白、张在平乐举行会议，决定由白崇禧指挥杨腾辉的第七军和梁瀚嵩的教导师及黄瑞华的警卫团，阻击正面进入平乐、荔浦之敌；同时，由黄绍竑率第七军、第十五军主力远征桂南，解决吕焕炎叛军，以固后方。

黄绍竑1月9日率部由荔浦进抵柳州，吕焕炎在南宁的守军营长杨俊昌、覃兴即前来联系，黄告杨、覃应适时发动兵变，解决吕部守军，拿下南宁。随令第十五军于1月13日由修仁出发，第四军随后跟进。19日，第15军许崇武师袭占桂平，梁朝玑师袭占贵县，吕焕炎从贵县逃至玉林固守。而杨俊昌、覃兴等人于18日突然发动兵变，以迅雷不及掩耳之势，把吕部在南宁的蒋武、张寿两团解决，并且获得了一批储存在南宁的武器装备。黄绍竑即提升杨俊昌、覃兴、岑建英为团长，令他们驻守南宁。驻守在宾阳的吕部伍朝栋、韦恒心二团率部移至黎塘，向李宗仁投诚。至此，李宗仁讨吕军事行动告一段落。

1月下旬，朱绍良统领的第六路三个师进入平乐。李宗仁在宾阳，令梁瀚嵩教导师由荔浦向平乐开进，令白崇禧率第七军全部及在宾阳归顺的伍朝栋、韦恒心两团固守荔浦，准备迎击蒋军。

梁瀚嵩师于1月29日由荔浦进到栗木，击退敌警戒部队。次日蓟龙窝，又败敌一个团。进至平乐对岸时，却被优势的蒋军击退。白崇禧为了诱平乐之敌全部过漓江西岸，仍令梁瀚嵩师继续佯攻。2月1日，梁再率部进击。2日，蒋军毛炳文师和谭道源师倾巢出击，企图围歼梁瀚嵩师。梁见诱敌任务已完成，便率部迅速退回荔浦。

白崇禧见毛、谭两师西渡漓江，急令杨腾辉率第七军全部为左翼，攻占马岭；以梁瀚嵩师及伍、韦两团为右翼，进攻栗木；以黄瑞华警卫团佯攻阳朔；以唐生明部由荣城袭扰平乐敌后；白崇禧则亲率第八师一个团为总预备队。对毛、谭两师形成合围之势。2月4日，白崇禧下令总攻。5日，左翼一举攻占马岭、栗木。6日，又败敌于龙窝。7日，残敌分散数处逃过漓江，退往八步。10日，桂军追至八步，残敌又退至信都、开建转往梧州与陈济棠部会合。至此，桂北之战已获胜利。但粤军余汉谋、香翰屏部正沿容仓公路进援玉林，企图解吕焕炎之围。为此，白崇禧电告黄绍竑，请他放弃玉林，退守浔贵，候他率第七军到后再一同破敌。12日，白率第七军到柳州准备南下玉林。

可是黄绍竑此时已令第四军远征南路，一时调不回来。当黄得知粤军沿容仓公路急援玉林时，急调张发奎回师北流阻敌，可是此时李汉魂师在高州，邓龙光师在廉江，要数日后才能到达北流。黄迫于形势，遂改令第四军由高州进入容县杨梅附近，以阻止粤军的前进，但第四军主力未到，粤军已迫近，不得已又退向北流，粤军再次进逼北流。这时，白崇禧急电黄绍竑，重申不要孤军作战，继续后退，寻机再战。可是黄没有采纳这一正确意见，令第四军和第十五军主力与粤军余汉谋、香翰屏、蒋光鼎三个师在北流附近进行决战。从13日至16日，桂、张联军主力与粤军主力苦战四昼夜。张发奎第四军和第十五军的梁瀚嵩师因连日奔袭，劳师远征，兵力疲惫，在劳逸悬殊的不利形势下，终于败北。桂、张联军只好退到贵县防守。形成了桂、张联军与粤军隔浔江对峙的局面。北流一战，桂、张联军损失重大，特别是张发奎第四军尤甚。战后，张部缩编为第三十四、第三十五、第三十六团。至此，桂、张联军反蒋之战又以失败告终。

桂、张联军反蒋之战，是国民党新军阀混战中一场重要的战争，战争的核心是为了争夺在广东地区的统治权。汪精卫挑起战端后寓居香港，蒋介石则调用粤、赣军与桂、张联军对阵，其嫡系部队并未参战，但却从中捞到了好处，取得了对广东地区的统治权，进一步削弱了桂、张的反蒋实力，巩固了在南方的统治地位。而桂、张联军反蒋之战的失利，主要教训在于相互协调不够统一。在攻粤之战中，两军未能形成合力。在第三路左翼初战得手后，未能抓住有利战机，直下广州，威敌后方，却回援右翼，处置失当。而在两龙墟之战失利后，又未能及时与第八路联系，单方撤兵回退，使桂军侧翼暴露，不宜再战，也只好仓促退兵，导致了攻粤之战的失败。另外，桂、张联军在作战中频频转战，兵力分散，缺少必要的补充与休整，使部队过于疲惫，影响了战斗力的发挥也是这次反蒋失败的一个主要原因。在攻粤失败后，桂、张联军在蒋军的追击之下，未及休整便投入了桂南、桂北、桂东南等几次作战，实行分兵阻敌，虽然取得桂南、桂北作战的胜利，但没能很好的发展胜利形势，却劳师远征，欲解玉林之敌，主力被困守北流。最后导致整个反蒋之战失败。

蒋、冯、阎中原大战

1930 年 5 月至 11 月，蒋介石与冯玉祥、阎锡山、李宗仁等为争夺军事统治权，在河南、山东、安徽等省进行的一场大规模军阀混战。因战争主要在中原地区进行，故又称“中原大战”。

1928 年 6 月，国民党新军阀通过第二次北伐，将奉军驱逐出关后，蒋介石、冯玉祥、阎锡山、李宗仁四大军阀集团间为了分配地盘和统治权力，矛盾冲突逐渐尖锐化。同年 7 月 11 日，蒋介石接受政学系智囊人物杨永泰建议的“削藩”策略，召集各集团军总司令及其一些主要军官在北平（现北京）汤山举行会议，讨论缩减军队的方案，提交8月初举行的国民党二届五中全会审议并得到了通过。

1929年1月，国民党召开编遣会议，讨论军队缩减方案，蒋介石借此机会，首先集中力量削减冯玉祥的实力，而对阎锡山则实行拉拢手段。阎锡山当时兵力不足十二个师，蒋介石不但保留了阎部十二个师的番号，而且还允许补充足额。阎锡山虽然也看破了蒋介石借编遣会议削弱异己的企图，但是，他看到自己据有闭关自守的有利地盘，可以坐山观虎斗，因而，在编遣会议中也对蒋介石采取了虚与委蛇，见机行事的方针。

1929年初至1930年初，蒋介石先后在两湖、粤西、豫西、豫南等各次军阀混战中打败了李宗仁、张发奎、冯玉祥和唐生智等人后，军事势力更加强盛。这时，被打败的各路军阀已无力再与蒋抗衡，不仅其他一些杂牌军阀惴惴不安，“山西王”阎锡山也感到了蒋介石对自己的军事威胁。这时，蒋介石也对阎锡山改变了过去那种拉拢敷衍的态度：原来在和阎锡山联手讨伐唐生智时应允的每月拨给晋军的80万元军饷也不再拨付；阎锡山要求发行公债以偿付“北伐战争”垫付的军费也不予批准；原来由阎锡山控制在手的天津海关、长芦盐运使署等华北的重要税收机关，也由宋子文派人前来接收，如此等等。在蒋介石这种咄咄逼人的形势下，阎锡山终于决心揭起反蒋的旗帜。这时，由于其他各派军阀在蒋介石的打击之下，实力都遭到不同程度的削弱，只有阎的晋军还保持一支完整的兵力，因此，晋军就成为国内各反蒋派系所瞩目的重要力量。

1930年初，国民党改组派头目汪精卫、陈公博，西山会议派头目邹鲁、谢持等人先后来到太原与阎锡山共同策划讨蒋。计有冯玉祥、李宗仁、张发奎、刘文辉、孙殿英、韩复榘、石友三、唐生智、马鸿逵、刘湘、何键、樊钟秀、井岳秀、任应岐、刘镇华、万选才、宋哲元、陈调元、金树人、岳相如、刘恩茂、刘桂棠、刘春荣等全国各地大小军阀均派代表参与酝酿。东北军阀张学良也派其秘书王树翰前去太原联系共同反蒋行动。太原一时各路军阀代表云集，成为汇合全国各地反蒋力量的政治中心。

阎锡山在采取军事行动前，首先作了一系列的舆论准备：2月10日，以“礼让为国”为辞，通电要求蒋介石下野；3月13日，又授意其部下商震通电劝阻阎锡山辞职；3月14日，李宗仁、张发奎以及冯系将领鹿钟麟等57人联名发出了拥护阎锡山为中华民国陆海空军总司令、冯玉祥、李宗仁为副总司令的通电；3月21日，阎、冯又联名发出倒蒋通电；4月1日，阎、冯、李宣布就职。此时，全国各地大小军阀纷纷发表通电，拥护讨蒋。

4月初，阎锡山到郑州与冯玉祥会晤，分析研究讨蒋之战的军事形势，确定作战方针是：河南战场采取攻势防御，将蒋军主力牵制在陇海、京汉两线；山东战场采取攻势，得手后即全线出击，夺取徐州和武胜关战略要地，而后各路围攻南京。其兵力部署是：桂军为第一方面军，李宗仁为总指挥，由广西出兵湖南，北进武汉；西北军为第二方面军，冯玉祥为总指挥，由郑州地区沿陇海路东取徐州，并防守许昌以北地区；晋军为第三方面军，阎锡山为总指挥，由河北沿津浦路南下进攻济南，而后会师冯部，围攻徐州，进兵南京；石友三指挥所部为第四方面军，由新乡东进，主攻济宁、兖州，配合晋军会攻济南；此外，反蒋联军还内定：张学良为第五方面司令；刘文辉为第六方面军司令；何键为第七方面军司令；樊钟秀为第八方面军司令。此外，还有孙殿英、刘茂恩、万选才、刘春荣、刘桂堂等各地军阀参战，总兵力约70万人，以西北军和晋军为主力迅速展开于陇海、平汉、津浦各线。

4月5日，南京国民政府下令，免去阎锡山本兼各职，“着京内外、多省政府、各军队，一体严拿归案”。国民党中常会议决定永远开除阎锡山党籍。与此同时，蒋介石方面也集中了30余万人的兵力，编成四个军团，蒋介石自任总司令，讨伐阎、冯反蒋联军。其兵力部署是：令韩复榘为第一军团总司令指挥所部防守山东禹成地区，阻止晋军南下；刘峙为第二军团总司令，率蒋军主力，集结于徐州、砀山、宿县等地展开，准备在陇海路沿线对阎、冯军主力作战；何成浚为第三军团总司令，指挥徐源泉、王金钰、杨虎城等杂牌军，布防于驻马店至漯河地区；陈调元指挥预备军团集结于济宁、菏泽一带地区。在兵力数量对比上，蒋介石方面虽处于劣势，但装备精良，战斗力强，且又为蒋介石一手控驭，因此，蒋介石针对反蒋联军兵力分散，战线过长，难以协调统一的弱点，采取了南截桂军入湘，北堵晋军入鲁，主力固守徐州、南京，分化瓦解阎、冯联军，各个击破的作战方针。

4月23日，阎、冯联军总司令部下达了总攻击的命令：以石友三部为左路，由考城向菏泽、定陶前进；以万选才部为中路，由归德（今商丘）向砀山前进；以孙殿英部为右路，由亳州向蒙城前进。揭开中原大战的序幕。

5月1日，蒋介石在南京举行誓师典礼，令各部队于10日前完成一切作战准备。11日，蒋介石下达总攻击命令，双方开始大规模接触，中原大战爆发。

战争初期，在陇海线上，由于孙殿英、万选才部均系河南土匪收编的部队，地形熟悉，又加上阎锡山委任孙殿英为安徽省主席，万选才为河南省主席，石友三为山东省主席，故孙、万、石三部初战卖命，进展甚为迅速，蒋军伤亡颇众。蒋介石和其参谋长杨杰亲自督战，指挥其主力第二军团奋力作战，并派飞机轮番轰炸，始将孙殿英、万选才部赶回亳州和归德（今商丘）。孙、万两部据守亳州、归德，蒋军久攻不下。蒋介石通过豫籍军人政客张钫，以大量金钱收买阎、冯联军中的豫籍将领刘茂恩。刘因未能获任河南省主席而对阎、冯不满，被蒋收买后便在宁陵诱捕其中路总指挥万选才献给蒋介石，宁陵不攻自破。蒋军又趁势攻下归德等地。在陇海路正面作战的晋军孙楚、杨效欧等部，由于刘恩茂的出卖也受到很大损失。蒋军则乘胜沿陇海西进，连续攻占了柳河、民权，进逼兰封、杞县。由于中路被蒋军不攻自破，孙殿英部被困守亳州，石友三部也在鲁西被阻不能前进。为了挽救陇海线上的战局，阎锡山急忙从华北调去杨耀芳、张会诏两个军前去增援。晋军深沟高垒，配备200多门大炮，日夜向蒋军轰击，使蒋军攻势受阻。蒋介石为击败晋军，调陈率其第一师向晋军阵地右翼扩张。晋军徐永昌部向冯军鹿钟麟部求援，鹿派其部下孙良诚率梁冠英、吉鸿昌、张自忠等军向陈诚部发起攻击。梁、吉等部利用黑夜冲入敌阵，以大刀砍杀，使陈诚部伤亡重大。刘峙急忙派顾祝同军支援、梁、吉部佯退，诱使顾军深入，纷纷掉入冯军的陷阱内。梁、吉部趁机回师反击，杀得陈、顾两军大败而归。左翼的石友三、刘春荣等军也乘机反攻，陈调元军节节败退，至6月上旬，被赶回定陶、曹县、民权、河阳集一线。蒋介石见陇海线战事吃紧，又从上海调来熊式辉部投入作战，始稳住阵地。

在平汉线方面，战斗也非常激烈。冯军左翼为樊钟秀、任应岐、刘桂棠等军，防守小商桥、逍遥镇至西华一线；阮玄武、张维玺、田金凯三个军防守鲁山、叶县、襄城一带；刘汝明军在淅川、南召一带监视杨虎城军。以上各军称为南路军，由张维玺统一指挥。5月16日，蒋介石命令何成浚发起总攻，王金钰部包围樊钟秀军于临颍。6月4日，樊在许昌城督战，被蒋军飞机炸死。冯玉祥派邓宝珊接任樊钟秀第八方面军总司令，并派其西北军劲旅孙连仲率其第五路军向许昌增援，进攻漯河。阎锡山也派赵承绶骑兵集团突袭周口，派刘桂棠部在西华与岳维峻的陕军作战。为了配合桂军进攻武汉，冯玉祥于6月10日下令平汉线各军全面进攻，激战二昼夜，何成浚军向漯河南溃败。南路军总指挥张维玺和邓宝珊等人主张乘胜追击将蒋军逐出武胜关。冯玉祥却因此时桂军已退出长沙，不宜再分散兵力，未予采纳，遂在漯河至北屋渡一线建立阵地与蒋军对峙，将孙连仲等主力部队移往陇海线，以致错过了消灭南路蒋军的有利时机。在此期间，桂军被粤军困扰在桂北一带，李宗仁见短期逐出粤军已不可能，遂决定放弃广西，于5月中旬北上。李宗仁、黄绍竑、张发奎分兵三路入湘，与唐生智、何键等部队合为一股，一路进军，所向披靡。6月3日，桂军进占长沙。何应钦派来阻击桂军的朱绍良、夏斗寅、钱大钧等军也被战败逃回湖北。6月8日，张发奎、白崇禧指挥的两路军攻克岳州，李宗仁率桂军总部人员随即进驻岳州，指挥部队继续北进。黄绍竑指挥第三路军也正在向衡阳跟进，准备攻占武汉后与冯玉祥沿平汉路南下的部队会师。正在这时，桂军的后方交通枢纽衡阳，突然为陈铭枢指挥的蒋光鼎、蔡廷锴两师攻占。李宗仁见后路被切断，遂放弃继续北进的计划，回师围攻衡阳。此时，桂系联军数万人跋涉数千里，疲乏已极，辎重尽失，给养中断，又无重兵器，屯兵与衡阳坚城之下，攻取无术。6月底，粤军主力跟进至湘南。两军决战于湖南，桂军又被战败，遂向广西撤退。沿途又遭到广东陈济棠、湖南何键、云南龙云等部的围攻。与此同时，张云逸、李明瑞等人组织的红军又先后攻陷百色等左右江流域城镇。在此形势下，李、白、黄自顾不暇，再也无力北上参与中原大战了。

在津浦线方面，由第二路总指挥傅作义指挥的本军和李生达、冯鹏翥两军展开了对韩复榘部的作战。5月，傅指挥所部发起进攻，韩部稍作抵抗便撤至黄河以南，凭黄河天险固守。6月26日，晋军以炮兵掩护渡河，韩部遂又撤往胶济线。晋军占领济南后，又向南推进至泰安、大汶口一带。正当傅作义指挥所部南进时，阎锡山接到密报说傅与张学良有来往，遂派第四路总指挥张荫吾率王靖国、李服膺两军到济南组织二、四路军联合指挥部，以分傅的指挥权。张到济南后，和傅意见不和，屡次发生摩擦。阎见此状况后，乃令张荫吾沿胶济路发展，将韩部赶到胶东；傅作义则率军沿津浦路南下，与马鸿逵、夏斗寅两军激战于曲阜。由于兵力不足，曲阜一直未能攻下，形成胶着状态。

蒋军由于在陇海、平汉两线受到冯军打击，兵力损伤较多，士气大为低落，蒋介石对能否战胜阎、冯已缺乏信心。为此，在6月初，开始策划和平运动，委托于右任、李石曾出面致电汪精卫，建议召开国民党临时全国代表大会，以便调解蒋、冯、阎之间的战争纠纷。李石曾为此去沈阳请张学良出面调解，张于6月12日致电阎、冯，表示愿做调解人。21日和22日，又先后致电阎、冯，主张以郑州、开封划作缓冲区，双方撤回前线部队，立即停战议和。阎、冯因对形势估计错误，一心想要倒蒋，因而拒绝了于、李、张三人的调停意见。

蒋介石见谋和的意图未能实现，唯一的办法只有强令部队和阎、冯等决一死战，因此，又发生以下几次大战。

蒋军奇袭开封之战

7月，蒋军以刘峙第一军为主，配合张治中的教导师，由杞县、太康之间突破冯军阵地，通过陈留、通许奇袭开封。冯军在事前已侦知蒋军的作战意图，为了诱敌深入，聚而歼之，遂命令孙良诚所部和吉鸿昌、梁冠英等军主动后撤。刘峙不知是计，指挥各师长驱直入，向开封挺进，结果陷入了冯军的包围圈，被孙良诚指挥的梁冠英、吉鸿昌军和庞炳勋部的第三路军在高贤集、龙曲集等地截为几段。冯军发扬近战的特长，用大刀肉搏砍杀，给顾祝同、陈诚、张治中等部以重大杀伤，残部分别经太康、睢县向周口、归德方向败逃。

冯军亳州解围之战

中原大战爆发后不久，由于刘恩茂的叛变，孙殿英部即被蒋军围困于亳州城。阎、冯以孙殿英在北伐战争中曾有过坚守卫辉三个多月的守城经验，为了牵制蒋军的主力，决定将计就计，命令孙率部死守亳州。从 5 月中旬开始，蒋介石派王钧指挥滇、黔、湘等杂牌军 8 万多人将亳州城团团围住。孙部虽然达到了牵制蒋军的作用，但近 4 万人困守孤城 2 个多月，城内存粮告罄、弹药不足，每日战事不断，不仅居民死伤累累，士兵饿毙者也日日发生。蒋介石为减轻侧背威胁，多次派与孙殿英有历史交往关系的旧军阀张钫、靳云鹗、王翰鸣等人以金钱和委任状诱降，但均被孙拒绝。孙困守孤城，不断向冯军求援，但冯军远在 300 多公里以外，且又被蒋军层层阻隔，一时无法驰援。困至 6 月中旬，蒋军再次发动攻城之战，孙求援愈急，冯玉祥见如不迅予解围，孙有可能投蒋就范，便派孙连仲、孙良诚率十几个师急速增援。为了隐蔽行动，部队昼伏夜行，经过十几天的艰苦跋涉，孙连仲、孙良诚率部于 6 月 30 日拂晓突然抵达亳州城下，一举击溃围攻亳州的黔军杨胜治师，将孙殿英的部队接应突围。三孙的队伍会师后，冯玉祥下令其合力攻占宿县、蚌埠，但因部队长途跋涉过于疲劳，而阎锡山又没能及时接济给养，以致未能实行。亳州的放弃，使蒋介石解除了后顾之忧，腾出了近 10 万部队转战于陇海和津浦线。从此以后，阎、冯联军即由主动转入被动的局面。

蒋军发动全面反攻

6月底，张发奎、李宗仁的联军在衡阳战败后退守广西，蒋介石即将蒋光鼎的第十九路军投入津浦线战场，另调湘军李韫珩师由青岛登陆，合力增援陈诚、夏斗寅和韩复榘，从津浦和胶济两线转入反攻。刘峙则指挥津浦路的部队向北反扑，傅作义孤军难支，率部败退。蒋军于8月6日夺取泰安，15日进入济南与胶济线的韩复榘部相接应。此时，晋军在鲁的部队退回黄河以北。

蒋军在津浦、胶济两线反攻得手后，阎锡山派员到郑州给冯玉祥送去大批银元和面粉，要求冯在陇海线展开攻势，以解救津浦线的危局。冯玉祥于8月上旬以徐州为目标，兵分7路发动进攻：左翼由孙良诚指挥梁冠英、吉鸿昌两个军出睢县向宁陵进攻；中路由孙连仲指挥其第五路军由太康进攻归德；右翼由孙殿英率其第三路军出柘城攻马牧集；另有防守铁路正面的徐永昌指挥的晋军四个军，铁路以北的刘春荣部和鲁西南的石友三部向当面之敌发起进攻；令郑大章的骑兵集团深入蒋军后翼；宋哲元部为总预备队。

8月6日，冯玉祥指挥陇海线各部队开始总攻击。孙连仲部首先将防守河堤岭的蒋军击溃；孙殿英部也攻下马牧集。但宁陵一线因有蒋军重兵把守，又加以连日大雨，黄河泛滥，作战不便，致使孙良诚部久攻不下。冯玉祥又将宋哲元部加入左翼，协助孙良诚部作战。但因运输困难，给养不能得到及时补充，攻打宁陵作战遂成胶着状态。两军对峙于归德以西、宁陵以北的野鸡岗、内黄集一线。在此紧急形势下，蒋介石拟由陇海路正面及归德以南地区总退却，正在这时，蒋介石从无线电通讯中截获石友三叛阎投张（学良）的密电。于是蒋介石打消总退却的原定计划，悬赏全线坚守。双方激战了七天七夜后，因连日倾盆大雨，陇海线的争夺战始告暂停。

冯玉祥在陇海线发动攻势未果后，阎、冯联军的军事形势急剧逆转。蒋介石除了抽调津浦线部队南下增援陇海线外，又抽调部队加强平汉线的何成浚方面军的作战。正当这场反蒋战争危急时刻，以汪精卫、邹鲁为首的国民党官僚政客却在北平召集国民党中央党部扩大会议，决定成立北平国民政府，推举阎锡山为主席。为此，阎锡山放下战事准备在9月9日到北平宣誓就任国民政府主席。

蒋介石利用这一有利时机，于9月6日开始全面转入反攻，首先以重兵对防守平汉线漯河至北屋渡一线的张维玺南路军进行猛攻，同时命令徐源泉、杨虎城等部向巩县、洛阳进攻，以威胁冯军的后路。张维玺在两翼遭受威胁的情况下，遂率南路军7万令人退据新郑。在东线方面，蒋军也分成若干纵队，由兰考、太康、杞县向淮阳、周口进攻。在蒋介石的全面反攻下，冯玉祥为了保存力量，集中兵力，一面派宋哲元率部防守郑州至潼关间的陇海线铁路交通线，一面命令南线和东线的部队向郑州附近集结，拟联合徐永昌指挥的晋军组织防线，顶住蒋军的进攻，以便将自己的军队撤往陕甘，晋军撤回山西。不料防守洧川、尉氏一线阵地的梁冠英、吉鸿昌部，经蒋介石派张钫以河南同乡关系进行策反投降了蒋介石。梁、吉二部放弃阵地，让开大路，使得顾祝同率领大军直插郑州以南，将张维玺指挥的南路军及接应张军的冯治安军和邓宝珊的第八方面军共8万多人在新郑一带被全部包围缴械。随后，防守陇海线西端宋哲元第4路军的魏凤楼军在巩县被缴械；葛云龙师在洛阳向徐源泉投降。同时，张学良于9月18日发出“和平息争”的通电，就任国民革命军陆海空军副总司令，并派于学忠、王树常率两个军入关。在此败局危急的情况下，冯玉祥在石家庄与阎锡山举行军事会议，主张将阎、冯军队撤往黄河以北，据黄河天险与蒋军继续作战。但是阎锡山怕冯玉祥乘机侵占其山西的老巢，不予采纳，反而准备辞去国民政府主席以及其他职务，下野出洋。10月5日，阎、冯、汪联电张学良，表示愿意停战，听候和平解决。10月15日，阎、冯决定联袂下野。同日，西北军由鹿钟麟领衔通电罢兵息战。11月4日，阎、冯通电取消太原陆海空军总司令部。自此，阎、冯离开军界，晋军和西北军分别为张学良、蒋介石所改编。中原大战宣告结束。

中原大战历时七个月，百万大军厮杀于千里战场之上，双方死伤30多万人，耗资无数，给人民的生命财产造成严重损失，是国民党新军阀混战中规模最大的一次战争。在这次战争中，蒋介石之所以能以30万之旅战胜70万大军，主要在于他制定了正确的作战方针，在初战不利的情况下及时调整兵力部署，做到灵活用兵，并注意利用各种关系和手段瓦解反蒋联盟，最后又将举足轻重的张学良争取过来，从而使阎、冯联盟解体，卒使阎、冯联军归于失败。而阎、冯在反蒋战争中，则没能很好地利用在兵力居于绝对优势的有利条件，战线拉得过多、过长，缺少强有力的统一指挥，没有抓住有利的战机去消灭蒋军的有生力量。特别是阎、冯、李等各执一方，互相协调、支持不够，缺乏足够的信任，给蒋介石以可乘之机，为其集中兵力，各个击破创造了条件。冯玉祥在这次战争中败得最惨，惨淡经营二十多年的西北军，共30多万人马的一支军阀劲旅，竟在半年多的战争中全军瓦解。蒋介石则通过这场空前的军阀混战击溃了阎、冯、李等实力派的军阀，使国民党统治集团内部没有再能同他较量的军事力量了。在中国实现暂时的、形式上的统一。这不仅使他的独裁统治得到了进一步的巩固和加强，而且使他能腾出手来，集中兵力，对中国共产党领导的红军和革命根据地进行了长达数年的军事“围剿”，给中国革命带来了严重的灾难。

宁粤战争

1931年9月，南京国民政府与广州国民政府为争夺对国民党政府内部的统治权，蒋系军队与广东陈济棠、广西李宗仁的军队，在湘、赣地区进行的军阀争斗。

1931年2月28日，蒋介石和国民党立法院院长胡汉民因约法之争，把胡非法扣押起来，导致了国民党内部的又一次大分裂。各派反蒋势力再次联合起来，聚集在广州，形成了以广东军阀陈济棠为盟主的反蒋联盟。陈济棠自感反蒋力量不足，便联合李宗仁部和张发奎部共同反蒋，形成了以陈、李、张三大军事力量为主的军事支柱。同时，蛰居香港的汪派政客，也在广州开府，另立中央，寄希望于陈、李、张起兵讨伐蒋介石。

5月28日，反蒋派在广州召开国民政府成立大会。根据非常会议的选任，由15人组成国民委员会，以汪精卫首任国民政府主席，陈济棠任军事部部长，李宗仁任参军处参军。广州政府成立后，为抵御蒋介石的武力威胁，首要的问题是整顿武装，加强军事力量，准备与蒋介石军队作战。6月2日，广州国民政府非常会议召开第二次会议，决定成立军事委员会，以陈济棠、李宗仁、唐生智3人为常委。同时整编部队，将陈济棠的第8路军改称为第一集团军，陈为总司令，下辖第一、第二、第三军，以余汉谋、香翰屏、李敬扬分任军长。在此基础上，陈又借机扩充军队，增编一个教导师、二个独立师、五个独立旅、八个独立团及炮兵团、战车营等部队，使其军事势力大为增强。将李宗仁的桂系军队改称为第二集团军，以李为总司令、白崇禧为前敌总指挥，下辖三个军，以张发奎、杨腾辉、李品仙分任军长。桂系也同样借机扩充实力，从国外购置大量军械装备部队。同时，广州国民政府还扩充了海、空军，并以陈策为海军总指挥，以张惠长为空军总指挥。为联络其他武装力量参加反蒋作战，派员去北方石友三部和江西第十九路军处做联合反蒋工作。许崇智、唐生智也提出要收编旧部，率兵反蒋。因此，广州国民政府非常会议召开的第二次会议上，颇有一番积极反蒋的热闹景象。

但是，参加非常会议的各派反蒋力量，心怀异志，都只顾本派别和个人的私利，想尽力捞取更大的权力，因此，难以形成团结的力量，会议一开始就存在着矛盾。陈济棠以自己的实力强大，在会议中大搞拉帮结伙，恐怕别人夺去他盟主地位；汪精卫以为自己在国民党中的影响大，不甘屈就于陈济棠之下；胡汉民派则想另立国民中央，担心汪派的人马操纵非常会议。因此，非常会议召开后不久，就出现了分裂，汪精卫因不满陈济棠骄横跋扈，到处安插亲信，于 8 月气走香港。汪走后，陈又决定向蒋介石求和，但李宗仁认为不在军事上取得进展，蒋介石是不会同意和平解决的，因此，积极主张出兵。陈同意桂军出兵，攻打湖南衡阳，粤军在粤、赣地区作战。但是，从广西到衡阳，蒋军沿途修筑了很多工事，衡阳更是何键在湖南的重要军事据点，不打硬仗就无法轻取衡阳。白崇禧看出陈济棠一箭双雕的用意：既把桂军推出两广地区，又能借蒋的手削弱桂系的实力，因此，借故劳师远征，向陈索要 200 万元军费，陈不肯出资。因此，桂军行动便告吹。

陈济棠见桂系不肯出兵，便通过吴铁城、张继等人向蒋介石提出求和条件，要求南京承认他们既有的地位，和平解决宁、粤争端。但蒋又不肯付出代价与陈调和。陈见求和碰壁又回过头来与桂系合作。同时，陈又召开粤军师长以上会议，强调粤、桂团结的重要性，表示要消除分歧，统一反蒋行动。并派粤军一部赴湘、赣、闽边界地区，以示积极行动。又自动让出潮梅地区给桂军驻扎，请李抽调桂军一部到粤省协助防守。在这种情况下，陈又派人到香港请汪回广州维持广东局面。于是，汪于8月29日又从香港返回广州。

9月2日，陈在汪精卫等人的督促下同意开始出兵北上。其作战方针是：对江西采取守势，对湖南采取攻势。进攻湖南的部队以桂军为主力，粤军李敬扬的第三军配合，分3路先取衡阳。桂军前敌总指挥白崇禧，于9月5日从桂林到兴安向桂军布置北进计划。11日，广州政府委任陈济棠为粤、桂联军统帅，统一指挥粤、桂联军北进。粤、桂联军集中5万余人逼近衡阳，唐生智也随军前往。何键惧怕唐生智分化他的部队，急忙在湘军中进行统一意志的行动，并把原唐生智的部下调开。与此同时，蒋介石也担心何键与桂系、唐生智重新联合起来，急忙派刘文岛、顾祝同、周佛海等入湘，帮助主持军政事务。9月6日，刘、顾、周三人到长沙后，即与何键召开军事会议，根据蒋介石的旨意，决定由顾祝同部固守衡阳，必要时从江西抽调三个师入湘助战；何键的湘军集中于长沙附近，名义上是保卫长沙，实际上是将桂、粤联军与何键的湘军分开，防止他们串通起来，又把粤方派到何键部的代表扣押起来，在广东问题没有解决以前，不予以释放。9月13日，蒋介石又令何应钦率蒋军一部入湘增援。何键已察觉蒋对己的不信任，为表示对蒋的忠诚，特电南昌行营，欢迎何应钦率部队入湘。

9月17日，桂、粤联军看到湖南蒋军的形势起了变化，遂改变了作战计划，兵分两路，粤军李敬扬第3军向东，防御江西蒋军入湘，桂军继续进攻衡阳。由于衡阳顾祝同部严兵固守，桂军集结城外没有发动强烈攻势。因而在衡阳以南地区形成对峙状态。

此时，蒋介石最担心的还不是广东问题，而是中国共产党人领导的红军的壮大和革命根据地的蓬勃发展。他连续发动的两次对中央革命根据地的“围剿”都被红军打破，红军的声威大震，给国民党的统治造成了严重威胁。在国民党反动派与人民革命的矛盾、国民党内部矛盾并存的情况下，蒋介石决定集中主要力量进行对付红军的反共战争，对宁、粤之间的争斗，则力求“和平统一”，因此，蒋介石采取了和平对粤，全力剿共的方针，并呼吁粤方用心剿共，双方的矛盾不必诉诸武力，可以政治解决。至此以后，宁粤之争主要表现为政治上的斗争，宁粤战争也由此而中止。

宁粤战争是南京国民政府与广州国民政府间最后一次大规模的争斗。由于蒋介石在对国民党内部矛盾斗争和对中国共产党领导的红军战争中，采取了“和平对粤，全力剿共”的政策，使这场迫在眉睫、一触即发的大规模军阀混战得以避免，为蒋介石保存军事实力，集中主要兵力进行对红军的“围剿”创造了条件。另外，在宁粤战争之后，蒋介石利用反共这面旗帜，把南方各派反共势力统一起来，对缓和国民党内部矛盾，集中目标进行反共也起到了重要的号召作用。所以，宁粤战争中止后，蒋介石得以腾出手来，亲自到南昌任剿共总司令，以何应钦为前敌总指挥，调动 30 万大军向中央革命根据地发动了第三次大规模“围剿”。蒋介石疯狂反共的政策，给中国革命带来严重的灾难，特别是蒋介石在面临日本帝国主义入侵的民族存亡关头，却提出了“攘外必先安内”的反动政策，给日本帝国主义入侵中国创造了可乘之机，因而，在 1931 年 9 月 18 日，东北又响起了日本侵略者的炮声，在中国共产党人的积极倡导下，中国革命又开始逐步转向了反对日本帝国主义侵略的民族解放战争。

韩复榘与刘珍年山东之战

1932年9月至11月，原西北军将领韩复榘与直鲁联军将领刘珍年，为争夺在山东地区的统治权，在胶东地区进行的一场混战。

1929年底，韩复榘背叛冯玉祥，投靠了蒋介石，被蒋委任为河南省主席。1930年春，中原大战爆发时，蒋介石又任韩为山东省主席，并委任为第一军团总指挥，负责山东方面的作战指挥。但蒋也知韩是一个反复无常的人，为了抑制韩的势力扩张，除将青岛交给张学良的海军驻防外，又将第十七军刘珍年部驻在胶东，牵制韩复榘。

刘珍年原是鲁系军阀褚玉璞的旧部，第二次北伐时，张宗昌和褚玉璞的直鲁联军被国民革命军打败，刘珍年率部投靠了蒋介石，后被蒋介石任命为第十七军军长兼第二十一师师长。刘珍年凭借胶东这块富庶之地，以牵制韩复榘为名，向蒋介石要人要枪，不断扩充实力，很快就把一支3000多人的残余部队扩展为一个师四个旅共3万余人的部队，且武器精良，装备齐全。韩复榘虽为山东省主席，但所辖鲁南和鲁西北地区比较贫瘠，且又多匪患，农村经济很落后，社会治安不良，特别是缺海口，交通又不发达，无法将土产输出换取武器装备。韩看到南有刘峙指挥蒋军嫡系部队十几万人控制着徐海、开封，山东境内又有刘珍年装备精良的3万余人盘踞在胶东，北方又有张学良的东北军。特别是“九一八”事变后，面临日本帝国主义的步步侵入，韩复榘感到自己四面受到威胁，于是派代表刘熙众去北平向张学良表示愿意结盟。张因在“九一八”事变中丢弃东北，使大片国土沦亡，正遭到全国人民的谴责，感到非常孤立和不安，也正在寻找同盟者，便欣然表示同意。1932 年春，韩复榘到北平与张学良换谱结盟，成为异姓兄弟。张除以一所豪华宅弟赠与韩外，并表示如韩对刘珍年用兵，张决以全力支持。

韩复榘从北平回到山东后，便积极部署对刘珍年的作战。1932 年 9 月中旬，韩以刘部越过防区为名，发动了对刘珍年部的进攻作战。当时，韩复榘和刘珍年两军隔潍河为界，韩部兵分两路：韩复榘亲自指挥了三个主力旅为左翼，沿烟（台）潍（坊）公路前进，直扑掖县；以曹福林为右翼总指挥，率其第二十九师三个旅渡莱河进攻平度，而后两路会师烟台，共同攻击刘珍年老巢。9 月 17 日，韩、刘两部在昌邑潍河沿线接触，双方发生战斗。刘部稍事抗击后，很快退守掖县和平度，依据城防工事进行固守。韩部追至掖县城外前进受阻。23 日，韩、刘两部主力在掖县外围展开激烈战斗。激战三天后，刘部于 26 日退入城内继续固守。韩部左路军在韩复榘的亲自指挥下，连续几次攻城受挫后，便在掖县外围构筑工事，破坏交通，伺机再行攻城。在此期间，曹福林指挥的右路军在平度外围与刘部守军发生激战后，刘军也缩短战线，退入莱阳城固守。

10 月上旬起，韩、刘两军在掖县、平度一带不断发生激战。韩部急于破城，刘部据城死守。韩部先后集中了九个旅的兵力，又调动三个民团，轮番对两城进行攻击，终因缺乏重型武器，无法攻破刘部据守的坚城。至 11 月上旬韩部攻城月余，部队伤亡严重，张学良为了支援韩复榘，从驻防津浦线的王树常军派出一个重炮营化装成韩军前去助战。韩部在张学良炮兵协助之下，于 11 月中旬开始对固守掖县、平度两城的刘部发动总攻。两城被韩部困守月余，城内已弹尽粮绝，无力再战，此时又受到重炮的轰击，刘珍年在莱阳城内的指挥部也受到重炮的猛轰，刘知已不能固守，遂请张学良出面调停，达成停火协议：刘珍年部撤离胶东，韩复榘部停止进攻，余下事宜由国民党军委会另议处理。国民党军委会此时正忙于对江西中央苏区进行第四次“围剿”，无暇顾及韩、刘的山东之战，便将鲁事交于张学良处理。

11 月 8 日，张学良委托东北海防舰队中将司令兼青岛特别市长沈鸿烈率东北海军接防烟台、龙口，15 日，国民党政府军政部长何应钦电调刘珍年率部离鲁开赴浙江。17 日，刘率部退出莱阳，自烟台乘船向温州开拔，至 12 月 10 日，刘部抵达浙江温州港。此时，胶东各县政权均由张学良交由韩复榘接收。韩、刘山东之战到此结束。

齐鲁大地，历来是兵家必争之处，历史上曾发生过多次战争，民国后也发生过多次军阀混战。1932 年 9 月至 11 月发生韩复榘与刘珍年的战事，只是众多战争中的一场小混战。这次战争虽然是驻防山东境内的军阀争权夺利，大动干戈，但战事的祸根却在蒋介石统治集团那里。韩复榘背叛冯玉祥，投靠蒋介石，却得不到蒋的信任；令其驻防山东，却又另派刘珍年等人以助防为名，扩充势力与韩抗衡。这使韩深感恼火和不安。为独霸在山东的统治权，韩采取了结张（学良）驱刘（珍年）的策略，不仅稳定了韩在北面的防务，而且得到张学良的大力支持与援助，在攻打掖县、平度和莱阳的关键时刻，以重炮营相助，为韩部破城，促使对刘部作战的胜利起到了重要作用。韩、刘山东之战结束后，使韩又占据了胶东半岛战略要地，为其进一步扩大军事力量，独霸山东奠定了基础。

马仲英与盛世才的新疆之战

1933年6月至1934年3月，原奉系军阀中的盛世才与马家军军阀中的马仲英为争夺在新疆的统治权而进行的一场混战。

马仲英出身于甘肃河州回系军阀世家，与青海军阀马步芳为叔伯兄弟，原名马步英，后因与马步芳决裂，改名仲英。1924年冬第二次直奉战争后，冯玉祥任西北边防督办兼甘肃省军务善后督办，派刘郁芬率军入甘。由于当时冯军气盛，盘踞在绥远、宁夏的马鸿宾等人投降了冯部。而控制凉州、青海的马仲英等人却坚决反对。1928年2月，马仲英率少数亲信回到河州西乡，利用乡土关系，在籍建立起一支2000多人的反冯武装。4月，马仲英率部包围了河州城。战败后，马仲英率部向洮岷突围，随后进入青海，又经陇中、河西进入宁夏民勤县。1929年2月22日，吉鸿昌率部进驻民勤城，马仲英等人又率部向河西走廊退去。5月5日，再度攻陷宁夏省城。6月初，吉鸿昌率部增援，经过剧烈战斗，收复银川。1928年7月7日，新疆政使杨布新被刺身亡，省民政厅长甘肃人金树仁被南京国民政府任命为省主席。1931年2月，新疆发生民族纠纷，导致新疆东部地区少数民族暴动，马仲英应暴动首领的邀请于5月间率500余人入新，被暴动的维民推为领袖。马仲英部入新后屡败省军，至10月底率部从哈密直趋七角井，进占木垒河，直逼奇台。金树仁见马仲英部剽悍善战，急电驻伊犁归化军张培元帅来援，并委任张为东路剿匪司令，盛世才为参谋长。张、盛二人指挥归化军与马仲英交战，马军不敌，退回肃州。金遂将张培元调回伊犁，另派黎海元为东路警备司令，盛世才、刘杰三分任剿匪指挥，继续剿匪。

1932年冬，马仲英会同维军尧乐博斯部将刘杰三部5000余人诱入东疆山隘，全部予以歼灭，从此，马仲英部更加强大，并令其副师长马世明率30多名营连级军官到达维族部队任教官，进行正规军的训练，使其战斗力有了很大提高。1933年初，马仲英派马世明、马占仓等人率部到达鄯善，利用同族关系诱降了驻守吐鲁番的回族团长马福明，马福明又诱驻守该地的熊发友旅长率部入城，将熊生擒，部队被全部缴械。5000余人的武器，装备了麻木提的叛众。从此，在天山南麓又出现了一支反对金树仁的强大武装。

熊发友旅被诱歼后，金树仁命盛世才为东路剿匪总指挥，将所部由哈密西移。2月初，盛率部攻下吐鲁番。马世明、马占仓和麻木提等人将所部分为两股：马世明和麻木提率主力人马北上，马占仓率领一支人马南下阿克苏，乘机袭占焉耆，杀死行政长官牛时和驻军旅长詹世奎，将缴获的武器武装暴动的群众。与此同时，马世明率主力在除夕之夜，乘守军过节不防，聚众玩乐之际，袭击达坂城，夺取了这个进入迪化（今乌鲁木齐）的要隘。2月21日，马世明指挥维、哈、回部队进攻迪化城。激战一天，于当晚夺取了城外要塞红山嘴和无线电台，并从红山嘴制高点向迪化城内射击，掩护敢死队爬城作战。22日清晨，迪化城防司令白绶之和督署参谋处长陈中亲临城头作战，在城头设大炮轰击马部，夺回红山嘴和无线电台。23日，又炸毁了西大桥外长达1里的回民街，使马世明失去攻城的依托，开始率部退至吉昌。接着，在马仲英的策动下，平康、乾德、绥来等地回民相继暴动。北疆、西疆烽火四起，金树仁政权处在四面楚歌之中，为最后挣扎，在3月初，金又将盛世才部由吐鲁番调到平康、乾德；将黎海元部从哈密调往奇台和木垒河；将陈品修部由达坂调回迪化城内。

3月下旬，马仲英率马虎山、马仲杰两个旅以神速的行动跨越辽阔的大戈壁，挺进到哈密城下。马部由于经过整训，纪律严明，受到维汉民众的欢迎。马仲英还采取与金树仁旧政权人员合作的方法，争取哈密行政长韩履中起义，并由韩出面使沿途驻军放下武器，归顺马部。因此，马仲英率部一路无阻，顺利挺进到黎玉海军防守的古城子（即奇台）。4月12日，马仲英率部攻城，其弟马仲杰被守军击毙，正当马仲英准备再次猛攻时，迪化城内发生反金政变。迪化县长陶明越、督署参谋处长陈中率驻城部队200余人发生叛乱，突然袭击省政府，金树仁之弟金树信被杀，金仓皇携眷属越墙而逃。但迪化城仍被陶、陈固守未破。4月14日，盛世才率部入城，就任新疆边防督办。事后，陶、陈等自恃逐金拥盛有功，对盛给的职位不满，便勾结南京国民党势力企图推倒盛世才。盛将计就计，在进行协商谈判时，将陶、陈等人处死。南京政府无可奈何，只得承认既成事实，从此，新疆开始了盛世才的统治时期。

盛世才是辽宁省开原人，早年毕业于滇军韶关讲武堂，后回东北投入郭松龄部任参谋，为郭器重又保送日本陆军大学学习。1925年冬郭松龄反奉时，盛回国参战，失败后再次出逃日本。1926年国共合作举行北伐，盛任国民革命军总司令部参谋处作战科长。1930年，金树仁来内地招聘军事人才，盛因北伐成功未受重用便应召入新。起初给金树仁任高级参谋，及至马仲英率部入新时，盛开始握有兵权，升任参谋长，后又任剿匪总指挥掌握兵权。当金树仁迪化被围，被迫出走时，盛却按兵不动，坐收渔人之利，乘机夺取了迪化政权。

盛世才入主迪化后，为了巩固他的统治地位，即以左倾进步面目出现。经由中共平津党组织发动大批东北籍的中共党员和进步青年陆续入新，协助盛制订了符合新疆各族人民利益的“六大政策”（即反帝、亲苏、民族平等、清廉、和平、建设）。

随后，即在中国共产党人和苏联红军的援助下，盛世才与马仲英展开了争夺新疆控制权的战争。

盛世才因刚取得迪化政权，需要整顿内部，稳定局势，因此，派出吴霭宸等人为代表去古城子同马仲英谈判和平解决新疆争端问题。谈判的焦点是谁控制新疆首府迪化问题。盛世才表示他任边防督办，马仲英任省主席，马的军队不改编，仍由马为统帅。双方谈判延至6月10日，国民党南京政府派总参谋部次长黄慕松到新疆宣抚，准备进行调停。马仲英认为黄来新将于己不利，遂决定于6月12日突然向盛世才发动进攻。不料马的这一军事行动计划被电台台长秘密告知盛世才。盛遂埋伏重兵于马部所经要道。13日夜，两军遭遇于滋泥泉。此时适逢风雪冰雹大作，两军对垒，咫尺难辨敌我。盛部前敌指挥官李杜率部奋勇冲杀之后，迅将部队撤出，马部却在自相攻击践踏，死伤累累。14日天明，马部方知中计，马仲英率残部越过天山退往鄯善、吐鲁番、焉耆等地进行休整。

马仲英在吐鲁番休整了四个多月，渐复元气，于10月初又越过天山进扰北疆，寻机与盛部作战。10月11日，两军在达坂城相遇，盛军前锋步兵第四旅猝不及防，在马部的预先伏击下，旅长刘万魁阵亡，所部全军覆灭。17日，盛世才又倾其全军向马仲英部进攻。马仲英令其副师长马世明指挥全军及麻木提的维军采用前后夹击的战法，将盛部杀得大败。盛世才率残部逃离达坂，经数日收容始复成军，随后率部向迪化撤退。但马部紧追不舍，盛部边阻边撤，部队损失严重，于11月中旬撤至迪化。此时马仲英军连战告捷，军威复振，于11月底将迪化包围起来。

此时，新疆在军事上还存在三足鼎立的势力。一是盛世才盘踞着迪化及其附近几个县；二是马仲英控制着东疆和南疆；另外还有张培元的一个师在伊犁和北疆。张、马二人见盛部多系北方人，不愿参加新疆内战的心理，都在做策反工作，并提供交通工具争取北方籍士兵脱离盛部返回内地。盛世才获悉此情报后，以议事为名逮捕了第二十八旅旅长杨耀钧（原吉林自卫军参谋长）、第十五旅旅长郑润成（原黑龙江救国军副官长）等与马仲英有秘密联系的高级将领多人，另提拔一批青年军官代替被逮捕高级军官的职务，牢牢地控制住了部队。马仲英获此情报后，立即约会张培元出兵迪化。年底，张培元首先发兵，并策反了盛进才部的东北义勇军旧部，扣留了盛世才由塔城运至迪化的一大批军火，接着派兵向迪化进发。

张培元攻击迪化的部署是：以主力突破绥来，进逼迪化；以驻迪化的东北义勇军为内应；另以部分东北义勇军从乌苏北上塔城，与驻塔城的义勇军会合，控制乌苏与塔城的交通。

盛世才为挽救危局，除派马占山部将拥盛的归化军布防于呼图壁以西的乌兰乌苏阻击张培元部外，亲赴苏联领事馆求见领事格尔金·阿布列索夫请求苏联出兵援助。苏军阿尔泰军团随即开进伊宁，抄袭张培元的后路，接着又出动飞机对张部进行轰炸，并以摩托化部队直冲张部。在苏联军队的支援和强大火力的支持下，盛部开始全面反攻。张部顷刻瓦解，溃不成军。1934 年 1 月 16 日，张培元兵败自杀，所部主力和东北义勇军王孝芝旅（即盛世才部第二十六旅）被缴械。残部由马仲英部新编中央陆军第三十六师副师长杨中正率领，越过天山逃往南疆与马仲英部会合。

1934 年 1 月中旬，当张培元部向玛纳斯河前进时，马仲英乘盛军主力西调阻击张部时，也率部出达坂城，于 1 月 12 日直扑迪化，占领了无线电台和飞机场，又利用缴获的二架飞机向城内散发劝降传单。正在迪化岌岌可危之际，苏联军队从塔城南进，在头屯河与马部遭遇。马仲英部虽剽悍善战，但因陈旧劣制的武器无法抵挡机械化的苏联军队，交战初始便一败涂地，苏联军队顺利进占昌吉。2月11日，苏联军队又进攻围困迪化的马部，马仲英见苏联军队锐不可当，便率部撤围而去。盛世才见苏联军队增援已至，便指挥守城部队乘势追赶马部，于3月6日攻克达坂城，8日进占吐鲁番。马仲英、麻木提率残部节节败退，一直退至喀什地区。为了挽回颓势，马仲英率部在巴楚与盛部进行最后一次决战，结果马部战将马世明在战斗中阵亡，马部失去指挥，部队陷入混乱，盛部乘胜攻击，马部彻底失败。最后，一部分投降了盛世才，另一部分在马仲英的率领下退往和田地区，以皮山为前线与盛部形成对峙。随后不久，马仲英偕其手下亲信280余人进入苏联寻求庇护。至此，马仲英与盛世才的新疆之战遂告结束。

马仲英与盛世才的新疆之战，是国民党新军阀统治时期在新疆境内最大的一场混战。在这场混战中，马仲英部虽然兵力较强，部队剽悍善战，但因指挥员在作战中缺少用兵谋略和正确作战方案，使这些优势未能得到应有的发挥。特别在初战得手的情况下，未能一鼓作气拿下迪化，为盛世才以后调整兵力进行反扑留下余地。在联合张培元，策反东北义勇军倒盛的谋划中，未能采取有效组织措施，集中兵力，形成合力，共同作战，丧失了战胜盛世才的机会，最后导致了全军失败。而盛世才在这次混战中则巧妙地利用交战双方的矛盾冲突，保存实力，扩充势力，寻机各个歼敌的战术。在作战中能够以静制动，采取坚决手段镇压和肃清内部反叛分子，保持了部队内部的统一。另外，盛世才在扩大军事、政治势力的同时，制定了亲苏联共的政策，在危急之中及时得到苏联军队和中国共产党人的帮助，这也是他战胜马仲英的一个重要原因。

孙殿英与马鸿逵宁夏之战

1934年1月至3月，原西北军将领孙殿英与马鸿逵为争夺在宁夏、青海地区的统治权进行的一场混战。

孙殿英是河南永城人，原系豫西嵩山巨匪“仁义老张平”手下的一个小头目。民国后混入驻防河南的毅军当兵，后升任豫西镇守使丁香玲手下的连长。1924年冬第二次直奉战争中，直系战败，孙乘机拉出二个连叛变为匪，在豫西一带收编土匪和会徒，不久即扩充为2000多人，经镇嵩军憨玉琨收编为混成旅。1925年春，憨玉琨战败自杀，孙又改投国民军孙兵部任旅长。后又率部离豫到山东投靠张宗昌，获得大量的枪弹补充，成为张宗昌、褚玉璞直鲁联军的师长、军长。1928年秋，张、褚直鲁联军在蒋介石进行的第二次北伐战争中战败，孙又投靠国民党。1930年春，中原大战爆发，孙被阎锡山、冯玉祥委任为第五路军总指挥，兼安徽省主席。孙率部挺进皖北，死守亳州百余天，牵制蒋军10余万人。中原大战阎、冯失败后，孙率部撤至晋南一带，被东北军张学良部收编为师长，后升任陆军第四十一军军长。

1932年冬，日军谋侵热河，孙殿英被张学良委任为华北第九军团总指挥，率部挺进热河，布防于赤峰、围场一线，与日伪军激战半个多月，孙军不仅实力未损，还收编了汤玉麟部三个多旅和其他一些义勇军武装2万多人。使孙部扩展到6万多人。热河抗战后，孙率部退入察东，后移沙城，控制了京（北京）、张（张家口）铁路咽喉，遂成为各派军阀竭力争取的对象。何应钦曾以察哈尔省主席为饵，令其进攻察哈尔抗日同盟军，但在冯玉祥和中国共产党人的劝告之下拒绝接受，并保持中立，掩护察哈尔抗日同盟军。当时，为帮助孙抗日，中共平津地下党组织发动党团员和革命青年 300 多人进入孙部帮助进行抗日宣传和改造工作。

孙殿英重兵在握，既不就察省主席，何应钦遂请孙改任“青海西区屯垦督办”。孙为取得休养生息的地盘，遂在 1933 年 7 月中旬率部离开察哈尔，于 7 日底到达五原、临河一带，逼近宁夏。宁夏、青海本是马家军阀的世袭领地，多年来不许外人染指，见孙部大兵压境，甚感不安，马家军以第 15 路军总指挥马鸿逵为首的诸多将领纷纷致电国民政府，对孙部移驻青海西区表示坚决反对。蒋介石为防止马家军起兵闹事，便循马家之请，电令孙部停止入青，暂驻五原、临河一带。

五原、临河位于内蒙古中河套地区，南临黄河，北是荒漠，地域狭小，进退维谷。为打破困境，摆脱不利局势，孙殿英特邀请中共中央军委特科北方负责人南汉宸为高等顾问，经南与陕西杨虎城、陕北刘志丹、甘肃邓宝珊联络，策定了西北大联合的作战计划，其要点为：孙部借以去青海为名，攻取宁夏；杨虎城部进军陇东；刘志丹红军出击三边，并由孙部拨给刘志丹步枪 2000 支、机枪 100 挺；邓宝珊驻守甘肃以牵制马家军。待将马家军消灭后，即以杨虎城为盟主建立西北人民政权。阎锡山为了“送客出境”，允以粮食、弹药等物资随时接济。

孙殿英制定了“明攻平罗，暗袭银川”的作战方案，不料孙部的团长卫曰功（回民）暗通马鸿逵，将此作战计划密报于马。马鸿逵、马鸿宾、马步芳、马步青商定共同出兵对敌。当时孙部号称 8 万人，而四马可投入的全部兵力只有 3 万余人。在这种情况下，四马决定采取将孙部放入宁夏，马家军逐步后撤，随机应变，与孙部持久作战，以逐步削弱孙部，最后伺机与之决战。其兵力部署为：平罗方面，由新编第七师第二旅旅长马宝琳率1个步兵旅坚守，以银川为犄角；其余宁夏军队编为3个支队，青海军和马鸿宾的第三十五师各为一个战斗单位。以上5支部队控制在银川周围，准备与孙部决战。为坐收渔人之利，蒋介石在景泰部署了胡宗南的第一师；阎锡山也派傅作义指挥王靖国、赵承绶师布防在包头以西，静观孙、马宁夏之战的局势变化。

1934年1月13日，孙、马两军在磴口交战。孙部出动步、骑、炮兵混合部队向马家军展开猛烈进攻。在孙部的强大攻势下，马家军未作抵抗即撤退到石嘴山，接着又稍作抵抗即退往黄桥，与孙部保持一定距离，以引诱孙部深入。孙部第1师师长刘月亭、第二师师长丁绾亭不知是计，便以骑兵为先锋，率部向黄桥推进。马家军又以骑兵团引诱刘，丁两师人马孤军深入到贺兰山麓的红广营。在此期间，孙部主力包围了平罗县城，但由于马宝琳旅的顽强抵抗，孙部连攻几天未能破城，遂留一部分步兵监视平罗守军，其主力绕过中罗直接向宁夏省城银川进发。

时值隆冬季节，唐徕渠冬季水枯，孙部沿着干涸的河床行军，一路未遇任何抵抗。1月30日抵达银川城下，与守军马鸿宾师及马英才旅展开激烈战斗。在马家军的顽强阻击下，孙部前进受阻，攻城不下，延至2月6日，马步芳、马步青等率援军赶到，双方主力在银川外围展开一场大决战。孙部在马家军城内城外两面夹击之下，伤亡惨重。这时，蒋介石又派飞机前来银川以助战为名，到处狂轰滥炸，由于孙、马两军战线混乱，飞机轰炸时也不分辨目标，致使孙、马两军都严重受损。孙殿英见战局发展与己不利，便率部退守李岗堡，并准备放弃攻银川，占宁夏的作战方案，率部渡过黄河，直趋固原，与陕西杨虎城部靠拢，并与进抵三边的刘志丹红军取得联系，但因部下意见不一致，未能及时行动，仍在银川、李岗堡、平罗等地与马家军继续拼消耗。2月24日，孙得知阎锡山已出兵至临河，正向三圣公、磴口逼近，恐怕阎趁机截孙部后路，便撤回部队向银川西北方向集结，以图后谋。由于孙部出师远征半年有余，又与马家军激战月余，部队减员很大，给养也很缺，便电请阎锡山要求退至沃野过冬。阎心中早有打算，既已“送客出境”，便不再想让孙部回来，因此，百般搪塞不允。在此进退无路、给养奇缺的情况下，孙部军心开始混乱。3月15日，副军长于世铭投靠何应钦，并带走了骑兵军的部分人马，使孙部战斗力更为减弱。19日，马鸿逵乘孙部孤立无援，人心混乱的时机，指挥马家军进行总反攻，将孙部围困在银川西北地区。第二师师长丁缇亭因孤军在前，四面受敌，只好投降马鸿逵；刘月亭师见丁师投降，自感无力对敌，不敢恋战，便率队北退，企图与孙部主力在银川西北地区会合，不料在半路途中被阎锡山部截击缴械。25日，孙殿英见主力部队已溃不成军，败局已定，便弃部出逃到阎部赵承绥师，并由赵承绥陪同去太原晋祠隐居起来。残余部队循编成刘月亭、卢丰年二个旅被阎锡山部收编后，开往江西修筑公路。至此，孙殿英与马家军的宁夏之战宣告结束。

孙殿英与马家军的宁夏之战，是一场优败劣胜的年阀混战，孙部苦心经营多年，已发展至8万余人，枪足弹丰，且又经热河抗战尽，在北方声名大振，占据了京、张铁路交通咽喉，这时本来应立足现有，充分发展有利形势，却因为了取得休养生息之地，放弃原有根据地，劳师远征，被困于河套地区，苦战在宁夏一隅，失去了原有天时、地利、人和的有利条件，最终导致了全军的失败。这是孙部进军宁夏失败的主要原因。二是，蒋、阎二人借刀杀人，坐收渔人之利，将孙部调出京、张交通咽喉之地，推向西北不毛之地，而后又串通马家军利用天时、地利、人和的有利条件，将劳师远征的孙部困在宁夏西北地区，一举聚而歼之。这除了马家军采用了诱敌深入，在自己割据区内歼敌的正确作战策略外，与蒋、阎的暗中庇护也有很大原因。否则，马家军的3万杂编人马要想战胜孙部的8万强勇之师也绝非易事。三是孙部在作战中没能充分发挥与友军的联盟作用。战前虽然制定了西北大联合的作战计划，但在实际作战中却未能依照而行，孤军冒进，陷于绝境。四是孙部在作战中缺少灵活的用兵方法，在攻取银川的战略企图暴露后本应及时调整战略，但因意见不一而错过了有利时机，仍与马家军拼消耗而导致了全军覆灭。马家军之所以能以3万弱旅战胜8万强师，除了占有天时、地利、人和的有利条件外，主要在于制定了诱敌深入、逐步削弱、分割围歼的正确作战方针，并在实战中得到了很好的贯彻落实，这不能不说是马家军在宁夏之战中成功地战胜孙殿英部的一个重要原因。

革命统一战线方针的确立

孙中山的转变

孙中山领导的第一次护法运动失败后，他退居上海，南方军政府实际上被桂系军阀所掌管。1920年8月，粤、桂之间发生了争夺广东地盘的战争，结果粤军陈炯明打败了桂系，10月底占领了广东。桂军被逐回广西后，广东军民欢迎孙中山回粤。1921年5月5日，孙中山就任非常大总统，再度揭起护法的旗帜。

孙中山重新树起护法的旗帜时，他的地位并不巩固。一方面英美帝国主义对于桂系的失败并不欢心，他们惧怕孙中山领导的革命势力的发展，直接威胁其在华尤其是在广东的利益。所以，帝国主义全力以赴地帮助直系军阀，并从财政上压迫孙中山，宣布取消已拨交广东政府的关税余款。另一方面，陈炯明支持孙中山是由于自己的政治地位不稳，企图借助孙中山的威望以巩固自己的地位。

1921 年 6 月，广东军政府决定由广西桂林北伐，再一次发动了粤、桂战争。这次战争，由于桂系军阀刘震寰归降，迫使桂系陆荣廷等先后逃走，广西遂重新归于军政府的统治之下。孙中山在桂林设立大本营，准备由桂入湘而北伐。由于陈炯明与帝国主义早已暗中勾结，在后方密谋予以牵制，准备破坏广东政权，孙中山被迫回师广东，改变北伐路线在韶关设立大本营，计划由粤入赣，讨伐直系。1922 年 5 月，在北方爆发了直奉战争。孙中山早有和奉、皖两系结成反直联盟的约定，当他正要出兵攻打直系军阀时，奉军已败退关外。此外陈炯明在英帝国主义的帮助下，加紧和直系军阀结合。孙中山从韶关前线回到广州，陈炯明竟公开叛变孙中山，炮轰总统府。8 月，孙中山又一次被迫退避上海，第二次护法运动再次宣告失败。

在这种情况下，共产国际、苏俄政府和中国共产党向孙中山伸出援助之手。孙中山“欢迎俄国人对中国的帮助，欢迎中国共产党同他合作”。从此开始他伟大的转变。

孙中山从一开始就对俄国的十月革命采取了欢迎的态度。1918 年夏，他便致电列宁，对十月革命的成功表示祝贺，并“愿中俄两党团结共同斗争”。列宁关于殖民地附属国民主革命的学说，以及苏俄 1919 年和 1920 年所发表的两次对华宣言，使孙中山受到鼓舞和启示。1919 年起，孙中山开始同共产国际和苏俄方面的有关人士接触。1920 年秋，共产国际远东局代表维辛斯基在上海会见了孙中山。1921 年，共产国际代表马林在共产党人张太雷陪同下，于桂林会见了孙中山。双方商谈多次，马林向孙中山提出关于中国革命问题的两点建议：（1）要有一个能联合各阶级特别是工农群众的政党；（2）要有革命的武装核心，要办军官学校。孙中山十分赞同这些建议。陈炯明事变的发生推进了孙中山与苏俄的关系。

1922年8月，马林与苏俄特命全权代表越飞一同来华，马林与正在上海的孙中山再次晤谈，讨论国共合作及其方式问题，马林向孙中山提出共产党员以个人身份加入国民党和改组国民党的建议，孙中山接受了马林的建议。这时共产党人李大钊、林伯渠等也多次与孙中山会晤，“讨论振兴国民党以振兴中国之问题”。孙中山热烈欢迎共产党人参加到国民党中来，他亲自为李大钊加入国民党主盟，继李大钊之后，共产党的其他领导人也陆续地以个人身份参加了国民党。

1923年1月，越飞到达上海与孙中山会晤，1月26日，发表了《孙文越飞宣言》，宣言充分表明了苏俄对中国革命的关怀和对孙中山的友谊，也表明了孙中山开始放弃对帝国主义的幻想和他寻求国际革命势力援助的愿望。这个宣言正式确定了联俄政策和建立平等的中苏关系。随后，孙中山又指派廖仲恺陪同越飞去日本热海，在那里商谈具体合作事宜。这些行动标志着孙中山在新的革命道路上迈开了前进的步伐。

与此同时，陈炯明又被滇系军阀杨希闵、桂系军阀刘震寰打败。孙中山在杨、刘拥护下又回到广州，重建大元帅府，继续进行国民党的改组工作。1月发表了《中国国民党改组宣言》和《中国国民党党纲草案》，确定了“联俄、联共、扶助农工”的三大政策。并委派廖仲恺等到上海与各省支部商讨改组问题，传达国民党改组的意义和措施，随即组成了上海临时执行委员会，负责上海的改组工作。同时，在广州着手进行党员登记、组织市党部、区党部和区分部。12月，孙中山连续对国民党员作了三次演说，申述他改组国民党和学习苏联的决心。

中国共产党“三大”

“二七”罢工后，中国共产党依据马克思列宁主义的策略思想，和第一次工运高潮所提供的经验、教训，采取了积极的步骤去建立工人阶级与其他民主力量的革命同盟，来推动中国革命运动的发展。

中国共产党和国民党建立革命的统一战线的政策，自党的二大提出建立“民主联合战线”以后，在共产国际的指导下，进行了一系列的准备工作。1922年8月，共产国际代表马林又来到中国，出席了中共中央召开的杭州西湖会议。会上决定，为了加强国民党左派的势力，中共党员应以个人资格加入国民党，加速国民党的改组工作。同年底，陈独秀率领中国共产党代表团赴莫斯科参加共产国际第四次大会。1923年1月12日，共产国际又作出了《关于国共合作的决议》，决议指出：“只要国民党客观上进行着正确的政策，中国共产党就在民族革命战线上一切运动中帮助国民党，但中国共产党无论如何，不应与国民党合并，无论如何不应在这些运动中，隐藏自己特殊的旗帜。”1923年5月，共产国际执行委员会在对中国共产党召开第三次代表大会的指示中强调：“建立反帝统一战线一定要同农民反对封建主义残余的土地革命相结合”，“必须设法建立工农联盟”，“一切政策的中心问题是农民问题”，“领导权必须属于工人阶级政党”。所有这一切，为中国共产党第三次全国代表大会的召开奠定了基础。

1923年6月12日至20日，中国共产党第三次全国代表大会在广州召开。出席会议的代表30多人，代表全国党员420人。共产国际代表马林也出席了大会。会议的中心内容是讨论全体共产党员加入国民党，建立国共合作的统一战线问题。

会议正确地分析了建立国共合作的必要性与可能性，经过激烈的争论，通过了《关于国民运动及国民党问题的议决案》，正式决定全体共产党员以个人名义加入国民党，同国民党实行党内合作，帮助孙中山把国民党改组为民主革命联盟，以建立国共合作的革命统一战线。

党的三大正确地制定了与资产阶级民主派建立革命统一战线的政策，决定以共产党员加入国民党的方式实现国共合作。这既有利于国民党的改造，使国民党获得新生，也有利于中国共产党从工人运动的低潮中走出来，开拓革命的新局面。实现这一决策，就能在国共合作的旗帜下，运用孙中山的广泛影响，深入发动群众，组织革命力量，推进革命进程，迎接革命高潮。这是中共三大的重要功绩。

国民党改组工作

中共三大之后，共产党的各级组织开始在全国各地积极推进国共合作的发展，孙中山也加快了改组国民党的步伐。

1923 年 8 月，孙中山派出蒋介石等在内并有共产党人张太雷参加的“孙逸仙博士代表团”赴苏考察军事、政治和党务，并洽谈苏联援助问题。9 月，应孙中山的邀请，苏联政府派鲍罗廷为常驻广州代表，具体指导国民党的改组工作。10 月 19 日，孙中山任命廖仲恺、李大钊、汪精卫、张继、戴季陶 5 人为国民党改组委员，负责改组事宜。25 日，在广州召开了有共产党人参加的改组国民党的特别会议，会议决定聘请鲍罗廷为国民党组织教练员，委任廖仲恺、林森、谭平山等 9 人组成临时中央执行委员会，讨论后发表了《国民党改组宣言》和党纲草案，派汪精卫、廖仲恺筹备召开国民党第一次全国代表大会。孙中山参考了苏联的建党经验，决心把国民党改组成为一个有力量的革命政党，使之能担负起改造国家的重任。

国民党改组工作的进程不是一帆风顺的，国民党右派势力对此极力反对和阻挠。《国民党改组宣言》发表的当天，邓泽如、林直勉等联名向孙中山提出“弹劾”共产党的报告书，公开对抗孙中山改组国民党的主张。廖仲恺等国民党左派，坚决支持孙中山改组国民党，同孙中山一起对右派势力进行了针锋相对的斗争，为国民党第一次全国代表大会顺利召开扫清了障碍。

1924 年 1 月 20 日至 30 日，国民党第一次全国代表大会在广州举行。与会代表 165 人。孙中山亲自主持大会，并指派李大钊、林森、汪精卫、胡汉民、谢持等 5 人组成大会主席团。共产党人谭平山代表临时中央执行委员会向大会作了报告；李大钊和其他共产党人还参加了会议各审查委员会的工作，在大会中起了重要作用。这次大会主要解决了三个问题：

第一，会议确定了新三民主义政纲，在大会通过的著名的《中国国民党第一次全国代表大会宣言》中（这个宣言由孙中山委托鲍罗廷起草、由瞿秋白翻译、汪精卫润色），对三民主义作了符合时代潮流的新解释，使之发展成新三民主义。新三民主义的民族主义，对外反对帝国主义，主张“中国民族自求解放”，对内反对民族压迫，主张“各民族一律平等”；新三民主义的民权主义，主张民主权利“为一般平民所共有”，不许为少数人所专有、成为压迫平民的工具；新三民主义的民生主义，确定“平均地权”和“节制资本”两大原则，前者强调“农民之缺乏田地沦为佃户者，国家当给以土地，资其耕作”，以期达到耕者有其田，后者则强调“私有资本制度不能操纵国民之生计”。所有这些规定，与旧三民主义已有很大不同。这样，新三民主义既反映了中国民族资产阶级的利益，也符合广大工农群众当前的基本利益，与中国共产党在民主革命阶段的纲领基本相同。所以，新三民主义成为国共合作统一战线的共同纲领和政治基础。

第二，会议正式确定实行联俄、联共、扶助农工的三大政策。会议在讨论国民党章程时，经过与国民党内右派激烈争论之后，通过了允许共产党员和社会主义青年团员得以个人身份加入国民党的章程条文；会议同时决定大力吸收工农分子加入国民党，积极开展工农运动，扶助工农革命团体的发展。

第三，会议按照国共合作的精神，选举了国民党中央执行委员会并健全了中央领导机构。共产党人谭平山、李大钊、于树德、林祖涵、毛泽东、于方舟、瞿秋白、韩麟符、张国焘、沈定一 10 人分别当选为国民党中央委员和候补中央委员。在随后召开的一届一中全会上，谭平山还被推选为中央常务委员、组织部长，林祖涵任农民部长，有相当一批共产党人在中央党部和地方执行部中担任了其他重要领导职务。

中国国民党第一次全国代表大会的召开，标志着以国共合作为基础的国民革命联合战线的建立。改组后的国民党，基本上成为工人、农民、城市小资产阶级、民族资产阶级的革命联盟，成为联合战线的组织形式。

国共合作的发展和广东革命根据地的建立

黄埔军校的创立和革命武装力量的发展

国共合作后，孙中山在中国共产党和苏俄的帮助下，决定创办一所陆军军官学校。因校址设在广州附近的黄埔岛上，故称为黄埔陆军军官学校，通称“黄埔军校”。

黄埔军校于1924年5月5日开学。6月16日，举行开学典礼，宣告该校正式成立。黄埔军校第一期新生六百多名。孙中山亲自出席并发表演说，讲述创办黄埔军校的必要性和目的，并希望黄埔军校学生应成为“革命军的骨干”，担负起“救国救民的责任”。军校根据孙中山的指示，并参照苏联红军建军经验，建立了军校的组织机构。军校最高领导机关为校本部，直属国民党中央执行委员会。孙中山自兼军校本部总理，任命粤军参谋长蒋介石为校长，著名的国民党左派廖仲恺为党代表，先后聘请布留赫尔（在中国化名加伦）等苏联红军将领为军事顾问。校本部下设教授、教练、政治、管理、军需、军医六个部。后又增设教育长、参谋处。1925年1月30日，教授、教练二部合并为教育部，政治部仍为旧制，其他各部均改为处。4月，又添设军法处和军械处。

军校学生入学要进行入伍教育和正式教育。军校设军事和政治两类课程，实行军事与政治并重的教育方针。在政治教育方面，军校把政治教育提到和军事训练同等重要的地位，注重培养学生的爱国思想和革命精神，这是它同一切旧式军校根本不同的地方，是军校的最大特点。政治教育主要以革命理论和革命知识为内容，对不同学派的思想理论采取兼容并蓄的原则，不仅讲授三大政策的新三民主义课程，而且可以宣讲共产主义原理。政治教育的方式有政治讲演、政治讨论会、组织回答、建立宣传队、发行刊物等。在军事教育方面，军校尽量采用当时苏联最新的军事理论和技术进行训练。

中国共产党除从各地选派大批党员、团员和革命青年到黄埔军校学习外，还抽调优秀共产党员到军校从事政治、军事工作。周恩来、熊雄先后担任过政治部主任，聂荣臻担任政治部秘书，恽代英、肖楚女等担任政治教官。军校政治部工作基本上是共产党人主持，并为我国革命军队建设提供了经验。军校实行党代表制度，这是孙中山仿照苏联红军的建军原则设立的。黄埔军校在筹建和开办过程中，得到苏联多方面的大力援助。

黄埔军校是一所国共合作的军官学校，培养了大批军事、政治干部，为建立国民革命军、统一广东革命根据地和进行北伐战争创造了重要的条件。

广东农民运动讲习所

国共合作实现后，为了培养农民运动干部，由国民党中央农民部部长林祖涵提出，经国民党中央执行委员会第 39 次会议通过，在广州举办了农民运动讲习所。农讲所名义上由中国国民党中央执行委员会开办，中国国民党中央执委会农民部主管，其名称先后为“中国国民党中央执行委员会农民运动讲习所”和“中国国民党农民运动讲习所”。但实际上农讲所是中国共产党领导的。

从 1924 年 7 月至 1926 年 10 月，先后办 36 期，6 届农讲所的负责人都是共产党员：第一届和第五届彭湃，第二届罗绮国，第三届阮啸仙，第四届谭植棠，第六届毛泽东。除负责人亲自任课外，周恩来、肖楚女、恽代英、李立三等共产党人常来所任课。农讲所的全部主办人和绝大部分教员是共产党人。绝大多数学员是由共产党的地方组织选派的党团员和进步青年。学员毕业后实际上也由共产党分配工作。成为各地农民运动的骨干。

广东国民政府的成立和革命军的组成

国民革命联合战线的建立，为工农运动的恢复和发展提供了有利条件。中国共产党进一步加强了对工人运动的领导。迅速恢复了“二七惨案”后被封闭的工会，营救被捕的工人领袖。1924年2月7日，在北京成立了全国铁路总工会，推动了铁路工人运动的发展。全国铁路总工会利用有利的革命形势，很快恢复了京汉、京津、京奉、京绥、正太、陇海各路的工会，使“二七惨案”后一度低落的北方铁路工人运动重新活跃起来。

1924年7月，中国共产党领导广州沙面租界数千人，为反对英、法帝国主义颁布的“不准中国人自由出入租界”的“新警律”举行罢工。罢工坚持一个多月，迫使帝国主义取消了“新警律”，广州工人乘胜组织了工团军。这次罢工斗争的胜利，成为革命高潮到来的新起点。与此同时，胶济铁路工人举行了大罢工。接着，上海、北京、武汉、沈阳、唐山、广东等地相继爆发多次罢工，全国工人运动逐渐走向高涨。

随着工人运动的恢复和发展，农民运动也逐渐地发展起来。彭湃领导的广东广大农民，开展减租减息和反抗地主武装镇压农民运动的斗争，建立了农民自卫军。1925年5月，在海丰农民运动的影响和推动下，全省22个县建立了农民协会，会员达21万人。5月1日，召开了全省第一次农民代表大会，成立广东省农民协会。

为了进一步推动南方革命形势的发展、广东革命政府果断地进行了讨伐广东境内军阀势力的战争。1925年2月首先开始了讨伐陈炯明的东征。当时盘踞在东江地区的军阀陈炯明部，与港英当局和北方军阀相勾结，是对广东革命政府最直接的威胁。东征军的主力是黄埔学生军，其中以共产党员、共青团员为骨干。东征军在广大工农的支持下，不到两个月就打垮了陈炯明的主力，解放了除惠州以外几乎所有东江地区。6月，正当东征军节节胜利之际，原来受广东革命政府节制的滇桂军阀杨希闵、刘震寰部在广州叛乱。东征军乃回师镇压杨、刘叛乱，消除了广东革命政府的一个隐患。10月开始第二次东征。在东江地区广大工农的协助下，到11月初东征军就消灭陈炯明残部，收复了整个东江地区。12月，又开始了讨伐军阀邓本殷部的南征，于次年2月即全部解放雷州和海南。至此，广东革命政府全部肃清广东境内军阀势力，统一了广东，革命基础大大巩固。

1925年3月12日，中华民族民主革命的伟大先驱孙中山因肝癌在北京逝世，为适应孙中山去世后的新形势，广东革命政府于1925年7月将大元帅府改组为委员制的国民政府，汪精卫任主席，胡汉民、许崇智、廖仲恺分别任外交、军事和财政部长；随后，将所辖各军统一组编为国民革命军第一至第六军，蒋介石、谭延闿、朱培德、李济深、李福林、程潜分别任第一、二、三、四、五、六军军长。各军都设有党代表和政治部，负责部队政治工作。廖仲恺任国民革命军总党代表，共产党人周恩来、李富春、朱克靖、罗汉、林伯渠分别任一、二、三、四、六军副党代表和政治部主任。广东的统一，国民政府的成立和国民革命军的组编，为发展工农运动，进行北伐战争，奠定了良好基础。

国共分裂

“四·一二”反革命政变

1927年3月底，在国民革命的关键时刻，蒋介石由江西、安徽到达上海。他一到上海，便同帝国主义分子、江浙大资产阶级分子以及上海帮会首领等举行一系列秘密会议，加紧策划公开叛变革命。帝国主义者以软硬兼施的手段，竭力促使蒋介石公开反共；江浙大资产阶级分子则保证给以全力支持，并筹措数以千万元计的巨款作活动经费；以黄金荣、杜月笙为首领的上海帮会也保证把大批流氓、暴徒组织武装起来担任反共打手。同时，蒋介石又有预谋地调集自己的嫡系部队和拥护他的部队陆续控制江浙两省特别是沪宁地区，而把他不能完全控制的部队调开，从而实现占领江浙富饶地区及政治、经济中心的计划，大大地加强了他发动反革命政变的政治、经济和军事实力。

4月初，蒋介石在上海与国民党将领李宗仁、白崇禧、李济深以及右派政客张静江、吴稚晖等密谋清党反共计划；吴稚晖等还提出所谓检举共产党谋叛案，为发动反革命政变制造舆论。当时刚从国外回来的汪精卫也参加了上述反共密谈，只是在反共时机与方式上与蒋等有一些分歧。在此形势下，陈独秀竟与汪精卫会谈，并在4月5日发表《汪精卫、陈独秀联合宣言》，声称国民党“决无有驱逐友党、摧残工会之事”，说“上海军事当局表示服从中央，即或有些意见与误会，也未必终不可解释”，并要求国共两党同志“立即抛弃相互间的怀疑，不听信任何谣言，相互尊敬，事事开诚协商进行”。这个宣言掩盖蒋介石策划清党反共的反革命政变阴谋，解除了共产党人应付突然事变的思想武装，是陈独秀投降主义危害革命的一次突出表现。

4月12日凌晨，蒋介石先命令全副武装的青红帮流氓冒充工人，从租界四出袭击上海工人纠察队；接着，又命令军警以“调解工人内讧”为名收缴工人纠察队武装，并占领上海总工会会址，逮捕和枪杀工人群众，此前一日，上海总工会委员长汪寿华即被秘密扣留并遭杀害。13日，上海10万工人举行抗议游行，又在宝山路上遭到蒋介石集团军队的密集射击，当场被打死一百多人，伤者无数。时值大雨，宝山路上血流成河。到

15日，工人被杀者300多人，被捕者500多人，失踪者5000多人，这就是蒋介石制造的“四·一二”反革命政变。随后，苏、浙、皖、闽、粤、桂、川等省也开始了清党反共的大屠杀。仅广东在“四·一二”反革命政变后，被捕杀的共产党员和革命群众即达2100多人，其中包括著名共产党人肖楚女、熊雄等。与南方国民党右派的反共大屠杀相呼应，北方奉系头目张作霖也在帝国主义公使团支持下，于4月6日派兵袭击北京东交民巷苏联大使馆，逮捕了李大钊、范鸿劼等35名共产党员、国民党左派和其他革命青年，28日以残酷的绞刑杀害了李大钊等20人。

南京国民政府的建立

“四·一二”反革命政变后，蒋介石拉拢胡汉民，在南京召开所谓国民党中央执委、监委联席会议，因到会人数不足半数，改为谈话会。后即成立南京国民党中央政治会议和军事委员会。4月18日在南京成立大地主大资产阶级专政的另一个“国民政府”，与武汉国民政府相对立。从此，蒋介石成了帝国主义在中国的总代理人。此时的武汉国民政府，统辖湖南、湖北、江西三省和河南部分地区，拥有十几万北伐军。当时两湖地区群众斗争虽在继续发展，但武汉政府已处在帝国主义和蒋介石新军阀、广东军阀、四川军阀和北京奉系军阀的四面包围之中，且武汉政府本身也已为汪精卫等所把持，总的政治、经济、军事形势都十分困难，国民革命已处在危急关头。

“七·一五”反革命政变

中共五大之后，武汉地区形势进一步恶化。5月13日，原驻宜昌的国民革命军独立第十四师师长夏斗寅率部叛变。5月

21日唐生智部三十五军第三十三团团长许克祥率部在长沙叛变，捣毁拥护三大政策的国民党湖南省党部、省总工会和省农协，释放在押土豪劣绅，大肆捕杀革命群众，这就是"马日事变"。中共湖南临时省委发动长沙附近各县农军会攻长沙，镇压叛乱。但陈独秀却怕"引起整个政局纠纷"，主张"湖南问题须静候国民政府解决"。结果许克祥乘机反扑，二十多天内，长沙及其附近各县被杀共产党员和革命群众达万余人。武汉政府内以汪精卫为首的右派集团明目张胆地镇压工农运动，5月中下旬连续发布限制工农运动的禁令、训令，并解散湖北两个最大的县农协——黄冈县和黄陂县农协。6月初，江西省长朱培德则在"礼送共产党人出境"的名义下，也开始清党反共。6月10日到19日，冯玉祥先后在郑州与徐州，分别同汪精卫和蒋介石等人讨论蒋汪合作、宁汉合流、共同反共等问题。

在此紧急时刻，陈独秀继续执行投降主义方针。他先是拒不在党内讨论共产国际关于发动农民土地革命、组织新的革命军队等紧急指示，又拒绝党内毛泽东、蔡和森等提出的组织对反动派反击的建议，并于7月3日主持政治局扩大会议，通过关于国共关系的决议，正式宣布国民党"当然处于国民革命之领导地位"，规定工农团体"均应受国民党党部之领导与监督"，工农武装"均应服从政府之管理和训练"，加入武汉国民政府之共产党可以"请病假"名义退出，等等。

7月14日，杰出的国民党左派领袖、孙中山夫人宋庆龄发表声明，痛斥武汉政府汪精卫等反对三大政策，违背孙中山遗训，宣布退出国民党中央执行委员会，随即离开武汉经上海前往欧洲。在此之前，另一位国民党左派领袖邓演达也于6月30日秘密离汉出走，他在给国民党中央的告别信中斥责汪精卫集团的反动行径，愤然辞去了在国民党中的一切职务。7月14日晚汪精卫等密谋确定"分共"和大屠杀计划。15日，汪精卫召集国民党中央常务委员会扩大会议，正式宣布和共产党决裂，公开背弃孙中山三大政策。随后在武汉地区对共产党人和革命群众开始了大逮捕、大屠杀。这就是汪精卫制造的“七·一五”反革命政变。至此，由国共两党合作发动的国民革命宣告失败。

“四·一二”政变

“四·一二”反革命政变是帝国主义、封建军阀和买办势力相勾结，国民党右派势和蒋介石集团叛变革命以及以陈独秀为首的中共中央犯了严重的右倾投降主义错误的结果。

早在北伐战争中，蒋介石就通过1926年3月的“中山舰事件”和1928年5月的“整理党务案”，开始了反共反革命活动和篡夺革命领导权的步伐。随着北伐战争的胜利进军，工农运动的不断高涨，又反对工农运动。

而北伐战争沉重打击了帝国主义在中国的殖民统治，帝国主义于是加紧了干涉和破坏中国革命的活动。1926年8月，英国“万流号”等轮船，在四川云阳江面撞沉中国木船，造成人员伤亡，被川军扣留。英国以此为借口，调来军舰于9月5日轰击万县城，打死打伤中国军民数千人，制造了万县惨案。当北伐军向长江下游发展时，英、美、法、日等帝国主义，纷纷调动军舰来华声言“联合保卫上海”。3月24日，当北伐军占领南京时，英、法、美、日等帝国主义国家借口“保护侨民和领事馆”，下令停泊在下关江面的军舰炮轰南京，打死打伤中国军民2000多人，制造了震惊中外的南京惨案。帝国主义对中国革命在实行武装干涉的同时，还采取种种手段破坏和分化革命阵线。他们一面从财政、军事上继续支持北洋军阀势力，一面又在改变其历来不承认南方革命政府的政策，策划南北妥协，以长江为界，“南北分治”，以实现其分裂肢解中国的阴谋。

蒋介石在得到帝国主义和国内各反动势力的支持后，就开始了对革命的的绞杀。1927年1月，蒋指使张静江、陈果夫等非法占据了国民党江西省党部及许多县党部，派出大批爪牙充当农运特派员，勾结土豪劣绅，贪官污吏，捣毁农民协会，残害农会干部，另组假农会，制造了一系列反革命事件。

同时，蒋介石还同帝国主义、大买办、大地主及帮会流氓头子一起，在租界内开始反革命政变的交易。蒋表示：“保证与租界当局及外国捕房取得密切合作，以建立上海的法律与秩序。”帝国主义在得到蒋介石的明确保证后，答应通过租界提供一切便利，并以驻扎上海的侵略军帮助蒋介石。青红帮头子黄金荣、杜月笙等答应给蒋组织大批流氓打手。

在这紧要关头，中共中央总书记陈独秀，对于蒋介石反革命叛变的阴谋活动，竟然熟视无睹，不做任何应付突然事变的准备。竟于4月5日，与汪精卫抛出了《汪陈联合宣言》，声称蒋介石“决无驱逐支党，摧残工会之事”，要工人群众“不听信任何谣言”，还要求革命人民同蒋介石“开诚合作，如兄弟般亲密”。这个宣言，实际上成了掩护蒋介石屠杀共产党人和革命者的烟幕弹。

蒋介石一切准备就绪后，于4月11日，下达“清党”命令，开始了一场反革命政变。当天深夜，帝国主义军队越过租界，搜查、拘捕共产党员和革命工人1000余人，并解送到龙华蒋军司令部。12月凌晨，全列武装的青红帮流氓打手，袖缠“工”字符号，冒充工人，袭击各区工人纠察队。当工人纠察队奋起自卫时，早已准备好的反动军队，以“调解工人内讧”为名，收缴了工人纠察队的枪械。工人纠察队牺牲120人，伤180人，上海总工会也被流氓、党棍占据。13日，上海10多万工人在闸北青云路广场集会，抗议蒋介石的反动暴行。下午，群众冒雨游行，高呼“还我武装”、“打倒新军阀”等口号。当游行队伍行至宝山路时，遭到埋伏在那里的反动军队的开枪扫射，当场牺牲100余人，伤者无数。接着，反动派解散了上海总工会，查封革命组织，捕杀共产党员和革命者，白色恐怖笼罩着上海。这就是“四·一二”反革命政变。从此，反革命大屠杀迅速蔓延。4月15日，广东也发生了反革命政变，实行“清共”，大肆逮捕、屠杀共产党员和革命群众。在江苏、广西、浙江、福建、四川等省都相继实行“清党”，无数共产党员和工农群众遭到迫害。

“四·一二”反革命政变，标志着革命统一战线发生了严重分化，蒋介石公开投敌，大革命遭到局部失败。

南京国民政府

1927年4月12日，蒋介石发动反革命政变后，于4月15日召集胡汉民、吴稚晖、张静江、李石曾、邓泽如、宋子文、李济深、黄绍竑等，在南京召开了一个“谈话会”，通过了另组国民政府，以南京为国都，取消武汉“不合法”之中央党部及武汉国民政府；取消跨党分子党籍等八项议案。17日，蒋介石在南京召开了国民党中央政治会议，决议立即成立国民政府。4月18日即举行典礼，正式宣告南京国民政府成立。

蒋介石在南京阅兵典礼训话中讲：“现在集合在这个场里的同志，可说是我们最纯粹的国民党党员，最忠实的总理信徒”，“今天虽是国民政府成立的一个纪念日，也可以说是我们国民党恢复党权中兴的一个纪念日”，还说：“赶紧共同一致的行动起来驱逐共产党”，“要晓得共产党是非打不走的，非我们去消灭他，他就要来消灭我们，非我们去杀他，他就要来杀我们。”蒋介石的这一“训话”，道出了帝国主义及一切反动势力的共同心愿，进一步暴露出了他反共、反人民、反革命的嚣张气焰。

南京国民政府初建时，未公布政府组织法，仍沿袭广州国民政府旧制，设国民政府委员会，以蒋介石、胡汉民、张静江、吴稚晖、李石曾、邓泽如、蔡元培、李宗仁、何应钦等16人为委员。以胡汉民、蒋介石、张静江、伍朝枢、古应芬为国民政府委员会常务委员。以胡汉民为南京国民政府主席。南京国民政府初设民政、外交、财政、交通、司法、教育行政等部院。蒋介石以国民革命军总司令的名义，操纵着整个南京政府的实权。

南京国民政府建立后，发布的“秘字第一号命令”，就是实行所谓“清党”，“通缉共产党首要”，明令缉拿鲍罗延、陈独秀、徐谦、邓演达、吴玉章等共产党人、国民党左派人士和其他著名活动家190余人。5月7日，成立了“中共清党委员会”，5月20日颁布了“清党条例”，白色恐怖笼罩了蒋所控制的地区。南京政府对外积极投靠帝国主义，“取宠于帝国主义列强”。

南京政府代表了帝国主义和大地主资产阶级利益的反共反人民政权。它的成立，使中国出现了与武汉国民政府的对峙的政权，并加速了国民大革命失败的进程。

五卅运动

1925年1月召开的中共第四次全国代表大会上，明确提出了无产阶级在民主革命中的领导权问题。5月1日，在广州又召开了广东全省农民代表大会与第二次全国性劳动大会，并成立了中华全国总工会，选出林伟民、刘少奇、邓中夏等25人为执行委员。中华全国总工会的成立，有力地推动了工人运动和全国革命运动高潮的到来。

1925年5月14日，上海日本内外棉纱厂工人，为抗议日本资本家无理开除中国工人而举行罢工。15日，当工人代表与厂方交涉时，日本资本家竟向罢工工人开枪，当场打死工人领袖，共产党员顾正红，打伤10余人。这一暴行成为五卅运动爆发的直接导火线。

事件发生后，上海日本纱厂2万多工人立即罢工，学生及各界群众纷纷游行示威，声援工人斗争，抗议帝国主义暴行。5月28日，中共中央在上海举行紧急会议，决定把工人经济斗争转变为反对帝国主义的政治斗争。30日，学生、工人及其他群众代表2000余人，在南京路公共租界散发传单，进行讲演，揭露帝国主义枪杀工人、逮捕学生的罪行，遭到租界巡捕逮捕，仅南京路老闸捕房拘捕的学生就有100余人。万余群众集合于捕房门口，要求立即释放被捕学生。英国巡捕开枪射击，当场打死10多人，伤几十人，逮捕数十人，制造了震惊中外的“五卅”惨案。

帝国主义的血腥屠杀，使中国人民的反帝情绪更加激昂。惨案发生后，中共中央连夜召开紧急会议，决定领导各界人民举行罢工、罢市、罢课的“三罢”运动。6月1日，上海总工会公开成立，选举李立三为委员长，刘华为副委员长，刘少奇为总务科主任，宣布举行同盟总罢工。7日，成立了上海反帝运动的领导机关工商学联合会。11日，上海20万工人首先举行大罢工，学生、商人也纷纷以罢课、罢市响应，向帝国主义提出了惩凶、赔偿、取消领事裁判权，永远撤退驻华之英日军队、撤削“增加码头捐”、“交易所注册”等 17 项条件。国民党上海执行部也发表宣言，声讨帝国主义暴行，同时还组织了失业工人救济会，募捐援救罢工工人。上海工人阶级，小资产阶级的联合反帝斗争，沉重地打击了帝国主义。

为了镇压中国人民的反帝爱国运动，帝国主义出动了大批军队，并调集军舰 20 余艘，在黄埔江上进行恫吓。同时，他们勾结上海买办资产阶级，用召开“关税会议”和停止借款，停止供电等办法引诱和威胁民族资产阶级，破坏和分裂反帝统一战线。在帝国主义威逼利诱面前，民族资产阶级表现出妥协动摇。上海各商店在 6 月 23 日停止罢市，开市营业。学生因暑期到来纷纷离校，工人阶级孤军奋战。随后，帝国主义又指使本系军阀，封闭了上海工商学联合会和上海总工会，秘密杀害了刘华。鉴于此种情况，共产党为了保存革命力量和工人阶级的组织，决定在取得一定的经济、政治要求后，停止总同盟罢工。

“五卅”运动是中国人民反帝斗争史上光辉不朽的一页，它把中国人民的反帝斗争引向了新的高潮，标志着革命大风暴的到来。“五卅”运动爆发后，全国各大城市和大多数中等城市，都先后爆发了各界人民群众的“三罢”斗争和抵制英、日货的运动，形成了空前的革命浪潮。

省港大罢工

省港大罢工是在中国共产党的直接领导下，为了支援上海工人阶级的反帝斗争，争取民族自由与独立，有准备有组织进行的。

五卅运动掀起的大革命风暴迅速由上海席卷全国。北京、广州、青岛、武汉、天津等许多城市约有1200万群众，不顾帝国主义及其反动军阀的残酷镇压，先后起来响应上海人民的反帝斗争，形成了全国范围的反帝斗争新高潮。其中规模最大、时间最长，影响最深的是“省港大罢工”。

1925年6月19日，在共产党人苏兆征、邓中夏的领导下，省港数万工人举行罢工，声明支持上海工人提出的十七项交涉条件，并向香港当局提出政治自由、法律平等、普遍选举、劳动立法、居住自由等六项要求。香港当局不仅拒绝了工人的要求，还宣布戒严，并对广东革命政府实行封锁。愤慨的工人纷纷离港来到广州，准备同帝国主义进行长期斗争。21日，广州沙面租界的中国工人也举行罢工。23日，在中华全国总工会的发动下，广州工人、学生、农民、商人、黄埔军校学生和从香港返回的罢工工人共10万人举行了反帝集会和示威游行，当队伍路过沙面租界对岸之沙基时，遭到英帝国主义的扫射和炮击，死亡52人，重伤170余人，造成“沙基惨案”。帝国主义的暴行更加激起了香港、广州人民的愤怒，参加罢工的工人迅速增加到25万人。

中国共产党为了加强对省港大罢工的领导，成立了以苏兆征为委员长、邓中夏为副委员长的省港罢工委员会。并组织了2000多人的工人纠察队，协同广大人民群众，严密封锁香港及沙面租界，分驻各海口码头，截留出口粮食，扣押走私货物，抵制英货、缉拿和严惩帝国主义走狗等。致使香港交通运输中断，工厂停工，公共事业瘫痪，肉食蔬菜供应断绝，商店货源枯竭，街道垃圾粪便堆积如山，蚊蝇成群，臭气熏天。使香港变成了“死港”“臭港”。

“省港大罢工”坚持了十六个月，直至1926年10月才宣告结束，它充分显示了中国工人阶级的伟大力量，在政治上，经济上给帝国主义以沉重的打击，有力地支持和促进了广东革命根据地的统一和巩固。

革命军北伐

历史背景

1. 反奉倒段斗争

北京政变后，成立了奉、皖、国民军三方都同意的北京临时执政府，后张作霖、段祺瑞排挤冯玉祥，掌握了北京政府，以段祺瑞作总执政。他秉承日、英帝国主义旨意，到处“压迫国民革命运动，屠杀工人群众，封闭民众团体，摧残人民的自由。”就连扶植他起来的国民军也遭到排挤。1925 年 10 月，浙奉战争爆发后，中国共产党和中国国民党决定乘军阀混战之机，掀起全国范围的反奉倒段斗争。11 月，郭松龄倒戈反奉后，国民党中央政治委员会和中共北方区委都决定开展大规模的群众斗争，反对奉系军阀，推倒段祺瑞政府，建立国民政府。11 月 28 日下午，北京工人、学生和各界群众约五万余人，齐集神武门（原称玄武门，故宫北门）前，举行示威大会。会后，群众奔向铁狮子胡同一号段祺瑞执政府（即地安门东大街）和吉兆胡同段祺瑞住宅，要求段祺瑞于次日午前辞职下台；后群众还捣毁了一些安福系官僚政客的住宅。29 日，北京更多的群众又在天安门前举行国民大会，通过了“即日解除段祺瑞一切职权，由国民裁判”；“解散关税会议，宣布关税自主”；“组织国民政府临时委员会，召集国民会议”；“惩办卖国贼”等七项决议。会后游行，部分群众又前往捣毁《晨报》馆。连续两天的大规模群众示威运动，形成了五四运动以后北京革命斗争的又一次高潮，史称“首都革命”。国共两党领导的这次打倒段祺瑞政府的斗争，由于缺乏经验和条件的不成熟没有成功，但它却显示了人民群众反对军阀统治的斗争精神，对段祺瑞政府是一个沉重的打击，影响很大。

除北京外，上海、南京、开封、汉口、广州等许多地方，也相继发动了类似的反对段祺瑞政府的斗争，要求建立革命的民众政权。

2.“三·一八”惨案

1926年3月18日，北京学生、工人、市民万余人在天安门前举行反对八国通牒国民示威大会。大会在国民党领导人徐廉和共产党领导人李大钊等主持下，发表了激动人心的演说，揭露了帝国主义的罪行，并通过了废除辛丑条约、立刻撤退外兵外舰、惩办大沽口战争祸首等决议。会后，李大钊等带领2000多人，赴执政府和国务院请愿，竟遭府院卫队的开枪镇压。当场被打死47人，打伤200多人，李大钊、陈乔年等也负伤，造成“三·一八”惨案。

“三·一八”惨案之后，北方革命运动转入了低潮。段祺瑞企图联合奉军反对国民军。但驻北京的国民军鹿钟麟部于4月10日推倒了段政府，恢复了曹锟的自由。鹿的意图是“联吴抗奉”，但为吴所不许。结果，在直、奉军进攻下，国民军于4月15日被迫由北京退往南口。4月下旬，直鲁联军由天津进入北京。接着，南口大战爆发，国民军击退了张宗昌直鲁联军的攻击。6月至8月中旬，国民军在同直、奉军及晋军的多次反复进攻下，被迫全线撤退。8月15日，国民军放弃南口、张家口，向绥远、甘肃等西北地区退却，这就为尔后参加北伐战争保存了军事力量。后来，人们习惯地称这支军队为西北军。

3. 北伐军的胜利进军

在国共合作推动下，以工农为主体的国民革命运动在全国高涨，为北伐战争准备了广泛的群众基础。广东的统一，又为北伐战争提供了巩固的后方根据地。

北伐前期的北洋军阀主要的有三大军事集团：一是奉系张作霖，约有兵力35万，盘踞在东北三省和京津地区，控制着津浦铁路北段；二是直系吴佩孚，约有兵力20万，盘踞在河南、湖北二省和直隶、陕西、湖南一部分地区，控制着京汉铁路；三是孙传芳，约有兵力20万，盘踞在江苏、浙江、安徽、江西、福建五省，标榜“保境安民”，表示不愿介入南北之争。

1926年7月9日，国民革命军在广州誓师北伐，北伐前，广西李宗仁、白崇禧部和湖南唐生智部先后编入国民革命军序列，分别编为第七军和第八军。北伐出师时，国民革命军共八个军10万人，蒋介石为总司令，李济深为总参谋长，邓演达为总政治部主任，苏联加仑将军为军事总顾问。北伐前夕北洋派三大军阀共有兵力约70多万，但其统治已失尽人心，内部又存在深刻矛盾。根据当时敌众我寡和军阀间矛盾的情况，北伐军采纳加仑将军的建议，实行集中兵力、各个歼敌的战略方针，按西路、中路、东路三路进军，而以西路两湖战场为主攻方向和首要战场。

1926年10月，北伐军占领武昌，两湖战场上，国民革命军取得了决定性的胜利，歼灭了吴佩孚的主力。叶挺所在的第四军，因战功卓著，被誉为“铁军”。中路江西战场，打败了孙传芳的主力。东路军于1927年2月18日攻占杭州，3月20日，进抵龙华，22日，解放上海，26日，第六军攻占南京。至此，国民革命军完全占领了长江中下游地区。

在北伐军胜利进军之际，冯玉祥在苏联顾问团和中国共产党的帮助下，于1926年9月17日在绥远五原誓师，宣布参加国民革命。国民军随即进军甘、陕，11月占领陕西后，挺进豫西，计划与北伐军会师中原。

从1926年7月至1927年3月不到半年时间，北伐军打垮了吴佩孚、孙传芳的主力，将革命推进到长江、黄河流域，沉重地打击了帝国主义和北洋军阀的反动统治。为适应新的革命形势，1927年1月，广东国民政府由广州迁至武汉。

4. 汉口、九江收回英租界的斗争

从1926年秋、冬起，全国各地的工人群众和各界民众，在北伐军节节胜利的鼓舞下，掀起空前规模的反帝反封建斗争浪潮。汉口、九江收回英租界的斗争和上海工人的三次武装起义，就是其中最辉煌最突出的斗争。

1926年10月，为了加强对工人运动的领导，中国共产党派刘少奇、李立三主持全国总工会汉口办事处的工作，并兼任湖北省总工会领导职务，开办了“工人运动讲习所”，培训了工人运动骨干，恢复发展工会组织。到1926年底，湖北工会组织由北伐前的12个猛增到340多个。江西的南昌、九江、吉安、赣州市总工会相继建立，开展罢工斗争，各地的工人纠察队，直接配合北伐军作战。

为抗议英帝国主义干涉中国革命的暴行，1926年底，由李立三主持武汉各界群众反英大会，提出对英经济绝交，收回租界的要求。1927年1月初，武汉10万工人和市民连日举行集会，庆祝北伐胜利和国民政府迁都武汉。英国调兵刺伤群众数十人。刘少奇、李立三等因势利导，组织武汉各界群众集会游行，抗议英帝国主义的罪恶行径，要求惩凶、收回英租界等，经过武汉和九江人民的英勇斗争，于2月收回了汉口、九江英租界。这是近百年来反帝斗争史的空前壮举。

5. 上海工人三次武装起义

1926年10月、1927年2月和3月，在中国共产党领导下，具有光荣革命传统的上海工人先后举行了三次武装起义。前两次起义因准备不充分而失败。

第三次武装起义由中共中央军委和江浙区委负责人周恩来、罗亦农、赵世炎等领导和指挥。这次起义之前做了周密的准备和部署，建立了有严密组织的5000人的工人武装纠察队；成立了起义总指挥部和各区指挥部；制定了统一指挥、分区作战的起义计划并详细掌握了敌情。3月21日首先发动全市总同盟罢工，随即在全市七个区同时举行武装起义。工人武装纠察队经过三十小时浴血奋战，击溃北洋军警，于3月22日下午全部占领上海，取得了起义的胜利。起义胜利后，当时已进至上海西郊龙华的东路北伐军白崇禧部才开进上海。起义胜利的第二天，召开第二次市民代表大会，成立了上海特别临时政府。

上海工人三次武装起义，是大革命时期工人运动发展高峰的标志。它的最终胜利，显示了中国工人的坚强战斗性和伟大的组织力量，沉重地打击了帝国主义和北洋军阀的统治，在我国工运史上写下了光辉的一章，在世界工人武装斗争史上也占有重要的地位。

6. 毛泽东发表《湖南农民运动考察报告》

从1926年秋至1927年春，出现了全国农民运动的高潮。这场农民运动主要是在中国共产党的直接领导下发动的，毛泽东就是当时党内指导农民运动的杰出代表。

北伐战争的节节胜利，扫荡了北洋军阀在南方的封建势力，推动了全国农民运动的发展。中国共产党为进一步加强对农民运动的领导，又在上海成立了中共中央农民运动委员会，毛泽东为主任。毛泽东发表了《国民革命与农民运动》一文，指出农民问题是国民革命的中心问题，国民革命没有农民的参加和拥护，就不能成功；没有农民在乡村奋起打倒宗法封建的地主阶级特权，则军阀与帝国主义势力就不会根本倒塌。

这时，广东、湖南、湖北、江西、河南等省农民运动猛烈地发展，陕西、四川、广西、福建、安徽、江苏、浙江七省也全面开展。特别是湖南农民运动，其广度和深度都超过全国其他各省，在中国历史上是空前的。在革命和反革命的斗争日益尖锐化的情况下，陈独秀右倾机会主义者，被反革命的气焰所吓倒，不仅不敢支持农民革命斗争，反而跟在地主、资产阶级后面指责农民运动。这样农民问题不仅成为革命与反革命、无产阶级与资产阶级斗争的中心，而且成了共产党内马克思主义者与陈独秀右倾机会主义者斗争的焦点。

为回击地主阶级、国民党右派的进攻，驳斥陈独秀右倾机会主义者的责难，支持正在蓬勃兴起的农民运动，毛泽东于1927年1月至2月5日，深入湖南农村，进行了三十二天的实际考察，于3月间发表了著名的《湖南农民运动考察报告》。报告以大量的事实，生动朴实的语言，雄辩的逻辑力量，总结了湖南农民运动的伟大成果和经验，再现了党领导下湖南农民运动的热烈场面，有力地支持了农民的革命斗争。《湖南农民运动考察报告》是第一次国内革命战争时期党领导农民革命的科学总结。它有力地驳斥了反动派对农民运动的攻击和污蔑，深刻地批判了陈独秀的右倾机会主义错误，极大地鼓舞了当时正在高涨的农民运动，把湖南农村革命推向了组织武装、解决土地问题的新阶段。

战争概况

广东国民革命根据地的日益巩固，以“五卅”运动为起点的人民革命运动的不断高涨，为北伐战争奠定了基础。

1926年1月，国民党召开“二大”时，就确定了北伐的方针。2月，中共中央在北京召开了特别会议，确定党的任务是从各方面准备北伐战争，以革命战争推翻帝国主义和封建军阀在中国的统治。

当时，北伐面临的敌人有三支：一是直系军阀吴佩孚，盘踞在湖南、湖北、河南三省及陕西东部、河北南部，控制着京汉铁路，拥有军队 20 多万人；二是从直系分化出来自成一派的亲英美的军阀孙传芳，主要盘踞在江苏、安徽、浙江、福建、江西一带，拥有军队 20 万人；三是亲日的奉系军阀张作霖，占据着东北三省，津浦铁路的北段以及京津一带，拥有军队 50 万人。1926 年 6 月，吴、张两军阀在帝国主义指使下，以“讨赤”为基础联合起来，以奉军为主在北方发动了对冯玉祥国民军的进攻；在南方，由吴佩孚挂帅，先出兵湖南，联合云、贵、川、闽、赣等地军阀，计划从三面围攻广东革命根据地。挂着“保境安民”旗号的孙传芳，也积极备战，伺机进攻广东。

北伐前夕，在湖南首先爆发了驱逐赵恒惕的运动。当时倾向革命的唐生智，向广东国民政府请援。国民政府即调派第四军的两个师和叶挺独立团及第七军一部赴湘援唐。5 月，叶挺独立团挺进湖南，揭开了北伐战争的序幕。

北伐战争开始时，国民革命军共八个军，约十万余人。鉴于敌众我寡和军阀之间矛盾的情况，国民革命军制定了集中优势兵力，各个击破的方针。即先集中优势兵力消灭吴佩孚，再转向孙传芳，最后相机消灭张作霖及其他军阀势力。1926 年 6 月 4 日，国民党中央通过出师北伐案。7 月 1 日发布北伐动员令，4 日通过《国民革命军北伐宣言》。9 日，国民革命军在广州誓师，正式出师北伐。国民革命军以蒋介石为总司令，李济深为总参谋长，邓演达为总政治部主任。除李济深统领第四军一部，第五军大部留守广州，第七军一部留守广西外，其他各部均出师北伐。

北伐军首先激战于湖南。1926 年 5 月底至 6 月初，入湘援唐的叶挺独立团首战告捷，连克汝城、永兴、安仁、攸县等地。7 月初，北伐军第四、七、八军陆续到达湖南前线，连克株洲、醴稜，长沙守敌叶开鑫于7月9日弃城出逃。7月11日，北伐军进占长沙。8月中下旬，突破敌军汨罗江防线，连克平江、岳阳。至此，湖南全省为北伐军所占，战争转入湖北境内。当时，为阻止北伐军前进，吴佩孚在贺胜桥设立总司令部，亲自督战，集中2万多主力扼守军事要道汀泗桥。8月27日，独立团和第四军各部得到当地农民的引导，出敌不意，攻克了汀泗桥，8月30日夺取了吴佩孚的指挥阵地贺胜桥。9月1日，北伐军打到了武昌城下。6日攻占汉阳。7日，占领汉口。10月10日，攻战武昌。至此，吴佩孚的主力基本上被消灭，北伐军在两湖战场取得了决定性的胜利。因叶挺独立团及所在的第四军，在战斗中英勇善战，屡建奇功，因而赢得了“铁军”的光荣称号。

在两湖战场胜利在望之时，北伐军第二、第三、第六及第一、第五军各一部，独立第一师，于9月初就开始向江西的孙传芳发动了进攻。南昌得而复失。10月下旬，第四军主力奉调入赣。后经第二、三、四、六、七各军协力作战，于11月4日攻占九江，8日再克南昌。孙传芳逃回南京，其在江西的主力部队绝大部分被歼灭，少数逃往浙江。

北伐军在江西战场取得胜利后，驻守潮、梅警戒粤、闽边境的第一军主力，开辟了福建战场，于10月中旬攻克永定、漳州等地。后未经大的战斗，于12月9日进入福州，继而收复福建全省。接着兵分三路，向浙江、安徽、江苏挺进。于1927年2月18日攻占杭州，3月中旬抵达上海附近。3月21日，上海工人举行第三次武装起义胜利后，北伐军乘胜进入上海。3月初，北伐军还在安徽轻取安庆、芜湖，再沿江而下，3月24日攻占南京。至此，长江中下游的东南5省全部处于北伐军控制之下。

由于北伐战争是国共两党共同发动和领导的反帝反封建的

正义战争，得到了广大工农群众的热烈拥护和大力支持。而且共产党员、共青团员的先锋模范作用及苏联政府在物质上和军事上的帮助，并利用北洋军阀内部的腐败和重重矛盾，使得北伐战争迅速取得胜利。

北伐军自出师以来不到十个月的时间就打垮了吴佩孚和孙传芳的主力部队，占领了湘、鄂、赣、闽、苏等省的全部或大部，把国民革命从珠江流域推进到长江流域，席卷了半个中国。这一胜利沉重地打击了帝国主义和封建军阀在中国的统治，为革命的进一步发展创造了极为有利的条件。

藏書

中國通史

珍藏版

赵文博 主编

伍

辽海出版社

元朝科技（续）

《农桑辑要》和农桑衣食撮要

元代虽是马上民族建立的。但是，他们入主中原后，吸收汉文化，十分重视农耕。元代农学方面颇有成就。除了王祯的《农书》外，还有两部比较重要的农学著作。这就是《农桑辑要》和《农桑衣食撮要》。

公元1286年（至元二十三年）元向全国颁行《农桑辑要》。该书是为了推广先进的农业技术，由司农司组织农业专家于公元1273年编写的，它吸收了十三世纪以前的农业耕作经验。全书共分七卷，包括典训、耕垦、播种、栽桑、养蚕、瓜菜、果实、竹木、药草、孳畜等十个部分。典训主要是介绍我国古代有关农业的传统习惯和重农言论；耕垦主要是介绍整地技术和丰产经验；播种、瓜菜和药草等部分讲各类农作物和果木的栽培技术；孳畜是介绍家畜的饲养技术。最后还有“岁用杂事”排列了农家十二个月的主要农业生产以外的行事历。

《农桑辑要》是继《齐民要术》之后我国的又一部重要的农书。书中有二十多种农作物是《齐民要术》没有记载的，加之对农业技术的推广，是我国农业发展史上的一件大事。

公元1330年（至顺元年）元代农学家鲁明善撰成农学专著《农桑衣食撮要》。共二卷。按月令记述我国各族人民农事活动。该书对于耕种方法和饲养技术等有比较详细的记载。全书分为十二个月，每个月应种应收什么农作物，栽种什么树木，家畜应注意什么，怎样贮藏蔬菜，如何腌制肉类等，都一一详细记载。其记录以中原地区农事为主，兼及西北少数民族地区的农业和畜牧业经验，记述了牧羊种、造酥酒、晒干酪等方法，具有明显的民族特色。也反映了我国各民族在生产方面的相互渗透和相互吸收。

纺织家黄道婆

黄道婆出生在一个穷苦农民的家庭里，家住松江乌泥泾（今上海县华泾镇）。她的生卒年代和身世没有详细记载，大约生活在十三世纪中叶的南宋末期和元朝初期。她的名字也没有留下来，后人称她为黄道婆或黄婆婆。

黄道婆从小受尽苦难生活的熬煎，被迫给人家做童养媳。在她十八岁那年，再也不能忍受这牛马般的生活，决心逃跑。有一天夜里，黄婆在茅草屋上挖了个洞，逃到黄道浦江边，悄悄躲在一艘即将远航的海船中。这样，她一直漂流到远离故乡的海南岛崖州（今广东海南黎族、苗族自治州崖县）。

黄道婆生活的时代，正是植棉业传到江南的时候。棉花自印度传入我国，经过南、北两路；南路，经过南洋的国家，传入现在的云南。约在公元一至二世纪之间的东汉时代。云南的少数民族哀牢人当时生产出一种名叫“白叠花布”的纺织品。这是我国植棉、织布的最早记录。北路、传入西域（现在的新疆），约在公元五至六世纪的南北朝朝代。

上海地区的植棉业，是由南路传进的。首先传入乌泥泾，种植在一块名叫“八千亩”的地方。随着棉织技术逐渐被人掌握，棉织品很受群众欢迎。因此，黄道婆很小就学会纺织技术。不过当时乌泥泾的棉纺织技术，是非常落后的。

黎族地区自十一世纪（北宋中期）以后，就已大量种植棉花，棉纺织业也有所发展。在南宋周去非所著《岭外代答》一书中，介绍纺织情况："取其茸絮，以铁筋碾去其子，即以手握茸就纺，不烦缉绩，以之为布最为坚善"。当时生产的棉织品种类很多。赵汝适在《诸蕃志》中记载黎族："妇人不事蚕桑，惟织吉贝（棉花）花被、缦布、黎幕"。光是往南宋都城临安（杭州）"进贡"的，就不下二十多种，还能织出坚厚的兜罗棉、番布、吉布等多种棉纺织品，其中被染成各种彩色的"黎单"（宽幅床单）、"黎饰"（幕布）等，更为精美，远销内地。在这样的环境中，黄道婆虚心向黎族姐妹学习，很快就掌握了全套操作技术，成为技术高超的纺织能手。

黄道婆

元朝建立后，江南地区的生产逐渐恢复，经济有了好转。但是，乌泥泾的棉纺品技术仍处于落后状态，随着人们对棉布需要日益增加，亟待解决的问题就是生产工具的改进，生产技术的提高。正在这时，黄道婆从崖州回来了。

黄道婆在黎人织布技术基础上，发明创造了从轧籽、弹花到纺纱织布全过程的新生产工具，确立了一套较完整的生产工序。

第一道工序：轧棉去籽。原来人们一直用手剖去籽的方法，手指极易疲乏，工作效率很低。黄道婆创造了轧棉搅车，用四块木板装成大框，上面树立两根木柱，高度在一尺五寸左右，柱头镶在一根方木下面，柱的中央装着两个曲柄转轴，利用两轴间相互碾轧，将棉籽从棉絮内排挤出来。

第二道工序：弹花。用四尺多长，强而有力的绳弦竹弓替换了原来一尺四寸长、弹力轻微的线弦小竹弓。用弹椎敲击弓弦开棉，代替指拨弦弹花，保证了成纱质量。

第三道工序：纺纱。她创造了一种三个纺锭的脚踏纺车，比原来手摇一个纺锭的纺车劳动强度减轻了，生产效率提高数倍。

第四道工序：整经和织布。她改进了原先所使用的投梭织布机，能织出各种美丽的棉布。

黄道婆的纺织技术普遍地传播。乌泥泾靠棉织为生的增到千余家。“乌泥泾被”闻名全国各地。我国人民就是从那时开始普遍穿棉布衣服的。

黄道婆热心地教当地妇女“错纱配色”，“综线挈花”，深受尊敬。她在人民心中留下了不可磨灭的印象。她去世后，当地人民怀着悲痛的心情埋葬了她。后人为了纪念她，又给她立过祠。直到现在，当地人还用歌谣歌颂着她。黄道婆对纺织技术的革新和推广，反映了我国古代各族人民生产经验的交流，具体地说明了劳动群众创造了古代社会的文明。

黄道婆对纺织技术的革新和推广，为我国棉纺织业的发展作出了突出贡献。

元朝学校教育与科举制

社学属于正规教育之外的教育面广泛的一种社会教育。它是元代教育中一个极富特色的教育形式。

元代规定每社设立一所学校，选择通晓经书者为学校的老师，在农闲时教农民子弟读书。社学的建立大大加强了对农民的文化教育和农桑耕种技术的传播，有利于朝廷的统治。社学出现以后发展极为迅速，到至元二十三年（公元 1286 年），各种学校已达二万零一百六十六所。两年之后增至二万四千四百余所。社学发展盛况空前，二十八年（公元 1291 年），诸路设立学校之数为二万一千三百多所。

成贤街国子监牌坊

元代的私人教学因受统治者鼓励而得到充分发展，私学不仅促进了一般教育，还补充了学校教育的不足，更有意义的是私学促进了专门学术研究的发展。

蒙古尊孔

元代史传中记载了许多靠家学和自学成才的人物，如雷膺、许谦等，反映了元代家学和自学从师现象的普遍存在。私人办学在元朝也较为普遍，如董士选曾聘名儒虞集的父亲虞汲在家塾中教导子弟等，在少数民族及西域诸族居住地区，私人办学者也不少。据《元史》记载，蒙古族的月鲁不花，因受业于韩性先生，“为文下笔立就，灿然成章”。元开国之初，成吉思汗的孙子蒙哥曾命令其弟在征服西域的过程中，把西域著名天文学家送到国内，请其讲授。他还注意学习西文教学，是我国最先接触和翻译欧几里德《几何原本》的人。可见元代各民族学者在兴办私学、研究科学文化方面都表现出极高的热情。

元代作为一多民族国家，其文化教育在民间以私学的形式

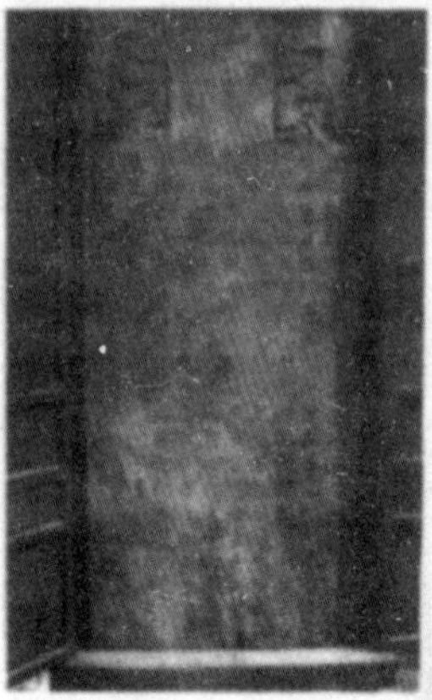
元加封孔子

广泛展开，内容丰富，教育涉及专业技术、宗教、音乐美术等多个方面，反映了多民族国家多元化共同发展的繁荣景象，为统一国家教育事业的发展，作出了积极的贡献。

公元 1313 年（皇庆二年）11 月，元廷下诏科举取士。

元初，科举制度没有受到重视，仁宗即位后，命中书省议行科举，于 11 月正式下诏科举取士，定于公元 1314 年正式实行。

元朝的科举考试，一般是每三年举行一次，共举行过九次。分为乡试、会试和殿试三层。乡试于当年 8 月举行，蒙古人、色目人试经问、策问二场，汉人、南人试明经、古赋、策问三场。全国共设乡试会场十七处，从考生中选出三百人参加第二年在大都举行的会试，会试科目与乡试相同。从中选出一百人，其中蒙古人、色目人、汉人和南人各二十五名，以参加殿试。根据考试结果分为三等，每等从这四类人中各选一人，后增至三人。进士及第，封六品官；第二等赐进士出身，封七品官；第三等赐进士出身，封八品官。

元朝建筑艺术

元代建筑最有代表性的要算道教建筑永乐宫和元中都城的建成。

元代对道教十分尊奉。全真派道士丘处机往中亚晋见成吉思汗，宣传教义及为政之道，深得成吉思汗欢悦，给予道教免赋役的特权。自此道教势力大盛。忽必烈时虽曾一度受到排斥，但自此之后直到元末，道教与其他宗教一样受尊奉。元代道观祠庙建造很多，元大都的东岳庙、河北曲阳北岳庙德宁殿和山西洪洞水神庙都是元代著名道教建筑。其中位于山西省永济县的永乐宫就是元代道教建筑中的典型代表。

永乐宫是元代道教全真教的三大宫观之一，原位于黄河边的永乐镇。传说八仙之一的吕洞宾就在这里出生，山川非常秀丽。永乐宫的建造前后共同用了一百一十年的时间，从定宗二年（公元 1247 年）修建大纯阳万寿宫，后来改称永乐宫，然后逐步建成各主体殿堂，到至正十八年（公元 1358 年）完成各殿中的壁画为止，差不多经历了整个元代。

永乐宫中的三清殿建筑最为宏伟壮丽，殿中奉祀三清神像，画阔七间，进深四间，长二十八点四四米，宽十五点二八米，殿中四壁绘制着巨型壁画“朝元图”。殿中为扩大空间采用了减柱法建造，仅后部设有八根金柱，其余均省去不用。用黄蓝琉璃制作的层脊上两只高达三米的龙吻，造型生动，非常引人注目。无极门又称龙虎殿，原为永乐宫的宫门，后部明间台阶退入台基内呈纳陛形制，造型非常罕见。纯阳殿又名混成殿，内有吕洞宾像，故又称吕祖殿。最后是纪念全真教祖师王重阳和他的弟子的重阳殿，也称为七真殿。纯阳殿和重阳殿壁面均分别绘制吕纯阳、王重阳的生平故事的壁画。

永乐宫建筑规模十分浩大，原来在永乐宫周围还建有许多祠庙，但现在只剩下了永乐宫一处。永乐宫沿中轴线依次布置宫门、龙虎殿、三清殿、纯阳殿、重阳殿五座殿堂，除宫门是经清代改建外，其余四座殿堂均保持着元代时的建筑风貌，组成了一组雄伟、浩大的道教建筑群。

永乐宫的四座元代建筑在建筑上和艺术上均取得了巨大成就。其一是它在总体布局上突破了中国古代建筑的廊院式结构，在同一条轴线上布置殿堂，使空间关系主次分明。其二是它采用了减柱法等一系列革新手法，扩大了建筑空间，对明清的建筑技术产生了重大的影响。三是它的殿中保存了大量元代彩画，彩画的构图和色彩运用均有许多创新。四是各殿中共有九百六十多平方米的巨幅壁画，题材多样，色彩绚丽，在建筑史、绘画史中都极为罕见。尤其是三清殿中的“朝元图”壁画，泰定二年（公元 1325 年）由马君祥等人绘制而成，描绘了诸神朝拜元始天尊的故事，以八个帝后像为中心，周围有金童、玉女、星宿、力士等共二百八十六尊，场面开阔，气势恢宏。这些壁画都成为我国古代壁画中的精典佳作。

中都城建设，发扬了中国传统建筑术，建筑结构和形式承袭宋代旧制，但在砖石结构、材料和装饰方面有所创新。又采用了许多兄弟民族的建筑造型，并创造了完全新的式样。在宫廷布局方面进一步发展了“千步廊”。城市恢复了宋以前的坊里封闭制度。城东西两面相当于今北京旧城东西城墙，南抵今东西长安街，北抵今德胜、安定门外土城旧址。都城规模宏大，宫殿壮丽，为当时世界少有的大城。《马可波罗行纪》描绘当时北京的景象是“城中有壮丽宫殿，复有美丽官邸”，“全城规划有如棋盘，其美善之极，未可言宣”，“世界诸城，无能与比”。

明　朝

（公元 1368～公元 1644 年）

明初诸案

胡惟庸案

朱元璋自建明朝始就在考虑废丞相之职。胡惟庸案成为其废丞之由。

胡惟庸，凤阳定远人，是最早跟随朱元璋的文臣之一。他是明朝第一个也是唯一的一个“平民”丞相。胡惟庸独居相位四年。朱元璋对于胡惟庸那套借君主的好恶以报个人恩怨的奸臣手法，朱元璋是洞若观火。朱元璋让他当丞相，是因为他可供利用。

利用存在隔阂仇怨的人互相监督，是朱元璋惯用的权术。公元1374年六月，他将汪广洋从广东召回来，任命为左御史大夫。果然有个叫韩宜可的不怕死的御史，上章弹劾胡惟庸与右御史大夫陈宁、御史中丞涂节擅作威福。朱元璋假装大怒，说他诬陷大臣，抓进锦衣卫关起来。不久却又将他放了，并没有治罪。公元1377年十月，朱元璋提升胡惟庸做左丞相，让汪广洋做右丞相去牵制，公元1378年四月，朱元璋命礼部定奏章式样，禁天下奏事关白（报告）中书省，不知胡惟庸的自我感觉如何。公元1379年七月，吉安侯陆仲亨、江夏侯周德兴、宜春侯黄彬在临清练兵地被逮捕回南京。其中，陆仲亨与胡惟庸的关系密切。

这些迹象说明朱元璋在中书省问题上将有重大行动。这时，发生一件胡惟庸的儿子在大街上骑马横冲，跌落下马，被过路马车轧死的事。胡惟庸不由分说把马车夫捉住，擅自杀了。朱元璋见他如此专横，甚为生气，要他偿命。到洪武十二年九月戊午发生了占城（今越南南部）贡使事件。占城贡使到南京进贡，把象、马赶到皇城大门口，让守门的宦官发现了，报告给朱元璋。朱元璋一听，大怒，命令将胡惟庸和汪广洋抓起来，关进监狱，说他们蒙蔽欺君。二位丞相不愿承担罪责，认为接待贡使是礼部的责任。朱元璋遂将礼部的官员也统统关了起来。

锦衣卫印

两相入狱，御史们才彻底明白皇上的意思，便纷起攻击胡惟庸擅权植党，祸乱朝廷。御史中丞涂节为了保命，揭发胡惟庸毒死刘基的事，并说当时汪广洋任左御史大夫，是知情人。朱元璋对这件事很敏感，若是把事情的真相暴露了，对自己不利，便横下一条心，要大开杀戒。他先是逼迫汪广洋自杀，然后采取刑讯逼供，让涂节编织了一个胡惟庸结党造反的口供，于是株连蔓引，许多人都被牵连进去。到次年即洪武十三年正月戊戌，将胡惟庸、涂节、御史大夫陈宁都给杀了，同时宣布废除中书省，将六部尚书的品级由三品升为二品，改组御史台与都督府。御史台改称察院，只保留监察御史，后来调整为都察院。都督府改组为前、后、中、左、右五军都督府，分别统管各地的卫所。

蓝玉党案

蓝玉党案是胡惟庸案的继续。蓝玉，凤阳定远人，英勇善战，深得朱元璋器重。但在其功高位显之时，蓝玉在四件事情上引起了朱元璋的不满，一是不把朝廷命官和朝廷制度放在眼里，二是逼奸元王妃，三是说过燕王朱棣的坏话，四是权力欲过强。这最终导致了其杀身之祸。

洪武二十六年，锦衣卫指挥蒋瓛告蓝玉谋逆，蓝玉下狱被杀。吏部尚书詹徽曾奉旨参与审讯。蓝玉不肯认罪，詹徽呵斥，要他从速招来，不要株连他人。蓝玉大呼："徽即臣党。"于是，詹徽由执法官变成阶下囚。还有些士人，仅仅因为是蓝玉的家庭教师，或仅仅因为替蓝玉题画，也作为奸党被杀。当然，追究蓝党，主要的目标是勋臣。朱元璋颁《逆党录》，布告天下，有国公1、列侯13、伯2、都督10余人列名其中。被治罪的勋臣，许多与蓝共过事。因蓝玉案被杀的人数达15000名。

通过胡、蓝党案，勋臣武臣被扫除殆尽。洪武年间封侯，也就在50人左右，两案即除去30多人。朱元璋为了巩固朱氏家庭的统治，同时也是为了平息新兴贵族地主集团同社会各个阶层之间的矛盾，有必要进行反对勋臣的斗争。但杀人太多，造成朝中无将的局面，对以后的政治斗争产生了影响，也是他始料不及的。

空印案和郭桓案

洪武中期，曾发生两大事件，则完全是针对文职系统官员的。

首先是空印案。明朝的地方官员每年到户部送核钱粮、军需等事时，必备空白文书。采取这一办法，解决了地方官府的困难，但也确实产生欺瞒和不负责任的后果。洪武十五年（1382年），朱元璋发现了这个情况，下令严办，凡携带空白文书的衙门，主印者处死，佐贰官以下发戍边区。实际上，被杀的不止掌印官，稍有牵连者，就会被处死。

对滥杀官吏，太子朱标持有不同的看法。朱元璋要他复讯案犯，许多人被减罪免罪。朱元璋曾问御史袁凯，在这件事情上，他与太子谁对？这是很难回答的问题，稍有不慎，便会有性命之虞。多亏袁凯聪慧，想出两句得体的话："陛下法之正，东宫心之慈。"朱元璋听了感到很舒服，依从朱标减免的要求。但细想起来，袁凯这人持议两端，过于圆滑，厌恶之心难免生出。为了保命，袁凯不得不佯装疯癫。

空印案风波未平，郭桓案又起。洪武十八年，有人告发户部右侍郎郭桓与北平布、按二司官员李彧、赵全德等人勾结贪污，朱元璋下令治六部左右侍郎以下京官及有关地方官员罪，死者达数万人。郭桓究竟如何与北平官吏行奸，很难说清。据朱元璋后来公布的材料看，郭桓贪污有两个数字。一个数字是有关浙西地区的，该地区秋粮应收 450 万石，郭桓等仅收 60 万石，收钞 80 万锭，折抵 200 万石；另有 190 万石未收，而令浙西各府出 50 万贯钞，"各分入己"。一个数字是关于全国的。郭桓盗卖三年来军卫积粮约 700 万石，如果加上其他各仓，以及各布政司伙同郭桓等所盗卖的仓粮，总数在 2400 万石。

即使按 190 万石或 700 万石来说，数字也是相当可观了。追论起赃物，只得说某亲朋好友家若干，某殷实富家有若干。全国各地许多大、中地主被牵连进去，抄家问罪，"中人之家多破产"。

文字狱

明初对用字的避讳很多，如不用"元"字，洪武元年改写成洪武原年。朱元璋过分看重字词的使用，在更多的情况下，不是出于礼仪的规定，而是出于他本人的特殊心理。有人因用了他所忌讳的字词，而招来杀身之祸，这种情况叫"文字狱"。

观榜图

文字狱的残忍，不仅“千古所未有”，其荒谬绝伦之处，已到匪夷所思之境地。凡上奏表中有下列文辞者，皆被杀：“作则垂宪”、“垂子孙而作则”、“仪则天下”、“建中作则”、“圣德作则”，因为“则”音若“贼”，朱元璋有心病故以为是讽刺他曾为贼。另外的如：“睿性生知”、“天下有道”，被解释“生”为“僧”，“道”为“盗”；“藻饰太平”，被解为“早失太平”，皆处斩。杭州教授上表有“光天之下，天生圣人，为世作则”的话，太祖“览之大怒曰：‘生者、僧也，以我尝为僧也，光则薙发也，则字音近贼’，遂斩之”。有位远方僧说来自“殊域”，太祖认为“殊”分开为“歹朱”，也被砍头！尚有以言语得祸者。太祖微服出访，有个老妪称皇帝为“老头儿”，结果那一带的居民都被抄家。有人绘一大脚女怀中抱一西瓜，贴在墙上。因朱元璋常自称“淮西布衣”，马皇后是天足，故被释污辱皇后为淮西大脚，搜主绘者不得，屠其街坊。

文字狱是朱元璋在思想统治上走向极端的产物，特别集中地表现出朱元璋的多疑性格和复杂心理。

南北榜案

洪武三十年（1397 年）丁丑科考试，是开科以来第六届。翰林院学士刘三吾、吉王府纪善白信蹈为考官，于会试考生中选取中第的51人，都是长江以南地区的士人。正试中，定闽县陈郊、吉安尹昌隆、会稽（今浙江绍兴）刘谔为一甲。北方诸生，大概还有那些落第的南方诸生议论纷纷，齐声说：刘三吾是湖广茶陵（今属湖南）人，取士有私，偏向同乡。朱元璋命翰林院侍读张信、侍讲戴彝等12人复阅落第试卷，每人10份，取文理优异者，但选中的试卷又很不理想。有人宣称：刘三吾勾结张信等人，故意挑选不好的试卷进呈。朱元璋怒，兴狱治罪：刘三吾年老，被谪戍，张信、白信蹈论死；陈郊不得入翰林院，授礼宾司仪署丞，并且终因此案被杀。朱元璋亲自阅卷，取中61人，六月廷试，以韩克勤、王恕、焦胜为第一甲。

这科会试两次张榜，一次在三月，一次在六月，一次中第的都是南士，另一次中第的都是北人，故称“春、夏榜”，又称“南、北榜”。

后来，出现了按南、北比例取士的趋势。仁宗洪熙元年(公元1425年)，以10分为率，南人取6，北人取4。再后，又分为南、北、中卷，北卷包括北直隶、山东、山西、河南、陕西；中卷包括四川、广西、云南、贵州及南直隶的凤阳、庐州2府、滁州、徐州、和州3州；南卷包括浙江、江西、福建、湖广、广东及南直隶除凤阳等2府3州以外的地区。以百人为率，规定南卷取55名，中卷取10名，北卷取35名。这是宣宗宣德年（1426—1435年）以后的事情了。划分地区规定取士比例，使朱元璋取天下士的思想得以制度化。

靖难之役

朱棣是明太祖朱元璋第四子。洪武三年（1370年）四月封为燕王，治理北平。十三年开始进驻封地。受太祖特许，王邸用元旧宫殿。由于北平毗邻蒙古，因此为防御元残余势力侵扰，故特诏配以精锐重兵，归其指挥，以拱卫京师；并任傅友德为将军，指挥军队听其节制。同秦王樉、晋王㭎分道都诸将北征。后因秦、晋二王久不出师，只有燕王率傅友德军多次出塞征伐，直抵迤都山，生擒敌将乃儿不花等；又时常巡边，筑城屯田，建树颇多，是明初军功最显著的塞王之一。

洪武二十五年（1392年），皇太子朱标病死，朝廷经多次商议，以标子允炆为皇太孙，做皇位继承人。对此，朱棣颇为不满。朱允炆天资聪敏，但却生性怯懦，优柔寡断。太祖每令对诗多不符合旨意。一次，太祖出句“风吹马尾千条线”，他竟答以“雨打羊毛一片毡。”太祖非常不高兴。恰好当时朱棣在场，乘机对曰：“日照龙鳞万点金”。对仗工整，气势雄壮，太祖一听非常高兴，连称“好对语！好对语！”因此对棣倍加宠爱，曾一度萌发更换皇位继承人的念头。经翰林学士刘三吾劝谏：“若此，将置其二兄秦王、三兄晋王于何地？”太祖终于为遵守传统礼法稳定政局，方才作罢。虽如此，但却在无形中诱发起了朱棣谋夺皇位继承权的欲望。且当初诸王封国时，太祖曾决定给每王配置一学问僧为师傅，以辅佐其行事。洪武二十八年（1395年），僧道衍向棣毛遂自荐，声称“大王如能用我，当奉一

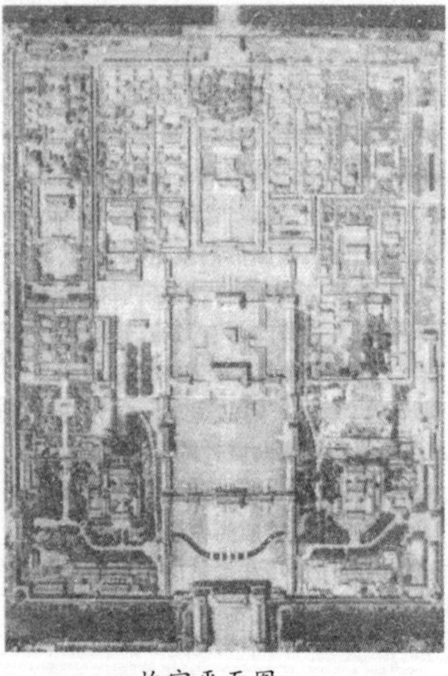

故宫平面图

顶白帽子给你戴!”“白”字加在“王”字上恰恰便是一个皇帝的“皇”字，隐喻“保你做皇帝!”这正迎合了朱棣心意，朱棣十分高兴。不久，燕王果然请求允许以道衍为自己师傅，并赐名姚广孝，时常出入燕邸。广孝才智过人，燕王得其辅佐，如虎添翼，更加助长了其谋取皇位之心。企图试探一下姚的心意特出句：“天寒地冻，水无一点不成冰”。姚马上对以“国乱民愁，王不出头谁作主”。二人会心一笑，于是靖难之谋便定了下来。

洪武三十一年（1398 年）闰五月，太祖驾崩，皇太孙继位，是为建文帝，史称明惠帝，以明年为建文元年。燕王棣赴京奔父丧，但行至淮安，便接到朝廷关于“诸王临国中，毋到京师会葬”的“遗诏”。棣甚恼火，想必是建文宠臣齐泰、黄子澄等改了诏书，但实情不明，只好暂时返回。

同年七月，建文帝果然颁布了“削藩”令，并首先从朱棣同母弟周王橚开刀。先派大将军李景隆统兵到了封地逮捕王橚到京，不久便废为庶人，全家发配云南。朱棣见周王被抓以后，完全证实了齐、黄用事。于是便挑选壮士为护卫，以“勾军”为名，广招“异人术士”。这时，齐王榑、代王桂等也相继被削，湘王柏甚至被迫自焚而死。随后，朝廷更下令“今后诸王均不得节制文武官员”，更进一步限制诸王权力。这就更迫使朱棣高度警惕，加紧练兵，准备起事。

十一月，有人向朝廷告发燕、齐有变。建文帝问黄子澄“是谁当先?”子澄答：“燕王虽久称病，实则整日练兵，广招能人，反意已明，宜急图之。”齐泰也说：“今有蒙古入寇警报，正好以防边为名，派将驻开平，悉调燕藩护卫兵出塞，去其羽翼，便可图之。”于是命工部侍郎张昺为北平布政使，谢贵为都指挥使，观察如有所举动，便进而图之。恰当此时，燕王妻弟徐辉祖也曾告燕王密谋的原因，被加太子太傅，与李景隆同掌六军协谋攻取燕。

建文元年（1399 年）正月，燕王派长史葛诚入京奏事。葛竟把实情都报告给了朝迁奏朝廷，并愿充当内应。返回后，燕王见他脸色有异，心疑之。二月，借拜见新帝之机，燕王亲赴京城密察虚实，以谋对策。时，户部侍郎卓敬密奏帝："燕王智虑绝人，酷类先帝；而北平又为强干之地，金元兴起之所，应徙封南昌以绝祸根。"帝帝读过后起身。第二天召敬问："燕王骨肉至亲，何得说此？"敬答："隋文、杨广非父子耶？"沉默了一会，曰："卿勿再说。"于是，当燕王返回后，建文还是一度派耿瓛掌北平都司事，景清任北平布政司参议，监视燕邸动静。不久，又派都督宋忠以备边为名，率兵三万，并调燕府护卫精锐归忠指挥，驻把在开平；用耿瓛在山海关练兵，徐凯在临清练兵；密敕张昺、谢贵严加戒备，对燕府形成包围之势；（宋忠）又釜底抽薪，调燕悉骑指挥关童入京师。朱棣深知朝廷用意，入觐回来后便装病卧床，愈来愈重。四月，太祖逝世周年之日，燕王派世子高炽暨弟高煦、高燧为代表赴京祭祀，命"令朝廷勿疑"。齐泰请求留下燕世子为人质。黄子澄则坚决主张放回，以免燕王疑。当高炽等返回后，燕王开始大喜："吾父子复得相聚，天助我也。"于是更能加紧暗地里练兵；而表面上却佯装疯癫，有时满街乱跑，狂呼乱喊，抢人酒食，时而卧地不起；甚至盛暑围着火炉发抖，喊"冷极"。从而使朝廷侦知逐渐相信。六月，正在双方都紧锣密鼓的备战之际，燕府护卫百户倪谅竟逃往京师，向朝廷告发燕王谋反。建文集团则以此为由，下诏斥责燕王不忠，下令逮捕朱棣及其官属。密令张昺、谢贵速围燕府，并多次敕燕府旧人北平都指挥使张信，前往逮捕燕王。张信在其母劝阻和感召下反戈一击，提前告知棣。棣遂令护卫指挥张玉率壮士 800 人城守卫。不久，圣旨到。七月，谢贵、张昺围攻燕府，飞矢入内，要燕王所逮官属自动投降。朱能以“交割所逮官属”为名，邀请贵、昺入府。当二人到后，棣设宴进上新瓜以招待。棣持瓜怒斥说：“百姓还知道宗族相恤，我身为天子亲属，却时时想致我于死地。朝廷既如此，我还有什么事不可干?!”猛然摔瓜为号，护卫军纷纷上前，生擒贵、昺，并痛击内奸卢振、葛诚。燕王大声说：“我有何病？实是朝中的奸臣和你们这些人逼的呀!”于是，燕王手亲手杀了刃二人，围解。

七月初五日，燕王正式誓师，援引《祖训》中“朝无正臣，内有奸逆，必举兵诛讨，以清君侧之恶”条文，以“诛齐泰、黄子澄”为名，起兵靖难。取消了建文年号，仍称洪武三十二年。设置官属，任张玉、朱能、丘福为都指挥佥事。第二天，留郭资辅世子守北平，亲率大军抵达通州，指挥房胜不战而降。用张玉计，攻下了蓟州、遵化，解除后患，然后又向南推进。一场以夺皇位为实质的武装斗争开始了。十六日，燕王以“居庸险隘，北平之咽喉，我得此，可无北顾忧”。于是挥军攻占据庸，转攻怀来，开平、龙门、上谷、云中守将望风归降。燕王又攻克了永平、克滦河，直趋南下。由于北平多年一直为基地，因此附近州县卫所，一呼百应，士气旺盛，并有鞑靼兵马为后盾，南方宫中太监为内应，朱棣不仅兵精粮足，而且对建文集团内动静虚实，了如指掌。加之指挥得当，又有姚广孝等能者相助，出谋划策，因此在斗争中始终处于优势地位。建文集团相反，虽位居正统，兵众粮足，但因建文帝生性怯懦迂腐，缺乏魄力，处事优柔寡断，易信谗言。因此先后任用耿炳文、李景降分镇真定、河间。结果，耿先大败于真定，困守孤城；李代耿后，虽乘燕军攻大宁之机而围攻北平，但在北平军民合击下又大败，逃回德州。建文无奈，答应罢免齐泰、黄子澄的兵权（实则仍典兵如故），以求罢兵。燕王知诈，不听，继续进攻德州。建文二年（1400 年）四月，燕王连续攻下德州、济南，景降只身走。惟铁铉、为盛庸代景隆坚守济南，燕军久攻不下，只好暂回北平。由于守城有功，铁铉升为兵部尚书，盛庸升历城侯。九月，盛庸受命北伐，以副将军吴杰进攻定州、都督徐凯屯驻把在州，自已固守济南，以逸待劳；而燕王则佯攻辽东，暗渡直沽直捣沧州，破城捉凯，大获全胜。但在东昌大战中，勇将张玉战死，燕王也因有建文诏戒，敌将“莫敢加刃”，几次化险为夷。在这次战役中，幸运的是有朱高煦援救，方转败为胜。

建文三年（1401 年）二月，燕王自撰文隆重新祭祀奠张玉等阵亡将士，以鼓舞士气。三月，夹河大战，开始盛庸主力遭到惨败，退守德州。建文又佯诏“窜逐齐泰、黄子澄于外，令有司籍其家，以谢燕人”，实则命齐、黄外出募兵勤王。燕王识破，其计策连下顺德、广平，名义上表达迎降。八月，攻破保定，解了北平之围，回师京都。此间，燕王起兵三年，仅得永平、大宁、保定等地，且有得有弃，死伤较重；而南军分布广，也时有告捷，因此朝廷开始松懈。又因建文御宦官极严，宦官多恨建文而欲拥立燕王，京城虚实详细密告于燕王。燕王决心尽快结束这场战争，于是打算破釜沉舟，决一死战，他不再随便攻城，而在十二月出师直奔金陵。

建文四年（1402 年）正月，建文令魏国公徐辉祖主山东。燕军连续到达汶上、沛县，直捣徐、淮。三月，到了宿州，攻破萧县，大败敌主将平安于小河。接着，同徐辉祖大战齐眉山，自午至酉，难分胜负。骁将王真、陈文、李斌相继战死，兼之暑雨连绵，土湿多疫，诸将皆欲暂息。燕王认为“兵事有进无退，否则便会解体。”朱能也以“汉高十战九不胜，卒有天下，岂可有退心！”来鼓舞战士，以迎接更大的决战！而建文集团却因暂时的小胜冲昏了头脑，听信谗言，以“京师不可无帅”为由，撤回徐辉祖，放松了戒备。燕王先用分兵进扰，使敌兵势力分割削弱，应顾不暇，燕子乘敌将何福移兵灵璧就食之机，展开大战。四月初八日，燕王亲率诸将首先登城，军士紧跟其后。三声炮响，敌军以为是自己的信炮，纷纷争出，城门堵塞不得出，自相践踏，一片混乱。燕军乘机涌入，攻破其营，生擒平安、陈晖等大将，仅以何福身免，燕王大获全胜。与此同时，宋贵又成功截击了前往援助济南的辽军，并全歼其军。南军的势力更加衰弱了。五月，燕王连下泗州，拜了祖陵；巧渡淮水，取盱眙，乘胜直捣扬州，攻克仪征。时，建文帝又派使以“割地南北”议和。燕王称“凡所以来，为奸臣耳。得之，谒孝陵，朝天子，求复典章之旧，免诸王罪，即还北平。”并指出此议和实为“奸臣缓兵之计”，拒绝接受。议和未成之后，建文集团便自恃长江天险，打算募兵勤王，进行顽抗。

六月初一，燕王汇集高邮、通、泰船于瓜州，向京城进发，在浦子口大败盛庸军；又得子高煦的援兵，势力盛极。一时朝臣多暗地里派使者向燕王献计使献计充内应，前往增援前线的陈瑄，亦率舟师以降了燕。燕军势力更加旺盛。初三，燕王誓师渡江，舳舻相衔，旌旗蔽空，金鼓大震，声威浩荡，当时，盛庸列兵沿江 200 里迎战。燕王指挥诸将先登，以精骑数百冲入敌军阵营，庸师溃，单骑逃走，余众都投降。随后移师长江咽喉镇江，守将不战而降。此时举朝震惊。建文除令谷王橞、安王楹分守都门外，又派遣李景隆和诸王反复同燕王求和。燕王仍以“欲得奸臣，不知其他”为由，盛宴后送回。建文无计，方孝孺坚请守城待增援。齐泰、黄子澄分奔赴广德州、苏州逃难征兵，都没有取得成效。十一日，燕军进入朝阳，谷王和景隆献出金川门，朝廷文武都迎降。建文左右仅剩数人，于是关闭了所有的后妃宫，纵火焚之。在烈火中，建文帝不知去向。

朱棣入宫后，进行大肆报复行动。建文谋臣齐泰、黄子澄、方孝孺先后被磔，诛灭九族。拒草“即位诏书”的方孝孺和藏刀上殿行刺的景清，更祸灭十族，不仅株及九族，连门生之门生，姻亲之姻亲，均不放过，史称“瓜蔓抄”。前后被杀者数以万计，镇压十分残酷。

七月初一，朱棣正式登极，史称明太宗（嘉靖时改谥“成祖”），以明年（1403 年）为永乐元年，升封地北平为北京，改京师为南京，统一了明代南北两京之制。一切恢复太祖时旧制。“靖难之役”就此宣告结束。

明成祖迁都北京

明太祖的军队打到北京以后，元顺帝跑掉了，元朝失去了在长城以内地区的统治权。尽管如此，元顺帝的军事力量、政治机构都还存在。因此，他经常派遣军队往南打，要收复失地。他认为这个地方是他的，他们已经统治了八、九十年。而当时明朝的都城是在南京。为了抵抗蒙古的进攻，明太祖只好把他的许多儿子封在长城一线作塞王。可是现在情况变了，明成祖自己跑到南京去了；此外，原来封在热河的亲王叫宁王，宁王部下有大量蒙古骑兵。明成祖南下争夺帝位之前，先到热河，见到宁王就绑票，把宁王部下的蒙古骑兵都带过来了。他利用这些蒙古骑兵作为自己的军事主力，向南进攻取得了胜利。从此之后，他就不放宁王回热河，而把他封到江西去。这样一来，在长城以北原来可以抵抗蒙古军进攻的力量便没有了。原来他自己在北京，现在自己到了南京，因而就削弱了明太祖时代防御蒙古军进攻的力量，防御线有了缺口，顶不住了。因此，他不能不自己跑到北京来指挥军队，部署防御战。因为他自己经常在北京，当然政府里的许多官员也都跟来北京，北京慢慢变成了政治中心。于是他开始修建北京，扩建北京城，大体上是根据元朝的都城来改建的。元朝时北京南边的城墙在哪里呢？在现在的东西长安街。明朝就更往南了，东西长安街以南这个地区是明朝发展起来的，德胜门外5里的土城是元朝的北城。明朝往南缩了5里，明成祖营建北京是有个通盘安排的，他吸取了过去多少朝代的经验。所以街道很整齐，几条干线、支线把整个市区划成许多四四方方的小块。有比较完整的下水道系统，有许多中心建筑。从明成祖到北京以后，前后30多年，重新把北京建成了。和这个时期的世界其他各国比较，北京是当时世界各国首都中建筑比较合理、有规划的、最先进的城市。没有哪一个国家的首都比得上它。有人问：北京还有外城，外城是什么时候建筑的？外城的修建比较晚，是在公元1550年蒙古军包围北京的紧急情况下，为了保卫首都才修建的。但是因为这个工程太大，只修好了南边这一部分，其他部分就没有修了。至于现在的故宫、天坛那些主要建筑，也都是在那个时代打下的基础。应该说明，现在的故宫并不是原来的故宫，认为明成祖修的宫殿一直原封

明长城

未动地保留到现在是错误的。故宫曾经经过多次的扩建和改修。过去三大殿经常起火，烧掉了再修。起火原因很简单，就是太监放火。宫廷里有许多黑暗的事情，太监偷东西，偷到不可开交的时候，事情包不住了，就放火一烧了事。烧掉了再修，反正是老百姓出钱。明清两代宫廷里经常闹火灾就是这个道理。故宫的整个建筑面积有 170000 平方米左右，光修故宫就用了 20 年的时间。我们人民大会堂的建筑面积是 174000 多平方米，比整个故宫的有效面积还大。明朝修了 20 年，我们只修了不到 1 年的时间，这个比较是很有意思的。由于从明成祖一直到明英宗连续地营建北京，政治中心就由南京转到北京来了，北京成为国都了。

以北京作为一个政治、军事的中心，就近指挥长城一线的军事防御，抵抗蒙古族的军事进攻，保证国家的统一，从这一点来说，明成祖迁都北京是正确的。但是，仅仅只把政治、军事中心建立在北京还是不够的。当时东边从辽东起，西边到嘉峪关止，敌人从任何地方都可以进来。当然，从山海关往西有一道万里长城。可是城墙是死的，没有人守还是不能起作用。所以，必须要在适当的军事要点布置强大的军事力量。因此，明朝政府在北方沿边一线设立了所谓“九边”。“九边”是逐步发展起来的。开始只建立了四个镇，即辽东、宣府、大同、延绥。跟着又增加了三个镇：宁夏、甘肃、蓟州。以后又加上太原、固原二镇。这九个军事要塞，在明朝

北京故宫武英殿

合称“九边”，是专门对付蒙古族的。每一个军事中心都有很多军队，譬如明朝后期，光在蓟州这个地方就有10多万军队。

九边有大量的军队，北京也有大量的军队。这些军队吃什么呢？光依靠河北、山东、山西这几个地区的粮食是不够供应的，必须要从南边运粮食来。要运粮食，就要有一条运输线。当时没有公路、铁路，只能通过运河水运，把东南地区的粮食集中在南京，通过运河北上。一年要300—400石粮食来北京养活这些人。所以运河在当时是一条经济命脉。这种运输方法，当时叫做漕运。为了保护这条运输线的完全，明朝政府专门建立一个机构，派了十几万军队保护运河沿线。明朝是如此，清朝也是如此。

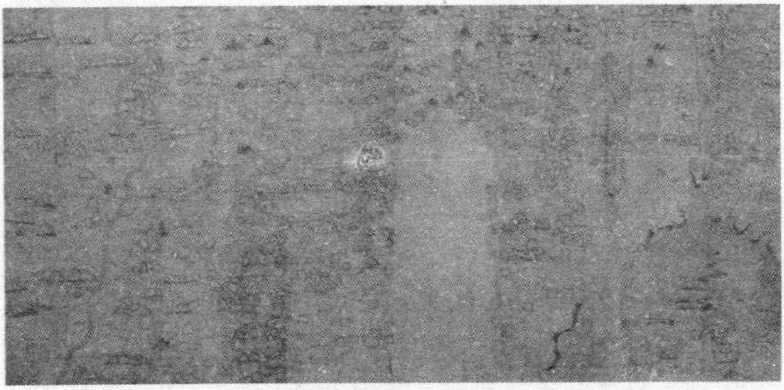

九边图

把军事、政治中心放在北京，北方的问题解决了。可是发生了另外一个问题：南方发生了事情怎么办？于是就把南京改为陪都。陪都也和首都一样，除了没有皇帝之外，其他各种组织机构，北京有一套，南京也有一套。北京有六部，南京也有六部。因为南京没有皇帝，便派一个皇帝亲信的人做守备。当时的大学叫国子监，国子监也有两个：一个叫“北监”，一个叫“南监”。北监在北京，就在孔庙的旁边。北监、南监都刻了很多书，叫北监本和南监本。当然，陪都和首都也有区别，首都的六部（吏、户、礼、兵、刑、工，六部的部长叫尚书，副部长叫侍郎）有实权，而陪都的六部没有实权。所有的事情都集中在首都办。南京的这些官清闲得很，没有什么事情可做。这些人大都是些政治上不得志的人，在北京站不住脚，有的年纪大了，做不了什么事，就要他到南京去做一个闲官，有饭吃，有地位，可是没有什么事情可做。我们研究这个时代的历史要了解这一点。那么，他在南方搞一套机构的目的是什么呢？第一，以南京为中心来保护运河交通线；第二，以南京为中心，加强对南方人民的统治。南方各个地区发生了人民的反抗斗争，就可以就近处理、镇压。

明成祖迁都北京，这不但是抵抗蒙古族南下的一个最重要的措施，同时也为北京附近地区生产的发展、文化水平的提高、都市的繁荣创造了有利的条件。

明成祖的治绩

朱棣是以诛讨主张削藩、变乱祖制的奸臣为借口起兵的。但是，他当皇帝后，在对待藩王的问题上，却不怕冒违反祖制之大不韪，同样是采取削藩政策。他本人以藩王起兵夺取帝位，对于军权过重的藩王和中央皇权的矛盾对抗这一教训，是认识得很深刻的。他即帝位后，为掩人耳目，恢复了周、齐、代、岷4位亲王的封藩，但过不了几个月，就又找个罪名，削除代王和岷王的护卫军队。接着，永乐四年（1406年）废齐王为庶人。十年（1412年），辽王的护卫军队被削除。朱元璋时代护卫军队众多的宁王，也于永乐二年（1404年）被从边塞改封在南昌。宁王到南昌后，以韬晦为计，建筑华丽的宫殿，终日躲在里面鼓琴读书，所以在永乐帝时代得保无事。周王为了减少永乐帝的疑忌，就自动献出护卫军队。在几年的削废中，威胁最大的几位塞王的护卫军队几乎全被解除。朱棣削藩的结果，加强了中央集权的封建统治，使国家统一的基础更为坚实、牢固。

削藩之后的问题是如何处理北面的边防。朱元璋所以给边塞亲王那么大的军事权力，目的是要他们镇守北面边防。而现在骤然尽释诸王军权，面对倏忽往来的蒙古骑兵，是不能掉以轻心的。如何弥补因削藩而削弱的边防力量呢？永乐帝决定迁都北平，一则北平是他的发祥地，二则地近北面边防，天子居此，正所谓居重御轻，可以直接加强对边防的防守。

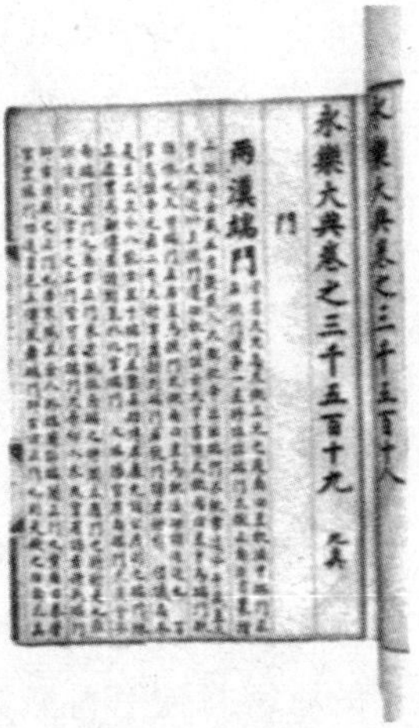
永樂大典卷之三千五百十九

《永乐大典》内页

永乐元年（1403 年），永乐帝定北平为北京。打定迁都的主意后，就着手修浚大运河。元朝增修通惠（自北京至通州）、济州（自山东济宁至东平）、会通（自东平至临清）三河，连接隋代的运河成京杭大运河，但从没有全线通航过。洪武二十四年（1391 年），黄河在原武（在河南原阳西南）决口，临清至济宁的会通河（元修济州河在会通河之先。会通河修成后，人们连其北段的济州河也通称全通河）淤塞报废。永乐九年（1411 年），永乐帝命官疏浚会通河，引汶水和泗水入其中，沿线建闸 38 座。其后，又派官在淮安到扬州的这一段修筑堤堰，以防淮水侵漕和运河水分泄。至此，京杭大运河才真正畅通。运河的修通，使得南方的粮米和丝帛等物资能通过漕运源源不断地输往北京，保证了首都的物资供应。北方的物产也能通过运河南运，增强了南北经济的交流。

永乐四年（1406年），永乐帝下令筹建北京宫殿，并重新改造整个北京城。十八年（1420年）竣工。就在这一年，他宣布自明年起，以北京为京师，即首都，改南京为留都。南京除了没有皇帝之外，其他各种官僚机构的设置完全和北京一样。皇帝派一个亲信在此作守备，掌管南京一切留守、防护的事务，企图依靠南京这一中心来保护运河交通线和加强对南方人民的统治。

永乐帝在经济上继续推行洪武以来的移民、屯田和奖励垦荒的政策。即帝位后，就移直隶、苏州等10郡和浙江等9省的富民充实北京，以后又多次从南方移民到北方。对“靖难”战争中受到破坏的地区，政府发给耕牛、农具，使尽快地恢复生产。同时，实行惩治贪污，赈济灾荒的政策。这些措施的实行，使永乐朝的农业经济比洪武时代又进一步发展。国库殷实，每年的赋粮除输京师数百万石外，各地府县的仓库还储存很多，陈陈相因，至红腐不可食。这现象说明了封建统治者对农民阶级的严重剥削，也反映了当时农业经济繁荣之一斑。在农业经济繁荣的基础上，手工业、商业也得到了很大的发展。

在边防问题上，永乐帝除了对蒙古采取通好和积极防御并用的政策，以及加强对黑龙江下游地区的管辖工作外，又积极经营西域地区。永乐元年，他派官到哈密招谕，允许哈密王输马到中原贸易。不久，又派官出使哈密、撒马儿罕（今前苏联乌兹别克境内）、火州（今新疆吐鲁番东南的哈拉和卓）、吐鲁番等地，促进了西域与中原的友好往来，增进了彼此之间的经济文化交流。永乐四年，明政府在哈密设卫，派官辅助当地首领执政。哈密卫的设立，恢复了明朝在西域的主权，使明帝国的政令行达天山南北，而且重新打通了与中亚的通道，有利于和西域各国、各地区的交通往来。

在西南，当时的安南国王胡奃不仅屡次侵占占城，拘夺来中国的使者，逼迫占城国王为其臣属，而且不断武装侵犯明朝的西南边疆，占领土地，掳掠人畜，边境人民“横被虐害，实所不堪”。永乐四年，永乐帝出兵安南，有力地支持了占城人民反安南的斗争，也保证了我国南疆的安全。

另方面，在发展对外关系方面，朱棣也采取了积极的方针。在永乐初年，组织、派遣郑和率领庞大的船队，远航西洋各国，发展了明朝与西洋各国的政治关系，增强中国人民和各国人民之间的友好往来。

永乐帝在政治上、经济上、军事上，乃至对外关系等一系列的措施，繁荣了社会经济，巩固了统治基础，维护和发展了多民族国家的统一，并且扩大了对外影响，提高了国际声望。但是，因为他是以藩王起兵，从侄儿手中夺取帝位，加上即位后杀了忠于建文皇帝的臣下，因而历来受封建文人的责难，认为这是不义行为。这种责难，纯粹是从封建宗法的伦序角度出发的。对他的政绩公允而论，永乐帝不失为一个雄才大略的皇帝，他对于历史的发展是起了积极作用的。

郑和下西洋

郑和，原姓马，小字三保，是云南昆阳回族人（今云南省晋宁县）。明太祖朱元璋统一云南时，他被阉入宫，做了太监。后，随燕王朱棣到达北平，住在燕王府。在“靖难之役”中，因其为人机警，智勇全双，“出入战阵，多建奇功”，深受燕王赏识。永乐元年（1403 年），他被庄重地赐予姓名——郑和。次年，又升为内官监总管太监。通过这次战役，他掌握了丰富的军事知识和作战经验，为他后来指挥舰队七下“西洋”，创造了重要条件。同时，郑和虽原本世代信奉伊斯兰教（时称回教），但于永乐元年却又在道衍（即姚广孝）引荐下，皈依了佛教，成为一名佛教徒，法名福善，因此又被人们称为“三保太监”。

朱元璋

当时，正值明朝国势蓬勃上升的繁荣时期。国家经济实力壮大，政治局势相当稳定；而且宋、元以来海外贸易兴盛，对外移民不断增加，特别是造船业空前发达，航海技术也有了长足进步，罗盘针的广泛用于航海，众多水手和技师日益增多，这些为郑和远洋航行提供了雄厚坚实的物质基础和足够的科技技术。在此情况下，自命为“天下共主”雄心勃勃的成祖朱棣，为宣扬国威，“耀兵异域，示中国富强”，于是决定派使臣率领船队出海远航，访问亚、非诸国。但是，这样重大的举动，如果没有一个精明强干的总指挥，是很难实现的。而郑和身为内官监总管太监，外出采办是其责任范围内之事；又兼有回、佛二教徒的双重身份，更便于同“西洋”诸国官民的交往；其父、祖均曾亲自到过天方（即麦加，今沙特阿拉伯西北部）“朝圣”，他在耳濡目染下间接地了解并熟悉了“西洋”各国和各地区的风土人情；此外，更有前述“靖难”之役中积累的军事知识和实践经验，可说是当时再好不过的理想人选。所以，明成祖朱棣毅然决然地任命他出使总指挥，而以其挚友王景弘为副使。从此，郑和便开始了长达近30年的震惊世界的七次大规模的“下西洋”（广指我国南海以西的海洋地区，包括今天印度洋、文莱以西的地区）活动。

永乐三年（1405年）七月，郑和偕副使王景弘，率领将士和水手27800余人，分乘62艘大船（一说200多艘），从苏州刘家河（今江苏省太仓县浏河）出海，经占城（今越南中南部）、爪哇、旧港（今称巨港）、苏门答腊（今印度尼西亚苏门答腊岛）、锡兰山（今斯里兰卡），最后到达古里（今印度科本科德）。他们一路宣扬明朝德政，以及同各国通商友好的强烈愿望，深得各国官、民的欢迎。永乐五年（1407年）十月初二日，郑和舰队返航回国时，不少国家的使者随同访华，商谈建立邦交和通商贸易关系。其间，出于自卫，在旧港，郑和曾不得不以武力击败前来抢劫宝船物资的海盗，生擒了其首领陈祖义。此次航行仅是作为一次实践，其历经范围也未超出印度洋沿岸地区。

同年十月，郑和等利用东北季候风又进行了第二次出海航行。经暹罗（今泰国）、柯枝（今印度柯钦），又到达古里。至永乐七年（1409年）七、八月间正式返回。又做了进一步的探索。其所经路线、范围与第一次大体相同。

郑和第三次出海航行，是在永乐七年十月（1409年）。主要是为护送各国的使者回国。他只带了四十八条宝船。为了以后进行更大规模的远航，他们开始在其航行的中心地区——满剌加，建立起重栅小城，修盖了大型仓库，作为中转站。这次仍以通商为主，一路也还顺利；只是在锡兰山时，受到锡兰国王亚烈苦奈儿的诱骗，并进而硬索金币，抢劫宝船。郑和等在忍无可忍的情况下，才对其进行了武装自卫战斗。他只带领2000名士兵，出其不意，乘虚攻破锡兰都城，活捉了国王亚烈苦奈儿及其王后和官属，并于永乐九年（1411年）七月初六日押解回朝，经过成祖的一番耐心解释，仍予于放回。这次航行仍未越过印度西海岸以外。

永乐十一年超出了（1413年）十月，郑和开始了第四次下西洋。这次航程较远，所到的国家和地区也较多，已远逾印度以西。新去的国家和地区有：溜山（今马尔代夫）、榜葛剌（今孟加拉），最后由古里直航忽鲁谟斯（今伊朗波斯湾口阿巴斯港南的岛屿）。也遇到了一些麻烦，其中在苏门答腊王位争夺战中，伪国王苏干剌侵犯都城，原王子请求郑和援救。苏干剌恼羞成怒，袭击郑和的船队。郑和被迫还击，将其擒获，于永乐十三年（1415年）八月十二日回国后，送阙正罪。

永乐十五年（1417年），郑和又进行了第五次远航。这次到达的国家和地区，航程也最远，直达非洲赤道以南、东海岸的木骨都束（今索马里摩加迪沙）、麻林（在今肯尼亚境内）、阿拉伯半岛的祖法儿、阿丹、剌撒（今也门共和国境内）。永乐十七年（1419年）八月初八日回返时，竟有十七个国家的使节，随同来华访问。其中有王子、王叔、王弟等，分别通过谈判，同明朝建立起正式邦交关系。

为护送诸国使节回国，郑和奉命又于永乐十九年（1421年）三月初三日，进行了第六次远航。此次路途虽远，但往来却非常迅速，于第二年（1422年）便返回国。

郑和最后一次远航，则是在成祖及其子仁宗相继去世后的宣宗时期。永乐二十二年（1424年）七月，明成祖病逝于榆木川。其皇太子朱高炽继位，是为仁宗。仁宗认为下“西洋”是“劳民伤财”，听信了户部尚书夏原吉的建议，曾一度“罢西洋宝船”，废止此项活动，甚至连所存的有关档案资料，也予以焚毁。故直至宣德六年（1431年）十一月，才得以实现第七次下西洋。这次仍以郑和为总指挥。到达了十七个国家和地区。归来时已是宣德八年（1433年）七月初七日。并有十多个国家和地区的使臣随同来华，与明朝建立联系。

宣德九年（1434年），六十四岁的郑和病逝。就在这一年，其副使王景弘又组织了第八次“下西洋”的活动，但其声势与规模都已远不及前七次了，下西洋活动接受近尾声。

总之，郑和的七次泛海远行西洋，前后长达近30年，行程计以万里，到经地区，南至爪哇岛，北迄波斯湾和红海东岸的麦加，东至台湾，西达非洲东海岸、赤道以南。包括占城、真腊（今柬埔寨）、暹罗、满剌加（今马六甲）、彭亨（今马来西亚）、苏门答腊、旧港、爪哇、阿鲁、南勃里（属今印度尼西亚）、锡兰（今斯里兰卡）、溜山（今马尔代夫）、榜葛剌（今孟加拉）、南巫里（属今印度）、忽鲁谟斯、祖法儿（今佐法儿）、阿丹（今红海的亚丁，属今也门）、比剌（今索马里的不剌哇）、木骨都束、麻林和天方等亚非近四十来个国家和地区。郑和下西洋，其规模之大，人数之众，时间之长，足迹之广，在中国和世界航海史上都是空前的壮举，中国人民对世界航海事业作出了伟大的贡献。郑和开辟了从中国去红海及东非洲地区的航道，是海上“丝绸之路”的开创者。郑和下西洋的影响是巨大的：首先，它把大量的瓷器、丝绸、锦绮、纱罗、铁器和金属货币等带到亚洲各地；又从国外收买回胡椒、谷米、棉花，换取大量海外奇珍、香料等奢侈品，大大开拓了海外市场，促进了中国同亚非各国的经济文化交流，增强了同各国政府间和民间的友谊，从而刺激了国内的商品生产和工商业的长足进步，也在一定程度上推动了资本主义的萌芽。同时，通过郑和下西洋宝船的交往，大批华人也流往南洋各国，华侨人数自此剧增，成为了南洋各国重要的社会生产力量。他们与当地人民共同推动了南洋地区的开发。其次，在政治上扩大与强化了中国同亚非各国的友好往来，明朝跟三十多个国家建立了正常的外交关系，空前地提高了中国的国际威望和地位。在科学技术上，打开中国人民的眼界，丰富了中国人民的海外地理知识。郑和编制的《航海地图》，详载了沿途各国的航道、地理位置、距离等，尤其是《鍼位编》一书，是一部相当详尽的航海手册；其同行者马欢著的《瀛涯胜览》，费信著的《星槎胜览》和巩珍著的《西洋蕃国志》，均详细记载了所到各国和地区的风俗人情，大大增进了中国人民的海外知识，这些成为了研究中外关系史的重要资料。最后，在远涉重洋的航行中，郑和依靠集体智慧和力量，同"洪涛接天，巨浪如山"的海洋进行了殊死搏斗，充分体现了中国人民的大无畏精神。

土木堡之变

时代背景

英宗正统初年，历史上称为得人之时，朝政有当时著名的阁臣"三杨"主持，即杨士奇、杨荣、杨溥，六部又有蹇义、夏元吉等老臣，这些人在朝多年，侍奉过几代朱家天子，有着较为丰富的政治经验，深为朝廷倚重；在内廷，又有自永乐以来饱经风霜的太皇太后张氏主持。所以，在相当一段时期内，朝中安定无事。然而，也就是在这种安定之下，宦官势力作为一股潜流在暗暗滋长着。

明太祖朱元璋鉴于历代宦官干政对国家造成的危害，尤其是对君权的威胁，自明政权一建立，便制订了一系列限制宦官活动的措施，如：宦官不许与外官互通消息；不准兼外官衔，不准穿外官衣冠；宦官品秩不得过四品；衣食均在宫中，不许读书识字，等等。为了使限制宦官的政策传之后世，永远遵守，朱元璋还特地在宫门立了一块铁牌，刻上“内臣不得干预政事，犯者斩”十一个大字，以期后世永远遵循。然而，就是朱元璋自己，对这些规定也没有完全遵守，他在宫内建立了一套为皇帝服务的完整机构，即二十四衙门，几乎包揽了内廷一切事务，使宦官成为皇帝身边最亲近的人。不但如此，明代自朱元璋起，由于皇权高度发展，对臣下极端猜忌，终于发展到任用宦官刺探外廷动静，以及建立“诏狱”、“锦衣卫”等，使宦官得以通过这些特务活动，染指朝廷大事。朱元璋还公开破坏自己建立的规制，派宦官出使办事。如洪武八年，派宦官赵成赴河州市马；二十五年，宦官聂庆童赴河州办理荣马。但总的说来，终洪武一朝，宦官势力还是受到压制的。据载：一个侍候了朱元璋数十年的老太监，有一次偶然在朱元璋面前谈起朝廷大事，朱元璋大怒，立时下令把他拉出去斩了。

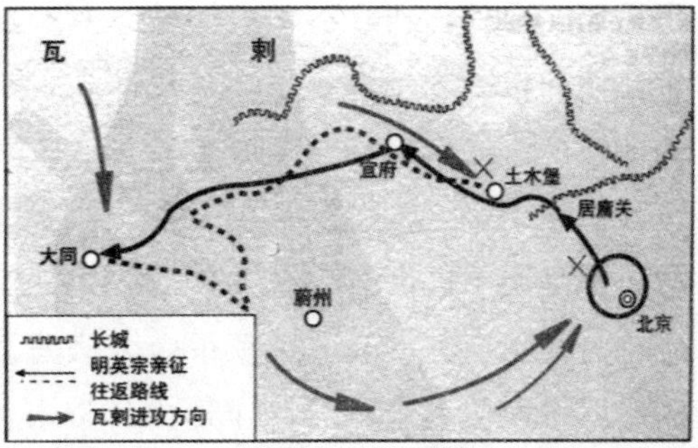

土木堡之战示意图

到了后世就不同了。永乐时，因宦官在靖难战争中立下大功，对宦官的任用就越来越多，如著名的郑和，就是成祖身边亲信宦官。此外，出镇地方、典兵、监军等事，也都常常有宦官担任。而且，随着永乐时期特务政治的进一步发展，宦官干预政务的机会也越来越多。宣德时期，不许宦官识字的规定也被破坏了。原来，宣宗宠信宦官，常常叫他们办各种事务，但宦官们不识字，办事多不尽人意。而明成祖曾赐给他四名小太监，都是明军远征交趾时的俘虏，能读书识字，文墨精熟，无论行为举止、办事效率，都很令人满意。于是，宣宗下令在宫内开办了内读书堂，专选年幼内侍读书。就这样，为宦官窃权铺平了道路。

正统年间，就是在这种背景下，出现了宦官王振窃取朝政大权的局面。

说起王振，他曾是个读书人，由儒士出身并担任过地方教职，后来犯了法，罪当发配。正在这时，遇上朝廷选用宦官，王振乘机自宫，混入宫廷。由于他读过书，一进皇宫就与他人不同，又擅长权谋，在宫中地位上升很快，被人称为“王先生”。他又有在官场混过的经验，很得宣宗信用，后来被派去侍奉皇太子朱祁镇读书，成为太子身边不可缺少的人物。宣德十年，英宗一即位，王振就被升为司礼监总管太监。

按理，英宗虽然是个十来岁的小孩，但外事有世称贤相的“三杨”主持，内廷有太皇太后张氏掌管，根本不会有王振窃权的机会。但是，永乐以来，宦官不许干政的规矩破坏得差不多了，人们对此失去了警惕，而王振又工于心计，处心积虑地找空子钻，终于渐渐成为左右朝政的力量。起初，王振主要在小皇帝身上下工夫，在“三杨”及张太后面前则毕恭毕敬。每次王振到内阁去传达旨意都很恭敬，站在门外，不敢随意进门落座，倒是“三杨”觉得以他这样地位的大太监还如此恭敬，的确不错，常常招呼他入内就坐。当着阁臣的面，他还跪奏小皇帝，希望他不要太贪玩而应以国事为重，以致杨士奇辈感叹说：“宦官中有这样的人，真是难得呀！”但是在暗中，王振则竭力勾结内外官僚，伺机窃权。他利用较长时间侍奉英宗，深得这位小皇帝倚重的便利条件，暗中对皇帝施加影响。英宗每次临朝之前，王振总是把从各方面探得的消息告诉他，并教他如何应付，要怎样才能使大臣们心悦诚服，一件事后要怎样赏罚，如何在臣下面前树威，等等。由于王振耳目众多，他教皇帝的事往往灵验，使英宗对他非常敬佩。而文武大臣们对于小小年纪的皇帝能够遇事不惊，也十分惊奇，认为是皇上天资聪明，很少有人想到是王振从中作了手脚。

另一方面，王振为了加重英宗对他的倚赖，在宫廷生活中，对于小皇帝的种种要求，都尽可能地予以满足，以至于正统初年，太皇太后张氏就感到他过分放纵皇帝的生活。一次，张太后召大臣及王振，对王振加以警告：“汝侍皇帝起居多不律，今当赐汝死。”经过小皇帝的请求及大臣们劝解，王振才得到宽免，并规定他不许干预朝政。

宦官窃权，最常见的手段便是利用自己接近皇帝的地位，赢得皇帝的信任，对皇帝施加影响，以至于最后架空皇帝，自己以皇帝传令者的身份操纵大权。王振也不例外，他讨好皇帝，当然是为了更有力地对他施加影响。为了最终树立自己的权威，他教唆英宗对臣下乱施淫威，以使臣下畏威而不欺。英宗常常在臣下面前施威，也觉得很有意思，在王振教唆下，他常把不顺自己意思的人随便投入监狱。在正统六年以前的几年中，六部尚书中竟有四人被投入牢狱，这种牢狱之灾由于张太后的干预而有所减免，有些官员下狱不久，就被以张太后懿旨放出，但英宗这种作法还是有很大震慑作用。随着皇帝年龄渐渐长大，大臣们也愈益认真看待他这种作法，明哲保身的大臣往往会因此缄口不言，乖巧的人也许会猜到是王振在从中捣鬼。

王振将自己在皇帝面前的地位稳住后，又伸出手来一步步窃取朝权，他不时在张太后面前进谗。一次，福建省签事廖谟杖死了一个驿丞，地方官将廖逮捕，上奏请示处置。辅臣杨荣、杨溥认为应将廖处死；而杨士奇与廖为同乡，因而设法搭救，说廖应按因公误杀人的条款处理，双方争持不下，请张太后裁定。王振乘机对张太后说，三位大臣所言均出于私意，不是太重就是太轻，按法律应将廖降职为同知，张太后见他如此“秉公无私”，就听从了他的意见。这类事多了以后，王振竟渐渐染指于朝廷大权，地位逐渐重要起来。正统五年，王振开始向掌政的内阁大臣发动正面攻势，他揭发杨荣接受宗室贿赂，请求复查，这位一世贤名的大臣竟然忧愤而死。王振取得了这一回合的胜利后，加紧培植内外亲信，风头极劲。正统六年，宫中三大殿修建工程竣工，英宗大宴百官以示庆贺，按惯例，宦官是没有资格出席这种宴会的。英宗怕王振不高兴，派人去看王振在干什么，结果看见王振正在大发脾气，英宗忙令开东华门的中门，请王振赴宴，在座的文武官员也都起身迎谒。张太后在世时，王振的势力已有很大发展。

土木堡城门

正统七年，张太后去世，王振更加肆无忌惮了。当时，杨荣已死，杨士奇因儿子杀人被捕而“坚卧不出”，不理政务，只有杨溥一人主持大事，年老势孤，已不是王振敌手。王振操纵年轻皇帝于掌股之上，他毁掉了朱元璋禁止宦官干政的铁牌，大权独揽，广植私党，顺之者昌，逆之者亡。稍不如意，便对大臣乱用刑罚，动辄枷锁官员，当时一班正直朝臣贬的贬，杀的杀。畏祸谄媚者趋附王振，甚至有人自认为干儿子，王振更是卖官鬻爵，威福任情。

为了要树威和建立边功，王振唆使英宗几次对云南麓川少数民族地区大举用兵。后来，翰林侍讲刘球上疏反对此事，并劝说英宗勿使大权下移，王振见疏大怒。这刘球是当时一个很有影响的文人，门生很多，王振正好借此打击朝臣以树威。在他的主使下，刘球被下狱折磨致死，最后他的家属要安葬他，连一具全尸也找不到了。

正当王振操纵英宗几次大征麓川时，北方蒙古瓦剌部逐渐强大起来，其首领也先多次率兵对明朝进行骚扰活动。王振不但不加强防范，反而与也先勾结，索要贿赂，赠以兵器。正统十四年，也先部2000余人入贡，王振视同儿戏，随意压低马价。也先闻讯大怒，借口明廷曾答应与其联姻又无故反毁，遍集蒙古各部兵马，大举南下，“塞外城堡，所至陷没”。

土木堡之战

前线败报不断传来，王振与英宗泄泄视之。在王振怂恿下，英宗决意率明大军亲征。朝臣们纷纷以条件未备劝谏，均不听。在战备极不充分的条件下，正统十四年七月，英宗和王振率50万大军从北京出发。随军大臣、战将虽多，凡事却须经王振同意始行。王振在军中滥施淫威，成国公朱勇是前军主帅，有事请示，也要跪在他面前“膝行向前”，兵部尚书邝埜、户部尚书王佐触怒王振，竟被在草中罚跪一整天。由于此次出征准备不足，粮草难寻，随行人员甚多，沿途地方疲于供应，士兵乏粮，军心不稳。

八月初一，明军抵大同。也先为诱使明军深入，立即撤退，王振不顾大军实际情况，强令北进，文武大臣纷纷谏止，不听。次日，王振得到前些日子前线明军大败的情况报告，不禁害怕起来，于是下令大军班师回朝。王振是蔚州人（今河北蔚县），起初他想让英宗“驾幸其第”，在故乡显示威风，命令大军从紫荆关退兵。途中，他忽然想到大军行进，会踩坏他在家乡置办的田园庄稼，又下令大军改道转向宣府。初十月，明军抵宣府，蒙古骑兵追袭而至，连派数员大将，统兵数万断后，均因冒险出击，指挥不当而至全军被歼。十三日，英宗大军在沿途不断遭到袭杀的情况下退至距怀来县 20 余里的土木堡。文武大员纷纷请求皇上急速入怀来城，或速奔居庸关，同时组织精锐断后。王振完全不予理睬，命大军就地扎营。其实，他在土木堡停留的目的，只是为了等待落后的千余辆辎重车。

十四日天明，英宗大军拔营开进，但为时已晚，全军已为蒙古大军包围。土木堡地势虽高，但无水源，为兵家绝境，士兵掘井 2 丈深仍不见水，军心大乱。十五日，也先佯装退却，并遣使议和，王振对情况不加分析，轻令大军移营就水，行伍大乱。也先乘机转身扑来，蒙古骁骑蹂阵冲入，明军于混乱中纷纷解甲投降，抵抗者被杀无数。混战之中，明廷公侯大臣 50 余人遇难，明英宗朱祁镇被也先军俘虏，50 万大军损失过半，余皆溃散，遗下辎重兵器无数，尸横遍野。王振在混乱中被无比仇恨他的明军将领所杀。

这就是历史上著名的“土木堡之变”。事后人们才知道，也先部回头攻击明军的骑兵，最初只有两万多人，竟使数十万明军顷刻间解体。而皇帝出征被俘也是中国历史上罕见的。

于谦北京保卫战

英宗被俘、土木堡惨败的消息传到北京，明朝百官一片恐慌，聚集在殿廷上号啕大哭。皇太后下诏立英宗的长子朱见深为太子。但是，在这国难深重的时刻，怎能让这个年仅两岁的小孩登皇帝位呢？因此，又命郕王朱祁钰监国。总理国政。

郕王召集群臣讨论战守之策。翰林院侍讲徐珵首先站了出来，朗朗说道："臣夜观天象，稽算历数，天命已去，惟有南迁可以纾难。"徐珵的话刚说完，立刻遭到太监金英和礼部尚书胡濙的反对。接着，又有一人从文臣班里站出来，厉声斥责说："主张南迁的，罪当斩首！京师是天下的根本，一动则大事去矣。你难道不懂得宋朝南渡的教训吗？"这一驳斥，徐珵非常难堪。他不敢再说什么，低着头退了回去。驳斥徐珵的人是兵部侍郎于谦。

于　谦

于谦，字廷益，钱塘（今浙江杭州市）人。永乐十九年（1421 年）中进士，宣德朝任御史，巡按江西，昭雪冤囚数百人。后由杨士奇举荐，升兵部右侍郎，巡抚河南、山西。他每到一地，轻骑遍历各处，延访父老，大力兴利除害。正统六年（1441 年），他向朝廷提出一个建议："以河南、山西各积存的数百万谷子，在每年的三月借给缺粮的贫苦下户，待秋收后收还；那些老病和贫穷无力偿还者，官府就免收他们的借粮。州县官吏任满当迁者，如果预备粮不足，不许离任。这事由风宪官员按时稽查巡察。”英宗采纳了他的建议。于谦巡抚河南之时，黄河不时决堤，给百姓的生产和生活带来许多破坏。他组织民众筑堤治水，设置亭长，专责督率修缮河堤，并命令种树凿井，榆柳夹路，道无渴者。在山西，他剥夺边镇军官私占的土地为官府屯田，以资边防费用。“三杨”掌权的时候，对他非常器重。他所提的建议，朝报夕准。王振专权时，一些无耻的官僚争相以搜刮来的民脂贿赂王振，以取得王阉的欢心，而于谦生性刚直，不事权贵，每次进京，都是两袖清风。因此，王振嫉恨，加以陷害，把他关了三个月的牢房，释放后又降为大理寺少卿。山西、河南官民纷纷上书朝廷，请求留他在原任。朝廷批准了官民的要求，仍以于谦为山西、河南二省巡抚。正统十三年（1448 年），于谦被召入京任兵部左侍郎。英宗亲征前，他极力谏止，没被采纳。现在他的反对南迁，力主坚守的意见得到郕王的赞许，郕王下定决心坚守北京。当时，京师的精骑劲旅都在土木堡覆没，剩下的 10 万人多为老弱病残之辈，人心震恐。于谦经郕王批准，将两京、河南的备操军，山东、南京沿海的备倭军，江北及北京诸府的运粮军，全部调进北京。他亲自筹划部署，加强防守，人心才稍为安定。郕王把他提为兵部尚书。

在百官的强烈要求下，招致这次奇耻大辱的罪魁祸首王振被抄家灭族。他的三个爪牙被愤怒的百官打死在殿廷上，人心大快。接着，文武百官又议论立皇帝的事。大家认为国家正处于危难之秋，人心惶惶，必须另立一个皇帝以安定人心。于是，群起上书，劝郕王早登大位。九月初六日，郕王正式登上皇帝位，遥尊英宗为太上皇，以次年为景泰元年，他就是明史上的景帝。景帝的登基，是具有一定的政治意义的。也先俘获英宗时，原以为奇货可居，想利用来要挟明朝赔款割地，没料到明朝又立了一个皇帝，他手中的这张牌就失去了作用。

根据敌我双方的军事力量和也先的气焰，于谦估计，也先一定不会就此罢兵，他向景帝慷慨泣奏说："也先得志，留住大驾，势必轻我中朝，长驱深入，不可不预为计。前各营精锐，尽遣随征，军资器械，十无存一。应当赶快遣官四出，招募官舍余丁义勇，集合附近居夫，用他们换下沿河漕运官军，而让这些漕运官军全部隶归神机营等，操练听用。并令工部齐集物料，内外局厂昼夜加工，制造攻战器具。京师九门，宜派都督孙镗等人带领士兵，出城守护，列营操练，以振军威，并选派给事中、御史等官，分出巡视，勿致疏虞。迁城外居民于城内，随地安插，避免瓦剌兵的掳掠。通州坝上仓粮，不可丢弃以资敌寇，令各官自行到仓支取月粮，方为两得。至于军旅之事，臣身当之，不效则治臣之罪。"他的这些建议，切实可行，措置有方，景帝都采用了。

十月，也先挟带英宗，攻破紫荆关，明朝守将战死。也先麾军入关，直指北京城。面对强大的敌人，主将石亨主张尽闭九门，坚壁以避敌锋。于谦坚决反对，他说："敌人气势嚣张，而我为何又先示弱，使其更加轻视于我？"他分遣诸将列阵于九门之外，下令尽闭各城门，以示明军誓与京城共存亡的抗战决心。他把自己安排在北面的德胜门外，和石亨一起，抵挡敌人的正面进攻。部署已定，于谦传令九门："临阵将不顾军先退者，斩其将；军不顾将先退者，后队斩前队。"于是，将士人人效命。于谦本身戴盔披甲，亲临战阵巡视指挥，以自己的行动激励将士勇敢作战，保卫首都。十月十三日，瓦剌军攻德胜门。于谦令石亨带兵埋伏在民间空屋里，然后派数骑诱敌。瓦剌1万多名骑兵追击进入埋伏圈后，一声炮响，伏兵四出，火器齐发，瓦剌军人仰马翻，大败而逃。也先的弟弟孛罗和瓦剌的平章卯那孩都中炮身死。瓦剌军转攻其他城门，同样受到明军的坚决抗击。在德胜门北面土城的战斗中，明朝军民配合作战，使瓦剌军又吃了一个大败仗。当明军和瓦剌军在激战时，土城老百姓纷纷爬上屋顶，以砖石为武器，铺天盖地般地投击敌人，喊杀声震天动地。两军相持了五天，瓦剌军四面楚歌，连战皆败。也先本想拥着明英宗，逼明朝城下议和，捞取金银财物，没想到一个子儿也没捞到，反倒损失了许多人马，又听说明朝的各路援兵快要到了，恐怕归路被切断，于是，又拥着明英宗匆匆撤围西去。于谦指挥军队乘胜追击，夺回了瓦剌沿途掳获的许多百姓和财物。北京保卫战取得了辉煌的胜利。

也先退出后，心生一计，声言要送英宗回朝。明朝的主和派因此又吵嚷着要与瓦剌议和，甚至许多主战派官员也认为必须迎回英宗，倾向于妥协。于谦识破也先的阴谋，他力排众议，指出这是敌人企图借此向我索取财物，并说："社稷为重，君为轻。"他派人申戒各边镇将帅，万勿中敌的奸计，要做好防御工作，并选派将领，镇守边防重地。他号令严肃，赏罚分明，因而，片纸行万里，无不惴惴效力。在于谦的整顿和指挥下，边防力量大大增强，各边镇的将帅也都主张抗战，也先在景泰元年（1450 年）的几次侵扰都受到严厉打击，阴谋未能得逞。

为了加强京师的防卫力量，于谦又对京军三大营进行改编。明成祖时，把京军编为五军营（由中军、左掖、右掖、左哨、右哨五军编成，均为步骑兵）、3000 营（初由塞外降兵 3000 人组成全都是骑兵，主要任务是巡哨），神机营（使用火器，皇帝出征时须随军出征），合称三大营。土木堡之变后，三大营丧失殆尽，而且这种组织法因兵种不同，训练各异，一遇调遣，士兵不习新号令，兵将不相认识，战斗力发挥不出来。于谦在原来三大营中选拔骁勇剽悍者 15 万人，分为十营，每营以一都督统领，下又分 5000 人为一小营，都指挥为小营的长营。这十营集中团操，称为团营。遇有战事，由原来各营的军官率领参加战斗。号令划一，兵将相习，克服了原来三大营的弱点，提高了战斗力。

明朝边疆和京师防守力量的增强，使也先更无隙可乘，而明朝又识破瓦剌以英宗相要挟的阴谋，拒绝与他议和言好，逼使也先无计可施。为了恢复与明朝的通贡和互市，也先在景泰元年八月不得不将英宗送回北京。英宗回到北京后，当个名誉上的太上皇，幽居南宫。

夺门之变

明代的历史，从土木堡之变到景帝在位这几年，几乎一直没有平静过，内忧外患，接连不断。若与其父、祖在位的“仁宣之治”相比较，则更显得动荡。

土木堡之变后，景帝由留守而至监国，终于登上帝位，君临天下。这一方面使他富贵至极，口含天宪，另一方面，外患频仍，朝内政局一波三迭，又使他寝食难安。最令他伤心的，还是太子见济的死，他又没有别的儿子可以继立，这本身就是构成他皇位不稳的一个因素。起初，皇后汪氏连生两胎，竟都是女儿，使他十分恼恨。后来妃子杭氏生了见济，他便将汪氏废去，立杭氏为后。景泰七年，杭氏又不幸病故。然而，更糟糕的是，在国事烦劳和后宫享乐的双重熬煎下，到景泰七年，景帝的身体状况每况愈下，积劳成疾，而且病势日渐沉重起来。

景泰八年正月，景帝病重，而皇位继承人尚未确定，内廷外朝均十分忧虑。十一日，群臣入宫探问病情，景帝的亲信太监兴安对众人说："诸位都是朝廷股竑之臣，不为社稷大计考虑，天天问安，徒劳无益。"一席话提醒众官考虑确立皇位继承人问题。本来，经过"复储之议"，无人敢再提建储之事，但景帝这一病，使人们不得不再次考虑此事。十四日，群臣在朝集议立储问题，有人提出请沂王复位东宫，也有人表示反对，认为既废不可再立。最后，大家觉得不如只提建储，具体人选由景帝自己定，所以奏疏中只说"早择元良"。景帝见疏，不允所请，并说自己不过偶感风寒，十七日当临早朝，群臣不必惊慌。这时，传说有人要把襄王之子迎入宫中，立为皇储。十六日，主持政务的王直、于谦等人在一起议论请沂王朱见深复太子位一事，推举大学士商辂起草奏稿，写成以后，天色已晚，决定明日早朝时再奏。

然而，就在这天夜里，发生了太上皇英宗复位的一场宫廷政变，史称夺门之变。

首先谋划英宗复位的是武清侯石亨。此人在北京保卫战期间立了一定功劳，掌握了部分兵权，爵封武清侯。景泰八年正月，景帝朱祁钰召石亨至病榻前，令他代行郊祀礼。石亨这人野心很大，在于谦掌握兵权的情况下，不免有抑郁不得志之感。这时，他看见景帝病势沉重，不觉动了谋取大功的念头。归后，他找亲信张軏、杨善及太监曹吉祥等商量：景帝的病一定好不起来了，现在上下官员

明英宗

都在策划拥立各自尊崇的人为新君，我看，拥立沂王，不如拥太上皇复位，可以建立不世之功。他这番话立刻得到赞同，因为这些人都是不得志之人，如杨善迎归英宗，却未得升迁，必怀不满。于是，几个人去找英宗旧日亲信许彬。许彬对他们说："拥立上皇复位，社稷之福也。但我已经老了，不能干了，你们可以去找徐元玉商量。"这个徐元玉，就是当年土木堡之变后倡言迁都的徐理，人很有才，但心术不正，因倡言迁都而遭士林不齿，于是他改名为徐有贞，字元玉，这时又重新爬到副都御史的位子。石亨等人知道他善谋略，于是又去找他。徐有贞听了石亨等人的计划，大加赞赏，说："当年太上皇出征，是为天下赤子之故。现在天下离心，请上皇复位，人心必悦。"

于是，在徐有贞策划下，石亨等人分头作了一系列准备工作。首先，由张軏暗中将准备拥英宗复位之事通知南宫，以便英宗有所准备，同时，由太监曹吉祥、蒋冕等人将情况密报孙太后，很快得到孙的首肯。然后，曹吉祥等又预制了孙太后的一道懿旨，以备起事时用。他们知道，十七日景帝将临朝，到时可能会对立储一事作出某种决定，那时将对拥立英宗复辟不利，于是决定在十七日以前发动。这时，适逢边塞报警，徐有贞对担任掌军都督之职的张軏说，你正可以乘此机会，以加强京师及皇宫戒备为名，调动兵力，做好准备。

十六日晚，徐有贞知道今晚事在必举，为了鼓动人心，他爬上房顶，仰观天象，然后下来对众人说："时在今夕，不可失也。"于是，他与石亨、杨善等人拿出孙太后懿旨，调军向皇宫进发。当夜四更，曹吉祥等人打开长安门，石亨、张軏、徐有贞、杨善等率兵千余人闯入皇城。不等守城士兵有所反应，他们已将城门反锁，并将钥匙投入井中，以防外兵进入，然后直奔南宫。南宫城门紧闭难启，徐有贞令勇士翻墙而入，与外面士兵合力捣毁一段宫墙，很快，墙垮门开。只见英宗一人独自从灯烛中走来，问："你们想干什么？"众人赶紧伏地齐答："请陛下即位。"于是，叫士兵们推过皇帝乘坐的御辇来，士兵们慌乱中拉不动，徐有贞就亲自上前拉车，英宗在众人扶持之下上了车，徐有贞又在前引路，向奉天殿而去。这夜，晴空朗朗，月明星稀，朱祁镇看清了眼前这几位主要人物，问道："卿等是谁"，徐有贞等赶忙各自报了姓名、官职。队伍出南宫不一会，就到了东华门。守门者远远看见有支队伍，喝令停止前进，这时，英宗朗声喝道："朕太上皇也"，守门者知是英宗，竟不敢阻挡，队伍顺利进入宫内，拥着朱祁镇至奉天殿，山呼万岁，钟鼓齐鸣。

这时已是正月十七日黎明，群臣正在朝房准备景帝早朝，很多人还在心里想着，今天这次早朝，建储问题肯定将要提出，免不了要有一番争论。忽闻钟鼓齐鸣，一会儿又见诸门大开，十分诧异。就见徐有贞跑来，大声呼喊："太上皇已经复位了，快来叩贺。"众臣面面相觑，竟是无人敢于反对，稍稍迟疑，大家还是一齐来到奉天殿朝觐英宗，朱祁镇又亲自向大家宣布自己已经复位，今日正午，在奉天殿正式举行登基大典，群臣这才一齐跪下，山呼万岁。

这样，朱祁镇自土木堡之变后，在塞外和归后软禁于南宫，整整当了七年半时间的太上皇，终于重登大位了。这件事历史上称为"夺门之变"，也叫"南宫复辟"。当时，宣谕将景泰八年改称天顺元年，英宗成为明史上唯一拥有两个年号的皇帝。据说，景帝在病榻上听说英宗复辟，只是连声说："好！好！"

英宗复辟以后，首先紧急要办的便是两件事：严厉惩治那些景帝倚信的大臣，以及自己在南宫时曾建议迫害自己的人；同时对"夺门之功"大加奖叙。

北京保卫战

根据徐有贞等建议，英宗在登基大典正式举行以前，就迫不及待地下令在朝班中将于谦和大学士王文拿下。因为，于谦在英宗被俘后首先提出“社稷为重，君为轻”，又是他，带头拥立郕王为帝，并且在英宗被迎归时表示景帝之位不能变动，英宗对他早已恨之入骨，即便没有徐有贞的建议，也会对其下手的。至于王文，他是景帝的重臣，而且反对过迎还上皇，又反对过将沂王复为太子，所以同于谦一起下狱，当时给二人定了一个莫须有的罪名，说他们准备迎立襄王世子为太子。

随后，升赏与杀罚交织进行，所以参与“夺门”的大小将领以至士兵，以及英宗在南宫时为之说过好话，表示过效忠的人，一律大加升赏，封公封侯，加官晋爵。又大兴保举，经“夺门”功臣们保举为官者竟达数万之多，以至于后来不得不进行纠正。反之，则下狱的下狱。问斩的问斩，贬谪发配。在复位的第六天，谕令将于谦、王文午门问斩。大臣中内阁首辅陈循及江渊、俞士悦等分别谪戍或革职，景帝重臣为之一空。此外，曾经诬告过英宗身边太监阮浪、王尧的那个卢忠，曾建议将英宗与沂王一道迁往沂州的徐正，曾建议砍去南宫大树的高平等均被问斩。在内廷，凡在南宫服侍过太上皇的内侍均予升赏，而王诚、舒良等为景帝出力的太监均被问斩，竟比外廷杀人还多。

由于夺门之变时景帝病势已很沉重，英宗觉得他会迅即死去，所以，在登极诏书中，只宣布自己复位，改元天顺，却忘了写进废去景帝的内容，一时间竟有了两个皇帝，成了明史上一大笑话。英宗及官员们后来发现此事，却又一时无法改正，只好等到二月伊始，才由孙太后下谕，将景帝废为郕王。英宗与景帝为异母兄弟，但景帝在英宗幽系期间，对他严加防范，动辄追究，使英宗对这个兄弟非常仇恨。历史上，英宗素有“妇人之仁”的名声，但他对夺了他皇位的这位兄弟却毫不手软。景帝废为郕王后，迁居西苑，奄奄一息，既无内监侍候，也无人敢荐医进药，简直是盼着他快死。但景帝的病，却奇迹般好转起来。原来，景帝之病，实是由于在后宫中纵欲过度而起，那时，做皇帝也无特殊娱乐，无非是声色自娱罢了。景帝本来就好色，太子死后，又急于想生个儿子以继大位，内宫生活不免有些过分。他在允准正月十七日临朝的谕旨中说自己“偶有寒疾”，大概是实情，而孙太后在废他为郕王的懿旨中说他宠信乐户妓女，虽是夸张之词，却也并非毫无根据。被废之后，女色方面自然断绝，于是，他的病竟能渐渐好起来。

景帝这一好转，使英宗、孙太后及周围亲信深感不安。英宗从自己的经历中深切体会到，景帝的存在，终究是一种不安定因素，无论怎样严密防范，总不能完全放心，自己在南宫时，景帝防范可谓极严，然而自己终于“夺门”复位，即是明证。有他在，一班忠于他的人便不会完全死心，遇到适当机会，难免死灰复燃。犹豫再三，最后终于下定决心——除掉景帝。二月十九日，身体刚刚恢复的景帝，被英宗命太监蒋安用帛勒死在西宫之中。

景帝死后，追封为“戾王”，不准葬入他生前在昌平所建陵寝，改葬西山（今北京西山镶红旗附近）。皇后杭氏已死，毁其陵，削去皇后称号。以唐氏为首的一大批嫔妃统统赐以红帛自尽，殉葬景帝墓中。嫔妃中唯一幸存者是前皇后汪氏。起初，英宗已赐令汪氏自杀以备殉葬，大学士李贤竭力劝谏说，汪氏虽曾为皇后，但很快就被废了，带着两个幼女度日，若令殉葬，两个小女儿怎么办呢？英宗听罢，亦觉恻然，道："我只觉得弟妇年轻，不便留居宫内，最好殉死，没想到两个女儿的事。"这汪氏在景帝时，对英宗之子朱见深多方照顾，英宗复辟，朱见深重立为太子，感其旧情，对汪氏也曲尽庇护，后竟设法使她迁至郕王旧府，一直活到武宗正德元年（1506 年）。

关于景帝之死，明代史书多有禁忌。官修《明英宗实录》，自景泰七年十二月至其身亡，竟有 20 处记载景帝有病，渲染病情，制造景帝病死的假象。然而，还有人记下了当时景帝被害的情况。至清代，禁忌解除，记载渐多，但也有夸张不实之词，使之成为人们争论的明史疑案之一。

还须交代的是，夺门功臣徐有贞，起初权势甚炽，不久经石亨、曹吉祥合力倾陷，为英宗所杀。曹、石二人专权太过，引起英宗猜忌，二人惧祸，先后阴谋叛乱，亦为英宗所杀，都没有得到好下场，史称"曹、石之变"。

张居正改革

概况

张居正（1525—1582 年），字叔大，号太岳，湖北江陵人。

隆庆元年（1567 年）入内阁，隆庆六年（1572 年）为内阁首辅。为内阁首辅时，隆庆皇帝已死，新即位的万历皇帝年仅十岁。张居正是中国历史上著名的政治家，自出任内阁首辅，先后执政十年，尽力辅佐小皇帝，以天下为己任，实行各种改革，比较重要的有下列几项：

整顿吏治　在整顿吏治方面，张居正提出有名的“考成法”，规定六部、都察院各衙门，凡属应办的公事，都要根据事情缓急，立定期限办理，设置文簿登记存照，依限办完注销。又另造文册二本，一本送六科（六部的监察机关）备注，实行一件，注销一件；一本送内阁查考。若地方抚（巡抚）、按（巡按）行事迟延，则部院纠举；部院注销文册有弊，则六科纠举；六科奏报不实，则内阁纠举。明朝本有考核成宪，但年久因循，虚应故事，已成空文。张居正的为政方针是：“尊主权，课吏职，行赏罚，一号令”。和“强公室，杜私门”。考成法实施以后，法必遵行，言必有效，一时大小官员皆不敢玩忽职守，一切政令“虽万里外，朝下而夕奉行”，往昔因循苟且之风为之一变，行政效率大为提高。

整饬边防　在整饬边防方面，张居正支持王崇古的建议，改善同蒙古的关系，封蒙古俺答汗为顺义王，命名其城为归化城（今呼和浩特），并在大同等地设立茶马互市，与蒙古进行贸易。又调抗倭名将戚继光镇守蓟门，用李成梁镇守辽东。俺答受封以后，约束各部不来犯边，于是西北边塞安宁，二十余年没有战争。戚继光在蓟门十六年，因受张居正倚重，得以展布才能，经营规划，守备强国，边境无事。李成梁在辽东屡战却敌，多所立功，至封伯爵。

兴修水利　在兴修水利方面，张居正用治河专家潘季驯治理黄河、淮河，使河水不再入淮，大大减少了水灾，保障了农业生产，多年弃地得以变为良田。

清丈田地　清丈田地是整顿赋役的一项措施。明中叶以来，官僚贵族及豪强地主大量占有田地，又以各种手段，隐瞒田地与人口，逃避赋税和徭役。相反，小民不但不能逃避赋役，而且官僚地主所逃的赋役，官府还要摊派小民负担。因而，“小民税存而产去，大户有田而无粮”，赋役不均是个严重问题。针对这个问题，张居正提出在全国清丈田地，凡各府、州、县的勋戚庄田、民田、屯田、职田等，一律重新丈量。此项工作由户部尚书张学颜主持进行，开始于万历六年（1578 年），告竣于万历九年（1581 年）。田地清丈的结果，总计全国田地为 7013976 顷，比弘治时增加了 300 多万顷。这个数字有浮夸之处，因为有些官吏改用小弓丈量田地，以求增加田额。但这个数字中确有增加的部分，即清查出了一部分豪强地主隐瞒的田地，有利于抑制地主逃税现象，改变赋税不均状况。

一条鞭法是整顿赋役的最重要的措施，主要是解决“役”的征收问题。明初的赋役制度是赋和役分别征收。赋是以土地为对象征收的，按田亩计算；役是以人为对象征收的，又分为按户和按丁征收两种。按户所征的役，叫做里甲，按丁所征的役，叫做均徭。在征收的内容上，主要是征收实物和劳役，实物和劳役折银的只是小量的。这种赋役制度是和商品经济的不发达相联系的。在封建的自给自足的小农经济之下，商品经济极不发达，封建政府所需要的各种物资和劳役，不能通过市场交换来满足，只有直接向人民征取。但是明中叶以后的社会经济情况有所变化，一是土地兼并在猛烈地发展，一是商品经济在迅速地发展。在这种情况下，旧的赋役制度不能不改变，一条鞭法便应运而生。在嘉靖十年（1531 年）时就出现了一条鞭法，当时只在局部地区推行。到了万历九年（1581 年），张居正把一条鞭法作为全国通行的制度，大力推广。不久，一条鞭法就在全国普遍实行了。

俺答汗

一条鞭法的主要内容是："总括一县之赋役，量地计丁，一概征银，官为分解，雇役应付。"可以概括为如下几点：第一，一概征银，田赋和力役都折银征收。这样就取消了力役，由政府雇人充役。第二，把一部分力役摊入田赋征收。把过去按户按丁征收的力役改为折银征收，称为户丁银。有的地方将户丁银全部摊入田赋征收；有的地方将户丁银的大部分摊入田赋征收，小部分仍然按丁征收；有的地方将户丁银的大部分仍然按丁征收，而小部分摊入田赋征收；有的地方则将户丁银按田赋和按丁平均分配。总之，一条鞭法还没有把力役全部摊入田赋，只是部分地摊入田赋。第三，归并和简化征收项目，统一编派。把过去对各州县征收的夏税、秋粮、里甲、均徭、杂役以及加派的贡纳等项统统折成银两，合并为一个总数，一部分按丁摊派，一部分按田赋摊派。第四，赋役的征收解运，由过去的民收民解（即由里甲办理），改为官收官解（即由地方政府办理）。

一条鞭法主要有三点进步意义：第一，将力役部分地摊入田赋，有利于减轻农民的负担。因为在封建社会里，土地的多数总是在地主一方，而户丁的多数总是在农民一方，现在把户丁银的一部分摊入田赋征收，自然就相对地减轻了农民的负担。

第二，把力役改为折银，这就使农民摆脱了一部分封建国家的劳役束缚，对封建国家的人身依附关系有所松弛。第三，赋役一概征银，这就反映了商品经济的发展，而又反转来促进了商品经济的发展。

改革进程

世宗朱厚熜死后，其子朱载垕即位，改元隆庆，是为穆宗。这一次皇帝更替和上一次一样，给下面的大臣有一个革除弊政的机会。内阁首辅徐阶受命起草遗诏，他学习杨廷和的榜样，假世宗遗命之名，把道士逮捕下狱，付法司治罪；所有的斋醮活动和造庙、建宫殿的工程，一概停罢；采香蜡、珠宝、绸缎等例外采买也全部停止；并起用在嘉靖朝因上疏言事而被罢撤、拘囚的官员。这些弊政的革除固然是当务之急，但是，明王朝自中叶以来的积弊已经很深，并不是革除几项弊政所能解决的。在这种形势下，一场企图挽回明王朝颓势的，从政治、经济、军事等方面进行的改革运动便形成了，领导这场改革运动的是张居正。

张居正，字叔大，号太岳，湖广江陵（今属湖北）人。他少年得志，十二岁进学秀才，十六岁中举，二十三岁就中进士，走上宦途。开初，他在翰林院任编修，当时正是严嵩权势熏灼的时候，他看到“京师十里之外，大盗十百为群，贪风不止，民怨日深”，感到国家的形势很不妙。他认为这种形势非得有一个“磊落奇伟之人，大破常格，扫除廓清”不可，只有这样，才能弭天下之患。但是，当时皇帝昏暗，奸臣柄政，他的思想比较悲观，认为世上即使有这种“磊落奇伟”之人，当政者却未必了解他，即使了解，也未必肯起用他。因而，他只在翰林院当七年的编修，便称病辞官归家，种了半亩竹子，闭门读书。

张居正在家读了整整六年书，由于父亲很希望他能够在政治上有所建树，他重又进京当官，任国子监司业。他性格深沉，有胆略，此次进京，怀有更大的抱负。公事之余，他注意研讨历代盛衰兴亡的经验教训，留心观察社会现实。徐阶起草世宗遗诏时，曾与他一起商量。隆庆元年（1567年），他被遴选入阁。第二年，他针对嘉靖以来的种种弊端，向穆宗上了一封《陈六事疏》，指出当时朝政积习生弊，颓废不振。他认为如不及早励行改革，一新天下耳目，势必积重难返。他在奏疏中向穆宗提出了六大急务之事：1.“省议论”，反对说空话，务求实效；2.“振纪纲”，要申明法纪，政教号令概由中央制定发布，刑赏予夺，做到公正无私；3.“重诏令”，执行皇帝诏令要求坚决迅速，文书奏报要及时；4.“覆名实”，严格对京官、外官的考勤考绩，不使毁誉失实；5.“固邦本”，提倡节用恤民，抑制豪强兼并，清理赋役不均；6.“饬武备”，即申严军政，设法训练，巩固边防。

张居正的这些政治主张可谓切中时弊，颇具见识，在当时是势在必行，穆宗皇帝对此亦深表赞赏，可惜他在位六年便去世了，而张居正当时还不是内阁首辅，所以这些主张暂时得不到实行。穆宗去世后，太子朱翊钧即位，改元万历，即明神宗。张居正联络宦官冯保，撵走内阁首辅高拱，在皇太后的支持下，出任内阁首辅，拥戴十岁幼龄的神宗朱翊钧。这时张居正大权在握，年幼的神宗对他既尊重又敬畏，言听计从，于是他便把昔日的六点改革纲领，在万历初年逐一付诸实施，掀起一番雷厉风行的政治改革。

张居正改革的重点首先从整饬吏治开始。他认为当时朝野泄沓成风，政以贿成，民不聊生的主要原因在于“吏治不清”。于是便提出考核吏治以达到“民安邦固”，也即要求为官清廉，治政清平，让人民生活安定，从而使封建政权长治久安。他决心要扭转政风士习，做到“事权归一，法令易行”便竭力提高内阁权威，使权力集中于首辅，加强中央集权以号令天下；另方面，在地方上，则分清抚、按职掌，使巡抚和巡按的权限明确，并假以事权，使之分工合作，协力督促有司贯彻执行中央政令。

张居正重视对官吏治绩的考察。他说：“欲安民必加意于牧民之官”，官吏廉洁奉公，政治才会清平。所以，他制订出一套考核官吏的办法，如办事严立期限，不使拖拉积压。通过考勤考绩，用以甄别官员的勤惰、贤愚，作为决定进退、黜陟的依据。在考核中，对官员的功过，则做到“信赏必罚”，应该惩办的，“虽贵近不宥”；有枉不当的，“虽疏贱必申”，这样，官员便不敢随意玩忽职守，从而提高了各级衙门的办事效能。

在官吏的选拔和任用方面，张居正主张“唯才是用”，不受资历、毁誉、亲疏的影响，只要有真才实学，就加以破格重用。反之，没有军功，能力低下的，即便是皇亲贵戚，决不滥封爵位，轻授官职，力求做到不使官僚机构过分庞大而形成官员冗滥。

其次，大力开展开源节流的经济改革。

所谓“开源”，也即开辟财源，增加朝廷的财政收入。明初，田赋及力役的征调，主要依据记载田亩的“鱼鳞册”和记载户口的“黄册”，以后，随着土地的不断兼并，人口逃亡，这一制度已遭到破坏。到了明中叶，出现了一种矛盾现象，一方面是承平日久，人丁生聚，田朝垦辟，但是全国田亩额数以及户口数反比建国初期减少，政府实际所能征收的赋税也相应的日益减少。另方面是“冗员日多”，官吏的禄米有增无已，王室的挥霍浪费也与日俱增，结果朝廷的财源涸竭，收支失去平衡。

土地的兼并和欺隐，丁口的逃亡和户籍的紊乱，造成赋役负担严重不均，加重了贫苦农民的赋役负担。因为官僚地主霸占民田，却想方设法把赋税以各种方式转嫁到农民身上，形成产去税存，赋役不均的弊病，加剧了社会矛盾。当时流传的一首民谣说："富家得田贫纳相，年年旧租结新债，"就是这种不合理的社会现实的反映。

张居正清醒地注意到这一社会矛盾，并明确地指出根源在于贵族豪绅，他们依仗权势，侵占民田，而且勾结奸猾的官吏隐瞒田亩以逃避赋税，因之导致"私家日富而公家日贫，国匮民穷。"为了维护封建政权的经济基础，张居正决心进行改革。他选派精明强悍的官员严行督责，要求做到按时输纳税赋，充实国库，并下令在全国重新丈量土地，清查漏税的田产和追缴欠税。为此，他任用张学颜制订《会计录》和《清丈条例》，颁行天下，限令三年内各地要把清理溢额、脱漏、诡寄等项工作办妥。到了万历八年（1580），据统计，全国查实征粮田地达7013976顷，比弘治时期增加了近300万顷，朝廷的赋税收入也因而剧增，所以万历初期的十数年间，史称最为富庶。

当然，这一历史记载也不免存在夸大的一面。因为张居正清丈田亩是为了增加赋税，当时的地方官吏为了迎合张居正的旨意，有的弄虚作假，以短缩弓步的手法多报田亩，用来报功请赏。不过通过清丈，确实也清查出不少豪强富户隐匿、诡寄的漏税地亩，增加了封建政府的赋税收入。

为了进一步改变严重的赋役不均，减轻无地或少地的农民的浮税，适应社会经济发展的新形势，张居正在清丈土地的基础上，于万历九年（1581）下令在全国推行"一条鞭法"。这是自唐朝行"两税法"以来，我国赋税史上的又一次大改革。

"一条鞭法"，早在嘉靖、隆庆年间就开始在一些地区施行。

嘉靖十年（1531年）三月，御史傅汉臣曾陈请实行一条鞭法，但没有得到批准，以后在一些地区“屡行屡止”。嘉靖四十年（1561年）至隆庆元年（1567年），巡抚御史宠尚鹏就在浙江实行过，隆庆三年（1569年）至四年（1570年），海瑞在应天巡抚任内也大力推行过。当时在推行的过程中阻力不小，遭到一些大土地占有者的反对，特别是在户口和田亩没有清丈覆实的情况下，更不可能把这一制度顺利推广开来，所以才会出现所谓“屡行屡止”的现象。万历九年（1581年），全国土地已经进行了清丈，这就使张居正得以在全国范围推广这一新的赋税制度。

“一条鞭法”又称“条编法”。其具体内容大致如下：

1. 统一役法，并部分地“摊丁入地”。把原来的里甲、均徭、染泛等项徭役合并为一，不再区别银差和力役，一律征银。一般民人不再亲自出力役，官府需要的力役，则拿钱雇人应差。向百姓征收的役银也不再像过去按照户、丁来出，而是按照丁数和地亩来出，即把丁役部分地摊到土地里征收，这就是所谓“摊丁入地”。至于丁和地各占多少比例，朝廷没有统一的规定，各地实行的情况也不一致，有的地方以丁为主，以田为辅，采用“丁四田六”的比例；有的地方以田为主，以丁为辅，采用“丁四田六”的比例；也有采用丁田各半的比例。

2. 田赋及其他土贡方物一律征银。除在苏、松、抗、嘉、湖地区收本色赋外，其余地区的田赋一律征折色赋，即银子；以前到各地征收的土页方物也一律“计亩征银”。

3. 以县为单位计算赋役数目。计算的原则是以原税额为基准，不得减少，然后把这些税额按一定比例分摊到土地和人丁上，即所谓“总括一州县之赋役，量地计丁”。

4. 赋役银由地方官直接征收。赋役征银，轻便易于储存、运输，不像过去交本色赋时体积大，重量多，需要由里长、粮长协助征收和运输，因而，改由地方官吏直接征收和运交国库，所以说“丁粮毕输于官”。

根据上述一条鞭法的内容，可以看出这一新的赋役制度的实行具有重要的意义。

第一，它的主要原则既然是“量地计丁”，“计亩征银”，那么一些富户及权贵要隐产瞒丁，逃避赋役负担就比较困难了；相反的，贫苦农民“产去税存”的不合理现象也有所减轻。这就在一定程度上缓和了当时已经相当尖锐的阶级矛盾。所以，张居正在清丈田亩和实行一条鞭法之后说道：“清丈事极妥当，粮不增加而轻重适均，将来国赋既易办纳，小民如获更生。”可见他是认识到新制度的推行是有利于整理财政和缓和阶级矛盾的。

第二，田赋和力役折银征纳，农民交纳银两就可免去服役，这就使封建的人身依附关系相对的削弱。这样做也比较简便，避免了贪官污吏从中巧立名目，敲诈勒索，有利于刺激农民发展农业生产的积极性。当然，事物总是一分为二的，由于我国地域广阔，经济发展不平衡，江南地区白银的流通比较普遍，一条鞭法所规定的折银征纳的办法可能比较能体现其积极作用；相反的，在山区或偏远地带，白银的流通不那么普遍，农民手头短少银两，为了纳税，就必须把农作物贱价出售以换取银两，反而要遭受地主商人的从中剥削，这就谈不上有什么重要的积极作用了。

第三，一条鞭法在全国推行的万历初期，当时资本主义萌芽已经产生，根据“摊丁入地”的原则，不仅少地或无地贫苦农户可以减轻一些力役的负担，有利于发展农业生产，而且城镇的工匠和商人也因为无田而得到“免差”，这就是顾炎武在

《天下郡国利病书》中所说的，商贩虽有“千金之资”，但是，“无垅亩之田”，就可能逃避封建政府“征求”的部分负担。顾炎武认为这是“病农”，而有利于“逐末者”（指工商业者）。实际上，从当时的社会实际来说，这正好说明一条鞭法的实行，也有利于资本主义萌芽的进一步发展。

明中叶以后，货币经济有新的发展，白银成了交易过程中的流通手段，这使一条鞭法的实行成为可能；而一条鞭法在全国的普遍推广，反过来又促进白银的流通比以前更为普遍广泛，这方面也对商品经济的繁荣和资本主义萌芽的进一步发展产生推动作用。

当然，张居正的清丈土地以及对赋税制度的改革，没有也不可能解决封建社会的固有矛盾。一条鞭法的推行尽管有如上所说的重要意义，但也有其局限性。它没有触及封建的土地制度，只是封建王朝对广大劳动人民剥削方式的更换，作为封建社会上层建筑的组成部分，它仍然是为封建社会的基础服务的。随着这一制度的行之日久，又产生了新的弊端，老百姓仍然要遭受残酷的封建剥削，广大的贫苦农民依旧要在封建地主和官府的共同鞭挞、压榨之下，过着牛马不如的悲惨生活。

张居正在进行政治、经济等方面的改革时，也重视整饬军备，加强边防。嘉靖二十九年（1550 年），俺答军队围困北京的“庚戌之变”发生之时，他正在北京，目睹了从这一事件暴露出来的国防虚弱，军备废弛的种种弊端，内心深有感触。所以，等到他执政时，对此事仍然耿耿于怀。他曾感慨地说：“武备废弛如此，不及今图之，则衰宋之祸，殆将不远。”于是，他“殚心尽力”，决心对边防加以一番整顿。

张居正一面精心选任驻边将领，练兵备战，修治边防要塞；同时训令诸将在边境囤积钱谷，整顿器械，开垦屯田，务必做到兵精粮足，战守有备。

在选任边将时，张居正知人善任，他所重用和信赖的一批守边将领，多是英勇善战，效忠王朝，能够为保卫边防做出重大的贡献。在蓟州一带，他任用戚继光镇守，练就守边的精兵，修筑了沿边防线的“空心敌台”，还因地制宜的练习车战战术，保卫了东起山海关，西至居庸关长城一带沿线的边防。历史学家称赞戚继光镇守蓟州十六年，“边备修饬，蓟门宴然”，深得人民的拥护和爱戴。万历十一年（1583 年），当戚继光移镇广东时，陈第赋诗送别，诗云：“谁把旌麾移岭表，黄童白叟哭天边。”反映了边境人民对戚继光保境安民功绩的景仰和舍不得让他离去的深情厚意。

在辽东，张居正倚赖重用李成梁。李成梁作战能力高强，善于指挥御敌，威望甚高。在他镇守辽东期间，曾多次平息东北少数民族的进犯，保卫了东北边境的安宁。

特别值得一提的是北部的宣府、大同防线，西至延绥、宁夏一带，张居正重用王崇古，支持王崇古对俺答所部采取的安抚睦邻政策，获得了重大的成绩，使蒙汉两族人民和睦相处，通好互市，相安无事。

俺答的部落多，力量强大，历来是明朝北部边塞的劲敌。嘉靖二十九年（1550 年）“庚戌之役”后，明朝和俺答又发生过多次的交锋，当时大同、宣府一带的百姓深受战乱骚扰之害。隆庆四年（1570 年），俺答把外孙女三娘子从袄儿都司（三娘子的未婚夫）手里抢夺为妻，为了消除袄儿都司的怨恨，又将自己的孙子把汗那吉的未婚妻赏给袄尔都司。这下子触犯了把汗那吉的切身利益和尊严，他在恼怒气愤之下，联络部属阿力哥等人，一起跑到大同归附明总督王崇古。王崇古一面善意款留，另方面派人上报朝廷，请求优抚把汉那吉等人。他的建议得到大学士高拱、张居正的赞赏，极力主张采纳王崇古的建议。于是明朝政府封把汗那吉为指挥，阿力哥为正千户，事情发生后，俺答会集各部人马，重兵压境，要求明朝遣还把汗那吉。王崇古当即派遣鲍崇德向俺答说明事情经过，并且晓以大义，劝说俺答归顺通好。当俺答得知孙儿把汗那吉归顺后受到明王朝的礼遇。“蟒衣貂帽，驰马从容”，内心十分喜悦，便对鲍崇德说：“汉人能成全我的孙儿，我愿意结盟通好，世世归属，决无二心。明朝的叛臣，我必定遣还，信守不渝。”事后果然把因谋叛不成，外逃归附俺答的赵全等九个叛臣，捆绑送交明朝处置，用以表示归附明朝的诚意，从此蒙汉双方遂定盟、通贡，并设立茶马市互相交易，明朝封赐俺答为“顺义王”。

当时朝廷有一部分官僚反对和俺答设市贸易，说这是媾和示弱。但是张居正力排众议，坚持正确的主张。他据理力争，反驳说：“让俺答入贡通好，开设边境市场，使边民互通有无；限立期限，指定地点，严加管束，这不但没有坏处，反可使边境安定，屯田耕牧，阻止塞外其他部落的侵扰。这样每年可以节省调援边塞的大批粮食，有什么不好呢？”

由于张居正的大力支持，协同筹划，使王崇古在边塞得以顺利执行睦邻政策，在大同、宣府附近设市贸易。当时规定每年限期一月，蒙族人民可以用金银、牛马、皮毛和汉族人民交换绸缎、布匹、铁锅、铁釜等物品。双方各派军队驻守保护，从此边境相安无事。据《明史》记载：东起延永，西抵嘉峪关的边境千里防线，“军民乐业，不用兵革，岁省什七”。

俺答在万历十年（1582 年）去世，但是三娘子一向主张和明朝交好，并且为蒙汉两族人民的长期和睦相处尽了毕生的力量，为了答谢她的友好情谊，明朝政府封她为“忠顺夫人”。

除此之外，张居正为了发展农业生产，还注意兴修水利，消除黄河水患。嘉靖、万历年间，黄淮“横流四溢”，经年不治。每当洪水泛滥，田园、房屋尽毁，人民颠沛流离，遭殃受苦，农业生产也受到严重破坏。万历五年（1577年），黄河又在崔镇缺口，河水四溢，淤塞清河口，影响淮河水向南倾泻，冲坏了高堰，湖堤大坏，使高邮、宝应等县全被洪水淹没，成了一片汪洋。当时负责治河的河漕尚书吴桂芳主张疏浚黄河故道，而总河都御史傅希挚则主张堵塞决口，“束水归漕”。两人主张不一，意见不合，治河工程迁延不决。第二年夏天，张居正起用治河行家潘季训，委任他当都御史兼工部左侍郎，负责治河。

潘季训字时良，浙江乌程人，是当时著名的治理黄河专家，有着多次的治河经验。他经过一番实地勘察，结合历年治河的实践经验，决定改变过去保住运河河道而消极治黄的错误做法，提出了治理黄河，保护运河，同时治好淮河的积极治河方针。他认为这样才能够保障“民生运道两便”也即通过治黄，既保证运河漕运畅通，又不使黄河下游人民遭受河水泛滥的灾害。为此，他采用的办法是堵塞决口，加固堤防，“束水归漕”，使黄、淮水流汇合成为急流，借以冲刷河水夹带的泥沙入海，黄河下游也就不致因泥沙淤塞而造成水患。

张居正采纳潘季训的合理规划，排除他人的非议，给予充分的信任和支持。历经二年，治黄取得良好的效果，做到了“两河归正，沙刷水深，海口大辟，田庐尽复，流移归业。”水患的遏制，使黄、淮流域的人民得以安居乐业，有利于农业生产的恢复和发展。

张居正执政期间，所进行的政治改革是多方面的，改革的目的在于维护明朝的封建统治，就像他们自己所说的：“务在强公室，杜私门”。当然，改革在客观上对推动社会经济的发展和改善人民生活环境，也起了一定的作用。但是张居正在推行政治改革时，并不是一帆风顺，因为一些改革措施触犯了权贵和地主豪绅的利益，遭到他们的反对。

万历五年（1577年）秋，张居正的父亲病殁，按照封建礼教的惯例，他必须离职居丧守孝三年。当时万历皇帝年轻，经验不足，国家政务繁忙，百废待举；更重要的是张居正本人也不甘心因守孝的事，中断谋划已久的政治改革。于是，由皇帝出面，下诏书挽留，说是公务需要，不必离职守孝，这在当时称为“夺情”。这一来，一些反对改革的政敌如吴中行、赵用贤之流，便以此为口实，趁机群起而攻之。他们打出维护封建礼制的幌子，指责张居正贪恋利禄，说“夺情”是违背“伦理纲常”，要朝廷罢免张居正的官职。张居正有宦官冯保和皇太后的支持，最后还是由万历皇帝做出裁决，斥责吴中行等是“借纲常之论，肆为排挤”，并把这伙反对派惩处了结。反对派的气焰暂时煞住了，但斗争并没有止息。张居正是个有识见的政治家，这一点他心中明白。他曾对朋友说过：“几年来结怨于天下不少，那些奸夫恶党，有的明里排挤，有的暗中教唆，没有一天不是在打我的主意。”

尽管如此，他并没有畏惧不前，还是以坚定的信念和毅力，坚决推行各项改革措施，并决心通过改革达到振弊起衰，拨乱反正的目的。他对朋友表白改革的决心说：“哪怕陷阱在前，也不受阻拦；众矢攒身，也毫无畏惧。”充分表现出一个勇于革新，敢于斗争的杰出政治家的风度和胆略。

由于他的坚定决心和坚强的意志，使改革得以贯彻执行，并取得一定的成效，得到后来史家的高度评价。谷应泰撰写的《明史纪事本末》，称颂张居正的改革使“海内肃清，边境安全”，说万历初年，太仓的积粟可支用十年，国库的钱财多达四百余万，“一时治绩炳然”。

但是，明朝已经是中国封建社会的衰老时期，而万历时代又是处于明朝的后期，地主阶级的统治日趋反动、没落，封建的生产关系日益腐朽，严重地束缚着生产力的发展，统治阶级不愿意，也不可能改弦易辙，做任何大的改革。所以，张居正在政治上的励精图治，虽然在短期内缓和了社会矛盾，延缓了政治危机的爆发，但终究挽救不了明王朝封建统治的必然走向灭亡。张居正生前就因为推行改革而受到多方阻挠和非议，万历十年（1582年），在他死后不久，便又遭到反对派的诬陷，结果被革除封号，抄没家产。他的长子张敬修被逼自杀，次子张嗣修和其他几个孙儿被发配到边远地区充军。他执政十年所进行的一些改革，便像皂沫一样地幻灭，明王朝也从此一蹶不振，一天天走向没落的深渊！

抗击倭寇

概况

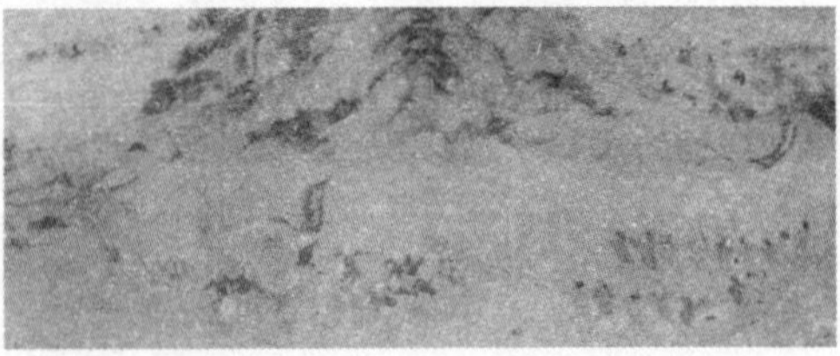
抗倭图

元末明初，日本正处于南北朝分裂时期，在长期内战中，战败的西南部封建主，为了掠夺财富，壮大势力，搜罗一批溃兵败将、武士浪人和走私商人，组成海盗集团，经常在中国沿海进行武装骚扰，史称“倭寇”。明初在沿海置卫筑城，积极防守，加上国力强盛，倭寇尚不敢入侵内地。但明朝中期以后，政治日趋腐败，海防逐渐废弛，倭寇气焰复炽。寇入内地，烧杀抢掠，无恶不作。

嘉靖二年（1523年）发生“争贡之役”之后，明世宗下令废除市舶司，继续实行海禁政策，严禁民间出海贸易。但此时的明政府国力已呈衰弱之势，加上东南沿海地区官僚豪商与倭寇相勾结，倭寇气焰甚为嚣张，且日甚一日。

倭寇的罪行，激起了东南沿海人民的愤怒，他们纷纷组织起来，保家卫国。嘉定、长乐、扬州、基隆等地，人无分老幼妇孺，奋力抗倭，取得了一连串的胜利。

在抗倭斗争中，也涌现出许多爱国将领，其中最著名的是民族英雄戚继光。戚继光，山东蓬莱人，出身名将家庭，精通兵法。他先在山东防倭，作战有功，后调到东南沿海，镇守宁波、绍兴、台州一带。他见卫所军队腐败无战斗力，从各地调来的客军又缺乏训练，便在金华、义乌等地招募农民、矿工，组成“戚家军”。又根据江南水乡地形特点，改革兵械和阵法，创造了有长短武器相结合的阵法——“鸳鸯阵”，使士兵能充分发挥战斗力。这支军队纪律严明，勇敢善战，在“保国安民”旗帜下，与广大人民密切配合，屡建奇功。嘉靖四十年（1561年），戚继光在台州九战九捷，扫荡了浙江倭寇，后转入福建，与抗倭名将俞大猷一起，连续取得宁德横屿、福清牛田、莆田兴化三次大战的

福州万家亭

胜利，肃清了福建境内的倭寇。嘉靖四十四年（1565年），广东沿海的倭寇也被俞大猷所歼灭。

至此，为害200年的倭患基本解除。戚继光、俞大猷、张经等爱国将领在抗倭斗争中作出杰出贡献，赢得人民的称颂。他们是民族英雄，所建立的业绩，永垂史册。

戚继光荡平海波

戚继光，字元敬，世为登州卫指挥佥事，父戚景通，曾官至都指挥，署理大宁都司，后调入神机坐营，为人品行端庄。戚继光自幼生得一表人才，潇洒倜傥，胸怀大志。虽然他家境贫寒，但他十分喜爱读书，用功甚勤，通晓经史大义。

明世宗嘉靖年间，戚继光承袭父职，任山东登州卫指挥佥事，在山东防备倭寇。不久改任浙江司参将，在任时防备倭寇，将部众分防宁、绍、台三郡。之后调往浙江任参将。当时倭寇入侵，四处为害，因此他在山东和浙江时的主要任务，都是抗击倭寇。

嘉靖三十六年，倭寇兵犯乐清、瑞安、临海，戚继光因道路受阻，救援失时，朝廷虽没有治他的罪，却酌情予以处理。不久与抗倭名将俞大猷会合，将汪直等倭寇余党包围在岑港，但很长时间没有攻下敌巢，朝廷便免去了他的官职，要他戴罪抗倭。后来这股倭寇逃走，其他倭寇又在台州烧杀抢掠。给事中罗嘉宾等弹劾戚继光抗倭无功，而且与外番勾结。朝廷正要问罪，很快因平定汪直有功恢复了官职，改为负责防守台、金、严三郡。

戚继光到浙江时，见卫所军士不熟悉作战，而金华、义乌地方的人向来勇敢强悍，于是经请示朝廷，招募了三千人，对其进行严格训练，教他们作战布阵之法，如何使用长短兵器。

他所训练的这支军队精悍而勇敢，是以后抗倭的主力。

戚继光看到南方地势多沼泽，不利于追逐奔驰，于是根据这种地形创造了一种新的阵势，使作战时能步伐便利，这种阵法后世称为“鸳鸯阵”。

戚继光同时又对战舰、火器、兵械等的改造煞费苦心，精心策划选购，要求精益求精。他所创建的这支军队称为“戚家军”，后来在和倭寇作战中，威名远扬，使倭寇十分惧怕。

戚继光及其“戚家军”曾前后转战于浙江、福建、广东、山东、河北等沿海一带，多次击败倭寇，戚继光成为当时抗倭斗争中最重要的将领。戚继光训练有方，所以他手下的军队军纪严明，作战有方，常常打胜仗。

戚继光曾将他的军事思想等加以总结，写成《纪效新书》、《练兵纪实》、《武备新书》等书留传后世，所以戚继光去世以后，继任者谨守戚继光在任时的成法，以御倭寇，也保持了海疆几十年无事。

戚继光读书多，有智谋，深谙武略，威震四方。戚继光壮年时，膝下只有一子，已二十多岁，极富胆略。他跟随父亲在军营中，大概是受到父亲的深刻影响，所以也很懂得用兵之道。他和戚继光手下的其他将领一样，能独当一面抗击倭寇，是戚继光的得力助手。

有一次，戚继光派儿子带着一个副将出外作战。未料儿子和手下的副将由于麻痹轻敌，大败而归。戚继光得到战败的消息，立刻命令各路将士在校场集合，将儿子和那员副将绑到面前。戚继光怒不可遏，当众宣布两人的罪状后，便喝令左右将两人依军法处死。众将领一听戚继光要处死儿子，纷纷跪下请求宽恕这两个人，戚继光断然拒绝；在场的全体兵士也都跪下求情，戚继光丝毫不为所动，仍然命令将两人处死了。戚继光夫人在家听到丈夫要处死儿子的消息，立刻派人飞骑赶来，希望代儿子去死。待使者赶到校场，其子已经被戚继光处死了。众将士见戚继光军纪如此严明，都大为震动，私下里说道："戚将军对儿子都这样毫不姑息，如果我们不出全力，结果也就可想而知了。"

嘉靖四十年（1561 年），倭寇大肆抢掠桃渚、圻头。戚继光率兵迅速赶到宁海，扼守住桃渚，在尤山打败倭寇，追到雁门岭。

倭寇逃走，乘虚袭击台州，戚继光亲手打死其首领，将残敌逼到瓜陵江全部歼灭。这时，圻头的倭寇又奔袭台州，戚继光在去仙居的途中予以全歼。先后经过九次激战，俘虏倭寇一千多名，火烧水淹而死的不计其数。总兵官卢镗、参将牛天锡又在守波、温州大败倭寇，浙东倭患平息，戚继光官升三级。福建，广东沿海的倭寇流入到江西。江西总督胡宗宪传命戚继光支援，戚继光攻破倭寇的上坊巢穴，倭寇逃往建宁，戚继光率军撤回浙江。

第二年，倭寇大举侵犯福建。从温州来的倭寇，与福宁、连江等地的倭寇联合攻下了寿宁、政和、宁德；从广东南粤来的倭寇与福清、长乐等地的倭寇联合攻下了玄钟所，并进犯龙岩、松溪、大田、古田、莆田等地。当时宁德已多次被倭寇攻下。离城十里有一横屿岛，四面都是水路，地势险要，倭寇在那里建立了据点，官军不敢进攻，他们在那里盘踞了有一年多。新来的倭寇在牛田营建巢穴，而他们的长官则驻在兴化，以便东南互相声援。

福建方面连连告急，使胡宗宪再次下令戚继光追剿。戚继光先向横屿进攻，士兵每人拿一把草，边填淤边前进，攻破横屿，斩敌二千六百，乘胜进兵福清，捣毁牛田贼营，残敌逃往兴化，戚继光迅速追歼，半夜四鼓时追上倭寇，一连攻下六十个营寨，斩杀敌人一千多，天亮进城，兴化百姓才知战斗已经取得胜利，纷纷以酒食犒劳官兵。戚继光乘胜班师，军队抵达福清，遇到从东营登陆而来的倭寇，又斩杀二百余名，福建的倭患也基本上平息了。

戚继光回到浙江后，福建方面新来的倭寇又一天天多起来，他们将兴化城包围了一个多月。

刘显派八个士兵在衣服上绣上“天兵。二字入城投书，但这八人却全部被倭寇杀害。倭寇在杀了这八人后，将其衣服脱下，使自己方面扮成刘显的士兵，骗过了守城将领，进入城中。夜晚，他们斩杀守关士兵，打开了城门。守城的副将翁时器、参将毕高逃走，通判奚世亮代理府事遇害，倭寇烧杀抢掠一空后，在城中逗留了约两个月，同时又攻破平海卫以为据点。

兴化城告急时，皇上就已命俞大猷为福建总兵官，戚继光为副总兵。

兴化陷落后，刘显军少，驻兵城下不敢进攻。俞大猷也不想进攻，准备用大军合围，困死这股倭寇。

嘉靖四十二年四月，戚继光率领浙江兵马赶到兴化近郊，福建巡抚谭纶下令任命戚继光为中军统领，刘显为左军统领，俞大猷为右军统领，联合进攻平海卫。戚继光率中军最先入城，刘显与俞大猷率军紧紧跟上，此战杀敌二千二百名，夺回被掠人口三千多。谭纶上表请功，戚继光功居首位，刘显、俞大猷稍次一等，嘉靖帝为庆贺胜利，告天祭祖，赏赐官兵。戚继光先因攻下横屿有功，晋升为都督佥事，这次又被提升为都督同知，并代替俞大猷为总兵官，世袭千户。

第二年二月，倭寇余党又纠集倭寇一万多，围攻仙游，只用了三天，戚继光即打败城下倭寇，追击逃敌，在王仓坪再次获胜，斩杀敌人数百名，其中有许多慌不避路掉下了悬崖，残余数千名逃到漳浦蔡丕岭一带。

不久以后，倭寇又从浙江侵犯福宁，戚继光督率参将李超打败敌人，又乘胜追击永宁倭寇，斩杀敌首三百多。

戚继光治军，号令严明，赏罚公允，部众都乐于从命。他和俞大猷都是有名将领。他比俞大猷更为果断勇猛，但品格方面略为欠缺。俞大猷是位老将领，治军稳重，而戚继光则用兵神速，神龙见首不见尾，多次打败倭寇，名声比俞大猷更为显著。

戚继光后来的遭遇并不好。他任抗倭将领时，正逢张居正当宰相。待张居正逝世后，继任者却不断对他进谗打击，他先是被调任，接着是免职回家，最后竟被剥夺了俸禄。戚继光最终在这样的境况下去世了。

明末社会矛盾的激化

土地兼并空前

明朝后期，土地兼并更加猛烈，宗室勋戚庄田的规模更大。如万历时，潞王（朱翊镠）有庄田 4 万顷，神宗也诏赐福王（朱常洵）庄田四万顷，后经群臣力争，始减为二万顷。天启时，桂王（朱常瀛）、惠王（朱常润）、瑞王（朱常浩）及遂平、宁国二公主的庄田皆以万顷计算。山西全省上好的田地，几乎全为宗室所占。河南有 72 家王子，土地“半入藩府”。宗室勋戚庄田占有土地的总面积，据不完全的估计，天启年间为 50

万顷。

一般官僚地主对土地的兼并也异常激烈。如万历年间，南直隶（今安徽、江苏）有的大地主占田 7 万顷。浙江奉化全县的钱粮是 2 万两银子，而乡官载澳一家就占去一半。崇祯时，河南缙绅之家田多者千余顷，少者也不下六七百顷。

豪强地主不仅在本乡占田，而且跨越省县设立寄庄田。许多地方寄庄田占地比例极大，如福建南靖县的土地，属于他县豪强者十之七、八。山东曹县共有土地 25000 余顷，寄庄田占去一万余顷。在激烈的土地兼并之下，大多数农民失掉了土地，沦为地主的佃户，如顾炎武说，江南“有田者十一，为人佃作者十九。”

农民处境艰难

激烈的土地兼并，迫使农民大量流亡，政府赋税来源发生困难，而皇室挥霍有增无减，国家财政入不敷出，为弥补空额，加重了赋税剥削。一条鞭法推行不久，就出现鞭外有鞭，条外有条，杂税层出不穷。万历十六年（公元 1618 年）明政府借口辽东战事紧急，向人民加派“辽饷”，前后三次，共征银 520 万两，相当于全年总赋额的 1/3 以上。以后又有各种名目的加派，而且无论地方丰歉，土地肥瘠，皆一概按亩征银，再加以强征丁银，滥派差役，就使得更多的贫苦农民抛弃自己的小块土地，沦为地主的佃农、雇工和奴婢，或成为流民、饥民。

佃农所受的剥削在此时更加苛重。明末江南地区一亩之收，多者不过三石，少者一石，而私租却重至一石二三斗，松江多至一石六斗，苏州多至一石八斗，个别的达两石。除正租外，还有脚米、斛面以至鸡牛酒肉等等附加的租额和大斗大秤的剥削，还有从地主那里转嫁来的差役、赋税和高利贷的盘剥。这一切都说明当时地主阶级对佃农的剥削是十分惊人的。这种残酷的剥削就逼得佃农连起码的生活也都难以维持，辛勤一年，依然冻馁。

佃农的人身束缚在当时也很严重。某些地区的佃农要替地主保家护院，在地主驱使下无条件的服各种杂役，而且未经地主给假不得自由行动。至于豪绅地主的横暴乡里，和王府亲随的荼毒农民，到明末更加猖獗，他们在各地“私设公堂”、“吊拷租户”、“驾帖捕民”、“格杀庄佃”，无所而不为。

对工商业的大肆掠夺

为了攫取更多的货币，兼营工商业的地主较前日益增多。在江南各城镇，很多地主和大商人成为铁坊、油坊、糖坊；囤房、机房的作坊主或当铺的东家。在北京，勋戚王公也都经理窑场、开张店铺以牟利。万历时，陕西的肃王除去拥有大量庄田外，还在各地设有瓷窑、店房和绒机。河南的福王也开设很多盐店、客店。他们利用封建特权在各地劫夺商货；把持行市，无顾忌地掠夺城市贫民、小手工业者和小商人的财富。

与此同时，政府也加强了对城市工商业的掠夺。从万历二十四年（公元1596年）起，明神宗即派出许多宦官充任矿监税使，在全国各大城市以征商开矿为名，大肆掠取民间的金银。万历二十九年（公元1601年）一年之中，由宦官直接送往北京的税款就有白银90余万两、黄金1575两，又有金刚钻、水晶、珍珠、纱罗、红青宝石等物，而装进宦官及其爪牙私囊的还不在内。这些宦官往往以开矿为名，强占土地，或巧立商税名目，横征暴敛。

明末农民大起义

陕北首义与荥阳大会

天启七年（1627 年），陕西发生灾荒，遍地都是饥民，澄城知县张平耀不顾人民死活，还严催赋税，于是王二团结几百个饥民，冲进县城，杀死张平耀，揭开了明末农民大起义的序幕。此后响应者四起，王嘉允、高迎祥、李自成、张献忠等均先后加入农民军。农民军最初只在陕西、山西一带分散活动，逐粮就食。从崇祯六年（1633 年）起，农民军活动的区域扩大，转战于河南、湖广（今湖南、湖北）、南直隶（今安徽、江苏）、四川、陕西诸省，农民起义开始形成全国性的规模。

这时农民军中以闯王高迎祥一支最强，在群雄中最具有号召力。从崇祯七年（1634 年）起，明政府连续组织大规模的围剿，以期消灭农民军。这年洪承畴受命总督陕西、山西、河南、湖广等处军务，调兵 7 万人向农民军展开进攻。崇祯八年（1635 年）正月，主要的农民军首领高迎祥、罗汝才、张献忠、李自成等都聚集在河南，共有 13 家 72 营。为粉碎明军的进攻，首领们在荥阳举行大会，商讨作战方略。会上，李自成提出“分兵定所向”的主张，就是联合作战，分兵出击，得到大家的赞同。会后，高迎祥、李自成和张献忠等即率军离开荥阳东进。正月十五日，一举攻占凤阳，焚毁明朝皇陵。凤阳是明朝的中都，又是南北大运河的重镇。起义军袭破凤阳，明廷大为震动。不久，高迎祥、李自成和张献忠等又都转进入陕西。洪承畴的围攻计划全盘破产。

闯王李自成和明朝的灭亡

李自成出生在陕西省米脂县的一个农民家庭，幼年在官僚地主家当牧童，备受凌辱。他二十一岁时，父亲因贫病交迫死去，他生活无着，到银川驿当了一名马夫。后因地主艾举人欲加迫害，怒火中烧的李自成遂杀死艾举人，投奔起义军。李自成从小练就一身好武艺，善于骑射，且膂力过人，又有胆略，很快就当上了义军的队长。

在荥阳大会上李自成提出了联合作战、分兵迎众的战略思想、得到了各首领的赞同。于是分兵五路。迎击官军。农民军团结一致，各路大军取得节节胜利，直接威逼凤阳、南京。明王朝恐慌万状，继续增兵。1636 年，高迎祥不幸被捕牺牲，1638 年，张献忠又一度受抚于明朝，起义军陷于困难境地。但当明军忙于应付自东北南下的清军时，起义军又恢复了生机。李自成提出了“均田免粮”的口号，得到了广大农民的热烈拥护。1641 年，“闯王”李自成率起义军攻破洛阳，杀福王朱常洵。接着李自成领军进围开封，歼灭明军主力。1643 年，李自成在襄阳自称“新顺王”，创立新顺政权。1644 年，李自成改西安为长安，建立“大顺”国。在攻下太原、大同、宣府、居庸关、昌平后，大顺军于同年三月，攻占北京。崇祯帝在煤山自缢，统治中国达 270 多年的明王朝宣告灭亡。不久，张献忠也在成都称帝，建立了“大西”政权。

大顺政权的失败

李自成进京后，采取一系列措施，加强政权建设。中央机构基本上因袭明朝，有的只改换名称。与此同时，对罪大恶极的大官僚大地主加以镇压，并用暴力逼迫明朝贵戚大臣、贪官污吏交出平日剥削来的金银财宝。在“均田”口号的推动下，某些地区的农民夺取了土地。但是，由于军事上节节胜利，大顺领导者竟滋长起骄傲麻痹思想，以为明朝覆灭，天下从此太平了。对于盘踞在江南的明朝残余势力，只派少数军队出征。对于屯兵山海关的吴三桂更抱着幻想，以为只要用金钱和封爵招抚就可以使他为大顺守卫山海关。一些大将开始追求享乐，把战斗任务丢在一边，有些士兵也想富贵还乡。所以，当吴三桂引狼入室，清兵入关之时，大顺军猝不及防，一触即溃。永昌元年（1644 年）四月三十日，大顺军撤出北京，在清兵追击下，连连败退。次年四月，李自成在湖北通山县九宫山遭地主武装袭击，不幸身亡。

张献忠领导的农民军

崇祯九年（1636 年）秋，闯王高迎祥被俘牺牲，李自成由闯将被推为闯王，但这时他的势力还小，起义军中以张献忠的势力最强，实际成为支撑局面的主力。崇祯十一、二年间，在明军的围攻下，很多起义军先后投降了明朝，张献忠也在湖广谷城伪降熊文灿。崇祯十二年五月，张献忠于谷城重举义旗，明政府急派大学士杨嗣昌督师襄阳，统兵十万，对张献忠大举围剿。张献忠奋力突破包围，进入四川，杨嗣昌也领兵入川追击。张献忠采用“以走致敌”的战略，领兵疾走不停，从崇祯十三年（1640 年）七月到十四年正月，在半年之内，几乎走遍全川，行程五、六千里，使明军疲于奔命，无法追及，仅尾随而已。当明军精锐都聚集在四川的时候，张献忠急由四川开县东下。进入湖广，昼夜疾驰，仅用了 8 天时间，行军一千多里，突然出现在襄阳城下，一举破城，杀死襄王朱翊铭和贵阳王朱常法，时在崇祯十四年二月。杨嗣昌愤惧交集，自缢于军中。

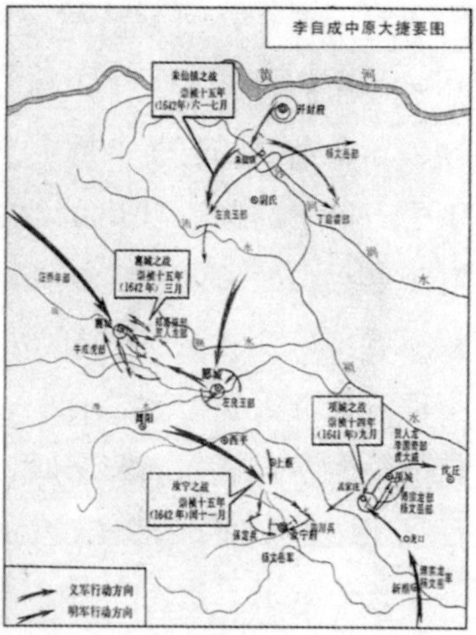

张献忠自攻下襄阳后，又几经挫折，北进河南，被明军打败，便去投奔李自成；但二人不能合作，又东走今安徽，恢复了自己的力量，然后向西挺进，再度进入湖广。崇祯十六年（1643年）五月，张献忠攻下武昌，把楚王投入江中，为人民平了大愤。张献忠在武昌称大西王，后转战湘赣一带。崇祯十七年（1644年）正月，张献忠率兵进入四川，七月克重庆，八月破成都，随后分兵四出，几乎占了四川的全部。十一月，张献忠在成都正式建国，国号大西，年号大顺。

李自成牺牲后，清军就把进攻锋芒指向了张献忠。顺治三年（1646年）清军由陕南进入四川，和四川地主豪绅的武装联合进攻大西军，十一月，张献忠驻军川北西充凤凰坡，由于叛徒的出卖，张献忠兵败不幸牺牲，时年四十岁。明末农民大起义失败了。

明末农民起义军推翻明王朝，使封建制度和法纪受到了一次严重的冲击，封建生产关系在一定范围和一定程度上得到了调整，为17世纪后期和18世纪前期社会经济的发展，创造了条件。

张献忠起义

张献忠，明末农民起义首领。字秉吾，号敬轩，延安柳树涧（在今陕西定边东）人。出身贫苦。人称之为“黄虎”。崇祯元年（1628 年），延安饥荒，府谷人王嘉胤起义，从小具有反抗精神的张献忠加入王嘉胤起义。

崇祯三年（1630 年）四月，张献忠率领米脂县十八寨穷苦人民举起义旗，宣布起义，绰号“八大王”。起义军的连续获胜，使统治阶级坐卧不安。六月，在清涧与明官军洪承畴、杜文焕作战受挫，为保存实力，献忠假降于杜文焕。

崇祯五年（1632 年），献忠乘机又起义，随农民起义军首领高迎祥、紫金梁转战于山西诸郡县。崇祯六年（1633 年）二月，张献忠率军由晋北南下垣曲，经过陕西向四川进发。三月，攻克四川的夔州（今奉节县）、大宁（今巫溪县）、大昌、新宁（今开江县）等州县。并由太平（今万源县）经长茅岭攻克通江，由巴州攻克保宁（今阆中县）、广元。这是献忠农民军的第一次入川作战。

西王赏功钱

崇祯七年（1634 年）正月，献忠农民军进攻河南信阳、邓州，逃入应山。又率军西上，从郧阳渡过汉水，攻克陕西商名雒、周至（今改周至县）、鄠县（今改户县）。南下洵阳、紫阳、平利、白河，向四川方向进发。此时，献忠农民军已扩大到 13 营，“号十万”。二月，献忠农民军第二次进入四川，攻克川东的大宁、大昌和巫山。后又攻克川东门户夔州，统治阶级大为震惊。七月，献忠由白水江进入陕西，同李自成农民军联合攻克了澄城，而围攻郃阳（今合阳）、韩城、到达平凉、郃州。十月，又进入河南西部卢氏县。十一月，由卢氏进达嵩县、汝阳一带。

此年年底，农民起义军各支向河南荥阳地区集结。崇祯八年（1635 年）正月，农民军 13 家 72 营的领袖们在荥阳召开了明末农民大起义史上具有重大意义的荥阳大会。13 家领袖是：张献忠、高迎祥等、老回回（马守应）、革里眼（贺一龙）、左金王（蔺养成）、曹操（罗汝才）、改世王（许可变）、射塌天（李万庆）、横天王、混十万（马进忠），过天星（惠登相）、九条龙、顺天王等。会议由 13 家中威望最高的西营八大王张献忠、闯王高迎祥主持。闯将李自成作为高迎祥部的裨将也参加了会议。李自成在会议上指出，今后农民军的军事路线，宜“分兵定向”，这得到了大家的一致赞同。即各支农民军都打击明军的主攻方向，而老回回、九条龙来往策应。会上商定了共同的组织纪律和互相援助的方法。

荥阳大会标志着明末农民大起义进入了一个新阶段，它使农民军由分散作战开始向协同作战、互相声援的作战转变。

荥阳大会后，献忠率农民军东进安徽，直取凤阳，焚毁皇陵，挖了朱家王朝的祖坟，这是明末农民大起义以来的第一次重大胜利，给了明朝统治阶级一次十分沉重的打击。农民军焚毁皇陵的消息传到北京，崇祯帝朱由检惊慌失措，哀痛至极。

献忠农民军在直捣凤阳的同时，另一支部队乘胜向凤阳东南地区挺进。崇祯八年（1635 年）正月，农民军合围庐州府，攻克和州、含山、巢县。不久，继续南下的农民军向安庆进攻，先后攻克潜山、太湖、宿松等州县。向皖北发展的农民军也攻克新蔡等地。接着，在安徽的农民军主力部队先后由潜山、太湖一带经英山、霍山、罗田，向湖北东部的麻城等地挺进。部队在麻城鹰山畈消灭黄州知府马人龙一千多地方武装后，继续西进。四月，农民军经隋州，由商州进入陕西。张献忠、高迎祥此时已成为了陕西最强大的两支农民军。不久，献忠与迎祥会合，由西安进围凤翔。接着，献忠、老回回由陕西东突朱阳关。明总兵官尤世威大败，明军尽亡。13 营农民军全部出关。时八大王张献忠拥兵 20 万。十月，攻占河南灵宝、卢氏县。十二月，献忠农民军第二次东进。二十四日再克含山，二十六日包围和州，以大炮攻破西门，胜利进入和州。三十日到达江浦，直逼长江东岸的明南都——南京。

崇祯九年（1636 年）正月，献忠军会合高迎祥、闯塌天、扫地王等“连营百余里”，以兵数十万，进攻江浦西北之全椒、滁州。卢象升官兵前来镇压，起义军受挫后，向西进入河南，活动于舞阳、南阳、内乡。

同年，高迎祥率领所部折回陕西，在周至遭到明新任陕西巡抚孙传庭的伏击，被俘牺牲。高迎祥的牺牲，对农民起义军是一重大损失。十月，献忠农民军从襄阳西北的均州出发，马守应自襄阳北的新野出发，蝎子块由襄阳以东的唐县出发，三路 20 多万大军向襄阳进发。农民军以多胜少，打败了明襄阳总兵秦翼明的 2000 骑兵，夺取了襄阳城，使明统治阶级大为震惊。农民军第一次攻克襄阳城。献忠与老回回马守应部顺汉江而下，发起了

大西政权铜印

第三次东进作战。十二月六日，进抵应城。十日，一个和尚居然穿上应城林姓翰林弄来的铁甲，纠合一千余兵丁，打开城门向起义军挑战。农民军假装后撤，敌方武装陷入农民军的埋伏圈，献忠命骑兵发起冲锋，杀死了那个铁甲和尚，全歼一千多名敌方武装。

崇祯十年（1637 年）二月，献忠以数十万农民军围攻湖北重镇隋州。攻克应城、隋州的农民军乘胜东下广济，全歼广济典史魏时光纠集的三百余地主武装。部队沿黄州、团凤、新生渊、罗田、三店、阳逻一线，从小路进攻安庆。四月，献忠农民军在安庆西南的丰家店，同敌军进行了一场漂亮的歼灭战，不到一天，就把庆天巡抚亲自选拔的官僚地主子弟的地主武装彻底消灭。农民军接着继续东进，其先头部队到达南京与镇江之间的六合、仪真，扬州告急，明廷急令督理太监刘元斌、卢九德选勇卫万人前往援助。

在第三次入川作战中。献忠军东进苏、皖，给明廷军队以重大打击后，回师西进，由湖北东部向鄂、豫、陕交界地区进发。崇祯十年（1637 年）十月，兵分两路进入四川，这是献忠军第三次入川作战。他首先攻克了剑州、安延县，然后继续向成都方向挺进。农民军将明军总兵官侯良柱引诱到梓潼县的倒马坎，将其团团包围，侯良柱与副总兵罗象乾、刘贵在激战中被杀，全军覆没。

崇祯十一年（1638 年）正月，总兵左良玉、陈洪范大败献忠于郧西。献忠受挫后，为了保存实力，决定假降，在谷城接受了熊文灿的招抚。崇祯十二年（1639 年）五月，献忠认为时机成熟，在谷城又举义旗，杀谷城知县阮之钿。又威胁御史林鸣球上书，求封于襄阳，鸣球不从，于是杀之。七月，熊文灿檄诸将进攻谷城，献忠樊谷城西走，与罗汝才军合。左良玉追击于房县西，献忠设下埋伏，尽歼敌军，良玉掉失了印印，文灿、良玉都被革职。九月，大学士杨嗣昌督师进剿献忠。十月至襄阳违，捕败将熊文灿并处死。

大顺政权铜印

崇祯十三年（1640 年）二月，左良玉大败献忠于太平县之玛瑙山，精锐尽杀。仅以骁骑千余逃往兴安、平利。在此战役中，献忠的不少有实战经验的将领被杀，其他的一个妻子俘后牺牲，一个八岁之子被俘后死。另两个妻子歼氏、高氏及抚子惠儿也被俘。献忠在兴归山中得到休整，“伏深箐中，重贿山氓，市盐刍米未酪，山中人安之，反为贼耳目”。被敌人打散的士兵也迅速归队，“献忠得以休息，收散亡，养夷伤。”兵士又振作起来。六月，献忠率部队向白平山进发，以神速的行动进入巫山隘。在土地岭大败官军，全歼官军 5000 人，杀死敌将白显等，杀伤总兵张应元、汪凤云等。汪凤云伤后，“卧血凝臆而卒。”接着又全歼张令、左良玉军三万人，从而彻底粉碎了杨嗣昌企图在“楚蜀交界”消灭献忠军的“专剿”计划，扭转了农民军被动挨打的局面。献忠率领起义军，于九月长驱入川，大步前进，以走致敌。这是献忠军第四次入川。十月十七日，从剑州北向四川广元进发。二十四日，攻克绵州（今绵阳县），渡绵河而西，经绵竹南下什邡、德阳、金堂、新都、汉州（今广汉县）等地，于十一月到达了成都城下。十二月，攻取泸州。之后，越过了成都，走汉州、德阳，复至绵河。

崇祯十四年（1641 年）正月，献忠、罗汝才入巴州，走达州（今达县），直抵开县之黄陵城，在这里与官军进行了一场决战。将尾随而来的明军总兵猛如虎部打得大败，其将领刘士杰、游击李开、李仕忠、猛如虎之子猛先捷等均战死。这时献忠采取了“以走致敌”的战略，将敌人从川东带到川北、川西、川中、川南，又从川南、川西、川北而川东，在四川兜了一大圈，将敌人拖得精疲力竭之后，乘机歼之。

张献忠军乘开县黄陵城之战的胜利，决定夺取围剿总司令、兵部尚书杨嗣昌的大本营——襄阳。二月，农民军由净壁一直逼夔门，过白帝城，行山谷间，抵当阳，入宜城。侦得襄阳无备，简二十骑持符，伪装成官军。入夜至城下，守者验符信启关。农民军先头部队进入，即挥大刀大呼大杀守门者，城中先伏百余农民军俱响应，纵火，火光烛天。农民军大队人马疾驰而至，城中一时大乱，城门洞开，敌人尽入城门。杀死兵备副使张克俭、推官郦日广。烧了襄王府，抓了襄王。襄阳知府王承曾、福清王朱常澄、进贤王朱常洤在乱中化装出逃。襄阳知县李大觉自杀。献忠军第二次攻克襄阳。三月，督师大学士杨嗣昌自缢而死。左良玉以襄阳失陷而削职。为了扩大战果，更沉重打击敌人，献忠军再次转战鄂、豫、皖。八月，农民军到达了豫之信阳，与左良玉军相遇而战。献忠负重伤，只像换了衣服潜夜逃出夜遁，逃入山中。农民军损失惨重。十月，献忠与革里眼、左金王等农民军在英、霍山中实现联合，后又出攻舒城。

崇祯十五年（1642 年）二月，献忠攻陷了亳州。四月攻陷了舒城，六安。五月，轻取庐州，六月攻陷庐江。八月，献忠军分为三：一军上六安，一军趋庐州，一军往庐江三河，掠巨舟二百，建水师营，合水陆为五十六营。

九月下旬，献忠军扎营于潜山，分营为四，步骑 90 哨，前阻大沟，后枕山险，为持久之计。不料，官军夜半缘山突袭，献忠军跳涧四溃，损失惨重。接着，献忠又向东进攻去，攻陷了桐城，又陷无为州、黄梅、太湖。

崇祯十六年（1643 年）正月，献忠以二百乘夜袭击，陷蕲州。三月，攻破黄州，献忠据府自称西王。五月，献忠军向武昌挺进，沿江而上，攻破了汉阳。临江欲渡，武昌大震。二十九日，攻克武昌，进驻楚王府。在武昌建立大西政权，献忠自称大西王，宣布武昌为京城，名天授府，铸西王之宝。设五府六部，开科取士，殿试三十人为进士，授郡县官。七月，献忠决定留张其在守武昌，自己率领大西军分水陆两路向湖南长沙进发，八月二十二日直抵长沙城下，守城的明总兵尹先民、何一德等决定向大西军投降。顺利进入长沙。献忠既陷长沙，“设立伪官”，“大书伪榜，驰檄远近。”

九月四日，献忠率领军队夺取衡州，复分军为三：一军往永州；一军入广西全州，一军攻江西袁州。十月十一日，大西军开入袁州城。十八日夺取吉安。十一月，大西军与明军在岳州展开了水战，官军水师全部被歼，岳州又为农民军占领。

李自成

崇祯十七年（1644 年）三月，献忠决定向四川进军，同李自成争天下。此时李自成已建立了大顺政权，李攻下北京后，崇祯帝自缢，李自成登上了帝位。张献忠决计入川，以四川为基地，然后“兴师平定天下”，打算从自成手中夺取帝位。六月，献忠攻陷涪州、泸州，蜀王告急，在南都请济师。献忠顺流攻陷佛图关，遂围重庆。悉力拒守，四日而陷。攻入重庆的大西军，立即逮捕了瑞王朱常浩，处死明原巡抚陈士奇，严惩宗藩顽敌。八月，献忠攻陷了成都，杀死蜀王和巡抚龙文光。成都攻克后，四川除遵义府（今属贵州省）、黎明（今汉源县）土司外，均被大西军所占领。献忠在成都称帝，年号大顺，以成都为西京。设立内阁六部，有左右丞相、六部尚书等。分辖70营（一说为120营），辖境为四川大部分地区。

闯王李自成

李自成，明末著名的农民起义军领袖。家世居陕西米脂县怀元堡李继迁寨。家境十分贫寒，幼年曾被舍入寺庙，唤作黄来僧，后到艾姓地主家放羊。成年后，应募到银川驿充驿卒。崇祯元年（1628年），陕北大饥荒，不沾泥、杨六郎、王嘉胤等率众起义，李自成也领了本村走投无路的群众，投奔起义队伍。他领导的那支部队刚开始时称为“八队”。崇祯二年（1629年），李自成所在的起义军转战山西，推高迎祥为首，称为闯王，称李自成为闯将。不久，另外几支起义部队如王嘉胤、张献忠、罗汝才等部也陆续进入了山西境内。随着大批破产农民军进入起义队伍，起义军声势日益浩大。

崇祯五年（1632年），李自成在山西境内的各支起义军中已经开始崭露头角，李自成成了重要的首领之一。同年七月，李自成，张献忠、老回回等部攻打蒲县。三天都没有攻下。于是，起义军转而夜袭大宁，到三更的时候城陷。这年冬天，李自成等部从河南、山西两省交界处的大口攻入了河南。河南乡绅张皇失措，联名上疏请救。朝廷急忙调昌平镇副总兵左良玉，带领二千官军赶赴河南，明宣大总督张宗衡各部官军也尾追随而来。但李自成等人又突然攻入了山西，攻克辽州。明总兵尤世禄只得追至辽州围攻。起义军据城展开了顽强的抵抗。尤世禄和他的儿子副将尤人龙都被射伤。后来，李自成等为避免据守孤城为官军所歼，决定夺门而去，且战且走地摆脱官军的追击。

崇祯七年（1634年）春，陈奇瑜以五省军务总督的身份檄调各路官军齐集于河南陕州，然后移师进剿。李自成、张献忠等部受到官军的压迫，开始向四川方向转移。六月，张献忠跑到了商、雒，李自成等陷于汉中车箱峡。陈奇瑜带兵尾随而来。这一地山高路陡，居民稀少，出口为明军把守，又遇阴雨连绵七十多天，“弩解弓蚀，衣甲浸，马蹄穿，数日不能一食”。为摆脱困境，李自成等决定采取诈降的办法脱险。陈奇瑜果然认为起义军是在走投无路之下才投降，因此决策招抚。他向朝廷报告后，得到了兵部尚书张凤翼的支持和崇祯帝的批准，代表政府同义军达成招安协议：由陈奇瑜按起义者数目，每一百人派一名安抚官监视，负责派遣返原籍安置。于是，起义军整装出栈，与陈奇瑜部下揖让酣饮，“易马而乘，抵足而眠。”换得了精良的兵器、衣着、食物。然而，一等出栈，起义军就将安抚官们杀了，攻下宝鸡、麟游等地，向西挺进。十一月，崇祯下令将陈奇瑜撤职，下狱论戍；提升洪承畴为兵部尚书，代替陈奇瑜之职，总督山西、陕西、四川、湖广、河南军务。

这时，西宁驻军发生兵变，洪承畴就又亲自率兵赶往当地。起义军趁机分陷关陇，等洪承畴平定兵变回击起义军时，起义军又四散开去，分道进入河南，集于荥阳地区。

崇祯八年（1635年）正月，召开了著名的“荥阳大会”。会上，接受了李自成的建议，将十三家七十二营各支起义军组织起来，协同作战，分兵五路，东、西、南、北四路各自出击，另一路来策应援助，集中力量打击官军。不久，起义军发展到了数十万人。一支起义军进抵安徽凤阳，焚毁了明王朝的皇陵。崇祯下令追查责任，并调湖广巡抚卢象升总管直隶、河南、山东、四川、湖广等处军务，带领总兵祖宽、祖大乐、副将李重镇所统关辽兵和当地驻军夹击，而留洪承畴在陕西应付。明廷划分了明确的职权范围："洪承畴督剿西北，卢象升督剿东南"。

崇祯九年（1636年）七月，高迎祥在周至被俘，在北京遭到杀害。起义军共推举李自成为闯王。李自成部向汉中进军时遇到阻碍遇阻，只好率部入川。进攻成都，七天都没有攻下。

崇祯十一年（1638年）春，李自成等部刚出川，而大部分起义军则均在中原地带活动，留下西北的只是李自成、过天星少数起义军，与陕西三边总督洪承畴、陕西巡持孙传庭直接对峙。此二人均是明官僚中既狡猾又卖力者，加之三边官军历来剽悍，使李自成部在河州、洮洲（今甘肃境内）两次战役中连遭失利，损伤重大，只得分兵另走。四月初十日，李自成率兵及家属三百人，行到甘肃礼县马坞，明总兵左光斗领兵追至，情况非常紧急。由于官军在马坞歇息一日，启程时又判断失误，使自成能摆脱追击，进入陕、川交界地区。

七月，官兵又追至四川，起义军连连遭挫，李自成只得藏入山林，转至陕西、湖广、四川三省交界的大山区，避免同大股官军正面交锋。自此后两年，李自成部战果甚少，官军也主要是与张献忠、罗汝才、老回回等部作战。

崇祯十三年（1640年），灾荒严重，遍及全国，饥民们大量地加入起义军，李自成等部起义军规模得到了很大发展。这年夏，李自成率兵入河南境内，有兵数万人。牛金星、宋献策等地主知识分子也投入起义队伍。自成并将己女嫁与牛金星为妻，宋献策献图谶云："十八子，主神器。"自成大喜，于是拜他为军师。李岩宣传"迎闯王，不纳粮"。起义军队伍迅速地发展壮大起来。崇祯十四年（1641 年），正月十九日，李自成部抵洛阳北门攻城，第二日晚，总兵王绍禹部卒在城头起义，义军占领全城。福王朱常洵被捉，世子朱由崧（后弘光皇帝）趁机逃脱。自成亲登殿上审问朱常洵，命左右打四十大板后，枭首示众。同时杀了南京部尚书吕维祺。

二月九日，李自成率精兵 3000，部卒三万，到达了开封。明河南巡抚御史高名衡等将兵众都调上城头，周王朱恭枵则将府中银子搬出："下令民间，有能出城斩贼一级者赏银五十两，能射杀一贼者赏三十两，射伤一贼或砖石击伤者赏十两。"不久，一城上官军便射中李自成左眼，加之明朝援军快要到了，起义军才自动撤围告终。十二月下旬，李自成部在项城附近大败明军，扩大兵马之后，又围开封，不料炸城的火药引爆后不仅未炸开城，反击伤许多义军，攻城又一次失利。崇祯十五年（1642 年）五月，自成部三围开封，九月间，明守军见外无救兵，内无粮草，便决开黄河大堤，淹没了开封城，大批居民溺死，城中义军冲走达万人之多。至此，河南全境基本上落入了起义军之手。同年十一月，起义军攻克汝宁府，明崇王朱由樻等投降，保定总督杨文岳被捕后，被自成缚至城南用火炮轰毙。

崇祯十五年十一月，李自成等各部主力 40 万人由河南南阳入湖北，向襄阳进军。守军左良玉部因在当地搜刮甚剧，当地居民如沸，左良玉只得拔营向东逃去。义军连攻襄阳、荆州、承天、汉川等地。到黄州挺进途中，李自成颁《剿兵安民檄》，直数崇祯罪行。

至此，各部起义军除张献忠外，已统一于李自成麾下。自成被推为"奉天倡义大元帅"，罗汝才为"代天抚民威德大将军"。不久，起义军诸领袖间发生了内讧，李自成秘密地杀死了实力最强的罗汝才与贺一龙。两个月后，又杀死河南一带起义军主力首领袁时中，从而进一步加速了起义的统一进程。

崇祯十六年（1643 年），李自成改襄阳为襄京，建立了“新顺”政权。李自成自称“新顺王”。中央机构设丞相一人，任中金星担任。设吏、户、礼、兵、刑、工六部，分理政务。接着，正式考试诸生，题为《三分天下有其二》。在军制上也作了调整，把起义军划分为担负攻城野战的五营和镇守要地的地方军。由刘宗敏充自成左右手，并指挥总部的直辖部队。经济上宣布“不催科”，“三年不征粮”及恢复生产等措施。

这年八月，新任督师的陕西总督孙传庭奉旨出关，并占领了洛阳。李自成采取诱敌深入的办法，放弃了一些地盘。官军孤军深入，粮草接济不上，又碰上大雨滂沱。孙传庭无计可施，只得率兵撤退。义军乘势发起总攻，官军大乱，全线崩溃，死亡四万余人。李自成、刘宗敏率起义军追至潼关，由于城外官兵急于入城，用刀劈开了南水关栅拦，义军便尾随而进，占了潼关。十月十一日，李自成军又占领了西安，活捉秦王朱存枢。接着又攻占陕北各地，固原、宁夏、兰州、西宁等地，西北地区的官军据点全部被扫除殆尽。

崇祯十七年（1644 年）正月，李自成在西安建国，国号大顺，称“大顺王”，改元永昌。正月初八，李自成率大顺军主力由西安出发，进军北京，自以是为了彻底推翻明王朝。行前，命田见秀留守西安，丞相牛金星、军师宋献策等随军行动。李自成渡过黄河后，直指太原，并发布了著名的“永昌元年诏书”。接着，大军浩浩荡荡地朝京师挺进，开始同时又朝展开了最后的决战。

荆襄流民起义

流民是指由于自然灾害，或战争动乱等原因，生活无着而到处流浪的人。流民问题，早在汉末、两晋时就曾经出现过。明代中期的流民问题，则主要是由于皇庄、官庄的广泛建立，土地兼并的空前盛行，赋税徭役的异常苛重，大量农民失去土地，无法负荷沉重的经济负担。于是，为了逃避赋税徭役的追呼和地租的敲扑，不得不离乡背井，到处漂泊，成为流民。早在明初，在个别地区就已有流民存在。到英宗正统以后，流民则几乎遍及全国。加上不堪赋役而逃亡的工匠和士兵，使有些地区的人口逃亡超过一半，甚至达到十分之九。其中以山东、河北、山西、陕西、河南、安徽、江苏、湖广、浙江、福建诸省，最为严重。据计，全国流民总数约达 600 多万，占总在籍人口的1/10，成为明朝政府严重的社会问题。

地处湖广、河南、陕西三省交界处的荆州、襄阳山区，元朝末年，曾是红巾军的一个重要据点。明朝建立后，明太祖曾派大将邓愈率军在此剿灭了红巾军的余部。从此，这里便被列为全国最大的封禁山区。由于该地山谷厄塞，川险林深，有着广阔的沃土可以耕垦，丰富的矿藏供采掘；且为三省交壤、相互不管的地界，封建统治相当薄弱。所以，各地流民纷纷涌入，到成化初年，便聚集已达 150 万左右。他们砍草结棚，烧畲种地，自由自在，过着“既不当差，又不纳粮”的生活。久而久之，流民的大量聚集，破坏了当地的里甲制度，打乱了封建的统治秩序，引起明政府的极大恐慌和不安。于是，急忙下令，或驱赶勒令回归原籍，或就地附籍，以“编甲互保”；随后又颁布了严厉的法律，凡不肯回籍者，“主犯处死，户下编发边卫充军”。在严厉的限制和疯狂的迫害之下，流民们忍无可忍，终于在成化元年（1465年）四月，由刘通、李原等先后领导，发动起义。

刘通，河南省西华县人，膂力超群，曾高举起过县衙门前的千斤石狮，故人送其绰号为“刘千斤。”早在英宗正统年间（1436—1449年），便流亡襄阳府房县酝酿起义。得知附近有绰号石和尚的石龙，曾联络冯子龙等数百人，到处劫富济贫，便派人与之联络，终于结为一体。他们一起酝酿准备长达二十年，至此方正式起义。他们在大石厂立黄旗聚众，据海溪寺称王，国号“大汉”，建元德胜。以石龙为谋主，以刘长子、苗龙、苗虎为羽翼；另设将军、元帅、国师、总兵等官职。起义军活跃在襄阳、邓州、汉中等地，四方流民，纷起响应，队伍很快发展到数十万。

事发之后，当时在此视察的副都御史王恕，急忙奏报朝廷。五月，命抚宁伯朱永为总兵官，兵部尚书白圭提督军务，合湖广总兵李震，会同王恕三路大军并进，全力镇压。至次年五月，起义军经过长期的顽强浴血奋战，虽然多次重创官军，终因力量对比悬殊，刘通、苗龙等主要首领40余人不幸兵败被俘，均被解京磔杀于市。起义军男子十岁以上皆多被杀害。惟刘长子、石龙等暂时幸免，转移到巫山等地，继续进行斗争。后因刘长子的叛变，刘通之妻连氏及其部将常通、王靖、张石英等六百余人，均被诱杀，使起义失败。叛徒刘长子也没落得什么好下场，最后也同石龙等一起被磔杀。

起义虽暂时失败，但并未就此中止。成化六年（1470年）十月，荆、襄流民又在李原等人领导下，继续进行起义斗争。李原，河南省新郑县人，因蓄一部漂亮的大胡须，故被人送以绰号“李胡子”。他原是刘千斤的部将。刘通失败时，他同王彪等走脱，不久又联络了其他起义军将领小王洪、石歪脖等，再度起义，往来南漳、内乡、渭南之间，并重建起农民军革命政权。李原则拥立为“太平王”。明朝政府闻知后，举朝大惊。十一月，赶忙任命都御史项忠为统帅，总督河南、湖广、荆襄等处军务，前往征讨。项忠老奸巨猾，到襄阳后，主要采用了围困逼降的手段，驻兵分布险要，遣人张榜招抚，致使广大流民受骗，扶老携幼，纷纷出降，竟多达 40 余万。另有 144 万，则被项忠军队强行驱逐出山。有的遣返还乡，有的则被充军湖广、贵州等地。项忠军队入山后，不管是起义军，还是一般老百姓，都纵其部下随意滥杀。史称“尽草剃之，死者枕藉山谷”。而被充军湖广、贵州者，又多死于中途，“尸满江浒”。事后，大刽子手项忠为给自己歌功颂德，竟树起了所谓《平荆、襄碑》，但广大人民却都嘲讽为《堕泪碑》。至此，轰轰烈烈的荆、襄流民大起义，便被镇压下去了。

但是，流民并未消失，而是始终“逐去复至”，依然“屯结如故”。从而迫使明廷不得不开始认真研究总结，如何妥善解决这一空前严重的流民问题。所谓“流民入山就食，云集如前。大臣悔祸，始议更张”。国子监祭酒周兴谟编写了《流民说》，以深刻的笔触，详细阐述了荆、襄流民的历史发展过程，总结了自东晋汉来历代封建统治者处理该地流民问题的经验教训。他提出，政府应该允许流民就近附籍；离郡县远者，则要侨设州县，即“设州县以抚之，置官吏，编里甲，宽徭役，使安生业”。都御史李宾也极赞其说。朝廷采纳其议，于是在成化十二年（1476 年）春二月，命都御史原杰经略郧阳，抚定流民。

七月，北城兵马司吏目文会，在其奏疏中不仅指责了白圭、项忠等人对“刘千斤、石和尚、李胡子相继作乱”的“处置失宜”，以致使流民“终未安辑”的错误。同时提出了三条建议：一是荆、襄闲置的沃土，应当任民尽力耕垦，愿回籍者听便；二是，选择良吏，好生慰抚，令军卫官兵严加守镇，以使流民“自安”；三是，增设新的府、卫、州、县、立保甲，兴学校，厚风俗，使民趋善”。朝廷予以采纳，并发此疏至郧阳，命原杰工作中参考。

原杰赴任后，“遍历诸郡县，深山穷谷，无所不亲至”。所到之处，“宣朝廷德意，问民间疾苦”，深得民心，“诸父老皆忻然愿附版籍为良民”。为了妥善安置这众多的流民，他特意召集湖广、河南、陕西等省的巡抚、按察使、都指挥使和布政使等地方要员们，共同商议。经过反复研讨，最后决定：将这11万3千余户流民，除愿回原籍的1万6千余户发还外，其余愿定居此地的9万6千多户，则允许他们各占旷土，官府计丁力限给，令其垦种，永为己业，以供赋税徭役。为更好地管理这些新附籍的流民，令湖广省割出竹山县部分地区，分置竹溪县；割出郧、津部分地区，分置郧西县。令河南省割出南阳、汝州、唐县等处部分地，分置桐柏、南召、伊阳等三县，令陕西省将商县分为商南、山阳二县，而升商县为商州。升郧县为郧阳府，管辖郧、房县、竹山、竹溪、郧西、上津等六县。为了便于管理，他们又决定，将流民同土著交错安插居住。并在郧县立行都指挥使司以及卫、所，加强控制和防范。原杰与众官协商既定，便上报朝廷，并推荐原邓州知州吴远为郧阳府第一任知府，荐御史吴道宏，代自己继任经略。疏上，宪宗皇帝当即批准，下诏擢吴道宏为大理寺少卿，兼制湖广、河南、陕西三省，抚治郧阳等八郡，开府于郧阳。原杰则被诏封为南京兵部尚书。至此，轰轰烈烈的荆襄流民起义最终结束。

河北农民大起义

正统年间，明政府强迫京畿百姓代官养马，以供军用，按百姓丁田授给种马，叫马户，每岁征驹（即小马），种马死或小马孳生数不足的，都得赔补。当时庄田日增，草场日削，饲料短缺，马户苦于孳养，而官吏又催督苛紧，老百姓实在是走投无路。于是，在这阶级矛盾特别尖锐的京畿地区终于爆发了人民反苛政的斗争。

长期以来，京畿人民利用官马，组织马队，劫富济贫，反抗官府，被统治阶级诬为“响马盗”。正德四年（1509 年），“响马”势力愈来愈大，明朝统治者派官分镇各地，专事镇压，设立“什五连坐法”，滥杀乱捕无辜百姓。正德六年（1511 年），杨虎、刘六、刘七揭竿而起，领导人民反抗统治阶级的剥削和压迫。

杨虎，河北交河县人，是著名的“响马，屡受官军追捕。刘六名宠，弟弟刘七名宸，是霸州文安县的贫苦农民。刘六、刘七家徒四壁，一贫如洗，但“胆力弓矢绝伦”。他们起义后推杨虎为首领，攻打畿南州县，四方贫苦百姓云集响应，“旬日间众至数千”。因为起义爆发于军马寄牧的京畿地区，许多马户都参加了起义，起义军拥有许多马匹，“一昼夜驰数百里”，“倏忽来去，势如风雨”。官军兵弱马少，莫可奈何。地方州县官吏不是“望风奔溃”，就是“开门迎款”。起义军兵分两路，东路由刘六、刘七率领，自河北转入山东；西路由杨虎率领，进入山西。义军纵横数千里，所到之处，百姓牛酒相迎。起义军的浩大声势，使明朝统治者大为震惊，慌忙调兵遣将，加强防守和镇压。明政府企图利用黄河和太行山天险，保守京城，并将义军困死在河北、山东和河南交界处。为了打破官军的包围，杨虎于正德六年六月率领义军自陵川出武安，与刘六、刘七会师，并挥戈北上。不久，起义军合而复分，杨虎、赵鐩迂回于河南、山西，而刘六、刘七转战于山东、河南，出湖广、江西。起义军“恃马力倏忽驰骤”，不占城郭，不建立根据地，采取的完全是流动作战的战术，“所至纵横，如蹈无人之境”。

八月，两路义军又会师霸州，直逼京师。明政府急忙命兵部侍郎陆完率领京营和边军回师救援。起义军为了避敌锋芒，又挥师南下。十月，进入山东。济宁一战，焚毁明朝运粮船1200艘，给明王朝以沉重的打击。

十一月，杨虎在夏邑（今河南夏邑县）小黄河战斗中壮烈牺牲。起义军共推刘惠（又名刘三）为领袖，称奉天征讨大元帅，秀才赵鐩为副元帅。起义军进行了一番整顿，编为28营，设置官职，严申纪律，不许抢掠，不许妄杀。而且，还提出了更为明确的斗争目标，树起了两面金字大旗，上写“虎贲三千，直抵幽燕之地；龙飞九五，重开混沌之天。”这个口号继承了元末红巾军的传统，表示农民军誓以暴力推翻明朝腐朽统治的坚强决心。

正德七年（1512年），明王朝再度调集重兵，企图一举将起义军扑灭。起义军为了牵制官军，再度分兵。刘惠、赵鐩转战河南，刘六、刘七攻打山东。河南方面，明将仇钺拼凑重兵，疯狂反扑。义军进入安徽，又转战湖广。闰五月，义军在湖广应山县与明军激战，失利。赵鐩突围后，削发化装成僧人，潜渡长江至南岸，准备进入江西，再图大举，不幸在江夏（今武昌）被俘。刘惠突围至河南南召，在战斗中中箭牺牲。赵鐩和其他被俘的义军将领计37人被用槛车送到北京。赵鐩等六位主要将领被处以残酷的剥皮之刑，其他均被处磔刑。明武宗这个暴君还下令把剥下的人皮制成鞍鞯，装在自己的马上，经常骑乘它。可见反动统治者对待农民领袖是何等的残暴狠毒。

山东方面，刘六、刘七为了援救河南战场，率军入豫。当他们到达河南时，刘惠、赵鐩均已兵败牺牲，明官军集中兵力向刘六、刘七疯狂扑来。义军孤军作战，形势非常不利。刘六、刘七为了摆脱敌人的围剿，被迫“弃马登舟”，引兵南下湖广、江西。在湖北黄州的战斗中，刘六中箭受伤，不愿被官军俘虏，投江自杀。刘七领导着义军，攻克江西九江，顺流而下，转战于安徽安庆、芜湖和江苏瓜州、镇江、南通等地，“三过南京，往来如入无人之境。”但是，水战毕竟不是惯于骑射的义军的长处，七月，明军用火药炮击沉义军战船，义军只好登陆，占据南通狼山，凭高控险，英勇奋战。明王朝调集各路军队进行围攻，由于寡不敌众，刘七投江，其余将士有的英勇战死，有的坠崖牺牲，表现了坚贞不屈的英雄气概。

河北农民起义军奋战两年，纵横八省（包括今河北、河南、山东、山西、江苏、安徽、湖北、江西），是明中叶规模最大的一次农民大起义。起义最终虽然被镇压下去了。但是，它沉重地打击了明朝统治阶级，连地主阶级都不得不承认这次起义“几危宗社”。农民起义教训了明朝统治者。明武宗死后，世宗朱厚熜即位，不得不有所收敛，对正德时期的暴政作了一些改良，如派官勘查庄田，退还自正德以来侵占的民田，取消正德时开设的皇店等。这些措施在一定程度上缓和了阶级矛盾。

陕北饥民遍地起义

没有农民革命的形势，就不可能发生明末农民大起义，而且在时间上延续达十七年之久。

崇祯元年（1628年），以王嘉胤、王自用、高迎祥、王左挂等为领导的农民起义队伍，风起云涌，浩浩荡荡。

这一年，张存孟（不沾泥）起于洛川（今洛川县东北），王和尚、混天王起于延川（今延川县），周大旺起于阶州（今甘肃武都），韩朝宰起于庆阳（今庆阳县），王子顺起于白水（今白水县）等。一部分溃变的边兵，联合农民们起义于固原（今固原县）。山西巡抚梅之焕的溃兵5000人，联合农民军战斗在陕、晋边界；被解散的奴隶联合农民军活跃于陕西北部。此外，还有神一元、神一魁起义于保安（今志丹县），点灯子起义于青涧（今清涧县）。

崇祯三年（1629年），李自成起义于陕北米脂（今米脂县），张献忠起义于肤施（今延安县），苗美起义于绥德（今绥德县）。两年之间，农民军的旗帜飘扬陕西各地，凋零残破的农村，饿殍载道的旷野，顿时活跃起来，农民们开始依靠自己的力量来挽救自己。

吴伟业在《绥寇纪略》中，对当时农民初起时的形势，作了如下的分析。他说："延绥以北为逃兵、为边盗；以南为土寇、为饥民。边盗，则神木之王嘉胤、靖边之神一元为魁，而支蔓于绥德之不沾泥、庆阳之可天飞（何崇谓）、延安之郝临庵、镇原之红军友。土寇，则西川之王左挂、苗美，清涧之点灯子为魁，而支蔓于中部之李老柴、延川之混天猴（张应金）、保安之独行狼。

吴伟业所谓逃兵、边盗、土寇、饥民，实际全是贫苦农民。即以逃兵而言，当年的兵，不是雇佣而来，便是强征入伍。他们原是破产的农民。入伍后，不能忍受无理的惩罚制度，过着半饥不饱的生活，因而逃归乡里。他们是无依无靠的农民。其他所谓边盗和土寇，则全是饥民。

初起的农民军领导者，以王嘉胤、王自用、高迎祥、神一元为代表；后来以李自成、张献忠为主导，他们出身都是农民。

王嘉胤是陕西府谷人，幼年务农，一度为边兵，逃归故乡。崇祯元年（1628 年）起义于府谷，以府谷为根据地，转战于陕中和陕东北及山西河曲、保德，部队发展到数万人。

王自用也是府谷人，农民出身。他在府谷发难后，就和王嘉胤部联合作战，清除府谷周围许多地主堡寨，如木瓜园堡、清水堡、孤山堡等等。一度推王嘉胤为领袖，组成联军。

高迎祥是陕西安塞人，世代业农。天启七年（1627 年），他在饥寒交迫下，率领数百农民，攻占寨堡，夺取物资。王嘉胤起义后，高迎祥与之联合作战。崇祯八年（1635 年）有名的荥阳大会，便是由他召集和主持的。会上作出：分头迎敌，互相联系，互相支援的战略方针，推动了农民战争的迅速发展。

李自成是陕西米脂人，生于李继迁寨，初名鸿基。幼年替艾老举人牧羊，不堪折辱，逃为边兵。由于不能忍受体罚制度，逃归故里，依旧做农民。崇祯二年（1629 年）在饥寒交迫下起义，独树一帜。初转战陕西，不久渡河入晋，是王自用统帅的 36 营中的一部。有人说，高迎祥是他的舅父或岳父；又说高迎祥死后，部队交李自成领导。这全是推测。吴伟业说："闯王高迎祥死，部众由其弟高迎恩率领。"（《绥寇纪略》卷 6）李自成初称闯将，直至崇祯十四年（1641 年）才改称闯王。他并不是继承高迎祥的部众。

张献忠是陕西定边境柳树涧人。家贫，跟父亲贩卖红枣为生。某次，他拉货的驴子粪污达官的祖上墓碑，受污辱，忿而当边兵；又被诬陷几死，复逃归乡里。崇祯二年（1629 年）起义于肤施。次年渡河入晋，也是王自用所统帅的 36 营的一部，称西营八大王。他日后的战功与李自成相伯仲。

陕西各部初起的农民军，大半在本乡本土作战，不免有所顾虑，所以多用化名（诨名）。

朱由检及其臣仆们，面对农民起义急风暴雨的局面，感到十分惊惧。崇祯二年初，便特设一个三边（延绥、固原、宁夏）总督，任命左佥都御史杨鹤充任，指挥三边全军，专力进剿农民军。

由于初起的农民军绝大多数是饥民，缺乏战争经验。但各部农民军中，也有一部分来自明军的战士和下级军官（见杨鹤奏疏，《题为布信招降事》），他们懂得避开强敌，减少伤亡，保存实力。所以一般是采取流动作战。这种战术，有它的优点，也有它的缺点。优点是：小部队机动性强，攀山越岭，渡河涉水，轻便迅速，呼哨而来，飘然而去。同时遇到县城或寨堡，可以突然袭破，粮草取之不尽，又可以此赈济饥民，扩大队伍。缺点是：力量分散，战斗力不强，一遇强敌，易被击败，且有被歼灭的危险；而长期流动转战，易于疲劳，无法建立根据地，形同流寇。这种初期的战术，在战斗实践中逐步得到了改善。

明军则采取大军猛击穷追的战术。且明令“斩级计功”（事实上是割耳计功），奖励剿尽杀绝。可见统治集团对农民军怀着刻骨仇恨。可是在战斗实践中，证明这种大部队跟踪追击，等于驱牛逐兔，望尘莫及。

从崇祯二年到四年（1629—1631 年），明军的攻剿和农民军的分头作战，大致形势如下：

杨鹤充任三边总督后，立即同延绥巡抚洪承畴、秦抚刘广生、甘肃巡抚梅之焕等，往返协商攻剿农民军的方案。可是找不到农民军的主力，无法发动大规模的攻势。杨鹤嗟叹道："急剿之心愈急，而愈不得剿。"（《题为布信招降事》）可见明军处处被动。农民军既然流动作战，就显得处处主动。农民军散布于陕西各地，随时随地能够打击敌人。不过当时农民军还没有形成统一的指挥。从战斗的经过看，王嘉胤部和神一元、一魁兄弟的部队，打得最勇敢出色，引起明军的密切注视。

王嘉胤系边防军的下级军官，富有战斗经验。起义后，王自用部又和他合并，军容严整。因起义策源地府谷远在陕西的东北境，明军初时还不及注意。王嘉胤和他的战友王自用、白玉柱等乘机清除了周围反动的地主寨堡武装，部队扩充到两万人。崇祯三年（1630 年）春，王嘉胤领导一部分部队向南方进展。六月攻陷延安、庆阳等地的县城和寨堡多处，声势震动远近。总督杨鹤立即令延绥巡抚洪承畴集中部队，邀击王嘉胤部，展开多次大战。八月，王嘉胤为避开强敌，向塞边（今陕西靖边一带）转进。继闻府谷被明军攻陷，王嘉胤挥军北上，夺回府谷，捕杀明守城游击李显宗，消灭了全部敌军。为了巩固后方，王嘉胤部又渡河攻占了晋东北的保德州（今山西保德），再攻邻县河曲，守城明军惊慌失措，竟把红衣大炮向着自己部队燃爇。弹丸横飞，总兵王国梁仓皇逃走，其部队在突围中，大半被歼灭。王嘉胤占据了河曲，把府谷和仅隔一河的保德联成一气，作为后方根据地。农民军在此可以居高临下，监视敌人，并保护陕西各部农民军安全渡河入晋。

杨鹤闻报，即刻会同洪承畴会商反攻。先遣总兵杜文焕率大军攻府谷。围攻三个月，农民军坚守不动。后闻杨鹤、洪承畴等亲率重兵渡河，径攻河曲，王嘉胤部才放弃了府谷，全力守卫河曲。杨、洪等集中两万部队，于崇祯四年（1631年）五月围攻河曲，展开了攻守战。经过多次激烈战斗，明军损失惨重，王嘉胤部也有相当牺牲。又因山西的地势，土居其一，山居其二，水源缺乏。明军根据地理情况，阻断了河曲的水源。由于城中缺水，使王嘉胤部不得不突围脱离困境。王嘉胤不幸在突围时战死，农民军推举王自用为全军统帅，终于完成突围的任务，继续在山西北面作战。

这次战斗，震动了全陕，表现出农民军坚强如铁的意志，也表现了王嘉胤、王自用等人的指挥才能，使明军感到惊心动魄。

但是这一战，农民军是失策的。当时王嘉胤部没有外援，明军则有多路外援；农民军同敌军拼消耗是不利的，而且又损失了一员杰出领袖王嘉胤。

神一元、一魁部起义后，在战斗中表现得相当灵活坚强。他初起于保安，拥有部队3000多人，流动作战于榆林道所属各地。崇祯四年（1631年）十二月攻克新安边营，兵民纷纷来投；再攻宁塞，得到城内军民的响应，捕杀了明守城参将陈三槐；再攻柳树涧大寨堡，饥民群起协攻，即时占领。每次胜利后，都把大批米粮、衣物和金钱发给饥民，起义军和人民之间结成了一体。

同年，神一元所部又攻克庆阳府合水，俘知县蒋应昌，审讯结果，认为蒋应昌尚无多大罪恶，从宽给予释放。接着进攻庆阳，神一元不幸阵亡，部队推神一魁为统率，继续勇猛作战。明军以为神一元既已战死，根据地必定空虚，立即乘机攻击保安。神一魁率领部众迅速赶回保安，适值明军纷纷来攻，双方展开大战。明军屯于坚城之下，一筹莫展。神一魁抓紧明军兵疲将怠的机会，率大部出击，掠获器械和人马甚多。明军损兵折将，溃不成军。

王嘉胤部和神一元部，初期，前者在陕东北，后者在陕中，打得明军闻风丧胆，从而保护了其他各部农民军安全地渡河，转进山西，把起义的烽火扩大到两个省，分散了敌人的兵力。

王嘉胤部由王自用继起领导，在斗争中创造了更大的战果。后来，王自用留一部分农民军在陕西中部作战，亲自统率部队入晋。

神一元部由神一魁继续领导后，保安之战发挥了强大的威力。这以后，他被老奸巨猾的刽子手杨鹤用高官（任神一魁为守备）厚禄所软化，竟投降了杨鹤，并对农民军反戈相向。虽然后来他识破敌人的阴谋，再次反正，但已成为农民军的罪人。崇祯四年终于在宁塞被明兵所击毙，余部分散加入其他农民军，仅剩下一万余人由红军友、李都司、杜三、杨老柴、豹五等率领，继续与明军作战。

王左挂初起时，人数虽较多，但因组织不完善，指挥有错误，竟没有发挥应有的作用。仅于崇祯三年（1630年）初，攻韩城，破郃阳，据有清涧之华严寺，明军穷追不及。但迫于明军的强大攻势，投降了洪承畴，以后他认识了错误，率军再起，终于被洪承畴所杀害。

点灯子又名赵四儿，原为小知识分子。起义后，部队发展到6000人，一度活跃于韩城、宜川、洛川，转战于黄河两岸州县，成为初起农民军中一支坚强的队伍。崇祯四年九月，同明军曹文诏、艾万年部一战于河东，夺取了石楼县（今山西石楼）；再战于河西绥德州（今绥德县），击毙明军都司王世虎、守备王世忠，军声颇震。后因往来渡河，部队疲劳，防地被敌军袭破，点灯子英勇战死。部队分散加入其他农民军，与明军继续作战。

杨鹤自崇祯二年二月任职，至四年十月十一日被逮，担任三边总督两年零八个月。崇祯二年（1629 年）在两次大战中，损兵折将于河曲，望风奔溃于保安，声威大降。朱由检对他相当轻视。从此，他感到不但求剿不得，而且抚也不易。尤其是大部农民渡河入晋，导致了山西饥民群起响应。山西和陕西都变成了农民军的地盘。杨鹤企图推卸罪责，早日结束“剿”的局面。杨鹤想出了一个偷梁换柱的办法：“改剿为抚”，或“剿抚兼施”。他提出一套理论：“一面真心招抚解散，一面着实整兵备御。果真解散，则兵径可不用；倘仍鸠聚不散，则剿不得不立即继之。”朱由检开始承认“抚”。但是这个刚愎自用的皇帝，向来对部属不负责。后来看到杨鹤的剿既无功，抚又无效（即旋抚旋叛），开始指责杨鹤招抚偾事。加以御史孙徽兰把当时的谣传，说成是杨鹤的招降布告和通告各州县的命令，如“敢言杀贼者斩”，“县不许设哨马，城不许设守具”等语，上疏参劾杨鹤。朱由检偏听轻信，杨鹤被逮下诏狱。明军的初次剿抚，便以失败而告终。

这时，农民军各部纷纷渡河入晋的有以下各部：

> 王自用（紫金泥）步马八百，满天星步马五百，拓养坤（蝎子块）步马七百，马守应（老回回）步马一千，一字王（刘小山）步马七百，邢管队步马六百，领兵王步马五百，整齐王步马四百，刘国能（闯塌天）步马一千，惠登相（过天星）步马六百，南营八大王步马一千，西营八大王（张献忠）步马二百，不沾泥（张存孟）步马五百，混世王步马一千，乱世王步马一千，八队闯将（李自成）步马七百，罗汝才（曹操）步马四百，张飞步马五百，九条龙步马三百、五条龙步马三百，贺双全步马三百，高总

管步马四百。(《怀陵流寇始终录》卷 4)

以上共 24 家，人数共 1.4 万多名，这是初渡河时的情况。以后加入的山西农民军，增至数万名，共推王自用为统帅，转战在山西各地。后来人数又扩大到 16 万，称为 36 营。

明与李自成朱仙镇之战

明崇祯十五年（1642 年），李自成率领农民起义军在朱仙镇（今河南开封西南）同明军进行的作战。

明朝末年，朝政腐败，民不聊生。自明天启七年（1627 年），陕西闹饥荒，引发了明末农民大起义。农民起义军流动作战，明军分头围剿。经过一系列激战，出身于陕西米脂贫苦农民家庭的农民起义军将领李自成所部，迅速发展成为起义军的主力之一。

明崇祯十三年七月，起义军张献忠突破明军围堵，率部进入四川。明军主力跟踪追击，继续对张献忠部展开围追，急欲置其于死地。九月，李自成乘机率军自郧、均进入河南，以“均田免粮”、“劫富济贫”相号召，得到了广大农民的响应，民间广泛流传“开了大门迎闯王，闯王来时不纳粮”的童谣。因此，李自成起义军进入河南后得到迅速发展、壮大，越战越强。自崇祯十四年正月，李自成攻下洛阳，杀福王朱常洵和前南京兵部尚书吕维棋等，为农民军的迅速发展创造了良好条件。同年五月，傅宗龙为兵部侍郎总督陕西三边军务，负责讨伐李自成农民军。九月，李自成率军在项城南伏击明军，贺人龙、虎大威、李国奇三总兵兵败，逃奔沈丘，杨文岳部逃入陈州，陕西三边总督傅宗龙部6000余人被歼。农民军乘胜攻占项城、商水、扶沟。十二月，李自成部连下洧川、许州、长葛、鄢陵。接着，与罗汝才部合力再攻开封明军周王朱恭枵、巡抚高名衡部。

崇祯十五年二月，李自成、罗汝才联军攻破河南襄城，大败明军，杀三边总督汪乔年。三月又接连攻下河南东部城邑10余座。四月，再围开封。五月，明廷以兵部侍郎孙传庭总督陕西三边军务，令其火速出关救援开封。六月，又以侯恂为兵部侍郎，取代杨文岳总督保定、山东、河南军务，率军由观城（今河南范县东）南下驰援。同时命总兵许定国率山西兵增援，但中途哗变，溃于沁水。孙传庭部因兵、饷未集，未能入关。六月末，明廷改命督师丁启睿（代杨嗣昌督陕西、湖广、河南、四川、山西及江南、北诸军）急救开封。丁偕保定总督杨文岳，领总兵左良玉、虎大威、杨德政、方国安等四镇兵约20万（号称40万）人，火速驰援开封，会师朱仙镇，以解开封之围。

李自成遂以部分兵力继续围困开封，自率主力部队预先占领朱仙镇西南有利地形，沿洧水挖壕，深广各1.6丈，周围长百里，断绝明军往襄阳的退路，待机歼敌。

明援军系临时凑集成军，各镇将领不听统一调遣。丁启睿欲令各军向义军发起进攻，召集诸将计议。左良玉认为义军“锋锐，未可击也”，不肯进攻。丁以为“围已急，必击之”，强令诸将出战。最后决定次日出战。左良玉见起义军筑起三座土山，发炮向其营垒轰击，鉴于起义军势力强盛，为保存实力，乘夜掠诸营骡马后向襄阳方向逃去。明军诸营被左军冲乱，相继溃逃，全线崩溃。丁启睿和杨文岳溃走汝宁，其他明军也争相逃命。只有杨文岳副将姜名武部坚守阵地，至天明兵败被俘杀。

李自成发现左良玉军撤营，告诉诸将说："左健将，慎无与争，惟待其过而从背击之，蔑不济矣"。遂派精兵绕道截击左良玉部，同时督军追击。追军放过左军步兵，而与其骑兵保持接触。稍战即退，示弱于敌。左军以为已可脱逃，无心死战，疾驰 80 里，正遇义军预筑的长壕，只好下马越壕。起义军跟踪追至，发起攻击，左军大乱，争相逃奔，相互践踏，纷纷堕入农民军预先挖掘的壕内，死伤惨重。农民获降卒数万，骡马 7000 余匹，军械火器不计其数。左部监军佥事任栋战死，左良玉率残兵逃奔襄阳。

埋葬朱明王朝

崇祯十二年（1639 年）五月，张献忠在谷城重新起兵，李自成也在商洛山中打出"闯"字大旗，重又活跃在陕、鄂、川边境。

第二年，李自成趁明朝的主力部队被张献忠拖在四川的有利时机，挥师打进河南。这时，河南正闹着特大的蝗灾、旱灾，老百姓饿死的不计其数。起义军的到来，饥民如鱼得水，从者如流，队伍迅速扩大到几十万人。随着斗争形势的高涨和地主阶级内部矛盾的加剧，一些失意的地主阶级知识分子也怀着不同的目的参加到起义军队伍中来，如举人牛金星和李岩兄弟俩都在这时候加入起义军。牛金星后来的叛变事实，证明他是一个混进农民起义队伍谋私利的野心家；而李岩，则对起义军的胜利发展起了积极作用。

李岩，河南杞县人，本名李信，是个举人。面对严重的饥荒，他恐怕发生"不测"，作了一首《劝赈歌》，"奉劝富家同赈济”，并带头捐了200石粮食赈荒，幻想用“放粮济贫”的方法来缓和阶级矛盾，避免饥民暴动的发生。但是，贫鄙吝啬、目光短浅的豪绅不但听不进劝告，甚至勾结官府，诬告李岩“收买人心”，“图谋不轨”，把他逮捕办罪。幸亏城里饥民劫狱，李岩才被解救出来。残酷的斗争把李岩推向农民起义军一边，出狱后，他率领饥民，投奔李自成，被逼上了梁山。

李岩对起义军的最大建树就是帮助李自成建立斗争纲领。他针对当时土地高度集中和赋税苛重的社会现实，提出了“均田免粮”的纲领。这一纲领触及到封建经济基础的最根本问题——土地制度，在中国农民战争史上是第一次用口号形式明确提出土地问题。它反映了遭受残酷剥削的农民的经济要求，对于动员农民参加起义起了极大的号召力。李岩还把这一纲领编成通俗易懂的歌谣，让起义军战士到处宣传。歌谣唱道：

吃他娘，穿他娘，
吃着不尽有闯王，
不当差，不纳粮。

杀牛羊，备酒浆，
开了城门迎闯王，
闯王来时不纳粮。

起义军每到一地，都宣布“三年免征”或“五年不征”，并支持农民夺回被地主霸占的土地。同时，起义军还针对当时贫富不均的社会现实，提出“割富济贫”的口号；针对明朝统治阶级对工商业者的残酷掠夺，提出“平买平卖”。这些口号起了争取民众，扩大斗争力量的作用。

在建立斗争纲领的同时，起义军加强了纪律整顿，规定军队自带帐篷，不住民房；行军时要爱护群众的庄稼，有让马匹践踏庄稼者要处斩；至于烧杀淫掠，那更是罪不容诛，宣布了“不淫妇女，不杀无辜，不掠资财”和“杀一人如杀我父，淫一人如淫我母”的口号。李自成严以律己，他不好酒色，粗衣淡饭，与部下同甘苦。起义军的内部上下平等，首领与士兵经常是亲切地一起席地而坐。在首领之间也是同坐共食，彼此以“兄弟”、“尔我”相称，对李自成则亲热地称他为“老李”或“大哥”。

起义军的“均田免粮”、“平买平卖”的纲领深得人心，加上纪律严明，秋毫无犯，因而，每到一处，老百姓“执香迎导，远近若狂”。连一些州县官员和士绅，也“往往相率出城，望风伏迎”。相反，老百姓一听说官军到来，不是慌忙躲避，就是闭门拒守。曾发生过这么一件事：明朝东阁大学士李建泰奉崇祯帝之命，外出督师，人马行至东光县，城内民众紧闭城门，拒之城外。李建泰亮出大学士督师的身份，百般呐喊，民众就是不买账。他无可奈何，只好退走，叫几十个士兵扮成义军模样，再回到城门下叫门，要知县出来答话。这下子，城门洞开，“鼓乐迎导，设宴甚盛”。李建泰乘机带兵入城，杀死知县及为首的十几人。

崇祯十四年（1641 年）正月，起义军攻破洛阳。崇祯皇帝的叔父、福王朱常洵被捕获。这个残酷压榨百姓、宁肯将粮食放在仓库里发霉，也不赈济啼饥号寒的灾民的大剥削者，人民对他刻骨仇恨。现在，他跪倒在农民军的脚下，嗦嗦发抖，苦苦求饶。农民军镇压了这个恶贯满盈的大寄生虫。李自成指着那个体重 300 多斤的朱常洵尸体，向围观的群众激动地说：“王侯贵人这些混蛋，平日刻剥穷苦百姓，让咱们冻馁而死。今天我宰了他，为大家报仇！”接着，闯王又宣布把福王仓库中的数十万石粮食和数十万金钱发给贫苦百姓。众百姓欢呼雀跃，奔走相告，远近的贫苦人民纷纷赶来分享胜利果实。起义军在洛阳一带迅速发展到100多万人。

洛阳战役是李自成起义军由弱到强，由战略防御进入战略进攻的转折，它揭开了中原大战的序幕。紧接着，起义军三打开封城，在河南战场上纵横驰骋，杀死三个明朝总督，消灭几十万明朝军队。仅两年时间，起义军彻底摧毁明朝在河南的军事力量，占领了河南全省。崇祯皇帝气急败坏，把督师丁启睿削职下狱。

崇祯十五年（1642年）底，李自成攻下湖北重镇襄樊。次年三月，义军在襄阳建立政权，改襄阳为襄京，李自成称“新顺王”。中央设置上相国、左辅、右弼为内阁，下辖吏、户、兵、礼、刑、工六政府。六政府设置侍郎、郎中、从事等官。地方建制分省、府、州、县四级。省一级当时尚未设官，省以下，各要地重镇设防御使，府设府尹，州设州牧，县设县令。在军事制度方面，设权将军和制将军等职。

崇祯十六年（1643年）五月，李自成召开军事会议，讨论下一步的战略进攻方向。会上，左辅牛金星建议先取河北，直趋京师；而礼政府侍郎杨永裕却主张顺流东下，先取金陵（即南京），断京师粮道，再出师北伐。军政府从事顾君恩提出第三种意见，他说：“金陵势居下游，难济大事，其策失之缓；而直捣京师，万一不胜，无后退之路，此策又未免失之急。依我所见，关中乃大王桑梓之邦，而且百二山河，已得天下三分之二，应该首先攻取它，建立基业。然后旁掠三边，借其兵力，攻取山西，再趋京师。这样，进战退守，万全无失。”李自成听他说得有理，频频点头，便采纳顾君恩的意见。起义军于这年十月攻破潼关，杀死坚决与人民为敌的刽子手孙传庭。十一月破西安，分兵取甘肃、宁夏等地。

崇祯十七年（1644年）正月，李自成在西安正式宣布建国，国号“大顺”，年号“永昌”，改西安为西京，并且调整和加强了中央政权机构，以天佑殿为最高行政机关，设大学士，添设六政府尚书。同时，大顺政权也恢复封建的五等爵号，大封功臣，初具开国规模。

二月，李自成乘胜前进，指挥大军东渡黄河，出兵山西，攻克太原。此后，义军兵分两路向北京挺进，一路由故关（今河北井陉西南）、真定（今河北正定）、保定北上；李自成率主力经大同、宣府而下。三月中旬，大顺军主力部队拿下北京门户居庸关，十七日抵达北京城下，开始了攻击战。崇祯皇帝在宫中急得像热锅上的蚂蚁，慌忙召集群臣问计。众大臣相对哭泣，无言以对。十八日，义军更加猛烈攻城，太监曹化淳开彰义门迎降，外城遂破。十九日凌晨，皇城也被攻破。崇祯帝于宫中鸣钟召集百官，竟无一人前来应召，大营兵将也皆逃散，连个人影都不见。崇祯帝孑然一身，成了名副其实的孤家寡人。他见大势已去，走投无路，迫不得已，爬上万寿山（今景山，又称煤山），吊死在寿皇亭旁的一棵槐树上，衣襟上写着“朕死无面目见祖宗于地下，自去冠冕，以发复面”等字为“遗诏”。

历史上的亡国君主，往往是被人责骂的，崇祯帝却例外，他倒颇得后人的同情。清初曾有人以“血渍衣襟诏一行，殉于宗社事煌煌”的诗句来咏他的“殉国”行为；一些封建文人又每每以“宵衣旰食”、“忧勤惕励”一类的言辞来赞颂他的勤政；钦定《明史》的编者则以“非亡国之君，而当亡国之运”为崇祯帝国破身亡辩解。诚然，崇祯皇帝的运气不佳，他承神宗、熹宗之后做皇帝，明朝已到了病入膏肓、不可救药的地步。但是，他本人“举措失当，制置乖方”。他刚愎自用，喜迎恶怫，贬斥谏臣；生性猜疑，苛刻寡恩，宠信宦官，无知人之明；不顾民生，横征暴敛，刻于搜刮。这样的王朝，碰上这样的皇帝，不亡更待何时！

三月十九日上午，李自成头戴白色毡笠，身穿蓝布箭衣，骑着乌龙驹，在夹道群众的欢呼声中，由德胜门进入北京城。统治中国二百七十六年的朱明王朝，至此宣告灭亡。

明代生产力水平的提高

在农业方面，铁工具数量增加了，质量提高了，并且有了推广。犁、锄、镰、水车等工具完备。

明壁画《耕获图》

从《农政全书》的记载看，当时的农业生产技术，不论在耕耘、选种、灌溉、施肥、园艺各方面都积累了丰富的经验。福建、浙江等地有了早晚稻兼作的双季稻，在岭南有三季稻，北方直隶地区开垦了更多的水稻田。一般稻田亩产量到两石或三石，有些地区到五、六石。番薯和玉蜀黍等高产的作物在此时也开始种植了，如番薯即盛植于江浙、福建等地，这对农作物生产的发展具有重大的意义。在明代，河北、山东、河南、两淮之间已普遍种植棉花，而松江更是“官民军皂垦田凡二百万亩，大半植锦，当不止百万亩”。烟草在明中叶后从吕宋传入，很快便推广到福建、广东以及长江流域等地，到了明末，“北土亦多种之，一亩之收，可以敌四十亩，乃至无人不用”。其他如太湖地区的蚕桑业比以前更加发达，江南、闽、广地区的甘蔗、蓝靛、杉漆以及各种油料作物的产量也都有相应的提高。农业经济作物种植面积的日益扩大，使一些荒废的土地充分被利用，直接为手工业生产提供了原料。

在手工业方面，冶铁、铸铁和制瓷业都有了一定的发展。当时全国产铁地区有一百多次。明朝的河北遵化、山西阳城、广东佛山、福建尤溪、陕西华州（今华县）、安徽徽州（今歙县）等地出现了规模较大的冶铁、铸铁业。遵化和佛山的铁冶尤为著名。开采矿石已用火药爆破法，鼓风器亦采用了较先进的有活塞和活门装置的大风箱。冶铁技术的改进和民营铁厂的出现，使铁的产量有较大增加，促进了农业、手工业的发展。

金盘

突出反映手工业工人高超技巧和生产力发展水平的手工业是丝织业和棉纺织业。在江南五府地区（苏、松、杭、嘉、湖）和潞安（今山西长治）、福州、南京、成都等地的丝织业中，专用的工具品种繁多，花机高一丈五尺，结构比过去更为复杂，在苏州市场上出售的织机有专织绫、绢、罗、纱、绸等各类织物的机种。弘治时，福州的机工改进织机，称改机。提高了丝织业的质量和生产效率。棉纺织业遍及全国的家庭副业。

花鸟加盖瓶

其中江南的松花布名闻天下。明俗语有“买不尽的松江布，收不尽的魏塘纱”，之说，经过农民和手工业工人的长期生产实践，出现了脚踏的纺车和装脚的搅车（一种轧棉花去籽的工具）及各种改制的织布机。

明代中后期，制瓷业规模很大，其中心是景德镇。此镇的制瓷业在宋元基础上继续发展，产品丰富多彩，如成化、嘉靖、万历时期所产的各种青花和彩釉瓷器，以及薄胎纯白瓷器都十分精美，闻名中外。明后期景德镇的官窑约五十八座，民窑达九百座，民窑产品有的甚至超过官窑。此外，浙江处州、福建德化、河南禹州、北直隶曲阳、南直隶宜兴等地，制瓷业也有相当规模。

明代的榨油业、造纸业、印刷业、制糖业、制茶业和浆染业也比以前发达。制烟业成为新的手工业部门。但总的说来，明代社会生产力的发展比较缓慢，农业和手工业工具与宋元时期相比相差很小，各个地区生产的发展也很不平衡，农民和手工业工人普遍过着贫穷困苦的生活，无力扩大生产。

明代社会分工进一步发展

明朝中叶，男耕女织是社会分工的基本形式。农家“十家之内必有一机”。棉纺织业最发达的松江地区，也是“以织助耕”，随着社会生产力的提高、手工业脱离农业独立发展的趋势比以前更加显著了。手工业部门内部的分工也更加复杂，出现了采矿工业和加工业的分工，原料产地和手工业地区彼此互为市场，促进了商品经济的进一步发展。纺织业方面，除苏杭外，江南五府的各个镇市中，以织绢为生的机户愈来愈多，有的人已从农业中分离出来，如嘉兴王江泾镇“多织绸收丝缟之利，义务耕绩”，濮院镇人“以机为田，以梭为耒”，苏州的盛泽、震泽、黄溪等市镇更是“有力者雇人织挽，贫者皆自织，而令其童稚挽花”。

有一些地区的农民专门从事农业经济作物的生产，以供应丝织手工业的需要。如湖州（今属浙江）的农民专植桑养蚕，以至桑麻万顷。湖丝成为苏、杭、福州、成都以及其他新兴丝织业各城镇的主要原料。仅次于湖丝的还有四川保宁（今阆中）的阆茧。阆茧不仅为本地所需，而且销售到吴越和以织潞绸著名的山西潞安。

棉纺织业方面，松江地区，有人以织布为业，有以织布为生的机户，有从事棉花加工的弹花和轧花作坊，有从事棉布加工的踹坊（踏布、压布的作坊），还有新兴的棉布再制品的行业如制袜业等。有的商人把松江的棉布运往芜湖浆染，当时“织造尚松江，浆染尚芜湖”，芜湖已成为浆染棉布的中心。为了供应松江等地棉纺织业的需要，河北、山东、河南等地的一部分农田，大量种植棉花。

制铁业方面，广东佛山镇的制铁业已分为“炒铸七行”，拥有大量的耳锅匠和锯柴工、其所需原料铁板多来自广东西部的罗定、阳春、阳江各县，说明了制铁业和冶铁业的分工。

手工业内部，专业分工更加细密了。明中叶后，苏州有织工数千人，染工亦数千人。在织工中，又有车工、纱工、缎工、织帛工和挽丝工的分工。织绸有打线、染色、改机、挑花等工序。景德镇的制瓷工业有淘土、制坯、满窑、烧窑、开窑等一系列的分工。石塘镇的造纸业有纸工两千余人，在一座槽房内，就有扶头、舂碓、检择、焙干等分工。徽州的冶铁业，“煽者、看者、上矿者、取钩（矿）砂者、炼生者而各有其任，昼夜轮

铜香炉

番四五十人，若取炭之夫、造炭之夫又不止是”。这一切都反映了当时一部分手工作坊或工场的生产规模和专业分工，这些作坊和手工工场都是民营的，无一不与商品市场相联系。

在明朝，社会分工虽有一定的扩大，但农业和手工业的结合还很顽强。农村的基本分工主要是“男耕女织”或“以织助耕”。丝织和棉纺织业，以及制糖、染色、炼铁、造纸等，大部分还是家庭的副业。在城市内尽管也存在着各种手工业作坊，但商铺与作坊往往合在一起，手工业内部的分工还不很明显。封建国家的压榨、勒索和行会对小商品生产者的排斥，严重阻碍着社会分工的进一步发展。

明代商品货币经济的发展

随着农业和手工业生产的提高，商品经济也有了新的发展。农业上由于农作物的多元化和经济作物产量提高，促进了农产品的商品化。湖广、江浙的粮食，作为商品供应城镇，嘉定“县不产米，抑食四方，夏麦方熟，秋禾既登，商人载米而来者，舳舻相衔”。边镇地方的军粮也常用白银购买。棉花、蚕桑、布匹已成为商品，山东、河南一些地区的农田，“半植木棉，乃棉花尽归商贩”，供应松江纺织，出现了“北土广树艺而昧于织，南土精织衽而寡于艺，故棉则方舟而鬻于南，布则方舟而鬻诸北”的状况。湖州地区农民种植的桑叶在市场上出售，而蚕丝则供苏州织造。其他如蔗糖、烟草、油料、木材等也流入市场，连陕西的驴马牛羊、旃裘筋骨也西入陇蜀，东走齐鲁。四川的薑粟蔬果竹木之器则舟经三峡，东下荆楚，扩大了市场范围。

随着工商业的繁荣，明中期在工商业城市，如长江和运河沿岸的杭州、苏州、南京、扬州、汉口、芜湖、临清，东南沿海的福州、漳州、广州等以外，还涌现出一大批新兴小城镇，如苏州的盛泽镇、震泽镇，嘉兴的濮院镇、王江泾镇，湖州的双林镇、菱湖镇，杭州的唐栖镇和松江的枫泾镇和朱家角镇等。这些镇市都以丝织业或棉织业著称，其人口构成，不仅有土著居民，更多的是外来商贾、小手工艺者和被人雇佣的手工业工人。此外，以铸铁业和丝织业著称的佛山镇和以商业著称的汉口镇也发展起来，以制瓷业著称的景德镇，在宋元的基础上更加繁荣。

货币方面，明廷重新制定了钱法。

明初铸洪武钱，成祖九年铸永乐钱，宜德九年铸宣行钱（英、景、宪时皆未铸）。孝宗弘治十六年（公元1503年）知钞法（用纸币）终难维持，始令京师及各省铸弘治通宝钱。至嘉靖六年大铸嘉靖通宝钱，每文重一钱三文。嘉靖三十二年，补铸洪武、永乐、洪熙、宣德、正统、天顺、成化、弘治、正德九种年号钱，每号百万锭，嘉靖钱千万锭，一锭五千文。而钱法（用铜钱）难通。洪武初所定钱法，钱分五等：曰当十，重一两；当五，重五钱；当三，当二，重皆如其所当之数；小钱重一钱。五种铜钱之法量与实量完全一致。

弘治、嘉靖改定之钱法，每小钱十文重一两二钱至一两三钱，因法量过重，常为私铸之恶钱（杂铝、锡，薄劣无形制）所驱逐。政府日增铸，民间日销毁，以此作为私铸的原料。未被销毁的，则被深藏不出。中叶，原被禁止的白银异军突起，成为主要货币，而宝钞却渐被废弃，铜币虽然保存下来，但只是当作一种辅助性的货币而起作用。明中期以后货币材料发生上述变化的原因是“钞太虚”，这使掌握造币权的统治者可以随意滥发，从而造成通货膨胀，引起人民反对，另外也由于“钱贱而不便大用”，这使大宗交易中不得不丢开它而另寻适用者。与社会生产力的发展和商业交换的需求相适应，明中期，白银作为支付和交换手段，在市场上更为广泛地流通，数量和范围都超过了宋元时期。随着对外经济往来的增多，西班牙银币也大量从吕宋（今菲律宾）等地流入。明末，日本、安南（今越南北部）等地也向中国输出白银。明统治者到正统时不得不放松金银之禁，并且先后把田赋、徭役、商税、手工业税、海关税的大部分都改为用银折纳，官吏的薪俸、国库开支也多用银支付。这时在江浙、杭州、松江和广东南海等商品经济比较发达的地区或种植经济作物的某些地区，已零星地出现折租，即佃户把租粮按市价折合成银两向地主付租，属于封建国家直接控制的土地如皇庄、王庄或官庄，也大部分征收银租。官府匠户限役也逐渐改为交纳匠班银，这样，匠户对封建国家的隶属关系有所松弛，工匠的技术和产品可更多地投向市场。农业、手工业或商业中的一部分佣工，已经完全以白银计算工资价格。一般商业码头的脚力工人，工资多以件计，类似于商业上的脚力银。民间手工业作坊的一些雇工也用银支付工资，湖州等地还出现了一批专门替人养蚕、剪桑、缫丝的短工，实行计件或计日取酬。他们虽没有完全与土地脱离关系，但在法律地位上已完全不同于长工，似乎已摆脱了封建的人身依附关系。在江南等地的丝织业、棉纺织业、浆染业、造纸业、榨油业中，已有了与生产资料完全脱离，又可以自由支配自己的劳动力，并把劳动力做为商品按货币计酬出卖的手工业雇佣工人。

但是，明朝商品经济的发展很不平衡，仍处于自然经济的附属地位，为封建主服务。不过，商业资本为资本主义生产关系的萌芽创造了条件。

澳门大三巴牌坊

随着商品经济的发展和班匠的反抗，明政府被迫改变剥削方式。成化二十二年（公元 1485 年），工部奏准，轮班匠不愿当班者，听其出银代役，南匠每月出银九钱，北匠六钱。嘉靖四十一年（公元 1562 年），又规定班匠一律以银代役，每人每月纳银四钱五分，称“班匠银”。这时班匠的匠籍虽仍保留，但与封建政府的人身隶属关系已大为松弛，使他们的技术和产品能投入市场，推动民营手工业的发展。

手工业部门中出现的资本主义萌芽

资本主义萌芽就是资本主义生产关系的萌芽，一方面有出卖劳动力的雇佣工人，另一方面有了购买别人劳动力的较大的作坊老板和商人，即最早的资本家。

江南苏杭一带大批从事丝织业的民间机户，大多是小商品生产者。由于生产条件、技术力量、经营方法和产品之间的差异，同行之间的竞争十分激烈。这些拥有千金、万金和几十张织机的机户，称为“大户”，而那些因破产经营不善而失去生产资料者则被称为“小户”，沦为靠出卖劳动力为生的“机工”。隆庆、万历年间，以丝织业著称的苏州，出现了资本主义性质的雇佣关系，“大户张机为生，小户趁织为活。机户出资，机工出力”。这些机工在人身上，虽然还受着封建政府的压迫，并受作坊主的控制，但相对来说，与机户关系还是自由的，明政府也承认他们是“自食其力良民”，这反映机工与机户的关系带有资本主义性质的雇佣色彩。

松江棉纺织业中，商业资本十分活跃。商人挟重资而来市者，白银动以数万计，多或数十万两，少亦以万计。有的人在松江附近的镇市内设立布号，收购棉布，并用原料换取棉布再对棉布进行加工。这类包买商使农民和独立手工业者屈从于其资本之下，因此而获取高额利润。一部分布号还控制一些染坊和踹坊，把生布交给他们踏、染，而这些染坊、踹坊，又各自雇佣一定数量的染工和踹工。这些布号的出现，也体现了资本主义生产关系在棉纺织业中的萌芽。

松江地区加工棉布的暑袜业，资本主义生产关系表现得也很明显。万历以来，松江有数百家暑袜店，当地男女皆以做袜为生。暑袜店商人以原料或资金供给这些小商品生产者，又以低价包售他们的产品。于是，商人变成包买商，切断了小生产者同原料市场和产品市场的联系。小生产者则按照包买商的要求进行生产，然后“从店中给筹取值”。这些小生产者表面上是独立的个体劳动者，实际上已经转化为包买商支配下的雇佣劳动者。暑袜店的包买商也已转化为剥削雇佣工人的资产者，他们的商业资本则转化为产业资本。

此外，江南各地的冶铁业、造纸业、榨油业以及佛山镇的制铁业、景德镇的制瓷业中，也都有一些资本主义萌芽的痕迹。

如浙江嘉兴石门镇已有具有资本主义萌芽状态的榨油手工作坊，商人从北路夏镇、淮、扬、楚、湘等处，贩油豆来此榨油作饼，万历时期这里有油坊二十家，所雇佣的油工达八百人，工资是“一夕作佣值二铢（二分银）而赢”。这个时期景德镇制瓷业中的佣工每日不下数万人，其中一部分人在“民窑”内劳作，生产的瓷器是为了出卖，工资是按日以银计算的，他们与某些窑户的关系，也是一种新的剥削关系。广东佛山镇的炒铁和铸铁作坊存在着工匠与炉主的尖锐对立，产品也有较广泛的国内外市场，所谓“工擅炉冶之巧，四远商贾辐辏”，与资本主义萌芽性质的生产类似。

但是，明中期以后的资本主义生产关系的萌芽还非常嫩弱、稀疏，发展也很不平衡，只散见于个别行业、个别地区之中，并带有浓厚的封建色彩。不少作坊主本身就是大地主，原来不是地主的作坊主，发家致富后也购买土地成为地主。专制制度下，一般作坊主都“名隶官籍”，经常受官府“坐派”和重税勒索，得不到自由发展。被雇佣的工人，也没有完全脱离农业生产，与土地分离；受雇时要受封建国家和行会的控制，听从“行头”的分遣和管束。

明代哲学

明初哲学以理学为主，尊从南宋以来的客观唯心主义——程朱理学，政府也大加提倡。洪武、建文时的御用学者宋濂和他的门人方孝孺，被称为“程朱复出”。在明成祖主持下所编的《四书大全》、《性理大全》等都以程朱理学为准，考试者不能离开攻读朱熹注解的《四书集注》和他对《五经》的见解，否则就会造成“鸣鼓而攻之”的局面。英宗正统以来，明朝的政治统治有所动摇，农民起义四起，明王朝受威胁。正统时，著名理学大师薛宣、吴与弼等在学术思想上认为程朱之学已无发展余地，于是出现了王守仁为代表的主观唯心主义——心学（也叫王学）。其体系极为庞杂，继承南宋大儒陆九渊的主观唯心主义哲学，但又受到佛教和禅宗影响，称自己的著述是“孔门正法眼藏”。他认为心是天地万物的本原，但又反对程朱理学的作为封建道德准则的心外之理，认为理是在心内的。他在晚年还提出“致良知”的学说，认为只要通过内心的反省，就能“去人欲，存天理”，使心中固有的天赋观念更多地发挥出来。根据这个理论，他还提出“知行合一”的学说，要劳动人民按着儒家的封建道德去思维和行动，甘心受封建剥削阶级的统治。但作为封建社会后期的儒家人物，王守仁的思想脱离程朱理学的派系，对解除士子思想束缚，大胆进行思考，还是有积极作用的。明中后期王学风行。

王阳明“心学”

王阳明名守仁，字伯安，浙江余姚人，生于明宪宗成化八年（公元 1472 年），卒于嘉靖七年（公元 1528 年），终年五十七岁。他生前曾在会稽阳明洞隐居，自号“阳明子”，又曾创办阳明书院，从事讲学，所以后人称他为阳明先生，把所倡导的主观唯心论学说称为“王学”或“心学”。

明武宗正德元午（公元 1506 年），王阳明因援救谏官戴铣等而触犯专权跋扈的宦官刘瑾，被贬谪到贵州龙场驿当驿丞。龙场地处贵州西北深山，生活相当艰苦。王阳明官场失意，意志消沉，日夜静坐，用以体验封建道德修养的作用，寻求内心的解脱。一天夜里，他突然大声呼喊，说是顿悟圣贤“格物致知”的道理，这些道理全都具备于自己心中，不必外求，此即所谓“龙场悟道。”三年后，当他三十八岁时，便被聘往贵阳书院讲学，提出了“知行合一”和“致良知”的唯心主义哲学思想。后来，他的学生把他的讲学内容和书信问答汇编成《大学问》和《传习录》，成为王学门徒学习其主观唯心主义理论的教本。

王阳明的主观唯心论是战国时代思孟学派和宋代陆九渊主观唯心论的继承和发展。首先，在本体论方面，他发挥陆九渊的“宇宙便是吾心，吾心即是宇宙”的命题，进而提出了“心外无物”、“心外无理”的理论。他认为“心者，天地万物之主也”，“心”就是天，“心之本体无所不该”。意思是，人心是宇宙的本体，是天地万物的主宰；心这个本体是无所不包的，整个宇宙万物都在人的心中，“心”之外别无他物。为了阐明这一观点，王阳明竭力夸大人的思维的能动作用，把客观事物的存在，统归之于人的主观知觉作用的结果。有一次，当他在郊外游览时，有个朋友指着开在山中的花树问他说：

“天下无心外之物，如此花树在深山中自开自落，和我心有何相关？”

王阳明回答说：“你未看此花时，此花与汝心同归于寂；你来看此花时，则此花颜露色一时明白起来，便知此花不在你的心外。”

由“心外无物”，王阳明又引出“心外无理”的观点。他说：“物理不在吾心之外，离开吾心而求物理，无物理矣。”也就是说，天地万物之理，不必于心外去索求。为了说明这一道理，他举例说，有孝亲之心，就有孝亲之理；有忠君之心，就有忠君之理。这仍然是违背科学常识的谬论，因为人心（古人以为心能够思维）只能看作是思维器官，不能说成是客观事物

故宫武英殿

的“理”，要认识事物的道理，必须通过实践，接触客观事物才能获得。如他所说的“孝亲”、“忠君”等伦理道德观念，也是由宗法制度和君主制度所产生的，要说明这些观念的道理，则必须从分析封建社会君主制度和宗法关系入手。

王阳明的这种理论主张有其明显的政治目的，那就是把所谓“孝亲”、“忠君”等封建道德观念说成是人心固有的，要人们加以发扬、实践，并以此摒除不合封建道德观念的所谓“欲念”，做封建王朝的“忠君”、“孝子”，这样自然就不会去做“犯上作乱”，危害封建统治秩序的事。

王阳明又提出“致良知”学说。

所谓“良知”，是渊源于孟子的“良知”、“良能”学说。孟子作为先验论者，他认为人们的各种道德知识、判断是非善恶的能力是天赋的，即“不虑而知”，“不学而能”。王阳明发挥这一学说，他说：“是非之心，不待虑而知，不待学而能”，因此叫做“良知”。他还说：“知是心之本体，心自然会知。见父自然知孝，见兄自然知悌，见孺子入井，自然知恻隐，此便是良知，不假外求”。这意思是说，“良知”存在于人“心”，它能明是非，别善恶，而且具有孝亲、忠君、辞让、信义等道德观念，而这一切都是与生俱来，“不待虑而知，不待学而能”的。很明显，他是把“人心”看成知识、才能和伦理道德的本源，所以说“不假外求”。

此外，王阳明针对朱熹的“知先行后”提出“知行合一”。

王阳明所说的“知”和“行”，和普通人所理解的知、行概念不一样。他说，人见到美色，产生喜爱的感情，这既是知，也是行；人闻到臭味而感到厌恶，同样的既是知，也是行。可见他所说的“知行合一”不是指感觉和思维与实践的统一，而是把人的意念、感觉当作行，混淆了主观认识和客观行为之间的界限，否认了知和行的差别。

不过，王阳明的“知行合一”中还是有积极因素的，比如“合一”论很强调“行”的思想，提倡以“事上磨炼”、提倡“笃实”、“笃实之功”纠正那种空谈生命，不重实践的流弊。这也反映了王阳明重视“实学”和“事功”的思想。

总之，王阳明是在批判居儒学正宗地位的朱熹哲学的基础上建立起他的主观唯心论学说的，在当时，客观上对打破思想界的僵化，反对旧权威、旧教条发生了积极的作用，因此，他的学说在明朝后期曾经风靡一时。

李贽——“王学”左派

虽说王阳明心学兴起，但理学仍然占有重要地位，因它受官家支持。王阳明时代也有两位唯物主义思想家。一是罗钦顺，曾任翰林院编修。一是王廷相，官至都察院左都御史。他们受北宋张载“气论”的影响，都以“气”的理论来反对“理”与“心”，主张物质的气是世界的本原。理在气中，气有变化，附属于气的理也有变化。这是对程朱主客观唯心论的批判。他们反对王守仁的“心外无物”论，坚持唯物论的反映论，反矿正守仁的致良知，正德九年罗钦顺在南京与王守仁进行当面争辩，以后又在泰和争辩或通信争辩中，强调天地万物绝非心的产物。

罗钦顺、王廷相和王守仁主观唯心论的斗争，在中国哲学发展史上是有所贡献的。

李贽

明嘉靖、隆庆、万历之际，王学大盛。隆庆以后，王学逐步向下层转移，开始出现左派和右派。王学左派以王艮、颜钧（山农）、梁汝元、何心隐、李贽为代表，他们不仅更加反对程朱理学，而且对君主专制政体和封建礼教也颇有微词。王艮接近人民、同情人民。特别李贽，被称为“异端之尤”。

李贽，字宏甫，号卓吾，福建省泉州府晋江县人。他生于明世宗嘉靖六年（公元 1527 年）。李执的祖宗几代都从事航海活动，经常到日本、琉球和南洋各地，最远到亚洲西部。李贽的二世祖李驽（nú），在明太祖洪武年间，奉命远航西洋，娶色目人为妻，就信仰了回教。李贽的祖父、父亲都是回教徒。李贽本人，也信奉过回教，后来又相信佛教和道教。童年，他跟父亲读书，十二岁时他写了一篇文章，叫《老农老圃（pǔ）论》。在论文里称赞孔子的学生樊（fán）迟，说他愿意学习老农老圃，有隐居的高尚志气，同时讥笑孔子，说他不了解自己的学生，反而斥骂樊迟为小人。这种论调，同传统的说法不一样，显出李贽的思想从小就很不平常，不肯受传统思想的束缚。他说，“予自幼倔强难化，不信学，不信道，不信仙释。故见道人则恶，见僧则恶，见道学先生则尤恶。”这种“三不信”的态度是很宝贵的，说明李贽幼年就不盲从，不迷信，不肯崇拜偶像，敢于独立思考。他读朱熹的《四书集注》等书，读不懂，不知道朱熹究竟讲些什么，不了解朱熹的话里究竟有哪些深奥的道理，所以感到很苦闷。要不读吧，那又有什么可读的书呢？考科举就得读这些书呀！最后，他想通了，他看穿了科举的把戏，原来科举正是要人照抄朱熹的话。他嘲笑地说：“科举么，这简直是开玩笑。临场只要抄抄书，蒙混一下就行了。主考官难道个个都能精通圣贤的思想么？”于是，他就挑选了当时最流行的八股文许多篇，每天读熟几篇，读到临近考试的前夕，已经能够背诵五百篇了。他说：“这样就行了。进了考场，拿到了题目，只要会做一个誊录生，一定可以考中。”果然，他在二十六岁那一年（公元1552年），考中了福建乡试的举人。

李贽从三十岁开始，为了解决生活问题，做了二十年左右的官。他做的官，都是一些冷官（禄俸微薄，公务不多），如教谕、国子监博士、礼部司务，等等。名为做官，生活还是十分贫困。但是他并不嫌官冷而不做，相反的，却利用做冷官的机会，努力学习，追求真理。而不在乎职位和升迁。

十几年的冷官生活，锻炼了李贽。他不怕穷，不怕苦，一味的追求真理。特别是对泰州学派学说的钻研，使李贽本人，也成为一个有名的泰州学派的学者，给后来的反道学思想打下了基础。

李贽五十一岁时被调往云南姚安府任知府，他把女儿留在朋友家，自己和妻子去上任。临走的时候，李贽和耿定理约好，三年知府任满，有了衣食之资，再来黄安，同耿定理一起，共

李贽著《焚书》

同研究学问。在李贽的思想里，做官是一种谋生的手段，研究学问才是归宿，说明他对封建社会的官场生活是很厌恶的。

李贽做官跟大多数人不一样，只有罗汝芳（泰州学派人物）跟他一样。李贽在云南做知府，法令很简单，很明白，各少数民族因此都能相安无事。李贽常常不在官署里，而在佛寺里办公，公事桌旁边，坐着一些有学问的和尚。公事办完之后，就同和尚讨论佛学。这种做官的办法，同一般官吏很不相同。另一位泰州学派的学者罗汝芳也是这样。罗汝芳不但在佛寺里办公，而且在审理“盗贼”案件的时候，常常不判罪，还把官府的财物送给那些为生活所逼，铤（tǐng）而走险的人们。罗汝芳把枷、杖、镣、铐等刑具烧掉，说：“治理老百姓，依靠这一套东西，那是最恶劣的办法。”他期满离任时，两袖清风，只带了几卷图书在行囊里。老百姓夹道相送，车马不能行。

二十多年的官场生涯，使他更看透了官场的黑暗、肮脏。他走到哪里，都要同上司抵触。而且越是有名的道学家他就抵触得越厉害。他怀着一肚子的感慨和愤激说：“我就因为受不了人家的管束，受尽了磨难，一生倒霉。即使整个大地全是一块墨，也写不尽我的磨难，写不尽我的倒霉。”李贽在教育上主张发挥小孩子的自由精神，不要用封建的道德、礼教去束缚小孩子的天真。

李贽后来在风景优美的麻城龙湖山区住下来，过着隐居生活，李贽很爱清洁，一天几次扫地。衣服洗得很干净。经常洗脸、洗澡。走进他的屋子，觉得窗明几净，一尘不染。有一年夏天，天气很闷热，头发里有了汗垢，他就把头发剃光了。那时候，只有和尚剃光头，叫做落发。李贽落了发，许多痛恨他的道学先生就借此造谣，称他为“异端”，意思就是说，他不能再算是孔子的信徒。李贽自己也就自称为“和尚”，表示与封建礼教一刀两断。

李贽读了很多书，他隐居后，生活也不平静，因为他与道学家的斗争更激烈了，他对道学家的批评更为深刻了。即使在他读书著述的过程中，也充满了对古文献的审查批判精神，而这，也处处触动封建社会的疮疤，使道学家感到头痛，因而，激起一次又一次的斗争的波澜、李贽的无情的笔锋，引起万丈波澜，冲击着道学家建筑起来的礼教堤防；随即，封建统治者便用卑劣的手段，一步加紧一步地迫害这位无畏的战士，直到把他害死为止。

在将近二十年的龙湖隐居生活里，李贽完成了大量著作，其中最重要的是《焚书》和《藏书》。《焚书》把伪道学丑恶嘴脸指了出来。该书的出版受到很多的周折。耿定向还组织人马写书，造谣骂谩李贽。《藏书》是公元 1599 年出版的。这是一部巨大的历史著作，记载了从战国到元朝末年的历史，一共有八百多篇传记。李贽用反传统的独到的见解，评论了许多历史人物。书中，李贽认为中国一千多年来，以孔子的是非为是非，跟无是非毫无两样，李贽现在给千古人物评定是非，可以说是李贽一个人的是非，也可以说是千百年来最公正的是非。因此，在这部《藏书》里，李贽做了许多翻案文章。有许多人，历来被认为是英雄，但是在李贽的笔下被写成了软骨头；有一种人自负有高深的学问，但是在李贽的笔下被写成喜欢空名，做不了什么事情的空头学问家；有些风流人物，在李贽的笔下却被写成俗不可耐；有些历史上被批评的人物，李贽却表扬了他们。例如秦始皇，历来都认为是暴君，李贽却称赞他为“千古一帝”；武则天，历来都认为是狠毒、淫虐的女主，李贽却认为她极有才干，极有眼光，为人民办了一些好事；卓文君以寡妇私奔司马相如，一向都被谴责，李贽却认为她勇敢果断，大胆追求自己的幸福。他对宋朝的道学家程颐、朱熹，非常不满，认为他们只会说假话骗人。李贽在《藏书》里，推翻了千百年来孔子的是非，实际上是推翻了千百年来封建社会旧的传统的道德标准；树立了李贽自己的是非标准，实际上是树立了反对旧传统的是非标准。李贽说，我这部书不能随便给人看，只能藏在名山，等待千百年之后，人们才会发现它的价值。

李贽在讲到《藏书》的写作过程时，说他住在龙湖，“山中寂寞，常常读历史，同古人见面，也很愉快。总感到历史上有许多真正的圣贤，被人冤屈了，同时也有一些人，只有虚名，实际上是空空洞洞。从古至今，真有不少冤屈，谁来给他们分辨呢？所以我读历史的时候，正好像同几百人、几千人、几万人敌对。经我一批判，敌人就投降了，非常痛快。”可见，李贽用的是批判的眼光去读历史的。

公元1596年起李贽遭到迫害。对他进行诬陷、毁誉等等。李贽说：“我活了七十岁，生平经历过不少风波。我虽然希望无事，但是也不怕多事。正因为我不怕多事，所以宁可守着正义而挨饿，不肯随便求得一饱；宁可遭受冤屈而死，不肯勉强偷生。听说巡道大人要办我的罪，我正等着，办就办罢！如果想借此吓唬我，要我离开这儿，那是办不到的。如果我求饶，那我也不成为李卓吾了。我，可杀不可去，我的头可断，我的身不可辱。我是一个七十岁的老人，身上没有半个钱钞，左右没有半个亲随，怎么敢遨游万里之外呢？正因为我自己知道，我这个人，心上无邪，身上无非，形上无垢，影上无尘，我堂堂正正，光明磊落。我同道学先生交战，而不失败，就因为我的学说是正确的，敌人无隙可乘，对正确的学说，谁敢去攻击他，自找失败呢？”

公元1602年，明政府对他进行了最后一次迫害，明神宗下令逮捕李贽，焚烧其著作。

李贽在狱中病得很厉害，听说明政府要押解他回福建原籍，他说：“我今年七十六岁了，只有一死，为什么要回去？”三月十五日，他在狱中自刎，第二天，气绝身死。这位战斗了一生的反道学的老战士，终于在统治阶级的残酷迫害下，英勇地牺牲了！

当然，除了王学外，明末还有东林党人的实学思想，王艮的泰州学派等等。

明代文学

明代文学，可从诗文小说、戏曲几个方面来说。

诗文

明初宋濂、刘基、高启等还有两首好诗，后来歌功颂德的诗歌成风，为“台阁体”，为应制之作，无生气。中期于是有拟古、复古派运动。先后兴起两次运动即前七子和后七子。

前七子是指李梦阳、何景明、康海、徐祯卿、边贡、王廷相、王九思等。以李梦阳、何景明为领袖，主要活动于弘治、正德年间。前七子的诗文复古主张，是由李梦阳首先提出来的。李梦阳，字献吉，号定同，甘肃庆阳人，弘治七年进士，官至户部郎中，因上疏弹劾宦官刘瑾被下狱。刘瑾被诛，而起官江西提学副使。气节名震一时。“梦阳才思雄鸷，卓然以复古自命。”著有《空同集》六十六卷。何景明，字仲默，号大复，河南信阳人。弘治十五年进士，官至陕西提学副使。与李梦阳诗文相交，初友善，后因见解歧异而互相诋诃。有《何大复集》三十八卷。为人处事“老操耿介，尚节义，鄙荣利，与梦阳并有国士风。”

岳麓书院

前七子的复古主张，是“文必秦汉，诗必盛唐，非者老弗道”。

李何所倡导的第一次诗文复古运动，对冲垮台阁体起了一定的作用，但他们这种惟古是尚的主张和句窃字摹的恶劣文风引起人们强烈的不满和抨击，其复古气焰也就渐渐地衰弱了。正当此时，以李攀龙、王世贞为领袖的后七子运动步其前履，通过在一定程度上修改前七子的主张登上了文坛。

后七子主将李攀龙，字于鳞，号沧溟，山东济南人，进士，任刑部主事，出顺德知府，擢河南按察使。著有《沧溟集》三十卷。另一主将王世贞，字元美，号风洲，又称弇州山人，江苏太仓人。嘉靖丁未进士，授刑部主事，出为山东副使。以父忏被杀解官，复起累，官至刑部尚书。著有《宾州山人四部稿》。王世贞与李攀龙共主盟文坛，时称王、李。李攀龙死后，王世贞独主文坛二十年。前后七子中，王世贞影响最大，学问最为渊博，他才高，位显，“一时士大夫及山人、词客、衲子、心流，莫不奔走门下，片言褒赏，声价骤起。”而这一运动的中坚则是七子中的另外几位文人，即谢榛、宗臣、梁有誉、徐中行、吴国伦等。

后七子诗文主张与前七子大同小异、均是“是古非今”。前后七子的诗文复古运动，维持文坛近百年。后来，公安派反复古口号提出，他们的主张也就瓦解。

小说

明代最有名的小说是《水浒传》、《三国志演义》、《西游记》和《金瓶梅》。

《水浒传》是元末明初人施耐庵根据宋元以来有关宋江等36人的故事话本和杂剧编写而成。作者塑造了各种不同性格的反抗者的典型形象，歌颂了农民战争和农民英雄，同情他们“逼上梁山”的悲愤的遭遇。此书对长期受地主剥削压迫的农民起了很大的鼓舞作用，特别是对明末农民起义有深远的影响。水浒的故事在各地广泛流传，有的演为戏文，或从说书人的口中传播开来。书中也反映了统治者对农民军的残酷镇压，揭露了封建社会的黑暗。指出了农民起义的局限。

《三国演义》，罗贯中著。又名《三国志通俗演义》。原书二十四卷，每卷十节。清人毛宗岗加以改作，成一百二十回本，流传至今。《三国演义》是一部历史小说，根据《三国志》和历来的民间传说写成，起自东汉末年的黄巾起义，终于西晋王朝的统一。该书以刘汉政权为正统。描写了三国时期错综复杂的封建割据斗争，在很大程度上反映了元末以汉族人民为主体的反元斗争潮流和各反元政权之间的战争。书中描写了分裂战争带给人民的灾难，反映了厌恶分裂、要求统一的社会思潮。书中对众多历史人物的刻画，如诸葛亮的足智多谋，关羽的忠义，曹操的奸诈，董卓的骄横，等等，都具有典型的意义。特别是诸葛亮，作为智慧的化身，着墨最多。他在隆中对政治斗争形势和战争形势的透彻分析，他联吴抗曹的战略思想和在赤壁大战中的表现，他七擒孟获、平抚西南的历史功绩，他辅佐后主刘禅，“鞠躬尽瘁，死而后已”的精神，既有历史的依据，又有艺术的夸张，使这个艺术形象丰满无比，受到人民的喜爱。《三国演义》中的人物都是在战争和政治斗争的环境中进行活动的。该书对战争场面的细致描写，是其他文学作品很难企及的。

《西游记》是一部浪漫主义的古典小说。作者：吴承恩。全书一百回，写唐僧取经的故事。书中大部分人物以神怪妖魔的形象出现，但通过他们的活动，展开了人间的美和丑，善和恶。孙悟空是主人公。他艺高胆大，蔑视天纲，不畏艰险。他曾树起“齐天大圣”的旗号，与天庭对抗，搅得周天不宁；他保护唐僧以来，经历八十一难，总是一往直前，从不后退。在他的身上，集中体现了人民群众的聪明才智和斗争精神。猪八戒和唐僧是缺点比较突出的正面人物。唐僧分不清敌我，常常认敌为友；猪八戒害怕困难，私心很重，贪恋舒适生活。但他们与妖魔之间，有一道鲜明的界线，属于两个营垒。特别是猪八戒，形象生动，语言诙谐，很让人喜爱，体现了作者对小生产者的善意的讽刺。作者用极为夸张的手法设计了人物的性格和能力，安排了故事情节的发生和发展，给予人们一种超现实的美感。《西游记》通过各种神化的故事和人物，淋漓尽致地揭露了明统治者的腐朽以及封建社会的丑恶现象，同时热情地歌颂了中国劳动人民反抗压迫，坚决向一切灾害困难和邪恶势力作斗争的精神品质。但作者还不能摆脱“佛法无边”和“轮回”、“报应”等宿命论的思想。

《金瓶梅》一百回，署名兰陵笑笑生。全篇截取《水浒传》，武松杀嫂故事演绎而成。因书中有潘金莲、李瓶儿、春梅等人物，故名为《金瓶梅》。书中塑造主人公恶霸土豪西门庆以及他勾通权跺，结交士人，又与地痞流氓为友，横行乡里，无恶不作，过着荒淫糜烂的生活，反映出明代官僚地主、大商人的腐朽和堕落，同时反映了明代市民的生活意识。被冯梦龙等称为“第一奇书”。《金瓶梅》在中国小说史上有着特殊的贡献。第一，是文人个体创作；第二，是细微描写了日常生活的场景，构成了长篇小说发展史转变时期的标志。

明代长篇小说比较著名的还有《封神榜》、《东周列国志》、《三遂平妖传》、《禅真逸史》等。此外，明代的短篇白话小说“三言两拍”，即冯梦龙的《醒世恒言》、《警世通言》和《喻世明言》，凌濛初的《拍案惊奇》、《二刻拍案惊奇》更为脍炙人口。“三言二拍”中有很多封建糟粕，但其中某些篇章却在一定程度上揭露了社会的黑暗面，反对了封建礼教的束缚，对男女之间的自由爱慕寄予充分的同情，如《施润泽滩阙遇友》、《杜十娘怒沉百宝箱》、《卖油郎独占花魁娘》、《蒋兴哥重会珍珠衫》等，这些小说后被改编为戏曲，几百年来，得到广大观众的喜爱。

戏曲

明代，杂剧已日益衰落，但民间的南戏却不减昔日雄风。随着城市经济的繁荣，士人的提倡，戏剧已成为城市居民不可缺少的文化活动。江南各地的地方戏非常流行，有余姚、海盐、弋阳诸腔。嘉靖时，昆山乐工魏良辅和剧作家梁辰鱼合作创成昆曲，用笛管笙琶合奏，以后传入北京，也成为北京流行的戏曲。传奇方面，经明初文人的改编润色，宋元时的南戏《荆钗记》、《白兔记》（即《刘知远》）、《拜月记》、《杀狗记》等，被称为荆、刘、拜、杀，即明初的四大传奇。其后，汤显祖有《还魂记》（即《牡丹亭》）、《邯郸记》、《南柯记》、《紫钗记》，被称为“临川四梦”，以《还魂记》最著名。明朝的传奇打破传统规格，情节也更加复杂。汤显祖是万历时期著名的戏剧作家。他反对在传奇的写作上过分讲求音韵和格律，所创作的剧本也打破了音韵、格律的限制，而注意其结构和思想内容。代表作《牡丹亭》是明代传奇艺术的高峰。

汤显祖，江西临川人。字义仍，号若士。早有文名，生性耿直，不愿与权贵为伍，三十四岁才中进士。与东林党首领有密切接触，并接受了王学左派的影响，因而政治上屡受挫折。万历十九年，汤显祖不满朝政，上疏抨击当权大臣，被贬至雷州半岛的徐闻县做典史，后迁至浙江遂昌任知县。这期间，他对人民的痛苦有了深切了解，更坚定了反抗黑暗现实的态度，这种态度对他日后的创作产生了深远影响。万历二十六年辞官归乡，从此隐居黎里，潜心著述。汤显祖一生著述颇丰，除有《红泉逸草》、《差别棘邮草》等诗文集外，逝世后又有《玉茗堂集》刊行。汤显祖的著作主要有《紫钗记》、《牡丹亭》、《南柯记》、《邯郸记》四种，因作者系临川人，四剧又都写到梦境，故被称作“临川四梦”；又因显祖书斋名“玉茗堂”，“临川四梦”亦称“玉茗堂四梦”。

他多方面继承了前人的艺术成就，并能突破，予以发展，有所创新。在创作上，他打破戏曲音韵的格律限制，注意作品的结构和思想内容。他反对矫揉造作，主张“自然而然”的进行创作。他的作品在当时和以后影响都很大。汤显祖在戏曲方面的代表作是《牡丹亭》，它不仅是明代传奇艺术的杰作，也是我国戏曲史上浪漫主义发展的高峰。《牡丹亭》写的是：南安太

汤显祖

守杜宝的独生女儿杜丽娘，在封建礼教束缚下，与外界隔绝，囚居深闺。这个正在成长的青春少女，偶去花园中，为明媚的春光唤起了她青春的觉醒，梦中和一个书生柳梦梅相爱，醒后思虑致死。三年后柳梦梅到南安养病，发现丽娘的自画像，深为爱慕，丽娘感而复生，两人终归成为夫妻。这部作品，它通过杜、柳生死离合的爱情故事，表现出对封建礼教束缚的抗议，追求自由幸福的爱情和强烈要求个性解放的精神。这个故事不仅表达了青春女性争取爱情自由的深沉苦闷和热烈期望，而且深刻反映了封建礼教对青春合理权利所制造的厄难以及人们对美好生活的向往。《牡丹亭》写成于万历二十六年（公元 1598 年），三百多年来一直受到人民的欣赏，流传不衰。

晚明的作家高濂的《玉簪记》和周朝俊的《红梅记》都是仅次于《牡丹亭》的写情的出色作品。另一戏剧家李玉所写的传奇《一捧雪》和《清忠谱》（即《五人义》），直接揭露严嵩、严世藩父子和宦官魏忠贤的罪恶，也具有一定的现实意义。

明代史学

明前期官修史书，后期私撰史籍不少。

国史

《元史》二百一十卷，宋濂编。是记载元朝史事的纪传体史书，共二百一十卷，包括本纪四十七卷、志五十八卷、表八卷、列传九十七卷，记载了从成吉思汗至元顺帝约一百六十年间蒙古、元朝的历史，尤以元朝史事为主。该书依据实录、后妃功臣列传及诸家所撰行状、墓志编写，其中表、志，依据《经世大典》等书而撰成，因此书中保存了不少原始史料，尤以天文、历史、地理、河渠等四志材料最为珍贵，是研究元史的基本资料之一。《元史》修撰的时间，前后只用十一个月，成书之速给它带来了不少缺陷、讹误，遭到后来学者的非难。

《大明会典》是记载明章国典的，今存两种。一是正德《大明会典》，共一百八十卷，截止于孝宗弘治十五年，正德四年刊行。一是万历《大明会典》，共二百二十八卷，新补了嘉隆等朝的条例，万历十五年刊行。两书可相互参考。会典类今存者还有洪武时的《诸司职掌》和嘉靖时戴金所辑《皇明条法事类纂》等。

私修的史书以谈迁《国榷》最有名。该书一百零八卷，是编年体明史，此书对于研究明史，特别是研究明代建真女真及崇祯一朝的历史，有重要参考价值。

野史

明代野史很多。纪传体的有郑晓《吾学编》、何乔远《名山藏》，邓元锡《皇明书》、李贽《续藏书》和尹守衡《明史窃》等；属于编年体的有薛旂应《宪章录》、黄光昇《昭代典则》、陈建《皇明从信录》和《皇明通纪辑要》，谈迁《国榷》。属于纪事本末体的有高岱《宏猷录》；属于杂史类的有王世贞《山堂别集》、朱国桢《皇明史概》；属于典制类的有徐学聚《国朝典汇》、孙承泽《春明梦余录》；属于笔记类的有叶盛《水东日记》、王锜《寓圃杂记》、何良俊《四友斋丛说》、谢肇淛《五杂俎》、沈德符《万历野获编》等。

家乘

明代家乘盛行。包括碑传、行状、年谱、家书、家谱等。碑传总集著名的有《明臣琬王琰录》及《续录》，还有《国朝献徵录》，有的年谱、行状是单行的，如戚国祚《戚少保年谱耆编》、《李东阳年谱》、《霍韬年谱》、《顾亭林年谱》等；有的则附录在文集中，如张居正《张江陵文集》附录行状，周顺昌《烬余集》附录年谱，《海瑞集》则行状、碑传、年谱皆有附录，此外，还有大量抄本的家谱出现，以供研究之用。家乘每多谀词，须与国史相互参照。

《永乐大典》

永乐之年七月，朱棣命大学士解缙组织人马在南京编纂而成的一部类书。五年乃成，名为《永乐大典》，全书二万二千八百七十七卷，装订一万一千零九十五册，它是中国历史上规模最大的一部类书。也是迄今世界所公认的一部大型百科全书。

初，朱棣诏谕："天下古今世物，散在诸书，篇帙浩穰，不易检阅，朕欲悉采各书）所载事物，类聚之而统之以韵，庶几考索之便。"把纂大型类书的目的和方法作了明确交代，并对编纂的范围作出要求，"自有契以来，凡经、史、子、集、百家之书，至于天文、地志、阴阳、医、卜、僧、道、技艺之言，备集为一书，毋厌浩繁。"

解缙等召集一百四十七人，匆匆编纂，永乐二年（公元1404年）十一月，初稿完成，定名《文献大成》呈上。朱棣阅后，不甚满意，说"所进书，尚多未备"，过于简单，采摘不广，遂命重修。永乐三年（公元1405年），再命资善大夫、太子少师姚广孝，礼部尚书郑赐，侍读解缙等人主持重修，召集朝臣文士、四方老儒宿学研究编纂这部大型类书的体例、所需工作人员及组织机构。

《永乐大典》编纂时机构严密，分工精细，依次排下是监修、副监修、都总裁、总裁、副总裁、纂修、编写人、缮录及圈点生等。整个机构的工作人员为二千一百六十九，再加上缮写人员以及其他参与其事的人，总数在三千人左右。另设"催纂"五人，监视各部门编辑工作的进度。所以，工作进行很顺利。

《永乐大典》的编纂体例，全书依照《洪武正韵》的韵目，"用韵以统字，用字以系事"的编辑方法，将我国自古以来所有的书籍中的有关资料，整段、整篇，甚至整部地抄入。当时辑入的图书达七、八千种，包括经、史、子、集、释藏、道经、北剧，南戏、平话、工技、农艺、医药、志乘等门类。经过三年的紧张编纂，到永乐五年十一月完成。定稿后，由姚广孝撰写了《永乐大典表》进呈。朱棣审阅后，非常满意，御定书名为《永乐大典》，并亲写序文。序文说，该书编纂“始于元年之秋，而成于五年之冬，总二万二千九百三十七卷”（其中目录为六十卷）。朱棣赞扬（永乐大典》“上自古初，迄于当世，旁搜博采，汇聚群书，著为奥典”。《永乐大典》成书后，分别装订成一万一千零九十五册，总计约三亿七千万余字，它是我国空前的历史上最大的一部类书，也是极其珍贵的中华民族的历史文化遗产。

《永乐大典》是在南京文渊阁修纂的，修成后就藏于此阁的东阁里，因卷帙浩繁，只有原本，不曾刊印。明成祖很重视很喜欢这套类书，迁都北京，命令将《永乐大典》从南京移藏于北京紫禁城的体仁阁。

嘉靖三十六年（公元1557年）四月十三日北京紫禁城内一场大火；明世宗连下几道命令，意即不惜一切代价抱出大典。为防不测，世宗在嘉靖四十一年八月，决定重录。由张居正主持。保证后勤供应，笔墨纸砚、水果、木炭、薪水、安全等统统具备。为了保证重录工作的质量和进度，明廷规定每人每日抄写三页，“如遇差错，发与另写，不拘一次两次，只算一页”。发现有慌报，混报或怠工者，“罪坐各官。”每册《永乐大典》重录完毕之后，于该册之后注明点校官、分校官、写书官及圈点人员的姓名，以示各负其责。为了防止原本丢失，规定抄写人员早入晚出，每次领取《永乐大典》原本必须登记，不得私自带出，亦不许外出雇人代抄。

整整六年，才重录完。原本存北京，正副本一存北京。

明代科技

中国古代科学技术在明代继续发展，医药学、农药、天文等方面均取得极大成就，有的居世界先进水平。

医药学

中国医药学历史悠久，人才辈出，明代李时珍是杰出代表。其所著《本草纲目》也是世界巨著。

李时珍

李时珍字东璧，号濒湖，是明代著名的药物学家。正德十三年（公元 1518 年），他诞生于湖广蕲州（今湖北蕲春县）东门外瓦硝坝的一个世代行医的家庭。

李时珍二十四岁开始行医，在行医过程中，他发现古代医药学著作中有不少讹误和不明之处，决定加以证实改正，他决定对本草书来一番革新重编，对前辈乃至自己的医药知识和新的经验加以整理总结，务必做到纲目分明，体例划一，名称一致，分类合理，图文配称。

为了把理想变为现实，李时珍认真阅读了大量书籍，除医药专著之外，“凡子、史、经、传、声韵、农圃、医卜、星相、乐府诸家”，无不毕览，史称“阅书八百余家”，而且记录了大量可资参考的资料，写了读书札记。同时，他还把自己在医疗实践中的经验、心得随时记录下来。除阅读外，他更注重实地考察和野外采集。他虚心好学实事求是。李时珍在野外考察中，还虚心地向当地农民、渔民、猎人、樵夫、果农、工匠等各色人请教，把他们当老师，和他们交朋友，取得劳动群众的热心帮助。他从药农那里知道，萎蕤和女萎是两种不同的药用植物；向渔民请教有关鱼类繁殖过程；从猎人那里学习了各类动物的生活习性和药用价值；向群众征集了许多民间治病处方和经验……

经过长时间的准备，李时珍撰写了《本草纲目》。

《本草纲目》以唐慎微的《证类本草》为基础，结合自己收集的资料，根据新的体例，进行创作。它是一部规模宏大、内容丰富、图文并茂的药物学专著。为了提高质量，李时珍动员了全家力量协同创作，有的帮助抄写，有的帮绘图，先后三易其稿，经历了二十多年的努力，直至万历六年（公元 1578 年）才最后脱稿。这时李时珍已是六十一岁的老翁了。

《本草纲目》全书共五十卷，一百九十多万字。全书把药物分做十六部，六十二类，收载药物一千八百九十二种，比前人增加三百七十四种，载入药方一万一千零九十一个，比以前医书增加四倍，同时附有动植物插图一千一百一十幅。它是前人药物学遗产的总结，也反映了明代医学和药物学的新成就，它凝集了李时珍的心血和智慧，是他毕生辛勤劳动结下的硕果。

《本草纲目》具有重大的科学价值。它对前人的科学成果既有订正又有补充，从而提高了我国的医药学水平。它确立了新的分类法，以药物的自然属性进行分类，如把矿物性药物分为水、火、土、金四部，植物性药物分为草、谷、菜、果、木五部，动物性药物分为虫、鳞、介、禽、兽、人六部，部之下区分不同的类，类之下又细分不同的种，做到了“物以类从，目随纲举”，“博而不繁，详而有要”。对于药物性能的说明，也做到纲目有序、条理清楚。如以某药物名称为纲，下列具体条目，以“释名”说明药物名称来源和依据；“集解”说明产地、形态和采集方法；“修治”说明炮炙方法；“气味”说明药物性质；“主治”说明药物功用；“发明”说明临床经验和药理等等。

《本草纲目》还是一本植物学、动物学和矿产学专著。由于《本草纲目》按药物自然属性分类，记载了众多的动植物和矿产品种，所以它又是一部植物学、动物学和矿物学专著。李时珍以植物的形态、特征、生长环境和性能等进行分类，这种分类法比西方植物分类学的创始人林耐在《自然系统》一书提出的分类法还要早一个半世纪。

当然，《本草纲目》也有某些缺点和错误，但不管怎样，它仍是世界伟大的医药学巨著。万历二十一年（公元1593年），七十六岁的李时珍与世长辞，遗体安葬在蕲州雨湖南岸的竹林湖。三年后，《本草纲目》在南京首次刊印。公元1606年流传至日本，先后出版两种日文译本。以后又传入朝鲜以及欧洲各国，被翻译成拉丁、法、朝、德、英、俄等国文字，其影响遍及世界各地，对世界药物学和植物学的发展产生了积极的影响。李时珍也成为深受世界人民爱戴和敬仰的中国著名学者。

徐光启和《农政全书》

中国农业大国，农学自古受重视。到了明代，随着社会经济的高度发达，特别是中后期出现了资本主义生产关系的萌芽，农业生产又有了新的发展。适应时代的需要，便又有反映新时期农业生产的新水平、新技术和新经验，全面总结古今农业生

徐光启像

产知识的新农书问世，这就是徐光启编著的、驰名中外的《农政全书》。

徐光启，字子先，号玄扈，嘉靖四十一年（公元1562年）出生在上海一个商人兼小地主家庭。他通过读书应试，虽然在三十五岁考中举人，四十二岁考中进士，先后在翰林院，詹事府和礼部任职，到了晚年，甚至被崇祯皇帝由礼部左侍郎升任尚书、内阁大学士，但是由于明朝末年政治腐败，权臣用事，宦官专权，使得他身在其位却不能谋其事，并且屡遭排挤打击，未能在政治上有所建树。他关心国家的前途命运，关心人民疾苦，热烈追求真理，以坚忍不拔的精神，钻研科学文化，特别是农学知识。史书上称他“宽仁果毅，淡泊自好，生平务有用之学，尽绝诸嗜好，博访坐论，无闲寝食。”通过毕生的努力探索，终于成就广博的学识，并且，在介绍西方自然科学和发展我国的农业、天文、数学等科学技术方面做出了重大贡献。他晚年编著的《农政全书》更使他名扬中外，永垂史册。

万历三十四年（公元1606年）开始，徐光启便和利玛窦过从甚密，向利玛窦请教自然科学方面的知识。他痛切感到中国知识分子在科举制度和儒学的影响下，死记经书教条，学术空疏，轻视实学，脱离实践知识，一心只想升官发财，导致科学技术停滞落后。于是他决心把所学到的西洋自然科学知识介绍到中国，便开始与利玛窦合作，翻译了欧几里德的《几何原本》

前六卷。在翻译的过程中，他虚心听利玛窦的讲解，认真细致地绘图、笔录，反得订正修改，终于在万历三十五年（公元 1607 年）定稿刻印出版，成为中国历史上第一本翻译的西洋数学书。此外，徐光启还和利玛窦合译了《测量法义》、《测量异同》等两部应用几何学著作，自译水利科学著作《泰西水法》。魏忠贤专政，徐光启被罢官。崇祯皇帝即位后，才被任命为礼部左侍郎，不久又被提为礼部尚书。这时，他已是年逾花甲的老人，可他壮心不已，建议开设历局，修订历法。崇祯皇帝批准了徐光启的建议，以他为监督，聘请耶稣会士龙华民、罗雅谷、汤若望等人共同修订。在修订历法的工作中，他作风严谨，遇有差错，必查明原因，务求做到“上推远古，下验将来，必期一一无爽；日月交食，五星凌犯，必期事事密合”，并且亲自参加观测、验算等具体工作。经过多年的艰辛劳动，终于编成了一百多卷的《崇祯历》。

《农政全书》书影

徐光启最重要的著作不是这些，而是编写《农政全书》。《农政全书》是一部“考古证今，广咨博讯”的农业科学名著。它是徐光启一生刻苦钻研，亲身试验和实践而获得的丰硕成果，也是中华民族文化宝库中的一份珍贵的文化遗产。

《农政全书》内容丰富多彩，可以说是集古代农业知识之大成。它总结了封建社会农业生产的经验，辑录了有关农业理论和政策的资料，具体介绍了关于水利工程、农业工具的形制和

徐光启手书《刻几何原本序》

使用方法，以及各种谷物、蔬菜、果树、桑、棉、麻等作物的选种、栽培方法，还有关于牲畜的牧养、食品的加工，及至消灭虫害、荒年赈灾等等无不详录备载，议论精到。这部科学著作的主要价值是：

第一，重视农业生产经验和技术的总结，既辑录了古代三百多种重要的农业文献，又及时地总结了明朝当代农家以及徐光启本人的农业实践经验，使一些传统的农田园艺知识和从实践中获得的新经验得以流传推广。在揖录农业文献资料方面，除汇集历代重要典册之外，更注意搜集明人的著述，如沈一贯的《山东营田疏》、吴严的《兴水利以充国赋疏》等。在总结农业生产经验方面，他把自己多年观察研究的重要成果也都加以记述。如对农业的用水五法，逐点陈述；对于如何消灭蝗灾、确保粮食丰收方面，他详尽地叙述了自己观察所得的蝗虫成长规律，以及消灭蝗灾的具体办法。其他如作物果蔬的栽培种植的经验的记载，那就更多了。

第二，注意提倡经济作物的种植和推广。明代中后期，随着商品经济的进一步发展，出现了资本主义萌芽，经济作物和种植比以前更为普遍和繁荣。《农政全书》关于这方面的记载反映了当时社会经济发展的新特点。如对棉花的种植记载得特别详细，从选种、种子贮藏、播种期、施肥技术、行距等，总结出一整套栽培技术理论；又如种植乌桕可以取桕油，种女贞可以取白蜡，“其利济人，百倍他树”，书里也做了详细介绍；又如茶叶，当时已经销售国际市场，是“民生日用之所资，国家课利之一助”，徐光启在书中也详细论述了有关品种、采取、制作以至收藏、饮用等方法。

第三，书中宣传“人定胜天”思想，反对保守，有助于人们破除迷信、解放思想，推动人们从实践上得真知。徐光启在书里说道：“土性虽有宜不宜，人力亦有至不至，人力之至，亦或可以回天，况地乎?”意思是说，人有回天之力，可以使土地由不适宜作物成长变为适宜。他反对那种“凡种植必用本地种”，否则“风土不宜”，难于存活的保守思想。他还引实例做为有力论证，说棉花由外国传入，中国普遍种植，成为衣被之源；甘薯由外国传入南方，在北方也得到推广，并且获得丰产。由此他得出结论说：“若谓土地所宜，一定不易，此则必无此理。”

《农政全书》于公元1625年～公元1628年之间写成。全书六十卷五十多万字，分做十二门，包括农本、田制、水利、农器、农事、开垦、栽培、蚕桑、牧养、酿造、造屋、家庭日用以及荒政等方面，其中以“开垦”、“水利”和“荒政”为全书重点，约占全书二分之一的篇幅。

公元1633年，徐光启死，享年七十一岁。

宋应星与《天工开物》

宋应星是继徐光启、李时珍之后的又一个有突出贡献的科学家。

宋应星，字长庚，江西奉新县人。由于封建时代不重视科学技术，《明史》没有为他立传，但是，江西省志及一些地方志书却保留了他的生平事迹的片断记载。

宋应星一生写了不少著作，有《卮（zhī）言十种》、《画音归正》、《杂色文》、《原耗》和《天工开物》等多部，其中前四部已失传。近年来又发现四篇佚著的明刻本，即《野议》、《论气》、《谈天》和《思怜诗》。《野议》是议论明朝治政的得失，提倡政治改革的文章；《思怜诗》是作者愤世忧民的内心激情的表露，有几篇诗还批判了“宿命论”；《论气》和《谈天》是关于自然科学方面的著作，反映了他的唯物主义哲学思想。如他提出“盈天地皆气也”，由气构成的自然界处于永恒的运动变化过程之中，并由此阐明了关于物质不灭的思想。

《天工开物》炼铜图

其成就最高，影响最大的是《天工开物》一书，写作于分宜任上，公元1637年由其友人徐泊聚刊行。这是一部内容广泛的百科全书式的科学巨著。全书分上中下三卷，又细分为十八卷，每卷一目，即“乃粒第一”，写粮食作物和一部分植物油原料的生产；“乃服第二”，写衣服原料的生产；“彰施第三”，写染料制造；“粹精第四”，写粮食原料加工；“作咸第五”，写食盐的生产；“甘嗜第六”，写糖的制造；“陶埏第七”，写砖、瓦、陶器的制造；“冶铸第八”，写金属器物的铸造；“舟车第九”，写各种车辆、船只的类型、结构及功用；“锤锻第十”，写金属器物的锻造；“燔石第十一”，写炼炭、石灰及各种矿石的烧炼；“膏液第十二”，写油类的榨取方法；“杀青第十三”，写造纸；“五金第十四”，写各种金属的冶炼；“佳兵第十五”，写兵器、火药的制造及使用；“丹青第十六”，写颜料的制造；“曲蘖第十七”，写酵母剂的制造；“珠玉第十八”，写珠宝玉料的开采。全书附有一百二十三幅插图，绘制精良，和文字说明互为表里，相互补充。

《天工开物》涉及的内容十分广泛，衣食住行，凡和人类生活有关的，几乎都包括在内。书中对所列各项都作了详细的记载，既总结了我国古代农业和手工业生产技术等各方面的卓越成就，又反映了当时社会生产的发展水平，是一部内容全面，系统分明，资料充实，体制宏大，图文并茂的科学著作。宋应星认为自然界蕴藏着丰富的资源，是人类赖以生存的物质条件，人是“万物之灵”，能够开发自然，创造物质财富，因此把书名定为《天工开物》。在安排章节顺序时，他取“贵五谷而贱金玉”之义，先叙农业，其次是服饰日用，把珠玉列于卷末。

《天工开物》首先总结了农业和手工业生产方面的先进经验，对水稻记载尤为详尽。他介绍了水稻的不同品种、记述了从浸种、育秧、施肥、到耕种、除草、防止病虫害等一系列生产过程，并且记录了用骨灰和石灰改良土壤的先进经验，以及在冷浸田使用“骨灰蘸秧根”的合理使用磷肥的方法。宋应星尤其注意总结经济作物的栽培经验，如对甘蔗的选种、育苗、中耕、培土等方法都有详细的记述，并介绍了多种油料作物。书中还载有利用杂交优势改良品种的科学技术知识，如利用不同蚕蛾品种杂交而“幻出新种”的方法。在手工业方面，介绍了丝织业生产中结构精良的提花机及织造工艺，记载了冶炼业中的大型失蜡精密铸造法和先进的“灌钢法”、炼锌技术等。书中对于榨糖、榨油，以及劳动人民在生产中革新发明的晒盐等方法都详加记录。其次，《天工开物》对事物分析实事求是。例如，他解释了出现于田野的磷火现象，说明并非鬼火；指明

“夜光珠”的“夜光乃其美号，非真有黑夜放光之珠也”；说明窑变是原料变质所引起的，并不是什么神秘现象。这有助于破除人们的某种迷信思想。《天工开物》还注意用数据说明问题。宋应星在书中对生产各种产品所需要的时间、人力、原料，生产工具的规格、尺寸、效率，各种金属的比重，合金成分的比例，……都有具体数据做说明。据今人研究，很多数据是有科学根据的。这有助于人们判断当时生产力发展水平，反映了作者严肃认真的科学态度。

但是，不容置疑，《天工开物》中也有一些迷信记载。但它仍是一本科学巨著。影响巨大日本学者对它十分重视，给予高度评价，认为可以从中了解中国古代科学技术发展的全貌。公元1869年，它又被译成法文，介绍到西方，译名为《中华帝国古今工业》。近年来，日本和欧美学者经常在他们的科学论著中加以引用，倍加赞赏。

徐弘祖与《徐霞客游记》

徐霞客原名徐弘祖，字振之，霞客是他的别号。他是南京常州府江阴县（今属江苏省）人，生于万历十四年（公元1586年），卒于崇祯十四年（公元1641年），终年五十五岁，是我国十七世纪初期杰出的旅行家、杰出地理学专家、祖上世代都是大地主，富裕优越的生活，使他能够结交当时的许多名人学者，从小接受传统的封建教育；家里的丰富藏书，使他有机会博览古今史籍、舆地志、山海图经等书籍。他自幼聪慧过人，过目成诵，落笔成章。他读书最喜欢涉猎历史、地理和游记一类书籍，读得愈多，兴趣愈浓，深深被书上描绘的祖国的大好河山打动。同时，他也发现过去的山经、地志中的一些记载，由于缺乏实地调查，错误不少。他决心走出书斋，投身到大自然怀抱，“穷九州内外，探奇测幽”，进行实地考察，探索大自然的奥秘。他对友人说：“大丈夫应当朝游碧海暮到苍梧，怎能一辈子局促于海疆一隅！”

徐霞客的母亲积极支持儿子的伟大抱负。她鼓励儿子说：“好男儿志在四方，哪能像藩篱中的雉鸡，车辕下的马驹一样，坐困家园！”在徐霞客初次出游太湖的时候，她还特地为他缝制了“远游冠”，以壮行色。此后，徐霞客每次出游，算好旅程，预定日期，按时往返。每次远游归来，都带点地方特产孝敬母亲。王夫人常常是坐在豆棚下，一边织布，一边仔细地听着儿子对她倾谈旅途中的种种新鲜见闻和惊险经历。每当听完之后，她总是喜形于色，欣慰地对徐霞客说：“儿啊！你外出跋山涉水，我坐守家中，看着豆荚一天天长大，望着天际飘荡的白云，秋天到了，知道你该回家了。听着你介绍新鲜的旅途见闻，真叫人惊喜赞叹。比起那些碌碌无为的庸人，你也算问心无愧了。”为了显示自己的身体强健，消除徐霞客出游的顾虑，王夫人还在七十三岁那年和徐霞客一起游了荆溪、句曲二地。在封建社会里，这位母亲真是一位令人敬佩的中国妇女。

徐霞客

母亲的支持更加使徐霞客坚定了信念。使他以坚强的毅力，持续了三十几年，经历了千辛万苦，周游祖国大地，遍览名山大川，开拓胸怀，增广见识，并且在科学考察方面做出杰出贡献。

在当时的历史条件下，外出旅行，交通诸多不便，特别是访名山，探幽洞，必须跋山涉水，披荆斩棘，走的是崎岖曲折的羊肠小道，甚至得攀登悬崖峭壁，穿越深邃洞穴，常常置身于荒野险僻之处，出没在深山老林之中。夜里无处投宿，只能栖身破庙古刹，或是睡卧在大树下，石头边。饿了吃一口干粮，渴了喝一口山泉水，没有粮食就以草木野果充饥，真所谓风餐露宿，不畏虎狼，不避风雨，不惧艰辛，表现了他坚定的信念和超人的意志。为了探寻山川岩壑的奥秘，弄清山脉的走向，河流的渊源，在考察中，他登山必达顶峰，探洞务至幽邃，真正做到穷本溯源。那些令人望而胆寒的悬崖绝壁阻挡不了他，那些可怕的传说和自己亲身遇见过的毒蛇巨蟒也不能使他却步。徐霞客在旅行考察中的种种惊险经历，都具体地记载在《游记》里面。如他记述游黄山的情景：山峰高而陡，山崖积雪很深，背阴处还结了冰，溜滑难行，他就用手杖凿冰成洞，凿出一个洞，跨上一脚，再凿一个洞，又跨上一脚，就这样一步一个洞地向上攀登，直至登上峰顶。游云南石房洞时，他只身攀登陡峭的山坡，山坡上的岩石和表土风化松动，使劲攀援则容易脱落，有滑落山岸的危险。他只能寻找比较坚固的岩石，身体坚贴，绷紧脚跟，像是挂在墙壁上似的，缓缓移动，使尽全身力气，

《徐霞客游记》书影

拼命攀登爬行，好不容易才爬到洞口。在考察中，有时为了弄清问题的来龙去脉，他反复几次攀援悬崖。如游浙江雁宕山时，为了勘明大龙湫瀑布的源头和雁湖的确切位置，他冒着坠身深壑的危险，几次攀登雁宕顶峰，途中碰到一面绝壁，就解下足布，接起来悬于崖顶，然后利用这垂空的足布攀援上下。由于徐霞客不畏艰险，实地反复考察，终于证实了雁湖之水与大龙湫风马牛不相及，纠正了以前志书的“宕在山顶，龙湫之水即自宕来”的错误。

旅途中有时还会碰到强盗土匪，但徐霞客仍然无所畏惧。旅游之余，徐霞客坚持写日记，将所见所闻所感记下，歌颂祖国大好河山。它的日记，内容丰富多彩，有山脉汇河、地形地貌、奇峰异洞、瀑布温泉，乃至风土人情、民族关系、边疆防务、矿石物产等等的详尽记录。这些文字记载，经后人编辑刊行，就是举世闻名的《徐霞客游记》。

《游记》写得“文字质直，不事雕饰”。明末学者钱谦益称它是“世间真文字”，另一位学者潘耒也作序称赞它：“向来山经地志之误，厘正无遗；奇踪异闻，应接不暇。然未尝有怪遇侈大之语，欺人以所不知。”他说《游记》的优点就在于“精详、真实。”所以后人评论说，这是一部以清丽新奇的散文体裁写成的科学文献，既是文学名篇，又是重要的地理学文。

《徐霞客游记》更是一部科学巨著。在这部著作里，有对江河源流的勘察和辨讹，有对地形地貌的考察和研究，有对动物、植物生态品种的比较和鉴别，有对矿产物产、水文气候的观察和记述，等等。其中关于我国西南地区石灰岩地貌的考察和研究，尤其具有重大的科学价值。徐霞客旅程经过的湖南、广西、贵州、云南这一带，是世界上最广大的石灰岩地貌区域之一。他在《游记》里记录了旅程中所见到的石灰岩地貌的种种特征，如“铮铮骨立”的石山和“攒出碧莲玉笋世界”的峰林；又如“坠壑成井，小者为眢井，大者为盘洼”的圆洼地，以及各种幽邃曲折的石灰岩溶洞等等。记载形象生动，具体细致，徐霞客还探讨这些地形的成因，观测其方位，研究它们的结构。他用目测和步量得出的数据，和现代的科学测量十分接近。

徐霞客的日记中，有的地方还纠正一些长期以来被认为是正确的说法。例如他通过长期、广泛、深入的实地踏勘，推翻了自古被认为是不可动摇的“岷山导江”说。大江（即长江）的发源地问题，人们历来迷信《禹贡》的“岷山导江”之说，错误地把岷江作为大江的正源。徐霞客经过实地调查勘察，写出了著名的《溯江纪源》（又名《江源考》），以无可辩驳的事实论证了金沙江才是大江的正源，推翻了一千多年来陈陈相因的谬说，他还对盘江、左江、右江、龙川江、麓川江、大盈江、澜沧江、潞江、元江、枯柯河等水道的源流作了辨正。虽然由于当时条件的限制，他对北盘江上流和南盘江下游未能得出正确的结论，但是，他在元江、澜沧江、潞江、枯柯河等河流的考察上，纠正了《明统志》有关记载的混乱和错误。

徐霞客开创了实地考察自然，系统描述自然的新方向。其“游记”不但是一本文学作品，更是一部科学巨著、是文化宝库中的瑰宝。

西学东渐

明末，欧洲一批耶稣会士来到中国传教，将西方科技带到了中国，形成了中国早期的西学东渐。其中，利玛窦、汤若望是代表人物。

利玛窦是意大利马塞拉塔人，公元 1552 年生，出身贵族家庭，公元 1571 年十九岁时加入耶稣会。公元 1580 年为司铎

(神甫)，万历十年（公元1582年）来到澳门，以后又到肇庆、韶州、南昌、南京等地进行传教活动。

他勤学苦练，加上天资聪颖，对于儒家的经籍、诸子百家、中国历史，无不通晓，并能流畅地讲汉语和用中文书写。他熟悉中国的风俗礼节，身穿儒服，和名士们饮酒赋诗，畅谈天文地理、风化习尚、哲学伦理，言谈中引经据典，如数家珍。如他在宣扬教义时，总爱从中国史籍找根据，把中国“天”的观念说成是他们宗教中的“天主”，把他们敬爱天主与爱慕人和孔子“仁”的学说相比附，所以，被当时的士大夫誉为西儒。士大夫佩服其学识渊博，乐与交游。名士如李心斋、李贽、瞿太素等人都和他来往，促膝交谈，互赠诗文。一些达官显宦，如两广总督郭应聘、文渊阁大学士、礼部尚书徐光启、太仆寺少卿李之藻等人，与他过往尤密，结为知交。徐光启和李之藻甚至接受洗礼，加入天主教。

利玛窦把从欧洲带来的一些所谓奇器异物，如世界地图、浑天仪、三棱玻璃镜、自鸣钟、救世主和圣母的油画像等一类东西赠送给明朝官员，以取得他们对传教活动的支持。每到一地，他还把这些东西公开陈列展览，任人参观。好奇的民众被这些奇器异物所吸引，参观的人众摩肩接踵，门庭若市，耶稣会的名声不胫而走，影响日益扩大。

公元1600年，利玛窦为了长期传教，他投神宗爱财贪货的习惯，带了一些小玩意进见皇帝。如油画三幅（救世主像、圣母像和耶稣偕约翰像各一幅）、天主教经典一本、珍珠镶嵌十字架一座、大小自鸣钟各一架、《坤舆万国全图》一册、八音琴一张、三棱玻璃镜两面，以及一些镜子、玻璃器皿等等都是明神宗甚至中国人民当时没见过的东西。明神宗在便殿召见，询问天主教的教义和西方的民风国政，并且赐宴慰劳。神宗原是个贪财好货的皇帝，见到这些精巧新奇的贡品，欣喜万分，爱不释释手。他把油画和万国全图张挂于宫中，建造一个亭子安放自鸣钟，还派人向传教士学习八音琴。由于爱屋及乌的缘故，这些外国传教士就此得到中国皇帝的青睐。明朝政府赐给屋宇，允许他们长住北京。这正是利玛窦求之不得的事。从此他就在北京住了下来，直到死。

利玛窦所进物品中最有价值的是那幅《坤舆万国全图》。当时，我国的民众还相信着天圆地方的说法，利玛窦的世界地图使中国人第一次知道人们生存的大地是个球体，懂得了世界有五大洲，第一叫亚细亚洲，第二叫欧罗巴洲，第三叫利未亚洲，第四叫亚墨利加洲，第五叫墨瓦腊尼加洲。在今天看来，利玛窦介绍的那些地理知识还存在着错误，但它毕竟开拓了人们的眼界，使人们增长了见识。庞迪我还特地为明神宗绘制世界分洲地图，四大洲每洲一幅，图边附有文字，简略说明各国的地理、历史、政治、物产的概况。

利玛窦把当时比较先进的天文知识传入了中国。自古以来，封建统治阶级为了愚弄、恫吓人民，神化王权，以巩固统治地位，就把天人格化，鼓吹唯心主义的“天人感应”论，把自然界日月星辰的运行，春夏秋冬的更替，都说成是天的意志的表现。由于生产力水平的低下和科学知识的贫乏，人们对于自然界的一些现象无法解释，只能盲从种种迷信的说法。利玛窦向民众介绍了天体知识，解释了日食、月食的道理，并制造浑天仪、地球仪供人观览。他还和李之藻合译《乾坤体义》。在耶稣会士的影响下，李之藻又自著《浑盖通宪圆说》，这是中国人撰写的第一部介绍西方天文学的科学著作。这些天文知识的介绍，对于破除迷信，开启民智，起了有益的作用。

另外，西方数学理论也由此传到了中国。如利玛窦与徐光启合译的《几何原本》，介绍了曾流行于欧洲的欧几里德平面几何学的系统理论。此书一问世，当时的知识分子无不啧啧称道，近代学者梁启超更赞誉它是“字字精金美玉，为千古不朽之作。”直至今天，几何学中所用的一些贴切的名词术语，如平面直角、垂线、钝角、直径、三角形、平行线、相似、外切等等，都是徐光启当年翻译时确定的。利玛窦还与徐光启合译《测量法义》和（测量异同》两部应用几何的著作。李之藻又自泽《圜容较义》，专论几何学中圆的内接和外切问题。这批著作的问世，大大丰富了中国原有的几何学知识。利玛窦与李之藻合译的《同文指算》，则是一部应用数学著作。它第一次向中国人介绍了比例级数，介绍了开平方和开立方的方法。古时候，我国民众索来利用算盘计算，不重视笔算，这部著作刊印以后，人们见了这种新算术，不禁拍案称奇。

利玛窦带来了一系列有关地图和地学的西方近代科学方法，包括采用有等积投影和方位等距地投影的地图投影方法，它第一次打破了中国人“天圆地方”的传统旧观念，使中国学者认识到中国只是地球的一小部分。另外，在利玛窦的地图上已经以北极圈、昼长圈（即北回归线）、昼短图（即南回归线）、南极圈等为界，划分为热、温、寒五带；再有就是图上的海陆分布，已大体反映了其基本轮廓；世界地图上附有的日、月食图，看北极法（即测定地理纬度法）、太阳每日亦纬表、中气图以及地球的概念等等，对于当时的中国知识界来说，都是十分新鲜、闻所未闻的事物，大大开拓了人们的眼界，从而使中国一二千年流传下来的地图学受到了强烈的冲击，并随之开始改革。

利玛窦公元1610年死，葬于北京。

除利玛窦外，外来传教士中最有名的要算汤若望。他是日耳曼人。公元1591年生，公元1622年到北京，公元1666年死于北京。他经徐光启推荐，参与修订历法。经过七年的时间，至崇祯八年（公元1635年），历书著成，取名《崇祯历》。由于修订人员工作作风严谨、认真，以及汤若望等人掌握了当时世界上先进的天文历算知识和技术，因而《崇祯历》比《大统历》准确，和日月星辰的运行及节气的变化都相符合。其中的《星录》部分，绘出了整个天体的恒星图，这个成果在我国天文学史上是前所未有的。《崇祯历》在论述宇宙结构时，虽然仍采用当时欧洲天主教会坚持的地球中心说，但同时也向中国人介绍了波兰天文学家哥白尼的太阳中心说，并应用了他的一些天文计算方法。在历局中，汤若望还训练培养一批天文历算的专门人材，并为钦天监制造了天体仪、赤道与兽带合制的圈环仪、半面球形图、水平日晷（guǐ）、大，小望远镜、星高机等观测工具。

汤若望还受聘为明铸造大炮并传授方法。成火炮二十门、小炮一批。公元1618年，日耳曼教士邓玉函将伽利略望远镜带到中国，送给崇祯。汤若望特写一本介绍望远镜的书。——《远镜说》详细介绍了其性能、原理和制造方法，这是在中国介绍物理学中光学原理推算一部著作，邓玉函本人也是科学家，他是罗马科学学会会员。他与中国学者合作介绍了物理学中力学的重心、比重、杠杆、斜面、滑轮等理论，并介绍了一些简单的机械构造和钟表的结构原理。邓玉函还写作了人体解剖生理学专著《人身概说》，以及《测天约说》、《黄赤距度表》等天文学著作。意大利传教士熊三拔著的《泰西水法》是一部水利科学著作。此书共六卷，前五卷专论水利知识，第六卷介绍诸如抽水机、蓄水机等水利机械的构造、图式和原理。

利玛窦他们是来传教的，是为殖民主义服务的，但是他们这一派为达到传教的目的，向当时中国的知识分子、士大夫阶

明清观象台

层介绍西洋学术文化和科学技术，这在当时适应了中国社会经济发展的需要，也迎合了明朝政府为富国强兵、增强武备的需求，因此受到了当时官僚士大夫如徐光启、李之藻等的欢迎，推动他们积极翻译西洋学术著作，吸取西方科学，发展科学技术，在客观上起了积极的作用。西方殖民主义国家的统治者虽然想利用宗教宣传对中国进行侵略，但是，早期来华的耶稣会士，由于他们的派别不同，他们或基于对天主教的虔诚和信仰，或由于当时中国的强大和殖民主义势力尚鞭长莫及，所以还不能直接为殖民主义的侵略服务。他们来华后，主要是从事传教和著书立说，还不能进行有损中国主权的活动。而他们当中像利玛窦等人，在中国生活、工作数十年，把中国作为第二故乡，成了中国人民的朋友，这是值得肯定的。由于他们和当时中国科学家的共同努力，传入了西方的科学文化，对当时中国社会和科学技术的发展起了积极的作用。在中西文化的交流上作出了杰出贡献。

清　　朝

（公元 1644～公元 1848 年）

后金崛起

肃慎—挹娄—勿吉—靺鞨—女真

满族是个历史悠久的民族，他们世代居住在南起长白山地、北抵外兴安岭、西自黑龙江上游和嫩江两岸、东达海滨及库页岛这片辽阔富饶的“白山黑水”地区。三千多年前的肃慎人便是满族人的祖先，当时肃慎是西周东北边境上的一个部族，以后肃慎人相继改称挹娄、勿吉、靺鞨，唐开元元年，朝廷在粟末地区设置忽汗州，授粟末部首领大祚荣为忽汗州都督，并册拜为左骁卫大将军，渤海郡王，即史称的“渤海国”。

五代起，靺鞨改称女真。公元 947 年，契丹建元大辽，辽对东北地区的女真管理十分重视，把女真分为两部分，开原以南称“熟女真”，开原以北称“生女真”。12 世纪初黑水靺鞨的后裔，生女真完颜部的杰出领袖阿骨打于辽天庆四年（1114年）兴兵伐辽，第二年建国大金，定都上京。公元 1141 年，金迫使南宋订立“绍兴和议”，以淮河为宋金的分界线。直至公元 1234 年，金被蒙古灭掉。

建州三卫和海西四部

明初，女真分为三大部：建州女真分布在牡丹江、绥芬河及长白山一带，海西女真分布在松花江流域，“野人”女真分布在黑龙江和库页岛等地。建州、海西、“野人”三大部之间及其内部，不断发生互相兼并和掠夺战争。建州、海西女真为了躲避“野人”女真的侵扰，于明初逐渐向南迁移。

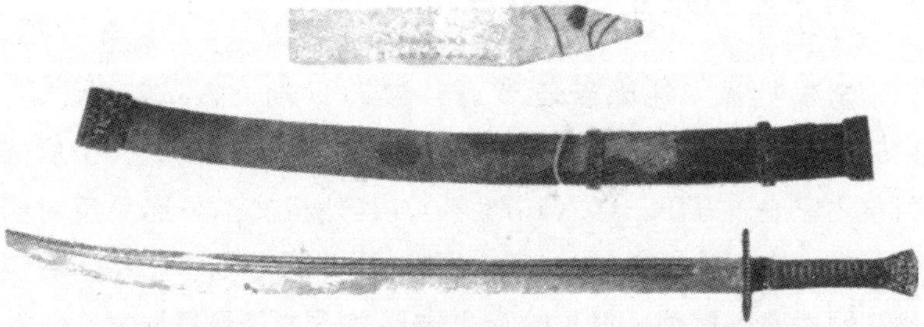

努尔哈赤宝刀

洪武五年（1372年）前后，建州女真胡里改阿哈出部率众沿牡丹江南进，迁徙到图们江以北，珲春河以西居住。永乐元年（1403年），明廷在胡里改部住地设建州卫，命阿哈出为指挥使。“卫所”是明朝的地方军事行政机构，除了行使军事职能外，还要管理地方行政事务。明政府先后在黑龙江流域及附近沿海地区的女真分部设置了100多个所。永乐十年，增设建州左卫，命斡朵里部首领猛哥帖木儿领其卫，任指挥使。猛哥帖木儿死后，其子董山与异父同母弟凡察彼此争夺领导权，明政府于正统七年（1442年）分建州左卫为二，增设建州右卫，以董山为建州左卫都指挥使，凡察为建州右卫都指挥使，与阿哈出孙子李满住的建州卫合称建州三卫，皆臣属明朝。

海西女真的忽剌温的一部分迁移到松花江上游和开原东北边外，有的还同东来的蒙古族人相融合，明中叶以后，逐渐形成乌拉、哈达、叶赫、辉发四部，史称“扈伦四部”，也即海西四部。

建州女真和海西女真的南迁，大体到嘉靖时期基本上稳定下来，它们沿着辽东北边分散聚居，建州三卫分布在抚顺关以东，海西四部散居在开原以北。

努尔哈赤建立后金政权

努尔哈赤，姓爱新觉罗，号淑勒贝勒，嘉靖三十八年（1559年）出生在建州左卫苏克素护部赫图阿拉城的一个满族奴隶主家庭。万历三年（1575年），其外祖父王杲起兵反对明王朝在女真地区推行民族压迫政策，结果兵败遇害，建州右卫遭到明军残酷掠杀，努尔哈赤也被俘，不久获释逃回家乡。这种血与火的现实，无疑给以后努尔哈赤要勃兴女真点燃了火花。他弓马娴熟，武艺超群，同时勤奋好学，深受汉族文化的影响。努尔哈赤慈母早逝，继母寡恩的身世和阅历，培养和锻炼了他坚韧的意志和开阔的胸怀，成了一名“多智习兵”的出色人才，从政治和军事才能而论，都远远超出与他同时的女真各部首领之上。

从万历十一年（1583年）至十六年（1588年）的五年时间，先后打败了众多敌手，统一了建州女真各部，于是“环满洲而居者，皆为削平，国势日盛”。接着，努尔哈赤又于万历十九年（1591年）正月，兼并长白山的鸭绿江部。至此，努尔哈赤统辖区域，西起抚顺，东至鸭绿江，北接开原，南连清河，建州女真的大部分被统一了。

万历二十一年（1593年）六月，海西四部合兵进攻努尔哈赤，结果大败而逃，九月，叶赫部贝勒布寨、纳林布禄，又纠合哈达贝勒孟格布禄、乌拉贝勒满太之弟布占泰，辉发贝勒拜音达里，科尔沁贝勒瓮珂代，锡伯、瓜尔佳、朱舍里、纳殷，组成九部联军，共3万人马，分三路进犯建州。努尔哈赤精心准备应战，于古勒山之战中俘获叶赫首领布占泰，缴获战马之千余匹，并灭了讷殷、朱舍里二部。古勒山之战，是统一女真诸部的转折点，不仅保卫了建州，而且从此建州“军威大震，远迩慑服矣”。

肥沃努尔哈赤打败九部联军之后，便把统一女真各部的进攻矛头指向海西女真。他深知现有的军事力量不可能一举消灭海西四部，因此，努尔哈赤采取分化瓦解、各个击破的策略：一方面与海西四部中较强的叶赫、乌拉二部联姻结盟，特别是拉拢乌拉部首领布占泰，不仅是为了离析四部，而且也是为了取得貂参之利。另一方面，利用四部间的矛盾逐个灭亡。

努尔哈赤由“遗甲十三副”起兵，发展到“自东海至辽边，北自蒙古、嫩江，南至朝鲜、鸭绿江，同一语音俱征服”，使“诸部始合为一”。他用了三十多年的时间，统一了建纵女真和海西女真，以及“野人”女真的大部，基本上结束了女真社会的长期分裂、割据、动乱的局面，从而推动了女真社会的发展和满族共同体的形成。

努尔哈赤在统一女真过程中为了提高、稳固自己的地位和权势采取了一系列的政权建设措施。首先是创制满文，以蒙古文字母与女真语音拼成满文，作为满族统一的文字。满文的创制和颁行，使满族从此有了本民族的文字，可以用来交流思想，记载政事，翻译汉籍等，对政权建设起了重要作用。

其次是将其居所由费阿拉城移至赫图阿拉城并加以扩建，规模远远超过了费阿拉城，从此赫图阿拉成为努尔哈赤的第一座都城，亦是他管辖地区的政治、军事、经济和文化的中心。

再次是创建八旗制度，他在牛录制的基础上建立八旗制度，八旗制度是“以旗统人，即以旗统兵”，又是“出则备战，入则务农”兵民一体的社会组织形式，具有行政管理、军事征伐、组织生产的三项职能，努尔哈赤是八旗的最高统帅。

同时，努尔哈赤设立理政听讼大臣 5 人，扎尔固齐 10 人佐理国事，另设判官 40 名，荐举办事大臣 8 员，管理城防和乡间事务等。

在统一女真过程中，努尔哈赤集团内部发生了权力冲突和意见分歧，产生了一股分裂的势力。到了万历四十四年（1616年）正月，努尔哈赤在以上政权建设的基础上又清除了内部的分裂势力，认为“帝业已成”，遂称汗登位，建立“大金”，史称后金，改元天命，建都赫图阿拉城，从此成为与明王朝中央政府相对抗的地方割据政权。

皇太极的政治改革和清朝的建立

皇太极出生于明万历二十年（1592年），是努尔哈赤与叶赫纳喇氏孟氏所生，在努尔哈赤诸子中排行第八，自幼受到努尔哈赤的钟爱。经常跟随父兄出兵东征西杀，锻炼了军事才能，丰富了阅历，后因战功显赫而升为贝勒，成为八旗中镶白旗之主和重要的军事将领。天命十一年（1626年）八月十一日，努尔哈赤因患毒疽不治而死，四大贝勒中皇太极无论政治眼光、军事才能和个人威望都在众贝勒之上，被拥举为汗。

九月一日，皇太极在沈阳故宫大政殿举行了庄严的即位典礼，接受群臣九叩之礼，改明年为天聪元年。在接受礼拜之后，皇太极又率诸贝勒向大贝勒代善、二贝勒阿敏、三贝勒莽古尔泰行三拜之礼，不以君臣之礼相待，这一举动使得离心的亲兄弟蛰时拢到了一起，也表明皇太极能屈能伸，很有魄力。

皇太极即位以后，在后金内部实行全面的社会改革措施。

首先是政治方面的改革和加强中央集权：

（1）重用汉官

皇太极改革的一个重要方面，就是重用汉宫。他对努尔哈赤曾大规模屠杀汉人衿绅和儒生非常后悔。他从实践中认识到，要统治一个国家，单纯依靠武力的征服是不够的，还需要文化

清朝发源地

和教育。天聪三年，他决定考选儒生。考取者分为三等，一等赏缎二匹，二等三等赏布二匹，各免二丁差舶，并候录用。此次考中者称为秀才或生员。此后又在天聪八年三月、四月，崇德三年（1638 年）八月，崇德六年（1641 年）七月，举行考选。通过这几次考试，散处于辽东地区略通文义的知识分子大多数被吸收到后金政权中去，成为后来入关文职官员中的骨干。

（2）设立文馆与内三院

文馆也称书房，是后金国汗召集部分儒臣起草文书诏令的处所。皇太极于天聪三年（1629 年）四月，正式将文馆的工作分作两值（班），巴克什达海与笔帖式刚林、苏开、顾尔马浑、托布戚四人翻译汉文书籍，巴克什库尔缠同笔帖或吴巴什、查素喀、胡球、詹霸四人记注后金国朝事。从此文馆成为一个正式的办事机构。其授官为参将、游击者称巴克什，次之称笔帖式，其以儒生入馆工作尚未授官者称秀才、或称相公，无定员。文馆最初主要负责人是满人，后来逐渐增加汉人，最著名者有高鸿中、范文程、宁完我，鲍承先等。文馆的设立，使文人参与后金政治并发挥了很重要的作用。

由于文馆作用的重要与皇太极称帝的需要，天聪十年三月（1635 年）将文馆改为内三院：内国史院、内秘书院、内弘文院。内国史院掌记注皇帝起居诏令、编纂书史、纂修实录、撰拟郊天告庙表文、功臣诰命。内秘书院掌撰外国往来书状、及敕谕祭文、并录各衙门章奏。内弘文院掌注释历代政事得失、御前进讲、并颁行制度。三院各设大学士、学士来主持。

（3）六部与都察院、理藩院

皇太极根据宁完我的建议，依照明制改革后金官制，设立吏、户、礼、兵、刑、工六部统一管理全国的军事、民政、刑狱事宜，每部由一贝勒主管，下设承政四人，满承政二员，蒙古承政一员，汉承政一员，启心郎一员，承政之下各设参政八员，唯有工部参政满洲八员，蒙古二员，汉官二员。余为办事人员称笔帖式。贝勒多尔衮管吏部，德格类管户部、萨哈廉管礼部、岳托管兵部，济尔哈朗管刑部，阿巴泰管工部。全国重大事情仍由皇太极主持的诸贝勒和八旗大臣议政会议解决，但六部要直接向皇太极负责。六部的设立使后金有了全国统一的行政机构，提高了办事效率，加强了中央集权，同时给予蒙古和汉官相当高的地位。

崇德元年（1636 年）五月，皇太极称帝以后，根据汉官建议设都察院，以大凌河降将张存仁、祖可法为承政，都察院的职责是劝谏皇上、弹劾纠察六部以及诸王贝勒的不法行为。与三院六部不相属。皇太极授该院以很大的权力。

天聪九年（1635 年）林丹汗之子额哲投降，漠南蒙古全被后金统一，为了妥善地管理蒙古事宜，在崇德元年（1636 年）设蒙古衙门，以尼堪为满承政，塔布囊达雅齐为蒙古承政。三年六月改蒙古衙门为理藩院。七月以贝子博洛为承政，塞冷

（蒙古）为左参政，尼堪为右参政。副理事官八员启心郎一员。因为理藩院是专管外藩及蒙古事务的，故无汉人参政。

六部与都察院、理藩院合称八衙门，是当时清王朝中央一级的最高行政机构，基本上是按照明王朝的模式建立的，但也保留了一些清王朝的民族特点。

第二是建立专制皇权：

皇太极名义上是后金国汗，实际上与几个大贝勒的权势区别不大。在处理政务上是执行努尔哈赤天命六年（1621 年）的规定，四大贝勒每人轮流执政一个月，在朝会、宴会接见群臣时，皇太极与三大贝勒代善、阿敏、莽古尔泰并排而坐，俨然如四汗。这种局面既不利于后金政权的巩固，也不利于对明斗争的形势需要。

皇太极为了加强以汗为首的中央集权，削弱八旗贝勒的权势，逐步废除反映氏族社会军事民主落后的八和硕贝勒共治国政制度。他采取各种办法，狠狠打击足以与自己争权的三大贝勒的势力。当时，后金的决策机构议政会议被八主旗贝勒所控制，而三大贝勒又是其中能左右的力量，因此极大地束缚着汗权。早在天命十一年（1626 年）九月，皇太极即汗位后，沿袭旧制，仍在每旗设总旗务大臣一名（即固山厄真），但是扩大了他们的权限，规定“凡议国政，与诸贝勒偕坐共议之，出猎行师，各领本旗兵行，凡事务皆听稽察”。同时又在每旗设佐管旗务大臣二员，调遣大臣二员，前者“佐理国政，审断状讼”，后者“出兵驻防，以时调遣，所属词讼，仍令审理”。这就在一定程度上削弱了诸贝勒掌管旗务的权力，而且使他们处在众多人员的监督和制约之中。天聪三年（1629 年）正月，皇太极以关心三大贝勒身体健康为由，他说：“向因值月之故，一切机务，辄烦诸兄经理，多有未便。嗣后，可令以下诸贝勒代之，倘有疏失，罪坐诸贝勒”，于是“以诸贝勒代理值月之事”。这不仅削去三大贝勒每月轮流执政的大权，而且拉拢和团结其他贝勒为己用，从而提高了后金汗的地位。

天聪四年（1630年）六月，皇太极利用二大贝勒阿敏“弃滦州、水平、迁安、遵化四城”败归为口实，召集诸贝勒大臣会议，定阿敏罪状十六条，以“俨若国君”、“心怀不轨”、“丧失城池”、“扰害汉人”等罪名，将阿敏“革去爵号，抄没家私，送高墙禁锢，永不叙用”，以后阿敏“病卒于狱”。天聪五年（1631年）八月，在大凌河战役中，皇太极和三大贝勒莽古尔泰发生口角，莽古尔泰拔剑相向，皇太极以此把莽古尔泰治罪，革去大贝勒名号，降为一般的贝勒，夺其五牛录的属员，罚银万两及马匹若干。翌年，莽古尔泰因气愤“以暴疾卒”。

至此，三大贝勒只剩下大贝勒代善一人，是年十二月，当诸贝勒提出莽古尔泰“不当与上并坐”时，代善立即说：“我等奉上居大位，又与上并列而坐，甚非此心所安。自今以后，上南面居中坐，我与莽古尔泰侍坐于侧。”他主动请求退出并坐，得到皇太极允准。天聪六年（1632年）正月，皇太极废除“与三大贝勒俱南坐受”，改为自己“南面独坐”，这标志着汗权的确立。到了天聪九年（1635年）九月，皇太极召开诸贝勒大臣会议，指责代善对己不恭，众议代善“与皇上相左”，列了四条罪状，拟革去大贝勒名号，削除和硕贝勒职，剥夺十牛录所属人口，罚雕鞍马十匹，甲胄十副，银万两。但是皇太极心中有数，这不过是借题发挥，提高汗权而已，所以只罚银马甲胄。从此，威胁汗权的三大贝勒势力已除，皇太极实力大增，其余贝勒无力和他抗衡，使汗权得以加强和巩固。

第三是建立蒙古、汉军八旗：

皇太极一则是为了团结和拉拢汉族地主与蒙古贵族，加强统治基础；二则是为了增强军事力量，以适应对明作战的需要；三则是为了削弱满洲八旗主旗贝勒和旗内贝勒的势力，借以加强汗权，所以又分别建立汉军八旗和蒙古八旗。

早在努尔哈赤时期，在满洲八旗中就有 16 个汉人牛录。皇太极即位后，到了天聪五年（1621 年）正月，把汉人牛录拨出约二千多人，正式成为一汉军旗，命汉官佟养性统辖，谕曰："凡汉人军民一切事务付尔总理，各官悉听尔节制。"天聪七年（1633 年）七月，皇太极命满洲各户下汉人十丁抽一，约一千多人，由马光远统领，天聪八年（1634 年）五月，正式定名为汉军，以黑旗为标志。崇德二年（1637 年）七月，汉军由一旗增为二旗，称为"左右两翼"，以石廷柱为左翼固山额真，马光远为右翼固山额真。崇德四年（1639 年）六月，又分汉军两旗为四旗，以马光远、石廷柱、王世选、巴延四人为固山额真，各领一旗。崇德七年（1642 年）六月，再增设四旗，共为八旗，称之汉军八旗，旗色与满洲八旗相同，每旗设固山额真 1 人，梅勒额真 2 人，甲喇额真 5 人。约有 161 个牛录（即佐领）33000 多人。

天命六年（1621 年），后金攻占辽沈后，归降的蒙古军民，有的已被单独编为牛录，称蒙古军，由武纳格、布彦代统领，隶满洲八旗。皇太极即位后，蒙古归附军民不断增多，大约到了天聪三年（1629 年），将原先的蒙古军扩编成"蒙古二旗"。天聪七年（1633 年），把"蒙古二旗"，分为"右营"和"左营"，以武纳格和鄂本兑同为固山额真，分别统领。天聪八年（1634 年）五月，改"右营"为"右翼兵"，鄂本兑领之；"左营"为"左翼兵"，武纳格领之。天聪九年（1635 年），皇太极将蒙古二旗，扩充为蒙古八旗，旗色和建制同满洲八旗一样，入关之前蒙古八旗，约有 129 个牛录（即佐领），25000 多人。

汉军八旗和蒙古八旗的组成虽然与满洲八旗相同，但是汉军八旗，蒙古八旗的固山额真是由皇太极任命，而且可以撤换，他直接指挥这两支八旗军，因此军事实力大增，其他贝勒无法抗衡。

第四是发展经济：

努尔哈赤晚年，由于政策失误，致使后金的经济形势很糟，人民缺衣少粮，汉人的处境更是困难。皇太极认为要摆脱和克服经济困境，根本的出路就是千方百计调动生产者的积极性，发展生产，活跃经济，实行改革。

——分屯别居。努尔哈赤时，实行编庄，“汉人每十三壮丁编为一庄，按满官品级，分给为奴。于是同处一屯，汉人每被侵扰，多致逃亡”。皇太极针对这种情况，他即位不久，就采取满、汉“分屯别居”的办法，以缓和民族矛盾，使汉民安心生产。规定：“乃按品级，每备御（即牛录）止给壮丁八，牛二，以备使令。其余汉人，分屯别居，编为民户，择汉官之清正者辖之。”这样就有百分之四十的汉民从满官的奴役下解放出来，成为由汉宫管理的自由“民户”。另外，还派孟阿图等人“丈量地亩”，将“各处余地”归公，分给民户耕种，不许再立“庄田”。天聪四年（1630 年）十月，皇太极下令编审壮丁，要“牛录额真各察其牛录壮丁，其已成丁无疑者，即于各屯完结”，“此次编审时，或有隐匿壮丁者，将壮丁入官”。同时又令，“凡贝勒家，每牛录止许四人供役，有溢额者，……将所隐壮丁入官”通过以上措施，大量土地改为国家控制的屯地，许多汉民壮丁变为国家管理的民户编民，而且实行“分屯别居”，协调了满汉关系，促进了农业生产。

——离主条例。皇太极为了调整生产关系，解放束缚在八旗贵族庄园里的生产者，使其变成自由民。天聪五年（1631

年）七月，颁布《离主条例》，崇德三年正月，皇太极下令直接解放部分奴仆。这些措施，不仅打击了奴隶主，削弱了奴隶制，而且许多奴仆成了自由民，有了自己的经济支配权，从而提高了生产的积极性。

——重农政策。皇太极非常重视农业生产，认为农业是“立国之本”，“国之大经”，因此颁行一系列保护和鼓励农业生产的法令。

首先是不许扰农，把农业生产放在第一位。他即位不久就下令停止大规模的建筑工程，天聪元年（1627 年）九月，皇太极明令禁止屠杀大牲畜。

其次是保护汉民耕种，鼓励满族务农，确保农业生产有充足的劳动力。皇太极很清楚，后金的农业生产，主要依靠汉人，他们有农业生产的经验和技术，所以满汉分屯别居后，禁止满人到汉人居住地“擅取庄民牛、羊、鸡、豕”等财物。皇太极为了改变满族壮丁只战不耕的现象，天聪年间开始实行“三丁抽一”，就是说三丁中一人披甲出征，二人留家生产，称为余丁。披甲人和余丁的关系是：余丁专事农业生产，保证披甲人的生计，而披甲人所得战利品也分给余丁，耕战相辅。

再次是重视农业生产技术，提高生产效益。由于以上农业措施得法，收到很好效果，天聪年间后金的农业生产有了明显的发展，随之手工业、商业、交通运输等，也有了一定的发展，从而使后金的经济逐步摆脱了困境。

皇太极在不到十年的时间里，统一了漠南蒙古和黑龙江流域，改革了官制，后金的经济也因无战火迅速发展，而且意外地得到了传国玉玺，于是顺天应人，称帝上尊号便顺理成章地摆上了日程。

天聪十年四月，皇太极正式即皇帝位，受“宽温仁圣皇帝”

的尊号，改元崇德，定国号大清。皇太极开辟了清朝历史的新纪元。他是名副其实的清朝第一个皇帝。

明军兵败萨尔浒

万历四十六年（后金天命三年，1618 年）四月，努尔哈赤以“七大恨”（杀其祖、父即其中一恨）告天，誓师伐明。他乘明朝不备，攻取抚顺，连败明军，全辽震动。这下子，连终日纵情声色、万事不理的明神宗也着了慌，在次年二月调集了近 9 万人的兵力，连同 1.3 万名朝鲜兵，计 10 万余人，号称 47 万大军，由辽东经略杨镐指挥，企图一举将后金歼灭。

明军兵分四路，第一路以山海关总兵杜松为指挥，由抚顺东向，直扑苏子河谷；第二路以辽东总兵李如柏为指挥，由清河（今辽宁本溪市东北）出鸦鹘关东向；第三路以开原总兵马林为指挥，由开原出三岔口自北南下；第四路以辽阳总兵刘綎为指挥，合 1.3 万名朝鲜兵，出宽奠口自南向北。经略杨镐坐镇沈阳为总指挥，四路兵马皆指赫图阿拉。南路的刘綎最先行动，而杜松带领的第一路为全军的主力，有兵 3 万。且这一路出抚顺，渡浑河，沿苏子河谷而下，道路平坦易行，两日就可到达赫图阿拉，对后金的威胁最大。而其他三路山高水险，行进困难，一时均不易到达。

明军的这种分兵合击、声东击西的战略却为努尔哈赤所洞察。他在分析军事形势时对诸部将说：“明军要让我首先见到南路有兵，诱我南下。而其由抚顺方向来的一路必是重兵，须急拒战，破此路则他路兵不足忧矣。”他抓住明军兵力分散的弱点，采取“凭你几路来，我只一路去”的战略。对于最先告警

袁崇焕

的南路，他并不增援，仅以原驻防的500人抵御，而集中了八旗所有的军队和各将的亲兵约10万人左右，西向抵抗兵马最多、威胁最大的杜松一路。努尔哈赤的分析和部署，可谓知己知彼，令人叹服。

杜松虽然勇猛，然而无谋。他轻敌冒进，想占头功。三月初一，杜松率领第一路明军开抵萨尔浒（今辽宁抚顺东）。这里隔着浑河是界凡。后金征调的1.5万个役夫正在构筑界凡城，仅有400名军队守卫。杜松想趁后金大兵未到，迅速攻占界凡，于是就将辎重和2万人马留在萨尔浒，自己带1万精锐抢渡浑河，进攻界凡。后金军队早有准备，预先把浑河上游堵起来，待明军渡到一半时，决堵放流，明军淹死无数，而且浑河两岸就此失去联系和互援。

努尔哈赤率军到达时，却不以全力解界凡之围，他仅派两旗兵力救援界凡，而以六旗的兵力抄明军的后路，出其不意攻打杜松的萨尔浒大营。金兵突然从天而降，萨尔浒的明军仓皇失措，匆匆列阵对战。这一天，黑雾弥天，咫尺不辨。明军燃起火炬，恰好为金兵提供方便。金兵从暗处向明处射击，矢如密雨，发无不中；而明军军居明处却看不清金兵所在，铳炮都射到柳林中去。金兵乘势逾堑拔栅，顷刻间，明军防线被突破，溃不成军。金兵狠追猛杀，明军尸首漫山遍野，鲜血染红了萨尔浒山冈。萨尔浒明军被歼后，金兵马不停蹄，渡过浑河，从背后包抄攻打界凡的杜松军。攻城的明军一听大营被破，军心动摇，士气瓦解，加上腹背受敌，很快就被金军消灭。界凡山麓，血流成渠，浑河河面上，僵尸漂浮，如解冻的冰块，旋转而下。第一路军就这样全军覆没，杜松等将领均力战身死。

当夜，马林率第三路军开至距萨尔浒三四十里的尚间崖，听到杜松全军覆没，早就吓破了胆。第二天，努尔哈赤率军进攻，明军大败，仅马林只身脱逃，其余尽歼。

由南北上的第四路刘綎军，不知萨尔浒之败，努尔哈赤令降兵伪装并持杜松令箭，驰至刘綎营假报军情，说杜松军已得胜，诱刘綎深入。让刘綎以为真，引军深入，遂中金兵埋伏。刘绥阵亡，第四路军也就迅速被歼。

经略杨镐闻报三路兵马尽败，急令第二路的李如柏退兵，因而这一路得以全师而还。这一仗，明朝损失士兵 4.6 万人、将领 300 多员。因战斗主要是在萨尔浒地区进行，所以历史上称之为“萨尔浒之战”。这是历史上一个集中优势兵力打歼灭战的著名战例。

萨尔浒战役之后，后金与明王朝的力量对比发生了重大变化。后金的军事力量增强，其政治野心和掠夺财富的欲望也愈来愈大，由防御转入了进攻；而明朝的力量大衰，不得不由进攻转入防御。此后，双方战争的性质也起了变化。在这之前，后金对明发动的战争是反压迫、反剥削的民族自卫战争；此后的战争，却是女真贵族为实现其政治野心和满足贪欲而发动的侵略掠夺战争。

萨尔浒战役的当年，金兵又攻取开原、铁岭，冲入明朝边墙。

明军一再败绩，经略杨镐被明朝政府逮捕处死。天启元年（后金天命六年，1621 年），后金又攻破军事重镇沈阳和辽阳，连克 70 余城。努尔哈赤先迁都辽阳，天启五年（后金天命十年，1625 年）又把都城迁至沈阳，改名盛京。

明朝的失败，主要在于用将不当。熟悉军事、有谋略的熊廷弼虽两度被任为辽东经略，但无实权。而素不知兵的巡抚王化贞却指挥着十几万大军，他反对熊廷弼的正确防卫措施，轻举妄动，致使广宁大败，明朝又丧失 40 余城。明政府不分是非，把熊廷弼和王化贞都逮捕下狱。阉党借此兴起大狱，诬陷熊廷弼贿赂东林党人杨涟和左光斗，把熊廷弼处死。

后来，守辽主帅孙承宗采取部将袁崇焕的建议，整顿山海关防务，兴工修筑宁完远城（今辽宁兴城），又修建了锦州、大凌河、小凌河、松山（今锦州市南）、杏山（今锦州市西南）等要塞，形成一条宁锦防线。天启五年，阉党高第代替孙承宗为辽东经略。高第怯懦，主张撤消关外防线，退守山海关，把锦州、松山、杏山诸城的防守全部撤除，驱民入关，委弃米粟十余万。百姓死亡载途，哭声震野。高第命袁崇焕也丢弃宁远，撤兵进关。袁崇焕誓死不从高第命令，他说："我在此地为官，就当死在这里，决不离开。"坚守宁远孤城。次年正月，努尔哈赤率军进攻宁远，袁崇焕英勇抗击。努尔哈赤负伤败退，不久病死。这是明朝对后金作战以来取得的第一次胜利。

清太祖肇基开国

在长白山下古来就有个美丽的传说：在古老的年代，天上有三位仙女飘降到人间，来到长白山下的布勒里湖中洗澡。她们正玩得高兴，忽见一只神鹊衔了枚朱果飞来，放到岸边，叫了几声就飞走了。老三佛库伦动作轻捷，游到岸边，见那果子红通通，亮晶晶，爱不忍释。穿衣时，含在嘴里，可一不小心竟咽到了肚子里。她因而怀了孕，生下个男孩。这仙女所生的男孩就是满族的始祖，名叫爱新觉罗·布库里雍顺。

这个有关满族起源的神鹊故事，同殷人的玄鸟生商的传说大同小异，这或许是满人与殷人的先民都曾以鸟作图腾的缘故吧！

满族的历史也是相当古老的，先秦称肃慎，隋唐称靺鞨，五代以后称女真，明代后期（1366 年）才改称满洲。满洲是族名，但“洲”字义近地名，故也假借作地域名称，相沿既久遂不改。同时，族名却省却了“州”字，而直称为“满”了。

明后期，当历史上的金朝被灭国 300 多年之后，女真族又出了位英雄人物，即清太祖努尔哈赤（1559—1626 年）。

努尔哈赤属建州女真的一部。当时，女真族散居中国东北，共分四大部分：

建州女真——生息在牡丹江和图们江流域；

海西女真——居住在松花江流域；

东海女真——生活在乌苏里江及其以东的滨海地区；

黑龙江女真——聚居在黑龙江流域。

努尔哈赤，早年丧母，以挖人参、采松子辅助家庭生活。通汉语，喜读《三国演义》。二十五岁时，以十三副铠甲起兵，经过三十几年努力，基本上统一了女真各部。于是，在五十八岁时，在赫图阿拉图城（今辽宁新宾）穿起黄衣，称起皇帝来。建国号“金”，史称后金，自号天命。因其不曾建元，故后世即以“天命”作努尔哈赤朝代的年号了，天命元年，即公元

1616 年。

努尔哈赤的金朝，只是中国的一个地方性的政权。

努尔哈赤在统一女真的肇基时期，是尊明的，并接受明廷龙虎将军等封号。开国后的第二年誓师反明，出兵劫掠抚顺城。第三年，明廷兴师伐罪。努尔哈赤兵将虽少，却勇敢沉着，在萨尔浒一役，以迅雷不及掩耳之势，歼灭明师主力杜松部四万余人，旋又集中兵力歼灭明师另外两路，共歼十余万人，大获全胜。

萨尔浒在今辽宁省抚顺市东。

萨尔浒之役在明清的兴亡史上是一场战略决战。从此，努尔哈赤在辽东战场上夺得了主动权，进据辽河流域，迁都于沈阳，后金的政权稳固了。明廷兵将却从此龟缩于山海关，虽先后有名将出镇关隘，然而，却只是被动的防御了。后来，清高宗（乾隆皇帝）东巡至此地，曾立碑纪功，赋诗曰：

“铁背山头歼杜松，
手麾黄钺振军锋。
至今四海无征战，
留得很难缔造踪。”

今天，萨尔浒古战场已淹没在 20 世纪 50 年代修建的大伙房水库之中，可那铁背山、萨浒山却仍然屹立在碧波之畔，充当那明清兴亡史的见证。

努尔哈赤的肇基之功甚多，在历史上值得一书的还有“八旗制度”和制定满文。八旗制度是从中央到地方的社会组织形式，兼有军事、行政、生产的多种职能。它的创立将原来散漫的居民统一了起来，也是后金强大起来的重要原因之一。满文的制定也是一件大事，它对借鉴汉文，发展其民族文化，促其社会制度的加速封建化，都有莫大功绩。

今天，八旗制度已成历史陈迹，满语与满文也都正在消亡。目前，只有黑龙江的爱辉、富裕县等地的部分满人中仍说满语，用满文，在其他地方它只是少数学者研究的内容了。尽管如此，努尔哈赤的历史功绩仍是应该褒扬的。

努尔哈赤戎马一生，攻必克，战必胜。可是，公元1626年春，当他率兵攻打宁远堡（今辽宁兴城）孤城时，却被明将袁崇焕的大炮打得大败而归，几个月后便含愤去世了。

明后金宁远之战

明天启六年（1626年）正月，名将袁崇焕在宁远（今辽宁兴城）督率军民击败后金汗努尔哈赤进攻的城邑保卫战。

万历四十七年（1619年），后金努尔哈赤在萨尔浒之战大获全胜之后，又相继夺取开原、铁岭（今属辽宁）等要地，然后将作战矛头置指已成孤立之势的沈阳、辽阳。天启元年（1621年）二月，努尔哈赤统数万骑兵，分八路攻略沈阳外围，并于三月中旬以重兵围困沈阳。努尔哈赤诱守城将领贺世贤出战，然后佯败退兵，使明军中伏，大败明军，而后乘机攻城。沈阳城破，贺世贤、尤世功等将领先后战死，守城军民死者达7万人。

沈阳失守后，后金军又转兵迎击明朝援军，先后打败驰援明军童仲揆、陈策奉部和李秉诚、朱万良、姜弼部。十八日，又乘胜直趋辽阳。再次诱明军主将出城应战，然后设计破城。至二十一日，又拿下辽阳，辽东经略袁应泰见城陷自焚而死，巡按御史张铨被俘杀。沈辽战后，后金军又连克广宁（今北镇）

等40余城堡，并企图进兵山海关。

六月，明廷仍以熊廷弼为兵部尚书兼右副都御史，经略辽东，兵部尚书王象乾总督蓟、辽军务。因熊与辽东巡抚王化贞意见不合，天启二年，又命兵部侍郎王在晋为尚书兼右副都御史，经略辽、蓟、天津、登、莱军务。面对后金军的凌厉攻势，王在晋主张在山海关外八里铺构筑重关，派重兵防守，均遭到兵备佥事袁崇焕等人的坚决反对。袁主张守宁远，阎鸣泰主张守觉华岛（今辽宁兴城东南菊花岛）。不久，又派学士、兵部尚书孙承宗接替王，驻守山海关。孙认为只守山海关不行，主张水陆配合，守关外以蔽关内；宁远为关外通向关内的咽喉，必须确保；但宁远孤立难守，应与觉华岛守军相配合，有战事，岛上军队可出三岔河，断浮桥，绕到背后横击。无事，可以控制关外200里地区。因此，他接任后，兼取袁崇焕和阎鸣泰二人的意见，派袁崇焕驻守宁远，对城防进行修复加固，作为关外抵御后金的重镇；一面派兵驻守觉华岛，以利水陆配合，屏障山海关。孙承宗经略辽东四年，训练军队11万人，修复大小城堡50余座，使后金军无隙可乘，辽东防务得到巩固。

可是，因为这期间山东发生了徐鸿儒领导的农民起义，明廷在对西南用兵的同时，无兵可调，遂抽调辽东部队入鲁，削弱了辽东防务。同时，又不支持孙承宗的防务措施，反而听信宦官谗言。天启五年（1625年）罢免孙承宗的职务，以宦党高第接任。高第怯战，他认为“关外必不可守”，于是命关外锦州、右屯、大小凌河、松山、杏山、塔山等处守备将士拆除防御设施，撤军入关，实行消极防御。只是由于袁崇焕的坚决反对，才保留宁远孤城，让袁崇焕驻守。

天启五年，后金迁都辽阳。次年正月，努尔哈赤乘高第向关内匆忙撤军之机，亲率八旗兵约6万人（号称13万），于十四日出沈阳，十七日西渡辽河，倾全力直逼宁远，企图打通辽西走廊，进而夺取山海关。

明廷闻讯，多数大臣认为宁远必不能守，束手无策。经略高第和总兵杨麒龟缩山海关，拥兵不救。这时，宁远前有大敌，后无援兵，形势险恶。但袁崇焕临危不惧，决心死守宁远。他召集众将计议守城良策，决定发动全城军民，坚壁清野，共同守城。为了激励士气，他当众刺血宣誓，誓与宁远共存亡，军民为之感奋。并立即作出如下城防部署：总兵满桂、副将左辅、参将祖大寿、副将朱梅各自领兵一支，分守东、西、南、北四面，在城头上配置西洋大炮11门，东、北两面及西、南两面，分别由彭簪古和罗立指挥。并由满桂协助袁崇焕提督全城。同时，动员城厢商民入城、焚毁城外民舍、积刍，让后金军无从劫掠，暴师于严寒荒野之外。针对努尔哈赤善于运用间谍的特点，派人日夜巡守街巷路口，动员民众配合士兵逐户搜查，并令同知程维楧专门负责稽查奸细。令通判金启倧督派民夫，供应守城将士饮食；还派官吏督带商民筹办物料、督运矢石和火药等战略物资。并于城外泼水为冰，阻止后金军登城。二十二日——敌军到达前一天，一切城防守备事宜准备就绪，全城军心民心亦得到了安定。

明熹宗

二十三日，努尔哈赤率后金军进抵宁远，在距城五里的横截山海大道，扎营布阵，切断宁远与关内的联系，在宁远城北安下大营。努尔哈赤还派俘虏的汉人入城向袁崇焕劝降，声称以20万大军攻城，宁远指日可下，如果投降，可得高官厚禄。

袁崇焕严词拒绝，命罗立用西洋大炮向后金军大营轰击。后金军伤亡甚重，被迫拔营西移。次日晨，努尔哈赤命后金军推盾车、运钩梯，配合步骑兵，在城西南角发起猛攻。一时间，万矢齐射，城上箭注如雨。袁崇焕命守军连续发射西洋大炮还击，伤敌甚众，当面守将左辅率军民奋勇作战，坚守不退。祖大寿率军应援。以铳炮、药罐、礌石迎击敌军。后金军攻击受阻，死伤累累。努尔哈赤无奈，转兵攻打城南，以盾车作掩护，在城门角守御薄弱部凿开大洞四处，城守危在旦夕。在此危急关头，袁崇焕亲冒矢石，担土、搬石，堵塞缺口，血染战袍，仍沉着镇定地指挥军民作战。为打退敌军，他命军民以柴草浇油、混以火药，垂下城去，以火阻止敌兵登城；并选敢死健丁数十人，携带棉花火药，垂下城去，焚毁后金军的攻城战车，战至深夜，后金军被迫收兵。

二十五日，努尔哈赤再次发起攻城。守军于城上施放炮火，大量杀伤敌人。后金军畏惧炮火，不敢贸然接近城墙。双方激战1天，后金军尸横城下，其将领持刀驱兵，仅至城下而返。努尔哈赤无奈，下令抢回尸体，就地焚化，并撤回部队，在离城5里之外的九龙宫扎营。次日，后金军继续攻城，守城将士仍以炮火、矢石顽强守御。精于骑射的八旗后金军面对坚城，无法施展，却暴露在深沟高垒之前，矢石炮火之下，伤亡严重，被迫撤军。努尔哈赤战败受伤，心情抑郁，叹道："朕自二十五岁征伐以来，战无不胜攻无不克，何独宁远一城不能下耶?"八月十一日，努尔哈赤病卒，后金军被迫撤军。袁崇焕乘胜率兵出击，将防线推进至小凌河一带，收复了高第放弃的地区。

宁远保卫战奏捷，明廷晋升袁崇焕为辽东巡抚。袁继续执行守关外以蔽关内的作战方针，并提出"坚壁清野以为体，乘间去瑕以为用"的作战方法，积极修复城堡，调整部署，加强守备，使后金军进不能攻，毫无所获。

清朝定都北京

清朝发源于东北地区的建州。16世纪末，太祖努尔哈赤以十三副遗甲起兵，四方征讨，至明万历四十四年（1616年）建立起后金汗国。万历四十六年（1618年），后金开始向明朝发起进攻，并在几年之内攻占了辽东的大部地区，迁都至沈阳。崇祯九年（1636年），清太宗皇太极改国号为大清，即皇帝位，继续攻击明朝。崇祯十五年（1642年），清军夺得松山、锦州等地，明朝在关外仅存宁远一城，至此，清朝已经基本上具备了入主中原的实力。

崇祯十七年（1644年）春，农民军李自成部进军北京，向明王朝发起总攻击。清朝统治集团的核心人物摄政王多尔衮感到时机成熟，遂于这年四月率大军西进，准备乘战乱伺机夺取明朝天下。此时李自成农民军已经攻克北京，明亡。原明平西王吴三桂据山海关降清。四月二十二日，清军和吴三桂军联兵在山海关内大败李自成农民军，农民军溃退回京。多尔衮于当日封吴三桂为平西王，统马步兵一万隶之。第二天即向北京进军。

清军及吴三桂部在西进京师的途中发布榜文告示，宣传“义师为尔复君父仇，非杀尔百姓”。多尔衮也极重视部队的政策与纪律，向诸将提出“今入关西征，勿杀无辜，勿掠财物，勿焚庐舍。”清军的这种做法消除了许多汉族官僚地主的疑惧，因而在向北京进发的过程中几乎没有遇到抵抗。五月二日，多尔衮率军到达北京，此前李自成已领人马全部撤离京城，京城的官民开城门迎接清军，一些人家门前还摆花焚香以示欢迎。这样，清军兵不血刃，轻易地占领了北京这座故明都城。

入关后的清军把大顺农民军看作自己的主要敌人，进京后立即马不停蹄地继续深入攻击围剿。而对故明势力，清方则采取了安抚拉拢的政策。多尔衮在进京第二天即宣布，明朝“各衙门官员，俱照旧录用，”“其避贼回籍，隐居山林者亦具以闻，仍以原官录用，”“剃发归顺者，地方官各升一级，”“朱姓各王归顺者，亦不夺其王爵，仍加恩养。”紧接着，又下令军民为崇祯帝服丧三日，发丧安葬，以收笼人心。在清军的政策攻势下，直隶和山东、山西等地的大批官僚士绅归顺清朝，清朝在京畿及其周围地区的统治初步巩固。

摄政王多尔衮在占领北京后就以北京作为对关内军事、行政发号施令的指挥中心，常驻下来。但由于清朝未成年的皇帝顺治帝和朝廷班子还在盛京（沈阳），北京此时还不是清朝的正式首都。五月十五日，聚集在江南的明朝官僚拥立福王朱由崧在南京称帝，改元弘光，继承明朝的系统。南明王朝的建立，无疑是对清朝入主中原的正统性的一种挑战。多尔衮的对策，一方面是在军事上积极打击南明势力，一方面是在政治上竭力证明自己的合法正统性。积极组织迁都，也是这种努力之一。

清朝贵族中一部分眼光比较短浅者并不同意迁都北京，他们或拘于传统，或由于利益根基已深植于辽东，不愿离开辽东的老根据地。英郡王阿济格就曾建议：“宜乘此兵威，大肆屠戮，留置诸王以镇燕都，而大兵则或还守沈阳，或退保山海，可无后患。”但多尔衮却坚持迁都以图进取的方针。七月，黄河以北地区大部占领，多尔衮就派辅国公屯齐喀等带着请迁都的奏章去盛京迎接顺治帝。顺治帝于八月十一日葬太宗皇太极于昭陵，二十日车驾起行。九月十八日，顺治帝抵达今通县，多尔衮率诸王、贝勒及文武群臣至通州迎驾。十九日，顺治帝至京师，自正阳门入宫。

摄政王诏

十月初一日，顺治帝在北京行登基登基礼。顺治帝在上年已经行礼即位，但那只是东北一隅的皇帝，这次占据着盛国都城，行礼是表明要君临天下，因而特别隆重。顺治帝亲至南郊，祭告天地，读祝文，宣布仍用大清国号，顺治纪元。十月初二，顺治帝准孔子六十五代孙孔允植仍袭封衍圣公，兼太子太傅，表达了新王朝对儒学圣教的尊重。初十，顺治帝于皇极门向全国颁即位诏书。诏书除宣布自己作为天下最高君主的无庸置疑的合法性之外，还提出五十五款。其主要内容有：加封亲王宗室及满洲开国功臣；察叙满洲将领及入关后降顺之文武官绅；赦免十月初一日以前的罪犯；加恤出征兵丁；地亩钱粮俱照前朝原额，而加派辽饷、新饷、练饷、召买等项悉行减免；大兵经过地方免征正粮一半，无大兵经过者免三分之一；各直省拖欠钱粮，自五月初一以前，凡未经征收者尽行减免；等等。

在颁即位诏的同一天，顺治帝加封多尔衮为“叔父摄政王”。以后几日又加封郑亲王济尔哈朗为信义辅政叔王，晋阿济格、多铎等为亲王、郡王。在这一系列庆典完成之后，清廷又于十九日以英亲王阿济格为靖远大将军，率师西征大顺军；于二十五日以豫亲王多铎为定国大将军，率师南讨南明政权。此时清朝统治者的野心已经十分明确，就是要统一全中国。

清朝迁都北京，顺治帝在北京行定鼎礼，标志着清朝政权在中原地区统治的初步确立。尽管清朝统治者又用了近二十年的时间，才真正统一了天下，但其新的统治中心北京地区却一直是相当巩固的。北京作为清朝的首都，也就一直延续到二十世纪初清朝灭亡，二百多年中始终没有改变地位。

大顺政权的覆亡

顺治元年（1644 年）四月二十九日，大顺政权撤离北京前李自成在武英殿举行即位典礼，草草完毕后，便吩咐全城军民，各自出城避难，并放火焚毁了明代宫殿和各门城楼，开始撤离北京。他们严守纪律，日夜兼程。但不出十天，清兵在庆都（今河北望都县）追上大顺军，双方交战，大顺军饥疲交迫，士气不振，败退下去。接着又在今河北正定与清军相遇，交战失利，只得退入山西境内，清军也马困人疲，不得不退回北京附近。

在太原，李自成亲自召见陈永福，授以防御之计，并对山西一带的防务做了具体的部署，便自己率大部回西安，积极准备反攻。而清军入京后，也加紧为大举进兵做准备，前期的一个主要工作是招抚农民军。不久，山西北部的一些大顺将领便投降了清军。大顺军加紧防御太原，他们处死了明宗室千余人，又把大批明朝官绅押往陕西，以防内患。九月十三日，叶臣等统率清军进抵太原城下，但因防守坚固，无法突破。二十天后，清军调来“西洋神炮”，轰破西北城角，城垣毁塌数十丈，清军蜂拥而入，大顺军大败，守将陈永福也投降了清朝。清廷又令英亲王阿济格、吴三桂、尚可喜等由北京出发，准备先攻陕西，取西安，另一支部队则由豫亲王多铎、孔有德等统领南下进攻江南。

与此同时，大顺军于河南今河南泌阳做了局部反攻。十月十二日，大顺军两万多人，连克数城，击毙清军提督金玉和，直扑怀庆。清廷闻讯大惊，遂改变进军南京的计划，命多铎先救怀庆，再取潼关，与阿济格夹攻西安。多铎部队不久抵怀庆，大顺军兵力不足，主动撤退，多铎乘势追击，于十二月二十二日进抵潼关。当时，李自成将主要的防御精力投在陕北，以防由蒙古取道而来的阿济格军，此时，就不得不抽调驻守该地的部队，由刘宗敏带领赶往潼关。

十二月二十九日，潼关战役打响。刘宗敏先战不利，李自成便亲率部队参战，遭多铎部八旗兵全力反击，损失甚重。次年正月九日，清军调来攻坚利器红衣大炮，轰击潼关，然后大举进攻。大顺军尽力反抗，并派骑兵迂回至清军阵后突击，均未成功。十二日，潼关镇守将领马世耀以七千余人伪降，清军占领潼关。当晚，马世耀派使者密告李自成，被清兵截获。次日，多铎假说打猎，于潼关城西南十里的金盆坡埋伏军队，随后又声言举行宴会，将马世耀部军械全部解除，尽杀七千多大顺官兵。

在北线，阿济格已至陕北，占领了米脂，将李自成故里居民不分老幼，全部屠戮殆尽。随即进兵西安。李自成在两面夹攻下，带主力退回西安。正月十三日，又决定放弃西安，取道蓝田、商洛地区向河南转移。临行前，李自成命权将军田见秀将留下粮食等全部焚毁，但田见秀却以“秦人饥，留此米活百姓”之由，偷偷留下，尽焚东南城楼。

清军占领西安后，多尔衮即命多铎按原计划移师进攻在南京建立的南明弘光政权，命阿济格部由陕北南下追击大顺军。李自成率大顺军先至河南，由于士气低落，拖家带口，行动迟缓，在内乡一带歇息多日，直到阿济格部清军追上后，才拔营南下湖北。三月，大顺军渡长江，在荆河口击败明将左良玉部将马进忠等驻军，旋又占领武昌。此时，李自成想夺取东南之地作为据点，到湖北时，留有军队几十万，遂改编为四十八部。把主要兵力置于东部，可同清军争夺南京，而把次要兵力置于北面，拒北来的阿济格部。结果阿济格部尾追而来，大顺军后方空虚，刘宗敏、田见秀领兵5000出击，不久败还。大顺军只得弃武昌东下。

四月，清军追至九江一带，直接攻入老营，大将刘宗敏、军师宋献策、明降将左光先、李自成的两位叔父和大批随军将领家属皆被俘。刘宗敏当场被杀，宋献策、左光先降清。丞相牛金星知大势已去，不告而去，躲入降清的儿子牛全的官衙内。

五月初，李自成率残部欲由江西西北部入湖南。行至湖北通山县境九宫山下，遭当地地主武装袭击。当时随身左右的仅义子张鼐等二十余人。二十余名战士均被击杀，李自成也于搏斗中身亡。至此，轰轰烈烈的大顺政权覆亡。

张献忠的大西政权

在明末农民起义军中，最强大的两支力量是张献忠军和李自成军。张献忠是陕西今肤郡人，天启末年起义，号八大王。崇祯年间，张献忠率所部转战于黄河以及江淮流域。崇祯十一年（1638年）春，张献忠降于明，几个月以后再度起事。此后，张献忠部曾破武昌、长沙等重镇，并占领了湘、赣的广大地区。张献忠于崇祯十四年（1641 年）在武昌称西王，设置官职，建立政权。至崇祯十六年，张献忠已经拥有数十万百战之师，力量十分强大。

崇祯十七年（1644 年），李自成军自陕西向明朝的统治中心北京进军。而张献忠为了同李自成争夺霸业，决定以四川为根本，然后北伐并征讨天下，因而率重兵自荆州入川。这年年初，张献忠部沿长江两岸夹江上行，先后攻克今四川奉节、万县等他。六月，张献忠率师接连攻占今涪陵、江津、重庆，紧接着又亲统水陆两师长驱成都。八月初九日，张献忠攻陷成都，成都附近的各州县也相继被占领。九月，张献忠部同此前进入川北地区的李自成大顺军展开激战，大顺军失败退回汉中。至此，张献忠的农民军基本控制了整个四川。

张献忠在扫平四川后，于十一月十六日在成都正式称帝，国号大西，改当年为大顺元年，改成都府为西京，诏民间称其为老万岁。大西政权以汪兆麟为左丞相，严锡命为右丞相，并设置六部尚书；颁布新历，铸造“大顺通宝”钱；在各地方也设置府、县官员，并派兵镇守。张献忠还任命孙可望为平东将军，李定国为安西将军，刘文秀为抚南将军，艾能奇为定北将军，分掌大部分部队，孙可望等人都是张献忠的义子。

大西政权建立后的最初阶段，采取了一些安抚民众的措施。为了网罗人才，又于顺治二年（1645 年）两度开科取士。同时还把各处生员及家属集中在城里，以防止他们在乡间造谣生事。在这段时间里，大西政权是较稳定巩固的。

张献忠在称帝之后仍把大顺军作为主要敌手，曾派李定国领兵进攻大顺军占据的汉中，还亲自率军接应。但这时四川各地的官绅武装和南明的军事力量却由东、南、西三面向大西政权发动进攻，顺治二年（1645 年）三月，明副将曾英等部在重庆、今四川宜宾等地击败大西军；南明督师王应熊、总督樊一蘅在遵义誓师，命令各路明军会师攻击大西政权。各地对大西政权不满的缙绅和民众趁机起事，刺杀大西政权的地方官吏，甚至有一县之内在三四个月内连杀十几个县官的。还有的地方用马粪涂抹大顺年号，改成南明的弘光年号。到这年年底，南明军队已在重庆、内江、嘉定（今乐山）、大渡河所（今汉源境内）一线集结了数十万兵力，在成都以北的茂州也有军队屯驻，形成夹击成都之势。

张献忠性情暴躁，称帝后更发展为残忍嗜杀，常因小事屠戮身边近侍和朝廷官员。对于四川到处出现反叛，张献忠异常愤怒，认为四川“百姓等已暗通敌人”，不但杀死了许多归顺的官员和缙绅，还屠杀了许多居民。顺治二年七月，张献忠在成都残杀了大批居民。领兵在外的孙可望听到消息后愤懑感叹说：“吾侪数年辛苦，是为百姓受之，今付东流，可不惜哉！父王为此，实不思已甚。父王为百姓之首，如一身之肢体然。今手足已去，其头安能独存哉？有王无民，何以为国？实不啻空有王名而已。”言毕痛哭不已。由于执行这种错误的屠杀政策，大西政权迅速衰落。

顺治二年（1645年）底，清廷在初步平定江南之后，也开始腾出手来对付大西政权。这年十一月，顺治帝发布劝降诏书，要求张献忠率众来归，“自当优加擢叙，世世子孙，永享富贵。”这次招降遭到拒绝。于是清廷于顺治三年（1646年）正月任命肃亲王豪格为靖远大将军，统大军入川征剿张献忠部。此时张献忠仍在全力对南明军作战。三月，南明杨展部在成都以南大败大西军，占领川南各县。大西军十余万人向东欲开辟入楚道路，再次战败，只得退还成都。五月，南明总兵曾英等部开始向成都方向进攻，而清军豪格部也已达汉中，大西政权受到南北两方面的巨大威胁。

这年七月，张献忠决计放弃成都，向北插入陕西，再同清军周旋。于是放火焚烧了蜀王宫殿和城中民房，把各种金珠珍宝投入江中，并且乘醉将自己唯一的幼子扑杀，而后弃城都北走。孙可望、李定国、刘文秀、艾能奇等率重兵从行。

十一月末，张献忠的大西军主力行至川北西充县境内，而清军主力也到达了今四川仪陇的南部县，两军相隔不过百里。大西军并不了解清军情况，而清军则因有大西军保宁守将刘进忠投降，对张献忠的实力和营地了如指掌。二十七日凌晨，清军以刘进忠为向导，兼程奔袭至西充大西军营寨。其时大雾迷漫，大西军哨兵报告近处有盔甲声，张献忠以为是煽惑军心，立斩哨兵数人。但不久后又有探兵入营急报，满洲骑兵已在对面山上。张献忠闻讯带亲兵和太监数人到营外凤凰坡探察虚实，被清军的弓箭射中，当即死亡，时年四十一岁。

张献忠突然去世造成大西军各营惊慌失措，十分混乱，无法组织抵抗。清军乘胜攻破了大西军所有营盘，斩首数万人。大西军奔溃四散，只有孙可望、李定国等人收集了数千残部和万余名家口，经顺庆府（今南充）南逃，始终组织严紧，并且一直坚持大西国号。这支大西军几经转战，于第二年春进入贵州，而后进攻云南，以云南为根据地，成为抗清斗争中最重要的一支力量。

多尔衮挥师入关

多尔衮为清太祖努尔哈赤第十四子。公元 1612 年生，这时努尔哈赤年已五十四岁，努尔哈赤死时，多尔衮才十五岁。太宗皇太极即位，封多尔衮为贝勒，因按年齿序列第九，故称九贝勒或九王。天聪二年（1628年），多尔衮随同皇太极进军蒙古察哈尔多罗特部，因作战英勇，被皇太极赐以美号为墨尔根代青，意即聪明王。天聪九年（1635年）二月，皇太极派多尔衮为元帅，往攻察哈尔部林丹汗子额尔克札果尔额哲。由于多尔衮不费一兵一卒，圆满地解决了察哈尔向清朝的归服问题，再立奇功，赢得了在满洲贵族中的威信。

崇德元年（1636年）四月二十三日，皇太极在沈阳论功封兄弟子侄，多尔衮被封为和硕睿亲王，是六大亲王之一，名列代善和济尔哈朗之后，其政治地位节节上升。

崇德八年（1643年）八月，皇太极在沈阳暴逝，宗室中很多人倾向于支持多尔衮争夺皇位，多尔衮为了谋求内部的统一，顾全大局，采取折中方案，立皇太极第三子年仅六岁的福临即位，自己和济尔哈朗共同摄政，负责实际政务。

多尔衮率领清军入关，以及入关后的统一大业，是与范文程的襄助分不开的。范文程祖籍沈阳，其祖父官至明朝兵部尚书。崇德初年，皇太极任命范文程为内秘书院大学士，进世职二等甲喇章京，参与机密。范文程虽系汉人，但属于清朝元老，他头脑清醒，有大略，深得清朝统治者信任。

顺治元年（1644年）四月初四，当多尔衮即将率师伐明时，范文程曾向他提出如下几点看法和建议：

（1）明朝腹背受敌，进军关内的时机已经到来；

（2）中原地区可一举平定；

（3）农民军将是角逐的对手；

（4）进取内地时，应注意军纪；

（5）应据守关内据点，主张稳扎稳打。

范文程的建议，对当时执政的多尔衮影响极大，事实上多尔衮入关前后的行动，均依照范文程的奏疏所拟议，未做大的修改。

顺治元年（1644年）四月初九日，多尔衮以大将军名义率领大军浩浩荡荡由沈阳出发了。

吴三桂降清

吴三桂，字长伯，江苏高邮人，祖籍辽东。他的父亲吴襄，崇祯初年任锦州总兵。吴三桂则以武举承父荫，授都督指挥。松锦战役时，洪承畴督率诸镇兵，吴三桂为他手下之主要将领之一。这次战役之后追究责任，吴三桂被降三级录用，仍守宁远，戴罪立功。这时由于吴三桂年富力强，加之吴三桂本为辽东世将，实力雄厚，对清的多次诱降置之不理，所以他甚为明帝所重。崇德八年（1643年）十月当济尔哈朗及阿济格率清兵向山海关外中后所、前屯卫、中前所等明军守地发起进攻时，都是为吴三桂所部的明军所击退，这说明当时明廷于辽东一线所依恃者，非吴三桂莫属。

李自成军攻破北京时，吴三桂原本投降农民军的可能性应大于降清，但是由于李自成军在北京对降官追赃索饷搞得十分厉害，特别是吴襄在北京也被拷掠追赃，其消息传到了吴三桂的耳中，这对吴三桂的政治态度产生了很坏的影响。同时其爱妾陈圆圆被掳更加深了其对农民军的不满，使其最后走向降清道路。

多尔衮所率清军于公元1644年四月十一日到达辽河。十四日到达翁后（广宁附近）。由于行经之地一面有山，素称多兽，多尔衮约定次日与朝鲜世子行猎。但十五时卯时，清兵刚刚行军5里许，忽闻镇守山海关的明军统帅平西伯吴三桂突然派人前来洽降。他们除了约降事宜之外，同时也把农民军攻占北京及崇祯皇帝身死之事一一报告。这对清军的入关提供了难得的方便。多尔衮立即召开了军事会议，决定迅速向关内进军。

在这次军事会议上，洪承畴起了重要的作用，他由于多年参与镇压农民军的活动，对农民军的情况一清二楚。他根据吴三桂使者的报告，马上在会上提出下列意见：

（1）应首先发布命令，说明清朝这次出师的目的系“扫除乱逆”（指农民军）。

（2）应当整顿纪律，强调“不屠人民，不焚庐舍，不掠财物；其开门归降及为内应立大功者，破格封赏”。

（3）农民军惯于“遇弱则攻，遇强则走”，因此，清军“宜从蓟州、密云疾行而前。若贼走，则以精骑追之”，如果农民军“仍据京城以拒我，则破之更易”。

（4）清军抵京之日，要“连营城外”以断西路诸援兵，这样“则贼可一战而歼矣”。

（5）行军中为了防止埋伏，宜改骑兵为步兵先行，“俾步前马后”；兵入关后则改“步卒皆马兵也”。

洪承畴的这些意见都是针对当时关内的政治形势，特别是农民军的具体情况而发的，所以深得多尔衮的赏识。

随后吴清联军即与李自成亲自指挥的农民军在山海关接战，李自成败退撤回北京，清军随后紧追，势如破竹，五月二日即达北京，李自成军已节节败退撤回陕西。

顺治登基和清迁都北京

多尔衮进入北京以后，宣布明朝“各衙门官员，俱照明录用”，“其避贼回籍，隐居山林者亦具以闻，仍以原官录用”，“薙发归顺者，地方官各升一级”，“朱姓各归顺者，亦不夺其王爵，仍如恩养”。又下令军民为明崇祯皇帝服丧三天，发丧安葬，并遣官祭明诸帝，以此安抚明官吏。这些措施，收到很好的效果，河北、山东、山西等地的官僚士绅纷纷归顺清朝。

六月多尔衮与诸王开始议定迁都北京。在迁都一事上，满洲贵族中很多人不同意，认为应趁此时大肆屠抢一番，大军或退沈阳，或退山海关，可以无后顾之忧。多尔衮力排众议，坚持迁都北京，以图进取，并强调这是清太宗皇太极时就定下来的策略。最后，多尔衮说服了持异议的满洲贵族，派辅国公吞齐喀、和托等人回沈阳迎驾。

顺治帝见诸王奏议后，表示同意“迁都于燕，以抚天界之民，以建亿万年不拔之业”。八月二十日，顺治帝自盛京迁都燕京，是日车驾启行。九月十八日，顺治帝到达通州，多尔衮率领诸王大臣至通州迎驾。十九日，顺治帝至北京，从正阳门入宫。十月一日，顺治帝举行定鼎登基大典，定都北京，以示新王朝全国政权建立的标志。从此清朝在关内进一步立稳脚跟，并逐渐统一了全中国，使中国作为统一的多民族的国家得到新的发展。

清政府以武力统一全国，打败数倍数十倍于己的各个敌手，除在军事上采取了正确的策略，八旗军制度严明且积极进取而外，还与实行满汉联合执政的政策分不开。

满汉联合政权

入关以前，皇太极已实行利用和团结汉族官僚、知识分子的笼络政策。入关以后，以多尔衮为首的满族贵族清楚地认识到，要建立和行使全国的统治，仅靠满人、八旗军和原有制度，是难以实现的，必须沿袭明代的统治制度，任用汉族地主官僚，笼络汉族知识分子，建立联合政权。

多尔衮接受范文程的建议：清朝不是在跟明朝争天下，而是跟农民军争天下，首先在战略上改变以往那种掠杀政策，以“复君父仇”、“灭流寇以安天下”的旗号，争取汉族官僚和知识分子的支持。一入北京，便令官民为明崇祯帝服丧三日，予以隆重的礼葬，表示自己对汉族前政权的“宽大”和“恩礼”，以减少汉族官僚、士大夫、地主对新政权的抵触。多尔衮入京后还立即派人“祭先师孔子”，接着又公布孔子的后人“仍袭封衍圣公”；顺治二年（1645 年）又给孔子加上“大成至圣文宣先师”的头衔，多尔衮亲自“谒先师孔子庙行礼”，规定：每年三、九月必须派官致祭。顺治九年（1652 年），顺治帝也亲自去孔庙祭奠，并拨修庙银 3 万两。以孔子为代表的儒家思想，长期以来是封建地主阶级的统治思想，历代封建统治者都以孔子为神圣的偶像，汉族地主阶级“只要尊孔崇儒，便不妨向任何新朝俯首”。多尔衮、顺治帝的尊孔活动，可谓抓住了稳定政治、定鼎中原的根本，以后的清朝皇帝无不效法。

多尔衮还根据范文程、洪承畴、冯铨等人的建议，大体上沿袭明制，建立从中央到地方的政权机构，“依准明律”，颁行《大清律集解附例》等政策法令，尤其是“邪正兼收”地网罗汉族官僚士大夫。他深知“古来定天下者，必以网罗人才为要图”。凡明朝降官，不苛求他们以往的种种不法，只要对清王朝实心忠顺，便一律官复原职，或加官晋爵。在明王朝统治下，因党争闹得水火不容的汉族官僚们，却在清政府的笼络、控制下，奔走供职，各得其所。原明朝大学士冯铨谄事魏忠贤而声名狼藉，降清以后仍以大学士原衔“入内院佐理机务”。原依附于东林党的陈名夏也颇受多尔衮器重而担上了吏部尚书、弘文院大学士。连参加过李自成农民起义队伍的牛金星父子，降清后也得到任用。除原官留用外，还要求现任官员“举荐”隐迹贤良，一些知名官员、士大夫，摄政王多尔衮还亲自加以“书征”，黄宗羲、顾炎武等人都在“书征”之中。一时故明吏部尚书谢升、礼部尚书王铎、南明福王政权的礼部尚书钱谦益等人，纷纷投靠新朝。

顾炎武

顺治二年（1645 年）七月，浙江总督张存仁看到地方上“反顺为逆”的士人很多，建议清政府开科取士，“则读书者有出仕之望，而从逆之念自息”；范文程也提出：“治天下在得民心，士为秀民，士心得，则民心得矣，宜广其途以搜之”。于是，同年十一月，多尔衮便下令举行“乡试”，第二年三四月相继举行天下举人会试、殿试。在全国大部分地区尚在殊死战争的情况下，初次科举时，顺天乡试“进场秀才三千”，使多尔衮惊叹不已：“没想到有这么多人与考”。第一次乡试，便取全国举人 1534 人。此后，正科之外，又行加科；加科之外，又举博学鸿儒，为汉族知识分子大开仕进之门，大张利禄之网。

以四书五经为主的科举考试，吸引了大部分知识分子，在一定程度上消弭了来自汉族旧官僚、知识分子的反清情绪，加强了清政府的统治力量。

同时，多尔衮也非常重视对汉族将领、部队的招降、收编工作，以减轻占人口少数的满族，面临武装统一全国和统治广大地区所遇到的兵力不足的困难。入关以后，对明朝、农民军等降将多加以重用，编入汉军八旗，如吴三桂、郑芝龙等。汉军八旗都是汉族人员，但采用的是满洲八旗的组织形式，具有满汉结合的特点。利用汉军八旗的汉旗官僚向各地进行招抚，起到了满人所不能起的作用，成为清朝统治地方不可或缺的依靠力量。从清初到清朝中叶，地方督抚大多为汉军旗人，据统计，顺、康、雍三朝的地方督抚："八旗人员之任督抚者，汉军十居其七，满洲十居其三，蒙古仅二人"。

清政府还帮助汉族官僚、地主恢复因农民起义失去的旧有产业，允许官员、绅衿有一定赋税、徭役豁免权。为了联络满、汉统治者阶级的感情，顺治五年多尔衮还决定：自后允许满汉官民通婚。顺治帝亲政后，还将皇太极的第十四女，下嫁给吴三桂的长子吴应熊。

顺治七年（1650 年）十二月，多尔衮病死，顺治帝亲政。尽管由于多尔衮生前过于揽权，死后被贬削爵位，财产籍没，满洲守旧势力有所抬头，但是，年轻的顺治帝并没有改变多尔衮生前定下的方针、政策，反而由于统治的需要，不仅自己苦读汉文经史典籍，博览群书，而且要求特别是满族贵族学习和掌握儒家文化，不断将"满汉联合"引向深入。

满汉联合是在"首崇满洲"的民族统治原则下的联合，满族贵族始终控制中央的中枢机构，各部院寺的大权都由满族尚、寺、卿掌握，满族贵族、官员往往享有更多的特权。清政府标榜的“不分满汉，一体眷遇”的联合统治，并不是一种平等关系，更不是平分政权。

南明的兴亡

明崇祯十七年（1644 年）三月，农民军李自成都攻陷北京，崇祯帝自缢身亡。四月中旬，消息传到明朝的陪都南京，参赞机务南京兵部尚书史可法立即召诸大臣会议立君。当时避兵乱至南京地区的近支宗室有福王与潞王，前侍郎钱谦益等东林党人认为主福王将不利于东林，于是向史可法进言，说福王虽然按伦序当立，但有贪、淫、酗酒等七大缺点，因此应该立潞王为帝。史可法以为然，但凤阳总督马士英为争拥戴之功，坚持要立福王，并密约江北四镇总兵黄得功、刘泽清、高杰、刘良佐拥兵护送福王至仪真。史可法只得接受既成事实，迎福王至南京。五月四日福王就监国位，十五日，即皇帝位，以明年为弘光元年。弘光帝名朱由崧，是万历帝之孙，福王常洵之子。

弘光帝即位之先，多尔衮已率清军在山海关大败李自成军，入关后占据北京，传檄远近，大有一统天下之势。在这种危急时刻，弘光朝君臣却以为“君父之仇”稍稍得报，幻想偏安一隅，把主要精力放在内部的勾心斗角和奢侈享乐上。马士英因拥戴有功入阁，但仍受命督师凤阳，于是大怒，向弘光帝揭发史可法等人曾有“七不可”之议，挤史可法督师于扬州，自己终于入阁掌握了朝廷大权。不久，马士英荐用崇祯初年被列入“逆案”的阮大铖为兵部尚书，军事、行政布置都以阮大铖的是非为是非。而阮大铖憾于积年党争成见，终日以党同伐异，翻逆案、排东林为第一要务，一些较有作为的大臣如姜曰广、刘宗周等相继罢去，朝中充满庸碌之辈。

弘光帝贪图享乐，是个毫无进取心的人。即位数月就下令大选淑女，太监们乘机肆扰街坊，苏、杭等处民间为逃避选宫，竟然嫁娶一空。顺治二年（1645 年）三月，有一个自称是崇祯太子的人来到南京，当局经甄别认为是伪装的，把他关进监狱里。但民众和一般官员出于对弘光政权的极度不满，宁愿相信太子是真的，京中人情汹汹。驻守武昌的总兵官左良玉长期与马士英和江北四镇不睦，此时以太子事为口实，起兵东进，声称要除马士英等以清君侧，并保全太子。

左良玉军沿江而下的时候正是清军南下进攻南明的时候，但马士英等以全力抵御左军，而置江北防务于不顾。四月二十五日，清军攻破扬州，史可法就义。五月初十日，弘光帝正观戏酣饮，忽闻清军已经渡江，于是带数十内监仓皇逃出南京，文武百官无知者。第二天，马士英等人亦出逃，城中百姓拥自称“太子”者登武英殿，城中大乱。十五日，清军进入南京，弘光朝大批官员迎降。弘光帝逃至芜湖，不久即为清军俘获，当他被押解进南京时，百姓夹道唾骂，甚至投掷瓦砾。次年五月，弘光帝在北京被杀。

南京陷落时，明唐王朱聿键正流亡杭州，福建巡抚张肯堂等议奉唐王监国。闰六月二十六日，唐王于福州即皇帝位，改福州为福京天兴府，建元隆武。与此同时，浙东张煌言等人拥立鲁王朱以海监国，不奉隆武正朔。而江西、湖广及两广的残明势力则都拥护隆武帝。

隆武帝好读书，比较了解民间疾苦，即位后亟思有一番作为。但当时清军不断向南方推进，大局已难以扭转，而且闽中一切军政大权实际都把握在郑芝龙兄弟手中。郑芝龙原为海上大盗，受抚为总兵官，封为伯爵，在福建有极大的势力。他虽然以自己的势力拥戴隆武帝，却不愿意出闽进取。顺治二年（1645年）底，大学士黄道周兵败于江西，被执，清军逼进赣南。顺治三年（1646年）六月，清军克浙东诸邑，郑芝龙即通款于清军，尽撤闽界守军，清军长驱直入，隆武帝自延平逃往汀州。六月二十八日，隆武帝被乱军杀害。隆武之后，其弟朱聿𨮁浮海至广州，由大学士苏观生等拥立为帝，改元绍武，但仅维持了一个多月。这年年底，清军攻陷广州，朱聿𨮁被执，绝食死。

顺治三年八月，隆武帝遇难的消息传到广东，两广总督丁魁楚、广东巡抚瞿式耜等议以正在肇庆的明桂王朱由榔监国。十日，实行监国，颁诏西南，以丁魁楚、瞿式耜等为大学士。十一月十八日，即皇帝位，改明年为永历元年。当时南明政权的势力范围，除广西、贵州、云南及广东一部外，尚有何腾蛟支撑于湖广，而郑芝龙之子郑成功起兵海上，也尊奉永历帝为正统。

永历帝庸碌无能，初年大体被身边的太监掌握着。顺治四年（1647年），清军攻占肇庆，进而占领广东全境，并进一步攻取广西的梧州、平乐、浔州等地。永历帝面对一连串的军事失败，对策只是不停地逃亡、转移，先由广东至广西，并企图逃入湖南，由于瞿式耜等力劝，才止于广西北境的全州。后来又被军阀刘承胤劫至湖广的武冈，任其跋扈。八月，清军在湖广方面攻克宝庆，永历帝再向南逃，经靖州、柳州，本来想到南宁，因道阻只得回桂林。顺治五年以后，永历帝又长年奔走于广西、广东、云南以至境外的缅甸，军情的险恶和他自身的无能使永历帝成为中国历史上最为行踪不定的一个皇帝。

顺治五年（1648 年），在江西的降清将领金声桓和广东的降清将领李成栋先后叛清归明，南明军在湖广战线也收复一些失地，形势一度有所好转。但永历君臣没能控制局势，顺治六年、七年，清军再克江西、广东及湖南、广西大部分重要城市，何腾蛟、瞿式耜先后牺牲。永历帝再次开始大逃亡，于顺治八年（1651 年）被张献忠大西军余部孙可望挟持，第二年安顿于广西贵州交界处的安隆所，改称安龙府。

此后数年间，永历帝完全在孙可望的掌握之中。孙可望及大西军将领李定国、刘文秀等都封为王爵。孙可望甚至要逼永历帝禅让，拟自建国号为“后明”。其间由于大西军余部的参与，南明军在广西、湖广、四川等地都有所进取，形势稍安，但永历帝及其文臣却备受孙可望的侮辱逼凌。在上报孙可望的银米开销册上，甚至直书“皇帝一员月支若干，皇后一口月支若干。”永历君臣只能隐忍以苟延残喘。

顺治十三年（1656 年），孙可望与李定国决裂，相互攻击。李定国至安龙，护送永历帝入云南，以昆明为滇都。明年七月，孙可望反，兵败，奔长沙降清。此后永历朝内部较稳定，稍具国体，但其势太范围仅余滇、黔两省而已。

顺治十五年（1658 年），清朝命贝子洛托及洪承畴、吴三桂等率军分三路进攻南明。十月，清三路大军会师于贵州平越府，李定国组织力量抵抗，但终于战败。十二月，清兵抵曲靖，李定国等保护永历帝撤离滇都。顺治十六年（1659 年）正月，清军入昆明，永历帝在崇山中仓皇奔逃，从人所剩无几，最后逃入缅甸。在缅甸的永历流亡政府的境况非常悲惨，居草庐，短衣跣足，大臣家甚至三天不能生火做饭。永历帝则仍然迷蒙混日。

云南既平，清廷命吴三桂镇守之。顺治十八年即南明永历十五年（1661年），吴三桂发兵至缅甸边境，威胁缅甸交出永历帝。十二月，缅方向吴三桂献上永历帝及太后、太子。次年四月十五日，吴三桂在昆明将永历帝及太子绞死于市。不久后，率余部在滇南坚持抗清的李定国亦病逝，其子以所部降清。

康熙帝的统治

铲除鳌拜集团与皇权的巩固

顺治十八年（1661年）正月初七，亲政十年，年仅二十四岁的顺治帝因出天花而死于北京故宫养心殿。遗诏皇三子玄烨即帝位，玄烨即康熙帝。索尼、苏克萨哈、遏必隆、鳌拜四大臣辅政。

最初，四人能够尽心尽力地辅佐幼君，相安无事。但随着时间的变化，四人中逐渐产生了矛盾，起因是居辅臣之末的鳌拜不满苏克萨哈。

鳌拜是太祖时开国勋臣费英东之侄，骁勇善战，军功卓著，以巴牙喇壮达累升至内大臣位至公爵，赐号巴图鲁。他先后设计除去其他三人以后，专权已达到了令人无法容忍的地步。一切政务均在家私自议定，四处安插其党羽，而且多次抗旨不遵，一意孤行。康熙帝觉得鳌拜害君之心暴露无余，容不得半点迟疑，必须先发制人。康熙帝表面上未动声色，在暗中却加紧行动，先是将索尼之子索额图召回身边任一等侍卫，然后将鳌拜的亲信大都派往外地，等到一切安排就绪，康熙八年（1669年）五月十六日，康熙一面召索额图、明珠定下智擒鳌拜妙计；

玄烨戎装图

一面将鳌拜党羽以各种名义派出京城。而鳌拜同往常一样，昂首阔步地走进乾清门。这时，康熙已经作好周密布置，四周都是化装成宫人杂役的侍卫，门内埋伏了布库少年。康熙看到鳌拜只身前来，便拍案怒斥鳌拜结党营私、陷害贤能、图谋弑君等种种罪行。鳌拜从未受过康熙这等斥责，便疾声厉色、暴跳如雷地反驳。康熙立即命布库少年逮捕鳌拜，把他结结实实地捆绑起来，并不由他求饶，命侍卫立即将他押入大牢，听候审讯。

康熙命议政王大臣勘问，大臣会议审实鳌拜罪状 30 条，同声喊杀。康熙念鳌拜为三朝元老，战功颇著，不忍加诛，命革职，只将其永行拘禁。处死其党班布尔善、阿思哈等 9 人，没有株连任何人，并将鳌拜冤杀的苏克萨哈、苏纳海、朱昌祚、王登联等人一一平反昭雪，复其爵位，善后之事处理得当而且深得人心。

康熙从鳌拜集团手中夺回权力以后，立即宣布永停圈地，并着手大力加强皇权。康熙九年九月恢复内阁制度，作为皇帝的秘书顾问班子，内阁承旨出政，稽察六部。康熙十六年（1667 年）选翰林入直内廷，设立南书房，书房师友时兼票拟谕旨。康熙十八年（1679 年）在八旗各旗设都统、副都统管理旗务，剥夺王公干预旗务之权，各都统直接听命于皇帝。削弱议政王大臣权力，变议政王大臣会议为皇帝操纵下的议事机构。由此，康熙很快将国家大权集中于自己一人之手，并将这种专权形成传统。他说："今天下大小事务皆朕一人亲理，无可旁贷"。

清朝完全意义上的专制政体从此才正式开始。

崇儒正道与满汉联合政权的巩固

玄烨即位之初，不少汉族官僚多次建议给这位年幼的皇帝举行经筵日讲，却遭到四位辅政大臣的拒绝。他们对多尔衮、顺治帝定下的政策、制度多有变更，企图"率循祖制，咸复旧章"。然而，康熙帝从治理国家的实际出发，颇有其父遗风，对学习汉族传统文化抱有强烈的欲望和浓厚的兴趣。康熙八年（1669年）四月十五日，康熙帝采纳汉官建议，在宫中致斋后，在诸王、大臣陪同下，乘辇亲诣太学祀孔。他以极其虔诚的心情，于棂星门外降辇，步行进大成门，至孔子位前，行三跪六叩头礼。亲奠完毕，又至彝伦堂，听满汉祭酒、司业依次讲解《易经》、《书经》。听后又训谕道："圣人之道，如日中天，讲究服膺，用资治理，你们师生一定要勤勉学习。"康熙帝充分肯定孔子及其学说的政治地位，已不是他个人的兴趣和爱好问题，而是要利用崇儒重道，来团结广大汉族官民，加强统治。

不仅如此，康熙还对于有才识的汉大学士予以提拔和重用，并于亲政伊始即废除内三院，重建内阁和翰林院，设立南书房。南书房位于乾清宫斜对面，是康熙旧日读书的地方，因位于懋勤殿之南，故称南书房。入直南书房一般为汉族的饱学能士，不仅辅导皇帝读书写字、讲求学业，而且还充当顾问、代拟谕旨等角色，可见其位置重要。入直南书房的官员大都很快被提升，这对提高汉族官员地位、缓和满汉矛盾有益。

针对官员品级待遇这个最敏感的问题，康熙亲政后，通过一系列的举措，使满汉官员的品级、待遇逐渐趋于划一。并且，在他第一次南巡驾临金陵（今南京）时，亲谒明太宗孝陵，行三跪九叩大礼，并赏赐守陵人员。此举对广大汉族官民心理产生极大影响，也使得满族学者受其影响而对儒家经典充满兴趣，逐渐以平常的态度对待汉臣，使朝中满汉呈融一体之势。

平定三藩与收复台湾

“三藩”是指平西王吴三桂、靖南王耿精忠、平南王尚可喜。清军入关后，“三藩”竭力效劳于清朝，是镇压农民军和抗清力量的急先锋，并因此扩大了自己的势力。鳌拜执政期间，“三藩”实力有了进一步扩展，俨然三个封建割据的独立王国。康熙清除鳌拜后，认为三藩与唐末藩镇无二，势在必除。于是，康熙抓紧整顿财政，筹措经费，扩大八旗兵的编制，采取缓和民族矛盾的措施，争取民心，以此来为撤藩做准备。

撤藩始于平南王尚可喜请求告老还乡。当时康熙没有同意尚可喜留其子尚之信袭爵继续镇守广东的请求，而是谕令尚之信举家迁移，留其绿营兵划归广东府，归广东提督管辖。尚可喜态度比较恭顺，按旨行事。

尚藩撤离，对吴、耿二藩震动很大，他们闻讯后，立即上疏请求撤藩，意在试探朝廷态度，解除朝廷对他们的怀疑。出乎人们的预料，康熙在接到二藩的奏疏后立即同意将两藩撤离。康熙对此事思虑很久，三藩蓄谋已久，撤亦反，不撤亦反，莫不如早早除之，以免养小疾而成大恶。尤其对云南的吴三桂，康熙帝在派礼部侍郎折尔肯和翰林院学士傅达礼去云南经理撤藩诸事时，特赐御刀一把，良马两匹，以示关怀并壮其势。

撤藩令一下，吴三桂于康熙十二年十二月（1674 年）发动叛乱，杀掉云南巡抚朱国治等清朝官吏，云贵总督甘文焜自杀。叛军迅速地打进湖南，占领沅州、常德、衡州、长沙、岳州等

吴三桂（中）

地。声势浩大，所向披靡。吴三桂自称周王，天下招讨都元帅。清兵措手不及，节节败退。清朝急命顺承郡王勒尔锦为宁南靖寇大将军，总统诸军南下，抵达荆州以后，不敢渡江前进，与吴三桂军隔长江对峙。不久，广西将军孙延龄、靖南王耿精忠响应叛乱，占据广西和福建。吴三桂的党羽很多，大多是清朝的提镇大员，拥有重兵，散布各地，这时纷纷树起叛旗，归附吴三桂。特别是陕西提督王辅臣叛于宁羌，杀清朝经略大臣莫洛，攻陷兰州；平南王尚可喜的儿子尚之信据广州叛乱，使清朝的统治大震动。整个长江以南，加上陕西、甘肃、四川，不是被叛军占据，就是处于战火纷飞之中。“东南西北，大大鼎沸”，清军调兵遣将，处处设防，着着落后，军事上极为被动。

正当形势逐渐好转之时，陕西提督王辅臣因与经略陕甘的兵部尚书莫洛矛盾激化而树起反旗，带动甘肃东部、陕西北部各府州县先后反叛，消息传到北京，康熙急命汉军绿营提督张勇为“靖递将军”，提高绿营兵地位，密谕剿抚并用，扭转后方危机。

康熙远见卓识，不久，王辅臣即率众归降。康熙未究既往，复王辅臣原官，并加太子太保擢其为“靖寇将军”，令其“立功赎罪”。

陕甘平定，后方稳定下来，康熙立即招降耿精忠，密谕康亲王以时势晓谕耿藩早降，为刚刚反叛的平南王尚可喜之子尚之信作出榜样。

康熙十五年（1676 年）九月，耿精忠无力再战，率其藩下文武出降，康熙仍留其靖南王爵，命其率所属随清大军征剿郑经，在泉州击败郑经军，福建、浙江各地叛军纷纷投降，二省叛平。

到了康熙十六年，只剩吴三桂孤家寡人地与清军对抗。针对吴三桂的军事实力与部署，康熙一面将兵力投入湖南，一面派人在其内部分化瓦解其势力，到康熙十七年（1678 年）时，吴三桂已丧失了军事上的优势与主动。

同年三月，吴三桂匆匆在衡州称帝。八月十七日，吴三桂病死。其孙吴世璠继立，部下军心涣散，大部降清，吴世璠退出湖南，回兵四川，后退兵贵州、云南。

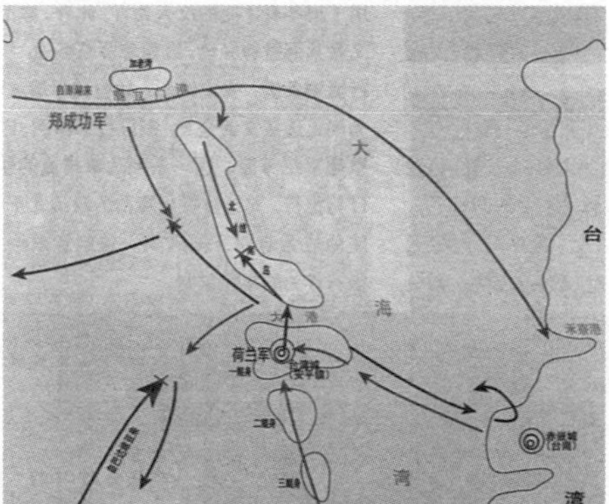

郑成功收复台湾图

康熙二十年（1681 年）九月，逆首吴世璠在被围 9 个月后于昆明自杀，余部出降，为时八载的三藩之乱至此平息。

平叛后，康熙先后撤去三藩建制，就地就近安排藩属，将三藩内的选任官员大权收归中央，这对清除藩镇时所留积弊和加强国家统一，促进经济发展扫清了障碍。

平定三藩之乱的同时，康熙便着手东南沿海，将目标对准郑氏所据台湾、澎湖。最初，康熙以招抚为主，不断派遣使臣前往台湾，但郑经却在前后五次和谈中不断附加条件，或提出以漳、泉、潮、惠四府为交换，或坚持以海澄为双方往来公所，或要求郑军粮饷由福建供给，欲形成割据之势。

康熙十八年（1679 年）正月，康熙见招抚毫无进展，便恢复福建水师，积极准备攻取金、厦。后经福建总督姚启圣一再担保，康熙力排众异，任命施琅任福建水师提督，并在关键时刻放手支持施琅的渡海计划，授施琅专政大权，令总督姚启圣为其催粮，为日后收复台湾，胜利进兵奠定了基础。

康熙二十一年（1682 年），施琅收复澎湖、台湾，接纳郑氏投降。清廷出兵征剿未到二年即统一台湾。后来，康熙在施琅等人的建议下，在台湾建置，派驻重兵，台湾正式纳入大清版图。

雅克萨之战与东北边疆的巩固

康熙十五年起，俄国沙皇又将侵略扩张推进到了一个新的阶段。俄国侵略军以尼布楚和雅克萨为据点，分两路继续向我国境内深入。

康熙密切注视沙俄的行动，曾致书沙皇，要求其迅速撤回其侵略军。但俄方置若罔闻，继续盘踞尼布楚、雅克萨及额尔古纳河流域，并不断向黑龙江中下游流域进犯。到康熙二十一年（1682 年），俄军已到黑龙江下游赫哲族人居住处进行抢掠，其势力渗透到了黑龙江下游至海边的广大地区。

康熙深深吸取顺治朝抗俄的经验与教训，先派人侦察敌情，了解沿途水陆交通，并积极准备调兵永戍黑龙江，一旦时机成熟，驱逐侵略者后长期戍军，将反侵略与巩固边防结合起来，避免此进彼退，或此退彼进的局面发生。

黑龙江流域是清代“中国统治民族的故乡”。俄国侵入满族的“龙兴之地”，严重地威胁到国家的领土和清王朝的安全与威信，在一系列外交途径都无效益的情况下，清朝决定以战争来保卫国土。公元 1685 年二月，康熙帝下令由都统彭春、副都统郎谈、班达尔沙、黑龙江将军萨布素等统兵，水陆两路进取雅克萨。四月清军自瑷珲出发，六月二十三日到达雅克萨城下。清军首先派三名俄俘给俄军守将托尔布津带去一封康熙致沙皇的信件和一份统帅彭春给雅克萨俄军的咨文，谕其自行撤回雅库次克，以彼为界。俄国恃强负固，置若罔闻。二十五日晨，一支俄军从上游乘筏赶来增援，被清军全部歼灭。当晚，清军从城南、城北两个方向攻城，经过彻夜激战，俄军死伤累累。次晨，清军又在城下三面积柴，准备焚城。托尔布津走投无路，派人到清营乞降，保证决不重来雅克萨。彭春将俄军“愿归者 600 余人并其器物，悉与遣归”，45 人愿留中国，也准其所请。被俄军侵占达二十年之久的雅克萨，至此遂告克复。

清军克复雅克萨之后，却没有在这里设兵防守，只是放火烧毁堡垒，而后撤回瑷珲等地。托尔布津逃出雅克萨不久，就遇到了两支赶来增援的部队。当探知雅克萨的清军已经全部撤离以后，托尔布津遂统率俄军于八日窜回雅克萨，重建城堡。

康熙二十五年（1686 年）初，清朝得到俄军重占雅克萨的消息，极为愤慨。三月，康熙帝下令征讨。六月底，清军二千余人从瑷珲出发，七月十八日，水陆两路会师于查克丹，逼近雅克萨城。清军仍然首先写信给俄方，令其主动撤退，但俄方未予回答。于是，清军猛烈攻城。九月，托尔布津被清军炮火击中，重伤毙命，拜顿继任为统领。不久，严冬来临，俄军困守孤城，饥病交加，死者枕藉。

公元 1688 年，俄国政府正式任命戈洛文为全权大臣，负责同中国谈判，1688 年九月七日，《尼布楚条约》正式签署。《尼

康熙帝巡狩图

布楚条约》是中俄两国在平等基础上签订的第一个条约。整个尼布楚会谈是严格地按照对等原则安排的，两国在尼布楚地区的兵力大体相当，参加谈判的人数相等。双方代表都在各自政府事先指示的范围之内进行谈判，最后签订的条款也没有越出两国政府愿意接受的范围。条约明确划定了中俄两国东段边界，肯定了黑龙江和乌苏里江流域的广大地区是中国领土，使中国收回了部分被沙俄侵占的土地，安定了东北边疆。同时，中国也将贝加尔湖以东尼布楚地区让与俄国，把乌第河流域划为待议地区，使俄国巩固了一定的侵略利益。中国同意通商，也使俄国达到了扩大中国市场的目的。

亲征噶尔丹统一蒙古各部

康熙即位前后，游牧于伊犁河谷的准噶尔部日益强大起来，以后更是控制了河西走廊以西，天山南北，伊犁河下游的哈萨克族等地皆为所据，并不断干扰漠北，严重危害清朝的统一和边疆的安宁。

当康熙集中精力经营东北事务的同时，居住在天山北路漠西蒙古的封建大领主噶尔丹乘机叛乱。康熙十六年（1677 年）噶尔丹乘中原发生三藩之乱之机，出兵袭击西河套的和硕特部；第二年又乘“回部”伊斯兰教内部教派之争攻取天山南路叶尔羌（今莎车）等回部各城，并侵占哈萨克、布鲁特等地。

噶尔丹并未死心，于康熙二十九年（1688年）借土谢图汗贸然杀死其弟等为口实，出兵喀尔喀左翼诸部，时值俄军在贝加尔湖镇压蒙古人民抗俄斗争，土谢图汗在包围楚库柏兴与俄军对垒之时，噶尔丹突然从背后袭击，土谢图汗两面受敌，屡战失利。当年九月，土谢图汗与其弟哲布尊丹巴请求清廷保护，康熙立即批准。将其诸部安置在苏尼特、乌珠穆沁、乌喇特诸部牧地，并谕旨噶尔丹要求居中调停。但噶尔丹拒绝康熙调停的建议，一再向清廷索要土谢图汗和哲布尊丹巴，均遭康熙拒绝。康熙希望用和平的方式调整蒙古各大小部之间的矛盾，以牵制噶尔丹，但都未能奏效。

康熙二十九年（1690年），噶尔丹率军2万余人，以追歼喀尔喀为名，大举南犯，深入内蒙古的乌珠穆沁。康熙派署理理藩院尚书阿喇尼、兵部尚书纪尔他布率领6000多蒙古骑兵，前往阻击，结果失败。噶尔丹初战获胜，气焰更加嚣张，进一步往内地深入，逼近乌兰布通（今内蒙古克什克腾旗南），距北京仅700里。康熙忍无可忍，决心利用噶尔丹的骄傲轻狂打一场围歼战。

康熙采取分兵合击的战略，命裕亲王福全（康熙之兄）为抚远大将军，率左翼清军出古北口；命恭亲王常宁（康熙之弟）为安北大将军，率右翼清军出喜峰口。

布达拉宫

康熙虽未亲征，但在福全等人出发后几天，便以“巡幸边塞”为名启程北上，意在亲临反击战前线，起到实际指挥作用。可惜的是由于水土不服而不得不流泪撤回，将大权交给了其皇兄及皇长子。

噶尔丹骄横无比，得知清军军事布置后，也不畏惧，提前在乌兰布通摆好阵势，“依林阻水，以万驼缚足卧地”，构成“驼城”。康熙二十九年（1690年）八月初一日，清军向乌兰布通推进，用大炮猛轰驼城。很快，噶尔丹的驼城被攻破，便溃不成军。清军乘势进击，大败噶尔丹军。噶尔丹率1万多人乘夜突围逃遁。清军前线主师福全惧战、妥协，未能乘胜追剿，致使噶尔丹逃逸，留下后患。

康熙三十四年（1695年）十月，噶尔丹率骑兵3万，沿克鲁伦河而下，向东进攻，再次挑起战火。康熙决心消灭噶尔丹势力，命萨布素率东三省军队，沿克鲁伦河进剿；大将军费扬古出宁夏西路，邀其归路；康熙亲率主力，由独石出中路。康熙三十五年（1696年）四月，三路大军迸发。已进入克鲁伦河流域的噶尔丹，得知康熙亲率大军前来征讨，吓得连夜西逃。费扬古率军早先截断其归路，在古战场昭莫多一带设下埋伏，专等噶尔丹的到来。费扬古采用“以逸待劳”、诱敌深入的战术，把噶尔丹叛军诱入包围圈中，给以迎头痛击，从午至暮，斩杀叛军3000余人，大败噶尔丹。噶尔丹之妻阿奴勇猛善战，率队冲锋，被炮弹击毙。噶尔丹率数骑先众而逃，其余人、物和20万头牛羊尽为清军所获。

康熙第二次亲征，以消灭噶尔丹主力而获得决定性胜利。康熙乘胜追击，于第二年春，亲赴宁夏，命费扬古、马思哈两路出兵，举行第三次亲征，进剿噶尔丹残部。噶尔丹众叛亲离，身边只剩五六百人；准噶尔部已有新主与清廷通好，准备擒他请赏；往北，俄国也不接纳。在走投无路的情况下，噶尔丹饮药自尽，结束了他不光彩的一生。

康熙亲征噶尔丹所取得的胜利具有深远的历史意义，它不仅扫除了西北、漠北地区一大不安定因素，加强了清政府对喀尔喀蒙古、厄鲁特蒙古的统一管辖，而且进一步团结蒙古各部，筑起一道抗击沙俄南侵的铁壁铜墙。这是他一生中的伟大功绩。

雍正帝的统治

雍正帝夺位与秘密建储制度

康熙二度废太子后，对诸皇子争夺皇位及大臣保皇子嗣储极为反感，断然拒绝诸王大臣保立皇太子，并将奏请复立允礽的翰林朱天保正法，以示其心。时年，康熙已六十岁。建储给康熙带来无穷的烦恼，健康状况也因此而每况愈下。

此时，在诸皇子中，四阿哥胤禛渐渐显露出实力，在其周围，有懿仁皇后之弟隆科多、皇十三子允祥、大学士马齐、川陕总督年羹尧等。隆科多时任理藩院尚书、步军统领、京师九门提督，手握兵权，又是胤禛的亲舅父，地位至关重要。而且，在诸皇子中，胤禛最不露锋芒，与康熙的感情很近，深得康熙的信任。

据传说，皇四子胤禛在康熙弥留之际，派其党羽包围了宫门，只许进不许出，并进参汤一碗，康熙弥留之际见进来的不是皇十四子允禵，知其有篡位之心，手持项上念珠向皇四子胤禛打去，被其夺下，康熙遂亡。胤禛将其遗诏“传位十四皇子”改为“传位于四皇子”，由隆科多当众宣读，胤禛举康熙念珠为证。遂登基称帝，承继大宝。此为传说，其真伪未辨，但矫诏之说通过胤禩集团之口传布朝廷上下。连胤禛的生母雅氏也不与他合作，她的第一个反应是要求殉葬，接着是不接受新皇行朝贺礼，也不接受给皇太后所加的尊号。儿子当了皇帝，做母亲的应该高兴，然而，这位皇太后却郁郁寡欢，在新皇继位仅半年就离开了人世，一时弄得雍正帝十分尴尬，身下的宝座摇摆不定。但是，他毕竟已是四十五岁的成熟政治家，临危不惧，沉着应战。雍正利用控制政权的有利地位，对威胁最大的政敌胤禩集团实行有计划的又拉又打、软硬兼施策略。封胤禩为和硕廉亲王，并任命他为总理事务大臣；召胤禵回京，囚于景陵；发遣胤禟到西北，拘禁皇十子胤䄉，不放出胤禔、胤礽，把他们分置各处，无法联络，动辄得咎，完全掌握了斗争的主动，度过了最危险的权位危机。接着，又对胤禩严加打击。雍正四年（1726 年）正月，将胤禩开除宗籍，圈禁高墙；三月，命胤禩改称“阿其那”（意为狗）；九月，胤禩在禁所忧愤而死。

雍正自己参加了争夺皇位之争，对骨肉相残的景况感触颇深，尽管他取得了胜利，但他并不希望他的后人再为最高权力的交接出什么乱。继位后，他在谨慎处理、打击政敌的同时，也在深思熟虑地筹划着以后最高权力顺利交接的问题。他总结历史上明立太子和其父两次立废太子的经验教训，结合祖先努尔哈赤定下的选“德”、“才”兼备的“贤能”皇子为嗣君的家法，不到一年，便想出了一个秘密建储的办法。雍正元年（1723 年）八月十七日，雍正在乾清宫召见总理事务大臣、满汉文武大臣和九卿，宣布了立储的原因和办法。他告诉众大臣：他已选定储君，储君的玉名已写好密封，装在一个锦匣内，准备把它放在宫中的最高处、乾清宫正中世祖章皇帝御书“正大光明”匾额之后。让众大臣知道“国本”之定，待他死后，便可取出传位诏，宣布新皇即位。这位储君是谁，本人不知，诸臣不晓，只有皇帝一人预定。这样就确立了秘密建储制度。

雍正经常居住在圆明园，除乾清宫的密诏外，又另书内容相同的密诏置放在圆明园御政处。两份诏书，同样有效。这也成为一种定制，以后的传位密诏都存放两处，以防不测。

雍正在创立秘密建储制度之前，还创立了一个上书房皇子、皇孙教育制度，作为密建皇储制选“贤能”的基础。将皇子置于同等受教育的竞争环境之下，老皇帝可以根据对皇子的重新评价，秘密修改锦匣内亲书的储君玉名，使秘密建储制度更加完善。

雍正创立的秘密建储制度，可以收到立国本以固人心的政治效果，同时也能避免明立太子可能出现的储君与皇帝争权、诸皇子争储、储君骄纵等弊病，还能保证储君有较高的素质和政治才能。乾隆帝弘历继位后认为，这个办法很好，遵奉实行并加以完善。乾隆元年（1736 年）正月择上书房师傅，令皇子入书房读书，经过三次选择，密立皇十五子颙琰为储君。乾隆、嘉庆、道光、咸丰四帝都是经过上书房教育培养，用秘密建储的方法择定的。实行秘密建储制度后，清朝再未出现皇位纷争。可见，在减少混乱、稳定政局方面，这一制度相当成功。

火耗归公与养廉银制度

清统治者，为了欺骗劳动人民，“正赋”的额数并不为高，但“正赋”之外，另有种种名目的“附加税”。有些地区，“附加税”往往比“正赋”高达三五倍不等。所谓“催纳之数不多，供亿之数更繁”，劳动人民“不苦于赋，而苦于赋外之赋”。

清初的“附加税”名目很多。如“耗羡”（亦称“羡余”或“火耗”），即是官府将征收来的散碎银子，要经过再加工铸造，熔炼成一定数量的银锭，再上缴国库。其中的损耗，解运费用，名曰“耗羡”，再如交纳粮食入仓的损耗，称之谓“雀耗”、“鼠耗”，都算在劳动人民的身上，要向人民多征收一部分粮食、银钱。

雍正反对地方官吏横征加派，但也不同意让他们“枵腹从事，……令天下人视官场为畏途”。相反，他主张要使官吏丰足，“督抚司道亦皆饶余”，所以，在他推行火耗归公的同时，又建立了养廉银制度。

雍正规定了火耗归公后的用途一是官员养廉；二是弥补官号的亏空；三是留作地方公用。无论弥补亏空，还是留作地方公用，都与官员养廉有关，都是为了整饬吏治。

养廉银制度，最先在地方文官中实行。各省官员的养廉银数额，根据各省、道、府、州县所辖区域大小、冲僻、繁简、贫富等情况，多寡不一，总督最高达 3 万两，最低也 13000 两；知府、知县数百至 3000 两不等，连从九品典史也有数十两。全国直省文官养廉银每年达 280 万两。随后到乾隆朝，八旗、京官、武职都实行了养廉制度。

雍正推行火耗归公和养廉银制度的头几年，又大力清查亏空，严惩贪赃，的确收到了整肃吏治的效果。但是，随着时间的推移，养廉银也完全变成了官员的个人收入，耗外加耗，养廉银不养廉的问题又渐趋严重。火耗归公无形中加重了老百姓的负担。

“摊丁入亩”制度

康熙年间实行“滋生人丁，永不加赋”的政策虽然是赋役制度的一个进步，但并不能解决长期以来赋役不均的状况。一些较有眼光的官吏，地主鉴于明末赋役不均引起农民大起义的教训，对此忧心忡忡，提出过一些改革方案。

在康熙五十二年（1713年）御史董之燧提出“摊丁入亩”的主张，建议把丁银总数统计清楚，平均摊入到田亩中，按亩征收。户部讨论了他的建议，认为这样做变化太大，加上地方持反对意见的人很多，这个建议没有获得通过。但是，董之燧提出的问题又不能不解决。后来，经康熙默许，先在广东和四川两省试点。

雍正元年（1723年）七月，新登上皇帝宝座的雍正，根据直隶巡抚李维钧的建议，正式在全国颁发诏令，推行“摊丁入亩”政策。

“摊丁入亩”具有积极的意义，它简化了税收的原则和手续，取消了征税的双重标准，这是赋役制度的重大改革。按土地多少收税实际上就是按人们的财产和负担能力收税，在一定程度上改变了赋役不均的严重情况，减轻了贫苦人民的负担。因为，地主阶级地多丁少，农民阶级丁多地少，摊丁入亩，势必使农民负担的一部分税款会摊到地主的身上。因此当时人说：把丁银“摊入田粮内，实与贫民有益，但有力之家，皆非所乐”。

创立军机处

为办理国家要务和军机大事，雍正四年（1726年），雍正帝设军需房，七年六月改为军机房，八年改称军机处。

军机处仅设军机大臣、军机章京两种官职。军机大臣俗称“大军机”，雅称“枢臣”，由雍正帝从满汉大学士、尚书、侍郎内特别选拔，或由军机章京升任，也可由满洲皇族亲王选任。其名额多少由皇帝所定。最初设三人为军机大臣，即怡亲王胤祥、大学士张廷玉、蒋廷锡，后来有所增加，最多时达 11 人。他们之间无隶属关系，但以品秩高，资历深者为“领班”，誉称首揆。他们分别对皇帝负责。军机大臣全称“军机处行走”或“军机大臣上行走”，初入者还要加“学习”二字。

军机章京（章京，满语意为“官”儿）俗称“小军机”，初创时称“军机处协办”，乾隆四十五年改为“章京上行走”。最初军机章京定员无额，直至嘉庆四年始定满汉章京各 16 人，以满汉各 8 人轮班值守。最初章京在内阁中书中选用，后多为院部保送，经军机大臣考试后录用，由皇帝传补，负责满、蒙、汉文字工作。

由于军机处是朝廷枢密所在，所以有官无吏，以防泄露秘密。因此军机处洒扫庭院、勤杂送水等工作例取十五岁以下不识字儿童若干人充任，满语称“苏喇”又称“小么儿”。最初军机处值房在乾清门外偏西，后迁至乾清门内，与南书房临近，最后移至隆宗门西南，都是临雍正帝寝宫不远的地方，便于联系。

军机处的职责是负责拟写皇帝发布的谕旨，办理皇帝交议的大政，审办大狱要案，奏补文武官员，查考行军山川道里及兵马钱粮，查考大典礼旧案与考证历史事件，扈从皇帝巡幸出游以备顾问，稽查封疆大吏行政效率等。通过军机处的设立，自太祖以来诸王、贝勒、议政大臣会议决定国家要务的局面被彻底打破，使其成为有名无实的闲曹，同时巩固了皇权的集中，使中国封建社会专制主义达到顶峰。

随着军机处的设立，使整个国家的政治体制运作发生了改变，原来由内阁承旨、六科封驳、公事用题本内阁承办，私事用奏本直接达御前的方式，改为皇帝亲书谕旨或口授，军机大臣承旨拟谕径自廷寄各地的方式，从而使内阁和议政王大臣会议有名无实，大学士和议政王大臣成为有名无实的闲曹。而且军机处临近大内，一切活动均在皇帝监视下进行，便于控制，同时雍正还设立许多警戒，使军机大臣处处小心从事，敬上畏命，雍正帝牢牢地控制了军政、行政大权。

设立军机处还有一种目的是打击掌握朝中重权，在内阁、六部等有党羽的诸王势力。

清初文字狱

为了加强专制主义中央集权的统治，维护满洲皇帝和贵族在全国的优越的统治地位，清统治者对于统治集团内部任何反满思想和活动，都要采取严格的镇压。在康熙、雍正、乾隆三朝，清统治者曾大兴文字狱，前后见于记载的约有七八十起。康熙二年（1663 年），浙江湖州富户庄廷缑刊刻了朱国桢编写的明史，又请人增添了明末天启、崇祯两朝事，其中多有指斥满洲的文句，被人告发。清朝政府把已死的庄廷缑开棺戮尸，作序者、刻印者、校阅者、售书者、藏书者被杀 72 人，充军边防的也有几百人。雍正四年（1726 年），满洲隆科多的党人礼部侍郎查嗣庭出为江西考官，出题有“维民所止”四字，清朝政府认为是去掉雍正二字之头，下查嗣庭狱。查嗣庭在狱中病死，又下令戮其尸。乾隆五十三年（1788 年），湖南耒阳生员贺世盛作《笃国策抄》，书中论及清代的政事，以为当时的捐纳制度流弊极多，事发后即被锁拿处死，妻子充军。这都说明了清统治者对汉族地主官绅的猜忌和对他们显示了专制君主的淫威。

雍正时的几次文字狱，不仅用血腥的屠杀加强了对文化思想的统治，而且还亲自著书来驳斥反对者。生员陆生枏作《封建论》，反对清朝的统一和专制的统治，企图恢复三代的“封建”，雍正则作《驳封建论》，他说：“中国之一统始于秦，塞外之一统始于元，而极盛于我朝，而皆天时人事之自然，岂人力所能强乎”。吕留良是清初有名的思想家，具有浓厚的反清意识，他反对专制政治，主张君臣的关系应如朋友，又主张严“华夷”之别，认为孔子赞扬管仲的“攘夷狄”是最高的道德标准。吕留良早死，其弟子及曾静等人皆崇奉其说，并广为传播。雍正撰辑了《大义觉迷录》一书，并将它颁行天下，他在书中强调了“华夷无别”，认为舜是“东夷”之人，文王是“西夷”之人，自己虽是满族人，却和舜、文王一样，可以完全合法作中国的皇帝。他又下诏谕说：“天无二日，民无二主，乃天经地义”。清代的专制政治，在此时已达于极点了。

西北用兵

雍正元年（1723 年），青海和硕特部首领罗卜藏丹津乘抚远大将军胤禵回京奔丧之机，裹胁大小贵族发动叛乱。清廷开始准备用和平的方法解决青海问题。兵部侍郎常寿前往罗卜藏丹津的驻地沙拉图，制止罗卜藏丹津对额尔德尼和察罕丹津的进攻，对其叛逆行为给以严厉警告。罗卜藏丹津狡猾抵赖，反诬额尔德尼有侵占西藏之心，并且扣押常寿，煽动部众发动了大规模叛乱。

十月，清廷命川陕总督年羹尧、四川总督岳钟琪统兵征讨。在清朝强大的军事攻势下，叛军迅速瓦解。雍正二年，叛乱被平定，罗卜藏丹津男扮女装逃到了准部策妄处。清政府多次向策妄阿拉布坦索还罗卜藏丹津不给，可见，清廷与准部仍然处于僵持状态。

随着政治改革的实现，政局稳定，财力充足，雍正已有条件解决准噶尔人问题。从雍正五年（1727 年）开始筹谋、准备讨伐准部事宜。同年，策妄阿拉布坦死，子噶尔丹策零继立，雍正认为有机可乘，促使他下定用兵的决心。

雍正七年（1729 年）三月，雍正下令两路进军，讨伐准噶尔。噶尔丹策零闻讯，十分惊恐，马上遣使赴京，声称如果既往不咎，仍愿听从清廷命令，解送逃犯。为此，雍正下令暂缓进兵一年，召傅尔丹、岳钟琪进京商议军情。想不到在缓兵之期的雍正八年（1730 年）冬，策零派兵 2 万突袭西路清军大营，清军损失惨重，岳钟琪回到西路军大营，谎报军情，以败为胜；傅尔丹回到北路军营也不积极备战。

雍正九年（1731 年），策零又派大、小策零敦多卜领兵 3 万，向清军北路大营扑来。傅尔丹有勇无谋，中了策零的奸计，率领 1 万人轻装冒进，在和通泊与敌军 2 万相遇，结果，几乎全军覆没。傅尔丹幸免于死，被降为振武将军，以顺承郡王锡保代为靖边大将军。十年（1732 年）正月，策零派 6000 人自乌鲁木齐扰掠哈密，西路军指挥失灵，使敌安然逃回。光显寺之战失败后，噶尔丹策零无力再战，于雍正十一年（1733 年）首先提出议和。经几年的征战，清军十余万，胜少败多，人力物力消耗很大，也于同年五月宣布暂停进兵。第二年七月，雍正正式同意议和。噶尔丹策零重新称臣入觐，清政府划定牧区界限，同意他在阿尔泰山西边游牧。此后维持了将近二十年的和局。

雍正西北用兵，调度乖方，几易两路主帅，未能取得预期效果，但对准噶尔部的扩张多少起到了抑制作用，对维护西北地区的安定与统一也有积极意义。

用兵“苗疆”和改土归流

雍正时，清朝政府任命鄂尔泰为云、贵、广西三省总督，在广阔两三千里的“苗疆”（贵州地区），云南东川、乌蒙、镇雄三土司以及云南西南部与缅甸连界的各边地，大规模施行改土归流。鄂尔泰等对各少数民族的土司采取了招抚和镇压两种办法，先后招降贵州苗、瑶各族2000余寨，又缴纳广西土司的敕印和军器2万余件，并在云南设置了普洱府，以便于对西南各族的镇压。

在改土归流的过程中，由于官吏的暴虐和对各族人民的掠夺屠杀，引起了不断的苗民起义。雍正十三年（1735年），台拱苗寨奋勇抗清，一直到乾隆初年才停止，清廷派兵在“苗疆”前后烧毁了苗寨一千二百二十四座，屠戮苗民达一万七千余人。

改土归流的主观目的是为了对西南各族人民进行直接的统治，但也有其积极的一面，它改善了某些少数民族地区落后闭塞的面貌，有利于国内各民族间经济、文化有进一步联系，因而也多少促进了少数民族地区社会经济的发展。

乾隆帝的统治

宽严相济的统治政策

雍正十三年（1735年）八月十三日，雍正帝病逝养心殿，其子弘历继位，改次年为乾隆元年。乾隆帝即位之始就面临着雍正帝严正统治十三年产生的副作用，为了缓和紧张的政治气氛，调节矛盾，改善各方面的关系，做了一系列的政策调整。

第一件大事就是将原雍正周围的道士、僧侣们逐出皇宫。接着对雍正的政敌胤禩、胤禵集团及其后代实行宽大处理；侥幸活下来的胤䄉、胤禵宽大释放；许多被禁锢的王公宗室都被释放回家；胤禩、胤禟复其名，收入玉牒，子孙也一并叙入；凡因罪革退的宗室觉罗，分赐红带、紫带，载入玉牒。一大批得罪雍正的皇子皇孙，得以恢复名号，重见天日。乾隆并非为父亲的政敌公开平反，但适当地缝隙补过，实行宽大处理，却能够树立起新皇仁慈宽厚的美好形象。对其他重要案件和罪犯，乾隆也一一重新判处，大多从宽发落。岳钟琪、傅尔丹、蔡珽、谢济世、查嗣庭、沈起元等等要犯，或宽释，或重新起用。甚至对许多亏空钱粮、侵吞公帑受严厉处分的官员，乾隆也多所豁免。唯有对吕留良文字狱的主犯曾静、张熙、雍正时免罪释放，乾隆一上台，便将两人锁拿至京，凌迟处死。

乾隆即位后，相继下令核实垦田升科，停止清丈土地，停废契纸契银法，停止营田水利和井田，停捐纳等，对雍正时不切实际、产生弊端的政策措施进行调整。乾隆没有全盘否定雍正的政策，其性质始终不超出纠偏补过的范围。雍正许多重要而正确的制度，如秘建皇储、地丁合一、火耗归公、养廉银、奏折、军机处等制度，乾隆均原封不动地继承。

乾隆经过这一番矫枉过正的宽缓措施，使以往那种紧张、恐惧的政治气氛为之一新，为实行自己的施政方针铺平了道路。

乾隆在成功地改变了雍正某些政策措施，消除其产生的积弊的时候，同时提出“中道政治”和“宽严相济”的施政方针，并为自己的政策转变制造根据，进行舆论宣传。乾隆一上台就宣称："治天下之道，贵得乎中，故宽则纠之以猛，猛则济之以宽"，"宽严并济之道也"。在他统治60年的绝大多数时间总是宽严并提，把两者看做因时制宜、相辅相成的两个车轮，"宽以济猛，猛以济宽，政是以和"，这就是乾隆认定进行统治的不二法门。

按乾隆自己的解释，"宽"就是要爱民，"与民休息"，去民之累，去民之扰。他一再告诫臣下，要把宽大与废弛区别开来。"严"就是要对异端邪说、大逆不道、贪官污吏、恶棍奸民绳之以法，如果对这类人宽大，就会造成政治混乱和生民不幸。他祖父康熙的特点是"宽"，但是，到了晚年"宽"流于废弛；其父雍正不得不济之以"严"，而他自己却要做到"宽"、"严"并济，"惩劝兼施"。他经常告诫大臣们，不要误解自己的宽大，"相率而趋于纵弛"，则"有不得不严之势"。

"宽严相济"是乾隆总结康熙、雍正几十年统治经验而得出的政治理论，从即位伊始，他就反复阐述、运用这一理论，从而形成自己有别于康熙、雍正两朝的统治格局和作风。这一理论为他提供了大幅度的回旋余地，有时候一些事情，可放宽政策，使矛盾缓和，以博得宽厚的好名声；有些事情则严加整顿，雷厉风行，把螺丝拧紧。

乾隆一生的政治实践，潇潇洒洒，十全武功，宽豁而峻严，正是体现了他宽严相济、刚柔兼施的妙用。

重农政策

乾隆与他的先辈一样，十分重视农业生产。即位不久，便组织人员编纂《授时通考》，并亲自作序，大力提倡精耕细作和提高产量的耕种技术，奖励有技术、勤耕细作的“上农”。在康熙、雍正招耕、开垦原抛荒土地的基础上，进一步向山区、坡地进军，开垦原始土地。然而，土地的开垦是有限的，人口却在不断增长，到乾隆初人口已超过两亿。土地和人口成为一对尖锐的矛盾，为解决人口的吃饭问题，乾隆帝在全国普遍推广甘薯、玉米等高产作物，对缓和粮食匮乏、改善人民生活、促进经济发展产生了重大影响。

随着农作物产量的提高，乾隆时期，棉花、桑叶、甘蔗、烟草、茶叶、蔬菜、水果等经济作物的种植进一步扩大。

农业经济的发展和农产品商品化的扩大，又促进了商业和手工业的发展，带来江南工商业城镇的繁荣，使整个18世纪的中国社会经济达到了前所未有的高度和繁荣。江南工商业城镇的发展尤为突出。

稳定西藏与“金瓶掣签”制度

乾隆十二年（1747年），西藏珠尔墨特企图实行分裂割据。清政府一面派两位新驻藏大臣傅清和拉布敦入藏，相机行事；一面令四川总督策楞率兵入藏。傅清与拉布敦到拉萨后，情况已很危急，他俩冒险诱杀珠尔墨特，而自己也被珠尔墨特党羽杀害。七世达赖亲率僧俗民众，协同清军平定了这次叛乱。为了削弱藏族贵族的权势，乾隆十六年（1751年）清政府又对西藏的行政体制进行了一次改革：废除郡王的封授，规定西藏地方政府的噶伦人数仍为四名，其中一名应深晓黄教，四人均在噶厦衙门办公，地方大小事务，须四人秉公会商，协同办理；上奏朝廷的重大政务，须“请示达赖喇嘛并驻藏大臣酌定办理”；补放下属第巴头目，须“公同禀报达赖喇嘛并驻藏大臣酌定”，不得私放；各寺院之堪布喇嘛，均由达赖喇嘛酌行选派，噶伦不得专擅。这次改革，虽不够完善，但提高了驻藏大臣的权力，加强了中央政府对西藏的统辖，使西藏局势稳定了近40年。

乾隆五十三年（1788年）和五十六年（1791年），廓尔喀人两次入侵西藏，再次暴露了西藏地方政府的腐朽性和体制的不完善，驱逐廓尔喀人后，清政府决心大力整顿和改革西藏的政治和宗教制度。乾隆五十八年（1793年）正式颁布和执行《钦定西藏章程》。章程共29款，最重要的是提高了驻藏大臣的权力，驻藏大臣督办藏内事务，地位与达赖、班禅平等，自噶伦以下所有西藏政教官员，均为驻藏大臣的属员；达赖、班禅和各地黄教呼图克的转世，必须在驻藏大臣监视下，采取金瓶抽签来决定，即所谓“金奔巴”制度。另外，在西藏除2000清军外，又组建3000人的地方部队。这次改革，将西藏地方政府和宗教完全置于驻藏大臣的管理监督之下，从而密切了中原与西藏的关系，大大加强了中央政府对西藏地区的管辖。

平定准噶尔叛乱

居住于伊犁地区的厄鲁特蒙古准噶尔部，在康熙、雍正两朝一再挑起战争，清政府虽多次发兵打败了准噶尔部的军事扩张，却不能消灭其政权。乾隆初政，与准噶尔议和，从西北撤兵，划阿尔泰山作为喀尔喀与准噶尔游牧分界线，赢得暂时和平。

乾隆十年（1745年），准噶尔部噶尔丹策零死去，内部因争汗位而内讧，使得政局动荡不安，社会秩序混乱，许多牧民纷纷逃离准部降清，使乾隆最后解决准部出现转机。

乌什首领献城投降图

乾隆十九年(1854 年)，辉特部台吉阿睦尔撒纳、和硕特部台吉班珠尔率 2 万人降清，乾隆打破清帝冬天留居北京的惯例，乘马冒严寒赶往避暑山庄，接见阿睦尔撒纳一行，封其为亲王，班珠尔为郡王。

第二年，乾隆以班弟为定北将军，阿睦尔撒纳为定边副将军；永常为定西将军出兵北、西两路，进兵准噶尔。此时准噶尔达瓦齐尚不知清已分兵两路进击，主要精力仍在征讨哈萨克上面。

五月，西北两路大军会师于距伊犁仅 300 里的博罗塔拉河，达瓦齐这才知道军情，慌忙率万余人退至伊犁西北格登山，结阵布营，五月十九日，清军兵不血刃地进占伊犁，准部回民牵牛携酒，夹道欢迎。

两路清军从伊犁越推墨尔克里岭直抵格登山，准部兵一哄即散，达瓦齐在只有 20 余骑清侦察骑兵冲击下，不知虚实，率 2000 人逃走，余下 7000 余人降清。达瓦齐逃到南疆乌什城，其回教首领伯克霍吉斯慑于清朝兵威，设计擒住达瓦齐及其子送给定北将军班弟。至此，盘踞伊犁七八十年的准噶尔割据政权被彻底消灭。同时，清军还擒获了雍正初年逃到准部的青海和硕特部头目罗卜藏丹津。

土尔扈特回归祖国

土尔扈特部为漠西厄鲁特蒙古四部之一，游牧于雅尔（今新疆塔城）地区，与沙俄接壤。其第八代首领鄂尔勒克因不甘受准噶尔部欺压，于明末移居额济勒河（即伏尔加河）流域。当时沙俄的势力还没有控制这一地区，土尔扈特仍然保留着蒙古语言与宗教信仰。自顺治十二年（1655 年）起，土尔扈特部相继派使者与清朝联系。康熙时，为加强与土尔扈特部联系，派内阁侍读图理琛等代表清政府前往土部看望阿玉奇汗及广大牧民。清政府平定阿睦尔撒纳叛乱后，逃入哈萨克的蒙古牧民随着伊犁形势的变化而返回。此时，沙俄已控制了土尔扈特部，并无休止地征兵同瑞典、土耳其战争。土尔扈特首领渥巴锡从逃到土部的厄鲁特牧民那里得知准噶尔贵族已被清政府消灭，新疆地区恢复了和平安宁，遂萌发了回国的念头。渥巴锡集所属喇嘛、台吉等头目反复商量，决定乘伏尔加河冬季结冰之机，带领土部牧民回归祖国。但因连年冬季温暖，未能成行。

乾隆三十五年（1770 年），渥巴锡率土部伏尔加河两岸蒙古牧民近 17 万人，终于踏上了回归祖国的路程。

为了防止沙俄的阻挠，渥巴锡命土部轻装简从，抛掉所有的生活用具，仅用八天即通过了伏尔加河和乌拉尔草原，迅速进入冰雪覆盖的哈萨克草原。沙俄得知后，立即派大批哥萨克士兵追赶，被渥巴锡率众英勇击退。但行至克齐克玉子地方被哈萨克台吉额勒里纳拉里北部堵截，被迫走入沙喇伯勒北部戈壁。数千里戈壁，漫漫黄沙，水草皆无，土尔扈特部靠饮牛马血而行，又发生瘟疫，人畜死亡过半。到达伊犁时，仅剩 7 万余人。

经过八个月的艰苦卓绝的归程，乾隆三十六年（1771 年），土尔扈特部来到伊犁。渥巴锡献其祖先所受明永乐八年汉篆敕封玉印及玉器、宣窑瓷器等物，请求入觐。

乾隆非常重视欢迎土尔扈特部的回归，在乾隆的亲自布置下，抽调陕西藩银 200 万运往甘肃购买物资，并抽调大批仓米、茶叶、布匹、棉花等运往伊犁。

九月，渥巴锡率土部大小头目来到避暑山庄觐见乾隆。乾隆设宴于万树园，封渥巴锡为旧土尔扈特卓里克图汗，其族子策伯克多尔济为布延图亲王，降人舍楞为新土尔扈特（平定阿睦尔撒纳后先回归的蒙古部落）部弼哩克图郡王，其余首领均封贝勒、贝子等。乾隆将渥巴锡所部旧土尔扈特分成东西南北四路十旗，放牧地划在天山以南珠勒都斯地区，由伊犁将军管辖。新土尔扈特编为二旗，牧地在科布多，由科布多大臣兼管。土尔扈特部回归对清王朝稳定西北统治，增强凝聚力，具有深远的政治意义。

大小金川战役

乾隆时又有大小金川的战役。大小金川在四川西北部，是藏族定居地区，“万山丛矗，中绕汹溪”，土产惟青稞荞麦，俗信喇嘛教，居民皆住石碉中。乾隆十二年（1747 年），大金川土司莎罗奔势力强大，起兵攻击邻近各部落，清朝政府派张广泗率兵镇压，“久而无功”，乾隆杀张广泗。后又改用岳钟琪，莎罗奔出降，但久而复叛。乾隆三十一年（1766 年），清朝政府又派阿尔泰联合九土司攻大金川，大金川反与小金川等部共抗清兵。三十六年（1771 年），清兵为大小金川土司所败。乾隆杀阿尔泰。清朝集中兵力，前后耗饷达 7000 万，至四十一年

（1776 年）才把大小金川压服。清朝于该地设美诺厅（后改懋功县）、阿尔古厅，直接由四川省统辖，四川西北部诸土司也逐渐改土归流。

六巡江南

乾隆一生足迹遍及大江南北，长城内外，其中他自称效法其祖康熙南巡，在其行踪中也占据很重要的地位。头四次乾隆也打着奉太后巡幸的旗号，侍候皇太后南巡。三十年以后，皇太后年龄实在太大，经受不住千里辛劳，乾隆不得不暂停南巡活动，直到乾隆四十二年（1777 年）皇太后病逝后的第三年，才开始实现后两次南巡。

乾隆历次南巡，大多在正月十五日前从北京出发，陆路经直隶、山东到江苏清江，渡过黄河，改为水路，乘船沿运河南下，经扬州、镇江、丹阳、常州、苏州进入浙江境内，再由嘉兴、石门抵达杭州。回銮时，绕道南京，祭明太祖（朱元璋）陵，检阅部队，又回运河原路，于四月下旬或五月初返回京师，先于安佑宫行告先帝礼，然后住进圆明园过端午节。

康熙南巡的一个主要目的就是治理黄河、运河和淮河，保证漕运畅通无阻和减轻三河交汇一带百姓的水患，每次视察河口，都“亲乘小舟，不避水险，各处周览”。乾隆南巡也标榜“南巡之事莫大于河工”，每次南巡都要视察黄淮河河工，特别是对杭州海塘的治理，提出以柴塘修筑石塘的正确方案，并大见成效。

他的另一个目的是视察民情，关心民间疾苦，每次南巡都要向百姓显示“皇恩浩荡”。直隶、山东、江苏、浙江所过州县当年应征额可减免 3/10，受灾歉收地区免 5/10，省会江宁、苏州（当时亦为江苏省会）、杭州及其所在州县免全部地丁银两；奖励各省“老民老妇”；对犯人宽大减刑，增加江苏、安徽、浙江三省科举名额，并在途中联系现实恩科士人，择优录取，授予功名，乾隆甚至下令：地方官不要阻拦百姓观瞻“天颜”以免阻塞百姓“爱君之热情”。但对老百姓拦路叩阍则一律加以重惩，道学思想浓厚的乾隆，决不允许犯上不敬的行为扫他的兴。

乾隆毕竟是一位明智而有作为的君主，他在南巡途中并不荒废日常政务。各地的报告、奏章直接送到他沿途驻跸的行宫，照常由他亲自阅读批答。例如，第二次南巡时，正值平准战争，他一边巡幸，一边阅读前方奏报，指示方略，下达命令。乾隆在南巡中还特别注意利用召见机会，考察吏治，用朱笔写下召见官员的印象，以作其任用、升迁的参考。除视察河工、海防外，乾隆也能注意兼顾普通百姓的利益。祭神灵、祀圣贤、尊老重孝，奖拔文人，题诗作画等，这类点缀文治武功盛世的政务活动，乾隆更是不厌其烦。

乾隆南巡的队伍相当庞大。除了随行的后妃、皇子外，还带有一整套政务处理班子以及王公、章京、侍卫等，约有2500余人。走水路得用千余艘大小船只，形成浩浩荡荡的数里船队。巡幸所经地方，各级官员都要兴师动众，提前修桥铺路，整缮城郭，建造行宫，训练士卒，通缉盗匪，清理刑狱，安抚穷人，筹办珍玩，安排迎銮。仅乾隆乘坐的御舟安福舻，就需每班600人，共六班3600人的拉“龙须纤”河兵。南巡途中，乾隆的生活条件和设施与宫中没有两样，每日早晚照例鸣鼓奏乐。茶房所用乳牛多至75头，膳房所用羊1000头、牛300头，均提前从北京运到镇江、苏州等地。乾隆对饮食极为讲究，每天得从北京或地方专门供应冰块和泉水，在直隶时用玉泉山泉水，在山东用济南珍珠泉水，在江苏用镇江金山泉水，到浙江则用杭州虎跑泉水，每天仅供乾隆一人生活所需的就几达千人。乾隆六次南巡费糜了大量人力、物力和财产。乾隆为了减轻国家和地方的财政负担，鼓励江浙商人（特别是扬州盐商）报效银两，资助他的南巡活动。商人们又为了迎合乾隆的享乐，绞尽脑汁，煞费苦心，不惜银两，极尽天工巧夺，去构筑仙境般的虚假荣华。正由于商人的积极参与，使乾隆南巡显得格外铺张豪奢；商人们粉饰的虚假繁荣，也使乾隆本易被腐化的帝王心理更加腐化，到他后期大肆无节制地挥霍，最终将这种“繁荣”引向了衰落。

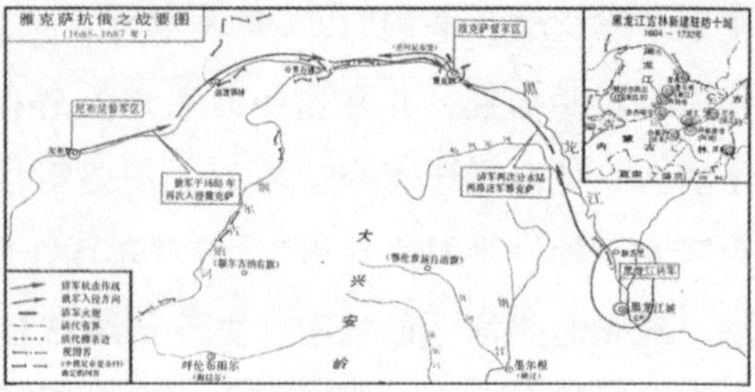

大兴土木

乾隆性喜游乐田猎，又具很高的文化素养和艺术鉴赏力，对建筑艺术颇有见地。他希望官帑“俾得流通”，而当时又没有更好的投资去向，那就惟有大兴土木，进行城市、园林建设、这既适合他的性格特征，又可作为他夸耀业绩的物证。

在此思想基础和雄厚财力的前提下，乾隆凭着自己的兴致，充分发挥自己的建筑艺术才华，在北京、承德避暑山庄及其周围，大兴土木。

乾隆三年（1738 年），乾隆服丧期满后，从大内移居圆明园，并经常驻跸于此，开始扩建圆明园，在雍正御园的基础上，向东向北，增建宫殿楼阁，所谓“恢拓营缮，宏规大起”。工程是常建未停。随乾隆南巡的开展，江南的景点和风光也“搬进”了圆明园。到乾隆五十年（1785年）左右，圆明园工程才基本停下来，形成了圆明园上百个景点，并且这时的圆明园已与西洋楼、绮春园和作为乾隆归政后颐养天年的长春园联在一起，形成一个整体。后来在嘉庆朝此园又继续增加了一些景点。整个圆明园平地造园，凿池引水，堆山植树，在福海及许多湖泊、河渠、假山旁兴建一批又一批宫殿亭榭、形式多样、风格各异的建筑群，在我国园林艺术史上达到登峰造极的地步，被誉为“万园之园”。

乾隆十年（1745年），开始营建香山静宜园，在其周围设健锐营，修建兵营、民房、庙宇。十四年以后，为迎接皇太后60寿诞，新建清漪园（即今颐和园），改瓮山为万寿山，瓮山泊为昆明湖，疏浚湖泊，营造殿堂。十八年（1753年），又修成玉泉山静明园和京东盘山的静寄山庄。此外还修缮了许多坛庙。乾隆二十年（1755年）以前是北京西北郊三山五园（畅春园、圆明园、万寿山清漪园、玉泉山静明园、香山静宜园）建筑最繁忙的时期。

乾隆七年（1742年），开始大规模修治北海，工程延续近三十年之久，今北海大部分景点就是这时始建或改建、扩建的。

在乾隆前期和中期，整个北京城内外，到处是工地，不时可以看到新的建筑拔地而起，原有的建筑也焕然一新。

康熙时只完成了避暑山庄的宫殿区和一些景点的建设，大规模的扩建工程是乾隆来完成的。此外，乾隆还在山庄的东北方向，根据蒙藏等少数民族的宗教信仰、民族风格，先后建成了外八庙中的五座，使之与山庄融为一体，更加充分地发挥“抚绥远人”的政治功能。

乾隆的大兴土木与南巡一样，是当时的有识大臣和后来的研究者评论的两大败政。都认为他不惜劳民伤财，为供一己之享乐而使海内变穷，变乱由此而起，国势由是而衰。这种评价实在不为过分，乾隆也作《知过论》，承认自己一生中的过失是好兴土木，引咎自责。但是，任何历史问题都有它复杂的一面，除劳民伤财一面外，大兴土木也确实起过肃观瞻、抚绥远人（特别是避暑山庄和外八庙）的政治作用。有一点也值得注意，乾隆的大兴土木并不是无偿的劳役征调，而是物料给价，雇工给值，所以，乾隆辩解地讲："力役之征，古所不废，惟本朝则无其事"，兴修工作等事，是"以工代赈，俾小民均资利益"。在资金方面，除动用库银而外，乾隆也采取集资的办法。

清平定三藩之战

清康熙十二年至二十年（1673—1681 年），清廷平息吴三桂等三藩叛乱的作战。

清廷进入北京后，为尽快统一中国，采取了以汉制汉的政策，大量起用明朝降将。早在清军入关前即降清的吴三桂、孔有德、尚可喜、耿仲明四人，因在消灭李自成、张献忠农民军和南明政权的作战中屡立战功，先后被清廷封王：吴三桂为平西王，孔有德为定南王，尚可喜为平南王，耿仲明为靖南王。后来，孔有德父子在桂林与南明军作战时兵败身死，无子继爵，所封四王只剩三个。康熙元年，清廷为稳定东南和西南地区的形势，命吴三桂、尚可喜、耿继茂（耿仲明之子）分别镇守云南、广东、福建，并称三藩。此后，三藩各拥重兵，权势急剧膨胀。他们所在地区的官吏要受其节制；任命官吏、将领，吏部、兵部不得干涉；使用经费、军饷，户部不得查核，就是对朝廷的旨谕，也多采取阳奉阴违的态度。这样，清廷与三藩的矛盾日益严重。康熙帝亲政后，即将处理三藩当作朝廷的三件大事之一，写成条幅悬于宫柱上，决意待机撤藩。

康熙十二年（1673 年）二月，康熙帝借尚可喜向朝廷提出告老回乡，由子尚之信袭爵驻镇之机，以广东已平定，宗族父子不必分离为由，诏令尚藩官兵及其家属全部撤回辽东。吴三桂、耿精忠（耿继茂之子）得知此讯，非常不安。为试探朝廷的撤藩决心，他们分别于七月三日和七月九日提出撤藩请求。清廷多数大臣担心撤藩会引起时局动乱，主张勿撤。康熙认为，吴三桂等蓄谋已久，撤亦反，不撤亦反，不如先发制人。毅然下令撤藩。并命礼部侍郎折尔肯等大臣分赴云南、广东、福建，办理撤藩事宜。吴三桂接到撤藩诏书，不禁大怒，决心举兵谋反。十一月二十一日，吴三桂杀死拒绝从叛的云南巡抚吴国治，扣留了朝廷使臣折尔肯等，自称天下都招讨兵马大元帅，传檄天下，宣布反清复明。

康熙十三年一月，吴军由贵州攻入湖南，连下沅州（今湖南省芷江县）、常德、岳州（今湖南省岳阳市）、衡州（今湖南省衡阳市）。并积极开展政治攻势，煽动明朝降将归附。福建耿精忠、台湾郑经、广东尚之信、广西将军孙延龄与提督马雄、四川巡抚罗森与提督郑蛟麟、陕西提督王辅臣、襄阳总兵杨来嘉等数十名地方大员相继从叛。

在极为严峻的形势下，康熙帝审时度势，制定出剿抚兼施，各个击破，先除两翼，再攻湖南的作战方针。为集中打击吴三桂，康熙帝下令停撤耿精忠、尚之信二藩；命顺承郡王勒尔锦、刑部尚书莫洛分赴荆州、陕西，阻击吴军由湖南和四川北上；又命内大臣希尔根领兵赴广西，切断吴、耿两军的联系，初步扼制了吴军的攻势。康熙十三年四月，吴三桂释放使臣折尔肯等，转递了要求与清廷划黄河或长江为界的“奏章”，康熙帝不予答应，并处死吴三桂之子吴应熊和长孙吴世霖，以示平叛决心。

针对各路叛军战斗力强弱不一，叛乱坚定程度不一的特点，康熙帝在对叛军中坚吴三桂保持正面压力的同时，对东西两翼战场之敌，分别采取剿抚并用的手段，力求分而化之。康熙十三年十二月，吴三桂养子、陕西提督王辅臣从叛后，康熙帝立即派其子王濉贞送专敕进行招抚。吴三桂得知王辅臣态度游移，一面派人送犒银20万两，一面由四川派兵前往陕西应援，使王辅臣反清立场更为坚定。于是，康熙帝调集兰州提督张勇、总兵赵良栋、王进宝等，以优势兵力大举进剿，将王辅臣的兵马分别合围于平凉、固原（今属宁夏）。康熙帝见清军围攻一年多仍未击破叛军，转而又采取招抚手段，令抚远大将军图海接受王辅臣的请降。康熙十五年六月，王辅臣率众归降。康熙帝恢复王辅臣官职，并加授太子太保，鼓励他立功赎罪。

与此同时，康熙帝又将东翼战场的耿精忠定为剿抚重点，认为他与吴三桂不同，吴三桂是背恩反叛，而耿精忠从叛则是无知。因此，康熙帝将吴三桂的儿子、孙子处死时，对耿精忠的几个弟弟并未加罪。令大将军杰书在闽浙前线加强军事进攻的同时，不断前往招抚。康熙十五年六月，郑经乘耿精忠主力在浙、赣前线作战之机，派兵攻占福建漳州、泉州等地，耿、郑之间矛盾尖锐起来。清军利用这个机会，一面大举入闽，连克建宁、延平（今南平）等府，直逼福州；一面再次遣使劝降。

耿精忠两面受敌，无力再战，于十月在福州归降。清军乘胜进军闽南，郑经战败退守厦门，闽浙告平。

耿精忠归降后，广东尚之信也开始动摇。他发现吴三桂对自己并不信任，便向扬威大将军喇布请降。康熙帝免其罪，准其袭平南王位。吴三桂闻广东有变，急令部将马宝、胡国柱由湖南攻粤，尚之信率军顽强抵抗。江西清军及时赶到，大破吴军，广东遂平。

清廷还通过招抚，使一度从叛的广西的孙延龄有了反正的念头。吴三桂闻讯，急派其孙吴世琮进兵桂林，诱杀了孙延龄。不久，孙延龄部将刘彦明又杀了吴军桂林守将李廷栋降清，广西大部也为清军占领。

在剪除两翼的同时，康熙帝坚持派主力对付叛军的中坚吴三桂军。康熙十四年，他命大将军岳乐从江西进攻湖南，不久即克萍乡、醴陵、浏阳，直逼长沙。吴三桂亲率主力由湖北松滋回援长沙，清军被迫退回江北。康熙十六年三月，清军围攻长沙未克。吴三桂为摆脱三面被围的困境，率军退往衡州、宜章。康熙命征南将军穆占进攻衡州，堵住吴军的后路。吴三桂为鼓舞士气，挽救危局，于康熙十七年三月在衡州称帝，建元昭武，立国号周。八月十七日，吴三桂病卒，其孙吴世璠即位。为打破战场上的僵局，安亲王岳乐采纳降清的原吴军水师将领林兴珠的意见，由水陆两路夹攻岳州。康熙十八年正月，清军收复岳州，吴军退往云贵。

康熙十八年十一月，清军兵分三路，由湖南、四川、广西进攻云贵。次年十月，由湖南进入贵州的一路清军由大将军彰泰率领攻占贵阳，吴世璠逃往昆明。康熙二十年二月，由广西进入贵州的一路清军，由大将军赖塔率领，连克安隆所（今贵州省安龙)、黄草坝(今贵州省兴义),与彰泰军会师于云南曲靖。随后两路大军进逼昆明,在城外归化寺扎营。二月二十一日,吴世璠派部将胡国柄率兵数万,列象阵于昆明城外迎战清军。清军勇猛出击,大破象阵,斩吴将胡国柄、刘起龙等多员,继而合围昆明。吴世璠急令大将马宝由四川回援昆明。与马宝交战的清军将领赵良栋等乘势追击,会同清都统希福军在乌木山歼灭马宝军。九月,赵良栋率该部清军由四川进入云南,与其他两路清军合师于昆明城下。从十月八日起,清军开始日夜攻城。先后攻克银锭山、重关、太平桥、玉皇阁等重要据点。吴世璠大惊,急率兵出城应战,又被击败。吴军粮尽弹绝,人心动摇,已无斗志。二十二日,吴将余从龙、吴成鳌出城投降。清军得知城中虚实,加紧四面攻城。二十八日夜,吴世璠服毒自尽。二十九日,吴将线绒率众开城投降。至此,历时八年的三藩之乱被彻底平定。

郑成功收复台湾

台湾自古是中国的领土,元代曾设澎湖巡检司,管辖澎湖与台湾,明代因之。明末天启年间,大陆福建等地的移民大量迁居到台湾,进一步加强了台湾与大陆的联系。但是,自公元1604年起,荷兰殖民主义者多次对台湾进行侵略。1624年,荷兰殖民者入侵台湾西南部的海港鹿耳门,在沙洲上建立起一座城堡,命名为热兰遮。第二年,他们又用欺骗手段,以极低廉的价格(15匹粗布)购买下大片土地,后建立赤嵌城(地在今台南市)。1642年,荷兰人从西班牙殖民者手中夺取了台湾北部的基隆和淡水，基本上控制了台湾岛的西部沿岸地区。荷兰殖民主义者以台湾的主宰自居，强迫当地居民和过往商客交纳高额税金，甚至烧杀抢掠无恶不作，激起了当地人民的仇恨和反抗。

赤嵌城

17世纪中叶，中国的政治局面发生了天翻地覆的变化。清朝统治者入主中原，残明势力和各地人民开展了激烈的抗清斗争。郑成功原为南明隆武政权的御营中军都督，曾被隆武帝赐国姓。隆武政权失败后，郑成功拒不受降，招兵买马组织义军继续抗清。他以厦门和金门为根据地，多次向清军发动攻击，还接受了南明永历政权授予的延平郡王封号。清顺治十六年（1659年），郑成功率军航海进入长江，围攻南京，并收复了江南大片地区，最后不幸兵败，只得又回到厦门。郑成功鉴于当时全国抗清形势已经进入低潮，其所部势单力孤，所占金门、厦门二岛近迫大陆，无险可守，决计收复台湾，作为长期与清朝对峙的基地。

顺治十八年（1661年）正月，郑成功召集诸将密议，提出：“前年何廷斌（台湾通事）新进台湾一图，田园万顷，沃野千里，饷税数十万，造船制器，吾民麟集，所优为者。近为红夷占据，城中夷狄不上千人，攻之可垂手得者。我欲平克台湾以为根本之地，安顿将领家眷，然后东征西讨，无内顾之忧，并可生聚教训也。”众将颇有难色，有人还提出水路艰险，水土难服等困难。然而郑成功决心已定，这年二月，他命令修葺船只，整顿武器，准备向台湾进军。留部将洪旭、黄廷、王秀奇等辅世子郑经镇守金、厦。

三月二十三日，郑成功率师启航，第二天到达澎湖。由于风向不利，郑成功的水师在澎湖逗留多日，至三十日晚才继续前进。四月初一日拂晓，郑成功军至台湾岛西南部的鹿耳门港。

荷兰殖民者在热兰遮一带仅有1000多人，武装力量不强。但对郑成功大军压境，他们还是进行了顽强的反击。在郑成功的舰队大部分已经进入港湾，部分士兵已经登陆的时候，荷兰人在港湾中的两艘战船赫克托号和斯·格拉弗兰号以及两艘平底小船开始向郑军发起攻击。荷兰战船依仗炮火猛烈，最初十分嚣张，但郑成功部队英勇作战，不久就使得赫克托号起火，并引起了火药爆炸而沉没。其他三艘荷兰舰船见到赫克托号沉没，吓得连忙逃离港湾，进入远海地区。荷兰殖民当局还派贝德尔上尉和阿尔多普上尉各率200余人分别在热兰遮附近和赤嵌附近阻止郑成功登陆。贝德尔上尉所部在北线尾的一个沙洲上被郑成功部队包围，几乎全部被歼灭，贝德尔也被击毙。阿尔多普上尉则一击不利，立即逃回热兰遮城堡。在粉碎了荷兰人在海上和陆上的进攻后，郑成功部再没有受到任何阻碍，非常顺利地完成了登陆，并在沿岸扎营，将赤嵌的普罗文查要塞和热兰遮城分割包围起来。

台湾的汉族和高山族人民得知郑成功率部到达，都纷纷前来迎接。许多人用货车和其他工具帮助郑军登陆，附近各社的高山族酋长也闻风归附。郑成功注意安抚岛上居民，对迎附的酋长百姓赐以袍服酒食，同时严格规定部队纪律，不使扰民。由于有台湾人民的支持与配合，郑成功所部迅速在台湾站稳了脚根，迫使荷兰殖民者只能蜷缩在普罗文查和热兰遮两处要塞中。

四月初四日，荷兰殖民地当局的代表同郑成功进行谈判，提出愿向郑成功支付赔款，要求郑军撤离台湾。郑成功对此严厉驳斥，申明台湾一向是属于中国的，敦促坚守两处要塞的荷兰人立即投降。这次谈判破裂后，普罗文查要塞司令描难实丁被迫投降。而荷兰殖民地当局所驻的热兰遮城堡却升起了表示抵抗到底的血旗。郑成功立即指挥部队攻占了热兰遮城堡外的市区。但由于荷兰人的炮火猛烈，郑军数次进攻城堡都受到挫折。为了减少过量的牺牲，郑成功决定采取长期围困，迫其投降的策略。

在对热兰遮实行围困期间，郑成功抓紧在台湾进行政权建设。五月，改赤嵌为东都明京，设承天府，辖天兴、万年两县，天兴附廓，万年即现在高雄县。这是台湾岛设立府县政权之始。郑成功还发布令谕：“东都明京，开国立家，可为万世不拔基业。本藩已手辟草昧，与尔文武各官及各镇大小将领官兵家眷，聿来胥宇，总必创建田宅等项，以遗子孙计。但一劳永逸，当以已力经营，不准混侵土民及百姓现耕物业。”还颁布八项条款，严纪律，定税收，保护民众，安顿眷属，开荒屯垦。这些措施有利于社会安定和经济发展，为后来郑氏在台湾建基立业创造了条件。

远在巴达维亚的荷兰东印度公司当局得知郑成功围攻热兰遮的消息后，匆忙拼凑了一支 700 人的支援部队，任命考乌为总司令，分乘十艘战船，乘着南贸易季风赶到台湾。这支援军于当年七月抵达鹿耳门海湾，但直到第二个月才全部登岸成功。由于有了新生力量，荷兰殖民者决定再对郑成功部队发动一次攻势。闰七月二十三日，荷兰军队从海陆两面发起进攻，妄图夺回热兰遮城堡外的市区。但这一行动遭到郑成功部队的沉重打击，荷兰军船只被击沉烧毁，士兵大量被击毙，残部再次逃回要塞，援军总司令考乌被这次失败震慑，不久就借故逃离了台湾。此后的热兰遮城堡仅仅是坐以待毙而已。

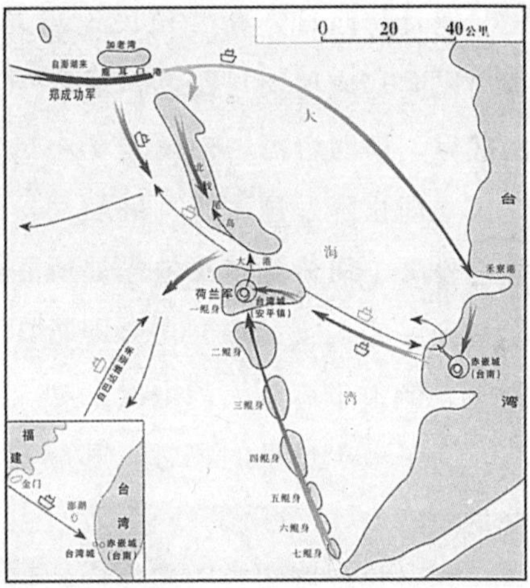

这年年末，郑成功围城已达九个月，于是再度发动攻势。十二月初六日清晨，郑成功指挥部队用大炮猛烈轰击热兰遮城堡外围的防御工事，并攻占了城堡外的几个重要据点。在面临灭顶之灾的情况下，荷兰在台湾的殖民地最高长官揆一决定向郑成功投降。顺治十八年十二月十三日（公元1662年2月1日），揆一在投降书上签字，台湾全岛正式回到了祖国的怀抱。郑成功对投降者采取宽大政策，允许他们带走个人财产和途中必要的生活用品。

郑成功在平定台湾后，广招漳、泉、惠、潮等处士民，制法律、定官制，筚路蓝缕，规模初定。但仅几个月之后，康熙元年（1662年）五月初八日，郑成功因病逝世，终年仅三十九岁。郑成功死后，其弟郑袭在台湾自行继位，而在厦门的郑成功长子郑经也由部下拥立为延平郡王。攻台以来一直在发展激化的台湾集团和金厦集团的矛盾于是爆发。十月，郑经率师进攻台湾，驻台诸将大多投降郑经。一场内乱平定之后，以郑经为首的台湾郑氏政权才真正巩固下来。

被赶出台湾的荷兰殖民主义者并不甘心于自己的失败，在康熙元年（1662 年）七月，又派舰队到达闽江口，船上竖有支援大清国字样旗帜。他们同清方官员联系，提出愿作先锋，首攻金门、厦门，然后由清军助其夺回台湾。清廷回绝了荷兰的建议，这支舰队就自行以海盗方式向郑经所部船只袭击，毕竟不能再次入侵台湾，终于无功而返。台湾此后一直在郑氏的统治下，康熙二十二年（1683 年）才被清朝统一。

雅克萨之战

顺治年间，中国军民击毙了沙俄侵略头子斯捷潘诺夫，将沙俄侵略者赶出了黑龙江中下游地区，但他们仍占据着黑龙江上游的尼布楚城（今俄罗斯涅尔琴斯克）等待时机，策划着新的侵略活动。康熙四年（1665 年），俄军重占雅克萨城，并建堡筑寨，勒索财物，设置殖民农庄，奴役和镇压当地中国人民。康熙十五至二十一年（1676—1682 年）沙俄又利用清廷全力镇压南方“三藩之乱”、无暇北顾之机，派出大量军队入侵黑龙江各支流，并调集大批枪炮、物资到尼布楚、雅克萨等地，加强侵略力量。对此，清朝政府多次提出交涉、抗议，警告他们必须停止对中国的侵略。沙俄侵略者不但置若罔闻，反而变本加厉，公然在中国领土上设立据点，强征贡赋，开采银矿，烧杀抢掠。清政府忍无可忍，遂于“三藩之乱”平定之后，立即集中力量，准备武力驱逐沙俄侵略者。

事先，康熙帝总结了三十多年来与沙俄斗争的经验，进行了周密、细致的准备工作。康熙二十一年（1682年），他亲自出柳条边墙至吉林乌喇（今吉林市），航行于松花江上，视察边防情况。同年八月，又派副都统郎谈、公彭春等率数百人至雅克萨附近侦察地理形势和水陆交通。十二月，清廷在瑷珲和呼马尔（今呼玛）建城驻兵，贮存粮食，修造船只，作战前准备。康熙二十二年（1683年）十月，清廷以萨布索为第一任黑龙江将军，着手扫除俄军在黑龙江中下游设置的侵略据点。与此同时，当地各族人民也纷纷拿起武器，以各种形式打击沙俄侵略军。在牛满河上，奇勒尔人打死俄军十余人；精奇里江的鄂伦春人和飞牙喀人也先后击毙俄军多名。在各族人民的配合下，清军相继拔除了许多俄军据点。至该年年底，除尼布楚、雅克萨等少数地区外，侵入黑龙江流域的沙俄侵略者基本被肃清。

在加紧军事部署的同时，清政府始终未放弃谋求政治解决的努力，曾通过各种途径表示，只要沙俄停止侵略活动，清朝愿与之保持和平。直到大兵进发雅克萨之前，康熙帝还写信给沙皇，劝其迅速撤回雅克萨之兵，“互相贸易遣使，和睦相处”。但是，沙俄政府将清方的和平努力看成是软弱可欺，不但不予接受，反而继续扩大侵略。他们调整了侵略黑龙江地区的军事指挥机构，任命熟悉当地情况且以骁勇著称的弗拉索夫和托尔布津分别担任尼布楚和雅克萨督军，又增调援军，贮存粮草，加固城防，还派普鲁士军官拜顿在托博尔斯克招募哥萨克来中国助战。至此，清政府已别无选择，只有下决心以武力将侵略者赶出中国。

康熙二十四年（1685年）四月，都统彭春、郎谈、黑龙江将军萨布素等分率满、蒙、汉等官兵三千余人自黑龙江城（今爱珲）和卜魁城（今齐齐哈尔），水旱两路向雅克萨进发。五月二十二日，彭春率部抵达雅克萨城下，立即向俄方发出咨文，要求其撤出雅克萨，归还逃人，以雅库（今俄罗斯雅库次克）为界，遭到俄方拒绝。次日清军列阵，包围雅克萨城。二十五日，一队增援雅克萨的俄军自黑龙江顺流而下，被清军将领林兴珠率福建藤牌兵拦于江西。一场激战，毙伤俄军四十余人。随即，清军架设“神威无敌大将军”炮，向雅克萨城猛烈轰击，同时水陆并进，四面围攻。经过一昼夜激战，俄军伤亡惨重，城内到处起火。二十六日，郎谈命积柴焚城。俄国雅克萨督军托尔布津走投无路，只得出城投降，并发誓不再回雅克萨城。清军准其投降。派人将托尔布津及其手下官兵、眷属等七百余人送到额尔古纳河河口，收复了被俄军侵占达 20 年的雅克萨城。城中 160 余名被俄军扣押作人质的中国索伦族、巴尔虎族民众全部获得释放。不久，清军撤回黑龙江城。

托尔布津等残兵败将回到尼布楚后，仍不死心。正项拜顿率领六百名哥萨克援兵也到达尼布楚，又探得清军全部撤退，并未留兵驻防的消息，遂率领五百余名俄军返回雅克萨，加筑工事，重新盘踞。康熙二十五年（1686 年）五月，萨布素、郎谈、班达尔沙等奉命率领清军 2100 余人会师于查克丹，再次进兵雅克萨。命俄俘鄂克索木果带信入城警告俄军，如不立即撤出，必将其全部歼灭。是时，盘踞城中的俄国侵略军共有 800 余人，他们凭借充足的火器装备、弹药粮草和坚固的城防工事负隅顽抗，并自城中频繁出击，不让清军炮位和攻城器械逼近城墙。萨布素率领清军将士在当地各族人民的协助下，屡次击败出城挑战的俄军。六月初九日夜，萨布素下令向雅克萨城发起进攻。郎谈领兵自北面用大炮向城内轰击，班达尔沙领步骑从南面猛攻。自夜到晨，重创俄军，数日之内毙敌 100 余人，托尔布津也中炮毙命，由拜顿继任其职。但是，由于清军除拥有少量大炮外，只有火枪 50 支，士兵作战主要依靠刀矛弓箭，杀伤力较小，对攻坚战尤为不利，故未能迅速拿下雅克萨城，战事一时陷入僵持状态。萨布素等为避免牺牲过大，停止强攻，于城外东、南、北三面挖掘长壕，修筑堡垒，设置木桩、鹿角，派兵严密把守；又于城西江南布置水师，封锁来自尼布楚方向的援兵航道，对城中俄军进行长期围困。由于城中无井，通常依靠通向黑龙江的水道引来水源。清军经过四昼夜激战，切断了城中水源。数月之后，城中饮水、粮食、弹药皆已告罄，加之疾疫流行，800 多名俄军只剩下 66 人，尼布楚方面也无力派来援军，困守雅克萨的俄国侵略者已经濒临绝境。

尽管清方在军事上取得重大进展，但为求得边界上持久的和平，仍然不断谋求与沙俄进行谈判。康熙二十五年八月，清政府委托即将离京回国的荷兰使臣宾显巴志带信给俄国沙皇，建议两国休兵谈判，和睦相处。以后，又将同样内容的信件交葡萄牙传教士闵明多带往欧洲，设法转递沙皇。此时的俄国，正值彼得一世之姐索菲亚公主执政，统权极不稳固，不可能再派大批军队前来中国，眼看困在雅克萨的俄军将被全歼，遂决定接受清政府的建议，派出以戈洛文为全权代表的谈判使团与清朝进行边界谈判。该年十月，俄国信使文纽科夫和法沃罗夫等到达北京，呈递沙皇给康熙帝的书信，要求清政府停止攻打雅克萨，等待戈洛文一行到达后进行谈判。清政府以礼接待了俄国信使，并在雅克萨城唾手可得的情况下同意了俄国的请求，命令萨布素等撤雅克萨之围，又派太医赴雅克萨为患病俄军治疗，且发粮赈济，保住了坐困城中坐以待毙的俄国人性命。次年七月，清政府闻知戈洛文使团抵达边境，遂命萨布素等率部返回黑龙江、墨尔根（今嫩江）等地驻守。至此，历时两年之久的第二次雅克萨之战正式结束。

《尼布楚条约》

第一次雅克萨之战后，沙俄见仅靠武装入侵难以实现其对中国进行侵略扩张的目的，遂改变策略，企图以军事侵略和外交谈判交替使用，迫使清政府就范。康熙二十五年（1686 年）正月，沙皇政府任命弗奥多尔·阿列克谢耶维奇·戈洛文为对清谈判使团全权大使，率使团于正月十三日自莫斯科启程来华。整个戈洛文使团共 1900 余人，包括炮兵、火枪兵、龙骑兵等。行前，沙皇政府授予戈洛文广泛的权力：不但负责与清朝谈判缔约，还可以在必要时调动西伯利亚地区的军队与清朝作战。同时对使团的任务和谈判方案也做了明确规定：其最高要求为以黑龙江划界，占领整个黑龙江北岸；如达不到这一要求，则谋求以比斯特拉河（即牛满河）或结雅河（即精奇里江）为界，占领黑龙江中游北岸；再达不到，则以雅克萨为界，并在比斯特拉河和结雅河保留中俄两国共同的渔猎场。并训令戈洛文，如清朝不愿根据上述条件缔约，则不惜使用武力。康熙二十六年（1687 年）八月，戈洛文一行到达贝加尔湖东岸。此时，俄国因克里米亚战败，兵疲财匮，不得不改变其与清朝谈判的立场，指示戈洛文，如清朝同意不在雅克萨驻军，则可以接受撤出雅克萨的条件，另外其他方面也可以做些让步，力求与清朝达成妥协。

戈洛文一行在贝加尔湖东岸一带停留了两年时间。因此时清军已然撤销雅克萨之围，戈洛文就不急于与清方谈判。他一面窥探清政府的意图；一面竭力鼓动中国喀尔喀蒙古各部脱离清朝，臣服于俄国。遭到喀尔喀蒙古领袖土谢图汗和哲布尊丹巴的坚决拒绝。戈洛文见挑拨离间难以奏效，又企图以武力逼蒙古各部屈服。是年冬，戈洛文诬陷蒙古人民偷盗俄军牛羊马匹，命俄军闯入蒙古牧区进行烧杀抢掠，并扬言“捣毁帐幕，俘虏他们的妻子儿女”。俄国侵略者的暴行遭到喀尔喀蒙古人民的坚决反击。十二月，蒙古军民在楚库柏兴（今色楞格斯克）一带打败俄军，迫使戈洛文等躲在城中不敢出来。康熙二十七年（1688 年）六月，正当喀尔喀蒙古各部抗俄斗争取得一系列胜利之际，准噶尔部首领噶尔丹以“为弟报仇”为借口大举入侵喀尔喀蒙古。喀尔喀各部相继战败，土谢图汗和哲布尊丹巴等率数十万众南归，要求清政府予以保护。戈洛文见有机可乘，遂与噶尔丹相勾结，派俄军分路出击，逼迫喀尔喀各部归顺俄国。由于喀尔喀蒙古人民的坚决反对，戈洛文一伙的阴谋未能得逞。

康熙二十七年五月，清政府派领侍卫内大臣索额图、都统公佟国纲、尚书阿喇尼、左都御史马齐、护军统领马喇等组成谈判使团，取道蒙古前往楚库柏兴与俄使进行谈判。行前，康熙帝传谕索额图等，尼布楚、雅克萨、黑龙江上下及“通此江之一河一溪，皆我所属之地，不可少弃之于俄罗斯”。索额图等行至蒙古，正值噶尔丹大举入侵，道路受阻，不得不暂时返回北京。康熙二十八年（1689 年）四月，索额图等再次启程，谈判地点改在尼布梦（今俄罗斯涅尔琴斯克）。此时，清政府因急于全力镇压噶尔丹叛乱，希望与俄国保持和平，遂重新确定谈判方针。康熙帝表示，为争取达成协议，必要时可将尼布楚让给俄国，以额尔古纳河为界。六月，使团到达尼布楚。随行人员包括水手、仆役、运伕及官兵近3000人，分为两路：一路由索额图等率领自北京出古北口，经达尔泊、克鲁伦河、温都河而来；一路由萨布素、郎谈等率领自瑷珲溯黑龙江而上。

中国使团到达尼布楚半月有余，仍不见戈洛文等前来，反受到俄国方面无理指责，说中国使团带军队前来违反国际法准则，又诬陷中国士兵途经雅克萨时杀死两名俄国人，还要求中国使团驻地不得离尼布楚城太近，应退往额尔古纳河口等等。对此，索额图等据理予以驳斥，提出：中国使团带来的只是“侍从以及派遣使用之官兵”，并非为打仗而来，一共不到3000人，而尼布楚之俄军也有2600人左右，故中国并无以兵多压人之意；至于雅克萨两俄人被杀，更与中国使团无关；既然双方皆愿以“和好之礼相会议事”，则住于近处，于谈判更为方便，绝无恶意。

七月初五日，戈洛文使团到达尼布楚。初八日，双方进行第一轮会谈。地点定在尼布楚城外200俄丈处的帐篷之中，进入谈判现场的官兵各300人，除刀剑外不得携带武器，另有500名中国士兵乘船泊于会场200俄丈外，以与城中俄军力量取得平衡。谈判一开始，双方即展开了针锋相对的激烈辩论。戈洛文一口咬定黑龙江流域“自古以来”即为俄国领土，却又拿不出确凿的证据，指责中国“突然派兵侵犯”俄国领土，制造流血事件，引起战争，要求清政府赔偿俄国损失，惩办有关人员。索额图对戈洛文的无稽之谈逐条予以驳斥，以大量事实说明，鄂嫩、尼布楚等地皆为中国人民世代居住之地，当地人民一直向中国政府交税，其首领和子孙至今仍在，因俄国侵略而逃到内地。索额图在回顾了俄国侵略黑龙江流域的历史以后指出，当地中国各族人民多年来遭到俄国侵略者的蹂躏，财产被抢，妻子受辱，父兄被杀害，绝不是如戈洛文所言仅仅为“小小纷争”。对此，中国政府曾多次提出抗议、警告，但俄方始终置若罔闻，中国忍无可忍，只得以武力驱逐侵略者。因此，引起战争的正是俄国的侵略和屠杀，如果说要“惩凶”、“赔偿”的话，那么俄国首先应惩办侵略凶手，赔偿中国人民生命财产的损失。最后，索额图表示，中国使团是为争取和平而来，故只谈边界划分，谋求达成协议，并不想要求俄方“惩凶”和“赔偿”。在无可争辩的事实面前，戈洛文等理屈词穷，无话可说，在随后进行的划界谈判中，戈洛文首先提出以黑龙江为中俄两国边界的方案，遭到索额图等断然拒绝。清方提出以勒拿河与贝加尔湖划界，也未被俄方接受。第一天会谈没有结果。

次日举行第二次会谈。开始，戈洛文仍坚持以黑龙江划界，后见中国使团坚决反对，又提出以牛满河为界，仍将黑龙江上、中游北岸划归俄国。时此，中国使团当然不会同意，但索额图等以为俄方已然让步，于是提出以尼布楚为界的新方案。由于中国使团缺乏外交谈判经验，一下子就将事先确定的最后方案拿了出来，因而上了戈洛文等人的当，将尼布楚轻易划给了俄国。戈洛文见清方肯让出尼布楚，不由喜出望外，但为了勒索更多的利益，故意与中国使团继续纠缠，拒绝了这一方案。第二天会谈仍无结果。

索额图等不知戈洛文的真正意途，以为最后方案遭到拒绝，谈判已经破裂，准备返回北京。戈洛文一见，急忙通过在中国使团中充当译员的两名传教士——法国人张诚和葡萄牙人徐日升，劝中国使团留下来继续谈判。七月初十至二十三日，张诚与徐日升频繁往来于中、俄使团驻地，进行会外活动。经过激烈的，中国使团又作出一系列重大让步，有些甚至超出了康熙帝允许的范围。如同意将黑龙江上游水岸的分界线划到距尼布楚以东约四、五百里的格尔必齐河，黑龙江上游南岸的分界线划到距尼布楚九百里的额尔古纳河，使大片拥有银矿、盐湖、耕地、牧场的富饶土地划归俄国。戈洛文等见此行目的已基本达到，又赶上大批受俄军残害的中国各族人民听到中国使团到来的消息，纷纷突破俄军封锁，来到尼布楚附近，引起他们的恐慌，于是表示愿意接受中国使团的方案，同意撤出雅克萨。

康熙二十八年（1689 年）七月二十四日，中、俄两国正式签订《尼布楚条约》。共六条，内容如下：一、以流入黑龙江的格尔必齐河、外兴安岭直到海边为界，山南归中国，山北归俄罗斯。二、额尔古纳河以南属中国，以北属俄罗斯，其南岸眉勒尔客河口所有俄罗斯房舍均迁往北岸。三、将雅克萨地方俄罗斯所修之城尽行收图拆毁，雅克萨所居俄罗斯人民及诸物尽行撤往察汉汗之地。四、凡猎户人等断不许越界，有越界者即行擒拿，送各地方官惩处。从前一切旧事不议，中国所有俄罗斯之人或俄罗斯所有中国之人均不必遣返。五、今既永相和好，以后一切行旅，有准令往来文票者，许其贸易不禁。六、不得容留对方逃亡者，一经发现即行送还。另外，双方还商定将外兴安岭和乌第河之间的地区暂行存放，留待后议。

《尼布楚条约》是中、俄两国签订的第一个条约，其正式文本为拉丁文本，由双方代表签字盖章，另有满文和俄文副本。《尼布楚条约》是在平等的基础上签订的，其内容也未超出两国政府愿意接受的范围。条约明确划定了中俄两国东段边界，在此后相当长的一段时间时，两国边境相对安定，人民往来和贸易关系皆有所发展。

中俄《恰克图条约》

清初，沙俄政府在不断侵扰我国东北黑龙江流域的同时，也将侵略矛头指向蒙古地区。康熙二十七年（1688 年），沙俄支持准噶尔部噶尔丹叛乱势力大举入侵喀尔喀蒙古，使喀尔喀各部遭到巨大失败，数十万人被迫南迁。俄军趁火打劫，向南入侵，侵占了楚库伯兴（今色楞格斯克）以南大片地区。中俄《尼布楚条约》签订后，两国贸易迅速发展，俄国商队频繁地前来北京，销售大量毛皮，然后购进大批丝织品、布匹、药材等运回俄国。与此同时，俄国侵略军仍不断深入侵中国蒙古地区。掠夺人口，劫掠牛羊，在中国土地上设立侵略据点，使中俄中段边界形势日趋紧张。清政府不断向俄国提出抗议，要求迅速划定两国中段边界，但沙俄政府却置若罔闻。康熙五十七年（1718 年），清政府决定暂停中俄贸易。康熙五十九年（1720 年），沙俄政府派特使伊兹玛依洛夫停留了三个多月，康熙帝先后接见十余次，再三向其表明中国方面的和平诚意，希望尽快划定中俄两国中段边界，以保持边界地区的安定。但伊兹玛依洛夫却始终采取回避态度，使划界问题未能解决。伊兹玛依洛夫使团回国时，清政府允许使团秘书郎克继续留在北京。郎克勾结俄国东正教驻北京布道团在京进行了大量间谍活动。同时，俄国还在中国西北地区从事侵略颠覆活动，企图诱使准噶尔部策妄阿拉布坦叛乱势力归顺俄国。清政府闻知，立刻于康熙六十一年（1722 年）再次宣布停止中俄贸易，将郎克逐出北京，中俄关系再度紧张。

雍正三年（1725年）沙皇彼得一世病逝，其妻叶卡捷琳娜一世根据彼得一世生前意愿，派萨瓦·符拉迪斯拉维奇为全权代表来中国进行贸易和边界谈判。行前，沙皇政府训令萨瓦，一定要中国让出“外贝加尔区、乌丁斯克、色楞格斯克以及尼布楚等地”。雍正四年（1726年），萨瓦一行到达中国边境地区。随同前来的，包括大批测绘技术人员、东正教传教士，以及由曾在准噶尔部活动多年的巴赫尔兹上校率领的1500多武装部队。当年十一月，萨瓦等人到北京祝贺雍正帝登基，并与清政府举行边界谈判。中国方面参加谈判的有吏部尚书察毕那、理藩院尚书特古忒、兵部侍郎图理琛。事前，萨瓦通过在京的耶稣会传教士巴多明，收买了清朝大学士马齐，大量窃取清政府和谈判代表团内部机密，使中国方面从一开始就处于极其被动的地位。北京谈判未能取得任何具体协议，只讨论了一般事宜，同时商定在布尔河继续谈判。事后，萨瓦建议沙俄政府尽速加强边界地区的军事力量，企图以武力逼迫清政府接受他们的谈判条件。

雍正五年（1727年）五月，中俄双方在布尔河畔再次谈判。谈判初期，中方首席代表隆科多态度坚决，拒绝了俄方提出的无理要求。萨瓦通过马齐等人，早已十分了解清政府内幕，知道隆科多即将倒台，遂命巴赫尔兹抢占战略要地，公然以武力威胁中国。六月中旬，雍正帝撤销隆科多首席代表职务，派额驸策凌、伯回格会同图理琛继续谈判。最后，中方接受了俄方提出的全部要求，于是年七月十五日与之签订中俄《布连斯奇条约》，将恰克图以北大片领土让给了俄国。《条约》规定：自额尔古纳河沿布尔古特山等处至博木沙鼐岭（即沙宾在巴哈）为两国边界；以恰克图为互市场所。萨瓦等喜出望外，不等边界正式划定，就迫不及待地在恰克图一带修筑塞，陈兵设防，侵占中国领土。

《布连斯奇条约》签订后，中俄双方派出界务官，沿边界线设置界桩，具体勘定了整个中俄中段边界。九月初九日，双方订立了《阿巴哈依图界约》，确定从恰克图向东至额尔古纳河的边界；九月二十四日订立《色楞格界约》，确定从恰克图向西至沙宾达巴哈的边界。

雍正六年（1728 年）五月十八日，中俄双方在北京、布尔河谈判的基础上，再次签订《恰克图条约》，共十一款。该条约最终确认了前此各个条约的一切条款，对中俄之间在政治、经济、宗教等各方面的关系作了具体规定。主要内容如下：确认《布连斯奇条约》规定的中俄中段边界；重申“乌第河及该处其他河流既不能议，仍保留原状”，双方均不得占领这一地区；俄商每三年可到北京贸易一次，人数不得超过二百，此外可以在尼布楚、恰克图通商；俄国可以派东正教传教士三人来北京，可以在北京俄罗斯馆内建立东正教堂；清政府接受俄国学生来北京学习中国语文；而后对两边挑犯双方皆应负责查办，并送交各自边界官员。

《布连斯奇条约》和《恰克图条约》的签订，使中国从法律上丧失了北部边境大片领土，并使沙俄获得了贸易和传教的权力，但划定了中俄中段边界也基本上遏止了沙俄对中国蒙古地区的进一步入侵，缓和了两国之间的紧张局势。在条约签订后的相当一段时间里，中俄两国边界保持稳定。

康熙亲征噶尔丹

厄鲁特蒙古又称漠西蒙古，在明代称为瓦剌。约在 16 世纪末，厄鲁特蒙古分为准噶尔、和硕特、杜尔伯特和土尔扈特四大部，并形成了四部联盟。后准噶尔部势力日益强大，肆意役使和控制其他各部，致使土尔扈特部西徙伏尔加河流域，和硕特大部徙居青海。准噶尔部于是在天山以北至阿尔泰山的广阔地区称雄。

17 世纪中叶，准噶尔内部发生争夺统治权力的斗争。康熙十年（1671 年），准噶尔贵族噶尔丹夺取了统治权。噶尔丹极富于扩张野心，在夺取权力后先后占有了青海大部，征服了天山南路的回部，并向西部的哈萨克、布鲁特发动进攻。康熙二十七年（1688 年），噶尔丹趁喀尔喀蒙古内部动乱之机，向喀尔喀大举进攻。以土谢图汗察珲多尔济为首的喀尔喀军民在鄂罗会诺尔等地数次同准噶尔部激战，却终于全面溃败。土谢图汗等遂率部向南，寻求清廷的保护。

喀尔喀诸部归附清廷后，康熙帝仍然希望能以和平方式解决问题，“欲使厄鲁特、喀尔喀释前怨，仍前协和，各守地方，休兵罢战。”但噶尔丹的野心却在继续膨胀，并于康熙二十九年（1690 年）初以追击喀尔喀部众为借口，组织力量再度东征。这年六月，噶尔丹部深入到内蒙古的乌珠穆沁境内，在乌尔会河打败了清军骑兵。噶尔丹对清廷造成的巨大威胁迫使康熙帝以全力对付。七月，康熙帝任命裕亲王福全为抚远大将军，出古北口；恭亲王常宁为安北大将军，出喜峰口，并亲自出塞指挥各路大军，准备对噶尔丹决战。

八月初一日，清军左翼福全部与噶尔丹军相遇于乌兰布通（今内蒙古克什克腾旗南境）。噶尔丹军骑兵数万人结阵于山下，依林阻水，又以上万骆驼伏卧在地上，背上加了箱垛，再蒙上浇湿的毡子，围成一个大圆圈，称之为驼城。准噶尔士卒就隐藏在驼城后面，放箭发铳。清军在河的另一岸列阵，把枪炮火器排在前列，向敌人阵中猛击，两军先用炮火对攻，继而又以士卒肉搏，自未时交火一直战到掌灯时分。后骆驼城被炮火攻破成为两段，清军左翼兵又由山腰绕路横击，噶尔丹之军于是大溃。噶尔丹乘天黑率残部退守于高险处。

噶尔丹在乌兰布通大败后，一面卑词乞和，一面弃辎重向漠北奔逃。由于清军前敌统帅福全没有果断地进行追击，噶尔丹得以逃脱，但其部众沿途饥踣死亡，精锐几乎损失殆尽，回到科布多大营（在今蒙古国西部一带）时仅剩下数千人了。

乌兰布通战役的胜利极大地提高了清廷在蒙古诸部中的威望。为了进一步巩固北方边防，加强对喀尔喀各部的控制，康熙帝在康熙三十年（1691年）四月亲往承德西北的多伦诺尔，集喀尔喀土谢图汗部、车臣汗部、札萨克汗部和内蒙古49旗的王公首领会盟。康熙帝在会盟中宣布：保留喀尔喀三部首领汗号，同时对各级贵族分别赐以亲王、郡王、贝勒、贝子、镇国公、辅国公等爵位；其行政体制则照49旗例编为旗队。多伦会盟后，噶尔丹完全丧失了在喀尔喀的势力地位，在对清作战中更为独立。

在第一次对清作战失败后，噶尔丹在准噶尔部的统治地位也受到了挑战。他的侄子策妄阿拉布坦趁噶尔丹常年在外作战，夺取了大量原来属于噶尔丹的土地和财产。为了摆脱在内部权力斗争中的困境，噶尔丹经过几年的休养生息，再度发动了对喀尔喀的进攻。

康熙三十四年（1695 年）八月，噶尔丹率军沿克鲁伦河而下，驻军巴颜乌兰地方过冬。康熙帝在得知这一情况后，力排众议，决心亲自率军征讨，以期彻底翦灭，消除后患。康熙三十五年（1696 年）春，康熙帝亲征，分兵三路。东路由萨布素率领堵截噶尔丹东进之路；西路由抚远大将军费扬古率领邀击噶尔丹西归之路；康熙帝亲率劲旅居中，直捣克鲁伦河。

康熙帝所率中路军于五丹接近克鲁伦河。由于东、西两路部队都没能按时赶到集结地点，康熙带决定以所部先行袭击噶尔丹之军。而噶尔舟在得知康熙帝亲率主力征讨后，自度实力相差悬殊，于是迅速撤退，避敌锋芒，准备在地形有利的拖诺山地区以逸待劳，重创清军。但他的部队一旦轻装奔逃，就有不能止之势，很难重新整合起来。因此康熙帝率军连追了三天，只见沿途丢弃的辎重武器，没有遭遇任何抵抗。五月二十日，因军粮不继，康熙帝下令班师，撤回后方。

五月十三日，费扬古率领的西路军来到土喇河畔的昭莫多（今蒙古国乌兰巴托附近），正好噶尔丹的军队逃奔到这里，两军在这里进行了决战。清军因连日行军，极为疲惫，所以采用了反客为主的战术，选择有利于作战的阵地布阵后，以小股部队引诱噶尔丹军深入。噶尔丹进兵阵地后，拼全力争夺清军占领的小山高地，攻势极其凶猛。清军虽以左中右三翼互相配合，并用大炮、子母炮轰击敌阵，但噶尔丹与其妻阿努亲率士卒冒着炮火冲杀，一时难分胜负，后来清军发现噶尔丹部阵后的眷属辎重队伍，临时改变作战计划，分兵一队突击噶尔丹军左肋，另一队偷袭其辎重。两队突袭都取得了成功，清军正面又同时发起猛烈攻势，噶尔丹等首尾难顾，立时溃败下来。噶尔丹在乱军中仅率数十骑逃走。他所率领的五千多名战士和大量眷属或被清军斩杀，或坠崖负伤而死，或被俘投降。噶尔丹之妻阿努在这次战斗中阵亡。

昭莫多之战的失败使噶尔丹完全失去了元气，他的根据地科布多也已被策妄阿拉布坦攻占。此后他只能带领着千余名男子和三千名妇孺凄凉地流落在阿尔泰山一带。噶尔丹生性桀骜不驯，即使到了这种境地也决不向清廷屈服投降。康熙帝则仍然把噶尔丹看成必须速行剿灭的心腹之患，于是在康熙三十六年（1697年）春又组织了第三次对噶尔丹的征剿。

这年二月，康熙帝渡过黄河来到宁夏，亲自监督指挥对噶尔丹残部的剿除，命马思哈、费扬古分两路进兵。这时噶尔丹众叛亲离，力量已极其衰微，不堪为战，又无路可逃，最后粮绝，只能靠杀马而食。闰三月十三日，噶尔丹服毒而亡。其余部后来归顺了清朝。

噶尔丹被剿灭后，策妄阿拉布坦取得了珲台吉的称号，成为整个准噶尔部的正式统治者，并且在西北继续同清廷相对抗。

平定大小金川

大小金川为川西大渡河上游的两个支流，分别源自松藩西北巴细土司和理番县西雪山，左今四川小金县崇化屯汇合，因沿岸富有金矿而得名。该地“万山丛矗，中绕汹溪，”形势险阻，交通不便。其民多为藏人，世居石堡之中。明代隶杂谷安抚司，与绰斯甲布、革布什扎等九土司与之接壤。顺治七年

(1650年)，清廷封小金川头人卜尔吉细为土司；康熙五年，又给大金川头人嘉勒塔尔巴“演化禅师”印，使二人分掌大小金川。雍正元年（1723年），清廷因嘉勒塔尔巴之孙莎罗奔随清军平藏有功，授为安抚司。后莎罗奔势力渐强，谋取小金川等地，以其女阿扣嫁给小金川土司泽旺为妻，泽旺生性懦弱，为其妻所制。乾隆十一年（1746年），莎罗奔劫持泽旺，夺其印信，经四川总督出面干涉，镇放回泽旺。乾隆十二年（1746年），莎罗奔出兵攻掠革布什扎、明正两土司，四川巡抚纪山派兵前往镇压，反被打败。清廷闻报，调平苗有功的云贵总督张广泗为川陕总督，统兵镇压莎罗奔叛乱。

张广泗调三万大军分两路进攻大金川：一路由川西攻河东，一路由川南攻河西。是年六月，张广泗进驻小金川之美诺。莎罗奔恃险抵抗，以石筑垒，号称“战碉”，大小林立，清军受阻，难以前行。乾隆十三年（1748年）四月，清廷命大学士讷亲为经略前往督师，又起用前大将军岳钟琪为提督、原领侍卫内大臣傅尔丹为内大臣兼统领驰往军前效力。讷亲位高气盛，一至军前，即下令限三日攻取噶拉依，并以军法严办谏阻者，于是三军震惧，极力进攻，每得一碉均死伤官军无数，总兵任举、参将贾国良等相继战死，攻战数月，未能前进。讷亲损兵折将，不得不依靠张广泗等，但张广泗轻视讷亲不懂军事，又不服位出己上，故诸事推诿，“阳奉而阴忮之”。张广泗所用向导良尔吉为泽旺之弟，平时与阿扣关系暧昧，为莎罗奔充当耳目，将清军动向随时报与莎罗奔知道，更使清军陷入困境。后岳钟琪奏劾张广泗误用奸细良尔吉，讷亲亦劾其劳师靡饷，清廷遂于是年九月改派大学士傅恒为经略总统金川军务，把张广泗、讷亲革职。十二月杀张广泗、讷亲。

傅恒到军前，杀良尔吉、阿扣等人，切断叛军内应，又增调邻省兵力，尽撤各地守碉、攻碉之兵，与岳钟琪等制定集中兵力，直捣中坚计划。时乾隆帝因金川用兵二年，连诛二大臣，耗饷近千万，用尽全力却未能成功，命傅恒撤兵。傅恒因金川旦夕可破，弃之可惜，仍请进兵。乾隆帝决计罢兵，寄谕千言，命速班师，而傅恒不及奉诏，已与岳钟琪分兵两路，连克碉寨，直扑莎罗奔老巢勒乌围。叛军慑于清军兵威，且粮食将绝，险阻尽失，遂致军心动摇。莎罗奔从前曾随岳钟琪入藏平叛，素服其治军有法，后岳钟琪督川陕时，又奏给莎罗奔印信，至是遂向岳钟琪请降。岳钟琪亲率十三骑至叛军营中，示以诚信，莎罗奔等顶经立誓，投降清军。乾隆十四年（1749 年）二月初五日，莎罗奔带领喇嘛、头人等焚香跪迎大学士傅恒等。傅恒赦其死罪，命仍为土司。是为第一次平定金川之役。

乾隆中叶，莎罗奔老，其侄郎卡继为大金川土司，不断侵犯邻近土司。乾隆二十三年（1758 年），郎卡出兵攻掠小金川及革布什扎土司，四川总督开泰传谕劝阻，郎卡不听，仍侵犯邻境不休。乾隆三十一年（1766 年），清廷命四川总督阿尔泰征调大金川周围九土司之兵会剿大金川。时九土司中与大金川土地相邻、兵力相当者，东有小金川，西有绰斯甲布，其余皆弱小。阿尔泰未能利用小金川等制约郎卡，反以苟且息事为本。郎卡遂与绰斯甲布土司联姻，又以其女嫁小金川土司泽旺之子僧格桑为妻，于是三部联合，其余土司难与抗争，只得俯首听命，郎卡死后，其子索诺木继土司职，于乾隆三十六年（1771 年）诱杀革布什扎土司，而与他有“攻守同盟”之约的僧格桑也率小金川之兵攻扰鄂克什、明正两土司，并公然与清军为敌。清廷命阿尔泰率军进剿，阿尔泰按兵打箭炉（今四川康定）半载不前，清廷遂将阿尔泰赐死，命大学士温福赴四川督师，以尚书桂林为四川总督，再次统兵前往镇压。温福由汶川出西路，桂林由打箭炉出南路，夹攻小金川。僧格桑割地求援于大金川，索诺木派兵援助。乾隆三十七年（1772 年）春，桂林克复革布什扎，温福进占资里及阿喀，逼近小金川。五月，桂林派部将薛琮统兵 3000，带五日粮，欲截小金川后路，不意反被其困于墨垄沟。薛踪派人向桂林请援未果，致使全军覆没。清廷将桂林革职拿问，以阿桂署四川总督，代统其军。十一月，阿桂率部连夺险隘，直捣叛军巢穴，十二月进抵美诺，僧格桑逃往大金川依索诺木。清军乘胜进兵，占领底木达，俘泽旺，传檄索诺木交出僧格桑，索诺木不应。十二月十三日，清廷以温福为定边将军，阿桂、丰伸额为副将军，舒常、海兰察为参赞大臣，率兵进剿。乾隆三十八年（1773 年）春，清军六路大军会攻大金川。索诺木增筑碉垒，据险抗守，严密十倍于小金川。温福重蹈张广泗覆辙，采取“以碉攻碉”之策，建碉卡 1000 余座，所率 2 万余人大半分散于各碉。是年夏，温福屯兵大金川东都木果木，每日置酒高会，不听诸将之劝，致使军心浮动。索诺木唆使小金川头目煽动降卒复叛，作为内应，又于六月初一日夜袭陷提督董天弼底木达大营。初二日，索诺木派兵占据要隘，切断清军粮道，温福仍骄傲轻敌，不加戒备。初十日，叛军突袭木果木清军大营，攻占碉寨，抢夺炮台，温福仓惶应战，中枪而死，各卡清军相继溃散。海兰察等闻警赴援，收拾残兵万余人。是役，清军被歼 3000 余人，提督马会、牛三界，副都统巴朗、阿尔纳素，总兵张大经等皆战死，小金川再度落入叛军之手。

清廷闻知小金川之败，遂命阿桂为定西将军，丰伸额、明亮为副将军，富德为领队大臣，富勒浑为四川总督，再调健锐、火器二营兵2000，索伦兵2000前往助战。阿桂受命后，整饬队伍，激励士气。重新集结两万大军，分兵三路直扑美诺。十月二十九日，清军各路齐进，转战五昼夜，于十一月初四攻克资里，收复鄂克什，进占美诺。收复小金川全境后，阿桂统军乘胜挺进大金川。乾隆三十九年（1774年）正月至七月，清军数路进击，连克要隘，直逼索诺木老巢勒乌围。索诺木见清军大兵压境，只得鸩杀僧格桑，献其尸及妻妾于军前，请求罢兵，阿桂不许，督兵继续进攻。乾隆四十年（1775年）八月十五日，清军直捣勒乌围大寨，四面炮轰，又以地雷炸裂塞墙，次日黎明，清军攻占勒乌围，莎罗奔、索诺木等逃往噶拉依。阿桂等兵分两路：北路自勒乌围夺大金川上游，南下主攻；西路据河西辅政。十二月，清军逼近噶拉依，明亮等克拢寨，进后独松隘口。二十二日，清军向噶拉依发起进攻。乾隆四十年（1776年），正月，索诺木之母、姑、姐妹等投降清军，而索诺木、莎罗奔等仍在官寨中冒死顽抗。阿桂督清军筑长围、断水道困之，辅以火攻、炮击，历时四十余日。二月初四日，寨中水尽粮绝，索诺木、莎罗奔只得率大小头目等2000余人跪捧印信出降。四月，押索诺木等于京师。是为第二次平定金川之役。

两次金川之役前后共五年，费银7000多万两。事后，清廷在噶拉依设总兵，勒乌围设副将，又以大金川为阿尔古厅，小金川为美诺厅，并招募大批内地汉民前往该地屯田，加强了对这一地区的控制。

平定回部

维吾尔人世居天山南路，清代称之为“缠回”。清初，统治天山南路的察合台后王日益衰败，而维吾尔族封建农奴主贵族——和卓的势力强大，众和卓互争雄长。此时正值准噶尔部首领噶尔丹崛起于天山之北，遂乘回部内乱进军南疆，把天山南路的广大地区置于自己的统治之下。回部首领阿布都什特等人被扣留伊犁作为人质。

康熙中叶，噶尔丹对清朝用兵失败，阿部都什特于是来到京师，受到清政府优遇，并派人送其回到叶尔羌（今新疆莎车），掌管回疆事务。阿部都什特死后，其子玛罕木特继为和卓，“总理回地各城”。时准噶尔策策妄阿拉布坦控制回疆，玛罕木特因欲摆脱其统治，被俘至伊犁囚禁，所生二子布拉尼敦、霍集占（即大小和卓）亦遭禁锢。乾隆二十年（1755 年）清军战败准噶尔达瓦齐集团，派兵护送布拉尼敦返回叶尔羌“使统回部”，留霍集占于伊犁掌管伊斯兰教事务。后霍集占参与准部阿睦尔撒纳叛乱，失败后逃回叶尔羌，唆使其兄布拉尼敦背叛清廷。乾隆二十二年（1757 年）五月，定边将军兆惠派副都统阿敏前往回疆进行招抚，霍集占兄弟杀阿敏，自称“巴图尔汗”正式据回疆发动叛乱。

乾隆二十三年（1758 年）正月，清廷宣示大小和卓罪状，不久即命都统雅尔哈善为靖逆将军、额敏和卓为参赞大臣，率领满汉官兵万余人于该年五月自吐鲁番进攻库车，镇压回部叛乱。库车为回部门户，背靠山冈，城垣坚固，叛军据城固守，清军久攻不下，乃断其水草，四面围困。霍集占闻库车被围，亲率数千叛军来援。六月，清领队大臣爱隆阿率部于半途迎击霍集占，歼其前部，又于鄂根河再创叛军，夺其大纛，断其归路，霍集占负伤，率残兵八百余人退入库车城。清军因库车城墙为柳条沙土密筑而成，不怕炮轰，遂命兵丁挖掘地道。挖至离城二丈之地，为守城叛军察觉，以藁草焚烧，地道中清军600余人全部被烧死。七月二十四日夜，霍集占率骑兵400余人偷出西门，由北山口遁去。事先，雅尔哈善拒绝采纳部下分兵据守，防敌逃遁的建议，终日饮酒下棋；及至发觉敌兵夜遁，副都统顺德纳又以夜黑不肯发兵，至天明始遣人追击，叛军早已远去。八月，库车守将阿布都克呼木亦率数十骑逃走，所余3000老弱八日二十五日出降。清军以万余之众，围城三月之久，损兵折将，仅得一座空城。乾隆帝大怒，诏杀雅尔哈善、顺德纳等，改命刚刚平定天山北路的兆惠率兵前来。

霍集占自库车逃出，行至阿克苏，伯克霍吉斯闭城不纳；又至乌什，也未能入城，遂退回叶尔羌。布拉尼敦则占据喀什噶尔（今新疆喀什），与霍集占互为犄角。是年九月，兆惠率军自伊犁开往南疆，阿克苏、乌什、和田等城先后归顺清军。兆惠命定边右副将军富德驻兵阿克苏，自率马步兵4000于十月初三日抵达距叶尔羌40里的辉齐阿里克。十月初六，霍集占从城东、西、北三门各出数百精兵袭击清军，皆被兆惠击败。兆惠因叶尔羌城周围十余里，自己兵少不能攻城，遂隔叶尔羌河扎营，号称“黑水营”（叶尔羌河意为“黑水河”），以待援军。兆惠分兵800，命副都统爱隆阿率领以截断喀什噶尔援路，自率千余骑于十三日自东向南，计划渡河劫取回人牧群以充军食。不料甫渡四百，桥梁折断。霍集占闻知，急派骑兵数千出城袭击，又以步兵抄两翼攻其背后。兆惠率部下将士且战且退，被敌兵截为数段，只得人自为战。激战一天，杀敌千余，战马多陷入泥淖，阵亡将士过百，余亦多数受伤。兆惠身先士卒，左冲右突，两易战马，两胫皆伤，终于率众浮水还营。清军因马匹不足，兵力单薄，不能复战，遂掘濠结寨，固守大营。霍集占派万余人渡河，筑长围以困清军，并先后采用炮轰、水淹、偷袭等各种手段袭击黑水道。清军将士在兆惠率领下，忍饥受寒，奋勇迎敌，历时三月之久，黑水营岿然不动。乾隆二十四年（1759年）正月，富德率所部千余人及新到索伦、察哈尔兵2000增援黑水营。行至叶尔羌东北呼拉玛地方，与叛敌5000余骑遭遇，转战四昼夜，初九日渡过叶尔羌河，复为叛军所困，难以前进。时巴里坤大臣阿里衮奉命率兵600、马驼3000，合爱隆阿之兵千余骑前来接应。遥见叶尔羌河沿岸十余里火光冲天，知为两军相持之地，遂横张两翼，直冲敌阵，解富德军之围，合兵一处，长驱进援黑水营。兆惠听到炮声，知援军已至，士气大振，率部树梯冲出。十四日，两军会合，敌兵溃败，兆惠等还兵阿克苏。

先是大小和卓叛清独立时，回疆人民因长期受准噶尔压迫，不愿再受他族统治，故众心一致，乐为所用。及至黑水营之役，见清军以数千人当数倍之敌，战守数月不屈，不觉气为之夺；加以在大小和卓统治下，赋役繁重，难以承担，稍有迟延，立遭破产之祸；且布拉尼敦等久居伊犁，与曾在当地垦种之人相善、及归长回疆，仍亲信其人，反与旧部疏远，因而众渐离心。兆惠等兵还阿克苏后，援军是年六月，清军兵分两路；兆惠率15000人由乌什攻取喀什噶尔；富德率13000人和田攻取叶尔羌。大小和卓闻清军大至，不敢再据守孤城，携其妻孥亲从与辎重越葱岭西逃。清军先锋千余人追至霍斯库岭，斩首500。七月，兆惠与富德相继占领喀什噶尔与叶尔羌，大小和卓的所谓“巴图尔汗国”垮台。清军乘胜追击，八月进至伊西洱库河（今阿富汗境内喷赤河）。布拉尼敦遣家眷逃走，霍集占则率万余人据险顽抗。富德、阿里衮等分路阻截，并派兵向叛军发起进攻，又命回部伯克鄂对、霍吉斯等树旗招降回众。降者蜂拥，霍集占虽手刃多人，仍难阻止，只得率亲信数百人窜入巴达克山。十月，巴达克山首领素勒坦沙率兵拒战于阿尔浑楚岭，将布拉尼敦与霍集占等擒杀，献其头于清军，驰送京师。至此，大小和卓发动的回部叛乱最后平定。

清廷在平定回部叛乱后，于天山南北建立军府制。乾隆二十七年（1762年）十月在惠远城（今新疆霍城南）设伊犁将军，统辖新疆南北两路军政事务；在南疆，于喀什噶尔设参赞大臣，叶尔羌、英吉沙尔（今英吉沙）、和田、乌什、阿克苏、库车等地设办事大臣，领队大臣，加强了中央政府对新疆地区的控制。

征讨缅甸

缅甸与中国的官方往来始见于后汉和帝永元九年（97年）；元世祖时曾三次派兵征讨，责其贡赋而还；明初设宣慰司以示羁縻；清乾隆初年，缅甸使臣曾至中国，旋告中断。缅甸与中国云南边疆接壤之地横亘千余里，其间山川交错，道路丛杂，民间贸易十分繁盛，两国商贾时相往来，但也常常引起纠纷。缅王雍藉牙、莽纪觉在位时，时常兴兵扰云南边界，强迫当地土司向其交纳贡赋。乾隆三十年（1765年），莽纪觉死，其弟孟驳继为缅王，势益张，屡次派兵侵扰中国九龙江一带，掳掠人口，抢劫财物。云贵总督刘藻调集各镇清军8000余人分路防战，皆为缅兵所败。清廷革刘藻职（后于乾隆三十一年三月因忧惧而自刎），改派大学士杨应琚为云贵总督，负责征缅事务。

乾隆三十一年（1766年）三月，杨应琚抵达云南。时瘴疠大作，缅兵渐退，清军乘机收复车里、孟艮、整欠等地。但杨应琚急功冒进，听信腾越副将赵宏榜之言，于是年六月命赵宏榜率兵五百出铁壁关，乘蛮莫部长赴阿瓦未归之机占据蛮莫所属地方新街，杨应琚也于十月初六进抵永昌（今云南保山），逼蛮莫、木邦归附清朝。缅兵探知木邦等部欲降顺清廷，遂派兵攻陷木邦、景线等地，然后以舟师数千溯伊洛瓦底江进逼新街。清军寡不敌众，为缅兵所败，都司刘天佑战死，赵宏榜烧毁辎重器械，败退铁壁关。清廷又调两广总督杨廷璋赴云南会办军务，以提督李时升率兵进驻铁壁关，分遣清将出边，以图收复木邦、新街等地。缅兵见清军大集，一面派人向清军假意投降，一面分兵绕万仞关，纵掠永昌、腾越等地，于十二月攻入勐卯，并兵犯铜壁关，游击班弟阵亡。乾隆三十二年（1767年）三月，清廷以伊犁将军明瑞代杨应琚为云贵总督，诏杨应琚入京，不久赐自尽。

五月，明瑞至永昌，调集京师健锐、火器二营，满洲兵3000，贵州、云南、四川等地汉、土兵及索伦、厄鲁特等兵共3万余人大举征缅。九月，清军分兵三路：明瑞亲率17000大军自宛顶攻木邦为东路，参赞大臣额尔景额带兵9000出虎踞关攻新街为西路；领队大臣观音保等居中策应，定期令攻缅甸京师阿瓦。东路军于九月二十四日出发，十月初十进抵木邦，守兵弃城逃奔，清军遂不战而克木邦。明瑞留5000兵镇守，自率12000人架设浮桥渡锡箔江，翻山穿林，破象阵，夺木寨，于十一月二十七日进逼蛮结。缅军2万人在蛮结据险设立营寨十六座抗拒清军。十二月初二，明瑞将全军分编为十二队，以扎拉丰阿、李全等率左哨，观音保等率右哨，自居中路，乘大雾潜入密林深处，向敌寨发动猛攻。明瑞等身先士卒，率兵弁用刀砍象，象负痛四面冲突，清军乘势攻袭，直闯缅军营寨，短兵相持，连破三寨，其余各寨缅兵相继溃逃，清军遂克蛮结。明瑞军在蛮结休兵数日，继续前进至象孔，距阿瓦仅七十里。因粮草不济，又得不到西路军消息，只得回军勐笼就食，然后取道大山向木邦方向撤退。缅军探知清军粮尽，一面随后尾追，一面派兵攻取木邦。镇守木邦的五千清军被击溃，参赞珠鲁讷自杀。缅军乘胜自木邦迎击明瑞军，合随后尾追之兵，不下四五万人。明瑞军腹背受敌，于乾隆三十三年（1768年）二月为缅军所败，观音保等战死，明瑞自尽，所部万余人溃入宛顶。西路军自上年出师以来，至老官屯为缅兵所阻，相持月余，额尔景额病逝，其弟额尔登额代领其众，畏敌不前，株守旱塔。清廷屡促其进兵，仍进展缓慢，以致贻误军机，使东路军孤军深入，终为缅军所败。清廷将西路统帅参赞大臣额尔登额、提督谭五格等处死，命大学士傅恒为经略，阿里衮、阿桂为副将军，舒赫德为参赞大臣，鄂宁为云贵总督，明德为云南巡抚，调兵遣将，再图大举。

四月，缅甸因与暹罗发生争战，不愿再与清朝构衅，遂送还俘虏八人，致书清军，请求罢兵。清廷不许，计划与暹罗订约夹攻缅甸，终因海陆交通困难，未能实现。乾隆三十四年（1769年）四月，傅恒等至云南永昌，调集各地满、汉、蒙古等大军五六万人，分兵三路，再次大举征讨缅甸：一路由戛鸠江出河西，经孟拱、孟养两土司地陆行直指阿瓦为正师；一路由东岸经孟密夹江而下为偏师；一路先于蛮莫打造战船，然后由水路顺流南下为策应之师。七月二十日，清军祭纛兴师。傅恒亲率大军渡戛鸠江西进，一路兵不血刃，抚孟拱、克孟养，于十月初一进抵新街。阿桂等亦率东路军出虎踞关，进军蛮夷。这时蛮莫所造战船已成，闽粤水师亦至，遂与傅恒三路会合，向伊洛瓦底江进发。缅军探知清军消息，事先以舟师扼据江口，陆师屯兵两岸抗拒。十月二十二日，提督哈国兴与海兰察等率水师乘上风猛攻江中缅军，缅军大乱战船自相撞击，兵卒数千落水而死，江水为之变赤。与此同时，阿里衮、阿桂等亦率陆师向两岸缅军发起进攻。东岸阿桂令骑兵左右冲突，缅军大溃；西岸阿里衮亦连破敌寨，清军三路大捷，直逼老官屯。缅军以重兵分扼东西两路，坚守老官屯大寨。清军屡次进攻，皆因缅军防守严密而未能奏效。时清军阵亡者日众，且水土不服，副将军阿里衮、水师提督叶相德、总兵吴士胜等相继病故，傅恒也身染重病，攻势渐缓。十二月初七，缅王孟驳遣使请和，双方订立和约：缅甸对清朝奉表纳贡，遣返俘虏，归还土司侵地；清朝将木邦、蛮莫、孟拱、孟养诸部人口归还缅甸。清军焚舟熔炮班师。是役清军前后共耗费军饷1300余万两。

土尔扈特部东归

土尔扈特部是厄鲁特蒙古四部之一，本来游牧于天山以北地区。大约17世纪30年代，土尔扈特部首领和鄂尔勒克率其所部及和硕特部和杜尔伯特部的一部分向西迁徙到伏尔加河下游地区。在以后的一个多世纪里，土尔扈特部逐步被沙皇俄国控制，被迫向沙皇俄国提供兵力，自身的政治事务也要受到沙俄当局的干涉。

18世纪60年代，俄土战争爆发，沙皇政府强征土尔扈特人参加战争，在战争初期死伤已达七八万人。但无厌的沙俄政府计划再由土尔扈特征兵，甚至要十六岁以上的男子都开赴俄土战场。这可怕的灭族之灾使得整个土尔扈特部人情汹汹，土尔扈特首领、年轻的渥巴锡汗在这种生死存亡的时刻，终于作出最后决定，率领全族返回祖国。

土尔扈特在伏尔加河流域期间，并没有中断同祖国的联系。他们同我国西北地区的其他厄鲁特各部始终关系相当密切。在崇祯十三年（1640年）土尔扈特首领亲自参加过制定《蒙古厄鲁特法典》的会议。土尔扈特部向厄鲁特各部的婚嫁联姻也是很经常的活动。土尔扈特部与清朝中央政府也有一定的联系，在顺治和康熙朝都曾数次入贡。康熙五十一年（1712年），康熙帝还派遣图理琛率使团穿越俄国，跋涉万里去看望土尔扈特部。由于同祖国有长期不断的联系，土尔扈特部始终保持着对故乡土地的眷恋，在遭到沙俄政府残酷压迫的时候，终于被迫发出了呼吼："让我们到太阳升起的地方去！"决心举族东迁。

乾隆三十五年（1770年）秋，渥巴锡汗从俄土战场回到本部，同他的侄子策伯克多尔济等人秘密部署重返祖国的行动。他们本来议定，待伏尔加河结冰之后，河左右两岸的全体部从一起出发。但这年冬天天气温暖，河水迟迟不冻，而沙俄的阿斯特拉罕省当局和驻土尔扈特的使团又得到了一些土尔扈特部将要东返的消息，正在加紧对其动向的监视。在万分紧急的情况下，渥巴锡决定先率东岸的近17万人出发。

乾隆三十六年（1771年）一月四日，渥巴锡召集全体战士，控诉了沙俄对土尔扈特部的压迫，发出重返祖国的号令。第二天，全部族1万多户陆续出发，踏上征程。殿后的1万多名战士点燃了渥巴锡的木制宫殿和无数的村落，还杀死了住在那里的上千名俄国官员和商人，表示了同沙皇俄国彻底决裂的决心。

沙皇叶卡特琳娜二世得知土尔扈特部向东迁移的消息后大发雷霆，立即派出大批哥萨克士兵进行拦截追击。土尔扈特部在越过乌拉尔河，进入哈萨克草原后，遭到过哥萨克的一次突然袭击，损失达9000人。此后，渥巴锡率军在奥琴峡谷歼灭了一支拦截的哥萨克部队，才基本上粉碎了哥萨克的追堵。

土尔扈特部的男女老幼们驱赶着畜群，驾着马车和雪橇，带着帐房和用具，在荒凉的草原上长途行进，遇到了无数艰难困苦。在摆脱掉哥萨克之后，哈萨克人和巴什基尔人又不断对土尔扈特的队伍进行袭击，掠夺牲畜、人口和财产。不断的战斗、艰苦的行军和疾病的流行造成土尔扈特部的人口锐减，牲畜也大量死亡。在接近中国边境的时候，土尔扈特的东进队伍只剩下八九万人，而且非常饥饿疲惫，但他们以坚强的意志，继续向东方前进。

经过了半年时间，土尔扈特人终于进入了中国境内。乾隆帝对土尔扈特整部来归非常重视，在最初得到其东迁的消息后就确定了“接济产业，分定游牧”的方针。同年农历六月初，渥巴锡等人率部来到伊犁河畔，清廷特派参赞大臣舒赫德前往伊犁，主持接纳安插事宜。清廷还从各地调集了牲畜、粮食、茶叶、棉布、毡庐等大量物资，优恤历尽辛苦的土尔扈特部民。

渥巴锡也在致清方的信中表明了“向居俄罗斯地，久愿为大皇帝（乾隆帝）臣仆”，希望准令入觐，以伸积诚。渥巴锡还进献了其祖先受明永乐八年汉篆封爵玉印一颗，表示归顺清朝的决心。

在归来的土尔扈特部首领中，有一个叫舍棱的，本来依附于准噶尔部，曾经参与过准噶尔部的叛乱，叛乱被平定后才率残部投奔渥巴锡。清廷中一些人对于舍棱随众归来颇存疑虑，恐怕他怀有什么诡计。乾隆帝根据当时的形势做了正确的判断，认为“归顺之事十之九，诡计之伏十之一”，决定对舍棱一体加恩，不究前罪。乾隆帝的这一系列正确措施对安定土尔扈特各首领和部众起了积极作用。

这年九月，渥巴锡、策伯克多尔济、舍棱等13位土尔扈特部首领应召来到热河的木兰围场，觐见了正在这里的乾隆帝。乾隆帝用蒙古语亲自询问了土尔扈特部的历史情况和举族归来的经过，并命渥巴锡等人随围观猎。秋狝见渥巴锡等人，多次赐宴，还举行了盛大的灯宴火戏。其时正值喇嘛教庙宇普陀宗乘之庙落成，渥巴锡等人与内蒙、喀尔喀及青海等处的各蒙古部首领一起参加了大法会。乾隆帝乘兴撰写了《土尔扈特全部归顺记》和《优恤土尔扈特部众记》，凿石竖碑，立于普陀宗乘之庙内。

嗣后，清廷封渥巴锡为卓哩克图汗，封策伯克多尔济为布延图亲王，封舍棱为弼里克图郡王，封巴木巴尔为毕锡呼勒图郡王，其他首领也分别被授以爵位。根据分而治之的原则，清廷又将土尔扈特部众分为旧土尔扈特与新土尔扈特两部分。旧土尔扈特是和鄂尔勒克的后裔，由渥巴锡汗统领，总称乌纳恩素珠克图盟，以下又分为东西南北四路，共十旗，分别在准噶尔盆地南北和西边游牧，统归伊犁将军管辖。新土尔扈特是和鄂尔勒克叔父卫衮察布察齐的后裔，由舍棱统领，为青色特启勒图盟，下分左、右二旗，在科布多（今新疆北部、蒙古国西部及前苏联边境部分地区）游牧，归科布多大臣管辖，定边左副将军节制。随渥巴锡归来的和硕特部恭格一支也受到妥善安置。各部遂安居于其牧地。

击败廓尔喀

尼泊尔自很久以来就与我国西藏地区保持着密切、友好关系。在明末清初，统治加德满都河谷的主要是尼瓦尔族人建立的加德满都、巴特冈、帕坦三个土邦。这三个土邦内讧不已，因此在18世纪中叶为廓尔喀族的首领拉纳阳所灭。廓尔喀王朝积极向外扩张，占领了西藏周边的哲孟雄、宗木、作木郎等藩属地区。此外，廓尔喀王朝沿袭尼瓦尔土邦的旧例，继续与西藏进行银钱交易。廓尔喀向西藏地方政府提出了苛刻的银钱交易条件，使彼此间的商业贸易受到影响、关系愈加趋于恶化。乾隆五十三年（1788年），廓尔喀王朝以西藏地方政府增加税额、在食盐中搀土为借口，占领济咙、聂拉木、宗喀等后藏三个地区，爆发了廓尔喀第一次侵藏战争。

清朝中央政府得知廓尔喀侵藏的消息后，立即派理藩院侍郎巴忠、四川提督成德、成都将军鄂辉等人率领满汉官兵3000人火速入藏御敌，派四川总督李世杰等人负责督催运解粮饷。另一方面，乾隆帝又传旨安抚达赖喇嘛说："对此区区扰边之小乱，达赖喇嘛不必担忧，尽管勤于法事，朕之精兵粮饷将永济不竭”，以稳定西藏局势。清政府最高统治者的意图是，必须用武力使廓尔喀侵略军震伏慑怵，确保边隅静谧。清军入藏后受到全藏的热烈欢迎，达赖喇嘛亲自为赴边作战的清军官兵摩顶祝福，祈祷战争胜利。然而，巴忠以迁就敷衍了事，轻率地答应了廓尔喀请求讲和的条件，派噶伦丹津班珠尔、总兵官穆克登阿前往边界谈判最后答应赔偿廓尔喀人 900 个元宝，分三年付清，以换取廓尔喀侵略军撤出西藏。由于西藏距北京遥远辽隔，清朝政府最高统治者对西藏局势难以周察，所以当巴忠向乾隆谎报“已将聂拉木、宗喀、济咙等地方次第收复”之后，乾隆帝竟然认为巴忠等人为国宣力，劳绩卓著，命令交部议叙。

达赖喇嘛等西藏上层人物对巴忠用银子向廓尔喀贿和的做法极为不满，不肯付给廓尔喀贿币。正在这时，五世班禅之弟沙玛尔巴珠嘉措因与其兄弟仲巴呼图克图在继承班禅遗产问题上发生争执，遂逃往尼泊尔，唆使、带领廓尔喀侵略军进犯西藏。乾隆五十六年（1791 年）廓尔喀人以西藏方面不纳贿币为借口发动了第二次侵藏战争，占领聂拉木、济咙，并且兵锋直指日喀则，“突袭扎什伦布寺，以毁损、抢劫、偷拿三种手法，把贵重的东西和佛像、佛经、佛塔洗劫一空，返回原地。”

廓尔喀的侵藏战争严重破坏了清政府西南边陲的安定，迫使清政府不得不严肃地对待这一问题。在当时，清朝统治集团内部一些高级官员对进行这场自卫反击战的必要性缺乏足够的认识，而一部分西藏上层僧俗人物对清军大举入藏驱逐廓尔喀的行动也抱有疑虑。乾隆帝鉴于廓尔喀第一次侵藏战争中巴忠贿和的教训，其反击廓尔喀的决心坚如磐石。他在谕旨中这样指出：清军必须对廓尔喀侵藏势力痛加惩创，示以炯戒，“即和息一事，亦必须倚仗兵威，使贼震怖，方可永远宁静。如以心存懦怯，辄往议和，转为贼人所轻，安能保其不复滋事。”乾隆帝高瞻远瞩，潜谋独断，为清军取得反击廓尔喀战争的胜利奠定了基础。

乾隆帝对这次反击战极其重视，任命嘉勇公福康安为大将军、超勇公海兰察为参赞大臣，让他们带领从满洲调来的骁勇善战的索伦兵2000人迅速从西宁出口，赶赴西藏前线。此后，清政府又从金川调遣土屯兵5000人、从四川调遣绿营兵3000人，并令署四川总督孙士毅、驻藏大臣和琳等得力大臣负责粮饷的筹划和运输。福康安抵藏后，亲自率领主力部队从日喀则经宗喀、济咙向廓尔喀腹地进攻，派成德带兵一部进攻聂木拉作为配合，命令藏军自帕克里向宗木进攻，以收复被廓尔喀占据的宗木地方。为了牵制廓尔喀的力量，福康安还曾传檄布鲁克巴、哲孟雄、甲噶尔（即印度）之王，号召他们出兵助战。乾隆五十七年（1792年）五月，福康安率军接连收复擦木、济咙等地，攻至藏廓边境上的热索桥；成德等率领的一路清军也于同时收复聂拉木，攻克木萨桥，并俘获廓尔喀大头目咱玛达阿尔曾萨野。这样，清军将侵入西藏的廓尔喀人全部驱逐出境，并且乘胜前进，攻入廓尔喀境内，重兵迫进廓尔喀首都加德满都。在廓尔喀境内的噶勒拉堆补木，清军与廓尔喀军队展开了空前激烈的战斗。清军付出相当沉重的代价，终于取得胜利。廓尔喀土王屡屡派人前往清军营中乞降，由于当时已届深秋，因此福康安向乾隆帝汇报说：“藏地边界雪泽最早，如宗喀通拉山等处，常年八九月间即已大雪封山，今年节气较早，已交秋令十余日，总须赶封山以前藏事撤兵，不能久稽时日”。乾隆帝赞同福康安的意见，乃下令清军班师回国。

清政府对廓尔喀的这场自卫反击战所费甚巨，共由国库支付军费1052万两。但这次战争使西藏边境自此之后到鸦片战争之前保持了近半个世纪的和平局面，功不可泯。通过这次反侵略战争，清政府的威信得到大大提高，受到西藏上下层僧俗人民的衷心爱戴，从而为清政府颁行《钦定西藏章程》二十九条创造了良好的社会环境。

《钦定西藏章程》

清朝在定鼎北京之初，统一全国的大业尚未彻底完成，其对西藏地区的统治也不能不显得鞭长莫及，只有利用已经归顺清朝的和硕特蒙古领袖，当时西藏地方的掌权人顾实汗对西藏实行间接统治。1681—1683年的拉达克战争之后，黄教集团与和硕特贵族的关系日渐恶化，并最终导致双方的武装冲突。康熙四十四年（1705年），顾实汗的后裔拉藏汗执杀第巴桑结嘉措，经清政府同意而废黜六世达赖仓央嘉措，另立阿旺伊希嘉措为六世达赖喇嘛，但没有得到西藏黄教上层的认可。康熙四十八年（1709年），清政府认为西藏事务不便命拉藏汗独理，因此派侍郎赫寿前往西藏协同拉藏汗办理事务。清廷直接派官管理西藏实肇端于此。

在康熙五十九年（1720年）驱逐准噶尔扰藏势力之后，清政府趁机废除和硕特部在西藏建立的地方政权，改由清政府直接任命的若干噶伦共同负责西藏地方政务，从而进一步加强了清政府对西藏的施政。当时，清政府任命康济鼐、隆布鼐、阿尔布巴、颇罗鼐、札尔鼐为噶伦，其目的在于使其彼此牵制而任何一人都不能独断专行。然而，在清政府在西藏实行的分权政策维持了数年安定局面之后，西藏地方掌握实权的上层贵族之间的矛盾便日益公开暴露出来。岳钟琪根据到藏访查情形的王刚的汇报向朝廷陈奏说：“康济鼐公直不要钱，番民畏服，但恃功自大，是其所短，其阿尔布巴等待人和好，一味取悦同事，然皆性贪要钱，番民多不畏惧，察其情状，阿尔布巴与康济鼐接见之时，虽极谦谨，貌似相和，然未免与隆巴布等人相连作一气，而康济鼐则孑然孤立者也。”雍正帝鉴于西藏地方政府统治集团内部不和的情况，于雍正五年（1727 年）任命内阁学士僧格、副都统马喇为驻藏大臣，前往西藏直接监督西藏地方政府，调解阿尔布巴等人与康济鼐的矛盾，安定西藏政局。清政府派遣驻藏大臣始于此。

乾隆十五年（1750 年）平定珠尔墨特叛乱之后，乾隆曾命令四川总督策楞拟定《西藏善后章程》，对西藏行政进行了一次重要改革。这次改革大大加强了清朝中央政府对西藏的管辖，但也有一定缺陷、不够完善。最主要的就是清朝自乾隆十五年改革以来，派去的驻藏大臣品质和能力都很低，他们很少努力去和摄政抗衡。在廓尔喀战争爆发之前，清政府已经收复了台湾，驱逐了沙俄在东北的骚扰势力，绥服了内、外蒙古，平定了准噶尔。这样，其注意力必然要集中到西藏地区的长治久安。通过驱逐廓尔喀入侵的战争，清朝政府在西藏的威信更加提高。同时，这次反侵略战争也使清政府在经济上、政治上、军事上付出了高昂的代价。乾隆帝决定对西藏事务进行一次比较彻底的整顿，把清朝中央政府对西藏的管辖以法律形式巩固下来。乾隆帝颁布谕旨说：“此系极好机会，皆赖上天所赐，福康安等当趁此将藏中积习湔除，一切事权，俱归驻藏大臣管理，俾经久无弊，永靖边隅，方为妥善”。这样，乾隆帝在廓尔喀战争结束后便立即利用战胜廓尔喀的军威和得到西藏人民感激的有利条件，命令福康安会同八世达赖、七世班禅等共同筹议西藏善后章程。乾隆五十八年（1793年），清政府在福康安等人所上报的一百零二款善后章程的基础上加以归纳、简化，正式颁行了《钦定西藏章程》二十九条。《钦定西藏章程》二十九条有汉文本、藏文本两种，藏文本比汉文本略微详细，内容大体相同，个别之处稍有出入。从藏文本的语气、语体等方面来看，藏文本是西藏地方政府根据汉文本翻译后向各地人民宣布执行的文件（藏文中称为。"雄译"）《钦定西藏章程》二十九条的内容主要包括：

一、政治方面。驻藏大臣督办藏内事务，应与达赖喇嘛、班禅额尔德尼平等，共同协商处理政务。所有噶伦以下的官员以及活佛隶属于驻藏大臣，无论官职大小都须服从驻藏大臣的命令。除噶伦、代本必须呈请皇帝任命之外，其他官职遇有缺额时，由驻藏大臣会同达赖喇嘛拣选，颁发满、汉、藏文执照。噶伦、代本以下人员和各个宗本须按规定逐级升迁，不得躐等越进，并且必须呈报驻藏大臣批准方可实施。

二、宗教方面。格鲁派创立初期，为了解决宗教迅速发展所带来的领袖继承问题，正式采用噶玛噶举派在13世纪中叶开始实行的活佛转世制度。活佛，藏语称作"朱比古"，蒙语称作"呼毕勒窠"，都是"转世者"或"化身"的意思。活佛即是佛祖在人世间的化身，基使命在于继承、传播和弘扬佛法，消除人间的不平和苦难，帮助众生脱离轮回之苦，从而达到美满幸福的理想境界。因此，每当达赖、班禅和其他活佛圆寂后，藏族人民都认为他们将"不迷本性，俱有呼比勒罕出，以衍其教"。在寻找新的呼比勒罕时，一般都由吹忠作法指定。然而，这种制度行之既久，不免产生一些流弊。一些封建农奴主贵族往往收买、拉笼吹忠，谋求指定其后代子孙为呼比勒罕，以图夺取政教大权，操纵整个政局。这样，活佛转世便几乎变成了一种变相的血缘世袭，加剧了贵族内部的权力斗争。为了消除这一弊端、确保西藏社会的安定，清政府参酌吏、兵二部选官时抽签决定的办法，创立了金奔巴制度，又称金瓶掣鉴制度(因为“奔巴”一词系藏语瓶子的音译)。规定：凡达赖、班禅以及前后藏、西宁等处大小呼图克图的转世灵童一经呈报出世，就应该将所寻找到的各灵童的姓名、出生年月日，用满、汉、藏三种文字写于签牌之上，先选派真正有学问的喇嘛在大昭寺内诵经祈祷七日，届期再由驻藏大臣亲自监视掣鉴以定。即使寻到的灵童仅有一名，亦须将一个没有名字的签牌添放到瓶内共同掣签，假如抽出没有名字的签牌，那么已寻得的灵童便不能被认定，而须另外寻找。

三、边界防御方面。驻防西藏的绿营设有游击、都司、守备、千总、把总、外委等职，兵额共计 646 名，分别驻守定日、江孜等处。驻藏大臣衙门及其他文武官员不得滥用兵丁供自己使用。藏军兵额为 3000 名，其中前后藏各驻藏军 1000 名，江孜、定日各驻藏军五百名。藏军设代本 6 名，每名代本统领 500 人；代本之下设如本、甲本、和定本，分别统领藏军 250 名、125 名、25 名。驻藏大臣每年按期巡视边界，检阅兵丁。

四、对外交涉方面。廓尔喀、布鲁巴克、哲孟雄等邻国写给达赖、班禅的通问布施书信，须报驻藏大臣译出查验，代为决定回书。噶伦以下官员不得对外私自发信。邻国商旅和朝圣者入藏，必须由边界营官查明人数，禀明驻藏大臣验放进口，事毕后查点人数，发给照票，再行遣回。

五、财政方面。西藏商上（其办事官为“商卓特巴”，在藏文中称“强佐”，负责管理仓库出纳）一切出纳，统归驻藏大臣核查，以防商卓特巴侵渔舞弊。

《钦定西藏章程》二十九条用法律形式明文规定了驻藏大臣的职权以及西藏的军事、财政、对外交涉等制度，严密周详，有利地促进了西藏地区的稳定、发展，标志着清朝在西藏的统治达到了最高阶段。在《钦定西藏章程》颁布后，驻藏大臣和琳、松筠等精明强干的官员积极将章程付诸实施，西藏地方上层也恭谨从命。达赖喇嘛就曾表示：“嗣后惟有钦遵圣训，指认呼毕勒罕时，虔诚诵经，于大众前秉公拈定，庶使化身真确，宣扬正法，远近信心。”后来，驻藏大臣琦善妄加改动《钦定西藏章程》规定的军事、财政等制度，使驻藏大臣的权力遭到削弱，但是，直到清末，西藏地方许多政务仍然是按照《钦定西藏章程》的规定办事。

《四库全书》

清代统治者自入关后很重视搜集和编纂古代典籍，顺治、康熙、雍正时期编修书籍甚多，其中如大型类书《古今图书集成》，荟萃群书，融贯古今，有一万卷之巨。到乾隆年间，清朝进入鼎盛阶段，国家富足，社会也较为安定，为更大规模的书籍编纂工作提供了条件。

乾隆三十七年（1772 年）正月，乾隆帝谕令全国各省官员广泛搜集前代遗书和本朝人的著作。谕令说：“今内府藏书，插架不为不富。然古今以来著作之手，无虑数千百家，或逸在名山，未登柱史，正宜及时采集，汇送京师，以彰千古同文之盛。其令直省督抚会同学政等，通饬所属，加意购访。”谕令下达后，安徽学政朱筠于十一月提出了搜访校录书籍的四条建议：一是抓紧搜集罕见的旧刻本和抄本；二是充分利用皇家藏书，公布内廷藏书目录，并组织人员从内廷收藏的残本《永乐大典》中辑录佚书；三是著录与校勘并重；四是对于金石、图谱，也要留心搜集。朱筠的建议引起了乾隆帝的重视，交军机大臣讨论后决定：选派翰林官员开馆编辑自《永乐大典》中辑出的佚书与各省采进的书籍，成书后总名《四库全书》。

《四库全书》在乾隆三十八年（1773 年）二月正式开馆，馆址设在北京东安门外的翰林院。四库全书馆设有正、副总裁，总纂官、总阅官、总校官、纂修官，以及提调官、监督官、监造官等。在前后九年时间里，正式任命的纂修官员先后共计 360 人，此外还征用了大量的抄写人员和勤杂人员，四库全书馆里聚集了全国最有名望的专家学者，人才济济，极一时之盛。其中最为著名的有纪昀、戴震等人。

纪昀是直隶献县人，才思敏捷，学问渊通，自开馆即充任总纂官，与修书活动相始终，对《四库全书》的编纂工作出力最多。全书的体例、分类和各种类中书籍的排列次序等都是由纪昀一手确定。他把一生精力备注于《四库提要》及《目录》之中，“凡六经传注之得失，诸史之异同，子集之支分派别，罔不抉奥提纲，溯源彻委”，编成《四库全书总目》二百卷，成为目录学史上总结性的著作。由于他在编纂《四库全书》工作中做出的巨大贡献和表现出的卓越才华，纪昀被人称作“一代文宗”。

充任纂修官的戴震是极负盛名的汉学大师，皖派领袖，以举人身份而蒙特召入馆，负责辑校《永乐大典》中的佚书和校勘古籍。他的学问根基深厚，馆中其他人遇有疑难，经常向他求教，他总是竭诚相助。戴震在馆数年，晨夕披检，靡间寒暑，辑出久已亡佚不传的《算经五书》，并且校订整理了《水经注》、《仪礼集释》等大量古籍，为《四库全书》的修纂做出了突出的贡献。由于积劳成疾，戴震于乾隆四十二年（1777年）于馆中逝世。

为了编纂《四库全书》，清廷进行了大规模的征集图书的工作。自乾隆三十七年至四十三年（1772年至1778年），乾隆帝多次下诏访求图书，还特别宣布：凡进书献五百种以上者，奖给《古今图书集成》一部，一百种以上者，奖给《佩文韵府》一部；还将在被收录的图书的提要里记上藏书者的姓名；进献图书特别名贵的，皇帝将亲自在书上题诗，用后尽快送还。由于朝廷的不断督催和各地官员的努力，自各地征集到的图书总数达13000多种，其中有许多是举世罕见的珍本秘籍。这些书籍大部分征自文化特别发达的浙江地区，当地的一些著名藏书家，如扬州马裕、宁波范懋柱等人，进献图书都在六百种以上。这样一次规模空前的征集图书活动为《四库全书》的纂修提供了丰富的基础材料。

在征集到的大量图书中，包括一部分不利于清朝统治者的文字，特别是明清之际的一些野史稗乘，颇多"违碍悖逆"之词。乾隆帝征集图书，修纂《四库全书》，目的在于巩固其统治，对这些不利于其统治的书籍当然不会等闲视之，因而在乾隆三十九年（1774年）八月，就谕令四库馆和各省官员，一定要趁此征书之机，大力查禁一切违碍图书，尽数销毁。其时文字狱正盛，各处官员对禁书之令不敢怠慢，于是在征书的同时，又大肆收缴禁书，经过十几年的时间，查缴禁书竟达3000多种，15万多部，而且查禁的范围不但包括明末清初的稗官野史，还包括许多学士文人的文集、笔记、奏疏以及剧作曲本，甚至一些宋、元时代有关抗击辽、金、元兵的作品也遭到毁禁。在编纂《四库全书》的过程中，还根据乾隆帝的指示，对许多古籍中一些“违碍”的章节、段落和字句进行了削删窜改，使得一些珍贵典籍面目全非。

经过近十年的努力，第一份《四库全书》于乾隆四十六年（1781年）十二月正式修成。这部巨大的丛书集古今图书3500多种，共计79000余卷，内容包罗万象。全书分经、史、子、集四部，部下分类，共四十四类，其中十五类下又分为六十五属。其基本分类为经部，易类、书类、诗类、礼类、春秋类、孝经类、五经总义类、四书类、乐类、小学类，共十类；史部，正史类、编年类、纪事本末类、别史类、杂史类、诏令奏议类、传记类、史钞类、载记类、时令类、地理类、职官类、政书类、目录类、史评类，共十五类；子部，儒家类、兵家类、法家类、农家类、医家类、天文算法类、术数类、艺术类、谱录类、杂家类、类书类、小说家类、释家类、道家类，共十四类；集部，楚辞类、别集类、总集类、诗文评类、词曲类、共五类。所收书籍不但包括一般著述，还包括一部分丛书以及如《册府元龟》和《佩文韵府》这类的巨型类书和工具书。《四库全书》“以万千之遗书而汇为一团，以多数之简册而勒成一部，不惟齐整，易于保存，且完备，易于寻觅。吾国先人之宝籍得赖以不坠者，亦斯役之力也。”

在编纂过程中，《四库全书》的编者为收入全书和未收而存目的书籍共10200余种撰写了提要。每篇提要都开列书名、卷数、采进来历，考证作者名号经历，介绍书籍的性质与内容大要，评论其得失利弊，说明其流播与影响。这些提要由纪昀编排统稿，按《四库全书》的部类次序编辑成书，即所谓《四库全书总目》。由于各书提要均出自渊深学者之手，概括明晰又常有独到见解，再配合以《四库全书》严密精致的分类框架，所收书目又数量宏大，这部《四库全书总目》因而成为我国目录学中最高成就之作，对后世的学术影响巨大。《四库全书总目》二百卷，最初于乾隆六十年（1795 年）由内廷刊刻，后来民间依殿本翻刻，得在全国广泛流传。

《四库全书》卷帙浩繁，没有刊印本，编成后仅抄写了七份，各装订成三万六千多册，分别贮于北京大内文渊阁，圆明园文源阁、承德避暑山庄文津阁、沈阳故宫文溯阁和扬州文汇阁、镇江文宗阁、杭州文澜阁。抄成后又多次重校、补校。后来由于战乱，文源阁本、文汇阁本和文宗阁本都荡然无存；文澜阁本毁损过半后补抄完整，与文渊阁本，文津阁栈、文溯阁本现在分别珍藏在杭州、台北、北京和甘肃兰州。

藏書

珍藏版

中國通史

赵文博 主编

捌

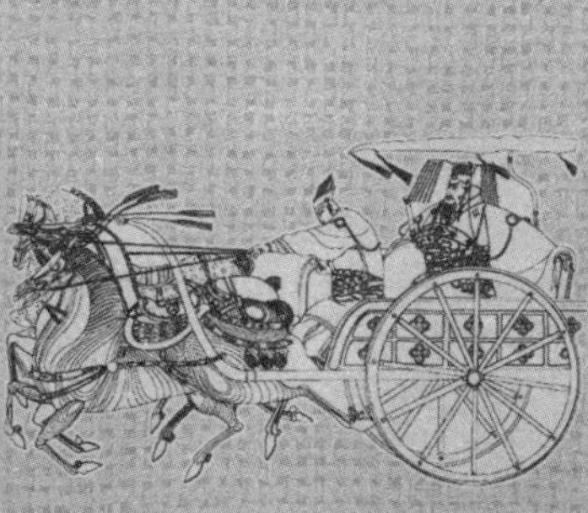

辽海出版社

革命军北伐（续）

北伐进程

中国共产党和中国国民党合作组成的广州国民政府，领导国民革命军于1926～1927年为推翻北洋军阀统治而进行的革命战争。这次战争连同1924～1925年统一广东的战争，亦称第一次国内革命战争。

1. 战争的准备

辛亥革命后，以孙中山为代表的革命党人，为反对北洋军阀的反动统治进行了不屈不挠的斗争，但屡遭挫折和失败。1924年1月，孙中山在广州主持召开中国国民党第一次全国代表大会，确定联俄、联共、扶助农工三大政策，改组国民党，实现了第一次国共合作，随后在广州黄埔创办了中国国民党陆军军官学校。中国共产党选派了重要干部到军校从事政治工作和军事工作。10月开始建立黄埔教导团，随后扩大为新型的革命军队。为了推动工农群众运动的发展，广东革命政府先后颁布了农民协会章程和工会条例，迅速打开了工农革命运动的新局面，同时建立了工团军和农民自卫军。

广东革命政府依靠黄埔学生军和工农革命武装，团结其他军队，于1924年10月平定商团叛乱。1925年2月举行讨伐陈炯明的第一次东征。6月消灭了滇桂军阀杨希闵、刘宸寰的叛乱。7月1日，国民政府在广州成立。接着将所辖黄埔学生军和驻广东的粤、湘、滇、鄂等部队统编为国民革命军，共六个军。10月举行第二次东征，同时进行南征，先后消灭了陈炯明和邓本殷的反革命军队，1926年1月，统一了广东革命根据地。同时广西李宗仁和湖南唐生智先后宣布拥护广州国民政府，使国民革命军拥有八个军约十万人。1925年五卅运动之后，全国反帝爱国民主运动和工农革命运动日益高涨，广东省港工人奋起响应，大力支持广州国民政府，为北伐战争准备了条件。1926年2月，中国共产党在北京召开特别会议，提出出兵北伐、推翻军阀统治的主张。6月5日，广州国民政府通过出师北伐案。7月1日发表《北伐宣言》，9日国民革命军誓师北伐。国民革命军的基本编组情况是：国民革命军总司令蒋介石，总参谋长李济深（留守广州），副总参谋长白崇禧。总政治部主任邓演达，总政治部副主任郭沫若。第一军军长何应钦，党代表缪斌。第二军军长谭延闿，副军长鲁涤平，党代表李富春。第三军军长朱培德，党代表朱克靖。第四军军长李济深，副军长陈可钰，党代表廖乾吾。第五军军长李福林，党代表李郎如。第六军军长程潜，党代表林伯渠。第七军军长李宗仁，党代表黄绍竑。第八军军长唐生智，党代表刘文岛。其中从事政治工作人员多数是中共党员和国民党左派人士。苏联政府派加伦将军等为国民革命军顾问。广东等省人民群众大力支援北伐军；省港罢工工人组织了几千人的运输队随军出征。

2. 战争的胜利进军

北洋军阀在政治、经济和军事等方面都拥有强大的实力，窃据了北京中央政权和中国经济比较发达的十多个省份。直系军阀吴佩孚，拥兵20万，占据了河南、湖北、湖南三省，陕西的东部和直隶（今河北）保定一带，控制着京汉铁路。另一直系军阀孙传芳，拥兵20万，据有江苏、安徽、浙江、福建和江西五省。奉系军阀张作霖，拥兵35万，占有东北各省和北京、天津等地，控制着津浦铁路北段。其他各省还有许多地方军阀。为了扑灭日益高涨的人民革命运动，吴佩孚、张作霖在 1926 年 3、4 月间已采取联合步骤，计划在北方消灭冯玉祥率领的国民军，在南方先进攻湖南，进而消灭广东革命势力。孙传芳由于同吴佩孚、张作霖存在尖锐矛盾，表面上“保境安民”，实际上坐山观虎斗，以便从中渔利。

国民革命军决定采取集中兵力各个击破的战略方针，首先歼灭吴佩孚军，然后消灭孙传芳军，最后消灭张作霖军。9 月 17 日，冯玉祥率部在绥远五原（今属内蒙古）誓师参战。

北伐军首先以主力向湖南进军，两湖战场成了北伐战争的主要战场。此前，1926 年 5 月上旬，国民革命军第七军的两个旅已入湘协同第八军唐生智部同吴佩孚作战。5 月下旬，广州国民政府又派第四军第十师（师长陈铭枢）、第十二师（师长张发奎）和叶挺独立团入湘增援，打开北伐的前进道路。叶挺独立团是中国共产党直接领导的部队，共有两千余人，连以上干部全部为共产党员。独立团是第四军的开路先锋，6 月 5 日攻占攸县，取得了入湘作战的首次大捷。7 月初，担任主攻任务的第四、七军先后抵达攸县地区，与第八军汇合。然后分三路进攻长沙。在工农群众支援下，北伐军 11 日进入长沙。蒋介石在长沙召开军事会议，决定分三路攻取湖北。8 月 19 日，中路军发起总攻，先后攻占平江、岳阳，切断粤汉路。接着进入湖北境内作战。25 日开始攻打武长铁路线上的军事要隘汀泗桥、贺胜桥。汀泗桥是武汉南面的门户，地形险要，易守难攻。北伐军要攻占武汉，必先攻占此桥。吴佩孚把司令部设在贺胜桥，亲自督战，下令死守汀泗桥。8 月 26 日，第四军以六个团的兵力发起进攻，双方争夺激烈，汀泗桥四次易手，仍不能决定胜负，双方伤亡惨重。27 日晨，独立团在当地农民引导下，从东面大山的小路迂回到汀泗桥东北面敌人背后发起猛攻，敌因受前后夹击，慌乱溃退，吴佩孚下令用大刀砍杀败退官兵也不能稳住阵脚。当天北伐军占领汀泗桥。第四军英勇善战，获得了“铁军”称号。8月29日，北伐军第四、七军向贺胜桥发起总攻。30日下午叶挺独立团首先突破吴军防线，当日占领贺胜桥。9月1日第四、七军到达武昌城下。吴佩孚企图凭借武昌城垣及长江天险负隅顽抗，守住武汉，等待河南吴军和江西孙传芳来援。他设司令部于汉口，命其第八师师长刘玉春为武昌防守司令，率兵死守武昌。北伐军第四、七、八军合围武昌城，从3日起连续多次攻城，均未成功。5日独立团官兵潜至城脚下，奋勇登梯，城上弹如雨下，第一营登梯官兵十余人全部牺牲，表现了革命战士奋不顾身的英雄气概。接着北伐军调整部署，由第四军担任围攻武昌的任务，第八军进攻汉阳。在北伐军猛烈进攻下，汉阳守军刘佐龙部倒戈。汉口工人举行罢工支援北伐。7日北伐军占领了汉阳、汉口，吴佩孚逃往郑州。10月9日，在北伐军严密包围和策动下，武昌守军吴俊卿部起义，接应北伐军。10日，陈铭枢师、张发奎师、叶挺独立团、第八军第一师等联合发起总进攻，负隅抵抗的守敌被迫投降。北伐军此役共俘守敌司令以下官兵一万二千余人，缴获大量战利品。至此，吴佩孚的主力基本被消灭，北伐军取得了两湖战役的决定性胜利。

北伐军攻克武昌后，广州国民政府决定迁都武汉。1927年1月成立了国民党中央执行委员和国民政府委员联席会议，代表国民党中央和国民政府职权。3月召开国民党二届三中全会，抵制了蒋介石迁都南昌的主张，正式成立武汉国民政府，坚持了孙中山的三大革命政策，促进了革命战争的胜利发展。

北伐军在两湖的胜利进军，使孙传芳感到威胁，便向北伐军提出最后通牒，限令退回广东，并分两路袭击北伐军。中国共产党坚决主张集中力量消灭孙传芳。蒋介石也因唐生智的势力在两湖迅速发展，急于开辟江西战场，夺取江西地盘，扩张自己的势力。江西战场，主要以三次攻打南昌为中心。9 月中旬以前，第二、三军分别夺取赣州、吉安、萍乡、安源等地，第六军占领奉新等地。19 日第三、六军各一部冒险攻入南昌城，21 日被迫退出。南昌撤退时，北伐军损失惨重。10 月上旬，蒋介石由武昌转赴江西，亲自指挥南昌会战，北伐军付出重大伤亡，被迫撤除南昌之围。北伐军在两湖战事胜利结束后，主力迅速转入江西，准备第三次攻打南昌。这时孙传芳后方极不稳定，一度准备同蒋介石和谈，在中国共产党和苏联顾问一致反对下，和谈未能实现。11 月初，北伐军在加伦将军参加指挥下对江西孙传芳部各据点发动总攻。北伐军先攻占德安、马回岭，控制了南浔铁路，使九江和南昌陷于孤立。孙传芳见势不妙，逃回南京。11 月 5 日北伐军攻克九江，同时包围南昌。8 日占领南昌。至此，江西的北洋军全线溃退。

江西战事紧急时，福建周荫人部企图进攻广东，扰乱北伐军的后方。北伐军出兵福建，孙传芳无力顾及，敌人内部加剧分化，张毅等部归附北伐军。1926 年 12 月间北伐军占领福建全省并乘胜追击，向浙江挺进。这时北伐军已发展到 20 个军，拥有兵力 25 万人。

1927 年 1 月，北伐军决定分三路追歼敌军。东路军由何应钦、白崇禧率第一、三军等六个纵队向浙江进攻。中路军由蒋介石任总指挥，以二、六、七军为主力，自江西沿长江两岸东进，其中李宗仁率第七军等三个纵队为江左军，程潜率二、六军等三个纵队为江右军。西路军由唐生智率四、八军等四个纵队为主力，沿京汉铁路对付来自河南之敌。三路总目标是夺取南京和上海。

东路军于1月中旬由闽入浙，2月下旬占领浙东，2月底占领了杭州及浙江全省。然后，自嘉兴向淞沪前进。3月21日白崇禧率东路军右翼占领松江，薛岳部抵达龙华。上海工人在周恩来、罗亦农、赵世炎等参加的中共中央特别委员会领导下，举行第三次武装起义，22日取得胜利，解放上海。中路军的江左军和江右军，于2月下旬同时东进。3月6日江右军占领芜湖。3月22日东路军攻占镇江，截断沪宁路。中路军的江右军和东路军分别逼近南京。24日第六军和第二军攻占南京，至此，长江下游全由北伐军占领。

3. 战争的成就与夭折

北伐军从1926年6月出师，经过近十个月的征战，占领了湖南、湖北、江西、浙江、安徽、江苏等省的全部或一部，消灭了吴佩孚、孙传芳的主力，取得重大胜利。但在革命胜利形势下，革命统一战线内部所潜伏的危机终于爆发，造成北伐战争中途夭折。

在北伐军胜利进军的同时，退守绥远一带的国民军，在苏联和中国共产党的帮助下，1926年9月中旬在五原誓师。冯玉祥刚从苏联回国，与国民军集体加入了国民党，担任了国民联军总司令。11月国民军占领甘肃、陕西两省，在北方策应北伐军的进军。不久，又从潼关、紫荆关入豫作战。刘伯坚、邓小平等共产党员，先后到国民军中帮助进行军事和政治工作，有力地配合了南方北伐军的作战。

北伐军所到之处，都得到广大工农群众极大的欢迎和支援。1927年初，汉口、九江民众进行了勇敢的斗争，收回了两地的英租界，取得了维护国家主权的重大胜利。以湖南为中心的农民运动迅速发展。革命势力迅速发展到长江、黄河流域，使北洋军阀的统治趋于崩溃。但反帝反封建的大革命的迅猛发展，严重威胁着帝国主义和大地主、大资产阶级的利益，民族资产阶级也因惧怕工农运动而动摇起来。他们极力支持和纵容拥有军事实力并蓄谋反共的蒋介石发动政变，建立反动统治。在中国共产党内，由于陈独秀的右倾麻痹，对国民党右派采取妥协退让政策，无力阻止局势的逆转。蒋介石集团经过一系列精心策划与周密部署，1927 年在上海发动了“四·一二”政变，实行清党反共，屠杀共产党人和革命群众。4 月 18 日在南京另立国民政府，与武汉国民政府相对峙，并与帝国主义协同对武汉实行经济封锁。汪精卫在 4 月初从法国回上海，随即赴武汉。他把自己装扮成“左”派领袖，取得了武汉国民党中央和政府的大权。武汉政府为了打开局面，决定第二次北伐，任唐生智为总指挥。4 月 19 日在武昌南湖誓师，21 日沿京汉路向河南进发。这时冯玉祥也由陕西向开封进攻。5 月下旬，北伐军三个师在临颍十里头战役中击溃奉军主力。北伐军与冯部国民军合作，占领了郑州、开封等地。但武汉政府面临外交孤立，经济困难，反共军人夏斗寅、许克祥相继叛乱。汪精卫 6 月 19 日到徐州与蒋介石达成“清党反共”协议，7 月 15 日在武汉实行“分共”。至此，第一次国共合作最后破裂，国共两党合作进行的北伐战争夭折。

北伐战争是一场规模空前的反帝反封建的革命战争。虽然中途夭折，但这次战争沉重打击了北洋军阀的统治，产生了深远的影响。同时使中国共产党人认识到开展武装斗争的极端重要性，开始了创建工农红军、进行土地革命的新时期。

北伐贺胜桥之战

1926 年 8 月 27 日上午，汀泗桥战斗的硝烟未尽，吴佩孚增援汀泗桥的部队，乘三列火车、90余节车厢，赶到贺胜桥，听说汀泗桥已经被北伐军攻陷，不得不就地下车，火速于贺胜桥地区部署防御阵线。

守卫贺胜桥的吴军有吴佩孚亲率的第13混成旅、刘玉春的第8师、陈嘉漠的第25师及汀泗桥溃退下来的吴军，约45000余人，轻重机枪200余挺，山炮、野炮数10门。贺胜桥号称鄂南第二门户，也是一个形势险要的兵家必争之地。西有黄塘湖，东有梁子湖，丘陵起伏，遍地是茅草和树丛，有500米以上的制高点达7处之多。贺胜桥以北至武昌，为百余公里平原，再无险可守。所以，吴佩孚视此地为与北伐军一决雌雄的最后一道防线。8月28日，吴佩孚亲临贺胜桥，亲自勘察地形，主持构筑工事。吴军在距离贺胜桥几公里的王本立至杨林挡一线，构筑了第一线防御阵地，也是主防御阵地；在距贺胜桥4公里左右的孟家山至桃林铺一线，构筑了第二线防御阵地，准备第一线防御阵地如果失守，再全力防守第二线，实行逐次防守的战斗计划；在贺胜桥至烟斗山一带，构筑了第三线防御阵地。三道防线的地势愈来愈险，非常有利于逐次防守的实施。三道防线纵深达几公里，宽度亦达几公里。防线的每座山头上都修了环形工事，既能防前又能防后；既能独立作战，又能相互策应。一切安排妥当之后，吴佩孚大言不惭地夸下海口说："昔以汀泗桥一战而定鄂，今以贺胜桥一战而定天下。"况且，吴佩孚对两广与湘军的战斗力向来不屑一顾。而今天他的对手正是由广东、广西子弟组成的国民革命军第四军与第七军，他更觉得胜券在握。吴佩孚还传谕全军，凡有退逃者，一律由大刀队处以极刑，总司令本人退却，也要同此办理。表示了与贺胜桥共存亡的决心。

但吴佩孚大大地估计错了，经过了国民革命风潮洗礼的第四军与第七军，在鲜明的革命政治目标指引下，战斗力也今非昔比了，他们已经完全不等同于以往的粤军与桂军。这是一个封建军阀所无法理解的。

8 月 27 日，国民革命军北伐军总司令蒋介石抵达湖北蒲圻。同日，第七军军长李宗仁率部抵达咸宁，与第四军会合。8 月 28 日，国民革命军北伐军前敌总指挥唐生智抵达咸宁。同日，第一军第二师，第八军第四师由蒲圻向咸宁开进。蒋介石召集第八军军长兼前敌总指挥唐生智、第七军军长李宗仁、第四军代军长陈可钰、国民革命军北伐军总参谋长白崇禧等召开会议，决定以第四、七军分左右两翼，攻击贺胜桥。由第四军担任主攻方向，唐生智任总指挥；第八军第四师、第一军第二师为总预备队。国民革命军第一线作战部队计有 14 个团，约 35000 人。

吴佩孚是直系军阀的主帅，又在旧军阀中以文韬武略、能攻善守著名，一贯以精英自喻，自称从未打过败仗，第二次直奉战争的失败，不过是因冯玉祥从背后插刀子。蒋介石、唐生智、李宗仁、白崇禧、陈可钰虽是后生，但皆是新秀，又多为科班出身，对第一次世界大战后的新战法、新战术多有了解。在他们眼中，吴佩孚不过是个迂腐的落第秀才，北洋军队的旧式编制、旧式战术，早就该被淘汰了。所以，双方都以最大的本钱进行孤注一掷的战斗，取得胜利者，将取得整个中国。

8 月 29 日，第四、七军从咸宁地区分两路向贺胜桥开进。午后 1 时，第七军第八旅于袁家铺地区与吴军展开战斗，经两小时激战，吴军后退，第八旅攻至王本立吴军阵地前。午后 4 时，吴军从贺胜桥派来援军约 2000 人，立即对第八旅展开反攻，第八旅几乎不支，后第七军第二旅及时赶到，至 6 时才打退了吴军的反攻，稳住了阵脚。第八旅由于过分疲劳，退往第二旅后休整。午后6时，第四军担任主攻任务的三十五团抵达吴家湾，与吴军交火。同时，另一个担任主攻任务的团队——第四军独立团，正在向预定方位——北路学校疾进。

8月30日凌晨1时，吴军派出主力部队，向第四军与第七军的接合部北路学校发动进攻。独立团由于地形复杂，行军困难，刚刚抵达北路学校，尚未展开，受敌猛攻，仓促应战，几乎濒危。但全团在叶挺指挥下，沉着应战，上下一心，边打边展开，边打边构筑工事。同时，第七军第二旅第四团见状，在向对面吴军开火的同时，派出一个营向独立团右翼增援，从侧面攻击吴军，使吴军不得不后退500米。这时，担任师预备队的三十六团闻讯后，立即派出一个营增援独立团左翼。吴军虽然进攻受挫，仍然拼力发起冲锋，企图打开缺口，切断第四、七军的联系，各个击破。晨3时，担任第四军预备队的二十八团加入战斗，才稳住了战局，打退了吴军的进攻。与此同时，第七军第二旅也遭到吴军的猛攻，被吴军从侧后包围，情况十分危急。虽经血战，只是拼力防守而已。晨6时，第七军担任预备队的两个团赶到，始将敌击退。

8月30日晨5时，第四军对杨林挡吴军发起总攻。国民革命军臂着“红蓝白”三色识别带，防止战斗中敌我不分。7时30分，独立团首先突破杨林挡吴军阵地。晨7时，第七军4个团也向王本立吴军阵地发动猛攻，吴军不支，向余花坪、孟家山一线后退。上午8时许，吴军第一线阵地被完全攻破。

第四军独立团在首先突破吴军第一线阵地后，马不停蹄，立即向吴军第二道防线猛进。桃林铺的吴军措手不及，尚未来得及有组织地抵抗，已被独立团突破。独立团又直冲吴军第三道防线前。当时第三十五团、三十六团、二十八团由于行动稍缓，尚未将吴军第二道防线突破，造成独立团孤军深入的局面，独立团三面受敌。独立团第二营长、共产党员许继慎胸部被子弹穿透，鲜血淋漓，仍坚持指挥作战，下令："只准前进，不许后退。"团长叶挺审时度势，果断决定全力向吴军烟斗山主阵地进攻。因为只有将这个高地拿下来，本团才能转危为安，同时也将使敌第三道防线出现重大缺口。在六挺重机枪的掩护下，独立团第二营一鼓作气冲上海拔 556 米高的烟斗山。副营长、共产党员符克振牺牲在山头上。这时三十六团、二十八团、二十九团、三十团，由于第二道防线早以出现缺口，发生动摇，相继顺利攻破吴军第二道防线，向吴军第三道防线猛冲。由于烟斗山是吴军第三道防线的火力支撑点，烟斗山失守，军心动摇。上午 9 时左右，吴军开始纷纷溃退。吴佩孚见状，亲自在贺胜桥桥北手刃了几个后退的团以上军官，大刀队也劈了后退的士兵百余人。又在桥头架起机枪猛扫，只打得桥上桥下，尸横累累，宽阔的河面殷红一片，只见浮尸不见水，溃兵处于夹击之中。时代在发展，吴佩孚这种不讲人道的封建军阀督战方式，已经人心丧尽。退却的吴军官兵被吴佩孚自相残杀的暴行所激怒，遂组织起来，对贺胜桥实行反冲锋。面对洪水般决堤的败兵，大刀队无可奈何，自己也急忙逃命。吴佩孚见状，也只好乘铁甲列车带头逃跑，不顾订的什么"即使总司令退却也要身首异处"的军纪了。上午 11 时，独立团首先冲过铁桥，进入贺胜桥镇，然后又向前追 15 公里，直到涂家湾方奉命停止。由于第四军独立团广大官兵的勇敢与迅速，吴军根本没来得及实行什么逐次防守的战略，就土崩瓦解了。

与此同时，右翼第七军与吴军的战斗仍在孟家山一线进行。上午 11 时，吴军向余花坪后退，第七军才突破第二道防线。第七军追至余花坪，全军 8 个团兵力冲锋 10 余次，均被吴军击退。至晚 6 时，第七军停止进攻，准备休整一夜，第二天再进行进攻。是日夜，余花坪吴军闻贺胜桥主阵地已经失守，自己面临腹背受敌的危险，乘夜退往武昌。贺胜桥战役遂告结束。

贺胜桥战役，国民革命军共俘敌3235名、缴获炮24门、长短枪2914枝、重机枪10挺。国民革命军方面亡262人、伤574人。

贺胜桥战役中，吴佩孚所采取的在防守中突然反攻的奇袭战术，不愧其善用兵之称。如果他的对手是一般的军阀部队，就一定奏效了。北伐军的指挥官也并没预料到这一点。然而北伐军广大士兵的顽强战斗精神，使吴佩孚失算了。国民革命军贺胜桥战役的胜利，虽未达到歼灭战的目的，却重创了吴佩孚的主力，使吴佩孚在军事上从此一蹶不振，只有招架之功，再无还手之力。吴佩孚这个北洋军阀的名将，常胜将军，从此再没打一个胜仗。

讲究封建迷信的吴佩孚，预卜“贺胜桥”的“贺胜”两个字为吉兆。到头来，贺胜桥只是为国民革命军北伐军“贺胜”了。

两军相逢勇者胜，贺胜桥战役就是一场勇者获胜的战斗，是一场比试战斗力的战斗。

南昌起义

概况

国民革命失败后，中国共产党总结了失败的教训，继续高举革命的大旗，把中国革命推进到了一个新的阶段。南昌起义和“八七”会议，便是这个新阶段的开端。

1927年8月1日凌晨2时，在周恩来、贺龙、叶挺、朱德、刘伯承等领导下，南昌起义爆发。由贺龙、叶挺以及朱德等指挥的部队共2万余人参加了起义。经过五小时激战，起义军歼敌2000余人，胜利占领了南昌全城。起义胜利后，随即成立了以跨党共产党人为核心，并有国民党左派参加的中国国民党革命委员会，由宋庆龄、谭平山、贺龙、邓演达、郭沫若、恽代英等7人组成主席团。同时，对起义部队进行整编，由贺龙任国民革命军第二方面军代总指挥兼二十军军长，叶挺任前敌代总指挥兼十一军军长，朱德任九军副军长。8月2日，革命委员会颁布《八一起义宣传大纲》、《土地革命宣传大纲》，宣布继承北伐革命未完成的事业，反对帝国主义，打倒新旧军阀，实行耕者有其田的政策。2日下午，南昌各界群众5万人隆重集会，举行革命委员会委员就职典礼，庆祝起义胜利。

8月3—6日，起义军按中共前敌委员会的部署，退出南昌，向广东进发，计划先到东江一带建立工农政权，依靠那里的海口取得国际援助，充实力量，然后伺机攻取广州，重整旗鼓，再行北伐。起义部队在南下途中不断打垮敌军的围堵，并于9月下旬占领潮州、汕头，10月初终因敌我力量悬殊而在汤坑、三河坝一带战败。所留部队，一支转到海陆丰与当时农民军会合；一支由朱德、陈毅率领，经赣南、粤北转入湘南，坚持游击战争。

南昌起义打响了武装反抗国民党反动派的第一枪，在全国人民面前树起了一面坚持革命斗争的光辉旗帜。它是中国共产党探索创建军队，独立领导、武装夺取政权的革命新道路的开始。这次起义由于没能与当地农民运动结合，就地开展土地革命和建立农村革命政权而遭到失败。

起义经过

1927年8月1日，根据中国共产党中央委员会的决定，在以周恩来为书记的中国共产党前敌委员会和贺龙、叶挺、朱德、刘伯承等人领导下，中国共产党所能掌握和影响的北伐军2万余人在江西南昌举行了武装起义。这次起义，是中国共产党在极端危急的情况下，为了挽救革命作出的第一次响亮的回答，它打响了武装反抗国民党反动派的第一枪，宣告了中国共产党独立领导中国革命战争新时期的开始。起义保存下来的一部分部队，成为中国工农红军的骨干之一。8月1日，成为中国人民解放军建军节。

1927年4月12日，蒋介石发动反革命政变彻底背叛工农大革命后，武汉国民党汪精卫集团的“分共”活动日趋加紧。7月12日，中共中央根据共产国际的指示改组中央机构，成立了由张国焘、周恩来、李维汉、张太雷、李立三组成的中共中央政治局临时常委会。在此期间，共产国际驻中共代表鲍罗廷提议中共“准备一些军队去南昌回广州”。7月15日，武汉国民党汪精卫集团公开“分共”。此时，国民革命军第四集团军（总司令唐生智）第二方面军总指挥张发奎，仍与中共保持统一战线关系，企图凭借中共力量，借武汉国民党“东征讨蒋”之机，摆脱武汉国民政府控制，渐次经南昌移师回粤，排挤桂系，攫取广东。遂令所部由鄂东南进至赣东北的九江、德安地区，坐视时局发展，待机行动。

张发奎第二方面军战斗序列为第四军、第十一军、第二十军，合约3万人。其中第四、第十一军是战斗力较强的两支部队。大革命期间，中国共产党所能掌握或影响的部队，多在第二方面军。计有共产党员叶挺任副军长兼师长的第十一军第二十四师三个团，由共产党员周士第任团长的第四军第二十五师第七十三团，由共产党员王尔琢、孙一中控制的第二十五师第七十四、第七十五团，由共产党员范荩任团长的第十一军第十师第三十团。第二十军军长贺龙正炽热地追求中国共产党，决心献身无产阶级革命。

大革命的失败和国民党新军阀的大屠杀使中国共产党人痛定思变，决心拿起枪杆子，用武装的革命反对武装的反革命。新组成的中共中央政治局临时常委会在决定发动湘、鄂、粤、赣四省农民秋收暴动之后，又根据张发奎的政治态度和共产国际的指示，决定集合中共掌握和影响的部队，“依张发奎回粤徐图发展”，即在广东成立新国民政府，开展土地革命，重建根据地，积蓄革命力量，再次举行北伐。为执行“依张回粤”计划，中共中央政治局临时常委会指派李立三、邓中夏赴九江，会同谭平山、叶挺，共同筹划移师广东的准备工作，并指示中共广东省委，在政治与军事等方面做好迎接回师广东的工作。

汪精卫集团“分共”以后，竭力拉拢张发奎“清党”反共。张发奎虽然还与中共保持一定的合作关系，但他“已深受汪之影响，高唱拥汪”，并“有在第二方面军高级军官中的共产党分子，如叶挺等须退出军队或脱离共产党之表示”。李立三、邓中夏等人于 7 月 19 日抵达九江，又收到中共中央发给张发奎部中共负责人的指示，“如果张发奎能够不拥护汪精卫，则我们可以与他合作回粤，否则实行脱离关系”。这时九江地区的政治、军事形势正发生急剧变化：张发奎的政治态度明显右倾，不仅出席了汪精卫在庐山召开的秘密军事会，而且决意在第二方面军内“清党”，还电令叶挺、贺龙所部迅速集中德安，图谋解除叶、贺的兵权；第四军、第十一军、第二十军又正面临着被驻南昌、临川、樟树的朱培德第五方面军及由萍乡向南昌急进的程潜第六军危害的危险。面对严峻的形势，李立三、邓中夏、谭平山、叶挺和聂荣臻等于7月20日在九江召开会议（史称“谈话会”）。会议认为，由于张发奎政治态度日趋右倾，“依靠张为领袖之回粤运动，很少成功之可能，甚至为三、六、九军所包围而完全消灭，纵然回粤成功，我们亦必在张、汪协谋之中而牺牲，将与我们回粤去号召农民暴动，实现土地革命，建立新的革命根据地之目的完全相反，所以我们应该抛弃依张之政策，而决定独立的军事行动”。会议决定，叶挺部“集中南昌，运动二十军与我们一致，实行在南昌暴动，解决三、六、九军在南昌之武装。在政治上反对武汉、南京两政府，建立新的政府”。九江同志的意见得到了正在庐山休息的瞿秋白等人的同意，并由瞿秋白带交中共中央政治局临时常委会会议决定。7月25日（一说24日），中共中央政治局临时常委会会议决定在南昌举行起义。

会议根据加伦（广东国民政府的苏联军事顾问，大革命失败后，曾参与中共中央军事决策活动，后随贺龙第二十军参加南昌起义）的提议，决定南昌起义后部队立即南下广东，占领出海口，以便取得国际援助。为加强对起义的组织领导使起义获得成功，常委会议决定成立中国共产党前敌委员会，作为起义最高领导机构，指定周恩来为书记，李立三、恽代英、彭湃为委员（事实上谭平山自始至终参与了前委的活动）。会议还决定武汉国民政府警卫团（亦称谓第二方面军警卫团），中央军事政治学校武汉分校学员大队，平（江）、浏（阳）农民义勇队等中共领导和掌握的武装力量，迅速由武汉开往南昌参加起义；约请在武汉、九江的国民党左派知名人士迅速到南昌准备参加起义后的革命政权；迅速向转入地下斗争的中共负责干部通报南昌起义决定等。

7月23日，贺龙到达九江，与谭平山会晤，表示对起义热烈的响应。接着，李立三、恽代英、谭平山、邓中夏等人在九江举行第二次会议，具体研究了起义的计划、政纲、宣言以及组织与宁、汉国民党中央党部相对抗的中国国民党革命委员会等问题。决定28日前，叶、贺两军集中南昌，28日晚举行起义，并急电中央请求批准。7月26日，周恩来由陈赓陪同秘密抵达九江，向李立三、恽代英、谭平山、邓中夏及聂荣臻等人传达了中共中央政治局临时常委会关于南昌起义和土地革命为口号的决定。周恩来在离九江潜往南昌前，指定聂荣臻到马回岭，与周士第、王尔琢、孙一中一起，将第四军第二十五师拉到南昌参加起义。

在中国共产党准备南昌起义的同时，汪精卫集团也加紧了反共活动。7月24日，汪精卫、孙科等人到达庐山，召集了有第二、第五两个方面军高级军官参加的秘密会议，策划军队中的“清党”，协谋解除叶挺、贺龙的兵权。时任第四军参谋长的共产党员叶剑英得此密息，星夜下山赶到九江面晤叶挺。在此危急关头，叶挺、贺龙、叶剑英、高语罕、廖乾吾等人在甘棠湖的一只小船上商定：叶、贺不去庐山开会；叶挺率领第十一军第二十四师、贺龙率领第二十军分别于25日和26日乘火车开赴南昌。会后，叶挺、贺龙置张发奎电令于不顾，毅然率部开进南昌，起义军完成了集结。到7月底，周恩来、李立三、恽代英、彭湃、刘伯承、谭平山、林伯渠、吴玉章、徐特立、郭亮、毛泽覃、高语罕、廖乾吾、周逸群、方维夏、彭泽民、张曙时等中共干部相继抵达南昌，为起义进行紧张的准备工作。广东北江农军、中央军事政治学校武汉分校女生队和何香凝办的妇女训练班部分学员也相继赶到南昌。

7月27日，周恩来抵达南昌与先期潜回的朱德会合。当日，中国共产党前敌委员会正式成立。前委对有关起义的重大问题进行讨论，作出了如下决定：因准备工作不及，起义日期由28日推迟到30日；在其他起义领导人赶到南昌之前，由周恩来、叶挺负责起义的组织工阼，谭平山、韩麟符等负责筹备革命政权。起义即将举行的前一天，时任中共中央政治局临时常委的张国焘从九江接连发来两封急电，说："暴动宜慎重，无论如何候他到再决定"。张国焘是作为中央代表到南昌传达共产国际关于南昌起义复电的。共产国际的复电说：如有成功把握，可举行暴动；否则不可动，把军队中的同志退出，派到各地农民中去。周恩来接电后经同前委成员商议，果断决定暴动决不能停止，一切准备工作继续进行。30日上午，张国焘到达南昌，前委即开阔大会议。张国焘以共产国际的复电为由，主张应极力拉拢张发奎，得到张之同意，否则不可动。周恩来坚决表示起义"还是干"，李立三、恽代英、彭湃、谭平山、叶挺及周逸群则明确指出，"暴动断不可迁移，更不可停止，张（发奎）已受汪之包围，决不会同意我们的计划，在客观应当是我党站在领导的地位，再不能依赖张（发奎）"，一致主张起义如期举行。前委扩大会议激烈争论数小时，因张国焘是中共中央代表，不能以少数服从多数的原则来决定问题。31日晨，再开前委扩大会议。此时，因叶、贺未上庐山开会，张发奎来电说8月1日陪同汪精卫、孙科到南昌。此种情况下，张国焘被迫表示同意起义。前委决定，起义于8月1日凌晨4时举行。根据前委决定，起义部队加紧了起义前的直接准备。叶、贺两军分别召开了团以上军官会议，传达了中共中央和前委的起义决定与命令；各团、营受领了任务，并处罚了反动军官；部（分）队制定了战斗方案。中共江西省委召开了党、团和工人活动分子会议。是日晚9时许，第二十军一个副营长到第五方面军警卫团告密，为保证起义的突然性，前委决定提前二小时发动起义。

1927年8月1日凌晨2时，贺龙指挥的第二十军，叶挺指挥的第十一军第二十四师，以及第五方面军第三军军官教导团一部和南昌市公安局两个保安队，按照前委的部署和作战方案，突然向预定目标发起攻击，打响了土地革命战争的第一枪。

1. 歼灭朱培德第五方面军警卫团的战斗

朱培德第五方面军总指挥部设在南昌城内的藩台衙门内，与贺龙第二十军指挥部仅一街之隔，由朱的嫡系部队警卫团防守。街西有高约十二、三米的鼓楼一座，攻占藩台衙门，非通过鼓楼洞门不可。警卫团因得到第二十军副营长的告密，已预作准备，防守严密。第二十军第一、第二两团发起攻击时，守军凭借有利形势，顽固防守，用猛烈的机枪火力，封锁鼓楼洞门，起义军进攻受挫。贺龙、刘伯承冒着生命危险，亲临指挥。起义军官兵备受鼓舞，冒死冲击；守军警卫团负隅顽抗，战斗进入僵持。此时，第二十军第五团适时投入战斗。该团迂回到藩台衙门后侧，一举攻入院内。起义军前后夹击，守军警卫团被迫缴械投降。

2. 歼灭程潜第6军第57团的战斗

程潜第六军前卫第五十七团进驻南昌市内的天主教堂和匡庐中学两地。战斗打响后，叶挺指挥第二十四师主力向该团发起猛烈攻击，并一举切断了该团的退路。战斗激烈进行时，周恩来亲临一线与叶挺共同指挥。为迅速歼灭天主教堂内的守军，叶挺挑选共产党员、共青团员组织冲锋队，前仆后继，连续冲击，同时命令一部兵力绕到天主教堂背后翻墙入院。守军腹背受敌，被迫放弃抵抗。叶挺旋即指挥第二十四师主力支援匡庐中学的战斗。匡庐中学守军缴枪投降。

与此同时，第二十四师第七十二团歼灭了驻贡院、新营房的朱培穗第三军留守部队；第二十军教导团、第六团歼灭了驻小营房、老营房的朱培德第九军留守部队。驻百花洲、吕祖祠、高升港原张勋公馆及南昌卫戍司令部、牛行车站等处的守军分队，也先后被起义军缴械。清晨6时，南昌城内的守军全部肃清。起义军共歼守军3000余人，缴枪5000余支，子弹70多万发，山炮、平射炮和迫击炮数门。还打开监狱，救出100多名群众。

受周恩来之命到马回岭主持第四军第二十五师起义的聂荣臻，得知南昌起义已经胜利，即与第七十三团团长周士第、第七十四团参谋长王尔琢、第七十五团第一营营长孙一中等共产党员秘密商定，以"打野外"（即野外训练）为名，分别将所部拉出营房，集结德安，尔后向南昌开进。8月1日下午1时，部队按预定计划开出营房向德安急进。张发奎得悉第二十五师大部离开马回岭开向德安火车站，即刻带第二十五师师长李汉魂及卫队营乘火车由九江驰向德安。途中遭到起义部队的阻击。张发奎、李汉魂落荒而逃，卫队营被起义部队缴械。2日（一说3日），聂荣臻、周士第、孙一中率领3000人赶到南昌，与起义军主力汇合。

武汉国民政府警卫团，平（江）、浏（阳）农民义勇队等武装，在开向南昌途中分别受阻。后转至江西修水、铜鼓，参加了毛泽东领导的湘赣边界秋收起义。中央军事政治学校武汉分校学员大队途中于九江被张发奎缴械，改编为第四军教导团，由叶剑英兼任团长，后参加了广州起义。陈毅被迫离开学员大队去追赶南昌起义军。

8月1日上午，前委以特别委员会名义，召开了国民党中央委员及各省、区、特别市和海外党部代表联席会议。到会的有 7 名在南昌的国民党中委，和江苏、顺直、福建、新疆、湖南、山西、湖北、东北、甘肃、江西、四川、安徽、绥远、浙江、广东、广西、上海、哈尔滨等地及海外华侨支部代表共 40 余人。叶挺向会议报告了起义经过。会议议决成立中国国民党革命委员会，推举邓演达、张发奎、谭平山、陈友仁、吴玉章、彭泽民、林祖涵（即林伯渠）、贺龙、郭沫若、黄琪翔、恽代英、江浩、朱晖日、周恩来、张国焘、叶挺、张曙时、李立三、徐特立、彭湃、苏兆征、宋庆龄、何香凝、于右任、经享颐等 25 人为委员，由宋庆龄、贺龙、张发奎、邓演达、谭平山、郭沫若、恽代英等 7 人组成主席团。革命委员会下设：秘书厅、军事参谋团和财政、宣传、农工运动、党务等委员会以及总政治部、政治保卫处等机构。会议宣告：国民党革命委员会将“于最短期间，当确立一革命之新根据地，以便召集第三次全国代表大会，讨论一切党国大计，重新选举本党中央执行委员，以便指导全国革命运动，使其有更正确更迅速的发展。”

革命委员会为阐明起义的宗旨和纲领，发表了一系列重要宣言、文告。如《中央委员宣言》、《中央委员及各省区特别市和海外党部代表联席会议宣言》、《叶挺告第二方面军同志书》。革命委员会决定：吴玉章任秘书长，刘伯承任军事参谋团参谋长，郭沫若任宣传委员会主席兼总政治部主任，林祖涵任财政委员会主席，张国焘任农工运动委员会主席，张曙时任党务委员会主席，李立三任政治保卫处长，姜济寰任江西省政府主席。决定南昌起义军沿用国民革命军第四集团军第二方面军番号，下辖第十一军，由第十、第二十四、第二十五师编成；第二十军，由第一、第二、第三师编成；第九军，由原第三军教导团、南昌市公安局保安队编成（实际兵力约一个营，缺编拟在南下途中扩充），全军 2.3 万人。任命贺龙兼代方面军总指挥，黄琪翔任前敌总指挥（未到任前由叶挺代理）；郭沫若、章伯钧任方面军政治部正副主任；叶挺兼代第十一军军长、第二十四师师长，蔡廷锴兼代第十一军副军长、第十师师长；韦杵任第九军军长、朱德任副军长。周逸群任第二十军第三师师长（该师在临川正式组建）；聂荣臻任第十一军党代表，廖乾吾任第二十军党代表，朱克靖任第九军党代表。

起义的胜利，极大地鼓舞了南昌各界群众。8月2日，数万南昌群众举行庆祝南昌起义胜利和革命委员会成立大会。会后广大青年踊跃参军，仅报名的学生就多达600余人。

3. 起义军南下广东的作战行动

南昌起义后，国民党汪精卫集团急令张发奎、朱培德等率部向南昌进攻。中共前委按照中央原定计划，率领起义军南进，先攻占广东的东江地区，以发展革命力量，并接受外援，待实力充实后攻取广州。

8月3日至5日，起义军未经休息、整顿，急促撤离南昌，踏上了南下广东的征途。部队沿抚河南进，计划经瑞金、寻乌入粤。时值盛夏酷暑，路途遥远，官兵武装行军，加之对共产党和武装起义的认识不足，在给养、医疗严重困难的条件下，“军心大为动摇，逃跑的极多”。从南昌出发不久，蔡廷锴率第十师脱离起义军开走。仅行军三日，实力损失1/3以上，子弹丢弃过半。8月8日，起义军抵达临川，休整三天后继续南进。其间陈毅等百余名兼程赶上起义军，肖志戌、李井泉率领临川农军参加起义部队。25日，起义军先头部队进抵瑞金以北的壬田附近地区。是时，国民党驻守广东的第八路军总指挥李济深，已作好截击起义军入粤的部署：调钱大钧部9000人从赣州进到会昌、瑞金，其前锋前出壬田；调黄绍竑部9000人由南雄、大庾（今太余）向雩都（今于都）前进，企图将起义军堵截于江西境内 26 日，贺龙指挥第二十军对钱大钧部前锋一个师发起进攻，迅速击溃其三个团，乘胜进占瑞金，钱部败退会昌。前委获悉，钱大钧部四个师以会昌为中心，依托贡河组织防御；黄绍竑部先头师已进至雩都东南地区。28 日至 30 日，起义军以第十一军第二十四师占领会昌西北的洛口阻击黄绍竑部，集中主力 1 万余人，猛攻会昌，经激烈战斗，攻占会昌，虽歼粤军 6000 人，但自损 1700 人。“经此战役，叶、贺两军共有兵额一万一千六百人”，而黄绍竑部 9000 人正在安远、寻邬一线严阵以待。为避免与黄部决战，以保存革命力量，前委决定改变入粤路线，由福建长汀，再沿汀江、漳江进入东江地区。9 月 5 日，第 20 军由瑞金进抵长汀，第 11 军由会昌转到瑞金，9 日，起义军全部进抵长汀。周恩来在长汀向中共中央写了书面报告，综合汇报了起义军南下以来的作战行动、目前困难、当前敌情及前委的日后行动计划。这是前委离开南昌与中共中央失去联络后给中央的第二个报告。9 月 15 日，起义军进抵上杭，19 日，进入广东境内的大埔，并攻占了三河坝。但担任后卫的第十一军第二十五师，此时还在长汀至上杭的路上。23 日，起义军进占潮安、汕头，第二十五师进抵三河坝。

汕头，是广东省东部重要的海口城市，也是起义军南下广东计划夺取的要地之一。进占潮（安）、汕（头）后，前委即刻开展群众工作和政权建设：发布保护民众团体和商、贸界通告，成立市级工农民主政府，组织工人纠察队，筹措粮饷等等。张太雷受中共中央指派，此时亦赶到了汕头，向前委传达了中共“八七”会议精神和中央关于抛弃“左派国民党”旗帜、打出工农革命红旗、建立工农苏维埃政权等重大决策，并与前委共同研究了起义军进入广东后的行动方针。

起义军进占潮、汕前后，李济深令钱大钧残部牵制三河坝的起义军第二十五师；以黄绍竑部经丰顺（今丰良镇）进击潮安；以陈济棠部三个师和潮、梅警备部队共 1.5 万人组成东路军，由河源经汤坑（今丰顺）进击揭阳，寻歼起义军主力。前委和参谋团决定：留第二十军第三师、第十一军第二十四师一部共 1000 人，驻守潮、汕，警备革命委员会；以主力 6500 余人于 27 日集中揭阳，向汤坑推进，迎击由河源来犯之敌。9 月 28 日，起义军主力在汤坑东南的白石同陈济棠东路军遭遇。经 3 昼夜激战，虽歼陈部 3000 余人，但自身损失兵力 1/3，弹药近耗尽，遂退出战斗，向揭阳转移。此间，潮、汕已陷落。10 月 3 日，中共前委、革命委员会率部向海陆丰撤退途中，被国民党军拦腰截为两段。起义军大部溃散，一部被国民党军张望收编，余部 1200 人在董朗、颜昌颐带领下到达海陆丰，改编为红军第二师，加入了东江地区的武装斗争。中共前委与革命委员会成员，辗转到香港。南昌起义军竟至失败。

朱德指挥第二十五师和第九军一部由三河坝撤出战斗后，在极其困难的条件下，几经转战，到达湖南南部。后来与中共湘南特委共同发动了著名的“湘南暴动”。

“八七”会议

南昌起义后六天，中共中央为彻底清算并纠正党在过去的严重错误，确定新的路线和政策，在汉口秘密召开紧急会议，这即是“八七”会议。

由于时局紧张，交通异常不便，出席会议者仅 20 余人，其中中央委员 10 人，候补中央委员 3 人，会期也只有一天。会议由李维汉主持，共产国际代表罗米纳兹和瞿秋白分别作了报告。

邓中夏、蔡和森、任弼时等纷纷在会上发言批判陈独秀的严重错误。毛泽东也在讨论中先后7次发言，提出了“枪杆子里出政权”的思想。会议通过了《中共八七会议告全党党员书》、《最近农民斗争的决议案》等重要文件，并成立了新的临时中央政治局，瞿秋白等9人当选为政治局委员，毛泽东、周恩来等7人当选为政治局候补委员。8月9日，政治局会议又推选瞿秋白、苏兆征、李维汉为政治局常委。

八七会议是一个转折点，是中共中央召开的一次具有重大历史意义的会议。它在中国革命的危机关头，清算和结束了共产党内的右倾投降主义错误，明确了新时期的斗争方针，为全国人民指明了前进的方向。

八七会议后，中共中央临时政治局派出许多干部到各地传达会议决议，恢复和整顿党的组织。毛泽东作为中央特派员到湖南改组中共湖南省委并领导秋收起义。8月中下旬，改组后的湖南省委召开多次会议，根据八七会议精神讨论和制定秋收起义计划，成立了以毛泽东为书记的前敌委员会。这次起义同南昌起义比较，最显著的特点是：它不仅是军队的行动，而且有数量众多的工农武装参加；它不再用国民党的名义，而公开打出了工农革命军的旗帜。起义部队统一编为工农革命军第一军第一师，共约5000人。9月9日，湘赣边界秋收起义从破坏粤汉铁路开始。起义最初仍以夺取湖南的中心城市长沙为目标。起义军虽按计划先后占领了醴陵、浏阳等县城，但遭到远比自己强大的反动军队的阻击，损失十分严重，夺取长沙的目标已无法实现。毛泽东根据变化了的形势，当机立断，改变原有部署，9月19日在浏阳文家市主持召开前委会议，否定了一部分人坚持“取浏阳直攻长沙”的主张。会后，部队在毛泽东率领下迅速撤离平江、浏阳地区，沿罗霄山脉向南转移，在敌人统治比较薄弱的农村山区寻找立足地，这成为中国革命重心由城市转向农村的具有决定意义的新起点。9 月 29 日，前委在江西省永新县三湾村对起义部队进行改编：将原来的一个师缩编为一个团；在部队中建立各级党组织和党代表制度，将党的支部建在连上；在部队内部实行民主管理制度，连以上建立各级士兵委员会。“三湾改编”开始确立了共产党对军队的绝对领导，从政治上、组织上奠定了建设新型人民军队的基础。

湘赣边界秋收起义

1927 年 9 月 11 日，以毛泽东为书记的中共湖南省委前敌委员会，领导工农革命军第 1 师 5000 人，按照中共湖南省委起义计划，在湘赣边界举行武装起义。起义军各路先后遭受严重挫折，夺取长沙的目标无法实现。毛泽东当机立断地改变原定起义计划，率部南移，进入江西，经过著名的“三湾改编”，于 10 月 7 日到达井冈山北麓的宁冈县茅坪，开始了创建井冈山革命根据地的斗争。

八七会议后，中共中央临时政治局派出许多干部到各地传达会议决议，恢复和整顿中共各级组织，执行暴动政策，准备武装起义。在这之前，中共中央已于 8 月 3 日制定《关于湘鄂粤赣四省农民秋收暴动大纲》，决定在大革命时期农民运动基础较好的这四个省举行秋收起义；8 月 5 日又向中共湖南省委发出指示，要求省委立即开始秋收起义准备工作，并决定派毛泽东到湘南地区，任中共湘南特别委员会书记，领导湘南农民起义，建立革命政权，策应南昌起义军。毛泽东根据中共中央决定，起草了《湘南运动大纲》，拟定：以汝城县为中心，进而占领桂（东）、宜（章）郴（州）等四五县，“成一政治形势，组织一政府模样的革命指挥机关，实行土地革命”。目的在于“造成革命力量之中心，以推翻唐（生智）政府”；建议中央将在汝城的广东东江“惠潮梅农工救党军”暂留汝城，将平（江）、浏（阳）工农义勇队调到汝城，将南昌起义一个团转进汝城，组成相当的武装力量，确保湘南起义计划的实现。8月9日，中共中央临时政治局讨论湖南、湖北两省秋收起义问题。

毛泽东发言指出：中央不要只盯住广东，湖南也是很重要的；湖南的群众基础比广东还要好，其组织比广东还要大，缺的是武装力量。他说：“在湘南形成一师的武装，占据五六县，形成政治基础，发展全省的土地革命。纵然失败也不用去广东而应上山”。会议肯定了毛泽东的上述主张，并决定毛泽东为中共中央特派员；与彭公达一道到湖南，负责改组省委，组织领导全省秋收起义。8月16日，中共湖南省委改组，彭公达任书记。8月19日到月底，新的省委召开多次会议，就起义纲领、计划、领导机构及与鄂南暴动之协调配合等问题，进行了反复讨论。其间，关于暴动力量与土地问题讨论激烈。毛泽东对两个问题都发表了重要的意见。关于暴动问题，他主张：“要发动暴动，单靠农民的力量是不行的，必须有一个军事的帮助”；“我们党从前的错误，就是忽略了军事，现在应以百分之六十的精力注意军事运动。实行在枪杆子上夺取政权，建设政权”，坚持举行起义要有一定的武装力量；对于土地问题，他认为：“单只没收大地主的土地，不能满足农民的要求和需要。要能全部抓着农民，必须没收地主的土地交给农民”。省委还根据毛泽东等人的正确意见决定：集中力量，将原来计划的湖南全省暴动改变为先在以长沙为中心的湘中七县暴动；起义打出共产党旗帜，由共产党独立领导起义，成立以毛泽东为书记的前敌委员会，负责将修水、铜鼓、安源的武装力量编成工农革命军第1师，毛泽东任师长，率该师会攻长沙；成立以易礼容为书记的行动委员会，负责组织湘中七县农民起义，配合工农革命军第1师在长沙工人起义策应下，夺取长沙；由何资琛到岳州（今岳阳）发动农民起义，并负责与鄂南农民起义联络；彭公达到汉口向中共中央报告工作。数日后，中共中央作出《关于两湖暴动计划决议案》，规定两湖农民暴动必须于9月10日开始，毛泽东从安源来信提出11日起义，18日进攻长沙。据此，省委决定："9日开始破坏铁路，11日各县暴动，15日长沙暴动"，随即通知湘中各县照此计划执行。

9月初，毛泽东抵达湘赣边界安源、铜彭地区后，即刻开展了起义的组织准备。按照湘中起义计划，参虽起义的主要武装力量包括两个部分：一部分是正规部队，即没有赶上南昌起义的原国民革命军第四集团军第二方面军警卫团（亦称武汉国民政府警卫团），中共党员卢德铭任团长，范树德任副团长，韩浚任参谋长，辛焕文任政治指导员。团、营指挥员多系共产党员和黄埔军校毕业生。该团辖四个营，约2000人，战斗力较强。另一部分为工农武装，计有王兴亚指挥的江西永新、安福、莲花等县的农军一部（驻安源）：安源矿区工人纠察队和中共党组织控制的矿警；余贲民、苏先骏指挥的平江、浏阳工农义勇队和叶重开、罗荣桓指挥的湖北崇（阳）、通（城）部分农军。上述两部分武装力量共约5000人。毛泽东先到安源，向当地中共党组织传达了八七会议精神和湖南省委秋收起义的决定，成立了中共湖南省委前敌委员会。前委由毛泽东、王兴亚、潘新源、邓乾元、苏先俊、余洒渡、余贲民、钟文璋等为委员，毛泽东为书记。前委会议着重讨论、确定了起义武装的改编、番号、行动计划、部署等问题。确定：任命余洒渡为工农革命军第 1 师师长；下属三个团：第一团由警卫团大部、平江工农义勇队、鄂南崇通农军编成，钟文璋任团长；第二团由永、安、莲农军和醴陵部分农军编成，王新亚任团长；第三团由警卫团一个营和浏阳工农义勇队编成，苏先骏任团长。总指挥卢德铭、党代表毛泽东。这时，国民党军在平江、浏阳、醴陵等县各只驻有一个营，前委决定各团分头行动：第一团为北路，由修水攻击平江；第二团为南路，由安源攻击醴陵；第三团为中路，由铜鼓攻击浏阳。在歼灭上述三县国民党军之后，集中长沙东郊，在各县农民起义武装和长沙城内起义工人配合下，会攻长沙。各团于 9 月 11 日开始行动，18 日向长沙发起攻击。

1927 年 9 月 9 日，长沙市郊的部分农军开始破坏粤汉铁路，以求切断国民党军南北联系。翌日，第一团由修水向平江方向运动。9 月 11 日，工农革命军第一师各团按预定计划，攻击前进。第 1 团进至修（水）、平（江）交界的龙门厂时，随该团行动的由余洒渡收编的土匪邱国轩部，突然反戈叛变，突袭第一团后卫营，劫去全团辎重，驻长寿街国民党军一个营乘机发起攻击。第一团腹背受敌，损失一个营，团长钟文璋失踪。南路第二团击溃萍（乡）、醴（陵）交界的老关守军后，在醴陵四乡数千起义农民支援下一举攻占了醴陵县城，歼灭守军一部，生俘 100 余人，缴枪近 100 支；救出被反动派关押的中共党员和革命群众 300 余人，并召开群众大会，宣传土地革命，建立了醴陵工农兵革命政府。醴陵靠近长沙，是沟通湘赣两省株萍铁路交通的要镇。国民党第八军第一师第二团两个营迅速沿株萍路向醴陵反扑过来；第三十五军教导团第一大队亦由醴陵西乡向县城推进，企图围歼起义军第二团于醴陵。第二团主动放弃醴陵改取浏阳得手。但部队进城后失去警惕，未能及时发现尾追之国民党军两个营的行动。追兵突然反攻浏阳县城，第二团毫无戒备，猝不及防，全团溃散，团长王兴亚去向不明。中路第三团由铜鼓西进，直逼浏阳白沙镇，与守军激战一小时，守军一个连抵挡不住，弃镇逃向东门市。第三团首战获胜，军心大振，12日乘胜进攻东门市。守军一个营又一个连，稍经接触即向达浒逃窜，第三团乘势进占东门市。9月14日，国民党军第三军第一师两个团由省援浏，“协同驻浏周营痛剿”起义军。第三团被迫放弃东门市，北辙至上坪。在向长沙进攻的作战中，工农革命军先后受挫，受到不小的损失。在这种情况下，前委书记毛泽东当机立断，命令各部立即撤出战斗，到浏阳文家市集结，再决定下步行动。19日，工农革命军第三团全部、第一团大部、第二团少许人员相继到达文家市，共1500余人。在此期间，省行委领导的平江、浏阳、醴陵等县部分农民革命军及农民群众按计划举行起义。虽说规模不大，但是给国民党湖南省政府不小威慑，拖住了部分湘军。

工农革命军集中文家市时，面临的形势十分严峻：浏阳城及东乡有国民党军和民团武装合约一个师；浏（阳）、醴（陵）边界有国民党军和地主武装合约1000余人；铜鼓、尤载有赣军约一个师；长沙国民党军几天内增到9000余人，第三十五军教导团亦将调防浏阳。工农革命军尚未摆脱国民党军和地方反动武装之威胁，仍处在遭受围攻而陷入更加危险的境地。在此情势下，9月19日晚，毛泽东在文家市召开前委会议，分析形势，讨论行动计划。毛泽东指出：原定的农民起义没有形成巨大声势，单靠工农革命军的力量不可能攻占长沙，为了保存革命力量，必须放弃省委原定的计划。工农革命军应即刻离开便于国民党军调动兵力的湘东北，实行战略转移，卢德铭等支持毛泽东的意见。经过激烈争论，会议否定了余洒渡“取浏阳直攻长沙”的主张，决定迅速撤离平江、浏阳地区，进入江西省，沿罗霄山脉南移，在国民党反动派控制比较薄弱的山区，寻求立足地，以保存革命力量，另图发展。

9月20日，工农革命军撤离文家市，开始沿罗霄山脉南下。25日，部队在江西萍乡芦溪遭到赣军朱培德所部和当地保安团的阻击，部队受到损失，总指挥卢德铭牺牲。工农革命军继续南进。这时，师长余洒渡和团长苏先骏情绪十分低落，离队士兵日渐增多，两个建制团实力却不足1000人，战斗连队缺额严重。毛泽东开始考虑对工农革命军进行整编。9月29日，工农革命军进抵江西永新县的三湾镇。当晚，毛泽东主持召开前委会议，提出对部队进行整编的意见和设想，得到了前委的通过。首先调整了前委，由毛泽东、宛希先、何挺颖、陈皓、韩庄剑、张子清等人组成新的前委，毛泽东任书记。接着对工农革命军的编制体制、中共党的组织、军队纪律和政治思想进行了整顿。工农革命军缩编为“工农革命军第一军第一师第一团”，直辖第一、第二营共六个连，另编特务连和卫生队，实力共700余人；连队建立中共党支部，营、团建立中共党的委员会；建立党的书记兼任同级党代表的制度；连以上分队建立士兵委员会，实行民主制度。三湾改编，是建设无产阶级领导的新型革命军队的重要开端。

10月3日，工农革命军进抵宁冈县古城。前委在这里与永新、宁冈两县的中共党组织取得了联系，并通过他们进一步了解了井冈山地区的具体情况，与井冈山北麓的农军首领、中共党员袁文才取得了联系。10月中旬，工农革命军进抵井冈山西麓的湖南酃县水口地区。前委了解到，此时湘南，有国民党军许克祥独立第3师，土匪武装胡凤璋部，衡阳地区还驻有国民党重兵。工农革命军几经辗转，严重减员，实力不足600人。师长余洒渡借口离队出走，原团长苏先骏脱队而去。如此形势下，工农革命军若贸然转兵湘南，很难立足生根。毛泽东断然放弃原定转兵湘南求发展的计划，率部调头向江西遂川进发。10月下旬，工农革命军经遂川大汾、黄坳、荆竹山上了井冈山，开始了封建井冈山农村革命根据地的斗争。

广州起义

概况

紧接着秋收起义之后，1927年12月11日凌晨，在张太雷、叶挺、恽代英、叶剑英、杨殷、周文雍、聂荣臻等领导下，发动了广州起义。起义主力是叶剑英领导的国民革命军第四军教导团以及周文雍领导的三千工人赤卫队。在五万多名参战工人的配合下，起义部队经过两小时激战便占领了市内大部分地区。其后，当即成立了以苏兆征为主席（未到前由张太雷代理）的广州苏维埃政府，即著名的广州公社。同时，公布了公社的政策，宣布一切政权归苏维埃，打倒帝国主义、国民党和各式军阀，土地国有归农民耕种，工人实行八小时工作制，等等。广州起义震惊了国内外反动派，国民党军阀闻讯立即停止内战，并调集5万多军队在帝国主义军舰的掩护下，向广州疯狂反扑。起义军未能采用主动撤向农村的建议，虽经三天三夜的浴血奋战仍遭失败，起义主要领导人张太雷也在巷战中牺牲。余部1000余人在退出广州后改编为工农革命军第四师，加入了东江地区的武装斗争；另有少数撤往北江地区，与朱德、陈毅领导的部队汇合。

广州起义是中国共产党挽救革命的又一次英勇尝试。它的失败标志着革命低潮已经形成。同时，它也再次证明，按照外国经验，首先夺取与巩固中心城市的革命道路，在中国是行不通的。

广西百色、龙州起义

1929年12月11日和翌年2月1日，中共中央代表邓小平（化名邓斌）和张云逸、李明端、韦拔群、陈豪人、雷经天、俞作豫等，发动和领导广西警备队第四、第五大队和教导队，在百色和龙州举行武装起义，组建中国工农红军第七、第八军，建立左江和右江革命根据地。后来，红军第七军艰难转战到达江西中央革命根据地，加入红军第一方面军序列，参加了中央革命根据地的反“围剿”斗争。

以百色为中心的左江地区，与云南、贵州两省交界，包括恩阴（今田阴）、奉议（今田阳）、恩隆（今田东）、思林（今属田东）、东兰、凤山等10县；以龙州为中心的右江地区，西北与左江地区相连，西南与法属安南（今越南）毗邻，包括崇善（今属崇左）、养利（今属大新）、靖西、龙茗等10余县。在第一次国内革命战争时期，中共党员韦拔群、余少杰等在东兰、凤山、沿河等地，组织农民协会，建立农民武装，开展农民运动。国民党叛变工农革命后，广西的农民运动相继失败，但尚保存了一批干部和农民武装。1929年春，蒋桂新军阀战争爆发，广西的反动统治秩序混乱，这给发展革命力量造成了有利形势，广西革命开始复兴。4月，桂系军阀李宗仁、黄绍竑、白崇禧战败出走。6月，蒋介石委任原桂系将领俞作柏、李明瑞为广西省政府主席和广西省绥靖司令。俞、李在第一次国内革命战争时期，倾向进步，同情工农革命，靠近中国共产党。他们深知中共在广西省有很好的群众基础，为扩展自己的力量，防范蒋介石的算计，以巩固自己的地位，主动要求与中共合作，派干部到广西协商共事。中共中央抓紧机会，与俞、李建立统一战线，先后从广东省委及中央派出邓小平、贺昌、张云逸、陈豪人、叶季壮等干部40余人到广西，与早期派往广西的中共干部雷经天、俞作豫（系俞作柏的胞弟）会合，开展广西革命斗争，由中共中央代表邓小平统一领导。

7月，邓小平到达南宁后，一方面对俞、李积极开展统战工作；另一方面领导中共广西特委的工作，特别是注重抓兵运工作。他通过各种关系和途径，将共产党员派进军事系统任职，争取兵权。张云逸担任了广西警备队第四大队大队长，俞作豫担任了第五大队大队长，龚鹤村担任了南宁市公安局长。这两个大队共六个营十八个连2000余人。根据邓小平的建议，俞作柏、李明瑞开办了训练初级军官的教导总队，由张云逸兼任总队长。总队设三个营九个连，有学员1000多名。九个连队的干部几乎都是共产党员，各个连队都建立了中共党组织（不公开）。还采取“明升暗降”、“调虎离山”等办法，撤换警备队和教导总队中的反动军官和教官，剥夺他们的指挥实权。在士兵中加强政治宣传教育，灌输革命思想，开展士兵民主运动，提高他们的阶级觉悟。积极慎重地吸收先进士兵加入共产党，为建立革命军队培养骨干力量。大力发动和吸收工人、农民和进步学生参军，增加部队中的工农成分比重。通过教育和改造，使警备第四、第五大队、教导总队，由军阀部队朝着革命军队的方向不断转变，面貌日趋涣新，领导权很快掌握在中共党组织手里，为武装起义准备了骨干队伍。

与此同时，在邓小平正确领导下，中共广西特委利用俞作柏、李明瑞同意开放工农运动的机会，加紧建立各地党组织，各地工会、农会组织。并以成立“护商大队”名义，经俞作柏同意，拨给韦拔群一批武器，装备东兰、凤山地区农军；推荐一批共产党员和革命青年由省政府委任左、右江各县县长或农运干部，进一步推进了广西农民运动的深入发展。为后来建立农村革命根据地创造了条件。随着各地农运的恢复和发展，广西农民代表大会于1929年8月在南宁召开，雷经天、韦拔群为省农协筹备处正副主任委员。到9月中旬，广西全省有共产党员420人，共青团员130人，中共县委（特支）和党支部24个，全省革命形势有较快的发展。根据邓小平、贺昌的指示，中共广西特委于9月10日至14日召开了中共广西第一次代表大会，传达贯彻中共六大和六届二中全会精神，总结过去斗争经验教训，讨论分析当前形势任务，选举新的中共广西特委，会议提出“推翻国民党豪绅资产阶级的统治”、“深入土地革命宣传和行动”、“准备武装暴动夺取政权”的任务和方针。在邓小平指导下召开的中共广西第一次代表大会及其通过的各项决议，对后来举行百色、龙州起义具有重要指导意义。

正当广西革命形势有了转机的时候，蒋介石与俞作柏、李明瑞的矛盾尖锐化。俞、李决心与广东张发奎联合反蒋。邓小平从当时的军事政治形势分析，认为俞、李执掌广西不到半年，势单力薄，仓促反蒋，必然失败，这也就打乱中共对广西工作的部署。于是在真诚劝阻俞、李权衡利弊、不盲目出兵参战的同时，作出了应变举措。与贺昌共同决定：将中共在广西工作的重心由城市转向农村，把共产党已掌握的武装力量撤退到群众基础较好的右江和左江地区，与农民运动结合，建立革命根据地，发展苏维埃运动。于是中共广西特委及时派出雷经天等大批干部分赴右江和左江地区，筹建县委，加强农协，使右江和左江地区中共地方党组织得到加强，农民运动得到迅速发展。9月下旬，俞作柏、李明瑞不听中共忠告劝阻执意通电反蒋，随即出兵进攻广东。邓小平、张云逸等以教导总队、警备第四、第五大队应加紧训练和保卫后方安全为理由，向俞、李建议，将这三支部队转入战争状态留守南宁。俞、李接受了邓小平、张云逸等人建议，委任张云逸为南宁警备司令，还接管设在南宁的军火库等机关。不日后，中共中央致信广东省委并转广西特委，指示：在蒋、张、俞、李军阀并战的形势下，广西必须加强对工农斗争和兵运的领导，以“群众的革命暴动来消灭军阀战争”并“发展到农民群众中去，实行游击战争，开展土地革命”（《中共中央给中共广西省委并转广西特委的指示信》，1929年10月8日）。同时又要求广西特委继续坚持以南宁、梧州、柳州三大城市为工作中心。此间，俞、李出兵反蒋已经失败，蒋系军队三个师逼近南宁，广西革命形势突变。在邓小平指导下，中共广西特委从广西革命形势的实际出发，没有机械地执行中央的指示，而是采取断然措施，争取主动。按照预定的应变计划，将警备队、教导总队等共2000余人和军火库的近6000支步枪及大批弹药物资，分水路和陆路，转移到左、右江地区。同时，对俞作柏、李明瑞、陈明利害，晓以大义，劝留他们参加革命。李明瑞参加革命，后加入中国共产党，成为一名红军高级指挥员。俞作柏出走香港。10月底，中共广西省委决定，在广西成立以邓小平为书记的中共广西前敌委员会，统辖广西军事斗争与地方工作（起义后改称中共红7军前委）。在这之前，邓小平、张云逸一到百色，即召开了军队中的中共领导干部会议，决定：公开在军队和地方宣传中共六大精神和“十大纲领”及一系列政治主张，用以发动群众；立即从南宁抢运的武器中拨出5000步支步枪和所需弹药，武装恩隆、奉议、东兰、凤山、凌云、思林、向都、果德等县农军和百色工人赤卫队，并派出军事干部帮助训练；继续抓紧对警备部队的整顿、改造和充实，建立士兵委员会，实行民主管理，反对军阀作风，

“调训”屡教不改的旧军官与兵痞，扩军1000名以上；在军队和地方，继续建立和发展中共基层党组织，培训新的军事、政治干部，开办新的教导队和训练所，为起义和建立根据地准备各类急需的干部。

正当左右江地区加紧准备武装起义时，广西警备第3大队1000余人，打着俞作柏、李明瑞旗号，进驻右江的平马、那坡（今属田阳县）地区，与当地豪绅地主相勾结，成为右江反动势力的支柱，还图谋火并俞作豫指挥的警备第4大队、镇压右江革命运动。在邓小平、张云逸、雷经天、韦拔群的周密计划和指挥下，警备第四大队（有300多农军配合）将第三大队缴械。获枪1000余支，镇压反动大队长熊镐。进而清除了武装起义的一大障碍，拉开了百色起义的序幕。

11月初，中共中央关于发动左右江起义和成立红七、八军的指示传达到百色。邓小平立即主持中共前委会议贯彻中央指示，决定加紧起义准备，在12月11日广州起义两周年纪念日那天，宣布武装起义，成立中国工农红军第七军和右江苏维埃政府。会后，中共中央电示邓小平去上海汇报广西工作。临行前，邓对右江地区武装起义各项准备工作作了具体部署；与李明瑞作了长谈并以前委名义约请李担任红七、红八军总指挥，李毅然表示参加起义。此后，中共广西前委（邓小平赴上海期间，前委工作由陈豪人负总责）根据中共中央指示和邓小平的部署，迅速将左右江地区的警备队、教导总队和农军武装，编组成三个纵队：以原第四大队二个营为骨干，扩编为第一纵队，李谦任纵队司令，沈静斋任政治部主任，约1000多人；以原第四大队一个营、教导总队一部为骨干，加入恩隆、奉议、思林等县农军武装合编成第二纵队，胡斌任纵队司令，袁任远任政治部主任，约1000多人；东兰、凤山等县地方武装1000多人合编为第三纵队，韦拔群任纵队司令，李朴任政治部主任。一个纵队相当一个大团。

1929年12月11日，由中国共产党独立领导的中国工农红军第7军在百色正式宣告成立，张云逸任军长，邓小平任政治委员，陈豪人任政治部主任。中共广西前委改为中共红七军前委，仍由邓小平任书记。同一天，右江地区11县农会代表五镇工会代表和红七军士兵委员会代表共80余人，出席右江地区第一届工农兵代表大会。大会宣布成立右江苏维埃政府，选举雷经天为政府主席，韦拔群、陈洪涛等11人为政府成员。右江苏维埃政府的成立，标志着共产党领导的右江革命根据地的初步形成，广西的革命进入一个新阶段。

中共广西特委在邓小平领导下，加紧右江地区武装起义准备的同时，也抓紧了发动左江地区起义的各项准备工作。疏散行动中，俞作豫执行特委计划，将警备第五大队转移到左江地区，以龙州为据点，积极开展工作。一方面，打着俞作伯、李明瑞的旗号，就任左江督办，接管左江军政事务，扩充武装，使警备第五大队由原来的三个营1000多人枪，扩大到六个营2000多人枪，并加紧部队的整训和改造工作。另一方面，为稳定和发展左江地区革命形势，派出了一批中共干部和革命青年深入镇、乡、村，宣传和发动各族工农群众，建立和发展工会、农会和工农武装组织。在不太长的时间内，共有11个县成立了农会组织，各县建立了农民赤卫军和工人赤卫队合约6000人。先后委任了龙茗、万承、宁明、明江、养利等县县长。11月中旬，警备第五大队副大队长蒙志仁被桂系军阀所收买，胁迫两个营袭占龙州，举行叛乱。在李明瑞、俞作豫的指挥下，左江地区工农武装配合第五大队主力合围龙州，激战三昼夜，平息蒙志仁叛乱。此次作战，对部队是实战锻炼和考验，成为武装起义的预演。平叛结束后，邓小平从百色到龙州，传达了中共中央关于建立红八军的指示：分析了左江地区形势，确立了龙州起义计划大纲，（原定龙州与百色同时起义，因发生蒙志仁叛乱，而推迟）；指示俞作豫加紧整顿、改造警备第五大队，等条件成熟时再宣布武装起义。根据邓小平的指示，以第五大队为基础，加入农民赤卫军一部，改编为一个旅，李明瑞任总指挥，俞作豫任旅长，下辖两个团六个营，委任一批共产党员担任重要岗位的职务，成立了由徐开先任书记的中共左江军委，以加强军事斗争的领导。百色起义和红军第七军成立，大大推进了左江地区武装起义的各项准备工作，起义的条件日渐成熟，只是秘而不宣。

1930 年 2 月 1 日，中共左江军委正式宣布举行龙州起义，成立中国工农红军第八军和建立左江革命委员会。俞作豫任军长，邓小平兼政治委员，宛旦平任参谋长，何世昌任政治部主任。红八军以原警备第五大队为骨干扩编而成，辖二个纵队，何家荣任第一纵队司令，宛旦平兼第二纵队司令，全军 2000 余人。根据邓小平推荐报上级批准，李明瑞任红七、红八两军总指挥。中共左江军委改组为红八军军委。7 日，邓小平由上海返桂直奔龙州，传达中共中央有关指示，与红八军领导人共同研究左江地区形势，确定了土地革命的方针，将红八军军委改组为红八军临时前委，由邓小平兼任书记（何世昌代理）。同时，调王逸接任中共左江特委书记。红八军成立后，为发展根据地，保卫革命果实，除留第二纵队一个多营和农军、赤卫队一部（合约 2000 人）警卫龙州外，军主力即分散在各地开展游击活动，清剿土匪武装，帮助地方建立乡、村苏维埃政权。还抽调一批枪支武装龙州工人赤卫队。军部还开办了一所“军事政治训练学校”，招收 100 余名学员，培训所需的军事政治干部。

继百色起义建立红军第七军之后，又爆发龙州起义建立红军第八军，这对于国民党桂系军阀来说，是一个重重的打击。他们窥视到红八军主力分散，龙州空虚，于是调集第十五军第十一师三个团的兵力，联络左江地主武装4000多人，以突然动作，围攻革命根据中心龙州城，红八军军长俞作豫缺乏思想准备，被迫率领军部和第二纵队守城部队和工农武装2000余人，仓促迎战。浴血抗击一天，给进犯国民党军以大量杀伤后，率队突围。转移途中，俞作豫迫于形势，带几十名干部离队出走(后来被捕，在广州牺牲)。余部数百名官兵被国民党军收编。红八军第一纵队在分散游击中亦遭损失，为摆脱国民党军追堵，在滇桂黔边不断流动，历时半年之久。1930年10月间，进入右江地区，编入红军第七军。

百色起义胜利后，广西国民党军即开始进犯右江地区。为巩固和发展红军与革命根据地，红七军主力展开游击战争，以一部坚持根据地的武装斗争。1930年2月，红七军主力在隆安与进犯的国民党军四个团，激战一场，将其重创后，转向桂黔边游击。6月上初，回师右江，歼灭桂军警卫第4团，收复百色、恩隆、奉议、恩阳诸城。与此同时，邓小平、雷经天、韦拔群等领导人，大力开展根据地建设。通过苏维埃政府颁发法规、条例，制定政策、方针，巩固政权，发展经济和文化事业，使土地革命和苏维埃运动热火朝天地开展起来。鼎盛时期，革命根据地区域达20个县，人口达100万，武装力量达1万余人。当时李宗仁曾哀叹说："桂省几成为共产党之西南根据地。"

1930年6月，中共中央作出《新的革命高潮与一省数省的首先胜利》决议，提出了全国红军"会师武汉"的作战计划，命令江西红军第一军团、湘鄂西红军第二军团、湘赣红军第三军团、鄂豫皖红军第一军、赣东北红军第十军和广西红军第二军，分别去攻占南昌、九江、长沙、武汉、柳州等中心城市，首先夺取数省革命的胜利。中共红七军前委对中央赋予攻占柳州、桂林、广州等任务进行了认真讨论。邓小平和张云逸坚持认为，在新桂系军阀李宗仁、白崇禧已恢复对广西统治，统治基础相对稳定的情况下，几千人枪的红七军去执行那样大的任务是困难的，不实际的；对岗（邓拔奇，中共中央南方局代表）、陈豪人、龚鹤村等人坚持主张执行党的指令。在少数服从多数原则下，会议决定红七军北上作战，执行中共中央赋予的作战任务。

1930 年 11 月 7 日，红七军在河池召开第一次党代表大会，传达了中共中央决议和作战计划，讨论了形势和任务。会议决定接受中共中央交给的攻占柳州、桂林、广州的指示；选举新的前委，邓小平任书记，陈豪人、张云逸、李谦、袁振武、许进、许卓、李朝纲、黄一平等为委员；全军改编为师团建制，下辖三个师。总指挥李明瑞、军长张云逸、政治委员邓小平、参谋长龚鹤村、政治部主任陈豪人。原第一、第三纵队合编为第十九师，龚鹤村兼师长，邓小平兼政治委员，下辖第五十五、第五十六团；原第二纵队和军部直属队合编为第二十师，李谦任师长，陈豪人兼政治委员，黄治峰任副师长，下辖第五十八、第五十九团；第二十一师待组建，由韦拔群任师长，陈洪涛任政治委员，黄松坚任副师长。全军共 7000 多人（不含第二十一师）。第十九、第二十两师，由邓小平、张云逸、李明瑞率领，北上执行中共中央指令，韦拔群、陈洪涛率领 80 余人打第二十一师番号留在右江地区坚持武装斗争。

11 月 9 日，红 7 军第十九、第二十两师开始由河池北上。原计划经庆远（今宜山县）直攻柳州。因庆远国民党军早有防备，部队绕道渡过龙江到罗城，途中遭到国民党军阻击，撤出战斗后，转到三防休整。12 月 5 日，部队攻占融县（今融安县）未果，旋即退至桂黔边的三江县境。此时，中共红七军前委闻悉：柳州、庆远等地国民党军已移师桂林布防，于是率部向湖南的通（道）绥（宁）进发。进值冬季，部队远离根据地进入新区，粮、弹给养发生严重困难，非战斗减员增加。为解决部队给养问题，前委决定攻占武岗县城，以筹措粮饷，解决冬装。武岗未克，部队即向广西全州撤退。1931 年 1 月上旬，中共红七军前委在全州召开会议。讨论总结部队此次行动以来的经验教训，确立日后行动方向。邓小平、张云逸、李明瑞从报纸上得知朱毛红军割据江西的消息，力主放弃攻打城市的计划，拟将部队拉到湘粤边，寻机进入江西，与朱毛红军会合，会议决定采纳邓、张、李的主张。会后，红七军即离开全州，向湖南江华县进发。途中发现湖南国民党军已在宁远、蓝山地区设防拦截，于是折转向湘、桂、粤三省交界的广西桂岭圩前进。在桂岭圩，部队进行休整，将两个师缩编为两个团。此后，红七军向广东进发途中，在乳源县境遭到粤军三个团的围攻，部队伤亡很大。是役后，中共红军七军前委打消了在浮源县一带建立根据地的念头，坚定了率部北上江西与朱毛红军会合的决心。嗣后，红七军在邓小平（部队到达江西崇义时奉命赴上海向中共中央汇报工作）、张云逸、李明瑞的率领下，一路征战，于 1931 年 7 月进入中央革命根据地，与红军第一方面军会合，参加了中央红军反“围剿”的斗争。自 1930 年 10 月红七军奉命开始北上作战行动，到 1931 年 7 月胜利进入江西，部队沿桂、湘、粤、赣边境，艰苦转战数千里，历时十个月，艰难奋战而不溃散。这既展示了红军指战员不屈不挠的革命斗争精神，也反映了“左”倾错误领导给革命造成的严重恶果。

起义经过

1927 年 12 月 11 日爆发的广州起义，是中国共产党领导的、继南昌起义和湘赣边界秋收起义后的又一次大规模武装起义。它是中国人民在中国共产党领导下实行武装夺取政权的又一次伟大尝试，在国内外均有重大的影响。

1924 年 1 月，孙中山领导改组国民党，实行“联俄，联共，扶助工农”的三大政策，与中国共产党实现合作，建立了广州革命政府。后经过镇压商团叛乱、两次东征，从而巩固和扩大了广东革命根据地，使广州成为大革命的策源地。1926 年 7 月，国共两党领导国民革命军从广州出发，发起了旨在打倒旧军阀、统一中国的北伐战争。国民革命军北伐连战皆捷，于 1926 年 10 月初攻克武汉三镇。12 月，国民政府从广州迁都武汉。1927 年 4 月 12 日，窃取国民革命军总司令职务的蒋介石背叛孙中山，发动反革命政变。4 月 15 日，国民革命军代理总司令李济深，紧步蒋介石反革命后尘，在广州实行“分共”、“清党”，公开镇压工农革命运动。他调动军队与警察，解除省港工人纠察武装，查抄工会、农会与群众革命团体，搜捕杀害共产党人和革命者。一周之内，工人工会和群众革命团体 20 余处被查封，共产党人和革命者 2100 余人遭逮捕，包括著名共产党员刘。嵩、李森、何耀全、肖楚女、熊雄在内的 100 多人被秘密杀害。中共广东地区党组织被迫转入地下斗争，工会会员由 20 万人锐减至 3 万余人。在一片白色恐怖下，工农革命运动落入低潮。

在此期间，国民党新军阀为争夺广东的斗争日趋激烈起来。蒋介石因作战受挫，被迫下野，桂系李宗仁执掌南京政权；汪精卫不满大权落入李宗仁之手，于 10 月底到达广州，企望借助张发奎、拉拢李济深，另立中央与桂系抗衡；李济深与李宗仁同属广西，关系密切，联手倒蒋后，又怕李宗仁侵占广东，同时不满汪、张夺取他的权力；蒋介石下野后，宋子文赴广州与汪精卫密晤，答应支持汪、张共同倒桂。一向窥视广东的张发奎，打着“援李讨逆”旗号，由江西九江南下广州后，始则同李济深周旋，扩大自己的影响；继则联合汪精卫反对李宗仁；后于11月17日乘汪精卫、李济深赴上海之机，在广州发动倒桂政变，执掌了广州的军政大权。被赶出广州的李济深部及其他小军阀，仍虎视眈眈地瞪着广州，图谋卷土重来。

广州起义是中共中央、中共广东省委经过反复酝酿后决策的。“四·一二”蒋介石叛变工农革命后，中共广东区委预感到广东国民党军阀将步蒋氏后尘背叛革命，遂准备于5月初在广州、北江、西江、琼崖、潮梅、惠州等地组织武装起义。后因李济深旋即发动了“四·一五”政变，起义准备不及而未果。南昌起义爆发后，中共中央作出《关于湘鄂粤赣四省农民秋收暴动大纲》，制定了《广东农运暴动计划》，成立了以张国焘为书记，周恩来、张太雷、彭湃、陈郁、恽代英、黄平为委员的中共南方局（南昌起义军南下期间，中共中央又决定由张太雷、杨殷、黄平组成临时南方局），负责两广等地暴动和政治、军事工作，并由张太雷任广东省委书记。

8月20日，张太雷在香港召开了中共广东省委会议，传达了党的“八七会议”决议和中共中央关于广东工作的策略。省委会议决定成立广州、西江、北江三个暴动委员会，发动上述地区农民暴动，迎接南昌起义军入粤部队一举夺取广州政权，并将此暴动计划上报中共中央，同时派人分赴上述各地进行暴动的准备工作。中共中央很快复信批准广东省委拟制的暴动计划，但强调暴动“须立即开始，不要等待贺、叶军队到来。”10

月初，中共中央获悉贺、叶起义军在潮汕地区失败，遂致信中共南方局和广东省委，认为夺取广东、建立根据地的计划暂时已无法实现，广东省委应立即停止执行广州暴动计划。由于当时的条件，中共中央这一指示精神未能及时传达到广东省委。

10 月 15 日，张太雷在香港主持召开南方局、广东省委联席会议，分析广东的政治形势，通过了《最后工作纲领》。《纲领》认为，广州起义是一独立的行动，“决不能因为叶、贺军队之失败而取消之”；中共中央和广东省委决定在广东暴动的计划，“完全是根据于广东工农群众的伟大力量与剧烈斗争，及广东封建资产阶级之不能稳定而自形崩溃之实际状况”拟制的；“贺、叶军队的失败并没有增加敌人的稳定，反而更加引起剧烈的内部冲突。李济深、黄绍竑、张发奎已成为鼎立之势，而互相争夺广东政权之斗争益烈，火拼之期愈近”；“广东土地革命运动仍是高涨，暴动的计划应继续实现”。省委决定：“现在的暴动还不应停止，而应努力扩大。”省委会议结束，张太雷于15 日赴上海向中共中央报告省委工作计划。中共中央认为广东省委 10 月 15 日通过的《最后工作纲领》“带有偏重军事的倾向，而未能完全把暴动主力建筑在农民身上”。中共中央决定另为广东省委起草一个工作计划，并撤销中共中央南方局，由广东省委全面领导广东暴动。

1927 年 11 月 9、10 日，中共中央临时政治局扩大会议讨论通过《中国观状与共产党的任务决议案》。《决议案》认为，中国目前正处于“直接革命的形势”；中国革命是“无间断的革命”；“城市工人的暴动是革命的胜利在巨大暴动内得以巩固而发展的先决条件”、是“农民暴动的中心及指导者”；暴动是现阶段中共的主要行动方针。为此，中共中央又一次把注意力转向了广州，指定苏兆征、张太雷代中央起草《广东工作计划决议案》。其间，张发奎于 17 日发动了倒桂政变，夺取了广州的全部政权。粤桂军阀之间的矛盾和斗争更加尖锐激烈，发展成为公开的武装冲突，张发奎不得不全力对付桂系的武装反扑，广州城内的兵力异常薄弱。据此，《广东工作计划决议案》指出，广东省委目前应当不失时机地“利用这一政变的继续战争机会，坚决地扩大工农群众在城市、在乡村的暴动，煽动士兵在战争中的哗变和反抗，并急速使这些暴动会合而成为总暴动，以取得广东全省政权，建立工农兵代表会议的统治”。《决议案》要求广东省委采取十项措施促使工作计划的实现。这十项措施要旨是：省委发一个政治宣言，号召全省工农暴动，建立工农兵代表会议的政权，以反对两广军阀战争；广州工人展开一切斗争，恢复工人工会，捣毁反动工会，召开工人代表大会，形成全市政治总同盟罢工，以夺取政权；东江地区的工农革命军利用两广军阀部队在东江战争之机，准备进攻惠州、广州；广州市郊各县农民起来暴动，破坏交通，向广州集中；南昌起义军朱德余部由江西信丰开往老隆、兴宁、五华、紫金等地配合农民暴动；派军事干部打入驻粤国民党军下层，开展兵运，策动士兵哗变倒向农民革命军等等。17 日夜，中共中央常委会讨论通过了《广东工作计划决议案》，并命令广东省委“急速”发动全省总暴动，中心是夺取广州政权，“建立工农兵代表会议的统治”。

12 月 26 日，张太雷在广州主持召开广东省委常委会议，黄平、吴毅、陈郁、沈青和王亚强等出席，常委会一致赞成中共中央《广东工作计划决议案》。常委会认为，粤桂战争爆发，为广州起义提供了一个机会，“广州工人只有自己起来夺取广州政权方有出路”。会议还就起义的准备工作等问题进行了认真的讨论，决定“立即暴动”夺取广州政权。为加强起义的组织领导，会后成立了由张太雷、黄平、周文雍组成的革命军事委员会，作为起义的领导机关，张太雷任总指挥，叶挺任起义军总指挥，叶剑英任起义军副总指挥，参加组成领导起义的还有杨殷、恽代英、徐光英、聂荣臻、诺伊曼（又译罗曼，德国人，共产国际驻中共代表）。12月5日，中共中央在收到广东省委关于广州起义的报告后致信省委，批准省委的起义计划。复信强调，广东省委在发动广州起义时，“应注意广州市及四郊工农群众之发动”；“虽说以广州为集中的目标——夺取省政权是对的，但是千万不要忽略了乡中土地革命苏维埃政权的根本工作。”12月7日，中共广东省委根据中共中央的指示精神，召开了广州苏维埃（工农兵）代表会议，选举产生了广州苏维埃执行委员会，作为广州革命政权的最高权力机关，正式决定于12月12日举行广州武装起义。恽代英代省委起草了《广州苏维埃宣言》和《广州苏维埃政府告民众书》。

中共中央批准中共广东省委常委会议作出“立即起义”决定及起义计划后，广州起义的各项准备工作进入了实质筹备阶段。

11月28日和12月1日，省委先后颁布《号召暴动宣言》和《紧急通告》第2号，号召广州及四郊的工人、农民及革命的士兵，“夺取一切武装”，“杀尽工贼、走狗，改组委员”、“杀尽绅富、地主和民团”、“变军阀的战争为工农兵革命胜利的战争”、“为广州苏维埃而战争”。12月，共青团广东省委亦发表宣言，号召革命青年加入共青团和少先队组织，“打倒反动政府，把政权夺在我们手里，建立工农兵政府。”广州市委也印发大批传单，号召“工农兵联合起来，以革命的暴动，消灭为个人抢地盘的军阀战争”。省委还大力发动和组织工会工人大批印发省委刊物《红旗》、市委刊物《工农小报》、香港海员支部刊物《中国海员》及工会刊物《锤声》和《苦叫》等革命刊物和传单，通过各级党、团组织和工会、农会以及进步群众团体，造成武装起义的宣传声势，以唤起工农商学民众，准备参加起义。

根据省委决定，周文雍负责将原先以行业为单位分散组织的“义勇队”、“自卫队”、“剑仔队”、“自救队”、“维持队”等工人纠察武装，正式改编为“工人赤卫队”，统一编为7个联队。联队下辖大队、中队和小队。周文雍任总指挥、梁桂华任副总指挥，全队共计3000人，并组成敢死队、消息局、汽车队和破坏交通队等战斗组织。同时派人去香港、澳门、粤北等地，动员被遣散的省港工人纠察队员和罢工工人返回广州准备参加起义。为使赤卫队员迅速掌握基本军事技能，徐向前等一批军事干部受命担任联队指挥员，负责进行军事训练，还秘密建立制弹厂赶制手榴弹、标枪、大刀，收集匕首、铁棍、木棒。在抓紧建立市区工人武装的同时，省委又指派黄谦、赵自选、张善鸣、叶季壮、赖松柏等干部分赴铁路沿线各县区，组织农军，准备参加武装起义。

当时，中共广东省委能调动指挥的正规武装力量有第四军教导团、警卫团和黄埔军校特务营等部，省委特别重视对上述各部的组织发动工作。教导团官兵1500多人，其中有中共党员200多人。为加强对该团的领导，11月18日，省委军委干部曾干庭受命到该团工作。12月4日，省委书记张太雷亲自出席该团中共地下党的会议，讲解广州起义的意义，号召中共地下党组织发动全团官兵准备参加起义，并就该团战斗任务作了布置。稍后几天，该团又秘密吸收一批进步官兵加入中共党组织。军事训练也加紧进行。警卫团官兵1000多人，团长梁秉枢和部分指挥官均系中共党员，为提高该团无产阶级成分，省委曾利用招募新兵，选派300余名省港罢工工人纠察队员入伍，编为第三营；又通过第四军参谋长、中共党员叶剑英的关系，把一批中共党员军事干部调入该团以加强中共对该团的领导力量。黄埔军校特务营及部分宪兵中，有一批中共党员，他们根据党的决议，积极展开兵运工作，准备参加武装起义。省委还与朱德、陈毅率领的南昌起义军余部取得联系，指示该部参加广州起义，后因广州起义迅速失败而未执行计划。

为使中共基层党组织和广大工农群众了解起义的重大意义，广东省委和广州工人代表会议于12月上旬分别召开基层党支部书记联席会议和工人代表会议。7日召开的工农兵代表大会选出工人、农民、革命士兵代表，加上中共代表，组成执行委员会；通过了《举行暴动的最终决定》、《暴动的行动计划》、起义政纲和多项苏维埃政府法令。会议宣布12日举行起义。在此前后，广东省委还开展了工人运动，发动工人和市民举行罢工和游行示威。

12月初，中共在广州准备起义的消息传到上海，汪精卫速派其妻回广州与张发奎协谋消除共产党。由于教导团中的反动分子向张发奎告密和中共地下武装转运站败露，张发奎决定解散教导团，镇压共产党并宣布广州全市戒严。面对急转直下的严峻形势，以张太雷为首的广东省委和革命军事委员会果断地决定，起义提前到11日举行并报告中共中央。

12月10日晚7时许，革命军事委员会召开教导团、警卫团、工人赤卫队指挥员会议。会议由张太雷主持，参谋长徐光英首先分析了敌我态势，宣布了起义行动计划，并对作战行动作了部署：教导团负责攻打沙河、燕塘和观音山；警卫团负责攻打第四军司令部、留守处和军械库，并向河南担任警戒；工人赤卫队负责攻打市公安局、保安队、警察署、省政府部分机关和火车站；教导团女生队和部分共青团员组成宣传队、救护队。起义军一律颈系红领带或臂戴红袖标。考虑到叶挺过早回广州不安全，直到起义前六小时才通知其回广州。

1927年12月11日凌晨2时许，张太雷、叶挺、徐光英等人赶到教导团营地北校场，宣布李云鹏任教导团团长，叶镛、赵希杰、饶寿柏分别任教导团第一、第二、第二营营长。随即按预定计划逮捕反动军官，当众枪决了参谋长朱勉芳。全团召开誓师大会，张太雷、叶挺作战斗动员，下达各营战斗任务。起义官兵撕下国民党军徽章，系上鲜艳的红领带，擎起斧头镰刀红旗，高呼革命口号，宣布武装起义，分东、中、西三路向预定攻击目标疾进。

叶挺、李云鹏指挥东路奔袭沙河，以迅雷不及掩耳之势，包围国民党军一个步兵团，生俘600余人。旋即转兵燕塘，包围国民党军两个炮兵留守处，其中约一个营的官兵在中共地下党员号召下宣布起义，余者1300多人被俘，起义军缴获各种炮30多门，各种枪1800多支和大批弹药，并控制了从东北方向进入广州市区的咽喉。第二营营长赵希杰指挥中路在工人赤卫队第二联队支援下，迅速攻占了广九车站；徐光英、叶镛指挥第1营在歼灭四标营附近国民党军学兵营后，直插市公安局，与先期攻击的工人赤卫队第一联队会合，歼灭了保安总队，攻占了市公安局，并将起义军总指挥部从大东门警察署接进公安局院内。第三营营长饶寿柏指挥西路，在工人赤卫队第五联队和花县及市郊农军百余人的协同下，攻克了伪省政府和东山国民党军据点。

警卫团第三营在团长梁秉枢指挥下，处决了团参谋长等一批反动军官，宣布起义。随即向驻长堤肇庆会馆的第4军司令部、仰忠街的军械库和文德路的第十二师留守处发动攻击。经激战，起义军攻克了第十二师留守处。第四军司令部和军械库守军凭坚顽抗，又得到停泊珠江的军舰火炮支援，双方陷入相持状态。警卫团第二营起义后奉命在长堤一线警戒，防备河南之国民党军渡江增援。位于观音山的警卫团第一营一部抗拒起义，团长梁秉枢得悉即前往解除其武装，战斗中被反动分子开枪打伤，其职务由蔡申熙接任。这时，教导团一部攻克观音山要地。

工人赤卫队也按预定时间出击。第一联队攻打公安局；第二联队攻打七、八、二区警署和广九车站；第三联队攻打驻太平戏院的保安队和五区警署；第四联队攻打驻大佛寺的保安队和四区警署；第五联队攻打伪省长公署和德宣路的警署；第六联队攻打芳村警察局、驻石围塘的保安队和广三车站；第七联队机动作战。此外，花县的农军百令人，市郊西村、芳村、花地、聚农村等地的农民赤卫军以及广九铁路沿线的农军，纷纷拿起武器参加起义。在黄埔军校毕业的一些越南革命者在起义中与工人赤卫队并肩战斗，为中国人民革命斗争作出了贡献。

天亮前，起义军已相继攻占了市公安局、伪省府、国民党省党部、市电话局、电报局、电灯局、邮电局等地。珠江北岸市区除第四军司令部、军械库和中央银行等要点外，都被起义军占领。11日下午，广州起义的消息传到离市区约20公里的黄埔军校，王侃予和吴展急忙率领军校特务营官兵渡过珠江赶往市区参加作战，途中遭国民党军阻击，伤亡较大，被迫撤退白云山，后折向花县。

11日6时，市公安局楼顶升起了一面鲜艳的绣着斧头镰刀的大红旗，大门口挂着“广州苏维埃政府”的大横额。红旗、横额向全中国人民宣告：广州工农民主政权在武装斗争中正式诞生了！广州起义军改称工农红军。上午，张太雷主持广州苏维埃政府第一次会议。张太雷、叶挺、杨殷、周文雍等报告了苏维埃、军事、肃反和赤卫队各方面的情况，讨论通过了苏维埃政府政纲和苏维埃政府领导人名单：主席苏兆征（未到任之前由张太雷代理），内务兼外交委员黄平，肃反委员杨殷，土地委员彭湃（未到任前由赵自选代理），劳动委员周文雍，司法委员陈郁，经济委员何来，海陆军委员张太雷，秘书长恽代英，工农红军总司令叶挺。会议还作出了一系列重大决定，公布了苏维埃政府政纲等重要文件。政纲提出：广州政府属于工农兵；迅速组建工农红军三个军；坚决消灭一切反革命；禁止国民党的活动；工人八小时工作制，没收资本家房产；维护失业工人的利益和特权；封闭黄色工会等等。宣言指出：红军不是军阀的军队，是革命的军队；红军不是为军阀奋斗的，"是为给米与工人吃，给土地与农民耕，解放一切被压迫阶级及给帝国主义与一切反革命的死亡而奋斗的。"

广州起义第一天取得的胜利，仅仅是局部的胜利，它没有触动张发奎在广州地区的主力部队，敌强我弱的全局形势就没有根本改变。起义前，曾有人建议武力包围张发奎等军政头目住宅，因起义军兵力不够，建议未被采纳。战斗中，张发奎、陈公博、黄琪翔、朱晖日等逃往河南，调动军队迅速组织反扑。张发奎下令：第五军驻河南的部队凭河坚守，驻韶关的两个团、驻石龙的第四军第二十五师、驻西江的第四军第十二师和第二十六师一个团、驻江门的新编第二师二个团和驻黄埔的新编第三师一个团迅速回援广州，镇压起义。张发奎和陈公博于当晚赶往江门、肇庆继续调兵；黄琪翔坐镇"江大"舰，沿珠江炮击防守长堤的工农红军；朱晖日派反动的机器工会体育队潜入江北市区进行破坏。停泊在白鹅潭的英、美、法、日等国军舰也向工农红军示威。广州苏维埃政府和工农红军遭受的压力越来越大，形势相当严峻。

11日深夜，起义总指挥部召开紧急会议，分析军事形势，讨论下一步行动方针。叶挺审时度势，指出张发奎部兵力雄厚，距广州又近，疯狂反扑过来，工农红军将陷入四面包围，偌大个广州是很难坚守的。提议在张发奎部尚未逼近广州之际，主动撤离广州，移师海陆丰，与彭湃的农军会合，坚持革命斗争。叶挺的主张得到聂荣臻等人支持，却遭到多数人反对。结果，会议决定继续扫荡河北国民党军警残部，准备进攻河南李福林第五军，坚决固守广州，保卫苏维埃政权。

12日，军事形势急转直下，由于工农红军无力控制广三、广九、粤汉和珠江三路一水，张发奎所部得以从容机动猛扑广州。战斗在四面八方激烈展开，争夺观音山要地战斗尤为激烈。上午，第五军和新编第二师各一部共三个团，从北面猛攻观音山，教导团第三营在第一、第二营，工人赤卫队第一、第六联队各一部的配合下，顽强拼杀，顶住了国民党军的连续冲击。下午，陈赓率教导团一部赶来支援，观音山阵地暂时巩固。第四军第二十五师从东面猛攻广九车站和沙河；第五军主力在“江大”、“宝壁”两舰炮火支援下，从南面猛攻西壕口、长堤。工农红军虽经顽强抗击，阻住国民党军的多次进攻，但各要点独立防御，彼此不能支援，工农红军伤亡逐渐增大。当日下午，张太雷在群众大会结束返回指挥部途中中弹牺牲，苏维埃政府和红军失去领导核心。此时，国民党军的进攻更加疯狂，各处红军纷纷求援。在此危急关头，叶挺、聂荣臻再次建议，乘国民党军合围尚未形成，工农红军掩护苏维埃政府迅速撤离广州或往北与朱德、陈毅部会合、或进海陆丰与彭湃的农军会合，以保存革命力量。总指挥部同意了叶、聂的主张，决定13日凌晨前开始撤退，苏维埃政府成员撤往香港，非军事人员就地疏散，红军武装撤至江北地区。这时间，市内部分地区已开始巷战，战线犬牙交错，指挥部与红军指挥员失去联系，叶挺、叶剑英、李云鹏等未能收到撤退的命令。结果除部分红军武装突围转移外，大部分工人赤卫队和红军因没有接到撤退命令而继续在要点或市区与国民党军浴血奋战。

突出重围的起义军 1000 余人改编为工农红军第四师，下辖三个团，叶镛任师长，王侃予任党代表，途经花县、从化、龙门、河源、紫金等地，进入海陆丰，同董朗、颜昌颐率领由南昌起义军余部改编的工农红军第二师会合，参加了彭湃领导的东江革命武装斗争。部分武装力量突围后转移韶关与朱德、陈毅率领的南昌起义军余部会合，后辗转湘南，走上井冈山。突围转移到广西的部分起义武装，后来参加了邓小平、张云逸、韦拔群等领导的百色、龙州起义。广州起义的主要领导人也顺利地转移到香港。13 日下午，广州苏维埃政府所在地陷落，反动派重占广州，开始对革命群众的大屠杀，仅 14 日至 19 日的六天内，就公开屠杀革命群众 5700 多人。白色恐怖又笼罩着广州。

井冈山根据地的建立

三湾改编后毛泽东率领起义部队继续向南转移，并选定罗霄山脉中段即井冈山地区作为立足点，并派人同井冈山地区的农民武装袁文才、王佐部取得了联系。10 月 7 日，毛泽东带领部队到达井冈山北麓的宁冈县茅坪，27 日抵达茨坪，开始了创建井冈山农村革命根据地的伟大斗争。1928 年 4 月下旬，朱德、陈毅率领的部队抵达井冈山。与毛泽东领导的秋收起义部队胜利会师。5 月 4 日，两军合编为工农革命军第四军（6 月改称工农红军第四军），由朱德任军长、毛泽东任党代表、王尔琢任参谋长、陈毅任政治部主任，下辖三个师，共 1 万余人。井冈山会师有力地促进了革命根据地的巩固发展。

5 月 20 日，湘赣边界党的第一次代表大会召开。会议讨论了发展党的组织、深入土地革命、巩固扩大红军和革命根据地等项任务，选举产生了以毛泽东为书记的中共湘赣边界特委会。同月下旬，又成立了以袁文才为主席的湘赣边界工农政府。在特委和边界工农政府的领导下，各县、区、乡普遍成立土地革命委员会，将土地革命轰轰烈烈地开展起来。

与此同时，红军多次打败湖南、江西两省国民党军的“围剿”，巩固发展了井冈山革命根据地。6 月下旬，朱德和陈毅指挥红四军在龙源口、七溪岭一带，粉碎江西敌军两个师的“进剿”，歼敌千余人，缴枪 400 多支，取得了井冈山根据地创建以来最大的一次胜利。龙源口大捷以后，井冈山根据地进入全盛时期。

井冈山农村革命根据地的建立具有深远的历史意义。它点燃了“工农武装割据”的星星之火，为共产党领导的其他各地的起义武装树立了榜样，提供了新鲜经验；从实践上开辟了一条在新形势下，无产阶级及其先锋队深入农村，发动和武装农民，开展土地革命，建立农村革命根据地，以保存和发展革命力量的正确道路。这条道路代表了 1927 年革命失败后中国民主革命的发展方向。

随着红四军的发展壮大，井冈山地区作为革命根据地经济困难、供应紧张和军事上缺乏足够回旋余地的弱点逐渐显露出来。1929 年 1 月，毛泽东、朱德、陈毅率红四军主力离开井冈山（彭德怀、滕代远指挥一部分红军留守井冈山），向自然条件和群众基础较好的赣南、闽西进军，先后开辟了这两块新根据地，为后来的中央革命根据地奠定了基础。与此同时，各地红军充分利用国民党新军阀混战的有利时机，主动出击，发展工农武装，扩大红色区域。到1930年初，全国红军主力部队发展到7万多人，地方武装近3万人，在全国10多个省300多个县建立了十几块农村革命根据地，其中较大的，除中央革命根据地外，还有湘鄂西、鄂豫皖、赣东北、左右江革命根据地等。

毛泽东关于红色政权的理论

1928年6月18日至7月11日，中国共产党在莫斯科召开了第六次全国代表大会。大会总结了第一次国内革命战争以来的经验，彻底清算了陈独秀的右倾投降主义，批判了“八七会议”以后逐渐成为党内主要危险的以瞿秋白为代表的“左”倾盲动主义错误，正确地肯定了中国革命的性质仍然是资产阶级民主革命，规定了党在民主革命阶段的十大纲领，提出了当时革命的形势正处于低潮，党的总路线是争取群众。

1928年10月11日，毛泽东写了《中国的红色政权为什么能够存在?》和《井冈山的斗争》两篇著作，深刻分析了半殖民地半封建中国社会的特点，总结了井冈山斗争的经验，第一次从理论上系统地分析和论证了中国红色政权发生、发展的原因和条件，正确回答了关系着中国革命前途和命运的最基本问题。

1929年12月，红四军在福建省上杭县古田村召开党的第九次代表大会（简称“古田会议”），毛泽东在会上作了政治报告。中心思想是要用无产阶级思想进行军队和党的建设。在军队建设方面，决议强调了共产党对红军的绝对领导这个根本的原则，指出中国的红军是一个执行革命的政治任务的武装集团，必须全心全意地为实现党的纲领、路线和政策而奋斗，这就使红军根本区别于历史上的一切旧式军队。在党的建设方面，决议案强调了加强党的思想建设的重要性，分析了红四军党内存在着的各种非无产阶级思想的表现、来源及其危害，提出了纠正的办法。

古田会议解决了处在长期分散的农村游击战争环境中，如何以思想政治教育入手，建设坚强的无产阶级政党和新型的人民军队的问题，从而为党的工作重心放到农村提供了一个重要的支点。

土地革命的深入发展

农村土地问题始终是中国民主革命的基本问题，改变封建地主土地所有制，真正实现耕者有其田，是中国社会最主要的变革，也是亿万农民群众的迫切要求。中国共产党抓住事物的本质，在各农村革命根据地，领导人民广泛深入地开展了土地革命斗争。

从 1927 年冬开始，井冈山根据地在发动群众打倒土豪劣绅的基础上，逐步掀起分田的高潮。1928 年 12 月，湘赣边区工农政府在总结分田经验的基础上，颁布了《井冈山土地法》。这是中国共产党领导农民在几个县的范围内实行土地制度变革的第一次尝试，其意义是深远的。由于缺乏经验，《土地法》规定没收一切土地，而不只没收地主的土地，土地所有权属于工农民主政府而不是属于农民个人，这样不符合中国农村的实际，容易侵犯中农利益，不易为广大农民所接受。1929 年 4 月，在总结赣南土地斗争的基础上，毛泽东主持制定了兴国县《土地法》，将井冈山《土地法》中的“没收一切土地”改为“没收一切公共土地及地主阶级的土地”，这是一个原则性的纠正。同年7月，中共闽西第一次代表大会的决议案，在土地革命的一些具体政策上有了新的发展。如规定：对大小地主区别对待，给地主以生活出路；对富农不过分打击，以争取其中立；保护自耕中农，不使其受任何损失；对大小商店采取保护政策；在土地分配方法上，不再采用打乱平分的办法，而是按“抽多补少”的原则，在原耕地基础上平均分配。这些政策得到广大群众的积极拥护。

土地革命的深入开展，使农村革命根据地的面貌发生了根本的变化，被压迫、受剥削的贫苦农民在政治上、经济上翻了身，成为农村的主人，生产积极性普遍高涨，农村生产力得到了解放，农民生活有了很大的改善；翻身农民从事实中分清了国共两党和两个政权的优劣，亲身感受到共产党和红军是为他们谋利益的，因此，踊跃参军参战，支援红军战争，保卫革命根据地。

红军反“围剿”战争概况

红军的发展，农村革命根据地的扩大和土地革命的深入，革命力量的迅猛发展，成了国民党蒋介石的“心腹之患”。1930年，蒋介石与冯玉祥、阎锡山之间的中原大战结束后，立即调集重兵，对红军和革命根据地发动围剿，而红军和根据地人民则展开了反“围剿”的斗争。

1930年10月，蒋介石纠集10万兵力，以江西省主席鲁涤平为总司令，张辉瓒为前线总指挥，采取分进合击的方针，发动第一次“围剿”。毛泽东、朱德领导四万红军，采取诱敌深入，集中兵力，中间突破的方针，将敌主力诱至龙岗地区加以歼灭。这次初战告捷，歼敌 9000 多人。活捉敌军总指挥张辉瓒，吓得各路敌军纷纷撤退，红军乘胜追击，又歼敌半个师。红军在五天内打了两仗，歼敌万余人，敌枪万余支，粉碎了敌人的第一次“围剿”。

1931 年 4 月，蒋介石调集十六个师二十三个旅，共 20 万人，由何应钦任总司令，采取步步为营、稳扎稳打的战术，从江西吉安到福建建宁，筑成一道 800 里长的战线，兵分四路，向中央根据地发动第二次“围剿”。这时，红一方面军只有 3 万多人，在毛泽东、朱德指挥下，采取集中兵力，先打弱敌，并在运动中各个歼灭敌人的作战方针，第一仗先打富田地区的王金钰师和公秉藩师，消灭了公秉藩师全部和王金钰师一个旅的大部。接着红军由西向东横扫过去，首先在白河全歼王金钰师一个旅的残部和郭华家师的一部，敌郝梦龄师不战而从藤田逃回永丰；红军又在中村歼灭高树勋旅大部；广昌一战，敌朱绍良第八路军逃往南丰，红军击毙敌第五师师长胡祖钰，胡部当夜北逃。然后红军乘胜之威，向东横扫，扶挫强敌，十五天行程 700 里，打了五个胜仗，歼敌 3 万余人，缴枪 2 万余支，胜利地粉碎了敌人的第二次“围剿”。

蒋介石两次“围剿”红军惨败后，仍不甘心。1931 年 7 月，又发动了第三次“围剿”，蒋介石亲任总司令，坐镇南昌，集中 30 万兵力，采取长驱直入，分进合击的战略，分左、中、右三路，由南丰、南昌、吉安三面向中央苏区进攻，企图消灭红军于赣江东岸。面对十倍于己的强敌，毛泽东、朱德指挥红军，从建宁绕道千里回师赣南兴国，采取诱敌深入，打其虚弱的方针，突然向东出击，三战三捷，歼敌三个师的大部分，当敌主力掉头东进，寻找红军主力时，红军主力则巧妙地穿越敌军间隙返回兴国。等敌人发觉后，掉头西进时，红军已体整半个月。敌人疲惫不堪，只好退却，红军又乘胜追击，打了三个胜仗。这样，从 7 月至 9 月，为时三个月，红军共歼敌 3 万余人，缴枪两万余支，粉碎了敌人的第三次“围剿”。

经过三次反“围剿”的胜利，赣南、闽西两块根据地连成一片，拥有人口 300 余万。

与此同时，其他革命根据地也都取得反“围剿”的胜利和发展。鄂豫皖根据地的红军打下黄梅，占领广济，攻克英山，击败敌人七个师兵力的进攻。贺龙领导湘鄂西根据地的红军解放潜江，夺取天门，打败了蒋介石四个师兵力的进攻。赣东北的红十军也取得许多重要胜利。在红军胜利的影响下，被蒋介石驱赶到江西“剿共”的国民党第二十六路军 1 万余人，由赵博生、董振堂领导于 1931 年 12 月，在宁都起义加入了红军。

根据地反“围剿”斗争的胜利巩固并扩大了革命根据地，红军发展已达到 10 万人以上，为命的继续向前发展提供了保证。

工农革命军第一次反“围剿”

1928 年 1 月中旬，毛泽东率领工农革命军第一团在遂川一带游击，江西国民党军杨如轩第二十七师以第七十九团的一个营（300 人）进占了宁冈新城，准备“进剿”井冈山红军。毛泽东得悉杨如轩部进占宁冈的消息后，决心集中力量首先拔除这个据点，消灭该营。遂于 2 月 4 日率领第一团由遂川返回井冈山。经多次侦察发现：杨部一营共三个连，营部率一个连驻宁冈新城北街县府大院；另一连驻南街天主教堂；又一连驻南门外选锋书院；城内还有靖卫团 100 余人。杨营误认为工农革命军仍在遂川，戒备松懈，每日清晨在南门外出操。经过充分的准备，工农革命军第一、第二两团在赤卫队配合下，于 2 月 18 日拂晓，由南、北、东三个方向，对新城驻军发起突然进攻，经数小时激战，攻占新城，全歼该营和靖卫团，俘虏近 300 人。将杨如轩对井冈山的第一次“进剿”，击破于计划实施之前。战后，工农革命军根据毛泽东的规定，对俘虏采取了不杀不打，医治伤兵，愿留者欢迎，愿走者发路费释放的政策，进而形成了红军优待俘虏和瓦解敌军的原则。

红四军第二次反“围剿”

1928 年 4 月中旬，朱德、陈毅率领的南昌起义军余部和湘南暴动农军在毛泽东率领的工农革命军的接应下，出湘南顺利地转移到井冈山。朱、毛两支革命军队胜利会师后，合编为工农革命军第四军（5 月后改称工农红军第四军），下辖三个师(不久又缩编为二个师共四个团和一个教导大队)，全军共 6000 余人，朱德任军长、毛泽东任中共党代表和军委书记，王尔琢任军参谋长。红四军的建立，大大增强了井冈山革命根据地的军事力量，对于实行湘赣边界武装割据和革命战争的发展，具有重大的意义。

1928 年 4 月 21 日，江西、湖南两省国民党军开始协谋对红四军进行“会剿”。也正是在此时间，红四军军委决定，以永新为中心，向临近各县发展游击战争，建立工农兵政权，实行土地革命，巩固和扩大井冈山革命根据地。为达成上述战略目的，决定在赣省国民党军杨如轩师发动新的“进剿”之前，由毛泽东率领第十一师在根据地内，进行根据地建设的工作，并以一部兵力监视永新和酃县、茶陵方向的国民党军动向；由朱德和王尔琢率领第十、第十二师出击遂川，进行发动群众和筹款的工作，以扩大红军影响和根据地。

4月下旬，赣军杨如轩第二十七师第七十九、第八十一两团，由永新、遂川向井冈山革命根据地发动了第二次“进剿”，湖南国民党军吴尚第八军第一师进占了茶陵、酃县地区。朱德、王尔琢率部出击遂川途中，在黄坳与杨师第八十一团后卫遭遇，经红军猛烈冲突，该团后卫溃逃五斗江。朱、王迅速查明第八十一团企图后，决定放弃出击遂川的原定计划，集中第十、第十二两师，攻歼杨如轩师第八十一团，尔后与毛泽东率领的第十一师会合，攻歼杨如轩师第七十九团，打破杨如轩的第二次“进剿”。于是，王尔琢率领第十师第二十八团向溃逃五斗江的杨如轩师第八十一团所部追击，朱德率第十师第二十九团直趋拿山，寻歼第八十一团主力。4月底，杨如轩师第八十一团进犯五斗江，当即遭到红四军第十师第二十八团的痛击，该团大部被歼，一部败退永新。继而，朱德命令红军第二十八、第二十九两团乘势进攻永新县城，将杨如轩师第七十九团第三营击溃，共缴枪300余支，迫使第八十一团余部丢弃永新逃往吉安，红军进占永新。此时，位于龙源口的杨如轩师第七十九团主力慑于就歼，仓皇退兵吉安。红四军又将杨如轩第二十七师对井冈山的第二次“进剿”打破于“进剿”发起之前。永新战斗后，毛泽东、朱德判断赣省国民党军必将在近期再次发动“进剿”。为准备新的“进剿”作战，红四军在永新只作短期群众工作和筹款后，遂回师宁冈。

红四军第三次反“围剿”

1928年5月中旬，江西国民党军杨如轩第二十七师和杨池生第九师的五个团（一说：系二十七师和第七、第九师各一个团），再度进占永新，对井冈山革命根据地和红四军发动第三次“进剿”。其部署是：杨如轩第二十七师部率第七十九团和第九师第二十七团一个营占据永新县城，其余四个团南渡禾水河，企图由龙源口等地突进宁冈。这时，红四军第二十八团和第三十一团第一营，在朱德、王尔琢率领下活动在永新以西约70华里的小西区。在接到红四军军委关于赣军重占永新并企图以主力由龙源口等地进攻宁冈的情况通报后，朱德、王尔琢遂决心率领红四军四个主力营沿禾水河北岸大道直扑永新县城，首先袭击杨如轩的师部，打掉其指挥中心，尔后在赣军侧背寻机作战，以打乱赣军的进攻部署，达成击破其“进剿”之行动。根据朱、王的决心，红四军四个主力营由小西区出发，向永新城急进，于当日夜进至距永新城约30华里的漕田宿营。杨如轩误认为是永新赤卫队，命令第七十九团于次日前往漕田“清剿”。翌日晨，第七十九团由永新西进，同由漕田东进的红四军主力在草市坳遭遇。在地形不利于红军作战的情况下，朱德沉着果断，命令第二十八团从正面对第七十九团发起猛烈冲击；命令第三十一团第一营由北侧山地向第七十九团侧后迂回。杨如轩师第七十九团在毫无戒备的情况下，遭到红军前后突然夹击，队伍大乱，指挥失措，不到二小时，全团被歼，团长被击毙。朱德、王尔琢决定不失战机，率领红军直奔永新，打敌措手不及。正午时分，红军扑至城下，赣军正在吃午饭。红军突然发起攻击，一举突入城内，再歼第二十七师师部及师直机枪连、炮兵队、工兵队、卫生队、输送队等独立分队，和第九师第二十七团一个营，击伤师长杨如轩。位于龙源口地区的赣军四个团得悉上述战况后，仓皇向吉安收缩。红四军胜利地击破了赣省国民党军的第三次“进剿”，并取得了歼灭赣军一个师部、一个团另一个营，缴获山炮2门、迫击炮7门、各种枪300多支(挺)，银元20余担以及大批弹药物资的空前胜利。

红四军第四次反“围剿”

随着红四军反“进剿”作战的胜利，井冈山革命根据地的建设进入了一个发展阶段。5月20日，中国共产党湘赣边界第一次代表大会胜利召开，会议通过了政治问题等一系列决议案；选举产生了以毛泽东为书记的中共湘赣边界特别委员会，进而统一了湘赣边界红军和地方中共党组织的领导；针对红军部分官兵对边界武装割据缺乏信心的问题，毛泽东指出了中国革命战争发生和发展的必然性与可能性，消除了“红旗到底打得多久”的疑虑。坚定了武装斗争的必胜信心。5月下旬，建立了由袁文才为主席的湘赣边界“工农兵苏埃政府”。在中共湘赣边界特委和苏维埃政府的领导下，湘赣边革命根据地的土地革命和苏维埃运动，如火如荼地开展起来了。

6月中旬，江西国民党又以杨池生为总指挥，率领第九师和杨如轩第二十七师余部共五个团前出永新，准备对井冈山革命根据地和红四军发动新的“进剿”，同时，请求国民党南京政府下令湘南国民党军出兵，协同“会剿”。在南京政府的严令下，湘军吴尚第八军第二、第三师于6月16日后进驻攸县、茶陵，参加对红四军的“会剿”。中共湘赣边界特委鉴于湘军较强、赣军较弱且经过红军三次打击有畏惧心理以及湘、赣两军貌合神离等情况，确立了“对湘取守势，对赣取攻势”的作战方针，决心集中力量打击由永新地区进犯之赣军。

6 月 22 日，进驻永新的赣军出动三个团进至龙源口和白口，企图经新七溪岭或老七溪岭突击宁冈。是时，进驻攸县、茶陵的吴尚第八军第二、第三两师却无行动迹象。根据上述情况，中共湘赣边界特委与四军军委（已由陈毅接替毛泽东任书记）遂于 22 日晚确定如下决心：由朱德率领第二十九团和第三十一团一个营，控制新七溪岭要地，准备打击企图由此突入宁冈之赣军；由陈毅、王尔琢率领第二十八团，从老七溪岭迂回赣军侧后，打乱其进攻部署，尔后与坚守新七溪岭的部队合击赣军，求歼其一部，以打破赣军第四次“进剿”；永新、宁冈等地赤卫队、暴动队不断袭扰进犯之赣军，使其疲惫、消耗。23 日上午，赣军一个团，向新七溪岭红军阵地多次冲击，都被第二十九团和第三十一团 1 营所击退。与此同时，第二十八团向进占老七溪岭制高点的赣军二个团多次发起猛烈的攻击。战至午后，将赣军击溃，接着转入追击，又在白口打掉赣军的前方指挥所，随即向龙源口迂回包抄。与此同时，朱德指挥的第二十九团和第三十一团一营，也在新七溪岭实施反击，将赣军一个团驱赶至龙源口，并与陈、王指挥的第二十八团并肩突击，将龙源口之赣军围歼。旋即，红四军主力乘胜进攻永新县城，迫使赣军总指挥杨池生率部逃向吉安，进而胜利地打破了江西国民党军的第四次“进剿”。是役，红四军共消灭了赣军一个团，击溃两个团，缴获步枪 400 余支，重机枪 1 挺。战后，根据地群众翘首称赞说：“不费红军三分力，打败江西两只羊”（“两只羊”，系指杨池生、杨如轩及其第九师和第二十七师部队）。

红军长征

概况

第五次反“围剿”失利，毛泽东力主放弃与红二、六军团会合的计划，改向敌人力量薄弱的贵州前进。这一主张得到党和红军大部分领导人的赞成。红军在占领湘西南的通道县城后转入贵州。12 月 18 日，中央政治局在黎平召开会议，正式决定放弃向湘西前进的计划，改向以遵义为中心的黔北地区挺进，创建川黔边新根据地。会后，红军强渡乌江天险，1 月 7 日占领黔北重镇遵义。

1935 年 1 月 15 日至 17 日，中共中央在遵义召开政治局扩大会议。

遵义会议集中全力解决了当时最紧迫的军事问题和组织问题。会议通过了《中共中央关于反对敌人五次“围剿”的总结决议》，批判了王明“左”倾冒险主义的军事方针，重新肯定了以毛泽东为代表的正确作战的原则。会议改组了中央领导机构，推选毛泽东为政治局常委，取消了博古、李德的最高指挥权，决定仍由中央军委主要负责人周恩来、朱德指挥军事。会后，常委进行了分工：由张闻天代替博古负总责，军委设置前敌司令部，朱德为司令员，毛泽东为政委。后在行军途中又组成了由毛泽东、周恩来、王稼祥三人参加的军事指挥小组。

遵义会议在中国共产党的历史上是一个生死攸关的转折点。

它集中全力纠正了当时具有决定意义的军事上和组织上的错误。它结束了王明“左”倾冒险主义在党中央的统治，确立了毛泽东在红军和党中央的领导地位。

遵义会议后，红军移师北上，展开机动灵活的运动战，四渡赤水，取得遵义战役的胜利；5月上旬，巧渡金沙江，摆脱了几十万敌军的围追堵截，取得了长征中具有决定意义的胜利。随后，红军依靠民族平等友好的政策，顺利通过了川西大凉山彝族地区；又以无比的英勇强渡天险大渡河，飞夺泸定桥，以坚韧不拔的毅力翻越了终年积雪的夹金山。6月中旬，中央红军到达川西懋功地区，与4月离开川陕根据地先期到达的红四方面军会师。

毛泽东、周恩来等率领中央红军北上后，张国焘继续坚持右倾分裂主义错误，带领红四方面军向川康边境少数民族地区退却。1935年10月，张国焘在卓木碉另立“中央”，自封为“主席”。由于中共中央的正确政策，由于朱德、刘伯承等坚持维护党的团结和统一，由于红二、四方面军广大指战员的坚决斗争，张国焘被迫放弃反对中共中央的活动，取消伪中央，同意北上。1936年10月，红二、四方面军分别到达甘肃会宁、静宁地区，与前来接应的红一方面军胜利会师。这样，全国三支主力红军历时两年的战略大转移，举世闻名的二万五千里长征，就宣告胜利结束了。

长征的胜利成为中国革命转危为安的关键，使中国共产党和红军进入了抗日的前沿阵地，为后来抗日战争和整个中国民主革命的胜利打下了基础。中国革命新局面开始了。

第五次反“围剿”的失利

正在这时，中共临时中央迁到瑞金，后“左”倾冒险主义方针在中央根据地和中央红军内得以全面贯彻执行。临时中央在福建开展了反对“罗明路线”的斗争；在江西开展反对邓（小平）、毛（泽覃）、谢（唯俊）、古（柏）的“江西罗明路线”的斗争，斗争的矛头主要是针对毛泽东的各项正确主张。“左”倾领导人还在土地革命斗争中实行“地主不分田、富农分坏田”的政策，提出“经济上消灭富农，肉体上消灭地主”的口号；对中小工商业者课以重税，剥夺他们的选举权和被选举权；歧视和打击知识分子，给根据地各项工作造成极大的混乱。

王明“左”倾冒险主义的更大危害是直接导致了中央红军第五次反“围剿”作战的失败。1933 年 9 月，蒋介石自任总司令，调集 50 万军队，向中央根据地发动空前规模的第五次“围剿”。临时中央负责人博古不懂军事，一切听命于共产国际军事顾问李德；李德却只有第一次世界大战中那种正规的阵地战的经验，不懂得中国革命战争的具体特点；他们又完全否定了毛泽东为代表的红军作战的正确领导与指挥，因此，在第五次反“围剿”战争的军事指挥上犯了严重错误。结果至 11 月中旬，红军屡战不胜，并陷入被动挨打的局面。此时，恰值福建事变爆发。但李德、博古不采用将红军主力突进到苏浙皖赣地区、向广大无堡垒区域寻求作战的正确方案，并拒绝援助福建人民政府，从而失去了打破“围剿”的有利时机。1934 年 1 月，蒋介石在打败福建人民政府后，集中全力进攻红军。此时，李德、博古又实行防御中的保守主义。4 月，调集九个师的兵力进行广昌保卫战，结果红军伤亡 5500 余人，广昌失守。其后，红军又六路分兵，全线防御，继续实行所谓“短促突击”，造成更大的损失。随着根据地的日益缩小，红军打破敌人“围剿”的希望最后断绝，除作战略转移外，已无其他办法。

长征经过

以教条主义为主要特征的王明“左”倾冒险主义在中央苏区的广泛推行，直接导致了红军第五次反“围剿”的失败，迫使红军不得不进行战略转移。

1934年10月10日晚，中共中央率红一方面军主力及中央机关和直属部队共8.6万余人，分别从瑞金、雩都地区出发，被迫实行战略大转移。留下部分红军1.6万余人（另有伤病员万余人）和部分党政工作人员，在项英、陈毅等领导下坚持当地斗争。

在长征初期，“左”倾冒险主义者又实行退却中的逃跑主义。部队出发前，政治局既没有讨论，又没有做深入的政治动员，在军事上又不能把握有利时机，主动地歼灭敌人，而是让红军以消极的防御作战来掩护庞大的后方机关转移，使红军陷于被动。广大指战员虽然英勇奋战，连续突破了敌人设置的四道封锁线，但人员折损过半，到达湖南通县时，只剩下3万人。但“左”倾机会主义者却不顾一切，仍然坚持去湘西的计划，使红军面临全军覆没的危险。此时，国民党已判断出红军向湘西转移意图，便集结重兵，阻挡两部红军会师，并企图一举消灭中央红军。在危急关头，毛泽东力主放弃原定和二、六军团会师的计划，改向敌人力量薄弱的贵州进军，这一主张到1934年12月召开的政治局会议得到多数人的赞同。1934年12月底，红军到达乌江边的猴场。1935年1月1日，中共中央政治局又在猴场召开了会议，重申创建川黔根据地，并向川南发展的战略方针。会后，红军打响了强渡乌江的战斗，消灭了贵州军阀王家烈的4个团，乘胜占领了黔北重镇——遵义。

1935年1月，中共中央在遵义召开了政治局扩大会议，集中解决了当时具有决定意义的军事问题和组织问题。成立了由毛泽东、周恩来、王稼祥组成的三人指挥小组，全权指挥军事，结束了王明“左”倾机会主义在党中央的统治。遵义会议后，中央红军进行整编、紧缩机关，充实连队，决定北上与红四方面军会合。1月19日，红军离开遵义，移师北上，采取高度灵活的还功方针，一渡赤水河，进入川领边扎西。2月下旬又挥师东进，二渡赤水，重入遵义。3月中旬，红军迅速跳出敌合围圈，三渡赤水，再入川南。随后，又出敌不意地四渡赤水，南渡乌江，佯攻贵阳，乘滇军援贵之际，直插云南，作威胁昆明夺势。接着红军又向西北方向急进，于5月初巧渡金沙江。至此，中央红军摆脱了数十万敌军的围追堵截，取得战略转移中具有决定意义的胜利。

1935年5月，红军顺利通过大凉山彝族地区，强渡大渡河，飞夺泸定桥，进入川康边境。6月，红军翻过了终年积雪的夹金山，占领了四川懋功，同四方面军胜利会师。中共中央根据会师后的形势，确定了北上建立川陕根据地的战略方针。但当时在四方面军担任领导工作的张国焘却对革命前途悲观失望，主张向川康边界退却。为了统一战略方针，1935年6月26日，中共中央在两河口召开了政治局会议，通过了《关于一、四方面军会合后战略方针的决定》，否定了张国焘的错误主张，明确指出两军会师后的战略方针是：“集中主力向北进攻，在运动战中大量消灭敌人，首先取得甘肃南部，以创造川陕甘苏区根据地。”7月，红军连续翻越几座大雪山，到达毛儿盖。8月3日，红军总部决定把一、四方面军混合编成右路军和左路军。中共中央随右路军行动。左路军由张国焘率领，朱德、刘伯承随左路军行动。随后，左、右路军分别从卓克基、毛儿盖等地出发，跨过荒无人烟的茫茫草地，于8月下旬先后到达阿坝和巴西地区。

9月，张国焘拒绝执行中央北上方针，自恃枪多势众，要挟右路军和中共中央南下，甚至企图危害中央。毛泽东、周恩来、张闻天、博古等在巴西紧急磋商，决定迅速离险区，率右路军中的红一、三军和军委纵队先约北上。9月12日中央政治局在川甘边俄界召开阔大会议，通过了关于张国焘同志错误的决定，并再次电告张国焘改正错误，率部北上。但张国焘却顽固坚持其错误主张，命令左路军和右路军中的原四方面军四军、三十军南下，并于10月在卓木碉公然另立中共中央。朱德、刘伯承等在艰难的处境下与张国焘的分裂主义错误进行了不懈的斗争。

俄界会议后，中共中央率领红一、三军和军委纵队，攻克甘南天险脂子口，越过岷山，到达哈达铺，部队改编为中国工农红军陕西甘支队。9月27日占领榜罗镇。中央政治局召开会议，正式决定以陕北作为领导中国革命的大本营。之后，中共中央率部越过六盘山，于10月19日抵达陕北吴起镇，与红十五军团胜利会师，结束了红一方面军的长征。11月17日，中共中央机关到达陕甘根据地中心瓦窖堡，及时解放了刘志丹等被迫害的干部，纠正了陕北肃反扩大化的错误，使陕甘根据地转危为安。11月20日至24日，红军在直罗镇全歼国民党军一个师又一个团，为中共中央把全国革命大本营放在西北，举行了一个奠基礼。

1935年11月，红二、六军团奉命退出湘鄂川黔根据地，开始转移。随后，红二、六军团合编为红二方面军，贺龙任总指挥，任弼时任政治委员。1936年7月2日红二方面军到达西康甘孜与红四方面军会师。此时，红四方面军由于张国焘的错误领导，损失严重，只剩下4万余人，同南下时相比已减员过半，张国焘不得不于6月6日宣布取消他的第二“中央”。两支部队会合以后，红二、六军团奉中共中央电令编为红二方面军，贺龙任总指挥，任弼时任政委。在朱德、刘伯承、任弼时、贺龙、关向应等力争下，红二、四方面军决定共同北上同中央会合。1936年10月，一、二、四方面军在甘肃会宁胜利会师。至此，红军主力长征结束。

中国工农红军第一、二、四方面军，以坚韧不拔的革命精神，经过整整两年的艰苦奋战，胜利完成跨越赣、闽、粤、湘、桂、黔、滇、川、康、甘、宁、陕等12省，经过汉、苗、壮、彝、藏、回约2亿人口的不同民族地区，总路程达2.5万里以上的长征。虽然失去了原有的根据地，损失了相当大的力量，但是保存和锻炼了中国共产党和红军的骨干，沿途播下了革命的火种。革命的中心由江西移到陕甘，迎来中国革命的新曙光，正如毛泽东同志所言：“长征是历史记录上的第一次，长征是宣言书，长征是宣传队，长征是播种机。”“长征是以我们的胜利，敌人失败的结果而告结束。”

遵义会议

第五次反“围剿”的失败和长征初期红军遭受的严重挫折，加深了许多指战员和党政干部对于中央军事指挥的错误问题，基本上取得一致意见。而遵义会议就是在这种情况下为挽救中国革命的危机而召开的。

1935年1月15至17日，中共中央在遵义召开了政治局扩大会议。出席会议的政治局委员有博古、张闻天、周恩来、毛泽东、朱德、陈云；政治局候补委员王稼祥、刘少奇、邓发、何克全；还有红军总部和各军团负责人刘伯承、李富春、林彪、聂荣臻、彭德怀、杨尚昆、李卓然；以及中央秘书长邓小平。

李德及翻译伍修权列席了会议。

这次会议集中全力解决当时具有决定意义的军事上和组织上的问题。

博古在会上首先作了关于反对第五次“围剿”的总结报告，他把第五次反“围剿”失败的原因归之于敌人力量的强大和中央苏区建前工作的不力等等，为错误的军事领导进行辩护。然后，周恩来就军事问题作了副报告。毛泽东在会上作了重要发言，对博古，李德军事指挥上的错误进行了切中要害的分析和批评，并阐述了中国革命战争的战略战术问题和此后在军事上应采取的方针。王稼祥在发言中，也批评了博古、李德，支持毛泽东的正确意见。周恩来、朱德、刘少奇等多数与会者也发言不同意博古的总结报告，同意毛泽东、张闻天、王稼祥的意见。

会议完后增选毛泽东为中央政治局常委，取消博古、李德的最高军事指挥权，决议仍由中央军委主要负责人周恩来、朱德指挥军事。随后，根据会议精神，常委进行分工，由张闻天代替博古负总责，毛泽东、周恩来负责军事。在行军途中，又组成由毛泽东、周恩来、王稼祥参加的三人军事指挥小组，负责指挥全军的军事行动，这是当时中共中央最重要的领导机构。

在紧急形势下举行的遵义会议，没有全面地讨论政治路线方面的问题。但是，解决了当时党内所面临的最迫切的军事问题，改组了中央的领导，结束了“左”倾教条主义在中共中央的统治，实际上确立了以毛泽东为代表的新的中央的正确领导，把党的路线转移到马克思主义轨道上来。遵义会议又是在中国共产党和共产国际联系中断的情况下独立自主召开的。这次会议在极端危急的历史关头挽救了中国共产党；挽救了红军，挽救了中国革命，是中国共产党历史上一个生死攸关的转折点，它标志着中国共产党在政治上开始走向成熟。

飞夺泸定桥

大渡河，历史上曾经是太平天国领袖石达开率领4万部下葬身的地方。蒋介石得知红军大队向大渡河开进，高兴得不得了，他认定红军要成为第二个石达开了。

此时，蒋介石靠在飞机舒适的软椅上，从机窗里看着脚下的这条深谷里的激流，不由地又一阵喜上心头，消灭红军的希望就在这条河上了。

坐在旁边的陈诚不时在地图上指划着，给他的上司介绍情况。

“安顺场到底在哪里？”蒋介石两眼仍然望着窗外问。

“委座，你看，就在那个河弯弯里稍微突出的地方。”陈诚把身子欠起来说。

“是那个小圆山旁边的村子吗？”

“是的。”

“那个村子不大嘛！”

“不过百十户人家。当年石达开的部队就困守在那个小圆山上，几乎有一多半人死在那里。”

“噢！那以后呢？”蒋介石盯着那个小山包，仿佛要从上面看到太平军覆灭的情景。

“以后，石达开就率领残部向下游突围。喏，就是这个叫老鸦漩的地方。”陈诚指了指大渡河较宽的地方。接着说：

“在那里，石达开的其余人马大部分被赶下了河，淹死了，他的三个妻子就是在那里跳水自尽的。”

蒋介石听得入神了。好像陈诚说的不是七十多年前的石达开，而是他正在日夜追赶的红军，脸上流露出抑制不住的笑容，连光头上也似乎冒出了胜利的光环。

接着，蒋介石的脸又耷拉下来："这一次毛泽东又重新掌权了，不可小看啊，朱、毛又搞到一块去了，毛泽东打起仗来没有一定之规，这就很难办了！这一次他又把哪一个放到了前面？"

"委座，根据情报，是林彪的一军团的两个师。"

蒋介石皱起了眉头："这个林彪是黄埔的学生，后来当过叶挺独立团的排长。当初周恩来要组织这个独立团，我就看出了他们的想法，就是要抓军队嘛！当时太大意了，只以为让他们搞一个团没有关系，就那么千把子人，可是这就留下了祸根，养虎为患啊！南昌暴乱有它，井冈山为匪有它，这一回的大流窜，又是这个部队打头阵！悔不该当初啊！"

蒋介石如梦初醒："薛岳他们到了哪里？"

"已经到了德昌。"

"告诉他们，再快点，这次一定不能让共匪跑了。"

"是！"

大渡河宽约 100 米，深约 30 米，流速每秒 4 米左右。它发源于青海省，环绕于群山之中，然后泻入成都南边的岷江。

红一师第一团在杨得志团长的率领下，不负众望，17 名勇士飞渡对岸，消灭了守敌，为红军打开了通道。

大渡河水急浪高，河面又宽。一团找遍了沿江上下游，只找到 4 条小船，其中只有 1 条是好的，仅能坐 40 余人，其余尚待修理。

全军数万人马靠这几条小船，在几天之内全部渡过河去是不可能的，而且敌军步步紧逼。刘汀、刘文辉、杨森的部队已离大渡河不远，薛岳、周浑元的中央军也在日夜兼程追击，情况十分紧急。

毛泽东、周恩来、朱德都忘不了石达开全军覆灭的故事，所有的红军战士也都知道这个故事。因为他们已面临石达开一样的险恶处境。

毛泽东坚信红军不会做第二个石达开，但是如果在敌人追兵到来以前过不了河，局势将会怎样？

当年石达开本来是可以过江的，但是因为夫人生了孩子，他命令部队休息三天，结果清兵追上，全军覆没。

红军会重蹈覆辙吗？没有人愿意做这样的设想。

但是，现实危险是存在的。

毛泽东急得嘴上起了好几个燎泡。

他看着地图，眼下只有从安顺场北面的泸定桥过河了。

可是泸定桥距此还有320里的路，派哪个部队去呢？

这时，刘伯承走了进来："主席，一军团的人都来了。"

"快叫他们进来，我有话说。"

毛泽东话音未落，林彪、聂荣臻、陈光、刘亚楼走了进来。

"大家都来了，我们面前只有一条路，就是泸定桥，一定要夺过来，只能成功，不能失败，这关系到红军的命运。叫哪个部队去？"

林彪看了一眼毛泽东："叫二师去，先派一个团把桥夺过来。陈师长，你们哪个团去？"

陈光这时已经考虑好了："我们派红四团去，五团、六团在后面。"

沉思片刻，毛泽东指着地图上的泸定桥说：

"就这样定下了，叫红四团去，告诉王开湘、杨成武，一定要把桥夺过来。"

于是，红军决定改变原计划，以红一师及干部团由安顺场继续渡河，过河后沿大渡河东岸北上，红军主力由安顺场沿大渡河西岸北上，以红二师第四团为先锋团，火速抢占距安顺场320里的泸定桥。

5月27日清晨，漫天大雾，大渡河两岸白茫茫一片，只有大渡河水发出震天的怒吼。一支部队悄悄地出发了。王开湘团长和杨成武政委率领红四团从安顺场沿大渡河西岸北上向泸定桥奔袭。同时，红二师师长陈光、政委刘亚楼率领第五团、第六团和师部随红1军团紧跟其后。

中央军委命令红二师第四团三天之内赶到泸定桥，全程320里，通往泸定桥的路，是绝壁上硬凿出来的栈道，有时碰上一段路，也是七弯八拐，起伏不定。山腰上堆满了耀眼的积雪，走在上面寒气袭人，且十分滑，稍不留心就有跌入万丈深渊的危险。战士们穿行在蜿蜒曲折、险峻陡峭的山道上，艰难而紧张地向前赶。

部队刚走了30多里路，就被敌人发现，从对岸向我射击。为了争取时间，王团长、杨政委决定爬山插近路。大约又走了30里，先头连与阻敌一个营遭遇。第三营营长曾庆林带领一个连从左侧迂回到敌人背后，与正面部队前后夹击，迅速消灭了这股敌人，俘敌营长以下200多人，缴获步枪100余支，机枪20挺。尔后，继续赶路。

28日凌晨5点，红四团提前一小时开了饭，整队出发。刚走了几里路，便接到军团首长的一份命令，上面写到：

“中央军委限左路军于明天夺取泸定桥。你们要用最高速度的行军力和机动的手段去完成这一光荣伟大的任务。你们要在此次战斗中，突破过去夺取道州和5团夺取鸭溪一天跑160里的纪录，你们是火线上的英雄，红军中的模范，相信你们一定能够完成这一任务，我们准备祝贺你们的胜利！”

明天夺取泸定桥！？从这里到泸定桥还有240里，也就是说两天的路必须在一个昼夜走完。

红四团领导没有料到情况变化这么快，任务这么急。240里一步不能少，而且还要突破敌人重重堵击。泸定桥本来就有一个团防守。蒋介石已探听到我军欲夺取泸定桥的意图，已任命四川军阀杨森为大渡河守备总指挥。敌人增调了第二十四军和第二十军各一旅，正沿着大渡河对岸和红军齐头并进。谁先到达泸定桥，胜利的主动权就掌握在谁手中。

红四团领导和司政机关边行军边研究如何完成任务。“红四团有光荣的战斗历史，坚决完成这一光荣任务，保持光荣传统！”

“任务是光荣的，又是十分艰巨的，我们要经得起考验！”

“走完二百四，赶到泸定桥！”这些动员口号，成了鼓舞人心的号角。

无论如何，也要在29日晨6时赶到泸定桥！

这就是四团官兵铁的意志。

这一天的奔袭中，战士们饿了就吃一把生米，渴了就喝一口凉水，除了听到大口大口的喘息声，便是踏动山石的脚步声。

忽然，河对岸出现了几点光亮，接着连成了长长的火龙。这是增援泸定桥的敌人在和我们同步行进。他们在黑夜里高举着火把，速度很快。

决不能让敌人抢先到达泸定桥！他们急中生智，毅然点燃火把，冒充敌人的番号用军号与敌人对话联络。对岸敌人相信了是自己人，也用号声回了话。这下，红四团可以放心大胆地举着火把前进了，敌人糊里糊涂地和红四团战士一起走了二三十里。

敌人终于经不住天冷雨淋，行动越来越慢了，最终停了下来。红四团战士抓紧时机拼命向前！

动作神速勇猛的红二师第四团，一昼夜行军240里，于5月29日清晨6点钟到达泸定桥西岸。在中央军委预定时间内赶到了泸定桥。

此刻，对于四团战士来说，到达泸定桥任务只完成了一半。他们昼夜兼程赶来，不是为了看看泸定桥，而是要拿下它，占领泸定城，掩护中央和红军主力渡过天险大渡河。

现在泸定桥和泸定城都在敌人的牢牢控制之中。

泸定桥建于1706年，横跨在奔腾咆哮的大渡河上。桥长101米，用13根碗口粗的铁索，由东岸的东陵山桥台拉到西岸的海子山桥台。红四团直奔西桥头，击溃守桥敌人，占领了桥头阵地。

这时的泸定桥，桥上的木板已全部被敌人撤走，只剩下孤零零的铁索，显得极不协调，对岸沿河及山坡上筑满了防御工事。枪口、炮口早已对准桥头阵地，由敌第二十八团把守。王开湘团长、杨成武政委侦察完地形后，立即在西桥头不远处的天主教堂召开全团干部会议。

突然，对岸一发迫击炮弹落在屋顶上，炸开了一个大窟窿，险些将天主教堂震塌。接着，又有第二发、第三发迫击炮弹飞来炸响。

王开湘团长向全体干部交代了夺桥任务后，便指定第二连担任突击队。

杨政委站起来说：

“团长的主意好，要打仗有的是，咱们轮着干。上次渡乌江是一连打头，这次轮到二连。那么就请廖大珠同志任突击队长，挑选22个共产党员和积极分子组成一个精干的突击队。”

散会后，杨政委叫住王友才说：

“三连的任务也不轻，团里决定你们连担任一梯队，紧跟着突击队冲，还要负责铺桥板，好让后续部队能迅速冲进城去，你看怎么样?”

王连长一听高兴得跳了起来，敬了个礼便跑回连里准备去了。

下午4点多钟，一场激烈的夺桥战斗开始了。由两个主力营组成严密的火力掩护，防止两侧增援之敌，其余部队组成三个梯队，正面突击。红二连连长廖大珠、指导员王海云与20名共产党员和积极分子组成的突击队，整装待发，第三连连长王友才率领的一梯队也做好了出击准备。

团长、政委挺立在桥头。他俩相互交换了一下眼色，然后看了看时间，点了点头，全团司号员一起吹响了冲锋号。

身背冲锋枪、手枪，背插马刀、腰缠手榴弹的22名勇士一起向桥上冲去，光溜溜的铁索在勇士们的攀越下荡秋千似的晃悠着。敌人拼命向22勇士射击，我掩护部队给以狠狠还击。一时，泸定桥上硝烟滚滚，火光闪闪。

冲过去！一定要冲过去。敌人的子弹在头顶、脚下呼呼乱窜，勇士们既要避开子弹，又要使出浑身力气，攀着铁索向前悬空移动。敌人疯狂地射击着，企图阻止勇士们的前进。有一个勇士倒下了，掉进了波涛滚滚的大渡河。又一个勇士倒下了……

三连的战士紧跟在后，把一块块木板重新铺上。突然，对面桥头燃起了熊熊大火。敌人用煤油点燃稻草，浓烟伴着烈火在东桥头阻止红军。守不住桥的敌人使出最后的花招。

敌人在桥的东端还留下了仅有的几块桥板。有一个战士终于爬了过来。敌人想抽掉剩下的那几块桥板已来不及了，突击队终于冒着枪林弹雨，闯过了滚滚硝烟与熊熊大火，拿下了泸定桥。

突击队与守敌展开了激烈的搏斗，在这紧急关头，王友才带领第三连冲了过来，王团长和杨政委也率大部队迅速过了桥冲进泸定城。经过两小时的激战，终于歼灭守敌一个团的大半。

黄昏，红四团全部占领泸定城，并牢牢地控制了泸定桥，打开了中央红军北上的道路，使蒋介石处心积虑地要红军成为“第二个石达开”的计划成为泡影。

四渡赤水作战

四渡赤水作战，是中央红军长征途中，在贵州、四川、云南三省边界地区，为摆脱国民党军围追堵截，争取战略主动权的一次战略性战役行动。此役从 1935 年 1 月 19 日，中央红军从遵义城出发，到 5 月 9 日胜利抢渡金沙江，历时 110 天。此次战略性战役作战行动，是在周恩来、王稼祥得力协助下，由毛泽东亲自指挥，采取运动战作战形式，声东击西，灵活机动，四渡赤水河，最终使中央红军在长征的关键时刻，由被动转为主动，从挫折走向胜利。四渡赤水作战，充分体现毛泽东高超的军事指挥艺术和光辉战略思想。

1934 年秋，在王明“左”倾冒险主义军事战略的指导下，中央红军和中央苏区第五次反“围剿”作战，未能打破国民党军进攻而遭受失败。10 月 10 日，中共中央、中革军委率领党的中央机关和中华苏维埃临时中央政府及其领导下的中央红军共 8.6 万余人，被迫退出中央苏区，实行大规模的战略转移。在王明逃跑主义战略方针指导下，中央红军广大指战员虽经英勇奋战，连续突破国民党军的四道封锁线，便付出了惨重的代价，突过湘江后的中央红军已损失过半，只剩下 3 万余人了。中央红军艰难转战，1935 年 1 月，进占贵州省的遵义地区。1 月 15 日至 17 日，中共中央在遵义召开了政治局扩大会议。遵义会议结束了王明“左”倾错误领导在全党的统治，确立了毛泽东在红军和中共中央的领导地位。这次会议，在最危急的关头挽救了中国共产党，挽救了中国工农红军，挽救了中国革命，成为中国共产党和红军历史上生死攸关的伟大转折点。会议以后，中共中央成立了毛泽东、周恩来、王稼祥 3 人指挥小组（以中革军委名义）指挥红军的作战行动。会议期间，红军第 1 军团集结于桐梓、松坎地区，第三、第五、第九军团等部分别集结于滥板凳、猪场、湄潭地区。各军团以一部兵力阻击国民党军，掩护主力部队休整。部队边整顿边发动群众，扩大红军（吸收新战士 4000 余人）。部队甩掉从苏区带出的笨重物品，实行轻装和精简机关，进而恢复了体力，增强了机动力和战斗力。

蒋介石为阻止中央红军北进四川同红四方面军会合，或东出湘西同红二、红六军团会合，除以湘鄂两省军队一部围攻红二、红六军团，以川陕两省军队一部对付红四方面军外，调集了薛岳兵团和贵州国民党军全部，四川、湖南、云南国民党军主力和广西国民党军一部，向遵义地区进逼包围，企图围歼中央红军于乌江西北的川黔两省边境地区。1 月中旬，薛岳指挥的国民党中央军吴奇伟、周浑元两个纵队共八个师，尾追中央红军进入贵州，控制了贵阳、息烽、清镇等地以后，前锋已进抵乌江南岸；黔军王家烈以二个师向刃肥水、烂板凳，以一个师向湄潭发动进攻；川军刘湘调集了十多个旅四十多个团的兵力，组成“四川南岸剿共军”，分路向川南集中，其中二个旅已进抵松坎以北的川黔边境；湘军四个师位于川湘黔边界的酉阳、秀山、松桃、铜山一线筑碉设防，阻止中央红军东进；滇军四个旅十二个团进抵贵州毕节地区；桂军三个师已抵贵州独山、都匀一线。此外，国民党中央军上官云相部正由河南向四川万县、重庆开进。

根据以上军事形势，毛泽东和中央革命军事委员（以下简称“中革军委”）决定，中央红军目前基本作战方针为：“在由黔北地域经过川南渡江后，转入新的地域，协同四方面军由四川西北方面实行总反攻，而以二、六军团在川黔湘鄂之交活动，来钳制四川东南‘会剿’之敌，配合此反攻，以粉碎敌人新的围攻，并争取四川赤化”。为实行上述基本方针，中央红军第一步任务是，“由松坎、桐梓、遵义地域迅速转移到赤水、土城及其附近地域，渡过赤水，夺取蓝田坝、大渡口、江安之线和各渡河点以便迅速渡江”。为配合中央红军的作战行动，中央军委要求红二、红六军团向秀山、黔江、彭水、松桃、印江、沿河地域发展，并以一部发展来凤、咸丰、宣恩、恩施地域的游击活动；红四方面军以一部向营山、主力从苍溪、阆中之线向嘉陵江以西发动进攻。

1935 年 1 月 19 日，中央红军兵分三路从松坎、桐梓、遵义地区向土城方向开进。当晚、黔军第一师、第二师进占遵义，另一部进占湄潭。川军以模范师第一旅、边防第四路（二个团）分别防守宜宾、泸州，其主力八个旅分别向松坎、温水、赤水、叙永、合江等地推进。24 日，中央红军右纵队红一军团一举击溃黔军侯汉佑教导师的抵抗，攻占土城，至 26 日占领赤水城东南的旺隆场、复兴场；中纵队红九军团攻占习水，红五军团进抵三元场；左纵队红三军团进抵土城东南的回龙场地区。是时，川军教导师第一旅和第五师第十三旅先进赤水城并对红一军团发起猛烈反扑；教导师第三旅和独立第四旅由东胜场进至温水，先头进至土城以东的木栏坝，尾击红军，另有四个旅作为第二梯队跟进；第一师第三旅主力正向叙永推进，并重占习水。

毛泽东和中革军委根据中央红军面临的军事形势，决定乘国民党中央军薛岳兵团主力尚在乌江以南，黔军被击溃的有利时机，以红一、红九两军团各一部运动阻击由赤水、习水南下之川军，集中红军主力求歼川军教导师先头四个团于土城东北之风材坝、万羔咀、表岗坡地区，以保障红军顺利北渡长江入川。28日，红三军团、红五军团、干部团，于拂晓向表岗坡地区川军教导师发起突然猛攻，激战一天，重创川军，但未能全歼。此时，川军第二梯队二个旅迅速增援并从红军背后发起攻击。中央红军腹背受敌，再战更为不利。毛泽东和中革军委决定，红军立即撤出战斗，西渡赤水河（即一渡赤水），运动至古蔺、兴文、长宁西南地区集结，尔后视情况从宜宾上游北渡金沙江。当晚，红军以少数兵力阻击川军，主力撤出战斗。

1月29日，中央红军在预先架好浮桥情况下，分三路从猿猴场、土城南北地区“西渡赤水河，向古蔺南部西进”。这时，川军以十二个旅分路向红军追截，并沿长江西岸布防；薛岳兵团所部和黔军也从贵州分路向川南追击；滇军三个旅正向毕节、镇雄疾进，企图截击红军。2月2日，红军右纵队红一军团先头第二师猛攻叙永而未克，后卫第一师在三岔河遭敌截击。3日至6日红一军团又先后在永宁、毛坝、大坝等地遭截击。红军左纵队第三军团在天堂坝与追击之川军一个旅展开激战。在国民党军以优势兵力分路围追堵截，并加强了长江西岸沿线防御的情况下，中央红军从宜宾上游北渡长江入川的原定计划已无可能。毛泽东和中央军委于2月7日决定，暂缓实施北渡长江的计划，改为在川黔边境地区机动作战，争取“以川滇黔边境为发展地区，以战斗的胜利来开展局面，并争取由黔西向东的有利发展”。为此，命令各军团迅速脱离川军，向川滇边的扎西（今威信）地区集中。

中央红军进入川滇边地区后，蒋介石为了加强对红军的“追剿”，将第一兵团编为第一路军，以何键为路军总司令，刘建绪为前线总指挥，除以一部在湘西“围剿”红二、红六两军团外，以一部策应第二路军作战；以薛岳兵团和滇黔西省军队为“追剿军”第二路，龙云为路军总司令，薛岳为前线总指挥，辖四个纵队，即吴奇伟部四个师为第一纵队，周浑元部四个师为第二纵队，滇军孙渡部四个旅为第三纵队，黔军王家烈部五个师为第四纵队，与川军潘文华部一起，专司“围剿”中央红军。国民党军阀矛盾重重，何键见红军主力远离湘境，不愿再让湘军西进“跟踪穷追”；王家烈急于恢复其对贵州的统治，对“追剿”红军的兴趣不浓；桂军滞留在独山、都匀地区，徐图自保。只有川军刘湘和滇军龙云害怕红军进入他们的领土而对防堵红军颇为卖力。2 月 7 日，龙云下令孙渡第三纵队由滇雄、毕节向扎西以南之大湾子推进；吴奇伟、周浑元的第一、第二两纵队主力集中黔西、大定（今大方），一部向叙永推进；王家烈第四纵队防守赤水河东之遵义、桐梓、赤水等地区。川军潘文华（指挥约十五个旅）以一部兵力固守叙永、古蔺、兴文、长宁等地和长江、横江沿岸，防止红军北上，其主力则由高县、珙县、长宁及其以南地区向扎西推进，妄图合力围歼中央红军于长江南岸的叙永以西、横江以东地区。此时，蒋介石调集围追堵截中央红军的部队多达 150 多个团，约 40 余万人。

2 月 9 日，中央红军在扎西地区集结完毕。各军团根据中革军委指示进行了休整与缩编。全军加上干部团共编为十七个团，共 3.6 万人左右。红一军团为二个师六个团，红三军团为四个团，红五、红九两军团各为三个团。11 日，孙渡纵队和潘文华所部从南北两面迫近扎西，吴奇伟纵队一部已进至黔西，周浑元纵队主力正从东南方向扑向扎西。为避强击弱，脱离川军与滇军的合击，毛泽东和中革军委决定，“争取渡河先机，并准备以薛岳兵团及黔敌为主要作战目标”，即迅速东渡赤水河，向黔军力量薄弱的黔北地区发动进攻，以开展战局，寻歼王家烈部主力。按上述行动方针，中央红军于2月11日由扎西地区突然掉头东进，分三个纵队，经营盘山、摩泥、回龙场、锅厂坝，于18日至21日由太平渡、二郎滩东渡赤水河（即二渡赤水），以红五团一部向温水佯动吸引追兵，主力向桐梓地区疾进。

中央红军突然由扎西地区掉头向东，二渡赤水河，回师黔北，使蒋介石的“追剿军”措手不及。于是川军三个旅急忙由扎西附近地域向东尾追，却已落在红军后面三到四天的路程，红军则赢得了东出桐梓、娄山关的宝贵时间。黔军王家烈慌忙抽调遵义及其附近地区的部队向娄山关、桐梓增援；吴奇伟纵队第五十九师、第九十三师由黔西向遵义开进，妄图阻止红军并与王家烈部合击红军于娄山关或遵义以北地区。2月24日，中央红军左纵队第一军团先敌进占桐梓，援桐之黔军一个团退守娄山关。翌日，毛泽东和中革军委决定：“我野战军决以一部阻滞四川追敌主力，坚决消灭娄山关黔敌乘胜夺取遵义城，以开展战局。”为达成上述目的，以红五、红九两军团在桐梓西北地区运动防御，阻击川军；以红一军团主力和红三军团一部从娄山关东西两翼向守关黔军侧后迂回，经过激烈战斗，红军于26日攻占了娄山关，并乘胜追击，击溃黔军三个团的阻击，于28日晨重占遵义城。天亮后，吴奇伟纵队第五十九师主力和第九十三师一部即向遵义猛扑过来。第五十九师主力向红1军团阵地红花岗连续发起冲击，当即遭到红军英勇反击，将其一个团击溃。于是该师又转向红三军团阵地老鸦山发起猛攻，经过激烈战斗，红军予敌以大量杀伤后，撤离老鸦山阵地。协同吴奇伟部进攻的王家烈部，因屡遭红军重创，此时则观望不前。红一军团主力乘机展开猛烈反击，迅速突破第九十三师和王家烈部的抵抗，直插吴奇伟的指挥部忠庄铺。吴奇伟仓皇率领第九十三师残部约一个团向懒板凳方向逃窜。红军发扬不怕疲劳、连续作战的战斗，穷追狠打，配合红三军团夺回老鸦山阵地，歼灭第五十九师大部。王家烈亦率残部逃向打鼓新场。

遵义之战，中央红军在毛泽东和中革军委正确指挥下，在3月之内，连下桐梓、娄山关、遵义城，击溃和歼灭国民党军二个师又八个团，俘虏约3000人。这是中央红军长征以来最大的也是最漂亮的一仗，这次胜利，极大地振奋了全军的胜利信心，沉重地打击了蒋介石的反动气焰，使得其“追剿军”在一段时间内不敢轻举妄动，连蒋介石也不得不承认是“奇耻大辱”。同时，中央红军获得了作战物资的补充和短期休整的机会。

中央红军重占遵义，蒋介石万分焦虑，于3月2日飞往重庆，再度策划对中央红军的围追堵截，妄图采取堡垒主义和重点进攻相结合、南北夹击的战法，夺回遵义并围歼中央红军于遵义、鸭溪地区。他下令川军郭勋祺部两个旅由桐梓向遵义进攻；上官云相部两个师由重庆向松坎、新站地区推进，支援川军克复遵义；周浑元纵队四个师进抵仁怀、鲁班场地区，向遵义及其西北地区进攻；孙渡纵队四个旅进抵大定、黔西北地区防堵；王家烈纵队一部集结于金沙、土城等地，阻止红军向西发展；吴奇伟纵队四个师（其中第五十九、第九十三两师已受重创）位于乌江南岸，策应各路作战。同时，命令李韫珩第五十三师由镇远向石碑推进，何键部三个师沿乌江东岸筑碉防堵红军东进。3月5日至10日近一周时间内，中央红军准备在桐梓、遵义地区吸引川军郭勋祺部向东运动，集中主力由遵义西进白腊坎、长干山地区，寻歼周浑元纵队。周纵队各部始终惧歼不前，只守不攻，红军多次寻战，终未得手。蒋介石对中央红军在遵义西南机动作战产生了错觉，认为红军此举是“徘徊于绝地，乃系大方针未定的表现，今后可能化整为零，在乌江以北打游击”因此命令各路“追剿军”按原定部署加快推进。至11日，川军郭勋祺部进占遵义，吴奇伟纵队一部已北渡乌江后向鸭溪、遵义方向推进。

3月13日，中共中央政治局决定：“中央红军仍应以黔北为主要活动地区，并应控制赤水河上游，以作转移枢纽，以消灭薛岳兵团及王家烈部为主要作战目标，对川滇两军须在有利而又急需的条件下，才应与之作战，求得歼其一部”。依据这个战略方针，中央红军于15日集中主力对鲁班场之周浑元纵队发起进攻，由于周四个师猥集一团，不便于分割各个击破，且吴奇伟部增援部队已进抵枫香坝，为避免前后夹击，陷入被动，毛泽东和中革军委立即决定中央红军放弃进攻鲁班场，迅速撤出战斗，转兵西进，再创战机。3月16日，中央红军在茅台镇附近西渡赤水河（即三渡赤水），向古蔺、叙永方向前进，途中击溃川军一个团的阻截，于19日进至大村、铁厂、两河口地区。

中央红军三渡赤水，再次进入川南，蒋介石认为红军又要北渡长江，会合红四方面军，旋即调整军事部署，令其所有“追剿军”各部以川南为目标全力追堵，围歼中央红军于古蔺地区。具体布置是：周浑元纵队主力经鄢家渡向古蔺方向追截；吴奇伟纵队两个师归周浑元指挥，尾红军追击；孙渡纵队主力进抵毕节附近堵击；王家烈纵队以一部兵力运动于新场以北地区，寻找红军截击；川军郭勋祺由两河口向仁怀、古蔺追击，第一师第二旅赶赴土城防堵；李韫珩第五十三师由石碑向遵义推进。毛泽东和中革军委依据敌情变化，于3月20日决定中央红军“以秘密迅速坚决出敌不备折而东向”，“渡过赤水东岸寻求机动”。为了迷惑蒋介石，加深其错觉，红军以一个团伪装成主力，大张旗鼓地向古蔺方向前进，主力则由镇龙山地区秘密北上，途中突然折向东进，于21日晚由二郎滩、九溪口、太平渡东渡赤水河（即四渡赤水），并随即从“追剿军”右翼分路向南疾进，进至遵义至仁怀大道北侧，准备在运动中歼灭尾追之敌一部。3月24日，蒋介石由重庆直飞贵阳，亲自督军，妄图寻中央红军主力决战。鉴于“追剿军”重兵猬集，不易分割歼灭。27日，毛泽东和中革军委决定以红九军团暂留马鬃岭地区，以积极行动向长干山、枫香坝之敌佯攻，以吸引“追剿军”向北，主力则乘敌还没有搞清红军意图之际，继续分路向南急进。翌日，中央红军主力在鸭溪、白腊坝之间突破敌军封锁线，进至乌江北岸的沙土、安底、狗场地区，并于31日南渡乌江，从而巧妙地跳出了蒋介石布下的合击圈，把国民党军几十万“追剿”部队甩在了乌江以北。4月2日，中央红军以一部兵力佯动息烽，主力进占狗场、扎佐，前锋逼近贵阳。

正在贵阳督战的蒋介石惊恐万分。这是因为，此时贵阳及其周围只有黔军第九十九师四个团，如此单薄的兵力，何以挡住红军中央主力的进攻？蒋介石慌忙下令“追剿军”各纵队火速驰援贵阳“保驾”。同时下令守城部队死守机场，并准备轿子、马匹、向导，随时准备逃跑。于是“追剿军”各路又纷纷转向贵阳急进。4月3日，中央红军在息烽至扎佐之间东进，5日进至清水河西岸的高寨、羊场、白果坪地区。为了迷惑蒋介石，中央红军即以少量兵力东渡清水河，向平越方向积极动作，并在清水河上架设浮桥，作出全军东渡的姿态。此举果然使蒋介石又一次发生错觉，认为中央红军欲东进湘西与红二、红六军团会合。于是又急令湘军何键部三个师向余庆、石碑推进堵截；令桂军白崇禧部一个师进至清水河以东的平越、中场一线防堵；急令已达贵阳及其以北地区的孙渡、吴奇伟两纵队和李韫珩第五十三师，分三路掉头向东追击；令周浑元纵队位于息烽以北的乌江北岸筑碉设防，防止中央红军北渡乌江。

滇军孙渡纵队由滇黔边开往黔东后，云南境内兵力空虚，这就为中央红军进入云南提供了条件。毛泽东在部署这次行动时就讲过："只要能将滇军调出来，就是胜利"。于是，中央红军乘"追剿军"各路驰援贵阳"保驾"之际，于4月8日在运动中急转南下，以每天60公里的强行军，突破"追剿军"贵阳至龙黑之间的防线，经青岩、惠水、广顺、鸡场、老凹圹等地，向云南疾进。蒋介石又一次失措，气急败坏，急忙又命令吴奇伟、周浑元两纵队和李韫珩第五十三师在东进中调头向西，在中央红军右侧沿滇黔公路向云南追击；令孙渡纵队尾随中央红军追击。"追剿军"各路往返奔波，疲惫不堪，怨声载道，士气更加低落，内部矛盾加重。4月18日，中央红军主力在白层、者坪地区渡过北盘江，先后进占贞丰、安龙、兴仁等地。原暂留乌江以北马鬃岭地区牵制敌军的红九军团，完成掩护主力南进任务后，也转战到达黔西的水城地区。此时，蒋介石判断中央红军主力必由平彝（今富源）北进会合红九军团，然后西渡金沙江或向北经毕节入川。于是决定集中龙云、薛岳指挥的第二路"追剿军"主力向宣威、威宁地区逼近，将中央红军围歼在该地区。据此，吴奇伟、周浑元、王家烈三个纵队和李韫珩第五十三师分路向宣（威）、威（宁）地区转进，孙渡尾追红军不舍，川军郭勋祺集结毕节。

为了进一步调动"追剿军"各路，毛泽东和中革军委命令红九军团继续单独进行，以吸引敌军，掩护主力行动。红九军团迅速由水城向滇东北前进，主力则以神速动作向西挺进，相继攻占马龙、寻甸、嵩明，于4月27日进抵杨林，前锋已逼近昆明市。这时的昆明，守军力薄势小；滇军主力孙渡纵队尚在几百里以外的曲靖以东地区；另一个旅虽正向昆明进发，因遭红军打击，伤亡惨重，战斗力甚小；其他“追剿军”距昆明都有三天以上里程。龙云为保老剿安全，一面电催孙渡纵队取捷径回援昆明，一面调集各县团防武装防守城垣。这样，就进一步削弱了滇北各地和金沙江南岸的防堵力量，为中央红军北渡金沙江造成了有利的条件。据此，中共中央、中革军委于 4 月 29 日决定：“利用目前有利的时机，争取迅速渡过金沙江，转入川西”，实现原定的“转入川西创立苏维埃根据地的根本方针”，并号召全军将士以英勇顽强的战斗精神，坚决果敢地去实现这一艰巨任务。当日，中央红军分三路向滇西北前进。红一军团为左路纵队，经禄劝、武定、元谋直取龙街；红三军团为右路纵队，经思力坝、马鹿塘夺取洪门渡；军委纵队和红五军团为中央纵队，经山仓珩、海龙塘、石板河进攻至皎平渡。5 月 3 日，中央纵队先遣队干部团一部赶到皎平渡，当晚偷渡成功，全歼对岸守军川康边防军一个排和边防大队一部，抢占了北岸制高点，控制了渡口，又以一部分兵力北上，途中击溃增援敌人，前出至会理城下。在此期间，红一军团抢占了龙街渡，洪门渡等渡口的水流太急或江面太宽，一时无法架桥，且渡船又小，大部队难以过江。毛泽东和中革军委决定，除留红三军团第十三团由洪门渡过江外，红一军团和红三军团主力全都改由皎平渡过江。中央红军渡江过程中，“追剿军”先头已进到团街，担任后卫的红五军团乘敌立足未稳，先机攻击，掩护主力顺利渡江。9 日，中央红军全部胜利渡过金沙江。在滇东北单独行动以吸引“追剿军”的红九军团，于5 月 2 日攻占了东川（今会泽）并顺利渡过金沙江。这时，尾追中央红军的“追剿军”各路人马，全被抛在金沙江以南，会理地区则只有川康边防军一个旅。毛泽东和中革军委决定以红三军团、干部团围攻会理守军；以红九军团在蒙姑、巧家之间遇阻东岸追兵，其余部队在会理地区短期休整。四渡赤水作战胜利结束。仅就其中大小近40次战斗的统计，中央红军歼灭国民党“追剿军”1.8万人左右，击落敌机1架，缴枪数千支。

中国共产党抗日民族统一战线策略

在中华民族危机进一步加深，国内阶级关系进一步发生新的变动的情况下，中国共产党高举民族解放的旗帜，为建立抗日民族统一战线，促成全国共同抗战，进行了长期不懈和艰巨复杂的斗争。

1935年7月25日至8月20日，共产国际在莫斯科举行第七次代表大会。大会根据德、意、日法西斯势力日益猖獗，严重威胁着世界和平的客观形势，决定改变以往对社会民主党的策略，实行反法西斯统一战线和反帝统一战线政策。会上，共产国际总书记季米特洛夫作了《法西斯主义的进攻与共产国际为工人阶级的反法西斯主义的统一而斗争的任务》的报告，向全世界共产主义运动提出了反法西斯统一战线的问题。中国共产党驻共产国际代表团出席了大会。8月1日，代表团根据大会的精神，集体讨论起草了《为抗日救国告全国同胞书》，以中华苏维埃中央政府和中国共产党中央委员会的名义，于10月1日在法国巴黎出版的中文版《救国报》（以后改为《救国时报》）和莫斯科出版的英文版《共产国际通讯》上发表，通常被称为《八一宣言》。

《八一宣言》正确地分析了国内形势，指出中华民族正面临着亡国灭种的生死关头。提出了建立抗日民族统一战线的策略方针。

《八一宣言》发表后，在全国各个爱国阶层中引起了强烈的反响，有力地推动了全国抗日救国运动的兴起，使蒋介石对内用兵对日妥协政策陷于更加孤立的地位。

1935年12月17日至25日，中共中央在瓦窑堡召开政治局会议。会议通过了张闻天起草的《关于目前政治形势与党的任务的决议》，深入分析和讨论了国内外的政治形势，着重批评了党内长期存在的“左”倾关门主义的错误，确定了抗日民族统一战线策略的总路线，相应调整了各项具体政策。

为了充分地说明民族资产阶级在抗日的条件下有参加统一战线的可能性和重要性，系统地阐明中国共产党的抗日民族统一路线的理论和政策，毛泽东根据瓦窑堡会议精神，于12月27日在党的活动分子会议上作了《论反对日本帝国主义的策略》的报告。报告批判了“左”倾关门主义错误，并告诫全党不要重复第一次国共合作时陈独秀右倾投降主义的错误；为了更广泛地争取各抗日阶级进入民族统一战线，报告阐明了苏维埃人民共和国的性质及其各项政策。

瓦窑堡会议和毛泽东的报告精辟地分析了国内政治形势，抓住了时局发展的关键，正确地解决了遵义会议尚来不及解决和还不可能完全解决的共产党的政治路线和政治策略问题。在一个新的历史转变时期，系统地提出了建立抗日民族统一战线的策略方针，标志着中国共产党关于抗日民族统一战线政策的确定。瓦窑堡会议决议和毛泽东的报告，为实现第二次国共合作奠定了理论基础，使党能够顺利地完成由国内革命战争向抗日民族战争转变的任务，促成了抗日战争的兴起。因此，瓦窑堡会议是继遵义会议后的一次极其重要的会议。之后，建立抗日民族统一战线的工作在全党范围内卓有成效地开展起来。

“九·一八”事变

1931年9月18日，日本帝国主义对我国东北悍然发动了武装进攻。“九·一八”事变是日本帝国主义蓄谋已久侵略中国的结果。

日本利用同清朝政府订立的不平等条约，从中国东北的南部掠取了一块殖民地扩张基地“关东州”，设立了殖民机构“南满铁道株式会社”（简称“满铁”）建立了一支推行殖民政策的军事力量“关东军”。日俄战争后，日本在满蒙取得了很多特权。奉系军阀张作霖统治东北时期，日本在东北掠得了更多的权益。1927年4月，日本内阁首相田中义一在给日本天皇的秘密奏折中：“惟欲征服支那，必先征服满蒙，如欲征服世界，必先征服支那”，“此所谓满蒙者，依历史非支那之领土，亦非支那特殊区域”。显然，当时日本已把独占“满蒙”作为它的国策公开化了。

1929年冬，空前的经济危机席卷了整个资本主义世界，日本经济也濒临崩溃。1931年，日本工业总产值比1929年下降了32.4%，其中重工业下降了50%，对外贸易额减少了40%，失业人数增加到300多万。危机也波及到农业，使农产品价格锐减，农民遭受着更为残酷的剥削，因而负债累累。国内阶级矛盾日趋尖锐，斗争遍及各地。日本帝国主义为了寻找出路，对内采取高压政策，加速了军国主义化；对外加强对殖民地的掠夺，进一步发动对中国的侵略。

日本侵略中国首当其冲是东北。因为东北是日本重要的原料供应地。1930 年，日本从中国东北进口的物资占日本整个进口的 31%，日本进口的 64%的煤，46%的生铁，76%的豆类也都是由东北供应的。东北还是日本最大的投资场所和商品销售市场。1930 年，日本在中国东北的投资占外国对东北投资总额的 73%。所以，日本把东北视为它的“生命线”。

为了侵占中国的东北，日本政府还进行了各方面的准备。1929 年，日本参谋本部和关东军司令部先后四次秘密地派遣特务，侦察中国东北地区，以制定武力进攻的方案。1931 年 6 月，日本军部制定了《解决满洲问题方策大纲》，确定了“采取军事行动”，占领“满蒙”的方针。同时，又竭力地为侵华战争大造舆论。日本关东军高级参谋板垣征四郎叫嚷：“满蒙对帝国的国防和国民的经济生活有很深的特殊关系”；“由于帝国掌握着满蒙战略关键的据点，在这里形成了帝国国防的第一线”。又说：“满蒙的资源是很丰富的，有着作为国防资源所必需的所有资源，是帝国自给自足所绝对必要的地区。”

日本帝国主义又先后在东北制造一系列挑衅事件，作为武装进攻的借口。1931 年 7 月，日本在吉林省长春市北郊的万宝山，制造了屠杀中国农民的挑拨中、朝两大民族关系的“万宝山事件”。8 月，又借口日本间谍中村大尉失踪，大肆制度侵略中国的舆论与气氛，并把大批侵略军开进东北，向沈阳集中，叫嚣必须“武力解决”。9 月上旬，日本军队开始在沈阳进行军事演习，向中国军队示威。

这样，经过精心策划。1931 年 9 月 18 日夜，日本关东军自行炸毁沈阳北郊柳条湖附近南满铁路的一段铁轨，反以诬蔑中国军队破坏铁路为借口，突然袭击东北军驻地北大营和沈阳城，挑起了“九·一八”事变。一夜之间，全国的最大兵工厂、制造炮厂及 200 架飞机全部落入日军手中，中国方面损失达 18

亿元以上。接着，日军又在几天内侵占安东（丹东），海城，营口、辽阳、鞍山、本溪、抚顺、四平、长春等20多座城市。在四个月的时间内，东北三省百万平方公里的河山即沦为日本的殖民地，三千万同胞沦为亡国奴。

“九·一八”事变能够这样快发生，又与以蒋介石为首的国民党政府对日本的侵略实行不抵抗政策有关。事变发生之时，日本关东军只有1万多人，而关外的中国东北军有10几万人。事变前，蒋介石于8月16日电示张学良：“无论日本军队此后如何在东北寻衅，我方应不予抵抗，力避冲突”。事变发生之后，国民党政府又电告东北军：“日军此举不过寻常寻衅性质，为免除事变扩大起见，绝对抱不抵抗主义”。正是这种不抵抗政策下，东北军部队在日军的侵略面前，除小部分违反蒋介石的命令奋起抵抗外，其余均不战而退。

“九·一八”事变的爆发，标志着日本大规模公开侵略中国的开始。同时，日本的侵略激起了中国人民的强烈义愤，一个群众性的抗日爱国运动很快在全国兴起。从此，中国国内的主要矛盾也开始。

“一·二八”事变

日本侵占东三省后，又在上海点起战火。企图转移国际上对中国东北问题的注意，迫使国民党政府承认它占领东北的现成事，并把上海变成它侵略中国内地的新基地。“一·二八”事变就是在这种情况下发生的。

1932年1月28日夜，日军在上海分数路向租界向闸北区进攻。驻守上海的以蒋光鼐、蔡廷锴将军率领的第十九路军，违背国民党政府的命令，自动进行英勇抵抗。蒋光鼐、蔡廷锴等通电表示，“为救国守土而抵抗，虽牺牲至一卒一弹，决不退缩。”中日双方激战二十三天，十九路军连战皆捷，使日本侵略军遭到沉重打击，前后增兵 6.7 万人，死伤万余，三易主帅，却无法实现日军的速战速决的作战计划。在战斗中，十九路军和随后参战的部分第五军广大爱国官兵表现了高度的爱国热忱和英勇牺牲精神。如在蕴藻浜一处阵地上的 60 名士兵，以火油濡湿身体，负巨型炸弹，猛扑日军阵地，使敌军阵线崩溃，60 位爱国志士全部壮烈殉国。

“一·二八”事变发生后，十九路军的抗战，得到全市各界人民的大力支持。上海工人、农民、学生和各界群众，纷纷组织义勇军、敢死队、救护队协助十九路军作战，护理伤员。宋庆龄、何香凝等亲临前线慰问，主持、组织筹设了几十个伤兵医院，发起捐赠棉衣 3 万多套送至前线。全国各地人民和海外华侨踊跃向十九路军捐款，达 700 余万元。中共江苏省领导下成立的上海民众反日救国联合会在支援十九路军抗战的活动中发挥了重要作用。

在广大人民群众的有力支持下，第十九路军和随后参战的部分第五军官兵，坚持抵抗一个多月，连续打退了武器装备和兵员数量占优势的日军，取得重大成果。迫使日军三易主帅，数度增兵，损伤一万余人，没有实现其速战速决的迷梦。

但是，国民党政府对十九路军的抗战不但不予支持，反而用停发军饷，截留捐款、限制其他部队增援等手段横加破坏。3 月初，日军发起总攻，中国军队在背腹受敌，又无援军的情况下，不得已奉命放弃庙行、江湾、闸北阵地，撤出上海。经过英、美等国“调停”，中日双方进行谈判，于 5 月 5 日签订《淞沪停战协定》。规定上海至苏州、昆山一带地区中国军队不能驻扎，只能由警察接管，而日军若干部队则可在上述地区驻扎。这是国民党政府签订的一个丧权辱国的协定。

上海停战协定签订不久，蒋介石就正式宣布“攘外必先安内”为国民党处理对内对外关系的基本国策，立即将英勇抗日的第十九路军调驻江西参加“剿共”。加上共产党内的“左”倾错误，一时蓬勃兴起的全国性抗日爱国运动趋于低落。

东北人民的抗日救亡斗争

“九・一八”事变后，日本帝国主义将已被废黜的清朝末代皇帝溥仪从天津秘密送到东北。并于 1932 年 3 月 1 日，用“满洲国”政府名义，发表一个所谓“建国宣言”，宣布“满洲国”成立。从此，日本侵略者及其卵翼下的伪满政权，对东北人民实行野蛮的军事统治。日伪宪兵、警察，特务随意逮捕和杀害城乡中国居民，用各种狠毒手段镇压东北人民的反抗，用中国人进行细菌试验。它们在经济上实行“统制”政策，通过各种手段，对东北人民进行经济掠夺，摧残东北地区的民族工商业。在文化教育上实行法西斯专制政策和大力推行奴化教育，妄图泯灭东北人民的民族意识。日本帝国主义通过加强殖民统治，逐步把东北变为它侵略华北和全中国的战略基地。

面对日本侵略者的蹂躏，东北人民以各种形式同侵略者展开了不屈不挠的斗。沈阳、抚顺、鞍山、本溪、辽阳、哈尔滨等地工人先后举行罢工。沈阳兵工厂的工人，拒绝为敌人生产屠杀中国人的武器而举行罢工，长春中长铁路工人，用转移机车和车辆的办法，破坏日军运兵北上，吉海铁路工人扒铁路、毁桥梁、颠覆军车，打击日军侵略者。青年学生和爱国知识分子冒着生命危险展开抗日爱国运动；许多农民拿起锄头、木棍和刀枪，与日伪军展开斗争；流亡关内的东北各阶层人民到处奔走呼号进行救亡活动。流亡在北平的东北各界知名人士高崇民、阎宝航等联络各界爱国人士，于9月28日成立了“东北民众抗日救国会”，并且把“抵抗日本侵略，共谋收复失地，保护主权”作为他们开展抗日活动的中心任务。

东北人民抗日斗争的主要形式是武装斗争。“九·一八”事变后，东北相继兴起为数众多的抗日义勇军。其中较著名的领导人有黑龙江省的乌占山、苏炳文；吉林省的李杜、丁超、王德林、冯占海；辽宁省的黄显声、唐聚王、邓铁梅等。这些抗日义勇军，多数是属于东北军，部分是东北军旧部与民众结合组织起来的部队，还有一些自发的农民武装和地主武装。他们的斗争给日本侵略者以相当的打击，揭开了东北抗日游击战争的序幕。1932年一年内，辽宁、吉林两省的重要城市，被义勇军袭击达30余次，其仅沈阳市便被袭击11次，沈阳和哈尔滨的飞机场被义勇军烧毁；抚顺煤矿的发电厂也被义勇军破坏。但这些自发的抗日武装力量，由于缺乏统一的组织和指挥、统一的政治目标，领导人物成分复杂，意见分歧，奋战一年余，到1933年转入低潮。

在此期间，中共满洲省指示各地党组织，加强与抗日义勇军的联系，并组织党领导下的抗日武装。“九一八”事变后，中共满洲省委派出杨靖宇、董长荣、王德泰、周保中（白族）、李兆麟、赵尚志、冯仲云、魏拯民等一大批干部，到东北军和义勇军中开展工作，或建立由中国共产党直接领导的抗日游击队。从1932年起，先后组织了由汉、满、朝、蒙、回等民族的爱国志士参加的10余支抗日游击队，主要有：磐石、东满、珠河、密山、宁安、汤原、饶河、巴某游击队。这些部队虽然人数不多，武器恶劣、斗争环境困难，但战士素质好，有党的领导，有明确的政治纲领，紧紧依靠人民群众，使抗日烽火很快燃遍东北各地。自 1933 年 9 月至 1936 年 2 月，先后发展成为东北人民革命军第一至六军，1936 年统一改编为东北抗日联军。

东北人民的抗日斗争有力地打击了日本侵略者的嚣张气焰，也粉碎了其速战速决的迷梦。

华北事变

日本帝国主义为了实现进一步吞并中国的狂妄野心，于 1934 年发表了独占中国的“声明”，声称日本是东亚的“主人”，是中国的“保护者”。为此，他们于 1935 年又向华北地区发动了一系列新的侵略，提出华北政权特殊化的无理要求，制造了华北事变。

是年 5 月初，东北抗日义勇军孙永勤部退到长城附近坚持抗战，当地 4 万多农民纷起响应，积极支持孙部的爱国行动。日本以此为借口，指责中国当局援助东北义勇军进入滦东“非武装社长白逾柱和《国权报》社社长胡恩溥两汉奸被暗杀是中国的排日行为，向国民党北平军分会代理委员长何应钦提出对华北统治权的无理要求，并由东北调集大批侵略军入关进行军事威胁。声言中国如不接受日方要求，日本将采取自由行动。对此，国民党政府竟然步步退让妥协。6 月初，蒋介石指派何应钦与日本华北驻屯司令官梅津美治郎谈判。双方经过多次交涉，7 月 6 日何应钦正式复函梅津，全部承诺日方要求，达成了秘密的卖国条约，即《何梅协定》。其主要内容有：取消河北省和平、津两市的国民党党部；撤退驻河北省的东北军第五十一军，国民党中央军及宪兵第三团；解散北平军分政训处及蓝衣社、励志社等机关；撤免河北省主席于学忠等官吏；取缔全国一切反日团体及活动等。

1935 年 5 月，日本关东军代表土肥原贤二，借口察哈尔省张北县中国驻军扣留日本特务人员（随即释放），向国民党南京政府提出抗议，并屯兵察省进行威胁。6 月 27 日，察哈尔省民政厅长秦德纯与土肥原在北京谈判，达成《秦土协定》，其主要内容有：取消察省境内一切国民党机构；成立察东非武装区，宋哲元的第二十九军从该地区全部撤退，向日方道歉，撤换与该事件有关的中国军官，提保日人今后在察省自由往来无阻；解散反日机构；将察省主席宋哲元免职。这两个协定，使中国冀察两省主权大部丧失，华北局势日益恶化。

接着，日本又积极策划华北五省“防共自治运动”，妄图变冀、鲁、晋、察、绥华北五省为第二“东北”，成立“华北国”。9 月，日本华北驻屯军司令官多日后公然鼓吹北五省组织“联合自治”。在日本侵略者指使下，10 月 22 日，河北东部地区的香河、三河、昌平、武清等县的一批汉奸、流氓、无赖举行所谓“饥民暴动”，强占香河县城，成立了伪“县政临时维持会”。11 月 25 日，日本又唆使国民党行政督察专员，汉奸殷汝耕在河北通县成立“冀东防共自治委员会”（后改为“冀东防共自治政府”），统辖冀东 22 个县。

蒋介石对日本帝国主义策划的“华北五省自治运动”采取妥协敷衍的政策。为了迎合日本使“华北政权特殊化”的要求，蒋介石表示：“中日两国无论自哪一方面看都应该提携协力，以图亚细亚的繁荣”，中国愿“考虑日本的利益，做相当的妥协让步。”1935 年 11 月，国民党政府下令在北平成立冀察政务委员会，指派宋哲元为委员长，汉奸王辑唐、王克敏等为委员，以实行变相的“自治”，在实际上把冀察两省置于中国行政区域之外。

在进行军事侵略的同时，日本帝国主义还以“中日经济提携”为幌子，加紧对华北的经济掠夺。日本驻北平特务机关松室孝良在给关东军司令的秘密情报中毫不隐讳地说：“帝国原料与市场问题之解决，实不能不注视于进攻中国华北”。1935 年 12 月，日本政府决定由“满铁”出资，在天津成立“兴中公司”，从事“开发华北经济”，控制华北的工矿企业、交通运输业和金融业及铁、煤、石油、盐等资源的开发，逐步形成了以军事力量为后盾的经济独占趋势。据日本经济报统计，自 1928 年至 1935 年间，日本对华投资达 20 余亿日元。日本还公然大规模的武装走私，甚至殴打中国海关人员，逼迫中国缉私人员解除武装。到 1936 年 6 月，日本浪人便组织了“特殊贸易会”，要求冀东伪政权和天津市政府，全力维护“特殊贸易”，并向北宁、津浦铁路局表示，不得阻碍运输。华北的政治和经济实权都掌握在日本侵略者的手中。

日本帝国主义对华北的侵略，不仅严重损害了英美帝国主义和南京政府的经济利益，扩大了南京国民党政府内部在对日问题上派系的对立和分化。同时也严重损害了中国民族资产阶级的利益，使中华民族面临着空前的危机，中日民族矛盾逐渐上升为主要矛盾，国际关系和国内阶级关系发生了新的变化。

西安事变

概况

在全国抗日救亡运动的推动和中国共产党建立抗日民族统

一战线的号召下，国民党营垒进一步分化。蒋介石调驻在陕西的张学良东北军和杨虎城第十七路军（又称西北军）为进攻红军的主要力量，受到红军的沉重打击，蒋介石不仅不予补充，反而取消其被歼部队番号。张、杨十分不满，感到对红军作战没有出路，下级军官和广大士兵更是厌倦内战，要求抗日的情绪日趋高涨。

而中国共产党鉴于东北军、西北军所处的特殊政治地位及广大官兵要求抗日的情绪，在争取国民党最高当局联合抗日的同时，加强了对这两支部队的统战工作。1936 年 1 月，毛泽东、周恩来、朱德以红军将领的名义致书东北军全体将士，阐明中共的抗日主张，明确表示红军愿意同东北军首先停战，共同抗日。并且释放了被俘的东北军军官，与张学良等在延安会谈，商讨了逼蒋抗日的可能性。

10 月，蒋介石调集嫡系部队约 30 个师从河南开入西北“剿共”前线。12 月 4 日，蒋介石再次飞抵西安，逼迫张、杨执行“剿共”命令，否则即将东北军、西北军分别调驻福建和安徽，由中央军进驻陕甘两省“剿共”。张、杨既不想参加内战，也不想离开西北。张多次劝说蒋介石放弃内战政策，杨拒不服从“剿共”命令。而蒋介石毫无悔悟之意，表示“剿共”政策至死不变。张、杨“苦谏”失败后，便开始筹划“兵谏”，逼蒋抗日。

12 月 12 日凌晨，震惊中外的“西安事变”爆发。张学良卫队包围了临潼华清池，扣留了蒋介石；杨虎城部控制了西安全城，扣押了陈诚、卫立煌等国民党军政要员。随即向全国发出通电，陈述事变动机完全出于抗日救国，对蒋介石“保其安全，促其反省”，并提出：改组南京政府，容纳各党各派共同负责救国；停止一切内战；立即释放上海被捕之爱国领袖；释放一切政治犯；开放民众爱国运动；保障人民集会结社一切政治自由；确实遵行孙中山遗嘱；立即召开救国会议等抗日救国的八项主张。同时，张、杨还电告中共中央，邀请代表团来西安参与决策，共商大计。

西安事变引起了国内外各派政治势力的强烈反响。英、美两国政府从维护其切身利益出发，避免南京政府为亲日派所控制，因而极力主张支持营救蒋介石，和平解决西安事变。苏联则从外交政策上考虑，希望同南京政府改善关系，力主事变和平解决，竟公然斥责张、杨这一爱国义举。日本政府竭力破坏中国的团结抗日，挑动内战，公开威胁南京当局，暗中支持武力“讨伐”，以便实现灭亡中国的野心。

在国内，西安事变的爆发，完全出乎南京政府的意料，以军政部长何应钦为首的亲日派极力主张明令“讨伐”张、杨，炸平西安，欲置蒋介石于死地，以便取而代之。以宋子文、宋美龄为代表的亲英美派则力主用和平方式营救蒋介石。国民党左派人士冯玉祥等也主张和平解决，以避免内战。东北军和西北军将士及西安大多数民众要求公平、枪毙蒋介石。张学良主张和平解决事变，杨虎城倾向于惩办蒋介石。

西安事变的消息传至陕北，中共中央政治局在深入讨论之后，于19日发出《中央关于西安事变及我们的任务的指示》，指出，西安事变的发动，是中国一部分民族资产阶级的代表，也是国民党中的实力派之一部，不满意南京政府的对日政策，要求立刻停止内战一致抗日，并接受了共产党抗日主张的结果。并指出事变的发展可能有两个前途：一是爆发内战，削弱全国抗日力量，推迟全国抗战的发动，这是日本帝国主义及其走狗亲日派所欢迎的；二是结束“剿共”，使停止内战一致抗日的主张得到早日实现。中共中央从民族利益的全局出发，提出了和平解决西安事变的基本方针。12 月 15 日和 19 日，中共中央先后两次发出通电，坚决支持张、杨的爱国立场，重申同共合作，团结救国的一贯主张，阐明和平解决西安事变的根本立场。

12 月 23 日，宋美龄、宋子文代表南京方面，张学良、杨虎城代表西安方面；周恩来作为中共全权代表，正式开始三方面会谈。经过两天的谈判，达成了六项协议，即：改组国民党与国民政府，驱逐亲日派，容纳抗日分子；解放上海爱国领袖，解放一切政治犯，保障人民的自由权利；停止“剿共”政策，联合红军抗日；召集各党各派各界各军的救国会议，决定抗日救亡方针；与同情中国抗日的国家建立合作关系；其他的具体救国办法。蒋介石当面向周恩来表示：“停止剿共，联合抗日。”但对六项协议，不愿书面签字，而以“领袖人格”担保，回南京后分条逐段实行。

西安事变的和平解决，成为扭转时局的关键。从此，十年内战的局面基本结束，为国共两党重新合作和抗日民族统一战线的建立准备了必要的前提，成为由国内战争走向抗日民族战争的历史转折点。

第二次国共合作

面对日本帝国主义对中国的大肆进攻，中华民族危机日益深重，国共两党再度合作，为抗日战争的胜利奠定基础。

瓦窖堡会议后，中共为促成抗日民族统一战线的形成，采取了各项措施。1935 年 12 月 23 日，中共中央政治局通过了《关于军事战略问题的决议》，确定红军的战略方针是“把国内战争同民族战争结合起来，准备对日作战力量，扩大红军。”为了贯彻执行决议精神，中共中央把红一方面军和陕北红军变为“中国人民红军抗日锋军”，并于 1936 年 2 月 17 日发表《东北宣言》。当蒋介石调遣中央军 7 个师 10 万人阻止红军东征，为了顾全抗日大局，中共中央决定红军回师陕北，于 5 月 5 日发布《停战议和一致抗日通电》。揭露蒋介石、阎锡山阻拦红军抗日的错误行为，鼓促南京政府幡然改悔，通电正式放弃了反蒋抗日的口号，第一次公开把蒋介石看作为联合对象。8 月 25 日，中共中央发表《致中国国民党书》，对国民党五届二中全会宣言和蒋介石报告中的若干转变表示了诚恳的欢迎。同时要求国民党把敌对的目标由国内移向日本侵略者，恢复孙中山先生的联俄、联共、扶助农工的三大政策，集中国力，一致对外，以结成全民族的坚固的统一战线。在信中，中共用“民主共和国”口号代替“人民共和国”的口号，以便动员和团结一切赞成民主，拥护抗日的阶级、阶层和个人参加抗日民族统一战线。9 月 1 日，中共中央向全党发出《关于逼蒋抗日问题的指示》。指出：目前中国人民的主要敌人是日本帝国主义，把蒋介石与日本帝国主义同等看待是错误的，“抗日反蒋”的口号应改为“逼蒋抗日”。1935 年 12 月 6 日，又发出《关于改变对富农策略的决定》，变过去反对富农为中共富农的政策。1936 年 7 月，又作出《关于土地政策指示》，除对汉奸、卖国贼的土地予与没收外，其他小商人、手工业等不在没收之列。这些政策的调整，有利于团结一切可能抗日的阶级、阶层，促进了抗日民族统一战线的形成。

国民党方面为商讨西安事变后的国共关系和对日政策，于 1937 年 2 月 15 在南京召开国民党五届三中全会。会上接受了宋庆龄、冯玉祥等人提出的“恢复孙中山手订联俄、联共、扶助农工三大政策案”。并通过了《根绝赤祸之决议》、《促进救国大计案》等决议案，在原则上接受了中共关于团结抗日的主张，成为国民党最高当局由内战、“剿共”和对日妥协向和平统一、团结抗日转变的重要标志，也是以国共合作为基础的抗日民族统一战线初步形成的历史标志。

日本发动“七·七”事变后，尽快实现国共两党重新合作，建立抗日民族统一战线，成为中华民族的当务之急。从1937年2月至9月下旬，国共两党就红军改编、苏维埃改制、合作形纲领等问题进行了六次谈判。7月15日，中共中央向国民党递送了《中共中央为公布国共合作宣言》，提出了抗日三项主张。“八一三事变”后，抗日战争全面爆发，加快了国共合作的步伐。8月22日，国民政府军事委员会公布了红军改编为国民革命军等第八路军的命令，成立总指挥部，委任朱德为总指挥，彭德怀为副总指挥。

9月22日，国民党中央通讯社发表了《中共中央为公布国共合作宣言》，23日，蒋介石在庐山发表谈话，承认中共的合法地位。至此，以国共两党合作为基础的全国抗日民族统一战线正式建立。

1. 中共“抗日反蒋”政策向“逼蒋抗日”政策的转变

1936年2月，为了扩大抗日武装和根据地，以实际行动表示红军抗日的决心中共中央决定红一方面军以“中国人民红军抗日先锋军”名义进行东征。东征红军在山西遭到阎锡山部队的阻击，蒋介石亦调兵进入山西，并下令驻在陕西的杨虎城、张学良部向陕甘根据地进攻。正在此时，在宋庆龄的帮助下，以牧师身份活动的共产产党员董健吾带着国民党当局要求同中共中央谈判的信息于2月27日到达陕北。中共中央分析了国民党政府一部分高级领导人主张联俄联共抗日、有同红军妥协的倾向，同时国民党方面提出了五条联合抗日的意见，表示愿同南京当局开始切实的谈判。国民党高层之间中断八年多的联系接通了。不久，中共中央决定东征红军回师陕北，在5月5日发出《停战议和一致抗日》通电，敦促南京当局幡然悔悟，在全国首先在陕甘晋停止内战，互派代表磋商抗日救国具体办法。这一通电实际上是向全国宣宣布中国共产党的“抗日反蒋”政策已经转变为“逼蒋抗日”政策。8 月 25 日，共产党发表致中国国民党书，对国民党五届二中全会宣言和蒋介石报告中的若干转变表示诚恳的欢迎，同时希望国民党的政策能有彻底的改变，实现国共两党第二次合作。9 月 1 日，中共中央向党内发出“关于逼蒋抗日问题的指示”，指出“在日本帝国主义继续进攻，全国民族革命运动继续发展的条件下，国民党中央军全部或其大部有参加抗日的可能。我们的总方针应是逼蒋抗日”。

以后，毛泽东分别致函宋庆龄、蔡元培等著名爱国人士，希望他们利用各自的资望和地位，积极响应和推动统一战线的组成。周恩来也先后致函曾养甫、陈果夫、陈立夫等国民党上层领导人，表达中国共产党与国民党合作抗日的真诚愿望，希望国民党从过去的误国政策中摆脱出来。实现两党的重新合作。

2. 国民党对日政策的调整

日本帝国主义对中国的侵略和扩张，严重损害了英美在华的利益，英美同日本的矛盾激化。在“华北事变”前，日本外务省情报部长天羽英二就发表一份独占中国的声明，即所谓“天羽声明”。主要意思是说：日本是东亚的主人与中国的保护者，任何国家不得染指中国，中国更不能与日本以外的任何国家发生关系。意在排挤英美在华势力。日本制造“华北事变”后，加深和扩大了与英美之间的矛盾，对英美在华的经济利益构成了严重的威胁。因此，英美两国政府发出照会，反对日本以“东方太上政府”自居，独霸中国。为此，它们加紧支持国民党内的英美派势力，阻止日本的侵略和扩张。1935 年冬，英国帮助蒋介石实行“币制改革”。1936 年美国同国民党政府订立“中美白银协定”。英美两国一面加紧控制中国的财政金融命脉，一面公开谴责日本是“国际上的强盗”、“黩武的国家”。英美与日本矛盾的激化，也引起国民党内部英美派与亲日派的明显对立和分化。

汪精卫集团坚持媚日外交，成为亲日派。蒋介石集团则适应英美对日态度的变化，在对日政策上同汪精卫集团发生分歧，成为亲英美派。1935 年 8 月，亲英美派分子借《敦睦邦交令》的颁布，攻击亲日派的媚日外交，迫使汪精卫提出辞职。11 月初，汪精卫在国民党四届六中全会上被爱国志士刺伤，亲日派势力受到严重打击。同月，蒋介石在国民党第五次全国代表大会上发表讲演，虽然继续大谈对日和平外交，但又表示如果日本无止境地进攻，超过了和平的限度，那就到了牺牲的最后关头，他就要“听命党国，下最后之决心”。12 月，南京政府进行大规模人事更动，蒋介石接替汪精卫的行政院院长职务，由亲日派分子担任的各部部长也都换成了亲英美派分子。

蒋介石还通过各种渠道同中国共产党对话，经过双方共同努力，第二次国共合作的渠道终于打通，两党开始接触、谈判，商讨合作事宜。

1936 年 11 月，潘汉年作为中共正式代表与国民党代表陈立夫会谈。中国共产党从国家和民族的最大利益出发，提出了切实可行的联合抗日的具体意见。国民党方面在谈判初期态度比较积极，但由于蒋介石坚持“中共武装必先解除”，而后“以政治方式解决”的错误立场，陈立夫在会谈中提出了工农民主政权和红军必须取消的条件。潘汉年不辱使命，拒绝了国民党的无理要求。谈判终未达成任何协议。

在国共两党初步接触和谈判期间，国民党实行的是两面政策。一方面在对日态度和政策上渐趋强硬，使日本侵略者没能从这个阶段的谈判中得到任何想要得到的东西。随着中日关系日趋紧张，国民党着手进行整军备战工作，取得一定成效。1936年6月，为了以政治方式解决广东陈济棠、广西李宗仁、白崇禧宣布“北上抗日”的“两广事变”，国民党召开五届二中全会，蒋介石在会上表示“对于外交所抱的最低限度，就是保持领土主权的完整”，“假如有人强迫我们签订承认伪（满洲）国等损害领土主权的时候，就是我们不能容忍的时候，就是我们最后牺牲的时候”。这年8月，日本卵翼下的伪军在关东军的策动和配合下进攻绥远，绥远省主席傅作义率部抵抗，击溃了日伪军的进犯，收复了百灵庙、大庙等地。全国人民展开空前热烈的援绥运动。这表明，由于日本帝国主义步步进逼和国民党营垒内部已经和即将发生的更大更多的分裂，使蒋介石和国民党在事实上已经不可能继续执行对日不抵抗政策了。但是，另一方面，蒋介石和国民党当局对内仍然坚持反共和镇压抗日民主运动的反动政策。1936年11月，国民党当局以“危害民国”罪悍然逮捕救国会领袖沈钧儒、邹韬奋、李公朴、沙千里、史良、章乃器、王造时等七人，制造了震惊中外的“七君子事件”。蒋介石的倒行逆施，引起了东北军和西北军广大官兵的强烈反对，更激起了全国各阶层人民的无比愤慨。

3. 西北军与共产党的联合抗日

中国共产党与杨虎城的关系由来已久。在1935年以前，主要是中共地方组织和共产党员与杨共事。但自《八一宣言》发表后，杨就积极与中共中央联系，中共组织也运用各种关系和渠道，加强对杨的争取工作。1935年11月，毛泽东写信给杨虎城，提出西北大联合主张，希望杨和中共的关系继续保持并发扬光大。中共中央派汪锋把信送给杨虎城，三次和杨会谈，沟通了中共中央和杨虎城的关系。1936年4月，由杨虎城资助去德国留学的王炳南回国后，被派到杨部做联络工作。经过多方面的工作，5月，双方达成了互不侵犯，停止内战，联合抗日，互派代表，建立交通电讯联系等协议。

为了加快西北大联合的步伐，毛泽东于8月13日在给杨虎城的信中说："先生同意联合战线，盛情可感。"后中共中央派张文彬为中央驻杨虎城部的联络代表，被杨委任为少校秘书，从此双方的联系得到了加强。为加强对十七路军的抗日教育，杨虎城还改组了其部队的步兵训练班，由赵寿山（后加入中共）负责，王炳南任政治教官。至此，中共与杨虎城的合作也比较牢固地建立起来了。

东北军与西北军有较好的合作关系，但由于体系不同，又驻扎在一起，时有纠纷不可避免。张、杨之间常发生矛盾。为此，1936年10月，王炳南在上海经杜重远写信介绍会见张学良，做沟通张学良和杨虎城关系的工作。此后，张、杨消除了误会，增强了团结。经过中共党员和进步人士的工作，两军的关系也逐步改善。最后，张、杨两将军推诚相见，倾吐真言，成为挚友。10月26日，毛泽东等40多名红军将领写信给蒋介石及西北的将领，提出只要国民党政府决心抗战，红军"誓与你们合作到底"。第一次公开称国民党军队为友军。至此，实现了红军、东北军、西北军"三位一体"的西北大联合，从而为张、杨"逼蒋抗日"壮了胆，坚定了他们发动西安事变的决心和信心。

西安事变

西北地区实行联合抗日后，张学良曾多次劝谏蒋介石停止内战，但都遭到拒绝。蒋介石十分担心西北的联合抗日局面影响其他地区。"两广事变"解决后，他立即集结重兵于陕甘根据地周围，并逼迫张学良、杨虎城率部“剿共”。12月4日，蒋介石又亲临西安，迫令张、杨立即执行“剿共”命令。否则将这两支部队分别调往福建、安徽。张、杨慷慨陈词，据理力争，多次劝说蒋介石放弃内战政策。但是，蒋介石毫无悔改之意，表示暂不改变“剿共”计划。12月9日，西北地区1万学生举行纪念“一二·九”运动一周年爱国请愿游行。蒋介石令张学良派兵武力制止。张学良为学生激情所感动，10日、11日两天又接连向蒋介石进谏，竟被蒋介石斥之为“犯上作乱”。张学良为形势所迫，与杨虎城商议，决心实行“兵谏”。

1936年12月12日凌晨，张学良派卫队包围华清池，扣留了蒋介石；杨虎城的部队控制了西安全城，扣押了陈诚、蒋鼎文、卫立煌等国民党军政要员。13日，张、杨通电全国，陈述事变动机完全出于抗日救国，对蒋介石本人必定“保其安全，促其反省”；提出改组南京政府、容纳各党各派共同负责救国等八项抗日救国主张。张、杨还电告中共中央，邀请派代表团来西安共商大计和处理“兵谏”后事宜。

西安事变在国内外引起强烈反响。国际上，日本企图乘机挑起中国大规模内战，公开威胁南京政府，暗中支持“讨伐”张、杨。英、美力求维持蒋介石的统治，并认为在此前提下不妨同共产党采取某种形式的联合，以共同对付日本。苏联和共产国际一方面认为西安事变是张学良的“投机”，是“破坏”中国抗日力量的团结；另一方面主张和平解决事变。在国内，国民党内出现了“讨伐派”和“主和派”的对立。何应钦、戴季陶等极力主张明令“讨伐”张、杨，轰炸西安，何应钦出任“讨伐军总司令”，“讨伐派”一度占了上风。孔祥熙、宋子文、宋美龄等力主用和平方式营救蒋介石，反对“讨伐”，冯玉祥等抗日民主势力也积极主张和平解决，反对内战再起。地方实力派中多数呼吁“政治解决”，少数主张付诸武力。东北军、第十七路军多数官兵要求杀掉蒋介石。红军将士和根据地人民中的多数也主张严惩蒋介石，但又忧虑内战再起。

西安事变的和平解决

面对错综复杂的政治形势，中共中央经过多次慎重研究，正确分析了事变的性质、前途和党的基本方针，指出这是中国一部分民族资产阶级的代表，也是国民党中实力派之一部，不满意南京政府的对日政策，要求立即停止“剿共”，停止一切内战，一致抗日，并接受中国共产党抗日主张的结果。事变的发展可能有两种前途：或是由此引起更大规模的内战，这是日本帝国主义和中国亲日派所欢迎的；或是由于事变的和平解决而结束内战，早日实现全民族抗战，这是中国人民和一切抗日爱国分子所希望的。中国共产党的基本方针是：（一）坚持反对新的内战，主张南京和西安之间在团结抗日的基础上和平解决；（二）联合国民党左派，争取中间派，反对和揭露亲日派发动内战的阴谋，推动南京政府走上抗日道路；（三）给张学良、杨虎城以政治上、军事上的积极援助；（四）切实做好防御准备，随时迎击亲日派和日军的武装进攻。这些方针是1936年5月以来公开放弃反蒋口号，实行逼蒋抗日政策的继续和发展。中共中央在12月19日向党内发出的《中央关于西安事变及我们任务的指示》中对这些方针作了概括的说明。在对待被扣押的蒋介石个人问题上，中共中央的决策有个过程。12月15日，红军将领联名发表《致国民党国民政府电》，其中要求南京当局“罢免蒋氏，交付国人裁判”。17日，周恩来等作为中共中央代表抵达西安。18日，周恩来致电中共中央，反映国内各派对事变的反应，并陈述个人对于解决这一事变的意见。中共中央根据周恩来的电报，进一步分析了事变后的形势，为促成事变的和平解决，改变了15日电文中的对蒋介石的处置意见，在18日致国民党中央的电文中明确指出“如贵党能实现各项全国人民的迫切要求，不但国家民族从此得救，即蒋氏的安全自由当亦不成问题”。中共中央这一决策得到各界爱国人士和许多国民党上层人士的支持。

南京方面在经过多方斡旋，弄清张、杨和共产党的态度后，于22日派宋子文、宋美龄兄妹到西安。23日，周恩来作为中共全权代表参加了张、杨与宋氏兄妹的谈判，做了大量卓有成效的工作。经过两天的会谈，终于达成改组国民党和国民政府、释放政治犯、停止“剿共”、联合红军抗日等六项和平协定。24日晚，周恩来会见了蒋介石，指出目前形势是非抗日无以图存、非团结无以救国，坚持内战必自速其亡，只有停止内战、一致抗日才是唯一出路。蒋介石被迫表示同意业已达成的六项和平协议。25日，蒋介石由张学良陪同飞离西安返回南京。西安事变终于和平解决。

西安事变的和平解决粉碎了亲日派和日本帝国主义的阴谋，迫使蒋介石下令撤离了包围陕甘根据地的国民党军队，实际停止了对红军的进攻，基本结束了反共的十年内战，开始了国内和平的新时期；事变的和平解决促进了中共中央逼蒋抗日方针的实现，对国共两党的再次合作、团结抗日起了重要的推动作用，为抗日民族统一战线的建立准备了必要的前提，成为由国内战争走向抗日民族战争的转折点，成为时局转换的枢纽。

抗战爆发

日本策划全面侵华

1936年日本组建广田内阁，建立了由军部掌握国家大权的天皇制的法西斯政权。8月7日，日本召开首相、陆相、海相、外相、藏相会议。通过了一个国策纲领性文件“国策基准”。其中指出对中国，重点“在于首先使华北迅速成为防共、亲日满的特殊地区，并且一面获取国防资源，扩充交通设备，一面使整个中国反对苏联，依靠日本”。

日本帝国主义加紧扩充军备，并与国际上的法西斯势力相勾结，提出反苏反共的口号，加紧进行全面侵华战争的部署。在东北，大量增加驻军，1936年与1931年比，兵力增加4倍多，火炮增加3倍，飞机增加2倍，坦克增加9倍。在华北，于古北口修筑炮台，于北宁路屯驻重兵，为切断中国华北与南方的联系又占领丰台。同时，派大批军舰开进青岛、上海及长江各埠。1937年，日本参谋本部制定了以14个师团的兵力，占领中国的华北、华中、华南地区，一举灭亡中国的计划。

“七·七”事变

日本帝国主义完成对中国的作战准备后，于1937年在卢沟桥发动“七·七”事变，挑起全面侵华战争。

事变前夕，日伪军已从北、东北、西北对北平形成三面包围之势，即日军河边正三混成第4旅团驻在西起丰台、东至山海关的北宁路上；以汉奸殷汝耕所属的伪保安队1.7万多人盘踞在冀东；以德王德穆楚克栋鲁普、李守信为首的伪蒙军约4万人驻扎在察东地区。这样，只有北平西南卢沟桥一带，尚为中国军队所控制。于是，位于北平广安门外永定河上、扼守平汉路要塞的卢沟桥就成了北平通往华中地区交通的唯一通道，也成了日军进攻北平，发动全面侵华战争的首攻目标。当时，中国驻守在北平、天津和冀察地区的军队是宋哲元的第二十九军，总兵力约10万人。

1937年（日本昭和十二年）7月7日晚10时，驻丰台的日军河边旅团第一联队第三大队第八中队，在中队长清水节郎的率领下，奉命以卢沟桥为假想攻击目标，在卢沟桥以北一公里的龙王庙一带进行所谓的夜间军事演习，事先并未通知中国当地驻军，即第二十九军第三十七师第一一〇旅第二一九团。晚11时许，演习完毕，日军诡称“仿佛”听到宛平城内有枪声，借口一名日兵“失踪”，无理要求立即进入宛平城搜查，遭到中国驻军的正义拒绝。此后，“失踪”的日兵志村菊次郎已归队，但日军仍蛮横坚持要派兵入城，并声称“要以武力保护前进”。为防止事态扩大，经与日方反复交涉，约定双方派员前往调查。正当双力交涉之际，日军又反诬遭到龙王庙附近中国军队的突然射击，于是随即向宛平中国驻军进攻，还发炮100多弹，炮击卢沟桥。当地驻军第二一九团吉星文部在忍无可忍的情况下，奋起还击。激战中，守军营长金振中腿部负伤，但仍带领士兵们坚守卢沟桥阵地。旅长何基沣、团长吉星文亲临前线指挥作战，并下令“坚守阵地，坚决回击”。广大官兵义愤填膺，英勇杀敌，歼灭进攻卢沟桥的日军100多人。一位年轻战士，一连用大刀砍伤13名日军，最后壮烈牺牲。守卫卢沟桥北面的一连中国官兵，前仆后继，抗击日军，最后只剩下4人，其余全部阵亡。这就是举世震惊的“七·七”事变（亦称“卢沟桥事变”），从而揭开了中国抗日战争的序幕。

全国抗日民族统一战线的建立

《抗日救国十大纲领》

抗战开始，中国共产党就提出，只有动员和组织全国人民起来抗战，实行全面抗战路线即人民战争路线，才能抵御强敌，争取胜利。全面抗战路线就是中国共产党新民主主义革命总路线在抗日时期的具体体现。

至“七·七”事变前夕，国共两党就实现第二次国共合作问题，曾先后在西安、杭州、庐山等地进行谈判。但因国民党企图控制红军和边区，在具体问题的讨论中设置种种障碍，使谈判没有取得进展，被拖延下来。

“七·七”事变后，7 月 15 日，中共中央拟定了《中国共产党为公布国共合作宣言》交给国民党，并要求早日公布。

为了动员一切力量实现全面抗战，并具体制定党领导抗战的纲领和政策，1937 年 8 月 25 日，中国共产党在陕北洛川召开中央政治局扩大会议。会议通过了著名的《抗日救国十大纲领》其内容为：（一）打倒日本帝国主义；（二）全国军事的总动员；（三）全国人民的总动员；（四）改革政治机构；（五）抗日的外交政策；（六）战时的财政经济政策；（七）改良人民生活；（八）抗日的教育政策；（九）肃清汉奸卖国贼亲日派，巩固后方；（十）抗日的民族团结。这个纲领是全面抗战路线的具体化，明确提出了党关于抗日救国的正确主张。

抗日民族统一战线的正式成立

西安事变和平解决以后，为了促成抗日民族统一战线早日成立，7月17日，中共代表周恩来、秦邦宪、林伯渠和国民党代表蒋介石、张冲、邵力子等在庐山进行谈判。谈判中，蒋介石虽然承认了中国共产党和陕甘宁边区的合法地位，但在红军改编后的指挥问题上，他坚持不设总指挥部，由政训处负责人事、指挥等要求。

8月，日军大举进攻上海，国民党的统治受到严重威胁。8月中旬，到南京出席最高国防会议的周恩来、朱德、叶剑英又同蒋介石就红军改编后的人数、设立总指挥部和保持独立自主等问题，继续进行谈判。由于蒋介石急于要红军开赴前线牵制日军，于8月19日被迫同意共产党关于红军改编的主张。22日，国民政府军事委员会正式公布红军改编为国民革命军第八路军（9月11日改称第十八集团军）的命令，任命朱德、彭德怀为正副总指挥。第八路军下辖三个师：一一五师，师长林彪；一二〇师，师长贺龙；一二九师，师长刘伯承。不久，南方八省的红军游击队改编为国民革命军陆军新编第四军（简称新四军），军长叶挺，副军长项英。9月22日，国民党中央通讯社正式公布了中国共产党递交的国共合作宣言。9月中旬，国民政府承认陕甘宁边区政府，以林伯渠、张国焘为正副主席。9月22日博古和康泽代表双方在宣言上签字。当天，国民党的中央通讯社正式发表了《中国共产党为公布国共合作宣言》。23日，蒋介石发表了关于国共二次合作的谈话。谈话中表示，此次中国共产党发表之宣言所举诸项，均与国民党三中全会之宣言及决议案相合，在存亡危急之秋，不应计较过去之一切，而当使全国国民彻底更始，力谋团结，以共保国家之生命与生存。对于国内任何派别，只要诚意救国，政府无不开诚接纳。在这里，蒋介石虽然仍顽固地坚持其国民党一党专政的立场，把同共产党的合作说成是“接纳”，但是，蒋介石的这个谈话，公开表示了承认中国共产党的合法地位和两党的合作。所以，中国共产党的宣言和蒋介石谈话的发表，就标志着以国共两党合作为基础的抗日民族统一战线的正式形成。

卢沟桥畔的枪声

1937 年 7 月 6 日，驻丰台的日军冒雨在卢沟桥东北侧龙王庙一带组织演习，并紧张地构筑工事，还到宛平城东门外，要求通过县城到长辛店地区演习，遭守军拒绝。日军异常恼火，相持十余小时后退回丰台。针对如此紧张气氛，第一一〇旅旅长何基沣要求第二一九团：“注意监视日军行动”，“如日军挑衅，一定要坚决回击。”金振中营全体官兵早已愤慨万分，一致表示日军若要采取行动，一定誓死抵抗。金振中随即召开军事会议，命令各连作好战斗准备，并规定日军进入阵地前 100 米内即准射击。

7 月 7 日上午，丰台日军又来到卢沟桥以北地区举行演习，蓄意挑衅。下午，第八中队近 600 人，在中队长清水节郎率领下进至龙王庙附近，声称要进行夜间演习，并加紧抢修工事。日军的种种迹象，引起守军和宛平县政府的密切注意。天黑前，宛平警察局即将东门关闭，不准人员出入。暮色降临后，清水指挥日军开始夜间演习。22 时 40 分，宛平城东北日军演习地区突然响起一阵枪声。少顷，几名日军来到宛平城下，诡称 1

名士兵失踪，硬要进入宛平城搜查，遭守军严正拒绝。日军第一联队联队长牟田口廉和驻北平特务机关长松井久太郎当即与冀察当局交涉，声称："仿佛听到宛平城内之军队发枪数响，致使演习部队失落日兵一名，要求进入宛平搜索失兵。"第二十九军副军长兼北平市长秦德纯答复："卢沟桥是中国领土，日本军队事前未得我方同意即在该地演习，已违背国际公法，妨害我国主权，走失士兵我们不能负责，日方更不得进城搜查，致起误会。"心怀鬼胎的日军极为不满，公开威胁：如不同意，日军将以武力保卫前进。秦德纯随即通知冯治安和第二一九团团长吉星文，要求严密戒备，准备应战。

此后，日军又说失踪士兵已归队，要求双方一起调查失踪原因。正当中日联合调查组进行调查时，丰台增援的日军第三大队主力赶到，又无理要求守军撤出宛平城西门外，让日军进入东门，遭到吉星文的严词拒绝。

8月2时，日军副联队长森田彻前往加强指挥。金振中在得知日军增援时，即抽调第十连申仲明排到铁路桥头协助李毅岑排防守。4时50分，大队长一木清直率第三大队主力成四路纵队，气势汹汹地向铁路桥扑来。申仲明站在桥头，阻止日军继续前进，日军突然开枪射击，申仲明不幸中弹牺牲。申仲明是地下共产党员，长期在士兵中宣传抗日主张，为坚持抗战作出了贡献。申仲明的鲜血激怒了守桥官兵，在李毅岑指挥下，为捍卫民族尊严和祖国领土，打响了保卫卢沟桥的战斗。守军二个排的兵力，面对数百名日军的进攻，毫不畏惧，挺身而起，6挺机枪和60余支步枪一齐射出了仇恨的子弹。当日军冲入阵地后，勇士们抡起大刀，与日军展开了肉搏。经十五分钟激战，终因寡不敌众，陷入了日军重围，官兵们奋勇搏杀，除4人外均战死在桥头阵地上。日军虽占领了龙王庙和铁路桥东侧，但在东河堤上丢下了100余具尸体，大队长一木也被击毙。

与此同时，日军一部兵力向宛平东门发起了进攻，并以炮火轰击城墙。

卢沟桥畔的枪声响起后，秦德纯、冯治安和第38师师长张自忠等召开了紧急会议，向守军发出命令："卢沟桥即为尔等之坟墓，应与桥共存亡，不得后退。"在山东休假的宋哲元也及时致电："扑灭当面之敌。"全军将士复仇火焰更加高涨。英勇的守军官兵冒着炮火，奋起抗击日军的进攻。广大官兵含垢忍辱已非一日，郁积胸中的怒火无缘发泄，战斗中个个奋勇当先。宛平城内军民沉着应战，待日军接近时，各种枪支急速齐射，日军伤亡惨重，多次进攻被击退。战斗持续1个多小时，日军未能前进一步。

7时30分，日军华北驻屯军对天津各部队下达了准备出动支援的命令，并令在秦皇岛的旅团长河边正三马上返回北平，决心扩大战事。9时30分，森田再度下令攻打宛平城。守军官兵严阵以待，日军枪声一起，当即以猛烈射击予以回击。13时，牟田赶到前线亲自指挥。15时50分，河边也赶到丰台督战。

进攻之日军遭守军顽强抗击，多次进攻未能得逞，为拖延时间，等待援军到来，遂不断玩弄花招。16时，送信提出谈判；17时，又向宛平县政府发出通牒。牟田见威吓不成，遂准备再次诉诸武力。18时05分，日军集中炮兵对宛平城实施火力突击，持续三个小时，将城内大部房屋摧毁，无辜居民惨遭祸殃。守军官兵抱定至死不退让一寸土地的决心，顽强抗击日军的进攻。日军集中兵力在9辆坦克引导下向宛平发起了冲击。守军不惧危险，用步枪、手榴弹近战歼敌，将日军的进攻击退。这时，何基沣率西苑驻军迅速开进已到达八宝山附近，准备向大井村等地疾进，以截断日军的后路。日军顿感形势不妙（因连日大雨，道路泥泞，天津援军在通州被阻），遂停止进攻，退缩待援。

当夜，吉星文亲率突击队，用绳梯爬出宛平城，在青纱帐掩护下，沿永定河两岸向铁路桥接近。近二十四时，突击队秘密逼近铁路桥，出其不意地冲入日军阵地，实施两面夹击。战士们的大刀带着复仇的寒光，在日军中闪烁开花。日军猝不及防，有的成了刀下之鬼，有的跪地求饶，“皇军”昔日的威风，被勇士们闪亮的大刀一扫而光。一名年仅十九岁的突击队员，挥舞着大刀，连续砍杀日军 13 人，生擒 1 人，直至壮烈牺牲。突击队用原始的大刀，以伤亡大部的代价，将日军一个中队几乎全歼在铁路桥附近。这罕见的悲壮场面，连日军指挥官也吓得咋舌。金振中在战斗中腿部负重伤，仍率部冲锋在前，吉星文死拉硬拖才将他劝住，后送到后方医院治疗。共产党代表专程到医院慰问，并赠送了“抗日先锋”银盾一枚。

9 日凌晨，守军收复了失地，恢复了永定河东岸的态势，消除了宛平城侧后的威胁。日军被迫撤回丰台。守军变被动为主动，军心为之大振。宛平军民兴高采烈，磨肩擦掌，准备给日军以更大的打击。第二十九军官兵为抗日救国作出了榜样，全国人民无不为之激动和振奋。一位作家当即赋诗赞颂第二十九军：

> 怒吼吧，卢沟桥！
> 我们抗战的日子已经来到。
> 忍辱负重已非一日，
> 祈望和平亦非一朝，
> ……
> 如今已有廿九军的崛起，

用铁血回答着敌人的横暴！

……

让我们大家持着枪和刀，

……

把数十年来的仇恨一齐报。

……

第29军的爱国主义精神，受到了全国人民的赞颂和传唱。在之后的各个抗日战场上，扬起了《大刀进行曲》的雄壮歌声：

大刀向鬼子们的头上砍去！
二十九军的弟兄们！
抗战的一天到来了！
前面有东北的义勇军，
后面有全国的老百姓，
咱们二十九军不是孤军。
看准那敌人，把它消灭！
把它消灭！冲啊！
大刀向鬼子们的头上砍去！

卢沟桥的枪声，使中华民族如愤怒的雄狮般猛醒过来，咆哮着投入了抗击日军的斗争。

7月8日，中共中央通电全国疾呼："只有全民族实行抗战，才是我们的出路！""全中国同胞、政府与军队团结起来，筑成民族统一战线的坚强长城，抵抗日寇的侵略！国共两党亲密合作抵抗日寇的新进攻！驱逐日寇出中国！"与此同时，毛泽东、朱德等致电蒋介石："实行全国总动员，保卫平津，保卫华北，收复失地。"红军将领还致电宋哲元、秦德纯："誓为贵军后盾。"中共北平地下组织当即领导组织起北平各界抗敌后援会，发动群众团体开展救亡工作，全力援助第二十九军抗战。国家兴亡，匹夫有责。全国各党派、各阶层乃至海外侨胞，纷纷投入了抗日御侮的斗争洪流。

7月9日，蒋介石电令宋哲元："守土应具备必死决战之决心，以积极准备之精神应付，至谈判尤须防其奸狡之惯伎，务期不丧丝毫主权为原则。"同时，南京政府着手筹划全面抗战事宜。

9日晨，收复失地的胜利振奋着第二十九军官兵，他们准备直捣丰台，尔后一鼓作气歼灭平津地区之日军。但就在凌晨3时，冀察当局本着南京政府"应战不求战"的指示，为防止事态扩大，竟同意与日方谈判，放弃了继续进攻的有利时机。日军在缓兵之计掩护下，做好了大规模进攻的准备。冀察当局则屡次受骗，仍做着和平之梦，使卢沟桥战事逐渐陷入被动局面。

11日，日军决定从东北关东军和朝鲜驻屯军中抽调二个师团入关。16日，又增派四个师团、二个旅团到华北。17日，日本军部制定了《在华北行使兵力时对华战争指导纲要》；同时，日本政府决定在国内动员40万军队，决心以武力灭亡中国。至16日，日军在华北地区已集中五个师团，兵力超过10万人。

面对日军步步进逼的态势，蒋介石在全国人民一致要求抗战的呼声中，召集各界人士举行了庐山会议。17日，蒋介石发表了庐山谈话，宣布对日抗战，对卢沟桥事变采取了较为强硬的态度，表示："希望和平而不求苟安，准备应战而决不求战，""如果战端一开，那就地无分南北，人无分老幼，无论何人皆有守土抗战之责任，皆应抱定牺牲一切之决心。"毛泽东曾指出：蒋介石的谈话，"确定了准备抗战的方针，为国民党多年来对外问题上的第一次正确的宣言，因此，受到了我们和全国同胞的欢迎。”

18日，日军在丰台设立最高司令部，香月清司任司令官，积极筹划发动新的进攻。19日，日军劫持塘沽码头设备。20日，日军炮轰宛平、长辛店；在炮火掩护下，步骑兵及坦克、铁甲战车两度向宛平城猛冲，企图夺占该地。守城官兵在吉星文指挥下，顽强抗击日军的进攻，将其击退，胜利地保卫了宛平城和卢沟桥。此时，增援日军6000余人到达天津。22日，日军飞机50余架飞抵天津。23日，除关东军增援部队外，另有八个师团计16万人正在来华途中。25日，日军对平、津等地达成了包围态势。

19日，宋哲元回到北平，由于其对日军抱有幻想，竟不顾日军屡次挑起事端的实际情况，采取了一系列措施以示和平诚意，既不肯完全对日妥协，又没有决心抵抗日军，处于十分矛盾的心理。他制定了“以守为守”的作战方针，又一次贻误了平津地区的有利战机。同样，蒋介石在准备抗战的同时，也对日本抱有幻想，电令驻日使节晤见日本外相，要求日本政府以“和平解决之愿望”，平息中日争端。但答复却是：“今后为军人对军人交涉，非外交当局时期。”在和平解决事变的努力归于失败之后，平津局势加快趋向恶化，战火迅速蔓延开来。

南苑血战

7月22日，蒋介石派参谋次长熊斌秘密到北平，与宋哲元会晤。宋对蒋是否真正抗日始终持怀疑态度，会见熊后，宋了解了蒋介石准备抗日的决心。与此同时，蒋介石下令补充第二十九军子弹300万发，并令河南高炮部队一部调至保定，归宋指挥。这样，促进和坚定了宋哲元守土抗日的决心。24日，宋哲元召集将领们商定了对日作战计划；25日，下令中止中日谈判，并按计划部署备战。

宋哲元的行动，使日军大为不安。经多方侦察，日军弄清了宋已转向抗日，不战而夺取平津的如意算盘看来难以实现。但日军并不惊慌，因其作战部署已基本完成，准备大打出手了。

26日，日军华北驻屯军向第二十九军发出最后通牒，要求驻卢沟桥及八宝山附近的第三十七师于27日正午前退至长辛店，北平城内及西苑之部队同时退往平汉路以北；如不按此办理，日军则要“独立之行动”。宋哲元眼看日军进攻迫在眉睫，除奋起抵抗外，别无他途，遂下令退回通牒，严正拒绝。秦德纯还向日军提出了口头抗议，限其立即退出北平，并怒斥：“吾人可在枪炮上见面!”

27日，日军向平津地区发起了全线进攻。第二十九军被迫奋起抗击，战火很快燃遍了平津一带。宋哲元通令全军奋勇抗敌，并向全国发表了自卫守土通电。

27日深夜，日军开始向南苑发起进攻。南苑是进入北平的咽喉要地。第二十九军军部大部已由南苑移驻北平城内，南苑方向指挥官为赵登禹，与骑兵师师长郑大章共同负责南苑地区防务。该地区守军为特务旅二个团、军官教导团、军事训练团、骑兵第九师一个团、第三十七师炮兵团和一个步兵团及第三十八师一部兵力，共7000余人。副军长佟麟阁及军直属队部分人员尚未撤回北平城内，此时也在该处。

午夜前后，南苑地区四处不时传来枪声，日军开始试探性进攻。28日晨，日军第二十师团主力和河边旅团机械化部队共1万令人，在数十架飞机和40门大炮支援下，从东、南两个方向同时向南苑发起了进攻，并以空降兵一部在南苑机场实施了空降，配合地面进攻部队行动；与此同时，另一部日军切断了南苑至北平的公路。守军遭日军狂轰滥炸后，各部已失去了联系，佟、赵只得在各自的阵地上指挥作战。赵登禹持刀督战，指挥官兵抗击日军进攻，并不时发起反击。由于地形平坦，无险依托，守军暴露在日军空、地火力之下。激战中，赵登禹多处负伤，始终坚持指挥战斗。情急之中，传来军部命令：南苑各部立即撤回北平。由于失去统一指挥，守军各部纷纷北撤，混乱不堪。佟麟阁当即决定到大红门附近组织掩护和收容，随即率部利用青纱帐分散北撤，很快到达了大红门。佟麟阁指挥卫队维持秩序，令军官按级负责指挥，并组成一支临时部队，掩护大部队经大红门至红庙间便道撤退，自己亲自到掩护阵地组织指挥。

赵登禹率领一部兵力进至大红门附近玉河桥时，遭日军一部伏击，左臂中弹，血流如注。他毫不理会，坚持指挥部队冲杀、突围。不久，赵登禹又一次中弹，正中要害，以身殉国，时年四十八岁。

至13时，南苑部队基本都已撤回北平，佟磷阁才与几名卫兵一起向城内隐蔽行进。因青纱帐内不便观察，行进中与一股日军遭遇，随即展开了对射。佟麟阁不幸腿部中弹，稍加包扎后仍镇定自若地指挥部下转移。此时，日军飞机在这一带轰炸撤退的守军，佟麟阁不幸又被弹皮击中多处，壮烈殉国，年仅四十六岁。

面对日军的陆空联合进攻，首当其冲的是军事训练团，官生们奋力抗击从团河向北攻击前进的日军，击退了其数次进攻。激战半天，该团虽伤亡严重，但阵地无一寸丢失，官生们始终保持了旺盛的斗志，使日军无法前进一步。午后，日军以铁甲战车作掩护，向南苑西北角猛攻，切断了南苑与北平的联系。

军事训练团未及撤退的一部兵力陷入了腹背受击的困境。待在友邻处得知撤退命令后，即分路实施了突围。战斗中，军事训练团损失惨重，牺牲官生1000余人。

第三十八师驻南苑的一部兵力始终未接到撤退命令，顽强坚持战斗。至20时，日军包围圈越来越紧缩，该部官兵毫不畏惧，浴血苦战，最后全部壮烈牺牲。至此，日军攻占了南苑。

战后，北平红十字会将赵登禹的遗体就地掩埋；中国红十字会冒着日军炮火，将佟麟阁的遗体运回北平，柏林寺老方丈冒着生命危险保留了他的灵柩，并严守秘密直至抗战胜利。

31日，南京政府发布褒扬令，表彰了佟、赵的抗日功勋，并追赠两人为陆军上将。

抗战胜利后，赵登禹的遗骸移葬至抗日圣地——卢沟桥畔；北平市政府作出决定，将二龙路以南至国会街一段和崇元观往南至太平桥一段分别命名为“佟麟阁路”和“赵登禹路”；天津、武汉等城市也都以佟、赵的名字命名了街道。

1946年3月29日，北平人民在八宝山忠烈祠为佟麟阁将军举行了隆重的入祠仪式；7月28日，即佟麟阁殉国九周年时，又在中山公园举行了万人追悼会，并将烈士灵柩移葬香山公园南侧的正黄旗拦箭沟山坡上。

全国解放后，人民政府确认佟、赵两将军为抗日烈士，给家属颁发了证书，并为两将军修墓立碑，其子女、亲属也得到了党和政府的热情关怀和照顾。

北平沦陷

7月27日，日本政府决定第二次增兵华北，令第五、第

六、第十师团准备由国内向中国输送。28日，南苑仍在浴血鏖战，宋哲元愈感处境艰难，进退维谷。下午，宋召集北平军政首脑召开特别紧急会议，商讨对策。从南苑溃退进入城内的郑大章仓皇闯进会场，惊慌失措地报告：南苑官兵伤亡惨重，难以坚持，北平大有被围之势。宋哲元遂决定前往保定，尔后再作打算，并要求张自忠留在北平与日军周旋。张自忠临危受命，将个人毁誉置之度外。宋当即写下手谕，令张自忠代理冀察政委会委员长、北平绥靖主任兼北平市长。当晚，宋等出西直门赴保定。临别，张自忠沉痛地对秦德纯说："你与宋先生成了英雄，我怕成了汉奸了。"秦郑重劝勉："这是战争开端，来日方长，必须盖棺才能论定，只要你誓死救国，必有为全国谅解的一日，望你好自为之。"遂挥泪告别。

卢沟桥事变后，张自忠负责对日和平交涉，已成舆论指责的焦点。当他驻留北平的消息传出后，人们不明真相，误以为是他逼走宋哲元，甘心当汉奸。一时舆论大哗，谣传纷起，大有"国人皆曰可杀"之慨，甚至一些不知内情的部下也大为愤怒。张自忠奉命行事，却要代人受过，有口难辩，内心十分苦闷。为了大局，张自忠决心"跳火坑"，作出自我牺牲，以争取时间。

28日晚，张自忠通知驻守北郊和通县的第三十九旅旅长阮玄武，集合部队，恢复常态，避免日军刁难。29日晨，张自忠指定六、七人随他留在北平，令其余人员回原部队准备撤退。29日凌晨，第二十九军撤离北平，卢沟桥、长辛店等地也无人防守了，北平及郊区一带人心惶惶。30日4时，日军网罗江朝宗等汉奸成立了伪北平市维持会。

30日，张自忠接到保定转来的蒋介石的命令：只要继续谈判，迟滞日军，所有条件都可以接受，一切由中央政府负责。

张自忠即派潘毓桂、陈觉生等与日方交涉谈判。岂知这些民族败类站在日军的立场上要求张自忠通电反蒋反共，宣布“独立”。张自忠异常气愤，断然拒绝。在这险恶的环境中，张自忠尽己所能，对南苑败退而尚未撤走的部队指示了具体办法，同时发动群众安排伤员和阵亡的官兵，并派人接济、安置留在北平的眷属。

日军很快占领了北平，并到处捕杀群众，留守卢沟桥、宛平城的保安队被全部杀害。驻留的阮玄武是个贪生怕死之徒，30 日即向日军保证：三十九旅绝无抗战意图；还恬不知耻地主动要求解除武装。31 日上午，第三十九旅 6000 余人公开向日军投降。

8 月 7 日，张自忠宣布辞去一切职务，尔后秘密住进德国医院。19 日，北平政委会解体。9 月 7 日，张自忠化装后在美国商人帮助下，秘密离开北平到达天津；10 日拂晓，乘英国商船悄然离开华北，南下奔赴抗日前线。

天津抗战

天津是日军华北驻屯军司令部所在地，驻军有河边旅团第二联队、独立炮兵联队等，其空军大部也集中在此。卢沟桥事变后，日军加紧了进攻天津的准备，并控制了海、陆交通。天津市内及郊区守军为第三十八师手枪团、独立第二十六旅二个团、天津保安队三个中队和警察等部，计 5000 余人，因日军一部已增援北平方向，故在数量上与日军相比尚处优势。但守军与北平已失去联系，第三十八师副师长李文田等预感战事迫在眉睫，是主动出击还是就地固守，反复权衡未能定夺。7 月 27

日，李文田召集会议商讨备战事宜，一致认为：必须立即出击，先机制敌，攻其不备，方有可能迅速将驻守日军歼灭。会议推举李文田为临时总指挥，天津警备司令刘家鸾为副总指挥，并定于28日1时发起进攻。随后，各部迅速进行了部署。

28日1时，天津抗战的枪声响起，守军以突然的行动积极出击，初战顺利。保安队队长宁殿武率第一中队包围了东站，向驻守的400余日军发起突然袭击。经二小时激战，歼日军一部，大部退守附近一仓库顽抗。独立第二十六旅一部兵力在旅长李致远指挥下，对天津总站实施偷袭，迅速夺占总站，并乘胜攻占北宁铁路总局。与此同时，东局子机场的战斗也打响。官兵们每人携带一水壶汽油和一盒火柴，迅速向机场逼近。这时，日军一辆汽车驶出机场，战斗即在机场大门口展开。待官兵们冲进机场，日军飞行员有的已发动飞机准备起飞。官兵们以迅猛的动作扑向尚停在机场上的飞机，迅速将汽油洒向机身，但由于火柴被汗水透湿，仅一架飞机被点燃起火。官兵们随即开枪射击，有的将手榴弹投向飞机，有的抡起大刀乱砍；有的甚至抓住发动的飞机不放，直至飞离地面才松手掉下来；还有的奋不顾身地用手撕下着火的碎片，尔后冲向别的飞机引火。顷刻之间，机场烟火冲天，10余架飞机接连起火；起飞的日机则像一群无头苍蝇般在机场上空来回乱飞；守卫机场的日军则躲进办公楼和营房工事，负隅顽抗。天亮后，官兵们暴露在毫无依托的机场上，遭到驻守日军和飞机火力的交叉射击，伤亡较大，被迫撤退。

28日2时，第三十八师手枪团团长祁光远率部猛扑海光寺日军兵营。官兵们冒着日军猛烈火力，前赴后继，连续发起冲击，凌晨攻占了外围的东停车场。日军龟缩在工事坚固的兵营内顽抗，并在9架飞机支持下多次发起反击，经反复争夺，双方形成对峙。

29日2时，日军经调整部署后，分四路向市区太举进攻。守军奋勇抗击，并包围了日租界，经多次冲杀，突入日租界后又包围了日军守备部队。日军将警官都推上了前沿，日侨也组成“义勇队”，凭借坚固工事顽抗，准备作困兽之斗。黎明后，李文田等发表通电：“为国家、民族图生存，……誓与津市共存亡，喋血抗战，义无反顾。”天津人民冒着枪林弹雨，不顾日军飞机的狂轰滥炸，纷纷前去慰问守军，各型车辆甚至公共汽车都自动赶来运送部队和弹药、给养等。

日军在迭遭打击的情况下，香月清司急令第二十师团高木支队增援天津，关东军也令原定向承德机动的部队转进天津。29日14时，日军飞机对市区保安队总部、市政府、警察总部、东站及南开大学等地实施了重点轰炸。其中，具有悠久历史的著名高等学府——南开大学遭到严重破坏，轰炸后又有日军数百人乘车冲进校园，放火焚烧，致使校园内房倒屋塌，瓦砾成山，成为一座废墟。市区许多街道及商店、房屋均遭重大破坏。守军死伤严重，战斗力锐减，且由于联络不通，处于孤立无援的境地。

天津抗战中，宋哲元曾致电蒋介石，请求增援，遭蒋托词拒绝。29日上午，宋哲元又致电军政部长何应钦，再次要求增援，却如泥牛入海，杳无回音。李文田等在守军力量不支的情况下，决定于29日15时后全线撤退。

面对日军疯狂进攻，保安队部分官兵拒绝撤退，坚持战斗。攻占公大第7厂水塔的保安队官兵，坚守制高点，高呼：“至死不退却!”“为战友们报仇!”继续英勇奋战。至30日中午，幸存的4名战士弹尽援绝，陷于日军重围。4名壮士毅然告别死难战友，托起上了刺刀的步枪，临危不惧地走下水塔，拼力与冲上来的日军展开白刃格斗，刺死6名日军后，3名壮士英勇献身；1名壮士被俘，至死不降，慷慨就义。

7月30日，天津沦陷，广大人民群众遭到了日军的残酷镇压和蹂躏。但是，人民的抗日烽火却没有熄灭，在共产党领导下，继续与日军展开顽强不息的斗争。

淞沪会战

概况

“七·七”事变之后，日本帝国主义又炮击上海市中日区域，制造“八一三事变”，淞沪抗战由此开始。

日本帝国主义对上海的大举进攻，直接危害着国民政府的经济中心和英美帝国主义的在华利益。蒋介石不得不采取比较积极的抗日行动。8月14日，国民党政府外交部发表声明：“中国为日本无止境之侵略所逼迫，兹不得不实行自卫，抵抗暴力。”“中国决不放弃领土之任何部分，遇有侵略，唯有实行天赋之自卫权以应之。”事变发生后，蒋介石先后调集七十三个师70万大军参加淞沪会战。日军也先后投入十个师团和海空军共达30万人。上海的淞沪会战是中国军民抵抗日本帝国主义侵略的壮举。在上海人民的大力支援和鼓舞下，国民党广大爱国官兵士气高昂，取得了一定的胜利，将日军10余个师团阻滞于上海达三个月之久。守卫宝山县的姚子青营500余人，在优势敌人猛攻下，坚守阵地两昼夜，全部壮烈牺牲。坚守在上海闸北四行仓库的八十八师五二四团的800名官兵，在团长谢晋元、营长杨瑞茂的指挥下，孤军奋战四昼夜，全部壮烈牺牲。坚守在上海闸北四行仓库的八十八师五二四团的800多名官兵，在团长谢晋元、营长杨瑞茂的指挥下，孤军奋战四昼夜，多次打退敌人的进攻，毙敌200多名。最后奉命撤入租界。中国军队的英勇作战，有力地打击了日本侵略者的嚣张气焰。据日本陆军省公布，自8月13日至10月底，日军死伤达4万人以上。但是由于国民党军队采用单纯防御的战略方针，处处被动挨打，亦伤亡近20万人。11月5日，日军以三个师团从杭州湾登陆，从西线迂回直扑松江城，切断了沪杭铁路，由于京沪铁路和吴淞海口也被日军控制，中国几十万大军有被日军包围全歼的危险，于是统帅部仓促决定全线撤退。11月12日，上海失陷。

淞沪会战，中国军队在上海和全国人民支持下，奋勇苦战三个月，歼敌六万人，粉碎日军速战速决的作战计划，为组织有效的战略退却赢得了时间，进一步推动了全国大规模抗战的展开。至此，抗日战争全面爆发。

淞沪抗战经过

上海，是中国最大的工商业城市，进出口贸易的重要港口，其繁荣的经济、林立集中的金融企业和发达的海陆交通，使之成为世界东方的金融贸易中心，也成了帝国主义列强和中国官僚资本集团利益的集中地。优良的港口和京沪、沪杭铁路贯通其间，又使上海成为通往内地的枢纽和首都南京的门户。

早在“一·二八”事变后，日军即在上海虹口、杨树浦租界一带驻有重兵，并设立了海军陆战队司令部，且有大批军舰常年在长江、黄浦江游弋。在其势力范围内的日本机关、学校、工厂、商店和码头等处，均暗中构筑了永备工事，在公大纱厂等地还修建了机场和军用仓库。卢沟桥事变后，日军在华北扩大侵略战争的同时，日本政府于7月11日决定动员十五个师团的兵力，筹集55亿日元的经费，策划准备挑起上海战事，企图通过南北两面施加军事压力，逼使南京政府屈服，以达到其三个月内灭亡中国之野心。此时，日军在上海的兵力包括陆军、海军陆战队、日侨“义勇队”等，共约1.5万人；海军第三舰队军舰约30艘，泊于吴淞口外和浏河口附近及黄浦江内；另有2艘航空母舰和其他舰艇一部泊于舟山群岛附近海面；海军陆战队另有飞机200余架。

7月24日，日海军陆战队谎称一名士兵失踪，借口制造摩擦。8月6日，日军下令撤退在上海的日侨；7日，将长江下游的军舰调集上海附近；9日17时30分，日海军陆战队中尉大山勇夫和水兵斋滕要藏驾车强行闯入守军虹桥机场，保安队哨兵喝令停车，日军开枪将哨兵打死；保安队被迫还击，日军官兵被击毙。随后，日军以“虹桥机场事件”为借口，要求中国政府撤走驻上海的部队和拆除工事，遭严正拒绝。之后，日军动员驻沪部队，并集中30余艘军舰汇集吴淞口一带，随时准备向上海发动进攻。

因受淞沪停战协定的限制，此时上海仅驻有保安总团和警察总队等。眼看上海战端将起，南京政府被迫采取紧急措施。8月11日，蒋介石密令驻防京沪线的京沪警备司令长官张治中，立即率第五军开赴上海布防，并令在西安的该军第三十六师火速南进，准备保卫上海。当夜，张治中作了紧急部署：上海现有部队主力固守真如、闸北、江湾、市区中心及吴淞各要点，一部在南市、龙华、沪西等地警戒；第八十七师主力铁路输送后在大场、江湾以北地区展开，准备对杨树浦地区之日军发起进攻，一部协同保安总团固守吴淞，并控制罗店、浏河；第八十八师铁路输送后，在真如、大场地区展开，准备向闸北地区之日军发起进攻；独立第二十旅主力进至南翔附近待命；第八十七师第五二七团为总预备队，配置在南翔附近；军指挥所于12日上午由苏州进至南翔。12日16时，张治中指示第三十九军军长刘和鼎，指挥第五十六师、江苏保安第二、第四团，负责浏河至江阴的江防。

淞沪会战，主要经过以下几个阶段。

1. 闸北、杨树浦争夺战

8月13日拂晓前，张治中完成了上海地区的作战部署，随即请示蒋介石，准备向日军发起进攻。蒋复电："希等待命令，并避免小部队之冲突。"9时，日军数千人由第三舰队司令官长谷川清指挥，在舰炮火力支援下，率先发起了进攻，主力指向通菴车站至八字桥一线，企图切断大场与闸北的联系，包围守军于北站；当即遭第八十八、第八十七师抗击，遂退据原地，固守待援。当夜，蒋介石决定组织反击，令京沪警备司令部改为第九集团军，张治中任总司令，准备于14日拂晓发起进攻；令张发奎为第八集团军总司令，担任杭州湾北岸地区守备；第十八军迅速向吴县输送；空军准备出动协同作战；海军即刻封锁江阴江面。

张治中受命后，迅速进行作战准备。尚未行动，蒋介石又改变决心，于15、16日接连下令："仅作进攻准备，不得妄动!"因而，各部队仅有零星小战斗。

15日，日本政府从国内派遣二个师团的兵力到上海，并任命松井石根为上海派遣军司令官，统一指挥进攻上海。17日，张治中令所部发起进攻，由于日军工事坚固，在炮兵和舰炮火力支援下顽强抵抗，张部进攻未来奏效。18日，蒋介石又令："暂停进攻。"19日起，张治中指挥所部再度发起进攻，并以刚到的第三十六师加入战斗，重点指向汇山码头，直插黄浦江边，企图将日军割裂，尔后席卷歼灭之。20 日 24 时，第三十六师第二一六团向汇山码头发起进攻，分两路齐头并进，团长胡家骥在第一线指挥，全团官兵以英勇无畏的气概，沿途与日军展开了激烈的巷战。胡家骥身先士卒，冲在队伍最前面，多处负伤仍坚持指挥，突破日军多次阻击，直逼汇山码头。日军一部争先恐后向外白渡桥逃窜，并向桥南英租界的英军投降。第二一六团乘胜追击，向汇山码头发起猛攻。因火力较弱，无法摧毁码头坚固的大铁门，情急之中，胡家骥率先爬上铁门，官兵们相继跟上，遭日军据点内猛烈火力的侧射，官兵多人壮烈牺牲，进攻受挫。第二一六团苦战无援，且联络中断，被迫退守唐山路附近地区。至 22 日，又撤回引翔乡，双方形成对峙。战斗中，第二一六团官兵前赴后继，英勇作战，以劣势装备歼灭日军 400 余人，自身伤亡 570 余人。第九集团军由于进攻正面过宽、兵力分散，而日军工事坚固、防守顽强、火力猛烈，至 22 日，进展甚微，与日军形成对峙。23 日，日军分别在张华浜、吴淞、川沙口等地登陆，致使第九集团军腹背受击。24 日夜，第九集团军全线转入防御。

2. 中华战鹰显神威

淞沪会战前，国民党空军共有九个大队，飞机 250 余架，主办集中在江西南昌青云谱。8 月 4 日，第五大队调往扬州、句容。13 日夜，蒋介石与第五大队直通电话下令：“在长江中的日本 50 艘军舰和轮船，正向东逃跑。你们大队立即带上炸弹，于拂晓前出动追击，加以歼灭。但已停在黄浦江里的，则不准轰炸。”飞行员们听到出击命令，个个情绪激昂。大队长丁纪徐当即令中队长刘粹刚率机 18 架各带一枚 500 磅炸弹执行任务。由于国民党行政院内汉奸告密，日军得到情报后匆忙将长江内的舰船乘夜撤离。当第五大队飞机超过江阴要塞沿江向东搜索前进时，一直没有发现目标。失望之际，发现吴淞口东之白龙港口有日舰1艘，刘粹刚立即下令成战斗队形，接着连续俯冲投弹。副中队长梁鸿云所投炸弹首先命中日舰尾部，之后，各机陆续投弹，日舰顷刻间被炸得无影无踪。

14日，第四大队在大队长高志航率领下，与日机在杭州上空进行了激烈空战，大长了中国空军的志气。该大队原驻河南周家口，会战一开始，高志航即单独驾机飞往南京请缨杀敌。空军总指挥周至柔批准了他的请求，并令第四大队转杭州笕桥机场待命。高志航以“十万火急”电报将命令转达属下第二十一中队中队长李桂丹，第四大队立即起飞赴杭州。此时，日海军“空中王牌”木更津航空队100余架飞机连续在江、浙两省频繁实施轰炸。高志航只身先到杭州笕桥，刚下飞机即听到空袭警报，从台湾出发的木更津航空队即将到来。日机来袭前几分钟，正当高志航心急如焚之际，第二十一、第二十三中队相继着陆。当时，南京航委会的命令是不抵抗，待命。高志航则主张“将在外，君命有所不受”，家仇国恨，更待何时！即令再次起飞，迎击来袭日机。此时，日机8架进入了杭州上空，准备实施轰炸。高志航率先截击，首先开炮，正是冤家路窄，正好将日军带队长机击落。接着，李桂丹又击落1架日机。各中队、分队四面出击，经十分钟激战，击落日机6架，2架受伤后逃窜。第四大队旗开得胜，首战告捷，狠狠地打击了日军的嚣张气焰，打破了木更津航空队“不可战胜”的神话。事后得知，木更津航空队队长因此次失利而自杀身亡。辉煌战果，轰动全国，6∶0的战绩，极大地鼓舞了军民的抗战热情和斗志。战后，蒋介石下令嘉奖，并决定8月14日定为国民党军空军节。

15日，木更津航空队集中兵力再次袭击杭州，第四大队当即起飞迎战。高志航等在仅休息一两个小时、体力消耗极大的困难情况下，顽强拼搏，英勇杀敌，又一次大获全胜，创造了参战飞行员都有击落日机的纪录，其中分队长乐以琴击落日机4架。战后，杭州市长周象贤率政府官员和大批群众前往祝贺，并赠送了大批慰问品；南京空军总指挥部发出了通令嘉奖，并宣布凡参战的飞行员8月份薪水一律发双饷。空中英雄高志航及第四大队成了举国上下人人皆知的抗日楷模。

当时，国民党空军有“四大金刚”：高志航、刘粹刚、李桂丹和乐以琴；而日本空军则有号称“四大天王”的四名骄子。在淞沪会战中，“四大金刚”先后将“四大天王”击落，其中3名击毙，1名被俘。被俘“天王”原系杭州笕桥航校的日籍教官，中国飞行员中不少是他的学生，被俘后，飞行员们都以师生之礼相待，使他十分感动。他对中国空军很佩服，曾说：“日飞行员发誓时都说，我要做了亏心事，出门就碰上高志航!”他还主动帮助出谋献策。他说：“你们可以炸‘出云号’航空母舰，但必须牺牲一人一机，把中国飞机涂改国徽，我把信号交代与你们，发出信号，航空网即开放，人机即向烟筒窜进，与舰同归于尽，才能完成任务。哪一位愿去，请举手!”老学员们都举起手来，争相愿意前去炸舰。他触景生情，无限感慨，认为中国必胜，日本必亡。他说：“好吧，你们把证章都交给我，摸到谁，谁去。”结果“四大金刚”之一的乐以琴的证章被摸中，毅然担当了此项有去无回的重任。乐以琴驾起带满炸弹的飞机，临近“出云号”时即发出了信号，日舰果然丝毫没有怀疑。乐以琴瞬间即以人机直入母舰尾部烟筒，随着巨大的爆炸声，“出云号”受重伤后狼狈逃窜，空军英雄乐以琴大义凛然，为国捐躯。

杭州空战后，日军又调来佐世保航空队参战。国民党空军频频出击，与日机殊死搏斗。第二大队第十一中队分队长沈崇海，是清华大学毕业后报考空军的，在第三期轰炸科毕业时考核成绩名列第一；接受任务后率机6架出击，飞临长江口时发现日舰，正待突击，突然座机发生故障，当即决定驾机撞毁日舰，并令后座任云阁跳伞。但任坚决表示要与沈同生死，于是沈崇海加大马力推下机头，穿过日军高炮火网，带着1枚800磅炸弹俯冲而下，与日舰同归于尽，谱写了一曲视死如归、英勇抗日的壮歌。

8月中旬，第二十四中队受命出动6架飞机，各带1枚500磅炸弹，轰炸天通庵日军司令部。该中队立即进行战斗准备，而见习官闫海文尚未被列入出动名单，他含泪请战，分队长王倬最后同意了他的请求，并作为二号僚机随队出击。到达目标上空时，飞行员们冒着日军密集的高炮火力沉着应战，炸弹大部命中目标。正准备返航，闫海文的座机突然被日军高炮火力击中，机翼被打掉一个，闫被迫跳伞，却落在了日军阵地天通庵公墓内。日军发现目标并从四面包围过来，闫海文着陆后就地卧倒，伪装已死。待日军将到身边时，突然翻身而起，迅速抽出2支自卫手枪，左右开弓连续射击，当场击毙日军7人，尔后用最后一颗子弹射向了自己的太阳穴。

沈崇海、任云阁、闫海文的壮烈牺牲，受到了全国人民的无比崇敬，就是日军也倍加敬仰。闫海文牺牲后的第二天，日军向川大将在汇山码头向海军陆战队训话时说："过去在日俄战争时，大和民族勇敢不怕死的精神安在？现在已被中国的沈崇海、闫海文夺去了，这值得我们钦佩。对这个英雄，我现在命令用我们大日本帝国的海军军礼进行礼葬！"随即指派一艘军舰，在闫海文的遗体上覆盖中、日两国国旗，驶往黄海礼葬。

8月下旬，日军登陆兵力不断增加。国民党空军多次袭击了登陆日军及日舰。第五大队18架飞机从扬州起飞，各挂延期引信炸弹12枚及配备轻、重机枪各1挺，于拂晓时飞临上海。日军正在登陆，各机降低高度，乘日军立足未稳，发起突然袭击，毙伤其1000余人，第五大队无一伤亡。24日，第四大队20架飞机从杭州起飞，在张华浜、蕴藻浜上空实施轰炸、扫射，进攻日军遭重大伤亡。

3. 浦东神炮建殊功

国民党军炮兵由于分散使用，坚守浦东地区仅为一个营。8月14日10时，炮兵第二旅旅长蔡忠笏受命率第2团第1营配合1个步兵旅担负浦东防守任务。当晚，炮兵营利用夜色横渡黄浦江进入浦东，并立即侦察情况，构筑工事，进行战斗准备。该营辖三个连，装备“卜福斯”山炮12门，口径75毫米，最大射程9000米，最高射速每分钟25发，是当时最优良的炮种之一。团长孙生芝负责具体指挥，主要任务是打击黄浦江上的日舰，抗击日军登陆及支援浦西作战。由于日军主攻方向在浦西，浦东地区一直比较沉寂。为防日军登陆，火炮都配置在离江岸较远的地方，且拉大间隙，以控制整个江岸可能登陆的地段，重要地段还隐蔽配置了步兵。浦东炮兵在黄浦江两岸都设立了隐蔽观测所，阵地则充分利用了沟渠和竹林，并加强了伪装，使日军始终没有发现确切位置。黄浦江上的日舰无论是上行或下行，都有炮弹“欢迎”或“欢送”，而浦东炮兵到底有多少，日军也始终没有摸清。浦东炮兵利用夜间和黄昏有利时机，以灵活机动的战术，不断袭击日军，战果卓著，当时上海报刊赞誉甚多，称之谓“浦东神炮”。

会战初期，日海军第三舰队主力集结在黄浦江上，沿江停泊，犹如水上阵地，截断了水上交通，其30余艘军舰共有大炮360余门，且口径大，射程远，对上海守军是个严重威胁。在日军掌握制空权、制海权的情况下，浦东炮兵沉着应战，先后击中日舰20余艘，虽因威力小而未能将日舰击沉，但也给日军以重大破坏和杀伤，牵制了大量日海、空军兵力，并在精神上给日军以重创。

9月下旬至10月中旬，日军增援部队不断在吴淞地区登陆，并积存了大量军火。浦东炮兵对吴淞地区多次实施了夜袭，以5、6人为小组，多批次地乘小汽艇并拖上小木船，载上大炮、弹药及枪支、器材等，乘夜暗悄然出动，秘密进入预先侦察好的阵地，对日军驻地、仓库、临时码头及舰船等实施突然袭击，大量杀伤和消耗了日军，有效地支援了浦西作战。

10月间，浦东炮兵还奇袭了日军机场。经多次侦察，日军浦西机场常停有作战飞机30余架，每日拂晓前即灯火通明，约五十分钟后首批飞机升空。根据这个情况，浦东炮兵动用8门大炮，各携带炮弹100发，夜间秘密进入阵地并完成射击准备。次日凌晨，日军机场灯火齐亮后三分钟，浦东炮兵试射了1发炮弹即准确命中目标，随后集中火力实施急袭，800发炮弹在八分钟内全部倾泻在日军机场内。尔后，浦东炮兵迅速撤离阵地疏散隐蔽。十分钟后，天已大亮，黄浦江上的日舰火炮开始向浦东实施报复性盲目射击，火力极猛；吴淞口外日军航空母舰上的飞机也迅速起飞，泄愤似地在浦东轮番狂轰滥炸，持续整个上午，仅少量民房遭部分损坏。事后得知，此次奇袭日军机场，共摧毁日机5架、伤7架，人员、设施等也遭很大伤亡和破坏。

4. 张华浜、吴淞、川沙口反击战

8月23日，日军第三、第十一师团和重藤支队分别在张华浜、川沙口附近实施登陆，尔后并肩向西南方向突进，企图包围歼灭上海西北地区的守军主力，进而攻占上海。

张治中与第三战区前敌总指挥陈诚商讨后，决定巩固阵地，以一部兵力抗击进攻之敌，主力控制为预备队，另以一部兵力乘登陆之日军立足未稳实施反击。

张华浜地区　23日3时，日军第三师团先遣部队在舰炮火力支援下，在张华浜车站东侧江岸登陆。守军警察大队一部兵力虽经抗击，未能阻止日军扩张。天亮后，登陆日军已达3000余人，并不断扩张和攻击前进。17时，第八十七师第二六一旅率一个团增援，据守北泗塘河西岸阵地，与日军形成对峙。25日1时，第八十七师指挥第一〇八旅发起反击，将日军压缩在陈家宅、丁家巷、华家巷一线，双方呈胶着状态。29日，日军在虹口、杨树浦地区又增兵5000余人，并于20时发起了进攻。激战至9月5日，守军退守狄家港、横浜、虬江桥地区。当夜，日军第三师团一个支队在虬江码头登陆。第六十一师一个团阻击登陆日军的发展进攻，连续战斗至9日，因遭日军海、空火力猛烈突击，伤亡较大，22时转移至沈家行、徐家宅东侧一线。11日，张治中得知左邻第十五集团军当面之日军已进至杨家行西侧及罗店地区，使第九集团军成了孤立突出态势，遂决定当晚开始向蕴藻浜南岸阵地撤退，至13时转移完毕。至此，张华浜地区和上海公共租界地区均被日军占领。

吴淞地区　8月23日，日军为配合第三师团先遣部队登陆，以一部兵力在吴淞镇南侧实施了登陆。第八十七师一个团经激战后，一部固守吴淞镇，一部退守同济大学。24日，第九十八师向吴淞、宝山实施反击，傍晚将日军压缩到江边，歼其300余人，解了吴淞镇之围；另一部向宝山城立足未稳之日军实施反击，激战一小时，收复宝山，将日军300余人大部歼灭。27日19时，第六师第十七旅发起反击，并以第十八旅占领北泗塘河西岸阵地阻击日军渡河。第17旅激战至9月1日18时，伤亡大部，被迫撤退。2日晨，日军攻占吴淞炮台。3日，日军第十一师团天谷支队在吴淞北侧、沙龙口登陆。5日拂晓，日军在30余辆坦克配合下，沿军工路向第六师阵地猛攻；7时20分，日军第11师团浅阁支队向第17旅左翼实施突击。第六师腹背受击，于17时撤至煤油浜及其以南阵地继续坚守。6日，日军第九师团及第三师团后续部队先后在吴淞炮台附近登陆，该地区已近二个师团的兵力。

宝山、月浦、罗店方向　8月23日拂晓，日军第十一师团先遣部队在川沙口登陆。该处仅有第二十七师的少量骑兵负责警戒，日军未遇抵抗即顺利登岸。午后，日军3000余人在石洞口登陆，随后向宝山、月浦方向攻击前进；川沙口登陆之日军则向浏河进犯，并占领了罗店。张治中、陈诚当即指挥部队实施反击。第十一师进至罗店西南，不顾日机轰炸，立即向罗店发起攻击，歼灭日军100余人，收复罗店。26日晨，第九十八师经英勇奋战，收复了狮子林。27、28日，双方在罗店地区反复争夺，守军遭日军航空兵、炮兵猛烈火力突击，损失较大。9月1日9时，日军第十一师团浅间支队在火力支援下，向狮子林阵地发起猛攻，于14时重占狮子林。3至5日，日军以优势兵力和火力不断发展进攻。此时，宝山县城守军为第九十八师第五八三团第三营，在营长姚子青指挥下，顽强抗击日军的进攻。该营孤军奋战，陷入了日军的重围。日军飞机、舰炮连续向宝山城实施了猛烈突击，并以战车掩护步兵发起了多次冲击。守城军民在姚子青指挥下，同仇敌忾，顽强抗击，给日军以重大杀伤。5日晚，姚子青致电师部："誓本与敌皆亡之旨，固守城垣，一息尚存，奋斗到底"。日军久攻不克，6日向城内发射了大量硫磺弹，顿时烟火四起，全城房屋尽被大火烧毁，姚子青营身处危城仍拼力奋战。之后，日军用重炮轰毁城墙，冲入城内，姚子青率部与日军展开了艰苦卓绝的最后巷战，直至全营壮烈殉国，宝山城失陷。

10日7时，月浦东北地区日军兵力又增加2000余人。第九十八师顽强奋战，将日军击退，但自身伤亡严重。至12日，日军各登陆场连成一片，正面已达40公里，纵深9公里。守军的顽强抗击和积极反击，使日军二个师团的兵力陷于苦战，伤亡达4000余人，进展十分迟缓，不得不向东京求援继续增加兵力。

5. 北站、江湾、罗店阵地战

9月12日，登陆之日军已进至江湾、庙行、颜家角一线。在此之前，第三战区根据蒋介石的指示，于9月6日制定了第二期战役计划，决心为保卫上海，巩固南京，达到多个围歼登陆之敌的目的；不能达成时，则依情况逐次在后方占领阵地，乘敌陆、海军不能协同之际，一举而歼灭之；万不得已时，则退守后方阵地，待后续部队到达后再求决战。

北站、江湾方向　11日，第九、第十五集团军在与日军直接接触下，乘夜暗撤至北站、江湾、新镇地区既设阵地。12日，日军第九师团及第三师团主力在地、空火力掩护下，沿宝浏公路发起了进攻。守军顽强坚守，与日军死打硬拼，阻止了其发展。第三十六师第二一二团坚守江湾地区，其中复旦大学是阵地的突出部，群众和学生奋力支援，官兵热血沸腾，信心倍增，誓死与阵地共存亡。日军多次向复旦大学图书馆阵地进攻，均被击退。一次，日军在炮火准备后，以3辆坦克掩护步兵发起了冲击。恰逢该处的战防炮损坏送后方抢修，紧急之际，只见一名高个子战士挺身而起，并对近旁的几名战士说："赶快把手榴弹都集中起来，捆在我的腰上。"高个子将绑腿布拆下把所有的手榴弹都捆在了自己腰间，尔后爬出堑壕，越过铁丝网，向日军先头坦克滚爬而去。随着巨大的爆炸声，日军坦克在火光浓烟中当即斜瘫着横在了路边，随后的坦克见势不妙，调头就跑，日军步兵也紧接着纷纷逃窜，日军进攻又一次被打退。由于战斗中伤亡很大，这位高个子战士已无人知道姓名，只知是位副班长，成了中华民族奋勇抗日的无名英雄。

14日，第三战区调整了部署，第一、第四、第六十六、第七十三军及第三十二师编成第十九集团军，薛岳任总司令，归左翼军指挥，部署在蕴藻浜北岸至罗店、月浦地区。15日，日军突进至杨木桥附近，守军第一军损失严重，第六十六军教导旅和第一五九师先后进入交战，顽强抗击日军进攻。至17日，经反复争夺，将日军击退。20日，蒋介石亲自兼任第三战区司令长官。21日，张治中调任，朱绍良接任第九集团军总司令。27日，日军再次发起总攻，增援的第一〇一师团在吴淞附近登陆后也加入了战斗。至10月1日，日军突入太平桥、殷家角守军阵地，一部进至中心阁、南金六房地区，威胁了刘家行、罗店的侧后安全。双方在陆家桥、刘家行附近苦战。2日，日军发起全线进攻，左翼军顽强抗击，虽遏止了日军的攻势，但自身伤亡颇大。

罗店、浏河方向　9月13日起，日军第十一师团主力沿宝罗公路及其两侧发起连续进攻。守军第十四师、第六十六军教导旅、第十八军等部顽强苦战，伤亡较大，至18日，第六十六军主力接防梅宅以南阵地；19、20日，新到的第四军接替了部分防守阵地。第六十六、第四军虽系新锐援军，但由于是正面填补漏洞，接连遭重大伤亡仍无补于战局。22日，第四军遭日军猛攻，被迫退守樊家桥、金家宅地区。26至30日，日军第十一师团连续发起进攻，企图策应刘家行方向向南突进，均被守军击退。10月1日，守军撤至蕴藻浜南岸及广福、施相公庙一带阵地。3日起，双方形成对峙。

6日，日军第十三师团在宝山附近登陆；13日，主力在江家宅、陈家行正面实施了强渡。与此同时，守军也不断增援兵力，第十九、第二十六师及第二十、第四十八军、第七军一个师先后到达战区。第二十军第一三三、第一二四师在10月初到达上海后，在蕴藻浜地区与日军连续激战七昼八夜，尸如山积，来不及掩埋，只好堆在前面充当胸墙据枪射击，抗击日军的进攻。各团都有共产党员，除英勇作战外，还积极宣传，动员民众，慰劳伤病员等。

14日，鉴于蕴藻浜地区兵力增多，第一、第四十八、第七十军及第一七一师编为第二十集团军，廖磊为总司令，隶属中央军，担负蕴藻浜南岸防御任务。经连日激战，至18日，第二十一集团军全力死守，与日军相持于陈宅、西塘桥、陈家行地区。其间，增援的第十六、第五十二、第五十三师到达战区。

20日，陈诚根据蒋介石的命令，准备组织实施反突击，企图击破渡过蕴藻浜之日军，并进而恢复刘家行、罗店原阵地。陈诚迅速进行了部署，建立了多路攻击军。21日19时，炮兵开始火力急袭；20时，各路攻击军实施反击。由于均采取正面硬顶的战术，加之各部准备仓促，缺乏夜战经验及防毒、渡河等器材，且新到的部队不熟悉地形，因而反突击中有些部队迷失方向，引起混乱，有的甚至自相冲突，一夜反突击仅前进1公里，即被日军阻止。22日，日军在昼间发起攻击，并施放烟幕；第一路攻击军误以为是毒气，顿时混乱不堪，日军乘势猛冲，夺回阵地，进而又攻占了北侯宅、赵宅等地。23日，陈诚眼见部队伤亡严重，且陷于混乱，遂令各部撤回庙行、大场等地，继续防守，反突击失利。

25日，日军集中火力对守军阵地实施猛烈突击，随后发起冲击，攻占了洛河桥宅、小石桥、朗公庙等地。当夜，第三战区组织中央军和左翼军各一部实施反击，也未成功。26日4时，日军突破大场以北中央军防守阵地，并以炮火向大场西南守军阵地实施突击；尔后，步兵在30余辆坦克引导下发起冲击。守军不支，大场失守。午后，日军分三路向南突进。入夜，中央军退守苏州河南岸阵地；左翼军退守江桥镇、唐家桥一线阵地。28日，日军前进至苏州河北岸。31日拂晓，日军在强大火力和烟幕掩护下强渡苏州河，并在陈家渡、吴家渡南岸抢占了渡场。守军虽组织了反冲击，但进展甚微。11月1日，广福当面之日军第十三师团也发起了强渡进攻。当晚，右翼军总司令张发奎奉命兼任第九集团军总司令，赴青浦指挥苏州河南岸防御作战。2日，蒋介石再次调整了部署，取消了中央军，统归右翼军指挥。4日，日军一部在周家桥强渡苏州河，被第三师击退。

根据情报，日军一个师团准备在杭州湾北岸登陆。但蒋介石为保住上海，3日仍命令抽调部队构筑徐家汇、虹桥机场、翟诸镇至纪王庙间预备阵地。5日起，日军飞机频繁对苏州河南岸守军阵地实施轰炸，双方还进行了激烈的炮战。7日，日军一部突破守军部分阵地，进至八字桥、施家衙一线。至8日，双方形成对峙。

6. 八百壮士殊死报国

10月26日大场失守后，江湾、闸北守军陷于日军的两面包围。第三战区令第八十八师主力撤至苏州河以南，留部分兵力在闸北牵制日军。第五二四团团副谢晋元自告奋勇担当重任，当即被委任为团长，指挥一个加强营（第一营为主，辖三个步兵连、一个机枪连和一个迫击炮排，计410余人），对外仍用团的番号，于当晚转移至“四行”仓库（大陆、金城、盐业和中南四家银行联营的仓库）坚守。谢晋元对官兵们说：“国家兴亡，匹夫有责。我们是中国人，要有中国人的志气。现在我们四面被日军包围，这仓库就是我们的根据地，也可能是我们的坟墓，只要还有一个人，就要同敌人拼到底!”

四行仓库，是苏州河北侧的一幢 6 层楼的坚固高大建筑，长 120 米，宽 15 米。谢晋元率部占领仓库后，迅速部署了兵力、火力，大门用仓库内成堆满袋的小麦、大豆等堵死，所有的窗户都用麻袋装土堵住并留有射击孔，于 27 日黎明前完成了一切战斗准备。

27 日 5 时，日军由东向西蜂拥而来，如入无人之境，接近四行仓库时，尚不知该处还有守军。谢晋元一声令下，全楼火器突然射击，日军尚未搞清方向，即被毙伤 200 余人。待后续部队到达后，日军集中兵力、火力向四行仓库发起了进攻。谢部沉着应战，以密集火力将日军的第一次进攻击退。10 时，日军发起第二次猛攻，以火力封锁大楼东南角，以重兵包围西北角。谢晋元令停止射击，待日军前进至墙根时，楼内集束手榴弹纷纷投出，落地开花，日军死伤惨重，激战至 12 时，再次粉碎了日军的进攻。13 时，日军在大楼的西北角纵火，将附近民房烧着，并发起了第三次进攻。在滚滚浓烟之中，谢晋元指挥官兵一面阻击日军，一面利用仓库内的灭火器材扑灭烟火。至 17 时，大火被扑灭，日军在死伤惨重的情况下停止了进攻。经整日激战，给日军以重大杀伤，谢部仅阵亡 2 人，伤 4 人。当晚，1 名外国记者通过英租界驻军送进一张纸条，问及四行仓库守军实力，谢晋元不假思索地答复：800 人。之后，“八百壮士”的英名传遍了整个中国和全世界。

28 日 7 时，日军飞机在四行仓库上空盘旋侦察并企图投弹。大楼顶部守军的高射机枪一阵猛打，日机未敢低飞和俯冲，狼狈逃窜。8 时，日军发起了第四次进攻。谢部为节省弹药，待日军接近时才掷手榴弹，打退了日军的进攻。17 时，日军第五次进攻也被击退。谢部坚守二昼夜而粒米未进。上海救亡团体通过英租界驻军协助，将食品装进布袋，用绳子抛向大楼墙根，守军在楼底层挖墙洞抢运食品，虽阵亡 3 人，但全体官兵备受鼓舞。当晚，谢晋元和第一营营长杨瑞符召集全体官兵训话，号召：爱国军人要抱定必死之决心，血战到底！不成功便成仁！并要求大家留下简短遗书通知家中，写好后集中起来设法送出去，以表示不惜牺牲之决心。

29 日，日军已将苏州河以北地区全部占领，但位于苏州河北侧的四行仓库仍巍然屹立，谢晋元还率部粉碎了日军的第六次进攻。22 时，女童子军队员杨慧敏冒着生命危险冲过苏州河，将一面国旗献给守军。谢晋元激动不已，含泪对她说："勇敢的同志，你给我们送来的岂仅仅是一面崇高的国旗，而是我们中华民族誓死不屈的坚毅精神！"并下令立即升旗。30 日 4 时，人们看到了庄严的国旗已在四行仓库楼顶上迎风飘扬。日军一发观，即疯狂地发起了第 7 次进攻，并以机枪火力向中国国旗猛烈扫射。谢晋元边指挥战斗边大声喊道："兄弟们！我们要和国旗共存亡，誓死不投降，狠狠消灭敌人！"此时，成千上万的群众及中外人士在苏州河南岸的许多大楼上观战，并挥动帽子、手巾，向守军呼喊、致意；有的还把观察到的日军集结地点、行动情况等用大黑板写上，向守军报告敌情。谢部官兵更感使命之重大，楼顶上的官兵激动万分之际，向隔河群众振臂高呼："中华民族万岁！万岁！万万岁！"

日军进攻持续至 14 时，抛尸数百，却寸步难进，日机多批终日在空中盘旋，被守军高射机枪的猛烈火力击退五次，始终未敢俯冲投弹。日海军还派出 2 艘小艇，满载陆战队士兵，由黄浦江驶入狭窄的苏州河，企图封锁守军与英租界间的交通线。

租界内群众及时给英驻军报信，后在英军交涉下，日海军陆战队不得不快快而退。战斗结束后，许多中外记者到四行仓库采访，“八百壮士”众志成城、孤军坚守四行仓库的消息引起了极大轰动，受到国内、国际的普遍关注和尊敬。当时，有人编了一首《八百壮士之歌》，守军与群众隔河高歌、同声合唱：“中国不会亡，中国不会亡，你看那民族英雄谢团长；中国一定强，中国一定强，你看那八百壮士孤军奋战东战场；四面都是炮火，四面都是豺狼，宁愿死，不退让，宁愿死，不投降，我们的国旗在炮火中飘扬！飘扬！八百壮士一条心，十万强敌不敢挡，我们的行动有力，我们的志气豪壮。同胞们起来！同胞们起来！快快赶上那战场，拿八百壮士做榜样，中国不会亡！中国不会亡！中国不会亡！”

根据蒋介石命令，谢晋元率部于30日24时开始撤离四行仓库，向英租界转移。日军发觉谢部企图后，以探照灯和机枪火力封锁守军必经的西藏路，并全力对四行仓库实施火力压制。谢部仅遭微弱伤亡，于31日2时全部安全突围，撤到苏州河以南。

“八百壮士”死守四行仓库达4昼夜，全体官兵同仇敌忾、顽强奋战，粉碎了日军优势兵力火力的连续7次围攻，给日军以沉重打击，击毙其200余人，伤其数百人，击毁装甲战车2辆；谢部仅伤亡37人，胜利地完成了使命，谱写了一曲中华民族忠勇无畏、不屈不挠、英勇抗日的举世称颂的壮歌。

1941年4月24日，谢晋元不幸被日伪收买的暴徒刺杀殒命。28日，蒋介石发出通电：“谢晋元同志之成仁，为我中华民国军人垂一光荣之纪念，亦为我抗战史上留一极悲壮之史迹，……谢团长不仅表现我军人坚贞壮烈之气概，亦为我民族不屈不挠正气之代表。”并追赠谢晋元为陆军少将。抗战胜利后，为纪念民族英雄谢晋元的不朽功勋，上海胶州路被命名为“晋元路”。

上海沦陷

11月初，国民党军最高统帅部及第三战区长官部对日军在杭州湾北岸可能登陆的企图，未能及时作出准确的判断并适时谋求对策，而将作战重心放在了苏州河南岸的防御。杭州湾北岸之独山、全公亭、金山卫、漕泾镇至柘林80余公里地段的海岸防御，原部署兵力为右翼军的第六十二、第六十三师和独立第四十五旅，却在11月3日前将主力调进了上海附近，该处仅留第六十三师第三七三团防守。日军为迅速解决淞沪战事，并进而攻占南京，遂由国内和华北急调部队，准备在杭州湾北岸登陆，企图迂回松江、青浦，截断京、沪、杭间联系，配合正面部队包围、歼灭淞沪地区守军，迅速攻占上海，尔后向南京发展进攻。

4日夜，日军第六、第十八师团及国崎支队海运接近杭州湾。5日拂晓，以浓雾作掩护，用小汽艇、橡皮船等秘密进至全公亭、金山卫、金山咀、漕泾镇等处沙滩；天明雾散后，日机数十架轮番向上述地区守军岸滩阵地实施了火力突击，舰炮火力也不断泻向海岸阵地。守军兵力薄弱，日军仅遭小规模零星抗击，乘隙顺利登陆。第三战区得知日军侧后登陆的情况后，急令第六十二师、第一八六旅折返柘林，独立第四十五旅也向南桥急进，并令第七十九、第一〇七、第十一师等部增援，但为时已晚。援军在开进途中，遭日军空、地火力拦击，行动迟缓，未能及时赶到，已难以挽回危局。5日黄昏，登陆日军先头部队到达米市渡，守军未抵抗即撤退，日军迅速在米市渡、得胜港等处顺利渡过了黄浦江。至8日，登陆日军进逼松江城郊；一部兵力在 20 架飞机支援下，向枫泾镇发起了猛攻，切断了苏嘉路。9 日，松江城失陷，直接威胁上海守军的侧后安全。至此，日军已达成了迂回包围上海守军的企图。

日军在杭州湾北岸登陆成功后，上海正面部队同时发起了强大攻势。守军已陷入了极为不利的地位，军心十分动摇。8 日 21 时，第三战区根据蒋介石的旨意，下达了退却命令，规定当夜开始行动。各部队毫无准备时间，以至集团军以下各级司令部连命令、计划都来不及拟定和下达，又是在与日军直接接触的情况之下，于 9 日开始仓促向西撤退。9 日 1 时，苏州河南岸的右翼军左翼部队（原中央军）首先向青浦、白鹤港之线撤退；右翼军也随之西撤。日军当即在优势航空兵支援下，以第九、第十一、第十三师团沿京沪铁、公路跟踪追击，并以海军沿长江实施超越追击。

南翔经昆山、吴县至无锡一带系水网稻田地区，河流纵横交错，除公路外，部队运动十分困难。西撤的国民党军均沿京沪公路争先恐后抢道开进，公路上拥挤不堪，车辆堵塞，加上日军航空兵的不断袭击，各级指挥官完全失去了指挥和控制。此时，日军又编组了几个小规模的挺进部队，渗透至南翔至昆山公路附近袭扰，致使西撤的国民党军更趋混乱，溃退中死伤、逃亡不计其数。12 日，上海失陷，更使尔后的正面战场抗战呈现了危机严重的不利局面。

淞沪会战是中日双方在抗日战争初期投入兵力较多，也是伤亡较大的一次战役。日军先后增兵，共动用了十个师团，战车 300 余辆，舰艇 130 余艘（其中航空母舰 3 艘，占其总数的一半），飞机 200 余架，总兵力达 22 万余人，作战中伤亡 6 万余人。国民党军先后动用 56 个师、7 个旅，海军 2 个舰队，飞机 200 余架，总兵力达 60 余万人，作战中伤亡达 25 万余人。

南京保卫战

1937年11月13日至12月13日，中国国民党军在南京及其附近地区抗击日军进攻的防御战役。

南京是国民党政府的首都，是当时政治、军事、经济中心，也是中国南北交通枢纽。津浦、京沪、京芜铁路在此衔接，公路四通八达，水路以长江为主，溯江而上可直达武汉、重庆，顺江而下则直通上海。南京城三面环山，北临长江，地势险要，历来是军事要地。外围有乌龙山、栖霞山、汤山、青龙山、方山、牛首山等，构成一道弧形的天然屏障；城廓有幕府山、紫金山、雨花台等制高点，可控制交通要道；市区城墙坚固，又有护城河环绕，市内地形略有起伏，有八座小山可作防卫依托，便于据险防守。

1937年11月5日，日军在杭州湾北岸登陆，直接威胁了上海守军的侧后安全。8日，上海守军在日军夹击下，开始全线撤退。日军为迫使南京政府投降，决定乘机发起追击，分兵两路向南京方向实施进攻。北路为日军主力，沿太湖北岸走廊、京沪铁路西进；南路沿太湖南侧之京杭公路实施进攻，并以一部兵力直插芜湖，以阻止国民党军西撤，企图围歼国民党军主力于南京及其附近地区。两路日军计八个师团、二个旅团和海军一部，共20余万人，由松井石根大将统一指挥。北路为上海派遣军，由第三、第九、第十一、第十三、第十六师团和重藤支队（旅团）编成，松井石根直接指挥；南路为第六、第八、第一一四师团和国崎支队，由第十军军长柳川平助中将指挥。

国民党军为阻击日军的进攻，决定以一部兵力扼守福山、苏州、嘉兴、乍浦一线（“国防第一线”）既设阵地，不得已则退守江阴、无锡一线（“国防第二线”）；以第十集团军退守杭州，第七军主力退守长兴附近；计划调川军六个师到宁国、广德附近集中，尔后对南路日军实施攻击，企图将其压迫至钱塘江附近而歼灭之。与此同时，计划以第七战区一部兵力在安吉、孝丰地区攻击日军翼侧；以第三战区部分兵力在龙潭以南、广德以北山地实施防御，并破坏交通，迟滞日军进攻，策应南京的防卫作战。

至 11 月 12 日，太湖北侧地区为左翼军，陈诚为总司令，辖第十五、第十九、第二十一集团军；太湖南侧地区为右翼军，张发奎为总司令，辖第八、第十、第二十三集团军。此时，南京守军仅有教导总队、第三十六、第八十八师和宪兵二个团、炮兵第八团等部，共 6 万余人，且不少是在上海激战后撤到南京整顿补充未完的部队。11 月 20 日，根据蒋介石的命令，南京警卫执行部改组为卫戍长官部，唐生智任司令长官，罗卓英、刘兴为副司令长官。连同陆续从上海退回南京的第八十七师，第二军团之第四十一、第四十八师、第七十四、第六十六、第八十三军等部，南京守军总兵力达 11 万余人。其主要部署：南京及其近郊为第三十六、第八十七、第八十八师、教导总队和宪兵部队守备，其中第八十八师在水西门、中华门至武定门及雨花台一线；第三十六师在玄武门、红山、幕府山、挹江门一线，并与幕府山要塞、狮子山要塞协同作战；教导总队在光华门、中山门至太平门、紫金山、麒麟门及天堡城之线，并以一部兵力坚守乌龙山要塞；第八十七师在通济门、光华门一带；宪兵部队在定淮门至汉中门清凉山地区。南京外围阵地为第二军团和第七十四、第六十六、第八十三军等部守备，其中第二军团在栖霞山、乌龙山地区，担负协助乌龙山要塞炮台严密封锁长江和阻击沿铁路两侧进攻之日军的任务；第七十四军在淳化镇、牛首山一带组织防御；第六十六军在淳化镇至凤牛山一线，并向句容派出警戒部队；第八十三军在凤牛山至龙潭一线，并向下蜀派出警戒部队。战役经过主要分为三个阶段：

江阴阻击战

11 月 13 日，北路日军发起了进攻。第 3、第 9 师团沿京沪线西进；第十一、第十三师团向太仓、常熟方向攻击前进；第十六师团及重藤支队从白茆口南岸登陆，向支塘、福山、兴隆镇进攻，企图切断京沪公路。与此同时，日海军一部溯江而上，配合地面进攻部队行动。13 日晚，国民党左翼军撤至福山、苏州之线阵地。15 日起，双方激战于常熟、兴隆镇、福山及沿江一带地区。19 日，日军以猛烈炮火和频繁轰炸突击守军，并以第三师团一部渡过阳澄湖袭击苏州，集中兵力以第十三、第十六师团和重藤支队向常熟、福山等地实施进攻。守军不敌，遂向无锡、江阴一线撤退。24 日，日军第九、第十一、第十六师团以多路进攻直扑无锡；并以秋山支队乘汽艇横渡太湖，突破守军第五十军在太湖西岸的防御阵地，向常州迂回，以对无锡形成合围之势。无锡守军见势不战而退。27 日，日军进占无锡。国民党左翼军除一部退往常州外，主力向浙、赣、皖边区撤退。日军兵分三路继续攻击前进。其右路为第十一、第十三师团，向江阴方向实施进攻，遭守军第一〇三、第一一二师及江阴要塞守备部队的顽强抗击。中路为第十六师团，在句容以东地区击退了守军反击，于 12 月 5 日攻占句容，6 日抵达汤山以东地区，与守军第六十六师展开了激战。左路为第九师团，

11月29日攻占常州后继续向西进击，12月2日攻占金坛，6日占领天王寺，并突破守军第五十一师防御阵地，进至淳化镇附近地区。此阶段，江阴地区的战斗最为激烈。

江阴位于长江下游，地处上海、南京之间，与北岸之靖江相望。此处江面狭窄，仅宽2公里，南岸山陵起伏，地势险要，是长江的“大门”。早在8月13日淞沪抗战爆发后，国民党军即封闭了长江江阴下游的长山港江面，沉没了28艘装满石头的军舰和大型商船，组成了第一道长江封锁线，以阻日舰上驶。江阴要塞则充分利用有利地形，构筑了坚固工事，组成了东山、西山、黄山、肖山、鹅山等8个炮台，计部署各种火炮37门，其中有当时最先进的88毫米高平两用半自动火炮和150毫米加农炮，另有2个守备营和工兵、通信各1个连。要塞司令许康，经常教育官兵，并以“一定要与江阴要塞共存亡”的口号激励部属，决心誓死守卫长江“大门”。此时，第一〇三、第一一二师奉命防守江阴地区，第一〇三师在要塞以东一线；第一一二师以1个旅和师直属队坚守江阴县城，主力在要塞以西及以南地区，并与第一〇三师相衔接。江北天生港地区由第一一一师防守，与江阴形成了掎角之势。守军斗志旺盛，严阵以待，准备迎头痛击来犯之日军。卫戍长官部副司令长官兼江防军总司令刘兴坐镇江阴，统一指挥作战。

11月27日，日军第十三师团向江阴地区发起了进攻，以炮火向黄山炮台实施了猛烈突击。黄山炮台即行还击，东山、西山炮台也同时射击，双方展开了激烈的炮战。激战中，日军还使用了瓦斯弹，由于守军炮台均在狭小的高地上，加上江风吹送，未造成严重后果。与此同时，第一〇三、第一一二师防守部队以火力杀伤地面进攻之日军，并展开了近战肉搏，经反复争夺，将进攻日军击退；入夜后，双方形成对峙。深夜，第一〇三师组成敢死队主动出击，利用夜暗和有利地形，秘密接近日军，以集束手榴弹炸毁其战车7辆。28日，日军未敢贸然发起进攻，仅以密集炮火向守军阵地猛轰，从黎明一直持续到中午。29日，长江下游的日舰向江阴要塞实施了炮击，要塞守军以炮火还击，击沉日舰3艘，伤其1艘。与此同时，地面进攻之日军也发起了多次攻击，守军坚守阵地，打退了日军的进攻，双方各有部分伤亡。激战中，第一一二师师长霍守义负伤，遂由第三三四旅旅长马万珍代理指挥，并根据上级命令，决定夜间组织突围。22时，第一一二师开始向西突围，绕过江阴城北，沿公路向西行进，在南闸镇以西地区遭日军火力封锁后被打散，之后大部西撤，一部撤到江北。

30日，日军再次发起了进攻，第一〇三师各部坚守阵地，顽强抗击，并多次组织反击，有的阵地失而复得，双方死伤惨重。12月1日，日军陆、海、空三军联合向江阴地区猛扑，日机80余架向守军阵地实施了轮番连续轰炸，一时炸弹倾泻，火光连天，守军大部阵地和工事被摧毁；而要塞部分国防工程和地下工事由于缺乏有效管理，有的已找不到钥匙，有的则长期锈蚀而打不开锁，以至未能利用；加上双方对峙，多为近战，使要塞重炮无以发挥优势，而日军水陆并进，攻击愈烈。情急之中，第一〇三师师长何知重将全师兵力悉数投入激战，先后打退了日军的多次进攻，官兵伤亡已极为严重。入夜后，第一〇三师奉命突围，向镇江方向转移。行至江阴城边，方知第一一二师早已撤离，致使第一〇三师腹背受击，更增大了伤亡。22时，第一〇三师撤至江阴城西钱家村附近时，遭少部日军伏击，第六一三团团长罗熠斌及许多官兵不幸阵亡。第一〇三师当即以一部兵力绕至日军翼侧，爬上屋顶，以手榴弹实施突袭，将日军数处火力点消灭，主力遂迅速向西急进。

江阴阻击战，历时五昼夜，第一〇三、第一一二师及要塞守备部队顽强抗击了优势日军的进攻，虽自身伤亡惨重，同时也沉重地打击了日军的嚣张气焰，并给其以重大杀伤。战斗中，江阴地方政府和广大人民群众积极支前，主动组成了运输队、担架队，冒着日军猛烈的空地火力，抢运粮食、弹药，抢救、输送伤员，更激发了守军官兵的斗志和为民族奋勇献身的精神。

南京守城战

12 月 7 日起，日军对南京外围防线发起了攻击。淳化镇、牛首山一带为第七十四军防守，第五十一师占领方山至淳化镇一线阵地，第五十八师占领牛首山，军部在通济门外一村庄内。部队进入阵地后，发现许多国防工事用土埋着，有的上锁后已打不开。7 日上午，守军正在抢修工事，闻报日军经句容正向西急进。16 时，日军先头与第五十一师警戒部队开始接火。8 日拂晓，日军在地空火力掩护下，向淳化镇守军阵地发起了猛烈攻击，第五十八师也与日军展开了激战。国民党空军及苏联空军志愿大队迅即起飞，向来犯日机发起反击，击落日机 2 架。守军官兵精神为之振奋，激战至黄昏，阵地岿然不动。9 日 8 时，日军集中主力，地空联合又一次发起攻击，并以一部兵力向方山迂回，威胁淳化镇的翼侧。经连续激战，守军伤亡惨重，淳化镇、牛首山阵地均被日军突破，第七十四军遂奉命转移。

与此同时，栖霞山、汤山、秣陵镇等地也均遭日军猛烈攻击。南京外围经二昼夜激战，日军先后占领了栖霞山、汤山、淳化镇、秣陵镇等要点，守军被迫退守乌龙山、麒麟门、大胜关一线。

12月6日晚，蒋介石召集少将以上将领训话：南京是总理陵墓所在地，如今首都已是一座围城，保卫首都的重任交给唐生智将军，大家服从唐将军，正像服从我一样。我走后，也会调动部队前来策应。万一有什么不幸，大家也将成为保卫国家的民族英雄！唐生智也表示：愿与诸将共负守城之责任，誓与南京共存亡。7日5时45分，蒋介石等飞离南京去庐山。天亮后，日机即飞临南京上空实施了轰炸。8日，南京守军完成了城防部署：第八十八师在雨花台、中华门一线；第七十一军第八十七师在光华门、通济门地区；教导总队坚守紫金山、麒麟门、中山门地区；第二军团坚守杨坊山、乌龙山一线及乌龙山要塞；第七十八军第三十六师固守红山、幕府山、下关一线；第八十三军第一五六师在青龙山、龙王山一线掩护外围部队撤退；第七十四军第五十一、第五十八师撤回后防守河定桥之线；第一〇三、第一一二师向南京急进；第六十六军进至大水关附近集结待命。

9日，南京守城战全面开始。7时起，日军飞机60余架在城内外实施了反复轰炸。日机还向城内投撒了松井石根致唐生智的《投降劝告书》，向守军发出了最后通牒，限于10日午前交出南京城。唐生智对此置之不理，令各部严阵以待，誓与阵地共存亡；并指令第七十八军军长宋希濂指挥第三十六师负责沿江警戒，禁止任何部队渡江。

教导总队是南京保卫战中装备最好、实力最强、兵员充足的主力部队，兵力达3万余人，总队长为桂永清，参谋长为邱清泉。教导总队在南京驻防和训练达四年多，阵地坚固，地形熟悉，官兵士气旺盛，当时被称为蒋介石的“铁卫队”。紫金山最高处为第一峰，次高峰为第二峰，东麓小高地为老虎洞。老虎洞地区战斗在8日午后即已打响，日军集中炮火猛轰老虎洞，随后步兵发起了冲击。防守老虎洞地区的是教导总队第三旅第五团罗雨丰营，该营依托有利地形和工事，居高临下，以密集火力打击进攻之日军，给其以重大杀伤，日军被迫退回原阵地。9日拂晓，日军以地空火力向守军阵地实施了猛烈突击，并发射了燃烧弹和烟幕弹，守军阵地顿时烟火冲天，日军随即发起了冲击。罗雨丰营顽强抗击，并在团主力侧击支援下，再次将进攻之日军击退。下午，日军利用有利风向，再次发射了大量燃烧弹和烟幕弹，并发起了猛攻，罗雨丰不幸殉职，全营大部伤亡，老虎洞遂失守。

与此同时，从9日拂晓开始，日军从三个方向向南京发起了全线攻击。一部日军2000余人在10余辆坦克引导下，进至光华门外，并占领了大校场通光营房。此时，光华门附近仅有教导总队所属一部官兵，情急之际，守军迅速关闭了城门，并将沙袋垒积至半城墙高，以堵截日军的冲击。日军将火炮推进至高桥门附近，集中火力向城门轰击，城门很快被毁，并有日军100余人冲入。守军当即集中火力射击，将突入之日军消灭，并以火炮向日军坦克射击，击毁其1辆，日军被迫后退。待第八十七师增援部队到达后，迅即发起反击，将大校场之日军驱逐。

10日，日军主力向雨花台、通济门、光华门、紫金山第二峰之线同时发起猛攻。日军第九师团工兵分队在火力掩护下，以炸药爆破开路，先后两次突破光华门，100余日军敢死队一举冲入了城内。守军适时发起反击，将日军敢死队全部歼灭，迅速恢复了阵地。通济门守军也与日军展开了激烈争夺，顽强抗击了优势日军的进攻，后在第一五六师增援下，将进攻之日军击退。入夜后，第一五六师挑选敢死队员数十名，由城墙上用绳索悬吊下去，用汽油和手榴弹将潜伏在城门洞内的少部日军悉数焚毙，并乘胜袭击了占领通光营房的一部日军，将其驱逐，后在追击作战中，敢死队的勇士们全部壮烈牺牲。

另一部日军分两路在坦克引导下，向教导总队防守阵地发起了攻击。守军首先以防坦克炮连奋勇迎击，击毁日军坦克2辆，迟滞了日军的攻势。午后，日军一部在3辆坦克引导下，向光华门猛冲。教导总队第2团、军士营和防坦克炮一个连发起了反击，在正面抗击的第八十七师掩护下，将进攻之日军击退，并俘其3人。15时，日军敢死队在密集炮火掩护下推进至护城河一线；22时，日军10余人冲入光华门城门洞内。半夜，光华门守军将大量汽油撒向城门洞附近，并当即投下火种，将城门洞内日军全部烧毙。

11日，日军集中精锐猛攻中华门地区。中华门外守军第八十八师一部被迫向城内撤退，日军紧追不舍，由于守军混乱不堪，云梯和城门关闭不及，日军300余人一并抢入城内。罗卓英亲临第一线指挥，在中华门一带展开了激烈巷战，终将入城日军全部击毙。此时，东线日军向紫金山发起了猛攻，教导总队奋勇抗击，浴血苦战，使日军难以前进一步。另一部日军迂回大胜关、江心洲地区，袭击第七十四军翼侧，战斗异常激烈。14时，第八十八师主力防守的雨花台右翼阵地被日军突破，守军顽强抗击，固守主阵地。

11日中午，唐生智接到顾祝同打来的电话，转达了蒋介石的撤退命令，并要唐迅速赶到浦口，以接其撤离。唐生智表示：不能马上离开南京，撤退问题必须部署。22时，卫戍司令长官部也接到蒋介石命令："如情势不能久守时，可相机撤退，以策后图。"

12日拂晓起，日军以地空密集火力向各城门实施突击，多处被毁，坚固城墙也被炸得砖石乱飞，有的地方被炸得城墙洞开，城内外已能通视。另有30余架日机在南京上空盘旋，炸弹和传单同时抛下来，敦促守军将领投降。12时后，日军第九师团攻占了雨花台主阵地，第八十八师伤亡惨重。日军以重炮轰击中华门，并以部分炮兵向城内射击，尔后步兵发起冲击，一举突入中华门，另一部突入光华门；日军第十六师团猛攻教导总队防守阵地，迅速攻占了紫金山，继又突破中山门，进入城内；日军第十三师团一部突破第二军团第四十一、第四十八师防守阵地，尔后向乌龙山要塞发起了猛攻。被打乱了建制的守军官兵在万分紧急的情况下，迎着枪声上，以大无畏的精神阻击日军的长驱直入，与日军展开了激烈的巷战。与此同时，日海军舰队已驶抵乌龙山江面，并清除了水雷及其他障碍物；在当涂渡江的国崎支队已攻下和县，正向浦口急进。

17时，在极度危急中，唐生智召集罗卓英、刘兴及师长以上将领开会，宣布了蒋介石的撤退命令，并对突围计划以及集结地点作了指示；同时，令第三十六师负责掩护卫戍司令长官部渡江北撤。将领们默不作声，沉浸在悲愤的深渊里。唐又说：“战争不是在今日结束，而是在明日继续；请大家记住今日的耻辱，为今日的仇恨报复！”

入夜后，紫金山满山都在燃烧，雨花台、中华门、通济门一带也都是火光冲天，南京城陷入了极度混乱之中。守军乘夜暗组织撤退，除第八十三军按指定路线绕栖霞山经句容向皖南突围外，其余各部除部分兵力誓不撤离、坚持巷战外，均拥向下关，觅船过江，争渡逃命。因江边船只少，有的取门板制木筏，行至江中即被急流倾覆吞没；有的船只因超载而沉没；有的甚至为争渡鸣枪，自相残杀；造成了江边更为混乱的局面。

13日晚，日军攻占南京。尔后，日军大肆烧杀淫掠，开始了持续3个月之久的大屠杀。被俘的国民党守军和无辜居民被屠杀达35万人，全市房屋1/3被化为灰烬。这种世界历史上罕见的大暴行，激起了全中国乃至全世界人民的无比愤怒和仇恨。

南京大屠杀

日军占领上海后，即向南京进攻。一部向沪宁路进攻，并派出一个师团在自茆口登陆，先后攻占嘉兴、常熟、常州，直取南京正面，并于12月初攻占江阴要塞。另一部日军则向沪杭路和南京杭州公路前进，连陷嘉兴、吴兴、长兴、宜兴、取溧水、句容，袭南京之背。日军并从长兴、广德西进，占宣城、芜湖，完成了对南京的包围。12日晚，南京守军15万人，按蒋介石的命令撤退，12月13日，南京失陷。

日军占南京后，随即开始了长达六周的血腥大屠杀。首先对未撤出城内的中国军队和“安全区”内的难民进行屠杀。17日，日军在南京举行“胜利八战式”，司令官松井石根带领侵略军踏着成千上万中国人民的尸体和血迹进城。日军杀人放火，奸淫抢夺，以炫耀其武士道精神。屠杀不分昼夜。据战后远东国际军事法庭调查，在大屠杀中死于非命的中国军民竟达35万以上。屠杀的手段令人发指，除使用现代化武器外，还采用各种野蛮残忍的杀人方法：砍头、劈身、切股、挖心、火烧、分尸、集体活埋，杀人竞赛、挑刺孕妇腹中胎儿等等。同时还丧心病狂地奸淫妇女，不论年龄、地点、时间，并大规模地抢劫，有计划地破坏，甚至挨门逐步索取财物，之后将房屋付之一炬。日本法西斯的暴行正如德国驻华使馆给本国的密电中所说：“犯罪的不是这个日本人或那个日本人，而是整个日本皇军……它是一副正在开动的野兽机器。”

南京大屠杀是日本帝国主义在中国犯下的滔天罪行，其罪之大，其形之丑，无以描述。也充分暴露了日本法西斯极端疯狂性和野蛮性。日本法西斯的罪行，不但没有吓倒中国人民，反而更加激起中国人民同仇敌忾，抗战到底的决心。

徐州会战

1938年1月18日至6月9日，中国国民党军在以徐州为中心的广大地区抗击日军进攻的防御战役。

徐州位于淮北平原，是津浦线和陇海线的枢纽和苏、鲁、豫、皖四省之要冲，大运河穿经市郊，公路四通八达，战略地位极为重要，自古以来为兵家必争之地。控制徐州，北可威胁济南，南可进逼南京，沿陇海线西进则可利用中州平坦地形直扑平汉线，进而夺取郑州、武汉等地。徐州四面山丘群立，有子房山、香山、白云山、云龙山、凤凰山、卧牛山、霸王山、义安山、九里山等，为天然屏障，利于组织环形防御。

1937年12月13日，日军攻占了南京；之后，又相继占领了杭州、滁县、济南等地，其侵略气焰更加嚣张。为打通津浦线，使南北连成一片，实现迅速吞并全中国的野心，先后集中华中、华北等地日军主力八个师团、五个旅团，约24万人，以南京、济南为据点，准备实施南北对进，夹击华东战略要地徐州；同时，继续由德国驻华大使陶德曼出面调停中日“和谈”，斡旋“和平”，诱压蒋介石投降。

1938年初，日军华中方面军从滁县北上，企图打通津浦线，配合华北方面军攻占徐州、合肥地区；之后，华北方面军从济南南下，以主力围歼徐州地区国民党守军，以一部兵力在兰封（今兰考）东北直插陇海线，占领兰封以东、陇海线以北地区，切断徐州守军退路。华北方面军各部由第二军司令官西尾寿造指挥，辖第一军（第十四师团）、第二军（第五、第十、第十六、第一一四师团）和独立混成第三、第四、第五旅；华中方面军（2月中旬改为华中派遣军）所部由司令官畑俊六指挥，辖第三、第九、第十三师团和第六师团坂井支队、第一〇一师团佐藤支队及第十一师团一部。

日军占领南京后，国民党军一面调集部队控制武汉及豫皖边区，一面抽调兵力至鲁中及淮南地区，企图牵制日军主力于津浦线，以迟滞日军西进向武汉发展进攻。为确保徐州，以一部兵力在津浦线南段和北段抗击日军进攻；一部兵力在徐州东北临沂地区担任牵制任务；集中主力于徐州附近和淮北平原实施机动作战，以粉碎日军的进攻。徐州地区为国民党军第五战区，李宗仁为司令长官，辖十二个集团军，约65万人（会战中得到大量增援，总兵力约七十个师100万人）。具体部署：第十一、第二十一集团军和第五十二军共十个师，在合肥、明光（今嘉山）、蚌埠地区，担负津浦线南段防御任务；第二、第三、第二十二集团军共十四个师，在巨野、滕县、台儿庄地区，担负津浦线北段防御任务；第三军团和从青岛撤退的海军陆战队，在临沂地区担负阻击青岛日军南下的任务；第二十四、第二十七集团军分别在苏北和巢湖以南地区担负牵制任务；第二十、第二十七军团等部在徐州外围及淮北平原准备实施机动作战。

台儿庄大捷

1938年3月17日至4月8日，中国国民党军第五战区一部于徐州会战期间在台儿庄地区粉碎日军进攻的反击战役。

台儿庄是山东省南部的一个重镇，位于徐州东北30公里的大运河北岸和临城至赵墩的铁路支线上，北连津浦线，南接陇海线，其战略地位十分重要。徐州会战中期，日军为实现南北夹击、夺占徐州的战略目的，以北路日军一部向台儿庄地区发起了进攻。日军如控制台儿庄，则既可南下赵墩沿铁路线西进，尔后向徐州发展进攻；又可北上策应北路主力的作战行动；并可切断国民党军第二十七、第三军团等部的退路。因此，日军视台儿庄为“钉子”，志在必夺。

日军第十师团濑谷旅团一部兵力在进攻滕县时，其主力已于3月17日攻占临城；18日又兵分两路，直扑韩庄、峄县。此时，第五战区第二十军团（汤恩伯部）奉命从河南归德和安徽亳县驰援滕县、临城，由于路途遥远，仅有先头部队到达滕、临、峄地区。日军恃其地空火力和机械化部队的优势，猖狂发起进攻，迅速夺占了枣庄、韩庄、峄县。防守峄县的第二十军团一个团伤亡惨重，团长不幸阵亡。日军攻占韩庄后，以步兵400余人及坦克10余辆，企图渡过运河，直捣徐州。此时，第二十军团第二师已在韩庄附近之运河南岸抢修工事，组织防御，遂与日军展开了隔河激战，阻止了日军的进攻。濑谷旅团主力即刻调整了部署，沿铁路支线向台儿庄方向攻击前进。此时，第二集团军（孙连仲部）主力已赶赴台儿庄，其中第三十一师及一个炮兵营已先期进至台儿庄组织防御；第二十军团也已渡过运河，进至峄县东北之兰陵、向城地区集结，准备侧击枣庄、峄县地区日军，企图将该地区之日军压迫至微山湖畔歼灭之。

3月23日，峄县日军1000余人，在8辆坦克和10门重炮掩护下，向台儿庄发起了进攻。守军第三十一师及第二十七师一部坚守阵地，顽强抗击，将进攻之日军大部歼灭，残部300

余人撤至北洛固守待援。24日，日军2000余人在地空火力和坦克掩护下，再次向台儿庄发起猛攻，并有一部日军突入庄内。第三十一师以一个旅的兵力在庄内与突入之日军展开了巷战；另以一个团的兵力主动出击，袭击了进攻日军的翼侧，经激战，将进攻日军击溃，并收复刘家湖。下午，日军再次发起进攻，其猛烈炮火将台儿庄北门轰破，紧接着日军300余人冲入庄内；第三十一师严阵以待，集中火力射击，将突入日军全部歼灭。

25日黎明，第二十军团指挥第五十二、第八十五军向峄县、枣庄地区发起反击。第五十二军将日军派往临沂增援的一个旅团包围在枣庄东南之郭里集附近地区，经激战，歼其一部，击溃其大部。第八十五军第四师对枣庄之日军发起三面围攻，并迅速突入城西，歼灭日军一部，焚毁其战车8辆；日军1个联队占领中兴煤矿公司大楼固守待援。与此同时，日军加强了对台儿庄的攻击，其猛烈炮火将北门、西北门寨墙摧毁，200余人突入庄内占据碉堡固守。至26日，进攻台儿庄的日军已达3000余人，并增加了坦克和重炮。此时，第五战区野战重炮团、战防炮营和铁甲车一个中队先后增援进入台儿庄，大大增强了守军的火力。27日，日军一部在9辆装甲战车掩护下猛攻台儿庄，一举突破了北门并占领了东北角地区。激战中，守军炮兵大显神威，击毁日军战车6辆。28日，双方在台儿庄、刘家湖附近激战。日军地空火力实施了连续突击，台儿庄车站、煤厂等地几乎成为一片废墟。第二集团军部队与日军展开了近战肉搏，打退了其数次进攻。当晚，日军300余人由城西突入西北角，与在该处顽抗的一部日军会合后，继续向庄内突击；遭守军炮火袭击，第三十一师一部当即又发起反击，战至深夜，将突入之日军大部歼灭，一部日军退入大庙固守。

27日，第五战区命令第二十军团：放弃峄县、枣庄攻击计划，一部监视当面日军，主力南下，首先歼灭台儿压附近之日军。但由于汤恩伯犹豫观望，未遵令行动，遂于29日又下令：第八十五军对峄县之日军实施佯攻，阻其南下；第五十二军于30日速向泥沟、北洛前进，以一部协助第二集团军解决台儿庄附近之日军。汤恩伯遂依令行动。

29日，台儿庄地区激战进入了白炽化。第三十一师编组了一支72名勇士组成的突击队，在炮火掩护下，向文昌阁发起了反击，将据守的日军一部悉数聚歼；第二十七师向台儿庄北侧发起反击，连克邵庄、园上、孟庄，歼灭日军一部，击毁其坦克2辆；第三十师主动出击，向南洛、三里庄突进，截断了日军退路，并重创了日军增援部队。日军旅团长濑谷急令一个联队驰援台儿庄，并亲赴前线督战。待援军到达后，日军迅速组织了反攻，夺占了台儿庄东半部，与第三十一师形成了对峙。

30日上午，第三十一师一部在副师长康洁如率领下，向台儿庄西北角固守之日军发起反击，近战肉搏数小时，第三十一师伤亡300余人，被迫退回原阵地；日军仍固守西北角及东南半部顽抗。与此同时，第二十七师也被迫退回运河南岸。日军一部企图从顿庄闸附近渡河，由西攻击台儿庄，被守军击退。当晚，第五十二军占领台儿庄以北之林庄，猛攻日军侧后。日军腹背受击，遂将兵力转向东侧，向第五十二军发起反击。经一昼夜激战，至31日下午，第五十二军攻占关城店、小集等据点和獐山、天柱山，主力已逼近南洛、北洛。至此，日军濑谷旅团已陷入第五战区部队的包围之中。

当第二十军团、第二集团军准备发动攻势围歼日军濑谷旅团时，由临沂增援的第五师团主力于4月1日进至兰陵镇，并从东面侧击第五十二军。第五十二军遂以一部兵力阻击日援军，主力则迂回攻击坂本旅团翼侧。坂本急于解濑谷之危，除以

1000余人在洪山镇附近组织防御外，主力向台儿庄突进，也陷入了包围圈。

4月1日夜，第二十七师以800余人攀寨墙突入台儿庄东北角，向日军发起突袭；日军仓皇应战，死伤惨重；攻击部队占领了东北角部分地区及东门以北的几座碉堡。2日夜，第三十一师以250人组成奋勇队，对台儿庄西北角之日军发起突袭，毙伤日军甚众，并夺回西北角阵地。双方在庄内展开激烈拼搏，由于坂本旅团主力的增援，激战中第二集团军伤亡严重，死伤达7000余人，台儿庄大部阵地被日军占领。

此时，第二集团军第五十五军已渡过微山湖，尔后由南阳桥一带越过运河，收复了两下店、界河，切断了日军退路。李宗仁决定迅速围歼日军濑谷、坂本二个旅团，并于2日下达了总攻命令。具体部署：第二十军团以一部兵力消灭洪山镇以北之日军，主力于3日向台儿庄附近之日军左翼侧后实施攻击，逐次向左迂回，务在台儿庄左侧地区将日军捕捉并歼灭；第二集团军于3日全线发起反攻，消灭台儿庄及其附近之日军；第三集团军第五十五军为堵击集团，迅速南下，合围枣庄、临城地区。3日，各部队发起围攻。第五十二军勇猛突击，于4日肃清了兰陵、洪山镇地区日军，5日南下抵达台儿庄东北10公里的底阁、腰裹徐一线，并向日军发起了猛攻；第八十五军由大良壁东进，4日在陈瓦房附近重创坂本旅团一部，5日追击该部日军至台儿庄东北15公里的潭庄附近；第七十五军于3日在岔河镇击溃日军一部后，5日向台儿庄东北7公里的东庄发起了攻击。

日军为挽回败局，以重炮数十门和战车数十辆向第七十五、第八十五军实施了猛烈突击。围攻部队经浴血奋战，一部兵力突入台儿庄正面之张楼，尔后从侧后袭击日军，日军在腹背受击的情况下，顿时乱了阵脚。此时，在台儿庄内的第三十一师乘机全线出击，与日军展开了激烈的巷战，官兵们奋力冲击、砍杀，逐段肃清了庄内之日军。第三十、第二十七师也突过运河，向日军发起攻击；第一一〇师渡河后夺回黄村、赵村，尔后以一部兵力北进，向獐山发起进攻，企图切断日军退路。6日，第三十师攻占南洛；第二十七师向台儿庄以东之日军发起攻击，该部日军遭重大伤亡后，残部向西北逃窜；第三十一师在庄内大举反击，濑谷旅团伤亡惨重，残部乘夜暗向峄县溃逃。7日，坂本旅团继续在台儿庄内顽抗，在围攻部队夹击下，伤亡惨重，眼看退路被切断，无力应战，当夜烧毁弹药，尔后拼死突出台儿庄向北溃逃。此时，第五十五军已在临城、枣庄北侧地区切断了津浦线；溃退之日军撤至峄县、郭里集、枣庄附近地区后，被迫占领有利地形固守待援。8日起，双方形成对峙，台儿庄战役胜利结束。

台儿庄大捷，计毙伤日军1万余人，俘其1万余人，击毁其战车、重炮各10余门，缴获坦克和战车120余辆、火炮70余门、汽车100余辆、枪支1万余支和大批作战物资；国民党军伤亡也达2万余人。

武汉会战

概况

武汉会战从1938年6月12日日军占领安徽省省会安庆开始到10月25日中国军队撤离武汉结束，历时四个半月，大小战斗有数百次。战场在武汉外围沿长江南北两岸展开，遍及安徽、河南、江西、湖北四省广大地区。蒋介石坐镇武汉亲自指挥，由陈诚的第九战区和李宗仁的第五战区联合作战。战役初期，中国参战的兵力为四个兵团，共三十个师，另有100架飞机。后期增到十四个集团军，共一百二十多个师及40余艘舰艇，共约100万人，中国军队几乎全部出动，连苏联航空志愿队也参加了会战。日军方面，由华中派遣军畑俊六大将指挥，战役初期动用五个师团，后期兵力达十二个师团、120余艘舰艇、500多架飞机，共35万人。它是抗战以来战线最长、规模最大、持续时间最长、牺牲最大的一次会战。中国军队伤亡达40多万，日军伤亡20余万。

武汉地处江汉平原，是平汉、粤汉铁路的交会点，滔滔长江穿市区而过，是东西南北水陆交通枢纽。1937年11月，国民政府部分机构由南京迁到武汉后，该地实际成为中国军事、政治、经济的中心，战略地位十分重要。日本政府为了早日结束战争，缓和国内经济、政治危机给政府带来的压力，于1938年4月初决定实施武汉会战，并积极加以准备。5月底，日本大本营陆军部决定了在当年秋季进行武汉作战。6月5日，日本大本营下达于进攻武汉的命令，决心集中兵力，占领中国的心脏武汉，从而消灭中国军队主力，迫使中国政府投降。

日军进攻武汉的作战计划，原拟以一个集团军沿平汉路南下，一个集团军沿扬子江进攻，但由于考虑到从华北抽调兵力有困难，遂改变为以主力沿淮河进攻大别山北面地区，以一个集团军沿扬子江进攻。6月12日，因黄河决口，淮河泛滥，主力沿淮河水运前进困难，又决定主力沿扬子江及其沿岸地区向西进攻武汉，另一部自合肥地区沿大别山麓西进。

中国军队在6月中旬到7月初，制定和完善了保卫武汉的作战计划。其作战方针是：以聚歼日军于武汉附近为目的，应努力保持现在态势，消耗日军兵力，最后摧毁日军包围，再集结有力部队由南北两方向沿江夹击突进的日军。为此，国民政府军事委员会将会战分为江北和江南两战场，李宗仁的第五战区担任长江以北、大别山东麓一线的防御，陈诚的第九战区负责长江以南南昌到九江的防御。

1938 年 6 月 11 日，日军以波田支队为溯江作战的先遣部队，协同海军沿长江进攻安庆。12 日，波田支队冒雨登陆偷袭安庆，迅速占领城郊飞机场，中国守军杨森第二十七集团军所属的一个师及保安部队未经力战，安庆于当日沦陷。安庆失守，揭开了武汉会战的序幕。6 月 13 日，日军第六师团坂井支队占领桐城。当得知波田支队已攻占安庆，即改变进攻方向，向中国军队大别山防线的前沿阵地潜山县进攻。潜山是保卫武汉主要阵地的大别山脉的最右翼据点，由川军二个师防守。由于这里的守军第二十六集团军和第二十七集团军所属部队素质和装备欠佳，防御面过宽，使日军长驱直入，18 日，丢失潜山，接着石牌也被日军占领。随后，日军直逼长江下游南京到武汉间的第一道屏障——马当。在马当，中国军队第十六军凭借优越地势，设置了一系列坚固的防御工事。6 月 24 日，日军集中 10 余艘舰艇送波田支队向马当进攻。此时在马当的守备部队只有数百人，而第十六军和马当要塞司令部的各级指挥官大多数去参加军政大学结业典礼，直到下午才结束。这样，在 6 月 26 日，马当要塞被日军轻易占领，500 名马当守军与日军血战后全部阵亡。当得知这一消息，第十六军军长李温珩率第五十三师、第一百六十七师反攻马当，但未能成功，第一百六十七师师长薛蔚英也因耽误战机而被枪决。日军占领马当后，29 日攻占彭泽县城，7 月 4 日攻陷湖口，九江告急。在这一段时间的战斗中，中国空军以汉口和南昌为基础，连日出动轰炸机和战斗机，攻击安庆至湖口间的日军舰艇，给日舰以重创。7月22日夜，波田支队越过鄱阳湖以北水面，在九江东南20余里的姑塘登陆。随后，日军第一百零六师团在海、空军的配合下，于殷家庄附近登陆，直逼武汉的江上门户九江。第九战区李汉魂的第六十四军、欧震第四军、李玉堂第八军、李觉第七十军、王敬久等三十五军沿长江和鄱阳湖一线与日军展开激战。26日，由于增援不力，中国守军伤亡过大而被迫放弃九江。同时，长江对岸的江防要地小池口也失守，日军突破了中国军队主阵地。从此，日军以安庆、九江等地为进攻武汉的基地，从长江南北两岸分五路向武汉方向进犯。

在长江北岸，日军占领安庆、潜山后，打开了沿长江北岸西进的通道，第六师团在海空火力直接支援下，从大别山南麓大举西犯，直接威胁武汉。8月2日，第六师占领太湖城，而后又占领宿松，与第三师团汇合，迫进黄梅。中国刘汝明第六十八军与日军激战三日后退出黄梅城。国民政府为遏制日军西进，决定对日反攻，以第六十八军、第八十四军固守黄梅西北一线，另调第三十一、第七、第十军及第二十九集团军由黄梅东北及太湖、潜山西北山地从侧翼攻击日军。8月下旬，中国军队开始反攻，26日克复太湖、潜山，28日收复宿松，并与在黄梅的日军激战两昼夜，一度迫近黄梅。但8月30日，日军在得到补给后，也开始向中国军队反突击，与中国军队反复开展阵地争夺战，第六十八军、第八十四军不得不向广济撤退。9月6日，李品仙部第四兵团前往广济阻击日军，9月9日，因李兵团连日征战，损失严重，牺牲官兵达数千人，广济失守。广济失守严重影响到田家镇的安全。田家镇为武汉锁钥之地，是在沿江要塞中最坚固、最大的堡垒。富池口要塞与其夹江对峙，共扼长江航路，是武汉三镇的门户。9月17日，日军第六师团与第三师团一部进攻田家镇。中国守军李延年第二军的两个师与第五战区的三个军策应，共同进行阻击。9月29日，日军以伤亡1100余人的代价才攻陷田家镇要塞，中国军队伤亡在2000人以上。日军第六师团在攻下田家镇后，由于伤亡惨重，再加上霍乱病流行，元气大伤，到10月17日补充完整后，才继续西进，22日占领上巴河，24日攻占黄陂，于25日首先攻进武汉。

在大别山北麓，日军从7月下旬到8月上旬把第二集团军的第十、第十六、第十三、第三师团集结于合肥，然后分两路向武汉进攻。北路第十师团沿安徽六安至河南光州一线，向信阳推进，第三师团为后援跟进；南路第十三师团沿安徽霍山到河南商城一线向武汉北面推进，第十六师团尾随为预备队，并担负交通线警备。8月28日，日军第十师团击败中国第五十一军，占领六安，后向河南固始推进。29日，日军第十三师团突破中国第七十七军阵地，攻陷霍山，9月2日，攻占叶家集，后强渡史河，进攻富金山。中国宋希濂第七十一军在富金山高地顽强阻击日军，给日军以沉重打击，日军受阻。12日，日军第十三师团在第十师团濑谷支队和第十六师团的支援下，发动强大攻势，才攻占富金山，16日，日军占领商城。尔后，日军第十三、十六师团在大别山区与中国军队激战一个多月，以死伤近5000人的代价，于10月25日占领麻城，并沿宋埠、黄安、河口镇向武汉推进。第十师团于9月6日攻陷固始，19～20日，先后攻占潢川、光山、罗山等地，并开始进攻信阳。中国第十七军团在顽强抵抗，杀伤大量日军后，被迫撤出。10月12日，日军占领信阳。10月16日，日军第十师团从信阳南下，相继突破平靖关、武胜关，26日向孝感、应城推进，协同第十一集团军进攻武汉。

在长江南岸地区，日军第十一集团军以 4 个师团的兵力进行攻击。8 月 21 日，波田支队进攻马头镇要塞，遭到中国第三十一军的有力阻击，日本海军的支援也被马头镇炮台炮火击退。日军又以第九师团进攻瑞昌，并于 24 日攻陷瑞昌。8 月 31 日，中国第五十二军乘日军立足未稳，向瑞昌反击，歼灭日军甚多。9 月 7 日，日军波田支队、第九师团及海军陆战队一起强攻马头镇要塞，经八昼夜恶战，阵地被毁，马头镇于 14 日陷落，中国第三十一军退守富池口。凭富池口天险，中国军队与日军血战 10 天，日军利用毒气战才于 9 月 24 日攻陷富池口。在九江以南南浔铁路地区，从 7 月到 8 月，中日两国部队在庐山南北展开激战。中国军队把日军的一〇六师团和一〇一师团杀得大败，后日军只得命第二十七师团投入战斗。9 月中旬，日第二十七师团从瑞昌向德安推进，沿途受到中国军队的阻击，进展缓慢，直到 10 月 5 日才占领箬溪。这时，中国第九战区命令薛岳兵团三个军在德安以西阻击日军。9 月 21 日，日军第一〇六师团于德安正面攻击未逞，乃以其第一三六旅向南进攻万家岭，企图包围中国第 1 兵团德安阵地左翼。薛岳及时调动六个师的兵力对之进行围攻，战斗空前惨烈，双方都死伤累累。10 月 9 日，薛岳组织敢死队全力攻击，占领万家岭、雷鸣鼓等地，日军第一三六旅团死伤 3000 余人。此役被称为万家岭大捷。为改变战局，日军第十一集团军队第一〇六师团和一〇一师团进行了补充，并命令协同第二十七师团会攻德安。中国军队进行了半个多月的阻击战，才最后放弃德安。10 月 27 日，德安失陷。10 月 25 日，日军波田支队攻占阳新、大冶、葛店，准备进攻武昌。第九师团于 10 月 27 日攻占贺胜桥，切断了粤汉线。第二十七师团于 10 月 18 日攻占辛潭铺后，配合第九师团向粤汉线推进，27 日占领桃林镇。

这样，武汉已被日军从东、南、北三面包围。为保存军力以利长期抗战，中国国民政府军事委员会于 10 月 24 日下令放弃武汉，使长江南岸部队撤到湘北、鄂西地区，长江北岸部队撤至鄂北、鄂西北地区。蒋介石当晚离开武汉飞往衡阳。26 日后，日军先后占领武汉三镇，武汉会战结束。

武汉会战，大大消耗了日军的有生力量，打破了日本妄想迫使中国屈服、早日结束战争的计划，使其战略进攻的势头大大减弱，使中国抗战形式发生了重大变化，成为中国抗日战争的重要转折点，标志着抗日战争进入战略相持阶段。

会战经过

1938 年 6 月 2 日至 10 月 27 日，中国国民党军在以武汉为中心及其周围的豫、鄂、皖、赣四省广大地区抗击日军进攻的防御战役。

武汉位于江汉平原的中心，居长江与汉水之交，扼平汉线与粤汉线的交接点，是中国东西、南北水陆交通的枢纽，战略地位十分重要；其所在的湖北省，居长江中游，北连河南，南接湖南，这三省更是中国“巨人”的腰脐。自南京陷落后，国民政府虽已迁都重庆，但武汉曾是短期的临时首都，军事统帅部也仍在武汉，为当时中国的政治、经济、军事中心，是中日双方的必争之地。

武汉所在的江汉平原，东有大别山，南有幕阜山（大幕山），两山形成武汉东侧之门户；北有大洪、桐柏等山地，西与大巴山脉相邻，腹地广阔。武汉周围湖沼密布，港汉纵横，还有鄱阳湖和洞庭湖作为天然屏障。这众多的山山水水，构成了武汉地区的险要地形，既利于据险扼守，又便于持久作战，而不利于机械化部队的作战行动。

1938年初，日军制定了以攻占武汉为目标的作战计划。日本御前会议决定，迅速攻占武汉，迫使中国政府屈服，尽快结束战争。徐州会战中，又决定利用有利态势，以徐州地区的作战兵力向西沿陇海线转攻郑州，横切中原，夺取武汉。后因黄河决堤而进攻受阻，遂改变计划，决定兵分两路，沿长江两岸和大别山北麓西进，对武汉实施南北合击，企图于8月底前攻占武汉，席卷皖、豫粮产区，并掌握津浦、平汉两交通线，进而扫荡中国西南地区。

进攻武汉之日军为华中派遣军第二、第十一军，由总司令畑俊六统一指挥，计九个师团、三个旅团、海军第三舰队、航空兵三个团及炮兵、海军陆战队各一部，飞机300余架，舰艇120余艘，共约25万人（作战过程中，经多次补充和增援，总兵力达12个师团40万人）。其部署：第2军由东久迩宫指挥，辖第三、第十、第十三、第十六师团和骑兵第四旅团等部，集结于合肥、正阳关地区，准备沿大别山北麓西进，从北面向武汉地区进攻；第十一军由冈村宁次指挥，辖第六、第九、第二十七、第一〇一、第一〇六师团和台湾旅团（波田支队）、第一一六师团石原支队及海军陆战队等部，集结于芜湖、南京等地区，准备沿长江两岸西进，从南面向武汉地区实施进攻。

1937年12月13日，国民政府军委会在武昌拟定了《军事委员会第三期作战计划》，决定“国军以确保武汉核心、持久抗战、争取最后胜利为目的，应以各战区为外廓，发动广大游击战，同时新构筑强韧阵地于湘东、鄂西、皖西、豫西各山地，配置新锐兵力，待敌深入，在新阵地与之决战。”作战意图是“消耗敌人之力量，赢得我之时间，以达长期抗战之目的。”1938年6月5日，军委会又召开会议，决定以重兵保卫武汉，并拟定了庞大的作战计划。决心以武汉三镇为核心，以豫西、豫东、皖北、皖南和湘、赣地区为广阔的外围战场，利用长江两岸有利地形和鄱阳湖、幕阜山、大别山等天然屏障，持久作战，节节抗击日军的进攻，不断歼灭和消耗其有生力量。计划会战初期使用五个集团军约三十个师，尔后随战役发展逐步增加至十四个集团军一二九个师，总兵力达100万余人，由蒋介石担任总指挥，“预期可与敌人的主力作战四—五个月，予敌以最太的消耗。粉碎其继续攻势之能力。”具体部署：以第五、第九战区为主要作战集团，第一、第三战区及海、空军配合作战。第五战区由李宗仁指挥，负责长江以北、大别山地区防务，辖第三、第四兵团和第二十一、第二十六、第二十七集团军；各集团军分别占领正阳关、六安、舒城、桐城、太湖一线，担任大别山东麓的防御任务；第三兵团由孙连仲指挥，主力集结于商城、麻城、信阳、潢川等地区，担任大别山北麓的防守和机动作战任务；第四兵团由李品仙指挥，在黄梅、广济、浠水、黄陂等地区，担任长江北岸的防守和机动作战任务。第九战区（会战初期为武汉卫戍总司令部）由陈诚指挥，负责武汉以东、长江以南地区的防务，辖第一、第二兵团，武汉卫戍部队和江防守备部队；第一兵团由薛岳指挥，占领鄱阳湖以西的九江、德安地区，阻击日军西进；第二兵团由张发奎指挥，集结于九江以西的马头镇、鄂城、武昌、咸宁地区，担负防守和机动作战任务；江防军及海军等部，扼守马当、湖口、田家镇、葛店等要点，阻击日军溯江西进；卫戍部队固守武汉核心阵地，并占领道士店、葛店、贺胜桥、新沟地区，组成环形防御。飞机100余架调集汉口、南昌待命，并由苏联空军志愿队协同作战，随时准备担负支援地面作战和轰炸日军机场、日舰等任务。另以第一、第三战区部分兵力配合作战，牵制和消灭日军有生力量。

武汉会战的经过主要由以下几个地区的作战组成：

安庆、马当、湖口、九江保卫战

5月29日，日军大本营发布了进攻武汉预令，随后第六师团分途向合肥集中，驻台湾的波田支队由舰艇输送溯江西进，计划两军在皖西南要地安庆（时为安徽省会）会合。6月2日，日军第六师团坂井支队自合肥南下，于8日占领舒城。10日，波田支队逼近安庆。11日，波田支队不待第六师团到达，先期向安庆发起了进攻，企图在飞机掩护下，从枞阳镇、大王庙登陆，被守军击退。12日，波田支队另选登陆地点，由安庆南北两岸同时发起攻击，占领了安庆机场并突入城内。守军第一四六师及保安队奋起抵抗，伤亡较大；第二十七集团军主力受无为方向日军牵制而未能及时增援，安庆遂告失守。日军攻占安庆后，迅速组建了补给基地，为进攻武汉建立了桥头堡。

日军第六师团于13日占领桐城，得悉波田支队已攻占安庆，遂以板井支队向大别山右翼要地潜山、太湖方向进击。15日，进攻之日军遭潜山地区守军第二十六、第二十七集团军抗击，经三日激战，由于守军装备、素质均较差，且防御正面过宽，兵力分散，作战消极，日军于18日攻占潜山，使长江下游南京至武汉间第一道屏障——马当封锁线告急。此后，第六师团沿长江北岸与大别山以南狭长地带继续西进。27日，日军第六师团攻占太湖。期间，第三、第十三师团等部分别由怀远、蒙城南下，先后占领淮南、寿县、正阳关、庐江等地，控制了江北一些重要地区。

在马当江面，国民党海军为阻止日舰西进，设置了人工暗礁30余处，沉船29艘，并布放了1600余枚水雷。24日，日舰

8 艘输送陆战队 800 余人在东流登陆，一举攻占香山、黄山、香口等地，尔后乘胜指向马当。马当要塞地位十分重要，但守军仅配置了一个营的兵力，加上溃退至该地的第 53 师少部，兵力计 500 余人，在遭日军炮兵猛烈突击后，伤亡惨重，很快处于危急状态。26 日拂晓，日军由娘娘庙、中山矶实施登陆并发起进攻；江防军总司令刘兴和第十六军军长李塭珩急电第一六七师师长薛蔚英率部增援马当，但该师迟迟未动。当日下午，马当被日军攻占；守军顽强死守，牺牲殆尽。27 日，武汉卫戍区总司令罗卓英令李塭珩率第十六、第五十三、第一六七师向马当实施反击。28 日，反击部队收复香山、香口等地，并由东、西夹击马当之日军。但日军占领马当后，即分兵向彭泽等地发展进攻，于 29 日攻占了彭泽，致使湖口也紧接着告急。30 日，第九战区令第四十三军军长郭汝栋为湖口守备军司令官，归第三十四军团军团长王东厚指挥，第二十六师迅速赶赴湖口接替了第七十七师防务。王东厚令所部主力向彭泽实施反击，但日军行动迅速，以一部兵力水运指向湖口，并于 7 月 3 日开始登陆进攻。第二十六师尚未接防完毕即与日军交上了火，奉命回援的第七十七师也为日军所牵制，使第二十六师陷入了孤军作战。该师虽系保安队临时编成，新兵多，武器装备陈旧且残缺不全，但在师长刘雨卿率领下与日军展开了苦战，经二昼夜激战，全师官兵伤亡大部，湖口终于 5 日失守。由于马当、湖口接连失守，九江即成了日军攻击的目标。

23 日，日军波田支队冒雨水运进抵姑塘；守军第十一师奋力抗击，击沉日军汽艇 10 余艘；双方经 3 小时激战，日军登陆成功。张发奎急令第十五、第一一八师增援，未能成功。24 日，波田支队与第一〇六师团会攻九江，并于 25 日晨发起总攻。守军第八军处境已极为困难；增援的第四军赶到后，因受命控制力量以防不测，也未能投入作战。25日夜，日军突入九江城内，经激烈巷战，守军败退，日军于26日晚攻占九江。与此同时，长江对岸之江防要地小池口也告失守。至此，日军已打开了国民党守军主阵地的大门。

大别山地区防御作战

7月4日，日军大本营下达了华中派遣军作战序列，并调整了部署，以第十一军担任主攻，第二军实施助攻，第三舰队和航空兵团支援地面作战；沿长江流域和大别山东麓西进，企图对武汉构成南北夹击之势。11日，国民党军在判明日军企图后，决心集中兵力于“武汉外围，利用鄱阻湖与大别山地障，并藉长江南岸之丘陵与湖泊施行战略持久，”计划在武汉外围与日军作战四个月；并调整了部署：以第一兵团总司令薛岳率二十五个师担负南浔线及其两侧地区的防务，并伺机侧击西进之日军，屏障南昌；第二兵团总司令张发奎率三十三个师担负瑞昌至武昌间正面防御；第三兵团总司令孙连仲率八个师担负大别山北麓及正面防御；第四兵团总司令李品仙率十三个师在长江及大别山之间设防，抗击日军西进。

早在6月22日，李宗仁判断日军进攻武汉只能沿长江西进，建议“应充分采用内线作战原则，迅速集中绝对优势兵力，先于太湖、宿松、英山、广济间狭长地带将溯江西进之敌聚而歼之，然后转移兵力，各个击破”，以将孤军突出之日军精锐第六师团一举全歼，重演一次台儿庄大捷。他反对处处设防、逐次使用兵力的被动做法，认为这样做既分散了正面防守的兵力，又削弱了翼侧打击的力量，不仅可能失去歼敌战机，还可能被日军各个击破。军委会也同意李的看法。但24日获悉日军分四路向第五战区防区进犯的准确情况，而面对日军的多路进攻，第五战区势必分头迎击，此时国民党军主力则大部集中在第九战区，况且第五战区兵办也远非徐州会战后期雄厚，已很难抽出较多的机动力量，要歼灭日军第六师团已不具备充足的实力了。

此时，南路沿江地区守军为四个军十二个师，李品仙指挥主力控制了黄梅、宿松、太湖、潜山一线西北山地，准备侧击西进之日军；以第六十八军在宿松、黄梅地区实施正面防御并扼守沿江要点；以第八十四军配置在广济地区。7 月 26 日，日军第三师团猛攻如常，守军伤亡惨重，阵地很快失守。8 月 2 日，日军第六师团一部攻占宿松，与第三师团北进之一部会合后，进逼黄梅。刘汝明率第六十八军与日军激战 3 日后退出黄梅。第五战区急令第七、第二十六、第八十六军等部立即向广济一带集中。日军在受守军的钳制及江河湖沼的迟滞后，逐渐陷于困境。

3 日，第五战区代司令长官白崇禧在第四兵团指挥部召集了师以上将领会议，决定向黄梅地区实施反击，并侧击太湖、潜山等地日军。各部于 6 日开始行动，但战至 17 日仍无大的进展。军委会遂决定再次发起反攻，顿挫日军锐势，以第六十八、第八十四军固守黄梅西北一线阵地，调第三十一、第七、第十军及第二十九集团军一部从黄梅东北及太湖、潜山西北山地侧击日军。日军第六师团在遭连续反击后，由于兵力薄弱，且顾虑后方补给线被切断，被迫集中兵力，收缩战线，并放弃了经太湖、宿松等地的补给线，改为经小池口由长江水路实施补给。26 日，第一一九师收复潜山、太湖；28、29 日，第六十八、第八十四军猛攻黄梅附近之日军，并一度逼近黄梅。日军据险死守，并于 30 日以主力实施了反突击；经反复争夺，第六十八、第八十四军久战不支，当晚向广济及其西北山地转移。日军尾随发起追击，至9月6日，先后突破守军田家寨、笔架山阵地。李品仙因预备队兵力薄弱，仅能抽出二个团的兵力增援；已无法挽回败局，当晚，各部奉命退出广济。

广济的失守，严重威胁了田家镇要塞。田家镇是武汉的又一重要门户，是外围沿江最大也是最坚固的要塞，另有富池口要塞与其夹江对峙，共同扼制长江航道；北岸有黄梅、广济，南岸有瑞昌、阳新，且均有重兵防守，掩护了两个要塞的侧后。"为大别山及赣北我主阵地之锁钥，乃五、九战区会战之枢轴，亦武汉最后之屏障，""而崇山对峙，江面狭窄，复有相当工事及备炮，为我国最坚之要塞。"因而，日海军虽横行江中，但其陆军未能突破田、富两要塞时，尚不敢轻举妄动。但此时广济失守，田家镇之侧后即已暴露。

16日，日军攻占武穴。18日，第六师团及第三师团一部共1.5万余人从广济一带南下，准备对田家镇实施迂回攻击。17日，军委会将田家镇守军第二军划归第五战区指挥；第五战区即令第七、第二十六、第八十六军等部不断侧击南下日军，胶着缠战直至9月下旬。28日，由武穴西进之日军4000余人乘田家镇守军主力二个师北上阻击南下日军主力之际，一举突入要塞阵地，并得到70余架飞机和100余门火炮的支援，于29日晚攻占了田家镇要塞。守军被迫退至浠水、罗田一线。至此，武汉地区守军陷入了十分困难的境地，军委会遂放弃了死守武汉的作战计划，将卫戍部队分别加强第五、第九战区。日军第六师团等部攻占田家镇后，因伤亡惨重，元气大伤，已无力发展进攻，遂驻留整顿待补。

向大别山北麓及正面进攻之日军第二军，8月22日从合肥等地西进，企图直取信阳，尔后沿平汉线南下，达成对武汉的战略包围。孙连仲奉命率十三个师及一个旅约10万兵力进抵商城，准备迎击水犯之日军。23 日，日军先头 200 余人进至六安城东之十里铺附近，遭守军第五十一军第一一四师堵击后，退往金桥。28 日，日军第二军发起全线进攻，其中攻击六安的第一线兵力即达 3000 余人。30 日，第五十一军撤离六安，占领淠河以西阵地。日军随后强行渡河，并施放了毒气，致使守军第一一六师一个排的官兵中毒阵亡。日军除继续渡河外，留置一部兵力掩护主力西进。第七十七军及第五十一军主力主动出击，与日军后续部队纠缠了半月之久。

大别山北麓之公路，东起六安、合肥，西至潢川、信阳，其间富金山至峡口地段最为险峻。第五战区为阻击日军西进，将精锐部队第七十一军（宋希濂部）三个师配置于峡口以东、叶家集以西地区，以富金山天然堡垒为主阵地；同时，以第二集团军第三十军二个师在翼侧配合宋部作战。但第五战区更关注日军第六师团动向，误认为长江北岸地区日军主力仍在黄梅、广济方向，时值该地区战事正酣，而第五战区兵力又不敷分配，遂另调信阳地区的第五十九军（张自忠部）在潢川一带设防。

27 日，日军第十、第十三师团由合肥出发，进攻目标首先指向潢川、商城，企图一举切断平汉线，取捷径直逼武汉东北方向。富金山守军阵地正好卡住了日军的去路。9 月 1 日，第十三师团先头进至石门口、富金山一线，与守军第 71 军接火。3 日，宋希濂指挥第八十八师一部由富金山北侧向东出击，协同正面第三十六师的反击，稳定了防守阵地。5 日拂晓，日军猛攻富金山、石门口守军主阵地；至 6 日午后，富金山守军阵地已三面受击，部分阵地一度被日军突破，第三十六师师长陈瑞河亲率预备队发起反击，将进攻之日军击退。至 11 日，日军待主力赶到后向富金山发起猛烈围攻，第三十六师与第五十一师阵地接合部被日军突破，陈瑞河再次率部实施反击，但此时该师仅有800余人，已力不从心，黄昏后富金山主阵地被日军占领。

日军第十、第十三、第十六师团在富金山被阻十天，被击毙4000余人；第七十一军等部也付出了重大代价，计阵亡2618人，伤1.2万余人。宋部原应调至后方整补，但由于第5战区兵力单薄，战况紧急，仍奉命进至大别山正面、商城以南的沙窝一带组织防守。16日，日军攻占商城。第十六师团准备南下；第三十、第七十七军奉命转移至商城以西及以南山地占领阵地。

当日军受阻于富金山时，第十师团濑谷支队已逼近固始；另一部日军3000余人由正阳关溯淮西进，与濑谷支队遥相呼应。固始守军第七十一军一个团的兵力节节抗击日军的进攻，日军于6日攻占固始。尔后，日军主力西犯潢川，张自忠指挥第五十九军全力抵抗，在潢川及其附近地区与日军展开了激战。日军以密集炮火向城内实施突击并施放了毒气，守城官兵不少中毒后仍拼死苦战。第五十九军坚守潢川11昼夜，牵制和消耗了大量日军，于18日自行撤离。潢川遂被日军占领；20日，光山也失守。此战，连日军也承认："我军在潢川方向遭到中国军队坚强抵抗，致蒙受巨大之损失。"

27日起，第十六师团与增援的第十三师团先后沿商城、麻城间公路南下，接应广济一带的第六师团，并准备向武汉方向发展进攻。第二集团军及第七十一军等部分别在打船店和小界岭等地，顽强抗击了日军的频繁进攻；日军进展迟缓，月余之久仅前进200公里，且死伤达1.5万余人。第二集团军和第七十一军也付出了重大牺牲，至10月10日，第七十一军三个师仅余四个团的兵力；第三十军战斗人员已不足3000人，其中第三十师仅剩160余人。13日，第十军接替了第30军防线，但在日军的连续进攻下，也陷入了困难境地。22、24日，日军第十三、第十六师团先后突破第三十、第七十一、第十军阵地，进入湖北省境内，占领了宋埠、麻城等地，准备协同第六、第十师团向武汉实施包围。

日军第十师团占领潢川后继续西犯，9月17日与胡宗南部第一军在竹杆铺接战。22日，第十师团主力攻占罗山；一部兵力进入五里店时遭胡部反击，被迫退回罗山待援。10月2日，第三师团进至罗山，配合第十师团向信阳发起进攻，企图歼灭胡部。11日，第十师团主力在信阳西南之柳林镇附近遭胡宗南部和孙连仲部夹击，死伤2000余人。胡部也伤亡严重，于12日放弃信阳，平汉线被日军切断。

信阳为平汉线重镇，北为河南平原，南为丘陵地带，其南侧42公里处即为著名的“三关”险地，武胜关居中，东为九里关，西为平靖关，三关成犄角之势；关隘以西为桐柏山，以东为大别山，仅有平汉线两侧为狭窄的平坦通道。日军第二军为消灭第五战区主力，令第三师团确保信阳及其附近地区，以第10师团主力向武汉西北之应山、安陆、花园等地突进，企图与第六、第十三、第十六师团配合，合围平汉线以东的第五战区部队。10月24日，日军攻古了应山，26日又进占安陆。由于胡宗南部已退往信阳西北地区，平汉线正面已很空虚。罗卓英、刘汝明等部在“三关”一线与日军展开了反复争夺，有效地迟滞了日军南下的速度，掩护了平汉线以东部队的撤退。28日，日军控制了平靖关和武胜关，给来不及西撤的守军造成了混乱和部分损失。由于日军兵力不足且分散、第五战区主力终于分散西撤，进入了桐柏山和大洪山区，大别山区则由第二十一集团军等部继续开展游击作战。

鄂赣边地区激战

早在7月25日，第九战区司令长官陈诚判断日军于“九江得手后，当以舰队溯江西犯，其陆军则以主力向瑞昌，趋武昌，以有力之一部，最少当在一师团以上经德安趋南昌”。尔后，陈诚即在九江附近集中了二十多个师，“但均注意于沿江沿湖之守备，处处薄弱，敌仍可随时随地强行登陆，又因防广无法控制机动部队，对情况变化每感应付之困难。”即致电请求蒋介石，是否集中兵力给日军一次打击。26日，蒋表示：“决在德安、瑞昌一带与敌决战。”

8月5日，第九战区拟定了作战计划，决定：以一部配置于沿江各要点及南浔路（九江至南昌），尤须固守田家镇要塞；以主力集结在德安、瑞昌以西及南昌附近地区，伺机在外线侧击突进之日军；万不得已时，以卫戍部队固守武汉，将主力转移至武汉外围夹击日军而聚歼之。具体部署：第一兵团担任南浔路地区侧击西进日军之任务；第二兵团在九江、瑞昌一带以积极的作战行动保卫武汉，并掩护南浔路以西的翼侧安全。之后，中日双方展开了南浔战役。

日军于7月26日攻占九江后，第一〇六师团即沿南浔路南下，向狮子山、张家山守军阵地猛扑而来。8月1日，第一兵团总司令薛岳受命指挥南浔路作战，率第四、第八、第七十军迎战南下日军。6日，第一〇六师团遭第七十军沉重打击，在金官桥地区首次进攻受挫，其中一名联队长被击毙。8日，又遭第八军第三师顽强抗击，进攻再次受挫，第一四五联队大部被歼，其中2名大队长被击毙。第一〇六师团屡遭挫折，至8月中旬，中、小队长伤亡过半，士气大挫，战斗力锐减。

日军第11军见正面进攻受挫，遂调第一〇一师团从东侧助攻。19、20 日，第一〇一师团在鄱阳湖西岸之星子登陆，企图侧击德安、隘口，截断南浔路正面守军与后方的联系。当即遭第二十五军第五十三师顽强抗击，由于守军兵力薄弱，星子、玉筋山先后失守于 23 日退守庐山东侧之东孤岭。第九集团军以第六十六军迅速去隘口、黄埔塘一线设防，配合第二十五军遏止了日军的攻势。

24 日，瑞昌方向日军第九师团丸山支队向南浔路西侧岷山阵地发起了突然袭击。守军第三十集团军战斗力较弱，接连丢失鲤鱼山、笔架山、新塘浦等要地，附近有利地形也被日军占领。9 月 1 日晚，第七十四军第五十八师急赴马回岭以西阻击日军，也未获成功。南浔路正面守军由于侧后受到威胁，且有被切断与后方联系的危险，遂令第五十一、第五十八、第九十师夹击进攻之日军；第九战区也急调第十八军沿瑞昌至武宁公路向西增援，配合夹击部队作战。但第五十八师未能阻止日军的进攻，丸山支队于 3 日攻占了马回岭，后由第一〇六师团一部接守。马回岭的失守，使南浔路正面守军被迫忍痛放弃了坚守月余的阵地，转移至德安以北的乌石门地区，重新稳定了防线。

与此同时，日军第一〇一师团在攻占玉筋山后，向章恕桥方向发展进攻，与牛屎墩附近日军配合钳击东孤岭守军。5 日深夜，日军攻占了东孤岭，但伤亡惨重，其中 1 名联队长被击毙。东孤岭是南浔路右翼阵地的要点，也是西孤岭的屏障。日军攻占东孤岭后，形成了居高临下的主动地位，而使西孤岭和隘口守军陷入了被动。第一九〇师坚守西孤岭，苦战八天，击退了日军 20 余次连续进攻，并遭到日军 6 次毒气袭击，在翼侧的烂泥塘、鸡笼山等阵地失守而陷入三面被围的险恶形势下，仍顽强坚守阵地。17 日晚，日军攻占西孤岭，隘口告急。第二十九军第四十、第七十九师坚守隘口阵地，顽强抗击了日军的进攻。27日，日军第一〇一师团师团长伊东被守军炮火击伤，锐气大挫，被迫停止了进攻。

日军第十一军眼看南浔路作战进展迟缓，于20日令第一〇六师团除留一部兵力在马回岭负责警戒外，以主力实施迂回作战，企图突破五分岭，迅速突进至德安西南地区，从侧后攻击德安地区守军，以扭转战局。第一〇六师团悄然行动，于29日进至河家山；10月2日抵达万家岭时，遭第四军、第九十一师两部东、西夹击，其后方补给线也被切断。薛岳急调德安方向第五十八师、驻永修之第一三九师、驻乐化之第一八七师增援万家岭地区，激战至4日，无大的进展。薛岳决心以全力歼灭日军第一〇六师团主力，遂又抽调第五十一、第六十六、第一四二军驰援。6日晚，援军先后到达后发起了总攻。第六十六军攻克石头岭；第七十四军猛攻长岭、张古山等地。双方激烈争夺，近战肉搏，虽死伤累累，仍未有决定性进展。蒋介石急电薛岳，要求在十日前歼灭万家岭地区被围之日军。9日，薛岳令各师选派敢死队，合力发起猛攻。当晚，围攻部队占领了万家岭、雷鸣鼓等地；残余日军依托田步苏、箭炉苏要点阵地死守待援。当夜，经激烈战斗，第四、第六十六军给日军以大量杀伤，并俘其30余人。

日军第十一军得悉第一〇六师团主力已陷入绝境后，于8日派飞机空投了弹药、粮秣，并对围攻部队实施了狂轰滥炸；在箬溪附近的第二十七师团也奉命派铃木支队向东南急进。救援第一〇六师团。12日，由于围攻部队伤亡过大，薛岳令各部转入防守。17日，铃木支队逼退了甘木兰一带守军，与第一〇六师团残部会合，使其逃脱了被全歼的命运。

万京岭地区血战，一举歼灭日军四个联队，计击毙日军

3000余人，伤其5000余人，但“未将该敌悉数歼灭，至为痛惜。”

与此同时，日军第一〇一师团为牵制万家岭地区围攻部队，7日起也以全力向第二十九军阵地发起了多次猛攻。守军经月余激战，伤亡甚重，于9日放弃了隘口。随后，第一〇一师团会同第一〇六师团残部继续南进，第二十七师团则由西北向德安进逼。27日下午，日军突入德安城，守军第一三九师与日军展开了巷战。28日，日军攻占德安。为避免背水作战，薛岳令各部撤至修水南岸，与日军形成了隔河对峙。

在南浔战役发起的同时，日军向瑞昌及其以西地区发起了进攻。8月8日，日军开始在瑞昌附近江面扫雷。11日，波田支队第1联队在港口登陆，并占领瞭望夫山、平顶山。守军第三集团军第二十二师之第六十四旅等部全力反击，将日军压缩在港口。12日下午，日军再次攻占了丁家山、马鞍山、望夫山等地；第二十二师退守吴家垅、蜈蚣山一线。此时，第五十二军第二师已进至瑞昌西北之大脑上、笔架山、拱山岩地区，配合第三集团军作战。15日，日军在大树下登陆，守军退守朱庄。22日，日军第九、第一〇六师团各一部及波田支队向西攻击前进，于24日攻占瑞昌。第三集团军经连续作战，已损失大部，且水土不服，患病甚多，遂调后方整补；第三十集团军奉命进至瑞昌以西及西南地区组织防守。24日，日军丸山支队由瑞昌向马回岭方向进犯，由于第三十集团军作战不力，日军迅速突破了岷山阵地，给南浔路作战造成了被动局面。26、27日，日军先后攻占笔架山、鲤鱼山；第五十二军主力前来增援，与日军发生遭遇战，夺回大路口一带山地。31日，第五十二军乘日军立足未稳，向瑞昌西部的大郭山发起反击，一举歼灭日军3000余人，遏止了日军的攻势。

9月7日起，日军第九师团经稍作整补后，沿江向西北方向进犯，企图北上码头镇，夺占富池口要塞。守军坚守阵地，在瑞昌至码头镇、瑞昌至武宁和瑞昌至阳新三条公路附近与日军展开了激战。14日，日军攻占码头镇；21日，又攻占朱婆山。23日，富池口要塞守军第十八师师长李芳郴临阵心怯，不顾张发奎坚守阵地的命令和下级军官坚决反对，丢下部队星夜潜逃。24日，日军攻占了富池口要塞。10月4日，日军飞机70余架、舰艇20余艘及大量炮兵，向半壁山阵地实施了猛烈突击，尔后以步兵700余人实施登陆强攻；守军第一九三师二个营的兵力经顽强抗击，大部阵亡，仅数十人突围生还。由于田家镇、富池口两要塞的失守，江面封锁力量已极大削弱，日舰长驱直入，陆战队随处登陆，使守军防不胜防。17日，日军以火力猛烈突击石灰窑阵地，第六军伤亡惨重，被迫撤退。18、19日，阳新、黄石港相继被日军占领。

日军攻占阳新后，企图迅速攻占武汉，围歼武汉周围的第九战区部队。遂分路攻击前进，一路指向武昌方向，于20日控制了大冶，22日进占鄂城，24日占领葛店；26日黎明，波田支队突入武昌。另一路为主力，指向咸宁、贺胜桥、通山方向，企图切断粤汉线，包围武汉附近之守军。

在此之前的9月29日，当田家镇要塞失守后，蒋介石即放弃了死守武汉的计划。10月中旬开始部署撤退事宜；21日广州失陷后，即加速了撤退的部署。24日，守军开始全线撤退。在此之前，武汉市区的群众已提前疏散，党政机关、大学及许多重要的工业设施等也已迁往四川等地，仅留一个旅的兵力作象征性的防守。第九战区主方向湘北、鄂西等地转移，撤至岳阳、通城以南之新墙河南岸及修水一线。至27日，日军相继进占武汉三镇，武汉会战遂告结束。

百团大战

抗日战争时期，八路军于1940年8月至12月在华北地区对日伪军占领的交通线和据点发动了一次大规模的破袭战役。

1940年夏秋，德国法西斯军队席卷西、北欧。德国的战争疯狂对日本军阀是一个强刺激，使日本军阀的战争狂热到了极高的程度。因此，日本军阀急欲结束对华侵略战争，以拔出脚，跨进世界战争的行列，实行南进政策。然而，此时日本国内经济情况不断恶化，黄金储备严重不足，要在国力、军力不足的情况下，迅速解决已经持续三年，并且越陷越深的对华侵略战争，是十分困难的，为此，日本军阀对国民党采取了又打又拉的政策，先是在政治上对国民党进行诱降，继尔，采取以战迫降的方针。蒋介石在日本军阀的诱迫下，答应于1940年8月与日方代表、日本在中国的派遣军总参谋长板垣征四郎在长沙举行会谈。中国抗战面临着中途妥协的严重危机。在此形势下，日本军阀还加紧在华北推行“肃正建设计划”把进攻矛头全面指向八路军。为了对付八路军的游击战，日军在华北共修筑据点3000余个，碉堡1万以上，占领铁路5000余公里，公路3万余公里。日军用铁路、公路把抗日根据地分割成许多小块，把抗日军民紧缠起来。这就是日军的“囚笼”政策。刘伯承曾形象地对“囚笼”政策进行比喻：“敌人要用铁路作柱子，公路作链子，据点作锁子，来造成一个囚笼把我们军民装进里边去凌迟处死。”为了打破日军的“囚笼”政策，粉碎日军对八路军的全面进攻，争取华北战局的有利发展，阻止蒋介石的投降活动，八路军总部毅然决定发动百团大战。

1940年7月22日，八路军总部下达了关于以破击正太铁路为中心的《战役预备命令》，并报军委。《命令》明确了战役的目的是彻底破坏正太线若干要隘，消灭部分敌人，收复若干重要名胜关隘据点，较长期截断正太线交通，并乘胜扩大拔除该线南北地区若干据点，开展正太线两侧工作，基本截断该线交通。《命令》还明确了战役的主要进攻目标为井陉、寿阳段，但对其他各重要铁道线，特别是平汉、同蒲，应同时组织有计划之总破袭，以配合正太铁路战役之成功。同时，《命令》规定直接参加正太线作战之总兵力应不少于二十二个团，其中晋察冀军区派出10个团，一二九师派出八个团，一二〇师派出四个至六个团，总部炮兵团大部，工兵一部。其他各铁路线配合作战之兵力，由各区自行规定。各出动部队之后方勤务由各区自己部署。并限于8月10日前完成各项准备工作。

8月8日，八路军总部下达了《战役行动命令》，对战役作了如下具体部署：

一、晋察冀军区以主力十个团破坏平定东至石家庄正太线，破击重点在娘子关、平定段。对北宁线、德州以北之津浦线、德石路、沧石路，特别是对元氏以北至卢沟桥之平汉线，同时分派足够部队正面突破袭击，阻击可能向正太线增援之日军，相机收复某些据点。对西、北两面之日军，以适当兵力监视之。另以有力部队向盂县南北日军据点积极活动，相机收复某些据点。

二、第一二九师以主力八个团附总部炮兵团一个营，破击平定至榆次段正太线，破击重点是阳泉、张净镇段。对元氏以南至安阳段平汉线、德石路、邯大路、榆次至临汾段同蒲线、平遥至壶关段白晋线、临屯公路，同时分派足够部队宽正面的破袭之，阻击日军向正太路增援，相机收复某些据点。对辽平公路派有力部队积极活动，相机收复某些据点，另以一个团主力位于潞城，襄垣间地区。

三、第一二〇师破击平遥以北之同蒲线及汾离公路。以重兵置于阳曲南北，阻日军向正太线增援。如汾河可能徒涉，第一二〇师在阳曲以南配合作战部队，要以约二个团之兵力进至榆次南北地区，直接加入第一二九师作战，并归第一二九师直接指挥。对晋西北腹地内日军各个据点与交通线，分派部队积极破袭，相机收复若干据点。

四、总部特务团主力集结于下良西营地区。

战役从1940年8月20日开始至12月5日结束。八路军的总兵力从开始作战时的二十几个团增加到一百零五个团。战役共分三个阶段。

第一阶段（1940年8月20日至9月10日）

战役的第1阶段为交通总破击战。这个阶段作战的中心任务是破坏与截断华北敌人的全部交通，破击的重点是正太路。

8月20日20时，各部队按预定计划一齐打响。

八路军晋察冀军区以十九个团、五个游击支队和两个独立营的兵力，组成左、中、右纵队，分别向正太铁路东段的日军独立混成第八旅团大部和独立混成第四旅团一部展开攻击。主攻方向放在娘子关、井陉方面。当晚右纵队攻克正太线上的要隘娘子关，歼日军一部。中央纵队攻击井陉煤矿的部队，在攻占井陉后，将井陉新矿、总矿的设备迅速破坏，使其停产半年之久。与此同时，中央纵队连克蔡庄、地都、北峪、南峪等日军据点。左纵队向石家庄至微水之间的据点展开攻击。23日，日军从石家庄方向出动十四个中队西援，当时大雨滂沱，河水暴涨，对作战不利，晋察冀军区部队分别撤出娘子关和井陉。

部队转入对铁道、桥梁、隧道的全面破坏。

八路军第一二九师及晋东南新军以八个团（包括决死队第一纵队二个团）、八个独立营的兵力，组成左、右翼破击队和中央纵队，对正太铁路西段日军独立混成第四旅团大部和独立混成第九旅团一部展开攻击；以二个团会同平定、辽县、榆社等地方武装，分别对平辽、榆辽公路进行破击，并牵制各线守敌，保证主力侧后的安全。经激战，至23日，连续攻克桑掌、坡头、狼峪、张净、马首、上湖和尚足、芦家庄等车站、据点。战斗最激烈的是阳泉方面。21日，一二九师为阻止日军从侧背攻击破击部队，令预备队一部抢占阻泉西南4公里处的狮垴山高地。从23日起，阳泉日军在100余架飞机的支援下，并使用化学武器，不断向狮垴山猛攻。该师部队英勇阻击六昼夜，歼灭日军400令人，保障了破击部队翼侧的安全。经数日战斗，一二九师控制了正太铁路西段除阳泉、寿阳以外的大部据点及火车站，严重破坏了该段的路轨、桥梁、隧道、水塔、车站，使正太路西段陷于瘫痪。

八路军一二〇师及决死第二、第四纵队以二十个团兵力破击同蒲路北段及汾离公路全线，置重点于阳曲南北阻击日军向正太路增援。8月21日，一二〇师攻克日军重要据点康家会。相继占领了阳方口、丰润村等日军据点，共歼灭日伪军800余人，切断了同蒲铁路北段和忻县至静乐、汾阳至离石等公路。为了配合正太铁路、同蒲铁路的破击战，晋察冀军区和第一二九师还令所属部队50多个团在民兵、游击队的配合下，对平汉、同蒲（南段）、平绥、平宁、白晋、津浦、德石等铁路线和一些主要公路线及许多日军据点进行破击和袭击。

8月25日后，日军从白晋铁路、同蒲铁路南段抽调第三十六、第三十七、第四十一师团各一部，配合独立混成第四、第九旅团向第一二九师反击；从冀中、冀南抽调约5000人的兵力，配合独立混成第八旅团向晋察冀军区部队反击。第一二九师、晋察冀军区和第一二〇师紧密配合，顽强作战，打退了日军的反击。

至9月10日，战役第1阶段作战结束。此阶段的作战取得了正太路作战的全胜。正太铁路从井陉——寿阳段被八路军全部破坏，所有的桥梁、隧道均被炸毁，路轨、枕木拆除殆尽，通讯设备破坏无余，许多车站荡然无存。日军第八旅团、第四旅团遭到沉重打击。

第二阶段（1940年9月22日至10月上旬）

这一阶段的作战中心任务是攻占交通线两侧和深入抗日根据地内的日军据点，并继续破击日军交通线。具体部署是：第一二〇师集结主力对同蒲铁路北段宁武至轩岗段进行彻底破坏，再次切断同蒲铁路北段的交通；晋察冀军区集结主力破击涞（源）灵（丘）公路，并夺取涞源、灵丘两县城；第一二九师重点破击榆（社）辽（县）公路，收复榆社、辽县（今左权）两县城。

9月22日，晋察冀军区以八个团、三个游击队、二个独立营组成左、右翼队，对占领涞源县城的日军独立混成第二旅团步兵第四大队和占领灵丘地区的日军第二十六师团守备部队发动进攻。进攻涞源的部队，经一夜猛攻，将城关之敌肃清，但由于涞源城防御体系坚固，居高临下，加之八路军攻坚器材不足，日军顽强抵抗，终未攻克涞源县城，23日起。主力部队转为拔除涞源外围日军据点。经三日激战，相继攻占金家井、东团堡、三甲村等10余个据点。28日，由张家口增援的日军3000余人进抵涞源县城。是日夜，右翼队撤离涞源，分兵一部转向灵丘、涞源方向，配合左翼队进行灵丘战役。

10月7日夜，左翼队向灵丘—涞源间公路各据点同时发起攻击。激战至8日，攻占南坡头、抢风岭等日军中心据点，及中庄、青磁窑等小据点，并将日军的军事设施和公路全部破坏，灵丘、涞源日军二个步兵大队，遭到八路军的沉重打击。10月9日，日军1000余人向灵丘方向增援，八路军即撤出战斗，灵丘战役结束。

第一二九师以第三八六旅和决死队第1纵队二个团组成左翼队，第三八五旅（附第三十二团）组成右翼队，于9月23日向守备榆（社）辽（县）公路的日军独立混成第四旅团展开攻击。经激战，左翼队攻克榆社城，歼日军400余人。右翼队攻占了榆辽公路上的小岭底、石匣等日军据点。29日向辽城逼近。30日，和顺、武乡的日军同时出援，右翼队遂撤回辽城，准备转移至红崖头、官地垴地区伏击由武乡出援的日军。转移途中，第三八五旅与日军援兵600余人遭遇，苦战十五个小时，日军虽被歼灭过半，仍利用有利地形进行顽抗，双方形成对峙。从和顺出援的日军突破八路军新编第十旅在狼牙山的阻击阵地后，第一二九师遂撤出战斗，榆社复为日军占领。榆辽战役结束。

第一二〇师为了配合涞灵和榆辽地区的战斗，再次对同蒲路北段进行破击，又一次中断了该线的交通。冀中军区部队从10月1日至20日向任丘、河间、大城、肃宁等地日伪军发动攻击，攻克日伪军据点29处，歼日伪军1500余人，破坏公路150公里，有力地钳制了日军的行动。冀南军区以十二个团的兵力，对日军正在修筑的石德铁路、邯济铁路（邯郸至济南）以及一些重要的公路进行破击，以上铁路公路被八路军及抗日民众一举荡平。沿线据点的日伪军被歼1700余人。

战役第二阶段作战，八路军不仅攻克了日伪军的一些据点，平毁了大部分封锁沟、墙，而且打击了伪政权组织，使被分割的地区，重新连成一片。

第三阶段（1940 年 10 月 6 日至 12 月 5 日）

战役第三阶段的作战任务是反击日军的报复“扫荡”。日军在连续遭到八路军二个阶段的打击后，为了稳定局势，巩固占领区，对华北各抗日根据地进行了残酷的报复“扫荡”。“扫荡”从太行区开始，逐次扩展到平西、晋西北、北岳、太岳、冀中、冀南、大青山区。八路军总部下达反“扫荡”命令，要求各抗日根据地军民密切配合，粉碎日军“扫荡”。

10 月 6 日，日军以独立混成第四旅团和第三十六师团近万人的兵力，分由顺和、潞城出动，向太行区的武乡、黎城地区进行“扫荡”。企图消灭八路军总部领导机关和第一二九师主力。10 月 29 日第一二九师在八路军副总司令彭德怀的直接指挥下，在武乡县关家垴地区，将日军第三十六师团冈崎大队大部歼灭，并给武乡、辽县增援之敌以重大杀伤，粉碎了日军对太行区的“扫荡”。

10 月 13 日起，日伪军以万余人“扫荡”平（北平）西地区，日军进入预定地区后扑空，被八路军包围，激战数日，28 日撤退。

11 月 9 日，日军又以万余人“扫荡”北岳抗日根据地，并占领了晋察冀军区领导机关所在地阜平。晋察冀军区第一、第三、第四军分区十个团乘日军兵力分散，进行分区“清剿”之机，对孤立之敌进行打击，经二十余天激战，将敌主力击退。敌主力撤退后，留一个大队在阜平、王快筑堡修路，企图长期占领。晋察冀军区以四个团向阜平、王快日军发起攻击，歼其，

500余人，迫使日军全部撤出北岳抗日根据地。

11月17日起，日军约7000人，向太岳区进行“扫荡”。日军从四面向沁源、郭道间的沁河两岸压缩前进，企图抓住八路军主力。太岳军区将主力跳出外线，留一部兵力在内线抗击日军。日军扑空后，疯狂破坏抗日根据地。太岳军区部队寻机打击日军，共歼日军300人，打退了日军的“扫荡”。

12月中旬，日军以2万余人的兵力，对晋西北根据地进行“扫荡”。至23日，日军占领了保德、河曲以外的全部县城和大部集镇。晋西北抗日军民实行空室清野，同时集中主力部队，破击日军后方交通线，攻击日军修路部队和运输队。先后作战共200余次，歼日军2500余人。1941年1月下旬，日军全部撤出晋西北地区。

百团大战历时三个半月，八路军在华北地方武装和民兵的密切配合下，共作战1800余次。日军参战人数是20余万人，伪军约15万人。八路军毙伤日军2万余人，伪军5000余人，俘日军280余人，伪军1.8万余人，拔除据点2900余处，破坏铁路470公里，公路1500余公里，缴获各种炮50余门，各种枪5800余支（挺）。八路军伤亡1.7万余人。

长沙会战

第一次长沙会战

1939年9月14日至10月14日，中国国民党军在长沙以及湘北、赣北、鄂南广大地区抗击日军进攻的防御战役——第一次长沙会战。

武汉失守后，中国抗日战争进入了战略相持阶段。日军处于兵力分散、战线拉长、补给困难的不利态势；其国内则经济衰退，危机四伏，政局动荡，内阁迭经改组。日军对国民政府的诱降政策，由于中国共产党和全国人民的坚强抵制而未能实现。国际上，由于第二次世界大战于 1939 年 9 月 1 日爆发，美、英等国把主要力量集中于西欧，准备随时牺牲中国的利益，而与日本妥协。在此情况下，日军大本营为统一指挥在华的军队，决定撤销华中派遣军，于 9 月 12 日在南京成立了日本在中国派遣军总司令部，以西尾寿造为总司令，坂垣征四郎为参谋长。尔后，日本在中国派遣军总司令部制定了把战争中心转向共产党领导的抗日根据地的方针，准备加紧“扫荡”；同时，拟定了攻占长沙、衡阳、宜昌、西安等重要城镇的作战计划，企图压迫蒋介石投降，促成汪精卫登台，以求早日结束战争。驻武汉地区的第十一军由日本在中国派遣军总司令部直接指挥。第十一军司令官网冈村次于 9 月初即制定了湘赣作战计划，其方针是：“为了打击敌军继续抗战的意志，”决定 9 月中旬开始“奔袭攻击，以期在最短时间内，捕捉敌军第九战区主力部队，将其歼灭于湘赣北部平江及修水周围地区。”以便打通粤汉线，陈兵湘西，配合鄂中日军夺取宜昌。第十一军加紧调集兵力，准备由湘北、赣北、鄂南地区发起攻势，兵分三路进攻长沙，企图首先夺占长沙，尔后向西南发展进攻以夺占衡阳，并规定 9 月底占领长沙。9 月 13 日，第十一军指挥所转移至咸宁，并集中了第六、第三十三、第一〇一、第一〇六师团及上村，奈良支队，以及飞机 100 余架，大量舰艇和海军陆战队一部，计 10 万余人，准备发动进攻。具体部署：湘北为主攻方向，以第六师田及奈良支队，在岳阳东南地区集结，上村支队及陆战队一部，在大云山及其以南地区集结，准备沿粤汉线南下，向长沙方向实施进攻；赣北为助攻方向，以第一〇一、第一〇六师团在奉新、靖安一带集结，西进平江、岳阳，配合主攻方向进攻长沙；鄂南为助攻方向，以第三十三师团在通城、太沙坪地区集结，策应主攻方向南下，并协同赣北方向压迫国民党军退出幕阜山区。

湖南及江西、湖北部分地区守军为国民党军第九战区，辖五十二个师，兵力雄厚，为各战区之首。会战中，会战兵力达三十五个师，24万人，由第九战区司令长官薛岳统一指挥。此时，第九战区在洞庭湖东岸之新墙河、通城、武宁、靖安、奉新及锦江沿岸与日军对峙。对防日军南下进攻长沙，第九战区在长沙以北依托新墙河、汨罗江、捞刀河、浏阳河等天然屏障，构了多道防线。早在4月，军委会对湘北作战即确定了“利用湘北有利地形及既设之数线阵地，逐次消耗敌人，换取时间。敌如突入第二线阵地（平江、汨罗江之线）时，我军应以幕阜山为根据地，狠袭敌之侧背。万一敌进逼长沙，我应乘其消耗既大、立足未稳之际，以设伏置于长沙附近及以东地区之部队，内外夹击，予敌以致命打击”的计划和方针。9月上旬，第九战区获悉日军在湘北、鄂南调动、集结兵力时，即命令各部队“先于现在位置，以攻击手段，消耗敌人战斗力。”“诱敌深入于长沙以北地区，将敌主力包围歼灭之。”各部遂调整部署，加修工事，并对公路、铁路等主要交通线进行了破坏，连乡村小路也动员群众挖窄，稻田都翻土放水，进行坚壁清野。具体部署：湘北地区，以第十五集团军之第五十二、第三十七军及第二、第一九五师、第四十八军第五十九师等部组织防守；第二十五师前出至新墙河以北地区，准备攻击临湘、岳阳地区之日军；第七十军为预备队；其余部队在湘潭以南地区构筑预备阵地。

赣北地区，以第三十二、第四十九、第五十八军主力及第六十军、新编第三军各一部和第七十八军组织防守；第六十军第一八三师、第七十二军第十四师分别前出至庙前和德安以西地区，准备攻击永修、德安及德安至马回岭一线日军；第七十四、第七十三军为预备队。鄂南地区，以第七十九军及第一三四、第一九七师组织防守；第八军第三师、第二十军第一三三师分别前出至通山和南林桥以北地区，准备攻击阳新、大冶和南林桥至咸宁公路地区之日军。

9月14日，日军为隐蔽主攻方向的行动企图，以第一〇六师团及第一〇一师团一部，首先向会埠守军第一八四师阵地发起了进攻，第一次长沙会战遂正式开始。

18日，日军第六师团及奈良、上村支队共5万余人，在冈村宁次亲自指挥下，向湘北地区发起了进攻。9时，首先以部分兵力向新墙河以北守军第五十二军阵地发起猛攻。至19时，双方在下燕安，大桥岭等地展开了连续激战。守军顽强抵抗，几经争夺，多处阵地失而复得。日军不断增兵，并发起连续进攻。战至22日，守军因伤亡过大，被迫放弃草鞋岭、马家院等地，退守新墙河以南地区。23日晨，日军第六师团在猛烈炮火掩护下，在七步塘附近强渡新墙河。守军乘日军徒涉至河中央时，一声令下，前沿轻重火器一齐开火，打得日军死伤累累，其中1名联队长被击毙，余部狼狈溃退。随后，日军出动10余架飞机，向守军阵地实施了报复性的猛烈轰炸，许多工事被摧毁，守军虽遭伤亡，仍坚守阵地。尔后，日军再次组织强渡，守军奋起抗击，日军先后8次强渡均被击退。最后，日军利用顺风之机，施放了大量毒气，守军因中毒身亡甚多，日军遂渡过了新墙河。

与此同时，奈良支队在杨林街等处也组织了强渡，企图绕过新墙河、汨罗江守军防线，从翼侧压迫守军至洞庭湖畔实施围歼。守军第一九五师为挫败日军企图，在师长覃异之指挥下，顽强抗击日军的进攻。24 日晨，第一九五师奉命撤离阵地。

日军在正面进攻的同时，以上村支队在舰艇配合下，沿洞庭湖东岸登陆，从翼侧向守军发起了突然袭击。23 日晨，上村支队在烟幕掩护下，于汨罗江附近的营田等处登陆。由于守军疏于戒备，日军上岸后，守军第五十九师才发觉，双方遂展开了激战。日军在飞机和炮火的支援下，向守军阵地发起了猛攻，并施放了毒气，迅速攻占了牛形山，六姓山。当日下午，日军攻占了营田，严重地威胁了第一线守军的翼侧，新墙河防线守军已处于日军的夹击之中。24 日起，第十五集团军主力被迫撤至汨罗江南岸第二防线。25 日，军委会电令第九战区："保持幕阜山根据地，袭敌侧后，敌如进攻长沙时，在铁道正面，可逐次抵抗消耗敌人，换取时间，俟敌突入长沙附近，以有力部队相机予以打击。"第九战区遂迅速向长沙以东地区集结兵力。

25 日，日军便衣 100 余人伪装成难民窜至新市，企图里应外合，配合主力抢渡汨罗江。在其接应下，日军迅速渡河并攻占了新市，在汨罗江南岸开辟了前进阵地。26 日，日军大批飞机对守军实施了轮番轰炸，其步兵在空中火力掩护下，向汨罗江南岸守军发起了猛攻。守军顽强抵抗，激战终日，挫败了日军多次进攻，双方均遭重大伤亡。

26 日，军委会决定在长沙附近与日军决战，遂电令第九战区："准以六师兵力，位置长沙附近，由薛长官亲自指挥，袭击向长沙方向突进之敌，予以严重打击。"据此，薛兵制定了《在长沙以北地区诱敌歼灭战之指导方案》，区分了阻击部队和伏击部队，并于 27 日调整了部署。

27 日下午，日军第六师团分两路南下，其中一路 1000 余人到达了福临铺。守军第一九五师以一部兵力组织防守，主力在福临铺大路东侧有利地形设伏，并以小分队出没于丛林山岗之间，诱迫日军深入。28日，该路日军进入第一九五师主力设伏地区，守军突然开火，一举击毙日军500余人，随后双方在福临铺地区展开了激战。日军以猛烈炮火突击第一九五师阵地，尔后全力发起冲击。第一九五师且战且退，待日军增援部队赶到时，撤至上桥市附近继续组织防守。30日，日军向上桥市发起了进攻，再次遭到第一九五师伏击，一举歼灭日军700余人。与此同时，另一路日军突破了守军阵地，越过捞刀河，向长沙以北30余公里的永安猛扑，遭第二十五师顽强抗击。

28日，日军奈良支队沿汨罗江东进，未遇抵抗即迅速占领了平江。30日，奈良支队与第三十三师在三眼桥会合，在之后的进攻中，遭第二十七集团军及第七十九军等部顽强抗击，进展甚微。

至10月1日，日军由于屡遭伏击，伤亡惨重，被迫停止了进攻，并计划准备撤退。当日，军委会决定将第九战区分为二个战区，湘江以东为第九战区，司令长官为薛岳；湘江以西为第六战区，司令长官为陈诚。2日，第十五集团军总司令关麟征获悉日军准备退却的情报后，当即命令所部准备实施追击，并决定以汨罗江南岸为第一目标。下午，上杉市日军6000余人在第一九五师夹击下，死伤惨重，余部向福临铺溃退。3日，第一九五、第二十五师向福临铺、金井方向实施追击，日军继续向汨罗江以北退却。至4日，第十五集团军追击部队尾随日军之后，先后收复安定镇、长乐、新市、汨罗、营田等地。此时，第三十三师团及奈良支队也不敢恋战，分路实施退却。

根据日军全线退却的战场态势，薛岳下令："湘北正面各部队以现在态势立向当面之敌猛烈追击，务于崇阳、岳阳以南地区捕捉之。”并要求“主力力行超越追击。”同时，令敌后部队破坏交通，阻击日军退却。

5日，冈村宁次下令全线退却。第九战区追击部队由于惧怕日军佯退，来敢超越，只是尾追，故日军退却十分顺利。6日，第六师团、奈良支队分别撤至新墙河、南江桥。8日，第一九五师到达新墙河南岸，占领了鹿角、荣家湾、新墙、杨林街等地。至10日，双方恢复了战前态势，在新墙河一线形成对峙。

赣北方向：双方相持于靖安、奉新、高安以东地区。守军为第一、第九集团军，由第十九集团军总司令罗卓英统一指挥。早在5月16日，军委会明确了赣北方向的作战方针：“以游击战消耗牵制敌人，对该方面敌人予以反击，务希随时随地切实注意，妥为部署，诱敌深入而侧击之。”

日军第一〇一、第一〇六师团为配合湘北主攻方向作战，于9月14日首先发起进攻后，第一〇六师团主力于15日突破了守军第一八四师会埠附近阵地，尔后兵分两路，一路继续向西攻击前进，16日占领上富镇，与守军第一八三师接火；另一路转而南下，16日突破守军第一八四师水口甘阵地，18日占领了高安北部的村前街、斜桥、祥符观等地，形成了对高安的三面包围，并企图协同会埠一线日军，包围守军第六十、第五十八军。第六十军被迫向宜丰方向转移；第五十八军且战且退，当晚渡过锦江，西撤向凌江口方向转移，尔后与第六十军形成了新的防线，粉碎了日军的包围企图。

日军从东、西、北三个方向逼近高安，并发起攻击。守军第三十二军顽强抵抗后，19日撤离高安，日军遂进占该地。由于高安地位重要，第九战区曾指示：“高安万不可放弃。”此时，桂林行营主任白崇禧也指示罗卓英要以攻为守，“予敌以重大打击，恢复高安”。罗卓英遂组织准备反击。19 日晚，第 51 师收复村前街；21 日，第一三九师一部乘夜暗渡过锦江，击退了高安附近石鼓岭等地之日军；22 日拂晓，第一四一、第一三九师猛攻高安城，因守军在撤退时已破坏了城墙，此时日军防守无以依托，经反复冲杀，日军败退，高安于 8 时许收复。尔后，攻击部队向北发起追击，第一四一师一部进至黄坡桥；23 日进至祥符观等地，恢复了原阵地。

经会埠向西突进的日军第一〇六师团主力于 23 日攻占了上富。第一八三师及第十五师一部遭日军毒气袭击，伤亡甚重，被迫后撤。日军继续西进，企图与通城南下的第三十三师团配合，围攻第二十七、第三十集团军。日军一部突破第十五师防御后，占领了横桥、甘坊。守军迅速调集兵力，向甘坊一带发起了反击。25 至 27 日，第一八四师由南指向甘坊，第十五师在甘坊以西与日军激战，第一八三师在甘坊西北之九仙汤、刘庄一带与日军争夺，双方势均力敌，相持不下。与此同时，第五十七师发起反击后，夺回上富，切断了日军退路；第七十二军进抵甘坊西北之黄沙街。至此，第六十军及第五十七、第十五师等部已将甘坊、横桥一带日军包围。被围日军拼死抵抗，并决意西进。30 日，日军在飞机和炮兵掩护下，向第十五师与第一八三师接合部发起突击，因第一八三师作战不力，阵地被日军击破。10 月 1 日，日军全力向西突进，于 3 日先后攻占大塅街、石街。此时，守军已收复了横桥、甘坊，并切断了日军退路，且第三十二军及第十五师已在大塅街、石待以西地区组成了新的防线，日军第一〇六师团被迫停止了攻势。

5 日，薛岳电令罗卓英及第 1 集团军代总司令高荫槐和第三十集团军总司令王陵基，率部歼灭日军第一〇六师团。6 日，第一、第三十集团军准备发起围攻时，日军已开始退却，遂实施追击。日军第一〇六师团实施了分路退却，主力于12月撤至武宁，另几路分别撤至靖安、奉新，退回了原阵地。

鄂南方向：日军第三十三师团为配合湘北、赣北作战，于9月21日在鄂南发起了攻势，企图避开新墙河、汨罗江防线守军，从东侧配合湘北主力夹击平江地区的第十五集团军，此时，第九战区在鄂南驻守的部队为三个军。日军第三十三师团首先向一四〇师半山、官田、土幻、大园沙堆阵地发起进攻，于22日占领麦市西北之高冲、塘湖市、鲤港等地。23日，日军以主力围攻麦市；第一四〇师伤亡甚重，撤离麦市，尔后协同第一四三师在麦市以南地区与日军展开激战。27日，日军不断增兵并继续南下，以一部兵力向第二十军福石岭阵地发起攻击，主力则经过该地占领了龙门厂。29日，第九战区令第二十、第七十军围歼进入龙门厂地区之日军，以稳定湘北战局。30日，守军集中兵力对龙门厂地区日军发起围攻，第一三三师一举收复龙门厂，双方伤亡均很严重。日军决意南下，冲出包围，并攻占了古芳湾、长寿街、嘉义市等地。第二十、第七十九军步步进逼，跟踪追击该部日军。

此时，占领平江的日军奈良支队一部进占三眼桥，接应第三十三师团，两部于30日会合。经连续作战，日军伤亡惨重，于10月2日起开始后撤，第三十三师团和奈良支队分路退向通城。10日，第一三三师收复麦市。至此，双方恢复原阵地对峙。

至14日，双方恢复了战前态势，第一次长沙会战遂告结束。此次会战，历时一个月，国民党军有效地粉碎了日军作战企图，计毙伤日军2万余人，自身伤亡4万余人。

1941年9月7日至10月9日，中国国民党军在长沙及其以北地区抗击日军进攻的防御战役——第二次长沙会战。

第二次长沙会战

第一次长沙会战后，国民党军第九战区部队与日军第十一军始终在新墙河一线对峙。1941年春，日军企图利用上高战役牵制赣北国民党军主力，尔后乘机西进，突进至长沙翼侧，配合湘北日军南下攻占长沙。但由于日军在上高战役中失利，致使上述企图未能实现。此时，日军大本营制定了《对华长期作战指导计划》，规定在夏秋之际发起攻势。新任第十一军司令官阿南惟畿参加了上述“计划”的拟定，到任后即积极筹划进攻长沙的作战计划。由于6月苏德战争爆发的影响，日军在“南进”还是“北进”问题上犹豫不决，第十一军的作战计划被暂时搁置。之后，日军大本营一方面加强了对苏作战的准备，增兵中国东北；一方面加强了对国民党军的军事压力，企图促蒋投降，以早日结束中日战争；遂批准了第十一军的作战计划，并明确：要“摧毁敌抗战企图，予第九战区敌军一次沉重打击。”要求在长沙以北地区歼灭第九战区主力，于德、意、日三国同盟条约签订一周年（9月27日）时攻占长沙。8月21日，第十一军令各部秘密向岳阳以南地区集结。集中了第三、第四、第六、第四十师团和早渊、荒木、江藤、平野四个支队，以及飞机180余架、舰艇30余艘、汽艇200余艘和海军陆战队1个大队，共近15万人。阿南惟畿吸取了上次会战分散兵力的教训，决定将主力“并列于狭窄的正面上，以期进行纵深突破。”并准备在正面进攻之前首先对大云山进行“扫荡”，既可解除后顾之忧，又可掩护主力集中。

根据日军动向，第九战区于3月份制定了“反击作战计划”，明确：如“敌以主力由杨林街、长乐、福临铺古道及粤汉铁路两侧地区，向长沙进攻，则诱至汨罗江以南捞刀河两岸地区反击而歼灭之。”此时，第九战区在新墙河南岸配置了第四、第二十、第五十八、第七十二军计四个军的兵办，其中第四、第五十八军各一部前出至鄂南大云山建立根据地，并不断袭击日军翼侧，破坏日军后方交通线。另有主力八个军的兵力，其具体部署：第九十九军在汨罗江一线组织防守；第七十九军和暂编第二军调至长沙、株洲，加强防守；第二十八军在武宁地区组织防守；预备队控制了四个军的兵力，其中第三十七军配置在瓮江、长乐地区，第七十四军在分宜、新余地区，第二十六军在浏阳、金井地区，第十军在衡山、株洲地区；总兵力十二个军三十三个师，共17万余人。

在8月间已在大云山以北之桃林、忠访等地集结的日军第六师团主力，于9月7日在飞机支援下，由东、西、北三个方向向大云山地区发起了进攻，企图一举歼灭该地区之国民党守军。第一〇二师等部奋起抗击，与进攻之日军展开激战。日军第十三联队先后攻占洋田、甘田等地，第六师团主力从翼侧突进至长安桥。8日，日军攻占大云山，并继续向南发展进攻。9日，守军组织了反击，援军新编第十师及第一〇二师等部，与日军展开了激烈的争夺。10日，日军第四十师团到达桃林，接替了第六师团，其先头在甘田附近与新编第十师遭遇，双方即展开了激战。日军不顾阻截，全力南下，于12日晚突进至港口附近，又遭第五十九师侧击。13日，日军第四十师团继续南进，在白羊田再次遭到新编第十师阻击，第十一军急令荒木支队增援。第二十七集团军为加强大云山地区力量，也令新编第十一师进入交战。守军全力实施反击，将日军压迫至马嘶堰附近狭窄的山路上，双方展开了近战肉搏。16日，增援的荒木支队在甘田遭到新编第十一师阻击。至17日下午，日军第四十师团突进至胡野溪、团山坡地区，并完成了向湘北进攻的准备，但由于遭守军连续阻击和反击，进展迟缓，损失惨重。

17日，日军第三、第四、第六、第四十师团等部均已进至新墙河北岸地区。18日拂晓，日军在杨林街以西20余公里的狭窄地段上，集中300余门火炮实施了猛烈突击，掩护步兵倾全力发起了猛烈攻势。守军第4军由于以部分兵力参加大云山地区作战，且在日军猛烈炮火下伤亡严重，在日军的强大攻势面前，新墙河防线很快被日军突破。第四军被迫转移至胡少保、关王桥以东及洪源洞、白家洞一线继续组织防守，由于日军攻势迅猛，当日下午又被日军突破，守军遂向右翼山地转移。19日，日军抵达汨罗江北岸，并开始组织强渡。第六师团一部在上午从长乐渡过汨罗江，并先后攻占了颜家铺、浯口等地。

18日，日军平野支队在海军配合下渡过洞庭湖后，在湘江口的青山附近强行登陆，虽遭第一九七师奋力抗击，终站稳了脚跟，并以此为据点，以策应主力的正面攻势。

第九战区未料到日军攻势竟如此猛烈，急令第九十九、第三十七军在汨罗江南岸坚守阵地；并令第四、第二十、第五十八军向日军侧后发起反击，迟滞其进攻速度；另以第二十六军军部率第四十四师推进至金井附近。由于上述命令被日军侦悉并破译，日军获知了第九战区的部署调整，于20日决定全力向东推进，企图在捞刀河以北地区聚歼第九战区主力。此时，日军已开始强渡汨罗江。22日，日军集中兵力向第三十七、第二十六军发起围攻。第三、第四师团在飞机支援下，攻占了下武昌、狮形山、兴隆等守军第三十七军主阵地，连续激战至24日，突破了守军防线，并突进至守军侧后的新开市、新桥地区，对守军形成了合围之势。第三十七军被迫向上杉市、麻林市、新桥一线转移，与此同时，日军第六、第四十师团对守军第二十六军发起围攻。激战至25日夜，日军一部攻占了何家坪、五台洞等地，直逼第二十六军指挥所。薛岳急令第二十六军“迅速集结兵力，攻敌一点，切勿对各方均取守势”，向更鼓台、石湾方向突围。

当日军发起围攻时，守军第十军奉命增援，于22日到达明月山，栗桥、福临铺、金井一线。鉴此，日军迅速转用兵力，乘势向立足未稳的第十军发起攻击，双方展开了激战。第十军第一九〇师司令部被日军包围，师长受重伤，副师长阵亡，使全师陷于混乱，纷纷向福临铺方向突围；预备第十师也遭日军打击，被迫向后溃退。至26日，第十军伤亡惨重，被迫转移至石鼓牛、徐桥及万家铺、天雷山一线。

26日，薛岳令各部组织“督战队”，收容整顿溃散的部队。白崇禧也曾前往衡阳督战，但战局未能改观。在捞刀河两岸组织防守的第七十四军，于26日与向长沙方向奔袭的日军第三师团接火，利用日军立足未稳之际，以攻为守，向日军发起反击。由于日军后续部队迅速向南突进，一部兵力已渡河绕向第七十四军翼侧，处境十分危险，且伤亡甚重，第七十四师遂于27日夜向南撤退。至此，长沙以北的最后一道防线也被日军突破。薛岳令各部发起反击，但战区主力多数遭日军打击，已无从组织进行大规模的反击了。

日军第四师团及早渊支队击退守军后，沿白沙河谷向长沙推进。27日，早渊支队遭第九十八师阻击，日军在飞机支援下，很快突破了守军阵地，并渡过浏阳河。下午，早渊支队一部兵力在空降伞兵100余人的配合下，突入长沙城东北角；当晚，主力也突入城内。29日，第四师团主力进入长沙。与此同时，第三师团向株洲方向追击，企图歼灭南撤之守军。29日上午，第三师团一部突入株洲，破坏了城内的军事设施后，于午后撤出株洲在金潭附近地区集结。

日军经连续作战，认为打击第九战区主力的目的已经达到，加上人员伤亡和粮弹消耗极大，且输送补充粮弹的50余辆装甲车被守军悉数击毁，已无力继续发展进攻，遂于10月1日黄昏开始，在飞机掩护下实施退却。

2日，军委会获知日军退却的情报后下令："立即开始追击，相机收复岳阳"，"牵制敌人向北转移，使五、六战区作战有利。"第九战区遂迅速组织了追击、阻击和侧击。第九十八师在捞刀河北岸实施了伏击，将日军早渊支队打得措手不及，伤亡惨重，其中2名大队长被击毙；第九十九军不断袭击后撤的日军第三、第六师团，其中，在路口香附近袭击了正在宿营的第六师团部队，一举击毙其700余人；第二十七集团军所属的三个军，成了阻击日军北撤的主力，作战中，大量杀伤并俘获了日军。

此时，第六战区部队正在围攻宜昌，城内日军顽强抵抗，固守待援。第九战区部队虽尽力迟滞了日军的退却，以阻其回援宜昌，但由于主力遭严重打击和重大伤亡，战斗力已很弱，牵制退却日军的目的未能达到。另外，由于陈诚的犹豫不决，延误了有利的战机，致使第六战区夺回宜昌的计划也未能成功。

9日，日军第十一军各部撤回新墙河以北，转取守势，与第九战区再次形成了对峙态势，第二次长沙会战遂告结束。此次会战，历时月余，日军计伤亡2万余人；第九战区伤亡（包括被俘、失踪）达7万余人。

1941年12月23日至1942年1月16日，中国国民党军在长沙及其以北地区抗击日军进攻尔后实施大规模追击的反击战役——第三次长沙会战。

第三次长沙会战

1941年12月7日，日军偷袭了美军太平洋舰队主要基地珍珠港，太平洋战争正式爆发。在此前后，日军同时对菲律宾、马来西亚及太平洋上的一些岛屿发动了进攻。8日，广州地区日军第二十三军又向英军占领的香港发起了进攻。由于日军作战范围不断扩大，战线拉长，兵力愈感不足，国内经济更加困难。据此，日军积极推行“以战养战”政策，其侵华日军一方面疯狂进攻解放区，另一方面继续对蒋介石政府进行诱降，并不断施加军事压力，企图尽快促蒋投降，早日解决“中国问题”，以便转用兵力于太平洋和东南亚战场。9日，国民党军为策应英军在香港的作战，令第四战区部队向广州发起进攻，以牵制日军的兵力和行动；第九战区第四军和暂编第二军也从长沙附近南下。国民党军的作战行动，使日军深感忧虑。为此，日军秘密调集兵力，准备第三次进攻长沙，并计划于1942年元旦前攻占长沙，尔后直取衡阳，打通粤汉线，衔接广州、香港，进而沟通与东南亚的联系，以中国的中南地区作为其进攻东南亚的“后方基地。”

13日，日军第十一军司令官阿南惟畿下达了再次进攻长沙的命令，并迅速集中了第三、第六、第四十师团及独立混成第九旅团等部共12万余人的兵力。以第六师团进至新墙河中下游北岸，第四十师团进至沙港河北岸，第三师团到达鹿湾附近地区。22日，阿南惟畿到达岳阳指挥所，坐镇统一指挥作战行动。具体部署：第1梯队以主力沿粤汉线及岳阳至长沙古道向长沙实施正面进攻；以一部兵力为第二梯队，负责岳阳至长沙的交通警备，并策应主力作战。同时，以驻南阳的日军第三十四师团、独立混成第十四旅团，向赣北上高、修水等地实施进攻，牵制该地区之国民党军西进，以策应主力对长沙的进攻。

11 月 17 日，第九战区在长沙召开了作战会议，总结了前两次会战的经验教训，薛岳要求各部队加紧备战，并制定了代名为“天天炉战”的作战计划，提出了号称“天炉法”的后退决战战略方针，即在新墙河，汨罗河之间设伏击地带，以浏阳河、捞刀河之间作为决战地区，动员群众翻地蓄水，在战区内破坏道路，严密乡镇保甲制度和组织民团武装，配合主力作战，通过诱敌深入，在湘北地区构成一个天然熔炉，将日军围而歼之。其作战原则：“以少数兵力守阵，控制主力，机动运用”；“固守新墙河、汨罗江两岸既设阵地，迎头痛击南犯之敌。予敌以重创后，相机放开正面，向右侧翼转进，占领翼侧阵地，形成长沙核心之外围。诱敌南进，俟长沙核心猛力迎击，在敌攻势顿挫之际，即向敌侧后发动攻势，与长沙核心互相呼应，夹击南犯之敌，聚而歼之。”薛岳强调：“应运用尾击、侧击及正面强韧抵抗，务于浏阳河、捞刀河间地区，将进攻长沙之敌军主力，反击而歼灭之。”20 日，军委会将第四、第七十三、第七十四、第七十九军划归第九战区指挥，并令各军迅速奔赴湘北地区。薛岳及时召开会议，根据原定的作战方针和计划，进一步调了部署，集中了十三个军三十三个师的兵力，计 17 万余人。具体部署：第二十军在麦市、九岭和杨林街、鹿角一线组织防守；第三十七军在长乐、汨罗、新市一线防守；第九十九军在营田、湘阴和芦林潭、沅江、汉寿一线防守；第十军防守长沙和株洲；预备队为第五十八、第二十六、第七十九军，分别配置在黄岸和浏阳、普迹及衡阳地区；第七十三、第四、第七十四军准备分别由鄂桂粤战场调往宁乡、株洲、衡阳地区，担任反击作战任务。赣北方向为第七十八、第七十二军、新编第三军及第五、第一九四师等部，其中，第七十八军守备武宁地区，第七十二军守备九宫山地区，新编第三军守备高安地区，第五师守备浔家渡、市汊街一线；第一九四师为预备队，配置在清江地区。

12月23日，日军发起了正面进攻，第四十师团主力推进至新墙河北岸，突破了守军第一三四师一部兵力在北岸的前沿阵地。此时，天气突变，骤然间下起了雨雪，气温急剧降至零下，这在12月份的湘北地区是极少见的，平时可徒涉的新墙河水深也陡然增加，道路更是泥泞难行，对准备长途奔袭的日军带来了预想不到的很大困难。而且，之后的天气又是连日乌云满天，日军飞机的支援和掩护也受到了极大的限制。但日军并未知难而退。

24日傍晚，日军第六师团乘大雨和夜暗，向守军第一三三师阵地发起了攻击，并从新墙附近强渡新墙河。第四十师团也于当夜突破第一三四师防守阵地，并渡过了新墙河。守军主力乘夜暗撤至东南山区的王伯祥、十步桥、观德冲一线阵地，以一部兵力继续坚守原阵地，消耗和迟滞日军的进攻。25日夜，日军向第一三三、第一三四师二线阵地发动了进攻，守军顽强坚守，与日军展开了反复争夺。26日，日军第六、第四十师团主力利用守军防线间隙突进，直扑汨罗江，并与沿粤汉线先期到达汨罗江北岸的第三师团会合。此时，防守汨罗江一线的第三十七、第九十九军已形成了大纵深防御体系，与进攻之日军展开了激战。27日午后，日军第三师团主力渡过汨罗江；第九十九军主力撤至牌楼峰、栗桥一线阵地。日军第三师团为实现配合主力围歼第三十七军的企图，集中主力向第九十九军防守阵地发起了猛攻。28、29日，双方展开了激战，第三师团攻克了大娘桥守军阵地，尔后东进向新开市发起攻击，企图向第三十七军侧后实施迂回。

28日，日军第六、第四十师团渡过了汨罗河，当即遭守军第三十七军顽强阻击，日军伤亡惨重。激战至30日，第三十七军向东侧山区转移。至此，日军已在汨罗江南岸打开了通道，尔后准备继续向南攻击前进，企图迅速夺占长沙。

29日，阿南惟畿下令："以主力向长沙方向追击"，并调整了进攻部署：以第三师团在第六师团一部配合下进攻长沙；第六师团主力向长沙以东的榘梨市进攻；第四十师团向金井方向突进；保障主力翼侧安全。

长沙守军为第十军。20日的防御部署：第三师防守长沙核心阵地，第一九〇师防守外围各据点，预备第十师固守岳麓山、水陆洲既设阵地。22日，薛岳令长沙警备司令部、宪兵第十八团及三民主义青年团等，配合第十军固守长沙。随后，各部队加紧抢修碉堡、工事，设置障碍，并向后方疏散群众。接着，第七十三军赶到并接替了岳麓山和湘江西岸的防守任务，准备配合第十军作战。

30日，军委会指示："在长沙附近决战时，为防敌以一部向长沙牵制，先以主力强迫我第二线兵团决战，然后围攻长沙，我应以第二线兵团距离于战场较远地区，保持外线有利态势，以确保机动之自由，使敌先攻长沙，乘其攻击顿挫，同时集举各方全力一齐向敌围击，以主动地位把握决战。"第九战区遂令第十军固守长沙，其余各主力部队则准备以长沙为中心，分别从东、南、北三个方向实施向心攻击，并明确区分了第一次、第二次攻击的具体目标，以求在日军攻击长沙时，不断紧缩包围圈，集中优势兵力，围歼攻击长沙之日军。

31日夜，日军第三师团进至长沙附近的榘梨市和东山附近地区。1942年1月1日凌晨，第三师团渡过浏阳河，尔后在20余架飞机支援下，向长沙东南的阿弥岭、林子冲、金盆岭等守军阵地发起了进攻。预备第十师依托阵地和有利地形，顽强抗击日军的进攻，由于工事大部被摧毁，且伤亡甚重，遂决定放弃第一线阵地，于当日下午撤至半边山、左家塘、农林实验场一线，继续组织防守。日军在地空火力支援下，全力发起攻击，其中一个大队于当夜突破郧家庄和军储库附近守军阵地，并乘势指向白沙岭，直接威胁了市内的天心阁。守军及时发起反击，迅速夺回郧家庄和军储库附近阵地，将突入之日军击退。反击中，日军大队长以下 100 余人被击毙，守军从其尸体上搜获的文件中发现了日军粮弹正严重不足，极大地振奋了官兵们的士气和斗志。

2 日，预备第十师与日军第三师团主力在长沙东南的南之宫、郧家庄、小林子街、黄土岭一线展开了激烈争夺。第九战区配置在岳麓山地区的炮兵第一旅，以重炮火力准确猛烈地打击进攻之日军，有效地支援了守军的作战。与此同时，日军第六师团一部向长沙北郊守军第一九〇师阵地发起了进攻。3 日凌晨，日军第六师团主力在长沙东郊、北郊同时发起攻击，第一九〇师被迫退至第二线阵地坚守。长沙地区守军第十军在军长李玉堂指挥下，顽强抗击了日军的进攻。日军经连日作战，伤亡惨重，进展迟缓。第六师团一部兵力曾从长沙北郊突入城内，由于遭第九战区重炮猛烈突击，城北大部建筑物被炸为平地，使突入之日军无法立足；守军及时组织反击，将其击退。与此同时，长沙城南双方也展开了激战，日军伤亡惨重，其中 1 名大队长被击毙。至此，日军虽取攻势，但因缺少弹药，多处战斗只能近战肉搏，飞机空投补充也是杯水车薪，无以为继，使日军逐渐陷入困境。

为加强长沙核心阵地的防守，第九战区于 3 日令第七十三军之第七十七师渡过湘江，进入长沙市区协同第十军作战。此时，处于外线的第九战区主力正隐蔽地从三面向长沙压来，进至规定的第一次攻击目标附近。

面对极不为利的战场态势，日军第十一军于3日决定停止攻击长沙，令各部队于4日夜开始后撤。4日晨，日军发起了全线攻击，企图作最后一搏。进攻中，日军不断施放毒气，拼全力攻城。守军浴血苦战，顽强拼搏，长沙附近的战斗进入了白炽化。其中预备第十师经三昼夜苦战，伤亡惨重，辎重营和卫生队都已参战，经连续血战，击退了日军的拼死进攻。日军经整天的最后努力，除增加伤亡外，未取得任何进展。第三、第六师团遂于当晚利用夜暗撤离战场，向东门、榔梨市方向实施退却。

此时，第九战区外线部队正向长沙急进，薛岳令各部于4日夜进至第二次攻击目标地区，加快缩小包围圈。在获知日军退却后，当即令准备实施合围的部队迅速发起追击，决心在汨水以南至捞刀河以北地区将退却之日军聚歼，并及时调整了部署：第十九集团军总司令罗卓英指挥第七十三、第四、第二十六军为南方追击军，由南向北实施追击；第二十七集团军总司令杨森率第二十、第五十八军为北方堵击军，阻击日军退却；第九十九军军长傅仲芳率所部为西方截击军，阻击日军向西逃窜；“尔后随追击战况之推进，始终按追击、堵击、截击、反包围歼灭战之要领围歼溃逃之敌军。”

5日凌晨，日军在数十架飞机掩护下，全线分路向东北方向实施退却。此次日军之退却，陷入了十分艰难的境地。第三师团刚撤离战场，即遭到进入金盆岭、林子冲地区的第四军截击，激战终日后夺路逃窜，并向第六师团靠拢，在榔梨市附近渡过了浏阳河；7日，两部日军退至捞刀河以北。第四十师团主力撤至春华山，遭第九战区部队阻击，被迫退回金井；而其留置在金井附近的一部分兵力则遭到了第三十七军的围攻，伤亡近 400 人，残部 20 余人待其主力退返后才被救出，几乎全军覆灭。日军第十一军为掩护其主力退却，令独立混成第九旅团分路南下接应，该部到达栗桥、福临铺、金井一线时，也遭到了阻击。8 日，第六师团在向福建临铺退却途中，遭第四、第二十、第二十六、第七十三军等部连续围攻，伤亡惨重，后在第三师团及空军全力救援下，才突出重围。退却之日军在第九战区部队的连续阻击、侧击和追击下，行动迟缓，时时处于苦战之中。9 日，退却之日军在饥疲交加之中，与接应之日军会合。13 日，日军第三、第六、第四十师团主力在汨罗江以南的新市、兰河市、长乐附近集结，尔后先后渡过汨罗江。14 日，日军继续向北溃退；第九战区部队仍不断截击、追击和侧击日军。至 16 日，日军撤至新墙河以北，退回原阵地；赣北方向西进的第三十四师团等部也被击退，会战遂告结束。

此次会战，历时二十五天，日军以惨败而告终，计伤亡近 5.7 万人，其中 10 名大队长、联队长以上军官毙命，被俘 139 人。第九战区将士英勇作战，大获全胜，伤亡不足 3 万人。

抗日战争的相持阶段

中国共产党的持久战战略方针

抗战初期，日军疯狂进攻，中国大片国土沦陷，一部分人对抗战产生了悲观情绪。国民党内以汪精卫为首的投降派，乘机大肆宣传“亡国论”，以“中国太弱，武器不如人”为由，到处喧嚷“战必败”，“再战必亡”，反对抗日，主张对日妥协投降。以蒋介石为首的亲英美派，以侥幸心理，幻想依靠外国的干涉和援助获得速胜，宣扬“只要打三个月，国际形势一定变化，苏联一定出兵，战争就可解决”的速胜论。台儿庄的胜利，使速胜论更广泛传播。但当他们的幻想破灭后，又陷入了亡国论。与此相联系的还有不少人轻视游击战争在抗日战争中的重要作用。毛泽东、朱德、张闻天、周恩来、彭德怀曾多次论述过持久抗战的思想和游击战争的重要地位。1938 年 5 月，毛泽东集中全党的智慧，发表了《论持久战》、《抗日游击战争的战略问题》、阐明了抗日战争的发展规律和争取抗战胜利的途径和方法。

毛泽东指出：“中日战争不是任何别的战争，乃是半殖民地半封建的中国和帝国主义的日本之间在 20 世纪 30 年代进行的一个决死的战争。全部问题的根据就在这里。”由此出发，构成了中日双方相互矛盾的四个基本特点：敌强我弱、敌小我大、敌退步我进步、敌寡助我多助。抗日战争就是中日双方这些特点的比赛。

毛泽东还科学地预见了持久战将经过三个阶段：战略防御、战略相持、战略反攻。指出中国由劣势到平衡到优势，日本由优势到失败，这就是抗日持久战、抗战到底要走完的全过程。

针对党内外把战胜敌人的希望主要寄托于国民党打正规战，轻视敌后游击战的思想，毛泽东强调指出：游击战“是在落后的国家中，在半殖民地的大国中，在长期内，人民武装队伍为了战胜武装的敌人，创造出自己的阵地所必须依靠的因而也是最好的斗争形势”。

日本侵华政策的变化

1938 年 10 月，日军占领武汉、广州以后，由于战场的扩大和战线的延长，使日军的兵力不足应付，财政开支也日露窘态。战争使日本人民生活日益贫困，反战情绪不断增长。国际上的孤立状态也无法改变。这一切使日本陷入不能自拔的战争泥沼之中。当时，中国正面战场虽然不断失利，但在西南和西北地区仍然有大量的兵力，继续坚持抵抗。敌后人民抗日游击战争也在迅速发展，开辟了广阔的敌后战场。鉴于此局面，日军停止了对中国正面战场的大举进攻，转为抽调大部分兵力应付敌后战场的战争。抗日战争实际上进入了敌我相持阶段。

1938 年 11 月 3 日，日本政府发表近卫内阁第二次对华声明，改变了“不以国民政府为对手”的立场，声称：“如果国民政府抛弃以前的一贯政策，更换人事组织，取得新生的成果，参加新秩序的建设，我方并不予以拒绝。”以后，日本政府再次向国民党政府伸出诱降之手。12 月 22 日，第三次近卫声明根据御前会议规定的“调整日华新关系”的一般原则和重要项目，具体提出，中国必须放弃抗日举动和对满洲国的成见，进而“同满洲国建立完全正常的外交关系”。中日须签订日华防共协定，要求中国承认在防共协定继续有效期间，在特定地点驻扎日军，并以内蒙为“特殊防共地区”，以求达到中日经济提携和合作“发生实效”，要求中国承认日本人在中国国内有居住、营业的自由，特别给予日本在华北与内蒙以开发资源之便利。并宣称：“日本只要求中国作出必要的最低限度的保证，为履行建设新秩序而分担部分责任。日本不仅尊重中国的主权，而且对中国为完成独立所必要的治外法权的撤销和租界的归还，也愿进一步予以积极的考虑。”经这样一粉饰，这项声明对国民党的诱惑性不仅大大增强，而且为国民党内降日派的投敌活动制造了借口。

汪精卫集团卖国投降和南京汪伪政权的成立

在日本侵略者的诱降和英、美劝降的影响下，国民党副总裁、中央政治委员会主席、国防最高会议副主席、国民参政会议长汪精卫公开投降。汪精卫与其他的亲日派于1938年12月19日潜离重庆抵达河内。29日，汪精卫致电国民党总裁蒋介石和其他中央执监委员（即“艳电”），提出国民党政府应接受“近卫三原则”，“与日本政府交换诚意以恢复和平”。1940年3月，在日本人的操纵下，汪精卫与北平、南京、蒙古等汉奸政权的头目王克敏、梁鸿志等人在南京成立“中华民国国民政府”，汪自任“国民政府代理主席”兼“行政院长”。他们仍奉重庆国民党政府主席林森为主席，目的是要拉蒋介石集团入伙。汪伪政权与日本签订了《日本国与中华民国基本关系条约》等卖国条约，肆无忌惮地出卖中国的领土主权。汪伪政权的实权掌握在日本人手中，日本驻汪伪政权的大使和顾问是太上皇。汪伪政权建立的伪军——和平建国军，伙同华北的治安军、皇协军等汉奸武装，配合日军驻守交通要道和据点，反共“清乡”，破坏抗战，残酷统治沦陷区人民。他们还为虎作伥，配合日军进攻抗日根据地。

国民党各战区的冬季攻势

抗日战争进入相持阶段以后，日本侵略者利用国民党“消极抗日、积极反共”的方针，将主力逐渐转向敌后抗日根据地，以期整顿和巩固其占领区，但为了胁迫国民政府投降，切断中国对外的国际交通线，对正面战场也进行了多次战役性的进攻。

1939年2月，日军在海空协同下在海南岛登陆。3月，沿南浔线占领南昌。11—12月，日军在广西钦州湾登陆，北上攻陷南宁直抵昆仑关，同时以一部分兵力攻占龙州，切断了中越交通线。

1939年9月中旬，日军发动了第一次长沙战役，调集4个师团以上的兵力，沿粤汉线南下。同时，驻鄂南、赣西的日寇也向高安、修水发动进攻以配合主力作战。但在中国军队反击下，已攻占高安之敌被迫撤回原地，未能得逞。9月中下旬，正面进攻长沙的敌人突破了汨罗江中国军队防线。10月初，中国军队全线反攻，侵入长沙外围的日寇因兵力过于分散，在山林水田地带其机械化兵力也难于发挥优势，经过十余天激战，10月中旬敌全线退却，双方仍恢复了原来沿新墙河对峙的态势。这次战斗中国军队表现了一定的战斗力，给敌军造成了较为重大的损失。

1939年冬，中国军队经过整训后，战斗力有所恢复。根据蒋介石命令，各战区对日军发动冬季攻势。但由于日派遣军司令部破译了蒋介石命令的密码，日军各部均加强了戒备。

冬季攻势开始后，中国军队在广西集结了15万部队，以杜聿明第五军为主力反攻南宁与昆仑关。日军当时侵占广西各地的仅第五师团。在中国军队优势兵力攻击下，经过激战，日军第二十一旅团长中村少将被击毙，第五师团主力被包围，从龙州增援的日军也受到阻击。12月31日，中国军队攻克昆仑关，双方伤亡均甚惨重。1940年1月，日军以2个师团增援南宁。经过一个多月的战斗，3月初昆仑关再度被日军占领。

在华中前线，日军第十一军四个师团由于战线过长，兵力相当分散。中国军队集中七十—八十个师，于12月10日同时发动进攻，经过四十天战斗，日军受到严重打击。据日方统计，伤亡达8300多人，实际数字当高于此。

在华北，以傅作义部第三十五军为主力反攻包头，12月下旬一度攻入城内。1940年1月，日军进犯黄河河套，2月初占领五原。2月下旬，傅作义部反攻，收复了五原。

1939年冬至1940年初的冬季攻势，是抗日战争相持阶段正面战场上中国军队发动的唯一的主动攻势，它打击了日本侵略军，牵制了日军在太平洋战场的力量，加速了日本在太平洋战场的失败。

国民党入缅远征军

1941年12月，太平洋战争爆发后，亚洲战争形势发生了重大的变化。1942年初，日军迅速攻占了东南亚的新加坡、菲律宾、马来西亚、印尼、泰国各地。2月初，日军从泰国进攻缅甸，以进一步打击在东南亚的英军和切断滇缅公路，阻止美国援华物资运输。根据1940年12月所签订的《中英共同防御滇缅公路协定》，在英军节节失利、仰光危急的情况下，中国以驻云南的第五、第六军组成远征军，由罗卓英、杜聿明分任正副总指挥，向缅甸进军，与英军协同作战。3月初，日军攻占仰光，分路北进，企图切断我国际交通线。此时，中国远征军各部也分别进入缅北地区及缅泰交界处，与日军展开战斗。4月中旬，英军在缅甸西北失利，其第一师被日军包围，中国第六十六军紧急驰援，救出英军7000余人。由于气候、地形等条件的限制，加以盟军内部指挥不一致，在日军猛攻下，中国远征军虽英勇作战，第二〇〇师师长戴安澜在战斗中壮烈殉职，但仍不得不于5月初大部分退入国内，在缅甸西北部的二个师则进入印度。中国远征军第一次入缅战争结束。

1943年10月，随着太平洋战场上战局的扭转，在印度经过整训的中国军队在美国空军支援下向缅北日军反攻，边修筑中印公路，边与日军作战。1944年3月，驻印中国远征军击败敌第十八师团主力，继续前进。6月，从国内出发的远征军也由滇西出击缅北日军。8月，驻印远征军经过激战，攻克缅北战略要地密支那，当地日军全部被歼。12月，远征军攻占缅北另一要地八莫。1945年1月下旬，驻印远征军与从国内出发的远征军会师，中印公路全线打通。3月底，中国远征军与英军会师，盘踞缅甸北部的日军全部被肃清。中国远征军第二次入缅作战，历时一年半，进军2400余公里，收复缅北大小城镇50余个，歼敌31000余人，为太平洋地区反法西斯战争作出了贡献。

敌后游击战争和百团大战

中共中央扩大的六届六中全会以后，按照巩固华北，发展华中和华南的方针，八路军、新四军和华南抗日武装，广泛开展游击战争，打击日本侵略者。并于1939年春至1940年夏，粉碎了日军的连续“扫荡”，巩固和扩大了各抗日根据地。

为了反击日军的进攻，打破其对根据地的“囚笼”政策，并促进全国的团结抗战，八路军总部于1940年8月20日至12月5日，在华北敌后战场发动了一次对敌占交通线和据点的进行大规模的反击作战。这场由八路军副总司令彭德怀指挥的战役是华北军民对日作战中规模最大的一次战略性进攻战役，实际参战的有晋察冀军区、晋冀鲁豫边区和晋绥边区的八路军主力部队和地方部队共一百多个团，故称百团大战。战役始于1940年8月20日，止于10月10日。8月20日至9月10日的中心任务是破坏和截断华北敌人的全部交通线，打击的重点是正太路。在这一阶段中，八路军切断了正太、同蒲、平汉、津浦、北宁、平绥、平古（北平至古北口）、白晋（山西白圭至晋城）、德石等敌人的铁路交通线，并对沿线两侧的敌伪据点发动攻击。9月20日至10月10日的中心任务是继续扩大第一阶段的成果，重点消灭交通线两侧和深入根据地的敌伪据点。整个战役历时五十余天，共进行战斗800余次，毙伤日伪军一万余人，并缴获了大量武器装备。这次作战的胜利，沉重地打击了日本侵略者，提高了中国共产党和八路军的声威，鼓舞了全国军民抗战必胜的信心，也有力地配合了正面战场的抗战。

反扫荡、反清乡、反蚕食

抗日战争进入相持阶段，日本把进攻重点转向华北，特别是广大敌后根据地，把整个华北分为三种不同地区，对治安区，以“清乡”为主，强化保甲连坐制；对准治安区的，以“蚕食”为主；对非治安区，以“扫荡”为主，实行烧光、杀光、抢光的“三光政策”。

针对日军的进攻，中共领导敌后军民，在敌占区，采取反“清乡”斗争；组织武工队，深入敌人心脏地区进行斗争，在游击区，实行群众斗争和军事斗争相结合，组成联防，进行反“蚕食”；在根据地，进行主力军、游击队、民兵三位一体的群众性游击战争，实行反“扫荡”。

1941年8月14日，敌华北方面军司令官冈村宁次亲自指挥日伪军七万余人，在空军配合下，采取“铁壁合围”、“分区扫荡”、“梳篦清剿”等战法，向晋察冀根据地的北岳、平西区进行大“扫荡”。晋察冀我军在敌人集中兵力合击时，分散向敌之侧后出击；当敌人对根据地分兵“清剿”时，集中兵力歼其一部。这样，经过两个多月的艰苦作战，我军共歼敌5500余人。粉碎了敌军的“扫荡”，在这次反“扫荡”中，涌现了许多可歌可泣的壮烈事迹，著名的“狼牙山五壮士”就是其中之一。

11月3日，日伪军五万多人，对山东抗日根据地沂蒙山区实行“铁壁合围”大“扫荡”。鲁中八路军部队和领导机关，在敌开始合围时，跳出合围圈，转至外线作战，留下部分兵力坚持内线斗争。大部在外线积极打击敌人，迫敌撤退。经过五十多天的艰苦奋斗，鲁中军民共歼日伪军2000多人，粉碎了敌人的“扫荡”。

1942年2月，敌华北方面军第一军派出12000余人的兵力，进攻晋冀鲁豫根据地太行区，企图消灭驻这里的八路军总部和一二九师领导机关，摧毁根据地。八路军一二九师主力一部配合地方武装，坚持根据地中心区的斗争；大部转至外线，袭击敌占城镇据点，迫敌回援。经过三十一天的艰苦斗争，共歼敌3000余人，粉碎了敌人的进攻。5月，敌人又以三万多人的兵力进攻太行区根据地。抗日军民继续采取上述的作战方法，经过三十八天的奋战，又歼敌3000余人，粉碎了敌人的进攻。在这次反“扫荡”的后期，八路军副参谋长左权在山西辽县（今左权县）指挥作战时，英勇牺牲。

5月1日，冈村宁次亲自指挥日伪军五万人，配以大量坦克和飞机，对冀中根据地进行“拉网大扫荡”。敌人采取“纵横张网，对角清剿，反复合击”的战法配以“三光政策”，企图一举消灭冀中八路军，摧毁根据地。冀中八路军大部转到外线打击敌人，一部高度分散，配合游击队在内线坚持斗争。6月9日，八路军两个连在深泽县宋庄击破敌军2500人的进攻，打死敌坂本旅团长以下1200多人。经过两个月苦战，冀中军民共毙伤日伪军11000余人。但根据地遭到严重破坏，死伤和被抓群众达五万多人。

在敌后战场反“扫荡”斗争中，民兵发挥了重要作用。他们积极配合部队或者单独作战，消灭敌人，保卫家乡。他们还创造了地雷战、地道战、破袭战、麻雀战、水上游击战等各种奇妙战法，造成了陷敌于灭顶之灾的汪洋大海，形成了抗日战争中最精彩的一幕。

在反“扫荡”斗争的同时，反“清乡”、反“蚕食”斗争也取得了重大胜利。

整风运动和大生产运动

为了克服困难，巩固抗日根据地，坚持抗战，中国共产党制订并实行了一系列政策和措施，整风运动和大生产运动是两个中心环节。

从1942年春起，开展了全党范围的整风运动。毛泽东所作的《改造我们的学习》、《整顿党的作风》、《反对党八股》等报告，就是指导整风运动的重要文献。

这次整风运动的内容是：反对主观主义以整顿学风，反对宗派主义以整顿党风，反对党八股以整顿文风。反对主观主义以整顿学风，就是要坚持实事求是的态度，树立理论和实际相统一的马克思列宁主义的学风。反对宗派主义以整顿党风，就是要正确处理党内关系和党同群众的关系，加强党在马克思列宁主义基础上的统一和团结，密切党同群众的联系。反对党八股以整顿文风，就是要提倡生动活泼新鲜有力的马克思列宁主义文风。

整风运动的方针，是“惩前毖后，治病救人”，既要弄清思想，又要团结同志。整风运动的方法步骤，是先认真学习马克思列宁主义和毛泽东等人的著作，学习党的文件，掌握其精神实质；然后深入反省自己的全部历史，系统地检查自己的思想和工作，进行严肃的实事求是的批评与自我批评；最后在个人反省和批评与自我批评的基础上写出总结。

在中共中央和毛泽东的正确指导下，全党整风健康地发展，到1943年夏天取得了胜利。1943年10月以后，党的高级干部在普遍整风的基础上，进一步总结党的历史经验。1945年4

月，在延安召开了中国共产党扩大的六届七中全会，通过了《关于若干历史问题的决议》，对第二次国内革命战争时期的若干重大问题作了结论。整风运动结束。

为了坚持抗战，克服财政经济困难，中共中央发出了“自己动手，丰衣足食”的号召。在毛泽东、朱德、周恩来等亲自带动下，边区广大军民开展了热火朝天的大生产运动。八路军一二〇师三五九旅经过三年垦荒，使过去荆棘丛生、野狼出没的荒凉的南泥湾，变成了“到处是庄稼，遍地是牛羊”的陕北小江南。到1942年全旅粮食自给80％。经费自给90％以上，大大减轻了人民负担。1942年12月，毛泽东在陕甘宁边区高级干部会议上作了《抗日时期的经济问题和财政问题》的讲话，提出了“发展经济，保障供给”的方针，进一步推动了各抗日根据地的大生产运动。敌后军民在战斗繁忙的环境里，实行“劳力与武力相结合”、“战斗与生产相结合”，许多部队、机关、学校做到粮食、经费全部或部分自给，有的甚至自给有余。

中日昆仑关大战

昆仑关是广西境内一雄关，历来为兵家必争之地。此地路窄关险，怪石嶙峋，易守难攻。1939年岁末，中国军人凭借刚毅气概，勇攀险阻，斩关守隘，与侵华日军在此地进行了殊死鏖战。其悲壮忠勇足以体现我国军人同仇敌忾、光复国土的决心。

1939年11月15日，在海空军的掩护下，日军从广西钦州湾登陆，北犯南宁，妄图切断我华南国际交通线，以便对蒋介石政权实行封锁，威胁重庆，达到以军事手段配合政治逼和，迫使蒋介石就范的战略企图。

日军钦州湾登陆，引起了国民党政府的极大不安。在此之前，日军已先后占领了武汉、广州、海南岛和涠洲岛，封锁了我广东南路，掐断了广州湾、湛江、北海、钦州通往国外的国际交通线。在广西，只有一条通往越南的国际路线——由镇南关（友谊关）入口，再经邕钦公路或左右江水路到南宁。如果日军占领南宁这个桂南重镇，必将切断中国通往越南的国际通道，进而危及西南大后方。

为了阻挡北犯南宁日军，1939 年 11 月，蒋介石下令将其王牌军——第五军开到广西前线，以抗击日军最精锐的部队——号称钢军的第五师团（即坂垣师团）。第五军是国民党政府在抗战中建立的第一支机械化部队，属蒋介石的嫡系，由杜聿明亲自统领。此次奉命开往广西，真可谓临危受命。

11 月 19 日，桂林行营主任白崇禧给杜聿明下达了集结待命的命令，同时，蒋介石也打电话告诫杜要处理好与白崇禧的关系，并向他作了战略部署。

杜聿明驱车来到第二〇〇师，视察部队整训情况，第二〇〇师师长戴安澜和副师长彭壁生向杜聿明作了汇报，杜聿明表示满意，并具体部署将二〇〇师的另外两个团也输送至南宁方向阻挡北犯的日军。

二〇〇师是杜聿明从装甲兵团扩编的，是第五军的基本部队，杜聿明对该师师长戴安澜极为赏识。

就在杜聿明视察二〇〇师的时候，他已得知荣一师和第二十二师已按计划分别由渌口、衡山、衡阳各附近车站陆续南下集结。

千军万马集结广西，战争的烽烟已笼罩桂南。

桂林行营主任白崇禧正在听取行营参谋长林蔚、参谋处长吴石等高级指挥官对日军从钦州湾登陆后的敌我态势的详细介绍。对吴石汇报的严峻情况，白崇禧极为光火，他敲着桌子连连发问："你们怎么要搞这样不主动的作战计划？面对进犯之敌，你们采取了什么措施？"

林蔚虽面有愠色，却依然不动声色。他知道白崇禧是借机敲击他，但作为蒋介石的高级幕僚，他深知蒋介石和桂系之间的矛盾，此时不用作声为佳，因为一切作战计划都是蒋介石亲自制定的。

1938年冬，重庆最高统帅部为了便于指挥第三（顾祝同）、第四（张发奎）、第七（余汉谋）、第九（薛岳）四个战区的对日作战，特在广西桂林设立桂林行营。蒋介石极不情愿地委任白崇禧为行营主任。为免蒋介石疑虑，白崇禧请蒋介石委任他的侍从室主任林蔚为桂林行营的参谋长，蒋介石同意了。因此，虽然白崇禧借机敲击林蔚，林蔚不动声色是自有其道理的。

面对白崇禧的指责，吴石早已赫颜赤目，他挺起身，喏喏答道："第四十六军的一九〇师和第三十一军的一三五师已奉命昼夜兼程急进南宁，同时已命令第三十一军军部及一三一师、一三八师到宾阳的芦圩附近待命。"

白崇禧在桂林行营召开作战会议之时，日军先头部队已开到了距邕河仅34公里的地方，大有渡河之势。数10架敌机在邕河两岸大肆轰炸，南宁方向的电报电话皆没挂通，而一七〇师又不能按计划抵达吴圩，只得改由永淳渡河转往南宁方向作战。

得知如此紧急敌情，白崇禧立即指示林蔚和吴石将行营指挥部移至宾阳迁江，命第十六集团军死守邕江北岸，与敌人隔江对峙，保住南宁。

尔后，白崇禧挂通重庆电话，请示蒋介石："决定派杜聿明的第五军星夜急驰南宁，增援十六集团军以解南宁城陷之危。"白崇禧动用第五军而保存桂系实力的做法，激起了蒋介石心中的无名之火，但大敌当前，不便反对，只能暗骂白崇禧了。

1939 年 11 月 14 日，日军在钦州湾登陆后，便像一股不可遏制的洪流，沿着邕钦公路快速推进。22 日黄昏，已有一股日军出现在邕江南岸的蒲田附近。白崇禧只得责成第十六集团军指定两个师固守南宁，无令不得撤退。第十六集团军任命第三十一军一三五师师长苏祖馨为邕江北岸守备司令，第四十六军一七〇师师长黎行恕为守备副司令。

23 日，日军飞机猛烈轰炸南宁，整座南宁城在爆炸声中颤抖、呻吟……

24 日下午 3 时，狮子口、沙井圩、津头村的日军包围了南宁，几 10 架飞机在南宁上空轮番轰炸，情况异常紧急。已输送南宁负责守备的一三五师四〇五团与一三五师师部的联络已被截断，估计主力仍在徒步行进中。面对优势于己的凶悍日军，团长伍宗骏慌了手脚，竟率部擅自撤离南宁。

入夜，3000 多日军未遇任何抵抗便占领了南宁。太阳旗在这座古城的大街小巷随处可见。

大军未到，城池已陷！还在途中向南宁急进的一三五师师长苏祖馨闻悉大怒。想不到，他这个邕江北岸守备司令尚未真正到任，邕江两岸已沦陷敌手。

苏祖馨只好率部转进高峰坳继续阻击日军，并下令扣押伍峻宗……

中国军队兵败南宁，日军乘势而进。一个联队日军分乘近百辆汽车和摩托车从头塘尾追夹击，气势甚为凶猛。所幸戴安澜的第二〇〇师六〇〇团已赶到二塘附近，截住日军，对日军进行了猛烈的火力射击，气焰嚣张的日军遭受到了从钦州强渡北犯以来最有力的阻击。交战中，六〇〇团团长邵一之命令全团官兵死守阵地，不惜一切代价压住敌人的反扑。

双方激战了半天，日军的反击渐呈衰竭，六〇〇团官兵抓紧时间构筑阵地工事。邵一之向戴安澜师长汇报了战况。戴安澜告诉邵一之："要做好苦战的准备，日军很快就会增援部队，继续反击。"果然，日军没有善罢甘休，占领南宁的日军派出一个联队的增援兵力，投入了对六〇〇团的进攻。几10架飞机也呼啸着俯冲轰炸。面对日军的猛烈反扑，六〇〇团的官兵并没有退缩。他们一次又一次地击溃了敌寇，但伤亡也相当惨重，许多官兵与敌人同归于尽，团长邵一之亲率第1连冲锋陷阵，在肉搏战中，不幸中弹殉国。

26日晚，副团长文模负伤，副官吴其升壮烈牺牲。后来，第一营营长吴伟代团长职务，利用夜间混战，才逐步撤回思陇归还建制。

两天的激战，六〇〇团以血的代价为第五军的主力集结赢得了时间，同时也给嚣张的日军当头一棒，挫顿了日军狂傲的士气。

日军自1939年10月15日钦州登陆后，仅用短短几天时间便北犯至南宁，实在让南宁守军猝不及防。

本来，日军的登陆地点选为企沙龙滩，仅以少数兵力，借炮火掩护，冒险建立滩头阵地。从地形看，登陆之后，必须通过钦州沿海的"沧海沙原"，这是毫无隐蔽的地带，是守军发挥火力歼击日军的死亡之角，但也是日军唯一的捷径。在制定登陆计划时，第五师团长今村均中将曾举棋不定，如果夏威的第十六集团军加强纵深防御，那么，今村均中将的将军生涯也将在此划上一个句号。

然而，战争的良机侥幸落到了今村均中将手中：夏威将军不满调遣，借丧母之故呆于家中，且第十六集团军的重点防御都摆在贵县和桂平一带。

而且，在此之前，汪精卫为向日本政府表示"诚意"，竟置国家与民族危难于不顾，派汉奸王桂堂潜回桂南协助入侵的日军。

桂南边境，绵亘数千里的十万大山，原为土匪聚集之地。王桂堂深知内中情形，他潜入后大加蛊惑，勾引许诺，请谙熟十万大山的匪徒为日军做向导，因此，日军轻易地穿越十万大山，张狂地直趋小董、大塘，尔后沿邕钦公路直扑南宁。

日军占领南宁后，于11月29日，耀武扬威地举行了入城仪式，第二天，日各大报纸纷纷在显著位置刊登这一重要消息。

二十多年前，身为连长的白崇禧就是在这片崇山峻岭中一展抱负的，而今，日军的铁蹄却在这块土地上恣意践踏，白崇禧的心头犹如被剜去了一块肉，他岂肯善罢甘休？

连日来，白崇禧一直在熟悉的广西桂南沙盘地形上凝神深思，布满血丝的眼睛露出阴鸷和决断。

经国民党政府军委会同意，白崇禧继续调兵遣将进行部署，除第十六集团军和杜聿明的第五军外，还调来了徐廷瑶率领的第六军、第九十九军和蔡廷锴、叶肇的第二十六、第三十七集团军，另外还调来两个150厘米口径的榴弹炮营和一个高射炮营、一个防空炮营，统归桂林行营指挥，此时，中国军队的兵力火力都优于敌军。

一场恶战即将来临。

12月12日，白崇禧在广西迁江的行营指挥所召开师以上人员参加的军事会议，具体讨论作战计划，最后决定兵分三路，乘敌人后续部队未到之前将敌包围于邕江南北地区歼灭之。

其命令要旨如下：

1. 夏威指挥西路军，以主力向昆仑关西南的高峰坳敌据点进攻，协同北路军围攻昆仑关。

2. 北路军由徐廷瑶指挥，其主力从宾阳出发向昆仑关进攻，尔后在东西两路军的协同下攻取南宁。

3. 东路军由蔡廷锴担任指挥，派出多股突击队破坏邕钦公路，阻碍敌人之补给运输，阻止敌向前增援，协助北路军作战。

4. 炮兵以主力支援北路军对昆仑关攻击，以一部支援西路军向高峰坳进攻。

5. 第九十九军为总预备队，驻于宾阳附近，随时负责对北路军的支援。

从这个命令中可以看出，主要攻击任务是由徐廷瑶指挥的北路军担任，而北路军里，实际上是由杜聿明的第五军担任主攻。

是日下午，杜聿明在第五军司令部向团长以上的各级指挥官宣读了第五军担任昆仑关主攻的行营作战命令，接着通报了二〇〇师六〇〇团在二塘与敌人激战两日的详细战况。

杜聿明说："从六〇〇团在战场上缴获的敌作战部署图证实，侵犯桂南、攻占南宁的敌寇兵力共有两个半师团，即第五师团、第二十八师团和台湾守备队。第五师团有第九旅团辖第一十一、四十一联队，第十二旅团辖第三十一、四十二联队，每联队有官兵3000余人。第五师团司令部及第九旅团两个联队在南宁，第十二旅团两个联队守昆仑关、九塘、八塘至南宁之线。"

出席会议的军官们个个表情严肃，会议气氛凝固着一种异乎寻常的紧张。

"昆仑关是邕宾公路的扼要雄关，四周丛峦万壑，绵亘相偎，其地势的险要，可比食道的咽喉，是'一夫当关，万夫莫开'的古战场，是兵家必争之地。此次作战，我们将采取战略上迂回，战术上包围，'关门打狗'的方针，具体部署如下：荣誉第一师为正面主攻部队，新编第二十二师为军右翼迂回支队，第二师副师长彭壁生指挥两个补充团编为军左翼迂回支队，分别策应正面部队对昆仑关的攻击，二〇〇师为军预备队……"

杜聿明说完，扫视了一下，又强调说："此战关系到抗战的前途，我们要抱不成功则成仁的决心，歼灭倭寇，收复失地，以慰革命先烈在天之灵！”

片刻寂静之后，所有军官起立，铿锵掷声：“为挽救国家与民族之危难，肝脑涂地，在所不惜！”

黄昏，李济深和陈诚奉蒋介石之命，自重庆飞往广西，协助白崇禧指挥作战。

战云密布，决战在即，国人瞩目。

日军攻占昆仑关之后，改取守势，除重兵扼守昆仑关外，还在昆仑关以西的仙女山、老毛岭、同兴堡、四四一、六五三、六〇〇及罗塘南、界首等地构筑据点式堡垒工事，构成拱卫昆仑关的坚固防线。

12 月 12 日，第五军开始作攻击战略部署，陆续挺进战斗地区。

12 月 18 日拂晓，大炮轰鸣，震撼了寂静的山野。

第五军的数百门大炮对敌军阵地进行了猛烈轰炸，在战车和轻重武器火力的掩护下，荣一师开始向敌阵地迂回攻击。

军长杜聿明冒着枪林弹雨，站在掩蔽部外，用望远镜观察前方攻击的战况。

第五军副军长兼荣一师师长郑洞国手执望远镜，亲自在公路边的一个土坡上指挥。

荣一师士兵正沿着斜斜的狭谷往上爬行，渐渐接近了敌人的阵地。就在这时，众多的敌机压了过来，对荣一师士兵大肆轰炸扫射，和敌阵地上的机枪形成了立体交叉射击网，许多士兵倒下了，其余的士兵只好匍匐在地，以避开残忍的火力扫射。

郑洞国清楚地看到了，心里为之一颤，他抓起话筒，欲向杜聿明呼叫炮火支援，荣一师艰难的进攻杜聿明已看在眼里，未等呼叫，千百发炮弹已呼啸着射向敌机，敌机暂时散开了。

郑洞国马上命令战车和炮火乘势轰击敌军阵地，敌人的火力稍有减弱，士兵们便一跃而上，冲向敌人的阵地。

第一团在吴啸亚的率领下，终于冲上敌军阵地，同敌人展开激烈的肉搏战，昆仑关上一时刀光剑影，喊声震天，整个昆仑关都在颤抖……

刺眼的太阳旗倒下了，第一团的兄弟几乎有三分之一陈尸山头，惨重的伤亡令人悸颤，然而，对于整个昆仑关战役来说，这还只是个前奏，更残酷、更悲壮的浴血奋战还在后面。

吴啸亚团占领仙女山后，汪波率领的第二团也攻占了罗塘高地。杜聿明很受振奋，命令荣一师留一部固守仙女山阵地，其余继续向九塘以南地区进击，占领老毛岭、万福村和四四一高地，同时，命令郑庭笈率第三团向六〇〇高地进攻。四四一和六〇〇高地是昆仑关西南两侧的制高点，必须同时攻占，才能形成攻克昆仑关的有力之势。

作为攻击昆仑关部队的最高指挥官，杜聿明最担心的是，倘若敌人同时增援高峰坳、香炉岭的守军，穿插侧击，攻击昆仑关的部队将受到侧背的威胁。因此，杜聿明除了命令邱清泉的二十二师为军右翼迂回支队，二〇〇师副师长彭壁生指挥两个补充团为左翼迂回支队，分别在五塘至九塘间阻击增援之敌外，还期望荣一师尽快拿下昆仑关，这样，就可调出二〇〇师会同二十二师，荣一师三面夹击增援的日军，乘势直扑南宁。

无疑，任何一个战场都会像多米诺骨牌一样影响到整个战争的全局。

郑庭笈团经过浴血奋战，终于攻战六〇〇高地，昆仑关的大门打开了！

然而，郑洞国指挥的另外两个团在攻击中却遭到挫顿。攻占了仙女山和罗塘高地的第二团在敌人的反击下被迫收缩阵地，与敌对峙。四四一高地的日军负隅顽抗，荣一师以伤亡惨重的代价才勉强攻占了四四一高地。

昆仑关附近的高地，得而复失，失而复得，胶着血战地对峙着。

六五三高地为昆仑关东北要点，与四四一、六〇〇高地三足鼎立，足以控制战局，日军以松木小队、小川小队二〇〇余人顽固据守，郑洞国师屡攻不下，伤亡惨重。

然而，荣一师官兵们的鲜血没有白流，经过激烈的战斗之后，日军终于伤亡殆尽。

中国军队能否牵制日本大部分兵力于中国战场，对苏联能否集中兵力对付西部的德军将是至关重要的，而且，昆仑关一役，直接关系到援华物资能否通过这条国际运输线运向抗战前方。同时，苏联还想从昆仑关之战进一步证实蒋介石的抗战决心，从而作出有效的战略部署和对华政策。

日军自广西登陆挥师北上，就遭到了日本参谋本部始料不及的抵抗和攻击。若已占领的昆仑关和南宁失守，那日本“实现大东亚共荣圈”的南下战略计划必将受阻，而且还会使本已悄悄滋生厌战情绪的日本国民罩上一层新的阴影。于是，华南派遣军总司令安藤利吉决定，为确保南宁的安全，向占领南宁的第五师团增派三个中队的轰炸机；为策应昆仑关会战，贯通两广，12 月中旬，调集重兵向粤北进犯。

邱清泉的新编二十二师在 12 月 17 日夜里，由黄岭、茅岭向南推进，18 日，杜聿明见荣一师方面战况进展顺利，便令该师于当晚攻击五、六塘之敌，据守截击敌军向昆仑关增援。从南宁至昆仑关，沿途分为头、二、三、四、五、六、七、八、九塘等集镇，每塘之间约 0.5 公里。从日军方面来讲，据守各塘集镇，确保公路畅通，一旦昆仑关受攻击，即可源源不断增兵和补充弹药，使昆仑关免成孤隘。而第五军占领和据守各塘集镇，则能有效地截断增援之敌，然后集中优势兵力一举攻克昆仑关。因此，在昆仑关之役，今村均和杜聿明都极为重视沿途战略要点，派出精兵激烈争夺。

占有绝对优势的二十二师很快便击溃日军，占领五、六塘。第二天，疯狂的日军不甘失败，进行了反扑，双方混战成一团。

正面攻击的日军乘势蜂拥而上，攻克五塘，并向六塘推进，企图增援昆仑关。二〇〇师副师长彭壁生率部抢先占领七、八塘，并会同二十二师将增援之敌包围在八塘附近。经过一昼夜的激战，日军伤亡惨重，残部只得翻山越岭，向南逃窜。

邱清泉的二十二师击溃增援日军，重新控制五、六塘，激怒了坐镇南宁指挥的今村均中将，他不能容忍号称常胜师团的“钢军”连连溃败。他在桂南军用地图前再一次研究了南宁至昆仑关的地形和要隘，他根本不相信，地势平缓的五、六塘能够阻止他的铁蹄长驱北上。

20日下午，由第二旅团和中村正雄少将率领的1000多名日军，在坦克、飞机、装甲车和大炮的掩护下，气势汹汹地沿宾邕公路往北推进，沿途阵地皆被突破，五塘也被攻克。突破五塘后，一向以缜密、冷静而著称的中村正雄却忽视了阻击他的是邱清泉的新编二十二师。

“骄兵必败”，中村正雄正洋洋得意地往六塘推进时，中了邱清泉的埋伏，日军一时大乱，恍若惊梦的中村正雄挥舞着战刀，指挥日军左冲右突，双方进行了殊死的激战，日军最后不敢再战，纷纷向公路两侧溃逃。

正当昆仑关鏖战难分难解之际，南宁方向及其他地段也正进行着激烈的战斗。

日军占领南宁后，为威慑法属印度支那，今村均中将振出一个旅团去龙州，途中遭韦云淞的三十一军阻击。一八八师以突袭方式攻占邕钦公路的绵羊村，并破坏了邕钦公路。

12月20日，一批回窜日军在西长附近遭到一三一师的截击。这是昆仑关遭猛烈攻击后，受今村均之命由挺进龙州的及川支队派回的一个驰援大队。由于指挥上的失误，这批敌军突破防线后驰援到了昆仑关。一批批回窜之敌妄图增援昆仑关，途中亦曾遭到一八八师的伏击，可惜一八八师虽处于绝对优势，但却让死神已至的日军又一次逃脱，马不停蹄地驰援了昆仑关。

幸好，日军因沿途连连受挫，未及赶到昆仑关，昆仑关已飘起了青天白日旗，不然，韦云淞将受到白崇禧的军法严惩。

中村正雄在六塘溃败之后，狼狈不堪地钻入了人迹罕至的大山深处，开始了他命运的最后挣扎，他带着残部在寒意逼人的大山里转了两天多，许多士兵都葬身悬崖深壑。漆黑的夜里他听到远处传来隆隆的炮声，他似乎看到了希望，立即命令身边的大佐："通知部队马上出发，每隔 10 米燃一个火把，炮声就是方向！"

中村正雄率领他的疲惫不堪的增援部队，艰难地走出了层峦叠嶂的大山，来到九塘公路边，这里离昆仑关山已经很近了，中村也许没想到，就在希望的曙光出现之时，一张巨大的网已悄悄撒开——郑庭笈已率兵抢先一步，在他附近设下埋伏，占领了有利地形。呼啸的炮弹迎面而来，中村正雄虽知大势已去，但他仍指挥残部拼命反扑、突围。后来，荣一师的另一团也赶到，彻底粉碎了日军的反击，中村正雄也命归西天了。

经过残酷的战斗，交战双方已疲惫不堪，昆仑关在对峙中显出几分宁静。两架标着青天白日旗的飞机在昆仑关上空盘旋，这是广西空军为策应第一军的进攻而进行的侦察巡逻，驾机的是驻防柳州空军的韦一青和陈瑞钿。在日军首次空袭南宁时，韦一青就曾率仅有的 5 架飞机迎战。现在，前线陆军在进攻中不断遭到日军来自空中的打击，他们紧急请求空军支援。韦一青和陈瑞钿立即驾机赶来。但当他们刚飞抵昆仑关附近，便被蜂拥而至的敌机重重包围。敌人的机枪不停地扫射，两机已中弹数处，渐渐失去了平衡。陈瑞钿和韦一青左冲右突，却始终摆脱不了众多敌机的围攻。韦一青座机油箱被击中起火，最后坠毁，韦一青因无法跳伞而英勇献身。陈瑞钿孤军作战，处境更为艰难，后也被敌机击中迫降于第五军阵地上，陈瑞钿手足面部均被灼伤，不省人事，后经及时抢救方脱离危险。

昆仑关激战数日仍战况不明，重庆的蒋介石极为焦虑，桂林行营参谋长林蔚亲自飞往重庆向蒋介石作单独汇报。

蒋介石和林蔚寒暄几句后问："广西的战况如何？"

林蔚汇报说："从北面通往南宁，有邕宾路和邕武路，高峰坳为邕武路的险要地段，在昆仑关的西南侧，与昆仑关形成确保南宁的两个钳形关隘。在白崇禧的反攻昆仑关、收复南宁的战略部署中，由夏威西路军所辖的一七〇师、一三五师负责进攻高峰坳，协同北路军攻占高峰坳。"

蒋介石没有作声，林蔚继续说道："以上两个师本就是据守高坳的。白崇禧从迁江来到武鸣时指示这两个师：预先考虑好守不住时的退却部署。"

蒋介石听后极为恼火，立即向桂林行营发出一封异常严厉的电令：

"军事委员会桂林行营：

激战几日，尚未战果，据悉守敌还得到增援千余人。

严令前线指挥官，限3天内攻克昆仑关，否则军法从事。

重庆最高统帅部　蒋中正"

12月23日，白崇禧接到电令，立即在第五军召开团以上军官会议，首先传达了蒋介石的电令，检讨连日作战的得失，他对第五军官兵的功绩予以肯定，同时对战局进行了客观的分析，最后，他说："我坚信，昆仑关一役，日军在我英勇的第五军将士面前，将会遭受惨痛的失败……"

将官们的士气振奋了！

昆仑关两得两失，顶峰的柱柱黑烟尚未散尽，隐隐可见那面太阳旗仍在飘动，杜聿明心里极不平静。他在高地上展开地图，苦苦琢磨。

徐庭瑶来电告诉他，蒋介石又来询问昆仑关的战况，同时，徐庭瑶还提醒杜聿明："不但要对付昆仑关上的敌人，还要防备身后的暗算。这一仗打赢了，白崇禧会说是他指挥有方；打输了，往你身上一推，担当责任的到头来还是你……"

杜聿明喟然一叹，国民党内部的尔虞我诈、相互倾轧，使杜聿明深为悲哀，他觉得，这是国民党的最大悲剧，要不是这样，倭寇岂敢猖狂入侵，势若破竹？

一阵隆隆的飞机马达声把杜聿明的思绪又拉回到了残酷的战场，敌机在向驻守昆仑关的日军空投弹药干粮。杜聿明的神经骤然兴奋起来，利用飞机空投补充物，说明日军已处境艰难，岌岌可危了，杜聿明下令尽力抢夺干粮，减少敌人的补给。

突然，副官来报，白崇禧到了前方炮兵阵地。杜聿明深感意外，又颇感振奋，荣一师的士兵闻悉白崇禧亲临前线指挥炮击，士气大振。

按照杜聿明的作战方针，第五军对昆仑关周围的据点同时进行攻击。

这一天，郑洞国命令吴啸亚团首先对据守罗塘高地的日军二十一联队迢田中队进行攻击，但日军防守太严，久攻不下，第二日下午，改由汪波团担任主攻，经连日鏖战，汪波团损失很大，兵力已不足两营，但官兵们都打红了眼，在大炮和机枪的强大火力掩护下，终于攻克了罗塘高地。

这一仗，二〇〇多名日军全部被歼，迢田上尉和森田中尉均被击毙，荣一师担任主攻的营队也仅剩数10人，罗塘高地克复后，杜聿明当即犒赏荣一师二团法币500元，蒋介石也亲自来电嘉奖。

24日，荣一师再次克复昆仑关西面的仙女山，而后直入昆仑关，将日军拉大炮的骡马全部杀绝，使敌炮再也无法动弹。

这时，昆仑关附近的若干高地虽仍在敌人手中，但后方桂林、重庆等各大城市的报纸已刊出昆仑关大捷的头条新闻。

国人为之鼓舞，蒋介石也一扫脸上的愁云，让宋美龄挽着手臂在林阴道上散了半个小时的步，回来后吃了顿美式西餐。

其实，昆仑关的战斗并没有结束，日军仍在作垂死的挣扎。

25日晚，占领南宁日军第五师团司令部作战会议正在紧张地进行，参加会议的有第五师团长今村均中将，从广州赶来的华南派遣军参谋长根本博、副参谋长佐藤贤、大本营作战部的荒尾兴中将等，他们正在研究增援昆仑关的作战计划。

昆仑关的形势对中国军队来说仍是很严峻的。日军阵地虽被包围，可敌人凭着优势地形，仍力图死守待援，使第五军各部的攻击难以进展。

台湾守备旅突破九十九军九十二师的阻击防线，使后方交通逐渐通畅，增援部队陆续到达。杜聿明连夜发电请示白崇禧，调整战略部署。杜聿明决定集中优势兵力于正面逐次攻克各据点以求迅速击破，同时命令邱清泉调出一团协同九十九军九十二师恢复阵地，切实阻击增援之敌。

战斗已到了最后决战阶段。29日，总攻开始。在新的战略部署中，杜聿明已命令邱清泉师为中央队，担任主攻，伤亡较重的荣一师改为右翼队，戴安澜的二〇〇师调为左翼队，军直属的一二一补充团作为预备队，军炮军团和榴弹炮营以主力指向昆仑关及其附近制高点，支援邱清泉师的进攻。

战斗比预料的还要艰巨。两师进攻一开始便陷于停滞，且伤亡极大。下午4点，二〇〇师先后攻克界首高地的外围据点，但界首仍在日军手中。二〇〇师的六〇〇团在二塘堵击敌人时，伤亡较大，一直没有得到补充，五九八团与五九九团伤亡惨重。界首位于昆仑关北，在二〇〇师战斗境内，杜聿明命令郑洞国师的郑庭笈团暂归戴安澜指挥，界首高地攻不下，会直接影响邱清泉师的正面攻击，戴安澜亲自挂上冲锋枪，在郑庭笈团后督战，向界首高地发起进攻。

郑庭笈组织了一批批敢死队拼命往界首高地攻击，但是日军一道又一道的铁丝网、雷区和密集的火力使战士们寸步难行，许多战士倒在了血泊之中，悲壮的场面惨不忍睹。

杜聿明向戴安澜下了死命令，要不顾一切代价，攻克界首阵地。于是戴安澜和郑庭笈只得利用夜间时间调整部署，按突击队的编组悄悄爬上山去，在敌人阵地前沿附近潜伏起来。次日拂晓，第五军的重炮再度向界首高地轰击，敌人的工事被炸得七零八落，突击队战士乘机跃入日军阵地，和疯狂的日军杀成一片。最后，日军的弹药打光了，便开始施放毒气，幸而山风很大，毒气很快散开了，只有几十人中毒。士兵们已杀红了眼，带着复仇的火焰，凭借手榴弹和白刃，终将据守的日军消灭殆尽。前来增援的日军也被截击，戴安澜身负重伤……

至此，昆仑关北面已全在第五军控制之下，敌虽多次偷袭，但都徒劳无功。

后来，蒋介石为了表彰戴安澜的战功，授予他四等宝鼎勋章。

郑洞国师因郑庭笈团暂归戴安澜指挥，另外两个团在反攻四四一高地南侧之敌时伤亡惨重，每团官兵已不足两连，进攻显得筋疲力尽，于是，杜聿明命令郑庭笈团归还荣一师建制，以便彻底占领四高地，同时决定在敌更大增援部队未到之前，由邱清泉师正面强攻昆仑关。

昆仑关山势险峻，即使空攀也很艰难，更何况要冒着敌人的枪林弹雨冲锋肉搏呢？

12 月 30 日，邱清泉师从石桥向昆仑关上的守敌发起进攻。石桥是昆仑关的大门，只有攻下石桥，才能进入昆仑关口，攻关十分困难。敌人以炮火压制邱清泉师的阵地，飞机在空中疯狂投弹，而且周围的制高点都被敌人控制着，因此，攻击半天也未取得什么进展，却牺牲了一百多号人。

山上的堡垒星罗棋布，日军凭借这些堡垒构筑成了立体交叉火力网，封死了每个死角，怎么攻也攻不上去。后来，有人出了个主意，在坦克后部挖个坑，尾部落入坑内，炮筒上仰，然后向顶峰的堡垒轰击。敌人的堡垒一个个被掀翻，日军已无藏身之地，便挥着刺刀疯狂地冲向已跃上阵地的第五军士兵。然而，此时的日军已是强弩之末，怎么反击都徒劳无功了。

31 日，坂垣元一联队 2000 多官兵已基本阵亡，三木联队也只剩下 100 多人，还有 200 多伤员被中国军队压缩在昆仑关的最后几个据点里。

被围困的三木部队第一线官兵，弹药食品已严重缺乏，得不到补充，三木绝望地下令烧毁军旗，下定了与阵地共存亡的决心，但是军旗还未烧着就已被炮火炸成了碎片。

新年的钟声已经敲响，三木意识到，明天将是最后的决战，三木在死寂中等到了天明，同时也等来了炮弹的呼啸声，殊死顽抗的三木终于葬身于猛烈的炮火中！

第五军将士终于以血的代价拿下了昆仑关，日军被迫向九塘方向溃退，但是四四一高地南侧之敌仍顽据不退，日军仍想以此作为尔后进退攻防的战略要地。

元月 1 日下午，日军不惜孤注一掷，重新调集重兵，在飞机的掩护下，由石桥、上廖、那林三面围攻四四一高地西侧与北侧，荣一师第一团及补充三营的 200 余人顽强抵挡了日军近千人的持续进攻。

日军仍在不断增援，荣一师所剩已不足 200 人，但仍死死守住高地的北侧山头，西侧山头已为日军所占，第二天，敌机又开始了疯狂的轰炸，协同步炮兵继续猛攻，汪波团苦苦支撑到了黄昏，守军只剩下几 10 人了，负伤的汪波团长开始动摇了，他抓起话筒，声泪俱下地报告郑洞国："郑师长，兄弟们快拼光了，援兵不来，难遏倭寇之凶焰……"

郑洞国一时无语，他知道，处境不是万分险恶，汪波是决不会在敌人面前撤退的。可是，四四一高地失守，不仅会使数日来的血战功亏一篑，也将使整个战役受到影响。

于是，他给汪团长下了死命令："汪团长，决战已到最后关头，你一定要死守住，等待增援，不准放弃阵地，就是剩下一兵一卒，你也要给我顶住，丢了阵地，我砍你的头。"

汪波放下话筒，对仅存的几十个士兵突然吼道："谁也不准撤退，要与阵地共存亡！"

而后，郑洞国命令师部特务连一部和传令兵、火夫等杂勤人员 180 余人组成一支突击队，急速增援四四一高地。突击队利用夜色掩护，悄悄绕到敌阵地背侧，突然发起攻击，在猝然的夹击之下，日军顿时大乱，死伤无数，不得不仓皇退去……

昆仑关上，竖起了青天白日旗，十几天的奋战，终于收复了昆仑关等失地。

无疑，昆仑关一役，中国军队赢得了胜利，但付出的代价也是惨重的。这一仗，共击毙包括中村正雄少将、三木联队长、坂垣元一联队长在内的日军官兵 4000 余人，生俘士兵 102 人，但第五军伤亡人数却是 14000 余人，整整比日军多付出了 1 万条性命。

《孙子·形篇》云："战胜而天下曰善，非善之善者也。"昆仑关役，由于国民党不同派系同床异梦，不能协力一心，配合作战，致使我伤亡超过日军几近三倍才换取胜利，显然不能算是善之善者了。形篇告诉我们战争要"先为不可胜"，"胜兵先胜而后求战"，只有这样，才能以小的代价换取必得的胜利。昆仑关一役由于我们熟知的原因，不能遵循这个原则，致使付出了昂贵的代价，也就不足为怪了。

国民党发动反共高潮

“溶共、防共、限共、反共”方针

相持阶段到来后，国民党蒋介石集团的政策逐渐转为消极抗日，积极反共。1939年1月，国民党召开五届五中全会，会议虽然提出仍要“坚持抗战到底”，但是认为这个“底”就是恢复到卢沟桥事变以前的状态，这就意味着东北和华北的部分地区可出卖给日本。会上确定了“溶共、防共、限共、反共”的反动方针，设立了“防共委员会”，通过了《限制异党活动办法》。2月，又秘密颁布了《共党问题处置办法》、《沦陷区防范共党活动办法》等反共文件。随后，相继制造了袭击和残害八路军、新四军干部、战士与家属的博山、平江、深县、确山等惨案；并派部分主力及大量游杂武装返回敌后，进攻八路军、新四军，制造反共军事摩擦。同时，以几十万兵力包围封锁陕甘宁边区。接着在11月召开的五届六中全会上，进一步确定了以军事反共为主，政治反共为辅的方针，随即发动了第一次反共高潮。1939年12月，包围陕甘宁边区的胡宗南军队侵占淳化、栒邑、宁县、镇原、正宁五座县城，并准备进攻延安；阎锡山在晋西集中兵力进攻共产党领导的抗日决死队（新军）；1940年初，朱怀冰等部配合日伪军进攻晋东南太行根据地和冀南根据地，矛头直指八路军总部。这就使国内的阶级矛盾尖锐化了。

皖南事变

中国共产党在反对国民党第一次反共高潮中，先礼后兵，先是呼吁他们停止进攻，坚持团结抗战。但国民党方面一意孤行，不听劝告。于是，八路军站在自卫立场，坚决予以回击。在陕甘宁边区，八路军一二〇师三五九旅协同留守部队，打退了胡宗南部队的进攻，解放了绥德分区的五座县城，巩固了陕甘宁边区与晋西北的联系。在晋西，粉碎了阎锡山军队的进攻。

国民党顽固派第一次反共高潮被粉碎后仍不甘心。1940 年 7 月，国民党召开五届七中全会，讨论进一步反共问题，准备发动新的反共高潮，这次反共高潮的重点是在华中地区。

10 月 19 日，蒋介石指使何应钦、白崇禧以国民党政府正、副参谋总长名义，向朱德、彭德怀、叶挺发出“皓电”，诬蔑新四军破坏团结和抗战，并强令黄河以南的八路军、新四军在 1 个月内开赴黄河以北，企图乘机围歼，从而掀起了第二次反共高潮。朱德、彭德怀、叶挺、项英于 11 月 7 日向国民党和全国发出通电，一方面驳斥国民党的诬蔑，揭露其投降反共的阴谋；另一方面为了顾全团结抗战的大局，答应将皖南新四军移至长江以北。

1941 年 1 月 4 日，新四军军部及其所属皖南部队 9000 余人，从云岭驻地出发。6 日，在皖南泾县茂林地区，突然遭到国民党第三战区司令长官顾祝同、第三十二集团军总司令上官云相等事先布置的七个师 8 万余人的包围袭击。新四军英勇回击，血战七昼夜，终因寡不敌众，除约 2000 人突围外，大部被俘、失散或牺牲。军长叶挺在和国民党谈判时被扣押，政治部主任袁国平牺牲，副军长项英、参谋长周子昆突围后被叛徒杀害。这就是震惊中外的皖南事变。1 月 17 日，蒋介石反诬新四军“叛变”，宣布撤销新四军番号，并声称要将叶挺交军事法庭“审判”。至此，第二次反共高潮达到顶点。

中共中央面对皖南事变后的严重形势，仍然以抗日大局为重，坚持又联合又斗争、以斗争求团结的政策，在军事上严守自卫，在政治上坚决回击。中共中央军委于1月20日发布重建新四军军部的命令。

周恩来在重庆向国民党当局提出严重抗议，并和中共中央南方局的工作人员通过召开座谈会、个别谈话、散发传单等方式向各界人士揭露皖南事变的真相。

共产党这种坚决有力而仍把民族利益放在第一位的态度得到全国人民、中间阶级、国民党内正义人士和国际舆论的普遍同情。

事态的发展完全出乎蒋介石的预料，他不得不改变态度。3月6日，蒋介石在国民参政会上“保证今后决无剿共的军事”，会后又约见周恩来，答应解决国共之间的若干问题。至此，国民党的第二次反共高潮被击退。

毛泽东的《新民主主义论》

在国民党当权者进行军事反共的同时，国民党的宣传机关和一些反共分子在思想上也向中国共产党发动了进攻。他们鼓吹“一个党”、“一个主义”、“一个领袖”的法西斯主义，叫嚣“三民主义可以满足中国现在和将来的一切要求”，“共产主义不适合中国的国情”，“应该收起来”。于是，中国向何处去的问题，又尖锐地摆在中国人民面前。

为了打破国民党反共分子在思想上的进攻，向全国人民指明中国的出路，1940年1月，毛泽东发表了《新民主主义论》，科学地分析了中国革命的历史特点，系统地阐述了中国新民主主义革命的理论。指出：1840年鸦片战争以来，中国革命的性质是反帝反封建的资产阶级民主革命。但是，这个革命在1919年“五四”前后又有新旧的不同。以前是旧民主主义革命，以后则是新民主主义革命。因为从国际革命阵线来看，1917年俄国十月社会主义革命的胜利，开辟了无产阶级社会主义革命的时代。在这以后，世界上任何殖民地半殖民地国家发生的革命，在客观上都是援助了社会主义。因此，它不再是旧的世界资产阶级革命的一部分，而是新的世界社会主义革命的一部分了。从国内阶级关系来看，“五四”以后，中国无产阶级已经成长为独立的政治力量，并且建立了本阶级的政党，提出了彻底反帝反封建的革命纲领，担负了中国民主革命的领导责任。而中国民族资产阶级虽然继续参加了革命，但由于其先天的软弱性和妥协性，已经丧失了领导者的资格。中国的民主革命不再是由资产阶级领导、以建立资产阶级专政为目的的革命，而是由无产阶级领导、以建立各革命阶级联合专政为目的的革命了。新民主主义革命是社会主义革命的必要准备，社会主义革命是新民主主义革命的必然趋势。新民主主义革命和社会主义革命是性质不同的两个革命过程。只有完成了前一个革命过程，才能完成后一个革命过程。因此，中国革命必须分两步走，第一步是新民主主义革命，第二步是社会主义革命，决不能将社会主义革命的任务合并到新民主主义革命阶段去完成。但是，这两个革命阶段又必须相衔接，决不允许中间横插一个资产阶级专政的阶段。而这两个革命阶段的任务，都只有在中国共产党的领导下才能完成。

文章中还阐述了新民主主义革命的政治、经济、文化纲领。指出：新民主主义的政治纲领是建立无产阶级领导下的各革命阶级联合专政的民主共和国。新民主主义的经济纲领是将操纵国计民生的大银行、大工业、大商业收归无产阶级领导的国家所有，使之成为社会主义性质的国营经济；没收地主的土地，分配给无地或少地的农民，在此基础上发展具有社会主义因素的合作经济；允许不操纵国计民生的私人资本主义经济发展。新民主主义的文化纲领是发展民族的科学的大众的文化。新民主主义的文化，必须由无产阶级的思想即共产主义思想指导。因为，共产主义思想是人类有史以来最完全最进步最合理的思想。

《新民主主义论》是中国共产党领导新民主主义革命的纲领性文献。它的发表，是中国新民主主义革命理论形成完整体系和重要标志。

抗日战争的胜利

日本在太平洋战争中的惨败

1941 年 12 月 8 日，日本海军偷袭美国在太平洋上的主要海军基地珍珠港；同时进攻英、美、荷等国在西太平洋上的属地，把侵华战争扩大成了太平洋战争。美国成了太平洋战争中与日本角逐的重要力量。

1942 年 5 月至 1943 年 2 月，美军连续取得了珊瑚海和中途岛海战的胜利，打败了日本海军的主力，使其遭到惨败。8 月，美军在瓜达尔卡纳尔岛登陆，经过半年的争夺，终于夺取了全岛，使日军受到严重打击。1943 年 5 月，美军又攻克阿图岛。8 月，收复基斯卡岛，结束了北太平洋的作战。接着，美、澳军在西南太平洋展开攻势；攻占伍德拉克岛和基里维纳岛。1943 年秋冬，美军登陆布干维尔岛，控制了丹必尔海峡，逼近日本在南太平洋的基地新不列颠岛。西南太平洋的作战，使日本失去了太平洋上的制空权，被迫缩短防线。在中部太平洋，1944 年 2 月，美军在马绍尔群岛登陆，夺取了中部太平洋的战略要点。欧洲第二战场开辟后，美军在太平洋上实行越岛进攻，8 月，占领了塞坦岛和关岛。从此，日本本土处于美军优势空军的攻击之下。10 月，美军进攻菲律宾群岛，日军惨败。同时，美军和中国驻印军又在缅北反攻作战中取得了胜利。整个太平洋战局的主动权已从法西斯日本手中转到了反法西斯同盟国手中，日本的失败已成定局。

敌后战场的局部反攻

在中国国内经过 1943 年的恢复和发展，从 1944 年起，解放区战场发动了对日军的局部反攻。在 1944 年这一年中，华北、华中、华南各解放区战场都取得了很大的战果。

在一年的局部反攻斗争中，人民武装发展了，解放区扩大了。到 1945 年春，八路军、新四军、华南抗日纵队的主力已发展到 91 万人，民兵 220 万人，十九个解放区总面积为 95 万 6 千余平方公里，总人口为 9550 万。到 1945 年，各解放区战场，根据毛泽东提出的“削弱敌寇，发展我军，缩小敌占区，扩大解放区”的指示，展开了更大规模的反攻。据 1945 年 4 月统计，解放区战场抗击日军 56%，抗击伪军 95%。截至是年 8 月 10 日，共毙伤俘敌伪军 12 万余人，攻克城市 53 座，解放区和人民武装则更扩大了。

解放区的发展和扩大，在全国范围内形成了对日军占领的大多数中心城市、交通要道和海岸线的强大战略包围，为全面大反攻创造了有利的条件。

国民党豫湘桂大溃败

1944年美军在太平洋诸岛登陆后，日军为了救援它侵入南洋的孤军和准备以中国大陆为它垂死挣扎的基地，急需打通从中国东北直到越南的大陆交通线，于是对国民党战场豫湘桂地区发动新的进攻，爆发了豫湘桂战役。

首先是河南战役。1944年4月18日，日军调集了5、6万兵力对河南地区进攻。但是守御在河南的国民党汤恩伯、胡宗南所部40万大军却不作任何防范，在敌人的进攻下，依然仓皇退逃，结果使日军很快攻占了郑州、许昌、驻马店、洛阳等地。总计前后不过一个多月，到5月底，河南战役便由国民党部队的完全溃败而告终。

河南战役后，接着日军又发动了湘桂战役。从5月27日开始，日军调动十万兵力对湘北发动进攻。防御在湖南战场上的国民党陈诚、薛岳所部，也是不堪一击。6月17日，日军总攻长沙，仅三天，国民党守军便弃城逃跑。日军继续南下，8月7日，攻陷湘南重镇衡阳，国民党守军向敌军投降。9月初，日军再自衡阳出动，沿湘桂铁路向西南进犯，发动对桂北的攻势。11月10日，日军攻占桂林，翌日又陷柳州。日军于同月24日，不费一枪一弹占领了南宁。至此，日军打通大陆交通线的战略行动完成了。

日军为了巩固与扩大战果，又用数百人的极少兵力追击逃入贵州的国民党部队。国民党几十万军队已成惊弓之鸟，望风溃逃，被日军一直追到独山。与湘桂战役同时，广东、浙江、福建之敌也不断发动进攻。12月2日，独山沦陷。后来，国民党汤恩伯部等援军赶到，在何应钦指挥之下，于12月8日将独山收复。10月间，福州又沦入敌手。

豫湘桂战役，是抗战以来国民党战场的又一次大溃败。在短短八个月中，国民党损失兵力五六十万，丢掉了河南、湖南、广东、广西、福建等省的大部和贵州的一部，其中包括洛阳、长沙、福州、桂林4个省会和郑州、许昌、宝庆、桂林、柳州、温州等146座城市，衡阳、零陵、宝庆、桂林、柳州、丹竹、南宁等7个空军基地和36个飞机场，总计丧失国土20多万平方公里，使6000万人民陷于日军的铁蹄之下。日军所到之处，烧杀抢掠，给人民生命财产带来了巨大损失。

苏联对日宣战和苏联红军出击东北

1945年7月26日，中、美、英三国发表敦促日本无条件投降的《波茨坦公告》，8月6日与9日，美国在日本广岛与长崎投掷原子弹，造成30多万人死亡，震慑了日本政府。1945年8月8日，苏联宣布对日作战。9日凌晨，苏联三个方面军和太平洋舰队、红旗阿穆尔河舰队，总兵力达150万人，在远东最高统帅部华西列夫斯基元帅的统一指挥下，在总长400公里的战线上，越过中苏边境，同时对日本关东军发动猛烈进攻。苏联还出动了480架飞机，分别轰炸了沈阳、长春、哈尔滨、齐齐哈尔、朝阳等日军军事工业中心和交通枢纽。日本空军于开战第一天即撤入朝鲜和日本本土，苏联掌握了制空权，地面部队在无空袭的情况下向前迅速推进。至8月14日，苏军在蒙军的配合下，完成了对沈阳、长春、哈尔滨等地的包围。日本关东军总司令部于8月12日将总指挥部迁往通化，指挥一度中断，部队陷入混乱状态。8月15日，日本政府宣告接受《波茨坦公告》，但日本大本营未下达停战投降令，苏军继续进攻。17日，华西列夫斯基元帅向日本关东军司令部发出通知，限令日军在8月20日中午12时以前全部放下武器，投降就俘。其后，苏军组成快速纵队及空降兵，以最快速度赶往东北各主要城市和交通枢纽，摧毁拒绝投降的日军阵地，组织接受日军投降事宜。苏军在中国抗日武装的配合下，经过二十多天作战，至8月底，解放了中国东北，歼灭日军67万余人，给日本以沉重的打击。

中国军民大反攻

苏联出兵东北，加速了日本帝国主义的失败，使中国的抗日战争进入最后阶段。

8月9日，毛泽东发出《对日寇的最后一战》的声明，号召“中国人民一切抗日力量应举行全国规模的反攻，密切而有效地配合苏联及其他盟国作战。”10、11日，朱德总司令命令华北、华中和华南的人民军队，迅速前进，收缴敌伪武器，接受日军投降，并命令在冀热辽边区的人民军队迅速深入东北。在中共中央的部署下，各根据地军民积极展开了强大的反攻。作战重点是夺取城市、占领工矿区、截断铁路线、控制交通要道、彻底歼灭敌人。经过一个月的作战，在东北前线，八路军冀热辽、山东部队和新四军第三师主力，先后开赴东北，与东北抗日联军一道配合苏联红军，收复了广大国土。在平津地区，晋察冀部队攻克张家口、秦皇岛、山海关等战略要地及大部分县城。在归绥前线，晋西北部队，进逼太原，收复归绥，截断平绥路。在太原前线，太行、太岳、晋中、晋北等各军区部队切断了同蒲路、正太路，控制了山西的广大地区。在平汉前线，冀鲁豫、冀南、太行各部队，胜利地完成了对平汉路石家庄至新乡段的反攻任务，在陇海前线，晋冀鲁豫和豫西区部队，在开封和陇海、新汴两线周围地区进军，收复了许多城镇。在济南前线，鲁中、渤海、冀鲁豫部队，收复了淄博矿区和许多重要城镇，切断了胶济路、济南至德州、济南至徐州三条铁路，收复了山东大部分地区。在胶东前线，北线部队收复了威海卫、烟台和胶东半岛北部的全部地区；南线部队对胶济路东段展开大破坏，并切断烟台至青岛公路南段，使青岛成为一座孤城。在运河前线，苏中部队扫清敌人据点60多处，收复了长江入口海门县的三阳镇和崇明岛的重要港口；苏北部队收复了淮阴、淮安，使苏中、苏北、淮北、淮南连成一片，完全控制了运河全线。鄂豫皖、华南地区部队，在平汉路南段和广九路沿线向日伪军展开反攻。从8月至10月，根据地军民共歼灭日伪军23万多人，收复国土31.5万平方公里。热河、察哈尔两省全部收复。山东、河北、绥远、山西、豫北、淮北、淮南、苏北、苏中等地区，除大、中城市为国民党军队攻占外，绝大部分是根据地军民收复的。抗日根据地军民取得了大反攻的重大胜利。

日本天皇宣布无条件投降

在中国抗日军民、苏军和英、美军的打击下，日本侵略者被迫无条件投降。8月9日，日本政府召开最高战争指导委员会紧急会议，讨论是否接受《波茨坦公告》问题。10日上午，日本政府外务省通过瑞士和瑞典等中立国政府的公使，向中、美、英、苏四国发出乞降照会，提出在保留天皇国体的条件下，接受《波茨坦公告》。但由于主战派的反对，延迟到14日才作出了最后决定。15日，日本天皇向全国广播了《停战诏书》，宣布日本无条件投降。17日，日本天皇向国内外武装部队发布了一道敕谕，命令他们投降。从这时起到9月中旬，散布在亚洲和太平洋诸岛的230多万日军陆续向盟国投降。

9月2日，日本投降的签字仪式在停泊于东京湾的美国战列舰“密苏里”号上举行。在中国战区，蒋介石指派陆军司令何应钦为代表接受日本投降。中国战区日本投降签字仪式于9月9日在南京举行，至此抗日战争取得了最后胜利。

中国抗日战争的胜利，是中华民族百年来抗击外国侵略者所取得的第一次伟大的民族解放战争的胜利。它充分证明，有了中国共产党的正确领导，实现了第二次国共合作，建立了广泛的抗日民族统一战线，最大限度地动员了全国一切抗日力量，就一定能打败一切敌人。

重庆谈判

概况

抗日战争胜利结束后，蒋介石开始制定打内战的方针，但发动内战还需要时间准备。同时，由于国内外人民普遍要求和平，反对内战的呼声和压力以及中国人民革命力量的空前强大，他要立刻发动内战还有困难。于是，在美国的指导下，蒋于1945年8月14日、20日、23日，三次电邀毛泽东赴重庆谈判，“商谈建国大计”。蒋的算盘是：如果毛泽东不去，我们就可以宣布中国共产党不要和平，不要团结，并把发动内战的责任推到中国共产党身上；如果毛泽东去了，就利用谈判来诱骗中国共产党交出军队，取消解放区政权，以达到消灭革命力量的目的。同时还可以利用谈判，争取时间，加紧内战准备。

中国共产党对蒋介石的“和谈”阴谋是洞悉的。但是，为了尽一切可能争取和平民主，实现人民“休养生息，重建家园”的迫切愿望，竭尽全力寻求避免内战挽救和平的道路；也为了揭露美蒋的阴谋，团结教育人民，争取中间势力，决定派毛泽东等赴渝与国民党谈判。26日，中共中央向党内发出《关于同国民党进行和平谈判的通知》，告诉全党，毛泽东将应蒋介石电邀赴渝同国民党当局谈判，说明中共中央的谈判方针，要求全党绝对不要因为谈判而放松对蒋介石的警惕和斗争。

8月28日，毛泽东偕周恩来、王若飞，在前来迎接的国民政府军委会政治部部长张治中，美国驻华大使赫尔利陪同下乘飞机抵渝。抵渝后，毛泽东同蒋介石先进行了几次面商，随即由双方代表开始了具体的谈判。由于毛泽东来到重庆，完全出乎蒋介石的预料，对谈判毫无准备，一切方案均由共产党提出，国民党的谈判代表只是敷衍应付。

最终经过四十多天的谈判，由于中共的努力，于10月10日，由中共代表周恩来、王若飞和国民党代表王世杰、张群、张治中、邵力子共同签署了《政府与中共代表会谈纪要》（即《双十协定》）。列入《纪要》的共12个问题，有的达成了协议，有的各自表述自己的意见，未获协议，同意以后继续商谈。这次谈判的主要成果是，一、确定了和平建国的基本方针和途径，即“必须共同努力，以和平、民主、团结统一为基础”，“长期合作，坚决避免内战，建设独立、自由和富强的新中国，彻底实行三民主义”；并以“政治民主化，军队国家化及党派平等合法，为达到和平建国必由之途径”。二是确认国民党应“迅速结束训政，实施宪政，并应先采取必要步骤，由国民党召开政协会议，邀集各党派代表及社会贤达协商国事，讨论和平建国方案及召开国民大会各项问题”。谈判中争论最多的是解放区的军队和政权问题。在这两个问题上尽管中共做出重大让步，主动提出过几种解决方案，但由于国民党坚持“你交出军队我给你民主”的一贯方针，未能达成协议。

10月11日，毛泽东胜利返回延安。17日，毛泽东在延安干部会议上作了《关于重庆谈判》的报告，总结了谈判的收获与经验。指出："这次谈判是有收获的。"它迫使"国民党承认了和平团结的方针和人民的某些民主权利，承认了避免内战，两党和平合作建设新中国。"如果"国民党再发动内战，他们就在全国和全世界面前输了理，我们就更有理由采取自卫战争，粉碎他们的进攻"。但毛泽东强调说，已经达成的协议，还仅仅是纸上的东西，要把纸上的协议变成现实的东西，还要经过很大的努力。"我们的任务就是坚持这个协定，要国民党兑现，继续争取和平。如果他们要打，就把他们彻底消灭。"

重庆谈判表明了中国共产党谋求和平的真诚愿望，揭穿了国民党制造的共产党不要和平、不要团结的谣言，迫使国民党承认了和平建国方针，取得了国内外舆论和中间阶层的广泛同情。

国共谈判

抗日战争结束后，国内外形势发生了重大变化。全国人民热烈欢庆胜利，用各种方式表达他们对于和平建国的强烈愿望。然而，蒋介石发动内战的方针已定，但迫于民意和发动内战的准备不充分，便玩弄和平谈判的花招。1945 年 8 月 14 日、20 日和 23 日，蒋介石接连三次电邀中共中央主席毛泽东赴重庆共商"国家大计"。1945 年 8 月 28 日，在国民党代表张治中、美国驻华大使赫尔利陪同下，由毛泽东、周恩来、王若飞组成的中共和谈代表团飞抵重庆，进行重庆谈判。

在谈判过程中，由于共产党的积极努力，经过前后历时 43 天的谈判，于 10 月 10 日，国共两方代表正式签署《政府与中共代表会谈纪要》（即"双十协定"）。在谈判中，国民党不得不接受中共提出的和平建国的基本方针。双方协议：承认"以和平，民主、团结、统一为基础"，"长期合作，坚持避免内战，建设独立、自由和富强的新中国，彻底实行三民主义”，这是国共会谈取得的主要成就。《会谈纪要》确定召开各党派代表及无党派人士参加的政治协商会议，共商和平建国方案；同意迅速结束国民党的“训政”，实现政治民主化，承认人民享有某些民主自由权利；党派平等合法；取消特务机关；释放政治犯；“积极推行自治，实行自下而上的普选”等等。对于解放区政权问题、国民大会问题、中共领导的军队的整编问题未能达成协议，留待继续商谈。

尽管中国共产党抱着极大的诚意与国民党进行了旨在推进和平的谈判，但国民党方面却只是将谈判作为幌子，在谈判期间，就发动了对上党地区我军的进攻。随后又在绥远挑起战火，充分暴露了其真内战假谈判的面目。

“双十协定”签订后，为了停止内战，中共代表团于1945年12月19日向国民党政府提出在召开政治协商会议前无条件停止内战的建议。27日，国共双方恢复谈判，中国共产党以书面形式正式向国民党提出停止一切军事冲突、恢复交通、组织全国各界内战考察团等三项无条件停止内战的建议。31日，国民党提出复文，基本上同意共产党的建议。

1946年1月3日，国民党代表张群、王世杰、邵力子，中共代表周恩来、董必武、王若飞、叶剑英，就停止军事冲突，恢复交通等问题举行会谈。5日，国共关于停止国内军事冲突办法达成协议（即“停止协定”）。

2月10日，陪都各界人民1万多人在重庆校场口集会，庆祝政协会议成功大会。大会刚开始就遭到了国民党特务的破坏，大打出手，并打伤了大会主持人李公朴、章乃器、施复亮及政协代表郭沫若等人，马寅初及与会群众60多人也被打伤，造成“校场口惨案”。2月20日，国民党北平当局策动所谓“河北难民返乡请愿团”游行示威，闯入军调部捣乱，侮辱军调部中共办事人员。接着22日，国民党又在重庆挑动欺骗沙磁区万余学生举行反共、反苏游行，捣毁《新华日报》和民盟机关报《民主报》的营业部。随后，国民党在上海、成都、西安、昆明、南京及其他大中城市也发生了类似的反民主的暴行。这就使政协协议最终成为一纸空文，破坏了刚刚出现的和平局面。

对于蒋介石国民党破坏政协协议的行径，中国共产党进行了严正的揭露和批判。但国民党仍加紧部署全国内战。在东北国民党又重兵进攻，取得了若干重要的立足点以后，就着手把战火烧到关内。1946年4月9日，蒋介石在秘密接见美国记者时，即表示他已决心消灭共产党。到5月初为止，国民党正规军调往内战前线的已达三十五个军九十九个师，兵力在100万人以上。这充分表明了国民党政府正在紧张地布置着新的全面内战。

为了保卫人民抗战的胜利成果，壮大人民革命力量，1945年9月19日，中共中央向各中央局发出指示，明确规定“向北发展，向南防御”是党的一项“全国战略方针”，即将主攻方向放在北方，特别是东北，在江南则取守势。

为了争取实现和平民主，随时准备粉碎国民党的军事进攻，中国共产党加紧了自卫战争的准备。1945年11月、12月，毛泽东先后为中共中央起草了《减租和生产是保卫解放区的两件大事》和《一九四六年解放区工作的方针》两个文件，文件规定了保卫和巩固解放区，以及放手发动群众，打败国民党军事进攻的根本方针，指出减租和生产两大任务是否能完成，将最后地决定解放区政治军事斗争的胜负，各地切不可疏忽。

1946年4月，中共中央军委召开了整军会议，调整和加强各战略区的领导，扩大和整编部队，建立了野战军体制。至6月，共组建了二十四个野战纵队和十四个野战旅，计61万余人，负责在各战略区机动作战；另有60余万地方部队分属各军区，担负地方性作战任务。同时，人民军队还开展了大规模的群众性练兵运动，极大地提高了部队的政治素质和战斗力。从1945年冬到1946年春，各解放区还开展了减租减息和生产运动，激发了广大农民的革命热情和生产积极性，改善了人民生活，也保障了部队的供给，为自卫战争的胜利提供了物质基础。

上党战役

上党战役，是中国人民抗日战争刚刚胜利之后，国民党与共产党举行“重庆谈判”期间，晋冀鲁豫军区部队在山西省东南部地区对国民党军进行的自卫反击战役。

1945年8月，正当抗日战争进入最后阶段，人民解放军大举反攻日伪军的时候，在美国支持下的蒋介石政府，为了抢夺人民抗日胜利的果实，一面装出和平姿态，邀请共产党毛泽东主席赴重庆谈判，一面却从西南西北的大后方调动三十六个军、七十三个师向华北、华中、华南各解放区进攻。盘踞晋西南的第二战区司令官阎锡山，早于8月中旬，即在日伪军策应下，以主力进占太原并以五个师万余人从临汾、浮山、翼城攻入太行、太岳之间的长治地区，下旬占领已为共产党从日伪手中解放的襄垣、潞城及被共产党武装包围的长治、长子、壶关、屯留等城，企图扩占整个晋东南，恢复其在山西的统治。

攻入上党地区（以长治为中心的晋东南地区，古称上党郡）的军队，系阎锡山的第十九军、第六十一军的主力三个步兵师及两个挺进纵队（相当师），共约1.4万人，由十九军军长史泽波率领，加上收编上党地区的伪军3000余人，总兵力达1.7万余人（此时白晋铁路长治至沁县段已被日军拆除，上党日军已撤至沁县以北之铁路沿线)。阎军为实现其扩占整个晋东南的计划，在占领上党等六城之后，立即整修工事，加强守备，企图巩固上党盆地并向北延伸打通白（圭）晋（城）线。其兵力部署：以长治为中心，以三个步兵师的主力及一个山炮营和伪军一部，共约1.1万人守长治；以一个挺进纵队及伪军一部，共约2000人守长子；以一个挺进纵队的主力及伪军一部共千余人守屯留；其余襄垣、潞城、壶关则以伪军为主结合正规军一部守备，兵力均在千人以下。上述各城，各以一部兵力守备其附近若干据点。国民党军的长处是火力强，善做工事，惯于防御，又有旧城墙和日军修筑多年的堡垒工事作依托。基本弱点是长期勾结日伪，残害人民，政治上极端孤立，士气低落，害怕白刃格斗和不善野战，又是孤军深入和分散守备。与此同时，国民党军第一战区第一、第十六军经风陵渡到达运城以南；第十一战区以第十五军留置豫西；以第四十军、第八军及第三十军向郑州集中拟沿平汉路向北挺进。

共产党为了制止内战，争取和平，派中共中央主席毛泽东、副主席周恩来等赴重庆同国民党进行和平谈判；同时通知全党，应继续对日伪发展攻势，以期尽可能控制华北、华中各铁路交通线，并用必要力量广占乡村和府县城镇，以造成争取和平民主的更加有利地位；对于国民党的进攻，则必须站在自卫立场上坚决彻底干净全部消灭之。中央军委令晋冀鲁豫军区坚决消灭侵入上党之阎军，并控制同蒲、平汉两铁路，准备粉碎北上蒋军的进攻。

当时，晋冀鲁豫人民解放军是初次集中三个区的主力作战。这些部队大都是抗日战争时期的主力旅，在抗日战争后期被分到各军区作基干团，主要进行游击战；到上党战役开始时，编制仍不充实，多数的团在千人以下，装备很差，全军山炮共6门，仅半数的团有迫击炮2至4门、重机枪数挺，半数的团则没有重火器，新参军的战士多使用刀矛，特别是弹药奇缺，不少的步枪仅有子弹数发。

根据国民党军进攻的形势及中央军委的指示，晋冀鲁豫军区确定了战略上的主要任务，即粉碎国民党军沿同蒲、平汉铁路方向的进攻，而平汉路是南北交通干线，可能成为阎军的主攻方向，因此更应重视对平汉线的控制；但上党之敌为心腹之患，如不迅速消灭，待蒋军主力北上时，将腹背受敌。因此，决心集中力量先打上党之敌，尔后视情况将主力转到平汉线或同蒲线，以粉碎北上蒋军的进攻。据此，重新调整了全区部署：集中太行、太岳、冀南三个军区的主力及地方部队一部，共3.1万人，于9月上旬开始在上党地区发起战役；将冀鲁豫军区主力转到平汉线，结合冀南、太行军区各一部兵力，加紧肃清平汉线新乡以北的日伪军，求得控制一段铁路，为对北犯的蒋军作战准备战场；以太岳军区沿同蒲线的地方部队加紧破路，迟滞蒋军前进；以太行、太岳军区各一部兵力扫清沿线之敌，控制黄河北岸广大地区，制止敌人的机动。对其余日伪军，则以地方武装和民兵伪装主力，发动军事政治攻势，迫使其投降或向大城市撤退。

1945年9月10日，上党战役拉开了序幕。

晋冀鲁豫地区以太行纵队于9月10日晨向屯留阎军发起攻击；以太岳、冀南两纵队隐蔽于长治至屯留的公路两侧，准备歼击长治援兵；以太行军区两个团及地方武装一部为独立第一支队，隐蔽于长治东北山地，准备尾击由长治出动的援兵；以太行、太岳军区四个团，及四个独立营为独立第二支队，监视长子之敌，并准备以主力投入歼击长治援兵的作战；以潞城独立营及民兵一部为独立第三支队，监视潞城之敌；对壶关之敌以人民武装围困。战斗发起后，长治之阎军出动6000余人，于11、12日两次试图向屯留增援，因害怕被歼，略经接触即缩回长治。12日，攻克屯留，全歼守军。随即于13日夜以太岳纵队攻长子，以太行、冀南两纵队隐蔽于长治至长子的公路以北，以独二支队隐蔽于该公路以南，准备歼击长治援兵。但长治之阎军再也不敢出援。军区部队乃于16日夜以冀南纵队攻潞城，17日攻克。18日，又以太行军区部队攻壶关。19日，长子、壶关同时解放。长治之阎军，遂完全陷于孤立。

9月20日，人民解放军开始合围长治。长治是上党地区的首府，是过去日寇设防的重点，城高（3丈多）、壕深、工事坚固，由阎军万人据守，又值连日倾盆大雨，地面泥泞，爬城不便；要攻下长治，比攻取其他五城困难得多。如果不能迅速攻下长治，占领上党，则平汉、同蒲的大门洞开，蒋军主力将长驱直入平津，战略上对共产党军极为不利。因此，军区决定由东南西三面，先夺关，后攻城，留北关诱敌外窜而于野战中消灭之。

战斗到24日，军区部队攻占城关据点多处。这时得悉从太原出动的阎军三个师7000人，正沿白晋线南下，已到达子洪镇以南，有向长治增援的可能。为吸引援军，军区令各部对长治城继续攻击。28日，援军进抵沁县以南，军区决心在屯留东北地区于野战中歼灭该敌，立即以太行纵队全部和太岳纵队主力兼程北上，结合原担任监视白晋线之敌的起义部队第十七师约2万人，预伏于虒亭以南白晋线上的常隆、上村段两侧，以太行纵队附第十七师为右翼队，以太岳纵队主力附太行一个支队为左翼队，以太行纵队1个团为独立支队，尾敌援军跟进；留冀南纵队全部、太岳纵队一部及地方兵团伪装主力，继续包围和佯攻长治，以吸引援军继续南下，并准备歼击由长治出城接应之敌。

9月30日，援军离开白晋线沿虒亭、屯留间的公路前进，打援主力遂向虒屯公路两侧转移，改以第十七师及独立支队尾随援军跟进。10月2日，两军在屯留西北之王家渠、白龙坡至井道上之线预期遭遇，打援部队当即从正面诱敌继续前进，并展开向敌两翼侧迂回，同时令尾敌前进之第十七师和独立支队向南展开攻击，从而将援军合围于老爷岭、西窳、磨盘脑至榆林地区。援军发现被包围后，即利用山地构筑工事，进行防御。打援部队则力求割裂敌人，各个歼灭。为避开敌火力优势，打援部队主要利用夜间，凭手榴弹、刺刀向阎军所占各要点突击，白天则组织兵力火力，抗击阎军反扑，并借此消耗阎军有生力量。经过数昼夜激战，援军部分被歼，被迫步步收缩，最后聚集在磨盘脑、老爷岭及关上地区，缺水缺粮，饥疲不堪。这时，打援部队发现敌援军是由第七集团军副总司令彭毓斌率领的第二十三军、第八十三军、省防军等六个师，附炮兵二个团，共2万多人。晋冀鲁豫军区首长急调冀南纵队北上参战，并以左右两翼部队猛攻，而在北面给敌人放开退路，以诱迫敌之撤逃。10月5日，军区左翼队攻克老爷岭主峰。阎军于夜间向北突围，军区部队已提前抢占了虒亭以北土落村附近的制高点，堵住了阎军退路，主力则沿虒屯公路及其两侧进行跟踪追击，猛烈穿插，使援军溃不成军，纷纷投降缴械。民兵和群众亦奋起捕捉溃散之敌。至6日，援军除有2000人逃回沁县外，其余全部被歼。其副总司令彭毓斌被击毙，数十名高级军官就擒。

援军被歼后，长治之阎军待援无望，于10月8日向西突围，企图横穿太岳区逃回浮山、翼城。为全歼该部，军区除以围城部队跟踪追击外，又以太岳纵队从虒亭地区直出沁水之马壁，控制沁河，进行兜击。太岳区的人民武装则进行沿途截击。各追击部队忍受饥疲，日夜追击，终于10月12日，在沁河以东将军岭及桃川地区歼灭逃跑之阎军。第19军军长史泽波就擒。至此，上党战役遂告结束。

此役，阎军十一个师及一个挺进纵队3.8万余人，除逃跑溃散3000人外，均被歼灭，其中俘3.1万人，缴获山炮24门，轻重机枪2000余挺，长短枪1.6万多支。军区部队伤亡约4000人。

绥远战役

绥远战役，亦称平绥路战役。1945年10～12月，人民解放军晋察冀军区和晋绥军区部队为反击国民党军对察绥解放区的进攻而进行的一次运动战和攻坚战战役。

1945年8月，日本政府宣布投降后，国民党军第十二战区司令长官傅作义遵照蒋介石旨意，为抢夺抗战胜利果实，调集所辖主力和收编的绥蒙伪军共6万余人，从8月下旬到9月上旬，先后进占归绥（今呼和浩特）、武川、卓资山、陶林、清水河、凉城、集宁、丰镇、兴和、尚义等城镇和绥东、绥南广大地区，并继续沿平绥铁路东进，其先头部队东北挺进军新编骑兵第五、第六师进至张家口以西之柴沟堡、渡口堡一线，晋察冀军区冀察纵队予以迎头痛击，歼灭新编骑兵第五师大部，并乘胜收复兴和、尚义两城。沿平绥路东进的傅作义部主力未敢再进，集结于丰镇、集宁、卓资山地区，企图等待国民党军主力到达北平、天津地区后，从东西两面夹击张家口，以达其占领张家口，完全控制平绥路，分割晋察冀解放军之目的。此时，傅作义部兵力的具体分布是：第三十五军军部率第十师和新编第三十一师主力驻集宁；该军新编第三十二师驻丰镇、红砂坝；第六十七军新编第二十六师驻官村；新编骑兵第四师一部驻张皋镇，该师主力和新编第三十一师一个团驻隆盛庄；暂编骑兵第六师驻三水岭；暂编骑兵第四师驻芦草沟；新编骑兵第五、第六师驻凉城、清水河；暂编骑兵第五师驻新堂、天成村；挺进第五纵队驻陶林；暂编第三军暂编第十七师主力驻卓资山；暂编第三军暂编第十、第十一师驻归绥及其外围；暂编第十七师一个团、第十二战区别动大队及第三十五军各师之补训团驻包头及其外围；骑兵第十旅驻五原及其以东地区；暂编骑兵第一集团军驻周士庄、聚乐堡地区。此外，第二战区司令长官阎锡山所部第四十三军暂编第三十八师及收编的日军独立第四警备队驻大同及其周围地区。

为反击国民党军进攻，消灭傅作义主力，解放绥远全境，彻底消除西顾之忧，确实控制热察两省，保卫以张家口为中心的战略基地，中共中央革命军事委员会决定发起察绥战役。1945 年 9 月 11 日，中央军委便指示晋察冀和晋绥军区集结主要兵力组织绥远战役，并指出：这一战役对我党在北方的地位和争取全国和平局面的关系极为重大，必须坚决歼灭傅作义部主力。为达此目的，中央军委于 10 月 22 日又指示：“如傅部固守归绥，则先将包头、五原、固阳占领，使傅部绝食突围，然后歼灭之。如我能迅进，可能速占归绥。”10 月 27 日再次强调：“此次作战，必须达成歼灭傅顽主力之目的，应将我主力运动到傅顽阵地背后去，由西向东打，方可聚歼。”为加强领导，中央军委决定由晋察冀军区司令员兼政治委员聂荣臻、晋绥联防军和晋绥野战军司令员贺龙统一指挥绥远战役。

根据中央军委上述指示，晋察军区集中冀察、冀晋、冀中三个纵队计九个旅，晋绥军区集中独立第一、第二、第三旅，第三五八旅及绥蒙军区骑兵旅计五个旅，共十四个旅 5.3 万余人，决心乘国民党军主力尚未到达北平、天津地区的有利时机，发起绥远战役。战役计划是：以晋察冀军区部队由东向西攻击，首先抓住并歼灭隆盛庄、三水岭、张皋镇三处突出之敌。尔后继续西进，各歼灭丰镇、官村、红砂坝和集宁等地国民党军；

晋绥军区部队由南向北进攻，首先求歼凉城、新堂、天成村等处守军。尔后协同晋察冀军区部队向丰镇至集宁线上各点进攻，争取歼灭傅作义部主力于绥东地区。具体战役部署是：晋察冀军区以冀察纵队于兴和以东之高庙子地区集结，以主力攻歼隆盛庄之敌，以一部截断隆盛庄与集宁、官村之敌联系；以冀中纵队于张家口以西之新平堡地区集结，主力直取三水岭、张皋镇两点，得手后迅速向官村、苏集间铁路攻击，截断丰镇、红砂坝守敌北逃之路。该纵队以一部兵力向隆盛庄西侧迂回，截断其逃向丰镇的通路；以冀晋纵队主力进至丰镇东北大庄科地区，阻击丰镇敌人向隆盛庄增援。待冀晋纵队攻占隆盛庄后，该纵队即向丰镇攻击，歼灭守敌。晋绥军区以独立第一、第三旅和第三五八旅于左云、右玉地区集结，以独立第1旅攻取凉城，以第三五八旅攻取新堂，以独立第三旅为预备队。尔后主方向丰镇以西之天成村、马草沟、二道桥迅速推进，协同冀晋纵队会攻丰镇。以一部兵力向归绥积极活动，钳制归绥之敌，配合主力作战；以独立第二旅和骑兵旅于商都地区集结，首先攻歼七大顷、段家村之敌，尔后向陶林方向推进，协同冀察、冀中纵队聚歼集宁守敌。

战役于10月18日发起，冀察纵队以骑兵旅迂回至隆盛庄以西，冀中纵队直取张皋镇、三水岭。19日凌晨，冀察纵队第六旅向隆盛庄发起攻击，由于后续部队未及时赶到，守军新编骑兵第四师主力乘机撤逃至红砂坝，仅留新编第三十一师第九十一团驻守。此时，冀中纵队已占领张皋镇、三水岭，守军先期西撤。该纵队随即直插隆盛庄东北和西北，策应冀察纵队作战。19日黄昏，冀察纵队第七旅强攻隆盛庄，激战至20日，歼敌一个营又一个连，第九十一团主力突围向红砂坝撤逃，中途被冀中纵队第十三旅截歼一部。与此同时，晋绥军区部队也分别从右玉、商都地区出击。独立第一旅于20日占领凉城，第三五八旅于 21 日占领新堂、天成村，各歼守军一部，其余守军分别向西、向北撤逃。独立第二旅、骑兵旅攻克七大顷、段家村，歼灭守军 400 余人，并继续向陶林方向推进。

在人民解放军的猛烈攻击下，傅作义部急忙向集宁、归绥一线退却。为抓住傅作义部主力，晋察冀军区部队沿平绥铁路推进，攻击其仍据守之城镇；晋绥军区部队向卓资山方向发展进攻，以截歼撤退之敌。冀晋纵队一部于 10 月 19 日占领大同以东之聚乐堡，主力于 20 日进占红砂坝，并连夜沿平绥路南进，于 21 日拂晓进占丰镇，守军新编第三十二师沿公路北撤，被截歼一部。22 日，又攻克大同以北之孤山、孤店，截断了傅作义部与阎锡山部的联系。冀中纵队于 21 日占领官村，守军新编第二十六师退向卓资山。该纵队继续北进，进占苏集、老平地泉等地，向集宁逼近。此时，傅作义部还全力西撤，集宁只有第三十五军军部率第一〇一师防守。晋察冀军区首长决定以冀察、冀中两纵队围攻集宁，以冀晋纵队进占集宁以西之十八台地区，切断集宁守军退路。冀中纵队担任主攻，于 23 日占领集宁以南之榆树湾、脑包山，将第一〇一师一个团击溃。第三十五军军部率第一〇一师主力乘夜暗弃城西撤。24 日，晋察冀军区部队占领集宁。与此同时，晋绥军区第三五八旅和独立第一、第三旅从凉城、新堂、天成村地区向卓资山疾进，24 日 12 时在六苏木击溃暂编骑兵第五师，15 时进至卓资山南侧，并迅速完成对卓资山敌军第六十七军军部的新编第二十六师的包围。晋绥野战军首长决定以第三五八旅担任主攻，以独立第三旅迂回至卓资山西北之福生庄地区，切断卓资山之敌向归绥逃路，以独立第一旅为预备队。24 日 19 时，第三五八旅对卓资山发起攻击，战至 25 日 10 时许，除第六十七军军长何文鼎率军部特务营乘隙逃跑外，全歼新编第二十六师 5000 余人。此时，独立第三旅击退了新编第三十二师的增援，并占领了福生庄，独立第一旅在魁盛庄东北歼灭由集宁西撤的第三十五军军部及第一〇一师一部，独立第二旅攻占陶林。

卓资山战斗后，晋察冀与晋绥两军区部队会合，准备继续西进歼敌。傅作义为保存主力，迅速收缩兵力，至27日，傅部主力由三道营、旗下营、陶卜齐、白塔之线陆续撤到归绥及其外围，并积极加修工事，组织防御。其兵力部署是：以第三十五军、暂编第三军、新编骑兵第四师担任归绥城防；以骑兵挺进第二、第四、第五纵队及暂编骑兵第四师第部担任外围防守。为迅速达成歼灭傅作义部主力之战役目的，晋察冀军区和晋绥野战军首长决定首先肃清归绥外围，尔后攻城。两区主力遂分南北两路向归绥逼近，至10月31日，晋绥军区部队占领城南及西南之陶号板、大小台石、范家营、后八里庄等地，晋察冀军区部队占领鹤心营子、红山口、坝口子、乌素图等地，完成对归绥城的合围。为进一步孤立归绥守军，11月1日，冀中纵队接替晋绥部队包围城南任务，晋绥独立第一旅、骑兵旅和冀察纵队骑兵旅一部沿平绥铁路向包头挺进。当日攻克兵州亥，歼暂编骑兵第四师一个团。2日占领毕克齐。3日攻克察素齐，歼灭骑兵挺进第三纵队1300余人。4日占领陶思浩。7日占领萨拉齐、沙尔沁。至此，完全占领绥包线上各要点，逼近包头，隔断了绥包联系。与此同时，冀察、冀中纵队各一部和晋绥军区第五军分区部队，先后攻占和林、武川、忽洞兔等地，歼敌千余人，巩固了后方。被围于归绥的国民党军以攻为守，从11月2日至12日，先后以两三个师兵力对红山口、坝口子、后八里庄等解放军阵地进行反击。围城部队顽强抗击，杀伤敌3000余人，归绥守军随即改为依城固守。此时，被围于归绥的国民党军尚有六个师兵力，连同11月6日从重庆空运来的一个重追击炮团，共有2.4万余人。鉴于守军凭坚固守，且有较多的粮弹储备，围城部队在兵力上亦不占优势，难以在短期内攻克归绥，遂改变部署，以晋察冀部队围困归绥，以晋绥军区部队及冀晋纵队第三旅主力和第四旅一个团攻取包头，求得调动归绥守军出援于运动中予以歼灭。并准备在攻克包头后，晋绥部队迅即东进与晋察冀部队合力攻取归绥。

包头系绥西重镇，守军为暂编第十七师一部和由绥东溃退之第六十七军残部以及地方保安团队等部共 1.2 万余人。11 月 9 日，先期向绥西挺进的独立第一旅即向包头外围之禹王庙、火车站、电灯公司等据点发起攻击，连续两昼夜攻击未克。11 日，第三五八旅主力投入战斗，仍未奏效。12 日调整部署，对包头城西北角实施主要突击，当即突入四个营，由于后备兵力不足，在守军猛烈反击下，突入城内部队伤亡严重，不得不于 13 日撤至城外。17 日，晋绥军区主力和冀晋纵队第三旅等部进到包头附近。这时，乘隙从归绥逃出的新编骑兵第四师会合骑兵挺进第四纵队，西进至二十四顷地以南地区，驻五原地区之骑兵第十旅亦向东增援包头。据此，晋绥野战军首长决定先打援再攻城，遂以独立第二、第三旅攻歼新编骑兵第四师等部，但该敌一触即向托克托方向撤退，仅歼其一部。12 月 3 日，再次集中主力对包头发起攻击，但数度攻击均未奏效。鉴于包头、归绥两城一时难以攻克，且时临严冬，补给困难，再战不利，遂于 12 月 4 日和 14 日先后撤出对该两城的包围，绥远战役遂告结束。

绥远战役历时近两月，共歼国民党军 1.2 万余人，收复丰镇、集宁、卓资山、陶林、和林、凉城、武川、萨拉齐等十余城镇及绥东、绥南广大地区，打破了国民党控制平绥铁路的企图，保卫了以张家口为中心的战略基地。此役与上党、平汉、津浦路诸战役相结合，对于争取和平局面，迫使国民党同中国共产党进行和平谈判，起了重要的作用。经过这次作战，晋察冀和晋绥部队经受了一次很好的锻炼，加速了从分散游击战到大规模运动战的转变。

四平保卫战

四平保卫战，是1946年4～5月，东北民主联军在吉林省四平街地区抗击国民党军进攻的防御战役。

1946年1月，中国国民党与中国共产党达成“停止国内军事冲突”的协议。但国民党总裁蒋介石拒不承认共产党及其领导下的人民军队在东北的地位，企图以武力独占东北。于是向东北大举增兵，抢占战略要地，于3月上、中旬，乘苏联军队撤兵之际，占领沈阳、抚顺、辽阳等城，至3、4月间，国民党军进入东北的部队有第十三、第五十二、第六十、第七十一军和新编第一、第六军，连同地方保安部队，总兵力达31万人。尽管在中国共产党的据理力争下，根据停战协定成立的军事三人小组于3月27日达成关于派遣执行小组前往东北调处停止冲突的协议，但国民党军置之不顾。3月下旬，国民党东北行辕主任熊式辉和保安司令长官杜聿明集中五个军、十一个师兵力，从沈阳地区向东北两个方向发动进攻，其部署是：以新编第一军、第七十一军共五个师，向沈阳以北进攻，预期在4月2日前夺取四平；以新编第六军、第五十二军等部共六个师，向沈阳以南进攻，以求完成对鞍山、本溪等南满工业区的占领，并驱逐民主联军南满部队主力；尔后集中新编第一、第六军等部沿中长铁路向四平以北发展进攻，占领长春、哈尔滨等重要城市。企图将东北民主联军主力压迫于松花江南岸消灭之。

为阻止国民党军长驱直入，配合与国民党的和平谈判，促进东北和全国和平民主的实现，中国共产党中央委员会和中央革命军事委员会指示东北中央局和东北民主联军：应以全力保卫北满，在苏军撤兵的同时，不惜牺牲，夺取长春、哈尔滨、齐齐哈尔三市及中东路（中长铁路满洲里至绥芬河段）全线。为达此目的，必须迅速集中主力扼守四平地区，给北进之国民党军以严重打击；南满主力则集中于本溪地区，力争求歼南进之国民党军一部，以配合四平方面作战。东北局当即决定，最大限度地集中兵力，于四平地区阻止国民党军进攻。东北民主联军总司令林彪、政治委员彭真根据上述指示精神，确定了具体战役部署：以新四军第三师第十旅在铁岭以北、四平以南地区，采取运动防御，迟滞、杀伤北进之敌，掩护主力集结；以第一、第二师、第七纵队主力，新四军第三师第七旅、独立旅和第八旅主力，迅速向四平地区集结，乘北进之敌在运动中或立足未稳时，集中优势兵力各个歼灭之；以南满第三、第四纵队及保安第三旅，担负本溪地区作战任务；以第 7 师主力等部夺取长春，以第三五九旅等部夺取哈尔滨，以新四军第三师一部夺取齐齐哈尔。

四平位于东北中部平原，系中长、四（平）洮（南）、四（平）梅（河口）铁路交叉点，是东北的重要战略枢纽之一。苏军撤兵时，国民党收编的伪、匪军进占了四平。民主联军于 3 月 18 日攻占该城。随即，四平便成为国共双方争夺东北斗争的焦点。

3 月下旬由沈阳北进的国民党军遭民主联军的阻击，进展迟缓，至 4 月初进至开原、法库一线，未能实现其 4 月 2 日前进占四平的计划。4 月 5 日，新编第一军和第七十一军主力分两路向四平进攻：新编第一军由昌图沿中长路北进；第七十一军两个师由法库、通江口北进，企图经八面城迂回四平。此时，东北民主联军主力已进至昌图以北、四平以南地区。7 日，第三师第七旅将新编第一军第五十师阻止于泉头车站以南，并在潮阳堡向该师一个团发起反击，歼其一部。8日，第一师、第三师第八、第十旅和第七纵队等部共十二个团，向进至泉头以西之兴隆泉、柳条沟地区之新编第三十八师发起攻击，经一夜激战，歼其千余人。10日，由法库、通江口北进的第七十一军先头第八十七师进至金家屯时，遭第三师独立旅一部及辽西地方部队的狙击，为诱敌深入，独立旅等部沿金家屯以北公路节节抗击，掩护了在兴隆泉地区的民主联军主力向四平西南之大洼地区集结。15日，第八十七师进至大洼以南之金山堡、秦家窝棚地区，距新编第一军20余公里。民主联军首长决心乘敌立足未稳，孤立突出之机，集中第一师、第三师第八、第十独立旅和第七纵队等部共十四个团的兵力歼灭该敌。当日黄昏发起攻击，至16日晨，将第八十七师大部歼灭，共毙伤俘4000余人。残部向新编第一军靠拢。并继续向四平逼近。鉴于暂无在运动中歼敌机会，民主联军主力遂转移至四平以西之八面城和西北之梨树附近地区待机。

与此同时，南满第三、第四纵队等部在保卫本溪作战中，两度击退新编第六军、第五十二军等部的进攻，并歼其4000余人。担任夺取长春、哈尔滨和齐齐哈尔的第七师、第三五九旅和第三师一部，在东满、北满和西满地方武装配合下，于4月18日至28日相继解放上述三市，歼灭国民党收编的伪、匪武装2.6万余人。清除了北满腹地之敌，解除了四平前线部队作战的后顾之忧。

兴隆泉、大洼和本溪作战的胜利和长、哈、齐三市的迅速解放，暂时改善了民主联军在东北的地位，顿挫了国民党军进攻东北的锐气。中共中央鉴于苏军在4月底将自满洲撤兵完毕和关于东北问题的谈判已到有可能达成协议的紧要阶段等情况，再次指示东北局，应用一切力量，不惜重大牺牲，坚决扼守四平，以阻止国民党军向北满及长、哈、齐等城的进攻。东北民主联军首长据此进行了部署：以保安第一旅组成四平卫戍司令部，统一指挥该旅及第七纵队各一部共6000人防守四平；集中其他主力于四平以西、以北地区待机歼敌；令第七师、第三五九旅迅速南下，令南满第三纵队第七、第八旅和保安第三旅即刻北上，参加四平保卫战。

4月18日，新编第一军在飞机、坦克支援下，对民主联军扼守的鸭湖泡、泊罗林子、三道林子北山等四平外围阵地发起猛烈进攻。民主联军保安第一旅、第七纵队、第三师和第七师（由长春南下于22日到达四平前线）各一部顽强抗击，与国民党军展开激烈争夺，使其进展甚微。随后，为保障四平翼侧安全，民主联军逐步向四平东西两侧延长防线，在东起火石岭、西至八面城的百里战线上部署了六个师（旅），挫败了国民党军迂回四平的企图。至26日，新编第1军等部在遭受重大打击后，不得不改取守势，等待后援。民主联军也因机动兵力不足，难以组织有效的反击，双方处于对峙状态。当日，中共中央指示东北民主联军首长："马歇尔已提出停战方案，有停战之可能。望加强四平守备兵力，鼓励坚守，挫敌锐气，争取时间。"但是，蒋介石于4日底拒绝东北停战方案，指使国民党军迅速攻下四平，而后继续向北推进。5月1日，中共中央再次电示民主联军：东北战争，中外瞩目。蒋介石已拒绝停战方案，坚持要打到长春。因此，"我们必须在四平、本溪两处坚持奋战，将两处顽军打得精疲力竭，消耗其兵力，挫折其锐气，使其以六个月时间调集的兵力、武器、弹药，受到最大消耗，来不及补充。……那时，便可能求得有利于我之和平。"

4月底，奉命北上的南满第三纵队第七、第八旅和保安第三旅到达四平以东之哈福、平岗地区。为配合四平前线部队作战，民主联军首长决心乘敌后方空虚之际，在敌后开辟第二战场，以断敌交通运输，歼其有生力量。遂以第三纵队两个旅和第三师独立旅向四平以南之昌图、开原地区进攻，切断沈阳与四平联系，造成对进攻四平之国民党军前后夹击之势；以保安第三旅主力在开原、铁岭地区配合作战。至5月10日，第三纵队前出至昌图以东之清杨堡、开原以东之马市堡地区。独立旅攻占开原、昌图间马千总台车站。保安第三旅攻占开原以南之中固车站。迫使国民党军从四平前线和南满地区抽兵来援，给进攻四平和南满的国民党军后方造成极大威胁。

为加强进攻四平的力量，尽速夺取四平，国民党军决心迅速占领本溪，以便从南满地区抽兵北上。从4月28日起，南满国民党军乘民主联军第三纵队等部北调之机，再次向本溪发起进攻。南满部队经六天激战，在给进攻之敌以重大杀伤后，于5月3日撤出本溪。国民党军在占领本溪后，即将新编第六军、第五十二、第七十一军各一部北调四平方向，使四平地区国民党军兵力增至十个师。5月15日，国民党军分为三个兵团向四平发起全线进攻。左翼兵团第七十一军主力，向四平西北之獾子洞、海清窝棚进攻，遭第一师顽强抗击，进攻受挫。中央兵团新编第1军连续向三道林子北山阵地猛攻，但进展不大；右翼兵团新编第六军等部五个师，向四平以东迂回，16日攻占叶赫站，17日占领火石岭、平岗、哈福车站等地，18日又在中央兵团配合下，攻占四平东南之重要高地搭子山，并继续向四平东北之赫尔苏急进，企图封闭四平守军退路。鉴于再战不利，加之民主联军作战月余，伤亡较大，为摆脱被动，保持战力，东北民主联军自四平地区撤退。19日，国民党军进占四平。

四平保卫战，历时月余。东北民主联军以8000余人的伤亡代价，歼灭国民党军万余人，配合了停战谈判。民主联军以劣势抗击优势的国民党军进攻，持续一月以上，体现了人民军队英勇顽强精神，显示了中国共产党坚持东北斗争的坚强意志。中共中央在评价这一战役时指出："四平我军坚守一个月，抗击敌军十个师，表现了人民军队高度顽强英勇精神，这一斗争是有历史意义的。”

击退国民党的全面进攻

1946年6月26日，蒋介石在完成内战部署后，悍然撕毁停战协定和政协协议。以大举进攻中原解放区为起点，发动了对解放区的全面进攻。中原解放区地处鄂豫皖三省交界处，地跨平汉路两侧，战略地位非常重要。早在5月底，国民党就调动30万人对中原解放区进行全面围攻，将6万余人的中原军区部队压缩在以宣化店为中心的不足百里的狭小地区内。6月26日，蒋介石下令进攻宣化店，妄图在48小时内将中原人民解放军一举歼灭。中原人民解放军在李先念等领导下，胜利突出重围。蒋介石向中原解放区的进攻，成为全面内战爆发的起点和标志。

全面内战爆发时的形势是十分严重的。国民党将其全部正规军的80%，即一百九十三个旅（师）、达158万人的兵力，用于进攻解放区。7月20日，中共中央发出了《以自卫战争粉碎蒋介石的进攻》；9月16日，又发布了《集中优势兵力，各个歼灭敌人》等指示，制定了打败蒋介石军队进攻的正确政治方针和军事原则。

战争的头四个月，人民解放军先后取得中原突围作战的胜利、华中野战军在苏中地区的七战七捷、晋冀鲁豫野战军在陇海路和鲁西南地区连续作战的胜利，从而顿挫了国民党军队进攻的锋芒，稳定了人民解放军南线作战的阵脚。10月11日国民党军占领张家口，是其全面进攻的顶点，此后，其进攻势头大减。从1946年12月至1947年2月，华中和山东野战军配合作战，取得了宿北、鲁南、莱芜等战役的胜利。其中，莱芜战役创造了一次战役歼敌七个师的纪录。与此同时，东北民主联军、晋绥、晋察冀人民解放军，都取得了防御作战的胜利。截止到1947年2月底，人民解放军经过八个月作战，共歼敌71万人，粉碎了国民党对解放区的全面进攻。

从1947年3月开始，蒋介石被迫放弃对解放区的全面进攻，改为重点进攻陕甘宁边区和山东解放区。在陕北，国民党军队以胡宗南部25万人于3月13日起向中共中央所在的延安发动突然袭击。人民解放军在延安以南经六昼夜英勇阻击，3月19日按中共中央部署撤离延安。但中共中央、人民解放军总部和毛泽东继续留在陕北指挥全国作战。在中共中央直接领导下，西北野战军仅2万余人以“蘑菇战术”于1947年3月、4月、5月，先后取得青化砭、羊马河和蟠龙作战的胜利，接着又出击陇东，围攻榆林，于8月取得沙家店战役胜利，彻底粉碎了国民党军队对陕北的重点进攻。在山东，蒋介石调集40多万兵力，于4月、5月、6月，先后对山东解放区发动了三次猛烈进攻。人民解放军华东野战军先后取得泰蒙战役和孟良崮战役的重大胜利，其中孟良崮一仗全歼国民党精锐主力整编七十四师，国民党军队对山东解放区的重点进攻乃被粉碎。

渡江战役

国民党在和谈烟幕的掩护下，积极部署长江防线。为了彻底摧毁国民党的反动统治，1949年4月21日，毛泽东主席、朱德总司令发布向全国进军的命令。人民解放军第二、第三野战军在西起湖口、东至江阴的千里战线上强渡长江，一举摧毁了国民党苦心经营了三个半月的长江防线。在人民解放军渡江作战之时，英国“紫石英”号等四艘军舰侵入长江，向渡江的人民解放军挑衅，并开炮打死打伤人民解放军 252 人。人民解放军予以反击，“紫石英”号被击伤停搁在镇江江面，其余 3 艘英舰逃走。23 日，人民解放军占领南京，宣告了国民党统治的灭亡。5 月 3 日，解放杭州，27 日上海解放。

与此同时，第四野战军于 5 月 14 日在武汉以东的地区渡过长江，16 日至 17 日解放了武汉三镇。

渡江战役从 4 月 21 日起至 6 月下旬结束。人民解放军突破了国民党的长江防线，先后解放了 120 座城市和苏、浙、皖、闽、赣、鄂等省的大部分地区，歼敌 40 余万。此后，人民解放军继续向中南、西北和西南各省进军，分别用战斗方式与和平方式迅速解决残余的国民党军队。到 1949 年底，人民解放军解放了除西藏以外的全部中国大陆。

国民党军政人员的和平起义

在人民解放军强大攻势和中共政策的感召下，一批国民党军政人员纷纷举行和平起义。4 月 22 日，国民党第二舰队司令林遵率舰艇 25 艘在南京芭斗山江面起义，江苏和平解放；9 月 19 日，国民党绥远省政府主席董其武宣布起义，华北全部解放；9 月 25 日国民党新疆省政府主席鲍尔汉，警备司令陶峙岳发出通电，宣布起义；12 月 9 日，国民党云南省主席卢汉，西康省主席刘文辉，西南长官公署副长官邓锡候、潘文华等率部起义，云南、西康两省和平解放等等。

国民党政权迁往台湾

从1948年9月开始，中国人民革命战争出现了重大战略转折，人民解放军取得了辽沈、淮海、平津三大战役的伟大胜利，使蒋介石的嫡系部队土崩瓦解，丧失殆尽。蒋介石看到大陆局势难已扭转，于是开始作退守台湾的安排。

1月21日，蒋介石宣布“引退”，由副总统李宗仁“代行”总统职权。7月14日，蒋介石由台北飞抵广州，主持国民党中常会与中政会联席会议，决定成立国民党“非常委员会”，由蒋介石和李宗仁分别担任正、副主席。这样，蒋介石又由幕后转到台前，指挥国民党残余力量作最后顽抗。

1949年8月22日，蒋介石再赴广州部署“广州保卫战”。但在人民解放军三面包围的强大攻势下，10月14日，广州失守，国民党政府又逃往重庆。12月11日，国民党中央党部迁往台北正式办公。至此，国民党在大陆的统治彻底覆灭。

毛泽东《论人民民主专政》

南京国民党政权被推翻后，为阐述中共在各种问题上的见解，批驳和澄清一部分人思想上的错误和混乱，并对广大人民进行教育，1949年6月30日，毛泽东发表《论人民民主专政》一文，就新中国的性质、各阶级在国家中的地位和相互关系以及外交政策等问题作了阐述。其主要内容是：

第一，总结了近百年来中国革命的历史经验，阐明了资产阶级的民主主义让位给工人阶级领导的人民民主主义，资产阶级共和国让位给人民共和国是历史的必然。毛泽东指出，“资产阶级的共和国，外国有过的，中国不能有，因为中国是受帝国主义压迫的国家，唯一的出路是经过工人阶级领导的人民共和国”。

第二，阐明了人民民主专政国家内部各个阶级的地位和相互关系。毛泽东指出，“人民民主专政需要工人阶级的领导。因为只有工人阶级最有远见，大公无私，最富于革命的彻底性。”“人民民主专政的基础是工人阶级、农民阶级和城市小资产阶级的联盟，而主要是工人和农民的联盟，因为这两个阶级占了中国人口的百分之八十到九十。”推翻帝国主义和国民党反动派，实现从新民主主义到社会主义的转变，主要依靠这两个阶级的联盟。另一方面，为了反对帝国主义的压迫和发展中国的经济，必须“团结民族资产阶级，共同奋斗。”“但是民族资产阶级不能充当革命的领导者，也不应当在国家政权中占主要的地位”。

此外，毛泽东还阐明了民主与专政的关系，指出，“对人民内部的民主方面和对反动派的专政方面，互相结合起来，就是人民民主专政。”关于新中国的对外政策，毛泽东指出，必须倒向社会主义一边，联合世界上以平等待我的民族和各国人民，共同奋斗。

《论人民民主专政》所阐述的建国原则和规定的基本政策，为新中国的建立奠定了理论和政策基础。毛泽东的这篇文章和他在七届二中全会上的报告，构成了新政协制定共同纲领的基础。

中华人民共和国成立

中华人民共和国是在半殖民地半封建的旧中国及其最后一个统治者中华民国国民党反动政府被推翻的基础上建立起来的，是中国人民长期浴血奋斗的产物。

1948年4月30日，中共中央发布纪念“五一”节口号，其中第5号提出：“各民主党派、各人民团体、各社会贤达迅速召开政治协商会议，讨论并实现召集人民代表大会，成立民主联合政府”，由此揭开了筹建新中国的序幕。1949年1月北平解放后，进入东北、华北解放区和继续由香港、上海北上的民主人士很快汇集到了北平。3月，中共中央在开完七届二中全会后，也迁入北平，先驻在香山，9月迁至中南海。

1949年6月15日至19日，新政协筹备会第一次会议在北平成立，由23个单位、134人参加。毛泽东被推为筹备会党务委员会主任，周恩来、李济深、沈钧儒、郭沫若、陈叔通为副主任，李维汉为秘书长。下设六个小组，分别负责拟定参加新政协之单位及各单位之代表名单、起草新政协组织条例、起草共同纲领、拟定政府方案、起草大会宣言、拟定国旗、国歌、国徽方案六项筹备工作。

1949年10月1日下午2时，由中国人民政治协商委员会议选举的中华人民共和国中央人民政府委员会，在北京举行第一次会议，中央人民政府主席毛泽东，副主席朱德、刘少奇、宋庆龄、李济深、张澜、高岗，委员陈毅、贺龙、李立三等56人宣布就职，中央人民政府宣告成立。会议选举林伯渠为中央人民政府委员会秘书长，任命周恩来为中央人民政府政务院总理兼外交部长，毛泽东为中央人民政府人民革命军事委员会主席，朱德为人民解放军总司令，沈钧儒为中央人民政府最高人民法院院长，罗荣桓为中央人民政府最高检察署检察长；会议决定：接受《中国人民政治协商会议共同纲领》为本政府的施政方针。会议还决定：向世界各国政府宣布，中华人民共和国中央人民政府为代表中华人民共和国全国人民的唯一合法政府，愿与遵守平等、互利及互相尊重领土主权等项原则的任何外国政府建立外交关系。

下午 3 时，在北京天安门广场举行有 30 万军民参加的开国大典。毛泽东按动电钮，升起第一面五星红旗，庄严宣布："中华人民共和国中央人民政府已于本日成立了"，并宣读中央人民政府公告。接着举行阅兵式。朱德检阅陆海空三军，发布人民解放军总部命令，命令人民解放军全体指战员"迅速肃清国民党反动军队的残余，解放一切尚未解放的国土，同时肃清土匪和其他一切反革命匪徒，镇压他们的一切反抗和捣乱行为"。受检阅部队以海军的两个排为前导，步兵师、炮兵师、战车师、骑兵师迈着整齐的步伐通过天安门前。空军 14 架飞机盘旋在广场的上空。整个阅兵式历时三个小时方告结束。之后是群众游行。"中华人民共和国万岁！""毛主席万岁！"和"同志们万岁！"的口号声，在天安门上下呼应。群众的节日欢腾直到深夜才结束。

中华人民共和国的成立，开辟了中国历史的新纪元。中华人民共和国是以工人阶级为领导的、以工农联盟为基础的、团结各民主阶段和国内各民族的人民民主专政。它的建立，在中国结束了极少数剥削者统治广大劳动人民的历史，结束了一百多年来帝国主义、殖民主义奴役、压迫中国各族人民的历史。它是中国历史上从未曾有过的由人民当家做主的政权，人民大众成了国家和社会的主人。中华人民共和国的成立，开辟了中国历史的新纪元，标志着中国已从半殖民地半封建社会进入了新民主主义社会，开始了向社会主义社会过渡的时期。

新中国的成立，是20世纪世界上发生的最有影响和伟大事件之一。俄国十月革命开辟了世界无产阶级革命的新时代；世界反法西斯战争的胜利，使一系列国家继俄国之后走上社会主义道路；新中国的成立是全世界进步人类的又一个伟大胜利。它把帝国主义的东方战线打开一个大缺口，严重打击了世界殖民体系，而大大增强了人民民主和社会主义阵营的力量。这对于改变世界力量格局，维护世界和平和正义事业，推动世界走向进步和光明，具有深刻、久远的影响。由于国情的相似，新中国的诞生对于亚洲、非洲、拉丁美洲广大被压迫民族的影响力尤其巨大，直接推动了他们反对帝国主义和殖民主义斗争的发展。